COLECCIÓN ARCHIVOS

26

EN COLABORACIÓN CON EDICIONES UNESCO

COLECCION ARCHIVOS

ARGENTINA   BRASIL   COLOMBIA   ESPAÑA   FRANCE   ITALIA   MEXICO   PORTUGAL

HORACIO QUIROGA
TODOS LOS CUENTOS

Horacio Quiroga
TODOS LOS CUENTOS

Edición Crítica
Napoleón Baccino Ponce de León
Jorge Lafforgue
Coordinadores

ALLCA. XX   COLECCIÓN ARCHIVOS   ESPAÑA

© DE ESTA EDICIÓN, 1993:
SIGNATARIOS ACUERDO ARCHIVOS
ALLCA XXᵉ, UNIVERSITÉ PARIS X
CENTRE DE RECHERCHES LATINO-AMERICAINES
200, AV. DE LA RÉPUBLIQUE
92001 NANTERRE CEDEX FRANCE

PRIMERA EDICIÓN, 1993

COEDICIÓN CON
FONDO DE CULTURA ECONÓMICA, SUCURSAL PARA ESPAÑA
VÍA DE LOS POBLADOS, S/N. EDIF. INDUBUILDING-GOICO, 4.º-15
28033 MADRID

DISEÑO DE LA COLECCIÓN
MANUEL RUIZ ÁNGELES (MADRID)

ILUSTRACIÓN DE CUBIERTA
JOSÉ GAMARRA, PINTOR URUGUAYO

CUIDADO DE LA EDICIÓN
FERNANDO COLLA
SYLVIE JOSSERAND

FOTOCOMPOSICIÓN
EUROCOMPOSITION
64, RUE DE BINELLES, SEVRES
TRANSFAIRE, S. A.
«LA MUSARDIERE», F04250 TURRIERS

FOTOMECÁNICA
IGLESIAS

IMPRESIÓN
EUROCOLOR

EDICIÓN SIMULTÁNEA
ARGENTINA (MINISTERIO DE RELACIONES EXTERIORES)
BRASIL (CNPq)
COLOMBIA (PRESIDENCIA DE LA REPÚBLICA)
MÉXICO (CNCA)
ESPAÑA (FONDO DE CULTURA ECONÓMICA)

I.S.B.N.: 84-88344-01-5
DEPÓSITO LEGAL: M-9768-1993

IMPRESO EN ESPAÑA

CEP de la Biblioteca Nacional (Madrid)
QUIROGA, Horacio
    Todos los cuentos/Horacio Quiroga;
edición crítica, Napoleón Baccino Ponce de León, coordinador. (1.ª ed.)
España: Archivos, CSIC, 1993. (Colección Archivos, n.º 26.)
    ISBN: 84-88344-01-5
    1. Quiroga, Horacio. Crítica e interpretación.
I. Baccino Ponce de León, Napoleón, coord. II. Consejo Superior de Investigaciones Científicas. III. Título

HAN COLABORADO EN ESTE VOLUMEN

Napoleón Baccino Ponce de León (Uruguay)

Escritor e investigador

Martha L. Canfield (Uruguay)

Università degli Studi di Firenze

Abelardo Castillo (Argentina)

Escritor

Carlos Dámaso Martínez (Argentina)

Universidad de Buenos Aires

Milagros Ezquerro (España)

Université de Toulouse

Guillermo García (Argentina)

Universidad Nacional de Lomas de Zamora – Universidad de Buenos Aires

Jorge Lafforgue (Argentina)

Universidad Nacional de Lomas de Zamora – Universidad del Salvador

Dario Puccini (Italia)

Università degli Studi di Roma «La Sapienza»

Jorge B. Rivera (Argentina)

Universidad de Buenos Aires

Eduardo Romano (Argentina)

Universidad Nacional de Lomas de Zamora – Universidad de Buenos Aires

Beatriz Sarlo (Argentina)

University of Cambridge (Mass.) – Universidad de Buenos Aires

ÍNDICE GENERAL

I. INTRODUCCION

II. EL TEXTO

III. CRONOLOGÍA

IV. HISTORIA DEL TEXTO

V. LECTURAS DEL TEXTO

VI. BIBLIOGRAFÍA

I. INTRODUCCIÓN

LIMINAR
HORACIO QUIROGA
Abelardo Castillo

ACTUALIDAD DE QUIROGA
Jorge Lafforgue

NOTA FILOLÓGICA PRELIMINAR
Napoleón Baccino Ponce de León

LIMINAR

HORACIO QUIROGA

Abelardo Castillo

El encuentro

*Seguramente no hay en la vida de un escritor un solo acontecimiento, por
opaco o circunstancial que sea, que no sirva para explicar algún aspecto
de su obra. Sin embargo, siempre habrá escritores que sólo parecen ser las
palabras de sus libros, y otros que son fundamentalmente esas palabras y
la leyenda que, ellos y nosotros, hemos tramado con su vida. Hemingway
es la Guerra Española, el whisky, peces espada, las piernas y la voz de
Marlene Dietrich, y al mismo tiempo sus novelas; Goethe o Thomas Mann
pudieron haber vivido de cualquier manera, nos basta con que existan* Fausto
o La Montaña Mágica. *Malcolm Lowry, sobrio, sería inconcebible:* Under
the volcano, *escrito por un novelista abstemio, nos resultaría un escándalo
prodigioso, una irreverente prueba de talento literario. Escrito por Lowry es
exactamente lo que debe ser: una novela infernal. Horacio Quiroga pertenece
a este segundo grupo. Quiroga es el suicidio de su padrastro, la selva
misionera, la muerte de su mejor amigo, su fascinación por las mujeres más
o menos infantiles y su propio suicidio. También es* El almohadón de pluma,
Una bofetada *o* Los desterrados; *también es, si se quiere, el «Decálogo del
perfecto cuentista» —y sobre todo es bastante más que esto: es el fundador
de la literatura que fundaría Azuela, es, en su mejores cuentos, uno de los
mayores cuentistas contemporáneos en cualquier idioma—, pero uno tiene la
íntima certeza de que su obra de ficción no puede prescindir de la vida del
hombre que la escribió.*

Horacio Quiroga nació en 1878, y más o menos hasta los veinte años fue algo así como un dandy, un avatar sudamericano de Edgar Poe, un uruguayo que leía en francés a los poetas decadentes y cortejaba la idea poética de la Muerte. No podía saber que ya estaba cercado por la prosa de la muerte, que había venido al mundo marcado por la muerte. Su padre se mató en una cacería. Su padrastro paralítico se disparó un tiro de escopeta cuando el muchacho tenía diecisiete años; la brutalidad de esta escena familiar es casi un lugar común, pero tiene la expresiva contundencia de los mejores lugares comunes: el hombre mordió el caño de la escopeta y gatilló con el pie. Unos pocos años después, examinando una pistola de duelo, Quiroga mató a Federico Ferrando, su mejor amigo. No es un buen comienzo para la vida de nadie. Uno tiene la sospecha de que este tipo de cosas sólo las arregla la literatura. Antes y después de estos hechos, naturalmente, existen otros; figuran en todas las biografías de Quiroga y tienen el valor que cada uno quiera darles. El primer amor. El viaje a París. La fundación del Consistorio del Gay Saber. Un premio literario, una revista efímera, Los arrecifes de coral. Del primero, de su relación con María Ester Jurkovski, se puede decir que las cosas sucedieron como poéticamente era de esperar: fue un amor adolescente, turbulento y desdichado, que no sobrevivió a la oposición familiar, como el primer amor de Poe. El viaje a Francia no tuvo acaso la importancia que le atribuyen algunos biógrafos; se ha hablado de la bohemia parisina de Quiroga. No existió tal bohemia y apenas existió París: el viaje entero duró tres meses y Quiroga volvió desencantado. En algún café de Montmartre, compartió la mesa con Rubén Darío, Manuel Machado y Enrique Gómez Carrillo. «Me parece que todos ellos, salvo Darío que lo vale y es muy rico tipo, se creen mucho más de lo que son», escribió lapidariamente; y más tarde, a Julio Payró, en su mejor tono despectivo de bárbaro misionero: «Créame, Payró, yo fui a París sólo por la bicicleta», entiéndase, para representar al Club de Salto en una competencia ciclística. Del Consistorio del Gay Saber –donde Quiroga oficiaba de Pontífice– sabemos que fue el primer cenáculo modernista de Montevideo, por los años en que, muertos José Martí, Gutiérrez Nájera, Asunción Silva, Julián del Casal el modernismo desplazó su centro al Río de la Plata.[1] Estos datos no nos dicen gran cosa. Miro, en cambio, una fotografía de esos años. Puede verse a Quiroga entre un grupo de esgrimistas poblados de floretes y bigotes novelescos. Tiene grandes ojos melancólicos y actitud distante; uno se asombra un poco al comprobar algo que, por otra parte, debió ser evidente para las muchas mujeres que lo amaron. El joven Quiroga era un varón bien plantado y hasta buen mozo. Esa cara, sin embargo, es la de un mosquetero desconocido: apenas prefigura la efigie

---

[1] Véase Pedro Henríquez Ureña, *Las corrientes literarias en la América Hispánica.*

crística, de talla india, que se nos ha vuelto familiar. Es la cara de Los
arrecifes de coral, *no la de* Los desterrados.

*Quiroga debió abandonar su país, olvidarse de los poetas franceses y
conocer la selva misionera argentina para encararse con su obra y su destino.
Este encuentro tiene una fecha precisa: el año 1903. Quiroga viaja con
Leopoldo Lugones a las cataratas. Si la efusión metafórica es lícita, en ese
momento Quiroga empezó a ser Juan Darién.*

*Unos cuantos escritores extranjeros se encontraron a sí mismos entre
nosotros. Hudson, Groussac, Gombrowicz, serían inexplicables sin la
Argentina, pensaran de ella lo que quisieran, y aunque sus libros no siempre
nos ayuden a pensarnos. El Uruguay nos mandó por lo menos a dos, sin
los cuales los argentinos nos entenderíamos menos: Florencio Sánchez y
Horacio Quiroga.[2] Con Sánchez aprendimos un modo de ser de la pampa
gringa para el que no bastaban Martín Fierro o don Segundo; también
aprendimos un Buenos Aires que no estaba en el tango ni el sainete. Quiroga
nos enseñó la selva, el deslumbramiento y la abominación de la selva. No
quiero decir que la describió –casi no hay descripciones en sus cuentos–;
quiero decir que nos la reveló. No como paisaje, sino como geografía
espiritual. Como Faulkner les reveló a los norteamericanos el Sur de los
Estados Unidos.*

El escritor y sus paisajes

*Hijo de una uruguaya y de un cónsul argentino en Salto, Horacio Quiroga,
sin dejar de ser uruguayo, es bastante más que a medias un escritor
argentino. Lo es aun para los críticos orientales. Alberto Zum Felde, en*
Proceso intelectual del Uruguay y crítica de su literatura *(Montevideo,
1930), entiende que la obra de Quiroga pertenece a su país de origen sólo
hasta 1901, es decir no más allá de los versos y la prosa simbolistas de*
Los arrecifes de coral, *su primer libro –libro que, pese al juicio profético
de Lugones, no alcanza ni mucho menos a dar una idea cabal del narrador
que Quiroga llegaría a ser más tarde. Emir Rodríguez Monegal, en* Genio
y figura de Horacio Quiroga *(Eudeba, Buenos Aires, 1967), hace
equitativamente de Quiroga un escritor del Río de la Plata. «Tiene como
pocos el derecho de no ser ni uruguayo ni argentino, sino rioplatense»,
escribe. «Por su tradición, por su sangre, por la anécdota de su vida,
pertenece a la cuenca del Río de la Plata, esa cuenca que también abarca,
geográfica y culturalmente, todo el sur de Brasil, todo el Paraguay, buena*

---

[2] *Por lo menos* dos. Otro sería Juan Carlos Onetti. Ignoro qué sienten los críticos orientales al pensar en ellos, pero sé que !a literatura argentina no puede prescindir de estos tres uruguayos.

*parte de Bolivia.» Hay en esta opinión, sin embargo, algo que no me
conforma del todo. Si nos atenemos sólo al ámbito geográfico –la selva
misionera– donde Quiroga sitúa sus relatos más célebres, corremos el riesgo
de ver en él a un escritor indigenista o regionalista; si, en cambio,
consideramos su temática en un nivel más profundo, difícilmente podamos
reducirlo a esa cuenca geográfica y cultural que abarcaría parte de Brasil,
Bolivia y todo el Paraguay. Existen, tanto en la vida como en la obra de
Quiroga, rasgos que son característicos de otro tipo de escritor rioplatense:
el escritor argentino y el escritor uruguayo. No se trata, por supuesto, de
hacer nacionalismo literario ni de privilegiar una región del mundo que
no tiene nada de ejemplar: se trata de separar lo que en la realidad ya
está (acaso desdichadamente) escindido. Hay una raíz cultural
latinoamericana o indoamericana –que ha dado libros tan memorables como*
Los de abajo, Huasipungo, La Vorágine, Los ríos profundos, El Papa verde
o Hijo de hombre–, *que abarca en efecto el Paraguay y Bolivia pero que
se extiende mucho más hacia el norte, y cuya característica esencial no es
la de escritores como Sarmiento, Arlt, Güiraldes, Herrera y Reissig,
Marechal, Borges, Sábato, Onetti o Cortázar. Por más distantes que parezcan
estos nombres, y traten sus obras el tema que traten, se advierte en esta
literatura una manera de sentir la naturaleza –patente incluso en libros
como* Martín Fierro, *en novelas como las de Benito Lynch o Héctor Tizón–
que no es de ningún modo regionalista o rural; del mismo modo que se
advierte una profunda influencia europea; y, sobre todo, en el plano del
lenguaje, una ruptura casi desdeñosa con la tradición castiza española, a
la que aún sigue obedeciendo con elocuente naturalidad el resto de los
grandes escritores hispanoamericanos. Otra característica, sociológica y
quizá menos decisiva –ya que es común a la mayoría de los escritores
latinoamericanos del siglo anterior y de este siglo–, pero que ha venido a
ser poco menos que un atributo nacional, de Echeverría a Cortázar o a
Bianciotti: el viaje a París. Quiroga, aunque desganadamente, pasó la
prueba de esta especie de iniciación obligada. Como pasó por el dandismo,
como pasó por el reverente amor a los poetas franceses. Sus influencias
decisivas son reveladoras: un solo americano, Poe, que era de origen sajón
y que para muchos bien pudo haber nacido en Inglaterra o en Francia.
Las demás: Baudelaire, Maupassant, Kipling, Dostoievski, Ibsen. Todo esto
se parece bastante a lo que ciertos críticos suelen caracterizar, para bien o
para mal (generalmente para mal) como «escritor argentino». Es justamente
en este lugar espiritual donde el uruguayo Quiroga se revela rioplantese.
Como Sánchez, como Herrera, como Onetti.*

El hueco en las palabras

*Si es cierto que uno de los rasgos esenciales de nuestra mejor literatura
—sea argentina, uruguaya o rioplatense— es su preocupación metafísica,
también es cierto que Quiroga pertenece a lo que los argentinos llamamos
nuestra literatura. El ámbito puede ser Montevideo, Buenos Aires o la selva,
el artefacto una locomotora o una canoa o un cinematógrafo, el personaje
puede ser inglés, belga o brasilero: no hay casi cuento de Quiroga donde
el protagonista no sea la muerte. Otro es el miedo. Otro es la voluntad. El
drama entre la transitoriedad del hombre y su búsqueda de algún absoluto
—el amor, un lugar en el mundo—, la fascinación y el horror de la muerte,
son los grandes temas de Quiroga. Y no sólo en sus cuentos de intención
«trascendental», que generalmente ubica en la ciudad y en los que habla
del incesto, los celos, las taras psicológicas o el crimen, sino precisamente
en aquellos cuyo ámbito es la selva. En sus relatos más típicamente
americanos —los que prefiguran a Azuela o a Eustasio Rivera— lo
fundamental nunca será la naturaleza como paisaje, sino el hombre
existencial, arrojado a la naturaleza. Borges, hablando del Martín Fierro,
recuerda con Gibbons que en el Corán no hay camellos, o, lo que es lo
mismo, que el conocimiento real de un ámbito no ve el color local. En el
Martín Fierro no hay aperos ni pelajes de caballos ni chiripás. Nadie come
asado con cuero ni toma mate. La única vez que Hernández se propone ser
verosímil o didáctico es cuando describe las tolderías, que naturalmente
desconoce. Gibbons y Borges tienen razón. Los gauchos de circo son
gauchescos; los árabes de Pierre Loti necesitan camellos, no los de Mahoma.
Los malos escritores son como los malos mentirosos: acumulan pruebas de
la verdad. En la obra de Tolstoi y Dostoievski apenas hay troikas, si es que
las hay —creo recordar que Dostoievski usó por lo menos una: la que lleva
a Mitia al encuentro de Gruchenka—: lo que más aparece es gente. Gente
que ama y mata y muere y traiciona y se enloquece, y que es fatalmente
rusa. Troikas, gorros de piel de oso, samovares, eso lo proporciona la utilería
caudalosa del lector. Horacio Quiroga escribe la palabra desierto, y nosotros
leemos selva: poblamos esa palabra de araucarias y pantanos. Dice
lacónicamente ruinas, y nosotros reconstruimos las misiones jesuíticas, y
volvemos a derrumbarlas en la imaginación para que resulten ruinas. La
economía verbal de Quiroga, sin embargo, no es sólo una poética, es una
óntica. Las cosas aparecen y se manifiestan allí donde no las nombra. Un
ejemplo de esta virtud epifánica es la siguiente descripción:* Mas al bajar
del alambre de púa y pasar el cuerpo, su pie izquierdo resbaló sobre un
trozo de corteza desprendido del poste, a tiempo que el machete se le
escapaba de la mano. Mientras caía, el hombre tuvo la impresión
sumamente lejana de no ver el machete de plano en el suelo. (El hombre

muerte.) *La aparente inocencia de este párrafo es perversa; se nos dice todo: que el alambre ha sido bajado, que el cuerpo está pasando entre las púas, que el pie izquierdo, es decir el pie de apoyo —el hombre es diestro: bajó el alambre con la mano derecha y ya pasó la pierna derecha hacia el otro lado—, resbala con una corteza. Se nos informa, incluso, que la corteza se desprendió del poste. Lo único que misteriosamente parece borrado de la realidad es el machete. El hombre tiene la impresión remota de* no ver el machete de plano *en el suelo. ¿De plano? ¿Por qué* de plano? *Entonces se nos revelan el machete y su posición: ese machete no se ve de plano porque está de punta. Ese machete se va a clavar en el cuerpo del hombre. Basta recordar una epifanía idéntica: en* Una bofetada, *Quiroga no nos contará que el indiecito alcanzó a mutilar la mano de Kohen antes del disparo. Dirá que el tiro salió, pero en cualquier dirección, porque un revés del machete ya había lanzado al aire el revólver, con el índice adherido al gatillo. Vemos ahora lo que sucedió antes: en el hueco de las palabras, los objetos y los actos se reorganizan como desde la nada y adquieren la forma y el sentido de una revelación.*

Hemingway quizá llamaba a esto: teoría del iceberg. Quiroga, hacia 1914, se limitó a ponerla en práctica.

La voluntad que no se entrega a los ángeles ni a la muerte

En Quiroga, la muerte nunca se da como aceptación o pasividad. Es curioso que su mejores críticos no se hayan detenido en este tema. A la deriva, Un peón, El hombre muerto, El hijo, *son metáforas de la muerte al mismo tiempo que conjuros contra la muerte. Como lo es* El espectro, *en un nivel más evidente. Como lo es aquel* largo escalofrío *donde agoniza la protagonista de* El almohadón de pluma. *También aquí su obra y su vida nos hablan de lo mismo. Quiroga no se dejará morir: Quiroga se mata. En 1928 choca con su automóvil y se mutila una mano: «Cuando le quitaron el entablillado de la mano izquierda mostraba los dedos anquilosados», cuenta Martínez Estrada. «Sólo quedaban prácticamente hábiles el pulgar y el índice, que abría y cerraba a manera de pinza de artrópodo. —No importa —comentaba—; todavía puedo agarrar las herramientas.» Siete años más tarde, a las vísperas de su muerte, Quiroga escribirá:* Sentiría mucho, sí, verme baldado para el resto de mis días, sin poder trabajar como lo hago. Pero como también es cierto y justo, no hay desgracia que no deje una ventanita hacia un goce que se ignora cuando se es todavía un sano bruto. Ya hallaré esa ventanita... *El horror ante la muerte aparece tan nítido en su literatura y en sus actos como la rebeldía ante la fatalidad, y es su exorcismo. Se sabe que una de las relecturas de Quiroga era el* Brand, *de Ibsen. Lo leía como se lee un libro religioso, entraba en él como los cuáqueros en la Biblia. «Entre los* tres o cuatro *libros máximos, uno de ellos es* Brand. *Diré más: después de Cristo, sacrificado en aras de su ideal, no se ha hecho en ese sentido nada superior a Brand. Y oiga usted un secreto: yo, con más suerte, debí haber nacido así (...) creo que lo he sacado de la biblioteca cada vez que mi deber –lo que yo creo que lo es– flaqueaba...» (Carta a Martínez Estrada).[3] Este drama, como el cuento* Ligeia, *de Poe, es una exaltación de la voluntad: pero la voluntad de Brand no sólo se niega a ceder ante los ángeles y la muerte sino que los provoca. La voluntad de Ligeia triunfa en el cuerpo de Lady Rowena; la voluntad victoriosa de Brand mata a su mujer y a su hijo, y acaba por autodestruirlo. Un relato temprano de Quiroga ilustra bien el tema,* El alambre de púa, *cuyo protagonista es un toro. Lo elijo ex profeso, porque siempre ha bastado reconocer un animal en una página de Quiroga para pensar, trivialmente, en Kipling. Yo prefiero leer* El alambre de púa *y recordar a Ibsen. Un sacerdote protestante no es un cebú ni los fiordos noruegos son la Mesopotamia argentina; sin embargo, el fanatismo demoníaco de Brand («si lo das todo menos la vida, has de saber que no diste nada»),[4] que lo obliga a cumplir ciegamente un destino cuya última instancia es la muerte, no difiere, en lo esencial, del instinto de Barigüí, que lo impulsa a atropellar y cortar cualquier alambrado, aun a costa de su autodestrucción. Elegir este símil no es forzar las analogías. Un escritor, su obra y sus relecturas son más o menos la misma cosa. Es ese fanatismo o esa mística, en uno de cuyos extremos está la voluntad y en el otro la aniquilación, lo que marcará la vida de Quiroga. Hay que imaginarlo a él, hombre de ciudad y poeta suntuoso, especie de aristócrata que ha viajado a París y en su juventud dilapidó metáforas y dinero, combatiendo a machetazos con el monte, bajo un sol «capaz de matar una termita en tres minutos y una víbora en veinticinco» (como escribe en una de sus cartas), viajando ochocientos kilómetros en una motocicleta destartalada para visitar a una amiga rosarina, flaco como una rama, levantando a mano dos casas en la selva, remando ida y vuelta durante dos días ciento veinte kilómetros entre Posadas y San Ignacio o haciendo voluntariamente de partero de su primera hija, para sentir que vivió así, como desafiando algo, a lo que no quiso entregarse pasivamente. Quiroga, enfermo de cáncer, se suicidó en Buenos Aires en 1937, sin aceptar la agonía ni las humillaciones del dolor: como una última y paradójica rebelión ante la muerte.*

---

[3] Ezequiel Martínez Estrada, *El hermano Quiroga*, Arca, Monteviedo, 1968. Las dos citas anteriores pertenecen al mismo libro.

[4] Demoníaca o no, la admonición del sacerdote Brand no la inventó Ibsen. La escribió San Mateo o, si se quiere, la pronunció Jesús. Es del Evangelio.

Críticos de Quiroga

Borges, hacia 1970, se limitó a comentar: «Quiroga hizo mal lo que Kipling ya había hecho bien». Bioy Casares no lo juzgó mejor. Yo sospecho que ninguno de los dos tuvo la cortesía de leerlo con atención. La opinión de Borges no es una novedad, ya en 1945 había dicho algo parecido,[5] repitiendo epigramáticamente lo que cierta crítica de hace setenta años opinó, con relativa justicia, sobre Cuentos de la selva *o* Anaconda. *Con relativa justicia, hace setenta años; porque repetirlo hoy equivale a pensar que Quiroga sólo escribió estos cuentos, y a olvidar que eran cuentos para niños. Muchas historias de animales de Quiroga son, sin duda, reminiscencias sudamericanas –intertextualidades u homenajes, se lo llamaría hoy– de* The book of the jungle; *sus mejores fox-terriers son bochincheros cachorros de Jerry, el de las islas, de Jack London; pero los grandes cuentos de Quiroga no podrían haber sido escritos ni aun por Kipling. Quiroga era incapaz de inventar un personaje no humano tan querible y heroico como Rikki Tikki, la mangosta, o un perro salvaje de la dimensión casi trágica de Colmillo Blanco, pero ni Kipling ni London ni nadie que no fuera Quiroga podría haber escrito una historia como* Los desterrados *o* Una bofetada. *Una frivolidad análoga se comete al señalar en él la influencia de Edgar Poe. Si buscamos el horror o la lección formal de Poe en cuentos como* El vampiro *o* Los buques suicidantes *–por no mencionar aquel donde sencillamente repite, acaso con la colaboración del* Izur *de Lugones, al mono asesino de la* rue Morgue *– sólo vamos a encontrar una especie de Villier rioplatense, algo desmejorado por el doble viaje de Estados Unidos a París, de París a Buenos Aires. Si los buscamos en* Un peón *–todo lector que recuerde las botas invertidas de Olivera, ya vacías, colgadas del incienso, comprenderá a qué me refiero–, en* Los mensú, *en* La gallina degollada *o en* A la deriva, *seguramente encontraremos el magisterio del norteamericano, su terror –el de Quiroga, no el de Poe– y otras cuantas cosas que ni el mismo Poe era capaz de imaginar. Personajes, por ejemplo.*

Una de las características genéricas del cuento es que puede prescindir del personaje, entendido en el tradicional sentido novelístico de la palabra. Muchos de los más ejemplares cuentos que se han escrito basan su eficacia en la anécdota o en lo que llamamos atmósfera. No sabemos quién es Roderick Usher ni cuál era el carácter de Madeleine, ignoramos todo del señor Valdemar, salvo que agoniza y que ha sido hipnotizado, y tampoco nos importa saberlo: algo está sucediendo y algo va a suceder, eso es un cuento. Los mejores cuentos de Lugones, de Cortázar o de Borges –los mejores cuentos de Hawthorne o Buzzati–, podrían reemplazar el nombre de sus personajes por iniciales o símbolos matemáticos. Kafka, por otra parte, probó

---

5 *Cf.* Rodríguez Monegal, *op. cit.*

que esto era posible, incluso en cierto tipo de novela. Hay que ser no sólo un gran cuentista sino además Chéjov o Maupassant, hay que ser Bret Harte, Melville o Gógol, para inventar historias indelebles y, al mismo tiempo, personajes que no se borran de la memoria. Akakiy Akakievich, el tahúr de Poker Flat, aquellos dos viejos que bailaron un minué en le Bois de Boulogne, el oficinista Bartebly o el cochero de Tristeza tienen la misma consistencia de cualquier personaje de En busca del tiempo perdido. Quiroga poseyó casi siempre esta rara virtud de muy raros cuentistas. El peón brasilero de Un peón o el médico escandinavo de Los destiladores de naranjas son tan recordables como cualquier minucioso personaje de novela. Era capaz, incluso, de cifrar un tipo en cinco líneas. De uno de sus desterrados, un silencioso cacique indio, nos contará que nadie le había oído pronunciar una palabra en lengua cristiana, «hasta el día en que al lado de un hombre que silbaba un aria de Traviata, el cacique prestó un momento atención, diciendo luego en perfecto castellano: –Traviata... Yo asistí a su estreno en Montevideo, en el 59...». O, resumiendo en veinte palabras una locura alcohólica que después narrará en uno de sus mejores cuentos: «... el doctor Else, a quien la destilación de naranjas llevó a confundir a su hija con una rata». Tal vez por eso pudo escribir una frase esencialmente falsa, que, en su caso, es esencialmente verdadera: el cuento es una novela depurada de ripios. El almohadón de pluma o La gallina degollada son cuentos y nada menos que cuentos; Tacuara-Mansión, Un peón o Los desterrados son novelas, narradas, en diez o veinte páginas, por un cuentista excepcional.

Se ha dicho de Quiroga, como se ha dicho de Roberto Arlt, que escribía con incorrección y descuido. Incluso se ha dicho que escribía mal. La cuestión podría ser zanjada contestando que si un escritor ha dejado treinta o cuarenta cuentos, algún poema, varios artículos y acaso una pequeña novela –unas setecientas páginas, digamos– que se siguen leyendo con fervor medio siglo después de su muerte, no ha escrito tan mal. Y si a pesar de todo ha escrito mal, entonces habrá que fundar una antipoética, una estética a la medida de ciertos escritores incorrectos. O repensar qué significa escribir bien cuando se habla de literatura, no de gramática.[6] De cualquier modo, apenas hace falta intervenir en esta polémica. Jorge Lafforgue, en su excelente Introducción a Los desterrados y otros textos (Clásicos Castalia, Madrid, 1990) ya ha resuelto de manera estadística el problema: cita las críticas y sus refutaciones. Yo me limito a copiar textualmente la prosa española que difundió la noticia de la inhabilidad verbal de Quiroga. Dice

---

[6] Quiroga ha escrito cuentos olvidables e incluso cuentos malos, es cierto. Pero no necesariamente han sido los que estaban peor escritos. Si la importancia de un escritor se midiera por la corrección o aun por el esplendor de su escritura, Quevedo sería mayor que Cervantes y Homero habría sido borrado por Píndaro. Uno termina preguntándose si un cierto grado de barbarie no será una de las condiciones del arte perdurable.

Guillermo de Torre, aquel erudito que cuando veía una tortuga la llamaba galápago: «Al modo barojiano quizá, infravalorizando la literatura ante la acción, el autor de El salvaje *había llegado a menospreciar excesivamente las artes del bien decir (...) En rigor, no sentía la materia idiomática, no tenía el menor escrúpulo de pureza verbal. ¡Hecho curioso en quien había comenzado con pujos de estilista y alardes de la más complicada retórica finisecular!» (*Cuentos escogidos de Horacio Quiroga, Aguilar, 1950.*) Infravalorizar, artes del bien decir, escrúpulo de pureza verbal, pujos de estilista, retórica finisecular... Naturalmente, para el crítico español esta prosa anómala es lo que se llama «escribir bien», y hasta es lícito suponer que debió de esmerarse, en un párrafo que pone en cuestión la destreza verbal de Quiroga. No me parece necesario agregar nada.*

El hermano Poe, el hermano Quiroga

Situar a Horacio Quiroga en una escuela literaria es un academicismo inútil; decir que perteneció a todas, como se ha dicho de Rubén Darío, tampoco agrega mucho a la comprensión de su obra, aunque acaso se acerca más a la verdad. Ya lo hemos visto: en sus orígenes fue un poco decadente a la francesa, modernista a su manera, un poco romántico –o quizá sería mejor decir simbolista– a la manera de Poe.[7] Hacia 1914 escribe Los mensú, *que, para algún crítico, prefigura el indigenismo o se inscribe en el criollismo, aunque naturalmente ninguna de estas dos clasificaciones se adapta en absoluto a este cuento, sobre todo cuando se lo piensa en relación con el resto de su obra.[8]* Lugones y D'Annunzio no son ajenos a su obra inicial –al último, razonablemente, lo negará con el tiempo; su relación con Lugones acabará por ser incómoda y distante, acaso por razones ideológicas o éticas. Se ha señalado la influencia que* El imperio jesuítico *tuvo sobre alguno de sus textos misioneros; con igual fundamento, no sería caprichoso suponer que también leyó a Rafael Barret. Cualquiera sea el valor (en mi opinión, ninguno) de estas cronologías y filiaciones, parece más útil recordar a aquellos escritores que el propio Quiroga eligió como modelos. Él mismo ha declarado con naturalidad sus influencias: Poe, Kipling, Chéjov y Maupassant, a los cuatro permanecerá fiel hasta su último día, y en su tardío* Decálogo *nos aconsejará creer en cualquiera de ellos «como en Dios mismo». Heinrik Ibsen, como también hemos visto, sería una*

---

[7] *Cf.* Edmund Wilson: *El castillo de Axel*, para ver el alcance que da Wilson a la palabra simbolismo.

[8] En cuanto al llamado realismo social o al ruralismo baste anotar que *Una bofetada* apareció en enero de 1916, poco antes de que Azuela publicara *Los de abajo*; *La Vorágine*, de Eustasio Rivera, sólo se conocerá ocho años después.

de las grandes lealtades de su vida; de Dostoievski escribirá que fue el escritor más original y profundo de Rusia. Anotado esto, más que situarlo en una escuela o reconocer sus deudas, tal vez importa ver qué cosa original trajo Quiroga a nuestra literatura. La más evidente es por ahora la que nos basta: fue, para Latinoamérica, el inventor del cuento. Quiroga hizo antes que nadie, entre nosotros, lo que Poe haría en Estados Unidos: sistematizó el relato breve y lo elevó en la práctica a la categoría de género literario. Sus historias no son novelas frustradas, ni estampas, ni poemas en prosa, ni viñetas. Son cuentos. Son ejemplares singulares de un género autónomo que acata sus propias leyes estructurales y que se basta a sí mismo. Cada narración es formalmente un universo cerrado, y, cuando Quiroga alcanza su mayor intensidad, cada narración es un objeto poético. Me doy cuenta: todo esto resulta un poco palabrero y difuso, con una fórmula idéntica podría describirse la obra de Akutagawa o de lord Dunsany.

Cambiemos la perspectiva: pensemos a Quiroga en relación con los dos familiares más cercanos de su propio Panteón espiritual. ¿Que es lo que lo diferencia de Kipling, con quien tiene en común la selva?, ¿qué es lo que lo distancia de Poe, con quien comparte la fascinación por el horror y la muerte? De Kipling, su manera de situarse en el mundo que nos cuenta. Rodríguez Monegal lo ha señalado: Kipling nunca dejó de ser un sahib. Kipling era el colonizador inglés nacido por azar en la India, a quien la naturaleza y sus criaturas deslumbraban un poco como a un viajero del Tiempo que visita un mundo perdido. Para Kipling, la jungla era un asunto poético; en el origen de Mowgli está la leyenda latina de Rómulo y Remo; de ahí el tono épico —es decir asombrado, enfatizado— de sus cuentos de la selva. Quiroga no era un colonizador sino un habitante de Misiones: no es raro que su primera experiencia como «patrón» fracasara lamentablemente. Le costó todo su dinero y más de un cargo de conciencia, porque no podía, ni aun proponiéndoselo, estafar a los indios. Horacio Quiroga eligió la selva, es cierto, vale decir que también a él le era ajena, pero la eligió como un animal cerril que, sin saberlo, vuelve a la selva. La eligió como Juan Darién. Desde su primer viaje a las cataratas, con Leopoldo Lugones, se puede decir que ya es un habitante de la selva. Cada vez que viaja a San Ignacio, vuelve a su casa: por eso no hay énfasis, ni color local, ni elocuencia descriptiva en sus relatos; y, cuando los hay, se puede asegurar que no se está ante el mejor Quiroga. Quiroga escribe víbora o tigre con la misma naturalidad con que dice árbol. Escribe machete como si dijera mano. Es curioso, pero suele haber más énfasis en sus cartas desde la selva que en su literatura; quizá, por el afán de poner ante los ojos de otro lo que para él era cotidiano —un tigre al que alimentaba con mamadera, por ejemplo—, mostrarlo, como quien envía una postal a la ciudad. Rudyar Kipling, aunque inglés sólo a medias, era un representante privilegiado del Imperio; Quiroga, blanco y *patrón, fue escritor de la colonia. La diferencia con Edgar Poe puede parecer más obvia –de un lado las ciénagas y los helechos de Misiones, del otro los suntuosos y agobiantes decorados interiores– pero sin embargo es más ambigua y sutil: lo que aparentemente los diferencia es la elección del paisaje. Es cierto que Quiroga también intentó repetir casi servilmente algunos ámbitos y anécdotas de Poe –los de* El barril de amontillado, *los de los* Crímenes de la rue Morgue, *los de* Manuscrito hallado dentro de una botella–; *sin embargo, es inútil buscar en estas historias de Quiroga el verdadero horror y la omnipresencia de la muerte, que son el legado espiritual del poeta norteamericano. Es en los cuentos de ambiente misionero donde, a pesar del paisaje exterior, se manifiesta la identidad profunda de Poe y Quiroga, y, por aquello de que las cosas se diferencian en lo que parecen, como descubrió luminosamente Aristóteles, es donde también se manifiesta lo que profundamente los distingue. Porque Quiroga es un escritor realista, en el mejor sentido de la palabra. Si es que esta palabra puede tener más de un sentido y ser realista no resulta algo así como una fatalidad de la literatura, si es que el mundo real no sigue siendo el único origen de lo imaginario, se escriba* William Wilson *o* Los desterrados. *Quiroga es realista, o, dicho de un modo mejor: Quiroga es realista de una manera diferente a la de Poe. Una insolación, un hombre devorado por las hormigas, una garrapata que vacía de sangre a una muchacha, unos opas que degüellan a su hermana, son posibilidades del mundo material; las muertas de Poe que resucitan por la fuerza de su voluntad, los cadáveres de hipnotizados que se descomponen en unos segundos ante los ojos del narrador, los diálogos en el más allá, son realidades del mundo del inconsciente, de la locura o de los sueños. Pero es precisamente en los cuentos misioneros, tan diferentes por su ámbito de los de Poe, donde el sudamericano hace propia y reinventa las dos grandes lecciones de la originalidad poeniana: la fidelidad a uno mismo y el rigor formal. Es sabido que Poe también debió responder por su originalidad, ante quienes derivaban su mundo alucinatorio del de Hoffman; cambiando una sola palabra, Quiroga pudo defenderse con la misma respuesta:* El terror de mis cuentos no viene de Alemania: viene de mi alma. *Instalado en la selva, Quiroga da forma a las larvas del miedo como exactos teoremas de la locura, ya casi sin tener conciencia de su destreza formal. Claro que Quiroga es hábil, más hábil seguramente que ningún otro cuentista americano hasta la aparición de Borges, Rulfo o Cortázar, pero cuando escribe desde la selva, o lo que es lo mismo, cuando se instala espiritualemte en la selva, su destreza formal es inconsciente: organiza el horror como quien, habiendo aprendido a caminar, organiza sin saberlo cada uno de los movimientos de sus pasos. Va directamente a lo que quiere como si no se diera cuenta. Esta poética, que le costará años de búsqueda y errores –lo atestiguan sus manuscritos y las variantes de sus libros publicados–, es la otra lección que aprendió de Poe, pero es no sólo lo que le debe a Poe sino lo que de Poe lo separa. Para Edgar Poe, la prosa no se propone la belleza (que es territorio de la poesía) sino la Verdad. Quiroga también pensaba esto. Solo que para Poe, en el cuento, esa verdad era la de la lógica, y para Quiroga, la de la vida real. En su célebre crítica a Nathaniel Hawthorne, que es el punto de partida de toda la teoría del cuento moderno, Poe ha afirmado que todas las palabras de un relato deben colaborar a crear un efecto final: no hay casualidades ni caprichos en un cuento que merezca ese nombre.*

Quiroga también sostiene que un cuento debe ser un orden estricto, pero pone el énfasis no en el efecto, sino en los personajes y en lo que él llama la vida del relato. El escritor, nos dice, ha de meditar cada palabra, pero para no olvidar jamás hacia dónde quiere llevar –llevar de la mano, escribe– a sus personajes. Nunca debe ver más de lo que ellos pueden o quieren ver. No debe mirar ni razonar ni soñar como literato, sino como mensú, si está escribiendo un cuento de mensú. En La insolación, *toda la historia está vista desde la interioridad de unos fox-terrier, desde su alocada y mágica y por momentos más que humanamente sensata realidad de fox-terriers; en* El hombre muerto, *el mundo entero acaba donde termina la visión de ese hombre echado que agoniza. Poe afirmaba que la condición de la buena prosa es el estilo natural, entendiendo por estilo natural aquel tono (no dice palabras) que utilizaría la mayoría de la gente para contarnos un hecho similar; no hace falta discutir ahora si siempre lo puso en práctica. Quiroga sintió lo mismo. En su mal entendido «Decálogo» afirma que si se debe escribir «un viento frío viene del río» no hay en lengua humana más que esas palabras para decirlo, rimen o no. Puede que exagerara y, como se lo ha señalado a veces, acaso hubiera sido mejor decir «lengua castellana», pero, en lo que hace a su sentido profundo, el consejo es hermano de aquel sobre el estilo natural. La sola diferencia entre estas dos estéticas, cuya comparación podría extenderse indefinidamente, está en que Quiroga es básicamente un creador de personajes y Poe de situaciones; debajo de los rígidos y lógicos, casi matemáticos esquemas con que los dos organizaban sus historias, quedan el terror, la locura y los fastos de la muerte. Vale decir, lo que ya no es de Poe ni de Quiroga.*

Hoy no está de moda contar historias. Hoy se escriben textos. Ciertos prosistas mínimos han descubierto que la literatura es una combinatoria de signos, como si alguien hubiera ignorado hasta hoy que el Quijote *o* Los asesinos *están hechos con palabras. Como si para dar forma a la* Divina Comedia *o a* Ulises *pudiera usarse alguna otra materia que no fuera el lenguaje. Quiroga, en efecto, sólo contaba historias. Horacio Quiroga –como Poe o como Borges, como Salinger o como Rulfo– descubrió en algún momento de su vida una verdad trivial: escribir un cuento es el arte de contar una historia inolvidable de la única manera posible.*

ACTUALIDAD DE QUIROGA

Jorge Lafforgue

A Emir Rodríguez Monegal y Ángel Rama, quienes quizá
no hubiesen aceptado compartir esta dedicatoria, porque
los separaban muchas cosas; a ellos, sin embargo, porque
los unía la pasión literaria.

Un hombre de contextura pequeña, pero de rasgos enérgicos y firme musculatura;
barbado, flaco, ascético, duro en los menesteres de la tierra y en otros menesteres
menos visibles. Un hombre capaz de fabricarse una canoa para abordar el Paraná
bravío y también los muebles de su casa o los toscos zapatos de sus hijos, capaz
de carpir la tierra bajo un sol abrasador y a la vez cultivar las orquídeas más
bellas, capaz de usar el machete para descabezar una yarará o el rifle en plena
selva con precisión pasmosa. Un hombre de porfía, que no cede ante los proyectos
más disparatados ni los empeños más riesgosos. A veces tierno hasta la
desesperación, las más hosco e irascible; siempre estricto, riguroso, con un sentido
de justicia que ante todo aplica a sí mismo y a los suyos.

Este hombre escribe, aunque no muchos de los lugareños lo sepan; no porque
él lo oculte especialmente, sino porque ni para él ni para ellos escribir constituye
un ingrediente de ese paisaje; al menos no ha sido hasta entonces una actividad
cultivada en esa región salvaje, hostil a toda blandura. Pero sí, ese hombre escribe
y lo hace sobre ese lugar y sin ninguna blandura.

Esta es la imagen más difundida y cierta de Horacio Quiroga, que desplaza
a otras también válidas, pero menos coloridas y, seguramente, subordinadas a la
del huraño habitante de San Ignacio; subordinadas por contraste —como la del
efímero dandy de principios de siglo— o por derivación —como la del exitoso
escritor a cuyos caprichos accede su amigo Baltasar Brum, presidente del
Uruguay.

Impacto, desconcierto y desdén

A partir de la imagen canónica y de los textos que iban apareciendo en *Caras y Caretas*, *Fray Mocho*, *La Nación*, *La Prensa*, *El Hogar* y otros prestigiosos medios porteños, y que luego serían recogidos en libros de singular repercusión –sobre todo aquellos publicados entre 1917 y 1926–, se realizan las primeras lecturas y surgen los primeros trabajos sobre Quiroga.

En ese conjunto pueden distinguirse tres categorías: 1) las reseñas en diarios o revistas que dan cuenta de la aparición de sus libros (sobresalen en tal sentido las de Roberto F. Giusti en *Nosotros*); 2) una serie de artículos periodísticos que ponen el acento en los aspectos pintoresquistas, «raros» o «exóticos», de la existencia de Quiroga, especialmente en lo que concierne a sus aventuras en la selva (los artículos firmados por Enrique Espinoza se distinguen en este sector por un buen acercamiento a la figura del escritor, aunque cultiven también la veta anecdótica); 3) los diversos textos de reconocimiento de sus pares: ya sean poemas o aproximaciones críticas, la evocación de un encuentro o el impacto de una lectura que se transmite epistolarmente. En particular resultan notables los números de dos revistas que le están dedicados: el nº 21 de *Babel* (1926), con colaboraciones de Benito Lynch, Baldomero Fernández Moreno, Arturo Capdevila, Juana de Ibarbourou, Alfonsina Storni, Luis Franco, entre otros reconocidos escritores, y el nº 4 de *Sech* (1937), con colaboraciones de Manuel Rojas, Ezequiel Martínez Estrada, Alberto Gerchunoff, Alfonso Hernández Catá y Enrique Espinoza, pseudónimo de Samuel Glusberg, que actuó como promotor de ambos homenajes, luego de haber sido el editor más consecuente de Quiroga.[1]

Este momento, prolongado y desparejo, corresponde a las lecturas que se hacen en vida del escritor y abarca las primeras cuatro décadas del siglo. Pues podemos retrotraer sus orígenes a los comentarios que los «mosqueteros» se hacían en Salto al intercambiar sus textos adolescentes o darle una fecha precisa con los juicios de Raúl Montero Bustamente en 1900 y 1901; seguramente este momento se cierra con el extenso volumen de José María Delgado y Alberto J. Brignole *Vida y obra de Horacio Quiroga*: en ese libro de 1939, con no pocas imperfecciones metodológicas pero colmado de información biográfica directa y harto afectuoso hacia el amigo salteño, aquellas múltiples lecturas encuentran su cifra (en él se subsumen los trabajos de E. Espinoza, A.M. Grompone, A. Lasplaces, Y. J. Goyanarte, entre otros contemporáneos de los autores).

Además, cabe tener en cuenta que al promediar esta etapa, hacia los años veinte, se produce la inflexión vanguardista, cuyos efectos en la ubicación de Quiroga en nuestro campo cultural no son efímeros. Si bien entre los escritores nacidos alrededor de 1900 el autor de *Anaconda* tiene algunos admiradores confesos (los hermanos Glusberg, Enrique Amorim, César Tiempo, por ejemplo), la mayoría de esos jóvenes lo mira con una simpatía equívoca o con inequívoco

---

[1] En esta Introducción prescindo de anotar a pie de página los datos bibliográficos de los trabajos mencionados, no sólo para no entorpecer una lectura que se quiere continua y ágil, sino porque en la Bibliografía preparada para este mismo volumen se citan con sus correspondientes referencias los trabajos críticos que se consideran más valiosos.

desdén: los boedistas (Elías Castelnuovo, Álvaro Yunque, Leónidas Barletta, etc.), partidarios del realismo social y la literatura de denuncia, reivindican el manojo de cuentos quiroguianos que se refieren a las duras condiciones de trabajo de los mensú (peón o jornalero de los yerbales), e intentan vanamente que el escritor adhiera al ideario socialista. Por su parte, los martinfierristas (Oliverio Girondo, Jorge Luis Borges, Leopoldo Marechal, Ricardo Molinari, Francisco Luis Bernárdez, etc.), que experimentan con el arsenal vanguardista y ascienden el lenguaje metafórico a la categoría de dogma (ultraísmo), consecuentemente se ensañan con los popes consagrados (el aplauso es casi inverso al reconocimiento público u oficial; así Lugones recibe los mayores palos, mientras que al secreto Macedonio Fernández se lo considera un maestro). Sin embargo, en las publicaciones de estos vanguardistas Quiroga corre una suerte extraña: antes que atacado es ignorado (apenas si se le dedica un epitafio en la revista *Martín Fierro*). Quizá pensaran lo que uno de ellos dijo: «Escribió los cuentos que ya había escrito mejor Kipling». Si con respecto a Lugones, Borges corrigió ostensiblemente sus juicios críticos, en lo que hace a Quiroga mantuvo su desdén o notoria ceguera: «Horacio Quiroga es en realidad una superstición uruguaya. La invención de sus cuentos es mala, la emoción nula y la ejecución de una incomparable torpeza». (En *La Nación* del 8/V/1977; María Kodama asegura que en sus últimos años Borges había reconsiderado tales juicios negativos pero, que yo sepa, ese cambio nunca se hizo público.) Retomando anteriores comentarios, Ernesto Montenegro, en un artículo que tuvo en su momento amplia repercusión, señaló el parentesco con Kipling; años después, la necrológica del diario *Noticias Gráficas* habría de titular: «Horacio Quiroga, nuestro Rudyard Kipling, ha muerto». Esos reiterados afanes por destacar «influencias», que se multiplican a través de Poe, Maupassant y otros narradores, no son ajenos a los énfasis del propio autor (léase, por ejemplo, el primer mandamiento del «Decálogo del perfecto cuentista», pág. 1194) ni a otras notorias exterioridades (en el caso de Kipling, el ámbito selvático es un vínculo tan obvio que se vuelve sospechoso, etcétera). El desencuentro, sin embargo, no se basa en atribuciones incidentales; tiene raíces más profundas (*cf.* en este volumen el artículo de C.D. Martínez). Quizá deje entreverlas aquella aclaración que la revista *Sur* antepusiera a las cálidas palabras de Ezequiel Martínez Estrada en la postrer despedida: «Un criterio diferente del arte de escribir y el carácter general de las preocupaciones que creemos imprescindibles para la nutrición de ese arte nos separaban del excelente cuentista que acaba de morir...» (*cf. Sur*, n° 29, II/1937). No hay duda de que el problema es complejo y diverso: con escritores como Eduardo Mallea el desvínculo puede resultar absoluto; con Borges, si bien existen diferencias profundas, también comparten elecciones similares y harto significativas (*cf.* nuestra nota «Escritura e imagen, un test»); mientras que con Roberto Arlt podemos apuntar una secreta correspondencia en búsquedas y opciones literarias, que configuran parecidos destinos.

Deslumbramientos ante una imagen (gestada entre la aventura y el pionerismo) que se sobreimprime a los textos, textos que muchas veces son leídos sin ninguna distancia frente a los modelos. Pero también, por la intuición de sus pares y la

ternura de sus amigos, rescates parciales de una obra sin precedentes en estas
regiones del planeta.

Inicios de una lectura crítica

Quince años después del libro de Delgado y Brignole, contemporáneo de los
atendibles trabajos de John Crow, *Horacio Quiroga. El hombre y la obra* (1954)
de Pedro Orgambide demuestra lo poco que ha avanzado la crítica en ese lapso
intermedio. Sin embargo, es justamente a partir de esos años, con el surgimiento
de la «generación del 45» en Uruguay y los «parricidas» de *Contorno* en
Argentina, cuando comienza a producirse una reubicación de la figura de Quiroga
en el campo cultural rioplatense.

La lectura correspondiente a esta nueva etapa –la primera verdaderamente
crítica– es realizada de manera sistemática en la orilla oriental del Plata por
estudiosos como José Enrique Etcheverry, Hiber Conteris, Arturo Sergio Visca,
José Pereira Rodríguez, Mercedes Ramírez y, muy particularmente, por Emir
Rodríguez Monegal, en un minucioso e inteligente rastreo biográfico y crítico que
culmina en *El desterrado* de 1968 (para sólo mencionar uno de los muchos
desbrozos que realiza Rodríguez Monegal, remito a la forma ejemplar en que zanja
la antes aludida cuestión Kipling/Quiroga, *cf.* pp. 185 y ss. de ese libro; también
a ella se refiere con acierto Abelardo Castillo en las palabras liminares de este
volumen); sin olvidar a Ángel Rama, quien elabora el plan general y edita entre
1967 y 1973 los ocho volúmenes de *Obras inéditas y desconocidas* de Horacio
Quiroga, que cobran capital importancia para una lectura global y sin cortapisas
de la producción literaria del salteño.

Mientras tanto, en la otra orilla, en Buenos Aires, esa producción recibe
asedios y análisis de Juan Carlos Ghiano, H.A. Murena, David Viñas, Nicolás
Bratosevich (cuyo libro edita Gredos en Madrid, 1975) y, de manera muy especial,
Noé Jitrik, en una serie de trabajos publicados entre 1957 y 1967, centralmente
su libro *Horacio Quiroga, una obra de experiencia y riesgo* (1959; reeditado por
Rama en el marco de las *Obras inéditas...*). Jitrik estudia allí los núcleos
significativos alrededor de los cuales se articulan las historias que, de acuerdo
con sus palabras, «surgen de episodios que sólo habrían podido darse en
determinado ambiente y teniendo como marco referencial una cierta historia
personal: es la experiencia, la soledad, la muerte, la actividad».

Con mayor o menor agudeza, estos textos críticos producidos en ambas orillas
suponen una mirada más cuidadosa sobre la escritura de Quiroga, atenta al
conjunto de sus textos, menos pendiente de los gestos externos que de las
motivaciones profundas. Este segundo momento puede también fecharse: se
extendería desde el comienzo de las investigaciones de Rodríguez Monegal, que
él mismo data en 1945 (el 5 de abril del año siguiente aparece en *Marcha* su
primer artículo sobre «La vida y la muerte de Horacio Quiroga»), hasta mediados
de los años setenta (Arca concluye la publicación de las *Obras inéditas...* en 1973;
cinco años después Visca edita el último conjunto de sus cartas; de 1972 es el
útil repertorio bibliográfico de Walter Rela).

Las etapas y los géneros

En la «Nota» con que Emir Rodríguez Monegal cierra su libro *El desterrado*, que a la vez reúne y pone punto final a sus investigaciones sobre Quiroga, este crítico afirma que hacia 1945 la figura del escritor «había sufrido un eclipse del que saldría poco a poco, cuando una nueva generación de críticos y lectores descubriera nuevamente su obra». Él mismo contribuiría entonces a realizar la tarea necesaria: «... una relectura crítica de Quiroga a la vez que una reconstrucción minuciosa de su vida y de su personalidad literaria» (*op. cit.*, p. 289).

Como someramente he intentado puntualizarlo en el apartado anterior, esa tarea fue cumplida. Por esos años, la obra de Quiroga se releyó y se republicó, incluyendo aspectos desatendidos de ella, como el de su copiosa correspondencia. Predominaron dos miradas de conjunto sobre la producción quiroguiana (1897-1937): una hizo hincapié en las etapas de su desarrollo, otra en los géneros literarios que abordó.

Con respecto a la primera, cabe volver a repetir, tanto por su rigor como por su buena fortuna, el esquema que trazó en 1950 Rodríguez Monegal.[2] En él se distinguen cuatro períodos: a) el primero comprende «su iniciación literaria, su aprendizaje del modernismo, sus estridencias decadentistas, su oscilación expresiva entre verso y prosa», y se clausura con la publicación de *El crimen del otro*; b) a la vez, con *Cuentos de amor de locura y de muerte*, «su libro más rico y heterogéneo», Quiroga cierra el segundo período, que «lo muestra en doble estudio minucioso: del ámbito misionero, de la técnica narrativa; al tiempo que recoge muchas obras del período anterior»; c) al promediar los años veinte concluye el tercer período, que «presenta un Quiroga magistral y sereno, dueño de su plenitud; encuentra su cifra en el libro más equilibrado y auténtico»: *Los desterrados*; d) la última etapa registra «su segundo fracaso como novelista, su progresivo abandono del arte, su sabio renunciamiento»; sobre el final incluye *Más allá*. Las fechas de publicación de los libros mencionados por Rodríguez Monegal son 1904, 1917, 1926 y 1935; forzando levemente los cortes tenemos cada diez años un nuevo período, que podríamos denominar: a) iniciación; b) maduración; c) plenitud; d) decadencia. Sin la precisión de Monegal –o con igual precisión en el caso de Visca– otros críticos coinciden en líneas generales con su esquema: aunque algunos unifican en una sola etapa el segundo y tercer período, cuando no el primero y segundo.[3]

La otra mirada de conjunto es más canónica aún; se atiene a la categoría de «los géneros literarios» y ha conformado las diversas ediciones de las obras de Quiroga (incluso la de Arca, planificada por Ángel Rama). Básicamente se suelen

---

[2] Emir Rodríguez Monegal: «Objetividad de Horacio Quiroga». Montevideo, *Número*, año 2, nº 6-7-8, enero-junio 1950 (ese mismo año, con el sello de la revista, se reedita en el libro *La literatura uruguaya del 900*). En forma total o parcial el texto de este artículo fue incorporado por el autor a sus libros sobre Quiroga; a veces con ajustes que tuvieron en cuenta algunas observaciones que se le hicieran en su momento.

[3] Así lo hace Raimundo Lazo en el «Estudio preliminar» a su antología de *Cuentos* de Quiroga (páginas XVIII-XIX). También suelen variar las denominaciones de los períodos; por ejemplo, con respecto al último Noé Jitrik habla de «involución literaria» (*cf. Horacio Quiroga*, pp. 56-57).

establecer cinco agrupamientos: 1) POESÍA, cuyos textos se hallan recogidos fundamentalmente en su primer libro, *Los arrecifes de coral* (1901), pero también alimentan el octavo tomo de sus *Obras inéditas...*, preparado por Arturo Sergio Visca y titulado *Época modernista* (1973). 2) FICCIÓN o NARRATIVA, que comprende sus dos novelas (*Historia de un amor turbio*, 1908; *Pasado amor*, 1929), seis novelas cortas (*Las fieras cómplices, El mono que asesinó, El hombre artificial, El devorador de hombres, El remate del Imperio Romano, Una cacería humana en África*, publicadas entre 1908 y 1913 bajo el pseudónimo de S. Fragoso Lima) y casi dos centenares de cuentos (cuyo detalle y circunstancias encuentran en este volumen de Archivos su mejor exposición. 3) ARTÍCULOS publicados en diarios y revistas, que nunca fueron recogidos por el autor en libros y son de muy variada índole; si bien constituyen una sostenida producción durante los años veinte, también aparecen al comienzo y sobre todo al final de la carrera profesional de Quiroga, como que el primer texto y el último publicados son dos artículos: «Para ciclistas» y «La tragedia de los ananás». 4) TEATRO y CINE: Quiroga dramatizó su cuento «Una estación de amor» bajo el título de *Las sacrificadas* (1920) y publicó también la petipieza *El soldado* (1923); por otro lado, escribió dos guiones cinematográficos que no llegaron a filmarse: *La jangada* y una adaptación de su cuento «La gallina degollada», así como una notable cantidad de críticas y/o comentarios de cine (*cf.* en el presente volumen los artículos de Jorge B. Rivera y Carlos Dámaso Martínez). 5) CARTAS: la correspondencia que sostuvo Quiroga a lo largo de toda su vida, aunque con picos evidentes en los momentos de sus estancias chaqueña y misionera, sobre todo en la de sus últimos años, constituye un corpus significativo, en el cual cabe incluir su *Diario de viaje a París*.

Estos dos recorridos, que establecen sendas clasificaciones de las obras de Horacio Quiroga, tienen sus (proclamadas) virtudes: permiten, ante todo, obtener una visión sobre la producción global del escritor; consecuentemente, delimitar aquellos terrenos en los cuales incursionó, a la vez que observar los desplazamientos y los cruces de su escritura. El cotejo entre ambos ordenamientos –según las diversas etapas, según los géneros– permite establecer correlaciones que se pueden apreciar en el siguiente gráfico.

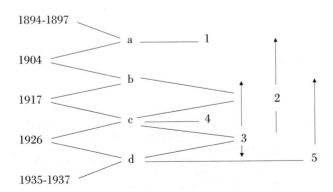

Esta doble clasificación fue una forma de poner orden a una producción heteróclita y heterogénea que, si bien el autor había agrupado en algunos libros que acataban las reglas literarias vigentes, en gran medida permaneció –y en parte aún permanece– dispersa en las páginas del periodismo (efímero); fue también una manera de poner coto a los efluvios sentimentales de amigos y admiradores, deslumbrados ante lo insólito de sus elecciones vitales tanto o más que frente a los desgarramientos que, sin embargo, solían intuir en los gritos –y silencios– de esa escritura.[4]

Pero, por sobre esas visiones de conjunto, tales relecturas de Quiroga trabajaron en particular sus textos más celebrados: los cuentos. Rodríguez Monegal, Jitrik, Etcheverry, Alazraki, Bratosevich y otros realizaron valiosos análisis de muchos de los relatos quiroguianos, produciendo también desplazamientos considerables: por ejemplo, desde el efectismo y la denuncia hacia texturas de mayor densidad literaria; digamos, de «La gallina degollada» o «Los mensú» a «El hombre muerto» o «Tacuara-Mansión». Además, al publicar muchos de los textos dispersos de Quiroga, se abrió la posibilidad de leerlos; y desde su lectura comenzaría el cuestionamiento a la imagen canónica: un gran cuentista que debutó con unos malos versos, que escribió también un par de novelas olvidables, y dejó un puñado de cartas y de artículos menores, más o menos simpáticos.

Fisuras y ampliaciones

Aunque pueda parecer extraño, incluso contradictorio, no lo es: los mejores lectores del segundo momento crítico, que dan importantes pasos en el análisis de la cuentística quiroguiana, a la vez llaman la atención sobre aspectos de su obra que en cierta forma vienen a cuestionar la imagen que ellos mismos contribuyeron a cimentar. Al respecto y para no abundar, apuntemos sólo tres observaciones que erosionan aquella imagen canónica:

1) Escribe Emir Rodríguez Monegal a propósito del epistolario: «La gran obra literaria de estos últimos años es su correspondencia» (*El desterrado*, p. 264). Ha de resultar productivo revisar las páginas que, bajo el título de «Trabajo, espectáculo y correspondencia: Horacio Quiroga», David Viñas le dedica en *Literatura argentina y realidad política. De Sarmiento a Cortázar* (Buenos Aires, Ediciones Siglo Veinte, 1971; pp. 55-59), donde se lee con referencia a las cartas: «Escritura singular que rescata lo más fecundo de su relación de trabajo con la materia prima», etcétera.

---

[4] En otro lugar marqué así la diferencia entre ambas lecturas: «Ya no la fuerza de la Naturaleza sino la tradición de la Cultura es la gran ordenadora de esos textos, textos gestados al calor de algún fox-terrier trasplantado tanto como de un Poe igualmente trasplantado, pero para conjugarlos más allá de ellos, en el propio destierro (como forma del propio arraigo)». En «Notas al margen de una edición de Horacio Quiroga», VI Jornada de Investigación, Instituto de Literatura Hispanoamericana, Facultad de Filosofía y Letras, Universidad de Buenos Aires, 10/X/1990; actas en curso de publicación.

2) Escribe Jorge Ruffinelli con respecto a un conjunto de artículos quiroguianos: «... los textos de esta última época resultan de los más importantes y logrados de su producción ensayística. Las claves humanas están a la vista, los significados de la vida misionera afloran sin exotismos: grave error de perspectiva ha sido rechazar, como productos forzados y de compromiso, estas páginas que en realidad Quiroga parece haber escrito para sí mismo» (Prólogo a *La vida en Misiones*, 1969; pp. 17-18).

3) Escribe Ángel Rama: «Si afirmamos que en *Historia de un amor turbio* y *Los perseguidos* y en el universo que los genera estaban las posibilidades más originales, temáticas y por ende formales, de la creación quiroguiana, estaremos tan lejos de la crítica recibida que será forzoso fundamentar, aunque brevemente, tal concepción» (Prólogo a *Cuentos, tomo I (1905-1910)*, 1968; p. 13).

Trabajos críticos posteriores —o sea, los trabajos de quienes en los últimos diez años han vuelto a leer los textos de Quiroga— supieron desarrollar aquellas observaciones e indagar más allá de ellas. Veamos, por ejemplo, qué pasó con las cartas. Algunas de ellas habían sido utilizadas ya por sus primeros biógrafos como fuente documental. Conocimiento parcial que se iría incrementando a medida que se publicaba ordenadamente el epistolario (desde 1959 hasta hoy se han exhumado más de trescientos textos). Sin embargo, se persiste en leer esa correspondencia como testimonio o documento. No es leída *dentro* del sistema que configura la escritura quiroguiana; dicho más francamente, suele ser excluida. El propio Arturo Sergio Visca, su editor más consecuente, la somete a una lectura minuciosa, pero rescatándola como testimonio vital; fuera de la literatura. Para no abundar, transcribo algunos pasajes de su presentación a la última entrega publicada de esa correspondencia. Escribe Visca: «... un epistolario nutrido. Nutrido y valioso, porque proporciona amplia información sobre su vida —tanto de la externa como de la íntima— que ayuda a comprender su personalidad humana»; y, más adelante, añade: «Tras estas observaciones, corresponde agregar que tanto en estas como en las otras cartas que de Quiroga se conocen se lo siente *vivir*, tienen el tono y la temperatura vital del momento en que las redactó. No son cartas *literarias* y en ellas no hay *un tema* sino *una acumulación temática*: la impuesta por las circunstancias y el ritmo de su propia vida» (*Cartas...*, 1978, pp. 9 y 13).

Por eso entiendo que las observaciones de Rodríguez Monegal y Viñas establecen una ruptura, aunque no hayan avanzado a través ella. Por mi parte, he llamado la atención sobre la importancia de aquella negación (*cf.* el trabajo citado en nota 4). En definitiva, las cartas son parte nada desdeñable de lo que Quiroga escribió, e inciden fundamentalmente en su producción literaria, *son literatura*. Como lo son también sus artículos (que suman «algo como el doble» de sus ciento setenta cuentos, según cálculos del propio autor en carta a César Tiempo, 17/VII/1934). Tales textos revisten formas muy diversas. Aunque algunos de ellos planteen asuntos socioculturales, en su conjunto mal podría considerárselos ensayos; tampoco entrarían en el campo de la crítica literaria, si bien los hay que puntualizan o se ciñen a la lectura de un libro, ni de la teoría literaria, por más que varios postulen una poética del cuento. En su gran mayoría tienen vínculos estrechos con los cuentos: son artículos narrativos, estampas, crónicas, aguafuertes; son con frecuencia relatos de un hecho o de una circunstancia. Por algo los bibliógrafos se han visto ante serias dificultades: ¿Cuentos o artículos? (*cf.* el *Dossier*, pp. 1137-1219).

Así, esta doble observación –sobre las cartas y sobre los artículos– nos permite dudar del tan mentado «retroceso» del escritor Horacio Quiroga a partir de 1926. Cerrando filas, los críticos tradicionales han dictaminado su «debilitamiento creativo» luego de la publicación del gran libro de ese año; hablan de su «decadencia», su «declinación», su «involución», su fatal «caída». Para aventar tales condenas nada mejor que rescatar ese desgarrado subtexto que vincula íntimamente –tenso y deshilachado– *Los desterrados* con muchos de sus artículos y con no pocas de sus cartas.

Del mismo modo, aunque en el extremo opuesto, se insiste en que el viaje de 1903 a Misiones fue para Quiroga una revelación, su camino a Damasco. En otro lugar (*cf.* nuestra edición de Clásicos Castalia, 1990, en particular pp. 79-81) creo haber demostrado la «continuidad» entre la infancia salteña-cordobesa y la experiencia chaqueña-misionera. Pero además, tanto algunos textos iniciales («el bosque interior», según Eduardo Romano) como la implícita oposición a la cruzada «civilizatoria» (de acuerdo con los señalamientos de Martha Canfield) prueban también que la actitud de Quiroga ante la selva tuvo poco de deslumbramiento casual, nada de ingenuo. Con tales parámetros, releer la mencionada observación de Ángel Rama –y en general el trabajo del que ella forma parte– resulta aleccionador: a la vez que confirma el estado de alerta y la capacidad analítica de Rama, muestra el beneficio cierto de la investigación sistemática, de la tarea compartida: esta relectura crítica que prosigue.

La amplia lectura realizada por Milagros Ezquerro para este volumen muestra con claridad un punto clave de esa inflexión en el recorrido histórico; diría: una coda de esta tarea sin fin. Y en tal sentido las puntualizaciones que acabamos de hacer –necesitadas de un trabajo menos sesgado, más vinculante– podrían multiplicarse. ¿No operan acaso una reubicación de los signos del profesional/pionero/inventor/escritor de nuevo cuño los artículos de Jorge B. Rivera, Beatriz Sarlo y Carlos Dámaso Martínez, donde esos signos dejan de ser señales pintorescas y algo disparatadas para resignificar la escritura quiroguiana en sus elecciones primarias? ¿No resultan rescates hartos singulares el que realiza Darío Puccini de «Las rayas», principalmente, y de otros cuentos entramados por el conocimiento científico de su época o la medular interpretación de «La miel silvestre» practicada con una artillería de todo calibre por Guillermo García?

A los textos de los colaboradores de este volumen, integrado centralmente por *Todos los cuentos* de Horacio Quiroga, podríamos agregar los de otros críticos que en años recientes han leído inteligentemente al escritor salteño, como Leonor Fleming –también salteña, pero argentina–, Raúl Crisafio, Elsa K. Gambarini, Pablo Rocca y Blas Matamoro, entre otros. Entre estos otros y en primer término se halla el autor de *Maluco*, mi compañero en la conformación de este volumen para la Colección Archivos, Napoleón Baccino Ponce de León –que suele firmar sus trabajos de batalla como Paul Baccino. El se ha encargado de la tarea más ardua: el establecimiento de un texto base (aquel que suponemos que el autor aceptó como definitivo o mejor) y de todas las variantes (barómetro del periodismo y tormentas de la escritura de por medio) que llevaron a ese puerto seguro, aunque raramente acogedor: los relatos que nos dejó aquel hombre flaco y barbado, tierno e irascible, aquel «misionero» que se llamó Horacio Quiroga.

En estas latitudes –las del Río de la Plata y zonas aledañas– los años 80 fueron una época de transición (y en sentidos que exceden largamente la tarea de la crítica literaria); consecuentemente surgieron nuevos enfoques teóricos y replanteos desde la recepción, en particular sobre los márgenes de la práctica, fenómenos que los trabajos de este volumen no desatienden, que en buena medida asumen.

Para terminar quiero decir o digo o diré sin más: si en ellos –en los artículos que integran este volumen– se busca un común denominador, no arriesgo sino que afirmo terminantemente el valor de la búsqueda. La no clausura. La interrogación.

*
*   *

Si este libro no es una mera reedición de textos conocidos –o poco conocidos– del autor, sino una discusión documentada y definitiva sobre los procesos de creación quiroguianos, Archivos se lo debe esencialmente a N. Baccino Ponce de León, quien supo hacer aprovechar a los utilizadores de la Colección, el resultado de su talentosa labor, de su empeño constante y de las largas horas pasadas en el Fondo Quiroga de la Biblioteca Nacional de Montevideo. [EL EDITOR]

NOTA FILOLÓGICA PRELIMINAR

Napoleón Baccino Ponce de León

Problemática textual de los cuentos de Horacio Quiroga

Es preciso establecer, desde el comienzo, dos realidades bien disímiles en este aspecto:

a) Hay una problemática textual compleja y reveladora en casi todos los cuentos que integran el «corpus» central de la presente edición. Estos relatos —con alguna rara excepción— fueron escritos para y publicados por periódicos y revistas, y, en general, pasaron varios años antes de que su autor los recogiera en volumen. Al hacerlo, Quiroga introduce modificaciones sustanciales al texto de la primera edición. Esta zona de su obra, que comprende todos sus libros de cuentos, a excepción del primero: *Los arrecifes de coral, y* de la *nouvelle: Los perseguidos*, plantea de cara a una edición crítica, numerosas interrogantes y no pocas dificultades.

Su problemática comienza más allá del texto mismo, en operaciones vinculadas con lo que genéricamente podríamos llamar paratextos. Cuestiones de macro-génesis que atañen al criterio de selección, ordenamiento y, en ciertos casos, reestructura de los volúmenes que recogen aquellos cuentos escritos con otro destino. Esta serie de operaciones, mal documentadas y peor conocidas, guardan a veces estrecha relación y, otras, sutiles vínculos, con las variantes introducidas en el proceso de textualización, reactivado ante la posibilidad de la inclusión en libro de los cuentos.

Si se trata aquí de establecer con la mayor exactitud posible la realidad planeada, proyectada y realizada por el autor, se debe indagar primero en el criterio con que realiza esas colecciones de cuentos escritos para la efímera página de una revista de actualidades de frecuencia semanal. Reconstruir esas operaciones, buscar esas claves que llevan del título al testimonio indirecto, pasando por la correspondencia personal, ha sido una preocupación permanente.

En la «Noticia preliminar» que encabeza cada colección, y en las notas explicativas incluidas al final de las mismas, podrá encontrar el lector respuesta a algunos de esos interrogantes.

El segundo hecho importante que surge del análisis de la problemática textual de los cuentos de Horacio Quiroga, tiene que ver con la cantidad y entidad de las variantes que introduce el autor al recoger en volumen los relatos dispersos en publicaciones periódicas.

Si, como se consigna más adelante, la falta de notas, manuscritos, pruebas de imprenta y cualquier otro tipo de material pre-textual impide reconstruir el proceso desde las primeras etapas, las modificaciones registradas en esta segunda instancia −el libro−, constituyen un verdadero *avant texte* en la definición de Jean Bellemin-Noël: «le premier jet et ses métamorphoses (ajouts, corrections, ratures et substitutions) jusqu'à l'état final de la première publication.»[1], «et encore les éditions antérieures à la dernière».[2]

Al aspecto cuantitativo y cualitativo de esas variantes, así como a las tendencias generales que predominan en el conjunto, nos referimos someramente en otra parte de esta *Nota preliminar*. Aquí, queremos subrayar que esas metamorfosis que experimentan los textos desde que aparecen en publicaciones periódicas hasta la última edición en libro aprobada por el autor, son una ventana abierta a ese ámbito cerrado e íntimo que es el proceso creador. Nos permiten observar, sorprender a Quiroga en el taller de su prosa.

De más está decir que ellas son la piedra angular de esta edición crítica.

b) Muy otro es el panorama de los cuentos no recogidos en volumen. Estos textos, dispersos y perdidos en numerosas publicaciones periódicas de ambas capitales del Plata, no fueron reeditados y, por lo tanto, tampoco retocados por su autor. Quedaron al margen del afán perfeccionista que exhibe en los del primer grupo.

Al igual que en el caso de aquéllos, carecemos de materiales relativos a las etapas previas a la primera y única edición, por lo que su génesis, excepto por las referencias para-textuales, nos es desconocida. Constituyen sistemas cerrados, aislados.

En adelante y salvo expresa mención, nos referimos a los cuentos recogidos en volumen por su autor.

Las ediciones póstumas

La problemática textual de los cuentos de Horacio Quiroga supera el campo siempre un poco estrecho del especialista enfrentado a la tarea de establecer un

---

[1] J. Bellemin-Noël, «Avant-texte et lecture psychanalytique». Citado por Giuseppe Tavani. «L'édition critique des auteurs contemporains: vérifications méthodologiques». En: *Littérature Latino-Américaine et des Caraïbes du XXe siècle. Théorie et Pratique de l'Édition Critique* (Bulzoni Editore, Roma 1988).

[2] *Ibidem*.

texto, desde que se prolonga en el tiempo más allá de la vida de su autor y reproduce errores y manipulaciones arbitrarias hasta nuestros días.

Como complemento a un artículo titulado «Quiroga: una estética del rigor» (en *Brecha*, Montevideo, 13 de marzo de 1987), pusimos en duda la fidelidad de las ediciones de Losada, sello argentino que tuvo hasta hace muy poco los derechos exclusivos sobre los libros de cuentos, y aportamos algunas pruebas, incluida la vinculación de Guillermo de Torre y su posible responsabilidad. No es pertinente reproducir aquí esos datos, dispersos en las numerosas notas que acompañan al texto de la presente edición. Sí recordar que ediciones muy recientes y que circulan en otros ámbitos de la lengua, reproducen los textos y multiplican los errores, imperfecciones y manipulaciones de Losada. Véase, a modo de ejemplo, la edición de *Anaconda* que hace Alianza Editorial (Madrid, 1983), en la que se incluyen, para ir a lo más grueso, 19 cuentos, ignorando la voluntad del autor que eliminó 9 en la segunda edición y redujo su número a 10. Resulta inevitable suponer que, al reproducir la 1ª edición de *Anaconda*, no solamente se violenta el proyecto definitivo del volumen, tal cual lo elaboró su autor, sino que además se desprecian las modificaciones que éste pueda haber introducido entre la 1ª y la 2ª edición del libro.

Esta realidad pone de manifiesto la necesidad de establecer de manera definitiva los textos de Quiroga, distinguiendo las variantes de autor de las manipulaciones arbitrarias. Es que, como escribe Giuseppe Tavani: «Mientras no se dispone de un texto fidedigno, todas las demás operaciones hermenéuticas y críticas están expuestas al riesgo de resultar arbitrarias, intempestivas e inseguras».

Operaciones realizadas para el establecimiento del texto

Materiales con los que se contó

En la introducción a esta Nota, citamos la segunda parte de la definición que hace Jean Bellemin-Noël de *l'avant texte*. En la primera enumera así los materiales que es necesario tener en cuenta: «tout ce qui a servi à la composition d'un ouvrage, ce qui n'a jamais eu le statut du publiable (dossier préliminaire, fichier de travail, portefeuille de notes adventices) et le brouillon proprement dit...».[3]

Con nada de eso contamos. Ni notas previas, ni manuscritos hológrafos, a excepción del correspondiente al último texto que publicó, una crónica de su vida en Misiones, titulada «La tragedia de los ananás» (Véase *Dossier*). Tampoco copias mecanografiadas. Seguramente estos originales se perdieron en el ajetreo y la indiferencia de las redacciones y talleres de composición de los numerosos

---

[3] *Ibidem.*

diarios y revistas donde aparecieron sus cuentos por primera vez. Luego, al recogerlos en libro, Quiroga trabajaba sobre el recorte de la publicación periódica, pegado en carton o en un papel grueso, en cuyos márgenes anotaba las modificaciones. Así lo indican tres relatos de esta etapa que se conservan en el Archivo del Departamento de Investigaciones de la Biblioteca Nacional (Montevideo). Se trata de «La señorita leona», «La bella y la bestia» y «El ocaso», incluidos luego en *Más allá*. Estas piezas, dos de ellas incompletas, son las únicas que presentan correcciones de puño y letra del autor, en las condiciones antes expuestas. Lamentablemente se trata de variantes de escasa importancia sobre textos de poco valor. Para mayor información puede consultarse la «Noticia preliminar» a *Más allá* y las notas explicativas correspondientes a estos cuentos, al final de dicho volumen.

Tampoco pudimos ubicar pruebas de imprenta, pese al celo que demuestra Quiroga por ellas en las cartas que envía a Cesar Tiempo a propósito de la edición de *Más allá*. Allí declara: «Lo que me es indispensable son pruebas de página. Tengo la debilidad de ellas.» Y también: «no deje de acusar recibo de los originales, pues quedo siempre sobre ascuas cuando me desprendo de originales.» (Para más información, véase «Noticia preliminar» a *Más allá*.)

Quizá el celo que sobró a Quiroga faltó a quienes le rodearon y le sobrevivieron, pero no hemos tenido acceso a este tipo de material. En compensación, sus amigos más fieles conservaron un nutrido epistolario de casi trescientas piezas, donado a la Biblioteca Nacional y publicado casi en su totalidad por esta institución. A ese acervo pertenecen las dos que damos a conocer aquí por primera vez, pues habían permanecido inéditas.

Cuando el profesor Tavani completa la noción de *l'avant texte* de Bellemin-Noël que venimos citando, agrega: «Et encore les éditions antérieures à la dernière, les épreuves corrigées par l'auteur, sa correspondance: en d'autres termes, tout ce qui peut documenter l'histoire et l'évolution du texte.»

La correspondencia, como podrá apreciarlo el lector al consultar tanto las Noticias preliminares como las notas explicativas y las críticas, nos ha proporcionado abundantes y valiosas referencias en el sentido anotado por Tavani.

Quiroga nunca precisó su método de trabajo, pero en algunos casos y merced a sus cartas, hemos podido remontarnos a etapas tan primarias en el proceso de producción textual como la de recolección de los materiales. Materiales elaborados primero en una versión destinada a publicaciones periódicas, y reelaborados luego, totalmente, con destino al libro. Ese es, a modo de ejemplo, el caso de uno de sus mejores cuentos: «Tacuara-Mansión». El autor se refiere al Juan Brun que le sirvió de modelo para componer al inolvidable Juan Brown, protagonista del relato, en dos extensos fragmentos de dos cartas (Véase Nota explicativa a «Tacuara-Mansión», en *Los desterrados*.)

De otros epistolarios, como el de Julio Herrera y Reissig, y de otras fuentes que se indican oportunamente, hemos espigado los testimonios indirectos. Así el conmovedor retrado que hace Emir Rodríguez Monegal de un Juan Brun, ya octogenario, que lee incesantemente una biografía de Quiroga, muerto desde hace 15 años. (Véase la Nota citada.)

Otros textos del propio escritor –algunos de los cuales se incluyen en el *Dossier*–, como sus artículos sobre teoría del cuento, sus notas sobre cine, o sus crónicas de la vida en Misiones, han sido fundamentales para proporcionar una apoyatura sólida a la tarea de establecimiento o verificación del texto base de la presente edición.

Sin embargo, poca utilidad hubieran tenido estos materiales de no haber podido contar con la casi totalidad de las sucesivas ediciones de los cuentos, desde su aparición en publicaciones periódicas –«le premier jet»–, hasta la última supervisada por el autor.

Operaciones destinadas al establecimiento del texto

La primera etapa, previa a las operaciones ecdóticas propiamente dichas, consistió en ubicar y reunir las páginas de revistas y diarios del Plata en las que fueron publicados por primera vez los cuentos; tanto los reunidos más tarde en volúmenes, como los que no fueron reeditados. En el primer caso, para proceder al cotejo con las ediciones sucesivas. En el segundo, para verificar posibles erratas.

La tarea fue difícil. Los textos están dispersos en numerosas publicaciones del Uruguay y, fundamentalmente, de la Argentina. Las colecciones de este tipo de publicación son, en general, incompletas. El número de páginas a fotocopiar, o a copiar cuando el estado de los materiales no permitía lo primero, abrumador.

En esta labor fue de gran utilidad el *Repertorio bibliográfico anotado* que sobre la obra de Horacio Quiroga elaborara el profesor Walter Rela.[4] Con su guía, y con la generosa colaboración del señor Carlos Codesal, quién exhumó de su vasta colección todas aquellas piezas que no se pudieron ubicar en bibliotecas o instituciones afines, pudimos reunir, finalmente, la casi totalidad del material.

La operación inicial fue proceder al cotejo de las distintas ediciones que cada cuento conoció en vida del autor, y registrar las correspondientes variantes.

La hipótesis de trabajo fue la misma de Louis Hay, cuando afirmaba que el texto es un todo que comprende su existencia histórica, desde la primera palabra de su primer intento o esbozo, hasta la última variante de la última línea de su publicación más reciente. Fue una empresa ardua pero reveladora.

Estaba el antecedente de José Pereira Rodríguez, quien a raíz de una polémica sostenida con Guillermo de Torre, había cotejado la 1ª y la 2ª edición de «Un peón», ubicando 120 variantes entre una y otra. (En rigor son muchas más.) En el curso de la polémica en la que luego terció Emir Rodríguez Monegal, Pereira Rodríguez cotejó otros cuentos en busca de variantes, y concluyó: «Cuando se releen los cuentos de Quiroga y se cotejan los textos de su primera publicación en revistas o diarios rioplatenses con las páginas duraderas de los libros en que –no en su totalidad– fueron recogidos más tarde, se advierte una seria

---

[4] Walter Rela, *Horacio Quiroga. Repertorio bibliográfico anotado.* 1897-1971 (Casa Pardo S.A.C. Buenos Aires, 1973).

preocupación por alcanzar el perfeccionamiento en el interés temático, en la expresión literaria (...) Quiroga persiguió con ahínco la claridad, la precisión, y la concisión en el lenguaje».

Lo de José Pereira Rodríguez fue un primer paso, pero el camino por él indicado no se siguió recorriendo. Le cabe el mérito, indudable, del descubridor que toca una tierra nueva y sigue su ruta, después de alertar sobre sus riquezas.

Paralelamente a ese relevamiento sistemático de la totalidad de las variantes en la totalidad de los cuentos incluidos en volumen por el autor, procedimos a la segunda de las operaciones ecdóticas: la individuación, recolección, y posterior fichaje de toda la documentación accesoria, referida a los textos cotejados.

Las variantes

El número de modificaciones —evaluadas en líneas del texto-base a las que corresponden—, así como su diversidad y magnitud, son tales que su sola clasificación en grupos sería inapropiada para esta introducción. El lector encontrará en las numerosas notas filológicas y críticas que se incluyen al pie de cada página y, sobre todo, en los ejemplos mismos, la información necesaria.

Nos limitamos, pues, a señalar las principales tendencias que se advierten en el conjunto y la zona del texto en la que operan.

Hay una permanente e incesante preocupación por pulir el texto en las sucesivas ediciones. Las operaciones básicas, que obran sobre la superficie del discurso narrativo, son, como casi siempre, la supresión y la sustitución de elementos, pero en pequeña escala.

A este nivel, las variantes son muchas veces simples correcciones. O un manejo más ortodoxo de la puntuación. Un afinamiento de los tiempos verbales. Una leve acomodación de la sintaxis. Eliminación de voces o construcciones propias de una redacción rápida y, en ocasiones, descuidada. La más sistemática y significativa reestructuración del sistema deíctico.

Este tipo de modificaciones, siendo comunes a todos las ediciones en libro, son las que predominan casi exclusivamente a partir de la 2ª, cuando las que operan a niveles más generales ya han sido introducidas en la 1ª y a partir de la versión inicial publicada en revista. Obrando a un nivel intermedio, ya no tan superficial como el pulido, y en el que la preocupación se vincula directamente con las características dominantes de su estilo: precisión y concisión, encontramos la franja más nutrida de variantes. Como en el caso anterior, las operaciones básicas son la sustitución, la supresión y, ahora, la incorporación —la menos frecuente— de elementos de mediana o mucha importancia. Hay finalmente modificaciones más sustanciales, que afectan el interés o el nucleo temático del cuento. Que transmutan en esencia procurando utilizar los mismos signos y símbolos en diferentes funciones; una verdadera metamorfosis en el sentido biológico de cambios durante un proceso de desarrollo. Tal el caso de «Anaconda» con modificaciones tan evidentes como un nuevo final, o el hecho de que la primera versión está protagonizada por una culebra y la famosa boa sólo aparece en la segunda edición del cuento. Esos cambios que saltan a la vista son simples señales de un proceso más importante aún. El cotejo nos revela las etapas de gestación de un mito que sintetiza parte esencial de la cosmovisión de Quiroga y que encarna en la famosa anaconda. Un proceso que se inicia en la 1ª versión, de 1918, en la que la idea aparece en germen y es desechada; que tiene una vacilante etapa intemedia en la 2ª ed. de *Anaconda* (1921); y que culmina en otro cuento, concebido como continuación del primero: *El regreso de Anaconda* (1925).

El estudio de variantes es tanto más esclarecedor por cuanto, unos y otros, todos los casos encuentran, en los diversos artículos en los que el autor expone su concepción del cuento, su apoyatura teórica, su explicación. Así por ejemplo, su idea de que el cuento «tuviera una sola línea, trazada por una mano sin temblor desde el principio al fin», en la que: «ningún obstáculo, ningún adorno o digresión debía acudir a aflojar la tensión de su hilo», explica, entre muchos otros casos, las numerosas supresiones hechas a la primera versión de «Tacuara-Mansión». Consciente de que el fin perseguido es delinear el caracter de Juan Brown, en la versión definitiva Quiroga sacrifica la historia del juez que intenta trampear al protagonista en la partida de naipes, le niega la condición de personaje secundario, y lo reduce a mero contendiente para el lucimiento de don Juan. Y lo mismo ocurre con el socio del Químico Rivet. Sacrifica, en ambos casos, historias y personajes de indudable seducción, pero que conspiran contra el rigor estructural que se ha propuesto. Un rigor que lo obliga a re-escribir y re-estructurar todo el cuento.

En otros casos la re-estructuración la impone un ajuste en la perspectiva del narrador. Tal lo que ocurre en la segunda versión de «En la cantera», titulada luego «Van-Houten». Agregándole una introducción y una vuelta de tuerca final, el cuento gana en fuerza dramática y dinamismo; y el propio personaje cobra una dimensión que trasciende lo anecdótico.

Conviene señalar que, aunque la mayor cantidad de variantes se registra entre la primera edición del cuento en publicaciones periódicas, y su segunda, en libro, el autor continúa el pulido del mismo en las siguientes. Así por ejemplo, en el texto base de *Anaconda* (3ª ed.) ubicamos variantes en 349 líneas sobre un total de 1 589. La mayor parte –301– aparecen entre el texto de la 1ª ed. (en folleto, 1918) y la 1ª ed. en libro (1921); procediendo las restantes 48 del cotejo de la 1ª ed. en libro con la 2ª y última realizada en vida del autor.

«El arte de escribir consiste en hallar para cada idea, la palabra justa que la expresa; y en disponer estas palabras con el summun de eficiencia.» Del estudio de variantes se desprende con qué tenacidad y entrega vivió Quiroga estas, sus palabras.

Criterios adoptados en la preparación de esta edición

Sobre el establecimiento del texto base

Salvo indicación expresa, el texto-base es el de la última edición supervisada por el autor.

Sólo se ha alterado en los casos de erratas evidentes, o para modernizar la ortografía de acuerdo con la normativa de la Real Academia de la Lengua.

Se ha respetado la puntuación y el uso de mayúsculas, por considerarlas expresivas. En estos casos se ha seguido también la última lección.

Sobre la transcripción del texto, variantes y notas

El texto establecido figura en la columna de la izquierda. Las variantes se registran en la columna de la derecha, a la misma altura de la línea del texto-base a la que corresponden.

Las notas críticas figuran al pie de cada página. Las explicativas, al final de cada libro.

La transcripción sigue las pautas de la colección Archivos.

Sobre la selección y el ordenamiento de los textos

Pese a la gran cantidad de piezas que incursionan ampliamente en el terreno de la ficción con eficacia y originalidad –algunas de las cuales pueden leerse en la 2ª Sección del *Dossier*–, hemos seguido, como siempre, el criterio del autor y aun su propia valoración, en la selección y ordenamiento del material.

Incluimos en el *corpus* central sólo aquellos cuentos que el propio Quiroga privilegió recogiéndolos en volumen y sometiéndolos a un incesante trabajo de perfeccionamiento.

Allí aparecen, con sus correspondientes variantes, los relatos que integran las ediciones definitivas de:

Cuentos de amor de locura y de muerte
El salvaje
Anaconda
El desierto
Los desterrados
Más allá

Al final de cada colección pueden leerse los cuentos suprimidos en ediciones posteriores y las primeras versiones que difieren totalmente del texto base.

Dado el desfase que se produce entre la aparición en revista de determinado cuento y su inclusión en libro, lo que ocurre en general varios años más tarde, un ordenamiento cronológico de los textos teniendo en cuenta la fecha de su primera publicación, hubiera reflejado con mayor precisión el itinerario estético de Horacio Quiroga.

Sin embargo, fieles a los principios de la crítica genética y a las pautas de la propia colección Archivos, hemos optado por mantener las colecciones armadas por el autor, sacrificando otra forma de ordenamiento posible.

No obstante, en todos los casos remitimos a la «Nota Explicativa 1», en la que se establece la fecha de la primera publicación y los demás datos de su historia editorial.

En la Segunda Parte del volumen incluimos los demás, tanto los reunidos en volumen:

> *Los arrecifes de coral* (1901)
> *El crimen del otro* (1904)
> *Los perseguidos* (1905)

como los restantes, en número casi equivalente a los integrados al *corpus* central, pero que su autor nunca reunió en libro, escritos entre 1899 y 1935.

Dentro de la misma sección incluimos aquella parte de su producción destinada a un público infantil: *Cuentos de la selva,* volumen de 1918, y la serie *Cartas de un cazador.*

Excepto por la primera versión de «La gama ciega», recogida en el Apéndice de *Cuentos de la selva, los* demás textos incluidos en la Segunda Parte del presente volumen no presentan variantes significativas, por lo que no las hemos transcrito.

Finalmente, en el *Dossier* intentamos dar una muestra de otras zonas de la literatura quiroguiana, seleccionando sus textos más representativos.

La 1ª Sección está integrada con textos que fueron planificados como libro o como serie con destino a publicaciones periódicas.

La 2ª comprende una selección de artículos o crónicas con amplias incursiones en el terreno de la ficción, a la que hemos denominado «Textos fronterizos».

La 3ª se fragmenta a su vez en tres apartados:

a) El primero comprende cuatro textos teóricos.

b) El segundo reúne tres artículos testimoniales.

c) El tercero contiene algunas notas sobre cine.

Para una mayor justificación e información, remitimos al lector al «Criterio de selección de los textos del Dossier».

AGRADECIMIENTOS

Este libro no hubiera sido posible sin la valiosa colaboración del profesor Pablo Roca.

Su ayuda en las distintas operaciones ecdóticas de establecimiento del texto, particularmente en la transcripción y estudio de variantes, así como en la redacción de numerosas notas e introducciones, fue decisiva y enriquecedora.

A él, pues, nuestro especial reconocimiento.

En la larga y ardua tarea también han colaborado, generosa y desinteresadamente, las siguientes personas:

Carlos Codesal, quien puso a nuestra entera disposición su colección de obras de Horacio Quiroga, sin duda la más importante y completa de cuantas existen en el Río de la Plata. Allí, en su casa de Buenos Aires, encontramos las piezas que faltaban en bibliotecas e instituciones afines.

Mireya Callejas, directora del Archivo del Departamento de Investigaciones de la Biblioteca Nacional quien, con su buena voluntad y conocimiento del acervo que custodia, fue una vez más, una pieza fundamental.

Enrique Fierro, ex-director de la Biblioteca Nacional de Uruguay, y personal de esa Casa, muy especialmente, Rosario Cibils, directora de la Sala Uruguay, quien nos facilitó la tarea de todas las formas posibles.

Angelita Bonnet, quien aportó su enorme caudal de conocimientos tanto del español como de su lingüística.

Rosario González Acosta, que nos guió en el vasto campo de las ciencias Naturales, permitiéndonos acceder a las bases científicas sobre las que reposaban muchas de las ficciones de Quiroga.

Asimismo colaboraron con el profesor Pablo Roca en la confección de fichas sobre aspectos de biología, patología y fármacos aludidos por Quiroga en sus relatos, Alicia Silva y José Luis Oxandabaratz.

A todos ellos, nuestro agradecimiento.

Napoleón Baccino Ponce de León

TODOS LOS CUENTOS
Horacio Quiroga

Texto establecido por
Napoleón Baccino Ponce de León

CUENTOS DE AMOR DE LOCURA Y DE MUERTE

NOTICIA PRELIMINAR

El 7 de marzo de 1908, Quiroga publica en *Caras y Caretas* —revista en la que colabora desde 1905— su primer cuento de monte: «La insolación». El mismo año, aparece, en la misma revista, el segundo de esta vertiente: «El monte negro» (6 de junio de 1908). Sin embargo, habrá que esperar hasta 1912 —y un total de 39 cuentos publicados desde aquél— para que el narrador se reencuentre con su voz más personal en: «A la deriva» (*Fray Mocho*, 6 de junio de 1912).

Su autor vive en San Ignacio, Misiones, desde 1910. El 30 de diciembre del año anterior ha contraído enlace con Ana María Cirés, una de sus discípulas en la Escuela Normal, a quien sueña como la compañera ideal para su vida en la selva. El matrimonio tiene dos hijos, Eglé y Darío, de trágico sino ambos, pero, al cabo de una larga agonía, acaba rompiéndose bruscamente: Ana María Cirés se suicida. Al año siguiente, en 1916, Quiroga regresa a Buenos Aires con sus dos hijos. Se inicia así, entre el dolor de la pérdida del ser querido, la nostalgia de la selva remota, y todo tipo de dificultades, una década de plenitud para el escritor. Una década en la que al prestigio que le han dado sus cuentos dispersos en diferentes revistas porteñas, a lo largo de más de diez años, viene a sumarse ahora el más sólido y menos efímero que cimentarán sus libros.

Este proceso que lo llevará a la cima en 1926, se inicia en 1917 con la publicación de un nuevo volumen de relatos, el primero en doce años: *Cuentos de amor de locura y de muerte.*

En vida del autor se efectuaron tres ediciones de este libro. La primera de ellas fue impresa en 1917 y corresponde al sello Cooperativa Editorial «Buenos Aires»; al respecto escribe el fundador de la empresa, Manuel Gálvez, en sus memorias:

> —Vengo a que me dé un libro para la Cooperativa —le dije a Quiroga—. Y no me iré si no me lo da.
>
> Me contestó que tenía un centenar de cuentos publicados en *Caras y Caretas*. En su mayoría abarcaban sólo una página de la revista. Se había propuesto que no pasaran de esa extensión. Y para hacerlos caber, había realizado minuciosos esfuerzos estilísticos. Trajo una carpeta y elegimos algunos; pero como no era posible elegirlos todos de una vez, prometió formarme el libro muy pronto. Era hombre de palabra y cumplió. Le puso por título *Cuentos de amor de locura y de muerte, y no quiso que se pusiera coma alguna entre esas palabras. [subrayado nuestro]*. El libro se agotó (...). (en: *Amigos y maestros de mi juventud*, Editorial Guillermo Kraft, Buenos Aires, 1944).

En rigor, no todos los relatos habían sido publicados con antelación, y el lector encontrará la procedencia de cada uno en la primera nota explicativa al texto correspondiente; la excepción la constituye «La meningitis y su sombra», no redactado especialmente para el volumen (véase nota 1 al cuento) pero tampoco editado antes de 1917.

Como lo ha señalado Emir Rodríguez Monegal, muy probablemente el origen del título derive de un pasaje del cuento «El crimen del otro»: «Distraído, Fortunato permaneció un momento sin hablar. Pero la locura, cuando se le estrujan los dedos, hace piruetas increíbles que dan vértigos, y es fuerte como el amor y la muerte».

El volumen de 233 páginas incluía un total de 18 cuentos, idéntico registro del de la 2ª edición realizada al año siguiente (1918), por la misma editorial.

La tercera (y última en vida de Quiroga) edición en libro, cuya fecha no consta ni en la portadilla ni en el colofón, perteneció a la editorial Babel, registrándose asimismo dos reimpresiones (en 1925 y 1930 respectivamente) en ese sello binacional: Buenos Aires-Madrid, todas de 206 páginas.

Tres relatos son suprimidos del volumen definitivo: «Los ojos sombríos», «El infierno artificial» y «El perro rabioso», reduciéndose a quince el total. Los desechados pueden leerse en el *Apéndice* a la edición definitiva de nuestra edición.

Quiroga, en general renuente a opinar sobre sus textos, se explayó con bastante entusiasmo ante su corresponsal y amigo el Dr. José María Delgado, en una carta donde responde al acuse de recibo y a las opiniones de éste sobre el libro:

> Hoy me llegó tu carta, y más sabrosa no se puede. Dada la estimación romántica que tengo por tu trabajo, aquélla me halaga sobremanera. No se me escapaba que *La meningitis* (sic), *Estación de amor* (sic) y sobre todo *Isolda* (sic) te iban a gustar, y en particular ésta, por lo que tiene de amor llorado. Pero no esperaba eso de los cuentos de monte. Tanto más me agrada, pues, tu opinión sobre éstos. Para mí, uno que no has nombrado es de lo mejorcito: *Alambre de púa* (sic). Creo que la sensación de vida no está mal lograda allí.
>
> Cuando he escrito esta tanda de aventuras de vida intensa, vivía allá, y pasaron dos años antes de conocer la más mínima impresión sobre ellos. Dos años sin saber si una cosa que uno escribe gusta o no, no tienen nada de corto. Lo que me interesaba saber sobre todo es si se respiraba vida en eso; y no podía saber una palabra. Cuando venía por aquí cada dos años [*La carta está remitida desde Buenos Aires, donde el escritor tenía su residencia luego de los años de vida en el Chaco y Misiones*] apenas si uno u otro me decía dos palabras sobre esas historias, que a lo mejor llevaban meses ya de aparecidas cuando veía a alguien. De modo que aún después de ocho años de lidia, la menor impresión que se me comunica sobre eso, me hace un efecto inesperado: tan acostumbrado estoy a escribir para mí solo. Esto tiene sus desventajas; pero tiene en cambio esta ventaja colosal: que uno hace realmente lo que siente, sin influencia de Juan o Pedro a quienes agradar.
>
> Sé también que para muchos lo que hacía antes (cuentos de efecto, tipo *El Almohadón* (sic), gustaba más que las historias a puño limpio, tipo *Meningitis* (sic) o los del monte. Un buen día me he convencido de que el efecto no deja de ser efecto (salvo cuando la historia lo pide), y que es bastante más difícil meter un final que el lector ha adivinado ya: tal como lo observas respecto de *Meningitis* (sic) (...) (junio 8 de 1917). *Cartas inéditas de Horacio Quiroga*, tomo II, Montevideo, Instituto Nacional de Investigaciones y Archivos Literarios, 1959. Prólogo de Mercedes Ramírez de Rossiello, ordenación y notas de Roberto Ibáñez, p. 62.

Más allá de la alegría por la lectura fruitiva de sus amigos (en la epístola se hacen referencias, además, al interés de Baltasar Brum y Rodolfo Mezzera, por entonces jerarcas gubernamentales de Uruguay), queda explícito el afán de reflexión teórica, «retórica» diría Quiroga, acuñando dos categorías estilísticas («cuentos de efecto» e «historias a puño limpio») y calificando un conglomerado temático («cuentos de monte»). La crítica tradicional ha recogido estas propuestas metodológicas de abordaje, aunque por cierto que el propio narrador fue el primero en fundamentarlas a lo largo de diversas páginas críticas y teóricas, especialmente en las cuatro que recogemos en la segunda parte de este volumen, bajo el título: *Textos teóricos: poética de la narración*, en cuya introducción se efectúan las reflexiones y precisiones pertinentes.

Cuentos de amor de locura y de muerte constituye la única colección de relatos que no extrae su título de entre los cuentos que la componen. Esta circunstancia, sumada a la deliberación paratextual —rememorada por Gálvez— de suprimir la pausa intermedia (la que con descuido y malversación Guillermo de Torre insertó en su edición de Losada y aún sobrevive), indica la explosión de la tríada temática en todos los relatos; o al menos su recíproca fecundación, su condición de vasos comunicantes. Cierto es también que el narrador quiso siempre —con excepción de *Los desterrados* (1926)— compaginar sus libros con «cuentos de todos los colores», esto es: diversidad de atmósferas, ambientes, temas y aun líneas ficcionales. De allí que alternen metrópoli y medio rural (Buenos Aires, el Chaco, Misiones, alta mar), historias de idilios truncos y enfrentamientos con la naturaleza selvática, ecos modernistas, realismo fotográfico, alegoría y fábula, incursiones en lo fantástico.

UNA ESTACIÓN DE AMOR[1]   <small>UN SUEÑO DE AMOR</small>

PRIMAVERA

ERA EL martes de carnaval. Nébel acababa de entrar en el corso, ya al oscurecer, y mientras deshacía un paquete de serpentinas miró al carruaje de delante. Extrañado de una cara que no había visto en el coche la tarde anterior, preguntó a sus compañeros:

—¿Quién es? No parece fea.

—¡Un demonio! Es lindísima. Creo que sobrina, o cosa así, del doctor Arrizabalaga. Llegó ayer, me parece...

Nébel fijó entonces atentamente los ojos en la hermosa criatura. Era una chica muy joven aún, acaso no más de catorce años, pero ya núbil. Tenía, bajo el cabello muy oscuro, un rostro de suprema blancura, de ese blanco mate y raso que es patrimonio exclusivo de los cutis muy finos. Ojos azules, largos, perdiéndose hacia las sienes* entre negras pestañas. Tal vez un poco separados, lo que da, bajo una frente tersa, aire de mucha nobleza o gran terquedad. Pero sus ojos, tal como eran, llenaban aquel semblante en flor con la luz de su belleza. Y al sentirlos Nébel detenidos un momento en los suyos, quedó deslumbrado.

—¡Qué encanto! —murmuró, quedando inmóvil con una rodilla en el almohadón del surrey. Un momento después las serpentinas volaban hacia la victoria. Ambos carruajes estaban ya enlazados por el puente colgante de papel, y la que lo ocasionaba sonreía de vez en cuando al galante muchacho.

Mas aquello llegaba ya a la falta de respeto a personas, cocheros y aún al carruaje: las serpentinas llovían

(marginal notes:)
de serpentinas,

Extrañado de una cara que no había visto la tarde anterior, preguntó (*idem* 1917)

catorce años, pero completamente núbil. (*idem* 1917)

hacia las sienes...

sobre el almohadón (*idem* 1917)

ya enlazados por el río de cintas, y la que las ocasionaba

personas, cochero y aún carruaje: sobre el hombro, la cabeza, látigo, guardabarros, las serpentinas (*idem* 1917)

---

* en el cerco de sus negras pestañas. Acaso un poco separados, lo que da, bajo una frente tersa, aire de mucha nobleza ó de gran terquedad. Pero sus ojos, así, llenaban el semblante (*idem* 1917)

sin cesar. Tanto fue, que las dos personas sentadas atrás se volvieron y, bien que sonriendo, examinaron atentamente al derrochador.

—¿Quiénes son? —preguntó Nébel en voz baja.

—El doctor Arrizabalaga... Cierto que no lo conoces. La otra es la madre de tu chica... Es cuñada del doctor.

Como en pos del examen, Arrizabalaga y la señora se sonrieran francamente ante aquella exuberancia de juventud, Nébel se creyó en el deber de saludarlos, a lo que respondió el terceto con jovial condescendencia.

Este fue el principio de un idilio que duró tres meses, y al que Nébel aportó cuanto de adoración cabía en su apasionada adolescencia. Mientras continuó el corso, y en Concordia se prolonga hasta horas increíbles, Nébel tendió incesantemente su brazo hacia adelante, tan bien que el puño de su camisa, desprendido, bailaba sobre la mano.*

Al día siguiente se reprodujo la escena; y como esta vez el corso se reanudaba de noche con batalla de flores, Nébel agotó en un cuarto de hora cuatro inmensas canastas. Arrizabalaga y la señora se reían, volviendo la cabeza a menudo, y la joven no apartaba casi sus ojos de Nébel. Este echó una mirada de desesperación a sus canastas vacías. Mas sobre el almohadón del surrey quedaba aún uno, un pobre ramo de siemprevivas y jazmines del país. Nébel saltó con él sobre la rueda del surrey, dislocóse casi un tobillo, y corriendo a la victoria, jadeante, empapado en sudor y con el entusiasmo a flor de ojos, tendió el ramo a la joven. Ella buscó atolondradamente otro, pero no lo tenía. Sus acompañantes se reían.

—¡Pero loca! —le dijo la madre, señalándole el pecho—. ¡Ahí tienes uno!

El carruaje arrancaba al trote. Nébel, que** había descendido afligido del estribo, corrió y alcanzó el ramo que la joven le tendía con el cuerpo casi fuera del coche.

Nébel había llegado tres días atrás de Buenos Aires, donde concluía su bachillerato. Había permanecido allá siete años, de modo que su conocimiento de la sociedad actual de Concordia era mínimo. Debía quedar aún quince días en su ciudad natal, disfrutados en pleno

Columna lateral de variantes:

severamente al derrochador.

Arrizabalaga; cierto que (*idem* 1917)

bailaba sobre la mano...

volviéndose a menudo (*idem* 1917)

vacías; mas sobre el almohadón del surrey quedaba uno aún

Nébel saltó con él por sobre la rueda

empapado en sudor y el entusiasmo a flor de ojos

Nébel que...

---

* A las ocho, en la momentánea tregua, notó recién el desarreglo aquél, y al pensar que ella lo había ocasionado, tuvo casi deseos de dejarlo así.

** había descendido del estribo, afligido corrió y alcanzó el ramo que la joven le tendía, con (*idem* 1917)

sosiego de alma, si no de cuerpo. Y he aquí que desde el segundo día perdía toda su serenidad. Pero en cambio, ¡qué encanto!

—¡Qué encanto! —se repetía pensando en aquel rayo de luz, flor y carne femenina que había llegado a él desde el carruaje. Se reconocía real y profundamente deslumbrado —y enamorado, desde luego.

¡Y si ella lo quisiera!... ¿Lo querría? Nébel, para dilucidarlo, confiaba mucho más que en el ramo de su pecho, en la precipitación aturdida con que la joven había buscado algo que darle. Evocaba claramente el brillo de sus ojos cuando lo vio llegar corriendo, la inquieta expectativa con que lo esperó —y en otro orden, la morbidez del joven pecho, al tenderle el ramo.

¡Y ahora, concluído! Ella se iba al día siguiente a Montevideo. ¿Qué le importaba lo demás, Concordia, sus amigos de antes, su mismo padre? Por lo menos iría con ella hasta Buenos Aires.

Hicieron* efectivamente el viaje juntos, y durante él Nébel llegó al más alto grado de pasión que puede alcanzar un romántico muchacho de dieciocho años que se siente querido. La madre acogió el casi infantil idilio con afable complacencia, y se reía a menudo al verlos, hablando poco, sonriendo sin cesar y mirándose infinitamente.

La despedida fue breve, pues Nébel no quiso perder el último vestigio de cordura que le quedaba, cortando su carrera tras ella.

Ellas volverían a Concordia en el invierno, acaso una temporada. ¿Iría él? «¡Oh, no volver yo!» Y mientras Nébel se alejaba despacio por el muelle, volviéndose a cada momento, ella, de pecho sobre la borda y la cabeza baja, lo seguía con los ojos, mientras en la planchada los marineros levantaban los suyos risueños a aquel idilio —y al vestido, corto aún, de la tiernísima novia.

si no de cuerpo; y de ahí que (*idem* 1917)
en cambio: ¡qué

—y enamorado desde luego.
¡Y si ella lo quería! ¿Lo querría? Nébel confiaba

algo para darle. (*idem* 1917)

lo esperó, y la viva presión de sus muslos contra el borde del asiento, al tenderle su ramo.

Hicieron,...

---

* efectivamente, el viaje juntos, y durante él, Nébel llegó al más alto grado de pasión a que puede alcanzar un muchacho de 18 años, romántico, apasionado, y que se siente querido. La madre acogió el casi infantil idilio con afable complacencia, y se reía a menudo al verlos contra la borda, hablando poco, sonriendo sin cesar, y mirándose infinitamente.

La despedida fué breve, pues Nébel no quiso perder el último vestigio de cordura que le quedaba cortando su carrera tras ella.

Volverían á Concordia en el invierno, acaso una temporada. ¿Iría él? «¡Oh, no volver, yo!» Y mientras Nébel se alejaba, tardo, por el muelle, volviéndose a cada momento, ella, recostada, la cabeza un poco baja, lo seguía con los ojos, mientras los marineros de descarga levantaban los suyos risueños á aquel idilio — y al vestido, corto aún, de la tiernísima novia. (en 1917, ligeras variantes)

VERANO   (I)

[I]

El 13 de junio Nébel volvió a Concordia, y aunque supo desde el primer momento que Lidia estaba allí, pasó una semana sin inquietarse poco ni mucho por ella. Cuatro meses son plazo sobrado para un relámpago de pasión, y apenas si en el agua dormida de su alma el último resplandor alcanzaba a rizar su amor propio. Sentía, sí, curiosidad de verla. Hasta que un nimio incidente, punzando su vanidad, lo arrastró de nuevo. El primer domingo, Nébel, como todo buen chico de pueblo, esperó en la esquina la salida de misa. Al fin, las últimas acaso, erguidas y mirando adelante, Lidia y su madre avanzaron por entre la fila de muchachos.

Nébel, al verla de nuevo, sintió que sus ojos se dilataban para sorber en toda su plenitud la figura bruscamente adorada. Esperó con ansia casi dolorosa el instante en que los ojos de ella, en un súbito resplandor de dichosa sorpresa, lo reconocerían entre el grupo.

Pero pasó, con su mirada fría fija adelante.

—Parece que no se acuerda más de ti —le dijo un amigo, que a su lado había seguido el incidente.

—¡No mucho! —se sonrió él—. Y es lástima, porque la chica me gustaba en realidad.

Pero cuando estuvo solo se lloró a sí mismo su desgracia. ¡Y ahora que había vuelto a verla! ¡Cómo, cómo la había querido siempre, él que creía no acordarse más! ¡Y acabado! ¡Pum, pum, pum! —repetía sin darse cuenta—. ¡Pum! ¡Todo ha concluído!

De golpe: ¿Y si no me hubieran visto?... ¡Claro! ¡pero claro! Su rostro se animó de nuevo,* y acogió esta vaga probabilidad con profunda convicción.

A las tres golpeaba en casa del doctor Arrizabalaga. Su idea era elemental: consultaría con cualquier mísero pretexto al abogado; y acaso la viera.

Fue allá. Una súbita carrera por el patio respondió al timbre, y Lidia, para detener el impulso, tuvo que cogerse violentamente a la puerta vidriera. Vio a Nébel,

supo, desde el primer momento, que

son sobrado largo para

verla. Pero un nimio incidente, (*idem* 1917)

adelante, y Nébel recurrió en seguida al eterno cigarro de la turbación de espíritu.

— Parece (...) amigo, que

¡Pum! ¡todo concluído! (*idem* 1917)

nuevo,...

al abogado, y entretanto acaso la viera.
Una súbita carrera (*idem* 1917)

---

* acogiéndose con plena convicción a una probabilidad, como esa, profundamente razonable. (en 1917: probabilidad como — única variante con respecto a 1912.)

lanzó una exclamación, y ocultando con sus brazos la ligereza de su ropa, huyó más velozmente aún.

sus brazos la liviandad doméstica de su ropa, huyó (*idem* 1917)

Un instante después la madre abría el consultorio, y acogía a su antiguo conocido con más viva complacencia que cuatro meses atrás. Nébel no cabía en sí de gozo; y como la señora no parecía inquietarse por las preocupaciones jurídicas de Nébel, éste prefirió también un millón de veces su presencia a la del abogado.

con mayor complacencia aún que cuatro meses atrás.

millón de veces tal presencia (*idem* 1917)

Con todo, se hallaba sobre ascuas de una felicidad demasiado ardiente. Y como tenía dieciocho años, deseaba irse de una vez para gozar a solas, y sin cortedad, su inmensa dicha.

ardiente y, como tenía 18 años (*idem* 1917)

—¡Tan pronto, ya! —le dijo la señora—. Espero que tendremos el gusto de verlo otra vez... ¿No es verdad?

... ¿no es verdad? (*idem* 1917)

—¡Oh, sí, señora!

—En casa todos tendríamos mucho placer... ¡Supongo que todos! ¿Quiere que consultemos? —se sonrió con maternal burla.

¡supongo que todos! (*idem* 1917) con afectuosísima burla.

—¡Oh, con toda el alma! —repuso Nébel.

—repuso Nébel, en loco alborozo.

—¡Lidia! ¡Ven un momento! Hay aquí una persona a quien conoces.

Lidia llegó* cuando él estaba ya de pie. Avanzó al encuentro de Nébel, los ojos centelleantes de dicha, y le tendió un gran ramo de violetas, con adorable torpeza.

Lidia llegó...

—Si a usted no le molesta —prosiguió la madre—, podría venir todos los lunes... ¿Qué le parece?

—Si á usted no le molesta, podría venir todos los lunes... ¿qué le parece?

—¡Que es muy poco, señora! —repuso el muchacho—. Los viernes también... ¿Me permite?

... ¿me permite? (*idem* 1917)

La señora se echó a reir.

—¡Qué apurado! Yo no sé... Veamos qué dice Lidia. ¿Qué dices, Lidia?

...veamos qué (*idem* 1917)

La criatura, que no apartaba sus ojos rientes de Nébel, le dijo ¡si! en pleno rostro, puesto que a él debía su respuesta.

—Muy bien: entonces hasta el lunes, Nébel.

Nébel objetó:

—Muy bien; entonces

—¿No me permitiría venir esta noche? Hoy es un día extraordinario...

esta noche, señora? Hoy

—¡Bueno! ¡Esta noche también! Acompáñalo, Lidia.

Pero Nébel, en loca necesidad de movimiento, se despidió allí mismo y huyó con su ramo cuyo cabo había deshecho casi, y con el alma proyectada al último cielo de la felicidad.

---

* cuando ya él estaba de pie. Avanzó a su encuentro los ojos centelleantes de dicha, y le tendió un gran ramo de violetas, con tal adorable torpeza como la heroica fuerza con que Nébel lo oprimió en su mano hasta que salió.

II

Durante dos meses, en todos los momentos en que se veían, en todas las horas que los separaban, Nébel y Lidia se adoraron. Para él, romántico hasta sentir el estado de dolorosa melancolía que provoca una simple garúa que agrisa el patio, la criatura aquella, con su cara angelical, sus ojos azules y su temprana plenitud, debía encarnar la suma posible de ideal. Para ella, Nébel era varonil, buen mozo e inteligente. No había en su mutuo amor más nube* que la minoría de edad de Nébel. El muchacho, dejando de lado estudios, carreras y demás superfluidades, quería casarse. Como probado, no había sino dos cosas: que a él le era *absolutamente* imposible vivir sin Lidia, y que llevaría por delante cuanto se opusiese a ello. Presentía —o más bien dicho, sentía— que iba a escollar rudamente.

Su padre, en efecto, a quien había disgustado profundamente el año que perdía Nébel tras un amorío de carnaval, debía apuntar las íes con terrible vigor. A fines de agosto habló un día definitivamente a su hijo:

—Me han dicho que sigues tus visitas a lo de Arrizabalaga. ¿Es cierto? Porque tú no te dignas decirme una palabra.

Nébel vio toda la tormenta en esa forma de dignidad, y la voz le tembló un poco al contestar:

—Si no te dije nada, papá, es porque sé que no te gusta que te hable de eso.

—¡Bah! Como gustarme, puedes, en efecto, ahorrarte el trabajo... Pero quisiera saber en qué estado estás. ¿Vas a esa casa como novio?

—Sí.

—¿Y te reciben formalmente?

—Creo que sí...

El padre lo miró fijamente y tamborileó sobre la mesa.

—¡Está bueno! Muy bien!... Oyeme, porque tengo el deber de mostrarte el camino. ¿Sabes tú bien lo que haces? ¿Has pensado en lo que puede pasar?

---

* para el porvenir que la minoría de edad de Nébel. El muchacho, dejando de lado estudios, carreras y superfluidades por el estilo, quería casarse. Como probado, no había sino dos cosas: que a él le era absolutamente imposible (*idem* 1917).

meses, todos

el estado de doloroso amor que provoca una simple y mezquina

más nube...

de carnaval, debía puntuar las íes

de agosto, habló (*idem* 1917)

de *dignidad*

tembló un poco.

te gusta hable de eso.

—C-creo que sí. (*idem* 1917)

—¿Pasar?... ¿Qué?

—Que te cases con esa muchacha. Pero fíjate: ya tienes edad para reflexionar, al menos. ¿Sabes quién es? ¿De dónde viene? ¿Conoces a alguien que sepa qué vida lleva en Montevideo?

—¡Papá!

—¡Sí, qué hacen allá! ¡Bah! No pongas esa cara... No me refiero a tu... novia. Esa es una criatura, y como tal no sabe lo que hace. ¿Pero sabes de qué viven?

—¡No! Ni me importa, porque aunque seas mi padre...

—¡Bah, bah, bah! Deja eso para después. No te hablo como padre sino como cualquier hombre honrado pudiera hablarte. Y puesto que te indigna tanto lo que te pregunto, averigua a quien quiera contarte, qué clase de relaciones tiene la madre de tu novia con su cuñado, ¡pregunta!

—¡Sí! Ya sé que ha sido...

—Ah, ¿sabes que ha sido la querida de Arrizabalaga? ¿Y que él u otro sostienen la casa en Montevideo? ¡Y te quedas tan fresco!

—¡...!

—¡Sí, ya sé! ¡Tu novia no tiene nada que ver con esto, ya sé! No hay impulso más bello que el tuyo... Pero anda con cuidado, porque puedes llegar tarde... ¡No, no, cálmate! No tengo ninguna idea de ofender a tu novia, y creo, como te he dicho, que no está contaminada, aún por la podredumbre que la rodea. Pero si la madre te la quiere vender en matrimonio, o más bien a la fortuna que vas a heredar cuando yo muera, dile que el viejo Nébel no está dispuesto a esos tráficos y que antes se lo llevará el diablo que consentir en ese matrimonio. Nada más quería decirte.

El muchacho quería mucho a su padre, a pesar del carácter de éste; salió lleno de rabia por no haber podido desahogar su ira, tanto más violenta cuanto que él mismo la sabía injusta. Hacía tiempo ya que no lo ignoraba. La madre de Lidia había sido querida de Arrizabalaga en vida de su marido, y aun cuatro o cinco años después. Se veían aún de tarde en tarde, pero el viejo libertino, arrebujado ahora en su artritis de solterón enfermizo, distaba mucho de ser respecto de su cuñada lo que se pretendía; y si mantenía el tren de madre e hija, lo hacía por una especie de agradecimiento de ex amante, y sobre todo para autorizar los chismes actuales que hinchaban su vanidad.

¿de dónde viene? ¿conoces a alguien que (idem 1917)

¡Bah! no pongas (idem 1917)

Ni me importa, papá, porque

¿y que él (idem 1917)

¡Si, ya sé, tu novia no (...) ya sé! (idem 1917)

cuidado, porque puedes llegar tarde!... (idem 1917)

contaminada aún con la podredumbre

tráficos, y que antes se lo llevará el diablo que consentir en eso. Nada más te quería decir. (idem 1917)
a su padre, a pesar del carácter duro de éste, y

la conocía injusta. Hacía tiempo ya que sabía esto; la madre

enfermizo solterón, distaba mucho de ser respecto á su

una especie de compasión de ex amante, rayana en vil egoísmo, y sobre todo (idem 1917)

Nébel evocaba a la madre; y con un estremecimiento de muchacho loco por las mujeres casadas, recordaba cierta noche en que hojeando juntos y reclinados una «Illustration», había creído sentir sobre sus nervios súbitamente tensos un hondo hálito de deseo que surgía del cuerpo pleno que rozaba con él. Al levantar los ojos, Nébel había visto la mirada de ella, mareada, posarse pesadamente sobre la suya.

súbitamente tensos, un (*idem* 1917)

la mirada de ella, en lánguida imprecisión de mareo, posarse (*idem* 1917)

histérica, pero...

¿Se había equivocado? Era terriblemente histérica, pero* con raras crisis explosivas; los nervios desordenados repiqueteaban hacia adentro y de aquí la enfermiza tenacidad en un disparate y el súbito abandono de una convicción; y en los pródromos de las crisis, la obstinación creciente, convulsiva, edificándose con grandes bloques de absurdos. Abusaba de la morfina por angustiosa necesidad y por elegancia. Tenía treinta y siete años; era alta, con labios muy gruesos y encendidos que humedecía sin cesar. Sin ser grandes, sus ojos lo parecían por el corte y por tener pestañas muy largas; pero eran admirables de sombra y fuego. Se pintaba. Vestía, como la hija, con perfecto buen gusto, y era ésta, sin duda, su mayor seducción. Debía de haber tenido, como mujer, profundo encanto; ahora la histeria había trabajado mucho su cuerpo —siendo, desde luego, enferma del vientre. Cuando el latigazo de la morfina pasaba, sus ojos se empañaban, y de la comisura de los labios, del párpado globoso, pendía una fina redecilla de arrugas. Pero a pesar de ello, la misma histeria que le deshacía los nervios era el alimento un poco mágico que sostenía su tonicidad.

mágico, que

Quería entrañablemente a Lidia; y con la moral de las burguesas histéricas, hubiera envilecido a su hija para hacerla feliz —esto es, para proporcionarle aquello que habría hecho su propia felicidad.

y con la moralidad de las histéricas burguesas (1912)
con la moral de las histéricas burguesas (1917)
proporcionarle lo que hubiera hecho

Así, la inquietud del padre de Nébel a este respecto tocaba a su hijo en lo más hondo de sus cuerdas de amante. ¿Cómo había escapado Lidia? Porque la limpidez de su cutis, la franqueza de su pasión de chica que

sus cuerdas de varon y amante

Lidia? Y la limpidez

---

* con rara manifestación desbordante: los nervios desordenados repiqueteaban hacia adentro, y de aquí la súbita tenacidad en un disparate, el brusco abandono de una convicción; y en los pródromos de la crisis, la obstinación creciente, convulsiva, edificándose a grandes bloques de absurdos. Abusaba de la morfina, por angustiosa necesidad y por elegancia. Tenía treinta y siete años; era alta, con labios muy gruesos y encendidos, que humedecía sin cesar. Sin ser grandes, los ojos lo parecían por un poco hundidos y tener pestañas muy largas; pero eran admirables de sombra y fuego. Se coloreaba las mejillas. (en 1917 sólo altera una pausa y sustituye «coloreaba» por «pintaba».)

surgía con adorable libertad de sus ojos brillantes, eran, ya no prueba de pureza, sino escalón de noble gozo por el que Nébel ascendía triunfal a arrancar de una manotada a la planta podrida, la flor que pedía por él.

Esta convicción era tan intensa, que Nébel jamás la había besado. Una tarde, después de almorzar, en que pasaba por lo de Arrizabalaga, había sentido loco deseo de verla. Su dicha fue completa, pues la halló sola, en batón, y los rizos sobre las mejillas. Como Nébel la retuvo contra la pared, ella, riendo y cortada, se recostó en el muro. Y el muchacho, a su frente, tocándola casi, sintió en sus manos inertes la alta felicidad de un amor inmaculado, que tan fácil le habría sido manchar.

¡Pero luego, una vez su mujer! Nébel precipitaba cuanto le era posible su casamiento. Su habilitación de edad, obtenida en esos días, le permitía por su legítima materna afrontar los gastos. Quedaba el consentimiento del padre, y la madre apremiaba este detalle.

La situación* de ella, sobrado equívoca en Concordia, exigía una sanción social que debía comenzar, desde luego, por la del futuro suegro de su hija. Y sobre todo, la sostenía el deseo de humillar, de forzar a la moral burguesa a doblar las rodillas ante la misma inconveniencia que despreció.

Ya varias veces había tocado el punto con su futuro yerno, con alusiones a «mi suegro»..., «mi nueva familia»..., «la cuñada de mi hija». Nébel se callaba, y los ojos de la madre brillaban entonces con más sombrío fuego.

Hasta que un día la llama se levantó. Nébel había fijado el 18 de octubre para su casamiento. Faltaba más de un mes aún, pero la madre hizo entender claramente al muchacho que quería la presencia de su padre esa noche.

—Será difícil —dijo Nébel después de un mortificante silencio—. Le cuesta mucho salir de noche... No sale nunca.

—¡Ah! —exclamó sólo la madre, mordiéndose rápidamente el labio. Otra pausa siguió, pero ésta ya de presagio.

que Nébel jamás la había besado, ni había soñado con ella.

en batón y los rizos bastante caídos sobre las mejillas.
Como Nébel la retuvo, ella, cortada y riendo, se recostó en la pared. El muchacho, a su frente, tocándola casi, sintió, con las manos inertes, la alta felicidad de su amor inmaculado, que tan fácil le hubiera sido manchar. (1912)
y los rizos sobre las mejillas (1917) *Lo demás igual a 1912.*

materna, afrontar (*idem* 1917)
consentimiento paterno (*idem* 1917)
La situación...

el 18 de octubre como fecha de su casamiento. (*idem* 1917)

—Será difícil —murmuró Nébel noche... no sale nunca. (*idem* 1917)

—exclamó la madre, (*idem* 1917)

---

* de ésta, sobrado equívoca, exigía una plena sanción que comenzaba, desde luego, por la del futuro suegro de su hija. Y sobre todo el deseo de humillar, forzar á la moral social á que doblara la rodilla sobre la inconveniencia que despreció (1912).
sanción social que debía comenzar, desde luego (...) Y, sobre todo, el deseo de humillar, de forzar a la moral burguesa a que doblara la rodilla ante la misma inconveniencia que despreció (1917).

—Porque usted no hace un casamiento clandestino, ¿verdad?

—¡Oh! —se sonrió difícilmente Nébel—. Mi padre tampoco lo cree.

—¿Y entonces?

Nuevo silencio, cada vez más tempestuoso.

—¿Es por mí que su señor padre no quiere asistir?

—¡No, no señora! —exclamó al fin Nébel, impaciente —. Está en su modo de ser... Hablaré de nuevo con él, si quiere.

Nébel, impaciente— exclamó (idem 1917)

—¿Yo, querer? —se sonrió la madre dilatando las narices —. Haga lo que le parezca... ¿Quiere irse, Nébel, ahora? No estoy bien.

¿quiere irse (idem 1917)

Nébel salió, profundamente disgustado. ¿Qué iba a decir a su padre? Este sostenía siempre su rotunda oposición a tal matrimonio, y ya el hijo había emprendido las gestiones para prescindir de ella.

oposición á ese matrimonio (idem 1917)

—Puedes hacer eso, y todo lo que te dé la gana. Pero mi consentimiento para que esa entretenida sea tu suegra, ¡jamás!

—Puedes hacer eso, (mucho más,) y (idem 1917)

Después de tres días Nébel decidió concluir de una vez con ese estado de cosas, y aprovechó para ello un momento en que Lidia no estaba.

decidió aclarar de una vez ese estado (idem 1917)

—Hablé con mi padre —comenzó Nébel—, y me ha dicho que le será completamente imposible asistir.

que le será

La madre se puso un poco pálida, mientras sus ojos, en un súbito fulgor, se estiraban hacia las sienes.

—¡Ah! ¿Y por qué?

—No sé —repuso con voz sorda Nébel.

—Es decir... que su señor padre teme mancharse si pone los pies aquí.

¿que su señor padre teme mancharse si pone los pies aquí? (idem 1917)
—No sé —repuso con voz sorda Nébel. (idem 1917)

—¡No sé! —repitió él, obstinado a su vez.

—¡Es que es una ofensa gratuita la que nos hace ese señor! ¿Qué se ha figurado? —añadió con voz ya alterada y los labios temblantes—. ¿Quién es él para darse ese tono?

añadió con la voz alterada y los labios

Nébel sintió entonces el fustazo de reacción en la cepa profunda de su familia.

—¡Qué es, no sé! —repuso con la voz precipitada a su vez—. Pero no sólo se niega a asistir, sino que tampoco da su consentimiento.

a su vez— pero no sólo (idem 1917)

—¿Qué? ¿Que se niega? ¿Y por qué? ¿Quién es él? ¡El más autorizado para esto!

Nébel se levantó:

—Usted no...

...

Pero ella se había levantado también.

—¡Sí, él! ¡Usted es una criatura! ¡Pregúntele de dónde ha sacado su fortuna, robada a sus clientes! ¡Y con esos aires! ¡Su familia irreprochable, sin mancha, se llena la boca con eso! ¡Su familia!... ¡Dígale que le diga cuántas paredes tenía que saltar para ir a dormir con su mujer antes de casarse! ¡Sí, y me viene con su familia!... ¡Muy bien, váyase; estoy hasta aquí de hipocresías! ¡Que lo pase bien!

> mujer, antes de casarse (...) ... ¡Váyase; (*idem* 1917)

III

Nébel vivió cuatro días en la más honda desesperación. ¿Qué podía esperar después de lo sucedido? Al quinto, y al anochecer, recibió una esquela:

> cuatro días vagando en (*idem* 1917)

«Octavio:

Lidia está bastante enferma, y sólo su presencia podría calmarla.

María S. de Arrizabalaga»

> «Octavio: Lidia (...) (*idem* 1917)
>
> Marta S. de

Era una treta, no ofrecía duda. Pero si su Lidia en verdad...

> Era una treta no tenía duda. (*idem* 1917)

Fue esa noche, y la madre lo recibió con una discreción que asombró a Nébel: sin afabilidad excesiva, ni aire tampoco de pecadora que pide disculpas.

—Si quiere verla...

> asombró a Nébel, sin afabilidad excesiva ni aire de pecadora que pide disculpa (1912). (*única variante en 1917:* excesiva,)

Nébel entró con la madre, y vió a su amor adorado en la cama, el rostro con esa frescura sin polvos que dan únicamente los catorce años,* y las piernas recogidas.

Se sentó a su lado, y en balde la madre esperó a que se dijeran algo: no hacían sino mirarse y sonreir.

> Nébel se sentó
>
> mirarse y reir. (*idem* 1917)

De pronto Nébel sintió que estaban solos, y la imagen de la madre surgió nítida: «Se va para que en el transporte de mi amor reconquistado pierda la cabeza, y el matrimonio sea así forzoso». Pero en ese cuarto de hora de goce final que le ofrecían adelantado a costa de un pagaré de casamiento, el muchacho de dieciocho años sintió —como otra vez contra la pared— el placer sin la más leve mancha, de un amor puro en toda su aureola de poético idilio.

> nítida: «Se
>
> reconquistado, ya me olvide y el matrimonio sea así forzoso». terrible cuarto de hora que le ofrecían adelantado y gratis a costa casamiento, el muchacho, de 18 años, sintió la pared— el goce sin la más leve mancha de un amor

Sólo Nébel pudo decir cuán grande fue su dicha recuperada en pos del naufragio. El también olvidaba lo

---

* los 14 años, y el cuerpo recogido bajo las ropas que disimulaban notablemente su plena juventud (*idem* 1917)

que fuera en la madre explosión de calumnia, ansia rabiosa de insultar a los que no lo merecen. Pero tenía la más fría decisión de apartar a la madre de su vida, una vez casados. El recuerdo de su tierna novia, pura y riente en la cama que se había destendido una punta para él, encendía la promesa de una voluptuosidad íntegra, a la que no había robado prematuramente el más pequeño diamante.

para él, avivaba, con la satisfacción de no haberla ni aún besado, la promesa de una voluptuosidad íntegra a la que no había robado el más

A la noche siguiente, al llegar a lo de Arrizabalaga, Nébel halló el zaguán oscuro. Después de largo rato la sirvienta entreabrió la ventana.

—¿Han salido? —preguntó él extrañado.

—No, se van a Montevideo... Han ido al Salto a dormir a bordo.

entreabrió la vidriera: (*idem* 1917)
—No están las señoras. (*idem* 1917)
—preguntó extrañado. (*idem* 1917)

—¡Ah! —murmuró Nébel aterrado. Tenía una esperanza aún.

—¡El doctor? ¿Puedo hablar con él?

—No está; se ha ido al club después de comer.

Una vez solo en la calle oscura, Nébel levantó y dejó caer los brazos con mortal desaliento: ¡Se acabó todo! ¡Su felicidad, su dicha reconquistada un día antes, perdida de nuevo y para siempre! Presentía que esta vez no había redención posible. Los nervios de la madre habían saltado a la loca, como teclas, y él no podía ya hacer más.

y él no podía hacer ya nada más. (*idem* 1917)

Caminó hasta la esquina, y desde allí, inmóvil bajo el farol, contempló con estúpida fijeza la casa rosada. Dio una vuelta manzana, y tornó a detenerse bajo el farol. ¡Nunca, nunca más!

Dió una vuelta a la manzana, (*idem* 1917)

¡Nunca, nunca! (*idem* 1917)

Hasta las once y media hizo lo mismo. Al fin se fue a su casa y cargó el revólver. Pero un recuerdo lo detuvo: meses atrás había prometido a un dibujante alemán que antes de suicidarse un día —Nébel era adolescente— iría a verlo. Uníalo con el viejo militar de Guillermo una viva amistad, cimentada sobre largas charlas filosóficas.

suicidarse —Nébel era adolescente— (*idem* 1917)

A la mañana siguiente, muy temprano, Nébel llamaba al pobre cuarto de aquél. La expresión de su rostro era sobrado explícita.

—¿Es ahora? —le preguntó el paternal amigo, estrechándole con fuerza la mano.

—¡Pst! ¡De todos modos!... —repuso el muchacho, mirando a otro lado.

El dibujante, con gran calma, le contó entonces su propio drama de amor.

—Vaya a su casa —concluyó—, y si a las once no ha cambiado de idea, vuelva a almorzar conmigo, si es que tenemos qué. Después hará lo que quiera. ¿Me lo jura?

—Se lo juro —contestó Nébel, devolviéndole su estrecho apretón con grandes ganas de llorar.

En su casa lo esperaba una tarjeta de Lidia:

«*Idolatrado Octavio:*

Mi desesperación no puede ser más grande. Pero mamá ha visto que si me casaba con usted, me estaban reservados grandes dolores, he comprendido como ella que lo mejor era separarnos y le jura no olvidarlo nunca.

tu

Lidia»

—¡Ah, tenía que ser así! —clamó el muchacho, viendo al mismo tiempo con espanto su rostro demudado en el espejo. ¡La madre era quien había inspirado la carta, ella y su maldita locura! Lidia no había podido menos que escribir, y la pobre chica, trastornada, lloraba todo su amor en la redacción—. ¡Ah! ¡Si pudiera verla algún día, decirle de qué modo la he querido, cuánto la quiero ahora, adorada de mi alma!...

Temblando fue hasta el velador y cogió el revólver, pero recordó su nueva promesa, y durante un larguísimo tiempo permaneció allí de pie, limpiando obstinadamente con la uña una mancha del tambor.

OTOÑO

Una tarde,* en Buenos Aires, acababa Nébel de subir al tranvía cuando el coche se detuvo un momento más del conveniente, y Nébel, que leía, volvió al fin la cabeza.

Una mujer con lento y difícil paso avanzaba entre los asientos. Tras una rápida ojeada a la incómoda persona, Nébel reanudó la lectura. La dama se sentó a su lado, y al hacerlo miró atentamente a su vecino. Nébel, aunque sentía de vez en cuando la mirada extranjera posada sobre él, prosiguió su lectura; pero al fin se cansó y levantó el rostro extrañado.

—Ya me parecía que era usted —exclamó la dama—, aunque dudaba aún... No me recuerda, ¿no es cierto?

Idolatrado Octavio: Mi desesperación (...) (*idem* 1917)

con usted me estaban (*idem* 1917)

Lidia». (*idem* 1917)—
—rugió el muchacho.

qué modo la quise, (...) adorada del alma! (1917: la he querido)

y durante un rato permaneció inmóvil, limpiando (*idem* 1917)

Una tarde,...

dama —, (*idem* 1917)

---

* en Buenos Aires, acababa Nébel de subir al tranvía, cuando el coche se detuvo un momento más del conveniente, y aquél, que leía, volvió al fin la cabeza. Una mujer con lento y difícil paso avanzaba. Tras una rápida ojeada a la incómoda persona, reanudó la lectura. La dama ocupó el asiento inmediato, y al hacerlo miró atentamente a Nébel. Este, aunque sentía de vez en cuando la mirada extranjera observándolo, prosiguió su lectura; pero al fin se cansó (1912). ...en Buenos Aires, acababa Nébel de subir al tranway (...). La dama se sentó a su lado, y al hacerlo (...) la mirada extranjera posada sobre él, (1917)

—Sí —repuso Nébel abriendo los ojos—. La señora de Arrizabalaga...

Ella vio la sorpresa de Nébel, y sonrió con aire de vieja cortesana que trata aún de parecer bien a un muchacho.

De ella —cuando Nébel la conoció once años atrás— sólo quedaban los ojos, aunque más hundidos, y ya apagados. El cutis amarillo, con tonos verdosos en las sombras, se resquebrajaba en polvorientos surcos. Los pómulos saltaban ahora, y los labios, siempre gruesos, pretendían ocultar una dentadura del todo cariada. Bajo el cuerpo demacrado se veía viva a la morfina corriendo por entre los nervios agotados y las arterias acuosas, hasta haber convertido en aquel esqueleto a la elegante mujer que un día hojeó la «Illustration» a su lado.

—Sí estoy muy envejecida... y enferma, he tenido ya ataques a los riñones... Y usted —añadió mirándolo con ternura—, ¡siempre igual! Verdad es que no tiene treinta años aún... Lidia también está igual.

Nébel levantó los ojos:

—¿Soltera?

—Sí... ¡Cuánto se alegrará cuando le cuente! ¿Por qué no le da ese gusto a la pobre? ¿No quiere ir a vernos?

—Con mucho gusto... —murmuró Nébel.

—Sí, vaya pronto; ya sabe lo que hemos sido para usted... En fin, Boedo, 1483; departamento 14... Nuestra posición es tan mezquina...

—¡Oh! —protestó él, levantándose para irse. Prometió ir muy pronto.

Doce días después Nébel debía volver al ingenio, y antes quiso cumplir su promesa. Fue allá —un miserable departamento de arrabal—. La señora de Arrizabalaga lo recibió, mientras Lidia se arreglaba un poco.

—¡Conque once años! —observó de nuevo la madre—. ¡Cómo pasa el tiempo! ¡Y usted que podría tener una infinidad de hijos con Lidia!

—Seguramente —sonrió Nébel, mirando a su rededor.

—¡Oh! ¡No estamos muy bien! Y sobre todo como debe estar puesta su casa... Siempre oigo hablar de sus cañaverales... ¿Es ése su único establecimiento?

—Sí... En Entre Ríos también...

—¡Qué feliz! Si pudiera uno... ¡Siempre deseando ir a pasar unos meses en el campo, y siempre con el deseo!

Ella vió la sorpresa de Nébel y sonrió con aire que, pretendiendo ser de propia conmiseración, fué únicamente de vieja cortesana. Sólo de ella, cuando Nébel la conoció once años atrás, quedaban los ojos, aunque más hundidos y apagados ya. (idem 1917)

cariada. Chocaba, sobre todo, la mirada muerta siempre á pesar de la risa del rostro. Bajo

esqueleto, á la (idem 1917)

riñones... y usted (idem 1917)

gusto— murmuró Nébel. (idem 1917)
sido para... En fin, (idem 1917)
1483, departamento 14... (idem 1917)

¡Oh, señora! —

Seguramente (...) mirando á su derredor. (idem 1917)

Se calló, echando una fugaz mirada a Nébel. Este, con el corazón apretado, revivía nítidas las impresiones enterradas once años en su alma.

—Y todo esto por falta de relaciones... ¡Es tan difícil tener un amigo en esas condiciones!

—Y todo es por falta (*idem* 1917)

El corazón de Nébel se contraía cada vez más, y Lidia entró.

Ella estaba también muy cambiada, porque el encanto de un candor y una frescura de los catorce años no se vuelve a hallar más en la mujer de veintiséis. Pero bella siempre. Su olfato* masculino sintió en su cuello mórbido, en la mansa tranquilidad de su mirada, y en todo lo indefinible que denuncia al hombre el amor ya gozado, que debía guardar velado para siempre el recuerdo de la Lidia que conoció.

Estaba también muy cambiada, (*idem* 1917)

Su olfato...

Hablaron de cosas muy triviales, con perfecta discreción de personas maduras. Cuando ella salió de nuevo un momento, la madre reanudó:

—Sí, está un poco débil... Y cuando pienso que en el campo se repondría en seguida... Vea, Octavio: ¿me permite ser franca con usted? Ya sabe que lo he querido como a un hijo... ¿No podríamos pasar una temporada en su establecimiento? ¡Cuánto bien le haría a Lidia!

—Soy casado —repuso Nébel.

La señora tuvo un gesto de viva contrariedad, y por un instante su decepción fue sincera; pero en seguida cruzó sus manos cómicas:

—¡Casado, usted! ¡Oh, qué desgracia, qué desgracia! ¡Perdóneme, ya sabe!... No sé lo que digo... ¿Y su señora vive con usted en el ingenio?

—Sí, generalmente... Ahora está en Europa.

—¡Qué desgracia! Es decir... ¡Octavio! —añadió abriendo los brazos con lágrimas en los ojos—: A usted le puedo contar, usted ha sido casi mi hijo... ¡Estamos poco menos que en la miseria! ¿Por qué no quiere que vaya con Lidia? Voy a tener con usted una confesión de madre —concluyó con una pastosa sonrisa y bajando la voz—: Usted conoce bien el corazón de Lidia, ¿no es cierto?

en los ojos: á usted le puedo contar, (*idem* 1917)

la voz: — usted (*idem* 1917)

Esperó respuesta, pero Nébel permanecía callado.

pero Nébel permaneció callado. (*idem* 1917)

—¡Sí, usted la conoce! ¿Y cree que Lidia es mujer capaz de olvidar cuando ha querido?

---

* masculino sintió en la mansa tranquilidad de su mirada, en su cuello mórbido, y en todo lo indefinible que denuncia al hombre el amor, que debía guardar velado para siempre (1912)
  1917: única variante: *el amor ya gozado,*

Ahora había reforzado su insinuación con una lenta guiñada. Nébel valoró entonces de golpe el abismo en que pudo haber caído antes. Era siempre la misma madre, pero ya envilecida por su propia alma vieja, la morfina y la pobreza. Y Lidia... Al verla otra vez había sentido un brusco golpe de deseo por la mujer actual de garganta llena y ya estremecida. Ante el tratado comercial que le ofrecían, se echó en brazos de aquella rara conquista que le deparaba el destino.

con una leve guiñada (*idem* 1917)

Nébel, en su escalofrío de protección á su apasionada adolescencia, valoró entonces el abismo en que pudo haber caído.

—¿No sabes, Lidia? —prorrumpió la madre alborozada, al volver su hija—. Octavio nos invita a pasar una temporada en su establecimiento. ¿Qué te parece?

prrorumpió alborozada, al volver (*idem* 1917)

Lidia tuvo una fugitiva contracción de cejas y recuperó su serenidad.

contracción de las cejas y recuperó su seriedad.

—Muy bien mamá...

Muy bien, mamá... (*idem* 1917)

—¡Ah! ¿No sabes lo que dice? Está casado. ¡Tan joven aún! Somos casi de su familia...

¡Ah! ¿no sabes (*idem* 1917)

Lidia volvió entonces los ojos a Nébel, y lo miró un momento con dolorosa gravedad.

Lidia volvió los ojos a Nébel (*idem* 1917)

—¿Hace tiempo? —murmuró.

—Cuatro años —repuso él en voz baja. A pesar de todo, le faltó ánimo para mirarla.

repuso él en voz baja. Le faltó ánimo para mirarla.

INVIERNO

[I]

...

No hicieron el viaje juntos por un último escrúpulo de Nébel en una línea donde era muy conocido; pero al salir de la estación subieron todos en el brec de la casa. Cuando Nébel quedaba solo en el ingenio, no guardaba a su servicio doméstico más que a una vieja india, pues —a más de su propia frugalidad— su mujer se llevaba consigo toda la servidumbre. De este modo presentó sus acompañantes a la fiel nativa como una tía anciana y su hija, que venían a recobrar la salud perdida.

por último escrúpulo de Nébel (*idem* 1917)

subieron en el brec de la casa. (*idem* 1917)

Nada más creíble, por otro lado, pues la señora decaía vertiginosamente. Había llegado deshecha, el pie incierto y pesadísimo, y en sus facies angustiosa la morfina, que había sacrificado cuatro horas seguidas a ruego de Nébel, pedía a gritos una corrida por dentro de aquel cadáver viviente.

Nébel, que cortara sus estudios a la muerte de su padre, sabía lo suficiente para prever una rápida catás-

Aquél, que cortara

trofe; el riñón, íntimamente atacado, tenía a veces paros peligrosos que la morfina no hacía sino precipitar.

Ya en el coche, no pudiendo resistir más, la dama había mirado a Nébel con transida angustia:

—Si me permite, Octavio... ¡No puedo más! Lidia, ponte delante.

La hija, tranquilamente, ocultó un poco a su madre, y Nébel oyó el crujido de la ropa violentamente recogida para pinchar el muslo.

Los ojos se encendieron, y una plenitud de vida cubrió como una máscara aquella cara agónica.

—Ahora estoy bien... ¡Qué dicha! Me siento bien.

—Debería dejar eso —dijo duramente Nébel, mirándola de costado—. Al llegar, estará peor.

—¡Oh, no! Antes morir aquí mismo.

Nébel pasó todo el día disgustado, y decidido a vivir cuanto le fuera posible sin ver en Lidia y su madre más que dos pobres enfermas. Pero al caer la tarde, y a ejemplo de las fieras que empiezan a esa hora a afilar las garras, el celo de varón comenzó a relajarle la cintura en lasos escalofríos.

Comieron temprano, pues la madre, quebrantada, deseaba acostarse de una vez. No hubo tampoco medio de que tomara exclusivamente leche.

—¡Huy! ¡Qué repugnancia! No la puedo pasar. ¿Y quiere que sacrifique los últimos años de mi vida, ahora que podría morir contenta?

Lidia no pestañeó. Había hablado con Nébel pocas palabras, y sólo al fin del café la mirada de éste se clavó en la de ella; pero Lidia bajó la suya en seguida.

Cuatro horas después Nébel abría sin ruido la puerta del cuarto de Lidia.

—¡Quién es! —sonó de pronto la voz azorada.

—Soy yo —murmuró apenas Nébel.

Un movimiento de ropas, como el de una persona que se sienta bruscamente en la cama, siguió a sus palabras, y el silencio reinó de nuevo. Pero cuando la mano de Nébel tocó en la oscuridad un brazo fresco, el cuerpo tembló entonces en una honda sacudida.

....

Luego, inerte al lado de aquella mujer que ya había conocido el amor antes que él llegara, subió de lo más recóndito del alma de Nébel el santo orgullo de su adolescencia de no haber tocado jamás, de no haber

resistir más, había mirado a (*idem* 1917)

roce de la ropa

—dijo rudamente Nébel (*idem* 1917)

la tarde, y como las fieras que empiezan á esa hora á afilar las uñas, el celo (*idem* 1917)

la puerta del cuarto.

—murmuró Nébel en voz apenas sensible. (*idem* 1917)
Un brusco movimiento de ropas, como las de una persona que se sienta en la cama, siguió á sus palabras, y el silencio (...)
tibio, el cuerpo tembló (*idem* 1917)

...

subió de lo más recóndito de su alma el santo
haber robado ni un beso, a la criatura que lo miraba con

robado ni un beso siquiera, a la criatura que lo miraba con radiante candor. Pensó en las palabras de Dostoyevsky, que hasta ese momento no había comprendido: «Nada hay más bello y que fortalezca más en la vida, que un recuerdo puro». Nébel lo había guardado, ese recuerdo sin mancha, pureza inmaculada de sus dieciocho años, y que ahora yacía allí, enfangada hasta el cáliz sobre una cama de sirvienta.

radiante alegría de candor.

Sintió entonces sobre su cuello dos lágrimas pesadas, silenciosas. Ella a su vez recordaría... Y las lágrimas de Lidia continuaban una tras otra, regando, como una tumba, el abominable fin de su único sueño de felicidad.

Ella a su vez recordaría... Y las lágrimas continuaban una tras otra, regando como una tumba el abominable

II

Durante diez días la vida prosiguió en común, aunque Nébel estaba casi todo el día afuera. Por tácito acuerdo, Lidia y él se encontraban muy pocas veces solos; y aunque de noche volvían a verse, pasaban aún entonces largo tiempo callados.

veces solos, y aunque (idem 1917)

Lidia misma tenía bastante qué hacer cuidando a su madre, postrada al fin. Como no había posibilidad de reconstruir lo ya podrido, y aun a trueque del peligro inmediato que ocasionara, Nébel pensó en suprimir la morfina. Pero se abstuvo una mañana que, entrando bruscamente en el comedor, sorprendió a Lidia que se bajaba precipitadamente las faldas. Tenía en la mano la jeringuilla, y fijó en Nébel su mirada espantada.

Lidia tenía ella misma bastante (idem 1917)

al sorprender á Lidia que se bajaba precipitadamente (idem 1917)

—¿Hace mucho tiempo que usas eso? —le preguntó él al fin.

—Sí —murmuró Lidia, doblando en una convulsión la aguja.

Nébel la miró aún y se encogió de hombros.

Sin embargo, como la madre repetía sus inyecciones con una frecuencia terrible para ahogar los dolores de su riñón que la morfina concluía de matar, Nébel se decidió a intentar la salvación de aquella desgraciada, sustrayéndole la droga.

matar, Nébel se decidió a prolongar siquiera dos días la vida

—¡Octavio! ¡Me va a matar! —clamó ella con ronca súplica—. ¡Mi hijo Octavio! ¡No podría vivir un día!

—¡Es que no vivirá dos horas, si le dejo eso! —contestó Nébel.

¡me va á matar! —clamó con ronca súplica.—
¡no podría (idem 1917)
dos horas si le dejo eso —cortó Nébel. (idem 1917)

—¡No importa, mi Octavio! ¡Dame, dame la morfina!

Nébel dejó que los brazos se tendieran a él inútilmente, y salió con Lidia.

los brazos se tendieran a él, y

—¿Tú sabes la gravedad del estado de tu madre?

—Sí... Los médicos me habían dicho...

habían dicho.

El la miró fijamente.

—Es que está mucho peor de lo que imaginas.

Lidia se puso blanca, y mirando afuera ahogó un sollozo mordiéndose los labios.

Lidia se puso lívida, y mirando afuera entrecerró los ojos y se mordió los labios en un casi sollozo. (*idem* 1917)

—¿No hay médico aquí? —murmuró.

—Aquí no, ni en diez leguas a la redonda; pero buscaremos.

Esa tarde llegó el correo cuando estaban solos en el comedor, y Nébel abrió una carta.

cuando estaban en el comedor

—¿Noticias? —preguntó Lidia inquieta, levantando los ojos a él.

preguntó Lidia levantando inquieta los ojos a él. (*idem* 1917)

—Sí —repuso Nébel, prosiguiendo la lectura.

Nébel, prosiguiendo.

—¿Del médico? —volvió Lidia al rato, más ansiosa aún.

—No, de mi mujer —repuso él con la voz dura, sin levantar los ojos.

A las diez de la noche, Lidia llegó corriendo a la pieza de Nébel.

A las ocho de la noche Lidia llegó

—¡Octavio! ¡Mamá se muere!...

¡mamá se muere!... ¡Ay!

Corrieron al cuarto de la enferma. Una intensa palidez cadaverizaba ya el rostro. Tenía los labios desmesuradamente hinchados y azules, y por entre ellos se escapaba un remedo de palabra, gutural y a boca llena:

—Pla... pla... pla...

Nébel vio en seguida sobre el velador el frasco de morfina, casi vacío.

—¡Es claro, se muere! ¿Quién le ha dado esto? —preguntó.

—preguntó a Lidia

—¡No sé, Octavio! Hace un rato sentí ruido... Seguramente lo fue a buscar a tu cuarto cuando no estabas... ¡Mamá, pobre mamá! —cayó sollozando sobre el miserable brazo que pendía hasta el piso.

sobre el miserable brazo que yacía a lo largo.

Nébel la pulsó; el corazón no daba más, y la temperatura caía. Al rato los labios callaron su pla... pla, y en la piel aparecieron grandes manchas violetas.

pla... pla

A la una de la mañana murió. Esa tarde, tras el entierro, Nébel esperó que Lidia concluyera de vestirse mientras los peones cargaban las valijas en el carruaje.

A las diez de esa noche murió. Al día siguiente, tras el entierro, de vestirse, mientras

—Toma esto —le dijo cuando ella estuvo a su lado, tendiéndole un cheque de diez mil pesos.

— le dijo cuando se aproximó a él, (*idem* 1917)

Lidia se estremeció violentamente, y sus ojos enrojecidos se fijaron de lleno en los de Nébel. Pero él sostuvo la mirada.

Pero éste sostuvo la mirada. (*idem* 1917)

—¡Toma, pues! —repitió sorprendido.

Lidia lo tomó y se bajó a recoger su valijita. Nébel entonces se inclinó sobre ella.

Nébel se inclinó (*idem* 1917)

—Perdóname —le dijo—. No me juzgues peor de lo que soy.

En la estación esperaron un rato y sin hablar, junto a la escalerilla del vagón, pues el tren no salía aún. Cuando la campana sonó, Lidia le* tendió la mano, que Nébel retuvo un momento en silencio. Luego, sin soltarla, recogió a Lidia de la cintura y la besó hondamente en la boca.

Lidia le...

El tren partió. Inmóvil, Nébel siguió con la vista la ventanilla que se perdía.

Pero Lidia no se asomó.[2,3]

---

* tendió la mano y se dispuso á subir. Nébel se la oprimió con fuerza y dió un paso atrás sin soltarla. Pero avanzando, recogió a Lidia de la cintura y la besó en la boca.

NOTAS

[1] Inicialmente publicado en la revista *Caras y Caretas*, Buenos Aires, enero 13, 1912, año XV, nº 693, con el título «Un sueño de amor», y con seis ilustraciones de Friedrich, una por cada página que completa la publicación.

[2] El cuento se basa en un par de sucesos autobiográficos acaecidos entre 1896 y 1905. José Ma. Delgado y Alberto J. Brignole, amigos de juventud del narrador y autores de su primera biografía, sitúan equivocadamente el primer encuentro entre Horacio Quiroga y Ma. Esther Jurkowski en el carnaval salteño de 1898. El resto de los estudios o referencias sobre el particular reproducen el mismo error. El episodio, en realidad tuvo lugar dos años antes. Así lo demuestran algunos textos que, de puño y letra del joven Quiroga, se conservan en un Cuaderno de Composiciones Juveniles (véase Noticia Preliminar a «Los arrecifes de coral»). Entre las 22 composiciones que llevan al pie las inciales H.Q. son varias las que aluden a Ma. Esther Jurkowski. La primera de ellas lleva por título: «Mi amada» y está fechada el 17 de marzo de 1896. El 20 de junio del mismo año, en un texto titulado: «¡Es natural!», escribe: «Esther no me ha conocido. He pasado a su lado, temblando de emoción. Cuatro meses que no la veía, y me ha olvidado. Ya no se acuerda de mí, ella que me hizo conocer algo hermoso, yo que la quise tanto...» Testimonios como éste permiten situar el encuentro de ambos jovenes en el carnaval de 1986, y no en el de 1898, como pretenden Delgado y Brignole al novelar ese primer contacto entre los enamorados en su *Vida y obra de Horacio Quiroga* (Claudio García y Cia. Mont. 1939).

Ma. Esther vivía en Salto con su madre y el Dr. Julio Jurkowski, exiliado polaco radicado en el Uruguay, médico brillante y uno de los más distinguidos positivistas del Río de la Plata. Su madre era Carlota Ferreira, la misma que había inmortalizado Juan Manuel Blanes en su retrato más ambicioso y mejor logrado. Ambos habían vivido hacia 1883 una intensa pasión. Carlota había enviudado por segunda vez, cuando el pintor se interesó en ella. Cuando llegó a Salto junto al Dr. Jurkowski —no estaban casados—, la precedía su turbulenta historia sentimental. En cuanto a él, sus convicciones filosóficas no le permitían hacer concesiones a las buenas costumbres. La mojigatería del medio los llevó a adoptar una postura desafiante que no hizo sino alimentar nuevos rumores. Fueron segregados. Finalmente se alejaron, para radicarse en la Argentina. Hay algo de ironía del destino en el hecho de que el Dr. Jurkowski, luego de establecer en Córdoba un sanatorio para enfermos pulmonares, acabara sus días en una colonia polaca situada precisamente en Misiones. Corría el año 1913 y no lejos, en San Ignacio, vivía Quiroga, quien, un año antes, había publicado un cuento inspirado en los acontecimientos que nos ocupan.

El proceso que conduce a «Un sueño de amor» se inicia, como vimos, en 1896 y se prolonga, entre recuerdos y rechazos, entre encuentros y desencuentros, hasta, por lo menos, 1905.

El propio Quiroga ha dejado testimonio de ello en su epistolario.

Así en carta-poema, en alejandrinos pareados, le dice a Alberto Brignole: «La rubia me atormenta con su recuerdo eterno; /tengo la boca dulce y el corazón tan tierno/ que río acongojado con fugitiva histeria» (Fechada en Saladito, Chaco, en octubre o noviembre de 1904 —fecha conjeturada por Ibáñez—. En: *Cartas inéditas de Horacio Quiroga*, tomo II, Montevideo: INIAL, 1959, p. 46). Poco tiempo atrás (siempre siguiendo a Ibáñez, que estima la carta de «mediados de 1904») desde Resistencia, Quiroga escribe a otro amigo entrañable, José María Fernández Saldaña, otra epístola poética, pero en el pie en prosa apunta: «Soñé con la rubia de Surkonski y de ahí la retahila anterior. Averíguame qué hace, con quién vive, si es ya (*testado por el donante* —nota de ed.—) o no, dónde vive, etc.— Poco te costará.» (*ibidem*, p. 85).

Todo parece indicar que hacia 1905 se produce el reencuentro; así lo revela la carta enviada desde Salto el 27 de abril de 1905 al mismo destinatario: «De nuestros asuntos menores, diré que a los tres días no me acordaba de Esther y si lo hacía era con disgusto. He logrado deslindar las dos personalidades, y si la tierna doncella de antes me encanta, la actual me desagrada. Hace días, junto con sus retratos, le envié una carta un poco dura; ¿qué más hacer?»

«El epílogo fue mucho más patético —escriben los biógrafos y amigos—. La pasión desventurada la hizo derivar hacia nebulosas en donde todo lo que constituía su encanto (...) se fue alejando hasta naufragar en la toxicomanía. Durante sus rápidos pasajes por Buenos Aires, Quiroga solía visitarla. Fue un error que nunca se perdonó, porque sólo sirvió para profanar lo que, en el fondo de sus almas, yacía (...)» (*Op. cit.* p. 86).

Las coincidencias impresionan hasta al más reacio al encadenamiento causal, obra-vida, aunque desde un punto de vista estrictamente literario importe más la metamorfosis de la realidad al convertirse en ficción. En este sentido, la gran cantidad de variantes que se introducen al texto publicado en revista, cuando es recogido en volumen —hay variantes en casi 300 líneas del texto-base— , indican una permanente reelaboración, no sólo en función de la efectividad de su discurso narrativo, sino también de la propia génesis y elaboración de los materiales que aporta la realidad. Seguramente no es casual que la primera de las dos únicas piezas teatrales de Quiroga sea una adaptación de «Una estación de amor».

«Las sacrificadas» fue publicada por la Sociedad Cooperativa Editorial «Buenos Aires», en 1920 y, luego de un fallido intento de estreno en Montevideo, donde habían aparecido algunos fragmentos de la pieza en la revista *Pegaso* (Mont. año II, n° 8, febrero de 1919), fue puesta en escena el 17 de febrero de 1921 en el Teatro Apolo de Buenos Aires, por la compañía de Ángela Tesada.

En carta al escritor argentino César Tiempo (seudónimo de Israel Zeitlin) escribe Quiroga: «El teatro no es mi amor ni mi fuerte. Hice una vez algo, no malo tal vez, pero sin objeto, pues *la historia de que provenía* (subrayado nuestro) valía mucho más. Salvo oponión mejor, creo que no se me puede sacar del cuento». (17 de julio de 1934. En: *Cartas inéditas y evocación de Quiroga por César Tiempo*. Montevideo: Biblioteca Nacional, Departamento de Investigaciones, 1970, p. 30. Presentación y notas de Arturo S. Visca).

[3] En diciembre de 1981 el relato fue transformado en un telefilm, elaborado por canal 12 de Montevideo, bajo la dirección de su adaptador, Sergio Otermin.

LA MUERTE DE ISOLDA[1]

CONCLUÍA el primer acto de *Tristán e Isolda*. Cansado de la agitación de ese día, me quedé en mi butaca, muy contento de mi soledad. Volví la cabeza a la sala, y detuve en seguida los ojos en un palco bajo.

Evidentemente, un matrimonio. El, un marido cualquiera, y tal vez por su mercantil vulgaridad y la diferencia de años con su mujer, menos que cualquiera. Ella, joven, pálida, con una de esas profundas bellezas que más que en el rostro —aun bien hermoso—, residen en la perfecta solidaridad de mirada, boca, cuello, modo de entrecerrar los ojos. Era, sobre todo, una belleza para hombres, sin ser en lo más mínimo provocativa; y esto es precisamente lo que no entenderán nunca las mujeres.

La miré largo rato a ojos descubiertos porque la veía muy bien, y porque cuando el hombre está así en tensión de aspirar fijamente un cuerpo hermoso, no recurre al arbitrio femenino de los anteojos.

Comenzó el segundo acto. Volví aún la cabeza al palco, y nuestras miradas se cruzaron. Yo, que había apreciado ya el encanto de aquella mirada vagando por uno y otro lado de la sala, viví en un segundo, al sentirla directamente apoyada en mí, el más adorable sueño de amor[a] que haya tenido nunca.

Fue aquello muy rápido: los ojos huyeron, pero dos o tres veces, en mi largo minuto de insistencia, tornaron fugazmente a mí.

(columna lateral)

«Tristán e Isolda» (En adelante no se registrará la variante) muy contento con la falta de vecinos. (*idem* 1917)

en el rostro, bien hermoso, están en la perfecta solidaridad de mirada: boca,

sueño de matrimonio (*idem* 1917)

---

[a] Los 22 relatos donde el amor o, más precisamente, donde la relación entre un hombre y una mujer aparecen como núcleo temático, no descartan vagos ecos de la concepción romántica. Esta variante aporta dos direcciones válidas de interpretación. Por un lado, en la redacción inicial (1914), el amor está indisolublemente asociado a la consolidación formal, social, del vínculo. Ya en la segunda versión, tres años más tarde, destraba la situación matrimonial, que, como se verá, no podrá realizarse, y finalmente estará inficionada de frustración y oportunismo de clase. A pesar —y en contra— de la situación de hecho, el amor entre ambos subsiste. Hay un paralelismo sintético entre la leyenda popular y el texto que interpreta Wagner, en la era burguesa. En un segundo plano el sintagma sustitutivo («sueño de amor») retoma el viejo —y por tal clásico— motivo de la idealidad de la persona amada, así como la metáfora del pasado vivido como un sueño. Quiroga tenía ostensible predilección por esta frase: es la misma con que había titulado, en 1912, el texto que inicia el volumen.

Fue asimismo, con la súbita dicha de haberme soñado un instante su marido, el más rápido desencanto de un idilio. Sus ojos volvieron otra vez, pero en ese instante sentí que mi vecino de la izquierda miraba hacia allá, y después de un momento de inmovilidad por ambas partes, se saludaron.

Así, pues, yo no tenía el más remoto derecho a considerarme un hombre feliz, y observé a mi compañero. Era un hombre de más de treinta y cinco años, de barba rubia y ojos azules de mirada clara y un poco dura, que expresaba inequívoca voluntad.

—Se conocen —me dije— y no poco.

En efecto, después de la mitad del acto mi vecino, que no había vuelto a apartar los ojos de la la escena, los fijó en el palco. Ella, la cabeza un poco echada atrás y en la penumbra, lo miraba también. Me pareció más pálida aún. Se miraron fijamente, insistentemente, aislados del mundo en aquella recta paralela de alma a alma que los mantenía inmóviles.

Durante el tercero, mi vecino no volvió un instante la cabeza. Pero antes de concluir aquél, salió por el pasillo lateral. Miré al palco, y ella también se había retirado.

—Final de idilio —me dije melancólicamente.

El no volvió más, y el palco quedó vacío.

. . . .

—Sí, se repiten —sacudió largo rato la cabeza[b]—. Todas las situaciones dramáticas pueden repetirse, aún las más inverosímiles, y se repiten. Es menester vivir, y usted es muy muchacho… Y las de su *Tristán* también, lo que no obsta para que haya allí el más sostenido alarido de pasión que haya gritado alma humana… Yo quiero tanto como usted a esa obra, y acaso más… No me refiero, querrá creer, al drama de *Tristán*, y con él las treinta y seis situaciones del dogma, fuera de las cuales todas son repeticiones. No; la escena que vuelve como una pesadilla, los personajes que sufren la alucinación de una dicha muerta, es otra cosa… Usted asistió al preludio de una de esas repeticiones… Sí, ya sé que se acuerda… No nos conocíamos con usted entonces… ¡Y precisamente a usted debía de hablarle de esto! Pero juzga mal lo que vio y creyó un acto mío feliz… ¡Feliz!…

Marginal notes:

de inmovilidad de ambas partes,

.años, barba rubia

dura, pero que

atrás, y en la penumbra, le miraba

tercero mi vecino

antes de concluir aquél salió por el pasillo opuesto.

más y el palco

—sacudió amargamente la cabeza.— (*idem* 1917)

con las treinta y dos situaciones del dogma (*idem* 1917)

…¡Y (…) de esto!

---

[b] El cambio de adverbio, de uno de modo a la frase sustantiva adverbializada («largo rato»), proyecta la situación desde el interior del actante a la representación cinética que de él percibe el interlocutor (y lector implícito); tampoco se descarta, en ésta última, idéntica tensión emotiva del emisor.

Oigame. El buque parte dentro de un momento, y esta vez no vuelvo más... Le cuento esto a usted, como si se lo pudiera escribir, por dos razones: Primero, porque usted tiene un parecido pasmoso con lo que era yo entonces —en lo bueno únicamente, por suerte—. Y segundo, porque usted, mi joven amigo, es perfectamente incapaz de pretenderla, después de lo que va a oír. Oigame:

La conocí hace diez años, y durante los seis meses que fui su novio hice cuanto estuvo en mí para que fuera mía. La quería mucho, y ella, inmensamente a mí. Por esto cedió un día. y desde ese instante mi amor, privado de tensión, se enfrió.

durante seis meses en que fui su novio, hice cuanto me fué posible para que fuera mía.

y desde ese instante, privado de tensión, mi amor se enfrió.

Nuestro ambiente social era distinto, y mientras ella se embriagaba con la dicha de poseer mi nombre, yo vivía en una esfera de mundo donde me era inevitable flirtear con muchachas de apellido, fortuna, y a veces muy lindas.

con la dicha de mi nombre —se me consideraba buen mozo entonces— yo

Una de ellas llevó conmigo el flirteo bajo parasoles de garden party a un extremo tal, que me exasperé y la pretendí seriamente. Pero si mi persona era interesante para esos juegos, mi fortuna no alcanzaba a prometerle el tren necesario, y me lo dio a entender claramente.

Tenía razón, perfecta razón. En consecuencia flirteé con una amiga suya, mucho más fea, pero infinitamente menos hábil para estas torturas del tête-a-tête a diez centímetros, cuya gracia exclusiva consiste en enloquecer a su flirt, manteniéndose uno dueño de sí. Y esta vez no fui yo quien se exasperó.

Seguro, pues, del triunfo, pensé entonces en el modo de romper con Inés[c]. Continuaba viéndola, y aunque no podía ella engañarse sobre el amortiguamiento de mi pasión, su amor era demasiado grande para no iluminarle los ojos de felicidad cada vez que me veía llegar.

con Alicia... (*Desde la edición de 1917 se opera el cambio onomástico.*)

los ojos de dicha (*idem* 1917)

La madre nos dejaba solos; y aunque hubiera sabido lo que pasaba, habría cerrado los ojos para no perder la más vaga posibilidad de subir con su hija a una esfera mucho más alta.

solos, y aun sabiendo lo que había pasado,

Una noche fui allá dispuesto a romper, con visible malhumor, por lo mismo. Inés corrió a abrazarme, pero se detuvo, bruscamente pálida.

—¿Qué tienes? —me dijo.

—me preguntó.

---

[c] Tal vez el trueque del nombre obedezca a que en el mismo libro se encuentra otra Alicia, la de «El almohadón de pluma».

—Nada —le respondí con sonrisa forzada, acariciándole la frente. Ella dejó hacer, sin prestar atención a mi mano y mirándome insistentemente. Al fin apartó los ojos contraídos y entramos en la sala.

la frente. Dejó

ojos contraídos y entramos. (idem 1917)
de tormenta estuvo

La madre vino, pero sintiendo cielo de tormenta, estuvo sólo un momento y desapareció.

Romper es palabra corta y fácil; pero comenzarlo...

Romper, es

Nos habíamos sentado y no hablábamos. Inés se inclinó, me apartó la mano de la cara y me clavó los ojos, dolorosos de angustioso examen.

—¡Es evidente!... —murmuró.

—¿Qué? —le pregunté fríamente.

—Qué— le (1917, seguramente errata)

La tranquilidad de mi mirada le hizo más daño que mi voz, y su rostro se demudó:

—¡Que ya no me quieres! —articuló en una desesperada y lenta oscilación de cabeza.

—Esta es la quincuagésima vez que dices lo mismo —respondí.

que me dices

No podía darse respuesta más dura; pero yo tenía ya el comienzo.

ya el comienzo para llegar hasta el fin.

Inés me miró un rato casi como a un extraño, y apartándome bruscamente la mano con el cigarro, su voz se rompió:

Alicia me miró casi como a un extraño, y apartando bruscamente mi mano y el cigarro,

—¡Esteban!

—¿Qué? —torné a repetir.

—Qué— torné a preguntarle. (idem 1917)

Esta vez bastaba. Dejó lentamente mi mano y se reclinó atrás en el sofá, manteniendo fijo en la lámpara su rostro lívido. Pero un momento después su cara caía de costado bajo el brazo crispado al respaldo.

después su cabeza (idem 1917)

Pasó un rato aún. La injusticia de mi actitud —no veía en ella más que injusticia— acrecentaba el profundo disgusto de mí mismo. Por eso cuando oí, o más bien sentí, que las lágrimas brotaban al fin, me levanté con un violento chasquido de lengua.

—no veía más que

—Yo creía que no íbamos a tener más escenas —le dije paseándome.

No me respondió, y agregué:

—Pero que sea ésta la última.

Sentí que las lágrimas se detenían, y bajo ellas me respondió un momento después:

—Como quieras.

Pero enseguida cayó sollozando sobre el sofá:

—¡Pero qué te he hecho! ¡Qué te he hecho!

¡qué te

—¡Nada! —le respondí—. Pero yo tampoco te he hecho nada a ti... Creo que estamos en el mismo caso ¡Estoy harto de estas cosas!

Mi voz era seguramente mucho más dura que mis palabras. Inés se incorporó, y sosteniéndose en el brazo del sofá, repitió, helada:

—Como quieras.

Era una despedida. Yo iba a romper, y se me adelantaban. El amor propio, el vil amor propio tocado a vivo, me hizo responder.

—Perfectamente... Me voy. Que seas más feliz... otra vez.

No comprendió, y me miró con extrañeza. Yo había ya cometido la primera infamia: y como en esos casos, sentí el vértigo de enlodarme más aún.

—¡Es claro! —apoyé brutalmente—. Porque de mí no has tenido queja... ¿no?

Es decir: te hice el honor de ser tu amante, y debes estarme agradecida.

Comprendió más mi sonrisa que mis palabras, y mientras yo salía a buscar mi sombrero en el corredor, su cuerpo y su alma entera se desplomaban en la sala.

Entonces, en ese instante en que crucé la galería, sentí intensamente lo que acababa de hacer. Aspiración de lujo, matrimonio encumbrado, todo me resultó como una llaga en mi propia alma. Y yo, que me ofrecía en subasta a las mundanas feas con fortuna, que me ponía en venta, acababa de cometer el acto más ultrajante, con la mujer que nos ha querido demasiado... Flaqueza en el Monte de los Olivos, o momento vil en un hombre que no lo es, llevan al mismo fin: ansia de sacrificio, de reconquista más alta del propio valer. Y luego, la inmensa sed de ternura, de borrar beso tras beso las lágrimas de la mujer adorada, cuya primera sonrisa tras la herida que le hemos causado, es la más bella luz que pueda inundar un corazón de hombre.

¡Y concluído! No me era posible ante mí mismo volver a tomar lo que acababa de ultrajar de ese modo: ya no era digno de ella, ni la merecía más. Había enlodado en un segundo el amor más puro que hombre alguno haya sentido sobre sí, y acababa de perder con Inés la irreencontrable felicidad de poseer a quien nos ama entrañablemente.

Desesperado, humillado, crucé por delante de la sala, y la vi echada sobre el sofá, sollozando el alma entera entre sus brazos.

¡Inés! ¡Perdida ya! Sentí más honda mi miseria ante su cuerpo, todo amor, sacudido por los sollozos de su dicha muerta. Sin darme cuenta casi, me detuve.

romper y se me adelantaban
a vivo me hizo

Había cometido la primer (sic) infamia; (idem 1917)

brutalmente,— porque
...¿no? Es decir:

que las palabras, y salí a buscar mi sombrero en el corredor, mientras que con un ¡ah! su cuerpo y su alma se desplomaban en la sala.

intensamente cuánto la quería y lo que acababa (idem 1917)

ultrajante con la mujer que nos ha querido demasiado.

primera sonrisa tras nuestra herida es (idem 1917)

por delante de la sala y la (idem 1917)
entera sobre sus brazos.

—¡Inés! —dije.

Mi voz no era ya la de antes. Y ella debió notarlo bien, porque su alma sintió, en aumento de sollozos, el desesperado llamado que le hacía mi amor —¡esa vez, sí, inmenso amor!

—No, no... —me respondió—. ¡Es demasiado tarde!

....

Padilla[d] se detuvo. Pocas veces he visto amargura más seca y tranquila que la de sus ojos cuando concluyó. Por mi parte, no podía apartar de mi memoria aquella adorable belleza del palco, sollozando sobre el sofá...

—Me creerá —reanudó Padilla— si le digo que en mis[*] insomnios[e] de soltero descontento de sí mismo la he tenido así ante mí... Salí enseguida de Buenos Aires sin ver casi a nadie, y menos a mi flirt de gran fortuna... Volví a los ocho años, y supe entonces que se había casado, a los seis meses de haberme ido yo. Torné a alejarme, y hace un mes regresé, bien tranquilizado ya, y en paz.

No había vuelto a verla. Era para mí como un primer amor, con todo el encanto dignificante que un idilio virginal tiene para el hombre hecho que después amó cien veces... Si usted es querido alguna vez como yo lo fui, y ultraja como yo lo hice, comprenderá toda la pureza que hay en mi recuerdo.

Hasta que una noche tropecé con ella. Sí, esa misma noche en el teatro... Comprendí, al ver al opulento

Variantes marginales:

¡Alicia!— la llamé.

amor, esta vez sí, inmenso amor! (*idem* 1917)

Bergson se detuvo. (Desde 1917 se trueca por «Padilla»)

apartar de mis ojos aquella adorable

muchos insomnios...

la pureza viril que

Hasta que una noche— volvía entonces del todo— la ví. Sí, noche... Comprendí, al ver a su marido de opulenta fortuna,

---

[d] Similares motivos al planteado en la nota (c) pueden haber conducido al autor a efectuar esta variante onomástica. En este caso quizás persiga la no identificación con el filósofo francés Henri Bergson. Precisamente de 1907 es su obra capital, *La evolución creadora*; Quiroga leía asiduamente el francés aunque no demasiado bien —véase nota (e)—, y ya Bergson había influido decisivamente el pensamiento de dos de los filósofos entonces mayores del Río de la Plata, los uruguayos Carlos Vaz Ferreira y José E. Rodó. (Véanse al respecto las obras del Dr. Arturo Ardao: *La filosofía en el Uruguay*, México: Fondo de Cultura Económica, 1950, y *Etapas de la inteligencia uruguaya*, Montevideo: Universidad de la República, 1971). Con Rodó, el más cercano co-generacional (le llevaba siete años a Quiroga), existen dos cartas seguras en la admiración al autor de *Motivos de Proteo* (En: *Obras completas* José E. Rodó, Madrid: Aguilar, 1967 (2a. ed.), introducción, prólogos y notas de Emir Rodríguez Monegal, pp. 1417-1418). ¿Por su intermedio conoció al pensador francés?

Para finalizar, una nota tal vez definitiva en el caso Bergson. En el cuento «Su ausencia» (*Más allá*), dice en la primera publicación: «ensayos de filosofía emersoniana, bergsoniana, maeterlinckiana» (1921); en la versión del libro (1937), elimina del repertorio a Bergson.

[e] Muy afecto a emplear expresiones, giros y vocablos franceses, éste (en forma sustantiva o verbalizado) es de los más comunes. En su correspondencia dejó testimonio de un vasto número de lecturas en francés, principalmente Maupassant, Balzac, Flaubert y Dostoievski traducido a esa lengua. Sin embargo el fidelísimo amigo y testigo lúcido, Ezequiel Martínez Estrada, afirma que no la conocía bien pese a la estadía parisina durante 1900.

[*] de soltero descontento de sí mismo, la tuve así ante mí... Salí de Buenos Aires sin ver casi a nadie, y menos a mi flirt de gran fortuna... Exploré cuatro años seguidos la cuenca sudoeste del Amazonas, estuve tantas veces como supondrá a punto de dejar la vida allí, y volví, con el hígado mal. Supe entonces que se había casado, a los seis meses de haberme ido yo. Regresé, extendí la zona hasta el Madeira, y volví por fin definitivamente: claro, la fiebre se tiene en seguida (*sic*).

almacenero de su marido, que se había precipitado en el matrimonio, como yo al Ucayali... Pero al verla otra vez, a veinte metros de mí, mirándome, sentí que en mi alma, dormida en paz, surgía sangrando la desolación de haberla perdido, como si no hubiera pasado un solo día de esos diez años. ¡Inés! Su hermosura, su mirada —única entre todas las mujeres—, habían sido mías, bien mías, porque me habían sido entregadas con adoración. También apreciará usted esto algún día.

mirada, única entre todas las mujeres, habían sido mías, bien mías, porque me había sido entregada con adoración— también apreciará

Hice lo humanamente posible para olvidar, me rompí las muelas tratando de concentrar todo mi pensamiento en la escena. Pero la prodigiosa partitura de Wagner, ese grito de pasión enfermante, encendió en llama viva lo que quería olvidar. En el segundo o tercer acto no pude más y volví la cabeza. Ella también sufría la sugestión de Wagner, y me miraba. ¡Inés, mi vida! Durante medio minuto su boca, sus manos, estuvieron bajo mi boca y mis ojos, y durante ese tiempo ella concentró en su palidez la sensación de esa dicha muerta hacía diez años. ¡Y *Tristán* siempre, sus alaridos de pasión sobrehumana, sobre nuestra felicidad yerta!

mi boca, mis ojos

Me levanté entonces,* atravesé las butacas como un sonámbulo, y avancé por el pasillo aproximándome a ella sin verla, sin que me viera, como si durante diez años no hubiera yo sido un miserable...

Salí entonces,...

Y como diez años atrás, sufrí la alucinación de que llevaba mi sombrero en la mano e iba a pasar delante de ella.

Pasé, la puerta del palco estaba abierta, y me detuve enloquecido. Como diez años antes sobre el sofá, ella, Inés, tendida ahora en el diván del antepalco, sollozaba la pasión de Wagner y su felicidad[f] deshecha.

Pasé, la puerta estaba abierta,

ella, Alicia, tendida en el diván del antepalco, sollozaba la pasión de Wagner y su dicha

¡Inés!... Sentí que el destino me colocaba en un momento decisivo. ¡Diez años!... ¿Pero habían pasado?[g] ¡No, no Inés mía!

... Pero habían pasado.

Y como entonces, al ver su cuerpo todo amor, sacudido por los sollozos, la llamé:

—¡Inés!

---

* atravesé las butacas en sentido opuesto, enfermo, aproximándome a ella sin verla, sin que me viera, como si durante diez años no hubiera sido un miserable. (Única variante en 1917: hubiera sido yo un).

[f] Adviértase cómo, muy atinadamente, el narrador elimina la cacofonía, ubicando un sinónimo preciso.

[g] El pasaje de la frase afirmativa a la interrogativa es el mismo que el de la realidad al sueño, tal como señaláramos en la nota (a).

Y como diez años antes, los sollozos redoblaron, y   antes los sollozos
como entonces me respondió bajo sus brazos:

—No, no... ¡Es demasiado tarde!...[2]

NOTAS

[1] Aparecido en *Fray Mocho*, Buenos Aires, año III, n° 109, mayo 29, 1914; con tres dibujos de Peldes, uno por cada página.

[2] La afición y devoción de Quiroga por la ópera de Wagner que da materia y título a este texto, puede rastrearse largamente en su correspondencia. De particular interés resulta para ello (y para conocer las preferencias musicales del narrador) el testimonio de su amigo (y fervoroso melómano) Ezequiel Martínez Estrada:

«—Estrada, ¿no tiene alguna música nueva?

—Precisamente ayer me trajo mi profesor dos sinfonías de Chaikovski: la Quinta y la Sexta, *Patética*.

—Ponga una. (...)

El disco de la Sexta Sinfonía giró unas veinte vueltas. Quiroga fumaba nervioso, otro cigarrillo.

—Estrada, saque eso, por favor. No sé cómo aguanta usted esta música del demonio. ¿Tiene todavía «La Muerte de Isolda»?

—Sí.

—Póngala.

Escuchó extasiado.» (*El hermano Quiroga*/ Ezequiel Martínez Estrada, Montevideo: Arca, 1968, 3a. ed., p. 44.)

«Bien por la música, arte el más puro, fuera de toda duda», le escribe al mismo escritor argentino, el 26 de septiembre de 1935. (En: *Cartas inéditas de Horacio Quiroga*, Montevideo: Instituto Nacional de Investigaciones y Archivos Literarios, 1959, p. 87).

EL SOLITARIO[1]

Kassim era un hombre enfermizo, joyero de profesión, bien que no tuviera tienda establecida. Trabajaba para las grandes casas, siendo su especialidad el montaje de las piedras preciosas. Pocas manos como las suyas para los engarces delicados. Con más arranque y habilidad comercial hubiera sido rico. Pero a los treinta y cinco años proseguía en su pieza, aderezada en taller bajo la ventana.

Kassim, de cuerpo mezquino, rostro exangüe sombreado por rala barba negra, tenía una mujer hermosa y fuertemente apasionada. La joven, de origen callejero, había aspirado con su hermosura a un más alto enlace. Esperó hasta los veinte años, provocando a los hombres y a sus vecinas con su cuerpo. Temerosa al fin, aceptó nerviosamente a Kassim.

No más sueños de lujo, sin embargo. Su marido, hábil —artista aún— carecía completamente de carácter para hacer una fortuna. Por lo cual, mientras el joyero trabajaba doblado sobre sus pinzas, ella, de codos, sostenía sobre su marido una lenta y pesada mirada, para arrancarse luego bruscamente y seguir con la vista tras los vidrios al transeúnte de posición que podía haber sido su marido.

Cuanto ganaba Kassim, no obstante, era para ella. Los domingos trabajaba también a fin de poderle ofrecer un suplemento. Cuando María deseaba una joya —¡y con cuánta pasión deseaba ella!— trabajaba él de noche. Después había tos y puntadas al costado; pero María tenía sus chispas de brillante.

Poco a poco el trato diario con las gemas llegó a hacer amar a la esposa las tareas del artífice, siguiendo con ardor las íntimas delicadezas del engarce. Pero cuando la joya estaba concluída —debía partir, no era para ella— caía más hondamente en la decepción de su matrimonio. Se probaba la alhaja, deteniéndose ante el

comercial, hubiera.
pieza aderezada

rostro exangüe entre la rala

de origen oscuro, había

—y con cuánta pasión deseaba ella—

sus chispas.
llegó a hacerle amar las tareas del artífice, (idem 1917)

era para ella,—

espejo. Al fin la dejaba por ahí, y se iba a su cuarto.
Kassim se levantaba al oír sus sollozos, y la hallaba en
cama, sin querer escucharlo.

sin querer oirlo.

—Hago, sin embargo, cuanto puedo por ti, —decía él
al fin, tristemente.

Los sollozos subían con esto, y el joyero se reinsta-
laba lentamente en su banco.

Estas cosas se repitieron, tanto que Kassim no se
levantaba ya a consolarla. ¡Consolarla! ¿De qué? Lo cual
no obstaba para que Kassim prolongara más sus veladas
a fin de un mayor suplemento.

a fin de mayor suplemento.

Era un hombre indeciso, irresoluto y callado. Las
miradas de su mujer se detenían ahora con más pesada
fijeza sobre aquella muda tranquilidad.

—¡Y eres un hombre, tú! —murmuraba.

Kassim, sobre sus engarces, no cesaba de mover los
dedos.

—No eres feliz conmigo, María —expresaba al rato.

—¡Feliz! ¡Y tienes el valor de decirlo! ¿Quién puede
ser feliz contigo?... ¡Ni la última de las mujeres!...
¡Pobre diablo! —concluía con risa nerviosa, yéndose.

Kassim trabajaba esa noche hasta las tres de la
mañana, y su mujer tenía luego nuevas chispas que ella
consideraba un instante con los labios apretados.

—Sí... No es una diadema sorprendente... ¿Cuándo
la hiciste?

—Sí... ¡no es una diadema sorprendente!... ¿cuándo la hiciste?

—Desde el martes —mirábala él con descolorida
ternura—; mientras dormías, de noche...

—Desde el martes —mirábala él
con descolorida ternura— dormías de noche...

—¡Oh, podías haberte acostado!...¡Inmensos, los
brillantes!

¡Inmensos los brillantes!

Porque su pasión eran las voluminosas piedras que
Kassim montaba. Seguía el trabajo con loca hambre que
concluyera de una vez, y apenas aderezaba la alhaja,
corría con ella al espejo. Luego, un ataque de sollozos:

—¡Todos, cualquier marido, el último, haría un
sacrificio para halagar a su mujer! Y tú..., y tú... ¡Ni un
miserable vestido que ponerme tengo!

Y tú... y tú... ni un miserable
vestido que ponerme,

Cuando se traspasa cierto límite de respeto al varón,
la mujer puede llegar a decir a su marido cosas increíbles.

Cuando se franquea cierto límite
(*idem* 1917)

La mujer de Kassim franqueó ese límite con una
pasión igual por lo menos a la que sentía por los brillantes. Una tarde, al guardar sus joyas, Kassim notó la
falta de un prendedor —cinco mil pesos en dos solitarios—. Buscó en sus cajones de nuevo.

—¿No has visto el prendedor, María? Lo dejé aquí.

—Sí, lo he visto.

—¿Dónde está? —se volvió él extrañado.

—¡Aquí!

Su mujer, los ojos encendidos y la boca burlona, se erguía con el prendedor puesto.

—Te queda muy bien —dijo Kassim al rato—. Guardémoslo.

María se rió.

—¡Oh, no! Es mío.

—¿Broma?...

—¡Sí, es broma! ¡Es broma, sí! ¡Cómo te duele pensar que podría ser mío...! Mañana te lo doy. Hoy voy al teatro con él.

Kassim se demudó.

—Haces mal... Podrían verte. Perderían toda confianza en mí.

—¡Oh! —Cerró ella con rabioso fastidio, golpeando violentamente la puerta.

Vuelta del teatro, colocó la joya sobre el velador. Kassim se levantó de la cama y fue a guardarla en su taller bajo llave. Cuando volvió, su mujer estaba sentada en el lecho.

—¡Es decir, que temes que te la robe! ¡Que soy una ladrona!

—No mires así... Has sido imprudente, nada más.

—¡Ah! ¡Y a ti te lo confían! ¡A ti, a ti! ¡Y cuando tu mujer te pide un poco de halago, y quiere...! ¡Me llamas ladrona a mí, infame!

Se durmió al fin. Pero Kassim no durmió.

Entregaron luego a Kassim para montar, un solitario, el brillante más admirable que hubiera pasado por sus manos.

—Mira, María, qué piedra. No he visto otra igual.

Su mujer no dijo nada; pero Kassim la sintió respirar hondamente sobre el solitario.

—Un agua admirable... —prosiguió él—. Costará nueve o diez mil pesos.

—Un anillo... —murmuró María al fin.

—No, es de hombre... Un alfiler.

A compás del montaje del solitario, Kassim recibió sobre su espalda trabajadora cuanto ardía de rencor y cocotaje frustrado en su mujer. Diez veces por día interrumpía a su marido para ir con el brillante ante el espejo. Después se lo probaba con diferentes vestidos.

—Si quieres hacerlo después... —se atrevió Kassim un día—. Es un trabajo urgente.

Sí.

—se volvió extrañado.

Su mujer las mejillas encendidas y

—Oh, no! es mío.

B-broma?...

Haces mal... podrían

—¡Oh!— cerró ella con rabioso fastidio golpeando

Kassim se levantó y la guardó en su taller bajo llave. (*idem* 1917) Al volver, su mujer estaba sentada en la cama. (*idem* 1917) ¡Es decir que

un poco de halago y

Se durmió pronto.

—Un anillo— murmuró

—se atrevió Kassim.— Es

Esperó respuesta en vano; su mujer abría el balcón.

—¡María, te pueden ver!

—¡Toma! ¡Ahí está tu piedra!

El solitario, violentamente arrancado del cuello, rodó por el piso.

Kassim, lívido, lo recogió examinándolo y alzó luego desde el suelo la mirada a su mujer.

—Y bueno: ¿Por qué me miras así? ¿Se hizo algo tu piedra?

—No —repuso Kassim. Y reanudó en seguida su tarea, aunque las manos le temblaban hasta dar lástima.

Tuvo que levantarse al fin a ver a su mujer en el dormitorio, en plena crisis de nervios. Su cabellera se había soltado, y los ojos le salían de las órbitas.

—¡Dame el brillante! —clamó—. ¡Dámelo! ¡Nos escaparemos! ¡Para mí! ¡Dámelo!

—María... —tartamudeó Kassim, tratando de desasirse.

—¡Ah! —rugió su mujer enloquecida—. ¡Tú eres el ladrón, miserable! ¡Me has robado mi vida, ladrón, ladrón! ¡Y creías que no me iba a desquitar... cornudo! ¡Ajá! Mírame... No se te ha ocurrido nunca, ¿eh? ¡Ah! —y se llevó las dos manos a la garganta ahogada. Pero cuando Kassim se iba, saltó de la cama y cayó de pecho, alcanzando a cogerlo de un botín.

—¡No importa! ¡El brillante, dámelo! ¡No quiero más que eso! ¡Es mío, Kassim miserable!

Kassim la ayudó a levantarse, lívido.

—Estás enferma, María. Después hablaremos... Acuéstate.

—¡Mi brillante!

—Bueno, veremos si es posible... Acuéstate.

—¡Dámelo!

La crisis de nervios retornó.

Kassim volvió a trabajar en su solitario. Como sus manos tenían una seguridad matemática, faltaban pocas horas ya[a] para concluirlo.

en vano, su

—El solitario, violentamente arrancado, rodó por el piso.
—Toma! ¡ahí está tu piedra!

lívido, la recogió examinándola,

—Y bueno, ¿por qué

—N-no— repuso

Pero tuvo que levantarse al fin a ver a su mujer, en plena crisis de nervios.

... No se te había ocurrido

saltó de la cama y cayó,

... acuéstate.

... acuéstate.

La bola montó de nuevo a la garganta. (*idem* 1917)

faltaban pocas horas ya. (*idem* 1917)

---

[a] A diferencia del primer texto que inaugura el volumen *Cuentos de amor de locura y de muerte*, en éste el autor no efectuó variantes sustanciales. Esta modificación es típica de la *casi totalidad* de los relatos de Quiroga. Rastreando en su código léxico es posible advertir que el uso del verbo *concluir* en sus formas fijas y conjugadas, irrumpe en forma casi ubicua. Así, por ejemplo, en «Una bofetada» (*El salvaje*) lo hace en cinco oportunidades, al igual que en «La llama» (*ibidem*); en «Los fabricantes de carbón» (*Anaconda*) en cuatro instancias, en «Polea loca» (*ibidem*) también cuatro veces, etc.

Este recurso, notoriamente empobrecedor y fatigoso, se incrementa en las correcciones, como es el caso presente.

María se levantó a comer, y Kassim tuvo la solicitud
de siempre con ella. Al final de la cena su mujer lo miró
de frente.

—Es mentira, Kassim —le dijo.

—¡Oh! —repuso Kassim sonriendo—. No es nada.

—¡Te juro que es mentira! —insistió ella.[b]

Kassim sonrió de nuevo, tocándole con* torpe caricia
la mano, y se levantó a proseguir su tarea. Su mujer, con
las mejillas entre las manos, lo siguió con la vista.

—Y no me dice más que eso... —murmuró. Y con una
honda náusea por aquello pegajoso, fofo e inerte que era
su marido, se fue a su cuarto.

No durmió bien. Despertó, tarde ya, y vio luz en el
taller; su marido continuaba trabajando. Una hora después Kassim oyó un alarido.

—¡Dámelo!

—Sí, es para ti; falta poco, María —repuso presuroso, levantándose. Pero su mujer, tras ese grito de
pesadilla, domía de nuevo.

A las dos de la madrugada Kassim pudo dar por
terminada su tarea: el brillante resplandecía firme y
varonil en su engarce. Con paso silencioso fue al dormitorio y encendió la veladora. María dormía de espaldas,
en la blancura helada de su pecho y su camisón.

Fue al taller y volvió de nuevo. Contempló un rato el
seno casi descubierto, y con una descolorida sonrisa
apartó un poco más el camisón desprendido.

Su mujer no lo sintió.

No había mucha luz. El rostro de Kassim adquirió de
pronto una dureza de piedra, y suspendiendo un instante
la joya a flor del seno desnudo, hundió, firme y perpendicular como un clavo, el alfiler entero en el corazón de
su mujer.

se levantó para comer,

sonriendo— no es nada.
—insinuó ella (1918)
tocándole con...

Una hora después éste oyó

Kassim pudo dar por concluída
su tarea; el brillante brillaba
firme

de espaldas en la

y con una humilde sonrisa

No había mucha luz, sin duda.
dura inmovilidad, y

---

[b] Entre las ediciones de 1917 y 1918 aparecen mínimas variantes en todos los relatos del volumen. No obstante lo cual éstas existen, tal como lo demuestra la presente y —aún más— la inmediatamente posterior. Por tanto no es correcta la afirmación del editor de la última reimpresión uruguaya de *Cuentos de amor(...)* (Montevideo: ediciones del Nuevo Mundo, 1988, prólogo de Mercedes Ramírez), cuando sostiene que la de 1917 «fue reproducida» sin variantes en 1918 y reeditados en 1925 por la Editorial Babel de Buenos Aires (...)». Lo último, se habrá notado, tampoco es cierto como se ha establecido en la noticia preliminar.

* torpe caricia la mano.
—¡Loca! Te digo que no me acuerdo de nada.
Y se levantó a proseguir su tarea. Su mujer, con la cara entre las manos, lo siguió con la vista. (*idem* 1917).
Su mujer, con la cara entre las manos, (1918)

Hubo una brusca abertura de ojos, seguida de una lenta caída de párpados. Los dedos se arquearon, y nada más.[c]

La joya, sacudida por la convulsión del ganglio herido, tembló un instante desequilibrada. Kassim esperó un momento; y cuando el solitario quedó por fin perfectamente inmóvil, se retiró cerrando tras de sí la puerta sin hacer ruido.[2]

Los dedos se arquearon imperceptiblemente. Nada más.

inmóvil, pudo entonces retirarse, cerrando (*idem* 1917/ 1918)

---

[c] Como podrá advertirse en la inmensa mayoría de los textos quiroguianos, a medida que el cuento se aproxima a su final las variantes aumentan considerablemente. Estas dificultades de lograr un adecuado «cierre» de la historia, hacen que altere el discurso, vacile, corrija, rehaga incesantemente. Las vacilaciones, las incertidumbres, nos quedan sin respuesta teórica, más aún, constituyen uno de los principales desvelos de su poética. Al respecto véase el Apéndice III, 1 («*Textos teóricos*»), de esta edición.

NOTAS

[1] Aparecido en *Fray Mocho*, Buenos Aires, año II, n° 57, mayo 30, 1913; con dos dibujos, en cada página, de Friedrich.

[2] Esta historia que recoge evidentes resonancias de su época modernista, tan próxima temáticamente a varios textos de *Los arrecifes de coral* y *El crimen del otro*, no ha concitado mayor atención ni comentario crítico en sus diversas corrientes. Tampoco podrá encontrarse otra mención que la siguiente en el repertorio epistolar del autor: «Es así que desde hace un año y medio no percibo directamente un centavo de lo que escribo. Entre el pagaré del famoso Banco Industrial, y una pareja de ellos aquí, me llevaron todo. Recién ahora, con «El Solitario», tengo unos pesos para mí» (a Luis Pardo, San Ignacio, mayo 28 de 1913. En: *Revista de la Biblioteca Nacional*, Montevideo, n° 18, mayo 1978, p. 26). Como se ve, esta es una mera referencia de alivio económico —bastante comunes en su epistolario— y no un apunte sobre la gestación o recepción del relato.

LOS BUQUES SUICIDANTES[1]

RESULTA que hay pocas cosas más terribles que encontrar en el mar un buque abandonado. Si de día el peligro es menor, de noche el buque no se ve ni hay advertencia posible: el choque se lleva a uno y otro.

Estos buques abandonados por a o por b, navegan obstinadamente a favor de las corrientes o del viento; si tienen las velas desplegadas. Recorren así los mares, cambiando caprichosamente de rumbo.

No pocos de los vapores que un buen día no llegaron a puerto, han tropezado en su camino con uno de estos buques silenciosos que viajan por su cuenta. Siempre hay probabilidad de hallarlos, a cada minuto. Por ventura las corrientes suelen enredarlos en los mares de sargazo. Los buques se detienen, por fin, aquí o allá, inmóviles para siempre en ese desierto de algas. Así, hasta que poco a poco se van deshaciendo. Pero otros llegan cada día, ocupan su lugar en silencio, de modo que el tranquilo y lúgubre puerto siempre está frecuentado.

El principal motivo de estos abandonos de buque son sin duda las tempestades y los incendios que dejan a la deriva negros esqueletos errantes. Pero hay otras causas singulares entre las que se puede incluir lo acaecido al *María Margarita*, que zarpó de Nueva York el 24 de agosto de 1903, y que el 26 de mañana se puso al habla con una corbeta, sin acusar novedad alguna. Cuatro horas más tarde, un paquete, no obteniendo respuesta, desprendió una chalupa que abordó al *María Margarita*. En el buque no había nadie. Las camisetas de los marineros se secaban a proa. La cocina estaba prendida aún. Una máquina de coser tenía la aguja suspendida sobre la costura, como si hubiera sido dejada un momento antes. No había la menor señal de lucha ni de pánico, todo en perfecto orden. Y faltaban todos. ¿Qué pasó?

La noche que aprendí esto estábamos reunidos en el puente. Íbamos a Europa, y el capitán nos contaba su historia marina, perfectamente cierta, por otro lado.[a]

La concurrencia femenina, ganada por la sugestión del oleaje susurrante, oía estremecida. Las chicas nerviosas prestaban sin querer inquieto oído a la ronca voz de los marineros en proa. Una señora muy joven y recién casada se atrevió:

—¿No serán águilas...?

El capitán se sonrió bondadosamente:

—¿Qué, señora? ¿Aguilas que se lleven a la tripulación?

Todos se rieron, y la joven hizo lo mismo, un poco cortada.

Felizmente un pasajero sabía algo de eso. Lo miramos curiosamente. Durante el viaje había sido un excelente compañero, admirando por su cuenta y riesgo, y hablando poco.

—¡Ah! ¡Si nos contara, señor! —suplicó la joven de las águilas.

—No tengo inconveniente —asintió el discreto individuo—. En dos palabras: en los mares del norte, como el *María Margarita* del capitán, encontramos una vez un barco a vela. Nuestro rumbo —viajábamos también a vela—, nos llevó casi a su lado. El singular aire de abandono que no engaña en un buque llamó nuestra atención, y disminuímos la marcha observándolo. Al fin desprendimos una chalupa; a bordo no se halló a nadie, y todo estaba también en perfecto orden. Pero la última anotación del diario databa de cuatro días atrás, de modo que no sentimos mayor impresión. Aun nos reímos un poco de las famosas desapariciones súbitas.

Ocho de nuestros hombres quedaron a bordo para el gobierno del nuevo buque. Viajaríamos en conserva. Al anochecer aquél nos tomó un poco de camino. Al día siguiente lo alcanzamos, pero no vimos a nadie sobre el puente. Desprendióse de nuevo la chalupa, y los que fueron recorrieron en vano el buque: todos habían desaparecido. Ni un objeto fuera de su lugar. El mar estaba absolutamente terso en toda su extensión. En la cocina hervía aún una olla con papas.

La noche en que
á Europa. El capitán
por otro lado, con la infalible suficiencia que caracteriza al gremio.
ganada por la sugestión de sombrío mar presente,
á la voz de

avergonzada (*idem* 1917 y 1918)

y riesgo, no diciendo gracias y hablando

palabras— y en (...) capitán—

Nuestro rumbo viajábamos á vela

atención y

una chalupa; no se halló a nadie, y todo en perfecto orden.

Viajábamos de conserva (1917 y 1918). (En 1906 *idem* versión definitiva.) Al anochecer nos tomó a nadie. Desprendióse

el buque; todos
fuera de lugar

---

[a] El estatuto de la verosimilitud queda deliberadamente violado por el autor; hay aquí una identificación relato = historia = verdad inapelable. Por supuesto que en la tríada se filtra el humor. En segunda instancia, la eliminación del sintagma «con la infalible (...)», se suprime por razones de economía narrativa que el narrador persigue, en este relato, al máximo.

Como ustedes comprenderán, el terror supersticioso de nuestra gente llegó a su colmo. A la larga, seis se animaron a llenar el vacío, y yo fui con ellos. Apenas a bordo, mis nuevos compañeros se decidieron a beber para desterrar toda preocupación. Estaban sentados en rueda, y a la hora la mayoría cantaba ya.

seis se animaron y yo fui con ellos.

rueda y á

Llegó mediodía* y pasó la siesta. A las cuatro, la brisa cesó y las velas cayeron. Un marinero se acercó a la borda y miró el mar aceitoso. Todos se habían levantado, paseándose, sin ganas ya de hablar. Uno se sentó en un cabo arrollado y se sacó la camiseta para remendarla. Cosió un rato en silencio. De pronto se levantó y lanzó un largo silbido. Sus compañeros se volvieron. El los miró vagamente, sorprendido también, y se sentó de nuevo. Un momento después dejó la camiseta en el rollo, avanzó a la borda y se tiró al agua. Al sentir ruido, los otros dieron vuelta la cabeza, con el ceño ligeramente fruncido. Pero enseguida parecieron olvidarse del incidente, volviendo a la apatía común.

Llegó medio día...

Uno se sentó en un cabo (idem 1917 y 1918)

De repente se levantó y lanzó un silbido estridente. Los compañeros

el ruido los otros

Enseguida se olvidaron, volviendo

Al rato otro se desperezó, restregóse los ojos caminando, y se tiró al agua. Pasó media hora; el sol iba cayendo. Sentí de pronto que me tocaban en el hombro.

el sol opaco iba

—¿Qué hora es?

—Las cinco —respondí. El viejo marinero que me había hecho la pregunta me miró desconfiado, con las manos en los bolsillos. Miró largo rato mi pantalón, distraído. Al fin se tiró al agua.

Las cinco —. El viejo marinero me miró, con las

Los tres que quedaban, se acercaron rápidamente y observaron el remolino. Se sentaron en la borda, silbando despacio, con la vista perdida a lo lejos. Uno se bajó y se tendió en el puente, cansado. Los otros desaparecieron uno tras otro. A las seis, el último de todos se levantó, se compuso la ropa, apartóse el pelo de la frente, caminó con sueño aún, y se tiró al agua.

que quedaban se

perdida á lo

el último se levantó

aún y se

Entonces quedé solo, mirando como un idiota el mar desierto. Todos sin saber lo que hacían, se habían arrojado al mar, envueltos en el sonambulismo moroso que flotaba en el buque. Cuando uno se tiraba al agua, los otros se volvían momentáneamente preocupados, como si recordaran algo, para olvidarse en seguida. Así habían desaparecido todos, y supongo que lo mismo los del día anterior, y los otros y los de los demás buques. Esto es todo.

Todos sin saber

supongo que fué lo mismo con los del día anterior y los otros y los de los

---

* (En 1917 y 1918 *idem*, aunque se lee «mediodía».) En la edición definitiva dice: Llegó *al* mediodía. No existiendo ninguna marca pronominal, debe tratarse de una errata que subsanamos.

Nos quedamos mirando al raro hombre con explicable curiosidad.

con excesiva curiosidad.

—¿Y usted no sintió nada? —le preguntó mi vecino de camarote.

— Sí; un gran desgano y obstinación de las mismas ideas, pero nada más. No sé por qué no sentí nada más. Presumo que el motivo es éste:* en vez de agotarme en una defensa angustiosa y a toda costa contra lo que sentía, como deben de haber hecho todos, y aun los marineros sin darse cuenta, acepté sencillamente esa muerte hipnótica, como si estuviese anulado ya. Algo muy semejante ha pasado sin duda a los centinelas de aquella guardia célebre, que noche a noche se ahorcaban.[b]

Si, un gran

este: en...

Como el comentario era bastante complicado, nadie respondió. Poco después el narrador se retiraba a su camarote. El capitán lo siguió un rato de reojo.

respondió. Se fué al rato. El capitán lo siguió de reojo.

—¡Farsante! —murmuró.

—Al contrario —dijo un pasajero enfermo, que iba a morir a su tierra—. Si fuera farsante no habría dejado de pensar en eso, y se hubiera tirado también al agua.[2]

—Al contrario— dijo un pasajero enfermo.— Si fuera farsante no habría dejado de pensar en eso y se hubiera tirado al agua.

---

* vez de buscar y temer á *toda costa* — enredándome poco á poco en ese engranaje— la causa de lo que sentía, como deben de haber hecho todos, y aun los marineros sin darse cuenta, acepté sencillamente esta inconsciencia pesada é hipócrita. Algo...

[b] El extenso discurso del marinero, que ocupa los dos tercios de la historia, es obsesivamente corregido, introduciéndose las variantes a nivel de los signos de puntuación. Es evidente que el narrador pretendió lograr una frase breve, contundente, seca, eliminando la mayoría de las intervenciones del autor implícito.

NOTAS

[1] Inicialmente publicado en: *Caras y Caretas*, año IX, nº 421, Buenos Aires, octubre 27, 1906; acompañado de un dibujo de Giménez.

[2] El mismo tema que seduce a sus maestros Edgar Allan Poe, Guy de Maupassant, Joseph Conrad, Hope Hogdson y aun a Hermann Melville; el buque fantasma que boga sin rumbo, devastador y enigmático, atrae con humor y algo de ironía a Horacio Quiroga, en este relato en el que confió afectuosamente. Así se lo dice en carta a José María Fernández Saldaña: «Ayer hube realmente de escribirte, a raíz del cuento de C. y C. Supongo leerás ésta por allá; (Montevideo) debe haberles gustado el cuentejo, pues no hace veinte días publicaron «Los buques suicidantes», siendo así que no es costumbre repetir una firma antes de mes y medio, por lo menos.» (Buenos Aires, noviembre 18, 1906. En: *Cartas inéditas...* t. II, p. 116.)

A LA DERIVA[1]

EL HOMBRE pisó algo blanduzco, y enseguida sintió la mordedura en el pie.* Saltó adelante, y al volverse con un juramento vio una yararacusú que arrollada sobre sí misma, esperaba otro ataque.

El hombre echó una veloz ojeada a su pie, donde dos gotitas de sangre** engrosaban dificultosamente, y sacó el machete de la cintura. La víbora vio la amenaza, y hundió más la cabeza en el centro mismo de su espiral; pero el machete cayó de lomo, dislocándole las vértebras.

El hombre se bajó hasta la mordedura, quitó las gotitas de sangre, y durante un instante contempló. Un dolor agudo nacía de los dos puntitos violeta, y comenzaba a invadir todo el pie. Apresuradamente se ligó el tobillo con su pañuelo, y siguió por la picada hacia su rancho.

El dolor en el pie aumentaba, con sensación de tirante abultamiento, y de pronto el hombre sintió dos o tres fulgurantes puntadas que como relámpagos habían irradiado desde la herida hasta la mitad de la pantorrilla. Movía la pierna con dificultad; una metálica sequedad de garganta, seguida de sed quemante, le arrancó un nuevo juramento.

Llegó por fin al rancho, y se echó de brazos sobre la rueda de un trapiche. Los dos puntitos violetas desaparecían ahora en la monstruosa hinchazón del pie entero. La piel parecía adelgazada y a punto de ceder, de tensa. El hombre quiso llamar a su mujer, y la voz se quebró en un ronco arrastre de garganta reseca. La sed lo devoraba.

pie...

sangre...

su pañuelo y

de tensa. Quiso

---

* Dió un salto atrás, y al volverse con un juramento, vió una yarará que, arrollada sobre sí misma, erguía inmóvil la cabeza, presta a otro ataque.

** crecían dificultosamente (...) y hundiendo la cabeza hasta el mismo centro de su espiral, proyectó con torpe furor la mitad del cuerpo hacia adelante; pero el machete cayó, trozándole las vértebras. En la cabeza cercenada de la yarará, los párpados continuaron moviéndose.

—¡Dorotea! —alcanzó a lanzar en un estertor—. ¡Dame caña!

Su mujer corrió con un vaso lleno, que el hombre sorbió en tres tragos. Pero no había sentido gusto alguno.

—¡Te pedí caña, no agua! —rugió de nuevo—. ¡Dame caña!

—¡Pero es caña, Paulino! —protestó la mujer espantada.

—¡No, me diste agua! ¡Quiero caña, te digo!

La mujer corrió otra vez, volviendo con la damajuana. El hombre tragó uno tras otro dos vasos, pero no sintió nada en la garganta.

—Bueno; esto se pone feo... —murmuró entonces, mirando su pie lívido y ya con lustre gangrenoso. Sobre la honda ligadura del pañuelo, la carne desbordaba como una monstruosa morcilla.

Los dolores fulgurantes se sucedían en continuos relampagueos, y llegaban ahora a la ingle. La atroz sequedad de garganta que el aliento parecía caldear más, aumentaba a la par. Cuando pretendió incorporarse, un fulminante vómito lo mantuvo medio minuto con la frente apoyada en la rueda de palo.

Pero el hombre no quería morir, y descendiendo hasta la costa subió a su canoa. Sentóse en la popa y comenzó a palear hasta el centro del Paraná. Allí la corriente del río, que en las inmediaciones del Iguazú corre seis millas, lo llevaría antes de cinco horas a Tacurú-Pucú.

El hombre, con sombría energía, pudo efectivamente llegar hasta el medio del río; pero allí sus manos dormidas dejaron caer la pala en la canoa, y tras un nuevo vómito —de sangre esta vez—, dirigió una mirada al sol que ya trasponía el monte.

La pierna entera, hasta medio muslo, era ya un bloque deforme y durísimo que reventaba la ropa. El hombre cortó la ligadura y abrió el pantalón con su cuchillo: el bajo vientre desbordó hinchado, con grandes manchas lívidas y terriblemente doloroso.[a] El hombre pensó que no podría jamás llegar él solo a Tacurú-Pucú, y se decidió a pedir ayuda a su compadre Alves, aunque hacía mucho tiempo que estaban disgustados.

pone feo... — murmuró

vez— dirigió

terriblemente dolorido.

---

[a] La imprecisión gramatical («dolorido») apunta hacia el sujeto, mientras que el oportuno cambio por «doloroso» señala sólo el bajo vientre.

La corriente del río se precipitaba ahora hacia la costa brasileña, y el hombre pudo fácilmente atracar. Se arrastró por la picada en cuesta arriba, pero a los veinte metros, exhausto, quedó tendido de pecho.

atracar. Como un animal que tiene el espinazo quebrado, se

—¡Alves! —gritó con cuanta fuerza pudo; y prestó oído en vano.

—¡Compadre Alves! ¡No me niegue este favor! —clamó de nuevo,[b] alzando la cabeza del suelo. En el silencio de la selva no se oyó un solo rumor. El hombre tuvo aún valor para llegar hasta su canoa, y la corriente, cogiéndola de nuevo, la llevó velozmente a la deriva.

— rugió de nuevo, alzando la cabeza del suelo. — En el silencio hostil de la selva excesiva, no se oyó un rumor. El hombre pudo llegar hasta su canoa, y

El Paraná corre allí en el fondo de una inmensa hoya,[c] cuyas paredes, altas de cien metros, encajonan fúnebremente el río. Desde las orillas bordeadas de negros bloques de basalto asciende el bosque, negro también. Adelante, a los costados, detrás, siempre la eterna muralla lúgubre, en cuyo fondo el río arremolinado se precipita en incesantes borbollones de agua fangosa. El paisaje es agresivo, y reina en él un silencio de muerte. Al atardecer, sin embargo, su belleza sombría y calma cobra una majestad única.

hoya volcánica cuyas paredes, altas de ochenta metros, encajonan

se precipita abriéndose en

El sol había caído ya cuando el hombre, semitendido en el fondo de la canoa, tuvo un violento escalofrío. Y de pronto, con asombro, enderezó pesadamente la cabeza: se sentía mejor. La pierna le dolía apenas, la sed disminuía, y su pecho, libre ya, se abría en lenta inspiración.

el hombre, doblado sobre la cintura en el fondo de la canoa tuvo

El veneno comenzaba a irse, no había duda. Se hallaba casi bien, y aunque no tenía fuerzas para mover la mano, contaba con la caída del rocío para reponerse del todo. Calculó que antes de tres horas estaría en Tacurú-Pucú.

El bienestar avanzaba y con él una somnolencia llena de recuerdos. No sentía ya nada ni en la pierna ni en el vientre. ¿Viviría aún su compadre Gaona en Tacurú-Pucú? Acaso viera también a su ex patrón, míster Dougald, y al recibidor del obraje.

avanzaba, y con él un somnoliento retardo de la respiración. No

¿Llegaría pronto? El cielo, al poniente, se abría[*] ahora en pantalla de oro, y el río se había coloreado

se abría...

---

[b] Suprime la animalización, vacilación característica en varios relatos.

[c] Para deslindar confusiones el narrador suprime «volcánica», porque efectivamente no existen en esa zona limítrofe, tan bien sugerida y ensamblada con la experiencia límite del hombre en tránsito hacia la muerte. La precisión numérica —motivo obsesionante en Quiroga— es otro de los aspectos de este pasaje (inicialmente «ochenta metros», finalmente «cien metros»).

[*] ahora en inmensa rosa, y el río se había coloreado también. Desde la cristalina sombra que velaba el agua bajo la selva oriental, el monte enviaba su frescura crepuscular en penetrantes efluvios de miel silvestre. Una pareja de loros cruzó en silencio el Paraguay.

también. Desde la costa paraguaya, ya entenebrecida, el monte dejaba caer sobre el río su frescura crepuscular, en penetrantes efluvios de azahar y miel silvestre. Una pareja de guacamayos cruzó muy alto y en silencio hacia el Paraguay.[d]

Allá abajo, sobre el río de oro, la canoa derivaba velozmente, girando a ratos sobre sí misma ante el borbollón de un remolino. El hombre que iba en ella se sentía cada vez mejor, y pensaba entretanto en el tiempo justo que había pasado sin ver a su ex patrón Dougald. ¿Tres años? Tal vez no, no tanto. ¿Dos años y nueve meses? Acaso. ¿Ocho meses y medio? Eso sí, seguramente.

De pronto sintió que estaba helado hasta el pecho. ¿Qué sería? Y la respiración...

Al recibidor de maderas de míster Dougald, Lorenzo Cubilla, lo había conocido en Puerto Esperanza un viernes santo... ¿Viernes? Sí, o jueves...

El hombre estiró lentamente los dedos de la mano.

—Un jueves...

Y cesó de respirar.[2,3]

¿Que sería? Y la respiración también... (*idem* 1917)

en Puerto Deseado. (*idem* 1917)

[d] El autor advierte que en la primera versión de 1912 había violado el propósito fronterizo, porque cruzar «*el* Paraguay» puede confundirse con el inverosímil trámite de recorrer todo el territorio de ese país. Cruzar «*hacia* el Paraguay», precisa el encuadre limítrofe en el que se mueve el protagonista.

NOTAS

[1] Inicialmente publicado en *Fray Mocho*, Buenos Aires, año I, n° 6, junio 7, 1912, con dos dibujos de Hohmann, uno por cada página de la revista.

[2] Aunque este cuento es uno de los más celebrados y mejor logrados de Quiroga, no fue sin embargo de los de su mayor predilección, al menos así parece desprenderse de la no escasa correspondencia conocida y publicada. Puede revisarse la noticia preliminar a este libro, donde se encontrará una larga carta a José María Delgado, en la que ni siquiera lo menciona. En rigor la única referencia aparece en una seca carta a Luis Pardo, el 3 de julio de 1912: «¿Recibió uno *A la deriva*? Me extraña Romerito no me haya dicho nada.» (En: *Revista de la Biblioteca Nacional*, Montevideo, n° 18, mayo 1978, p. 23).

[3] La televisión alemana filmó en las sierras de Aiguá (departamento de Maldonado, Uruguay) una adaptación de este cuento.

LA INSOLACIÓN[1]

EL CACHORRO OLD salió por la puerta y atravesó el patio con paso recto y perezoso. Se detuvo en la linde del pasto, estiró al monte, entrecerrando los ojos, la nariz vibrátil, y se sentó tranquilo. Veía la monótona llanura del Chaco, con sus alternativas de campo y monte, monte y campo, sin más color que el crema del pasto y el negro del monte. Este cerraba el horizonte, a doscientos metros, por tres lados de la chacra. Hacia el oeste, el campo se ensanchaba y extendía en abra, pero que la ineludible línea sombría enmarcaba a lo lejos.

A esa hora temprana, el confín, ofuscante de luz a mediodía, adquiría reposada nitidez. No había una nube ni un soplo de viento. Bajo la calma del cielo plateado, el campo emanaba tónica frescura que traía al alma pensativa, ante la certeza de otro día de seca, melancolías de mejor compensado trabajo.

Milk, el padre del cachorro, cruzó a su vez el patio y se sentó al lado de aquél, con perezoso quejido de bienestar. Ambos permanecían inmóviles, pues aun no había moscas.

Old, que miraba hacía rato la vera del monte, observó:

—La mañana es fresca.

Milk siguió la mirada del cachorro y quedó con la vista fija, parpadeando distraído. Después de un rato dijo:

—En aquel árbol hay dos halcones.

Volvieron la vista indiferente a un buey que pasaba, y continuaron mirando por costumbre las cosas.

Entretanto, el oriente comenzaba a empurpurarse en abanico, y el horizonte había perdido ya su matinal precisión. Milk cruzó las patas delanteras y al hacerlo sintió leve dolor. Miró sus dedos sin moverse, decidiéndose por fin a olfatearlos. El día anterior se había sacado un pique, y en recuerdo de lo que había sufrido lamió extensamente el dedo enfermo.

—No podía caminar —exclamó, en conclusión.

—Old no comprendió a qué se refería, Milk agregó:

—Hay muchos piques.

Esta vez el cachorro comprendió. Y repuso por su cuenta, después de largo rato:

—Hay muchos piques.

Uno y otro callaron de nuevo, convencidos.

El sol salió; y en el primer baño de su luz, las pavas del monte lanzaron al aire puro el tumultuoso trompeteo de su charanga. Los perros, dorados al sol oblicuo, entornaron los ojos, dulcificando su molicie en beato pestañeo. Poco a poco la pareja aumentó con la llegada de los otros compañeros: Dick, el taciturno preferido; Prince, cuyo labio superior partido por un coatí, dejaba ver los dientes; e Isondú,[a] de nombre indígena. Los cinco fox-terriers, tendidos y beatos de bienestar,[b] durmieron.

Al cabo de una hora irguieron la cabeza; por el lado opuesto del bizarro rancho de dos pisos —el inferior de barro y el alto de madera, con corredores y baranda de chalet—, habían sentido los pasos de su dueño que bajaba la escalera. Míster Jones, la toalla al hombro, se detuvo un momento en la esquina del rancho y miró el sol, alto ya. Tenía aún la mirada muerta y el labio pendiente tras su solitaria velada de whisky, más prolongada que las habituales.

Mientras se lavaba, los perros se acercaron y le olfatearon las botas, meneando con pereza el rabo. Como las fieras amaestradas, los perros conocen el menor indicio de borrachera en su amo. Alejáronse con lentitud a echarse de nuevo al sol. Pero el calor creciente les hizo presto abandonar aquél, por la sombra de los corredores.

El día avanzaba igual a los precedentes de todo ese mes; seco, límpido, con catorce horas de sol calcinante que parecía mantener el cielo en fusión, y que en un instante resquebrajaba la tierra mojada en costras blanquecinas. Míster Jones fue a la chacra, miró el trabajo del día anterior y retornó al rancho. En toda esa mañana no hizo nada. Almorzó y subió a dormir la siesta.

---

[a] Como en «El almohadón de pluma», el autor vuelve a alterar el nombre de uno de los personajes-eje del relato. Las motivaciones, a nuestro juicio, son las mismas: el protagonista de «El alambre de púa», el toro imparable, se llama Bariguí. A propósito consúltese el glosario, situado al final de esta edición.

[b] La hipérbole *muertos de bienestar* es modificada aquí por el narrador con un vocablo también irónico (*beatos*), ya que ni la atmósfera ni la historia propician nada parecido a ese estado casi místico al que alude el sustantivo.

Variantes (margen derecho):

caminar,— exclamó,

Old no entendió á que

Esta vez el cachorro comprendió; pero como todas las ideas de los perros son propias, repuso por su cuenta, después

Poco a poco, la

preferido: Prince

dientes, y Mbariguí, de

tendidos y muertos de

de chalet— habían

pendiente, tras

Se alejaron

aquel por

parecía mantener en fusión el cielo, y

Los peones volvieron a las dos a la carpición, no obstante la hora de fuego, pues los yuyos no dejaban el algodonal. Tras ellos fueron los perros, muy amigos del cultivo desde el invierno pasado, cuando aprendieron a disputar a los halcones los gusanos blancos que levantaba el arado. Cada perro se echó bajo un algodonero, acompañando con su jadeo los golpes sordos de la azada.

cultivo, desde que el invierno pasado habían aprendido á disputar (...) Cada uno se echó

Entretanto el calor crecía. En el paisaje silencioso y enceguenciente de sol, el aire vibraba a todos lados, dañando la vista. La tierra removida exhalaba vaho de horno, que los peones soportaban sobre la cabeza, envuelta hasta las orejas en el flotante pañuelo, con el mutismo de sus trabajos de chacra. Los perros cambiaban a cada rato de planta, en procura de más fresca sombra. Tendíanse a lo largo, pero la fatiga los obligaba a sentarse sobre las patas traseras para respirar mejor.

silencioso y ardido de sol,

cabeza, rodeada hasta los hombros por el flotante pañuelo, con el mutismo de sus trabajos de chacra. Los perros cambiaban de planta, en

Reverberaba ahora delante de ellos un pequeño páramo de greda que ni siquiera se había intentado arar. Allí, el cachorro vio de pronto a míster Jones sentado sobre un tronco, que lo miraba fijamente. Old se puso en pie meneando el rabo. Los otros levantáronse también, pero erizados.

míster Jones que lo miraba fijamente, sentado sobre un raigón.

—Es el patrón —dijo el cachorro, sorprendido de la actitud de aquéllos.

patrón— exclamó el cachorro

—No, no es él —replicó Dick.

Los cuatro perros estaban apiñados gruñendo sordamente, sin apartar los ojos de míster Jones, que continuaba inmóvil, mirándolos. El cachorro, incrédulo, fue a avanzar, pero Prince le mostró los dientes:

Los cuatros perros estaban juntos, gruñendo sordamente sin

—No es él, es la Muerte.[c]

es la muerte.

El cachorro se erizó de miedo y retrocedió al grupo.

—¿Es el patrón muerto? —preguntó ansiosamente.

Los otros, sin responderle, rompieron a ladrar con furia, siempre en actitud temerosa. Pero míster Jones se desvanecía ya en el aire ondulante.

con furia, siempre en actitud de miedoso ataque. Sin moverse, míster Jones se desvaneció en el aire ondulante.

Al oír ladridos, los peones habían levantado la vista, sin distinguir nada. Giraron la cabeza para ver si había entrado algún caballo en la chacra, y se doblaron de nuevo.

Al oír los ladridos, los peones levantaron la vista,

en la chacra y

Los fox-terriers volvieron al paso al rancho. El cachorro, erizado aún, se adelantaba y retrocedía con

con pequeños trotes nerviosos,

---

[c] Desde la primera ocasión que se menciona a la muerte, ésta aparece en minúscula (1908). Pero ya en la segunda publicación (1917) se transforma en mayúscula. El sentido alegórico es evidente, aspecto pues nada menos en la lectura de uno y otro texto.

cortos trotes nerviosos, y supo de la experiencia de sus compañeros que cuando una cosa va a morir, aparece antes.

—¿Y cómo saben que ese que vimos no era el patrón vivo? —preguntó.

—Porque no era él —le respondieron displicentes.

¡Luego la Muerte, y con ella el cambio de dueño, las miserias, las patadas, estaba sobre ellos! Pasaron el resto de la tarde al lado de su patrón, sombríos y alerta. Al menor ruido gruñían, sin saber hacia dónde.

Por fin el sol se hundió tras el negro palmar del arroyo, y en la calma de la noche plateada, los perros se estacionaron alrededor del rancho, en cuyo piso alto míster Jones recomenzaba su velada de whisky. A medianoche oyeron sus pasos, luego la caída de las botas en el piso de tablas, y la luz se apagó. Los perros, entonces, sintieron más el próximo cambio de dueño, y solos, al pie de la casa dormida, comenzaron a llorar. Lloraban en coro, volcando* sus sollozos convulsivos y secos, como masticados, en un aullido de desolación, que la voz cazadora de Prince sostenía, mientras los otros tomaban el sollozo de nuevo. El cachorro sólo podía ladrar. La noche avanzaba, y los cuatro perros de edad, agrupados a la luz de la luna, el hocico extendido e hinchado de lamentos —bien alimentados y acariciados por el dueño que iban a perder—, continuaban llorando a lo alto su doméstica miseria.

A la mañana siguiente míster Jones fue él mismo a buscar las mulas y las unció a la carpidora, trabajando hasta las nueve. No estaba satisfecho, sin embargo. Fuera de que la tierra no había sido nunca bien rastreada, las cuchillas no tenían filo, y con el paso rápido de las mulas, la carpidora saltaba. Volvió con ésta y afiló sus rejas; pero un tornillo en que ya al comprar la máquina había notado una falla, se rompió al armarla. Mandó un peón al obraje próximo, recomendándole cuidara del caballo, un buen animal pero asoleado. Alzó la cabeza al sol fundente de mediodía, e insistió en que no galopara ni un momento. Almorzó en seguida y subió. Los perros, que en la mañana no habían dejado un segundo a su patrón, se quedaron en los corredores.

Luego la muerte, el viaje del patrón á Resistencia, para siempre, estaba sobre ellos. (…) gruñían, sin saber adonde.

Por fin el sol carmesí se

luego la doble caída

prolongando sus sollozos...

próximo, recomendándole el caballo, un buen animal, pero

no galopara ni un

dejado un momento á

---

* convulsivos y secos, como masticados, en un aullido de desolación que la voz (…) los otros sollozaban de nuevo. El cachorro ladraba. Había pasado media hora, y los cuatro perros de edad agrupados á la luz de la luna, el hocico extendido é hinchado de lamentos— bien alimentados y acariciados por el dueño que iban a perder— continuaban llorando su doméstica miseria.

La siesta pesaba, agobiada de luz y silencio. Todo el contorno estaba brumoso por las quemazones. Alrededor del rancho la tierra blanquizca del patio deslumbraba por el sol a plomo, parecía deformarse en trémulo hervor, que adormecía los ojos parpadeantes de los fox-terriers.

—No ha aparecido más —dijo Milk.

Old, al oír *aparecido*, levantó vivamente las orejas. Incitado por la evocación, el cachorro se puso en pie y ladró, buscando a qué. Al rato calló, entregándose con sus compañeros a su defensiva cacería de moscas.

—No vino más —agregó Isondú.[d]

—Había una lagartija bajo el raigón —recordó por primera vez Prince.

Una gallina, el pico abierto y las alas apartadas del cuerpo, cruzó el patio incandescente con su pesado trote de calor. Prince la siguió perezosamente con la vista, y saltó de golpe.

—¡Viene otra vez! —gritó.

Por el norte del patio avanzaba solo el caballo en que había ido el peón. Los perros se arquearon sobre las patas, ladrando con furia a la Muerte que* se acercaba. El caballo caminaba con la cabeza baja, aparentemente indeciso sobre el rumbo que debía seguir. Al pasar frente al rancho dio unos cuantos pasos en dirección al pozo, y se desvaneció progresivamente en la cruda luz.

Míster Jones bajó; no tenía sueño. Disponíase a proseguir el montaje de la carpidora, cuando vio llegar inesperadamente al peón** a caballo. A pesar de su orden, tenía que haber galopado para volver a esa hora. Apenas libre y concluída su misión, el pobre caballo, en cuyos ijares era imposible contar*** los latidos, tembló agachando la cabeza, y cayó de costado. Míster Jones mandó a la chacra, todavía de sombrero y rebenque, al peón para no echarlo si continuaba oyendo sus jesuíticas disculpas.

Pero los perros estaban contentos. La Muerte, que buscaba a su patrón, se había conformado con el caba-

Alrededor del rancho, la tierra blanquizca del patio,

aparecido, levantó las orejas sobre los ojos. Los otros pensaron.

No vino más— dijo Mbarigüí. Esta vez el cachorro, incitado por la evocación, se puso en pie y ladró, buscando á qué. Al rato el grupo calló, entregado de nuevo á su defensiva cacería de moscas.

muerte que...

al peón...

contar...

---

[d] El relato transcurre básicamente en función de la conciencia del cachorro. La supresión de este fragmento de la primera versión sin duda obedece al deseo de eliminar retardos, frenos a la tensión narrativa.

* se acercaba. El animal caminaba con la cabeza baja, aparentemente indeciso por el rumbo que iba á seguir. Al pasar frente al rancho dió unos cuántos pasos en dirección al pozo, y se degradó progresivamente en la

** A pesar de su orden, tenía que haber galopado para volver á esa hora. Culpólo con toda su lógica racional á que el otro respondía con evasivas razones. Apenas

*** el latido, tembló agachando la cabeza y cayó de costado. Míster Jones mandó al peón á la chacra, aun rebenque en mano, para no echarlo, si continuaba oyendo sus jesuíticas disculpas. (...) La muerte, que

llo. Sentíanse alegres, libres de preocupación, y en consecuencia disponíanse a ir a la chacra tras el peón, cuando oyeron a míster Jones que le gritaba, pidiéndole el tornillo. No había tornillo: el almacén estaba cerrado, el encargado dormía, etc. Míster Jones, sin replicar, descolgó su casco y salió él mismo en busca del utensilio. Resistía el sol como un peón, y el paseo era maravilloso contra su mal humor.

míster Jones que gritaba a éste, lejos ya, pidiéndole

Los perros salieron con él, pero se detuvieron a la sombra del primer algarrobo; hacía demasiado calor. Desde allí, firmes en las patas, el ceño contraído y atento, veían alejarse a su patrón. Al fin el temor a la soledad pudo más, y con agobiado trote siguieron tras él.

Los perros le acompañaron, pero quedáronse á la sombra del primer algarrobo: hacía demasiado calor. Lo miraban alejarse, de pie y el ceño contraído y atento. Al

Míster Jones obtuvo su tornillo y volvió. Para acortar distancia, desde luego, evitando la polvorienta curva del camino, marchó en línea recta a su chacra. Llegó al riacho y se internó en el pajonal, el diluviano pajonal del Saladito, que ha crecido, secado y retoñado desde que hay paja en el mundo, sin conocer fuego. Las matas, arqueadas en bóveda a la altura del pecho, se entrelazan en bloques macizos. La tarea de cruzarlo, seria ya con día fresco, era muy dura a esa hora. Míster Jones lo atravesó, sin embargo, braceando entre la paja restallante y polvorienta por el barro que dejaban las crecientes, ahogado de fatiga y acres vahos de nitratos.

secado, retoñado desde

macizos. Con día fresco, la tarea, sería ya, era muy dura á esa hora. Míster

Salió por fin y se detuvo en la linde; pero era imposible permanecer quieto bajo ese sol y ese cansancio. Marchó de nuevo. Al calor quemante que crecía sin cesar desde tres días atrás, agregábase ahora el sofocamiento del tiempo descompuesto. El cielo estaba blanco y no se sentía un soplo de viento. El aire faltaba, con angustia cardíaca que no permitía concluir la respiración.

sol y ese cansancio; marchó de nuevo. Al

no permitía concluir la inspiración.

Míster Jones adquirió el convencimiento de que había traspasado su límite de resistencia. Desde hacía rato le golpeaba en los oídos el latido de las carótidas. Sentíase en el aire, como si de dentro de la cabeza le empujaran el cráneo hacia arriba. Se mareaba mirando el pasto. Apresuró la marcha para acabar con eso de una vez... Y de pronto volvió en sí y se halló en distinto paraje: había caminado media cuadra sin darse cuenta de nada. Miró atrás, y la cabeza se le fue en nuevo vértigo.

Míster Jones se convenció de que había traspasado sus límites de resistencia. Desde

la cabeza le empujaban violentamente el cráneo hacia arriba. Se mareaba mirando el pasto. Apresuró la marcha para acabar con eso de una vez, y de pronto volvió (...) cuadra, sin

Entretanto, los perros seguían tras él, trotando con toda la lengua de fuera. A veces, asfixiados, deteníanse

A veces, agotados, deteníanse (...) jadeo, pero volvían al tormento del sol. Al fin,

en la sombra de un espartillo; se sentaban precipitando su jadeo, para volver enseguida al tormento del sol. Al fin, como la casa estaba ya próxima, apuraron el trote.

Fue en ese momento cuando Old, que iba adelante, vio tras el alambrado de la chacra a míster Jones, vestido de blanco, que caminaba hacia ellos. El cachorro, con súbito recuerdo, volvió la cabeza a su patrón y confrontó.

—¡La Muerte, la Muerte! —aulló.[e]

Los otros lo habían visto también, y ladraban erizados. Vieron que míster Jones atravesaba el alambrado, y por un instante creyeron que se iba a equivocar; pero al llegar a cien metros se detuvo, miró el grupo con sus ojos celestes, y marchó adelante.

—¡Qué no camine ligero el patrón! —exclamó Prince.

—¡Va a tropezar con él! —aullaron todos.

En efecto, el otro, tras breve hesitación, había avanzado, pero no directamente sobre ellos como antes, sino en línea oblicua y en apariencia errónea, pero que debía llevarlo justo al encuentro de míster Jones. Los perros comprendieron que esta vez todo concluía, porque su patrón continuaba caminando a igual paso, como un autómata, sin darse cuenta de nada. El otro llegaba ya. Los perros hundieron el rabo y corrieron de costado, aullando. Pasó un segundo, y el encuentro se produjo. Míster Jones se detuvo, giró sobre sí mismo y se desplomó.

Los peones, que lo vieron caer, lo llevaron a prisa al rancho, pero fue inútil toda el agua;[f] murió sin volver en sí. Míster Moore, su hermano materno, fue allá desde Buenos Aires, estuvo una hora en la chacra, y en cuatro días liquidó todo, volviéndose en seguida al sur. Los indios se repartieron los perros, que vivieron en adelante flacos y sarnosos, e iban todas las noches con hambriento sigilo a robar espigas de maíz en las chacras ajenas.[2]

---

[e] Del mismo modo que en «A la deriva» destruía la animalización del protagonista (véase nota (b) a ese cuento), aquí el autor elimina la metagoge. «Aullar» comporta exteriorizar un estado anímico de desesperación que no encierra, en sí mismo, un «grito».

[f] Como en la mayoría de los relatos de Quiroga, la resolución del final se torna problemática; un desafío del que ciertamente tenía plena conciencia y así lo señaló en más de una página teórica (véase Apéndice III, 1 a esta edición).

NOTAS

[1] Originalmente publicado en *Caras y Caretas*, Buenos Aires, año XI, nº 492, mayo 7, 1908, con dos ilustraciones de Hohmann, una por cada página de la revista.

Como ya se señaló en la Noticia Premilinar a este volumen, «La insolación» es el primer cuento «de monte» que publica Quiroga (aunque esté ambientado en el Chaco, igual que «El monte negro», y no en Misiones). Subrayamos este hecho porque la exégesis, basándose en el año de publicación de sus libros, y desdeñando las fechas en que los diferentes relatos aparecen, en muchos casos con varios años de antelación, en revistas o diarios, situan la aparición de esta importante vertiente de la obra de Quiroga, en 1917, cuando da a conocer *Cuentos de amor...*
Sobre este desfazaje, esencial para establecer con precisión el itinerario estético del narrador, abundamos en la Nota Filológica Preliminar, cuando nos referimos al criterio de la presente edición.

[2] Los extranjeros, los «gringos» en Misiones y el Chaco, son personajes frecuentes en la narrativa de Quiroga. En *Cuentos de amor de locura y de muerte*, aparecen dos con características relativamente similares: el Míster Moore de este relato, desaprensivo con los bienes de su hermanastro, afanoso por sacar rápido provecho material de ellos, y Míster Hall de «Los pescadores de vigas», rostro inocultable de la explotación imperialista, como podrá verse en ese texto.

A propósito del origen del cuento opina Emir Rodríguez Monegal: «Tal vez haya en (Míster Jones) algún rasgo de un tal Robert Hilton Scott que Quiroga encontró en un viaje a Misiones y cuyo establecimiento en el Paraguay visitó a principios de 1907. Hay una carta de enero 29 en que se refiere al viaje. Tal vez la imagen del inglés borracho que se desintegra en el desierto tropical sea demasiado genérica (está magníficamente desarrollada en Hudson, en Conrad y en Kipling, que ya Quiroga leía con avidez) como para pretender una identificación concreta.» (En: *El Desterrado, ibídem*, p. 117).

Puede encontrarse un extenso análisis estilístico del texto en *El estilo de Horacio Quiroga en sus cuentos*, de Nicolás A.S. Bratosevich, Madrid: Gredos, 1973, pp. 152-170.

EL ALAMBRE DE PÚA[1]

Durante quince* días el caballo alazán había buscado en vano la senda por donde su compañero se escapaba del potrero. El formidable cerco, de capuera —desmonte que ha rebrotado inextricable—, no permitía paso ni aun a la cabeza del caballo. Evidentemente no era por allí por donde el malacara pasaba.

El alazán recorría otra vez la chacra, trotando inquieto con la cabeza alerta. De la profundidad del monte, el malacara respondía a los relinchos vibrantes de su compañero con los suyos cortos y rápidos, en que había una fraternal promesa de abundante comida. Lo más irritante para el alazán era que el malacara reaparecía dos o tres veces en el día para beber. Prometíase aquél entonces no abandonar un instante a su compañero, y durante algunas horas, en efecto, la pareja pastaba en admirable conserva. Pero de pronto el malacara, con su soga a rastra, se internaba en el chircal, y cuando el alazán, al darse cuenta de su soledad, se lanzaba en su persecución, hallaba el monte inextricable. Esto sí, de adentro, muy cerca aún, el maligno malacara respondía a sus desesperados relinchos, con un relinchillo a boca llena.

Hasta que esa mañana el viejo alazán halló la brecha muy sencillamente: cruzando por frente al chircal, que desde el monte avanzaba cincuenta metros en el campo, vio un vago sendero que lo condujo en perfecta línea oblicua al monte. Allí estaba el malacara, deshojando árboles.

La cosa era muy simple: el malacara, cruzando un día el chircal, había hallado la brecha abierta en el

Durante quince...

de su compañero, con los suyos cortos y rápidos, en que había sin duda una premura de abundante comida. Lo

sencillamente: Cruzando por frente al chircal que

* días el alazán había buscado en vano la falla del cerco vivo que limitaba la chacra en quinientos metros. El cerco de capuera— desmonte que ha rebrotado, y entrelazado por tanto de lianas y bambúes,— no permitía paso ni aún a la cabeza del caballo. Evidentemente, no era por allí por donde el malacara se escapaba.

Ahora recorría de nuevo la chacra, trotando

monte por un incienso desarraigado. Repitió su avance a través del chircal, hasta llegar a conocer perfectamente la entrada del túnel. Entonces usó del viejo camino que con el alazán habían formado a lo largo de la línea del monte. Y aquí estaba la causa del trastorno del alazán: la entrada de la senda formaba una línea sumamente oblicua con el camino de los caballos, de modo que el alazán, acostumbrado a recorrer éste de sur a norte y jamás de norte a sur, no hubiera hallado jamás la brecha.

En un instante el viejo caballo estuvo unido a su compañero, y juntos entonces, sin más preocupación que la de despuntar torpemente las palmeras jóvenes, los dos caballos decidieron alejarse del malhadado potrero que sabían ya de memoria.

El monte, sumamente raleado, permitía un fácil avance, aun a caballos. Del bosque no quedaba en verdad sino una franja de doscientos metros de ancho. Tras él, una capuera de dos años se empenachaba de tabaco salvaje. El viejo alazán, que en su juventud había correteado capueras hasta vivir perdido seis meses en ellas, dirigió la marcha, y en media hora los tabacos inmediatos quedaron desnudos de hojas hasta donde alcanza un pescuezo de caballo.

Caminando, comiendo, curioseando, el alazán y el malacara cruzaron la capuera hasta que un alambrado los detuvo.

—Un alambrado —dijo el alazán.

—Sí, alambrado —asintió el malacara. Y ambos, pasando la cabeza sobre el hilo superior, contemplaron atentamente. Desde allí se veía un alto pastizal de viejo rozado, blanco por la helada; un bananal y una plantación nueva. Todo ello poco tentador, sin duda; pero los caballos entendían ver eso, y uno tras otro siguieron el alambrado a la derecha.

Dos minutos después pasaban; un árbol, seco en pie por el fuego, había caído sobre los hilos. Atravesaron la blancura del pasto helado en que sus pasos no sonaban, y bordeando el rojizo bananal, quemado por la escarcha, vieron entonces de cerca qué eran aquellas plantas nuevas.

—Es yerba —constató el malacara, con sus trémulos labios a medio centímetro de las duras hojas. La decepción pudo haber sido grande; mas los caballos, si bien golosos, aspiraban sobre todo a pasear. De modo que cortando oblicuamente el yerbal prosiguieron su camino, hasta que un nuevo alambrado contuvo a la pareja. Costeáronlo con tranquilidad grave y paciente, llegando así a una tranquera, abierta para su dicha, y los paseantes se vieron de repente en pleno camino real.

Ahora bien, para los caballos, aquello que acababan de hacer tenía todo el aspecto de una proeza. Del potrero aburridor a la libertad presente, había infinita distancia. Mas por infinita que fuera, los caballos pretendían prolongarla aún, y así, después de observar con perezosa atención los alrededores, quitáronse mutuamente la caspa del pescuezo, y en mansa felicidad prosiguieron su aventura.

El día, en verdad, la favorecía. La bruma matinal de Misiones acababa de disiparse del todo, y bajo el cielo súbitamente azul, el paisaje brillaba de esplendorosa claridad. Desde la loma cuya cumbre ocupaban en ese momento los dos caballos, el camino de tierra colorada cortaba el pasto delante de ellos con precisión admirable, descendía al valle blanco de espartillo helado, para tornar a subir hasta el monte lejano. El viento, muy frío, cristalizaba aún más la claridad de la mañana de oro, y los caballos, que sentían de frente el sol, casi horizontal todavía, entrecerraban los ojos al dichoso deslumbramiento.

Seguían así, solos y gloriosos de libertad en el camino encendido de luz, hasta que[a]* al doblar una punta de monte vieron a orillas del camino cierta extensión de un verde inusitado. ¿Pasto? Sin duda. Mas en pleno invierno...

Y con las narices dilatadas de gula, los caballos se acercaron al alambrado. ¡Sí, pasto fino, pasto admirable! Y entrarían ellos, los caballos libres!

Hay que advertir que el alazán y el malacara poseían desde esa madrugada alta idea de sí mismos. Ni tranquera, ni alambrado, ni monte, ni desmonte, nada fuera obstáculo para ellos. Habían visto cosas extraordinarias, salvado dificultades no creíbles, y se sentían gordos,

verdad, favorecía tal estado de alma.
el cielo súbitamente puro, el

la loma, cuya

luz, hasta...

Y en las narices dilatadas

madrugada, alta
desmonte, nada era para ellos obstáculo. Habían

---

[a] Como podrá advertirse al observar la columna donde se registran las variantes, este relato fue apenas retocado por Quiroga, apenas ajustado a la tendencia general de la maduración de su escritura. Sea: inclinación a pulir la adjetivación, eliminación de las intervenciones del narrador implícito en la historia, ajuste funcional de la puntuación. Este pasaje es demostrativo en cuanto a la economía de recursos que propone en el discurso; suprimir los tramos descriptivos lesiona una diégesis cuyo ritmo es de por sí lento.

* que la sombra verde una depresión del terreno los apartó de su errabundo bienestar. La gramilla aquélla, sumamente baja, entretúvolos muy poco, pues aunque tierna, no valía en resumidas cuentas el trabajo de arrancarla. Avanzaron, en consecuencia, hasta que algo llamó la atención de sus orejas.

Al doblar una punta del monte, vieron a orillas del camino cierta extensión de un verde inusitado. ¿Pasto?

orgullosos y facultados para tomar la decisión más estrafalaria que ocurrírseles pudiera.

En este estado de énfasis, vieron a cien metros de ellos varias vacas detenidas a orillas del camino, y encaminándose allá llegaron a la tranquera, cerrada con cinco robustos palos. Las vacas estaban inmóviles, mirando fijamente el verde paraíso inalcanzable.

—¿Por qué no entran? —preguntó el alazán a las vacas.

—Porque no se puede —le respondieron.

—Nosotros pasamos por todas partes —afirmó el alazán, altivo—. Desde hace un mes pasamos por todas partes.

Con el fulgor de su aventura, los caballos habían perdido sinceramente el sentido del tiempo. Las vacas no se dignaron siquiera mirar a los intrusos.

—Los caballos no pueden —dijo una vaquillona movediza—. Dicen eso y no pasan por ninguna parte. Nosotras sí pasamos por todas partes.

—Tienen soga —añadió una vieja madre sin volver la cabeza.

—¡Yo no, yo no tengo soga! —respondió vivamente el alazán—. Yo vivía en las capueras y pasaba.

—¡Sí, detrás de nosotras! Nosotras pasamos y ustedes no pueden.

La vaquillona movediza intervino de nuevo:

—El patrón dijo el otro día: a los caballos con un solo hilo se los contiene. ¿Y entonces...? ¿Ustedes no pasan?

—No, no pasamos —repuso sencillamente el malacara, convencido por la evidencia.

—¡Nosotras sí!

Al honrado malacara, sin embargo, se le ocurrió de pronto que las vacas, atrevidas y astutas, impertinentes invasoras de chacras y el Código Rural, tampoco pasaban la tranquera.

—Esta tranquera es mala —objetó la vieja madre.

—¡El sí! Corre los palos con los cuernos.

—¿Quién? —preguntó el alazán.

Todas las vacas, sorprendidas de esa ignorancia, volvieron la cabeza al alazán.

—¡El toro, Barigüí! El puede más que los alambrados malos.

—¿Alambrados...? ¿Pasa?

—¡Todo! Alambre de púa también. Nosotras pasamos después.

Notas marginales:

todas partes.— afirmó

soga,—

—Si, detrás de nosotros!

¿Y entonces?...

—¡Nosotros sí!

y del Código

objetó la vieja madre.— ¡El sí!

Todas las vacas volvieron a él la cabeza con sorpresa.

—¡Todos!

Los dos caballos, vueltos ya a su pacífica condición de animales a que un solo hilo contiene, se sintieron ingenuamente deslumbrados por aquel héroe capaz de afrontar el alambre de púa, la cosa más terrible que puede hallar el deseo de pasar adelante.

De pronto las vacas se removieron mansamente: a lento paso llegaba el toro. Y ante aquella chata y obstinada frente dirigida en tranquila recta a la tranquera, los caballos comprendieron humildemente su inferioridad.

Las vacas se apartaron, y Barigüí, pasando el testuz bajo una tranca, intentó hacerla correr a un lado. Los caballos levantaron las orejas, admirados, pero la tranca no corrió. Una tras otra, el toro probó sin resultado su esfuerzo inteligente: el chacarero, dueño feliz de la plantación de avena, había asegurado la tarde anterior los palos con cuñas.

El toro no intentó más. Volviéndose con pereza, olfateó a lo lejos entrecerrando los ojos, y costeó luego el alambrado, con ahogados mugidos sibilantes.

Desde la tranquera, los caballos y las vacas miraban. En determinado lugar el toro pasó los cuernos bajo el alambre de púa tendiéndolo violentamente hacia arriba con el testuz, y la enorme bestia pasó arqueando el lomo. En cuatro pasos más estuvo entre la avena, y las vacas se encaminaron entonces allá, intentando a su vez pasar. Pero a las vacas falta evidentemente la decisión masculina de permitir en la piel sangrientos rasguños, y apenas introducían el cuello, lo retiraban presto con mareante cabeceo.

Los caballos miraban siempre.

—No pasan —observó el malacara.

—El toro pasó —dijo el alazán. Come mucho. Y la pareja se dirigía a su vez a costear el alambrado por la fuerza de la costumbre, cuando un mugido claro y berreante ahora, llegó hasta ellos: dentro del avenal el toro, con cabriolas de falso ataque, bramaba ante el chacarero que con un palo trataba de alcanzarlo.

—¡Añá…! Te voy a dar saltitos… —gritaba el hombre. Barigüí, siempre danzando y berreando ante el hombre, esquivaba los golpes. Maniobraron así cincuenta metros, hasta que el chacarero pudo forzar a la bestia contra el alambrado. Pero ésta, con la decisión bruta de su fuerza, hundió la cabeza entre los hilos y pasó, bajo un agudo violineo de alambre y grampas lanzadas a veinte metros.

correr a un lado.
Los caballos (…)

la tarde anterior con cuñas los palos.

púa, tendiólo (…). Probablemente sea errata en la última versión ya que la pausa se mantiene tanto en 1917 como en 1918.
entonces allí,

en su

No pasan,—
—Come mucho.
Y la pareja se

un mugido, claro

chacarero, que

con la decisión pesada y bruta de su fuerza,

Los caballos vieron cómo el hombre volvía precipita- rancho y
damente a su rancho, y tornaba a salir con el rostro
pálido. Vieron también que saltaba el alambrado y se y se encaminaba en su dirección,
encaminaba en dirección de ellos, por lo cual los compa- por lo cual los compañeros, ante
ñeros, ante aquel paso que avanzaba decidido, retroce- aquel paso que avanzaba hacia
ellos, retrocedieron
dieron por el camino en dirección a su chacra.

Como los caballos marchaban dócilmente a pocos
pasos delante del hombre, pudieron llegar juntos a la
chacra del dueño del toro, siéndoles dado así oír la dado oír
conversación.

Es evidente, por lo que de ella se desprende, que el
hombre había sufrido lo indecible con el toro del polaco.
Plantaciones, por inaccesibles que hubieran estado den- que hubieran sido
tro del monte; alambrados, por grande que fuera su
tensión e infinito el número de hilos, todo lo arrolló el
toro con sus hábitos de pillaje. Se deduce también que los
vecinos estaban hartos de la bestia y de su dueño, por los
incesantes destrozos de aquélla. Pero como los poblado- destrozos de la bestia.
res de la región difícilmente denuncian al Juzgado de Paz
perjuicios de animales, por duros que les sean, el toro
proseguía comiendo en todas partes menos en la chacra
de su dueño, el cual, por otro lado, parecía divertirse
mucho con esto. mucho en esto.

De este modo, los caballos vieron y oyeron al irritado
chacarero y al polaco cazurro.

—¡Es la última vez, don Zaninski, que vengo a verlo
por su toro! Acaba de pisotearme toda la avena. ¡Ya no
se puede más!

El polaco, alto y de ojillos azules, hablaba con agudo hablaba con extraordinario y me-
loso
y meloso falsete.

—¡Ah, toro malo! ¡Mi no puede! ¡Mi ata, escapa!
¡Vaca tiene culpa! ¡Toro sigue vaca!

—¡Yo no tengo vacas, usted bien sabe!

—¡No, no! ¡Vaca Ramírez! ¡Mí queda loco, toro!

—¡Y lo peor es que afloja todos los hilos, usted lo
sabe también!

—¡Sí, sí, alambre! ¡Ah, mí no sabe...!

—¡Bueno! Vea, don Zaninski; yo no quiero cuestio- ¡Bueno!, vea don Zaninski: yo
nes con vecinos, pero tenga por última vez cuidado con
su toro para que no entre por el alambrado del fondo: en
el camino voy a poner alambre nuevo.

—¡Toro pasa por camino! ¡No fondo!

—Es que ahora no va a pasar por el camino.

—¡Pasa, toro! ¡No púa, no nada! ¡Pasa todo!

—No va a pasar.

—¿Qué pone?

—Alambre de púa... Pero no va a pasar.

—¡No hace nada púa!

—Bueno; haga lo posible porque no entre, porque si pasa se va a lastimar.

El chacarero se fue. Es como lo anterior evidente que el maligno polaco, riéndose una vez más de las gracias del animal, compadeció, si cabe en lo posible, a su vecino que iba a construir un alambrado infranqueable por su toro. Seguramente se frotó las manos:

—¡Mí no podrán decir nada esta vez si toro come toda avena!

Los caballos reemprendieron de nuevo el camino que los alejaba de su chacra, y un rato después llegaban al lugar en que Barigüí había cumplido su hazaña. La bestia estaba allí siempre, inmóvil en medio del camino, mirando con solemne vaciedad de ideas desde hacía un cuarto de hora, un punto fijo a la distancia. Detrás de él, las vacas dormitaban al sol ya caliente, rumiando.

Pero cuando los pobres caballos pasaron por el camino, ellas abrieron los ojos, despreciativas:

—Son los caballos. Querían pasar el alambrado. Y tienen soga.

—¡Barigüí sí pasó!

—A los caballos un solo hilo los contiene.

—Son flacos.

Esto pareció herir en lo vivo al alazán, que volvió la cabeza:

—Nosotros no estamos flacos. Ustedes, sí están. No va a pasar más aquí —añadió señalando con los belfos los alambres caídos, obra de Barigüí.

—¡Barigüí pasa siempre! Después pasamos nosotras. Ustedes no pasan.

—No va a pasar más. Lo dijo el hombre.

—El comió la avena del hombre. Nosotras pasamos después.

El caballo, por mayor intimidad de trato, es sensiblemente más afecto al hombre que la vaca. De aquí que el malacara y el alazán tuvieran fe en el alambrado que iba a construir el hombre.

La pareja prosiguió su camino, y momentos después, ante el campo libre que se abría ante ellos, los dos caballos bajaron la cabeza a comer, olvidándose de las vacas.

Tarde ya, cuando el sol acababa de entrar, los dos caballos se acordaron del maíz y emprendieron el

púa... pero no

como lo anterior, evidente, que

vaciedad de idea

camino, abrieron los ojos despreciativos:

—añadió señalando los

el sol acababa de entrarse, los

regreso. Vieron en el camino al chacarero que cambiaba todos los postes de su alambrado, y a un hombre rubio que, detenido a su lado a caballo, lo miraba trabajar.

— Le digo que va a pasar — decía el pasajero.

— No pasará dos veces — replicaba el chacarero.

— ¡Usted verá! ¡Esto es un juego para el maldito toro del polaco! ¡Va a pasar!

— No pasará dos veces — repetía obstinadamente el otro.

Los caballos siguieron, oyendo aún palabras cortadas:

— ...reír!

— ...veremos.

Dos minutos más tarde el hombre rubio pasaba a su lado a trote inglés. El malacara y el alazán, algo sorprendidos de aquel paso que no conocían, miraron perderse en el valle al hombre presuroso.

— ¡Curioso! — observó el malacara después de largo rato—. El caballo va al trote, y el hombre al galope...

Prosiguieron. Ocupaban en ese momento la cima de la loma, como esa mañana. Sobre el frío cielo crepuscular, sus siluetas se destacaban en negro, en mansa y cabizbaja pareja, el malacara delante, el alazán detrás. La atmósfera, ofuscada durante el día por la excesiva luz del sol, adquiría a esa semisombra una transparencia casi fúnebre. El viento había cesado por completo, y con la calma del atardecer, en que el termómetro comenzaba a caer velozmente, el valle helado expandía su penetrante humedad, que se condensaba en rastreante neblina en el fondo sombrío de las vertientes. Revivía, en la tierra ya enfriada, el invernal olor de pasto quemado; y cuando el camino costeaba el monte, el ambiente, que se sentía de golpe más frío y húmedo, se tornaba excesivamente pesado de perfume de azahar.

Los caballos entraron por el portón de su chacra, pues el muchacho, que hacía sonar el cajoncito de maíz, había oído su ansioso trémulo. El viejo alazán obtuvo el honor de que se le atribuyera la iniciativa de la aventura, viéndose gratificado con una soga, a efectos de lo que pudiera pasar.

Pero a la mañana siguiente, bastante tarde ya a causa de la densa neblina, los caballos repitieron su escapatoria, atravesando otra vez el tabacal salvaje hollando con mudos pasos el pastizal helado, salvando la tranquera abierta aún.

La mañana encendida de sol, muy alto ya, reverberaba de luz, y el calor excesivo prometía para muy pronto cambio de tiempo. Después de trasponer la loma, los caballos vieron de pronto a las vacas detenidas en el camino, y el recuerdo de la tarde anterior excitó sus orejas y su paso: querían ver cómo era el nuevo alambrado.

ya, reverberaba la luz.

Pero su decepción, al llegar, fue grande. En los nuevos postes —oscuros y torcidos— había dos simples alambres de púa, gruesos tal vez, pero únicamente dos.

Pero su decepción, al llegar, fué grande. En los postes nuevos,— oscuros (...) gruesos, tal vez,

No obstante su mezquina audacia, la vida constante en chacras de monte había dado a los caballos cierta experiencia en cercados. Observaron atentamente aquello, especialmente los postes.

audacia, la vida constante en chacras había dado a los caballos cierta

—Son de madera de ley —observó el malacara.

—Sí, cernes quemados —comprobó el alazán.

madera dura—

—Sí, raigones quemados.

Y tras otra larga mirada de examen, el malacara añadió:

de examen, constató:

—El hilo pasa por el medio, no hay grampas...

Y el alazán:

—Están muy cerca uno de otro...

de otro.

Cerca, los postes, sí, indudablemente: tres metros. Pero en cambio, aquellos dos modestos alambres en reemplazo de los cinco hilos del cercado anterior, desilusionaron a los caballos. ¿Cómo era posible que el hombre creyera que aquel alambrado para terneros iba a contener al terrible toro?

Cerca, sí, indudablemente:

anterior, desilusionó a los

aquel alambradito para

—El hombre dijo que no iba a pasar —se atrevió sin embargo el malacara, que en razón de ser el favorito de su amo, comía más maíz, por lo cual sentíase más creyente.

pasar,— se atrevió, sin

maíz, de donde más gratitud.

Pero las vacas los habían oído.*

lo habían...

—Son los caballos. Los dos tienen soga. Ellos no pasan. Barigüí pasó ya.

—¿Pasó? ¿Por aquí? —preguntó descorazonado el malacara.

—Por el fondo. Por aquí pasa también. Comió la avena.

Entretanto, la vaquilla locuaz había pretendido pasar los cuernos entre los hilos; y una vibración aguda, seguida de un seco golpe en los cuernos, dejó en suspenso a los caballos.

Entre tanto, la vaquilla locuaz, había

los cuernos dejó

---

* oído. (Posiblemente sea errata, porque en 1917 y 1918 se conserva el singular, gramaticalmente más apropiado dada la situación inmediatamente anterior.)

—Los alambres están muy estirados —dijo el alazán después de largo examen.

estirados— dijo después de largo examen el alazán.

—Sí. Más estirados no se puede...

—Sí. Más no se puede...

Y ambos, sin apartar los ojos de los hilos, pensaban confusamente en cómo se podría pasar entre los dos hilos.

Las vacas, mientras tanto, se animaban unas a otras.

—El pasó ayer. Pasa el alambre de púa. Nosotras después.

Nosotros después.

—Ayer no pasaron. Las vacas dicen sí, y no pasan —comprobó el alazán.

no pasan,— oyeron al alazán.

—¡Aquí hay púa, y Barigüí pasa! ¡Allí viene!

Costeando por adentro el monte del fondo,[b] a doscientos metros aún, el toro avanzaba hacia el avenal. Las vacas se colocaron todas de frente al cercado, siguiendo atentas con los ojos a la bestia invasora. Los caballos, inmóviles, alzaron las orejas.

Por dicha por las posibles ulterioridades del diálogo, que comenzaba a agriarse, costeando el monte dentro del alambrado, a doscientos

—¡Come toda la avena! ¡Después pasa!

—Los hilos están muy estirados... —observó aún el malacara, tratando siempre de precisar lo que sucedería si...

—¡Comió la avena! ¡El hombre viene! ¡Viene el hombre! —lanzó la vaquilla locuaz.

En efecto, el hombre acababa de salir del rancho y avanzaba hacia el toro. Traía el palo en la mano, pero no parecía iracundo; estaba sí muy serio y con el ceño contraído.

muy serio y tal vez con el ceño algo contraído.

El animal esperó que el hombre llegara frente a él, y entonces dio* principio a los mugidos de siempre, con fintas de cornadas. El hombre avanzó más, el toro comenzó a retroceder, berreando siempre y arrasando la avena con sus bestiales cabriolas. Hasta que, a diez metros ya del camino, volvió grupas con un postrer mugido de desafío burlón, y se lanzó sobre el alambrado.

principio a...
más, y el toro comenzó

—¡Viene Barigüí! ¡El pasa todo! ¡Pasa alambre de púa! —alcanzaron a clamar las vacas.

Con el impulso de su pesado trote, el enorme toro bajó el testuz y hundió la cabeza entre los dos hilos. Se oyó un agudo gemido de alambre, un estridente chirrido se propagó de poste a poste hasta el fondo, y el toro pasó.

el enorme toro bajó la cabeza
estridente chirrido que se propagó

---

[b] Otra acertada supresión indica lo adelantado en la nota anterior; además: la acotación del narrador resulta en este caso meramente redundante.

* los mugidos con baratas (sic) de cornadas. (La errata: «baratas» por «bravatas», es salvada desde la edición de 1917.)

Pero de su lomo y de su vientre, profundamente canalizados desde el pecho a la grupa, llovían ríos de sangre. La bestia, presa de estupor, quedó un instante atónita y temblando. Se alejó en seguida al paso, inundando el pasto de sangre, hasta que a los veinte metros se echó, con un ronco suspiro.

A mediodía el polaco fue a buscar a su toro, y lloró en falsete ante el chacarero impasible. El animal se había levantado, y podía caminar. Pero su dueño, comprendiendo que le costaría mucho curarlo —si esto aún era posible—, lo carneó esa tarde. Y el día siguiente tocóle en suerte al malacara llevar a su casa en la maleta, dos kilos de carne del toro muerto.[2]

vientre, profundamente abiertos desde

temblando. Se alejó luego al paso, inundando

NOTAS

[1] Inicialmente publicado en: *Fray Mocho*, año I, n° 17, Buenos Aires, agosto 23, 1912, pp. 27-30. Con cuatro ilustraciones de Zavattaro, una por cada página de la revista.

[2] En la carta a José María Delgado que citamos en la Noticia preliminar a este volumen, Quiroga se muestra partidario de este relato, lo considera de «lo mejorcito», porque «la sensación, de vida no está mal lograda allí».

LOS MENSÚ[1]

Cayetano Maidana y Esteban Podeley, peones de obraje, volvían a Posadas en el *Silex* con quince compañeros. Podeley, labrador de madera, tornaba a los nueve meses, la contrata concluida, y con pasaje gratis por lo tanto. Cayé —mensualero— llegaba en iguales condiciones, mas al año y medio, tiempo que había necesitado para cancelar su cuenta.

Flacos, despeinados, en calzoncillos, la camisa abierta en largos tajos, descalzos como la mayoría, sucios como todos ellos, los dos mensú devoraban con los ojos la capital del bosque, Jerusalem y Gólgota de sus vidas. ¡Nueve meses allá arriba! ¡Año y medio! Pero volvían por fin, y el hachazo aún doliente de la vida del obraje era apenas un roce de astilla ante el rotundo goce que olfateaban allí.

De cien peones, sólo dos llegan a Posadas con haber. Para esa gloria de una semana a que los arrastra el río aguas abajo, cuentan con el anticipo de una nueva contrata. Como intermediario y coadyuvante, espera en la playa un grupo de muchachas alegres de carácter y de profesión, ante las cuales los mensú sedientos lanzan su ¡ahijú! de urgente locura.

Cayé y Podeley bajaron tambaleantes de orgía pregustada, y rodeados de tres o cuatro amigas se hallaron en un momento ante la cantidad suficiente de caña para colmar el hambre de eso de un mensú.

Un instante después estaban borrachos, y con nueva contrata firmada. ¿En qué trabajo? ¿En dónde? No lo sabían, ni les importaba tampoco. Sabían, sí, que tenían cuarenta pesos en el bolsillo, y facultad para llegar a mucho más en gastos. Babeantes de descanso y dicha alcohólica, dóciles y torpes, siguieron ambos a las muchachas a vestirse. Las avisadas doncellas condujéronlos a una tienda con la que tenían relaciones especiales de un tanto por ciento, o tal vez al almacén de la misma casa contratista. Pero en una u otro las muchachas renovaron el lujo detonante de sus trapos, anidáronse la cabeza de peinetones, ahorcáronse de cintas —robado todo ello con perfecta sangre fría al hidalgo alcohol de su compañero, pues lo único que un mensú realmente posee es un desprendimiento brutal de su dinero.

Por su parte, Cayé adquirió muchos más extractos y lociones y aceites de los necesarios para sahumar hasta la náusea su ropa nueva, mientras Podeley, más juicioso, optaba por un traje de paño. Posiblemente pagaron muy cara una cuenta entreoída y abonada con un montón de papeles tirados al mostrador. Pero de todos modos una hora después lanzaban a un coche descubierto sus flamantes personas, calzados de botas, poncho al hombro —y revólver 44 en el cinto, desde luego—, repleta la ropa de cigarrillos que deshacían torpemente entre los dientes,* y dejando caer de cada bolsillo la punta de un pañuelo de color. Acompañábanlos dos muchachas, orgullosas de esa opulencia,ª cuya magnitud se acusaba en la expresión un tanto hastiada de los mensú, arrastrando su coche mañana y tarde por las calles caldeadas, una infección de tabaco y extractos de obraje.

La noche llegaba por fin, y con ella la bailanta, donde las mismas damiselas avisadas inducían a beber a los mensú, cuya realeza en dinero les hacía lanzar diez pesos por una botella de cerveza, para recibir en cambio un peso y cuarenta centavos, que guardaban sin ojear siquiera.

Así, tras constantes derroches de nuevos adelantos —necesidad irresistible de compensar con siete días de gran señor las miserias del obraje—, los mensú volvieron a remontar el río en el *Sílex*. Cayé llevó compañera, y los tres, borrachos como los demás peones, se instalaron junto a la bodega, donde ya diez mulas se hacinaban en íntimo contacto con baúles, atados, perros, mujeres y hombres.

Al día siguiente, ya despejadas las cabezas, Podeley y Cayé examinaron sus libretas: era la primera vez que

Marginal variants:
- todo con perfecta
- que el mensú
- Cayé adquirió muchos
- juicioso, insistía en
- luego— repleta
- dientes,…
- arrastrando *consigo* mañana y
- en dinero de anticipo
- en cambio 1.40, que
- Así, en constantes derroches de nuevos adelantos—
- obraje— el «Sílex» volvió a remontar el río. Cayé llevó compañero, y ambos borrachos como los demás peones, se instalaron en el puente, donde

---

* dejando caer de cada bolsillo la punta de un pañuelo, mientras el cuarto servíales de negligente abanico. Acompañábales dos muchachas, orgullosas de sus hombres, y siete días consecutivos debía de durar esa opulencia, cuya

ª Para eliminar la posible asociación afectiva, el más mínimo tinte de relación escrupulosa entre las mujeres y los peones, el narrador descarta la primera forma de orgullo afirmando más aún, la miseria económica y moral de los personajes.

lo hacían desde su contrata. Cayé había recibido ciento veinte pesos en efecto, y treinta y cinco en gasto; y Podeley, ciento treinta y setenta y cinco, respectivamente.

Ambos se miraron con expresión que pudiera haber sido de espanto, si un mensú no estuviera perfectamente curado de ello. No recordaban haber gastado ni la quinta parte siquiera.

—¡Añá...! —murmuró Cayé—. No voy a cumplir nunca...

Y desde ese momento adquirió sencillamente —como justo castigo de su despilfarro— la idea de escaparse de allá.

La legitimidad de su vida en Posadas era, sin embargo, tan evidente para él, que sintió celos del mayor adelanto acordado a Podeley.

—Vos tenés suerte... —dijo—. Grande, tu anticipo...

—Vos traés compañera —objetó Podeley—. Eso te cuesta para tu bolsillo...

Cayé miró a su mujer; y aunque la belleza y otras cualidades de orden más moral pesan muy poco en la elección de un mensú, quedó satisfecho. La muchacha deslumbraba, efectivamente, con su traje de raso, falda verde y blusa amarilla; lucía en el cuello sucio un triple collar de perlas: calzaba zapatos Luis XV, tenía las mejillas brutalmente pintadas, y un desdeñoso cigarro de hoja bajo los párpados entornados.

Cayé consideró a la muchacha y su revólver 44: ambas cosas eran realmente lo único que valía de cuanto llevaba con él. Y aún el 44 corría riesgo de naufragar tras el anticipo, por minúscula que fuera su tentación de tallar.

Sobre un baúl de punta, en efecto, los mensú jugaban concienzudamente al monte cuanto tenían. Cayé observó un rato riéndose, como se ríen siempre los peones cuando están juntos, sea cual fuera el motivo; y se aproximó al baúl, colocando a una carta cinco cigarros.

Modesto principio, que podía llegar a proporcionarle el dinero suficiente para pagar el adelanto en el obraje y volverse en el mismo vapor a Posadas, a derrochar un nuevo anticipo.

Perdió. Perdió los demás cigarros, perdió cinco pesos, el poncho, el collar de su mujer, sus propias botas, y su 44. Al día siguiente recuperó las botas, pero nada más, mientras la muchacha compensaba la desnudez de su pescuezo con incesantes cigarros despreciativos.

contrata. Cayé había recibido 120 en efectivo y 35 en gasto, y Podeley 130 y 75, respectivamente.

curado de ese malestar. No recordaban haber gastado ni la quinta parte.

momento tuvo sencillamente— como

era sin embargo tan evidente

—objetó Podeley— eso te cuesta para

su mujer.

deslumbraba efectivamente con luciendo en el cuello

coloreadas, y un desdeñoso

44: era realmente lo único que

Y aún lo último corría el riesgo de

A dos metros de él, sobre un baúl de punta, los (...) Cayé observó un rato riéndose como

juntos, sea cual fuere el motivo, y se aproximó al baúl, colocando a una carta, y sobre ella, cinco cigarros.

a Posadas a derrochar

Perdió; perdió

Podeley ganó, tras infinito cambio de dueño, el collar en cuestión, y una caja de jabones de olor que halló modo de jugar contra un machete y media docena* de medias, que ganó, quedando así satisfecho.

media docena...

Por fin, quince días después, llegaron a destino. Los peones treparon alegres la interminable cinta roja que escalaba la barranca, desde cuya cima el *Sílex* aparecía diminuto y hundido en el lúgubre río. Y con ahijús y terribles invectivas en guaraní, los mensú despidieron al vapor que debía ahogar, en una baldeada de tres horas, la nauseabunda   atmósfera de desaseo, pachulí y mulas enfermas, que durante cuatro días remontó con él.

Para Podeley, labrador de madera, cuyo diario podía subir a siete pesos, la vida de obraje no era muy dura. Hecho a ella, domaba su aspiración de estricta justicia en el cubicaje de la madera, compensando las rapiñas rutinarias con ciertos privilegios de buen peón. Su nueva etapa comenzó al día siguiente, una vez demarcada su zona de bosque. Construyó con hojas de palmera su cobertizo —techo y pared sur, nada más—; dio nombre de cama a ocho varas horizontales, y de un horcón colgó la provista semanal. Recomenzó, automáticamente, sus días de obraje: silenciosos mates al levantarse, de noche aún, que se sucedían sin desprender la mano de la pava; la exploración en descubierta madera; el desayuno a las ocho, —harina, charque y grasa—; el hacha luego, a busto descubierto, cuyo sudor arrastraba tábanos, barigüís y mosquitos; después el almuerzo —esta vez porotos y maíz flotando en la inevitable grasa—, para concluir de noche, tras nueva lucha con las piezas de ocho por treinta, con el yopará del mediodía.

Para Podeley, labrador cuyo diario podía subir a siete pesos, la vida de obraje no era dura. Hecho

peón su nueva
peón, su nueva (1917, 1918)

sur; —dió
ocho varas sostenidas, y
semanal. Recomenzó automáticamente sus

cubierta de madera: el desayuno a las ocho, harina, charque y grasa:

almuerzo, esta vez porotos y maíz pisado en la inevitable grasa, para

las piezas de 8 X 30

Fuera de algún incidente con sus colegas labradores, que invadían su jurisdicción; del hastío de los días de lluvia que lo relegan en cuclillas frente a la pava, la tarea proseguía hasta el sábado de tarde.[b] Lavaba entonces su ropa, y el domingo iba al almacén a proveerse.

los colegas labradores que
jurisdicción, del hastío de dos días de
la tarea proseguía dura bajo el bosque muerto y resonante.

---

* de medias, quedando así satisfecho.
Habían llegado, por fin. Los peones treparon la interminable cinta roja que escalaba la barranca, desde cuya cima el «Sílex» aparecía mezquino y hundido en el lúgubre río. Y con ahijús y terribles invectivas en guaraní, bien que alegres todos, despidieron al vapor, que debía ahogar en agua la nauseabunda atmósfera de (en la versión de 1914 el original está empastelado). ... de desaseo, patchuli y mulas enfermas (1917 y 1918).

[b] Elimina la primera versión, por cierto ripiosa, trocándola por una referencia temporal que adquirirá sentido en el transcurso de la historia, a medida que crece la desesperación y se aproxima el final trágico y grotesco.

Era éste el real momento de solaz de los mensú, olvidándolo todo entre los anatemas de la lengua natal, sobrellevando con fatalismo indígena la suba siempre creciente de la provista, que alcanzaba entonces a ochenta centavos por kilo de galleta, y siete pesos por un calzoncillo de lienzo. El mismo fatalismo que aceptaba esto con un ¡añá! y una riente mirada a los demás compañeros, le dictaba, en elemental desagravio, el deber de huir del obraje en cuanto pudiera. Y si esta ambición no estaba en todos los pechos, todos los peones comprendían esa mordedura de contra-justicia que iba, en caso de llegar, a clavar los dientes en la entraña misma del patrón. Este, por su parte, llevaba la lucha a su extremo final, vigilando día y noche a su gente, y en especial los mensualeros.

Ocupábanse entonces los mensú en la planchada, tumbando piezas entre inacabable gritería, que subía de punto cuando las mulas, impotentes para contener la alzaprima que bajaba de la altísima barranca a toda velocidad, rodaban unas sobre otras dando tumbos, vigas, animales, carretas, todo bien mezclado. Raramente se lastimaban las mulas; pero la algazara era la misma.

Cayé, entre risa y risa, meditaba siempre su fuga. Harto ya de revirados y yoparás, que el pregusto de la huida tornaba más indigestos, deteníase aún por falta de revólver y, ciertamente, ante el winchester del capataz. ¡Pero si tuviera un 44!...

La fortuna llególe esta vez en forma bastante desviada.

La compañera de Cayé, que desprovista ya de su lujoso atavío se ganaba la vida lavando la ropa a los peones, cambió un día de domicilio. Cayé la esperó dos noches; y a la tercera fue al rancho de su reemplazante, donde propinó una soberbia paliza a la muchacha. Los dos mensú quedaron solos charlando, amistosamente, resultas de lo cual convinieron en vivir juntos, a cuyo efecto el seductor se intaló con la pareja. Esto era económico y bastante juicioso. Pero como el mensú parecía gustar realmente de la dama —cosa rara en el gremio—, Cayé ofreciósela en venta por un revólver con balas, que él mismo sacaría del almacén. No obstante esta sencillez, el trato estuvo a punto de romperse, porque a última hora Cayé pidió que se agregara un metro de tabaco en cuerda, lo que pareció excesivo al

que alcanzaba entonces a cinco pesos por machete, y ochenta centavos por kilo de galleta.

justicia, que clavaba los dientes en la entraña misma del patrón.

cuando las nubes, impotentes

lavaba la ropa a los peones, cambió

noches, y a la

romperse porque

mensú. Concluyóse por fin el mercado, y mientras el fresco matrimonio se instalaba en su rancho, Cayé cargaba concienzudamente su 44 para dirigirse a concluir la tarde lluviosa tomando mate con aquéllos.

El otoño finalizaba, y el cielo, fijo en sequía con chubascos de cinco minutos, se descomponía por fin en mal tiempo constante, cuya humedad hinchaba el hombro de los mensú. Podeley, libre de esto hasta entonces, sintióse un día con tal desgano al llegar a su viga, que se detuvo, mirando a todas partes sin saber qué hacer. No tenía ánimo para nada. Volvió a su cobertizo, y en el camino sintió un ligero cosquilleo en la espalda.

Podeley, libre hasta entonces,

mirando a todas partes qué podía hacer.

Podeley sabía muy* bien qué significaba aquel desgano y aquel hormigueo a flor de piel. Sentóse filosóficamente a tomar mate y media hora después un hondo y largo escalofrío recorríale la espalda.

Sabía muy...

No había nada que hacer. El mensú se echó sobre las varas tiritando de frío, doblado en gatillo bajo el poncho, mientras los dientes, incontenibles, castañeteaban a más no poder.

Al día siguiente el acceso, no esperado hasta el crepúsculo, tornó a mediodía, y Podeley fue a la comisaría a pedir quinina. Tan claramente se denunciaba el chucho en el aspecto** del mensú,[c] que el dependiente, sin mirar casi al enfermo, bajó los paquetes de quinina. Podeley volcó tranquilamente sobre su lengua la terrible amargura aquella, y cuando regresaba al monte tropezó con el mayordomo.

en el aspecto...

—¡Vos también! —le dijo el mayordomo, mirándolo—. Y van cuatro. Los otros no importa... poca cosa. Vos sos cumplidor... ¿Cómo está tu cuenta?

—Falta poco... Pero no voy a poder hachear...

a poder trabajar...

—¡Bah! Curate bien y no es nada... Hasta mañana.

---

* bien qué eran aquel desgano y hormigueo a flor de estremecimiento. Sentóse filosóficamente a tomar mate, y media hora después un hondo y largo escalofrío recorrióle la espalda bajo la camisa, a cuyo menor contacto desde entonces la piel hipersensible se erizaba.

** de su presa, que el dependiente bajó los paquetes sin mirar casi al enfermo. Este tendió la libreta volcando tranquilo sobre su lengua la terrible amargura aquella. Al internarse en el monte halló al mayordomo.
—Vos también —le dijo éste, mirándolo— y van cuatro.
en el aspecto del mensú, que el dependiente bajó los paquetes sin mirar casi al enfermo, quien volcó tranquilamente sobre su lengua la terrible amargura aquella. Al volver al monte tropezó con el mayordomo. (1918).

[c] Al suprimir la animalización de Podeley (al igual que procedía con «el hombre» de «A la deriva»), el autor esconde uno de los «trucos» narrativos del relato: delega sólo al plano de la sospecha del lector avezado cuál será el desenlace.

—Hasta mañana —se alejó Podeley apresurando el paso, porque en los talones acababa de sentir un leve cosquilleo.

El tercer ataque comenzó una hora después, quedando Podeley desplomado en una profunda falta de fuerzas, y la mirada fija y opaca, como si no pudiera alcanzar más allá de uno o dos metros.

El descanso absoluto a que se entregó por tres días —bálsamo específico para el mensú, por lo inesperado—, no hizo sino convertirle en un bulto castañeteante y arrebujado sobre un raigón. Podeley, cuya fiebre anterior había tenido honrado y periódico ritmo, no presagió nada bueno para él de esa galopada de accesos, casi sin intermitencia. Hay fiebre y fiebre. Si la quinina no había cortado a ras el segundo ataque, era inútil que se quedara allá arriba, a morir hecho un ovillo en cualquier recodo de picada. Y bajó de nuevo al almacén.

—¡Otra vez, vos! —lo recibió el mayordomo. Eso no anda bien... ¿No tomaste quinina?

—Tomé... no me hallo con esta fiebre... No puedo con mi hacha. Si querés darme para mi pasaje, te voy a cumplir en cuanto me sane...

El mayordomo contempló aquella ruina, y no estimó en gran cosa la vida que quedaba en su peón.

—¿Cómo está tu cuenta? —preguntó otra vez.

—Debo veinte pesos todavía... El sábado entregué... Me hallo enfermo grande...

—Sabés bien que mientras tu cuenta no esté pagada, debés quedarte. Abajo... te podés morir. Curate aquí, y arreglás tu cuenta en seguida.

¿Curarse de una fiebre perniciosa, allí donde se la adquirió? No, por cierto; pero el mensú que se va puede no volver, y el mayordomo prefería hombre muerto a deudor lejano.

Podeley jamás había dejado de cumplir nada, única altanería que se permite ante su patrón un mensú de talla.

—¡No me importa que hayas dejado o no de cumplir! —replicó el mayordomo—. ¡Pagá tu cuenta primero, y después hablaremos!

Esta injusticia para con él creó lógica y velozmente el deseo del desquite. Fue a instalarse con Cayé, cuyo

Podeley aplomado en
si no pudiera ir más allá

en cualquier vuelta de

fiebre... No puedo trabajar. Si

la vida que quedaba allí.

entregué... Me hallo muy enfermo...

pagada, debés quedar. Abajo... podés morirte.

por cierto: pero

y después veremos!

espíritu conocía bien, y ambos decidieron escaparse el
próximo domingo.*

> Pero al...

—¡Ahí tenés! —gritó el mayordomo a Podeley esa
misma tarde al cruzarse con él—. Anoche se han escapado tres... ¿Eso es lo que te gusta, no? ¡Esos también
eran cumplidores! ¡Como vos! ¡Pero antes vas a reventar
aquí, que salir de la planchada! ¡Y mucho cuidado, vos y
todos los que están oyendo! ¡Ya saben!

La decisión de huir y sus peligros —para los que el
mensú necesita todas sus fuerzas— es capaz de contener
algo más que una fiebre perniciosa. El domingo, por lo
demás, había llegado; y con falsas maniobras de lavaje
de ropa, simulados guitarreos en el rancho de tal o cual,
la vigilancia pudo ser burlada, y Podeley y Cayé se
encontraron de pronto a mil metros de la comisaría.

> peligros para
>
> fuerzas, es capaz
>
> estaba ya sobre ellos,
>
> simuladas guitarras en el

Mientras no se sintieran perseguidos, no abandona-
rían la picada, pues Podeley caminaba mal. Y aún así...

> picada: Podeley caminaba

La resonancia peculiar del bosque trájoles, lejana,
una voz ronca:

—¡A la cabeza! ¡A los dos!

Y un momento después desembocando de un codo de
la picada surgían corriendo el capataz y tres peones. La
cacería comenzaba.

> Y un momento después surgían
> de un recodo de la picada, el
> capataz y tres peones corriendo.
> La

Cayé amartilló su revólver sin dejar de huir.[d]

> sin dejar de avanzar.

—¡Entregáte, añá! —gritóles el capataz desde atrás.

> —gritóles el capataz.

—Entremos en el monte —dijo Podeley—. Yo no
tengo fuerza para mi machete...

—¡Volvé o te tiro! —llegó otra voz.

—Cuando estén más cerca... —comenzó Cayé. Una
bala de winchester pasó silbando por la picada.

—¡Entrá! —gritó Cayé a su compañero. Y parape-
tándose tras un árbol, descargó hacia los perseguidores
cinco tiros de su revólver.[e]

> descargó hacia allá los cinco tiros
> de su revólver. (idem 1917)

Una gritería aguda respondióles, mientras otra bala
de winchester hacía saltar la corteza del árbol que
ocultaba a Cayé.

> la corteza del árbol.

—¡Entregáte o te voy a dejar la cabeza...!

---

* día siguiente, viernes, hubo en el obraje inusitado movimiento.
—¡Ahí tenés!— gritó el mayordomo, tropezando con Podeley.— Anoche

d El verbo «avanzar» de la primera versión puede sugerir cierta voluntad de heroísmo, de determinación de
llevar adelante un enfrentamiento cuerpo a cuerpo o, en otro caso, de aceptación tácita de su destino. «Huir»
implica todo lo contrario.

e Si las indicaciones de lugar son imprecisas por el propio desarrollo del avance continuo, por la velocidad de la
huída y la espesura del monte, el adverbio demostrativo «allá» (sustituido desde la edición de 1918) no cumple una
función deíctica adecuada.

—¡Andá no más! —instó Cayé a Podeley—. Yo voy a...

Y tras nueva descarga entró a su vez en el monte.

Los perseguidores, detenidos un momento por las explosiones, lanzáronse rabiosos adelante, fusilando, golpe tras golpe de winchester, el derrotero probable de los fugitivos.

A cien* metros de la picada, y siguiendo su misma línea, Cayé y Podeley se alejaban, doblados hasta el suelo para evitar las lianas. Los perseguidores presumían esta maniobra; pero como dentro del monte el que ataca tiene cien probabilidades contra una de ser detenido por una bala en mitad de la frente, el capataz se contentaba con salvas de winchester y aullidos desafiantes. Por lo demás, los tiros errados hoy habían hecho lindo blanco la noche del jueves...

El peligro había pasado. Los fugitivos se sentaron, rendidos. Podeley se envolvió en el poncho, y recostado en la espalda de su compañero, sufrió en dos terribles horas de chucho, el contragolpe de aquel esfuerzo.

Luego prosiguieron la fuga, siempre a la vista de la picada, y cuando la noche llegó, por fin, acamparon. Cayé había llevado chipas, y Podeley encendió fuego, no obstante los mil inconvenientes en un país donde, fuera de los pavones, hay otros seres que tienen debilidad por la luz, sin contar los hombres.

El sol estaba muy alto ya cuando a la mañana siguiente encontraron el riacho, primera y última esperanza de los escapados. Cayé cortó doce tacuaras sin más prolija elección, y Podeley, cuyas últimas fuerzas fueron dedicadas a cortar los isipós, tuvo apenas tiempo de hacerlo antes de arrollarse a tiritar.

Cayé, pues, construyó solo la jangada —diez tacuaras atadas longitudinalmente con lianas, llevando en cada extremo una atravesada.

A los diez segundos de concluida se embarcaron. Y la jangadilla, arrastrada a la deriva, entró en el Paraná.

Las noches son en esa época excesivamente frescas; y los dos mensú, con los pies en el agua, pasaron la noche helados, uno junto al otro. La corriente del Paraná, que llegaba cargado de inmensas lluvias, retorcía la jangada

Y tras nueva descarga saltó adentro.

A 100 metros...

sufrió dos horas el contragolpe de aquel esfuerzo.

Prosiguieron la fuga,

alto ya, cuando

enroscarse a tiritar.

de concluída, se embarcaron. Y la hangadilla,

frescas, y

Paraná que

---

* de la picada, y paralelos a ellos, Cayé y Podeley se alejaban, doblados hasta el suelo para evitar las lianas. Desde el sendero los insultos proseguían, tratando de hallar orientación al winchester. No era ésta la única arma de los cazadores; pero

en el borbollón de sus remolinos, y aflojaba lentamente los nudos de isipó.

En todo el día siguiente comieron dos chipas, último resto de provisión, que Podeley probó apenas. Las tacuaras taladradas por los tambús se hundían. Y al caer la tarde, la jangada había descendido a una cuarta del nivel del agua.

Sobre el río salvaje, encajonado en los lúgubres murallones[f] de bosque, desierto del más remoto ¡ay!, los dos hombres, sumergidos hasta la rodilla, derivaban girando sobre sí mismos, detenidos un momento inmóviles ante un remolino, siguiendo de nuevo, sosteniéndose apenas sobre las tacuaras casi sueltas que se escapaban de sus pies, en una noche de tinta que no alcanzaban a romper sus ojos desesperados.

El agua llegábales ya al pecho cuando tocaron tierra. ¿Dónde? No lo sabían... Un pajonal. Pero en la misma orilla quedaron inmóviles, tendidos de vientre.[g]

Ya deslumbraba el sol cuando despertaron. El pajonal se extendía veinte metros tierra adentro, sirviendo de litoral a río y bosque. A media cuadra al sur, el riacho Paranaí, que decidieron vadear cuando hubieran recuperado las fuerzas. Pero éstas no volvían tan rápidamente como era de desear, dado que los cogollos y gusanos de tacuara son tardos fortificantes. Y durante veinte horas la lluvia cerrada transformó al Paraná en aceite blanco, y al Paranaí en furiosa avenida. Todo imposible. Podeley se incorporó de pronto chorreando agua, y apoyándose en el revólver para levantarse, apuntó a Cayé. Volaba de fiebre.

—¡Pasá, añá!...

Cayé vio que poco podía esperar de aquel delirio, y se inclinó disimuladamente para alcanzar a su compañero de un palo. Pero el otro insistió:

—¡Andá al agua! ¡Vos me trajiste! ¡Bandeá el río!

Los dedos lívidos temblaban sobre el gatillo.

Margin variants:
faladradas (*sic*) por los tambús, se hundían, y al

encajonado en los negros murallones

en una negrura de tinta

tendidos de espaldas.

el Paraná,

fortificantes. Esa misma noche comenzó a llover.

Podeley se incorporó chorreando levantarse, y apuntó.

Cayé vió que el delirio de aquellos ojos que no iban a ver mucho tiempo más, y se inclinó

---

[f] Esta expresión es muy frecuente en el código quirogiano. Así, en «A la deriva»: «cuyas paredes, altas de cien metros, encajonan fúnebremente el río»; en «El sueño» (*El salvaje*): «aunque lúgubre por el dominio absoluto del negro del bosque y del basalto». El magnetismo del Paraná despierta en el autor descripciones similares en «El simún» (*Anaconda*), «La cámara oscura» (*Los desterrados*) y un cuento que bien puede concebirse como «contrapunto» al que nos ocupa: «Una bofetada» (*El salvaje*), donde la venganza del mensú frente al patrón inglés Korner, parece redimir a Cayé y Podeley.

[g] Con gran frecuencia el autor cambia, incesantemente disconforme, las formulas para desmayos, muertes y tropiezos de sus personajes. Esas vacilaciones, de la que ésta es un ejemplo paradigmático, pueden verificarse en, por ejemplo, «Los pescadores de vigas» de este mismo libro. Las construcciones más frecuentes para dolor o agotamiento son: «de espaldas», «de bruces» y «de boca».

Cayé obedeció; dejóse llevar por la corriente* y desapareció tras el pajonal, al que pudo abordar con terrible esfuerzo.

por la corriente,...

Desde allí, y de atrás, acechó a su compañero; pero Podeley yacía de nuevo de costado, con las rodillas recogidas hasta el pecho, bajo la lluvia incesante. Al aproximarse Cayé alzó la cabeza, y sin abrir el enfermo los ojos, cegados por el agua, murmuró:

—Cayé, caray... Frío muy grande...

Llovió aún toda la noche sobre el moribundo, la lluvia blanca y sorda de los diluvios otoñales, hasta que a la madrugada Podeley quedó inmóvil para siempre en su tumba de agua.

Y en el mismo pajonal, sitiado siete días por el bosque, el río y la lluvia, el superviviente agotó las raíces y gusanos posibles, perdió poco a poco sus fuerzas, hasta quedar sentado, muriéndose de frío y hambre, con los ojos fijos en el Paraná.

lluvia, el mensú agotó

El *Sílex*, que pasó por allí al atardecer, recogió al mensú ya casi moribundo. Mas su felicidad transformóse en terror al darse cuenta, al día siguiente, de que el vapor remontaba el río.

—¡Por favor te pido! —lloriqueó ante el capitán—. ¡No me bajés en Puerto X! ¡Me van a matar!... ¡Te lo pido de veras!...

El *Sílex* volvió a Posadas, llevando con él al mensú, empapado aún en pesadillas nocturnas.

al mensú empapado

Pero a los diez minutos de bajar a tierra estaba ya borracho con nueva contrata, y se encaminaba tambaleando a comprar extractos.[2]

borracho con la

---

* y desapareció tras el pajonal al que pudo abordar con terrible esfuerzo.

Acechó a su compañero recogiendo el revólver caído; pero aquél yacía de nuevo de costado, con las rodillas hasta el pecho, bajo la lluvia incesante. Al aproximarse Cayé alzó la cabeza, y sin abrir casi los ojos, cegados por el agua, murmuró:

—Cayé... caray... Frío

NOTAS

[1] Inicialmente aparecido en *Fray Mocho*, Buenos Aires, año III, n° 101, abril 3 de 1914, con tres dibujos de Peláez, uno en cada página.

[2] Es éste uno de los cuentos del volumen donde más se expone el problema de lo que, genéricamente, Quiroga denominaba «la cuestión social». Bajo esta expresión podemos inferir —básicamente en función de las lecturas de sus opiniones en la correspondencia—: el colonialismo, la concepción del trabajo y la justicia, la explotación de los trabajadores «del obraje», sus mentalidades, los problemas políticos en una inflexión plural.

En «La insolación» denunciaba en el último párrafo la miseria de los peones a consecuencia del cambio de mando en la finca, eludía el panfleto enunciando, al mismo tiempo, la naturaleza profundamente injusta de la propiedad privada. Leyendo entre líneas se puede encontrar cierta ironía en «El alambre de púa» contra la propiedad: «las vacas (...) impertinentes invasoras de chacras y el Código Rural».

Hay en Quiroga una verdadera preocupación por el trabajo, sus límites, su definición precisa para el marco de la existencia. «La abeja haragana» (*Cuentos de la selva y Suelo natal*) es una parábola ejemplar para comprender sus reflexiones; no en vano el autor la insertó en el libro de lectura en coautoría con Samuel Glusberg. Los desheredados de Misiones lo vuelven a perseguir en *Los desterrados*, en especial en el cuento epónimo, donde —como se verá— la violencia brutal del patrón hacia los obrajeros se resume —anota el autor— en dos leyes: «la esclavitud del trabajo, para el nativo, y la inviolabilidad del patrón». Paralelamente surge en ese libro de 1926 —aunque todos los textos son de redacción y publicación algo anterior— la presencia de los primeros movimientos obreros incitados por el ejemplo de la Revolución soviética de 1917: las huelgas, un manifestante que agita una bandera roja, el canto obrero la «Internacional». El problema puede rastrearse cada vez con mayor arrojo en cuentos como «La igualdad en tres actos», «Los corderos helados», la alegoría «Paz» y, con mayor evidencia, en «Los precursores», historia de la gesta y la derrota obrera en Misiones, que su autor nunca recogió en volumen. Si bien «Los mensú» es de 1914 (un trienio anterior a la Revolución rusa), Quiroga estaba muy al tanto de lo sucedido en esas latitudes. En su texto «La gloria del trabajo» (*Suelo natal*), después de escribir una aséptica definición, pone como ejemplo de trabajo indigno y estéril el del presidiario cargando piedras, como «hasta hace poco» en Siberia. Se remitía, sin duda, a la terrible experiencia del régimen zarista. No debe perderse de vista que ese texto se encuentra en un libro para escolares.

En una carta a Martínez Estrada del 15 de julio de 1936, resume todas estas preocupaciones, así como expone sus puntos de vista políticos; abandona su «fervoroso coloradismo y batllismo» del que le hablara a Fernández Saldaña en cartas del 15 de enero y 16 de marzo de 1911 (*Cartas inéditas (...)*, *ibidem*, tomo II, pp. 140-141). Transcribimos aquí el fragmento más significativo de la epístola a Martínez Estrada:

«La cuestión social: Tiempo me escribe, solicitando para cierta revista de izquierda (republicana), unas líneas, que harían bien a la revista. Desde luego; ¿pero a mí? —Ya le conté el asunto para una fabulilla comunista. Casi todo mi pesar actual al respecto proviene de un gran desengaño. Yo había entendido siempre que yo era aquí muy simpático a los peones por mi trabajar a la par de los tales, siendo un sahib. No hay tal. Lo averigüé un día que estando yo con la azada o el pico, me dijo un peón que entraba: —«Deje ese trabajo para los peones, patrón...». Hace pocos días, desde una cuadrilla que cruzaba a cortar yerba, se me gritó, estando yo en las mismas actividades: —«¿No necesita personal, patrón?». Ambas cosas con sorna.

Yo robo, pues, el trabajo a los peones. Yo no tengo derecho a trabajar; ellos son los únicos capacitados. Son profesionales, usufructuadores exclusivos de un dogma. Tan bestias son, que en vez de ver en mí un hermano, se sienten robados. Extienda un poco más esto, y tendrá el programa total del negocio moral comunista. Negocio con el dogma Stalin, negocio Blum, negocio Córdoba Iturburu. Han convertido el trabajo manual en casta aristocrática que quiere apoderarse del gran negocio del Estado. Pero respetar el trabajo, amarlo sobre todo, minga. El único trabajador que lo ama, es el aficionado. Y éste roba a los otros.

Como bien ve, un solitario y valeroso anarquista no puede escribir para la cuenta de Stalin y Cía.» (En: *Cartas inéditas (...)*, *ibidem*, tomo I, p. 118).

LA GALLINA DEGOLLADA[1]

Todo el día, sentados en el patio en un banco, estaban los cuatro hijos idiotas del matrimonio Mazzini-Ferraz. Tenían la lengua entre los labios, los ojos estúpidos y volvían la cabeza con la boca abierta.

El patio era de tierra, cerrado al oeste por un cerco de ladrillos. El banco quedaba paralelo a él, a cinco metros, y allí se mantenían inmóviles, fijos los ojos en los ladrillos. Como el sol se ocultaba tras el cerco, al declinar los idiotas tenían fiesta. La luz enceguecedora llamaba su atención al principio, poco a poco sus ojos se animaban; *se animaban, se reían* se reían al fin estrepitosamente, congestionados por la misma hilaridad ansiosa, mirando el sol con alegría bestial, como si fuera comida.

Otras veces, alineados en el banco, zumbaban horas enteras, imitando al tranvía eléctrico. Los ruidos fuertes sacudían asimismo su inercia, y corrían entonces, mor- *inercia, y corrían mugiendo con la lengua mordida alrededor* diéndose la lengua y mugiendo, alrededor del patio. Pero casi siempre estaban apagados en un sombrío letargo de idiotismo, y pasaban todo el día sentados en su banco, con las piernas colgantes y quietas, empapando de gluti- *con las piernas en el aire y quietas, empapando de glutinosos globos de saliva* nosa saliva el pantalón.

El mayor tenía doce años, y el menor ocho. En todo *y el menor nueve. (idem 1917)* su aspecto sucio y desvalido se notaba la falta absoluta de un poco de cuidado maternal.

Esos cuatro idiotas, sin embargo, habían sido un día el encanto de sus padres. A los tres meses de casados, Mazzini y Berta orientaron su estrecho amor de marido y *de marido á mujer y mujer á marido hacia* mujer, y mujer y marido, hacia un porvenir mucho más vital: un hijo: ¿Qué mayor dicha para dos enamorados que esa honrada consagración de su cariño, libertado ya del vil egoísmo de un mutuo amor sin fin ninguno y, lo que es peor para el amor mismo, sin esperanzas posibles de renovación?

Así lo sintieron Mazzini y Berta, y cuando el hijo *Berta y cuando* llegó, a los catorce meses de matrimonio, creyeron cum-

89

plida su felicidad. La criatura creció, bella y radiante, hasta que tuvo año y medio. Pero en el vigésimo mes sacudiéronlo una noche convulsiones terribles, y a la mañana siguiente no conocía más a sus padres. El médico lo examinó con esa atención profesional que está visiblemente buscando la causa del mal en las enfermedades de los padres.

Después de algunos días los miembros paralizados recobraron el movimiento; pero la inteligencia, el alma, aun el instinto, se habían ido del todo; había quedado profundamente idiota, baboso, colgante, muerto para siempre sobre las rodillas de su madre.

—¡Hijo, mi hijo querido! —sollozaba ésta, sobre aquella espantosa ruina de su primogénito.

El padre, desolado, acompañó al médico afuera.

—A usted se le puede decir; creo que es un caso perdido. Podrá mejorar, educarse en todo lo que le permita su idiotismo, pero no más allá.

—¡Sí!... ¡sí!... —asentía Mazzini.— Pero dígame: ¿Usted cree que es herencia, que...?

—En cuanto a la herencia paterna, ya le dije lo que creí cuando vi a su hijo. Respecto a la madre, hay allí un pulmón que no sopla bien. No veo nada más, pero hay un soplo un poco rudo. Hágala examinar bien.

Con el alma destrozada de remordimiento, Mazzini redobló el amor a su hijo, el pequeño idiota que pagaba los excesos del abuelo. Tuvo asimismo que consolar, sostener sin tregua a Berta, herida en lo más profundo por aquel fracaso de su joven maternidad.

Como es natural, el matrimonio puso todo su amor en la esperanza de otro hijo. Nació éste, y su salud y limpidez de risa reencendieron el porvenir extinguido. Pero a los diez y ocho meses las convulsiones del primogénito se repetían, y al día siguiente amanecía idiota.

Esta vez los padres cayeron en honda desesperación. ¡Luego su sangre, su amor estaban malditos! ¡Su amor, sobre todo! Veintiocho años él, veintidós ella, y toda su apasionada ternura no alcanzaba a crear un átomo de vida normal. Ya no pedían más belleza e inteligencia como en el primogénito; ¡pero un hijo, un hijo como todos!

Del nuevo desastre brotaron nuevas llamaradas de dolorido amor, un loco anhelo de redimir de una vez para seimpre la santidad de su ternura. Sobrevinieron mellizos, y punto por punto repitióse el proceso de los dos mayores.

bella, radiante, trémula de alborozo infantil, hasta

paralizados recobraron movimiento, pero la inteligencia, el alma, aun el instinto se habían ido del todo;

creo quando (sic) ví a su

redobló su amor á su hijo, (idem 1917)

su amor estaba maldito! (idem 1917)

¡Ya no

Mas, por encima de su inmensa amargura, quedaba a Mazzini y Berta gran compasión por sus cuatro hijos. Hubo que arrancar del limbo de la más honda animalidad, no ya sus almas, sino el instinto mismo abolido. No sabían deglutir, cambiar de sitio, ni aun sentarse. Aprendieron al fin a caminar, pero chocaban contra todo, por no darse cuenta de los obstáculos. Cuando los lavaban mugían hasta inyectarse de sangre el rostro. Animábanse sólo al comer, o cuando veían colores brillantes u oían truenos. Se reían entonces, echando afuera lengua y ríos de baba, radiantes de frenesí bestial. Tenían, en cambio, cierta facultad imitativa; pero no se pudo obtener nada más.

Con los mellizos pareció haber concluído la aterradora descendencia. Pero pasados tres años desearon de nuevo ardientemente otro hijo, confiando en que el largo tiempo transcurrido hubiera aplacado a la fatalidad.

No satisfacían sus esperanzas. Y en ese ardiente anhelo que se exasperaba, en razón de su infructuosidad, se agriaron. Hasta ese momento cada cual había tomado sobre sí la parte que le correspondía en la miseria de sus hijos; pero la desesperanza de redención ante las cuatro bestias que habían nacido de ellos, echó afuera esa imperiosa necesidad de culpar a los otros, que es patrimonio específico de los corazones inferiores.

Iniciáronse con el cambio de pronombres: *tus* hijos. Y como a más del insulto había la insidia, la atmósfera se cargaba.

—Me parece —díjole una noche Mazzini, que acababa de entrar y se lavaba las manos— que podrías tener más limpios a los muchachos.

Berta continuó leyendo como si no hubiera oído.

—Es la primera vez —repuso al rato— que te veo inquietarte por el estado de tus hijos.

Mazzini volvió un poco la cara a ella con una sonrisa forzada:

—De nuestros hijos, ¿me parece?

—Bueno; de nuestros hijos. ¿Te gusta así? —alzó ella los ojos.

Esta vez Mazzini se expresó claramente:

—¿Creo que no vas a decir que yo tenga la culpa, no?

—¡Ah, no! —se sonrió Berta, muy pálida— ¡pero yo tampoco, supongo!... ¡No faltaba más!... —murmuró.

—¿Qué, no faltaba más?

—¡Que si alguien tiene la culpa, no soy yo, entiéndelo bien! Eso es lo que te quería decir.

sus almas sino

al comer, cuando (*idem* 1917)

Tenían en cambio cierta

que se exasperaba en razón de su infructuosidad se agriaron

continuó leyendo, como (*idem* 1917)

—alzó los ojos.

Su marido la miró un momento, con brutal deseo de insultarla.

—¡Dejemos! —articuló, secándose por fin las manos.

—Como quieras; pero si quieres decir...

—¡Berta!

—¡Como quieras!

Este fue el primer choque y le sucedieron otros. Pero en las inevitables reconciliaciones, sus almas se unían con doble arrebato y locura por otro hijo.

Nació así una niña. Vivieron dos años con la angustia a flor de alma, esperando siempre otro desastre. Nada acaeció, sin embargo, y los padres pusieron en ella toda su complacencia, que la pequeña llevaba a los más extremos límites del mimo y la mala crianza.

Si aún en los últimos tiempos Berta cuidaba siempre de sus hijos, al nacer Bertita olvidóse casi del todo de los otros. Su solo recuerdo la horrorizaba, como algo atroz que la hubieran obligado a cometer. A Mazzini, bien que en menor grado, pasábale lo mismo.

No por eso la paz había llegado a sus almas. La menor indisposición de su hija echaba ahora afuera, con el terror de perderla, los rencores de su descendencia podrida. Habían acumulado hiel sobrado tiempo para que el vaso no quedara distendido, y al menor contacto el veneno se vertía afuera. Desde el primer disgusto emponzoñado habíanse perdido el respeto; y si hay algo a que el hombre se siente arrastrado con cruel fruición, es, cuando ya se comenzó, a humillar del todo a una persona. Antes se contenían por la mutua[a] falta de éxito; ahora que éste había llegado, cada cual, atribuyéndolo a sí mismo, sentía mayor la infamia de los cuatro engendros que el otro habíale forzado a crear.

Con estos sentimientos, no hubo ya para los cuatro hijos mayores afecto posible. La sirvienta los vestía, les daba de comer, los acostaba, con visible brutalidad. No los lavaban casi nunca. Pasaban casi todo el día sentados frente al cerco, abandonados de toda remota caricia.

De este modo Bertita cumplió cuatro años, y esa noche, resultado de las golosinas que era a los padres absolutamente imposible negarle, la criatura tuvo algún escalofrío y fiebre. Y el temor a verla morir o quedar idiota, tornó a reabrir la eterna llaga.

Hacía tres horas que no hablaban, y el motivo fue, como casi siempre, los fuertes pasos de Mazzini.

---

[a] Con buen tino suprime la cacofonía: «*aún* por la *común*».

Marginal notes (right column):

un momento con

inevitables reconciliaciones sus

como algo horrible que

de su hija traía ahora, con

comenzó, á perderlo del todo á
contenían aún por la común

á crear (*idem* 1917)

—¡Mi Dios! ¿No puedes caminar más despacio? ¿Cuántas veces?...

—Bueno, es que me olvido; ¡se acabó! No lo hago a propósito.

Ella se sonrió, desdeñosa:

—¡No, no te creo tanto!

—Ni yo, jamás, te hubiera creído tanto a ti... ¡tisi- quilla!

á ti!...

—¡Qué! ¿qué dijiste?...

—¡Nada!

—¡Sí, te oí algo! Mira: ¡no sé lo que dijiste; pero te juro que prefiero cualquier cosa a tener un padre como el que has tenido tú!

Mazzini se puso pálido.

—¡Al fin! —murmuró con los dientes apretados.— ¡Al fin, víbora, has dicho lo que querías!

—¡Sí, víbora, sí! ¡Pero yo he tenido padres sanos! ¿Oyes?, ¡sanos! ¡Mi padre no ha muerto de delirio! ¡Yo hubiera tenido hijos como los de todo el mundo! ¡Esos son hijos tuyos, los cuatro tuyos!

errata en versión definitiva: sa-nos,

Mazzini explotó a su vez.

—¡Víbora tísica! ¡eso es lo que te dije, lo que te quiero decir! ¡Pregúntale, pregúntale al médico quién tiene la mayor culpa de la meningitis de tus[b] hijos: mi padre o tu pulmón picado, víbora!

la meningitis tuberculosa de tus

Continuaron cada vez con mayor violencia, hasta que un gemido de Bertita selló instantáneamente sus bocas. A la una de la mañana la ligera indigestión había des- aparecido, y como pasa fatalmente con todos los matri- monios jóvenes que se han amado intensamente una vez siquiera, la reconciliación llegó, tanto más efusiva cuanto hirientes fueran los agravios.

Amaneció un espléndido día, y mientras Berta se levantaba escupió sangre. Las emociones y mala noche

---

[b] La verdadera, tangible, erudición médica de Quiroga se explicita en un número considerable de relatos. Véase el glosario de patologías y fármacos al final de esta edición; a él remito para la descripción de la meningitis. No obstante, una apoyatura ligera en la correspondencia con sus amigos puede fundamentar aún más el estado de sus conocimientos. Por ejemplo, casi al final de su vida, cuando una afección a las vías urinarias comienza a martirizarlo, le escribe a Asdrúbal Delgado: «Te había hablado de trastornos en la micción, que yo atribuía a la próstata. Ahora creo que no hay tal próstata, sino alguna fatiga en los músculos vesicales (...)». Desautoriza de ese modo a los médicos, a quienes por demás descalifica (carta del 13 de diciembre de 1935. En: *Cartas inéditas...*, t. I, p. 52). Mientras que en octubre 4, 1936 apunta: «sufrimientos físicos de todos los grados, hasta el de estar en un alarido desde las 2 a las 6 de la mañana, a causa de una retención vesical, ya fortísima, a la que se sumó por contragolpe un seudo cólico nefrítico. Hay que ver lo que es esto. Luego, otra retención por movimiento de la sonda, luego tenemos vesical por X, luego una cistocopia» (En: *ibidem*, p. 52). En la serie «Biografías Ejemplares» —nunca reunidas en volumen hasta ahora—, publicadas en la revista *Caras y Caretas*, dos están dedicadas a médicos: «Horacio Wells descubre la anestesia general» (*C. y C.*, nº 1486, marzo 26, 1927) y la segunda al doctor Semmelweis (*C. y C.*, nº 1521, nov. 26, 1927).

pasada tenían, sin duda, gran culpa. Mazzini la retuvo abrazada largo rato, y ella lloró desesperadamente, pero sin que ninguno se atreviera a decir una palabra.

A las diez decidieron salir, después de almorzar. Como apenas tenían tiempo, ordenaron a la sirvienta que matara una gallina.

El día radiante había arrancado a los idiotas de su banco. De modo que mientras la sirvienta degollaba en la cocina al animal, desangrándolo con parsimonia (Berta había aprendido de su madre este buen modo de conservar frescura a la carne), creyó sentir algo como respiración tras ella. Volvióse, y vió a los cuatro idiotas, con los hombros pegados uno a otro, mirando estupefactos la operación. Rojo... rojo...

—¡Señora! Los niños están aquí, en la cocina.

Berta llegó; no quería que jamás pisaran allí. ¡Y ni aún en esas horas de pleno perdón, olvido y felicidad reconquistada, podía evitarse esa horrible visión! Porque, naturalmente, cuanto más intensos eran los raptos de amor a su marido e hija, más irritado era su humor con los monstruos.

—¡Que salgan, María! ¡Echelos! ¡Echelos, le digo!

Las cuatro pobres bestias, sacudidas, brutalmente empujadas, fueron a dar a su banco.

Después de almorzar, salieron todos. La sirvienta fue a Buenos Aires, y el matrimonio a pasear por las quintas. Al bajar el sol volvieron, pero Berta quiso saludar un momento a sus vecinas de enfrente. Su hija escapóse en seguida a casa.

Entretanto los idiotas no se habían movido en todo el día de su banco. El sol había traspuesto ya el cerco, comenzaba a hundirse, y ellos continuaban mirando los ladrillos, más inertes que nunca.

De pronto, algo se interpuso entre su mirada y el cerco. Su hermana, cansada de cinco horas paternales, quería observar por su cuenta. Detenida al pie del cerco, miraba pensativa la cresta. Quería trepar, eso no ofrecía duda. Al fin decidióse por una silla desfondada, pero faltaba aún. Recurrió entonces a un cajón de kerosene, y su instinto topográfico hízole colocar vertical el mueble, con lo cual triunfó.

Los cuatro idiotas, la mirada indiferente, vieron cómo su hermana lograba pacientemente dominar el equilibrio, y cómo en puntas de pie apoyaba la garganta sobre la cresta del cerro, entre sus manos tirantes.

Variantes marginales:

pasada tenían sin duda gran culpa.
abrazada un largo rato.

salir después

arrancado también á

desangrandola con (*idem* 1917)

Volvióse y vió
hombros pegados, mirando estupefactos

cuanto mayores eran
más irritable (*idem* 1917)

fueron á dar inconscientemente a

y el matrimonio, á

Entretanto, los

Viéronla mirar a todos lados, y buscar apoyo con el pie para alzarse más.

Pero la mirada de los idiotas se había animado; una misma luz insistente estaba fija en sus pupilas. No apartaban los ojos de su hermana, mientras creciente sensación de gula bestial iba cambiando cada línea de sus rostros. Lentamente avanzaron hacia el cerco. La pequeña, que habiendo logrado calzar el pie, iba ya a montar a horcajadas y a caerse del otro lado, seguramente, sintióse cogida de la pierna. Debajo de ella, los ocho ojos clavados en los suyos le dieron miedo.

de ella los ocho

—¡Soltáme! ¡dejáme! —gritó sacudiendo la pierna. Pero fué atraída.

—¡Mamá! ¡Ay, mamá! ¡Mamá, papá! —lloró imperiosamente. Trató aún de sujetarse del borde, pero sintióse arrancada y cayó.

—Mamá, ¡ay! Ma... —No pudo gritar más. Uno de ellos le apretó el cuello, apartando los bucles como si fueran plumas, y los otros la arrastraron de una sola pierna hasta la cocina, donde esa mañana se había desangrado a la gallina, bien sujeta, arrancándole la vida segundo por segundo.

Mazzini, en la casa de enfrente, creyó oir la voz de su hija.

—Me parece que te llama —le dijo a Berta.

Prestaron oído, inquietos, pero no oyeron más. Con todo, un momento después se despidieron, y mientras Berta iba a dejar su sombrero, Mazzini avanzó en el patio:

—¡Bertita!

Nadie respondió.

—¡Bertita! —alzó más la voz, ya alterada.

Y el silencio fué tan fúnebre para su corazón siempre aterrado, que la espalda se le heló de horrible presentimiento.

—¡Mi hija, mi hija! —corrió ya desesperado hacia el fondo. Pero al pasar frente a la cocina vió en el piso un mar de sangre. Empujó violentamente la puerta entornada, y lanzó un grito de horror.

Berta, que ya se había lanzado corriendo a su vez al oir el angustioso llamado del padre, oyó el grito y respondió con otro. Pero al precipitarse en la cocina, Mazzini, lívido como la muerte, se interpuso, conteniéndola:

—¡No entres! ¡No entres!

Berta alcanzó a ver el piso inundado de sangre. Sólo pudo echar sus brazos sobre la cabeza y hundirse a lo largo de él con un ronco suspiro.[2,3]

NOTAS

[1] Inicialmente publicado en: *Caras y Caretas*, Buenos Aires, año 12, nº 562, julio 10, 1909; con dos ilustraciones de Friedrich, una en cada página.

[2] En el Departamento de Investigaciones Literarias de la Biblioteca Nacional, Colección Horacio Quiroga, (Montevideo), se conserva un solo folio del guión para cine que el propio autor elaborara *a posteriori* —aunque se desconoce la fecha precisa— de la escritura de su cuento.

El texto que publicamos se mantiene inédito hasta ahora y resulta, por la condición antes señalada, apenas un fragmento de un volumen de hojas seguramente muy extenso, de acuerdo con el pequeño pasaje del cuento que es transformado en una escena bien detallada. Aun en éste es posible advertir cambios radicales con respecto a la ficción narrativa: 1) jerarquización actancial del médico; 2) variante en el apellido del esposo (de Mazzini en el cuento pasa a llamarse Mazz Larreta en el texto para cine); 3) mayor énfasis dramático —intensificado por los diálogos cortantes— en el nacimiento y la patología del segundo hijo, hecho no tan relevante en el cuento. El lector familiarizado con la escritura de guiones cinematográficos observará una construcción más característica de la dramaturgia que del cine, en lo que atañe a detalles escénicos y movimientos de los personajes.

El fragmento que sigue está numerado, con puño y letra del escritor, como el tercer folio. Constituye una versión mecanografiada también, seguramente, por el propio Quiroga.

«ha contado. Su señora tiene el pulmón débil, y le viene de familia...
Detalle: bustos únicamente. Cambio de palabras. Padre asiente lento con cabeza, como siguiendo afirmaciones de médico. Médico dice:
Di, es eso... La pobre criatura está pagando esa triste herencia...
Pero no se desconsuele... son Vds. jóvenes todavía...
Le pone la mano en el hombro, consolándole; triste sonrisa del padre.
Médico se va. Al darle la mano el otro, le pregunta, indicándole con el ademán, si la criatura recobrará las facultades. Pausa. Médico niega lento y descorazonado con la cabeza. Contracción del padre. Médico se va. Conjunto. Médico se va. Padre queda de pie mirando a sus pies; enciende un cigarro sin dejar de mirar. Fuma un instante, mira lento para atrás, sacude brusco la cabeza, tira cigarro y entra en dormitorio.
Punto por punto se realizó la profecía del médico: la pobre criatura recobró el movimiento, la vida física... pero nada más. Quedó completamente idiota, y cuánto la pobre madre mecía desesperada en sus rodillas, era aquel miserable resto de lo que había sido un día la gloria de su joven amor.
Detalle: Berta con la criatura en las rodillas. La mueve, conteniendo el llanto, le levanta la cabeza, la mira de cerca. No puede más, y echa atrás la cabeza entre las manos, sollozando.
Pero Berta y Mazz Larreta se amaban demasiado para no tratar de rescatar su pobre amor dolorido, y dos años después un nuevo hijo nacía, un encanto de dicha... Pero a los 15 meses se repetía, con iguales consecuencias, el ataque cerebral del primogénito...
Berta con chico en faldas y la cara entre las manos. A su izquierda, el médico de pie, la mira inmóvil. A la derecha, Larreta sentado con una rodilla entre las manos mira adelante, rostro contraído y amargado. (Pausa) Padre alza lento la cabeza y cambia larga mirada con médico; éste sacude cabeza, expresando que no hay esperanza. Padre contesta con juego afirmativo, como diciendo que ya se lo esperaba de su poca suerte. (Si posible, en un rincón del fondo oscuro, visión rostro de chico idiota, tras la cual Berta tiene un sacudimiento y tiende desesperada los brazos a su marido (se tira sobre él), sollozando sobre las rodillas.»

EL ALMOHADÓN DE PLUMA

SU LUNA DE MIEL* fue un largo escalofrío. Rubia, angelical y tímida, el carácter duro de su marido heló sus soñadas niñerías de novia. Ella lo quería mucho, sin embargo, aunque a veces con un ligero estremecimiento cuando volviendo de noche juntos por la calle, echaba una furtiva mirada a la alta estatura de Jordán, mudo desde hacía una hora. El, por su parte, la amaba profundamente, sin darlo a conocer.

La luna...

Durante tres meses —se habían casado en abril—, vivieron una dicha especial. Sin duda hubiera ella deseado menos severidad en ese rígido cielo de amor; más expansiva e incauta ternura; pero el impasible semblante de su marido la contenía siempre.

abril—, vivieron una dicha especial. Tal vez ella hubiera deseado menos severidad en ese rígido cielo de amor, más expansivo, celeste é incauta dulzura pero el seco semblante de su marido la contenía en seguida.

La casa en que vivían influía no poco en sus estremecimientos. La blancura del patio silencioso —frisos, columnas y estatuas de mármol —producía una otoñal impresión de palacio encantado. Dentro, el brillo glacial del estuco, sin el más leve rasguño en las altas paredes, afirmaba aquella sensación de desapacible frío. Al cruzar de una pieza a otra, los pasos hallaban eco en toda la casa, como si un largo abandono hubiera sensibilizado su resonancia.

En ese extraño nido de amor, Alicia pasó** todo el otoño. Había concluído, no obstante, por echar un velo sobre sus antiguos sueños, y aún vivía dormida en la casa hostil sin querer pensar en nada hasta que llegaba su marido.

Alicia pasó...

No es raro que adelgazara. Tuvo un ligero ataque de influenza que se arrastró insidiosamente días y días;

---

* de miel fué un idilio grave, mucho más de lo que ella había temido. Rubia, angelical, tímida y concentrada, (...)

Lo quería mucho, sin embargo, á veces (1907)

Lo quería mucho, sin embargo, a veces (1917) (1918).

** todo el otoño. No obstante, había concluído por dormirse sobre sus antiguos sueños, y aún vivía dormida en la casa, hostil, sin (1907)

No obtante, había concluído por hechar un velo sobre sus antiguos sueños (1917, 1918).

Alicia no se reponía nunca. Al fin una tarde pudo salir al jardín apoyada en el brazo de su marido. Miraba indiferente a uno y otro lado. De pronto Jordán, con honda ternura, le pasó muy lento la mano por la cabeza, y Alicia rompió en seguida en sollozos, echándole los brazos al cuello. Lloró largamente, todo su espanto callado, redoblando el llanto a la más leve caricia de Jordán. Luego los sollozos fueron retardándose, y aún quedó largo rato escondida en su cuello, sin moverse ni pronunciar una palabra.

Fue ése el último día que Alicia estuvo levantada. Al día siguiente amaneció desvanecida. El médico de Jordán la examinó con suma atención, ordenándole calma y descanso absolutos.

—No sé— le dijo a Jordán en la puerta de calle—. Tiene una gran debilidad que no me explico. Y sin vómitos, nada... Si mañana se despierta como hoy, llámeme en seguida.

Al día siguiente Alicia amanecía peor. Hubo consulta. Constatóse una anemia de marcha agudísima, completamente inexplicable. Alicia no tuvo más desmayos, pero se iba visiblemente a la muerte. Todo el día el dormitorio estaba con las luces prendidas y en pleno silencio.* Pasábanse horas sin que se oyera el menor ruido. Alicia dormitaba. Jordán vivía casi en la sala, también con toda la luz encendida. Paseábase sin cesar de un extremo a otro, con incansable obstinación. La alfombra ahogaba sus pasos. A ratos entraba en el dormitorio y proseguía su mudo vaivén a lo largo de la cama, deteniéndose un instante en cada extremo a mirar a su mujer.

Pronto Alicia comenzó a tener alucinaciones, confusas y flotantes al principio, y que descendieron luego a ras del suelo. La joven, con los ojos desmesuradamente abiertos, no hacía sino mirar la alfombra a uno y otro lado del respaldo de la cama. Una noche quedó de repente con los ojos fijos. Al rato abrió la boca para gritar, y sus narices y labios se perlaron de sudor.

—¡Jordán! ¡Jordán!** —clamó, rígida de espanto, sin dejar de mirar la alfombra.

Al fin una tarde pudo salir al jardín apoyada en el brazo de él. (*idem* 1918) (En 1917: Al fin, una)
le pasó la mano por la cabeza, y (*idem* 1917, 1918)

Lloró largamente todo su dolor callado, redoblando su llanto á la menor tentativa de caricia.

en su cuello, recogiendo sus lágrimas. (1907)
sin moverse ni decir una palabra (1917, 1918)

examinó con detención, observándola fijamente mientras la (*sic*) preguntaba. Ordenó calma y descanso absolutos.
—No sé— le dijo a Jordán en la puerta de calle, con la voz todavía baja.— Tiene una gran debilidad que no me explico, y
en la puerta de calle, con la voz todavía baja.— (1917, 1918)
Al otro día Alicia seguía peor. (*idem* 1917, 1918)

silencio...

Una noche se quedó de repente mirando fijando. (...) para gritar y sus

¡Jordán!...

_____

* La sirvienta entraba en puntas de pie. Pasábanse horas sin oir el menor ruido. Alicia dormitaba. (1907) ... silencio. Pasábanse horas sin oír el menor ruido. (1917, 1918)

** —llamó en voz baja. —¡Jordán! —repitió en seguida, rígida de espanto, sin dejar de mirar la alfombra. Jordán, que no había oído la primera vez, corrió al dormitorio, y al verlo aparecer Alicia dió un grito de horror.
    —¡Soy yo, mi hija, soy yo! (1907)
Alicia dió un alarido de horror (1917) (lo demás *idem*).

Jordán corrió al dormitorio, y al verlo aparecer Alicia lanzó un alarido de horror.

—¡Soy yo, Alicia, soy yo!^a

Alicia lo miró con extravío, miró la alfombra, volvió a mirarlo, y después de largo rato de estupefacta confrontación,* volvió en sí. Sonrió y tomó entre las suyas la mano de su marido, acariciándola por media hora temblando.

Entre sus alucinaciones más porfiadas, hubo un antropoide apoyado en la alfombra sobre los dedos, que tenía fijos en ella los ojos.

Los médicos volvieron inútilmente. Había allí delante de ellos una vida que se acababa, desangrándose día a día, hora a hora, sin saber absolutamente cómo. En la última consulta Alicia yacía en estupor mientras ellos la pulsaban, pasándose de uno a otro la muñeca inerte. La observaron largo rato en silencio,** y siguieron al comedor.

— Pst... — se encogió de hombros desalentado el médico de cabecera —. Es un caso inexplicable... Poco hay que hacer...

— ¡Sólo eso me faltaba! — resopló Jordán. Y tamborileó bruscamente sobre la mesa.^b

Alicia fue extinguiéndose en subdelirio de anemia, agravado de tarde, pero que remitía siempre en las primeras horas. Durante el día no avanzaba su enfermedad, pero cada mañana amanecía lívida, en síncope casi. Parecía que únicamente de noche se le fuera la vida en nuevas oleadas de sangre. Tenía siempre al despertar la sensación de estar desplomada en la cama con un millón de kilos encima. Desde el tercer día este hundimiento no

esta dolorosa confrontación...

silencio...

en nuevas olas de

---

^a Así como puede verificarse en la última versión del texto una mayor tendencia a suprimir ajdetivos y frases medianeras, en este caso Quiroga atenúa la imagen rígida y excesivamente paternal que propone el «mi hija», por el más marital, «Alicia».

* se serenó. (...) acariciándola tímidamente.
Entre sus alucinaciones más porfiadas, hubo un perro negro sentado en medio de la alfombra, que tenía clavados en ella los ojos fijos, brillantes y húmedos, como cuando están con hambre al lado nuestro, mirándonos comer. (1907). acariciándola temblando.
(...) hubo un antropoiede (sic), apoyado (1917)

** y pasaron al comedor. Jordán los miró fijamente.
—Pst...— se encogió de hombros desalentado su médico apartando la vista —es un caso serio... poco hay que hacer...
Jordán sopló con amargura.
—¡Sólo eso me faltaba! —respondió. Y tamborileó bruscamente

^b Además del visible mejoramiento literario del pasaje, la supresión de la frase de la primera versión atenúa la dureza de Jordán, por cierto más humanizado en la última publicación, y también menos melodramático, hacia el final de su mujer.

la abandonó más. Apenas podía mover la cabeza. No quiso que le tocaran la cama, ni aun que le arreglaran el almohadón. Sus terrores* crepusculares avanzaban ahora en forma de monstruos que se arrastraban hasta la cama, y trepaban dificultosamente por la colcha.

Sus terrores...

Perdió luego el conocimiento. Los dos días finales deliró sin cesar a media voz. Las luces continuaban fúnebremente encendidas en el dormitorio y la sala. En el silencio agónico de la casa, no se oía más que el delirio monótono que salía de la cama, y el sordo retumbo de los eternos pasos de Jordán.

Alicia murió, por fin. La sirvienta, cuando entró después a deshacer la cama, sola ya, miró un rato extrañada el almohadón.

—¡Señor! —llamó a Jordán en voz baja—. En el almohadón hay manchas que parecen de sangre.ᶜ

Jordán se acercó rápidamente y se dobló sobre aquél. Efectivamente, sobre la funda, a ambos lados del hueco que había dejado la cabeza de Alicia, se veían manchitas oscuras.

y se dobló a su vez.

se veían diminutas manchas de sangre.

—Parecen picaduras —murmuró la sirvienta después de un rato de inmóvil observación.

—Levántelo a la luz —le dijo Jordán.

La sirvienta lo levantó; pero en seguida lo dejó caer, y se quedó mirando a aquél, lívida y temblando. Sin saber por qué, Jordán sintió que los cabellos se le erizaban.

lo levantó, pero en seguida le dejó caer, y se quedó mirando a aquél, pálida y temblando. Sin

—¿Qué hay? —murmuró con la voz ronca.

—Pesa mucho —articuló la sirvienta, sin dejar de temblar.

Pesa mucho— lo miró la sirvienta. Jordán lo levantó; pesaba.

Jordán lo levantó; pesaba extraordinariamente. Salieron con él, y sobre la mesa del comedor Jordán

---

* crepusculares parecieron avanzar hacia ella poco á poco, salir uno á uno de los rincones, monstruos redondos con garras, que subían por la colcha hasta concentrarse todos en el almohadón. Sus mismas ideas lúcidas concluyeron por girar alrededor de él.

—¡Pobre! — dijo sonriendo una mañana á su marido, mientras acariciaba aquél con su mano flaquísima. — ¡Le tengo un cariño!... Me parece que toda mi vida está aquí dentro, que se va en él...

Y se fué. Sus últimas caricias fueron para el almohadón. En seguida perdió el conocimiento. Los dos días finales deliró sin cesar pesadamente. Las luces continuaban fúnebremente encendidas en el dormitorio y la sala. En el silencio agónico de la casa, no se oía más que el delirio monótono que salía de la cama y el rumor ahogado de los eternos pasos de Jordán. La atmósfera pesada olía ya a flores.

El 5 de julio, á las 7 de la mañana. Alicia murió. Esa tarde, la sirvienta que había entrado á deshacer la cama, sola ya, miró un rato extrañada el almohadón.

—Señor — se volvió a Jordán en voz

ᶜ Así como antes modifica las alucinaciones, transformando al perro negro y atroz en antropoide (¿secreta homologación a Jordán?), ahora en este fragmento tan pertinazmente reelaborado desdibuja las imágenes del delirio. Significativamente elimina las palabras de cariño de Alicia y la efectista caricia al almohadón, dato mórbido y adelanto demasiado previsible del final.

cortó funda y envoltura de un tajo. Las plumas superiores volaron, y la sirvienta dio un grito de horror con toda la boca abierta, llevándose las manos crispadas a los bandós. Sobre el fondo, entre las plumas, moviendo lentamente las patas velludas, había un animal monstruoso, una bola viviente y viscosa. Estaba tan hinchado que apenas se le pronunciaba la boca.

Noche a noche, desde que Alicia había caído en cama, había aplicado sigilosamente su boca — su trompa, mejor dicho — a las sienes de aquélla, chupándole la sangre. La picadura era casi imperceptible. La remoción diaria del almohadón sin duda había impedido al principio su desarrollo; pero desde que la joven no pudo moverse, la succión fue vertiginosa. En cinco días, en cinco noches, había el monstruo vaciado a Alicia.

Estos parásitos de las aves, diminutos en el medio habitual, llegan a adquirir en ciertas condiciones proporciones enormes. La sangre humana parece serles particularmente favorable, y no es raro hallarlos en los almohadones de pluma.[d2]

bandós: —sobre el fondo coloreado, moviendo

---

[d] Es de hacer notar que, en este pasaje del final del relato, el autor elimina diez líneas completas del texto de la primera versión, lo que, junto a las supresiones parciales que se pueden verificar en el establecimiento de variantes, demuestra una vez más, la ya señalada tendencia general a la supresión de elementos a medida que reelabora o pule el texto, en pos de una mayor concentración. Aunque el propio Quiroga atribuyó esta característica a la disciplina que le impusiera el reducido espacio del que disponía en *Caras y Caretas*, lo cierto es que, libre de esas limitaciones, al recoger el cuento en libro continúa «podando» el discurso narrativo.

NOTAS

[1] Publicado inicialmente en: *Caras y Caretas*, Buenos Aires, año X, nº 458, julio 13, 1907, acompañado de dos dibujos de Fernández Peña, uno por cada página.

[2] Junto a «La gallina degollada» y «A la deriva» —de este mismo libro— es el cuento que ha sido más visitado por la hermenéutica en diferentes enfoques metodológicos. Así, José E. Etcheverry lo hace desde una glosa casi estilística (*Dos cuentos de Horacio Quiroga*, Montevideo: Universidad de la República, 1959); Elsa K. Gambarini ensaya un abordaje estructuralista (En: *Revista Iberoamericana*, Pittsburgh University, nº 118-119, Madrid, enero-junio 1982) o el análisis —atento a los contenidos— de Alfredo Veiravé (En: *La Prensa*, Buenos Aires, 18 de septiembre de 1966). Precisamente en este ensayo, el crítico exhuma un curiosísimo artículo —que hoy llamaríamos «policial»—, «Un caso raro». Lo transcribimos dejando constancia previa, como lo hace Veiravé, de que dicho texto apareció en *La Prensa* el 7 de noviembre de 1880, p. 1, cols 6/7, es decir cuando el escritor salteño no había cumplido aún los dos años de edad.

«En una niña de seis años, perteneciente a una familia conocida en esta ciudad, se ha palpado antes de ayer un caso raro.

Hacía algunos meses que a la niña se la veía siempre pálida y cada día más delgada, no obstante sentir buen apetito y alimentarse convenientemente.

En la creencia que tuviese alguna enfermedad desconocida, fueron llamados varios médicos para que la reconocieran, pero todos opinaron de acuerdo en el sentido de que la niña no padecía de ningún mal; sin embargo, aconsejaron a los padres que la llevasen al campo.

Así lo hicieron.

A los pocos días de estar la niña en el campo empezó a engrosar, y una vez restablecida fue traída a la ciudad nuevamente.

Después de una corta permanencia aquí, comenzó otra vez a adelgazarse, con el asombro de toda la familia, y de los mismos médicos.

La palidez cadavérica volvió a su rostro, y su espíritu se sumergía en una tristeza inexplicable.

Antes de ayer, la niña iba a ser llevada por segunda vez al campo.

Por la mañana, la mucama se ocupaba de acomodarle la cama, cuando notó entre el forro de la almohada un movimiento como si un cuerpo se deslizara interiormente.

Sorprendida por este suceso, llamó a la señora, quien con una tijera cortó el forro de la almohada resueltamente para descifrar el misterio, y retrocedieron aterrorizadas en presencia de su hallazgo, que consistía en un bicho, cuyo nombre ignoramos, color negro y de grandes dimensiones, de forma redonda y con varias y largas patas.

El bicho fue muerto en el acto y del examen que se hizo de él, resultó comprobado que era éste el que absorbía la sangre del cuerpo de la niña.»

YAGUAÍ[1]

AHORA BIEN, no podía ser sino allí. Yaguaí olfateó la piedra —un sólido bloque de mineral de hierro— y dio una cautelosa vuelta en torno. Bajo el sol a mediodía de Misiones, el aire vibraba sobre el negro peñasco, fenómeno éste que no seducía al fox-terrier. Allí abajo, sin embargo, estaba la lagartija.* El perro giró nuevamente alrededor, resopló en un intersticio, y, para honor de la raza, rascó un instante el bloque ardiente. Hecho lo cual regresó con paso perezoso, que no impedía un sistemático olfateo a ambos lados del sendero.

lagartija...

Entró en el comedor, echándose entre el aparador y la pared, fresco refugio que él consideraba como suyo, a pesar de tener en su contra la opinión de toda la casa. Pero el sombrío rincón, admirable cuando a la depresión de la atmósfera acompaña falta de aire, tornábase imposible en un día de viento norte. Era éste otro flamante conocimiento del fox-terrier, en quien luchaba aún la herencia del país templado —Buenos Aires, patria de sus abuelos y suya—, donde sucede precisamente lo contrario. Salió, por lo tanto, afuera, y se sentó bajo un naranjo, en pleno viento de fuego, pero que facilitaba inmensamente la respiración. Y como los perros transpiran muy poco, Yaguaí apreciaba cuanto es debido al viento evaporizador, sobre la lengua danzante puesta a su paso.

acompaña la falta

éste un flamante conocimiento

Salió afuera y se sentó bajo un naranjo, en plena corriente abrasada, pero

evaporizador sobre

El termómetro alcanzaba en ese momento a cuarenta grados.[a] Pero los fox-terriers de buena cuna son singularmente falaces en cuanto a promesas de quietud se refiera. Bajo aquel mediodía de fuego, sobre la meseta

alcanzaba en ese momento a *38*.

en cuanto a estarse quietos se refiera.

---

* Giró nuevamente alrededor, resopló en un intersticio a la caza prohibida, y para honor de la raza rascó fugazmente el bloque ardiente. Hecho lo cual, regresó con paso perezoso que no impedía un sistemático olfateo a ambos lados.

[a] Todas las cifras y grados varían de la primera versión a las siguientes. Para Quiroga la precisión numérica es siempre una obsesión. En este caso la temperatura inicial puede no dar un punto de partida demasiado intolerable para un clima subtropical como el misionero: de allí su ascenso en 1917.

volcánica que la roja arena tornaba aún más caliente, había lagartijas.

Con la boca ahora cerrada, Yaguaí traspuso el tejido de alambre y se halló en pleno campo de caza. Desde setiembre no había logrado otra ocupación a las siestas bravas. Esta vez rastreó cuatro lagartijas de las pocas que quedaban ya, cazó tres, perdió una, y se fue entonces a bañar.

Esta vez rastreo cuatro de las pocas

A cien metros de la casa, en la base de la meseta y a orillas del bananal, existía un pozo en piedra viva de factura y forma originales, pues siendo comenzado a dinamita por un profesional, habíalo concluido un aficionado con pala de punta. Verdad es que no medía sino dos metros de hondura, tendiéndose en larga escarpa por un lado, a modo de tamajar. Su fuente, bien que superficial, resistía a secas de dos meses, lo que es bien meritorio en Misiones.

Allí se bañaba el fox-terrier, primero la lengua, después el vientre sentado en el agua, para concluir con una travesía a nado. Volvía a la casa, siempre que algún rastro no se atravesara en su camino. Al caer el sol, tornaba al pozo. De aquí que Yaguaí sufriera vagamente de pulgas, y con bastante facilidad, el calor tropical para el que su raza no había sido creada.

Volvía luego a

tornaba al pozo; de aquí que

El instinto combativo del fox-terrier se manifestó normalmente contra las hojas secas; subió luego a las mariposas y su sombra, y se fijó por fin en las lagartijas. Aún en noviembre, cuando tenía ya en jaque a todas las ratas de la casa, su gran encanto eran los saurios. Los peones que por a o b llegaban a la siesta, admiraron siempre la obstinación del perro, resoplando en cuevitas bajo un sol de fuego; si bien la admiración de aquéllos no pasaba del cuadro de caza.

—Eso —dijo uno un día, señalando al perro con una vuelta de cabeza—, no sirve más que para bichitos...

El dueño de Yaguaí lo oyó:

—Tal vez —repuso—; pero ninguno de los famosos perros de ustedes sería capaz de hacer lo que hace ése.

Los hombres se sonrieron sin contestar.

Cooper, sin embargo, conocía bien a los perros de monte y su maravillosa aptitud para la caza a la carrera, que su fox-terrier ignoraba. ¿Enseñarle? Acaso; pero no tenía cómo hacerlo.

Acaso; pero él no

Precisamente esa misma tarde un peón se quejó a Cooper de los venados que estaban concluyendo con los

porotos. Pedía escopeta, porque aunque él tenía un buen
perro, no podía sino *a veces* alcanzar a los venados de un
palo...

alcanzarlos de un palo...

Cooper prestó la escopeta, y aun propuso ir esa
noche al rozado.

—No hay luna —objetó el peón.

—No importa. Suelte el perro y veremos si el mío lo
sigue.

Esa noche fueron al plantío. El peón soltó a su perro,
y el animal se lanzó en seguida en las tinieblas del monte,
en busca de un rastro.

monte, ansioso de caza.

Al ver partir a su compañero, Yaguaí intentó en vano
forzar la barrera de caraguatá. Logrólo al fin, y siguió la
pista del otro. Pero a los dos minutos regresaba, muy
contento de aquella escapatoria nocturna. Eso sí, no
quedó agujerito sin olfatear en diez metros a la redonda.

y siguió el rastro del otro.

Pero cazar tras el rastro, en el monte, a un galope
que puede durar muy bien desde la madrugada hasta las
tres de la tarde, eso no. El perro del peón halló una pista,
muy lejos, que perdió en seguida. Una hora después
volvía a su amo, y todos juntos regresaron a la casa. La
prueba, si no concluyente, desanimó a Cooper.

Se olvidó luego de ellos, mientras el fox-terrier continuaba cazando ratas, algún lagarto o zorro en su cueva,
y lagartijas.

Entretanto, los días se sucedían unos a otros, ence-
guecientes, pesados, en una obstinación de viento norte
que doblaba las verduras en lacios colgajos, bajo el
blanco cielo de los mediodías tórridos. El termómetro se
mantenía entre treinta y cinco y cuarenta, sin la más
remota esperanza de lluvia. Durante cuatro días el
tiempo se cargó, con asfixiante calma y aumentó de
calor. Y cuando se perdió al fin la esperanza de que el
sur devolviera en torrentes de agua todo el viento de
fuego recibido un mes entero del norte, la gente se
resignó a una desastrosa sequía.

se mantenía a 35-38, sin

El fox-terrier vivió desde entonces sentado bajo su
naranjo, porque cuando el calor traspasa cierto límite
razonable, los perros no respiran bien, echados. Con la
lengua afuera y los ojos entornados, asistió a la muerte
progresiva de cuanto era brotación primaveral. La
huerta se perdió rápidamente. El maizal pasó del verde
claro a una blancura amarillenta, y a fines de noviembre
sólo quedaban de él columnitas truncas sobre la negrura
desolada del rozado. La mandioca, heroica entre todas,
resistía bien.

Con la lengua de fuera

de él fúnebres estacas sobre la
negrura desolada del

El pozo del fox-terrier —agotada su fuente— perdió día a día su agua verdosa, y ahora tan caliente que Yaguaí no iba a él sino de mañana, si bien hallaba rastros de apereás, agutíes y hurones, que la sequía del monte forzaba hasta el pozo.

En vuelta de su baño, el perro se sentaba de nuevo, viendo aumentar poco a poco el viento, mientras el termómetro, refrescado a quince al amanecer, llegaba a cuarenta y uno a las dos de la tarde. La sequedad del aire llevaba a beber al fox-terrier cada media hora, debiendo entonces luchar con las avispas y abejas que invadían los baldes, muertas de sed. Las gallinas, con las alas en tierra, jadeaban tendidas a la triple sombra de los bananos, la glorieta y la enredadera de flor roja, sin atreverse a dar un paso sobre la arena abrasada, y bajo un sol que mataba instantáneamente a las hormigas rubias.

Alrededor, cuanto abarcaban los ojos del fox-terrier: los bloques de hierro, el pedregullo volcánico, el monte mismo, danzaba, mareado de calor. Al oeste, en el fondo del valle boscoso, hundido en la depresión de la doble sierra, el Paraná yacía, muerto a esa hora en su agua de cinc, esperando la caída de la tarde para revivir. La atmósfera, entonces, ligeramente ahumada hasta esa hora, se velaba al horizonte en denso vapor, tras el cual el sol, cayendo sobre el río, sosteníase asfixiado en perfecto círculo de sangre. Y mientras el viento cesaba por completo y, en el aire aún abrasado, Yaguaí arrastraba por la meseta su diminuta mancha blanca, las palmeras negras, recortándose inmóviles sobre el río cuajado en rubí, infundían en el paisaje una sensación de lujoso y sombrío oasis.

Los días se sucedían iguales. El pozo del fox-terrier se secó, y las asperezas de la vida, que hasta entonces evitaran a Yaguaí, comenzaron para él esa misma tarde.

Desde tiempo atrás el perrito blanco había sido muy solicitado por un amigo de Cooper, hombre de selva, cuyos muchos ratos perdidos se pasaban en el monte tras los tatetos. Tenía tres perros magníficos para esta caza, aunque muy inclinados a rastrear coatís, lo que envolviendo una pérdida de tiempo para el cazador, constituye también la posibilidad de un desastre, pues la dentellada de un coatí degüella fundamentalmente al perro que no supo cogerlo.

Fragoso, habiendo visto un día trabajar al fox-terrier en un asunto de irara, a la que Yaguaí forzó a estarse

y tan caliente

hasta aquel.

refrescando a 15 al amanecer, llegaba a 38 a las dos

llevaba al agua

danzaba mareado

La atmósfera, ligeramente ahumada hasta entonces, se

y en el aire aún abrasado Yaguaí las palmeras, recortándose

la vida que hasta

tiempo atrás,

selva cuyos

coatíes,

degüella sistemáticamente

irara, que Yaguaí forzó

definitivamente quieta, dedujo que un perrito que tenía ese talento especial para morder justamente entre cruz y pescuezo no era un perro cualquiera por más corta que tuviera la cola. Por lo que instó repetidas veces a Cooper a que le prestara a Yaguaí.

—Yo te lo voy a enseñar bien a usted, patrón —le decía.

—Tiene tiempo —respondía Cooper.

Pero en esos días abrumadores —la visita de Fragoso habiendo avivado el recuerdo del pedido—, Cooper le entregó su perro a fin de que le enseñara a correr.

Yaguaí corrió, sin duda, mucho más de lo que hubiera deseado el mismo Cooper.

Fragoso vivía en la margen izquierda del Yabebirí, y había plantado en octubre un mandiocal que no producía aún, y media hectárea de maíz y porotos, totalmente perdida por la seca. Esto último, específico para el cazador, tenía para Yaguaí muy poca importancia, trastornándole en cambio la nueva alimentación. El, que en casa de Cooper coleaba ante la mandioca simplemente cocida, para no ofender a su amo, y olfateaba por tres o cuatro lados el locro, para no quebrar del todo con la cocinera, conoció la angustia de los ojos brillantes y fijos en el amo que come, para concluir lamiendo el plato que sus tres compañeros habían pulido ya, esperando ansiosamente el puñado de maíz sancochado que les daban cada día.

Los tres perros salían de noche a cazar por su cuenta —maniobra ésta que entraba en el sistema educacional del cazador—; pero el hambre, que llevaba a aquéllos naturalmente al monte a rastrear para comer, inmovilizaba al fox-terrier en el rancho, único lugar del mundo donde podía hallar comida. Los perros que no devoran la caza, serán siempre malos cazadores; y justamente la raza a que pertenecía Yaguaí caza desde su creación por simple sport.

Fragoso intentó algún aprendizaje con el fox-terrier. Pero siendo Yaguaí mucho más perjudicial que útil al trabajo desenvuelto de sus tres perros, lo relegó desde entonces en el rancho a espera de mejores tiempos para esa enseñanza.

Entretanto, la mandioca del año anterior comenzaba a concluirse; las últimas espigas de maíz rodaron por el suelo, blancas y sin un grano, y el hambre, ya dura para

cualquiera, por

el recuerdo de aquello— Cooper

Corrió, sin duda,

perdida. Esto
trastornándole, en cambio

simplemente cocida

Yaguaí, caza (posiblemente errata en última versión, puesto que en las ediciones de 1917 y 1918 figura la pausa)
Pero siendo mucho

Entretanto la mandioca del año anterior comenzó a concluirse,

los tres perros nacidos con ella, royó las entrañas de
Yaguaí. En aquella nueva vida el fox-terrier había   nueva vida había
adquirido con pasmosa rapidez el aspecto humillado,
servil y traicionero de los perros del país. Aprendió
entonces a merodear de noche por los ranchos vecinos,   de noche en los
avanzando con cautela, las piernas dobladas y elásticas,
hundiéndose lentamente al pie de una mata de espartillo   espartillo, al menor
al menor rumor hostil. Aprendió a no ladrar por más
furor o miedo que tuviera, y a gruñir de un modo
particularmente sordo cuando el cuzco de un rancho   sordo, cuando
defendía a éste del pillaje. Aprendió a visitar los galline-
ros, a separar dos platos encimados con el hocico, y a
llevarse en la boca una lata con grasa a fin de vaciarla en   grasa, a fin
la impunidad del pajonal. Conoció el gusto de las guascas
ensebadas, de los zapatones untados de grasa, del hollín
pegoteado de una olla y — alguna vez —, de la miel   olla, y alguna vez de la
recogida y guardada en un trozo de tacuara. Adquirió la
prudencia necesaria para apartarse del camino cuando
un pasajero avanzaba, siguiéndolo con los ojos, agachado entre el pasto. Y a fines de enero, de la mirada
encendida, las orejas firmes sobre los ojos, y el rabo alto
y provocador del fox-terrier, no quedaba sino un esque-
letillo sarnoso, de orejas echadas atrás y rabo hundido y
traicionero, que trotaba furtivamente por los caminos.

La sequía continuaba, entre tanto; el monte quedó   continuaba, el monte quedó
poco a poco desierto, pues los animales se concentraban
en los hilos de agua que habían sido grandes arroyos. Los
tres perros forzaban la distancia que los separaba del   forzaron la distancia
abrevadero de las bestias con éxito mediano, pues siendo   bestias, con éxito
aquél muy frecuentado a su vez por los yaguareteí,[b] la   pues siendo éste muy frecuentado
caza menor tornábase desconfiada. Fragoso, preocu-   a su vez por los carniceros,
pado con la ruina del rozado y con nuevos disgustos con   rozado, y disgustos con el propie-
el proprietario de la tierra, no tenía humor para cazar,   tario de su tierra, no
ni aun por hambre. Y la situación amenazaba así tor-
narse muy crítica, cuando una circunstancia fortuita
trajo un poco de aliento a la lamentable jauría.

Fragoso debió ir a San Ignacio, y los cuatro perros,
que fueron con él, sintieron en sus narices dilatadas una
impresión de frescura vegetal —vaguísima, si se
quiere—, pero que acusaba un poco de vida en aquel   seca. En efecto, la región había
infierno de calor y seca. En efecto, San Ignacio[c] había   sido menos azotada (*idem* 1917)

---

[b] La polisemia de «carniceros» tal vez hizo pensar al autor que oscurecía su lectura. Por otra parte es manifiesta —cada vez más a medida que se interna en la experiencia narrativa de la vida misionera— la inserción de la zoología y botánica regionales. Al respecto consúltense los glosarios correspondientes al final de esta edición.

[c] Por similares motivos al caso estudiado en la nota (b), Quiroga puntualiza en un espacio geográfico concreto a la acción, restringiéndola al micromundo en que le tocó vivir.

sido menos azotado, resultas de lo cual algunos maizales, aunque miserables, se sostenían en pie.

No comieron los perros ese día; pero al regresar jadeando detrás del caballo, probaron en su memoria aquella sensación de frescura. Y a la noche siguiente salían juntos en mudo trote hacia San Ignacio. En la orilla del Yabebirí se detuvieron oliendo el agua y levantando el hocico trémulo a la otra costa. La luna salía entonces, con su amarillenta luz de menguante. Los perros avanzaron cautelosamente sobre el río a flor de piedra, saltando aquí, nadando allá, en un paso que en agua normal no da fondo a tres metros.

Sin sacudirse casi, reanudaron el trote silencioso y tenaz hacia el maizal más cercano. Allí el fox-terrier vio cómo sus compañeros quebraban los tallos con los dientes, devorando con secos mordiscos que entraban hasta el marlo, las espigas en choclo. Hizo él lo mismo; y durante una hora, en el negro cementerio de árboles quemados, que la fúnebre luz del menguante volvía más espectral, los perros se movieron de aquí para allá entre las cañas, gruñéndose mutuamente.

Volvieron tres veces más, hasta que la última noche un estampido demasiado cercano los puso en guardia. Mas coincidiendo esta aventura con la mudanza de Fragoso a San Ignacio, los perros no lo sintieron mucho.

Fragoso había logrado por fin trasladarse allá, al fondo de la colonia. El monte, entretejido de tacuapí, denunciaba tierra excelente; y aquellas inmensas madejas de bambú, tendidas en el suelo con el machete, debían de preparar magníficos rozados.

Cuando Fragoso se instaló, el tacuapí comenzaba a secarse. Rozó y quemó rápidamente un cuarto de hectárea, confiando en algún milagro de lluvia. El tiempo se descompuso, en efecto; el cielo blanco se tornó plomo, y en las horas más calientes se trasparentaban en el horizonte lívidas orlas de cúmulos. El termómetro a treinta y nueve y el viento norte soplando con furia trajeron al fin doce milímetros de agua, que Fragoso aprovechó para su maíz, muy contento. Lo vio nacer, lo vio crecer magníficamente hasta cinco centímetros. Pero nada más.

En el tacuapí, bajo él y alimentándose acaso de sus brotos, viven infinidad de roedores. Cuando aquél se seca, sus huéspedes se desbandan y el hambre los lleva forzosamente a las plantaciones. De este modo los tres perros de Fragoso, que salían una noche, volvieron en

---

No comieron ese día;

caballo, los perros no olvidaron aquella sensación de frescura, y a la

no da ancla a tres metros.

dientes, devorando en secos

choclo. Hizo lo mismo; y durante una hora, en el rozado negro de árboles quemados que

los perros no sintieron mucho

termómetro a 38 y con furia, trajeron

centímetros, pero nada

desbandaban, el (...) plantaciones,

seguida restregándose el hocido mordido. Fragoso mató esa misma noche cuatro ratas que asaltaban su lata de grasa.

Yaguaí no estaba allí. Pero a la noche siguiente él y sus compañeros se internaban en el monte (aunque el fox-terrier no corría tras el rastro, sabía perfectamente desenfundar tatús y hallar nidos de urúes), cuando Yaguaí se sorprendió del rodeo que efectuaban sus compañeros para no cruzar el rozado. Yaguaí avanzó por él, no obstante; y un momento después lo mordían en una pata, mientras rápidas sombras corrían a todos lados.

Yaguaí vio lo que era; e instantáneamente, en plena barbarie de bosque tropical y miseria, surgieron los ojos brillantes, el rabo alto y duro, y la actitud batalladora del admirable perro inglés. Hambre, humillación, vicios adquiridos, todo se borró en un segundo ante las ratas que salían de todas partes. Y cuando volvió por fin a echarse en el rancho, ensangrentado, muerto de fatiga, tuvo que saltar tras las ratas hambrientas que invadían literalmente la casa.

Fragoso quedó encantado de aquella brusca energía de nervios y músculos que no recordaba más, y subió a su memoria el recuerdo del viejo combate con la irara: era la misma mordida sobre la cruz; un golpe seco de mandíbula, y a otra rata.

Comprendió también de dónde provenía aquella nefasta invasión, y con larga serie de juramentos en voz alta, dio su maizal por perdido. ¿Qué podía hacer Yaguaí solo? Fue al rozado, acariciando al fox-terrier, y silbó a sus perros; pero apenas los rastreadores de tigres sentían los dientes de las ratas en el hocico, chillaban, restregándolo a dos patas. Fragoso y Yaguaí hicieron solos el gasto de la jornada, y si el primero sacó de ella la muñeca dolorida, el segundo echaba al respirar burbujas sanguinolentas por la nariz.

En doce días, a pesar de cuanto hicieron Fragoso y el fox-terrier para salvarlo, el rozado estaba perdido. Las ratas, al igual de las martinetas, saben muy bien desenterrar el grano adherido aún a la plantita. El tiempo, otra vez de fuego, no permitía ni la sombra de nueva plantación, y Fragoso se vio forzado a ir a San Ignacio en busca de trabajo, llevando al mismo tiempo su perro a Cooper, que él no podía ya entretener poco ni mucho. Lo hacía con verdadera pena, pues las últimas aventuras, colocando al fox-terrier en su verdadero teatro de caza, habían levantado muy alta la estima del cazador por el perrito blanco.

El el camino, el fox-terrier oyó, lejanas, las explosiones de los pajonales del Yabebirí ardiendo con la sequía; vio a la vera del bosque a las vacas que soportando la nube de tábanos empujaban los catiguás con el pecho, avanzando montadas sobre el tronco arqueado hasta alcanzar las hojas. Vio las rígidas tunas del monte tropical dobladas como velas; y sobre el brumoso horizonte de las tardes de treinta y ocho a cuarenta grados, volvió a ver el sol cayendo asfixiado en un círculo rojo y mate.

Media hora después entraban en San Ignacio.

Siendo ya tarde para llegar hasta lo de Cooper, Fragoso aplazó para la mañana siguiente su visita. Los tres perros, aunque muertos de hambre, no se aventuraron mucho a merodear en país desconocido, con excepción de Yaguaí, al que el recuerdo bruscamente despierto de las viejas carreras delante del caballo de Cooper, llevaba en línea recta a casa de su amo.

Las circunstancias anormales por que pasaba el país con la sequía de cuatro meses —y es preciso saber lo que esto supone en Misiones—, hacían que los perros de los peones, ya famélicos en tiempo de abundancia, llevaran sus pillajes nocturnos a un grado intolerable. En pleno día, Cooper había tenido ocasión de perder tres gallinas, arrebatadas por los perros hacia el monte. Y si se recuerda que el ingenio de un poblador haragán llega hasta enseñar a sus cachorros esta maniobra para aprovecharse ambos de la presa, se comprenderá que Cooper perdiera la paciencia, descargando irremisiblemente su escopeta sobre todo ladrón nocturno. Aunque no usaba sino perdigones, la lección era asimismo dura.

Así una noche, en el momento que se iba a acostar, percibió su oído alerta el ruido de las uñas enemigas, tratando de forzar el tejido de alambre. Con un gesto de fastidio descolgó la escopeta, y saliendo afuera vio una mancha blanca que avanzaba dentro del patio. Rápidamente hizo fuego, y a los aullidos traspasantes del animal con las patas traseras a la rastra, tuvo un fugitivo sobresalto, que no pudo explicar.[d] Llegó hasta el lugar,

oyó, lejano, el ruido de carretería de los pajonales del Yabebirí ardiendo; vió

nube de tábanos, doblaban los catiguás con el pecho, avanzando

hojas. Vió al mismo monte subtropical secándose en los pedregales, y sobre el espeso horizonte de las tardes de 38-40, volvió

llegaban a San Ignacio, y siendo ya

Yaguaí, a que el (probablemente sea errata de la primera versión. En todas las demás se escribe: «al que»)

en Misiones— hacía que

haragán llega a enseñar a

del animal arrastrándose sobre las patas traseras, tuvo un fugitivo sobresalto, que no pudo explicar y se desvaneció en seguida.

---

[d] La idea del desvanecimiento apuntada en la primera versión, posee cierto halo dramático que, sin duda, advierte el autor. De allí la supresión.

pero el perro había desaparecido ya, y entró de nuevo en la casa.

—¿Qué fue, papá? —le preguntó desde la cama su hija—. ¿Un perro?

—Sí —repuso Cooper colgando la escopeta—. Le tiré un poco de cerca...

—¿Grande el perro, papá?

—No, chico.

Pasó un momento.

—¡Pobre Yaguaí! —prosiguió Julia—. ¡Cómo estará!

Súbitamente, Cooper recordó la impresión sufrida al oír aullar al perro: algo de su Yaguaí había allí... Pero pensando también en cuán remota era esa probabilidad, se durmió tranquilo.

Fue a la mañana siguiente, muy temprano, cuando Cooper, siguiendo el rastro de sangre, halló a su fox-terrier muerto al borde del pozo del bananal.

De pésimo humor volvió a casa, y la primera pregunta de Julia fue por el perro chico:

—¿Murió, papá?

—Sí, allá en el pozo... Es Yaguaí.

Cogió la pala, y seguido de sus dos hijos consternados fue al pozo. Julia, después de mirar un rato inmóvil, se acercó despacio a sollozar junto al pantalón de Cooper.

—¡Qué hiciste, papá!

—No sabía, chiquita... Apártate un momento.

En el bananal enterró a su perro; apisonó la tierra encima, y regresó profundamente disgustado, llevando de la mano a sus dos chicos que lloraban despacio para que su padre no los sintiera.[2]

entró de nuevo.

—¿Grande, papá?

Súbitamente Cooper

también en la remota probabilidad, se durmió.

halló a Yaguaí muerto

perro chico.

hijos consternados, fué

mirar un momento inmóvil, se

a su perro, apisonó

chicos, que

NOTAS

[1] Inicialmente en: *Fray Mocho*, Buenos Aires, año II, n° 87, diciembre 26 de 1913, con cuatro dibujos de Friedrich, uno por cada página de la revista.

[2] Entre los animales del monte, los perros son criaturas esenciales para la vida rural. En la obra de Quiroga, sin embargo, sólo aparecen en esta función trivial, si exceptuamos la inflexión fantástica que asumen en el relato «La insolación» de este mismo volumen, donde su conciencia narra, «ve», la caída de míster Jones. Es éste un cuento aislado en el libro (puesto que el autor determinó la expulsión de «El perro rabioso» el que podrá leerse en el Apéndice de esta edición), donde Quiroga trabaja sobre las peripecias de un can. La función preponderante la asumirán, por supuesto, en los relatos de caza, principalmente en la serie publicada en *Billiken* «Cartas de un cazador», reunida en nuestra edición.

LOS PESCADORES DE VIGAS[1]

EL MOTIVO fue ciertos muebles de comedor que míster Hall no tenía aún, y su fonógrafo le sirvió de anzuelo.

Candiyú lo vio en la oficina provisoria de la «Yerba Company», donde míster Hall maniobraba su fonógrafo a puerta abierta.

Candiyú, como buen indígena, no manifestó sorpresa alguna, contentándose con detener su caballo un poco al través ante el chorro de luz, y mirar a otra parte. Pero como un inglés a la caída de la noche, en mangas de camisa por el calor y con una botella de whisky al lado, es cien veces más circunspecto que cualquier mestizo, míster Hall no levantó la vista del disco. Con lo que vencido y conquistado, Candiyú concluyó por arrimar su caballo a la puerta, en cuyo umbral apoyó el codo.

—Buenas noches, patrón. ¡Linda música!

—Sí, linda —repuso míster Hall.

—¡Linda! —repitió el otro— ¡Cuánto ruido!

—Sí, mucho ruido —asintió míster Hall, que hallaba sin duda oportunas las observaciones de su visitante.

Candiyú proseguía entre tanto:

—¿Te costó mucho a usted, patrón?

—Costó... ¿Qué?

—Ese hablero... Los mozos que cantan.

La mirada turbia e inexpresiva de míster Hall se aclaró. El contador comercial surgía.[a]

—¡Oh, cuesta mucho...! ¡Usted quiere comprar?

—Si usted querés venderme... —contestó por decir algo Candiyú, convencido de antemano de la imposibilidad de tal compra. Pero míster Hall proseguía mirándolo con pesada fijeza, mientras la membrana saltaba del disco a fuerza de marchas metálicas.

fué cierto juego de comedor que míster Hall no tenía aún, y su fonógrafo sirvióle de anzuelo.

al través delante del chorro de luz, (...) como un inglés, a

que cualquier mestizo, no levantó

Candiyú admiraba los nuevos discos:

que hallaba no desprovistas de profundidad las observaciones

mirada turbia, inexpresiva e insistente de míster Hall, se aclaró. El contador inglés surgía.

—contestó llanamente Candiyú, convencido de la

---

[a] Ya desde la primera edición en libro el autor enmienda el sustantivo en aposición. Haber mantenido la segunda proposición del binomio («inglés»), implicaría advertir al lector una connotación o bien de inteligencia (o cultura) dominante, o bien una toma de partido del narrador implícito hacia el más desfavorecido en el trato. O las dos cosas.

—Vendo barato a usted...¡Cincuenta pesos!

Candiyú sacudió la cabeza, sonriendo al aparato y a su maquinista, alternativamente:

y a su maquinista alternativamente.

—¡Mucha plata! No tengo.

—¿Usted qué tiene, entonces?

El hombre se sonrió de nuevo, sin responder.

El viejo se sonrió

—¿Dónde usted vive? —prosiguió míster Hall, evidentemente decidido a desprenderse de su gramófono.

—En el puerto.

—¡Ah! Yo conozco usted... ¿Usted llama Candiyú?

—Me llama...[b]

—Así es. (idem 1917, 1918)

—¿Y usted pesca vigas?

—A veces; alguna viguita sin dueño...

A veces, alguna

—¡Vendo por vigas...! Tres vigas aserradas. Yo mando carreta. ¿Conviene?

Candiyú se reía.

—No tengo ahora. Y esa... maquinaria, ¿tiene mucha delicadeza?

—No; botón acá, y botón allá... Yo enseño. ¿Cuándo tiene madera?

acá, y botón acá...

—Alguna creciente... Ahora ha de venir una. ¿Y qué palo querés usted?

—Palo rosa. ¿Conviene?

—¡Hum...! No baja ese palo casi nunca... Mediante una creciente grande, solamente. ¡Lindo palo! Te gusta palo bueno, a usted.

casi nunca. Mediante creciente

—Y usted lleva buen gramófono. ¿Conviene?

El mercado prosiguió a son de cantos británicos, el indígena esquivando la vía recta, y el contador acorralándolo en el pequeño círculo de la precisión. En el fondo, y descontados el calor y el whisky, el ciudadano inglés no hacía un mal negocio, cambiando un perro gramófono por varias docenas de bellas tablas, mientras el pescador de vigas, a su vez, entregaba algunos días de habitual trabajo a cuenta de una maquinita prodigiosamente ruidera.

«ruidera».

---

[b] Merece una aclaración cierta peculiaridad del lenguaje de los «obrajeros» del norte argentino —particularmente de Misiones y el Chaco—, que constituyen la materia humana con que Quiroga moldea sus relatos. El autor mimetiza un registro lingüístico en el que predomina el trato solemne con el patrón, junto a vocablos de uso coloquial, típicos de sujetos entre los que existe una relación de proximidad afectiva o igualdad jerárquica («Che, patrón», etc.). En el caso de esta variante, el giro «Así es», comprendido en las tres versiones primigenias, denota un lenguaje urbano; mientras que el empleo formalmente inadecuado del pronombre y del verbo conjugado (llevado a la perspectiva de la tercera persona), supone tender un hilo conductor con todas las anteriores violaciones del canon.

Por lo cual el mercado se realizó, a tanto tiempo de plazo.

Candiyú vive todavía en la costa del Paraná, desde hace treinta años; y si su hígado es aún capaz de eliminar cualquier cosa después del último ataque de la fiebre en diciembre pasado, debe vivir[c] aún unos meses más. Pasa ahora los días sentado en su catre de varas, con el sombrero puesto. Sólo sus manos, lívidas zarpas veteadas de verde que penden inmensas de las muñecas, como proyectadas en primer término de una fotografía, se mueven monótonamente sin cesar, con temblor de loro implume.

Pero en aquel tiempo, Candiyú era otra cosa. Tenía entonces por oficio honorable el cuidado de un bananal ajeno, y, poco menos lícito, el de pescar vigas. Normalmente, y sobre todo en época de creciente, derivan vigas escapadas de los obrajes, bien que se desprendan de una jangada en formación, bien que un peón bromista corte de un machetazo la soga que las retiene. Candiyú era poseedor de un anteojo telescopado, y pasaba las mañanas apuntando al agua, hasta que la línea blanquecina de una viga, destacándose en la punta de Itacurubí, lo lanzaba en su canoa al encuentro de la presa. Vista la viga a tiempo, la empresa no es extraordinaria, porque la pala de un hombre de coraje, recostado o halando de una pieza de diez por cuarenta, vale cualquier remolcador.

. . . .

Allá en el obraje de Castelhum, más arriba de Puerto Felicidad, las lluvias habían comenzado después de sesenta y cinco[d] días de seca absoluta que no dejó llanta en las alzaprimas. El haber realizable del obraje consistía en ese momento en siete mil vigas —bastante más que una fortuna—. Pero como las dos toneladas de una viga, mientras no estén en el puerto, no pesan dos escrúpulos en caja, Castelhum y Cía. distaban muchísimas leguas de estar contentos.

De Buenos Aires llegaron órdenes de movilización inmediata; el encargado del obraje pidió mulas y alzaprimas* para movilizar; le respondieron que con el dinero

---

Columna lateral (variantes):

Candiyú vivía en la costa del Paraná hacía treinta años, y si su hígado es aún capaz de combinar cualquier cosa después del último ataque de fiebre, en diciembre pasado, debe vivir todavía

en una fotografía

En aquel tiempo Candiyú tenía por oficio honorable el cuidado de un bananal ajeno, y —un poco menos lícito— el

destacándose en el horizonte montuoso, lo lanzaba en su chalana al encuentro de

de setenta y cinco días (*idem* 1917)

Y alzaprimas;...

---

[c] La metamorfosis del pasaje, el más extensamente corregido de todo el relato, altera el punto de vista del narrador. En la primera versión se narra con la mesurada distancia que aporta el pasado, el distanciamiento de una situación concluida. En tanto que en la última publicación se estatuye un acuerdo tácito (emisor — receptor), de verosimilitud ampliada, al atribuírsele vida al protagonista en el presente de la lectura.

[d] El detalle —sustracción de diez días a la «seca»— demuestra, una vez más, la obsesión numérica y correctora de la que ya habláramos en la nota (a) de «Yaguaí».

* le respondieron que con el dinero de la primer (*sic*) jangada a recibir le remitirían las mulas, y el gerente contestó que con esas mulas anticipadas les mandaría la primer (*sic*) jangada. (*idem* 1917, 1918).

de la primera jangada a recibir, le remitirían las mulas; y el encargado contestó que con esas mulas anticipadas, les mandaría la primera[e] jangada.

No había modo de entenderse. Castelhum subió hasta el obraje y vio el stock de madera en el campamento, sobre la barranca del Ñacanguazú.

—¿Cuánto? —preguntó Castelhum a su encargado.

—Treinticinco mil pesos —repuso éste.

Era lo necesario para trasladar las vigas al Paraná. Y sin contar la estación impropia.

Bajo la lluvia que unía en un solo hilo de agua su capa de goma y su caballo, Castelhum consideró largo rato el arroyo arremolinado. Señalando luego el torrente con un movimiento del capuchón:

—¿Las aguas llegarán a cubrir el salto? —preguntó a su compañero.

—Si llueve mucho, sí.[*]

—Hasta este momento; esperaba órdenes suyas.

—Bien —dijo Castelhum—. Creo que vamos a salir bien. Oigame, Fernández: Esta misma tarde refuerce la maroma en la barra, y comience a arrimar todas las vigas, aquí a la barranca. El arroyo está limpio, según me dijo. Mañana de mañana bajo a Posadas, y desde entonces, con el primer temporal que venga, eche los palos al arroyo. ¿Entiende? Una buena lluvia.

El mayordomo lo miró abriendo los ojos.

—La maroma va a ceder antes que lleguen mil vigas.[f]

—Ya sé, no importa. Y nos costará muchísimos pesos. Volvamos y hablaremos más largo.

Fernández se encogió de hombros, y silbó a los capataces.

En el resto del día, sin lluvia pero empapado en calma de agua, los peones tendieron de una orilla a otra en la barra del arroyo la cadena de vigas, y el tumbaje de palos comenzó en el campamento. Castelhum bajó a Posadas sobre un agua de inundación que iba corriendo siete millas, y que al salir del Guayrá se había alzado siete metros la noche anterior.

Variantes marginales:

—Si llueve mucho, sí...

El encargado lo miró abriendo cuanto pudo los ojos (*idem* 1917, 1918)

antes que lleguen cien vigas. (*idem* 1917, 1918)

costará muchísimos miles. (*idem* 1917, 1918)

de hombros y

arroyo, la

nueve millas, y que

---

[e] Es muy frecuente encontrar en Quiroga el empleo (no muy aceptado por la gramática tradicional) del apócope del adjetivo «primero» en función de un sustantivo femenino, tal como se constata en el texto de 1913.

[*] —¿Tiene todos los hombres en el obraje? (*idem* 1917 y 1918). (*Posiblemente se trate de una errata* en la edición de Babel; de todas formas, con la interrogativa suprimida el discurso mantiene su coherencia).

[f] Si hemos apuntado las frecuentes enmiendas numéricas, en este caso la proporción diez veces mayor a la original, evidencia —tal vez hiperbólicamente— el intento de mostrar la verdadera inundación de maderas, y, en consecuencia, el terrible esfuerzo de Candiyú para «pescar» su viga.

Tras gran sequía, grandes lluvias. A mediodía comenzó el diluvio, y durante cincuenta y dos horas consecutivas el monte tronó de agua. El arroyo, venido a torrente, pasó a rugiente avalancha de agua roja.[g] Los peones, calados hasta los huesos, con su flacura en relieve por la ropa pegada al cuerpo, despeñaban las vigas por la barranca. Cada esfuerzo arrancaba un unísono grito de ánimo, y cuando la monstruosa viga rodaba dando tumbos y se hundía con un cañonazo en el agua, todos los peones lanzaban su ¡a... hijú! de triunfo. Y luego, los esfuerzos malgastados en el barro líquido, la zafadura de las palancas, las costaladas bajo la lluvia torrencial. Y la fiebre.

Bruscamente, por fin, el diluvio cesó. En el súbito silencio circunstante, se oyó el tronar de la lluvia todavía sobre el bosque inmediato. Más sordo y más hondo, el retumbo del Ñacanguazú. Algunas gotas, distanciadas y livianas, caían aún del cielo exhausto. Pero el tiempo proseguía cargado, sin el más ligero soplo. Se respiraba agua, y apenas los peones hubieron descansado un par de horas, la lluvia recomenzó —la lluvia a plomo, maciza y blanca de las crecidas. El trabajo urgía —los sueldos habían subido valientemente—, y mientras el temporal siguió, los peones continuaron gritando, cayéndose y tumbando bajo el agua helada.

En la barra del Ñacanguazú, la barrera flotante contuvo a los primeros palos que llegaron, y resistió arqueada y gimiendo a muchos más; hasta que al empuje incontenible de las vigas que llegaban como catapultas contra la maroma, el cable cedió.

....

Candiyú observaba el río con su anteojo, considerando que la creciente actual, que allí en San Ignacio había subido dos metros más el día anterior —llevándose, por lo demás, su chalana—, sería más allá de Posadas formidable inundación. Las maderas habían comenzado a descender, cedros o poco menos, y el pescador reservaba prudentemente sus fuerzas.

Esa noche el agua subió un metro aún, y a la tarde siguiente Candiyú tuvo la sorpresa de ver en el extremo de su anteojo una barra, una verdadera tropa de vigas

(right margin notes)
avalancha de agua chocolate. Los
avalancha de agua ladrillo. Los
(1917, 1918)

¡a... ijú! (*idem* 1917, 1918). Y
luego los

horas la lluvia

valientemente— y

bajo el agua fría.

a muchas más, hasta que el empuje incontratable de

llevándose por lo demás su chalana— sería

pero todas ellas, a juzgar por su alta flotación, eran cedros o poco menos, y el pescador (*idem* 1917)

una verdadera jangada de

---

[g] La progresiva coloración rojiza que, curiosamente, el autor atribuye al agua, puede fácilmente vincularse como símbolo de la explotación y el hambre a que son sometidos los peones «con su flacura en relieve». Las identidades simbólicas: rojo = sangre, y delgadez = ausencia de sangre, pueden expresar las preocupaciones del autor.

sueltas que doblaban la punta de Itacurubí. Madera de lomo blanquecino, y perfectamente seca.

Allí estaba su lugar. Saltó en su guabiroba, y paleó al encuentro de la caza.

Ahora bien, en una creciente del Alto Paraná se encuentran muchas cosas antes de llegar a la viga elegida. Arboles enteros, desde luego, arrancados de cuajo y con las raíces negras al aire, como pulpos. Vacas y mulas muertas, en compañía de buen lote de animales salvajes ahogados, fusilados o con una flecha plantada aún en el vientre. Altos conos de hormigas amontonadas sobre un raigón. Algún tigre, tal vez; camalotes y espuma a discreción —sin contar, claro está, las víboras.

Candiyú esquivó, derivó, tropezó y volcó muchas veces más de las necesarias hasta llegar a su presa. Al fin la tuvo; un machetazo puso al vivo la veta sanguínea del palo rosa, y recostándose a la viga pudo derivar con ella oblicuamente algún trecho. Pero las ramas, los árboles, pasaban sin cesar arrastrándolo. Cambió de táctica; enlazó su presa, y comenzó entonces la lucha muda y sin tregua, echando silenciosamente el alma a cada palada.

Una viga, derivando con una gran creciente, lleva un impulso suficientemente grande para que tres hombres titubeen antes de atreverse con ella. Pero Candiyú unía a su gran aliento treinta años de piraterías en río bajo o alto, y deseaba, además, ser dueño de un gramófono.

La noche que caía ya le deparó incidentes a su plena satisfacción. El río, a flor de ojo casi, corría velozmente con untuosidad de aceite. A ambos lados pasaban y pasaban sin cesar sombras densas. Un hombre ahogado tropezó con la guabiroba; Candiyú se inclinó, y vio que tenía la garganta abierta. Luego visitantes incómodos, víboras al asalto, las mismas que en las crecidas trepan por las ruedas de los vapores hasta los camarotes.

El hercúleo trabajo proseguía, la pala temblaba bajo el agua, pero el remero era arrastrado a pesar de todo. Al fin se rindió; cerró más el ángulo de abordaje, y sumó sus últimas fuerzas para alcanzar el borde de la canal, que rozaba los canteles del Teyucuaré. Durante diez minutos el pescador de vigas, los tendones del cuello duros y los pectorales como piedra, hizo lo que jamás volverá a hacer nadie para salir de la canal en una creciente, con una viga a remolque. La guabiroba alcanzó[h] por fin las piedras, se tumbó, justamente

Marginal variants:

guabiroba y

tigre, tal vez, camalotes y espuma a discreción, sin contar claro está, las víboras.

necesarias para llegar a

aliento, treinta
alto, deseando— además —ser dueño
La noche, negra, le deparó incidentes

guabiroba, Candiyú se inclinó y

pero era arrastrado a pesar de todo. Al fin se rindió; abrió más el ángulo de abordaje y

que rasaba los peñascos del (1917)
que rozaba los peñascos (1918)

La guabiroba se estrelló contra las piedras,
La guabiroba se estrelló por fin contra las piedras (1917 y 1918)

---

[h] La sensación de destrucción que puede dar el verbo «estrellar» se ve eliminada en la última versión. Después de todo la dura lucha tiene un vencedor, y ése es el mestizo, aunque su esfuerzo no sea bien retribuido.

cuando a Candiyú quedaba la fuerza suficiente —y nada más— para sujetar la soga y desplomarse de espaldas.

nada más,— para sujetar la soga y desplomarse de boca.

Solamente un mes más tarde tuvo míster Hall sus tres docenas de tablas, y veinte segundos después entregaba a Candiyú el gramófono, incluso veinte discos.

segundos después,— ni más ni menos— entregó a Candiyú

La firma Castelhum y Cía., no obstante la flotilla de lanchas a vapor que lanzó contra las vigas —y esto por bastante más de treinta días— perdió muchas. Y si alguna vez Castelhum llega a San Ignacio y visita a míster Hall, admirará sinceramente los muebles del citado contador, hechos de palo rosa.[2]

NOTAS

[1] Inicialmente publicado en *Fray Mocho*, Buenos Aires, año II, nº 53, mayo 2, 1913, con tres ilustraciones de Peláez, una en cada página de la revista.

[2] Sin duda se trata de uno de los más pulidos y logrados cuentos de Quiroga. No obstante ello, casi no ha sido estudiado con la frecuencia de otros. En lo que respecta a sus contenidos ideológicos remitimos a la consulta de las notas explicativas (2) de «La insolación» y de «Los mensú». Sin embargo no hemos señalado el tema de la modernidad, o los efectos primarios de ésta en el mundo marginal. El fonógrafo que deslumbra a Candiyú (por el cual arriesga su vida y sacrifica el sustento de días) se convierte en una metáfora de la dominación, en una frontera de las dos culturas cuyo enfrentamiento ya esbozáramos en la nota 2 de «Los mensú».

LA MIEL SILVESTRE[1]

Tengo en el Salto Oriental dos primos, hoy hombres ya, que a sus doce años, y en consecuencia de profundas lecturas de Julio Verne, dieron en la rica empresa de abandonar su casa para ir a vivir al monte. Este queda a dos leguas de la ciudad. Allí vivirían primitivamente de la caza y la pesca. Cierto es que los dos muchachos no se habían acordado particularmente de llevar escopetas ni anzuelos; pero de todos modos el bosque estaba allí, con su libertad como fuente de dicha, y sus peligros como encanto.

Desgraciadamente, al segundo día fueron hallados por quienes los buscaban. Estaban bastante atónitos todavía, no poco débiles, y con gran asombro de sus hermanos menores —iniciados también en Julio Verne—, sabían aún andar en dos pies y recordaban el habla.[2]

La aventura de los dos robinsones, sin embargo, fuera acaso más formal a haber tenido como teatro otro bosque menos dominguero. Las escapatorias llevan aquí en Misiones a límites imprevistos, y a ello arrastró a Gabriel Benincasa el orgullo de sus stromboot.

Benincasa, habiendo concluido sus estudios de contaduría pública, sintió fulminante deseo de conocer la vida de la selva. No fue arrastrado por su temperamento, pues antes bien Benincasa era un muchacho pacífico, gordinflón y de cara rosada, en razón de su excelente salud. En consecuencia, lo suficiente cuerdo para preferir un té con leche y pastelitos, a quién sabe qué fortuita e infernal comida del bosque. Pero así como el soltero que fue siempre juicioso cree de su deber, la víspera de sus bodas, despedirse de la vida libre con una noche de orgía en compañía de sus amigos, de igual modo Benincasa quiso honrar su vida aceitada con dos o tres choques de vida intensa. Y por este motivo remontaba el Paraná hasta un obraje, con sus famosos stromboot.

les buscaban. Estaban

Verne— sabían aún andar en dos pies y recordaban el habla.

Acaso, sin embargo, la aventura de los dos robinsones fuera más formal, á

y á tal extremo arrastró á Gabriel Benincasa el orgullo de sus strong-boots.

selva. No que su temperamento fuera ese, pues antes bien era un muchacho pacífico, gordinflón y de cara uniformemente rosada en razón de gran bienestar. En

pastelitos á

despedirse con una noche de orgía en

un obraje con sus famosos strong-boots.

122

Apenas salido de Corrientes había calzado sus recias botas, pues los yacarés de la orilla calentaban ya el paisaje. Mas a pesar de ello el contador público cuidaba mucho de su calzado, evitándole arañazos y sucios contactos.

Apenas salido de Corrientes, había calzado sus botas fuertes, pues

De este modo llegó al obraje de su padrino, y a la hora tuvo éste que contener el desenfado de su ahijado.

—¿A dónde vas ahora? —le había preguntado sorprendido.

—Al monte; quiero recorrerlo un poco —repuso Benincasa, que acababa de colgarse el winchester al hombro.

Benincasa que

—¡Pero infeliz! No vas a poder dar un paso. Sigue la picada, si quieres... O mejor, deja esa arma, y mañana te haré acompañar por un peón.

infeliz! no vas

Benincasa renunció a su paseo. No obstante, fue hasta la vera del bosque y se detuvo. Intentó vagamente un paso adentro, y quedó quieto. Metióse las manos en los bolsillos, y miró detenidamente aquella inextricable maraña, silbando débilmente aires truncos. Después de observar de nuevo el bosque a uno y otro lado, retornó bastante desilusionado.

Benincasa renunció. No

adentro y

Al día siguiente, sin embargo, recorrió la picada central por espacio de una legua, y aunque su fusil volvió profundamente dormido, Benincasa no deploró el paseo. Las fieras llegarían poco a poco.

Llegaron éstas a la segunda noche —aunque de un carácter un poco singular.

Llegaron á la segunda noche— aunque á la segunda noche— aunque de un carácter

Benincasa dormía profundamente, cuando fue despertado por su padrino.

—¡Eh, dormilón! Levántate que te van a comer vivo.

dormilón! levántate que

Benincasa se sentó bruscamente en la cama, alucinado por la luz de los tres faroles de viento que se movían de un lado a otro en la pieza. Su padrino y dos peones regaban el piso.

—¿Qué hay, que hay? —preguntó, echándose al suelo.

hay? — preguntó echándose

—Nada... Cuidado con los pies... La corrección.

... cuidado (*sic*) con los pies: la corrección.

Benincasa había sido ya enterado de las curiosas hormigas a que llamamos[a] *corrección*. Son pequeñas,

á que llaman «corrección»

---

[a] De la perspectiva objetiva que atribuye el verbo en tercera persona del plural («llaman»), a la proximidad familiar de la primera persona pluralizada («llamamos»), se recorre el trecho del narrador-testigo de lo selvático que postuló Quiroga en la reelaboración del texto.

negras, brillantes, y marchan velozmente en ríos más o menos anchos. Son esencialmente carnívoras. Avanzan devorando todo lo que encuentran a su paso: arañas, grillos, alacranes, sapos, víboras, y a cuanto ser no puede resistirles. No hay animal, por grande y fuerte que sea, que no huya de ellas. Su entrada en una casa supone la exterminación absoluta de todo ser viviente, pues no hay rincón ni agujero profundo donde no se precipite el río devorador. Los perros aúllan, los bueyes mugen, y es forzoso abandonarles la casa, a trueque de ser roído en diez horas hasta el esqueleto. Permanecen en el lugar uno, dos, hasta cinco días, según su riqueza en insectos, carne o grasa. Una vez devorado todo, se van.

No resisten sin embargo a la creolina o droga similar; y como en el obraje abunda aquélla, antes de una hora el chalet quedó libre de la corrección.

Benincasa se observaba muy de cerca en los pies la placa lívida de una mordedura.

— ¡Pican muy fuerte, realmente! — dijo sorprendido, levantando la cabeza hacia su padrino.

Este, para quien la observación no tenía ya ningún valor, no respondió, felicitándose en cambio de haber contenido a tiempo la invasión. Benincasa reanudó el sueño, aunque sobresaltado toda la noche por pesadillas tropicales.

Al día siguiente se fue al monte, esta vez con un machete, pues había concluído por comprender que tal utensilio[b] le sería en el monte mucho más útil que el fusil. Cierto es que su pulso no era maravilloso, y su acierto, mucho menos. Pero de todos modos lograba trozar las ramas, azotarse la cara y cortarse las botas —todo en uno.

El monte crepuscular y silencioso lo cansó pronto. Dábale la impresión —exacta por lo demás— de un escenario visto de día. De la bullente vida tropical, no hay a esa hora más que el teatro helado; ni un animal, ni un pájaro, ni un ruido casi. Benincasa volvía, cuando un sordo zumbido le llamó la atención. A diez metros de él, en un tronco hueco, diminutas abejas aureolaban la entrada del agujero. Se acercó con cautela, y vio en el fondo de la abertura diez o doce bolas oscuras, del tamaño de un huevo.

—Esto es miel —se dijo el contador público con íntima gula—. Deben de ser bolsitas de cera, llenas de miel...

Marginal variants (right column):

huya de ella. Su

forzoso abandonarle

similar, y
antes de una hora quedó libre de

de la mordedura.

cabeza á su padrino.

con machete, pues
tal expediente le

maravilloso y

botas, todo

exacta, por lo
no hay más que el teatro helado: ni

la entrada en concéntrica profusión. Se acercó con cautela y vió en el fondo de la abertura diez ó doce bolas oscuras del tamaño

ser bolitas de

---

[b] Para eliminar la polivalencia de «expediente», el autor prefiere cosificar al objeto sin ambages.

Pero entre él, Benincasa, y las bolsitas, estaban las abejas. Después de un momento de descanso, pensó en el fuego: levantaría una buena humareda. La suerte quiso que mientras el ladrón acercaba cautelosamente la hojarasca húmeda, cuatro o cinco abejas se posaran en su mano, sin picarlo. Benincasa cogió una enseguida, y oprimiéndole el abdomen constató que no tenía aguijón. Su saliva, ya liviana, se clarificó en melífica abundancia. ¡Maravillosos y buenos animalitos!

milífica abundancia.

En un instante el contador desprendió las bolsitas de cera, y alejándose un buen trecho para escapar al pegajoso contacto de las abejas, se sentó en un raigón. De las doce bolas, siete contenían polen. Pero las restantes estaban llenas de miel, una miel oscura, de sombría transparencia, que Benincasa paladeó golosamente. Sabía distintamente a algo. ¿A qué? El contador no pudo precisarlo. Acaso a resina de frutales o de eucalipto. Y por igual motivo, tenía la densa miel un vago dejo áspero. ¡Más que perfume, en cambio!

Benincasa, una vez bien seguro de que sólo cinco bolsitas le serían útiles, comenzó. Su idea era sencilla: tener suspendido el panal goteante sobre su boca. Pero como la miel era espesa, tuvo que agrandar el agujero, después de haber permanecido medio minuto con la boca inútilmente abierta. Entonces la miel *asomó, adelgazándose en pesado hilo hasta la lengua del contador.

asomó,...

Uno tras otro, los cinco panales se vaciaron así dentro de la boca de Benincasa. Fue inútil que éste prolongara la suspensión, y mucho más que repasara los globos exhaustos; tuvo que resignarse.

globos exaustos (sic)
su cabeza en

Entretanto, la sostenida posición de la cabeza en alto lo había mareado un poco. Pesado de miel, quieto y los ojos bien abiertos, Benincasa consideró de nuevo el monte crepuscular. Los árboles y el suelo tomaban posturas por demás oblicuas, y su cabeza acompañaba el vaivén del paisaje.

—Qué curioso mareo... —pensó el contador—. Y lo peor es...

contador— y lo

Al levantarse e intentar dar un paso, se había visto obligado a caer de nuevo sobre el tronco. Sentía su cuerpo de plomo, sobre todo las piernas, como si estuvieran inmensamente hinchadas. Y los pies y las manos le hormigueaban.

paso se

---

* sobresalió en esfera, que se adelgazó por fin hasta la lengua trémula del contador. Uno tras otro, los cinco panales se vaciaron así en pesado hilo dentro

—¡Es muy raro, muy raro, muy raro! —se repitió estúpidamente Benincasa, sin escudriñar sin embargo el motivo de esa rareza—. Como si tuviera hormigas... La corrección —concluyó.

Benincasa sin

corrección...— repitió.

Y de pronto la respiración se le cortó en seco, de espanto.

—¡Debe de ser la miel...! ¡Es venenosa...! ¡Estoy envenenado!

Y a un segundo esfuerzo para incorporarse, se le erizó el cabello de terror: no había podido ni aun moverse. Ahora la sensación de plomo y el hormigueo subían hasta la cintura. Durante un rato el horror de morir allí, miserablemente solo, lejos de su madre y sus amigos, le cohibió todo medio de defensa.

medio de posible defensa.

—¡Voy a morir ahora...! ¡De aquí a un rato voy a morir...! ¡Ya no puedo mover la mano...!

En su pánico constató sin embargo que no tenía fiebre ni ardor de garganta, y el corazón y pulmones conservaban su ritmo normal. Su angustia cambió de forma.

—¡Estoy paralítico, es la parálisis! ¡Y no me van a encontrar...!

Pero una invencible somnolencia comenzaba a apoderarse de él, dejándole íntegras sus facultades, a la par que el mareo se aceleraba. Creyó así notar que el suelo oscilante se volvía negro y se agitaba vertiginosamente. Otra vez subió a su memoria el recuerdo de la corrección, y en su pensamiento se fijó como una suprema angustia la posibilidad de que eso negro que invadía el suelo...

Tuvo aún fuerzas para arrancarse a ese último espanto, y de pronto lanzó un grito, un verdadero alarido[c] en que la voz del hombre recobra la tonalidad del niño aterrado: por sus piernas trepaba un precipitado río de hormigas negras. Alrededor de él la corrección devoradora oscurecía el suelo, y el contador sintió por bajo del calzoncillo el río de hormigas carnívoras que subían.

grito, un verdadero grito en el que el hombre recobra la tonalidad del niño aterrado. Por

bajo el calzoncillo y dentro de los puños el río de

Su padrino halló por fin, dos días después, y sin la menor partícula de carne, el esqueleto cubierto de ropa de Benincasa. La corrección que merodeaba aún por allí, y las bolsitas de cera, lo iluminaron suficientemente.

días después, el esqueleto cubierto

suficientemente. No es común que

---

[c] Suprime la repetición haciendo uso del eje paradigmático (asociativo, sinonímico) del lenguaje.

No es común que la miel silvestre tenga esas propiedades narcóticas o paralizantes, pero se la halla. Las
flores con igual carácter abundan en el trópico, y ya el
sabor de la miel denuncia en la mayoría de los casos su
condición —tal el dejo a resina de eucalipto que creyó
sentir Benincasa.

NOTAS

[1] Inicialmente en: *Caras y Caretas*, Buenos Aires, año XIV, nº 642, enero 21, 1911, con dos dibujos de Friedrich, uno por cada página de la revista.

[2] Una lectura superficial y «a la lettre», de la referencia a Verne, querría ver una toma de partido por el popular escritor francés. La referencia es, por el contrario, indicativa de un aventurerismo juvenil, libresco, inexperiente, del protagonista, que confunde el universo profético de los textos con el más crudo y fatal de la realidad selvática.

A contracorriente de la mayoría de los escritores, las menciones de creadores en sus textos son escasas. No siempre revelan las verdaderas preferencias o aversiones del hombre-lector, que sí aparecen con una contundencia feroz en su correspondencia. En ésta priva Lugones —como se ha comentado en la nota explicativa (2) a «Los perseguidos»—; no se cansa de recomendar a los realistas franceses y rusos (Balzac, Flaubert, Dostoievski, Turguéniev, Tolstoi); a los norteamericanos desde Poe hasta un temprano descubrimiento de un relato aislado de Hemingway; a la filosofía de Emerson, la ácida crítica a Sigmund Freud y Waldo Frank; el entusiasmo sostenido por William H. Hudson y Henrik Ibsen, en particular su largo y lúcido análisis de *Brand* en las cartas a Martínez Estrada.

En cuanto a las menciones específicas en sus relatos, además de los ya anotados en esta edición, podrán encontrarse a Dostoievski («La meningitis y su sombra»); Emerson («La voluntad», en *El salvaje*); una ambigua cita a Baudelaire («La voluntad», *ibidem*); Verlaine («Van Houren», *Los desterrados*); Verne, Rudyard Kipling, Mayne Raid («Poetas del alma infantil», *Suelo natal*); Le Bon («El recuerdo»); Tolstoi («El compañero Iván»); R. Tagore y Proust («Su chauffeur») y Poe («El vampiro»).

NUESTRO PRIMER CIGARRO[1]   El CIGARRO PATEADOR

NINGUNA ÉPOCA de mayor alegría que la que nos proporcionó a María y a mí, nuestra tía con su muerte.

Lucía[a]* volvía de Buenos Aires, donde había pasado tres meses. Esa noche, cuando nos acostábamos, oímos que Lucía decía a mamá:

—¡Qué extraño...! Tengo las cejas hinchadas.

Mamá examinó seguramente las cejas de nuestra tía, pues después de un rato contestó:

—Es cierto... ¿No sientes nada?

—No... Sueño.

Al día siguiente, hacia las dos de la tarde, notamos de pronto fuerte agitación en casa, puertas que se abrían y no se cerraban, diálogos cortados de exclamaciones, y semblantes asustados. Lucía tenía viruela, y de cierta especie hemorrágica que había adquirido en[b] Buenos Aires.

Desde luego, a mi hermana y a mí nos entusiasmó el drama. Las criaturas tienen casi siempre la desgracia de que las grandes cosas no pasen en su casa. ¡Esta vez nuestra tía —¡casualmente nuestra tía!— enferma de viruela! Yo, chico feliz, contaba ya en mi orgullo la amistad de un agente de policía, y el contacto con un payaso que saltando las gradas había tomado asiento a mi lado. Pero ahora el gran acontecimiento pasaba en nuestra propia casa; y al comunicarlo al primer chico que se detuvo en la puerta de calle a mirar, había ya en mis ojos la vanidad con que una criatura de riguroso luto pasa por primera vez ante sus vecinillos atónitos y envidiosos.

(columna lateral:)

alegría, que

Inés volvía...

las cejas de tía,

hemorrágica que vivía en (*idem* 1917)

Esta vez nuestra tía— ¡casualmente nuestra tía!— ¡enferma de viruelas! Yo

---

[a] Por idénticos motivos a los que operaron cambios en «El almohadón de pluma», Quiroga «suplanta» a Inés por Lucía dado que el primero era el nombre de la codiciada mujer de «La muerte de Isolda».

* (*idem* 1917)
Lucía volvía (1918) (A partir de aquí toda vez que se lea «Lucía», en las dos primeras versiones será «Inés»).

[b] El autor suprime la metagoge, en la búsqueda de un lenguaje más realista.

Esa misma tarde salimos de casa, instalándonos en la única que pudimos hallar con tanta premura, una vieja quinta de los alrededores. Una hermana de mamá, que había tenido viruela en su niñez, quedó al lado de Lucía.

Seguramente en los primeros días mamá pasó crueles angustias por sus hijos que habían besado a la virolenta. Pero en cambio nosotros, convertidos en furiosos robinsones, no teníamos tiempo para acordarnos de nuestra tía. Hacía mucho tiempo que la quinta dormía en su sombrío y húmedo sosiego. Naranjos blanquecinos de diaspis; duraznos rajados en la horqueta; membrillos con aspecto de mimbres; higueras rastreantes a fuerza de abandono, aquello daba, en su tupida hojarasca que ahogaba los pasos, fuerte sensación de paraíso terrenal.

Nosotros no éramos precisamente Adán y Eva; pero sí heroicos robinsones, arrastrados a nuestro destino por una gran desgracia de familia: la muerte de nuestra tía, acaecida cuatro días después de comenzar nuestra exploración.

Pasábamos el día entero huroneando por la quinta, bien que las higueras, demasiado tupidas al pie, nos inquietaran un poco. El pozo también suscitaba nuestras preocupaciones geográficas. Era éste un viejo pozo inconcluso, cuyos trabajos se habían detenido a los catorce metros sobre un fondo de piedra, y que desaparecía ahora entre los culantrillos y doradillas de sus paredes. Era, sin embargo, menester explorarlo, y por vía de avanzada logramos con infinitos esfuerzos llevar hasta su borde una gran piedra. Como el pozo quedaba oculto tras un macizo de cañas, nos fue permitida esta maniobra sin que mamá se enterase. No obstante, María, cuya inspiración poética privó[c] siempre en nuestras empresas, obtuvo que aplazáramos el fenómeno hasta que una gran lluvia, llenando a medias el pozo, nos proporcionara satisfacción artística a la par que científica.

Pero lo que sobre todo atrajo nuestros asaltos diarios fue el cañaveral. Tardamos dos semanas enteras en explorar como era debido aquel diluviano enredo de varas verdes, varas secas, varas verticales, varas oblicuas, varas atravesadas, varas dobladas hacia tierra.

Robinsones, no

las horquetas: membrillos

de paraíso.

Robinsones,

inquietaron

En las...

llenando el pozo, nos
artística, a

varas dobladas, atravesadas, rotas hacia tierra.

---

[c] En las cuatro versiones editadas en vida del autor aparece el error, tan común, de trasladar en forma verbalizada el sustantivo primacía, cuando en rigor se trata del verbo privar. Corregimos en la versión definitiva donde también se lee «primó».

Las hojas secas, detenidas en su caída, entretejían el macizo, que llenaba el aire de polvo y briznas al menor contacto.

Aclaramos el secreto, sin embargo, y sentados con mi hermana en la sombría[d] guarida de algún rincón, bien juntos y mudos en la semioscuridad, gozamos horas enteras el orgullo de no sentir miedo.

Fue allí donde una tarde, avergonzados de nuestra poca iniciativa, inventamos fumar. Mamá era viuda; con nosotros vivían habitualmente dos hermanas suyas, y en aquellos momentos un hermano, precisamente el que había venido con Lucía de Buenos Aires.

Este nuestro tío de veinte años, muy elegante y presumido, habíase atribuido sobre nosotros dos cierta potestad que mamá, con el disgusto actual y su falta de carácter, fomentaba.

María y yo, por de pronto, profesábamos cordialísima antipatía al padrastrillo.

—Te aseguro —decía él a mamá, señalándonos con el mentón— que desearía vivir siempre contigo para vigilar a tus hijos. Te van a dar mucho trabajo.

—¡Déjalos! —respondía mamá, cansada.

Nosotros no decíamos nada; pero nos mirábamos por encima del plato.

A este severo personaje, pues, habíamos robado un paquete de cigarrillos; y aunque nos tentaba iniciarnos súbitamente en la viril virtud, esperamos el artefacto. Este artefacto consistía en un pipa que yo había fabricado con un trozo de caña, por depósito; una varilla de cortina, por boquilla; y por cemento, masilla de un vidrio recién colocado. La pipa era perfecta: grande, liviana y de varios colores.

En nuestra madriguera del cañaveral cargámosla María y yo con religiosa y firme unción. Cinco cigarrillos dejaron su tabaco adentro, y sentándonos entonces con las rodillas altas encendí la pipa y aspiré. María, que devoraba mi acto con los ojos, notó que los míos se cubrían de lágrimas: jamás se ha visto ni verá cosa más abominable. Deglutí, sin embargo, valerosamente la nauseosa saliva.

—¿Rico? —me preguntó María ansiosa, tendiendo la mano.

sin embargo: y

— decíale a mamá.

mamá cansada.

plato de sopa.

Este consistía en una
de caña por depósito: una varilla
de cortina por boquilla: y por

adentro; y
altas, encendí

---

[d] En la edición definitiva figura una errata que corregimos: «sombría guardia de algún ricón» (*sic*). En todas las versiones anteriores figura como en el texto que publicamos.

—Rico —le contesté pasándole la horrible máquina.

María chupó, y con más fuerza aún. Yo, que la observaba atentamente, noté a mi vez sus lágrimas y el movimiento simultáneo de labios, lengua y garganta, rechazando aquello. Su valor fue mayor que el mío.

—Es rico —dijo con los ojos llorosos y haciendo casi un puchero. Y se llevó heroicamente otra vez a la boca la varilla de bronce.

Era inminente salvarla. El orgullo, sólo él, la precipitaba de nuevo a aquel infernal humo con gusto a sal de Chantaud, el mismo orgullo que me había hecho alabarle la nauseabunda fogata.

—¡Psht! —dije bruscamente, prestando oído—. Me parece el gargantilla del otro día... Debe de tener nido aquí...

María se incorporó, dejando la pipa de lado; y con el oído atento y los ojos escudriñantes, nos alejamos de allí, ansiosos aparentemente de ver al animalito, pero en verdad asidos como moribundos a aquel honorable pretexto de mi invención, para retirarnos prudentemente del tabaco sin que nuestro orgullo sufriera.

Un mes más tarde volví a la pipa de caña, pero entonces con muy distinto resultado.

Por alguna que otra travesura nuestra, el padrastrillo habíanos levantado ya la voz mucho más duramente de lo que podíamos permitirle mi hermana y yo. Nos quejamos a mamá.

—¡Bah!, no hagan caso —nos respondió mamá, sin oírnos casi—. El es así.

—¡Es que nos va a pegar un día! —gimoteó María.

—Si ustedes no le dan motivos, no. ¿Qué le han hecho? —añadió dirigiéndose a mí.

—Nada, mamá... ¡Pero yo no quiero que me toque! —objeté a mi vez.

En este momento entró nuestro tío.

—¡Ah! Aquí está el buena pieza de tu Eduardo... ¡Te va a sacar canas este hijo, ya verás!

—Se quejan de que quieres pegarles.

—¿Yo? —exclamó el padrastrillo midiéndome—. No lo he pensado aún. Pero en cuanto me faltes al respeto...

—Y harás bien —asintió mamá.

—¡Yo no quiero que me toque! —repetí enfurruñado y rojo—. ¡El no es papá!

—Pero a falta de tu pobre padre, es tu tío. En fin, ¡déjenme tranquila! —concluyó apartándonos.

bruscamente a María prestando oído;— me parece ... debe de

lado: y con

escudriñantes nos

habíanos ya levantado

casi, —él es así.

¡En fin, déjenme

Solos en el patio, María y yo nos miramos con altivo fuego en los ojos.

—¡Nadie me va a pegar a mí! —asenté.

—¡No... Ni a mí tampoco! —apoyó ella, por la cuenta que le iba.

—¡Es un zonzo!

Y la inspiración vino bruscamente, y como siempre, a mi hermana, con furibunda risa y marcha triunfal:

—¡Tío Alfonso... es un zonzo! ¡Tío Alfonso... es un zonzo!

Cuando un rato después tropecé con el padrastrillo, me pareció, por su mirada, que nos había oído. Pero ya[e] habíamos planteado la historia del Cigarro Pateador, epíteto este a la mayor gloria de la mula Maud.

El cigarro pateador consistió, en sus líneas elementales, en un cohete que rodeado de papel de fumar fue colocado en el atado de cigarrillos que tío Alfonso tenía siempre en su velador, usando de ellos a la siesta.

Un extremo había sido cortado a fin de que el cigarro no afectara excesivamente al fumador. Con el violento chorro de chispas había bastante, y en su total, todo el éxito estribaba en que nuestro tío, adormilado, no se diera cuenta de la singular rigidez de su cigarrillo.

Las cosas se precipitan a veces de tal modo, que no hay tiempo ni aliento para contarlas. Sólo sé que el padrastrillo salió como una bomba de su cuarto, encontrando a mamá en el comedor.

—¡Ah, estás acá! ¿Sabes lo que han hecho? ¡Te juro que esta vez se van a acordar de mí!

—¡Alfonso!

—¿Qué? ¡No faltaba más que tú también...! ¡Si no sabes educar a tus hijos, yo lo voy a hacer!

Al oir la voz furiosa del tío, yo, que me ocupaba inocentemente con mi hermana en hacer rayitas en el brocal del aljibe, evolucioné hasta entrar por la segunda puerta en el comedor, y colocarme detrás de mamá. El padrastrillo me vio entonces y se lanzó sobre mí.

—¡Yo no hice nada! —grité.

—¡Espérate! —rugió mi tío, corriendo tras de mí alrededor de la mesa.

—¡Alfonso, déjalo!

—¡Después te lo dejaré!

(marginal notes:)
ella por

su mirada que nos había oído. Pero ya entretanto habíamos

su total todo

---

[e] La acumulación de adverbios de tiempo («ya», «entretanto») resultó innecesaria, de ahí su eliminación en 1917.

—¡Yo no quiero que me toque!

—¡Vamos, Alfonso! Pareces una criatura!

Esto era lo último que se podía decir al padrastrillo. Lanzó un juramento y sus piernas en mi persecución con tal velocidad, que estuvo a punto de alcanzarme. Pero en ese instante yo salía como de una honda por la puerta abierta, y disparaba hacia la quinta, con mi tío detrás.

En cinco segundos pasamos como una exhalación por los durazneros, los naranjos y los perales, y fue en este momento cuando la idea del pozo, y su piedra, surgió terriblemente nítida.

—¡No quiero que me toque! —grité aún.

—¡Espérate!

En ese instante llegamos al cañaveral.

—¡Me voy a tirar al pozo! —aullé para que mamá me oyera.

—¡Yo soy el que te va a tirar!f   el que te *voy* a tirar!

Bruscamente desaparecí a sus ojos tras las cañas; corriendo siempre, di un empujón a la piedra explora-   exploradora, y salté
dora que esperaba una lluvia, y salté de costado, hun-
diéndome bajo la hojarasca.

Tío desembocó en seguida, a tiempo que dejando de verme, sentía allá en el fondo del pozo el abominable zumbido de un cuerpo que se aplastaba.

El padrastrillo se detuvo, totalmente lívido; volvió a todas partes sus ojos dilatados, y se aproximó al pozo. Trató de mirar adentro, pero los culantrillos se lo impidieron. Entonces pareció reflexionar, y después de una lenta mirada al pozo y sus alrededores, comenzó a buscarme.

Como desgraciadamente para el caso, hacía poco tiempo que el tío Alfonso cesara a su vez de esconderse para evitar los cuerpo a cuerpo con sus padres, conser-vaba aún muy frescas las estrategias subsecuentes, e hizo por mi persona cuanto era posible hacer para hallarme.

Descubrió en seguida mi cubil, volviendo pertinaz-   pero fuera de que
mente a él con admirable olfato; pero aparte de que la
hojarasca diluviana me ocultaba del todo, el ruido de mi cuerpo estrellándose obsediaba a mi tío, que no buscaba bien, en consecuencia.

Fue pues resuelto que yo yacía aplastado en el fondo del pozo, dando entonces principio a lo que llamaríamos

---

f Además de la evidente cacofonía («*soy* el que te *voy*»), el sujeto de la acción ya había marcado su autoritarismo e imperatividad con lo que va a ejecutar de inmediato. La víctima, sin embargo, no estaba directamente implicada en el presente de indicativo en primera persona, en la versión original.

mi venganza póstuma. El caso era bien claro. ¿Con qué cara mi tío contaría a mamá que yo me había suicidado para evitar que él me pegara?

Pasaron diez minutos.

—¡Alfonso! —sonó de pronto la voz de mamá en el patio.

—¿Mercedes? —respondió aquél tras una brusca sacudida.

Seguramente mamá presintió algo, porque su voz sonó de nuevo, alterada.

—¿Y Eduardo? ¿Dónde está? —agregó avanzando.

—¡Aquí, conmigo! —contestó riendo—. Ya hemos hecho las paces.

Como de lejos mamá no podía ver su palidez ni la ridícula mueca que él pretendía ser beatífica sonrisa, todo fue bien.

—¿No le pegaste, no? —insistió aún mamá.

—No. ¡Si fue una broma!

Mamá entró de nuevo. ¡Broma! Broma comenzaba a ser la mía para el padrastrillo.

Celia, mi tía mayor, que había concluído de dormir la siesta, cruzó el patio, y Alfonso la llamó en silencio con la mano. Momentos después Celia lanzaba un ¡oh! ahogado, llevándose las manos a la cabeza.

—¡Pero, cómo! ¡Qué horror! ¡Pobre, pobre Mercedes! ¡Qué golpe!

Era menester resolver algo antes que Mercedes se enterara. ¿Sacarme con vida aún...? El pozo tenía catorce metros sobre piedra viva. Tal vez, quién sabe... Pero para ello sería preciso traer sogas, hombres; y Mercedes...

—¡Pobre, pobre madre! —repetía mi tía.

Justo es decir que para mí, el pequeño héroe, mártir de su dignidad corporal, no hubo una sola lágrima. Mamá acaparaba todos los entusiasmos de aquel dolor, sacrificándole ellos la remota probabilidad de vida que yo pudiera aún conservar allá abajo. Lo cual, hiriendo mi doble vanidad de muerto y de vivo, avivó mi sed de venganza.

Media hora después mamá volvió a preguntar por mí, respondiéndole Celia con tan pobre diplomacia, que mamá tuvo enseguida la seguridad de una catástrofe.

—¡Eduardo, mi hijo! —clamó arrancándose de las manos de su hermana que pretendía sujetarla, y precipitándose a la quinta.

claro: ¿con qué

el patio y

¿Sacarme, con

—¡Mercedes! ¡Te juro que no! ¡Ha salido!

—¡Mi hijo! ¡Mi hijo! ¡Alfonso!

Pero mamá estaba como loca. (Suprimida desde 1917.)

Alfonso corrió a su encuentro, deteniéndola al ver que se dirigía al pozo. Mamá no pensaba en nada concreto; pero al ver el gesto horrorizado de su hermano, recordó entonces mi exclamación de una hora antes, y lanzó un espantoso alarido.

—¡Ay! ¡Mi hijo! ¡Se ha matado! ¡Déjame, déjenme! ¡Mi hijo, Alfonso! ¡Me lo has muerto!

Se llevaron a mamá sin sentido. No me había conmovido en lo más mínimo la desesperación de mamá, puesto que yo —motivo de aquella— estaba en verdad vivo y bien vivo, jugando simplemente en mis ocho años con la emoción, a manera de los grandes que usan de las sorpresas semitrágicas: ¡el gusto que va a tener cuando me vea!

las sorpresas: ¡el gusto

Entretanto, gozaba yo íntimo deleite con el fracaso del padrastrillo.

—¡Hum...! ¡Pegarme! —rezongaba yo, aún bajo la hojarasca. Levantándome entonces con cautela, sentéme en cuclillas en mi cubil y recogí la famosa pipa bien guardada entre el follaje. Aquél era el momento de dedicar toda mi seriedad a agotar la pipa.

El humo de aquel tabaco humedecido, seco, vuelto a humedecer y resecar infinitas veces, tenía en aquel momento un gusto a cumbarí, solución Coirre y sulfato de soda, mucho más ventajoso que la primera vez. Emprendí, sin embargo, la tarea que sabía dura, con el caño contraído y los dientes crispados sobre la boquilla.

El humo del tabaco

de soda mucho

Fumé, quiero creer que cuarta pipa. Sólo recuerdo que al final el cañaveral se puso completamente azul y comenzó a danzar a dos dedos de mis ojos. Dos o tres martillos de cada lado de la cabeza comenzaron a destrozarme las sienes, mientras el estómago, instalado en plena boca, aspiraba él mismo directamente las últimas bocanadas de humo.

. . . .

Volví en mí cuando me llevaban en brazos a casa. A pesar de lo horriblemente enfermo que me encontraba, tuve el tacto de continuar dormido, por lo que pudiera pasar. Sentí los brazos delirantes de mamá sacudiéndome.

—¡Mi hijo querido! ¡Eduardo, mi hijo! ¡Ah, Alfonso, nunca te perdonaré el dolor que me has causado!

—¡Pero, vamos! —decíale mi tía mayor—. ¡No seas loca, Mercedes! ¡Ya ves que no tiene nada!

—¡Ah! —repuso mamá llevándose las manos al corazón en un inmenso suspiro—. ¡Sí, ya pasó...! Pero dime, Alfonso, ¿cómo pudo no haberse hecho nada? ¡Ese pozo, Dios mío...!

El padrastrillo, quebrantado a su vez, habló vagamente de desmoronamiento, tierra blanda, prefiriendo dejar para un momento de mayor calma la solución verdadera, mientras la pobre mamá no se percataba de la horrible infección de tabaco que exhalaba su suicida.

Abrí al fin los ojos, me sonreí, y volví a dormirme, esta vez honrada y profundamente.

Tarde ya, el tío Alfonso me despertó.

—¿Qué merecerías que te hiciera? —me dijo con sibilante rencor—. ¡Lo que es mañana, le cuento todo a tu madre, y ya verás lo que son gracias!

Yo veía aún bastante mal, las cosas bailaban un poco, y el estómago continuaba todavía adherido a la garganta. Sin embargo, le respondí:

—¡Si le cuentas algo a mamá, lo que es esta vez te juro que me tiro!

Los ojos de un joven suicida que fumó heroicamente su pipa, ¿expresan acaso desesperado valor?

Es posible que sí. De todos modos el padrastrillo, después de mirarme fijamente, se encogió de hombros, levantando hasta mi cuello la sábana un poco caída.

—Me parece que mejor haría en ser amigo de este microbio —murmuró.

—Creo lo mismo —le respondí.

Y me dormí.[2]

me sonreí y

¿Los ojos de

Es posible. De todos modos, el padrastrillo (*idem* 1917, 1918).

NOTAS

[1] Inicialmente en: *Fray Mocho*, Buenos Aires, año II, nº 39, enero 24, 1913, con tres ilustraciones de Friedrich, una en cada página de la revista.

[2] Quiroga escribió tres series de cuentos «para niños» (*Cuentos de la selva*, *Cartas de un cazador* y el libro de lectura —con Samuel Glusberg— *Suelo natal*). Sin embargo, el tema de la infancia, sus peripecias y travesuras no aparece con frecuencia. Éste es el único cuento de toda su obra donde esa preocupación se afronta.

LA MENINGITIS Y SU SOMBRA[1]

No VUELVO de mi sorpresa. ¿Qué diablos quieren decir la carta de Funes, y luego la charla del médico? Confieso no entender una palabra de todo esto.

He aquí las cosas. Hace cuatro horas, a las siete de la mañana, recibo una tarjeta de Funes, que dice así:

Estimado amigo:

Si no tiene inconveniente, le ruego que pase esta noche por casa.

Si tengo tiempo iré a verlo antes. Muy suyo

Luis María Funes.

Aquí ha comenzado mi sorpresa. No se invita a nadie, que yo sepa, a las siete de la mañana para una presunta conversación en la noche, sin un motivo serio. ¿Qué me puede querer Funes? Mi amistad con él es bastante vaga, y en cuanto a su casa, he estado allí una sola vez. Por cierto que tiene dos hermanas bastante monas.

Así, pues, he quedado intrigado. Esto en cuanto a Funes. Y he aquí que una hora después, en el momento en que salía de casa, llega el doctor Ayestarain, otro sujeto de quien he sido condiscípulo en el colegio nacional, y con quien tengo en suma la misma relación a lo lejos que con Funes.

Y el hombre me habla de a, b y c, para concluir:

—Veamos, Durán: Usted comprende de sobra que no he venido a verlo a esta hora para hablarle de pavadas, ¿no es cierto?

pavadas;

—Me parece que sí —no pude menos que responderle.

—Es claro. Así, pues, me va a permitir una pregunta, una sola. Todo lo que tenga de indiscreta, se lo explicaré enseguida. ¿Me permite?

139

—Todo lo que quiera —le respondí francamente, aunque poniéndome al mismo tiempo en guardia.

Ayestarain me miró entonces sonriendo, como se sonríen los hombres entre ellos, y me hizo esta pregunta disparatada:

—¿Qué clase de inclinación siente *usted hacia María Elvira Funes?

Ud...

¡Ah, ah! ¡Por aquí andaba la cosa, entonces! ¡María Elvira Funes, hermana de Luis María Funes, todos en María! ¡Pero si apenas conocía a esa persona! Nada extraño, pues, que mirara al médico como quien mira a un loco.

—¿María Elvira Funes? —repetí—.** Ningún grado ni ninguna inclinación. La conozco apenas. Y ahora...

repetí.—...

—No, permítame —me interrumpió—. Le aseguro que es una cosa bastante seria... ¿Me podría dar palabra de compañero de que no hay nada entre ustedes dos?

—¡Pero está loco! —le dije al fin—. ¡Nada, absolutamente nada! Apenas la conozco, vuelvo a repetirle, y no creo que ella se acuerde de haberme visto jamás. He hablado un minuto con ella, ponga dos, tres, en su propia casa, y nada más. No tengo, por lo tanto, le repito por décima vez, inclinación particular hacia ella.

—Es raro, profundamente raro... —murmuró el hombre, mirándome fijamente.

Comenzaba ya a serme pesado el galeno, por eminente que fuese —y lo era—, pisando un terreno con el que nada tenían que ver sus aspirinas.

—Creo que tengo ahora el derecho...

Pero me interrumpió de nuevo:

—Sí, tiene derecho de sobra... ¿Quiere esperar hasta esta noche? Con dos palabras podrá comprender que el asunto es de todo, menos de broma... La persona de quien hablamos está gravemente enferma, casi a la muerte... ¿Entiende algo? —concluyó, mirándome bien a los ojos.

concluyó mirándome

Yo hice lo mismo con él durante un rato.

—Ni una palabra —le contesté.

—Ni yo tampoco —apoyó, encogiéndose de hombros. Por eso le he dicho que el asunto es bien serio... Por fin esta noche sabremos algo. ¿Irá allá? Es indispensable.

---

* (De aquí en adelante cuando se lea «usted», en la primera versión estará abreviado).

** (No se trata estrictamente de una variante sino de un mero cambio de disposiciones tipográficas. De todos modos dejamos constancia de que en estos casos siempre aparece originalmente así).

—Iré —le dije, encogiéndome a mi vez de hombros.

Y he aquí por qué he pasado todo el día preguntándome como un idiota qué relación puede existir entre la enfermedad gravísima de una hermana de Funes, que apenas me conoce, y yo, que la conozco apenas.

Vengo de lo de Funes. Es la cosa más extraordinaria que haya visto en mi vida. Metempsicosis, espiritismos, telepatías y demás absurdos del mundo interior, no son nada en comparación de este mi propio absurdo en que me veo envuelto. Es un pequeño asunto para volverse loco. Véase:

Fui a lo de Funes. Luis María me llevó al escritorio. Hablamos un rato, esforzándonos como dos zonzos —puesto que comprendiéndolo así evitábamos mirarnos— en charlar de bueyes perdidos. Por fin entró Ayestarain, y Luis María salió, dejándome sobre la mesa el paquete de cigarrillos, pues se me habían concluído los míos. Mi ex condiscípulo me contó entonces lo que en resumen es esto:

Cuatro o cinco noches antes, al concluir un recibo en su propia casa, María Elvira se había sentido mal. Cuestión de un baño demasiado frío esa tarde, según opinión de la madre. Lo cierto es que había pasado la noche fatigada, y con buen dolor de cabeza. A la mañana siguiente, mayor quebranto, fiebre; y a la noche, una meningitis, con todo su cortejo. El delirio, sobre todo, franco y prolongado a más no pedir. Concomitantemente, una ansiedad angustiosa, imposible de calmar. Las proyecciones psicológicas del delirio, por decirlo así, se erigieron y giraron desde la primera noche alrededor de un solo asunto, uno solo, pero que absorbe su vida entera.

—Es una obsesión —prosiguió Ayestarain—, una sencilla obsesión a cuarenta y un grados. La enferma tiene constantemente fijos los ojos en la puerta, pero no llama a nadie. Su estado nervioso se resiente de esa muda ansiedad que la está matando, y desde ayer hemos pensado con mis colegas en calmar eso... No puede seguir así. ¿Y sabe usted —concluyó— a quién nombra cuando el sopor la aplasta?

—No sé... —le respondí, sintiendo que mi corazón cambiaba bruscamente de ritmo.

—A usted —me dijo, pidiéndome fuego.

zonzos, puesto

mirarnos,

se me habían concluído. Mi

sentido mal— cuestión

obsesión a 42°. Tiene constantemente

Quedamos, bien se comprende, un rato mudos.

—¿No entiende todavía? —dijo al fin.

—Ni una palabra... —murmuré aturdido, tan atur-   *tan aturdido, como*
dido como puede estarlo un adolescente que a la salida
del teatro ve a la primera gran actriz que desde la
penumbra del coche mantiene abierta hacia él la portezuela... Pero yo tenía ya casi treinta años, y pregunté al
médico qué explicación se podía dar de eso.   *explicación razonable se*

—¿Explicación? Ninguna. Ni la más mínima. ¿Qué
quiere usted que se sepa de eso? Ah, bueno... Si quiere
una a toda costa, supóngase que en una tierra hay un
millón, dos millones de semillas distintas, como en cualquier parte. Viene un terremoto, remueve como un
demonio todo eso, tritura el resto, y brota una semilla,
una cualquiera, de arriba o del fondo, lo mismo da. Una
planta magnífica... ¿Le basta eso? No podría decirle una
palabra más. ¿Por qué usted, precisamente, que apenas
la conoce, y a quien la enferma no conoce tampoco más,
ha sido en su cerebro delirante la semilla privilegiada?
¿Qué quiere que se sepa de esto?

—Sin duda... —repuse a su mirada siempre interro-   *... repuso (sic)*
gante, sintiéndome al mismo tiempo bastante enfriado al
verme convertido en sujeto gratuito de divagación cerebral, primero, y en agente terapéutico, después.

En ese momento entró Luis María.

—Mamá lo llama —dijo al médico. Y volviéndose a
mí, con una sonrisa forzada:

—¿Lo enteró Ayestarain de lo que pasa?... Sería cosa
de volverse loco con otra persona...

Esto de *otra persona* merece una explicación. Los
Funes, y en particular la familia de que comenzaba yo a   *comenzaba a formar*
formar tan ridícula parte, tienen un fuerte orgullo; por
motivos de abolengo, supongo, y por su fortuna, que me
parece lo más probable. Siendo así, se daban por pasa-   *lo más cierto. Siendo*
blemente satisfechos de que las fantasías amorosas del   *satisfechos con que las*
hermoso retoño se hubieran detenido en mí, Carlos
Durán, ingeniero, en vez de mariposear sobre un sujeto
cualquiera de insuficiente posición social. Así, pues,
agradecí en mi fuero interno el distingo de que me hacía
honor el joven patricio.

—Es extraordinario... —recomenzó Luis María,
haciendo correr con disgusto los fósforos sobre la mesa.

Y un momento después, con una nueva sonrisa forzada:

—¿No tendría inconveniente en acompañarnos un
rato? ¿Ya sabe, no? Creo que vuelve Ayestarain...

En efecto, éste entraba.

—Empieza otra vez... —Sacudió la cabeza, mirando únicamente a Luis María. Luis María se dirigió entonces a mí con la tercera sonrisa forzada de esa noche:

—¿Quiere que vayamos?

—Con mucho gusto —le dije. Y fuimos.

Entró el médico sin hacer ruido, entró Luis María, y por fin entré yo, todos con cierto intervalo. Lo que primero me chocó, aunque debía haberlo esperado, fue la penumbra del dormitorio. La madre y la hermana de pie me miraron fijamente, respondiendo con una corta inclinación de cabeza a la mía, pues creí no deber pasar de allí. Ambas me parecieron mucho más altas. Miré la cama, y vi, bajo la bolsa de hielo, dos ojos abiertos vueltos a mí. Miré al médico, titubeando, pero éste me hizo una imperceptible seña con los ojos, y me acerqué a la cama.

Yo tengo alguna idea, como todo hombre, de lo que son dos ojos que nos aman cuando uno se va acercando despacio a ellos. Pero la luz de aquellos ojos, la felicidad en que se iban anegando mientras me acercaba, el mareado relampagueo de dicha —hasta el estrabismo— cuando me incliné sobre ellos, jamás en un amor normal a treinta y siete grados los volveré a hallar.

La enferma balbuceó algunas palabras, pero con tanta dificultad de sus labios resecos, que nada oí. Creo que me sonreí como un estúpido (¡qué iba a hacer, quiero que me digan!), y ella tendió entonces su brazo hacia mí. Su intención era tan inequívoca que le tomé la mano.

—Siéntese ahí —murmuró.

Luis María corrió el sillón hacia la cama y me senté. Véase ahora si ha sido dado a persona alguna una situación más extraña y disparatada:

Yo, en primer término, puesto que era el héroe, teniendo en la mía una mano ardiendo en fiebre y en un amor totalmente equivocado. En el lado opuesto, de pie, el médico. A los pies de la cama, sentado, Luis María. Apoyadas en el respaldo, en el fondo, la mamá y la hermana. Y todos sin hablar, mirándonos a la enferma y a mí[a] con el ceño fruncido.

¿Qué iba a hacer yo? ¿Qué iba a decir? Preciso es que piensen un momento en esto. La enferma, por su parte,

Marginal variants:

pie, me miraron

se va acercando mucho a

dicha, hasta el estrabismo, cuando
normal a 37º los volveré

Balbuceó algunas palabras,

una mano ardida en fiebre

mirándonos con el ceño fruncido.

¿Qué iba a hacer?

---

[a] La primera versión deja dudas en cuanto al objetivo de la mirada. Podría ser un juego de miradas cruzadas. La versión definitiva, deja clara la función de «espectáculo» que cumple Funes con la enferma, ya no pueden caber dudas sobre quiénes son los observados.

arrancaba a veces sus ojos de los míos y recorría con   los míos, y
dura inquietud los rostros presentes uno tras otro, sin
reconocerlos, para dejar caer otra vez su mirada sobre
mí, confiada en profunda felicidad.

¿Qué tiempo estuvimos así? No sé; acaso media hora,
acaso mucho más. Un momento intenté retirar la mano,
pero la enferma la oprimió más entre la suya.

—Todavía no... —murmuró, tratando de hallar más
cómoda postura a su cabeza. Todos acudieron, se estiraron las sábanas, se renovó el hielo, y otra vez los ojos se
fijaron en inmóvil dicha. Pero de vez en cuando tornaban a apartarse inquietos y recorrían las caras desconocidas. Dos o tres veces miré exclusivamente al
médico; pero éste bajó las pestañas, indicándome que
esperara. Y tuvo razón al fin, porque de pronto, bruscamente, como un derrumbe de sueño, la enferma cerró los
ojos y se durmió.

Salimos todos, menos la hermana, que ocupó mi lugar
en el sillón. No era fácil decir algo —yo al menos. La   La madre por fin se
madre, por fin, se dirigió a mí con una triste y seca
sonrisa:

—Qué cosa más horrible, ¿no? ¡Da pena!

¡Horrible, horrible! No era la enfermedad, sino la
situación lo que les parecía horrible. Estaba visto que
todas las galanterías iban a ser para mí en aquella casa.
Primero el hermanito, luego la madre... Ayestarain, que
nos había dejado un instante, salió muy satisfecho del
estado de la enferma; descansaba con una placidez
desconocida aún. La madre miró a otro lado, y yo miré al
médico. Podía irme, claro que sí, y me despedí.   médico: podía

He dormido mal, lleno de sueños que nada tienen que
ver con mi habitual vida. Y la culpa de ello está en la
familia Funes, con Luis María, madre, hermanas[b] y   hermanas, médicos y parientes
parientes colaterales. Porque si se concreta bien la
situación, ella da lo siguiente:

Hay una joven de diecinueve años, muy bella sin
duda alguna, que apenas me conoce y a quien yo le soy   y a quien le
profunda y totalmente indiferente. Esto en cuanto a
María Elvira. Hay, por otro lado, un sujeto joven
también —ingeniero, si se quiere— que no recuerda
haber pensado dos veces seguidas en la joven en cuestión. Todo esto es razonable, inteligible y normal.

---

[b] La caída ciertamente hiperbólica de la mención a «médicos» se elimina, seguramente, por su condición de tal
y, además, porque Funes tiene cierta amistad con el profesional de la familia.

Pero he aquí que la joven hermosa se enferma, de meningitis o cosa por el estilo, y en el delirio de la fiebre, única y exclusivamente en el delirio, se siente abrasada de amor. ¿Por un primo, un hermano de sus amigos, un joven mundano que ella conoce bien? No señor; por mí.

¿Es esto bastante idiota? Tomo, pues, una determinación que haré conocer al primero de esa bendita casa que llegue hasta mi puerta.

determinación, que

¡Sí, es claro! Como lo esperaba. Ayestarain estuvo este mediodía a verme. No pude menos que preguntarle por la enferma, y su meningitis.

Sí, es claro. Como

—¿Meningitis? —me dijo—. ¡Sabe Dios lo que es! Al principio parecía eso, y anoche también... Hoy ya no tenemos idea de lo que será.

parecía y anoche también...

—Peor[c] en fin —objeté—, siempre una enfermedad cerebral...

Pero, en fin

—Y medular, claro está... Con unas lesioncillas quién sabe dónde... ¿usted entiende algo de medicina?

—Muy vagamente...

—Bueno; hay una fiebre remitente, que no sabemos de dónde sale... Era un caso para marchar a todo escape a la muerte... Ahora hay remisiones, tac-tac-tac, justas como un reloj...

remisiones— tac-tac-tac, justas

—Pero el delirio —insistí—, ¿existe siempre?

—insistí— ¿existe siempre?

—¡Ya lo creo! Hay de todo allí... Y a propósito, esta noche lo esperamos.

Ahora me había llegado el turno de hacer medicina a mi modo. Le dije que mi propia sustancia había cumplido ya su papel curativo la noche anterior, y que no pensaba ir más.

Ayestarain me miró fijamente:

—¿Por qué? ¿Qué le pasa?

—Nada, sino que no creo sinceramente ser necesario allá... Dígame: ¿usted tiene idea de lo que es estar en una posición humillantemente ridícula; sí o no?

—No se trata de eso...

—Sí, se trata de eso, de desempeñar un papel estúpido... ¡Curioso que no comprenda!

—Comprendo de sobra... Pero me parece algo así como..., no se ofenda, cuestión de amor propio.

como... —no se ofenda— cuestión

---

[c] Aunque seguramente se trate de una errata en la versión definitiva, el caso deja interrogantes. La meningitis es una enfermedad cerebral y medular, por lo tanto si dijera «Pero, en fin», estaría afirmando que el mal igualmente tiene similar etiología. Si fuese «Peor, en fin», podría advertirse cierto dejo de fastidio ante la ignorancia de la causalidad y, en consecuencia, la prosecución de las visitas y el estado de ridículo, al que el protagonista se siente sometido por el momento. ·

—¡Muy lindo! —salté—. ¡Amor propio! ¡Y no se les ocurra otra cosa! ¡Les parece cuestión de amor propio ir a sentarse como un idiota para que me tomen la mano la noche entera ante toda la parentela con el ceño fruncido! Si a ustedes les parece una simple cuestión de amor propio, arréglense entre ustedes. Yo tengo otras cosas que hacer.

Ayestarain comprendió, al parecer, la parte de verdad que había en lo anterior, porque no insistió y hasta que se fue no volvimos a hablar del asunto.

Todo esto está bien. Lo que no lo está tanto es que hace diez minutos acabo de recibir una esquela del médico, así concebida:

Amigo Durán:
Con todo su bagaje de rencores, nos es usted indispensable esta noche. Supóngase una vez más que usted hace de cloral, veronal, el hipnótico que menos le irrite los nervios, y véngase.

Dije un momento antes que lo malo era la precedente carta. Y tengo razón, porque desde esta mañana no esperaba sino esa carta…

Durante siete noches consecutivas —de once a una de la mañana, momento en que remitía la fiebre, y con ella el delirio— he permanecido al lado de María Elvira Funes, tan cerca como pueden estarlo dos amantes. Me ha tendido a veces su mano como la primera noche, y otras se ha preocupado de deletrear mi nombre, mirándome. Sé a ciencia cierta, pues, que me ama profundamente en ese estado, no ignorando tampoco que en sus momentos de lucidez no tiene la menor preocupación por mi existencia, presente o futura. Esto crea así un caso de psicología singular de que un novelista podría sacar algún partido. Por lo que a mí se refiere, sé decir que esta doble vida sentimental me ha tocado fuertemente el corazón. El caso es éste: María Elvira, si es que acaso no lo he dicho, tiene los ojos más admirables del mundo. Está bien que la primera noche yo no viera en su mirada sino el reflejo de mi propia ridiculez de remedio inocuo. La segunda noche sentí menos mi insuficiencia real. La tercera vez no me costó esfuerzo alguno sentirme el ente dichoso que simulaba ser, y desde entonces vivo y sueño ese amor con que la fiebre enlaza su cabeza a la mía.

[notas al margen:]
comprendió al parecer la

hablar de aquello.

nos es indispensable esta

cloral, brional, el

espero sino esa

¿Qué hacer? Bien sé que todo esto es transitorio, que de día ella no sabe quién soy, y que yo mismo acaso no la ame cuando la vea de pie. Pero los sueños de amor, aunque sean de dos horas y a cuarenta grados, se pagan en el día, y mucho me temo que si hay una persona en el mundo a la cual esté expuesto a amar a plena luz, ella no sea mi vano amor nocturno... Amo, pues, una sombra, y pienso con angustia en el día que Ayestarain considere a su enferma fuera de peligro, y no precise más de mí.

Crueldad esta que apreciarán en toda su cálida simpatía los hombres que están enamorados —de una sombra o no.

Ayestarain acaba de salir. Me ha dicho que la enferma sigue mejor, y que mucho se equivoca, o me veré uno de estos días libre de la presencia de María Elvira.

—Sí, compañero —me dice—. Libre de veladas ridículas, de amores cerebrales y ceños fruncidos... ¿Se acuerda?

Mi cara no debe expresar suprema alegría, porque el taimado galeno se echa a reír y agrega:

—Le vamos a dar en cambio una compensación... Los Funes han vivido estos quince días con la cabeza en el aire, y no extrañe pues si han olvidado muchas cosas, sobre todo en lo que a usted se refiere... Por lo pronto, hoy cenamos allá. Sin su bienaventurada persona, dicho sea de paso, y el amor de marras, no sé en qué hubiera acabado aquello... ¿Qué dice usted?

—Digo —le he respondido—, que casi estoy tentado de declinar el honor que me hacen los Funes, admitiéndome a su mesa...

Ayestarain se echó a reír.

—¡No embrome!... Le repito que no sabían dónde tenían la cabeza...

—Pero para opio, y morfina, y calmante de mademoiselle, sí, ¿eh? ¡Para eso no se olvidaban de mí!

Mi hombre se puso serio y me miró detenidamente.

—¿Sabe lo que pienso, compañero?

—Diga.

—Que usted es el individuo más feliz de la tierra.

—¿Yo, feliz?...

—O más suertudo. ¿Entiende ahora? —Y quedó mirándome.

¡Hum! —me dije a mí mismo—: O yo soy un idiota, que es lo más posible, o este galeno merece que lo abrace hasta romperle el termómetro en el bolsillo. El maligno tipo sabe más de lo que parece, y acaso, acaso... Pero vuelvo a lo de idiota, que es lo más seguro.

—¿Feliz?... —repetí sin embargo—. ¿Por el amor estrafalario que usted ha inventado con su meningitis?

...— insistí sin

Ayestarain tornó a mirarme fijamente, pero esta vez creí notar un vago, vaguísimo dejo de amargura.

—Y aunque no fuera más que eso, grandísimo zonzo... —ha murmurado, cogiéndome del brazo para salir.

En el camino —hemos ido al Aguila, a tomar el vermut— me ha explicado bien claro tres cosas.

1º: que mi presencia al lado de la enferma era absolutamente necesaria, dado el estado de profunda excitación-depresión, todo en uno, de su delirio. 2º: que los Funes lo habían comprendido así, ni más ni menos, a despecho de lo raro, subrepticio e inconveniente que pudiera parecer la aventura, constándoles, está claro, lo artificial de todo aquel amor. 3º: que los Funes han confiado sencillamente en mi educación, para que me dé cuenta —sumamente clara— del sentido terapéutico que ha tenido mi presencia ante la enferma, y la de la enferma ante mí.

presencia, al lado de la enferma, era

depresión— todo en uno—

—Sobre todo lo último, ¿eh? —he agregado a guisa de comentario. El objeto de toda esta charla es éste: que no vaya yo jamás a creer que María Elvira siente la menor inclinación real hacia mí. ¿Es eso?

—¡Claro! —Se ha encogido de hombros el médico—. Póngase usted en el lugar de ellos...

su lugar...

Y tiene razón el bendito hombre. Porque a la sola probabilidad de que ella...

Anoche cené en lo de Funes. No era precisamente una comida alegre, si bien Luis María, por lo menos, estuvo muy cordial conmigo. Querría decir lo mismo de la madre, pero por más esfuerzos que la dama hacía para tornarme grata la mesa, evidentemente no ve en mí sino a un instruso a quien en ciertas horas su hija prefiere un millón de veces. Está celosa, y no debemos condenarla. Por lo demás, se alternaban con su hija para ir a ver a la enferma. Esta había tenido un buen día, tan bueno que por primera vez después de quince días no hubo esa noche subida seria de fiebre, y aunque me quedé hasta la una por pedido de Ayestarain, tuve que volverme a casa sin haberla visto un instante. ¿Se comprende esto? ¡No

que hacía para hacerme grata la mesa,

verla en todo el día! ¡Ah! Si por bendición de Dios, la
fiebre de cuarenta, ochenta, ciento veinte grados, cualquier fiebre, cayera esta noche sobre su cabeza...

 ¡Y aquí!: Esta sola línea del bendito Ayestarain:
Delirio de nuevo. Venga enseguida.

 Todo lo antedicho es suficiente para enloquecer bien
que mal a un hombre discreto. Véase esto ahora:

 Cuando entré anoche, María Elvira me tendió su
brazo como la primera vez. Acostó su cara sobre la
mejilla izquierda, y cómoda así, fijó los ojos en mí. No sé
qué me decían sus ojos; posiblemente me daban toda su
vida y toda su alma en una entrega infinitamente
dichosa. Sus labios me dijeron algo, y tuve que inclinarme para oír:

 —Soy feliz. —Se sonrió.

 Pasado un momento sus ojos me llamaron de nuevo, y
me incliné otra vez.

 —Y después... —murmuró apenas, cerrando los ojos
con lentitud. Creo que tuvo una súbita fuga de ideas.
Pero la luz, la insensata luz que extravía la mirada en los
relámpagos de felicidad, inundó de nuevo sus ojos. Y esta
vez oí bien claro, sentí claramente en mis oídos esta
pregunta:

 —Y cuando sane y no tenga más delirio..., ¿me
querrás todavía?

 ¡Locura que se ha sentado a horcajadas sobre mi
corazón! ¡*Después*! ¡Cuando no tenga *más delirio*! ¿Pero
estábamos todos locos en la casa, o había allí, proyectado fuera de mí mismo, un eco a mi incesante angustia
del *después*? ¿Cómo es posible que ella dijera eso?
¿Había meningitis o no? ¿Había delirio o no? Luego mi
María Elvira...

 No sé qué contesté; presumo que cualquier cosa a
escandalizar a la parentela completa si me hubieran
oído. Pero apenas había murmurado yo; apenas había
murmurado ella con una sonrisa... Y se durmió.

 De vuelta a casa, mi cabeza era un vértigo vivo, con
locos impulsos de saltar al aire y lanzar alaridos de
felicidad. ¿Quién de entre nosotros, puede jurar que no
hubiera sentido lo mismo? Porque las cosas, para ser
claras, deben ser planteadas así: La enferma con delirio,
que por una aberración psicológica cualquiera, ama
únicamente en su delirio, a X. Esto por un lado. Por el
otro, el mismo X, que desgraciadamente para él, no se

40, 80, 120°,

Soy feliz— se

sobre mi rostro esta

¿Quién, de entre

ama, *únicamente*

siente con fuerzas para concretarse a su papel medica-
mentoso. Y he aquí que la enferma, con su meningitis y
su inconsciencia —su incontestable inconsciencia—,
murmura a nuestro amigo:

—*Y cuando no tenga más delirio... ¿me querrás*
todavía?

Esto es lo que yo llamo un pequeño caso de locura,
claro y rotundo. Anoche, cuando llegaba a casa, creí un
momento haber hallado la solución, que sería ésta:
María Elvira, en su fiebre, soñaba que estaba despierta.
¿A quién no ha sido dado soñar que está soñando?
Ninguna explicación más sencilla, claro está.

Pero cuando por pantalla de ese amor mentido hay
dos ojos inmensos, que empapándonos de dicha se ane-
gan ellos mismos en un amor que no se puede mentir;
cuando se ha visto a esos ojos recorrer con dura estra-
ñeza los rostros familiares, para caer en extática felici-
dad ante uno mismo, pese al delirio y cien mil delirios
como ése, uno tiene el derecho de soñar toda la noche con
aquel amor —o seamos más explícitos—: con María
Elvira Funes.

¡Sueño, sueño y sueño! Han pasado dos meses, y creo
a veces soñar aún. ¿Fui yo o no, por Dios bendito, aquel
a quien se le tendió la mano, y el brazo desnudo hasta el
codo, cuando la fiebre tornaba hostiles aún los rostros
bien amados de la casa? ¿Fui yo o no el que apaciguó con
sus ojos, durante minutos inmensos de eternidad, la
mirada mareada de amor de mi María Elvira?

Sí, fui yo. Pero eso está acabado, concluido, finali-
zado, muerto, inmaterial, como si nunca hubiera sido. Y
sin embargo...

Volví a verla veinte días después. Ya estaba sana, y
cené con ellos. Hubo al principio una evidente alusión a
los desvaríos sentimentales de la enferma, todo con gran
tacto de la casa, en lo que cooperé cuanto me fue posible,
pues en esos veinte días transcurridos no había sido mi
preocupación menor pensar en la discreción de que
debía yo hacer gala en esa primera entrevista.

Todo fue a pedir de boca, no obstante.

—Y usted —me dijo la madre sonriendo—, ¿ha
descansado del todo de las fatigas que le hemos dado?

—¡Oh, era muy poca cosa!... Y aún —concluí riendo
también— estaría dispuesto a soportarlas de nuevo...

María Elvira se sonrió a su vez.

—Usted sí; pero yo no; ¡le aseguro!

La madre la miró con tristeza:

—¡Pobre mi hija! Cuando pienso en los disparates que se te han ocurrido... En fin —se volvió a mí con agrado—. Usted es ahora, podríamos decir, de la casa, y le aseguro que Luis María lo estima muchísimo.

El aludido me puso la mano en el hombro y me ofreció cigarrillos.

—Fume, fume, y no haga caso.

—¡Pero Luis María! —le reprochó la madre, semiseria—. ¡Cualquiera creería al oírte que le estamos diciendo mentiras a Durán!

—No, mamá; lo que dices está perfectamente bien dicho; pero Durán me entiende.

Lo que yo entendía era que Luis María quería cortar con amabilidades más o menos sosas; pero no se lo agradecía en lo más mínimo.

Entretanto, cuantas veces podía, sin llamar la atención, fijaba los ojos en María Elvira. ¡Al fin! Ya la tenía ante mí, sana, bien sana. Había esperado y temido con ansia ese instante. Había amado una sombra, o más bien dicho, dos ojos y treinta centímetros de brazo, pues el resto era una larga mancha blanca. Y de aquella penumbra, como de un capullo taciturno, se había levantado aquella espléndida figura fresca, indiferente y alegre, que no me conocía. Me miraba como a un amigo de la casa, en el que es preciso detener un segundo los ojos cuando se cuenta algo o se comenta una frase risueña. Pero nada más. Ni el más leve rastro de lo pasado, ni siquiera afectación de no mirarme, con lo que había yo contado como último triunfo de mi juego. Era un sujeto —no digamos sujeto, sino ser— absolutamente desconocido para ella. Y piénsese ahora en la gracia que me hacía recordar, mientras la miraba, que una noche esos mismos ojos ahora frívolos me habían dicho, a ocho dedos de los míos:

—¿Y cuando esté sana... me querrás todavía?

¡A qué buscar luces, fuegos fatuos de una felicidad muerta, sellada a fuego en el cofrecillo hormigueante de una fiebre cerebral! Olvidarla... Siendo lo que hubiera deseado, era precisamente lo que no podía hacer.

Más tarde, en el hall, hallé modo de aislarme con Luis María, mas colocando a éste entre María Elvira y yo; podía así mirarla impunemente so pretexto de que mi vista iba naturalmente más allá de mi interlocutor. Y es extraordinario cómo su cuerpo, desde el más alto cabello de su cabeza al tacón de sus zapatos, en un vivo deseo, y cómo al cruzar el hall para ir adentro, cada golpe de su falda contra el charol iba arrastrando mi alma como un papel.

Volvió, se rió, cruzó rozando a mi lado, sonriéndome forzosamente, pues estaba a su paso, mientras yo, como un idiota, continuaba soñando con una súbita detención a mi lado, y no una, sino dos manos, puestas sobre mis sienes:

—Y bien: ahora que me has visto de pie, ¿me quieres todavía?

¡Bah! Muerto, bien muerto me despedí y oprimí un instante aquella mano fría, amable y rápida.

Hay, sin embargo, una cosa absolutamente cierta, y es ésta: María Elvira puede no recordar lo que sintió en sus días de fiebre; admito esto. Pero está perfectamente enterada de lo que pasó, por los cuentos posteriores. Luego, es imposible que yo esté para ella desprovisto del menor interés. De encantos —¡Dios me perdone!— todo lo que ella quiera. Pero de interés, el hombre con quien se ha soñado veinte noches seguidas, eso no. Por lo tanto, su perfecta indiferencia a mi respecto no es racional. ¿Qué ventajas, qué remota probabilidad de dicha puede reportarme constatar esto? Ninguna, que yo vea. María Elvira se precave así contra mis posibles pretensiones por aquello; he aquí todo.

En lo que no tiene razón. Que me guste desesperadamente, muy bien. Pero que vaya yo a exigir el cumplimiento de un pagaré de amor firmado sobre una carpeta de meningitis, ¡diablo! eso no.

Nueve de la mañana. No es hora sobremanera decente de acostarse, pero así es. Del baile de lo de Rodríguez Peña, a Palermo. Luego al bar. Todo perfectamente solo. Y ahora a la cama.

Pero no sin disponerme a concluir el paquete de cigarrillos, antes de que el sueño venga. Y aquí está la causa: bailé anoche con María Elvira. Y después de bailar, hablamos así:

—Estos puntitos en la pupila —me dijo, frente uno de otro en la mesita del buffet—, no se han ido aún. No sé qué será... Antes de mi enfermedad no los tenía.

Precisamente nuestra vecina de mesa acababa de hacerle notar ese detalle. Con lo que sus ojos no quedaban sino más luminosos.

Apenas comencé a responderle, me di cuenta de la caída; pero ya era tarde.

—Sí —le dije, observando sus ojos—. Me acuerdo de que antes no los tenía...

Y miré a otro lado. Pero María Elvira se echó a reír:

—Es cierto; usted debe saberlo más que nadie.

¡Ah! ¡Qué sensación de inmensa losa derrumbada por fin de sobre mi pecho! ¡Era posible hablar de eso, por fin!

—Eso creo —repuse—. Más que nadie, no sé... Pero sí; en el momento a que se refiere, ¡más que nadie, con seguridad!

Me detuve de nuevo; mi voz comenzaba a bajar demasiado de tono.

—¡Ah, sí! —se sonrió María Elvira. Apartó los ojos, seria ya, alzándolos a las parejas que pasaban a nuestro lado.

Corrió un momento, para ella de perfecto olvido de lo que hablábamos, supongo, y de sombría angustia para mí. Pero sin volver a mí los ojos, como si le interesaran siempre los rostros que cruzaban en sucesión de film, agregó un instante después:[d]

—Cuando era mi amor, al parecer.

—Perfectamente bien dicho —le dije—. Su amor, *al parecer*.

Ella me miró entonces de pleno.[e]

—No...

Y se calló.

—¿No... qué? Concluya.

—¿Para qué? Es una zoncera.

—No importa: concluya.

Ella se echó a reír:

—¿Para qué? En fin... ¿No supondrá que no era *al parecer*?

—Eso es un insulto gratuito —le respondí—. Yo fui el primero en comprobar la exactitud de la cosa, cuando yo era su amor... *al parecer*.

---

[d] Cabe recordar que el cine fue creado hacia 1895 por los hermanos Lumière, en Francia. La fecha de redacción del cuento es 1916, tal como podrá verificarse si se consulta la nota explicativa (1) a este relato. No demasiados años distancian al hallazgo de la mención. El tema tiene especial importancia, dado que las corrientes dominantes de la crítica de Quiroga han privilegiado los cuentos misioneros, soslayando experiencias narrativas de vanguardia (primero el modernismo, luego la cercanía a la nueva escritura norteamericana, algunos ecos de la *avant-garde* europea).

Su afición al cine, su condición de primer crítico de esta manifestación artística, se explicará en la nota (a) al Apéndice III, 3, de esta edición. Pero el caso que nos ocupa propone una identificación entre procedimientos del relato fílmico y del relato lingüístico: la sucesión. En alguna medida es un intento *avant la lettre* de la técnica del *flash-back*, tan empleado desde la narrativa de los años cuarenta.

[e] La sonrisa parece sugerir una atmósfera de entendimiento amoroso mayor que el tan ambiguo «de pleno».

[marginal variants:]

ojos;— me

refiere, más que nadie, con seguridad.

para mí. Pero sin bajar los ojos, como

film, agregó de costado

—su amor al parecer.

entonces devolviéndome la sonrisa.

constatar la exactitud

—¡Y dale...! —murmuró. Pero a mi vez el demonio de la locura me arrastró tras aquel ¡y *dale!* burlón, a una pregunta que nunca debiera haber hecho.

—Oigame, María Elvira —me incliné—: ¿usted no recuerda nada, no es cierto, nada de aquella ridícula historia?

Me miró muy seria, con altivez si se quiere, pero al mismo tiempo con atención, como cuando nos disponemos a oír cosas que a pesar de todo no nos disgustan.

> con altivez, si se

—¿Qué historia? —dijo.

—La otra, cuando yo vivía a su lado... —le hice notar con suficiente claridad.

—Nada... absolutamente nada.

—Veamos; míreme un instante...

—¡No, ni aunque lo mire...! —me lanzó en una carcajada.

—¡No, no es eso...! Usted me ha mirado demasiado antes para que yo no sepa... Quería decirle esto: ¿No se acuerda usted de haberme dicho algo... dos o tres palabras nada más... la última noche que tuvo fiebre?

María Elvira contrajo las cejas un largo instante, y las levantó luego, más altas que lo natural. Me miró atentamente, sacudiendo la cabeza:

—No, no recuerdo...

—¡Ah! —me callé.

Pasó un rato. Vi de reojo que me miraba aún.

—¿Qué? —murmuró.

—¿Qué... qué? —repetí.

—¿Qué le dije?

—Tampoco me acuerdo ya...

—Sí, se acuerda... ¿Qué le dije?

—No sé, le aseguro...

—¡Sí, sabe...! ¿Qué le dije?

—¡Veamos! —me aproximé de nuevo a ella—.[f] Si usted no recuerda absolutamente nada, puesto que todo era una alucinación de fiebre, ¿qué puede importarle lo que me haya o no dicho en su delirio?

> —me eché de nuevo sobre la mesa.—

El golpe era serio. Pero María Elvira no pensó en contestarlo, contentándose con mirarme un instante más y apartar la vista con una corta sacudida de hombros.

—Vamos —me dijo bruscamente—. Quiero bailar este vals.

—Es justo —me levanté—. El sueño de vals que bailábamos no tiene nada de divertido.

---

[f] Sin duda la expresión inicial (luego modificada) no es demasiado feliz; la aproximación es un paso adelante en el contacto amoroso, hacia el que se avanza ahora sin retardos.

No me respondió. Mientras avanzábamos al salón, parecía buscar con los ojos a alguno de sus habituales compañeros de vals.

—¿Qué sueño de vals desagradable para usted? —me dijo de pronto, sin dejar de recorrer el salón con la vista.

—Un vals de delirio... No tiene nada que ver con esto. —Me encogí a mi vez de hombros.

esto— me encogí

Creí que no hablaríamos más esa noche. Pero aunque María Elvira no respondió una palabra, tampoco pareció hallar al compañero ideal que buscaba. De modo que, deteniéndose, me dijo con una sonrisa forzada —la ineludible forzada sonrisa que campeó sobre toda aquella historia:

que deteniéndome

—Si quiere, entonces, baile este vals con su amor...

—... *al parecer*. No agrego una palabra más —repuse, pasando la mano por su cintura.

Un mes más transcurrido. ¡Pensar que la madre, Angélica y Luis María están para mí llenos ahora de poético misterio! La madre es, desde luego, la persona a quien María Elvira tutea y besa más íntimamente. Su hermana la ha visto desvestirse. Luis María, por su parte, se permite pasarle la mano por la barbilla cuando entra y ella está sentada de espaldas. Tres personas bien felices, como se ve, e incapaces de apreciar la dicha en que se ven envueltos.

para mí ahora llenos de

En cuanto a mí, me paso la vida llevando cigarros a la boca como quien quema margaritas: ¿me quiere? ¿no me quiere?

Después del baile en lo de Peña, he estado con ella muchas veces, en su casa, desde luego, todos los miércoles.

veces— en su

Conserva su mismo círculo de amigos, sostiene a todos con su risa, y flirtea admirablemente cuantas veces se lo proponen. Pero siempre halla modo de no perderme de vista. Esto cuando está con los otros. Pero cuando está conmigo, entonces no aparta los ojos de ellos.

¿Es esto razonable? No, no lo es. Y por eso tengo desde hace un mes una buena laringitis, a fuerza de ahumarme la garganta.

Anoche, sin embargo, hemos tenido un momento de tregua.[g] Era miércoles. Ayestarain conversaba conmigo,

sin embargo, he tenido un

---

[g] Del singular al plural hay un cambio cualitativo considerable. La primera forma presupone interés y enamoramiento *solo* de parte de Durán; la segunda la encierra también a ella: una pista catafórica del desenlace.

y una breve mirada de María Elvira, lanzada hacia nosotros por sobre los hombros de cuádruple flirt que la rodeaba, puso su espléndida figura en nuestra conversación. Hablamos de ella y, fugazmente, de la vieja historia. Un rato después María Elvira se detenía ante nosotros.

Un rato después se detenía

—¿De que hablan?

—De muchas cosas; de usted en primer término —respondió el médico.

—Ah, ya me parecía... —y recogiendo hacia ella un silloncito romano, se sentó cruzada de piernas, con la cara sostenida en la mano.[h]

de piernas, el busto tendido adelante, con la cara

—Sigan; ya escucho.

—Contaba a Durán —dijo Ayestarain— que casos como el que le ha pasado a usted en su enfermedad son raros, pero hay algunos. Un autor inglés, no recuerdo cuál, cita uno. Solamente que es más feliz que el suyo.

Ayestarain,— que casos como el que le ha pasado a Ud. en su enfermedad son raros, pero hay

—¿Más feliz? ¿Y por qué?

—Porque en aquél no hay fiebre, y ambos se aman en sueños. En cambio, en este caso, usted era únicamente quien amaba...

¿Dije ya que la actitud de Ayestarain me había parecido siempre un tanto tortuosa respecto de mí? Si no lo dije, tuve en aquel momento un fulminante deseo de hacérselo sentir, no solamente con la mirada. Algo no obstante de ese anhelo debió percibir en mis ojos, porque se levantó riendo:

respecto a mi?

Algo, no obstante, de ese

—Los dejo para que hagan las paces.

—¡Maldito bicho! —murmuré cuando se alejó.

murmuré, ya tranquilo cuando

—¿Por qué? ¿Qué le ha hecho?

—Dígame, María Elvira —exclamé—. ¿Le ha hecho el amor a usted alguna vez?

—¿Quién, Ayestarain?

—Sí, él.

Me miró titubeando al principio. Luego, plenamente en los ojos, seria:

—Sí —me contestó.

—¡Ah, ya me lo esperaba...! Por lo menos ése tiene suerte... —murmuré, ya amargado del todo.

—¿Por qué? —me preguntó.

Sin responderle, me encogí violentamente de hombros y miré a otro lado. Ella siguió mi vista. Pasó un momento.

---

[h] Si bien «el busto tendido adelante» no está precisamente bien logrado, de algún modo su eliminación puede confirmar nuestra hipótesis de la nota (e).

—¿Por qué? —insistió, con esa obstinación pesada y distraída de las mujeres cuando comienzan a hallarse perfectamente a gusto con un hombre. Estaba ahora, y estuvo durante los breves momentos que siguieron, de pie, con la rodilla sobre el silloncito. Mordía un papel —jamás supe de dónde pudo salir— y me miraba, subiendo y bajando imperceptiblemente las cejas.

—¿Por qué? —repuse al fin—. Porque él tiene por lo menos la suerte de no haber servido de títere ridículo al lado de una cama, y puede hablar seriamente, sin ver subir y bajar las cejas como si no se entendiera lo que digo... ¿Comprende ahora?

él ha tenido por lo menos la suerte de no servir de muñeco ridículo al lado

'María Elvira me miró unos instantes pensativa, y luego movió negativamente la cabeza, con su papel en los labios.

—¿Es cierto o no? —insistí, pero ya con el corazón a loco escape.

Ella tornó a sacudir la cabeza:

—No, no es cierto...

—¡María Elvira! —llamó Angélica de lejos.

Todos saben que la voz de los hermanos suele ser de lo más inoportuna. Pero jamás una voz fraternal ha caído en un diluvio de hielo y pez fría tan fuera de propósito como aquella vez.

María Elvira tiró el papel y bajó la rodilla.

—Me voy —me dijo riendo, con la risa que ya le conocía cuando afrontaba un flirt.

—¡Un solo momento! —le dije.

—¡Ni uno más! —me respondió alejándose ya y negando con la mano.

¿Qué me quedaba por hacer? Nada, a no ser tragar el papelito húmedo, hundir la boca en el hueco que había dejado su rodilla, y estrellar el sillón contra la pared. Y estrellarme en seguida yo mismo contra un espejo, por imbécil. La inmensa rabia de mí mismo me hacía sufrir, sobre todo. ¡Intuiciones viriles! ¡Psicologías de hombre corrido! ¡Y la primera coqueta cuya rodilla queda marcada allí, se burla de todo eso con una frescura sin par!

No puedo más. La quiero como un loco, y no sé —lo que es más amargo aún— si ella me quiere realmente o no. Además, sueño, sueño demasiado, y cosas por el estilo: Ibamos del brazo por un salón, ella toda de blanco, y yo como un bulto negro a su lado. No había más que personas de edad en el salón, y todas sentadas,

loco, y no sé, lo

mirándonos pasar. Era, sin embargo, un salón de baile.
Y decían de nosotros: *La meningitis y su sombra*. Me
desperté, y volví a soñar; el tal salón de baile estaba
frecuentado por los muertos diarios de una epidemia. El
traje blanco de María Elvira era un sudario, y yo era la
misma sombra de antes, pero tenía ahora por cabeza un
termómetro. Eramos siempre *La meningitis y su sombra*.

¿Qué puedo hacer con sueños de esta naturaleza? No
puedo más. Me voy a Europa, a Norteamérica, a cualquier parte donde pueda olvidarla.

¿A qué quedarme? ¿A recomenzar la historia de
siempre, quemándome solo, como un payaso, o a des-
encontrarnos cada vez que nos sentimos juntos? ¡Ah, no!
Concluyamos con esto. No sé el bien que les podrá hacer
a mis planos de máquinas esta ausencia sentimental (¡y
sí, sentimental!, ¡aunque no quiera!); pero quedarme
sería ridículo, y estúpido, y no hay para qué divertir más
a las María Elvira.

. . . .

Podría escribir aquí cosas pasablemente distintas de
las que acabo de anotar, pero prefiero contar simplemente lo que pasó el último día que vi a María Elvira.

Por bravata, o desafío a mí mismo, o quién sabe por
qué mortuoria esperanza de suicida, fui la tarde anterior
de mi salida a despedirme de los Funes. Ya hacía diez
días que tenía mis pasajes en el bolsillo —por donde se
verá cuánto desconfiaba de mí mismo.

María Elvira estaba indispuesta —asunto de garganta o jaqueca— pero visible. Pasé un momento a la
antesala a saludarla. La hallé hojeando músicas, des-
ganada. Al verme se sorprendió un poco, aunque tuvo
tiempo de echar una rápida ojeada al espejo. Tenía el
rostro abatido, los labios pálidos, y los ojos hundidos de
ojeras. Pero era ella siempre, más hermosa aún para mí
porque la perdía.

Le dije sencillamente que me iba, y le deseaba mucha
felicidad.

Al principio no me comprendió.

—¿Se va? ¿Y adónde?

—A Norteamérica… Acabo de decírselo.

—¡Ah! —murmuró, marcando bien claramente la
contracción de los labios. Pero en seguida me miró
inquieta.

—¿Está enfermo?

—¡Pst…! No precisamente… No estoy bien.

—¡Ah! —murmuró de nuevo. Y miró hacia afuera a través de los vidrios abriendo bien los ojos, como cuando uno pierde el pensamiento.

Por lo demás, llovía en la calle y la antesala no estaba clara.

Se volvió a mí.

—¿Por qué se va? —me preguntó.

—¡Hum! —me sonreí—. Sería muy largo, infinitamente largo de contar... En fin, me voy.

María Elvira fijó aún los ojos en mí, y su expresión preocupada y atenta se tornó sombría. Concluyamos, me dije. Y adelantándome:

—Bueno, María Elvira...

Me tendió lentamente la mano, una mano fría y húmeda de jaqueca.

—Antes de irse —me dijo— ¿no me quiere decir por qué se va?

Su voz había bajado un tono. El corazón me latió locamente, pero como en un relámpago la vi ante mí, como aquella noche, alejándose riendo y negando con la mano: «no, ya estoy satisfecha...» ¡Ah, no, yo también! ¡Con aquello tenía bastante!

—¡Me voy —le dije bien claro—, porque estoy hasta aquí de dolor, ridiculez y vergüenza de mí mismo! ¿Está contenta ahora?

Tenía aún su mano en la mía. La retiró, se volvió lentamente, quitó la música del atril para colocarla sobre el piano, todo con pausa y mesura, y me miró de nuevo, con esforzada y dolorosa sonrisa:

—¿Y si yo... le pidiera que no se fuera?

—¡Pero por Dios bendito! —exclamé. ¡No se da cuenta de que me está matando con estas cosas! ¡Estoy harto de sufrir y echarme en cara mi infelicidad! ¿Qué ganamos, que gana usted con estas cosas? ¡No, basta ya! ¿Sabe usted —agregué adelantándome— lo que usted me dijo aquella última noche de su enfermedad? ¿Quiere que se lo diga? ¿Quiere?

Quedó inmóvil, toda ojos.

—Sí, dígame...

—¡Bueno! Usted me dijo, y maldita sea la noche en que lo oí, usted me dijo bien claro esto: *Y-cuan-do-no-ten-ga-más-de-li-rio, ¿me-que-rrás-to-da-ví-a?* Usted tenía delirio aún, ya lo sé... ¿Pero qué quiere que haga yo ahora? ¿Quedarme aquí, a su lado, desangrándome vivo con su modo de ser, porque la quiero como un

vidrios, abriendo

calle, y la antesala

expresión, preocupada y atenta, se tornó sombría.
Concluyamos, me dije. Y adelántame:

húmeda, de jaqueca.

relámpago, la

claro— porque estoy hasta aquí, de dolor,

Tenía aún la mano

de nuevo con esforzada

no se fuera?...

esto: y-cuan-do-no tenga-más-de-li-rio, me que-rrás toda-ví-a? Ud. tenía

idiota...? Esto es bien claro también ¿eh? ¡Ah! ¡Le
aseguro que no es vida la que llevo! ¡No, no es vida!   también, eh?

Y apoyé la frente en los vidrios,* deshecho, sintiendo   Había apoyado...
que después de lo que había dicho, mi vida se derrum-
baba para siempre jamás.

Pero era menester concluir, y me volví: Ella estaba a
mi lado, y en sus ojos —como en un relámpago, de
felicidad esta vez— vi en sus ojos resplandecer, mare-
arse, sollozar, la luz de húmeda dicha que creía muerta
ya.

—¡María Elvira! —grité, creo—. ¡Mi amor querido!   —exclamé, grité, creo.—
¡Mi alma adorada!

Y ella, en silenciosas lágrimas de tormento concluido,
vencida, entregada, dichosa, había hallado por fin sobre
mi pecho postura cómoda a su cabeza.   pecho, postura

Y nada más. ¿Habrá cosa más sencilla que todo esto?
Yo he sufrido, es bien posible, llorado, aullado de dolor;   dolor, y debo
debo creerlo porque así lo he escrito. ¡Pero qué endiabladamente lejos está todo eso! Y tanto más lejos porque
—y aquí está lo más gracioso de esta nuestra historia—
ella está aquí, a mi lado, leyendo con la cabeza sobre la
lapicera lo que escribo. Ha protestado, bien se ve, ante   lapicera, lo que
no pocas observaciones mías; pero en honor del arte
literario en que nos hemos engolfado con tanta frescura,
se resigna como buena esposa. Por lo demás, ella cree
conmigo que la impresión general de la narración,
reconstruída por etapas, es un reflejo bastante acertado
de lo que pasó, sentimos y sufrimos. Lo cual, para obra
de un ingeniero, no está del todo mal.

En este momento María Elvira me interrumpe para
decirme que la última línea escrita no es verdad: Mi
narración no sólo no está del todo mal, sino que está
bien, muy bien. Y como argumento irrefutable me echa
los brazos al cuello y me mira, no sé si a mucho más de
cinco centímetros.

—¿Es verdad? —murmura, o arrulla, mejor dicho.   —murmura— o arrulla,
—¿Se puede poner arrulla? —le pregunto.
—¡Sí, y esto, y esto! —Y me da un beso.
¿Qué más puedo añadir? [i,2]

---

* la frente en los vidrios, deshecho, sintiendo que después de lo que había dicho, mi amor, mi alma, mi vida, se
derrumbaban para siempre jamás.
Pero era menester concluir y me volví: ella estaba

[i] El vuelco de la narración, bastante inesperado como recurso formal aunque largamente anunciado en la
extendida peripecia, consiste en el tradicional *mise en abime*. El narrador primero interviene en la obra como
personaje: relata el pasado desde un presente que lo reactualiza y, abruptamente, ingresa en un juego de espejos al
mismo, tomando de la mano a su cordial antagonista y ahora compañera.

NOTAS

[1] El relato no apareció en revista, como quedó aclarado en la noticia preliminar a *Cuentos de amor de locura y de muerte*. Sin embargo el autor tuvo todas las intenciones de ello (no debe olvidarse que era su fuente de sustento principal en esa etapa), tal como lo demuestra esta carta a Luis Pardo, el 23 de junio de 1916: «Me apena que no aparezca (en *Caras y Caretas*, nota de la edición) «Meningitis» (*sic*). Como le pedía, devuélvamelo. Esperaré un buen momento para ver si lo pueden dar. Mas como *quiero retorcarlo bien* (subrayado nuestro), hágame el bien de mandármelo.

Creo que Romero le habló de mis apuros de dinero.» (En: *Revista de la Biblioteca Nacional*, n° 18, *ibidem*, p. 34).

El 28 de julio insistía al mismo corresponsal:

«Amigo Pardo: ¿Me querrá mandar «La meningitis y su sombra»? Me hace real falta» (*ibídem*, p. 34). ¿Cómo leer esa última frase? ¿Necesidad de «retorcarlo bien», o búsqueda de otra publicación para darlo a conocer y obtener pago a tan largo trabajo? Ninguna de estas conjeturas posee documentación para confirmarlas.

[2] En 1989 Argentina Televisora Color realizó un telefilm basado en este relato.

APÉNDICE A LA EDICIÓN CRÍTICA
DE
CUENTOS DE AMOR DE LOCURA Y DE MUERTE
(CUENTOS SUPRIMIDOS)

Los ojos sombríos
El infierno artificial
El perro rabioso

LOS OJOS SOMBRÍOS

Después de las primeras semanas de romper con Elena, una noche no pude evitar asistir a un baile. Hallábame hacía largo rato sentado y aburrido en exceso, cuando Julio Zapiola, viéndome allí, vino a saludarme. Zapiola es un hombre joven, dotado de rara elegancia y virilidad de carácter. Lo había estimado muchos años atrás, y entonces volvía de Europa, después de larga ausencia.

Así nuestra charla, que en otra ocasión no hubiera pasado de ocho o diez frases, se prolongó esta vez en larga y desahogada sinceridad. Supe que se había casado; su mujer estaba allí mismo esa noche. Por mi parte, lo informé de mi noviazgo con Elena —y su reciente ruptura. Posiblemente me quejé de la amarga situación, pues recuerdo haberle dicho que creía de todo punto imposible cualquier arreglo.

—No crea en esas sacudidas —me dijo Zapiola con aire tranquilo y serio.— Casi nunca se sabe al principio lo que pasará o se hará después. Yo tengo en mi matrimonio una novela infinitamente más complicada que la suya; lo cual no obsta para que yo sea hoy el marido más feliz de la tierra. Oígala, porque a usted podrá serle de gran provecho. Hace cinco años me vi con gran frecuencia con Vezzera, un amigo del colegio a quien había querido mucho antes, y sobre todo él a mí. Cuanto prometía el muchacho se realizó plenamente en el hombre; era como antes inconstante, apasionado, con depresiones y exaltamientos femeniles. Todas sus ansias y suspicacias eran enfermizas, y usted no ignora de qué modo se sufre y se hace sufrir con este modo de ser.

Un día me dijo que estaba enamorado, y que posiblemente se casaría muy pronto. Aunque me habló con loco entusiasmo de la belleza de su novia, esta apreciación suya de la hermosura en cuestión no tenía para mí ningún valor. Vezzera insistió, irritándose con mi orgullo.

—No sé qué tiene que ver el orgullo con esto —le observé.

—¡Si es eso! Yo soy enfermizo, excitable, expuesto a continuos mirajes y debo equivocarme siempre. ¡Tú, no! ¡Lo que dices es la ponderación justa de lo que has visto!

—Te juro...

—¡Bah; déjame en paz! —concluyó cada vez más irritado con mi tranquilidad, que era para él otra manifestación de orgullo.

Cada vez que volví a verlo en los días sucesivos, lo hallé más exaltado con su amor. Estaba más delgado, y sus ojos cargados de ojeras brillaban de fiebre.

—¿Quieres hacer una cosa? Vamos esta noche a su casa. Ya le he hablado de ti. Vas a ver si es o no como te he dicho.

Fuimos. No sé si usted ha sufrido una impresión semejante; pero cuando ella me extendió la mano y nos miramos, sentí que por ese contacto tibio, la espléndida belleza de aquellos ojos sombríos y de aquel cuerpo mudo, se infiltraba en una caliente onda en todo mi ser.

Cuando salimos, Vezzera me dijo:

—¿Y?... ¿es como te he dicho?

—Sí —le respondí.

—¿La gente impresionable puede entonces comunicar una impresión conforme a la realidad?

—Esta vez, sí —no pude menos de reírme.

Vezzera me miró de reojo y se calló por largo rato.

—¡Parece —me dijo de pronto— que no hicieras sino concederme por suma gracia su belleza!

—¿Pero estás loco? —le respondí.

Vezzera se encogió de hombros como si yo hubiera esquivado su respuesta. Siguió sin hablarme, visiblemente disgustado, hasta que al fin volvió otra vez a mí sus ojos de fiebre.

—¿De veras, de veras me juras que te parece linda?

—¡Pero claro, idiota! Me parece lindísima; ¿quieres más?

Se calmó entonces, y con la reacción inevitable de sus nervios femeninos, pasó conmigo una hora de loco entusiasmo, abrasándose al recuerdo de su novia.

Fuí varias veces más con Vezzera. Una noche, a una nueva invitación, respondí que no me hallaba bien y que lo dejaríamos para otro momento. Diez días más tarde respondí lo mismo, y de igual modo en la siguiente semana. Esta vez Vezzera me miró fijamente a los ojos:

—¿Por qué no quieres ir?

—No es que no quiera ir, sino que me hallo hoy con poco humor para esas cosas.

—¡No es eso! ¡Es que no quieres ir más!

—¿Yo?

—Sí; y te exijo como a un amigo, o como a ti mismo, que me digas justamente esto: ¿Por qué no quieres ir más?

—¡No tengo ganas! ¿Te gusta?

Vezzera me miró como miran los tuberculosos condenados al reposo, a un hombre fuerte que no se jacta de ello. Y en realidad, creo que ya se precipitaba su tisis.

Se observó en seguida las manos sudorosas, que le temblaban.

—Hace días que las noto más flacas... ¿Sabes por qué no quieres ir más? ¿Quieres que te lo diga?

Tenía las ventanas de la nariz contraídas, y su respiración acelerada le cerraba los labios.

—¡Vamos! No seas... cálmate, que es lo mejor.

—¡Es que te lo voy a decir!

—¿Pero no ves que estás delirando, que estás muerto de fiebre? —le interrumpí. Por dicha, un violento acceso de tos lo detuvo. Lo empujé cariñosamente.

—Acuéstate un momento... estás mal.

Vezzera se recostó en mi cama y cruzó sus dos manos sobre la frente.

Pasó un largo rato en silencio. De pronto me llegó su voz, lenta:

—¿Sabes lo que te iba a decir?... Que no querías que María se enamorara de ti... Por eso no ibas.

—¡Qué estúpido! —me sonreí.

—¡Sí, estúpido! ¡Todo, todo lo que quieras!

Quedamos mudos otra vez. Al fin me acerqué a él.

—Esta noche vamos —le dije.— ¿Quieres?

—Sí, quiero.

Cuatro horas más tarde llegábamos allá. María me saludó con toda naturalidad, como si hubiera dejado de verme apenas el día anterior, y sin parecer en lo más mínimo preocupada de mi larga ausencia.

—Pregúntale siquiera —se rió Vezzera con visible afectación— por qué ha pasado tanto tiempo sin venir.

María arrugó imperceptiblemente el ceño, y se volvió a mí con risueña sorpresa.

—¡Pero supongo que no tendría deseo de visitarnos!

Aunque el tono de la exclamación no pedía respuesta, María quedó un instante en suspenso, como si la esperara. Vi que Vezzera me devoraba con los ojos.

—Aunque deba avergonzarme eternamente —repuse— confieso que hay algo de verdad...

—¿No es verdad? —se rió ella.

Pero ya en el movimiento de los pies y en la dilatación de las narices de Vezzera, conocí su tensión de nervios.

—Dile que te diga —se dirigió a María— por qué realmente no quería venir.

Era tan perverso y cobarde el ataque, que lo miré con verdadera rabia. Vezzera afectó no darse cuenta, y sostuvo la tirante expectativa con el convulsivo golpeteo del pie, mientras María tornaba a contraer las cejas.

—¿Hay otra cosa? —se sonrió con esfuerzo.

—Sí, Zapiola te va a decir...

—¡Vezzera! —exclamé.

—... Es decir, no el motivo suyo, sino el que yo le atribuía para no venir más aquí... ¿sabes por qué?

—Porque él cree que usted se va a enamorar de mí —me adelanté, dirigiéndome a María.

Ya antes de decir esto, vi bien claro la ridiculez en que iba a caer; pero tuve que hacerlo. María soltó la risa, notándose así mucho más el cansancio de sus ojos.

—¿Sí? ¿Pensabas eso, Antenor?

—No, supondrás... era una broma —se rió él también.

La madre entró de nuevo en la sala, y la conversación cambió de rumbo.

—Eres un canalla —me apresuré a decirle a Vezzera, cuando salimos.

—Sí —me respondió.— Lo hice a propósito.

—¿Querías ridiculizarme?

—Sí... quería.

—¿Y no te da vergüenza? ¿Pero qué diablos te pasa? ¿Qué tienes contra mí?

No me contestó, encogiéndose de hombros.

—¡Anda al demonio! —murmuré. Pero un momento después, al separarme, sentí su mirada cruel y desconfiada fija en la mía.

—¿Me juras por lo que más quieras, por lo que quieras más, que no sabes lo que pienso?

—No —le respondí secamente.

—¿No mientes, no estás mintiendo?

—No miento.

Y mentía profundamente.

—Bueno, me alegro... Dejemos esto. Hasta mañana. ¿Cuándo quieres que volvamos allá?

—¡Nunca! Se acabó.

Vi qué verdadera angustia le dilataba los ojos.

—¿No quieres ir más? —me dijo con voz ronca y cambiada.

—No, nunca más.

—Como quieras, mejor... No estás enojado, ¿verdad?

—¡Oh, no seas criatura! —me reí.

Y estaba verdaderamente irritado contra Vezzera, contra mí...

Al día siguiente Vezzera entró al anochecer en mi cuarto. Llovía desde la mañana, con fuerte temporal, y la humedad y el frío me agobiaban. Desde el primer momento noté que Vezzera ardía en fiebre.

—Vengo a pedirte una cosa —comenzó.

—¡Déjate de cosas! —interrumpí.— ¿Por qué has salido con esta noche? ¿No ves que estás jugando tu vida con esto?

—La vida no me importa... dentro de unos meses esto se acaba... Mejor. Lo que quiero es que vayas otra vez allá.

—¡No! ya te dije.

—¡No, vamos! ¡No quiero que no quieras ir! ¡Me mata esto! ¿Por qué no quieres ir?

—Ya te he dicho: ¡no-qui-e-ro! Ni una palabra más sobre esto, ¿me oyes?

La angustia de la noche anterior tornó a desmesurarle los ojos.

—Entonces —articuló con voz profundamente tomada— es lo que pienso, lo que tú sabes que yo pensaba cuando mentiste anoche. De modo... Bueno, dejemos, no es nada. Hasta mañana.

Lo detuve del hombro y se dejó caer en seguida de brazos en la mesa.

—Quédate —le dije.— Vas a dormir aquí conmigo. No estés solo.

Durante un rato nos quedamos en profundo silencio. Al fin articuló, con la voz blanca:

—Es que me dan unas ganas locas de matarme...

—¡Por eso! ¡Quédate aquí!... No estés solo.

Pero no pude contenerlo, y pasé toda la noche inquieto.

Usted sabe qué terrible fuerza de atracción tiene el suicidio, cuando la idea fija se ha enredado en una madeja de nervios enfermos. Habría sido menester que a toda costa Vezzera no estuviera solo en su cuarto. Y aun así, persistía siempre el motivo.

Pasó lo que temía. A las siete de la mañana me trajeron una carta de Vezzera. Me decía en ella que era demasiado claro que yo estaba enamorado de su novia, y ella de mí. Que en cuanto a María, tenía la más completa certidumbre; y que yo no había hecho sino confirmarle mi amor con mi negativa a ir más allá. Que estuviera yo lejos de creer que se mataba de dolor, absolutamente no. Pero él no era hombre capaz de sacrificar a nadie a su egoísta felicidad, y por eso nos dejaba libres a mí y a ella. Además, sus pulmones no daban más... era cuestión de tiempo. Que hiciera feliz a María, como él hubiera deseado..., etc.

Y dos o tres frases más. Inútil me cuente en detalle mi perturbación de esos días. Pero lo que resaltaba claro para mí en su carta —para mí que lo conocía— era la desesperación de celos que lo llevó al suicidio. Ese era el único motivo; lo demás: sacrificio y conciencia tranquila, no tenía ningún valor.

En medio de todo quedaba vivísima, radiante de brusca felicidad, la imagen de María. Yo sé el esfuerzo que debí hacer, cuando era de Vezzera, para dejar de ir a verla. Y había creído adivinar también que algo semejante pasaba en ella. Y ahora, ¡libres! sí, solos los dos, pero con un cadáver entre nosotros.

Después de quince días fuí a su casa. Hablamos vagamente, evitando la menor alusión. Apenas me respondía; y aunque se esforzaba en ello, no podía sostener mi mirada un solo momento.

—Entonces, —le dije al fin levantándome— creo que lo más discreto es que no vuelva más a verla.

—Creo lo mismo —me respondió.

Pero no me moví.

—¿Nunca más? —añadí.

—No, nunca... como usted quiera —rompió en un sollozo, mientras dos lágrimas vencidas rodaban por sus mejillas.

Al acercarme se llevó las manos a la cara, y apenas sintió mi contacto se estremeció violentamente y rompió en sollozos. Le abracé la cabeza por detrás.

—Sí, mi alma querida... ¿quieres? Podremos ser muy felices. Eso no importa nada... ¿quieres?

—¡No, no! —me respondió— no podríamos... no, ¡imposible!

—¡Después, sí, mi amor!... ¿Sí, después?

—¡No, no, no! —redobló aún sus sollozos.

Entonces salí desesperado, y pensando con rabiosa amargura que aquel imbécil, al matarse, nos había muerto también a nosotros dos.

Aquí termina mi novela. Ahora, ¿quiere verla a ella?

—¡María! —se dirigió a una joven que pasaba del brazo.— Es hora ya; son las tres.

—¿Ya? ¿las tres? —se volvió ella.— No hubiera creído. Bueno, vamos. Un momentito.

Zapiola me dijo entonces:

—Ya ve, amigo mío, como se puede ser feliz después de lo que le he contado. Y su caso... Espere un segundo.

Y mientras me presentaba a su mujer:

—Le contaba a X cómo estuvimos nosotros a punto de no ser felices.

La joven sonrió a su marido, y reconocí aquellos ojos sombríos de que él me había hablado, y que como todos los de ese carácter, al reír destellan felicidad.

—Sí, —repuso sencillamente— sufrimos un poco...

—¡Ya ve! —se rió Zapiola despidiéndose.— Yo en lugar suyo volvería al salón.

Me quedé solo. El pensamiento de Elena volvió otra vez; pero en medio de mi disgusto me acordaba a cada instante de la impresión que recibió Zapiola al ver por primera vez los ojos de María.

Y yo no hacía sino recordarlos.

EL INFIERNO ARTIFICIAL

Las noches en que hay luna, el sepulturero avanza por entre las tumbas con paso singularmente rígido. Va desnudo hasta la cintura y lleva un gran sombrero de paja. Su sonrisa, fija, da la sensación de estar pegada con cola a la cara. Si fuera descalzo, se notaría que camina con los pulgares del pie doblados hacia abajo.

No tiene esto nada de extraño, porque el sepulturero abusa del cloroformo. Incidencias del oficio lo han llevado a probar el anestésico, y cuando el cloroformo muerde en un hombre, difícilmente suelta. Nuestro conocido espera la noche para destapar su frasco, y como su sensatez es grande, escoge el cementerio para inviolable teatro de sus borracheras.

El cloroformo dilata el pecho a la primera inspiración; la segunda, inunda la boca de saliva; las extremidades hormiguean, a la tercera; a la cuarta, los labios, a la par de las ideas, se hinchan, y luego pasan cosas singulares.

Es así como la fantasía de su paso ha llevado al sepulturero hasta una tumba abierta en que esa tarde ha habido remoción de huesos — inconclusa por falta de tiempo. Un ataúd ha quedado abierto tras la verja, y a su lado, sobre la arena, el esqueleto del hombre que estuvo encerrado en él.

... ¿Ha oído algo, en verdad? Nuestro conocido descorre el cerrojo, entra, y luego de girar suspenso alrededor del hombre de hueso, se arrodilla y junta sus ojos a las órbitas de la calavera.

Allí, en el fondo, un poco más arriba de la base del cráneo, sostenido como en un pretil en una rugosidad del occipital, está acurrucado un hombrecillo tiritante, amarillo, el rostro cruzado de arrugas. Tiene la boca amoratada, los ojos profundamente hundidos, y la mirada enloquecida de ansia.

Es todo cuanto queda de un cocainómano.

—¡Cocaína! ¡Por favor, un poco de cocaína!

El sepulturero, sereno, sabe bien que él mismo llegaría a disolver con la saliva el vidrio de su frasco, para alcanzar el cloroformo prohibido. Es, pues, su deber ayudar al hombrecillo tiritante.

Sale y vuelve con la jeringuilla llena, que el botiquín del cementerio le ha proporcionado. ¿Pero cómo, al hombrecillo diminuto?...

—¡Por las fisuras craneanas!... ¡Pronto!

¡Cierto! ¿Cómo no se le había ocurrido a él? Y el sepulturero, de rodillas, inyecta en las fisuras el contenido entero de la jeringuilla, que filtra y desaparece entre las grietas.

Pero seguramente algo ha llegado hasta la fisura a que el hombrecillo se adhiere desesperadamente. Después de ocho años de abstinencia, ¿qué molécula de cocaína no enciende un delirio de fuerza, juventud, belleza?

El sepulturero fijó sus ojos a la órbita de la calavera, y no reconoció al hombrecillo moribundo. En el cutis, firme y terso, no había el menor rastro de arruga. Los labios, rojos y vitales, se entremordían con perezosa voluptuosidad que no tendría explicación viril, si los hipnóticos no fueran casi todos femeninos; y los ojos, sobre todo, antes vidriosos y apagados, brillaban ahora con tal pasión que el sepulturero tuvo un impulso de envidiosa sorpresa.

—Y eso, así... ¿la cocaína? — murmuró.

La voz de adentro sonó con inefable encanto.

—¡Ah! ¡Preciso es saber lo que son ocho años de agonía! ¡Ocho años, desesperado, helado, prendido a la eternidad por la sola esperanza de una gota!... Sí, es por la cocaína... ¿Y usted? Yo conozco ese olor... ¿cloroformo?

—Sí —repuso el sepulturero avergonzado de la mezquindad de su paraíso artificial. Y agregó en voz baja:— El cloroformo también... Me mataría antes que dejarlo.

La voz sonó un poco burlona.

—¡Matarse! Y concluiría seguramente; sería lo que cualquiera de esos vecinos míos... Se pudriría en tres horas, usted y sus deseos.

—Es cierto; —pensó el sepulturero— acabarían conmigo. Pero el otro no se había rendido. Ardía aún después de ocho años aquella pasión que había resistido a la falta misma del vaso de deleite; que ultrapasaba la muerte capital del organismo que la creó, la sostuvo, y no fué capaz de aniquilarla consigo; que sobrevivía monstruosamente de sí misma, transmutando el ansia causal en supremo goce final, manteniéndose ante la eternidad en una rugosidad del viejo cráneo.

La voz cálida y arrastrada de voluptuosidad sonaba aún burlona.

—Usted se mataría... ¡Linda cosa! Yo también me maté... ¡Ah, le interesa! ¿verdad? Pero somos de distinta pasta... Sin embargo, traiga su cloroformo, respire un poco más y óigame. Apreciará entonces lo que va de su droga a la cocaína. Vaya.

El sepulturero volvió, y echándose de pecho en el suelo, apoyado en los codos y el frasco bajo las narices, esperó.

—¡Su cloro! No es mucho, que digamos. Y aun morfina... ¿Usted conoce el amor por los perfumes? ¿No? ¿Y el Jicky de Guerlain? Oiga, entonces. A los treinta años me casé, y tuve tres hijos. Con fortuna, una mujer adorable y tres criaturas sanas, era perfectamente feliz. Sin embargo, nuestra casa era demasiado grande para nosotros. Usted ha visto. Usted no... en fin... ha visto que las salas lujosamente puestas parecen más solitarias e inútiles. Sobre todo solitarias. Todo nuestro palacio vivía así en silencio su estéril y fúnebre lujo.

Un día, en menos de diez y ocho horas, nuestro hijo mayor nos dejó por seguir tras la difteria. A la tarde siguiente el segundo se fué con su hermano, y mi mujer se echó desesperada sobre lo único que nos quedaba: nuestra hija de cuatro meses. ¿Qué nos importaba la difteria, el contagio y todo lo demás? A pesar de la orden del médico, la madre dió de mamar a la criatura, y al rato la pequeña se retorcía convulsa, para morir ocho horas después, envenenada por la leche de la madre.

Sume usted: 18, 24, 9. En 51 horas, dos de esos días, nuestra casa quedó perfectamente silenciosa, pues no había nada que hacer. Mi mujer estaba en su cuarto, y yo me paseaba al lado. Fuera de eso nada, ni un ruido. Y dos días antes teníamos tres hijos...

Bueno. Mi mujer pasó cuatro días arañando la sábana, con un ataque cerebral, y yo acudí a la morfina.

—Deje eso —me dijo el médico,— no es para usted.

—¿Qué, entonces? —le respondí. Y señalé el fúnebre lujo de mi casa que continuaba encendiendo lentamente catástrofes, como rubíes.

El hombre se compadeció.

—Prueba sulfonal, cualquier cosa... Pero sus nervios no darán.

Sulfonal, brional, estramonio... ¡bah! ¡Ah, la cocaína! ¡Cuánto de infinito va de la dicha desparramada en cenizas al pie de cada cama vacía, al radiante rescate de esa misma felicidad quemada, cabe en una sola gota de cocaína! Asombro de haber sufrido un dolor inmenso momentos antes; súbita y llana confianza en la vida, ahora; instantáneo rebrote de ilusiones que acercan el porvenir a diez centímetros del alma abierta, todo esto se precipita en las venas por entre la aguja de platino. ¡Y su cloroformo!... Mi mujer murió. Durante dos años gasté en cocaína muchísimo más de lo que usted puede imaginarse. ¿Sabe usted algo de tolerancias? Cinco centigramos de morfina acaban fatalmente con un individuo robusto. Quincey llegó a tomar durante quince años dos gramos por día; vale decir, cuarenta veces más que la dosis mortal.

Pero eso se paga. En mí, la verdad de las cosas lúgubres, contenida, emborrachada día tras día, comenzó a vengarse, y ya no tuve más nervios retorcidos que echar por delante a las horribles alucinaciones que me asediaban. Hice entonces esfuerzos inauditos para arrojar fuera el demonio, sin resultado. Por tres veces resistí un mes a la cocaína, un mes entero. Y caía otra vez. Y usted no sabe, pero sabrá un día, qué sufrimiento, qué angustia, qué sudor de agonía se siente cuando se pretende suprimir un solo día la droga!

Al fin, envenenado hasta lo más íntimo de mi ser, preñado de torturas y fantasmas, convertido en un tembloroso despojo humano; sin sangre, sin vida... ¡miseria que la cocaína prestaba diez veces por día radiante disfraz, para hundirme en seguida en un estupor cada vez más hondo, al fin un resto de dignidad me lanzó a un sanatorio, me entregué atado de pies y manos para la curación.

Allí, bajo el imperio de una voluntad ajena, vigilado constantemente para que no pudiera procurarme el veneno, llegaría forzosamente a descocainizarme.

¿Sabe usted lo que pasó? Que yo, conjuntamente con el heroísmo para entregarme a la tortura, llevaba bien escondido en el bolsillo un frasquito con cocaína... Ahora calcule usted lo que es pasión.

Durante un año entero, después de ese fracaso, proseguí inyectándome. Un largo viaje emprendido dióme no sé qué misteriosas fuerzas de reacción, y me enamoré entonces.

La voz calló. El sepulturero, que escuchaba con la babeante sonrisa fija siempre en su cara, acercó su ojo y creyó notar un velo ligeramente opaco y vidrioso en los de su interlocutor. El cutis, a su vez, se resquebrajaba visiblemente.

—Sí, —prosiguió la voz,— es el principio... Concluiré de una vez. A usted, un colega, le debo toda esta historia.

Los padres hicieron cuanto es posible para resistir: ¡un morfinómano, o cosa así! Para la fatalidad mía, de ella, de todos, había puesto en mi camino a una supernerviosa. ¡Oh, admirablemente bella! No tenía sino diez y ocho años. El lujo era para ella lo que el cristal tallado para una esencia: su envase natural.

La primera vez que, habiéndome yo olvidado de darme una nueva inyección antes de entrar, me vió decaer bruscamente en su presencia, idiotizarme, arrugarme, fijó en mí sus ojos inmensamente grandes, bellos y espantados. ¡Curiosamente espantados! Me vió, pálida y sin moverse, darme la inyección. No cesó un instante en el resto de la noche de mirarme. Y tras aquellos ojos dilatados que me habían visto así, yo veía a mi vez la tara neurótica, al tío internado, y a su hermano menor epiléptico...

Al día siguiente la hallé respirando Jicky, su perfume favorito; había leído en veinticuatro horas cuanto es posible sobre hipnóticos.

Ahora bien: basta que dos personas sorban los deleites de la vida de un modo anormal, para que se comprendan tanto más íntimamente, cuanto más extraña es la obtención del goce. Se unirán en seguida, excluyendo toda otra pasión, para aislarse en la dicha alucinada de un paraíso artificial.

En veinte días, aquel encanto de cuerpo, belleza, juventud y elegancia, quedó suspenso del aliento embriagador de los perfumes. Comenzó a vivir, como yo con la cocaína, en el cielo delirante de su Jicky.

Al fin nos pareció peligroso el mutuo sonambulismo en su casa, por fugaz que fuera, y decidimos crear nuestro paraíso. Ninguno mejor que mi propia casa, de la que nada había tocado, y a la que no había vuelto más. Se llevaron anchos y bajos divanes a la sala; y allí, en el mismo silencio y la misma suntuosidad fúnebre que había incubado la muerte de mis hijos; en la profunda quietud de la sala, con lámpara encendida a la una de la tarde; bajo la atmósfera pesada de perfumes, vivimos horas y horas nuestro fraternal y taciturno idilio, yo tendido inmóvil con los ojos abiertos, pálido como la muerte; ella echada sobre el diván, manteniendo bajo las narices, con su mano helada, el frasco de Jicky.

Porque no había en nosotros el menor rastro de deseo —¡y cuán hermosa estaba con sus profundas ojeras, su peinado descompuesto, y, el ardiente lujo de su falda inmaculada!

Durante tres meses consecutivos raras veces faltó, sin llegar yo jamás a explicarme qué combinaciones de visitas, casamientos y garden party debió hacer para no ser sospechada. En aquellas raras ocasiones llegaba al día siguiente ansiosa, entraba sin mirarme, tiraba su sombrero con un ademán brusco, para tenderse en seguida, la cabeza echada atrás y los ojos entornados, al sonambulismo de su Jicky.

Abrevio: una tarde, y por una de esas reacciones inexplicables con que los organismos envenenados lanzan en explosión sus reservas de defensa —¡los morfinómanos las conocen bien!— sentí todo el profundo goce que había, no en mi cocaína, sino en aquel cuerpo de diez y ocho años, admirablemente hecho para ser deseado. Esa tarde, como nunca, su belleza surgía pálida y sensual, de la suntuosa quietud de la sala iluminada. Tan brusca fué la sacudida, que me hallé sentado en el diván, mirándola. ¡Diez y ocho años... y con esa hermosura!

Ella me vió llegar sin hacer un movimiento, y al inclinarme me miró con fría extrañeza.

—Sí... —murmuré.

—No, no... —repuso ella con la voz blanca, esquivando la boca en pesados movimientos de su cabellera.

Al fin, al fin echó la cabeza atrás y cedió cerrando los ojos.

¡Ah! ¡Para qué haber resucitado un instante, si mi potencia viril, si mi orgullo de varón no revivía más! ¡Estaba muerto para siempre, ahogado, disuelto en el mar de cocaína! Caí a su lado, sentado en el suelo, y hundí la cabeza entre sus faldas, permaneciendo así una hora entera en hondo silencio, mientras ella, muy pálida, se mantenía también inmóvil, los ojos abiertos fijos en el techo.

Pero ese fustazo de reacción que había encendido un efímero relámpago de ruina sensorial, traía también a flor de conciencia cuanto de honor masculino y vergüenza viril agonizaba en mí. El fracaso de un día en el sanatorio, y el diario ante mi propia dignidad, no eran nada en comparación del de ese momento, ¿comprende usted? ¡Para qué vivir, si el infierno artificial en que me había precipitado y del que no podía salir, era incapaz de absorberme del todo! ¡Y me había soltado un instante, para hundirme en ese final!

Me levanté y fuí adentro, a las piezas bien conocidas, donde aún estaba mi revólver. Cuando volví, ella tenía los párpados cerrados.

—Matémonos —le dije.

Entreabrió los ojos, y durante un minuto no apartó la mirada de mí. Su frente límpida volvió a tener el mismo movimiento de cansado éxtasis:

—Matémonos —murmuró.

Recorrió en seguida con la vista el fúnebre lujo de la sala, en que la lámpara ardía con alta luz, y contrajo ligeramente el ceño.

—Aquí no —agregó.

Salimos juntos, pesados aún de alucinación, y atravesamos la casa resonante, pieza tras pieza. Al fin ella se apoyó contra una puerta y cerró los ojos. Cayó a lo largo de la pared. Volví el arma contra mí mismo, y me maté a mi vez.

Entonces, cuando a la explosión mi mandíbula se descolgó bruscamente, y sentí un inmenso hormigueo en la cabeza; cuando el corazón tuvo dos o tres sobresaltos, y se detuvo paralizado; cuando en mi cerebro y en mis nervios y en mi sangre no hubo la más remota probabilidad de que la vida volviera a ellos, sentí que mi deuda con la cocaína estaba cumplida. ¡Me había matado, pero yo lo había muerto a mi vez!

¡Y me equivoqué! Porque un instante después pude ver, entrando vacilantes y de la mano, por la puerta de la sala, a nuestros cuerpos muertos, que volvían obstinados...

La voz se quebró de golpe.

—¡Cocaína, por favor! ¡Un poco de cocaína!

EL PERRO RABIOSO

El 20 de marzo de este año, los vecinos de un pueblo del Chaco santafecino persiguieron a un hombre rabioso que en pos de descargar su escopeta contra su mujer, mató de un tiro a un peón que cruzaba delante de él. Los vecinos, armados, lo rastrearon en el monte como a una fiera, hallándolo por fin trepado en un árbol, con su escopeta aún, y aullando de un modo horrible. Viéronse en la necesidad de matarlo de un tiro.

. . . .

Marzo 9—

Hoy hace treinta y nueve días, hora por hora, que el perro rabioso entró de noche en nuestro cuarto. Si un recuerdo ha de perdurar en mi memoria, es el de las dos horas que siguieron a aquel momento.

La casa no tenía puertas sino en la pieza que habitaba mamá, pues como había dado desde el principio en tener miedo, no hice otra cosa, en los primeros días de urgente instalación, que aserrar tablas para las puertas y ventanas de su cuarto. En el nuestro, y a la espera de mayor desahogo de trabajo, mi mujer se había contentado —verdad que bajo un poco de presión por mi parte— con magníficas puertas de arpillera. Como estábamos en verano, este detalle de riguroso ornamento no dañaba nuestra salud ni nuestro miedo. Por una de estas arpilleras, la que da al corredor central, fue por donde entró y me mordió el perro rabioso.

Yo no sé si el alarido de un epiléptico da a los demás la sensación de clamor bestial y fuera de toda humanidad que me produce a mí. Pero estoy seguro de que el aullido de un perro rabioso, que se obstina de noche alrededor de nuestra casa, provocará en todos la misma fúnebre angustia. Es un grito corto, estrangulado de agonía, como si el animal boqueara ya, y todo él empapado en cuanto de lúgubre sugiere un animal rabioso.

Era un perro negro, grande, con las orejas cortadas. Y para mayor contrariedad, desde que llegáramos no había hecho más que llover. El monte cerrado por el agua, las tardes rápidas y tristísimas; apenas salíamos de casa, mientras la desolación del campo, en un temporal sin tregua, había ensombrecido al exceso el espíritu de mamá.

Con esto, los perros rabiosos. Una mañana el peón nos dijo que por su casa había andado uno la noche anterior, y que había mordido al suyo. Dos noches antes, un perro barcino había aullado *feo* en el monte. Había muchos, según él. Mi mujer y yo no dimos mayor importancia al asunto, pero no así mamá, que comenzó a hallar terriblemente desamparada nuestra casa a medio hacer. A cada momento salía al corredor para mirar el camino.

Sin embargo, cuando nuestro chico volvió esa mañana del pueblo, confirmó aquello. Había explotado una fuminante epidemia de rabia. Una hora antes acababan de perseguir a un perro en el pueblo. Un peón había tenido tiempo de asestarle un machetazo en la oreja, y el animal, al trote, el hocico en tierra y el rabo entre las patas delanteras, había cruzado por nuestro camino, mordiendo a un potrillo y a un chancho que halló en el trayecto.

Más noticias aún. En la chacra vecina a la nuestra, y esa misma madrugada, otro perro había tratado inútilmente de saltar el corral de las vacas. Un inmenso perro flaco había corrido a un muchacho a caballo, por la picada del puerto viejo. Todavía de tarde se sentía dentro del monte el aullido agónico del perro. Como dato final, a las nueve llegaron al galope dos agentes a darnos la filiación de los perros rabiosos vistos, y a recomendarnos sumo cuidado.

Había de sobra para que mamá perdiera el resto de valor que le quedaba. Aunque de una serenidad a toda prueba, tiene terror a los perros rabiosos, a causa de cierta cosa horrible que presenció en su niñez. Sus nervios, ya enfermos por el cielo constantemente encapotado y lluvioso, provocáronle verdaderas alucinaciones de perros que entraban al trote por la portera.

Había un motivo real para este temor. Aquí, como en todas partes donde la gente pobre tiene muchos más perros de los que puede mantener, las casas son todas las noches merodeadas por perros hambrientos, a que los peligros del oficio —un tiro o una mala pedrada— han dado verdadero proceder de fieras. Avanzan al paso, agachados, los músculos flojos. No se siente jamás su marcha. Roban —si la palabra tiene sentido aquí— cuánto les exige su atroz hambre. Al menor rumor, no huyen porque esto haría ruido, sino se alejan al paso, doblando las patas. Al llegar al pasto se agazapan, y esperan así tranquilamente media o una hora, para avanzar de nuevo.

De aquí la ansiedad de mamá, pues siendo nuestra casa una de las tantas merodeadas, estábamos desde luego amenazados por la visita de los perros rabiosos, que recordarían el camino nocturno.

En efecto, esa misma tarde, mientras mamá, un poco olvidada, iba caminando despacio hacia la portera, oí su grito:

—¡Federico! ¡Un perro rabioso!

Un perro barcino, con el lomo arqueado, avanzaba al trote en ciega línea recta. Al verme llegar se detuvo, erizando el lomo. Retrocedí sin volver el cuerpo para ir a buscar la escopeta, pero el animal se fué. Recorrí inútilmente el camino, sin volverlo a hallar.

Pasaron dos días. El campo continuaba desolado de lluvia y tristeza, mientras el número de perros rabiosos aumentaba. Como no se podía exponer a los chicos a un terrible tropiezo en los caminos infestados, la escuela se cerró; y la carretera, ya sin trafico, privada de este modo de la bulla escolar que animaba su soledad a las siete y a las doce, adquirió lúgubre silencio.

Mamá no se atrevía a dar un paso fuera del patio. Al menor ladrido miraba sobresaltada hacia la portera, y apenas anochecía, veía avanzar por entre el pasto ojos fosforescentes. Concluída la cena se encerraba en su cuarto, el oído atento al más hipotético aullido.

Hasta que la tercera noche me desperté, muy tarde ya: tenía la impresión de haber oído un grito, pero no podía precisar la sensación. Esperé un rato. Y de pronto un aullido corto, metálico, de atroz sufrimiento, tembló bajo el corredor.

—¡Federico! —oí la voz traspasada de emoción de mamá— ¿sentiste?

—Sí —respondí, deslizándome de la cama. Pero ella oyó el ruido.

—¡Por Dios, es un perro rabioso! ¡Federico, no salgas, por Dios! ¡Juana! ¡Dile a tu marido que no salga! —clamó desesperada, dirigiéndose a mi mujer.

Otro aullido explotó, esta vez en el corredor central, delante de la puerta. Una finísima lluvia de escalofríos me bañó la médula hasta la cintura. No creo que haya nada más profundamente lúgubre que un aullido de perro rabioso a esa hora. Subía tras la voz desesperada de mamá.

—¡Federico! ¡Va a entrar en tu cuarto! ¡No salgas mi Dios, no salgas! ¡Juana! ¡Dile a tu marido!...

—¡Federico! —se cogió mi mujer a mi brazo.

Pero la situación podía tornarse muy crítica si esperaba a que el animal entrara, y encendiendo la lámpara descolgué la escopeta. Levanté de lado la arpillera de la puerta, y no ví más que el negro triángulo de la profunda tiniebla de afuera. Tuve apenas tiempo de avanzar una pierna, cuando sentí que algo firme y tibio me rozaba el muslo: el perro rabioso se entraba en nuestro cuarto. Le eché violentamente atrás la cabeza de un golpe de rodilla, y súbitamente me lanzó un mordisco, que falló en un claro golpe de dientes. Pero un instante después sentí un dolor agudo.

Ni mi mujer ni mi madre se dieron cuenta de que me había mordido.

—¡Federico! ¿Qué fué eso? —gritó mamá que había oído mi detención y la dentellada al aire.

—Nada: quería entrar.

—¡Oh!...

De nuevo, y esta detrás del cuarto de mamá, el fatídico aullido explotó.

—¡Federico! ¡Está rabioso! ¡No salgas! —clamó enloquecida, sintiendo al animal tras la pared de madera, a un metro de ella.

Hay cosas absurdas que tienen toda la apariencia de un legítimo razonamiento: Salí afuera con la lámpara en una mano y la escopeta en la otra, exactamente como para buscar a una rata aterrorizada, que me daba perfecta holgura para colocar la luz en el suelo y matarla en el extremo de un horcón.

Recorrí los corredores, no se oía un rumor, pero de dentro de las piezas me seguía la tremenda angustia de mamá y mi mujer que esperaban el estampido.

El perró se había ido.

—¡Federico! —exclamó mamá al sentirme volver por fin.— ¿Se fué el perro?

—Creo que sí; no lo veo. Me parece haber oído un trote cuando salí.

—Sí, yo también sentí... Federico: ¿no estará en tu cuarto?... ¡No tiene puerta, mi Dios! ¡Quédate adentro! ¡Puede volver!

En efecto, podía volver. Eran las dos y veinte de la mañana. Y juro que fueron fuertes las dos horas que pasamos mi mujer y yo, con la luz prendida hasta que amaneció, ella acostada, yo sentado en la cama, vigilando sin cesar la arpillera flotante.

Antes me había curado. La mordedura era nítida: dos agujeros violeta, que oprimí con todas mis fuerzas, y lavé con permanganato.

Yo creía muy restrictivamente en la rabia del animal. Desde el día anterior se había empezado a envenenar perros, y algo en la actitud abrumada del nuestro me prevenía en pro de la estricnina. Quedaban el fúnebre aullido y el mordisco; pero de todos modos me inclinaba a lo primero. De aquí, seguramente, mi relativo descuido con la herida.

Llegó por fin el día. A las ocho, y a cuatro cuadras de casa, un transeúnte mató de un tiro de revólver al perro negro que trotaba en inequívoco estado de rabia. En seguida lo supimos, teniendo de mi parte que librar una verdadera batalla contra mamá y mi mujer para no bajar a Buenos Aires a darme inyecciones. La herida, franca, había sido bien oprimida, y lavada con mordiente lujo de permanganato. Todo esto, a los cinco minutos de la mordedura. ¿Qué demonios podía temer tras esa corrección higiénica? En casa concluyeron por tranquilizarse y como la epidemia —provocada seguramente por una crisis de llover sin tregua como jamás se viera aquí— había cesado casi de golpe, la vida recobró su línea habitual.

Pero no por ello mamá y mi mujer dejaron ni dejan de llevar cuenta exacta del tiempo. Los clásicos cuarenta días pesan fuertemente, sobre todo en mamá, y aun hoy, con treinta y nueve transcurridos sin el más leve trastorno, ella espera el día de mañana para echar de su espíritu, en un inmenso suspiro, el terror siempre vivo que guarda de aquella noche.

El único fastidio acaso que para mí ha tenido esto, es recordar, punto por punto, lo que ha pasado. Confío en que mañana de noche concluya, con la cuarentena, esta historia que mantiene fijos en mí los ojos de mi mujer y de mi madre, como si buscaran en mi expresión el primer indicio de enfermedad.

. . . .

MARZO 10—

¡Por fin! Espero que de aquí en adelante podré vivir como un hombre cualquiera, que no tiene suspendida sobre su cabeza coronas de muerte. Ya han pasado los famosos cuarenta días, y la ansiedad, la manía de persecuciones y los horribles gritos que esperaban de mí, pasaron también para siempre.

Mi mujer y mi madre han festejado el fausto acontecimiento de un modo particular: contándome, punto por punto, todos los terrores que han sufrido sin hacérmelo ver. El más insignificante desgano mío las sumía en mortal angustia: ¡Es la rabia que comienza! gemían. Si alguna mañana me levanté tarde, durante horas no vivieron, esperando otro síntoma. La fastidiosa infección en un dedo que me tuvo tres días febril e impaciente, fué para ellas una absoluta prueba de la rabia que comenzaba, de donde su consternación, más angustiosa por furtiva.

Y así, el menor cambio de humor, el más leve abatimiento, provocáronles, durante cuarenta días, otras tantas horas de inquietud.

No obstante esas confesiones retrospectivas, desagradables siempre para el que ha vivido engañado, aun con la más arcangélica buena voluntad, con todo me he reído buenamente. —¡Ah, mi hijo! ¡No puedes figurarte lo horrible que es para una madre el pensamiento de que su hijo pueda estar rabioso! Cualquier otra cosa... ¡pero rabioso, rabioso!...

Mi mujer, aunque más sensata, ha divagado también bastante más de lo que confiesa. ¡Pero ya se acabó, por suerte! Esta situación de mártir, de bebé vigilado segundo a segundo contra tal disparatada amenaza de muerte, no es seductora, a pesar de todo. ¡Por fin, de nuevo! Viviremos en paz, y ojalá que mañana o pasado no amanezca con dolor de cabeza, para resurrección de las locuras.

. . . .

MARZO 15—

Hubiera querido estar absolutamente tranquilo, pero es imposible. No hay ya más, creo, posibilidad de que esto concluya. Miradas de soslayo todo el día, cuchicheos incesantes, que cesan de golpe en cuanto oyen mis pasos, un crispante espionaje de mi expresión cuando estamos en la mesa, todo esto se va haciendo intolerable. —¡Pero qué tienen, por favor! —acabo de decirles.— ¿Me hallan algo anormal, no estoy exactamente como siempre? ¡Ya es un poco cansadora esta historia del perro rabioso! —¡Pero Federico! —me han respondido, mirándome con sorpresa.— ¡Si no te decimos nada, ni nos hemos acordado de eso!

¡Y no hacen, sin embargo, otra cosa, otra que espiarme noche y día, día y noche, a ver si la estúpida rabia de su perro se ha infiltrado en mí!

. . . .

MARZO 18—

Hace tres días que vivo como debería y desearía hacerlo toda la vida. ¡Me han dejado en paz, por fin, por fin, por fin!

. . . .
. . . .

MARZO 19—

¡Otra vez! ¡Otra vez han comenzado! Ya no me quitan los ojos de encima, como si sucediera lo que parecen desear: que esté rabioso. ¡Cómo es posible tanta estupidez en dos personas sensatas! Ahora no disimulan más, y hablan precipitadamente en voz alta de mí, no sé por qué, no puedo entender una palabra. En cuanto llego cesan de golpe, y apenas me alejo un paso recomienza el vertiginoso parloteo. No he podido contenerme y me he vuelto con rabia: —¡Pero hablen, hablen delante, que es menos cobarde!

No he querido oir lo que han dicho y me he ido. ¡Ya no es vida la que llevo!

. . . .

8 P.M.

¡Quieren irse! ¡Quieren que nos vayamos! ¡Ah, yo sé por qué quieren dejarme!...

....

MARZO 20 — (6 A. M.)

¡Aullidos, aullidos! ¡Toda la noche no he oído más que aullidos! ¡He pasado toda la noche despertándome a cada momento! ¡Perros, nada más que perros ha habido anoche alrededor de casa! ¡Y mi mujer y mi madre han fingido el más perfecto sueño, para que yo solo absorbiera por los ojos los aullidos de todos los perros que me miraban!...

....

7 A. M.

¡No hay más que víboras! ¡Mi casa está llena de víboras! ¡Al lavarme había tres enroscadas en la palangana! ¡En el forro del saco había muchas! ¡Y hay más! ¡Hay otras cosas! ¡Mi mujer me ha llenado la casa de víboras! ¡Ha traído enormes arañas peludas que me persiguen! ¡Ahora comprendo por qué me espiaba día y noche! ¡Ahora comprendo todo! ¡Quería irse por eso!

....

7.15 A. M.

¡El patio está lleno de víboras! ¡No puedo dar un paso! ¡No, no!.. ¡Socorro!...

....

¡Mi mujer se va corriendo! ¡Mi madre se va! ¡Me han asesinado!... ¡Ah, la escopeta!... ¡Maldición! ¡Está cargada con munición! Pero no importa...

....

¡Qué grito ha dado! Le erré... ¡Otra vez las víboras! ¡Allí, allí hay una enorme!... ¡Ay! ¡¡Socorro, socorro!!

....

¡Todos me quieren matar! ¡Las han mandado contra mí, todas! ¡El monte está lleno de arañas! ¡Me han seguido desde casa!...

....

Ahí viene otro asesino... ¡Las trae en la mano! ¡Viene echando víboras en el suelo! ¡Viene sacando víboras de la boca y las echa en el suelo contra mí! ¡Ah! pero ése no vivirá mucho... ¡Le pegué! ¡Murió con todas las víboras!... ¡Las arañas! ¡Ay! ¡¡Socorro!!

....

¡Ahí vienen, vienen todos!... ¡Me buscan, me buscan!... ¡Han lanzado contra mí un millón de víboras! ¡Todos las ponen en el suelo! ¡Y yo no tengo más cartuchos!... ¡Me han visto!... Uno me está apuntando...

EL SALVAJE

El salvaje
Una bofetada
Los cazadores de ratas
Los inmigrantes
Los cementerios belgas
La reina italiana
La voluntad
Cuadrivio laico
Tres cartas... y un pie
Cuento para novios
Estefanía
La llama
Fanny
Lucila Strindberg
Un idilio

NOTICIA PRELIMINAR

En 1920 Horacio Quiroga reunió en volumen un total de quince cuentos para la Cooperativa Editorial Limitada «Buenos Aires», Agencia General de Librería y Publicaciones, que antes había publicado otros libros suyos. Tiempo más tarde la editorial bonaerense-madrileña Babel (Biblioteca Argentina de Buenas Ediciones Literarias) reeditó el libro que toma su título del primer cuento; se desconoce la fecha precisa de esta tirada dado que ella no figura ni en la portadilla ni en el colofón. Por las escasas variantes entre una y otra edición, es factible que no se separen demasiado en el tiempo.

Los textos que el autor incluyó en *El salvaje* ya habían sido publicados, sin excepción, en revistas literarias y de actualidades del Río de la Plata, entre diciembre de 1906 y marzo de 1919. Como se ve, un período muy vasto.

Si la correspondencia del escritor no alude a las peripecias de este libro, y sólo reflexiona casi tangencialmente sobre algunos de los cuentos incluidos, cabe aquí —más que en ningún otro volumen— articular sus relaciones con las revistas, fuente económica (a veces único surtidor) y canal de comunicación con el lector. En rigor —y la reflexión que sigue no es marginal— nunca se ha estudiado debidamente el problema; para ello, aportamos algunas de sus opiniones, diseminadas en su correspondencia a lo largo de tres décadas:

(1) «Por otro lado en *Caras y Caretas* me han hablado efusivamente, pidiéndome más frecuente colaboración. El 3 llevé un cuento, ayer otro, y me he comprometido otro para el Lunes próximo. A más, pídenme notas para ilustración callejera, tipo *Hipnotismo, Curiosidades del Zoo*, etc. En este mes les sacaré 60 u 80 pesos, y espero que no baje de 40 todos los meses, lo que es bien.» (A José María Fernández Saldaña, en: *Cartas inéditas de Horacio Quiroga*, tomo II, *ibidem*, p. 124; mayo 7 de 1907.)

(2) «Vamos bien por aquí, aunque un tanto pobres. Vivo de lo que escribo. *Caras y Caretas* me pagan (*sic*) \$ 40 por página, y endilgo tres páginas más o menos por mes. Total: \$ 120 mensuales. Con esto vivo bien. Agrega además \$ 400 de folletines por año, y la cosa marcha. Pero marcha despacio, con lo que no puedo andar ligero.» (A J.M. Fernández Saldaña, *ibidem*, p. 142; marzo 16, 1911.)

(3) «Recibí su última con original de *Crítica*. Ya antes había remitido precisamente a *El Hogar* dicho croquis, seguro como estaba de que el *España* no hallaba fondos para sostener mi colaboración semanal, con precio fijado por mí, según carta de Botana! Lo que creo pasa es que no interesa mi producción

a su *Magazine*. Son cosas demasiado serias y sin efectismos. Igual pasará con *El Hogar*, si no me equivoco. Este, con *Atlántida, Caras y Caretas* y demás, están exclusivamente al servicio de la sociedad mujeril, y su literatura. Por suerte queda aún *La Prensa*, grave y constante para (...)» (A César Tiempo. En: *Cartas inéditas y evocación de Quiroga por César Tiempo, ibidem,* p. 43; abril 24, 1935).

(4) «Escribir en *La Prensa*: Ando madurando dos o tres temas experimentales (...) Y a propósito: valdría la pena exponer un día esta peculiaridad mía (desorden) de no escribir sino incitado por la economía. Desde los 29 o 30 años soy así. Hay quien lo hace por natural descarga, quien por vanidad; yo escribo por motivos inferiores, bien se ve. Pero lo curioso es que escribiera yo por lo que fuere, mi prosa sería siempre la misma. Es cuestión entonces de palanca inicial o conmutador intercalado por allí: misterios vitales de la producción, que nunca se aclararán». (A Ezequiel Martínez Estrada, *ibidem*, tomo II, pp. 138-139; agosto 26, 1936).

Este amplio muestreo, abarcador de casi todo su ciclo de creación narrativa, puede compararse con el parco estilo de las cartas a Luis Pardo reunidas en el nº 18 de la *Revista de la Biblioteca Nacional* (Montevideo, mayo 1978). En ellas se encontrarán algunos intereses aislados, pero más que nada simples trámites administrativos. Precisamente sobre éste dirá en un artículo del 11 de marzo de 1928:

> Luis Pardo, entonces jefe de redacción de *Caras y Caretas*, fue quien exigió el cuento breve hasta un grado inaudito de severidad.
>
> El cuento no debía pasar de una página, incluyendo la ilustración correspondiente. Todo lo que quedaba al cuentista para caracterizar a sus personajes, colocarlos en ambiente, impresionarlo y sacudirlo, era una sola y estrecha página. Mejor aún: 1256 palabras.
>
> No es menester ser escritor para darse cuenta del tremendo martirio que representa hacer danzar muñecos dramáticos en esta brevísima cárcel de hierro. (...) Y como faltar, faltaban casi siempre las cien o doscientas palabras necesarias para dar un poco de aire a aquella asfixiante jaula (...) El que estas líneas escribe, (...) debe a Luis Pardo el destrozo de muchos cuentos, por falta de extensión; pero le debe también en gran parte el mérito de los que han resistido. («La crisis del cuento nacional», *La Prensa*. Recopilado en: *Obras inéditas y desconocidas de Horacio Quiroga*, Montevideo: Arca, 1970, prólogo de Roberto Ibáñez, notas de Jorge Ruffinelli, pp. 92-96).

Las dos primeras citas que espigamos de la correspondencia a Fernández Saldaña, proceden de una etapa relativamente feliz y arborescente de su escritura, pero enfatizan, machaconamente, el aspecto lucrativo de la tarea. Las dos últimas (en cartas a César Tiempo y a Martínez Estrada), evocativas y recapituladoras de su *background* como colaborador de publicaciones periódicas, aportan elementos de mayor riqueza conceptual. Los cuentos reunidos en *El salvaje* habían sido publicados en las siguientes revistas porteñas: *Caras y Caretas* (ocho relatos), *Fray Mocho* (seis), el mensuario *Plus Ultra* (dos), *Tipos y Tipetes* (uno), y la revista literaria montevideana *Pegaso* (un cuento). Cuatro textos fueron ensamblados en uno («Cuadrivio laico»), y dos pasaron a componer el cuento epónimo del volumen.

Quiroga se quejaba de las entregas para «el servicio de la sociedad mujeril», entendiendo por tal historias sentimentales de baja estofa; pero no se hurtó de la inclinación a satisfacer dicha avidez. Entre los que, atendiendo a sus contenidos más explícitos, podríamos llamar sus cuentos «de amor» (que apenas superan la veintena en toda su carrera literaria), la mayoría fueron redactados entre 1905 y 1918. En este volumen ingresan: «Tres cartas... y un pie», «Cuento para novios», «Estefanía», «La llama», «Fanny», «Lucila Strindberg» y «Un idilio», casi la mitad del libro y, además, situados linealmente en la indización. La disparidad de calidades no elude caídas folletinescas, las mismas que tanto desprecio le inspiraran.

La carta a Martínez Estrada incluye algunas confesiones que, si no son muy novedosas, sintetizan todas las anteriores. Sin duda hasta el lector más desprevenido de la correspondencia quiroguiana, notará que el narrador y el hombre de la madurez encontró en el excepcional escritor argentino (por entonces muy joven) a su mejor interlocutor. Si Quiroga escribe «por motivos inferiores», en lo que no debe descartarse cierta postura de «anti-intelectual», lo hace sujeto a urgencias y exigencias exteriores a la creación. Sin embargo, la apelación final al misterio entraña: o bien una delicada forma de la contradicción, o bien la posibilidad del autoengaño en las convicciones más acendradas. Sea como fuere, el muy preciso reproche y reconocimiento a Luis Pardo, establece la situación del acto de escritura, a tener muy en cuenta para leer *El salvaje*, quizás más que el resto de su obra, pues allí se encuentran las claves de la mayoría de las numerosísimas modificaciones a que somete a estos cuentos.

La concisión y la brevedad «de hierro» que le exige la revista lo obligan a «depurar ripios» (como él mismo dice en su *Decálogo del perfecto cuentista»*), a trazar a sus personajes en ligeras pinceladas. Cuando recobre un espacio de mayor libertad —el libro—, tomará el pleno poder de la palabra, que el sistema de intercambio de sus productos literarios le impedía. Porque, si los $ 20 que pagaba *Fray Mocho* en agosto de 1916 (tal como figura en epístola a Pardo), eran «irritantes»: «¡Más qué hacer! Preciso es vivir, y por eso le ruego que me publique cuanto le parezca».

En lo que respecta a los otros núcleos temáticos no hay mayores novedades, salvo la deliberada indagación en el territorio de lo fantástico con el cuento que da nombre al volumen. Los extranjeros, los europeos, revistan aquí no en la función colonialista paradigmática de *Cuentos de amor de locura y de muerte* (si se exceptúa «Una bofetada»), sino observados desde la desesperación y la muerte de la Primera Guerra Mundial («Los cementerios belgas»), o en ese ejercicio, de algún modo premonitorio de sus desterrados, que es «Los inmigrantes».

EL SALVAJE[1]

I

EL SUEÑO

DESPUÉS DE traspasar el Guayra, y por un trecho de diez leguas, el río Paraná es inaccesible a la navegación. Constituye allí, entre altísimas barrancas negras, una canal de 200 metros de ancho y de profundidad insondable. El agua corre a tal velocidad que los vapores, a toda máquina, marcan el paso horas y horas en el mismo sitio. El plano del agua está constantemente desnivelado por el borbollón de los remolinos que en su choque forman conos de absorción, tan hondos a veces, que pueden aspirar de punta a una lancha a vapor. La región, aunque lúgubre por el dominio absoluto del negro del bosque y del basalto, puede hacer las delicias de un botánico, en razón de la humedad ambiente reforzada por lluvias copiosísimas, que excitan en la flora guayreña una lujuria fantástica.

En esa región fuí huésped, una tarde y una noche, de un hombre extraordinario que había ido a vivir al Guayra, solo como un hongo, porque estaba cansado del comercio de los hombres y de la civilización; que todo se lo daba hecho; por lo que se aburría. Pero como quería ser útil a los que vivían sentados allá abajo aprendiendo en los libros, instaló una pequeña estación meteorológica, que el gobierno argentino tomó bajo su protección.

Nada hubo que observar durante un tiempo a los registros que se recibían de vez en cuando; hasta que un día comenzaron a llegar observaciones de tal magnitud, con tales decímetros de lluvia y tales índices de humedad, que nuestra Central creyó necesario controlar aquellas enormidades. Yo partía entonces para una inspección de las estaciones argentinas en el Brasil,

181

arriba del Iguazú; y extendiendo un poco la mano, podía alcanzar hasta allá.

Fué lo que hice. Pero el hombre no tenía nada de divertido. Era un individuo alto, de pelo y barba muy negros, muy pálido a pesar del sol, y con grandes ojos que se clavaban inmóviles en los de uno sin desviarse un milímetro. Con las manos metidas en los bolsillos, me veía llegar sin dar un paso hacia mí. Por fin me tendió la mano, pero cuando ya hacía rato que yo le ofrecía la mía con una sostenida sonrisa.

En el resto de la tarde, que pasamos sentados bajo la baranda[a] de su rancho-chalet, hablamos de generalidades. O mejor dicho hablé yo, porque el hombre se mostraba muy parco de palabras. Y aunque yo ponía particular empeño en sostener la charla, algo había en la reserva de mi hombre que ahogaba el hábito civilizado de cambiar ideas.

Cayó la noche, sumamente pesada. Al concluir de cenar volvimos de nuevo a la baranda, pero nos corrió presto de ella el viento huracanado salpicado de gotas ralas, que barría hasta las sillas. Calmó aquél bruscamente y el agua comenzó entonces a caer, la lluvia desplomada y maciza de que no tiene idea quien no la haya sentido tronar horas y horas sobre el monte, sin la más ligera tregua ni el menor soplo de aire en las hojas.

—Creo que tendremos para rato —dije a mi hombre.

—Quién sabe —respondió—. A esta altura del mes no es probable.

Aproveché entonces la ruptura del hielo para recordar la misión particular que me había llevado allá.

—Hace varios meses —comencé— los registros de su pluviómetro que llegaron a Buenos Aires...

Y mientras exponía el caso, puse de relieve la sorpresa de la Central por el inesperado volumen de aquellas observaciones.

—¿No hubo error? —concluí—. ¿Los índices eran tales como usted los envió?

—Sí —respondió, mirándome de pleno con sus ojos muy abiertos e inmóviles.

Me callé entonces, y durante un tiempo que no pude medir, pero que pudo ser muy largo, no cambiamos una

<!-- marginal variants -->
uno, sin

cuando yo lo había ya hecho con una

el alero de su
la verandah de su (1920 y ed. definitiva). Véase (a).

hombre, que los hábitos civilizados de cambiar

el corredor,
presto el
Cesó a los diez minutos, y después de un momento el agua comenzó a caer, la

sus ojos inmóviles.

---

[a] Se ha modernizado el término que, en las dos últimas versiones, el autor emplea en francés. Se trata de la galería techada debajo de la cual es común, en el Río de la Plata, que se descanse después de finalizado el trabajo, cuando cae el sol. En el texto, la sorprendente revelación al visitante, les lleva a extender esta costumbre a casi toda la tarde.

palabra. Yo fumaba; él levantaba de rato en rato los ojos a la pared, —al exterior, a la lluvia, como si esperara oír algo tras aquel sordo tronar que inundaba la selva. Y para mí, ganado por el vaho de excesiva humedad que llegaba de afuera, persistía el enigma de aquella mirada y de aquella nariz abiertas al olor de los árboles mojados.

—¿Usted ha visto un dinosaurio?

Esto acababa de preguntármelo él, sin más ni más.

En la época actual, en compañía de un hombre culto que se ha vuelto loco, y que tiene un resplandor prehistórico en los ojos, la pregunta aquella era bastante perturbadora. Lo miré fijamente; él hacía lo mismo conmigo.

—¿Qué? —dije por fin.

—Un dinosaurio... un nothosaurio carnívoro.

—Jamás. ¿Usted lo ha visto?

—Sí.

No se le movía una pestaña mientras me miraba.

—¿Aquí?

—Aquí. Ya ha muerto... Anduvimos juntos tres meses.

¡*Anduvimos juntos!* Me explicaba ahora bien la luz ultra histórica de sus ojos, y las observaciones meteorológicas de un hombre que había hecho vida de selva en pleno período secundario.

—Y las lluvias y la humedad que usted anotó y envió a Buenos Aires —le dije—, ¿datan de ese tiempo?

—Sí —afirmó tranquilo. Alzó las orejas y los ojos al tronar de la selva inundada, y agregó lentamente:

—Era un nothosaurio... Pero yo no fuí hasta su horizonte; él bajó hasta nuestra edad... Hace seis meses. Ahora... ahora tengo más dudas que usted sobre todo esto. Pero cuando lo hallé sobre el peñón en el Paraná, al crepúsculo, no tuve duda alguna de que yo desde ese instante quedaba fuera de las leyes[b] biológicas. Era un dinosaurio, tal cual; volvía el pescuezo en alto a todos lados, y abría la boca como si quisiera gritar, y no pudiera. Yo, por mi parte, tranquilo. Durante meses y meses había deseado ardientemente olvidar todo lo que yo era y sabía, y lo que eran y sabían los hombres... Regresión total a una vida real y precisa, como un árbol que siempre está donde debe, porque tiene razón de ser. Desde miles de años la especie humana va al desastre. Ha

Marginal notes (right column):

pared— afuera, a la

nariz abierta al
De pronto su voz se levantó. (Suprimido en 1920.)
ha visto un dinosauro?
No figura en 1919.

aquella era dura. Lo

dije al fin.

dinosauro... un nothosauro

dije al fin.

Buenos Aires— le dije ¿datan

nothosauro...
bajó hasta aquí. Hace

fuera de la ley.
alzaba el pescuezo a todos lados
gritar y no

lo que era y sabía yo,

---

[b] Si tomáramos en su sentido llano al sintagma «fuera de la ley», la multivocidad crearía vacilaciones en su lectura. De ahí la variante a partir de 1920.

vuelto al mono, guardando la inteligencia del hombre. No hay en la civilización un solo hombre que tenga un valor real si se le aparta. Y ni uno solo podría gritar a la Naturaleza: yo soy.

Día tras día iba rastreando en mí la profunda fruición de la reconquista, de la regresión que me hacía dueño absoluto del lugar que ocupaban mis pies. Comenzaba a sentirme, nebuloso aún, el representante *verdadero* de una especie. La vida que me animaba era mía exclusivamente. Y trepando como en un árbol por encima de millones de años, sintiéndome cada vez más dueño del rincón del bosque que dominaban mis ojos a los cuatro lados, llegué a ver brotar en mi cerebro vacío, la lucecilla débil, fija, obstinada e inmortal del hombre terciario.

¿Por qué asustarme, pues? Si el removido fondo de la biología lanzaba a plena época actual tal espectro, permitiéndole vivir, él, como yo, estaba fuera de las leyes normales de la vida.[c]

Nada que temer, por lo tanto. Me acerqué al monstruo y sentí una agria pestilencia de vegetación descompuesta. Como continuaba haciendo bailar el cuello allá arriba, le tiré una piedra. De un salto la bestia se lanzó al agua, y la ola que inundó la playa me arrastró con el reflujo. El dinosaurio me había visto, y se balanceaba sobre 200 brazas de agua. Pero entonces gritaba. ¿El grito?... No sé... Muy desafinado. Agudo y profundo... Cosa de agonía. Y abría desmesuradamente la boca para gritar. No me miraba ni me miró jamás. Es decir, una vez lo hizo... Pero esto pasó al final.

Salió por fin a tierra, cuando ya estaba obscuro, y caminamos juntos.

Este fué el principio. Durante tres meses fué mi compañero nocturno, pues a la primera frescura del día me abandonaba. Se iba, entraba en el monte como si no viera, rompiéndolo, o se hundía en el Paraná con hondos remolinos hasta el medio del río.

Al bajar aquí habrá visto usted una picada maestra; se conserva limpia, aunque hace tiempo que no se trabaja yerba mate. El dinosaurio y yo la recorríamos paso a paso. Jamás lo hallé de día. La formidable vida creada

Marginal variants:

trepando como en un

a cuatro lados,

vivir a expensas del Querer humano, (*idem* 1920).

que temer. Me

un salto se lanzó

reflujo. Me había

fué al final.

a tierra, ya oscuro,

visto una picada

yerba. El dinosauro y yo

---

[c] El narrador se incluye, en la versión definitiva, en la aventura de la transgresión. En las ediciones anteriores toma prudente distanciamiento y además agrega, con mayúsculas, el infinitivo («Querer») con evidentes connotaciones irónicas.

por el *Querer* del hombre y el *Consentimiento* de las edades muertas, no me era accesible sino de noche. Sin un signo exterior de mutuo reconocimiento, caminábamos horas y horas uno al lado del otro, como sombríos hermanos que se buscan sin comprenderse.

De sus desmesurados hábitos de vida, enterrados bajo millones de años, no le quedaba más que la ciega orientación a las profundidades más húmedas de la selva, a las charcas pestilentes donde las negras columnas de los helechos se partían y perdían el vello al paso de la bestia.

Por mi parte, mi vida de día proseguía su curso normal aquí mismo, en esta casa, aunque con la mirada perdida a cada momento. Vivía maquinalmente, adherido al horizonte contemporáneo como un sonámbulo, y sólo despertaba al primer olor salvaje que la frescura del crepúsculo me enviaba rastreando desde la selva.

No sé qué tiempo duró esto. Sólo sé que una noche grité, y no conocí el grito que salía de mi garganta. Y que no tenía ropa, y sí pelo en todo el cuerpo. En una palabra, había regresado a las eras pasadas por obra y gracia de mi propio deseo.

Dentro de aquella silueta negra y cargada de espaldas que trotaba a la sombra del dinosaurio, iba mi alma actual, pero dormida, sofocada dentro del espeso cráneo primitivo. Vivíamos unidos por el mismo destierro ultra milenario. Su horizonte era mi horizonte; su ruta era la mía. En las noches de gran luna solíamos ir hasta la barranca del río, y allí quedábamos largo tiempo inmóviles, él con la cabeza caída al olor del agua allá abajo, yo acurrucado en la horqueta de un árbol. La soledad y el silencio eran completos. Pero en la niebla con olor a pescado que subía del Paraná, la bestia husmeaba la inmensidad líquida de su horizonte secundario, y abriendo la boca al cielo, lanzaba un breve grito. De tiempo en tiempo tornaba a alzar el cuello y a lanzar su lamento. Y yo, acurrucado en la horqueta con los ojos entrecerrados de sueño e informe nostalgia, respondía a mi vez con un aullido.

Pero cuando nuestra fraternidad era más honda, era en las noches de lluvia. Esta de ahora que está sintiendo es una simple garúa comparada con las lluvias de abril y mayo. Desde una hora antes de llover oíamos el tronar profundo de las gotas sobre el monte lejano. Desembocábamos entonces en una picada: —no había aire, no

Marginalia:

exterior de reconocimiento,

De su desmesurada vida anterior, enterrada bajo millones

los helechos crujían y perdían el vello

marcha normal aquí mismo, aunque

al período terciario por obra

aquella forma negra del dinosauro,

de luna solíamos

de un árbol. La soledad

y lanzaba su lamento. acurrucado allá arriba, con respondía con un aullido.

honda era en las noches de lluvia— ésta

con las de abril y mayo Desde una hora antes oíamos el profundo de la lluvia sobre

había ruido, no había nada, sino un cielo fulgurante que cegaba, y el dinosaurio tendía el cuello en el suelo y aplastaba la lengua sobre la tierra estremecida. Y cuando la lluvia llegaba por fin y se desplomaba, nos levantábamos y caminábamos horas y horas sin parar, respirando profundamente el diluvio que roncaba sobre la selva[d] y crepitaba sobre el lomo del dinosaurio.

A fines de noviembre, el sordo temblor de la tierra que llegaba desde el Guayra nos anunció que el río crecía. Y aquí, cuando el Paraná llega cargado de grandes lluvias, sube catorce metros en una noche.

Y el agua subía y subía. Desde la costa oíamos claro el retumbo del Guayra, y en las restingas veíamos pasar a nuestro lado, sobre el agua vertiginosa, todo lo que pasa ahogado o podrido en una inundación de primavera.

Las noches, negras. El dinosaurio, excitado, bebía a cada instante un sorbo de agua, y sus ojos remontaban la tiniebla del río, hacia las inmensas lluvias que llegaban aún calientes. Y paso a paso costeábamos el Paraná, remontando la inundación.

Así un mes más. Cuanto quedaba en mí del hombre que le está hablando ahora, crujió, se aplastó, desapareció. Hasta que una noche...

El hombre se detuvo.

—¿Qué pasó? —le dije.

—Nada... Lo maté.

—¿Al... dinosaurio?

—Sí, a él. ¿No comprende? El era un dinosaurio... un nothosaurio carnívoro. Y yo era un hombre terciario... una bestezuela de carne y ojos demasiado vivos... Y él tenía un olor pestilente de fiera. ¿Comprende ahora?

—Sí; continúe.

—Mientras quedó en mí un rastro del hombre actual, el monstruo surgido de las entrañas muertas de la Tierra por el deseo de ese mismo hombre, se contuvo. Después...

Allá en el norte, el Guayra retumbaba siempre por las aguas hinchadas, y el río subía y subía con una corriente de infierno. Y el dinosaurio, aplastado en la orilla, bebía a cortos sorbos, devorado de sed.

Variantes (columna derecha):

aplastaba el cuello
y ponía la lengua

llegaba y se desplomaba
caminábamos sin parar,
sobre el monte y

A fines de abril el

pasar al lado

con una inundación de otoño.

sorbo y sus

paso a paso, remontábamos a
nuestra vez el Paraná, tocando

dinosauro?
dinosauro... nothosauro

sorbos de

---

[d] Efectúa la misma variante que en «La tortuga gigante» (*Cuentos de la selva*); el macroespacio («selva») le resultó más verosímil para el desarrollo de la acción fantástica, pues «monte» puede llegar a interpretarse como un espacio demasiado restringido. Por otro lado, en el texto base existe la misma deliberación que en el relato arriba citado, esto es, circunscribir la historia en el Norte argentino, aspecto comentado en la «Noticia preliminar» a *Cuentos de la selva*.

Una noche, mientras el monstruo entraba y salía sin cesar del agua, y el remanso agitado por el oleaje parecía un mar, me hallé a mí mismo asomado tras un peñasco, espiando con el pelo erizado a la bestia enloquecida de *hambre*. Esto lo vi claro en ese momento. Y vi que a la par explotaba en mí la carga de terror almacenada millones de años, y que en esos tres meses de fraternidad hipnótica no había podido definir.

Retrocedí, espiando siempre al monstruo, di vuelta al peñasco, y emprendí la carrera hacia un cantil de basalto que se levantaba a pique sobre veinte brazas de agua. La fiera me vió seguramente correr al fulgor de un relámpago, porque oí su alarido agudo, tal como nunca se lo había oído, y sentí la persecución. Pero yo llegaba ya y trepaba por una ancha rajadura de la mole.

Cuando estuve en la cúspide me afirmé en cuatro pies, asomé la cabeza y vi al monstruo que me buscaba, rayado de reflejos porque llovía a torrentes. Y cuando me vió allá arriba comenzó a trotar alrededor del cantil en procura de un plano menos perpendicular, para alcanzarme. Al llegar a la orilla se lanzaba a nado, examinaba el peñón desde el agua, cobraba tierra y tornaba a hundirse en el Paraná. Y cuando un relámpago más sostenido lo destacaba sobre el río cribado de lluvia, nadando casi erguido para no perderme de vista, yo respondía a su alarido asesino con un rugido, abalanzándome sobre los puños.

La lluvia me cegaba, al extremo que estuve a punto de perder pie en una grieta que no había sentido. Con un nuevo relámpago eché una ojeada atrás, y vi que la grieta circundaba completamente el bloque de balsalto herido.

De allí surgió mi plan de defensa. En guardia siempre, siguiendo al dinosaurio en su girar, tuve tiempo de descender diez metros y desprender una gran esquirla de la rajadura central, con la que volví a la cumbre. Y hundiéndola como una cuña en la grieta, hice palanca y sentí contra mi pecho la conmoción del peñasco a punto de precipitarse.

No tuve entonces más que esperar el momento. En la playa, bajo el cielo abierto en fisuras fulgurantes, el dinosaurio trotaba y hacía bailar el cuello buscándome. Y al verme de nuevo corría a lanzarse al agua.

En un instante cargué sobre la palanca mi peso y el odio de diez millones de años de vida aterrorizada, y el inmenso peñasco cayó, —cayó sobre la cabeza del monstruo, y ambos se hundieron en veinte brazas de agua.

y el remanso parecía un mar,

podido descifrar.
espiándolo siempre, dí
levantaba a plomo
seguramente corriendo

vi al monstruo que trotaba buscándome, brillante
comenzó a correr
perpendicular que no lo había. Al llegar a la orilla se lanzaba al agua, escudriñaba el hasalto, cobraba
a hundirse. Y

asesino rugiéndole mi terror y mi odio, abalanzándome

cegaba, a punto que estuve a un paso de perder
sentido. A un nuevo relámpago atrás y

dinosauro

la desgarradura del

momento...

dinosauro

millones de vida
cayó cayó sobre la

Lo que salió después fue el dinosaurio; pero la cabeza estaba achatada, y abría la boca para gritar, como la primera vez que lo vi —pero ahora gritaba... Algo horrible. Nadaba al azar porque estaba ciego, sacudiendo a todos lados el cuello, sobre el río blanco de lluvia. Dos o tres veces desapareció, para resurgir alzando desesperado su cabeza ciega. Y se hundió al fin para siempre, y la lluvia alisó en seguida el agua.

Pero allá arriba yo roncaba aún en cuatro patas. Poco a poco me convencí de que no tenía ya nada que temer, y descendí cabeza abajo por la rajadura central.

El hombre se detuvo otra vez.

—¿Y después? —dije.

—¿Después? Nada más. Un día me hallé de nuevo en esta casa, como ahora... El agua ha parado —concluyó—. En esta época no se sostiene.

Cuando al día siguiente subí en la canoa que el tesón de tres peones[e] de obraje había llevado hasta allá conmigo, comenzó a llover de nuevo. Sobre la costa, a quinientos metros aguas arriba, una mole aguda se elevaba sobre el río.

—El cantil... ¿es ése? —pregunté a mi hombre.

El volvió la cabeza y miró largo rato el peñón que iba blanqueando tras la lluvia.

—Sí —repuso al fin con la vista fija en él.

Y mientras la canoa descendía por la costa, sintiéndome bajo el capote saturado de humedad, de selva y de diluvio, comprendí que aquel mismo hombre había vivido realmente, hacía millones de años, lo que ahora sólo había sido un sueño.[f]

dinosauro
la mitad de la cabeza estaba

ahora. El agua

que la habilidad de dos peones

quinientos metros agua arriba.
desde el río.
— ¿El cantil... es ése?

repuso sin moverse.
costa sintiéndome
humedad de selva
comprendí a la vista de aquel hombre que no apartaba los ojos de su cantil, no que estuviera loco, sino que un día u otro iba a vivir realmente lo que había soñado.

---

[e] Otra vez, como tantas, la obsesión quiroguiana por precisar la acción, por alterar el número.

[f] Tal como fue anticipado en la «Noticia preliminar» a este volumen, en la rearticulación del cuento, el escritor se ve obligado a reconstruir el final tanto de la primera como de la segunda parte. Adviértase que en las dos versiones la historia ha sido un sueño inmediatamente anterior, pero en la primera publicación, además de eliminar la posibilidad de la locura, se proyectan los acontecimientos hacia el futuro, mientras que en la corección final se consolida la imagen de un pasado auténticamente vivido.

NOTAS

[1] Como ya se ha anticipado en la «Noticia preliminar» a este volumen, el cuento inaugural fue pensado originalmente por el autor como dos relatos independientes. El primero de ellos se titulaba, en su primera versión, «El dinosauro» (*sic*), y apareció en *Plus Ultra*, Buenos Aires, nº 35, marzo 1919, con dos dibujos de Alonso, uno por cada página.

El segundo había sido dado a conocer casi una década atrás, titulándose «Cuento terciario» (*infra*, pp. 190-203). En: *Caras y Caretas*, Buenos Aires, año XIII, nº 615, julio 18, 1910, acompañado con cinco ilustraciones de Giménez, cada una de ellas en las páginas de la revista que abarca el relato.

¿Qué llevó a Quiroga a esta recomposición? Bien leídos, su continuidad es perfecta; lo extraño del caso es la disparidad temporal de publicaciones, así como la inversión de este orden. Si se observan atentamente las variantes, se comprobará que los cambios en la estructura no se alejan de otros tantos cuentos a los que no se los somete a tan original experiencia. Por cierto que las variantes que llegan al texto-base son muchas (320 sumadas las dos partes), pero el único cambio estructural lo propone el cierre de ambas partes.

II

LA REALIDAD

I

LLOVÍA desde la noche *anterior. La alta selva goteaba sin tregua sobre los helechos tibios y lucientes, y una espesa y caliente bruma envolvía el paisaje fantástico.[a]

En lo alto de un nogal, acurrucado en una horqueta, el hombre terciario esperaba pacientemente que el agua cesara. No era cómoda su espera, sin embargo. El cobertizo que lo cubría goteaba por todas partes, sobre todo a lo largo de la rama en que se recostaba. Tenía, tras catorce horas de lluvia, la espalda completamente mojada.

**El hombre consideró largo rato los agujeros del cielo, pestañeando rápidamente, y cambió de postura.

El agua cesó al fin, y con los primeros rayos de sol el arborícola abandonó su cubil. Tenía hambre, y las nueces del contorno habían concluído. Lanzóse por entre las ramas, evitando la vegetación inferior, demasiado rica de pestilente humedad y de reptiles. De allá abajo, en efecto, subía un deletéreo vaho de cieno y plantas podridas. Toda una vida deslizante pululaba en el fondo, y aunque el hombre iba por lo alto de rama en

anterior...

Su vista...

El agua cesó, al fin y a los

y reptiles.

Toda una germinación deslizante

---

* Del bosque ahogado en vapores, caían gruesas gotas tibias sobre el suelo que se alzaba en desmesurada ascensión de helechos. Una espesa y caliente bruma envolvía la fronda; y el bosque, ya pálido al sol, descoloríase aún más tras la lluvia.

[a] La supresión operada desde 1920 postula la tendencia dominante de sus textos, aun los no realistas como éste, a perseguir la eliminación de giros metafóricos y la acumulación descriptiva. Si se observa el fin del párrafo en el texto-base, se notará que los detalles del paisaje se resuelven con un solo adjetivo: «fantástico».

** se dirigía así al cobertizo, al claro que lo había empapado. Sus ojos pequeños y de pupila diminuta, mostraban vivamente el blanco tras la protuberancia de las cejas. El hombre consideró largo rato el claro, pestañeando rápidamente.

rama, deteníalo a veces el potente chapoteo de un monstruo que pasaba bajo él, dejando el rastro abierto entre
los helechos.

Dos horas después el cenagal concluía, y el hombre
descendió al suelo. Su busto, fatigado por la larga
erección de la marcha arborícola, doblábase ahora a
tierra. Caminaba en cuatro patas, con la honda fruición
ancestral que surge de repente hoy mismo en un simple
gesto, —en la trituración de un hueso.

Hacía ya mucho, sin duda, que el hombre terciario
había comenzado a caminar en dos pies; pero el hábito
natal y obstinado de la bestia, hecho deleite, proporcionábale en cuatro patas una confianza de especie desde largo
tiempo fijada, que le hacía runrunear de satisfacción.

Alzábase a veces contra un tronco y observaba.
Aspero pelo le cubría todo el cuerpo. Los brazos colgantes le llegaban a la rodilla. La mandíbula prominente, y
casi siempre entreabierta cuando se incorporaba por el
ansia de la angustiosa observación, dejaba ver una
terrible dentadura cuyos dientes, en vez de encajar,
enrasaban unos contra otros. El gorila concluía allí. La
cabeza tenía ya más volumen; había más cráneo dilatado
por el esfuerzo de las cuatro o cinco ideas — no más — de
un cerebro animal aún, para cuya torturante elaboración la bestia del momento prestaba toda su potencia
sanguínea y muscular.

El hombre prolongó aún su marcha por el suelo,
hasta que un agudo alarido de guerra y hambre lo lanzó
de nuevo a los árboles. La selva había crujido a lo lejos,
el ruido de gajos rotos avanzaba en restallidos cada vez
más secos, y un instante después el monstruo terciario
llegaba, con el largo cuello tendido a todas partes, los
ojos fosforescentes y desvariados por doce horas de
entrañas roídas. Lanzó aún su alarido angustioso, trotó
delirante de un lado a otro, y hundió de nuevo en la selva
su urgente galope de vida o muerte.

*El hombre, con la cabeza hundida entre los hom-
bros, lo había seguido con los ojos. No había surgido
seguramente, en todo el período terciario, ser más desamparado que él. Los animales sobre la tierra, los que
nadaban en las aguas, los que volaban por los aires,

deteníalo a veces un potente chapoteo que pasaba

de reprente en un simple gesto—
en

sin duda que

proporcionábale así en cuatro
patas, una confianza de especie
fijada ya para siempre que

incorporaba, por

chocaban a ras unos contra

momento había prestado toda

Prolongó aún

árboles. El bosque crujió a lo
lejos, el ruido de gajoos rotos
avanzó en restallidos cada vez
más secos, y un instante después
el monstruo llegaba, con el
extenso cuello

su alarido de angustiosa hambre,
trotó

El hombre,...

---

* inmóvil en su árbol, con la cabeza hundida entre los hombros, lo había seguido con la vista. La experiencia de
la especie le enseñaba á no desconfiar del monstruo; pero su eterna agonía de terror le precavía contra todo. No
había

todos le eran infinitamente superiores como tipos de
especie que ha de perdurar por su potencia de medios
vitales. Durante millares de siglos el hombre luchó atrozmente por la estricta conservación del individuo, exter-
minado sin tregua gracias a su miseria de defensa,
acechado en la marisma cuando iba a beber, sitiado en el
árbol, y sobre todo, lo más terrible, asaltado durante el
sueño en su propia guarida. El futuro dominador de la
bestia pululante no tuvo una hora de tranquilidad en la
tierra que lo echaba por su ineptitud. El cubil aéreo que
lo preservó de las fieras terrestres creó su primera pobre
esperanza de continuar la especie. Pero lo más necesario
era la conquista del sueño. No conoció jamás el miserable
lo que es el descanso pleno. Acurrucado contra una
rama, sin atreverse a extender las piernas para tener el
salto a mano, angustiado por el menor deslizamiento al
pie de su árbol, por el más furtivo arañazo a lo largo del
tronco, sus noches fueron, durante millares de siglos, un
constante martirio. Y el desvalido y misérrimo ser nacido
fuera de tiempo en una edad en que la vida se devoraba a
sí misma de exuberancia hostil, debió tener una energía
de vida verdaderamente heroica para haber sobrevivido
a aquella lucha desigual.

Durante siglos y siglos luchó

a su miseria defensiva,

dominador de las bestias no tuvo

terrestres, creó

piernas para saltar con más rapidez, angustiado

durante siglos y siglos,

misma en fuerza de exhuberancia

II

El hombre terciario prosiguió su avance. Tras un
elástico brinco iba ya a coger la fruta entrevista por fin
tras las colgantes lianas, cuando de pronto quedó inmóvil, con el brazo prendido aún de un gajo. Enfrente de él,
a quince metros, se hallaba, quieto también, otro hombre. Durante diez segundos ninguno de los dos se movió,
hasta que del pecho de nuestro conocido brotó un bramido que se fué extinguiendo en honda rotundidez, como
si aún continuara en el pecho después de haber cesado en
la garganta. Al oírlo, el otro se replegó, mientras su pelo,
como el de un felino, se abatía completamente sobre el
cráneo chato.
    Era una hembra, una mujer terciaria. El hombre, sin
apartar un instante la vista, desprendió lentamente el
brazo sujeto aún en alto. Súbitamente la hembra se lanzó
al suelo, y el hombre hizo lo mismo. Ambos cayeron y
permanecieron un instante en cuatro patas, como aturdidos por la congestión de bestialidad que los inundaba
aún. La hembra fué la primera en incorporarse ante el

tras los bejucos, cuando
aún de una rama. Enfrente
hallaba, quieta también, la figura
de otro hombre. Durante
ninguno se movió,

Al oírlo el

chato. Era una hembra
sin mover el cuerpo, sin apartar

permanecieron en cuatro patas,

segundo bramido del macho erizado de celo, y dió prodigioso salto hacia arriba, en el preciso instante en que el hombre se lanzaba sobre ella.[b] Pero el violento manotón se perdió en el aire, y entonces comenzó la persecución terciaria, jadeante, sin cuartel, de rama en rama, sobre el suelo, de nuevo sobre el bosque goteante, rompiendo gajos y lianas, llenando la selva con el violento resoplar de su fatiga.

Al fin la hembra, exhausta, se deslizó a tierra, e irguiéndose recostada a un árbol, lanzó un agudo bramido. Pero el hombre caía ya sobre ella, y durante un minuto la lucha se desenvolvió entre feroces rugidos de pasión y rabia. La hembra, defendiéndose, mordía cuanto le era posible. El hombre, que estrujaba y domeñaba solamente, mordió al fin. El chillido de la hembra herida puso fin al combate, y momentos después los amantes, amansados, se incorporaban con un mutuo gruñido de goce.

La sombría soledad del hombre terciario iba tocando a su fin. Las luchas de amor eran cada vez menos rudas, y si el macho continuaba siempre asaltando a la hembra cuando la entreveía en el bosque, sentía ya por lo menos la fraternidad de la especie en el mutuo desamparo ante el ataque de las fieras. Y algo más, seguramente: la mirada del hombre que respondía a la mirada del otro hombre con un sentimiento de idéntica angustia que no era precisamente sólo miedo animal; con un abatimiento que no era justamente modorra de bestia.

La pareja volvió en paz al cubil.

III

Era tarde ya, y el húmedo calor inundaba la selva de agobiante pereza. La guarida, con su paja mojada, no tentaba a descansar en ella, de modo que la pareja se instaló en otra horqueta al amparo del sol. Allí, sentados en cuclillas uno al lado del otro, concluyeron de comer los cocos de que se habían provisto al regreso.

Marginal variant readings:

macho, erizado de celo.
—Dió un prodigioso

lanzaba contra ella.

bosque, rompiendo

Al fin cesó. La hembra, exhausta, se lanzó de nuevo al suelo,

feroces gritos de pasión

hembra puso fin
después amansados, se incorporaron con un sordo gruñido de rendida conciliación.

de bestia. La pareja (...)

Era tarde ya, y el húmedo calor creciendo con el sol, inundaba el bosque de agobiante

---

[b] Se trata de la única descripción de una relación sexual en toda la obra de Quiroga (incluyendo sus novelas). Tómese en cuenta que el resguardo del pudor queda a salvo, queda eximido del escándalo de su tiempo (no olvidar que el texto se publicó en una revista de actualidades), por tratarse de un erotismo «de transición», casi animal. De todas formas en el texto-base se incrementa la sensualidad: la preposición «contra» indica cierta idea de lucha, de enemistad; «sobre» apunta a la imagen anterior, más atenuada, y describe una posición sexual. Similares alteraciones pueden observarse algo más adelante: del «gruñido» pasional al «rugido», la denominación explícita como «amantes» que elude la elipsis inicial, etc.

La fronda entera mugía ahora en un lloro[c] de reptiles.* El hombre sintió que el sueño lo invadía, y rodeando precaucionalmente con su brazo una rama, cerró los **ojos confiado, —pues ahora no estaba solo.

El calor...

ojos...

La mujer, entre tanto, miraba a su compañero. Había cogido un pelo del pecho del hombre y lo estiraba pensativa. Tornó a quedar inmóvil, observando el cubil mojado. Sí, allí llovía como en el suyo, como en todas las guaridas de los árboles. Agua... agua... agua... La sorda aspiración de la especie proseguía delineándose cada vez más: adquirir otra guarida más seca, más cómoda, más segura.

Tanto que miraba a su compañero, había cogido un pelo del pecho de aquel, estirándolo cuidadosamente. Tornó

Entre tanto, la hembra se aburría. Miró a todos lados, con sueño a su vez. Descendió del árbol sin hacer el más leve ruido, y cuando se hubo alejado sigilosamente un tanto, trepó de nuevo a la tupida fronda, emprendiendo un galope aéreo hasta su cubil.

Y se aburría allí. Miró

nuevo emprendiendo

Cuando el arborícola, al despertar, se halló solo, gruñó un largo rato. Posiblemente la aventura tenía ya precedente; pero de todos modos el mal humor lo había invadido. Gruñendo aún se dirigió a abastecerse de nuevas frutas, y fué de este modo cómo, habiendo llegado a la vera sur del bosque, vió una familia terciaria que avanzaba por la llanura. Eran padre, madre y dos[d]hijos. El hombre iba delante, detrás los tres cachorros, y luego, bastante lejos, la mujer. Caminaban con la precaución de quien, esperando el peligro de costado, de delante y de atrás, avanza con los nervios tendidos en un solo resorte de inquietud. La noche caía ya. Una hora más en la llanura, suponía la muerte en las garras de las fieras nocturnas. Urgía, pues, ganar el bosque.

precedente pero de todos el mal humor lo invadió. El hambre lo lanzó de nuevo á

avanzaba por el campo.

peligro de costado, de abajo,

hora más en el campo para el hombre terciario, suponía las entrañas desgarradas. Urgía,

A trescientos metros del observatorio aéreo en que el arborícola acechaba, una anfractuosidad del terreno ocultó de repente a los viajeros. El cazador de frutas, inquieto y curioso, hubiera deseado salir a la descubierta; pero una preocupación más fuerte —el temor de hallar su propia guarida ocupada,— lo lanzó hacia su cubil.

una anfructuosidad

ocupada — lo echó hacia

---

[c] La variante que aquí se anota constituye un ejemplo más de la tendencia analizada en la nota (a).

* continuaba creciendo. El aire resonaba de frotación de élitros y lloro de reptiles. El hombre sintió que el sueño lo invadía y

** No era habitual en su vida de constante presa, ese completo abandono de sí, pero ahora no estaba solo.

[d] Cuando introduce la familia «terciaria», el autor dice que estaba compuesta de «padre, madre y tres hijos». Sin embargo, en lo sucesivo se referirá a un núcleo de sólo cuatro integrantes: «el cuádruple ronquido de los durmientes», «la carne de los cuatro míseros» y, «no vio sino cuatro manchas negras sobre el suelo». Evidentemente se trata de una incongruencia que ni Quiroga ni sus editores advirtieron, manteniendo un error que reproducen las ediciones póstumas y que hemos reparado en la presente.

IV

Entre tanto, al doblar el promontorio de rocas, el viajero terciario había visto un negro hueco entre las peñas. Su actitud advirtió instantáneamente a los que le seguían el peligro de la caverna. Los cachorros, como pequeñas fieras, corrieron a erizarse junto a su madre, mientras el hombre, con inmensa cautela, avanzaba hacia la caverna husmeando profundamente el aire. El suelo estaba rastrillado; pero las huellas no eran frescas. Llegó al fin a la roca, y su oreja peluda no percibió el más leve ronquido, ni a sus narices llegó el tufo amoniacal del felino inminente.

La caverna estaba desierta, desocupada por lo menos, lo que equivalía, para el hombre desamparado en la noche, a la salvación. A pesar de todo no entró en ella, absorbiendo sin cesar el flavo hedor del cubil. La mujer y los cachorros, recogidos, esperaban.

*Por fin, la familia entera avanzó. La caverna, vaciada en roca viva y honda de veinte metros, estaba clara aún por la luz que penetraba por una estrecha hendidura en lo alto. El piso blanqueaba de huesos partidos, y de los rincones sin ventilar, de entre las anfractuosidades de las paredes, el olor a bestia subía con crudeza. Esa caverna era, no obstante, algo infinitamente más confortable que la vieja guarida sobre un árbol. Al hombre solo le eran más fácil la vida y la defensa en lo alto de la selva; pero a la familia, a los cachorros, no. Y el hambre misma iba cambiando de apetito; las nueces y los cocos no la satisfacían más, las raíces eran ya un ingrato alimento, y el primer hombre que a imitación de lo que viera hacer a las fieras, devoró vivo al animal que había logrado vencer, afiló su primer naciente canino para la nueva senda de nutrición.

La familia de la caverna había entrado ya en la era carnívora, pero esa noche su pobreza era completa. Nada, sin embargo, suponía no comer un día o dos. Dentro de media hora comenzaría el descanso recostados en cuclillas contra la pared, porque la seguridad del sueño era aún demasiado vaga para echarse en el suelo, el oído estremecido y alerta, y despertando cada dos minutos.

---

* el hombre tuvo la seguridad de su nueva guarida y la familia se reintegró. La caverna, honda de diez metros, estaba abovedada en la roca viva y vagamente clara aún por la luz que penetraba por una estrecha

el viajero había visto

á los otros el peligro

rassrillado, pero

Estaba desierta,

ella, escrutando sin

Por fin...

las anfructuosidades

defensa allí, pero

la nueva era, pero

descanso, — recostados
pared porque

despertando cada

A pesar de esta martirizante vigilia, las masacres no se evitaban; el habitante de la guarida volvía esa misma noche, o días después. En uno u otro caso, el hombre, impotente casi siempre para resistir a una fiera terciaria, vivía en los segundos subsiguientes al ronquido de la bestia que acababa de husmearlo, toda la angustia que ha devuelto y sigue devolviendo a la fiera maullante, con la mira inmóvil de su fusil.

de este martirio de sueño, las
eran incesantes;
noche por casualidad ó días después, cuando no se le esperaba. En
segundos subsecuentes al

mira de su fusil.

V

La familia terciaria se cobijó en el fondo de la caverna, y la noche cayó afuera, una noche sin luna y caliente. De vez en cuando el viento traía de las tinieblas el ululato de hambre de una fiera, y el cuádruple ronquido de los durmientes se cortaba de golpe: los músculos se recogían, el pelo se levantaba, y la carne de los cuatro míseros presentía ya en su erizada angustia, la dentellada que tarde o temprano debía desgarrarla.

Todos se replegaron en el fondo de
luna ni estrellas, caliente

míseros, presentía

Mas la noche pasó, y al amanecer la familia se dirigió a la selva. Arrancaron algunas raíces, hasta que el hombre lanzó de pronto un grito gutural. Los cachorros, que masticaban en cuclillas, se lanzaron a un árbol, a las ramas áltas, mientras la madre se guarecía en la primer horqueta.

un ahogado grito
clillas, se lanzaron
la madre, con entrecortados gemidos de inquietud, trepaba á la primer

Entre tanto, el leve ruido de hojarasca indicaba un avance cauteloso. El hombre de las cavernas, oculto tras el tronco, asomaba apenas la cabeza. De la maleza desembocó un animal, algo como ciervo con cola rígida; y husmeaba inquieto, adelantando. El hombre giró silenciosamente alrededor del tronco, y cuando el cervato hubo pasado, cayó de atrás sobre sus cuernos con un áspero ronquido. Durante un momento el animal pudo mantener rígido su pescuezo contra los terribles brazos que lo doblaban hacia atrás. Pero cedió, y al sordo mugido y al «crac» de las vértebras rotas, que cantaban la carne palpitante, la familia lanzó gritos salvajes. Volvieron a la caverna, aunque el padre debió gruñir incesantemente para contener a los cachorros que, saltando, querían clavar los dientes en la presa.

el vago ruido de hojarasca pisada indicaba

cola rígida. Husmeó inquieto se adelantó. El hombre

cayó sobre sus cuernos

pescuezo, contra

saltando, querían clavar los dientes en la presa que llevaba en los hombros.

VI

El arborícola, el hombre aún frugívoro que había atisbado a la familia el día anterior, volvió a la mañana siguiente a rondar el paraje sospechoso. Ojeó largo rato los contornos con las orejas alerta, sin mayor resultado, hasta que al fin oyó un largo grito, a que respondían dos más débiles. El merodeador conoció por el timbre que los que él había entrevisto doce horas antes estaban allí. Descendió del árbol, y con gran sigilo fuese acercando al lugar de donde habían partido las voces. Al llegar al límite de la selva tornó a sentir otro grito humano que salía de un hueco en la piedra.

selva, tornó

A pesar de esta evidencia, el secular temor a la caverna y a la voz de muerte que surgía de ella, le encogió súbitamente los músculos en un solo haz de defensa. Pero el grito que había salido de allí no era de fiera; por lo cual reculó sigilosamente y bordeó la caverna, cuya parte superior tenía el nivel del bosque. El hombre avanzó sobre la roca viva, y, como en todos los momentos de peligro, doblado adelante y sosteniendo el cuerpo con el dorso de las manos. Se detenía a cada instante a mirar fijamente la roca, colocándole la mano abierta encima. Volvía la cabeza atrás y proseguía avanzando. De pronto se detuvo y echó la cabeza de costado casi a ras de piedra: delante de él estaba la grieta cuya luz penetraba en la caverna. El arborícola volvió a mirar atrás, y tendiéndose de bruces aplicó el ojo a la hendidura. En el primer momento no vió sino cuatro manchas negras sobre el suelo blanco de huesos; pero al rato distinguió las espaldas peludas de la familia de la caverna, y un instante después llegaba a sus oídos el ruido claro de los huesos del ciervo triturados entre las mandíbulas. Como su crispación de una hora antes, su primer movimiento ahora había sido también de instintiva guardia contra el ataque de la fiera que presentía allá abajo, en aquellas bocas que devoraban carne. Eran hombres como él, sin duda, y los enemigos suyos eran los de aquéllos que partían huesos, pero el ancestral terror de la especie, el ineludible fin de la carne viva del hombre que tarde o temprano ha de ser devorada, prestaba a sus semejantes de la caverna un carácter claro y neto de fieras, que se sobreponía a sus figuras humanas. Así, el

fiera; reculó

roca viva y,

detuvo y tendió la

penetraba hasta la caverna.
y echándose de bruces

pero en seguida distinguió

ataque de fiera
carne. Eran como él,

partían huesos. Pero

era devorada,
neto de fiera,
Así el

arborícola, menos que fraternidad, había sentido en el
naciente dominador del felino echado ya de su guarida,
su inmediato parentesco con el león, cuya ansia de carne
y médula adquiría.

Algo, sin embargo, como respiración o arañamiento   arañamiento inquietó al hombre
llamó la atención del hombre de la caverna y le hizo
suspender un momento su tarea. Miró inquieto a todos   Miró a todos
lados, mientras los cachorros se apoderaban de su hueso
partido y grasiento.

Con rampante sigilo, el arborícola se dirigió hacia
atrás, reculando para evitar un brusco movimiento.

VII

A la mañana siguiente, no obstante, el hombre frugívoro estaba de nuevo en su apostadero, atisbando la
entrada de la caverna. Vió así salir a los comedores de
carne, que se encaminaban al bosque precisamente en su   bosque en su dirección
dirección. El arborícola evitó el encuentro saltando de
rama en rama; y acurrucado en una alta horqueta, miró   rama en rama.
pasar a la familia sedienta, en procura de agua. Cuando
*hubo transcurrido un largo rato, bajó del árbol y se   hubo...
dirigió a la caverna.

Dentro de la gruta, el olor flavo imperaba aún sobre   gruta el olor
el de las entrañas descompuestas del cervato, y las
anchas narices del hombre terciario aspiraron con porfiada plenitud el tufo del enemigo. Huesos con carne
adherida yacían desparramados. El arborícola revolvió   adherida, yacían
curioso y titubeante los despojos sangrientos. Súbita-
mente se apoderó de un hueso y huyó al galope en tres   huyó a gran trote en
patas.

Fue en la horqueta del primer árbol del bosque   Fué contra el primer
donde el arborícola, acurrucado, probó y gustó la carne,   arborícola probó
fraternal eslabón tendido desde entonces entre el hombre   eslabón desde
y la bestia. En toda la larga lucha de aquél para salir de
la bestialidad propia y circundante, acaso sea ésta la
única vez que descendió. Hasta ese momento, el más leve   ese momento todo vago
impulso a enderezar el busto; el obscuro y pertinaz   el busto, el
anhelo de una habitación segura; cada grito menos   segura, cada
áspero que los anteriores, eran un nuevo jalón en la   jalón de la marcha

---

* corrido un largo rato, y no oyó más el rezongo de la madre vigilando a sus hijos, bajó del árbol y se dirigió a la
caverna. Se detuvo treinta veces a mirar hacia atrás, con cortos gruñidos de inquietud. Al fin, cuando estuvo a
mitad del camino se decidió resueltamente, apresurando el paso.

marcha ascendente que dejaba atrás y para siempre a las bestias, sus ex compañeros. No hubo siquiera en esa caída explosión de atavismo, pues ni su digestión ni su dentadura lo llamaban a desgarrar carne. Probó carne por imitación simiesca; y entre el hombre más altamente espiritual, y los animales a que se llama, por última significación bestial, fieras, ha quedado ese lazo fraternal de persecución, asesinato y dentellada desgarrante, que une al tigre de la jungla con el* degollador de gallinas.ᵉ

(margen:) atrás, y para siempre, a sus ex compañeros (*sic*).

a eso. Probó carne

imitación iracunda; y

espiritual y los

cazador...

VIII

Quince veces seguidas el merodeador se apoderó de la comida ajena, sin que el hombre de la caverna notara el robo. El arborícola había abandonado del todo el cobertizo, y pasaba ahora la noche en un árbol cualquiera de las inmediaciones de la caverna. Comía siempre frutas, pero deseaba la carne. No se apartaba casi del lugar; caminaba horas enteras a lo largo de la selva, asomándose a la linde de vez en cuando para mirar la entrada de la caverna.

(margen:) hubiera notado el robo.

selva, y asomándose

En una de estas ocasiones, y mientras el arborícola, con el cuerpo oculto tras un tronco, miraba desde lejos la guarida del otro, sintió detrás de sí un crujido de rama y se volvió: a diez metros, encogido aún por el furtivo avance entre la maleza, estaba el hombre de la caverna. Ambos quedaron inmóviles, mirándose de hito en hito.

(margen:) de él un crujido de rama y se volvió; a

Quedaron inmóviles,

El sentimiento de la especie miserable, asaltada y exterminada constantemente, quitó en el primer instante a ese encuentro la aspereza de la circunstancia.** Seguramente el hombre de la caverna no vió en su semejante sino a un merodeador que atisbaba su cueva, pero el otro había acogido con un ronquido de defensa al despojado por sus robos. El hombre de la caverna rugió a su vez, y en los ojos de uno y otro brilló la misma lúgubre luz de lucha.

(margen:) circunstancia...

---

* de la yungla. (En las tres versiones el último vocablo aparece escrito de esa manera; modernizamos la ortografía).

ᵉ «Cazador de la yungla (*sic*)», podía asociarse a un vasto número de animales violentos, de allí la precisión que introduce en 1920.

** Acaso el hombre de la caverna vió en el merodeador que atisbaba su cueva, un ladrón de alimentos; pero el otro, achatando el pelo, acogió con un ronquido de defensa al despojado por sus robos. El hombre de la caverna contestó a su vez, y en los ojos de uno y otro brilló el mismo rayo lúgubre de lucha.
Un rugido lejano,

Un alarido lejano, de animal cogido de un salto en el bosque y desangrado vivo, ahogó instantáneamente su agresividad. Volvieron a ser las pobres bestias corridas, y el pelo de ambos se abatió en la misma fraternal angustia.

Gruñendo aún por propio respeto se alejaron el uno del otro, el arborícola hacia el fondo tupido del bosque, el otro hacia su cueva.

Al día siguiente, el arborícola volvió a rondar la caverna, pero sin atreverse a entrar más. Aunque sufría el ansia de la carne probada, no había matado aún. Pernoctaba por allí en una rama cualquiera. En los primeros días se había construído una ramada, al pie de un árbol, para abandonarla a la noche siguiente: el cobertizo no le satisfacía más. Encontráronse otra vez el arborícola y el de las cavernas, pero a la distancia que media desde la copa de un árbol al suelo. El de abajo, que pasaba revolviendo raíces, vió al otro al levantar la cabeza. El arborícola acogió la mirada de descubierta con sordos gruñidos que el otro devolvió, alejándose con simulada indiferencia.

IX

Así pasó un tiempo más. La inmensa humedad de la estación precipitaba lluvia tras lluvia sobre la tierra. La selva caliente humeaba sin cesar, y en el vaho sofocante de los pantanos, las culebras recién nacidas en el mundo se henchían de sapos. Las guaridas estaban infestadas de hongos, y los cobertizos se caían deshechos de podredumbre. Las fieras, mordidas por la artritis, buscaban fuera de la selva un cubil seco y amplio; y de este modo las noches del hombre terciario llegaron a ser más duras aún, sin ramada ni seguridad de ninguna especie, reumático, perseguido y torturado por la falta de descanso.

La tiniebla animal, sin embargo, que anegaba el cerebro terciario comenzaba a romperse, y del primer rasgón había salido el golpe de luz que lanzó al hombre hacia la caverna. El peligro no disminuía en la nueva guarida, y antes bien aumentaba: o el hombre tropezaba con la fiera al entrar en ella, y era devorado, o la fiera devoraba al hombre cuando al volver hallaba al intruso.

Sin más arma que un palo, una maza, que por su peso cohibía forzosamente la rapidez de movimientos, el hombre terciario debió conocer todas las angustias del

corridas, y las orejas ambos se tendieron con la misma fraternal premura.

propio respeto, se alejaron uno de otro,

día siguiente el

por allí, en

otra vez, el

lo vió de repente al levantar

gruñidos, que el otro

Así pasaron algunos días más. La

nacidas en el mundo,

terciario fueron en esa época más duras aún, sin
perseguido, y

terciario, comenzaba ya a romperse,

aumentaba. O el

cuerpo a cuerpo fatal para él de antemano. Su mísera arma pudo haberle servido para detener un zarpazo, pero casi nunca para matar; o bien la maza saltaba en astillas, y en medio minuto del hombre no quedaba nada, a excepción de su heroísmo. Este era el triunfo de la inteligencia humana que nacía ya: la tenacidad en luchar, todo el valor y la fe en la especie que suponía esa incesante disputa de la casa a monstruos cien veces más poderosos que él. Y al hombre que vivía aún en los árboles íbale a tocar participar en la lucha.

cuerpo. Su mísera

matar. O bien la maza saltaba en astillas, la fiera roncaba, y en medio minuto, del

casa con monstruos

que él, y al hombre

participar en ella.

X

Fué a altas horas de la noche cuando el arborícola, acurrucado en una rama, sintió el bramido. La fiera estaba cerca, tan cerca que a un segundo grito la sintió a trescientos metros de allí. Y al tercer bramido, más agudo y rotundo, porque la fiera estaba ya fuera del bosque, tuvo la seguridad de que se dirigía a la caverna. Luego el león o spelea internado en el bosque durante días y días, regresaba a su guarida, y ello suponía la pérdida irremisible del otro hombre, el usurpador.

sintió un bramido. Sin remover un dedo, sus orejas se alzaron en toda su larga inquietud.
metros de sí.
agudo y claro, porque

irremisible del usurpador.

Las narices abiertas del arborícola pregustaron el olor a carne masacrada, y sus muelas trituraron anticipadamente los sangrientos despojos de la lucha. En su ansia del fruto prohibido durante[f] meses, su hambre no distinguía entre hombre o bestia; iba a probar carne veteada de nervios, y medula profunda.

narices del arborícola presintieron el olor

durante días, su hambre no veía hombre

Lanzóse del árbol y se deslizó hasta la vera del bosque. Un espantoso rugido a cien metros lo estremeció violentamente: la fiera estaba ya sobre la caverna, y dos segundos después un alarido humano resonaba en las tinieblas. El arborícola, que hasta entonces había respondido al clamor de la bestia con el sacudimiento defensivo de sus nervios, sintió vivo esta vez, al oír el desamparado grito humano, el recuerdo de la caverna que frecuentara y del hombre cuya comida había sido la suya. No remordimiento, pero sí solidaridad de establo, el acercamiento de dos perros que cuando chicos han comido en el mismo plato, y todo lo que cabe suponer: fraternidad de chacales ante el león, anhelo cada vez más preciso de la caverna, agresividad de aguilucho que,

espantoso bramido a cien metros, lo

grito humano resonaba

oír este desamparado grito,

anhelo ya más

[f] Disuelve la metagoge optando por un giro de uso casi coloquial («distinguía entre...»).

aunque implume, se apoya ya en la realeza que ha de venir, lanzó al arborícola a la lucha.

apoya en la

lanzó arborícola (*sic*) á la carrera.

XI

Cuando la primera advertencia despertó a los durmientes, el padre no sufrió mayor inquietud, pues noche a noche los bramidos cargaban las tinieblas. El segundo rugido, mucho más cerca, le hizo poner de pie, y al tercero se convenció de que estaba perdido. Como la caverna era demasiado grande para resistir ventajosamente a un león, el hombre se lanzó afuera, y ocultándose tras un peñasco, con la maza en ambas manos y los músculos tensos en la mayor concentración posible de fuerzas, esperó. Oyó en el *choque de dos guijarros el paso furtivo del león que se acercaba, y cuando estuvo a cinco metros sintió el roce de su crin contra la roca. En ese instante la fiera, olfateando el peligro, saltaba de costado, mientras el formidable mazazo del hombre partía el palo contra las piedras.

El hombre vió de frente las dos luces verdes, y empuñando desesperadamente lo que le quedaba de maza, esperó. La fiera saltó, y esta vez un golpe claro, astillante, seguido de un agudo rugido, probó que la maza había tocado; pero al mismo tiempo el arma se escapaba de las manos del hombre. Ambos, león y hombre, rodaron juntos; y no se había apagado aún el grito de la fiera victoriosa, cuando el arborícola caía sobre ella, y un nuevo mazazo le partía el cráneo, y en seguida otro, y otro más. Tendido de costado, el cuello extenso y las patas **estiradas, el león de las cavernas, con abiertos ronquidos de agonía, fue muriendo. El vencedor, recostado contra el peñasco, jadeaba violentamente por la carrera, mientras a sus pies un nuevo hombre pagaba con cinco ríos de sangre el interminable tributo a la conquista de la habitación.

La mujer y los cachorros llegaban a un galope repleto de alaridos. Cayeron sobre el león, y mientras la mujer,

la primer advertencia

grito, mucho
tercero, se

peñasco, la maza en ambas manos, y los músculos fijos en la mayor
rodar de un guijarro...

tocado, pero al mismo tiempo se escapaba de las manos. Ambos rodaron, león y hombre, y no se había apagado aún el grito de la fiera herida, cuando otro golpe de maza le partía el cráneo,

estiradas,...

mientras aquella, con el trozo de maza, masacraba el cráneo del monstruo, los cachorros, aullando de confusión, mordían la carne de la fiera.

---

* paso furtivo del león que se acercaba, y cuando estuvo a dos metros sintió el roce de su crin contra la roca. Un instante después la fiera, con un rugido, salta al costado, mientras el formidable mazazo partía el palo contra las piedras. El hombre vió de frente las luces verdes, e irguiendo desesperadamente su maza partida, esperó el salto.

** el léon, con abiertos ronquidos de agonía, fué muriendo. El arborícola, echado contra el peñasco, gruñía de fatiga y el hombre de las cavernas, con el cuello abierto en cinco ríos de sangre, pagaba con su vida el tributo a la conquista de la habitación.

con una piedra, masacraba el cráneo del monstruo, los cachorros, roncando confundidos, mordían la carne de la fiera.

XII

Media hora después, el arborícola y su nueva familia, saciadas su hambre y su rabia, entraban en la caverna.

A media noche, rugidos continuos y cada vez más próximos les indicaron que la hembra del león volvía a su vez a la guarida. El terror a la bestia, mitigado por el efímero triunfo anterior, relajó sus nervios. Ya nada podían hacer; la distancia a los árboles era insalvable. Los cachorros se apelotonaron contra el dorso de su madre en un solo erizo de ojillos crueles y espantados. Dentro de un instante la leona, que ya bramaba sin cesar al olor de la sangre, caería sobre su macho muerto.

El hombre, desesperado, corrió al lugar de la lucha, sacó la cabeza desmelenada tras el peñasco en que se había emboscado el otro, y devoró las tinieblas. De su angustia mortal, de toda su carne horripilada por el zarpazo inminente, surgía esta terrible impresión: la fiera entraría. ¡Sí, entraría! Y en esos dos minutos de agonía, en que sus ojos mordieron enloquecidos la angostura de la entrada, todos los terrores de la raza humana corrida siglos y siglos de su guarida por las bestias, encendieron en el espeso cerebro del hombre el primer rayo de verdadero genio: con un gruñido jadeante a que hacía eco el formidable bramar de la leona ya sobre él, se lanzó a los peñascos, y con un esfuerzo titánico hizo rodar un bloque hasta la entrada de la caverna, en cuyo alvéolo cayó pesadamente. Tuvo apenas tiempo de deslizarse bajo el: la leona se estrelló contra la piedra con un rugido que retumbó en los corazones aterrados, y se obstinó allí horas y horas. Pero cuando los hombres terciarios se convencieron de que la bestia no entraría, y la caverna era, por consiguiente, inexpugnable, los rugidos de la fiera fueron respondidos de adentro con pedradas y grandes alaridos.

La casa y el sueño estaban conquistados[g] para siempre.

Marginal variant notes:

arborícola y la familia mutilada, saciadas su hambre y su rabia, entraron en la caverna.

A media noche rugidos continuos y cada vez más próximos, les indicaron

rugía sin cesar

otro, y volvió. De su angustia mortal, de toda su carne horripilada por el zarpazo, surgía

¡Sí, entraría, entraría! Y en esos diez minutos de agonía, en que sus ojos devoraron la angostura humana corridos siglos y siglos por las bestias, de su guarida, encendieron en el cerebro

lanzó de nuevo a los

él. La leona se

aullido que retumbó en la caverna silenciosa. Pero luego, cuando los hombres terciarios se convencieron de que ésta era para siempre suya e inexpugnable, los obstinados rugidos

estaban conquistados.

---

[g] Todas las correciones que se incrementan hacia el cierre del relato deben observarse, además de la evolución narrativa y lingüística del autor, como un intento de ajuste funcional a la estructura del nuevo texto.

UNA BOFETADA[1]

Acosta, mayordomo del *Meteoro*, que remontada el Alto
Paraná cada quince días, sabía bien una cosa, y es ésta:
que nada hay más rápido, ni aun la corriente del mismo
río, que la explosión que desata una damajuana de caña
lanzada sobre un obraje. Su aventura con Korner, pues,
pudo finalizar en un terreno harto conocido de él.

del «Meteoro» que
sabía una cosa, y que es ésta: que
nada es más rápido,

de una damajuana de caña

Por regla absoluta —con una sola excepción— que es
ley en el Alto Paraná, en los obrajes no se permite caña.
Ni los almacenes la venden, ni se tolera una sola botella,
sea cual fuere su origen. En los obrajes hay resentimien-
tos y amarguras que no conviene traer a la memoria de
los mensús. Cien gramos de alcohol por cabeza, concluirían en dos horas con el obraje[a] más militarizado.

absoluta, que es ley
no hay caña.

no conviene suscitar. Cien gramos de alcohol por cabeza
concluirían
con el establecimiento más

A Acosta no le convenía una explosión de esta magnitud, y por esto su ingenio se ejercitaba en pequeños
contrabandos, copas despachadas a los mensús en el
mismo vapor, a la salida de cada puerto. El capitán lo
sabía, y con él el pasaje entero, formado casi exclusivamente por dueños y mayordomos de obraje. Pero como el
astuto correntino no pasaba de prudentes dosis, todo iba
a pedir de boca.

A Acosta no hubieran convenido
historias de este volumen, y

los mensú en

mayordomos de obraje, arriba, y
por mensú, abajo, entre máquinas, vacas y mulas. Pero

Ahora bien, quiso la desgracia un día que a instancias de la bullanguera tropa de peones, Acosta sintiera
relajarse un poco la rigidez de *su prudencia. El resultado fué un regocijo entre los mensús tan profundo, que
se desencadenó una vertiginosa danza de baúles y guitarras que volaban por el aire.

tropa de mensús,

sus rapiñas...

---

[a] Conviene destacar desde el principio que cambios como éste no sólo responden a procedimientos de corrección
(intento de eliminar las reiteraciones, ajuste del ritmo interno del texto), sino también a una propuesta cada vez más
pronunciada — a medida que avanza su obra—: reconstruir literariamente el habla regional. Quizás algunos
vocablos tan neutros y universales en ni lengua como «establecimiento», fueran impuestos por el medio de difusión
del texto. El circuito de producción (revistas-capitales rioplatenses, principalmente Buenos Aires) que analizamos
en la «Noticia preliminar» al volumen, también impone su juego. Y a Quiroga le importa mantener su público en la
medida que significa la posibilidad de seguir publicando, y viviendo de lo que publica.

* El resultado fué un regocijo tan profundo que se desencadenó en el aire una vertiginosa danza de baúles y
guitarras— y precisamente de cabeza a cabeza.

El escándalo era serio. Bajaron el capitán y casi todos los pasajeros, siendo menester una nueva danza, pero esta vez de rebenque, sobre las cabezas más locas. El proceder es habitual, y el capitán tenía el golpe rápido y duro. La tempestad cesó en seguida. Esto no obstante, se hizo atar de pie contra el palo mayor a un mensú más levantisco que los demás, y todo volvió a su norma.

Pero ahora tocaba el turno a Acosta. Korner, el dueño del obraje cuyo era el puerto en que estaba detenido el vapor, la emprendía con él:

—¡Usted, y sólo usted, tiene la culpa de estas cosas! ¡Por diez miserables centavos, echa a perder a los peones y ocasiona estos bochinches!

El mayordomo, a fuer de mestizo, contemporizaba.

—¡Pero cállese, y tenga vergüenza! —proseguía Korner—. Por diez miserables centavos... Pero le aseguro que en cuanto llegue a Posadas, denuncio estas picardías a Mitain.

Mitain era el armador del *Meteoro*, lo que tenía sin cuidado a Acosta, quien concluyó por perder la paciencia.

—Al fin y al cabo —respondió— usted nada tiene que ver en esto... Si no le gusta, quéjese a quien quiera... En mi despacho yo hago lo que quiero.

—¡Es lo que vamos a ver! —gritó Korner disponiéndose a subir. Pero en la escalerilla vió por encima de la baranda de bronce al mensú atado al palo mayor. Había o no ironía en la mirada del prisionero; Korner se convenció de que la había, al reconocer en aquel indiecito de ojos fríos y bigotitos en punta, a un peón con quien había tenido algo que ver tres meses atrás.

Se encaminó al palo mayor, más rojo aún de rabia. El otro lo vió llegar, sin perder un instante su sonrisita.

—¡Conque sos vos! —le dijo Korner—. ¡Te he de hallar siempre en mi camino! Te había prohibido poner los pies en el obraje, y ahora venís de allí... ¡Compadrito!

El mensú, como si no oyera, continuó mirándolo con su minúscula sonrisa. Korner, entonces, ciego de ira, lo abofeteó de derecha y revés.

—¡Tomá..., compadrito! Así hay que tratar a los compadres como vos!

*El mensú se puso lívido, y miró fijamente a Korner, quien oyó algunas palabras:

Variantes marginales:
No obstante se hizo / a un mensú de los más levantiscos que
a Acosta. El dueño del obraje, cuyo era el puesto en que estaban pasados, la emprendía con él. / sólo usted tiene
del «Meteoro»,
a salir. Pero ya en la escalerilla, vió por / mirada aquella; Korner pensó que si, al reconocer en el indiecito
rojo de rabia que lo habitual. El otro
mirándolo tranquilo. Korner
¡Tomá... compadrito!
El mensú,...

---

* desquiciado, buscó dos o tres veces apoyo en los pies, y miró insistentemente a Korner, quien oyó algunas palabras.

—Algún día...

Korner sintió un nuevo impulso de hacerle tragar la amenaza, pero logró contenerse y subió, lanzando invectivas contra el mayordomo que traía el infierno a los obrajes.

Mas esta vez la ofensiva correspondía a Acosta. ¿Qué hacer para molestar en lo hondo a Korner, su cara colorada, su lengua larga y su maldito obraje?[b]

No tardó en hallar el medio. Desde el siguiente viaje de subida, tuvo buen cuidado de surtir a escondidas a los peones que bajaban en Puerto Profundidad (el puerto de Korner) de una o dos damajuanas de caña. Los mensús, más aullantes que de costumbre, pasaban el contrabando en sus baúles, y esa misma noche estallaba el incendio en el obraje.

Durante dos meses, cada vapor que bajaba el río después de haberlo remontado el *Meteoro*, alzaba indefectiblemente en Puerto Profundidad cuatro o cinco heridos. Korner, desesperado, no lograba localizar al contrabandista de caña, al incendiario. Pero al cabo de ese tiempo, Acosta había considerado discreto no alimentar más el fuego y los machetes dejaron de trabajar. Buen negocio en suma para el correntino, que había concebido venganza y ganancia, todo sobre la propia cabeza pelada de Korner.

Pasaron dos años. El mensú abofeteado había trabajado en varios obrajes, sin serle permitido poner una sola vez los pies en Puerto Profundidad. Ya se ve: el antiguo disgusto con Korner y el episodio del palo mayor, habían convertido al indiecito[c] en persona poco grata a la administración. El mensú, entretanto, invadido por la molicie aborigen, quedaba largas temporadas en Posadas, vagando, viviendo de sus bigotitos en punta, que encendían el corazón de las mensualeras. *Su corte de pelo en melena corta, sobre todo, muy poco común en el extremo norte, encantaba a las muchachas con la seducción de su aceite y sus violentas lociones.

(columna marginal derecha)

larga, su obraje y su total ascendencia alemana?

surtir a los peones

(el de Korner)

Los mensú, más aullantes

alzaba indefectible en

heridos. Korner no sabía qué hacer ni hallaba rastro del incendiario. Pero al cabo de ese tiempo Acosta

Buen negocio, en suma, para

al causante en persona

Invadido a veces por la

Posadas, tumbado en un catre, vagando

El corte...

---

[b] El texto de 1916 contenía una profundización del odio hacia el despótico patrón: cierta forma del odio hacia el extranjero, esa especie de racismo a la inversa que practican los colonizados. La supresión de esa nueva distancia concentra la atención en la puja en sí misma, como antagonistas y en tanto enfrentamiento económico.

[c] Siguiendo la tendencia enunciada en la nota (a), el autor elimina la neutralidad del término inicial, casi jurídico.

* del pelo en melena corta, sobre todo, patrimonio del sur de la república y muy poco común en el extremo norte, encantaban a las muchachas con la seducción de sus cintos lucientes y violentos extractos.

Un buen día aceptaba la primer (sic) contrata (En las tres versiones figura «primer», que sustituimos por la forma femenina).

Un buen día se decidía a aceptar la primera contrata al paso, y remontaba el Paraná. Chancelaba presto su anticipo, pues tenía un magnífico brazo; descendía a este puerto, a aquél, los sondaba todos, tratando de llegar adonde quería. Pero era en vano: en todos los obrajes se le aceptaba con placer, menos en Profundidad; allí estaba de más. Cogíalo entonces nueva crisis de desgano y cansancio, y tornaba a pasar meses enteros en Posadas, el cuerpo enervado y el bigotito saturado de esencias.

Corrieron aún tres años. En ese tiempo el mensú subió una sola vez al Alto Paraná, habiendo concluído por considerar sus medios de vida actuales mucho menos fatigosos que los del monte. Y aunque el antiguo y duro cansancio de los brazos era ahora reemplazado por la constante fatiga de las piernas, hallaba aquello de su gusto.

No conocía —o no frecuentaba por lo menos— de Posadas más que la Bajada y el puerto. No salía de ese barrio de los mensús; pasaba del rancho de una mensualera a otro; luego iba al boliche, después al puerto, a festejar en corro de aullidos el embarque diario de los mensús, para concluir de noche en los bailes a cinco centavos la pieza.

—¡Ché amigo! —le gritaban los peones—. ¡No te gusta más tu hacha! ¡Te gusta la bailanta, ché amigo!

El indiecito sonreía, satisfecho de sus bigotes y su melena lustrosa.

Un día, sin embargo, levantó vivamente la cabeza y la volvió, toda oídos, a los conchabadores que ofrecían espléndidos anticipos a una tropa de mensús recién desembarcados. Se trataba del arriendo de Puerto Cabriuva, casi en los saltos del Guayra, por la empresa que regenteaba Korner. Había allí mucha madera en barranca, y se precisaba gente. Buen jornal, —y un poco de caña, ya se sabe.

Tres días después, los mismos mensús que acababan de bajar extenuados por nueve meses de obraje, tornaban a subir, después de haber derrochado fantástica y brutalmente en cuarenta y ocho horas doscientos pesos de anticipo.

No fué poca la sorpresa de los peones al ver al buen mozo entre ellos.

—¡Opama la fiesta, ché amigo! —le gritaban—. ¡Otra vez la hacha, aña-mb!...

Llegaron a Puerto *Cabriuva, y desde esa misma tarde la cuadrilla del mensú fué destinada a las jangadas.

Pasó por consiguiente dos meses trabajando bajo un sol de fuego, tumbando vigas desde lo alto de la barranca al río, a punta de palanca, en esfuerzos congestivos que tendían como alambres los tendones del cuello a los siete mensús enfilados.

Luego, el trabajo en el río, a nado, con veinte brojas de agua bajo los pies, juntando los troncos, remolcándolos, inmovilizados en los cabezales de las vigas horas enteras, con los hombros y los brazos únicamente fuera del agua. Al cabo de cuatro, seis horas, el hombre trepa a la jangada, se le iza, mejor dicho, pues está helado. No es extraño que la administración tenga siempre reservada un poco de caña para estos casos, los únicos en que se infringe la ley. El hombre toma una copa y vuelve otra vez al agua.

El mensú tuvo su parte en este rudo quehacer, y bajó con la inmensa almadía hasta Puerto **Profundidad. Nuestro hombre había contado con esto para que se le permitiera bajar en el puerto. En efecto, en la Comisaría del obraje o no se le reconoció, o se hizo la vista gorda, en razón de la urgencia del trabajo. Lo cierto es que recibida la jangada, se le encomendó al mensú, juntamente con tres peones, la conducción de una recua de mulas a la Carrería, varias leguas adentro. No pedía otra cosa el mensú, que salió a la mañana siguiente, arreando su tropilla por la picada maestra.

Hacía ese día mucho calor. Entre la doble muralla de bosque, el camino rojo deslumbraba de sol. El silencio de la selva a esa hora parecía aumentar la mareante vibración del aire sobre la arena volcánica. Ni un soplo de aire, ni un pío de pájaro. Bajo el sol a plomo que enmudecía a las chicharras, la tropilla aureolada de tábanos avanzaba monótonamente por la picada, cabizbaja de modorra y luz.

A la una, los peones hicieron alto para tomar mate. Un momento después divisaban a su patrón que avan-

(columna marginal)

Cabriuva...

consiguiente, dos
al rayo del sol, tumbando

palanca, que tendía como

mensú enfilados. Tarea dura, en incesantes esfuerzos congestivos, bajo un sol de cincuenta y dos grados.
Luego el trabajo

con la cabeza y los

No es extraño, pues, que la

una copa, y

tuvo así su parte
Profundidad...

muralla sombría de bosque

traer hasta los ojos la mareante vibración

la tropilla avanzaba monótonamente por la picada, aureleada de tábanos, cabizbaja de modorra y luz.
A la una hicieron alto a tomar mate.
después, divisaban

---

* No estuvo el mensú tranquilo hasta no haber pasado por la comisaría (almacén y escritorio del obraje). No se le recusó y desde esa misma tarde su cuadrilla fué destinada a las jangadas.

** Allí no se le reconoció, o dada la urgencia del trabajo no se quiso tomar nota del personal de la jangada, circunstancias éstas con que había contado perfectamente el intruso. Concluída su tarea, se le encargó, conjuntamente con tres peones, la conducción de una recua de mulas a la Carrería, varias leguas adentro. Nada más en los deseos del mensú, que salió a la mañana siguiente, ya muy alto el sol por el inevitable extravío de animales, arreando su tropilla por la picada maestra.

zaba hacia ellos por la picada. Venía solo, a caballo, con su gran casco de pita. Korner se detuvo, hizo dos o tres preguntas al peón más inmediato, y recién entonces reconoció al indiecito, doblado sobre la pava de agua.

El rostro sudoroso de Korner enrojeció un punto más, y se irguió en los estribos.

—¡Eh, vos! ¿Qué hacés aquí? —le gritó furioso.

El indiecito se incorporó sin prisa.

—Parece que no sabe saludar a la *gente —contestó avanzando lento hacia su patrón.

Korner sacó el revólver e hizo fuego. El tiro tuvo tiempo de salir, pero a la loca: un revés de machete había lanzado al aire el revólver, con el indice adherido al gatillo. Un instante después Korner estaba por tierra, con el indiecito encima.

Los peones habían quedado inmóviles, ostensiblemente ganados por la audacia de su compañero.

—¡Sigan ustedes! —les gritó éste con voz ahogada, sin volver la cabeza. Los otros prosiguieron su deber, que era para ellos arrear las mulas, según lo ordenado, y la tropilla se perdió en la picada.

El mensú, entonces, siempre conteniendo a Korner contra el suelo, tiró lejos el cuchillo de éste, y de un salto se puso de pie. Tenía en la mano el rebenque de su patrón, de cuero de anta.

—Levantáte —le dijo.

Korner se levantó, empapado en sangre e insultos, e intentó una embestida. Pero el látigo cayó tan violentamente sobre su cara que lo lanzó a tierra.

—Levantáte —repitió el mensú.

Korner tornó a levantarse.

— Ahora caminá.

Y como Korner, enloquecido de indignación, iniciara otro ataque, el rebenque, con un seco y terrible golpe, cayó sobre su espalda.

—Caminá.

Korner caminó. Su humillación, casi apoplética, su mano desangrándose, la fatiga, lo habían vencido, y caminaba. A ratos, sin embargo, la intensidad de su

Marginal notes:

hacia ellos desde el centro.

reconoció al mensú, doblado

¡Qué hacés ahí!

gente...

del patrón, de

cayó violentamente sobre su cara, y lo

Ahora, —caminá— prosiguió aquél.

fatiga, lo había vencido, A ratos,

---

* —le dijo, dirigiéndose directamente a su patrón.

Este, seguro esta vez que aquello iba derecho a la muerte de uno u otro, sacó el revólver. El tiro tuvo tiempo de salir, pero a la loca: de un salto, el mensú había caído sobre Korner, y un machetazo había lanzado al aire revolver y el índice y el pulgar de la mano. Un violento empujón acabó de desarmar a aquél, que cayó a tierra, con el mensú encima.

Los peones habían quedado inmóviles mirando, ostensiblemente, ganados por la aventura de su

afrenta deteníalo con un huracán de amenazas. Pero el
mensú no parecía oír. El látigo caía de nuevo, terrible,
sobre su nuca.

—Caminá.

Iban solos por la picada, rumbo al río, en silenciosa
pareja, el mensú un poco detrás. El sol quemaba la
cabeza, las botas, los pies. Igual silencio que en la
mañana, diluído en el mismo vago zumbido de la selva
aletargada. Sólo de vez en cuando sonaba el restallido
del rebenque sobre la espalda de Korner.

—Caminá.

Durante cinco horas, kilómetro tras kilómetro, Korner sorbió hasta las heces la humillación y el dolor de su
situación. Herido, ahogado, con fugitivos golpes de apo-
plejía, en balde intentó varias veces detenerse. El mensú
no decía una palabra, pero el látigo caía de nuevo, y
Korner caminaba.

Al entrar el sol, y para evitar la Comisaría, la pareja
abandonó la picada maestra por un pique que conducía
también al Paraná. Korner, perdida con ese cambio de
rumbo la última posibilidad de auxilio, se tendió en el
suelo, dispuesto a no dar un paso más. Pero el rebenque,
con golpes de brazo habituado al hacha, comenzó a caer.

—Caminá.

Al quinto latigazo Korner se incorporó, y en el cuarto
de hora final los rebencazos cayeron cada veinte pasos
con incansable fuerza sobre la espalda y la nuca de
Korner, que se tambaleaba como sonámbulo.

Llegaron por fin al río, cuya costa remontaron hasta
la jangada. Korner tuvo que subir a ella, tuvo que
caminar como le fué posible hasta el extremo opuesto, y
allí, en el límite de sus fuerzas, se desplomó de boca, la
cabeza entre los brazos.

El mensú se acercó.

—Ahora —habló por fin—, esto es para que saludés
a la gente... Y esto para que sopapeés a la gente...

Y el rebenque, *con terrible y monótona violencia,
cayó sin tregua sobre la cabeza y la nuca de Korner,
arrancándole mechones sanguinolentos de pelo.

Korner no se movía más. El mensú cortó entonces las
amarras de la jangada, y subiendo en la canoa, ató un
cabo a la popa de la almadía y paleó vigorosamente.

Marginal notes:
deteníalo en un huracán

sonaba el estallido

ella, caminar como

por fin— esto
gente... y esto
con monótona...

No se movía

---

* y terrible violencia, cayó sin tregua sobre la cintura, el cuello y la cabeza de Korner, despeinándolo,
arrancando mechones sanguinolientos

Por leve que fuera la tracción sobre la inmensa mole de vigas, el esfuerzo inicial bastó. La jangada viró insensiblemente, entró en la corriente, y el hombre cortó entonces el cabo.

esfuenrzo bastó

El sol había entrado hacía rato. El ambiente, calcinado dos horas antes, tenía ahora una frescura y quietud fúnebres. Bajo el cielo* aun verde, la jangada derivaba girando, entraba en la sombra transparente de la costa paraguaya, para resurgir de nuevo a la distancia, como una línea negra ya.[d]

cielo...

El mensú derivaba también oblicuamente hacia el Brasil, donde debía permanecer hasta el fin de sus días.

—Voy a perder la bandera —murmuraba mientras se ataba un hilo en la muñeca fatigada. Y con una fría mirada a la jangada que iba al desastre inevitable, concluyó entre los dientes:

—¡Pero ése no va a sopapear más a nadie, gringo de un añá membuí!

---

* de oro, la jangada derivaba sobre el río también de oro, huía a siete millas por hora, con Korner encima, entraba en la sombra transparente de la costa occidental, corría siempre en su inmensa superficie como brazos abiertos, a abrazar y estrellarse en algún acantilado de basalto.

El mensú derivaba también en línea oblicua hacia la orilla opuesta, oprimiéndose de vez en cuando los tendones fatigados de su muñeca derecha. Dura tarea aquella, pero que el patrón, allá a lo lejos, no lo obligaría más a recomenzar.

[d] Nótese que las transformaciones operadas en la última versión (al igual que en la de 1920), no descartan a la canoa, signo metonímico clave, sino que ponen especial énfasis en la localización geográfica exacta de la historia. La misma zona misionera fronteriza que aparece en tantos cuentos, y que también resulta decisiva en «A la deriva» (*Cuentos de amor de locura y de muerte*).

NOTAS

[1] Publicado inicialmente en *Fray Mocho*, Buenos Aires, año V, nº 196, enero 28, 1916, con dos bajorrelieves de N.N. (?) y un dibujo de Hohmann, en las tres páginas que abarca la revista.

Como ya fue señalado en la nota explicativa (2) a «Los mensú» (*Cuentos de amor de locura y de muerte*), este cuento resulta una forma de contrapunto, la venganza del desposeído, la violencia y el rencor del humillado contra el poderoso. Se trata de una violencia que se ejerce con saña, con resentimiento, no con el desenfado del negro protagonista de *Los desterrados* (*ibidem*), que mata en un duelo a su patrón. Aunque, claro está, los móviles y los problemas sean sustancialmente los mismos.

Existe una referencia en el epistolario de Quiroga a Martínez Estrada, lucrativa como tantas, pero no menos interesante:

«Recibí ocho cartas (...) (una) de (Francis de) Miomandre, con cheque por $ 81 m.n., importe de la mitad que me corresponde por publicación de *Una bofetada*, traducida por aquél, y aparecida en un número de Vendemiaire, revista de París (Han pagado 700 francos; no está mal) (En: *Cartas inéditas* (...), tomo I, *ibidem*, p. 96.)

LOS CAZADORES DE RATAS[1]

UNA SIESTA* de invierno, las víboras de cascabel,[a] que dormían extendidas sobre la greda, se arrollaron bruscamente al oír insólito ruido. Como la vista no es su agudeza particular, las víboras mantuviéronse inmóviles, mientras prestaban oído.[b]

—Es el ruido que hacían aquéllos... —murmuró la hembra.

—Sí, son voces de hombre; son hombres —afirmó el macho.

Y pasando una por encima de la otra se retiraron veinte metros. Desde allí miraron. Un hombre alto y rubio y una mujer rubia y gruesa se habían acercado y hablaban observando los alrededores. Luego, el hombre midió el suelo a grandes pasos, en tanto que la mujer clavaba estacas en los extremos de cada recta. Conversa-

Una siesta...

voces de hombres;

á desliz veinte metros.

sa hablaban observando los

Luego el hombre midió a grandes pasos

clavaba señales en el extremo de

---

* de verano las víboras de cascabel, que dormían su ígnea modorra sobre la greda, se irguieron bruscamente al oir insólito ruido. Como la vista no es su agudeza peculiar mantuviéronse inmóviles, mientras aquél se aproximaba.

[a] Cuando en 1908 Quiroga escribió este relato, su conocimiento empírico de la vida «selvática», semitropical, con su riquísimo mundo animal y vegetal (al que tanto contribuyó en registrar), era todavía escaso. Su empresa algodonera en el Chaco fue fugaz, aunque dejara un texto-testimonio publicado en la primera edición de «Anaconda» y luego suprimido de dicho volumen: *Anaconda* «El mármol inútil» y algunos cuentos inspirados y ambientados allá, recogidos en otros volúmenes. De su afición y vasto conocimiento de las ciencias biológicas y la medicina, aspecto que ya comentamos, ha dejado largos testimonios. El más contundente lo constituye su propia obra.

¿Cuándo comenzó realmente esa afición/ especialización científica? No en la época modernista de *Los arrecifes de coral*, ni en la primera etapa bonaerense aún indecisa —aunque no por ello menos rica— de *El crimen del otro* (1905) y *Los perseguidos* (1908), sino precisamente en los tiempos de la redacción de este relato. Sin embargo no era el erudito que será.

Sobre los hábitos de la víbora de cascabel podrá consultarse el *Glosario zoológico* de nuestra edición, así como el artículo «Las víboras venenosas del Norte», donde le dedica un apartado. Allí, no obstante, no hace referencia alguna a la *gaffe* que cometió en la versión de 1908 de «Los cazadores de ratas», atribuyendo una siesta de verano» a las víboras de cascabel.

Ya en 1920, más ducho en Historia Natural, Quiroga se rectifica y cambia por una «siesta de invierno», lo que, como se verá, altera el orden del relato y su interpretación. En otro artículo («Una serpiente de cascabel») de 1931, el maduro narrador acusa un golpe indirecto ante un escrito del naturalista argentino Angel Cabrera, quien acusaba a «los literatos» de «escasa probidad» para observar a los animales que son asunto de sus ficciones. ¿Un inconsciente *mea culpa*? (Véase Notas Explicativas a «Anaconda»)

[b] En la versión definitiva Quiroga mantiene la tensión del relato hasta el diálogo. ¿Quién o qué provoca el «insólito ruido»? En el texto de 1908 sugiere la presencia del invasor humano con el pronombre «aquél».

ron después, señalándose mutuamente distintos lugares, y por fin se alejaron.

—Van a vivir aquí —dijeron las víboras—. Tendremos que irnos.

En efecto, al día siguiente llegaron los colonos con un hijo de tres años y una carreta en que había catres, cajones, herramientas sueltas y gallinas atadas a la baranda. Instalaron la carpa, y durante semanas trabajaron todo el día. La mujer interrumpíase para cocinar, y el hijo, un osezno blanco, gordo y rubio, ensayaba de un lado a otro su infantil marcha de pato.

Tal fue el esfuerzo de la gente aquella, que al cabo de un mes tenían pozo, gallinero y rancho prontos —aunque a éste faltaban aún las puertas. Después, el hombre ausentóse por todo un día, volviendo al siguiente con ocho bueyes, y la chacra comenzó.

Las víboras, entretanto, no se decidían a irse de su paraje natal. Solían llegar hasta la linde del pasto carpido, y desde allí miraban la faena del matrimonio. Un atardecer en que la familia[c] entera había ido a la chacra, las víboras, animadas por el silencio, se aventuraron a cruzar el peligroso páramo y entraron en el rancho. Recorriéronlo, con cauta curiosidad, restregando su piel áspera contra las paredes.

Pero allí había ratas; y desde entonces tomaron cariño a la casa. Llegaban todas las tardes hasta el límite del patio y esperaban atentas a que aquélla quedara sola. Raras veces tenían esa dicha. Y a más, debían precaverse de las gallinas con pollos, cuyos gritos, si las veían, delatarían su presencia.

De este modo, un crepúsculo en que la larga espera habíalas distraído, fueron descubiertas por una gallineta, que después de mantener un rato el pico extendido, huyó a toda ala abierta, gritando. Sus compañeras comprendieron el peligro sin ver, y la imitaron.

El hombre, que volvía del pozo con un balde, se detuvo al oír los gritos. Miró un momento, y dejando el balde en el suelo se encaminó al paraje sospechoso. Al sentir su aproximación, las víboras quisieron huir, pero únicamente una tuvo el tiempo necesario, y el colono halló sólo al macho. El hombre echó una rápida ojeada

Columna marginal (variantes):

indicándose mutuamente distintos lugares y por

aquí, —dijeron

carpa y

gordo, rubio
marcha de pato, tropezando con la tierra removida. Tal fue su esfuerzo que al cabo

Entretanto, las víboras no se
pasto carpido y desde

la mujer había ido a la chacra,

Recorriéndolo con
contra todo.

atentas que
dicha— y a más
gallinas cuyos gritos,

modo un crepúsculo
gallineta. El animal extendió un rato el pico inmóvil y huyó
Sus compañeras, en retirada ya, comprendieron el peligro sin ver y la imitaron.

dejando aquél en el suelo, se

aproximación las víboras quisieron huir pero no tuvieron tiempo. El colono, avanzando con precaución, llegó y no vió sino una. Detúvose con una brusca sacudida, echó

---

[c] Corrige el descuido en que había incurrido en la primera redacción, porque ¿dónde estaba el resto de la familia? Nótese cómo se preocupa de precisar la ausencia absoluta de seres humanos, con el adjetivo de cantidad «entera».

alrededor buscando un arma y llamó —los ojos fijos en el gran rollo oscuro:

—¡Hilda! ¡Alcánzame la azada, ligero!^d ¡Es una serpiente de cascabel!

La mujer *corrió y entregó ansiosa la herramienta a su marido.

Tiraron luego lejos, más allá del gallinero, el cuerpo muerto, y la hembra^e lo halló por casualidad al otro día. Cruzó y recruzó cien veces por encima de él, y se alejó al fin, yendo a instalarse como siempre en la linde del pasto, esperando pacientemente a que la casa quedara sola.

La siesta calcinaba el paisaje en silencio; la víbora había cerrado los ojos amodorrada, cuando de pronto se replegó vivamente: acababa de ser descubierta de nuevo por las gallinetas, que quedaron esta vez girando en torno suyo, gritando todas a contratiempo. La víbora mantúvose quieta, prestando oído. Sintió al rato ruido de pasos —la Muerte—.^f Creyó no tener tiempo de huir, y se aprestó con toda su energía vital a defenderse.

En la casa dormían todos, menos el chico. Al oír los gritos de las gallinetas, apareció en la puerta, y el sol quemante le hizo cerrar los ojos. Titubeó un instante, perezoso, y al fin se dirigió con su marcha de pato a ver a sus amigas las gallinetas. En la mitad del camino se detuvo, indeciso de nuevo, evitando el sol con el brazo. Pero las gallinetas continuaban en girante alarma, y el osezno rubio avanzó.

De pronto lanzó un grito y cayó sentado. La víbora, presta de nuevo a defender su vida, deslizóse dos metros y se replegó. Vió a la madre en enaguas y los brazos desnudos asomarse inquieta; la vió correr hacia su hijo, levantarlo y gritar aterrada:

—¡Otto, Otto! ¡Lo ha picado una víbora!

Vió llegar al hombre, pálido, y lo vió llevar en sus brazos a la criatura atontada. Oyó la carrera de la mujer

---

en el rollo oscuro.

¡Trae la escopeta, ligero!

corrió,...

y el macho lo halló de él, inquieto de su propia soledad. Alejóse al pacientemente que la

La siesta de fuego calcinaba el paisaje en silencio. Cerró los ojos amodorrada y de pronto replegóse vivamente: gallinetas que quedaron esta vez girando á gritos y ala abierta en torno suyo. La víbora

pasos— la muerte; creyó huir y se

gallinetas apareció en la puerta y el sol

a sus amigas. En la

alarma y el osezno

inquieta y correr hacia su hijo,

al hombre pálido, y llevar en los brazos á la criatura, la cabeza caída ya atrás. Oyó

---

^d El cambio de armamento resulta por un lado más creíble, porque la sorpresa y el miedo, aunados al riesgo de que el reptil se evadiera, le hacen pedir al hombre del texto-base su instrumento de trabajo más inmediato. La escopeta no necesariamente debía estar a mano.

* entregó el arma á su marido, mirándolo ansiosa. La descarga, a boca de jarro, arrancó la cabeza al animal.

^e Escribe en «Las víboras venenosas del Norte»: «(La cascabel) es animal pesado, perezoso, cuesta un triunfo hacerlo cambiar de lugar, y tardo para el ataque (...) nunca yerra el golpe cuando se decide a darlo». Y sobre la yararará: «La hembra es mucho más gruesa que el macho, y también más agresiva». Los vertebrados, en general, por mera ley de la conservación de la especie, tienen en sus hembras los elementos más agresivos; el cambio pues se opera aquí, seguramente, en atención a las leyes naturales además de la venganza del compañero.

^f El empleo de la mayúscula aporta una connotación alegórica que ya había empleado en «La insolación» (*Cuentos de amor de locura y de muerte*).

al pozo, sus voces. Y al rato, después de una pausa, su
alarido desgarrador:

—¡Hijo mío!...   ¡Mi hijo, mi hijo!...

NOTAS

[1] Inicialmente en: *Caras y Caretas*, Buenos Aires, Año XI, nº 525, octubre 24, 1908, con dos dibujos de Hohmann en la única página de la revista que ocupa el cuento.

LOS INMIGRANTES[1]

EL HOMBRE y la mujer caminaban desde las cuatro de la mañana. El tiempo, descompuesto en asfixiante calma de tormenta, tornaba aún más pesado el vaho nitroso del estero. La lluvia cayó por fin, y durante una hora la pareja, calada hasta los huesos, avanzó obstinadamente.

El agua cesó. El hombre y la mujer se miraron entonces con angustiosa desesperanza.

—¿Tienes fuerzas para caminar un rato aún? —dijo él—. Tal vez los alcancemos...

La mujer, lívida y con profundas ojeras, sacudió la cabeza.

—Vamos —repuso, prosiguiendo el camino.

Pero al rato se detuvo, cogiéndose crispada de una rama. El hombre, que iba delante, se volvió al oír el gemido.

—¡No puedo más!... —murmuró ella con la boca torcida y empapada en sudor—. ¡Ay, Dios mío!...

El hombre, tras una larga mirada a su alrededor, se convenció de que nada podía hacer. Su mujer estaba encinta. Entonces, sin saber dónde ponía los pies, alucinado de excesiva fatalidad, el hombre cortó ramas, tendiólas en el suelo y acostó a su mujer encima. El se sentó a la cabecera, colocando sobre sus piernas la cabeza de aquélla.

Pasó un cuarto de hora en silencio. Luego la mujer se estremeció hondamente y fué menester en seguida toda la fuerza maciza del hombre para contener aquel cuerpo proyectado violentamente a todos lados por la eclampsia.

Pasado el ataque, él quedó un rato aún sobre su mujer, cuyos brazos sujetaba en tierra con las rodillas. Al fin se incorporó, alejóse unos pasos vacilante, se dió un puñetazo en la frente y tornó a colocar sobre sus piernas la cabeza de su mujer, sumida ahora en profundo sopor.

sacudió muda la cabeza.

—Vamos,—

cogiéndose de una rama con crispada energía. El

tras una mirada a

fatalidad, cortó ramas,

pasos vacilantes,

su mujer sumida en un profundo

Hubo otro ataque de eclampsia, del cual la mujer salió más inerte. Al rato tuvo otro, pero al concluir éste, la vida concluyó también.

El hombre lo notó cuando aún estaba a horcajadas sobre su mujer, sumando todas sus fuerzas para contener las convulsiones. Quedó aterrado, fijos los ojos en la bullente espuma de la boca, cuyas burbujas sanguinolentas se iban ahora rezumiendo en la negra cavidad.

Sin saber lo que hacía, le tocó la mandíbula con el dedo.

—¡Carlota! —dijo con una voz blanca, que no tenía entonación alguna. El sonido de sus palabras la volvieron a sí, e incorporándose entonces miró a todas partes con ojos extraviados.

—Es demasiada fatalidad —murmuró.

—Es demasiada fatalidad... —murmuró otra vez, esforzándose entretanto por precisar lo que había pasado. Venían de Europa, sí; eso no ofrecía duda; y habían dejado allá a su primogénito, de dos años. Su mujer estaba encinta e iban a Makallé con otros compañeros... Habían quedado retrasados y solos porque ella no podía caminar bien... Y en malas condiciones, acaso... acaso su mujer hubiera podido encontrarse en peligro...

Y bruscamente se volvió, mirando enloquecido:

— ¡Muerta, allí!...

Sentóse de nuevo, y volviendo a colocar la cabeza muerta de su mujer sobre sus muslos, pensó cuatro horas en lo que haría.

No arribó a pensar nada; pero cuando la tarde caía cargó a su mujer en los hombros y emprendió el camino de vuelta.

Bordeaban otra vez el estero. El pajonal se extendía sin fin en la noche plateada, inmóvil y todo zumbante de mosquitos. El hombre, con la nuca doblada, caminó con igual paso, hasta que su mujer cayó bruscamente de su espalda. El quedó un instante de pie, rígido, y se desplomó tras ella.

Cuando despertó, el sol quemaba. Comió bananas de filodendro, aunque hubiera deseado algo más nutritivo, puesto que antes de poder depositar en tierra sagrada el cadáver de su esposa, debían pasar días aún.

Cargó otra vez con el cadáver, pero sus fuerzas disminuían. Rodeándolo entonces con lianas entretejidas, hizo un fardo con el cuerpo y avanzó así con menor fatiga.

Variantes marginales:

éste, la respiración concluyó

El hombre, lo notó cuando estaba sumando aún todas sus

en la brillante espuma de la

ahora resumiendo en la inmóvil cavidad.

con una voz que no era la suya, y que no tenía entonación alguna. El sonido de su voz lo volvía a sí, e incorporándose

fatalidad— murmuró

estaba en cinta (*sic*), si, iban a

acaso su mujer en peligro.

—¡Ya estaba! ¡Muerta, allí!...

estero. El juncal se

su mujer, muerta, cayó

rígido, para desplomarse en seguida.

antes que poder

el cuerpo, pero

entretejidas, pudo, con mejor distribuído peso, avanzar con menos fatiga.

Durante tres días, descansando, siguiendo de nuevo, bajo el cielo blanco de calor, devorado de noche por los insectos, el hombre caminó y caminó, sonambulizado de hambre, envenenado de miasmas cadavéricas, toda su misión concentrada en una sola y obstinada idea: arrancar al país hostil y salvaje el cuerpo adorado de su mujer. *de miasmas cadavéricas— en única y obstinada idea:*

La mañana del cuarto día vióse obligado a detenerse, y apenas de tarde pudo continuar su camino. Pero cuando el sol se hundía, un profundo escalofrío corrió por los nervios agotados del hombre, y tendiendo entonces el cuerpo muerto en tierra, se sentó a su lado.

La noche había caído ya, y el monótono zumbido de mosquitos llenaba el aire solitario. El hombre pudo haberlos sentido tejer su punzante red sobre su rostro; pero del fondo de su médula helada los escalofríos montaban sin cesar. *y con ella el monótono pudo haberlos sentido otra vez tejer su punzante red sobre su rostro: pero*

La luna ocre en menguante había surgido por fin tras el estero. Las pajas altas y rígidas brillaban hasta el confín en fúnebre mar amarillento. La fiebre perniciosa subía ahora a escape. *La luna inmensa y roja había surgido al fin tras el estero. Las*

El hombre echó una ojeada a la horrible masa blanduzca que yacía a su lado, y cruzando sus manos sobre las rodillas quedóse mirando fijamente adelante, al estero venenoso, en cuya lejanía el delirio dibujaba una aldea de Silesia a la cual él y su mujer, Carlota Phoening, regresaban felices y ricos a buscar a su adorado primogénito.[a] *rodillas miró fijamente adelante; una aldea de la Siberia a la cual regresaban felices a buscar a su primogénito, de dos años aún.*

---

[a] Este relato indaga la situación de los «otros» desterrados, no los que con sus peculiaridades —que los distancian del común— aparecen en el libro de 1926 (*Los desterrados*), sino los arquetipos del extranjero que llega al Río de la Plata (a América Latina en general), hacia fines del siglo XIX y básicamente después de la Primera Guerra Mundial.

En el último párrafo ocurren las variantes sustanciales del cuento, aunque algunas no sean más que delicadas erratas que el propio Quiroga se encargó de enmendar en carta a Luis Pardo; desde San Ignacio, el 10 de enero de 1913:

«En el artículo (*sic*) "Los inmigrantes", fuera de algunos disparates chiquitos, había uno no despreciable: los inmigrantes esos eran de Silesia, alemanes desde luego. En F.M. dice "Siberia". Es tan raro un sujeto de este país, Aquí!». (En: *Revista de la Biblioteca Nacional*, n° 18, *ibidem*, p. 25).

En otra carta, ésta a Fernández Saldaña, comenta con desagrado el mismo problema:

«No creí que "Los inmigrantes" fuera de tu cuerda, magüer el efecto final — color y expectativa —. Si Gil gusta también de él, pláceme. Hay un error brutal, que es preciso salvar. Al final, donde dice: ... «una aldea de Siberia», etc, léase Silesia. Hay gran diferencia por inacabables detalles» (*Cartas inéditas* (...), tomo II, *ibidem*, p. 150).

Queda explícita su búsqueda realista, profundamente verista hasta en la clasificación genérica que hace de su texto, nominándolo como «artículo», es decir poco más que un ensayo sobre la realidad.

Asimismo, en la primera versión, la angustiada imaginería del protagonista sólo esperaba la felicidad, ya imposible, mientras que en la enmienda dicta las pautas de las auténticas motivaciones migratorias del gran número de los europeos: «felices y ricos». Por último, elimina el indicador temporal («primogénito, de dos años), con lo que resta cierta impostación dramática, gana en verosimilitud, y ahonda la soledad del campesino.

NOTAS

[1] Inicialmente en *Fray Mocho*, Buenos Aires, año I, nº 32, diciembre 6, 1912, en una página, con un dibujo de Peláez.

LOS CEMENTERIOS BELGAS[1]

1914   1914 *(ver nota 1)*

IBAN en columna por la carretera blanca, llenando el camino de una a otra cuneta. El frío, ya vivo, había echado sobre los fugitivos todos los capotes y mantas posibles. Muchos iban en carros, algunos en carritos tirados por perros; pero la gran mayoría caminaba a pie.

Marchaban, sin embargo, por la admirable alfombra de paz que había sido Bélgica. Ahora, delante, atrás, a diestra y siniestra, no quedaba nada. Nada alcanzaba a dos metros de altura: aldeas, chimeneas, árboles, todo yacía aplanado en negro derrumbe. Los fugitivos huían desde la tarde anterior, sintiendo sobre sus espaldas el tronar de la artillería, que avanzaba a la par de ellos.

Las provisiones recogidas con terrible urgencia no alcanzaban a alimentar suficientemente a la densa columna. Los pequeños recién salidos del pecho materno, y sin poder tomar una sola gota de leche, sufrían de enteritis desde el primer día.

A las diez de la noche el alucinante tronar de los cañones se aproximó más aún, y los fugitivos aceleraron la marcha.[a]*

Como la noche anterior, la negra columna iba envuelta en el llanto de chicos que no habían comido ni dormido suficientemente, y en los gemidos de criaturas de pecho que sentían dolores de vientre por la leche materna aterrorizada.

paz y cultura humanas,

ciudades, chimeneas
Sobre el país, transformado en humeante solfatara, huían desde
artillería que
urgencia, no

columna de fugitivos. Los
materno, y privados de

emprendieron de...

y gemidos de criaturas de pecho que sentían frío y dolores

---

[a] A partir de 1920, el autor desecha la minuciosa descripción inicial que, de alguna manera, era el nexo más nítido con el título. No vuelve a mencionar el pasaje por un cementerio en ningún otro momento de la historia. Esto demuestra que si en la redacción primigenia se ató a un detallismo hiperrealista, una vez revisado el texto optó por explotar los contenidos metafóricos implícitos en el paratexto. Las distancias son enormes, una lectura de 1915 indicaba una marca referencial explícita; la lectura desde la versión de 1920 asocia en el eje paradigmático los contenidos cementerio, guerra, muerte, destrucción de «los retoños salvadores», como figura en la última frase del cuento.

* nuevo la marcha. Avanzaban por un cementerio, y ruinas y luces diseminadas por todo el país, fábricas, granjas, pueblos hundidos e incendiados, cuya humareda rojiza seguía con los fugitivos el mismo viento de derrota.

El día llegó, sin embargo, y con la lívida madrugada comenzó a llover. Los hombres se calaron la capucha de los capotes, y las madres, tras una larga mirada de desesperación a sus vecinos masculinos más próximos, alzaron sobre sus criaturas ateridas el borde chorreante de sus mantos.

La columna se detuvo, y reuniendo los últimos alimentos —los últimos; no quedaba nada ya—, las mujeres y las criaturas pudieron mitigar el hambre. Sobró algo asimismo, pues muchas mujeres, muertas de fatiga y sueño, prefirieron continuar durmiendo en los carritos. Los viejos y enfermos tuvieron así un mínimo suplemento.

El sombrío conjunto de capotes y caballos en fuga reanudó la marcha, perseguido obstinadamente por el cañoneo.

A mediodía la lluvia continuaba con igual fuerza, y dos fugitivos se detuvieron.

—¿Qué pasa? —se levantaron varias voces—. ¡No tenemos qué comer! ¡Sigamos!

—¡Sigamos! —se propagó hasta el fondo de la columna.

En la columna, sobre un carrito tirado por un viejo caballo reumático, iba una mujer cuyo marido había quedado luchando en los fuertes de Amberes. Llevaba consigo a sus tres hijos, el mayor de cinco años.

Ante la nueva parada, la mujer levantó inquieta la cabeza, arrebujando a su pequeño en brazos.

—¿Qué pasa? —preguntó.

—¡Nada! —le respondieron de atrás—. ¡Un momento nada más!

—Es que mi hijo... —repuso la madre a media voz, doblándose sobre la criatura y oprimiéndole rápidamente las manos, la frente, el cuello—. ¡Tiene fiebre! —se dirigió con voz muy lenta y clara a su vecina inmediata—. No podemos seguir así... ¿Por qué no seguimos? —insistió mirando atentamente a uno y otro.

—¡Ya vamos! —gritó una voz ronca desde el fondo—. ¡Paciencia! ¡A todos nos llegará!

La vecina se dirigió entonces a la madre en voz baja:

—Están enterrando... Han muerto varios...

La madre clavó un rato sus ojos dilatados en la vecina.

—¿Criaturas también? —articuló.

La otra bajó dos o tres veces la cabeza.

Del frente llegaba por fin el rumor de la columna que se ponía en movimiento.

—¡Gracias a Dios! ¡Gracias a Dios! —suspiró la madre mirando a todos con profundo agradecimiento—. Ya no nos detendremos más, ¿verdad? Creo... —se interrumpió oprimiendo de nuevo bruscamente las manos y el cuello de su hijo— que no tiene tanta fiebre... Sí, no tiene... —Y volviéndose a la vecina—: ¿Criaturas de pecho... también?

La mujer bajó otra vez la cabeza. La madre, temblando, cobijó prolijamente a su hijo, deshaciendo, sin embargo, dos o tres veces el rebozo para pulsar al pequeño.

—Gracias a Dios... Gracias a Dios... —quedóse murmurando y balanceando a la criatura junto a su cara.

La columna avanzaba siempre, la lluvia continuaba cayendo sin cesar, y al llegar la noche creció el vivo grito de las criaturas enfermas por el frío y la atroz alimentación. La leche de las madres, alterada por el terror y la fatiga, envenenaba en febril sopor de enteritis a los pequeños de pecho.

La mujer que caminaba al lado del carrito se acercó con un mendrugo de pan hecho papilla por el agua, pero no obtuvo respuesta.

—Pronto llegaremos... —dijo.

La madre levantó por fin el rostro desesperado.

—¡Se muere! —clamó—. ¡Esto es lo que hemos ganado! ¡Tóquelo! ¡Tóquelo! ¡Está ardiendo! Y todo mojado... ¡Hijo mío de mi alma!

Los otros dos pequeños tiritaban hundidos contra las caderas de su madre. La columna hizo alto. La madre tuvo un sobresalto y miró a todos lados, los ojos sobreabiertos de fiebre.

—¿Van a enterrar?... ¿A quién?...

Esta vez no le respondieron. Se enterraba seguramente a muchos, pero el motivo principal de la detención era otro. No era posible salvar a las criaturas sino con leche de vaca, de yegua, de oveja, de lo que fuera. ¿Mas dónde hallarla? El país, que hasta esa tarde había ofrecido el mismo aspecto de los días anteriores, comenzaba a mejorar. Los cañones no habían llegado aún allí, y las granjas y árboles proseguían en pie; pero impulsado por el mismo huracán de desastre, el terror había barrido hasta la costa del mar a hombres, vacas, alimentos, ropas. Los hombres válidos de la columna explora-

De atrás llegaba por fin el rumor de la columna otra vez en marcha.

Sí, no tiene... Criaturas de pecho...

La vecina bajó otra
hijo, deshaciendo sin embargo
dos

murmurando, balanceándose con

pan, hecho

hundidos en las

leche: de vaca
oveja, cualquier cosa. ¿Más
El país que hasta

mar: hombres,

ron un momento las granjas, los establos... Nada, ni un trozo de pan, ni una vaca moribunda.

La lluvia, que no daba tregua un solo segundo, provocó un instante la necesidad de guarecerse:

—¡Las criaturas se mueren de frío! ¡Están todas con bronconeumonía!

—¡Sí, pero están también envenenadas por la alimentación! ¡Necesitan leche a toda costa! ¡Sigamos!

—¡Es que se están muriendo en los brazos de las madres!

—¡Se morirán más si no encontramos leche! ¡Salvemos a los que aún viven! ¡Sigamos!

—¡Sí, sigamos!

Los desgraciados, chorreando agua, muertos de fatiga, hambre y sueño, se arrastraron otra vez por la carretera, llevando consigo el estertor de las criaturas asfixiadas por la bronconeumonía.

Caminaron toda esa tarde con detenciones cuyo motivo nadie preguntaba ya, pero que el alarido de las madres explicaba de sobra. La columna disminuía así cada media hora, aclarándose, vaciándose, jalonando con criaturas de pecho las carreteras de su pobre patria.

A la madrugada siguiente, la mujer que caminaba al lado del carrito se aproximó de nuevo a éste. Los dos pequeños, pegados siempre a las caderas de su madre, tenían las mejillas encendidas y respiraban velozmente por la boca abierta. El agua goteaba por los mechones de pelo hasta sus ojos entrecerrados.

—Pronto llegaremos... —repitió la vecina, como en las veces anteriores.

La madre se estremeció y fijó en ella su mirada dura.

—¿Cómo sigue el pequeño? —se aproximó más la mujer.

—¡Mal! —repuso la madre secamente.

Y abriendo el rebozo:

—¡Véalo! ¡Mírelo! ¡Y vea esto! —agregó, levantando bruscamente las piernitas—. ¡Vea los pañales!

La criatura agonizaba en un mar verde.

—¡A cada momento tiene un pañal! ¿Usted no es madre, no?... ¡Ah, Dios mío! —articuló con voz ronca, asentándose el cabello con las dos manos.

Pero la criatura, al sentir la lluvia en sus piernas, había gemido.

—¡Tápelo, tápelo! —se apresuró la vecina.

—¡Sí, taparlo!... —clamó la madre—. Taparlo con esto mojado... ¡Vea esto cómo está! Esto es lo que hemos

Nada: ni

de guarecerse.

también envenenadas!
— ¡Si, sigamos! (*idem* 1920)

toda esa noche,

había explicado de sobra.

de pecho, las carreteras de su pobre patria sin ventura.
A la madrugada siguiente la mujer se aproximó de nuevo al carrito. Los dos

se le ocurrió aún, como

la vecina.

—repuso secamente. Y abriendo el rebozo: —¡Véalo! ¡Mírelo! ¡Y vea esto! — agregó levantando

¡Ah, mi Dios! —articuló con voz ronca, aplastándose la cabeza con la mano.

ganado!... ¡Toque! Mi propio hijo... ¡Ah, hijo mío de mi alma, mi hijo querido! —se dobló en un ronco sollozo sobre el cuerpecito agonizante.

Desde ese momento no permitió que nadie se acercase.

—¿Qué quieren aquí? —alzaba la voz dura. —¡No está muerto, no! ¡Déjenme, les digo!

Pero al caer la tarde hubo que arrancarle de los brazos a la criatura muerta, fulminada por la meningitis, como casi todas ellas.

Ante el desastre capital, los nervios de la pobre madre se quebraron por fin, y tras media hora de llanto silencioso y profundo, se arrebujó con sus dos pequeños —uno en cada rodilla—, que de rato en rato sacudían el sopor de su fiebre para pegar la cara al rostro de su madre, en un brusco y ronco llanto, sin abrir los ojos.

La lluvia caía siempre perpendicular, copiosa. La procura de ropa seca para los enfermos, muy intensa hasta esa tarde, habíase desechado por completo; nadie esperaba ya nada.

A la mañana siguiente decidióse subir en los carros y caballos a las madres con criaturas, a fin de que, adelantándose en lo posible, llegaran cuanto antes hasta la leche, cuya urgencia tornábase cada vez más mortal. Así se hizo, y tras el mísero pienso que con inauditos esfuerzos pudo conseguirse para los caballos, el pelotón de madres desesperadas y pequeños en agonía avanzó, distanciándose al caer el crepúsculo algunos kilómetros.

A esa hora se levantó en el lamentable convoy de moribundos un grito de esperanza: las madres habían reconocido a un destacamento de caballería belga. Pero instantes después llegaba un oficial con orden de requisar todos los caballos disponibles.

—¡Los caballos!... ¡Pero nuestras criaturas se mueren! —clamó enloquecida la madre de las dos criaturas—. ¡Teniente! ¡Señor! ¡Se mueren, le digo, si nos dejan aquí!

El oficial, embarrado hasta las presillas, nervioso, demacrado por un mes de batallar sin tregua ni descanso, gritó a su vez:

—¡Y nosotros nos morimos todos si no podemos mover la artillería! ¡Todos: ustedes, nosotros, los que quedan! ¿Oye? ¡Pronto, los caballos!

A lo lejos, al oeste y al sur, se oía ahora el tronar sordo del ejército belga que costeaba el mar.

Marginal variants:

¡Toque! mi propio

la criatura, fulminada por

rodilla — que

perpendicular, pesada.

antes a la leche,

agonía, avanzó

A esa hora sonó en el lamentable convoy de moribundos, un

ahora el trueno sordo del ejército que pasaba.

—¿Ya están? —preguntó el oficial con voz dura, volviéndose—. ¡Vamos, ligero!

Y espoleando a su montura marchó al galope.

Tras la mísera tropilla de caballos requisados que se llevaban y se perdían en el crepúsculo, quedaron los carros caídos sobre las varas, en la carretera espejeante de agua. Más allá, muy cerca tal vez, estaba la población salvadora, en su felicidad de ropa seca y leche caliente. Pero entretanto el fúnebre convoy, cementerio ambulante de criaturas de pecho, quedaba desamparado bajo la lluvia hostil que iba matando en flor, implacablemente, los retoños salvadores de una nueva Bélgica.

montura,

caballos exhaustos que se llevaban y perdían en

carretera fangosa. (1915)
la carretera sombría y espejeante de agua, bajo la lluvia hostil que iba matando en flor, implacablemente, hasta los retoños vengadores (1920)

NOTAS

[1] Inicialmente en: *Fray Mocho*, Buenos Aires, año IV, nº 140, enero 1, 1915, con dos dibujos de Hohmann, uno por cada página de la revista.

Esta primera variante, aparecida en 1920, fecha en 1914 el relato, casi como acápite del mismo. Adviértase que fue la fecha de su redacción mientras que la publicación inicial se efectuó el primer día del año 1915. Más allá de esta precisión cronológica, la señalización temporal precisa el momento en el que transcurre la historia.

LA REINA ITALIANA[1]

I

UNA SOCIEDAD exclusiva de abejas y gallinas concluirá forzosamente mal; pero si el hombre interviene en aquélla como parte, es posible que su habilidad mercantil concilie a los societarios.

a los díscolos societarios.

Tal aconteció con la sociedad Abejas-Kean-Gallinas. Tengo idea, muy vaga por otro lado, de que aquello fué una cooperativa. De todos modos, la figuración activa de Kean llevó la paz a aquel final de invierno, desistiendo con ella las abejas de beber el agua de las gallinas, y evitando éstas incluir demasiado el pico en la puerta de la colmena, donde yacían las abejas muertas.

Kean, que desde hacía tiempo veía esa guerra inacabable, meditó juiciosamente que no había allí sino un malentendido. En efecto, la cordialidad surgió al proveer a las abejas de un bebedero particular, y teniendo Kean la paciencia todas las mañanas de limpiar el fondo de la colmena, y arrastrar afuera las larvas de zánganos que una prematura producción de machos había forzado a sacrificar.

surgió dando a las abejas un teniendo la paciencia, todas las mañanas, de

colmena, y arrastrando afuera las

En consecuencia, las gallinas no tuvieron motivo para picotear a las abejas que bebían su agua, y éstas no sintieron más picos de gallinas en la puerta de la colmena.

de su colmena.

La sociedad, de hecho, estaba formada, y sus virtudes fueron las siguientes:

Las abejas tenían agua a su alcance, agua clara, particular de ellas; no había, pues, por qué robarla. Kean tenía derecho al exceso de miel, sin poner las manos, claro está, en los panales de otoño. Las gallinas eran dueñas de la mitad del maíz que Kean producía, así como de toda larva que cayera ostensiblemente de la piquera. Y aun más, por una especie de tolerancia de

tarifa, era lícito a las gallinas comer a las abejas enfer-   comer las abejas enfermas, y los
mas y a los zánganos retardados que se enfriaban al pie   zánganos
de la colmena.

Fué éste el pacto más bien sentido de cuantos es
posible hacer entre comedores de sus mutuos productos,
y en el espacio que media de setiembre a enero, sólo   de septiembre a enero, sólo agra-
bienestar hubo en la colonia. Las gallinas, particular-   decido bienestar
mente, que en las secas heladas de julio habían visto   de agosto habían
suspender su maternal tributo a Kean, esponjábanse   esponjábase
ahora de esperanza* echadas al sol caliente, y revol-   esperanza...
viendo la arena con las patas en vertiginoso turbión de
hélice.

Las abejas, a su vez, tras el pánico de las tardías   tras el fugaz pánico
heladas que habían quemado las yemas de los árboles,   las nacientes yemas, lanzábanse
lanzábanse fuera de la colmena en zumbante alborozo,
enloquecidas por el perfume de una súbita florescencia.
Veinte días de sol y viento norte habían fijado la savia en
nuevas yemas, y mientras el campo se amorataba de   se azulaba de
flores, en el monte negro los lapachos se individualizaban   se aislaban en un pompón de
en inmenso pompón de campanillas rosadas.   campanillas

Pesadas de miel, las abejas caían sobre la piquera en
tal profusión** que Kean debió agrandar la entrada, y   tal profusión,...
aun cepillar a las abejas que se adherían en racimo a las
paredes de la colmena; mal hábito que, bien lo sabía
Kean, indica o demasiado calor interior o exceso de
abejas. Exceso, sí, y Kean se preguntaba cómo y por qué   Exceso, sí; y Kean
no habían enjambrado ya.

A fines de octubre Kean retiró la primera alza, con   de octubre retiró
ocho espléndidos marcos. Si Kean y su familia no gusta-
ban mucho de la miel, tenían en cambio amigos que la
adoraban. Este excesivo amor a sus panales dióle una luz
brillante, aunque económica, que consistió en sustituir
los ocho grandes marcos por veinticuatro secciones,
permitiéndole así esta subdivisión halagar dulcemente al
círculo de sus amigos.

De esta manera, la obtención de miel, que para Kean
era una empresa casi secundaria, tornóse de repente   de repente en grave
grave problema, y esto coincidió para su fatalidad con
los primeros síntomas de enjambrazón de que dieron
señal las abejas.

---

* al sol caliente, acelerando luego su plenidud echadas a la siesta con las patas en vertiginoso turbión

** que Kean debió agrandar la entrada de la colmena, y aun cepillar a las abejas que se adherían en racimo en las paredes de la colmena —mal

Kean tenía dos chicos, hasta ese momento de salud perfecta. El mayor cayó de pronto con gastroenteritis y sus inacabables consecuencias. *Pasado el período agudo, hallóse que la criatura digería maravillosamente la miel. Visto lo cual, Kean refrenó su prodigalidad de panales y se dispuso a hacer provisiones para el invierno.

Ahora bien, la primera condición para una espléndida cosecha de miel es tener abejas italianas, y las de Kean eran negras, modestas abejas negras originarias —por aclimatación durante siglos— de la selva de Misiones, donde Kean las había cazado.

Como no podía pensar en una súbita renovación de sus colmenas —Kean no era rico—, pidió a Buenos Aires una reina italiana, y aun con riesgo de dejar huérfana a su colmena más opulenta, mató a la reina indígena, introduciendo en su lugar a la rubia princesa de Italia encerrada en su cajita, cuyo cartón azucarado las abejas comenzaron en seguida a roer.

Nada más difícil que hacer aceptar a una colmena una reina extranjera, por poco que desconfíen de la estirpe. De aquí la maniobra que antecede, a objeto de que las huérfanas puedan acostumbrarse al *zep-zep* de la real intrusa.

Las abejas de Kean aceptaron con inmenso júbilo a la reina extraña, y poco después aquél tuvo el placer de ver brillar al sol el alborozado vuelo de sus princesas italianas.

Italianas? Aquellas bandas del abdomen no eran doradas... Y Kean cayó entonces en la cuenta de que, habiéndose olvidado de pedir una reina «fecundada», un vulgar zángano negro era el padre de sus nuevas abejas, de donde éstas resultaban sencillamente híbridas.

No era sólo el olvido suyo lo lamentable. Las híbridas son maravillosamente fecundas y buenas recolectoras de miel; pero a la vez son dadas al pillaje y terriblemente irascibles. Aun así, Kean las miró con ternura, pensando en la abundante cosecha de miel que obtendría.

II

Fue a fines de diciembre cuando el primer enjambre zumbó en la quinta suficientemente para que Kean, que volvía del bananal, oyera el ruido desde lejos.

---

* el período álgido de intolerancias bizarras, hallóse que la criatura digería maravillosamente la miel— siendo este fluído, por lo demás, agente de su disespsia.

Marginal variants:

inacabables corolarios muco-membranosos.
Pasado...

miel, es tener

rico,—

comenzaron a roer en seguida.

«zep-zep»

¿Italianas? ...Aquellas bandas del abdomen no eran doradas, sin duda... Y
cuenta de que habiéndose abejas de donde

Aún así
cosecha que obtendría.

Cuando se ve salir un enjambre de gran volumen, la impresión más fuerte es la de que no se sabe cómo puede haber tantas abejas dentro de la colmena; y luego, de que no van a concluir de salir nunca. El enjambre era prodigioso, y apenas bastaban los quince centímetros de entrada para el violento escape,* Kean corrió a llenar la bomba irrigadora, y presto la fina lluvia abatió a las abejas en una rama de mandarino.

impresión más tenaz es la

dentro, y de que no van a

escape,...

Dado el volumen del enjambre, Kean esperaba que su colmena no se subdividiría más. Pero doce días después el zumbido de llamada tornaba a inundar la quinta, y el nuevo enjambre subió girando sobre sí mismo, y se alejó hacia el monte. Kean, que corría tras él, pudo seguirlo un rato por entre el monte, pero al fin se detuvo rendido, mientras allá arriba, sobre la cima de los árboles, el enjambre se alejaba en girante traslación.

y anterior aunque esta vez el consorcio estaba en casa, el enjambre

que corría tras él con la cabeza al aire, pudo
la maleza, pero

Cuando las abejas proceden así, sin aterrizar antes en racimo, es para marchar con destino marcado a ocupar tal hueco de árbol que las abejas han explorado ya. Este proceder, sin embargo, no agradaba a Kean, quien recordó a sus asociadas las mutuas obligaciones contraídas de una y otra parte. Pero las abejas le hicieron comprender que si la miel** que producían era su debido tributo al hombre Kean, en el pacto no se había hecho jamás mención del derecho a enjambrar.

miel,...

La objeción era leal, y Kean no se quejó; pero esperó otro motivo de disgusto para enterar a su vez a las abejas de los derechos que él mismo creía tener a la salud de su hijo, comprometida si la producción de miel cesaba. Y cesaría, puesto que los enjambres huían.

que creía tener él mismo a la salud de su hijo, comprometida si la producción de miel cesaba. Y debería cesar, puesto que los enjambres huía. El momento llegó, una cálida

El momento llegó en una cálida mañana de febrero. La anormal agitación de las abejas, su vivo zumbido y el vaivén*** de inquietud característicos, indicaron a Kean que las abejas se aprestaban a enjambrar. Visto lo cual, Kean fabricó lo que se llama *guarda entrada*, cuyo objeto es impedir que la reina salga de la colmena, y que

ese vaivén...

---

* pudiéndose creer que viejas obreras de dorso pelado, velludas, recién nacidas, zánganos y reinas desertarían en bloque de la colmena. Kean corrió

** su propia miel que producían, era en cierto modo propiedad exclusiva de Kean, no se había hecho jamás mención del derecho a enjambrar. Y este derecho entendían ellas ser inherente a su propia existencia, no pudiendo por consiguiente ser incluído en el compromiso de usufructo mutuo que habían hecho con el hombre Kean.

*** de inquietud característico, indicaron a Kean que las abejas se aprestaban a enjambrar. Con verdadero tacto expuso a aquéllas su contrariedad, que éstas rechazaron firmemente. Kean se retiró de nuevo, pero acto continuo, con una lata de kerosene y un cortafierro, fabricó lo que se llama «guarda entrada», cuyo objeto es impedir que la reina salga de la colmena, y que consiste en una chapa metálica perforada con calibre tal que las aberturas, deteniendo a la reina, den paso

consiste en una chapa metálica perforada con calibre tal que los agujeros, deteniendo a la reina, dan paso suficiente a las abejas. La tarea, al parecer sencilla, llevó toda esa tarde a Kean;* pero al anochecer la lámina quedaba ajustada a la entrada de la colmena.

La esplendidez de la nueva mañana auguraba novedades en el colmenar, y en efecto, a las diez menos cuarto Kean, que leía a la expectativa junto a su mandarino, vió salir el enjambre que zumbando en frenética espiral, comenzó a alejarse. Bien que seguro del diámetro de sus perforaciones, Kean empezaba a dudar un poco de su mecánica, cuando las abejas del enjambre se dieron cuenta —¿cómo?— de que la reina no estaba con ellas. Las espiras se dilataron en loco zumbido de consternación, y el enjambre entero se precipitó de nuevo en la colmena —que era precisamente lo que había provocado Kean, no permitiendo salir a la reina.

Llevado, sin embargo, por un último escrúpulo, Kean abrió esa tarde la colmema para cerciorarse una vez más de que su población no era excesiva. No lo era, no, y si en los marcos había quince celdas de reina, y sus asociadas se disponían a un enjambre secundario, era debido a esa delirante fiebre de colonización que lanza a veces a las abejas fuera de la colmena madre en cuatro, seis y hasta doce enjambres sucesivos, tan bien que el último está formado únicamente por reinas vírgenes, —regia aventura de princesas sin trono que al caer la tarde volverán consternadas al palacio materno, a cuya entrada serán acribilladas a saetazos por sus mismas nodrizas.

Kean sufrió la tentación de extirpar las celdas de aquellas infantas inútiles, ya destronadas antes de nacer. Pero como gracias al guarda entrada —que impidiendo nuevos enjambres, evitaría por lo tanto nueva eclosión de reinas—, la reina madre debía sacrificar a sus posibles rivales, Kean se abstuvo. Además, en la sien derecha y en el cuello tenía dos manchas lívidas. Y pensó que si por abrir la colmena había merecido dos picaduras, algo peor pasaría al poner en las sacras celdas sus manos regicidas. El resto del día nada anormal se notó. Kean podó sus cocoteros, cepilló algún eucalipto y respiró por fin la frescura de su noche subtropical.

Kean. La madrugada...

diez menos cuarto, Kean,

frenética espiral comenzó

mecánica cuando las abejas, sin saber por qué ni cómo entre aquellos millares de insectos vertiginosos, se dieron cuenta de que la reina no estaba con ellos.

Llevado sin embargo por un último escrúpulo, abrió esa tarde

No lo era, no; y

vírgenes— regía

enjambres evitaría

reinas —la reina madre debía sacrificar a sus posibles rivales, se abstuvo.

eucalipto, y
por la frescura

* siguiente, al renovar el agua de las gallinas que seguían cariñosamente tras él, Kean deploró el nuevo estado de cosas, y aún pensó melancólicamente que mutua cordialidad reinaría aún en la colonia, si en vez de las abejas, fueran las gallinas quienes producían miel.
La esplendidez de la mañana

A la mañana siguiente, y lo mismo que veinticuatro horas atrás, las abejas fueron proyectadas de la colmena en violento chorro. Su tenaz espíritu de expansión las lanzaba a enjambrar de nuevo, y el vertiginoso globo volteó otra vez, inútilmente, *sin poder alejarse por faltarle la reina.

sobre la colmena,...

Kean pretendió levantar la tapa de la colmena para echar una ojeada, y una nube de abejas se lanzó contra él. Alejóse unos pasos, y desde allí tornó a recordar a sus asociadas que no tenían el derecho de desertar de ese modo.

Las abejas zumbaron que la miel pertenecía una y mil veces a Kean; pero que ahí concluían sus derechos.

Y fué así como se apagó y entró en la noche la última fase de una sociedad extraña que pudo haber sido un encanto.

III

A las doce en punto, poco después de almorzar, sobrevino la catástrofe.** Las abejas, exasperadas por aquella chapa agujereada que impedía salir a la reina, la habían matado. Kean la había visto muerta en la piquera, traspasada a aguijonazos. Aunque hubiera deseado quedarse, Kean tuvo que salir un momento a pie, y ató su caballo a un poste del tejido de alambre, sin tiempo para observar lo que pasaba en las colmenas.

catástrofe...

Hasta ese instante no se había notado el menor indicio de ataque. Por esto cuando la mujer de Kean vió entre las palmeras, al lado del corredor, algunas abejas

Por eso cuando

---

* desesperadas de fuga y vida propia.

Cinco minutos después el enjambre huérfano tornaba a la colmena; pero cuando Kean pretendió levantar la tapa para echar una ojeada adentro, una nube de abejas se lanzó —no contra su cara— sino sobre el tul en que aquél había envuelto discretamente su semblante sospechoso. Alejóse unos pasos, oyendo entonces reiterar en agudo zumbido a su alrededor, el derecho a enjambrar que él les negaba con su lata de kerosene. Kean, las manos bien hundidas en los bolsillos, objetó que si el derecho a enjambrar era bien de las abejas, no resultaba menos cierto que tenía también el deber de no hacerlo mientras la colmena tuviera capacidad suficiente. Y era penoso que colmenas tan bien hechas se vieran vacías en casi su mitad, siendo en último caso lamentable que él, hombre, debiera recordarles que una colonia populosa se defiende mejor que tres débiles, y que cuatro o cinco enjambres mezquinos producen menos miel que una robusta colmena.

Las abejas zumbaron que la miel —sobre la cual parecía girar todo el intelecto del hombre presente— le pertenecía una y mil veces; pero no el modo de producirla. Esto es cuanto podían decir.

Y fue así cómo se apagó y entró en la noche, la última

** Un momento antes el enjambre había salido de nuevo para retornar a la colmena. Las abejas exasperadas por la constante violencia y por la torpeza de la reina en seguirlas, la habían matado. Kean, que a las once pasó por allí, pudo ver tendida en la piquera, sola y al sol a la augusta abeja, traspasada de aguijonazos. Volvió en seguida (sic); pero obligado a salir de nuevo, esta vez a pie, ató su caballo a un poste del tejido de alambre, sin tiempo para observar, como hubiera deseado, lo que pasaba en las colmenas.

que zumbaban con aguda cólera, no se preocupó mayormente, contentándose con llamar a su hijo mayor, que dialogaba con las semillas de los eucaliptus, y con entrar bajo el corredor el cochecito en que dormía su pequeña.

De repente el chico lanzó un grito:

—¡Ay, mamá!

La mujer de Kean corrió, y antes de darse cuenta de lo que pasaba, oyó otro alarido de su hijo, a tiempo que se sentía terriblemente picada. El aire estaba ensombrecido de abejas furiosas. Con las manos en la cara, acribillada de saetazos, corrió hacia su hijo, que llegaba ya hasta ella gritando de terror.

La mujer de Kean lo hundió desesperada entre sus faldas, y sintió entonces un brusco vagido.

—¡Ay, la nena! ¡Dios mío! ¡Corre al comedor, mi hijo!

Y empujando violentamente al chico, se lanzó a la cuna.

La cara de la pequeña desaparecía bajo la nube de abejas. La madre, gritando de horror, limpió del rostro aquella horrible cosa pegada, y arrancando a la criatura del cochecito entró a su vez en el comedor. Pero las abejas, enloquecidas de furia, entraban tras ella, y tuvo que encerrarse en su cuarto, y clamando a gritos con su hijo. Entonces oyó, distante aún, la voz alterada de su marido:

—¡Julia, óyeme bien! ¡No salgas! ¿Los chicos están contigo?

—¡Sí, en mi cuarto! ¡Pero ven en seguida! ¡Julita se muere, Kean!

Kean, acribillado a su vez de picaduras, alcanzó a ver mientras corría el tejido de alambre deshecho, y a su caballo por tierra. Vió el patio oscurecido de abejas, y cuatro negros chorros que continuaban saliendo de las colmenas.

Vió asimismo que su hijo varón, aunque con cara y manos fuertemente picadas, no ofrecía peligro alguno. Su hija...

—¡Mira, mira! —le gritó su mujer consternada—. ¡Se nos va a morir, Kean!*

No había allí sino un cuerpecillo de bebé con una monstruosa bola de carne por cara, en que boca, nariz y ojos desaparecían en una vejiga lívida.

---

excesivamente satisfecha con llamar a su hijo, que charlaba con

El mayor de repente lanzó

pasaba oyó otro alarido de su hija. Al salir afuera se sintió terriblemente picada.
cara tropezando, enloquecida de

hundiólo desesperada

¡Ah, la nena!
mi hijo, corre!

violentamente a la criatura,

y arrancándola del cochecito

furia entraban
cuarto desesperada, y
oyó la voz

óyeme!

deshecho, a su caballo por tierra, el patio
y continuaban

Vió en seguida al entrar que el varón,

Kean!...

---

* ¡Alma mía, desgraciada criatura! —sollozó devorándola con sus ojos desesperados. Kean se extremeció (*sic*). No había allí sino un cuerpecillo

Kean abrió la puerta al comedor, y una nube de abejas se lanzó a su encuentro, acribillándolo de nuevo a aguijonazos.

encuentro acribillándolo

—¡En la cuna, bajo el mosquitero! ¡Los dos! ¡Ponte el velo! —gritó Kean, cogiendo el suyo y saliendo de nuevo.

Kean cogiendo

En cinco minutos Kean dispuso grandes vendajes de agua caliente, y envolvió a la criatura de pies a cabeza. Renovó las compresas a los diez minutos, y durante cuatro horas los vendajes continuaron sin interrupción, hasta que al cabo de ellas Kean y su mujer pudieron respirar. El pulso se levantaba y la fiebre e hinchazón cedían por fin.

minutos el Primus dispuso grandes vendajes de agua casi hirviendo, y

Julia, quebrantada, se echó entonces a llorar quedamente.

,dulcemente.

—¡Figúrate que pensaba dejarla en pañales por el calor! —sonreía a su marido con los ojos llenos de lágrimas—. ¡Cuando pienso!...

—Sí, para estos casos son útiles las mantillas —repuso él bromeando, a fin de levantar el ánimo.

Y al mirarse por primera vez en la cara, se echaron a reír sin querer. Kean no veía con el ojo izquierdo, y su mujer lo hacía medianamente con los dos.

—Ahora, nosotros. Ponte compresas y ponle también algunas a Eduardo, aunque el hombrecito es fuerte. Yo voy a seguir con Julita.

¡Ahora, nosotros! Ponte compresas, y

Muy tarde ya, cuando el sol caía, Kean pudo salir un momento a ver a su caballo. Estaba muerto* desde varias horas atrás, monstruosamente hinchado. Echó una ojeada a las colmenas —una fría mirada de transeúnte. Una tras otras, las híbridas enloquecidas volvían a recogerse con la caída de la noche, mutiladas, hartas de pillaje y locura asesina. En un poste del tejido de alambre vió aún veinte o treinta abejas aguijoneando la madera inerte.

muerto...

de alambre, vió

aguijoneando, con un furor que duraba seis horas, la estremeció otra vez.

Kean se estremeció entonces libremente. Lo que no había querido decir a su mujer es que posiblemente los ojos de la criatura estaban tocados.

—Si Dios no hace un milagro... —murmuró.

La sombra crecía, y en la súbita frescura Kean, sacándose el sombrero con el velo, arrojó en un brusco suspiro crepuscular la fúnebre opresión de toda esa tarde que se llevaba, en girante pesadilla de abejas, la vida de su caballo y la belleza de su hija.[2]

crecía; y en

tarde, que se

---

* de varias horas atrás, con la hinchazón característica que producen los venenos animales. Echó una ojeada a las colmenas, una

NOTAS

[1] Publicado por primera vez en: *Fray Mocho*, Buenos Aires, año I, nº 35, diciembre 27, 1912, con tres dibujos de Friedrich, uno por cada página que el relato ocupa en la revista.

[2] En la misma carta que expone sus quejas a Luis Pardo por las erratas de «Los inmigrantes» [véase nota (a) de este relato], escribe: «En "La reina italiana" falta por ahí una línea entera, enflaqueciendo así el párrafo. Me apena, porque casualmente ese párrafo me gustaba bien. Pídole, pues, protección.»

LA VOLUNTAD[1]

Yo conocí una vez a un hombre que valía más que su obra. Emerson anota que esto es bastante común en los individuos de carácter. Lo que hizo mi hombre, aquello que él consideraba su obra definitiva, no valía cinco centavos; pero el resto, el material y los medios para obtenerlo, eso fácilmente no lo volverá a hacer nadie.

Los protagonistas son un hombre y su mujer. Pero intervienen un caballo, en primer término; un maestro de escuela rural; un palacio encantado en el bosque, y mi propia persona, como lazo de unión.

Héla aquí, la historia.

Hace seis años —a mediados de 1913— llegó hasta casa, en el monte de Misiones, un sujeto joven y rubio, alto y extremadamente flaco. Tipo eslavo, sin confusión posible. Hacía posiblemente mucho tiempo que no se afeitaba; pero como no tenía casi pelo en la cara, toda su barba consistía en una estrecha y corta pelusa en el mentón, —una barbicha, en fin. Iba vestido de trabajo; botas y pantalón rojizo, de género de maletas, con un vasto desgarrón cosido a largas puntadas por mano de hombre. Su camisa blanca tenía rasgaduras semejantes, pero sin coser.

Ahora bien: nunca he visto un avance más firme —altanero casi— que el de aquel sujeto por entre los naranjos de casa. Venía a comprarme un papel sellado de diez pesos que yo había adquirido para una solicitud de tierra, y que no llegué a usar.

Esperó, bien plantado y mirándome, sin el menor rastro de afabilidad. Apenas le entregué su papel, saludó brevemente y salió, con igual aire altivo. Por atrás le colgaba una tira de camisa desde el hombro. Abrió el portoncito y se fue a pie, como había venido, en un país donde solamente un tipo en la miseria no tiene un caballo para hacer visitas de tres leguas.

¿Quién era? Algún tiempo después lo supe, de un modo bastante indirecto. El almacenero del que nos

y el medio para obtenerlo, eso no lo volverá a hacer fácilmente nadie.

término: un

Hace cinco años — a mediados de 1913 — fué a casa, en el monte de Misiones, un sujeto joven y rubio, alto y extraordinariamente flaco.

estrecha y larga pelusa en el mentón — una barbicha, en fin. Iba

rojizo de género de maleta con

sin coser. Se le veía la piel que hacía casi daño por su blancura.

Venía a comprar un papel sellado de diez pesos que yo, dada mi situación oficial en aquel entonces, estaba en el caso de venderle.

Espero, bien plantado y mirándome sin el más leve rastro de afable sonrisa. Apenas

aire. Por atrás, desde media cintura le colgaba una faja de camisa que arrancaba desde el hombro. Abrió

238

surtíamos en casa, me mandó una mañana ofrecer un
anteojo prismático de guerra —algo extraordinario. No
me interesaba. Días después me llegó por igual conducto
la oferta de una Parabellun con 600 balas, por 60 pesos,
que adquirí. Y algo más tarde, siempre por intermedio
del mismo almacén, me ofrecían varias condecoraciones
extranjeras —rusas, según la muestra que el muchacho   *muestra que en la maleta traía el*
de casa traía en la maleta.   *muchacho de casa.*

Me informé bien, entonces, y supe lo que quería. El
poseedor de las condecoraciones y el hombre del papel
sellado eran el mismo sujeto. Y ambos se resumían en la   *sujeto, desde luego.*
persona de Nicolás Dmitrovich Bibikoff, capitán ruso de
artillería, que vivía en San Ignacio desde dos años atrás,
y en el estado de última pobreza que aquello daba a
suponer.

Me expliqué bien, así, el aire altanero de mi hombre,   *bien, entonces, el*
con su tira colgante de camisa: se defendía contra la idea *así contra la idea*
de que pudieran creer que iba a solicitar ayuda, a pedir   *pedir limosna*
limosna. ¡El! Y aunque yo no soy capitán de ejército
alguno ni poseo condecoraciones otorgadas por una
augusta mano, aprecio muy bien el grado de miseria, la
necesidad de comer algo del tipo de la barbicha, cuando   *necesidad de comer algo*
enviaba a subastar sus colgajos aristocráticos a un boli-   *enviaba sus colgajos a subasta, a*
che de mensús.   *un boliche*

Supe algo más. Vivía en el fondo de la colonia, contra
las barrancas pedregosas del Yabebirí. Había comprado
25 hectáreas —y no definitivamente, a juzgar por el
sellado de diez pesos para reposición. Todo allí: chacra,
Yabebirí y cantiles de piedra, queda bajo bosque absoluto. El monte cerrado da buenas cosechas, pero torna la
vida un poco dura a fuerza de barigüís, tábanos, mosquitos, uras y demás. Es muy posible dormir la siesta alguna
vez bajo el monte, y despertarse con el cuerpo blanco de   *con la ropa blanca*
garrapatas. Muy pequeñas y anémicas, si se quiere; pero
garrapatas al fin. Como medios de comunicación a San   *garrapatas, en fin.*
Ignacio, sólo hay dos formales: el vado del Horqueta y el
puente sobre el mismo arroyo. Cuando llueve en forma,
el puente no da paso en tres días, y el vado, en toda la   *en todo el período. De modo*
estación. De modo que para los pobladores del fondo
—aun los nativos— la vida se complica duramente en las
grandes lluvias de invierno, por poco que falte en la casa *grandes lluvias e invierno (sic),*
una caja de fósforos.

Allí, pues, se había establecido Bibikoff en compañía
de su esposa. Plantaban tabaco, a lo que parece, sin más
ayuda que la de sus cuatro brazos. Y tampoco esto,

porque él, siendo enfermo, tenía que dejar por días enteros toda la tarea a su mujer. Dinero, no lo habían tenido nunca. Y en el momento actual, el desprendimiento de algo tan entrañable para un oficial europeo como sus condecoraciones de guerra, probaba la total miseria de la pareja.

Casi todos estos datos los obtuve de mi verdulero, llamado Machinchux. Era éste un viejo maestro ruso, de la Besarabia, que había conseguido a su vejez hacerse desterrar por sus ideas liberales. Tenía los ojos azules más tiernos que haya visto en mi vida. Conversando con él, parecíame siempre estar delante de una criatura: tal era la pureza lúcida de su mirada. Vivía con gran dificultad, vendiendo verduras, que obtenía no sé cómo, defendiéndolas para sus cuatro o cinco clientes de las hormigas, el sol y la seca. Iba dos veces por semana a casa. Conocía a Bibikoff, aunque no lo estimaba mayormente: el capitán de artillería era francamente reaccionario, y él, Machichux, estaba desterrado por ser liberal.

—Bibikoff no tiene sino orgullo —me decía—. Su mujer vale más que él.

Era lo que yo deseaba comprobar, y fuí a verlos.

Una hectárea rozada en el monte, enclavada entre cuatro muros negros, con su fúnebre alfombra de árboles quemados a medio tumbar; constantemente amenazada por el rebrote del monte y la maleza, ardida a mediodía de sol y de silencio, no es una visión agradable para quien no tiene el pulso fortificado por la lucha. En el centro del páramo, surgía apenas de la monstruosa maleza el rancho de los esposos Bibikoff. Vi primero a la mujer, que salía en ese momento. Era una muchacha descalza, vestida de hombre, y de tipo marcadamente eslavo. Tenía los ojos azules con párpados demasiado globosos. No era bella, pero sí muy joven.

Al verme, tuvo una brusca ojeada para su pantalón, pero se contuvo al ver mi propia ropa de trabajo, y me tendió la mano sonriendo. Entramos. El interior del mísero rancho estaba muy oscuro, como todos los ranchos del mundo. En un catre estaba tendido el dueño de la casa —vestido con la misma ropa que yo le conocía—, jadeando con las manos detrás de la cabeza. Sufría del corazón, y a veces pasaba semanas enteras sin poder levantarse. Su mujer debía entonces hacerlo todo —incluso proseguir la plantación de tabaco.

Ahora bien, si hay una cosa pesada que exija cintura de hierro y excepcional resistencia al sol, es el cultivo del tabaco. La mujer debía levantarse cuando aún estaba oscuro; debía regar los almácigos, trasplantar las matas, regar de nuevo;* debía carpir a azada la mandioca, y concluir la tarde hacheando en el monte, para regresar por fin al crepúsculo con tres o cuatro troncos al hombro, tan pesados que imprimen al paso un balanceo elástico —rebote de un profundo esfuerzo que no se ve.

De noche, las caderas de una mujer de veinte años sometida a esta tarea duelen un poco, y el dolor mantiene abiertos los ojos en la cama. Se sueña entonces. Pero en los últimos tiempos, habiéndose agravado el estado de su marido, la mujer, de noche, en vez de acostarse, tejía cestas de tacuapí, que un vecino iba a vender a los boliches de San Ignacio,** o a cambiar por medio kilo de grasa quemada e infecta. Pero ¿qué hacer?

En la media hora que estuve con ellos, Bibikoff se mantuvo en una reserva casi hostil. He sabido después que era muy celoso. Mal hecho, porque su mujercita, con aquel pantalón y aquellas manos ennegrecidas de barigüís y más callosas que las mías, no despertaba otra cosa que gran admiración.

Así, hasta agosto de 1914. Jamás hubiera imaginado yo que un cardíaco con la asistolia de mi hombre pudiera haber tenido veleidades guerreras, cuando mucho más fácil y corto le habría sido quedarse a morir allí. No pasó esto, sin embargo, y con la sorpresa consiguiente, supe a fines de agosto que el capitán de artillería se había embarcado para Buenos Aires, rumbo a su patria.

¿Y el dinero? ¿Y su mujer? Ambas cosas las supe por Machinchux, que, desde el comienzo de la guerra venía cada dos días a casa a comentar mapas y estrategias conmigo. El caso es que Bibikoff necesitaba dinero para irse, y no lo tenía. Entonces Machinchux había vendido su caballo —¡lo único que tenía!— y le había dado su importe a Bibikoff, a quien no estimaba, pero al que ayudaba a cumplir con lo que el otro creía su deber.

—¿Y usted, Machinchux? —le dije—. ¿Cómo va a hacer para traer la verdura?

Ahora bien si hay una cosa pesada, que exija cintura y resistencia al sol excepcionales, es el cultivo levantarse de noche aún, regar

nuevo,...

esa tarea, duelen un poco, y el dolor hace cerrar los ojos y soñar. Pero en el período último, habiéndose repetido los ataques del marido, la mujer, de noche, en vez de dormir enseguida

San Ignacio,...

embargo y con la sorpresa consiguiente, supe

que desde

estimaba, pero que quería cumplir con lo que él creía

---

* carpir a machete y azada la mandioca ineludible, y concluir la tarde con el hacha en el monte, para regresar al crepúsculo con tres o cuatro palos al hombro, tan largos y pesados que imprimen al paso un balanceo, cuya elasticidad es el rebote de un profundo

** a un precio suficiente para que les permitiera comprar medio kilo de grasa quemada de vez en cuando. Pero, ¿qué hacer?

Por toda respuesta el viejo maestro democrático se sonrió, mirándome por largo rato. Yo me sonreí, a mi vez, pero tenía un buen nudo en la garganta.

sonreí a mi vez. Hay cosas que un hombre no puede hacer; pero yo, tenía

Desde la ausencia de su marido, la mujer estaba en casa de Allain, pues por veinte motivos a que no era ajena la juventud de la señora, no podía ésta quedar sola en el monte.

Allain es un gentilhombre de campo, de una vasta cultura literaria, que se ha empeñado desde su juventud en empresas de agricultura. Tuvo en su mocedad correspondencia filosófica con Maurice Barrès. Ahora dirige en San Ignacio una vasta empresa de yerba mate, cuyo cultivo ha iniciado en el país. Tiene como pocos el sentido del savoir-faire, y posee una bella casa, con gran hall iluminado, y sillones entre macetas exuberantes. Esto, a quince metros del bosque virgen.

el sentido del *savoir-faire*, y posee una bella casa con

Las peculiaridades de la vida de allá me llevaban a veces a verdaderos dîner en ville a casa de Allain. Fué una de esas noches cuando saludé en el hall resplandeciente a una joven y muy elegante dama reclinada en una chaise-longue.

verdaderos *dîner en ville*

saludé, en el hall resplandeciente, a

—Madame Bibikoff —me dijo la señora de Allain.

¡Cierto! Era ella. Pero de los pies descalzos de la dama, del pantalón y demás, no quedaba nada, a excepción de los párpados demasiado globosos. Era un verdadero golpe de vara mágica. Eché una ojeada a sus manos: qué esfuerzos —como a machete— debió hacer la dama en un mes para estirar, suavizar y blanquear aquella piel, lo ignoro. Pero la mano pendía inmaculada en un abandono admirable.

descalzos, del pantalón

inmaculada,

¡Pobre Bibikoff! No era de su mujer deschalando maíz de quien debiera haber estado celoso, sino de aquella damita que quedaba tras él, y que miraba todo con una beata sonrisa primitiva de inefable descanso.

En total, la señora esperaba ir en seguida a reunirse con su marido, cosa que pudo realizar poco después. Mas no por eso dejó, durante su estada en lo de Allain, de preocuparse vivamente y atender su plantación de tabaco.

En total, esperaba

Esta es la historia. Algunos meses más tarde, supe por Allain que madame Bibikoff le había confiado un manuscrito —el diario de su marido, en que éste contaba su vida y el por qué de su destierro al fondo del Horqueta. La consigna era ésta: no leer el diario, hasta pasado un año sin noticias de los Bibikoff.

Pasó ese año, y leí el manuscrito. La causa, el único motivo de la aventura, había sido probar a los oficiales de San Petersburgo que un hombre es libre de su alma y de su vida, donde él quiere, y donde quiera que esté. De todos modos, lo había demostrado. El diario ese, escrito con gran énfasis filosóficoliterario no servía para nada, aunque se veía bien claro que el autor había puesto su alma en él. Para probar su tesis había hecho en Misiones lo que hizo. Y este fué su error, empleando un noble material para la finalidad de una pobre retórica. Pero el material mismo, los puños de la pareja, su feroz voluntad para no hundirse del todo, esto vale mucho más que ellos mismos —incluyendo la damita y su chaise-longue.

quiere y donde quiera

con un énfasis filosófico-literario espantoso, no servía absoluta- mente para
se veía claro
en él y por él había hecho lo que hizo.

mismos— incluyendo el chaise longue y lo demás.

NOTAS

[1] Publicado inicialmente en el mensuario *Plus Ultra*, Buenos Aires, nº 24, abril 1918, en una sola página y acompañado por un dibujo de Álvarez.

CUADRIVIO LAICO[1]

NAVIDAD

CUENTO LAICO DE NAVIDAD

Los Reyes Magos, después de consultar a Herodes, partieron de Jerusalén. La estrella divina que antes les había guiado y que habían perdido reapareció hacia el sur, descendiendo al fin sobre el techo de una humilde posada, donde acababa de nacer Jesús.

y habían perdido

Los viejos monarcas lo adoraron parte de la noche, retirándose temprano, pues al alba debían partir para Jerusalén a avisar a Herodes; pero en un nuevo sueño unánime fueron advertidos de que no lo hicieran así. Cambiaron en consecuencia de dirección y nunca se volvió a saber de ellos.

Los viejos creyentes,

Herodes: pero en un severo sueño

dirección, y

Cuando después de muchos días de espera Herodes se vió engañado por los viejos árabes, entró en gran furor y ordenó que se degollara a todos los niños menores de dos años de Bethlehem y sus alrededores.

espera, Herodes

Militaba por entonces en la segunda decuria de la guardia de Herodes un soldado romano, llamado Quinto Arsaces Tritíceo, parto de origen y hombre de carácter decidido y franco. Durante su estación en la triste Judea había depositado su amor en una joven bethlehemita de nítida belleza, tan sencilla de corazón que jamás había soñado más horizonte para su hermosura que el homenaje del sincero soldado.

soldado romano llamado

Judea, depositó su amor en una joven bethlehemita de primordial belleza, bien que la sencillez de su corazón fuera tanta, que

Salomé —llamábase así— vivía en Bethlehem con sus padres, y dos veces por semana llevaba a la capital los frutos varios de su huerta. A su regreso, en las claras noches de luna, Arsaces solía acompañarla, con su espada corta y su jabalina.

Salomé vivía

En una de esas noches, al despedirse, Arsaces le dijo estas palabras:

En una de aquellas, al despedirse,

—Dime: ¿no has oído hablar en Bethlehem de tres viejos árabes que estuvieron sólo una noche allí?

—No, ¿por qué?

tres viejos magos que

245

—Por esto: Galba, nuestro decurión, nos ha dicho ayer que El Idumeo esperó ansiosamente a tres árabes o caldeos que fueron a Bethlehem, hace ya bastante tiempo. No sé en verdad qué clase de inquietud es la suya; pero Galba teme algún nuevo despropósito de Herodes.

El Idumeo espera árabes o egipcios

Como la joven nada sabía, no hablaron más de ello.

eso.

Dos días después, Salomé llegó muy temprano a Jerusalén. Apenas vió a Arsaces le echó los brazos al cuello, llorando de alegría.

—¡El Mesías, nuestro Salvador, ha nacido!

Y le contó, en abundantes lágrimas de fe dichosa, el nacimiento de Jesús, el ángel que sobrevino a los pastores, la adoración de los reyes, todo, todo. ¡Y ella, que lo había sabido el día anterior apenas!

contó, con sus abundantes

¡Y ella lo había sabido

—¿De veras crees que ese chico es el Mesías? —le preguntó Arsaces.

—Sí, creo —respondió la joven, fijando en él sus ojos dilatados de sereno y profundo entusiasmo.

— Sí creo —

Pero como por dicha es posible conciliar el amor y la fe en una misma ternura, la despedida de los jóvenes fue ese día más dulce aún.

Amor y la Fe

A la mañana siguiente, Salomé, que volvía de la cisterna, lanzó un grito y déjó caer el cántaro al ver de improviso a Arsaces.

dió un grito

—¡Pronto! —le* dijo éste apresurado—. Mi decuria llega ya a Bethlehem y no puedo demorar. Galba me ha permitido te diga dos palabras, y le debo exactitud. Tenemos orden de matar a todas las criaturas menores de dos años si no hallamos a tu Mesías. ¿Sabes dónde está?

palabras y le debo

Al oír esto, la joven hebrea desgarró su velo, presa de la más grande desesperación. Se arrodilló ante el soldado, cogiéndole las manos. ¡Matar a su Señor! ¡Entregarle! ¡Pero era posible oír eso!

¡entregarle! ¡pero era

—¡Pronto! —insistió Arsaces, malhumorado por el cansacio—. Dime dónde vive, o matamos a todos.

Salomé esparció sus cabellos y se dejó caer de bruces sobre la tierra.

se dejó caer gimiendo

Entonces Arsaces se fué. Mientras se alejaba, la bethlehemita vio pasar ante sus ojos todas las tiernas criaturas muertas injustamente, y sintió en su corazón el clamor fraternal de su pobre naturaleza humana.

pobres criaturas muertas porque sí, y sintió en su corazón, bajo su fe divina, el clamor

---

* En las tres versiones, extrañamente, figura: «—*la (sic)* dijo éste»

Se levantó, corriendo tras de Arsaces.

—¡No puedo, no puedo! —gimió—. ¡Que el Señor haga de mí lo que quiera! Jesús vive en la huerta de Samuel y es hijo de María de Nazareth...

No dijo más, porque se desmayó. Arsaces llevó la denuncia a Galba y la decuria se dirigió a casa de Samuel para apoderarse de Jesús. Pero como en la noche anterior, José —advertido por un ángel— había partido a Egipto con su familia, la guardia cumplió la orden de Herodes, degollando a todas las criaturas menores de dos años de Bethlehem y sus alrededores, como estaba escrito.

El tiempo pasó. La Palestina fué reducida a provincia romana. Hondas perturbaciones agitaron al pueblo de Israel, y Jesús padeció, fue crucificado, muerto y sepultado bajo el poder de Poncio Pilatos.

Pero nunca se olvidó el monstruoso crimen de Salomé. El mismo sacrilegio de Judas fué ligero comparado con el de aquélla. San Pedro, varón humilde, aunque de profunda filosofía, lo dijo así: «Judas no creyó nunca en su Maestro, y por esto, al venderlo, no cometió sino crimen de los hombres. Mas Salomé entregó a su propio Dios que adoraba, esto es, haciendo acto del mayor sacrilegio que puede concebir mente humana.»

En los fortuitos encuentros de los apóstoles jamás se nombró a la bethlehemita, para desterrar hasta de los labios su evocación impura. El nuevo mundo se asentó sobre el horror de su nombre, y la dicha de las primeras Navidades fue turbada por la memoria de aquel inaudito sacrilegio. Para mayor afrenta, el recuerdo de otra Salomé se agregó...

Pasaron más años; y como en esta vida todo es transitorio, San Pedro murió. Apenas en el dintel del cielo, vio a su Maestro que salía a recibirle con una sonrisa de amistad divina. Después vio al Señor, vio a la Virgen María, a Abraham y José, y vio también entre los elegidos, con un gran sobresalto de su corazón, a Salomé de Bethlehem, transparente de cándida serenidad.

—¡Señor! —murmuró San Pedro, conturbado hasta el fondo de su alma—. ¿Cómo es posible que Salomé esté aquí?

El Señor sonrió, colocando sobre el hombro del apóstol su mano de luz:

—Hay muchos modos de ser bueno, Pedro. Salomé creía en mi Hijo, y esto te dice que era digna de mi reino,

y Jesús fué

Más, Salomé, entregó

fué turbada por los gemidos á aquel
de Salomé se apagó...

Pasaron muchos años. Y como

que salió a

vió también entre todos, con un gran sobresalto de corazón, a

— Señor —

alma, — ¿Cómo

porque la pureza, el amor y la fe ocupaban su corazón. Supón ahora qué cantidad de ternura y compasión habría en su alma, cuando prefirió sacrificar su Dios, antes que ser culpable de la muerte de infinidad de criaturas en el limbo de la inocencia, y que no tenían culpa alguna...

muerte de muchas criaturas en el limbo de la inocencia y

Pedro, corazón simple, y que ya en el mundo había desacertado tres veces, lloró en nuevas lágrimas su dureza de corazón y bajó más la cabeza. Pero un suave calor iluminó sus ojos cerrados, y, abriéndolos, vio que el Señor y su Hijo le miraban a él mismo con infinita compasión.

bajó más aún la cabeza. Pero una suave luz iluminó

mismo con infinita dulzura.

REYES

NOCHE DE REYES

En las noches claras de invierno, los elefantes gustan de caminar sin objeto. Van, columpiando apaciblemente la cola, estirando con vaga curiosidad la trompa aquí y allá. Atraviesan la llanura, cortan el juncal cuyos bambúes doblan y aplastan pesadamente con sus patas de piano, entran en la selva como en una trampa, en fila, la trompa erguida sobre la grupa del anterior. A veces, uno se detiene, aspira ruidosamente y berrea; luego, para reincorporarse, apura el paso.

noches frías y claras de invierno,

Atraviesas los campos solitarios, cortan la yungla cuyos bambúes doblan
entran en las sendas del bosque como
A veces uno se

Todos esos elefantes son conocidos. Uno formó parte de la Compañía Brindis, de Lahore. Era el payaso, sentado siempre en las patas traseras, con una enorme servilleta al cuello. Lo pintaban de amarillo, enarbolaba en la cola la bandera patria, se emborrachaba, lloraba, se clavaba agujas en el vientre. En la alta noche, en paz ya, lamía horas enteras el anca de los caballos. Un martes de carnaval incendió el circo y huyó.

Otro lleva ensartada en un colmillo la calavera de un cazador inglés a quien acechó y mató en una emboscada. La punta del colmillo sale por la órbita rota. Cuando ese elefante huye, la cabeza al aire, los dientes flojos del tuerto suenan como un cascabel.

Otro llevaba clavada en
acechó y destrozó
El colmillo sale por la órbita rota. Cuando huye, la cabeza al aire, los dientes flojos del tuerto,

Otro es el elefante castrado de un rajá, flor de su séquito y favorito del hijo menor, en razón de su hermosura. La frágil vida del príncipe sosteníase en la muelle mesura de su paso. El adolescente sufría sin saber por qué, los crepúsculos vehementes lo ahogaban, buscaba la soledad para morir, descargando en lánguidos llantos el exceso de su imperial agonía. Una noche de luna, diáfana y melancólica, el elefante bajó a su príncipe a la orilla del lago y le aplastó el pecho. Después lo arrojó al agua. La cabeza del infante flotó sobre el regio manto tendido a nivel, derivó con la brisa como un loto, llevando a lo lejos, sobre esa hoja de oro, la flor de su temprana belleza.

Otro tiene cien años, más todavía. Nació en la costa de Malabar, de padres domésticos. Ha trabajado toda su vida sin una revuelta, dócil en su heredada mansedumbre. Un día de primavera se alejó hacia la selva. Ha aprendido de las hijas de sus dueños a amar las flores. A veces, cuando el monzón trae de la costa recuerdos de centenarios halagos, reavívase su dulce condición, y recostado a un árbol, con una flor en la trompa, respira ese perfume largas horas con los ojos cerrados.

Otro es ciego y camina constantemente recostado a alguno de sus compañeros, durmiendo así en marcha. Un regimiento inglés lo adquirió muy pequeño para el servicio de la guarnición. Lo querían locamente. Una noche de champagne —aniversario del 57— fueron a buscarlo cantando a las tres de la mañana, y le abrasaron los ojos con pólvora. Estuvo tres días inmóvil, vertiendo la supuración de sus ojos enfermos. Se internó luego, y marcha de ese modo sostenido, sobrellevando su ceguera como un castigo del cielo, sin una queja.

A la cabeza de la tropa va uno flaco y vacilante, que arrastra un poco las patas traseras. Sufre crueles neuralgias que remedia en lo posible restregando suavemente en los troncos su dolorida cabeza. Es un gran comedor de cáñamo, y de aquí provienen sus males. Durante sus horas de embriaguez la manada se aparta y le deja solo con sus delirios de brutal grandeza, bramando a las ramas más altas de los árboles, arrollándolo todo, sentándose en los claros con lágrimas de orgullo, los pulmones hinchados para abultar más. Otras veces sus accesos melancólicos lo integran con la manada, va de uno a otro quejándose, para concluir en compañía del ciego, a cuya trompa une la suya fraternal, marchando así dulcemente.

Nuestros seis conocidos prosiguen su derrota nocturna. Enfílanse al entrar en las sendas sin una disensión, con el humor huraño que ha dejado en todos ellos su antigua domesticidad. No berrean casi nunca, jamás se separan. En esa vida en común, sin embargo, no hay

---

diáfana y melancólica, bajó á su príncipe en la

heredada mansedumbre.
Un día de primavera se alejó hacia la selva, al paso.
Ha

y, recostado

largas horas, los
á alguno de ellos, durmiendo

— aniversario del 58 —

va ahora uno flaco

Enfílanse, al cruzar las sendas, sin
dejado en todos su antigua

simpatías particulares: cada cual se aisla en su silencioso
egoísmo, cansado para siempre de todo afecto. Van en
grupo solamente, evitando la incorporación de nuevos
compañeros demasiado ruidosos.

    Atraviesan ahora un juncal altísimo en que des-
aparecen. De vez en cuando el extremo de una trompa se
yergue sobre las cañas como una cabeza de serpiente,
husmea un momento y se hunde. Más allá emerge otra,
luego otra. El juncal concluye, por fin; salen uno a uno
como ratones de esa cueva.

    Pero entretanto la luna desmesurada y roja ha
salido. Surge en el fondo de la carretera abierta en pleno
bosque; el negro follaje, a ambas veras, se cristaliza en
un frío reguero de plata, hasta el confín. En la eclógica
placidez de esa medianoche, fría y tranquila, el cielo,
ahora iluminado, diluye grandes efluvios de esperanza
que el mundo, allá lejos, absorbe con dulzura en la
velada de esa noche de Reyes. Más tarde, porque aún no
es hora, saldrá la estrella de los pastores. Pero no
importa: los elefantes, que iban a internarse de nuevo, se
han detenido. Oscilan un momento sobre las patas,
titubeando; alzan la trompa al cielo fresco, respiran
profundamente esa inmensa paz, y marchan al paso al
Oriente, hacia la luna enorme que les sirve de guía.

LA PASION

Como es bien sabido, en el cielo se rememora la Pasión de
Nuestro Señor Jesucristo mucho más que en la tierra. La
luz angélica es reemplazada cada aniversario por los
propios destellos del Espíritu Santo. Pero como la fluo-
rescencia divina es silenciosa, entreábrense en esta ocasión las cortinas inferiores, y llega así hasta el cielo* la
armonía de los mundos que antes creó el Señor: es la
única música.

    Bien se comprende que Dios —Causa, Efecto, Pre-
sencia y Alegría de todo y de sí mismo— se halla muy por
encima de todo festejo. En cambio, a Jesucristo, que
tuvo demasiado tiempo forma y quebrantos de hombre,
no le es dada la absoluta serenidad del Padre, siendo de

---

    * la armonia de (En el texto-base: «harmonía», optamos por la forma anterior que figura tanto en 1907 como en 1920)

Marginal variant readings (right column):

particulares; cada

juncal profundo en
De cuando en cuando el extremo
cabeza de culebra,

al rato otra. El juncal concluye
por fin;

la luna roja y desmesurada
Surge en el horizonte de la

FIESTA DE CORPUS EN EL CIELO

Como es sabido, en el cielo se
festeja Corpus Christi mucho

ese día por los

esa ocasión
la armonía

de todo y sí mismo—

tiempo,

ahí susceptible de variación de ánimo. El viernes santo, está consagrado a su gloria particular, a fin de que ésta irradie sobre el mundo girante allá abajo.

El día de Corpus Christi es pues consagrado á

Es vieja costumbre que las almas de todos aquellos que tuvieron trato con Jesús organicen ese día un glorioso desfile delante de él, hosanna a la Bondad —Tolerancia— Caridad, triángulo divino de su peregrinaje por la tierra.

afectuoso desfile delante suyo, Bondad, Tolerancia, Caridad,

Ahora bien, a fines del siglo XVIII, dicha fiesta vióse profundamente turbada; véase de qué manera.

Ahora bien; el último año la sacra fiesta se vió turbada, ¡y qué inesperadamente! Los hechos pasaron del siguiente modo:

A la una de la tarde de ese aniversario de la Pasión, la procesión comenzó a desfilar delante del Trono. Jesús, emocionado ante esas caras conocidas, porque aún no se han desvanecido del todo en él los sufrimientos de su viaje a la tierra en tiempos del Imperio romano, se mantenía en pie al lado del Señor. Pasaron primero las dos mil criaturas degolladas de Bethlehem, sonriendo al celestial vecino de dos años. Luego, los innumerables mártires de nombre ignorado. Después, las piadosas hierosolimitanas que fueron a recibirle con palmas a las puertas de la ciudad. En pos de ellas pasó la mujer adúltera, *perdonada por Jesús a pesar de sus muchas faltas.

A la una de la tarde la procesión comenzó
aún no ha perdido del todo

del imperio romano,

en las puertas

perdonada

El desfile, entonces, se individualizó —por decirlo así—, pues cada persona encarnaba una estación trágica en la Redención. Así pasó Pedro, apóstol juicioso que, sin embargo, le negó tres veces. Pocas emociones fueron más tiernas que la de los celestes espectadores cuando el influyente anciano llegó, disimulado en las filas, a pedir una vez más perdón a Jesús. Entonces, transportados, los ángeles y los justos levantaron la voz, enviando esa gloria a todos los ámbitos del cielo:

así — pues cada persona representaba un mundo de dolores en la Redención.

celestes expectadores (sic)

—*Pedro lo negó y fué perdonado.*

Desde ese momento, el entusiasmo cantó cada nuevo triunfo. Pasó Caifás, que se había ensañado de qué modo en Jesús. Y el coro cantó:

con Jesús.

—*Caifás lo persiguió y fué perdonado.*

Luego pasó Pilatos, las manos húmedas aún, y Cristo, al verlo, no pudo reprimir un humano sobresalto. Pero a pesar de todo sonrió al Procurador con divina clemencia, porque si bien fue hombre treinta y tres años, eternamente había sido Dios. Y el hosanna llenó el cielo con su gloria:

Luego, Pilato, las manos mojadas aún, y Cristo, al verlo, no pudo reprimir un ligero sobresalto. Pero, á pesar de todo, sonrió

Y el hosanna llenó de nuevo

---

* perdonada por Jesús, á pesar (En la versión definitiva: «perdonada a Jesús», es errata)

—*Pilatos lo condenó y fue perdonado.*

Pasaron Herodes, Cleofás, Longinos, Antipas, todos los que habían hundido su puñal en el Divino Cordero. Y el último fue Judas. El antiguo tesorero se tapó el rostro, gimiendo aún de vergüenza. Y el coro, esta vez, llegó a las más lejanas circunvoluciones del cielo:

—*Judas lo vendió y fue perdonado.*

¿Qué más era posible? Todos lloraban de inefable dicha.

—¡Ah, el perdón, el divino perdón! —murmuró Jesucristo, levantando la cabeza en una efusión de indulgencia plenaria que es su encarnación misma.

Pero he aquí que cuando ya se creía concluído el desfile, un hombre forastero llegó hasta el trono celestial y se detuvo inmóvil, la expresión desabrida y cansada.

—¿Qué quieres? —le preguntó Jesús con dulzura.

—Señor —dijo el hombre—. No he podido soportar más sin hablarte. He visto y oído, y me parece que esa gloria tuya que cantan no es completa.

El coro se miró, mudo de asombro. ¡La gloria de Jesús no era completa! ¡La bondad del Señor no era absoluta! ¡Cómo era posible decir eso!

—No sé de qué hablas —dijo suavemente Jesús.

—¡Señor! —continuó el viajero en el profundo silencio que se hizo—. Sé que tu tolerancia y caridad son inmensas. Sé que Pilatos te sentenció y fue perdonado; que Judas te vendió y fue perdonado; todos lo fueron. Sólo a mí no ha alcanzado tu perdón. Perdonaste a los que te negaron, te persiguieron, te vendieron y te crucificaron; ¡y a mí, porque te negué un vaso de agua, me condenaste para siempre!

Un cuchicheo de sorpresa y horror corrió por los espectadores:

—¡El judío errante!

Era él, en efecto. Su queja parecía un rudo desahogo, debido seguramente a que, amargado por su injustificado sufrimiento, no recordaba que estaba delante del Tribunal Supremo.

—Yo no te pedía más que un poco de agua, Ashavero —le dijo Jesucristo tristemente.

—Lo sé —respondió el judío errante con amargura—. Pero yo estaba en el mismo caso que la muchedumbre de ese día, e igualmente excitado contra ti. Mientras yo me negaba a darte de beber, otros te negaban cambiar de hombro la cruz, otros arrojaban

Pilatos lo condenó y fué condenado.

antiguo Tesorero

Todos lloraban de entusiasmo.

desfile, un hombre llegó hasta

visto y oído, pero me parece que esa gloria tuya que cantaban no está

No sé de lo que hablas — dijo — Señor —

que Pilato

por su eterno sufrimiento, no

hombro la cruz, arrojaban clavos delante tuyo para que no pudieras caminar de dolor y abofetearte. Y

clavos delante de ti para que no pudieras caminar de dolor, y poder así abofetearte. Y a todos has perdonado, menos a mí...

¡Ay! Los juicios divinos son irrevocables.

—*Anda*, Ashavero —le dijo Jesús dulcemente.

El judío errante no respondió y tornó a caminar. En las lejanías crepusculares del Paraíso, rodaba aún, apagándose, el hosanna simbólico de ese día: *Judas lo vendió y fue perdonado.*

—*Ashavero le negó de beber y no fue perdonado* —remedó él. Luego, habiendo llegado a las puertas del cielo, sacudió el polvo de sus sandalias sobre ese suelo ingrato y volvió a la tierra.

Con este incidente los festejos murieron. Ya no era posible el himno de Albsoluta Bondad: había uno que no había sido perdonado. El destello divino se apagó, las almas se diseminaron en silencio, y los ángeles, de nuevo oscuros, vagaron distraídos hasta la caída de la noche.

Como bien se comprende, en el cielo no se ha vuelto a festejar la Pasión nunca más.[a]

(Columna derecha, notas al margen:)
respondió y deshizo su camino. En

ángeles, de nuevo luminosos,

Mucho me temo que este año la fiesta no se haya repetido.

CORPUS

HISTORIA DIVINA Y GRAMATICAL (en 1908).

En Ginebra, durante la fiebre de la Reforma, un hombre fué quemado vivo por una coma. Llamábase ese hombre Conrado Wéber, y era alemán de nacionalidad, y grabador de oficio. Persona de alma pura, ojos azules y barba tierna, llevaba por inclinación la triste vida de su ciudad.

Este hombre juicioso había visto, en la sórdida Ginebra de Calvino, perseguidos a los ciudadanos de corazón alegre; había visto a un vecino discreto pagar tres sueldos de multa por acompañar a un amigo a la taberna, y había oído toda una tarde las quejas de su cuñado, cuya fe el Consistorio gravó en cinco sueldos, por llegar tarde a un sermón.

---

[a] En todo el relato puede advertirse un anticlericalismo, todavía mucho más marcado en la cuarta parte («Corpus»), y aun un espíritu irónico hacia la religión cristiana y sus ritos, como en los ejercicios «deportivo-literarios» de su juvenil «Consistorio del gay saber». «Navidad» registra variantes sin mayor interés estructural, debido seguramente al esmerado trabajo con que se aplicó durante casi tres años, como documentamos en la nota (1) (*infra.*, p. 254). El retoque del final de «La Pasión» tampoco introduce una reforma forzada por el montaje de los cuatro textos, simplemente universaliza la acción y la atemporaliza. De manera que, en cierto sentido, los textos funcionan como cuatro relatos independientes entre sí.

También sobre él había caído la justicia puritana,
por haber exclamado —sin motivo alguno que justificare
tan elevadísimo testimonio: «Gracias a Dios». Wéber
había pagado, pues justo era.

Más tarde asistió, tal vez sin entusiasmo, pero siem-   entusiasmo
pre con fe, a la decapitación de Gruet, que había
anotado en su cartera privada que Jesucristo era un
belitre, y que hay menos sentido en los evangelios que en
las fábulas de Esopo. Vió morir a Miguel Servet, proce-
sado por haber escrito que la S. T. es un cancerbero, y
por haber desmentido a Moisés, asegurando que la
Palestina no es región fértil.

Wéber contempló entre la muchedumbre la ejecución
de Servet, quemado a fuego vivo, cuando la Inquisición   Servet quemado
de Viena, más sutil, lo había ya sentenciado a fuego
lento.

Cuatro meses después, la pulcritud calvinista marcó
a la propia hermana de Wéber, joven y bella esposa de
un barbero, que desesperó quince dias en la cárcel en
castigo de su peinado gracioso, conceptuado provocador.

Wéber, al saberlo, dejó su delantal y sus ácidos y
acudió a dos censores que conocían a su hermana como
honesta. Tres horas después citábasele, a él mismo, y
lleno de asombro oyó su condena a quince días de cárcel,
por complicidad. Concluídos los cuales, salieron juntos
hermana y hermano.

Esto pasaba a principios de 1554, el año terrible de
Ginebra. Wéber vio multas de risible sutileza y procesos
de fúnebre puerilidad. Su fe en la redención ginebrina no
era ya la de antes, y en vez de reprobar ciertas cosas en
voz alta, solía quedarse callado —lo que perjudica a la
salud de un creyente.

En agosto de ese año, como la duda comenzara a   En Agosto de
preocuparle más de lo preciso, púsose a trabajar con
ahínco. Meditó y grabó una hermosa plancha: Jesucristo
sentado entre sus discípulos, la mano derecha en alto y la
izquierda sobre la rodilla. Debajo grabó el Padrenues-   el padrenuestro.
tro. La hoja recorrió la ciudad, siendo grandemente
admirada. Wéber fue llamado ante el Consistorio, y
entre las arrugadas manos de los ediles vió su lámina.
Extendiéronsela para su examen, pero el grabador no
halló en ella nada que se apartara en lo más mínimo de
las Santas Escrituras. Oído lo cual, Wéber, declarado
errante de verdad, fue apresado, y comenzó el estudio de
su causa. No fué larga, ni lo fue tampoco el desenlace. La   ni lo fué mucho menos el
sentencia exponía y disponía:

1º. Que el llamado Conrado Wéber, grabador de oficio, había vendido a cuantiosos habitantes de la ciudad una lámina de su ejecución;

2º. Que debajo de la lámina, el autor había grabado el Padrenuestro;

3º. Que el Padrenuestro comenzaba así: «Padrenuestro, *que estás en los cielos*, santificado sea el tu nombre»;

4º. Que el autor de esta blasfemia había cometido crimen irremisible en las verdades fundamentales de la religión cristiana, erigiéndose contra la omnipresencia divina;

5º. Que puntuando como él lo había hecho, la oración *que estás en los cielos* era mínima proposición incidental, en vez de ser muy específica y determinativa;[a] esto es, sin coma antes de *que*;

6º. Que con ello el escritor pretendía afirmar que Dios puede no estar en los cielos, lo que es una horrenda herejía;

7º. Que el grabador Wéber, autor de la lámina, habiendo sido recibido de ella para su atento examen, no había obtenido del Señor la iluminación precisa para permitirle ver su infernal falsedad;

8º. Que el susodicho Conrado Wéber quedaba reconocido instrumento pernicioso de los designios de Satán, corruptor peligrosísimo de la fe pública y hereje en muy alto grado;

9º. Por lo cual el Consejo condena a Conrado Wéber, grabador, a ser quemado vivo, en el nombre del Padre, del Hijo y del Espíritu Santo, y con los Santos Evangelios a la vista.

Lo que fue ejecutado fielmente en Ginebra, para mayor gloria de Dios.

---

[a] El personaje real y la anécdota persiguen a Quiroga. Aún en 1931 incluye en su libro (escrito en colaboración con Samuel Glusberg) *Suelo natal*: «Peligros de la mala ortografía», donde inserta como «moraleja» o grave corolario el triste destino de Conrado Wéber.

NOTAS

[1] Tal como ya se adelantara en la «Noticia preliminar» a *El salvaje*, la experiencia narrativa —en cuanto a su construcción, que no a su contenido— de este relato, es de las más originales en toda la obra de Quiroga. Las cuatro partes que la integran fueron publicadas independientemente, y sin ninguna determinación de unidad previa, entre diciembre de 1906 y abril de 1908.

«Navidad» apareció originalmente en *Caras y Caretas*, Buenos Aires, año IX, n° 430, diciembre 29, 1906, con el título de «Cuento laico de Navidad»: ocupa una página de la publicación, acompañado de un dibujo de Peláez.

«Reyes» salió en *Caras y Caretas*, Buenos Aires, año XI, n° 483, enero 4, 1908, bajo el título de «Noche de Reyes». Ilustrado por Mateo Alonso, ocupa una sola página de la revista.

«La Pasión» fue publicado en *Caras y Caretas*, Buenos Aires, año X, n° 452, junio 1, 1907, con el título «Fiesta de corpus en el cielo». Ilustrado por Zavattaro abarca la única página que cubre el texto.

«Corpus» se denominaba «Historia divina y gramatical», y había aparecido en *Caras y Caretas*, Buenos Aires, año XI, n° 498, abril 18, 1908. No obtuvimos la primera versión; por lo tanto no hemos podido registrar el estudio de variantes correspondiente a esa versión, ni obtener el dato de su ilustrador.

Resulta por lo menos bastante curioso que Quiroga, tan adusto para referirse a sus cuentos, tan poco propenso a dirigirse con entusiasmo sobre alguna de sus ficciones, haya estado verdaderamente obsesionado por la escritura de «Reyes» (como finalmente lo llamó), más que por *ningún otro de sus textos*. La correspondencia con José María Fernández Saldaña nos ha dejado un largo testimonio de su gestación, sus dudas, sus intereses sobre este relato:

«(Todo) no obsta para que trabaje —entre otras cosas, los famosos elefantes que me dan un trabajo del diablo. Serán los bichos más raros de esta tierra. Ya verás.—» (En: *Cartas inéditas* (...), tomo II, *ibidem*, p. 87., diciembre 5, 1904).

«Desde hace cinco días escribo todas las mañanas, he concluído *Los elefantes* y otro largo cuento» (*ibidem*, p. 91, enero 29, 1905).

«Puedes desde ya planear *Los elefantes*, aquel semi-poema que te leí alguna vez. Si te animas, contéstame y te enviaré el cuento. Me parece que se podrían hacer unos elefantes de espalda, con la trompa levantada, y en el fondo, entre las trompas, una luna grande y coloreada. Los elefantes serían de azul oscuro, lechoso, sobre fondo de azul más claro, imitando algo como noche de luna.» (*ibidem*, p. 129, octubre 1°, 1907).

A través de estas epístolas, casi tres años de trabajo revelan: una confección oral previa a la escritura, un título («Los elefantes») modificado una y otra vez, el proyecto de incluir al amigo uruguayo como ilustrador, seguramente en función de su compenetración con el texto.

Tanto alborozo nunca fue correspondido por la crítica, y, comparando crasamente, sus calidades no le permiten competir con tantas otras ficciones menos pregonadas pero mejor logradas. ¿El propio escritor advirtió esto, siendo que lo hizo demorar tanto para ingresar en un libro?

TRES CARTAS... Y UN PIE[1]

«SEÑOR:

»Me permito enviarle estas líneas, por si usted tiene la amabilidad de publicarlas con su nombre. Le hago este pedido porque me informan de que no las admitirían en un periódico, firmadas por mí. Si le parece, puede dar a mis impresiones un estilo masculino, con lo que tal vez ganarían.

. . . .

»Mis obligaciones me imponen tomar dos veces por día el tranvía, y hace cinco años que hago el mismo recorrido. A veces, de vuelta, regreso con algunas compañeras, pero de ida voy siempre sola. Tengo veinte años, soy alta, no flaca y nada trigueña. Tengo la boca un poco grande, y poco pálida. No creo tener los ojos pequeños. Este conjunto, en apreciaciones negativas, como usted ve, me basta, sin embargo, para juzgar a muchos hombres, tantos que me atrevería a decir a todos.

»Usted sabe también que es costumbre en ustedes, al disponerse a subir al tranvía, echar una ojeada hacia adentro por las ventanillas. Ven así todas las caras (las de mujeres, por supuesto, porque son las únicas que les interesan). Después suben y se sientan.

»Pues bien; desde que el hombre desciende de la vereda, se acerca al coche y mira adentro, yo sé perfectamente, sin equivocarme jamás, qué clase de hombre es. Sé si es serio, o si quiere aprovechar bien los diez centavos, efectuando de paso una rápida conquista. Conozco en seguida a los que quieren ir cómodos, y nada más, y a los que prefieren la incomodidad al lado de una chica.

»Y cuando el asiento a mi lado está vacío, desde esa mirada por la ventanilla sé ya perfectamente cuáles son los indiferentes que se sentarán en cualquier lado; cuáles los interesados (a medias) que después de sentarse volve-

Señor:
Me
amabilidad de hacerlas publicar con su firma. Le hago este pedido porque me informan de que no sería fácil obtener la publicación.

Mis

Usted
ustedes, al subir al tranvía, echar

Pues bien:

Y

257

rán la cabeza a medirnos tranquilamente; y cuáles los audaces, por fin, que dejarán en blanco siete asientos libres para ir a buscar la incomodidad a mi lado, allá en el fondo del coche.

asientos libres, para

»Estos son, por supuesto, los más interesantes. Contra la costumbre general de las chicas que viajan solas, en vez de levantarme y ofrecer el sitio interior libre, yo me corro sencillamente hacia la ventanilla, para dejar amplio lugar al importuno.

Estos

»¡Amplio lugar!... Esta es una simple expresión. Jamás los tres cuartos de asiento abandonados por una muchacha a su vecino le son suficientes. Después de moverse y removerse a su gusto, le invade de pronto una inmovilidad extraordinaria, a punto de creérsele paralítico. Esto es una simple apariencia; porque si una persona lo observa desconfiando de esa inmovilidad, nota que el cuerpo del señor, insensiblemente, con una suavidad que hace honor a su mirada distraída, se va deslizando poco a poco por un plano inclinado hasta la ventanilla, donde está precisamente la chica que él no mira ni parece importarle absolutamente nada.

vecino, le

»Así son: podría jurarse que están pensando en la luna. Entre tanto, el pie derecho (o el izquierdo) continúa deslizándose imperceptiblemente por el plano inclinado.

Así son; podría

»Confieso que en estos casos tampoco me aburro. De una simple ojeada, al correrme hacia la ventanilla, he apreciado la calidad de mi pretendiente. Sé si es un audaz de primera instancia, digamos, o si es de los realmente preocupantes. Sé si es un buen muchacho, o si es un tipo vulgar. Si es un ladrón de puños, o un simple raterillo; si es un seductor (el *seduisant*, no *seducteur*, de los franceses), o un mezquino aprovechador.

Confieso

»A primera vista parecería que en el acto de deslizar subrepticiamente el pie con cara de hipócrita no cabe sino un ejecutor: el ratero. No es así, sin embargo, y no hay chica que no lo haya observado. Cada tipo requiere una defensa especial; pero casi siempre, sobre todo si el muchacho es muy joven o está mal vestido, se trata de un raterillo.

A primera vista, parecería
hipócrita, no

»La táctica en éste no varía jamás. Primero de todo, la súbita inmovilidad y el aire de pensar en la luna. Después, una fugaz ojeada a nuestra persona, que parece detenerse en la cara, pero cuyo fin exclusivo ha sido apreciar al paso la distancia que media entre su pie y

La

de su pie al nuestro.

el nuestro. Obtenido el dato, comienza la conquista.

»Creo que haya pocas cosas más divertidas que esta maniobra de ustedes, cuando van alejando su pie en discretísimos avances de taco y de punta, alternativamente. Ustedes, es claro, no se dan cuenta; pero este monísimo juego de ratón, con botines cuarenta y cuatro, y allá arriba, cerca del techo, una cara bobalicona (por la emoción seguramente), no tiene parangón con nada de lo que hacen ustedes, en cuanto a ridiculez.

»Dije también que yo no me aburría en estos casos. Y mi diversión consiste en lo siguiente: desde el momento en que el seductor ha apreciado con perfecta exactitud la distancia a recorrer con el pie, raramente vuelve a bajar los ojos. Está seguro de su cálculo, y no tiene para qué ponernos en guardia con nuevas ojeadas. La gracia para él está, usted lo comprenderá bien, en el contacto y no en la visión.

»Pues bien: cuando la amable persona está a medio camino, yo comienzo la maniobra que él ejecutó, con igual suavidad e igual aire distraído de estar pensando en mi muñeca. Solamente que en dirección inversa. No mucho: diez centímetros son suficientes.

»Es de verse, entonces, la sorpresa de mi vecino cuando al llegar por fin al lugar exactamente localizado, no halla nada. Nada; su botín cuarenta y cuatro está perfectamente solo. Es demasiado para él; echa una ojeada al piso, primero, y a mi cara luego. Yo estoy siempre con el pensamiento a mil leguas, soñando con mi muñeca; pero el tipo se da cuenta.

»De diecisiete veces (y marco este número con conocimiento de causa), quince, el incómodo señor no insiste más. En los dos casos restantes tengo que recurrir a una mirada de advertencia. No es menester que la expresión de esta mirada sea de imperio, ofensa o desdén: basta con que el movimiento de la cabeza sea en su dirección: hacia él, pero sin mirarlo. El encuentro con la mirada de un hombre que por casualidad puede haber gustado real y profundamente de nosotros, es cosa que conviene siempre evitar en estos casos. En un raterillo puede haber la pasta de un ladrón peligroso, y esto lo saben los cajeros de grandes caudales, y las muchachas no delgadas, no trigueñas, de boca no chica y ojos no pequeños, como su segura servidora,

M. R.»

Creo
Uds,

44,

emoción, seguramente)

Dije
Desde el

Pues

suavidad, e igual
No mucho; diez

Es

44 está

cara, luego

De 17 veces
causa), 15 el

en su dirección.

servidora.

M.R.

«Señorita:

»Muy agradecido a su *amabilidad. Firmaré con
mucho gusto sus impresiones, como usted lo desea.
Tendría, sin embargo, mucho interés, y exclusivamente
como coautor, en saber lo siguiente: Aparte de los
diecisiete casos concretos que usted anota, ¿no ha sentido
usted nunca el menor enternecimiento por algún vecino
alto o bajo, rubio o trigueño, gordo o flaco? ¿No ha
tenido jamás un vaguísimo sentimiento de abandono —
el más vago posible— que le volviera particularmente
pesado y fatigoso el alejamiento de su propio pie?

»Es lo que desearía saber, etc.,

H. Q.»

«Señor:

»Efectivamente, una vez, una sola vez en mi vida, he
sentido este enternecimiento por una persona, o esta
falta de fuerzas en el pie a que usted se refiere. Esa
persona era *usted*. Pero usted no supo aprovecharlo.

M. R.»

amabilidad.

Es lo que desearía saber.

Efectivamente una vez, una sola
vez en mi vida he sentido este
enternecimiento, o esta falta de
fuerzas en el pie, a que Ud. se
refiere. Esa persona era *usted*.
Pero Ud. no supo aprovecharlo.
M.R.

---

* Haré lo posible por dar cabida a sus impresiones en una revista, con mi firma, como usted lo desea. Tendría
mucho interés, sin embargo, y exclusivamente como co-autor del artículo a aparecer, en saber lo siguiente: Aparte
de los 17 casos

NOTAS

[1] Originalmente aparecido en: *Mundo Argentino*, Buenos Aires, n° 379, abril 10, 1918. No habiendo obtenido esta publicación inicial, el estudio de variantes registrado se hace en relación con la primera edición en libro (1920).

CUENTO PARA NOVIOS

¿QUÉ FUÉ TODO, al fin? Un pequeño detalle de la felicidad *doméstica; pero cualquiera hubiera creído en una erupción volcánica.

Yo había llegado la tarde anterior a casa de Gaztambide, que vivía entonces en el campo. Esa misma noche, rendido por el viaje a caballo, me acosté muy temprano y me dormí en seguida. Me desperté, no sé a qué hora, y oí que el chico de los Gaztambide lloraba. Volví a dormirme, para despertarme otra vez. El chico lloraba de **nuevo, y Gaztambide hablaba en voz alta. Torné a recuperar el sueño, y desperté de nuevo. El chico lloraba, pero el padre no hablaba. En cambio, oí que paseaba por afuera; hacía unos dos grados bajo cero. Esto me llenó de confusión; pero como el sueño de un hombre de mi edad es superior a la meditación de estas rarezas domésticas, torné a dormirme.

De madrugada ya, desperté por última vez.

—Esta buena gente —me dije mientras me vestía con sigilo— debe dormir aún. No hay que despertarlos.

Salí afuera, y lo primero que vi en el corredor fue a Gaztambide, hundido en un sillón de tela, bien envuelto en su plaid.

—¡Diablo! —exclamé deteniéndome a su frente—. ¿No ha dormido?

—No —respondió con una triste mirada al campo blanco de escarcha—. No dormiré nunca más.

—¿El nene...? —pregunté inquieto, recordando.

—No; el nene está sano y bueno... Pregúntele a Celina —concluyó con un movimiento de cabeza.

Abrí la puerta del comedor, y allí estaba Celina acodada a la mesa, visiblemente muerta de frío.

marginal notes:
doméstica.

nuevo, y...
otra vez. El chico.

uno o dos grados

vez.— Esta buena gente— dije, mientras

despertarlos.—

envuelto en su cobija blanca.

¡Oh!— exclamé

—No; el nene... Pregúntele a Celina—

---

* Pero yo, por mi parte, y los esposos Darío, en particular, hubiésemos creído que una erupción volcánica había lanzado sus cenizas toda esa noche.
Yo era huésped de Darío, por un sólo día, y había llegado la tarde anterior. Cansado del viaje, me acosté temprano, durmiéndome en seguida. Me desperté, no sé a qué hora, y oí que la criatura lloraba.

** Darío hablaba (A partir de aquí cada vez que se lea «Gaztambide», en la primera versión será «Darío»).

—No es nada —me dijo saliendo conmigo afuera—. Ya lo conocerá usted cuando se case... ¡Julio! —se volvió enternecida a su marido—. ¿Por qué no te acuestas un rato?

—No me acostaré nunca más —repuso él con la misma voz cansada—. Pero tomaría café.

En el corredor, con dos grados apenas, tomamos el café. Era extraordinaria la fatiga de aquellos dos rostros color de tierra que yo había conocido frescos y plenos de esperanza quince horas antes.

Celina, de pronto, suspiró y pasó la mano lenta por la cabeza de su marido.

—En fin, ¿qué ha sucedido? —pregunté, más tranquilo ya.

—¿Sucedido? Nada. Que el nene no tenía sueño; eso sólo.

—¡Ah! —exclamé sorprendido de la pequeñez del motivo. Pero contuve mi sorpresa ante la mirada infinitamente tierna y compasiva que me dirigieron los esposos Gaztambide.

Véase ahora cómo pasó la noche el feliz matrimonio, y si es posible que yo, soltero, aspire miserablemente a dejar de serlo.

El nene, muerto de sueño a la oración, había sido sacudido en vano por la madre.

—¿Qué hago, Julio? Es una pena no dejarlo dormir... ¡Tiene tanto sueño!

—Déjalo —apoyó el padre—. Al fin y al cabo, impedirle dormir ahora para beneficio nuestro más tarde...

Y el nene se durmió, de modo tal que recién a las siete abrió los ojos.

Ahora bien; la primera indicación que una madre avezada hace a su joven amiga, es ésta: «Sobre todo, no lo deje dormir a la oración. Le dará, si no, una noche imposible.» Celina lo había evitado hasta entonces; pero esa tarde la propia compasión, reforzada por las filosofías del padre, venció la consigna.

Todo esto es sencillo y apacible en grado sumo. Pero a la una de la mañana, el nene, que se había dormido*

---

* dos horas antes, se despertó —sin sueño, claro es.— Y después de levantar las piernas y probar su garganta resfriada, rompió a llorar.

—¡Cht! —chasqueó la lengua el padre.— Estas son las consecuencias.

—La culpa es nuestra —objetó dulcemente la

tres horas antes, se despertó —sin sueño, claro está. Y después de levantar las piernas y probar su garganta, rompió a llorar.

—¡Bueno! —exclamó el padre desde la cama—. Estas son las consecuencias...

—La culpa es nuestra —objetó la madre moviendo el coche-cuna.

—Sí, chiquita, no te digo nada —repuso Gaztambide con una caricia. Y se dió vuelta, porque tenía realmente sueño.

Pero el nene, humillado por aquel cómodo subterfugio de la madre, protestaba en convulsivas parábolas de brazos. Celina, entonces, que a su vez se moría de sueño, comenzó a cantar, sin suspender el rodaje:

Arrorró, mi niño...

En vano. La garganta del nene, cada vez más clara, proseguía atronando. Gaztambide se volvió al lado que ocupaba al principio y se mantuvo inmóvil, porque el desasosiego no refrenado es, en tales casos, muy mal consejero.

—¡Maldito sea! —murmuró únicamente.

Celina suspiró y comenzó otro canto:

Duerme, duerme,
tesorito mío...,

sin otro resultado que exasperar el sentimiento de injusticia de su hijo.

No ignoraban los Gaztambide que lo único sensato en estos casos es levantarse y pasear al chico una hora. Pero siendo abrumadora la pereza de un hondo sueño, y el frío de una noche de helada, incontestable, Celina, con el brazo en el cochecito, continuaba:

Señora Santa Ana,
por qué llora el niño...

Lo fundamentalmente vicioso del sistema es que el niño lloraba simplemente porque no tenía sueño. Y su madre se obstinaba en averiguar, tratando entre tanto de dormirse ella misma, por qué hubiera llorado el nene, en caso de tener realmente sueño...

Todo esto, del lado derecho de la cama. Al izquierdo, Celina sentía en cambio la terrible inmovilidad de su marido. El nene, cansado al fin de llanto franco, comenzó a hacer gárgaras con una laringe que no ofrecía tres milímetros de abertura. El efecto de esta maniobra filial, siempre sorprendente, tocó esta vez justo la inercia de su padre, que se volvió bruscamente de espaldas.

—¡Pero qué tiene ese chico! —exclamó.

—¡No sé! —gimió su mujer—. No tiene sueño... ¡Vamos, duérmase, oh! —gritó al nene, sacudiendo nuevamente el coche.

La criatura, llevada así al colmo de la exasperación, se fatigó muy pronto, y durante diez minutos reinó hondo silencio; todos dormían. Hasta que la voz sonó otra vez en el cochecito. Gaztambide se volvió al otro lado, y Celina recomenzó sus cantos.

Es increíble la prodigalidad de las madres a este respecto. La madre de Celina era francesa, y así, en pos de sus arrorrós familiares, ésta recordó:

> *Endors toi, mon fils...*

y después:

> *Fais dodo, Colin mon p'tit frère...*

y después:

> *Et pourquoi s'endormit-elle...*

y después:

> *Quand le cheval de Thomas tomba...*

y después:

> *Dodo, l'enfant do...*

y después:

> *Il était un petit navire...*

y después:

> *Il était un roi de Sardaigne...*

y después:

> *Il était un avocat...*

Abogados e infinitas cosas más llegaron sucesivamente a oídos del nene. Todo en vano. Tornaban las sacudidas violentas con el «¡duérmase, oh!» de la madre, y el chico, tras la borrasca desencadenada, callaba rendido. Los padres se dormían otra vez, hasta el nuevo despertar de la criatura.

Gaztambide había perdido ya la esperanza de dormirse manteniéndose quieto, y sus chasquidos de lengua se sucedían sin cesar. Justamente su mujer comenzó entonces su nervioso temblor de pies, cuyo efecto el marido, dado su estado de honda irritabilidad, apreció debidamente.

—¡Déjate de bailar! —le dijo.

Celina cesó de bailar; pero se volvió completamente hacia el extremo de la almohada, el cuerpo en honda curva. Gaztambide, ligeramente rozado por la postura, saltó al otro extremo de la cama.

—¡Dios mío, no sé cómo ponerme! —protestó Celina extendiéndose a su vez.

—¡Ponte como todo el mundo! ¡No hagas figuras!

Precisamente el nene, despertado con las voces, recomenzó a llorar en este momento, y Celina se desahogó un poco con otra sacudida:

Precisamente, el nene

—¡Vamos, duérmase, oh!

Pero esta nueva gota de agua rebasaba del vaso.

—¡Por lo menos —clamó Gaztambide—, hazlo llorar del todo hasta que se duerma, o cántale!

—¡Por lo menos, clamó Darío— hay cosas concretas! O déjale llorar del todo hasta que se duerma, o cántale...

Desgraciadamente, Celina, que no podía desahogarse más bailando, sufría la misma contenida irritación.

sufría a su vez el mismo mal, si bien en forma femenina.

—¡Qué quieres que haga, dime, por favor! ¿Qué quieres que haga? —exclamó con la voz quebrada.

Al oír lo cual, Gaztambide se volvió bruscamente de espaldas.

—clamó con la voz quebrada. Al oír lo cual Darío se volvió bruscamente de espaldas.

—¡Pumba! —repuso sosegado—. Ya tenemos lágrimas.

—¡Pumba!— Ya tenemos

—¡Oh Dios mío! —murmuró Celina hundiéndose más en su almohadón.

Gaztambide, inmóvil, espió con irritable expectativa el conocido temblor de la cama, que acusaba el llanto contenido de su mujer. Pasó un minuto, pasaron cinco, diez, y su atención le hacía sufrir. En su oído izquierdo, sobre la almohada, golpeaban, largos y llenos, sus propios latidos. Hasta que al fin sintió, desde el respaldo a la cabecera, el temblor exasperante de los sollozos sofocados.

la cama que acusaba los sollozos contenidos de su mujer. Pasó un minuto, cinco, diez y su atención

cabecera, el temblor exasperante.

—¡Qué noche! —se dijo desalentado—. Por suerte, no ha de faltar mucho ya.

Se levantó, y fue a mirar el reloj en el comedor. Eran apenas las dos. Volvió a la cama, y encendiendo la lámpara, quiso leer. El nene, agotado, dormía. Plena calma. Pero de allá, de entre las honduras del almohadón, llegaba, monótono e incesante, el sacudimiento en que danzaban todo él, sus manos y el libro que leía.

Eran las doce y media.

del almohadón lajno,

que danzaba todo él,

Suspiró como un león, y fijó rudamente el libro sobre su cuerpo. El temblor cesó un instante, para comenzar luego más amplio.

Sus piró con pecho y garganta, y fijó recomenzar luego más amplio aún.

—¡Pero qué tienes, qué te he hecho para llorar así! —clamó Gaztambide, volviéndose a su mujer—. ¿Quieres decirme, por favor, qué tienes?

— ¡Pero qué tienes, qué te he hecho! — clamó

—¡Nada! —surgió al fin en un sollozo desde el almohadón.

Gaztambide dejó pausada y lentamente su libro sobre el velador como si hubiera querido incrustarlo en él, y apagó la lámpara. Su mujer —lo sabía bien— no cesaría hasta que él la consolara. Pero agriado y sin ánimo para nada, trató obstinadamente de dormir.

Imposible con aquella trepidación de la cama entera. Se incorporó a medias, volviendo la cara a Celina.

—¿Quieres dejarme dormir? —le dijo dulcemente.

El temblor cesó. Y aunque con la dolorosa expectativa de sentirlo recomenzar sigilosamente, estuvo a punto de conciliar el sueño. Justamente en ese instante el nene se despertó de nuevo y recomenzó a llorar.

—¡Ah, imposible! —saltó Gaztambide mientras se echaba de la cama—. ¡Son iguales tú y tu hijo!

—¡Es claro, yo tengo la culpa! —contestó Celina soltando abiertamente el llanto.

—¡No, no tienes la culpa! —replicó Gaztambide volviendo la cara mientras se calzaba velozmente—. ¡Pero eres igual a tu hijo! ¡Harto, ya!

—Sí, ya sé que estás harto de mí...

—¡No te he dicho eso!

—Es como si lo hubieras dicho... ¡Ah, Dios mío!

Pero Gaztambide, calzado ya, acababa de encontrar el plaid.

—¡Bueno! ¿Quieres que te lo diga? ¡Estoy harto de ti, de mí, de tu hijo, del demonio entero! ¿Quieres más?

—¡Ya sé..., no me lo digas...! ¡Ya lo sé! —sollozaba Celina desesperada.

Gaztambide, ya en la puerta, se volvió y se sentó un instante en la cama: no era posible dejarse llevar así. Encendió la lámpara y se acostó de nuevo a leer, tendiendo el brazo hasta la cabeza de su mujer:

—¡Vamos! —le dijo.

El llanto cesó y Gaztambide pudo leer largo rato; pero de pronto volvió a sentir el hondo temblor de la cama.

Ya era demasiado; alzó los brazos:

—¡Pero por Cristo bendito! ¿Es posible que todavía estés con esas cosas? —gritó lleno de desesperanza.

—¡Déjame! No sé lo que tengo...

Gaztambide apagó la lámpara, y quebrantado, desesperado de esta vida y de todas las posibles, incrustado inmóvil en su borde de la cama, vio pasar los minutos, mientras del otro lado le llegaban los sollozos inverosímiles de su mujer y los gritos de su hijo, que cada veinte minutos, infaliblemente, se despertaba.

hijo que

Hay ocasiones en que el sueño, por más honrado* que sea, acaba por dejarnos, y Gaztambide lo conoció esa noche. Se levantó al fin, sin prisa ni disgusto visible, salió afuera y se paseó por el patio. El aire, más helado que este recuerdo,** punzó ampliamente a Gaztambide bajo su plaid pésimamente embozado, sobre todo si se piensa que bajo él no había sino una camisa. Pero ante las vastas pulmonías circundantes, no apreciaba sino la liberadora soledad en que se helaba.

que éste sea,...

punzó...

Entró al rato a vestirse más y de paso vió la hora: las cuatro y media. ¡Por fin! Y cuando salía de nuevo, se encontró con los ojos de su mujer, sentada en la cama. Gaztambide se acercó y le puso la mano sobre los ojos hinchados.

—¿Estás bien ya? —le dijo.

Por toda respuesta, Celina esquivó la cara y besó velozmente la mano del mal sujeto: había concluído la noche.

mal sujeto. Nada sentían ya.

—¿Y el chico, duerme por fin?

chico, duerme, por fin?

—Míralo; tiene un sueño de plomo.

En efecto, el nene, después de su obra destructora, dormía fundamentalmente.

—¿Falta mucho?...

—No; va a amanecer... Aprovecha ahora.

—No tengo sueño..., no podría.

—¿Falta mucho, ya?

No, va

No, no tengo sueño...

Gaztambide salió afuera y se tendió quebrantado en el sillón de tela, viendo nacer el día, como buen padre de familia. Celina quedó en el comedor, muerta a su vez de inercia, y así fue cómo encontré esa madrugada al matrimonio Gaztambide, que, pensando en mi candor de soltero extrañado por el motivo de la terrible noche, acababa de mirarme con infinita ternura.

quedó muerta, a su vez, de

Darío, que pensando en mi candor de soltero, acababa de mirarme con infinita ternura.

---

* y más incontestable nuestro derecho a él, acaba por dejarnos. Esta nueva decepción tocóle sufrir a Darío, y levantándose al fin, sin

** ampliamente a Darío bajo su cobija pésimamente embozada, sobre todo, si se piensa que bajo ella no había sino una camiseta. Pero el mísero de todas aquellas vastas pulmonías circundantes, no pareciaba sino la liberadora soledad.

Bien que feliz así, tuvo el oscuro instinto de entrar a vestirse mejor. Al pasar vió la hora: las cuatro y media. ¡Por fin! Y cuando salía de nuevo, se encontró los ojos de su mujer. Se sentó en la cama:

—¿ Estás bien ya? —le dijo colocando la mano sobre sus ojos hinchados.

NOTAS

[1] Publicado inicialmente en: *Fray Mocho*, Buenos Aires, año II, nº 65, julio 25, 1913, con tres dibujos de Friedrich en las tres páginas del cuento que ocupa en la revista. El título original era: «El más grande encanto conyugal».

ESTEFANÍA[1]

DESPUÉS DE la muerte de su mujer, todo el cariño del señor Muller se concentró en su hija. Las noches de los primeros meses quedábase sentado en el comedor, mirándola jugar por el suelo. *Seguía todos los movimientos de la criatura que parloteaba con sus juguetes, con una pensativa sonrisa llena de recuerdos que concluía siempre por llenarse de lágrimas. Más tarde su pena, dulcificándose, dejóle entregado de lleno a la feliz adoración de su hija, con extremos íntimos de madre. Vivía pobremente, feliz en su humilde alegría. Parecía que no hubiera chocado jamás con la vida, deslizando entre sus intersticios su suave existencia. Caminaba doblado hacia adelante, sonriendo tímidamente. Su cara lampiña y rosada, en esa senectud inocente, hacía volver la cabeza.

La criatura creció. Su carácter apasionado llenaba a su padre de orgullo, aun sufriendo sus excesos; y bajo las bruscas contestaciones de su hija que lo herían despiadadamente, la admiraba, a pesar de todo, por ser hija suya y tan distinta de él.

Pero la criatura tuvo un día dieciséis años, y concluyendo de comer, una noche de invierno, se sentó en las rodillas de su padre y le dijo entre besos que quería mucho, mucho a su papá, pero que también lo quería mucho a *él*. El señor Muller consintió en todo; ¿qué iba a hacer? Su Estefanía no era para él, bien lo sabía; pero ella lo querría siempre, no la perdería del todo. Aun sintió, olvidándose de sí mismo, paternal alegría por la felicidad de su hija; pero tan melancólica que bajó la cabeza para ocultar los ojos.

Pasó desde entonces en el comedor las horas de visita. Se paseaba silencioso de un extremo a otro,

*cariño que el señor Muller la (*sic*) había tenido se concentró en*

Seguía...

volver un poco la cabeza.

por la felicidad de su hija,

cabeza ocultando los ojos.

Pasó desde entonces las horas de visita en el comedor.

---

* todos sus movimientos, rodando por el piso hablando con sus juguetes mientras los ordenaba, riéndose de cualquier cosa todo con una pensativa sonrisa llena de recuerdos, que concluía siempre por llenarse de lágrimas. Más

mientras al lado los novios reían a carcajadas. Una noche la despedida de éstos fué violenta. Al día siguiente el señor Muller, al volver a casa, halló a su hija llorando. Acercóse a ella, lleno a su vez de una suma de mudos dolores acumulados, pero la joven se desasió malhumorada.

La noche fue triste. El señor Muller miraba angustiado el reloj a cada momento. Dieron las diez.

—¿No viene más? —se aventuró apenas.

—No —respondió la joven secamente.

Pasó un momento.

—¡Por favor, papá! —prorrumpió la joven adelantándose a nuevas preguntas.

Se fue a su cuarto, cerró la puerta con violencia y el señor Muller la oyó en seguida llorar a sollozos.

En los días siguientes la desesperación agresiva de la joven cayó entera sobre su padre; pero éste ni ante las mayores injusticias dudaba del cariño de su hija, y esta grande felicidad le hacía sonreír de dicha, aun secándose las lágrimas.

No obstante todo pasó, a pesar del vestido negro con que la apasionada joven enlutó dos meses su primer amor. Pronto volvieron las locas ternuras con su padre, dueño otra vez del cariño de su hija. De noche, siempre que podía, la llevaba al teatro. Durante la función, en los pasajes jocosos, permanecía con el rostro vuelto a ella, feliz de la alegría de su criatura.

Al año siguiente el corazón todo fuego de la joven ardió en un nuevo amor. *Sus inmensos ojos negros resplandecían de abrasada dicha. Una mañana la joven recibió una carta, una simple carta de ruptura. El día fue tan amargo para ella, que el señor Muller se quedó en casa, aun sobrellevando sobre su extenuada dicha paternal las injusticias de su hija. Al caer la tarde, Estefanía se acostó. No hacía un movimiento, tenía el ceño ligeramente fruncido y los ojos fijos en el techo, sin pestañear. El señor Muller, que había entrado tímidamente y se había sentado a su lado, la miraba tristemente. ¿Qué iba a soportar su hija?

Ya de noche todo se resolvió en crisis nerviosa y quedó rendida. A las diez llamó a su padre.

mientras los novios reían a carcajadas. Una noche la despedida fué violenta. Al día siguiente, al volver a su casa, halló

joven, esquivando nuevas preguntas y levantándose.

y su padre la oyó enseguida llorar á sollozos. En los

joven cayó entera sobre él, pero él, ni en las mayores

No obstante, todo pasó, apesar (*sic*)

Al año siguiente, el Sus...

rendida. No se levantó más. A las

---

* largos ojos negros resplandecían de abrasada dicha. Las veladas prolongábanse ahora a veces hasta la una de la mañana. Salía de ellas agotada; permaneciendo aún dos horas en el balcón, sin moverse con los ojos cerrados. Una

—¡Papá! —le dijo sentándose en la cama, con la mirada encendida—. ¿Tendrías mucha pena si me muriera?

mirada brillante—

El señor Muller sonrió débilmente.

—¿Verdad? —continuó ella—. ¿Tendrías mucha pena si me muriera?

—continuó—
muriera? — Pero se

Pero se echó a reír con esfuerzo. Quedó muda, la boca apretada.

—¡Papá!

—Mi hija...

—¿Qué edad tengo?

Los ojos del señor Muller se llenaron de lágrimas.

—¡No, no sé más ya! —insistió la joven—. ¿Qué edad tengo?

—No, no se más ya—
¿qué edad tengo?

—Dieciocho años.

—Diez y ocho años.

—Dieciocho... Dieciocho... —quedóse murmurando.

—Diez y ocho... Diez y ocho...
—murmuró alisándose el pelo,
con los ojos cerrados.

—¡Papá!

—Mi hija...

—¿Cuánto tiempo hace que murió mamá?

—Dieciséis años.

Diez y seis años.

—Murió muy joven, ¿no?

—Muy joven...

—Cierto; mamá...

De pronto se echó a reír a grandes carcajadas, la cabeza hacia atrás y llevándose la mano derecha a la garganta. Al fin se contuvo, deglutiendo con dificultad.

Al fin se contuvo la expresión
seria y distraída,

—¡Tengo sueño, papá! —exclamó de pronto corriéndose entre las sábanas hasta la frente. El señor Muller, henchido de pena y compasión, continuaba mirándola. Al fin murmuró:

—Tengo sueño, papá —exclamó
de pronto corriéndose en las sá-
banas

—¿No estás enferma, hija mía?

enferma, mi hija?

—No, tengo sueño —respondió ella secamente sin volver la cabeza. Y cuando su padre, sin decir nada, se incorporaba, Estefanía le echó de un salto los brazos desnudos al cuello y lloró desesperadamente.

sueño —respondió secamente
se incorporaba, le echó

El señor Muller se retiró a su cuarto. Tardó mucho en desvestirse, doblando pensativo su ropa. La alisó luego cuidadosamente, pasándole la mano sin cesar, con una obstinación distraída que parecía no iba a acabar nunca.

Indudablemente el señor Muller no recordaba más ese revólver.* Estaba en el fondo del ropero, hacía veinticinco años.[a]

revólver...

---

* Dormía en el fondo del ropero hacía veinticinco años. Cuando lo compró, en la estancia de que llevaba los libros, creyó hubiera podido serle útil, por el aislamiento en que vivían. Recién se casaba, y es de creer que el orgullo varonil de su nuevo estado habíale decidido al heroísmo de esa arma fatal.

[a] Si en su artículo de 1928 «La crisis del cuento nacional» (citado en nuestra «Noticia preliminar»), presentaba

Al despertarse con la detonación, tuvo, aun sin darse cuenta completa de la catástrofe, un segundo de fulgurante angustia en que le asaltaron en tropel todos los dolores de su vida. Y de pronto la verdad desesperada de lo que había *pasado le llegó con un hondo gemido. Corrió al cuarto de su hija y la vió muerta. Dejóse caer sentado en la cama, cogió una mano de su Estefanía entre las suyas trémulas, y quedóse mirando a su hija lleno de dulce reproche senil, cuyas lágrimas caían una a una sobre el brazo desnudo.

angustia en que se acumularon vividos todos los dolores

pasado lo...

sobre el brazo muerto, rodando lentamente hasta el codo.

El modo de ser y la vida entera del señor Muller no daban lugar a duda alguna; pero la formalidad judicial debió cumplirse y, tras el breve interrogatorio, hubo necesidad de hacerle comprender que quedaba preventivamente detenido. Se vistió apresurado y temblando. A pesar de todo, al bajar la escalera detuvo al comisario que le llevaba.

—Es mi hija —le explicó con una tímida sonrisa.

El funcionario dió las explicaciones del caso. El señor Muller lo miró un rato y sus ojos se llenaron de nuevo de lágrimas.

breve interrogatorio hubo

al bajar la escalera detuvo a su acompañante.

—Es mi hija —le explicó con una tímida sonrisa.
—Sí, señor, ya sé. Créame, nadie duda de usted.
de lágrimas. Pasó

Pasó la noche en la sección, sentado, no obstante su quebrantamiento. A la mañana siguiente lo llevaron al Departamento. Cuando la verja se cerró tras él, permaneció en el mismo lugar, estremecido. En el patio recién lavado, los detenidos paseaban en todos sentidos, llenando el aire con el golpe claro de sus zuecos.

Desde el primer momento su tímida decencia había sido **hostil a sus nuevos compañeros. Al poco rato una cáscara de naranja atravesó el aire y le pegó en la frente. Antes de que tuviera tiempo de levantar los ojos, recibió en el hombro una recia sacudida que lo lanzó de espaldas. La pareja que lo había empujado al pasar volvió la cabeza, riéndose. El señor Muller se levantó, marchó titubeando hacia un banco y se dejó caer, con las dos manos en las rodillas.

ambiente con el golpe claro de sus zuecos. Desde el

fué hostil...

riéndose. Se levantó,

---

quejas por el ceñido espacio que requerían las revistas para sus ficciones, «Estefanía» no puede encerrarse en esta categoría. Porque, como podrá apreciarse, en todo el relato han sido nutridísimas las sustracciones en relación con la primera versión del texto. En la presente variante puede descubrirse la tendencia general del trabajo sobre el discurso: eliminación de expresiones y giros explicativo-descriptivos innecesarios y afinación del lenguaje realista en desmedro de la poetización inicial (abundancia de metáforas, metagoges, comparaciones).

* iluminó con un hondo gemido. Corrió al cuarto de su hija y la vió empapada en sangre, los ojos entrecerrados y la boca colgante. Dejóse caer sentado en la cama, cogió una mano de Estefanía entre las suyas trémulas y quedó

** a sus nuevos compañeros. La mayor parte se detuvo a contemplarle la cara al sol. Al rato una cáscara de naranja

Pero los ojos irónicos lo habían seguido, y poco a
poco, de uno a uno, de dos a dos, sus compañeros fueron
acercándose e hicieron rueda a su alrededor. Desde
entonces no cesaron las burlas. Un muchacho en camiseta se acercó a él en puntas de pie por detrás, mordiéndose los labios para contener la risa, le echó los brazos al
cuello y lo besó. El señor Muller levantó la cabeza y
dirigió al guardián una mirada de honda súplica. El   súplica. Este continuó
guardián continuó indiferente su paseo, contentándose
con *volver de vez en cuando los ojos a la divertida   volviendo...
escena.

Durante ocho horas los detenidos no abandonaron a
su víctima. Al fin, media hora antes de su primera
declaración, el señor Muller recibió[b] un puñetazo en la
boca que le hizo caer las lágrimas. Cuando volvió del
Juzgado, respiraba con dificultad.   juzgado, respiraba ya con

A las seis se acostaron todos. Tres o cuatro detenidos
detuviéronse un momento a los pies de su tarima, con
una sonrisa equívoca. El señor Muller se acurrucó,
estremecido ya de dolor.

—No me peguen —sonrió angustiado.

Los amigos, dispuestos a una nueva broma, lo miraron despreciativamente y se fueron. Pronto durmieron
todos. Entonces el señor Muller sintióse por primera vez
solo. En su dolorosa agonía tuvo el valor de olvidarse de
todo, y recogiendo sin hacer ruido las rodillas hasta el   sin hacer ruido, las rodillas sobre
pecho, lloró larga y silenciosamente a su hija.   el pecho lloró

**A la mañana siguiente, por un resto de piedad de la   Cuando a la mañana...
suerte, amanecía muerto.[c]

---

* de vez en cuando los ojos a la alegre escena. Las bromas continuaban; cambiábanse proyectos en voz baja.
Poco después un detenido alto y flaco avanzó con aire indiferente y se detuvo a su lado, tocándole el hombro.
Cuando el señor Muller alzó el rostro, lo escupió en la cara y se volvió gallardamente entre las carcajadas de sus
compañeros.
Durante ocho horas no lo abandonaron. Al fin, media hora antes de su primera delcaración recibió

[b] Atenúa el sadismo de los presos, eliminando la instancia provocadora inicial.

** siguiente sus compañeros lo vieron muerto, hicieron un gesto común de sorpresa y desagrado, pues a pesar
de todo le habían tomado cariño.

[c] Si en la mayoría de sus cuentos Quiroga retoca el final, en éste lo modifica sustancialmente. Cambia el punto
de vista del narrador: pasa de la «visión con» los personajes (como teoriza Tzvetan Todorov) de la primera versión,
al relato objetivo de la publicación definitiva. Suprime el súbito y bastante inverosímil arrepentimiento de sus
ex-torturadores; traslada el cariño a la imagen de una piedad apersonalizada.

NOTAS

[1] Inicialmente en la revista *Tipos y Tipetes*, Buenos Aires, año 1, nº 1, octubre 10, 1907, con dos ilustraciones de Castro Rivera, situadas en las dos primeras páginas (de las tres) que ocupa el relato en la revista.

LA LLAMA[1]

«HA FALLECIDO AYER, a los ochenta y seis años, la duquesa de la Tour-Sedan. La enfermedad de la ilustre anciana,[a] sumida en sueño cataléptico desde 1842, ha constituído uno de los más extraños casos que registra la patología nerviosa.»

fallecido ayer la duquesa anciana, muerta en vida desde 1842,

El viejo violinista, al leer la noticia en *Le Gaulois, me pasó el diario sin decir una palabra y quedó largo rato pensativo.

«Le Gaulois»,...

—¿La conocía usted? —le pregunté.

—¿Conocerla? —me respondió—. ¡Oh, no! Pero...

Fue a su escritorio, y volvió a mi lado con un retrato que contempló mudo un largo instante.

La criatura retratada era realmente hermosa. Llevaba el pelo apartado sobre las sienes, en dos secos golpes, como si la mano acabara de despejar bruscamente la frente. Pero lo admirable de aquel rostro eran los ojos. Su mirada tenía una profundidad y una tristeza extraordinarias, que la cabeza, un poco echada atrás, no hacía sino realzar.

profundidad y tristeza extraordinarias, que la cabeza un poco echada atrás no

—¿Es hija... o nieta de esta señora que ha muerto? —le pregunté.

... o nieta de esa señora?

—Es ella misma —repuso en voz baja—. He visto el daguerrotipo original... y en una ocasión única en mi vida —concluyó en voz más baja aún.

---

[a] Casi al final de la historia menciona, en la primera versión, a la catalepsia; enfermedad que por otro lado estaba de moda en la literatura del 900:

«En túmulo de oro vago,
cataléptico fakir». («Tertulia lunática»)

Así se inicia el revolucionario poema de Julio Herrera y Reissig (1909), que Quiroga no conoció. Claro es que la deuda proviene de las ideas, ritos y literaturas orientales, de la poesía francesa del primer medio siglo XIX y, para el escritor salteño, de Poe. No en vano, en relación con este último, el cuento se titulaba «Berenice», lo que de algún modo constituye un homenaje al autor de un relato con el mismo título, con el que hay puntos de contacto ostensibles, así como con «El retrato oval». No sería la primera vez que Quiroga rindiera tributos al maestro norteamericano. Para comprobarlo pueden consultarse las noticias preliminares de Los arrecifes de coral y El crimen del otro, así como la selección de textos teóricos que se incluyen en el Apéndice III, 1 de esta edición.

Sobre la catalepsia consúltese el glosario de patologías y fármacos.

* quedó largo rato pensativo.

—Cuarenta y dos... novecientos cuatro... — oí que murmuraba, como si confrontara fechas.

Quedó de nuevo pensativo, y al fin levantó los ojos a mí.

—Yo soy viejo ya —me dijo— y me voy... No he hecho en mi vida lo que he querido, pero no me quejo. Usted, que es muy joven y cree sentirse músico —y estoy seguro de que lo es— merece conocer esta ocasión de que le he hablado... Oígame:

Hace ya muchos años... Era en el 82... Yo acababa de llegar a esa ciudad, en Italia, y me había hospedado en el primer hotel que había hallado. La primera noche, ya muy tarde, sentí agitación en la pieza vecina, y supe al día siguiente por la camarera que mi vecino había tenido un ataque —creía ella que al corazón. El pasajero había llegado dos días antes que yo y parecía gozar de muy poca salud. Había oído decir que era músico. Era extranjero, de nombre impronunciable.

No bastó más para despertar mi interés, y como según la misma confidente, mi vecino sufría de agudos dolores en los pies, creí tanto de mi deber como de mi curiosidad, ir a ofrecerle mi ayuda, si en algo podía necesitarla.

Fui, pues. Era un hombre ya de años, muy grueso y de aspecto pesado y enfermo. La magnitud de su vientre, sobre todo, llamaba la atención. Respiraba con dificultad, con hondas inspiraciones que le cortaban la palabra. Algo en la nariz y en la comba de la frente me recordaba a alguien; pero no podía precisar a quién.

Por lo demás, me recibió mal. Por suerte, cuando iba a retirarme más que arrepentido de mi solicitud, un nombre dejado caer en las pocas palabras cambiadas le hizo levantar vivamente la cabeza. Me hizo dos o tres preguntas rápidas y pareció más humanizado.

A mediodía mi vecino tuvo otro acceso de gota, e hice lo que pude por calmar tanto el dolor como la irascibilidad a que el hombre parecía muy propenso.

No sé si mi juventud llena de entusiasmos, o lo infinito que de ingenuo había en mí entonces, amansaron del todo al enfermo. Lo cierto es que al caer la tarde sus ojos me sorprendieron cuando yo por cuarta o quinta vez bajaba los míos a un retrato, un daguerrotipo colocado sobre el velador. La frente del enfermo se ensombreció, y dejó de hablar por un rato.

Al fin se levantó pesadamente, y respirando con dificultad cogió el retrato y fue con él a la ventana.

ojos a mí, mirándome con cariño.

Oígame.

años... era en

hotel que hallé. La

llegado dos días antes y

Era un hombre
enfermo. Su vientre,
dificultad, en fuertes inspiraciones

a retirarme, más
cambiadas, le

A mediodía tuvo otro acceso de gota, e hice lo que pude por calmar dolor e irascibilidad, a que parecía bien propenso mi vecino.
No sé si mi juventud llena de entusiasmo, o

enfermo. Pero es lo cierto que al caer la tarde sus ojos me sorprendieron al volverme por cuarta o quinta vez a un retrato,

con dificultad, cogió el retrato y volvió con él a

Sin que yo me diera cuenta de lo que hacía, me levanté a mi vez en silencio, y me hallé a su lado, devorando aquel retrato —estos mismos ojos, como usted los mira ahora...

Al fin retornó sobre sus hinchados pies a dejar el daguerrotipo, y se hundió de nuevo en su sillón.

—¿Usted sabe quién soy? —me dijo bruscamente.

De golpe, la nariz y la frente de aquel abotagado rostro adquirieron intenso relieve.

—Creo que sí... —respondí trémulo.

—No importa —agregó—. Usted tiene, fuera de su violín, que no sirve para nada, algo que vale más que su propia persona... No comprende... Lo mismo da... Comprenderá más tarde, cuando recuerde que con la historia de este retrato, le he contado la historia de mi propio arte...

¿Tuvo mi vecino esa necesidad de expansión de los enfermos cuando el dolor cesa, y que el primer llegado puede despertarle en infantil efusión? ¿Por qué me contó a mí aquello?

Pero he pensado después que yo no fui más que el pretexto de esa expansión. La brevedad de las frases, el corte entero del relato, me lo probaron luego.

Comenzó bruscamente:

—Yo estaba entonces en París... Y tenía veintinueve años. Baudelaire me dijo una noche:

—Tengo que recomendarle un salón... La señora de L. S. tiene locura por usted. Y un famosísimo piano. Iremos una noche de éstas.

Fuimos allá. El piano era en realidad muy bueno. Pocas veces oí ejecutado con voces tales algo mío.

La segunda noche, al concluir de tocar un trozo de mi primera ópera, alcancé a ver un minúsculo auditor que ya la primera vez se había inmovilizado en un rincón, casi a mi espalda.

Volví la cabeza, y una criatura huyó corriendo a través de la sala.

—¡Berenice, locuela! —llamó la señora de L. S.

—¡Ah! —exclamó Baudelaire—. Es la pequeña. ¿Usted cree tener un admirador más febril que ella? No lo va a hallar nunca.

—¡Tiene locura por la música! —apoyó la dueña de casa—. ¡Vamos, Berenice! ¿Tendré que ir a buscarte?

Variantes (columna marginal):

Sin que me diera bien cuenta de lo que hacía, me levanté a mi vez en silencio, y estuve a su lado, mirando aquel retrato, estos mismos

volvió sobre sus

persona... No comprende; lo

¿Tuvo esa necesidad de

puede despertar, en

probaron suficientemente.

Estaba en París... Yo tenía 29 años...

... La señora de L. tiene locura

noche, al concluir un

señora de L.—

febril! Si continúa así...

— ¡Un futuro rival! — concluyó la dueña de casa. — ¡Vamos, Berenice! ¿Tendré que ir a buscarte? Y trajo en

Y trajo, en efecto, violentándola casi, a la pequeña, que se detuvo ante mí, jadeando y ensombrecida de emoción.

ensombrecida por la luz de espalda y la emoción.

Era una criatura de nueve a diez años, evidentemente bella, aunque hasta ese momento su hermosura no superara en un grado a la de las criaturas de su edad.

—¡Ahí lo tienes, a tu amor! —exclamó la madre—. ¡Míralo bien!

—¡A ver, veamos! —le dije, cogiéndola del mentón y levantándole la cara. Sus ojos, hasta ese momento huyentes, se volvieron por fin, y desde el rostro echado atrás, su honda mirada se fijó en mí.

atrás, su mirada, fatigada aún de emoción y contrariedad, se fijó en mí.

Hay miradas que uno siente en los ojos, y nada más; que se detienen allí y no miran sino nuestra pupila. La de aquella criatura iba más allá, llegaba hasta mis sienes, me abarcaba totalmente.

Bajé la mano, y Berenice huyó corriendo.

—La música es buena; el hombre, no —comentó Baudelaire, mientras levantaba un ancho lazo desprendido de la cintura de Berenice—. ¿Lo quiere? —agregó tendiéndomelo—. No es una corona de laurel, pero no vale menos.

Baudelaire, levantando un ancho

—¡Oh! —exclamó la dueña de casa, emocionada—. ¡Si este lazo pudiera un día de gloria hacerle recordar esta casa... y a mi pequeña Berenice!

¡Si eso pudiera un día

Guardé el lazo. A la velada siguiente (íbamos muy a menudo) la criatura no apareció. Cuando nos retirábamos, la señora de L. S. me dijo sonriendo:

la señora de L. me

—Tengo un encargo para usted. Mi hija quiere hablarlo a solas. No ha querido acostarse... Lo espera en el vestíbulo.

*En la penumbra, una sombra blanca me aguardaba.

Salimos,...

Me acerqué, y esperé un instante; la criatura no levantaba los ojos.

—¿Y bien? —le dije.

Continuó inmóvil.

—¿Qué quieres de mí, pequeña?

Igual inmovilidad e igual silencio.

—¡Entonces, me voy! —agregué.

—Váyase —me respondió secamente.

Pero cuando yo me había alejado ya tres pasos, me llamó.

— Sí — me respondió secamente. Pero cuando había caminado tres pasos, me llamó. Continuaba en igual postura.

---

* yo el último, y en la penumbra, una sombra blanca, y el cabello ya diluído en lazos para la noche, me aguardaba.

—Mi lazo... —me dijo con voz sorda.

—¡Ah, el lazo! —respondí palpándome—. Es que creo no tenerlo... Sí, aquí está. Y buenas noches,[*] señorita Berenice.[b]

A la noche siguiente volví a verla en el vestíbulo, acechándome.

—¡Aquí está su lazo! —me dijo con voz entrecortada, tendiéndomelo. Y huyó corriendo.

Baudelaire, a quien conté el cúmulo de pasión y bizarría que había en la pequeña, me informó de que Berenice sufría de crisis nerviosas muy fuertes, y muy raras sobre todo. Sobre todo, muy raras. Algo de catalepsia, o cosa así.

Le observé que no era la música la llamada a calmar su sistema nervioso.

—Desde luego —me respondió—. La madre lo sabe, pero está loca de orgullo con la sensibilidad de su hija. Y realmente, es extraordinaria... Pero no va a vivir mucho.

—¿Berenice? ¿Por qué? —le pregunté extrañado.

—No sé; con esa emotividad, y con música como la de usted, no se va lejos...

Después de aquel singular comienzo, nuestras relaciones no tropezaron más. Berenice no faltaba jamás a la sala, ni dejaba nunca de sentarse oblicuamente a mi espalda, casi arrinconada. Rara vez llegaba a descubrir su mirada sobre mí, porque la apartaba vertiginosamente apenas me volvía a ella.

Había momentos de tregua, sin duda, durante los cuales la criatura recobraba la frescura de sus años, y sus risas vivificaban nuestras violentas[**] discusiones sobre arte.[c]

Margen derecho:

—Mi lazo... — me dijo en voz queda.
—¡Ah, el lazo! — me palpé. —
señorita Berenice....

entrecortada. Y huyó

discusiones...

---

* A la siguiente vez, la pequeña ocupaba su rincón en la sombra. No me dirigió la palabra y cuarenta veces me volví a ella hallé sus ojos sistemáticamente fijos en cualquier parte, menos en mí.
Pero a la salida, la sentí de nuevo en el vestíbulo, acechándome.
—¿Otro lazo? ¡Es que no tengo más! — me apresuré.
Berenice levantó los ojos y me miró atentamente, como si tratara de comprender.
—¡Luego... buenas noches, mademoiselle!
Bruscamente retiró la mano de la espalda.

b De la misma forma que en el cuento anterior («Estefanía»), Quiroga elimina todas las instancias que retardan la acción, en este caso, quita todos aquellos datos anteriormente aportados.

** de arte.
A veces me sentaba al piano, y era muy raro que Berenice no emprendiera alguna maniobra entre las sillas, hasta sentirla de repente a dos pasos de mí, siempre vuelta de espaldas a la luz, y fija en mí su inmensa mirada. Me interrumpía entonces, y era en balde que la (sic) dirigiera la palabra: jamás me respondía, ni dejaba de observarme.

c La supresión del extenso párrafo de la publicación original determina que el narrador eluda las sugerencias a la sensualidad de la niña, precisamente el elemento extraño en la historia, el punto de fricción que alterará la lectura.

Una noche, cansado de discutir, me retiré al piano, mientras los otros proseguían con un acaloramiento que duraba hacía dos horas. Rompí sobre el teclado no sé cuántas melodías italianas, y calmado al fin, tecleé aquí y allá; recordé un motivo, sentí otro nuevo, y poco a poco fui olvidándome de todo. Viví en el piano un cuarto de hora de completo abandono, y cuando levanté la cabeza, Berenice, demudada, toda la palidez del rostro absorbida por la insensata dilatación de los ojos, estaba a mi lado. Tendí la mano hacia ella, pero se apartó bruscamente, casi horrorizada. Creí que iba a caer; mas la exhausta criatura, reclinada en un jarrón, sollozaba con los ojos cerrados y las manos pendidas a lo largo del cuerpo.

La madre corrió, y recién entonces me di cuenta del silencio de la sala.

—¡Berenice, mi hija! ¡Te estás matando, mi criatura! —clamó la señora.

Berenice, rendida entre los brazos de su madre, sollozaba siempre sin abrir los ojos. La señora de L. S. la llevó adentro, y volvió en seguida, dirigiéndose a mí.

—¿Qué tocaba usted hace un momento? —me preguntó anhelante.

—No sé... —le respondí, bastante contrariado—. Motivos que se me ocurrieron...

La señora de L. S. volvió los ojos a todos.

—¡Pero es grandioso, eso! —exclamó.

Baudelaire, las manos cruzadas sobre las rodillas y los ojos en el techo, murmuró:

—Si es grandioso, no sé... Pero jamás han salido de hombre alguno cosas como las que acabamos de oír... La pequeña tiene razón.

Berenice tuvo al día siguiente uno de sus extraños ataques, y ante mis serios temores por esa sensibilidad profundamente enfermiza, la madre sacudió la cabeza:

—¿Y qué quiere usted que haga? —me dijo—. No podría mi hija vivir sin eso... Es su destino.

—¿Y siempre ha sido así? —le pregunté.

—¿Es decir —me respondió— si otras músicas le hacen esa impresión? ¡Oh, no! El mérito de esta crisis, del vértigo que se apodera de ella en cuanto oye música suya, es de usted, puramente de usted. Antes sentía como todos; ahora se enloquece...

Este nuevo incidente, el recuerdo tenaz de la criatura y sus ojos de insensato sufrimiento y goce, grabaron

aquí y allá, recordé

ojos, estaba allí.

criatura, reclinada de costado en un jarrón, sollozaba con los ojos cerrados y las manos pendidas inertes, en gruesos sollozos de extenuación.
    La madre corrió a nosotros, y recién

clamó la señora de L.

ojos. La llevó adentro, y volvió

— ¡Mi hija!... No he visto cosa igual... ¿Qué tocaba usted? — se volvió a mí.
contrariado — Motivos...

La señora de L. volvió

estas crisis, del

profundamente aquel cuarto de hora de improvisación
en el piano, y en una semana le di forma. Era algo
bastante extenso; creo que muy poco congruente; pero
había puesto en ello cuanto sentía.

    Hablé de ello a Baudelaire, que oyó un trozo. Y como
no se podía hallar mejor ambiente que aquel salón en que
batallábamos sin tregua, se decidió ejecutar allí mi
partitura.

    Mi inquietud era extrema. Sentía oscuramente que
había puesto allí toda mi alma en todo mi arte, y que se
jugaba mi destino. Berenice llegó tarde, cuando ya la
orquesta comenzaba el preludio. Un rato antes la señora
L. S. me había dicho gravemente:

    —Berenice está mal; no sé si permitirle que oiga...
Está como loca desde que ha sabido... ¿Qué opina usted,
sinceramente?

    Sentí una impresión extraña de despecho y celos. Yo
tenía veintinueve años, y la pequeña diez apenas... Pero
no se trataba de esto.

    —Ignoro —le respondí con sonrisa forzada—. No
podría juzgar yo mismo...

    La madre me miró serena y seriamente un momento,
y se alejó.

    Berenice... Apenas sonaron los primeros acordes,
sentí su figura blanca a mi lado. Estaba de pie, apoyada
con las dos manos en el brazo de mi sillón, y me miraba
en silencio, muy pálida.

    —Quiero estar aquí... cerca de usted... —murmuró
en voz sumamente lenta.

    —¿Quieres sentarte? —le dije—. Voy a traer una
silla...

    —No, no... —repuso.

    La partitura comenzaba, avanzaba. Pasión, locura
de pasión gritada, delirada, se ha dicho a veces, demasiadas veces, que sobra en esa partitura...

    Cerré los ojos un momento, y sentí en seguida la
cabeza de Berenice que cedía, cedía hasta recostarse en
la mía. Estaba blanca, y tenía por primera vez sus
espléndidos ojos fijos en la luz. No parecía notar mi
inquietud. Su cuerpo cedía más, y oí su voz, lenta y
perdida:

    —Quiero estar con usted...

    —¿A mi lado? ¡Ven! —le dije.

    —No; con usted... —murmuró.

    Comprendí entonces, y la senté, como una criatura
que era, en la falda.

—¿Estás bien así? —le dije.

Buscó un instante sobre mi pecho posición cómoda a
su cabeza, y alzó entonces sus ojos hasta mí.

sobre mi hombro posición

Mientras avanzó, se desarrolló y concluyó mi partitura, sus ojos no se apartaron de los míos, ni los míos se
apartaron muchas veces de su mirada; ni hizo movimiento alguno, ni mi mano abandonó un instante la suya.

mirada, ni

Pero yo vi perfectamente, perturbado a mi vez por mi
propia obra de fiebre, que la mirada de Berenice se
encendía en la misma pasión que me había inundado a
mí mismo al crear esa partitura. Sentí en mi brazo el
calor de su tierna cintura, y vi que en el crepúsculo de
sus ojos entornados no quedaban ni rastros de una alma
de niña. Aquellos veinte minutos de huracanada pasión
acababa de convertir a una criatura en una mujer
radiante de juventud, de ojos ensombrecidos en demente
fatiga.

*a mí mismo al recordarla, cuando
creé esa partitura.*

acababan de convertir

Pero la partitura avanzaba siempre; sus gritos delirantes de pasión repercutían dolorosamente en mis propios nervios —todos a flor de piel—; y en ese galope cada
vez más precipitado de locura de amor aullada en alaridos salvajes, sentí cómo el cuerpo de Berenice temblaba
sin cesar; vi que la sombra de sus ojos bajaba ahora del
párpado, desmenuzándose en una redecilla de arrugas, y
sentí que en su mirada no quedaban ya ni rastros de la
mujer de veinte años, evaporada, quemada en un cuarto
de hora de aquel vértigo de pasión.

avanzaba siempre, sus

piel — y en ese

*cesar, vi que la sombra de sus
ojos bajaba ahora del párpado,
desmenuzándose en una fina
redecilla de arrugas, y sentí que
en su mirada no quedaba ya ni
rastros*

Y la partitura seguía, subía. Yo mismo sentía mi
propio cuerpo molido, destrozado, golpeado sin piedad.
Y entre mis brazos, también sacudida en una remoción
sin fondo y sin piedad, Berenice temblaba aún de rato en
rato, con bruscas sacudidas que le hacían abrir un
momento los ojos y mirarme, para cerrarlos de nuevo. Vi
que la redecilla de arrugas invadía ahora todo el rostro,
que su frente estaba ajada, y noté de golpe que ya no
quedaban ni rastros de la mujer de cuarenta años,
agotada por una vida entera de pasión, calcinada en
treinta minutos por la explosión de alaridos salvajes que
había cerrado la partitura.

ya no quedaba ni

Todo estaba concluído: En mis brazos, inerte, desmayada, en catalepsia, o no sé qué, tenía ahora una
lamentable criatura decrépita, llena de arrugas.

*concluído. En
inerte, helada, en catalepsia,*

Tenía antes diez años. En el espacio de hora y media
había quemado su vida entera como una pluma en aquel
incendio de pasión, que ella misma...

*Tenía once años. En el espacio de
hora y media, había*

Mi vecino se detuvo, y miró largo rato a través de la ventana oscurecida. Luego concluyó, en voz más lenta y baja:

—Poco más tengo que decirle. La madre se llevó adentro aquel resto de calcinada gloria, y nunca más los he visto, ni lo he querido... Sé que ella, Berenice, continúa como aquella noche, muerta en vida...[d]

Y ahora, óigame: cuanto se ha dicho de esa obra mía: música de sensaciones; pasión desbordada; locura de amor gritada sobre la carne; insistencia enfermiza y enfermante de golpear el mismo punto dolorido; obstinación salvaje en percutir sobre los nervios a flor de piel, hasta enloquecerlos; todo esto es o no cierto. Pero lo que puedo asegurarle —concluyó mi vecino señalando con la cabeza el retrato— es que jamás se ha hecho en mi contra un argumento de ese valor... Ahí, en ese cajón, hay una copia. Llévela, si quiere...

—Y esa partitura, maestro —le dije con voz trémula—, ¿es...?

—Sí —me respondió con la voz aun más sorda—. Después arreglé eso... Es *Tristán e Isolda*...

Mi viejo amigo el violinista sacudió la cabeza.

—Era en 1882 —murmuró—. Al año siguiente murió allí mismo, en Venecia... Y creo ahora —concluyó bajando la voz y contemplando el retrato— que el grande hombre tenía razón... La vida de esa criatura es el más terrible argumento en contra de su obra...

—¡Maestro! —le dije yo a mi vez con la voz trémula—. ¡Déme ese retrato!

El viejo violinista me miró un instante con triste y pensativa ternura, y sus ojos se humedecieron.

—Tómelo —me respondió—. Si hay fetiche alguno, él lo será para usted.

Salí temblando de emoción. ¡Isolda!... Del creador de esa partitura, yo no veía sino el ardiente genio vivificado, hecho carne en aquella criatura extraña que fue su arte mismo, y que en una hora se abrasó como el incienso sobre el pecho del héroe.

---

[d] La variante es muy significativa. Mientras en la primera versión el narador-protagonista pretende desligarse totalmente del pasado, en el texto-base la afirmación de la «muerte en vida» de Berenice nos retrae hacia el artículo periodístico que emplea como acápite del relato.

de la ventana. Luego

aquel pobre resto de calcinada gloria, y nunca más he sabido ni querido saber de ellos... Y

enloquecerlos: todo eso es cierto o no.

partitura, Maestro —

murió, allí

... Es el más terrible argumento contra su obra...

— Déme ese retrato!

genio, vivificando, hecho

¡Berenice!... Y llevando el retrato a mi boca besé locamente, hondamente aquellos ojos tristísimos, que se habían cerrado en vida llevando al infinito del Amor, el Dolor y la Gloria, la sombra augusta de Wágner.

NOTAS

[1] Publicado en *Fray Mocho*, Buenos Aires, año IV, nº 192, diciembre 31, 1915, con el título «Berenice» y tres dibujos de Hohmann, uno por cada página que ocupa el texto.

CURA DE AMOR

ANTES DE cumplir doce años, Fanny se enamoró* de un muchacho trigueño con quien se encontraba todas las mañanas al ir a la escuela.

muchacho...

Su madre sorprendiólos conversando una mañana, y tras agria reprimenda, el idilio concluyó.[a] Pero ello no obstó para que un mes más tarde Fanny conociera a su modo las ásperas dulzuras del amor prohibido, en casa de su hermana que esa noche contraía matrimonio; pues al ver al recién casado sonriente y ufano, había quedado mirándolo largo rato sin pestañear, como si él fuera el último novio en este mundo. De modo que un tiempo después la joven casada dijo a su madre:

amor prohibido. Su hermana se casaba esa noche: y al ver al novio, elegante, sonriente y ufano, quedó mirándolo largo rato

—¿Sabes lo que creo? Que Fanny está enamorada de mi marido. Corrígela, porque él se ha dado cuenta.

enamorada de Raúl. Corrígela

—En consecuencia, Fanny recibió una nueva represión.

Fanny sufrió una nueva

Nada había, sin embargo, de tormentoso en los amores de Fanny, ni sobrada literatura.[b] Era sólo extraordinariamente sensible al amor. Entregábase a cada nueva pasión sin tumulto, en una sabrosa pereza de su ser entero —de la voluntad, sobre todo. Sus inmovilidades pensativas, soñando con los ojos entrecerrados, tenían para ella misma la elocuencia de casi un dúo de amor. Como su corazón no conocía defensa y estaba

---

* delgado con quien se encontraba todas las mañanas al ir á la escuela. Tan bien lo hizo, que el chico acabó por notarlo, comenzando desde entonces a pasearse de noche por la vereda. Retardaba el paso al cruzar delante de ella; no le decía nada. Fanny ni aún lo echaba de menos apoyada la cabeza en la pared del balcón, lánguida de ternura por los bellos ojos del melancólico muchacho.

Su madre sorprendiólos una noche y, tras agria reprimenda, el idilio se acabó.

[a] El extenso párrafo que narra el primer encuentro amoroso de Fanny estaba, en la primera versión, excesivamente jerarquizado, casi tanto como una relación de personas maduras. En el texto-base resulta meramente la prehistoria sentimental de la muchacha, el primero de tantos intentos y tantas represiones.

[b] Adviértase la inflexión semántica que puede poseer ese «sobrada literatura», quizás un significado similar al «et tout le reste est litterature» de Paul Verlaine (a quien, por cierto, Quiroga veneraba y conocía bien). Una manera de hacer una guiñada: la literatura como mentira instaurada, el amor de Fanny auténtico pero mentido en tanto que es literatura.

siempre henchido de dulzura y credulidad, pocas conquistas eran más felices que la suya. El río de su ternura corría sin cesar; deteníase un día, un mes acaso, pero reanudaba en seguida su curso inagotable hacia un nuevo amor, con igual desborde de profunda y dichosa languidez.

Así llegó a los quince años, y como hasta ese momento sus cariños habían sido pueriles en lo posible, bien que no escasos, su madre creyó era entonces forzoso hablarle seriamente, como lo hizo. *[hablarla seriamente. Lo hizo.]*

—Ya estás en la edad de comprender —concluyó la madre— que lo que has hecho hasta ahora es vergonzoso para una mujer. Eres libre de enamorarte; pero te ruego tengas un poco más de dignidad, no encaprichándote a cada rato como una sirvienta. Puedes irte. *[concluyó — que lo que has]* *[libre para]* *[encaprichándote a cada paso]*

A pesar de todo, pocas noches después, saliendo inesperadamente al balcón en que ya estaba su hija, vio a un joven cruzar en ese instante la vereda en ángulo* recto. Esta vez la indignación de la señora no tuvo límites. *[ángulo...]*

—¡Muy lindo!... ¡Pero no tienes vergüenza! ¿Qué le hablas a ese otro? ¡Hipócrita! Con tus ojos —¡maldito sea el día en que te dijeron que eran lindos!— no haces más que llenarte de vergüenza. ¡Ah! ¡Pero te juro, mi hija, que vas a quedar curada, te lo juro! *[¡pero no tienes vergüenza, vergüenza!]* *[¡pero te]*

No obstante, la indignada madre no tomó ninguna determinación curativa, por lo menos visible. El primer domingo fueron a pasar la tarde en casa de su otra hija. Leandro, un joven amigo del marido, estuvo bastante rendido con Fanny. Pocos días después la visita fué inversa, y Leandro cortejó** decididamente a la chica.[c] El joven, tonto y bien puesto, se distinguía por sus pretensiones de conquistador irresistible, y no se había dignado hasta ese entonces poner los ojos en Fanny, por creer su conquista sobrado modesta e insigni- *[por lo menos, visible. Hablaba poco a Fanny. El primer domingo fueron a pasar la tarde en casa de su otra hija. Leandro, un joven hermano del marido]* *[cortejó...]*

---

* demasiado recto. Fanny miraba obstinadamente las punta (sic) de sus zapatos entre la reja. La llamó a la sala, y esta vez la indignación

** decididamente a su concuñada. Esta lo miraba sorprendida. El joven, rozagante, tonto y bien puesto, se había distinguido siempre por sus presunciones de conquistador irresistible, excusándose, con finas sonrisas delatorias, de contar qué hacía en tal esquina u hora. Como de tiempo atrás había pavoneado sus triunfos delante de Fanny, ésta habíale parecido seguramente conquista sobrado modesta e insignificante. Ahora cambiaba. Conociéndolo, resistióse huraña. Pero al fin, amada, adorada, cercada, su dulce corazón

[c] Dada la vuelta de tuerca que asoma hacia el final del relato, (el «final de efecto» diría Quiroga), enamorarse de un concuñado podría abrir canales para la delación de los planes de la madre. De lo contrario se habría visto obligado a implicar a la hermana de Fanny en la trampa, al corregir el texto; aspecto muy descuidado en la primera version. También un encuentro con un amigo confiable propone una solución narrativa más creíble.

ficante. Ahora cambiaba. Fanny, que conocía la presunción de Leandro, resistió un tiempo; pero al fin cercada, asediada, su dulce corazón crédulo abrióse, y el río insaciable de su ternura corrió de nuevo. Si antes sus amores contenidos la rendían muda en una silla soñadora, pudo entonces comprender qué ahogada era su felicidad de otro tiempo. Leandro iba a la casa todas las noches. Su madre favorecía claramente el tierno idilio. Libre de querer, en esos susurrantes dúos diarios, Fanny llegó a sentir que su corazón tenía ganas de llorar de tanta dicha.

Ya no podían más. Y así una noche Leandro, saltando fogosamente sobre las conveniencias, se levantó en el momento en que entraba la madre y pidió su mano. La señora aparentó discreta sorpresa.

—¿Qué dices, mi hija? —se volvió con animosa sonrisa a Fanny.

La joven, rendida en el sofá de dichosa y finalizante emoción, no tuvo más que una húmeda e interminable mirada de agradecimiento a Leandro.

—Pero, en fin, ¿lo quieres? —insistió la señora.

—Sí —murmuró.

Entonces la madre y Leandro soltaron una carcajada.

—¡Perfectamente! Lo quieres, ¿no? ¡Me alegro mucho, mucho! —se desahogó su madre por fin—. Pero Leandro no te quiere ni te ha querido nunca, sábelo, mi hijita. Todo ha sido una farsa, una farsa, ¿entiendes? Que te lo diga Leandro, bastante buen amigo para haberse prestado a esta ridícula comedia —¡ridícula para ti! ¡Dígale, Leandro, dígale que todo es mentira, que usted no la ha querido nunca, nunca!

Leandro se reía, contento de sí mismo.

—Es verdad, Fanny; su mamá me habló un día y consentí. ¡Qué bueno!... Y le aseguro —se volvió a la madre con una sonrisa de modesto orgullo— que no me hubiera creído tan buen actor; ¡Dos meses seguidos!...

—¡Gracias, Leandro; no sé cómo agradecerle lo que ha hecho! Venga, acérquese bien a su enamorada.

Y se colocaron a su frente, riéndose* de ella.

—¡Ya sabes que ha estado jugando contigo! ¡Que jamás te quiso! ¿Que se ha burlado de ti? ¿Oyes? Ahora, quedarás curada por un largo tiempo. Vámonos, Leandro.

* de ella. La madre se inclinó, apoyando las manos en sus rodillas:

—La verdad es que me quería* —se pavoneó aún Leandro, mirando al salir victoriosamente a Fanny.

quería— se...

La criatura, en su trémula pubertad, quedó inmóvil, dejando correr en lentas lágrimas la iniquidad sufrida, con la sensación oscura en el alma —pero totalmente física— de haber sido ultrajada.[d]

---

* rió aún Leandro, mirando victoriosamente á la joven, que no había levantado la cabeza. Ya en la puerta detuvo á la madre.

—Me parece que está llorando — le dijo curiosamente al oído. Vamos, dejémosla.

Y se fueron contentos

—Le aseguro, señora, que á veces creía que no iba á estar tan bien — concluyó Leandro, estirándose el chaleco con un gesto de desahogada satisfacción.

[d] El extensísimo diálogo de la primera redacción se permuta por una observación necesaria en el interior de la protagonista, olvidada en aquélla.

NOTAS

[1] Inicialmente en: *Caras y Caretas*, Buenos Aires, año X, n° 450, mayo 18, 1907, con el título de «Cura de amor». Cubrió una página de la revista y fue ilustrado por Hohmann.

LUCILA STRINDBERG[1]

YO PRETENDÍ durante tres años consecutivos, antes y después de su matrimonio, a Lucila Strindberg. Yo no le desagradaba, evidentemente; pero como mi posición estaba a una legua de ofrecerle el tren de vida a que estaba acostumbrada, no quiso nunca tomarme en serio. Coqueteó conmigo hasta cansarse, y se casó con Buchent-hal.

ofrecerle el tren habitual, no quiso nunca

Era linda, y se pintaba sin pudor, las mejillas sobre todo. En cualquier otra mujer, aquella exageración rotunda y perversa habría chocado; en ella, no. Tenía aún muy viva la herencia judía que la llevaba a ese pintarrajeo de sábado galitziano, y que tras dos generaciones argentinas subía del fondo de la raza, como una cofia de fiesta, a sus mejillas. Fantasía inconsciente en ella, y que su círculo mundano soportaba de buen grado. Y como en resumidas cuentas la chica, aunque habilísima en el flirteo, no ultrapasaba la medida de un arriesgado buen tono, todo quedaba en paz.

pintarrajeo de domingo

raza, como a una cofia de fiesta, a sus mejillas. Fenómeno, y que su mundo soportaba

todos quedaban contentos.

Yo conocía bastante al marido; era de origen hebreo, como ella, y tenía, en punto a vigilancia sobre su mujer, el desenfado de buen tono de su alta esfera social. No me era, pues, difícil acercarme a Lucila —cuanto me lo permitía ella.

mujer, el desenfado de su alto círculo social. No me era, pues, difícil acercarme a Lucila cuanto

Mi apellido no es ofensivo; pero Lucila hallaba modo de sentirlo así.

modo de verlo así.

—Cuando uno se llama Ca-sa-cu-ber-ta —deletreaba— no se tiene el tupé de pretender a una mujer.

me decía no se tiene el

—¿Ni aun casada? —le respondía en su mismo tono.

respondía en su tono.

—Ni aun casada.

—No es culpa mía; usted no me quiso antes.

—¿Y para qué?

Ud. (A partir de aquí cuando se lea «usted», en 1918 será «Ud.»).

Inútil observar que al decirme esto me miraba y proseguía mirándome un buen rato más.

observar que me miraba al decirme esto, y durante un buen rato después.

Otras veces:

—Usted no es el hombre que me va a hacer dar un mal paso, señor Casa-cuberta.

Sr. Casa-cuberta.

292

—Pruebe.

—Gracias.

—Hace mal. Cuando se tiene un marido como el señor Buchenthal, un señor Casacuberta puede hacer su felicidad. ¡Vamos, anímese!

—No; desanímese usted. —Y añadía:— Con usted, por lo menos, no.

desanímese Ud. (*sic*) Con Ud., por

—¿Y con otro?

—Veremos.

—¡Pero por qué diablos conmigo no!

—Porque...

Y me miraba insistentemente como quien detalla un vestido.

me miraba como quien

—Porque... Algún día se lo diré. Levántese... No me deja ni mover siquiera.

Otra vez:

—Vea, Casacuberta: si usted quiere serme agradable —¿sí?— tome mañana mismo el tren, váyase a Bolivia, a la Patagonia, construya dos o tres puentes, haga una bonita fortuna, y después venga; le prometo esperarlo.

Yo soy ingeniero, y capaz de hacer un puente desde la Patagonia a Bolivia. Pero ensamblar hierros T y doble T por dejar de verla, no.

fierros T y TT por

Por lo cual objetaba:

Añadía:

—¿Y para qué quiere fortuna? ¿No le basta con la de Buchenthal? No se va a comer la mía, supongo...

—No; y menos con esta nueva grosería suya... Váyase, déjeme. Haga lo que le digo, y después hablaremos.

Difícil, como se ve, mi adorada. Pero, Casa-cuberta y todo, yo no perdía las esperanzas. Un amante tenaz preocupa muy poco a una mujer feliz; pero se torna terriblemente peligroso, por poco que aquélla lo crea todo perdido.[a]

Pero Casa

a una mujer mientras ésta se considera feliz: pero aquella tenga ganas de llorar, al creerlo todo perdido.

¿Qué podía perder Lucila? No lo sé —o no lo sabía entonces. Poco después del trozo de diálogo que acabo de contarles, entró en escena L. M. F. Las iniciales bastan, supongo.[b] La primera vez que lo vi arrinconado con

entró en escenario R.M.F. (A partir de aquí cuando se lea L.M.F., en 1918 será R.M.F.)

---

[a] Nótese cómo elimina los efectos sentimentales. De esa manera no solamente construye su historia con mayor sobriedad, sino que también desliga toda posible asociación inmediata con Lucila Strinberg.

[b] Las iniciales, tan comunes en los relatos de Quiroga, son las mismas que las de otro enamorado (aunque no seductor, sino seducido) personaje quiroguiano: *Luis María Funes* de «La meningitis y su sombra» (*Cuentos de amor de locura y de muerte*). Si se relee la nota explicativa (1) a ese cuento, se podrá descubrir la proximidad que uno y otro texto tienen en el tiempo de composición.

¿Mera afinidad o efectiva comunicación entre uno y otro?

Lucila, usando, presumo, de todos los recursos de su sentimentalidad muy grande de artista, no preví nada bueno para mis esperanzas. En el primer garden party volví a hallarlos extraviados bajo un parasol, y de noche le dije a Lucila:

—Deje a L. M. F.; no es hombre para usted.

—¿Por qué? Es tan inteligente como usted, supongo.   *Ud.,*

—Más. Pero es un canalla.

—¡Casacuberta!

—Muy bien; no he dicho nada.

—¡Canalla!... ¿Porque usted lo siente más cerca de   *de lo que Ud. no ha podido conse-*
mí que lo que usted ha podido conseguir?   *guir?*

—No; créame, Lucila: déjelo. No es el hombre que usted cree.

—¡Ah, sí!... ¡Usted es ese hombre!

—Quién sabe; pero él, no. Después veremos.

Pasaron cinco meses; yo estuve todo ese tiempo en el   *meses; yo estuve cuatro en el sur.*
sur. Una tarde, ya de vuelta, fui a ver a Lucila. No me   *Una tarde, ya al crepúsculo, fuí a*
quiso recibir; mas cuando ya me retiraba, llegó contraor-   *ver a Lucila. No me quiso recibir;*
den. Entré, y la vi muy descompuesta. Parecía sufrir en   *pero cuando me retiraba,*
realidad, por lo que me respondió con muy breves palabras; muy breves y secas. Quise irme; pero me detuvo.

—¿A qué se va? —me dijo extrañada y sufriente—.   *y sufriendo. Quédese.*
Quédese.

No me miraba, pero tampoco miraba nada concreto. De pronto, volviéndose a mí: *De pronto: ¿Cuántos individuos*

—¿Cuántos individuos de su laya se pueden comprar con mil pesos?

Debo observarles que este término *laya* no era de su vocabulario, ni se lo había oído nunca. Debía, pues, estar profundamente herida.

—¡Respóndame! —insistió—. ¿Cuántos?... ¿Veinte o   *— ¡Respóndame! Cuántos?...*
treinta? ¿Usted incluso? ¿Y ustedes son los intelectuales de este país?

En un instante lo vi todo: la conquista de M. F., y el   *R.M.F.,*
cumplimiento de la profecía que le había hecho a Lucila.

—Deje a los intelectuales —le dije—. No sea injusta. Yo le advertí bien claro lo que le iba a pasar con él.

— ...?   *— El?...*

—Sí, M. F. ¿Es cierto?

No me respondió. Miraba inmóvil un punto, porque   *respondió, y miraba inmóvil*
tenía ganas locas de llorar. Le tomé la mano, y los   *Le tomé entonces la mano,*
sollozos se desencadenaron entonces.   *se desencadenaron por fin.*

— ¡Sí! ¡Sí!... ¡Es cierto, es cierto!... ¡Qué horror!...   *— Sí! si!...*
¡Cómo puedo todavía mirarme a mí misma!...

Tenía razón, porque yo sé la cantidad de honor y sentimiento sincero que había tras el antifaz de sus bravatas, como en tantas otras chicas de envoltura histérica.

Me contó lo que había pasado, que es esto:

Seducida en primer término por la verba del hombre, y sobre todo cansada, enervada, al fin había cedido. Se veían en casa de él. L. M. F. —ustedes lo saben bien— sabe hacer las cosas. Su garzonera es un verdadero chiche, y Lucila llegaba a ella bajo un perfecto disfraz de mucama. El disfraz este está bastante de moda, y ella lo lucía muy bien.* La aventura era arriesgada, aun al anochecer; de donde mayor encanto para Lucila. Pero L. M. sufría por el disfraz de su amada, que era en suma poco distinguido, y se sentía rebajado ante los ojos de su mucamo, que hacía pasar a la vulgar visitante con una chocante sonrisita. Esta sonrisita entraba hasta el fondo de la vanidad del amante, por lo cual una noche, habiendo llegado Lucila con un poco de adelanto, oyó que L. M. F. insinuaba a su valet, en pastosa voz de confidencia:

—¡Qué mucama ni mucama, zonzo!... No sabés distinguir... Es la señora de Buchenthal... Silencio, ¿eh?...

Este es el caso.

—¡Y ésta es la amargura que me tocaba conocer aún, de ustedes los intelectuales! —concluyó Lucila—. ¡Muy poco le importaba al señor L. M. F. poseerme! ¡Lo importante para él era que su lacayo supiera que yo era la señora de Buchenthal!

Pasó un buen rato. Tras el sarcasmo de su lento cabeceo, había un hondo raudal de lágrimas por un sacrificio inútil, incomprendido y sin sabor. Le tomé de nuevo la mano, y ella vino dócil a apoyarse en mi hombro.

—Lucila...

—No, no... —me dijo tristemente, pasándome su mano por el pecho—. Ya no valgo para nada...

—Para mí, sí.

—Para usted, no... Y usted tampoco para mí. Usted es el único hombre —se apartó mirándome— con quien hubiera sido feliz... ¿Me oye ahora? Un día se lo di a entender... Ya esto está concluído... ¡Dejemos!

Al fin, seducida desde luego por la verba del hombre, y sobre todo cansada, enervada, había cedido. Se

Lucila. El valet —mudo y digno— hacía pasar a la esbelta mucama. Pero R.M.F. sufría un poco por el disfraz de su (idem 1920)

vaguísima sonrisa.

¡Qué mucama,... zonzo... No sabés conocer... Es la

que su sirviente supiera

su cabeceo, había

dócil y su apoyó en

ahora? — al hacer esto...
Dejemos

---

* El caso es aquí muy espinoso. En la última publicación se suprime la descripción del disfraz, pero éste sigue manteniendo la relevancia que poseía en las anteriores versiones, por lo demás idénticas. Tal vez se trate de una errata, o de una elipsis narrativa. Dejamos al buen juicio del lector la toma de posición.

Todo concluído. Yo era al parecer el hombre a quien ella quería, y por esto mismo me había resistido para ceder a un literato vanidoso. Entienda usted ahora a las mujeres.

Salí. Yo era

vanidoso. Comprendan Uds. ahora a las mujeres.

NOTAS

[1] Inicialmente en la revista *Pegaso*, Montevideo, año 1, n° 3, septiembre 1918, pp. 89-93. El cuento está localizado por el autor en «Buenos Aires» y no posee ni ilustración ni viñeta alguna.

UN IDILIO[1]

I

"...En fin, como no podré volver allí hasta fines de junio y no querría de ningún modo perder aquéllo, necesito que te cases con ella. He escrito hoy mismo a la familia y te esperan. Por lo que respecta al encargo... etc.»

(En la versión original no está en cursiva).
y como no querría

Nicholson concluyó la carta con fuerte sorpresa y la inquietud inherente al soltero que se ve lanzado de golpe en un matrimonio con el cual jamás soñó. Su esposa sería ficticia, sin duda; pero no por eso debía dejar de casarse.

—¡Estoy divertido! —se dijo con decidido mal humor—. ¿Por qué no se le habrá ocurrido a Olmos confiar la misión a cualquier otro?

Estoy divertido — se
ocurrido confiar la

Pero en seguida se arrepintió de su mal pensamiento, recordando a su amigo.

amigo. De todos modos— concluyó Nicholson— no

—De todos modos —concluyó Nicholson—, no deja de inquietarme este matrimonio artificial. Y siquiera fuera linda la chica... Olmos tenía antes un gusto detestable. Atravesar el atrio bajo la carpa, con una mujer ajena y horrible...

linda doncella...

En verdad, si el matrimonio que debía efectuar fuera legítimo, esto es, de usufructo personal, posiblemente Nicholson no hubiera hallado tan ridícula la ceremonia aquella, a que estaba de sobra acostumbrado. Pero el caso era algo distinto, debiendo lucir del brazo de una mujer que nadie ignoraba era para otro.

brazo una mujer

Nicholson, hombre de mundo, sabía bien que la gracia de esa vida reside en la ligereza con que se toman las cosas; y si hay una cosa ridícula, es cruzar a las tres de la tarde por entre una compacta muchedumbre, llevando dignamente del brazo una novia que acaba de jurar será fiel a otro.

hombre mundano, sabía

hay cosa de por sí grave es

Este era el punto fastidioso de su desgano: aquella exhibición ajena. Ni soñar un momento con una ceremonia íntima; la familia en cuestión era sobrado distinguida para no abonar diez mil pesos por interrupción de

no abonar tres

tráfico a tal hora. Resignóse, pues, a casarse y al día
siguiente emprendía camino a la casa de su futura mujer.

    Como acababa de llegar del campo, donde había
vivido diez años consecutivos, no conocía a la novia.
Recordaba, sí, vagamente a la madre, pero no a su
futura, que, por lo demás, era aún muy jovencita cuando
él se había ido. La madre no era desagradable —decíase
Nicholson, mientras se encaminaba a la casa—, aunque
tenía la cara demasiado chata. No me acuerdo de otra
cosa. Si la chica no fuera mucho peor, por lo menos...

    Vivían en Rodríguez Peña, sobre la Avenida Alvear.
Nicholson se hizo anunciar, y la premura con que le fue
abierto el salón probóle suficientemente que su persona
era bien grata a la casa.

    La señora de Saavedra lo recibió. Nicholson vio
delante de sí a una dama opulenta de carnes,[a] peinada
con excesiva coquetería para su edad. Sonrió placenteramente a Nicholson.

    —... Sí, Olmos nos escribió ayer... Muchísimo
gusto... No hubiéramos creído que se quedara aún allá...
La pobre Chicha... Pero, en fin, hemos tenido el gusto de
conocerlo y de...

    —Sí, señora —se rió Nicholson—, y de ser recibido
con un título que no había soñado jamás.

    —Efectivamente —soltó la risa la señora de Saave-
dra, perdiendo un poco al echarse atrás, el equilibrio de
sus cortas y gruesísimas piernas—. Si me hubieran dicho
hace un mes... ¡qué digo un mes!, dos días solamente,
que usted se iba a casar con mi hija... Es menester que la
*conozca, ¿no es cierto? Pero ahí viene, creo.

    **Nicholson y la señora de Saavedra dirigieron jun-
tos la vista a la portada donde apareció una joven de talle
muy alto, vestido muy corto y vientre muy suelto.[b] Era
evidentemente mucho más gruesa de lo que pretendía

Resignóse pues a casarse,
camino de su futura mujer.
llegar de Chile,
diez años, no
futura. Por lo demás era aún
la casa — aunque
salón, probóle
opulenta de sedas
Nicholson... — y
equilibrio de sus gruesísimas y
cortas piernas.—
mes! dos días
... Pero es menester
conozca...
Nicholson...

---

[a] Del primer sustantivo al segundo hay un tránsito conceptual, aunque el autor se ingenia para no transformar las estructuras sintácticas. Remitimos a la «Noticia preliminar» del volumen para desentrañar las motivaciones que, con tanta asepsia, condujeron al autor a eludir la sexualidad. La versión definitiva ahonda la sensualidad, desacraliza la imagen de la mujer.

* ¿No es cierto? Acabamos de llegar de la calle— añadió, como en excusa de su traje, demasiado rico.—

** y la señora de Saavedra dirigieron juntos la vista á la portada. El ruido crujiente de la seda que ya había oído la madre, aumentó progresivamente, apareciendo por fin una joven alta, tan descendidas las polleras por el corsé bajo, que parecían comenzar á medio muslo. Era evidentemente

[b] Esta variante puede ejemplificar esa corriente común á todas las transformaciones que opera Quiroga en este relato: aumento de la temperatura sensual (tal como anotaramos en la nota (b)); economía de recursos descriptivos e intensificación del ritmo, al desechar las intervenciones del narrador que recargan la prosa y reiteran incesantemente los mismos detalles grafopéyicos.

aparentar. Por lo demás, la elegante distinción de su
traje reforzaba la vulgaridad de una cara tosca y pin-
tada.   cara plebeya

Creo recordar esta cara —se dijo Nicholson, a tiempo   al tiempo
que la señora exclamaba:

—¡Ah! Es María Esther... Mi sobrina más querida;
está unos días con nosotros, señor Nicholson... Mi hija:
el amigo de Olmos, que nos hará el honor de unirse a
nuestra familia.

—Aunque provisoriamente, señorita, lo que causa mi   mi mayor pesar —
mayor pesar —concluyó Nicholson, muy satisfecho del
modo cómo allí tomaban las cosas.   cómo se tomaban

—¿Ah, sí? —se rió María Esther, sin que se le
ocurriera ni pudiera habérsele ocurrido otra cosa. Se
sentó, echando el vestido de lado con un breve movimiento. Y entonces, seria ya, midió naturalmente de
abajo a arriba a Nicholson.

Un momento después entraba Sofía. Tenía el mismo
cuerpo que su prima, y la misma elegancia de vestido.   prima, e igual perfección de ves-
Igual tipo vulgar de cara, con idéntico estuco; pero la tido.
expresión de los ojos denunciaba más espíritu.   idéntica pintura, pero

—¡Por fin! —exclamó la madre con un alegre sus-   suspiro. Su prometida,
piro—. Su prometida, señor Nicholson... ¿Quién te
hubiera dicho, mi hija, que te ibas a casar en ausencia de
tu novio, ¿eh?

—¡Ah, sí! —se rió la joven, exactamente con la
misma elocuencia de María Esther. Pero agregó en   en seguida: — Sí; pero
seguida—: Como el señor Nicholson es tan amable...

Y sus ojos se fijaron en él con una sonrisa en que
podía hallarse todo, menos cortedad.

—Esta chica debe de tener un poco de alma —pensó   Esta chica
Nicholson.

Entre tanto, la joven se había sentado, cruzándose de   tanto la joven
piernas. Como estaba de perfil a la luz, su cabello rubio
centelleaba, y el charol de su pie arqueado a tierra   su pie asentado en tierra proyec-
proyectábase en una angosta lengua de luz.   tábase oblicuamente en una viva
                                                          lengua de luz.

Nicholson, charlando, la observaba. Hallábale, a
pesar de su cabello oxigenado y su insustancialidad,   y su insubstanciabilidad
cierto encanto. Como su prima, no sabía mucho más que
las gracias chocarreras habituales en las chicas de   las muchachas de mundo.
mundo. Pero su cuerpo tenía viva frescura, y en aquella   frescura y en
mirada había una mujer, por lo menos, cosa de que se
alegraba grandemente por Olmos.

—En fin —reanudaba la señora de Saavedra—,
aunque deploramos la ausencia de Olmos, porque un   — aunque

casamiento por poder está siempre lleno de trastornos, no...

—¿Trastornos? —preguntó Nicholson.

—Es decir... Ninguno, claro está. Pero comprenda usted bien... La pobre Chicha... ¿Verdad, mi hija, que desearías más...?

—Sí, señora, sí; de esto no tengo la menor duda —creyó deber excusarse Nicholson—. Sería inútil pedirle opinión a la novia.

de eso no tengo

—¿Le parece? —se rió Sofía.

—La elocuencia no es excesiva —pensó Nicholson.— En fin, Olmos sabrá lo que ha hecho.

La elocuencia no es excesiva, pensó Nicholson.— En fin,

Y agregó en voz alta:

—Me parece efectivamente inútil pedir su opinión al respecto, y no así si la pregunta me hubiera sido hecha a mí.

La joven, aunque sin entender, se rió de nuevo.

La joven se rió de nuevo, aunque sin haber entendido.

—Por lo demás —prosiguió la madre—, supongo que Olmos le habrá dicho por qué no ha podido esperar. ¿Le dijo a usted por qué tenía necesidad...?

la madre— supongo

—Sí, señora; creo que una herencia...

—Sí; mamá, antes de morir, hace cuatro años, impuso como condición para la mejora que Sofía se casara a la edad en que se casó ella y me casé yo. Dicen los médicos que no tenía la cabeza bien... Mamá, la pobre... Son trescientos mil pesos,[c] usted comprende... Olmos, por bien que esté... Pensábamos efectuar la ceremonia a fin de este mes, en que Chicha cumple veinticuatro años. Olmos debía estar aquí para entonces, pero ya ve... No ha podido.

antes de morir hace dos años, impuso como condición para la mejora que

... Son cien mil pesos

*— En efecto —asintió Nicholson.

Un momento...

Y un rato después, cumplida su misión primera, se despedía de las damas.[d]

---

[c] Cambia el monto económico en tanto reactualiza, maníaco de la precisión, los valores por los once años que transcurren entre la primera y la segunda publicación (1909 a 1920).

* después Nicholson se levantaba.
—¿Veintiocho días, entonces, señorita novia?
—Sí, señor esposo; veintisiete días y catorce horas.
Por fin— pensó Nicholson— esta es una respuesta atinada.
La familia convino en que nada era más justo que Nicholson fuera a verlas á menudo, con objeto de disponerlo todo en perfecta forma, y de que Sofía tuviera tiempo de acostumbrarse á la presencia de un hombre que— ¡Dios mío!— debía ocupar el lugar de Olmos.
—Es decir... — comenzó Nicholson; pero se contuvo á tiempo, y muy amablemente despedido, se retiró.

[d] En este relato, más que en ningún otro del volumen, la línea dominante de las correcciones en el texto-base (y aun desde la edición de 1920), consisten en la supresión de la mayoría de los diálogos entre los «novios» —luego esposos— donde el juego verbal propicie todos los resortes de la seducción (el «flirt» como prefería llamarlo Quiroga con insistencia). En rigor, no menos de media docena de diálogos casi se calcan a sí mismos.
Una vez operada la metamorfosis, de algún modo los personajes son otros. En Nicholson desaparece el fatigoso espectáculo de idas y venidas físicas (hacia la casa-fuera de la casa): de torpe conquistador pasa a madurar

II

Así, sin desearlo ni esperarlo, Nicholson se vió envuelto en un compromiso a toda carrera, puesto que debería casarse antes de un mes. Aunque se esforzaba en asegurarse bien a sí mismo de que todo aquello era ficticio, que jamás sería él marido de aquella chica, ni ella su mujer —lo que parecíale ya menos horrible—, a pesar de todo se sentía inquieto. Gran parte de esto provenía de la pomposa celebración de sus bodas. Alguna vez atrevióse a insinuar a la familia que él, futuro esposo honorario, consideraba mucho más discreto una ceremonia íntima. ¿Con qué objeto festejar una boda de simple fórmula, a la que no aportarían los novios la alegría de un casamiento real?

Pero la señora de Saavedra lo detuvo: ¡Una ceremonia íntima! ¿Por qué? ¡Sería horrible eso! ¡No estaban de duelo, a Dios gracias! ¿Acaso no se sentían todos llenos de felicidad por ese matrimonio? ¿No era él un amigo de la infancia de Olmos? Y luego, el traje de Chicha; las amigas todas que deseaban verla casada —sin recordar lo que correspondía a su rango en la sociedad. ¡No, por favor!...

Nicholson se rindió en seguida ante la última razón, que era específica.

Entre tanto frecuentaba la casa con mucha cordialidad, conservando siempre sus conversaciones* con Sofía el tono ligero de la primera vez.[e]

Comprobaba que Sofía era mucho más despierta de lo que se había imaginado. Acaso no tenga mucha alma

mismo que todo

horrible— á

incumbía á la pomposa

honorario, si los ha habido jamás mayores, consideraba

casada, sin recordar

conversaciones...

---

lentamente su afecto y su pasión. En Sofía se pulen las insinuaciones casi burdas de 1909; la que se transforma casi totalmente es su madre, quien ya no interviene tan alarmada por la desmesura de funciones de su falso yerno, ni se asoma con la vulgaridad con que lo hacía en la primera versión.

* el tono ligero de la primera vez.

—¿Y qué haré yo, mi novia, cuando Olmos crea conveniente volver? — dirigíase a Sofía.

—Olvidarse de mí, señor prometido.

—¡Es que no podré Y...

—Se lo diré entonces á Julio— reíase la joven. La madre sacudía la cabeza:

—¡Parecen criaturas!... Y usted, Nicholson, tan serio...

—¡Diablo! Si perdiera la seriedad junto á mi futura mujer...

La madre tornaba á sonreirse, muy contenta del carácter de Nicholson.

Este, entre tanto, constataba que Sofía

[e] Por cierto que este diálogo (felizmente eliminado), está construido para la «sociedad mujeril» de la que Quiroga habla con desprecio (véase «Noticia preliminar»). Las señas folletinescas de la primera versión son inocultables («mi novia», «señor esposo», hiperabundancia de exclamativos y pausas prolongadas). Si las intenciones son probablemente paródicas del craso relato romántico, su arma se vuelve contra él. En la segunda versión elude estos peligros con sobriedad y sabiduría narrativa.

—se decía—; pero sí una maravillosa facultad de adaptación. En las dos últimas veces no le he oído una sola frase chocarrera. Si sus amigos habituales no le pervirtieran el gusto con sus chistes de jockeys, esta chica sería realmente aguda. Lástima de cara vulgar; pero una frescura de cuerpo y una mirada...*

se decía — pero

y una mirada...

III

(No figura marca de tercer apartado.)

De este modo llegó por fin la víspera del gran día. Nicholson cenó con la familia, honor que correspondía de derecho a un futuro miembro de ella, bien que totalmente adventicio.

—Sí —protestaba Nicholson—. Jamás creí que llegaría a ser marido en tan deplorables condiciones.

Nicholson,— jamás

—¡Cómo! —replicó la señora de Saavedra.

—¿Y le parece poco, señora? ¿Cree usted que voy a tener muy larga descendencia de este matrimonio?

—¡Oh, otra vez! —se rió la señora—. Se está volviendo muy indiscreto, Nicholson... Además —prosiguió reconfortada—, Chicha la tendrá.

reconfortada — Chicha

—¿Qué cosa?

—Descendencia.

—¡Lo que es un gran consuelo para mí!

—Chicha le pondrá su nombre a su primer hijo.

—Y yo lo querré mucho, señora; tanto más cuanto que debería haber sido mío.

—¡Nicholson!... Le voy a contar todo lo que dice a Olmos. Chicha: consuélalo.

—¿Cómo, que me consuele? —exclamó vivamente Nicholson.

vivamente aquél.

—¡Si dice una cosa más de ésas, no se casa con mi hija, señor Nicholson! ¡Qué hombre! —concluyó la madre levantándose.

esas no se casa

— concluyó levantándose.

Pasaron a la sala. Durante un largo rato la conversación tornóse grave. No quería la señora que el menor detalle de la gran ceremonia pudiera ser olvidado.

---

* —¡Catorce días, solamente!
—Sí, sí, sí... — sonreía ella, avanzando hacia él con la taza de té.
—¡Mi novia! — proseguía en voz baja, con el rostro alzado á ella.
—¡Pero por Dios, Nicholson! — exclamaba la señora de Saavedra, inclinándose de lado para verlo — usted se va á enamorar seriamente de mi hija!
—No, señora — respondía Nicholson, oculto tras el cuerpo de Sofía que no se había apartado aún — Olmos habla en mí. Por lo que á mí se refiere, mi novia me detesta.
—Se lo merecería, ya lo creo! Y usted que parecía tan serio...

Cuando todo quedó dispuesto y fijado prolijamente en la memoria, Nicholson se aproximó a Sofía.

—Veamos, mi novia —le dijo, acercando bien su rostro—. ¿Va a ser feliz?

La joven demoró un momento en responder.

—¿Cuándo?

—¡Hum!... Yo tengo la culpa; muy bien respondido. Mañana, mi novia.

—Sí; mañana, sí...

—¡Ah! ¿Y *después, no?* ¡Señora! —volvió la cabeza Nicholson—. Lo que responde su hija no está bien. Concluiré por enamorarme seriamente de ella.

—¡Muy bien merecido! Usted sólo tendría la culpa.

—¿Y si ella, a su vez...?

—¡Ah, no, señor pretencioso! —se rió la madre—. ¡Eso no, esté usted seguro!

Nicholson retornó a Sofía. En voz baja:

—¿De veras?

La respuesta no llegaba, pero la sonrisa persistía.

—No sé...

Nicholson sintió un fugaz escalofrío y la miró fijamente.*

— Me voy, señora —agregó—. Es menester que mañana tenga el espíritu firme.

—Venga un momento de mañana; esperamos telegrama de Olmos. Además, cualquier cosa que pudiera ocurrir...

—Vendré.

Y como Sofía lo despidiera con un «Mi marido...», la madre saltó:

—¡No, por Dios! Tu marido, todavía no. Tu novio, sí.

—¿Cree usted, por toda la desventura de los cielos, que habrá para mí diferencia cuando lo sea? —se volvió Nicholson.

—No, ninguna por suerte. Y váyase, hombre loco.

IV

A la mañana siguiente tenía aún la señora de Saavedra el telegrama en la mano, cuando Nicholson llegó.

---

* mientras su cabeza se tendía unos centímetros adelante.
—¿Usted sabe que es una personita terrible?
—¡Yo! ¿Por qué?
El la miró un momento más, sacudiendo la cabeza.

¡Ah! ¿Y *después, no?*
—Después, no.

fijamente,...
—¡Por nada! — no rió al fin, incorporándose. — Me voy, señora.

Se despidió de Sofía:
—Mi novia...
—Mi marido...

—¿Cree usted que, por toda la desventura de los cielos, habrá para mí diferencia cuando lo sea?

III

A la mañana siguiente, tenía aún la señora de Saavedra el telegrama en la mano cuando

—¡Ah! Me alegro de que llegue ahora. ¿Sabe lo que dice Olmos?... Que no podrá venir hasta agosto. ¡Dos meses más! ¿Ha visto usted cosa más disparatada? ¡Su congreso, su congreso!... ¡Pero yo creo que su novia vale más que todo eso! ¡Pobre, mi hija!... ¿Usted no tuvo noticias?

—No, fuera de la carta última... ¿En qué pensará Olmos?

—Eso es lo que nos preguntamos todos en casa: ¿en qué pensará? ¡Mi Dios! Cuando se tiene novia, se puede ser un poco menos cumplidor de sus deberes!...

—¿Y Sofía? ¿Llorando?

—No; está adentro... ¿Cómo quiere que no esté resentida con él? ¡Supóngase qué poca gracia puede hacerle esto! ¡Ah, los hombres!...

Como Nicholson quería discretamente irse, la señora de Saavedra lo detuvo.

—No, no, espérese; ahora va a venir Chicha... Por lo menos nos queda usted —se sonrió, más calmada ya.

Sofía llegó. Estaba un poco pálida, y sus ojos, alargados por el pliegue de contrariedad de su frente, dábanle un decidido aire de combate. Queda mucho mejor así —no pudo menos de decirse Nicholson.

—¿Qué es eso, Sofía? ¿Parece que Olmos no quiere venir?

—No, no quiere. ¡Pero si él cree que me voy a afligir!...

—¡Vamos, Chicha! —reprendióla la madre.

—¿Y qué quieres que haga yo? ¡Que se divierta allá! ¡Hace muy bien! ¡Lo que es por mí!...

—¡Chicha! —exclamó la señora, seria esta vez. Pero agregó para apaciguarla—: Mira que está tu marido delante. ¿Qué va a creer de ti?

La joven se sonrió entonces, volviendo los ojos a Nicholson.

—¿Usted me querrá, no es cierto, a pesar de todo?

—No veo por qué *a pesar de todo*. *Con todo* me parece mejor dicho...

—¿Y si Julio no viene hasta fin de año?

—La querré hasta fin de año.

—¿Y si no viene nunca?

—¡Nicholson, váyase! —interrumpió la señora de Saavedra—. Ya comienzan ustedes a disparatar. Chicha tiene que peinarse...

—Muy bien. A las tres, ¿verdad?

—No; esté aquí a las dos; es mejor.

V

*De este modo, Nicholson se casó a las tres de ese día ante las leyes de Dios.[f] Contra todo lo que esperaba, no se sintió inmensamente ridículo ostentando del brazo una novia que de ningún modo le estaba destinada. Hubo, sin duda, muchas sonrisas equívocas, e infinidad de groserías de parte de sus amigos. Pero, por motivos cualesquiera, sobrellevó con bastante alegría aquel solemne y grotesco pasaje bajo la carpa vistosa, como un rey congo, por entre una muchedumbre femenina que iba curiosamente a ver la cara que tiene una futura mujer.

Su relación con la familia de Saavedra conservó el mismo carácter, jovial con la madre y de punzante juego con Sofía. No siempre la madre oía aquellos diálogos de muy problemática discreción, que, por lo demás, no la hubieran inquietado en exceso. ¿Qué era todo, en suma? Un poco de flirt con un hombre buen mozo y ligado a su hija con tal impertinente lazo, que hubiera sido de mal tono impedir aquél. La situación, de por sí equívoca, imponía elegantemente la necesidad de un flirteo agudo, como un almizcle forzoso a la desenvoltura de las muchachas de mundo.

Este sello de buen tono —que no es sino una provocativa manifestación de confianza en las propias fuerzas, que aguza el deseo de afrontar el vértigo de los paraísos prohibidos —érale a Sofía doblemente indispensable por su ambiente y su condición de joven esposa. ¿Qué más picante flirt que el entretejido con un hombre a quien había jurado estérilmente ser condescendiente esposa?

Por todos estos motivos, la señora de Saavedra sentía muy escasa curiosidad de oír lo que se decían su hija y Nicholson.

—Paréceme que mi señora suegra tiene gran confianza en mí —decíale en tanto Nicholson a Sofía, sentado aparte con ella.

— No, no. Esté aquí á las dos; es mejor.
—Hasta las dos, entonces. Mi mujer...
—No, déjese de locuras. Venga á las dos en punto.
IV
De este modo...

con la madre, y

que por lo demás no

mal tono no efectuarlo. La situación,

tono— en su origen provocativa manifestación

---

*Nicholson se casó a las tres de ese día ante las leyes humanas, y á las tres del siguiente ante la presencia de Dios.

[f] El anticlerical que siempre hubo en Quiroga (y del que «Cuadrivio laico» es un ejemplo cabal), no puede desconocer que la primera redacción del pasaje era jurídicamente redundante en ese entonces en Argentina, donde se publicó el texto. En este país sigue siendo válida la segunda fórmula jurídica, mientras que la primera lo es (y lo era desde fines del siglo XIX) en Uruguay, patria del escritor.

—Es muy natural —respondióle ella—; lo raro sería
que no la tuviera.

—¿Y usted?

—¿Que... yo?

—Confianza en mí.

Sofía entrecerró los ojos y lo miró adormecida:

—¿De que no me va a ser infiel con otras?...

Bruscamente Nicholson extendió la mano y la cogió
de la muñeca.

Sofía se estremeció al contacto y abrió vivamente los
ojos, mirando a su madre. Nicholson se recobró y retiró
la mano. Pretendió sonreírse, pero apenas lo consiguió.
Ni uno ni otro tenían ya la misma expresión.

—¿Tendría confianza en mí? —agregó él al rato,
repitiendo inconscientemente la pregunta anterior.

Sofía lo miró de reojo:

—No.

—¿Por qué?

—Porque no —repuso sólo.

La respuesta era rotunda.

—¿Pero por qué?

—Porque no.

Nicholson se detuvo y la miró con honda atención.

Sí, sí, era indudable; era aquel mismo cabello oxigenado, las mismas cejas pinceladas y la misma porfiada
pesadez mental que retornaba de vez en cuando. Pero
sus ojos, los de él, de Nicholson, no veían más que *su*
pelo, *su* cara, la penetrante frescura de aquella mujer
que era casi, casi suya...

Un momento después se retiró, muy fastidiado. En la
calle reconsideró todas las cualidades de Sofía con minuciosa prolijidad. Recordó, sobre todo, la impresión primera, cuando la conoció: la cara vulgar y estucada, sus
gracias chocarreras de jockey, la desenvoltura provo-
cante de su cruzamiento de piernas, su vulgaridad intelectual. Ahora no conservaba de todo esto sino el concepto. Fijábala en su memoria atentamente; constataba
que así era ella en efecto, pero no *veía*. Hallábase en el
caso de las personas que por la fuerza de la costumbre
han llegado a no apreciar más lo chocante de un rasgo;
con la diferencia, en la situación de Nicholson, que se
trataba de una muchacha joven, fresquísima, a cuya
casa iba, sin darse cuenta, más a menudo de lo que
hubiera sido conveniente.

—Por todo lo cual —se dijo al entrar en su casa—,
dejaré de visitarla. Lo que ignoro es qué felicidad podrá

ella— lo raro

— ¿En qué no

— agregó al rato,

de reojo, con una apretada sonrisa:

— repuso, ya contrariada.

aquel el mismo

Sofía, con

conoció, la cara plebeya y pintada, sus

memoria, atentamente;

rasgo, con la

su casa, — dejaré

caberle a Olmos con esa muchacha. Y pensar que a
fuerza de verla he llegado a no notarlo más...

Y muy reconfortado con su reacción, acostóse decidido a no ver a la familia de Saavedra hasta ocho días
después.

notar más todo aquello...

VI

V

A la noche siguiente, la señora de Saavedra disponíase a hacer llamar el automóvil, cuando vió entrar a
Nicholson.

—¡Oh, Nicholson! —sonrióle sorprendida—. ¿Otra
vez por aquí? Pero esta vez nos vamos; ¿nos acompaña a
Mefistófeles? ¿Usted también iba?

—Sí, pero más tarde... Quise pasar por aquí un
momento a saludarlas.

—Muy amable, Nicholson... ¡Sofía! Está tu marido.

Antes de que la madre la llamara, Nicholson había
oído el largo y pesado paso, como al desgaire, de las
chicas de mundo.[g] Y constató, con una ligera pausa de la
respiración, que los pasos se habían hecho bruscamente
más rápidos al ser él nombrado...

Sofía apareció, pronta ya con la salida de teatro
caída sobre un hombro; y mientras llegaba hasta él,
Nicholson leyó en sus ojos brillantes de cálido orgullo la
seguridad que de sí misma tenía con el ancho y hondo
escote que entregaba a su mirada.

—¡Sí, perfectamente! —le dijo Nicholson.

—¡Sí, sí! —repuso ella.

—¿Qué... sí?

—Lo que usted piensa.

—¿Ahora mismo?

—No sé si ahora mismo... Que estoy menos fea,
¿verdad?

—Menos fea..., menos fea... —murmuró Nicholson,
devorando la carne con los ojos.

—Y además, vino hoy —prosiguió ella, embriagada
por contragolpe de la embriaguez en que Nicholson
empapaba su contemplación.

—Sí, vine hoy, y no pensaba venir en mucho
tiempo.*

siguiente la señora
disponíase á llamar al automóvil,
cuando Nicholson entró.

Antes de llamarla la segunda,
Nicholson había oído el frúfrú
lejano de Sofía que avanzaba. Y
constató,

sobre los hombros, y mientras
llegaba hasta él Nicholson

menos fea ¿verdad?

—Menos fea... menos fea... —
murmuró Nicholson, expresándole con los ojos muchísimo más
que eso.

tiempo...

---

[g] La onomatopeya inicial («frufrú») queda descalificada por una expresión más severa, acorde con el tono de la
última versión.

* Sofía hizo un mohín:
—¡Marido malo!
—Tal vez, joven señora... Pero si en vez de llamarme Nicholson me llamara Olmos...

La señora de Saavedra, ya de vuelta, oyó las últimas palabras.

—¡Bueno, Nicholson! Nos vamos.* ¿Irá a vernos?

—Sí, pero tarde. Y si Sofía llora...

—¡Más llorará usted cuando vuelva Olmos! Hasta luego.

Concluía el tercer acto cuando Nicholson entró en el palco. A más de la familia de Saavedra, había allí la prima que Nicholson conociera en la primera visita; su hermano, y una amiga, la ineludible amiga de las familias que tienen palco. En el entreacto, Nicholson maniobró hasta apartarse con Sofía —maniobra inútil, por lo demás, ya que su carácter de esposo equívoco y flirt forzoso abríale complacientemente el camino a los vis a vis estrechos.

—Fíjese en la envidia con que nos miran —decíale Nicholson, mientras de brazos en el antepecho recorría curiosamente la sala.

— ¡Ah! ¿A mí también me miran con envidia?

—**¡Indudablemente! Yo soy su esposo.

—Bien lo querría usted.

—¿Y si Olmos muriera?

El diálogo se cortó bruscamente. Sofía volvió naturalmente la vista a otro lado, y no respondió. Nicholson, después de una pausa, insistió:

—¡Respóndame! ¿Y si Olmos muriera?

La joven repuso, sin volver a él los ojos:

—No sé.

—¡Respóndame!

—No sé.

—¡Sofía!...^h

Nos vamos...
Y si Sofía llora mucho...

visita, su hermano

de modo que pudo apartarse con Sofía, maniobra

forzoso, por lo tanto, abríale

antepecho, recorría

¡Oh!

¡Indudablemente!...

El diálogo vivaz se cortó

— ¡No, respóndame!
sin volver los ojos:

¡Sofía!... ¡Mi novia!...

---

* Ya es tarde, y no tenemos deseo de que usted se convierta en Olmos.
—¿No tenemos?... Supongo bien que usted...
—Bueno, bueno! Ya está usted loco otra vez. ¿Irá

** Marido más respetuoso que yo, no los ha habido jamás.
—Pero á su pesar — murmuró Sofía, riéndose.
—¿Qué? No oí.
—¡Nada!
—Y á propósito — se inclinó á ella Nicholson, que había oído perfectamente— ¿Usted sabe bien, *bien*, cuánto la quiero?
—¡Qué gracia! Yo también lo quiero muchísimo, señor esposo.
—¿Y Olmos?
—El no es mi esposo.
—¡Tampoco lo soy yo, sabe Dios! ¡Pero mi mujercita querida me quiere de veras!
—¡Inmensamente, inmensamente!

^h Como en tantos casos anteriores, Quiroga desplaza el discurso vano, falsamente emotivo, en prosecución de uno más ceñido, realista.

—No sé.

Nicholson calló, irritado. Ya está de nuevo como antes —se dijo—. Su inteligencia no es capaz de otra cosa que los *no sé*. Lo que me sorprende es cómo se le ocurren a veces respuestas vivas. *No sé, no sé...* Ahora sí está contenta, cambiando con su prima cuantas expresiones lunfardas[i] han aprendido hoy. Se mueren de alegría... Y con esa imbecilidad y esa cara... Y ese escote de marcheuse...

> cuantas chocarrerías han aprendido. Se mueren
> y esa cara pintada... Y ese escote de que está loca...

Decididamente, sentíase de más en el palco. Saludó a las señoras, cambió un fugaz apretón de manos con Sofía, y se retiró con un suspiro de desahogo. ¿Qué hacía él en verdad charlando de ese modo con la muchacha más insubstancial del orbe entero? ¡Si aún fuese linda, por Dios! En cuanto a su amigo, ignoraba él hasta dónde estaba Olmos enamorado de la joven heredera con mejora de trescientos mil pesos. Su amistad con Olmos databa de la infancia. Pero en los últimos diez años no se habían visto una sola vez. Olmos, recordando la fraternidad infantil, habíale confiado la misión aquella, que concluía, ¡por fin! Apenas veinte días más y Nicholson se vería libre de novia, esposa y toda la familia de Saavedra. ¡Y si a Olmos se le ocurriera siquiera volver antes!

> sentíase ya demás (*sic*) en el palco.

> de cien mil pesos.

> recordando no obstante, la fraternidad juvenil, habíale

VII

> VI

Consolado con esto, Nicholson pasó dos días sin soñar un segundo en ir a la calle Rodríguez Peña. Al tercero recibió carta de Olmos, en que le anunciaba su retorno, diez días antes de lo pensado. *Sin embargo —decíale— no me hallo bien del todo. Hace tres días que no tengo apetito alguno. Me canso y fastidio de todo. Debe de ser un poco de neurastenia que en cuanto pise el vapor, pasará.*

> apetito ninguno. Me canso
> en cuanto pise el vapor,

Nicholson no vió en toda la carta sino que Olmos llegaría muy pronto, librándolo para siempre de aquella vulgar muchacha. ¡Y si Dios quisiera hacerle temer una nueva pérdida de herencia para que el marido apresurara así su viaje, cuánto mejor!

> aquella insustancial muchacha

> para que apresurara así

---

[i] Ya había empleado en dos oportunidades el vocablo «chocarrero». El lunfardo, dialecto nacido en las dos capitales del Plata entre los sectores marginales, era, por su condición de tal, despreciado y censurado por las clases cultas o culteranas. Pero en 1909 constituía una realidad en emergencia, mientras que en 1920 (cuando el autor introduce la modificación) el lunfardo había dado origen al movimiento musical popular más distintivo del medio urbano rioplatense: el tango.
Ciertamente, para el status pequeño-burgués de Sofía ese encuadre lingüístico era igualmente «chocante».

Pero contra toda lógica, esto, que él consideraba una liberación, túvole todo el día irritado. Deseaba ardientemente que Olmos volviera, disgustándole al mismo tiempo su deseo. Y en su mal humor no notaba dos cosas: su creciente mala disposición para con Olmos, y su ensañamiento con Sofía. Ahora parecíale maravillosa la unión aquella: Olmos, con su hambre de heredera; ella, con su ciencia en destrozar visos de seda haciéndolos crujir sobre ruda etamina, conocimientos adquiridos ya a los nueve años en lecciones del «Sacré-Cœur».

Deseaba vivamente que Olmos volviera, ensombreciéndose al mismo tiempo. Y en su

aquélla: él con

de seda, haciéndola crujir

Por todo lo cual Nicholson se felicitaba, lo que no impedía que su mal humor creciera siempre.

Al día siguiente fué a comunicar la feliz nueva a la familia de Saavedra.

—Sí, también nos escribió a nosotros —le dijo la madre—. ¡Qué dicha! Así usted se verá libre de nosotros. ¡Pobre Chicha! ¡Ya era tiempo!

Sofía entró, y Nicholson notó claramente que la primera mirada de la joven había sido de examen a su expresión, para ajustar la suya a la de Nicholson. Pero la animosidad persistía en éste, perfectamente mal disfrazada.

—Inútil pregunta cuánta es su felicidad, ¿verdad? —se dirigió a ella.

— Inútil preguntar cuánta es

—Ya lo supondrá usted, que ha sufrido un mes teniéndome por esposa.

supondrá, usted que ha

—Si yo he sufrido —repuso Nicholson— es por...

— repuso riendo Nicholson —

—Porque soy fea, y porque tengo la cara plebeya, y porque soy estúpida, ¿no es eso?

la cara chata, y porque soy estúpida; ¿no es eso?

—¡Chicha! —exclamó la madre sorprendida. El rostro demudado y la acentuación de las palabras de Sofía expresaban claramente que ya no eran esas las locuras habituales en Nicholson y su hija—. ¿Qué tienes? ¿Qué te pasa? —prosiguió estudiándola detenidamente con insistente mirada de madre.

Pero Sofía había enmudecido. Nicholson intervino:

intervino.

—¡No, señora! Es una broma que tenemos con Sofía.

—¡Es que no!...

—¡Bueno, mamá! Son cosas nuestras de marido y mujer. ¿Verdad, Nicholson?

—Verdad, Sofía. Y tanto más cuanto que nuestro matrimonio está en vísperas de disolverse.

—Y muy a tiempo, me parece —repuso rotundamente la señora de Saavedra.

—Por lo cual me voy —dijo Nicholson, levantándose.

La señora lo examinó inquieta.

—¡Supongo que usted no es tan niño para haberse enojado por lo que he dicho!

—No es enojo, pero sí amargura. Perder nuestra mujer al mes y medio de casados...

pero sí gran dolor.

—¿De veras? ¿Le da tanta pena, Nicholson? —se rió Sofía, con una punta de impertinente desprecio.

—Por mí, tal vez no; pero sí por Olmos.

—¡Ah! ¿Y por qué?

—Porque tendrá que sufrir con usted lo que he sufrido yo.

Y Nicholson leyó en la expresión súbitamente contraída de Sofía: «Sí, ya sé: mi cara chata, mi estupidez...»

—¡Si la hubiera querido menos! —concluyó Nicholson, riéndose, para mitigar la dureza anterior.

Pero la señora de Saavedra, cuyos ojos persistían en observar hondamente a su hija, hallaba por fin excesivo aquel flirt. Que Chicha gustara de Nicholson, muy bien, porque su hija era demasiado distinguida para adorar ciega y exclusivamente a su marido. Pero que se interesara en ese amorío hasta cambiar de color, eso podía comprometerla demasiado ante los demás —y sobre todo, demasiado pronto... Por suerte, Olmos estaba ya en viaje.

demás, y sobre

—Ahora que recuerdo —exclamó la madre—, es muy extraño que Olmos no nos haya hecho telegrama al embarcarse. Ya debe estar en viaje.

—exclamó— es muy

—Sí, yo también me he acordado de eso —respondió Nicholson—. Tal vez quiera sorprenderlas.

—Tendrá celos —se rió nerviosamente Sofía. Su madre se volvió a ella con el gesto duro.

con un gesto duro.

—¡Para ser tu marido, te ríes ya bastante de él!

—Después se reirá él de mi inteligencia... ¿No es cierto, Nicholson?

—No sé —repuso éste ligeramente para cortar de una vez, y dándole la mano—. No sé, porque me voy para siempre.

éste alegremente para cortar aquello, y dándole

—¡Qué desesperación la mía, Nicholson!

—Todo pasará.

—Todo pasará, mi ex-novia.

La señora de Saavedra creyó, sin embargo, deber aplacar esta tirantez:

aplacar esa tirantez:

—¿Hasta cuándo, Nicholson? —preguntóle con naturalidad.[j]

naturalmente.

—Uno de estos días... Adiós.

---

[j] El adverbio «naturalmente» no es de uso apropiado para señalar un lenguaje despreocupado y cabal, sino que conlleva la idea de situación resuelta u obvia. Quiroga lo advierte en la segunda versión y por eso lo modifica.

VIII   VII

Nicholson caminó largo rato, evocando todos los detalles de su visita anterior. Sentíase, sin saber por qué, muy disgustado de sí mismo, como si hubiese cometido una cobardía. Tenía, sobre todo, fijo en sus ojos el rostro demudado de Sofía cuando ésta había adivinado exactamente lo que él pensaba de ella. La sorpresa ante esa penetración inesperada que ya lo había confundido al oírla, reforzaba su malestar. No la hubiera creído Nicholson capaz de eso... Aquello denunciaba algo más que simple agudeza... Un detalle cabía solamente para explicar esa perspicacia de una inteligencia vulgar, sólo uno: que Sofía lo quisiera, y que lo quisiera mucho...

Y la sensación de haber cometido una baja cobardía traíale de nuevo el hondo disgusto de sí mismo. Repetíase en vano para calmarse: Sí es fea, se pinta, no sabe sino destrozar visos. Pero no sentía lo que decía; la veía únicamente demudada por su brutal opinión. ¡En fin, todo aquello se acababa, y mejor! Iría aún una o dos veces a lo de Saavedra, antes que llegara Olmos. Y él, Olmos...

El corazón se le detuvo, sintiéndose bruscamente mareado. Hasta ese momento no se había representado con precisión que ella sería la mujer de otro. Olmos, efectivamente, y muy pronto, sería su marido...

Apresuró el paso, esforzándose en pensar en otra cosa, en cualquiera, en una puerta de su casa, que chirriaba; en los aeroplanos búlgaros, en las infinitas marcas de cigarrillos que se ven cada día...

Tomó, por fin, un coche[k] y se hizo llevar a Palermo, atormentándose en todo el camino con la seguridad plena de que había cortado como un estúpido su vida.[l]

---

una gran cobardía.

cuando le había dicho lo que él pensaba exactamente de ella. La sorpresa ante esa penetración inesperada que ya lo había colmado al oírla, reforzó su disgusto. No

simple agudeza. Un detalle cabía solamente para explicar ese vuelo de una inteligencia vulgar, sólo uno:

Y de nuevo la sensación cobardía, traíale el hondo

tiene la cara chata, se pinta,

aeroplanos de Curtis,

día á día...

un carruaje y

no reharía nunca más su vida.

---

[k] La modernidad ingresa en los textos de Quiroga con sigilo pero con ritmo sostenido. Ya anotamos este aspecto relacionado con el cine, como arte moderno y como técnica narrativa, en «La meningitis y su sombra» (*Cuentos de amor de locura y de muerte*). Antes aún que los jóvenes ultraístas que —con Borges a la cabeza— cuestionaran la estética de Quiroga (véase en la selección de Textos Teóricos, «Ante el tribunal»), éste introdujo las máquinas (automóviles, aviones, el teléfono, la radio), el cine, la velocidad, como motivo y materia de sus cuentos. Pueden leerse al respecto el relato ya mencionado en esta nota, pero también: «Tierra elegida», «El invitado», «Su chauffeur», «Paz», «Una noche de Edén», «Un gerente», «Un retrato», «El balde» (No recogidos en volumen por el autor), «Silvina y Montt» (*El desierto*), «Viaje en aeroplano» (*Suelo natal*), «El vampiro» (*Más allá*) y «El conductor del rápido», del mismo libro.

En cuanto a su voluntad de actualizar las máquinas de sus relatos al ritmo de los progresos técnicos, esta variante es elocuente.

[l] Nótese cómo el lenguaje se hace mucho más coloquial y verosímil en la corrección con que ingresa al texto-base.

IX

Se hallaba aún en este estado a la mañana siguiente, cuando recibió el telegrama:

«*Olmos gravísimo tifoidea. Prepare familia.*»

Algo como un hundimiento de pesadilla, una angustiosa caída de que se cree no salir en todo el infinito del tiempo, sofocó a Nicholson. ¡Olmos se moría! ¡Estaba muerto ya, seguramente! Luego Sofía...

Pero sus últimas veinticuatro horas de sufrimiento habíanle dado tal convicción de lo estéril, de lo jamás conseguible, de la imposibilidad absoluta de un solo segundo de dicha, que ese delirante anuncio de vida tenía la angustia de un vértigo. *Olmos gravísimo de tifoidea*... Sí, era el malestar de la carta, la falta de apetito. Y había muerto... ¡Sofía, Sofía!

Ahora era el grito de todo el hombre por la mujer adorada, el ímpetu de felicidad a que nos lanza el despertar de un sueño en que la hemos perdido. ¡Suya! ¡Solamente de él, Nicholson!

No tenía la menor duda de que el telegrama era simplemente preparatorio. Murió, murió —se repetía, sin hallar, ni buscarlo tampoco, el menor eco en su alma. *Esa* persona debía haber abrazado, besado a *su* Sofía... ¡Ah, no! ¡De él, únicamente, y nadie más!

Sentíase, sin embargo, demasiado agitado para ir en seguida a lo de Saavedra. Pasó el día vagando en auto, y al llegar la noche y retornar a su casa, encontró el segundo telegrama:

«*Avise familia Saavedra fallecimiento Olmos anoche.*»

¡Se acabó! Ya estaba todo acabado. La pesadilla había concluído. Ya no habría más cartas ni telegramas de Europa. Allí, en la calle Rodríguez Peña, estaba ella, *sólo* para él... ¡Sofía!

Eran las nueve cuando Nicholson llegó. Tuvo apenas tiempo de oír resonar sus propios pasos en la sala desierta, cuando sintió el avance precipitado de la señora de Saavedra. Apareció demudada, gesticulando.

—¡Pero ha visto usted cosa más espantosa! —se llevó las manos a la cabeza, sin saludarlo—. Hace media hora

VIII

ahogó á Nicholson.

¡Solamente de él, de él!

preparatorio.— Murió,

Sofía. ¡Ah, no! ¡De él, únicamente! ¡suya, suya, suya!

en coche, y al

¡La pesadilla concluído, por fin! porque ese había sido un nuevo día de tormento, ¡Ya no Europa! Allí,

que hemos recibido el telegrama... ¡Y así, de repente!
¡Qué cosa horrible! Usted sabe, ¿no?... Figúrese la
situación nuestra... ¿Pero cómo ha sido eso?...   ¿Pero, cómo

—¿De quién es el telegrama? —interrumpióla Nicholson, extrañado—. Yo recibí uno, diciéndome que les
avisara a ustedes...

—¡No sé, qué sé yo!... Zabalía..., cosa así. Algún   Algún amigo...
comedido... ¡Pero si supiera el pobre Olmos la gracia que
nos hace!... ¿Y por qué quedarse allí tanto tiempo?, es lo
que yo digo. Y vea a la pobre Chicha... viuda, así,
porque sí, casi en ridículo. ¡Esas cosas no se hacen, mi
Dios! Vea: yo quería mucho a Olmos..., ¡pero la situación ridícula, usted comprende!

Estaba profundamente contrariada.

—¡Yo me pregunto qué va a ser ahora de mi hija!
Viuda, figúrese, porque el otro estaba en sus congresos...
¡Oh, no! Y ahí la tiene llorando..., no sé si por el pobre   la tiene, llorando,
Olmos, todavía... —agregó encogiéndose de hombros.

Pero Nicholson ardía en deseos de verla, de estar con
ella.

—¿Muy desconsolada?

—¡Qué sé yo!... Está llorando... ¿Quiere verla?
Háblele, es mucho mejor que usted le hable... Se la voy a
mandar.

Nicholson quedó solo, y en los cinco minutos subsi-
guientes no hizo otra cosa sino repetirse que ahora él,   él personalmente era
personalmente, era quien la estaba esperando; y que
dentro de cuatro minutos la tendría en sus brazos; y   tendría con él: y dentro
dentro de dos, únicamente; y dentro de uno...

Sofía llegó. Tenía los ojos irritados, pero el peine   peine acababa sin embargo de
acababa, sin embargo, de componer aquella cabeza de
llanto. Dióle la mano con una sonrisa embargada y se
sentó. Nicholson quedó un rato de pie, paseándose
ensombrecido.

—Estaba llorando y no se ha olvidado del peine —se
decía. En una de sus vueltas, Sofía lo miró sonriendo con   vueltas Sofía
esfuerzo, y aunque él se sonrió también, su alma no se
aclaró. Ella quedó de nuevo inmóvil, pasándose de rato
en rato el revés de los dedos por las pestañas. Un
momento después se llevó, por fin, el pañuelo a los ojos.   se llevó por fin el

Nicholson sintió de golpe toda su injusticia. ¡Canalla!
—se dijo a sí mismo—. Se peina porque te quiere,   se dijo.— Se peina
porque quiere gustarte todo lo posible, y todavía...

Con el alma estremecida se sentó a su lado y la cogió
suavemente de la muñeca. Sofía soltó el llanto en
seguida.

—¡Sofía!... ¡Mi amor querido!...

Los sollozos redoblaron, mientras la cabeza de la
joven se recostaba en el hombro de Nicholson. Pero
ahora, él lo sabía, aquel llanto no era el desamparo de
antes, el temor de que Nicholson no la quisiera más.

—¡Mi vida! *¡Mía, mía!*

—Sí, sí —murmuró ella—. *¡Tuya, tuya!*

Las lágrimas concluían, y una mojada sonrisa de
felicidad despejaba ya la sombra del rostro.

—*¡Ahora* si! *¡Mi* novia, *mi* mujercita!

—*¡Mi* marido! *¡Mío* querido!...

Cuando la señora de Saavedra entró, no tuvo la más
remota duda.

—¡Es lo que me había parecido ya desde hace
tiempo! No podían ustedes terminar en otra cosa... ¡Pero
por qué no lo conocimos antes, Nicholson! ¡Figúrese los
inconvenientes de esto, ahora! Si al otro no se le hubiera
ocurrido pedir a mi hija antes de irse... ¡En fin! Ya que
se ha muerto, no nos acordemos más de él.

*Y era lo que ellos hacían.[m]

de felicidad despojaba ya

a mi hija, antes
ha muerto no nos acordemos
Nicholson...

---

* y Sofía, que se miraban, no oyeron una sola palabra. Y aún tuvo la señora de Saavedra que levantar la voz,
para que se acordaran de que en el mundo había muchas otras cosas fuera de ellos.

[m] El final reconvierte al personaje de la señora de Saavedra (ver nota (a)), y con escritura sintética y concisa,
concentra en pocas palabras lo que en muchas había sido anunciado en el párrafo anterior.

NOTAS

[1] Primera publicación en: *Caras y Caretas*, Buenos Aires, año XII, nº 584, diciembre 11, 1909, en cinco páginas, cada una de las cuales lleva un dibujo de Hohmann.

ANACONDA

NOTICIA PRELIMINAR

Con la primera edición de este libro, de la Agencia General de Librería y Publicaciones (Buenos Aires, 1921), Quiroga alcanza repercusión crítica unánimemente favorable, sobre todo a raíz del éxito y la popularidad del relato epónimo. Esa primera edición reunía 19 cuentos, escritos y publicados en revistas porteñas entre 1906 y 1919, que atravesaban un amplísimo período de su experiencia narrativa y vital: los primeros años en Buenos Aires, la aventura de agricultor en el Chaco, la profunda incursión en Misiones, el regreso a la capital. Y, naturalmente, la publicación de tres libros en ese interregno, con los que procedió —excepción hecha de *Cuentos de la Selva*— del mismo modo que con éste, no planificándolos como volúmenes articulados a priori, sino recogiendo las páginas que a lo largo de los años había diseminado en publicaciones periódicas de las dos orillas del Plata.

Cuando Babel reedita el volumen, unos años después, el autor retirará casi la mitad de los cuentos de la primera edición: nueve, todos éstos anteriores a 1916; los que podrán leerse en el Apéndice «Cuentos suprimidos, de la presente edición de *Anaconda*».

Las razones que lo conducen a tan drástica decisión no han quedado documentadas, al menos en su correspondencia conocida, pero una lectura atenta puede advertir dos líneas temáticas fundamentales: la de los relatos selváticos (los siete primeros de la edición definitiva y tres de los cuentos expulsados), y la de los cuentos de atmósfera urbana, en los que predomina la presencia bonaerense. Dentro de esta última figuran los clásicos cuentos de amor («Dieta de amor», «Miss Dorothy Phillips, mi esposa»); los «de horror» («El vampiro», «La lengua») y los textos fantásticos («Las rayas», «La mancha hiptálmica»), las últimas dos vertientes parecen haber sido eliminadas con el ostensible propósito de privilegiar al núcleo temático de la selva.

Porque, especulaciones al margen, en la página 205 de la edición definitiva (luego reimpresa en 1937), se lee: «NOTA DEL EDITOR. — De esta edición de *Anaconda* el autor ha suprimido algunos cuentos para darle mayor unidad al volumen».

Con lo que, por lo menos en apariencia, quedarían despejadas las suposiciones de economías editoriales.

Las referencias específicas, así como los testimonios del autor y sus más próximos a estos textos, podrán leerse en las notas explicativas.

En la segunda parte del Apéndice se incluyen las primeras versiones de dos cuentos incluidos en la 1ª ed. y luego suprimidos: «La lengua» y «El vampiro».

ANACONDA[1]

UN DRAMA EN LA SELVA
Subtítulo: El imperio de las víboras

ERAN LAS DIEZ de la noche y hacía un calor sofocante. El tiempo cargado pesaba sobre la selva, sin un soplo de viento. El cielo de carbón se entreabría de vez en cuando en sordos relámpagos de un extremo a otro del horizonte; pero el chubasco silbante del sur estaba aún lejos.

«Aún a esa hora —las diez de la noche— hacía un calor... El tiempo, cargado desde dos días atrás, pesaba sobre el bosque sin un soplo de viento. El cielo negro se desteñía de vez en cuando en vagos relámpagos

Por un sendero de vacas en pleno espartillo blanco, avanzaba Lanceolada, con la lentitud genérica de las víboras. Era una hermosísima yarará, de un metro cincuenta, con los negros ángulos de su flanco bien cortados en sierra, escama por escama. Avanzaba tanteando la seguridad del terreno con la lengua, que en los ofidios reemplaza perfectamente a los dedos.

escama tras escama.

Iba de caza. Al llegar a un cruce de senderos se detuvo, se arrolló prolijamente sobre sí misma, removióse aún un momento acomodándose, y después de bajar la cabeza al nivel de sus anillos, asentó la mandíbula inferior y esperó inmóvil.

Minuto tras minuto esperó cinco horas. Al cabo de este tiempo continuaba en igual inmovilidad. ¡Mala noche! Comenzaba a romper el día e iba a retirarse, cuando cambió de idea. Sobre el cielo lívido del este se recortaba una inmensa sombra.

—Quisiera pasar cerca de la Casa —se dijo la yarará—. Hace días que siento ruido, y es menester estar alerta...

Y marchó prudentemente hacia la sombra.[a]

Y se marchó prudentemente hacia allá.

---

[a] El afán de precisión constituye, como señaláramos en la Nota Filológica Preliminar, una de las tendencias dominantes que surge del estudio de variantes en la obra de Horacio Quiroga. Los ejemplos son tantos y tan evidentes que hemos preferido, salvo en contadas oportunidades, ahorrarle al lector la mención correspondiente.

En el caso de la línea 30 —«sombra» por «allá»—, la sustitución cumple múltiples funciones y es ilustrativa de la importancia de un estudio de variantes, no sólo en la perspectiva de la génesis del texto, sino como vía de aproximación crítica al mismo.

1- La modificación introducida precisa el movimiento de la víbora, localizándolo en el espacio construido por el narrador.

2- Precisa el carácter del personaje enfatizando su cautela, en un momento en que —en el marco de una estructura típicamente teatral— quedan delineados los caracteres en pugna: la prudencia recelosa de la víbora que avanza «tanteando la seguridad del terreno» y el gesto desaprensivo e indiferente del hombre, de paso «seguro, pleno».

La casa a que hacía referencia Lanceolada era *un
viejo bungalow de madera,[b] todo blanqueado. En torno
se levantaban dos o tres galpones. Desde tiempo inmemorial el edificio había estado deshabitado. Ahora se sentían ruidos insólitos, golpes de fierros, relinchos de
caballo;[c] conjunto de cosas en que trascendía a la legua
la presencia del Hombre. Mal asunto...

Pero era preciso asegurarse, y Lanceolada lo hizo
mucho más pronto de lo que hubiera querido.

Un inequívoco ruido de puerta abierta llegó a sus
oídos. La víbora irguió la cabeza, y mientras notaba que
una rubia claridad en el horizonte anunciaba la aurora,
vió una angosta sombra, alta y robusta, que avanzaba
hacia ella. Oyó también el ruido de las pisadas —el golpe
seguro, pleno, enormemente distanciado que denunciaba
también a la legua al enemigo.

—¡El Hombre! —murmuró Lanceolada. Y rápida
como el rayo se arrolló en guardia.

La sombra estuvo sobre ella. Un enorme[d] pie cayó a
su lado, y la yarará, con toda la violencia de un ataque al

[marginal notes:]

un viejo...

golpes de metal, relinchos de
caballos, conjunto

hizo mucho más pronto de lo que
acaso hubiera querido. (1918)
(1921)
sus oídos. Irguió la cabeza, y
mientras notaba que una fría claridad en el horizonte (1918)
(1921)
anunciaba la aurora, vió una
forma negra,

Un pie cayó a su lado,

3- El sustantivo «sombra» armoniza con la paleta de sombríos colores con que está pintado, al modo de los
dramas de Shakespeare, «el prólogo del gran drama a desarrollarse».

* edificio de tablas rodeada de corredores y toda blanqueada. (1918)
un viejo edificio de tablas rodeado de corredores y todo blanqueado. (1921)

[b] Pese a que la mayor cantidad de variantes se registra entre la primera publicación del cuento en diarios o
revistas, y su primera edición en libro, el pulido del mismo se prolonga en las sucesivas ediciones que han estado al
cuidado del autor.
En el caso de la línea 32, la variante de la 1a. ed. está destinada a enmendar un error sintáctico de
concordancia: «edificio de tablas rodeada de corredores y toda blanqueada»
Sin embargo, la redacción definitiva llega en un tercera instancia—2ª. ed. en libro—, motivada sin duda por el
afán de claridad y síntesis características de la prosa quiroguiana: el «edificio de tablas rodeado de corredores y
todo blanqueado» se transforma en «un viejo bungalow de madera, todo blanqueado.»
Un proceso similar en cuanto al número de instancias, aunque no por las motivaciones, es el que transforma la
«fría claridad del horizonte» en la «rubia claridad», del texto base.

[c] En la línea 36, apenas una coma separa «caballos» de «conjunto...», en las dos primeras ediciones, no
obstante la necesidad de una pausa mayor que el período parece reclamar. En la tercera edición (2a. en libro) dicha
pausa se obtiene mediante un guión y en abierta contradicción con las normas de puntuación: «Ahora se sentían
ruidos insólitos, golpes de fierros, relinchos de caballo — conjunto de cosas en que trascendía a la legua la presencia
del Hombre.»
Procurando armonizar la intención manifiesta del autor en esta última versión con los errores en el empleo de
los signos de puntuación que exhiben las tres versiones conocidas, hemos optado, contradiciendo nuestros
principios y conscientes de los riesgos que implica una solución como ésta, por aconsejar la incorporación al texto
base de un punto y coma para marcar la pausa en cuestión. De esta forma creemos interpretar la voluntad de
nuestro autor, y ser más fieles a ella que absteniéndonos de modificar nada; principio este último que rige nuestra
tarea de establecimiento del texto.

[d] En el «Decálogo del perfecto cuentista», escribe Quiroga refiriéndose a la creación de personajes: «No te
distraigas viendo tú lo que ellos no pueden o no les importa ver». La frase sintetiza un principio de su filosofía de la
composición del cuento expuesta en varios textos: atenerse rigurosamente a la perspectiva de los personajes, ver el
mundo a través de sus ojos.
La variante considerada, que introduce el adjetivo «enorme» en la versión definitiva, no hace más que seguir ese
principio: precisar la perspectiva de la víbora, ver el mundo a través de sus ojos; razón por la cual «el pie» de la

que jugaba la vida, lanzó la cabeza contra aquello y la
recogió a la posición anterior.

El hombre se detuvo: había creído sentir un golpe en
las botas. Miró el yuyo a su rededor[e] sin mover los pies de

Miró el yuyo a su rededor sin

su lugar; pero nada vió en la oscuridad, apenas rota por
el vago día naciente, y siguió adelante.

Pero Lanceolada vió que la casa[f] comenzaba a vivir,
esta vez real y efectivamente con la vida del Hombre. La

Pero Lanceolada vío que la casa
comenzaba a
Hombre. La yarará emprendió la
retirada a su hueco de piedra

yarará emprendió la retirada a su cubil, llevando consigo
la seguridad de que aquel acto nocturno no era sino el
prólogo del gran drama a desarrollarse en breve.

II

Al día siguiente la primera preocupación de Lanceolada fué el peligro que con la llegada del Hombre se
cernía sobre la Familia entera. Hombre y *Devastación

Devastación...

son sinónimos desde tiempo inmemorial en el Pueblo
entero de los Animales. Para las Víboras en particular,
el desastre se personificaba en dos horrores: el machete
escudriñando, revolviendo el vientre mismo de la selva, y
el fuego aniquilando el bosque en seguida, y con él los
recónditos cubiles.[g]

---

primera versión resulta «agrandado» en la segunda.

[e] La línea considerada no presenta variantes en ninguna de las ediciones aprobadas por el autor. No obstante, en el texto de las publicadas por Editorial Losada Bs. As. — Argentina (a las que consideramos como no autorizadas por el autor ya que se realizaron después de su muerte) se lee: «Miró el yuyo a su *alrededor...*

[f] *Ibid.* nota anterior. La C mayúscula en «Casa», aparece en ediciones no aprobadas por el autor.

* son sinónimos sabidos desde tiempo inmemorial en el Imperio entero de los Animales. Para los Ofidios, en particular, el trastorno que los amenazaba adquiría caracteres de desastre, pues fuera de la posibilidad del arado que aniquila a los roedores, y con ellos el alimento capital de las víboras, existía la seguridad del abominable machete, escarbando y destrozando el vientre de la selva, vale decir, la Vida misma.

[g] Las variantes registradas en estas líneas son importantes en la perspectiva de la génesis del cuento y en la construcción del mito de Anaconda, en la que, como ya señalamos, el presente relato y la versión que consideramos en particular, son una etapa de transición.

En el párrafo considerado y dentro de la estructura teatral escogida para el cuento, reaparecen los términos del conflicto: el machete y la selva, el fuego y los recónditos cubiles, el arado y los roedores como alimento capital de las víboras. Dicho de otro modo: el hombre y sus herramientas de progreso por un lado; la selva y su complejo, delicado ecosistema, por el otro. Un progreso que es conquista, por eso los verbos empleados, todos ellos de valor sinonímico en el contexto y que sintetizan el espíritu de esa conquista: escudriñando, revolviendo, aniquilando — utilizado en ambas versiones—, escarbando y destrozando. Este último aparece integrado a una oración clave de la primera versión: «... destrozando el vientre de la selva, vale decir, la Vida misma».

Cualquiera de los otros verbos hubiera podido emplearse en su lugar. En la segunda versión, el autor opta por escribir: «... escudriñando, revolviendo el vientre mismo de la selva.» Lo que interesa pues, no es la elección del o de los verbos, sino el sujeto, que es el mismo: el machete; y los complementos: «el vientre de la selva», «el vientre mismo de la selva». La metáfora empleada se abre en un abanico de connotaciones que arrojan su sombra tanto sobre el sujeto de la acción, como sobre el objeto de la misma. Desde la perspectiva del complemento, la acción del sujeto denota violencia. Una violencia muy cercana a la raíz latina del término: acción y efecto de violentar. Y

Tornábase, pues, urgente prevenir aquello. Lanceolada esperó la nueva noche para ponerse en campaña. Sin gran trabajo halló a dos compañeras, que lanzaron la voz de alarma. Ella, por su parte, recorrió hasta las doce los lugares más indicados para un feliz encuentro, con suerte tal que a las dos de la mañana el Congreso se hallaba, si no en pleno, por lo menos con mayoría de especies para decidir qué se haría.

En la base de un murallón de piedra viva, de cinco metros de altura, y en pleno bosque, desde luego, existía una caverna disimulada por los helechos que obstruían casi la entrada. Servía de guarida desde mucho tiempo atrás a Terrífica, una serpiente de cascabel, vieja entre las viejas, cuya cola contaba treinta y dos cascabeles. Su largo no pasaba de un metro cuarenta, pero en cambio su grueso alcanzaba al de una botella. Magnífico ejemplar, cruzada de rombos amarillos; vigorosa, tenaz, capaz de quedar siete horas en el mismo lugar frente al enemigo, pronta a enderezar los colmillos con canal interno que son, como se sabe, si no los más grandes, los más admirablemente constituídos de todas las serpientes venenosas.

Fué allí en consecuencia, donde ante la inminencia del peligro y presidido por la víbora de cascabel, se reunió el Congreso de las Víboras. Estaban allí, fuera de Lanceolada y Terrífica, las demás yararás del país: la pequeña Coatiarita, benjamín de la Familia, con la línea

que lanzó a dar la voz de alarma.

contaba treinta y dos segmentos.

todas las víboras existentes.

Fué allí en consecuencia, ante la inminencia del peligro y presidido por ella, donde, se...,

---

también: violación; profanación. Desde el punto de vista del objeto de la acción, el vientre es la zona más íntima y vital. Es la zona sagrada donde la selva se perpetúa a sí misma. Se engendra a sí misma. La casa de la Vida; «la Vida misma».

Ese centro vital es el que el machete amenaza, violenta y profana.

He aquí, en germen, la idea central de «El regreso de Anaconda», el resorte del mito. Y, en esbozo, el mito mismo, o su esqueleto, pues aún no se ha encontrado con la imagen que lo sintetice: la gran boa.

Pero la aparición de la idea es fugaz, al punto que está dentro del mismo período con la que la contradice, y fija los límites de esta primera tentativa: «Para los Ofidios en particular,...»

Con esta precisión comienza en ambas versiones — en la segunda dice: «Para las Víboras en particular...» — el fragmento que venimos considerando. El hombre es una amenaza para la vida de los ofidios. Pero en su breve desarrollo, Quiroga parece descubrir, de manera casi accidental, como si aflorara involuntariamente, la idea que cristalizará siete años más tarde en «El regreso de anaconda»: la acción del hombre compromete la selva toda, «el vientre mismo de la selva». Dicha idea rectora del mito aparece más cerca de su centro de gravedad en la primera versión, donde el hombre emerge «destrozando el vientre de la selva, vale decir, la Vida misma.»

El párrafo al que venimos aludiendo tiene mucho de encrucijada ante la cual Quiroga parece vacilar, enfrentado a dos caminos posibles para el ulterior desarrollo del drama: puede seguir la idea en germen al final del fragmento, en su primera versión, y plantear el conflicto en toda su extensión y profundidad, como el choque del progreso humano por un lado y la naturaleza del otro; o puede limitarse al camino que parece indicar el comienzo del mismo párrafo: «Para los Ofidios en particular...», y reducirlo a un conflicto entre esos hombres capaces de desarrollar un suero antifídico y los propios ofidios que así ven amenazada su supervivencia.

Ante la encrucijada, el autor opta por el segundo de los caminos: el peligro atañe a los ofidios, ponzoñosos o no, a la Familia; pero no aparece comprometida la selva misma. Ni siquiera en la segunda versión, pese a algunos retoques y vacilaciones.

rojiza de sus costados bien visible y su cabeza particularmente afilada. Estaba allí, negligentemente tendida como
si se tratara de todo menos de hacer admirar las curvas
blancas y café de su lomo sobre largas bandas salmón, la
esbelta Neuwied, dechado de belleza, y que había guardado para sí el nombre del naturalista que determinó su
especie. Estaba Cruzada —que en el sur llaman víbora
de la cruz— potente y audaz, rival de Neuwied en punto
a belleza de dibujo. Estaba Atroz, de nombre suficientemente fatídico; y por último, Urutú Dorado, la yararacusú, disimulando discretamente en el fondo de la
caverna sus ciento setenta centímetros de terciopelo
negro cruzado oblicuamente por bandas de oro.

> por anchas bandas

Es de notar que las especies del formidable género
Lachesis, o yararás, a que pertenecían todas las congresales menos Terrífica, sostienen una vieja rivalidad por
la belleza del dibujo y el color. Pocos seres, en efecto, tan
bien dotados como ellos.

Según las leyes de las víboras, ninguna especie poco
abundante y sin dominio real en el país puede presidir
las asambleas del Imperio. Por esto Urutú Dorado,
magnífico animal de muerte, pero cuya especie es más
bien rara, no pretendía este honor, cediéndolo de buen
grado a la víbora de cascabel, más débil, pero que
abunda milagrosamente.

> Dorado, cuya especie es mas bien
> rara, no lo pretendía a pesar de
> su potencia, cediendo de buen
> grado aquel derecho a la víbora
> de cascabel, más

El Congreso estaba pues en mayoría, y Terrífica
abrió la sesión.

—¡Compañeras! —dijo—. Hemos sido todas entera-
das por Lanceolada de la presencia nefasta del Hombre.
Creo interpretar el anhelo de todas nosotras, al tratar de
salvar nuestro Imperio de la invasión enemiga. Sólo un
medio cabe, pues la experiencia nos dice que el abandono
del terreno no remedia nada. Este medio, ustedes lo
saben bien, es la guerra al Hombre, sin tregua ni cuartel,
desde esta noche misma, a la cual cada especie aportará
sus virtudes. Me halaga en esta circunstancia olvidar mi
especificación humana: No soy ahora una serpiente de
cascabel; soy una yarará como ustedes. Las yararás, que
tienen a la Muerte por negro pabellón. ¡Nosotras somos
la Muerte, compañeras! Y entre tanto, que alguna de las
presentes proponga un plan de campaña.

> ustedes; las yararás, que tienen

Nadie ignora, por lo menos en el Imperio de las
Víboras, que todo lo que Terrífica tiene de largo en sus
colmillos, lo tiene de corto en su inteligencia. Ella lo sabe
también, y aunque incapaz por lo tanto de idear plan

alguno, posee, a fuer de vieja reina, el suficiente tacto para callarse.

Entonces Cruzada, desperezándose, dijo:

Entonces Cruzada, recogiendo un poco la cola, dijo entonces:

—Soy de la opinión de Terrífica, y considero que mientras no tengamos un plan, nada podemos ni debemos hacer. Lo que lamento es la falta en este Congreso de nuestras primas sin veneno: las Culebras.

culebras.

Se hizo un largo silencio. Evidentemente, la proposición no halagaba a las víboras. Cruzada se sonrió de un modo vago, y continuó:

—Lamento lo que pasa... Pero quisiera solamente recordar esto: si entre todas nosotras pretendiéramos vencer a una culebra, ¡no lo conseguiríamos! Nada más quiero decir.

—Si es por su resistencia al veneno —objetó perezosamente Urutú Dorado, desde el fondo del antro—, creo que yo sola me encargaría de desengañarlas...

—No se trata de veneno —replicó desdeñosamente Cruzada—. Yo también me bastaría... —agregó con una mirada de reojo a la yararacusú—. Se trata de su fuerza, de su destreza, de su nerviosidad, como quiera llamársele! *Cualidades éstas de lucha que nadie pretenderá negar a nuestras primas. Insisto en que en una campaña como la que queremos emprender, las serpientes nos serán de gran utilidad; más: de imprescindible necesidad!

su nerviosismo, como quiera llamársele; cualidades...

culebras nos serán de gran utilidad; más, de

Pero la proposición desagradaba siempre.

—¿Por qué las culebras? —exclamó Atroz—. Son despreciables.

—Tienen ojos de pescado —agregó la presuntuosa Coatiarita.

—¡Me dan asco! —protestó desdeñosamente Lanceolada.

—Tal vez sea otra cosa la que te dan... —murmuró Cruzada, mirándola de reojo.

Tal vez sea otra cosa lo que te dan... (1918) (1921)

—¿A mí? —silbó Lanceolada, irguiéndose—. ¡Te advierto que haces mala figura aquí, defendiendo a esos gusanos corredores!

—Si te oyen las Cazadoras... —murmuró irónicamente Cruzada.

Pero al oír este nombre, *Cazadoras*, la asamblea entera se agitó.

asamblea entera se había agitado.

—¡No hay para qué decir eso! —gritaron—. ¡Ellas son culebras, y nada más!

---

* llamársele!. Cualidades de lucha que... (1921) de lucha que nadie pretenderá... (1918)

—¡Ellas se llaman a sí mismas las Cazadoras!
—replicó secamente Cruzada—. Y estamos en Congreso.

También desde tiempo inmemorial es fama entre las
víboras la rivalidad particular de las dos yararás: Lanceolada, hija del extremo norte, y Cruzada, cuyo habitat se
extiende más al sur. Cuestión de coquetería en punto a
belleza —según las culebras.

—¡Vamos, vamos! —intervino Terrífica—. Que la
Cruzada explique para qué quiere la ayuda de las
culebras, siendo así que no representan la Muerte como
nosotras.

—¡Para esto! —replicó Cruzada ya en calma—. Es
indispensable saber qué hace el Hombre en la casa; y
para ello se precisa ir hasta allá, a la casa misma. Ahora
bien, la empresa no es fácil, porque si el pabellón de
nuestra especie es la Muerte, el pabellón del Hombre es
también la Muerte —¡y bastante más rápida que la
nuestra! Las serpientes nos aventajan inmensamente en
agilidad. Cualquiera de nosotras iría y vería. ¿Pero
volvería? Nadie mejor para esto que la Ñacaniná. Estas
exploraciones forman parte de sus hábitos diarios, y
podría, trepada al techo, ver, oír, y regresar a informarnos antes de que sea de día.

La proposición era tan razonable, que esta vez la
asamblea entera asintió, aunque con un resto de desagrado.

—¿Quién va a buscarla? —preguntaron varias voces.

Cruzada desprendió la cola de un tronco y se deslizó
afuera.

—Voy yo —dijo—. En seguida vuelvo.

—¡Eso es! —le lanzó Lanceolada de atrás—. ¡Tú que
eres su protectora la hallarás en seguida!

Cruzada tuvo aún tiempo de volver la cabeza hacia
ella, y le sacó la lengua —reto a largo plazo.

III

Cruzada halló a la Ñacaniná cuando ésta trepaba a
un árbol.

—¡Eh, Ñacaniná! —llamó con un leve silbido.

La Ñacaniná oyó su nombre; pero se abstuvo prudentemente de contestar hasta nueva llamada.

—¡Ñacaniná! —repitió Cruzada, levantando medio
tono su silbido.

yararás: la del norte, Lanceolada, y Cruzada, la del sur;
—cuestión de coquetería en
punto a belleza —según

para esto se precisa (1918) (1921)

nuestra! Las culebras nos

—¿Quién me llama? —respondió la culebra.

—¡Soy yo, Cruzada!...

—¡Ah! la prima... ¿Qué quieres, prima adorada?

—No se trata de bromas, Ñacaniná... ¿Sabes lo que pasa en la Casa?

—Sí, que ha llegado el Hombre... ¿Qué más?

—¿Y sabes que estamos en Congreso?

—¡Ah, no; esto no lo sabía! —repuso la Ñacaniná, deslizándose cabeza abajo contra el árbol, con tanta seguridad como si marchara sobre un plano horizontal—. Algo grave debe pasar para eso... ¿Qué ocurre?

— Por el momento, nada; pero nos hemos reunido en Congreso precisamente para evitar que nos ocurra algo. En dos palabras: se sabe que hay varios hombres en la Casa, y que se van a quedar definitivamente. Es la Muerte para nosotras.

—Yo creía que ustedes eran la Muerte por sí mismas... ¡No se cansan de repetirlo! —murmuró irónicamente la culebra.

—¡Dejemos esto! Necesitamos de tu ayuda, Ñacaniná.

—¿Para qué? ¡Yo no tengo nada que ver aquí!

—¿Quién sabe? Para desgracia tuya, te pareces bastante a nosotras, las Venenosas. Defendiendo nuestros intereses, defiendes los tuyos.

—¡Comprendo! —repuso la Ñacaniná después de un momento, en el que valoró la suma de contingencias desfavorables para ella por aquella semejanza.

—Bueno; ¿contamos contigo?

—¿Qué debo hacer?

—Muy poco. Ir en seguida a la Casa, y arreglarte allí de modo que veas y oigas lo que pasa.

—¡No es mucho, no! —repuso negligentemente Ñacaniná, restregando la cabeza contra el tronco—. Pero es el caso —agregó— que allá arriba tengo la cena segura... Una pava del monte a la que desde anteayer se le ha puesto en el copete anidar allí...

—Tal vez allá encuentres algo que comer —la consoló suavemente Cruzada. Su prima la miró de reojo.

—Bueno, en marcha —reanudó la yarará—. Pasemos primero por el Congreso.

—¡Ah, no! —protestó la Ñacaniná—. ¡Eso no! ¡Les hago a ustedes el favor, y en paz! Iré al Congreso cuando vuelva... si vuelvo. Pero ver antes de tiempo la cáscara rugosa de Terrífica, los ojos de matón de Lanceolada y la cara estúpida de Coralina. ¡Eso, no![h]

—No está Coralina.

—¡No importa! Con el resto tengo bastante.

—¡Bueno, bueno! —repuso Cruzada, que no quería hacer hincapié—. Pero si no disminuyes un poco la marcha, no te sigo.

En efecto, aun a todo correr, la yarará no podía acompañar el deslizar —casi lento para ella— de la Ñacaniná.

—Quédate, ya estás cerca de las otras —contestó la culebra. Y se lanzó a toda velocidad, dejando en un segundo atrás a su prima Venenosa.

IV

Un cuarto de hora después la Cazadora llegaba a su destino. Velaban todavía en la casa. Por las puertas, abiertas de par en par, salían chorros de luz, y ya desde lejos la Ñacaniná pudo ver cuatro hombres sentados alrededor de la mesa.

*Para llegar con impunidad sólo faltaba evitar el problemático tropiezo con un perro. ¿Los habría? Mucho lo temía Ñacaniná. Por esto deslizóse adelante con gran cautela, sobre todo cuando llegó ante el corredor.

Ya en él, observó con atención. Ni en frente, ni a la derecha, ni a la izquierda había perro alguno. Sólo allá, en el corredor opuesto, y que la culebra podía ver por entre las piernas de los hombres, un perro negro dormía echado de costado.

estúpida de Coralina, eso no! (1918) (1921)

podía acompañar el deslizar, casi lento para ella, de la Ñacaniná.

llegaba allá. Velaban

Por las puertas abiertas de par en par salían (1918) (1921) luz, y desde lejos aún la Ñacaniná pudo ver

Para llegar...

---

[h] Quiroga hacía un uso muy libre y, si se quiere, muy personal de los signos de puntuación; aunque a medida que se suceden las ediciones de un mismo texto, es evidente la preocupación por ajustar este aspecto a la normativa. No obstante, son frecuentes los errores que subsisten en las ediciones aprobadas por el autor. Tal es el caso de la línea 302, en la que agrega una coma a la redacción definitiva (1921), pero mantiene el mismo error en las tres ediciones conocidas: el signo de admiración sólo aparece al final de la frase. Por tratarse de una omisión obvia, hemos optado por la solución incorporada por Losada: «... Coralina. ¡Eso, no!

Excepto errores u omisiones evidentes, se ha respetado la puntuación del autor, tal como recomienda el profesor G. Tavani al establecer la metodología y práctica de la presente Colección. «Respetar la puntuación del autor (principio, éste, aceptado por casi todos los editores de textos contemporáneos): la puntuación desempeña visiblemente ... una determinada función, interna al texto, o es elemento caracterizante del estilo del autor aunque no siempre sea inmediatamente perceptible como tal», dice Tavanien. «Metodología y práctica de la edición crítica de textos literarios contemporáneos», op. cit.

* con impunidad, un sólo detalle era necesario evitar; y este consistía en la existencia problemática de un perro. ¿Los había? Mucho lo temía la Ñacaniná. Por esto deslizóse adelante con mucha cautela, sobre todo cuando tuvo que entrar en el corredor.

La plaza, pues, estaba libre. Como desde el lugar en que se encontraba podía oir pero no ver el panorama entero de los hombres hablando, la culebra, tras una ojeada arriba, tuvo lo que deseaba en un momento. Trepó por una escalera recostada a la pared bajo el corredor y se instaló en el espacio libre entre pared y techo, tendida sobre el tirante. Pero por más precauciones que tomara al deslizarse, un viejo clavo cayó al suelo y un hombre levantó los ojos.

deslizarse, una leve astilla, una insignificancia, cayó al

—¡Se acabó! —se dijo Ñacaniná, conteniendo la respiración.

Otro hombre miró también arriba.

Otro hombre levantó también los ojos. (1918)
Otro hombre miró también a arriba. (1921)

—¿Qué hay? —preguntó.

—Nada —repuso el primero.— Me pareció ver algo negro por allá.

—Una rata.

—Se equivocó el Hombre —murmuró para sí la culebra.

—O alguna ñacaniná.

—Acertó el otro Hombre —murmuró de nuevo la aludida, aprestándose a la lucha.

Pero los hombres bajaron de nuevo la vista, y la Ñacaniná vió y oyó durante media hora.

V

La Casa, motivo de preocupación de la selva, habíase convertido en establecimiento científico de la más grande importancia. Conocida ya desde tiempo atrás la particular riqueza en víboras de aquel rincón del territorio, el Gobierno de la Nación había decidido la creación de un instituto de Seroterapia Ofídica, donde se prepararían sueros contra el veneno de las víboras. La abundancia de éstas es un punto capital, pues nadie ignora que la carencia de víboras de que extraer el veneno es el principal inconveniente para una vasta y segura preparación del suero.

rincón de Misiones — una península sofocada por el Yabebirí en casi todos sus lados —, el Gobierno de la Nación había

éstas favorecía tal creación pues es sabido que la carencia

El nuevo establecimiento podía comenzar casi en seguida, porque contaba con dos o tres caballos ya en vías de completa inmunización. Habíase logrado organizar el laboratorio y el serpentario. Este último prometía enriquecerse de un modo asombroso, por más que el Instituto hubiera llevado consigo no pocas serpientes venenosas —las mismas que servían para inmunizar a los

en seguida, pues contaba con dos animales — un caballo y una mula — ya en vías (1918 y 1921) logrado también disponer la caballeriza, el laboratorio y

traído consigo

animales citados. Pero si se tiene en cuenta que un caballo, en su último grado de inmunización, necesita seis gramos de veneno en cada inyección (cantidad suficiente para matar doscientos cincuenta caballos), se comprenderá que deba ser muy grande el número de víboras en disponibilidad que requiere un Instituto del género.

necesita inyecciones de seis gramos de veneno, cada una, cantidad
caballos, se

Los días, duros al principio, de una instalación en la selva, mantenían al personal superior del Instituto en vela hasta media noche, entre planes de laboratorio y demás.

—Y los caballos, ¿cómo están hoy? —preguntó uno, de lentes ahumados, y que parecía ser el jefe del Instituto.

—Muy caídos —repuso otro—. Si no podemos hacer una buena recolección en estos días...

La Ñacaniná, inmóvil sobre el tirante, ojos y oídos alerta, comenzaba a tranquilizarse.

—Me parece —se dijo— que las primas venenosas se han llevado un susto magnífico. De estos hombres no hay gran cosa que temer...

Y avanzando más la cabeza, a tal punto que su nariz pasaba ya de la línea del tirante, observó con más atención.

la cabeza, de modo que

Pero un contratiempo evoca otro.

—Hemos tenido hoy un día malo —agregó alguno—. Cinco tubos de ensayo se han roto...

La Ñacaniná sentíase cada vez más inclinada a la compasión.

a la bondad.

—¡Pobre gente! —murmuró—. Se les han roto cinco tubos...

Y se disponía a abandonar su escondite para explorar aquella inocente casa, cuando oyó:

—En cambio, las víboras están magníficas... Parece sentarles el país.

—¿Eh? —dió una sacudida la culebra, jugando velozmente con la lengua—. ¿Qué dice ese pelado de traje blanco?

¿Eh? — dió una sacudida la culebra, abriendo inmensos ojos—.

Pero el hombre proseguía:

Pero el otro proseguía.

—Para ellas, sí, el lugar me parece ideal... Y las necesitamos urgentemente, los caballos y nosotros.

—Por suerte, vamos a hacer una famosa cacería de víboras en este país. No hay duda de que es el país de las víboras.

—Hum... hum... hum... —murmuró Ñacaniná, arrollándose en el tirante cuanto le fué posible—. Las cosas comienzan a ser un poco distintas... Hay que quedar un poco más con esta buena gente... Se aprenden cosas curiosas.

Tantas cosas curiosas oyó, que cuando, al cabo de media hora, quiso retirarse, el exceso de sabiduría adquirida le hizo hacer un falso movimiento, y la tercera parte de su cuerpo cayó, golpeando la pared de tablas. Como había caído de cabeza, en un instante la tuvo enderezada hacia la mesa, la lengua vibrante.

a lo largo de la pared, azotando la madera. Como había caído

La Ñacaniná, cuyo largo puede alcanzar a tres metros, es valiente, con seguridad la más valiente de nuestras serpientes. Resiste un ataque serio del hombre, que es inmensamente mayor que ella, y hace frente siempre. Como su propio coraje le hace creer que es muy temida, la nuestra se sorprendió un poco al ver que los hombres, enterados de lo que se trataba, se echaban a reír tranquilos.

valiente de las serpientes americanas, y por algo se llama Phrynonax sulfureus a su especie. Resiste
Su propio

—Es una ñacaniná... Mejor; así nos limpiará la casa de ratas.

—¿Ratas?... —silbó la otra. Y como continuaba provocativa, un hombre se levantó al fin.

—Por útil que sea, no deja de ser un mal bicho... Una de estas noches la voy a encontrar buscando ratones dentro de mi cama...

Y cogiendo un palo próximo, lo lanzó contra la Ñacaniná a todo vuelo. El palo pasó silbando junto a la cabeza de la intrusa y golpeó con terrible estruendo la pared.

Y golpeó con terrible estruendo la pared.

Hay ataque y ataque. Fuera de la selva, y entre cuatro hombres, la Ñacaniná no se hallaba a gusto. Se retiró a escape, concentrando toda su energía en la cualidad que, conjuntamente con el valor, forman sus dos facultades primas: la velocidad para correr.

Perseguida por los ladridos del perro, y aun rastreada buen trecho por éste —lo que abrió nueva luz respecto a las gentes aquéllas—, la culebra llegó a la caverna. Pasó por encima de Lanceolada y Atroz, y se arrolló a descansar, muerta de fatiga.

rastreada buen trecho, lo que abrió nueva luz respecto a las gentes aquellas, la (1918) rastreada buen trecho por éste, —lo que abrió nueva luz respecto a las gentes aquellas,— la (1921) Lanceolada y Atroz, tendiéndose a descansar,

VI

—¡Por fin! —exclamaron todas, rodeando a la exploradora—. Creíamos que te ibas a quedar con tus amigos los hombres...

—¡Hum!... —murmuró Ñacaniná.

—¿Qué nuevas nos traes? —preguntó Terrífica.

—¿Debemos esperar un ataque, o no tomar en cuenta a los Hombres?

—Tal vez fuera mejor esto... Y pasar al otro lado del río —repuso Ñacaniná.

lado del río —repuso. (1918) (1921)

—¿Qué?... ¿Cómo?... —saltaron todas—. ¿Estás loca?

—Oigan, primero.

—¡Cuenta, entonces!

Y Ñacaniná contó todo lo que había visto y oído: la instalación del Instituto Seroterápico, sus planes, sus fines y la decisión de los hombres de cazar cuanta víbora hubiera en el país.

Y la Ñacaniná contó

fines, y la absoluta decisión de los hombres

—¡Cazarnos! —saltaron Urutú Dorado, Cruzada y Lanceolada, heridas en lo más vivo de su orgullo—. ¡Matarnos, querrás decir!

—¡No! ¡Cazarlas, nada más! Encerrarlas, darles bien de comer y extraerles cada veinte días el veneno. ¿Quieren vida más dulce?

La asamblea quedó estupefacta. Ñacaniná había explicado muy bien el fin de esta recolección de veneno; pero lo que no había explicado eran los medios para llegar a obtener el suero.

¡Un suero antivenenoso! Es decir, la curación asegurada, la inmunización de hombres y animales contra la mordedura; la familia entera condenada a perecer de hambre en plena selva natal.

mordedura, la Familia (1918) mordedura; la Familia (1921) en pleno bosque.

—¡Exactamente! —apoyó Ñacaniná—. No se trata sino de esto.

sino de esto; el caso es bien concreto.

Para la Ñacaniná, el peligro previsto era mucho menor. ¿Qué le importaban a ella y sus hermanas las cazadoras —a ellas, que cazaban a diente limpio, a fuerza de músculos— que los animales estuvieran o no inmunizados? Un solo punto oscuro veía ella, y es el excesivo parecido de una culebra con una víbora, que favorecía confusiones mortales. De aquí el interés de la culebra en suprimir el Instituto.

a diente limpio, a fuerza de puños — que los

punto obscuro había en esto, y era el excesivo parecido

—Yo me ofrezco a empezar la campaña —dijo Cruzada.

—¿Tienes un plan? —preguntó ansiosa Terrífica, siempre falta de ideas.

—Ninguno. Iré sencillamente mañana de tarde a tropezar con alguien.

—¡Ten cuidado! —le dijo Ñacaniná, con voz persuasiva—. *Hay varias jaulas vacías...[i] ¡Ah, me olvidaba! —agregó, dirigiéndose a Cruzada—. Hace un rato, cuando salí de allí... Hay un perro negro muy peludo... Creo que sigue el rastro de una víbora... ¡Ten cuidado!

—¡Allá veremos! Pero pido que se llame a Congreso pleno para mañana de noche. Si yo no puedo asistir, tanto peor...

Mas la asamblea había caído en nueva sorpresa.

—¿Perro que sigue nuestro rastro?... ¿Estás segura?

—Casi. ¡Ojo con ese perro, porque puede hacernos más daño que todos los hombres juntos!

—Yo me encargo de él —exclamó Terrífica, contenta de (sin mayor esfuerzo mental) poder poner en juego sus glándulas de veneno, que a la menor contracción nerviosa se escurría por el canal de los colmillos.[j]

Pero ya cada víbora se disponía a hacer correr la palabra en su distrito, y a Ñacaniná, gran trepadora, se le encomendó especialmente llevar la voz de alerta a los árboles, reino preferido de las culebras.

A las tres de la mañana la asamblea se disolvió. Las víboras, vueltas a la vida normal, se alejaron en distintas direcciones, desconocidas ya las unas para las otras, silenciosas, sombrías, mientras en el fondo de la caverna la serpiente de cascabel quedaba arrollada e inmóvil, fijando sus duros ojos de vidrio, en un ensueño de mil perros paralizados.

VII

Era la una de la tarde. Por el campo de fuego, al resguardo de las matas de espartillo, se arrastraba. Cruzaba hacia la Casa. No llevaba otra idea, ni creía

---

¡Ten cuidado! —le dijo Ñacaniná, con voz persuasiva.— (1918) (1921)
Hay varias...

Nueva sorpresa de la Asamblea.

contenta de —sin mayor esfuerzo mental— poder (1918) (1921)

el canal interno de los colmillos.

la Asamblea se disolvió.

desconocidas las unas (1918) (1921)

la reina sin súbditos quedaba

fuego, por bajo las matas de espartillo se

---

* jaulas vacías.
—Allá veremos! Pero pido que se llame un Congreso pleno, para mañana de noche. Si yo no puedo asistir, tanto peor... —Ah, me olvidaba!— exclamó Ñacaniná dirigiéndose a Cruzada. —Hace un rato cuando salí de allí... hay.

[i] En este fragmento el autor ha optado por intercalar de manera diferente los parlamentos, fiel a su consigna de que: «En literatura, el orden de los factores altera profundamente el producto.» (H.Q. «Los trucs del perfecto cuentista», El Hogar, Buenos Aires, 22 de mayo de 1925)
En el cotejo de variantes de cuentos como «Tacuara-mansión» o «Van Houten», el lector podrá aquilatar toda la importancia de este principio de composición; aquí se trata simplemente de lograr una mayor claridad en el dialogado de los personajes.

[j] Son frecuentes las variantes de este tipo con las que Quiroga procura borrar de la superficie del texto las últimas huellas de sus vastos conocimientos sobre los ofidios de Misiones, eliminando datos u observaciones que, aunque de riguroso valor científico, implican el riesgo de transformar el cuento en un tratado sobre víboras. No obstante, es evidente que la ficción se nutre de ese rico substrato y reposa en él; es el extremo visible del iceberg.
Sobre el particular, así como sobre la autoridad de nuestro autor en el tema, nos extendemos en nota aparte.

necesaria tener otra, que matar al primer hombre que se pusiera a su encuentro. Llegó a la *verandah*[k] y se arrolló allí, esperando. Pasó así media hora. El calor sofocante que reinaba desde tres días atrás comenzaba a pesar sobre los ojos de la yarará, cuando un temblor sordo avanzó desde la pieza. La puerta estaba abierta, y ante la víbora, a treinta centímetros de su cabeza, apareció el perro, el perro negro y peludo, con los ojos entornados de sueño.

— ¡Maldita bestia!... —se dijo Cruzada—. Hubiera preferido un hombre...

En ese instante el perro se detuvo husmeando, y volvió la cabeza... ¡Tarde ya! Ahogó un aullido de sorpresa y movió desesperadamente el hocico mordido.

—Ya éste está despachado... —murmuró Cruzada, replegándose de nuevo. Pero cuando el perro iba a lanzarse sobre la víbora, sintió los pasos de su amo y se arqueó ladrando a la yarará. El hombre de los lentes ahumados apareció junto a Cruzada.

— ¿Qué pasa? —preguntaron desde el otro corredor.

—Una alternatus[l]... Buen ejemplar —respondió *el hombre. Y antes que la víbora hubiera podido defenderse, se sintió estrangulada en una especie de prensa afirmada al extremo de un palo.

Marginal variants:

Llegó al corredor y (1918) (1921)

Pero el animal iba a

El hombre de los lentes negros apareció (1918) (1921)

— ¿Qué es? — preguntaron desde el otro (1918) (1921)
— Una Alternatus... lindo ejemplar — respondió (1918)
—Una alternatus... Buen ejemplar — respondió (1921)
antes que...

---

[k] Nótese que el autor mantuvo el vocablo «*corredor*» en las dos primeras ediciones del cuento, sustituyéndolo en la tercera por la palabra inglesa «*verandah*». Ya en la pág. 2 había mantenido por dos ediciones la línea: «un viejo edificio de tablas rodeado de corredores y todo blanqueada (o)», pero luego la sustituyó por el vocablo inglés *bungalow*. La «verandah» en cuestión, pertenece al «bungalow» aludido. Un cambio parece provocar el otro. O tal vez, el íntimo convencimiento al que habría arribado en la tercera revisión: que ambas palabras, aunque tomadas del acervo de otra lengua, expresaban con mayor exactitud la imagen que el autor quería comunicar. «Verandah: roofed and floored open space along the sides of a house...» (Oxford Dictionary), describe con mayor precisión el lugar aludido como «corredor». Sobre todo, si ya no se refiere a «un viejo edificio de tablas rodeado de corredores». Por otra parte, ambas palabras inglesas son de uso corriente en el ámbito de la lengua española, especialmente «bungalow»: su sustitución se torna algo artificial por la correspondencia que hay entre significado y significante en el marco de una determinada cultura de la que actúa como signo.

Conviene aclarar sin embargo, que el empeño frustrado por aludir a lo mismo con vocablos del español (empeño sostenido por dos ediciones) es mucho más frecuente en Quiroga, quien evita, escrupulosamente, palabras de otras lenguas o palabras cultas, de la propia.

[l] El nombre de la especie a la que pertenece Cruzada —así bautizada en clara alusión al dibujo característico de su piel— es *Bothrops alternatus* (en Uruguay se le llama vulgarmente víbora de la Cruz o crucera).

En el texto de 1918, el funcionario que la atrapa se refiere a ella por el nombre científico de su especie: «alternatus»; pero Quiroga comete un error al escribirlo con mayúscula. En la segunda redacción, repara dicho error. En la tercera, en cambio, escribe «alternatos», posiblemente una deformación del nombre vulgar con que se conoce a este ofidio en la Argentina: «Yarará alternada»; o un simple error.

En cualquier caso, hemos adoptado la grafía de la segunda edición, «alternatus», que es la correcta de las tres opciones.

* Y antes que la víbora hubiera podido defenderse, se sintió estrangulada en una especie de prensa al extremo de un palo, (1918)
el hombre. Y antes que hubiera podido defenderse, la víbora se sintió estrangulada en una especie de prensa afirmada al extremo de un palo. (1921)

La yarará crujió de orgullo al verse así; lanzó su cuerpo a todos lados, trató en vano de recoger el cuerpo y arrollarlo en el palo. Imposible; le faltaba el punto de apoyo en la cola, el famoso punto de apoyo sin el cual un poderoso boa se encuentra reducido a la más vergonzosa impotencia. El hombre la llevó así colgando, y fué arrojada en el Serpentario.

Constituíalo éste un simple espacio de tierra cercado con chapas de cinc liso, provisto de algunas jaulas, y que albergaba a treinta o cuarenta víboras. Cruzada cayó en tierra y se mantuvo un momento arrollada y congestionada bajo el sol de fuego.

La instalación era evidentemente provisoria; grandes y chatos cajones alquitranados servían de bañadera a las víboras, y varias casillas y piedras amontonadas ofrecían reparo a los huéspedes de ese paraíso improvisado.

Un instante después la yarará se veía rodeada y pasada por encima por cinco o seis compañeras que iban a reconocer su especie.

Cruzada las conocía a todas; pero no así a una gran víbora que se bañaba en una jaula cerrada con tejido de alambre. ¿Quién era? Era absolutamente desconocida para la yarará. Curiosa a su vez, se acercó lentamente.

Se acercó tanto, que la otra se irguió. Cruzada ahogó un silbido de estupor, mientras caía en guardia, *arrollada.[m] La gran víbora acababa de hinchar el cuello, pero monstruosamente, mucho más que Boipeva, su prima. Quedaba realmente extraordinaria así.

— ¿Quién eres? —murmuró Cruzada—. ¿Eres de las nuestras?

Es decir, venenosa. La otra, convencida de que no había habido intención de ataque en la aproximación de la yarará, aplastó sus dos grandes orejas.

—Sí —repuso—. Pero no de aquí... muy lejos... de la India.

—¿Cómo te llamas?

—Hamadrías... o cobra capelo real.

—Yo soy Cruzada.

—Sí, no necesitas decirlo. He visto muchas hermanas tuyas ya... ¿Cuándo te cazaron?

crujió (1918) (1921)

el palo: le faltaba

Había allí, en un espacio de doscientos metros cuadrados, circundado de altas barreras de cinc liso, treinta o cuarenta víboras. Cruzada cayó sobre el cesped, y

todas; pero no a una gran víbora

Curiosa a su vez, se acercó.

Se acercó tanto, que la otra la vió y se irguió enseguida. arrollada:...

—¿Quién eres?— le preguntó Cruzada— ¿Eres

---

* la gran víbora acababa de hinchar el cuello, pero monstruosamente, como jamás había visto hacerlo a nadie. Quedaba realmente extraordinaria así. (1918) arrollada. La gran víbora acababa de hinchar el cuello, pero monstruosamente, como jamás había visto hacerlo a nadie. Quedaba realmente extraordinaria así. (1921)

[m] En la tercera y última edición aprobada, se vuelve a la puntuación y a la mayúscula de la 1.ª; quizás por error de imprenta. En ésta se sigue, para el caso, la lección de la 2a.

—Hace un rato... No pude matar.

—Mejor hubiera sido para ti que te hubieran muerto...

—Pero maté al perro.

—¿Qué perro? ¿El de aquí?

—Sí.

La cobra real se echó a reír, a tiempo que Cruzada tenía una nueva sacudida: el perro lanudo que creía matado estaba ladrando...

lanudo estaba ladrando...

—¿Te sorprende, eh? —agregó Hamadrías—. A muchas les ha pasado lo mismo.

—Pero es que mordí en la cabeza... —contestó Cruzada, cada vez más aturdida—. No me queda una gota de veneno —concluyó—. Es patrimonio de las yararás vaciar casi en una mordida sus glándulas.

queda una gota de veneno! —concluyó mostrando a la asiática la boca abierta.

—Para él es lo mismo que te hayas vaciado o no...

—¿No puede morir?

—Sí, pero no por cuenta nuestra... Está inmunizado. Pero tú no sabes lo que es esto...

lo que es eso...

—¡Sé! —repuso vivamente Cruzada—. Ñacaniná nos contó...

La cobra real la consideró entonces atentamente.

—Tú me pareces inteligente...

—¡Tanto como tú... por lo menos! —replicó Cruzada.

El cuello de la asiática se expandió bruscamente de nuevo, y de nuevo la yarará cayó en guardia.

bruscamente de nuevo, y la yarará cayó en

Ambas víboras se miraron largo rato, y el capuchón de la cobra bajó lentamente.

Se miraron bien fijo largo rato, y el capuchón bajó lentamente.

—Inteligente y valiente —murmuró Hamadrías—. A ti se te puede hablar... ¿Conoces el nombre de mi especie?

—Hamadrías, supongo.

—O Naja búngaro... o Cobra capelo real. Nosotras somos, respecto de la vulgar cobra capelo de la India, lo que tú respecto de una de esas coatiaritas... ¿Y sabes de qué nos alimentamos?

—O naja búngaro... o cobra capelo real.

—No.

—De víboras americanas... entre otras cosas —concluyó balanceando la cabeza ante Cruzada.

la cabeza y mirando ironicamente a Cruzada.

Esta apreció rápidamente el tamaño de la extranjera ofiófaga.

—¿Dos metros cincuenta?... —preguntó.

—Sesenta... dos sesenta, pequeña Cruzada —repuso la otra, que había seguido su mirada.

sus ojos. (1918) (1921)

—Es un buen tamaño... Más o menos, el largo de Anaconda,[n] una prima mía. ¿Sabes de qué se alimenta?

—Supongo...

—Sí, de víboras asiáticas —y miró a su vez a Hamadrías.

—¡Bien contestado! —repuso ésta, balanceándose de nuevo. Y después de refrescarse la cabeza en el agua, agregó perezosamente:

—¿Prima tuya, dijiste?

—Sí.

—¿Sin veneno, entonces?

—Así es...Y por esto justamente tiene gran debilidad por las extranjeras venenosas.

Pero la asiática no la escuchaba ya, abrasada en sus pensamientos.

—¡Oyeme! —dijo de pronto—. ¡Estoy harta de hombres, perros, caballos y de todo este infierno de estupidez y crueldad! Tú me puedes entender; porque lo que es ésas... Llevo año y medio encerrada en una jaula como si fuera una rata, maltratada, torturada periódicamente. Y, lo que es peor, despreciada, manejada como un trapo por viles hombres.... Y yo, que tengo valor, fuerza y veneno suficientes para concluir con todos ellos, estoy condenada a entregar mi veneno para la preparación de sueros antivenenosos. ¡No te puedes dar cuenta de lo que esto supone para mi orgullo! ¿Me entiendes? —concluyó mirando en los ojos a la yarará.

—Sí —repuso la otra—. ¿Qué debo hacer?

—Una sola cosa; un solo medio tenemos de vengarnos hasta las heces... Acércate, que no nos oigan... Tú sabes la necesidad absoluta de un punto de apoyo para poder desplegar nuestra fuerza. Toda nuestra salvación depende de esto. Solamente...

—¿Qué?

La cobra real miró otra vez fijamente a Cruzada.

Solamente que puedes morir...

—¿Sola?

— ¡Oh, no! Ellos, algunos de los hombres también morirán...

—¡Es lo único que deseo! Continúa.

—Pero acércate aún... ¡Más cerca!

El diálogo continuó un rato en voz tan baja, que el cuerpo de la yarará frotaba descamándose contra las

---

el largo de Musurana, una prima mía. ¿Sabes de qué

Bien contestado! — repuso ésta; y después de

no la escuchaba ya. (1918)
no la escuchaba ya, absorta en sus pensamientos. (1921)

periodicamente; y lo que
como una soga por viles hombres

de los sueros antivenenosos! (1918) (1921)
mirando fijamente a la yarará.

—Oh, no! Ellos, algunos de ellos también morirán...

un rato y el cuerpo de la yarará se descamaba rozando las

---

[n] Sobre la importancia de estas variantes que configuran mucho más que un simple cambio de nombre, nos extendemos en nota aparte.

mallas de alambre. De pronto la cobra se abalanzó y mordió por tres veces a Cruzada. Las víboras, que habían seguido de lejos el incidente, gritaron:

—¡Ya está! ¡Ya la mató! ¡Es una traicionera!

Cruzada, mordida por tres veces en el cuello, se arrastró pesadamente por el pasto. Muy pronto quedó inmóvil, y fué a ella a quien encontró el empleado del Instituto cuando, tres horas después, entró en el Serpentario. El hombre vió a la yarará, y empujándola con el pie, le hizo dar vuelta como a una soga y miró su vientre blanco.

—Está muerta, bien muerta... —murmuró—. ¿Pero de qué? —Y se agachó a observar a la *víbora. No fué largo su examen: en el cuello y en la misma base de la cabeza notó huellas inequívocas de colmillos venenosos.

—¡Hum! —se dijo el hombre—. Esta no puede ser más que la hamadrías... Allí está, arrollada y mirándome como si yo fuera otra alternatus... Veinte veces le he dicho al director que las mallas del tejido son demasiado grandes. Ahí está la prueba... En fin —concluyó, cogiendo a Cruzada por la cola y lanzándola por encima de la barrera de cinc—, ¡un bicho menos que vigilar!

Fué a ver al director:

—La hamadrías ha mordido a la yarará que introdujimos hace un rato. Vamos a extraerle muy poco veneno.

—Es un fastidio grande —repuso aquél—. Pero necesitamos para hoy el veneno... No nos queda más que un solo tubo de suero... ¿Murió la alternatus?

— Sí, la tiré afuera... ¿Traigo a la hamadrías?

—No hay más remedio... Pero para la segunda recolección, de aquí a dos o tres horas.

VIII

. . . .
**

... Se hallaba quebrantada, exhausta de fuerzas. Sentía la boca llena de tierra y sangre. ¿Dónde estaba?

El velo denso de sus ojos comenzaba a desvanecerse, y Cruzada alcanzó a distinguir el contorno. Vió —reco-

---

mallas del alambre.
a su amiga. Las víboras,

Cruzada se alejó, arrastrándose pesadamente dos o tres metros por el pasto. Luego quedó inmóvil, y

vió a la «alternada, y

En el vientre y en el cuello noté (1918)
En el cuello y (1921)

otra Alternatus... (1918) (1921)
Veinte veces les he dicho que las mallas del tejido

del muro de cinc: — un bicho menos que vigilar! (1918)
de la barrera de cinc: — ¡ Un bicho menos que vigilar! (1921)
Fué a ver al Director:
aquél — pero necesitamos

la otra?
— Sí; la tiré afuera... ¿Traigo a la Hamadrías?

de tierra y de sangre.

---

* No fué largo su examen: En el vientre y en el cuello notó huellas inequívocas de (1918) víbora. No fué largo su examen: En el cuello y en la misma base de la cabeza notó huellas (1921)

** En la versión inicial falta la línea punteada que aparece en las siguientes. A renglón seguido, igual en las tres ediciones: «... Se hallaba quebrantada, exhausta de fuerzas.»

noció— el muro de cinc, y súbitamente recordó todo: el
perro negro, el lazo, la inmensa serpiente asiática y el
plan de batalla de ésta en que ella misma, Cruzada, iba
jugando su vida. Recordaba todo, ahora que la parálisis
provocada por el veneno comenzaba a abandonarla. Con
el recuerdo, tuvo conciencia plena de lo que debía hacer,
¿Sería tiempo todavía?

Intentó arrastrarse, más en vano; su cuerpo ondu-
laba, pero en el mismo sitio, sin avanzar. Pasó un rato   aún; su inquietud
aún y su inquietud crecía. —¡Y no estoy sino a treinta
metros!— murmuraba—. ¡Dos minutos, un solo minuto
de vida, y llego a tiempo!

Y tras nuevo esfuerzo consiguió deslizarse, arras-   consiguió arrastrarse desespe-
trarse desesperada hacia el laboratorio.°   rada

Atravesó el patio, llegó a la puerta en el momento en
que el empleado, con las dos manos, sostenía colgando en
el aire a Hamadrías, mientras el hombre de los lentes   el hombre de los lentes negros
ahumados le introducía el vidrio de reloj en la boca. La   (1918) (1921)
mano se dirigía a oprimir las glándulas, y Cruzada
estaba aún en el dintel.

—*¡No tendré tiempo! —se dijo desesperada. Y   —No tendré tiempo!...
arrastrándose^P en un supremo esfuerzo, tendió adelante
los blanquísimos colmillos. El peón, al sentir su pie
descalzo quemado por los dientes de la yarará, lanzó una
exclamación y se agitó. No mucho; pero lo suficiente para

° En las tres ediciones de referencia aprobadas por el autor, se lee: «arrastrarse *desesperada* hacia el
laboratorio». No obstante, en las publicadas por Editorial Losada (Buenos Aires), se lee: «arrastrarse *desesperadamente* hacia el laboratorio».

Similar es lo que sucede en la línea 788, en la que la preposición «a» de: «sostenía colgando en el aire a
Hamadrías», se convierte en las ediciones póstumas del mismo sello editorial en el artículo «la»; «*la Hamadrías*».

Siguiendo idéntico proceso, la expresión: «¡Y lo conseguí, por fin!», se convierte en: «¡*Ya* lo conseguí, por fin!
Por último, en la línea 792: «y Cruzada estaba aún en el dintel» —idéntica en las tres ediciones de referencia—,
en las de Losada «dintel» es sustituido por «umbral».

Si bien aquí los mencionados editores tienden, seguramente, a reparar un error semántico bastante evidente
—del contexto se desprende que Cruzada debía hallarse en el umbral y no en el dintel—, no ocurre lo mismo en los
casos anteriores. En ninguna de las tres líneas hay errores gramaticales que expliquen las modificaciones
introducidas en el texto de Quiroga, lo que lleva a pensar en la presunción de mejorarlo.

En cualesquiera de los casos el proceder es inadmisible, y estos ejemplos — cuatro en el marco de una página de
nuestro texto base—, dan la pauta de las libertades que se han tomado dichos editores.

El hecho es tanto más grave por cuanto Losada, no sólo ha monopolizado las ediciones de los cuentos de Quiroga
en el Río de la Plata, sino que, por añadidura, suelen ser sus textos los que se toman como base de otras ediciones en
diferentes partes del mundo.

* — se dijo desesperada; y se lanzó adelante en un supremo esfuerzo.
La cosa fué breve como un relámpago: El peón, al sentir los dientes de la yarará en su pie, lanzó un grito y tuvo una
sacudida. No mucho; pero suficiente para que el cuerpo (1918)
—¡No tendré tiempo! — se dijo desesperada. Y rastreando en un supremo esfuerzo, tendió adelante los
blanquísimos colmillos. El peón, al sentir su pie descalzo abrasado por los dientes de la yarará, lanzó un grito y
bailó. No mucho; pero lo suficiente para que el cuerpo (1921)

^P El «rastreando» de la 2ª edición es un simple error de imprenta enmendado en la siguiente —segunda en
libro—, donde vuelve a leerse: «arrastrándose».

que el cuerpo colgante de la cobra real oscilara y alcan-
zase a la pata de la mesa, donde se arrolló velozmente. Y
con ese punto de apoyo, arrancó su cabeza de entre las
manos del peón y fué a clavar hasta la raíz los colmillos
en la muñeca izquierda del hombre de lentes ahumados
—justamente en una vena.

> izquierda del Director — justa-
> mente (1918)
> izquierda del hombre de lentes
> negros — justamente (1921)

¡Ya estaba! Con los primeros gritos, ambas, la cobra
asiática y la yarará, huían sin ser perseguidas.

—¡Un punto de apoyo! —murmuraba la cobra
volando a escape por el campo—. Nada más que eso me
faltaba. ¡Y lo conseguí, por fin!

> que eso me faltaba. Y lo conseguí
> por fin!

— Sí —corría la yarará a su lado, muy dolorida
aún—. Pero no volvería a repetir el juego...

> — Sí, —asentía la yarará a su
> lado,

Allá, de la muñeca del hombre pendían dos negros
hilos de sangre pegajosa. La inyección de una hamadrías
en una vena es cosa demasiado seria para que un mortal
pueda resistirla largo rato con los ojos abiertos.[q] Los del
herido se cerraban para siempre a los cuatro minutos.

> del Director pendían
>
> un hombre
>
> se cerraron para siempre a los
> doce minutos.

IX

El Congreso estaba en pleno. Fuera de Terrífica y
Ñacaniná, y las yararás Urutú Dorado, Coatiarita, Neuwied, Atroz y Lanceolada, habían acudido Coralina —de
cabeza estúpida, según Ñacaniná—, lo que no obsta para
que su mordedura sea de las más dolorosas. Además es
hermosa, incontestablemente hermosa con sus anillos
rojos y negros.

Siendo, como es sabido, muy fuerte la vanidad de las
víboras en punto de belleza, Coralina se alegraba bastante de la ausencia de su *hermana Frontal, cuyos
triples anillos negros y blancos sobre fondo de púrpura
colocan a esta víbora de coral en el más alto escalón de la
belleza ofídica.

> vanidad de las víboras a este res-
> pecto, Coralina
>
> hermana...

Las Cazadoras estaban representadas esa noche por
Drimobia, en primer término, cuyo destino es ser llamada yararacusú del monte, aunque su aspecto sea bien
distinto. Asistían Cipó, de un hermoso verde y gran
cazadora de pájaros; Radínea, pequeña y obscura, que

---

[q] En este caso, hemos adoptado la puntuación de la primera edición (1918): «... abiertos. Los del herido...». En
la 2ª. y 3ª. se leía: «... abiertos — y los del herido...»

* Frontal, aunque ésta sea de tamaño y veneno muy superiores. Su color, además, dividido en triples anillos
negros y blancos sobre fondo púrpura, coloca a esta

no abandona jamás los charcos; Boipeva, cuya característica es achatarse completamente contra el suelo, *apenas se siente amenazada; Trigémina y Esculapia, como
sus demás compañeras arborícolas.

    Faltaban asimismo varias especies de las venenosas y
de las cazadoras, ausencia ésta que requiere una aclaración.

    Al decir Congreso pleno, hemos hecho referencia a la
gran mayoría de las especies, y sobre todo de las que se
podría llamar *reales* por su importancia. Desde el primer Congreso de las Víboras se acordó que las especies
numerosas, estando en mayoría, podían dar carácter de
absoluta fuerza a sus decisiones. De aquí la plenitud del
Congreso actual, bien que fuera lamentable la ausencia
de la yarará Surucucú, a quien no había sido posible
hallar por ninguna parte; hecho tanto más de sentir
cuanto que esta víbora, que puede alcanzar a tres
metros, es, a la vez que reina en América, viceemperatriz
del Imperio Mundial de las Víboras, pues sólo una la
aventaja en tamaño y potencia de veneno: la hamadrías
asiática.

    Alguna faltaba —fuera de Cruzada—; pero las víbo-
ras todas afectaban no darse cuenta de su ausencia.

    A pesar de todo, se vieron forzadas a volverse al ver
asomar por entre los helechos una cabeza de grandes
ojos vivos.

    —¿Se puede? —decía la visitante alegremente.

    Como si una chispa eléctrica hubiera recorrido todos
los cuerpos, las víboras irguieron la cabeza al oir aquella
voz.

    —¿Qué quieres aquí? —gritó Lanceolada con pro-
funda irritación.

    —¡Este no es tu lugar! —clamó Urutú Dorado, dando
por primera vez señales de vivacidad.

    —¡Fuera! ¡Fuera! —gritaron varias con intenso des-
asosiego.

    Pero Terrífica, con silbido claro, aunque trémulo,
logró hacerse oír.

    —¡Compañeras! No olviden que estamos en Con-
greso, y todas conocemos sus leyes: nadie, mientras dure,

---

apenas se siente...

venenosas y las cazadoras, lo que
motiva una aclaración.

víboras se acordó que aquellas,
estando en mayoría (1918)
víboras se acordó que las especies
numerosas, estando en (1921)

pues sólo una serpiente la aventaja

Cruzada — pero (1918)
Cruzada; — pero (1921)

A pesar de todo se vieron for-
zadas a volverse,

hubiera sacudido todos irguieron
con pasmosa unanimidad la
cabeza al oír aquellas palabras.

---

    * amenazada; Trigémina, culebra de coral, muy fina de cuerpo, como sus compañeras arborícolas; y por último
Esculapia, también de coral, cuya entrada, por razones obvias, fué acogida con generales miradas de desconfianza.
(1918)
    por razones que se verán enseguida, fué acogida con generales miradas de desconfianza. (1921)

puede ejercer acto alguno de violencia. ¡Entra, Anaconda!

—¡Bien dicho! —exclamó Ñacaniná con sorda ironía—. Las nobles palabras de nuestra reina nos aseguran. ¡Entra, Anaconda!

Y la cabeza viva y simpática de Anaconda avanzó, arrastrando tras de sí dos metros cincuenta de cuerpo oscuro y elástico. Pasó ante todas, cruzando una mirada de inteligencia con la Ñacaniná, y fué a arrollarse, con leves silbidos de satisfacción, junto a Terrífica, quien no pudo menos de estremecerse.

—¿Te incomodo?— le preguntó cortésmente Anaconda.

—¡No, de ninguna manera! —contestó Terrífica—. Son las glándulas de veneno que me incomodan, de hinchadas...

Anaconda y Ñacaniná tornaron a cruzar una mirada irónica, y prestaron atención.

La hostilidad bien evidente de la asamblea hacia la recién llegada tenía un cierto *fundamento, que no se dejará de apreciar. La anaconda es la reina de todas las serpientes habidas y por haber, sin exceptuar al pitón malayo. Su fuerza es extraordinaria, y no hay animal de carne y hueso capaz de resistir un abrazo suyo. Cuando comienza a dejar caer del follaje sus diez metros de cuerpo verdoso con grandes manchas de terciopelo negro, la selva entera se crispa y encoge. Pero la anaconda es demasiado fuerte para odiar a sea quien fuere —con una sola excepción—, y esta conciencia de su valor le hace conservar siempre buena amistad con el hombre. Si a alguien detesta, es, naturalmente, a las serpientes venenosas; y de aquí la conmoción de las víboras ante la cortés Anaconda.

Anaconda no es, sin embargo, hija de la región. Vagabundeando en las aguas espumosas del Paraná había llegado hasta allí con una gran creciente, y continuaba en la región muy contenta del país, en buena relación con todos, y en particular con la Ñacaniná, con

violencia. Entra Musurana!

Entra Musurana!

pudo menos de hacer un movimiento de costado, extremeciéndose (sic).
Musurana.

Son las glándulas que me incomodan, de hinchadas...

fundamento...

---

* que no se dejará de apreciar: la intrusa era fuertemente inclinada a hacer de las víboras venenosas su plato favorito, siendo, por lo demás, de un vigor a toda prueba, y de una inmunidad perfecta respecto del veneno de aquéllas. El sueño de Terrífica, Lanceolada y otras, había sido más de una vez turbado por pesadillas, en que la viva culebra entraba en más de un ciento por ciento; y de aquí la poca gracia de un tropiezo en el bosque con la cortés Musurana. Añádase a esto su inclinación al hombre, pues jamás la Cazadora, valiente como la Ñacaniná, ha mordido ni intentado morder a persona alguna; y se comprenderá así de sobra cuán duro les era a las venenosas aceptar el parentesco de Musurana, adversión que alcanzaba a Esculapia, la culebra de coral, tachada de igual viciosa alimentación.

quien había trabado viva amistad. Era, por lo demás,
aquel ejemplar una joven anaconda que distaba aún
mucho de alcanzar a los diez metros de sus felices
abuelos. Pero los dos metros cincuenta que medía ya
valían por el doble, si se considera la fuerza de este
magnífico boa, que por divertirse al crepúsculo atraviesa
el Amazonas entero con la mitad del cuerpo erguido
fuera del agua.[r]

Pero Atroz acababa de tomar la palabra ante la
asamblea, ya distraída.

— Creo que podríamos comenzar ya —dijo—. Ante
todo, es menester saber algo de Cruzada. Prometió estar
aquí en seguida.

— Lo que prometió —intervino la Ñacaniná— es
estar aquí cuando pudiera. Debemos esperarla.

— ¿Para qué? —replicó Lanceolada, sin dignarse
volver la cabeza a la culebra.

— ¿Cómo para qué? —exclamó ésta, irguiéndose—.
Se necesita toda la estupidez de una Lanceolada para

Pero Atroz acababa de tomar la palabra.

---

[r] Entre las culebras ofiófagas (que se alimentan de serpientes), tenemos en América la más famosa de todas: la
mussurana (Clelia cloelia). Señala J. W. Abalos, especialista argentino en ofidios, que esta culebra es «notablemente
mansa para el hombre» y que, en cuanto a sus hábitos alimentarios, «parece tener preferencia por las víboras
venenosas».

Como se advierte en el fragmento dedicado a los hábitos de la musurana que presentamos como variante,
ninguno de los rasgos atribuidos por Abalos está ausente en el texto de Quiroga, quien fué, en su momento, el mayor
especialista en ofidios de la región (véase nota 2); por lo que, la elección de una musurana en la primera versión del
cuento que nos ocupa, debe considerarse tan fundada y deliberada como su completa sustitución por una boa en la
definitiva.

La elección de la primera en «Un drama en la selva» implicaba dos compromisos fundamentales; compromisos
que el autor, en su afán de ser lo más fiel posible a la realidad y perfectamente compenetrado con un auténtico rigor
científico, estaba dispuesto a asumir. Ellos son: la rivalidad de la musurana con las demás víboras, y su amistad con
el hombre.

Estas dos características de la culebra escogida gravitan en la estructura del cuento: o lo determinan, o bien
están en función del sentido de esa primera versión.

Por ejemplo, cuando Quiroga escoge una musurana, está poniendo el énfasis y promoviendo a un primer plano
el sub-tema de la rivalidad entre los ofidios; los hábitos de la cazadora de serpientes fundamentan esta
interpretación. El tópico de la rivalidad, que se expande como un tumor dentro del cuerpo del relato (debilitando la
tensión dramática y desequilibrando su estructura) encarna en la rivalidad de Hamadrías con Musurana primero, y
luego con Anaconda, en la versión definitiva.

Dicha actitud señala un marcado contraste con la unión no sólo de los ofidios, sino de todos los elementos de la
naturaleza conjugados contra el hombre en «El regreso de Anaconda».

Pero la elección de una musurana no sólo está en función de promover el tópico de la rivalidad entre los ofidios;
el otro rasgo saliente del comportamiento de esta culebra, sus buenas relaciones con el hombre, determina el
desenlace de la historia.

La primera versión de «Anaconda» confluye así hacia un final en el que se diluye el conflicto que era eje del
relato: la amenaza que significa el hombre para los ofidios; gracias a la intermediación de Musurana que aparece, al
final, como aliada del hombre contra las serpientes.

Es una nueva concepción del relato, que pasa por la profundización y ampliación del conflicto, lo que explica la
desaparición de Musurana en la versión definitiva; en su lugar, ya que no en su papel, aparece Anaconda.

Esta sustitución determina diversos ajustes e impone ciertos cambios; algunos considerables como el que da
lugar a esta nota. Sin embargo, es evidente que el autor se ha impuesto como férrea norma conservar lo más posible
de la redacción original. Así por ejemplo, en el desarrollo del combate entre Anaconda y Hamadrías la adaptación
sigue el camino más fácil: la simple sustitución de «Musurana» por «Anaconda», «la culebra» por «la boa», «los
dientes pequeños y agudos de Musurana» por «los 96 agudos dientes de Anaconda» etc.

decir esto... ¡Estoy cansada ya de oir en este Congreso
disparate tras disparate! ¡No parece sino que las Venenosas representaran a la Familia entera! Nadie, menos ésa
— señaló con la cola a Lanceolada —ignora que precisamente de las noticias que traiga Cruzada depende nuestro plan... ¿Que para qué esperarla?... ¡Estamos frescas
si las inteligencias capaces de preguntar esto dominan en
este Congreso!

—No insultes —le reprochó gravemente Coatiarita.
La Ñacaniná se volvió a ella:

—¿Y a ti, quién te mete en esto?

—No insultes —repitió la pequeña, dignamente.

Ñacaniná consideró al pundonoroso benjamín y cambió de voz.

—Tiene razón la minúscula prima —concluyó tranquila—; Lanceolada, te pido disculpa.

—¡No sé nada! —replicó con rabia la yarará.

—¡No importa!; pero vuelvo a pedirte disculpa.

Felizmente, Coralina, que acechaba a la entrada de
la caverna, entró silbando:

—¡Ahí viene Cruzada!

—¡Por fin! —exclamaron los congresales, alegres.
Pero su alegría transformóse en estupefacción cuando,
detrás de la yarará, vieron entrar a una inmensa víbora,
totalmente desconocida de ellas.

Mientras Cruzada iba a tenderse al lado de Atroz, la
intrusa se arrolló lenta y paulatinamente en el centro de
la caverna y se mantuvo inmóvil.

—¡Terrífica! —dijo Cruzada—. Dale la bienvenida.
Es de las nuestras.

—¡Somos hermanas! —se apresuró la de cascabel,
observándola inquieta.

Todas las víboras, muertas de curiosidad, se arrastraban hacia la recién llegada.

—Parece una prima sin veneno —decía una, con un
tanto de desdén.

—Sí —agregó otra—. Tiene ojos redondos.

—Y cola larga.

—Y además...

Pero de pronto quedaron mudas porque la desconocida acababa de hinchar monstruosamente el cuello.
No duró aquello más que un segundo; el capuchón se
replegó, mientras la recién llegada se volvía a su amiga,
con la voz alterada.

—Cruzada: diles que no se acerquen tanto... No
puedo dominarme.

—¡Sí, déjenla tranquila! —exclamó Cruzada—. Tanto más —agregó— cuanto que acaba de salvarme la vida, y tal vez la de todas nosotras.

No era menester más. El Congreso quedó un instante pendiente de la narración de Cruzada, que tuvo que contarlo todo: el encuentro con el perro, el lazo del hombre de lentes ahumados, el magnífico plan de Hamadrías, con la catástrofe final, y el profundo sueño que acometió luego a la yarará hasta una hora antes de llegar.

—Resultado —concluyó—: dos hombres fuera de combate, y de los más peligrosos. Ahora no nos resta más que eliminar a los que quedan.

—¡O a los caballos! —dijo Hamadrías.

—¡O al perro! —agregó la Ñacaniná.

—Yo creo que a los caballos —insistió la cobra real—. Y me fundo en esto: mientras queden vivos los caballos, un solo hombre puede preparar miles de tubos de suero, con los cuales se inmunizarán contra nosotras. Raras veces —ustedes lo saben bien— se presenta la ocasión de morder una vena... como ayer. Insisto, pues, en que debemos dirigir todo nuestro ataque contra los caballos. ¡Después veremos! En cuanto al perro —concluyó con una mirada de reojo a la Ñacaniná—, me parece despreciable.

Era evidente que desde el primer momento la serpiente asiática y la Ñacaniná indígena habíanse disgustado mutuamente. Si la una, en su carácter de animal venenoso, representaba un tipo inferior para la Cazadora, esta última, a fuer de fuerte y ágil, provocaba el odio y los celos de Hamadrías. De modo que la vieja y tenaz rivalidad entre serpientes venenosas y no venenosas llevaba miras de exasperarse aún más en aquel último Congreso.

—Por mi parte —contestó Ñacaniná—, creo que caballos y hombres son secundarios en esta lucha. Por gran facilidad que podamos tener para eliminar a unos y otros, no es nada esta facilidad comparada con la que puede tener el perro el primer día que se les ocurra dar una batida en forma, y la darán, estén bien seguras, antes de veinticuatro horas. Un perro inmunizado contra cualquier mordedura, aun la de esta señora con sombrero en el cuello —agregó señalando de costado a la cobra real—, es el enemigo más temible que podamos tener, y sobre todo, si se recuerda que ese enemigo ha sido adiestrado a seguir nuestro rastro. ¿Qué opinas, Cruzada?

No se ignoraba tampoco en el Congreso la amistad singular que unía a la víbora y la culebra; posiblemente, más que amistad, era aquello una estimación recíproca de su mutua inteligencia.

—Yo opino, como Ñacaniná —repuso—. Si el perro se pone a trabajar, estamos perdidas.

—¡Pero adelantémonos! —replicó Hamadrías.

—¡No podríamos adelantarnos tanto!... Me inclino decididamente por la prima.

—Estaba segura —dijo ésta tranquilamente.

Era esto más de lo que podía oír la cobra real sin que la ira subiera a inundarle los colmillos de veneno.

Era esto más de lo que podía oir Hamadrías

—No sé hasta qué punto puede tener valor la opinión de esta señorita conversadora —dijo, devolviendo a la Ñacaniná su mirada de reojo—. El peligro real en esta circunstancia es para nosotras, las Venenosas, que tenemos por negro pabellón a la Muerte. Las culebras saben bien que el hombre no las teme, porque son completamente incapaces de hacerse temer.

—¡He aquí una cosa bien dicha! —dijo una voz que no había sonado aún.

Hamadrías se volvió vivamente, porque en el tono tranquilo de la voz había creído notar una vaguísima ironía, y vió dos grandes ojos brillantes que la miraban apaciblemente.

—¿A mí me hablas? —preguntó con desdén.

—Sí, a ti —repuso mansamente la interruptora—. Lo que has dicho está empapado en profunda verdad.

La cobra real volvió a sentir la ironía anterior, y como por un presentimiento, midió a la ligera con la vista el cuerpo de su interlocutora, arrollada en la sombra.

arrollado en la sombra.
— Tu eres Musurana!

—¡Tú eres Anaconda!

—¡Tú lo has dicho! —repuso aquélla inclinándose.

Pero la Ñacaniná quería una vez por todas aclarar las cosas.

—¡Un instante! —exclamó.

—¡No! —interrumpió Anaconda—. Permíteme, Ñacaniná. Cuando un ser es bien formado, ágil, fuerte y veloz, se apodera de su enemigo con la energía de nervios y músculos que constituye su honor, como el* de todos

—No! —interrumpió Musurana.
— Permíteme

con la energía de nervios y músculos que es particular (1918) de él,...

---

* como lo es de todos los luchadores (1918)
con la energía de nervios y músculos que constituye su honor, como lo es de todos los luchadores (1921)

los luchadores de la creación. Así cazan el gavilán, el gato onza, el tigre, nosotras, todos los seres de noble estructura. Pero cuando se es torpe, pesado, poco inteligente e incapaz, por lo tanto, de luchar francamente por la vida, entonces se tiene un par de colmillos para asesinar a traición, como esa dama importada que nos quiere deslumbrar con su gran sombrero.

En efecto, la cobra real, fuera de sí, había dilatado el monstruoso cuello para lanzarse sobre la insolente. Pero también el Congreso entero se había erguido amenazador al ver esto.

—¡Cuidado! —gritaron varias a un tiempo—. ¡El Congreso es inviolable!

—¡Abajo el capuchón! —alzóse Atroz, con los ojos hechos ascua.

Hamadrías se volvió a ella con un silbido de rabia.

—¡Abajo el capuchón! —se adelantaron Urutú Dorado y Lanceolada.

Hamadrías tuvo un instante de loca rebelión pensando en la facilidad con que hubiera destrozado una tras otra a cada una de sus contrincantes. Pero ante la actitud de combate del Congreso entero, bajó el capuchón lentamente.

—¡Está bien! —silbó. Respeto el Congreso. Pero pido que cuando se concluya... ¡no me provoquen!

—Nadie te provocará —dijo Anaconda.

La cobra se volvió a ella con reconcentrado odio:

—¡Y tú menos que nadie, porque me tienes miedo!

—¡Miedo, yo! —contestó Anaconda, avanzando.

—¡Paz, paz! —clamaron todas de nuevo—. ¡Estamos dando un pésimo ejemplo! ¡Decidamos de una vez lo que debemos hacer!

—Sí, ya es tiempo de esto —dijo Terrífica—. Tenemos dos planes a seguir: el propuesto por Ñacaniná, y el de nuestra aliada. ¿Comenzamos el ataque por el perro, o bien lanzamos todas nuestras fuerzas contra los caballos?

Ahora bien, aunque la mayoría se inclinaba acaso por el plan de la culebra, el aspecto, tamaño e inteligencia demostrada por la serpiente asiática había impresionado favorablemente al Congreso en su favor. Estaba aún viva su magnífica combinación contra el personal del Instituto; y fuera lo que pudiere ser su nuevo plan, es lo cierto que se le debía ya la eliminación de dos hombres.

poco inteligente, y se es incapaz por lo tanto (1918) (1921)

deslumbrar con su sombrero! (1918) deslumbrar con su gran sombrero! (1921) Efectivamente, Hamadrías, fuera de sí, se había erguido para lanzarse

Hamadrías tuvo un instante de loco ímpetu de rebelión, pensando en la facilidad con que hubiera arrollado a cada una de sus contrincantes en plena selva; pero ante...

—Nadie te provocará— dijo Musurana.

contestó Musurana, avanzando. (1918) contestó Anaconda, avanzando. (1921)

Instituto, y fuera lo que pudiere ser su nuevo plan, es lo

Agréguese que, salvo la Ñacaniná y Cruzada, que habían entrado[s] ya en campaña, ninguna se daba cuenta precisa del terrible enemigo que había en un perro inmunizado y rastreador de víboras. Se comprenderá así que el plan de la cobra real triunfara al fin.

Cruzada que habían tenido que ver con él, ninguna se daba cuenta precisa del terrible enemigo que había en un perro.

Aunque era ya muy tarde, era también cuestión de vida o muerte llevar el ataque en seguida, y se decidió partir sobre la marcha.

—¡Adelante, pues! —concluyó la de cascabel—. ¿Nadie tiene nada más que decir?

—¡Nada...! —gritó la Ñacaniná—, ¡sino que nos arrepentiremos!

Y las víboras y culebras, inmensamente aumentadas por los individuos de las especies cuyos representantes salían de la caverna, lanzáronse hacia el Instituto.

cuyos representantes salían de la gruta, lanzáronse

— ¡Una palabra![t] —advirtió aún Terrífica—. Mientras que dure la campaña estamos en Congreso y somos inviolables las unas para las otras! ¿Entendido?

—Una palabra! — advirtió aún Terrífica.—

—¡Sí, sí, basta de palabras! —silbaron todas.

La cobra real, a cuyo lado pasaba Anaconda, le dijo mirándola sombríamente:

La cobra real, a cuyo lado pasaba Musurana

—Después...

—¡Ya lo creo! —la cortó alegremente Anaconda, lanzándose como una flecha a la vanguardia.

—Ya lo creo! — la cortó alegremente aquella,

X

El personal del Instituto velaba al pie de la cama del peón mordido por la yarará. Pronto debía amanecer. Un empleado se asomó a la ventana por donde entraba la noche caliente y creyó oír ruido en uno de los galpones. Prestó oído un rato y dijo:

oír ruido en uno de los galpones. El nuevo director sacó la cabeza a su vez, y prestó oído.

—Me parece que es en la caballeriza... Vaya a ver, Fragoso.

El aludido encendió el farol de viento y salió, en tanto que los demás quedaban atentos, con el oído alerta.

en tanto que los demás quedaban inmóviles, con el oído

---

[s] En las ediciones de Losada: «... Cruzada, que habían *estado* ya en campaña, ninguna se *había* dado cuenta del terrible enemigo que había en un perro...»
Ninguna de las tres ediciones aprobadas por el autor autoriza las modificaciones introducidas a posteriori.

[t] La no utilización sistemática del signo de admiración correspondiente al comienzo de un período, más que a error, pensamos que debe atribuirse a alguna limitación técnica en el mecanografiado del original. En tal sentido cabe señalar que las primeras máquinas de escribir disponibles en Argentina, eran de fabricación inglesa.
Este tipo de omisión, tan frecuente en la publicación en revista, es subsanada cuando los textos son recogidos en libro; generalmente en la 1ª. y, ocasionalmente en la 2ª. para aquellos que han escapado al celo del autor o del editor.

No había transcurrido medio minuto cuando sentían pasos precipitados en el patio y Fragoso aparecía pálido de sorpresa.

—¡La caballeriza está llena de víboras! —dijo.

—¿Llena? —preguntó el nuevo jefe—. ¿Qué es eso? ¿Qué pasa?...

—No sé...

—Vayamos.

Y se lanzaron afuera.

— ¡Daboy! ¡Daboy! —llamó el jefe al perro que gemía soñando bajo la cama del enfermo. Y corriendo todos entraron en la caballeriza.

Allí, a la luz del farol de viento, pudieron ver a los caballos debatiéndose a patadas contra sesenta u ochenta víboras que inundaban la caballeriza. Los animales relinchaban y hacían volar a coces los pesebres; pero las víboras, como si las dirigiera una inteligencia superior, esquivaban los golpes y mordían con furia.

Los hombres, con el impulso de la llegada, habían caído entre ellas. Ante el brusco golpe de luz, las invasoras se detuvieron un instante, para lanzarse en seguida silbando a un nuevo asalto, que dada la confusión de caballos y hombres no se sabía contra quién iba dirigido.

El personal del Instituto se vió así rodeado por todas partes de víboras. Fragoso sintió un golpe de colmillos en el borde de las botas, a medio centímetro de su rodilla, y descargó su vara —vara dura y flexible que nunca falta en una casa de bosque— sobre la atacante. El "nuevo director partió en dos a otra, y el otro empleado tuvo tiempo de aplastar la cabeza, sobre el cuello mismo del perro, a una gran víbora que acababa de arrollarse con pasmosa velocidad al pescuezo del animal.

Esto pasó en menos de diez segundos. Las varas caían con furioso vigor sobre las víboras que avanzaban siem-

Fragoso aparecía, un poco pálido de sorpresa.

Llena? — preguntó el nuevo Director.— ¿Qué es

—¡Daboy! ¡Daboy! — llamó el nuevo Director al perro corriendo, entraron en la caballeriza.

ver al caballo y a la mula debatiéndose a patadas contra

nuevo Director partió en dos a otra, y el otro

varas caían con loco vigor sobre las víboras

" En este cuento y a diferencia del resto de su obra, Quiroga se muestra particularmente prolífico en el uso de mayúsculas. En el primer texto —1918— su utilización es más indiscriminada y vacilante, pero las posteriores enmiendas evidencian la intención expresiva con que son empleadas las que subsisten hasta la redacción definitiva. Mientras que Director, Familia, Asamblea y otras pierden la mayúscula, Hombre, Casa, Muerte, para sólo citar algunas, la conservan, según el caso. «... l'usage de la majuscule correspond à des intentions, ou à des volontés d'expression extrêmement divers, allant de l'allégorie à la marque de respect, de l'abstraction ou la symbolisation à la personnification, de la singularisation à l'idéalisation...», escribe Bernard Sesé («Un Signifiant Capital: La Majuscule», en Littérature Latino-Américaine et des Caraïbes du XX Siècle — Théorie et Pratique De L'Edition Critique. A cura di Amos Segala. Collection Archives, Bulzoni Editore, Roma 1989).

El mismo Sesé cita a André Jarry: «La majuscule aussi, fait sens» (A. Jarry. «Qu'est-ce qu'établir un texte?», en Leçons d'écriture. Ce que disent les manuscrits, Minard, Paris, 1985).

Y a María Moliner, para quién la mayúscula «es un signo psicológico». (María Moliner, Diccionario de uso del español, Ed. Gredos, Madrid, 1981. Tomo II, pág. 372.)

pre, mordían las botas, pretendían trepar por las piernas. Y en medio del relinchar de los caballos, los gritos de los hombres, los ladridos del perro y el silbido de las víboras, el asalto ejercía cada vez más presión sobre los defensores cuando Fragoso, al precipitarse sobre una inmensa víbora que creyera reconocer, pisó sobre un cuerpo a toda velocidad y cayó, mientras el farol, roto en mil pedazos, se apagaba.

—¡Atrás! —gritó el nuevo director—. ¡Daboy, aquí!

Y saltaron atrás, al patio, seguidos por el perro que felizmente había podido desenredarse de entre la madeja de víboras.

Pálidos y jadeantes se miraron.

— Parece cosa del diablo... —murmuró el jefe.— Jamás he visto cosa igual... ¿Qué tienen las víboras de este país? Ayer, aquella doble mordedura, como matemáticamente combinada... Hoy... Por suerte ignoran que nos han salvado a los caballos con sus mordeduras... Pronto amanecerá, y entonces será otra cosa.

— Me pareció que allí andaba la cobra real —dejó caer Fragoso, mientras se ligaba los músculos doloridos de la muñeca.

—Sí —agregó el otro empleado—. Yo la vi bien... Y Daboy, ¿no tiene nada?

—No; muy mordido... Felizmente puede resistir cuanto quieran.

Volvieron los hombres otra vez al enfermo, cuya respiración era mejor. Estaba ahora inundado en copiosa transpiración.

— Comienza a aclarar —dijo el nuevo director asomándose a la ventana—. Usted, Antonio, podrá quedarse aquí. Fragoso y yo vamos a salir.

—¿Llevamos los lazos? —preguntó Fragoso.

—¡Oh, no! —repuso el jefe, sacudiendo la cabeza—. Con otras víboras, las hubiéramos cazado a todas en un segundo. Estas son demasiado singulares... Las varas y, a todo evento, el machete.

XI

No singulares, sino víboras, que ante un inmenso peligro sumaban la inteligencia reunida de las especies, era el enemigo que había asaltado el Instituto Seroterápico.

La súbita obscuridad que siguiera al farol roto había advertido a las combatientes el peligro de mayor luz y mayor resistencia. Además, comenzaban a sentir ya en la humedad de la atmósfera la inminencia del día.

—Si nos quedamos un momento más —exclamó Cruzada—, nos cortan la retirada. —¡Atrás!

—¡Atrás, atrás! —gritaron todas. Y *atropellándose, pasándose las unas sobre las otras, se lanzaron al campo. Marchaban en tropel, espantadas, derrotadas, viendo con consternación que el día comenzaba a romper a lo lejos.

Llevaban ya veinte minutos de fuga, cuando un ladrido claro y agudo, pero distante aún, detuvo a la columna jadeante.

—¡Un instante! —gritó Urutú Dorado—. Veamos cuántas somos, y qué podemos hacer.

A la luz aún incierta de la madrugada examinaron sus fuerzas. Entre las patas de los caballos habían quedado dieciocho serpientes muertas, entre ellas las dos culebras de coral. Atroz había sido partida en dos por Fragoso, y Drimobia yacía allá con el cráneo roto, mientras estrangulaba al perro. Faltaban además Coatiarita, Radínea y Boipeva. En total, veintitrés combatientes aniquilados. Pero las restantes sin excepción de una sola, estaban todas magulladas, pisadas, pateadas, llenas de polvo y sangre entre las escamas rotas.

—He aquí el éxito de nuestra campaña —dijo amargamente Ñacaniná, deteniéndose un instante a restregar contra una piedra su cabeza—. ¡Te felicito, Hamadrías!

Pero para sí sola se guardaba lo que había oído tras la puerta cerrada de la caballeriza — pues había salido la última —. ¡En vez de matar, habían salvado la vida a los caballos, que se extenuaban precisamente por falta de veneno!

Sabido es que para un caballo que se está inmunizando, el veneno le es tan indispensable para su vida diaria como el agua misma, y mueren si les llega a faltar.

Un segundo ladrido de perro sobre el rastro sonó tras ellas.

—¡Estamos en inminente peligro! —gritó Terrífica—. ¿Qué hacemos?

—¡A la gruta! —clamaron todas, deslizándose a toda velocidad.

---

* pasando unas sobre las otras, se (1918) (1921)

comenzaban a sentir ya en la atmósfera

atropellándose,...

en tropel, derrotadas, viendo

Drimobia yacía allá con el craneo roto cuando estrangulaba

llenas de polvo sobre las escamas rotas.

amargamente Ñacaniná, frotando contra un arbusto su cabeza llena de sangre.— Te

—pues había salido la última—: En vez de matar

para su vida diaria como el agua misma.

—¡Pero están locas! —gritó la Ñacaniná, mientras corría—. ¡Las van a aplastar a todas! ¡Van a la muerte! Oiganme: ¡desbandémonos!

Las fugitivas se detuvieron, irresolutas. A pesar de su pánico, algo les decía que el desbande era la única medida salvadora, y miraron alocadas a todas partes. Una sola voz de apoyo, una sola, y se decidían.

Pero la cobra real, humillada, vencida en su segundo esfuerzo de dominación, repleta de odio para un país que en adelante debía serle eminentemente hostil, prefirió hundirse del todo, arrastrando con ella a las demás especies.

—¡Está loca Ñacaniná! —exclamó—. Separándonos nos matarán una a una, sin que podamos defendernos... Allá es distinto. ¡A la caverna!

—¡Sí, a la caverna! —respondió la columna despavorida, huyendo—. ¡A la caverna!

La Ñacaniná vió aquello y comprendió que iban a la muerte. Pero viles, derrotadas, locas de pánico, las víboras iban a sacrificarse, a pesar de todo. Y con una altiva sacudida de lengua, ella que podía ponerse impunemente a salvo por su velocidad, se dirigió con las otras directamente a la muerte.

Sintió así un cuerpo a su lado, y se alegró al reconocer a Anaconda.

—Ya ves —le dijo con una sonrisa— a lo que nos ha traído la asiática!

—Sí, es un mal bicho... —murmuró Anaconda, mientras corrían una junto a otra.

—¡Y ahora las lleva a hacerse masacrar todas juntas!...

—Ella, por lo menos —advirtió Anaconda con voz sombría—, no va a tener ese gusto...

Y ambas, con un esfuerzo de velocidad, alcanzaron a la columna.

Ya habían llegado.

—¡Un momento! —se delantó Anaconda, cuyos ojos brillaban—. Ustedes lo ignoran, pero yo lo sé con certeza, que dentro de diez minutos no va a quedar viva una de nosotras. El Congreso y sus leyes están, pues, ya concluídos. ¿No es eso, Terrífica?

Se hizo un largo silencio.

—Sí —murmuró abrumada Terrífica—. Está concluído...

— Entonces —prosiguió Anaconda volviendo la cabeza a todos lados—, antes de morir quisiera... ¡Ah,

pesar de su pánico, algo les decía que era ésa la única medida salvadora, y miraron alocadas

de todo! Y con una altiva sacudida de lengua

directamente a la Muerte. (1918)
(1921)
al reconocer a Musurana.

—Sí, es un mal bicho... — añadió Musurana,

—Ella por lo menos —advirtió Musurana con voz sombría— no

—¡Un momento! — se adelantó Musurana cuyos ojos

—Entonces, —prosiguió Musurana volviendo la cabeza

mejor así! —concluyó satisfecha al ver a la cobra real que avanzaba lentamente hacia ella.

No era aquél probablemente el momento ideal para un combate. Pero desde que el mundo es mundo, nada, ni la presencia del Hombre sobre ellas, podrá evitar que una Venenosa y una Cazadora solucionen sus asuntos particulares.

El primer choque fué favorable a la cobra real: sus colmillos se hundieron hasta la encía en el cuello de Anaconda. Esta, con la maravillosa maniobra de las boas de devolver en ataque una cogida casi mortal, lanzó su cuerpo adelante como un látigo y envolvió en él a la Hamadrías, que en un instante se sintió ahogada. El boa, concentrado toda su vida en aquel abrazo, cerraba progresivamente sus anillos de acero; pero la cobra real no soltaba presa. Hubo aún un instante en que Anaconda sintió crujir su cabeza *entre los dientes de la Hamadrías. Pero logró hacer un supremo esfuerzo, y este postrer relámpago de voluntad decidió la balanza a su favor. La boca de la cobra semiasfixiada se desprendió babeando, mientras la cabeza libre de Anaconda hacía presa en el cuerpo de la Hamadrías.

Poco a poco, segura del terrible abrazo con que inmovilizaba a su rival, su boca fué subiendo a lo largo del cuello, con cortas y bruscas dentelladas, en tanto que la cobra sacudía **desesperada la cabeza. Los 96 agudos dientes de Anaconda subían siempre, llegaron al capuchón, treparon, alcanzaron la garganta, subieron aún, hasta que se clavaron por fin en la cabeza de su enemiga, con un sordo y larguísimo crujido de huesos masticados.

Ya estaba concluído. El boa abrió sus anillos, y el macizo cuerpo de la cobra real se escurrió pesadamente a tierra, muerta.

—Por lo menos estoy contenta... —murmuró Anaconda, cayendo a su vez exánime sobre el cuerpo de la asiática.

Fué en ese instante cuando las víboras oyeron a menos de cien metros el ladrido agudo del perro.

---

* dientes de la Hamadrías. Pero hizo un supremo esfuerzo, y esta postrer sacudida de voluntad decidió la balanza a su favor. La boca de la cobra semi asfixiada se desprendió oscilando, mientras la cabeza libre de Musurana hacía presa en el cuerpo de la Hamadrías.

** la cabeza, abriendo la boca. Los dientes pequeños y agudos de Musurana subían siempre, llegaron al capuchón, que se extendieron bruscamente, treparon, subieron, alcanzaron la garganta, subieron aún, hasta que se clavaron por fin...

Y ellas, que diez minutos antes atropellaban aterradas la ᵛentrada de la caverna, sintieron subir a sus ojos
la llamarada salvaje de la lucha a muerte por la Selva
entera.

—¡Entremos! —gritaron, sin embargo, algunas.

—¡No, aquí! ¡Muramos aquí! —ahogaron todas con
sus silbidos. Y contra el murallón de piedra que les
cortaba toda retirada, el cuello y la cabeza erguidos
sobre el cuerpo arrollado, los ojos hechos ascua, esperaron.

No fué larga su espera. En el día aún lívido y contra
el fondo negro del monte, vieron surgir ante ellas las dos
altas siluetas del nuevo director y de Fragoso, reteniendo
en trailla al perro, que, loco de rabia, se abalanzaba
adelante.

—¡Se acabó! ¡Y esta vez definitivamente! —murmuró
Ñacaniná, despidiéndose con esas seis palabras de una
vida bastante feliz, cuyo sacrificio acababa de decidir. Y
con un violento empuje se lanzó al encuentro del perro,
que, suelto y con la boca blanca de espuma, llegaba sobre
ellas. El animal esquivó el golpe y cayó furioso sobre
Terrífica, que hundió los colmillos en el hocico del perro.
Daboy agitó furiosamente la cabeza, sacudiendo en el
aire a la de cascabel; pero ésta no soltaba.

(columna marginal derecha)

vieron subir a sus ojos
por la Familia entera.

No fué larga su espera. En el día
ya claro y contra el fondo oscuro
del monte, vieron surgir ante
ellas las dos altas siluetas del
nuevo Director

sobre ellas. El animal esquivó el
golpe y cayó
sobre Terrífica, que le hundió los
colmillos en el hocico. Daboy
agitó furiosamente la cabeza,

ᵛ Exceptuando la presentación de la boa ante el congreso de las víboras, y las modificaciones introducidas al final del cuento, la sustitución de Musurana por Anaconda se hace por el camino más fácil: el cambio de nombres y la simple adaptación de algunos rasgos. En todo este proceso es evidente la voluntad del autor por preservar lo más intacta posible la primera redacción. Lo contraproducente del esfuerzo queda de manifiesto cuando se consideran variantes verdaderamente significativas como la que da lugar a esta nota.

Cuando Quiroga comenta el efecto que tiene sobre los demás ofidios el triunfo de la boa, introduce una variante que da la pauta de que la idea del mito de Anaconda ha germinado y que pugna por surgir a la luz entre los resquicios de una superficie textual que empieza a resquebrajarse, puesto que no coincide ya con la intención que se le pretende dar.

En ambas versiones el efecto del triunfo de Anaconda sobre Hamadrías es el mismo, pero el objetivo de esa inmolación en masa, no.

Ya no es «por la Familia entera», ahora es «por la Selva entera».

La enmienda señala una evolución hacia ese norte cuyo polo se halla en la constitución del mito.

El narrador parece regresar a la encrucijada inicial y sugiere, en forma más explícita, que el conflicto es de otra magnitud. Que la acción del hombre compromete la naturaleza toda al poner en peligro su complejo, y por lo mismo delicado, equilibrio.

Pero ya es demasiado tarde para que esta sugerencia no quede como un cabo suelto. Casi un accidente surgido en el curso de la segunda redacción. Que no cristaliza por la servidumbre que le impone la primera versión, a la que sigue demasiado fielmente. Un tímido, vacilante intento por utilizar la misma peripecia, apostando demasiado al cambio de un personaje cuya gravitación llega con retraso.

Como si eso fuera todo cuanto puede hacer el autor por aproximarse a una idea o concepción del conflicto, que ya difiere de la que tenía tres años antes, cuando escribió la primera versión.

El intento, aunque apocado, marca un hito en la evolución de esa Anaconda mítica.

El error estuvo en querer injertar esta idea en un pie que no se adapta; sobre el que no puede florecer y del que resultará un híbrido. La idea quedará enquistada en un tejido —el de la primera redacción—, que no puede nutrirla.

Quiroga mismo parece consciente de ello, tal como se verá al final.

Neuwied aprovechó el instante para hundir los colmillos en el vientre del animal; mas también en ese momento llegaban sobre ellas los hombres. En un segundo Terrífica y Neuwied cayeron muertas, con los riñones quebrados.

Urutú Dorado fué partido en dos, y lo mismo Cipó. Lanceolada logró hacer presa en la lengua del perro; pero dos segundos después caía tronchada en tres pedazos por el doble golpe de vara, al lado de Esculapia.

El combate, o más bien exterminio, continuaba furioso, entre silbidos y roncos ladridos de Daboy, que estaba en todas partes. Cayeron una tras otra, sin perdón —que tampoco pedían—, con el cráneo triturado entre las mandíbulas del perro o aplastadas por los hombres. Fueron quedando masacradas frente a la caverna de su último Congreso. Y de las últimas, cayeron Cruzada y Ñacaniná.

No quedaba una ya. Los hombres se sentaron, mirando aquella total masacre de las especies, triunfantes un día. Daboy, jadeando a sus pies, acusaba algunos síntomas de envenenamiento, a pesar de estar poderosamente inmunizado. Había sido mordido 64 veces.

*Cuando los hombres se levantaban para irse se fijaron por primera vez en Anaconda, que comenzaba a revivir.

—¿Qué hace este boa por aquí? —dijo el nuevo director—. No es éste su país... A lo que parece, ha trabado relación con la cobra real... y nos ha vengado a su manera. Si logramos salvarla haremos una gran cosa, porque parece terriblemente envenenada. Llevémosla. Acaso un día nos salve a nosotros de toda esta chusma venenosa.

Y se fueron, llevando de un palo que cargaban en los hombros, a Anaconda, que, herida y exhausta de fuerzas, iba pensando en Ñacaniná, cuyo destino, con un poco menos de altivez, podía haber sido semejante al suyo.ʷ

Margin variants (right column):

colmillos en el vientre del animal, mas también

del perro, pero dos segundos después caía en tres pedazos,

tras otra, sin perdón que tampoco pedían,

de su 4039 — y último — Congreso. Y de las últimas,

Cuando...

---

* los hombres se levantaban para irse, vieron que Musurana, a quien habían creído muerta, volvía de su desmayo. — Hermoso ejemplar — dijo el nuevo Director, acariciándola. — Pocas veces alcanzan este tamaño. deberíamos llevarla... Hoy ha vengado a su modo al pobre Ruiz... Acaso nos salve un día la vida a nosotros, contra esa chusma venenosa.

Y se fueron, llevando colgada de un palo que cargaban en los hombros a Musurana, que herida y exhausta de fuerzas, iba pensando en la Ñacaniná, cuyo destino, con menos altivez de su parte, podía haber sido semejante al suyo, pues, por poco que a ella, Musurana, le dejaran alguna libertad para recorrer su selva, sería bien feliz, pues al fin y al cabo valía más ser aliada del Hombre, para exterminar malos bichos, como la dama asiática, Terrífica y el resto.

ʷ Este primer final, que sin duda soprenderá a quienes sólo conocen la versión definitiva de «Anaconda», impone una serie de reflexiones que aquí simplemente esbozamos.

Anaconda no murió. Vivió un año con los hombres, curioseando y observándolo todo, hasta que una noche se fué. Pero la historia de este viaje remontando por largos meses el Paraná hasta más allá del Guayra, más allá todavía del golfo letal donde el Paraná toma el nombre de río Muerto; la vida extraña que llevó Anaconda y el segundo viaje que emprendió por fin con sus hermanos sobre las aguas sucias de una gran inundación —toda esta historia de rebelión y asalto de camalotes, pertenece a otro relato.

En lo que hace a «Un drama en la selva» considerado como una estructura autónoma, ya señalamos que la propuesta final del narrador diluye el drama escogido como eje de esta versión: el conflicto entre el hombre y los ofidios, la amenaza que el primero representa para la supervivencia de los segundos.

Que Musurana «haya vengado a su modo al pobre Ruiz» podría considerarse como una interpretación de su actitud desde el punto de vista humano y, ciertamente, viciada de antropocentrismo; vicio nada frecuente en Quiroga cuando de animales se trata. Pero, ¿qué pensar de esa actitud conformista y sumisa?: «por poco que a ella, Musurana, le dejaran alguna libertad para recorrer su selva, sería bien feliz». Esta felicidad plena, basada en «alguna» libertad, contradice el papel que la culebra parece asumir cuando decide eliminar a la cobra; y también el efecto de su victoria, que renueva el espíritu de lucha, que hace subir a los ojos de las sobrevivientes «la llamarada salvaje de la lucha a muerte por la Familia entera». Se la siente como una traición a la causa. O por lo menos, como una conciencia demasiado endeble de lo que representa la presencia del hombre. (Esa misma conciencia instintiva y plenamente lúcida —valga la paradoja— que encarnará Anaconda a su regreso.) Sin embargo esa conciencia está presente en las demás, y es el tópico obligado de sus «congresos». Y está presente en la concepción del narrador, por lo menos al comienzo del texto; y en el eje dramático central, que luego es desplazado por este otro que pasa por la rivalidad entre los ofidios: víboras de un lado y culebras del otro. Esa conciencia alerta del peligro que enfrentan, aparece en esta primera versión encarnada en la Ñacaniná que siendo también una culebra, como Musurana, se inmola junto a sus «primas» las ponzoñosas dominada por un sentimiento que adquiere la fuerza irresistible de un instinto. No en vano Musurana piensa en ella cuando los hombres se la llevan colgada de un palo; pero atribuye su gesto heroico a mera altivez.

Este final violenta la estructura del relato y desvirtúa su sentido; pero tres años después el panorama ya no es el mismo.

A diferencia de Musurana, que aparece feliz en su papel de aliada del hombre, con tal que le dejen «alguna libertad para recorrer su selva», Anaconda «vivió un año con los hombres, curioseando y observándolo todo, hasta que una noche se fué».

En la nueva versión, el contacto con el hombre ya no aparece como un destino asumido, con alegría incluso, sino como un accidente. La convivencia es ahora circunstancial y se limita al lapso de un año. Pero también la actitud ha cambiado. Ese curiosear y observarlo todo podría muy bien interpretarse como un acto en el que la rebeldía está latente. Un estudiar y medir al enemigo para volver al ataque en el momento y en la forma oportunos. La súbita partida, al amparo de la noche, deja flotando idéntica posibilidad. Sobre todo porque Anaconda no se conforma, como Musurana, con cortos paseos por la selva circundante. Ese viaje de retorno a su región, remontando durante meses el Paraná hasta el corazón mismo de la selva americana, es una suerte de viaje a los orígenes, a las fuentes; como para nutrir en ese ámbito ancestral su espíritu de lucha, como para templar su instinto de supervivencia en el barro primigenio donde el Paraná toma el nombre de Río Muerto.

La idea rectora del mito de Anaconda aflora por aquellos intersticios y nuevos espacios en los que el texto de la primera versión no la sofoca. Hincha sus yemas y pugna por florecer y fructificar, a su tiempo.

Con cuatro años de anticipación, el autor nos promete el regreso de la boa; «una historia de rebelión y asalto de camalotes que pertenece a otro relato».

NOTAS

[1] La primera versión de «Anaconda» apareció el 12 de abril de 1918 en el número inagural de una serie de folletos denominada *El Cuento Ilustrado*, con el título de: «Un drama en la selva» (véase nota 1).

Tres años más tarde y ya con su título definitivo, fue recogido en un volumen del mismo nombre que publicó en Buenos Aires, en 1921, la Agencia General de Librería y Publicaciones. Se trata de una nueva versión, con variantes de importancia en relación con la *primera*.

Hay una tercera edición hecha en vida del autor que también presenta enmiendas, aunque en menor número y de menor importancia; publicada por Babel. (Buenos Aires-Madrid, sin fecha.)

Salvo algún caso aislado, debidamente fundamentado e indicado en nota aparte, hemos seguido en todo la lección correspondiente a esa tercera y última edición; conforme a las normas establecidas para la colección Archivos.

Como en los demás casos, carecemos de borradores, manuscritos hológrafos o mecanografiados, galeradas u otra documentación pre-textual. Por lo tanto, el texto se ha establecido a partir del cotejo de las tres ediciones de referencia aprobadas por el autor. En dicha operación, hemos ubicado variantes en 352 líneas del texto base, que tiene 1589. La gran mayoría proviene del cotejo entre la edición en folleto (1918) y la 1.ª en libro (1921); en esa etapa hallamos variantes en correspondencia con 304 líneas del Tb. Las restantes 48 proceden del cotejo de la 2.ª edición en libro con la 3.ª y última publicada en vida del autor.

En cuanto al tenor de las mismas, es tan variado como amplio su número. Hay simples correcciones que hacen a un manejo más ortodoxo o académico de los signos de puntuación, sustituyendo unos por otros o salvando omisiones con arreglo a la preceptiva. Están las que obedecen a un afinamiento estilístico, desde reemplazar un sustantivo o un adjetivo, hasta modificaciones más complejas y que no hacen sino confirmar una tendencia general ya señalada en el Estudio Filológico Preliminar: el esfuerzo tenaz en procura de una mayor concisión y precisión. Hay otras en cambio, que contradicen ciertas líneas generales que surgen del estudio de variantes de la totalidad de su obra, como la tendencia a la supresión de elementos; siendo el caso de «Anaconda» uno de esos raros ejemplos en los que contamos con adiciones de importancia.

Pero hay cambios más sustanciales, que afectan el sentido mismo del cuento. Que transmutan su esencia procurando utilizar los mismos signos y símbolos en diferentes funciones: una verdadera metamorfosis, en el sentido biológico de cambios durante un proceso de desarrollo. Aquí se trata del desenvolvimiento de una estructura estética de capital importancia en el mundo narrativo de Quiroga. Solo que el proceso que se inicia en «Un drama en la selva», como una idea en germen que luego es rechazada, y que tiene una etapa intermedia vacilante en la versión definitiva de «Anaconda», culminará después en otro cuento: «El regreso de Anaconda», de 1925.

En un trabajo titulado «Anaconda: del cuento al mito. Génesis e interpretación» (En «Etudes autour de la nouvelle hispanoamericaine —Techniques narratives et représentation du monde dans le conte latino-américain (Horacio Quiroga, Juan Rulfo y R. Bareiro-Saguier») *Palinure*, nº 2, París, 1986), hemos seguido paso a paso, a través del estudio de variantes, este desarrollo que conduce a la formulación de un mito central en la cosmovisión de nuestro autor y que, por lo mismo, se abre en abanico sobre una serie de temas claves.

En la presente edición nos limitamos a subrayar mediante algunas notas, los grandes hitos del proceso aludido.

1. En la carátula del folleto: En el borde superior: EL CUENTO ILUSTRADO. En la línea siguiente: Año I —Buenos Aires, Abril 12 de 1918— Tomo I —Nº 1.

En el centro, ocupando la mayor parte de la carátula, un dibujo firmado por Málaga Grenet en el que aparece en primer plano un ofidio erguido en actitud amenazante. Al fondo y alejada por la perspectiva, una figura humana de espaldas, ocupada en un monte; presumiblemente de naranjos.

Al pie del recuadro central: una fotografía circular de Horacio Quiroga, parcialmente superpuesta al ofidio.

A la derecha de la fotografía: UN DRAMA EN LA SELVA/ por HORACIO QUIROGA.

A la izquierda de la fotografía: «Ilustraciones de MALAGA GRENET y SIRIO». Debajo: «10/ CENTAVOS.»

En la página 5 (izq.): Con el título «HORACIO QUIROGA», una semblanza del narrador firmada por Rodolfo Romero.

En la página 6 (der.): En el borde superior: EL CUENTO ILUSTRADO/ Director: Horacio Quiroga.

Debajo se reproduce casi a toda página el dibujo de la carátula.

Debajo: UN DRAMA EN LA SELVA/ El imperio de las víboras.

En la fotografía que ilustra la tapa, Quiroga tiene el cabello corto y peinado con raya al medio, según el dictado de la moda de entonces. La barba pulcramente recortada y un grueso bigote, acentúan la juventud del rostro. Un cuello inmaculado, corbata oscura y las solapas negras de un saco, completan el busto del escritor. En suma, la atildada imagen de un autor de éxito en la opulenta Buenos Aires de entonces. Pero también, una imagen poco usual, se diría que hasta exótica de Horacio Quiroga. Diferente de aquella que han divulgado diarios y revistas de la época en ámbas márgenes del Plata. Rara entre más de trescientas fotografías que de él se custodian en la Biblioteca Nacional de Montevideo. En dicha iconografía predomina, al márgen del dandy modernista de los primeros años, la imagen del hombre huraño y primordial, en el seno de su selva misionera; el «salvaje» por antonomasia.

Pero en 1918, año de la publicación que consideramos, Quiroga, afincado en Buenos Aires desde 1916 a raíz del suicidio de su primera esposa, vive, lejos de San Ignacio, su década de plenitud como escritor. Una década en la que al prestigio popular que le han dado sus cuentos, dispersos en diferentes revistas porteñas, viene a sumarse el más sólido (por menos efímero) que cimentarán sus libros de estos años: *Cuentos de amor de locura y de muerte* (1917), *Cuento de la selva* (1918), *El salvaje* (1920) *Anaconda* (1921), *El desierto* (1924) y *Los desterrados*, que en 1926 marca el punto cenital de su carrera.

Estos libros, que recogen textos publicados en revistas o diarios varios años antes, tienen la virtud de llamar la atención de un público más exigente y de la crítica especializada.

La selva con la que había tomado contacto por primera vez en 1904, y en cuyo seno viviera de 1910 a 1916, ha quedado a más de mil kilómetros, pero la nostalgia no lo abandona. «Hace mucho frío —escribió—. Hondos recuerdos misioneros vienen a achucharme en esta inclemencia, y me paso horas masculando proyectos de vida solar y ejecutiva.» Pero pasarán muchos años, más de quince desde su regreso a Buenos Aires, para que pueda realizar su proyecto de volver a radicarse en Misiones.

Son ésos los años de mayor prestigio como escritor (véase nota 2), los que refleja la foto que ilustra la carátula del folleto. La imagen del escritor mimado por la gran urbe, aristocrática y europeizante. Una imagen que responde a sus exigencias, pero que también las defraudaría de no ser por el enorme ofidio que se alza amenazante en el centro de la tapa y sobre la cabeza del escritor; como naciendo de ella.

El dibujo de la carátula cumple pues una doble función. Por un lado remite al otro Quiroga. Lo muestra en su doble faz: el intelectual refinado y elegante de la foto, y el hombre que ha sabido renunciar, y volverá a hacerlo, a esa sociedad que lo halaga para buscarse a sí mismo en la soledad esencial de la selva. El dibujo del ofidio que acompaña la foto está pues en función de la leyenda que se teje en torno a Quiroga y con su complicidad; es el símbolo que sintetiza esa existencia ya legendaria.

Pero también tiene valor para-textual, sirve para ilustrar y anticipar el tema del cuento; está en función del texto mismo.

[2] La segunda y definitiva versión de «Un drama en la selva» pasa a llamarse «Anaconda» cuando en 1921 es recogido en un volumen de cuentos del mismo nombre. El nuevo título proviene del nombre de una peña o grupo literario que tenía a Quiroga como figura aglutinante, y no al revés, como han sostenido diversos autores.

Así lo prueba, entre otros testimonios, una breve carta que desde Buenos Aires, Quiroga envía a su amigo José María Delgado. En ella y con relación a un viaje que el narrador planea al Uruguay, escribe: «Para ese momento, y coincidiendo con mi viaje, el grupo *Anaconda* (cosa que ignoras y que tiene 1 1/2 años de existencia), se trasladará a pasear por 4 días (yo quedaré 15) a ésa, y contamos con Uds. y aun con Buero y Brum para que nos agasajen. Forman en exclusivo *Anaconda*: Alfonsina, Centurión, Rossi, Ana Weiss de Rossi, Emilia Bertolé, Mora, Petrone, Amparo de Hicken, Ricardo Hicken, Berta Singerman, Enrique Iglesias y yo. Toda gente de arte.»

La carta está fechada el 23 de diciembre de 1921, por lo que un simple cálculo parece confirmar nuestra hipótesis sobre el origen del título adoptado para la segunda versión de «Un drama en la selva». Más importante es, sin embargo, la existencia del grupo en cuestión a los efectos de medir la receptividad que la obra de Quiroga tiene por esos años en los medios intelectuales. En este sentido es elocuente la evocación que hace el escritor argentino César Tiempo, respondiendo a un cuestionario del ensayista uruguayo Arturo Sergio Visca. Tiempo recuerda que la fundación del grupo estuvo a cargo del propio Quiroga y de Samuel Glusberg. El escritor chileno, de larga actuación en la Argentina bajo el pseudónimo de Enrique Espinoza, cuenta que Samuel y sus hermanos, Leonardo (co-autor con Quiroga de un libro de lectura escolar titulado *Suelo natal*), y Santiago, que bautizó a sus librerías y su casa editora con el nombre de *Anaconda* eran devotos admiradores del salteño y pusieron todo su entusiasmo en la constitución del mencionado grupo. César Tiempo describe de esta manera el prestigio de Quiroga en el momento en que se publica «Anaconda»: «Literariamente era muy respetado y admirado. Se hallaba en la plenitud de su notoriedad y de sus fuerzas. Los narradores de la promoción siguiente a la suya —Elías Castelnuovo, Enrique Amorim, Arturo S. Mom, Guillermo Estrella, Leonidas Barletta, Juan I. Cendoya, Abel Rodríguez— y no pocos más, si no se proclamaban sus discípulos hablaban reverentemente de él. (...) Por otra parte debe haber sido el único escritor de la vereda de enfrente a quien los voncigleros iconoclastas de Florida no le tomaban el pelo. Vitalmente, siendo como fué siempre un ciclotímico, por temporadas resultaba un hombre difícil, de difícil acceso. Apartado de cenáculos y monopodios fundó con Samuel Glusberg el grupo «Anaconda», integrado por Alfonsina Storni, Berta Singerman, Emilia y Cora Bertolé, Arturo Mom, Asdrúbal Delgado, el pintor Emilio Centurión y pocos más, donde se divertía bastante.» (*Cartas Inéditas y evocación de Quiroga* por César Tiempo. Presentación y notas de Arturo Sergio Visca. Biblioteca Nacional. Departamento de Investigaciones. Montevideo, 1970.)

[3] La caracterización de los personajes basada en los hábitos singulares de cada especie que representan, los nombres propios derivados de sus nombres científicos, los accidentes mismos de la intriga que protagonizan; todo ello autorizaría a afirmar que el autor de un cuento como «Anaconda» conoce a fondo la biología y la sistemática de los ofidios de Misiones.

Quiroga era, en efecto, una autoridad en el tema, y dio pruebas de su interés y dominio en numerosos cuentos, artículos y cartas; cuya larga lista no pretendemos agotar aquí.

Su afición nace incluso antes de su primera radicación en Misiones, al parecer en 1904, cuando se dedicó a plantar algodón en el Chaco. En *La yarará newiedi* (Pegaso, Montevideo, septiembre de 1919), escribe: «En los esteros del Chaco se encuentran algunas víboras y no pocas culebras. En los pajonales de Saladito hay serpientes de cascabel a gusto de todos, y en el monte hay otras cosas. Con mi vieja afición a las víboras, yo tenía allá un verdadero arsenal de observaciones ajenas y propias, y no sentía ninguna pereza en galopar cinco leguas para anotar de cerca un caso.»

De esta experiencia en el Chaco surge sin duda su primer texto alusivo al tema que nos ocupa: «La serpiente de cascabel», publicado en *Caras y Caretas* el 18 de marzo de 1906. Sobre el mismo tópico vuelve en 1913, publicando: «Las víboras venenosas del norte. (Especies. Hábitos. Efectos de su mordedura)». (*Fray Mocho*, Bs. As. 26/IX/1913).

En: *Confusa historia de una mordedura de víbora* (El Monitor de la Educación Común, Bs. As. 1930) da cuenta de una polémica que mantuvo por carta con el Dr. Gómez, del Instituto de Seroterapia Ofídica de San Pablo, Brasil, en torno a los efectos de la mordedura de la Yarará newiedi y de la cascabel.

Un año más tarde, en: *Una serpiente de cascabel*, responde a una acusación del naturalista Ángel Cabrera, afirmando enfáticamente: «He hablado de lo que he visto» (*El Hogar*, Bs. As. 27/XI/1931).

A ello habría que agregar —dejando deliberadamente de lado muchos de sus cuentos—, artículos como «La yararacusú», «La vitalidad de las víboras», «La ñacaniná», «El boa», «La Yarará Newiedi», y muchos otros que testimonian su conocimiento del tema. Y que demuestran que no se basaba únicamente en observaciones de campo, sino que las confrontaba con la bibliografía correspondiente o los especialistas de turno; lo que lo obligaba muchas veces a corregirlos.

También en sus cartas se hallan frecuentes alusiones a su interés en los ofidios. Así, en una que dirige a Luis Pardo, editor de *Caras y Caretas*, dice: «Entre las mis muchas profesiones, tengo la de ser perito en cuestión ofidios. Nadie aquí ni en todo el norte, las conoce como yo. Pero son también incalculables los informes de oídos y de visu que tengo. No hay cosa de mordedura en hombre o animal que no me lo haga contar con mínimos detalles, y es por esto que cuando el gobierno me cree una estación de seroterapia ofidiana, seré útil a la humanidad» (San Ignacio, 28 de mayo de 1913).

Al fragmento, de por sí elocuente, se agrega éste tomado también de una carta dirigida a Luis Pardo desde San Ignacio, el 2 de octubre de 1913: «Como le decía a Romero en carta anterior, la nota de víboras me ha acarreado un pedido del Museo de Historia Natural de esa, consistente en bichos de aquéllas, y especialmente de los citados en la nota. Hace tiempo ofrecí 0.50 por ejemplar a efecto de obtener veneno, pero me trajeron dos malas. Ahora he recurrido a la gente ofreciendo $1 a 10 por ejemplar, según tamaño y clase, y ya tengo tres, una víbora y dos culebras. Me dijeron ayer que en tal sitio, un cazador halló cuatro yararás de cola blanca, variedad muy exterminada y bastante rara. Lástima esa pérdida.

Apronto además mi herbario, que tiene ya trescientas y tantas muestras cada uno —son dos herbarios—. Así es que con esto y la futura estación meteorológica de que hablé a Romero, me convierto en hombre casi científico.»

Detallamos esta información porque entendemos que más allá de su valor intrínseco, permite establecer importantes coordenadas, leídas a la hora de precisar la génesis de muchos cuentos o la propia concepción de la literatura que traducen.

EL SIMÚN[1]

EN VEZ DE lo que deseaba, me dieron un empleo en el Ministerio de Agricultura. Fuí nombrado inspector de las estaciones meteorológicas en los países limítrofes.

Estas estaciones, a cargo del Gobierno argentino, aunque ubicadas en territorio extranjero, desempeñan un papel muy importante en el estudio del régimen climatológico. Su inconveniente estriba en que de las tres observaciones normales a hacer en el día, el encargado suele efectuar únicamente dos, y muchas veces, ninguna. Llena luego las observaciones en blanco con temperaturas y presiones de pálpito. Y esto explica por qué en dos estaciones en territorio nacional, a tres leguas distantes, mientras una marcó durante un mes las oscilaciones naturales de una primavera tornadiza, la otra oficina acusó obstinadamente, y para todo el mes, una misma presión atmosférica y una constante dirección de viento.

El caso no es común, claro está; pero por poco que el observador se distraiga cazando mariposas, las observaciones de pálpito son una constante amenaza para las estadísticas de meteorología.

Yo había cazado muchas mariposas mientras tuve a mi cargo una estación; y por esto acaso el Ministerio halló en mí méritos para vigilar oficinas cuyo mecanismo tan bien conocía. Fuí especialmente encomendado de informar sobre una estación instalada en territorio brasileño, al Norte de Iguazú. La estación había sido creada un año antes, a pedido de una empresa de maderas. El obraje marchaba bien, según informes suministrados al Gobierno; pero era un misterio lo que pasaba en la estación. Para aclararlo fuí enviado yo, cazador de mariposas meteorológicas, y quiero creer que por el mismo criterio con que los Gobiernos sofocan una vasta huelga, nombrando ministro precisamente a un huelguista.

Remonté, pues, el Paraná hasta Corrientes, trayecto que conocía bien. Desde allí a Posadas el país era nuevo

el ministerio de agricultura.

estaciones a cargo

régimen climatérico.

ninguna. Llena

de pálpito, y de este modo, en dos estaciones en territorio nacional, a tres leguas una de otra,

estación tornadiza,

presión y una constante dirección

se distraiga, cazando

Yo había a mi vez cazado muchas el ministerio

al norte del

informes al gobierno;

que bajo el mismo

para mí, y admiré como es debido el cauce del gran río anchísimo, lento y plateado, con islas empenachadas en todo el circuito de tacuaras dobladas sobre el agua como inmensas canastillas de bambú. Tábanos, los que se deseen.

Pero desde Posadas hasta el término del viaje, el río cambió singularmente. Al cauce pleno y manso sucedía una especie de lúgubre Aqueronte —encajonado entre sombrías murallas de cien metros—, en el fondo del cual corre el Paraná revuelto en torbellinos, de un gris tan opaco que más que agua apenas parece otra cosa que lívida sombra de los murallones. Ni aun sensación de río, pues las sinuosidades incesantes del curso cortan la perspectiva a cada trecho. Se trata, en realidad, de una serie de lagos de montaña hundidos entre tétricos cantiles de bosque, basalto y arenisca barnizada en negro.

Ahora bien: el paisaje tiene una belleza sombría que no se halla fácilmente en los lagos de Palermo. Al caer la noche, sobre todo, el aire adquiere en la honda depresión una frescura y transparencia glaciales. El monte vuelca sobre el río su perfume crepuscular, y en esa vasta quietud de la hora el pasajero avanza sentado en proa, tiritando de frío y excesiva soledad.

Esto es bello, y so sentí hondamente su encanto. Pero yo comencé a empaparme en su severa hermosura un lunes de tarde; y el martes de mañana vi lo mismo, e igual cosa el miércoles y lo mismo vi el jueves y el viernes. Durante cinco días, a dondequiera que volviera la vista no veía sino dos colores: el negro de los murallones y el gris lívido del río.

Llegué, por fin. Trepé como pude la barranca de 120 metros y me presenté al gerente del obraje, que era a la vez el encargado de la estación meteorológica. Me hallé con un hombre joven aún, de color cetrino y muchas patas de gallo en los ojos.

—Bueno —me dije—; las clásicas arrugas tropicales. Este hombre ha pasado su vida en un país de sol.

Era francés y se llamaba Briand, como el actual ministro de su patria. Por lo demás, un sujeto cortés y de pocas palabras. Era visible que el hombre había vivido mucho y que al cansancio de sus ojos, contrarrestando la luz, correspondía a todas veras igual fatiga del espíritu: una buena necesidad de hablar poco, por haber pensado mucho.

Hallé que el obraje estaba en ese momento poco menos que paralizado por la crisis de madera, pues en

debido el cauce anchísimo,

dobladas sobre el río,
se desearan.

especie de lúgubre zanjón,—
cual corría el Paraná, resuelto en

cantiles de basalto y

honda depresión, una

de la hora, el

Es bello, nadie lo duda, y

lunes de tarde, y el martes de mañana ví lo mismo; e igual cosa el miércoles;
vista, no ví sino

120 metros, y

color cetrino, y

— Bueno, — me dije,— las

Era francés, y
sujeto muy culto, y
vivido mucho, y al cansancio de sus ojos, contrarrestando la violencia

Buenos Aires y Rosario no sabían qué hacer con el *stock* formidable de lapacho, incienso, peterebí y cedro, de toda viga, que flotara o no. Felizmente, la parálisis no había alcanzado a la estación meteorológica. Todo subía y bajaba, giraba y registraba en ella que era un encanto. Lo cual tiene su real mérito, pues cuando las pilas Edison se ponen en relaciones tirantes con el registrador del anemómetro, puede decirse que el caso es serio. No sólo esto: mi hombre había inventado un aparatito para registrar el rocío —un *hechizo* regional— con el que nada tenían que ver los instrumentos oficiales; pero era una maravilla de ver.

Observé todo, toqué, compulsé libretas y estadísticas, con la certeza creciente de que aquel hombre no sabía cazar mariposas. Si lo sabía, no lo hacía por lo menos. Y esto era un ejemplo tan saludable como moralizador para mí.

No pude menos de informarme, sin embargo, respecto del gran retraso de las observaciones remitidas a Buenos Aires. El hombre me dijo que es bastante común, aun en obrajes con puerto y chalana en forma, que la correspondencia se reciba y haga llegar a los vapores metiéndola dentro de una botella que se lanza al río. A veces es recogida; a veces, no.

¿Qué objetar a esto? Quedé, pues, encantado. Nada tenía que hacer ya. Mi hombre se prestó amablemente a organizarme una cacería de antas —que no cacé— y se negó a acompañarme a pasear en guabiroba por el río. El Paraná corre allá nueve millas, con remolinos capaces de poner proa al aire a remolcadores de jangadas. Paseé, sin embargo, y crucé el río; pero jamás volveré a hacerlo.

Entretanto la estada me era muy agradable, hasta que uno de esos días comenzaron las lluvias. Nadie tiene idea en Buenos Aires de lo que es aquello cuando un temporal de agua se asienta sobre el bosque. Llueve todo el día sin cesar, y al otro, y al siguiente, como si recién comenzara, en la más espantosa humedad de ambiente que sea posible imaginar. No hay frotador de caja de fósforos que conserve un grano de arena, y si un cigarro ya tiraba mal en pleno sol, no queda otro recurso que secarlo en el horno de la cocina económica —donde se quema, claro está.

de toda viga — que flotara

ella, que

instrumentos oficiales; pero aquello andaba maravillas.

lo hacía, por

se recibiera e hiciera llegar a los vapores, metiéndola dentro de una botella que se lanzaba al

Nadie, en Buenos Aires, se figura lo

No hay caja de fósforos que conserve un grano de arena del frotador, y si un cigarro tiraba mal, ya en

Yo estaba ya bastante harto del paisaje aquel: la inmensa *depresión negra y el río gris en el fondo. Pero cuando me tocó sentarme en la baranda[a] por toda una semana, teniendo por delante la gotera, detrás de la gotera la lluvia y allá abajo el Paraná blanco; cuando, después de volver la cabeza a todos lados y ver siempre el bosque inmóvil bajo el agua, tornaba fatalmente la vista al horizonte de basalto y bruma, confieso que entonces sentía crecer en mí, como un hongo, una inmensa admiración por aquel hombre que asistía sin inmutarse al liquidamiento de su energía y de sus cajas de fósforos.

Tuve, por fin, una idea salvadora:

—¿Si tomáramos algo? —propuse—. De continuar esto dos días más, me voy en canoa.

Eran las tres de la tarde. En la comunidad de los casos, no es ésta hora formal para tomar caña. Pero cualquier cosa me parecía profundamente razonable —aun iniciar a las tres el aperitivo—, ante aquel paisaje de Divina Comedia empapado en siete días de lluvia.

Comenzamos, pues. No diré si tomamos poco o mucho, porque la cantidad es en sí un detalle superficial. Lo fundamental es el giro particular de las ideas —así la indignación que se iba apoderando de mí por la manera con que mi compañero soportaba aquella desolación de paisaje—. Miraba él hacia el río con la calma de un individuo que espera el final de un diluvio universal que ha comenzado ya, pero que demorará aún catorce o quince años en concluir. No había por qué inquietarse. Yo se lo dije; no sé de qué modo, pero se lo dije. Mi compañero se echó a reír, pero no me respondió. Mi indignación crecía.

—Sangre de pato... —murmuraba yo mirándolo—. No tiene ya dos dedos de energía...

Algo oyó, supongo, porque, dejando su sillón de tela vino a sentarse a la mesa, enfrente de mí. Le vi hacer

depresión...

de los casos, no es hora formal para tomar absintio. Pero cualquier cosa me parecía profundamente razonable— aún comenzara a las tres el aperitivo— ante aquél paisaje de Divina Comedia,

fundamental era el giro

de mí por el modo con que mí

universal, que comenzó ya, pero que demorará aún 14 o 15 años; no había por

murmuraba — tropical agotado... no tiene ya dos dedos de

de tela, vino

---

* negra, y el río gris en el fondo; nada más. Pero cuando me tocó sentarme en el corredor por toda una semana, teniendo por delante la gotera, detrás la lluvia, y en el fondo brumoso el zanjón uniforme con el río casi blanco de lluvia; cuando después de volver la cabeza a todos lados y ver siempre el bosque, en un solo bloque, como si fuera una copa única, inmóvil bajo el agua, tornaba fatalmente la vista al horizonte de basalto y agua sucia, confieso que sentí subir en mí, como un hongo, una inmensa admiración por aquel hombre que asistía muy tranquilo al llenamiento de su energía y sus cajas de fósforos.

Tuve, por fin, una idea salvadora:

—¿Si tomáramos ajenjo? —Propuse.— Si esto sigue así dos días más, me voy en canoa.

[a] En las dos ediciones en libro transforma «corredor» en «verandah»: lo castellanizamos por «baranda», siguiendo a Corominas (*Breve diccionario etimológico de la lengua castellana*. Madrid: Gredos (2ª ed.), 1967, p. 84).

El ofrecimiento de bebidas, tan formal y urbano en la primera versión, adquiere una dimensión más realista en la versión definitiva, donde se cambia el ajenjo por la caña, bebida común y popular del sur de América.

aquello un si es no es estupefacto, como quien mira a un sapo acodarse ante nuestra mesa. Mi hombre se acodó, en efecto, y noté entonces que lo veía con enérgico relieve.

como quien viera a un sapo acodarse ante la propia mesa de uno. Mi hombre se acodó, en efecto, y noté entonces que estaba un poco despeinado.

Habíamos comenzado a las tres, recuerdo que dije. No sé qué hora sería entonces.

—Tropical farsante... —murmuré aún—. Borracho perdido...

aún — borracho

El se sonrió de nuevo, y me dijo con voz muy clara:

me dijo, en voz

—Oígame, mi joven amigo: usted, a pesar de su título y su empleo y su mariposeo mental, es una criatura. No ha hallado otro recurso para sobrellevar unos cuantos días que se le antojan aburridos que recurrir al alcohol. Usted no tiene idea de lo que es aburrimiento, y se escandaliza de que yo no me enloquezca con usted.

amigo. Usted, a pesar

aburridos, que comenzar con el absinthio. Usted no tiene idea alguna de lo que es aburrimiento, y se escandaliza de que no me enloquezca con

¿Qué sabe usted de lo que es un país realmente de infierno? Usted es una criatura, y nada más. ¿Quiere oír una historia de aburrimiento? Oiga, entonces.

de infierno? Es una criatura, y

Yo no me aburro aquí porque he pasado por cosas que usted no resistiría quince días. Yo estuve siete meses... Era allá en el Sahara, en un fortín avanzado. Que soy oficial del Ejército francés, ya lo sabe... Ah, ¿no? Bueno, capitán... Lo que no sabe es que pasé siete meses allá, en un país totalmente desierto, donde no hay más que sol de cuarenta y ocho grados a la sombra,[b] arena que deja ciego y escorpiones. Nada más. Y esto cuando no hay sirocco...

«Y no me aburro aquí, porque

Ah, ¿no? bueno, capitán...

sol de 18°
Y esto, cuando

Eramos dos oficiales y ochenta soldados. No había nadie ni nada más en doscientas leguas a la redonda. No había sino una horrible luz y un horrible calor, día y noche... Y constantes palpitaciones de corazón, porque uno se ahoga... Y un silencio tan grande como puede anhelarlo un sujeto con jaqueca.

«Eramos dos oficiales y 80 soldados. No había nada más en 200 leguas a la redonda. No había sino un horrible calor, día y noche...

como puede desearlo un

Las tropas van a esos fortines porque es su deber. También van los oficiales; pero todos vuelven locos o poco menos. ¿Sabe a qué tiempo de marcha están esos fortines? A veinte y treinta días de caravana... Nada más que arena: arena en los dientes, en la sopa, en cuanto se come; arena en la máquina de los relojes, que hay que llevar encerrados en bolsitas de gamuza. Y en los ojos, hasta enceguecer al ochenta por ciento de los indígenas, cuanta quiera. Divertido, ¿eh? Y el cafard... ¡Ah! Una diversión...

A 20 y 30 días de caravana... Nada más que arena, arena en los dientes,

enceguecer al 80°

... Ah! una diversión...

---

[b] La diferencia de temperatura puede obedecer a una errata; de todas formas ya quedó señalada, en notas anteriores, la obsesión quiroguiana de ajustar sus porcentajes y cifras en casi todas las revisiones que efectuó.

Cuando sopla el sirocco, si no quiere usted estar todo el día escupiendo sangre, debe acostarse entre sábanas mojadas, renovándolas sin cesar, porque se secan antes de que usted se acuerde. Así, dos, tres días. A veces, siete... ¿Oye bien?, siete días. Y usted no tiene otro entretenimiento, fuera del empapar sus sábanas, que triturar arena, azularse de disnea por la falta de aire y cuidarse bien de cerrar los ojos, porque están llenos de arena... Y adentro, afuera, donde vaya, tiene cincuenta y dos grados a la sombra. Y si usted adquiere bruscamente ideas suicidas —incuban allá con una rapidez desconcertante—, no tiene más que pasear cien metros al sol, protegido por todos los sombreros que usted quiera: una buena y súbita congestión a la médula lo tiende en medio minuto entre los escorpiones.

¿Cree usted, con esto, que haya muchos oficiales que aspiren seriamente a ir allá? Hay el cafard, además... ¿Sabe usted lo que pasa y se repite por intervalos? El Gobierno recibe un día ciento, quinientas renuncias de empleados de toda categoría. Todas lo mismo... «Vida perra... Hostilidad de los jefes... Insultos de los compañeros... Imposibilidad de vivir un solo segundo más con ellos...»

—Bueno —dice la Administración—; parece que por allá sopla el sirocco.

Y deja pasar quince días. Al cabo de este tiempo pasa el sirocco, y los nervios recobran su elasticidad normal. Nadie recuerda ya nada, y los renunciantes se quedan atónitos por lo que han hecho.

Esto es el guebli... Así decimos allá al sirocco —o simún de las geografías...—. Observe que en ninguna parte del Sahara del Norte he oído llamar simún al guebli. Bien. ¡Y usted no puede soportar esta lluvia! ¡El guebli!... Cuando sopla, usted no puede escribir. Moja la pluma en el tintero y ya está seca al llegar al papel. Si usted quiere doblar el papel, se rompe como vidrio. Yo he visto un repollo, fresquísimo al comenzar el viento, doblarse, amarillear y secarse en un minuto. ¿Usted sabe bien lo que es un minuto? Saque el reloj y cuente.

Y los nervios y los golpes de sangre... Multiplique usted por diez la tensión de nuestros meridionales cuando llega allá un colazo del guebli y apreciará lo que es irritabilidad explosiva.

¿Y sabe usted por qué no quieren ir los oficiales, fuera del tormento corporal? Porque no hay relación, ni

---

Marginalia (right column):

Así dos, tres días. A veces siete... ¿Oye bien? siete días. Y usted no tiene otro entretenimiento, fuera del de empapar sus falta de aire, y

donde el sol raya, tiene 52° a

— con una rapidez desconcertante pueden incubar allá— no tiene más que pasear 100 metros al sol, con todos los sombreros a la médula, lo

100, 500 renuncias de empleados de toda categoría. Todas lo mismo:... vida perra... hostilidad de los jefes... insultos de los compañeros... imposibilidad absoluta de vivir un décimo de segundo más con ellos...

allá sopla el simún...

tiempo pasa el simún, y

y se quedan atónitos y ven sus renuncias.

«Esto es el guebli... así decimos allá... ¡Y usted no puede soportar esta lluvia!

los vervios, y

del guebli,

del tormento personal?

amistad, ni amor que resistan a la vida en común en esos parajes... ¡Ah! ¿Usted cree que no? Usted es una criatura, ya le he dicho... Yo lo fuí también, y pedí mis seis meses en un fortín en el Sahara, con un teniente a mis órdenes. Eramos íntimos amigos, infinitamente más de lo que pudiéramos llegar a serlo usted y yo en veinte generaciones.

Bueno; fuimos allá y durante dos meses nos reímos de arena, sol y cafard. Hay allá cosas bellas, no se puede negar. Al salir el sol, todos los montículos de arena brillan; es un verdadero mar de olas de oro. De tarde, los crepúsculos son violetas, puramente violetas. Y cuando comienza el guebli a soplar sobre los médanos, va rasando las cúspides y arrancando la arena en nubecillas, como humo de diminutos volcanes. Se los ve disminuir, desaparecer, para formarse de nuevo más lejos. Sí, así pasa cuando sopla el sirocco... Y esto lo veíamos con gran placer en los primeros tiempos.

Poco a poco el cafard comenzó a arañar con sus patas nuestras cabezas debilitadas por la soledad y la luz; un aislamiento tan fuera de la Humanidad, que se comienza a dar paseos cortos de vaivén. La arena constante entre los dientes... La piel hiperestesiada hasta convertir en tormento el menor pliegue de la camisa... Este es el grado inicial —diremos delicioso aún— de aquello.

Por poca honradez que se tenga, nuestra propia alma es el receptáculo donde guardamos todas esas miserias, pues, comprendiéndonos únicos culpables, cargamos virilmente con la responsabilidad. ¿Quién podría tener la culpa?

Hay, pues, una lucha heroica en eso. Hasta que un día, después de cuatro de sirocco, el cafard clava más hondamente sus patas en la cabeza y ésta no es más dueña de sí. Los nervios se ponen tan tirantes, que ya no hay sensaciones, sino heridas y punzadas. El más simple roce es un empujón; una voz amiga es un grito irritante; una mirada de cansacio es una provocación; un detalle diario y anodino cobra una novedad hostil y ultrajante.

¡Ah! Usted no sabe nada... Oigame: ambos, mi amigo y yo, comprendimos que las cosas iban mal, y dejamos casi de hablar. Uno y otro sentíamos que la culpa estaba en nuestra irritabilidad, exasperada por el aislamiento, el calor —el cafard, en fin—. Conservábamos, pues, nuestra razón. Lo poco que hablábamos era en la mesa.

Mi amigo tenía un tic. ¡Figúrese usted si estaría yo acostumbrado a él después de veinte años de estrecha

y yo, en

allá, y
Hay cosas bellas. Al salir el sol,

mar de estrellas de oro. De

arrancando la arena en nubes amarillas, como humo de diminutos volcanes. Se la ve

que se comienza a adquirir paseos cortos de vaivén... la arena constante entre los dientes... la piel hiperestesiada

aún— de aquello...

es el receptáculo de todas

y ésta ya no es dueña de sí.

y anodino, cobra una novedad hostil y ultrajante...

irritabilidad exasperada

que hablábamos, era

tenía un tic, al cual, figúrese acostumbrado, después de treinta años de amistad! Consistía simplemente en un movimiento seco de la cabeza, echándola a un lado, como si le apretara o molestara un cuello de camisa.

Ahora bien; un día, bajo amenaza de sirocco, cuya depresión angustiosa es tan terrible como el viento mismo, ese día, al levantar los ojos del plato, *noté* que mi amigo efectuaba su movimiento de cabeza. Volví a bajar los ojos, y cuando los levanté de nuevo, vi que otra vez repetía su tic. Torné a bajar los ojos, pero ya en una tensión nerviosa insufrible. ¿Por qué hacía así? ¿Para provocarme? ¿Qué me importaba que hiciera tiempo que hacía eso? ¿Por qué lo hacía cada vez que lo miraba? Y lo terrible era que estaba seguro —¡seguro!— de que cuando levantara los ojos lo iba a ver sacudiendo la cabeza de lado. Resistí cuanto pude, pero el ansia hostil y enfermiza me hizo mirarlo bruscamente. En ese momento echaba la cabeza a un lado, como si le irritara el cuello de la camisa.

—¡Pero hasta cuándo vas a estar con esas estupideces! —le grité con toda la rabia provocativa que pude.

Mi amigo me miró, estupefacto al principio, y en seguida con rabia también. No había comprendido por qué lo provocaba, pero había allí un brusco escape a su propia tensión nerviosa.

—¡Mejor es que dejemos! —repuso con voz sorda y trémula—. Voy a comer solo en adelante.

Y tiró la servilleta —la estrelló— contra la silla.

Quedé en la mesa, inmóvil, pero en una inmovilidad de resorte tendido. Sólo la pierna derecha, sólo ella bailaba sobre la punta del pie.

Poco a poco recobré la calma. ¡Pero era idiota lo que había hecho! ¡El, mi amigo más que íntimo, con los lazos de fraternidad que nos unían! Fuí a verle y lo tomé del brazo.

—Estamos locos —le dije—. Perdóname.

Esa noche cenamos juntos otra vez. Pero el guebli rapaba ya los montículos, nos ahogábamos a cincuenta y dos grados y los nervios punzaban enloquecidos a flor de epidermis. Yo no me atrevía a levantar los ojos porque *sabía* que él estaba en ese momento sacudiendo la cabeza de lado, y me hubiera sido completamente imposible ver con calma eso. Y la tensión crecía, porque había una tortura mayor que aquélla: era *saber* que, sin que yo lo viera, él estaba en ese instante con su tic.

¿Comprende usted esto? El, mi amigo, pasaba por lo mismo que yo, pero exactamente con razonamiento al revés... Y teníamos una precaución inmensa en los movimientos, al alzar un porrón de barro, al apartar un plato, al frotar con pausa un fósforo; porque comprendíamos que al menor movimiento brusco hubiéramos saltado como dos fieras.

No comimos más juntos. Vencidos ambos en la primera batalla del mutuo respeto y la tolerancia, el cafard se apoderó del todo de nosotros.

Le he contado con detalles este caso porque fue el primero. Hubo cien más. Llegamos a no hablarnos sino en lo estrictamente necesario al servicio, dejamos el *tú* y nos tratamos de *usted*. Además, *capitán* y *teniente*, mutuamente. Si por una circunstancia excepcional cambiábamos más de dos palabras, no nos mirábamos, de miedo de ver, flagrante, la provocación en los ojos del otro... Y al no mirarnos sentíamos igualmente la patente hostilidad de esa actitud, atentos ambos al menor gesto, a una mano puesta sobre la mesa, al molinete de una silla que se cambia de lugar, para explotar con loco frenesí.

No podíamos más, y pedimos el relevo.

Abrevio. No sé bien, porque aquellos dos meses últimos fueron una pesadilla, qué pasó en ese tiempo. Recuerdo, sí, que yo, por un esfuerzo final de salud o un comienzo real de locura, me di con alma y vida a cuidar de cinco o seis legumbres que defendía a fuerza de diluvios de agua y sábanas mojadas. El, por su parte, y en el otro extremo del fortín para evitar todo contacto, puso su amor en un chanchito —¡no sé aún de dónde pudo salir!—. Lo que recuerdo muy bien es que una tarde hallé rastros del animal en mi huerta, y cuando llegó esa noche la caravana oficial que nos relevaba, yo estaba agachado, acechando con un fusil al chanchito para matarlo de un tiro.

¿Qué más le puedo decir? ¡Ah! Me olvidaba... Una vez por mes, más o menos, acampaba allí una tribu indígena cuyas bellezas, harto fáciles, quitaban a nuestra tropa, entre sirocco y sirocco, el último resto de solidez que quedaba a sus nervios. Una de ellas, de alta jerarquía, era realmente muy *bella... Figúrese ahora —en este detalle —cuán bien aceitados estarían en estas ocasiones el revólver de mi teniente y el mío...

un fósforo, porque comprendíamos que al menor movimiento brusco, hubiéramos

nosotros. Le he contado con detalle

flagrante, la provocación del otro en los ojos... Y al no mirarnos, sentíamos.

pedimos el relevo. Abrevio. No

Recuerdo sí que yo, por un vida a cuidar cinco o seis legumbres, que

chanchito — no sé aún de dónde pudo salir. Lo

al chanchito,

¡Ah! Me olvidaba...
tribu indígena, cuyas

bella...

---

* Figúrese ahora, en este detalle, cuán bien aceitados estarían en estas ocasiones, los revólveres de mi teniente y yo...

Bueno, se acabó esto. Ahora esoty aquí, muy tranquilo, tomando absintio con usted, mirando llover. ¿Desde cuándo? martes, miércoles... siete días.

Bueno, se acabó todo. Ahora estoy aquí, muy tranquilo, tomando caña brasileña con usted, mientras llueve. ¿Desde cuándo? Martes, miércoles..., siete días. Y con una buena casa, un excelente amigo, aunque muy joven... ¿Y quiere usted que me pegue un tiro por esto? Tomemos más caña, si le place, y después cenaremos, cosa siempre agradable con un compañero como usted... Mañana —pasado mañana, dicen— debe bajar el *Meteoro*. Se embarca en él, y cuando vuelva a hallar pesados estos siete días de lluvia, acuérdese del tic, del cafard y del chanchito...

¡Ah! Y de mascar constantemente arena, sobre todo cuando se está rabioso... Le aseguro que es una sensación que vale la pena.

más ajenjo, si

... Mañana, pasado mañana, dicen, debe bajar el *Mateado*. Se embarca en él, y cuando halle pesados éstos siete días de lluvia, acuérdese del tic, el cafard y el chanchito... ¡Ah! y de mascar constantemente

NOTAS

[1] Inicialmente publicado en *Plus Ultra*, Buenos Aires, nº 10, febrero 1917, con dos ilutraciones de Álvarez, una por cada página que el texto ocupa en la revista.

GLORIA TROPICAL[1]

EN PLENA GLORIA
TROPICAL

Un amigo mío se fué a Fernando Póo y volvió a los cinco meses, casi muerto.

Prisma Lorenzo se fué á
meses, casi muerto

Cuando aún titubeaba en emprender la aventura, un viajero comercial, encanecido de fiebres y contrabandos coloniales, le dijo:

—¿Piensa usted entonces en ir a Fernando Póo? Si va, no vuelve, se lo aseguro.

—¿Por qué? —objetó mi amigo—. ¿Por el paludismo? Usted ha vuelto, sin embargo. Y yo soy americano.

— objetó el tranquilo Prisma—

A lo que el otro respondió:

—Primero, si yo no he muerto allá, sólo Dios sabe por qué, pues no faltó mucho. Segundo, el que usted sea americano no supone gran cosa como preventivo. He visto en la cuenca del Níger varios brasileños de Manaos, y en Fernando Póo infinidad de antillanos, todos muriéndose. No se juega con el Níger. Usted, que es joven, juicioso y de temperamento tranquilo, lleva bastantes probabilidades de no naufragar en seguida. Un consejo: no cometa desarreglos ni excesos de ninguna especie; ¡usted me entiende! Y ahora, felicidad.

allá sólo Dios lo sabe, pues no
faltó mucho, créame. Luego, el

preventivo. Supongo que a eso va
usted. He

con eso. Usted,

especie; usted me entiende. Y

arboricultor.

Hubo también un arboricultor que miró a mi amigo con ojillos húmedos de enternecimiento.

— ¡Cómo lo envidio!— lo
miró éste con sus ojillos húmedos
de enternecimiento.— ¡Qué

—¡Cómo lo envidio, amigo! ¡Qué dicha la suya en aquel esplendor de naturaleza! ¿Sabe usted que allá los duraznos prenden de gajo? ¿Y los damascos? ¿Y los guayabos? Y aquí, enloqueciéndonos de cuidados... ¿Sabe que las hojas caídas de los naranjos brotan, echan raíces? ¡Ah, mi amigo! Si usted tuviera gusto para plantar allí...

allá!

—Parece que el paludismo no me dejará mucho tiempo —objetó tranquilamente mi amigo, que en realidad gustaba mucho de sembrar.

tiempo— objetó Lorenzo,

—¡Qué paludismo! ¡Eso no es nada! Una buena plantación de quina y todo está concluído... ¿Usted sabe cuánto necesita allá para brotar un poroto?...

sabe cuántos días necesita

Málter —así se llamaba mi amigo— se marchó al fin. Iba con el más singular empleo que quepa en el país del tse-tse y los gorilas: el de dactilógrafo. No es posiblemente común en las factorías coloniales un empleado cuya misión consiste en anotar, con el extremo de los dedos, cuántas toneladas de maní y de aceite de palma se remiten a Liverpool. Pero la casa, muy fuerte, pagábase ese lujo. Y luego Málter era un prodigio de golpe de vista y rapidez. Y si digo *era* se debe a que las fiebres han hecho de él una quisicosa trémula que no sirve para nada.

Cuando regresó de Fernando Póo a Montevideo, sus amigos paseaban por los muelles haciendo conjeturas sobre cómo volvería Málter. Sabíase que había habido fiebres y que el hombre no podía, por lo tanto, regresar en el esplendor de su bella salud normal. Pálido, desde luego. ¿Pero qué más?

El ser que vieron avanzar a su encuentro era un cadáver andante, con un pescuezo de desmesurada flacura que danzaba dentro del cuello postizo, dando todo él, en la expresión de los ojos y la dificultad del paso, la impresión de un pobre viejo que ya nunca más volvería a ser joven. Sus amigos lo miraban mudos.

—Creía que bastaba cambiar de aire para curar la fiebre... —murmuró alguno. Málter tuvo una sonrisa triste.

—Casi siempre. Yo, no... —repuso castañeteando los dientes.

Muchísimo más había castañeteado en Fernando Póo. Llegado que hubo a Santa Isabel, capital de la isla, se instaló en el pontón que servía de sede comercial a la casa que lo enviaba. Sus compañeros —sujetos aniquilados por la anemia— mostráronse en seguida muy curiosos.

—Usted ha tenido fiebre ya, ¿no es verdad? —le preguntaron.

—No, nunca —repuso Málter—. ¿Por qué?

Los otros lo miraron con más curiosidad aún.

—Porque aquí la va a tener. Aquí todos la tienen. ¿Usted sabe cuál es el país en que abundan más las fiebres?

—Las bocas del Níger, he oído...

—Es decir, estas inmediaciones. Solamente una persona que ya ha perdido el hígado o estima su vida en menos que un coco es capaz de venir aquí. ¿No se animaría usted a regresar a su país? Es un sano consejo.

Málter respondió que no, por varios motivos que expuso. Además confiaba en su buena suerte. Sus compañeros se miraron con unánime sonrisa y lo dejaron en paz.

Málter escribió, anotó y copió cartas y facturas con asiduo celo. No bajaba casi nunca a tierra. Al cabo de dos meses, como comenzara a fatigarse de la monotonía de su quehacer, recordó, con sus propias aficiones hortícolas, el entusiasmo del arboricultor amigo.

—¡Nunca se me ha ocurrido cosa mejor! —se dijo Málter contento.

El primer domingo bajó a tierra y comenzó su huerta. Terreno no faltaba, desde luego, aunque, por razones de facilidad, eligió una área sobre la costa misma. Con verdadera pena debió machetear a ras del suelo un espléndido bambú que se alzaba en medio del terreno. Era un crimen; pero las raicillas de sus futuros porotos lo exigían. Luego cercó su huerta con varas recién cortadas, de las que usó también para la división de los canteros, y luego como tutores. Sembradas al fin sus semillas, esperó.

Esto, claro es, fué trabajo de más de un día. Málter bajaba todas las tardes a vigilar su huerta —o, mejor dicho, pensaba hacerlo así—, porque el tercer día, mientras regaba, sintió un ligero hormigueo en los dedos del pie. Un momento después sintió el hormigueo en toda la espalda. Málter constató que tenía la piel extremadamente sensible al contacto de la ropa. Continuó asimismo regando, y media hora después sus compañeros lo veían llegar al pontón, tiritando.

—Ahí viene el americano refractario al chucho —dijeron con pesada risa los otros—. ¿Qué hay, Málter? ¿Frío? Hace treinta y nueve grados.

Pero a Málter los dientes le castañeteaban de tal modo, que apenas podía hablar, y pasó de largo a acostarse.

Durante quince días de asfixiante calor estuvo estirado a razón de tres accesos diarios. Los escalofríos eran tan violentos, que sus compañeros sentían, por encima de sus cabezas, el baileteo del catre.

—Ya empieza Málter —exclamaban levantando los ojos al techo.

En la primera tregua Málter recordó su huerta y bajó a tierra. Halló todas sus semillas brotadas y ascendiendo con sorprendente vigor. Pero al mismo tiempo todos los

Lorenzo respondió
motivos. Además
Sus compañeros tuvieron una unánime sonrisa para él, con lo cual lo dejaron en paz.

Lorenzo escribió,

se dijo contento.

aunque por razones de facilidad eligió

en medio de aquella. Era un

y como tutores.

Lorenzo bajaba
— o mejor

después lo sintió en toda la espalda. Lorenzo, deteniéndose un instante, constató

después,

refractario— dijeron
Lorenzo?

Los dientes le
apenas pudo hablar,

de terrible calor,

cabezas, el crujido del elástico de mallas.
empieza Lorenzo—

tregua, Lorenzo

tutores de sus porotos habían prendido también, así
como las estacas de los canteros y del cerco. El bambú,
con cinco espléndidos retoños, subía a un metro.

Málter, bien que encantado de aquel ardor tropical,
tuvo que arrancar una por una sus inesperadas plantas,
rehizo todo y empleó, al fin, una larga hora en extirpar la
mata de bambú a fondo de azada.

En tres días de sol abierto sus porotos ascendieron en
un verdadero vértigo vegetativo —todo hasta que un
ligero cosquilleo en la espalda advirtió a Málter que
debía volver en seguida al pontón.

Sus compañeros, que no lo habían visto subir, sintieron de pronto que el catre se sacudía.

—¡Calle! —exclamaron alzando la cabeza—. El americano está otra vez con frío.

Con esto, los delirios abrumadores que las altas
fiebres de la Guinea no escatiman. Málter quedaba
postrado de sudor y cansancio, hasta que el siguiente
acceso le traía nuevos témpanos de frío con cuarenta y
tres a la sombra.

Dos semanas más y Málter abrió la puerta de la
cabina con una mano que ya estaba flaca y tenía las uñas
blancas. Bajó a su huerta y halló que sus porotos
trepaban con enérgico brío por los tutores. Pero éstos
habían prendido todos, como las estacas que dividían los
canteros, y como las que cercaban la huerta. Exactamente como la vez anterior. El bambú destrozado, extir-
pado, ascendía en veinte magníficos retoños a dos metros
de altura.

Málter sintió que la fatalidad lo llevaba rápidamente
de la mano. ¿Pero es que en aquel país prendía todo de
gajo? ¿No era posible contener aquello? Málter, porfiado
ya, se propuso obtener únicamente porotos, con prescindencia absoluta de todo árbol o bambú. Arrancó de
nuevo todo, reemplazándolo, tras prolijo examen, con
varas de cierto vecino árbol deshojado y leproso. Para
mayor eficacia, las clavó al revés. Luego, con pala de
media punta y hacha de tumba, ocasionó tal desperfecto
al raigón del bambú, que esperó en definitiva paz agrícola un nuevo acceso.

Y éste llegó, con nuevos días de postración. Llegó
luego la tregua, y Málter bajó a su huerta. Los porotos
subían siempre, pero los gajos leprosos y clavados a
contra-savia habían prendido todos. Entre las legumbres, y agujereando la tierra con sus agudos brotos, el

Lorenzo, bien

fin una larga

abierto, sus

espalda, advirtió á Lorenzo que

que el elástico crujía.

fiebres del Níger no escatiman.
Quedaba postrado de sudor y de
cansancio,
nuevas cargas

y Lorenzo abrió
uñas muy largas.

Lorenzo sintió

Lorenzo, porfiado

bambú que

llegó con
y Lorenzo bajó

bambú aniquilado echaba al aire triunfantes retoños, como monstruosos y verdes habanos.

Durante tres meses la fiebre se obstinó en destruir toda esperanza de salud que el enfermo pudiera conservar para el porvenir, y Málter se empeñó a su vez en evitar que las estacas más resecas, reviviendo en lustrosa brotación, ahogaran a sus porotos.

de salud que pudiera Lorenzo conservar para el porvenir, y Lorenzo

Sobrevinieron entonces las grandes lluvias de junio. No se respiraba sino agua. La ropa se enmohecía sobre el cuerpo mismo. La carne se pudría en tres horas y el chocolate se licuaba con frío olor de moho.

enmohecía en el cuerpo. La

Cuando, por fin, su hígado no fue más que una cosa informe y envenenada y su cuerpo no pareció sino un esqueleto febril, Málter regresó a Montevideo. De su organismo refractario al chucho dejaba allá su juventud entera —y la salud para siempre jamás—. De sus afanes hortícolas en tierra fecunda, quedaba un vivero de lujuriosos árboles, entre el yuyo invasor que crecía ahora trece milímetros por día.

y envenenada, y su
Lorenzo regresó
chucho, dejaba

Poco después, el arboricultor dio con Málter, y su pasmo ante aquella ruina fue grande.

con Lorenzo,

—Pero allá —interrumpió, sin embargo— aquello es maravilloso, ¿eh? ¡Qué vegetación! ¿Hizo algún ensayo, no es cierto?

interrumpió sin embargo—

Málter, con una sonrisa de las más tristes, asintió con la cabeza.[a] Y se fué a su casa a morir.

Lorenzo, con
cabeza; pero evitó en adelante a aquel ingenuo inquisidor.

---

[a] Además del cambio del nombre del protagonista (Lorenzo por Málter), lo que no introduce ningún reencuadre estructural, el texto carece de variantes sustanciales. Se trata de un afinamiento de los tiempos verbales, reestructuración de las pausas, leve acomodación de la sintaxis. Sin embargo, el cierre de la historia posee un giro significativo. Mientras en la primera versión el arrepentido granjero, bien que enfermo, se escabulle del fastidioso arboricultor, en la segunda, con ese «se fue a su casa a morir», conserva un débil eco de la solución inicial. La anfibología es mayor, porque por un lado puede tomarse ese giro final en sentido lato, y también podría indicar que nunca más dejaría de ser un hombre de la ciudad.

Estas historias de jóvenes urbanos que, en un arrebato, iban a probar suerte con la naturaleza agreste (motivo por cierto muy autobiográfico) interesaron a Quiroga sobremanera. Con esa materia escribió, por ejemplo, «La miel silvestre» (*Cuentos de amor de locura y de muerte*) y, en este mismo volumen aunque luego eliminado, «El mármol inútil».

NOTAS

[1] Inicialmente publicado en: *Caras y Caretas*, Buenos Aires, año XIV, nº 687, diciembre 2, 1911, con dos dibujos de Málaga Grenet, uno en cada página de la revista. Llevaba como título «En plena gloria tropical».

EL YACIYATERÉ[1]

CUANDO uno ha visto a un chiquilín reírse a las dos de la mañana como un *loco, con una fiebre de cuarenta y dos grados, mientras afuera ronda un yaciyateré, se adquiere de golpe sobre las supersticiones ideas que van hasta el fondo de los nervios

loco, con...

Se trata aquí de una simple superstición. La gente del Sur dice que el yaciyateré es un pajarraco desgarbado que canta de noche. Yo no lo he visto, pero lo he oído mil veces. **El cantito es muy fino y melancólico. Repetido y obsediante, como el que más. Pero en el Norte, el yaciyateré es otra cosa.

gente del sur

El cantito...

Una tarde, en Misiones, fuimos un amigo y yo a probar una vela nueva en el Paraná, obra de nuestro ingenio. También la canoa era obra nuestra, construída en la bizarra proporción de 1: 8. Poco estable, como se ve, pero capaz de filar como una torpedera.

Salimos a las cinco de la tarde, en verano. Desde la mañana no había viento. Se aprontaba una magnífica tormenta, y el calor pasaba de lo soportable. El río corría untuoso bajo el cielo blanco. No podíamos quitarnos un instante los anteojos amarillos, pues la doble reverberación de cielo y agua enceguecía, principio de jaqueca en mi compañero. Y ni el más leve soplo de aire.

la doble reverberación de agua y cielo, unidos en una sola línea, enceguecía.

Pero una tarde así en Misiones, con una atmósfera de ésas tras cinco días de viento norte, no indica nada bueno para el sujeto que está derivando por el Paraná en canoa de carrera. Nada más difícil, por otro lado, que remar en ese ambiente.

Nada más difícil, también, que

---

* una fiebre de 42° —dijo Chandler— mientras ahí afuera, en la noche del bosque, anda un yaciyateré, se adquiere de golpe sobre las supersticiones, y a martillazos, ideas que van

** es agradable, muy fino y melancólico: algo así como 𝄞 ♪♩♩♩
Repetido y obsediante, como el que más. Pero en Misiones es otra cosa. La cosa es ésta:
Una tarde, en el mismo Misiones, salimos un amigo y yo a probar una veta en el Paraná. Tratábamos de ensayar su colocación, pues la latina no nos había dado gran resultado con un río de corriente feroz y en una chalana de diez centímetros de calado. La canoa era también obra nuestra, en la bizarra proporción de 1: 8. Poca estabilidad, como se ve. Pero capaz

Seguimos a la deriva, atentos al horizonte del sur, hasta llegar al Teyucuaré. La tormenta venía.

Estos cerros del Teyucuaré, tronchados a pico sobre el río en enormes cantiles de asperón rosado, por los que se descuelgan las lianas del bosque, entran profundamente en el Paraná formando hacia San Ignacio una honda ensenada, a perfecto resguardo del viento sur. Grandes bloques de piedra desprendidos del acantilado erizan el litoral, contra el cual el Paraná entero tropieza, remolinea y se escapa por fin aguas abajo, en rápidos agujereados de remolinos. *Pero desde el cabo final, y contra la costa misma, el agua remansa lamiendo lentamente el Teyucuaré hasta el fondo del golfo.

rosado, entran profundamente en el Paraná, formando

desprendidos del acantilado bordean la costa, contra cuya restinga el Paraná entero tropieza, remolinea, y se
Pero desde...

En dicho cabo, y a resguardo de un inmenso bloque para evitar las sorpresas del viento, encallamos la canoa y nos sentamos a esperar. Pero las piedras barnizadas quemaban literalmente, aunque no había sol, y bajamos a aguardar en cuclillas a orillas del agua.

El sur, sin embargo, había cambiado de aspecto. Sobre el monte lejano, un blanco rollo de viento ascendía, arrastrando tras él un toldo azul de lluvia. El río, súbitamente opaco, se había rizado.

había irisado.

Todo esto es rápido. Alzamos la vela, empujamos la canoa, y bruscamente, tras el negro bloque, el viento pasó rapando el agua. Fue una sola sacudida de cinco segundos; y ya había olas. Remamos hacia la punta de la restinga, pues tras el parapeto del acantilado no se movía aún una hoja. De pronto cruzamos la línea —imaginaria, si se quiere, pero perfectamente definida—, y el viento nos cogió.

Todo esto es rápido: Alzamos la vela, empujamos la canoa y bruscamente, tras la restinga, el viento pasó

cruzamos la línea, — imaginaria si

Véase ahora: nuestra vela tenía tres metros cuadrados, lo que es bien poco, y entramos con 35 grados en el viento. Pues bien; la vela voló, arrancada como un simple pañuelo y sin que la canoa hubiera tenido tiempo de sentir la sacudida. Instantáneamente el viento nos arrastró. No mordía sino en nuestros cuerpos; pero era bastante para contrarrestar remos, timón, todo lo que hiciéramos. Y ni siquiera de popa; nos llevaba de costado, borda tumbada como una cosa náufraga.

tenía cinco metros

voló arrancada de arriba y de abajo, como un simple pañuelo, y sin

cuerpos: poca vela, como se ve; pero

tumbada,

Viento y agua, ahora. Todo el río, sobre la cresta de las olas, estaba blanco por el chal de lluvia que el viento

chal de agua que

---

* allí, lamiendo lentamente el Teyucuaré hasta el fondo de la ensenada, el río remansa como un pequeño sargazo. Sobre la restinga, pues, lanzamos la canoa, y nos sentamos a esperar el viento. Inútil, por lo demás: las piedras barnizadas en negro quemaban literalmente, aunque no había sol. Aguardamos en cuclillas a la orilla del agua.

llevaba de una ola a otra, rompía y anudaba en bruscas sacudidas convulsivas. Luego, la fulminante rapidez con que se forman las olas a contracorriente en un río que no da fondo allí a sesenta brazas. En un solo minuto el Paraná se había transformado en un mar huracanado, y nosotros, en dos náufragos. Ibamos siempre empujados de costado, tumbados, cargando veinte litros de agua a cada golpe de ola, ciegos de agua, con la cara dolorida por los latigazos de la lluvia y temblando de frío.

En Misiones, con una tempestad de verano, se pasa muy fácilmente de cuarenta grados a quince, y en un solo cuarto de hora. No se enferma nadie, porque el país es así, pero se muere uno de frío.

Pleno mar, en fin. Nuestra única esperanza era la playa de Blosset —playa de arcilla, felizmente—, contra la cual nos precipitábamos. No sé si la canoa hubiera resistido a flote un golpe de agua más; pero cuando *una ola nos lanzó a cinco metros dentro de tierra, nos consideramos bien felices. Aun así tuvimos que salvar la canoa, que bajaba y subía al pajonal como un corcho, mientras nos hundíamos en la arcilla podrida y la lluvia nos golpeaba como piedras.

Salimos de allí; pero a las cinco cuadras estábamos muertos de fatiga —bien caliente esta vez—. ¿Continuar por la playa? Imposible. Y cortar el monte en una noche de tinta, aunque se tenga un Collins en la mano, es cosa de locos.

Esto hicimos, no obstante. Alguien ladró de pronto —o, mejor, aulló; porque los perros de monte sólo aúllan—, y tropezamos con un rancho. En el rancho había, no muy visibles a la llama del fogón, un peón, su mujer y tres chiquilines. Además, una arpillera tendida como hamaca, dentro de la cual una criatura se moría con un ataque cerebral.

—¿Qué tiene? —preguntamos.

—Es un daño —respondieron los padres, después de volver un instante la cabeza a la arpillera.

Estaban sentados, indiferentes. Los chicos, en cambio, eran todo ojos hacia afuera. En ese momento, lejos, cantó el yaciyateré. Instantáneamente los muchachos se taparon cara y cabeza con los brazos.

Marginal variants:

a 60 brazas. En un solo minuto, el

tumbando, cargando 20 litros de agua

lluvia, y

fácilmente de 40° a 15°, y en un solo cuarto de hora. No se enferma nadie, porque el país es así; pero

una ola...

— bien calientes

— o mejor aulló,

había, adentro, no muy visible en la llama del fogón, un peón y su mujer, y tres chiquilines. Además una arpillera

ataque cerebral. Los padres estaban muy tranquilos, pero los muchachos no.
daño — respondió el padre.— Estaban sentados, indiferentes. Los chicos eran todo ojos hacia afuera.

* nos cogió a cinco metros de la playa, nos levantó y nos lanzó de costado contra el pajonal, a otros cinco metros adentro, nos consideramos bien felices. Aún así tuvimos que salvar la canoa, que remontaba hasta el pajonal y bajaba a la playa con el oleaje que era un encanto. Después, la arcilla empapada, hundidos como estacas entre la paja bastante más alta que nosotros, y que de paso nos cortaba la cara. Y tiritando de frío.

—¡Ah! El yaciyateré —pensamos—. Viene a buscar al chiquilín. Por lo menos lo dejará loco.

El viento y el agua habían pasado, pero la atmósfera estaba muy fría. Un rato después, pero mucho más cerca, el yaciyateré cantó de nuevo. El chico enfermo se agitó en la hamaca. Los padres miraban siempre el fogón, indiferentes. Les hablamos de paños de agua fría en la cabeza. No nos entendían, ni valía la pena, por lo demás. ¿Qué iba a hacer eso contra el yaciyateré?

Creo que mi compañero había notado, como yo, la agitación del chico al acercarse el pájaro. Proseguimos tomando mate, desnudos de cintura arriba, mientras nuestras camisas humeaban secándose contra el fuego. No hablábamos; pero en el rincón lóbrego se veían muy bien los ojos espantados de los muchachos.

Afuera, el monte goteaba aún. De pronto, a media cuadra escasa, el yaciyateré cantó. La criatura enferma respondió con una carcajada.

Bueno. El chico volaba de fiebre, porque tenía una meningitis, y respondía con una carcajada al llamado del yaciyateré.

Nosotros tomábamos mate. Nuestras camisas se secaban. La criatura estaba ahora inmóvil. Sólo de vez en cuando roncaba, con un sacudón de cabeza hacia atrás.

Afuera, en el bananal esta vez, el yaciyateré cantó. La criatura respondió en seguida con otra carcajada. Los muchachos *dieron un grito y la llama del fogón se apagó.

A nosotros, un escalofrío nos corrió de arriba a abajo. Alguien, que cantaba afuera, se iba acercando, y de esto no había duda. Un pájaro; muy bien, y nosotros lo sabíamos. Y a ese pájaro que venía a robar o enloquecer a la criatura, la criatura misma respondía con una carcajada a cuarenta y dos grados.

La leña húmeda llameaba de nuevo, y los inmensos ojos de los chicos lucían otra vez. Salimos un instante afuera. La noche había aclarado, y podríamos encontrar la picada. Algo de humo había todavía en nuestras camisas; pero cualquier cosa antes que aquella risa de meningitis...

Llegamos a las tres de la mañana a casa. Días después pasó el padre por allí, y me dijo que el chico seguía bien, y que se levantaba ya. Sano, en suma.

Variantes marginales:

pensamos.— Este es el daño. Viene por el chiquilín. Por

Los padres nos estaban mirando. Les hablamos de paños de agua fría en la cabeza; no nos entendían. No valía la pena, por lo demás. ¿Qué iba a hacer eso contra *el otro*?

notado como yo la agitación del chico al acercarse el pajarraco.

mientras nuestras camisas se secaban al fuego. No hablábamos; pero en el rincón se veían muy bien los ojos de los muchachos.

porque tenía una buena meningitis,

roncaba, con una sacudida de

dieron un...

la criatura, la criatura respondía con una carcajada a 42º.

No había ahora más luz que la del fogón, y los ojos de los chicos se veían bien siempre. Salimos

---

* grito y soplaron la vela. Nada más. A nosotros, nos heló de arriba abajo un escalofrío. Alguien, que cantaba afuera, se iba acercando; esto es preciso. Un

Cuatro años después de esto, estando yo allá, debí contribuir a levantar el censo de 1914, correspondiéndome el sector Yabebirí-Teyucuaré. Fuí por agua, en la misma canoa, pero esta vez a simple remo. Era también de tarde.

Pasé por el rancho en cuestión y no hallé a nadie. De vuelta, y ya al crepúsculo, tampoco vi a nadie. Pero veinte metros más adelante, parado en el ribazo del arroyo y contra el bananal oscuro, estaba un muchacho desnudo, de siete a ocho años. Tenía las piernas sumamente flacas —los muslos más aún que las pantorrillas— y el vientre enorme. Llevaba una vara de pescar en la mano derecha, y en la izquierda sujetaba una banana a medio comer. Me miraba inmóvil, sin decidirse a comer ni a bajar del todo el brazo.

Le hablé, inútilmente. Insistí aún, preguntándole por los habitantes del rancho. Echó, por fin, a reír, mientras le caía un espeso hilo de baba hasta el vientre. Era el muchacho de la meningitis.

Salí de la ensenada; el chico me había seguido furtivamente hasta la playa, admirando con abiertos ojos mi canoa. Tiré los remos y me dejé llevar por el remanso, a la vista siempre del idiota crepuscular, que no se decidía a concluir su banana por admirar la canoa blanca.

estando allá,

cuestión, y

de siete u ocho años.

vientre hinchado. Llevaba

Insistí aún preguntándole por los habitantes del rancho, echó por fin a

inmensos ojos mi chalana.

su banana por el temor de dejar de admirar la canoa blanca.

NOTAS

[1] Inicialmente en: *Plus Ultra*, Buenos Aires, nº 19, noviembre 1917, con dos ilustraciones de Petrone en la única página que ocupa el texto.

LOS FABRICANTES DE CARBÓN[1]

*Los dos hombres dejaron en tierra la caldera de cinc y se sentaron sobre ella. Desde el lugar donde estaban, a la trinchera, había aún treinta metros y la caldera pesaba. Era ésta la cuarta detención —y la última—, pues muy próxima la trinchera alzaba su escarpa de tierra roja.[a]

Pero el sol de mediodía pesaba también sobre la cabeza desnuda de los dos hombres. La cruda luz lavaba el paisaje en un amarillo lívido de eclipse, sin sombras ni relieves. Luz de sol meridiano, como el de Misiones, en que las camisas de los dos hombres deslumbraban.

De vez en cuando volvían la cabeza al camino recorrido, y la bajaban en seguida, ciegos de luz. Uno de ellos, por lo demás, ostentaba en las precoces arrugas y en las infinitas patas de gallo el estigma del sol tropical. Al rato ambos se incorporaron, empuñaron de nuevo la angarilla, y paso tras paso, llegaron por fin. Se tiraron entonces de espaldas, a pleno sol, y con el brazo se taparon la cara.

El artefacto, en efecto, pesaba, cuanto pesan cuatro chapas galvanizadas de catorce pies, con el refuerzo de cincuenta y seis pies de hierro L y hierro T de pulgada y media. Técnica dura, ésta, pero que nuestros hombres tenían grabada hasta el fondo de la cabeza, porque el artefacto en cuestión era una caldera para fabricar carbón que ellos mismos habían construído, y la trinchera no era otra cosa que el horno de calefacción circular, obra también de su solo trabajo. Y, en fin, aunque los dos hombres estaban vestidos como peones y hablaban como ingenieros, no eran ni ingenieros ni peones.

Los dos...

hombres brillaban.

Al rato se incorporaron, empuñaron de nuevo la angarilla, y paso tras peso llegaron por fin.

Y, en final,

como peones y tenían manos más duras que éstos, no eran peones.

---

* hombres dejaron en tierra el cajón de cinc y se sentaron sobre él. De la meseta en que se alzaba su bungalow a la trinchera, había muy bien doscientos metros, y el cajón pesaba. Era ésa la cuarta detención — y la última— pues a menos de treinta metros la trinchera alzaba su escarpa de tierra roja.

[a] En el texto-base el autor no sólo moderniza la caldera sino que además, en función de las dimensiones de su peso, suprime el innecesario dato de la distancia entre bungalow y trinchera, para concentrar su mirada sobre el esfuerzo de los hombres que se dirigen a depositar su metálica esperanza.

Uno se llamaba Duncan Dréver, y Marcos Rienzi, el otro. Padres ingleses e italianos, respectivamente, sin que ninguno de los dos tuviera el menor prejuicio sentimental hacia su raza de origen. Personificaban así un tipo de americano que ha espantado a Huret, como tantos otros: el hijo de europeo que se ríe de su patria heredada con tanta frescura como de la suya propia.

Uno se llamaba Luis Dréver, y Marcos

Pero Rienzi y Dréver, tirados de espaldas, el brazo sobre los ojos, no se reían en esa ocasión, porque estaban hartos de trabajar desde las cinco de la mañana y desde un mes atrás, bajo un frío de cero grado las más de las veces.

no se reían en lo más mínimo,

Esto era en Misiones. A las ocho, y hasta las cuatro de la tarde, el sol tropical hacía de las suyas, pero apenas bajaba el sol, el termómetro comenzaba a caer con él, tan velozmente que se podía seguir con los ojos el descenso del mercurio. A esa hora el país comenzaba a helarse literalmente; de modo que los treinta grados del mediodía se reducían a cuatro a las ocho de la noche, para comenzar a las cuatro de la mañana el galope descendente: -1, -2, -3. La noche anterior había bajado a -4, con la consiguiente sacudida de los conocimientos geográficos de Rienzi, que no concluía de orientarse en aquella climatología de carnaval, con la que poco tenían que ver los informes meteorológicos.

suyas: pero apenas bajaba, el termómetro

literalmente, de modo

—Este es un país subtropical de calor asfixiante —decía Rienzi tirando el cortafierro quemante de frío y yéndose a caminar. Porque antes de salir el sol, en la penumbra glacial del campo escarchado, un trabajo a fierro vivo despelleja las manos con harta facilidad.

tirando el cortafierro y yéndose a caminar.

con bastante facilidad.

Dréver y Rienzi, sin embargo, no abandonaron una sola vez su caldera en todo ese mes, salvo los días de lluvia, en que estudiaban modificaciones sobre el plano, muertos de frío. Cuando se decidieron por la destilación en vaso cerrado, sabían ya prácticamente a qué atenerse respecto de los diversos sistemas a fuego directo —incluso el de Schwartz—. Puestos de firme en su caldera, lo único que no había variado nunca era su capacidad: $2\,058\,000$ cm^3. Pero forma, ajuste, tapas, diámetro del tubo de escape, condensador, todo había sido estudiado y reestudiado cien veces. De noche, al acostarse, se repetía siempre la misma escena. Hablaban un rato en la cama de a o b, cualquier cosa que nada tenía que ver con su tarea del momento. Cesaba la conversación, porque tenían sueño. Así al menos lo

el Schwartz. Puestos

capacidad: 1,400 cm^3.

creían ellos. A la hora de profundo silencio, uno levantaba la voz:

—Yo creo que diez y siete debe de ser bastante.

—Creo lo mismo —respondía en seguida el otro.

¿Diez y siete qué? Centímetros, remaches, días, intervalos, cualquier cosa. Pero ellos sabían perfectamente que se trataba de su caldera y a qué se referían.

remaches, intervalos, cualquier cosa. Pero ellos sabían perfectamente que se trataba de su caldera.

Un día, Rienzi había escrito

* * *

Un día, tres meses atrás, Rienzi, había escrito a Dréver desde Buenos Aires, diciéndole que quería ir a Misiones. ¿Qué se podía hacer? El creía que a despecho de las aleluyas nacionales sobre la industrialización del país, una pequeña industria, bien entendida, podría dar resultado por lo menos durante la guerra. ¿Qué le parecía esto?

las aleluya nacionales
dar resultado,

Dréver contestó: «Véngase, y estudiaremos el asunto carbón y alquitrán».

A lo que Rienzi repuso embarcándose para allá.

Ahora bien; la destilación a fuego de la madera es un problema interesante de resolver, pero para el cual se requiere un capital bastante mayor del que podía disponer Dréver. En verdad, el capital de éste consistía en la leña de su monte, y el recurso de sus herramientas. Con esto, cuatro chapas que le habían sobrado al armar el galpón, y la ayuda de Rienzi, se podía ensayar.

Ensayaron, pues. Como en la destilación de la madera los gases no trabajan a presión, el material aquél les bastaba. Con hierros T para la armadura y L para las bocas, montaron la caldera rectangular de 4,20 × 0,70 m. Fue un trabajo prolijo y tenaz, pues a más de las dificultades técnicas debieron contar con las derivadas de la escasez de material y de la falta de herramientas. El ajuste inicial, por ejemplo, fue un desastre: imposible pestañar aquellos bordes quebradizos, y poco menos que en el aire. Tuvieron, pues, que ajustarla a fuerza de remaches, a uno por centímetro, lo que da 6720 para la sola unión longitudinal de las chapas. Y como no tenían remaches, cortaron 6720 —y algunos centenares más para la armadura.

rectangular 4,20 × 0,70 mts. Fué

técnicas, debieron contar con las derivadas de la escasez de material y de una que otra herramienta. El

lo que da 1,680

cortaron 1,680 clavos — y

Rienzi remachaba de afuera. Dréver, apretado dentro de la caldera, con las rodillas en el pecho, soportaba el golpe. Y los clavos, sabido es, sólo pueden ser rema-

chados a costa de una gran *paciencia que a Dréver, allá   paciencia,...
adentro, se le escapaba con gran rapidez. A la hora
turnaban, y mientras Dréver salía acalambrado, doblado, incorporándose a sacudidas, Rienzi entraba a
poner su paciencia a prueba con las corridas del martillo
por el contragolpe.

Tal fue su trabajo. Pero el empeño en hacer lo que
querían fue asimismo tan serio, que los dos hombres no
dejaron pasar un día sin machucarse las uñas. Con las
modificaciones sabidas los días de lluvia, y los inevitables
comentarios a medianoche.

No tuvieron en ese mes otra diversión —esto desde el
punto de vista urbano— que entrar los domingos de
mañana en el monte a punta de machete. Dréver, hecho a
aquella vida, tenía la muñeca bastante sólida para no
cortar sino lo que quería; pero cuando Rienzi era quien
abría monte, su compañero tenía buen cuidado de mantenerse atrás a cuatro o cinco metros. Y no que el puño
de Rienzi fuera malo; pero el machete es cosa de un largo
aprendizaje.

Luego, como distracción diaria, tenían la que les
proporcionaba su ayudante, la hija de Dréver. Era ésta   Era una rubia
una rubia de cinco años, sin madre, porque Dréver
había enviudado a los tres años de estar allá. El la había
criado solo, con una paciencia inifinitamente mayor que
la que le exigían los remaches de la caldera. Dréver no
tenía el carácter manso, y era difícil de manejar. De
dónde aquel hombrón había sacado la ternura y la
paciencia necesarias para criar solo y hacerse adorar de
su hija, no lo sé; pero lo cierto es que cuando caminaban
juntos al crepúsculo, se oían diálogos como éste:

—¡Piapiá!

—¡Mi vida...!

—¿Va a estar pronto pronta tu caldera?

—Sí, mi vida.

—¿Y vas a destilar toda la leña del monte?

—No; vamos a ensayar solamente.   ensayar, solamente.

—¿Y vas a ganar platita?

—No creo, chiquita.

—¡Pobre piapiacito querido! No podés nunca ganar
mucha plata.

---

* que a Dréver allá adentro, se le escapaba con una rapidez vertiginosa. A la hora turnaban, y mientras Dréver
salía acalambrado, incorporándose a sacudidas, Rienzi entraba a poner su paciencia a prueba con las corridas de
martillo

—Así es...

— Así es.

—Pero vas a hacer un ensayo lindo, piapiá. Lindo como vos piapiacito querido!

—Sí, mi amor.

—¡Yo te quiero mucho, mucho, piapiá!

—Sí, mi vida...

Y el brazo de Dréver bajaba por sobre el hombro de su hija, y la criatura besaba la mano dura y quebrada de su padre, tan grande que le ocupaba todo el pecho.

Rienzi tampoco era pródigo de palabras, y fácilmente podía considerárseles tipos inabordables. Mas la chica de Dréver conocía un poco a aquella clase de gente, y se reía a carcajadas del terrible ceño de Rienzi, cada vez que éste trataba de imponer con su entrecejo tregua a las diarias exigencias de su ayudante: vueltas de carnero en la gramilla, carreras a babucha, hamaca, trampolín, sube y baja, alambre carril —, sin contar uno que otro jarro de agua a la cara de su amigo, cuando éste, a mediodía, se tiraba al sol sobre el pasto.

pródigo de palabras; y como ambos usaban barba, fácilmente

gramilla: carreras a babucha: hamaca

de su amigo cuando éste a mediodía se tiraba

Dréver oía un juramento e inquiría la causa.

— ¡Es la maldita viejita! —gritaba Rienzi—. No se le ocurre sino...

— ¡Es la maldita viejita! — No se le ocurre sino...

Pero ante la —bien que remota— probabilidad de una injusticia del padre, Rienzi se apresuraba a hacer las paces con la chica, la cual festejaba en cuclillas la cara lavada como una botella de Rienzi.

injusticia propia o del padre,

Su padre jugaba menos con ella; pero seguía con los ojos el pesado galope de su amigo alrededor de la meseta, cargado con la chica en los hombros.

*   *   *

Era un terceto bien curioso el de los dos hombres de grandes zancadas y su rubia ayudante de cinco años, que iban, venían y volvían a ir de la meseta al horno. Porque la chica, criada y educada constantemente al lado de su padre, conocía una por una las herramientas, sabía qué presión, más o menos, se necesita para partir diez cocos juntos, y a qué olor se le puede llamar con propiedad de piroleñoso. Sabía leer, y escribía todo con mayúsculas.

y su ayudante

herramientas, y sabía que

Aquellos doscientos metros del *bungalow* al monte fueron recorridos a cada momento mientras se construyó el horno. Con paso fuerte de madrugada, o tardo a mediodía, iban y venían como hormigas por el mismo sendero, con las mismas sinuosidades y la misma curva para evitar el florecimiento de arenisca negra a flor de pasto.

sinuosidades, y

Si la elección del sistema de calefacción les había costado, su ejecución sobrepasó con mucho lo concebido.

«Una cosa es en el papel, y otra en el terreno», decía Rienzi con las manos en los bolsillos, cada vez que un laborioso cálculo sobre volumen de gases, toma de aire, superficie de la parrilla, cámaras de tiro, se les iba al diablo por la pobreza del material.

Desde luego, se les había ocurrido la cosa más arriesgada que quepa en asuntos de ese orden: calefacción en espiral para un caldera horizontal. ¿Por qué? Tenían ellos sus razones, y dejémoselas. Mas lo cierto es que cuando encendieron por primera vez el horno, y acto continuo el humo escapó de la chimenea, después de haberse visto forzado a descender cuatro veces bajo la *caldera —al ver esto, los dos hombres se sentaron a fumar sin decir nada, mirando aquello con aire más bien distraído—, el aire de los hombres de carácter que ven el éxito de un duro trabajo en el que pusieron todas sus fuerzas.

¡Ya estaba, por fin! Las instalaciones accesorias —condensador de alquitrán y quemador de gases— eran un juego de niños. La condensación se dispuso en ocho bordalesas, pues no tenían agua; y los gases fueron enviados directamente al hogar. Con lo que la chica de Dréver tuvo ocasión de maravillarse de aquel grueso chorro de fuego que salía de la caldera donde no había fuego.

—¡Qué lindo, piapiá! —exclamaba, inmóvil de sorpresa. Y con los besos de siempre a la mano de su padre:

—¡Cuántas cosas sabés hacer, piapiacito querido!

Tras lo cual entraban en el monte a comer naranjas.

Entre las pocas cosas que Dréver tenía en este mundo —fuera de su hija, claro está— la de mayor valor era su naranjal, que no le daba renta alguna, pero que era un encanto de ver. Plantación original de los jesuítas, hace doscientos años, el naranjal había sido invadido y sobrepasado por el bosque, en cuyo *sous-bois*, digamos, los naranjos continuaban enervando el monte de perfume de azahar, que al crepúsculo llegaba hasta los senderos del campo. Los naranjos de Misiones no han conocido jamás enfermedad alguna. Costaría trabajo encontrar una naranja con una sola peca. Y como riqueza de sabor y hermosura aquella fruta no tiene rival.

---

* —al ver esto los dos hombres se sentaron a fumar sin decir nada, mirando aquello con aire más bien distraído,— el aire de un hombre de carácter que ve el éxito de un duro trabajo en el que puso toda su fuerza.

De los tres visitantes, Rienzi era el más goloso. Comía
fácilmente diez o doce naranjas, y cuando volvía a casa
llevaba siempre una bolsa cargada al hombro. Es fama
allá que una helada favorece a la fruta. En aquellos
momentos, a fines de junio, eran ya un almíbar; lo cual
reconciliaba un tanto a Rienzi con el frío.

    a casa, llevaba

Este frío de Misiones que Rienzi no esperaba y del
cual no había oído hablar nunca en Buenos Aires,
molestó las primeras hornadas de carbón, ocasionándo-
les un gasto extraordinario de combustible.

    Misiones, que no esperaba y del cual no había oído hablar en Buenos

En efecto, por razones de organización encendían el
horno a las cuatro o cinco de la tarde. Y como el tiempo
para una completa carbonización de la madera no baja
normalmente de ocho horas, debían alimentar el fuego
hasta las doce o la una de la mañana, hundidos en el foso
ante la roja boca del hogar, mientras a sus espaldas caía
una mansa helada. Si la calefacción sufría, la condensación se efectuaba a las mil maravillas en el aire de hielo,
que les permitió obtener en el primer ensayo un 2 por 100
de alquitrán, lo que era muy halagüeño, vistas las
circunstancias.

    En efecto: por razones

    ante la puerta del hogar, mientras

    un 2% de alquitrán, lo que era muy halagüeño dadas las

Uno u otro debía vigilar constantemente la marcha,
pues el peón accidental que les cortaba la leña persistía
en no entender aquel modo de hacer carbón. Observaba
atentamente las diversas partes de la fábrica, pero sacudía la cabeza cuando se le hablaba de cuidar del fuego.

    leña, persistía

    sacudía la cabeza a la menor insi-nuación de encargarle el fuego.

Era un mestizo de indio, un muchachón flaco, de ralo
bigote, que tenía siete hijos[b] y que jamás contestaba de
inmediato a la más fácil pregunta sin consultar un rato el
cielo, silbando vagamente. Después respondía: «Puede
ser». En balde le habían dicho que diera fuego sin
inquietarse hasta que la tapa opuesta de la caldera
chispeara al ser tocada con el dedo mojado. Se reía con
ganas, pero no aceptaba. Por lo cual el va y ven de la
meseta al monte proseguía de noche, mientras la chica de
Dréver, sola en el *bungalow*, se entretenía tras los
vidrios en reconocer al relámpago del hogar, si era su
padre o Rienzi quien atizaba el fuego.

    un muchacho flaco, de ralo bigote y siete hijos que jamás

    dedo mojado; se reía con ganas, pero

    la chica de Dréver se entretenía tras los vidrios en conocer a su padre o a Rienzi cuando saltaban del foso afuera.

Algún turista que pasó la noche hacia el puerto a
tomar el vapor que lo llevaría al Iguazú, debió extra-
ñarse no poco de aquel resplandor que salía de bajo

    Alguna vez, algún turista que

    extrañarse un poco

---

   [b] Probablemente Quiroga subsana una errata de la versión primigenia. Porque ninguna relación consecutiva y
causal tiene el bigote con el número de hijos, aspecto que se supera con la pausa y el pronombre relativo del
texto-base.

tierra, entre el humo y el vapor de los escapes: mucho de solfatara y un tanto de infierno, que iba a herir directamente la imaginación del peón indio.

La atención de éste era vivamente solicitada por la elección del combustible. Cuando descubría en su sector un buen «palo noble para el fuego», lo llevaba en su carretilla hasta el horno impasible, como si ignorara el tesoro que conducía. Y ante el halago de los foguistas, volvía indiferente la cabeza a otro lado —para sonreírse a gusto, según decir de Rienzi.

Los dos hombres se encontraron así un día con tal *stock* de esencias muy combustibles, que debieron disminuir en el hogar la toma de aire, el que entraba ahora silbando y vibraba bajo la parrilla.

Entretanto, el rendimiento de alquitrán aumentaba. Anotaban los porcentajes en carbón, alquitrán y piroleñoso de las esencias más aptas, aunque todo *grosso modo*. Pero lo que, en cambio, anotaron muy bien fueron los inconvenientes —uno por uno— de la calefacción circular para una caldera horizontal; en esto podían reconocerse maestros. El gasto de combustible poco les interesaba. Fuera de que con una temperatura de 0 grado, las más de las veces, no era posible cálculo alguno.

* * *

Ese invierno fue en extremo riguroso, y no sólo en Misiones. Pero desde fines de junio las cosas tomaron un cariz extraordinario, que el país sufrió hasta las raíces de su vida subtropical.

En efecto, tras cuatro días de pesadez y amenaza de gruesa tormenta, resuelta en llovizna de hielo y cielo claro al sur, el tiempo se serenó. Comenzó el frío, calmo y agudo, apenas sensible a mediodía, pero que a las cuatro mordía ya las orejas. El país pasaba sin transición de las madrugadas blancas al esplendor casi mareante de un mediodía invernal en Misiones, para helarse en la oscuridad a las primeras horas de la noche.

La primera mañana de ésas Rienzi, helado de frío, salió a caminar de madrugada y volvió al rato tan helado como antes. Miró el termómetro y habló a Dréver que se levantaba.

—¿Sabe qué temperatura tenemos? Seis grados bajo cero.

—Es la primera vez que pasa esto —repuso Dréver.

—Así es —asintió Rienzi—. Todas las cosas que noto aquí pasan por la primera vez.

Se referiría al encuentro en pleno invierno con una yarará, y donde menos lo esperaba.[c]

La mañana siguiente hubo siete grados bajo cero. Dréver llegó a dudar de su termómetro, y montó a caballo, a verificar la temperatura en casa de dos amigos, uno de los cuales atendía una pequeña estación meteorológica oficial. No había duda: eran efectivamente nueve grados bajo cero; y la diferencia con la temperatura registrada en su casa provenía de que estando la meseta de Dréver muy alta sobre el río y abierta al viento, tenía siempre dos grados menos en invierno, y dos más en verano, claro está.

—No se ha visto jamás cosa igual —dijo Dréver, de vuelta, desensillando el caballo.

—Así es —confirmó Rienzi.

Mientras aclaraba al día siguiente, llegó al *bungalow* un muchacho con una carta del amigo que atendía la estación meteorológica. Decía así:

«Hágame el favor de registrar hoy la temperatura de su termómetro al salir el sol. Anteayer comuniqué la observada aquí, y anoche he recibido un pedido de Buenos Aires de que rectifique en forma la temperatura comunicada. Allá se ríen de los nueve grados bajo cero. ¿Cuánto tiene usted ahora?»

Dréver esperó la salida del sol; y anotó en la respuesta: «27 de junio: 9 grados bajo 0».

El amigo telegrafió entonces a la oficina central de Buenos Aires el registro de su estación: «27 de junio: 11 grados bajo 0».

Rienzi vió algo del efecto que puede tener tal temperatura sobre una vegetación casi de trópico; pero le estaba reservado para más adelante constatarlo de pleno. Entretanto, su atención y la de Dréver se vieron duramente solicitadas por la enfermedad de la hija de éste.

* * *

Desde una semana atrás la chica no estaba bien.[*] Un poco de desgano, mucha sed, y los ojos irritados cuando había corrido.

---

[c] Como en tantas otras ocasiones, Quiroga persigue la regionalización precisa de sus relatos, con su paisaje, su fauna autóctona (de la universal «víbora», a la «yarará» sudamericana).

[*] (Esto, claro está, lo notó Dréver después y fue uno de los entretenimientos de sus largos silencios.) Un poco de desgano, mucha sed, y los ojos levemente irritados cuando corría.

Una tarde, después de almorzar, cuando Dréver salía a afuera encontró a su hija acostada en el suelo, en actitud de fatiga. Tenía 39° de fiebre. Rienzi llegó un momento después, y la halló en la cama, las mejillas

---

Margin notes:

Se refería a algún encuentro con una víbora en pleno invierno, y

estación oficial. No había duda: eran efectivamente ocho y nueve bajo el cero. La diferencia con su registro provenía

Dréver de vuelta, desensillando

— Así es — dijo Rienzi.

Mientras aclaraba, al

de Buenos Aires: «27 de junio: once grados bajo cero».

bien...

Una tarde, después de almorzar, al salir Drever afuera encontró a su hija tendida en el suelo, con fatiga. Tenía 39° de fiebre. Rienzi llegó un momento después, y la halló ya en cama, las mejillas abrasadas y la boca abierta.

—¿Qué tiene? —preguntó extrañado a Dréver.

—No sé... 39 y pico.

Rienzi se dobló sobre la cama.

—¡Hola, viejita! Parece que no tenemos alambre carril, hoy.

La pequeña no respondió. Era característico de la criatura, cuando tenía fiebre, cerrarse a toda pregunta sin objeto y responder apenas con monosílabos secos, en que se transparentaba a la legua el carácter del padre.

Esa tarde Rienzi se ocupó de la caldera, pero volvía de rato en rato a ver a su ayudante, que en aquel momento ocupaba un rinconcito rubio en la cama de su padre.

A las tres, la chica tenía 39,5, y 40 a las seis. Dréver había hecho lo que se debe hacer en esos casos, incluso el baño.

Ahora bien: bañar, cuidar y atender a una criatura de cinco años en una casa de tablas peor ajustada que una caldera, con un frío de hielo y por dos hombres de manos torpes, no es tarea fácil. Hay cuestiones de camisitas, ropas minúsculas, bebidas a horas fijas, detalles que están por encima de las fuerzas de un hombre. Los dos hombres, sin embargo, con los duros brazos arremangados, bañaron a la criatura y la secaron. Hubo, desde luego, que calentar el ambiente con alcohol; y en lo sucesivo, que cambiar los paños de agua fría en la cabeza.

La pequeña había condescendido a sonreírse mientras Rienzi le secaba los pies, lo que pareció a éste de buen augurio. Pero Dréver temía un golpe de fiebre perniciosa, que en temperamentos vivos no se sabe nunca adónde pueden llegar.

A las siete la temperatura subió a 40,8, para descender a 39 en el resto de la noche y montar de nuevo a 40,3 a la mañana siguiente.

—¡Bah! —decía Rienzi con aire despreocupado—. La viejita es fuerte, y no es esta fiebre la que la va a tumbar.

Y se iba a la caldera silbando, porque no era cosa de ponerse a pensar estupideces.

Dréver no decía nada. Caminaba de un lado para otro en la pieza contigua, y sólo se interrumpía para entrar a ver a su hija. La chica, devorada de fiebre, persistía en responder con monosílabos secos a su padre.

—¿Cómo te sientes, chiquita?

—Bien.

—¿No tienes calor? ¿Quieres que te retire un poco la colcha?

—No.

—¿Quieres agua?

—No.

Y todo sin dignarse volver los ojos a él.

Durante seis días Dréver durmió un par de horas de mañana, mientras Rienzi lo hacía de noche. Pero cuando la fiebre se mantenía amenazante, Rienzi veía la silueta del padre detenido, inmóvil al lado de la cama, y se encontraba a la vez sin sueño. Se levantaba y preparaba café, que los dos hombres tomaban sin hablar. Instábanse mutuamente a descansar un rato, con un mudo encogimiento de hombros por común respuesta. Tras lo cual uno se ponía a recorrer por centésima vez el título de los libros, mientras el otro hacía obstinadamente cigarros en un rincón de la mesa.

Y los baños siempre, la calefacción, los paños fríos, la quinina. La chica se dormía a veces con una mano de su padre entre la suya, y apenas éste intentaba retirarla, la criatura lo sentía y apretaba los dedos. Con lo cual Dréver se quedaba sentado, inmóvil, en la cama un buen rato; y como no tenía nada que hacer, miraba sin tregua la pobre carita extenuada de su hija.

Luego, delirio de vez en cuando, con súbitos incorporamientos sobre los brazos. Dréver la tranquilizaba, pero la chica rechazaba su contacto, volviéndose al otro lado. El padre recomenzaba entonces su paseo, e iba a tomar el eterno café de Rienzi.

—¿Qué tal? —preguntaba éste.

—Ahí va —respondía Dréver.

A veces, cuando estaba despierta, Rienzi se acercaba esforzándose en levantar la moral de todos, con bromas a la viejita que se hacía la enferma y no tenía nada. Pero la chica, aun reconociéndolo, lo miraba seria, con una hosca fijeza de gran fiebre.

La quinta tarde Rienzi la pasó en el horno trabajando —lo que constituía un buen derivativo—. Dréver lo llamó por un rato y fue a su vez a alimentar el fuego, echando automáticamente leña tras leña en el hogar.

Esa madrugada la fiebre bajó más que de costumbre, bajó más a mediodía, y a las dos de la tarde la criatura estaba con los ojos cerrados, inmóvil, con excepción de un rictus intermitente del labio y de pequeñas conmociones que le salpicaban de tics el rostro. Estaba helada; tenía sólo 35.

—Una anemia cerebral fulminante, casi seguro —respondió Dréver a una mirada interrogante de su amigo—. Tengo suerte...

Durante tres horas la chica continuó de espaldas con sus muecas cerebrales, rodeada y quemada por ocho botellas de agua hirviendo. Durante esas tres horas Rienzi caminó muy despacio por la pieza, mirando con el ceño fruncido la figura del padre sentado a los pies de la cama. Y en esas tres horas Dréver se dio cuenta precisa del inmenso lugar que ocupaba en su corazón aquella pobre cosita que le había quedado de su matrimonio, y que iba a llevar al día siguiente al lado de su madre.

A las cinco, Rienzi, en el comedor, oyó que Dréver se incorporaba; y con el ceño más contraído aún entró en el cuarto. Pero desde la puerta distinguió el brillo de la frente de la chica empapada en sudor —salvada.

—Por fin... —dijo Rienzi con la garganta estúpidamente apretada.

—¡Sí, por fin! —murmuró Dréver.

La chica continuaba literalmente bañada en sudor. Cuando abrió al rato los ojos, buscó a su padre; y al verlo tendió los dedos hacia la boca de él. Rienzi se acercó entonces:

—¿Y...? ¿Cómo vamos, madamita?

La chica volvió los ojos a su amigo.

—¿Me conoces bien ahora? ¿A que no?

—Sí...

—¿Quién soy?

La criatura sonrió.

—Rienzi.

—¡Muy bien! Así me gusta... No, no. Ahora, a dormir...

Salieron a la meseta, por fin.

—¡Qué viejita! —decía Rienzi, haciendo con una vara largas rayas en la arena.

Dréver —seis días de tensión nerviosa con las tres horas finales son demasiado para un padre solo— se sentó en el sube y baja y echó la cabeza sobre los brazos. Y Rienzi se fue al otro lado del *bungalow*, porque los hombros de su amigo se sacudían.

* * *

La convalecencia comenzaba a escape desde ese momento. Entre taza y taza de café de aquellas largas noches, Rienzi había meditado que mientras no cambiaron los dos primeros vasos de condensación, obtendrían siempre más brea de la necesaria. Resolvió, pues, utilizar dos grandes bordalesas en que Dréver había preparado su vino de naranja, y con ayuda del peón, dejó todo listo al anochecer. Encendió el fuego, y después de confiarlo al cuidado de aquél, volvió a la meseta, donde tras los vidrios del *bungalow* los dos hombres miraron con singular placer el humo rojizo que tornaba a montar en paz.

Conversaban a las doce, cuando el indio vino a anunciarles que el fuego salía por otra parte; que se había hundido el horno. A ambos vino instantáneamente la misma idea.

—¿Abriste la toma de aire? —le preguntó Dréver.

—Abrí —repuso el otro.

—¿Qué leña pusiste?

—La carga que estaba allí allaité...

—¿Lapacho?

—Sí.

Rienzi y Dréver se miraron entonces y salieron con el peón.

La cosa era bien clara: la parte superior del horno estaba cerrada con dos chapas de cinc sobre traviesas de hierro L, y como capa aisladora habían colocado encima cinco centímetros de arena. En la primera sección de tiro, que las llamas lamían, habían resguardado el metal con una capa de arcilla sobre tejido de alambre; arcilla armada, digamos.

Todo había ido bien mientras Rienzi o Dréver vigilaron el hogar. Pero el peón, para apresurar la calefacción en beneficio de sus patronos, había abierto toda la puerta del cenicero, precisamente cuando sostenía el fuego con lapacho. Y como el lapacho es a la llama lo que la nafta a un fósforo, la altísima temperatura desarrollada había barrido con arcilla, tejido de alambre y la chapa misma, por cuyo boquete la llamarada ascendía apretada y rugiendo.

Es lo que vieron los dos hombres al llegar allá. Retiraron la leña del hogar, y la llama cesó; pero el boquete quedaba vibrando al rojo blanco, y la arena caída sobre la caldera enceguecía al ser revuelta.

aquel momento. Entre

del peón dejó

los vidrios del comedor, los dos

que estaba allaité...

armada, digamos. Todo había

patrones, había

Nada más había que hacer. Volvieron sin hablar a la meseta, y en el camino Dréver dijo:

—Pensar que con cincuenta pesos más hubiéramos hecho un horno en forma...

—¡Bah! —repuso Rienzi al rato—. Hemos hecho lo que debíamos hacer. Con una cosa concluída no nos hubiéramos dado cuenta de una porción de cosas.

Y tras una pausa:

—Y tal vez hubiéramos hecho algo un poco *pour la galerie...*

—Puede ser —asintió Dréver.

La noche era muy suave, y quedaron un largo rato sentados fumando sobre la baranda del *bungalow*.

> — Puede ser — repuso Dréver. muy suave, demasiado, quedaron un largo rato sentados fumando en el dintel del comedor.

* * *

Demasiado suave, la temperatura. El tiempo descargó, y durante tres días y tres noches llovió con temporal del sur, lo que mantuvo a los dos hombres bloqueados en el *bungalow* oscilante. Dréver aprovechó el tiempo concluyendo un ensayo sobre creolina, cuyo poder hormiguicida y parasitida era por lo menos tan fuerte como el de la creolina a base de alquitrán de hulla. Rienzi, desganado, pasaba el día yendo de una puerta a otra a mirar el cielo.

> del sur, que tuvo a los dos hombres bloqueados en el bungalow oscilante.

Hasta que la tercera noche, mientras Dréver jugaba con su hija en las rodillas, Rienzi se levantó con las manos en los bolsillos y dijo:

> Dréver estaba en el comedor jugando con la chica en las rodillas,

—Yo me voy a ir. Ya hemos hecho aquí lo que podíamos. Si llega a encontrar unos pesos para trabajar en eso, avíseme y le puedo conseguir en Buenos Aires lo que necesite. Allá abajo, en el ojo de agua, se pueden montar tres calderas... Sin agua es imposible hacer nada. Escríbame, cuado consiga eso, y vengo a ayudarlo. Por lo menos —concluyó después de un momento— podemos tener el gusto de creer que no hay en el país muchos tipos que sepan lo que nosotros sobre carbón.

—Creo lo mismo —apoyó Dréver, sin dejar de jugar con su hija.

> Dréver sin dejar

Cinco días después, con un mediodía radiante y el *sulky* pronto en el portón,[d] los dos hombres y su ayudante fueron a echar una última mirada a su obra, a la cual no se habían aproximado más. El peón retiró la tapa

> portón, los dos hombres

---

[d] Se trata del mismo caso (aunque sea distinto el entorno gramatical), de la nota (d). No aparece la pausa entre «portón» y «los» en el texto-base, sí en 1918 y 1921. Seguramente estamos frente a una nueva errata.

del horno, y como una crisálida quemada, abollada, torcida, apareció la caldera en su envoltura de alambre tejido y arcilla gris. Las chapas retiradas tenían alrededor del boquete abierto por la llama un espesor considerable por la oxidación del fuego, y se descascaraban en escamas azules al menor contacto, con las cuales la chica de Dréver se llenó el bolsillo del delantal.

Desde allí mismo, por toda la vera del monte inmediato y el circundante hasta la lejanía, Rienzi pudo apreciar el efecto de un frío de −9° sobre una vegetación tropical de hojas lustrosas y tibias. Vió los bananos podridos en pulpa chocolate, hundidos dentro de sí mismos como en una funda. Vió plantas de hierba de doce años —un grueso árbol, en suma—, quemadas para siempre hasta la raíz por el fuego blanco. Y en el naranjal, donde entraron para una última colecta, Rienzi buscó en vano en lo alto el reflejo de oro habitual, porque el suelo estaba totalmente amarillo de naranjas, que el día de la gran helada habían caído todas al salir el sol, con un sordo tronar que llenaba el monte.

Asimismo Rienzi pudo completar su bolsa, y como la hora apremiaba se dirigieron al puerto. La chica hizo el trayecto en las rodillas de Rienzi, con quien alimentaba un larguísimo diálogo.

El vaporcito salía ya. Los dos amigos, uno enfrente de otro, se miraron sonriendo.

—A bientôt —dijo uno.

—Ciao —respondió el otro.

Pero la despedida de Rienzi y la chica fue bastante más expresiva.

Cuando ya el vaporcito viraba aguas abajo, ella le gritó aún:

—¡Rienzi! ¡Rienzi!

—¡Qué viejita! —se alcanzó a oír.

—¡Volvé pronto!

Dréver y la chica quedaron en la playa hasta que el vaporcito se ocultó tras los macizos del Teyucuaré. Y cuando subían lentos la barranca, Dréver callado, su hija le tendió los brazos para que la alzara.

—¡Se te quemó la caldera, pobre piapiá!... Pero no estés triste... ¡Vas a inventar muchas cosas más, ingenierito de mi vida!

NOTAS

[1] Publicado originariamente en: *Plus Ultra*, Buenos Aires, nº 31, noviembre 1918, con tres dibujos de Zavattaro, uno por cada página que el cuento cubre en la revista.

EL MONTE NEGRO[1]

Cuando los asuntos se pusieron decididamente *mal, Borderán y Cía. capitalistas de la empresa Quebracho y Tanino, del Chaco, quitaron a Braccamonte la gerencia. A los dos meses la empresa, falta de la vivacidad del italiano, que era en todo caso el único capaz de haberla salvado, iba a la liquidación. Borderán acusó furiosamente a Braccamonte por no haber visto que el quebracho era pobre; que la distancia a puerto era mucha; que el tanino iba a bajar; que no se hacen contratos de soga al cuello en el Chaco —léase chasco—; que, según informes, los bueyes eran viejos y las alzaprimas, más, etc., etc. En una palabra, que no entendía de negocios.

Braccamonte, por su parte, gritaba que los famosos 100 000 pesos invertidos en la empresa, lo fueron con una parsimonia tal, que cuando él pedía 4000 pesos, enviábanle 3500; cuando 2000, 1800. Y así todo. Nunca consiguió la cantidad exacta. Aun a la semana, de un telegrama recibió 800 pesos en vez de 1000 que había pedido.

**Total: lluvias inacabables, acreedores urgentes, la liquidación, y Braccamonte en la calle, con 10 000 pesos de deuda.

Este solo detalle debería haber bastado para justificar la buena fe de Braccamonte, dejando a su completo cargo la deficiencia de dirección. Pero la condena pública fué absoluta: mal gerente, pésimo administrador, y aun cosas más graves.

mal, Duffieu...

gritaba con bullente indignación que los famosos 100 000 pesos fueron invertidos con una parsimonia tal, que

Aun, á la semana de un telegrama,
de 1000, que

Al menos...

la condena fué absoluta:

---

* y Cominhas quitaron á Braccamonte la gerencia de la empresa. A los dos meses, ésta, falta de la vivacidad del italiano que era, en todo caso, el único capaz de haberla salvado, iba a la liquidación. Los de Montevideo culparon de todo a Braccamonte, cuyo entusiasmo habíales hecho emprender, aunque a regañadientes, el negocio: no había visto que el monte era pobre, que la distancia á puerto era mucha, que el quebracho iba á bajar, que

** avisado no se le escapa que tal sistema, muy propio para un almacén, no lo es para un obraje en el Chaco. Braccamonte, enloquecido, comenzó cruzando todo el día a Corrientes en busca de dinero, y concluyó enredándose en ese ovillo. Total: los contratos morosos, los acreedores urgentes, la liquidación, y Braccamonte en la calle, con 10 000 pesos de deuda.

En cuanto a su deuda, los mayoristas de la localidad perdieron desde el primer momento toda esperanza de satisfacción. Hízose broma de esto en Resistencia.

«¿Y usted no tiene cuentas con Braccamonte?» —era lo primero que se decían dos personas al encontrarse. Y las carcajadas crecían si, en efecto, acertaban. Concedían a Braccamonte ojo perspicaz para adivinar un negocio, pero sólo eso. Hubieran deseado menos cálculos brillantes y más actividad reposada. Negábanle, sobre todo, experiencia del terreno. No era posible llegar así a un país y triunfar de golpe en lo más difícil que hay en él. No era capaz de una tarea ruda y juiciosa, y mucho menos visto el cuidado que el advenedizo tenía de su figura: no era hombre de trabajo.

Ahora bien; aunque a Braccamonte le dolía la falta de fe en su honradez, ésta le exasperaba menos, a fuer de italiano ardiente que la creencia de que él no fuera capaz de ganar dinero. Con su hambre de triunfo, rabiaba tras ese primer fracaso.

Pasó un mes nervioso, hostigando su imaginación. Hizo dos o tres viajes al Rosario, donde tenía amigos, y por fin dió con su negocio: comprar por menos de nada una legua de campo en el suroeste de Resistencia y abrirle salida al Paraná, aprovechando el alza del quebracho.

En esa región de esteros y zanjones la empresa era fuerte, sobre todo debiendo efectuarla a todo vapor; pero Braccamonte ardía como un tizón, Asocióse con Banker, sujeto inglés, viejo contratista de obraje, y a los tres meses de su bancarrota emprendía marcha al Salado, con bueyes, carretas, mulas y útiles. Como obra preparatoria tuvieron que construir sobre el Salado una balsa de 40 bordalesas. Braccamonte, con su ojo preciso de ingeniero nato, dirigía los trabajos.

Pasaron. Marcharon luego dos días, arrastrando penosamente las carretas y alzaprimas hundidas en el estero, y llegaron al fin al Monte Negro.

Sobre la única loma del país hallaron agua a tres metros, y el pozo se afianzó con cuatro bordalesas desfondadas. Al lado levantaron el rancho campal, y en seguida comenzó la tarea de los puentes. Las cinco leguas desde el campo al Paraná estaban cortadas por zanjones y riachos, en que los puentes eran indispensables. Se cortaban palmas en la barranca y se las echaba en sentido longitudinal a la corriente, hasta llenar la zanja.

Se cubría todo con tierra, y una vez pasados bagajes y carretas avanzaban todos hacia el Paraná.

Poco a poco se alejaban del rancho, y a partir del quinto puente tuvieron que acampar sobre el terreno de operaciones. El undécimo fue la obra más seria de la campaña. El riacho tenía 60 metros de ancho, y allí no era utilizable el desbarrancamiento en montón de palmas. Fue preciso *construir en forma pilares de palmeras, que se comenzaron arrojando las palmas, hasta lograr con ellas un piso firme. Sobre este piso colocaban una línea de palmeras nivelada, encima otra transversal, luego una longitudinal, y así hasta conseguir el nivel de la barranca. Sobre el plano superior tendían una línea definitiva de palmas, afirmadas con clavos de urunday a estacones verticales, que afianzaban el primer pilar del puente. Desde esta base repetían el procedimiento, avanzando otros cuatro metros hacia la barranca opuesta. En cuanto al agua, filtraba sin ruido por entre los troncos.

Pero esa tarea fue lenta, pesadísima, en un terrible verano y duró dos meses. Como agua, artículo principal, tenían la límpida, si bien oscura, del riacho. Un día, sin embargo, después de una noche de tormenta, aquél amaneció plateado de peces muertos. Cubrían el riacho y derivaban sin cesar. Recién al anochecer, disminuyeron. Días después pasaba aún uno que otro. A todo evento, los hombres se abstuvieron por una semana de tomar esa agua, teniendo que enviar un peón a buscar la del pozo, que llegaba tibia.

No era sólo esto. Los bueyes y mulas se perdían de noche en el campo abierto, y los peones, que salían al aclarar, volvían con ellos ya alto el sol, cuando el calor agotaba a los bueyes en tres horas. Luego pasaban toda la mañana en el riacho, luchando sin un momento de descanso, contra la falta de iniciativa de los peones, teniendo que estar en todo, escogiendo las palmas, dirigiendo el derrumbe, afirmando, con los brazos arremangados, los catres de los pilares, bajo el sol de fuego y el vaho asfixiante del pajonal, hinchados por tábanos y barigüís. La greda amarilla y reverberante del palmar les irritaba los ojos y quemaba los pies. De vez en cuando sentíanse detenidos por la vibración crepitante de una

---

* desde un ribazo hasta lograr piso firme, en una extensión de cuatro metros. Sobre él colocaban una línea de troncos nivelada, esta vez transversal a la primera; luego otra longitudal, otra transversal, y así hasta conseguir el nivel de la barranca. Sobre el

serpiente de cascabel que sólo se hacía oír cuando estaban a punto de pisarla.

Concluída la mañana, almorzaban. Comían, mañana y noche, un plato de locro, que mantenían alejado sobre las rodillas, para que el sudor no cayera dentro, bajo un cobertizo hecho con cuatro chapas de cinc, que enceguecían entre moarés de aire caldeado. Era tal allí el calor, que no se sentía entrar el aire en los pulmones. Las barretas de fierro quemaban en la sombra.

Dormían la siesta defendidos de los polvorines por mosquiteros de gasa que, permitiendo apenas pasar el aire, levantaban aún la temperatura. Con todo, ese martirio era preferible al de los polvorines.

A las dos volvían a los puentes, pues debían a cada momento reemplazar a un peón que no comprendía bien —hundidos hasta las rodillas en el fondo podrido y fofo del riacho, que burbujeaba a la menor remoción, exhalando un olor nauseabundo. Como en estos casos no podían separar las manos del tronco, que sostenían en alto a fuerza de riñones, los tábanos los aguijoneaban a mansalva.

Pero, no obstante esto, el momento verdaderamente duro era el de la cena. A esa hora el estero comenzaba a zumbar, y enviaba sobre ellos nubes de mosquitos, tan densas, que tenían que comer el plato de locro caminando de un lado para otro. Aun así no lograban paz; o devoraban mosquitos o eran devorados por ellos. Dos minutos de esta tensión acababa con los nervios más templados.

En estas circunstancias, cuando acarreaban tierra al puente grande, llovió cinco días seguidos, y el charque se concluyó. Los zanjones, desbordados, imposibilitaban nueva provista, y tuvieron que pasar quince días a locro guacho —maíz cocido en agua únicamente—. Como el tiempo continuó pesado, los mosquitos recrudecieron en forma tal que ya ni caminando era posible librar el locro de ellos. En una de esas tardes, Banker, que se paseaba entre un oscuro nimbo de mosquitos, sin hablar una palabra, tiró de pronto el plato contra el suelo, y dijo que no era posible vivir más así; que eso no era vida; que él se iba. Fué menester todo el calor elocuente de Braccamonte, y en especial la evocación del muy serio contrato entre ellos para que Banker se calmara. Pero Braccamonte, en su interior, había pasado tres días maldiciéndose a sí mismo por esa estúpida empresa.

El tiempo se afirmó por fin, y aunque el calor creció y el viento norte sopló su fuego sobre las caras, sentíase el aire en el pecho por lo menos. La vida suavizóse algo —más carne y menos mosquitos de comida—, y concluyeron por fin el puente grande, tras dos meses de penurias. Habría devorado 2.700 palmas. La mañana en que echaron la última palada de tierra, mientras las carretas lo cruzaban entre la gritería de triunfo de los peones, Braccamonte y Banker, parados uno al lado del otro, miraron largo rato su obra común, cambiando cortas observaciones a su respecto, que ambos comprendían sin oírlas casi.

Los demás puentes, pequeños todos, fueron un juego, además de que al verano había sucedido un seco y frío otoño. Hasta que por fin llegaron al río.

Así, en seis meses de trabajo rudo y tenaz, quebrantos y cosas amargas mucho más para contadas que pasadas, los dos socios construyeron 14 puentes, con la sola ingeniería de su experiencia y de su decisión incontrastable. Habían abierto puerto a la madera sobre el Paraná, y la especulación estaba hecha. Pero salieron de ella las mejillas excavadas, las duras manos jaspeadas por blancas cicatrices de granos, y con rabiosas ganas de sentarse en paz a una mesa con mantel.

Un mes después —el quebracho siempre en suba—, Braccamonte había vendido su campo, comprado en 8.000 pesos, en 22.000. Los comerciantes de Resistencia no cupieron de satisfacción al verse pagados, cuando ya no lo esperaban —aunque creyendo siempre que en la cabeza del italiano había más fantasía que otra cosa.

soplò su brasa sobre las caras, embraveciendo las víboras, se sentía el aire, por lo menos.
comida — y concluyeron por fin

Hasta que una tarde llegaron

puentes, con la ingeniería de su ojo experimentado y

excavadas y amarillentas las manos duras y jaspeadas por blancas cicatrices de granos, y con una profunda ansia de sentarse en paz á una

ya no lo creían más, hallando, sin embargo, excesiva la fiebre especulativa de Braccamonte.

NOTAS

[1] Publicado en: *Caras y Caretas*, Buenos Aires, año XI, n° 505, junio 6, 1908, ocupa página y media con dos ilustraciones de Zavattaro.

EN LA NOCHE[1]

Las aguas cargadas y espumosas del Alto Paraná me llevaron un día de creciente desde San Ignacio al ingenio San Juan, sobre una corriente que iba midiendo seis millas en la canal, y nueve al caer del lomo de las restingas.

Desde abril yo estaba a la espera de esa crecida. Mis vagabundajes en canoa por el Paraná, exhausto de agua, habían concluído por fastidiar al griego. Es éste un viejo marinero de la Marina de guerra inglesa, que probablemente había sido antes pirata en el Egeo, su patria, y con más certidumbre contrabandista de caña en San Ignacio, desde quince años atrás. Era, pues, mi maestro de río.

—Está bien —me dijo al ver el río grueso—. Usted puede pasar ahora por un medio, medio regular marinero. Pero le falta una cosa, y es saber lo que es el Paraná cuando está bien crecido. ¿Ve esa piedraza —me señaló— sobre la corredera del Greco? Pues bien; cuando el agua llegue hasta allí y no se vea una piedra de la restinga, váyase entonces a abrir la boca ante el Teyucuaré, y cuando vuelva podrá decir que sus puños sirven para algo. Lleve otro remo también, porque con seguridad va a romper uno o dos. Y traiga de su casa una de sus mil latas de kerosene, bien tapada con cera. Y así y todo es posible que se ahogue.

Con un remo de más, en consecuencia, me dejé tranquilamente llevar hasta el Teyucuaré.

La mitad, por lo menos, de los troncos, pajas podridas, espumas y animales muertos, que bajan con una gran crecida, quedan en esa profunda ensenada. Espesan el agua, cobran aspecto de tierra firme, remontan lentamente la costa, deslizándose contra ella como si fueran una porción desintegrada de la playa —porque ese inmenso remanso es un verdadero mar de sargazos.

Poco a poco, aumentando la elipse de traslación, los troncos son cogidos por la corriente y bajan por fin velozmente girando sobre sí mismos, para cruzar dando tumbos frente a la restinga final del Teyucuaré, erguida hasta 80 metros de altura.

Estos acantilados de piedra cortan perpendicularmente el río, avanzan en él hasta reducir su cauce a la tercera parte. El Paraná entero tropieza con ellos, busca salida, formando una serie de rápidos casi insalvables aun con aguas bajas por poco que el remero no esté alerta. Y tampoco hay manera de evitarlos, porque la corriente central del río se precipita por la angostura formada, abriéndose desde la restinga en una curva tumultuosa que rasa el remanso inferior y se delimita de él por una larga fila de espumas fijas.

A mi vez me dejé coger por la corriente. Pasé como una exhalación sobre los mismos rápidos y caía en las aguas agitadas de la canal, que me arrastraron de popa y de proa, debiendo tener mucho juicio con los remos que apoyaba alternativamente en el agua para restablecer el equilibrio, en razón de que mi canoa medía 60 centímetros de ancho, pesaba 30 kilos y tenía tan sólo dos milímetros de espesor en toda su obra; de modo que un firme golpe de dedo podía perjudicarla seriamente. Pero de sus inconvenientes derivaba una velocidad fantástica, que me permitía forzar el río de sur a norte y de oeste a este, siempre, claro está, que no olvidara un instante la inestabilidad del aparato.

En fin, siempre a la deriva, mezclado con palos y semillas, que parecían tan inmóviles como yo, aunque bajábamos velozmente sobre el agua lisa, pasé frente a la isla del Toro, dejé atrás la boca del Yabebirí, el puerto de Santa Ana, y llegué al ingenio, de donde regresé en seguida, pues deseaba alcanzar a San Ignacio en la misma tarde.

Pero en Santa Ana me detuve, titubeando. El griego tenía razón: una cosa es el Paraná bajo o normal, y otra muy distinta con las aguas hinchadas. Aun con mi canoa, los rápidos salvados al remontar el río me habían preocupado, no por el esfuerzo para vencerlos, sino por la posibilidad de volcar. Toda restinga, sabido es, ocasiona un rápido y un remanso adyacente; y el peligro está en esto precisamente: en salir de una agua muerta para chocar, a veces en ángulo recto, contra una correntada que pasa como un infierno. Si la embarcación es estable, nada hay que temer; pero con la mía nada más fácil que ir a sondar el rápido cabeza abajo, por poco que la luz

me faltara. Y como la noche caía ya, me disponía a sacar
la canoa a tierra y esperar el día siguiente, cuando vi a
un hombre y una mujer que bajaban la barranca y se
aproximaban.

Parecían marido y mujer; extranjeros a ojos vista,
aunque familiarizados con la ropa del país. El traía la
camisa arremangada hasta el codo, pero no se notaba en
los pliegues del remango la menor mancha de trabajo.
Ella llevaba un delantal enterizo y un cinturón de hule
que la ceñía muy bien. Pulcros burgueses, en suma, pues
de tales era el aire de satisfacción y bienestar, asegura-
dos a expensas del trabajo de cualquier otro.

Ambos, tras un familiar saludo, examinaron con gran
curiosidad la canoa de juguete, y después examinaron el
río.

—El señor hace muy bien en quedarse —dijo él—.
Con el río así, no se anda de noche.

Ella ajustó su cintura.

—A veces —sonrió coqueteando.

—¡Es claro! —replicó él—. Esto no reza con nosotros... Lo digo por el señor.

Y a mí:

—Si el señor piensa quedar, le podemos ofrecer
buena comodidad. Hace dos años que tenemos un negocio; poca cosa, pero uno hace lo que puede... ¿ Verdad,
señor?

Asentí de buen grado, yendo con ellos hasta el boliche
aludido, pues no de otra cosa se trataba. Cené, sin
embargo, mucho mejor que en mi propia casa, atendido
con una porción de detalles de *confort*, que parecían un
sueño en aquel lugar. Eran unos excelentes tipos mis
burgueses, alegres y limpios, porque nada hacían.

Después de un excelente café, me acompañaron a la
playa, donde interné aún más mi canoa, dado que el
Paraná cuando las aguas llegan rojas y cribadas de
remolinitos, suben dos metros en una noche. Ambos
consideraron de nuevo la invisible masa del río.

—Hace muy bien en quedarse, señor —repitió el
hombre—. El Teyucuaré no se puede pasar así como así
de noche, como está ahora. No hay nadie que sea capaz
de pasarlo... con excepción de mi mujer.

Yo me volví bruscamente a ella, que coqueteó de
nuevo con el cinturón.

—¿Usted ha pasado el Teyucuaré de noche? —le
pregunté.

mujer, extranjeros a ojos vistas,
aunque

puede... ¿verdad, señor?

excelente café me
el Paraná, cuando

—¡Oh, sí, señor!... Pero una sola vez... y sin ningún deseo de hacerlo. Entonces éramos un par de locos.

—¿Pero el río?... —insistí.

—¿El río? —cortó él—. Estaba hecho un loco, también. ¿El señor conoce los arrecifes de la isla del Toro, no? Ahora están descubiertos por la mitad. Entonces no se veía nada... Todo era agua, y el agua pasaba por encima bramando, y la oíamos de aquí. ¡Aquél era otro tiempo, señor! Y aquí tiene un recuerdo de aquel tiempo... ¿El señor quiere encender un fósforo?

El hombre se levantó el pantalón hasta la corva, y en la parte interna de la pantorrilla vi una profunda cicatriz, cruzada como un mapa de costurones duros y plateados.

—¿Vió, señor? Es un recuerdo de aquella noche. Una raya... *(Una raya; y no muy grande, tampoco...)*

Entonces recordé una historia, vagamente entreoída, de una mujer que había remado un día y una noche enteros, llevando a su marido moribundo. ¿Y era ésa la mujer, aquella burguesita arrobada de éxito y de pulcritud? *(de éxito y pulcritud?)*

—Sí, señor, era yo —se echó a reír, ante mi asombro, que no necesitaba palabras—. Pero ahora me moriría cien veces antes que intentarlo siquiera. Eran otros tiempos; ¡eso ya pasó! *(se echó a reir ante mi asombro que no necesitaba)* *(otros tiempos; eso ya pasó.)*

—¡Para siempre! —apoyó él—. Cuando me acuerdo... ¡Estábamos locos, señor! Los desengaños, la miseria si no nos movíamos... ¡Eran otros tiempos, sí! *(la miseria, si no nos)*

¡Ya lo creo! Eran otros los tiempos, si habían hecho eso. Pero no quería dormirme sin conocer algún pormenor; y allí, en la oscuridad y ante el mismo río del cual no veíamos a nuestros pies sino la orilla tibia, pero que sentíamos subir y subir hasta la otra costa, me di cuenta de lo que había sido aquella epopeya nocturna. *(algún pormenor, y allí, en la obscuridad, y ante el mismo río del cual no veíamos sino la franja inmediata, pero que sentíamos subir hasta la otra orilla, me)*

* * *

Engañados respecto de los recursos del país, habiendo agotado en yerros de colono recién llegado el escaso capital que trajeran, el matrimonio se encontró un día al extremo de sus recursos. Pero como eran animosos, emplearon los últimos pesos en una chalana inservible, cuyas cuadernas recompusieron con infinita fatiga, y con ella emprendieron un tráfico ribereño, comprando a los pobladores diseminados en la costa miel, naranjas, tacuaras, paja —todo en pequeña *(en yerros de chacarero)* *(pequeña escla — que iban)*

escala—, que iban a vender a la playa de Posadas,
malbaratando casi siempre su mercancía, pues ignorantes al principio del pulso del mercado, llevaban litros de
miel de caña cuando habían llegado barriles de ella el día
anterior, y naranjas, cuando la costa amarilleaba.

anterior, y naranjas cuando

Vida muy dura y fracasos diarios, que alejaban de su
espíritu toda otra preocupación que no fuera llegar de
madrugada a Posadas y remontar en seguida el Paraná a
fuerza de puño. La mujer acompañaba siempre al
marido, y remaba con él.

En uno de los tantos días de tráfico, llegó un 23 de
diciembre, y la mujer dijo:

—Podríamos llevar a Posadas el tabaco que tenemos,
y las bananas de Francés-cué. De vuelta traeremos tortas
de Navidad y velitas de color. Pasado mañana es Navidad, y las venderemos muy bien en los boliches.

A lo que el hombre contestó:

—En Santa Ana no venderemos muchas; pero en San
Ignacio podremos vender el resto.

podemos vender el resto.

Con lo cual descendieron la misma tarde hasta Posadas, para remontar a la madrugada siguiente, de noche
aún.

Ahora bien; el Paraná estaba hinchado con sucias
aguas de creciente que se alzaban por minutos. Y cuando
las lluvias tropicales se han descargado simultáneamente
en toda la cuenca superior, se borran los largos remansos, que son los más fieles amigos del remero. En todas
partes el agua se desliza hacia abajo, todo el inmenso
volumen del río es una huyente masa líquida que corre
en una sola pieza. Y si a la distancia el río aparece en la
canal terso y estirado en rayas luminosas, de cerca,
sobre él mismo, se ve el agua revuelta en pesado moaré de
remolinos.

Y cuando los deshielos y las lluvias tropicales se descargan
simultáneamente, se borran los
remansos, que son

distancia aparece en la canal

El matrimonio, sin embargo, no titubeó un instante
en remontar tal río en un trayecto de 60 kilómetros, sin
otro aliciente que el de ganar unos cuantos pesos. El
amor nativo al centavo que ya llevaban en sus entrañas
se había exasperado ante la miseria entrevista, y aunque
estuvieran ya próximos a su sueño dorado —que habían
de realizar después—, en aquellos momentos hubieran
afrontado el Amazonas entero, ante la perspectiva de
aumentar en cinco pesos sus ahorros.

en un trayecto de quince leguas,
sin otro

sueño dorado, — que

Amazonas entero ante

Emprendieron, pues, el viaje de regreso, la mujer en
los remos y el hombre a la pala en popa. Subían apenas,
aunque ponían en ello su esfuerzo sostenido, que debían

la mujer a remo y el hombre

duplicar cada veinte minutos en las restingas, donde los remos de la mujer adquirían una velocidad desesperada, y el hombre se doblaba en dos con lento y profundo esfuerzo sobre su pala hundida un metro en el agua.

Pasaron así diez, quince horas, todas iguales. Lamiendo el bosque o las pajas del litoral, la canoa remontaba imperceptiblemente la inmensa y luciente avenida de agua, en la cual la diminuta embarcación, rasando la costa, parecía bien pobre cosa.

El matrimonio estaba en perfecto tren, y no eran remeros a quienes catorce o diez y seis horas de remo podían abatir. Pero cuando ya a la vista de Santa Ana se disponían a atracar para pasar la noche, al pisar el barro el hombre lanzó un juramento y saltó a la canoa: más arriba del talón, sobre el tendón de Aquiles, un agujero negruzco, de bordes lívidos y ya abultados, denunciaba el aguijón de la raya.

La mujer sofocó un grito.

—¿Qué?... ¿Una raya?

El hombre se había cogido el pie entre las manos y lo apretaba con fuerza convulsiva.

—Sí...

—¿Te duele mucho? —agregó ella, al ver su gesto. Y él, con los dientes apretados:

—De un modo bárbaro...

En esa áspera lucha que había endurecido sus manos y sus semblantes, habían eliminado de su conversación cuanto no propendiera a sostener su energía. Ambos buscaron vertiginosamente un remedio. ¿Qué? No recordaban nada. La mujer de pronto recordó: aplicaciones de ají macho, quemado.

—¡Pronto, Andrés! —exclamó recogiendo los remos—. Acuéstate en popa; voy a remar hasta Santa Ana.

Y mientras el hombre, con la mano siempre aferrada al tobillo, se tendía a popa, la mujer comenzó a remar.

Durante tres horas remó en silencio, concentrando su sombría angustia en un mutismo desesperado, aboliendo de su mente cuanto pudiera restarle fuerzas. En popa, el hombre devoraba a su vez su tortura, pues nada hay comparable al atroz dolor que ocasiona la picadura de una raya —sin excluir el raspaje de un hueso tuberculoso. Sólo de vez en cuando dejaba escapar un suspiro que a despecho suyo se arrastraba al final en bramido. Pero ella no lo oía o no quería oírlo, sin otra señal de vida que las miradas atrás para apreciar la distancia que faltaba aún.

Llegaron por fin a Santa Ana; ninguno de los pobladores de la costa tenía ají macho. ¿Qué hacer? Ni soñar siquiera en ir hasta el pueblo. En su ansiedad la mujer recordó de pronto que en el fondo del Teyucuaré, al pie del bananal de Blosset y sobre el agua misma, vivía desde meses atrás un naturalista, alemán de origen, pero al servicio del Museo de París. Recordaba también que había curado a dos vecinos de mordeduras de víbora, y era, por tanto, más que probable que pudiera curar a su marido.

Reanudó, pues, la marcha, y tuvo lugar entonces la lucha más vigorosa que pueda entablar un pobre ser humano —¡una mujer!— contra la voluntad implacable de la Naturaleza.

Todo: el río creciendo y el espejismo nocturno que volcaba el bosque litoral sobre la canoa, cuando en realidad ésta trabajaba en plena corriente a diez brazas; la extenuación de la mujer y sus manos, que mojaban el puño del remo de sangre y agua serosa; todo: río, noche y miseria sujetaban la embarcación.[a]

Hasta la boca del Yabebirí pudo aún ahorrar alguna fuerza; pero en la interminable cancha desde el Yabebirí hasta los primeros cantiles del Teyucuaré, no tuvo un instante de tregua, porque el agua corría por entre las pajas como en la canal, y cada tres golpes de remo levantaban camalotes en vez de agua; los cuales cruzaban sobre la proa sus tallos nudosos y seguían a la rastra, por lo cual la mujer debía ir a arrancarlos bajo el agua. Y cuando tornaba a caer en el banco, su cuerpo, desde los pies a las manos, pasando por la cintura y los brazos, era un único y prolongado sufrimiento.

Por fin, al norte, el cielo nocturno se entenebrecía ya hasta el cénit por los cerros del Teyucuaré, cuando el hombre, que desde hacía un rato había abandonado su tobillo para asirse con las dos manos a la borda, dejó escapar un grito.

Marginal notes: de la naturaleza. / y sus manos que / miseria la empujaban hacia atrás. / y continuo sufrimiento. / se entenebrecía ya por los cerros del Teyucuaré,

[a] Seguramente por el poco tiempo transcurrido entre la aparición de este cuento en la prensa (1919), y su inserción en libro (1921), las variantes que presenta son escasísimas. Apenas pueden marcarse algunos ajustes de la puntuación (siempre una preocupación sin respuesta definitiva) y muy poco más. El caso aquí anotado es atípico, porque en la versión original las fuerzas de la naturaleza, endemoniadas enemigas, conspiraban contra el buen fin de los navegantes; en el texto-base, Quiroga esquiva una nueva repetición, y transforma el sentido del pasaje cuando hace volver cómplice —en un instante límite— a los mismos poderes que destruían las magras energías de la mujer.

La mujer se detuvo.

—¿Te duele mucho?

—Sí... —respondió él, sorprendido a su vez y jadeando—. Pero no quise gritar... Se me escapó.

Y agregó más bajo, como si temiera sollozar si alzaba la voz:

—No lo voy a hacer más...

Sabía muy bien lo que era en aquellas circunstancias y ante su pobre mujer realizando lo imposible, perder el ánimo. El grito se le había escapado, sin duda, por más que allá abajo, en el pie y el tobillo, el atroz dolor se exasperaba en punzadas fulgurantes que lo enloquecían.

Pero ya habían caído bajo la sombra del primer acantilado, rasando y golpeando con el remo de babor[b] la dura mole que ascendía a pico hasta cien metros. Desde allí hasta la restinga sur del Teyucuaré el agua está muerta y remansa a trechos. Inmenso desahogo del que la mujer no pudo disfrutar, porque de popa se había alzado otro grito. La mujer no volvió la vista. Pero el herido, empapado en sudor frío y temblando hasta los mismos dedos adheridos al listón de la borda, no tenía ya fuerza para contenerse, y lanzaba un nuevo grito.

Durante largo rato el marido conservó un resto de energía, de valor, de conmiseración por aquella otra miseria humana, a la que robaba de ese modo sus últimas fuerzas, y sus lamentos rompían de largo en largo. Pero al fin toda su resistencia quedó deshecha en una papilla de nervios destrozados, y desvariado de tortura, sin darse él mismo cuenta, con la boca entreabierta para no perder tiempo, sus gritos se repitieron a intervalos regulares y acompasados en un ¡ay! de supremo sufrimiento.

La mujer, entre tanto, el cuello doblado, no apartaba los ojos de la costa para conservar la distancia. No pensaba, no oía, no sentía: remaba. Sólo cuando un grito más alto, un verdadero clamor de tortura rompía la noche, las manos de la mujer se desprendían a medias del remo.

Hasta que por fin soltó los remos y echó los brazos sobre la borda.

—No grites... —murmuró.

—¡No puedo! —clamó él—. ¡Es demasiado sufrimiento!

Ella sollozaba:

Entre tanto habían entrado ya bajo la sombra del primer acantilado, rasando y golpeando con el remo de estribor la dura

al listón, no tenía ya fuerzas para

regulares y acompasados, en

La mujer, entre tanto, no apartaba los ojos

---

[b] De estribor a babor, mero cambio circunstancial que nada aporta al avance de la embarcación.

—¡Ya sé!... ¡Comprendo!... Pero no grites... ¡No puedo remar!

Y él:

—Comprendo también... ¡Pero no puedo! ¡Ay!...

Y enloquecido de dolor y cada vez más alto:

—¡No puedo! ¡No puedo! ¡No puedo!...

La mujer quedó largo rato aplastada sobre los brazos, inmóvil, muerta. Al fin se incorporó y reanudó muda la marcha.

Lo que la mujer realizó entonces, esa misma mujercita que llevaba ya diez y ocho horas de remo en las manos, y que en el fondo de la canoa llevaba a su marido moribundo, es una de esas cosas que no se tornaban a hacer en la vida. Tuvo que afrontar en las tinieblas el rápido sur del Teyucuaré, que la lanzó diez veces a los remolinos de la canal. Intentó otras diez veces sujetarse al peñón para doblarlo con la canoa a la rastra, y fracasó. Tornó al rápido, que logró por fin incindir con el ángulo debido, y ya en él se mantuvo sobre su lomo treinta y cinco minutos remando vertiginosamente para no derivar. Remó todo ese tiempo con los ojos escocidos por el sudor que la cegaba, y sin poder soltar un solo instante los remos. Durante esos treinta y cinco minutos tuvo a la vista, a tres metros, el peñón que no podía doblar, ganando apenas centímetros cada cinco minutos, y con la desesperante sensación de batir el aire con los remos, pues el agua huía velozmente.

Con qué fuerzas, que estaban agotadas; con qué increíble tensión de sus últimos nervios vitales pudo sostener aquella lucha de pesadilla, ella menos que nadie podría decirlo. Y sobre todo si se piensa que por único estimulante, la lamentable mujercita no tuvo más que el acompasado alarido de su marido en popa.

El resto del viaje —dos rápidos más en el fondo del golfo y uno final al costear el último cerro, pero sumamente largo— no requirió un esfuerzo superior a aquél. Pero cuando la canoa embicó por fin sobre la arcilla del puerto de Blosset, y la mujer pretendió bajar para asegurar la embarcación, se encontró de repente sin brazos, sin piernas y sin cabeza —nada sentía de sí misma, sino el cerro que se volcaba sobre ella—; y cayó desmayada.

* * *

—¡Así fué, señor! Estuve dos meses en cama, y ya vió cómo me quedó la pierna. ¡Pero el dolor, señor! Si no es por ésta, no hubiera podido contarle el cuento, señor —concluyó poniéndole la mano en el hombro a su mujer.

La mujercita dejó hacer, riendo. Ambos sonreían, por lo demás, tranquilos, limpios y establecidos por fin con su boliche lucrativo, que había sido su ideal.

Y mientras quedábamos de nuevo mirando el río oscuro y tibio que pasaba creciendo, me pregunté qué cantidad de ideal hay en la entraña misma de la acción, cuando prescinde en un todo del móvil que la ha encendido, pues allí, tal cual, desconocido de ellos mismos, estaba el heroísmo a la espalda de los míseros comerciantes.

NOTAS

[1] Publicado en: *Caras y Caretas*, Buenos Aires, nº 1108, diciembre 27, 1919. Ocupa cuatro páginas con dos ilustraciones de Peláez, una en la primera página y la otra en la última.

A propósito de este cuento, Delgado y Brignole escriben: «A pesar de las burlas y profecías pesimistas de la gente entendida del lugar, de la eficiencia de tal calafateo, éste resultó en forma que, ante el estupor de los peritos marineros, *La gaviota* comenzó a surcar las aguas del Paraná sin el menor contratiempo. Y eso que fue sometida a rudas pruebas. Hicieron con ella innumerables y temerarias incursiones, turnándose en el manejo del timón y de los remos. Cierta vez se lanzaron, con el Paraná crecido —cuyas correntadas, fuertes normalmente, cuando sale de madre se tornan imponentes y casi infranqueables a remo en los sitios encajonados del río, o se arremolinan en otros peligrosamente— o un viaje de ida y vuelta al Yabebirí, que duró desde las cuatro de la tarde hasta las diez de la noche. Fueron seis horas que no las olvidarían nunca más, ni por los esfuerzos gastados ni por las angustias sufridas. En muchos momentos creyeron sucumbir entre el oleaje que golpeaba furiosamente contra los acantilados, o entre los grandes troncos o camalotes poblados de víboras que las aguas arrastraban. Cuando llegaron al desembarcadero, estaban tan agotados y ateridos que no podían dar un paso, permaneciendo mudos, tirados en el suelo, durante largas horas. Su cuento «En la noche» —una de las más formidables narraciones quiroguianas— es fiel trasunto de esta odisea que, por haber sido intensamente vivida, cobra allí un realismo impresionante.

No se contentaron con la navegación a remo. En Misiones fabricaron velas y mástiles, lanzándose al río con aquellas desplegadas, bastante a la buena de Dios, porque eran casi legos en el manejo de gavias y trinquetes. No tuvieron, sin embargo, ningún contratiempo grave que lamentar, y, en diciembre regresaron a Buenos Aires, después de tres meses de solaces náuticos en los que habían demostrado, al par que una loca audacia, la perfección y resistencia de *La gaviota* (*Vida y obra de Horacio Quiroga, ibidem*, pp. 242-243).

POLEA LOCA[1]

EN UNA ÉPOCA en que yo tuve veleidades de ser empleado nacional, oí hablar de un hombre que durante los dos años que desempeñó un puesto público no contestó una sola nota.

—He aquí un hombre superior —me dije—. Merece que vaya a verlo.

Porque debo confesar que el proceder habitual y forzoso de contestar cuanta nota se recibe es uno de los inconvenientes más grandes que hallaba yo a mi aspiración. El delicado mecanismo de la administración nacional —nadie lo ignora— requiere que toda nota que se nos hace el honor de dirigir, sea fatalmente contestada. Una sola comunicación puesta de lado, la más insignificante de todas, trastorna hasta lo más hondo de sus dientes el engranaje de la máquina nacional. Desde las notas del presidente de la República a las de un oscuro cabo de Policía, todas exigen respuesta en igual grado, todas encarnan igual nobleza administrativa, todas tienen igual austera trascendencia.

Es, pues, por esto que, convencido y orgulloso, como buen ciudadano, de la importancia de esas funciones, no me atrevía francamente a jurar que todas las notas que yo recibiera serían contestadas. Y he aquí que me aseguraban que un hombre, vivo aún, había permanecido dos años en la Administración nacional, sin contestar —ni enviar, desde luego— ninguna nota...

Fui, por consiguiente, a verlo, en el fondo del bosque. Era un hombre de edad avanzada, español, de mucha cultura —pues esta intelectualidad inesperada al pie de un quebracho, en una fogata de siringal o en un aduar del Sahara, es una de las tantas sorpresas del trópico.

Mi hombre se echó a reír de mi juvenil admiración cuando le conté lo que me llevaba a verlo. Me dijo que no era cierto —por lo menos el lapso de tiempo transcurrido sin contestar una sola nota—. Que había sido encargado

escolar en una colonia nacional, y que, en efecto, había
dejado pasar algo más de un año sin acusar recibo de
nota alguna. Pero que eso tenía en el fondo poca importancia, habiendo notado por lo demás...

Aquí mi hombre se detuvo un instante, y se echó a
reír de nuevo.

—¿Quiere usted que le cuente algo más sabroso que
todo esto? —me dijo—. Verá usted un modelo de funcionario público... ¿Sabe usted qué tiempo dejó pasar ese
tal sin dignarse echar una ojeada a lo que recibía? Dos
años y algo más. ¿Y sabe usted qué puesto desempeñaba?
Gobernador... Abra usted ahora la boca.

En efecto, lo merecía. Para un tímido novio —digámoslo así— de la Administración nacional, nada podía
abrirme más los ojos sobre la virtud de mi futura que las
hazañas de aquel don Juan administrativo... Le pedí que
me contara todo, si lo sabía, y a escape.

—¿Si lo sé? —me respondió—. ¿Si conozco bien a mi
funcionario? Como que yo fuí el gobernador que le
sucedió... Pero óigame más bien desde el principio. Era
en... En fin, suponga usted que el ochenta y tantos. Yo
acababa de regresar a España, mal curado aún de unas
fiebres cogidas en el Golfo de Guinea. Había hecho un
crucero de cinco años, abasteciendo a las factorías
españolas de la costa. El último año lo pasé en Elobey
Chico... ¿Usted sabe su geografía, sí?

—Sí, toda; continúe.

—Bien. Sabrá usted entonces que no hay país más
malsano en el *mundo entero*, así como suena, que la
región del delta del Níger. Hasta ahora, no hay mortal
nacido en este planeta que pueda decir, después de haber
cruzado frente a las bocas del Níger:

—No tuve fiebre...

Comenzaba, pues, a restablecerme en España,
cuando un amigo, muy allegado al ministerio de Ultramar, me propuso la gobernación de una de las cuatrocientas y tantas islas que pueblan las Filipinas. Yo era,
según él, el hombre indicado, por mi larga actuación
entre negros y negritos.

—Pero no entre malayos —respondí a mi protector—. Entiendo que es bastante distinto...

—No crea usted; es la misma cosa —me aseguró—.
Cuando el hombre baja más de dos o tres grados en su
color, todos son lo mismo... En definitiva: ¿le conviene a
usted? Tengo facultades para hacerle dar el destino en
seguida.

Consulté un largo rato con mi conciencia, y más profundamente con mi hígado. Ambos se atrevían, y acepté.

—Muy bien —me dijo entonces mi padrino—. Ahora que usted es de los nuestros, tengo que ponerlo en conocimiento de algunos detalles. ¿Conoce usted, siquiera de nombre, al actual gobernador de su isla, Félix Pérez de Zúñiga?

—No; fuera del escritor... —le dije.

—Ese no es Félix —me objetó—. Pero casi, casi valen tanto el uno como el otro... Y no lo digo por mal. Pues bien: desde hace dos años no se sabe lo que pasa allá. Se han enviado millones de notas, y crea usted que las últimas son capaces de ponerle los pelos de punta al funcionario peor nacido... Y nada, como si tal cosa. Usted llevará, conjuntamente con su nombramiento, la destitución del personaje. ¿Le conviene siempre?

Ciertamente, me convenía... a menos que el fantástico gobernador fuera de genio tan vivo cual grande era su llaneza en eso de las notas.

—No tal —me respondió—. Según informes, es todo lo contrario... Creo que se entenderá usted con él a maravillas.

No había, pues, nada que decir. Di aún un poco de solaz a mi hígado, y un buen día marché a Filipinas. Eso sí, llegué en un mal día, con un colazo de tifón en el estómago y el malhumor del gobernador general sobre mi cabeza. A lo que parece, se había prescindido bastante de él en ese asunto. Logré, sin embargo, conciliarme su buena voluntad, y me dirigí a mi isla, tan a trasmano de toda ruta marítima que si no era ella el fin del mundo era evidentemente la tumba de toda comunicación civilizada.

Y abrevio, pues noto que usted se fatiga... ¿No? Pues adelante... ¿En qué estábamos?... ¡Ah! En cuanto desembarqué di con mi hombre. Nunca sufrí desengaño igual. En vez del tipo macizo, atrabiliario y gruñón que me había figurado a pesar de los informes, tropecé con un muchacho joven de ojos azules —grandes ojos de pájaro alegre y confiado—. Era alto y delgado, muy calvo para su edad, y el pelo que le restaba —abundante en los costados— era oscuro y muy ondeado. Tenía la frente y la calva muy lustrosas. La voz muy clara, y hablaba sin apresurarse, con largas entonaciones de hombre que no tiene prisa y goza exponiendo y recibiendo ideas.

Total: un buen muchacho, inteligente sin duda, muy
expansivo y cordial y con aire de atreverse a ser feliz
dondequiera que se hallase.

—Pase usted; siéntese —me dijo—. Esté todo lo a
gusto que quiera. ¿No desea tomar nada? ¿No, nada? ¿Ni
aun chocolate?... El que tengo es detestable, pero vale la
pena probarlo... Oiga su historia: el otro día un buque
costero llegó hasta aquí, y me trajo diez libras de
cacao..., lo mejor de lo mejor entre los cacaos. Encargué
de la faena a un indígena inteligentísimo en la manufac-
tura del chocolate. Ya lo conocerá usted. Se tostó el
cacao, se molió, se le incorporó el azúcar —también de
primera—, todo a mi vista y con extremas precauciones.
¿Sabe usted lo que resultó? Una cosa imposible. ¿Quiere
usted probarlo? Vale la pena... Después me escribirá
usted desde España cómo se hace eso... ¡Ah, no vuelve
usted!... ¿Se queda, sí? ¿Y será usted el nuevo gobernador, sin duda?... Mis felicitaciones...

¿Cómo aquel feliz pájaro podía ser el malhechor
administrativo a quien iba a reemplazar?

—Sí —continuó él—. Hace ya veintidós meses que no
debía ser yo gobernador. Y no era difícil adivinarle a
usted. Fue cuando adquirí el convencimiento pleno de
que jamás podría yo llegar a contestar una nota en
adelante. ¿Por qué? Es sumamente complicado esto...
Más tarde le diré algo, si quiere... Y entre tanto, le haré
entrega de todo, cuando usted lo desee... ¿Ya?... Pues
comencemos.

Y comenzamos, en efecto. Primero que todo, quise
enterarme de la correspondencia oficial recibida, puesto
que yo estaba bien informado de la remitida.

—¿Las notas, dice usted? Con mucho gusto. Aquí
están.

Y fué a poner la mano sobre un gran tonel abierto, en
un rincón del despacho.

Francamente, aunque esperaba mucho de aquel funcionario, no creí nunca hallar pliegos con membrete real
amontonados en el fondo de un barril...

—Aquí está —repitió siempre con la mano en el
borde, y mirándome con la misma plácida sonrisa.

Me acerqué, pues, y miré. Todo el tonel, y era
inmenso, estaba efectivamente lleno de notas; pero todas
sin abrir. ¿Creerá usted? Todas tenían su respectivo
sobre intacto, hacinadas como diarios viejos con faja
aún. Y el hombre, tan tranquilo. No sólo no había

y cordial, y con aire

Pase usted, siéntese — me dijo.
Esté

a usted... Fué

y miré: Todo el barril, y

contestado una sola comunicación, lo que ya sabía yo; pero ni aun había tenido a bien leerlas...

No pude menos de mirarlo un largo momento. El hizo lo mismo, con una sonrisa de criatura cogida en un desliz, pero del que tal vez se enorgullece. Al fin se echó a reír y me cogió de un brazo.

—Escúcheme —me dijo—. Sentémonos, y hablaremos, ¡Es tan agradable hallar una sorpresa como la suya, después de dos años de aislamiento! ¡Esas notas!... ¿Quiere usted, francamente, conservar por el resto de su vida la conciencia tranquila y menos congestionado su hígado? —se le ve en la cara en seguida...—. ¿Sí? Pues no conteste jamás una nota. Ni una sola siquiera. No cree, es claro... ¡Es tan fuerte el prejuicio, señor mío! ¿Y sabe usted de qué proviene? Proviene sencillamente de creer, como en la Biblia, que la administración de una nación es una máquina con engranajes, poleas y correas, todo tan íntimamente ligado, que la detención o el simple tropiezo de una minúscula rueda dentada es capaz de detener todo el maravilloso mecanismo. ¡Error, profundo error! Entre la augusta mano que firma *Yo* y la de un carabinero que debe poner todos sus ínfimos títulos para que se sepa que existe, hay una porción de manos que podrían abandonar sus barras sin que por ello el buque pierda el rumbo. La maquinaria es maravillosa, y cada hombre es una rueda dentada, en efecto. Pero las tres cuartas partes de ellas son poleas locas, ni más ni menos. Giran también, y parecen solidarias del gran juego administrativo; pero en verdad dan vueltas en el aire, y podrían detenerse algunas centenas de ellas sin trastorno alguno. No, créame usted a mí, que he estudiado el asunto todo el tiempo libre que me dejaba la digestión de mi chocolate... No hay tal engranaje continuo y solidario desde el carabinero a su majestad el Rey. Es ello una de las tantas cosas que en el fondo solemos y simulamos ignorar... ¿No? Pues aquí tiene usted un caso flagrante... Usted ha visto la isla, la cara de sus habitantes, bastante más gordos que yo; ha visto al señor gobernador general; ha atravesado el mundo, y viene de España. Ahora bien: ¿ha visto usted señales de trastorno en parte alguna? ¿Ha notado usted algún balanceo peligroso en la nave del Estado? ¿Cree usted sinceramente que la marcha de la Administración nacional se ha entorpecido, en la cantidad de un pelo entre dos dientes de engranaje, porque yo haya tenido a bien, sistemática-

de mirarlo un momento.

tranquila, y menos congestionado su hígado — se le ve en la cara, en seguida... ¿Si? Pues no conteste usted jamás una nota. Ni

de creer como un la Biblia que la

rueda dentada, es capaz de detener todo el maravilloso mecanismo. Error, profundo error! Entre la augusta mano que firma Yo, y la de

de ellas, sin

Gobernador Genral; ha
Ahora bien: ¿Ha visto usted

mente, no abrir nota alguna? Me destituyen, y usted me
reemplaza, y aprenderá a hacer un buen chocolate...
Esto es todo el trastorno... ¿No cree usted?

Y el hombre, siempre con la rodilla entre las manos,
me miraba con sus azules ojos de pájaro complaciente,
muy satisfecho, al parecer, de que a él lo destituyeran y
de que yo lo reemplazara.

—Precisa que yo le diga a usted, ahora que conoce mi
propia historia de cuando fuí encargado escolar, que
aquel diablo de muchacho tenía una seducción de todos
los demonios. No sé si era lo que se llama un hombre
equilibrado; pero su filosofía pagana, sin pizca de acri-
tud, tentaba fabulosamente, y no pasó mucho rato sin
que simpatizáramos del todo.

Procedía, sin embargo, no dejarme embriagar.

—Es menester —le dije formalizándome un tanto—
que yo abra esa correspondencia.

Pero mi muchacho me detuvo del brazo, mirándome
atónito:

—¿Pero está usted loco? —exclamó—. ¿Sabe usted lo
que va a encontrar allí? ¡No sea criatura, por Dios!
Inunde eso de petróleo, con tonel y todo, y arrójelo
ardiendo a la playa...

Sacudí la cabeza y metí la mano en el tonel. Mi
hombre se encogió entonces de hombros y se echó de
nuevo en su sillón, con la rodilla muy alta entre las
manos. Me miraba hacer de reojo, moviendo la cabeza y
sonriendo al final de cada comunicación.

¿Usted supone, no, lo que dirían las últimas notas,
dirigidas a un empleado que desde hacía dos años se
libraba muy bien de contestar a una sola? Eran simplemente cosas para hacer ruborizar, aun en un cuarto
oscuro, al funcionario de menos vergüenza... Y yo debía
cargar con todo eso, y contestar una por una a todas...

—¡Ya se lo había yo prevenido! —me decía mi
muchacho con voz compasiva—. Va usted a sudar mucho
más cuando deba contestar... Siga mi consejo, que aún es
tiempo: haga un Judas con tonel y notas, y se sentirá
feliz.

¡Estaba bien divertido! Y mientras yo continuaba
leyendo, mi hombre, con su calva luciente, su aureola de
pelo rizado y su guardapolvo de brin de hilo, proseguía
balanceándose, muy satisfecho de la norma a que había
logrado ajustar su vida.

Yo traspiraba copiosamente, pues cada nueva nota
era una nueva bofetada, y concluí por sentir debilidad.

—¡Ah, ah! —se levantó—. ¿Se halla cansado ya? ¿Desea tomar algo? ¿Quiere probar mi chocolate? Vale la pena, créame usted...

Vale la pena, ya le dije...

Y a pesar de mi gesto desabrido, pidió el chocolate y lo probé. En efecto, era detestable; pero el hombre quedó muy contento.

—¿Vio usted? No se puede tomar. ¿A qué atribuir esto? No descansaré hasta saberlo... Me alegro de que no haya podido tomarlo, pues asi cenaremos temprano. Yo lo hago siempre con luz de día aún... Muy bien; comeremos de aquí a una hora, y mañana proseguimos con las notas y demás...

Yo estaba cansado, bien cansado. Me di un hermosísimo baño, pues mi joven amigo tenía una instalación portentosa de *confort* en esto. Cenamos, y un rato después mi huésped me acompañó hasta mi cuarto.

—Veo que es usted hombre precavido —me dijo al verme retirar un mosquitero de la maleta—. Sin este chisme, no podría usted dormir. Solamente yo no lo uso aquí.

—¿No lo pican los mosquitos? —le pregunté, extrañado a medias solamente.

—¿Usted cree? —Me respondió riendo y llevándose la mano a su calva frente—. Muchísimo... Pero no puedo soportar eso... ¿No ha oído hablar usted de personas que se ahogan dentro del mosquitero? Es una tontería, si usted quiere, una neurosis inocente, pero se sufre en realidad. Venga usted a ver mi mosquitero.

Fuimos hasta su cuarto o, mejor dicho, hasta la puerta de su cuarto. Mi amigo levantó la lámpara hasta los ojos, y miré. Pues bien: toda la altura y la anchura de la puerta estaba cerrada por una verdadera red de telarañas, una selva inextricable de telarañas, donde no cabía la cabeza de un fósforo sin hacer temblar todo el telón. Y tan lleno de polvo, que parecía un muro. Por lo que pude comprender, más que ver, la red se internaba en el cuarto, sabe Dios hasta dónde.

o mejor dicho hasta la

—¿Y usted duerme aquí? —le pregunté mirándolo un largo momento.

—Sí —me respondió con infantil orgullo—. Jamás entra un mosquito. Ni ha entrado ni creo que entre jamás.

—Pero usted, ¿por dónde entra? —le pregunté, muy preocupado.

—¿Yo, por dónde entro? —respondió. Y agachándose, me señaló con la punta del dedo—: Por aquí.

Haciéndolo con cuidado, y en cuatro patas, la cosa no
tiene mayor dificultad... Ni mosquitos ni murciélagos...
¿Polvo? No creo que pase; aquí tiene la prueba... Adentro está muy despejado... y limpio, crea usted. ¿Aho-
garme?... No; lo que ahoga es lo artificial, el mosquitero
a cincuenta centímetros de la boca... ¿Se ahoga usted
dentro de una habitación cerrada por el frío? Y hay
—concluyó con la mirada soñadora— una especie de
descanso primitivo en este sueño defendido por millones
de arañas que velan celosamente la quietud de uno...
¿No lo cree usted así? No me mire con esos ojos...
¡Buenas noches, señor gobernador! —concluyó riendo y
sacudiéndome ambas manos.

A la mañana siguiente, muy temprano, pues éramos
uno y otro muy madrugadores, proseguimos nuestra
tarea. En verdad, no faltaba sino recibirme de los libros
de cuentas, fuera de insignificancias de menor cuantía.

—¡Es cierto! —me respondió—. Existen también los
libros de cuentas... Hay, creo yo, mucho que pensar
sobre eso... Pero lo haré después, con tiempo. En un
instante lo arreglaremos. ¡Urquijo! Hágame el favor de
traer los libros de cuentas. Verá usted que en un
momento... No hay nada anotado, como usted comprenderá; pero en un instante... Bien, Urquijo; siéntese usted
ahí; vamos a poner los libros en forma. Comience usted.

El secretario, a quien había entrevisto apenas la
tarde anterior, era un sujeto de edad, bajo y, huraño,
silencioso y de mirar desconfiado. Tenía la cara rojiza y
lustrosa, dando la sensación de que no se la lavaba
nunca. Simple apariencia, desde luego, pues su vieja
ropa negra no tenía una sola mancha. Su cuello de
celuloide era tan grande, que dentro de él cabían dos
pescuezos como el suyo. Tipo reconcentrado y de mirar
desconfiado como nadie.

Y comenzó el arreglo de cuentas más original que
haya visto en mi vida. Mi amigo se sentó enfrente del
secretario y no apartó un instante la vista de los libros
mientras duró la operación. El secretario recorría reci-
bos, facturas y operaba en voz alta:

—Veinticinco meses de sueldos al guardafaro, a tanto
por mes, es tanto y tanto...

Y multiplicaba al margen de un papel.

Su jefe seguía los números en línea quebrada, sin
pestañear. Hasta que, por fin, extendió el brazo:

—No, no, Urquijo... Eso no me gusta. Ponga: un mes
de sueldo al guardafaro, a tanto por mes, es tanto y

(marginal notes:)
muy bajo y muy flaco, huraño,
silencioso

mirar desconfiado, como nadie.

Hasta que por fin extendió

tanto. Segundo mes de sueldo al guardafaro, a tanto por mes, es tanto y tanto; tercer mes de sueldo... Siga así, y sume. Así entiendo claro.

Y volviéndose a mí:

—Hay yo no sé qué cosa de brujería y sofisma en las matemáticas, que me da escalofríos... ¿Creerá usted que jamás he llegado a comprender la multiplicación? Me pierdo en seguida... Me resultan diabólicos esos números que se van disparando todos hacia la izquierda... Sume, Urquijo.

El secretario, serio y sin levantar los ojos, como si fuera aquello muy natural, sumaba en voz alta, y mi amigo golpeaba entonces ambas manos sobre la mesa:

—Ahora sí —decía—; esto es bien claro.

Pero a una nueva partida de gastos, el secretario se olvidaba, y recomenzaba:

—Veinticinco meses de provisión de leña, a tanto por mes, es tanto y tanto...

—¡No, no! ¡Por favor, Urquijo! Ponga: un mes de provisión de leña, a tanto por mes, es tanto y tanto...; segundo mes de provisión de leña..., etcétera. Sume, después.

Y así continuó el arreglo de libros, ambos con demoníaca paciencia, el secretario, olvidándose siempre y empeñado en multiplicar al margen del papel y su jefe deteniéndolo con la mano para ir a una cuenta clara y sobre todo honesta.

—Aquí tiene usted sus libros en forma —me dijo mi hombre al final de cuatro largas horas, pero sonriendo siempre con sus grandes ojos de pájaro inocente.

Nada más me queda por decirle. Permanecí nueve meses escasos allá, pues mi hígado me llevó otra vez a España. Más tarde, mucho después, vine aquí, como contador de una empresa... El resto ya lo sabe. En cuanto a aquel singular muchacho, nunca he vuelto a saber nada de él... Supongo que habrá solucionado al fin el misterio de por qué su chocolate, hecho con elementos de primera, había salido tan malo...

Y en cuanto a la influencia del personaje... ya sabe mi actuación de encargado escolar... Jamás, entre paréntesis, marcharon mejor los asuntos de la escuela... Créame: las tres cuartas partes de las ideas del peregrino mozo son ciertas... Incluso las matemáticas...

* * *

los ojos como

mano, para ir

pájaro, inocente

escolar. (Jamás, de la escuela...)

+++

Yo agrego ahora: las matemáticas, no sé; pero en el resto —Dios me perdone— le sobraba razón. Así, al parecer, lo comprendió también la Administración, rehusando admitirme en el manejo de su delicado mecanismo.

Así al parecer lo comprendió

NOTAS

[1] Inicialmente en: *Plus Ultra*, Buenos Aires, nº 11, marzo 1917. Apareció con el título de «El arte de ser buen empleado público». No habiendo obtenido esta primera versión, las variantes que registramos se efectúan en correlación con la primera edición en libro (1920), donde ya tenía el título definitivo.

DIETA DE AMOR[1]

AYER DE MAÑANA tropecé en la calle con una muchacha delgada, de vestido un poco más largo que lo regular, y bastante mona, a lo que me pareció. Me volví a mirarla y la seguí con los ojos hasta que dobló la esquina, tan poco preocupada de mi plantón como pudiera haberlo estado mi propia madre. Esto es frecuente.

Tenía, sin embargo, aquella figurita delgada un tal aire de modesta prisa en pasar inadvertida, un tan franco desinterés respecto de un badulaque cualquiera que con la cara dada vuelta está esperando que ella se vuelva a su vez, tal cabal indiferencia, en suma, que me encantó, bien que yo fuera el badulaque que la seguía en aquel momento.

Aunque yo tenía que hacer, la seguí y me detuve en la misma esquina. A la mitad de la cuadra ella cruzó y entró en un zaguán de casa de alto.

La muchacha tenía un traje oscuro y muy tensas las medias. Ahora bien, deseo que me digan si hay una cosa en que se pierda mejor el tiempo que en seguir con la imaginación el cuerpo de una chica muy bien calzada que va trepando una escalera. No sé si ella contaba los escalones; pero juraría que no me equivoqué en un solo número y que llegamos juntos a un tiempo al vestíbulo.

Dejé de verla, pues. Pero yo quería deducir la condición de la chica del aspecto de la casa. Y seguí adelante, por la vereda opuesta.

Pues bien: en la pared de la misma casa, y en una gran chapa de bronce, leí:

DOCTOR SWINDENBORG
FÍSICO DIETÉTICO

¡Físico dietético! Está bien. Era lo menos que me podía pasar esta mañana. Seguir a una mona chica de traje azul marino, efectuar a su lado una ideal ascensión de escalera para concluir...

¡Físico dietético!... ¡Ah, no! ¡No era ése mi lugar, por cierto! ¡Dietético! ¿Qué diablos tenía yo que hacer con una muchacha anémica, hija o pensionista de un físico dietético? ¿A quién se le puede ocurrir hilvanar, como una sábana, estos dos términos disparatados: amor y dieta? No era todo eso una promesa de dicha, por cierto. ¡Dietético!... ¡No, por Dios! Si algo debe comer, y comer bien, es el amor. Amor y dieta... ¡No, con mil diablos!

* * *

Esto era ayer de mañana. Hoy las cosas han cambiado. La he vuelto a encontrar, en la misma calle, y sea por la belleza del día o por haber adivinado en mis ojos quién sabe qué religiosa vocación dietética, lo cierto es que me ha mirado.

«Hoy la he visto..., la he visto... y me ha mirado... »

¡Ah, no! Confieso que no pensaba precisamente en el final de la estrofa. Lo que yo pensaba era esto: cuál debe ser la tortura de un grande y noble amor, constantemente sometido a los éxtasis de una inefable dieta...

Pero que me había mirado, esto no tiene duda. La seguí, como el día anterior; y como el día anterior, mientras con una idiota sonrisa iba soñando tras los zapatos de charol, tropecé con la placa de bronce:

DOCTOR SWINDENBORG
FÍSICO DIETÉTICO

¡Ah! ¿Es decir, que nada de lo que yo iba soñando podría ser verdad? ¿Era posible que tras los aterciopelados ojos de mi muchacha no hubiera sino una celestial promesa de amor dietético?

Debo creerlo así, sin duda, porque hoy, hace apenas una hora, ella acaba de mirarme en la misma calle y en la misma cuadra, y he leído claro en sus ojos el alboroto de haber visto subir límpido a mis ojos un fraternal amor dietético...

¡Al diablo el amor!

* * *

Han pasado cuarenta días. No sé ya qué decir, a no ser que estoy muriendo de amor a los pies de mi chica de traje oscuro... Y si no a sus pies, por lo menos a su lado, porque soy su novio y voy a su casa todos los días.

Muriendo de amor... Y sí, muriendo de amor, porque no tiene otro nombre esta exhausta adoración sin sangre.

La memoria me falta a veces; pero me acuerdo muy bien de la noche que llegué a pedirla.

Había tres personas en el comedor —porque me recibieron en el comedor—: el padre, una tía y ella. El comedor era muy grande, muy mal alumbrado y muy frío. El doctor Swindenborg me oyó de pie, mirándome sin decir una palabra. La tía me miraba también, pero desconfiada. Ella, mi Nora, estaba sentada a la mesa y no se levantó.

Yo dije todo lo que tenía que decir, y me quedé mirando también. En aquella casa podía haber de todo; pero lo que es apuro, no. Pasó un momento aún, y el padre me miraba siempre. Tenía un inmenso sobretodo peludo, y las manos en los bolsillos. Llevaba un grueso pañuelo al cuello y una barba muy grande.

al cuello, y una

—¿Usted está bien seguro de amar a la muchacha? —me dijo, al fin.

me dijo al fin.

—¡Oh, lo que es eso! —le respondí.

No contestó nada, pero me siguió mirando.

—¿Usted come mucho? —me preguntó.

—Regular —le respondí, tratando de sonreírme.

La tía abrió entonces la boca y me señaló con el dedo como quien señala un cuadro:

la boca, y me
señala un objeto:

—El señor debe comer mucho... —dijo.

El padre volvió la cabeza a ella:

—No importa —objetó—. No podríamos poner trabas en su vía..

Y volviéndose esta vez a su hija, sin quitar las manos de los bolsillos:

—Este señor te quiere hacer el amor —le dijo—. ¿Tú quieres?

Ella levantó los ojos tranquila y sonrió:

—Yo, sí —repuso.

—Y bien —me dijo entonces el doctor, empujándome del hombro—. Usted es ya de la casa; siéntese y coma con nosotros.

Me senté enfrente de ella y cenamos. Lo que comí esa noche, no sé, porque estaba loco de contento con el amor de mi Nora. Pero sé muy bien lo que hemos comido después, mañana y noche, porque almuerzo y ceno con ellos todos los días.

Cualquiera sabe el gusto agradable que tiene el té, y esto no es un misterio para nadie. Las sopas claras son también tónicas y predisponen a la afabilidad.

Y bien: mañana a mañana, noche a noche, hemos tomado sopas ligeras y una liviana taza de té. El caldo es la comida, y el té es el postre; nada más.

Durante una semana entera no puedo decir que haya sido feliz. Hay en el fondo de todos nosotros un instinto de rebelión bestial que muy difícilmente se logra vencer. A las tres de la tarde comenzaba la lucha; y ese rencor del estómago digeriéndose a sí mismo de hambre; esa constante protesta de la sangre convertida a su vez en una sopa fría y clara, son cosas éstas que no se las deseo a ninguna persona, aunque esté enamorada.

Una semana entera la bestia originaria pugnó por clavar los dientes. Hoy estoy tranquilo. Mi corazón tiene cuarenta pulsaciones en vez de setenta. No sé ya lo que es tumulto ni violencia, y me cuesta trabajo pensar que los bellos ojos de una muchacha evoquen otra cosa que una inefable y helada dicha sobre el humo de dos tazas de té.

De mañana no tomo nada, por paternal consejo del doctor. A medio día tomamos caldo y té, y de noche caldo y té. Mi amor, purificado de este modo, adquiere día a día una transparencia que sólo las personas que vuelven en sí después de una honda hemorragia pueden comprender.

* * *

Nuevos días han pasado. Las filosofías tienen cosas regulares y a veces algunas cosas malas. Pero la del doctor Swindenborg —con su sobretodo peludo y el pañuelo al cuello— está impregnada de la más alta idealidad. De todo cuanto he sido en la calle, no queda rastro alguno. Lo único que vive en mí, fuera de mi inmensa debilidad, es mi amor. Y no puedo menos de admirar la elevación de alma del doctor, cuando sigue con ojos de orgullo mi vacilante paso para acercarme a su hija.

Alguna vez, al principio, traté de tomar la mano de mi Nora, y ella lo consintió por no disgustarme. El doctor lo vió y me miró con paternal ternura. Pero esa noche, en vez de hacerlo a las ocho, cenamos a las once. Tomamos solamente una taza de té.

No sé, sin embargo, qué primavera mortuoria había aspirado yo esa tarde en la calle. Después de cenar quise repetir la aventura, y sólo tuve fuerzas para levantar la mano y dejarla caer inerte sobre la mesa, sonriendo de debilidad como una criatura.

El doctor había dominado la última sacudida de la fiera.

Nada más desde entonces. En todo el día, en toda la casa, no somos sino dos sonámbulos de amor. No tengo fuerzas más que para sentarme a su lado, y así pasamos las horas, helados de extraterrestre felicidad, con la sonrisa fija en las paredes.

* * *

Uno de estos días me van a encontrar muerto, estoy seguro. No hago la menor recriminación al doctor Swindenborg, pues si mi cuerpo no ha podido resistir a esa fácil prueba, mi amor, en cambio, ha apreciado cuanto de desdeñable ilusión va ascendiendo con el cuerpo de una chica de oscuro que trepa una escalera. No se culpe, pues, a nadie de mi muerte. Pero a aquellos que por casualidad me oyeran, quiero darles este consejo de un hombre que fué un día como ellos:

Nunca, jamás, en el más remoto de los jamases, pongan los ojos en una muchacha que tiene mucho o poco que ver con un físico dietético.

Y he aquí por qué:

La religión del doctor Swindenborg —la de más alta idealidad que yo haya conocido, y de ello me vanaglorío al morir por ella— no tiene sino una falla, y es ésta: haber unido en un abrazo de solidaridad al Amor y la Dieta. Conozco muchas religiones que rechazan el mundo, la carne y el amor. Y algunas de ellas son notables. Pero admitir el amor, y darle por único alimento la dieta, es cosa que no se le ha ocurrido a nadie. Esto es lo que yo considero una falla del sistema; y acaso por el comedor del doctor vaguen de noche cuatro o cinco desfallecidos fantasmas de amor, anteriores a mí.

Que los que lleguen a leerme huyan, pues, de toda muchacha mona cuya intención manifiesta es entrar en una casa que ostenta una gran chapa de bronce. Puede hallarse allí un gran amor, pero puede haber también muchas tazas de té.

Y yo sé lo que es esto.

NOTAS

[1] Originalmente en: *Plus Ultra*, Buenos Aires, nº 14, junio 1917. El título inicial era «Una taza de té». No contamos con esta versión para el estudio de variantes y, en consecuencia, las que registramos se efectuaron tomando en cuenta la de 1920.

MISS DOROTHY PHILLIPS,
MI ESPOSA[1]

YO PERTENEZCO al grupo de los pobres diablos *que salen noche a noche del cinematógrafo enamorados de una estrella. Me llamo Guillermo Grant, tengo treinta y un años, soy alto, delgado y trigueño —como cuadra, a efectos de la exportación, a un americano del sur—. Estoy apenas en regular posición, y gozo de buena salud.

que salen...

Voy pasando la vida sin quejarme demasiado, muy poco descontento de la suerte, sobre todo cuando he podido mirar de frente un par de hermosos ojos todo el tiempo que he deseado.

Hay hombres, mucho más respetables que yo desde luego, que si algo reprochan a la vida es no haberles dado tiempo para redondear un hermoso pensamiento. Son personas de vasta responsabilidad moral ante ellos mismos, en quienes no cabe, ni en posesión ni en comprensión, la frivolidad de mis treinta y un años de existencia. Yo no he dejado, sin embargo, de tener amarguras, aspiracioncitas, y por mi cabeza ha pasado una que otra vez algún pensamiento. Pero en ningún instante la angustia y el ansia han turbado mis horas como al sentir detenidos en mí dos ojos de gran belleza.

los 31 años (sic)

Es una verdad clásica que no hay hermosura completa si los ojos no son el primer rasgo bello del semblante. Por mi parte, si yo fuera dictador decretaría la muerte de toda mujer que presumiera de hermosa, teniendo los ojos feos. Hay derecho para hacer saltar una sociedad de abajo a arriba, y el mismo derecho —pero al revés— para aplastarla de arriba a abajo. Hay

Es también una verdad

de hermosa teniendo los ojos feos. Ni más ni menos. Hacer saltar un país de abajo a arriba, y el mismo derecho, pero al revés, de aplastarlo de arriba a abajo.

---

* del cinematógrafo enamorados noche a noche de una estrella. Me llamo Guillermo Grant, tengo 31 años, soy alto, delgado y trigueño, como cuadra, a efectos de la exportación, a un americano del sur. Estoy apenas en regular posición, y gozo de buena salud.

Tal creo de mí; pero como es una verdad clásica el conocerse mal, muy posible es que me equivoque en la mayoría de los datos — los de la edad inclusive.

Así y todo, he pasado la vida sin quejarme demasiado, en resumen muy poco descontento de la suerte, menos cuando no he podido mirar de frente un par de hermosos ojos todos (sic) el tiempo que hubiera deseado.

436

derecho para muchísimas cosas. Pero para lo que no hay derecho, ni lo habrá nunca, es para usurpar el título de bella cuando la dama tiene los ojos de ratón. No importa que la boca, la nariz, el corte de cara sean admirables. Faltan los ojos, que lo son todo.

título de belleza cuando la dama

sean admirables; faltan los ojos, que son todo.

—El alma se ve en los ojos —dijo alguien—. Y el cuerpo también, agrego yo. Por lo cual, erigido en comisario de un comité ideal de Belleza Pública, enviaría sin otro motivo al patíbulo a toda dama que presumiera de bella teniendo los ojos antedichos. Y tal vez a dos o tres amigas.

eregido en comisario de un comité ideal de Belleza Pública, enviaría sin otro motivo a la dama que cometiera tal crimen. Y tal vez a

. . . .

Con esta indignación —y los deleites correlativos— he pasado los treinta y un años de mi vida esperando, esperando.

pasado los 31 años

¿Esperando qué? Dios lo sabe. Acaso el bendito país en que las mujeres consideran cosa muy ligera mirar largamente en los ojos a un hombre a quien ven por primera vez. Porque no hay suspensión de aliento, absorción más paralizante que la que ejercen dos ojos extraordinariamente bellos. Es tal, que ni aun se requiere que los ojos nos miren con amor. Ellos son en sí mismo el abismo, el vértigo en que el varón pierde la cabeza —sobre todo cuando no puede caer en él—. Esto, cuando nos miran por casualidad; porque si el amor es la clave de esa casualidad, no hay entonces locura que no sea digna de ser cometida por ellos.

puede caer en aquél.

locura que se digna de

Quien esto anota es un hombre de bien, con ideas juiciosas y ponderadas. Podrá parecer frívolo, pero lo que dice no lo es. Si una pulgada de más o de menos en la nariz de Cleopatra —según el filósofo— hubiera cambiado el mundo, no quiero pensar en lo que podía haber pasado si aquella señora llega a tener los ojos más hermosos de lo que los tuvo: el Occidente desplazado hacia el Oriente trescientos años antes —y el resto.

tuvo: El Occidente desplazado hacia el Oriente 300 años antes, y el

. . . .

Siendo como soy, se comprende muy bien que el advenimiento del cinematógrafo haya sido para mí el comienzo de una nueva era por la cual cuento las noches sucesivas en que he salido mareado y pálido del cine, porque he dejado mi corazón, con todas sus pulsaciones, en la pantalla que impregnó por tres cuartos de hora el encanto de Brownie Vernon.

corazón con todas sus pulsiones

Los pintores odian al cinematógrafo porque dicen que en éste la luz vibra infinitamente más que en sus

la luz vibra, mientras en sus cuadros la luz está muerta. Lo

cuadros. Lo ideal, para los pobres artistas, sería pintar cuadros *cinematográficos*. Lo comprendo bien. Pero no sé si ellos comprenderán la vibración que sacude a un pobre mortal, de la cabeza a los pies, cuando una hermosísima muchacha nos tiende por una hora su propia vibración personal al alcance de la boca.

Porque no debe olvidarse que contadísimas veces en la vida nos es dado ver tan de cerca a una mujer como en la pantalla. El paso de una hermosa chica a nuestro lado constituye ya una de las pocas cosas por las cuales valga la pena retardar el paso, detenerlo, volver la cabeza — y perderla—. No abundan estas pequeñas felicidades.

Ahora bien: ¿qué es este fugaz deslumbramiento ante el vértigo sostenido, torturador, implacable, de tener toda una noche a diez centímetros los ojos de Mildred Harris? ¡A diez, cinco centímetros! Piénsese en esto. Como aun en el cinematógrafo hay mujeres feas, las pestañas de una mísera, vistas a tal distancia, parecen varas de mimbre. Pero cuando una hermosa estrella detiene y abre el paraíso de sus ojos, de toda la vasta sala, y la guerra europea, y el éter sideral, no queda nada más que el profundo edén de melancolía que desfallece en los ojos de Miriam Cooper.

Todo esto es cierto. Entre otras cosas, el cinematógrafo es, hoy por hoy, un torneo de bellezas sumamente expresivas. Hay hombres que se han enamorado de un retrato y otros que han perdido para siempre la razón por tal o cual mujer a la que nunca conocieron. Por mi parte, cuanto pudiera yo perder —incluso la vergüenza— me parecería un bastante buen negocio si al final de la aventura Marion Davies —pongo por caso— me fuera otorgada por esposa.

Así, provisto de esta sensibilidad un poco anormal, no es de extrañar mi asiduidad al cine, y que las más de las veces salga de él mareado. En ciertos malos momentos he llegado a vivir dos vidas distintas: una durante el día, en mi oficina y el ambiente normal de Buenos Aires, y la otra de noche, que se prolonga hasta el amanecer. Porque sueño, sueño siempre. Y se querrá creer que ellos, mis sueños, no tienen nada que envidiar a los de soltero —ni casado— alguno.

A tanto he llegado, que no sé en esas ocasiones con quién sueño: Edith Roberts... Wanda Hawley... Dorothy Phillips... Miriam Cooper...

Y este cuádruple paraíso ideal, soñado, mentido, todo lo que se quiera, es demasiado mágico, demasiado vivo, demasiado rojo para las noches blancas de un jefe de sección de ministerio.

¿Qué hacer? Tengo ya treinta y un años y no soy, como se ve, una criatura. Dos únicas soluciones me quedan. Una de ellas es dejar de ir al cinematógrafo. La otra...

Tengo ya 31 años y

. . . .

Aquí un paréntesis. Yo he estado dos veces a punto de casarme. He sufrido en esas dos veces lo indecible pensando, calculando a cuatro decimales las probabilidades de felicidad que podían concederme mis dos prometidas. Y he roto las dos veces.

He sufrido en ellas lo indecible, pensando,

La culpa no estaba en ellas —podrá decirse—, sino en mí, que encendía el fuego y destilaba una esencia que no se había formado aún. Es muy posible. Pero para algo me sirvió mi ensayo de química, y cuando medité y torné a meditar hasta algunos hilos de plata en las sienes, puede resumirse en este apotegma:

podrá decirse — sino

No hay mujer en el mundo de la cual un hombre —así la conozca desde que usaba pañales— pueda decir: una vez casada será así y así; tendrá este *real* carácter y estas *tales* reacciones.

Sé de muchos hombres que no se han equivocado, y sé de otro en particular cuya elección ha sido un verdadero hallazgo, que me hizo esta profunda observación:

otro en particular, cuya ligera observación:

—Yo soy el hombre más feliz de la tierra con mi mujer; pero no te cases nunca.

pero no se case nunca.

Dejemos; el punto se presta a demasiadas interpretaciones para insistir, y cerrémosle con una leyenda que, a lo que entiendo, estaba grabada en las puertas de una feliz población de Grecia:

para insistir; y

—Cada cual sabe lo que pasa en su casa.

Ahora bien; de esta convicción expuesta he deducido esta otra: la única perspectiva de felicidad para el que ha resistido hasta los treinta años al matrimonio consiste en casarse inmediatamente con la primera chica que le guste o le haya gustado mucho al pasar; sin saber quién es, ni cómo se llama, ni qué probabilidades tiene de hacernos feliz; ignorándolo todo, en suma, menos que es joven y que tiene bellos ojos.

otra: La única esperanza posible para el que ha resistido hasta los 30 al matrimonio, es casarse inmediatamente con

En diez minutos, en dos horas a lo más —el tiempo necesario para las formalidades con ella o los padres y el R. C.—, la desconocida de media hora antes se convierte en nuestra íntima esposa.

formalidades con ella, o

Ya está. Y ahora, acodados al escritorio, nos ponemos a meditar sobre lo que hemos hecho.

. . . .

No nos asustemos demasiado, sin embargo. Creo sinceramente que una esposa tomada en estas condiciones no está mucho más distante de hacernos feliz que cualquiera otra. La circunstancia de que hayamos tratado uno o dos años a nuestra novia (en la sala, novias y novios son sumamente agradables), no es infalible garantía de felicidad. Aparentemente el previo y largo conocimiento supone otorgar esa garantía. En la práctica, los resultados son bastante distintos. Por lo cual vuelvo a creer que estamos tanto o más expuestos a hallar bondades en una esposa improvisada que decepciones en lo que nuestra madura elección juzgó ideal.

Dejemos también esto. Sirva, por lo menos, para autorizar la resolución muy honda del que escribe estas líneas, que tras el curso de sus inquietudes ha decidido casarse con una estrella del cine.

. . . .

De ellas, en resumen, ¿qué sé? Nada, o poco menos que nada*. Por lo cual mi matrimonio vendría a ser[a] lo que fué originariamente: una verdadera conquista, en que toda la esposa deseada —cuerpo, vestidos y perfumes— es un verdadero hallazgo. El novio menos devoto de su prometida conoce, poco o mucho, el gusto de sus labios. Es un placer al que nada se puede objetar, si no es que roba a las bodas lo que debería ser su primer dulce tropiezo. Pero para el hombre que a dichas bodas llegue con los ojos vendados, el solo roce del vestido, cuyo tacto nunca ha conocido, será para él una brusca novedad cargada de amor.

No ignoro que esta mi empresa sobrepasa casi las fuerzas de un hombre que está apenas en regular posición: las estrellas son difíciles de obtener. Allá veremos. Entre tanto, mientras pongo en orden mis asuntos y obtengo la licencia necesaria, establezco el siguiente cuadro, que podríamos llamar de diagnóstico diferencial:

sumamente agradables) no
Aparentemente, el
garantía. En el fondo, los

Sirva por lo menos para

ha decidido casarse con Miriam Cooper, o Dorothy Phillips o Billie Burke, o Brownie Vernon: Variante más o menos, el mismo cuádruple paraíso de mis sueños. que nada...

hallazgo. Queramos creer que el novio menos devoto

regular posición; las

siguiente cuadro que podríamos

---

* que nada. Pero sé, y esto perfectamente bien, que fuera de éstos cuatro pares de ojos y las almas que los animan, todo lo que es promesa de amor puede ser impunemente destruído, quedando ellos. Y como nada sé de ellas como mujeres, mi matrimonio vendrá a ser

[a] El conjunto de las variantes, cabe adelantarlo, no propone modificaciones sustanciales en relación con la versión de 1919. Sin embargo sería erróneo no atender al hecho de que Quiroga escribió este cuento largo (o *nouvelle*) *a la medida* de una serie de folletines, publicados con una frecuencia semanal en Buenos Aires [véase nota explicativa (1)]. Segmentos del discurso como el que anotamos o el inmediatamente posterior, fueron suprimidos al ingresar en el libro, no solamente por retóricos y reiterativos —que lo son— sino también porque, es seguro, habían sido redactados para cumplir con el número predeterminado de páginas al que se ajustaba la colección en entregas.

Miriam Cooper — Dorothy Phillips — Brownie Vernon — Grace Cunard.

El caso Cooper es demasiado evidente para no llevar consigo su sentencia: demasiado delgada. Y es lástima, porque los ojos de esta chica merecen bastante más que el nombre de un pobre diablo como yo. Las mujeres flacas son encantadoras en la calle, bajo las manos de un modisto, y siempre y toda vez que el objeto a admirar sea, no la línea del cuerpo, sino la del vestido. Fuera de estos casos, poco agradables son.

El caso Phillips es más serio, porque esta mujer tiene una inteligencia tan grande como su corazón, y éste, casi tanto como sus ojos.

Brownie Vernon: Fuera de la Cooper, nadie ha abierto los ojos al sol con más hermosura en ellos. Su sola sonrisa es una aurora de felicidad.

Grace Cunard, ella, guarda en sus ojos más picardía que Alice Lake, lo que es ya bastante decir. Muy inteligente también; *demasiado*, si se quiere.

*Se notará que lo que busca el autor es un matrimonio *por los ojos*. Y de aquí su desasosiego, porque, si bien se mira, una mano más o menos descarnada o un ángulo donde la piel debe ser tensa, pesan menos que la melancolía insondable, que está muriendo de amor, en los ojos de María.

Elijo, pues, por esposa, a miss Dorothy Phillips. Es casada, pero no importa.

El momento tiene para mí seria importancia. He vivido treinta y un años, pasando por encima de dos noviazgos que a nada me condujeron. Y ahora tengo vivísimo interés en destilar la felicidad —a doble condensador esta vez— y con el fuego debido.

Como plan de campaña he pensado en varios, y todos dependientes de la necesidad de figurar en ellos como

El caso Cooper, y su delgadez, es demasiado evidente para no llegar consigo su sentencia. Y es lástima,

admirar, sea no la línea del cuerpo sino la del vestido. Fuera de estos casos, bien poco agradables son.

corazón, y éste casi tanto

aurora de felicidad. Pero le falta algo.
picardía que la Billie Burke, lo

Elijo, pues;...

He vivido 31 años,

condensador esta vez, — y

y todos ellos dependientes de la necesidad de figurar en ella como hombre

---

* y fijo el cuadro definitivamente en esta forma decreciente:
Dorothy Phillips
Miriam Cooper
Brownie Vernon
Grace Cunard
Se observará que Miriam Cooper ocupa ahora un preferente lugar de vice-novia o sub-esposa, a pesar del grave cargo apuntado. Pero es que después de pensarlo bien, hallo que una mano más o menos descarnada, o un ángulo donde la piel debe ser tensa, pesan menos que la melancolía insondable que está muriendo de amor en los ojos de María.
Y así elijo por esposa a miss Dorothy Phillips (es casada; pero no importa).

hombre de fortuna. ¿Cómo, si no, miss Phillips se sentiría inclinada a aceptar mi mano, sin contar el previo divorcio con su mal esposo?

Tal simulación es fácil, pero no basta. Precisa además revestir mi nombre de una cierta responsabilidad en el orden artístico, que un jefe de sección de ministerio no es común posea. Con esto y la protección del dios que está más allá de las probabilidades lógicas, cambio de estado.

. . . .

Con cuanto he podido hallar de chic en recortes y una profusión verdaderamente conmovedora de retratos y cuadros de estrellas, he ido a ver a un impresor.

—Hágame —le dije— un número único de esta ilustración. Deseo una cosa extraordinaria como papel, impresión y lujo.

—¿Y estas observaciones? —me consultó—. ¿Tricromías?

—Desde luego.

—¿Y aquí?

—Lo que ve.

El hombre hojeó lentamente una por una las páginas, y me miró.

—De esta ilustración no se va a vender un sólo ejemplar —me dijo.

—Ya lo sé. Por esto no hago sino uno solo.

—Es que ni éste se va a vender.

—Me quedaré con él. Lo que deseo ahora es saber qué podrá costar.

—Estas cosas no se pueden contestar así... Ponga ocho mil pesos, que pueden resultar diez mil.

—Perfectamente; pongamos diez mil como máximo por diez ejemplares. ¿Le conviene?

—A mí, sí; pero a usted creo que no.

—A mí, también. Apróntemelos, pues, con la rapidez que den sus máquinas.

Las máquinas de la casa impresora en cuestión son una maravilla; pero lo que le he pedido es algo para poner a prueba sus máximas *virtudes. Véase, si no: una ilustración tipo *L'Illustration* en su número de Navidad, pero cuatro veces más voluminosa. Jamás, como publicación quincenal, se ha visto nada semejante.

---

* Véase si no una ilustración tipo *Plus Ultra*, pero cuatro veces más voluminosa, y con un número de tricromías igual a la mitad de sus páginas. Jamás, como publicación quincenal, se ha visto nada semejante. Ni aún el número de Navidad de *L'Illustration*, una vez por año.

aceptar mi mano — sin contar el divorcio con su mal esposo?

recortes, y una profusión verdaderamente conmovedora de retratos de estrellas, he ido

? — consultó —

miró. — De esta revista no

pero a Ud. creo (A partir de aquí cada vez que se lea «usted», en 1919 será «Ud.»).
A mi también. Apróntemelos,

virtudes...

De diez mil pesos, y aun cincuenta mil, yo puedo disponer para la campaña. No más, y de aquí mi aristocrático empeño en un tiraje reducidísimo. Y el impresor tiene, a su vez, razón de reírse de mi pretensión de poner en venta tal número.

En lo que se equivoca, sin embargo, porque mi plan es mucho más sencillo. Con ese número en la mano, del cual soy director, me presentaré ante empresarios, accionistas, directores de escena y artistas del cine, como quien dice: en Buenos Aires, capital de Sud América, de las estancias y del entusiasmo por las estrellas, se fabrican estas pequeñeces. Y los yanquis, a mirarse a la cara.

A los compatriotas de aquí que hallen que esta combinación rasa como una tangente a la estafa les diré que tienen mil veces razón. Y más aún: como el constituirse en editor de tal publicación supone, conjuntamente con una devoción muy viva por las bellas actrices, una fortuna también ardiente, la segunda parte de mi plan consiste en pasar por hombre que se ríe de unas decenas de miles de pesos para hacer su gusto. Segunda estafa, como se ve, más rasante que la anterior.

Pero los mismos puritanos apreciarán que yo juego mucho para ganar muy poco: dos ojos, por hermosos que sean, no han constituído nunca un valor de bolsa.

Y si al final de mi empresa obtengo esos ojos, y ellos me devuelven en una larga mirada el honor que perdí por conquistarlos, creo que estaré en paz con el mundo, conmigo mismo, y con el impresor de mi revista.

. . . .

Estoy a bordo. No dejo en tierra sino algunos amigos y unas cuantas ilusiones, la mitad de las cuales se comieron como bombones mis dos novias. Llevo conmigo la licencia por seis meses, y en la valija los diez ejemplares. Además, un buen número de cartas, porque cae de su peso que a mi edad no considero bastante para acercarme a miss Phillips, toda la psicología de que he hecho gala en las anteriores líneas.

¿Qué más? Cierro los ojos y veo, allá lejos, flamear en la noche una bandera estrellada. Allá voy, divina incógnita, estrella divina y vendada como el Amor.

. . . .

Por fin en Nueva York, desde hace cinco días. He tenido poca suerte, pues una semana antes se ha iniciado la temporada en Los Angeles. El tiempo es magnífico.

—No se queje de la suerte —me ha dicho mientras almorzábamos mi informante, un alto personaje del

impresor tiene a su vez razón de reírse de mi pretensión de poner en venta tal revista.

En lo que se equivoca, porque mi plan

pequeñeces. Y los yankes, a

a la estafa, les diré que tienen en mil veces razón. Y más aún: Como el

hacer su gusto; segunda estafa,

muy poco; dos

conmigo mismo — y con

algunos amigos, y unas de las cuales comieron como

como un Amor.

informante, un personaje del cinematógrafo, — Tal

cinematógrafo—. Tal como comienza el verano, tendrán
allá luz como para impresionar a oscuras. Podrá ver a
todas las estrellas que parecen preocuparle, y esto en los
talleres, lo que será muy halagador para ellas; y a pleno
sol, lo que no lo será tanto para usted.

— ¿Por qué?

—Porque las estrellas de día lucen poco. Tienen
manchas y arrugas.

—Creo que su esposa, sin embargo —me he atrevido— es...

—Una estrella. También ella tiene esas cosas. Por
esto puedo informarle. Y si quiere un consejo sano, se lo
voy a dar. Usted, por lo que puedo deducir, tiene
fortuna; ¿no es cierto?

—Algo.

—Muy bien. Y lo que es más fácil de ver: tiene un
confortante entusiasmo por las actrices. Por tanto, o
usted se irá a pasear por Europa con una de ellas y será
muerto por la vanidad y la insolencia de su estrella, o se
casará usted y se irán a su estancia de Buenos Aires,
donde entonces será usted quien la mate a ella, a lazo
limpio. Es un modo de decir, pero expresa la cosa. Yo
estoy casado.

—Yo no; pero he hecho algunas reflexiones sobre el
matrimonio...

—Bien. ¿Y las va a poner en práctica casándose con
una estrella? Usted es un hombre joven. En South
America todos son jóvenes en este orden. De negocios no
entienden la primera parte de un *film*; pero en cuestiones
de faldas van a prisa. He visto a algunos correr muy
ligero. Su fortuna, ¿la ganó o la ha heredado?

—La heredé.

—Se conoce. Gástela a gusto.

Y con un cordial y firme apretón de manos me dejó
hasta el día siguiente.

Esto pasaba anteayer. Volví dos veces más, en las
cuales amplió mis conocimientos. No he creído deber
enterarlo a fondo de mis planes, aunque el hombre
podría serme muy útil por el vasto dominio que tiene de
la cosa —lo que no le ha impedido, a pesar de todo,
casarse con una estrella.

. . . .

—En el cielo del cine —me ha dicho de despedida—
hay estrellas, asteroides y cometas de larga cola y nin-

sol, lo que no le parecerá tanto a usted.

esposa, sin embargo... — me he

voy a dar; Ud.,

fácil de ver, tiene
actrices. Por lo tanto o Ud. se irá a

un film; pero en cuestión de fal-das,

cordial y grueso apretón de

planes, aunque pudiera serme
muy útil por el vasto dominio que
tiene de la cosa — que no ha
bastado, a pesar de todo, para
impedirle casarse con una

(No hay subdivisión.)

guna substancia *dentro. ¡Ojo, amigo... *panamericano!* ¿También entre ustedes está de moda este *film?* Cuando vuelva lo llevaré a comer con mi mujer; quedará encantada de tener un nuevo admirador más. ¿Qué cartas lleva para allá?... No, no; rompa eso. Espere un segundo... Esto sí. No tiene más que presentarse y casarse. ¡Ciao!

dentro...

Al partir el tren me he quedado pensando en dos cosas: que aquí también el ¡chao! aligera notablemente las despedidas, y que por poco que tropiece con dos o tres tipos como este demonio escéptico y cordial, sentiré el *frío del matrimonio.*

Al partir el tren, me

Esta sensación particularísima la sufren los solteros comprometidos, cuando en la plena, somnolienta y feliz distracción que les proporciona su libertad, recuerdan bruscamente que al mes siguiente se casan. ¡Animo, corazón!

. . . .

El escalofrío no me abandona, aunque estoy ya en Los Angeles y esta tarde veré a la Phillips.

Mi informante de Nueva York tenía cien veces razón; sin las cartas que él me dio no hubiera podido acercarme ni aun a las espaldas de un director de escena. Entre otros motivos, parece que los astrónomos de mi jaez abundan en Los Angeles —efecto del destello estelar—. He visto así allanadas todas las dificultades, y dentro de dos o tres horas asistiré a la filmación de *La gran pasión*, de la Blue Bird, con la Phillips, Stowell, Chaney y demás. ¡Por fin!

él medió, no

Los Angeles, efectos del destello estelar. He

He vuelto a tener ricos informes de otro personaje, Tom H. Burns, accionista de todas las empresas, primer recomendado de mi amigo neoyorquino. Ambos pertenecen al mismo tipo rápido y cortante. Estas gentes nada parecen ignorar tanto como la perífrasis.

—Que usted ha tenido suerte —me dijo el nuevo personaje— se ve con sólo mirarlo. La Universal había proyectado un *raid* por el Arizona, con el grupo Blue Bird. Buen país aquél. Una víbora de cascabel ha estado a punto de concluir con Chaney el año pasado. Hay más de las que se merece el Arizona. No se fíe, si va allá. ¿Y su ilustración?... ¡Ah!, muy bien. ¿Esto lo hicieron ustedes en la Argentina? Magnífico. Cuando yo tenga la fortuna suya voy a hacer también una zoncera como ésta. Zon-

tenido suerte, — me

con Chaney, el

allá. ¿Y su revista?... ¡Ah! Muy bien.

* ¡Ojo! amigo... panamericano! ¿También entre ustedes está de moda este film? Cuando vuelva lo llevaré a comer con mi mujer; quedará encantada de un nuevo admirador más. ¿Qué tarjetas lleva para allá?...

cera, en boca de un buen yanqui, ya sabe lo que quiere decir. ¡Ah, ah!... Todas las estrellas. Y algunas repetidas. Demasiado repetidas, es la palabra, para un simple editor. ¿Usted es el editor?

—Sí.

—No tenía la menor duda. ¿Y la Phillips? Hay lo menos ocho retratos suyos.

—Tenemos en la Argentina una estimación muy grande por esta artista.

—¡Ya lo creo! Esto se ve con sólo mirarle a usted la cara. ¿Le gusta?

—Bastante.

—¿Mucho?

—Locamente.

—Es un buen modo de decir. Hasta luego. Lo espero a las tres en la Universal.

Y se fue. Todo lo que pido es que este sentimiento hacia la Phillips, que, según parece, *se me ve en seguida en la cara*, no sea visto por ella. Y si lo ve, que lo guarde su corazón y me lo devuelvan sus ojos.

. . . .

Mientras escribo esto no me conformo del todo con la idea de que ayer vi a Dorothy Phillips, a ella misma, con su cuerpo, su traje y sus ojos. Algo imprevisto me había ocupado la tarde, de modo que apenas pude llegar al taller cuando el grupo Blue Bird se retiraba al centro.

—Ha hecho mal —me dijo mi amigo—. ¿Trae su ilustración? Mejor; así podrá hojeársela a su favorita. Venga con nosotros al bar. ¿Conoce a aquel tipo?

—Sí; Lon Chaney.

—El mismo. Tenía los pliegues de la boca más marcados cuando se acostó con el crótalo. Ahí tiene a su estrella. Acérquese.

Pero alguno lo llamó, y Burns se olvidó de mí hasta la mitad de la tarde, ocupado en chismes del oficio.

En la mesa del bar —éramos más de quince— yo ocupé un rincón de la cabecera, lejos de la Phillips, a cuyo lado mi amigo tomó asiento. Y si la miraba yo a ella no hay para qué insistir. Yo no hablaba, desde luego, pues no conocía a nadie; ellos, por su parte, no se preocupaban en lo más mínimo de mí, ocupados en cruzar la mesa de diálogos en voz muy alta.

Al cabo de una hora Burns me vió.

—¡Hola! —me gritó—. Acérquese aquí. Duncan, deje su asiento, y cámbielo por el del señor. Es un amigo reciente, pero de unos puños magníficos para hacerse ilusiones. ¿Cierto? Bien, siéntese. Aquí tiene a su estrella. Puede acercarse más. Dolly, le presento a mi amigo Grant, Guillermo Grant. Habla inglés, pero es sudamericano, como a mil leguas de Méjico. ¡Ojalá se hubieran quedado con el Arizona. No la presento a usted, porque mi amigo la conoce. ¿La ilustración, Grant? Usted verá, Dolly, si digo bien.

No tuve más remedio que tender el número, que mi amigo comenzó a hojear del lado derecho de la Phillips.

—Vaya*viendo, Dolly. Aquí, como es usted. Aquí, como era en *Lola Morgan*...

Le pasó el número, que ella prosiguió hojeando con una sonrisa.

Mi amigo había dicho ocho, pero eran doce los retratos de ella.

Sonreía siempre, pasando rápidamente la vista sobre sus fotografías, hasta que se dignó volverse a mí:

—¿Suya, verdad, la edición? Es decir, ¿usted la dirige?

— Sí, señora.

Aquí una buena pausa, hasta que concluyó el número. Entonces, mirándome por primera vez en los ojos, me dijo:

—Estoy encantada...

—No deseaba otra cosa.

—Muy amable. ¿Podría quedarme con este número?

Como yo demorara un instante en responder, ella añadió:

—Si le causa la menor molestia...

—¿A él?, no —observó mi amigo.

—No es usted, Tom —objetó ella—, quien debe responder.

A lo que repuse, mirándola a mi vez en los ojos con tanta cordialidad como ella a mí un momento antes:

—Es que el solo hecho, miss Phillips, de haber dado en la revista doce fotografías suyas me excusa de contestar a su pedido.

—*Miss* —observó mi amigo, volviéndose de nuevo—. Muy bien. Un kanaca de tres años no se equivocaría. Pero para un americano de allá abajo no hay diferencia. *Mistress* Phillips, aquí presente, tiene un esposo. Aunque bien mirado... Dolly, ¿ya arregló eso?

Lateral (variantes):

más. Dotty le presentó

Méjico. — ¡Ojalá

la conoce. ¿La revista, Grant? Ud. verá, Dotty, si digo bien.
No tuve más remedio que tender la revista, que mi amigo comenzó a hojear, del lado

viendo...

Mi amigo había dicho ocho veces; pero eran once los retratos de ella.

¿Suya, verdad, la revista? Es decir,

¡Muy interesante!

— ¿A él? volvió la cabeza a nosotros mi amigo — No. — No es Ud., Tom, quien debe responder.

haber dado once fotografías suyas, me

—Casi. A fin de semana, me parece...

—Entonces, miss de nuevo. Grant: si usted se casa, divórciese; no hay nada más seductor, a excepción de la propia mujer, después. *Miss*. Usted tenía razón hace un momento. Dios le conserve siempre ese olfato. [Usted tenía razón, hace]

Y se despidió de nosotros.

—Es nuestro mejor amigo —me dijo la Phillips—. Sin él, que sirve de lazo de unión, no sé qué sería de las empresas unas en contra de las otras.

No respondí nada, claro está, y ella aprovechó la feliz circunstancia para volverse al nuevo ocupante de su derecha y no preocuparse más de mí. [nada, calro es, y ella] [Y no preocuparse en absoluto de mí.]

Quedé virtualmente solo, y bastante triste. Pero como tengo muy buen estómago, comí y bebí con digna tranquilidad que dejó, supongo, bien sentado mi nombre a este respecto.

Así, al retirarnos en comparsa, y mientras cruzábamos el jardín para alcanzar los automóviles, no me extrañó que la Phillips se hubiera olvidado hasta de sus doce retratos en mi revista —y ¡qué diremos de mí!—. [de sus once retratos en mi] Pero cuando puso un pie en el automóvil se volvió a dar la mano a alguno, y *entonces* alcanzó a verme.

—¡Señor Grant! —me gritó—. No se olvide de que nos prometió ir al taller esta noche.

Y levantando el brazo, con ese adorable saludo de la mano suelta que las artistas dominan a la perfección: [manos suelta, que] [¡Ciao!...]

*—¡Chao! —se despidió.

. . . .

Tal como está planteado este asunto, hoy por hoy, pueden deducirse dos cosas: [dos cosas: 1º que yo soy un]

Primera. Que soy un desgraciado tipo si pretendo otra cosa que ser un *south* americano salvaje y millonario. [salvaje y millonario; y 2º que]

Segunda. Que la señorita Phillips se preocupa muy poco de ambos aspectos, a no ser para recordarme por *casualidad* una invitación que no se me había hecho.

—«No olvide que lo esperamos... »

Muy bien. Tras de mi color trigueño hay dos o tres estancias que se pueden obtener fácilmente, sin necesidad en lo sucesivo de hacer muecas en la pantalla. Un sudamericano es y será toda la vida un rastacuero, magnífico marido que no pedirá sino cajones de cham-

---

* —me despidió. (A partir de aquí cuando diga «Chao», en 1919 será «Ciao'').

paña a las tres de la mañana, en companía de su esposa y de cuatro o cinco amigos solteros. Tal piensa miss Phillips.

En lo que se equivoca profundamente.

Adorada mía: un sudamericano puede no entender de negocios ni la primera parte de un *film*; pero si se trata de una falda, no es el cónclave entero de cinematografistas quien va a caldear el mercado a su capricho. Mucho antes, allá, en Buenos Aires, cambié lo que me quedaba de vergüenza por la esperanza de poseer dos bellos ojos. De modo que yo soy quien dirige la operación, y yo quien me pongo en venta, con mi acento latino y mis millones. ¡Chao!

. . . .

A las diez en punto estaba en los talleres de la Universal. La protección de mi prepotente amigo me colocó junto al director de escena, inmediatamente debajo de las máquinas, de modo que pude seguir hito a hito la impresión de varios cuadros.

No creo que haya muchas cosas más artificiales e incongruentes que las escenas de interior del *film*. Y lo más sorprendente, desde luego, es que los actores lleguen a expresar con naturalidad una emoción cualquiera ante la comparsa de tipos plantados a un metro de sus ojos, observando su juego.

En el teatro, a quince o treinta metros del público, concibo muy bien que un actor, cuya novia del caso está junto a él en la escena, pueda expresar más o menos bien un amor fingido. Pero en el taller el escenario desaparece totalmente, cuando los cuadros son de detalle. Aquí el actor permanece quieto y solo mientras la máquina se va aproximando a su cara, hasta tocarla casi. Y el director le grita:

—Mire usted aquí.. Ella se ha ido, ¿entiende? Usted cree que la va a perder. Mírela con melancolía... ¡Más! ¡Eso no es melancolía!... Bueno, ahora, sí... ¡La luz!

Y mientras los focos inundan hasta enceguecerlo la cara del infeliz, él permanece mirando con aire de enamorado a una escoba o a un tramoyista, ante el rostro aburrido del director.

Sin duda alguna se necesita una muy fuerte dosis de desparpajo para expresar no importa qué en tales circunstancias. Y ello proviene de que Dios hizo el pudor del alma para los hombres y algunas mujeres, pero no para los actores.

o cinco amigos, casados o no. Tal

Con lo que se equivoca profundamente. Adorada mía: Un sudamericano

allá en Buenos Aires

La amistad de mi prepotente

totalmente cuando

a su cara hasta tocarla
le grita: — Mire ahora aquí...
¿Ella se ha ido, entiende?

ahora sí... La luz!

algunas mujeres; pero

Admirables, de todos modos, estos seres que nos muestran luego en la totalidad del *film* una caracterización sumamente fuerte a veces. En *Casa de muñecas*, por ejemplo, obra laboriosamente interpretada en las tablas, está aún por nacer la actriz que pueda medirse con la Nora de Dorothy Phillips, aunque no se oiga su voz ni sea ésta de oro, como la de Sarah.

Y de paso sea dicho: todo el concepto latino del cine vale menos que un humilde *film* yanqui, a diez centavos. Aquél pivota entero sobre la afectación, y en éste suele hallarse muy a menudo la divina condición que es primera en las obras de arte, como en las cartas de amor: la sinceridad, que es la verdad de expresión interna y externa.

«Vale más una declaración de amor torpemente hecha en prosa, que una afiligranada en verso.»

Este humilde aforismo de los jóvenes da la razón de cuándo el arte es obra de modistas, y cuándo de varones.

—Sí, pero las gentes no lo ven —me decía Stowell cuando salíamos del taller—. Usted conoce las concesiones ineludibles al público en cada *film*.

—Desde luego; pero el mismo público es quien ha hecho la fama del arte de ustedes. Algo pesca siempre; algo hay de lúcido en la honradez —aún la artística— que abre los ojos del mismo ciego.

—En el país de usted es posible; pero en Europa levantamos siempre resistencia. Cuantas veces pueden no dejan de imputarnos lo que ellos llaman falta de expresión, y que no es más que falta de gesticulación. Esta les encanta. Los hombres, sobre todo, les resultamos sobrios en exceso. Ahí tiene, por ejemplo, *Sendero de espinas*. Es el trabajo que he hecho más a gusto... ¿Se va? Venga con nosotros al bar. ¡Oh, la mesa es grande!... ¡Dolly!

La interpelada, que cruzaba ya el veredón, se volvió.

S— towell... ¡Ah, señor Grant! No lo había visto.

—Dolly, lleve al señor Grant al bar. Thedy se llevó mi auto.

—¡Y sí! Siento no poder llevarlo, Stowell... Está lleno.

—Si me permite, podríamos ir en mi máquina —me ofrecí.

—¡Ya lo creo! Entre, Stowell. ¡Cuidado! Usted cada vez se pone más grande.

Y he aquí cómo hice el primer viaje en automóvil con Dorothy Phillips, y cómo he sentido también por vez primera el roce de su falda —¡y nada más!

Notas marginales (variantes):

del film, una caracterización sumamente fuerte, a veces.

laboriosamente «interpretada» en las

oro, posiblemente, como la de la cómica Sarah.
Y de paso sea dicho: todo el concepto francés de la escena vale menos que un humilde film a diez centavos.

obras de arte como en las cartas de amor: la sinceridad, que es decir sencillez de expresión interna

hecha, en prosa,

y cuando de hombres.

ha hecho la fama del grupo de ustedes.

país de Ud., es posible;

Sendero de espina. Es

— Sto... Ah, señor Grant!

· ·

Stowell, por su parte, me miraba con atención, debida, creo, a la rareza de hallar conceptos razonables sobre arte en un hijo pródigo de la Argentina. Por lo cual hicimos mesa aparte en el bar. Y para satisfacer del todo su curiosidad, me explayé en diversas impresiones, incluso las anotadas más arriba, sobre el taller.

Stowell es inteligente. Es además, el hombre que en este mundo ha visto más cerca el corazón de la Phillips, desmayándosele en los ojos. Este privilegio suyo crea así entre nosotros un tierno parentesco que yo soy el único en advertir.

A excepción de Burns.

—Buenas noches a uno y otro —nos ha puesto las manos en los hombros—. ¿Bien, Stowell? No pude ir. ¿Cuántos cuadros? No adelantan gran cosa, que digamos. ¿Y usted, Grant? ¿Adelanta algo? No responda, es inútil...

—¿Se me ve también en la cara? —no he podido menos de reírme.

*Todavía, no; lo que se ve desde ya es que a Stowell alcanza también su efusión. Dolly quiere almorzar mañana con usted y Stowell. No está segura de que sean doce las fotografías de su número. Seremos los cuatro. ¿No le ha dicho nada Dolly? ¡Dolly! Deje a su Lon un momento. Aquí están los dos Stowell. Y la ventana es fresca.

—¡Cómo lo olvidé! —nos dijo la Phillips viniendo a sentarse con nosotros—. Estaba segura de habérselo dicho... Tendré mucho gusto, señor Grant. Tom: ¿usted dice que está más fresco aquí? Bajemos, por lo menos, al jardín,.

Bajamos al jardín. Stowell tuvo el buen gusto de buscarme la boca, y no hallé el menor inconveniente en recordar toda la serie de meditaciones que había hecho en Buenos Aires sobre este extraordinario arte nuevo, en un pasado remoto, cuando Dorothy Phillips, con la sombra del sombrero hasta los labios, no me estaba mirando —¡hace miles de años!

Lo cierto es que aunque no hablé mucho, pues soy más bien parco de palabras, me observaban con atención.

mi miraba con intención, debida, creo,

curiosidad, me dejé ir a diversas impresiones, incluso las hechas más arriba sobre el taller.

ha visto más de cerca el

parentesco, que

Todovaía...

Bajemos por lo menos al jardín.

la boca, y no tuve el menor inconveniente

este extraordinario nuevo arte, en un pasado remoto cuando Dorothy Phillips,

---

* no: lo que se ve desde ya es que a Stowell alcanza también su efusión. Dotty quiere almorzar mañana con Ud. y Stowell. No está segura de que sean once las fotografías de su revista. Seremos los cuatro. ¿No le ha dicho nada aún? Dotty!

—¡Hum!... —me dije—. Torna a reproducirse el
asombro ante el hijo pródigo del Sur...   pródigo del Sur.

—¿Usted es argentino? —rompió Stowell al cabo de
un momento.

—Sí.

—Su nombre es inglés.

—Mi abuelo lo era. No creo tener ya nada de inglés.   — Mi bisabuelo lo era.

—¡Ni el acento!

—Desde luego. He aprendido el idioma solo, y lo
practico poco.

La Phillips me miraba.

—Es que le queda muy bien ese acento. Conozco
muchos mejicanos que hablan nuestra lengua, y no
parece... No es lo mismo.

—¿Usted es escritor? —tornó Stowell.

—No —repuse.

—Es lástima, porque sus observaciones tendrían
mucho valor para nosotros, viniendo de tan lejos y de
otra raza.

—Es lo que pensaba —apoyó la Phillips—. La literatura de ustedes se vería muy reanimada con un poco de
parsimonia en la expresión.

—Y en las ideas —dijo Burns—. Esto no hay allá.
Dolly es muy fuerte en este sector.

—¿Y usted escribe? —me volví a ella.

—No; leo cuantas veces tengo tiempo... Conozco
bastante, para ser mujer, lo que se escribe en Sud
América. Mi abuela era de Tejas. Leo el español, pero no
puedo hablarlo.

—¿Y le gusta?

—¿Qué?

—La literatura latina de América.

Se sonrió.

—¿Sinceramente? No.

—¿Y la de la Argentina?

—¿En particular? No sé... Es tan parecido todo...   todo; tan mejicano!
¡tan mejicano!

—¡Bien, Dolly! —reforzó Burns—. En el Arizona,
que es Méjico, desde los mestizos hasta su mismo   que es Méjico desde los mestizos
infierno, hay crótalos. Pero en el resto hay sinsontes, y
pálidas desposadas, y declamación en todo. *Y el resto,   Y el resto,...

---

* falso. Nunca ví cosa que sea distinta, en la América de ustedes. Salud, Grant.
—No hay de qué. Nosotros decimos en cambio que aquí no hay sino máquinas.
—Y estrellas de cinematógrafo! —se levantó poniéndome la mano

¡falso! Nunca vi cosa que sea distinta en la América de
ustedes. ¡Salud, Grant!

—No hay de qué. Nosotros decimos, en cambio, que
aquí no hay sino máquinas.

—¡Y estrellas de cinematógrafo! —se levantó Burns,
poniéndome la mano en el hombro, mientras Stowell
recordaba una cita y retiraba a su vez la silla.

—Vamos, Tom; se nos va a ir el tren. Hasta mañana,
Dolly. Buenas noches, Grant.

Y quedamos solos. Recuerdo muy bien haber dicho
que de ella deseaba reservarlo todo para el matrimonio,
desde su perfume habitual hasta el descote de sus zapatos. Pero ahora, enfrente de mí, inconmensurablemente
divina por la evocación que había volcado la urna
repleta de mis recuerdos, yo estaba inmóvil, devorándola
con los ojos.

Pasó un instante de completo silencio.

—Hermosa noche —dijo ella.

Yo no contesté. Entonces se volvió a mí.

—¿Qué mira? —me preguntó.

La pregunta era lógica; pero su mirada no tenía la
naturalidad exigible.

—La miro a usted —respondí.

—Dese el gusto.

—Me lo doy.

Nueva pausa, que tampoco resistió ella esta vez.

—¿Son tan divertidos como usted en la Argentina?

—Algunos. —Y agregué—: Es que lo que le he dicho
está a una legua de lo que cree.

—¿Qué creo?

—Que he comenzado con esa frase una conquista de
sudamericano.

Ella me miró un instante sin pestañear.

—No —me respondió sencillamente—. Tal vez lo creí
un momento, pero reflexioné.

—¿Y no le parezco un piratilla de rica familia, no es
cierto?

—Dejemos, Grant, ¿le parece? —se levantó.

—Con mucho gusto, señora. Pero me dolería muchísimo más de lo que usted cree que me desconociera hasta
este punto.

—No lo conozco aún; usted mejor que yo debe de
comprenderlo. Pero no es nada. Mañana hablaremos con
más calma. A la una, no se olvide.

. . . .

He pasado mala noche. Mi estado de ánimo será muy comprensible para los muchachos de veinte años a la mañana siguiente de un baile, cuando sienten los nervios lánguidos y la impresión deliciosa de algo muy lejano —y que ha pasado hace apenas siete horas.

Duerme, corazón.

. . . .

Diez nuevos días transcurridos sin adelantar gran cosa. Ayer he ido, como siempre, a reunirme con ellos a la salida del taller.

—Vamos, Grant —me dijo Stowell—. Lon quiere contarle eso de la víbora de cascabel.

—Hace mucho calor en el bar —observé.

—¿No es cierto? —se volvió la Phillips—. Yo voy a tomar un poco de aire. ¿Me acompaña, Grant?

—Con mucho gusto. Stowell: a Chaney, que esta noche lo veré. Allá, en mi tierra, hay, pero son de otra especie. A sus órdenes, *miss* Phillips.

Ella se rió.

—¡Todavía no!

—Perdón.

Y salimos a buena velocidad, mientras el crepúsculo comenzaba a caer. Durante un buen rato ella miró adelante, hasta que se volvió francamente a mí.

— Y bien: dígame ahora, pero la verdad, por qué me miraba con tanta atención aquella noche.. y otras veces.

Yo estaba también dispuesto a ser franco. Mi propia voz me resultó a mí grave.

—Yo la miro con atención —le dije— porque durante dos años he pensado en usted cuanto puede un hombre pensar en una mujer; no hay otro motivo.

—¿Otra vez?...

— No; ¡ya sabe que no!

—¿Y qué piensa?

—Que usted es la mujer con más corazón y más inteligencia que haya interpretado personaje alguno.

—¿Siempre le pareció eso?

—Siempre. Desde *Lola Morgan*.

—No es ese mi primer *film*.

—Lo sé; pero antes no era usted dueña de sí.

Me callé un instante.

—Usted tiene —proseguí—, por encima de todo, un profundo sentimiento de compasión. No hay para qué recordar; pero en los momentos de sus *films*, en que la persona a quien usted ama cree serle indiferente por no merecerla, y usted lo mira sin que él lo advierta, la mirada suya en esos momentos, y ese lento cabeceo suyo y el mohín de sus labios hinchados de ternura, todo esto no es posible que surja sino de una estimación muy honda por el hombre viril, y de un corazón que sabe hondamente lo que es amar. Nada más.

— Gracias, pero se equivoca.

—No.

—¡Está muy seguro!

—Sí. Nadie, créame, la conoce a usted como yo. Tal vez conocer no es la palabra; valorar, esto quiero decir.

—¿Me valora muy alto?

—Sí.

—¿Como artista?

—Y como mujer. En usted son una misma cosa.

—No todos piensan como usted.

—Es posible.

Y me callé. El auto se detuvo.

— ¿Bajamos un instante? —dijo—. Es tan distinto este aire al del centro...

Caminamos un momento, hasta que se dejó caer en un banco de la alameda.

—Estoy cansada; ¿usted no?

Yo no estaba cansado, pero tenía los nervios tirantes. Exactamente como en un *film* estaba el automóvil detenido en la calzada. Era el mismo ese banco de piedra que yo conocía bien, donde ella, Dorothy Phillips, estaba esperando. Y Stowell... Pero no; era yo mismo quien me acercaba, no Stowell; yo, con el alma temblándome en los labios por caer a sus pies.

Quedé inmóvil frente a ella, que soñaba:

—¿Por qué me dice esas cosas...?

—Se las hubiera dicho mucho antes. No la conocía.

—Queda muy raro lo que dice, con su acento...

—Puedo callarme —corté.

Ella alzó entonces los ojos desde el banco, y sonrió vagamente, pero un largo instante.

—¿Qué edad tiene? —murmuró al fin.

—Treinta y un años.

—¿Y después de todo lo que me ha dicho, y que yo he escuchado, me ofrece callarse porque le digo que le queda muy bien su acento?

—¡Dolly!

Pero ella se levantaba con brusco despertar.

—¡Volvamos!... La culpa la tengo yo, prestándome a esto... Usted es un muchacho loco, y nada más.

En un momento estuve delante de ella, cerrándole el paso.

—¡Dolly! ¡Míreme! Usted tiene ahora la obligación de mirarme. Oiga esto, solamente: desde lo más hondo de mi alma le juro que una sola palabra de cariño suya redimiría todas las canalladas que haya yo podido cometer con las mujeres. ¿Y qué, si hay para mí una cosa respetable? ¿Oye bien? ¡Es usted misma! Aquí tiene —concluí marchando adelante—. Piense ahora lo que quiera de mí.

Pero a los veinte pasos ella me detenía a su vez.

—Oigame usted ahora a mí. Usted me conoce hace apenas quince días. Y bruscamente...

—Hace dos años; no son un día.

— Pero ¿qué valor quiere usted que dé a un... a una predilección como la suya por mis condiciones de interpretación? Usted mismo lo ha dicho. ¡Y a mil leguas!

—O a dos mil; ¡es lo mismo! Pero el solo hecho de haber conocido a mil leguas todo lo que usted vale... Y ahora no estoy en Buenos Aires —concluí.

—¿A qué vino?

—A verla.

—¿Exclusivamente?

—Exclusivamente.

—¿Está contento?

—Sí.

Pero mi voz era bastante sorda.

—¿Aun después de lo que le he dicho?

No contesté.

—¿No me responde? —insistió—. Usted, que es tan amigo de jurar, ¿puede jurarme que está contento?

Entonces, de una ojeada, abarqué el paisaje crepuscular, cuyo costado ocupaba el automóvil esperándonos.

—Estamos haciendo un *film* —le dije—. Continuémoslo.

Y poniéndole la mano derecha en el hombro:

—Míreme bien en los ojos... así. Dígame ahora. ¿Cree usted que tengo cara de odiarla cuando la miro?

Ella me miró, me miró...

—Vamos —se arrancó pestañeando.

Pero yo había sentido, a mi vez, al tener sus ojos en los míos, lo que nadie es capaz de sentir sin romperse los dedos de impotente felicidad.

—Cuando usted vuelva —dijo por fin en el auto— va a tener otra idea de mí.

—Nunca.

de mi alma, le juro que una sola palabra de cariño suya, redimiría

¿Y que si hay para mí una cosa respetable, oye bien?, es Ud. misma!

— ¿Pero qué valor quiere Ud. que dé a un... a predilección como la suya por mis condiciones de interpretación! Ud. mismo

Entonces de una ojeada abarqué

ahora: ¿Cree Ud.

había sentido a mi vez al tener sus

—Ya verá. Usted no debía haber venido...

—¿Por usted o por mí?

—Por los dos... ¡A casa, Harry!

Y a mí:

—¿Quiere que lo deje en alguna parte?

—No; la acompaño hasta su casa.

Pero antes de bajar me dijo con voz clara y grave:

—Grant: respóndame con toda franqueza... ¿Usted tiene fortuna?

En el espacio de un décimo de segundo reviví desde el principio toda esta historia, y vi la sima abierta por mí mismo, en la que me precipitaba.

—Sí —respondí.

—¿Muy grande? ¿Comprende por qué se lo pregunto?

—Sí —reafirmé.

Sus inmensos ojos se iluminaron, y me tendió la mano.

—¡Hasta pronto, entonces! ¡Chao!

Caminé los primeros pasos con los ojos cerrados. Otra voz y otro ¡Chao!, que era ahora una bofetada, me llegaban desde el fondo de quince días lejanísimos, cuando al verla y soñar en su conquista me olvidé un instante de que yo no era sino un vulgar pillete.

Nada más que esto; he aquí a lo que he llegado, y lo que busqué con todas mis psicologías. ¿No descubrí allá abajo que las estrellas son difíciles de obtener *porque sí*, y que se requiere una gran fortuna para adquirirlas? Allí estaba, pues, la confirmación. ¿No levanté un edificio cínico para comprar una sola mirada de amor de Dorothy Phillips? No podía quejarme.

¿De qué, pues, me quejo?

Surgen nítidas las palabras de mi amigo: «De negocios, los sudamericanos no entienden ni el abecé.»

¡Ni de faldas, señor Burns! Porque si me faltó dignidad para desvestirme ante ella de pavo real, siento que me sobra vergüenza para continuar recibiendo por más tiempo una sonrisa que está aspirando sobre mi cara trigueña la inmensa pampa alfalfada. Conté con muchas cosas; pero con lo que no conté nunca es con este rubor tardío que me impide robar —aun tratándose de faldas— un beso, un roce de vestido, una simple mirada que no conquisté pobre.

He aquí a lo que he llegado.

Duerme, corazón, para siempre.

. . . .

de segundo reviví toda esta historia desde el principio, y ví la sima

ojos se iluminaron y me tendió la mano:
— Hasta pronto, entonces. Ciao!

Allí estaba pues la

amor de la Phillips? No

¿De qué me quejo, pues?

faldas, Sr. Burns. Porque

mi cara trigueña, la inmensa

Duerme, corazón — para siempre!

Imposible. Cada día la quiero más, y ella... Precisamente por esto debo concluir. Si fuera ella a esta regia aventura matrimonial con indiferencia hacia mí, acaso hallara fuerzas para llegar al fin. Negocio contra negocio. Pero cuando muy cerca a su lado encuentro su mirada, y el tiempo se detiene sobre nosotros, soñando él a su vez, entonces mi amor a ella me oprime la mano como a un viejo criminal y vuelvo en mí.

¡Amor mío! Una vez canté ¡chao!, porque tenía todos los triunfos en mi juego. Los rindo ahora, mano sobre mano, ante una última trampa más fuerte que yo: sacrificarte.

. . . .

Llevo la vida de siempre, en constante sociedad con Dorothy Phillips, Burns, Stowell, Chaney —del cual he obtenido todos los informes apetecibles sobre las víboras de cascabel y su manera de morder.

Aunque el calor aumenta, no hay modo de evitar el bar a la salida del taller. Cierto es que el hielo lo congela aquí todo, desde el chicle a los ananás.

Rara vez como solo. De noche, con la Phillips. Y de mañana, con Burns y Stowell, por lo menos. Sé por mi amigo que el divorcio de la Phillips es cosa definitiva —miss, por tanto.

—Como usted lo meditó antes de adivinarlo —me ha dicho Burns—. ¿Matrimonio, Grant? No es malo. Dolly vale lo que usted, y otro tanto.

—¿Pero ella me quiere realmente? —he dejado caer.

—Grant: usted haría un buen *film*; pero no poniéndome a mí de director de escena. Cásese con su *estrella* y gaste dos millones en una empresa. Yo se la administro. Hasta aquí Burns. ¿Qué le parece *La gran pasión*?

—Muy buena. El autor no es tonto. Salvo un poco de amaneramiento de Stowell, ese tipo de carácter le sale. Dolly tiene pasajes como hace tiempo no hallaba.

—Perfecto. No llegue tarde a la comida.

—¿Hoy? Creía que era el lunes.

—No. El lunes es el banquete oficial, con damas de mundo, y demás. La consagración. A propósito: ¿Usted tiene la cabeza fuerte?

— Ya se lo probé la primera noche.

—No basta. Hoy habrá concierto de rom al final.

—Pierda cuidado.

Magnífico. Para mi situación actual, una orquesta es lo que me conviene.

Marginal variants:

llegar al fin — negocio contra

nosotros, soñando a su vez, entonces mi amor a ella me oprime la mano como a un viejo criminal, y vuelvo en mí.
   Amor mío: una vez canté ¡ciao! porque

— miss, por lo tanto.
— me ha dicho Burns, — Matrimonio, Grant?
Dotty vale Ud. y otro tanto.

film, pero no poniéndose (sic) a mí de director de escena. Cásese con su estrella y gaste

tiempo no los hallaba.

— Ya se lo probé la primer noche.

así es lo que me conviene.

. . . .

Concluído todo. Sólo me resta hacer los preparativos
y abandonar Los Angeles. ¿Qué dejo, en suma? Un mal
negocillo imaginativo, frustrado. Y más abajo, hecho
trizas, mi corazón.

El incidente de anoche pudo haberme costado, según
Burns, a quien acabo de dejar en la estación, rojo de
calor.

—¿Qué mosquitos tienen ustedes allá? —me ha
dicho—. No haga tonterías, Grant. Cuando uno no es
dueño de sí, se queda en Buenos Aires. ¿Los ha visto ya?
Bueno, hasta luego.

Se refiere a lo siguiente:

Anoche, después del banquete, cuando quedamos
solos los hombres, hubo concierto general, en mangas de
camisa. Yo no sé hasta dónde puede llegar la bonachona
tolerancia de esta gente para el alcohol. Cierto es que son
de origen inglés.

Pero yo soy sudamericano. El alcohol es conmigo
menos benevolente —y no tengo además motivo alguno
de felicidad. El rom interminable me ponía constantemente por delante a Stowell, con su pelo movedizo y su
alta nariz de cerca. Es en el fondo un buen muchacho con
suerte, nada más. ¿Y por qué me mira? ¿Cree que le voy
a envidiar algo, sus bufonadas amorosas con cualquier
cómica, para compadecerme así? ¡Infeliz!

—¡A su salud, Stowell! —brindé—. ¡Al gran Stowell.

—¡A la salud de Grant!

—Y a la de todos ustedes... ¡Pobres diablos!

El ruido cesó bruscamente; todas las miradas estaban
sobre mí.

— ¿Qué pasa, Grant? —articuló Burns.

—Nada, queridos amigos..., sino que brindo por
todos ustedes.

Y me puse de pie.

—Brindo a la salud de ustedes, porque son los
grandes *ases* del cinematógrafo; empresa Universal,
grupo Blue Bird, Lon Chaney, William S. Stowell y...
todos! Intérpretes del impulso, ¿eh Chaney? Y del
amor... ¡todos! Y del amor, nosotros, William S. Stowell!
Intérpretes y negociantes del arte, ¿no es esto? ¡Brindo
por la gran fortuna del arte, amigos únicos! ¡Y por la de
alguno de nosotros! Y por el amor artístico a esa fortuna,
William S. Stowell, compañero!

Vi las caras contraídas de disgusto. Un resto de
lucidez me permitió apreciar hasta el fondo las heces de

Concluyó todo. Sólo

¿Y por qué me miraba? ¿Creía
que le iba

¿Qué hay Grant? — articuló
amigos... sino que

— Y del amor, todos. Y del amor,
nosotros, Williams *(sic)* S.

mi actitud, y el mismo resto de dominio de mí me
contuvo. Me retiré, saludando ampliamente.

—¡Buenas noches, señores! Y si alguno de los presentes, o Stowell o quienquiera que sea, quiere seguir
hablando mañana conmigo, estoy a sus órdenes. ¡Chao!

. . . .

Se comprende bien que lo primero que he hecho esta
mañana al levantarme ha sido ir a buscar a Stowell.

—Perdóneme —le he dicho—. Ustedes son aquí de
otra pasta. Allá, el alcohol nos pone agresivos e idiotas.

—Hay algo de esto —me ha apretado la mano sonriendo—. Vamos al bar; allá encontraremos la soda y el
hielo necesarios.

Pero en el camino me ha observado:

—Lo que me extraña un poco en usted es que no creo
tenga motivos para estar disgustado de nadie. ¿No es
cierto? —me ha mirado con intención.

—Más o menos —he cortado.

—Bien.

La soda y el hielo son pobres recursos, cuando lo que
se busca es sólo un poco de satisfacción de sí mismo.

. . . .

«Concluyó todo» —anoté este mediodía—. Sí, concluyó.

A las siete, cuando comenzaba a poner orden en la
valija, el teléfono me llamó.

—¿Grant?

—Sí.

—Dolly. ¿No va a venir, Grant? Estoy un poco triste.

—Yo más. Voy en seguida.

Y fuí, con el estado de ánimo de Régulo cuando volvía
a Cartago a sacrificar su vida por insignificancias de
honor.

¡Dolly! Dorothy Phillips! ¡Ni la ilusión de haberte
gustado un día me queda!

. . . .

Estaba en traje de calle.

—Sí; hace un momento pensaba salir. Pero le telefo-
neé. ¿No tenía nada que hacer?

—Nada.

—¿Ni aún deseos de verme?

Pero al mirarme de cerca me puso lentamente los
dedos en el brazo.

—¡Grant! ¿Qué tiene usted hoy?

Vi sus ojos angustiados por mi dolor huraño.

— Buenas noches, señores. Y si

Se comprende que lo primero que
haya hecho esta mañana al levantarme, haya sido ir

Allá el alcohol

un poco en Ud., es que
nadie. ¿No es cierto?

pobres recursos cuando

en una valija, el teléfono

salir. Pero lo

—¿Qué es eso, Grant?

Y su mano izquierda me tomó del otro brazo. Entonces fijé mis ojos en los de ella y la miré larga y claramente.

—¡Dolly! —le dije—. ¿Qué idea tiene usted de mí?

—¿Qué?

—¿Qué idea tiene usted de mí? No, no responda... Ya sé; que soy ésto y aquéllo... ¡Dolly! Se lo quería decir, y desde hace mucho tiempo... Desde hace mucho tiempo no soy más que un simple miserable. ¡Y si siquiera fuera esto!... Usted no sabe nada. ¿Sabe lo que soy? Un pillete, nada más. Un ladronzuelo vulgar, menos que esto... Esto es lo que soy. ¡Dolly! ¿Usted cree que tengo fortuna, no es cierto?

Sus manos cayeron; como estaba cayendo su última ilusión de amor por *un hombre*; como había caído yo...

estaba cayendo la

—¡Respóndame! ¿Usted lo creía?

—Usted mismo me lo dijo —murmuró.

—¡Exactamente! Yo mismo se lo dije, y lo dejé decir a todo el mundo. Que tenía una gran fortuna, millones... Esto le dije. ¿Se da bien cuenta ahora de lo que soy? ¡No tengo nada, ni un millón, ni nada! Menos que un miserable, ya se lo dije; un pillete vulgar! Esto soy, Dolly.

ni nada! Menos que un miserable, ya se lo dije; un pillete vulgar. Esto soy, Dotty.

Y me callé. Pudo haberse oído durante un rato el volido de una mosca. Y mucho más la lenta voz, si no lejana, terriblemente distante de mí:

lejana, terriblemente alejada de mí...
me anganó Grant...

—Por qué me engañó, Grant...

—¿Engañar? —salté entonces volviéndome bruscamente a ella—. ¡Ah, no! ¡No la he engañado! Esto no... Por lo menos... ¡No, no la engañé, porque acabo de hacer lo que no sé si todos harían! Es lo único que me levanta aún ante mí mismo. ¡No, no! Engaño, antes, puede ser; pero en lo demás... ¿Usted se acuerda de lo que le dije la primera tarde? Quince días, decía usted. ¡Eran dos años! ¡Y aún sin conocerla! Nadie en el mundo la ha valorado ni ha visto lo que era usted como mujer, como yo. ¡Ni nadie la querrá jamás todo cuanto la quiero! ¿Me oye? ¡Nadie, nadie!

todo cuanto la quiero. ¿Me oye?

Caminé tres pasos; pero me senté en un taburete y apoyé los codos en las rodillas —postura cómoda cuando el firmamento se desploma sobre nosotros.

Caminé tres pasos, pero me senté en un taburete y apoyé los codos en las rodillas, — postura cómoda cuando el firmamento se ha desplomado sobre nosotros.

—Ahora ya está... —murmuré—. Me voy mañana... Por esto se lo he dicho...

Y más lento:

—Yo le hablé una vez de sus ojos cuando la persona a quien usted amaba no se daba cuenta...

a quien, Ud. quería no

Y callé otra vez, porque en la situación mía aquella evocación radiante era demasiado cruel. Y en aquel nuevo silencio de amargura desesperada —y final— oí, pero como en sueños, su voz. —¡Zonzole!

— y final, oí, pero ¡Zonzote!...

¿Pero era posible? Levanté la cabeza y la vi a mi lado, ¡a ella! ¡Y vi sus ojos inmensos, húmedos de entregado amor! ¡Y el mohín de sus labios, hinchados de ternura consoladora, como la soñaba en ese instante! ¡Como siempre la vi así conmigo!

ternura consoladora — como

—¡Dolly! —salté.

Y ella, entre mis brazos:

—¡Zonzo!... ¡Crees que no lo sabía!

—¿Qué?... ¿Sabías que era pobre?

—¡Y sí!

—¡Mi vida! ¡Mi estrella! ¡Mi Dolly!

—Mi sudamericano...

— ¡Ah, mujer siempre!... ¿Por qué me torturaste así?

Ah, mujer siempre...

—Quería saber bien... Ahora soy toda tuya.

—¡Toda, toda! No sabes lo que he sufrido... ¡Soy un canalla, Dolly!

—Canalla mío...

Canalla mío.

—¿Y tú?

—Tuya.

—¡Farsante, eso eres! ¿Cómo pudiste tenerme en ese taburete media hora, si sabías ya? Y con ese aire: «¿Por qué me engañó, Grant?...»

—¿No te encantaba yo como intérprete?

—¡Mi amor adorado! ¡Todo me encanta! Hasta el *film* que hemos hecho. ¡Contigo, por fin, Dorothy Phillips!

—¿Verdad que es un *film*?

—Ya lo creo. Y tú, ¿qué eres?

—Tu estrella.

—¿Y yo?

—Mi sol.

—¡Pst! Soy hombre. ¿Qué soy?

Y con su arrullo:

—Mi sudamericano...

. . . .

He volado en el auto a buscar a Burns.

—Me caso con ella —le he dicho—, Burns: Usted es el más grande hombre de este país, incluso el Arizona. Otra buena noticia; no tengo un centavo.

— le he dicho. — Grant: Ud., es el

—Ni uno. Esto lo sabe todo Los Angeles.

He quedado aturdido.

—No se aflija —me ha respondido—. ¿Usted cree que no ha habido antes que usted mozalbetes con mejor fortuna que la suya alrededor de Dolly? Cuando pretenda otra vez ser millonario —para divorciarse de Dolly, por ejemplo—, suprima las informaciones telegráficas. Mal negociante, Grant.

—Pero una sola cosa me ha inquietado.

—¿Por qué dice que me voy a divorciar de Dolly?

—¿Usted? Jamás. Ella vale dos o tres Grant, y usted tiene más suerte ante los ojos de ella de la que se merece. Aproveche.

—¡Deme un abrazo, Burns!

—Gracias. ¿Y usted qué hace ahora, sin un centavo? Dolly no le va a copiar sus informes del ministerio.

Me he quedado mirándolo.

—Si usted fuera otro, le aconsejaría que se contratara con Stowell y Chaney. Con menos carácter y menos ojos que los suyos, otros han ido lejos. Pero usted no sirve.

—¿Entonces?

—Ponga en orden el *film* que ha hecho con Dolly; tal cual, reforzando la escena del *bar*. El final ya lo tienen pronto. Le daré la sugestión de otras escenas, y propóngaselo a la Blue Bird. ¿El pago? No sé; pero le alcanzará para un paseo por Buenos Aires con Dolly, siempre que jure devolvérnosla para la próxima temporada. O'Hara lo mataría.

—¿Quién?

—El director. Ahora déjeme bañar. ¿Cuándo se casa?

—En seguida.

—Bien hecho. Hasta luego.

Y mientras yo salía apurado:

—¿Vuelve otra vez con ella? Dígale que me guarde el número de su ilustración. Es un buen documento.

. . . .

Pero esto es un sueño. Punto por punto, como acabo de contarlo, lo he soñado... No me queda sino para el resto de mis días su profunda emoción, y el pobre paliativo de remitir a Dolly el relato —como lo haré en seguida—, con esta dedicatoria:

"A la señora Dorothy Phillips, rogándole perdone las impertinecias de este sueño, muy dulce para el autor.»

NOTAS

[1] Inicialmente en: «*La Novela del día*» (folletín), Buenos Aires, año I, nº 12, pp. 261-280, fabrero 14, 1919.
En la portada figura una fotografía, de gran tamaño, donde el escritor aparece con barba y bigote sobresaliente. Al final del texto se reproduce una firma autógrafa de Quiroga.

A propósito del cuento Delgado y Brignole escriben:

«Era en los tiempos en que Quiroga se apasionó por el cine con tal fuerza que, sobrepasando la esfera artística, entró a imperar también en la de las ilusiones, y aún en las afectivas. (...) Así se encariñó realmente de Miss Phillips con ese amor tan fantástico, humano y original que nos describe en su relato. No por ser imaginario —y acaso más por esto mismo— tal querer dejó de embargarlo con una vehemencia suficiente para llenar del todo sus necesidades de amar y de soñar.

Un día Iglesias, a quien las confidencias de aquella enajenación hacía, naturalmente, sonreír, le envió una fotografía de Miss Phillips, con una cordial dedicatoria firmada por ella; todo, es claro, sellos de correo, letra y dirección más o menos toscamente fraguado. Quiroga no tuvo la menor duda sobre su autenticidad, cuando hasta el más simple de los cándidos hubiera husmeado de inmediato la superchería» (En: *Vida y obra* (...), *ibidem*, p. 271).

No olvidemos que Quiroga firmó muchas de sus notas sobre cine con el pseudónimo «El esposo de Dorothy Phillips».

APÉNDICE A LA EDICIÓN CRÍTICA
DE
ANACONDA

I) CUENTOS SUPRIMIDOS

El mármol inútil

Las rayas

La lengua

El vampiro

La mancha hiptálmica

La crema de chocolate

Los cascarudos

El divino

El canto del cisne

II) PRIMERAS VERSIONES REESCRITAS

La lengua

El vampiro

EL MÁRMOL INÚTIL

—¿USTED, comerciante? —exclamé con viva sorpresa dirigiéndome a Gómez Alcain. —¡Sería digno de verse! ¿Y cómo haría usted?

Estábamos detenidos con el escultor ante una figura de mármol, una tarde de exposición de sus obras. Todas las miradas del grupo expresaron la misma risueña certidumbre de que en efecto debía ser muy curioso el ejercicio comercial de un artista tan reconocidamente inútil para ello como Gómez Alcain.

—Lo cierto es, —repuso éste, con un cierto orgullo— que ya lo he sido dos veces; y mi mujer también —añadió señalándola.

Nuestra sorpresa subió de punto:

—¿Cómo, señora, usted también? ¿Querría decirnos como hizo? Porque...

La joven se reía también de todo corazón.

—Sí, yo también vendía... Pero Héctor les puede contar mejor que yo... El se acuerda de todo.

—¡Desde luego! Si creen ustedes que puede tener interés...

—¿Interés, el comercio ejercido por usted? —exclamamos todos.— ¡Cuente en seguida!

Gómez Alcain nos contó entonces sus dos episodios comerciales, bastante ejemplares, como se verá.

Mis dos empresas —comenzó— acaecieron en el Chaco. Durante la primera yo era soltero aún, y fui allá a raíz de mi exposición de 1903. Había en ella mucho mármol y mucho barro, todo el trabajo de tres años de enfermiza actividad. Mis bustos agradaron, mis composiciones, no. De todos modos, aquellos tres años de arte frenético tuvieron por resultado cansarme hasta lo indecible de cuanto trascendiera a celebridades teatrales, crónicas de garden party, críticas de exposiciones y demás.

Entonces llegó hasta mí desde el Chaco un viejo conocido que trabajaba allá hacía cuatro años. El hombre aquel —un hombre entusiasta, si los hay— me habló de su vida libre, de sus plantaciones de algodón. Aunque presté mucha atención a lo primero, la agricultura aquella no me interesó mayormente. Pero cuando por mera curiosidad le pedí datos sobre ella, perdí el resto de sentido comercial que podía quedarme.

Vean ustedes cómo me planteé la especulación:

Una hectárea admite quince mil algodoneros, que producen en un buen año tres mil kilos de algodón. El kilo de capullos se vende a diez y ocho centavos, lo que da quinientos cuarenta pesos por hectárea. Como por razón de gastos treinta hectáreas pedían el primer año seis mil doscientos pesos, me hallaría yo, al final de la primer cosecha, con diez mil pesos de ganancia. El segundo año plantaría cien hectáreas, y el tercero, doscientas. No pasaría de este número. Pero ellas me darían cien mil pesos anuales, lo suficiente para quedar libre de exposiciones, crónicas, cronistas y dueños de salones. Les aseguro que es éste un ideal de los más serios.

Así decidido, vendí en siete mil pesos todo lo que me quedaba de la exposición, —casi todo, por lo pronto. Como ven ustedes, emprendía un negocio nuevo, lejano y difícil, con la cantidad justa, pues los ochocientos pesos sobrantes desaparecieron antes de ponerme en viaje: Por aquí comenzaba mi sabiduría comercial.

Lo que vino luego es más curioso. Me construí un edificio muy raro, con algo de rancho y mucho de semáforo; hice un carrito de asombrosa inutilidad, y planté cien palmeras alrededor de mi casa. Pero en cuanto a lo fundamental de mi ida allá, apenas me quedó capital para plantar diez hectáreas de algodón, que por razones de sequía y mala semilla, resultaron en realidad cuatro o cinco.

Todo esto podía, sin embargo, pasar por un relativo éxito; hasta que llegó el momento de la recolección. Ustedes deben de saber que este es el real escollo del algodón: la carestía y precio excesivo del brazo. Yo lo supe entonces, y a duras penas conseguí que cinco indios viejos recogieran mis capullos, a razón de cinco centavos por kilo. En Estados Unidos, según parece, es común la recolección de quince a viente kilos diarios por persona. Mis indios recogían apenas seis o siete. Me pidieron luego un aumento de dos centavos, y accedí, pues las lluvias comenzaban y el capullo sufre mucho con ellas.

No mejoraban las cosas. Los indios llegaban a las nueve de la mañana, por temor del rocío en los pies, y se iban a las doce. No volvían de tarde. Cambié de sistema, y los tomé por día, pensando así asegurar —aunque cara— la recolección. Trabajaban todo el día, pero me presentaban dos kilos de mañana y tres de tarde.

467

Como ven, los cinco indios viejos me robaban descaradamente. Llegaron a recogerme cuatro kilos diarios por cabeza, y entonces, exasperado con toda esa bellaquería de haraganes, resolví desquitarme.

Yo había notado que los indios —salvo excepciones— no tienen la más vaga idea de los números. Al principio sufrí fuertes chascos.

—¿Qué vale esto? —había preguntado a uno de ellos que venía a ofrecerme un cuero de ciervo.

—Veinte pesos —me respondió.

—Claro es, rehusé. Llegó otro indio, días después, con un arco y flechas: aquello valía también veinte pesos, siendo así que dos es un precio casi excesivo.

No era posible entenderse con aquellos audaces especuladores. Hasta que un capataz de obraje me dió la clave del mercado. Fui en consecuencia a ver al indio de los arcos y le pedí nuevo precio.

—Veinte pesos —me repitió.

—Aquí están —le dije, poniéndole dos pesos en la mano. Quedó perfectamente seguro de que recibía sus veinte pesos.

Aún más: A cierto diablo que me pedía cinco pesos por un cachorro de aguará, le puse en la mano con lento énfasis tres monedas de diez centavos:

—Uno... tres... cinco... Cinco pesos; aquí están los cinco pesos.

El vendedor quedó luminosamente convencido. Un momento después, so pretexto de equivocación, le completé su precio. Y aun creyó acaso —por nativa desconfianza del hombre blanco,— que la primera cuenta hubiera sido más provechosa para él.

Esta ignorancia se extiende desde luego a la romana, balanza usual en las pesadas de algodón. Para mi desquite de que he hablado, era necesario tomar de nuevo los peones a tanto el kilo. Así lo hice, y la primer tarde comencé. La bolsa del primero acusaba seis kilos.

—Cuatro kilos: veintiocho centavos —le dije.

El segundo había recogido cuatro kilos; le acusé dos. El tercero, seis; le acusé tres. Al cuarto, en vez de siete, cinco. Y al quinto, que me había recogido cinco, le conté sólo dos. De este modo, en un solo día, había recuperado setenta centavos. Pensaba firmemente resarcirme con este sistema de las pillerías y los adelantos.

Al día siguiente hice lo mismo. «Si hay una cosa lícita, me decía yo, es lo que hago. Ellos me roban con toda conciencia, riéndose evidentemente de mí, y nada más justo que compensar con la merma de su jornal el dinero que me llevan».

Pero cierto malhumor que ya había comenzado en la segunda operación, subió del todo en la tercera. Sentía honda rabia contra los indios, y en vez de aplacarse ésta con mi sistema de desquite, se exasperaba más. Tanto creció este hondo disgusto, que al cuarto día acusé al primer indio el peso cabal, e hice lo mismo con el segundo. Pero la rabia crecía. Al tercero indio le aumenté dos kilos; al cuarto, tres, y al quinto, ocho kilos.

Es que a pesar de las razones en que me apoyaba, yo estaba sencillamente robando. No obstante los justificativos que me dieran las doscientas legislaciones del mundo, yo no dejaba de robar. En el fondo, mi famosa compensación no encerraba ni una pizca más de valor moral que el franco robo de los indios. De aquí mi rabia contra mí mismo.

A la siguiente tarde aumenté de igual modo las pesadas de algodón, con lo que al final pagué más de lo convenido, perdí los adelantos y la confianza de los indios que llegaron a darse cuenta, por las inesperadas oscilaciones del peso, de que yo y mi romana éramos dos raros sujetos.

Este es mi primer episodio comercial. El segundo fué más productivo.

Mi mujer tuvo siempre la convicción de que yo soy de una nulidad única en asundo de negocios.

—Todo cuanto emprendas te saldrá mal —me decía.— Tú no tienes absoluta idea de lo que es el dinero. Acuérdate de la harina.

Esto de la harina pasó así: Como mis peones se abastecían en el almacén de los obrajes vecinos, supuse que proveyéndome yo de lo elemental —yerba, grasa, harina— podría obtener un veinte por ciento de utilidad sobre el sueldo de los peones. Esto es cuerdo. Pero cuando tuve los artículos en casa y comencé a vender la harina a un precio que yo recordaba de otras casas, fuí muy contento a ver a mi mujer.

—¡Fíjate! —le dije.— Vamos a ahorrar una porción de pesos con este sistema. Ya hemos ganado cuarenta centavos con estos kilos de harina.

—¡Ah, ah! —me respondió ella sin mayor entusiasmo.— ¿Y cuánto te cuesta la harina?

Me quedé mirándola. Lo cierto es que yo no sabía lo que me costaba, pues ni aun siquiera había echado el ojo sobre la factura.

Esta es la historia de la harina. Mi mujer me la recordaba siempre, y aunque me era forzoso darle razón, el demonio del comercio que he heredado de mi padre me tentaba como un fruto prohibido.

Hasta que un día a ambos —pues yo conté en esta aventura con la complicidad de mi mujer— se nos ocurrió una empresa: abrir un restaurante para peones. En vez de las sardinas, chipas o malos asados que los que no tienen familia o viven lejos comen en el almacén de los obrajes, nosotros les daríamos un buen puchero que los nutriría, y a bajo precio. No pretendíamos ganar nada: y en negocios así —según mi mujer— había cierta probabilidad de que me fuera bien.

Dijimos a los peones que podrían comer en casa, y pronto acudieron otros de los obrajes próximos. Los tres primeros días todo fué perfectamente. Al cuarto vino a verme un peón de miserable flacura.

—Mirá, patrón —me dijo.— Yo voy a comer en tu casa, si querés, pero no te podré pagar. Me voy el otro mes a Corrientes porque el chucho... He estado veinte días tirado... Ahora no puedo mover mi hacha. Si vuelvo, te pagaré.

Consulté a mi mujer.

—¿Qué te parece? —le dije.— El diablo este no nos pagará nunca.

—Parece tener mucha hambre... —murmuró ella.

El sujeto comió un mes entero y se fué para siempre.

En ese tiempo llegó cierta mañana un peón indio con una criatura de cinco años, que miró comer a su padre con inmensos ojos de gula.

—¡Pero esa criatura! —me dijo mi mujer.— ¡Es un crimen hacerla sufrir así!

Se sirvió al chico. Era muy mono, y mi mujer lo acarició al irse.

—¿Tienes hambre aún?

—Sí, ¡hame! —respondió con toda la boca el hombrecito.

—¡Pero ha comido un plato lleno! —se sorprendió mi mujer.

—Sí, ¡pato! En casa... ¡hame!

—¡Ah, en tu casa! ¿Son muchos?

El padre entonces intervino. Eran ocho criaturas, y a veces él estaba enfermo y no podía trabajar. Entonces... ¡mucha hambre!

—¡Me lo figuro! —murmuró mi mujer mirándome. Dió al chico tasajo, galletitas, y a más dos latas de jamón del diablo que yo guardaba.

—¡Eh, mi jamón! —le dije rápidamente cuando huía con su robo.

—¿No es nada, verdad? —se rió.— ¡Supón la felicidad de esa pobre gente con esto!

Al otro día volvió el indio con dos nuevos hijos, y como mi mujer no es capaz de resistir a una cara de hambre, todos comieron. Tan bien, que una semana después nuestra casa estaba convertida en un jardín de infantes. Los buenos peones traían cuanto hijo propio o ajeno les era dado tener. Y si a esto se agregan los muchos sujetos que comprendieron que nada disponía mejor nuestro corazón, que la confesión llana y lisa de tener hambre y carecer al mismo tiempo de dinero, todo esto hizo que al fin de mes nuestro comercio cesara. Teníamos, claro es, un déficit bastante fuerte.

Este fue mi segundo episodio comercial. No cuento el serio —el del algodón— porque éste estaba perdido desde el principio. Perdí allá cuanto tenía, y abandonando todo lo que habíamos construído en tierra arrendada, volvimos a Buenos Aires. Ahora —concluyó señalando con la cabeza sus mármoles— hago de nuevo esto.

—¡Y aquí no cabe comercio! —exclamó con fugitiva sonrisa un oyente.

Gómez Alcain lo miró como hombre que al hablar con tranquila seriedad se siente por encima de todas las ironías:

—Sí, cabe —repuso.— Pero no yo.

LAS RAYAS

... «EN resumen, yo creo que las palabras valen tanto, *materialmente*, como la propia cosa significada, y son capaces de crearla por simple razón de eufonía. Se precisará un estado especial; es posible. Pero algo que yo he visto me ha hecho pensar en el peligro de que dos cosas distintas tengan el mismo nombre».

Como se ve, pocas veces es dado oir teorías tan maravillosas como la anterior. Lo curioso es que quien la exponía no era un viejo y sutil filósofo versado en la escolástica, sino un hombre espinado desde muchacho en los negocios, que trabajaba en Laboulaye acopiando granos. Con su promesa de contarnos la cosa, sorbimos rápidamente el café, nos sentamos de costado en la silla para oir largo rato, y fijamos los ojos en el de Córdoba.

—Les contaré la historia —comenzó el hombre— porque es el mejor modo de darse cuenta. Como ustedes saben, hace mucho que estoy en Laboulaye. Mi socio corretea todo el año por las colonias y yo, bastante inútil para eso, atiendo más bien la barraca. Supondrán que durante ocho meses, por lo menos, mi quehacer no es mayor en el escritorio, y dos empleados —uno conmigo en los libros y otro en la venta— nos bastan y sobran. Dado nuestro radio de acción, ni el Mayor ni el Diario son engorrosos. Nos ha quedado, sin embargo, una vigilancia enfermiza de los libros, como si aquella cosa lúgubre pudiera repetirse. ¡Los libros!... En fin, hace cuatro años de la aventura y nuestros dos empleados fueron los protagonistas.

El vendedor era un muchacho correntino, bajo y de pelo cortado al rape, que usaba siempre botines amarillos. El otro, encargado de los libros, era un hombre hecho ya, muy flaco y de cara color paja. Creo que nunca lo vi reírse, mudo y contraído en su Mayor con estricta prolijidad de rayas y tinta colorada. Se llamaba Figueroa; era de Catamarca.

Ambos, comenzando por salir juntos, trabaron estrecha amistad, y como ninguno tenía familia en Laboulaye, habían alquilado un caserón con sombríos corredores de bóveda, obra de un escribano que murió loco allá.

Los dos primeros años no tuvimos la menor queja de nuestros hombres. Poco después comenzaron, cada uno a su modo, a cambiar de modo de ser.

El vendedor —se llamaba Tomás Aquino— llegó cierta mañana a la barraca con una verbosidad exuberante. Hablaba y reía sin cesar, buscando constantemente no sé qué en los bolsillos. Así estuvo dos días. Al tercero cayó con un fuerte ataque de gripe; pero volvió después de almorzar, inesperadamente curado. Esa misma tarde Figueroa tuvo que retirarse con desesperantes estornudos preliminares que lo habían invadido de golpe. Pero todo pasó en horas, a pesar de los síntomas dramáticos. Poco después se repitió lo mismo, y así, por un mes: la charla delirante de Aquino, los estornudos de Figueroa, y cada dos días un fulminante y frustrado ataque de gripe.

Esto era lo curioso. Les aconsejé que se hicieran examinar atentamente, pues no se podía seguir así. Por suerte todo pasó, regresando ambos a la antigua y tranquila normalidad, el vendedor entre las tablas, y Figueroa con su pluma gótica.

Esto era en diciembre. El 14 de enero, al hojear de noche los libros, y con toda la sorpresa que imaginarán, vi que la última página del Mayor estaba cruzada en todos sentidos de rayas. Apenas llegó Figueroa a la mañana siguiente, le pregunté qué demonio eran esas rayas. Me miró sorprendido, miró su obra, y se disculpó murmurando.

No fue sólo esto. Al otro día Aquino entregó el Diario, y en vez de las anotaciones de orden no había más que rayas: toda la página llena de rayas en todas direcciones. La cosa ya era fuerte; les hablé malhumorado, rogándoles muy seriamente que no se repitieran esas gracias. Me miraron atentos pestañeando rápidamente, pero se retiraron sin decir una palabra.

Desde entonces comenzaron a enflaquecer visiblemente. Cambiaron el modo de peinarse, echándose el pelo atrás. Su amistad había recrudecido; trataban de estar todo el día juntos, pero no hablaban nunca entre ellos.

Así varios días, hasta que una tarde hallé a Figueroa doblado sobre la mesa, rayando el libro de Caja. Ya había rayado todo el Mayor, hoja por hoja; todas las páginas llenas de rayas, rayas en el cartón, en el cuero, en el metal, todo con rayas.

Lo despedimos en seguida; que continuara sus estupideces en otra parte. Llamé a Aquino y también lo despedí. Al recorrer la barraca no vi más que rayas en todas partes: tablas rayadas, planchuelas rayadas, barricas rayadas. Hasta una mancha de alquitrán en el suelo, rayada…

No había duda; estaban completamente locos, una terrible obsesión de rayas que con esa precipitación productiva quién sabe a dónde los iba a llevar.

Efectivamente, dos días después vino a verme el dueño de la Fonda Italiana donde aquellos comían. Muy preocupado, me preguntó si no sabía qué se habían hecho Figueroa y Aquino; ya no iban a su casa.

—Estarán en casa de ellos —le dije.

—La puerta está cerrada y no responden —me contestó mirándome.

—¡Se habrán ido! —argüí sin embargo.

—No —replicó en voz baja.— Anoche, durante la tormenta, se han oído gritos que salían de adentro. Esta vez me cosquilleó la espalda y nos miramos un momento.

Salimos apresuradamente y llevamos la denuncia. En el trayecto al caserón la fila se engrosó, y al llegar a aquél, chapaleando en el agua, éramos más de quince. Ya empezaba a oscurecer. Como nadie respondía, echamos la puerta abajo y entramos. Recorrimos la casa en vano; no había nadie. Pero el piso, las puertas, las paredes, los muebles, el techo mismo, todo estaba rayado: una irradiación delirante de rayas en todo sentido.

Ya no era posible más; habían llegado a un terrible frenesí de rayar, rayar a toda costa, como si las más íntimas células de sus vidas estuvieran sacudidas por esa obsesión de rayar. Aun en el patio mojado las rayas se cruzaban vertiginosamente, apretándose de tal modo al fin, que parecía ya haber hecho explosión la locura.

Terminaban en el albañal. Y doblándonos, vimos en el agua fangosa dos rayas negras que se revolvían pesadamente.

LA LENGUA

Hospicio de las Mercedes...

No sé cuándo acabará este infierno. Esto sí, es muy posible que consigan lo que desean. ¡Loco perseguido! ¡Tendría que ver!... Yo propongo esto: A todo el que es lengualarga, que se pasa la vida mintiendo y calumniando, arránquésele la lengua, y se verá lo que pasa!

¡Maldito sea el día que yo también caí! El individuo no tuvo la más elemental misericordia. Sabía como el que más que un dentista sujeto a impulsividades de sangre no podrá tener todo, menos clientela. Y me atribuyó estos y aquellos arrebatos; que en el hospital había estado a punto de degollar a un dependiente de fiambrería; que una sola gota de sangre me enloquecía...

¡Arrancarle la lengua!... Quiero que alguien me diga que había hecho yo a Felippone para que se ensañara de ese modo conmigo. ¿Por hacer un chiste?... Con esas cosas no se juega, bien lo sabía él. Y éramos amigos.

¡Su lengua!... Cualquier persona tiene derecho a vengarse cuando lo han herido. Supóngase ahora lo que me pasaría a mí, con mi carrera rota a su principio, condenado a pasearme todo el día por el estudio sin clientes, y con la pobreza que yo solo sé...

Todo el mundo lo creyó. ¿Por qué no lo iban a creer? De modo que cuando me convencí claramente de que su lengua había quebrado para siempre mi porvenir, resolví una cosa muy sencilla: arrancársela.

Nadie con más facilidades que yo para atraerlo a casa. Lo encontré una tarde y lo cogí riendo de la cintura, mientras lo felicitaba por su broma que me atribuía no sé qué impulsos...

El hombre, un poco desconfiado al principio, se tranquilizó al ver mi falta de rencor de pobre diablo. Seguimos charlando una infinidad de cuadras, y de vez en cuando festejábamos alegremente la ocurrencia.

—Pero de veras —me detenía a ratos.— ¿Sabías que era yo el que había inventado la cosa?

—¡Claro que lo sabía! —le respondía riéndome.

Volvimos a vernos con frecuencia. Conseguí que fuera al consultorio, donde confiaba en conquistarlo del todo. En efecto, se sorprendió mucho de un trabajo de puente que me vió ejecutar.

—No me imaginaba —murmuró mirándome— que trabajaras tan bien...

Quedó un rato pensativo; y de pronto, como quien se acuerda de algo que aunque ya muy pasado causa siempre gracia, se echó a reir.

—¿Y desde *entonces* viene poca gente, no?

—Casi nadie —le contesté sonriendo como un simple.

Y sonriendo así tuve la santa paciencia de esperar, esperar! Hasta que un día vino a verme apurado, porque le dolía vivamente una muela.

¡Ah, ah! ¡Le dolía, a él! ¡Y a mí, nada, nada!

Examiné largamente el raigón doloroso, manejándole las mejillas con una suavidad de amigo que le encantó. Lo emborraché luego de ciencia odontológica, haciéndole ver en su raigón un peligro siempre de temer...

Felippone se entregó en mis brazos, aplazando la extracción de la muela para el día siguiente.

¡Su lengua!... Veinticuatro horas pueden pasar como un siglo de esperanzas para el hombre que aguarda al final un segundo de dicha.

A las dos en punto llegó Felippone. Pero tenía miedo. Se sentó en el sillón sin apartar sus ojos de los míos.

—¡Pero hombre! —le dije paternalmente, mientras disimulaba en la mano el bisturí.— ¡Se trata de un simple raigón! ¿Qué sería si?... Es curioso que les impresione más el sillón del dentista que la mesa de operaciones! —concluí, bajándole el labio con el dedo.

—¡Y es verdad! —asintió con la voz gutural.

—¡Claro que lo es! —sonreí aún, introduciendo en su boca el bisturí para descarnar la encía.

Felippone apretó los ojos, pues era un individuo flojo.

—Abre más la boca —le dije.

Felippone la abrió. Metí la mano izquierda, le sujeté rápidamente la lengua y se la corté de raíz.

—¡Plum!... ¡Chismes y chismes y chismes, su lengua! Felippone mugió echando por la boca una ola de sangre y se desmayó.

Bueno. En la mano yo tenía su lengua. Y el diablo, la horrible locura de hacer lo que no tiene utilidad alguna, estaban en mis dos ojos. Con aquella podredumbre de chismes en la mano izquierda, ¿qué necesidad tenía yo de mirar *allá*?

Y miré, sin embargo. Le abrí la boca a Felippone, acerqué bien la cara, y miré en el fondo. ¡Y vi que asomaba por entre la sangre un lengüita roja! ¡Una lengüita que crecía rápidamente, que crecía y se hinchaba, como si yo no tuviera la otra en la mano!

Cogí una pinza, la hundí en el fondo de la garganta y arranqué el maldito retoño. Miré de nuevo, y vi otra vez —¡maldición!— que subían dos nuevas lengüitas moviéndose...

Metí la pinza y arranqué eso, —con ellas una amígdala...

La sangre me impedía ver el resultado. Corrí a la canilla, ajusté un tubo, y eché en el fondo de la garganta un chorro violento. Volví a mirar: cuatro lengüitas crecían ya...

¡Desesperación! Inundé otra vez la garganta, hundí los ojos en la boca abierta, y vi una infinidad de lengüitas que retoñaban vertiginosamente...

Desde ese momento fué una locura de velocidad, una carrera furibunda, arrancando, echando el chorro, arrancando de nuevo, tornando a echar agua, sin poder dominar aquella monstruosa reproducción. Al fin lancé un grito y disparé. De la boca le salía un pulpo de lenguas que tanteaban a todos.

¡Las lenguas! Ya comenzaban a pronunciar mi nombre...

EL VAMPIRO

— Sí, —dijo el abogado Rhode.— Yo tuve esa causa. Es un caso, bastante raro por aquí, de vampirismo. Rogelio Castelar, un hombre hasta entonces normal fuera de algunas fantasías, fue sorprendido una noche en el cementerio arrastrando el cadáver recién enterrado de una mujer. El individuo tenía las manos destrozadas porque había removido un metro cúbico de tierra con las uñas. En el borde de la fosa yacían los restos del ataúd, recién quemado. Y como complemento macabro, un gato, sin duda forastero, yacía por allí con los riñones rotos. Como ven, nada faltaba al cuadro.

En la primera entrevista con el hombre vi que tenía que habérmelas con un fúnebre loco. Al principio se obstinó en no responderme, aunque sin dejar un instante de asentir con la cabeza a mis razonamientos. Por fin pareció hallar en mí al hombre digno de oirle. La boca le temblaba por la ansiedad de comunicarse.

—¡Ah! Vd. me entiende! —exclamó, fijando en mí sus ojos de fiebre. Y continuó con un vértigo de que apenas puede dar idea lo que recuerdo:

—¡A Vd. le diré todo! ¡Sí, yo! ¿Qué como fué eso del ga... de la gata? ¡Yo! ¡Solamente yo!

Oigame: Cuando yo llegué... allá, mi mujer...

—¿Dónde, *allá?* —le interrumpí.

—Allá... ¿La gata o no? ¿Entonces?... Cuando yo llegué mi mujer corrió como una loca a abrazarme. Y en seguida se desmayó. Todos se precipitaron entonces sobre mí, mirándome con ojos de loco.

¡Mi casa! ¡Se había quemado, derrumbado, hundido con todo lo que tenía dentro! ¡Esa, ésa era mi casa! ¡Pero ella no, mi mujer mía!

Entonces un miserable devorado por la locura me sacudió del hombro, gritándome:

—¿Qué hace? ¡Conteste!

Y yo le contesté:

—¡Es mi mujer! ¡Mi mujer mía que se ha salvado!

Entonces se levantó un clamor:

—¡No es ella! ¡Esa no es!

Sentí que mis ojos, al bajarse a mirar lo que yo tenía entre mis brazos, querían saltarse de las órbitas. ¿No era ésa María, la María de mí, y desmayada? Un golpe de sangre me encendió los ojos y de mis brazos cayó una mujer que no era María. Entonces salté sobre una barrica y dominé a todos los trabajadores. Y grité con la voz ronca:

—¡Por qué! ¡Por qué!

Ni uno solo estaba peinado porque el viento les echaba a todos el pelo de costado. Y los ojos de fuera, mirándome.

Entonces comencé a oir de todas partes:

—Murió.

—Murió aplastada.

—Murió.

—Gritó.

—Gritó una sola vez.

—Yo sentí que gritaba.

—Yo también.

—Murió.

—La mujer de él murió aplastada.

—¡Por todos los santos! —grité yo entonces retorciéndome las manos.— ¡Salvémosla, compañeros! ¡Es un deber nuestro salvarla!

Y corrimos todos. Todos corrimos con silenciosa furia a los escombros. Los ladrillos volaban, los marcos caían desescuadrados y la remoción avanzaba a saltos.

A las cuatro yo solo trabajaba. No me quedaba una uña sana, ni en mis dedos había otra cosa que escarbar. ¡Pero en mi pecho! ¡Angustia y furor de tremebunda desgracia que temblaste en mi pecho al buscar a mi María!

No quedaba sino el piano por remover. Había allí un silencio de epidemia, una enagua caída y ratas muertas. Bajo el piano tumbado, sobre el piso granate de sangre y carbón, estaba aplastada la sirvienta.

Yo la saqué al patio, donde no quedaban sino cuatro paredes silenciosas, viscosas de alquitrán y agua. El suelo resbaladizo reflejaba el cielo oscuro. Entonces cogí a la sirvienta de los pies y comencé a arrastrarla alrededor del patio. Eran míos esos pasos. ¡Y qué pasos! Un paso, otro paso, otro paso!

En el hueco de una puerta, —carbón y agujero, nada más— estaba acurrucada la gata de casa, que había escapado al desastre, aunque estropeada. La cuarta vez que la sirvienta y yo pasamos frente a ella, la gata lanzó un aullido de cólera.

¡Ah! ¿No era yo, entonces?, grité desesperado. ¿No fuí yo el que buscó entre los escombros, la ruina y la mortaja de los marcos, un solo pedazo de mi María?

La sexta vez que pasamos delante de la gata, el animal se erizó. La séptima vez se levantó, llevando a la rastra las patas de atrás. Y nos siguió entonces así, esforzándose por mojar la lengua en el pelo esangrentado de la sirvienta —¡de *ella*, de María, no, maldito rebuscador de cadáveres!

—¡Rebuscador de cadáveres! —repetí yo mirándolo.— ¡Pero entonces eso fué en el cementerio!

El vampiro se aplastó entonces el pelo mientras me miraba con sus imensos ojos de loco.

—¡Conque sabías entonces! —articuló.— ¡Conque todos lo saben y me dejan hablar una hora! ¡Ah! —rugió en un sollozo echando la cabeza atrás y deslizándose por la pared hasta caer sentado:— ¡Pero quién me dice al miserable yo, aquí, por qué en mi casa me arranqué las uñas para no salvar del alquitrán ni el pelo colgante de mi María!

. . . .

No necesitaba más, como Vds comprenden —concluyó el abogado—, para orientarme totalmente respecto del individuo. Fué internado en seguida. Hace ya dos años de esto, y anoche ha salido, perfectamente curado...

—¿Anoche? —exclamó un hombre joven de riguroso luto.— ¿Y de noche se da de alta a los locos?

—¿Por qué no? El individuo está curado, tan sano como Vd y como yo. Por lo demás, si reincide, lo que es de regla en estos vampiros, a estas horas debe de estar ya en funciones. Pero estos no son asuntos míos. Buenas noches, señores.

LA MANCHA HIPTÁLMICA

— ¿QUÉ tiene esa pared?

Levanté también la vista y miré. No había nada. La pared estaba lisa, fría y totalmente blanca. Sólo arriba cerca del techo, estaba oscurecida por la falta de luz.

Otro a su vez alzó los ojos y los mantuvo un momento inmóviles y bien abiertos, como cuando se desea decir algo que no se acierta a expresar.

—¿P... pared? —formuló al rato.

Esto si; torpeza y sonambulismo de las ideas, cuánto es posible.

—No es nada —contesté— Es la mancha hiptálmica.

—¿Mancha?...

—... hiptálmica. La mancha hiptálmica. Este es mi dormitorio. Mi mujer dormía de aquel lado... ¡Qué dolor de cabeza!... Bueno. Estábamos casados desde hacía siete meses y anteayer murió. ¿No es esto?... Es la mancha hiptálmica. Una noche mi mujer se despertó sobresaltada.

—¿Qué tienes? —le pregunté inquieto.

—¡Qué sueño más raro! —me respondió, angustiada aún.

—¿Qué era?

—No sé, tampoco... Sé que era un drama; un asunto de drama... Una cosa oscura y honda... ¡Qué lástima!

—¡Trata de acordarte, por Dios! —la insté, vivamente interesado. Ustedes me conocen como hombre de teatro...

Mi mujer hizo un esfuerzo.

—No puedo... No me acuerdo más que del título: La mancha tele... hita... ¡hiptálmica! Y la cara atada con un pañuelo blanco.

—¿Qué?...

—Un pañuelo blanco en la cara... La mancha hiptálmica.

—¡Raro! —murmuré, sin detenerme un segundo más a pensar en aquello.

Pero diez días después mi mujer salió una mañana del dormitorio con la cara atada. Apenas la vi, recordé bruscamente y vi en sus ojos que ella también se había acordado. Ambos soltamos la carcajada.

—Sí... sí! —se reía.— En cuanto me puse el pañuelo, me acordé...

—¿Un diente?

—No sé; creo que sí...

Durante el día bromeamos aún con aquello, y de noche, mientras mi mujer se desnudaba, le grité de pronto desde el comedor:

—A que no...

—¡Sí! ¡La mancha hiptálmica! —me contestó riendo. Me eché a reir a mi vez, y durante quince días vivimos en plena locura de amor.

Después de este lapso de aturdimiento sobrevino un período de morosa inquietud, el sordo y mutuo acecho de un disgusto que no llegaba y que se ahogó por fin en explosiones de radiante y furioso amor.

Una tarde, tres o cuatro horas después de almorzar, mi mujer, no encontrándome, entró en su cuarto y quedó sorprendida al ver los postigos cerrados. Me vió en la cama, extendido como un muerto.

—¡Federico! —gritó corriendo a mí.

No contesté una palabra, ni me moví. ¡Y era ella, mi mujer! ¿Entienden ustedes?

—¡Déjame! —me desasí con rabia, volviéndome a la pared.

Durante un rato no oí nada. Después, sí: los sollozos de mi mujer bajo el pañuelo hundido hasta la mitad en la boca.

Esa noche cenamos en silencio. No nos dijimos una palabra, hasta que a las diez mi mujer me sorprendió en cuclillas delante del ropero, doblando con extremo cuidado, y pliegue por pliegue, un pañuelo blanco.

—¡Pero desgraciado! —exclamó desesperada, alzándome la cabeza.— ¡Qué haces!

¡Era ella, mi mujer! Le devolví el abrazo, en plena e íntima boca.

—¿Qué hacía? —le respondí.— Buscaba una explicación justa a lo que nos está pasando.

—Federico... amor mío... —murmuró.

Y la ola de locura nos envolvió de nuevo.

Desde el comedor oí que ella —aquí mismo— se desvestía. Y aullé con amor:

—¿A que no?...

—¡Hiptálmica, hiptálmica! —respondió riendo y desnudándose a toda prisa.

Cuando entré, me sorprendió el silencio considerable de este dormitorio. Me acerqué sin hacer ruido y miré. Mi mujer estaba acostada, el rostro completamente hinchado y blanco. Tenía atada la cara con un pañuelo.

Corrí suavemente la colcha sobre la sábana, me acosté en el borde de la cama, y crucé las manos bajo la nuca.

No había aquí ni un cujido de ropa ni una trepidación lejana. Nada. La llama de la vela ascendía como aspirada por el inmenso silencio.

Pasaron horas y horas. Las paredes, blancas y frías, se oscurecían progresivamente hacia el techo... ¿Qué es eso? No sé...

Y alcé de nuevo los ojos. Los otros hicieron lo mismo y los mantuvieron en la pared por dos o tres siglos. Al fin los sentí pesadamente fijos en mí.

—¿Usted nunca ha estado en el manicomio? —me dijo uno.

—No, que yo sepa... —respondí.

—¿Y en presidio?

—Tampoco, hasta ahora...

—Pues tenga cuidado, porque va a concluir en uno u otro.

—Es posible... perfectamente posible... —repuse, procurando dominar mi confusión de ideas.

Salieron.

Estoy seguro de que han ido a denunciarme, y acabo de tenderme en el diván. Como el dolor de cabeza continúa, me he atado la cara con un pañuelo blanco.

LA CREMA DE CHOCOLATE

SER médico y cocinero a un tiempo es, a más de difícil, peligroso. El peligro vuélvese realmente grave si el cliente lo es del médico y de su cocina. Esta verdad pudo ser comprobada por mí, cierta vez que en el Chaco fuí agricultor, médico y cocinero.

Las cosas comenzaron por la medicina, a los cuatro días de llegar allá. Mi campo quedaba en pleno desierto, a ocho leguas de toda población, si se exceptúan un obraje y una estanzuela, vecinos a media legua. Mientras íbamos todas las mañanas mi compañero y yo a construir nuestro rancho, vivíamos en el obraje. Una noche de gran frío fuimos despertados mientras dormíamos, por un indio del obraje, a quien acababan de apalear un brazo. El muchacho gimoteaba muy dolorido. Vi en seguida que no era nada, y sí grande su deseo de farmacia. Como no me divertía levantarme, le froté el brazo con bicarbonato de soda que tenía al lado de la cama.

—¿Qué le estás haciendo? —me preguntó mi compañero, sin sacar la nariz de sus plaids.

—Bicarbonato —le respondí.— Ahora —me dirigí al indio— no te va a doler más. Pero para que haga buen efecto este remedio, es bueno que te pongas trapos mojados encima.

Claro está, al día siguiente no tenía nada; pero sin la maniobra del polvo blanco encerrado en el frasco azul, jamás el indiecito se hubiera decidido a curarse con sólo trapos fríos.

El segundo eslabón lo estableció el capataz de la estanzuela con quien yo estaba en relación. Vino un día a verme por cierta infección que tenía en una mano, y que persistía desde un mes atrás. Yo tenía un bisturí, y el hombre resistía heroicamente el dolor. Esta doble circunstancia autorizó el destrozo que hice en su carne, sin contar el bicloruro hirviendo, y ocho días después mi hombre estaba curado. Las infecciones, por allá, suelen ser de muy fastidiosa duración; mas mi valor y del otro —bien que de distinto carácter— venciéronlo todo.

Esto pasaba ya en nuestro algodonal, y tres meses después de haber sido plantado. Mi amistad con el dueño de la estanzuela, que vivía en su almacén en Resistencia, y la bondad del capataz y su mujer, llevábanme a menudo a la estancia. La vieja mujer, sobre todo, tenía cierta respetuosa ternura por mi ciencia y mi democracia. De aquí que quisiera casarme. A legua y media de casa, en pleno estero Arazá, tenía cien vacas y un rebaño de ovejas el padre de mi futura.

—¡Pobrecita! —me decía Rosa, la mujer del capataz— Está enferma hace tiempo. ¡Flaca, pobrecita! Andá a curarla, don Fernández, y te casás con ella.

Como los esteros rebosaban agua, no me decidía a ir hasta ella.

—¿Y es linda? —se me ocurrió un día.

—¡ Pero no ha de!... don Fernández! Le voy a mandar a decir al padre, y la vas a curar y te vas a casar con ella.

Desgraciadamente la misma democracia que encantaba a la mujer del capataz estuvo a punto de echar abajo mi reputación científica.

Una tarde había ido yo a buscar mi caballo, sin riendas como lo hacía siempre, y volvía con él a escape, cuando hallé en casa a un hombre que me esperaba. Mi ropa, además, dejaba siempre mucho que desear en punto a corrección. La camisa de lienzo sin un botón, los brazos arremangados, y sin sombrero ni peinado de ninguna especie.

En el patio, un paisano de pelo blanco, muy gordo y fresco, vestido evidentemente con lo mejor que tenía, me miraba con fuerte sorpresa.

—Perdone, don; —se dirigió a mí.— ¿Es ésta la casa de don Fernández?

—Sí, señor —le respondí.

Agregó entonces con visible dubitación de persona que no quiere comprometerse.

—¿Y no está él?...

—Soy yo.

El hombre no concluía de disculparse, hasta que se fue con mi receta y la promesa de que iría a ver a su hija.

Fui y la vi. Tosía un poco, estaba flaquísima, aunque tenía la cara llena, lo que no hacía sino acentuar la delgadez de las piernas. Tenía sobre todo el estómago perdido. Tenía también hermosos ojos, pero al mismo tiempo unas abominables zapatillas nuevas de elástico. Se había vestido de fiesta, y como lujo de calzado no habitual, las zapatillas aquellas.

La chica se llamaba Eduarda— digería muy mal, y por todo alimento comía tasajo desde que habían empezado las lluvias. Con el más elemental régimen, la muchacha comenzó a recobrar vida.

—Es tu amor, don Fernández. Te quiere mucho a Vd. —me explicaba Rosa.

Fui en esa primavera dos o tres veces más al Arazá, y lo cierto es que yo podía acaso no ser mal partido para la agradecida familia.

En estas circunstancias, el capataz cumplió años y su mujer me mandó llamar el día anterior, a fin de que yo hiciera un postre para el baile.

A fuerza de paciencia y de horribles quematinas de leche, yo había conseguido llegar a fabricarme budines, cremas y hasta huevos quimbos. Como el capataz tenía debilidad visible por la crema de chocolate, que había probado en casa, detúveme en ella, ordenando a Rosa me dispusiera para el día siguiente diez litros de leche, sesenta huevos y tres kilos de chocolate. Hubo que enviar por el chocolate a Resistencia, pero volvió a tiempo, mientras mi compañero y yo nos rompíamos la muñeca batiendo huevos.

Ahora bien, no sé aún qué pasó, pero lo cierto es que en plena función de crema, la crema se cortó. Y se cortó de modo tal, que aquello convirtióse en esponja de caucho, una madeja de oscuras hilachas elásticas, algo como estopa empapada en aceite de linaza.

Nos miramos mi compañero y yo: la crema esa parecíase endiabladamente a una muerte súbita. ¿Tirarla y privar a la fiesta de su principal atractivo?... No era posible. Luego, a más de que ella era nuestra obra personal, siempre muy querida, apagó nuestros escrúpulos el conocimiento que del paladar y estómago de los comensales teníamos. De modo que resolvimos prolongar la cocción del maleficio, con objeto de darle buena consistencia. Hecho lo cual apelmazamos la crema en una olla, y descansamos.

No volvimos a casa; comimos allá. Vinieron la noche y los mosquitos, y asistimos al baile en el patio. Mi enferma, otra vez con sus zapatillas, había llegado con su familia en una carreta. Hacía un calor sofocante, lo que no obstaba para que los peones bailaran con el poncho al hombro —el 13 de Enero.

Nuestro postre debía ser comido a las once. Un rato antes mi compañero y yo nos habíamos insinuado hipócritamente en el comedor, buscando moscas por las paredes.

—Van a morir todos —me decía él en voz baja. Yo, sin creerlo, estaba bastante preocupado por la aceptación que pudiera tener mi postre.

El primero a quien le cupo familiarizarse con él fue el capataz de los carreros del obraje, un hombrón silencioso, muy cargado de hombros y con enormes pies descalzos. Acercóse sonriendo a la mesita, mucho más cortado que mi crema. Se sirvió —a fuerza de cuchillo, claro es— una delicadísima porción. Pero mi compañero intervino presuroso.

—¡No, no, Juan! Sírvase más. —Y le llenó el plato.

El hombre probó con gran comedimiento, mientras nosotros no apartábamos los ojos de su boca.

—¿Eh, qué tal? —le preguntamos.— Rico, ¿eh?

—¡Macanudo, che patrón!

¡Sí! Por malo que fuera aquello, tenía gusto a chocolate. Cuando el hombrón hubo concluído llegó otro, y luego otro más. Tocóle por fin el turno a mi futuro suegro. Entró alegre, balanceándose.

—¡Hum!... ¡Parece que tenemos un postre, don Fernández! ¡De todo sabe! ¡Hum!... Crema de chocolate... Yo he comido una vez.

Mi compañero y yo tornamos a mirarnos.

—¡Estamos frescos! —murmuré.

¡Completamente lúcidos! ¿Qué podía parecerle la madeja negra a un hombre que había probado ya crema de chocolate? Sin embargo, con las manos muy puestas en los bolsillos, esperamos. Mi suegro probó lentamente.

—¿Qué tal la crema?

Se sonrió y alzó la cabeza, dejando cuchillo y tenedor.

—¡Rico, le digo! ¡Qué don Fernández! —continuó comiendo.— ¡Sabe de todo!

Se supondrá el peso de que nos libró su respuesta. Pero cuando hubieron comido el padre, la madre, la hermana, y le llegó el turno a mi futura, no supe qué hacer.

—¿Eduarda puede comer, eh, don Fernández? —me había preguntado mi suegro.

Yo creía sinceramente que no. Para un estómago sano, aquello estaba bien, aun a razón de un plato sopero por boca. Pero para una dispéptica con digestiones laboriosísimas, mi esponja era un sencillo veneno.

Y me enternecí con la esponja, sin embargo. La muchacha ojeaba la olla con mucho más amor que a mí, y yo pensaba que acaso jamás en la vida seríale dado volver a probar cosa tan asombrosa, hecha por un chacarero médico y pretendiente suyo.

—Sí, puede comer. Le va a gustar mucho —respondí serenamente.

Tal fue mi presentación pública de cocinero. Ninguno murió; pero dos semanas después supe por Rosa que mi prometida había estado enferma los días subsiguientes al baile.

—Sí —le dije, verdaderamente arrepentido.— Yo tengo la culpa. No debió haber comido la crema aquella.

—¡Qué crema! ¡Si le gustó, te digo! Es que usted no bailaste con ella; por eso se enfermó.

—No bailé con ninguna.

—¡Pero si es lo que te digo! ¡Y no has ido más a verla, tampoco!

Fui allá por fin. Pero entonces la muchacha tenía realmente novio, un españolito con gran cinto y pañuelo criollos, con quien me había encontrado ya alguna vez en casa de ella.

LOS CASCARUDOS

HASTA el día fatal en que intervino el naturalista, la quinta de monsieur Robin era un prodigio de corrección. Había allí plantaciones de yerba mate, que, si bien de edad temprana aún, admiraban al discreto visitante con la promesa de magníficas rentas. Luego, viveros de cafetos —costoso ensayo en la región,— de chirimoyas y heveas.

Pero lo admirable de la quinta era su bananal. Monsieur Robin, con arreglo al sistema de cultivo practicado en Cuba, no permitía más de tres vástagos a cada banano, pues sabido es que esta planta, abandonada a sí misma, se torna en un macizo de diez, quince y más pies. De aquí empobrecimiento de la tierra, exceso de sombra, y lógica degeneración del fruto.

Mas los nativos del país jamás han aclarado sus macizos de bananos, considerando que si la planta tiende a rodearse de hijos, hay para ello causas muy superiores a las de su agronomía. Monsieur Robin entendía lo mismo y aún más sumisamente, puesto que apenas la planta original echaba de su pie dos vástagos, aprontaba pozos para los nuevos bananitos a venir, que, tronchados del pie madre, crearían a su vez nueva familia.

De este modo, mientras el bananal de los indígenas, a semejanza de las madres muy fecundas cuya descendencia es al final raquítica, producía mezquinas vainas sin jugo, las cortas y bien nutridas familias de monsieur Robin se doblaban al peso de magníficos cachos.

Pero tal glorioso estado de cosas no se obtiene sino a expensas de mucho sudor y de muchas limas gastadas en afilar palas y azadas.

Monsieur Robin, habiendo llegado a inculcar a cinco peones del país la necesidad de todo esto, creyó haber hecho obra de bien —aparte de los tres o cuatro mil cachos que desde noviembre a mayo bajaban a Posadas.

Así, el destino de monsieur Robin, de sus bananos y sus cinco peones parecía asegurado, cuando llegó a Misiones el sabio naturalista Fritz Franke, entomólogo distinguidísimo, y adjunto al Museo de Historia Natural de París. Era un muchacho rubio, muy alto, muy flaco, con lentes de miope allá arriba, y enormes botines en los pies. Llevaba pantalón corto, lo acompañaban su esposa y una setter con collar de plata.

Venía el joven sabio efusivamente recomendado a monsieur Robin, y éste puso a su completa disposición la quinta del Yabebirí, con lo cual Fritz Franke pudo fácilmente completar en cuatro o cinco meses sus colecciones sudamericanas. Por lo demás, el capataz recibió de monsieur Robin especial recomendación de ayudar al distinguido huésped en cuanto fuere posible.

Fue así como lo tuvimos entre nosotros. En un principio, los peones habían hallado ridículo sobre toda ponderación a aquel bebé de interminables pantorrillas que se pasaba las horas en cuclillas revolviendo yuyos. Alguna vez se detuvieron con la azada en la mano a contemplar aquella zoncísima manera de perder el tiempo. Veían al naturalista coger un bicharraco, darle vueltas en todo sentido, para hundirlo, después de maduro examen, en el estuche de metal. Cuando el sabio se iba, los peones se acercaban, cogían un insecto semejante, y después de observarlo detenidamente a su vez, se miraban estupefactos.

Así, a los pocos días, uno de ellos se atrevió a ofrecer al naturalista un cascarudito que había hallado. El peón llevaba muchísima más sorna que cascarudito; pero el coleóptero resultó ser de una especie nueva, y herr Franke, contento, gratificó al peón con cinco cartuchos 16. El peón se retiró, para volver al rato con sus compañeros.

—Entonces, che patrón... ¿te gustan los bichitos? —interrogó.

—¡Oh, sí! Tráiganme todos... Después, regalo.

—No, patrón; te lo vamos a hacer de balde. Don Robin nos dijo que te ayudáramos...

Este fue el principio de la catástrofe. Durante dos meses enteros, sin perder diez segundos en quitar el barro a una azada, los cinco peones se dedicaron a cazar bichitos. Mariposas, hormigas, larvas, escarabajos estercoleros, cantáridas de frutales, guitarreros de palos podridos, —cuanto insecto vieron sus ojos, fue llevado al naturalista. Fue aquello un ir y venir constante de la quinta al rancho. Franke, loco de gozo ante el ardor de aquellos entusiastas neófitos, prometía escopetas de uno, dos y tres tiros.

Pero los peones no necesitaban estímulo. No quedaba en la quinta tronco sin remover ni piedra que no dejara al descubierto el húmedo hueco de su encaje. Aquello era, evidentemente, más divertido que carpir. Las cajas del naturalista prosperaron así de un modo asombroso, tanto que a fines de enero dio el sabio por concluída su colección y regresó a Posadas.

—¿Y los peones? —le preguntó monsieur Robin.— ¿No tuvo quejas de ellos?

—¡Oh, no! Muy buenos todos... Usted tiene muy buenos peones.

Monsieur Robin creyó entonces deber ir hasta el Yabebirí a constatar aquella bondad. Halló a los peones como enloquecidos, en pleno furor de cazar bichitos. Pero lo que era antes glorioso vivero de cafetos y chirimoyas, desaparecía ahora entre el monstruoso yuyo de un verano entero. Las plantitas, ahogadas por el vaho quemante de una sombra demasiado baja, habían perdido o la vida o todo un año de avance. El bananal estaba convertido en un plantío salvaje, sucio de pajas, lianas y rebrotes de monte, dentro del cual los bananos asfixiados, se agotaban en hijuelos raquíticos. Los cachos, sin fuerza para una plena fructificación, pendían con miserables bananitas negruzcas.

Esto era lo que quedaba a monsieur Robin de su quinta, casi experimental tres meses antes. Fastidiado hasta el infinito de la ciencia de su ilustre huésped que había enloquecido al personal, despidió a todos los peones.

Pero la mala semilla estaba ya sembrada. A uno de nosotros tocóle en suerte, tiempo después, tomar dos peones que habían sido de la quinta de monsieur Robin. Encargóseles el arreglo urgente de un alambrado, —partiendo los mozos con taladros, mechas, llave inglesa y demás. Pero a la media hora estaba uno de vuelta, poseedor de un cascarudito que había hallado. Se le agradeció el obsequio, y retornó a su alambre. Al cuarto de hora volvía el otro peón con otro cascarudito.

A pesar de la orden terminante de no prestar más atención a los insectos, por maravillosos que fueran, regresaron los dos media hora antes de lo debido, a mostrar a su patrón un bichito que jamás habían visto en Santa Ana.

Por espacio de muchos meses la aventura se repitió en diversas granjas. Los peones aquellos, poseídos de verdadero frenesí entomológico, contagiaron a algún otro; y, aun hoy, un patrón que se estime debe acordarse siempre al tomar un nuevo peón:

—Sobre todo, les prohibo terminantemente que miren ningún bichito.

Pero lo más horrible de todo es que los peones habían visto ellos mismos más de una vez comer alacranes al naturalista. Los sacaba de un tarro y los comía por las patitas...

EL DIVINO

JAMÁS en el confín aquel se había tenido idea de un teodolito. Por esto cuando se vio a Howard asentar el sospechoso aparato en el suelo, mirar por los tubitos y correr tornillos, la gente toda tuvo por él, sus cintas métricas, niveles y banderitas, un respeto casi diabólico.

Howard había ido al fondo de Misiones, sobre la frontera del Brasil, a medir cierta propiedad que su dueño quería vender con urgencia. El terreno no era grande, pero el trabajo era rudo por tratarse de bosque inextricable y quebradas a prueba de nivel. Howard desempeñóse del mejor de los modos posibles, y se hallaba en plena tarea cuando le acaeció su singular aventura.

El agrimensor habíase instalado en un claro de bosque, y sus trabajos marcharon a maravilla durante el resto del invierno que pudo aprovechar; pero llegó el verano, y con tan húmedo y sofocante principio que el bosque entero zumbó de mosquitos y mbarigüís, a tal punto que a Howard le faltó valor para afrontarlos. No siendo por lo demás urgente su trabajo, dispúsose a descansar quince días.

El rancho de Howard ocupaba la cúspide de una loma que descendía al Oeste hasta la vera del bosque. Cuando el sol caía, la loma se doraba y el ambiente cobraba tal transparente frescura que un atardecer, en los treinta y ocho años de Howard revivieron agudas sus grandes glorias de la infancia.

¡Una pandorga! ¡Una cometa! ¿Qué cosa más bella que remontar a esa hora el cabeceador barrilete, la bomba ondulante o el inmóvil lucero? A esa hora, cuando el sol desaparece y el viento cae con él, la pandorga se aquieta. La cola pende entonces inmóvil y el hilo forma una honda curva. Y allá arriba, muy alto, fija en vaguísima tremulación, la pandorga en equilibrio constela triunfalmente el cielo de nuestra industriosa infancia.

Ahora recordaba con sorprendente viveza toda la técnica infantil que jamás desde entonces tornara a subir a su memoria. Y cuando en compañía de su ayudante cortó las tacuaras, tuvo buen cuidado de afinarlas suficientemente en los extremos, y muy poco en el medio: «Una pandorga que se quiebra por el centro, deshonra para siempre a su ingeniero» —meditaba el recelo infantil de Howard.

Y fué hecha. Dispusieron primero los dos cuadros que yuxtapuestos en cruz forman la estrella. Un pliego de seda roja que Howard tenía en su archivo revistió el armazón, y como cola, a falta del clásico orillo de casimir, el agrimensor transformó la pierna de un pantalón suyo en científica cola de pandorga. Y por último, los roncadores.

Al día siguiente la ensayaron. Era un sencillo prodigio de estabilidad, tiro y ascensión. El sol traspasaba la seda punzó en escarlata vivo, y al remontarla Howard la vibrante estrella ascendía tirante aureolada de trémulo ronquido.

Fué al otro día, y en pleno remonte de la cometa, cuando oyeron el redoble del tambor. En verdad, más que redoble, aquello era un acompañamiento de comparsa: tan-tan-tan... ratatán... tan-tan...

Howard y su ayudante se miraron muy sorprendidos.

—¿Qué es eso?

—No sé, —repuso el ayudante mirando a todos lados.— Me parece que se acerca...

—Sí, allá veo una comparsa —afirmó Howard.

En efecto, por el sendero que ascendía a la loma, una comitiva con estandarte al frente avanzaba.

—Viene aquí... ¿Qué puede ser eso? —se preguntó Howard, que vivía aislado del mundo.

Un momento después lo supo. Aquello llegó hasta su rancho, y el agrimensor pudo examinarlo detenidamente.

Primero que todo, el hombre del tambor, un indio descalzo y con pañuelo en bandolera; luego una negra gordísima con un mulatillo erizado en brazos, que venía levantando un estandarte. Era un verdadero estandarte de satiné punzó y empenachado de cintas flotantes. En la cúspide, un rosetón de papel calado. Luego seguían en fila: Una vieja con un terrible cigarro; un hombre con el saco al hombro: una muchachita; otro hombre en calzoncillos y tirador de arpillera; otra mujer con un chico de pecho; otro hombre; otra mujer con cigarro, y un negro canoso.

Esta era la comitiva. Pero su significado resultó más grave, según fué enterado Howard. Aquello era «El Divino», como podía verse por la palomita de cera forrada de trapo, atada en el extremo del estandarte. El Divino recorría la comarca en ciertas épocas curando los males. Si se daba dinero en recompensa, tanta mayor eficacia.

—¿Y el tambor? —perguntó Howard.

—Es su música —le respondieron.

Aunque Howard y su ayudante gozaban de excelente salud, aceptaron de buen grado la intervención paliativa del Espíritu Santo. De este modo, fué menester que Howard sostuviera de pie al Divino, mientras el tambor comenzaba de nuevo su piruetesco acompañamiento, y la comitiva cantaba:

> Aquí está el Divino
> que te viene a visitar.
> Dios te dé la salud
> que te van a cantar.
> El Divino que está ahí
> te va a curar
> y el señor reciba
> mucha felicidad.
> Santo alabado sea
> el señor y la señora.
> Que el Divino les dé felicidad.

. . . .

Y así por el estilo. Claro es, aunque Howard estaba exento de toda señora, la canción no variaba.

Pero a pesar de la unción medicinal de que estaban poseídos los acólitos, Howard vió muy claramente que éstos no pensaban sino en la pandorga que sostenía el ayudante. La devoraban con los ojos, de modo que sus loas al igual de sus bocas abiertas estaban rectamente dirigidas a la estrella.

Jamás habían visto eso; cosa no extraña en aquellas tenebrosidades, pues mucho más al sur se desconoce también esa industria. Al final fue menester que Howard recogiera la estrella y que la remontara de nuevo. La comparsa no cabía en sí de gozo y lírico asombro. Se fueron por fin con un par de pesos que la porta estandarte ató al cuello del pájaro.

Con lo cual las cosas hubieran proseguido su marcha de costumbre, si al caer del segundo día, y mientras Howard remontaba su estrella, no hubiera llegado de nuevo la procesión.

Howard se asustó, pues casualmente ese día estaba un poco indispuesto. Pensaba ya en echarlos, cuando los sujetos expusieron su pedido: querían la cometa para hacer un Divino; le atarían la paloma en la punta. Y el ruido de los roncadores...

La comparsa sonreía estúpidamente de anticipado deleite. Morirían sin duda si no obtenían aquello.

¡Su pandorga, convertida en Espíritu Santo! Howard halló la circunstancia profundamente casuística. ¿Tendría él, aunque agrimensor y fabricante de su cometa, derecho a impedir aquella como transsubstanciación?

Como no creyó tenerlo, entregó el ser sagrado, y en un momento la comitiva ató la paloma a la estrella, enarboló ésta en una tacuara, y presto la comparsa se fué, a gran acompañamiento de tambor, llevando triunfalmente en lo alto de una tacuara la cometa de Howard y sus roncadores vibrantes, transformada en Dios.

Aquello fue evidentemente el más grande éxito registrado en cien leguas a la redonda: aquel brillante Divino con ruido y cola, y que volaba —o más bien que había volado, pues nadie se atrevió a restituirle su antiguo proceder.

Howard vio pasar así muchas veces, siempre triunfante y otorgadora de bienes, a su pandorga celestial que echaba melacólicamente de menos. No se atrevía a hacer otra por algo de mística precaución.

Mas pese a esto, un día un viejo del lugar, algo leguleyo por haber vivido un tiempo en países más civilizados, se quejó vagamente a Howard de que éste se hubiera burlado de aquella pobre gente dándoles la cometa.

—De ningún modo —se disculpó Howard.

—Sí, de ningún modo... sí, sí —repitió pensativo el viejo, tratando de recordar que querría decir de ningún modo. Pero no pudo conseguirlo, y Howard pudo concluir su mensura sin que el viejo ni nadie se atreviera a afrontar su sabiduría.

EL CANTO DEL CISNE

Confieso tener antipatía a los cisnes blancos. Me han parecido siempre gansos griegos, pesados, patizambos y bastante malos. He visto así morir el otro día uno en Palermo sin el menor trastorno poético. Estaba echado de costado en el ribazo, sin moverse. Cuando me acerqué, trató de levantarse y picarme. Sacudió precipitadamente las patas, golpeóse dos o tres veces la cabeza contra el suelo y quedó rendido, abriendo desmesuradamente el pico. Al fin estiró rígidas las uñas, bajó lentamente los párpados duros y murió.

No le oí canto ninguno, aunque sí una especie de ronquido sibilante. Pero yo soy hombre, verdad es, y ella tampoco estaba. ¡Qué hubiera dado por escuchar ese diálogo! Ella está absolutamente segura de que oyó eso y de que jamás volverá a hallar en hombre alguno la expresión con que él la miró.

Mercedes mi hermana, que vivió dos años en Martínez, lo veía a menudo. Me ha dicho que más de una vez le llamó la atención su rareza, solo siempre e indiferente a todo, arqueado en una fina silueta desdeñosa.

La historia es ésta: En el lago de una quinta de Martínez había varios cisnes blancos, uno de los cuales individualizábase en la insulsez genérica por su modo de ser. Casi siempre estaba en tierra, con las alas pegadas y el cuello inmóvil en honda curva. Nadaba poco, jamás peleaba con sus compañeros. Vivía completamente apartado de la pesada familia, como un fino retoño que hubiera roto y para siempre con la estupidez natal. Cuando alguien pasaba a su lado, se apartaba unos pasos, volviendo a su vaga distracción. Permanecía horas enteras sin mover una pluma. Si alguno de sus compañeros pretendía picarlo, se alejaba despacio y aburrido. Al caer la tarde, sobre todo, su silueta inmóvil y distinta destacábase de lejos sobre el césped sombrío, dando a la calma morosa del crepúsculo una húmeda quietud de vieja quinta.

Como la casa en que vivía mi hermana quedaba cerca de aquélla, Mercedes lo vió muchas tardes en que salió a caminar con sus hijos. A fines de octubre una amabilidad de vecinos la puso en relación con Celia, y de aquí los pormenores de su idilio.

Aún Mercedes se había fijado en que el cisne parecía tener particular adversión a Celia. Esta bajaba todas las tardes al lago, cuyos cisnes la conocían bien en razón de las galletitas que les tiraba.

Únicamente aquél evitaba su aproximación. Celia lo notó un día, y fue decidida a su encuentro; pero el cisne se alejó más aún. Ella quedó un rato mirándolo sorprendida, y repitió su deseo de familiaridad, con igual resultado. Desde entonces, aunque usó de toda malicia, no pudo nunca acercarse a él. Permanecía inmóvil e indiferente cuando Celia bajaba al lago; pero si ésta trataba de aproximarse oblicuamente, fingiendo ir a otra parte, el cisne se alejaba en seguida.

Una tarde, cansada ya, lo corrió hasta perder el aliento y dos pinchos. Fue en vano. Solo cuando Celia no se preocupaba de él, él la seguía con los ojos.

—Y sin embargo, estaba tan segura de que me odiaba! —le dijo la hermosa chica a mi hermana, después que todo concluyó.

Y esto fue en un crepúsculo apacible. Celia, que bajaba las escaleras, lo vió de lejos echado sobre el césped a la orilla del lago. Sorprendida de esa poca habitual confianza en ella, avanzó incrédula en su dirección; pero el animal continuó tendido. Celia llegó hasta él, y recién entonces pensó que podría estar enfermo. Se agachó apresuradamente y le levantó la cabeza. Sus miradas se encontraron, y Celia abrió la boca de sorpresa, lo miró fijamente y se vio obligada a apartar los ojos. Posiblemente la expresión de esa mirada anticipó, amenguándola, la impresión de las palabras. El cisne cerró los ojos.

—Me muero —dijo.

Celia dió un grito y tiró violentamente lo que tenía en las manos.

—Yo no la odiaba —murmuró él lentamente, el cuello tendido en tierra.

Cosa rara, Celia le ha dicho a mi hermana que al verlo así, por morir, no se le ocurrió un momento preguntarle cómo hablaba. Los pocos momentos que duró la agonía se dirigió a él y lo escuchó como a un simple cisne, aunque hablándole sin darse cuenta de Vd., por su voz de hombre.

Arrodillóse y afirmó sobre su falda el largo cuello, acariciándolo.

—¿Sufre mucho? —le preguntó.

—Sí, un poco...

—¿Por qué no estaba con los demás?

—¿Para qué? No podía...

Come se ve, Celia se acordaba de todo.

—¿Por qué no me quería?

El cisne cerró los ojos:

—No, no es eso... Mejor era que me apartara... Sufrir más...

Tuvo una convulsión y una de sus grandes alas abrigadas rodeó las rodillas de Celia.

—Y sin embargo, la causa de todo y sobre todo de esto —concluyó el cisne, mirándola por última vez y muriendo en el crepúsculo, a que el lago, la humedad y la ligera belleza de la joven daba viejo encanto de mitología:

—... Ha sido mi amor a ti...

LA LENGUA[1]

Fernández Saldaña me dió una vez aste asunto. Hace poco supe que la cosa era realmente cierta, y le escribí preguntándole cómo la había sabido. Me respondió que ignoraba absolutamente que eso hubiera pasado, muy sorprendido a su vez de mi carta. Como no tengo por qué dudar de él, hago constar la coincidencia.

Publico esta página con mi nombre, por un pedido: la familia del autor hubiera sufrido demasiado acerbando la horrible tragedia con esta especie de ensañamiento póstumo. Excepto la psicología de los diálogos, la narración es exacta, sobre todo en lo que se refiere a los detalles de la muerte. Por lo demás, tratándose de un perseguido típico, se comprenderá de sobra que Felippone jamás malhabló una palabra de él.

...

Hospicio de las Mercedes, Julio..
....
....

No sé cuando acabará este infierno. Eso sí, es muy posible consigan lo que quieren en esta casa, ¡Loco! ¡Tendría que ver! Yo propongo esto: ¡a todo el que es lengualarga, que pasa su vida calumniando y mintiendo, arránquesele la lengua y se verá si se ha acabado todo!

¡Maldito sea el día en que yo también caí! El individuo no tuvo la más elemental misericordia. Sabía como nadie que un dentista sujeto a impulsividades de sangre, tendrá todo menos clientela. Y me atribuyó estos y aquellos arrebatos, que en el hospital había estado a punto de estrangular a un dependiente de tienda, que una sola gota de sangre me ponía fuera de mí... ¡Arrancarle la lengua!... ¿Pero, por qué se ensañó de ese modo conmigo? ¿Por hacer gracias? Con esas cosas no se juega, bien lo sabía, y éramos amigos.

¡Su lengua!... Cualquier persona tiene derecho a vengarse cuando la han herido justa ó injustamente. Supóngase ahora lo que me pasaría á mí, con mi carrera rota á su principio, condenado á pasearme todo el día por el estudio sin clientes y con la pobreza que yo solo me sé...

Todo el mundo le creyó; ¿por qué no iban á creer? Así es que cuando me convencí claramente de que su lengua había quebrado para siempre mi porvenir, resolví una cosa bien sencilla: arrancársela. Nadie con más facilidades que yo para atraerlo a casa. Lo encontré una tarde y lo felicité —riéndome— por su ocurrencia que me atribuía no sé qué impulsos... El hombre, un poco desconfiado al principio, se serenó con mi falta de rencor de pobre diablo. Seguimos juntos... De vez en cuando festejábamos el chisme.

—¿Sabías que yo era el que había propagado la cosa? —me preguntó, dudando aún de mi simpleza.

—¡Claro! —le respondí alegremente. Lo sabía.

Me miró de reojo una vez más, pero calmóle mi risa redonda y entregada.

Volvimos a vernos. Logró conquistarlo del todo mi explotable bonhomía, y en especial mi ciencia odontológica: una tarde, en el laboratorio, hice delante suyo un trabajo de chapa con tal limpieza, que me miró sorprendido. De pronto se echa a reir, como acordandose de algo.

—Y desde entonces no viene gente, ¿no?

—Sí —le respondí acordándome muy bien del *entonces*— casi nadie.

Nos reímos de nuevo. Y así tuve la santa paciencia de esperar, esperar, hasta que un día se quejó de una muela; ya era tiempo, ¡yo creo!

Examiné el raigón, manejándole la cara con una suavidad que lo encantó. Hícele sobre el caso modestos y seguros comentarios, haciéndole ver el peligro de una periostitis flegmonosa, no inminente, claro es, pero en fin...

Mi hombre se entregó, dispuesto para la extracción al día siguiente.

¡Su lengua!... ¡Qué claridad de ideas!... Pedí esa tarde a Sofía una taza de te, rara cosa, y la tomé á pequeños sorbos, bien contento de mí mismo.

A las dos menos diez llegó Felippone. Tenía miedo; desde que se sentó en el sillón no apartó sus ojos de los míos, siguiéndome á todos lados. Lo animé.

—¡Pero, hombre, se trata de un simple raigón! No sé porque tienen ustedes más miedo al sillón del dentista que a la mesa de operaciones.

—¡Y es verdad! —me respondió fortalecido.

—¡Claro que es verdad! —me sonreí haciéndole abrir la boca. Miré bien, introduje el bisturí para descarnar la encía, Felippone contrajo la cara apretando los ojos, metí rápidamente la mano izquierda, le sujeté la lengua y se la corté de raíz.

---

[1] *«Caras y Caretas»* Buenos Aires, Año IX, núm. 424, noviembre, 17, 1906.

¡Ah, su lengua! ¡Chismes y chismes y chismes! Felippone mugió echando una ola de sangre y se desmayó. Un solo golpe, uno solo, creo que llegó al [...].

¡Y pensar que perdí todo, todo! ¡Qué me dió por mirar! Le abrí la boca, acerqué la cara, y ví en el fondo —¡por qué miré, pregunto todavía! ¡ví que asomaba sobre la sangre una lengüita roja! ¡Una lengüita que crecía rápidamente como si no hubiera cortado nada!

Cogí desesperado una pinza, la hundí y arranqué el maldito retoño. Miré de nuevo y otra vez —¡maldición!— ví que trepaban dos nuevas lengüitas estremeciéndose. Metí la pinza y arranqué eso, con ellas una amígdala... Pero como la sangre me impedía ver bien, corrí a la canilla, ajusté un tubo con llave, y le eché en el fondo de la boca un chorro violento.

Miré de nuevo: esta vez cuatro lengüitas crecían, más ligero ya. Vuelta á arrancarlas, al chorro y á mirar, y desde entonces fué una locura, arrancando, echando el chorro, arrancando siempre las lengüitas que se reproducían vertiginosamente. Al fin tiré todo y disparé; un pulpo le lenguas le salía ya de la boca tanteando a todos lados.

¡Y así he visto todo mi trabajo perdido, calumniado, deshonrado, sin el consuelo de haberlo podido ver gritando con la boca hinchada, y ni un chisme, nada de chismes!

¡Las lenguas!... Ya empezaban á decir mi nombre...

EL VAMPIRO[1]

—Sí, —repuso el abogado Rolón,— yo hube de tener esa causa. Ustedes recuerdan los hechos, ¿no es cierto? Es un caso, bastante raró por aquí, de vampirismo. Rogelio Bonnet, un sujeto culto y hasta entonces normal, fuera de algunas fantasías inexplicables, fué sorprendido una noche en el cementerio, cuando se llevaba al hombro el cadáver ultrajado y recién enterrado de una mujer. El individuo tenía las manos destrozadas, pues había removido un metro cúbico de tierra con sus uñas. Además, el ataúd acababa de ser quemado. Y como complemento macabro, un gato, sin duda transeúnte, yacía por ahí con los riñones quebrados de una patada. Como ven, nada faltaba al hombre.

En la primera entrevista ví que tenía que entenderme con un lúgubre loco. Al principio se obstinó en no responderme, aunque sin dejar tampoco de mirarme. Pero a mi evocación de su aventura necrófila, sus ojos se animaron, y por fin pareció haber hallado en mí al hombre digno de oirle. El rostro le temblaba por la ansiedad de comunicación.

—¡Ah, usted me entiende! —exclamó.— ¡A usted le diré como ha sido! Sí, yo. «Óigame: Cuando yo llegué, mi mujer corrió como una loca a abrazarme, y en seguida se desmayó. Todos se precipitaron hacia mí, mirándome con ojos extraviados. ¡Mi casa! ¡Si estaba perdida! ¡Se había quemado, derrumbado, hundido con todo lo que había dentro! Esa, esa era mi casa! ¡Pero ella no, mi mujer mía!

—¿Qué hace? —me gritó un miserable devorado por la locura, sacudiéndome el hombro.

—¡Es mi mujer! ¡La mujer mía que se ha salvado!

Se levantó entonces un clamor: —¡No es ella! ¡Esa no es!

Sentí que mis ojos, al bajar, querían salirse de la órbita: ¿No era María, la María de mí, y desmayada, allí? Un golpe de sangre me encendió los ojos, y de mis brazos cayó una mujer que no era María. Salté sobre una barrica y dominé a todos los trabajadores.

—¡Por qué! —grité con la voz ronca— ¡por qué! El viento helado echaba de lado todos sus cabellos. ¡Las caras amarillas! Entonces, tras un castañeteo de dientes, una voz sonó.

—Murió.

—Murió aplastada.

—Gritó.

—Gritó una sola vez.

—Yo sentí que gritaba.

—Yo también.

—Murió.

—La mujer de él murió aplastada.

—¡Por todos los santos! —grité entonces retorciéndome las manos:— ¡Salvémosla, compañeros! ¡Es un deber nuestro salvarla!

---

[1] «*Caras y Caretas*» Buenos Aires, Año IX, núm. 424, noviembre, 17, 1906.

Todos, con silenciosa furia, corrimos a los escombros. Los ladrillos volaban, los marcos caían sobre nosotros, y la remoción avanzaba a saltos. A las cuatro yo solo trabajaba. No me quedaba una uña sana, ni en mis dedos truncados había otra cosa que escarbar. ¡Pero en mi pecho! ¡Angustia y furor de tremebunda desgracia que temblaste en mi pecho al levantar el piano!

Había un silencio de epidemia, una enagua caída y ratas muertas. ¡Yo levanté el piano quemado, yo! Bajo él, aplastada sobre el piso granate de sangre y carbón, estaba la sirvienta. La saqué al patio. Las paredes habían quedado en pie, agujereadas, dentelladas, viscosas de alquitrán y agua. El suelo mojado y resbaladizo reflejaba el cielo oscurecido. Cogí á la sirvienta de los pies y cargándolos sobre los hombros comencé a arrastrarla alrededor del patio. ¡Qué pasos los míos, siempre míos! ¡Un paso, otro paso, otro paso!

En el hueco carbonizado de una puerta estaba acurrucada la gata de casa que había escapado al desastre, aunque estropeada. La primera vez que pasamos la sirvienta y yo frente a ella, el animal se erizó con un triste aullido de cólera.

¡Ah! No era yo —me gritó llevándome la barba hasta los ojos.— ¿No fuí yo el que buscó entre las tablas, entre el carbón, y las espigas de los marcos, un solo pedazo de mi María?

La segunda vez que pasamos delante de la gata, sus ojos me siguieron. La tercera vez, el animal se levantó y comenzó a seguirnos cojeando, esforzandose por mojar la lengua en el pelo ensangrentado de la sirvienta —de ella, no, maldito rebuscador de cadáveres!

—¡Rebuscador de cadáveres! —murmuré mirándolo fijamente.— ¡Pero entonces fué en el cementerio! El pelo echado atrás y el semblante lívido, el vampiro me clavó á su vez sus inmensos ojos de loco.

—¡Con qué sabías entonces! —me dijo,— ¡Con qué todos saben y me dejan hablar una hora! ¡Ah! —rugió en un desesperado sollozo deslizándose contra la pared hasta caer sentado— ¡pero quién me dice al miserable yo, aquí, porque en mi casa me arranqué las uñas para no salvar del alquitrán ni el pelo colgante de María!

Si alguna duda me quedaba sobre sus facultades, ella se devaneció del todo. Fué internado en las Mercedes, y como ustedes saben, anoche ha salido completamente curado.

—¿Anoche? —exclamó alguno estremecido a su pesar.— ¿Y de noche se da de alta á los locos?

—Es decir —rectificó el abogado Rolón— ayer de tarde. Estos vampiros reinciden con mucha facilidad y no me extrañaría que esta noche se le hallara de nuevo escarbando.

EL DESIERTO

NOTICIA PRELIMINAR

Quiroga alcanzó a corregir dos ediciones de este libro, ambas de la Cooperativa Babel (Biblioteca Argentina de Buenas Ediciones Literarias) que —como antes— se encarga de dar a conocer su obra, seguramente por la influencia de su director Samuel Glusberg, amigo del narrador salteño y co-autor del texto para escolares *Suelo natal* (1931). Contrariamente a lo ocurrido con los libros anteriores, que vieron la oportunidad de ser reeditados, en éste no hay supresión de cuento alguno, aunque sí correcciones y enmiendas en la prosa. La primera edición (206 páginas) es de 1924, mientras que la segunda (189 páginas) es probablemente, según Walter Rela, de 1930.

Los relatos de este volumen registran una publicación previa en revistas, tanto de actualidades como literarias —igual que casi todos los que integran la producción quiroguiana anterior. Algunos de ellos, además, fueron publicados en el diario de mayor circulación en la Argentina, lo que delata el prestigio y la creciente popularidad del autor en ese país. Los textos aparecieron entre enero de 1918 y enero de 1923, en las siguientes publicaciones: *La Novela Semanal* (un relato), *Plus Ultra* (uno), *El Hogar* (uno), *La Nación*, edición dominical (seis cuentos), y *Atlántida* (uno). Los detalles concretos pueden leerse en las notas explicativas, al final del volumen.

Hacia fines de 1916 Quiroga había regresado a Buenos Aires con sus dos hijos pequeños, después del suicidio de Ana María Cirés, su mujer. Poco después el gobierno uruguayo le asigna un cargo diplomático. En rigor, una dieta de subsistencia, que el escritor obtiene a instancias de amigos influyentes entre las autoridades de su país natal, y que le permite —por primera vez— sobrellevar su vida sin sobresaltos mayores. Son años éstos de estabilidad económica, de reencuentro con la vida literaria de Buenos Aires, no ya entre jóvenes secretos como en su etapa montevideana o en su primera estadía porteña, sino en la cúspide del reconocimiento. Años de viajes esporádicos al Uruguay e integración de una misión oficial a Río de Janeiro. Años de escritura serena, no violentamente urgida por apremios financieros, donde las experiencias vitales y narrativas se decantan, maduran, se concretan sin apresuramientos.

Tal vez se lo celebre y escuche, como lo hace la joven de «Una conquista» con el veterano escritor y crítico.

Junto con *Anaconda*, se trata de uno de los libros más heterogéneos de su producción. Los once cuentos pueden acumularse en tres vertientes: 1) los *apólogos o fábulas*, protagonizados por animales a la manera de Esopo, como «Juan Darién», «El léon», «El potro salvaje» y «La patria»; o por seres humanos, como es el caso de

«Los tres besos». 2) Cuentos *fantásticos* como «El síncope blanco», donde el amor y la muerte vuelven a encontrarse juntos nuevamente; o la excepcional pre-figuración del realismo mágico que es «Un peón». 3) Narraciones *realistas* donde se manifiestan dos líneas temáticas: el amor desdichado y con visos patológicos (en «Silvina y Montt»), o la mórbida viñeta («Una conquista» y «El espectro»), donde reaparece una de las grandes aficiones de este pionero: el cine. Y el texto que da nombre al volumen, fuertemente autobiográfico, con claves autorreferenciales y simbólicas desde el paratexto («El desierto»), creación adaptada clásicamente a su normativa sobre el cuento que el lector encontrará explicitada en los Textos Técnicos que se recogen en esta edición.

La naturaleza de las variantes del libro no pasan, en su buena mayoría, de simples correcciones, de acuerdo con el sistema que ya se ha descrito reiteradamente en los volúmenes anteriores. «Un peón» y el relato epónimo constituyen las excepciones, trabajo que resulta muy elocuente en cuanto a sus preferencias estilísticas, ya que privilegia la rama temática que cada vez cultivaba con mayor ahínco y que se cristalizará en 1926 con *Los desterrados*.

El mismo año en que apareció «El desierto», Samuel Glusberg visitó a Quiroga en San Ignacio. El narrador pasaba una larga temporada en Misiones y desde allí escribió a su amigo y editor: «Venga a ver florecer los lapachos y a olvidarse durante unas semanas que existen los periódicos.» De la visita nació una crónica, admirablemente ilustrada con fotos, que se publicó en *Caras y Caretas* (2 de octubre de 1926), en la que Glusberg asume por primera vez su pseudónimo literario: Enrique Espinoza. Al rememorar esa estadía en 1937, escribiría Espinoza:

> «En su casa de San Ignacio conocí a Quiroga en su verdadero ambiente y pude darme cuenta de la estrecha relación que había entre su vida y su arte. "El desierto", que acababa de aparecer bajo mis cuidados en Buenos Aires, era una maravillosa síntesis del país, de la casa y de mi huésped hasta más allá de donde podía sospecharlo cualquier inadvertido lector de historias impresionantes. El río, el monte, la lluvia, los hombres y las bestias, todos los elementos de la narrativa quiroguiana, se me hicieron familiares durante aquel mes inolvidable que pasé entre los suyos. Y, cuando al año siguiente volví a encontrar ese mundo en los siete cuentos parejos de *Los desterrados* comprendí en toda su profundidad el don creativo de su pluma.» (Tomado de: Emir Rodríguez Monegal, *El desterrado*, Losada, Bs. As., 1968)

EL DESIERTO[1]

LA CANOA se deslizaba costeando el bosque, o lo que podía parecer bosque en aquella oscuridad. Más por instinto que por indicio alguno Subercasaux sentía su proximidad, pues las tinieblas eran un solo bloque infranqueable, que comenzaban en las manos del remero y subían hasta el cenit. El hombre conocía bastante bien su río, para no ignorar dónde se hallaba; pero en tal noche y bajo amenaza de lluvia, era muy distinto atracar entre tacuaras punzantes o pajonales podridos, que en su propio puertito. Y Subercasaux no iba solo en la canoa.

La atmósfera estaba cargada a un grado asfixiante. En lado alguno a que se volviera el rostro, se hallaba un poco de aire que respirar. Y en ese momento, claras y distintas, sonaban en la canoa algunas gotas.

Subercasaux alzó los ojos, buscando en vano en el cielo una conmoción luminosa o la fisura de un relámpago. Como en toda la tarde, no se oía tampoco ahora un solo trueno.

—Lluvia para toda la noche —pensó. Y volviéndose a sus acompañantes, que se mantenían mudos en popa:

—Pónganse las capas —dijo brevemente—. Y sujétense bien.

En efecto, la canoa avanzaba ahora doblando las ramas, y dos o tres veces el remo de babor se había deslizado sobre un gajo sumergido. Pero aun a trueque de romper un remo, Subercasaux no perdía contacto con la fronda, pues de apartarse cinco metros de la costa podía cruzar y recruzar toda la noche delante de su puerto, sin lograr verlo.

Bordeando literalmente el bosque a flor de agua, el remero avanzó un rato aún. Las gotas caían ahora más densas, pero también con mayor intermitencia. Cesaban bruscamente, como si hubieran caído no se sabe de dónde. Y recomenzaban otra vez, grandes, aisladas y

costeando el monte, o lo que podía parecer monte en

Subercassaux sentía la proximidad del bosque, pues

, que comenzaba
y subía hasta el cenit.

bajo la amenaza

Y Subercassaux

En ningún lado a que
el rostro se hallaba un poco de aire

vano una conmoción luminosa o la
tarde, no se oía ahora tampoco un solo trueno.

con las hojas, pues

calientes, para cortarse de nuevo en la misma oscuridad y la misma depresión de atmósfera.

obscuridad y depresión de la atmósfera.

—Sujétense bien —repitió Subercasaux a sus dos acompañantes—. Ya hemos llegado.

En efecto, acababa de entrever la escotadura de su puerto. Con dos vigorosas remadas lanzó la canoa sobre la greda, y mientras sujetaba la embarcación al piquete, sus dos silenciosos acompañantes saltaban a tierra, la que a pesar de la oscuridad se distinguía bien, por hallarse cubierta de miríadas de gusanillos luminosos que hacían ondular el piso con sus fuegos rojos y verdes.

Hasta lo alto de la barranca, que los tres viajeros treparon bajo la lluvia, por fin uniforme y maciza, la arcilla empapada fosforesció. Pero luego las tinieblas los aislaron de nuevo; y entre ellas, la búsqueda del sulky que habían dejado caído sobre las varas.

Pero luego las tinieblas de nuevo; y

La frase hecha: «No se ve ni las manos puestas bajo los ojos», es exacta. Y en tales noches, el momentáneo fulgor de un fósforo no tiene otra utilidad que apretar en seguida la tiniebla mareante, hasta hacernos perder el equilibrio.

Hallaron, sin embargo, el sulky, mas no el caballo. Y dejando de guardia junto a una rueda a sus dos acompañantes, que, inmóviles bajo el capuchón caído, crepitaban de lluvia, Subercasaux fué espinándose hasta el fondo de la picada, donde halló a su caballo, naturalmente enredado en las riendas.

Subercassaux salió a buscar el animal a silbidos, a uno de los cuales respondió aquel, por fin, con un breve relincho. Y Subercassaux fué empinándose hasta el fondo de la picada, donde naturalmente halló a su caballo enredado en las riendas.

No había Subercasaux empleado más de veinte minutos en buscar y traer al animal; pero cuando al orientarse en las cercanías del sulky con un:

—¿Están ahí, chiquitos? —oyó:

—Sí, piapiá,

Subercasaux se dió por primera vez cuenta exacta, en esa noche, de que los dos compañeros que había abandonado a la noche y a la lluvia eran sus dos hijos, de cinco y seis años, cuyas cabezas no alcanzaban al cubo de la rueda, y que, juntitos y chorreando agua del capuchón, esperaban tranquilos a que su padre volviera.

Regresaban por fin a casa, contentos y charlando. Pasados los instantes de inquietud o peligro, la voz de Subercasaux era muy distinta de aquella con que hablaba a sus chiquitos cuando debía dirigirse a ellos como a hombres. Su voz había bajado dos tonos; y nadie hubiera creído allí, al oír la ternura de las voces, que quien reía entonces con las criaturas era el mismo hombre de acento duro y breve de media hora antes. Y quienes en verdad dialogaban ahora eran Subercasaux y su chica, pues el varoncito —el menor— se había dormido en las rodillas del padre.

Subercasaux se levantaba generalmente al aclarar; y aunque lo hacía sin ruido, sabía bien que en el cuarto inmediato su chico, tan madrugador como él, hacía rato que estaba con los ojos abiertos esperando sentir a su padre para levantarse. Y comenzaba entonces la invariable fórmula de saludo matinal, de uno a otro cuarto:

—¡Buen día, piapiá!
—¡Buen día, mi hijito querido!
—¡Buen día, piapiacito adorado!
—¡Buen día, corderito sin mancha!
—¡Buen día, ratoncito sin cola!
—¡Coaticito mío!
—¡Piapiá tatucito!
—¡Carita de gato!
—¡Colita de víbora!

Y en este pintoresco estilo, un buen rato más. Hasta que, ya vestidos, se iban a tomar café bajo las palmeras, en tanto que la mujercita continuaba durmiendo como una piedra, hasta que el sol en la cara la despertaba.

Subercasaux, con sus dos chiquitos, hechura suya en sentimientos y educación, se consideraba el padre más feliz de la tierra. Pero lo había conseguido a costa de dolores más duros de los que suelen conocer los hombres casados.

Bruscamente, como sobrevienen las cosas que no se conciben por su aterradora injusticia, Subercasaux perdió a su mujer. Quedó de pronto solo, con dos criaturas que apenas lo conocían, y en la misma casa por él construída y por ella arreglada, donde cada clavo y cada pincelada en la pared eran un agudo recuerdo de compartida felicidad.

Supo al día siguiente, al abrir por casualidad el ropero, lo que es ver de golpe la ropa blanca de su mujer ya enterrada; y colgado, el vestido que ella no tuvo tiempo de estrenar.

Conoció la necesidad perentoria y fatal, si se quiere seguir viviendo, de destruir hasta el último rastro del pasado, cuando quemó con los ojos fijos y secos las cartas por él escritas a su mujer, y que ella guardaba desde novia con más amor que sus trajes de ciudad. Y esa

Buen día, piapiá.
Buen día, mi hijito querido.
Buen día, piapiacito adorado.
Buen día, corderito sin mancha.
Buen día, ratoncito sin cola.

Y supo, por fin,

misma tarde supo, por fin, lo que es retener en los brazos, deshecho al fin de sollozos, a una criatura que pugna por desasirse para ir a jugar con el chico de la cocinera.

Duro, terriblemente duro aquello... Pero ahora reía con sus dos cachorros que formaban con él una sola persona, dado el modo curioso como Subercasaux educaba a sus hijos.

Las criaturas, en efecto, no temían a la oscuridad, ni a la soledad, ni a nada de lo que constituye el terror de los bebés criados entre las polleras de la madre. Más de una vez, la noche cayó sin que Subercasaux hubiera vuelto del río, y las criaturas encendieron el farol de viento a esperarlo sin inquietud. O se despertaban solos en medio de una furiosa tormenta que los enceguecía a través de los vidrios, para volverse a dormir en seguida, seguros y confiados en el regreso de papá.

No temían a nada, sino a lo que su padre les advertía debían temer; y en primer grado, naturalmente, figuraban las víboras. Aunque libres, respirando salud y deteniéndose a mirarlo todo con sus grandes ojos de cachorros alegres, no hubieran sabido qué hacer un instante sin la compañía del padre. Pero si éste, al salir, les advertía que iba a estar tal tiempo ausente, los chicos se quedaban entonces contentos a jugar entre ellos. De igual modo, si en sus mutuas y largas andanzas por el monte o el río, Subercasaux debía alejarse minutos u horas, ellos improvisaban en seguida un juego, y lo aguardaban indefectiblemente en el mismo lugar, pagando así, con ciega y alegre obediencia, la confianza que en ellos depositaba su padre.

Galopaban a caballo por su cuenta, y esto desde que el varoncito tenía cuatro años. Conocían perfectamente —como toda criatura libre— el alcance de sus fuerzas, y jamás lo sobrepasaban. Llegaban a veces, solos, hasta el Yabebirí, al acantilado de arenisca rosa.

—Cerciórense bien del terreno, y siéntense después —les había dicho su padre.

El acantilado se alza perpendicular a veinte metros de una agua profunda y umbría que refresca las grietas de su base. Allá arriba, diminutos, los chicos de Subercasaux se aproximaban tanteando las piedras con el pie. Y seguros, por fin, se sentaban a dejar jugar las sandalias sobre el abismo.

Naturalmente, todo esto lo había conquistado Subercasaux en etapas sucesivas y con las correspondientes angustias.

—Un día se me mata un chico —decíase—. Y por el
resto de mis días pasaré preguntándome si tenía razón al
educarlos así.

preguntándome si tenía razón en
educarlos así.

Sí, tenía razón. Y entre los escasos consuelos de un
padre que queda solo con huérfanos, es el más grande el
de poder educar a los hijos de acuerdo con una sola línea
de carácter.

Subercasaux era, pues, feliz, y las criaturas sentíanse
entrañablemente ligadas a aquel hombrón que jugaba
horas enteras con ellos, les enseñaba a leer en el suelo
con grandes letras rojas y pesadas de minio y les cosía las
rasgaduras de sus bombachas con sus tremendas manos
endurecidas.

letras rojas de cartón, y les cosía
las

De coser bolsas en el Chaco, cuando fue allá plantador de algodón, Subercasaux había conservado la costumbre y el gusto de coser. Cosía su ropa, la de sus
chicos, las fundas del revólver, las velas de su canoa,
todo con hilo de zapatero y a puntada por nudo. De
modo que sus camisas podían abrirse por cualquier
parte menos donde él había puesto su hilo encerado.

En punto a juegos, las criaturas estaban acordes en
reconocer en su padre a un maestro, particularmente en
su modo de correr en cuatro patas, tan extraordinario
que los hacía en seguida gritar de risa.

Como, a más de sus ocupaciones fijas, Subercasaux
tenía inquietudes experimentales, que cada tres meses
cambiaban de rumbo, sus hijos, constantemente a su
lado, conocían una porción de cosas que no es habitual
conozcan las criaturas de esa edad. Habían visto —y
ayudado a veces— disecar animales, fabricar creolina,
extraer caucho del monte para pegar sus impermeables;
habían visto teñir las camisas de su padre de todos los
colores, construir palancas de ocho mil kilos para estudiar cementos; fabricar superfosfatos, vino de naranja,
secadoras de tipo Mayfarth, y tender, desde el monte al
bungalow, un alambre carril suspendido a diez metros
del suelo, por cuyas vagonetas los chicos bajaban
volando hasta la casa.

las criaturas. Habían visto y
ayudado a veces a disecar animales, fabricar

Por aquel tiempo había llamado la atención de
Subercasaux un yacimiento o filón de arcilla blanca que
la última gran bajada del Yabebirí dejara a descubierto.
Del estudio de dicha arcilla había pasado a las otras del
país, que cocía en sus hornos de cerámica —naturalmente, construídos por él—. Y si había de buscar índices
de cocción, vitrificación y demás, con muestras amorfas,

prefería ensayar con cacharros, caretas y animales fantásticos, en todo lo cual sus chicos lo ayudaban con gran éxito.

prefirió ensayar

De noche, y en las tardes muy oscuras de temporal, entraba la fábrica en gran movimiento. Subercasaux encendía temprano el horno, y los ensayistas, encogidos por el frío y restregándose las manos, sentábanse a su calor a modelar.

Pero el horno chico de Subercasaux levantaba fácilmente mil grados en dos horas, y cada vez que a este punto se abría su puerta para alimentarlo, partía del hogar albeante un verdadero golpe de fuego que quemaba las pestañas. Por lo cual los ceramistas retirábanse a un extremo del taller, hasta que el viento helado que filtraba silbando por entre las tacuaras de la pared los llevaba otra vez, con mesa y todo, a caldearse de espaldas al horno.

Salvo las piernas desnudas de los chicos, que eran las que recibían ahora las bocanadas de fuego, todo marchaba bien. Subercasaux sentía debilidad por los cacharros prehistóricos; la nena modelaba de preferencia sombreros de fantasía, y el varoncito hacía, indefectiblemente, víboras.

A veces, sin embargo, el ronquido monótono del horno no los animaba bastante, y recurrían entonces al gramófono, que tenía los mismos discos desde que Subercasaux se casó y que los chicos habían aporreado con toda clase de púas, clavos, tacuaras y espinas que ellos mismos aguzaban. Cada uno se encargaba por turno de administrar la máquina, lo cual consistía en cambiar automáticamente de disco sin levantar siquiera los ojos de la arcilla y reanudar en seguida el trabajo. Cuando habían pasado todos los discos, tocaba a otro el turno de repetir exactamente lo mismo. No oían ya la música, por resaberla de memoria; pero les entretenía el ruido.

A las diez los ceramistas daban por terminada su tarea y se levantaban a proceder por primera vez al examen crítico de sus obras de arte, pues antes de haber concluído todos no se permitía el menor comentario. Y era de ver, entonces, el alborozo ante las fantasías ornamentales de la mujercita y el entusiasmo que levantaba la obstinada colección de víboras del nene. Tras lo cual Subercasaux extinguía el fuego del horno, y todos de la mano atravesaban corriendo la noche helada hasta su casa.

A las ocho los ceramistas daban por terminada

extinguía el fuego del horno, y atravesaban

Tres días después del paseo nocturno que hemos contado, Subercasaux quedó sin sirvienta; y este incidente, ligero y sin consecuencias en cualquier otra parte, modificó hasta el extremo la vida de los tres desterrados.

En los primeros momentos de su soledad, Subercasaux había contado para criar a sus hijos con la ayuda de una excelente mujer, la misma cocinera que lloró y halló la casa demasiado sola a la muerte de su señora.

Al mes siguiente se fue, y Subercasaux pasó todas las penas para reemplazarla con tres o cuatro hoscas muchachas arrancadas al monte y que sólo se quedaban tres días por hallar demasiado duro el carácter del patrón.

Subercasaux, en efecto, tenía alguna culpa y lo reconocía. Hablaba con las muchachas apenas lo necesario para hacerse entender; y lo que decía tenía precisión y lógica demasiado masculinas. Al barrer aquéllas el comedor, por ejemplo, les advertía que barrieran también alrededor de cada pata de la mesa. Y esto, expresado brevemente, exasperaba y cansaba a las muchachas.

Por el espacio de tres meses no pudo obtener siquiera una chica que le lavara los platos. Y en estos tres meses Subercasaux aprendió algo más que a bañar a sus chicos.

Aprendió, no a cocinar, porque ya lo sabía, sino a fregar ollas con la misma arena del patio, en cuclillas y al viento helado, que le amorataba las manos. Aprendió a interrumpir a cada instante sus trabajos para correr a retirar la leche del fuego o abrir el horno humeante, y aprendió también a traer de noche tres baldes de agua del pozo —ni uno menos— para lavar su vajilla.

Este problema de los tres baldes ineludibles constituyó una de sus pesadillas, y tardó un mes en darse cuenta de que le eran indispensables. En los primeros días, naturalmente, había aplazado la limpieza de ollas y platos, que amontonaba uno al lado de otro en el suelo, para limpiarlos todos juntos. Pero después de perder una mañana entera en cuclillas raspando cacerolas quemadas (todas se quemaban), optó por cocinar-comer-fregar, tres sucesivas cosas cuyo deleite tampoco conocen los hombres casados.

No le quedaba, en verdad, tiempo para nada, máxime en los breves días de invierno. Subercasaux había confiado a los chicos el arreglo de las dos piezas, que ellos desempeñaban bien que mal. Pero no se sentía

parte, cambió algo la vida de los tres desterrados

Subercassaux había contado criar a sus

humeante; y aprendió también a traer de

Este problema de los tres baldes constituyó

quemaban), optó por cocinar, comer, fregar, —tres nuevas cosas

bien que mal. Pero no se sentía mismo con ánimo

él mismo con ánimo suficiente para barrer el patio, tarea
científica, radial, circular y exclusivamente femenina,
que, a pesar de saberla Subercasaux base del bienestar
en los ranchos del monte, sobrepasaba su paciencia.

En esa suelta arena sin remover, convertida en laboratorio de cultivo por el tiempo cruzado de lluvias y sol
ardiente, los piques se propagaron de tal modo que se los
veía trepar por los pies descalzos de los chicos. Subercasaux, aunque siempre de stromboot, pagaba pesado
tributo a los piques. Y rengo casi siempre, debía pasar
una hora entera después de almorzar con los pies de su
chico entre las manos, en el corredor y salpicado de
lluvia o en el patio cegado por el sol. Cuando concluía
con el varoncito, le tocaba el turno a sí mismo; y al
incorporarse por fin, curvaturado, el nene lo llamaba
porque tres nuevos piques le habían taladrado a medias
la piel de los pies.

La mujercita parecía inmune, por ventura; no había
modo de que sus uñitas tentaran a los piques, de diez de
los cuales siete correspondían de derecho al nene y sólo
tres a su padre. Pero estos tres resultaban excesivos para
un hombre cuyos pies eran el resorte de su vida montés.

Los piques son, por lo general, más inofensivos que
las víboras, las uras y los mismos barigüís. Caminan
empinados por la piel, y de pronto la perforan con gran
rapidez, llegan a la carne viva, donde fabrican una
bolsita que llenan de huevos. Ni la extracción del pique o
la nidada suelen ser molestas, ni sus heridas se echan a
perder más de lo necesario. Pero de cien piques limpios
hay uno que aporta una infección, y cuidado entonces
con ella.

Subercasaux no lograba reducir una que tenía en un
dedo, en el insignificante meñique del pie derecho. De un
agujerillo rosa había llegado a una grieta tumefacta y
dolorosísima que bordeaba la uña. Yodo, bicloruro,
agua oxigenada, formol, nada había dejado de probar.
Se calzaba, sin embargo, pero no salía de casa, y sus
inacabables fatigas de monte se reducían ahora, en las
tardes de lluvia, a lentos y taciturnos paseos alrededor
del patio, cuando al entrar el sol el cielo se despejaba y el
bosque, recortado a contraluz como sombra chinesca, se
aproximaba en el aire purísimo hasta tocar los mismos
ojos.

Subercasaux reconocía que en otras condiciones de
vida habría logrado vencer la infección, la que sólo pedía

el tiempo cortado de

Subercassaux, aunque siempre
de «stromboot», pagaba siempre
pesado tributo a los piques.

habían ya taladrado a medias la
piel de los pies.

los piques, de los cuales siete
correspondían de derecho

barigüís. caminan despacio por la
piel, y

probar. Caminaba sin embargo,
«con una bota sí y otra no», como
decía riendo a sus chicos; pero no
salía de casa,

el cielo despejaba

purísimo hasta tocar sus mismos
ojos.

infección, lo que sólo

un poco de descanso. El herido dormía mal, agitado por
escalofríos y vivos dolores en las altas horas. Al rayar el
día, caía por fin en un sueño pesadísimo, y en ese
momento hubiera dado cualquier cosa por quedar en
cama hasta las ocho siquiera. Pero el nene seguía en
invierno tan madrugador como en verano, y Subercasaux de levantaba achuchado a encender el Primus y
preparar el café. Luego el almuerzo, el restregar ollas. Y
por diversión, al mediodía, la inacabable historia de los
piques de su chico.

—Esto no puede continuar así —acabó por decirse
Subercasaux—. Tengo que conseguir a toda costa una
muchacha.

Pero ¿cómo? Durante sus años de casado esta terrible
preocupación de la sirvienta había constituído una de
sus angustias periódicas. Las muchachas llegaban y se
iban, como lo hemos dicho, sin decir por qué, y esto
cuando había una dueña de casa. Subercasaux abandonaba todos sus trabajos y por tres días no bajaba del
caballo, galopando por las picadas desde Apariciocué a
San Ignacio, tras de la más inútil muchacha que quisiera
lavar los pañales. Un mediodía, por fin, Subercasaux
desembocaba del monte con una aureola de tábanos en la
cabeza y el pescuezo del caballo deshilado en sangre;
pero triunfante. La muchacha llegaba al día siguiente en
ancas de su padre, con un atado; y al mes justo se iba con
el mismo atado, a pie. Y Subercasaux dejaba otra vez el
machete o la azada para ir a buscar su caballo, que ya
sudaba al sol sin moverse.

Malas aventuras aquéllas, que le habían dejado un
amargo sabor y que debían comenzar otra vez. ¿Pero
hacia dónde?

Subercasaux había ya oído en sus noches de insomnio
el tronido lejano del bosque, abatido por la lluvia. La
primavera suele ser seca en Misiones, y muy lluvioso el
invierno. Pero cuando el régimen se invierte —y esto es
siempre de esperar en el clima de Misiones—, las nubes
precipitan en tres meses un metro de agua, de los mil
quinientos milímetros que deben caer en el año.

Hallábanse ya casi sitiados. El Horqueta, que corta el
camino hacia la costa del Paraná, no ofrecía entonces
puente alguno y sólo daba paso en el vado carretero,
donde el agua caía en espumoso rápido sobre piedras
redondas y movedizas, que los caballos pisaban estremecidos. Esto, en tiempos normales; porque cuando el

riacho se ponía a recoger las aguas de siete días de temporal, el vado quedaba sumergido bajo cuatro metros de agua veloz, estirada en hondas líneas que se cortaban y enroscaban de pronto en un remolino. Y los pobladores del Yabebirí, detenidos a caballo ante el pajonal inundado, miraban pasar venados muertos, que iban girando sobre sí mismos. Y así por diez o quince días.

El Horqueta daba aún paso cuando Subercasaux se decidió a salir; pero en su estado, no se atrevía a recorrer a caballo tal distancia. Y en el fondo, hacia el arroyo del Cazador, ¿qué podía hallar?

Subercassaux se decidió a salir; pero no se atrevía ya a recorrer a caballo

Recordó entonces a un muchachón que había tenido una vez, listo y trabajador como pocos, quien le había manifestado riendo, el mismo día de llegar, y mientras fregaba una sartén en el suelo, que él se quedaría un mes, porque su patrón lo necesitaba; pero ni un día más, porque ése no era un trabajo para hombres. El muchacho vivía en la boca del Yabebirí, frente a la isla del Toro; lo cual representaba un serio viaje, porque si el Yabebirí se desciende y se remonta jugando, ocho horas continuas de remo aplastan los dedos de cualquiera que ya no está en tren.

hombres. El muchachote vivía en la boca del

un serio viaje, en razón de que si el

de cualquiera que no esté en tren.

Subercasaux se decidió, sin embargo. Y a pesar del tiempo amenazante, fue con sus chicos hasta el río, con el aire feliz de quien ve *por fin el cielo abierto. Las criaturas besaban a cada instante la mano de su padre, como era hábito en ellos cuando estaban muy contentos. A pesar de sus pies y el resto, Subercasaux conservaba todo su ánimo para sus hijos; pero para éstos era cosa muy distinta atravesar con su piapiá el monte enjambrado de sorpresas y correr luego descalzos a lo largo de la costa, sobre el barro caliente y elástico del Yabebirí.

por fin...

del yabebirí.

Allí les esperaba lo ya previsto: la canoa llena de agua, que fue preciso desagotar con el achicador habitual y con los mates guardabichos que los chicos llevaban siempre en bandolera cuando iban al monte.

La esperanza de Subercasaux era tan grande que no se inquietó lo necesario ante el aspecto equívoco del agua enturbiada, en un río que habitualmente da fondo claro a los ojos hasta dos metros.

—Las lluvias —pensó— no se han obstinado aún con el sudeste... Tardará un día o dos en crecer.

---

* criaturas, por su parte, charlaban con su padre y cada instante le besaban la mano, como si hubieran pasado dos meses sin verlo; pues aunque a pesar de sus pies y el resto Subercassaux conservaba todo su para con sus hijos, cosa muy distinta era para estos atravesar con su piapiá el monte enjambrado de sorpresas y correr descalzos a lo largo de

Prosiguieron trabajando. Metidos en el agua a ambos lados de la canoa, baldeaban de firme. Subercasaux, en un principio, no se había atrevido a quitarse las botas, que el lodo profundo retenía al punto de ocasionarle buenos dolores arrancar el pie. Descalzóse, por fin, y con los pies libres y hundidos como cuñas en el barro pestilente, concluyó de agotar la canoa, la dió vuelta y le limpió los fondos, todo en dos horas de febril actividad.

Listos, por fin, partieron. Durante una hora la canoa se deslizó más velozmente de lo que el remero hubiera querido. Remaba mal, apoyado en un solo pie, y el talón desnudo herido por el filo del soporte. Y asimismo avanzaba a prisa, porque el Yabebirí corría ya. Los palitos hinchados de burbujas, que comenzaban a orlear los remansos, y el bigote de las pajas atracadas en un raigón hicieron por fin comprender a Subercasaux lo que iba a pasar si demoraba un segundo en virar de proa hacia su puerto.

corría ya. Hasta que los palitos

los remansos, unidos con el bigote de

hicieron comprender en un instante a Subercassaux

Sirvienta, muchacho, ¡descanso, por fin!..., nuevas esperanzas perdidas. Remó, pues, sin perder una palada. Las cuatro horas que empleó en remontar, torturado de angustias y fatiga, un río que había descendido en una hora, bajo una atmósfera tan enrarecida que la respiración anhelaba en vano, sólo él pudo apreciarlas a fondo. Al llegar a su puerto, el agua espumosa y tibia había subido ya dos metros sobre la playa. Y por la canal bajaban a medio hundir ramas secas, cuyas puntas emergían y se hundían balanceándose.

Sirviente, muchacho, descanso, por fin... Nuevas esperanzas perdidas. Remó, pues, sin

Los viajeros llegaron al bungalow cuando ya estaba casi oscuro, aunque eran apenas las cuatro, y a tiempo que el cielo, con un solo relámpago desde el cenit al río, descargaba por fin su inmensa provisión de agua. Cenaron en seguida y se acostaron rendidos, bajo el estruendo del cinc, que el diluvio martilló toda la noche con implacable violencia.

del cinc, martillado por el diluvio que restalló toda la noche en el metal con implacable violencia.

Al rayar el día, un hondo escalofrío despertó al dueño de casa. Hasta ese momento había dormido con pesadez de plomo. Contra lo habitual, desde que tenía el dedo herido, apenas le dolía el pie, no obstante las fatigas del día anterior. Echóse encima el impermeable tirado en el respaldo de la cama, y trató de dormir de nuevo.

Imposible. El frío lo traspasaba. El hielo interior irradiaba hacia afuera, a todos los poros convertidos en agujas de hielo erizadas, de lo que adquiría noción al

Imposible. El frío lo traspasaba, y a cada roce con la ropa, le hacía castañetear los dientes. El hielo de lo que adquiría noción al contacto de la ropa

mínimo roce con su ropa. Apelotonado, recorrido a lo largo de la médula espinal por rítmicas y profundas corrientes de frío, el enfermo vió pasar las horas sin lograr calentarse. Los chicos, felizmente, dormían aún.

—En el estado en que estoy no se hacen pavadas como la de ayer —se repetía—. Estas son las consecuencias...

Como un sueño lejano, como una dicha de inapreciable rareza que alguna vez poseyó, se figuraba que podía quedar todo el día en cama, caliente y descansado, por fin, mientras oía en la mesa el ruido de las tazas de café con leche que la sirvienta —aquella primera gran sirvienta— servía a los chicos...

¡Quedar en cama hasta las diez, siquiera!... En cuatro horas pasaría la fiebre, y la misma cintura no le dolería tanto... ¿Qué necesitaba, en suma, para curarse? Un poco de descanso, nada más. El mismo se lo había repetido diez veces...

Y el día avanzaba, y el enfermo creía oír el feliz ruido de las tazas, entre las pulsaciones profundas de su sien de plomo. ¡Qué dicha oír aquel ruido!... Descansaría un poco, por fin...

....

—¡Piápiá!

—Mi hijo querido...

—¡Buen día, piapiacito adorado! ¿No te levantaste todavía? Es tarde, piapiá.

—Sí, mi vida, ya me estaba levantando...

Y Subercasaux se vistió a prisa, echándose en cara su pereza, que lo había hecho olvidar del café de sus hijos.

El agua había cesado, por fin, pero sin que el menor soplo de viento barriera la humedad ambiente. A mediodía la lluvia recomenzó, la lluvia tibia, calma y monótona, en que el valle del Horqueta, los sembrados y los pajonales se diluían en una brumosa y tristísima napa de agua.

Después de almorzar, los chicos se entretuvieron en rehacer su provisión de botes de papel que habían agotado la tarde anterior... Hacían cientos de ellos, que acondicionaban unos dentro de otros como cartuchos, listos para ser lanzados en la estela de la canoa, en el próximo viaje. Subercasaux aprovechó la ocasión para tirarse un rato en la cama, donde recuperó en seguida su postura de gatillo, manteniéndose inmóvil con las rodillas subidas hasta el pecho.

caliente y feliz, por fin, mientras oía

lluvia, calma y monótona, en que el país, los sembrados y los ríos

para lanzarlos en la estela viaje. El padre aprovechó la

manteniéndose inmóvil con las piernas en el pecho.

De nuevo, en la sien, sentía un peso enorme que la adhería a la almohada, al punto de que ésta parecía formar parte integrante de su cabeza. ¡Qué bien estaba así! ¡Quedar uno, diez, cien días sin moverse! El murmullo monótono del agua en el cinc lo arrullaba, y en su rumor oía distintamente, hasta arrancarle una sonrisa, el tintineo de los cubiertos que la sirvienta manejaba a toda prisa en la cocina. ¡Qué sirvienta la suya!... Y oía el ruido de los platos, docenas de platos, tazas y ollas que las sirvientas —¡eran diez ahora!— raspaban y frotaban con rapidez vertiginosa. ¡Qué gozo de hallarse bien caliente, por fin, en la cama, sin ninguna, ninguna preocupación!... ¿Cuándo, en qué época anterior había él soñado estar enfermo, con una preocupación terrible?... ¡Qué zonzo había sido!... Y qué bien se está así, oyendo el ruido de centenares de tazas limpísimas...

. . . .

—¡Piapiá!

—Chiquita...

—¡Ya tengo hambre, piapiá!

—Sí, chiquita; en seguida...

Y el enfermo se fué a la lluvia a aprontar el café a sus hijos.

Sin darse cuenta precisa de lo que había hecho esa tarde, Subercasaux vió llegar la noche con hondo deleite. Recordaba, sí, que el muchacho no había traído esa tarde la leche, y que él había mirado un largo rato su herida, sin percibir en ella nada de particular.

Cayó en la cama sin desvestirse siquiera, y en breve tiempo la fiebre lo arrebató otra vez. El muchacho que no había llegado con la leche... ¡Qué locura!... Se hallaba ahora bien, perfectamente bien, descansando.

Con sólo unos días de descanso, con unas horas nada más, se curaría. ¡Claro! ¡Claro!... Hay una justicia a pesar de todo... Y también un poquito de recompensa... para quien había querido a sus hijos como él... Pero se levantaría sano. Un hombre puede enfermarse a veces... y necesitar un poco de descanso. ¡Y cómo descansaba ahora, al arrullo de la lluvia en el cinc!... ¿Pero no habría pasado un mes ya?... Debía levantarse.

El enfermo abrió los ojos. No veía sino tinieblas, agujereadas por puntos fulgurantes que se retraían e hinchaban alternativamente, avanzando hasta sus ojos en velocísimo vaivén.

«Debo de tener fiebre muy alta» —se dijo el enfermo.

Con sólo un día más de descanso, con una hora nada más,

por puntos blancos que se retraían e hinchaban, avanzando

Debo tener fiebre muy alta — se

Y encendió sobre el velador el farol de viento. La mecha, mojada, chisporroteó largo rato, sin que Subercasaux apartara los ojos del techo. De lejos, lejísimo, llegábale el recuerdo de una noche semejante en que él se hallaba muy, muy enfermo... ¡Qué tontería!... Se hallaba sano, porque cuando un hombre nada más que cansado tiene la dicha de oír desde la cama el tintineo vertiginoso del servicio en la cocina, es porque la madre vela por sus hijos...

Despertóse de nuevo. Vio de reojo el farol encendido, y tras un concentrado esfuerzo de atención, recobró la conciencia de sí mismo.

En el brazo derecho, desde el codo a la extremidad de los dedos, sentía ahora un dolor profundo. Quiso recoger el brazo y no lo consiguió. Bajó el impermeable, y vió su mano lívida, dibujada de líneas violáceas, helada, muerta. Sin cerrar los ojos, pensó un rato en lo que aquello significaba dentro de sus escalofríos y del roce de los vasos abiertos de su herida con el fango infecto del Yabebirí, y adquirió entonces, nítida y absoluta, la comprensión definitiva de que todo él también se moría —que se estaba muriendo.

Hízose en su interior un gran silencio, como si la lluvia, los ruidos y el ritmo mismo de las cosas se hubieran retirado bruscamente al infinito. Y como si estuviera ya desprendido de sí mismo, vio a lo lejos de un país un bungalow totalmente interceptado de todo auxilio humano, donde dos criaturas, sin leche y solas, quedaban abandonadas de Dios y de los hombres, en el más inicuo y horrendo de los desamparos.

Sus hijitos...

Con un supremo esfuerzo pretendió arrancarse a aquella tortura que le hacía palpar hora tras hora, día tras día, el destino de sus adoradas criaturas. Pensaba en vano: la vida tiene fuerzas superiores que nos escapan... Dios provee...

«¡Pero no tendrán qué comer!» —gritaba tumultuosamente su corazón. Y él quedaría allí mismo muerto, asistiendo a aquel horror sin precedentes...

Mas, a pesar de la lívida luz del día que reflejaba la pared, las tinieblas recomenzaban a absorberlo otra vez con sus vertiginosos puntos blancos, que retrocedían y volvían a latir en sus mismos ojos... ¡Sí! ¡Claro! ¡Había soñado! No debiera ser permitido soñar tales cosas... Ya se iba a levantar, descansado.

Variantes (margen):

Despetóse de nuevo. Vio de costado el farol

sentía un dolor sordo. Quiso recogerlo y no lo

muerta. Pensó un rato, sin cerrar los ojos, en lo que

sí mismo, vio un bunga-

su tumultuoso corazón.

asistiendo a aquella insuperable tortura...»
Pero, a pesar de la lívida luz del día que reflejaba en la pared,

¡Sí! No está permitido soñar con tales cosas...

. . . .

—¡Piapiá!... ¡Piapiá!... ¡Mi piapiacito querido!...

—Mi hijo...

—¿No te vas a levantar hoy, piapiá? Es muy tarde ¡Tenemos mucha hambre, piapiá!

—Mi chiquito... No me voy a levantar todavía... Levántense ustedes y coman galleta... Hay dos todavía en la lata... Y vengan después.

—¿Podemos entrar ya, piapiá?

—No, querido mío... Después haré el café... Yo los voy a llamar.

Oyó aún las risas y el parloteo de sus chicos que se levantaban, y después un rumor *in crescendo*, un tintineo vertiginoso que irradiaba desde el centro de su cerebro e iba a golpear en ondas rítmicas contra su cráneo dolorosísimo. Y nada más oyó.

. . . .

Abrió otra vez los ojos, y al abrirlos sintió que su cabeza caía hacia la izquierda con una facilidad que le sorprendió. No sentía ya rumor alguno. Sólo una creciente dificultad sin penurias para apreciar la distancia a que estaban los objetos... Y la boca muy abierta para respirar.

—Chiquitos... Vengan en seguida...

Precipitadamente, las criaturas aparecieron en la puerta entreabierta; pero ante el farol encendido y la fisonomía de su padre, avanzaron mudos y los ojos muy abiertos.

El enfermo tuvo aún el valor de sonreír, y los chicos abrieron más los ojos ante aquella mueca.

—Chiquitos —les dijo Subercasaux, cuando los tuvo a su lado—. Oiganme bien, chiquitos míos, porque ustedes son ya grandes y pueden comprender todo... Voy a morir, chiquitos... Pero no se aflijan... Pronto van a ser ustedes hombres, y serán buenos y honrados... Y se acordarán entonces de su piapiá... Comprendan bien, mis hijitos queridos... Dentro de un rato me moriré, y ustedes no tendrán más padre... Quedarán solitos en casa... Pero no se asusten ni tengan miedo... Y ahora, adiós, hijitos míos... Me van a dar ahora un beso... Un beso cada uno... Pero ligero, chiquitos.... Un beso... a su piapiá...

. . . .

Las criaturas salieron sin tocar la puerta entreabierta y fueron a detenerse en su cuarto, ante la llovizna

del patio. No se movían de allí. Sólo la mujercita, con
una vislumbre de la extensión de lo que acababa de
pasar, hacía a ratos pucheros con el brazo en la cara,
mientras el nene rascaba distraído el contramarco, sin
comprender.

contramarco y miraba llorar a su
hermana, sin comprender

Ni uno ni otro se atrevían a hacer ruido.

Pero tampoco les llegaba el menor ruido del cuarto
vecino, donde desde hacía tres horas su padre, vestido y
calzado bajo el impermeable, yacía muerto a la luz del
farol.

NOTAS

[1] Apareció en *Atlántida*, Buenos Aires, año VI, nº 248, enero 4, 1923. El relato ocupa —total o parcialmente— seis páginas; en cuatro de ellas fueron incluidos dibujos de Friedrich.

UN PEÓN[1]

UNA TARDE, en Misiones, acababa de almorzar cuando sonó el cencerro del portoncito. Salí afuera y vi detenido a un hombre joven, con el sombrero en una mano y una valija en la otra.

sonó la campana. Salí afuera en la mano

Hacía cuarenta grados fácilmente, que sobre la cabeza crespa de mi hombre obraban como sesenta. No parecía él, sin embargo, inquietarse en lo más mínimo. Lo hice pasar, y el hombre avanzó sonriendo y mirando con curiosidad la copa de mis mandarinos de cinco metros de diámetro que, dicho sea de paso, son el orgullo de la región —y el mío.

hombre alcanzarían a 60°. No parecía sin embargo,

curiosidad mis mandarinos que, dicho sea de paso

Le pregunté qué quería, y me respondió que buscaba trabajo. Entonces lo miré con más atención.

y me dijo que

Para peón, estaba absurdamente vestido. La valija, desde luego de suela y con lujo de correas. Después su traje, de pana[a] marrón sin una mancha. Por fin, las botas; y no botas de obraje, sino artículo de primera calidad. Y sobre todo esto, el aire elegante, sonriente y seguro de mi hombre. ¿Peón él?...

La valija, desde luego, de suela, y con lujo de correas. Luego su traje, de corderoy marrón sin una mancha. Por fin las sino artículo casi de primera

¿Peón, él?...

—Para todo trabajo —me respondió alegre—. Me sé tirar de hacha y de azada... Tengo trabalhado antes de ahora no Foz-do-Iguassú; e fize una plantación de papas.

Trabajé antes de ahora no Foz-

El muchacho era brasileño, y hablaba una lengua de frontera, mezcla de portugués-español-guaraní, fuertemente sabrosa[b].

hablaba una mezcla de

---

[a] Tanto en el texto base (2a. ed.) como en el de la 1a. edición en libro, se lee «*cordero*»: intento evidente de castellanizar la voz «corderoy». Hemos sustituido ambas por «*pana*», que es la única de las tres aceptada por la Real Academia Española para designar el tipo de tela aludido.

[b] Horacio Quiroga, en un artículo publicado en la *La Nación* de Buenos Aires el 28/VII/1929, «Sobre *El Ombú* de Hudson», dice refiriéndose al uso del habla regional: «Cuando un escritor de ambiente recurre a ella, nace de inmediato la sospecha de que se trata de disimular la pobreza del verdadero sentimiento regional de dichos relatos, porque la dominante psicología de un tipo la da su modo de proceder o de pensar, pero no la lengua que usa (...). La jerga sostenida desde el principio al fin de un relato, lo desvanece en pesada monotonía. No todo en tales lenguas es, característico. Antes bien, en la expresión de cuatro o cinco giros locales y específicos, alguna torsión de la sintaxis, en una forma verbal peregrina, es donde el escritor de buen gusto encuentra color suficiente para matizar con ellas cuando convenga y a tiempo la lengua normal en que todo puede expresarse».

Comentando el pasaje, escribe Emir Rodríguez Monegal: «Quiroga no sólo predijo esta buena doctrina. También la llevó a la práctica en sus relatos misioneros. Hay en ellos escasísima habla regional, a pesar de que se

—¿Papas? ¿Y el sol? —observé—. ¿Cómo se las arreglaba?

—¡Oh! —me respondió encogiéndose de hombros—. O sol no hace nada... Tené cuidadado usted de mover grande la tierra con a azada... ¡Y dale duro a o yuyo! El yuyo es el peor enemigo por la papa.

Véase cómo aprendí a cultivar papas en un país donde el sol, a más de matar las verduras quemándolas sencillamente como al contacto de una plancha, fulmina en tres segundos a las hormigas rubias y en veinte a las víboras de coral.

El hombre me miraba y lo miraba todo, visiblemente agradado de mí y del paraje.

—Bueno... —le dije—. Vamos a probar unos días... No tengo mayor trabajo por ahora.

—No importa —me respondió—. Me gusta esta casa. En un lugar muito lindo...

Y volviéndose al Paraná que corría dormido en el fondo del valle, agregó contento:

—¡Oh, Paraná do diavo!... Si al patrón te gusta pescar, yo te voy a acompañar a usted... Me tengo divertido grande no Fox con os mangrullús.

Por aquí, sí; para divertirse, el hombre parecía apto como pocos. Pero el caso es que a mí también me divertía, y cargué sobre mi conciencia los pesos que llegaría a costarme.

En consecuencia, dejó su valija sobre la mesita de la galería, y me dijo:

—Este día no trabajo... Voy a conocer o pueblo. Mañana empiezo.

—Papas? Y el sol? — le observé. Cómo

me miraba siempre y lo miraba todo,

Y volviéndose al Paraná,
agregó contento:

---

ambientaban en un mundo por lo menos bilingüe (guaraní y español, más elementos del portugués por la cercanía del Brasil). Hay, es cierto, voces extranjeras o formas dialectales, pero están administradas con tal sobriedad, o sólo aparecen en forma de matices del diálogo, que ningún lector puede tener la menor dificultad.» (En: El País, Montevideo 19/VII/1961)

En este sentido, «Un peón» es uno de los ejemplos más notorios de la doctrina de Quiroga respecto al abuso del habla regional, y de la certera observación de Rodríguez Monegal; tanto por la abundancia de voces, como por la sabia dosificación. La realidad trilingüe determinada por la coordenada espacial desemboca en formas dialectales propias. «El muchacho era brasileño —escribe Quiroga en el párrafo que da pie a esta nota—, y hablaba una lengua de frontera, mezcla de portugués-español-guaraní, fuertemente sabrosa.»

Algo similar ocurre en Los desterrados con el cuento que da título al volumen, sólo que allí predominan las voces portuguesas y las dialectales de este origen, por contaminación con el español.

En ambos relatos, la sobriedad y la oportunidad con que son administradas esas voces del habla regional, son, sin duda, ejemplares.

No ocurre lo mismo en «Los precursores», publicado en La Nación el 14 de abril de 1929 y no recogido en volumen. El cuento, que trata de los primeros intentos de organización sindical en Misiones, está narrado en 1ª. persona por un mensú. La perspectiva escogida arrastra a Quiroga, en todo el resto de su producción reacio a ello, al abuso de voces del guaraní. (El relato mencionado puede leerse en el Apéndice III, 6, Cuentos Dispersos, de esta edición).

De diez peones que van a buscar trabajo a Misiones, sólo uno comienza en seguida, y es el que realmente está satisfecho de las condiciones estipuladas. Los que aplazan la tarea para el día siguiente, por grandes que fueren sus promesas, no vuelven más.

Pero mi hombre era de una pasta demasiado singular para ser incluído en el catálogo normal de los mensú, y de aquí mis esperanzas. Efectivamente, al día siguiente —de madrugada aún— apareció, restregándose las manos desde el portón.

— Ahora sí, cumplo... ¿Qué es para facer?

Le encomendé que me continuara un pozo en piedra arenisca que había comenzado yo y que alcanzaba apenas a tres metros de hondura. El hombre bajó, muy satisfecho del trabajo, y durante largo rato oí el golpe sordo del pico y los silbidos del pocero.[c]

A mediodía llovió, y el agua arrastró un poco de tierra al fondo. Rato después sentía de nuevo los silbidos de mi hombre, pero el pico no marchaba bien. Me asomé a ver qué pasaba, y vi a Olivera —así se llamaba— estudiando concienzudamente la trayectoria de cada picazo para que las salpicaduras del barro no alcanzaran a su pantalón.

—¿Qué es eso, Olivera? —le dije—. Así no vamos a adelantar gran cosa...

El muchacho levantó la cabeza y me miró un momento con detención, como si quisiera darse bien cuenta de mi fisonomía. En seguida se echó a reír, doblándose de nuevo sobre el pico.

—¡Está bueno! —murmuró—. ¡Fica bon!...

Me alejé para no romper con aquel peón absurdo, como no había visto otro; pero cuando estaba apenas a diez pasos, oí su voz que me llegaba desde abajo:

—¡Ja, ja!... ¡Esto sí que está bueno, o patrón!... ¿Entao me voy a ensuciar por mi ropa para fazer este pozo condenado?

La cosa proseguía haciéndole mucha gracia. Unas horas más tarde Olivera entraba en casa y sin toser siquiera en la puerta para advertir su presencia, cosa inaudita en un mensú. Parecía más alegre que nunca.

sólo uno se queda en seguida,

—Ahora sí te cumplo... ¿Qué es para facer?

trabajo, y durante toda la mañana sentí el golpe

poco de tierra al fondo. De tarde sentí otra vez los silbidos de mi hombre, pero el

la dirección de

barro no tocaran su pantalón.

de los rasgos de mi cara. En

extraordinario, como nunca había visto otro; pero cuando apenas había dado diez pasos, oí su voz que me llegaba de abajo:

ropa para hacer este pozo condenado?

gracia. Entré en casa, y diez minutos después Olivera entraba a su vez, y sin toser siquiera en la puerta, cosa inaudita en un peón. Parecía más alegre que nunca.

---

[c] La modificación introducida al recoger el texto en libro, ilustra una de las tendencias generales que surgen del estudio de variantes: la voluntad de concentrar los elementos del relato en pos de una mayor intensidad. En este caso la concentración opera sobre el «tempo» del relato, reduciendo las dos instancias de la 1ª. versión: «toda la mañana sentí» y «De tarde sentí otra vez», al eje «mediodía».

—Ahí está el pozo —señaló, para que yo no dudara de su existencia—. ¡Condenado!... No trabajo más allá. O pozo que vosé fizo... ¡No sabés hacer para tu pozo, usted!... Muito angosto. ¿Qué hacemos ahora, patrón? —y se acodó en la mesa, a mirarme.

Pero yo persistía en mi debilidad por el hombre. Lo mandé al pueblo a comprar un machete.

—Collins —le advertí—. No quiero Toro.

El muchacho se alzó entonces, muerto de gusto.

—¡Isto sí que está bon![d] ¡Lindo, Colin! Ahora voy tener para mí machete macanudo![e]

Y salió feliz, como si el machete fuera realmente para él.

Eran las dos y media de la tarde, la hora por excelencia de las apoplejías, cuando es imposible tocar un cabo de madera que haya estado abandonado diez minutos al sol. Monte, campo, basalto y arenisca roja, todo reverberaba, lavado en el mismo tono amarillo. El paisaje estaba muerto en un silencio henchido de un zumbido uniforme, sobre el mismo tímpano,[f] que parecía acompañar a la vista dondequiera que ésta se dirigiese.

Por el camino quemante, el sombrero en una mano y mirando a uno y otro lado la copa de los árboles, con los labios estirados como si silbase, aunque no silbaba, iba mi hombre a buscar el machete. De casa al pueblo hay media legua. Antes de la hora distinguí de lejos a Olivera que volvía despacio, entretenido en hacer rayas en el camino con su herramienta. Algo, sin embargo, en su marcha, parecía indicar una ocupación concreta, y no precisamente simular rastros de lagartija en la arena. Salí al portón del camino, y vi entonces lo que hacía Olivera: traía por delante, hacía avanzar por delante insinuándola en la vía recta con la punta del machete, a una boa víbora, una culebra cazadora de pollos.

Esa mañana me había visto trabajar con víboras, «una boa idea», según él.

Habiendo hallado a la culebra a mil metros de casa, le había parecido muy útil traérmela viva, «para o estudio del patrón». Y nada más natural que hacerla marchar delante de él, como se arrea a una oveja.

Variantes (columna marginal):

— Collins — le dije. — No quiero Toto.

— Esto sí que es bueno! ¡Lindo, Collíns! Ahora si voy a tener para mí machete macanudo

Y salió, como si el machete fuera

imposible tocar una herramienta que haya estado abandonada diez minutos al sol.

amarillo ofuscante. El paisaje estaba muerto en el silencio henchido

de un zumbido uniforme, sobre el mismo témpano

lejos a Olivera que volvía por el camino, doblado y entretenido en hacer rayas en el suelo con su

machete, una víbora, una culebra cazadora de

---

[d] Para este tipo de variantes, tan características en el cuento, como atípicas en el conjunto de la obra, véase la nota crítica (a).

[e] Véase el glosario a la presente edición.

[f] Es obvio que no estamos ante un caso de sustitución sino de corrección de un error tipográfico.

—¡Bicho ruin! —exclamó satisfecho, secándose el sudor—. No quería caminar direito...

Pero lo más sorprendente de mi peón es que despúes trabajó, y trabajó como no he visto a nadie hacerlo.

Desde tiempo atrás había alimentado yo la esperanza de reponer algún día los cinco bocayás que faltaban en el círculo de palmeras alrededor de casa. En esa parte del patio el mineral rompe a flor de tierra en bloques de hierro mangánico veteado de arenisca quemada y tan duros que repelen la barreta con un grito agudo y corto. El peón que abriera los pozos primitivos no había ahondado sino cincuenta centímetros; y era menester un metro por lo menos para llegar al subsuelo de asperón.

Puse en la tarea a Olivera. Como allí no había barro que pudiera salpicar su pantalón, esperaba que consintiera en hallar de su gusto ese trabajo.

Y así fué, en efecto. Observó largo rato los pozos, meneando la cabeza ante su forma poco circular; se sacó el saco y lo colgó de las espinas del bocayá próximo. Miró un momento el Paraná, y despúes de saludarlo con un: «¡Oh, Paraná danado!» se abrió de piernas sobre la boca del pozo.

Comenzó a las ocho de la mañana. A las once, y con igual rotundidad, sonaban los barretazos de mi hombre. Efectos de indignación por el trabajo primitivo mal hecho o de afán de triunfo ante aquellas planchas negro-azuladas que desprendían esquirlas filosas como navajas de botella, lo cierto es que jamás vi una perseverancia igual en echar el alma en cada barretazo. La meseta entera retumbaba con los golpes sordos, pues la barreta trabaja a un metro de profundidad.

A ratos me acercaba a ver su tarea, pero el hombre no hablaba más. Miraba de vez en cuando al Paraná, serio ahora, y se abría de nuevo de piernas.

Creí que a la siesta se resistiría a proseguir bajo el infierno del sol. No hubo tal; a las dos llegó a su pozo, colgó otra vez sombrero y saco de las espinas de la palmera, y recomenzó.

Yo no estaba bien esa siesta. A tal hora, fuera del zumbido inmediato de alguna avispa en el corredor y del rumor vibrante y monótono del paisaje asfixiado por la luz, no es habitual sentir nada más. Pero ahora la meseta resonaba sordamente, golpe tras golpe. Debido al mismo estado de depresión en que me hallaba, prestaba un oído enfermizo al retumbo aquel. Cada golpe de la barreta me

---

esperanza de reponer cinco bocayás que faltaban en la avenida

de palmeras alrededor de la casa.
En esa parte de la meseta el
mineral rompe a flor de tierra:
bloques de

pozos primitivos no había pasado
de cincuenta

esperaba que acaso consintiera
en hallar de su gus-

Paraná *do diavo!* — se abrió de
piernas sobre

once, y con igual fuerza sonaban
los ba-

azuladas que daban esquirlas
filosas
más vi una persistencia igual en
echar el
tumbaba con los golpes, muy sordos ahora porque la ba-

proseguir eso bajo el

colgó otra vez el sombrero de las

Yo no estaba bien esa siesta, y sin
ganas de moverme, desde luego.
A esa hora,
corredor, y del rumor

parecía más fuerte; creía hasta sentir el ¡han! del hombre al doblarse. Los golpes tenían un ritmo muy marcado; pero de uno a otro pasaba un siglo de tiempo. Y cada nuevo golpe era más fuerte que el anterior.

— Ya viene —me decía a mí mismo—. Ahora, ahora... Este va a retumbar más que los otros...

Y, efectivamente, el golpe sonaba terrible, como si fuera el último de un fuerte trabajador cuando tira la herramienta al diablo.

Pero la angustia recomenzaba en seguida:

—Este va a ser más fuerte todavía... Ya va a sonar... Y sonaba en efecto.

Tal vez yo tuviera un poco de fiebre. A las cuatro no pude más, y fuí al pozo.

— ¿Por qué no deja un rato, Olivera? —le dije—. Va a quedar loco con eso...

El hombre levantó la cabeza y me miró con una larga mirada irónica.

—Entao... ¿Vosé no quiere que yo le haga por tus pozos?...

Y continuaba mirándome, con la barreta entre las manos como un fusil en descanso.

Me fuí de allí, y, como siempre que me sentía desganado, cogí el machete y entré en el monte.

Al cabo de una hora regresé, sano ya. Volví por el monte del fondo de casa, mientras Olivera concluía de limpiar su pozo con una cuchara de lata. Un momento después me iba a buscar al comedor.

Yo no sabía qué me iba a decir mi hombre después del trabajito de ese horrible día Pero se plantó enfrente de mí y me dijo sólo señalando las palmeras con orgullo un poco despectivo:

—Ahí tenés para tus bocayás... ¡Así se faz un trabajo!...

Y concluyó, sentándose a mi frente y estirando las piernas sobre una silla, mientras se secaba el sudor:

— ¡Piedra do diavo!... Quedó curubica...

Este fué el comienzo de mis relaciones con el peón más raro que haya tenido nunca en Misiones. Estuvo tres meses conmigo. En asuntos de pago era muy formal; quería siempre sus cuentas arregladas a fin de semana. Los domingos iba al pueblo, vestido de modo a darme envidia a mí mismo —para lo cual no se necesitaba mucho, por lo demás—. Recorría todos los boliches,

¡han! del hombre abierto de piernas. Los golpes

otro pasaba un siglo. Y cada nuevo

— Ya viene — me decía —ahora

Y efectivamente, el golpe sonaba terrible,
como si fuera el último de un trabajador
Pero instántaneamente recomenzaba la angustia:

Y así pasaba en efecto.

Tal vez tuviera un poco de fiebre. A las

Por qué no deja un rato, Olivera — le

El hombre me miró con una larga sonrisita irónica.

Y continuaba mirándome, teniendo entre sus manos la barreta
tía en estado anormal, cogí el machete y entré en el

Al cabo de tres horas regresé, sano ya.

después de la aventura a que lo había dedicado ese horrible día. Pero se plantó enfrente de mí, y me dijo sonriente, señalando

— Pedra do diavo!... Quedó curubica...

mana. Los domingos iba al pueblo, vestido
a darme envídia a mí mismo —
para
lo que no se necesitaba mucho, por lo

pero jamás tomaba nada. Quedábase en un boliche dos
horas, oyendo hablar a los demás peones; iba de un
grupo a otro, según cambiara la animación, y lo oía todo
con una muda sonrisa, pero nunca hablaba. Luego iba a
otro boliche, después a otro, y así hasta la noche. El
lunes llegaba a casa siempre a primera hora, restregándose las manos desde que me veía.

    Hicimos asimismo algunos trabajos juntos. Por ejem-
plo, la limpieza del bananal grande, que nos llevó seis
días completos, cuando sólo debiera haber necesitado
tres. Aquello fué lo más duro que yo haya hecho en mi
vida —y acaso él— por el calor de ese verano. El
ambiente a la siesta de un bananal, sucio casi hasta
capuera; en una hondonada de arena que quema los pies
a través de las botas, es una prueba única en la resistencia al calor de un individuo. Arriba, en la altura de la
casa, las hojas de las palmeras se desflecaban enloquecidas por el viento norte; un viento de horno, si se quiere,
pero que refresca por evaporación del sudor. Pero en el
fondo, donde estábamos nosotros, entre las pajas de dos
metros, en una atmósfera ahogada y rutilante de nitratos, partidos en dos para machetear a ras del suelo, es
preciso tener muy buena voluntad para soportar eso.

    Olivera se erguía de vez en cuando con las manos en
la cintura —camisa y pantalón completamente mojados—. Secaba el mango del machete, contento de sí
mismo por la promesa del río, allá en el fondo del valle:

    — ¡Oh, baño que me voy a dar!...* ¡Ah, Paraná!

    Al concluir el rozado ese, tuve con mi hombre el único
disgusto a que dió lugar.

    En casa teníamos, desde cuatro meses atrás, una
sirvienta muy buena. Quien haya vivido en Misiones, en
el Chubut o donde fuere, pero en monte o campo,
comprenderá el encanto nuestro con una muchacha así.

    Se llamaba Cirila. Era la décima tercia hija de un
peón paraguayo, muy católico desde su juventud, y que a
los sesenta años había aprendido a leer y escribir.
Acompañaba infaliblemente todos los entierros, dirigiendo los rezos por el camino.

    La muchacha gozaba de toda nuestra confianza. Aun
más, nunca le notamos debilidad visible por Olivera, que

---

    * que me voy a dar!... Ah, Paraná! Todas las noches iba al Paraná a bañarse y a pescar. No recuerdo, por lo
demás, que haya pescado nunca gran cosa.

jamás tomaba nada. Estaba en
uno dos horas, oyendo hablar a

El lunes llegaba siempre a primera
boliche, después a otro, hasta la
noche.

biente de un bananal, a las dos de
la tarde, sucio casi

de un individuo. Arriba, en la
meseta de casa, las hojas

Oh baño...

bre el único disgusto casi serio a
que dio lugar.

re, pero monte o campo, en fin,
apreciará el encanto de
que vivíamos poseídos con una
muchacha así.

aprendido a leer y escribir, y
acompañaba

los domingos era todo un buen mozo. Dormía en el galpón, cuya mitad ocupaba; en la otra mitad tenía yo mi taller.

Un día, sí, había visto a Olivera apoyarse en la azada y seguir con los ojos a la muchacha, que pasaba al pozo a buscar agua. Yo cruzaba por allí.

—Ahí tenés —me dijo estirando el labio—, una buena peona para vosé... ¡Buena muchacha! Y no es fea a rapaza...

Dicho lo cual prosiguió carpiendo, satisfecho.

Una noche tuvimos que hacer levantar a Cirila a las once. Salió en seguida de su cuarto vestida —como duermen todas ellas, desde luego—, pero muy empolvada.

¿Qué diablos de polvos precisaba la muchacha para dormir? No pudimos dar con el motivo, fuera del supuesto de una trasnochada coquetería.

Pero he aquí que una noche, muy tarde, me levanté a contener a uno de los tantos perros hambrientos que en aquella época rompían con los dientes el tejido de alambre para entrar. Al pasar por el taller sentí ruido, y en el mismo instante una sombra salió corriendo de adentro hacia el portón.

Yo tenía muchas herramientas, tentación eterna de los peones. Lo que es peor, esa noche tenía en la mano el revólver, pues confieso que el ver todas las mañanas tres o cuatro agujeros en el tejido había acabado por sacarme de quicio.

Corrí hacia el portoncito, pero ya el hombre bajaba a todo escape la cuesta hacia el camino, arrastrando las piedras en la carrera. Apenas veía el bulto. Disparé los cinco tiros; el primero tal vez con no muy sana intención, pero los restantes al aire. Recuerdo muy claramente esto: la aceleración desesperada de la carrera, a cada disparo.

No hubo más. Pero algo había llamado mi atención; y es que el ladrón nocturno estaba calzado, a juzgar por el rodar de los cantos que arrastraba. Y peones que allá calcen botines o botas, fuera de los domingos, son contadísimos.

A la madrugada siguiente, nuestra sirvienta tenía perfecto aire de culpable. Yo estaba en el patio cuando Olivera llegó. Abrió el portoncito y avanzó silbando al Paraná y a los mandarinos, alternativamente, como si nunca los hubiera notado.

un buen mozo. Dormía en un galpón, cuya mitad ocupaba ella, tras tabique. En la otra mitad estaba el taller.

Un día, sí ví a Olivera apoyarse

camino, arrastrando las piedras. Apenas veía el bulto. *Le grité algo*, y disparé los cinco

que arrastraba a la bajada. Y peones que allá calcen

silbando al Paraná y al cerrito de casa alternativamente, como si nunca los hubiera notado bien.

Le dí el gusto de ser yo quien comenzase.

—Vea, Olivera —le dije—. Si usted tiene mucho interés en mis herramientas, puede pedírmelas de día, y no venirlas a buscar de noche...

El golpe llegaba justo. Mi hombre me miró abriendo mucho los ojos, y se cogió con una mano del parral.

—¡Ah, no! —exclamó negando con la cabeza, indignado—. ¡Usted sabés muito bien que yo no robo para vosé! ¡Ah, no! ¡Nao puede vosé decir eso!

—Pero el caso es —insistí— que usted estaba anoche metido en el taller.

—¡Y si!... Y si usted me ves en alguna parte... vosé que es muito hombre... sabe bien vosé que yo no me bajo para tu robo!

Y sacudió el parral, murmurando:

—¡Barbaridade!...

—Bueno, dejemos —concluí—. Pero no quiero visitas de ninguna especie de noche. En su casa haga lo que quiera; aquí, no.

Olivera quedó un rato todavía sacudiendo la cabeza. Después se encogió de hombros y fué a tomar la carretilla, pues en esos momentos nos ocupábamos en un movimiento de tierra.

No habían pasado cinco minutos, cuando me llamó. Se había sentado en los brazos de la carretilla cargada, y al llegar junto a él dió un gran puñetazo en la tierra, semiserio:

— ¿Y cómo que vosé me prova que yo vine para a minina? ¡Vamos a ver!

—No tengo nada que probar —le dije—. Lo que sé es que si usted no hubiera corrido tan ligero anoche, no charlaría tanto ahora en lugar de dormirse con la carretilla.

Me fuí; pero ya Olivera había recobrado su buen humor.

—¡Ah, esto sí! —exclamó con una carcajada, levantándose a trabajar—. ¡Diavo con o patrón!... ¡Pim! ¡Pam! ¡Pum!... ¡Barbaridade de revólver!...

Y alejándose con la carretilla cargada:

—¡Macanudo, vosé!

Para concluir con esta historia: esa misma tarde Olivera se detuvo a mi lado al irse.

—Y vosé, entao... —me guiñó—: Para usted te digo, que sos o bon patrón do Olivera... A Cirila... ¡Dale, no más!... ¡E muito bonitinha!

El muchacho no era egoísta, como se ve.

Pero la Cirila no estaba ya a gusto en casa. No hay, por lo demás, ejemplo allá de una sirvienta de la cual se haya estado jamás seguro. Por a o por b, sin motivo alguno, un buen día quieren irse. Es un deseo fulminante e irresistible. Como decía una vieja señora: «Les viene como la necesidad de hacer pichí; no hay espera posible».

Por a o b, sin motivo alguno, o por simple espíritu nómade, un buen día quieren irse. Es un deso fulminante

Nuestra muchacha también se fué; pero no al día siguiente de pensarlo, como hubiera sido su deseo, porque esa misma noche fué mordida por una víbora.

al día siguiente de su decisión, como si hubiera

Esta víbora era hija de un animalito cuya piel de muda hallé entre dos troncos en el mismo bananal de casa, al llegar allá, cuatro años antes. La yarará iba seguramente de pasada, porque nunca la encontré; pero sí vi con sobrada frecuencia a ejemplares de su cría que dejó en los alrededores, en forma de siete viborillas que maté en casa, y todas ellas en circunstancias poco tranquilizadoras.

esta víbora era un animalito cuya

años. Iba seguramente de

vi con sobrada frecuencia a su

siete viborillas que maté en la meseta, y todas ellas en circunstancias poco tranquilizadoras para mis chicos.

Tres veranos consecutivos duró la matanza. El primer año tenían 35 centímetros; el tercero alcanzaban a 70. La madre, a juzgar por el pellejo, debía de ser un ejemplar magnífico.

tercero alcanzaban a 80. La madre, a juzgar

La sirvienta, que iba con frecuencia a San Ignacio, había visto un día a la víbora cruzada en el sendero. Muy gruesa —decía ella— y con la cabeza chiquita.

La niñera de casa, que iba con frecuencia a la población cercana, había visto un día a la víbora cruzada en el sendero. Muy grande —decía ella— y con la cabeza chica.

Dos días después de esto, mi perra foxterrier, rastreando a una perdiz de monte, en el mismo paraje, había sido mordida en el hocico. Muerta, en diecisiete minutos.

rrier, rastreando a una perdiz en

La noche del caso de Cirila, yo estaba en San Ignacio —adonde iba de vez en cuando—. Olivera llegó allí a la disparada a decirme que una víbora había picado a Cirila. Volamos a casa a caballo, y hallé a la muchacha sentada en el escalón del comedor, gimiendo con el pie cogido entre las manos.

Olivera llegó allí a la disparada a decirme que

allá, a caballo, y hallé a la muchacha sentada

entre las manos.

En casa le habían ligado el tobillo, tratando en seguida de inyectar permanganato. Pero no es fácil darse cuenta de la resistencia que a la entrada de la aguja ofrece un talón convertido en piedra por el edema. Examiné la mordedura, en la base del tendón de Aquiles. *Yo esperaba ver muy juntos los dos clásicos puntitos de los colmillos. Los dos agujeros aquellos, de que aún

En casa le habían ligado el tobillo, y habían tratado de inyectar permanganato. No es fácil, sin embargo darse cuenta de la resistencia...

Yo esperaba...

---

* ver los dos clásicos puntitos de los colmillos — mas o menos juntos, pero siempre muy cerca. Los dos agujeros esos, de que corrían babeando dos cintas de sangre, estaban a tres centímetros uno de otro; casi dos

fluían babeando dos hilos de sangre, estaban a cuatro centímetros uno de otro; dos dedos de separación. La víbora, pues, debía de ser enorme.

Cirila se llevaba las manos del pie a la cabeza, y decía sentirse muy mal. Hice cuanto podía hacer: ensanche de la herida, presión, gran lavaje con permanganato, y alcohol a fuertes dosis.

Entonces no tenía suero; pero había intervenido en dos casos de mordedura de víbora con derroche de caña, y confiaba mucho en su eficacia.

Acostamos a la muchacha, y Olivera se encargó del alcohol. A la media hora la pierna era ya una cosa deforme, y Cirila —quiero creer que no estaba descontenta del *tratamiento— no cabía en sí de dolor y de borrachera. Gritaba sin cesar:

—¡Me picó!... ¡Víbora negra! ¡Víbora maldita!... ¡Ay!... ¡No me hallo!... ¡Me picó víbora!... ¡No me hallo con esta picadura!

Olivera, de pie, con las manos en los bolsillos, miraba a la enferma y asentía a todo con la cabeza. De vez en cuando se volvía a mí, murmurando:

—¡E barbaride!...

Al día siguiente, a las cinco de la mañana, Cirila estaba fuera de peligro inmediato, aunque la hinchazón proseguía. Desde la madrugada Olivera se había mantenido a la vista del portoncito, ansioso de comunicar nuestro triunfo a cuantos pasaban:

—O patrón... ¡hay para ver! ¡Iste sí que es un home!... ¡Dale caña y pirganato! Aprendé para usted.

La viborita, sin embargo, era lo que me preocupaba, pues mis chicos cruzaban a menudo el sendero.

Después de almorzar fuí a buscarla. Su guarida —digamos— consistía en una hondonada cercada de piedra, y cuyo espartillo diluviano llegaba hasta la cintura. Jamás había sido quemado.

Si era fácil hallarla buscándola bien, más fácil era pisarla. Y colmillos de dos centímetros de largo no halagan, aun con *stromboot*.

Como calor y viento norte, la siesta no podía ofrecer más. Llegué al lugar, y apartando las matas de espartillo una por una con el machete, comencé a buscar a la

dedos. La víbora, pues, era enorme.
Cirila se llevaba las manos del pie a la cabeza, y se sentía mal. Hice cuanto

estaba hinchada hasta la rodilla, y Cirila — quiero tratamiento...

maldita!... No me hallo!...

triunfo. Yo alcanzaba a oir sus finales de confiada seguridad:

guarida — digamos — consistía en un pastizal enclavado en la piedra cuyo espartillo diluviano llegaba a la cintura.

el machete, avancé. Lo que se vé

---

* — no cabía en sí de dolor y borrachera. Gritaba sin cesar, enardecida de alcohol, y repetía sin cesar las mismas cosas:
—Me picó!... Víbora negra!... Víbora maldita!... Ay!... No me hallo con esta picadura... Me picó ...Víbora

bestia. Lo que se ve en el fondo, *entre mata y mata de espartillo, es un pedacito de tierra sombría y seca. Nada más. Otro paso, otra inspección con el machete y otro pedacito de tierra durísima. Así poco a poco.

Pero la situación nerviosa, cuando se está seguro de que de un momento a otro se va a hallar al animal, no es desdeñable. Cada paso me acercaba más a ese instante, porque no tenía duda alguna de que el animal vivía allí; y con ese sol no había yarará capaz de salir a lucirse.

De repente, al apartar el espartillo, y sobre la punta de las botas, la vi. Sobre un fondo obscuro del tamaño de un plato, la vi pasar rozándome.

Ahora bien: no hay cosa más larga, más eternamente larga en la vida, que una víbora de un metro ochenta que va pasando por pedazos, diremos, pues yo no veía sino lo que me permitía el claro abierto con el machete.

Pero como placer, muy grande. Era una yararacusú —el más robusto ejemplar que yo haya visto, e inconstestablemente la más hermosa de las yararás, que son a su vez las más bellas entre las víboras, a excepción de las de coral. Sobre su cuerpo, bien negro, pero un negro de terciopelo, se cruzan en ancho losanje bandas de color oro. Negro y oro; ya se ve. Además, la más venenosa de todas las yararás.

La mía pasó, pasó y pasó. Cuando se detuvo, se veía aún el extremo de la cola. Volví la vista en la probable dirección de su cabeza, y la vi a mi costado, alta y mirándome fijo. Había hecho una curva, y estaba inmóvil, observando mi actitud.

Cierto es, la víbora no tenía deseos de combate, como jamás los tienen con el hombre. Pero yo los tenía, y muy fuertes. De modo que dejé caer el machete para dislocarle solamente el espinazo, a efectos de la conservación del ejemplar.

El machetazo fue de plano, y nada leve: como si nada hubiera pasado. El animal se tendió violentamente en una especie de espantada que la alejó medio metro, y quedó otra vez inmóvil a la espectativa, aunque esta vez con la cabeza más alta. Mirándome cuanto es posible figurarse.

En campo limpio, ese duelo, un si es no es psicológico, me hubiera entretenido un momento más; pero hundido

en el fondo,...

nía duda ninguna de que el animal vivía allí; y con ese sol, no hay yarará capaz de salir

de metro y medio que va pasando

coral. Sobre su cuerpo bien negro, se cruzan en

tuvo, se veía el extremo de la cola. Volví la vista en la lejana dirección problable de la cabeza

hombre, por lo demás.
dejé caer el machete para quebrarle solamente

El machetazo fué de plano, y nada leve. Como si nada hubiera pasado: el animal se

* entre mata y mata, es un pedacito de tierra sombría a una cuarta de los pies. Y nada más. Otro paso, otra inspección con el machete, y otro pedacito de

en aquella maleza, no. En consecuencia, descargué por segunda vez el machete, esta vez de filo, para alcanzar las vértebras del cuello. Con la rapidez del rayo, la yararacusú se enroscó sobre la cabeza, ascendió en tirabuzón con relámpagos nacarados de su vientre, y tornó a caer, distendiéndose lentamente, muerta.

La llevé a casa; tenía un metro con ochenta y cinco centímetros muy bien contados. Olivera la conoció en seguida, por más que la especie no abunda en el sur de Misiones.

—¡Ah, ah!... ¡Yararacusú!... Ya me tenía pensado... ¡No Foz-do-Iguassú tengo matadas barbaridade!... ¡Bonitinha, a condenada!... ¡Para mi colección, que te va a gustar, patrón!

En cuanto a la enferma, al cabo de cuatro días caminaba, bien que mal. Al hecho de haber sido mordida en una región poco rica en vasos, y por una víbora que dos días antes había vaciado parcialmente sus glándulas en la foxterrier, quiero atribuir la bondad del caso. Con todo, tuve un poco de sorpresa al extraer el veneno al animalito: vertió aún 21 gotas por cada colmillo, casi dos gramos de veneno.

Olivera no manifestó el menor desagrado por la ida de la muchacha. La vió alejarse por el potrero con su atadito de ropa, renga aún.

—Es una buena minina —dijo señalándola con el mentón—. Algún día voyme a casar con ella.

—Bien hecho —le dije.

—¿Y entao?... Vosé no precisará más andar con o revólver, ¡pim! ¡pam!

A pesar de los servicios prestados por Olivera a algún compañero sin plata, mi peón no gozaba de gran simpatía entre ellos. Un día lo mandé a buscar un barril al pueblo, para lo cual lo menos que se necesita es un caballo, si no el carrito. Olivera se encogió de hombros al observársselo y se fue a pie. El almacén adonde lo enviaba quedaba a una legua de casa, y debía atravesar las ruinas. En el mismo pueblo vieron a Olivera pasar de vuelta con el barril, en cuyos costados había clavado dos clavos, asegurando en ellos un doble alambre, a guisa de pértigo. Arrastraba el barril por el suelo, tirando tranquilo de él.

Una maniobra como ésta, y el andar a pie cuando se tiene caballo, desacreditan a un mensú.

cabeza, ascendió en tirabuzón en relámpagos nacarados de su vientre, y tornó a caer muerta, distendiéndose lentamente.

La llevé a casa; tenía un metro sesenta muy bien contados.

especie sea más bien rara en esa parte de Misiones.

el veneno: tenía aún 42 gotas de veneno, 21 en cada glándula.

por la ida de la muchacha. La vió alejarse con su atadito de ropa cruzando el potrero, renga aún.

A pesar de *sus* servicios hechos a algún compañero sin plata

no el carrito. Olivera se encogió de hombros y se fué a pie. El almacén
casa, y debía atravesar el pueblo. En el mismo pueblo lo vieron pasar de vuelta
dos clavos, y asegurado en ellos un doble alambre

Una alegre maniobra de éstas, y andar de pie cuando se tiene caballo, desacreditan fuertemente a un mensú.

A fines de febrero encomendé a Olivera el rozado total del monte, bajo el cual había plantado hierba. A los pocos días de comenzar vino a verme un albañil, un ciudadano alemán de Francfort, de color canceroso, y tan lento para hablar como para apartar los ojos una vez que los había fijado. Me pidió mercurio para descubrir un entierro.

La operación era sencillísima: en el lugar presunto se excavaba un poco el suelo y se depositaba en el fondo el mercurio, envuelto en un pañuelo. Luego se rellenaba el hueco. Encima, a flor de tierra, se depositaba un pedazo de oro —la cadena del albañil, en esta circunstancia.

Si había allí efectivamente un entierro, la fuerza del tesoro atraía al oro, que era devorado entonces por el mercurio. Sin mercurio, nada qué hacer.

Le di el mercurio, y el hombre se fué, aunque le costó bastante arrancar su mirada de la mía.

En Misiones, y en todo el Norte ocupado antiguamente por los jesuítas, es artículo de fe la creencia de que los padres, antes de su fuga, enterraron monedas y otras cosas de valor. Raro es el habitante de la región que no haya tentado una vez desenterrar un tesoro, un *entierro*, como dicen allá. Muchas veces hay indicaciones precisas: un montón de piedras, allí donde no las hay; una vieja viga de lapacho, en tal poco habitual postura; una columna de arenisca abandonada en el monte, etcétera, etc.

Olivera, que volvía del rozado a buscar una lima para el machete, fué espectador del incidente. Oyó con su sonrisita, y no dijo nada. Solamente cuando retornaba al yerbal volvió la cabeza para decirme:

—O alemán loco... ¡Aquí está o tesouro! ¡Aquí, no pulso! —y se apretaba la muñeca.

Por esto pocas sorpresas fueron más grandes que la mía la noche que Olivera entró bruscamente en el taller a invitarme a ir al monte.

—Esta noche —me dijo en voz baja— voy a sacar para mi entierro... Encontré uno d'eles.

*Yo estaba ocupado en no recuerdo qué. Me interesaba mucho, sin embargo, saber qué misterioso vuelco de la fortuna había transformado en un creyente de entierros a un escéptico de aquella talla. Pero yo desconocía a

---

* haciendo no se qué; cepillando, creo, un tablón de lapacho. Si el trabajo no me urgía, me interesaba mucho en cambio saber qué misterioso vuelco de la fortuna había transformado en un creyente a un escéptico científico de

---

Marginal variant readings:

A fines de febrero le encomendé el

en un pañuelo, rellenando luego el hueco

Le dí el mercurio, y el hombre se fué mirando de reojo el suelo.

fe el hecho de que los padres, antes de su fuga precipitada, enterraron monedas y otras cosas

Solamente cuando se iba al yerbal se dió vuelta a decirme:

monte. Tenía una fisonomía curiosa, mitad ironía y mitad ansia.

Yo estaba...

aquella talla. Pero yo desconcía a

mi Olivera. Me miraba sonriendo, los ojos muy abiertos en una luz casi provocativa de iluminado, probándome a su modo el afecto que sentía por mí:

—¡Pst!... Para os dois... Es una piedra blanca, la, no yerbal... Vamos a repartir.

¿Qué hacer con aquel tipo? El tesoro no me tentaba, pero sí los cacharros que pudiera hallar, cosa bastante frecuente. Le deseé, pues, buena suerte, pidiéndole solamente que si hallaba una linda tinaja, me la trajera sin romper. Me pidió mi Collins y se lo dí. Con lo que se fué.

No obstante, el paseo tenía para mí gran seducción, pues una luna de Misiones, penetrando en las tinieblas del monte, es el espectáculo más hermoso que sea posible ver. Estaba asimismo cansado de mi tarea, por lo que decidí acompañarlo un rato.

El *trabajado* de Olivera quedaba a mil quinientos metros de casa, en la esquina sur del monte. Caminamos uno al lado del otro, yo silbando, él callado, aunque con los labios extendidos hacia la copa de los árboles, según su costumbre.

Al llegar a su sector de trabajo, Olivera se detuvo, prestando oído.

El yerbal —pasando súbitamente de la obscuridad del monte a aquel claro inundado de luz galvánica— daba la sensación de un *páramo. Los troncos recién tumbados se duplicaban en negro en el suelo, por la violenta luz de costado. Las plantitas de hierba, duras de sombras en primer término, de un ceniza aterciopelado en el páramo abierto, se erguían inmóviles, brillantes de rocío.

— Entao... —me dijo Olivera—. Voy a ir solo.

Lo único que parecía preocuparle era algún posible ruido. Por lo demás, deseaba evidentemente estar solo. Con un «Hasta mañana, patrón», se internó cruzando el yerbal, de modo que lo vi largo rato saltar por encima de los árboles volteados.

Volví, retardando el paso en la picada. Después de un denso día de verano, cuando apenas seis horas atrás se ha sufrido de fotofobia por la luz enceguecedora, y se ha sentido la almohada más caliente en los costados que bajo la propia cabeza; a las diez de la noche de ese día, toda gloria es pequeña ante la frescura de una noche de Misiones.

Columna derecha (variantes):

iluminado, probándome el afecto que de algún modo sentía por mí:

Salí hasta la puerta. El paseo tenía para mí gran

asimismo cansado de cepillar por lo que

El yerbal — al pasar súbitamente de la
luz blanca — daba la sensación
Los...

violencia de la luz de costado. Las plantitas de hierba,
ciopelado en el fondo, se erguían

— Entao... — me dijo. — Voy a ir solo.

---

* troncos recién tumbados y tendidos en el suelo, se duplicaban en sombra nítidamente recortada, por la

Y esa noche, sobre todo, era extraordinaria, bajo una picada de monte muy alto, casi virgen. Todo el suelo, a lo largo de ella y hasta el límite de la vista, estaba cruzado al sesgo por rayos de blancura helada, tan viva que en las partes obscuras la tierra parecía faltar en negro abismo. Arriba, a los costados, sobre la arquitectura sombría del bosque, largos triángulos de luz descendían, tropezaban en un tronco, corrían hacia abajo en un reguero de plata. El monte altísimo y misterioso, tenía una profundidad fantástica, calado de luz oblicua como catedral gótica. En la profundidad de ese ámbito, rompía a ratos, como una campanada, el lamento convulsivo del urutaú.

Caminé aún un largo rato, sin decidirme a llegar a casa. Olivera, entretanto, debía de romperse las uñas contra las piedras. Que sea feliz —me dije.

Pues bien; es ésta la última vez que he visto a Olivera. No apareció ni a la mañana siguiente, ni a la otra, ni nunca más. Jamás he *vuelto a saber una palabra de él. Pregunté en el pueblo. Nadie lo había visto, ni sabía nadie qué se había hecho de mi peón. Escribí al Foz-do-Iguassú, con igual resultado.

Esto aún más: Olivera, como lo he dicho, era formal como nadie en asuntos de dinero. Yo le debía sus días de semana. Si le hubieran entrado súbitos deseos de cambiar de aire esa misma noche, jamás lo hubiera hecho sin arreglar primero su cuenta.

¿Pero qué se hizo, entonces? ¿Qué tesoro puede haber encontrado? ¿Cómo no dejó rastro alguno en el Puerto Viejo, en Itacurubí, en la Balsa, donde quiera que se hubiese embarcado?

No lo sé aún, ni creo que lo sepa jamás. Pero hace tres años tuve una impresión muy desagradable, en el mismo yerbal que Olivera no concluyó de desmontar.

La sorpresa es ésta: Como había abandonado un año entero la plantación, por razones que nada tienen que ver acá, el rebrote del monte había asfixiado las jóvenes hierbas. El peón que mandé allá volvió a decirme que por el precio convenido no estaba dispuesto a hacer nada, —menos aún de lo que suelen hacer, por poco que el patrón no sepa él mismo lo que es un machete.

Aumenté el precio, cosa muy justa, y mis hombres comenzaron. Eran una pareja; uno tumbaba, el otro

Y esa, sobre todo, era extraordinaria.

rayas de blancura galvánica, tan viva que en las

triángulos de plata descendían, tropezaban en un tronco, corrían hacia abajo en un reguero helado. El monte altísimo y misterioso, tenía

campana, el lamento convulsivo del urutaú.

Caminé aún, cada vez más despacio, sin decidirme a llegar a casa. Olivera, entretanto, se rompería las uñas contra la tierra. Que sea
Pues bien; es ésta la última vez que he vuelto a ver vuelto a...

Esto más: Olivera, como lo he dicho,
Yo le debía $7.50, pues no había concluído su semana. Si le

en la Balsa, donde sea que se hubiere embarcado?

Pero si sé que hace tres años tuve una impresión muy

monte había encorsetado, asfixiado las jóvenes hierbas. El

---

* saber una palabra de él. Me informé en el pueblo, pues no tenía amigo alguno particular. Nadie lo había visto, ni sabía qué se había hecho mi peón. Escribí al Foz-do-Iguassú, con igual resultado.

desgajaba. Durante tres días el viento sur me trajo, duplicado por el eco del bosque, el golpeteo incesante y lamentable del hacha. No había tregua, ni aun a mediodía. Acaso se turnaran. En caso contrario, el brazo y los riñones del que manejaba el hacha eran de primera fuerza.

el hacha, no eran despreciables.

Pero al concluir ese tercer día, el peón del machete, con quien había tratado, vino a decirme que recibiera el rozado, porque no quería trabajar más con su compañero.

—¿Por qué? —le pregunté extrañado.

No pude obtener nada concreto. Al fin me dijo que su compañero no trabajaba *solo*.

Entonces, recordando una leyenda al respecto, comprendí: Trabajaba en yunta con el diablo. Por eso no se cansaba nunca.

Entonces...*

No objeté nada, y fuí a recibir el trabajo. Apenas ví al societario infernal, lo conocí. Muchas veces había pasado a caballo por casa, y siempre había admirado, para ser él un simple peón, el lujo de su indumentaria y la de su caballo. Además, muy buen mozo, y una lacia melena aceitada de compadre del sur. Llevaba siempre el caballo al paso. Jamás se dignó mirarme al pasar.

aunque yo era entonces más que un simple particular allá. Lo vi de cerca, pues. Como

En aquella ocasión lo ví de cerca. Como trabajaba sin camisa, comprendí fácilmente que con aquel torso de atleta, en poder de un muchacho sobrio, serio y magníficamente entrenado, se podían hacer prodigios. Melena, nuca pelada, paso provocativo de caballo y demás, todo desaparecía allí en el monte ante aquel muchacho sudoroso y de sonrisa infantil.

en el monte en aquel muchacho

Tal era, en su ambiente, el hombre que trabajaba con el diablo.

Se puso la camisa, y con él recorrí el trabajo. Como él *solo* concluiría en adelante de desmontar el yerbal, lo recorrimos en su totalidad. El sol acababa de entrar, y hacía bastante frío, —el frío de Misiones que cae junto con el termómetro y la tarde. El extremo suroeste del bosque, lindante con el campo, nos detuvo un momento, pues no sabía yo hasta dónde valía la pena limpiar esa media hectárea en que casi todas las plantas de yerba habían muerto.

y *con* la tarde. El extremo

en que las yerbas habían muerto casi todas.

Eché una ojeada al volumen de los troncos, y más arriba, al ramaje. Allá arriba, en la última horqueta de

horqueta de un ivirapitá, vi

---

* comprendí. Trabajaba en yunta con el diablo. Por eso no se cansaba nunca, y por eso no le agradaba al del machete la sociedad con un compañero que se llevaba la mayor parte de la ganancia.

un incienso, vi entonces algo muy raro; dos cosas negras, largas. Algo como nido de boyero. Sobre el cielo se destacaban muy bien.

entonces una cosa rara; dos cosas negras, largas.

—¿Y eso?... —señalé al muchacho.

El hombre miró un rato, y recorrió luego con la vista toda la extensión del tronco.

—Botas —me dijo.

Tuve una sacudida, y me acordé instantáneamente de Olivera. ¿Botas?... Sí. Estaban sujetas al revés, el pie para arriba, y enclavadas por la suela en la horqueta. Abajo, donde quedaban abiertas las cañas de las botas, faltaba el hombre; nada más.

enclavadas en la horqueta. Abajo,

No sé qué color tendrían a plena luz; pero a aquella hora, vistas desde la profundidad del monte, recortadas inmóviles sobre el cielo lívido, eran negras.

Pasamos un buen rato mirando el árbol de arriba a abajo y de abajo a arriba.

—¿Se puede subir? —pregunté de nuevo a mi hombre.

Pasó un rato..

— No da... —respondió el peón.*

—No da...

Hubo un momento en que había dado, sin embargo, y esto es cuando el hombre subió. Porque no es posible admitir que las botas estuvieran allá arriba porque sí. Lo lógico, lo único capaz de explicarlo, es que un hombre que *calzaba botas* ha subido a observar, a buscar una colmena, a cualquier cosa. Sin darse cuenta, ha apoyado demasiado los pies en la horqueta; y de pronto, por lo que no se sabe, ha caído para atrás, golpeando la nuca contra el tronco del árbol. El hombre ha muerto en seguida, o ha vuelto en sí luego, pero sin fuerzas para recogerse hasta la horqueta y desprender sus botas. Al fin —tal vez en más tiempo del que uno cree— ha concluído por quedar quieto, bien muerto. El hombre se ha descompuesto luego, y poco a poco las botas se han ido vaciando, hasta quedar huecas del todo.

único posible de admitir, es que un hombre una colmena, —cualquier cosa. Ha clavado sin darse cuenta demasiado los pies en la horqueta;

Al fin — tal vez más tiempo del que uno *se* cree — ha concluído por

Ahí estaban siempre, bien juntas, heladas como yo en el crepúsculo de invierno.

Allá estaban siempre, bien juntas, heladas

No hemos hallado el menor rastro del hombre al pie del árbol; esto va de sí.

No creo, sin embargo, que aquello hubiera formado parte de mi viejo peón. No era un trepador él, y menos de noche. ¿Quién trepó, entonces?

---

* —respondió. Está podre...
Hubo un momento en que no estuvo podrido, esto es evidente, y es cuando el hombre subió. Porque no es posible admitir que las botas estén allá arriba porque sí. Lo lógico, lo

No sé. Pero a veces, aquí en Buenos Aires, cuando al golpe de un día de viento norte, siento el hormigueo de los dedos buscando el machete, pienso entonces que un día u otro voy a encontrar inesperadamente a Olivera; que voy a tropezar con él, aquí, y que me va a poner sonriendo la mano en el hombro:

—¡Oh patrón velho!... ¡Tenemos trabajado lindo con vosé, la no Misiones!ᵍ

No sé; de nuevo. Pero a veces, aquí en Buenos Aires, cuando al golpe de un día de sol,

---

ᵍ Adviértase el sutil tránsito de una aproximación realista de los hechos narrados (realismo acentuado por el naturalismo del lenguaje empleado y por la, hasta este momento, trivial y cotidiana anécdota) a la apertura que se opera, en el final, hacia lo misterioso, lo inexplicable, lo maravilloso: un final que pudo haber sido de efecto (como tantos, en la obra de Quiroga), pero que la mano experta del autor convierte en una verdadera pre-figuración del realismo mágico.

En numerosos textos de Quiroga, particularmente en la serie de crónicas misioneras que esporádicamente tituló: «Croquis del monte», publicadas durante 1934 y 1935, se advierte «la imbricación misteriosa y sombría entre los inexplicables hechos naturales y ese estremecimiento que los habita», al decir de J. Ruffinelli. Esta sensibilidad alerta, que observa atentamente el lienzo en el que la realidad aparece pintada con trazos seguros y colores firmes, para descubrir el desgarrón por el que se atisba otra, otras realidades, con una profundidad casi metafísica, se advierte ya en «El vampiro», «El cascarudo tanque», o «Los cuervos», pertenecientes a la serie «De la vida de nuestros animales». En «Tempestad en el vacío», «La lata de nafta», «El llamado nocturno» o «Su olor a dinosaurio», escritas diez años más tarde y pertenecientes a la serie «Croquis del monte» antes aludida, es por demás evidente. Se ha operado ya el tránsito de la percepción, o de la intuición, a la cosmovisión. Estos y otros similares, pueden leerse en la 2ª parte de este volumen, con el título: «Textos Fronterizos».

NOTAS

[1] Publicado originalmente en el folletín *La Novela Semanal*, Buenos Aires, año II, n° 9, enero 14, 1918. En la última página se reproduce una firma autógrafa del autor, del mismo modo que se hará en la edición primigenia de «Miss Dorothy Phillips, mi esposa» (1919), en «La Novela del día» [véase nota explicativa (1) a este cuento, en *Anaconda*].

UNA CONQUISTA[1]

ÉL[a]

CADA CUATRO o cinco días, y desde hace dos meses, recibo cartas de una desconocida que, entre rasgos de ingenuidad y de *esprit*, me agitan más de lo que quisiera.

No son éstas las primeras cartas de femenina admiración que recibo, puede creerse. Cualquier mediano escritor posee al respecto un cuantioso archivo. Las chicas literarias que leen mucho y no escriben son por lo general las que más se especializan en esta correspondencia misteriosa, pocas veces artística, sentimental casi siempre, y por lo común estéril.

En mi carácter de crítico, me veo favorecido con epístolas admirativas y perfumadas, donde se aspira a la legua a la chica que va a lanzarse a escribir, o a la que, ya del oficio, melifica de antemano el juicio de su próximo libro.

Con un poco de práctica, se llega a conocer por la primera línea qué busca exactamente la efusiva corresponsal. De aquí que haya cartas amabilísimas que nos libramos bien de responder, y otras reposadas, graves —casi teosóficas—, que nos apresuramos a contestar con una larga sonrisa.

Pero de esta anónima y candorosa admiradora no sé qué pensar. Ya dos veces me he deslizado con cautela, y por la absurda ingenuidad de su respuesta he comprendido mi error.

respuesta, he

¿Qué diablos pretende? ¿Atarme de pies y manos para leerme un manuscrito?

---

[a] La primera publicación en prensa de este texto (véase detalle en la nota explicativa), no pudimos obtenerla. Por lo tanto las variantes que aquí se registran corresponden a la correlación establecida con la primera edición en libro (1924).

Tal como lo adelantáramos en la «Noticia preliminar» al volumen, este texto puede resultar una especie de metáfora sobre la propia situación del autor, o al menos sobre sus obsesiones femeniles, no poco vinculadas a su escritura.

Tampoco, por lo que veo. Le he pedido me envíe su retrato, un gentil cambio de fotografías. Me ha respondido que, teniendo a la cabecera de su cama cuatro o cinco retratos míos recortados de las revistas, se siente al respecto plenamente satisfecha. Esto en cuanto a mí. En cuanto a ella, es «apenas una chica feúcha, indigna de ser mirada de cerca por un hombre de tan buen gusto como yo».

¿No muy tonta, verdad?

Pero ella busca leerme una novelita... u otra cosa. Si siendo fea pretende sólo elogios, debería estar desengañada después de mi primera alerta, porque no hay mujer capaz de equivocarse sobre las ilusiones de un escritor de moda, cuando insiste en escribir a una humilde muchacha que lo admira.

Es mona, pues; escribe novelitas en hojas arrancadas de un cuaderno, y se ha lanzado a la conquista de su crítico. Ayudémosla.

Acabo de enviarle cuatro líneas en estos o aproximados términos:

«Señorita: ¿No cree usted que es ya tiempo de que nos conozcamos? Con toda la estimación que le profeso, no tendría fuerzas para continuar una correspondencia que me expone a dejar en ella más ilusiones de las debidas. ¿Será usted realmente fea, señorita? Confío en que no me dará el disgusto de dejármelo suponer, negándome el placer de verla.»

Voilá. No se me escapa lo que voy jugando en esta carta. Si la chica no es verdaderamente mona, está perdida para mí. Y nada digo de su indignación ante el donjuanesco ultimátum que transfiere la cartita. De «Maestro», con una gran eme, paso a critiquillo, y no hallaré enemigo más acalorado y terco que mi admiradora de ayer.

Pero si ella desea seriamente escribir, y Dios le ha deparado una de esas caritas que se entregan a los ojos de un hombre como una muda y regia tarjeta de presentación, se sentirá débil ante el homenaje de su gran hombre.

He aquí la respuesta. Acaba de llegarme. Me concede el disgusto solicitado de una nueva desilusión; y para ella, el honor de comprobarlo en mis ojos súbitamente fríos.

Perfectamente. Voy a su encuentro, preguntando el próximo instante en que me será presentada aquella

respondido que teniendo

¿Será Ud.
en que Ud. no me

hombre.
+ + +

tarjeta, y que de un momento a otro deberé tomar en mis manos.

. . . .

¡Cuándo, Dios mío! La tengo ante mí, mirándome ruborizada, y me repito sin cesar de mirarla y de hablarla: ¡Cuándo, cuándo!

Yo tengo alguna experiencia como «hombre de gusto», y domino bien la expresión de mis ojos. Pero ahora los siento temblar en un pestañeo imperceptible, mientras sigo las líneas de su boca al hablar, y aspiro de ella todo su perfume.

¡Y con esa hermosura, haber demorado dos meses el hechizo de sentirla cortada ante mí, llamándome con voz honda: —¡Maestro!...

—¡Oh, no, no escribo! —me dice—. Leo mucho, y soy felicísima cuando tengo un buen libro.

—¿Novela?

—Y también versos. Pero no comprendo mucho el verso... Lo que me encanta es la crítica. Cuando hallo expresado magistralmente por un escritor lo que yo siento con una lectura y que no alcanzo a definir, ¡oh, me considero verdaderamente dichosa!

—Y de esa dicha, ¿un poquito no alcanza hasta su crítico?

Me mira entonces de costado, sonriendo con nuevo rubor:

—¡Figúrese usted!

Y mientras esto pasa, me pregunto sin cesar cómo y por qué esta lindísima chica ha resistido dos meses al orgullo de sentir muy cerca de sí al hombre cuyo arte admira hasta el punto de entregarle su adoración en plenos ojos: —¡Maestro!...

Demasiada admiración, es la palabra. Y aprecio ahora la absurda ingenuidad de su respuesta a la insinuación que anoté.

Pero si no hay otra cosa, ¿por qué se resistió a verme, y me dijo que era fea, y por qué tiene mis cinco retratos adheridos a la cal de la pared?

Es lo que debo aclarar en una nueva entrevista.

¿Otra?... Tal vez; pero no allí mismo, en plena calle. Y me hace notar entonces que no es libre, aunque haya consentido que la llamara señorita hasta ese momento.

—Soy casada.

Yo la miro entonces y bosquejo en mi interior una larga y vaga sonrisa. Pero ella lee mal en mis ojos.

definir, oh, me considero

—¡Oh, no he querido decir eso, señor!... ¡Yo no soy
hipócrita, ni podría serlo con usted, Maestro! Mi esposo
tendría también mucho placer en conocerlo. El sabe que
le he escrito... ¡Y lo estima tanto a usted!

«¡Ah, diablita! —continúo diciéndome yo mientras la
escucho—. Estoy seguro de que no podrías ser hipócrita
conmigo... ¡Sí, comprendo!...»

—Señora...— me inclino grave.

Pero ella, tocándome apenas el brazo:

—¿A usted no le disgusta conocerlo, verdad? Ahora
viene... Sabe que estamos los dos aquí... ¡Y cómo se va a
alegrar! Vendrá no sé cómo, agitado... ¡El pobre trabaja
tanto! Es vendedor... ¡Oh, no! Dependiente de tienda,
lejos del centro...! Ya está aquí! ¿Lo ve usted? ¡Epamí!
¡Aquí!

Y Epaminondas cruza la calle para sacudir mi mano
entre las suyas con respetuosísima alegría.

Tampoco él cabe de orgullo al sentirse junto a mí. Yo
observo a uno y otro, al pequeño, feliz y predestinado
dependiente de tienda, y a su mujercita, que continúa
sonrojádose de dicha.

El tiempo pasa, no obstante, y los esposos se miran.
Parecen tener un secreto difícil de librar.

—¿Sí, Estercita? —insinúa tímidamente él.

—¡Pero es claro! —le responde ella con nuevo
rubor—. ¡Eres tú el que debe hacerlo!

Y Epaminondas se atreve por fin: invitarme a ir a su
casa. ¡Oh!, bien saben ellos que un maestro de la crítica
como yo, no son casitas como la suya las que frecuenta
noche a noche... Pero hay además otros motivos. El,
Epaminondas, comprende muy bien que, en pos del
honor que yo he hecho a su esposa de sostener correspondencia con ella, es justo que queramos hablar de esas
cosas. Pero las gentes no comprenden, y juzgarían mal al
vernos a menudo juntos en la calle. ¿Por qué no ir a casa
de ellos, a su pobre casita, que quedaría tan honrada con
mi presencia?

—Encantado... —exclamo.

—¿No ves, tonto? —se coge ella tiernísima del brazo
de Epaminondas, ruborizándose por centésima vez al
notar que la miro hasta el fondo.

—¡Magnífico! —dice él—. ¿Y por qué no comenzar
esta misma noche? ¿No te parece, Estercita?

Todos somos de igual parecer. Y los esposos se
despiden de mí, felicísimos con mi promesa, mientras yo

quedo inmóvil, siguiendo con los ojos, desde el tobillo
hasta los rizos de la nuca, a aquella espléndida y mórbida
criatura que se arquea y retarda un poco, bajo la presión
de Epaminondas que se apoya en su brazo.

«¡Ah, diablita! —murmuro de nuevo—. Te has dado
el lujo de engañarme dos meses seguidos... cuando yo
saltaba de sorpresa ante la ingenuidad de tus cartas. He
conocido mujercitas muy listas; pero como tú, ninguna.
Epaminondas, Estercita... Perfectamente. En dos meses
de rubor, hoyuelos al reír y dulce educación de tu
marido, has logrado que él mismo me ofrezca su casa...
infinitamente menos peligrosa que la calle. Sí, pequeña,
iré esta noche...»

. . . .

Concluímos de cenar —pues a ello fui invitado—, y
acabamos de pasar a la salita, donde la dueña de casa nos
sirve el café. Y retirándose:

—Los hombres deben estar un momento solos —me
mira ella radiante, con un nuevo hoyuelo en la sonrisa.

ELLA

Desde aquí, por la puerta entreabierta, los veo bien.
No hago el menor movimiento. Epamí me da la espalda, y
lee. Está leyendo su novelita, por fin... Y es feliz,
ahora... ¡completamente feliz!

¡Dios mío! ¡Lo que he debido maniobrar para conse-
guirle esta dicha!

De frente a mí, cruzado de piernas y con el cigarro en
la mano, está él, inmóvil.

¡Pobre maestro! Me parece que no he procedido del
todo bien con él. Tiene el ceño contraído y los ojos fijos
en Epamí. No mueve más que el brazo para llevar de vez
en cuando el cigarro a la boca, y el humo lo envuelve sin
que esquive una línea su cara.

Daría algo por saber lo que está pensando. ¡Dios mío!
Epamí se moría si no llegaba a leer al maestro de la
crítica su primera novelita... Y me he sacrificado.

NOTAS

[1] Publicado inicialmente en *La Nación*, Buenos Aires, octubre 1, 1922.

SILVINA Y MONTT[1]

EL ERROR DE MONTT, hombre ya de cuarenta años, consistió en figurarse que, por haber tenido en las rodillas a una bella criatura de ocho, podía, al encontrarla dos lustros después, perder en honor de ella uno solo de los suyos.

Cuarenta años bien cumplidos. Con un cuerpo joven y vigoroso, pero el cabello raleado y la piel curtida por el sol del Norte. Ella, en cambio, la pequeña Silvina, que por diván prefiriera las rodillas de su gran amigo Montt, tenía ahora diez y ocho años. Y Montt, después de una vida entera pasada sin verla, se hallaba otra vez ante ella, en la misma suntuosa sala que le era familiar y que le recordaba su juventud.

Lejos, en la eternidad todo aquello... De nuevo la sala conocidísima. Pero ahora estaba cortado por sus muchos años de campo y su traje rural, oprimiendo apenas con sus manos, endurecidas de callos, aquellas dos francas y bellísimas manos que se tendían a él.

—¿Cómo la encuentra, Montt? —le preguntaba la madre—. ¿Sospecharía volver a ver así a su amiguita?

—¡Por Dios, mamá! No estoy tan cambiada —se rió Silvina. Y volviéndose a Montt:

—¿Verdad?

Montt sonrió a su vez, negando con la cabeza. «Atrozmente cambiada... para mí», se dijo, mirando sobre el brazo del sofá su mano quebrada y con altas venas, que ya no podía más extender del todo por el abuso de las herramientas.

Y mientras hablaba con aquella hermosa criatura, cuyas piernas, cruzadas bajo una falda corta, mareaban al hombre que volvía del desierto, Montt evocó las incesantes *matinées* y noches de fiesta en aquella misma casa, cuando Silvina evolucionaba en el *buffet* para subir hasta las rodillas de Montt, con una *marrón glacé* que mordía lentamente, sin apartar sus ojos de él.

uno solo de sus cuarenta años.

del norte.
había preferido las

vida pasada sin verla, se hallaba ante ella en su casa, en la misma sala que le era familiar

de callos aquellas dos

dijo, sintiendo sobre el

piernas bajo vestido muy corto, mareaban al hombre que volvía del desierto, Montt evocó las incesantes matinés
envolucionaba en el «buffet» para subir con un marrón glacé a las rodillas de Montt, que comía lentamente sin dejarle apartar

Nunca, sin duda, fuera un hombre objeto de tal predilección de parte de una criatura. Si en la casa era bien sabido que, a la par de las hermanas mayores, Montt distinguía a la pequeña Silvina, para ésta, en cambio, de todos los fracs circunstantes no había sino las solapas del de Montt. De modo que cuando Montt no bailaba, se lo hallaba con seguridad entretenido con Silvina.

ocupado por Silvina.

—¡Pero Montt! —deteníanse sus amigas al pasar—. ¿No le da vergüenza abandonarnos así por Silvina? ¿Qué va a ser de usted cuando ella sea grande?

pasar: — ¿No

—Lo que seré más tarde, lo ignoro —respondía tranquilo Montt—. Pero por ahora somos muy felices.

«El amigo de Silvina»: tal era el nombre que en la casa se prodigaba habitualmente a Montt. La madre, aparte del real afecto que sentía por él, hallábase halagada de que un muchacho de las dotes intelectuales de Montt se entretuviera con su hija menor, que en resumidas cuentas tenía apenas ocho años. Y Montt, por su lado, se sentía ganado por el afecto de la criatura que alzaba a él y fijaba en los suyos, sin pestañear, sus inmensos ojos verdes.

en la casa merecía habitualmente

en los suyos sin

Su amistad fue muy breve, sin embargo, pues Montt sólo estaba de paso en aquella ciudad del noroeste, que le servía de estación entre Buenos Aires y una propiedad en país salvaje, que iba a trabajar.

—Cada vez que pase para Buenos Aires, Montt —decíale la madre, conmovida—, no deje de venir a vernos. Ya sabe que en esta casa lo queremos como a un amigo de muchos años, y que tendremos una verdadera alegría al volverlo a ver. Y por lo menos —agregó riendo— venga por Silvina.

la madre conmovida

Montt, pues, cansado de una vida urbana para la cual no había sido hecho, había trabajado nueve o diez años con un amor y fidelidad tales a su rudo quehacer, que, al cabo de ese tiempo, del muchacho de antes no quedaba sino un hombre de gesto grave, negligente de ropa y la frente quebrada por largos pliegues.

que al cabo

Ese era Montt. Y allá había vuelto, robado por el hermano de Silvina al mismo tren que lo llevaba a Buenos Aires.

el hermano en el mismo

Silvina... ¡Sí, se acordaba de ella! Pero lo que el muchacho de treinta años vio como bellísima promesa, era ahora una divina criatura de diez y ocho años —o de ocho siempre, si bien se mira— para el hombre quemado al aire libre, que ya había traspasado los cuarenta.

se mira, — para el hombre quemado de aspecto rural, que ya

—Sabemos que pasó por aquí dos o tres veces —reprochábale la madre— sin que se haya acordado de nosotros. Ha sido muy ingrato, Montt, sabiendo cuánto lo queremos.

> Montt, conociendo cuánto

—Es cierto —respondía Montt—, y no me lo perdono... Pero estaba tan ocupado...

—Una vez lo vimos en Buenos Aires —dijo Silvina—, y usted también nos vió. Iba muy bien acompañado.

Montt recordó entonces que había saludado un día a la madre y a Silvina en momentos en que cruzaba la calle con su novia.

—En efecto —repuso—, no iba solo...

> — repuso — no iba

—¿Su novia, Montt? —inquirió, afectuosa, la madre.

> — inquirió afectuosa

—Sí, señora.

Pasó un momento.

—¿Se casó? —le preguntó Silvina, mirándolo.

—No —repuso Montt brevemente.[a] Y por un largo instante los pliegues de su frente se acentuaron.

> Y brevemente; los pliegues de su frente se acentuaron un largo instante.

Mas las horas pasaban, y Montt sentía que del fondo del jardín, de toda la casa, remontaba hasta su alma, hasta su misma frente quebrantada por las fatigas, un hálito de primavera. ¿Podría un hombre que había vivido lo que él, volver por una sola noche a ser el mismo para aquella adorable criatura de medias traslúcidas que los observaba con imperturbable interés?[b]

> medias caladas que

—¿Helados, Montt? ¿No se atreve? —insistía la madre—. ¿Nada? Entonces una copita de licor. ¡Silvina! Incomódate, por favor.

Antes de que Montt pudiera rehusar, Silvina salía. Y la madre:

> Y luego:

—¿Tampoco, Montt? Es que usted no sabe una cosa: Silvina es quien lo ha hecho. ¿Se atreve a negarse ahora?

—Aun así... —sonrió Montt, con una sonrisa cuyo frío él solo sintió en su alma.

«Aunque sea una broma... es demasiado doloroso para mí...» —pensó.

> para mí todo esto...» — pensó.

Pero no se reían de él. Y la primavera tornaba a embriagarlo con sus efluvios, cuando la madre se volvió a él:

> se volvió al amigo:

---

[a] Elimina la cacofonía y la repetición de la primera versión.

[b] Las medias traslúcidas aumentan la sensualidad de la muchacha, y la excitación de Montt. Este asunto de las relaciones entre un hombre maduro con muchachas apenas adolescentes había dado materia para su novela *Historia de un amor turbio* (1908). Ya señalamos en su oportunidad la construcción igualmente insinuante, con rasgos celestinescos, de la madre de Lidia en «Una estación de amor» (*Cuentos de amor de locura y de muerte*). Es posible extender el paraleslimo a la madre de Silvina.

—Lo que es una lástima, Montt, es que haya perdido tanto tiempo en el campo. No ha hecho fortuna, nos dijo, ¿verdad? Y haber trabajado como usted lo ha hecho, en vano...

Pero Silvina, que desde largo rato atrás estaba muda:

—¿Cómo dices eso, mamá? —saltó, con las mejillas coloreadas y la voz jadeante—. ¿Qué importa que Montt haya o no ganado dinero? ¿Qué necesidad tiene Montt de tener éxito en el campo? El verdadero trabajo de Montt es otro, por suerte... ¡No ha dejado nunca de ganar lo que él debe!... ¡Y yo me honro sobremanera de ser la amiga de un hombre de su valor intelectual..., del amigo que aprecio más entre todos!

— exclamó con las mejillas

del amigo a quien aprecio

—¡Pero, mi hija! ¡No lo quiero comer a Montt! ¡Dios me libre! ¿Acaso no sé como tú lo que él vale? ¿A qué sales con esto? Quería decir solamente que era una lástima que no hubiera seguido viviendo en Buenos Aires...

No lo quiero comer a tu gran amigo. ¡Dios me libre! ¿Acaso no sé como tú lo que vale Montt? ¿A qué

—¿Y para qué? ¿Acaso su obra no es mucho más fuerte por esto mismo?

Y volviéndose a Montt, tranquila, aunque encendida siempre:

—¡Perdóneme, Montt! No sabe lo que he rabiado con los muchachos cada vez que decían que usted había hecho mal yéndose a trabajar como un peón al campo... ¡Porque ninguno de ellos es capaz de hacer lo mismo! Y aunque llegaran a ir... ¡no serían nunca sino peones!

¡no serían sino

— ¡No tanto, mi hija! No seas así... Usted no se imagina, Montt, lo que nos hace pasar esta criatura con su cabeza loca. Cuando quiere algo, sale siempre con la suya, tarde o temprano.

— ¡No tanto, Silvina... — Ya Montt:
—Usted no...
algo, tarde o temprano se sale con la suya.

Montt oía apenas, pues las horas pasaban velozmente y su ensueño iba a concluir. De pronto sonó próxima, en la calle desierta, la bocina de un auto. Silvina saltó del asiento y corrió al visillo del balcón, mientras la madre sonreía plácidamente a Montt:

un automóvil. Silvina saltó del asiento y corrió al visillo del balcón, mientras la madre se sonreía plácida con el huésped:

—Es su pretendiente de ahora... X. X. Parece muy entusiasmada... Aunque con una cabeza como la suya...

muy entusiasmada. Aunque

Silvina regresaba ya, con las mejillas de nuevo coloreadas.

—¿Era él? —le preguntó la madre.

—Creo que sí —repuso brevemente la joven—. Apenas tuve tiempo de levantar el visillo...

Montt se mantuvo un momento mudo, esforzándose, con los dientes muy apretados, en impedir que en su frente aparecieran los largos pliegues de las malas horas.

apretados y la expresión calma, en impedir que en su frente aparecieran los largos pliegues suplementarios de las malas horas.

—¿Cosa formal? —se volvió al fin a Silvina con una sonrisa.

—¡Psh!... —se arrellanó ella, cruzándose de piernas—. Uno de tantos...

La madre miró a Montt como diciéndole: «Ya ve usted...»

Ya ve usted...

Montt se levantó, por fin, cuando Silvina se quejaba de la falta de libros y revistas en las casas locales.

—Si usted lo desea —se ofreció él—, puedo mandarle desde Buenos Aires ilustraciones europeas...

se ofreció él — puedo

—¿Usted escribe en ésas?

—No.

—Entonces, mándeme las de acá.

Montt salió por fin, llevando hasta el tren, a resguardo del contacto de boleteros y guardas, la sensación del largo apretón con que Silvina, muy seria, le había tendido su antebrazo desnudo.

el tren por bajo del contacto de boleteros y guardas, la impresión del largo

En el camarote ordenó sus efectos y abrió la ventanilla sin darse cuenta de lo que hacía. Frente al lavabo levantó la cabeza al espejo y se miró fijamente: Sí, la piel quebrada y la frente demasiado descubierta, cruzada de hondos pliegues; la prolongación de los ojos quemada por el sol, en largas patas de gallo que corrían hasta las sienes; la calma particular en la expresión de quien vivió ya su vida, y cuanto indica sin perdón al hombre de cuarenta años, que debe volver la cabeza ante los sueños de una irretornable juventud.

fijamente: sí, la piel

pliegues; el extremo de los ojos quemadas por el sol, con largas patas

«Demasiado temprano... y demasiado tarde...» —se dijo, expresando así, respecto de Silvina, la fórmula de las grandes amarguras del corazón.

En este estado de espíritu Montt pasó el primer mes en Buenos Aires. Debía olvidarlo todo. ¿No había sentido la bocina del automóvil? ¿Y no se había visto a sí mismo en el espejo del tren? ¿Qué miserable ilusión podía alimentar? ¡Diez y ocho años apenas, ella! Un capullo de vida, para él que la había gastado en cuarenta años de lucha. Allí estaban sus quebradas manos de peón... ¡No, no!

Pero al cabo de un mes remitió al interior un grueso rollo de revistas, con una carta en que afirmaba de nuevo el respetuoso afecto de «un viejo amigo y un amigo viejo».

grueso rollo, con una

Montt esperó en vano acuse de recibo. Y para confirmarse en su renuncia total a su sueño de una noche de verano, efectuó de nuevo dos envíos, sin carta estas veces.

Al fin obtuvo respuesta, bajo sobre cuya letra se había querido evidentemente disfrazar.

Había sido una ingrata sorpresa —le decían— recibir una carta escrita a máquina, como un papel comercial. Y variadas quejas respecto de la frialdad que esto suponía, etcétera, etc. Luego, que ella no aceptaba las últimas líneas: «Viejo amigo, sí, y Montt lo sabía bien; pero no la segunda parte. Y, finalmente, que le escribía apurada y en ese papel (el papel era de contrabando en una casa opulenta), por las razones que Montt «debía comprender».

Montt sólo comprendió que se sentía loco de dicha como un adolescente. ¡Silvina! ¡Hay, pues, un resto de justicia en las leyes del corazón! ¿Pero qué había hecho él, pobre diablo sin juventud ni fortuna, para merecer esa inconmensurable dicha? ¡Criatura adorada! ¡Sí, comprendía la carta escrita a hurtadillas, la oposición de la madre, su propia locura, todo, todo!

Contestó en seguida una larga carta de expresiones contenidas aún por el temor de que llegara a manos ajenas, pero transparentes para Silvina. Y reanudó con brío juvenil su labor intelectual. Cuanto de nueva fe puede poner un hombre maduro que aporta a su tarea las grandes fuerzas de su pasado, lo quemó Montt ante el altar de su pequeña diosa.

Pasó un mes, y no llegaba carta. Montt tornó a escribir, en vano. Y pasó un nuevo mes, y otro, y otro.

Como un hombre herido que va retirando lentamente la mano de encima de la mesa hasta que pende inmóvil*, Montt cesó de trabajar. Escribió finalmente al interior, pidiendo disimuladamente informes, los que llegaron a su entera satisfacción. Se le comunicaba que la niña aludida había contraído compromiso hacía cuatro meses con el Dr. X. X.

—He aquí, pues, lo que yo *debía haber comprendido* —se dijo Montt.

Cuesta arrancar del corazón de un hombre maduro la ilusión de un tiernísimo amor. Montt la arrancó, sin embargo, aunque con ella se iba su propia vida en jirones. Trabajo, gloria... ¡Bah! Se sentía viejo, realmente viejo... Fatigado para siempre. Lucha contra la injusticia, intelectualidad, arte... ¡Oh, no! Estaba can-

Marginal notes:
·bajo sobre de letra evidentemente disfrazada.

suponía, etc. etc. Luego, que no aceptaba las últimas líneas: «Viejo amigo», sí, y

a aquélla las grandes fuerzas de su pasado, las puso Montt

hasta que...

en girones.

---

* pende inmóvil, Montt cesó de trabajar. Escribió finalmente al interior, aunque a distinto destinatario, pidiendo disimuladamente informes, los que llegaban a su entera satisfacción, pues se le comunicó que

sado, muy cansado... Y quería volver al campo, definitivamente y para siempre. Y con mujer, desde luego... El
campo es muy duro cuando no se tiene al lado a una
mujer robusta que cuide la casa... Una mujer madura,
como le correspondía a él, y más bien fea, porque es más
fácil de hallar. Trabajadora, y viva sobre todo, para no
dejarse robar en las compras. Sobre todo, nada joven.
¡Oh, esto sobre todo! ¿Qué más podía él pretender? La
primera buena mujer de conventillo lo sacaría del
paso... ¿Qué más?

En breves días de fiebre halló Montt lo que deseaba,
y se casó con los ojos cerrados. Y sólo al día siguiente,
como un sonámbulo que vuelve en sí, pensó en lo que
había hecho.

Allí al lado estaba su mujer, su esposa para siempre.
No podía decir —ni lo recordaba— quién era ni qué era.
Pero al dejar caer la cabeza entre las manos, como si una
honda náusea se hubiera desparramado sobre su vida,
comprendió en toda su extensión lo que había hecho de sí
mismo.

En estos momentos le llegaba una carta. Era de
Silvina, y decía lo siguiente:

«Montt: Soy libre. Anoche he roto con mi novio. No
me atrevo a contarle lo que me ha costado dar este paso.
Mamá no me lo perdonará nunca, yo creo. ¡Pobre mamá!
Pero yo no podía, Montt, quebrantar de este modo mi
corazón y mi vida entera. Yo he hecho lo que nadie
podría creer para convencerme a mí misma de que sólo
sentía amistad por usted, de que eso no era otra cosa que
un recuerdo de cuando era chica. ¡Imposible! Desesperada por la lucha en casa, acepté a X. X. ¡Pero no,
no podía! Ahora que soy libre, puedo, por fin, decirle
claramente lo que usted adivinó, y que me ha hecho
llorar hasta rabiar por no habérselo sabido expresar
antes.

»¿Se acuerda de la noche que vino a casa? Hoy hace
seis meses y catorce días. Miles de veces me he acordado
del... automóvil. ¿Recuerda? ¡Qué mal hice, Montt! Pero
yo no quería todavía confesármelo a mí misma. El me
distinguía mucho (X. X.), y, lo confieso sinceramente:
me gustaba. ¿Por qué? Pasé mucho tiempo sin darme
cuenta... hasta que usted vino de nuevo a casa. Entre
todos los muchachos que me agradaron, siempre hallé en
ellos alguna cosa que recordaba a usted: o la voz, o el

porque es más fácil hallarlos.

En breve tiempo de fiebre Montt
halló lo

se hubiera volcado sobre su vida,

usted, que no era otra cosa

y lo confieso

que recordaba de usted: o su voz,
o su modo de

modo de mirar, ¡qué sé yo! Cuando lo vi de nuevo lo comprendí claramente. Pero aquella noche yo estaba muy nerviosa... Y no quería que usted se envalentonara demasiado.

... y no quería

»¡Oh, Montt, perdóneme! Cuando yo volvía del balcón (el automóvil), y lo vi mudo, sin mirarme más, tuve impulsos locos de arrodillarme a su lado y besarle sus pobres manos, y acariciarle la cabeza para que no arrugara más la frente. Y otras cosas más, Montt; como su ropa. ¿Cómo no comprendió usted, amigo de mi vida, que, aunque volviera de trabajar como un hombre en el campo, no podía ser para mí otro que «el amigo de Silvina», siempre el mismo para ella?

»Esto mismo me lo he venido preguntando desde hace seis meses: ¿cómo no comprendió él, que es tan inteligente y que comprende a maravilla a sus personajes? Pero tal vez soy injusta, porque yo misma, que veía claro en mí, me esforcé en no hacérselo ver a usted. ¡Qué criatura soy, Montt, y cuánto va a tener que sufrir por mí... algún día!

»!Oh, amigo! ¡Qué gozo podérselo escribir libre de trabas, dueña de hacer de mi vida lo que el destino me tenía guardado desde chica! Estoy tan convencida de esto, Montt, que en estos seis meses no he hecho otra cosa (fuera de la pobre mamá) que pensar en «ese día». ¿No es cierto, Montt, usted que ha visto tan claro en los otros corazones, que en el suyo usted vió también aquella noche una «esperanza» para su pequeña Silvina? ¡Si, estoy segura!

mamá), que

»Cuando le escribí mi carta (¡qué fastidio tener que escribirle en ese papel que me compró la sirvienta!); cuando le escribí estaba realmente resentida con usted. ¡Escribirme en esa horrible máquina, como si quisiera hacerme ver que para usted era un asuntito comercial; mandarme las ilustraciones, salir del paso, y ¡tras! Ya estaba cumplido con la frívola Silvina. ¡Qué maldad! Pero Silvina no es frívola, aunque lo diga mamá (mamá dice «apasionada»), y le perdona todo... Y tiene otra vez deseo de pasarle despacito la mano por la frente para que no aparezcan esas arrugas feas.

comercial: mandarme

»Montt: Yo sabía que aquella persona que iba con usted era su novia. ¡Y sabía que no se había casado, y sabía todo lo que usted solo había hecho en el campo, y había leído todo, todo lo que usted había escrito!

»¿Ve ahora si deberá tener cuidado con su Silvina?

»¡Pero no, amigo de toda mi vida! Para usted, siempre la misma que quería estar siempre a su lado cuando tenía ocho años... ¡Todo lo que puede valer algo en Silvina, su alma, su cuerpo, su vida entera (¡más no tengo!) es para usted, amigo!

»Cuando pienso en que puedo llegar a tener la felicidad de vivir al lado suyo, alegrándolo con mis locuras cuando esté triste, animándolo para que trabaje, pero allí en Buenos Aires, donde está en adelante su verdadero campo de lucha... ¡Oh, Montt! ¡Pensar que todo esto es posible para la pobre Silvina!.. ¡Hacerme la chiquita al lado de un hombrón como usted, que ya ha sufrido mucho y es tan inteligente y tan bueno! Nunca, nunca más volvería una arruga fea.

»¿Se acuerda, Montt, de la noche que le descosí, distraída, la *boutonnière* del frac? ¡Cómo quedó la pobre solapa! Ahora quisiera tener la cabeza reclinada allí mucho tiempo... ¡Siempre, Montt!

»Ya no sé más que decirle... Sino que he sido muy clara, tan clara que me avergonzaría, de no ser usted quien es. Allí, solo y pensando quién sabe en qué cosas de Silvina, recibirá esta carta que le lleva todo el afecto de

SILVINA.

«Amor mío: te ama... y te espera   te ama y te espera

S.»   S.

NOTAS

[1] Inicialmente en : *La Nación*, Buenos Aires, abril 27, 1921.

EL ESPECTRO[1]

TODAS LAS NOCHES, en el Grand Splendid de Santa Fe, Enid y yo asistimos a los estrenos cinematográficos. Ni borrascas ni noches de hielo nos han impedido introducirnos, a las diez en punto, en la tibia penumbra del teatro. Allí, desde uno u otro palco, seguimos las historias del *film* con un mutismo y un interés tales, que podrían llamar sobre nosotros la atención, de ser otras las circunstancias en que actuamos.

Desde uno u otro palco, he dicho; pues su ubicación nos es indiferente. Y aunque la misma localidad llegue a faltarnos alguna noche, por estar el Splendid en pleno, nos instalamos, mudos y atentos siempre a la representación, en un palco cualquiera ya ocupado.

No estorbamos, creo; o, por lo menos, de un modo sensible. Desde el fondo del palco, o entre la chica del antepecho y el novio adherido a su nuca, Enid y yo, aparte del mundo que nos rodea, somos todos ojos hacia la pantalla. Y si en verdad alguno, con escalofrío de inquietud cuyo origen no alcanza a comprender, vuelve a veces la cabeza para ver lo que no puede, o siente un soplo helado que no se explica en la cálida atmósfera, nuestra presencia de intrusos no es nunca notada; pues preciso es advertir ahora que Enid y yo estamos muertos.

De todas las mujeres que conocí en el mundo vivo, ninguna produjo en mí el efecto que Enid. La impresión fue tan fuerte que la imagen y el recuerdo mismo de todas las demás mujeres se borró. En mi alma se hizo de noche, donde se alzó un solo astro imperecedero: Enid. La sola posibilidad de que sus ojos llegaran a mirarme sin indiferencia, deteníame bruscamente el corazón. Y ante la idea de que alguna vez podía ser mía, la mandíbula me temblaba ¡Enid!

Tenía ella entonces, cuando vivíamos en el mundo, la más divina belleza que la epopeya del cine ha lanzado a

en el gran Strand

tibia penumbra del Strand. Allí, desde uno u otro palco, seguimos las historias del film

he dicho, pues

el Strand en pleno

creo, o, por lo

rodea, somos todo ojos
Y si es verdad que alguno,

la cabeza a ver

notada, —

sus ojos mi miraran sin indiferencia, deteníame el corazón en

Tenía entonces, cuando

miles de leguas y expuesto a la mirada fija de los hombres. Sus ojos, sobre todo, fueron únicos; y jamás terciopelo de mirada tuvo un marco de pestañas como los ojos de Enid; terciopelo azul, húmedo y reposado, como la felicidad que sollozaba en ellos.

La desdicha me puso ante ella cuando ya estaba casada.

No es ahora del caso ocultar nombres. Todos recuerdan a Duncan Wyoming, el extraordinario actor que, comenzando su carrera al mismo tiempo que William Hart, tuvo, como éste y a la par de éste, las mismas hondas virtudes de interpretación viril. Hart ha dado ya al cine todo lo que podíamos esperar de él, y es un astro que cae. De Wyoming, en cambio, no sabemos lo que podíamos haber visto, cuando apenas en el comienzo de su breve y fantástica carrera creó —como contraste con el empalagoso héroe actual— el tipo del varón rudo, áspero, feo, negligente y cuanto se quiera, pero hombre de la cabeza a los pies, por la sobriedad, el empuje y el carácter distintivos del sexo.

Hart prosiguió actuando, y ya lo hemos visto. Wyoming nos fué arrebatado en la flor de la edad, en instantes en que daba fin a dos cintas extraordinarias, según informes de la empresa: *El páramo y Más allá de lo que se ve.*

Pero el encanto —la absorción de todos los sentimientos de un hombre— que ejerció sobre mí Enid, no tuvo sino una amargura como igual: Wyoming, que era su marido, era también mi mejor amigo.

Habíamos pasado dos años sin vernos con Duncan; él, ocupado en sus trabajos de cine, y yo en los míos de literatura. Cuando volví a hallarlo en Hollywood, ya estaba casado.

—Aquí tienes a mi mujer —me dijo echándomela en los brazos.

Y a ella:

—Apriétalo bien, porque no tendrás un amigo como Grant. Y bésalo, si quieres.

No me besó, pero al contacto con su melena en mi cuello, sentí en el escalofrío de todos mis nervios que jamás podría yo ser un hermano para aquella mujer.

Vivimos dos meses juntos en el Canadá,[a] y no es difícil comprender mi estado de alma respecto de Enid.

Marginal notes:

el extraordinario artista que,

Hart prosiguió, y

empresa: «El páramo» y «Más allá de lo que se ve».

Habían pasado dos años

No me besó; pero al contacto de su melena en mi cuello, sentí en la red de mis nervios que jamás podría ser yo
Vivimos seis meses juntos

---

[a] La restricción del plazo (de seis meses a dos) hace más creíble las coartadas de los amantes.

Pero ni en una palabra, ni en un movimiento, ni un gesto me vendí ante Wyoming. Sólo ella leía en mi mirada, por tranquila que fuera, cuán profundamente la deseaba.

Amor, deseo... Una y otra cosa eran en mí gemelas, agudas y mezcladas; porque si la deseaba con todas las fuerzas de mi alma incorpórea, la adoraba con todo el torrente de mi sangre substancial.

Duncan no lo veía. ¿Cómo podía verlo?

A la entrada del invierno regresamos a Hollywood, y Wyoming cayó entonces con el ataque de gripe que debía costarle la vida. Dejaba a su viuda con fortuna y sin hijos. Pero no estaba tranquilo, por la soledad en que quedaba su mujer.

—No es la situación económica —me decía—, sino el desamparo moral. Y en este infierno del cine...

En el momento de morir, bajándonos a su mujer y a mí hasta la almohada, y con voz ya difícil:

—Confíate a Grant, Enid... Mientras lo tengas a él, no temas nada. Y tú, viejo amigo, vela por ella. Sé su hermano... No, no prometas... Ahora puedo ya pasar al otro lado...

Nada de nuevo en el dolor de Enid y el mío. A los siete días regresábamos al Canadá, a la misma choza estival que un mes antes nos había visto a los tres cenar ante la carpa. Como entonces, Enid miraba ahora el fuego, achuchada por el sereno glacial, mientras yo, de pie, la contemplaba. Y Duncan no estaba más.

Debo decirlo: en la muerte de Wyoming yo no vi sino la liberación de la terrible águila enjaulada en nuestro corazón, que es el deseo de una mujer a nuestro lado que no se puede tocar. Yo había sido el mejor amigo de Wyoming, y mientras él vivió el águila no deseó su sangre; se alimentó —la alimenté— con la mía propia. Pero entre él y yo se había levantado algo más consistente que una sombra. Su mujer fue, mientras él vivió —y lo hubiera sido eternamente—, intangible para mí. Pero él había muerto. No podía Wyoming exigirme el sacrificio de la Vida en que él acababa de fracasar. Y Enid era mi vida, mi porvenir, mi aliento y mi ansia de vivir, que nadie, ni Duncan —mi amigo íntimo, pero muerto—, podía negarme.

Vela por ella... ¡Sí, mas dándole lo que él le había restado al perder su turno: la adoración de una vida entera consagrada a ella!

Durante dos meses, a su lado de día y de noche, velé por ella como un hermano. Pero al tercero caí a sus pies.

---

movimiento, ni en un gesto me

tranquila que ésta fuera, cuán

agudas y mezcladas, porque

que su mujer quedaba.

morir, llevándonos hasta la almohada y con voz ya inmensamente difícil:

... Ahora puedo pasar

cenar a la puerta de la carpa. Como entonces, Enid miraba el fuego achuchada

corazón, que constituye el deseo

sangre; se alimentó: la alimenté con

sombra. Su mujer fue — y lo hubiera sido eternamente — intangible para

muerto — podía negarme.

Enid me miró inmóvil, y seguramente subieron a su memoria los últimos instantes de Wyoming, porque me rechazó violentamente. Pero yo no quité la cabeza de su falda.

quedó inmóvil, y seguramente

—Te amo, Enid —le dije—. Sin ti me muero...

Sin tí, me

—¡Tú, Guillermo! —murmuró ella—. ¡Es horrible oírte decir esto!

—Todo lo que quieras —repliqué—. Pero te amo inmensamente.

quieras — repliqué, — pero

—¡Cállate, cállate!

—Y te he amado siempre... Ya lo sabes.

—¡No, no sé!

—Sí, lo sabes.

Enid me apartaba siempre, y yo resistía con la cabeza entre sus rodillas.

—Dime que lo sabías...

—¡No, cállate! Estamos profanando...

—Dime que lo sabías...

—¡Guillermo!

—Dime solamente que sabías que siempre te he querido...

Sus brazos se rindieron cansados, y yo levanté la cabeza. Encontré sus ojos un instante, un solo instante, antes que Enid se doblegara a llorar sobre sus propias rodillas.

solo instante antes de que Enid se

La dejé sola; y cuando una hora después volví a entrar, blanco de nieve, nadie hubiera sospechado, al ver nuestro simulado[b] y tranquilo afecto de todos los días, que acabábamos de tender, hasta hacerlas sangrar, las cuerdas de nuestros corazones.

ver nuestro monótono y tranquilo

Porque en la alianza de Enid y Wyoming no había habido nunca amor. Faltóle siempre una llamarada de insensatez, extravío, *injusticia —la llama de pasión que quema la moral entera de un hombre y abrasa a la mujer en largos sollozos de fuego—. Enid había querido a su esposo, nada más; y lo había querido, nada más que querido ante mí, que era la cálida sombra de su corazón, donde ardía lo que no le llegaba de Wyoming, y donde ella sabía iba a refugiarse todo lo que de ella no alcanzaba hasta él.

no hubo nunca amor.

injusticia,...

---

[b] Suprime el adjetivo «monótono» porque en nada indica la sensación de simulacro a la que se vieron sujetos los amantes; por el contrario, monotonía se sinonimiza con apesadumbrado acostumbramiento, no con secreta, porfiada y cauta espera.

* —la llama de pasión que quema la moral entera de un hombre, y abraza a la mujer en largos sollozos de fuego. Enid había querido a su esposo, nada más; y ante mí, que era

La muerte, luego, dejando un hueco que yo debía llenar con el afecto de un hermano... ¡De hermano, a ella, Enid, que era mi sola sed de dicha en el inmenso mundo!

A los tres días de la escena que acabo de relatar regresamos a Hollywood. Y un mes más tarde se repetía exactamente la situación: yo de nuevo a los pies de Enid con la cabeza en sus rodillas, y ella queriendo evitarlo.

—Te amo cada día más, Enid...

—¡Guillermo!

—Dime que algún día me querrás.

—¡No!

—Dime solamente que estás convencida de cuánto te amo.

—¡No!

—Dímelo.

— ¡Déjame! ¿No ves que me estás haciendo sufrir de un modo horrible?

Y al sentirme temblar mudo sobre el altar de sus rodillas, bruscamente me levantó la cara entre las manos:

—¡Pero déjame, te digo! ¡Déjame! ¿No ves que también te quiero con toda el alma y que estamos cometiendo un crimen?

Cuatro meses justos, ciento veinte días transcurridos apenas desde la muerte del hombre que ella amó, del amigo que me había interpuesto como un velo protector entre su mujer y un nuevo amor...

Abrevio. Tan hondo y compenetrado fue el nuestro, que aun hoy me pregunto con asombro qué finalidad absurda pudieron haber tenido nuestras vidas de no habernos encontrado por bajo de los brazos de Wyoming.

Una noche —estábamos en Nueva York— me enteré de que se pasaba por fin *El páramo*, una de las dos cintas de que he hablado, y cuyo estreno se esperaba con ansiedad. Yo también tenía el más vivo interés de verla, y se lo propuse a Enid. ¿Por qué no?

Un largo rato nos miramos; una eternidad de silencio, durante el cual el recuerdo galopó hacia atrás entre derrumbamiento de nieve y caras agónicas. Pero la mirada de Enid era la vida misma, y presto entre el terciopelo húmedo de sus ojos y los míos no medió sino la dicha convulsiva de adorarnos. ¡Y nada más!

Fuimos al Metropole, y desde la penumbra rojiza del palco vimos aparecer, enorme y con el rostro más blanco

---

Marginal variants (right column):

acabo de contar regresamos

— ¡Déjame! ¡No ves que me estás haciendo sufrir de un modo horrible!
Y al sentirme temblar mudo ante el altar

toda el alma, y

ella amó, — del
interpuesto como un hermano entre

nuestras vidas, de no encontrarnos por bajo

por fin «El páramo»,

propuse a Enid. ¿Por qué no? Un largo rato nos miramos; una eternidad de silencio durante el cual

aparecer enorme y con

que a la hora de morir, a Duncan Wyoming. Sentí temblar bajo mi mano el brazo de Enid.

¡Duncan!

Sus mismos gestos eran aquéllos. Su misma sonrisa confiada era la de sus labios, Era su misma enérgica figura la que se deslizaba adherida a la pantalla. Y a veinte metros de él, era su misma mujer la que estaba bajo los dedos del amigo íntimo...

Mientras la sala estuvo a oscuras, ni Enid ni yo pronunciamos una palabra ni dejamos un instante de mirar. Y mudos siempre, volvimos a casa. Pero allí Enid me tomó la cara entre las manos. Largas lágrimas rodaban por sus mejillas, y me sonreía. Me sonreía sin tratar de ocultarme sus lágrimas.

—Sí, comprendo, amor mío... —murmuré, con los labios sobre un extremo de sus pieles, que, siendo un oscuro detalle de su traje, era asimismo toda su persona idolatrada—. Comprendo, pero no nos rindamos... ¿Sí?... Así olvidaremos...

Por toda respuesta, Enid, sonriéndome siempre, se recogió muda en mi cuello.

A la noche siguiente volvimos. ¿Qué debíamos olvidar? La presencia del otro, vibrante en el haz de luz que lo transportaba a la pantalla palpitante de vida; su inconsciencia de la situación; su *confianza* en la mujer y el amigo; esto era precisamente a lo que debíamos acostumbrarnos.

Una y otra noche, siempre atentos a los personajes, asistimos al éxito creciente de *El páramo*.

La actuación de Wyoming era sobresaliente y se desarrollaba en un drama de brutal energía: una pequeña parte en los bosques del Canadá y el resto en la misma Nueva York. La situación central constituíala una escena en que Wyoming, herido [c] en la lucha con un hombre, tiene bruscamente la revelación del amor de su mujer a ese hombre, a quien él acaba de matar por motivos apartes de este amor. Wyoming acababa de atarse un pañuelo a la frente. Y tendido en el diván, jadeando aún de fatiga, asistía a la desesperación de su mujer sobre el cadáver del amante.

Pocas veces la revelación del derrumbe, la desolación y el odio han subido al rostro humano con más violenta

---

sus mejillas y me

extremo de su tapado, que siendo un detalle mínimo de su traje,

... ¿Si?...
Por toda respuesta Enid, sonriéndome siempre, fué a recogerse muda en mi cuello.
olvidar?: La

amigo: esto era

«El páramo».
La actuación de Wyoming era sobresaliente, y se desarrollaba en un drama de brutal energía; una pequeña parte de los bosques del Canadá y el

en la lucha...

sobre el cadáver del otro.

violenta claridad que a los ojos de

---

[c] tiene bruscamente la revelación del amor de su mujer a otro hombre, a quien él acaba de matar por motivos totalmente distintos. Wyoming acababa de atarse un pañuelo a la frente. Y semitendido en el diván,

claridad que en esa circunstancia a los ojos de Wyoming. La dirección del *film* había exprimido hasta la tortura aquel prodigio de expresión, y la escena se sostenía un infinito número de segundos, cuando uno solo bastaba para mostrar al rojo blanco la crisis de un corazón en aquel estado.

Enid y yo, juntos e inmóviles en la oscuridad, admirábamos como nadie al muerto amigo, cuyas pestañas nos tocaban casi cuando Wyoming venía desde el fondo a llenar él solo la pantalla. Y al alejarse de nuevo a la escena del conjunto, la sala entera parecía estirarse en perspectiva. Y Enid y yo, con un ligero vértigo por este juego, sentíamos aún el roce de los cabellos de Duncan que habían llegado a rozarnos.

¿Por qué continuábamos yendo al Metropole? ¿Qué desviación de nuestras conciencias nos llevaba allá noche a noche a empapar en sangre nuestro amor inmaculado? ¿Qué presagio nos arrastraba como a sonámbulos ante una acusación alucinante que no se dirigía a nosotros, puesto que los ojos de Wyoming estaban vueltos a otro lado?

¿A dónde miraban? No sé a dónde, a un palco cualquiera de nuestra izquierda. Pero una noche noté, lo sentí en la raíz de los cabellos, que los ojos se *estaban volviendo* hacia nosotros. Enid debió de notarlo también, porque sentí bajo mi mano la honda sacudida de sus hombros.

Hay leyes naturales, principios físicos que nos enseñan cuán fría magia es esa de los espectros fotográficos danzando en la pantalla, remedando hasta en los más íntimos detalles una vida que se perdió. Esa alucinación en blanco y negro es sólo la persistencia helada de un instante, el relieve inmutable de un segundo vital. Más fácil nos sería ver a nuestro lado a un muerto que deja la tumba para acompañarnos que percibir el más leve cambio en el rastro lívido de un *film*.

Perfectamente. Pero a despecho de las leyes y los principios, Wyoming nos estaba *viendo*. Si para la sala *El páramo* era una ficción novelesca, y Wyoming vivía sólo por una ironía de la luz; si no era más que un frente eléctrico de lámina sin costados ni fondo, para nosotros —Wyoming, Enid y yo— la escena filmada vivía flagrante, pero no en la pantalla, sino en un palco, donde nuestro amor sin culpa se transformaba en monstruosa infidelidad ante el marido *vivo*...

Wyoming. La direción del film había

¿Por qué continuábamos yendo? ¿Qué

nosotros! Enid debió notarlo también,

qué fría magia

a un muerto que ha optado por dejar la tumba para acompañarnos, que percibir el más leve cambio en el rastro lívido de un film.

«El páramo» era

Enid y yo, —
la pantalla sino

¿Farsa de actor? ¿Odio fingido por Duncan ante aquel cuadro de *El páramo*?

«El páramo»?

¡No! Allí estaba la brutal revelación; la tierna esposa y el amigo íntimo en la sala de espectáculos, riéndose, con las cabezas juntas, de la confianza depositada en ellos...

y el amigo íntimo riéndose, con las cabezas juntas, de la confianza depositada en ambos...

Pero no nos reíamos, porque noche a noche, palco tras palco, la mirada se iba volviendo cada vez más a nosotros.

—¡Falta un poco aún!... —me decía yo.

Falta un poco aún... — me

—Mañana será... —pensaba Enid.

Mientras el Metropole ardía de luz, el mundo real de las leyes físicas se apoderaba de nosotros y respirábamos profundamente.

nosotros, y respirábamos atónitos la sala rumorosa, como si saliéramos de una pesadilla. Pero en

Pero en la brusca cesación de la luz, que como un golpe sentíamos dolorosamente en los nervios, el drama espectral nos cogía otra vez.

A mil leguas de Nueva York, encajonado bajo tierra, estaba tendido sin ojos Duncan Wyoming. Mas su sorpresa ante el frenético olvido de Enid, su ira y su venganza estaban vivas allí, encendiendo el rastro químico de Wyoming, moviéndose en sus ojos vivos, que acababan, por fin, de fijarse en los nuestros.

bajo tierra estaba tendido sin ojos Duncan Wyoming. Pero su sorpresa ante

vivas allí, encendiendo el rastro químico de Wyoming, moviéndose en sus ojos vivos, que acaban por fin de fijarse en los nuestros!

Enid ahogó un grito y se abrazó desesperada a mí.

—¡Guillermo!

—Cállate, por favor...

—¡Es que ahora acaba de bajar una pierna del diván!

Sentí que la piel de la espalda se me erizaba, y miré:

Con lentitud de fiera y los ojos clavados en nosotros, Wyoming se incorporaba del diván. Enid y yo lo vimos levantarse, avanzar hacia nosotros desde el fondo de la escena, llegar al monstruoso primer plano... Un fulgor deslumbrante nos cegó, a tiempo que Enid lanzaba un grito.

La cinta acababa de quemarse.

Mas en la sala iluminada las cabezas todas estaban vueltas a nosotros. Algunos se incorporaron en el asiento a ver lo que pasaba.[d]

nosotros. Alguien se levantó a ver qué nos pasaba.

—La señora está enferma; parece una muerta —dijo alguno en la platea.

—Más muerto parece él —agregó otro.

---

[d] Todo el escándalo provocado por los alucinados sólo llama a la reacción sorprendida de «alguien», en la primera redacción. Por cierto que en la segunda el asombro de muchos propone una solución más verosímil.

El acomodador nos tendía ya los abrigos y salimos.

¿Qué más? Nada, sino que en todo el día siguiente Enid y yo no nos vimos. Unicamente al mirarnos por primera vez de noche para dirigirnos al Metropole, Enid tenía ya en sus pupilas[e] profundas la tiniebla del más allá, y yo tenía un revólver en el bolsillo.

No sé si alguno de la sala reconoció en nosotros a los enfermos de la noche anterior. La luz se apagó, se encendió y tornó a apagarse, sin que lograra reposarse una sola idea normal en el cerebro de Guillermo Grant, y sin que los dedos crispados de este hombre abandonaran un instante el gatillo.

Yo fuí toda la vida dueño de mí. Lo fuí hasta la noche anterior, cuando contra toda justicia un frío espectro que desempeñaba su función fotográfica de todos los días crió dedos estranguladores para dirigirse a un palco a terminar el *film*.

Como en la noche anterior, nadie notaba en la pantalla algo anormal, y es evidente que Wyoming continuaba jadeante adherido al diván. Pero Enid —¡Enid entre mis brazos!— tenía la cara vuelta a la luz, pronta para gritar... ¡Cuando Wyoming se incorporó por fin!

Yo lo vi adelantarse, crecer, llegar al borde mismo de la pantalla, sin apartar la mirada de la mía. Lo vi desprenderse, venir hacia nosotros[f] en el haz de luz; venir en el aire por sobre las cabezas de la platea, alzándose, llegar hasta nosotros con la cabeza vendada. Lo vi extender las zarpas de sus dedos... a tiempo que Enid lanzaba un horrible alado, de esos en que con una cuerda vocal se ha rasgado la razón entera*, e hice fuego.

No puedo decir qué pasó en el primer instante. Pero en pos de los primeros momentos de confusión y de humo, me vi con el cuerpo colgado fuera del antepecho, muerto.

Desde el instante en que Wyoming se había incorporado en el diván, dirigí el cañón del revólver a su cabeza.

nos ofrecía ya

sus mejillas

los días, crió
a concluir el film.

anterior, ninguno notaba en la pantalla nada de anormal, y es evidente

gritar, cuando Wyoming se incorporó por fin.

de nosotros. Lo ví desprenderse,

cabeza vendada! Lo ví extender las zarpas de sus dedos, a tiempo que

razón...

diván, el cañón de mi revolver había estado dirigido a él. Pero era yo quien había recibido la bala en la sien.

---

[e] La metonimia que se afinca en «pupilas» es mucho más eficaz como recurso poético porque sugiere el insomnio, el arrepentimiento, la carga física y moral, mucho más que el empalidecimiento de las mejillas, como escribía en la versión primitiva.

[f] En la mirada paranoica del protagonista-narrador, se hace más violento y directo un relato donde todo el peso del drama se concentre en él. Quiroga hace coincidir en la segunda versión (que no en la primera), el punto de vista del narrador con el del actante y, como en una tercera dimensión cinematográfica, con los ojos del ofendido.

* entera, — e hice fuego.
No puedo decir qué pasó en el primer segundo. Pero en pos del primer momento de confusión y de humo, me vi con la cabeza y los brazos colgados del antepecho, — muerto.

Lo recuerdo con toda nitidez. Y era yo quien había recibido la bala en la sien.

Estoy completamente seguro de que *quise* dirigir el arma contra Duncan. Solamente que, creyendo apuntar al asesino, en realidad apuntaba contra mí mismo. Fué un error, una simple equivocación, nada más; pero que me costó la vida.

Tres días después Enid quedaba a su vez desalojada de este mundo. Y aquí concluye nuestro idilio.

Pero no ha concluído aún. No son suficientes un tiro y un espectro para desvanecer un amor como el nuestro. Más allá de la muerte, de la vida y sus rencores, Enid y yo nos hemos encontrado. Invisibles dentro del mundo vivo, Enid y yo estamos siempre juntos, esperando el anuncio de otro estreno cinematográfico.

Hemos recorrido el mundo. Todo es posible esperar menos que el más leve incidente de un *film* pase inadvertido a nuestros ojos. No hemos vuelto a ver más *El páramo*. La actuación de Wyoming en él no puede ya depararnos sorpresas, fuera de las que tan dolorosamente pagamos.

Ahora nuestra esperanza está puesta en *Más allá de lo que se ve*. Desde hace siete años la empresa filmadora anuncia su estreno, y hace siete años que Enid y yo esperamos. Duncan es su protagonista; pero no estaremos más en el palco, por lo menos en las condiciones en que fuimos vencidos. En las presentes circunstancias, Duncan puede cometer un error que nos permita entrar de nuevo en el mundo visible, del mismo modo que nuestras personas *vivas*, hace siete años, le permitieron animar la helada lámina de su *film*.

Enid y yo ocupamos ahora, en la niebla invisible de lo incorpóreo, el sitio privilegiado de acecho que fué toda la fuerza de Wyoming en el drama anterior. Si sus celos persisten todavía, si se equivoca *al vernos* y hace en la tumba el menor movimiento hacia afuera, nosotros nos aprovecharemos. La cortina que separa la vida de la muerte no se ha descorrido únicamente en su favor, y el camino está entreabierto. Entre la Nada que ha disuelto lo que fué Wyoming, y su eléctrica resurrección, queda un espacio vacío. Al más leve movimiento que efectúe el actor, apenas se desprenda de la pantalla, Enid y yo nos deslizaremos como por una fisura en el tenebroso corredor. Pero no seguiremos el camino hacia el sepulcro de

que creyendo apuntar al asesino, en realidad apuntaba a mi propia sien. Fue

separada del mundo. Y aquí

vida y los rencores, Enid y yo

el anuncio de todo estreno

Todo es posible creer, menos que el más nimio incidente de un film pase inadvertido a nuestros ojos. No hemos vuelto a ver más «El páramo».

«Más allá de lo que se ve». Desde

En que fuimos vencidos. Duncan puede

film.

ahora, en la incierta niebla de lo incorpóreo, el sitio

persisten todavía; si se equivoca *al vernos* y hace el menor movimiento, nosotros nos aprovecharemos.

efectúe el actor en la pantalla, Enid y yo nos deslizaremos como por una fisura en el tenebroso hueco. Pero no seguiremos el camino de Wyoming; iremos

Wyoming; iremos hacia la Vida, entraremos en ella de nuevo. Y es el mundo cálido de que estamos expulsados, el amor tangible y vibrante en cada sentido humano, lo que nos espera entonces a Enid y a mí.

Dentro de un mes o de un año, ello llegará. Sólo nos inquieta la posibilidad de que *Más allá de lo que se ve* se estrene bajo otro nombre, como es costumbre en esta ciudad. Para evitarlo, no perdemos un estreno. Noche a noche entramos a las diez en punto en el Grand Splendid, donde nos instalamos en un palco vacío o ya ocupado, indiferentemente.

mundo cálido, el amor tangible

de que «Más allá de lo que se ve» se

en punto en el Strand de Santa Fé, donde ocupamos un palco vacío o ya ocupado, — indiferentemente.

NOTAS

[1] Publicado originalmente en: *El Hogar*, Buenos Aires, año XVIII, nº 615, julio 29, 1921. Acompañado por dos ilustraciones sin firma, una por cada página que el texto cubre en la revista.

EL SÍNCOPE BLANCO[1]

YO ESTABA DISPUESTO a cualquier cosa; pero no a que me dieran cloroformo.

Soy de una familia en la que las enfermedades del corazón se han sucedido de padre a hijo con lúgubre persistencia. Algunos han escapado, cuentan en mi familia, y según el cirujano que debía operarme, yo gozaba de ese privilegio. Lo cierto es que él y sus colegas me examinaron a conciencia, siendo su opinión unánime que mi corazón podía darse por bueno a carta cabal, tan bueno como mi hígado y mis riñones. No quedaba en consecuencia sino dejarme aplicar la careta, y confiar mis sagradas entrañas al bisturí.

Me dí, pues, por vencido, y una tarde de otoño me hallé acostado con la nariz y los labios llenos de vaselina, aspirando ansiosamente cloroformo, como si el aire me faltara. Y es que realmente no había aire, y sí cloroformo que entraba a chorros de insoportable dulzura: chorros de dulce por la nariz, por la boca, por los oídos. La saliva, los pulmones, la extremidad de los dedos, todo era náuseas y dulce a chorros.

Comencé a perder la noción de las cosas, y lo último que vi fué, sobre un fondo negrísimo, fulgurantes cristales de nieve.

negrísimo, cristales de nieve.

. . . .

Estaba en el cielo. Si no lo era, se parecía a él muchísimo. Mi primera impresión al volver en mí, fué de que yo había muerto.

parecía muchísimo. Mi primera impresión fué de que yo había muerto.

—¡Esto es!,—me dije.— Allá abajo, quién sabe ahora dónde y a qué distancia, he muerto de resultas de la operación. En una infinita y perdida sala de la Tierra, que es apenas una remota lucecilla en el espacio, está mi cuerpo sin vida, mi cuerpo que ayer había escapado triunfante del examen de los médicos. Ahora ese cuerpo se queda allá; no tengo ya nada más que ver con él. Estoy en el cielo, vivo, pues soy una alma viva.

— Esto es — me dije.

perdida sala, que es apenas una remota lucecilla, está mi cuerpo sin vida
mota lucecilla, está mi cuerpo sin vi-
queda allá; no tengo nada más que ver con él.

554

Pero yo me veía sin embargo en figura humana, sobre un blanco y bruñido piso. ¿Dónde estaba, pues? Observé entonces el lugar con atención. La vista no pasaba más allá de cien metros, pues una densa bruma cerraba el horizonte. En el ámbito que abarcaban los ojos, la misma niebla, pero vaguísima, velaba las cosas. La luz cenital que había allí parecía de focos eléctricos, muy tamizada. Delante de mí, a 30 o 40 metros, se alzaba un edificio blanco con aspecto de templo griego. A mi izquierda, pero en la misma línea del anterior, y esfumado en la neblina, se alzaba otro templo semejante.

¿Dónde estaba yo en definitiva? A mi lado, y surgiendo de atrás, pasaban seres, personas humanas como yo, que se encaminaban al edificio de enfrente, donde entraban. Y otras personas salían, emprendiendo el mismo camino de regreso. Más lejos, a la izquierda, idéntico fenómeno se repetía, desde la bruma insondable hasta el templo esfumado. ¿Qué era eso? ¿Quiénes eran esas personas que no se conocían unas a otras, ni se miraban siquiera, y que llevaban todas el mismo rumbo de sonámbulos?

Cuando comenzaba a hallar todo aquello un poco fuera de lo común, aun para el cielo, oí una voz que me decía:

—¿Qué hace usted aquí?

Me volví y vi a un hombre en uniforme de portero o guardián, con gorra y un corto palo en la mano. Lo veía perfectamente en su figura humana, pero no estoy seguro de que fuera del todo opaco.

— No sé —le respondí, perplejo yo mismo.— Me encuentro aquí sin saber cómo...

—Pues bien, ése es su camino —dijo el guardián, señalándome el edificio de enfrente.— Es allí donde debe usted ir. ¿Usted no ha sido operado?

Instantáneamente, en una lejanía inmemorial de tiempo y espacio, me vi tendido en una mesa, —en un remotísimo pasado...

—En efecto —murmuré nebuloso.— He sido —fuí operado... Y he muerto.

El guardián sacudió la cabeza.

— Todos dicen lo mismo... Nos dan Vds. más trabajo del que se imaginan... ¿No ha tenido aún tiempo de leer la inscripción?

—¿Qué inscripción?

—En ese edificio —señaló el guardián con su palo corto.

Miré sorprendido hacia el templo griego, y con mayor sorpresa aún leí en el frontispicio, en grandes caracteres de luz tamizada:

SINCOPE AZUL

—Este es su domicilio, por ahora —agregó el guardián.— Todos los que durante una operación con cloroformo caen en síncope, esperan allí. Vamos andando, porque usted hace rato que debía tener su número de orden.

Turbado, me encaminé al edificio en cuestión. Y el guardián iba conmigo.

—Muy bien —le dije por fin al llegar.— Aquí debo entrar yo, que he caído en síncope... ¿Pero aquel otro edificio?

—¿Aquél? Es la misma cosa, casi... —Lea el letrero... Nunca he visto uno de ustedes, los cloroformizados, que lea los letreros. ¿Qué dice ése? Puede leerlo bien, sin embargo.

Y leí:

SINCOPE BLANCO

—Así es —confirmó el hombre.— Síncope blanco. Los que entran allí no salen más, porque han caído en síncope blanco. ¿Comprende, por fin?

Yo no comprendía del todo, por lo que el guardián perdió otro minuto en explicármelo, mientras señalaba uno y otro edificio con su corto palo.

Según él, los cloroformizados están expuestos a dos peligros, independientes del de un vaso cortado u otro detalle de la operación. En uno de los casos, y al inspirar la primera bocanada de cloroformo, el paciente pierde súbitamente el sentido; una palidez mortal invade el semblante; y el enfermo, con sus labios de cera y su corazón paralizado, queda listo para el entierro.

Es el síncope blanco.

El otro peligro se manifiesta en el curso de la operación. El rostro del cloroformizado se congestiona de pronto; los labios, las encías y la lengua se amoratan, y si el organismo del individuo no es bastante fuerte para reaccionar contra la intoxicación, la muerte sobreviene.

Es el síncope azul.

Como se ve, la persona que cae en este último síncope tiene su vida pendiente de un hilo sumamente fino. En verdad vive aún; pero anda tanteando ya con el pie el abismo de la Muerte.

—Usted está en este estado —concluyó el guardián—. Y allí debe ir usted. Si tiene suerte, y los

---

— SINCOPE BLANCO — murmuré.

cortado u otro detalle de la operación en sí. En uno

semblante, y el enfermo

no es bastante fuerte para reaccionar de la intoxicación,

tanteando ya con el pie el escalón de la Muerte

cirujanos logran revivirlo, volverá a salir por la misma
puerta que entró. Por el momento, espere allí. Los que
entran allá, en cambio —señaló al otro edificio— no
salen más; pasan de largo la sala. Pero son raros los que
caen en síncope blanco.

—Sin embargo, —objeté— cada dos o tres minutos
veo entrar a uno.

— Porque son todos los cloroformizados en el
mundo. ¿Cuántas personas operadas cree usted que hay
en un momento dado? Usted no lo sabe, ni yo tampoco.
Pero vea en cambio los que entran aquí.

En efecto, en el sendero nuestro era un ir y venir sin
tregua, una incesante columna de hombres, mujeres y
niños, entrando y saliendo en orden y sin prisa. La
particularidad de aquella avenida de seres-fantasmas
era la ignorancia total en que parecían estar unos de
otros, y del lugar en que actuaban. No se conocían, ni se
miraban, ni se veían tal vez. Pasaban con su expressión
habitual, acaso distraídos o pensando en algo, pero con
preocupaciones de la vida normal —negocios o detalles
domésticos—, la expresión de las gentes que se encami-
nan o salen de una estación.

Antes de entrar en mi sala eché una ojeada a los
visitantes del Síncope Blanco. Tampoco ellos parecían
darse cuenta de lo que significaba el templo griego
esfumado en la bruma. Iban a la muerte vestidos de saco
o en femeniles blusas de paseo, con triviales inquietudes
de la vida que acababan de abandonar.

Y este mundanal aspecto de estación ferroviaria se
hizo más sensible al entrar en el Síncope Azul. Mi
guardián me abandonó en la puerta, donde un nuevo
guardián, más galoneado que el anterior, me dió y cantó
en voz alta mi número: ¡834! —mientras me ponía la
palma en el hombro para que entrara de una vez.

El interior era un solo hall, un largo salón con bancos
en el centro y en los costados. La luz cenital, muy
tamizada, y aun la ligera bruma del ambiente, refor-
zaban la impresión de sala de espera a altas horas de la
noche. Los bancos estaban ocupados por las personas
que entraban y se sentaban a esperar, resignadas a un
trámite ineludible, como si se tratara de un simple
contratiempo inevitable al que se está acostumbrado. La
mayoría ni siquiera se echaba contra el respaldo del
banco; esperaban pacientes, rumiando aún alguna preocupación trivial. Otros se recostaban y cerraban los ojos

por la misma puerta. Por el momen-

— Porque son todos los cloroformizados del

y yo tampoco.

venir constante, de hombres,
mujeres y niños, entrando y
saliendo sin prisa y en orden. La
particularidad de aquella

algo, pero con una preocupación
de la vida normal,

templo griego diluído en la
bruma. Iban a la

número: ¡34! mientras me ponía
la palma en el

bancos en los costados. La luz

La mayoría ni siquiera se recostaba en el

aún alguna idea trivial. Otros se
recostaban atrás y cerraban los

para matar el tiempo. Algunos se acodaban sobre las rodillas y ponían la cara entre las manos.

Nadie —y no salía yo de mi asombro— parecía estar enterado de lo que significaba aquella espera. Nadie hablaba. En el hall no se oía sino el claro paso de los visitantes, y la voz de los guardianes cantando los números de orden. Al oírlos, los dueños de los números se levantaban y salían por la puerta de entrada. Pero no todos, porque en el otro extremo del salón había otra puerta también grandemente abierta, con un guardián que cantaba otros números.

Los dueños de estos números se levantaban con igual indiferencia que los otros, y se encaminaban a dicha puerta posterior.

Algunos, sobre todo las personas que esperaban con los ojos cerrados o estaban con la cara en las manos, se equivocaban en el primer momento de puerta, y se encaminaban a otra. Pero ante un nuevo canto del número notaban su error y se dirigían con alguna prisa a su puerta, como quien ha sufrido un ligero error de oído. No siempre tampoco se cantaba el número; si la persona estaba cerca o miraba distraída en aquella dirección, el guardián la chistaba y le indicaba su destino con el dedo.

¿La puerta del fondo era entonces?... Para mayor certidumbre me encaminé hasta dicha puerta y abordé al guardián.

—Perdón —le dije.— ¿Puede decirme qué significado concreto tiene esta puerta?

El guardián, al parecer bastante fastidiado de sus propias funciones para tomar sobre sí las del público, me miró, como miraría un boletero de estación al sujeto que le preguntara si el lugar donde se hallaba era la misma estación.

—Perdón, —le dije de nuevo.— Yo tengo derecho a que los empleados me informen correctamente.

—Muy bien: —repuso el hombre, tocándose la gorra y cuadrándose.— ¿Qué desea saber?

—Lo que significa esta puerta.

—En seguida; por aquí salen los que han muerto.

—¿Los que mueren?...

— No; los que han muerto en el Síncope.

—¿En el Síncope Azul?

—Así parece.

No pregunté más, y me asomé a la puerta: más allá no se veía nada; todo era tiniebla. Y se sentía una impresión muy desagradable de frescura.

Volví sobre mis pasos y me senté a mi vez. A mi lado, una joven de traje oscuro esperaba con los ojos cerrados y la cabeza recostada en el respaldo del banco. La miré un largo rato, y me acodé con la cara entre las manos.

¡Perfectamente! Yo sabía que de un momento a otro los guardianes debían cantar mi número; pero por encima de esto yo acababa de mirar a la jovencita de falda corta y pies cruzados, que en una remota sala de operaciones acababa de caer en síncope como yo. Y nunca, en los breves días de mi vida anterior, había visto una belleza mayor que la de aquel pálido y distraído encanto en el dintel de la muerte.

Levanté la cabeza y fijé otra vez la mirada en ella. Ella había abierto los ojos y miraba a uno y otro guardián, como extrañada de que no la llamaran de una vez. Cuando iba a cerrarlos de nuevo:

—¿Impaciente? —le dije.

Ella volvió a mí los ojos, me miró un breve momento y sonrió:

—Un poco.

Quiso adormecerse otra vez, pero yo le dije algo más. ¿Qué le dije? ¿Qué sed de belleza y adoración había en mi alma, cuando en aquellas circunstancias hallaba modo de henchirla de aquel amor terrenal?

No lo sé; pero sé que durante tres cuartos de hora —si es posible contar con el tiempo mundano el éxtasis de nuestros propios fantasmas— su voz y la mía, sus ojos y los míos hablaron sin cesar.

Y sin poder cambiar una sola promesa, porque ni ella ni yo conocíamos nuestros mutuos nombres, ni sabíamos si reviviríamos, ni en qué lugar de la tierra habíamos caminado un día con firmes pies.

¿La volvería a ver? ¿Era nuestro viejo mundo bastante grande, para ocultar a mis ojos aquella bien amada criatura, que me entregaba su corazón paralizado en el limbo del Síncope Azul? No. Yo volvería a verla, —porque no tenía la menor duda de que ella regresaba a la vida. Por esto cuando el guardián de entrada cantó su número, y ella se encaminó a la puerta despidiéndose con una sonrisa, la seguí con los ojos como a una prometida...

¿Pero qué pasa? ¿Por qué la detienen? Aparecen nuevos empleados en cabeza —jefes, seguramente— que observan el número de orden de la joven. Al fin le dejan el paso libre, con un ademán que no alcanzo a comprender. Y oigo algo así como:

A mi lado, una joven rubia de traje oscuro esperaba

el respaldo del banco. La miré un instante, y

Perfectamente. Yo sabía que de un momento a otro los guardianes podían cantar mi número; la jovencita de falda corta y medias caladas, que en una remota sala del mundo acababa de

Levanté la cabeza y fijé los ojos en

ni ella ni yo sabíamos más nuestros nombres, ni en qué lugar de la

No, yo volvería averla, —

y ella se encaminó a la puerta saludándome

—Otro error... Habrá que vigilar a los guardianes de abajo...

¿Qué error? ¿Y quiénes son los guardianes de abajo? Vuelvo a sentarme, indiferente al nocturno vaivén, cuando el guardián de la puerta del fondo grita ¡124!

Mi vecino, un hombre de rostro enérgico y al parecer de negocios, se levanta indiferente como si fuera a su despacho como todos los días. Y en ese instante, al oir el 4 final recién cantado, siento por primera vez la probabilidad de que yo puedo ser llamado desde *la otra puerta*.

¿Es posible? Pero ella acaba de levantarse, y la veo aún sonriéndome, con su vestido corto y sus medias traslúcidas. Y antes de un segundo, menos quizá, puedo quedar separado de ella para siempre jamás, en el más infinito jamás que establece una puerta abierta, detrás de la cual no hay más que tinieblas, y una sensación de fresco muy desagradable. ¿Desde dónde se va a cantar mi número? ¿A qué puerta debo volver los ojos? ¿Qué guardián aburrido de su oficio va a indicarme con la cabeza el rastro aún tibio del vestido oscuro, o la Gran Sombra Tiritante?

. . . .

— ¡De buena hemos escapado!

— Ya vuelve el mozo... ¡Diablo de corazón incomprensible que tienen estos neurópatas!

Yo volvía en mí, todo zumbante aún de cloroformo. Abrí los ojos y vi los fantasmas blancos que acaban de operarme.

Uno de ellos me palmeó el hombro, diciendo:

—Otra vez trate de tener menos apuro en pasarse de largo, amigo. En fin, dese por muy contento.

Pero yo no lo oía más porque había vuelto a caer en sopor. Cuando torné a despertar, me hallaba ya en la cama.

— ¿En la cama?... ¿En un sanatorio?... ¿En el mundo, no es esto?... Mas la luz, el olor a formol, los ruidos metálicos —la vida tal cual— me dañaban los ojos y el alma. Lejos, quién sabe a qué remota eternidad de tiempo y espacio, estaba el salón de espera y la jovencita a mi lado que miraba a uno y otro guardián. Eso sólo había sido, era y sería mi vida en adelante. ¿Dónde hallarla, a ella? ¿Cómo buscarla entre el millar de sanatorios del mundo, entre los operados que en todo instante están incubando tras la careta asfixiante el síncope del cloroformo?

Variantes marginales:

puerta interior grita: ¡24!

la veo aún ecgada atrás, con su vestido corto y sus medias caladas. Y antes de un segundo

hay más que oscuridad y una sensación de fresco

oscuro, o la Gran Sombra tiritante

— ¡De buena la hemos escapado!
— Ya vuelve el mozo... ¡Diablo de hígado

cloroformo y náusea. Abrí los ojos y...

me hallé ya en la cama.

¿En la cama?... ¿En el sanatorio?

de sanatorios del mundo, que en un momento dado están incubando tras la

¡La hora! ¡Si! Sólo ese dato preciso tenía, y podía bastarme. Debía comenzar a buscarla en seguida, en el sanatorio mismo. ¿Quién sabe?...

¡La hora! Sólo ese dato preciso tenía, y debía comenzar enseguida

Hice llamar a un médico, a mi médico de confianza que había asistido a la operación.

—Oigame, Fitzsimmons —murmuré.— Tengo un interés muy grande en saber si, al mismo tiempo que a mí, se ha operado a otras personas en este sanatorio.

—¿Aquí? ¿Le interesa mucho saber esto?

—Muchísimo. A la misma hora... O un momento antes, si acaso.

—Pero sí, me parece que sí... ¿Quiere saberlo con seguridad?

—Hágame el favor...

Al quedar solo cerré de nuevo los ojos, porque lo que yo quería ver era muy distinto de los crudos reflejos de la cama laqué, y de la mesa giratoria, también laqué.

lo que yo veía de mi vida misma era muy distinto de los

—Puedo satisfacerlo —me dijo Fitzsimmons, volviendo a entrar.— Se ha operado al mismo tiempo que a usted a tres personas: dos hombres y una mujer. Los hombres...

Fitzsimmons. — Se ha operado al mismo

— No, Fitzsimmons; la mujer sólo me interesa. ¿Usted la ha visto?

— No, Fitzsimmons; la mujer me interesa.

—Perfectamente. Pero —se detuvo mirándome a los ojos— ¿qué diablo de pesadilla sigue usted rumiando con el cloroformo?

—No es pesadilla... ¡Después le explicaré! Oigame: ¿la ha visto bien cuando estaba vestida? ¿Puede describírmela con detalles?

Fitzsimmons la había visto bien, y no tuvo la menor duda. Era ella. ¡Ella! A despecho de la vida y la muerte y la inmensidad de los mundos, la jovencita estaba a mi lado! ¡Viva, tangible, como lo estaba en un pasado remoto, infinitamente anterior, en la luz tamizada de una sala de espera ultraterrestre...

la jovencita rubia estaba a mi lado, viva, tangible, como en un pasado remoto, infinitamente anterior a lo actual, en la luz tamizada de una

El médico vió mi cambio de expresión y se mordió los labios.

El médico vió el cambio de mi expresión y semordió lo labios, mirándome fijamente.

—¿Usted la conocía?

—¿Si! Es decir... ¿Sigue bien?

Titubeó un instante. Luego:

—No sé si esa joven es la que usted cree. Pero la enferma que han operado... ha muerto.

—¡Muerta!

— Sí... Hoy hemos tenido poca suerte en el sanatorio. Usted, que casi se nos va; y esa chica, con un síncope...

Si... Al fin y al cabo usted tiene la culpa se hablamos de esto, en su estado. Hoy han tenido poca suerte en el sanatorio. Usted

—Azul... —murmuré.

—No, blanco.

—¿Blanco? —me volví aterrado.— ¡No, azul! ¡Estoy seguro!...

Pero mi médico:

—No sé de dónde saca usted ahora sus diagnósticos... Síncope blanco, le digo, de lo más fulminante que se pueda pedir. Y sosiéguese ahora... Deje sus sueños de cloroformo que a nada lo conducirán.

Quedé otra vez solo. ¡Síncope blanco! Súbitamente se hizo la luz: Volví a ver a los jefes en la sala de espera, revisando el número de la joven; y aprecié ahora en su total alcance las palabras que en aquel momento no había comprendido: *Ha habido un error...*

El error consistía en que la jovencita había muerto en la mesa de operaciones, del síncope blanco; que había entrado muerta en la sala de espera, por el error de algún guardián; y que yo había estado haciendo el amor, cuarenta minutos, a una joven ya muerta, que por error me sonreía y cruzaba aún los pies.

En el curso de mi vida yo he recorrido sin duda las mismas calles que ella, tal vez con segundos de diferencia; hemos vivido posiblemente en la misma cuadra, y quizá en distintos pisos de la misma casa. ¡Y nunca, nunca nos hemos encontrado! Y lo que nos negó la vida, tan fácil, nos lo concede al fin una estación ultraterrestre, donde por un error he volcado todo el amor de mi vida oscilante, sobre el espectro en medias traslúcidas, —de un cadáver.

Es o no cierto lo que me dice el médico; pero al cerrar los ojos la veo siempre, despidiéndose con su sonrisa, dispuesta a esperarme. Al salir de la sala ha tomado a la derecha, para entrar en el Síncope Blanco. Jamás volverá a salir. Pero no importa; allí me espera, estoy seguro.

Bien. Mas yo mismo; este cuarto de sanatorio, estos duros ángulos y esta cama laqué, ¿son cosa real? ¿He vuelto en realidad a la vida, o mi despertar y la conversación con mi médico de blanco no son sino nuevas formas de sueño sincopal? ¿No es posible un nuevo error a mi respecto, consecutivo al que ha desviado hacia la derecha a mi Novia-Muerta? ¿No estoy muerto yo mismo desde hace un buen rato, esperando en el Síncope Azul el control que de nuevo efectúan los jefes con mi número?

Ella salió y entró serena, calmada ya su impaciencia, en el edificio blanco, ante el cual toda ilusión humana

debe retroceder. Nunca más será ella vista por nadie en
la Tierra.

    ¿Pero yo? ¿Es real esta cama laqué, o sueño con ella
definitivamente instalado en la Gran Sombra, donde por
fin los jefes me abren paso irritados ante el nuevo error,
señalándome el Síncope Blanco, donde yo debía estar
desde hace un largo rato...

con ella definitivamente instalado
en el más allá

síncope blanco, donde yo debía
estar desde hace un largo cuarto
de hora...

NOTAS

[1] Inicialmente en: *Plus Ultra*, Buenos Aires, año V, nº 47, marzo 1920, con dos ilustraciones de Álvarez. El relato se encuentra precedido por la difundida reproducción del cuadro de Ignacio Zuloaga, el retrato del escritor (también uruguayo) Carlos Reyles.

LOS TRES BESOS[1]

HABÍA UNA VEZ un hombre con tanta sed de amar que temía morir sin haber amado bastante. Temía sobre todo morir sin haber conocido uno de esos paraísos de amor, a que se entra una sola vez en la vida por los ojos claros u oscuros de una mujer.

—¿Qué haré de mí —decía— si la hora de la muerte me sobrecoge sin haberlo conseguido? ¿Qué he amado yo hasta ahora? ¿Qué he abrazado? ¿Qué he besado?

Tal temía el hombre; y ésta es la razón por la cual se quejaba al destino de su suerte.

Pero he aquí que mientras tendido en su cama se quejaba, un suave resplandor se proyectó sobre él, y volviéndose vió a un angel que le hablaba así:

—¿Por qué sufres, hombre? Tus lamentos han llegado hasta el Señor, y he sido enviado a ti para interrogarte. ¿Por qué lloras? ¿Qué deseas?

El hombre miró con vivo asombro a su visitante, que se mantenía tras el respaldo de la cama con las alas plegadas.

—Y tú, ¿quién eres? —preguntó el hombre.

—Ya lo ves— repuso el intruso con dulce gravedad. —Tu ángel de la guarda.

—¡Ah, muy bien! —dijo el hombre, sentándose del todo en la cama.— Yo creía que a mi edad no tenía ya ángel guardián.

— ¿Y por qué? —contestó sonriendo el ángel.

Pero el hombre había sonreído también, porque se hallaba a gusto conversando a su edad con un ángel del cielo.

—En efecto —repuso.— ¿Por qué no puedo tener todavía un ángel guardián que vele por mí? Estaría muy contento, mucho, de saberlo —agregó en voz baja y sombría al recordar su aflicción— si no fuera totalmente inútil...

—Nada es inútil cuando se desea y se sufre por ello —replicó el ángel de la guarda.— La prueba la tienes

Tal temía el hombre, y ésta es la razón por

— Ya lo vés — repuso el intruso con meditativa

— ¿Y por qué? — contestó el angel sonriendo

con el angel del cielo.

aquí: ¿No has elevado la voz de tu deseo y tu sufrimiento? El Señor te ha oído. Por segunda vez te pregunto: ¿Qué quieres? ¿Cuál es tu aspiración?

El hombre observó por segunda vez la niebla nacarada que era su ángel.

—¿Y cómo decírtela? Nada tiene ella de divino... ¿Qué podrías hacer tú?

—Yo, no; pero el Señor todo lo puede. ¿Persigues algo?

—Sí.

—¿Puedes obtenerlo por tus propias fuerzas?

—Tal vez sí...

—¿Y por qué te quejas a la Altura si sólo en ti está el conseguirlo?

—¡Porque estoy desesperado y tengo miedo! ¡Porque temo que la muerte llegue de un momento a otro sin que haya yo obtenido un solo beso de gran amor! Pero tú no puedes comprender lo que es esta sed de los hombres. ¡Tú eres de otro cielo!

—Cierto es —repuso la divina criatura con una débil sonrisa.— Nuestra sed está aplacada... ¿Temes, pues, morir sin haber alcanzado un gran amor... un beso de gran amor, como dices?

—Tú mismo lo repites.

—No sufras, entonces. El Señor te ha oído ya y te concederá lo que pides. Pronto seré contigo. Hasta luego.

—A tantôt —respondió el hombre, sorprendido. Y no había vuelto aún de su sorpresa cuando el respaldo de la cama se iluminaba de nuevo y oía al ángel que le decía:

—La paz sea contigo. El Señor me envía para decirte que tu deseo es elevado y tu dolor, sincero. La eterna vida que exiges para satisfacer tu sed, no puede serte acordada. Pero de conformidad con tu misma expresión, el Señor te concede tres besos. Podrás besar a tres mujeres, sean quienes fueren; pero el tercer beso te costará la vida.

—¡Angel de mi guarda! —exclamó el hombre poniéndose pálido de dicha.— ¿A tres mujeres, las que yo elija? ¿A las más hermosas? ¿Puedo ser amado por ellas, con sólo que lo desee?

—Tú lo has dicho. Vela únicamente por tu elección. Tres besos serán tuyos; mas con el tercero morirás.

—¡Angel adorado! ¡Guardián de mi alma! ¿Cómo es posible no aceptar? ¿Qué me importa perder la vida, si ella no se me ofrece más que como un medio para alcanzar mi Vida misma, que es amar? ¿A tres mujeres, dices? ¿Distintas?

mi Vida misma. ¿A tres mujeres, dices? ¿Distintas?

—Distintas, a tu elección. No levantes, pues, más tus quejas a la Altura. Sé feliz... Y no te olvides.

Y el ángel desapareció, en tanto que el hombre salía apresuradamente a la calle.

No vamos a seguir al afortunado ser en las aventuras que el divino y desmesurado don le permitió. Bástenos saber que en un tiempo más breve del preciso para contarlo, prodigó las dos terceras partes de su bien, y que cuando se adelantaba ya a conquistar su postrer beso, la muerte cayó sobre él inesperadamente. El hombre, muy descontento, pidió comparecer ante el Señor, lo que le fué concedido.

—¿Quién es éste? —preguntó el Señor al ángel guardián, que acompañaba al hombre.

—Es aquel, Señor, a quien concediste el don de los tres besos.

—Cierto es —contestó el Señor.— Me acuerdo. ¿Y qué desea ahora?

—Señor: —repuso el hombre mismo.— He muerto por sorpresa. No he tenido tiempo de disfrutar el don que me otorgaste. Pido volver a la vida para cumplir mi misión.

—Tú sólo tienes la culpa —dijo el Señor.— ¿No hallabas mujer digna de ti?

—No es esto... ¡Es que la muerte me tomó tan de sorpresa!

—Bien. Tornarás a vivir y aprovecha el tiempo. Ya estás complacido; ve en paz.

Y el hombre se fue; mas aunque en esta segunda etapa de su vida extendió más el intervalo de sus besos, la muerte llegó cuando menos lo esperaba, y el hombre tornó a comparecer ante el Señor.

—Aquí está de nuevo, Señor, —dijo el ángel guardián— el hombre que ya murió otra vez.

Pero el Señor no estaba contento de la visita.

—¿Y qué quiere éste ahora? —exclamó.— Le hemos concedido todo lo que quería.

Y volviéndose al hombre:

—¿Tampoco hallaste esta vez a la mujer?

—La buscaba, Señor, cuando la muerte...

—¿La buscabas de verdad?

—Con toda el alma. ¡Pero he muerto! ¡Soy muy joven, Señor, para morir todavía!

—Eres difícil de contentar. ¿No cambiaste tú mismo la vida por esos tres besos que te dan tanto trabajo? ¿Quieres que te retire el don? Tienes aún tiempo de alcanzar una larga vida.

—¡No, no me arrepiento!

—¿Qué, entonces? ¿No son bastante hermosas las mujeres de tu planeta?

—Sí, sí, ¡Déjame vivir aún!

—Ve, pues. No sueñes con otra clase de mujeres; y busca bien, porque no quiero oir hablar más de ti.

Dicho esto, el Señor se volvió a otro lado, y el hombre bajó muy contento a vivir de nuevo en la tierra.

Pero por tercera vez repitióse la aventura, y el hombre, sorprendido en plena juventud por la muerte, subió por cuarta vez al cielo.

—¡No acabaremos nunca con este personaje! —exclamó al verlo el Señor, que entonces reconoció en seguida al hombre de los tres besos.— ¿Cómo te atreves a volver a mi presencia? ¿No te dije que quería verme libre de ti?

Pero el hombre no tenía ya en los ojos ni en la voz el calor de las otras ocasiones.

—¡Señor! —murmuró.— Sé bien que te he desobedecido, y merezco tu castigo... ¡Pero demasiada culpa fue el don que me concediste!

—¿Y por qué? ¿Qué te falta para conseguirlo? ¿No tienes juventud, talento, corazón?

—¡Sí, pero me falta tiempo! ¡No me quites la vida tan rápidamente! En las tres veces que me has concedido vivir de nuevo, cuando más viva era mi sed de amar, cuando más cerca estaba de la mujer soñada, tú me enviabas la muerte. ¡Déjame vivir mucho, mucho tiempo, de modo que por fin pueda satisfacer esta sed de amar!

El Señor miró entonces atentamente a este hombre que quería vivir mucho para conseguir a la vejez lo que no alcanzaba en su juventud. Y le dijo:

—Sea, pues, como lo deseas. Vuelve a la vida y busca a la mujer. El tiempo no te faltará para ello; ve en paz.

Y el hombre bajó a la tierra, muchísimo más contento que las veces anteriores, porque la muerte no iba a cortar sus días juveniles.

Entonces el hombre que quería vivir dejó transcurrir los minutos, las horas y los días, reflexionando, calculando las probabilidades de felicidad que podía devolverle la mujer a quien entregara su último beso.

—Cuanto más tiempo pase —se decía,— más seguro
estoy de no equivocarme.

Y los días, los meses y los años transcurrían, llenando de riquezas y honores al hombre de talento que
había sido joven y había tenido corazón. Y el renombre
trajo a su lado las más hermosas mujeres del mundo.

—He aquí, pues, llegado el momento de dar mi vida
—se dijo el hombre.

Pero al acercar sus labios a los frescos labios de la
más bella de las mujeres, el hombre viejo sintió que ya no
los deseaba. Su corazón no era ya capaz de amar. Tenía
ahora cuanto había buscado impaciente en su juventud.
Tenía riquezas y honores. Su larga vida de contempori-
zación y cálculo habíale concedido los bienes velados al
hombre que no vuelve la cabeza por ver si la muerte lo
acecha al gemir de pasión en un beso. Sólo le faltaba el
deseo, que había sacrificado con su juventud.

Joven poeta, artista, filósofo: No vuelvas la cabeza al
dar un beso, ni vendas al postrero el ideal de tu joven
vida. Pues si la prolongas a su costa, comprenderás muy
tarde que el supremo canto, el divino color, la sangrienta
justicia, sólo valieron mientras tuviste corazón para
morir por ellos.

Y los minutos, las horas y los días
transcurrían

Pero al acercar sus labios a los
labios

el supremo poema, el divino
color, la sangrienta justicia

NOTAS

[1] Apareció en *La Nación*, Buenos Aires, agosto 28, domingo, 1921. El texto cubre poco más de media página, con una ilustración de Málaga Grenet.

EL POTRO SALVAJE[1]

Era un caballo, un joven potro de corazón ardiente, que llegó del desierto a la ciudad a vivir del espectáculo de su velocidad.

Ver correr a aquel animal era, en efecto, un espectáculo considerable. Corría con la crin al viento y el viento en sus dilatadas narices. Corría, se estiraba; se estiraba más aún, y el redoble de sus cascos en la tierra no se podía medir. Corría sin reglas ni medida, en cualquier dirección del desierto y a cualquier hora del día. No existían pistas para la libertad de su carrera, ni normas para el despliegue de su energía. Poseía extraordinaria velocidad y un ardiente deseo de correr. De modo que se daba todo entero en sus disparadas salvajes, y ésta era la fuerza de aquel caballo.

A ejemplo de los animales muy veloces, el joven potro tenía pocas aptitudes para el arrastre. Tiraba mal, sin coraje, ni bríos, ni gusto. Y como en el desierto apenas alcanzaba el pasto para sustentar a los caballos de pesado tiro, el veloz animal se dirigió a la ciudad a vivir de sus carreras.

En un principio entregó gratis el espectáculo de su gran velocidad, pues nadie hubiera pagado una brizna de paja por verlo, ignorantes todos del corredor que había en él. En las bellas tardes, cuando las gentes poblaban los campos inmediatos a la ciudad, —y sobre todo los domingos,— el joven potro trotaba a la vista de todos, arrancaba de golpe, deteníase, trotaba de nuevo husmeando el viento, para lanzarse por fin a toda velocidad, tendido en una carrera loca que parecía imposible superar y que superaba a cada instante, pues aquel joven potro, como hemos dicho, ponía en sus narices, en sus cascos y su carrera, todo su ardiente corazón.

Las gentes quedaron atónitas ante aquel espectáculo que se apartaba de todo lo que acostumbraban ver, y se retiraron sin apreciar la belleza de aquella carrera.

Una brizna de paja por verlo, —ignorando todos qué corredor que había en él. En las

—No importa —se dijo el potro alegremente.— Iré a ver a un empresario de espectáculos, y ganaré, entretanto, lo suficiente para vivir.

De qué había vivido hasta entonces en la ciudad, apenas él podía decirlo. De su propia hambre, seguramente, y de algún desperdicio desechado en el portón de los corralones. Fué, pues, a ver a un organizador de fiestas.

—Yo puedo correr ante el público —dijo el caballo— si me pagan por ello. No sé qué puedo ganar; pero mi modo de correr ha gustado a algunos hombres.

—Sin duda, sin duda... —le respondieron.— Siempre hay algún interesado en estas cosas... No es cuestión, sin embargo, de que se haga ilusiones... Podríamos ofrecerle, con un poco de sacrificio de nuestra parte...

El potro bajó los ojos hacia la mano del hombre, y vió lo que le ofrecían: Era un montón de paja, un poco de pasto ardido y seco.

—No podemos más... Y asimismo...

El joven animal consideró el puñado de pasto con que se pagaba sus extraordinarias dotes de velocidad, y recordó las muecas de los hombres ante la libertad de su carrera que cortaba en zig zag las pistas trilladas. en diagonal las pistas trilladas

—No importa —se dijo alegremente.— Algún día se divertirán. Con este pasto ardido podré, entretanto, sostenerme.

Y aceptó contento, porque lo que él quería era correr.

Corrió, pues, ese domingo y los siguientes, por igual puñado de pasto cada vez, y cada vez dándose con toda el alma en su carrera. Ni un solo momento pensó en reservarse, engañar, seguir las rectas decorativas para halago de los espectadores que no comprendían su libertad. Comenzaba al trote como siempre, con las narices de fuego y la cola en arco; hacía resonar la tierra en sus arranques, para lanzarse por fin a escape a campo traviesa, en un verdadero torbellino de ansia, polvo y tronar de cascos. Y por premio, su puñado de pasto seco que comía contento y descansado después del baño.

A veces, sin embargo, mientras trituraba con su joven dentadura los duros tallos, pensaba en las repletas bolsas de avena que veía en las vidrieras, en la gula de maíz y alfalfa olorosa que desbordaba de los pesebres.

—No importa —se decía alegremente.— Puedo darme por contento con este rico pasto.

Y continuaba corriendo con el vientre ceñido de hambre, como había corrido siempre.

Poco a poco, sin embargo, los paseantes de los domingos se acostumbraron a su libertad de carrera, y comenzaron a decirse unos a otros que aquel espectáculo de velocidad salvaje, sin reglas ni cercas, causaba una bella impresión.

—No corre por las sendas, como es costumbre —decían,— pero es muy veloz. Tal vez tiene ese arranque porque se siente más libre fuera de las pistas trilladas. Y se emplea a fondo.

En efecto, el joven potro, de apetito nunca saciado y que obtenía apenas de qué vivir con su ardiente velocidad, se empleaba siempre a fondo por un puñado de pasto, como si esa carrera fuera la que iba a consagrarlo definitivamente. Y tras el baño, comía contento su ración, la ración basta y mínima del más oscuro de los más anónimos caballos.

—No importa —se decía alegremente.— Ya llegará el día en que se diviertan.

El tiempo pasaba, entretanto. Las voces cambiadas entre los espectadores cundieron por la ciudad, transpasaron sus puertas, y llegó por fin un día en que la admiración de los hombres se asentó confiada y ciega en aquel caballo de carrera. Los organizadores de espectáculos llegaron en tropel a contratarlo, y el potro, ya de edad madura, que había corrido toda su vida por un puñado de pasto, vio tendérsele en disputa apretadísimos fardos de alfalfa, macizas bolsas de avena y maíz —todo en cantidad incalculable,— por el solo espectáculo de una carrera.

Entonces el caballo tuvo por primera vez un pensamiento de amargura, al pensar en lo feliz que hubiera sido en su juventud si le hubieran ofrecido la milésima parte de lo que ahora le introducían gloriosamente en el gaznate.

En aquel tiempo —se dijo melancólicamente—, un solo puñado de alfalfa como estímulo, cuando mi corazón saltaba de deseos de correr, hubiera hecho de mí al más feliz de los seres. Ahora estoy cansado.

En efecto, estaba cansado. Su velocidad era, sin duda, la misma de siempre, y el mismo el espectáculo de su salvaje libertad. Pero no poseía ya el ansia de correr de otros tiempos. Aquel vibrante deseo de tenderse a fondo, que antes el joven potro entregaba alegre por un montón de paja, precisaba ahora toneladas de exquisito forraje para despertar. El triunfante caballo pesaba largamente las ofertas, calculaba, especulaba finamente con sus descansos. Y cuando los organizadores se entregaban por último a sus exigencias, recién entonces sentía deseos de correr. Corría entonces, como él solo era capaz de hacerlo; y regresaba a deleitarse ante la magnificencia del forraje ganado.

Cada vez, sin embargo, el caballo era más difícil de satisfacer, aunque los organizadores hicieran verdaderos sacrificios para excitar, adular, comprar aquel deseo de correr que moría bajo la presión del éxito. Y el potro comenzó entonces a temer por su prodigiosa velocidad, si la entregaba toda en cada carrera. Corrió entonces por primera vez en su vida, reservándose, aprovechándose cautamente del viento y las largas sendas regulares. Nadie lo notó —o por ello fue acaso más aclamado que nunca,— pues se creía ciegamente en su salvaje libertad para correr.

Libertad... No, ya no la tenía. La había perdido desde el primer instante en que reservó sus fuerzas para no flaquear en la carrera siguiente. No corrió más a campo traviesa, ni a fondo, ni contra el viento. Corrió sobre sus propios rastros más fáciles, sobre aquellos zig zag que más ovaciones habían arrancado. Y en el miedo siempre creciente de agotarse, llegó un momento en que el caballo de carrera aprendió a correr con estilo, engañando, escarceando cubierto de espumas por las sendas más trilladas. Y un clamor de gloria lo divinizó.

Pero dos hombres que contemplaban aquel lamentable espectáculo, cambiaron algunas tristes palabras.

—Yo lo he visto correr en su juventud —dijo el primero;— y si uno pudiera llorar por un animal, lo haría en recuerdo de lo que hizo este mismo caballo cuando no tenía qué comer.

—No es extraño que lo haya hecho antes —dijo el segundo.— Juventud y Hambre son el más preciado don que puede conceder la vida a un fuerte corazón.

Joven potro: Tiéndete a fondo en tu carrera, aunque apenas se te dé para comer. Pues si llegas sin valor a la gloria, y adquieres estilo para trocarlo fraudulentamente por pingüe forraje, te salvará el haberte dado un día todo entero por un puñado de pasto.

sus exigencias, alzábase por fin de la fatiga su deseo de correr.

de hacerlo, y regresaba a deleitarse

largas sendas regulares. Nadie lo notó —o fué acaso más aclamado que nunca,

rastros más fáciles, aquellos que

de gloria lo acompañó.

NOTAS

[1] Originalmente en: *La Nación*, Buenos Aires, marzo 26, 1922.

EL LEÓN[1]

Había una vez una ciudad levantada en pleno desierto, donde todo el mundo era feliz. La ciencia, la industria y las artes habían culminado al servicio de aquella ciudad maravillosa que realizaba el ideal de los hombres. Gozábase allí de todos los refinamientos del progreso humano, pues aquella ciudad encarnaba la civilización misma.

Pero sus habitantes no eran del todo felices, aunque lo hayamos dicho, porque en su vecindad vivían los leones.

Por el desierto lindante corrían, saltaban, mataban y se caían los leones salvajes. Las melenas al viento, la nariz husmeante y los ojos entrecerrados, los leones pasaban a la vista de los hombres con su largo paso desdeñoso. Detenidos al sesgo, con la cabeza vuelta, tendían inmóviles el hocico a las puertas de la ciudad, y luego trotaban de costado, rugiendo.

El desierto les pertenecía. En balde y desde tiempo inmemorial, los habitantes de la ciudad habían tratado de reducir a los leones. Entre la capital de la civilización y las demás ciudades que pugnaban por alcanzar ésta, se interponía el desierto y su bárbara libertad. Idéntico ardor animaba a ambos enemigos en la lucha; la misma pasión que ponían los hombres en crear aquella gozosa vida sin esfuerzos, alimentaba en los leones su salvaje violencia. No había fuerza, ni trampa, ni engaño que no hubieran ensayado los hombres para sojuzgarlos; los leones resistían, y continuaban cruzando el horizonte a saltos.

Tales eran los seres que desde tiempo inmemorial obstaculizaban el avance de la civilización.

Pero un día los habitantes decidieron concluir con aquel estado de cosas, y la ciudad entera se reunió a deliberar. Pasaron los días en vano. Hasta que por fin un hombre habló así:

—No hemos hecho nunca lo que debíamos. Hay que conquistar a los leones con otros medios. Nada consegui-

hombres con su largo paso desdeñoso. O detenidos

el hocico a las puertas de la ciudad. Y luego

que pugnaban por alcanzarla, se interponía el desierto y su bárbara libertad. Una misma pasión animaba a ambos enemigos en lucha; la misma que ponían los hombres en crear aquella

hombres para sojuzgarlos. Los leones resistían

de una vez con ellos, y la ciudad entera se reunió a deliberar. Nada conseguían hasta

remos con la violencia, ni con los burdos engaños. Yo propongo que demos un león por esposo a la más bella de entre nuestras hijas. Ya saben a cuál me refiero: a ese joven e indomable león, que desde que ha nacido parece ejercer una extraña influencia sobre sus compañeros. Conquistándolo a él, nos desharemos fácilmente de las demás fieras. Elijamos a la más bella de nuestras hijas, y démosla por esposa a ese león.

Esto dijo el hombre; y la idea fué considerada sutil y realizable, porque esto pasaba en una época en que las mujeres eran semidiosas y no se comportaban en la vida como simples mortales.

La más bella, pues, de las jóvenes vírgenes, fué encerrada sola en una torre que se levantó en el desierto a la vista de la ciudad. Y al atardecer, la hermosa se asomaba a la ventana, donde lloraba con el pañuelo en los ojos.

Los leones pasaban y rugían trotando, temerosos siempre de una asechanza.

Sólo el joven león se atrevía a acercarse. Inmóvil al pie de la torre, alzaba horas enteras sus salvajes y azules ojos a la bellísima hija de los hombres, que lloraba para ablandar su indómito corazón.

En breves días pudo apreciarse la sutileza del consejo: el león, que había resistido a la violencia y los engaños groseros, cayó en las redes. Y siguiendo, hipnotizado de amor, a la hermosa joven que le sonreía bajo un extremo del pañuelo, franqueó las puertas de la ciudad.

No vaya a creerse, sin embargo, que los hombres procedían de mala fe al ofrecerle la bellísima esposa. Las bodas se realizaron en corto plazo con un fausto inaudito, en honor de aquel monarca del desierto que se dignaba honrar a los hombres con su alianza.

Cuanto hay de lujo, de halago sutil en la civilización de los hombres, fué tendido a los pies —las garras— del joven león salvaje.

Se le inició paso a paso en los goces del refinamiento, en los deleites de la inercia. Se le peinó, se le acarició, se le untó de las mil exquisitas dulzuras que constituyen la alta civilización. Y el bárbaro intruso, deslumbrado y blando de amor, lamió, probó y gustó de cuanto le ofrecían.

Se le convenció de que debía dejarse limar los dientes y cortar las garras, —vergonzoso estigma de su vida anterior,— y así se hizo. Aprendió a amar los muelles cojines, a sentarse a la mesa con la servilleta sobre los muslos, a quejarse de calor en días apenas tibios, y a disimularse en el fondo del palco para dejar sitio a las señoras en el antepecho. Aprendió a perder en los brazos de su esposa los últimos impulsos de rebelión, y aprendió por último a decir discursos en las grandes ceremonias rememorativas, con la mesura y el buen tono de los hombres. Llegó finalmente con el tiempo a ser un amable, tolerante y grueso león de garras y colmillos limados, que se horripilaba ante toda idea de violencia, y que no tenía sino dos aspiraciones: gozar de su vida actual, y prolongarla hasta su vejez.

Tal era. Pero la vejez llegó, y con ella, como es norma en los animales salvajes, la naturaleza primitiva asomó tras el alma maquillada de la vieja fiera.

Miró hacia el pasado, y echado sobre el vientre con la barbilla sobre las zarpas, contempló la ruta recorrida, y vió entonces por vez primera, en jalonada perspectiva, la obra sutil, perseverante y fatal de los hombres.

Estaba vencido. Se sentía completamente sin fuerzas; no ya para romper el hechizo, sino para desearlo, siquiera. No concebía ya más la vida sin el baño tibio, el vientre repleto y la amistad de las gentes de mundo. Allá, en el desierto, hacía mucho tiempo que sus hermanos no rugían más. Y a él se le había acariciado, comprado, cebado, aniquilado...

Pasaba así el tiempo, cuando tuvo la honda sorpresa de saber que iba a ser padre. Oyó por días enteros el clamor de la ciudad que vitoreaba de antemano la descendencia de la joven princesa, —pues nos hemos olvidado de decir que la joven era una princesa.— De él, el león consorte, nadie se preocupaba ya.

El viejo padre sintió que sus melenas se encrespaban un instante: ¡hijos suyos! Y meditó largo rato. Pero pronto su amargura fué mayor. ¿Qué descendencia podría ser aquélla, de un león que anteponía a todo la seguridad de su comida, y llevaba los bolsillos del smoking repletos de menús? La madre de sus hijos era una hija de los hombres... Sus descendientes serían lamentables monstruos, ya atrofiados y vencidos antes de nacer...

Apreció así una vez más la obra de los hombres, que al ofrecerle una esposa de su casta quebraban para siempre, en la herencia misma, la salvaje libertad de los

Aprendió a desear los muelles cojines, a sentarse a la mesa con la servilleta sobre los muslos y a no desdeñar el escarbadientes. Aprendió a quejarse de calor con un día apenas tibio, y a señoras en el antepecho. Aprendió a perder rebelión, y aprendió finalmente a decir discursos mesura y el buen tono de las ideas de los hombres. Llegó, en suma, con el tiempo a ser un amable,

sino dos aspiraciones: su bien colmada vida actual sin sobresaltos, y que no concluyera nunca tal órden de cosas.

asomó tras el alma pintada y estucada de la

con la barbilla sobre las manos, contempló la ruta recorrida. Y vió entonces por vez primera, en jalonada perspectiva, la obra sutil, insinuante y perseverante de los hombres. estaba vencido. Se sentía completamente sin

sin el baño tibio, sin la comida infaltable, sin el aprecio de las gentes de mundo. Allá en el desierto más. Los leones jovenes habían sido muertos o habían huído. Y él, él había sido acariciado, comprado, cebado, aniquilado. Pasó el tiempo. Y tuvo de pronto la honda sorpresa de saber que iba a ser padre. Oyó el clamor de la ciudad entera que vitoreaba cesa, (pues nos hemos olvidado de decir que era una princesa) De él, el león encrespaban un momento: ¡hijos suyos!

menús. Y la madre de sus hijos era una hija de los hombres... Sus descendientes serían atrofiados y lamentables monstruos, ya vencidos leones. Domado él, domada su raza... Y con la mirada perdida en el más amargo desierto de las desesperanzas, el ex león vió llegar el angustioso momento.

Pero cuando la princesa dió por fin a luz, los ojos del lamentable padre saltaron de delirante gozo: ¡Eran leones! A pesar de su ignominia, sus hijos eran leoncillos puros, libres de toda mancha.

¡Sí, amigos! ¡Eran leoncillos desde el tierno hociquito hasta la punta de la cola! Y con dientes agudísimos de seres salvajes.

Antes que el clamor levantado por el terrible acontecimiento se hubiera desvanecido, el viejo león arrebataba a su cría y huía con ella, mientras en palacio defervecía poco a poco el tumulto. En realidad, los asistentes habían visto algo monstruoso; pero se supuso que una mano caritativa había aniquilado al nacer aquella letal descendencia.

Pero el viejo león no cabía en sí de felicidad: ¡leoncillos puros! ¡Sin una uña ni un diente limados! El destino de las razas venideras era, pues, superior a su flaqueza de gordo león repleto que había trocado sus garras por un mantel, cuando la libertad le concedía aún dos cachorrillos libres de toda mancilla. Y los criaba en el más completo misterio, viviendo con ellos cuanto le era posible.

El padre puso en la educación de sus hijos todo su amor y rencor exasperados, que refluía sobre la nativa violencia de los leoncillos. Y cuando los sintió, por fin y para siempre, infatigables al hambre y la sed, el viejo león los llevó una noche de lluvia a las puertas de la ciudad, enseñándoles el desierto. Viólos desaparecer a saltos, empapados y lacios de agua, tendiéndose cada vez más en sus botes.

El padre quedó largas horas en silencio, mirando hacia lo lejos... lo que ya no podía ver. Volvióse luego, pues sentía hambre; apetito de platos bien aderezados, en un restaurant de la civilización. Tal era, y no podía ser más otra cosa.

Pero no importa. Allá iban sus hijos liberados, las salvajes fieras de garras y colmillos agudísimos, ya prevenidos desde el nacer; los cachorros redentores, suprema esperanza de los leones vencidos.

de las desesperanzas,
vío llegado el angustioso momento.
Pero cuando la princesa dío a luz, los
sus hijos eran leoncillos puros, libres de la menor mancilla!

agudísimos y agudas uñas de seres salvajes.

Antes que el tumulto y el clamor se hubieran desvanecido, el viejo león había arrebatado su cría y huía con ella. Dejolos en un lugar seguro y regresó al palacio, donde no podía saberse aún lo que había pasado.
pero se creyó que una mano caritativa había enseguida arrojado a la muerte aquella letal descendencia.

¡Sin un diente ni una uña

que había trocado sus garras con un mantel, cuando la libertad le concedía dos cachorrillos ¡puros de toda civilización! Y los criaba en el más completo misterio, pasando con ellos el tiempo que le era posible.

El padre puso en la educación de sus leoncillos todo su amor y rencor que exasperaba en los cachorros su luminosa violencia nativa. Y cuando estuvieron crecidos —infatigables al hambre y la sed los
y les enseñó el desierto. Los vío desaparecer a

mirando hacia la noche del desierto... lo que ya no podía ver.

Sintió hambre por fin; hambre de platos
civilización. Eso era él y no podía ser más otra cosa.

Pero no importa, allá iban sus hijos

NOTAS

[1] Apareció originalmente con el título «Un león», en: *La Nación*, Buenos Aires, enero 9, 1921, segunda sección, página 3; con una ilustración de Málaga Grenet.

LA PATRIA[1]

EL DISCURSO que el soldado herido dijo a los animales del monte que querían formar una patria, puede ser transcripto en su totalidad, en razón de ser muy breve y de ayudar a la comprensión de este extraño relato.

La normalidad de la vida en la selva es bien conocida. Las generaciones de animales salvajes se suceden unas a otras y unas en contra de las otras en constante paz, pues a despecho de las luchas y los regueros de sangre, hay un algo que rige el trabajo constante de la selva, y ese algo es la libertad. Cuando las especies son libres, en la selva ensangrentada reina la paz.

Esta felicidad la habían conocido los animales del bosque desde tiempo inmemorial, hasta que a los zánganos les cupo en suerte comprometerla.

Son más que conocidas las virtudes de las abejas. Han adquirido en su milenaria familiaridad con el hombre nociones de biología que les produce algunos trastornos cuando deben transformar una obrera en reina, pues no siempre aumentan la celda y el alimento en las proporciones debidas. Y esto se debe al mareo filosófico ocasionado por la extraordinaria facultad que poseen de cambiar el sexo de sus obreras a capricho. Sin abandonar la construcción de sus magníficos panales, pasan la vida preocupadas por su super-animalidad y el creciente desprecio a los demás habitantes de la selva, mientras miden aprisa y sin necesidad el radio de las flores.

Esta es la especie que dió en la selva el grito de alerta, algunos años después de haberse ido el hombre remando aguas abajo en su canoa.

Cuando este hombre había llegado a vivir en el monte, los animales inquietos siguieron días y días sus manejos.

— Este es un buen hombre —dijo un gato montés guiñando un ojo hacia el claro de bosque en que la camisa del hombre brillaba al sól. Yo sé qué es. Es un hombre.

Marginal variant notes:

a las abejas les cupo en suerte la desgracia *de* comprometerla.

abejas. Además han adquirido en su milenaria

les motiva algunos trastornos cuando deben

el radio interno y externo de

Este es un hombre —dijo un gato montés guiñando un ojo hacia el sol del claro de bosque en que la camisa del hombre brillaba.

—¿Qué daño nos puede hacer? —dijo el pesado y tímido tapir.— Tiene dos pies.

— Y una escopeta —gruñó el jaguar con desprecio.— Mata a muchos tapires con una sola escopeta.

—gruñó el tigre con desprecio

—Vámonos entonces —concluyó el tapir volviendo grupas.

— ¿Para qué? —agregó el jaguar.— Si está aquí en la selva, es libre. El nos puede matar, y nosotros podemos también matarlo a él. Y a veces tienen un perro. ¿Por qué nos vamos a ir? Quedémonos.

—agregó el tigre— Si está

—Nosotras nos quedamos —dijeron mansamente las víboras de cascabel.

—Y nosotros también —agregaron los demás animales.

Y de este modo los animales y el hombre vivieron juntos en la selva sin límites, uniformemente agitada por asaltos y regueros de sangre, y uniformemente en paz.

agitada por asaltos y manchas de sangre

Pero el hombre, después de vivir su vida en el bosque durante varios años, se fue un día. Sus preparativos de marcha no escaparon a los animales, y ellos lo vieron, desde lo alto del acantilado, poner su canoa en el agua y descender la selva remando por el medio del río.

lo vieron, desde la linde de la meseta que no habían vuelto a pisar más, poner...

No invadieron, sin embargo, el campo de lucha del hombre, donde quedaban sus herramientas y sus árboles. En la ilimitada extensión de su libertad, la privación de un pequeño claro del bosque no entorpecía la vida pujante de la selva.

De nadie, a excepción de las abejas. Ya hemos anotado su constante preocupación respecto de su propia sabiduría. Miden sin necesidad el radio de las flores para establecer su superioridad, y anhelan deslumbrar con su ciencia a los demás animales.

De ninguno, a excepción de las abejas. Ya hemos

anhelan deslumbrar con su filosofía a los demás

Los zánganos saben también todas estas cosas, pero no trabajan.

*(Línea incorporada en la primera edición en libro)

Fueron ellos, pues, quienes, aprovechando el dormido silencio de la casa, entraron con un rayo de sol por un postigo entreabierto. Admiraron como entendidos todas las cosas del hombre, sin comprender una sola, hasta que una mañana la suerte los favoreció con la caída de un libro. Leyeron presurosos con los ojos sobre la letra misma, lo cual los volvió más miopes de lo que ya eran. Y cuando hubieron devorado aquella muestra de sabiduría de los hombres, volaron alborozados a reunir a todos los animales de la selva.

Fueron pues, ellas quienes, aprovechando el

como entendidas todas las cosas del hombre, sin

suerte las favoreció con la caída de un libro. Leyeron presurosas con los ojos sobre la letra misma, lo cual las volvió más miopes de lo que

muestra de la sabiduría de los hombres, volaron alborozadas a reunir a todos los animales de la

—¡Ya sabemos lo que debemos hacer! —zumbaron triunfantes.— ¡Hemos aprendido la filosofía de los hom-

bres! Necesitamos una patria. Los hombres pueden más
que nosotros porque tienen patria. Sabemos ahora tanto
como ellos. Creemos una patria.

Los animales salvajes meditaron largo tiempo la proposición, cuya utilidad no alcanzaban bien.

— ¿Para qué? —murmuró por fin el jaguar, expresando la desconfianza común.

— Para ser libres —respondieron los zánganos:
Todos los seres libres tienen patria. Ustedes no comprenden porque no saben lo que es la partenogénesis. Pero
nosotros sabemos. Sabemos todo, como los hombres.
Vamos a formar una patria para ser libres como los
hombres.

—¿Pero acaso nosotros no somos libres? —preguntaron a un tiempo todos los animales.

— No se trata de eso, —replicaron los zánganos—
sino de tener una patria. ¿Cuál es la patria de ustedes?
¿Quién de nosotros puede decir que tiene una patria?

Los animales libres se miraron turbados, y ninguno
respondió.

—¿Y entonces? —prosiguieron triunfantes los zánganos.— ¿Para qué les sirve la libertad si no tienen patria?

Era esto más de lo que podían oir los rústicos oyentes
sin dejarse convencer. Los loros, que firmes en su rama
cabeceaban a cada instante hacia el suelo como si temie-
ran caerse, fueron naturalmente los primeros en divulgar la buena nueva. Comenzaron en seguida a pasarse la
palabra entre ellos, con su murmullito gutural:

—¿Formemos una patria...? ¿Sí...? No tenemos
patria...; ¡Ninguna patria!... ¡Ninguna!...

Y ante el convencimiento general de que hasta ese
momento no habían sido honrosamente libres, se decidió
con loco entusiasmo fundar la patria.

Fué desde luego a las abejas y a las hormigas a
quienes se encargó de los dos elementos primordiales de
la patria: los límites y el pabellón. Las abejas perdieron
en un principio la cabeza al ver con sus ojos prismáticos
el variado color de las banderas de los hombres. ¿Qué
hacer?

—Si los hombres han usado de todos los colores —se
dijeron por fin,— es porque todos tienen grandes virtudes. Nosotros tendremos una bandera mejor que la de
ellos, y nos envidiarán.

Dicho lo cual pintaron con su minuciosidad característica una bandera con todos los colores imaginables, en

---

Formemos una patria.

la proposición, cuya utilidad que
no comprendían.

¿Para qué — murmuró por fin el
tigre,

— Para ser libres — respondieron las abejas.

preguntaron a un tiempo las águilas y los tigres.

No se trata de esto, — replicaron
las abejas

las abejas — ¿Para qué les sirve
la libertad si

en divulgar la nueva

primordiales que pudieron comprender los rudos patriotas: los
límites
con sus ojos miopes el variado
color de las

finísimas rayitas. Y cuando la bandera flameó sobre la selva, se vió con sorpresa que era blanca.

—Mejor, —dijeron las abejas.— Nuestra bandera es el símbolo de todas las patrias, porque el color de cada una se encuentra en la nuestra.

Y con aclamaciones delirantes, la bandera blanca, símbolo de la patria, fué adoptada por los animales libres.

—Ya tenemos la mitad de la patria —dijeron luego—. Las hormigas construirán ahora un muro que será el límite de nuestra patria.

Y las hormigas construyeron una muralla infranqueable, con su dentadura tenaz.

Nada más faltaba en apariencia. Mas los loros y las aves todas pidieron también que se cerrara el aire con una frontera, pues de otro modo sólo los animales del suelo tendrían patria.

Y las arañas fabricaron una inmensa tela, tan infranqueable que nadie hubiera podido dudar de que aquello era en verdad una frontera.

Y lo era. En el cerrado recinto los animales libres pasearon en triunfo días y días su bandera. Trepaban a veces a la muralla y recorrían incansables la plataforma cantando de entusiasmo, mientras el viento lluvioso agitaba a sacudidas su pabellón, y tras la frontera aérea las abejas expulsadas morían de frío sin poder entrar.

Pues como bien se comprende, apenas constituída la patria se había arrojado de ella a las abejas extranjeras, que eran sin embargo las más capaces de producir miel.

Con los días pasaron los meses, y el entusiasmo inicial pasó también. Algún animal, a veces, seguía paso a paso la muralla y alzaba los ojos a la red que le cerraba el cielo.

—Es nuestra patria —se consolaba por fin a sí mismo.— Ningún hombre, jamás, ha tenido una patria tan bien delimitada como la nuestra. Debemos dar gracias por nuestra felicidad.

Y diciendo esto, el animal libre alzaba la cabeza a la imponente muralla que aislaba a su hermosa patria de la selva invisible, en tanto que una inexplicable sensación de frío lo invadía entero.

El jaguar sobre todo, cuyos rugidos habían aclamado como nadie el nacimiento de la patria, vagaba ahora mudo, trotando horas enteras a lo largo de la muralla. Sentía por primera vez algo que desconocía: sed. Era en

rayitas, sin olvidar, claro está, los exágonos y los radios. Y cuando la

pasearon días y días en triunfo su bandera

Y diciendo esto, apreciaba la imponente muralla

El tigre sobre todo,

balde que bebiera a cada instante. En el fondo de las fauces la sed inextinguible le secaba las tensas cuerdas vocales que habían sido su vida misma de patriota. Trotaba mudo sin cesar, arrastrando su angustiosa sed por entre las sólidas fronteras de su patria.

Los demás animales cruzaban y recruzaban el recinto desorientados, con una verde lucecita de extravío en los ojos.

Entretanto, una abeja del sur llevó un día una gran noticia.

—¡El hombre ha ido a la guerra! —zumbaron las abejas alborozadas.— ¡Ha ido a defender a su patria! El nos va a explicar cuando vuelva qué es lo que nos pasa. Algo nos falta, y él lo sabe bien, porque hace cuatro años que está luchando por su patria.

Y los animales esperaban ansiosos —con excepción del jaguar, que no esperaba nada y sólo sentía inextinguible sed. Hasta que una mañana el hombre volvió a su casa abandonada, conducido de la mano por su pequeño hijo.

—¡Yo sé lo que es! —dijo la lechuza al verlo, lanzando un estridente chillido.— Yo vi otro así. Está ciego. No ve porque está ciego, y su hijo lo lleva de la mano.

En efecto, el soldado volvía ciego y enfermo. Y durante muchos días no salió de su casa. Una cálida noche salió por fin a sentarse al aire nocturno, en medio de la selva densa y oscurísima que se alzaba hasta el cielo estrellado.

Al cabo de un rato el hombre ciego tuvo la impresión de que no estaba solo. Y en efecto, una voz se alzó en las tinieblas.

—Nosotros hemos fundado nuestra patria —dijo la voz áspera, ronca y precipitada de alguien poco habituado a hablar.— Pero no sabemos qué nos falta. Lo esperábamos a Vd. ansiosamente para que nos diga por qué sufrimos. ¿Qué nos pasa a nosotros que no somos felices? Usted que ha defendido a su patria cuatro años, debe saberlo. ¿Por qué es?

Y la misma voz entrecortada enteró al hombre de lo acaecido en su ausencia.

El hombre mantuvo un rato la cabeza baja, y luego habló con voz pausada y grave.

—Yo puedo, en efecto, decirles por qué ustedes sufren. Nada falta a la patria que han formado: es inmejorable. Solamente que al establecer sus fronteras... han perdido la patria.

Marginal variants:

las profundas cuerdas vocales

las alborozadas abejas. — ¡Ha ido a defender a

del tigre. que no esperaba nada y el hombre volvió a su casa abandonada, llevado muy despacio

de no estar solo. Y en efecto,

nos falta. Los esparábamos ansiosamente

las fronteras... han perdido la patria.

Instantáneamente, al oir esto, el jaguar sintió aplacada su sed. Un vaho de frescura suavizó sus fauces, una onda de caliente y furiosa libertad remontó desde el fondo de su ser.

—Es cierto... —bramó sordamente cerrando los ojos.— Habíamos perdido nuestra libertad...

—Ciertamente —prosiguió el soldado ciego.— Ustedes crearon su propia cárcel. Eran libres, y dejaron de serlo. La patria de ustedes no es este pedazo de monte ni esta orilla del río; es la selva entera. Así como la patria de los hombres...

El hombre se detuvo. Pero una voz irónica, no oída aún, preguntó lo siguiente:

—¿Cuál es?

El hombre meditó otro momento, y llamando a su chico de ocho años, lo alzó hasta sus rodillas.

—No conozco —dijo entonces— la voz que ha hablado, ni sé si pertenece a la selva. Pero voy a responder de todos modos. Yo he luchado efectivamente cuatro años defendiendo a mi patria. Le he dado mi sangre y mi vida. Lo que ahora diga, pues, es para ti, hijo mío, y a ti me dirijo. No comprenderás gran cosa porque eres todavía muy niño. Pero algo te quedará, como de un sueño, que recordarás cuando seas grande.

Y en la cálida oscuridad del bosque, ante los animales inmóviles pendientes de su voz, con su inocente hijo sentado en sus rodillas, el hombre moribundo habló así:

—La patria, hijo mío, es el conjunto de nuestros amores. Comienza en el hogar paterno, pero no lo constituye él solo. En el hogar no está nuestro amigo querido. No está el hombre de extraordinario corazón que veneramos y que la vida nos ofrece como ejemplo cada cien años. No está el hombre de altísimo pensamiento que refresca la pesadez de la lucha. No hallamos en el hogar a nuestra novia. Y dondequiera que ellos estén, el paisaje que acaricia sus almas, el aire que circunda sus frentes, los seres humanos que como nosotros han sufrido el influjo de esos nuestros grandes amores; —su patria, en fin, es a la vez la patria nuestra.

Cada metro cuadrado de tierra ocupado por un hombre de bien, es un pedazo de nuestra patria.

La patria es un amor y no una obligación. Hasta donde quiera que el alma extienda sus rayos, va la patria con ella.

Instantáneamente, al oir esto, el tigre sintió

a su chico de ocho años, lo sentó en sus rodillas

Le he dado mi sangre y mi vida. He cumplido pues con mi deber. Lo que ahora diga, es para tí, hijo mío, y a tí me de un sueño, que recordarás cuando yo muera, y tal vez alcance a salvar tu vida de hombre. Y en la cálida oscuridad de la selva, ante los

nos ofrece cada cien años. No

Cuanto es honor de la vida de este lado de la frontera, lo es igualmente del otro. Un río es un camino cordial hacia un amigo. El hombre cuyo corazón se cierra ante su río, acaba de convertirlo en un rencoroso presidio.

cuyo corazón se cierra ante su río, lo ha convertido

Traza, hijo mío, las fronteras de tu patria con la roja sangre de tu corazón. Todo aquello que la oprime y la asfixia, a mil leguas de ti o a tu lado mismo, es el extranjero.

lo oprime y lo asfixia, — a tu lado o a mil leguas de ti —, es el extranjero.

El valor de tu patria radica en tu propio valer. Un pedazo de tierra no tiene más valor que el del hombre que la pisa en ese momento. Cuando tu corazón ha anidado celosamente el amor de estos hombres de real valer, sin cuidarte de su procedencia, entonces la patria, que es el conjunto de estos amores, se ha convertido en lo más grande que existe.

Dondequiera que veas brillar un rayo de amor y de justicia, corre a ese lugar con los ojos cerrados, porque durante ese acto allí está tu patria. Por esto, cuando en tu propio país veas aherrojar a la justicia y simular el amor, apártate de él, porque no te merece. Pues si a mí —que soy tu padre, y en quien siempre creíste,— me ves cometer una infamia, arrójame de tu corazón. Y yo, hijo mío, que te he criado solo, que te he educado y te he adorado, soy para ti más que la patria.

y de justicia, corre a él con los ojos

de ella, porque no te merece.

que te he enseñado y te he adorado, soy para

Hijo mío: Debo ponerte en guardia contra unas palabras que oirás a menudo, y que son éstas: «La idea de patria no resiste a la fría razón, y se exalta ante el sentimiento».
Pues bien, no es cierto. Es la fría razón quien confina y reduce el amoroso concepto de patria en los sórdidos límites de la conveniencia. La fría razón es exclusivamente la que nos indica la utilidad de la frontera, de las aduanas, de los proteccionismos, de la lucha industrial. Ante la razón, el concepto de patria se confina en el proficuo marco de sus fronteras económicas. Solamente la fría razón es capaz de orientar la expansión de la patria hacia las minas extranjeras. Sólo la razón viciada por el sofisma puede forzarnos como hermano a un oscuro y desconocido ser a ochocientas leguas de nosotros, y advertirnos que es extranjero el vecino cuyo corazón ilumina hasta nuestro propio hogar.

Hijo mío: Debo ponerte en guardia contra una sentencia que oirás a menudo, y que es ésta:

en los límites de la conveniencia. La fría

de la expansión industrial. Ante la razón

Pero esta patria ahoga el sentimiento, porque es para él un dogal. Si el sentimiento es amor, y el amor es sed de ideal, la patria se extiende indefinidamente hasta que la detiene una iniquidad. Sólo los hombres de corazón ciego pueden hallar satisfechos todos sus ideales, en los límites fatales de una sola frontera y un solo pabellón.

hallar el ideal, en los límites

La razón mide la patria por el territorio que abarca, y el sentimiento, por el valor del hombre que la pisa. Todo hombre cuyo corazón late a compás de un distante corazón fraternal, y se agita ante una injusticia lejanísima, posee esta rara y purísima cosa: un ideal. Y sólo él puede comprender la dichosa fraternidad de cuanto tiene la humanidad de más noble, y que constituye la verdadera patria. Recuérdalo cuando seas grande, hijo mío.

agita ante una injusticia lejanísima, es un hombre de sentimiento. Y sólo él puede comprender esta dichosa armonía de cuanto tiene

El soldado ciego no dijo más. Los animales, mudos siempre y con sus simples almas en confusión, se fueron alejando en silencio. Pero ni uno solo entró en su patria. En las profundas tinieblas de la selva sin límites moraba la paz perdida, la sangrienta libertad de su vida anterior. Y a ella se encaminaron.

Sólo la lechuza, el estridente pajarraco de la previsión, giró inquieta la cabeza a todos lados, y fijó al fin sus ojos redondos en el soldado ciego.

uno solo entró en su patria. Desde las profundas tinieblas de la selva llegábales la paz

previsión, giró inquieta la cabeza a los lados y atrás, y

—Esto está muy bien —chilló.— Pero un hombre que ha defendido cuatro años a su patria y se expresa así, no puede vivir más.

Y se alejó volando.

Y se alejó volando. Y en efecto, el hombre murió en breves

En efecto, el hombre murió en breves días. Pero no murió del todo, porque su tierno hijo recordó lo bastante de aquella noche para ser más tarde en la vida un hombre libre.

recordó más tarde de aquella noche lo bastante para ser en la vida un hombre libre.

NOTAS

[1] Cuento que Quiroga dio a conocer inicialmente con el título «La patria en la selva», en *La Nación*, Buenos Aires, septiembre 26, 1920.

JUAN DARIÉN[1]

AQUÍ SE CUENTA la historia de un tigre que se crió y educó
entre los hombres, y que se llamaba Juan Darién. Asistió
cuatro años a la escuela vestido de pantalón y camisa, y
dio sus lecciones correctamente, aunque era un tigre de
las selvas; pero esto se debe a que su figura era de
hombre, conforme se narra en las siguientes líneas:

Una vez, a principios de otoño, la viruela visitó un
pueblo de un país lejano y mató a muchas personas. Los
hermanos perdieron a sus hermanitas, y las criaturas
que comenzaban a caminar quedaron sin padre ni
madre. Las madres perdieron a su vez a sus hijos, y una
pobre mujer joven y viuda llevó ella misma a enterrar a
su hijito, lo único que tenía en este mundo. Cuando
volvió a su casa, se quedó sentada pensando en su
chiquito. Y murmuraba:

—Dios debía haber tenido más compasión de mí, y
me ha llevado a mi hijo. En el cielo podrá haber ángeles,
pero mi hijo no los conoce. Y a quien él conoce bien es a
mí, ¡pobre hijo mío!

Y miraba a lo lejos, pues estaba sentada en el fondo
de su casa, frente a un portoncito por donde se veía la
selva.

Ahora bien; en la selva había muchos animales feroces que rugían al caer la noche y al amanecer. Y la pobre
mujer, que continuaba sentada, alcanzó a ver en la
oscuridad una cosa chiquita y vacilante que entraba por
la puerta, como un gatito que apenas tuviera fuerzas
para caminar. La mujer se agachó y levantó en las manos
un tigrecito de pocos días, pues tenía aún los ojos
cerrados. Y cuando el mísero cachorro sintió el contacto
de las manos, runruneó de contento, porque ya no estaba
solo. La madre tuvo largo rato suspendido en el aire
aquel pequeño enemigo de los hombres, a aquella fiera
indefensa que tan fácil le hubiera sido exterminar. Pero

selvas, pero esto

chiquito. Y a veces murmuraba:

cosa chiquita que entraba por la
puerta caminando vacilante,
como un gatito que apenas tiene
fuerzas para entrar.
pues tenía los ojos aún

contento porque

590

quedó pensativa ante el desvalido cachorro que venía quién sabe de dónde, y cuya madre con seguridad había muerto. Sin pensar bien en lo que hacía llevó el cachorrito a su seno, y lo rodeó con sus grandes manos. Y el tigrecito, al sentir el calor del pecho, buscó postura cómoda, runruneó tranquilo y se durmió con la garganta adherida al seno maternal.

La mujer, pensativa siempre, entró en la casa. Y en el resto de la noche, al oír los gemidos de hambre del cachorrito, y al ver cómo buscaba su seno con los ojos cerrados, sintió en su corazón herido que, ante la suprema ley del Universo, una vida equivale a otra vida...

Y dio de mamar al tigrecito.

El cachorro estaba salvado, y la madre había hallado un inmenso consuelo. Tan grande su consuelo, que vio con terror el momento en que aquél le sería arrebatado, porque si se llegaba a saber en el pueblo que ella amamantaba a un ser salvaje, matarían con seguridad a la pequeña fiera. ¿Qué hacer? El cachorro, suave y cariñoso —pues jugaba con ella sobre su pecho—, era ahora su propio hijo.

En estas circunstancias, un hombre que una noche de lluvia pasaba corriendo ante la casa de la mujer oyó un gemido áspero —el ronco gemido de las fieras que, aun recién nacidas, sobresaltan al ser humano—. El hombre se detuvo bruscamente, y mientras buscaba a tientas el revólver, golpeó la puerta. La madre, que había oído los pasos, corrió loca de angustia a ocultar al tigrecito en el jardín. Pero su buena suerte quiso que al abrir la puerta del fondo se hallara ante una mansa, vieja y sabia serpiente que le cerraba el paso. La desgraciada madre iba a gritar de terror, cuando la serpiente habló así:

—Nada temas, mujer —le dijo—. Tu corazón de madre te ha permitido salvar una vida del Universo, donde todas las vidas tienen el mismo valor. Pero los hombres no te comprenderán, y querrán matar a tu nuevo hijo. Nada temas, ve tranquila. Desde este momento tu hijo tiene forma humana; nunca lo reconocerán. Forma su corazón, enséñale a ser bueno como tú, y él no sabrá jamás que no es hombre. A menos... a menos que una madre de entre los hombres lo acuse; a menos que una madre no le exija que devuelva con su sangre lo que tú has dado por él, tu hijo será siempre digno de ti. Ve tranquila, madre, y apresúrate, que el hombre va a echar la puerta abajo.

Y la madre creyó a la serpiente, porque en todas las religiones de los hombres la serpiente conoce el misterio de las vidas que pueblan los mundos. Fue, pues, corriendo a abrir la puerta, y el hombre, furioso, entró con el revólver en la mano y buscó por todas partes sin hallar nada. Cuando salió, la mujer abrió, temblando, el rebozo bajo el cual ocultaba al tigrecito sobre su seno, y en su lugar vio a un niño que dormía tranquilo. Traspasada de dicha, lloró largo rato en silencio sobre su salvaje hijo hecho hombre; lágrimas de gratitud que doce años más tarde ese mismo hijo debía pagar con sangre sobre su tumba.

Pasó el tiempo. El nuevo niño necesitaba un nombre: se le puso Juan Darién. Necesitaba alimentos, ropa, calzado: se le dotó de todo, para lo cual la madre trabajaba día y noche. Ella era aún muy joven, y podría haberse vuelto a casar, si hubiera querido; pero le bastaba el amor entrañable de su hijo, amor que ella devolvía con todo su corazón.

Juan Darién era, efectivamente, digno de ser querido: noble, bueno y generoso como nadie. Por su madre, en particular, tenía una veneración profunda. No mentía jamás. ¿Acaso por ser un ser salvaje en el fondo de su naturaleza? Es posible; pues no se sabe aún qué influencia puede tener en un animal recién nacido la pureza de una alma bebida con la leche en el seno de una santa mujer.

Tal era Juan Darién. E iba a la escuela con los chicos de su edad, los que se burlaban a menudo de él, a causa de su pelo áspero y su timidez. Juan Darién no era muy inteligente; pero compensaba esto con su gran amor al estudio.

Así las cosas, cuando la criatura iba a cumplir diez años, su madre murió. Juan Darién sufrió lo que no es decible, hasta que el tiempo apaciguó su pena. Pero fue en adelante un muchacho triste, que sólo deseaba instruirse.

Algo debemos confesar ahora: a Juan Darién no se le amaba en el pueblo. Las gentes de los pueblos encerrados en la selva no gustan de los muchachos demasiado generosos y que estudian con toda el alma. Era, además, el primer alumno de la escuela. Y este conjunto precipitó el desenlace con un acontecimiento que dio razón a la profecía de la serpiente.

Aprontábase el pueblo a celebrar una gran fiesta, y de la ciudad distante habían mandado fuegos artificiales.

En la escuela se dió un repaso general a los chicos, pues un inspector debía venir a observar las clases. Cuando el inspector llegó, el maestro hizo dar la lección el primero de todos a Juan Darién. Juan Darién era el alumno más aventajado; pero con la emoción del caso, tartamudeó y la lengua se le trabó con un sonido extraño.

El inspector observó al alumno un largo rato, y habló en seguida en voz baja con el maestro.

—¿Quién es ese muchacho? —le preguntó—. ¿De dónde ha salido?

—Se llama Juan Darién —respondió el maestro—, y lo crió una mujer que ya ha muerto; pero nadie sabe de dónde ha venido.

—Es extraño, muy extraño... —murmuró el inspector, observando el pelo áspero y el reflejo verdoso que tenían los ojos de Juan Darién cuando estaba en la sombra.

El inspector sabía que en el mundo hay cosas mucho más extrañas que las que nadie puede inventar, y sabía al mismo tiempo que con preguntas a Juan Darién nunca podría averiguar si el alumno había sido antes lo que él temía: esto es, un animal salvaje. Pero así como hay hombres que en estados especiales recuerdan cosas que les han pasado a sus abuelos, así era también posible que, bajo una sugestión hipnótica, Juan Darién recordara su vida de bestia salvaje. Y los chicos que lean esto y no sepan de qué se habla, pueden preguntarlo a las personas grandes.

Por lo cual el inspector subió a la tarima y habló así:

—Bien, niño. Deseo ahora que uno de ustedes nos describa la selva. Ustedes se han criado casi en ella y la conocen bien. ¿Cómo es la selva? ¿Qué pasa en ella? Esto es lo que quiero saber. Vamos a ver, tú —añadió dirigiéndose a un alumno cualquiera—. Sube a la tarima y cuéntanos lo que hayas visto.

El chico subió, y aunque estaba asustado, habló un rato. Dijo que en el bosque hay árboles gigantes, enredaderas y florecillas. Cuando concluyó, pasó otro chico a la tarima, y después otro. Y aunque todos conocían bien la selva, todos respondieron lo mismo, porque los chicos y muchos hombres no cuentan lo que ven, sino lo que han leído sobre lo mismo que acaban de ver. Y al fin el inspector dijo:

—Ahora le toca al alumno Juan Darién.

Juan Darién subió a la tarima, se sentó y dijo más o menos lo que los otros. Pero el inspector, poniéndole la mano sobre el hombro, exclamó:

— No, no. Quiero que tú recuerdes bien lo que has visto. Cierra los ojos.

Juan Darién cerró los ojos.

—Bien —prosiguió el inspector—. Dime lo que ves en la selva.

Juan Darién, siempre con los ojos cerrados, demoró un instante en contestar.

—No veo nada —dijo al fin.

—Pronto vas a ver. Figurémonos que son las tres de la mañana, poco antes del amanecer. Hemos concluído de comer, por ejemplo... Estamos en la selva, en la oscuridad... Delante de nosotros hay un arroyo... ¿Qué ves?

Juan Darién pasó otro momento en silencio. Y en la clase y en el bosque próximo había también un gran silencio. De pronto Juan Darién se estremeció, y con voz lenta, como si soñara, dijo:

—Veo las piedras que pasan y las ramas que se doblan... Y el suelo... Y veo las hojas secas que se quedan aplastadas sobre las piedras...

—¡Un momento! —le interrumpió el inspector—. Las piedras y las hojas que pasan, ¿a qué altura las ves?

El inspector preguntaba esto porque si Juan Darién estaba «viendo» efectivamente lo que él hacía en la selva cuando era animal salvaje e iba a beber después de haber comido, vería también que las piedras que encuentra un tigre o una pantera que se acercan muy agachados al río, pasan a la altura de los ojos. Y repitió:

—¿A qué altura ves las piedras?

Y Juan Darién, siempre con los ojos cerrados, respondió:

—Pasan sobre el suelo... Rozan las orejas... Y las hojas sueltas se mueven con el aliento... Y siento la humedad del barro en...

La voz de Juan Darién se cortó.

—¿En dónde? —preguntó con voz firme el inspector—. ¿Dónde sientes la humedad del agua?

—¡En los bigotes! —dijo con voz ronca Juan Darién, abriendo los ojos espantado.

Comenzaba el crepúsculo, y por la ventana se veía cerca la selva ya lóbrega. Los alumnos no comprendieron lo terrible de aquella evocación; pero tampoco se rieron de esos extraordinarios bigotes de Juan Darién, que no tenía bigote alguno. Y no se rieron, porque el rostro de la criatura estaba pálido y ansioso.

Marginal variants:

— Ah, no! Quiero

poco antes de amanecer

como si soñara dijo:

secas que se quedan de costado sobre las piedras...

que pasan: ¿a qué

encuentran un tigre o

dos dijo:

selva ya obscura. Los

La clase había concluído. El inspector no era un mal hombre; pero, como todos los hombres que viven muy cerca de la selva, odiaba ciegamente a los tigres; por lo cual dijo en voz baja al maestro:

—Es preciso matar a Juan Darién. Es una fiera del bosque, posiblemente un tigre. Debemos matarlo, porque, si no, él, tarde o temprano, nos matará a todos. Hasta ahora su maldad de fiera no ha despertado; pero explotará un día u otro, y entonces nos devorará a todos, puesto que le permitimos vivir con nosotros. Debemos, pues, matarlo. La dificultad está en que no podemos hacerlo mientras tenga forma humana, porque no podremos probar ante todos que es un tigre. Parece un hombre, y con los hombres hay que proceder con cuidado. Yo sé que en la ciudad hay un domador de fieras. Llamémoslo, y él hallará modo de que Juan Darién vuelva a su cuerpo de tigre. Y aunque no pueda convertirlo en tigre, las gentes nos creerán y podremos echarlo a la selva. Llamemos en seguida al domador, antes que Juan Darién se escape.

Pero Juan Darién pensaba en todo menos en escaparse, porque no se daba cuenta de nada. ¿Cómo podía creer que él no era hombre, cuando jamás había sentido otra cosa que amor a todos, y ni siquiera tenía odio a los animales dañinos?

Mas las voces fueron corriendo de boca en boca, y Juan Darién comenzó a sufrir sus efectos. No le respondían una palabra, se apartaban vivamente a su paso, y lo seguían desde lejos de noche.

—¿Qué tendré? ¿Por qué son así conmigo? —se preguntaba Juan Darién.

Y ya no solamente huían de él, sino que los muchachos le gritaban:

—¡Fuera de aquí! ¡Vuélvete donde has venido! ¡Fuera!

Los grandes también, las personas mayores, no estaban menos enfurecidas que los muchachos. Quien sabe qué llega a pasar si la misma tarde de la fiesta no hubiera llegado por fin el ansiado domador de fieras. Juan Darién estaba en su casa preparándose la pobre sopa que tomaba, cuando oyó la gritería de las gentes que avanzaban precipitadas hacia su casa. Apenas tuvo tiempo de salir a ver qué era: Se apoderaron de él, arrastrándolo hasta la casa del domador.

—¡Aquí está! —gritaban, sacudiéndolo—. ¡Es éste! ¡Es un tigre! ¡No queremos saber nada con tigres! ¡Quítele su figura de hombre y lo mataremos!

hombre; pero como
a los tigres, por

matarlo, porque si no él, tarde

y él hallará en seguida un modo de

selva. Y llamenos en

entodo, menos

él no era un hombre

a su paso, lo seguían de lejos de noche.

Mas los grandes, las personas mayores, no estaban menos enfurecidos que los muchachos. Quién sabe qué llega a pasar, si

en su casa preparando la

qué era: se apoderaron de él, lo arrastraron hasta la casa del domador.
—¡Aquí está — gritaban, sacudiéndolo.
nada de tigres!

Y los muchachos, sus condiscípulos a quienes más quería, y las mismas personas viejas, gritaban:

—¡Es un tigre! ¡Juan Darién nos va a devorar! ¡Muera Juan Darién!

Juan Darién protestaba y lloraba porque los golpes llovían sobre él, y era una criatura de doce años. Pero en ese momento la gente se apartó, y el domador, con grandes botas de charol, levita roja y un látigo en la mano, surgió ante Juan Darién. El domador lo miró fijamente, y apretó con fuerza el puño del látigo.

—¡Ah! —exclamó—. ¡Te reconozco bien! ¡A todos puedes engañar, menos a mí! ¡Te estoy viendo, hijo de tigres! ¡Bajo tu camisa estoy viendo las rayas del tigre! ¡Fuera la camisa, y traigan los perros cazadores! ¡Veremos ahora si los perros te reconocen como hombre o como tigre!

En un segundo arrancaron toda la ropa a Juan Darién y lo arrojaron dentro de la jaula para fieras.

—¡Suelten los perros, pronto! —gritó el domador—. ¡Y encomiéndate a los dioses de tu selva, Juan Darién!

Y cuatro feroces perros cazadores de tigres fueron lanzados dentro de la jaula.

El domador hizo esto porque los perros reconocen siempre el olor del tigre; y en cuanto olfatearan a Juan Darién sin ropa, lo harían pedazos, pues podrían ver con sus ojos de perros cazadores las rayas de tigre ocultas bajo la piel de hombre.

Pero los perros no vieron otra cosa en Juan Darién que al muchacho bueno que quería hasta a los mismos animales dañinos. Y movían apacibles la cola al olerlo.

—¡Devóralo! ¡Es un tigre! ¡Toca! ¡Toca! —gritaban a los perros. Y los perros ladraban y saltaban enloquecidos por la jaula, sin saber a qué atacar.

La prueba no había dado resultado.

—¡Muy bien! —exclamó entonces el domador—. Estos son perros bastardos, de casta de tigre. No lo reconocen. Pero yo te reconozco, Juan Darién, y ahora nos vamos a ver nosotros.

Y así diciendo entró él en la jaula y levantó el látigo.

—¡Tigre! —gritó—. ¡Estás ante un hombre, y tú eres un tigre! ¡Allí estoy viendo, bajo tu piel robada de hombre, las rayas de tigre! ¡Muestra las rayas!

Y cruzó el cuerpo de Juan Darién de un feroz latigazo. La pobre criatura desnuda lanzó un alarido de dolor, mientras las gentes, enfurecidas, repetían:

—¡Muestra las rayas de tigre!

Durante un rato prosiguió el atroz suplicio; y no deseo que los niños que me oyen vean martirizar de este modo a ser alguno.

— ¡Por favor! ¡Me muero! —clamaba Juan Darién.

—¡Muestra las rayas! —le respondían.

—¡No, no! ¡Yo soy hombre! ¡Ay, mamá! —sollozaba el infeliz.

— ¡Muestra las rayas! —le respondían.

Por fin el suplicio concluyó. En el fondo de la jaula, arrinconado, aniquilado en un rincón, sólo quedaba un cuerpecito sangriento de niño, que había sido Juan Darién. Vivía aún, y aun podía caminar cuando se le sacó de allí; pero lleno de tales sufrimientos como nadie los sentirá nunca.

Lo sacaron de la jaula, y empujándolo por el medio de la calle, lo echaban del pueblo. Iba cayéndose a cada momento, y detrás de él iban los muchachos, las mujeres y los hombres maduros, empujándolo.

—¡Fuera de aquí, Juan Darién! ¡Vuélvete a la selva, hijo de tigre y corazón de tigre! ¡Fuera, Juan Darién!

Y los que estaban lejos y no podían pegarle, le tiraban piedras.

Juan Darién cayó del todo, por fin, tendiendo en busca de apoyo sus pobres manos de niño. Y su cruel destino quiso que una mujer, que estaba parada a la puerta de su casa sosteniendo en los brazos a una inocente criatura, interpretara mal ese ademán de súplica.

—¡Me ha querido robar mi hijo! —gritó la mujer—. ¡Ha tendido las manos para matarlo! ¡Es un tigre! ¡Matémosle en seguida, antes que él mate a nuestros hijos!

Así dijo la mujer. Y de este modo se cumplía la profecía de la serpiente: Juan Darién moriría cuando una madre de los hombres le exigiera la vida y el corazón de hombre que otra madre le había dado con su pecho.

No era necesario otra acusación para decidir a las gentes enfurecidas. Y veinte brazos con piedras en la mano se levantaban ya para aplastar a Juan Darién, cuando el domador ordenó desde atrás con voz ronca:

—¡Marquémoslo con rayas de fuego! ¡Quemémoslo en los fuegos artificiales!

Ya comenzaba a oscurecer, y cuando llegaron a la plaza era noche cerrada. En la plaza habían levantado un castillo de fuegos de artificio, con ruedas, coronas y luces de bengala. Ataron en lo alto del centro a Juan Darién, y prendieron la mecha desde un extremo. El hilo de fuego corrió velozmente subiendo y bajando, y encendió el castillo entero. Y entre las estrellas fijas y las ruedas girantes de todos colores, se vio allá arriba a Juan Darién sacrificado.

—¡Es tu último día de hombre, Juan Darién! —clamaban todos—. ¡Muestra las rayas!

—¡Perdón, perdón! —gritaba la criatura, retorciéndose entre las chispas y las nubes de humo. Las ruedas amarillas, rojas y verdes giraban vertiginosamente, unas a la derecha y otras a la izquierda. Los chorros de fuego tangente trazaban grandes circunferencias; y en el medio, quemado por los regueros de chispas que le cruzaban el cuerpo, se retorcía Juan Darién.

—¡Muestra las rayas! —rugían aún de abajo.

—¡No, perdón! ¡Yo soy hombre! —tuvo aún tiempo de clamar la infeliz criatura. Y tras un nuevo surco de fuego, se pudo ver que su cuerpo se sacudía convulsivamente; que sus gemidos adquirían un timbre profundo y ronco, y que su cuerpo cambiaba poco a poco de forma. Y la muchedumbre, con un grito salvaje de triunfo, pudo ver surgir por fin, bajo la piel de hombre, las rayas negras, paralelas y fatales del tigre.

La atroz obra de crueldad se había cumplido; habían conseguido lo que querían. En vez de la criatura inocente de toda culpa, allá arriba no había sino un cuerpo de tigre que agonizaba rugiendo.

Las luces de bengala se iban también apagando. Un último chorro de chispas con que moría una rueda alcanzó la soga atada a las muñecas (no: a las patas del tigre, pues Juan Darién había concluído), y el cuerpo cayó pesadamente al suelo. Las gentes lo arrastraron hasta la linde del bosque, abandonándolo allí, para que los chacales devoraran su cadáver y su corazón de fiera.

Pero el tigre no había muerto. Con la frescura nocturna volvió en sí, y arrastrándose presa de horribles tormentos se internó en la selva. Durante un mes entero no abandonó su guarida en lo más tupido del bosque, esperando con sombría paciencia de fiera que sus heridas curaran. Todas cicatrizaron por fin, menos una, una profunda quemadura en el costado, que no cerraba, y que el tigre vendó con grandes hojas.

Porque había conservado de su forma recién perdida tres cosas: el recuerdo vivo del pasado, la habilidad de su

de juegos de artificios, con bombas, coronas, ruedas y luces de bengala. Ataron en un espacio libre del medio a Juan Darién, y prendieron la mecha

colores, se vió a Juan Darién sacrificado.

circunferencias. Y en el

retorcía Juan Darién iluminado.

y ronco; y cómo su

muñecas no, a las patas del tigre,

de fiera.

+ + +

el costado que no cerraba, y que el tigre vendó con grandes hojas y lianas; porque había conservado vivo de lo pasado, la manos, que manejaba como un hombre, y el lenguaje. Pero en el resto, absolutamente en todo, era una fiera, que no se distinguía en lo más mínimo de los otros tigres.

Cuando se sintió por fin curado, pasó la voz a los demás tigres de la selva para que esa misma noche se reunieran delante del gran cañaveral que lindaba con los cultivos. Y al entrar la noche se encaminó silenciosamente al pueblo. Trepó a un árbol de los alrededores, y esperó largo tiempo inmóvil. Vio pasar bajo él, sin inquietarse a mirar siquiera, pobres mujeres y labradores fatigados, de aspecto miserable; hasta que al fin vio avanzar por el camino a un hombre de grandes botas y levita roja.

El tigre no movió una sola ramita al recogerse para saltar. Saltó sobre el domador; de una manotada lo derribó desmayado, y cogiéndolo entre los dientes por la cintura lo llevó sin hacerle daño hasta el juncal.

Allí, al pie de las inmensas cañas que se alzaban invisibles, estaban los tigres de la selva moviéndose en la oscuridad, y sus ojos brillaban como luces que van de un lado para otro. El hombre proseguía desmayado. El tigre dijo entonces:

—Hermanos: Yo viví doce años entre los hombres, como un hombre mismo. Y yo soy un tigre. Tal vez pueda con mi proceder borrar más tarde esta mancha. Hermanos: esta noche rompo el último lazo que me liga al pasado.

Y después de hablar así, recogió en la boca al hombre, que proseguía desmayado, y trepó con él a lo más alto del cañaveral, donde lo dejó atado entre dos bambús. Luego prendió fuego a las hojas secas del suelo, y pronto una llamarada crujiente ascendió.

Los tigres retrocedían espantados ante el fuego. Pero el tigre les dijo: «¡Paz, hermanos!» Y aquéllos se apaciguaron, sentándose de vientre con las patas cruzadas a mirar.

El juncal ardía como un inmenso castillo de artificio. Las cañas estallaban como bombas, y sus hases se cruzaban en agudas flechas de color. Las llamaradas ascendían en bruscas y sordas bocanadas, dejando bajo ellas lívidos huecos; y en la cúspide, donde aun no llegaba el fuego, las cañas se balanceaban crispadas por el calor.

Pero el hombre, tocado por las llamas, había vuelto en sí. Vio allá abajo a los tigres con los ojos cárdenos alzados a él, y lo comprendió todo.

---

hombre, y el lenguaje humano. Pero en

cañaveral que lindaba con el pueblo. Y

aspecto miserable, hasta

Saltó sobre aquél,

luces que son de un lado

— Hermanos: yo viví

mi proceder en adelante, borrar esta

trepó con él al más alto bambú, donde lo dejó atado entre dos cañas. Luego

— Paz, hermanos! y se apaciguaron, sentándose de vientre con las patas cruzadas, mirando.

y los gases volaban y se cruzaban en

lívidos huecos, y balanceaban crispadas.

El hombre tocado por las llamas había vuelto en sí — y veía allá abajo a él — y comprendió todo.

—¡Perdón, perdónenme! —aulló retorciéndose—. ¡Pido perdón por todo!

Nadie contestó. El hombre se sintió entonces abandonado de Dios, y gritó con toda su alma:

— ¡Perdón, Juan Darién!

Al oír esto Juan Darién, alzó la cabeza y dijo fríamente:

—Aquí no hay nadie que se llame Juan Darién. No conozco a Juan Darién. Este es un nombre de hombre, y aquí todos somos tigres.

Y volviéndose a sus compañeros, como si no comprendiera, preguntó:

—¿Alguno de ustedes se llama Juan Darién?

Pero ya las llamas habían abrasado el castillo hasta el cielo. Y entre las agudas luces de bengala que entrecuzaban la pared ardiente, se pudo ver allá arriba un cuerpo negro que se quemaba humeando.

—Ya estoy pronto, hermanos —dijo el tigre—. Pero aun me queda algo por hacer.

Y se encaminó de nuevo al pueblo, seguido por los tigres sin que él lo notara. Se detuvo ante un pobre y triste jardín, saltó la pared, y pasando al costado de muchas cruces y lápidas, fue a detenerse ante un pedazo de tierra sin ningún adorno, donde estaba enterrada la mujer a quien había llamado madre ocho años. Se arrodilló —se arrodilló como un hombre—, y durante un rato no se oyó nada.

—¡Madre! —murmuró por fin el tigre con profunda ternura—. Tú sola supiste, entre todos los hombres, los sagrados derechos a la vida de todos los seres del universo. Tú sola comprendiste que el hombre y el tigre se diferencian únicamente por el corazón. Y tú me enseñaste a amar, a comprender, a perdonar. ¡Madre! Estoy seguro de que me oyes. Soy tu hijo siempre, a pesar de lo que pase en adelante, pero de ti solo. ¡Adiós, madre mía!

Y viendo al incorporarse los ojos cárdenos de sus hermanos que lo observaban tras la tapia, se unió otra vez a ellos.

El viento cálido les trajo en ese momento, desde el fondo de la noche, el estampido de un tiro.

—Es en la selva —dijo el tigre—. Son los hombres. Están cazando, matando, degollando.

Volviéndose entonces hacia el pueblo que iluminaba el reflejo de la selva encendida, exclamó:

—¡Raza sin redención! ¡Ahora me toca a mí!

de Dios y gritó
alma: ¡Perdón Juan Darién!
Al oír esto el tigre alzó la cabeza y

de Uds. se

Pero antes de que siquiera un rugido pudiera contestarle, las llamas abrasaron el castillo hacia el cielo. Y

pronto, hermano, — dijo el

los tigres, sin

un solo ruido. Y no se veía nada, fuera de los ojos de los tigres que asomaban por encima de la tapia.

Tú sola sufriste, entre
la vida, de los

Y levantándose, vió los ojos de sus hermanos y se unió a ellos.
El viento cálido les trajo en ese momento desde el fondo de la noche el estampido

Y volviéndose hacia el pueblo que

Y retornando a la tumba en que acababa de orar, arrancóse de un manotón la venda de la herida y escribió en la cruz con su propia sangre, en grandes caracteres, debajo del nombre de su madre:

Y volviendo de nuevo a la tumba en que acababa de orar, arrancó la venda del costado y escribió en la cruz

de su madre: Juan Darién.

Y

JUAN DARIÉN

—Ya estamos en paz —dijo. Y enviando con sus hermanos un rugido de desafío al pueblo aterrado, concluyó:

—Ahora, a la selva. ¡Y tigre para siempre!

— Ya estamos a mano — dijo — y enviando

— ¡Ahora, a la selva, y tigre para siempre!

NOTAS

[1] Inicialmente en *La Nación*, Buenos Aires, abril 25, domingo, 1920, segunda sección, pp. 2-3; con una ilustración de Málaga Grenet en la primera página.

LOS DESTERRADOS

NOTICIA PRELIMINAR

Con este libro de 1926 culmina la década de plenitud que se había iniciado con la publicación de *Cuentos de amor de locura y de muerte*. La realidad misionera de la que Quiroga extrae no sólo el material de sus cuentos, sino su particular cosmovisión, da ahora su mejor fruto. «Su libro más homogéneo y decidido —ha escrito Noé Jitrik (*H. Quiroga, una obra de experiencia y riesgo*, Reedición de Arca, Montevideo, 1967)— donde parece haber abandonado para siempre otro recurso que no saliera de sí mismo y en el cual no incluyera ese particular mundo formado a costa de años y de fatigas.»

Coincidiendo con la aparición de *Los desterrados*, recibe el autor un singular homenaje de sus contemporáneos. Los más importantes escritores del Plata colaboran en un número especial de la revista *Babel*, enteramente dedicado a Horacio Quiroga. La sola mención de algunos de los nombres que se adhirieron al homenaje, único en su género tributado a un autor vivo y en la plenitud de sus fuerzas vitales y creadoras, acerca la medida del prestigio del que gozaba entre sus pares el misionero. Así, lo celebran entre otros, Benito Lynch, Alfonsina Storni, Juana de Ibarbourou, Leopoldo Lugones, Roberto J. Payró.

El reconocimiento de la *intelligentzia* rioplatense no es un fenómeno aislado de su popularidad entre vastos sectores del público que conoce su obra a través de revistas y diarios de gran circulación. Y como si todo esto fuera poco, su fama trasciende fronteras y su prestigio se consolida en el exterior.

Tal es el panorama, en lo que hace a la recepción de la obra, cuando aparece *Los desterrados*.

En una carta, hasta ahora inédita, Quiroga se explaya nítidamente sobre el período que nos ocupa. Motiva esa reflexión la lectura de una conferencia que le había enviado el crítico uruguayo Carlos María Princivalle. Se trata del único documento disponible donde el autor discute sobre sí mismo ante un trabajo crítico y con su hacedor:

> Estimado compañero: La señora de Rubens me ha hecho llegar ayer dos conferencias suyas pertinentes a la obra de Sánchez y a la mía. La primera me parece acertadísima. Lo mismo la mía, descontando la buena voluntad demostrada por Ud. hacia mi obra. El análisis de la parte concerniente al ambiente misionero me parece en particular muy bien lograda. Esto no deja de sorprenderme, aun tratándose de un fino observador como Ud., en razón del poco apego demostrado en general por los colegas del Uruguay hacia mis trabajos posteriores al ciclo urbano. Si me equivoco, tanto mejor.
>
> En cuanto a la parte biográfica, son de lamentar algunas inexactitudes, de poca monta tal vez, pero lamentables siempre. Es posible que, entendido así, el autor biografiado gane en pintoresco;

pero pierde en verdad, que es el punto capital. En fin, estimado compañero, son éstas minucia (*sic*) muy por debajo del aprecio demostrado con tanta eficacia por Ud. hacia el autor.

Dándole las más efusivas gracias por su fraternal apoyo, le envía un buen apretón de manos su amigo

Horacio Quiroga

(Conservada en el Departamento de Investigaciones de la Biblioteca Nacional, Montevideo. Fechada en «Vicente López [Buenos Aires], junio 5-(19) 31; mecanografiada a doble espacio, con firma autógrafa a tinta. Colección H. Q., carpeta 7, documento 243. La conferencia de Princivalle se mantuvo inédita hasta 1949, cuando fue publicada en *Alfar*, Montevideo, año XXVII, n° 28, con el título *Conferencia sobre Florencio Sánchez y Quiroga*.)

Como se ve, Quiroga establece dos categorías temáticas en su ya extensa trayectoria, tomando en cuenta el espacio: «el ciclo urbano» y los relatos de «ambiente misionero» y, entre ellas, muestra una visible predilección por la segunda; a la que pertenece *Los desterrados*.

Este volumen fue impreso dos veces en vida del autor. La primera en 1926 (Espasa Calpe, Buenos Aires, 188 páginas), y la segunda al año siguiente en el mismo sello (196 páginas). Tratándose de una reimpresión, no aparece variante alguna, ni supresión o alteración tan corrientes en otros volúmenes.

Los desterrados. Tipos de ambiente, tal es su título completo, se divide en dos secciones: 1) «El ambiente», con un solo relato, y 2) «Los tipos», que amalgama siete cuentos. A diferencia de los libros anteriores (excepción hecha de *Cuentos de la selva*), el criterio de selección no se opera alternando variedades temáticas, formales y estilísticas, sino atendiendo a una cuidada organización unitaria donde los hilvana el espacio misionero preexistente a cada historia.

El primero de todos («El regreso de Anaconda») constituye una segunda parte, ya anunciada desde el cuento que había dado nombre al volumen de 1921.

Por sus características, únicas incluso en el conjunto de la obra de su autor, Quiroga lo separa del resto, ubicándolo a modo de introducción al volumen, en la sección que denominó «El ambiente». El relato contiene claves fundamentales para acceder a una interpretación de conjunto del libro, y cumple una función estética por demás evidente y explícita en el subtítulo que el autor dio a su obra. Los restantes cuentos están indisolublemente unidos a ese ambiente y vertebrados por la indagatoria, concreta y directa, de esos «tipos» del subtítulo, con los que Quiroga convive desde las ya lejanas vacaciones de 1906.

El narrador se encuentra ahora en Buenos Aires desde hace una década y, en el ejercicio de la memoria que significan estos cuentos, recupera un espacio donde había dejado la etapa de verdadera forja de su personalidad como hombre y escritor. No es peregrino conjeturar que por entonces maduraba el retorno, el definitivo, el que se llevará a cabo en 1931.

Los cuentos habían sido dados a conocer en prensa y revistas diversas, entre diciembre de 1919 y julio de 1925, un período bastante acotado si se recuerdan las colecciones anteriores, pero no tan orgánico como ha sido corriente pensar; máxime cuando dos extensas series interrumpen la continuidad (*Cartas de un cazador* y *De la vida de nuestros animales*, véase Apéndice I, 2, 3). Para su reunión en libro el autor reescribió totalmente un cuento («Tacuara-mansión») y reestructuró otro («Van-Houten», antes denominado «En la cantera»). La 1ª versión del citado en primer término puede leerse en el Apéndice de «Los desterrados». Detalles de ambos, en las notas explicativas correspondientes.

Los antecedentes de *Los desterrados* vienen de lejos, ciertas búsquedas y tanteos configuran un prospecto narrativo que culmina en este volumen. En los dos primeros libros de cuentos «plurales» (*Cuentos de amor de locura y de muerte* y *El salvaje*), los tipos humanos que asedian en el medio rural del Norte provienen de dos ramas étnicas: los hombres autóctonos, arraigados y los extranjeros —en su abrumadora mayoría ingleses—. Entre ellos se plantea un enfrentamiento múltiple (social, económico, étnico), asentado en la arquetípica dicotomía explotado-explotador. Es el caso de «Los pescadores de vigas», «Los mensú» y «Una bofetada». Pese a esta no muy extendida línea de su narrativa, a Quiroga nunca le interesaron sobremanera (como sí a sus contemporáneos Javier de Viana, Carlos Reyles, Manuel Gálvez e incluso Ricardo Guiraldes), los seres paradigmáticos de su medio, comunes en la propuesta del regionalismo hispanoamericano (piénsese en Rómulo Gallegos o José E. Rivera). A lo sumo figuran como personajes periféricos o de intervención circunstancial.

Desde *El salvaje* (1920) muestra, en cambio un decidido interés por los extranjeros, los que tuvieron que abandonar su tierra por el conflicto bélico («Los cementerios belgas») o los que, aguijoneados por la miseria, se trasladan a la selva argentina quebrando los lazos con su cultura («Los inmigrantes», «La voluntad»). En consecuencia, las motivaciones apenas sobrepasan el límite de lo político y lo social; pero hay un ingrediente más que se insinúa en «La voluntad»: el extrañamiento de los pobladores locales ante el forastero. Desde este relato a los aventureros excéntricos que pretenden hacer fortuna en la intemperie rural —ya lo autobiográfico quedó dicho— hay un paso. Léase si no, «El mármol inútil», «Gloria tropical» y «En la noche» (*Anaconda*).

En *Los desterrados* se profundiza esta tendencia, porque seis de los relatos que conforman la segunda parte quedan concatenados por la condición de extraños a Misiones de sus protagonistas, y —todavía más— por lo excéntrico de sus hazañas en esa infértil lucha por dominar al entorno y ubicarse en él con aceptación y rechazo.

Consolidando las convenciones realistas, el narrador siempre se sitúa en la primera persona, a veces en plural («El bar a que hemos hecho referencia»), otras en singular («En la época en que yo llegué allá»), corolario de una verosimilitud casi testimonial, peculiar de la crónica. La prosa ya no admite sino el plano denotativo propio del realismo; la adjetivación se recorta a los extremos propuestos —en ese mismo tiempo— por sus ensayos teóricos; los diálogos forman parte de la estructura en tanto propulsores de la historia y no para amortiguarla (como ocurría en «Miss Dorothy Phillips, mi esposa»); las descripciones se aligeran cediendo su lugar a las zonas «quemantes» de la anécdota, cuyo curso y desarrollo casi siempre es lineal. Sólo «El hombre muerto» elude, tangencialmente, los procedimientos anteriores porque allí el narrador se instala en la conciencia de su personaje, logrando en un prodigio de brevedad y tensión, que se alteren los puntos de vista (del hombre al caballo, del caballo al receptor), y donde la única grave intrusa es la muerte.

«*Los desterrados* —escribe Rodríguez Monegal— es, sin duda, su obra más compleja y equilibrada. A diferencia de otros libros suyos que contienen (como él mismo quiso una vez) cuentos de todos los colores, éste tiene una unidad interior que es la de su madurez. Es un libro, su libro. A través de sus páginas se expresa un mundo novelesco completo, extraído por Quiroga de la cantera inagotable de Misiones y convertido en ficción. En él se concentra definitivamente una vida y una experiencia estética. El título mismo dice, tal vez, más de lo que Quiroga llegó a intuir. Porque este mundo que aparece contenido dentro de sus páginas con la serena objetividad de un arte que ha vencido las pasiones sin haber renunciado a ellas; este mundo que fue su paraíso y su infierno, está poblado de seres sin raíces, desterrados de sus tierras de origen. En el centro emocional del libro, aunque casi siempre al margen en su papel de testigo o espectador secundario (de creador, en fin) se encuentra Quiroga. Este mundo es su mundo. Quiroga es también uno de los desterrados.» (*El desterrado*, Losada, Buenos Aires, 1968.)

EL REGRESO DE ANACONDA[1]

CUANDO ANACONDA, en complicidad con los elementos nativos del trópico, meditó y planeó la reconquista del río, acababa de cumplir treinta años.

elementos nativos, meditó

Era entonces una joven serpiente de diez metros, en la plenitud de su vigor. No había en su vasto campo de caza tigre o ciervo capaz de sobrellevar con aliento un abrazo suyo. Bajo la contracción de sus músculos toda vida se escurría, adelgazada hasta la muerte. Ante el balanceo de las pajas que delataban el paso del gran boa con hambre, el juncal, todo alrededor, empenachábase de altas orejas aterradas. Y cuando al caer el crepúsculo en las horas mansas, Anaconda bañaba en el río de fuego sus diez metros de oscuro terciopelo, el silencio circundábala como un halo.

Pero no siempre la presencia de Anaconda desalojaba ante sí la vida, como un gas mortífero. Su expresión y movimientos de paz, insensibles para el hombre, denunciábala desde lejos a los animales. De este modo:

—Buen día —decía Anaconda a los yacarés, a su paso por los fangales.

—Buen día —respondían mansamente las bestias al sol, rompiendo dificultosamente con sus párpados globosos el barro que los soldaba.

—¡Hoy hará mucho calor! —saludábanla los monos trepados, al reconocer en la flexión de los arbustos a la gran serpiente en desliz.

—Sí, mucho calor... —respondía Anaconda, arrastrando consigo la cháchara y las cabezas torcidas de los monos, tranquilos sólo a medias.

Porque mono y serpiente, pájaro y culebra, ratón y víbora, son conjunciones fatales que apenas el pavor de los grandes huracanes y la extenuación de las interminables sequías logran retardar. Sólo la adaptación común a un mismo medio, vivido y propagado desde el remoto

extenuación de las seuqías de fuego logran

609

inmemorial de la especie, puede sobreponerse en los grandes cataclismos a esta fatalidad del hambre. Así, ante una gran sequía, las angustias del flamenco, de las tortugas, de las ratas y de las anacondas, formarán un solo desolado lamento por una gota de agua.

Cuando encontramos a nuestra Anaconda, la selva hallábase próxima a precipitar en su miseria esta sombría fraternidad.

Desde dos meses atrás no tronaba la lluvia sobre las polvorientas hojas. El rocío mismo, vida y consuelo de la flora abrasada, había desaparecido. Noche a noche, de un crepúsculo a otro, el país continuaba desecándose como si todo él fuera un horno. De lo que había sido cauce de umbríos arroyos sólo quedaban piedras lisas y quemantes; y los esteros densísimos de agua negra y camalotes, hallábanse convertidos en páramos de arcilla surcada de rastros durísimos que entrecubría una red de filamentos deshilachados como estopa, y que era cuanto quedaba de la gran flota acuática. A toda la vera del bosque, los cactus, enhiestos como candelabros, aparecían ahora doblados a tierra, con sus brazos caídos hacia la extrema sequedad del suelo, tan duro que resonaba al menor choque.

Los días, unos tras otros, deslizábanse ahumados por la bruma de las lejanas quemazones, bajo el fuego de un cielo blanco hasta enceguecer, y a través del cual se movía un sol amarillo y sin rayos, que al llegar la tarde comenzaba a caer envuelto en vapores como una enorme brasa asfixiada.

se vovía un sol amarillo, que al llegar la tarde comenzaba a caer envuelto en vapores, sin un rayo, como una

Por las particularidades de su vida vagabunda, Anaconda, de haberlo querido, no hubiera sentido mayormente los efectos de la sequía. Más allá de la laguna y sus bañados enjutos, hacia el sol naciente, estaba el gran río natal, el Paranahyba refrescante, que podía alcanzar en media jornada.

Pero ya no iba el boa a su río. Antes, hasta donde alcanzaba la memoria de sus antepasados, el río había sido suyo. Aguas, cachoeras, lobos, tormentas y soledad, todo le pertenecía.

Ahora, no. Un hombre, primero, con su miserable ansia de ver, tocar y cortar, había emergido tras del cabo de arena con su larga piragua. Luego otros hombres, con otros más, cada vez más frecuentes. Y todos ellos sucios de olor, sucios de machetes y quemazones incesantes. Y siempre remontado el río, desde el Sur...

A muchas jornadas de allí, el Paranahyba cobraba otro nombre, ella lo sabía bien. Pero más allá todavía, hacia ese abismo incomprensible del agua bajando siempre, ¿no habría un término, una inmensa restinga de través que contuviera las aguas eternamente en descenso?

De allí, sin duda, llegaban los hombres, y las alzaprimas, y las mulas sueltas que infectan la selva. ¡Si ella pudiera cerrar el Paranahyba, devolverle su salvaje silencio, para reencontrar el deleite de antaño, cuando cruzaba el río silbando en las noches oscuras, con la cabeza a tres metros del agua humeante!...

Sí, crear una barrera que cegara el río...

Y bruscamente pensó en los camalotes.

La vida de Anaconda era breve aún; pero ella sabía de dos o tres crecidas que habían precipitado en el Paraná millones de troncos desarraigados, y plantas acuáticas y espumosas y fango. ¿Adónde había ido a pudrirse todo eso? ¿Qué cementerio vegetal sería capaz de contener el desagüe de todos los camalotes que un desborde sin precedentes vaciara en la sima de ese abismo desconocido?

Ella recordaba bien: crecida de 1883; inundación de 1894... Y con los once años transcurridos sin grandes lluvias, el régimen tropical debía sentir, como ella en las fauces, sed de diluvio.

Su sensibilidad ofídica a la atmósfera rizábale las escamas de esperanza. Sentía el diluvio inminente. Y como otro Pedro el Ermitaño, Anaconda lanzóse a predicar la cruzada a lo largo de los riachos y fuentes fluviales.

La sequía de su habitat no era, como bien se comprende, general a la vasta cuenca. De modo que tras largas jornadas, sus narices se expandieron ante la densa humedad de los esteros, planos de victorias regias, y al vaho de formol de las pequeñas hormigas que amasaban sus túneles sobre ellas.

Muy poco costó a Anaconda convencer a los animales. El hombre ha sido, es y será el más cruel enemigo de la selva.

—... Cegando, pues, el río —concluyó Anaconda después de exponer largamente su plan,— los hombres no podrán más llegar hasta aquí.

—¿Pero las lluvias necesarias? —objetaron las ratas de agua, que no podían ocultar sus dudas.— ¡No sabemos si van a venir!

—¡Vendrán! Y antes de lo que imaginan. Yo lo sé!

—Ella lo sabe —confirmaron las víboras.— Ella ha vivido entre los hombres. Ella los conoce.

—Sí, los conozco. Y sé que un solo camalote, uno solo, arrastra a la deriva de una gran creciente, la tumba de un hombre.

—¡Ya lo creo! —sonrieron suavemente las víboras.— Tal vez de dos...

—O de cinco... —bostezó un viejo tigre desde el fondo de sus ijares.— Pero dime —se desperezó directamente hacia Anaconda:— ¿Estás segura de que los camalotes alcanzarán a cegar el río? Lo pregunto por preguntar.

—Claro que no alcanzarán los de aquí, ni todos los que puedan desprenderse en doscientas leguas a la redonda... Pero te confieso que acabas de hacer la única pregunta capaz de inquietarme. ¡No, hermanos! Todos los camalotes de la cuenca del Paranahyba y del Río Grande con todos sus afluentes, no alcanzarían a formar una barra de diez leguas de largo a través del río. Si no contara más que con ellos, hace tiempo que me hubiera tendido a los pies del primer caipira con machete... Pero tengo grandes esperanzas de que las lluvias sean generales e inunden también la cuenca del Paraguay. Ustedes no lo conocen... Es un gran río. Si llueve allá, como indefectiblemente lloverá aquí, nuestra victoria es segura. Hermanos: ¡Hay allá esteros de camalotes que no alcanzaríamos a recorrer nunca, sumando nuestras vidas!

—Muy bien... —asintieron los yacarés con pesada modorra.— Es aquél un hermoso país... ¿Pero cómo sabremos si ha llovido también allá? Nosotros tenemos las patitas débiles...

—No, pobrecitos... —sonrió Anaconda, cambiando una irónica mirada con los carpinchos, sentados a diez prudenciales metros.— No los haremos ir tan lejos... Yo creo que un pájaro cualquiera puede venir desde allá en tres volidos a traernos la buena nueva...

—Nosotros no somos pájaros cualesquiera —dijeron los tucanes,— y vendremos en cien volidos, porque volamos muy mal. Y no tenemos miedo a nadie. Y vendremos volando, porque nadie nos obliga a ello, y queremos hacerlo así. Y a nadie tenemos miedo.

Y concluído su aliento, los tucanes miraron impávidos a todos, con sus grandes ojos de oro cercados de azul.

—Somos nosotros quienes tenemos miedo... —chilló a la sordina una arpía plomiza esponjándose de sueño.

—Ni a ustedes, ni a nadie. Tenemos el vuelo corto; pero miedo, no —insistieron los tucanes, volviendo a poner a todos de testigos.

—Bien, bien... —intervino Anaconda, al ver que el debate se agriaba, como eternamente se ha agriado en la selva toda exposición de méritos.— Nadie tiene miedo a nadie, ya lo sabemos... Y los admirables tucanes vendrán, pues, a informarnos del tiempo que reine en la cuenca aliada.

—Lo haremos así porque nos gusta; pero nadie nos obliga a hacerlo —tornaron los tucanes.

De continuar así, el plan de lucha iba a ser muy pronto olvidado, y Anaconda lo comprendió.

—¡Hermanos! —se irguió con vibrante silbido.— Estamos perdiendo el tiempo estérilmente. Todos somos iguales, pero juntos. Cada uno de nosotros, de por sí, no vale gran cosa. Aliados, somos toda la zona tropical. ¡Lancémosla contra el hombre, hermanos! ¡El todo lo destruye! ¡Nada hay que no corte y ensucie! ¡Echemos por el río nuestra zona entera, con sus lluvias, su fauna, su camalotes, sus fiebres y sus víboras! ¡Lancemos el bosque por el río, hasta cegarlo! ¡Arranquémonos todos, desarraiguémonos a muerte, si es preciso, pero lancemos el trópico aguas abajo!

El acento de las serpientes fué siempre seductor. La selva, enardecida, se alzó en una sola voz:

—¡Sí, Anaconda! ¡Tienes razón! ¡Precipitemos la zona por el río! ¡Bajemos, bajemos!

Anaconda respiró por fin libremente: la batalla estaba ganada. El alma —diríamos— de una zona entera, con su clima, su fauna y su flora, es difícil de conmover; pero cuando sus nervios se han puesto tirantes en la prueba de una atroz sequía, no cabe entonces mayor certidumbre que su resolución bienhechora en un gran diluvio.

por fin libremente. La batalla estaba ganada.

* * *

Pero en su habitat, a que el gran boa regresaba, la sequía llegaba ya a límites extremos.

—¿Y bien? —preguntaron las bestias angustiadas—. ¿Están allá de acuerdo con nosotros? ¿Volverá a llover otra vez, dinos? ¿Estás segura, Anaconda?

—Lo estoy. Antes que concluya esta luna oiremos tronar de agua el monte. ¡Agua, hermanos, y que no cesará tan pronto!

A esta mágica voz: ¡agua!, la selva entera clamó, como un eco de desolación:

—¡Agua! ¡Agua!

—¡Sí, e inmensa! Pero no nos precipitemos cuando brame. Contamos con aliados invalorables, y ellos nos enviarán mensajeros cuando llegue el instante. Escudriñen constantemente el cielo, hacia al noroeste. De allí deben llegar los tucanes. Cuando ellos lleguen, la victoria es nuestra. Hasta entonces, paciencia.

¿Pero cómo exigir paciencia a seres cuya piel se abría en grietas de sequedad, que tenían los ojos rojos por las conjuntivitis, y cuyo trote vital era ahora un arrastre de patas, sin brújula?

Día tras día, el sol se levantó sobre el barro de intolerable resplandor, y se hundió asfixiado en vapores de sangre, sin una sola esperanza. Cerrada la noche, Anaconda deslizábase hasta el Paranahyba a sentir en la sombra el menor estremecimiento de lluvia que debía llegar sobre las aguas desde el implacable Norte. Hasta la costa, por lo demás, se habían arrastrado los animales menos exhaustos. Y juntos todos, pasaban las noches sin sueño y sin hambre, aspirando en la brisa, como la vida misma, el más leve olor a tierra mojada.

el Paranahyba a escuchar en la sombra el menor murmullo de lluvia que debía llegar sobre

Hasta que una noche, por fin, realizóse el milagro. Inconfundible con otro alguno, el viento precursor trajo a aquellos míseros un sutil vaho de hojas empapadas.

—¡Agua! ¡Agua! —oyóse clamar de nuevo en el desolado ámbito. Y la dicha fue definitiva cuando cinco horas después, al romper el día, se oyó en el silencio, lejanísimo aún, el sordo tronar de la selva bajo el diluvio que se precipitaba por fin.

Esa mañana el sol brilló, pero no amarillo sino anaranjado, y a mediodía no se le vió más. Y la lluvia llegó, espesísima y opaca y blanca como plata oxidada, a empapar la tierra sedienta.

sino blanco, y a mediodía no se le vió más. Y la lluvia llegó, espesísima y densa como un toldo de agua,

Diez noches y diez días continuos el diluvio cernióse sobre la selva flotando en vapores; y lo que fuera páramo de insoportable luz, tendíase ahora hasta el horizonte en sedante napa líquida. La flora acuática rebrotaba en planísimas balsas verdes que a simple vista se veía dilatar sobre el agua hasta lograr contacto con sus hermanas. Y cuando nuevos días pasaron sin traer a los

el diluvio blanco cernióse

emisarios del noroeste, la inquietud tornó a inquietar a los futuros cruzados.

—¡No vendrán nunca! —clamaban.— ¡Lancémonos, Anaconda! Dentro de poco no será ya tiempo. Las lluvias cesan.

—Y recomenzarán. ¡Paciencia, hermanitos! Es imposible que no llueva allá! Los tucanes vuelan mal; ellos mismos lo dicen. Acaso estén en camino. ¡Dos días más!

Pero Anaconda estaba muy lejos de la fe que aparentaba. ¿Y si los tucanes se habían extraviado en los vapores de la selva humeante? ¿Y si por una inconcebible desgracia, el noroeste no había acompañado al diluvio del Norte? A media jornada de allí, el Paranahyba atronaba con las cataratas pluviales que le vertían sus afluentes.

Como ante la espera de una paloma de arca, los ojos de las ansiosas bestias estaban sin cesar vueltos al noroeste, hacia el cielo anunciador de su gran empresa. Nada. Hasta que en las brumas de un chubasco, mojados y ateridos, los tucanes llegaron graznando:

llegaron gritando:

—¡Grandes lluvias! ¡Lluvia general en toda la cuenca! ¡Todo blanco de agua!

Y un alarido salvaje azotó la zona entera.

—¡Bajemos! ¡El triunfo es nuestro! ¡Lancémonos en seguida!

Y ya era tiempo, podría decirse, porque el Paranahyba desbordaba hasta allí mismo, fuera de cauce. Desde el río a la gran laguna, los bañados eran ahora un tranquilo mar, que se balanceaba de tiernos camalotes. Al Norte, bajo la presión del desbordamiento, el mar verde cedía dulcemente, trazaba una gran curva lamiendo el bosque, y derivaba lentamente hacia el Sur, succionado por la veloz corriente.

Había llegado la hora. Ante los ojos de Anaconda, la zona al asalto desfiló. Victorias nacidas ayer, y viejos cocodrilos rojizos; hormigas y tigres; camalotes y víboras; espumas, tortugas y fiebres, y el mismo clima diluviano que descargaba otra vez, —la selva pasó, aclamando al boa, hacia el abismo de las grandes crecidas.

otra vez, la selva pasó,

Y cuando Anaconda lo hubo visto así, dejóse a su vez arrastrar flotando hasta el Paranahyba, donde arrollada sobre un cedro arrancado de cuajo, que descendía girando sobre sí mismo en las corrientes encontradas, suspiró por fin con una sonrisa, cerrando lentamente a la luz crepuscular sus ojos de vidrio.

a la luz sus ojos de vidrio.

Estaba satisfecha.

* * *

Comenzó entonces el viaje milagroso hacia lo desconocido, pues de lo que pudiera haber detrás de los
grandes cantiles de asperón rosa que mucho más allá del
Guayra entrecierran el río, ella lo ignoraba todo. Por el
Tacuarí había llegado una vez hasta la cuenca del
Paraguay, según lo hemos visto. Del Paraná medio e
inferior, nada conocía.

Serena, sin embargo, a la vista de la zona que bajaba
triunfal y danzando sobre las aguas encajonadas, refres-
cada de mente y de lluvia, la gran serpiente se dejó llevar
hamacada bajo el diluvio blanco que la adormecía.

Descendió en este estado el Paranahyba natal, entre-
vió el aplacamiento de los remolinos al salvar el río
Muerto, y apenas tuvo conciencia de sí cuando la selva
entera flotante, y el cedro, y ella misma, fueron precipitados a través de la bruma en la pendiente del Guayra,
cuyos saltos en escalera se hundían por fin en un plano
inclinado abismal. Por largo tiempo el río estrangulado
revolvió profundamente sus aguas rojas. Pero dos jornadas más adelante los altos rebazos separábanse otra vez,
y las aguas, en estiramiento de aceite, sin un remolino ni
un rumor, filaban por la canal a nueve millas por hora.

A nuevo país, nuevo clima. Cielo despejado ahora y
sol radiante, que apenas alcanzaban a velar un momento
los vapores matinales. Como una serpiente muy joven,
Anaconda abrió curiosamente los ojos al día de Misiones,
en un confuso y casi desvanecido recuerdo de su primera
juventud.[a]

Tornó a ver la playa, al primer rayo de sol, elevarse y
flotar sobre una lechosa niebla que poco a poco se
disipaba, para persistir en las ensenadas umbrías, en
largos chales prendidos a la popa mojada de las pira-
guas. Volvió aquí a sentir, al abordar los grandes remansos de las restingas, el vértigo del agua a flor de ojo,
girando en curvas lisas y mareantes, que al hervir de
nuevo al tropiezo de la corriente, borbotaban enrojeci-
das por la sangre de las palometas. Vio tarde a tarde al
sol recomenzar su tarea de fundidor, incendiando los
crepúsculos en abanico, con el centro vibrando al rojo

cuyos saltos en escalera, ahora nivelados, se hundían en un plano inclinado abismal.

juventud[1] (Pero no aparece ningún texto de nota, sólo la llamada.)

Volvió a sentir, al abordar

---

[a] «Anaconda», 1921, Editorial Babel.

albeante, mientras allá arriba, en el alto cielo, blancos cúmulos bogaban solitarios, mordidos en todo el contorno por chispas de fuego.

No figura la nota.

Todo le era conocido, pero como en la niebla de un ensueño. Sintiendo, particularmente de noche, el pulso caliente de la inundación que descendía con él, el boa dejábase llevar a la deriva, cuando súbitamente se arrolló con una sacudida de inquietud.

El cedro acababa de tropezar con algo inesperado o, por lo menos, poco habitual en el río.

inesperado, o por lo menos,

Nadie ignora todo lo que arrastra, a flor de agua o semisumergido, una gran crecida. Ya varias veces habían pasado a la vista de Anaconda, ahogados allá en el extremo Norte, animales desconocidos de ella misma, y que se hundían poco a poco bajo un aleteante picoteo de cuervos. Había visto a los caracoles trepando a centenares a las altas ramas columpiadas por la corriente, y a los annós rompiéndolos a picotazos. Y al esplendor de la luna, había asistido al desfile de los carambatás remontando el río con la aleta dorsal a flor de agua, para hundirse todos de pronto con una sacudida de cañonazo.

Como en las grandes crecidas.

Pero lo que acababa de trabar contacto con ella era un cobertizo de dos aguas, como el techo de un rancho caído a tierra, y que la corriente arrastraba sobre un embalsado de camalotes.

¿Rancho construído a pique sobre un estero, y minado por las aguas? ¿Habitado tal vez por un náufrago que alcanzara hasta él?

Con infinitas precauciones, escama tras escama, Anaconda recorrió la isla flotante. Se hallaba habitada, en efecto, y bajo el cobertizo de paja estaba acostado un hombre. Pero enseñaba una larga herida en la garganta, y se estaba muriendo.

Durante largo tiempo, sin mover siquiera un milímetro la extremidad de la cola, Anaconda mantuvo la mirada fija en su enemigo.

En ese mismo gran golfo del río, obstruído por los cantiles de arenisca rosa, el boa había conocido al hombre. No guardaba de aquella historia recuerdo alguno preciso; sí una sensación de disgusto, una gran repulsión de sí misma, cada vez que la casualidad, y sólo ella, despertaba en su memoria algún vago detalle de su aventura.

Amigos de nuevo, jamás. Enemigos, desde luego, puesto que contra ellos estaba desencadenada la lucha.

Pero, a pesar de todo, Anaconda no se movía; y las horas pasaban. Reinaban todavía las tinieblas cuando la gran serpiente desenrollóse de pronto, y fue hasta el borde del embalsado a tender la cabeza hacia las negras aguas.

fué a tender la cabeza hacaia las negras aguas.

Había sentido la proximidad de las víboras en su olor a pescado.

En efecto, las víboras llegaban a montones.

—¿Qué pasa? —preguntó Anaconda.— Saben ustedes bien que no deben abandonar sus camalotes en una inundación.

Uds. bien

—Lo sabemos —respondieron las intrusas.— Pero aquí hay un hombre. Es un enemigo de la selva. Apártate, Anaconda.

—¿Para qué? No se pasa. Ese hombre está herido... Está muerto.

—¿Y a ti qué te importa? Si no está muerto, lo estará en seguida... ¡Danos paso, Anaconda!

El gran boa se irguió, arqueando hondamente el cuello.

—¡No se pasa he dicho! ¡Atrás! He tomado a ese hombre enfermo bajo mi protección. ¡Cuidado con la que se acerque!

pasa, he dicho!

—¡Cuidado tú! —gritaron en un agudo silbido las víboras, hinchando las parótidas asesinas.

—¿Cuidado de qué?

—De lo que haces. ¡Te has vendido a los hombres!... ¡Iguana de cola larga!

Apenas acababa la serpiente de cascabel de silbar la última palabra, cuando la cabeza del boa iba, como un terrible ariete, a destrozar las mandíbulas del crótalo, que flotó en seguida muerto, con el lacio vientre al aire.

a destrozar la frente del crótalo, que flotó en seguida con el lacio vientre al aire.

—¡Cuidado! —Y la voz del boa se hizo agudísima.— ¡No va a quedar víbora en todo Misiones, si se acerca una sola! ¡Vendida yo, miserables!... ¡Al agua! Y ténganlo bien presente: Ni de día, ni de noche, ni a hora alguna, quiero víboras alrededor del hombre. ¿Entendido?

—¡Entendido! —repuso desde las tinieblas la voz sombría de una gran yararacusú.— Pero algún día te hemos de pedir cuenta de esto, Anaconda.

de una yararacusú.—

—En otra época —contestó Anaconda,— rendí cuenta a alguna de Vds... Y no quedó contenta. ¡Cuidado tú misma, hermosa yarará! Y ahora, mucho ojo... ¡Y feliz viaje!

Tampoco esta vez Anaconda sentíase satisfecha. ¿Por qué había procedido así? ¿Qué le ligaba ni podía ligar jamás a ese hombre —un desgraciado mensú, a todas luces,— que agonizaba con la garganta abierta?

El día clareaba ya.

—¡Bah! —murmuró por fin el gran boa, contemplando por última vez al herido.— Ni vale la pena que me moleste por ese sujeto... Es un pobre individuo, como todos los otros, a quien queda apenas una hora de vida...

Y con una desdeñosa sacudida de cola, fue a arrollarse en el centro de su isla flotante.

Pero en todo el día sus ojos no dejaron un instante de vigilar los camalotes.

Apenas entrada la noche, altos conos de hormigas que derivaban sostenidas por los millones de hormigas ahogadas en la base, se aproximaron al embalsado.

altos montones de hormigas que persistían en vivir sobre los millones de hormigas ahogadas que constituían la base del cono

—Somos las hormigas, Anaconda —dijeron,— y venimos a hacerte un reproche. Ese hombre que está sobre la paja es un enemigo nuestro. Nosotros no lo vemos, pero las víboras saben que está allí. Ellas lo han visto, y el hombre está durmiendo bajo el techo. Mátalo, Anaconda.

—No, hermanas. Vayan tranquilas.

—Haces mal, Anaconda. Deja entonces que las víboras lo maten.

—Tampoco. ¿Conocen Vds. las leyes de las crecidas? Este embalsado es mío, y yo estoy en él. Paz, hormigas.

—Pero es que las víboras lo han contado a todos... Dicen que te has vendido a los hombres... No te enojes, Anaconda.

—¿Y quiénes lo creen?

—Nadie, es cierto... Sólo los tigres no están contentos.

—¡Ah!... ¿Y por qué no vienen ellos a decírmelo?

—No lo sabemos, Anaconda.

—Yo sí lo sé. Bien, hermanitas: Apártense tranquilas, y cuiden de no ahogarse todas, porque harán pronto mucha falta. No teman nada de su Anaconda. Hoy y siempre, soy y seré la fiel hija de la selva. Díganselo a todos así. Buenas noches, compañeras.

—¡Buenas noches, Anaconda! —se apresuraron a responder las hormiguitas. Y la noche las absorbió.

Anaconda había dado sobradas pruebas de inteligencia y lealtad para que una calumnia viperina le enajenara el respeto y el amor de la selva. Aunque su escasa simpatía a cascabeles y yararás de toda especie no se ocultaba a nadie, las víboras desempeñaban en la inun-

Anaconda era sobrado inteligente para que una calumnia viperina le enajenara el respeto y amor de

dación tal inestimable papel, que el mismo boa se lanzó en largas nadadas a conciliar los ánimos.

—Yo no busco guerra —dijo a las víboras.— Como ayer, y mientras dure la campaña, pertenezco en alma y cuerpo a la crecida. Solamente que el embalsado es mío, y hago de él lo que quiero. Nada más.

Las víboras no respondieron una palabra, ni volvieron siquiera los fríos ojos a su interlocutora, como si nada hubieran oído.

como si no hubieran oído.

—¡Mal síntoma! —croaron los flamencos juntos, que contemplaban desde lejos el encuentro.

—¡Bah! —lloraron trepando en un tronco los yacarés chorreantes.— Dejemos tranquila a Anaconda... Son cosas de ella. Y el hombre debe estar ya muerto.

Pero el hombre no moría. Con gran extrañeza de Anaconda, tres nuevos días habían pasado, sin llevar consigo el hipo final del agonizante. No dejaba ella un instante de montar guardia; pero aparte de que las víboras no se aproximaban más, otros pensamientos preocupan a Anaconda.

Según sus cálculos —toda serpiente de agua sabe más de hidrografía que hombre alguno,— debían hallarse ya próximos al Paraguay. Y sin el fantástico aporte de camalotes que este río arrastra en sus grandes crecidas, la lucha estaba concluída al comenzar. ¿Qué significaban para colmar y cegar el Paraná en su desagüe, los verdes manchones que bajaban del Paranahyba, al lado de los 180 000 kilómetros cuadrados de camalotes de los grandes bañados de Xarayes? La selva que derivaba en ese momento lo sabía también, por los relatos de Anaconda en su cruzada. De modo que cobertizo de paja, hombre herido y rencores, fueron olvidados ante el ansia de los viajeros, que hora tras hora auscultaban las aguas para reconocer la flora aliada.

concluída al empezar.

¿Y si los tucanes —pensaba Anaconda— habían errado, apresurándose a anunciar una mísera llovizna?

—¡Anaconda! —oíase en las tinieblas desde distintos puntos.— ¿No reconoces las aguas todavía? ¿Nos habrán engañado, Anaconda?

—No lo creo —respondía el boa, sombrío.— Un día más, y las encontraremos.

—¡Un día más! Vamos perdiendo las fuerzas en este ensanche del río. ¡Un nuevo día!... ¡Siempre dices lo mismo, Anaconda!

—¡Paciencia, hermanos! Yo sufro mucho más que ustedes.

Fue el día siguiente un duro día, al que se agregó la extrema sequedad del ambiente, y que el gran boa sobrellevó inmóvil de vigía en su isla flotante, encendida al caer la tarde por el reflejo del sol tendido como una barra de metal fulgurante a través del río, y que la acompañaba.

En las tinieblas de esa misma noche, Anaconda, que desde horas atrás nadaba entre los embalsados sorbiendo ansiosamente sus aguas, lanzó de pronto un grito de triunfo:

Acababa de reconocer en una inmensa balsa a la deriva, el salado sabor de los camalotes del Olidén.

—¡Salvados, hermanos! —exclamó.— ¡El Paraguay baja ya con nosotros! ¡Grandes lluvias allá también!

Y la moral de la selva, remontada como por encanto, aclamó a la inundación limítrofe, cuyos camalotes, densos como tierra firme, entraban por fin en el Paraná.

* * *

El sol iluminó al día siguiente esta epopeya de las dos grandes cuencas aliadas que se vertían en las mismas aguas.

La gran flora acuática bajaba, soldada en islas extensísimas que cubrían el río. Una misma voz de entusiasmo flotaba sobre la selva cuando los camalotes próximos a la costa, absorbidos por un remanso, giraban indecisos sobre el rumbo a tomar.

—¡Paso! ¡Paso! —oíase pulsar a la crecida entera ante el obstáculo. Y los camalotes, los troncos con su carga de asaltantes, escapaban por fin a la succión, filando como un rayo por la tangente.

—¡Sigamos! ¡Paso! ¡Paso! —oíase desde una orilla a la otra.— ¡La victoria es nuestra!

Así lo creía también Anaconda. Su sueño estaba a punto de realizarse. Y envanecida de orgullo, echó hacia la sombra del cobertizo una mirada triunfal.

El hombre había muerto. No había el herido cambiado de posición ni encogido un solo dedo, ni su boca se había cerrado. Pero estaba bien muerto, y posiblemente desde horas atrás.

Ante esa circunstancia, más que natural y esperada, Anaconda quedó inmóvil de extrañeza, como si el oscuro mensú hubiera debido conservar para ella, a despecho de su raza y sus heridas, su miserable existencia.

¿Qué le importaba ese hombre? Ella lo había defendido, sin duda; habíalo resguardado de las víboras, velando y sosteniendo a la sombra de la inundación un resto de vida hostil.

¿Por qué? Tampoco le importaba saberlo. Allí quedaría el muerto, bajo su cobertizo, sin que ella volviera a acordarse más de él. Otras cosas la inquietaban.

En efecto, sobre el destino de la gran crecida cerníase una amenaza que Anaconda no había previsto. Macerado por los largos días de flote en aguas calientes, el sargazo fermentaba. Gruesas burbujas subían a la superficie entre los intersticios de aquél, y las semillas reblandecidas adheríanse aglutinadas todo al contorno del sargazo. Por un momento, las costas altas habían contenido el desbordamiento, y la selva acuática había cubierto entonces totalmente el río, al punto de no verse agua sino un mar verde en todo el cauce. Pero ahora, en las costas bajas, la crecida, cansada y falta del coraje de los primeros días, defluía agonizante hacia el interior anegadizo que, como una trampa, la tendía la tierra a su paso.

Más abajo todavía, los grandes embalsados rompíanse aquí y allá, sin fuerzas para vencer los remansos, e iban a gestar en las profundas ensenadas su ensueño de fecundidad. Embriagados por el vaivén y la dulzura del ambiente, los camalotes cedían dóciles a las contracorrientes de la costa, remontaban suavemente el Paraná en dos grandes curvas, y paralizábanse por fin a lo largo de la playa a florecer.

Tampoco el gran boa escapaba a esta fecunda molicie que saturaba la inundación. Iba de un lado a otro en su isla flotante, sin hallar sosiego en parte alguna. Cerca de ella, a su lado casi, el hombre muerto se descomponía. Anaconda aproximábase a cada instante, aspiraba, como en un rincón de selva, el calor de la fermentación, e iba a deslizar por largo trecho el cálido vientre sobre el agua, como en los días de su primavera natal.

Pero no era esa agua ya demasiado fresca el sitio propicio. Bajo la sombra del techo, yacía el mensú muerto. ¿Podía no ser esa muerte más que la resolución final y estéril del ser que ella había velado? ¿Y nada, nada le quedaría de él?

Poco a poco, con la lentitud que ella habría puesto ante un santuario natural, Anaconda fue arrollándose. Y junto al hombre que ella había defendido como a su vida

acordarse más, seguro. Otras

no verse agua por parte alguna. Pero ahora,

flotante, sin hallar en parte alguna sosiego. Cerca de ella,

el calor que desprendía el cadáver, e iba a deslizar

sitio propicio, no. Bajo

propia; al fecundo calor de su descomposición —póstumo tributo de agradecimiento, que quizá la selva hubiera comprendido,— Anaconda comenzó a poner sus huevos.

* * *

De hecho, la inundación estaba vencida. Por vastas que fueran las cuencas aliadas, y violentos hubieran sido los diluvios, la pasión de la flora había quemado el brío de la gran crecida. Pasaban aún los camalotes, sin duda; pero la voz de aliento: ¡Paso! ¡Paso!, habíase extinguido totalmente.

Anaconda no soñaba más. Estaba convencida del desastre. Sentía, inmediata, la inmensidad en que la inundación iba a diluirse, sin haber cerrado el río. Fiel al calor del hombre, continuaba poniendo sus huevos vitales, propagadores de su especie, sin esperanza alguna para ella misma.

En un infinito de agua fría, ahora, los camalotes se disgregaban, desparramándose por la superficie sin fin. Largas y redondas olas balanceaban sin concierto la selva desgarrada, cuya fauna terrestre, muda y sin oriente, se iba hundiendo aterida en la frialdad del estuario.

Grandes buques —los vencedores,— ahumaban a lo lejos el cielo límpido, y un vaporcito empenachado de blanco curioseaba entre las islas rotas. Más lejos todavía, en la infinitud celeste, Anaconda destacábase erguida sobre su embalsado, y aunque disminuídos por la distancia, sus robustos diez metros llamaron la atención de los curiosos.

—¡Allá! —alzóse de pronto una voz en el vaporcito.— ¡En aquel embalsado! ¡Una enorme víbora!

—¡Qué monstruo! —gritó otra voz.— ¡Y fíjense! ¡Hay un rancho caído! Seguramente ha matado a su habitante.

—¡O lo ha devorado vivo! Estos monstruos no perdonan a nadie. Vamos a vengar al desgraciado con una buena bala.

—¡Por Dios, no nos acerquemos! —clamó el que primero había hablado.— El monstruo debe de estar furioso. Es capaz de lanzarse contra nosotros en cuanto nos vea. ¿Está seguro de su puntería desde aquí?

—Veremos... No cuesta nada probar un primer tiro...

Allá, al sol naciente que doraba el estuario puntillado de verde, Anaconda había visto la lancha con su penacho de vapor. Miraba indiferente hacia aquello, cuando distinguió un pequeño copo de humo en la proa del vaporcito, —y su cabeza golpeó contra los palos del embalsado.

El boa irguióse de nuevo, extrañado. Había sentido un golpecito seco en alguna parte de su cuerpo, tal vez en la cabeza. No se explicaba cómo. Tenía, sin embargo, la impresión de que algo le había pasado. Sentía el cuerpo dormido, primero; y luego, una tendencia a balancear el cuello, como si las cosas, y no su cabeza, se pusieran a danzar, oscureciéndose.

Vio de pronto ante sus ojos la selva natal en un viviente panorama, pero invertida: y transparentándose sobre ella, la cara sonriente del mensú.

Tengo mucho sueño... —pensó Anaconda, tratando de abrir todavía los ojos. Inmensos y azulados ahora, sus huevos desbordaban del cobertizo y cubrían la balsa entera.

—Debe ser hora de dormir... —murmuró Anaconda. Y pensando deponer suavemente la cabeza a lo largo de sus huevos, la aplastó contra el suelo en el sueño final.

natal, pero no en algún detalle, sino en panorama viviente, — e invertida y transparente sobre ella, pero en posición natural, la cara sonriente del mensú.

los ojos, inmensos y azulados ahora,

—Es hora de calentarlos — murmuró Anaconda.

NOTAS

[1] Originalmente en: *La Nación*, Buenos Aires, domingo 1º de febrero de 1925, sección 3. Publicado con el título «El Regreso», en una página de grandes dimensiones, con tres ilustraciones (una de ellas, central y de gran tamaño) que no llevan firma.

Ya se ha explicado en la «Noticia preliminar» el origen y los antecedentes de este relato. A la lectura de ésta remitimos.

LOS DESTERRADOS[1] LOS PROSCRIPTOS

MISIONES, como toda región[a] de frontera, es rica en tipos pintorescos. Suelen serlo extraordinariamente, aquéllos que a semejanza de las bolas de billar, han nacido con efecto. Tocan normalmente banda, y emprenden los rumbos más inesperados. Así Juan Brown, que habiendo ido por sólo unas horas a mirar las ruinas, se quedó 25 años allá; el doctor Else, a quien la destilación de naranjas llevó a confundir a su hija con una rata; el químico Rivet, que se extinguió como una lámpara, demasiado repleto de alcohol carburado; y tantos otros que, gracias al efecto, reaccionaron del modo más imprevisto.

En los tiempos heroicos del obraje y la yerba mate, el Alto Paraná sirvió de campo de acción a algunos tipos riquísimos de color, dos o tres de los cuales alcanzamos a conocer nosotros, treinta años después.

Figura a la cabeza de aquéllos un bandolero de un desenfado tan grande en cuestión de vidas humanas, que probaba sus wínchesters sobre el primer transeúnte. Era correntino, y las costumbres y habla de su patria formaban parte de su carne misma. Llamábase Sidney Fitz-Patrick, y poseía una cultura superior a la de un egresado de Oxford.

A la misma época pertenece el cacique Pedrito, cuyas indiadas mansas compraron en los obrajes los primeros pantalones. Nadie le había oído a este cacique de faz poco india una palabra en lengua cristiana, hasta el día en que al lado de un hombre que silbaba una aria de Traviata, el cacique prestó un momento atención, diciendo luego en perfecto castellano:

(columna lateral)

Misiones, como todo país de frontera, es rico en tipos pintorescos.

Así Juan Brown, que habiendo ido por sólo una tarde a cazar yacús, se quedó 25 años allá;

sobre el primer viandante. Era

---

[a] Es interesante atisbar las razones del cambio titular. En el primer sustantivo elegido existe una determinación *política* del poder, que posee mayor intensidad que en el segundo. Sin embargo en «desterrados», se apunta al contenido base del relato: los desposeídos de la tierra, los sin tierra, los alejados de su tierra a la que desean volver.

En muchísimos de sus cuentos y artículos sobre Misiones, Quiroga se refiere a la región empleando el término local «país», que por supuesto no alude a la jurisdicción del Estado que es válida universalmente, sino a una zona determinada de la Argentina: el norte, y en él, la selva.

—Traviata... Yo asistí a su estreno en Montevideo, el 59...

Yo asistí al estreno

Naturalmente, ni aun en las regiones del oro o el caucho abundan tipos de este romántico color. Pero en las primeras avanzadas de la civilización al norte del Iguazú, actuaron algunas figuras nada despreciables, cuando los obrajes y campamentos de yerba del Guayra se abastecían por medio de grandes lanchones izados durante meses y meses a la sirga contra una corriente de infierno, y hundidos hasta la borda bajo el peso de mencancías averiadas, charques, mulas y hombres, que a su vez tiraban como forzados, y que alguna vez regresaron solos sobre diez tacuaras a la deriva, dejando a la embarcación en el más grande silencio.

forzados, y que alguna vez regresaron solos a la deriva,

De estos primeros mensús formó parte el negro Joao Pedro, uno de los tipos de aquella época que alcanzaron hasta nosotros.

Joao Pedro había desembocado un mediodía del monte con el pantalón arremangado sobre la rodilla, y el grado de general, al frente de 8 o 10 brasileños en el mismo estado que su jefe.

En aquel tiempo —como ahora,— el Brasil desbordaba sobre Misiones, a cada revolución, hordas fugitivas cuyos machetes no siempre concluían de enjugarse en tierra extranjera. Joao Pedro, mísero soldado, debía a su gran conocimiento del monte su ascenso a general. En tales condiciones, y después de semanas de bosque virgen que los fugitivos habían perforado como diminutos ratones, los brasileños guiñaron los ojos enceguecidos ante el Paraná, en cuyas aguas albeantes hasta hacer doler los ojos, el bosque se cortaba por fin.

Sin motivos de unión ya, los hombres se desbandaron. Joao Pedro remontó el Paraná hasta los obrajes, donde actuó breve tiempo, sin mayores peripecias para sí mismo. Y advertimos esto último, porque cuando un tiempo después Joao Pedro acompañó a un agrimensor hasta el interior de la selva, concluyó en esta forma y en esta lengua de frontera el relato del viaje:

hasta el interior, concluyó en esta forma el relato del viaje:

—Después tivemos um disgusto... E dos dois, volvió um solo.

Durante algunos años, luego, cuidó del ganado de un extranjero, allá en los pastizales de la sierra, con el exclusivo objeto de obtener sal gratuita para cebar los barreros de caza, —y atraer tigres. El propietario notó al fin que sus terneras morían como exprofeso enfermas en lugares estratégicos para cazar tigres, y tuvo palabras duras para su capataz. Este no respondió en el momento; pero al día siguiente los pobladores hallaban en la picada al extranjero, terriblemente azotado a machetazos, como quien cancha yerba de plano.

También esta vez fue breve la confidencia de nuestro hombre:

—Olvidóse de que eu era como ele... E canchel o francéis.

El propietario era italiano; pero lo mismo daba, pues la nacionalidad atribuída por Joao Pedro era entonces genérica para todos los extranjeros.

Años después, y sin motivo alguno que explique el cambio de país, hallamos al ex general dirigiéndose a una estancia del Iberá, cuyo dueño gozaba fama de pagar de extraño modo a los peones que reclamaban su sueldo.

Joao Pedro ofreció sus servicios, que el estanciero aceptó en estos términos:

—A vos, negro, por tus motas, te voy a pagar dos pesos y la rapadura. No te olvidés de venir a cobrar a fin de mes.

Joao Pedro salió mirándolo de reojo; y cuando a fin de mes fue a cobrar su sueldo, el dueño de la estancia le dijo:

—Tendé la mano, negro, y apretá fuerte.

Y abriendo el cajón de la mesa, la descargó encima el revólver.

Joao Pedro salió corriendo con su patrón detrás que lo tiroteaba, hasta lograr hundirse en una laguna de aguas podridas, donde arrastrándose bajo los camalotes y pajas, pudo alcanzar un tacurú que se alzaba en el centro como un cono.

Guareciéndose tras él, el brasileño esperó, atisbando a su patrón con un ojo.

—No te movás, moreno —le gritó el otro, que había concluído sus municiones.

Joao Pedro no se movió, pues tras él el Iberá borbotaba hasta el infinito. Y cuando asomó de nuevo la nariz, vio a su patrón que regresaba al galope con el wínchester cogido por el medio.

Comenzó entonces para el brasileño una prolija tarea, pues el otro corría a caballo buscando hacer blanco en el negro, y éste giraba a la par alrededor del tacurú, esquivando el tiro.

—Ahí va tu sueldo, macaco[b] —gritaba el estanciero al galope. Y la cúspide del tacurú volaba en pedazos.

tu sueldo, moreno, —

Llegó un momento en que Joao Pedro no pudo sostenerse más, y en un instante propicio se hundió de espaldas en el agua pestilente, con los labios estirados a flor de camalotes y mosquitos, para respirar. El otro, al paso ahora, giraba alrededor de la laguna buscando al negro. Al fin se retiró, silbando en voz baja y con las riendas sueltas sobre la cruz del caballo.[c]

se retiró, silbando y con las riendas sueltas.

En la alta noche el brasileño abordó el ribazo de la laguna, hinchado y tiritando, y huyó de la estancia, poco satisfecho al parecer del pago de su patrón, pues se detuvo en el monte a conversar con otros peones prófugos, a quienes se debía también dos pesos y la rapadura. Dichos peones llevaban una vida casi independiente, de día en el monte, y de noche en los caminos.

la mitad en el monte, y la mitad en los caminos.

Pero como no podían olvidar a su ex patrón, resolvieron jugar entre ellos a la suerte el cobro de sus sueldos, recayendo dicha misión en el negro Joao Pedro, quien se encaminó por segunda vez a la estancia, montado en una mula.

Felizmente —pues ni uno ni otro desdeñaban la entrevista,— el peón y su patrón se encontraron; éste con su revólver al cinto, aquél con su pistola en la pretina.

Felizmente, pues ni uno ni la entrevista, el peón

Ambos detuvieron sus cabalgaduras a veinte metros.

—Está bien, moreno —dijo el patrón.— ¿Venís a cobrar tu sueldo? Te voy a pagar en seguida.

—Eu vengo —respondió Joao Pedro,— a quitar a vocé de en medio. Atire vocé primeiro, e nao erre.

— Me gusta, macaco. Sujétate entonces bien las motas...

— Me gusta, negrito. Sujétate

—Atire.

—Pois nao? —dijo aquél.

—Pois é —asintió el negro, sacando la pistola.

El estanciero apuntó, pero erró el tiro. Y también esta vez, de los dos hombres regresó uno solo.

* * *

---

[b] Juan Carlos Guarnieri define *macaco*: «Mono pequeño./ Hombre lleno de monerías» (*Nuevo vocabulario campesino rioplatense*, Montevideo: Florensa & Lafon, 1957, p. 114). Se trata de una ostensible forma despectiva de referirse sobre todo en zonas fronterizas a los brasileños y —en especial— a los negros de esta nacionalidad. Quiroga opta en la segunda versión por el término regional.

[c] Un pequeño desliz en la primera versión, solucionado en la segunda, no le hace advertir que si suelta las riendas al caballo, después de la excitación a que estuvo sometido, no se hubiera alejado precisamente en paz, ni tampoco en la dirección que deseara su dueño.

El otro tipo pintoresco que alcanzó hasta nosotros, era también brasileño, como lo fueron casi todos los primeros pobladores de Misiones. Se le conoció siempre por Tirafogo, sin que nadie haya sabido de él nombre otro alguno, ni aun la policía, cuyo dintel por otro lado nunca llegó a pisar.

Merece este detalle mención, porque a pesar de haber sorbido nuestro hombre más alcohol del que pueden soportar tres jóvenes fuertes, logró siempre esquivar, fresco o borracho, el brazo de los agentes.

Las chacotas que levanta la caña en las bailantas del Alto Paraná, no son cosa de broma. Un machete de monte, animado de un revés de muñeca de mensú, parte hasta el bulbo el cráneo de un jabalí; y una vez, tras un mostrador, hemos visto al mismo machete, y del mismo revés, quebrar como una caña el antebrazo de un hombre, después de haber cortado limpiamente en su vuelo el acero de una trampa de ratas, que pendía del techo.

Si en bromas de esta especie o en otras más ligeras, Tirafogo fue alguna vez actor, la policía lo ignora. Viejo ya, esta circunstancia le hacía reír, al recordarla por cualquier motivo:

—¡Eu nunca estive na policia!

Por sobre todas sus actividades, fue domador. En los primeros tiempos del obraje se llevaban allá mulas chúcaras, y Tirafogo iba con ellas. Para domar, no había entonces más espacio que los rozados de la playa, y presto las mulas de Tirafogo partían a estrellarse contra los árboles o caían en los barrancos, con el domador debajo. Sus costillas se habían roto y soldado infinidad de veces, sin que su propietario guardara por ello el menor rencor a las mulas.

—¡Eu gosto mesmo —decía— de lidiar con elas!

El optimismo era su cualidad específica. Hallaba siempre ocasión de manifestar su satisfacción de haber vivido tanto tiempo. Una de sus vanidades era el pertenecer a los antiguos pobladores de la región, que solíamos recordar con agrado.

—¡Eu só antiguo! —exclamaba, riendo y estirando desmesuradamente el cuello adelante.— ¡Antiguo!

En el período de las plantaciones reconocíasele desde lejos por sus hábitos para carpir mandioca. Este trabajo, a pleno sol de verano, y en hondonadas a veces donde no llega un soplo de aire, se lleva a cabo en las primeras horas de la mañana y en las últimas de la tarde. Desde las once a las dos, el paisaje se calcina solitario en un vaho de fuego.[d]

Estas eran las horas que elegía Tirafogo para carpir descalzo la mandioca. Quitábase la camisa, arremangábase el calzoncillo por encima de la rodilla, y sin más protección que la de su sombrero orlado entre paño y cinta de puchos de chala, se doblaba a carpir concienzudamente su mandioca, con la espalda deslumbrante de sudor y reflejos.

Cuando los peones volvían de nuevo al trabajo a favor del ambiente ya respirable, Tirafogo había concluido el suyo. Recogía la azada, quitaba un pucho de su sombrero, y se retiraba fumando y satisfecho.

—¡Eu gosto —decía— de poner os yuyos pes arriba ao sol!

En la época en que yo llegué allá, solíamos hallar al paso a un negro muy viejo y flaquísimo, que caminaba con dificultad y saludaba siempre con un trémulo «Bon día, patrón» quitándose humildemente el sombrero ante cualquiera.

Era Joao Pedro.

Vivía en un rancho, lo más pequeño y lamentable que puede verse en el género, aun en un país de obrajes, al borde de un terrenito anegadizo de propiedad ajena. Todas las primaveras sembraba un poco de arroz —que todos los veranos perdía—, y las cuatro mandiocas indispensables para subsistir, y cuyo cuidado le llevaba todo el año, arrastrando las piernas.

Sus fuerzas no daban para más.

En el mismo tiempo, Tirafogo no carpía más para los vecinos. Aceptaba todavía algún trabajo de lonja que demoraba meses en entregar, y no se vanagloriaba ya de ser antiguo en un país totalmente transformado.

Las costumbres, en efecto; la población y el aspecto mismo del país, distaban, como la realidad de un sueño, de los primeros tiempos vírgenes, cuando no había límite para la extensión de los rozados, y éstos se efectuaban entre todos y para todos, por el sistema cooperativo. No se conocía entonces la moneda, ni el Código Rural, ni las tranqueras con candado, ni los breeches. Desde el Pequirí al Paraná, todo era Brasil y lengua materna, —hasta con los francéis de Posadas.

---

[d] La sinestesia de 1925 (dar un sonido por una sensación térmica) provocaba cierto espesor en el discurso realista. De allí su eliminación en 1926.

Ahora el país era distinto, nuevo, extraño y difícil. Y ellos, Tirafogo y Joao Pedro, estaban ya muy viejos para reconocerse en él.

El primero había alcanzado los ochenta años, y Joao Pedro sobrepasaba de esa edad.

El enfriamiento del uno, a que el primer día nublado relegaba a quemarse las rodillas y las manos junto al fuego, y las articulaciones endurecidas del otro, hiciéronles acordarse por fin, en aquel medio hostil, del dulce calor de la madre patria.

—E, —decía Joao Pedro a su compatriota, mientras se resguardaban ambos del humo con la mano.— Estemos lejos de nossa terra, seu Tirá... E un día temos de morrer.

—E, —asentía Tirafogo, moviendo a su vez la cabeza.— Temos de morrer, seu Joao... E lonje da terra...

Visitábanse ahora con frecuencia, y tomaban mate en silencio, enmudecidos por aquella tardía sed de la patria. Algún recuerdo, nimio por lo común, subía a veces a los labios de alguno de ellos, suscitado por el calor del hogar.

—Havíamos na casa dois vacas... —decía el uno muy lentamente.— E eu brinqué mesmo con os cachorros de papae...

—Pois nao, seu Joao... —apoyaba el otro, manteniendo fijos en el fuego sus ojos en que sonreía una ternura casi infantil.

—E eu me lembro de todo... E de mamae... A mamae moza...

Las tardes pasaban de este modo, perdidos ambos de extrañeza en la flamante Misiones.

Para mayor extravío, iniciábase en aquellos días el movimiento obrero, en una región que no conserva del pasado jesuítico sino dos dogmas: la esclavitud del trabajo, para el nativo, y la inviolabilidad del patrón. Viéronse huelgas de peones que esperaban a Boycott, como a un personaje de Posadas, y manifestaciones encabezadas por un bolichero a caballo que llevaba la bandera roja, mientras los peones analfabetos cantaban apretándose alrededor de uno de ellos, para poder leer la Internacional que aquél mantenía en alto. Viéronse detenciones sin que la caña fuera su motivo, —y hasta se vio la muerte de un sahib.

Juan Pedro, vecino del pueblo, comprendió de todo esto menos aún que el bolichero de trapo rojo, y aterido por el otoño ya avanzado, se encaminó a la costa del Paraná.

También Tirafogo había sacudido la cabeza ante los nuevos acontecimientos. Y bajo su influjo, y el del viento frío que rechazaba el humo, los dos proscriptos sintieron por fin concretarse los recuerdos natales que acudían a sus mentes con la facilidad y transparencia de los de una criatura.

Sí; la patria lejana, olvidada durante ochenta años. Y que nunca, nunca...

—¡Seu Tirá! —dijo de pronto Joao Pedro, con lágrimas fluidísimas a lo largo de sus viejos carrillos.— ¡Eu nao quero morrer sin ver a minha terra!... E muito lonje o que eu tengo vivido...

A lo que Tirafogo respondió:

—Agora mesmo eu tenía pensado proponer a vocé... Agora mesmo, seu Joao Pedro... eu vía na ceniza a casinha... O pinto bataraz de que eu so cuidei...

Y con un puchero, tan fluido como las lágrimas de su compatriota, balbuceó:

—Eu quero ir lá!... A nossa terra é lá, seu Joao Pedro!... A mamae do velho Tirafogo...

El viaje, de este modo, quedó resuelto. Y no hubo en cruzado alguno mayor fe y entusiasmo que los de aquellos dos desterrados casi caducos, en viaje hacia su tierra natal.

Los preparativos fueron breves, pues breve era lo que dejaban y lo que podían llevar consigo. Plan, en verdad, no poseían ninguno, si no es el marchar perseverante, ciego y luminoso a la vez, como de sonámbulos, y que los acercaba día a día a la ansiada patria. Los recuerdos de la edad infantil subían a sus mentes con exclusión de la gravedad del momento. Y caminando, y sobre todo cuando acampaban de noche, uno y otro partían en detalles de la memoria que parecían dulces novedades, a juzgar por el temblor de la voz.

—Eu nunca dije para você, seu Tirá... ¡O meu irmao más piqueno estuvo uma vez muito doente!

O, si no, junto al fuego, con una sonrisa que había acudido ya a los labios desde largo rato:

—O mate de papae cayóse umaz vez de mim... ¡E batióme, seu Joao!

Iban así, riquísimos de ternura y cansancio, pues la sierra central de Misiones no es propicia al paso de los viejos desterrados. Su instinto y conocimiento del bosque proporcionábales el sustento y el rumbo por los senderos menos escarpados.

Pronto, sin embargo, debieron internarse en el monte cerrado, pues había comenzado uno de esos períodos de grandes lluvias que inundan la selva de vapores entre uno y otro chaparrón, y transforman las picadas en sonantes torrenteras de agua roja.[e]

las picadas fragosas en rumorosas torrenteras de agua roja.

Aunque bajo el bosque virgen, y por violentos que sean los diluvios, el agua no corre jamás sobre la capa de humus, la miseria y la humedad ambiente no favorecen tampoco el bienestar de los que avanzan por él. Llegó pues una mañana en que los dos viejos proscriptos, abatidos por la consunción y la fiebre, no pudieron ponerse en pie.

Desde la cumbre en que se hallaban, y al primer rayo de sol que rompía tardísimo la niebla, Tirafogo, con un resto más de vida que su compañero, alzó los ojos, reconociendo los pinares nativos. Allá lejos vio en el valle, por entre los altos pinos, un viejo rozado cuyo dulce verde llenábase de luz entre las sombrías araucarias.

—¡Seu Joao! —murmuró, sosteniéndose apenas sobre los puños.— ¡E a terra o que docê pode ver lá! ¡Temos chegado, seu Joao Pedro!

Al oír esto, Joao Pedro abrió los ojos, fijándolos inmóviles en el vacío, por largo rato.

fijándolos inmóviles por largo rato.

—Eu cheguei ya, meu compatricio... —dijo.

Tirafogo no apartaba la vista del rozado.

Tirafogo no apartaba los suyos del rozado.

—Eu vi a terra... E lá... —murmuraba.

—Eu cheguei —respondió todavía el moribundo—. Docê viu a terra... E eu estó lá.

—O que é... seu Joao Pedro —dijo Tirafogo— o que é, é que docê está de morrer... ¡Docê nao chegou!

— O que é... — dijo Tirafogo — ... Docê nao chegou.

Joao Pedro no respondió esta vez. Ya había llegado.

Durante largo tiempo Tirafogo quedó tendido de cara contra el suelo mojado, removiendo de tarde en tarde los labios. Al fin abrió los ojos, y sus facciones se agrandaron de pronto en una expresión de infantil alborozo:

el suelo mojado removiendo

—¡Ya cheguei, mamae!... O Joao Pedro tinha razón... ¡Vou con ele!...

---

[e] Suprime la cacofonía de la primera versión: «*fragosas* en *rumorosas* torrenteras de agua *roja*».

NOTAS

[1] Aparecido originalmente en *Caras y Caretas*, Buenos Aires, n° 1396, julio 4, 1925, con el título «Los proscriptos» (variante que analizamos en la nota (a) al texto). El relato ocupa ocho páginas de la revista y lo acompañan cinco ilustraciones, la primera de ellas registra un dibujo de Quiroga, apunte naturalista donde aparece con mirada algo melancólica, cabello ensortijado y barba y bigotes exuberantes. Todos los dibujos pertenecen a Macaya. Figura como acápite del texto:

«El prestigioso y conocido autor, que tan bien domina el difícil género del cuento, confirma, con nueva producción, sus valores indudables. Quiroga se apodera desde las primeras palabras del ánimo de su lector, el cual es, desde entonces, un devoto de él. La selva no tiene para él misterios: ha sabido arrancarle el alma: y esa selva nuestra, esa selva del Norte desconocida antes para nosotros, tiene ya el cantor, el poeta, esclavo y dueño a la vez de ella.»

VAN-HOUTEN[1]   en la cantera

Lo encontré* una siesta de fuego a cien metros de su   Su nombre era...
rancho, calafateando una guabiroba que acababa de
concluir.[a]
—Ya ve —me dijo, pasándose el antebrazo mojado
por la cara aún más mojada,— que hice la canoa. Timbó
estacionado, y puede cargar cien arrobas. No es como
esa suya, que apenas lo aguanta a usted. Ahora quiero
divertirme.

---

* Van-Houten, pero solían llamarle Lo-que-queda-de-Van-Houten, en razón de que le faltaban un ojo, algunos
pedazos de la cara y tres dedos de la mano derecha. Del lado izquierdo, tenía los párpados vacíos impregnados de
puntos azules que le ensombrecían toda la órbita: Y aquellos no era agradable de ver. En el resto era un hombre
bajo y muy fuerte, de barba roja e hirsuta. El pelo, rojo también, caíale sobre una frente muy baja en mechones
constantemente sudados. Cedía de hombro a hombro al caminar, y sobre todo esto era muy feo — a lo Verlaine, de
quien compartía el tipo y casi la patria, pues Todo-lo-que-queda-de-Van-Houten había nacido sobre Charleroi.
Belga, luego, de origen flamenco que se revelaba en la flema del tipo para sobrellevar adversidades.

Después de un duro peregrinaje por escalas desde la costa del Atlántico hasta Misiones, ruta frecuente en los
aventureros de la región, había arribado a San Ignacio, donde explotaba por su cuenta una cantera sobre el
Paraná, pues el belga era cantero de oficio. Era asimismo el hombre más desinteresado del mundo y no se le
importaba poco ni mucho que le devolvieran el dinero prestado, o que una brusca subida del Paraná le llevara tres
o cuatro vacas — su único bien. Se encogía de hombros y escupía, y era todo. Tenía un solo amigo, un andaluz con
quien se veía únicamente los sábados de noche, cuando partían juntos a caballo hacia el pueblo. Allí, de almacén en
almacén, pasaban treinta y seis horas borrachos e inseparables. El domingo de noche, sus caballos los llevaban por
la fuerza de la costumbre a sus casas respectivas y allí concluía su amistad. En el resto de la semana no se veían
nunca ni se inquietaban en absoluto el uno por el otro.

Tal era el tipo a quien hallé de buena veta en la cantera, desnudo hasta la cintura, una siesta sumamente pesada.
En las varias veces que conversara con él, nunca le había manifestado curiosidad por saber la causa de aquellas
heridas, lo que el hombre evidentemente me agradecía. Esa tarde, pues, llevándolo suavemente con insidiosas
preguntas sobre barrenos, dinamitas y chismes de oficio, Todo-lo-que-queda-de-Van-Houten rompió el hielo y supe
de su boca la historia. Dicha historia yo la conocía ya a medias, de segunda mano, pero otra cosa era oírsela a él
mismo con sabor de la primera agua, que era lo que me interesaba.

Así, mientras yo era todo ojos y oídos, y él, en cuclillas, dejaba correr el sudor por su torso desnudo sin secarlo,
oí la aventura de su boca, así como va.

[a] Las dos versiones difieren mucho más de lo que aparentan. En la primera se introduce directamente a la
descripción del protagonista, luego viene la narración —la diégesis propiamente tal— que nos conduce al pasado:
desde el más remoto (sus orígenes), hasta el más reciente (las borracheras con su amigo andaluz). Este virtualmente
se continúa, para tocar un presente que también será futuro.

En la segunda, el relato se inicia en estilo directo, con un diálogo entre Van-Houten y el autor implícito (y
personaje), pero además interviene un tercero (Paolo), quien también es descrito y nos aporta, por su lado, el dato
de que el mutilado se llama «don Luis». El protagonista es así presentado a través de su amigo, desde las
coordenadas de éste («Van-Houten, su socio, era belga»), y no por él mismo. A partir de entonces entramos en la
descripción, donde no hay más variantes que las gramaticales y sintácticas comunes a todos sus relatos. Sobre otra
modificación sustancial véase nota (d).

—Cuando don Luis quiere divertirse —apoyó Paolo cambiando el pico por la pala— hay que dejarlo. El trabajo es para mí entonces; pero yo trabajo a un tanto, y me arreglo solo.

Y prosiguió paleando el cascote de la cantera, desnudo desde la cintura a la cabeza, como su socio Van-Houten.

Tenía éste por asociado a Paolo, sujeto de hombros y brazos de gorila, cuya única preocupación había sido y era no trabajar nunca a las órdenes de nadie, y ni siquiera por día. Percibía tanto por metro de losas de laja entregadas, y aquí concluían sus deberes y privilegios. Preciábase de ello en toda ocasión, al punto de que parecía haber ajustado la norma moral de su vida a esta independencia de su trabajo. Tenía por hábito particular, cuando regresaba los sábados de noche del pueblo, solo y a pie como siempre, hacer sus cuentas en voz alta por el camino.

Van-Houten, su socio, era belga, flamenco de origen, y se le llamaba alguna vez Lo-que-queda-de-Van-Houten, en razón de que le faltaban un ojo, una oreja, y tres dedos de la mano derecha. Tenía la cuenca entera de su ojo vacío quemada en azul por la pólvora. En el resto era un hombre bajo y muy robusto, con barba roja e hirsuta. El pelo, de fuego también, caíale sobre una frente muy estrecha en mechones constantemente sudados. Cedía de hombro a hombro al caminar, y era sobre todo muy feo, a lo Verlaine de quien compartía casi la patria, pues Van-Houten había nacido en Charleroi.

Su origen flamenco revelábase en su flema para soportar adversidades. Se encogía de hombros y escupía, por todo comentario. Era asimismo el hombre más desinteresado del mundo, no preocupándose en absoluto de que le devolvieran el dinero prestado, o de que una súbita crecida del Paraná le llevara sus pocas vacas. Escupía, y eso era todo. Tenía un solo amigo íntimo, con el cual se veía solamente los sábados de noche, cuando partían juntos y a caballo hacia el pueblo. Por 24 horas continuas, recorrían uno a uno los boliches, borrachos e inseparables. La noche del domingo sus respectivos caballos los llevaban por la fuerza del hábito a sus casas —y allí concluía la amistad de los socios. En el resto de la semana no se veían jamás.

Yo siempre había tenido curiosidad de conocer de primera fuente qué había pasado con el ojo y los dedos

de Van-Houten. Esa siesta, llevándolo insidiosamente a
su terreno con preguntas sobre barrenos, canteras y
dinamitas, logré lo que ansiaba, y que es tal como va:

«La culpa de todo la tuvo un brasileño que me echó a
perder la cabeza con su pólvora. Mi hermano no creía en
esa pólvora, y yo sí; lo que me costó un ojo. Yo no creía
tampoco que me fuera a costar nada, porque ya había
escapado vivo dos veces.

La primera fue en Posadas. Yo acababa de llegar, y
mi hermano estaba allí hacía cinco años. Teníamos un
compañero, un milanés fumador, con gorra y bastón que   un piamontés fumador,
no dejaba nunca. Cuando bajaba a trabajar, metía el
bastón dentro del saco. Cuando no estaba borracho era   era muy duro para el trabajo.
un hombre duro para el trabajo.

Contratamos un pozo, no a tanto el metro como se
hace ahora, sino por el pozo completo, hasta que diera   sino por un precio todo el pozo.
agua. Debíamos cavar hasta encontrarla.

Nosotros fuimos los primeros en usar dinamita en los
trabajos. En Posadas no hay más que piedra mora;
escarbe donde escarbe, aparece al metro la piedra mora.
Aquí también hay bastante, después de las ruinas. Es
más dura que el fierro, y hace rebotar el pico hasta las
narices.

Llevábamos ocho metros de hondura en ese pozo,
cuando un atardecer mi hermano, después de concluir
una mina en el fondo, prendió fuego a la mecha y salió
del pozo. Mi hermano había trabajado solo esa tarde,
porque el milanés andaba paseando borracho con su
gorra y su bastón, y yo estaba en el catre con el chucho.

Al caer el sol fui a ver el trabajo, muerto de frío, y en
ese momento mi hermano se puso a gritar al milanés que   al piamontés que desde la tarde se
se había subido al cerco y se estaba cortando con los   había subido al cerco y se estaba
vidrios. Al acercarme al pozo resbalé sobre el montón de
escombros, y tuve apenas tiempo de sujetarme en la
misma boca; pero el zapatón de cuero, que yo llevaba sin
medias y sin tira, se me salió del pie y cayó adentro. Mi
hermano no me vio, y bajé a buscar el zapatón. ¿Usted
sabe cómo se baja, no? Con las piernas abiertas en las
dos paredes del pozo, y las manos para sostenerse. Si
hubiera estado más claro, yo habría visto el agujero del
barreno y el polvo de piedra al lado. Pero no veía nada,
sino allá arriba un redondel claro, y más abajo chispas   y más abajo un poco de luz
de luz en la punta de las piedras. Usted podrá hallar lo
que quiera en el fondo de un pozo, grillos que caen de   un pozo: grillos que
arriba, y cuanto quiera de humedad; pero aire para
respirar, eso no va a hallar nunca.

Bueno; si yo no hubiera tenido las narices tapadas por la fiebre, habría sentido bien pronto el olor de la mecha. Y cuando estuve abajo y lo sentí bien, el olor podrido de la pólvora, sentí más claramente que entre las piernas tenía una mina cargada y prendida.

Allá arriba apareció la cabeza de mi hermano, gritándome. Y cuanto más gritaba, más disminuía su cabeza y el pozo se estiraba y se estiraba hasta ser un puntito en el cielo —porque tenía chucho y estaba con fiebre.

De un momento a otro la mina iba a reventar, y encima de la mina estaba yo, pegado a la piedra, para irme también en pedazos hasta la boca del pozo. Mi hermano gritaba cada vez más fuerte, hasta parecer una mujer. Pero yo no tenía fuerzas para subir ligero, y me eché en el suelo, aplastado como una barreta. Mi hermano supuso la cosa, porque dejó de gritar.

Bueno; los cinco segundos que estuve esperando que la mina reventara de una vez, me parecieron cinco o seis años, con meses, semanas, días y minutos, bien seguidos unos tras otros.

¿Miedo? ¡Bah! Tenía demasiado que hacer siguiendo con la idea la mecha que estaba llegando a la punta...[b] Miedo, no. Era una cuestión de esperar, nada más; esperar a cada instante: ahora... ahora... Con esto tenía para entretenerme.

¡Bah! (aquí una nueva sacudida de hombros y el escupitajo). Tenía demasiado que hacer siguiendo con la imaginación la mecha que

Por fin la mina reventó. La dinamita trabaja para abajo; hasta los mensús lo saben. Pero la piedra deshecha salta para arriba, y yo, después de saltar contra la pared y caer de narices, con un silbato de locomotora en cada oído, sentí las piedras que volvían a caer en el fondo. Una sola un poco grande me alcanzó —aquí en la pantorrilla, cosa blanda. Y además, el sacudón de costados, los gases podridos de la mina, y, sobre todo, la cabeza hinchada de picoteos y silbidos, no me dejaron sentir mucho las pedradas. Yo no he visto un milagro nunca, y menos al lado de una mina de dinamita. Sin embargo, salí vivo. Mi hermano bajó en seguida, pude subir con las rodillas flojas, y nos fuimos en seguida a emborracharnos por dos días seguidos.

Por fin reventó.

en seguida a emborrachar por

Esta fue la primera vez que me escapé. La segunda fue también en un pozo que había contratado solo. Yo estaba en el fondo, limpiando los escombros de una mina

---

[b] Por las alteraciones introducidas en la segunda versión (ver nota (a)), Quiroga desmonta las apreciaciones descriptivas, aisladas del devenir del relato, como la que aparece en este caso y en dos instancias posteriores.

que había reventado la tarde anterior. Allá arriba, mi ayudante subía y volcaba los cascotes. Era un guayno[c] paraguayo, flaco y amarillo como un esqueleto, que tenía el blanco de los ojos casi azul, y no hablaba casi nada. Cada tres días tenía el chucho.

Era un muchachón paraguayo, flaco

Al final de la limpiada, sujeté a la soga por encima del balde la pala y el pico, y el muchacho izó las herramientas que, como acabo de decirle, estaban pasadas por un falso nudo. Siempre se hace así, y no hay cuidado de que se salgan, mientras el que iza no sea un bugre como mi peón.

El caso es que cuando el balde llegó arriba, en vez de agarrar la soga por encima de las herramientas para tirar afuera, el infeliz agarró el balde. El nudo se aflojó, y el muchacho no tuvo tiempo más que para sujetar la pala.

Bueno; pare la oreja al tamaño del pozo: tenía en ese momento catorce metros de hondura, y sólo un metro o uno y veinte de ancho. La piedra mora no es cuestión de broma para perder el tiempo haciendo barrancos, y, además, cuanto más angosto es el pozo, es más fácil subir y bajar por las paredes.

de hondura y sólo

El pozo, pues, era como un caño de escopeta; y yo estaba abajo en una punta mirando para arriba, cuando vi venir el pico por la otra.

¡Bah! Una vez el milanés pisó en falso y me mandó abajo una piedra de veinte kilos. Pero el pozo era playo todavía, y la vi venir a plomo. Al pico lo vi venir también, pero venía dando vueltas, rebotando de pared a pared, y era más fácil considerarse ya difunto con doce pulgadas de fierro dentro de la cabeza, que adivinar dónde iba a caer.

¡Bah! (nueva escupida). Una

Al principio comencé a cuerpearlo, con la boca abierta fija en el pico. Después vi en seguida que era inútil, y me pegué entonces contra la pared, como un muerto, bien quieto y estirado como si ya estuviera muerto, mientras el pico venía como un loco dando tumbos, y las piedras caían como lluvia.

las piedritas

Bueno; pegó por última vez a una pulgada de mi cabeza y saltó de lado contra la otra pared; y allí se esquinó, en el piso. Subí entonces, sin enojo contra el

cabeza, y saltó

---

[c] Del mismo modo que en «Los desterrados» alteraba la denominación despectiva de João, aquí lo anima la pretensión de regionalizar el lenguaje, perdiéndose en el camino el toque peyorativo del vocablo inicial. (Véase *glosario*.)

bugre que, más amarillo que nunca, había ido al fondo con la barriga en la mano. Yo no estaba enojado con el guayno, porque me consideraba bastante feliz saliendo vivo del pozo como un gusano, con la cabeza llena de arena. Esa tarde y la mañana siguiente no trabajé, pues lo pasamos borrachos con el milanés.

Esta fue la segunda vez que me escapé de la muerte, y las dos dentro de un pozo. La tercera vez fue al aire libre, en una cantera de lajas como ésta, y hacía un sol que rajaba la tierra.

Esta vez no tuve tanta suerte... ¡Bah! Soy duro. El brasileño —le dije al principio que él tuvo la culpa— no había probado nunca su pólvora. Esto lo vi después del experimento. Pero hablaba que daba miedo, y en el almacén me contaba sus historias sin parar, mientras yo probaba la caña nueva. El no tomaba nunca. Sabía mucha química, y una porción de cosas; pero era un charlatán que se emborrachaba con sus conocimientos. El mismo había inventado esa pólvora nueva —le daba el nombre de una letra— y acabó por marearme con sus discursos.

Mi hermano, me dijo: —«Todas esas son historias. Lo que va a hacer es sacarte plata». Yo le contesté: —«Plata, no me va a sacar ninguna». «Entonces —agregó mi hermano— los dos van a volar por el aire si usan esa pólvora».

Tal me lo dijo, porque lo creía a pie junto, y todavía me lo repitió mientras nos miraba cargar el barreno.

Como le dije, hacía un sol de fuego, y la cantera quemaba los pies. Mi hermano y otros curiosos se habían echado bajo un árbol, esperando la cosa; pero el brasileño y yo no hacíamos caso, pues los dos estábamos convencidos del negocio. Cuando concluímos el barreno, comencé a atacarlo. Usted sabe que aquí usamos para esto la tierra de los tacurús, que es muy seca. Comencé, pues, de rodillas a dar mazazos, mientras el brasileño, parado a mi lado, se secaba el sudor, y los otros esperaban.

Bueno; al tercer o cuarto golpe sentí en la mano el rebote de la mina que reventaba, y no sentí nada más porque caí a dos metros desmayado.

Cuando volví en mí, no podía ni mover un dedo, pero oía bien. Y por lo que decían, me di cuenta de que todavía estaba al lado de la mina, y que en la cara no tenía más que sangre y carne deshecha. Y oí a uno que decía: —«Lo que es éste, se fue del otro lado».

nunca, había ido al fondo, porque me consideraba bastante feliz saliendo vivo del pozo como un gusano, con la cabeza llena de arena.

tierra.»
Esta es la historia que he oído — lo interrumpí.
— Sí, y aquí está el resultado... y aquí y aquí — agregó señalando. — Esta vez no tuve tanta suerte...

ya se fué del otro lado».

¡Bah!... Soy duro. Estuve dos meses entre si perdía o
no el ojo, y al fin me lo sacaron. Y quedé bien, ya ve.
Nunca más volví a ver al brasileño, porque pasó el río la
misma noche; no había recibido ninguna herida. Todo
fue para mí, y él era el que había inventado la pólvora.

—Ya ve —concluyó por fin levantándose y secándose
el sudor.— No es así como así que van a acabar con
Van-Houten. ¡Pero bah!... (con una sacudida de hombros final.) De todos modos, poco se pierde si uno se va al
hoyo...

Y escupió.[d]

y escupió y me sonrió con su
único ojo.

* * *

Por una lóbrega noche de otoño descendía yo en mi
canoa sobre un Paraná tan exhausto, que en la misma
canal el agua límpida y sin fuerzas parecía detenida a
depurarse aún más. Las costas se internaban en el cauce
del río cuanto éste perdía de aquél, y el litoral, habitualmente de bosque refrescándose en las aguas, constituí-
anlo ahora dos anchas y paralelas playas de arcilla
rodada y cenagosa, donde apenas se podía marchar. Los
bajofondos de las restingas, delatados por el color
umbrío del agua, manchaban el Paraná con largos conos
de sombra, cuyos vértices penetraban agudamente en la
canal. Bancos de arena y negros islotes de basalto habían
surgido donde un mes atrás las quillas cortaban sin
riesgo el agua profunda. Las chalanas y gaubirobas que
remontan el río fielmente adheridas a la costa, raspaban
con las palas el fondo pedregoso de las restingas, un
kilómetro río adentro.

Para una canoa los escollos descubiertos no ofrecen
peligro alguno, aun de noche. Pueden ofrecerlo, en
cambio, los bajofondos disimulados en la misma canal,
pues ellos son por lo común cúspides de cerros a pico, a
cuyo alrededor la profunda sima del agua no da fondo a
70 metros. Si la canoa encalla en una de esas cumbres
sumergidas, no hay modo de arrancarla de allí; girará
horas enteras sobre la proa o la popa, o más habitualmente sobre su mismo centro.

---

[d] La versión original finaliza aquí. Si se revisa la apertura de la primera, se podrá leer en el extenso segundo
párrafo ese mismo «duro peregrinaje» que se desarrolla a continuación. Sin embargo, en la segunda versión
Quiroga introduce una nueva instancia de diálogo, ya no con Van-Houten (que ha muerto), sino con un narrador
subsidiario (Pietro), quien cuenta la desgracia que aniquiló al protagonista. Un nuevo vínculo *in praesentia* con un
relator que ahora pasa a ser el testigo y no el oyente, el implicado indirecto y no el afectado personalmente como
antes.

Por la extrema liviandad de mi canoa yo estaba apenas expuesto a este percance. Tranquilo, pues, descendía sobre las aguas negras, cuando un inusitado pestañear de faroles de viento hacia la playa de Itahú, llamó mi atención.

A tal hora de una noche lóbrega, el Alto Paraná, su bosque y su río son una sola mancha de tinta donde nada se ve. El remero se orienta por el pulso de la corriente en las palas; por la mayor densidad de las tinieblas al abordar las costas; por el cambio de temperatura del ambiente; por los remolinos y remansos, por una serie, en fin, de indicios casi indefinibles.

Abordé en consecuencia a la playa de Itahú, y guiado hasta el rancho de Van-Houten por los faroles que se dirigían allá, lo vi a él mismo, tendido de espaldas sobre el catre con el ojo más abierto y vidrioso de lo que se debía esperar.

Estaba muerto. Su pantalón y camisa goteando todavía, y la hinchazón de su vientre, delataban bien a las claras la causa de su muerte.

Pietro hacía los honores del accidente, relatándolos a todos los vecinos, conforme iban entrando. No variaba las expresiones ni los ademanes del caso, vuelto siempre hacia el difunto, como si lo tomara de testigo.

—Ah, usted vió —se dirigió a mí al verme entrar.— ¿Qué le había dicho yo siempre? Que se iba a ahogar con su canoa. Ahí lo tiene, duro. Desde esta mañana estaba duro, y quería todavía llevar una botella de caña. Yo le dije:

—Para mí, don Luis, que si usted lleva la caña va a fondear de cabeza en el río.

El me contestó:

—Fondear, eso no lo ha visto nadie hacer a Van-Houten... Y si fondeo, bah, tanto da.

Y escupió. Usted sabe que siempre hablaba así, y se fué a la playa. Pero yo no tenía nada que ver con él, porque yo trabajo a un tanto. Así es que le dije:

—Hasta mañana entonces, y deje la caña acá.

El me respondió:

—Lo que es la caña, no la dejo.

Y subió tambaleando en la canoa.

—Ahí está ahora, más duro que esta mañana. Romualdo el visco y Josesinho lo trajeron hace un rato y lo dejaron en la playa, más hinchado que un barril. Lo encontraron en la piedra frente a Puerto Chuño. Allí

estaba la guabiroba arrimada al islote, y a don Luis lo
pescaron con la liña en diez brazas de fondo.

—Pero el accidente —lo interrumpí— ¿cómo fue?

—Yo no lo vi. Josesinho tampoco lo vio, pero lo oyó a
don Luis, porque pasaba con Romualdo a poner el
espinel en el otro lado. Don Luis gritaba-cantaba y hacía
fuerza al mismo tiempo, y Josesinho conoció que había
varado, y le gritó que no paleara de popa, porque en
cuanto zafara la canoa, se iba a ir de lomo al agua.
Después Josesinho y Romualdo oyeron el tumbo en el
río, y sintieron a don Luis que hablaba como si tragara
agua.

—Lo que es tragar agua... Véalo, tiene el cinto en la
ingle, y eso que ahora está vacío. Pero cuando lo acostamos en la playa, echaba agua como un yacaré. Yo le
pisaba la barriga, y a cada pisotón echaba un chorro alto
por la boca.

Hombre guapo para la piedra y duro para morir en la
mina, lo era. Tomaba demasiado, es cierto, y yo puedo
decirlo. Pero a él nunca le dije nada, porque usted sabe
que yo trabajaba con él a un tanto...

Continué mi viaje. Desde el río en tinieblas vi brillar
todavía por largo rato la ventana iluminada, tan baja
que parecía parpadear sobre la misma agua. Después la
distancia la apagó. Pero pasó un tiempo antes que dejara
de ver a Van-Houten tendido en la playa y convertido en
un surtidor, bajo el pie de su socio que le pisaba el
vientre.

NOTAS

[1] Publicado en el mensuario *Plus Ultra*, Buenos Aires, nº 44, diciembre 1919, con dos dibujos de Álvarez en la única página que ocupa el relato. El título primigenio era «En la cantera».

En mayo de 1949, el crítico uruguayo Emir Rodríguez Monegal visitó Misiones en compañía del hijo del escritor, Darío Quiroga Cirés. Allí conoció personalmente a algunos de los personajes que el autor recreó en estos relatos. Así a Van-Houten (del que se conoce una fotografía), lo describe:

«Salvo alguna acentuación del grotesco (tiene ambas orejas; le faltan sólo dos dedos) este Pablo Vanderdorp que tengo ante mi vista en San Ignacio es el mismo que Quiroga presenta en *Los desterrados*, aunque ahora, emergiendo de la siesta y de la sombra de una galería de madera en una casa semitropical, parezca más un personaje de los convocados por la imaginación y la experiencia de Joseph Conrad que el pobre Lelián. Ante su figura plena de vida a los ochenta años, se advierte lo que supo trasladar Quiroga al relato: la fuerza indestructible, la jocunda actitud ante la vida. No importa que todo el resto (anécdota, tratamiento dramático) sea creación literaria (...)» (En: *Las Raíces de Horacio Quiroga, Ensayos*, Montevideo, Asir, 1961, p. 111).

TACUARA-MANSIÓN[1]*

FRENTE AL RANCHO de don Juan Brown, en Misiones, se levanta un árbol de gran diámetro y ramas retorcidas, que presta a aquél frondosísimo amparo. Bajo este árbol murió, mientras esperaba el día para irse a su casa, Santiago Rivet, en circunstancias bastante singulares para que merezcan ser contadas.

Misiones, colocada a la vera de un bosque que comienza allí y termina en el Amazonas, guarece a una serie de tipos a quienes podría lógicamente imputarse cualquier cosa, menos el ser aburridos. La vida más desprovista de interés al norte de Posadas, encierra dos o tres pequeñas epopeyas de trabajo o de carácter, si no de sangre. Pues bien se comprende que no son tímidos gatitos de civilización los tipos que del primer chapuzón o en el reflujo final de sus vidas, han ido a encallar allá.

Sin alcanzar los contornos pintorescos de un Joao Pedro, por ser otros los tiempos y otro el carácter del personaje, don Juan Brown merece mención especial entre los tipos de aquel ambiente.

Brown era argentino y totalmente criollo, a despecho de una gran reserva británica. Había cursado en La Plata dos o tres brillantes años de ingeniería. Un día, sin que sepamos por qué, cortó sus estudios y derivó hasta Misiones. Creo haberle oído decir que llegó a Iviraromí por un par de horas, asunto de ver las ruinas. Mandó más tarde buscar sus valijas a Posadas para quedarse dos días más, y allí lo encontré yo quince años después, sin que en todo ese tiempo hubiera abandonado una sola hora el lugar. No le interesaba mayormente el país; se quedaba allí, simplemente, por no valer sin duda la pena hacer otra cosa.

Era un hombre joven todavía, grueso, y más que grueso muy alto, pues pesaba 100 kilos. Cuando galopaba —por excepción— era fama que se veía al caballo doblarse por el espinazo, y a don Juan sostenerlo con los pies en tierra.

En relación con su grave empaque, don Juan era poco amigo de palabras. Su rostro ancho y rapado bajo un largo pelo hacia atrás, recordaba bastante al de un tribuno del noventa y tres. Respiraba con cierta dificultad, a causa de su corpulencia. Cenaba siempre a las cuatro de la tarde, y al anochecer llegaba infaliblemente al bar, fuere el tiempo que hubiere, al paso de su heroico caballito, para retirarse también infaliblemente el último de todos. Llamábasele «don Juan» a secas, e

---

* Al ser recogido en volumen, este cuento fue reestructurado y reescrito. Las modificaciones introducidas autorizan a considerar ambos textos como diferentes versiones.

Remitimos al lector al Apéndice: *Primeras versiones luego reescritas*, donde recogemos íntegra la que publicara en *El Hogar*, Buenos Aires, año 16, núm. 568, agosto 27, 1920.

inspiraba tanto respeto su volumen como su carácter. He aquí dos muestras de este raro carácter.

Cierta noche, jugando al truco con el juez de Paz de entonces, el juez se vio en mal trance e intentó una trampa. Don Juan miró a su adversario sin decir palabra, y prosiguió jugando. Alentado el mestizo, y como la suerte continuara favoreciendo a don Juan, tentó una nueva trampa. Juan Brown echó una ojeada a las cartas, y dijo tranquilo al juez:

—Hiciste trampa de nuevo; da las cartas otra vez.

Disculpas efusivas del mestizo, y nueva reincidencia. Con igual calma, don Juan le advirtió:

—Has vuelto a hacer trampa; da las cartas de nuevo.

Cierta noche, durante una partida de ajedrez, se le cayó a don Juan el revólver, y el tiro partió. Brown recogió su revólver sin decir una palabra y prosiguió jugando, ante los bulliciosos comentarios de los contertulios, cada uno de los cuales, por lo menos, creía haber recibido la bala. Sólo al final se supo que quien la había recibido en una pierna, era el mismo don Juan.

Brown vivía solo en Tacuara-Mansión (así llamada porque estaba en verdad construída de caña tacuara, y por otro malicioso motivo). Servíale de cocinero un húngaro de mirada muy dura y abierta, y que parecía echar las palabras en explosiones a través de los dientes. Veneraba a don Juan, el cual, por su parte, apenas le dirigía la palabra.

Final de este carácter: Muchos años después cuando en Iviraromí hubo un piano, se supo recién entonces que don Juan era un eximio ejecutante.

* * *

Lo más particular de don Juan Brown, sin embargo, eran las relaciones que cultivaba con monsieur Rivet, llamado oficialmente Santiago-Guido-Luciano-María Rivet.

Era éste un perfecto ex hombre, arrojado hasta Iviraromí por la última oleada de su vida. Llegado al país veinte años atrás, y con muy brillante actuación luego en la dirección técnica de una destilería de Tucumán, redujo poco a poco el límite de sus actividades intelectuales, hasta encallar por fin en Iviraromí, en carácter de despojo humano.

Nada sabemos de su llegada allá. Un crepúsculo, sentados a las puertas del bar, lo vimos desembocar del monte de las ruinas en compañía de Luisser, un mecánico manco, tan pobre como alegre, y que decía siempre no faltarle nada, a pesar de que le faltaba un brazo.

En esos momentos el optimista sujeto se ocupaba de la destilación de hojas de naranjo, en el alambique más original que darse pueda. Ya volveremos sobre esta fase suya. Pero en aquellos instantes de fiebre destilatoria la llegada de un químico industrial de la talla de Rivet fue un latigazo de excitación para las fantasías del pobre manco. El nos informó de la personalidad de monsieur Rivet, presentándolo un sábado de noche en el bar, que desde entonces honró con su presencia.

Monsieur Rivet era un hombrecillo diminuto, muy flaco, y que los domingos se peinaba el cabello en dos grasientas ondas a ambos lados de la frente. Entre sus barbas siempre sin afeitar pero nunca largas, tendíanse constantemente adelante sus labios en un profundo desprecio por todos, y en particular por los *doctores* de Iviraromí. El más discreto ensayo de sapecadoras y secadoras de yerba mate que se comentaba en el bar, apenas arrancaba al químico otra cosa que salivazos de desprecio, y frases entrecortadas:

—¡Tzsh!... Doctorcitos... No saben nada... ¡Tzsh!... Porquería...

Desde todos o casi todos los puntos de vista, nuestro hombre era el polo opuesto del impasible Juan Brown. Y nada decimos de la corpulencia de ambos, por cuanto nunca llegó a verse en boliche alguno del Alto Paraná, ser de hombros más angostos y flacura más raquítica que la de mosiú Rivet. Aunque esto sólo llegamos a apreciarlo en forma, la noche del domingo en que el químico hizo su entrada en el bar vestido con un flamante trajecillo negro de adolescente, aun angosto de espalda y piernas para él mismo. Pero Rivet parecía estar orgulloso de él, y sólo se lo ponía los sábados y domingos de noche.

* * *

El bar de que hemos hecho referencia era un pequeño hotel para refrigerio de los turistas que llegaban en invierno hasta Iviraromí a visitar las famosas ruinas jesuíticas, y que después de almorzar proseguían viaje hasta el Iguazú, o regresaban a Posadas. En el resto de las horas, el bar nos pertenecía. Servía de infalible punto de reunión a los pobladores con alguna cultura de Iviraromí: 17 en total. Y era una de las mayores curiosidades en aquella amalgama de fronterizos del bosque, el que los 17 jugaran al ajedrez, y bien. De modo que la tertulia desarrollábase a veces en silencio entre espaldas dobladas sobre cinco o seis tableros, entre sujetos la mitad de los cuales no podían concluir de firmar sin secarse dos o tres veces la mano.

A las doce de la noche el bar quedaba desierto, salvo las ocasiones en que don Juan había pasado toda la mañana y toda la tarde de espaldas al mostrador de todos los boliches de Iviraromí. Don Juan era entonces inconmovible. Malas noches éstas para el barman, pues Brown poseía la más sólida cabeza del país. Recostado al despacho de bebidas, veía pasar las horas una tras otra, sin moverse ni oir al barman, que para advertir a don Juan salía a cada instante afuera a pronosticar lluvia.

Como monsieur Rivet demostraba a su vez una gran resistencia, pronto llegaron el ex ingeniero y el ex químico a encontrarse en frecuentes vis a vis. No vaya a creerse sin embargo que esta común finalidad y fin de vida hubiera creado el menor asomo de amistad entre ellos. Don Juan, en pos de un *Buenas noches*, más indicado que dicho, no volvía a acordarse para nada de su compañero. Mr. Rivet, por su parte, no disminuía en honor de Juan Brown el desprecio que le inspiraban los doctores de Iviraromí, entre los cuales contaba naturalmente a don Juan. Pasaban la noche juntos y solos, y a veces proseguían la mañana entera en el primer boliche abierto; pero sin mirarse siquiera.

Estos originales encuentros se tornaron más frecuentes al mediar el invierno en que el socio de Rivet emprendió la fabricación de alcohol de naranja, bajo la dirección del químico. Concluída esta empresa con la catástrofe de que damos cuenta en otro relato, Rivet concurrió todas las noches al bar, con su esbeltito traje negro. Y como don Juan pasaba en esos momentos por una de sus malas crisis, tuvieron ambos ocasión de celebrar vis a vis fantásticos, hasta llegar al último, que fue el decisivo.

* * *

Por las razones antedichas y el manifiesto lucro que el dueño del bar obtenía con ellas, éste pasaba has noches en blanco, sin otra ocupación que atender los vasos de los dos socios, y cargar de nuevo la lámpara de alcohol. Frío, habrá que suponerlo en esas crudas noches de junio. Por ello el bolichero se rindió una noche, y después de confiar a la honorabilidad de Brown el resto de la damajuana de caña, se fue a acostar. De más está decir que Brown era únicamente quien respondía de estos gastos a dúo.

Don Juan, pues, y monsieur Rivet quedaron solos a las dos de la mañana, el primero en su lugar habitual, *duro* e impasible como siempre, y el químico paseando agitado con la frente en sudor, mientras afuera caía una cortante helada.

Durante una hora no hubo novedad alguna; pero al dar las tres, la damajuana se vació. Ambos lo advirtieron, y por un largo rato los ojos globosos y muertos de don Juan se fijaron en el vacío delante de él. Al fin, volviéndose a medias, echó una ojeada a la damajuana agotada, y recuperó tras ella su pose. Otro largo rato transcurrió y de nuevo volvióse a observar el recipiente. Cogiéndolo por fin, lo mantuvo boca abajo sobre el cinc; nada: ni una gota.

Una crisis de dipsomanía puede ser derivada con lo que se quiera, menos con la brusca supresión de la droga. De vez en cuando, y a las puertas mismas del bar, rompía el canto estridente de un gallo, que hacía resoplar a Juan Brown, y perder el compás de su marcha a Rivet. Al final, el gallo desató la lengua del químico en improperios pastosos contra los doctorcitos. Don Juan no prestaba a su cháchara convulsiva la menor atención; pero ante el constante: «Porquería... no saben nada...» del ex químico, Juan Brown volvió a él sus pesados ojos, y le dijo:

—¿Y vos qué sabés?

Rivet, al trote y salivando, se lanzó entonces en insultos del mismo jaez contra don Juan, quien lo siguió obstinadamente con los ojos. Al fin resopló, apartando de nuevo la vista:

—Francés del diablo...

La situación, sin embargo, se volvía intolerable. La mirada de don Juan, fija desde hacía rato en la lámpara, cayó por fin de costado sobre su socio:

—Vos que sabés de todo, industrial... ¿Se puede tomar el alcohol carburado?

¡Alcohol! La sola palabra sofocó, como un soplo de fuego, la irritación de Rivet. Tartamudeó, contemplando la lámpara:

—¿Carburado?... ¡Tzsh!... Porquería... Benzinas... Piridinas... ¡Tzsh!... Se puede tomar.

No bastó más. Los socios encendieron una vela, vertieron en la damajuana el alcohol con el mismo pestilente embudo, y ambos volvieron a la vida.

El alcohol carburado no es una bebida para seres humanos. Cuando hubieron vaciado la damajuana hasta la última gota, don Juan perdió por primera vez en la vida su impasible línea, y cayó, se desplomó como un elefante en la silla. Rivet sudaba hasta las mechas del cabello, y no podía arrancarse de la baranda del billar.

—Vamos —le dijo don Juan, arrastrando consigo a Rivet, que resistía. Brown logró cinchar su caballo, pudo izar al químico a la grupa, y a las tres de la mañana partieron del bar al paso del flete de Brown, que siendo capaz de trotar con 100 kilos encima, bien podía caminar cargado con 140.

La noche, muy fría y clara, debía estar ya velada de neblina en la cuenca de las vertientes. En efecto, apenas a la vista del valle del Yabebirí, pudieron ver a la bruma, acostada desde temprano a lo largo del río, ascender desflecada en girones por la falda de la serranía. Más en lo hondo aún, el bosque tibio debía estar ya blanco de vapores.

Fué lo que aconteció. Los viajeros tropezaron de pronto con el monte, cuando debían estar ya en Tacuara-Mansión. El caballo, fatigado, se resistía a abandonar el lugar. Don Juan volvió grupa, y un rato después tenían de nuevo el bosque por delante.

—Perdidos… —pensó don Juan, castañeteando a pesar suyo, pues aun cuando la cerrazón impedía la helada, el frío no mordía menos. Tomó otro rumbo, confiando esta vez en el caballo. Bajo su saco de astracán, Brown se sentía empapado en sudor de hielo. El químico, más lesionado, bailoteaba en ancas de un lado para otro, inconsciente del todo.

El monte los detuvo de nuevo. Don Juan consideró entonces que había hecho cuanto era posible para llegar a su casa. Allí mismo ató su caballo en el primer árbol, y tendiendo a Rivet al lado suyo se acostó al pie de aquél. El químico, muy encogido, había doblado las rodillas hasta el pecho, y temblaba sin tregua. No ocupaba más espacio que una criatura —y eso, flaca. Don Juan lo contempló un momento; y encogiéndose ligeramente de hombros, apartó de sí el mandil que se había echado encima, y cubrió con él a Rivet, hecho lo cual, se tendió de espaldas sobre el pasto de hielo.

. . . .

Cuando volvió en sí, el sol estaba ya muy alto. Y a diez metros de ellos, su propia casa.

Lo que había pasado era muy sencillo: Ni un solo momento se habían extraviado la noche anterior. El caballo habíase detenido la primera vez —y todas— ante el gran árbol de Tacuara-Mansión, que el alcohol de lámparas y la niebla habían impedido ver a su dueño. Las marchas y contramarchas, al parecer interminables, habíanse concretado a sencillos rodeos alrededor del árbol familiar.

De cualquier modo, acababan de ser descubiertos por el húngaro de don Juan. Entre ambos transportaron al rancho a monsieur Rivet, en la misma postura de niño con frío en que había muerto. Juan Brown, por su parte, y a pesar de los porrones calientes, no pudo dormirse en largo tiempo, calculando obstinadamente, ante su tabique de cedro, el número de tablas que necesitaría el cajón de su socio.

Y a la mañana siguiente las vecinas del pedregoso camino del Yabebirí oyeron desde lejos y vieron pasar el saltarín carrito de ruedas macizas, y seguido a prisa por el manco, que se llevaba los restos del difunto químico.

* * *

Maltrecho a pesar de su enorme resistencia, don Juan no abandonó en diez días Tacuara-Mansión. No faltó sin embargo quien fuera a informarse de lo que había pasado, so pretexto de consolar a don Juan y de cantar aleluyas al ilustre químico fallecido.

Don Juan lo dejó hablar sin interrumpirlo. Al fin, ante nuevas loas al intelectual desterrado en país salvaje que acababa de morir, don Juan se encogió de hombros:

—Gringo de porquería... —murmuró apartando la vista.

Y esta fué toda la oración fúnebre de monsieur Rivet.

NOTAS

[1] Originalmente en: *El Hogar*, Buenos Aires, año 16 n° 568, agosto 27, 1920, en dos páginas y con cuatro ilustraciones de Hohmann, tres en la primera página y la restante en la segunda.

En dos cartas de Quiroga aparece su testimonio sobre Juan Brun, el hombre que le sirvió como fuente de inspiración para el Juan Brown protagonista de este relato.

Así, el 29 de mayo de 1935, tres lustros después de escrito el cuento, escribe a su amigo Julio Payró:

Ando ahora ocupado con don Juan Brun en reintalar la industria de los turrones de maní, que conoce. Brun se ha apoderado de la administración y gerencia. La fábrica está en su casa, con mis máquinas viejas y otras que estamos fabricando. El pobre Brun está entusiasmado, y parece que con motivo. Tan pobre llegó a estar que los cinco primeros pesos ganados le parecieron diez mil. Y los empleó —los diez mil— en un par de zapatos a una sobrina que no tenía qué ponerse. Es un tipo de los pocos que quedan ese Brun. He conversado con él sobre toda industria de naranja, y lo que fuere. Ya lo informaré de lo que salga (Cartas inéditas de H.Q., tomo I, ibidem, p. 67).

Y en otra carta del 2 de septiembre de 1936, pero a Martínez Estrada:

(...) anoche hemos estado aquí con Juan Brun planeando y ensayando nuevas fórmulas de yateíes, a ver si este pobre gran hombre se arranca de su mortal miseria. Si los hados lo traen a Ud. aquí algún día, va a conocer lo que es un gran hombre, visible y palpable, en su ser moral (Cartas inéditas (...), ibidem, p. 144).

Pruebas más que contundentes de la atracción que sentía por la persona y el personaje tanto tiempo después de escrito el cuento. Cuando en 1949 Rodríguez Monegal lo conoció, Brun era:

ya como un fantasma del hombre que había llegado a ver las ruinas (cosa de dos días) y se quedó para siempre, del hombre que Quiroga encontró quince años después e incorporó a su ficción (...) Un accidente —había sido agarrado por un toro que le abrió el vientre y aunque curado, los intestinos formaban como una bolsa sobre su costado— lo había reducido casi a la invalidez. Silencioso y muy altivo, vivía en un rancho en las afueras del pueblo; pasaba sus mejores horas leyendo. Alguien le había prestado la biografía de Quiroga que escribieron sus amigos José María Delgado y Alberto Brignole y la estaba leyendo lentamente, remontando la corriente del tiempo hasta los orígenes de ese hombre que había sido su amigo (...) (Las raíces (...), ibidem, p. 112).

EL HOMBRE MUERTO[1]

EL HOMBRE* Y SU MACHETE acababan de limpiar la quinta
calle del bananal. Faltábanles aún dos calles; pero como
en éstas abundaban las chircas y malvas silvestres, la
tarea que tenían por delante era muy poca cosa. El
hombre echó en consecuencia una mirada satisfecha a los
arbustos rozados, y cruzó el alambrado para tenderse un
rato en la gramilla.

El hombre...

Mas al bajar el alambre de púa y pasar el cuerpo, su
pie izquierdo resbaló sobre un trozo de corteza, desprendida del poste, a tiempo que el machete se le escapaba de la mano. Mientras caía, el hombre tuvo la
impresión sumamente lejana de no ver el machete de
plano en el suelo.

Tuvo, mientras caía, la impresión
sumamente fugitiva y lejana de

Ya estaba tendido en la gramilla, acostado sobre el
lado derecho, tal como él quería. La boca que acababa
de abrírsele en toda su extensión, acababa también de
cerrarse. Estaba como hubiera deseado estar, las rodillas dobladas y la mano izquierda sobre el pecho. Sólo
que tras el antebrazo, e inmediatamente por debajo del
cinto, surgían de su camisa el puño y la mitad de la hoja
del machete; pero el resto no se veía.

tal como quería.

inmediatamente debajo

El hombre intentó mover la cabeza, en vano. Echó
una mirada de reojo a la empuñadura del machete,
húmeda aún del sudor de su mano. Apreció mentalmente
la extensión y la trayectoria del machete dentro de su
vientre, y adquirió, fría, matemática e inexorable, la
seguridad de que acababa de llegar al término de su
existencia.

aún el sudor de su mano,

adquirió, ineludible, fatal y fría,
la seguridad

La muerte. En el transcurso de la vida se piensa
muchas veces en que un día, tras años, meses, semanas y

meses y semanas preparatorias,

---

* acababa de limpiar la quinta calle del bananal. Aún le quedaban dos calles por rozar, pero en éstas
abundaban las chircas y malvas silvestres, cosa blanda par el machete. Echó, en consecuencia, una mirada
satisfecha al sector limpio, y cruzó el alambrado para tenderse un rato en la gramilla.

días preparatorios, llegaremos a nuestro turno al umbral
de la muerte. Es la ley fatal, aceptada y prevista; tanto,   *tanto que solemos*
que solemos dejarnos llevar placenteramente por la
imaginación a ese momento, supremo entre todos, en que
lanzamos el último suspiro.

Pero entre el instante actual y esa postrera espira-
ción, ¡qué de sueños, trastornos, esperanzas y dramas
presumimos en nuestra vida! ¡Qué nos reserva aún esta
existencia llena de vigor, antes de su eliminación del
escenario humano! Es éste el consuelo, el placer y la
razón de nuestras divagaciones mortuorias: ¡Tan lejos   *mortuorias: tan lejos*
está la muerte, y tan imprevisto lo que debemos vivir
aún!

¿Aún?... No han pasado dos segundos: el sol está
exactamente a la misma altura; las sombras no han   *no han caminado un milímetro.*
avanzado un milímetro. Bruscamente, acaban de resol-
verse para el hombre tendido las divagaciones a largo
plazo: Se está muriendo.

Muerto. Puede considerarse muerto en su cómoda
postura.

Pero el hombre abre los ojos y mira. ¿Qué tiempo ha
pasado? ¿Qué cataclismo ha sobrevenido en el mundo?
¿Qué trastorno de la naturaleza trasuda el horrible   *la naturaleza indica la espantosa*
acontecimiento?[a]   *cosa?*

Va a morir. Fría, fatal e ineludiblemente, va a morir.   *e ineludiblemente va a morir.*

El hombre resiste —¡es tan imprevisto ese horror![b] Y   *—¡es tan imprevisto lo horri-*
piensa: Es una pesadilla; esto es! ¿Qué ha cambiado?   *ble!— y piensa:*
Nada. Y mira: ¿No es acaso ese bananal su bananal? ¿No   *bananal, su bananal?*
viene todas las mañanas a limpiarlo? ¿Quién lo conoce
como él? Ve perfectamente el bananal, muy raleado, y las
anchas hojas desnudas al sol. Allí están, muy cerca,
deshilachadas por el viento. Pero ahora no se mueven...
Es la calma de mediodía; pronto deben ser las doce.   *de mediodía: pronto*

Por entre los bananos, allá arriba, el hombre ve   *bananos, allá en lo alto de la*
desde el duro suelo el techo rojo de su casa. A la   *meseta, el hombre*
izquierda, entreví el monte y la capuera de canelas. No
alcanza a ver más, pero sabe muy bien que a sus espaldas
está el camino al puerto nuevo; y que en la dirección de
su cabeza, allá abajo, yace en el fondo del valle el Paraná
dormido como un lago. Todo, todo exactamente como

---

[a] El autor suprime aquí la cacofonía («la espantosa cosa»), no muy ceñida al fenómeno de fractura temporal que, «acontecimiento», señala con mayor especificidad.

[b] Seguramente para no reiterar el término «horrible» (ya inserto en la variante anotada en (b)), sustituye aquí por «horror».

siempre; el sol de fuego, el aire vibrante y solitario, los bananos inmóviles, el alambrado de postes muy gruesos y altos que pronto tendrá que cambiar...

¡Muerto! ¿Pero es posible? ¿No es éste uno de los tantos días en que ha salido al amanecer de su casa con el machete en la mano? ¿No está allí mismo, a cuatro metros de él, su caballo, su malacara, oliendo parsimoniosamente el alambre de púa?

¡Pero sí! Alguien silba... No puede ver, porque está de espaldas al camino; mas siente resonar en el puentecito los pasos del caballo... Es el muchacho que pasa todas las mañanas hacia el puerto nuevo, a las once y media. Y siempre silbando... Desde el poste descascarado que toca *casi con las botas, hasta el cerco vivo de monte que separa el bananal del camino, hay quince metros largos. Lo sabe perfectamente bien, porque él mismo, al levantar el alambrado, midió la distancia.

¿Qué pasa, entonces? ¿Es ése o no un natural mediodía de los tantos en Misiones, en su monte, en su potrero, en su bananal ralo? ¡Sin duda! Gramilla corta, conos de hormigas, silencio, sol a plomo...

Nada, nada ha cambiado. Sólo él es distinto. Desde hace dos minutos su persona, su personalidad viviente, nada tiene ya que ver ni con el potrero, que formó él mismo a azada, durante cinco meses consecutivos; ni con el bananal, obra de sus solas manos. Ni con su familia[c]. Ha sido arrancado bruscamente, naturalmente, por obra de una cáscara lustrosa y un machete en el vientre. Hace dos minutos: Se muere.

El hombre, muy fatigado y tendido en la gramilla sobre el costado derecho, se resiste siempre a admitir un fenómeno de esa trascendencia, ante el aspecto normal y monótono de cuanto mira. Sabe bien la hora: las once y media... El muchacho de todos los días acaba de pasar sobre el puente.

¡Pero no es posible que haya resbalado...! El mango de su machete (pronto deberá cambiarlo por otro; tiene ya poco vuelo) estaba perfectamente oprimido entre su mano izquierda y el alambre de púa. Tras diez años de

de púa? Pero sí! No puede ver porque está de espaldas; pero siente

casi con...

ralo? ¡Sin duda!
sol de plomo... Nada, nada

personalidad viviente nada
ni en el potrero,
ni en el bananal,
obra de sus manos. Ni en su familia.

vientre.
Hace dos minutos: se muere.

¡No es posible que haya resbalado! El
— pronto deberá dejarlo, tiene ya poco vuelo — estaba

---

* las botas, hay quince metros escasos hasta el cerco vivo de monte que separa el bananal del camino; lo sabe perfectamente bien porque él mismo, al construir el alambrado, midió la distancia.

[c] Nótese que en las últimas líneas acumula las preposiciones ausentes en la versión original. Es ésta la tendencia dominante en las variantes de este cuento: alteración de los signos de puntuación, acumulación prepositiva, ligeros cambios de los tiempos verbales, todo introducido en función de una prosa dinámica y parca a la vez.

bosque, él sabe muy bien cómo se maneja un machete de monte. Está solamente muy fatigado del trabajo de esa mañana, y descansa un rato como de costumbre.

¿La prueba?... ¡Pero esa gramilla que entra ahora por la comisura de su boca la plantó él mismo, en panes de tierra distantes un metro uno de otro! ¡Y ése es su bananal; y ése es su malacara, resoplando cauteloso ante las púas del alambre! Lo ve perfectamente; sabe que no se atreve a doblar la esquina del alambrado, porque él está echado casi al pie del poste. Lo distingue muy bien; y ve los hilos oscuros de sudor que arrancan de la cruz y del anca. El sol cae a plomo, y la calma es muy grande, pues ni un fleco de los bananos se mueve. Todos los días, como *ése*, ha visto las mismas cosas.

...Muy fatigado, pero descansa sólo. Deben de haber pasado ya varios minutos... Y a las doce menos cuarto, desde allá arriba, desde el chalet de techo rojo, se desprenderán hacia el bananal su mujer y sus dos hijos, a buscarlo para almorzar. Oye siempre, antes que las demás, la voz de su chico menor que quiere soltarse de la mano de su madre: ¡Piapiá! ¡piapiá!

¿No es eso?... ¡Claro, oye! Ya es la hora. Oye efectivamente la voz de su hijo...

¡Qué pesadilla!... ¡Pero es uno de los tantos días, trivial como todos; claro está! Luz excesiva, sombras amarillentas, calor silencioso de horno sobre la carne, que hace sudar al malacara inmóvil ante el bananal prohibido.

...Muy cansado, mucho, pero nada más. ¡Cuántas veces, a mediodía como ahora, ha cruzado volviendo a casa ese potrero, que era capuera cuando él llegó, y que antes había sido monte virgen! Volvía entonces, muy fatigado también, con su machete pendiente de la mano izquierda, a lentos pasos.

Puede aún alejarse con la mente, si quiere; puede si quiere abandonar un instante su cuerpo y ver desde el tajamar por él construído, el trivial paisaje de siempre: el pedregullo volcánico con gramas rígidas; el bananal y su arena roja; el alambrado empequeñecido en la pendiente, que se acoda hacia el camino. Y más lejos aún ver el potrero, obra sola de sus manos. Y al pie de un poste descascarado, echado sobre el costado derecho y las piernas recogidas, exactamente como todos los días, puede verse a él mismo, como un pequeño bulto asoleado sobre la gramilla, —descansando, porque está muy cansado...

cómo se tiene un machete de
Está muy fatigado del

en el ángulo de su boca

bananal, y ese
alambre. Lo ve

ve las rayas oscuras de sudor
Siente el sol a plomo,

«como ése», ha sido

allá arriba, desde la meseta donde está su casa, se desprenderán hacia el bananal

¿No es eso?... Sí, oye! Ya es la hora.

¡Qué pesadilla!... Es uno de los tantos

Cuántas veces,

monte cerrado. Volvía entonces,

lentos pasos. Puede aún

y ver el vulgar paisaje desde el pozo que él construyó al concluir la falda de la meseta: el pedregullo volcánico con gramas rígidas; el bananal

camino. Y tras él ve el potrero, obra sola

puede verse a lo lejos él mismo, como un pequeño gramilla, descansando cansado.

Pero el caballo rayado de sudor, e inmóvil de cautela ante el esquinado del alambrado, ve también al hombre en el suelo y no se atreve a costear el bananal, como desearía. Ante las voces que ya están próximas —¡Piapiá!,— vuelve un largo, largo rato las orejas inmóviles al bulto: y tranquilizado al fin, se decide a pasar entre el poste y el hombre tendido, —que ya ha descansado.

Pero el caballo, cauteloso ante el alambre de púa, y rayado de sudor, ve también al hombre en el suelo

próximas — Piapiá! — vuelve un largo rato las orejas inmóviles al

NOTAS

[1] Publicado en: *La Nación*, Buenos Aires, segunda sección, página 2, junio 27, 1920, en dos apretadísimas columnas y sin ilustración alguna.

Se trata de uno de los relatos más frecuentados por los análisis críticos, tanto en trabajos generales (los ya muy citados de Rodríguez Monegal, el de Noé Jitrik: *Horacio Quiroga, una obra de experiencia y riesgo*, Buenos Aires, 1959, etc.), hasta los de índole particular como: «Variaciones del tema de la muerte», de Jaime Alazraqui (en: *Aproximaciones a Horacio Quiroga*, Caracas: Monte Ávila, 1978.); «El hombre muerto» de José E. Etcheverry (en: *Dos cuentos de Horacio Quiroga*, Montevideo: Universidad de la República, 1959); análisis de «El hombre muerto» de M.E. Rodés de Clérico y R. Bordoli Dolci (en: *Horacio Quiroga, antología y estudio crítico*, Montevideo: Arca, 1977, pp. 71-90).

EL TECHO DE INCIENSO[1] TECHO DE INCIENSO

EN LOS ALREDEDORES y dentro de las ruinas de San Ignacio, la sub-capital del Imperio Jesuítico, se levanta en Misiones el pueblo actual del mismo nombre. Constitúyenlo una serie de ranchos ocultos unos de los otros por el bosque. A la vera de las ruinas, sobre una loma descubierta, se alzan algunas casas de material, blanqueadas hasta la ceguera por la cal y el sol[a], pero con magnífica vista al atardecer hacia el valle del Yabebirí. Hay en la colonia almacenes, muchos más de los que se pueden desear, al punto de que no es posible ver abierto un camino vecinal, sin que en el acto un alemán, un español o un sirio, se instale en el cruce con un boliche. En el espacio de dos manzanas están ubicadas todas las oficinas públicas: Comisaría, Juzgado de Paz, Comisión Municipal, y una escuela mixta. Como nota de color, existe en las mismas ruinas —invadidas por el bosque, como es sabido[b],— un bar, creado en los días de fiebre de la yerba-mate, cuando los capataces que descendían del Alto Paraná hasta Posadas bajaban ansiosos en San Ignacio a parpadear de ternura ante una botella de whisky. Alguna vez he relatado las características de aquel bar, y no volveremos por hoy a él.

Pero en la época a que nos referimos no todas las oficinas públicas estaban instaladas en el pueblo mismo. Entre las ruinas y el puerto nuevo, a media legua de unas y otro, en una magnífica meseta para goce particular de su habitante, vivía Orgaz, el jefe del Registro Civil, y en su misma casa tenía instalada la oficina pública.

la gran capital del

muy distanciados y ocultos unos de los otros por el bosque. A la vera de éste, sobre una loma de material, áridas y enceguecedoras de luz, pero

en las mismas ruinas un bar, creado en los días de fiebre

Posadas, bajaban ansiosos en San Ignacio a parpadear de ternura ante una botella de whisky no gustado en siete años. Alguna vez

para su goce particular, vivía Orgaz,

---

[a] En las dos versiones el autor emplea imágenes poéticas. En la primera versión una metagoge («enceguecedoras de luz»), en la segunda una metáfora («blanqueadas hasta la ceguera»); sin embargo en ésta elimina el adjetivo que describía rápidamente el material de la casa («áridas»), para concentrarse sobre la luz.

[b] La introducción del ritmo y el estilo coloquial se incrementan sensiblemente en el texto-base («invadidas por el bosque, *como es sabido*»), donde se refuerza el diálogo ficcional entre un narrador-testigo y un receptor implícitamente conocedor. Este procedimiento, típico de la deliberación realista que persigue en el volumen —como ya fue señalado en la «Noticia preliminar»—, procede, además, de la rearticulación de los textos una vez que los encadena en un volumen cuidadosamente organizado.

La casita de este funcionario era de madera, con techo de tablillas de incienso dispuestas como pizarras. El dispositivo es excelente si se usa de tablillas secas y barreneadas de antemano. Pero cuando Orgaz montó el techo la madera era recién rajada, y el hombre la afirmó a clavo limpio; con lo cual las tejas de incienso se abrieron y arquearon en su extremidad libre hacia arriba, hasta dar un aspecto de erizo al techo del bungalow. Cuando llovía, Orgaz cambiaba ocho o diez veces de lugar su cama, y sus muebles tenían regueros blancuzcos de agua.

Hemos insistido en este detalle de la casa de Orgaz, porque tal techo erizado absorbió durante cuatro años las fuerzas del jefe del Registro Civil, sin darle apenas tiempo en los días de tregua para sudar a la siesta estirando el alambrado, o perderse en el monte por dos días, para aparecer por fin a la luz con la cabeza llena de hojarasca.

Orgaz era un hombre amigo de la naturaleza, que en sus malos momentos hablaba poco y escuchaba en cambio con profunda atención un poco insolente. En el pueblo no se le quería, pero se le respetaba. Pese a la democracia absoluta de Orgaz, y a su fraternidad y aun chacotas con los gentiles hombres de yerbas y autoridades —todos ellos en correctos breeches,— había siempre una barrera de hielo que los separaba. No podía hallarse en ningún acto de Orgaz el menor asomo de orgullo. Y esto precisamente: orgullo, era lo que se le imputaba.

Algo, sin embargo, había dado lugar a esta impresión.

En los primeros tiempos de su llegada a San Ignacio, cuando Orgaz no era aún funcionario y vivía solo en su meseta construyendo su techo erizado, recibió una invitación del director de la escuela para que visitara el establecimiento. El director, naturalmente, se sentía halagado de hacer los honores de su escuela a un individuo de la cultura de Orgaz.

Orgaz se encaminó allá a la mañana siguiente con su pantalón azul, sus botas y su camisa de lienzo habitual. Pero lo hizo atravesando el monte, donde halló un lagarto de gran tamaño que quiso conservar vivo, para lo cual le ató una liana al vientre. Salió por fin del monte, e hizo de este modo su entrada en la escuela, ante cuyo portón el director y los maestros lo aguardaban, con una manga partida en dos, y arrastrando a su lagarto de la cola.

La casa de

tablillas secas y perforadas con taladro. Pero cuando Orgaz montó el techo la madera era recién rajada y el hombre

tenían regueros blanquecinos de agua.

aparecer por fin al sol con la cabeza llena de palitos.

hablaba poco, y

y autoridades en correctos breeches, había

era lo que le imputaban.

Pero atravesó el monte, donde

una liana a la cola. Salió por fin del monte, e hizo así su entrada en la escuela,

partida en dos y arrastrando

También en esos días los burros de Bouix ayudaron a fomentar la opinión que sobre Orgaz se creaba.

Bouix es un francés que durante treinta años vivió en el país considerándolo suyo, y cuyos animales vagaban libres devastando las míseras plantaciones de los vecinos. La ternera menos hábil de las hordas de Bouix era ya bastante astuta para cabecear horas enteras entre los hilos del alambrado, hasta aflojarlos. Entonces no se conocía allá el alambre de púa. Pero cuando se lo conoció, quedaron los burritos de Bouix, que se echaban bajo el último alambre, y allí bailaban de costado hasta pasar del otro lado. Nadie se quejaba: Bouix era el juez de paz de San Ignacio.

Cuando Orgaz llegó allá, Bouix no era más juez. Pero sus burritos lo ignoraban, y proseguían trotando por los caminos al atardecer, en busca de una plantación tierna que examinaban por sobre los alambres con los belfos trémulos y las orejas paradas.

Al llegarle su turno de devastación, Orgaz soportó pacientemente; estiró algunos alambres, y se levantó algunas noches a correr desnudo por el rocío a los burritos que entraban hasta en su carpa. Fue, por fin, a quejarse a Bouix, el cual llamó afanoso a todos sus hijos para recomendarles que cuidaran a los burros que iban a molestar al «pobrecito señor Orgaz». Los burritos continuaron libres, y Orgaz tornó un par de veces a ver al francés cazurro, que se lamentó y llamó de nuevo a palmadas a todos sus hijos, con el resultado anterior.

Orgaz puso entonces un letrero en el camino real, que decía.

¡Ojo! Los pastos de este potrero están envenenados.[c]

Y por diez días descansó. Pero a la noche subsiguiente tornaba a oír el pasito sigiloso de los burros que ascendían la meseta, y un poco más tarde oyó el rac-rac de las hojas de sus palmeras arrancadas. Orgaz perdió la paciencia, y saliendo desnudo fusiló al primer burro que halló por delante.

Con un muchacho mandó al día siguiente avisar a Bouix que en su casa había amanecido muerto un burro. No fue el mismo Bouix a comprobar el inverosímil suceso, sino su hijo mayor, un hombrón tan alto como trigueño y tan trigueño como sombrío. El hosco mucha-

que se echaban de costado bajo el último alambre, y allí bailaban sobre el vientre hasta pasar del otro lado.

y las orejas duras.

algunos alambres y se

un par de veces más a ver al francés cazurro,

¡Ojo! Los pastos de este potrero están envenenados por experimento.
Y esperó. Pero tres noches después oía el pasito sigiloso de los las hojas de sus pindós arrancadas. Orgaz perdió la paciencia, y fusiló al primer burro

amanecido un burro muerto.

un muchachote tan alto

---

[c] La supresión del sintagma «por experimento», induce a creer que Quiroga advirtió su vana funcionalidad humorística, así como su inutilidad práctica.

cho leyó el letrero al pasar el portón, y ascendió de mal
talante a la meseta, donde Orgaz lo esperaba con las
manos en los bolsillos. Sin saludar apenas, el delegado de
Bouix se aproximó al burro muerto, y Orgaz hizo lo
mismo. El muchachón giró un par de veces alrededor del
burro, mirándolo por todos lados.

—De cierto ha muerto anoche... —murmuró por
fin.— Y de qué puede haber muerto...

En mitad del pescuezo, más flagrante que el día
mismo, gritaba al sol la enorme herida de la bala.

—Quién sabe... Seguramente envenenado —repuso
tranquilo Orgaz, sin quitar las manos de los bolsillos.

Pero los burritos desaparecieron para siempre de la
chacra de Orgaz.

Los burritos desaparecieron para

* * *

Durante el primer año de sus funciones como jefe del
Registro Civil, todo San Ignacio protestó contra Orgaz,
que arrasando con las disposiciones en vigor, había
instalado la oficina a media legua del pueblo. Allá, en el
bungalow, en una piecita con piso de tierra, muy oscurecida por la galería y por un gran mandarino que inter-
ceptaba casi la entrada, los clientes esperaban indefectiblemente diez minutos, pues Orgaz no estaba, —o estaba
con las manos llenas de bleck. Por fin el funcionario
anotaba a escape los datos en un papelito cualquiera, y
salía de la oficina antes que su cliente, a trepar de nuevo
al techo.

Registro Civil, San Ignacio protestó vivamente contra Orgaz,
que arrasando con todas las disposiciones
en una piecita obscura por la
galería muy baja y un gran mandarino

El funcionario anotaba a escape

su cliente, a estudiar su techo.

En verdad, no fue otro el principal quehacer de
Orgaz durante sus primeros cuatro años de Misiones. En
Misiones llueve, puede creerse, hasta poner a prueba dos
chapas de cinc superpuestas. Y Orgaz había construído
su techo con tablillas empapadas por todo un otoño de
diluvio[d]. Las plantas de Orgaz se estiraron literalmente;
pero las tablillas del techo sometidas a ese trabajo de sol
y humedad, levantaron todas sus extremos libres, con el
aspecto de erizo que hemos apuntado.

tablillas empapadas, y en todo un
otoño de lluvias y sol de fuego,
que precipitó dos metros de agua
en solo cuatro meses.
con el aspecto que hemos apuntado.

Visto desde abajo, desde las piezas sombrías, el techo
aquel de madera oscura ofrecía la particularidad de ser
la parte más clara del interior, porque cada tablilla

---

[d] Con acentuada presencia se repite en el código léxico del autor el sintagma «sol de fuego». Al respecto pueden
consultarse, por ejemplo, «La insolación» (Cuentos de amor de locura y de muerte), «El yaciyateré» (Anaconda),
etc. Tal vez en previsión de lo antedicho, Quiroga suprimió el giro.

levantada en su extremo ejercía de claraboya. Hallábase, además, adornado con infinitos redondeles de minio, marcas que Orgaz ponía con una caña en las grietas, —no por donde goteaba, sino vertía el agua sobre su cama. Pero lo más particular eran los trozos de cuerda con que Orgaz calafateaba su techo, y que ahora, desprendidas y pesadas de alquitrán, pendían inmóviles y reflejaban filetes de luz, como víboras.

Orgaz había probado todo lo posible para remediar su techo. Ensayó cuñas de madera, yeso, portland, cola al bicromato, aserrín alquitranado. En pos de dos años de tanteos en los cuales no alcanzó a conocer, como sus antecesores más remotos, el placer de hallarse de noche al abrigo de la lluvia, Orgaz fijó su atención en el elemento arpillera-bleck. Fue éste un verdadero hallazgo, y el hombre reemplazó entonces todos los innobles remiendos de portland y aserrín-maché, por su negro cemento.

Cuantas personas iban a la oficina o pasaban en dirección al puerto nuevo, estaban seguras de ver al funcionario sobre el techo. En pos de cada compostura, Orgaz esperaba una nueva lluvia, y sin muchas ilusiones entraba a observar su eficacia. Las viejas claraboyas se comportaban bien; pero nuevas grietas se habían abierto, que goteaban —naturalmente— en el nuevo lugar donde Orgaz había puesto su cama.

Y en esta lucha constante entre la pobreza de recursos y un hombre que quería a toda costa conquistar el más viejo ideal de la especie humana: un techo que lo resguarde del agua, fue sorprendido Orgaz por donde más había pecado.

* * *

Las horas de oficina de Orgaz eran de siete a once. Ya hemos visto cómo atendía en general sus funciones. Cuando el jefe del Registro Civil estaba en el monte o entre su mandioca, el muchacho lo llamaba con la turbina de la máquina de matar hormigas. Orgaz ascendía la ladera con la azada al hombro o el machete pendiente de la mano, deseando con toda el alma que hubiera pasado un solo minuto después de las once. Transpasada esta hora, no había modo de que el funcionario atendiera su oficina.

En una de estas ocasiones, mientras Orgaz bajaba del techo del bungalow, el cencerro del portoncito sonó.

Orgaz echó una ojeada al reloj: eran las once y cinco minutos. Fue en consecuencia tranquilo a lavarse las manos en la piedra de afilar, sin prestar atención al muchacho que le decía:

—Hay gente, patrón,

—Que venga mañana.

—Se lo dije, pero dice que es el Inspector de Justicia...

—Esto es otra cosa; que espere un momento —repuso Orgaz. Y continuó frotándose con grasa los antebrazos negros de bleck, en tanto que su ceño se fruncía cada vez más.

En efecto, sobrábanle motivos.

Orgaz había solicitado el nombramiento de juez de paz y jefe del Registro Civil para vivir. No tenía amor alguno a sus funciones, bien que administrara justicia sentado en una esquina de la mesa y con una llave inglesa en las manos —con perfecta equidad. Pero el Registro Civil era su pesadilla. Debía llevar al día, y por partida doble, los libros de actas de nacimiento, de defunción y de matrimonio. La mitad de las veces era arrancado por la turbina a sus tareas de chacra, y la otra mitad se le interrumpía en pleno estudio, sobre el techo, de algún cemento que iba por fin a depararle cama seca cuando llovía. Apuntaba así a escape los datos demográficos en el primer papel que hallaba a mano, y huía de la oficina.

Luego, la tarea inacabable de llamar a los testigos para firmar las actas, pues cada peón ofrecía como tales a gente rarísima que no salía jamás del monte. De aquí, inquietudes que Orgaz solucionó el primer año del mejor modo posible, pero que lo cansaron del todo de sus funciones.

—Estamos lúcidos —se decía, mientras concluía de quitarse el bleck y afilaba en el aire, por costumbre. — Si escapo de ésta, tengo suerte...

Fue por fin a la oficina oscura, donde el inspector observaba atentamente la mesa en desorden, las dos únicas sillas, el piso de tierra, y alguna media en los tirantes del techo, llevada allá por las ratas.

El hombre no ignoraba quién era Orgaz, y durante un rato ambos charlaron de cosas bien ajenas a la oficina. Pero cuando el inspector del Registro Civil entró fríamente en funciones, la cosa fue muy distinta.

En aquel tiempo los libros de actas permanecían en las oficinas locales, donde eran inspeccionados cada año.

eran las once y cinco. Fué tranquilo a lavarse las manos

— Bueno, que espere un momento — repuso Orgaz. Y continuó
su ceño se fruncía.

En efecto, sobraban motivos.

en la mano. — con perfecta equidad.

arrancado por la sirena a sus tareas de chacra,

los datos en el primer papel que hallaba a mano, y huía de la pieza.

gente rarísima que no se veía nunca. De aquí inquietudes

en el aire, sin darse cuenta. — Si escapo de ésta,

en funciones, fué una cosa muy distinta.

Así por lo menos debía hacerse. Pero en la práctica transcurrían años sin que la inspección se efectuara, —y hasta cuatro años, como en el caso de Orgaz. De modo que el inspector cayó sobre veinticuatro libros del Registro Civil, doce de los cuales tenían sus actas sin firmas, y los otros doce estaban totalmente en blanco.

— y hasta cuatro, como en

El inspector hojeaba despacio libro tras libro, sin levantar los ojos. Orgaz, sentado en la esquina de la mesa, tampoco decía nada. El visitante no perdonaba una sola página; una por una, iba pasando lentamente las hojas en blanco[e]. Y no había en la pieza otra manifestación de vida aunque sobrecargada de intención, —que el implacable crujido del papel de hilo al voltear, y el vaivén infatigable de la bota de Orgaz.

El visitante no perdía una sola hoja; pasaba lentamente una por una, aún las de los libros en blanco. Y no había en la pieza otra vida, pero sobrecargada de intención, que el implacable

vaivén interminable de la bota de Orgaz.

—Bien —dijo por fin el inspector.— ¿Y las actas correspondientes a estos doce libros en blanco?

Volviéndose a medias, Orgaz cogió una lata de galletitas y la volcó sin decir palabra sobre la mesa, que desbordó de papelitos de todo aspecto y clase, —especialmente de estraza, que conservaban huellas de los herbarios de Orgaz. Los papelitos aquellos, escritos con lápices grasos de marcar madera en el monte— amarillos, azules y rojos, —hacían un bonito efecto, que el funcionario inspector consideró un largo momento. Y después consideró otro momento a Orgaz.

otro momento en la cara a Orgaz.

— Muy bien —exclamó.— Es la primera vez que veo libros como éstos. Dos años enteros de actas sin firmar. Y el resto en la lata de galletitas. Bien, señor. Nada más me queda que hacer aquí.

—Muy bien — repitió. — Es la

Pero ante el aspecto de duro trabajo y las manos lastimadas de Orgaz, reaccionó un tanto.

Y ante el aspecto de duro trabajo y las manos lastimadas de Orgaz:

— ¡Magnífico, usted: No se ha tomado

—¡Magnífico, usted! —le dijo.— No se ha tomado siquiera el trabajo de cambiar cada año la edad de sus dos únicos testigos. Son siempre los mismos en cuatro años y vienticuatro libros de actas. Siempre tienen veinticuatro años el uno, y treinta y seis el otro. Y este carnaval de *papelitos... Usted es un funcionario del Estado. El Estado le paga para que desempeñe sus funciones. ¿Es cierto?

papelitos...

[e] La reciedumbre del inspector, su concentración y fingida preocupación, hacen recordar el retrato del nuevo gobernador en «El simún» *(Anaconda)*. El tema de la hipocresía de los empleados públicos atraía a Quiroga, como se muestra en «Polea loca», cuento que —cabe recordarlo— se titulaba originalmente «El arte de ser buen empleado público» *(Anaconda)*.

* ... Ud (A partir de este momento cada vez que figure «usted», en la versión original será «Ud»).

—Es cierto —repuso Orgaz.

—Bien. Por la centésima parte de esto, usted merecía no quedar un día más en su oficina. Pero no quiero proceder. Le doy tres días de tiempo —agregó mirando el reloj.— De aquí a tres días estoy en Posadas y duermo a bordo a las once. Le doy tiempo hasta las diez de la noche del sábado para que me lleve los libros en forma. En caso contrario, procedo. ¿Entendido?

—Perfectamente —contestó Orgaz.

Y acompañó hasta el portón a su visitante, que lo saludó desabridamente al partir al galope.

Orgaz ascendió sin prisa el pedregullo volcánico que rodaba bajo sus pies. Negra, más negra que las placas de bleck de su techo caldeado, era la tarea que lo esperaba. Calculó mentalmente, a tantos minutos por acta, el tiempo de que disponía para salvar su puesto, —y con él la libertad de proseguir sus problemas hidrófugos. No tenía Orgaz otros recursos que los que el Estado le suministraba por llevar al día sus libros del Registro Civil. Debía, pues, conquistar la buena voluntad del Estado, que acababa de suspender de un finísimo hilo su empleo.

En consecuencia, Orgaz concluyó de desterrar de sus manos con tabatinga todo rastro de alquitrán, y se sentó a la mesa a llenar doce grandes libros del R. C. Solo, jamás hubiera llevado a cabo su tarea en el tiempo emplazado. Pero su muchacho lo ayudó, dictándole.

Era éste un chico polaco, de doce años, pelirrojo y todo él anaranjado de pecas. Tenía las pestañas tan rubias que ni de perfil se le notaban, y llevaba siempre la gorra sobre los ojos, porque la luz le dañaba la vista. Prestaba sus servicios a Orgaz, y le cocinaba siempre un mismo plato que su patrón y él comían juntos bajo el mandarino.

Pero en esos tres días, el horno de ensayo de Orgaz, y que el polaquito usaba de cocina, no funcionó. La madre del muchacho quedó encargada de traer todas las mañanas a la meseta mandioca asada.

Frente a frente en la oficina oscura y caldeada como un barbacuá, Orgaz y su secretario trabajaron sin moverse, el jefe desnudo desde cintura arriba, y su ayudante con la gorra sobre la nariz, aun allá adentro. Durante tres días no se oyó sino la voz cantante de escuelero del polaquito, y el bajo con que Orgaz afirmaba las últimas palabras. De vez en cuando comían

---

— Es cierto — dijo Orgaz.

de la noche para que me lleve

lo saludó muy desabridamente al partir

su puesto, y con él la

por tener al día sus

Orgaz concluyó, en consecuencia, de desterrar

pestañas tan rubias que de frente no

porque el exceso de luz le dañaba

Pero en esos tres días el horno en que Orgaz ensayaba las arcillas y que el polaquito usaba de cocina, no funcionó. La madre del muchacho fué encargada de

en la oficina obscura, Orgaz, con el busto desnudo y traspirando, y su secretario con la gorra en los ojos aún allí adentro, en tres días no se oyó

y el bajo susurrante con que Orgaz afirmaba

galleta o mandioca, sin interrumpir su tarea. Así hasta la caída de la tarde. Y cuando por fin Orgaz se arrastraba costeando los bambúes a bañarse, sus dos manos en la cintura o levantadas en alto, hablaban muy claro de su fatiga.

Orgaz iba costeando los bambúes a bañarse,

El viento norte soplaba esos días sin tregua, inmediato al techo de la oficina, el aire ondulaba de calor. Era sin embargo aquella pieza de tierra el único rincón sombrío de la meseta; y desde adentro los escribientes veían por bajo el mandarino reverberar un cuadrilátero de arena que vibraba al blanco, y parecía zumbar con la siesta entera.

El viento norte soplaba de día sin tregua, y bajo el techo de la oficina ondulaba un verdadero vaho de horno. Era, sin embargo, aquella

Tras el baño de Orgaz,* la tarea recomenzaba de noche. Llevaban la mesa afuera, bajo la atmósfera quieta y sofocante. Entre las palmeras de la meseta, tan rígidas, y negras que alcanzaban a recortarse contra las tinieblas, los escribientes proseguían llenando las hojas del R. C. a la luz del farol de viento, entre un nimbo de mariposillas de raso polícromo, que caían en enjambres al pie del farol e irradiaban en tropel sobre las hojas en blanco. Con lo cual la tarea se volvía más pesada, pues si dichas mariposillas vestidas de baile son lo más bello que ofrece Misiones en una noche de asfixia, nada hay también más tenaz que el avance de esas damitas de seda contra la pluma de un hombre que ya no puede sostenerla, —ni soltarla.

Tras...

Orgaz durmió cuatro horas en los últimos dos días, y la última noche no durmió, solo en la meseta con sus palmeras, su farol de viento y sus mariposas. El cielo estaba tan cargado y bajo que Orgaz lo sentía comenzar desde su misma frente. A altas horas, sin embargo, creyó oir a través del silencio un rumor profundo y lejano, —el tronar de la lluvia sobre el monte. Esa tarde, en efecto, había visto muy oscuro el horizonte del sudeste.

sobre el monte. — Esa tarde,

—Con tal que el Yabebirí no haga de las suyas... —se dijo, mirando a través de las tinieblas.

— se dijo, mirando en las tinieblas.

El alba apuntó por fin, salió el sol, y Orgaz volvió a la oficina con su farol de viento que olvidó prendido en un rincón e iluminaba el piso. Continuaba escribiendo, solo. Y cuando a las diez el polaquito despertó por fin de su fatiga, tuvo aún tiempo de ayudar a su patrón, que a las

un rincón, e iluminaba el piso.

---

* el baño de Orgaz la tarea recomenzaba de noche. Llevaban la mesa afuera, bajo el cielo sofocante que con la caída del viento se cargaba de vapores. Entre las palmeras de la meseta, tan rígidas y negras que alcanzaban a destacarse contra

dos de la tarde, con la cara grasienta y de color tierra, tiró la pluma y se echó literalmente sobre los brazos, —en cuya posición quedó largo rato tan inmóvil que no se le veía respirar.

— donde quedó largo rato tan inmóvil

Había concluído. Después de sesenta y tres horas, una tras otra, ante el cuadrilátero de arena caldeada al blanco o en la meseta lóbrega, sus veinticuatro libros del R. C. quedaban en forma. Pero había perdido la lancha a Posadas que salía a la una, y no le quedaba ahora otro recurso que ir hasta allá a caballo.

ante el cuadrilátero de arena blanca o en la meseta

recurso que ir a caballo.

*   *   *

Orgaz observó el tiempo mientras ensillaba su animal. El cielo estaba blanco, y el sol, aunque velado por los vapores, quemaba como fuego. Desde las sierras escalonadas del Paraguay, desde la cuenca fluvial del sudeste, llegaba una impresión de humedad, de selva mojada y caliente. Pero mientras en todos los confines del horizonte los golpes de agua lívida rayaban el cielo, San Ignacio continuaba calcinándose ahogado.

mientras ensillaba a su animal. El

Pero mientras en todos los lados del horizonte

Bajo tal tiempo, pues, Orgaz trotó y galopó cuanto pudo en dirección a Posadas. Descendió la loma del cementerio nuevo y entró en el valle del Yabebirí, ante cuyo río tuvo la primera sorpresa mientras esperaba la balsa: una fimbria de palitos burbujeantes se adhería a la playa.

—Creciendo —dijo al viajero el hombre de la balsa—. Llovió grande este día y anoche por las nacientes...

—¿Y más abajo? —preguntó Orgaz.

—Llovió grande también...

Orgaz no se había equivocado, pues, al oir la noche anterior el tronido de la lluvia sobre el bosque lejano. Intranquilo ahora por el paso del Garupá, cuyas crecidas súbitas sólo pueden compararse con las del Yabebirí, Orgaz ascendió al galope las faldas de Loreto, destrozando en sus pedregales de basalto los cascos de su caballo. Desde la altiplanicie que tendía ante su vista un inmenso país, vio todo el sector de cielo, desde el este al sur, hinchado de agua azul, y el bosque, ahogado de lluvia, diluído tras la blanca humareda de vapores. No había ya sol, y una imperceptible brisa se infiltraba por momentos en la calma asfixiante. Se sentía el contacto del agua, —el diluvio subsiguiente a las grandes sequías.

No se había equivocado, pues, Orgaz al oir la noche anterior el tronido sordo de la lluvia sobre el monte.

Desde la plataforma que tendía ante su vista un inmenso país, vió todo el sector de cielo desde el este al sur hinchado de agua azul,

grandes seuías. — y Orgaz

Y Orgaz pasó al galope por Santa Ana, y llegó a Candelaria.

Tuvo allí la segunda sorpresa, si bien prevista: el Garupá bajaba cargado con cuatro días de temporal y no daba paso. Ni vado ni balsa; sólo basura fermentada ondulando entre las pajas, y en la canal, palos y agua estirada a toda velocidad.

¿Qué hacer? Eran las cinco de la tarde. Otras cinco horas más, y el inspector subía a dormir a bordo. No quedaba a Orgaz otro recurso que alcanzar el Paraná y meter los pies en la primera guabiroba que hallara embicada en la playa.

Fué lo que hizo; y cuando la tarde comenzaba a oscurecer bajo la mayor amenaza de tempestad que haya ofrecido cielo alguno, Orgaz descendía el Paraná en una canoa tronchada en su tercio, rematada con una lata, y por cuyos agujeros el agua entraba en bigotes.

> descendía el Paraná en una canoa carcomida que a falta de proa tenía una simple tabla de cartón por donde el agua entraba en finos bigotes.

Durante un rato el dueño de la canoa paleó perezosamente por el medio del río; pero como llevaba caña adquirida con el anticipo de Orgaz, pronto prefirió filosofar a medias palabras con una y otra costa. Por lo

> adquirida con el pago de Orgaz,

cual Orgaz se apoderó de la pala, a tiempo que un brusco golpe de viento fresco, casi invernal, erizaba como un rallador todo el río. La lluvia llegaba, no se veía ya la costa argentina. Y con las primeras gotas macizas Orgaz

> — encrespaba como un rallador el río. La lluvia llegaba, no se veía ya la costa argentina; y con las primeras gotas

pensó en sus libros, apenas resguardados por la tela de la maleta. Quitóse el saco y la camisa, cubrió con ellos sus libros y empuñó el remo de proa. El indio trabajaba también, inquieto ante la tormenta. Y bajo el diluvio que cribaba el agua, los dos individuos sostuvieron la canoa en la canal, remando vigorosamente, con el horizonte a veinte metros y encerrados en un círculo blanco.

> la canoa en el canal,

> un círculo blanco, donde la lluvia de frente los azotaba.

El viaje por la canal favorecía la marcha, y Orgaz se mantuvo en ella cuanto pudo. Pero el viento arreciaba; y el Paraná, que entre Candelaria y Posadas se ensancha como un mar, se encrespaba en grandes olas locas. Orgaz se había sentado sobre los libros para salvarlos del agua que rompía contra la lata e inundaba la canoa. No pudo, sin embargo, sostenerse más, y a trueque de llegar tarde a Posadas, enfiló hacia la costa. Y si la canoa cargada de agua y cogida de costado por las olas no se hundió en el trayecto, se debe a que a veces pasan estas inexplicables cosas.

> como un mar, hervía ante el viento sur en grandes olas locas.

> contra la tabla e inundaba

> a veces pasan estas cosas.

La lluvia proseguía cerradísima. Los dos hombres salieron de la canoa chorreando agua y como enflaqueci-

> de la canoa como enflaquecidos y

dos, y al trepar la barranca vieron una lívida sombra a corta distancia. El ceño de Orgaz se distendió, y con el corazón puesto en sus libros, que salvaba así milagrosamente, corrió a guarecerse allá.

chorreando agua, y al trepar

Se hallaba en un viejo galpón de secar ladrillos. Orgaz se sentó en una piedra entre la ceniza, mientras a la entrada misma, en cuclillas y con la cara entre las manos, el indio de la canoa esperaba tranquilo el final de la lluvia que tronaba sobre el techo de cinc, y parecía precipitar cada vez más su ritmo hasta un rugido de vértigo.

Orgaz miraba también afuera. ¡Qué interminable día! Tenía la sensación de que hacía un mes que había salido de San Ignacio. El Yabebirí creciendo... la mandioca asada... la noche que pasó solo escribiendo... el cuadrilátero blanco durante doce horas...

El Yabebirí creciendo: la mandioca asada; la noche que pasó sólo escribiendo; el cuadrilátero blanco

Lejos, lejano le parecía todo eso. Estaba empapado y le dolía atrozmente la cintura; pero esto no era nada en comparación del sueño. ¡Si pudiera dormir, dormir un instante siquiera! Ni aun esto, aunque hubiera podido hacerlo, porque la ceniza saltaba de piques. Orgaz volcó el agua de las botas y se calzó de nuevo, yendo a observar el tiempo.

saltaba de piques que entraban ya a medias en sus pies. Orgaz

Bruscamente la lluvia había cesado. El crepúsculo calmo se ahogaba de humedad, y Orgaz no podía engañarse ante aquella efímera tregua que al avanzar la noche se resolvería en nuevo diluvio. Decidió aprovecharla, y emprendió la marcha a pie.

Decidió aprovecharla y emprendió

En seis o siete kilómetros calculaba la distancia a Posadas. En tiempo normal, aquello hubiera sido un juego; pero en la arcilla empapada las botas de un hombre exhausto resbalan sin avanzar, y aquellos siete kilómetros los cumplió Orgaz teniendo de la cintura abajo las tinieblas más densas, y más arriba, el resplandor de los focos eléctricos de Posadas.

calculaba la distancia que lo separaba de Posadas.

teniendo a sus pies las tinieblas más densas, y más arriba el resplandor.

Sufrimiento,* tormento de falta de sueño zumbándole dentro de la cabeza, que parece abrirse por varios lados; cansancio extremo y demás, sobrábanle a Orgaz. Pero lo que dominaba era el contento de sí mismo. Cerníase por encima de todo la satisfacción de haberse rehabilitado, —así fuera ante un inspector de justicia.

Sufrimiento,...

---

* tormento de falta de sueño que zumba dentro de la cabeza, que parece abrirse por varios lados, cansancio extremo y demás, sobrábanle a Orgaz. Pero en esa etapa final que cuadra tras cuadra lo acercaba a la meta, sentía un doloroso contento de sí mismo. Cerníase

Orgaz no había nacido para ser funcionario público, ni lo era casi, según hemos visto. Pero sentía en el corazón el dulce calor que conforta a un hombre cuando ha trabajado duramente por cumplir un simple deber y prosiguió avanzando cuadra tras cuadra, hasta ver la luz de los arcos, pero ya no reflejada en el cielo, sino entre los mismos carbones, que lo enceguecían.

cumplir un simple deber. Y continuaba andando, hasta ver brillar, pero no en el cielo sino en el arco mismo, los focos eléctricos que lo enceguecían.

* * *

El reloj del hotel daba diez campanadas cuando el Inspector de Justicia, que cerraba su valija. vio entrar a un hombre lívido, embarrado hasta la cabeza, y con las señales más acabadas de caer, si dejaba de adherirse al marco de la puerta.

que cerraba su valija en su cuarto, vió entrar a un hombre lívido, embarrado de la cabeza a los pies y con las señales más acabadas de caer si soltaba el marco de la puerta.

Durante un rato el inspector quedó mudo mirando al individuo. Pero cuando éste logró avanzar y puso los libros sobre la mesa, reconoció entonces a Orgaz, aunque sin explicarse poco ni mucho su presencia en tal estado y a tal hora.

aunque sin comprender su presencia en tal estado y a tal hora.

—¿Y esto? —preguntó indicando los libros.

—Como usted me los pidió —dijo Orgaz—. Están en forma.

El inspector miró a Orgaz, consideró un momento su aspecto, y recordando entonces el incidente en la oficina de aquél, se echó a reir muy cordialmente, mientras le palmeaba el hombro:

y recordando entonces se echó a reir muy cordialmente mientras

—¡Pero si yo le dije que me los trajera por decirle algo nada más! ¡Había sido zonzo, amigo! ¡Para qué se tomó todo ese trabajo!

por decirle algo!

* * *

Un mediodía de fuego estábamos con Orgaz sobre el techo de su casa; y mientras aquél introducía entre las tablillas de incienso pesados *rollos de arpillera y bleck, me contó esta historia.

rollos...

No hizo comentario alguno al concluirla. Con los nuevos años transcurridos desde entonces, yo ignoro qué había en aquel momento en las páginas de su Registro

---

* de arpillera y bleck que luego pendían en el interior como víboras, me contó esta historia.

No hizo comentario alguno al concluir. Con los nuevos años transcurridos yo ignoro qué había en las páginas de su Registro Civil ni dónde estaba la lata de galletitas. Pero en pos de la satisfacción sufrida a Orgaz, no hubiera yo querido

Civil, y en su lata de galletitas. Pero en pos de la
satisfacción ofrecida aquella noche a Orgaz, no hubiera
yo querido por nada ser el inspector de esos libros.

NOTAS

[1] Publicado en: *La Nación*, Buenos Aires, febrero 5, 1922, p. 4, con el título «Techo de incienso», y una ilustración de Málaga. Delgado y Brignole refieren una anécdota sobre la omisión de Quiroga de sus funciones como juez de paz. Tal vez se trate de la misma que el propio omiso relata a Leopoldo Lugones en carta del 7 de octubre de 1912, desde San Ignacio (en: *Revista de la Biblioteca Nacional*, Montevideo, nº 5, mayo 1972, pp. 52-56). En ella refiere que la salvación de su cargo se la debió a «un hombre cuasi de letras» *(sic)*: Macedonio Fernández. Sobre este extrañísimo azar nos referimos también en la «Noticia preliminar» a los *Textos teóricos* (Dossier).

LA CÁMARA OSCURA[1]

UNA NOCHE DE LLUVIA nos llegó al bar de las ruinas la noticia de que nuestro juez de paz, de viaje en Buenos Aires, había sido víctima del cuento del tío y regresaba muy enfermo.

Ambas noticias nos sorprendieron, porque jamás pisó Misiones mozo más desconfiado que nuestro juez, y nunca habíamos tomado en serio su enfermedad: asma, y para su frecuente dolor de muelas, cognac en buches, que no devolvía. ¿Cuentos del tío a él? Había que verlo.

Ya conté en la historia[a] del medio litro de alcohol carburado que bebieron don Juan Brown y su socio Rivet, el incidente de naipes en que actuó el juez de paz.

Llamábase este funcionario Malaquías Sotelo. Era un indio de baja estatura y cuello muy corto, que parecía sentir resistencia en la nuca para enderezar la cabeza. Tenía fuerte mandíbula y la frente tan baja que el pelo corto y rígido como alambre le arrancaba en línea azul a dos dedos de las cejas espesas. Bajo éstas, dos ojillos hundidos que miraban con eterna desconfianza, sobre todo cuando el asma los anegaba de angustia. Sus ojos se volvían entonces a uno y otro lado con jadeante recelo de animal acorralado —y uno evitaba con gusto mirarlo en tales casos.

Fuera de esta manifestación de su alma indígena, era un muchacho incapaz de malgastar un centavo en lo que fuere, y lleno de voluntad.

Había sido desde muchacho soldado de policía en la campaña de Corrientes. La ola de desasosiego que como un viento norte sopla sobre el destino de los individuos en los países extremos, lo empujó a abandonar de golpe su oficio por el de portero del juzgado letrado de Posadas.

Marginal notes:
- cognac en buches que
- Ya conté alguna vez en la historia
- estatura, de cuello muy corto, de hombros muy cargados, y que
- las cejas. Y allá en el fondo de la cabeza, dos ojillos hundidos y desconfiados
- Fuera de este aspecto interior de su naturaleza indígena, era un

---

[a] El cambio se debe a la reestructura narrativa de los cuentos, en cuanto ingresan como un cuerpo orgánico en el libro. Véase al respecto tanto la «Noticia preliminar», como el caso comentado en la nota (b) a «El techo de incienso».

Allí, sentado en el zaguán, aprendió solo a leer en «La Nación» y «La Prensa». No faltó quien adivinara las aspiraciones de aquel indiecito silencioso, y dos lustros más tarde lo hallamos al frente del juzgado de paz de Iviraromí.

juzgado de paz de San Ignacio.

Tenía una cierta cultura adquirida a hurtadillas, bastante superior a la que demostraba, y en los últimos tiempos había comprado la Historia Universal de César Cantú. Pero esto lo supimos después, en razón del sigilo con que ocultaba de las burlas ineludibles sus aspiraciones a *doctor*.

A caballo (jamás se lo vio caminar dos cuadras), era el tipo mejor vestido del lugar. Pero en su rancho andaba siempre descalzo, y al atardecer leía a la vera del camino real en un sillón de hamaca, calzado sin medias con mocasines de cuero que él mismo so fabricaba. Tenía algunas herramientas de talabartería, y soñaba con adquirir una máquina de coser calzado.

talabartería, que era su debilidad.

Mi conocimiento con él databa desde mi llegada misma al país, cuando el juez visitó una tarde mi taller a averiguar, justo al final de la ceremoniosa visita, qué procedimiento más rápido que el tanino conocía yo para curtir cuero de carpincho (sus zapatillas), y menos quemante que el bicromato.

cuando visitó una tarde mi taller a averiguar,

En el fondo, el hombre me quería poco o por lo menos desconfiaba de mí. Y esto supongo que provino de cierto banquete con que los aristócratas de la región —plantadores de yerba, autoridades y bolicheros— festejaron al poco tiempo de mi llegada una fiesta patria en la plaza de las ruinas jesuíticas, a la vista y rodeados de mil pobres diablos y criaturas ansiosas, banquete al que no asistí, pero que presencié en todos sus aspectos, en compañía de un carpintero tuerto que una noche negra se había vaciado un ojo por estornudar con más alcohol del debido sobre un alambrado de púa, y de un cazador brasileño, una vieja y huraña bestia de monte que después de mirar de reojo por tres meses seguidos mi bicicleta, había concluído por murmurar:

murmurar: — Cavallo de pao...

—Cavallo de pao...

Lo poco protocolar de mi compañía y mi habitual ropa de trabajo que no abandoné en el día patrio —esto último sobre todo,— fueron sin duda las causas del recelo de que nunca se desprendió a mi respecto el juez de paz.

sobre todo — fueron sin

Se había casado últimamente con Elena Pilsudski, una polaquita muy joven que lo seguía desde ocho años atrás, y que cosía la ropa de sus chicos con el hilo de talabartero de su marido. Trabajaba desde el amanecer hasta la noche como un peón (el juez tenía buen ojo), y recelaba de todos los visitantes, a quienes miraba de un modo abierto y salvaje, no muy distinto del de sus terneras que apenas corrían más que su dueña cuando ésta, con la falda a la cintura y los muslos al aire, volaba tras ellas al alba por entre el alto espartillo empapado en agua.

recelaba a su modo de todos los visitantes,

espartillo empapado de agua.

Otro personaje había aún en la familia, bien que* no honrara a Iviraromí con su presencia sino de tarde en tarde: don Estanislao Pilsudski, suegro de Sotelo.

no honrara...

Era éste un polaco cuya barba lacia seguía los ángulos de su flaca cara, calzado siempre de botas nuevas y vestido con un largo saco negro a modo de caftán. Sonreía sin cesar, presto a adelantarse a la opinión del más pobre ser que le hablara; constituyendo esto su característica de viejo zorro. En sus estadías entre nosotros no faltaba una sola noche al bar, con una vara siempre distinta si hacía buen tiempo, y con un paraguas si llovía. Recorría las mesas de juego, deteniéndose largo rato en cada una para ser grato a todos; o se paraba ante el billar con las manos por detrás y bajo del saco, balanceándose y aprobando toda carambola, pifiada o no.** Le llamábamos Corazón-Lindito a causa de ser ésta su expresión habitual para calificar la hombría de bien de un sujeto.

si hacía buen tiempo y con un paraguas

Le llamábamos...

***Naturalmente, el juez de paz había merecido antes que nadie tal expresión, cuando Sotelo, propietario y juez, se casó por amor a sus hijos con Elena; pero a todos nosotros alcanzaban también las efusiones del almibarado rapaz.

Naturalmente,...

Tales son los personajes que intervienen en el asunto fotográfico que es el tema de este relato.

Como dije al principio, la noticia del cuento del tío sufrido por el juez no había hallado entre nosotros la menor acogida. Sotelo era la desconfianza y el recelo

---

* a San Ignacio con su presencia sino de tarde en tarde: don Julio Pilsudski, suegro de Sotelo. Era un polaco cuya barba lacia seguía los ángulos de la cara, calzado

** Corazón — lindito a causa (A partir de aquí «lindito» siempre aparecerá en minúscula en la primera versión).

*** al juez de paz era a quien había hallado el primero de todos tal dulzura de corazón, por ser el amante de su hija propietario del lote de monte donde vivía: y muchísimo más cuando Sotelo, por amor a sus hijos, se casó con Elena. Pero es justo decir que a todos nosotros alcanzaban las efusiones del almibarado rapaz.

mismos; y por más provinciano que se sintiera en el
Paseo de Julio, ninguno de nosotros hallaba en él madera
ablandable por cuento alguno. Se ignoraba también la
procedencia del chisme; había subido, seguramente,
desde Posadas, como la noticia de su regreso y de su
enfermedad, que desgraciadamente era cierta.

Yo la supe el primero de todos al volver a casa una
mañana con la azada al hombro. Al cruzar el camino real
al puerto nuevo, un muchacho detuvo en el puente el
galope de su caballo blanco para contarme que el juez de
paz había llegado la noche anterior en un vapor de la
carrera al Iguazú, y que lo habían bajado en brazos
porque venía muy enfermo. Y que iba a avisar a su
familia para que lo llevaran en un carro.

—¿Pero qué tiene? —pregunté al chico.

—Yo no sé —repuso el muchacho.— No puede
hablar... Tiene una cosa en el resuello...

Por seguro que estuviera yo de la poca voluntad de
Sotelo hacia mí, y de que su decantada enfermedad no
era otra cosa que un vulgar acceso de asma, decidí ir a
verlo. Ensillé, pues, mi caballo, y en diez minutos estaba
allá.

En el puerto nuevo de Iviraromí se levanta un gran
galpón nuevo que sirve de depósito de yerba, y se arruina
un chalet deshabitado que en un tiempo fue almacén y
casa de huéspedes. Ahora está vacío, sin que se halle en
las piezas muy oscuras otra cosa que alguna guarnición
mohosa de coche, y un aparato telefónico por el suelo.

En una de estas piezas encontré a nuestro juez
acostado vestido en un catre, sin saco. Estaba casi
sentado con la camisa abierta y el cuello postizo desprendido, aunque sujeto aún por detrás. Respiraba
como respira un asmático en un violento acceso —lo que
no es agradable de contemplar. Al verme agitó la cabeza
en la almohada, levantó un brazo, que se movió en
desorden y después el otro, que se llevó convulso a la
boca. Pero no pudo decirme nada.

Fuera de sus facies, del hundimiento insondable de
sus ojos y del afilamiento terroso de la nariz, algo sobre
todo atrajo mi mirada: sus manos, saliendo a medias del
puño de la camisa, descarnadas y con las uñas azules; los
dedos lívidos y pegados que comenzaban a arquearse
sobre la sábana.

Lo miré más atentamente, y vi entonces, me dí clara
cuenta de que el juez tenía los segundos contados: que se

moría: que en ese mismo instante se estaba muriendo.
Inmóvil a los pies del catre, lo vi tantear algo en la
sábana, y como si no lo hallara, hincar despacio las uñas.
Lo vi abrir la boca, mover levemente la cabeza y fijar los
ojos con algún asombro en un costado del techo, y
detener allí la mirada hasta ahora, fija en el techo de cinc
por toda la eternidad.

¡Muerto! En el breve tiempo de diez minutos yo había
salido silbando de casa a consolar al pusilánime juez que
hacía buches de caña entre dolor de muelas y ataque de
asma, y volvía con los ojos duros por la efigie de un
hombre que había esperado justo mi presencia para
confiarme el espectáculo de su muerte.

Yo sufro muy vivamente estas impresiones. Cuantas
veces he podido hacerlo, he evitado mirar un cadáver.
Un muerto es para mí algo muy distinto de un cuerpo que
acaba simplemente de perder la vida. Es otra cosa, una
materia horriblemente inerte, amarilla y helada, que
recuerda horriblemente a alguien que hemos conocido.
Se comprenderá así mi disgusto ante el brutal y gratuito
cuadro con que me había honrado el desconfiado juez.

al que acaba de abandonar la vida. Es otra cosa, una materia horriblemente dura, amarilla, helada e inmóvil que recuerda horriblemente a alguien que hemos amado. Se comprenderá

Quedé el resto de la mañana en casa, oyendo el ir y
venir de los caballos al galope; y muy tarde ya, cerca de
mediodía, vi pasar en un carro de playa tirado a gran
trote por tres mulas, a Elena y su padre que iban de pie
saltando prendidos a la baranda.

Ignoro aún por qué la polaquita no acudió más
pronto a ver a su difunto marido. Tal vez su padre
dispuso así las cosas para hacerlas en forma: viaje de ida
con la viuda en el carro, y regreso en el mismo con el
muerto bailoteando en el fondo. Se gastaba así menos.

la viuda en el carro saltarín, y

Esto lo vi bien cuando a la vuelta Corazón-Lindito
hizo parar el carro para bajar en casa a hablarme
moviendo los brazos.

—¡Ah, señor! ¡Qué cosa! Nunca tuvimos en Misiones
un juez como él. ¡Y era bueno, sí! ¡Lindito corazón tenía!
Y le han robado todo. Aquí en el puerto... No tiene plata,
no tiene nada.

Ante sus ojeadas evitando mirarme en los ojos, comprendí la terrible preocupación del polaco que desechaba como nosotros el cuento de la estafa en Buenos
Aires, para creer que en el puerto mismo, antes o
después de muerto, su yerno había sido robado.

—¡Ah, señor! —cabeceaba.— Llevaba quinientos
pesos. ¿Y qué gastó? ¡Nada, señor! ¡El tenía un corazón
lindito! Y trae veinte pesos. ¿Cómo puede ser eso?

Y tornaba a fijar la mirada en mis botas para no subirla hasta los bolsillos del pantalón, donde podía estar el dinero de su yerno. Le hice ver a mi modo la imposibilidad de que yo fuera el ladrón —por simple falta de tiempo,— y la vieja garduña se fué hablando consigo mismo.

de tiempo — y

Todo el resto de esta historia es una pesadilla de diez horas. El entierro debía efectuarse esa misma tarde al caer el sol. Poco antes vino a casa la chica mayor de Elena a rogarme de parte de su madre que fuera a sacar un retrato al juez. Yo no lograba apartar de mis ojos al individuo dejando caer la mandíbula y fijando a perpetuidad la mirada en un costado del techo, para que yo no tuviera dudas de que no podía moverse más porque estaba muerto. Y he aquí que debía verlo de nuevo, reconsiderarlo, enfocarlo y revelarlo en mi cámara oscura.

enfocarlo y guardarlo en mi cámara obscura.

¿Pero cómo privar a Elena del retrato de su marido, el único que tendría de él?

Cargué la máquina con dos placas y me encaminé a la casa mortuoria. Mi carpintero tuerto había construído un cajón todo en ángulos rectos, y dentro estaba metido el juez sin que sobrara un centímetro en la cabeza ni en los pies, las manos verdes cruzadas a la fuerza sobre el pecho.

Hubo que sacar al ataúd de la pieza muy oscura del juzgado y montarlo casi vertical en el corredor lleno de gente, mientras dos peones lo sostenían de la cabecera. De modo que bajo el velo negro tuve que empapar mis nervios sobreexcitados en aquella boca entreabierta más negra hacia el fondo más que la muerte misma; en la mandíbula retraída hasta dejar el espacio de un dedo entre ambas dentaduras; en los ojos de vidrio opaco bajo las pestañas como glutinosas e hinchadas; en toda la crispación de aquella brutal caricatura de hombre.

excitados en la boca entreabierta de fondo más negro que la muerte misma;

e hinchadas; toda la

La tarde caía ya y se clavó a prisa el cajón. Pero no sin que antes viéramos venir a Elena trayendo a la fuerza a sus hijos para que besaran a su padre. El chico menor se resistía con tremendos alaridos, llevado a la rastra por el suelo. La chica besó a su padre, aunque sostenida y empujada de la espalda; pero con un horror tal ante aquella horrible cosa en que querían viera a su padre, que a estas horas, si aún vive, debe recordarlo con igual horror.

a su padre, y al chico menor dejándose arrastrar a alaridos por el suelo para no hacerlo. La chica lo hizo, sostenida y empujada de la espalda;

Yo no pensaba ir al cementerio, y lo hice por Elena. La pobre muchacha seguía inmediatamente al carrito de

al cementerio, y fui por

bueyes entre sus hijos; arrastrando de una mano a su chico que gritó en todo el camino, y cargando en el otro a su infante de ocho meses. Como el trayecto era largo y los bueyes trotaban casi, cambió varias veces de brazo rendido con el mismo presuroso valor. Detrás, Corazón-Lindito recorría el séquito lloriqueando con cada uno por el robo cometido.[b]

Se bajó el cajón en la tumba recién abierta y poblada de gruesas hormigas que trepaban por las paredes. Los vecinos contribuyeron al paleo de los enterradores con un puñado de tierra húmeda, no faltando quien pusiera en manos de la huérfana una caritativa mota de tierra. Pero Elena, que hamacaba desgreñada a su infante corrió desesperada a evitarlo:

—¡No, Elenita! ¡No eches tierra sobre tu padre!

La fúnebre ceremonia concluyó;[c] pero no para mí. Dejaba pasar las horas sin decidirme a entrar en el cuarto oscuro. Lo hice por fin, tal vez a media noche. No había nada de extraordinario para una situación normal de nervios en calma. Solamente que yo debía revivir al individuo ya enterrado que veía en todas partes; debía encerrarme con él, solos los dos en una apretadísima tiniebla; lo sentí surgir poco a poco ante mis ojos y entreabrir la negra boca bajo mis dedos mojados; tuve que balancearlo en la cubeta para que despertara de bajo tierra y se grabara ante mí en la otra placa sensible de mi horror.

Concluí, sin embargo. Al salir afuera la noche libre me dio la impresión de un amanecer cargado de motivos de vida y de esperanzas que había olvidado. A dos pasos de mí, los bananos cargados de flores dejaban caer sobre la tierra las gotas de sus grandes hojas pesadas de humedad. Más lejos, tras el puente, la mandioca ardida se erguía por fin eréctil, perlada de rocío. Más allá aún, por el valle que descendía hasta el río, una vaga niebla envolvía la plantación de yerba, se alzaba sobre el bosque, para confundirse allá abajo con los espesos vapores que ascendían del Paraná tibio.

Todo esto me era bien conocido, pues era mi vida real. Y caminando de un lado a otro, esperé tranquilo el día para recomenzarla.

---

[b] La ausencia de la preposición «por» en la primera versión, es otro ejemplo más de la incorrección canónica con que Quiroga escribía sus relatos. Ejemplos varios fueron señalados en notas a los textos de *Cuentos de la Selva*.

[c] Eliminar la intervención del narrador-protagonista implica dejar un margen de tensión mayor, no atenuar los rituales necrófilos de la joven viuda, tal como aparecía en la versión original. Por otro lado es casi redundante anotar «que le tocaba ahora a ella misma»; primero porque la indicación temporal es innecesaria, dado que se está narrando desde la acción, y en segunda instancia todo le tocaba, y en todo seguía estricta observancia.

NOTAS

[1] Publicado en: *El Hogar*, Buenos Aires, año XVI, n° 58, diciembre 3, 1920, con dos ilustraciones sin firma.

LOS DESTILADORES DE NARANJA[1]

EL HOMBRE apareció un mediodía, sin que se sepa cómo ni por dónde. Fue visto en todos los boliches de Ivira- de San Ignacio, romí,[a] bebiendo como no se había visto beber a nadie, si se exceptúan Rivet y Juan Brown. Vestía bombachas de soldado paraguayo, zapatillas sin medias y una mugrienta boina blanca terciada sobre el ojo. Fuera de beber, el hombre no hizo otra cosa que cantar alabanzas a su bastón —un nudoso palo sin cáscara,— que ofrecía a todos los peones para que trataran de romperlo. Uno tras otro los peones probaron sobre las baldosas de piedra el bastón milagroso que, en efecto, resistía a todos los golpes. Su dueño, recostado de espaldas al mostrador y cruzado de piernas, sonreía satisfecho.

Al día siguiente el hombre fue visto a la misma hora y en los mismos boliches, con su famoso bastón. Desapareció luego, hasta que un mes más tarde se lo vio desde el bar avanzar al crepúsculo por entre las ruinas, en compañía del químico Rivet. Pero esta vez supimos quién era.

Hacia 1800, el gobierno del Paraguay contrató a un Hacia 1890, buen número de sabios europeos, profesores de universidad, los menos, e industriales, los más. Para organizar sus hospitales, el Paraguay solicitó los servicios del doctor Else, joven y brillante biólogo sueco que en aquel país nuevo halló ancho campo para sus grandes fuerzas de acción. Dotó en cinco años a los hospitales y sus laboratorios de una organización que en veinte años no hubieran conseguido otros tantos profesionales. Luego, Luego sus sus bríos se aduermen. El ilustre sabio paga al país tropical el pesado tributo que quema como en alcohol la actividad de tantos extranjeros, y el derrumbe no se detiene ya. Durante quince o veinte años nada se sabe de

---

[a] Al igual que en «La cámara oscura», el espacio es adaptado de acuerdo con las exigencias de contigüidad —por estar tan próximos— y continuidad moderada de los relatos en el libro.

él. Hasta que por fin se lo halla en Misiones, con sus bombachas de soldado y su boina terciada, exhibiendo como única y final de su vida, el hacer comprobar a todo el mundo la resistencia de su palo.

su boina terciada como si la única aspiración de su vida fuera hacer comprobar por todo el mundo la resistencia de su palo.

Este es el hombre cuya presencia decidió al manco a realizar el sueño de sus últimos meses: la destilación alcohólica de naranjas.

El manco, que ya hemos conocido con Rivet en otro relato, tenía simultáneamente en el cerebro tres proyectos para enriquecerse, y uno o dos para su diversión. Jamás había poseído un centavo ni un bien particular, faltándole además un brazo que había perdido en Buenos Aires con una manivela de auto. Pero con su solo brazo, dos mandiocas cocidas y el soldador bajo el muñón, se consideraba el hombre más feliz del mundo.

—¿Qué me falta? —solía decir con alegría, agitando su solo brazo.

Su orgullo, en verdad, consistía en un conocimiento más o menos hondo de todas las artes y oficios, en su sobriedad ascética y en dos tomos de «*L'Enciclopedie*». Fuera de esto, de su eterno optimismo y su soldador, nada poseía. Pero su pobre cabeza era en cambio una marmita bullente de ilusiones, en que los inventos industriales hervían con más frenesí que las mandiocas de su olla. No alcanzándole sus medios para aspirar a grandes cosas, planeaba siempre pequeñas industrias de consumo local, o bien dispositivos asombrosos para remontar el agua por filtración, desde el bañado del Horqueta hasta su casa.

En el espacio de tres años, el manco había ensayado sucesivamente la fabricación de maíz quebrado, siempre escaso en la localidad; de mosaicos de bleck y arena ferruginosa; de turrón de maní y miel de abejas; de resina de incienso por destilación seca; de cáscaras abrillantadas de apepú, cuyas muestras habían enloquecido de gula a los mensús; de tintura de lapacho, precipitada por la potasa; y de aceite esencial de naranja, industria en cuyo estudio lo hallamos absorbido cuando Else apareció en su horizonte.

Preciso es observar que ninguna de las anteriores industrias había enriquecido a su inventor, por la sencilla razón de que nunca llegaron a instalarse en forma.

—¿Qué me falta? —repetía contento, agitando el muñón.— Doscientos pesos. ¿Pero de dónde los voy a sacar?

Sus inventos, cierto es, no prosperaban por la falta de esos miserables pesos. Y bien se sabe que es más fácil hallar en Iviraromí un brazo de más, que diez pesos prestados. Pero el hombre no perdía jamás su optimismo, y de sus contrastes brotaban, más locas aún, nuevas ilusiones para nuevas industrias.

La fábrica de esencia de naranja fue sin embargo una realidad. Llegó a instalarse de un modo tan inesperado como la aparición de Else, sin que para ello se hubiera visto corretear al manco por los talleres yerbateros más de lo acostumbrado. El manco no tenía más material mecánico que cinco o seis herramientas esenciales, fuera de su soldador. Las piezas todas de sus máquinas salían de la casa del uno, del galpón del otro, —como las palas de su rueda Pelton, para cuya confección utilizó todos los cucharones viejos de la localidad. Tenía que trotar sin descanso tras de un metro de caño o una drapa oxidada de cinc, que él, con su solo brazo y ayudado del muñón, cortaba, torcía, retorcía y soldaba con su enérgica fe de optimista. Así sabemos que la bomba de su caldera provino del pistón de una vieja locomotora de juguete, que el manco llegó a conquistar de su infantil dueño contándole cien veces cómo había perdido el brazo, y que los platos del alambique (su alambique no tenía refrigerante vulgar de serpentín, sino de gran estilo, de platos), nacieron de las planchas de cinc puro con que un naturalista fabricaba tambores para guardar víboras.

Pero lo más ingenioso de su nueva industria era la prensa para extraer el jugo de naranja. Constituíala un barril perforado con clavos de tres pulgadas que giraba alrededor de un eje horizontal de madera. Dentro de ese erizo, las naranjas rodaban, tropezaban con los clavos y se deshacían brincando; hasta que transformadas en una pulpa amarilla sobrenadada de aceite, iba a la caldera.

El único brazo del manco valía en el tambor medio caballo de fuerza, —aún a pleno sol de Misiones, y bajo la gruesísima y negra camiseta de marinero que el manco no abandonaba ni en el verano. Pero como la ridícula bomba de juguete requería asistencia casi continua, el destilador solicitó la ayuda de un aficionado que desde los primeros días pasaba desde lejos las horas observando la fábrica, semioculto tras un árbol.

Llamábase este aficionado Malaquías Ruvidarte. Era un muchachote de veinte años, brasileño y perfectamente

en San Ignacio

otro, de los viejos fierros tirados. Tenía que trotar

conquistar de su dueño contándole

refrigerante vulgar, sino de gran

un barril perforado como un erizo de clavos de tres

Dentro, las naranjas rodaban

pasaba las horas observando

negro, a quien suponíamos virgen —y lo era,— y que habiendo ido una mañana a caballo a casarse a Corpus, regresó a los tres días de noche cerrada, borracho y con dos mujeres en ancas.

de quien creíamos que era virgen — y lo era, — que habiendo ido una mañana

Vivía con su abuela en un edificio curiosísimo, conglomerado de casillas hechas con cajones de kerosene, y que el negro arpista iba extendiendo y modificando de acuerdo con las novedades arquitectónicas que advertía en los tres o cuatro chalets que se construían entonces. Con cada novedad, Malaquías agregaba o alzaba un ala a su edificio, y en mucho menor escala. Al punto que las galerías de sus chalets de alto tenían cincuenta centímetros de luz, y por las puertas apenas podía entrar un perro. Pero el negro satisfacía así aspiraciones de arte, sordo a las bromas de siempre.

conglomerado de casillas que originariamente fuera un simple rancho, pero que el negro arpista iba extendiendo

tenían cincuenta centímetros, y por las

Tal artista no era el ayudante por dos mandiocas que precisaba el manco. Malaquías dio vueltas al tambor una mañana entera sin decir una palabra, pero a la tarde no volvió. Y a la mañana siguiente estaba otra vez instalado observando tras el árbol.

estaba otra vez instalado tras el árbol.

Resumamos esta fase: El manco obtuvo muestras de aceite esencial de naranja dulce y agria, que logró remitir a Buenos Aires. De aquí le informaron que su esencia no podía competir con la similar importada, a causa de la alta temperatura a que se la había obtenido. Que sólo con nuevas muestras por presión podrían entenderse con él, vistas las deficiencias de la destilación, etc., etc.

El manco no se desanimó por esto.

—¡Pero es lo que yo decía! —nos contaba a todos alegremente, cogiéndose el muñón tras la espalda.— ¡No se puede obtener nada a fuego directo! ¡Y qué voy a hacer con la falta de plata!

Otro cualquiera, con más dinero y menos generosidad intelectual que el manco, hubiera apagado los fuegos de su alambique. Pero mientras miraba melancólico su máquina remendada, en que cada pieza eficaz había sido reemplazada por otra sucedánea, el manco pensó de pronto que aquel cáustico barro amarillento que se vertía del tambor, podía servir para fabricar alcohol de naranja. El no era fuerte en fermentación; pero dificultades más grandes había vencido en su vida. Además, Rivet lo ayudaría.

Fue en este momento preciso cuando el doctor Else hizo su aparición en Iviraromí.

Else hizo su aparición en San Ignacio.

*   *   *

El manco había sido el único individuo de la zona que, como había acaecido con Rivet, respetó al nuevo caído. Pese al abismo en que habían rodado uno y otro, el devoto de la gran «*Enciclopedie*» no podía olvidar lo que ambos ex hombres fueran un día. Cuantas chanzas (¡y cuán duras en aquellos analfabetos de rapiña!) se hicieron al manco sobre sus dos ex hombres, lo hallaron siempre de pie.

— La caña los perdió —respondía con seriedad sacudiendo la cabeza.— Pero saben mucho...

Debemos mencionar aquí un incidente que no facilitó el respeto local hacia el ilustre médico.

En los primeros días de su presencia en Iviraromí, un votino había llegado hasta el mostrador del boliche a regarle un remedio para su mujer que sufría de tal y cual cosa. Else lo oyó con suma atención, y volviéndose al cuadernillo de estraza sobre el mostrador, comenzó a recetar con mano terriblemente pesada. La pluma se rompía. Else se echó a reír, más pesadamente aún, y estrujó el papel, sin que se le pudiera obtener una palabra más.

— ¡Yo no entiendo de esto! —repetía tan sólo.

El manco fué algo más feliz cuando acompañándolo esa misma siesta hasta el Horqueta, bajo un cielo blanco de calor, lo consultó sobre las probabilidades de aclimatar la levadura de caña al caldo de naranja; en cuánto tiempo podría aclimatarse, y en qué porcentaje mínimo.

— Rivet conoce esto mejor que yo —murmuró Else.

— Con todo —insistió el manco.— Yo me acuerdo bien de que los sacaromices iniciales...

Y el buen manco se despachó a su gusto.

Else, con la boina sobre la nariz para contrarrestar la reverberación, respondía en breves observaciones, y como a disgusto. El manco dedujo de ellas que no debía perder el tiempo aclimatando levadura alguna de caña, porque no obtendría sino caña, ni al uno por cien mil. Que debía esterilizar su caldo, fosfatearlo bien, y ponerlo en movimiento con levadura de Borgoña, pedida a Buenos Aires. Podía aclimatarla, si quería perder el tiempo; pero no era indispensable...

El manco trotaba a su lado, ensanchándose el escote de la camiseta de entusiasmo y calor.

— ¡Pero soy feliz! —decía.— ¡No me falta ya nada!

¡Pobre manco! Faltábale precisamente lo indispensable para fermentar sus naranjas: ocho o diez bordalesas vacías, que en aquellos días de guerra valían más pesos que los que él podía ganar en seis meses de soldar día y noche.

Comenzó sin embargo a pasar días enteros de lluvia en los almacenes de los yerbales, transformando latas vacías de nafta en envases de grasa quemada o podrida para alimento de los peones; y a trotar por todos los boliches en procura de los barriles más viejos que para nada servían ya. Más tarde Rivet y Else, —tratándose de alcohol de noventa grados,— lo ayudarían con toda seguridad...

Rivet lo ayudó, en efecto, en la medida de sus fuerzas, pues el químico nunca había sabido clavar un clavo. El manco solo abrió, desarmó, raspó y quemó una tras otra las viejas bordalesas con medio dedo de poso violeta en cada duela, —tarea ligera, sin embargo, en comparación de la de armar de nuevo las bordalesas, y a la que el manco llegaba con su brazo y cuarto tras inacabables horas de sudor.

Else había ya contribuído a la industria con cuanto se sabe hoy mismo sobre fermentos; pero cuando el manco le pidió que dirigiera el proceso fermentativo, el ex sabio se echó a reír, levantándose.

—¡Yo no entiendo nada de esto! —dijo recogiendo su bastón bajo el brazo. Y se fue a caminar por allí, más rubio, más satisfecho y más sucio que nunca.

Tales paseos constituían la vida del médico. En todas las picadas se lo hallaba con sus zapatillas sin medias y su continente eufórico. Fuera de beber en todos los boliches y todos los días, de 11 a 16, no hacía nada más. Tampoco frecuentaba el bar, diferenciándose en esto de su colega Rivet. Pero en cambio solía hallárselo a caballo a altas horas de la noche, cogido de las orejas del animal, al que llamaba su padre y su madre, con gruesas risas. Paseaban así horas enteras al tranco, hasta que el jinete caía por fin a reír del todo.

A pesar de esta vida ligera, algo había sin embargo capaz de arrancar al ex hombre de su limbo alcohólico; y esto lo supimos la vez que con gran sorpresa de todos, Else se mostró en el pueblo caminando rápidamente, sin mirar a nadie. Esa tarde llegaba su hija, maestra de escuela en Santo Pipó, y que visitaba a su padre dos o tres veces en el año.

Era una muchachita delgada y vestida de negro, de aspecto enfermizo y mirar hosco.[b] Esta fue por lo menos la impresión nuestra cuando pasó por el pueblo con su padre en dirección al Horqueta. Pero según lo que dedujimos de los informes del manco, aquella expresión de la maestrita era sólo para nosotros, motivada por la degradación en que había caído su padre y a la que asistíamos día a día.

Lo que después se supo confirma esta hipótesis. La chica era muy trigueña y en nada se parecía al médico escandinavo. Tal vez no fuera hija suya: él por lo menos nunca lo creyó. Su modo de proceder con la criatura lo confirma, y sólo Dios sabe cómo la maltratada y abandonada criatura pudo llegar a recibirse de maestra, y a continuar queriendo a su padre. No pudiendo tenerlo a su lado, ella se trasladaba a verlo, dondequiera que él estuviese. Y el dinero que el doctor Else gastaba en beber, provenía del sueldo de la maestrita.

El ex hombre conservaba sin embargo un último pudor: no bebía en presencia de su hija. Y este sacrificio en aras de una chinita a quien no creía hija suya, acusa más ocultos fermentos que las reacciones ultracientíficas del pobre manco.

Durante cuatro días, en esta ocasión, no se vio al médico por ninguna parte. Pero aunque cuando apareció otra vez por los boliches estaba más borracho que nunca, se pudo apreciar en los remiendos de toda su ropa, la obra de su hija.

Desde entonces, cada vez que se veía a Else fresco y serio, cruzando rápido en busca de harina y grasa, todos decíamos:

—En estos días debe de llegar su hija.

*   *   *

Entretanto, el manco continuaba soldando a horcajadas techos de lujo, y en los días libres, raspando y quemando duelas de barril.

No fue sólo esto: Habiendo ese año madurado muy pronto las naranjas por las fortísimas heladas, el manco debió también pensar en la temperatura de la bodega, a fin de que el frío nocturno, vivo aún en ese octubre, no

Era una muchachita delgada, de aspecto enfermizo y de mirar hosco. Esta fué
cuando pasó con su padre en dirección

en que había caído su padre.

pudor: no beber en presencia

---

[b] El negro de la vestimenta adquiere una significación llana (aspecto monacal, rasgo poco femenino en una joven), y otra simbólica (probable catáfora: advertencia de su trágico final).

trastornara la fermentación. Tuvo así que forrar por dentro su rancho con manojos de paja despeinada, de modo tal que aquello parecía un hirsuto y agresivo cepillo. Tuvo que instalar un aparato de calefacción, cuyo hogar constituíalo un tambor de acaroína, y cuyos tubos de tacuara daban vueltas por entre las pajas de las paredes, a modo de gruesa serpiente amarilla. Y tuvo que alquilar —con arpista y todo, a cuenta del alcohol venidero,— el carrito de ruedas macizas del negro Malaquías, quien de este modo volvió a prestar servicios al manco, acarreándole naranjas desde el monte con su mutismo habitual y el recuerdo melancólico de sus dos mujeres.

Un hombre común se hubiera rendido a medio camino. El manco no perdía un instante su alegre y sudorosa fe.

—¡Pero no nos falta ya nada! —repetía haciendo bailar a la par del brazo entero su muñón optimista:— ¡Vamos a hacer una fortuna con esto!

Una vez aclimatada la levadura de Borgoña, el manco y Malaquías procedieron a llenar las cubas. El negro partía las naranjas de un tajo de machete, y el manco las estrujaba entre sus dedos de hierro; todo con la misma velocidad y el mismo ritmo, como si machete y mano estuvieran unidos por la misma biela.

Rivet los ayudaba a veces, bien que su trabajo consistiera en ir y venir febrilmente del colador de semillas a los barriles, a fuer de director. En cuanto al médico, había contemplado con gran atención estas diversas operaciones, con las manos hundidas en los bolsillos y el bastón bajo la axila. Y ante la invitación a que prestara su ayuda, se había echado a reír, repitiendo como siempre:

—¡Yo no entiendo nada de estas cosas!

Y fue a pasearse de un lado a otro frente al camino, deteniéndose en cada extremo a ver si venía un transeúnte.

No hicieron los destiladores en esos duros días más que cortar y cortar, y estrujar y estrujar naranjas bajo un sol de fuego y almibarados de zumo desde la barba a los pies. Pero cuando los primeros barriles comenzaron a alcoholizarse en una fermentación tal que proyectaba a dos dedos sobre el nivel una llovizna de color topacio, el doctor Else evolucionó hacia la bodega caldeada, donde el manco se abría el escote de entusiasmo.

—¡Y ya está! —decía—. ¿Qué nos falta ahora? Unos cuantos pesos más, y nos hacemos riquísimos!

Else quitó uno por uno los tapones de algodón de los barriles, y aspiró con la nariz en el agujero el delicioso perfume del vino naranja en formación, perfume cuya penetrante frescura no se halla en caldo otro alguno de fruta. El médico levantó luego la vista a las paredes, al revestimiento amarillo de erizo, a la cañería de víbora que se desarrollaba oscureciéndose entre las pajas en un vaho de aire vibrante, —y sonrió un momento con pesadez. Pero desde entonces no se apartó de alrededor de la fábrica.

Aún más, quedó a dormir allí. Else vivía en una chacra del manco, a orillas del Horqueta. Hemos omitido esta opulencia del manco, por la razón de que el gobierno nacional llama chacras a las fracciones de 25 hectáreas de monte virgen o pajonal, que vende al precio de 75 pesos la fracción, pagaderos en 6 años.

La chacra del manco consistía en un bañado solitario donde no había más que un ranchito aislado entre un círculo de cenizas, y zorros entre las pajas. Nada más. Ni siquiera hojas en la puerta del rancho.

El médico se instaló, pues, en la fábrica de las ruinas,* retenido por el bouquet naciente del vino de naranja. Y aunque su ayuda fue la que conocemos, cada vez que en las noches subsiguientes el manco se despertó a vigilar la calefacción, halló siempre a Else sosteniendo el fuego. El médico dormía poco y mal; y pasaba la noche en cuclillas ante la lata de acaroína, tomando mate y naranjas caldeadas en las brasas del hogar.

La conversión alcohólica de las cien mil naranjas concluyó por fin, y los destiladores se hallaron ante ocho bordalesas de un vino muy débil, sin duda, pero cuya graduación les aseguraba asimismo cien litros de alcohol de 50 grados, fortaleza mínima que requería el paladar local.

Las aspiraciones del manco eran también locales; pero un especulativo como él, a quien preocupaba ya la ubicación de los transformadores de corriente en el futuro cable eléctrico desde el Iguazú a Buenos Aires, no podía olvidar el aspecto puramente ideal de su producto.

que el gobierno nacional llama allá chacras a las

ruinas,...

tomando mate y alimentando sin prisa

de corriente, en el cable eléctrico

---

* retenido por el vaho naciente del alcohol. Y aunque su ayuda fué la que conocemos, en los días subsiguientes, cada vez que de noche el manco se despertaba a vigilar la calefacción, hallaba a Else sosteniendo el fuego. El médico dormía poco y mal y pasaba la noche

Trotó en consecuencia unos días en procura de algunos frascos de cien gramos para enviar muestras a Buenos Aires, y aprontó unas muestras, que alineó en el banco para enviarlas esa tarde por correo. Pero cuando volvió a buscarlas no las halló, y sí al doctor Else, sentado en la escarpa del camino, satisfechísimo de sí y con el bastón entre las manos, —incapaz de un solo movimiento.

La aventura se repitió una y otra vez, al punto de que el pobre manco desistió definitivamente de analizar su alcohol: el médico, rojo, lacrimoso y resplandeciente de euforia, era lo único que hallaba.

No perdía por esto el manco su admiración por el ex sabio.

—¡Pero se lo toma todo! —nos confiaba de noche en el bar.— ¡Qué hombre! ¡No me deja una sola muestra!

Al manco faltábale tiempo para destilar con la lentitud debida, e igualmente para desechar las flegmas de su producto. Su alcohol sufría así de las mismas enfermedades que su esencia, el mismo olor viroso, e igual dejo cáustico. Por consejo de Rivet transformó en bitter aquella imposible caña, con el solo recurso de apepú, —y orozú, a efectos de la espuma.

En este definitivo aspecto entró el alcohol de naranja en el mercado. Por lo que respecta al químico y su colega, lo bebían sin tasa tal como goteaba de los platos del alambique con sus venenos cerebrales.

* * *

Una de esas siestas de fuego, el médico fue hallado tendido de espaldas a través del desamparado camino al puerto viejo, riéndose con el sol a plomo.

—Si la maestrita no llega, uno de estos días —dijimos nosotros— le va a dar trabajo encontrar dónde ha muerto su padre.

Precisamente una semana después supimos por el manco que la hija de Else llegaba convaleciente de gripe.

—Con la lluvia que se apronta —pensamos otra vez,— la muchacha no va a mejorar gran cosa en el bañado del Horqueta.

Por primera vez, desde que estaba entre nosotros, no se vio al médico Else cruzar firme y apresurado ante la inminente llegada de su hija. Una hora antes de arribar la lancha fue al puerto por el camino de las ruinas, en el carrito del arpista Malaquías, cuya yegua, al paso y todo, jadeaba exhausta con las orejas mojadas de sudor.

a Buenos Aires. Aprontó unas muestras

de euforia era lo

de su esencia, el mismo

orozú, a efecto de la espuma.

Por primera vez desde que estaba entre nosotros no se vió

por el camino tras de las ruinas, en el carrito del arpista Malaquías, cuya yegua jadeaba exhausta al paso con las orejas

El cielo denso y lívido, como paralizado de pesadez,
no presagiaba nada bueno, tras mes y medio de sequía.
Al llegar la lancha, en efecto, comenzó a llover. La
maestrita achuchada pisó la orilla chorreante bajo agua;
subió bajo agua en el carrito, y bajo agua hicieron con su
padre todo el trayecto, a punto de que cuando llegaron
de noche al Horqueta no se oía en el solitario pajonal ni
un aullido de zorro, y sí el sordo crepitar de la lluvia en
el patio de tierra del rancho.

en el patio del rancho.

La maestrita no tuvo esta vez necesidad de ir hasta el
bañado a lavar las ropas de su padre. Llovió toda la
noche y todo el día siguiente, sin más descanso que la
tregua acuosa del crepúsculo, a la hora en que el médico
comenzaba a ver alimañas raras prendidas al dorso de
sus manos.

su padre, convaleciente y todo.

Un hombre que ya ha dialogado con las cosas tendido
de espaldas al sol, puede ver seres imprevistos al suprimir de golpe el sostén de su vida. Rivet, antes de morir
un año más tarde con su litro de alcohol carburado de
lámparas, tuvo con seguridad fantasías de ese orden
clavadas ante la vista. Solamente que Rivet no tenía
hijos; y el error de Else consistió precisamente en ver, en
vez de su hija, una monstruosa rata.

al sol puede ver

y el error de Else consistió en ver,
en vez de su hija, una

Lo que primero vio fue un grande, muy grande
ciempiés que daba vueltas por las paredes. Else quedó
sentado con los ojos fijos en aquello, y el ciempiés se
desvaneció. Pero al bajar el hombre la vista, lo vio
ascender arqueado por entre sus rodillas, con el vientre
y las patas hormigueantes vueltas a él —subiendo,
subiendo interminablemente. El médico tendió las manos
delante, y sus dedos apretaron el vacío.

adelante, y sus dedos apretaron
el vació.

Sonrió pesadamente: Ilusión... nada más que ilusión...

Sonrió pesadamente: — ¡Ilusión... nada más que ilusión!...

Pero la fauna del delirium tremens es mucho más
lógica que la sonrisa de un ex sabio, y tiene por hábito
trepar obstinadamente por las bombachas, o surgir bruscamente de los rincones.

Durante muchas horas, ante el fuego y con el mate
inerte en la mano, el médico tuvo conciencia de su
estado. Vio, arrancó y desenredó tranquilo más víboras
de las que pueden pisarse en sueños. Alcanzó a oír una
dulce voz que decía:

—Papá, estoy un poco descompuesta... Voy un
momento afuera.

Else intentó todavía sonreír a una bestia que había
irrumpido de golpe en medio del rancho, lanzando horri-

bles alaridos, —y se incorporó por fin aterrorizado y jadeante: Estaba en poder de la fauna alcohólica.

Desde las tinieblas comenzaban ya a asomar el hocico bestias innumerables. Del techo se desprendían también cosas que él no quería ver. Todo su terror sudoroso estaba ahora concentrado en la puerta, en aquellos hocicos puntiagudos que aparecían y se ocultaban con velocidad vertiginosa.

Algo como dientes y ojos asesinos de inmensa rata se detuvo un instante contra el marco, y el médico, sin apartar la vista de ella, cogió un pesado leño: La bestia, adivinando el peligro, se había ya ocultado.

Por los flancos del ex sabio, por atrás, hincábanse en sus bombachas cosas que trepaban. Pero el hombre, con los ojos fuera de las órbitas, no veía sino la puerta y los hocicos fatales.

Por sus flancos, por atrás, hincábanse

Un instante, el hombre creyó distinguir entre el crepitar de la lluvia, un ruido más sordo y nítido. De golpe la monstruosa rata surgió en la puerta, se detuvo un momento a mirarlo, y avanzó por fin contra él. Else, enloquecido de terror, lanzó hacia ella el leño con todas sus fuerzas.

lanzó el leño con todas sus fuerzas.

Ante el grito que le sucedió, el médico volvió bruscamente en sí como si el vertiginoso telón de monstruos se hubiera aniquilado con el golpe en el más atroz silencio. Pero lo que yacía aniquilado a sus pies no era la rata asesina, sino su hija.

Ante el grito, el médico

Sensación de agua helada, escalofrío de toda la médula; nada de esto alcanza a dar la impresión de un espectáculo de semejante naturaleza. El padre tuvo un resto de fuerza para levantar en brazos a la criatura y tenderla en el catre. Y al apreciar de una sola ojeada al vientre el efecto irremisiblemente mortal del golpe recibido, el desgraciado se hundió de rodillas ante su hija.

Impresión de agua helada,

¡Su hijita! ¡Su hijita abandonada, maltratada, desechada por él! Desde el fondo de veinte años surgieron en explosión la vergüenza, la gratitud y el amor que nunca le había expresado a ella. ¡Chinita, hijita suya!

El médico tenía ahora la cara levantada hacia la enferma: nada, nada que esperar de aquel semblante fulminado.

La muchacha acababa sin embargo de abrir los ojos, y su mirada excavada y ebria ya de muerte, reconoció por fin a su padre. Esbozando entonces una dolorosa sonrisa cuyo reproche sólo el lamentable padre podía en esas circunstancias apreciar, murmuró con dulzura:

—¡Qué hiciste, papá!...

El médico hundió de nuevo la cabeza en el catre. La maestrita murmuró otra vez, buscando con la mano la boina de su padre:

—Pobre papá... No es nada... Ya me siento mucho mejor... Mañana me levanto y concluyo todo... Me siento mucho mejor, papá...

La lluvia había cesado; la paz reinaba afuera. Pero al cabo de un momento el médico sintió que la enferma hacía en vano esfuerzos para incorporarse, y al levantar el rostro vio que su hija lo miraba con los ojos muy abiertos en una brusca revelación:

—¡Yo me voy a morir, papá!...

—Hijita... —murmuró sólo el hombre.

La criatura intentó respirar hondamente, sin conseguirlo tampoco.

—¡Papá, ya me muero! Papá, hazme caso... una vez en la vida! No tomes más, papá!... Tu hijita...

. . . .

Tras un rato —una inmensidad de tiempo— el médico se incorporó y fue tambaleante a sentarse otra vez en el banco, —mas no sin apartar antes con el dorso de la mano una alimaña del asiento, porque ya la red de monstruos se entretejía vertiginosamente.

Oyó todavía una voz de ultratumba:

—¡No tomes más, papá!...

El ex hombre tuvo aún tiempo de dejar caer ambas manos sobre las piernas, en un desplome y una renuncia más desesperada que el más desesperado de los sollozos de que ya no era capaz. Y ante el cadáver de su hija, el doctor Else vió otra vez asomar en la puerta los hocicos de las bestias que volvían a un asalto final.[c]

Tuvo aún tiempo de dejar

era capaz, y ante el

que volvían a un nuevo asalto.

---

[c] El cierre (magistral en ambas versiones) asume dos posibilidades diferentes. En la primera, se trata de un ataque que poco se distingue del anterior, aunque desde luego que las consecuencias no serán nunca las mismas. En la solución propuesta en el texto-base, puede tomarse también en un sentido metafórico ese «asalto final», ya adelantado con la adición precedente («ex-hombre»): la llegada de la muerte. Quiroga ha logrado un camino nuevo (aunque puede encontrarse alguna resonancia de las alucinaciones de Alicia en «El almohadón de pluma», *Cuentos de amor de locura y de muerte*), y es que el delirio no cesa con la muerte de la hija. La conciencia o la culpa están ausentes, y por ende no provocan la lucidez; la enajenación causada por el alcohol es total y el desgraciado protagonista se apresta a resolver su destino contra todos los principios de la previsibilidad narrativa. El final resulta, sin duda, de una originalidad y un dramatismo sólo posibles en un escritor plenamente maduro.

NOTAS

[1] Originalmente en: *Atlántida*, Buenos Aires, año VI, n° 293, noviembre 15, 1923, en cinco páginas de la revista con cinco ilustraciones de Centurión, una por cada página.

Quiroga mismo trabajó extensamente sobre la destilación de alcohol de naranja (detalle que podrá leerse en la nota explicativa a «Tacuara-mansión», en la carta a Martínez Estrada). De esa experiencia no sólo queda este relato, sino también el artículo «Seda y vino de naranja en Misiones», publicado en *Fray Mocho*, Buenos Aires, mayo 30, 1913, y recopilado en el tomo VI de las *Obras inéditas y desconocidas de Horacio Quiroga*, Montevideo: Arca, 1969, pp. 33-35.

APÉNDICE A LA EDICIÓN CRÍTICA
DE
LOS DESTERRADOS
(PRIMERAS VERSIONES REESCRITAS)

Tacuara-Mansión

TACUARA-MANSIÓN[a]

EL RANCHO de don Juan Brown, en Misiones, está incrustado en la misma vera del monte. Frente a él se levanta un árbol de gran diámetro y ramas retorcidas, de cuyo tronco la corteza ha sido arrancada. Bajo este árbol murió, mientras esperaba el día para irse a su casa, Santiago Rivet —*Mosiú Rivé*— en circunstancias bastante originales para que merezcan ser contadas.

Misiones, como todos los países vírgenes que permiten un enérgico desarrollo de la personalidad, guarece a una serie de individuos a los cuales se podrá imputar cualquier cosa menos el ser aburridos. La vida más desprovista de interés al norte de Posadas encierra dos o tres pequeñas epopeyas de sangre, de trabajo o simplemente de carácter, pues bien se comprende que no son tímidos gatitos de civilización los tipos que del primer chapuzón o en el reflujo final de sus vidas, han ido a escoliar allá.

Entre los individuos de la primera categoría merece especial recuerdo don Juan Brown. Don Juan era argentino y totalmente criollo a despecho de cierta heredada reserva británica. Había cursado en La Plata dos o tres brillantes años de ingeniería. Un día, sin que sepamos por qué, cortó sus estudios y derivó hasta Misiones. Creo haberle oído decir alguna vez que había ido a San Ignacio por unas horas a ver las ruinas. Desde allí mandó a buscar su valija a Posadas para quedar un día más, y allí lo encontré todavía, quince años después, sin que en este tiempo hubiera abandonado una sola vez la localidad.

Era un hombre joven, muy alto y grueso, pero proporcionado hasta ser elegante. Pesaba 110 kilos. Tan alto y grueso, que cuando galopaba —contadas veces— era voz en el país que se veía a su caballo ceder por el espinazo, y a don Juan sostenerlo tocando el suelo con los pies. Era un hombre por naturaleza poco amigo de palabras. Su rostro ancho, rapado, con grandes y salientes ojos azules, recordaba bastante a un tribuno del 93. Respiraba con evidente dificultad, a causa de su corpulencia. Cenaba a las cuatro, y al anochecer llegaba infaliblemente al bar, al paso de su heroico caballito, para retirarse el último de todos. Se le llamaba *don Juan* a secas, por el respeto que inspiraban su volumen y su carácter.

Cierta noche, jugando a las cartas con el juez de paz de entonces, y con quien se tuteaba, el juez se vio en mal terreno (un peso y veinte tal vez de consumo), y tentó una trampa. Don Juan lo miró y no hizo observación alguna. El juez de paz, era un muchacho mestizo, tan hijo de su propio esfuerzo, que habiendo aprendido a leer cinco años atrás en un diario y en el zaguán de un juzgado de Posadas, había comprado en sigilo últimamente la Historia Universal de Cantú, que leía a escondidas de todos, paes se hubieran burlado no poco de él.

Como la suerte seguía favoreciendo a don Juan, el mesticito, a despecho de su civilización, tentó una nueva trampa. Don Juan echó una ojeada a las cartas tendidas, y dijo tranquilo:

—Hiciste trampa otra vez; da las cartas de nuevo.

Disculpas confundidas del juez y nueva reincidencia.

Don Juan, con igual calma, le observó:

—Has vuelto a hacer trampa. Da las cartas otra vez.

Con lo cual crecía la fanática amistad del juez, al mismo tiempo que no perdía don Juan la estimación que por muchos puntos se debía el muchacho.

Otra vez, durante una partida de ajedrez, se le cayó el revólver a don Juan y partió el tiro. Don Juan se inclinó, recogió el arma y prosiguió su jugada, ante los nutridos comentarios de los concurrentes, cada uno de los cuales, por lo menos, creía haber estado a punto de recibir la bala. Pero quien la había recibido en una pierna era don Juan, como se supo recién al concluir la partida.

Vivía solo en Tacuara-Mansión (así llamaban a su rancho, porque era, en verdad, de caña tacuara, y por otra razón maliciosa que luego se verá). Le servía de sirvienta y peón un viejo ruteno de ojos agresivos y que parecía no hablar sino por entre los dientes delanteros. Contábase que veneraba a don Juan, el cual, por su parte, jamás le dirigía lo menos posible la palabra.

Muy tarde, ocho o diez años después de haber un piano a disposición casi de todo el mundo, se supo, puesto que se le vio, que don Juan era un consumado pianista.

[a] *El Hogar*, Buenos Aires, año 16, nº 568, agosto 27, 1920.

Esto, en cuanto a Juan Brown. El segundo personaje que merece especial memoria, se llamaba Santiago Luciano María Rivet. Era éste un perfecto ex hombre, arrojado hasta Misiones por la última oleada de su vida. Había llegado a la república veinte años atrás contratado como director técnico de un gran ingenio de azúcar. Más tarde dirigió una destilería en el Paraguay. Poco a poco redujo el límite de sus actividades intelectuales, hasta encallar por fin en San Ignacio, en carácter de despojo humano.

No se sabe en verdad cómo llegó allá. Un sábado de tarde se le vió por primera vez en el bar, en compañía de un médico extranjero, un ilustre hombre de ciencia un día. Pero cuando lo vimos llevaba bombacha de soldado, zapatillas sin medias y una mugrienta boina terciada sobre el ojo. Todo el tiempo que estuvo en el bar lo empleó en ponderar las virtudes de su bastón, una vara nudosa e irrompible según él, y que en efecto sirvió de prueba a todos los asistentes contra el piso de piedra. Hecho lo cual, ambos compañeros se retiraron, perdiéndose en las picadas que cruzan las ruinas.

Al día siguiente y al posterior se vió al ilustre sabio recostado al cinc de todos los boliches, y desapareció de pronto como había venido. Pero con monsieur Rivet debíamos trabar más amplio conocimiento.

Después de una semana de eclipse tornó a aparecer en el bar con un nuevo compañero, esta vez conocido nuestro: un mecánico que había perdido un brazo en Buenos Aires; sujeto de una alegría y optimismo inalterables, a quien «nada faltaba», según propio decir, a pesar de tener un brazo de menos y verse obligado a vivir miserablemente de pequeñas soldaduras.

En esos momentos el optimista sujeto se preocupaba de la destilación de hojas y azahares de naranjo, con el alambique más original que sea dado concebir. Algún día volveremos a esta fase suya. Pero en aquellos instantes la llegada de monsieur Rivet, cuyos conocimientos en química industrial eran realmente profundos, fué un latigazo de excitación para las fantasías del manco, tipo enciclopédico cuya charla podrida de cientificismos abarcaba en diez minutos desde la conversión fulminante de grados Fahrenheit en centesimales, hasta la inquietud por el índice regresivo que ostentaba su peona (había tomado de peón a una mujer), que le plantaba la mandioca con los dedos del pie...

El manco fué quien nos informó sobre la personalidad de su socio Rivet. Los ensayos de destilación prosiguieron con gran entusiasmo un tiempo, durante el cual monsieur Rivet honró el bar con su presencia los sábados y domingos de noche.

Era un hombrecillo de edad indefinida, aunque conservaba el cabello muy negro, que caía en dos curvas a ambos lados de una frente angosta y prominente. No se afeitaba, aunque tampoco su barba crecía más de un centímetro, y esto en manchones desiguales por las cicatrices de granos. Entre esta barbilla hirsuta y su ñata y tensa nariz abultada de arteriolas, se tendían constantemente adelante sus labios despreciativos para todo y para todos, y en particular para los *doctores* (los *gentlemen* de la localidad, directores en su mayoría de empresas de yerbamate). El más discreto ensayo de barbacuas y secadoras mecánicas de que se hablaba en el bar, merecía los sarcasmos despectivos de monsieur Rivet, en frases entrecortadas por salivazos dentales, de que apenas se entreoía:

—¡Tzsh!... Doctorcitos... No saben nada... ¡Tzsh!... Porquería...

Desde ciertos puntos de vista, nuestro hombre era el polo opuesto del impasible don Juan Brown, y sobre todo en lo que respecta a corpulencia, pues nunca frecuentó los boliches del Alto Paraná ser de más raquítico aspecto, ni ente más flaco que mosiú Rivé; por más que esto sólo lo apreciamos el domingo de noche que apareció en el flamante y barato traje negro, un traje que le daba aspecto de airoso adolescente, con sus hombros estrechos y sus piernas delgadísimas. Pero monsieur Rivet cabía muy bien dentro y parecía estar orgulloso de él. En efecto, no se lo ponía sino los sábados y domingos de noche.

El bar de que hemos hecho referencia consistía en un galpón de paja con una mesa de billar, adyacente al mejor boliche de San Ignacio. Servía de infalible punto de reunión a los habitantes más o menos cultos: 17 en total, cuando se hallaban en pleno. Y era uno de los más curiosos aspectos de aquella amalgama humana, el que todos los 17 jugaran al ajedrez, y bien. Con lo cual las tertulias consistían a veces, y esto frente a frente de un bosque que continuaba sin interrupción hasta el Amazonas, en cuatro o cinco brillantes partidas simultáneas, entre sujetos la mitad de los cuales no podían concluir de firmar sin secarse dos o tres veces la mano.

A las diez el bar quedaba vacío, con excepción de ciertas noches en que no se observaba la regla. Y mucho menos cuando don Juan había pasado la mañana y la tarde de espaldas al mostrador de todos los boliches de San Ignacio. Entonces la luz de alcohol carburado podía proyectarse toda la noche sobre las ruinas, sin que don Juan, siempre mudo y digno, dejara un instante de seguir con su pesada mirada al dueño del bar, que se asomaba a la puerta, pronosticaba mal tiempo, comentaba la hora, tratando desesperadamente de alejar a su huésped. Malas y fructuosas noches éstas para el dueño del bar, desde que don Juan Brown, poseyendo la cabeza más sólida para el alcohol que haya resistido más allá del paralelo 28, era capaz de resarcir a cualquier bolichero de sus malas noches con el beneficio que ofrecían sus crisis de *tacuara* (eufemismo local de *caña*; y de aquí el malicioso nombre de *Tacuara-Mansión* a que hemos aludido).

Como monsieur Rivet (a semejanza del sabio entrevisto, de Fitzmaurice, de Gómez Ferraz y tantos otros deshechos por el alcohol) poseía a su vez una sólida cabeza, pronto llegaron a encontrarse el ex ingeniero y el ex químico en frecuentes vis a vis. No vaya a creerse que esta común finalidad de vida hubiera creado el menor asomo de relación entre ellos. Don Juan, en pos de un «Buenas noches» más indicado que dicho, no volvía a acordarse para nada de su compañero; y Rivet, por su parte, no disminuía en lo más mínimo respecto de aquél su desprecio por los doctores de San Ignacio, entre los cuales contaba a Brown. Pasaban la noche solos y juntos, y a veces proseguían la mañana entera en el primer boliche abierto; pero sin mirarse siquiera.

Estos originales vis a vis se hicieron mucho más frecuentes al mediar el invierno, cuando el socio de Rivet emprendió la fabricación de alcohol de naranja, bajo la dirección del químico. Todo fué bien durante las primeras damajuanas; hasta que el manco se rindió, pues monsieur Rivet no le daba tiempo siquiera para enviar muestras de 100 gramos al Paraguay.

El manco, siempre optimista, alzaba su brazo riendo:

—¡Pero no se puede hacer nada con ese hombre! ¡Se lo toma todo!

La sociedad se disolvió en consecuencia, volviendo el enciclopedista a preocuparse con los signos ancestrales de su peona brasilera que usaba como manos los pies, y monsieur Rivet a visitar todas las noches el bar con su esbelto traje negro. Y como don Juan pasaba en esos días por uno de sus malos momentos, tuvieron asi ocasión de llevar a cabo vis a vis extraordinarios, hasta llegar al último de todos, que fué el decisivo.

El dueño del bar, por las razones económicas antedichas y el respeto que debía a don Juan, pasaba las noches en blanco, sin otra ocupación que pronosticar mal tiempo a través de los vidrios, y servir copa tras copa a los dos socios. De más está decir que sólo la cuenta de don Juan era la que ascendia en estos casos.

Pero el mal dormido bolichero se rindió de frío una noche, y después de depositar en la honorabilidad de don Juan el resto de la damajuana, se fué a acostar temprano, en la confianza de que le tirarían la llave por sobre la empalizada, una vez que se cansaran de honrar su casa.

Con lo cual quedaron solos don Juan y monsieur Rivet, el primero apoyado apenas de espaldas al mostrador, *duro* e impasible como siempre, y el segundo paseando agitado con las manos en los bolsillos, mientras afuera caía una blanca helada.

Durante una hora no hubo novedad alguna; hasta que la damajuana se vació.

Una crisis de dipsomania puede ser derivada con cualquier cosa menos con la brusca supresión del veneno. Transcurrido un largo rato con las copas en blanco, don Juan echó una mirada de reojo a la damajuana agotada; pero no pasó de allí. Al cabo de otro rato se volvió completamente a la damajuana y la mantuvo boca abajo sobre el mostrador, sin éxito, y retornó a su *pose* impasible. Pero el alcohol es más fuerte que todo esto, y don Juan volvió al rato a repetir exactamente el experimento anterior. Entretanto, monsieur Rivet había verificado tras el mostrador el contenido de los frascos: Grosella... Tamarindo... Granadina...

Nuevo y largo silencio, roto únicamente por el canto estridente del gallo vecino, que hacía soplar un poco a don Juan y desacompasaba el trotecillo de monsieur Rivet. Al quinto o sexto canto la agitación desató la lengua del químico, sin dirigirse directamente a don Juan, y sin que éste le prestara tampoco la menor atención.

Tratábase al parecer de un *doctorcito* que lo había consultado sobre la posibilidad de fabricar bitter allí.

—¡Tzsh!... No saben nada... Porquería, nada más... Puros doctores... Bitter, bitter... ¡Tzsh!... Naranja, nada más... Pero no saben; pura porquería, doctorcitos. ¡Tzsh!... ¿Y la espuma?... Nadie sabe nada... Orozú... Orozú para la espuma... ¡Tzsh!... Pura porquería...

Don Juan proseguía inmóvil. Hasta que al fin bajó los ojos y le dijo de costado:

—¿Y vos qué sabés?

El químico entonces se desató en improperios contra los doctores, incluso Brown, escupiendo al trote a todos lados, mientras don Juan lo seguía obstinadamente con sus ojos pesados. Al fin resopló apartando los ojos:

—Francés del diablo...

Trancurrió otro largo rato sin que cambiara la actitud digna y muerta de don Juan de espaldas al mostrador. Por fin volvió a dirigirse de costado a Rivet:

—Vos que sabés todo, industrial... ¿Qué hace el alcohol carburado?

¡Alcohol!... Su sola enunciación en voz alta ahogó las invectivas del químico. Tartamudeó, mirando la lámpara suspendida:

—¿Alcohol?... ¿Carburado?... ¡Tzsh!... Porquería... Bencinas... Piridinas... Doctorcitos, ustedes... Se puede tomar.

No bastó más, y acto continuo encendieron una vela y vertieron el contenido de la lámpara con el mismo pestilente embudo en la misma botella, —y fueron felices.

El alcohol carburado no es una bebida para seres humanos. Apenas hubieron vaciado la botella hasta la última gota, don Juan perdió por primera vez su correcto línea y se sentó, —cayó como una masa sentado. Sopló un momento y fijó la mirada muerta en su socio.

—Vamos— le dijo.

Rivet, con el rostro violado y la frente lívida, protestaba indignado; quería irse él solo a la suya, pues estaba harto de doctorcitos ignorantes que lo único que querían era harcerlo hablar...

Don Juan entretanto cinchaba su flete, y cuando hubo montado logró convencer a su socio. Si el dueño de aquél pesaba 110 kilos, Rivet en cambio no pasaria de 48. Peso total que un caballo al paso soporta con facilidad. Don Juan, pues, con el químico en ancas, partieron del bar a las tres, con una noche muy serena y clara en la altura a que se hallaban, pero que debía estar ya ahumada por la neblina en el fondo de las vertientes.

En efecto, apenas estuvieron a la vista del valle del Yabebiri, pudieron ver la bruma acostada en el fondo, y que ascendía en desflecada sábana por la ladera de los cerros. Más allá, en la proximidad del río, el monte debía estar ya disuelto en vapores a veinte metros.

Fué lo que aconteció. Los viajeros tropezaron de pronto con el bosque, cuando creían estar ya en Tacuara-Mansión. El caballo, fatigado, se resistía a abandonar el lugar. Don Juan volvió grupa, y un rato después tenían de nuevo el monte por delante.

—Nos hemos perdido— dijo don Juan, sin obtener respuesta. Castañeteó a pesar suyo, pues aunque la cerrazón impedía allí la helada, el frío no mordía menos.

Tomaron otro rumbo, confiando al caballo la dirección. Bajo su saco de astracán don Juan se sentía empapado en sudor de hielo. Tras él, el químico, más lesionado, sin gran aliento ni gran pulso, bailoteaba de un lado para otro, sobre todo al transmontar los pedregales. Y siempre el monte deteniéndolos.

Sin género de duda, perdidos. El mismo caballo agotado por 18 horas de ayuno, se entorpecía a la vera del bosque. Don Juan consideró que había hecho cuanto podía, primero para evitar algo serio a su socio si lo abandonaba a su suerte, y luego para llegar a su propia casa. En consecuencia, ataron el caballo al primer árbol del monte, y se tendieron a su pie.

En el primer momento utilizaron como frazadas los dos mandiles de la montura (don Juan montaba en silla inglesa). Pero como el espartillo estaba empapado en agua, transformaron las mantas en colchones. Con lo que ganaron muy poco, pues el árbol impregnado de cerrazón llovía sobre ellos.

El químico, sin poder hablar ya, y con las rodillas dobladas sobre el pecho, temblada de la cabeza a los pies. No ocupaba más espacio que una criatura, y eso flaca. Don Juan volvió los ojos a él, y echándole encima su propio mandil, se estiró cuan largo era sobre el pasto de hielo.

. . . .

Cuando volvió en sí el sol estaba ya muy alto. Ni bruma, ni el menor rastro de agua en el suelo. Y muy clara, a diez metros de distancia, su propia tibia casa a la orilla del monte.

Ni un solo momento se habían extraviado la noche anterior, y el caballo habíase detenido por primera vez ante el árbol bien familiar. Pero la cerrazón —y el alcohol de lámparas— habían cerrado la mirada de los socios. Con lo cual las marchas, contramarchas y rumbos confiados al caballo, habíanse concretado exclusivamente a un incesante girar por las inmediaciones, pequeños círculos que concluían siempre allí mismo, ante la casa.

El viejo ruso de don Juan, de vuelta de la chacra, acababa de descubrirlos, y con su patrón transportaron a Tacuara-Mansión a monsieur Rivet en la misma posición infantil, —pues en ella había muerto. Mientras su peón le cubria a su amo literalmente de porrones los pies helados, don Juan, desde la cama, calculó ante el tabique de su cuarto las tablas de cedro que debería arrancar para construir el cajón fúnebre.

Y esa misma tibia y dorada tarde las vecinas del pedregoso camino al Yabebiri se fueron agregando al saltarín carrito de ruedas macizas, seguido a prisa por el manco, que se llevaba los restos de monsieur Rivet.

Por dos o tres días don Juan no salió de su casa; tenía bastante qué hacer con su salud. No faltó asimismo quien fuera a informarse, y sobre todo a averiguar algo, mientras cantaba hipócritas loas al intelectual fallecido, al ilustre químico inapreciado en aquella tierra salvaje...

Don Juan lo dejó hablar cuanto quiso. Al fin, con una sacudida de hombros, por todo comentario sentimental:

—Gringo del diablo...

Y esta fué toda su oración fúnebre.

MÁS ALLÁ

NOTICIA PRELIMINAR

El regreso a San Ignacio (1931) en compañía de su joven esposa María E. Bravo, el nacimiento de la segunda hija, el traslado de su cargo consular en forma absolutamente nominal, todo parece propiciar condiciones favorables para la escritura. Sin embargo no ocurrió así. Diez de los once cuentos reunidos en este libro fueron publicados entre noviembre de 1921 y septiembre de 1928, durante su último período de vida en Buenos Aires. La mayoría de ellos en el diario *La Nación* (véanse los detalles en las notas explicativas). De acuerdo con el testimonio del escritor uruguayo Enrique Amorim, Quiroga «rompió sus relaciones con *La Nación* donde colaboraba asiduamente, a raíz de la entrada de Eduardo Mallea» (versión de la entrevista con E. Amorin/ Mercedes Ramírez de Rossiello, *inédita*, en: Colección Horacio Quiroga, documento 336, Dep. de Investigaciones Lit., Biblioteca Nacional, Montevideo). Esta anécdota importa mucho si se tiene en cuenta que, en ese momento, es cuando la fortuna literaria de Quiroga declina, ante los embates de la nueva generación (véase «Ante el tribunal », en: *Textos Teóricos*). Sólo un relato («Las moscas (...)») fue escrito en la nueva residencia, en 1933.

Entre los motivos de tal retracción literaria, pueden urdirse múltiples conjeturas: tal vez no tengan poca trascendencia los severos cuestionamientos estéticos de los nuevos; quizás una labor tan largamente febril y profesional —por un término de treinta años— requiriera una pausa; lo cierto es que en el nutrido epistolario de esta época, Quiroga revela sin pudor alguno la dedicación creciente al trabajo físico y manual, la entrega a las tareas agrícolas.

El último bienio de su vida pauta el desmoronamiento personal: separación definitiva de su mujer, que además lleva consigo a la hija; divorcio de Eglé —la hija mayor del escritor—; destitución de su cargo diplomático que lo sume en la pobreza y en una desesperación que estimulan la escritura de decenas de notas, en las que son frecuentes la autocompasión, la soledad y las amargas reflexiones sobre la muerte, que presiente cerca. Es que también la enfermedad, al principio sobredimensionada, luego lo acosa con sus evidentes signos de gravedad (padecía cancer).

Quiroga estima —poco después de aparecer su libro— que entre la vida práctica y la literatura hay una distancia insalvable:

> Como Ud. anota, el mundo actual, y su vida, y la vida que nos obliga a vivir como puercos autómatas, no puede ser peor. Algo debe de haber de profundamente equivocado en el existir actual, cuando Ud. y yo, hombres de corazón y espíritu, apartamos como una pesadilla la expresión literaria. ¿Qué infiltración de afuera (totalmente de afuera, quiero creer) se opera en nuestras almas para dejarlas inundadas en tal desesperanza? ¿Qué pasa, si no? Vaya en paz que

yo, con muchos más años que Ud., cuelgue tranquilamente la pluma gastada y coja la flamante azada (a Ezequiel Martínez Estrada, septiembre 26, 1935, *ibidem*, pp. 86-87).

Este «solitario y valeroso anarquista» (como se autodefine el 16 de junio de 1936), este individualista impenitente, no puede soportar las sacudidas bruscas de la realidad, no alcanza a resolver la contradicción del arte y el mundo vulgar, ni aun en la marginalidad selvática, semi-salvaje, que él mismo se impuso. Como fin de un ciclo, tal vez como premonición de la cercanía del final, a Quiroga lo deslumbra la experiencia de Axel Munthe, y planifica con entusiasmo:

> me hallo desde hace un tiempo con ganas de empezar alguna vez un libro, el libro de mi vida, en fragmentos. Seguramente influencia de Munthe. Y más seguramente, influencia de la edad. A la mía, se evoca con gran dulzura el pasado (a Julio E. Payró, junio 5, 1936, *ibidem*, p. 73).

Era demasiado tarde, pero sin proponérselo como programa, lo había empezado a escribir a su retorno a la selva. Las crónicas —por llamarlas de algún modo— sobre el cultivo de la yerba mate, el vino de naranja, el carbón, los animales de Misiones, son textos muy peculiares, alejados de lo que él solía hacer y concebir como «Literatura» («Frangipane», «La tragedia de los ananás») Y las cartas que dirige a Ezequiel Martínez Estrada, deben considerarse un ensayo del proyectado «Libro de San Ygnacio», a la manera de Munthe.

Más allá es un regreso a la heterogeneidad, que el narrador había abandonado en su volumen de cuentos anterior (*Los desterrados*). Tal procedencia heteróclita de los materiales vulnera la calidad general del libro ahora más que nunca, porque puede señalarse —y ya se ha hecho con insistencia—, la repetición de recursos, temas, y propuestas narrativas. Por una parte incluye un largo relato («Su ausencia»), propenso a los gustos algo ramplones de lo que él llamaba la «sociedad mujeril», dentro de cuya categoría también pueden situarse «La bella y la bestia», construido con su viejo recurso de cuento-epistolar (como «Tres cartas y un pie»), y «El ocaso».

También acude a la veta moderna de sus conocimientos, explotando —como antes— los nuevos adelantos técnicos en función de la escritura fantástica («El vampiro», «El puritano», «El conductor del rápido»), todas ellas cuentos de ambientación urbana. En el primero vuelve a invocarse al Poe de «El retrato oval», retoma el conflicto entre la apariencia y la realidad, la cordura y la locura, roza las lindes de la vida y la muerte sobre el eje simbólico de la fotografía y el cine

Otro sector lo ocupan los cuentos de ambiente misionero, pero ya no realistas, sino fantásticos («El hijo», «Las moscas», réplica este de «El hombre muerto»), quizás los más logrados técnicamente, y los más renovadores. En el caso del segundo se trata de una cierta forma de continuidad, declarada en el subtítulo, del texto reunido en *Los desterrados*, pero desde una perspectiva diferente.

«El llamado» recurre una vez más al horror (a lo Poe), ya tradicional en sus ficciones, mientras que «La señorita leona» combina este procedimiento con la indagación en la animalidad privilegiada casi desde sus inicios, en *El crimen del otro* (1904).

Sin duda que este volumen está inscrito en la etapa terminal de la obra de Quiroga, y él mismo tenía conciencia plena de ello (¿acaso el título del cuento que da nombre al libro es una metáfora?). Espigar entre su correspondencia las opiniones sobre literatura, las referencias al acto de escribir en sí, demuestra categóricamente esa convicción y sus devaneos:

> Escribo siempre lo que puedo, con náusea al comenzar y con satisfacción al concluir (octubre 23, 1935, a Asdrúbal Delgado, *ibidem*, pp. 39-40).
>
> En Kipling la acción fue política y turística. En mí, de pioneer agrícola. Esto explica que, cumplida a mi modo de sentir mi actividad artística, resucite muy briosa mi vocación agreste.
>
> Y sobre esto de la conclusión de mi jornada: Ud. sabe que yo sería capaz, de quererlo, de compaginar relatos como algunos de los que he escrito —190 y tantos—. No es, pues, decadencia intelectual ni pérdida de facultad lo que me enmudece. No es la violencia primitiva del hacer, construir, mejorar y adornar mi habitat lo que se ha impuesto (...) Hemos dado —he dado— mucho y demasiado a la pastura de cuentos y demás. Hay en el hombre muchas otras actividades que merecen capital atención. Para mí, mi vida actual. Por esto, difícilmente haría cine (...) No es tampoco cuestión de renuncia (a Julio E. Payró, abril 4, 1936, *ibidem*, p. 72).
>
> «¿Qué es eso de abandonar mi vida o mi ser interno porque no escribo, Estrada? Ya escribí mucho. Estoy leyendo ahora una enciclopedia agrícola de 1836 —un siglo justo— por donde veo que muy poco hemos adelantado en la materia. Tal vez escriba aún, pero no por ceder a deber alguno, sino por inclinación a beber en una u otra fuente. Me siento tan bien escardando como contando» (A Ezequiel Martínez Estrada, julio 22, 1936, *ibidem*, p. 122).
>
> Se ha dicho que yo me he abandonado. ¡Qué absurdo! Lo que hay es que no quiero hablar media palabra de arte con quien no me comprende (a Martínez Estrada, agosto 1, 1936, *ibidem*, p. 127).

Todas estas inquisiciones en su interior son apenas posteriores a la publicación de *Más allá*, que conoció una sola edición en vida del autor, en la cooperativa SALRP (Sociedad de Amigos del Libro Rioplatense), volumen XIV, con un estudio preliminar de Alberto Zum Felde —quien seis años atrás había desechado su obra producida en la Argentina, por «no pertenecer a la literatura uruguaya» (*sic*)—, en: *Proceso intelectual del Uruguay. (Crítica a su literatura*, Montevideo: Imprenta Nacional Colorada, 1930, tomo II), y con la reproducción de un retrato al carbón del autor, hecha por el pintor Emilio Centurión.

Las cartas a César Tiempo son las más idóneas para mostrar todo el proceso de la edición, en la medida en que éste era uno de los editores. Posee valor relevante la enviada el 26 de junio de 1934, donde establece el orden de algunos relatos en el libro, aclarando que: «Faltan tres o cuatro historias más que le mandaré por próximo correo. Irá también el orden de relatos. Como verá, algunos son dificilillos (*sic*) de componer. Ud. y la imprenta proveerán, sin embargo. Lo que me es indispensable son pruebas de página. Tengo la debilidad de ellas. Como no creo que haya tanta urgencia en la composición o aparición del libro, hágame la gauchada de proveer también a esto. (...) no deje de acusar recibo de los originales, pues quedo siempre sobre ascuas cuando me desprendo de originales» (En: *Cartas inéditas y evocación de Quiroga, ibidem*, p. 29).

El 3 de julio rectifica algunos errores en la ordenación y apunta: «Con esto queda cerrada la lista. Espero con amor las pruebas. En la imprenta de Montevideo, que no embromen sobre las pegatinas. Cómodos tipos». Lo que despeja una vez más la leyenda de un Quiroga negligente con sus textos, aun en una etapa donde explícitamente afirma su retirada de la vida literaria. Las pruebas de página las envía el 24 de noviembre. Antes —el 6 de ese mes— escribía agradecido a Enrique Amorim por el envío de su novela *El paisano Aguilar*: «Le devolveré la pelota con el mío que debe de salir pronto» (en: *Brecha*, Montevideo, junio 26, 1987, p. 29). Los tres cuentos que se conservan en el Departamento de Investigaciones Literarias de la Biblioteca Nacional de Montevideo, dos incompletos, recortes de prensa pegados sobre cartones por el propio Quiroga con correcciones manuscritas, es seguro que fueron los originales sobre los que se armó el libro.

La opinión de la crítica le fue adversa, sobre todo la aparecida en *La Nación* (marzo 3, 1935, p. 4), sin firma, pero que bien pudo ser de Mallea o alguien de su grupo (esto nos lo hace pensar el testimonio de Amorim arriba citado). Quiroga acusó el golpe, removió su aparente indiferencia y con desasosiego escribió a Martínez Estrada: «Conservo curiosidad de saber quién hizo la crónica de *Más allá*. ¡Habráse visto mentecato igual! Me ha fastidiado la incomprensión bestial del tipo.» (abril 24, 1935, *ibidem*, p. 84). La ola se extendió: «recibidos los diarios del Uruguay. Vamos viendo que la gente persiste en la pauta dada por *La Nación*: patología, etc.

Apena un tanto tanta incomprensión, en un libro que se llama *Más allá*. ¿Pretenderán que hable de carreras?».

MÁS ALLÁ[1]

Yo estaba desesperada —dijo la voz—. Mis padres se oponían rotundamente a que tuviera amores con él, y habían llegado a ser muy crueles conmigo. Los últimos días no me dejaban ni asomarme a la puerta. Antes, lo veía siquiera un instante parado en la esquina, aguardándome desde la mañana. ¡Después, ni siquiera eso!

Yo le había dicho a mamá la semana antes:

—¿Pero qué le hallan tú y papá, por Dios, para torturarnos así? ¿Tienen algo que decir de él? ¿Por qué se han opuesto ustedes, como si fuera indigno de pisar esta casa, a que me visite?

Mamá, sin responderme, me hizo salir. Papá, que entraba en ese momento, me detuvo del brazo, y enterado por mamá de lo que yo había dicho, me empujó del hombro afuera, lanzándome de atrás:

—Tu madre se equivoca; lo que ha querido decir es que ella y yo —¿lo oyes bien?— preferimos verte muerta antes que en los brazos de ese hombre. Y ni una palabra más sobre esto.

Esto dijo papá.

—Muy bien —le respondí volviéndome, más pálida, creo, que el mantel mismo—: nunca más les volveré a hablar de él.

Y entré en mi cuarto despacio y profundamente asombrada de sentirme caminar y de ver lo que veía, porque en ese instante había decidido morir.

¡Morir! ¡Descansar en la muerte de ese infierno de todos los días, sabiendo que él estaba a dos pasos esperando verme y sufriendo más que yo! Porque papá jamás consentiría en que me casara con Luis. ¿Qué le hallaba? me pregunto todavía. ¿Que era pobre? Nosotros lo éramos tanto como él.

¡Oh! La terquedad de papá yo la conocía, como la había conocido mamá. —Muerta mil veces,— decía él, antes que darla a ese hombre.

Pero él, papá, ¿qué me daba en cambio, si no era la desgracia de amar con todo mi ser sabiéndome amada, y condenada a no asomarme siquiera a la puerta para verlo un instante?

Morir era preferible, sí, morir juntos.

Yo sabía que él era capaz de matarse; pero yo, que sola no hallaba fuerzas para cumplir mi destino, sentía que una vez a su lado preferiría mil veces la muerte juntos, a la desesperación de no volverlo a ver más.

Le escribí una carta, dispuesta a todo. Una semana después nos hallábamos en el sitio convenido, y ocupábamos una pieza del mismo hotel.

No puedo decir que me sentía orgullosa de lo que iba a hacer, ni tampoco feliz de morir. Era algo más fatal, más frenético, más sin remisión, como si desde el fondo del

709

pasado mis abuelos, mis bisabuelos, mi infancia misma, mi primera comunión, mis ensueños, como si todo esto no hubiera tenido otra finalidad que impulsarme al suicidio.

No nos sentíamos felices, vuelvo a repetirlo, de morir. Abandonábamos la vida porque ella nos había abandonado ya, al impedirnos ser el uno del otro. En el primero, puro y último abrazo que nos dimos sobre el lecho, vestidos y calzados como al llegar, comprendí, mareada de dicha entre sus brazos, cuán grande hubiera sido mi felicidad de haber llegado a ser su novia, su esposa.

A un tiempo tomamos el veneno. En el brevísimo espacio de tiempo que media entre recibir de su mano el vaso y llevarlo a la boca, aquellas mismas fuerzas de los abuelos que me precipitaban a morir se asomaron de golpe al borde de mi destino a contenerme... ¡tarde ya! Bruscamente, todos los ruidos de la calle, de la ciudad misma, cesaron. Retrocedieron vertiginosamente ante mí, dejando en su hueco un sitio enorme, como si hasta ese instante el ámbito hubiera estado lleno de mil gritos conocidos.

Permanecí dos segundos más inmóvil, con los ojos abiertos. Y de pronto me estreché convulsivamente a él, libre por fin de mi espantosa soledad.

¡Sí, estaba con él; e íbamos a morir dentro de un instante!

El veneno era atroz, y Luis inició él primero el paso que nos llevaba juntos y abrazados a la tumba.

—Perdóname —me dijo oprimiéndome todavía la cabeza contra su cuello—. Te amo tanto que te llevo conmigo.

—Y yo te amo —le respondí—, y muero contigo.

No pude hablar más. ¿Pero qué ruido de pasos, qué voces venían del corredor a contemplar nuestra agonía? ¿Que golpes frenéticos resonaban en la puerta misma?

—Me han seguido y nos vienen a separar... —murmuré aún—. Pero yo soy toda tuya.

Al concluir, me di cuenta de que yo había pronunciado esas palabras mentalmente pues en ese momento perdía el conocimiento.

. . . .

. . . .

Cuando volví en mí tuve la impresión de que iba a caer si no buscaba donde apoyarme. Me sentía leve y tan descansada, que hasta la dulzura de abrir los ojos me fue sensible. Yo estaba de pie, en el mismo cuarto del hotel, recostada casi a la pared del fondo. Y allá, junto a la cama, estaba mi madre desesperada.

¿Me habían salvado, pues? Volví la vista a todos lados, y junto al velador, de pie como yo, lo vi a él, a Luis, que acababa de distinguirme a su vez y venía sonriendo a mi encuentro. Fuimos rectamente uno hacia el otro, a pesar de la gran cantidad de personas que rodeaban el lecho, y nada nos dijimos, pues nuestros ojos expresaban toda la felicidad de habernos encontrado.

Al verlo, diáfano y visible a través de todo y de todos, acababa de comprender que yo estaba como él —muerta.

Habíamos muerto, a pesar de mi temor de ser salvada cuando perdí el conocimiento. Habíamos perdido algo más, por dicha... Y allí, en la cama, mi madre desesperada me sacudía a gritos, mientras el mozo del hotel apartaba de mi cabeza los brazos de mi amado.

Alejados al fondo, con las manos unidas, Luis y yo veíamoslo todo en una perspectiva nítida, pero remotamente fría y sin pasión. A tres pasos, sin duda, estábamos nosotros, muertos por suicidio, rodeados por la desolación de mis parientes, del dueño del hotel y por el vaivén de los policías. ¿Qué nos importaba eso?

—¡Amada mía!... —me decía Luis—. ¡A qué poco precio hemos comprado esta felicidad de ahora!

—Y yo —le respondí— te amaré siempre como te amé antes. Y no nos separaremos más, ¿verdad?

—¡Oh, no!... Ya lo hemos probado.

—¿E irás todas las noches a visitarme?

Mientras cambiábamos así nuestras promesas oíamos los alaridos de mamá que debían ser violentos, pero que nos llegaban con una sonoridad inerte y sin eco, como si no pudieran traspasar en más de un metro el ambiente que rodeaba a mamá.

Volvimos de nuevo la vista a la agitación de la pieza. Llevaban por fin nuestros cadáveres, y debía de haber transcurrido un largo tiempo desde nuestra muerte, pues pudimos notar que tanto Luis como yo teníamos ya las articulaciones muy duras y los dedos muy rígidos.

Nuestros cadáveres... ¿Dónde pasaba eso? ¿En verdad había habido algo de nuestra vida, nuestra ternura, en aquellos dos pesadísimos cuerpos que bajaban por las escaleras, amenazando hacer rodar a todos con ellos?

¡Muertos! ¡Qué absurdo! Lo que había vivido en nosotros, más fuerte que la vida misma, continuaba viviendo con todas las esperanzas de un eterno amor. Antes... no había podido asomarme siquiera a la puerta para verlo; ahora hablaría regularmente con él, pues iría a casa como novio mío.

—¿Desde cuándo irás a visitarme? —le pregunté.

—Mañana —repuso él—. Dejemos pasar hoy.

—¿Por qué mañana? —pregunté angustiada—. ¿No es lo mismo hoy? ¡Ven esta noche, Luis! ¡Tengo tantos deseos de estar a solas contigo en la sala!

—¡Y yo! ¿A las nueve, entonces?

—Sí. Hasta luego, amor mío...

Y nos separamos. Volví a casa lentamente, feliz y desahogada como si regresara de la primera cita de amor que se repetiría esa noche.

* * *

A las nueve en punto corría a la puerta de calle y recibí yo misma a mi novio. ¡El en casa, de visita!

—¿Sabes que la sala está llena de gente? —le dije—. Pero no nos incomodarán...

—Claro que no... ¿Estás tú allí?

—Sí.

—¿Muy desfigurada?

—No mucho, ¿creerás?... ¡Ven, vamos a ver!

Entramos en la sala. A pesar de la lividez de mis sienes, de las aletas de la nariz muy tensas y las ventanillas muy negras, mi rostro era casi el mismo que Luis esperaba ver durante horas y horas desde la esquina.

—Estás muy parecida —dijo él.

—¿Verdad? —le respondí yo, contenta. Y nos olvidamos en seguida de todo, arrullándonos.

Por ratos, sin embargo, suspendíamos nuestra conversación y mirábamos con curiosidad el entrar y salir de las gentes. En uno de esos momentos llamé la atención de Luis.

—¡Mira! —le dije—. ¿Qué pasará?

En efecto, la agitación de las gentes, muy viva desde unos minutos antes, se acentuaba con la entrada en la sala de un nuevo ataúd. Nuevas personas, no vistas aún allí, lo acompañaban.

—Soy yo —dijo Luis con ligera sorpresa—. Vienen también mis hermanas...

—¡Mira, Luis! —observé yo—. Ponen nuestros cadáveres en el mismo cajón... Como estábamos al morir.

—Como debíamos estar siempre —agregó él—. Y fijando los ojos por largo rato en el rostro excavado de dolor de sus hermanas:

—Pobres chicas... —murmuró con grave ternura. Yo me estreché a él, ganada a mi vez por el homenaje tardío, pero sangriento de expiación, que venciendo quién sabe qué dificultades, nos hacían mis padres enterrándonos juntos.

Enterrándonos... ¡Qué locura! Los amantes que se han suicidado sobre una cama de hotel, puros de cuerpo y alma, viven siempre. Nada nos ligaba a aquellos dos fríos y duros cuerpos, ya sin nombre, en que la vida se había roto de dolor. Y a pesar de todo, sin embargo, nos habían sido demasiado queridos en otra existencia para que no depusiéramos una larga mirada llena de recuerdos sobre aquellos dos cadavéricos fantasmas de un amor.

—También ellos —dijo mi amado— estarán eternamente juntos.

—Pero yo estoy contigo —murmuré yo, alzando a él mis ojos, feliz.

Y nos olvidamos otra vez de todo.

*   *   *

Durante tres meses —prosiguió la voz— viví en plena dicha. Mi novio me visitaba dos veces por semana. Llegaba a las nueve en punto, sin que una sola noche se hubiera retrasado un solo segundo, y sin que una sola vez hubiera yo dejado de ir a recibirlo a la puerta. Para retirarse no siempre observaba mi novio igual puntualidad. Las once y media, aun las doce sonaron a veces, sin que él se decidiera a soltarme las manos, y sin que lograra yo arrancar mi mirada de la suya. Se iba por fin, y yo quedaba dichosamente rendida, paseándome por la sala con la cara apoyada en la palma de la mano.

Durante el día acortaba las horas pensando en él. Iba y venía de un cuarto a otro, asistiendo sin interés alguno al movimiento de mi familia, aunque alguna vez me detuve en la puerta del comedor a contemplar el hosco dolor de mamá, que rompía a veces en desesperados sollozos ante el sitio vacío de la mesa donde se había sentado su hija menor.

Yo vivía —sobrevivía—, lo he repetido, por el amor y para el amor. Fuera de él, de mi amado, de su presencia, de su recuerdo, todo actuaba para mí en un mundo aparte. Y aun encontrándome inmediata a mi familia, entre ella y yo se abría un abismo invisible y transparente, que nos separaba a mil leguas.

Salíamos también de noche, Luis y yo, como novios oficiales que éramos. No existe paseo que no hayamos recorrido juntos, ni crepúsculo en que no hayamos deslizado nuestro idilio. De noche, cuando había luna y la temperatura era dulce, gustábamos de extender nuestros paseos hasta las afueras de la ciudad, donde nos sentíamos más libres, más puros y más amantes.

Una de esas noches, como nuestros pasos nos hubieran llevado a la vista del cementerio, sentimos curiosidad de ver el sitio en que yacía bajo tierra lo que habíamos sido. Entramos en el vasto recinto y nos detuvimos ante un trozo de tierra sombría, donde brillaba una lápida de mármol. Ostentaba nuestros dos solos nombres, y debajo la fecha de nuestra muerte; nada más.

—Como recuerdo de nosotros —observó Luis— no puede ser más breve. Así y todo —añadió después de una pausa—, encierra más lágrimas y remordimientos que muchos largos epitafios.

Dijo, y quedamos otra vez callados.

Acaso en aquel sitio y a aquella hora, para quien nos observara hubiéramos dado la impresión de ser fuegos fatuos. Pero mi novio y yo sabíamos bien que lo fatuo y sin redención eran aquellos dos espectros de un doble suicidio encerrados a nuestros pies, y la realidad, la vida depurada de errores, elévase pura y sublimada en nosotros como dos llamas de un mismo amor.

Nos alejamos de allí, dichosos y sin recuerdos, a pasear por la carretera blanca nuestra felicidad sin nubes.

Ellas llegaron, sin embargo. Aislados del mundo y de toda impresión extraña, sin otro fin y otro pensamiento que vernos para volvernos a ver, nuestro amor ascendía, no diré sobrenaturalmente, pero sí con la pasión en que debió abrasarnos nuestro noviazgo, de haberlo conseguido en la otra vida. Comenzamos a sentir ambos una melancolía muy dulce cuando estábamos juntos, y muy triste cuando nos hallábamos separados. He olvidado decir que mi novio me visitaba entonces todas las noches; pero pasábamos casi todo el tiempo sin hablar, como si ya nuestras frases de cariño no tuvieran valor alguno para expresar lo que sentíamos. Cada vez se retiraba él más tarde, cuando ya en casa todos dormían, y cada vez, al irse, acortábamos más la despedida.

Salíamos y retornábamos mudos, porque yo sabía bien que lo que él pudiera decirme no respondía a su pensamiento, y él estaba seguro de que yo le contestaría cualquier cosa, para evitar mirarlo.

Una noche en que nuestro desasosiego había llegado a un límite angustioso, Luis se despidió de mí más tarde que de costumbre. Y al tenderme sus dos manos, y entregarle yo las mías heladas, leí en sus ojos, con una transparencia intolerable, lo que pasaba por nosotros. Me puse pálida como la muerte misma; y como sus manos no soltaran las mías:

—¡Luis! —murmuré espantada, sintiendo que mi vida incorpórea buscaba desesperadamente apoyo, como en otra circunstancia. El comprendió lo horrible de nuestra situación, porque soltándome las manos, con un valor de que ahora me doy cuenta, sus ojos recobraron la clara ternura de otras veces.

—Hasta mañana, amada mía... —me dijo sonriendo.

—Hasta mañana, amor... —murmuré yo, palideciendo todavía más al decir esto.

Porque en ese instante acababa de comprender que no podría pronunciar esta palabra nunca más.

Luis volvió a la noche siguiente; salimos juntos, hablamos, hablamos como nunca antes lo habíamos hecho, y como lo hicimos en las noches subsiguientes. Todo en vano: no podíamos mirarnos ya. Nos despedíamos brevemente, sin darnos la mano, alejados a un metro uno del otro.

¡Ah! Preferible era...

La última noche, mi novio cayó de pronto ante mí y apoyó su cabeza en mis rodillas.

—Mi amor... —murmuró.

—¡Cállate! —dije yo.

—Amor mío... —recomenzó él.

—¡Luis! ¡Cállate! —lancé yo aterrada—. Si repites eso otra vez...

Su cabeza se alzó, y nuestros ojos de espectros —¡es horrible decir esto!— se encontraron por primera vez desde muchos días atrás.

—¿Qué? —preguntó Luis—. ¿Qué pasa si repito?

—Tú lo sabes bien —respondí yo.

—¡Dímelo!

—¡Lo sabes! ¡Me muero!...

Durante quince segundos nuestras miradas quedaron ligadas con tremenda fijeza. En ese tiempo, pasaron por ellas, corriendo como por el hilo del destino, infinitas historias de amor, truncas, reanudadas, rotas, redivivas, vencidas y hundidas finalmente en el pavor de lo imposible.

—Me muero... —torné a murmurar, respondiendo con ello a su mirada. El lo comprendió también, pues hundiendo de nuevo la frente en mis rodillas, alzó la voz al largo rato.

—No nos queda sino una cosa que hacer... —dijo.

—Eso pienso —repuse yo.

—¿Me comprendes? —insistió Luis.

—Sí, te comprendo —contesté, deponiendo sobre su cabeza mis manos para que me dejara incorporarme. Y sin volvernos a mirar nos encaminamos al cementerio.

¡Ah! ¡No se juega al amor, a los novios, cuando se quemó en un suicidio la boca que podía besar! ¡No se juega a la vida, a la pasión sollozante, cuando desde el fondo de un ataúd dos espectros sustanciales nos piden cuenta de nuestro remedo y nuestra falsedad! ¡Amor! ¡Palabra ya impronunciable, si se la trocó por una copa de cianuro al goce de morir! ¡Sustancia del ideal, sensación de la dicha, y que solamente es posible recordar y llorar, cuando lo que se posee bajo los labios y se estrecha en los brazos no es más que el espectro de un amor!

* * *

Ese beso nos cuesta la vida —concluye la voz—, y lo sabemos. Cuando se ha muerto una vez de amor, se debe morir de nuevo. Hace un rato, al recogerme Luis a sí, hubiera dado el alma por poder ser besada. Dentro de un instante me besará, y lo que en nosotros fue sublime e insostenibe niebla de ficción, descenderá, se desvanecerá al contacto sustancial y siempre fiel de nuestros restos mortales.

Ignoro lo que nos espera más allá. Pero si nuestro amor fue un día capaz de elevarse sobre nuestros cuerpos envenenados, y logró vivir tres meses en la alucinación de un idilio, tal vez ellos, urna primitiva y esencial de ese amor, hayan resistido a las contingencias vulgares, y nos aguarden.

De pie sobre la lápida, Luis y yo nos miramos larga y libremente ya. Sus brazos ciñen mi cintura, su boca busca mi boca, y yo le entrego la mía con una pasión tal, que me desvanezco...

NOTAS

[1] Publicado originariamente en *La Nación*, Buenos Aires, septiembre 6, 1925, pp. 8-9.

EL VAMPIRO[1]

SON ESTAS LÍNEAS las últimas que escribo. Hace un instante acabo de sorprender en los médicos miradas significativas sobre mi estado: la extrema depresión nerviosa en que yazgo llega conmigo a su fin.

He padecido hace un mes de un fuerte shock seguido de fiebre cerebral. Mal repuesto aún, sufro una recaída que me conduce directamente a este sanatorio.

Tumba viva han llamado los enfermos nerviosos de la guerra a estos establecimientos aislados en medio del campo, donde se yace inmóvil en la penumbra, y preservado por todos los medios posibles del menor ruido. Sonara bruscamente un tiro en el corredor exterior, y la mitad de los enfermos moriría. La explosión incesante de las granadas ha convertido a estos soldados en lo que son. Yacen extendidos a lo largo de sus camas, atontados, inertes, muertos de verdad en el silencio que amortaja como denso algodón su sistema nervioso deshecho. Pero el menor ruido brusco, el cierre de una puerta, el rodar de una cucharita, les arranca un horrible alarido.

Tal es su sistema nervioso. En otra época esos hombres fueron briosos e inflamados asaltantes de la guerra. Hoy, la brusca caída de un plato los mataría a todos.

Aunque yo no he estado en la guerra, no podría resistir tampoco un ruido inesperado. La sola apertura a la luz de un postigo me arrancaría un grito.

Pero esta represión de torturas no calma mis males. En la penumbra sepulcral y el silencio sin límites de la vasta sala, yazgo inmóvil, con los ojos cerrados, muerto. Pero dentro de mí, todo mi ser está al acecho. Mi ser todo, mi colapso y mi agonía son una ansia blanca y extenuada hasta la muerte, que debe sobrevenir en breve. Instante tras instante, espero oír más allá del silencio, desmenuzado y puntillado en vertiginosa lejanía, un crepitar remoto. En la tiniebla de mis ojos espero a cada momento ver, blanco, concentrado y diminuto, el fantasma de una mujer.

En un pasado reciente e inmemorial, ese fantasma paseó por el comedor, se detuvo, reemprendió su camino sin saber qué destino era el suyo. Después...

. . . .

Yo era un hombre robusto, de buen humor y nervios sanos. Recibí un día una carta de un desconocido en que se me solicitaba datos sobre ciertos comentarios hechos una vez por mí, alrededor de los rayos N[1].

Aunque no es raro recibir demandas por el estilo, llamó mi atención el interés demostrado hacia un ligero artículo de divulgación, de parte de un individuo a todas luces culto, como en sus breves líneas lo dejaba traslucir el incógnito solicitante.

Yo recordaba apenas los comentarios en cuestión. Contesté a aquél, sin embargo, dándole, con el nombre del periódico en que había aparecido, la fecha aproximada de su publicación. Hecho lo cual me olvidé del todo el incidente.

Un mes más tarde, tornaba a recibir otra carta de la misma persona. Preguntábame si la experiencia de que yo hacía mención en mi artículo (evidentemente lo había leído), era sólo una fantasía de mi mente, o había sido realizada de verdad.

Me intrigó un poco la persistencia de mi desconocido en solicitar de mí, vago diletante de las ciencias, lo que podía obtener con sacra autoridad en los profundos estudios sobre la materia; pues era evidente que en alguna fuente me había informado yo cuando comenté la extraña acción de los rayos N^1. Y a pesar de esto, que no podía ser ignorado por mi culto corresponsal, se empeñaba él en comprobar, por boca mía, la veracidad y la precisión de ciertos fenómenos de óptica que cualquier hombre de ciencia podía confirmarle.

Yo apenas recordaba, como he dicho, lo que había escrito sobre los rayos en cuestión. Haciendo un esfuerzo hallé en el fondo de mi memoria la experiencia a que aludía el solicitante, y le contesté que si se refería al fenómeno por el cual los ladrillos asoleados pierden la facultad de emitir rayos N^1 cuando se los duerme con cloroformo, podía garantirle que era exacto. Gustavo Le Bon, entre otros, había verificado el fenómeno.

Contesté, pues, a este tenor, y torné a olvidarme de los rayos N^1.

Breve olvido. Una tercera carta llegó, con los agradecimientos de fórmula sobre mi informe, y las líneas finales que transcribo tal cual:

«No era la experiencia sobre la cual deseaba conocer su impresión personal. Pero como comprendo que una correspondencia proseguida así llegaría a fastidiar a usted, le ruego quiera concederme unos instantes de conversación, en su casa o donde usted tuviere a bien otorgármelos.»

Tales eran las líneas. Desde luego, yo había desechado ya la idea inicial de tratar con un loco. Ya entonces, creo, sospeché qué esperaba de mí, por qué solicitaba mi impresión, y adónde quería ir mi incógnito corresponsal. No eran mis pobres conocimientos científicos lo que le interesaba.

Y esto lo vi por fin, tan claro como ve un hombre en el espejo su propia imagen observándole atentamente, cuando al día siguiente don Guillén de Orzúa y Rosales —así decía llamarse—, se sentó a mi frente en el escritorio, y comenzó a hablar.

Ante todo hablaré de su físico. Era un hombre en la segunda juventud, cuyo continente, figura y mesura de palabras denunciaban a las claras al hombre de fortuna larga e inteligentemente disfrutada. El hábito de las riquezas —de vieux-riche— era evidentemente lo que primero se advertía en él.

Llamaba la atención el tono cálido de su piel alrededor de los ojos, como el de las personas dedicadas al estudio de los rayos catódicos. Peinaba su cabello negrísimo con exacta raya al costado, y su mirada tranquila y casi fría expresaba la misma seguridad de sí y la misma mesura de su calmo continente.

A las primeras palabras cambiadas:

—¿Es usted español? —le gregunté, extrañado de la falta de acento peninsular, y aun hispano-americano, en un hombre de tal apellido.

—No —me respondió brevemente. Y tras una corta pausa me expuso el motivo de su visita.

—Sin ser un hombre de ciencia —dijo, cruzando las manos encima de la mesa—, he hecho algunas experiencias sobre los fenómenos a que he aludido en mi correspondencia. Mi fortuna me permite el lujo de un laboratorio muy superior, desgraciadamente, a mi capacidad para utilizarlo. No he descubierto fenómeno nuevo alguno, ni mis pretensiones pasan de las de un simple ocioso, aficionado al misterio. Conozco algo la singular fisiología —llamémosla así— de los rayos N[1], y no hubiera vuelto a insistir en ellos, me parece, si el anuncio de su artículo hecho por un amigo, primero, y el artículo mismo, después, no hubieran vuelto a despertar mi mal dormida curiosidad por los rayos N[1]. Al final de sus comentarios impresos, sugiere usted el paralelismo entre ciertas ondas auditivas y emanaciones visuales. Del mismo modo que se imprime la voz en el circuito de la radio, se puede imprimir el efluvio de un semblante en otro circuito de orden visual. Si me he hecho entender bien —pues no se trata de energía eléctrica alguna—, ruego a usted quiera responder a esta pregunta: ¿Conocía usted alguna experiencia a este respecto cuando escribió sus comentarios, o la sugestión de esas corporizaciones fue sólo en usted una especulación imaginativa? Es este el motivo y esta la curiosidad, Sr. Grant, que me han llevado a escribirle dos veces, y me han traído luego a su casa, tal vez a incomodarle a usted.

Dicho lo cual, y con las manos siempre cruzadas, esperó.

Yo respondí inmediatamente. Pero con la misma rapidez que se analiza y desmenuza un largo recuerdo antes de contestar, me acordé de la sugestión a que había aludido el visitante: Si la retina impresionada por la ardiente contemplación de un retrato puede influir sobre una placa sensible al punto de obtener un «doble» de ese retrato, del mismo modo las fuerzas vivas del alma pueden, bajo la excitación de tales rayos emocionales, no reproducir, sino «crear» una imagen en un circuito visual y tangible...

Tal era la tesis sustentada en mi artículo.

—No sé —había respondido yo inmediatamente— que se hayan hecho experiencias al respecto... Todo eso no ha sido más que una especulación imaginativa, como dice usted muy bien. Nada hay de serio en mi tesis.

—¿No cree usted, entonces, en ella?

Y con las cruzadas manos siempre calmas, mi visitante me miró.

Esa mirada —que llegaba recién— era lo que me había preiluminado sobre los verdaderos motivos que tenía mi hombre para conocer «mi impresión personal».

Pero no contesté.

—Ni para mí ni para usted es un misterio —continuó él— que los rayos N[1] solos no alcanzarán nunca a impresionar otra cosa que ladrillos o retratos asoleados. Otro aspecto del problema es el que me trae a distraerlo de sus preciosos momentos...

—¿A hacerme una pregunta, concediéndome una respuesta? —lo interrumpí sonriendo—. ¡Perfectamente! Y usted mismo, señor Rosales, ¿cree en ella?

—Usted sabe que sí —respondió.

Si entre la mirada de un desconocido que echa sus cartas sobre la mesa y la de otro que oculta las suyas ha existido alguna vez la certeza de poseer ambos el mismo juego, en esa circunstancia nos hallábamos mi interlocutor y yo.

Sólo existe un excitante de las fuerzas extrañas, capaz de lanzar en explosión un alma: este excitante es la imaginación. Para nada interesaban los rayos N[1] a mi visitante. Corría a casa, en cambio, tras el desvarío imaginativo que acusaba mi artículo.

—¿Cree usted, entonces —le observé—, en las impresiones infrafotográficas? ¿Supone que yo soy... sujeto?

—Estoy seguro —me respondió.

—¿Lo ha intentado usted consigo mismo?

—No, aún; pero lo intentaré. Por estar seguro de que usted no podría haber sentido esa sugestión oscura, sin poseer su conquista en potencia, es por lo que he venido a verlo.

—Pero las sugestiones y las ocurrencias abundan —torné a observar—. Los manicomios están llenos de ellas.

—No. Lo están de las ocurrencias «anormales», pero no vistas «normalmente», como las suyas. Sólo es imposible lo que no se puede concebir, ha sido dicho. Hay un inconfundible modo de decir una verdad, por el cual se reconoce que es verdad. Usted posee ese don.

—Yo tengo la imaginación un poco enferma... —argüí, batiéndome en retirada.

—También la tengo enferma yo —sonrió él—. Pero es tiempo —agregó levantándose— de no distraerle a usted más. Voy a concretar el fin de mi visita en breves palabras: ¿Quiere usted estudiar conmigo lo que podríamos llamar su tesis? ¿Se siente usted con fuerzas para correr el riesgo?

—¿De un fracaso? —inquirí.

—No. No son los fracasos lo que podríamos temer.

—¿Qué?

—Lo contrario...

—Creo lo mismo —asentía yo, y en pos de una pausa—. ¿Está usted seguro, señor Rosales, de su sistema nervioso?

—Mucho —tornó a sonreír con su calma habitual—. Sería para mí un placer tenerle a usted al cabo de mis experiencias. ¿Me permite usted que nos volvamos a ver otro día? Yo vivo solo, tengo pocos amigos, y es demasiado rico el conocimiento que he hecho de usted para que no desee contarlo entre aquéllos.

—Encantado, señor Rosales —me incliné.

Y un instante después dicho extraño señor abandonaba mi compañía.

* * *

Muy extraño, sin duda. Un hombre culto, de gran fortuna, sin patria y sin amigos, entretenido en experiencias más extrañas que su mismo existir, teníalo todo de su parte para excitar mi curiosidad. Podría él ser un maniático, un perseguido y un fronterizo; pero lo que es indudable, es que poseía una gran fuerza de voluntad... Y para los seres que viven en la frontera del más allá racional, la voluntad es el único sésamo que puede abrirles las puertas de lo eternamente prohibido.

Encerrarse en las tinieblas con una placa sensible ante los ojos y contemplarla hasta imprimir en ella los rasgos de una mujer amada, no es una experiencia que cueste la vida. Rosales podía intentarla, realizarla, sin que genio alguno puesto en libertad, viniera a reclamar su alma. Pero la pendiente ineludible y fatal a que esas fantasías arrastran, era lo que me inquietaba en él y temía por mí.

* * *

A pesar de sus promesas, nada supe de Rosales durante algún tiempo. Una tarde la casualidad nos puso uno al lado del otro en el pasadizo central de un cinematógrafo, cuando salíamos ambos a mitad de una sección. Rosales se retiraba con lentitud, alta la cabeza a los rayos de luz y sombras que partían de la linterna proyectora y atravesaban oblicuamente la sala.

Parecía distraído con ello, pues tuve que nombrarlo dos veces para que me oyera.

—Me proporciona usted un gran placer —me dijo—. ¿Tiene usted algún tiempo disponible, señor Grant?

—Muy poco —le respondí.

—Perfecto. ¿Diez minutos, sí? Entremos entonces en cualquier lado.

Cuando estuvimos frente a sendas tazas de café que humeaban estérilmente:

—¿Novedades, señor Rosales? —le pregunté—. ¿Ha obtenido usted algo?

—Nada, si se refiere usted a cosa distinta de la impresión de una placa sensible. Es esta una pobre experiencia que no repetiré más, tampoco. Cerca de nosotros puede haber cosas más interesantes... Cuando usted me vio hace un momento, yo seguía el haz luminoso que atravesaba la sala. ¿Le interesa a usted el cinematógrafo, señor Grant?

—Mucho.

—Estaba seguro. ¿Cree usted que esos rayos de proyección agitados por la vida de un hombre no llevan hasta la pantalla otra cosa que una helada ampliación eléctrica? Y perdone usted la efusión de mi palabra... Hace días que no duermo, he perdido casi la facultad de dormir. Yo tomo café toda la noche, pero no duermo... Y prosigo, señor Grant: ¿Sabe usted lo que es la vida en una pintura, y en qué se diferencia un mal cuadro de otro? El retrato oval de Poe vivía, porque había sido pintado con «la vida misma». ¿Cree usted que sólo puede haber un galvánico remedo de vida en el semblante de la mujer que despierta, levanta e incendia la sala entera? ¿Cree usted que una simple ilusión fotográfica es capaz de engañar de ese modo el profundo sentido que de la realidad femenina posee un hombre?

Y calló, esperando mi respuesta.

Se suele preguntar sin objeto. Pero cuando Rosales lo hacía, no lo hacía en vano. Preguntaba seriamente para que se le respondiera.

¿Pero qué responder a un hombre que me hacía esa pregunta con la voz medida y cortés de siempre? Al cabo de un instante, sin embargo, contesté:

—Creo que tiene usted razón, a medias... Hay, sin duda, algo más que luz galvánica en una película; pero no es vida. También existen los espectros.

—No he oído decir nunca —objetó él— que mil hombres inmóviles y a oscuras hayan deseado a un espectro.

Se hizo una larga pausa, que rompí levantándome.

—Van ya diez minutos, señor Rosales —sonreí.

El hizo lo mismo.

—Ha sido usted muy amable escuchándome, señor Grant. ¿Querría llevar su amabilidad hasta aceptar una invitación a comer en mi compañía el martes próximo? Cenaremos solos en casa. Yo tenía un cocinero excelente, pero está enfermo... Pudiera también ser que faltara parte de mi servicio. Pero a menos de ser usted muy exigente, lo que no espero, saldremos del paso, señor Grant.

—Con toda seguridad. ¿Me esperará usted?
—Si a usted le place.
—Encantado. Hasta el martes entonces señor Rosales.
—Hasta entonces, señor Grant.

* * *

Yo tenía la impresión de que la invitación a comer no había sido meramente ocasional, ni el cocinero faltaba por enfermedad, ni hallaría en su casa a gente alguna de su servicio. Me equivoqué, sin embargo, porque al llamar a su puerta fui recibido y pasado de unos a otros por hombres de su servidumbre, hasta llegar a la antealcoba, donde tras larga espera se me pidió disculpas por no poder recibirme el señor: estaba enfermo, y aunque había intentado levantarse para ofrecerme él mismo sus excusas, le había sido imposible ponerse en pie.

Tras el mucamo hierático, y por bajo de la puerta entreabierta, se veía la alfombra del dormitorio, fuertemente iluminada. No se oía en la casa una sola voz. Se hubiera jurado que en aquel mudo palacete se velaba a enfermos desde meses atrás. Y yo había reído con el dueño de casa tres días antes.

Al día siguiente recibí la siguiente esquela de Rosales:

«La fatalidad, señor y amigo, ha querido privarme del placer de su visita cuando honró usted ayer mi casa. ¿Recuerda usted lo que le había dicho de mi servicio? Pues esta vez fui yo el enfermo. No tenga usted aprensiones: hoy me hallo bien, y estaré igual el martes próximo. ¿Vendrá usted? Le debo a usted una reparación. Soy de usted, atentamente, etcétera.»

De nuevo el asunto del servicio. Con la carta en la mano, pensé en qué seguridad de cena podía ofrecerme el comedor de un hombre cuya servidumbre estaba enferma o incompleta, alternativamente, y cuya mansión no ofrecía otra vida que la que podía darle un pedazo de alfombra fuertemente iluminada.

Yo me había equivocado una vez respecto de mi singular amigo; y comprobaba entonces un nuevo error. Había en todo él y su ámbito demasiada reticencia, demasiado silencio y olor a crimen, para que pudiera ser tomado en serio. Por seguro que estuviera Rosales de su fortaleza mental, era para mí evidente que había comenzado ya a dar traspiés sobre el pretil de la locura. Congratulándome una vez más de mi recelo en asociarme a inquietar fuerzas extrañas con un hombre que sin ser español porfiaba en usar giros hidalgos de lenguaje, me encaminé el martes siguiente al palacio del ex enfermo, más dispuesto a divertirme con lo que oyera que a gozar de la equívoca cena de mi anfitrión.

Pero la cena existía, aunque no la servidumbre, porque el mismo portero me condujo a través de la casa, al comedor, en cuya puerta golpeó con los nudillos, esfumándose enseguida.

Un instante después el mismo dueño de casa entreabría la puerta, y al reconocerme me dejaba paso con una tranquila sonrisa.

Lo primero que llamó mi atención al entrar fue la acentuación del tono cálido, como tostado por el sol o los rayos ultravioletas, que coloreaba habitualmente las mejillas y las sienes de mi amigo. Vestía smoking.

Lo segundo que noté fue el tamaño del lujosísimo comedor, tan grande que la mesa, aun colocada en el tercio anterior del salón, parecía hallarse al fondo de éste. La mesa estaba cubierta de manjares, pero sólo había tres cubiertos. Junto a la cabecera del fondo vi, en traje de soirée, una silueta de mujer.

No era, pues, yo sólo el invitado. Avanzamos por el comedor, y la fuerte impresión que ya desde el primer instante había despertado en mí aquella silueta femenina, se trocó en tensión sobreaguda cuando pude distinguirla claramente.

No era una mujer, era un fantasma; el espectro sonriente, escotado y traslúcido de una mujer.

Un breve instante me detuve; pero había en la actitud de Rosales tal parti-pris de hallarse ante lo normal y corriente, que avancé a su lado. Y pálido y crispado asistí a la presentación.

—Creo que usted conoce ya al señor Guillermo Grant, señora —dijo a la dama, que sonrió en mi honor. Y Rosales a mí:

—¿Y usted, señor Grant, la reconoce?

—Perfectamente —respondí inclinándome pálido como un muerto.

—Tome usted, pues, asiento —me dijo el dueño de casa— y dígnese servirse de lo que más guste. Ve usted ahora por qué debí prevenirle de las deficiencias que podríamos tener en el servicio. Pobre mesa, señor Grant... Pero su amabilidad y la presencia de esta señora saldarán el débito.

La mesa, ya lo he advertido, estaba cubierta de manjares.

En cualquier otra circunstancia distinta de aquélla, la fina lluvia del espanto me hubiera erizado y calado hasta los huesos. Pero ante el parti-pris de vida normal ya anotado, me deslicé en el vago estupor que parecía flotar sobre todo.

—¿Y usted, señora, no se sirve? —me volví a la dama, al notar intacto su cubierto.

—¡Oh, no, señor! —me respondió con el tono de quien se excusa por no tener apetito. Y juntando las manos bajo la mejilla, sonrió pensativa.

—¿Siempre va usted al cinematógrafo, señor Grant? —me preguntó Rosales.

—Muy a menudo —respondí.

—Yo lo hubiera reconocido a usted enseguida —se volvió a mí la dama—. Lo he visto muchas veces...

—Muy pocas películas suyas han llegado hasta nosotros —observé.

—Pero usted las ha visto todas, señor Grant —sonrió el dueño de casa—. Esto explica el que la señora lo haya hallado a usted más de una vez en las salas.

—En efecto —asentí. Y tras una pausa sumamente larga:

—¿Se distinguen bien los rostros desde la pantalla?

—Perfectamente —repuso ella. Y agregó un poco extrañada.

—¿Por qué no?

—En efecto —torné a repetir, pero esta vez en mi interior.

Si yo creía estar seguro de no haber muerto en la calle al encaminarme a lo de Rosales, debía perfectamente admitir la trivial y mundana realidad de una mujer que sólo tenía vestido y un vago respaldo de silla en su interior.

Departiendo sobre estos ligeros temas, los minutos pasaron. Como la dama llevara con alguna frecuencia la mano a sus ojos:

—¿Está usted fatigada, señora? —dijo el dueño de casa—. ¿Querría usted recostarse un instante? El señor Grant y yo trataremos de llenar, fumando, el tiempo que usted deja vacío.

—Sí, estoy un poco cansada... —asintió nuestra invitada levantándose—. Con permiso de ustedes —agregó, sonriendo a ambos uno después del otro. Y se retiró llevando su riquísimo traje de soirée a lo largo de las vitrinas, cuya cristalería velóse apenas a su paso.

* * *

Rosales y yo quedamos solos, en silencio.

—¿Qué opina usted de esto? —me preguntó al cabo de un rato.

—Opino —respondí— que si últimamente lo he juzgado mal dos veces, he acertado en mi primera impresión sobre usted.

—Me ha juzgado usted dos veces loco, ¿verdad?

—No es difícil adivinarlo...

Quedamos otro momento callados. No se notaba la menor alteración en la cortesía habitual de Rosales, y menos aún en la reserva y la mesura que lo distinguían.

—Tiene usted una fuerza de voluntad terrible... —murmuré yo.

—Sí —sonrió—. ¿Cómo ocultárselo? Yo estaba seguro de mi observación cuando me halló usted en el cinematógrafo. Era «ella», precisamente. La gran cantidad de vida delatada en su expresión me había revelado la posibilidad del fenómeno. Una película inmóvil es la impresión de un instante de vida, y esto lo sabe cualquiera. Pero desde el momento en que la cinta empieza a correr bajo la excitación de la luz, del voltaje y de los rayos N[1], toda ella se transforma en un vibrante trazo de vida, más vivo que la realidad fugitiva y que los más vivos recuerdos que guían hasta la muerte misma nuestra carrera terrenal. Pero esto lo sabemos sólo usted y yo.

—Debo confesarle —prosiguió Rosales con voz un poco lenta— que al principio tuve algunas dificultades. Por un desvío de la imaginación, posiblemente corporicé algo sin nombre... De esas cosas que deben quedar para siempre del otro lado de la tumba. Vino a mí, y no me abandonó por tres días. Lo único que eso no podía hacer era trepar a la cama... Cuando hace una semana llegó usted a casa, hacía ya dos horas que no lo *veía*, y por esto di orden de que lo hicieran pasar a Vd. Pero al sonar sus pasos lo vi crispado al borde de la cama, tratando de subir... No, no es cosa que conozcamos en este mundo... Era un desvarío de la imaginación. No volverá más. Al día siguiente jugué mi vida al arrancar de la película a nuestra invitada de esta noche... Y la salvé. Si se decide usted un día corporizar la vida equívoca de la pantalla, tenga cuidado, señor Grant... Más allá y detrás de este instante mismo, está la Muerte... Suelte su imaginación, azúcela hasta el fondo... Pero manténgala a toda costa en la misma dirección bien atraillada, sin permitirle que se desvíe... Esta es tarea de la voluntad. El ignorarlo ha costado muchas existencias... ¿Me permite usted un vulgar símil? En un arma de caza, la imaginación es el proyectil, y la voluntad es la mira. ¡Apunte bien, señor Grant! Y ahora, vamos a ver a nuestra amiga, que debe estar ya repuesta de su fatiga. Permítame usted que lo guíe.

El espeso cortinado que había transpuesto la dama abríase a un salón de reposo, vasto en la proporción misma del comedor. En el fondo de este salón elevábase un estrado dispuesto como alcoba, al que se ascendía por tres gradas. En el centro de la alcoba alzábase un diván, casi un lecho por su amplitud, y casi un túmulo por la altura. Sobre el diván, bajo la luz de numerosos plafonniers dispuestos en losanje, descansaba el espectro de una bellísima joven.

Aunque nuestros pasos no sonaban en la alfombra, al ascender las gradas ella nos sintió. Y volviendo a nosotros la cabeza, con una sonrisa llena aún de molicie:

—Me he dormido —dijo—. Perdóneme, señor Grant, y lo mismo usted, señor Rosales. Es tan dulce esta calma...

—¡No se incorpore usted, señora, se lo ruego! —exclamó el dueño de casa, al notar su decisión—. El señor Grant y yo acercaremos dos sillones, y podremos hablar con toda tranquilidad.

—¡Oh, gracias! —murmuró ella—. ¡Estoy tan cómoda así!...

Cuando hubimos hecho lo indicado por el dueño de casa:

—Ahora, señora —prosiguió éste—, puede pasar el tiempo impunemente. Nada nos urge, ni nada inquieta nuestras horas. ¿No lo cree usted así, señor Grant?

—Ciertamente —asentí yo, con la misma inconsciencia ante el tiempo y el mismo estupor con que se me podía haber anunciado que yo había muerto hacía catorce años.

—Yo me hallo muy bien así —repitió el espectro, con ambas manos colocadas bajo la sien.

—Yo me hallo muy bien así —repitió el espectro, con ambas manos colocadas bajo la sien.

Y debimos conversar, supongo, sobre temas gratos y animados, porque cuando me retiré y la puerta se cerró tras de mí, hacía ya largas horas que el sol encendía las calles.

* * *

Llegué a casa y me bañé enseguida para salir; pero al sentarme en la cama caí desplomado de sueño, y dormí doce horas continuas. Torné a bañarme y salí esta vez. Mis últimos recuerdos flotaban, cerníanse ambulantes, sin memoria de lugar ni de tiempo. Yo hubiera podido fijarlos, encararme con cada uno de ellos; pero lo único que deseaba era comer en un alegre, ruidoso y chocante restaurant, pues a más de un gran apetito, sentía pavor de la mesura, del silencio y del análisis.

Yo me encaminaba a un restaurant. Y la puerta a que llamé fue la del comedor de la casa de Rosales, donde me senté ante mi cubierto puesto.

* * *

Durante un mes continuo he acudido fielmente a cenar allá, sin que mi voluntad haya intervenido para nada en ello. En las horas diurnas estoy seguro de que un individuo llamado Guillermo Grant ha proseguido activamente el curso habitual de su vida, con sus quehaceres y contratiempos de siempre. Desde las 21, y noche a noche, me he hallado en el palacete de Rosales, en el comedor sin servicio, primero y en el salón de reposo, después.

Como el soñador de Armageddon, mi vida a los rayos del sol ha sido una alucinación, y yo he sido un fantasma creado para desempeñar ese papel. Mi existencia real se ha deslizado, ha estado contenida como en una cripta, bajo la alcoba morosa y el dosel de plafonniers lívidos, donde en compañía de otro hombre hemos rendido culto a los dibujos en losanje del muro, que ostentaban por todo corazón el espectro de una mujer.

Por todo noble corazón...

—No sería del todo sincero con usted —rompió Rosales una noche en que nuestra amiga, cruzada de piernas y un codo en la rodilla pensaba abstraída—. No sería sincero si me mostrara con usted ampliamente satisfecho de mi obra. He corrido graves riesgos para unir a mi destino esta pura y fiel compañera; y daría lo que me resta de años por proporcionarle un solo instante de vida... Señor Grant: he cometido un crimen sin excusas. ¿Lo cree usted así?

—Lo creo —respondí—. Todos sus dolores no alcanzarían a redimir un solo errante gemido de esa joven.

—Lo sé perfectamente... Y no tengo derecho a sostener lo que hice...

—Deshágalo.

Rosales sacudió la cabeza:

—No, nada remediaría...

Hizo una pausa. Luego, alzando la mirada y con la misma expresión tranquila y el tono reposado de voz que parecía alejarlo a mil leguas del tema:

—No quiero reticencias con usted —dijo—. Nuestra amiga jamás saldrá de la niebla doliente en que se arrastra... de no mediar un milagro. Sólo un golpecito del destino puede concederle la vida a que toda creación tiene derecho, si no es un monstruo.

—¿Qué golpecito? —pregunté.

—Su muerte, allá en Hollywood.

Rosales concluyó su taza de café y yo azucaré la mía. Pasaron sesenta segundos. Yo rompí el silencio:

—Tampoco eso remediaría nada... —murmuré.

—¿Cree usted? —dijo Rosales.

—Estoy seguro... No podría decirle por qué, pero siento que es así. Además, usted no es capaz de hacer eso...

—Soy capaz, señor Grant. Para mí, para usted, esta creación espectral es superior a cualquier engendro vivo por la sola fuerza rutinaria del subsistir. Nuestra compañera es obra de una conciencia, ¿oye usted, señor Grant? Responde a una finalidad casi divina, y si la frustro, ella será mi condenación ante las tumultuosas divinidades donde no cabe ningún dios pagano. ¿Vendrá usted de vez en cuando durante mi ausencia? El servicio de mesa se pone al caer la noche, ya lo sabe usted, y desde ese momento todos abandonan la casa, salvo el portero. ¿Vendrá usted?

—Vendré —repuse.

—Es más de lo que podía esperar —concluyó Rosales inclinándose.

* * *

Fui. Si alguna noche estuve allí a la hora de cenar, las más de las veces llegaba más tarde, pero siempre a la misma hora, con la puntualidad de un hombre que va de visita a casa de su novia. La joven y yo, en la mesa, solíamos hablar animadamente, sobre temas variados; pero en el salón apenas cambiábamos una que otra palabra y callábamos enseguida, ganados por el estupor que fluía de las cornisas luminosas, y que hallando las puertas abiertas o filtrándose por los ojos de llave, impregnaba el palacete de moroso mutismo.

Con el transcurso de las noches, nuestras breves frases llegaron a concretarse en observaciones monótonas y siempre sobre el mismo tema, que hacíamos de improviso:

—Ya debe estar en Guayaquil —decía yo con voz distraída.

O bien ella, muchas noches después:

—Ha salido ya de San Diego —decía al romper el alba.

Una noche, mientras yo con el cigarro pendiente de la mano hacía esfuerzos para arrancar mi mirada del vacío, y ella vagaba muda con la mejilla en la mano, se detuvo de pronto y dijo:

—Está en Santa Mónica...

Vagó un instante aún, y siempre con la cara apoyada en la mano subió las gradas y se tendió en el diván. Yo lo sentí sin mover los ojos, pues los muros del salón cedían llevándose adherida mi vista, huían con extrema velocidad en líneas que convergían sin juntarse nunca. Una interminable avenida de cicas surgió en la remota perspectiva.

—¿Santa Mónica? —pensé atónito.

Qué tiempo pasó luego, no puedo recordarlo. Súbitamente ella alzó su voz desde el diván:

—Está en casa —dijo.

Con el último esfuerzo de volición que quedaba en mí arranqué mi mirada de la avenida de cicas. Bajo los plafonniers en rombo incrustados en el cielo raso de la alcoba, la joven yacía inmóvil, como una muerta. Frente a mí, en la remota perspectiva transoceánica, la avenida de cicas destacábase diminuta con una dureza de líneas que hacía daño.

Cerré los ojos y vi entonces, en una visión brusca como una llamarada, un hombre que levantaba un puñal sobre una mujer dormida.

—¡Rosales! —murmuré, aterrado. Con un nuevo fulgor de centella el puñal asesino se hundió.

No sé más. Alcancé a oír un horrible grito —posiblemente mío—, y perdí el sentido.

* * *

Cuando volví en mí me hallé en mi casa, en el lecho. Había pasado tres días sin conocimiento, presa de una fiebre cerebral que persistió más de un mes. Fui poco a poco recobrando las fuerzas. Se me había dicho que un hombre me había llevado a casa a altas horas de la noche, desmayado.

Yo nada recordaba, ni deseaba recordar. Sentía una laxitud extrema para pensar en lo que fuere. Se me permitió más tarde dar breves paseos por casa, que yo recorría con mirada atónita. Fui al fin autorizado a salir a la calle, donde di algunos pasos sin conciencia de lo que hacía, sin recuerdos, sin objeto... Y cuando en un salón silencioso vi venir hacia mí a un hombre cuyo rostro me era conocido, la memoria y la conciencia perdidas calentaron bruscamente mi sangre.

—Por fin le veo a usted, señor Grant —me dijo Rosales, estrechándome efusivamente la mano—. He seguido con gran preocupación el curso de su enfermedad desde mi regreso, y ni un momento dudé de que triunfaría usted.

Rosales había adelgazado. Hablaba en voz baja, como si temiera ser oído. Por encima de su hombro vi la alcoba iluminada y el diván bien conocido, rodeado, como un féretro, de altos cojines.

—¿Está ella allí? —pregunté.

Rosales siguió mi mirada y volvió a mí sus ojos con sosiego.

—Sí —me respondió. Y tras una breve pausa:

—Venga usted —me dijo.

Subimos las gradas y me incliné sobre los cojines. Sólo había allí un esqueleto. Sentía la mano de Rosales estrechándome firmemente el brazo. Y con su misma voz queda:

—¡Es ella, señor Grant! No siento sobre la conciencia peso alguno, ni creo haber cometido error. Cuando volví de mi viaje, no estaba ella más... Señor Grant: ¿Recuerda usted haberla visto en el instante mismo de perder usted el sentido?

—No recuerdo... —murmuré.

—Es lo que pensé... Al hacer lo que hice la noche de su desmayo, ella desapareció de aquí... Al regresar yo, torturé mi imaginación para recogerla de nuevo del más allá... ¡Y he aquí lo que he obtenido! Mientras ella perteneció a este mundo, pude corporizar su vida espectral en una dulce criatura. Arranqué la vida a la otra para animar su fantasma y ella, por toda substanciación, pone en mis manos su esqueleto...

Rosales se detuvo. De nuevo había yo sorprendido su expresión ausente mientras hablaba.

—Rosales... —comencé.

—¡Pst! —me interrumpió, bajando aún más el tono—. Le ruego no levante la voz... Ella está allí.

—¿Ella?...

—Allí, en el comedor... ¡Oh, no la he visto!... Pero desde que regresé vaga de un lado para otro... Y siento el roce de su vestido. Preste usted atención un momento... ¿Oye usted?

En el mudo palacete, a través de la atmósfera y las luces inmóviles, nada oí. Pasamos un rato en el más completo silencio.

—Es ella —murmuró Rosales satisfecho—. Oiga usted ahora: esquiva las sillas mientras camina...

*   *   *

Por el espacio de un mes entero, todas las noches, Rosales y yo hemos velado el espectro en huesos y blanca cal de la que fue un día nuestra invitada señorial. Tras el espeso cortinado que se abre al comedor, las luces están encendidas. Sabemos que ella vaga por allí, atónita e invisible, dolorosa e incierta. Cuando en las altas horas Rosales y yo vamos a tomar café, acaso ella está ya ocupando su asiento desde horas atrás, fija en nosotros su mirada invisible.

Las noches se suceden unas a otras, todas iguales. Bajo la atmósfera de estupor en que se halla el recinto, el tiempo mismo parece haberse suspendido como ante una eternidad. Siempre ha habido y habrá allí un esqueleto bajo los plafonniers, dos amigos en smoking en el salón, y una alucinación confinada entre las sillas del comedor.

Una noche hallé el ambiente cambiado. La excitación de mi amigo era visible.

—He hallado por fin lo que buscaba, señor Grant —me dijo—. Ya observé a usted una vez que estaba seguro de no haber cometido ningún error. ¿Lo recuerda usted? Pues bien, sé ahora que lo he cometido. Usted alabó mi imaginación, no más aguda que la suya, y mi voluntad, que le es en cambio muy superior. Con esas dos fuerzas creé una criatura visible, que hemos perdido, y un espectro de huesos, que persistirá hasta que... ¿Sabe usted, señor Grant, qué ha faltado a mi obra?

—Una finalidad —murmuré—, que usted creyó divina.

—Usted lo ha dicho. Yo partí del entusiasmo de una sala a oscuras por una alucinación en movimiento. Yo vi algo más que un engaño en el hondo latido de pasión que agita a los hombres ante una amplia y helada fotografía. El varón no se equivoca hasta ese punto, advertí a usted. Debe de haber allí más vida que la que simulan un haz de luces y una cortina metalizada. Que la había, ya lo ha visto usted. Pero yo creé estérilmente, y este es el error que cometí. Lo que hubiera hecho la felicidad del más pesado espectador, no ha hallado bastante calor en mis manos frías, y se ha desvanecido... El amor no hace falta en la vida; pero es indispensable para golpear ante las puertas de la muerte. Si por amor yo hubiera matado, mi criatura palpitaría hoy de vida en el diván. Maté para crear, sin amor; y obtuve la vida en su raíz brutal: un esqueleto. Señor Grant: ¿Quiere usted abandonarme por tres días y volver el próximo martes a cenar con nosotros?

—¿Con ella?...

—Sí; usted, ella y yo... No dude usted... El próximo viernes.

*　*　*

Al abrir yo mismo la puerta, volví a verla, en efecto, vestida con su magnificencia habitual, y confieso que me fue muy grato el advertir que ella también confiaba en verme. Me tendió la mano, con la abierta sonrisa con que se vuelve a ver a un fiel amigo al regresar de un largo viaje.

—La hemos extrañado a usted mucho, señora —le dije con efusión.

—¡Y yo, señor Grant! —repuso, reclinando la cara sobre ambas manos juntas.

—¿Me extrañaba usted? ¿De veras?

—¿A usted? ¡Oh, sí; mucho! —Y tornó a sonreírme largamente.

En ese instante me daba yo cuenta de que el dueño de casa no había levantado los ojos de su tenedor desde que comenzáramos a hablar. ¿Sería posible?...

—Y a nuestro anfitrión, señora, ¿no lo extrañaba usted?

—¿A él?... —murmuró ella lentamente. Y deslizando sin prisa su mano de la mejilla, volvió el rostro a Rosales.

Vi entonces pasar por sus ojos fijos en él la más insensata llama de pasión que por hombre alguno haya sentido una mujer. Rosales la miraba también. Y ante aquel vértigo de amor femenino expresado sin reserva, el hombre palideció.

—A él también... —murmuró la joven con voz queda y exhausta.

En el transcurso de la comida ella afectó no notar la presencia del dueño de casa mientras charlaba volublemente conmigo, y él no abandonó casi su juego con el tenedor. Pero las dos o tres veces en que sus miradas se encontraron como al descuido, vi relampaguear en los ojos de ella, y apagarse enseguida en desmayo, el calor inconfundible del deseo.

Y ella era un espectro.

—¡Rosales! —exclamé en cuanto estuvimos un momento solos—. ¡Si conserva usted un resto de amor a la vida, destruya eso! ¡Lo va a matar a usted!

—¿Ella? ¿Está usted loco, señor Grant?

—Ella, no. ¡Su amor! Usted no puede verlo, porque está bajo su imperio. Yo lo veo. La pasión de ese... fantasma, no la resiste hombre alguno.

—Vuelvo a decirle que se equivoca usted, señor Grant.

—¡No; usted no puede verlo! Su vida ha resistido a muchas pruebas, pero arderá como una pluma, por poco que siga usted excitando a esa criatura.

—Yo no la deseo, señor Grant.

—Pero ella, sí lo desea a usted. ¡Es un vampiro, y no tiene nada que entregarle! ¿Comprende usted?

Rosales nada respondió. Desde la sala de reposo, o de más allá, llegó la voz de la joven:

—¿Me dejarán ustedes sola mucho tiempo?

En ese instante, recordé bruscamente el esqueleto que yacía allí...

—¡El esqueleto, Rosales! —clamé. ¿Qué se ha hecho su esqueleto?

—Regresó —respondióme—. Regresó a la nada. Pero ella está ahora allí en el diván... Escúcheme usted, señor Grant: Jamás criatura alguna se ha impuesto a su creador... Yo creé un fantasma; y equivocadamente, un harapo de huesos. Usted ignora algunos detalles de la creación... Oigalos ahora. Adquirí una linterna y proyecté las cintas de nuestra amiga sobre una pantalla muy sensible a los rayos N[1] (los rayos N[1], ¿recuerda usted?). Por medio de un vulgar dispositivo mantuve en movimiento los instantes fotográficos de mayor vida de la dama que nos aguarda... Usted sabe bien que hay en todos nosotros, mientras hablamos, instantes de tal convicción, de una inspiración tan a tiempo, que notamos en la mirada de los otros, y sentimos en nosotros mismos, que algo nuestro se proyecta adelante... Ella se desprendió así de la pantalla, fluctuando a escasos milímetros al principio, y vino por fin a mí, tal como usted la ha visto... Hace de esto tres días. Ella está allí...

Desde la alcoba llegónos de nuevo la voz lánguida de la joven:

—¿Vendrá usted, señor Rosales?

—¡Deshaga eso, Rosales! —exclamé tomándolo del brazo—, ¡antes de que sea tarde! ¡No excite más ese monstruo de sensación!

—Buenas noches, señor Grant —me despidió él con una sonrisa inclinándose.

* * *

Y bien, esta historia está concluida. ¿Halló Rosales en el otro mundo fuerzas para resistir? Muy pronto —acaso hoy mismo— lo sabré.

Aquella mañana no tuve ninguna sorpresa al ser llamado urgentemente por teléfono, ni la sentí al ver las cortinas del salón doradas por el fuego, la cámara de proyección caída, y restos de películas quemadas por el suelo. Tendido en la alfombra junto al diván, Rosales yacía muerto.

La servidumbre sabía que en las últimas noches la cámara era transportada al salón. Su impresión es que debido a un descuido las películas se han abrasado, alcanzando las chispas a los cojines del diván. La muerte del señor debe imputarse a una lesión cardíaca, precipitada por el accidente.

Mi impresión es otra. La calma expresión de su rostro no había variado, y aun su muerto semblante conservaba el tono cálido habitual. Pero estoy seguro de que en lo más hondo de las venas no le quedaba una gota de sangre.

NOTAS

[1] Apareció en: *La Nación*, Buenos Aires, septiembre 11, 1927.

LAS MOSCAS[1]

Réplica de EL HOMBRE MUERTO[a]

AL ROZAR EL MONTE, los hombres tumbaron el año anterior este árbol, cuyo tronco yace en toda su extensión aplastado contra el suelo. Mientras sus compañeros han perdido gran parte de la corteza en el incendio del rozado, aquél conserva la suya casi intacta. Apenas si a todo lo largo una franja carbonizada habla muy claro de la acción del fuego.

Esto era el invierno pasado. Han transcurrido cuatro meses. En medio del rozado perdido por la sequía, el árbol tronchado yace siempre en un páramo de cenizas. Sentado contra el tronco, el dorso apoyado en él, me hallo también inmóvil. En algún punto de la espalda tengo la columna vertebral rota. He caído allí mismo, después de tropezar sin suerte contra un raigón. Tal como he caído, permanezco sentado —quebrado, mejor dicho— contra el árbol.

Desde hace un instante siento un zumbido fijo —el zumbido de la lesión medular— que lo inunda todo, y en el que mi aliento parece defluirse. No puedo ya mover las manos, y apenas si uno que otro dedo alcanza a remover la ceniza.

Clarísima y capital, adquiero desde este instante mismo la certidumbre de que, a ras del suelo, mi vida

los hombres tumbaron, el año anterior, este

Sentado contra él, el dorso apoyado en el tronco, me hallo

---

[a] La adición del subtítulo en el texto-base introduce una variante de radical importancia. Probablemente el autor consideró que para una publicación periódica la referencia podía no tener el alcance deseado; o tal vez su ausencia obedezca a una errata, posibilidad más remota. Aunque el vocablo «Réplica» podría señalar cierto intento de rectificación al relato aparecido en *Los desterrados* (y antes en la prensa; véase nota explicativa (1) a «El hombre muerto»), lo que Quiroga profundiza realmente en este cuento es la incursión en lo fantástico; narra desde otra perspectiva, suma otras piezas a la historia, como —para poner un ejemplo rioplatense— lo hace Borges con «Hombre de la esquina rosada» (1935) e «Historia de Rosendo Juárez» (1970).

Por lo demás el cuento de Quiroga casi no presenta variantes, sino apenas ajustes y correciones mínimas.

está aguardando la instantaneidad de unos segundos para extinguirse de una vez.

Esta es la verdad. Como ella, jamás se ha presentado a mi mente una más rotunda. Todas las otras flotan, danzan en una como reverberación lejanísima de otro yo, en un pasado que tampoco me pertenece. La única percepción de mi existir, pero flagrante como un gran golpe asestado en silencio, es que de aquí a un instante voy a morir.

¿Pero cuándo? ¿Qué segundo y qué instantes son estos en que esta exasperada conciencia de vivir todavía dejará paso a un sosegado cadáver?

¿Pero, cuándo?

Nadie se acerca a este rozado; ningún pique de monte lleva hasta él desde propiedad alguna. Para el hombre allí sentado, como para el tronco que lo sostiene, las lluvias se sucederán mojando corteza y ropa, y los soles secarán líquenes y cabellos, hasta que el monte rebrote y unifique árboles y potasa, huesos y cuero de calzado.

¡Y nada, nada en la serenidad del ambiente que denuncie y grite tal acontecimiento! Antes bien, a través de los troncos y negros gajos del rozado, desde aquí o allá, sea cual fuere el punto de observación, cualquiera puede contemplar con perfecta nitidez al hombre cuya vida está a punto de detenerse sobre la ceniza, atraída como un péndulo por ingente gravedad: tan pequeño es el lugar que ocupa en el rozado y tan clara su situación: se muere.

Esta es la verdad. Mas para la oscura animalidad resistente, para el latir y el alentar amenazados de muerte, ¿qué vale ella ante la bárbara inquietud del instante preciso en que este resistir de la vida y esta tremenda tortura psicológica estallarán como un cohete, dejando por todo residuo un ex hombre con el rostro fijo para siempre adelante?

para el latir alentar amenazados

El zumbido aumenta cada vez más. Ciérnese ahora sobre mis ojos un velo de densa tiniebla en que se destacan rombos verdes. Y en seguida veo la puerta amurallada de un zoco marroquí, por una de cuyas hojas sale a escape una tropilla de potros blancos, mientras por la otra entra corriendo una teoría de hombres decapitados.

una teoría de hombres degollados.

Quiero cerrar los ojos, y no lo consigo ya. Veo ahora un cuartito de hospital, donde cuatro médicos amigos se empeñan en convencerme de que no voy a morir. Yo los observo en silencio, y ellos se echan a reír, pues siguen mi pensamiento.

—Entonces —dice uno de aquéllos— no le queda más prueba de convicción que la jaulita de moscas. Yo tengo una.

—¿Moscas?...

—Sí —responde—; moscas verdes de rastreo. Usted no ignora que las moscas verdes olfatean la descomposición de la carne mucho antes de producirse la defunción del sujeto. Vivo aún el paciente, ellas acuden, seguras de su presa. Vuelan sobre ella sin prisa, mas sin perderla de vista, pues ya han olido su muerte. Es él el medio más eficaz de pronóstico que se conozca. Por eso yo tengo algunas de olfato afinadísimo por la selección, que alquilo a precio módico. Donde ellas entran, presa segura. Puedo colocarlas en el corredor cuando usted quede solo, y abrir la puerta de la jaulita que, dicho sea de paso, es un pequeño ataúd. A usted no le queda más tarea que atisbar el ojo de la cerradura. Si una mosca entra y la oye usted zumbar, esté seguro de que las otras hallarán también el camino hasta usted. Las alquilo a precio módico.

¿Hospital?... Súbitamente el cuartito blanqueado, el botiquín, los médicos y su risa se desvanecen en un zumbido...

Y bruscamente, también, se hace en mí la revelación: ¡las moscas!

Son ellas las que zumban. Desde que he caído han acudido sin demora. Amodorradas en el monte por el ámbito de fuego, las moscas han tenido, no sé cómo, conocimiento de una presa segura en la vecindad. Han olido ya la próxima descomposición del hombre sentado, por caracteres inapreciables para nosotros —tal vez en la exhalación a través de la carne de la médula espinal cortada. Han acudido sin demora y revolotean sin prisa, midiendo con los ojos las proporciones del nido que la suerte acaba de deparar a sus huevos.

El médico tenía razón. No puede su oficio ser más lucrativo.

Mas he aquí que esta ansia desesperada de resistir se aplaca y cede el paso a una beata imponderabilidad. No me siento ya un punto fijo en la tierra, arraigado a ella por gravísima tortura. Siento que fluye de mí, como la vida misma, la ligereza del vaho ambiente, la luz del sol, la fecundidad de la hora. Libre del espacio y el tiempo, puedo ir aquí, allá, a este árbol, a aquella liana. Puedo ver, lejanísimo ya, como un recuerdo de remoto existir,

puedo todavía ver, al pie de un tronco, un muñeco de
ojos sin parpadeo, un espantapájaros de mirar vidrioso y
piernas rígidas. Del seno de esta expansión, que el sol
dilata desmenuzando mi conciencia en un billón de
partículas, puedo alzarme y volar, volar...

Y vuelo, y me poso con mis compañeras sobre el
tronco caído, a los rayos del sol que prestan su fuego a
nuestra obra de renovación vital.

sol, que prestan su fuego a nuestra obra de

NOTA

[1] Publicado en *El Hogar*, Buenos Aires, año XXIX, julio 7, 1933, en dos páginas con tres ilustraciones —dos de grandes dimensiones— de Pintos Rosas. En la primera página se encuentran dos de los dibujos y una pequeña fotografía del autor en el ángulo superior izquierdo, debajo de la cual revista la siguiente noticia:

«Horacio Quiroga, el vigoroso cuentista a cuya pluma se deben algunas de las narraciones más hermosas que se han escrito en castellano, es colaborador de EL HOGAR desde hace mucho tiempo. Sin embargo, sus colaboraciones aparecen muy espaciadas en la revista, y ello hace que hoy destaquemos la circunstancia de su reiniciación, en la certidumbre de que daremos con mayor frecuencia los admirados trabajos de este gran escritor. El cuento que aparece en estas páginas responde a la manera más personal y más subyugante de Quiroga. Una tremenda sensación de misterio escapa de él, y la selva, en todo el espanto de su soledad, va hundiendo poco a poco en el lector la mole de su pesadumbre incendiada, mientras una vida se apaga, hebra a hebra, y las moscas de la muerte trazan en el aire las curvas de su tétrico vuelo verde».

Sobre las razones del subtítulo véase nota (a) al texto.

EL CONDUCTOR DEL RÁPIDO[1]

«Desde 1905 hasta 1925 han ingresado en el Hospicio de las Mercedes 108 maquinistas atacados de alienación mental».

«Cierta mañana llegó al manicomio un hombre escuálido, de rostro macilento, que se tenía malamente en pie. Estaba cubierto de andrajos y articulaba tan mal sus palabras que era necesario descubrir lo que decía. Y, sin embargo, según afirmaba con cierto alarde su mujer al internarlo, ese maquinista había guiado su máquina hasta pocas horas antes».

«En un momento dado de aquel lapso de tiempo, un señalero y un cambista alienados trabajaban en la misma línea y al mismo tiempo que dos conductores, también alienados».

«Es hora, pues, dados los copiosos hechos apuntados, de meditar ante las actitudes fácilmente imaginables en que podría incurrir un maquinista alienado que conduce un tren».

* * *

Tal es lo que leo en una revista de criminología, psiquiatría y medicina legal, que tengo bajo mis ojos mientras me desayuno.

Perfecto. Yo soy uno de esos maquinistas. Más aun: soy conductor del rápido del Continental. Leo, pues, el anterior estudio con una atención también fácilmente imaginable.

Hombres, mujeres, niños, niñitos, presidentes y estabiloques: desconfiad de los psiquiatras como de toda policía. Ellos ejercen el contralor mental de la humanidad, y ganan con ello: ¡ojo! Yo no conozco las estadísticas de alienación en el personal de los hospicios; pero no cambio los posibles trastornos que mi locomotora con un loco a horcajadas pudiera discurrir por los caminos, con los de cualquier deprimido psiquiatra al frente de un manicomio.

Cumple advertir, sin embargo, que el especialista cuyos son los párrafos apuntados comprueba que 108 maquinistas y 186 fogoneros alienados en el lapso de veinte años, establecen una proporción en verdad poco alarmante: algo más de cinco conductores locos por año. Y digo ex profeso conductores refiriéndome a los dos oficios, pues nadie ignora que un fogonero posee capacidad técnica suficiente como para manejar su máquina, en caso de cualquier accidente fortuito.

Visto esto, no deseo sino que este tanto por ciento de locos al frente del destino de una parte de la humanidad, sea tan débil en nuestra profesión como en la de ellos.

Con lo cual concluyo en calma mi café, que tiene hoy un gusto extrañamente salado.

* * *

Esto lo medité hace quince días. Hoy he perdido ya la calma de entonces. Siento cosas perfectamente definibles si supiera a ciencia cierta qué es lo que quiero definir. A veces, mientras hablo con alguno mirándolo a los ojos, tengo la impresión de que los gestos de mi interlocutor y los míos se han detenido en extática dureza, aunque la acción prosigue; y que entre palabra y palabra media una eternidad de tiempo, aunque no cesamos de hablar aprisa.

Vuelvo en mí, pero no ágilmente, como se vuelve de una momentánea obnubilación, sino con hondas y mareantes oleadas de corazón que se recobra. Nada recuerdo de ese estado; y conservo de él, sin embargo, la impresión y el cansancio que dejan las grandes emociones sufridas.

Otras veces pierdo bruscamente el contralor de mi yo, y desde un rincón de la máquina, transformado en un ser tan pequeño, concentrado de líneas y luciente como un bulón octogonal, me veo a mí mismo maniobrando con angustiosa lentitud.

¿Qué es esto? No lo sé. Llevo 18 años en la línea. Mi vista continúa siendo normal. Desgraciadamente, uno sabe siempre de patología más de lo razonable, y acudo al consultorio de la empresa.

—Yo nada siento en órgano alguno —he dicho—, pero no quiero concluir epiléptico. A nadie conviene ver inmóviles las cosas que se mueven.

—¿Y eso? —me ha dicho el médico mirándome—. ¿Quién le ha definido esas cosas?

—Las he leído alguna vez —respondo—. Haga el favor de examinarme, le ruego.

El doctor me examina el estómago, el hígado, la circulación —y la vista, por de contado.

—Nada veo —me ha dicho—, fuera de la ligera depresión que acusa usted viniendo aquí... Piense poco, fuera de lo indispensable para sus maniobras, y no lea nada. A los conductores de rápidos no les conviene ver cosas dobles, y menos tratar de explicárselas.

—¿Pero no sería prudente —insisto— solicitar un examen completo a la empresa? Yo tengo una responsabilidad demasiado grande sobre mis espaldas para que me baste...

—... el breve examen a que lo he sometido, concluya usted. Tiene razón, amigo maquinista. Es no sólo prudente, sino indispensable hacerlo así. Vaya tranquilo a su examen; los conductores que un día confunden las palancas no suelen discurrir como usted lo hace.

Me he encogido de hombros a sus espaldas, y he salido más deprimido aún.

¿Para qué ver a los médicos de la empresa si por todo tratamiento racional me impondrán un régimen de ignorancia?

Cuando un hombre posee una cultura superior a su empleo, mucho antes que a sus jefes se ha hecho sospechoso a sí mismo. Pero si estas suspensiones de vida prosiguen, y se acentúa este ver doble y triple a través de una lejanísima transparencia, entonces sabré perfectamente lo que conviene en tal estado a un conductor de tren.

* * *

Soy feliz. Me he levantado al rayar el día, sin sueño ya y con tal conciencia de mi bienestar que mi casita, las calles, la ciudad entera me han parecido pequeñas para asistir a mi plenitud de vida. He ido afuera, cantando por dentro, con los puños cerrados de acción y una ligera sonrisa externa, como procede en todo hombre que se siente estimable ante la vasta creación que despierta.

Es curiosísimo cómo un hombre puede de pronto darse vuelta y comprobar que arriba, abajo, al este, al oeste, no hay más que claridad potente, cuyos iones infinitesimales están constituídos de satisfacción: simple y noble satisfacción que colma el pecho y hace levantar beatamente la cabeza.

Antes, no sé en qué remoto tiempo y distancia, yo estuve deprimido, tan pesado de ansia que no alcanzaba a levantarme un milímetro del chato suelo. Hay gases que se arrastran así por la baja tierra sin lograr alzarse de ella, y rastrean asfixiados porque no pueden respirar ellos mismos.

Yo era uno de esos gases. Ahora puedo erguirme sólo, sin ayuda de nadie, hasta las más altas nubes. Y si yo fuera hombre de extender las manos y bendecir, todas las cosas y el despertar de la vida proseguirían su rutina iluminada, pero impregnadas de mí: ¡Tan fuerte es la expansión de la mente en un hombre de verdad!

Desde esta altura y esta perfección radial me acuerdo de mis miserias y colapsos que me mantenían a ras de tierra, como un gas. ¿Cómo pudo esta firme carne mía y esta insolente plenitud de contemplar, albergar tales incertidumbres, sordideces, manías y asfixias por falta de aire?

Miro alrededor, y estoy solo, seguro, musical y riente de mi armónico existir. La vida, pesadísima tractora y furgón al mismo tiempo, ofrece estos fenómenos: una locomotora se yergue de pronto sobre sus ruedas traseras y se halla a la luz del sol. ¡De todos lados! ¡Bien erguida y al sol.

¡Cuán poco se necesita a veces para decidir de un destino: a la altura henchida, tranquila y eficiente, o a ras del suelo como un gas!

Yo fui ese gas. Ahora soy lo que soy, y vuelvo a casa despacio y maravillado.

* * *

He tomado el café con mi hija en las rodillas, y en una actitud que ha sorprendido a mi mujer.

—Hace tiempo que no te veía así —me dice con su voz seria y triste.

—Es la vida que renace —le he respondido—. ¡Soy otro, hermana!

—Ojalá estés siempre como ahora —murmura.

—Cuando Fermín compró su casa, en la empresa nada le dijeron. Había una llave de más.

—¿Qué dices? —pregunta mi mujer levantando la cabeza. Yo la miro, más sorprendido de su pregunta que ella misma, y respondo:

—Lo que te dije: ¡qué seré siempre así!

Con lo cual me levanto y salgo de nuevo, —huevo.

Por lo común, después de almorzar paso por la oficina a recibir órdenes y no vuelvo a la estación hasta la hora de tomar servicio. No hay hoy novedad alguna, fuera de las grandes lluvias. A veces, para emprender ese camino, he salido de casa con inexplicable somnolencia; y otras he llegado a la máquina con extraño anhelo.

Hoy lo hago todo sin prisa, con el reloj ante el cerebro y las cosas que debía ver, radiando en su exacto lugar.

* * *

En esta dichosa conjunción del tiempo y los destinos, arrancamos. Desde media hora atrás vamos corriendo el tren 248. Mi máquina, la 129. En el bronce de su cifra se reflejan al paso los pilares del andén. Perendén.

Yo tengo 18 años de servicio, sin una falta, sin una pena, sin una culpa. Por esto el jefe me ha dicho al salir:

—Van ya dos accidentes en este mes, y es bastante. Cuide del empalme 3, y pasado él ponga atención en la trocha 296-315. Puede ganar más allá el tiempo perdido. Sé que podemos confiar en su calma, y por eso se lo advierto. Buena suerte, y en seguida de llegar informe del movimiento.

¡Calma! ¡Calma! ¡No es preciso, ¡oh jefes! que recomendéis calma a mi alma! Yo puedo correr el tren con los ojos vendados, y el balasto está hecho de rayas y no de puntos, cuando pongo mi calma en la punta del miriñaque a rayar el balasto! Lascazes no tenía cambio para pagar los cigarrillos que compró en el puente...

Desde hace un rato presto atención al fogonero que palea con lentitud abrumadora. Cada movimiento suyo parece aislado, como si estuviera constituído de un material muy duro. ¿Qué compañero me confió la empresa para salvar el empal...

—¡Amigo! —le grito—. ¿Y ese valor? ¿No le recomendó calma el jefe? El tren va corriendo como una cucaracha.

—¿Cucaracha? —responde él—. Vamos bien a presión... y con dos libras más. Este carbón no es como el del mes pasado.

—¡Es que tenemos que correr, amigo! ¿Y su calma? ¡La mía, yo sé dónde está!

—¿Qué? —murmura el hombre.

—El empalme. Parece que allí hay que palear de firme. Y después, del 296 al 315.

—¿Con estas lluvias encima? —objeta el timorato.

—El jefe... ¡Calma! En 18 años de servicio no había yo comprendido el significado completo de esta palabra. ¡Vamos a correr a 110, amigo!

—Por mí... —concluye mi hombre. ojeándome un buen momento de costado.

¡Lo comprendo! ¡Ah, plenitud de sentir en el corazón, como un universo hecho exclusivamente de luz y fidelidad, esta calma que me exalta! ¡Qué es sino un mísero, diminuto y maniatado ser por los reglamentos y el terror, un maquinista de tren del cual se pretendiera exigir calma al abordar un cierto empalme! No es el mecánico azul, con gorra, pañuelo y sueldo, quien puede gritar a sus jefes: ¡La calma soy yo! ¡Se necesita ver cada cosa en el cenit, aisladísimo en su existir! ¡Comprenderla con pasmada alegría! ¡Se necesita poseer un alma donde cada cual posee un sentido, y ser el factor inmediato de todo lo sediento que para ser aguarda nuestro contacto! ¡Ser yo!

Maquinista. Echa una ojeada afuera. La noche es muy negra. El tren va corriendo con su escalera de reflejos a la rastra, y los remaches del ténder están hoy hinchados. Delante, el pasamano de la caldera parte inmóvil desde el ventanillo y ondula cada vez más, hasta barrer en el tope la vía de uno a otro lado.

Vuelvo la cabeza adentro: en este instante mismo el resplandor del hogar abierto centellea todo alrededor del sweater del fogonero, que está inmóvil. Se ha quedado inmóvil con la pala hacia atrás, y el sweater erizado de pelusa al rojo blanco.

—¡Miserable! ¡Ha abandonado su servicio! —rujo lanzándome del arenero.

. . . .

Calma espectacular. ¡En el campo, por fin, fuera de la rutina ferroviaria!

Ayer, mi hija moribunda. ¡Pobre hija mía! Hoy, en franca convalecencia. Estamos detenidos junto al alambrado viendo avanzar la mañana dulce. A ambos lados del cochecito de nuestra hija, que hemos arrastrado hasta allí, mi mujer y yo miramos en lontananza, felices.

—Papá, un tren —dice mi hija extendiendo sus flacos dedos que tantas noches besamos a dúo con su madre.

—Sí, pequeña —afirmo—. Es el rápido de las 7.45.

—¡Qué ligero va, papá! —observa ella.

—¡Oh!, aquí no hay peligro alguno; puede correr. Pero al llegar al em...

. . . .

Como en una explosión sin ruido, la atmósfera que rodea mi cabeza huye en velocísimas ondas, arrastrando en su succión parte de mi cerebro, —y me veo otra vez sobre el arenero, conduciendo mi tren.

Sé que algo he hecho, algo cuyo contacto multiplicado en torno de mí me asedia, y no puedo recordarlo. Poco a poco mi actitud se recoge, mi espalda se enarca, mis uñas se clavan en la palanca... y lanzo un largo, estertoroso maullido!

Súbitamente entonces, en un ¡trac! y un lívido relámpago cuyas conmociones venía sintiendo desde semanas atrás, comprendo que me estoy volviendo loco.

¡Loco! ¡Es preciso sentir el golpe de esta impresión en plena vida, y el clamor de suprema separación, mil veces peor que la muerte, para comprender el alarido totalmente animal con que el cerebro aúlla el escape de sus resortes!

¡Loco, en este instante, y para siempre! ¡Yo he gritado como un gato! ¡He maullado! ¡Yo he gritado como un gato!

—¡Mi calma, amigo! ¡Esto es lo que yo necesito!... ¡Listo, jefes!

Me lanzo otra vez al suelo. —¡Fogonero maniatado! —le grito a través de su mordaza—. ¡Amigo! ¿Usted nunca vió un hombre que se vuelve loco? Aquí está: ¡Prrrrr!...

«Porque usted es un hombre de calma, le confiamos el tren. ¡Ojo a la trocha 4004! Gato». Así dijo el jefe.

—¡Fogonero! ¡Vamos a palear de firme, y nos comeremos la trocha 29000000003!

* * *

Suelto la mano de la llave y me veo otra vez, oscuro e insignificante, conduciendo mi tren. Las tremendas sacudidas de la locomotora me punzan el cerebro: estamos pasando el empalme 3.

Surgen entonces ante mis pestañas mismas las palabras del psiquiatra:

«... las actitudes fácilmente imaginables en que podría incurrir un maquinista alienado que conduce su tren»...

¡Oh! Nada es estar alienado. ¡Lo horrible es sentirse incapaz de contener, no un tren, sino una miserable razón humana que huye con sus válvulas sobrecargadas a todo vapor! ¡Lo horrible es tener conciencia de que este último kilate de razón se desvanecerá a su vez, sin que la tremenda responsabilidad que se esfuerza sobre ella alcance a contenerlo! ¡Pido sólo una hora! ¡Diez minutos nada más! Porque de aquí a un instante... ¡Oh, si aun tuviera tiempo de desatar al fogonero y de enterarlo!...

—¡Ligero! ¡Ayúdeme usted mismo!...

Y al punto de agacharme veo levantarse la tapa de los areneros y a una bandada de ratas volcarse en el hogar.

¡Malditas bestias... me van a apagar los fuegos! Cargo el hogar de carbón, sujeto al timorato sobre un arenero y yo me siento sobre el otro.

—¡Amigo! —le grito con una mano en la palanca y la otra en el ojo—: cuando se desea retrasar un tren, se busca otros cómplices, ¿eh? ¿Qué va a decir el jefe cuando lo informe de su colección de ratas? Dirá: ojo a la trocha mm...— millón! ¿Y quién la pasa a 113 kilómetros? Un servidor. Pelo de castor. ¡Este soy yo! Yo no tengo más que certeza delante de mí, y la empresa se desvive por gentes como yo. ¿Qué es usted? dicen. ¡Actitud discreta y preponderancia esencial!, respondo yo. ¡Amigo! ¡Oiga el templequeo del tren!... Pasamos la trocha...

¡Calma, jefes! No va a saltar, yo lo digo... ¡Salta, amigo, ahora lo veo! Salta...

¡No saltó! ¡Buen susto se llevó usted, míser! ¿Y por qué?, pregunte. ¿Quién merece sólo la confianza de sus jefes?, pregunte. ¡Pregunte, estabiloque del infierno, o le hundo el hurgón en la panza!

. . . .

—Lo que es este tren —dice el jefe de la estación mirando el reloj— no va a llegar atrasado. Lleva doce minutos de adelanto.

Por la línea se ve avanzar al rápido como un monstruo tumbándose de un lado a otro, avanzar, llegar, pasar rugiendo y huir a 110 por hora.

—Hay quien conoce —digo yo al jefe pavoneándome con las manos sobre el pecho— hay quien conoce el destino de ese tren.

—¿Destino? —se vuelve el jefe al maquinista—. Buenos Aires, supongo...

El maquinista yo sonríe negando suavemente, guiña un ojo al jefe de estación y levanta los dedos movedizos hacia las partes más altas de la atmósfera.

. . . .

Y tiro a la vía el hurgón, bañado en sudor: el fogonero se ha salvado.

Pero el tren, no. Sé que esta última tregua será más breve aun que las otras. Si hace un instante no tuve tiempo —¡no material: mental!— para desatar a mi asistente y confiarle el tren, no lo tendré tampoco para detenerlo... Pongo la mano sobre la llave para cerrarla-arla ¡cluf cluf!, amigo ¡Otra rata!

. . . .

Ultimo resplandor... ¡Y qué horrible martirio! ¡Dios de la Razón y de mi pobre hija! ¡Concédeme tan sólo tiempo para poner la mano sobre la palanca-blanca-piribanca, ¡miau!

* * *

El jefe de la estación anteterminal tuvo apenas tiempo de oír al conductor del rápido 248, que echado casi fuera de la portezuela le gritaba con acento que nunca aquél ha de olvidar:

—¡Deme desvío!...

Pero lo que descendió luego del tren, cuyos frenos al rojo habíanlo detenido junto a los paragolpes del desvío; lo que fue arrancado a la fuerza de la locomotora, entre horribles maullidos y debatiéndose como una bestia, eso no fue por el resto de sus días sino un pingajo de manicomio. Los alienistas opinan que en la salvación del tren —y 125 vidas— no debe verse otra cosa que un caso de automatismo profesional, no muy raro, y que los enfermos de este género suelen recuperar el juicio.

Nosotros consideramos que el sentimiento del deber, profundamente arraigado en una naturaleza de hombre, es capaz de contener por tres horas el mar de demencia que lo está ahogando. Pero de tal heroísmo mental, la razón no se recobra.

NOTAS

[1] Publicado en *La Nación*, Buenos Aires, noviembre 21, 1926. No obtuvimos la primera versión.

EL LLAMADO[1]

YO ESTABA ESA MAÑANA por casualidad en el sanatorio, y la mujer había sido internada en él cuatro días antes, en pos de la catástrofe.

—Vale la pena —me dijo el médico a quien había ido a visitar— que oiga usted el relato del accidente. Verá un caso de obsesión y alucinación auditivas como pocas veces se presentan igual.

La pobre mujer ha sufrido un fuerte shock con la muerte de su hija. Durante los tres primeros días ha permanecido sin cerrar los ojos ni mover una pestaña, con una expresión de ansiedad indescriptible. No perderán ustedes el tiempo oyéndola. Y digo ustedes, porque estos dos señores que suben en este momento la escalera son delegados o cosa así de una sociedad espiritista. Sea lo que fuere, recuerde usted lo que le he dicho hace un instante respecto de la enferma: estado de obsesión, idea fija y alucinación auditiva. Ya están aquí esos señores. Vamos andando.

* * *

No es tarea difícil provocar en una pobre mujer, que al impulso de unas palabras de cariño resuelve por fin en mudo llanto la tremenda opresión que la angustia, las confidencias que van a desahogar su corazón. Cubriéndose el rostro con las manos:

—¡Qué puedo decirles —murmuró— que no haya ya contado a mi médico!...

—Toda la historia es lo que deseamos oír, señora —solicitó aquél—. Entera, y con todos los detalles.

—¡Ah! Los detalles... —murmuró aún la enferma, retirando las manos del rostro; y mientras cabeceaba lentamente:

—Sí, los detalles... Uno por uno los recuerdo... Y aunque debiera vivir mil años...

Bruscamente llevóse de nuevo las manos a los ojos y las mantuvo allí, oprimidas con fuerza, como si tras ese velo tratara de concentrar y echar de una vez por todas, el alucinante tumulto de sus recuerdos.

Un instante después las manos caían, y con semblante extenuado, pero calmo, comenzó:

—Haré lo que usted desea, doctor. Hace un mes...

Suavemente el médico observó:

—Desde el principio, señora...

—Bien, doctor... Lo haré así... Usted ha sido muy bueno conmigo... Y si hace sólo quince días... ¡Sí, sí! Ya voy, doctor... Es lo que quería decir. Mil... Nuestra hijita tenía cuatro años y un mes justos cuando su padre se enfermó para no levantarse más. Nosotros no habíamos sido nunca muy felices. Mi marido era de constitución delicada y muy apocado para la lucha por la vida. No sé qué hubiera sido de nosotros de no hallarnos en posición desahogada. Siempre parecía extrañar algo, aun cuando nos sonreía. Y yo creo que no había conocido la felicidad hasta el momento de sentirse padre.

¡Pero qué amor el suyo, doctor, por su hija! ¡Qué devoción religiosa contemplando a nuestra nena! ¡Y qué consuelo para mí al pensar que por fin hallaba él algo que lo ligara fuertemente a la vida!

Sin duda a mí me había amado cuanto podía él hacerlo; pero su eterna tristeza de alma sólo había podido disiparse entre las manecitas de su hija.

Se postró por fin, como dijo, para no levantarse más. Mi propio dolor de esposa debió desvanecerse ante el dolor inenarrable que expresaban los ojos de aquel padre que debía separarse para siempre de su hija.

¡Para siempre, doctor! Su última mirada, fija en mí, delataba tan intensamente lo que pasaba por su corazón, que con mis labios le cerré los ojos, diciéndole:

—¡Duerme en paz! Yo velaré por tu hija como tú mismo.

Quedamos solas entonces, mi criatura y yo, ella vendiendo salud por las mejillas, yo, reponiéndome a su lado de mi largo quebranto.

¡Criatura mía! Parecía haber sumado a las suyas las fuerzas de su pobre padre: de tal modo la alegría de su semblante iluminaba nuestra existencia. No era vana la promesa hecha a mi marido al morir. Como él, yo concentraba ahora en nuestra hija la inmensidad de mi afecto y de mi soledad.

¡Oh! Velaba por ella, puédeseme creer, como si la continuidad de mi vida y la del mundo entero no tuvieran otro destino ni fin que la felicidad de mi hija. ¡Qué sueños de dicha no he hecho para ella, con mi criatura dormida en mis brzos, y sin decidirme a acostarla! ¡Cuán leve me parecía el sacrificio de mi cansancio, si con él podía infundir en su cuerpecito lo que me restaba de vida!

Sí, extremo cansancio... Le he explicado a usted, doctor, cómo me sentía entonces. Me reponía por fuera, me hallaba menos delgada y con mejor semblante; pero en el fondo de mis esperanzas algo iba muriendo, extenuándose día tras día. Perdía, a poco de comenzar a tejerlos, el hilo de mis ensueños de dicha, y quedaba inerte, con la cabeza caída y mortalmente cansada, como si delante de mis ilusiones se tendiera una infinita y helada vaciedad. A veces, no sé de dónde, me parecía percibir, apenas sensible por la distancia, una voz que pronunciaba el nombre de mi hija. ¡Me sentía tan, tan fatigada!

No podía soñar más con el porvenir, sin que la tristeza de la nada, de la horrible esterilidad de mis fuerzas me helara el corazón. ¿Por qué? No existía, no, ninguna razón para sufrir así. Allí estaba mi adorada nena, cada día más sana y alegre. Nada nos faltaba ni podía faltarnos, dada nuestra posición. ¡No, nada! Y estrujando a nuestra hija en mis brazos, sabía bien que el porvenir era todo nuestro. Yo se lo había jurado a mi marido.

El porvenir... Mas apenas comenzaba a forjar un sueño de felicidad para mi hija, el ensueño se helaba —¡oh, con qué horrible frío!—, como si el amor de su padre y el mío no fueran bastante para alimentarlo. Y caía abatida en profundo desaliento.

Un mes entero duró este estado de angustia. Una noche, cuando comenzaba a pensar por millonésima vez en los entrañables cuidados de que rodearía siempre a mi nena, en ese momento oí nítidamente estas palabras:

—«No tendrá necesidad».

¡Oh! ¡Es muy duro para una pobre madre que se desvela por la dicha de su hijita, percibir una voz que le advierte que cuanto haga por conseguirlo será inútil! Esa lúgubre voz daba por fin razón a mis sueños truncos y mi tristeza mortal. Dentro de mí misma, para que fuera más irrecusable, la voz hallaba eco y me advertía que mi hija no tendría necesidad...

¡Porque moriría!

¡Oh, Dios! ¡Morir, nuestra hijita, cuando su padre y su madre daban toda su vida por ella! ¡Oh, no, no! ¡Yo me rebelé, doctor! ¿Qué me importaba que una voz me anunciara su muerte, si yo me atrevía a defender a mi adorada hija contra todo y contra todos?

Desde ese instante mi existencia no fue sino una pesadilla de terror, sin más motivos de existir que la defensa desesperada de la vida de mi nena. ¡Yo te vigilaré! —me gritaba a mí misma. Y en el preciso instante, desde la tenebrosa profundidad de nuestro destino la voz acentuaba su advertencia, diciéndome:

—«Es inútil cuanto hagas».

Luego... Luego mi hijita debía morir. ¡Dios mío! —clamaba yo rompiéndome en sollozos sobre el cuello de mi nena—. ¿Es posible que la voz que alcanza hasta el corazón de una madre para anunciarle la muerte de su hija, le niegue las fuerzas para evitarla?

—«Es inútil cuanto hagas».

¡Oh, no se ha inventado tormento mayor que el que yo sufría! ¡Morir! Pero ¿de qué? ¿De enfermedad? ¿De un accidente?

¡De accidente!

Tuve la seguridad de ello antes de oír las palabras.

—«Morirá por accidente».

¡Oh! Abrevio, doctor... Salíamos antes todas las tardes. Dejamos de salir. Me cercioré diez veces seguidas de la solidez de los muebles. Golpeé horas enteras las paredes. Hice sacar de casa todo lo que no ofrecía completa seguridad. En las piezas desmanteladas iba y venía de un lado para otro, con el corazón ahogado de presagios. Revisaba una y cien veces lo que había examinado ya.

Me sentía totalmente vacía de todo: Dentro de mí no había más que espanto y terror, a los que obedecían como autómatas mis impulsos. Tenía a mi nena constantemente a mi lado, bajo la triple salvaguardia de mi corazón, de mis ojos y de mis manos.

Minuto por minuto, sin embargo, se acercaba inexorable el instante de...

¡De qué, Dios mío! —clamaba yo en mi angustia—. ¿De qué accidente debo precaverla, salvarla a pesar de todo?

Mientras ahogaba así a mi nena entre mis brazos, tuve súbitamente la horrible revelación: —Morirá por el fuego. E inmediatamente, de la casa entera, de mi aliento, de mis mismas ropas surgió la terrible seguridad de que la vida de mi hija estaba contada: no por meses o días, sino por breves horas...

Como una loca corrí a la cocina, apagué el fuego y eché baldes de agua sobre las cenizas. Ordené que no se encendiera por nada fuego. Requisé todas las cajas de fósforos que había en la casa y las arrojé en el cuarto de baño. Como loca todavía corrí de una pieza a la otra revisando febrilmente todos los cajones de todos los muebles de la casa. Cerré todas las puertas y ventanas, corrí otra vez a la cocina para ver si no se me había desobedecido, y nos refugiamos con mi hija en el escritorio de mi marido, que por ventura nunca había fumado.

Fuego... ¡Oh, no! ¡Allí estábamos seguras!

Pero en vez de serenarme, mi angustia se tornaba lancinante a cada nuevo segundo. ¿Y si no había revisado bien? ¿Si la cocinera había reservado una caja de fósforos? ¿Y si llegaba un proveedor a la cocina y encendía el cigarro?...

¡Ah! ¡Allí estaba el peligro! ¡Era eso! Y arrojando con un grito a mi nena de las faldas, me precipité a las piezas de servicio... Y la cocinera apenas tuvo tiempo de responder con su alarido al mío: una detonación había hecho retemblar la casa...

La pobre madre calló. Por un largo instante, tal vez el preciso para que se apagara de su alma el último fragor del estampido, permaneció con las manos en los ojos. Por fin:

—Sí... Lo demás ya lo sabe usted, doctor... Yo también lo supe antes de ver a mi hija en el suelo, muerta... Sí... Durante mi breve ausencia había abierto los cajones del escritorio, y había tomado para jugar un revólver que yacía en el fondo, bien en el fondo de uno de ellos... El arma se le había caído de las manos...

—¡Doctor! —exclamó bruscamente con voz entera, descubriendo su semblante desesperado—. Yo perdí a mi hija, usted lo sabe, como me lo habían predicho... Con una frialdad y una crueldad de que sólo Dios es testigo, se me advirtió que mi nena no tendría necesidad de mi cariño... Se me dijo que era inútil cuanto hiciera para evitar su muerte... Y se me aseguró por fin que moriría de accidente de fuego.

¡De fuego, señor! ¿Por qué no se me dijo claramente que debía morir por una bala o un tiro de revólver, que yo habría podido evitar? ¿Por qué se jugó al equívoco con el corazón de una madre y la vida de una inocente criatura? ¿Por qué se me dejó enloquecer tras los fósforos, sin advertirme que el peligro no estaba allí? ¿Cómo consintió Dios en que se hiciera con mi dolor un simple juego de palabras, para arrancarme así más horriblemente a mi hija? ¿Por qué...

Y su voz se ahogó, como cortada por la violencia con que sus manos habían subido a crisparse sobre el rostro.

Un largo, muy largo silencio sobrevino entonces. Uno de los visitantes lo rompió por fin:

—Usted nos ha dicho, señora, haber oído la voz que le iba augurando su terrible desgracia.

Un hondo estremecimiento recorrió a la enferma; pero ésta no respondió.

—Usted ha manifestado también —prosiguió el visitante— haber percibido en varias ocasiones una voz sumamente lejana. ¿Eran una misma voz la que le advertía en vano del peligro y la que llamaba a su hija?

La enferma asintió con la cabeza.

—¿Reconoció usted esa voz?

Y esta vez, volcándose por fin en un interminable sollozo sobre la almohada, la pobre madre respondió desde el fondo de su horror:

—Sí. Era la de su padre...

NOTAS

[1] Originalmente en: *La Nación*, Buenos Aires, noviembre 21, 1926.

Es un poderoso día de verano en Misiones, con todo el sol, el calor y la calma que puede deparar la estación. La naturaleza, plenamente abierta, se siente satisfecha de sí.

Como el sol, el calor y la calma ambiente, el padre abre también su corazón a la naturaleza.

—Ten cuidado, chiquito —dice a su hijo abreviando en esa frase todas las observaciones del caso y que su hijo comprende perfectamente.

hijo, abreviando en esa frase todas las observaciones pertinentes y que su hijo comprende.

—Sí, papá —responde la criatura, mientras coge la escopeta y carga de cartuchos los bolsillos de su camisa, que cierra con cuidado.

cierra con el botón.

—Vuelve a la hora de almorzar —observa aún el padre.

—Sí, papá —repite el chico.

Equilibra la escopeta en la mano, sonríe a su padre, lo besa en la cabeza y parte.

a su padre, y yendo hasta él lo besa en la cabeza y parte.

Su padre lo sigue un rato con los ojos y vuelve a su quehacer de ese día, feliz con la alegría de su pequeño.

Sabe que su hijo, educado desde su más tierna infancia en el hábito y la precaución del peligro, puede manejar un fusil y cazar no importa qué. Aunque es muy alto para su edad, no tiene sino trece años. Y parecería tener menos, a juzgar por la pureza de sus ojos azules, frescos aún de sorpresa infantil.

No necesita el padre levantar los ojos de su quehacer para seguir con la mente la marcha de su hijo: Ha cruzado la picada roja y se encamina rectamente al monte a través del abra de espartillo.

Para cazar en el monte —caza de pelo— se requiere más paciencia de la que su cachorro puede rendir.

---

[a] En la competencia de protagonismos que se instaura ante el cambio titular (primero «El padre», luego «El hijo»), no sólo queda explícita la compenetración misma de ambos personajes, vinculados por el amor, la valentía y el horror de la muerte, sino la neblinosa frontera de las jerarquías. Es claro que la opción final se corresponde con el problema de la presencia latente y creciente del muchacho en la conciencia de su padre, así como en el motivo vertebral de la historia.

Después de atravesar esa isla de monte, su hijo costeará la linde de cactus hasta el bañado, en procura de palomas, tucanes o tal cual casal de garzas, como las que su amigo Juan ha descubierto días anteriores.

Solo ahora, el padre esboza una sonrisa al recuerdo de la pasión cinegética de las dos criaturas. Cazan sólo a veces un yacútoro, un surucuá —menos aún— y regresan triunfales, Juan a su rancho con el fusil de nueve milímetros que él le ha regalado, y su hijo a la meseta, con la gran escopeta Saint-Etienne, calibre 16, cuádruple cierre y pólvora blanca.

El fue lo mismo. A los trece años hubiera dado la vida por poseer una escopeta. Su hijo, de aquella edad, la posee ahora; —y el padre sonríe.

No es fácil, sin embargo, para un padre viudo, sin otra fe ni esperanza que la vida de su hijo, educarlo como lo ha hecho él, libre en su corto radio de acción, seguro de sus pequeños pies y manos desde que tenía cuatro años, consciente de la inmensidad de ciertos peligros y de la escasez de sus propias fuerzas.

Ese padre ha debido luchar fuertemente contra lo que él considera su egoísmo. ¡Tan fácilmente una criatura calcula mal, sienta un pie en el vacío y se pierde un hijo!

El peligro subsiste siempre para el hombre en cualquier edad; pero su amenaza amengua si desde pequeño se acostumbra a no contar sino con sus propias fuerzas.

De este modo ha educado el padre a su hijo. Y para conseguirlo ha debido resistir no sólo a su corazón, sino a sus tormentos morales: porque ese padre, de estómago y vista débiles, sufre desde hace un tiempo de alucinaciones.

Ha visto, concretados en dolorosísima ilusión, recuerdos de una felicidad que no debía surgir más de la nada en que se recluyó. La imagen de su propio hijo no ha escapado a este tormento. Lo ha visto una vez rodar envuelto en sangre cuando el chico percutía en la morsa del taller una bala de parabellum, siendo así que lo que hacía era limar la hebilla de su cinturón de caza.

Horribles cosas... Pero hoy, con el ardiente y vital día de verano, cuyo amor su hijo parece haber heredado, el padre se siente feliz, tranquilo y seguro del porvenir.

En ese instante, no muy lejos, suena un estampido.

—La Saint-Etienne... —piensa el padre al reconocer la detonación—. Dos palomas de menos en el monte...

Sin prestar más atención al nimio acontecimiento, el hombre se abstrae de nuevo en su tarea.

Sin prestar más atención de la debida al nimio

El sol, ya muy alto, continúa ascendiendo. Adonde quiera que se mire —piedras, tierra, árboles—, el aire, enrarecido como en un horno, vibra con el calor. Un profundo zumbido que llena el ser entero e impregna el ámbito hasta donde la vista alcanza, concentra a esa hora toda la vida tropical.

zumbido que llena nuestro ser e impregna

El padre echa una ojeada a su muñeca: las doce. Y levanta los ojos al monte.

Su hijo debía estar ya de vuelta. En la mutua confianza que depositan el uno en el otro —el padre de sienes plateadas y la criatura de trece años—, no se engañan jamás. Cuando su hijo responde: —Sí, papá, hará lo que dice. Dijo que volvería antes de las doce, y el padre ha sonreído al verlo partir.

Y no ha vuelto.

El hombre torna a su quehacer, esforzándose en concentrar la atención en su tarea. ¡Es tan fácil, tan fácil perder la noción de la hora dentro del monte, y sentarse un rato en el suelo mientras se descansa inmóvil...!

Bruscamente, la luz meridiana, el zumbido tropical y el corazón del padre se detienen a compás de lo que acaba de pensar: su hijo descansa inmóvil...

El tiempo ha pasado; son las doce y media. El padre sale de su taller, y al apoyar la mano en el banco de mecánica sube del fondo de su memoria el estallido de una bala de parabellum, e instantáneamente, por primera vez en las tres horas transcurridas, piensa que tras el estampido de la Saint-Etienne no ha oído nada más. No ha oído rodar el pedregullo bajo un paso conocido. Su hijo no ha vuelto, y la naturaleza se halla detenida a la vera del bosque, esperándolo...

¡Oh! No son suficientes un carácter templado y una ciega confianza en la educación de un hijo para ahuyentar el espectro de la fatalidad que un padre de vista enferma ve alzarse desde la línea del monte. Distracción, olvido, demora fortuita: ninguno de estos nimios motivos que pueden retardar la llegada de su hijo, hallan cabida en aquel corazón.

demora fortuita, ninguno

Un tiro, un solo tiro ha sonado, y hace ya mucho. Tras él el padre no ha oído un ruido, no ha visto un pájaro, no ha cruzado el abra una sola persona a anunciarle que al cruzar un alambrado, una gran desgracia...

Un tiro, uno solo, y hace ya mucho: Tras él el padre

La cabeza al aire y sin machete, el padre va. Corta el abra de espartillo, entra en el monte, costea la línea de cactus sin hallar el menor rastro de su hijo.

Pero la naturaleza prosigue detenida. Y cuando el padre ha recorrido las sendas de caza conocidas y ha explorado el bañado en vano, adquiere la seguridad de que cada paso que da en adelante lo lleva, fatal e inexorablemente, al cadáver de su hijo.

Ni un reproche que hacerse, es lamentable. Sólo la realidad fría, terrible y consumada: Ha muerto su hijo al cruzar un...

¡Pero dónde, en qué parte! ¡Hay tantos alambrados allí, y es tan, tan sucio el monte!... ¡Oh, muy sucio!... Por poco que no se tenga cuidado al cruzar los hilos con la escopeta en la mano...

El padre sofoca un grito. Ha visto levantarse en el aire... ¡Oh, no es su hijo, no!... Y vuelve a otro lado, y a otro y a otro...[b]

Nada se ganaría con ver el color de su tez y la angustia de sus ojos. Ese hombre aún no ha llamado a su hijo. Aunque su corazón clama por él a gritos, su boca continúa muda. Sabe bien que el solo acto de pronunciar su nombre, de llamarlo en voz alta, será la confesión de su muerte...

—¡Chiquito! —se le escapa de pronto. Y si la voz de un hombre de carácter es capaz de llorar, tapémonos de misericordia los oídos ante la angustia que clama en aquella voz.

Nadie ni nada ha respondido. Por las picadas rojas de sol, envejecido en diez años, va el padre buscando a su hijo que acaba de morir.

—¡Hijito mío!... ¡Chiquito mío!... —clama en un diminutivo que se alza del fondo de sus entrañas.

Ya antes, en plena dicha y paz, ese padre ha sufrido la alucinación de su hijo rodando con la frente abierta por una bala al cromo níquel. Ahora, en cada rincón sombrío de bosque ve centelleos de alambre; y al pie de un poste, con la escopeta descargada al lado, ve a su...

—¡Chiquito!... ¡Mi hijo!...

Las fuerzas que permiten entregar un pobre padre alucinado a la más atroz pesadilla tienen también un

---

Pero la naturaleza prosigue detenida, el padre lo ve. Y cuando ha recorrido las sendas de caza conocidas, y ha explorado el bañado en vano, el padre adquiere la seguridad de que cada

¡Pero en qué parte!

El padre sofoca un grito... ¡Oh, no es su hijo, no!...
   Y vuelve a otro lado, y a otro.

¡Hijo mío!...

---

[b] Tanto la frase inconclusa («Ha visto levantarse en el aire...)», como la adición del adjetivo — en su función de cláusula distributiva— («otro»), resultan de una revisión del pasaje para aumentar la tensión narrativa. ¿Qué se levanta? ¿Qué confirma o hace suponer *eso* que se eleva? Un adjetivo más acrecienta el temor, la desesperación y también las dificultades para ubicar a su hijo en medio de la tupida espesura.

límite. Y el nuestro siente que las suyas se le escapan, cuando ve bruscamente desembocar de un pique lateral a su hijo.

A un chico de trece años bástale ver desde cincuenta metros la expresión de su padre sin machete dentro del monte, para apresurar el paso con los ojos húmedos.

—Chiquito... —murmura el hombre. Y, exhausto, se deja caer sentado en la arena albeante, rodeando con los brazos las piernas de su hijo.

La criatura, así ceñida, queda de pie; y como comprende el dolor de su padre, le acaricia despacio la cabeza:

—Pobre papá...

En fin, el tiempo ha pasado. Ya van a ser las tres. Juntos, ahora, padre e hijo emprenden el regreso a la casa.

—¿Cómo no te fijaste en el sol para saber la hora?... —murmura aún el primero.

—Me fijé, papá... Pero cuando iba a volver vi las garzas de Juan y las seguí...

—¡Lo que me has hecho pasar, chiquito!...

—Piapiá... —murmura también el chico.

Después de un largo silencio:

—Y las garzas, ¿las mataste? —pregunta el padre.

—No...

Nimio detalle, después de todo. Bajo el cielo y el aire candentes, a la descubierta por el abra de espartillo, el hombre vuelve a casa con su hijo, sobre cuyos hombros, casi del alto de los suyos, lleva pasado su feliz brazo de padre. Regresa empapado de sudor, y aunque quebrantado de cuerpo y alma, sonríe de felicidad...

. . . .

Sonríe de alucinada felicidad... Pues ese padre va solo. A nadie ha encontrado, y su brazo se apoya en el vacío. Porque tras él, al pie de un poste y con las piernas en alto, enredadas en el alambre de púa, su hijo bien amado yace al sol, muerto desde las diez de la mañana.

Variantes (columna marginal):

se le escapan cuando

su padre,...

—Pobre piapiá...

en el sol para ver

Después de un momento de silencio:
—Y las garzas, ¿las mataste?

sudor, como le agrada, y aunque

No figuran los puntos.

Sonríe de felicidad... Pero ese padre
y su brazo feliz se apoya

NOTAS

[1] Apareció en *La Nación*, Buenos Aires, enero 15, 1928, pp. 1-2. Su título original era «El padre». El texto está ilustrado por un dibujo de Alejandro Sirio.

A propósito de un dibujo de Sirio en la revista *Caras y Caretas*, Quiroga había escrito a Luis Pardo casi tres lustros atrás:

«Escribí el otro día a Sirio, diciéndole cuánto me agradaba, pero rompí la carta, por temor a esta probabilidad, por más lejana que parezca: ...y tal es así, que hasta los colaboradores de tales revistas reconocen a nuestros dibujantes... Mas lo cierto es que Sirio me encanta» (desde San Ignacio, marzo 1, 1914. En: *Revista de la Biblioteca Nacional*, nº 18, *ibidem*, p. 32).

Juan Escalera —hijo de quien fuera el peón de Quiroga durante los últimos años en Misiones, llamado Isidoro Escalera— recuerda en un reportaje efectuado hacia 1978 por Alberto C. Bocage, el posible origen de este cuento:

«Fue una tarde, cuando nos combinamos con Darío (Quiroga) para ir de caza a un bañado que pertenecía al Sr. Salvo. Por ahí había unas gaviotas grandes —y a Horacio le gustaban mucho las pieles de todas clases, para embalsamar—. Combinamos esa tarde... Al otro día Darío fue a casa (...) y nos fuimos rumbo a San Fermín. A la salida, en las orillas del monte disparé un tiro, aproximadamente a las once. Pasó tiempo, y tiempo... Llegaron las doce, la una, las dos... Y a Quiroga lo empezaba a «trabajar» el sentimiento, porque con ese tiro podía haber pasado algo. Pensando en eso, se largó... Nosotros estábamos cazando allá abajo. ¡Y cuando uno está de cacería, se entusiasma! Pero de repente apareció papá, desde la chata, y le gritó a Darío: «¡Mira que tu padre está apurado porque son las dos!». Y entonces se (fue a la casa). Quiroga ya se había marchado, desesperado y afligido (...)» («El mundo de Horacio Quiroga/ Alberto C. Bocage, en: *El Día*, Montevideo (suplemento dominical en huecograbado, diciembre 17, 1978, pp. 2-3).

Sobre este cuento el autor comentó a su amigo Julio Payró:

1) «También creo que *El hijo* es de los más logrados que hay por allí (en *Más allá*, nota de ed.). Vamos, pues, tirando parejo.» (*Cartas inéditas de H.Q.*, tomo I, *ibidem*, p. 65, abril 16, 1935).

Y a Ezequiel Martínez Estrada:

2) «Algunos amigos me dicen que *El hijo* es lo más acertado del libro. Tendría que ver que en una incidencia, un recuerdo, un simple error, hubiera un individuo hallado su filón más vivo de arte. Yo aprecio mucho también este relato» (*ibidem*, p. 84, abril 24, 1935.)

LA SEÑORITA LEONA[1]

UNA VEZ que el hombre, débil, desnudo y sin garras hubo dominado a los demás animales por el esfuerzo de su inteligencia, llegó a temer por el destino de su especie.

Había alcanzado ya entonces las más altas cumbres del pensamiento y de la belleza. Pero por bajo de estos triunfos exclusivamente mentales, obtenidos a costa de su naturaleza original, la especie se moría de anemia. Tras esa lucha sin tregua en que el intelecto había agotado cuanto de dialéctica, sofismas, emboscadas e insidias caben en él, no quedaba al alma humana una gota de sinceridad. Y para devolver a la raza caduca su frescura primordial, los hombres meditaron introducir en la ciudad, criar y educar entre ellos a un ser que les sirviera de viviente ejemplo: un león.

La ciudad de que hablamos estaba naturalmente rodeada de murallas. Y desde lo alto de ellas los hombres miraban con envidia a los animales de frente en fuga y sangre copiosísima, correr en libertad.

Una diputación fue pues al encuentro de los leones y les habló así:

—Hermanos: Nuestra misión es hoy de paz. Oigannos bien y sin temor alguno. Venimos a solicitar de ustedes una joven leona para educarla entre nosotros. Nosotros daremos en rehén un hijo nuestro, que ustedes a su vez criarán. Deseamos criar una joven leona desde sus primeros días. Nosotros la educaremos, y el ejemplo de su fortaleza aprovechará a nuestros hijos. Cuando ambos sean mayores, decidirán libremente de su destino.

Largas horas los leones meditaron con ojos oblicuos ante aquella franqueza inhabitual. Al fin accedieron; y en consecuencia se internaron en el desierto con un hombrecito de tres años que acompañaban con lento paso, mientras los hombres retornaban a la ciudad llevando con exquisito cuidado en brazos a una joven leona, tan joven que esa mañana había abierto las pupilas, y fijaba en los hombres que la cargaban, uno tras otro, la mirada clarísima y vacía de sus azules ojos.

Un día hablaremos del hombrecito. En cuanto a la leona, no hay ponderación bastante para los cuidados que se le prodigaron. La ciudad entera veía en el débil ser como un extraño y divino Mesías, del que esperaba su salvación.

Se crió y educó a la salvaje y tierna pupila con el corazón palpitante de amor. No informaban las gacetas de la salud del rey, con tanta solicitud como de los progresos de la joven fiera. Ni los filósofos y retóricos se esforzaron nunca en iniciar una alma como aquélla en los divinos misterios de su arte. Ciencia, corazón, poesía, todo se esperaba de ella. Y cuando la señorita leona vistió su primer traje largo para ser presentada oficialmente a la ciudad, los periódicos interpretaron fielmente, en sus crónicas exaltadas, el corazón del pueblo.

La joven leona aprendió a hablar, a moderar sus movimientos, a sonreír. Aprendió a vestir ropas humanas, a sonrojarse, a meditar con la barbilla en la mano. Aprendió cuanto puede y debe aprender una hermosísima hija de los hombres. Pero lo que aprendió, sobre todas las cosas, fue el divino arte del canto.

No podemos nosotros darnos ahora cuenta cabal de la seducción, del chic y la gracia de una joven leona vestida como una hija de los hombres, que debuta en un salón, sonrojada de timidez.

Porque nunca, en efecto, las más íntimas finuras del corazón humano habían hallado tal órgano de expresión vocal. ¿Fluidez de una alma virgen, sorprendida por la poesía desde su primer albor? ¡Quién lo sabe! Y nadie menos que la divina criatura, pues es ocioso advertir que la educación había hecho de ella una humana adolescente, con todas las ideas, ternuras y modalidades de la mujer.

Entretanto, como en los tiempos de su primera infancia, la señorita leona solicitaba sobre sí la atención pública. Era ella la esperanza de todo un pueblo; cada anuncio de un concierto suyo despertaba en el corazón de la ciudad tumultuosas albricias.

Ya desde la primera nota, los habitantes reconocían estremecidos su propia alma humana exhalada en aquella voz. ¿Cómo la salvaje criatura podía expresar así, mejor que ellos mismos, el lirismo, las esperanzas y los sollozos de una alma ajena a ella?

«Una alma que no poseía»...

Esta llegó a ser, poco a poco, la impresión de la ciudad. Reconocíasele supremo arte; pero no era la asimilación de sus ensueños lo que los hombres habían buscado al criar en su seno a la joven leona. No. Esperaban de ella frescura ingénita, sinceridad salvaje, grito de libertad —cuanto en suma había perdido el alma humana en su extenuante correría mental.

Exclusivamente «humana»: Tal era la excelencia de su voz. Y se le exigía más que esto.

También a este respecto las gacetas expresaron el sentimiento general:

«Un nuevo triunfo alcanzó anoche en su concierto la suprema artista, y no podríamos ahora sino repetir las alabanzas constantemente prodigadas en su honor. Sin embargo, interpretando la impresión popular, siempre tan fervorosamente adicta a nuestra pupila, procede declarar que desearíamos oír en su divina voz una nota, una sola nota de íntima frescura que acuse su personalidad. Ni uno solo de sus más hondos acentos nos es desconocido. Hasta hoy, la eximia artista ha interpretado magistralmente al alma humana; pero nada más que esto. Sobrada «humanidad», nos atreveríamos a decir. El fresco y libre grito de su alma extraña, sincero y sin trabas, es lo que aguardamos ansiosos de ella».

Sin esfuerzo podemos creer que fue ese golpe el más inesperado e injusto con que podía soñar la delicada artista.

—¿Qué he hecho —sollozaba— para que me traten así?

—No tiene usted la culpa. —consolábanla—. Su voz es siempre tan pura como su corazón, y todos sufrimos ahora como ayer su encanto. Pero... Tiene alguna razón el pueblo. Falta un poco de sinceridad a su acento. Usted canta adorablemente; mas la pasión de su voz es la de una mujer.

—¡Pero yo soy mujer! —lloraba la desconsolada criatura.

Temblando de emoción subió así al estrado de su nuevo concierto. Mas por bajo de los aplausos correctísimos de siempre, pudo sentir el corazón retraído de la ciudad.

—¿Cómo es posible —le observaron— que no nos dé usted una nota agreste de inmensa y libre expresión, el salvaje acento de su raza, y que nuestra especie ha gastado ya e ignora desde miles de años? Déjese ir libremente por sus ensueños cuando cante; olvide todo lo que ha aprendido de nosotros, y nos dará usted una pura y suprema nota de arte.

—No... No puedo... ¡No puedo!... —sacudía la cabeza la artista.

La ciudad entera acudió otra vez a oír a la joven, ante la esperanza de un milagro; sabíase la ardiente solicitud que la rodeaba.

Trémula e incierta, la joven comenzó a cantar. Sintió, mientras cantaba, el aliento de la ciudad suspenso de su voz, y recordó las esperanzas en ella cifradas. Cerrando los ojos, borró con supremo esfuerzo de su memoria la hora presente; un soplo cálido barrió su alma como un vendaval, y la joven volcó en una nota suprema la pasión despertada.

La sala quedó helada: aquella nota de pasión había sido un *rugido*. Pura e incontestablemente, la joven había rugido.

Más sorprendida y espantada de su propia voz que todos:

—Lo hice sin querer... —sollozaba—. ¡No sé qué me pasó!...

Si bien mortalmente desengañada de la artista, la ciudad ofrecióle en un concierto extraordinario la ocasión de echar un velo sobre aquella infausta velada. Pero cuando la cantante, dominada por su arte, tornó a abrir cuan grandes eran las aherrojadas puertas de su alma, rugió otra vez.

Ya no era posible más. La ciudad deliberó —si bien con el corazón desgarrado— fríamente:

—Lamentamos haber puesto en un ser ajeno a nosotros las esperanzas de nuestra raza. Hemos criado, con más calor que a nuestros propios hijos, una criatura extraña. Hemos infundido en su alma las más excelsas calidades del alma humana. Y cuando hemos exigido de su voz la suprema nota de sinceridad y frescura... ha rugido.

Y acompañaron hasta las puertas de la ciudad a la pobre criatura, que caía a cada instante implorando piedad con las manos juntas.

Ya había cerrado la noche. La joven caminó como un autómata, internándose en el desierto, hasta que el viento caliente que pasaba en la oscuridad azotándole los cabellos, le hizo abrir los ojos. Su nariz dilatóse entonces ampliamente a los vahos agrestes que le llegaban sin roces quién sabe desde dónde, y deteniéndose vuelta a la ciudad, se desvistió. Quitóse el traje, todo cuanto había disimulado hasta ese instante su condición primera, hasta quedar desnuda. Y plantándose entonces con la cola rígida y los duros ojos fosforescentes, la leona rugió.

Durante largo rato, sola y como alargada por la tensión de sus ijares, rugió hacia la ciudad decrépita, hundiendo los flancos hasta el esqueleto, como si en cada rugido cantara, libre y sin trabas por fin, la voz pura y profunda de sus entrañas vírgenes.

NOTAS

[1] Publicado en *La Nación*, Buenos Aires, enero 13, 1924. En el Departamento de Investigaciones Literarias de la Biblioteca Nacional de Montevideo, existe esta primera versión pegada sobre cartones por el propio autor y con correcciones manuscritas. Son seis folios. No poseen ilustración alguna.

EL PURITANO[1]

LOS TALLERES DEL CINEMATÓGRAFO, esos estudios a cuyo rededor millones de rostros giran en una órbita de curiosidad nunca saciada y de ensueño jamás satisfecho, han heredado del muerto taller de pintura su leyenda de fastuosas orgías sobre el altar del arte.

La libertad·de espíritu habitual a los grandes actores, por una parte, y sus riquísimos sueldos de que hacen gala, por la otra, explican estos festivales que no pocas veces tienen por único objeto mantener vibrante el pasmo del público, ante las fantásticas, lejanas estrellas de Hollywood.

Concluída la tarea del día, el estudio queda desierto. Tal vez los talleres técnicos prosigan por toda la noche su labor, y acaso a uno o diez kilómetros el tumulto diario se prolongue todavía en una fiesta oriental. Pero en los sets, en el estudio propiamente dicho, reina ahora el más grande silencio.

Este silencio y esta impresión de abandono desde semanas atrás se exhalan más particularmente del guardarropa central, vasto hall cuya portada, tan ancha que daría paso a tres autos, se abre al patio interior, a la gran plaza enarenada de todos los talleres.

Para anular los riesgos de incendio, el guardarropa se halla aislado en el fondo de la plaza, y su gran portón no se cierra nunca. Por entre sus hojas replegadas, en las noches claras la luna invade gran parte del oscuro hall. En ese recinto en calma, adonde no llega siquiera el chirrido de las máquinas reveladoras, tenemos en la alta noche nuestra tertulia los actores muertos del film.

* * *

La impresión fotográfica en la cinta, sacudida por la velocidad de las máquinas, excitada por la ardiente luz de los focos, galvanizada por la incesante proyección, ha privado a nuestros tristes huesos de la paz que debía reinar sobre ellos. Estamos muertos, sin duda; pero nuestro anonadamiento no es total. Una sobrevida intangible, apenas cálida para no ser de hielo, rige y anima nuestros espectros. Por el guardarropa en paz deambulamos a la luz de la luna, sin ansias, sin pasiones ni recuerdos. Algo como un vago estupor se cierne sobre nuestros movimientos. Pareceríamos sonámbulos, indiferentes los unos a los otros, si la penumbra inmediata del recinto no fingiera un vago hall de mansión, donde los fantasmas de lo que hemos sido prosiguen un sutil remedo de vida.

No hemos agitado en vano el alma de las estrellas que nos sobreviven; no hemos dejado cien veces dormir en sus brazos nuestro corazón, para que sus films presentes no sean el comento nocturno de nuestros conciliábulos. Nuestro propio pasado —vida, luchas y amores— nos está cerrado. Nuestra existencia arranca de un golpe de obturador. Somos un instante; tal vez imperecedero, pero un solo instante espectral. El film y la proyección que nos han privado del sueño eterno, nos cierran el mundo, fuera de la pantalla, a cualquier otro interés.

Nuestra tertulia no siempre reúne, sin embargo, a todos los visitantes del guardarropa. Cuando uno falta a aquélla, ya sabemos que algún film en que él actuó se pasa en Hollywood.

—Está enfermo —decimos nosotros—. Se ha quedado en casa.

A la noche siguiente, o tres o cuatro después, el fantasma vuelve a ocupar su sitio habitual en la compañía que prefiere. Y aunque su semblante expresa fatiga y en su silueta se perciben los finos estragos de una nueva proyección, no hay en ellos rastros de verdadero sufrimiento. Diríase que durante el tiempo invertido en el pasaje de su film, el actor estuvo sometido a un sueño de semiinconsciencia.

* * *

Cosa muy distinta sucedía con Ella (no quiero nombrarla), la hermosa y vívida estrella, que una noche hizo en el guardarropa su entrada entre nosotros —muerta.

No es para nadie una novedad el éxito que alcanzó en vida esta actriz en su brillante y fugaz carrera de meteoro. De la mujer, poseyó las más ricas calidades. La extrema belleza del rostro, del cuerpo, del sentimiento —cualquiera de estos supremos dones puede por sí solo derribar una alma femenina con su excesivo encanto. Ella, casi como un castigo, poseyó y soportó los tres.

Todo le fue acordado en su breve paso por el mundo. Conoció las locuras del éxito, de la fortuna, de la vanidad, de la adulación, del peligro. Sólo las locuras del amor le fueron negadas.

Entre todos los hombres que se le rendían, a su lado mismo o a través de dos mil leguas de clamor y deseo, Ella ofrecióse toda entera al único ser capaz de desecharla: un puritano de principios morales inviolables, que antes de conocer a la actriz había puesto su honor en su esposa y su tierno hijo de diez meses.

No era fácil adivinar en un cuáquero de rancia cepa como Dougald Mac Namara, el estado de sus sentimientos; pero a nadie hubiera sido grato soportar el choque que en su corazón libraban sus principios austeros con su culpable amor.

Ella lo había conocido en el estudio, pues el afortunado mortal poseía intereses en el cine. Y aunque ella no había llegado a tenderle nunca los labios, sabía bien que, de haberlo hecho, él le habría apartado los brazos de su cuello, rígido y duro como el mismo deber. Las razas rubias suelen dar de vez en cuando al mundo uno de estos admirables seres, eternamente incomprensibles para los que tenemos la conciencia y los ojos más oscuros.

Ella sabía bien que él la amaba; pero no como un hombre, sino como un héroe. Y cuando un amante usurpa para sí todo el heroísmo del amor, al otro no le queda sino morir.

En suma: el padre de familia devolvió, amargo hasta las heces, el cáliz de amor que ella le tendía con su cuerpo. Y Ella, sin fuerzas para resistirlo, se mató.

Suicida, en efecto, no podía Ella disfrutar de nuestra mansa paz, ni habíanle sido vedados el amor y el dolor. Su corazón latía siempre; y en sus ojos, profundamente excavados, no podíamos adivinar qué dosis de arsénico o de mortal amor los dilataba aun con angustia.

Porque al revés de lo que pasaba con nosotros, Ella, viva a medias, sufría con fidelidad la pasión de sus personajes. Cuando nuestros films se exhibían, nosotros, como ya lo he advertido, desaparecíamos de la tertulia. Ella, no. Permanecía recostada allí mismo, arropada de frío, con la expresión ansiosa y jadeante. Simulábamos no notar su presencia en tales casos; pero cuando apenas concluída la proyección se incorporaba en el diván, ella misma nos expresaba entonces su quebranto.

—¡Oh, qué angustia! —nos decía descubriéndose la frente—. Siento todo lo que hago, como si no hubiera fingido en el estudio... Antes, yo sabía que al concluir una escena, por fuerte que hubiera sido, podía pensar en otra cosa, y reírme... Ahora, no... Es como si yo misma fuera el personaje!...

Bien. Nosotros habíamos llegado legalmente al término de nuestros días, y nada les debíamos. Ella había tronchado los suyos. Su vida inconclusa sufría un fuerte déficit, que su fantasma cinematográfico se iba cobrando, escena tras escena, de lo que ella había supuesto fingidos dolores...

Debía pagar. De su amor, nada nos había dicho, hasta la noche en que al concluir su tarea murmuró amargamente:

—¡Si al menos... Si al menos pudiera no verlo!...

¡Oh!. No nos era tampoco necesario recordar, para que comprendiéramos el sufrimiento de la pobre criatura: Noche tras noche, después de un mes de completa desaparición de Hollywood, Mac Namara asistía desde la platea del Monopole, y sin faltar a una, a las cintas de Ella.

Nunca hasta hoy la literatura ha sacado todo el partido posible de la tremenda situación entablada cuando un esposo, un hijo, una madre, tornan a ver en la pantalla, palpitante de vida, al ser querido que perdieron. Pero jamás tampoco fue supuesta una tortura igual a la de una enamorada que ve por fin entregarse al hombre por quien ella se mató, y que no puede correr delirante a sus brazos, ni puede mirarlo, ni volverse siquiera a él, porque toda ella y su amor no son ya más que un espectro fotográfico!

Tampoco debía ser risueño lo que pasaba por el corazón del puritano, cuya mujer e hijo dormían en sosiego, pero cuyos ojos abiertos contemplaban viva a la actriz. Hay sentimientos a los que no se puede dar cuerpo verbal, mas que es posible seguir perfectamente con los ojos cerrados. Los de Dougald Mac Namara pertenecían a este género.

Para nosotros, sin embargo, únicamente la situación de Ella ofrecía vivo interés. Es muy triste cosa haber muerto en vano, cuando la vida exige todavía lo que ya no se le puede dar.

—¡No es posible —dejaba ella escapar a veces después de su trance— sufrir más de lo que sufro! ¡Tres cuartos de hora viéndolo en la platea!... ¡Y yo, aquí!...

Insensiblemente, todos habíamos olvidado nuestros paseos a la luz de la luna y nuestros cuchicheos sin calor, para no contemplar sino aquel tormento. Presentíamos de un modo oscuro que Ella no podría resistir las torturas que con una crueldad sin ejemplo proseguía infligiéndole su vida trunca.

¡Morir de nuevo! ¿Pero nunca, nunca debía hallar descanso quien lo buscó rendida más allá de la existencia, comprando con puñados de arsénico la parálisis de su amor?

—¡Oh, morir! —decía ella misma, oprimiéndose la cara entre las manos—. ¡Y no verlo, no verlo más!

Pero del otro lado de la pantalla, Dougald Mac Namara no apartaba sus ojos de ella.

Una noche, a la hora triste, mientras Ella yacía inmóvil en el diván, semioculta por cuantos plaids habíamos podido echar sobre su cuerpo, la joven apartó de pronto las manos de sus ojos.

—No está... —dijo lentamente—. Hoy no ha venido...

La proyección de la cinta continuaba; pero la actriz no parecía ya sufrir la pasión de sus personajes. Todo se había desvanecido en la nada inerte, dejando en compensación un sendero de lívida y tremenda angustia, que iba desde una butaca vacía a un diván espectral.

Ni a la noche siguiente, ni a la otra, ni a las que le sucedieron por un mes, Dougald Mac Namara volvió.

¿Debo advertir que desde media hora antes de la exhibición en todas esas noches, nuestros labios permanecieron mudos, y que desde el primer chirrido del film, nuestros ojos no abandonaban a la enferma?

También ella esperaba —¡y de qué modo!— el comienzo de la proyección. Durante un largo rato —el tiempo de buscarlo en la sala—, su rostro adelgazado por el suicidio lucía hasta lo fantástico de ansiosa esperanza. Y cuando sus ojos se cerraban por fin —¡Mac Namara no había ido!—, el aplastamiento agónico de sus rasgos sólo era comparable al delirio anterior.

Nuevas noches se sucedieron, en vano. La butaca del Monopole proseguía desierta.

En un austero hogar de cualquier alameda, un hombre de principios rígidos debía de velar el sueño de su casta esposa y su puro infante. Cuando se ha resistido a una cálida boca que implora ser besada, se resiste muy bien a una danzante ilusión de celuloide. Después de un instante de flaqueza, Mac Namara no retornaría más al Monopole.

Tal lo creíamos. Ella no expresaba ya sus deseos de morir; se moría.

Una noche, por fin, al breve rato de iniciarse la proyección, y mientras nosotros no perdíamos de vista su semblante, sus manos de muerta se arrancaron bruscamente de los ojos. Súbitamente su rostro se iluminó de felicidad hasta ese radiante esplendor de que sólo la vida posee el secreto, y tendiendo los brazos adelante lanzó un grito. ¡Pero qué grito, oh, Dios!

Lo ha visto... —nos dijimos nosotros—. ¡Ha vuelto al Monopole!

Era más. Allá, en un lugar cualquiera del mundo, el puritano de rígidos principios acababa de pegarse un tiro.

*   *   *

Hay algo, pues, superior a la Muerte y al Deber. A dos pasos de nosotros, ahora, los amantes están estrechados. Nunca se separarán. El sofocó su amor impuro, fue vencido temporalmente cuando iba a esconderse en una butaca, y regresó por fin triunfal a su hogar austero. Ahora está a su lado, en el diván.

Ella sonríe de dicha casi carnal, pura como su muerte. Nada debe ya al destino y descansa feliz. Su vida está cumplida.

NOTAS

[1] Publicado en *La Nación*, Buenos Aires, julio 11, 1926, p. 1.

SU AUSENCIA[1a]   LA SEGUNDA NOVIA

CON ESTE MISMO PASO que hasta hace un instante me llevaba a la oficina, con la misma ropa y las mismas ideas, cambio bruscamente de rumbo y voy a casarme.

Son las tres de la tarde de un día de verano. A esta hora, a pleno sol, voy a sorprender a mi novia y a casarme con ella. ¿Cómo explicar esta inesperada y terrible urgencia?

Mil veces me he hecho una pregunta que constituye un oscuro punto en mi alma; mil veces me he torturado el cerebro tratando de aclarar esto: ¿Por qué me fijé en la que es actualmente mi novia, le hice el amor y me comprometí con ella?[b] ¿Qué súbito impulso me lleva con este paso a pleno sol, el 24 de febrero de 1921, a casarme fatal y urgentemente con una mujer que no ha oído de mis labios ofrecerle la más remota fecha de matrimonio?

¡Mi novia! No he tenido jamás alucinaciones por ella, ni sufrí nunca ilusión a su respecto. No hay en el mundo persona que pueda enamorarse de ella, fuera de mí. Es cuanto hay de feo, áspero y flaco en esta vida. En el cine puede verse alguna vez a una esquelética mujer de pelo estirado y nariz de arpía que repite el tipo de mi novia. No hay dos mujeres como ella en el mundo. Y a esta mujer he elegido entre todas para hacer de ella mi esposa.

Con este paso

la tarde de un caluroso día de verano. A esta hora, en pleno sol, voy a
¿Qué pretexto puedo invocar para excusar esta inesperada y terrible

¿Por qué me fijé, le hice el amor y me comprometí con la que es actualmente mi novia? ¿Qué razones, qué súbito impulso me lleva con este paso en pleno sol, el 24 de febrero de 1914, a casarme

alucinaciones ni sufrí nunca una ilusión

todas para hacer de ella mi novia.

---

[a] En la «Noticia preliminar» a *El Salvaje* hemos comentado, apoyándonos en una carta del autor a César Tiempo, la actitud estética dual de Quiroga ante lo que él denominaba «las revistas de la sociedad mujeril». En una epístola a Martínez Estrada, el 24 de abril de 1935 (cuando acababa de publicarse *Mas allá*), mientras analiza su situación ante las revistas, interpola: «Es digno de notar el carácter feminista —femenino mejor— de nuestras revistas» (*Cartas inéditas...*, ibidem, p. 84). Si la autocorrección es adecuada (empleo del segundo sustantivo), no hay juicios adversos en este caso, sino simple juego de sobreentendidos. El título inicial de este relato nos resulta una nueva concesión a tal «sociedad femenina», mayor aún si se toman en cuenta las características de la publicación donde apareció, aspecto que describimos en la nota (1).

[b] La expresión «le hice el amor», también presente en «La meningitis y su sombra» (*Cuentos de amor de locura y de muerte*) y «Un idilio» (*El salvaje*), no posee el significado actual en cuanto sinónimo de una relación sexual. Vista en su contexto —tanto aquí como en los dos relatos precedentes—, apunta meramente al vínculo amoroso en sí, al establecimiento formal y afectivo de una relación donde está ausente la sexualidad (aspecto que hemos reseñado en el cuento «El salvaje»).

Pero, ¿por qué? Todo lo anormal, monstruoso mismo de esta elección, no saltó nunca a enrojecerme el rostro de vergüenza. La miré sin mirar lo que veía; la seguí como un hombre dormido que camina con los ojos abiertos; le hice el amor como un sonámbulo, y como un sonámbulo voy a casarme con ella.

¿Pero, por qué? Todo lo anormal, monstruoso mismo en esta elección, no saltó

Pero ahora mismo, mientras veo el abismo en que mi vida se precipita, ¿por qué no me detengo?

No puedo. Tengo la sensación de que voy, de que debo ir a toda costa, como si fuera arrastrado por una soga. Soy dueño de todas mis facultades, siento y razono normalmente; pero todo esto detrás de una enorme, vaga e indiferente voluntad que rige mi alma.

Conforme me acerco a casa de ella veo como en sueños, lejanísimo en el espacio y el tiempo, diminuta y perfectamente perceptible, la silueta de un hombre que se me parece y camina bajo el ardiente sol. Alcanzo a ver, por bajo la ropa, el alma desesperada de ese hombre. Va a casarse contra toda su voluntad con un monstruo. A sus ojos y a su boca misma suben la repugnancia y el horror de lo que va a hacer. La vida entera —¡ya la va a perder!— daría ese hombre por detenerse. Toda la rebelión de un alma encadenada pugna por sujetar esa vida que se encamina al desastre. No hace falta sino un poco de voluntad, un pequeñísimo esfuerzo de voluntad, y se salva...

camina bajo el sol. Alcanzo

...Y camino siempre bajo el sol, viendo como un sonámbulo la diminuta silueta del hombre desesperado que se me parece...

+ + +

Y miro con inmensa sorpresa: un lago, montañas negras y un crepúsculo helado. ¿Estoy loco? Un lago coloreado por el crepúsculo, allá abajo, a miles de metros bajo mis pies. Altas montañas como recortadas en tinta china, contra el cielo frío. Y en todo el ámbito no hay otro ser que yo ante el silencio.

Esta simple pregunta podrá probarme lo contrario. ¿Pero qué es esto? Miro de nuevo: Un lago coloreado

¿Pero cómo pasa ésto? ¿Qué fantástico sortilegio me ha transportado en un segundo aquí? Porque hace apenas un segundo yo iba a casarme con un monstruo (Y esta calma del lago...) No hace un instante eran... ¡son las tres de la tarde! (Y este crepúsculo helado...). Y allí mismo está la verja de la casa maldita! (Y esta soledad salvaje que me oprime como un témpano...).

¿Pero cómo? ¿Qué fantástico

Reflexionemos. Puede un hombre admitir en broma una intervención fantástica. Puede preguntarse como

acabo de hacerlo yo: ¿Qué sortilegio me ha traído hasta
aquí? ¿Qué hada o genio ha efectuado este milagro? Pero
los milagros no existen, lo sabemos bien. Un hombre que
camina al sol por una calle de Buenos Aires está perfectamente libre de que un genio lo transporte en un abrir y
cerrar de ojos a un desierto.

Muy bien: mas todos mis sentidos al vivo me dicen
que estoy viendo caer la noche en un abismo... Y lo que
yo hago, en verdad, es encaminarme a la casa de un
monstruo! Tengo inmediata, tocándola casi, la sensación
de mi cuerpo al cruzar la calle, la visión de los adoquines
deslumbrantes, la percepción de un razonamiento
comenzado que acabo en este instante de concluir... ¡Y
este paisaje, entonces!...

Bajo los ojos a mi ropa y un escalofrío me recorre la
médula: estoy vestido de invierno... Recorro los bolsillos: nada de lo que poseo me pertenece!...

¡Ah, por fin! Las tarjetas son mías: Julio Roldán
Berger. ¿Pero este telegrama?... Hoy no lo tenía... Lo
abro temblando y leo:

*«Encantada con las flores. Te esperamos sin falta
el 3. Papá no podrá asistir casamiento. Ven sin falta 3.
Tuya Nora».*

¡De Nora! ¡Del monstruo! Miro el lago fúnebre y un
segundo suspiro dilata mi alma: ¡Con que no me he
casado! ¡Soy libre siempre! ¡Dios del cielo!: ¿Qué fuerza
misteriosa me ha protegido al arrancarme de golpe de los
brazos malditos que me iban a ahogar?

¿Protegido?... ¿Pero qué soy yo mismo? ¿Por qué
estoy aquí? ¿He muerto tal vez bajo un auto al cruzar la
calle, y este paisaje no es del mundo donde nací?

¡Pero no! Oigo por fin algo, un ruido. Es una bocina
de auto. Y volviendo la cabeza, veo a un chauffeur que se
encamina hacia mí y me dice:

—Creí que se había perdido, Sr. Berger... El hotel
ha encendido ya los faros, y tendremos neblina.

Me quedo mirando al chauffeur: ¿Perdido?...
¿Hotel?...

No he muerto, pues. Estoy vivo, soy huésped de un
hotel de montaña, donde almuerzo, hablo, tengo relaciones, me traslado de un lugar a otro, todo en perfecta
regla, como me lo prueba la deferencia, un poco excesiva
tal vez, del chauffeur. Solamente...

No tengo la menor idea de qué hotel puede ser ese, ni
de qué personas conozco, ni de qué hago, ni de nada.

Muy bien; pero todos mis sentidos
en un lago...

los adoquines blancos,

que tengo me pertenece!...
¡Ah, qué suspiro por fin! Las

sin falta el 17. Papá no podrá
asistir nuestro casamiento.
Ven sin falta 17. Tuya
NORA

algo, un ruido! Es una bocina de
auto! Y volviendo la cabeza veo

Sr. Berger... Si gusta... El hotel
ha encendido ya los faros,

Estoy muerto, real y efectivamente. Y aunque muerto, sigo tambaleando al chauffeur, pretextando desde ya una caída para excusar mi confusión de ideas y las mil y una planchas que con seguridad voy a cometer.

* * *

Con un pañuelo atado a la frente (pretexto: me caí anoche en un barranco y he perdido momentáneamente la memoria), pasé anoche de largo por el hall del hotel y me encerré en mi cuarto, conducido por la camarera que no concluía de compadecer al señor Berger, que con el golpe había perdido hasta el recuerdo de su pieza...

Pasé la noche en vela, más confundido que los hombres de Babel. No quiero ver a un médico: para escándalos, hay ya bastante con los habituales. Pero en la estación, adonde fui esta mañana a informarme del horario de trenes, tuve la primera sorpresa del día.

Mientras hablaba con el empleado, alcancé a ver por la ventanilla el gran calendario de papel.

—Andan adelantados aquí —le dije señalando el almanaque.

—¿Qué cosa? —inquirió el hombre.

—El calendario.

—¿Qué tiene el calendario?

—Nada... sino que está un poco avanzado.

—¿Avanzado? 1927.

—No, 1921.

El hombre, dudando al fin de sí mismo, echa una rápida ojeada atrás.

—Ya ve —me dijo volviendo a sus números—. 1927.

—No, 21 —repetí yo.

—Bien; déjeme en paz, señor! —concluyó el empleado mirándome—. Si no está satisfecho del almanaque, ahí tiene el libro de quejas.

Yo miré entonces el calendario y al hombre tres veces, y salí despacio al andén.

¡1927! ¡2 abril de 1927! Y el último recuerdo que yo tenía databa de ayer, el 24 de febrero de 1921!

* * *

Con muchísimo menos que esto un hombre puede volverse loco. ¡Loco, loco! Esta palabra danza como un aro de fuego ante mi tiniebla mental. ¿Cuándo lo estuve?

[columna marginal derecha:]

a la frente (me caí anoche en

a la vista de la camarera que no concluía

los hombres en la torre de Babel.

calendario de pared. Era el descuido tan flagrante, que me sonreí con el boletero.

— Andan adelantados aquí — le dije señalando hacia adentro.

— Nada... sino que es un poco nuevo.
— ¿Nuevo? 1920.
— No, 14.

sus números. — 1920.
— No, 14, — repetí yo.

satisfecho del calendario, ahí

¡1920! ¡5 de abril de 1920! Y el último recuerdo que yo tenía databa de ayer, el 24 de febrero de 1914!

¿Lo estoy ahora? ¡Pero no! Todo aquí me dice lo contrario... Y aún noto, como noté anoche en el chauffeur, una deferencia a mi respecto que raya en la admiración. Si se exceptúa al boletero de esta mañana...

    Esta noche sale el tren. Dentro de día y medio estaré en Buenos Aires... si es que Buenos Aires existe todavía.

*   *   *

    Si alguna duda me quedaba en el hotel, al llegar aquí a Buenos Aires he sentido en todo la vejez del mundo. Han transcurrido dos mil ciento noventa y tantos días de luchas, pasiones y agonías de las que no tengo ninguna idea. No he estado enfermo durante ese tiempo. Ni inconsciente, ni cataléptico. Mi cuerpo ha vivido, e igualmente mi alma. Pero nada sé de lo que he pensado y hecho en esos seis años. Mi yo, que conozco y habla en este momento, está adherido a una calle asoleada, desde el 24 de febrero de 1921.

    En este estado de ánimo he volado esta mañana a casa de mi médico. Si yo esperaba que al verme se echara atrás de sorpresa, no pasó así. Se alegró simplemente de que hubiera llegado bien, pues me esperaba hoy. Y me miraba como si yo no volviera en realidad de un viaje mortuorio de seis años.

    Había llegado el momento de comprender.

    — ¿Entonces, me esperaba? —le dije con pausa, mirándolo en las pupilas.

    —¡Claro! Su telegrama era bien explícito —me respondió.

    —¡Ah! ¿Y era mío?

    —Supongo que sí.

    —¿Julio Roldán Berger?

    —¡Vamos!...

    —¡No, no! —le dije—. El caso es más serio de lo que Vd. cree. Respóndame tal cual le pregunto, como si yo no lo supiera. ¿Qué tiempo hace que Vd. no me ve?

    —Muy bien; quince días.

    —¿Por qué?

    —Porque estaba en el lago Negro.

    —¿En la cordillera?

    —Carlo. Y ahora permítame...

    —No, no me pregunte nada todavía. ¡Por favor, Campillo! Míreme bien y respóndame con entera franqueza: En estos seis años últimos, ¿notó Vd. algo de anormal en mí?

a mi respecto, que

ciento noventa días de luchas,

24 de febrero de 1914.

Si esperaba que al verme se echara atrás, no pasó así. Se alegró simplemente

— Entonces me esperaba?

— Porque estaba en la Falda Negra.

—Nada.

—¿Nada?

—No, nada! ¡Nada! ¿Cuántas veces quiere que se lo repita? ¡Vamos, Berger!...

—Todavía un poco más. ¿Y no estuve enfermo... de gravedad, alguna vez?

... de gravedad alguna vez?

—No.

—Y... no estuve... loco?

Aquí la expresión del médico cambió.

Aquí la expresión del médico se serenó, se aplacó y se enfrió, mientras me miraba.

—Pierda cuidado, no estoy loco ahora —le dije—. Míreme más todavía, y verá... ¿Pero antes? ¡Campillo, amigo!...

Mas el alienista no parecía ya fastidiado por mi interrogatorio idiota. Me hizo sentar a su frente y me dijo con calma:

Pero el alienista no parecía más fastidiado

—No le pregunto nada; cuénteme Vd. lo que quiera.

—¡Muy bien! Así nos entenderemos. Y comienzo. ¿Sabe Vd. cuál es el último recuerdo que tengo de mis pensamientos, de mis actos, de mi vida, en fin? De anteayer.

—Algún golpe...

—No me he golpeado en parte alguna. ¿Sabe cuándo es anteayer para mí?

—No.

—El 24 de febrero de 1921. Tal es el caso.

Campillo echó el cuerpo atrás para mirarme mejor, y yo me levanté con las manos en los bolsillos.

— El 24 de febrero.
— ¡Cómo! Dos meses...
— No, seis años. Desde el 24 de febrero de 1914, Tableau. Campillo echó el cuerpo atrás para mirarme mejor y yo me levanté

—Tal como lo oye —concluí fríamente.

—Anteayer, cuando cruzaba la calle e iba a pisar la vía, me encontré en la cordillera con un lago violeta a mis pies y un crepúsculo lleno de frío, dando fin en ese instante a la misma reflexión que había comenzado un segundo antes al pisar la vía. Y parece que han pasado seis años de un instante a otro. ¿Cómo? Es lo que yo deseo que me explique.

lleno de frío. Daba fin en ese momento a la misma reflexión que había comenzado un instante antes al pisar la vía. Es lo que deseo que

Y la explicación me llegó por fin, en pos de un sinnúmero de preguntas insidiosas del médico. He aquí, pues, lo que ha pasado.

Yo pertenezco a una familia de nerviosos, donde han prosperado algunos histéricos y hasta alguna abuela epiléptica. Personalmente no he tenido nunca desarreglos nerviosos ni mentales, si se exceptúa acaso el estado afectivo anormal de que he dado cuenta, a principios de 1921.

y aún alguna abuela

a principios de 1914. Pero he aquí que bruscamente

Mas he aquí que bruscamente despierta en mí la epilepsia de mi abuela, la cual, si me esquiva crisis y ataques dramáticos, me sumerge de golpe en una *ausencia*, justo y cabal en el momento en que atravesaba la calle asoleada. Bajo la influencia de este estado epiléptico que el atacado no percibe en lo más mínimo, la vida prosigue como siempre. Sólo que al cabo de un día, un mes, un año, el hombre despierta de pronto. Se halla en un lugar que ignora, ni sabe por que está allí, ni conoce a nadie, ni conserva un solo recuerdo de lo que ha hecho desde el momento en que ha caído sobre él la fuga epiléptica. Su último recuerdo data desde aquel instante; de lo demás: triunfos o tragedias de su propia vida, nada sabe. Es decir, que durante esos meses o esos años el hombre ha estado muerto. Ha vivido, amado, aullado de dolor o delirado de alegría, pero muerto. Otro hombre ha proseguido viviendo en su nombre, en su cuerpo y en su alma; pero él mismo ha quedado detenido, suspenso al borde de la vía que iba a pisar... para despertar seis años después, asombrado e idiota ante su absurdo existir.

—Tal es su caso —concluyó el alienista—. Y no se queje mucho, porque hay epilépticos que arrancan a caminar un día, y no paran hasta llegar al polo. Otros van derecho al mar o a través de un incendio. Vd. ha sido de los afortunados.

—Desde su cínico punto de vista, tal vez —respondí con una sacudida de hombros, yendo a apoyar la frente en los vidrios de la ventana.

Pero mi amigo había bajado ya de su tarima científica.

—¡Vamos, Berger! Me doy cuenta de sobra de lo que le pasa... Lo quiero demasiado para emplear mi amistad en burlarme de usted. ¿Qué piensa hacer?...

—¡Pero es precisamente lo que le pregunto! —me volví malhumorado—. ¿Qué hago yo ahora? ¿Qué hacía yo en el lago Negro? ¿Qué he hecho en esos seis años? ¿A quién pedir cuenta de mi vida en ese tiempo, —y qué cuenta debo dar de mis acciones? No se imagina Vd., con todas sus definiciones, lo que es ignorar la actuación de la propia vida de uno durante seis años! Sólo sé que hice una cosa... la única que no debía haber hecho!

Y agregué, sonriendo casi de lúgubre dicha:

—¡Qué pesadilla, amigo! Vd. no lo supo entonces, porque estaba en Europa... Yo iba a casarme. Ahora comprendo que ya mi epilepsia había comenzado cuando miré a aquella mujer, cuando la seguí y le puse el anillo en el dedo, como un sonámbulo... En los últimos momen-

de pronto: Se halla en un lugar que no conoce, no sabe por qué está allí, no conoce a nadie,

a pisar... Para despertar seis años después, asombrado e idiota ante un país que no conoce.

tal vez — respondí la frente en la ventana.

de Ud. Pero tengamos calma. ¿Qué piensa hacer?

en la Falda Negra?

tos me dí cuenta de lo que iba a hacer, cuando cruzaba la calle bajo el sol de fuego... Y ví entonces el lago. Pero tenía un telegrama de ella, en que me hablaba siempre de matrimonio. ¿Cómo mi segunda alma ha proseguido adherida a tal monstruo, mientras la primera quedaba en suspenso sobre la vía? ¿Cómo no he...

—¡Un momento! —me interrumpió mi amigo, que desde hacía un instante me miraba con extrañeza—. ¿Cómo se llamaba ese que Vd. denomina monstruo?

—Nora. Tengo todavía el telegrama.

Y mientras Campillo leía:

—¡Y pensar —repetía yo dichoso— que si no me quedo plantado en la vía, mañana estaría casado!

—Y lo estará —me dijo tranquilo el médico, devolviéndome el papel—. Mañana se casa usted.

—¿Con Nora?... ¡Bah! Es usted ahora el que está loco.

—No estoy loco. Mañana se casa Vd., pero con Nora... Strindberg.[c]

Tableau de nuevo. Uno y otro quedamos inmóviles mirándonos.

—Tal como le digo —rompió por fin Campillo con una sonrisa—. Ese telegrama no es del... monstruo, sino de su novia actual, Nora Strindberg. Hace un año que tienen ustedes amores. Debían haberse casado hace quince días, pero usted fue llamado urgentemente de la cordillera por asuntos particulares. El casamiento se aplazó hasta mañana, 5 de abril. Desde allá usted le envió últimamente un cesto de magníficas orquídeas, pues debo advertirle que está usted perdidamente enamorado. Nora le contestó con este telegrama en que se refiere a la ausencia de su padre. Todo está perfectamente dispuesto para el matrimonio, mañana a las tres. Y si yo le doy esta suma de detalles, es porque durante los seis años de su ausencia epiléptica, hemos intimado mucho más de lo que usted supone, y ahora soy testigo de su boda. Tal es el caso.

Yo no lo oía más, desesperado. ¡Otra Nora! ¿Pero es que mi destino no era otro entonces que planear matrimonios absurdos e idiotizarme al cruzar las vías? ¿No

Pero en mi bolsillo tenía un telegrama de ella,

que Ud. llama monstruo?

plantado en la calle,

se casa Ud.
— ¿Con Nora?... ¡Bah! Ud. es ahora

Segundo cuadro. Uno y otro

magníficas orquídeas del sur, pues debo advertirle que Ud. está

---

[c] El apellido Strindberg, por cierto nada común en el Río de la Plata, tal vez posea alguna vinculación con las preferencias literarias de Quiroga. Ya en *El salvaje*, una de las historias de amor allí reunidas tenía como protagonista a una atractiva mujer, cuyo nombre da título al texto: «Lucila Strindberg». Quizá se trate de una velada alusión al dramaturgo y novelista sueco August Strindberg, autor, entre otros títulos de «La señorita Julia».

había purgado con seis años de epilepsia la abyección de mi alma al enamorarme de la primera Nora, cuando este segundo monstruo venía a llenar el hueco miserable de mi nuevo corazón?

—¡No, y mil veces no! —me levanté de nuevo—. Me basta con una Nora; no quiero otra. ¡Si usted la hubiera visto! Jamás vió usted mujer más horrible, le digo! Y esta otra debe ser...

¡Si Ud. hubiera visto!

—¡Otro momento! No hable todavía —saltó Campillo—. Tengo un retrato de ella, porque somos también muy amigos... Aquí lo tiene, mire.

Tomé la fotografía a distancia, receloso, pero apenas bajé los ojos torné a alzarlos muy abiertos.

—Esta es... —murmuré.

—Nora Strindberg. Puede mirarla. Vaya a la ventana y la verá mejor.

Fui a la ventana y aparté el visillo. Durante un largo rato contemplé aquel rostro que temblaba y sonreía entre mis manos y que parecía entrecerrar cada vez más los ojos al mirarme.

Campillo fumaba sin perderme de vista, y yo proseguía inmóvil y mudo, como un pobre diablo ante el cual se abren las puertas del paraíso, y no se atreve a entrar.

—Esa es Nora Strindberg —dijo por fin Campillo con vaga sorna—. ¿Qué tal?

—Bellísima —murmuré—. No he visto nunca mujer con esta ingenuidad y pasión de mirada...

—Muy bien: Ingenuidad y pasión. ¿Y el resto? ¿Corte de cara, nariz, boca?

—Únicos en mujer nacida de los hombres... Pero la expresión, sobre todo. ¿Qué edad tiene?

—Diez y nueve años. No es vieja.

No es vieja; no es un alma ni un cuerpo gastados, verdad?

Yo no oía más. Una cosa absurda, imposible de ser, ser cernía sobre mí en forma de pregunta.

—¿Y esta persona... —me arriesgué al fin sin apartar los ojos del retrato— ¿está enamorada de mí?

del retrato —

—Mucho. Loca por usted, es la palabra. Mírela más todavía... Mañana a estas horas será ya su mujer.

No vale la pena recordar las mil ansiosas preguntas que hice al respecto a mi amigo. Con cada respuesta iba yo naturalmente de asombro en asombro. Hasta que ésta rebasó del vaso cuando exclamé por fin, como todo hombre que se excusa ante una dicha no merecida:

—¿Pero qué hice yo, pobre diablo de ingeniero, para merecer el amor de esta criatura?

—Supongo que por usted mismo, en parte —repuso Campillo—. La otra parte se la debe a una circunstancia que aún ignora. ¿No me dijo usted que había notado una obsequiosidad y un respeto muy grandes a su respecto?

—Así es —contesté, recordando de nuevo el aire misterioso con que me observaban en el hotel y aquí mismo en Buenos Aires, y que yo atribuía a algún estigma de locura e idiotez impreso en mi semblante.

— En efecto, — contesté, recordando

—Pues bien —prosiguió el alienista yendo a tomar un libro de la biblioteca y tendiéndomelo—: El otro motivo de simpatía de Nora hacia usted es este libro. Lea el título.

Y leí:

«*El Cielo Abierto*», por Julio Roldán Berger.

—¿Y esto? —murmuré, presa de estupor.

—Es un libro suyo. Vea la fecha: 1924.

—¿Pero de qué trata?

EL CIELO ABIERTO
por
Julio Roldán Berger
fecha: 1919.

Mi amigo no pudo menos de sonreírse al oír esta pregunta de labios del propio autor estupefacto.

—No cabe su contenido en ninguna definición. Supóngase algo como filosofía de la humanidad... Ensayos de filosofía emersoniana, maeterlinckiana...[d] ¡qué sé yo! Lo cierto es que su obra es simplemente genial. ¿Lo oye, amigo? De un hombre de genio. Lástima que usted no recuerde nada, para darse cuenta de la resonancia que tuvo su libro.

emersoniana, bergsoniana, maeterlinckiana...

—¡Pero yo no puedo haber escrito esto! —exclamé en el colmo de la inquietud—. ¡Yo no entiendo una palabra de escribir! ¡Y filosofía, tan luego!

—Y así es, sin embargo. Hay en su libro —le cuento lo que dicen los ases del género en el mundo entero— una visión inesperada de la Vida —así como suena, con mayúscula. Usted ha visto lo que jamás vio nadie en el mundo de los vivos sobre el destino de la humanidad, sobre la razón de sus terrores y de sus míseras ansias de serenidad. Sigo hablándole como la crítica. En Europa y Estados Unidos no se quiso creer al principio que esa formidable eclosión de pensamiento hubiera tenido lugar en una cabeza de argentino, un south americano... Debieron convencerse a la larga, y aquí se encuentra usted convertido, desde hace dos años, en el más célebre escritor de estos tiempos. Este es el motivo por el cual las

sus ebrias ansias

argentino, — un south convertido, desde hace un año, en el más célebre escritor de estos tiempos. Este es el motivo por qué las gentes

---

[d] Véase la nota (2) a «La miel silvestre» (*Cuentos de amor de locura y de muerte*), donde se expone una conjetura sobre la supresión de Bergson en la versión definitiva de este relato.

gentes lo miran con asombro de tener a su lado y ver
pasar a un hombre de su talla intelectual.

* * *

¿Qué responder a esto? Yo tenía en mi mano, como
ascuas, una obra profunda, trascendental, única en el
mundo, que yo había meditado, planeado y resuelto al
fin en un libro de 300 páginas. Y yo ignoraba totalmente
lo que decía ese libro.

Debo advertir aquí, para que sea más comprensible
mi absurda situación, que yo jamás me he preocupado
del destino de la humanidad ni de cosas semejantes. He
trabajado toda mi vida para salir adelante, y nunca vi en
los hombres otra cosa que compañeros de lucha, más o
menos enérgicos, más o menos incapaces, pero prontos
todos para abrir los codos si yo no lograba adelantar bien
el pecho. Me he hecho un hombre libre sin la ayuda de
nadie, y si no soy un intelectual en el sentido que se da a   se da hoy a
esta palabra, me he roto el alma en el cálculo de los
diques del norte. Conozco también el valor del alma
humana cuando se la somete a rudas pruebas. Sé lo que
es el hambre mientras se estudia, y el hambre cuando se
tiene por delante un día y una noche enteros un pilar en
construcción que amenaza ceder bajo una avenida de
agua imprevista. Conozco más que algunos la energía
que cabe en el solo corazón de un hombre cuando se debe
la responsabilidad de una vasta obra. Pero nunca se me
ha ocurrido escribir sobre esto ni sobre el destino de la
vida.

Visto esto, pues, ¿de dónde he podido yo sacar mi
libro?

—De sí mismo —me dice el alienista—. No olvide que
usted es epiléptico. Los epilépticos no tienen forzosamente genio, pero abundan los genios que lo han sido. Es
el *mal sagrado*. En los epilépticos de genio la función
normal de sus cerebros es pensar genialmente, a modo de
las ostras cuya enfermedad genial es producir perlas.   enfermedad es producir perlas.
Usted ha necesitado entrar en ausencia para que su
cerebro se «enferme» y escriba ese libro. Es bien claro.

Mas algo parecíame oscuro siempre.   me parecía oscuro siempre.

—¿Y Nora? —pregunté—. ¿Le gusta mucho mi libro?

—¿Su novia? Ya se lo dije. Su filosofía ha entrado de
por mucho en el amor que le tiene. ¡Figúrese! Usted es su   su gran hombre
grande hombre.

Yo tomé de nuevo el retrato y de nuevo fui con él a la ventana. Ante aquel divino tesoro que por dichoso vuelco del destino debía pertenecerme al día siguiente, medité un largo rato... Y tomé una resolución.

—Aquí está su fotografía —dije a Campillo devolviéndosela—. No me caso.

—¿Eh?...

—No me caso.

—¡Pero usted está loco! ¿cree que ella no lo merece a usted? ¡No faltaba sino...!

—No diga idiotadas, Campillo... No me caso, porque no debo casarme. No es a mí a quien quiere; es al autor de eso... —señalé el libro por encima del hombro.

—¡Pero es usted mismo, qué diablo! Con ausencia o sin ella, —y esto lo sabemos únicamente los dos,— usted ha pensado y escrito «Cielo Abierto».

—No he sido yo; también lo sabemos los dos.

—¡Y dale!... Si un músico siente una melodía en sueños y al despertarse corre a escribirla, ¿cree que por eso deja de ser de él? ¡Vamos, Berger! Tome la felicidad que se le ofrece, porque de otro modo será el último de los imbéciles... y de los criminales. ¿Qué derecho tiene usted a rechazar el amor de una chica como Nora? ¿Su maldito libro? ¿Quién le dice que un día de estos no se pone usted a filosofar como entonces y escribe otro libro, mejor aún? ¿No tiene usted siempre su cabeza? ¿La tiene o no?... ¿Y entonces? «Cielo Abierto» necesitó de una sacudida mental como su ausencia para nacer. ¿Por qué la sacudida emocional de poseer a Nora no había de exaltarlo de nuevo? ¿Qué sabe usted de las cuarenta mil seducciones que un hombre de su carácter tiene para una chica como Nora? ¿Se cree usted incapaz ahora, tal como es, de hacerse amar de una mujer?

—Según. Yo me he roto el alma trabajando siempre...

—¿Y porque usted se haya roto el alma, cree que Nora no puede quererlo por usted mismo, sin que intervenga su libro? ¡Bah! Usted podrá pasar dos días sin comer, viendo bailar sus diques bajo la inundación; pero no tiene idea de lo que es una pollera, y de cuán poco basta en un hombre a veces para enloquecer a quien la lleva. ¿Qué dice?

—No digo nada...

—Así me gusta. Y ahora, a estudiar el plan de campaña, porque en el estado en que está usted...

¿Su maldito libro? (Campillo no pudo menos de sonreírse al verse forzado a calificar así a «Cielo abierto»). ¿Quién le dice que

seducciones que tiene un hombre de carácter para

para enloquecer a esa pollera. ¿Qué dice?

—¡Precisamente! De esto quiero que hablemos. ¿Qué he hecho yo en estos seis años? ¿Qué compromisos he contraído?

—No lo creo. Un hombre es siempre lo que es, aún bajo el alcohol.

Pero yo he estado bajo la epilepsia, lo que es mucho peor.

—Pero no en usted. En usted ha sido apenas larvada, digámoslo así. Usted se detuvo en la calle y dio paso a otro hombre que era usted mismo, aunque con distinta manifestación. El ingeniero de cabeza sólida y breeches embarrados quedó inmóvil, mudo y blanco, suspenso seis años sobre la vía. El que lo reemplazó fue un intelectual, un escritor de extraordinaria visión, que cumplido su destino con ese relámpago de genio, se hundió en la niebla de la ausencia para dar otra vez paso al primer ocupante. Pero uno y otro eran usted mismo. En estos seis años transcurridos he sido lo bastante amigo suyo para estar seguro de que no hay tal infamia en ningún recodo de su vida íntima. Un hombre de corazón limpio a los ojos de un amigo, no lo ensucia en mezquindades ocultas. Hombre de acción o de pensamiento, usted ha sido siempre Roldán Berger. Si esto es lo que le faltaba para decidirse, ya está satisfecho.

Y ahora, en lo que respecta a Nora, hay otras razones que usted no aprecia bien. ¿Cómo cree usted posible que salgamos a proclamar a tambor batiente este extraordinario caso de epilepsia en que usted ha dejado de ser usted durante seis años, y que estaba muerto aunque escribiera libros? ¿Quién lo creería, y qué ganaríamos con este escándalo barato? Guardemos, pues, naturalmente reserva sobre un caso que a lo más interesa a los clínicos. Pero, ahora: ¿Qué razones va a encontrar usted para romper su compromiso con Nora, un día antes del matrimonio? Usted ha sido para con ella el amante más tierno. Ella lo adora —por idiota que sea la expresión—, y la familia tiene debilidad muy grande por usted. El mundo —como dicen en vida social—, ha acogido con gran simpatía el compromiso de ustedes. Ambos jóvenes, enamorados, libres en sus tête-a-tête, con la libertad que les dan, a usted su nombre, y a ella su origen escandinavo. Y ahora, amigo: ¿con qué pretexto rompe usted el día antes de casarse?

Muy larga pausa, durante la cual veía a Campillo que me miraba esperando respuesta.

¿Qué compromisos he contraído? ¿Quién me dice que no hay en un recodo de estos seis años una infamia que pesa sobre mi conciencia actual?

la epilepsia, que es

Ud. ha sido el amante más tierno con ella.

—Bien —dijo al fin—. Ya ve que no es fácil hacerlo.
Escuche esto al final. Nora vale, como corazón generoso
y entusiasta, lo que usted ni sospecha siquiera. No le
hablo de su físico; ya ha visto que por una cara, unos
ojos y un cuerpo como el suyo, puede morir un hombre
por conquistarlos. No volverá usted, en la vida de Dios, a
hallar a su alcance una criatura igual a ésa. Que una de
las tantas chicas monas que andan por ahí lo quisiera a
usted un poco, le parecería ya bastante felicidad. Y Nora
Strindberg lo quiere con locura, y no hay para ella
mayor dicha que llegar a ser suya. He concluído.

Junto con su seductor alegato concluían también mis
últimos escrúpulos. ¿Cómo desechar un cielo abierto
(mucho más que el que yo había escrito), para entrar en
el cual no se nos pide más que un poco de olvido?

Olvidar, recordar... Recordar que tras mi esplendor
intelectual de un día, había en mí un corazón como el de
otro cualquiera, que ya había latido junto al seno de
Nora...

—Tal como usted pinta las cosas —asentí por fin—
me olvido de todo... Pero una sola cosa, para concluir:
¿Qué urgencia hay de que nos casemos mañana mismo?
¿Por qué no esperar un tiempo, hasta que...

—¿Hasta que qué? ¿Qué ganaría usted esperando?
¿Enamorarse más hasta querer matarme porque no lo
dejé casar antes? Y luego los aprontes, Berger. Todo
perfectamente listo para mañana, y desde hace meses. Y
el disgustito... No se juega con las fechas de matrimonio,
amigo... Sobre todo cuando es Nora quien se casa, y está
desesperada por estas veintidós horas que le quedan de
soltera... es decir, sin ser de usted.

Sólo veintidós horas... Me rendí.

No escapa a nadie que mi situación requería mil
precauciones. Primero que todo, debía ponerme al
corriente del estado de mi casa (desde la estación había
volado directamente a ver a Campillo); de mis nuevas
relaciones, de mi ambiente social de ahora, sin contar el
punto más escabroso, que lo constituían Nora y su
familia.

Con Campillo lo arreglamos todo en dos horas de
trabajo. El pretexto del golpe sufrido para excusar mi
desconocimiento total de todo, continuaba siendo el
mejor. En unos cuantos días, atisbando detrás de mis
ojos vagos, yo tomaría las líneas generales de mi nueva
vida; y como tenía siempre en la mano el pretexto de la

Que de una de las

— Hasta qué?

amnesia, no había pregunta, por disparatada que fuera, que yo no pudiera hacer.

por disparatada, que yo no pudiera hacer

Por lo que respecta a Nora, lo más prudente era hacerle saber en seguida mi contraste. Vendría corriendo a verme, yo la esperaría tendido en el diván, con una buena toalla en la frente. Campillo no debía permitirme hablar hasta pasado un rato, para que tuviera tiempo de orientarme, especialmente con las personas que Nora podía arrastrar con ella. Concluídos, pues, los últimos toques de la escena, el telegrama de Campillo partió, mientras aquél me enteraba de lo que había pasado durante mi ausencia.

* * *

En cuanto mi amigo puede saber, el 24 de febrero de 1921 no se notó ni notó nadie en mí cosa alguna anormal, ni tampoco en los días que siguieron. Posiblemente dejé de visitar a la horrible mujer con quien me había comprometido. Posiblemente también me escribió una y mil cartas, hasta que me tendió un lazo para que fuera a verla. No es tampoco difícil que yo haya ido, y que después de oir las violentas recriminaciones de la furia, como quien oye llover, haya tirado el anillo a un rincón, y que yo haya salido con la espalda caliente de maldiciones. Tal vez hice yo todo esto; pero no me acuerdo de nada.

Desde principos del 21 a fines del 23 proseguí mi vida de siempre, sin un solo acto que se apartara de mi norma. Campillo recibió una carta mía del 21, fechada en Neuquén, y no notó el menor cambio en mis ideas o mi sensibilidad. Volví a menudo al Neuquén llevado por mis trabajos, y en mis estadas aquí en Buenos Aires, reanudé viva amistad con Campillo, que ya estaba de regreso. Pero tampoco me acuerdo de esto.

del 14 a fines del 18 proseguí

una carta mía del 14,

Parece que fue a principios de 1924 cuando se me ocurrió la idea de escribir. Huí de nuevo al sur, pero esta vez sin trabajo alguno, y regresé en diciembre del mismo año con los originales de CIELO ABIERTO. Le pasé el manuscrito a Campillo, pero él no quiso leerlo, por estar convencido de que, después de los escritores de profesión, son los ingenieros y los médicos quienes escriben peor.

fué a fines de 1919 cuando

de que después de

Publiqué el libro, y su éxito dejó atónito a Campillo. Los colegas de aquí callaron un tiempo; pero cuando del

Imprimí el libro,

otro hemisferio comenzaron a llegar impresiones sobre mi libro, y a decir de mí lo que no se ha dicho de nadie desde los tiempos de Kant, el país entero quedó estupefacto. Cuanto hay en la especie humana de angustia y esperanza, yo lo había expresado en CIELO ABIERTO. Puede ser muy bien; pero yo no sé de ello una palabra.

yo no sé una palabra.

Mi triunfo fue definitivo. En nuestro mundo intelectual se me hizo un lugar único, y sin volver yo a acordarme de diques, viaductos y mamposterías, entré de lleno en una actividad intelectual que no debía abandonar más. Así al menos lo creían todos, y yo el primero. Tuve que descender a dar conferencias, para que de este modo llegara a las damas algo de lo que en la lectura de CIELO ABIERTO se les escapaba en total.

Al final de una de esas disertaciones subió hasta mí la familia entera de un acaudalado financista extranjero, radicada en América desde mucho tiempo atrás, que quería tener el honor de ver de cerca al autor de tal libro. Quien había arrastrado en verdad a la familia era su hija única. Campillo me dice que el entusiasmo de la joven por mi filosofía subía a sus ojos y latía en su pecho mientras me hablaba. Mutuas simpatías me llevaban días después a su casa, y de este modo conocí a Nora Strindberg. El resto: visitas asiduas, encuentros más asiduos aún, amor y demás, todo esto no se diferenció en lo más mínimo de lo habitual.

financista extranjero, que quería tener el honor

Y ahora la espero.

* * *

... Hace apenas un instante que se ha ido. Tengo todo lo que tenía hace una hora... Y además una vida de felicidad ignorada, todo un año de amor desconocido, reconquistado en un solo beso!

... Siento su voz voluntariosa en el hall, arrollando al portero. Oigo sus preguntas ansiosas al médico, que en vano quiere detenerla al paso. La siento al fin sobre mí, y siento aún la frescura de sus manos en mis sienes, y el beso de su boca que me sacudió como una pila.

sacudió como una pila eléctrica.

—¡Querido mío! ¡Julio! ¡Contéstame! Campillo, dígale que me mire!... ¡Julio! ¡Mi amor!

¡Julio, querido mío!...

Yo no debía permanecer sino el primer instante con los ojos cerrados. Y los abrí, cuando tenía a cuatro dedos de los míos los ojos anegados en angustia de una mujer a quien veía por primera vez, y que en ese mismo momento se extraviaban de pasión y felicidad al verme sonreír.

—¡Querido mío! ¡Ya pasó! ¿Qué tienes? ¿Un golpe?...
¡Y Campillo que no me decía nada! No es nada, ¿verdad?
¡Díme, Julio!

—Sí, un golpe, Nora... Pero no es nada. Dentro de
un rato estaré bien.

Y en voz más baja y lenta:

—¡Cuántas ganas tenía de verte...   — ¡Cuántas ganas tenía de verte,
                                                      mi Nora querida...
—¡Y yo a ti!

—Nora mía...

Como ustedes ven, yo me portaba pasablemente.   Como Uds. ven, me portaba
Pero tras mis palabras cálidas yo analizaba fríamente
aquel rostro desconocido, cuya mejilla abrasada había
tenido sin embargo mil veces contra la mía.

—¿Pensaste mucho allá en tu Nora? ¡No, no levantes
la voz! Dime bajito.

—Sí, mi vida... (Tiene las pestañas más densas de lo
que parece en el retrato...)

—Y yo también. ¿Recibiste a tiempo el telegrama?
¡Pobre querido, qué golpe!

—Me caí... ¡Hacía tanto que no te veía!... (Debe
quedar divina con las sienes más descubiertas...)

—Ahora sí, querido mío... ¡Juntos para siempre!
Toda tuya, siempre! Campillo, mamá: no miren. Otro
beso, ligero, el último. ¿No te hará daño?

—Probemos... (Y si su boca es el paraíso entreabierto, la humedad de sus labios y su seda interior...)

... Yo estaba mareado, y el corazón, tras un espasmo,
me latía tumultuosamente. Mis últimos escrúpulos se
habían volatilizado en la llama de aquel amor de un año
que temblaba en sus pestañas caídas al tenderme la boca,
y que yo reencontraba en un solo beso.

¿Qué más? El médico intervino al fin.

—No es nada de inquietud —dijo quitándome la
toalla—. Una ligera conmoción, de la que no quedará
rastro mañana. Lo único que quedará es una cierta
confusión de recuerdos que ya lo ha molestado. ¿Quieren
creer que no me conocía al entrar aquí? Se quedó
mirándome como si nunca me hubiera visto.

La angustia de Nora renació, mientras la madre (no
era difícil haberla conocido), miraba a todos con extrañeza.

—¡Qué cosa más rara! ¿No conoce a nadie, Berger?   nadie, Julio?

—Mamá, a mí me conoció en seguida!

—Bueno fuera... Pero, a mí, Berger, ¿me conoce?   Pero a mí, Julio, ¿me conoce?

—No mucho —me atreví sonriendo—. Hasta hace un
momento no la reconocía...

—¡Qué raro! —comentó aún la señora—. Y si esto le
pasa a él, con el talento que tiene, ¿qué sería de nosotros?

—Nos matan con seguridad —apoyó Campillo, muy
satisfecho del giro que tomaban las cosas—. Si yo
mañana no reconozco al señor Strindberg, voy derecho a
un manicomio. Berger en cambio está facultado para
hacerlo impunemente, pues el autor de CIELO ABIERTO no
puede regirse por las leyes de los demás hombres.

A la brusca evocación de mi libro, yo había sentido
una ola de frío, un soplo de viento helado que barría mi
alma. Y quedé mudo, el ceño contraído, en tanto que la
digna señora concluía solemnemente:

—Tiene razón, Campillo. Su cerebro no tiene que
darnos cuenta de lo que en él pasa...

Y me miró con maternal y hondo orgullo.

Yo estaba ya de pie, y Nora Strindberg tenía las dos
manos en mis hombros, contándome a escape los mil y un
preparativos para el día de mañana. Y cuando por fin se
fue, con la promesa confirmada y sellada en un último
beso, de que dentro de tres horas estaría en su casa, me
dejé caer exhausto en el diván, con la cabeza entre las
manos:

—Todo esto es absurdo, Campillo, horriblemente
absurdo... Pero si no me caso con ella, me muero.

* * *

No he muerto, pues hace tres meses que Nora es mi
mujer. Si la alegría del hogar, el amor extremo, el
encanto de una hermosa criatura en nuestros brazos
pueden constituir la felicidad de un hombre, yo soy feliz.
Mi amigo tenía mil veces razón: Jamás soñé yo una dicha
como la que me tienden los ojos, los labios y el cálido
corazón de mi Nora. Campillo me lo repite a menudo; y,
cosa que honra a su carácter, creo que él, a la par de cien
otros, deseó ardientemente este tesoro cuya llave Nora
Strindberg me entregó palpitante.

Ahora bien: ¿qué continuación puede tener esta historia de un amor realizado en dos etapas por un mismo
hombre, y cuya culminación dichosa gozo en este instante mismo?

Pero no soy feliz. Hay en este mundo un ser, un
fantasma que exige y absorbe detrás de mi corazón, la
mirada, los besos y el cálido corazón de mi Nora. Este

fantasma es el autor de *Cielo Abierto*. En balde me digo que él y yo somos una sola persona; pues de no ser así, mi esposa habría rechazado con los brazos al día siguiente de casados, a un intruso que estaba robando un tesoro ajeno. Pero nunca noté la más vaga extrañeza a mi respecto. Fue y es siempre conmigo la misma viva ternura de la noche de bodas. No ha sufrido junto a mi corazón el menor desengaño. No ha sentido jamás el menor escalofrío de pudor al tener reclinada su alma en la mía.

Pero no soy feliz. Aunque he suprimido toda actividad intelecto-social, donde quiere que esté y adonde quiera que vuelva los ojos, hay siempre dos personas detenidas que me miran, y una de las cuales dice a la otra disimulando la boca con la mano:

—Es el autor de *Cielo Abierto*.

Cada correo de Europa me trae docenas de libros dedicados al maestro. Mi nombre está escrito una vez por lo menos en cada número de cada publicación trascendental. De veinte palabras que me dirigen, siete son infaliblemente éstas: «¿Cuándo nos da, maestro, otro *Cielo Abierto?*» Y catorce veces más por día siento sobre mi virgen destino de antaño, el peso abrumador de mi fatal inteligencia.

He contestado a centenares de cartas de agradecimiento. Asisto a conferencias en facultades y centros intelectuales. Desempeño, en fin, del mejor modo posible, mi pesado papel de hombre de genio.

Difícil e idiota como es este disfraz, yo lo aceptaría gustoso si no estuviera de por medio la dignidad de mi amor. He mencionado ya el entusiasmo de Nora a la aparición de *Cielo Abierto*. Sabe de memoria cuanto se ha dicho de mí, y colecciona en un magnífico álbum los miles de recortes sobre el extraordinario libro. Nunca mujer se sintió más orgullosa del talento de su marido. Es ella quien abre febrilmente las hojas de las revistas, y ella quien lee a prisa y salteando los interminables estudios sobre *Cielo Abierto*. Y ella en fin quien corre radiante a enseñármelos.[e]

En estas ocasiones yo estoy por lo común en el escritorio repasando mentalmente algún pesado cálculo de materiales. Y al quedar solo, voy a veces a tomar como

[columna lateral:]

Pero no soy feliz. En las salas de conferencias, en los salones de arte, en la calle, donde quiere

radiante a tenderme el libro, — que no me entrega sin embargo sin entregarme antes toda su boca.

---

[e] El toque folletinesco y vanamente romántico de la primera versión desaparece en el texto-base, reléase la nota (a), *supra*, y la nota (1) al final del cuento.

un autómata un ejemplar de mi obra y lo abro en
cualquier parte.

¡Imposible! Si hay en el mundo una cosa que no
entiendo, ella es mi propio libro. A la segunda página
ceso de leer, fatigado como si saliera de un ataque de
gripe. ¡Mi propia obra! ¡Mis propios pensamientos!
Puede ser. Hay en ellos un esfuerzo de genio como no vio
el mundo después de Kant. Pero yo nada comprendo y
me aburro desesperadamente con su lectura.

* * *

Un nuevo mes ha pasado. No soy feliz —lo he
repetido hasta el cansancio. Y ella, Nora, tampoco lo es.
Desde hace un mes me sube al rostro la vergüenza de esta
monstruosa farsa, de esta nube de incienso que me
envuelve al paso, me sigue y me adula como a un payaso
genial. No salgo casi de casa; paso todo el día en mi
escritorio con las puertas cerradas y la luz encendida, o
acodado sobre mis viejos planos, con la tabla de resistencia a la vista. Bajo a comer, salgo un rato de noche a
caminar, y esto es todo.

Pero tras esta soledad sedante en que por fin me
encuentro a mí mismo, siento que mi hogar y mi felicidad
se derrumban. Nora me ha tomado entre sus brazos,
desesperada:

—¡Julio! ¡Hace diez días que dura esto! ¡Dime qué
tienes!

Yo la acaricio, helado:

—No, es nada, Nora... Estoy enfermo...

Pero ella esquiva mis manos:

—¡No es cierto! ¡Julio, mi amor! ¡Pero qué te he
hecho! ¡Cuatro meses que nos hemos casado, y ahora...

Y cae a sollozar su dicha perdida sobre los brazos del
diván.

¡Pero qué decirle! ¿De dónde sacar fuerzas para
concluir de matarla y matarme, diciéndole que yo no soy
sino un ladrón de gloria, y que lo que ella amó con pasión
es un divino fantasma sobre la vulgar figura de un
constructor de diques?

* * *

¿Y yo? ¿Merezco acaso esta amargura de aniquilar
fríamente la felicidad íntegra y pura que hallé en los

hemos casados (*sic*), y ahora...

de deber aniquilar fríamente la
felicidad

brazos de mi Nora? Debo hacerlo. Soy un enfermo, o lo
fui durante seis años. Me he vestido tres meses de pavo
real, disimulando bajo su rueda mis embarrados stromboot de ingeniero. Pero no puedo robar un amor que mi
novia sintió por mí, con los ojos fijos en mi frente...

Soy un enfermo, o lo fuí seis años.
Me he vestido tres meses de pavo
real, disimulando bajo la rueda
mis embarradas polainas de ingeniero. Pero no puedo robar un
amor que mi novia sólo sintió por
mí con los ojos fijos en mi frente.

* * *

+ + +

... Concluído, pues. Anoche —como lo hago desde
hace un mes—, yo recibí el correo y quité una por una
las fajas. El correo era muy voluminoso. Hojeé todo
lentamente frente al fuego, muy lentamente... Y al final
llamé a mi mujer.

—Oyeme, Nora —le dije sentándola a mi lado—. Yo
siento al igual que tú lo insostenible de esta situación. No
podemos continuar así.

—¡Sí, sí! —murmuró ella ansiosa y feliz, tomándome
las manos—. Ya no podía más. ¡Oh, Julio!...

Sus rodillas estaban en las mías, y su divino corazón
se volcaba sobre mi pecho. Y sentí, en la firmeza de sus
dedos y la humedad de su mirada, la inmensidad de lo
que iba a perder. Pero ya estaba yo de pie; fui hasta la
mesa y volví con un ejemplar de *Cielo Abierto*.

Pero ya estaba de pie; fuí
de CIELO ABIERTO.

—He aquí el motivo de mi actitud —le dije tendiéndole el libro—. Este libro lleva mi nombre. Pero yo no lo
he escrito, Nora...

tendiéndole el libro. — Yo no lo
he escrito, Nora...

Por helada que estuviera mi alma y deshecho mi
corazón, no me equivoqué respecto del espanto que
expresaron los ojos de Nora.

—No —le dije con la sonrisa de un hombre
muerto—. No lo he robado... Yo mismo lo escribí. Pero
ahora —¿me oyes bien?— no sé nada de lo que he
escrito. Nada recuerdo... No entiendo una palabra de lo
que ahí dice. ¿No comprendes, verdad? Tampoco lo
comprendía yo. Estuve enfermo... Campillo me lo
explicó todo. Pasé seis años en un estado anormal, en el
que yo era siempre yo, y no lo era, sin embargo...
Entonces fue cuando escribí el libro. Nunca había yo
escrito nada... Cuando volví en mí... cuando desperté de
ese sueño de seis años... era el 2 de abril —concluí
levantándome.

— No, — le dije con una muerte
(*sic*) sonrisa. — No le he
robado...

era el 4 de abril — concluí levantándome.

Angustia... nada más que intensa angustia había en
los ojos de Nora.

—¿Tres días antes de?... —murmuró mirándome
estremecida.

Yo no vi en su estremecimiento otra cosa que la repulsión con que me rechazaban las más hondas fibras de su ser. Y proseguí, la boca y el alma desesperadamente amargas:

—Sí, tres días antes de casarnos... ¡Yo me pregunto ahora de dónde saqué tanta infamia para engañarte de este modo! Campillo me había ya informado de todo. El me ayudó a continuar el engaño... Pero yo solo tuve la culpa. Vi tu retrato... Campillo me habló de ti... Después fuiste a verme... Lo único que debía haber hecho entonces —¡mostrarte al vivo el pobre diablo que yo era!— no lo hice! Me dejé engañar a mí mismo... Engañé a todos, por... por tu amor... Pero ya no lo hago más. Es tarde, lo sé; horriblemente tarde... pero perdóname. A mí mismo, el hablarte ahora de esto, me cuesta tanto como a ti perdonarme... porque te pierdo! Lo sé de sobra. ¡Autor de *Cielo Abierto*! ¡Hombre de genio! ¡Ah, no! ¡Te aseguro que no! Jamás escribí una palabra, y menos sobre el destino de la vida. Mi vida la empleé en trabajar como un negro, y desde que tenía doce años... Lo poco que valgo, lo debo a mi voluntad de hacerme hombre... Y vuelvo a preguntarme de nuevo cómo pude engañarte, robar tu amor... Cómo se me ocurrió que podrías quererme por mí mismo, aunque no fuera un intelectual... Sí, alguna vez quise hablarte, decírtelo... Pero era una tontería hacerlo, ahora lo veo bien. ¡Te pierdo para siempre, lo sé! Perdóname, si tienes fuerzas para esto. Yo... yo me voy ahora para siempre.

¡Oh, no! Porque había allí una mano que acababa de tomarse de la mía; que se apoyaba en ella —y Nora se alzaba hasta mí.

—¿Adónde te vas? —me preguntó con lenta angustia.

—¡Nora mía! —tuvo fuerzas para gritar mi corazón—. ¿Es cierto lo que dices?

—¿Adónde te vas? —repitió ella alzando sus dos manos a mi cuello, mientras su cuerpo venía a mí con rigidez de piedra.

¡No me fui, no! No fui sino a caer con ella en el diván, y a hundir la cabeza en sus rodillas, mientras ella hablaba aún, me pasaba la mano por el cabello.

—No, no te vas... Eres mío... mío...

Y yo, desde la divina almohada:

—Nora... mi adorada Nora... Soy indigno de ti...

—Cállate... no hables.

—Sí, es cierto...

Yo vi su estremecimiento, que no era sino la repulsión de las más hondas fibras de todo su ser. Y proseguí,

yo era, — no lo

Lo sé de sobra.
¡Autor de CIELO ABIERTO!

hacerme hombre...
Y vuelvo

mientras sus ojos y su boca venían a mí con inmovilidad y rigidez de piedra.

y a apoyar la cabeza en sus rodillas, mientras ella, pálida aún, me pasaba

—Pst!... No hables nada...

Y con los ojos espantados aún, fijos en el fuego;   fijos ciertamente en el fuego;
pálida por la opresión de los sollozos que no podían
subir:

—No hables... Mi querido... No te muevas... Mi
amor...

* * *

«¿Se cree usted incapaz, tal como es, de hacerse amar
de una mujer? ¿Qué sabe usted de la seducción que
puede tener un hombre para una mujer como Nora?»

Estas palabras de Campillo se presentan nítidas al
tener por fin a *mi* esposa entre mis brazos.

—¡Lo que me has hecho sufrir! —medita ella aún en
alta voz ante el fuego de la chimenea, que ambos contem-
plamos absortos. Yo estoy sentado en el diván; ella está
sentada... en el aire.

Yo agrego:

—¿No te pesará nunca haber perdido al autor de   — No te pesará nunca haber per-
dido a... el autor de CIELO
ABIERTO?
Cielo Abierto?

—¿Quién? —dice Nora con cómica extrañeza—. No
conozco a ese señor. Yo sólo conozco a...

Y lo que no concluyen sus labios, me lo dicen sus ojos
y su boca en ansioso y oprimido secreto.

Y como si no fuera este testimonio bastante severo,
Nora se levanta a tomar *Cielo Abierto*, vuelve a mis
rodillas, y con su brazo pasado tras mi cabeza, va
rompiendo una por una las hojas del libro que arroja a
las llamas, y que ambos miramos arder maravillados.

—Ahora —me dice juntando su brazo libre con el
que me embriaga—, ya murió ese señor...

—¿Y el público? —recuerdo yo sobresaltado—. ¿Qué
dirá el público, que espera la aparición de otro *Cielo
Abierto?*

—¿El público? —responde ella. Y con un delicioso
mohín, en voz muy baja, y sobre mi aliento mismo:

—Que espere...

Tiene razón Nora. Estoy ahora profundamente ocupado. El público... que espere.

NOTAS

[1] Publicado con el título «La segunda novia» en: *La novela universitaria* (folletín), Buenos Aires, año I, nº 12, pp. 3-22, noviembre 23, 1921. Se trata de una publicación similar a *La novela semanal*, en la que había aparecido dos años antes el relato largo «Miss Dorothy Phillips, mi esposa». Tanto las dos primeras como las tres últimas páginas están cubiertas de avisos publicitarios.

En la página 2, adjunto al texto, aparece un recuadro —de rigor en la colección— titulado «Nuestros escritores» y encabezado por una fotografía de Quiroga de perfil, prolijamente peinado y de bigote saliente y barba recortada. Debajo se lee:

«*Horacio Quiroga* —Constituye una de las plumas más brillantes de la literatura americana.

»Sus cuentos, de un enorme poder emotivo y belleza artística encantan y seducen, colocando a su autor a la cabeza de los mejores cuentistas de Sud América.

»Su labor literaria es la siguiente: Los Arrecifes de Corral (*sic*) (agotado), El Crimen del Otro (agotado), Historia de un Amor Turbio (agotado), Cuentos de Amor, (*sic*) de Locura y de Muerte, Cuentos de la Selva, El Salvaje, Las Sacrificadas. Coincidiendo casi con la publicación de la obra que el lector tiene en sus manos, se acaba de poner en venta, un último libro titulado «Anaconda» el cual se halla constituído por una hermosa colección de cuentos, ellos son: Anaconda, El Simún, El Mármol Inútil, Gloria Tropical, El Yacipateré (*sic*), Los Fabricantes de Carbón, El Monte Negro, En la Noche, Las Rayas, La Lengua, El Vampiro, La Mancha Criptalmica (*sic*), La Crema de Chocolate, Los Cascarudos, El Divino, El Canto del Cisne, Dieta de Amor, Polea Loca y Miss Dorothy Phillip (*sic*), Mi Esposa»

Como puede leerse, la edición no estaba muy bien cuidada; el mismo descuido puede encontrarse en el texto.

LA BELLA Y LA BESTIA[1]

ELLA

«Señorita *escritora* desea sostener correspondencia literaria con colegas. X.X.17, oficinas de este diario.»

Ça y est. La escritora soy yo.

He pensado mucho tiempo antes de dar este paso. No es la inconveniencia de un carteo anónimo, como pudiera creerse, lo que hasta hoy me ha contenido. A Dios gracias, estoy por encima de estas pequeñeces. Pero son las consecuencias del carteo lo que me inquieta.

Por regla general, y para una mujer sensible, el hombre es mucho más peligroso escribiendo que hablando. Es diez veces más elocuente. Halla notas de dulzura que no sé de dónde saca. No impone con su presencia masculina. No mira: Frente a una mujer agradable, la mirada del hombre más cauto es un insulto.

Esto, en general. En particular, solamente una especie de hombres es capaz de hablar como escribe; y éstos son los literatos. La parte de alma femenina que hay en cada escritor les da un tacto que ellos nunca apreciarán en su valor debido. Conocen nuestras debilidades; valoran como en sí mismos la plenitud de nuestras alegrías y el vacío absoluto de nuestras inquietudes. Llegan a nuestro espíritu sin rozarnos la carne. Entre todos los hombres, ellos exclusivamente saben hacerse perdonar el ser varones.

La grosería masculina... Sin la chispa de ideal que hace de un patán un poeta, las mujeres hubiéramos vuelto a las cavernas o nos habríamos suicidado.

Sentimiento, ternura, delicadeza de los hombres... ¡Bah! Si me atreviera a definir el amor, diría que en nosotras es una esperanza, y en ellos una necesidad.

Ante esta evidencia no valdría la pena continuar viviendo, si de vez en cuando el Señor no depusiera desnudito en los brazos de una madre una pequeña cosa que será luego un gran poeta.

¡Dios mío! ¡Mas cómo cuesta hallarlos! Conozco a todos por fotografía, y a algunos de cerca. ¡Pero qué fugaz este *cerca!* La madre de Dora me insta siempre a que vaya a su casa los miércoles. Su sala es un verdadero salón literario, como los había en los divinos tiempos de la princesa Matilde. Allí podré hablar con ellos, deleitarme con su conversación, gozar el abandono de entregarles con el alma, la vida entera de un instante.

¿Por qué no voy? Desde que comencé este diario he sentido que más temprano o más tarde debía anotar esta circunstancia... enojosa. Deseo que no se equivoquen sobre mí: me siento muy halagada de ser muy joven, y tan bella de rostro como de figura, al decir de todos. No es, pues, la hipocresía mi principal defecto. Pero de mí se desprende, a lo que parece, una seducción particular, una atracción honda y ciega más fuerte que mi belleza misma, y profundamente... turbadora.

—Tu alma es pura como un lirio —me ha dicho una vez mi tía.— Pero tu destino es más fatal: enloquecer a los hombres.

—¡Pero qué hay en mí, tía! —he sollozado casi—. ¡Yo no tengo el tipo provocador!

—¡Todo lo contrario! Pero por no haber en ti pizca de provocación, atraes como el abismo. No son tan tontos los hombres.

¡Dios mío! ¿Qué hacer? Por todas partes, en todos los amigos que he tratado, en todos los hombres que he conocido, la misma torpeza material, la misma grosera incomprensión del alma femenina. Creen que una sola cosa les basta para conquistar nuestra finísima sensibilidad: el ser hombres ¡Y qué orgullosos se sienten de ello!

Cuando Dios hizo a la mujer, arrojó la llave de oro de su espíritu al misterio. El primer poeta suicida la halló dentro de su ataúd; y desde entonces los escritores, dueños exclusivos de ella, se la pasan de unos a otros.

Yo no sé cómo se llama el artista que hoy la posee; pero voy a él, confiada.

He mostrado a mi tía el aviso que envié esta mañana al diario. Se ha puesto los lentes, no tanto para leer como para mirarme por encima de ellos.

—¿Y has pensado en el peligro de que alguno te guste... no espiritualmente? —me ha dicho.

—¡Oh, tía! —he respondido sentándome en el brazo del sillón a abrazarla—. Si es un escritor, ¡soy toda suya!

EL

Puedo llegar a ser el hombre más feliz de la tierra. ¡Acabo de hallarla por fin, cuando había perdido todas las esperanzas! Nadie puede hacerse una idea de lo que es tener por fin a tiro a una chica monísima que nos ha enloquecido ya al pasar. Pregunté por ella tres meses seguidos; todo en vano. Y he aquí que la encuentro cuando menos lo esperaba, en los miércoles de una casa de familia.

La casualidad me pone en contacto, apenas adentro, con la señora de Morán, que me profesa cordial estimación. ¡Y es tía suya!

—Magnífico —le digo—; usted me va a hacer un favor muy grande. Preséntemela.

—¿Le gusta?

—Locamente.

—Pierda entonces las esperanzas. No es para usted.

—¿Por qué? Yo no soy acabadamente vil.

—Usted es encantador; pero no es el hombre que va a llamar al corazón de Mechita.

—¡Diablo! ¿Tan inconquistable es?

—Para usted, inmensamente.

Mi amiga no parece bromear. Yo murmuro: ¿De veras?, con acento tan grave y aire seguramente tan desconsolado, que la señora se apiada después de medirme un rato en silencio.

—Yo quiero locamente a Mechita, pero también lo estimo mucho a usted. ¿Está seguro de poderla hacer feliz un día?

¡Diablo de Mechita! Ante tanta solemnidad, y la exaltación superhumana que de Mechita se hace, pregunto atemorizado:

—¿Pero ella es una mujer... como todas?

—No sea loco —me responde mi amiga—. Quiero decir si usted es capaz de enamorarse... de su espíritu.

—Si posee de espíritu una centésima parte de su encanto físico, me caso mañana mismo.

—Eso ya lo verá usted. Por estimarlo como lo estimo, voy a ser infiel a Mechita. Acérquese más y escuche.

Y con la sorpresa del caso, se me confía el secreto de cierto aviso que debe aparecer en un diario, a fin de que yo tome las medidas que crea más convenientes.

ELLA

Ya está. Éxito completo. He recibido ocho respuestas, ocho espirituales cartas en papel de esquela. Tres tienen monograma, y cuatro comienzan como las nuestras, por la última página.

¡Pero qué cartas! ¡Dios mío! Si yo hubiera nacido hombre y poeta, creo que no hubiera tenido la finura de ellos.

¿Ellos? Todos no. Siete cartas son iguales, pero la última es un enigma. Primero de todo, escrita en una vulgar hoja de block. Segundo, da la impresión más acabada de que su autor no tiene idea de lo que es una correspondencia literaria: «... *en la medida de mis fuerzas, me desempeñaré gustoso, tratando de halagar a usted...*»

¡Qué estilo! «Tratando de *halagarme*...» Su autor tiene vocación de artista, pues cree serlo; pero nada más, el pobrecito...

* * *

He dejado pasar diez días sin contestar a ninguna. Véase por qué:

Los literatos, debido a la prodigalidad de sus sentimientos, reciben cartas femeninas no siempre inspiradas en una emoción artística. El menos avisado de mis ocho escritores no ha dejado de sospechar en mí un lazo de este género. Ante mi silencio, algunos perderán toda esperanza, y otros volverán a escribirme; pero el tono de sus cartas me indicará nítidamente a los que persisten en error.

* * *

Pues bien, me he equivocado. Los siete escritores de verdad han vuelto a ofrecerme su correspondencia espiritual, con la misma finura y las mismas hermosísimas frases de la primera vez. Sólo el octavo, el fresco señor del papel de block, no ha dado señales de vida.

He estado a punto de reírme sola. ¿Qué pensará el buen hombre? Se ha resentido ante mi silencio, con seguridad. ¡Pero tampoco sospechó en mí una correspondencia extra-artística, pues de ser así hubiera insistido! En fin, no creo haber perdido nada.

* * *

¡Un mes de carteo ya! ¿Fui yo, en verdad, la que buscó para alimento de su alma la palabra mágica de un literato? Comprensión, exquisitez, soplo anímico, caricia ideal... ¡Dios mío! ¡Todo, todo lo poseo de ellos! ¡Y me siento tan, tan vacía!

Al concluir de leer una tras otra las siete cartas, tengo siempre la sensación de ser toda yo, hasta lo más íntimo de mi ser, algo dulce; pero apenas dulce, de una levísima dulzura que se torna ansiosa de ser concretamente dulce! Paréceme que floto, sin lograr asentarme en tierra. Toco las cosas, y es como si en pos de haber sufrido mi contacto, huyeran de mí. ¡Y este estado de beatitud aplastada en que quiero sentirme! ¡Y esta ansia de dulzura definitiva que voy a alcanzar y me huye siempre!

A veces, cuando concluyo de contestar las siete cartas, pienso en aquel original del block. ¿Qué podía haberme escrito? Vulgaridades sin nombre... pero me hubieran hecho reír. ¡Pobre señor! Continúa resentido conmigo.

¿Y si le escribiera de nuevo? Con seguridad no se vio nunca tan halagado.

* * *

Anoche le envié dos líneas. He aquí su respuesta:

«Señorita: usted me pregunta por qué no le escribí más. El motivo es haberme dado cuenta, después de contestar a su carta, que yo no había entendido bien. Usted hablaba de correspondencia literaria. Y yo no soy literato. En la seguridad que usted sabrá disculparme mi error, la saluda atte...».

No está tan mal, ¿verdad? Podía sin embargo haberse excusado de no ser literato: «... darme cuenta *"que"*... disculparme *"mi"* error...».

Pero por inculto que sea, no puede ignorar lo que es una correspondencia literaria! ¿Con qué objeto, pues, se hizo al principio el tontillo, para encerrarse luego en su feroz silencio?

¡Ah! Y siempre su poética hoja de block.

* * *

¡Qué sueño! Soñé anoche que un desconocido se acercaba a mi lecho y me susurraba al oído: «Te está engañando. Los otros son literatos; pero el literato verdadero, es él».

He comprendido, con la brusca revelación de la verdad, el porqué de mi oculta predilección. ¡Pero sí, sin duda alguna! ¡Se ha disimulado, se ha disfrazado bajo su estilo comercial! ¡Cómo no lo sospeché antes! Ahora se explica su actitud toda.

¡Ah, muy bien! Pierda usted cuidado, señor escritor. Es usted mal psicólogo, si cree que le voy a dar el gusto de halagar su vanidad, reconociéndolo poeta!

* * *

«Señor: A pesar de todo, ¿tendría la amabilidad de perder el tiempo cambiando impresiones conmigo? Se considerará muy honrada SS...»

*   *   *

«*Señorita: No alcanzo a comprender qué interés puede usted tener en cambiar impresiones conmigo, pues, como ya se lo he dicho, no soy literato. Impresiones que puedan entretener a usted no tengo ninguna. Creyendo así haber satisfecho cumplidamente sus deseos, la saluda atte...*»

*   *   *

¿Ah, sí? ¿Cree usted así como así, señor literato sutil, haber satisfecho mis deseos? Lea usted esta cartita:

«*Señor: Confieso también que me equivoqué al juzgar a usted escritor un pequeño instante. Con este doble error, doy por terminada esta efímera correspondencia*».

El yerro fue sólo mío. Pero tiene que ser muy hábil para reanudar con aires de triunfo el carteo.

*   *   *

¡Y no reanuda! ¡Un mes transcurrido en el más fosco silencio!

¿Me habré equivocado? ¿Será un patán como cualquiera, sin un soplo de ideal?

Pero no; habría respondido alguna grosería de despecho, pues la vanidad de los hombres vulgares, en sus pequeñas cosas, es más fuerte que la de los mismos literatos.

¿Entonces? ¿Qué pretende? ¿Burlarse de mí?

He soñado toda la noche, despertándome a cada momento. Hoy estoy quebrantada, sin gusto para pensar un instante en mí misma.

Dejemos. Reanudaré la correspondencia con mis siete colegas de verdad —escritores al fin. El otro ha muerto.

*   *   *

«*Señor: ¿Ha muerto usted? Le hago esta pregunta, movida por la más estricta curiosidad.*»

A lo que ha respondido:

«*Señorita: No he muerto todavía. Si lo que usted quiere preguntar en su cartita de ayer, es el porqué de mi silencio, le recordaré que fue usted quien lo impuso, y no yo. ¿Está usted satisfecha?*»

Seis horas después, debe haberle llegado esta sola línea mía:

«*Yo, no. ¿Y usted?*»

Y él, en seguida:

«*Yo, tampoco*».

*   *   *

¡Pero qué trabajo! ¡Cuán difícil es de conquistar, Dios mío! ¿Habrá sido así tan duro con todas las que le han escrito?

¡«*Mi*» literato! Porque en vano sus cartas, su estilo, y su vulgar claridad para explicar las cosas pretenden engañarme. ¿Quién, si no un artista, hubiera sido capaz de hallar el procedimiento para interesarme sin ofenderme? Los hombres vulgares no proceden así. Como los hombres ricos de Maeterlinck, son los eternos hambrientos, sin tener necesidades.

* * *

Hace dos meses que nos escribimos.

¿Qué me dice? No sé. Nada extraordinario, ¡oh no! Su misma constante simulada sencillez. Pero ¡cosa curiosa! ¡Sus expresiones, que en otros me parecen triviales, en él, con las mismas palabras y el mismo tono, me parecen llenas de energía!

¡Literato mío! ¡Cómo reconozco tu divina sutileza!

Mas su nombre, siempre en el misterio. He agotado la lista de los escritores del país, sin hallar el suyo. No es tampoco un seudónimo; lo conozco ya demasiado para creer eso en él. ¿Pero entonces?

Tía se echó a reír ayer ante mi pesadumbre.

—¡Pero tía! —le digo—. ¡Es un magnífico escritor, estoy segurísima! ¡Y quiero leerlo!

—¿Y también verlo, por supuesto?

—¡Por supuesto que sí, tía!

La entero entonces de sus deseos de conocerme. ¿Me puedo arriesgar?

—¿No temes desilusionarte? —me pregunta ella.

—¿De qué? Sé que me aprecia y me respeta.

—¿Y si es feo?

—¿Muy, muy feo?...

—Sí. Y que no sea literato.

—¡Oh, tía! Esto es imposible. No se puede disimular hasta ese punto la falta de literatura, sin ser literato. ¿Feo?... No importa. Yo tampoco soy linda.

Mi tía hace: Hum... hum... Y concluye:

—Bien, Mechita; recíbelo. A los diez minutos te habrás dado cuenta de si debes o no continuar con él tu correspondencia —literaria.

—¡Y sí, tiíta! ¡De no ser así, no estaría loca por conocerlo!

El martes, ¡gran día!

EL

Esta tarde, a las seis en punto, voy a su casa. ¿Quién me lo hubiera dicho, cuando hace cuatro meses me consideraba el más infeliz de los mortales porque no podía encontrarla? Y ahora, esperándome, apoyada en treinta y tantas cartas de amistad...

He ido volando a contárselo a su señora tía.

—¡Triunfo completo! —le he dicho—. Consiente en verme.

—¡En hora buena! Y ahora que usted conoce su espíritu, ¿le gusta Mechita como antes?

—Estoy loco. No le puedo decir otra cosa.

—Entendámonos: ¿Enamorado de su alma?...

—¡Sí, por Dios bendito, señora! ¡De su alma, sí! A pesar de sus chifladuras literarias, tiene una cabecita muy sana. Y su cuerpo también me enloquece.

—No necesita repetirlo. En fin, que sea feliz.

Y me voy. No sé qué será de mí, cuando se derrumben los ensueños que forjó sobre mis aficiones artísticas... Allá veremos. Pero si es verdad que yo no le disgusto, tal cual soy, y ella es tan terriblemente bella y pura como de pie en un salón, entonces, ¡Dios nos ampare!

ELLA

¡Qué alucinación! ¡Qué dos horas de vértigo! Tengo la impresión de haber llorado y reído; de haber sido molida a golpes, y haber sollozado de dicha.

¡Cuán feliz! ¡pero cuán feliz soy!

Hace una hora que se ha ido. Llegó a las seis en punto, y vino hasta mí con una franqueza irresistible desde el primer instante.

¡Amor mío! ¡Cómo hacerte comprender que ya la rectitud de tu paso me había conquistado antes de tocar tu mano!

Sin variante alguna, como lo había imaginado: trigueño, sin bigote, y sólida y blanca dentadura, bien‑visible cuando ríe.

Pienso en el temor de tía: «¿Y si es feo?» Sonrío ahora.

¡Oh! Pero en el último cuarto de hora, cuando habíamos hablado y hablado y nos habíamos puesto de pie, y él me miraba un poco pálido y yo le había entregado ya mi alma, sin saber lo que hacía ni cómo lo había hecho, ¡oh, entonces no me sonreía, porque estaba segura de morir si él me apoyaba apenas un dedo en el hombro!

¡Dios mío! Entre sus brazos fue donde apoyé mi cabeza desvanecida, cuando en el instante de despedirnos, me recogió bruscamente a él!

Humillación, gozo y horror de mí misma había en mis sollozos. Pero lo que sobre todo sentía era la inmensa protección de su mano alisándome el cabello, y el sostén de su robusto cuerpo que me protegía toda.

Mientras estuvimos así, nada me dijo. Y él no sabrá nunca que su resolución para conquistarme no me hubiera hecho tan tiernamente suya, como su inmediato silencio.

¡Mas qué feliz ahora! ¡Y cómo me río al evocar la «tremenda catástrofe»! ¿Recuerdan ustedes la «vulgaridad de los hombres sin ideales de arte», y la «grosería de sus sentimientos»?

Así pues le susurré: —Dime ahora quién eres, qué libros has escrito.

El se echó a reír, enseñando más aún su blanca dentadura.

—Es que yo no soy escritor, —me dijo. Pero tú soñabas... y no tuve valor para desengañarte. Sería incapaz de hacer un solo verso. He tenido que trabajar siempre para ganarme la vida; y todo lo que puedo ofrecer a una mujer es un fuerte corazón... prosaico.

¡Huy, qué discurso! El ríe aún:

—¿De modo que me quieres... sin literatura?

—¡De cualquier manera!

—¿Y (con una insinuación a mis primeras cartas) un beso no es un grosero crimen?

—¡Oh, no!

Pero él está a punto de despertarme dolorosamente, cuando me dice:

—Olvidaremos, pues, que yo era la bestia; y tú... Recuerdo que hay un cuento para niños...

—Sí, *La BELLE ET LA BETE...* —murmuro yo en francés. Pero él agrega riendo,— y sin recordar que yo estoy convaleciente:

—Eso es. Yo también sé francés, verás: Donc, yo soy... la bête. ¿Et tu?

¡Dios mío! Se dice: Et toi... Pero bajo su boca, respondo desfallecida:

—¡La bête, aussi!...

NOTAS

[1] Publicado en *La Nación*, enero 13, 1924. En el Departamento de Investigaciones Literarias de la Biblioteca Nacional (Montevideo), existen dos folios de este relato en su primera versión, corregidos con tinta por el autor.

EL OCASO[1]

NOCHE DE KERMESSE en un balneario de moda. A dos kilómetros del hotel, la playa ha sido convertida en oasis. Grandes palmeras alineadas en losanje se yerguen en la arena. Sobre la costa misma, y paralelo al mar, se levanta el bazar de caridad. Entre las plantas se hallan dispuestas mesas para el servicio del bar. A la alta hora de la noche que nos ocupa, el área de la fiesta —bazar, palmeras y arena— luce solitaria al resplandor galvánico de los focos.

Solitaria, tal vez no, pues aunque el bazar ha apagado sus luces, a excepción del buffet, en el oasis del palmar algunas personas desafían aún la fresca brisa marina.

Tres jóvenes en smoking y dos señoras de edad madura, concurrentes tardíos al bar, acaban de sentarse a una mesa cubierta en breve tiempo de botellas y fiambres; y en menos tiempo todavía, su atención y sus ojos se han vuelto a una mesa distante, donde un hombre y una mujer, que no tienen por delante sino un helado y una copa de agua, conversan frente a frente.

El es un hombre de edad, más todavía de lo que haría suponer su apostura aún joven. Este hombre, años atrás, ha interesado fuertemente a las mujeres. No ha sido un tenorio. Aunque no se nombra nunca a conquista alguna suya, se está seguro del peligro que representa. Mejor aún: que representaba.

Ella, la mujer que con un codo en la mesa tiene fijos los ojos en su interlocutor, es muy joven. Mejor aún: una criatura de diez y siete años. Pero los recién venidos nos informarán más ampliamente sobre ella.

—Ahí está la Perra de Olmos, tratando de conquistar a Renouard —interpreta una de las señoras.

—¿Perra?... —inquiere alguno de los jóvenes.

—Sí, Lucila Olmos —explica la dama—. Un apodo de familia... Cuando era chica se emperraba, sin dar por nada su brazo a torcer... De aquí su nombre.

—Lindísima, a pesar de ello... —comenta el mismo joven.

—¡Ya lo creo! Y bastante bien que ha usado de su hermosura... No, no digo tanto... Ahora vuelve de Europa. ¡Pobre del ex buen mozo de Renouard, si a la Perra se le ocurre sacarlo de sus casillas!

—¿Es ése su fuerte?

—¡Oh, no! Pero tiene un estilo fijo: hacer lo que no debe. Y demasiado equilibrada, digo yo siempre, para la edad en que su madre la tuvo: cuarenta y cinco años, por lo menos... Vean la atención inmóvil con que escucha a Renouard.

—Bellísima... —murmura a su vez otro de los jóvenes, que sin lugar a dudas participa de la opinión del primero.

801

—Sí, nadie lo niega... —se encoge de hombros la enterada dama—. Pero no tan joven como ustedes creen...

—Pero...

—Sí, ya sé lo que va usted a decir... Desde su punto de vista, es una criatura... No ha cumplido todavía diez y siete años. ¿Pero qué importa la edad? El corazón es lo que marca la edad de una mujer. ¿Y saben ustedes lo que la Perra de Olmos ya ha hecho en esta vida? ¡Casi nada! ¿Se acuerdan ustedes de los conciertos de Saint-Rémy, hace dos años? Una noche que el maestro tocaba en lo de X..., de pronto la luz se apagó, no se sabe todavía cómo. En los breves momentos que duró la oscuridad, Saint-Rémy sintió que dos brazos se abrazaban a su cuello, y que una boca se unía a la suya. Todo duró lo que un relámpago. Cuando la luz se encendió de nuevo, Saint-Rémy se encontró solo. Y la señora más próxima se hallaba a varios metros de él. Durante los escasos segundos de oscuridad, una mujer había cruzado el espacio vacío con una audacia sin nombre; había satisfecho su pasión en los labios del músico, y había tenido tiempo todavía para retirarse antes que la luz se encendiera.

Saint-Rémy reanudó su sonata como pudo. Y cuando al concluir fuimos todas las damas a felicitarlo, en vano el maestro sondeó los ojos de todas, tratando de descubrir por la inseguridad de la mirada a su incógnita adoradora.

Cualquiera se hubiera turbado. Lucila, no. Era ella. Acababa de cumplir quince años.

¿Se dan ustedes cuenta del tupé que para hacer eso necesita una chica de esa edad? Y digo chica por decir algo, pues la Perra tiene ese cuerpo y esa belleza que ustedes le hallan, desde los trece años. ¡Bien aprovechados, digo yo!

—Otra historia —solicita alguien en el grupo.

—¡Y qué más! —protesta la señora informante—. Pregunten a sus íntimos. Tal vez ellos sepan otras.

—Sumamente joven... —murmura el anterior solicitante.

—Ya lo he dicho: diez y siete años no cumplidos. Y ya divorciada.

—¿Eh?...

—Sí, divorciada. ¡Ah! Es toda una historia... Y esta vez para concluir con ellas. Cuando el año pasado Amsterdam entero aguardaba como al Mesías al explorador Else que volvía del polo, todas las mujeres, casadas y solteras, estaban ya locas por él. El avión en que llegaba se incendió, y sólo se pudo salvar del héroe una espantosa cosa sin ojos, sin brazos... ¡Un horror! Su misma madre, de haber vivido, no se hubiera atrevido a mirarlo. Lucila se casó con él.

—¡Chic! —exclama en voz muy alta un joven del grupo, volviéndose del todo a la causante.

—Sí, muy chic —concluye la señora—. A los dos meses estaba divorciada.

Se hace un largo silencio. En la brisa demasiado fresca se oye a la sordina, bajo los duros golpes del mar, el frufrú de las palmeras, cuyas sombras erizadas danzan agitadas sobre la arena.

Altas llamadas al mozo y nuevas copas concluyen con el tema en la mesa del grupo.

* * *

Pero en la mesita distante nuestros recién conocidos proseguían animados su charla. Hacía tres horas que estaban allí, solos y ausentes del espacio y del tiempo, como personas que se encuentran por fin en esta transitoria vida.

El tenía ya el cabello blanco, y ella era todavía un capullo. Pero para conversar, comprenderse, soñar, tal diferencia de edad nada implica, conforme se verá por lo que sigue.

—¿Qué edad tiene usted? —acababa de preguntar ella.

—Sesenta años bien cumplidos —respondió Renouard, sin prisa mas tampoco sin demora.

—No parece —observó la joven, examinándolo con detención.

El hizo un gesto, llevándose la mano a los cabellos aún abundantes.

—Es por esto —dijo.

—No —negó ella, sacudiendo despacio la cabeza—. Es porque... —Y suspendiendo el vaivén agregó, mientras lo miraba netamente en los ojos:

—... porque lo siento.

El hombre que había constituído un peligro para la mujer que lo tratara de cerca, no iba a equivocarse a su edad sobre la extensión de tal respuesta.

—Es usted una honrada chica —repuso con grave cariño.

Renouard calló. Pero agregó después de un momento:

—Usted no se equivoca sobre lo que quiero decir, ¿verdad?

—Creo que no... La honradez que conserva, a pesar de todo, una mujer deshonrada... ¿no es eso?

—Así es.

—¿Y usted, Renouard, tampoco se equivoca sobre mi respuesta?

—¡Oh, no! Usted es...

Renouard se detuvo.

—¿Qué soy? —preguntó Lucila.

—Nada. Lo que...

—Renouard —interrumpió la joven, oprimiéndose más a la mesa—: usted debe de haber tenido mucho éxito con las mujeres, ¿no es cierto?

Sin responder a la pregunta, Renouard prosiguió:

—Lo que iba a decir al interrumpirme usted, es que usted se parece infinitamente en todo: cuerpo, rostro y modo de ser, a una persona cuyo recuerdo me es, no sé ya si querido, pero sí infinitamente doloroso. Esa persona podría responder, si conserva aún recuerdo de mí, a la pregunta que usted acaba de hacerme.

—El recuerdo de esa persona que yo le evoco le es a usted doloroso, pero mi presencia no le es a usted dolorosa en modo alguno. ¿Por qué?

Renouard sonrió ante el esplendor juvenil de aquella criatura que impregnaba de mórbida tibieza el fresco oasis nocturno.

—¿Por qué recuerdo yo tanto a esa persona?

—Porque es usted misma —murmuró él. Y arrepentido acaso, prosiguió en tono más ligero:

—¿Usted cree en la transmigración de las almas en vida, Lucila?

—Dígame Perra.

—¿Qué?

—Dígame Perra. Usted me llamó Lucila. Dígame Perra.

Entre el helado sin concluir y la copa de agua vacía, la mano del hombre, grande y franca, se apoyó sobre la de la joven.

—Perra —sonrió.

Los rasgos de la joven perdieron su tensión batalladora, y retirando los dedos satisfecha:

—Ahora sí —dijo—, seremos siempre amigos.

—Yo lo soy ya muy grande de usted, Lucila.

—Perra.

—Y ojalá...

—¡No! ¡Ojalá no! ¡Perra!

Bajo los cabellos blancos de Renouard, sus ojos todavía jóvenes se ensombrecieron de vida. Y fijándolos de pleno en los de la joven, como sabe hacerlo un hombre:

—¿Usted sabe lo que está haciendo? —dijo.

—Sí —repuso ella.

Se hizo otro silencio. Renouard lo rompió en voz baja.

—Usted es el crimen —murmuró.

Y ella, en voz también más baja:

—Lo soy.

Tornó a hacerse otro silencio, que nadie rompió esta vez. El grupo de jóvenes y damas acababa de retirarse, abandonando un servicio completo de buffet sobre la mesa. El mar sonaba más hondo, y la arena parecía más blanca, fría y estéril.

Renouard, por fin, apoyó ambos brazos en la mesa y comenzó así:

—Al decirle a usted hace un rato que la persona que usted me evocaba era usted misma, no dije sino la verdad. Un hombre no ve levantarse un trozo punzante de vida desde el fondo de su pasado sin sentir turbadas sus horas. Ese recuerdo podría responder a usted sobre mis pretendidos éxitos con las mujeres. He tenido la suerte de todos, nada más. Pero dudo de que nadie guarde una mancha como la que debo a ese recuerdo. Usted, a lo que parece, ha oído hablar de mis conquistas. ¿Quiere que le hable yo ahora de mis fracasos? ¿Es capaz de oír una historia escabrosa?

—Sí, si me la cuenta entera.

—Oiga, entonces. Yo tenía en aquel tiempo veinte o veintiún años. Logré, con una rapidez increíble, la conquista de una mujer...

—Parecida a mí.

—Sí, pero menos joven. Si yo hubiera tenido algunos años más, habría comprendido que mucho más que el amor era la curiosidad la que echaba a mi amada en mis brazos. Observó con atento mutismo mi aparente desenvoltura, mi fatuidad de adolescente, mi prisa misma por hacerla feliz: —todo lo que rendí ante la espiritual criatura que había condescendido a dejarse amar por un vano y lindo muchacho.

Yo era entonces un brioso adolescente, y ese brío constituía mi orgullo. Por esto creí haber entendido mal cuando al reanudarme la corbata ante el espejo, oí estas palabras enunciadas lentamente:

—¡Curioso! Tengo la sensación de no haber estado con un hombre...

Me volví con la presteza de un rayo. Ella permanecía sentada en la cama, con los brazos pendientes inmóviles y la mirada perdida.

¿Comprende usted? Yo era un fuerte muchacho. Y exhausto yo mismo, oía a la mujer que había amado, soñar insatisfecha porque no había estado con un hombre...

Pero hay que ser ya hombre para valorar lo que eso significa. Lo comprendí apenas en aquella ocasión. Es sólo más tarde cuando he apreciado en toda su profundidad el abismo de nulidad en que me hundí ante aquella mujer. Fue mi amante esa sola tarde. Jamás volvió a fijar los ojos en mí, como si nunca hubiera yo existido para ella.

Renouard calló. En la lejanía de las palmeras heladas de rocío, la luna en menguante surgía franca sobre el mar. La joven, muda también, proseguía en la misma postura.

—¡Renouard! —llamó.

El se volvió a ella.

—Renouard: usted me dijo que yo me parecía mucho a aquella mujer. ¿Es cierto, Renouard?

—¡Pero si es usted misma! —clamó él—. ¿Lo comprende ahora? ¿Comprende que yo daría cualquier cosa por no conservar ese recuerdo que su hermosura, su cuerpo, exasperan hasta...

—Tómeme.

Bruscamente Renouard palideció. Ella, pálida también, lo miraba sin desviar los ojos.

—Repita lo que dijo —murmuró Renouard.

—Es muy fácil —contestó la joven—. ¿Aquel recuerdo lo tortura a usted mucho? ¿Daría cualquier cosa, como ha dicho, por borrarlo?

—Sí

—Tómeme.

—¡Lucila! —bramó de felicidad el hombre de cabello blanco.

—Soy suya. Tómeme.

Si después de este ofrecimiento, bastante grande por sí solo para matar de dicha a un hombre; si esa noche misma, ante la luna en menguante, ese hombre de sesenta años se hubiera pegado un tiro de felicidad, hubiera cumplido dignamente con su vida y su deber. No vio o no pudo ver su camino de Damasco. Porque cuando horas más tarde al tener a Lucila en sus brazos, creyó poder alcanzar al cenit de su destino, sintió que su desesperada impotencia para confiar a la joven una dicha ya exhausta, lo alucinaba como una pesadilla.

Como ocho lustros atrás, se vio en brazos de una criatura bellísima y curiosa hasta la más loca generosidad. Como en aquella circunstancia tornó a verla sentada, con los ojos perdidos en el vacío. Y como cuarenta años antes oyó, como había oído a la madre exclamar ante la insípida aurora de un varón, repetir a la hija ante su lamentable ocaso:

—¡Curioso! Tengo la impresión de no haber estado con un hombre...

NOTAS

[1] Publicado en *La Nación*, Buenos Aires, septiembre 30, 1928, con el título «El desquite». Existen ocho folios de la publicación en libro con ligeras correcciones manuscritas efectuadas por el autor.

LOS ARRECIFES DE CORAL

El tonel de amontillado
Venida del primogénito
Jesucristo
El guardabosque comediante
Cuento

NOTICIA PRELIMINAR

Aunque los primeros balbuceos literarios de Horacio Quiroga datan de 1896, año en el que junto a un grupo de amigos y bajo la influencia de un romanticismo ya crepuscular, llena las páginas del *Cuaderno de Composiciones Juveniles*, cuyo original hológrafo se custodia en el Departamento de Investigaciones de la Biblioteca Nacional, su estreno, al margen de alguna colaboración periodística ocasional, se produce tres años después. Ahora, en caracter de fundador y editor de su propia tribuna: la *Revista del Salto*. La revista, que aparece desde el 11/9/1889 al 4/2/1900, es la primera publicación decadentista y modernista del Uruguay, y se editó en una lejana ciudad del interior del país. Lo acompañaban en la audaz empresa, un grupo de principiantes como él: dos de ellos serán sus primeros biógrafos (José María Delgado y Alberto J. Brignole), uno su corresponsal más activo (el historiador José María Fernández Saldaña), a otro le tocará en desgracia morir por causa de un balazo que, accidentalmente, le disparara Quiroga: se trata del promisorio escritor Federico Ferrando.

Con ellos, a su regreso de un frustrado viaje a París en busca de la gloria, experiencia de la que ha dejado un valioso testimonio en su *Diario de viaje*, fundará, en el ruidoso cuarto de una pensión montevideana, el primer cenáculo modernista uruguayo: el «Consistorio del Gay Saber». La iniciativa es la lógica consecuencia de una orientación estética cuyos orígenes se remontan, otra vez, a 1896. En noviembre de ese año, en el ya citado *Cuaderno de Composiciones Juveniles*, aparece transcrita, de puño y letra del propio Quiroga, la «Oda a la desnudez» de Leopoldo Lugones. A partir de ese momento, como se verá, la influencia del gran poeta argentino será decisiva, catalizadora, tutelar. (Sobre la relación entre ambos escritores, véase la noticia preliminar a «Los perseguidos» y el Dossier de esta edición: «El caso Lugones-Herrera y Reissig». Además de este testimonio de madurez, y de un artículo en dos entregas publicado en la *Revista del Salto*, Quiroga dejó abundantes referencias en su correspondencia.)

A.S. Visca ha expresado que el modernismo no es sólo una forma de escribir, también es un modo de vivir, una actitud vital totalizadora. Así parece demostrarlo la postura de estos jovenes que cultivan a la vez un dandismo agresivo y una poesía extravagante, a la que, el *Campanero del Consistorio*, Alberto J. Brignole, ha caracterizado, con propiedad, de este modo:

> Sus juegos eran diversiones de niños psíquicos que se entretienen en apilar consonancias de modo repentista, o en tratar de armonizar las cosas más dispares, o en iniciar una especie de fuga galopante sobre un tema absolutamente tonto, o en ver quién conseguía llegar más al fondo del absurdo. [...] Otras veces se trataba de redactar historias, apareando frases en tal forma que resultasen los mayores dislates e incongruencias posibles. [...] O se dedicaban a improvisar versos de factura impecable en cuanto a la métrica, pero en los que fuera imposible hallar nada en su punto. [...] La técnica, como siempre, resultaba perfecta, y el conjunto a veces, una idea que alcanzaba a desplegarse con cierta unidad, y otras, en su mayoría, un hilarante descalabro de la lógica. (José Ma. Delgado y Alberto J. Brignole; *Vida y Obra de Horacio Quiroga* Claudio y García Editores, Montevideo.)

Pese a la memorable estadía, en su modesta sede, de Leopoldo Lugones, la incorporación de nuevos miembros, y las visitas de integrantes de un nuevo cenáculo, destinado éste a mayor

gloria desde que era liderado por una de las voces fundamentales de la nueva estética: Julio
Herera y Reissig, el Consistorio, fundado en septiembre de 1900, tendrá corta vida. Ferrando
se vuelca al periodismo, Asdrúbal Delgado y Alberto Brignole a los estudios, y Quiroga se
entrega de lleno a la preparación de su primer libro.

El 5 de marzo de 1902, cuando el Arcediano muere a manos del Pontífice, el cenáculo era un
recuerdo apenas, cuya mención ruborizaba por entonces a varios de sus antiguos integrantes.

Desde la perspectiva desapasionada que dan los años, Emir Rodríguez Monegal ha valorado
esta experiencia en su justo término:

> En el Consistorio, Quiroga y sus amigos jugaron con la rima, con la aliteración, con las medidas,
> con la semántica, atacando sin rigor pero con brío, un territorio inexplorado del lenguaje,
> liberando en el Uruguay fuerzas que otros como Herrera y Reissig llegarían a explotar con
> maniática precisión, y genial urgencia.

Para la lectura de las *Actas* del Consistorio, véase: *Revista de la Biblioteca Nacional*,
Montevideo, nº 2, mayo 1969, pp. 94-114; su reedición en: *Obras inéditas y desconocidas de
Horacio Quiroga*, tomo VIII, Época Modernista, Montevideo: Arca, 1974, introducción de
Arturo S. Visca, notas de Jorge Ruffinelli, pp. 133-196.

De lenta factura y para el que ha reservado lo mejor de su producción al cabo de dos años,
Los arrecifes de coral, representan la culminación de su aprendizaje literario bajo el signo del
modernismo. El libro apareció en la primera quincena de noviembre de 1901, dedicado a
Leopoldo Lugones.

Emir Rodríguez Monegal describió con precisión el volumen editado por la imprenta El
Siglo Ilustrado (Montevideo, 1901):

> Formato mediano (alto: 19.5 cm), carátula amarillo limón en la que sólo había un dibujo rojo
> naranja de Vicente Puig (una ojerosa mujer, hombros al aire, iluminada por una vela), y la
> siguiente leyenda: *Los arrecifes de coral* Horacio Quiroga/ Montevideo. Sus 164 páginas de papel
> ilustración abundaban en hojas inmaculadas (cinco ejemplares habían sido impresos en papel
> Münch pergament y diez en Holanda Van Gelder, informa la justificación del tiraje). Los textos, en
> cuerpo pequeñísimo, parecían encogerse, para liberar anchos, lujosos márgenes. La edición
> estaba limitada a 510 ejemplares. Hoy constiyuye (...) un incunable.

El libro no se reeditó en vida de Quiroga, por lo que adoptamos para la presente, el texto de
la primera edición, modernizando la ortografía.

El mismo crítico clasifica los 52 textos que contiene el volumen, en tres grupos: poemas (18),
páginas de prosa lírica (30), cuentos (4); y aunque advierte el criterio «exterior» de su
taxonomía, no vacila en conducirse por una guía que, en cuanto a los relatos, el propio Quiroga
sugirió al separarlos en el índice del resto de las composiciones. Las fronteras de los géneros
literarios, hoy discusión vana, comienzan a desdibujarse en el filo del siglo XIX. Aquí hemos
optado por incluir cinco textos que, con visible anécdota, pueden considerarse cuentos.

Como el Recaredo de «Cuento», Quiroga en esos años de agitadísima emergencia «huyó muy
pronto de las Universidades, destrozó muchos ídolos, fue lleno de similitud con ideas raras».
Contradijo a la escritura académica que, entre tantos, no conformó a José E. Rodó para quien
revelaba «una mala orientación», como tuvo la honradez de confesárselo en carta de 9 de abril
de 1904 (*en: Obras completas de José E. Rodó*, Madrid: Aguilar, 1967, 2a. edición; Introducción, prólogos y notas de Emir Rodríguez Monegal, p. 1417). Torturó a la sintaxis, por decisión
y por inexperiencia, se integró al modernismo, y fue más lejos cuando incorporó —con un
empeño demasiado discipular— el bagaje temático y conceptual de su maestro *par excellence*,
Edgard Allan Poe. En *Los arrecifes...* fue un raro; mostró en sus personajes (embrionarios,

torpemente trazados), neurosis y visos homosexuales, tipicamente decandentistas («Cuento»). Atacó, sin disimulos y hasta con saña, a las «buenas costumbres», a las formalidades y ritos burgueses («Venida del primogénito», «El guardabosque comediante»). Edificó una imagen anticlerical y aun sarcástica de los emblemas cristianos y de los pilares del dogma («Jesucristo»), actitud que sobrevivirá hasta «Cuadrivio laico».

Apeló al recurso, tan arquetípicamente literario y epocal, de hacer literatura de la literatura, con el escolio limitado (digámoslo anfibológicamente) de Poe: «El barril de amontillado».

Buscó, en suma, revolucionar la tranquila república de las letras locales. Soñó, quizás, con alterar para siempre el curso de las universales, al modo de Darío. Pero sólo cosechó ambiguos reconocimientos. O duras reacciones. Como esta de Washington P. Bermúdez (Vinagrillo), quien escribió el 20 de noviembre de 1901 en *La Tribuna Popular*:

> [la obra] tan en grado superlativo es decadente, que podría calificarse de decrépita, senil, y valetudinaria, todo junto como al perro los palos, según reza la locución. Declaramos con franqueza que este género antiguo, epiceno, o de cualquier clase, no es literatura ni maldita la cosa para nosotros

escribe Vinagrillo, haciendo honor al seudónimo, y agrega: «...una aberración del buen gusto, una negación de las bellas letras, una creación híbrida y estéril como las mulas».

En otros casos, como el que sigue, el juicio, siempre duro y despectivo, no llega a hacerse público, pero, por provenir de quién proviene, tiene un peso indudable. Nos referimos a Julio Herrera y Reissig, quien, dirigiéndose al poeta argentino Edmundo Montagne, escribe:

> Le envío para que forme juicio —y a solicitud de su autor, que es algo pedantuelo, *Los Arrecifes de Coral*—. Horacio Quiroga, que como Ud. sabrá me visita a menudo, tiene algún talento —si no imitase tanto a Lugones, su pariente y maestro— y a sus abuelos literarios Regnier, Samain, Mendés, Silvestre, Montesquieu, Dubus y D'Annunzio, valdría seguramente mucho más—. Versifica bastante bien, y en las prosas aunque tiene mucho de tonto, insustancial, arrítmico y reminiscente, demuestra valer artístico. Es joven y rubio, barba como el autor de *Las rosas del jardín de la Infancia* y cabello a lo Daudet. 25 años y 25 000 esperanzas de gloria— Si a Ud. no le fuera molesto me gustaría que le escribiese (...) El muchacho tiene fuerza, no hay duda, y dispensándole de muchos defectos ¿Quién no los tiene? merece una felicitación. ¡Qué diablo, es un esfuerzo más en la literatura modernista que ha hecho el tal Quiroga! (carta de 1901, sin fecha precisa).

Mientras que el 8 de diciembre anota:

> Recibí su carta-crítica para Quiroga. La hallo perfecta en el concepto que le merecen *Los Arrecifes de Coral*. Pero, viera Ud. el abatimiento de este joven. Su obra ha muerto en el más grave mutismo. Un fracaso sigiloso. Y es por esto, querido Montagne, por no entristecer más a este amigo, por no derramar más hiel en su copa, que no le entregué su carta (...) Quiroga se me hace un muerto. Le noto pálido, silencioso, agriado, turbio, ensimismado (...) Él esperaba que el pedantón Lugones escribiera en público sobre su obra (...) se ha limitado a escribirle una carta confidencial que aún no he leído (...) Una sola crítica se ha publicado —la que le envío de un íntimo, de un co-bohemio de cuarto, una crítica adulatoria; bajamente servil y estúpidamente cortesana para Lugones y para el autor, Ferrando, que es el que suscribe, es hasta ahora un desconocido de las letras (...) En todo o casi todo coincidimos en nuestro fallo sobre Quiroga y su obra. Roberto de las Carreras la ha leído, y dice que Ud. no se equivoca un ápice en lo que dice de *Los Arrecifes*. En efecto: yo opino que 3/4 (*sic*) partes del libro pasa de malísimo.

Con delicada hipocresía, Julio Herrera cerraba sus juicios lapidarios con este pedido:

> Esto se lo digo a Ud. en intimidad, pidiéndole una reserva sin fin, pues, Ud. se supondrá que por mera galantería, al darle gracias a Quiroga por el envío de su libro, lo he tenido que felicitar

(...) Le dije, que había cosas muy bonitas en su libro, principalmente en las últimas páginas, ¡Y nada más!

Finalmente, el 1º de junio de 1902, el poeta de la *Torre de los Panoramas* cierra con estas palabras su campaña contra su rival del Consistorio del Gay Saber:

> ¿Qué dice de Quiroga y de su obra sangrienta? —Es un pobrecito ingenuo— cada vez me afirmo más en la idea de que es un pobrecito pedante, ineficaz en todo sentido— Su libro ha sido el fracaso más merecido— La carta que le escribió Lugones es reventadora— En síntesis le dice que el libro es discreto, pero, después de haberle fustigado desdeñosamente, diciéndole que los sonetos son pésimos, y que le falta mucho cincel e ideas originales, le aconseja Lugones que deje el verso y se dedique a la prosa. (En: *Revista de la Biblioteca Nacional*, Montevideo, nº 13, abril 1976. «Cartas a Edmundo Montagne»; Presentación y notas de Wilfredo Penco, pp. 157-162.)

La carta de Lugones, tan citada por Herrera, no se conoce, pero en la versión del poeta uruguayo se asoma un consejo fundamental del maestro: seguir el camino de la prosa. En efecto, Quiroga abandonaría para siempre la lírica

Entre elogios fáciles como los de Ferrando, invectivas como la de Bermúdez, y juicios lapidarios como los de Herrera, sobresale, por ponderado y agudo, el de Raúl Montero Bustamente. Reseñando el libro para *Vida Moderna*, supo ver este crítico, al margen de ciertos aspectos efímeros, lo que constituye aún hoy su aporte más importante:

> *Los arrecifes de coral* señalan en nuestro ambiente literario, la más lejana frontera, el paso más atrevido en el terreno de la revolución de la forma y la atenuación del concepto. Es un golpe brusco asestado a la musa nacional, que hasta hoy, después de *Tabaré* (...) duerme un sueño profundo que no ha conseguido interrumpir la grita de rimadores burgueses y plebeyos.

EL TONEL DE AMONTILLADO

POE DICE que, habiendo soportado del mejor modo posible las mil injusticias de Fortunato, juró vengarse cuando éste llegó al terreno de los insultos. Y nos cuenta cómo en una noche de carnaval le emparedó vivo, a pesar del ruido que hacía Fortunato con sus cascabeles.

Frente al gran espejo de vidrio, fijo en la pared, Fortunato me hablaba de su aventura anterior —el traje aún polvoreado de cales— preguntándome si quería verle reír. La verdad de aquella identificación tan exacta con el noble Fortunato me divertía extraordinariamente, tanto como sus cascabeles, algo apagados, es verdad, por el largo enmohecimiento.

Las parejas que cruzaban bailando no nos conocían: es decir, conocían a Fortunato, pero éste fingía tan bien las risas de Fortunato; y, además, estaba tan alegre, que nuestra estación frente al gran espejo de vidrio fue completamente inadvertida. Y del brazo, recordándome sus anteriores injusticias, pasamos al buffet, donde bebimos sin medida.

—Esto es champaña —me decía Fortunato—; reaviva las ofensas.

¡Pobre Fortunato!

—Esto es Oporto. Para darle aroma lo tienen encerrado largos años en las cuevas.

Grandemente me divertían las disertaciones de Fortunato. Fortunato estaba borracho.

—Esto es vino de España. Le atribuyen la virtud de apresurar las venganzas.

¡La venganza, la venganza! le apoyaba yo a grandes gritos. Estas extravagancias de Fortunato, tan características en él, me eran muy conocidas.

—Vamos —me dijo. Y descendiendo juntos la escalera, a pesar del trabajo que me motivaba su pesadez, llegamos a la cueva. En el fondo había un barril de vino y Fortunato gritó:

—¡Amontillado, amontillado! fue de este modo.

Y cogiendo una vieja pala de albañil —las cadenas fijas en la pared—, me miró tan tristemente, que, para no soltar la risa, fingí tener miedo.

—¡Fortunato! —exclamé corriendo a abrazarle.

—¡Bah! —dijo. Y mientras mis ropas se humedecían de cal centenaria, me gritó clavando la puerta:

—¡Por el amor de Díos, Montresor!

—¡Sí! —me apresuré a responderle— *¡por el amor de Dios!!*

VENIDA DEL PRIMOGÉNITO

I

CON LA estación que había llegado, el cielo se apaciguó por varios días; y en los yermos plantíos a que trastornaron los chubascos sin fin, la mano del quintero puso un poco del orden que era necesario.—Por el sol de los establos lejanos las jóvenes vaqueras cruzaban con ramas floridas;

las brisas tornábanse livianas; los pavorreales —recobradas sus grandes plumas— exhibían como reinas quietas su decorativa visión.

Y como la fecha de nuestros esponsales fuera ya algo fugaz, bajo el aire matinal en que tu cintura iba —como una asaz joven señora— a buscar el apoyo de los grandes árboles, el nanzú de tus corpiños, los cinturones difíciles, las faldas oscuras que para mí comenzaban a ser sensatas, supuse que podrían muy bien ser las ropas de una mujer encinta.

II

Y surgieron las primeras entrevistas:—Juana, la hermana menor, a quien el piano era grato; Estela, bien amada del padre, dormía con lámpara encendida; Doralisa, cuyas equívocas amistades atrajeron sobre sí la vigilancia materna; Perdigona, hábil en el manejo de la casa, era la mayor de todas.

Las cuatro hermanas, en compañía de la que debía ser mi esposa, me escuchaban como a un hermano mayor que hace preguntas sencillas. Y decía a Juana:—el piano es en verdad difícil instrumento. Y preguntaba a Estela:—¿no temes desvelarte con luz encendida? Y a Doralisa decía:—¡ten cuidado, joven incauta! Y a Perdigona, hacendosa:—difícilmente ¡oh Perdigona! se hallará precio a tus virtudes.

Familiar así a sus caracteres, uníme con ellas en plácido cariño; de modo que la noche en que la Iglesia fue para nosotros bien emocionante, —vestidas desde temprano, Perdigona primero, luego Juana, después Estela, Doralisa última de todas, —en el único cortejo— las cuarto hermanas nos seguían. Nuestra casa de novios fue alegre mientras cruzaron sus maliciosas sonrisas. Y solo ya con mi esposa hubimos de abrazarnos con ternura cuando —abiertos los sobres que nos dejaran las cuatro hermanas— leímos en cada uno de ellos el nombre elegido para el que debía ser retoño de mi raza.

III

El señor obispo, amigo y protector de mi familia, nos favorecía con su amistad, y sus recuerdos prolongaban las veladas como una voz cordial que predica desde el lago:—eran niños comulgados, a veces, cuyos labios gustaban la sagrada hostía; jóvenes campesinas que hicieron dos jornadas para ver al obispo en misión; tardes de piadosos besos, en que sus manos eran muy estrechadas, detalles múltiples que no siempre fueron puros. Y nuestro venerable amigo, inclinándose a mi oído, me contó cómo en una noche venial se sustrajo —nerviosas aún por las riendas de los grandes trotones que volvían de las carreras— a las manos áridas de una mujer en deseo.

IV

En pos de la Primavera llegó el Verano, y en esta estación, como en la bella fábula de Lafontaine, hice con mi esposa largo acopio para el invierno. Por los primeros días de Abril, las cuatro hermanas venían a buscarnos y salíamos. Doralisa, ufana de mi brazo, establecía las distancias, y en el claro otoñal de las florestas me mostraba, riendo, la escasa vigilancia del guardabosque, enamorado como una mujer.

Luego, Estela huía de las alamedas demasiado umbrosas; la hermana menor y la mayor pescaban; Doralisa, despierta, reñía alegremente conmigo. El día deslizábase así, lleno de plácidas horas, hasta que mi voz llamaba al retorno, cuando Juana y Perdigona —recogidas la blancas enaguas— subían a pie enjuto la húmeda vertiente. Y en los paseos aquellos para los cuales Estela, temerosa del frío, no abandonó sus cortas capas, justo es decir que mi esposa llevaba a nuestro primogénito en brazos.

Montevideo, Octubre 15 de 1901.

JESUCRISTO[*]

CON EL yaqué prendido hasta la barba, trasnochado y el paso recto, marchaba Jesucristo por la Avenida de las Acacias, quebrando inconscientemente una rama caída entre sus guantes gris acero.

El bosque estaba desierto, la noche finalizaba. Los árboles emprendían su tiritamiento en la madrugada lívida, sobre el galvánico resplandor de la gran ciudad, sobresaltada allá abajo en su nervioso sueño. Rodaba por el suelo una confusión de hojas secas que el viento arremolinaba, espiralaba, desparramándolas por los lagos helados.

Jesucristo marchaba con la cabeza baja. Sobre el pecho caía su rubia barba de israelita —cortada en punta— aún despeinada por los estremecimientos de las inolvidables agonías. Sus ojos, cargados de amor, no miraban. Su elegante silueta, oscilando por la avenida, adquiría —tras la bruma— el impreciso espanto de las formas sonambulizadas que caminan hacia atrás.

Tuvo un escalofrío. Alzó hacia el cielo su cabeza sobrehumana, y se internó en las alamedas laterales, congestionadas —allá a lo lejos— por una tardía aurora. Una blanca sombra desprendida desde el lindero le hizo dar vuelta la cabeza: —Sombríamente intercalada en una fila de árboles deformes que el encantador exotismo de un ministro trasplantara desde una remota península colonial, una cruz distendía sus brazos entre la floración de aquella savia grotesca, viciosamente contractada en dolorosas ampollas como un brazo que no se levantará más, reproduciéndose a lo largo de las ramas enflaquecidas, irradiando graves erisipelas, terminando —allá en el extremo— en una intensa tumefacción de todos los tejidos que doblaba la savia como oscuros miembros mal amputados, —de la cual el árbol entero— astringiéndose —parecía sentir la incalificable torpeza.

Elevaba sobre las inscripciones del pedestal la blancura de un Cristo moribundo, lleno de úlceras y de resinas, corroído por el ozono y las pedradas infantiles, perfilando en la luz naciente la retorsión de su interminable agonía, —sobre cuya carne tragedizada la madrugada lívida comenzaba a sudar.

Una ráfaga de viento vino de lejos azotando los árboles, levantó un remolino de hojas, giró llena de polvo, pasó.

Jesucristo miraba siempre; con lenta curiosidad, pronto el monóculo, acercó sus pasos a la cruz de mármol —hundido de lleno en el recuerdo solevantaba un peso imaginario con sus hombros de forzado.

Pasó una segunda ráfaga. Sus cabellos se enmarañaron, bajo la mano enguantada que les sostuvo. Sonriendo, púsose a contemplar ese símbolo de su antigua derrota.

---

[*] Inicialmente en *La alborada*, Montevideo, año V; 2ª época, nº 149, enero 20, 1901, pp. 9-10; con el pseudónimo *Aquilino Delagoa*. No registra variantes.

Hijo de oscuros plebeyos, exacerbada su juventud por una repentina vocación de apóstol, se veía rodeado de pescadores y nazarenas a quienes explicaba modestamente la Teoría de los Humildes, predicando la buena nueva en una boda de Canaan, con su mirada triste de renunciado.

Después era el doloroso peregrinaje de tres años, lleno de santa paciencia bajo el cielo hostil de la Palestina que huracanaba sus palabras —su buena palabra de bondad;— codeado, repelido, azotado, su infinito amor sembraba la semilla redentora, era besada su oscura túnica eran ungidos sus cabellos, marchaba amorosamente al desastre, con sus pobres pies heridos sobre los que María Magdalena llorara silenciosamente. Más tarde, se veía de nuevo con la cruz al hombro entre una incesante rechifla de galileos, sistolizaba su corazón un pensamiento de duda, ascendiendo un martirio que desplomaba sus espaldas en la imprevista visión de un gólgota sobrehumano.

Y luego, sobre la cruz, era una heroica necesidad de triunfo que refrenaba sus gritos. Olvidado tal vez de su doctrina, quería ser victorioso. Ya, acaso, no era el predicador, era el hombre expuesto a la befa de diez mil mercaderes, calcinado sobre los insultos, ansiosamente espiadas las mínimas contracciones sufridoras de su débil contextura, en que el orgullo iba midiendo su agonía, a las tres de tarde.

A lo lejos, la ciudad despertaba.

Un sordo murmullo de eclosión venía de París, que el esfumino de un toldo de humo —glasgownando el paisaje— lapizaba tras las últimas alamedas. La bruma estaba disuelta; el cielo se abría en un claro de pálida extenuación.

Jesucristo miró todavía el Cristo de mármol, y una ligera sonrisa no pudo dejar de acudir a sus labios. En la cruda resurrección del pasado que llegaba a sus ojos, bajo el refinado petronismo de su existencia impecable, dilatábase el asombro, no para el esfuerzo, sino para la buena de con que había cumplido todo aquello, la intensa necesidad de elevar al pueblo, el puro salvajismo de su sacrificio, con el Desastre final, tres horas de irretornable tormento que secaban su garganta, en la evocación de una agonía que pudo ser trágica y no fue sino bárbara.

Una claridad más intensa inundaba a París. Apartó lentamente los ojos, en que un profundo violeta idealizaba la fatiga. En seguida, sin encogerse de hombros, prosiguió el camino, estremeciendo en la marcha sus largos bucles —última coquetería del pasado— sobre los cuales un rayo de sol, penetrando furtivamente por el ramaje, hacía juegos de luz.

EL GUARDABOSQUE COMEDIANTE[*]

EN EL fondo del bosque, entre una verde aglomeración de abedules y tamarindos, vivía un pobre hombre que se llamaba Narcés. Era bajo, amaríllo y triste. En su juventud había sido cómico de un teatro de aldea. Usaba barba que no peinaba nunca, y monóculo, al cual se había

---

[*] Inicialmente en *La alborada*, Montevideo, año V, 2ª época, nº 164, mayo 5, 1901, pp. 20-22. No registra variantes.

acostumbrado en las farsas de la escena. Sus penas le habían vuelto distraído. Caminaba con lentitud indiferente, abriendo y cerrando los dedos, envuelto en una larga capa que arrastraba a modo de toga.

Solía suceder que, levantándose tarde, se lavaba y peinaba con cuidado, ajustaba correctamente su monóculo, y tomando el camino que conducía al pueblo marchaba gravemente. A ratos murmuraba: *yo soy romano y negligente*. Se detenía pensativo y bajaba la cabeza. Después continuaba su marcha. Pero las más de las veces se volvía de pronto y comenzaba a deshacer su camino, lleno de distracción y tristeza. En el resto de esos días quedaba aún más encogido de hombros, y abría y cerraba con más frecuencia sus manos.

Por lo demás, era inofensivo. Su gran diversión consistía en ajustar un papel cuadrado a los vidrios de la ventana, y contemplarle de lejos.

En las crudas mañanas de invierno iba a sentarse a la linde del camino, y, arrebujado en su capa, soportaba el helado cierzo que le hacía tiritar.

No se movía de allí hasta que una pobre mujer cualquiera pasaba temblando de frío. Entonces la saludaba, retirándose satisfecho: *he sido galante*, se decía.

Una vez encontró en un rincón de su cuarto algunos viejos libros que le sirvieran de enseñanza para el teatro. Pasó tres días encerrado. Al cabo de ese tiempo salió con una larga espada de palo y el rostro sombrío. Fue al pueblo —era de noche— y se apostó en una esquina, observando de soslayo las desiertas calles. Como después de mucha espera pasara una dama, fue al encuentro de ella, detúvose, colocó su mano izquierda en la cadera, avanzó la pierna derecha, dobló ligeramente la otra, se inclinó, sacó su sombrero, y dijo graciosamente:

—*Señora de mis ojos, ¿es que Vuesamercé quiere mi vida?*

A pesar de todo, era un buen hombre a quien su poca suerte, sin duda, había vuelto algo distraído.

Era guardabosque. Las chicas se reían de él, y los rapaces le seguían cuchicheando. El extraño adorno de sus ojos llamaba la atención de las comadres que le señalaban con el dedo cuando iba, raras veces, a hacer sus compras al pueblo. En esos casos tomaba porte señoril y daba grandes zancadas.

Sucedió que una muchacha que oyera escondida sus monólogos, le susurró al pasar: «soy romano y negligente». Esto le dejó pensativo por tres días.

En consecuencia, una tarde cogió el palo que le servía de bastón, calzó las grandes botas, y fue a llevar una carta a su señor que vivía a muchas leguas de distancia. Dejó el papel a los criados y se retiró. Como entregaran el sobre al señor, éste, abriéndolo, leyó —escrito en gruesos caracteres perfilados que denotaban un paciente estudio del carácter de letra que debiera adoptar—: «soy romano y negligente».

Tenía, entre otras manías, la de resguardarse del canto de las ranas. Se cuidaba de él, pero a manera de los avestruces, esto es, ocultando la cabeza detrás de un árbol u objeto cualquiera. Su canto —decía— puede ocasionar una instantánea regresión a la célula, sólo con que las ondas sonoras repercutan en nuestro centro.

Dialogaba con los cazadores furtivos, observándoles burlonamente con su monóculo.

Merodear —solía decirles— es como buscar un traje nuevo.

Y enseñaba el suyo rotoso, con compasión.

Nunca se acostaba sin antes trazar con tiza una línea recta en el suelo y colocar encima su sombrero.

Los domingos cazaba: pero como nunca ponía plomo a las cápsulas, las aves, al volar, le sumergían en hondas cavilaciones. En uno de estos sucesos mandó una larga disertación al magistrado del pueblo, con este título: *Del plomo, como factor indispensable en la caza*.

Sabía latín, que no había aprendido, y recitaba versos en inglés.

Su estribillo era: *gocemos de la vida*.

Tenía sentencias propias, escritas en un viejo abanico Imperio, adquirido no sabía dónde. He aquí una de ellas:

«La raza es el justo medio. A regularidad, siglo. Cuando las razas degeneran, los superiores avanzan. Degeneración quiere decir exaltación. Una águila vuela: los papanatas-sapos abren la boca. Como no pueden volar, se arrastran. Entonces proclaman que el que no hace como ellos, peca.»

Otra máxima: «Seamos prudentes. ¿Qué quiere decir prudencia? Coordinar los medios de modo que nos produzcan el mayor goce posible. Obremos tal como nos sentimos inclinados a obrar; esto es, seamos prudentes.»

De todos los recuerdos de su vida anterior, sólo conservaba uno sombrío. ¿Mucho tiempo? Sí, ya casi no recordaba cómo había sido.

Era gracioso de la compañía. Sus compañeros se burlaban de él, y le pegaban sin motivo alguno. Pero era tan bueno que sonreía dulcemente. Una noche le convidaron a cenar, porque la dama joven, que cumplía años, le tenía compasión.

Era una hermosa fiesta, llena de alegría y de señoras. Cuando entró con su vestido desgarbado, sonriendo con timidez y dulzura, como si quisiera pedir disculpa por su presencia, todos le aclamaron a grandes gritos. Uno le tiró del saco, haciéndole caer para atrás; otro le arrojó vino a la cara, un tercero le embadurnó la cara con pasteles, otros le hicieron caer de rodillas, colgándose de sus hombros. Y así todos, empujándole, maltratándole, sirviendo de juguete a los caballeros alegres. Pero él se limpiaba sin protestar, sacudía su ropa, pedía casi perdón por su pobre figura.

Cuando se cansaron de él, abandonándole, fue a sentarse en un rincón, con las manos sobre las rodillas. No hacía ruido, por temor de ofenderles. Miraba la creciente alegría de sus compañeros, siempre en su silla, pues no se atrevía a tomar parte en la fiesta. Por eso cuando el primer actor se le acercó, ofreciéndole una copa de champaña, rehusó, apartando dulcemente el vaso.

—¡Que beba! ¡que beba! —gritaban todos.

—¡Bebe! —repetía el actor.

Pero él insistía en su negativa. Como nunca había bebido, temía le hiciera mal. Acudieron todos: uno le sujetó los brazos, los demás le levantaban la cabeza, tirándole del cabello.

—¡Pero déjenme! —repetía el pobre, debatiéndose—. ¿Qué mal les he hecho yo?

—¡Que beba! ¡que beba! —vociferaban. Y tuvo que beber, y le abandonaron. Al rato insistieron de nuevo y volvió a beber. Y así, cuatro, cinco, seis copas de champagne.

Se abría para él un mundo nuevo, una convicción tan serena y sencilla de que él estaba a la altura de sus compañeros, que entró en el grupo de las señoras, dirigiendo —sonriente— frases de fina intención.

Sus ademanes eran gratos, tenía alucinaciones. De pronto se sintió con exquisita potencia de voz, y cantó una romanza galante, marcando con el índice el compás.

No permitió que le aplaudieran sino una vez que se hubo parado en una silla. Y entonces, sacando la cadera, aplaudió a su vez con suave gracia.

Luego entró en un período de exaltación amorosa. Abrazaba a las damas y las besaba los ojos. Se colocó un sombrero de mujer, y caminando afeminadamente, exclamó: ¡Ved el amor que pasa! En seguida bebió sin interrupción una botella de Oporto. Tenía sed. Bebió más. Cuando la fiesta hubo concluido, se fue con la primera dama a quien agradaba su estado anormal. Es gracioso, decía. Soy galante, insinuaba él, estrechándola. Estaba completamente desvariado.

Luego no recordaba bien lo que había sucedido. En casa de ella tuvo delirios, horas indisentibles, en que tal vez la locura hizo presa de él.

Su crimen, por el que fue condenado a cuatro años de prisión —pues se le reconocieron causas atenuantes— le había hecho sufrir al principio, luego le había molestado, después le ocasionó orgullosa ventura. Había llegado, en pos de hondo examen, a la conclusión de que el pasado no existe, y todo individuo deja tras de sí millares de otros individuos que son los que han llevado a cabo las diferentes acciones del yo anterior.

—Con mucho —decía— yo seré un descendiente lejano.

—El que mata —escribió una vez— tiene dos yo: el suyo y aquel del cual se apropia. Es un avance a la absoluta individualidad. He observado que todos los que matan violentamente asimilan alguna de las cualidades de la víctima. Esto prueba la necesidad imprescindible de matar, en la oscura persecución de un modo que falta al yo. Una vez concluida la carta, la encerró en un sobre y la llevó al correo con esta dirección: *Al señor Narcés, guardabosque.* Esperó lleno de impaciencia la carta, y cuando la recibió y la hubo leído, exclamó satisfecho: *Estoy conforme conmigo mismo.*

Los años pasaron, y Narcés vivía siempre en su casita del bosque con la suave dulzura de su existencia sin preocupaciones de ninguna clase. No había perdido sus costumbres; su placer consistía, como antes, en el pedacito de papel cuadrado y su monóculo. Pero una mañana se olvidó de colocárselo, y sonriendo con tristeza comprendió que su vida cambiaba.

Aunque Narcés se había deshecho de todo lo que le recordara su existencia anterior, y vivía en su pobreza olvidado de todo, guardaba, sin embargo, algunos libros de literatura en los que su juventud había hallado un molde casi perfecto. Dentro de un cajón estaban esos libros; y la madrugada que le vio sin monóculo pasó sobre él, como una mano helada que pasa sobre la frente, y Narcés desenterró esos libros y formó con ellos un espejo en el que su vieja alma no tornó a reflejarse.

Llevaba en su cabeza la verdad literaria de dos mil años, axiomas, teorías y purezas gastados en el silabeo secular, y toda esa llanura de blancos corderos y almas rectanguladas era un antiguo paisaje, para cuya existencia de soñador en voz alta tenía que ser forzosamente precario. Sus ideas de pobre viejo tenían la extravagancia de los grandes esfuerzos que nunca pudieron ser útiles, y la desolación de su vida comenzaba a llorar el vacío de los no gozados amores. Y así la regresión a una edad que estaba muy lejos de ser la suya desequilibró su organismo, y Narcés paseó el cansancio de su esterilidad durante noches enteras entre las cuatro paredes de su cuarto, extendiendo la flaca mano suplicante como un mendigo que llegó retrasado a las regias distribuciones de amor.

Una mañana de invierno fue al pueblo y entró en una tienda-librería-confitería. Aunque las obras literarias llegaban raramente a aquel perdido rincón, en ese día, sin embargo, el escaparate guardaba dos o tres libros nuevos. La extraña carátula de uno de ellos le llamó la atención: Sobre un dibujo atormentante, leyó el título: *El triunfo de la muerte.* Y lo compró y lo leyó en una tarde y una noche. Al otro día tuvo fiebre y se metió en cama.

Él ya no podía más.

Las bruscas revelaciones de la obra marcaron el derrotero de su pobre alma sin guía, y todo el tranquilo llanto que enjugara con sus manos cayó sobre el libro, sobre sus viejos vestidos que lloraban con él.

Al cabo de tres días se levantó.

Era de noche, y afuera la borrasca clamaba incesantemente. Con sus manos trémulas encendió fuego y pasó dos horas ordenando los carbones encendidos.

Después se levantó, cogió el libro, y besando el nombre del autor, arrojó al fuego aquellas páginas queridas. La llama se hizo poderosa durante un minuto, fue disminuyendo en pasajeros recrudecimientos, se apagó, se avivó repentinamente, se extinguió del todo.

Narcés abrió la puerta. Los abedules y tamarindos, blancos de nieve, estaban a dos pasos. El frío era agudo. A lo lejos aullaban los lobos.

Sin sombrero, sin capa, incaracterístico como una sombra que se hizo viviente sólo para caminar, comenzó la marcha hacia el bosque; los lobos aullaban más cerca.

Narcés se internó en la blanca masa de árboles, lentamente. De pronto los aullidos cesaron, y detrás de Narcés brillaron dos puntitos rojos. Y desaparecieron. Narcés caminaba con la cabeza caída. Al rato había cuatro. La figura del viejo iba decreciendo en la distancia. Al rato había ocho. En las tinieblas se oía un seco castañeteo. Al rato había veinte: y los puntos rojos marchaban detrás de Narcés, en un semicírculo que se acercaba poco a poco, cada vez más cerca, más cerca, la lejana silueta del viejo heroico que se perdía seguido de la bandada de lobos.

De Narcés nunca se volvió a saber nada. El señor de los dominios, enterado de su desaparición, puso en su lugar a un guardabosque sensato, grueso, bonachón, que nunca tuvo la ocurrencia de ir en una noche de invierno a pasear por el bosque.

CUENTO*

RECAREDO volvió la cabeza e hizo girar suavemente la guía de su máquina. El carruaje que estuvo a punto de atropellarle, un elegante cupé, pasó a escape entre un claro ruido de cadenas que el desorden del precipitado galope hacía más timpánico.

Una nube de polvo, sobre la boca abierta de los espectadores, ahogó la carrera.

Dejó la bicicleta; paseó, miró: —El Sol de un atardecer de Verano, ya en el horizonte, incendiaba las lejanías inacabables, llenaba de oro las pulverizaciones del macadam, flotaba en los átomos, bajo un venturoso cielo de rosa en que iba a abismarse la difusión amarillenta de los soles decrépitos. Los surtidores de agua se elevaban sin inclinarse, las melodías se hacían oscuras, los bambúes del invernáculo recostaban sin espera en los cristales, como en un pecho para el cual hace tiempo somos indiferentes, su desmesurada delgadez. Y en las ya silenciosas avenidas la extenuación se hacía metódica, sobre un perfume que tarda siglos en aspirarse, sobre un tono que no puede sostenerse por más tiempo, sobre una mano —a la hora en que se conoce de lejos a las mujeres enfermas— en su dolorosa ineptitud.

Adolescencia cruel, idealidades fácilmente disyuntivas, Recaredo huyó muy pronto de las Universidades, destrozó muchos ídolos, fue lleno de similitud con las ideas raras. En pos de cada crisis, no obstante, mucho de lo muerto iba con él, marchaba con los fragmentos de su ídolo debajo del brazo, avanzaba herido y lleno de dolor, como esos pobres mutilados que para caminar tienen que apoyarse a guisa de bastón, en el miembro tronchado. Recorrió los hospitales; y en cada camilla se detuvo con desconfianza, mirando bien en los ojos a los poetas

---

* En 1900, el semanario montevideano *La Alborada*, a iniciativa de su director Constancio C. Vigil, convocó a escritores de toda la América hispana para un concurso de cuentos. El jurado lo integraron los escritores, jóvenes pero ya consagrados, José E. Rodó, Javier de Viana y Eduardo Ferreira. Se presentaron 74 textos, alcanzando el primer premio Óscar Ribas, el segundo Horacio Quiroga y el tercero Álvaro Armando Vasseur.

Un anónimo crítico del diario *La Tribuna Popular* comentó una vez leído el cuento de Quiroga, «Sin razón pero cansado»: «El cuento que le ha valido el segundo premio es de marcada tendencia modernista que revela su poderosa imaginación y la fuerza de su talento» (Montevideo, noviembre 10, 1900).

Tanto el título como el texto fueron modificados cuando ingresó a *Los Arrecifes de Coral*. Como se ve, el paratexto asumió una forma más parca («Cuento»), mientras que el discurso de la versión original queda intacto, agregándosele varios párrafos al comienzo (tal como señalamos en la nota (a) al texto), donde se profundiza más la psicología de Recaredo, personaje algo esquemático en la redacción inicial.

Poco después de obtenido el Premio, «Sin razón pero cansado» fue dado a conocer en: *La Alborada*, Semanario ilustrado de política, ciencias y letras, año IV, 2a. época, nº 143, Montevideo, diciembre 9, 1900, con el pseudónimo *Aquilino Delagoa*.

que estaban malditos. Pero en la escasa luz de la sala, el cerebro perturbado por un advenimiento excesivamente radical, bajo la influencia de un fonógrafo distante en que una manipulación bien amistosa lograba dar a las voces igual intensidad, no pudo apreciar las miradas.

Volvía lentamente a la ciudad, y su última tentativa de redención acudíale a la memoria, una aventura deshonesta que el marqués de las blancas rodillas hubiera hallado sensible. Y recordó cómo había caminado largo rato con el amigo, ya sin hablarse ¿para qué? la sombra grotesca de las aspas de un molino —que van a ser rotas, ante el cristal de su mirada; y el espíritu del otro lleno de asombro, como esas flores populares que defendieron su frescura del baño de los grandes colores químicos.

Miró et estanque: un yerto reflejo de luz iba a descansar en las aguas dormidas, que el recuerdo tan próximo de los grandes soles tomaba imperecederas.

Largo rato observó en el fondo —como una novedosa placidez— el colorido temblor de los pecesillos fluviales.

Ya* el sol empañado de aquel día había anunciado uno de esos crepúsculos tristísimos en que se sufre, sólo porque la luz desaparece y las cosas se ponen oscuras. Hacia el cielo del Oeste, una gran mancha amarilla iba hundiéndose tras el horizonte. El aire, privado de movimiento, flotaba sin sentido, como una gran ola vacía y muerta. Las luces languidecían, los contornos se entregaban. La gran sombra venía del Este, invadiéndolo todo. Había en el aire, quedaba en la atmósfera pesada y sin aliento, una abatida suspensión de músculos, una esplinítica visión de cabezas y brazos caídos que no venía de ningún presagio, que estaba allí, en lo que se vivía y respiraba.

Los objetos filtraban silenciosamente la glacial media luz de aquel crepúsculo estancado. Ni una brisa, ni un color, ni un pájaro, ni un ¡ay! El cielo estéril, de una transparencia de vacío, caía a plomo sobre el paisaje, ahogándolo.

Luciano levantó la cabeza y miró tras de su cansancio, más allá de la última sensación perceptible, la amarga insipidez de aquella existencia en que el malestar y el sin objeto parecieran maltratarle en las mínimas acciones musculares.

Blanca miró el paisaje y miró la cabeza caída de su amante. Y volvió a mirar el paisaje mortalmente deprimido, sin fuerzas para volver los ojos.

—¿Volverá hoy? —murmuró él.

—Sí —contestó ella dejando caer las manos.

No hablaron durante diez minutos.

—¿Me amas todavía? —interrumpió Luciano con la cabeza completamente caída.

Una intensa inmovilidad detuvo la respuesta, mientras sus pestañas se abatieron sobre el surco violeta de sus ojos...

—¿Y tú?

No contestó. Apenas quedaba un glacial resplandor en el horizonte. Sus sombras crecían en la silenciosa humedad. Él dijo apenas:

—¿Crees tú que sepa algo tu marido?

—Creo que no.

Y susurró, completamente transido de desaliento:

—Y si lo supiera, ¿qué harías?

---

* A partir de este momento comienza la versión original que fuera publicada con el título «Sin razón pero cansado». (Véase la nota anterior.)

—Amarte siempre.

No dijo más, ni hizo movimiento alguno. Sólo, bajo sus cabellos caídos, su cara tediosa cayó...

Después se levantaron, tomaron el camino de la quinta, arrastrando por la árida carretera sus dos siluetas, una blanca, la otra negra, en que los brazos parecían colgados de los hombros...

Concluida la cena, quedaron solos.

Recaredo había vuelto a las siete, contento de sí mismo.

La impresión de su libro marchaba adelante. Su orgullo de autor iba a ser cumplido; y aunque consciente de que su literatura golpearía sobre el bondadoso criterio común, como una arista demasiado fina, él llevaba consigo el aplauso de su verdad.

¿Lastimaría?... Sin duda alguna. Era bueno. Serán de oírse los gritos: ¡¡La moral moderna!!... ¡Bah! Después de todo, quizá tengan ellos razón. ¿Para qué esforzarse en hacerles comprender la naturalidad de esto o aquello?

Y su espíritu se abandonó, suspendiéndose un momento en el incesante desvarío de cristal que busca su vibración de acero sobre el gran vidrio de lo vulgar y útil.

Tomó unas pruebas de su libro, que había corregido a la ligera, y comenzó a leer, abismado en el recuerdo de sus primeras luchas:

. . . .

...y levantando la copa, habló estremecido, lleno de luz en los ojos y de fe en la nueva vida que darían a las letras. Sí, eran ellos los señalados por el Índice de la Suprema Forma los que abrirían el surco donde quedarían enterradas todas las restricciones, todo lo que se esconde y falta, para fertilizar el germen nítido y vigoroso de la Escuela Futura. Ellos tenían la percepción de lo abstracto, de lo finamente subalterno, de lo levemente punzante, de lo fuertemente nostálgico, de lo imposible que —al ser— cristaliza en roca. Sensaciones apenas, desviadas y precisas, que fecundarían el supremo arte, porque en ellos estaba la fuerza de las auroras y de las noches, la fe, que preña lo que no nos es dado ver, para que las generaciones futuras tuvieran un arte tan sutil, tan aristocrático, tan extraño, que la Idea viniera a ser como una enfermedad de la Palabra.

Era su triunfo, el de los que habían visto algo más que un desorden en la incorrección de un adjetivo, y algo más que una tensión vibratoria en el salto audaz de ciertas formas de estilo.

Otra vida para las letras, porque los hombres eran otros. El Clasicismo había representado; el Romanticismo había expresado; ellos definían. Nada más.

¡Sí, definimos, repetía en su exaltación creciente, definimos todo lo inenarrable de esos estados intermediarios en que un simple latido, bajo cierto equilibrio de palabras, puede dar la sensación de una augustia suprema; en que las más ingenuas desviaciones de la frase, aun los rubores más inadvertidos, responden, al ser auscultados, a un acceso de sorda fiebre, de delirio restringido en el tórax...

. . . .

El brec se detuvo, y Recaredo —doblando las pruebas— bajó del carruaje, abrió la verja, atravesó los jardines, tomó los corredores, hizo sombra un momento, desapareció.

Habían quedado solos después de cenar, en la sala débilmente alumbrada. El jardín parecía ahogado en la calma húmeda de aquella noche de Setiembre. Luciano encendió un cigarro y fue a arrellanarse en la butaca, reposando sobre los brazos de aquélla la inerte distensión de sus nervios, con la expresión cansada del que ha perdido el rumbo y no tiene absolutamente fuerzas de deseo para buscarle.

—¿Te has divertido mucho? —le preguntó Recaredo.

—Bastante.

—Como te dije, mi libro aparecerá en Octubre.

Luciano apenas oía. Recaredo se asomó a la ventana y miró el cielo, fríamente lleno de estrellas. Luego, sin volver la vista, preguntó con lentitud:

—¿Por qué no me dijiste que eras el amante de mi mujer?

Luciano hizo un gesto de abrumadora fatiga, y el cigarro cayó. No fue ni una emoción ni un reflejo nervioso: su mano se abandonó con el cansancio de todo su ser.

—Ya conoces mis ideas al respecto —prosiguió Recaredo sin mirarle—. Pero, al menos, ¿tú la amas?

—No.

—¿La has amado?

—No sé.

Apoyó sus manos en el balcón, y articuló distraídamente, observando uno de los costados del jardín:

—¿Y ella?...

—Creo que sí.

El ambiente estaba fijo, ni una llama se movía. Las hojas de los árboles no temblaban, aletargadas bajo la exhausta depresión de la atmósfera quieta, palpable sobre los músculos, palpable sobre los últimos movimientos insignificantes, de una pesadez abrumadora en el solo levantamiento de una mano...

Y Luciano sintió, hasta en los más dormidos nervios, el malestar de las preguntas sin objeto, de las miradas que piden respuesta, de las inutilidades forzosas, sobre la muerta imposibilidad del más leve cambio de postura...

Cerca de la quinta se extendía la laguna entre las desiertas riberas, vacías de árboles y rocas. Prolongaba en la aridez de la tierra desnuda su recta fúnebre, sin un sauce caído ni una línea de ventura, larga, muerta, siempre visible y fija en la lontananza. Los ribazos negruzcos encajonaban aquella silenciosa quietud líquida, estancada y fría, sin ninguna gradación de color.

El agua estaba amarillenta bajo el crudo cielo de aquel día de Otoño. El tono uniforme y mate daba la sensación de una existencia glacial que la laguna hubiera vivido eternamente en un eterno sin reflejo, eternamente fría con su helado descolorido. Ni un matiz. El mismo tono en el centro que en la proximidad de las desiertas riberas. La laguna había surgido silenciosamente del fondo sobre ese cauce preparado de noche, había surgido lentamente con su infinito amarillo inmóvil, siempre visible y fijo en la lontananza.

Era casi el crepúsculo. Llevaban dos horas de paseo en bote. Recaredo saltó a tierra y desapareció un momento tras el ribazo.

Quedaron solos. El sol comenzaba a caer. El bote abandonado glisaba con lentitud, tras el esfuerzo que le separara de tierra. Calma absoluta.

—¡Luciano!...

Ni una leve ondulación en el agua. La barca, al deslizarse, no hacía ruido. Pero cesó de moverse...

—¡Luciano!

Una lenta agonía iba apoderándose del paisaje, en la desventura irremediable de las últimas tardes...

La noche estaba cercana; hacía frío.

—¡Luciano!...

El amarillo del agua subía. El sol, sin un rayo último, cayó...

—¡Luciano! Luciano! —murmuró la pobre mujer, estrechándose dolorosamente a su amante.

La calma no se interrumpía: pesaba. Luciano se ahogaba y tentó un esfuerzo: una nube de plomo caía sobre sus hombros. Quiso hacer una mueca, y tampoco tuvo fuerzas. Su actitud expresó el último hastío de la mano insensibilizada por el mismo suave eterno contacto, el gesto desencajado de todos los recuerdos tediosos acumulados en el paseo de un anochecer frío...

Sin caerse, se inclinó... Y fue de pronto el hecho imprescindible, la necesidad absoluta y momentánea de obrar, convulsión forzada de la última extenuación nerviosa.

Sus manos se tendieron sombríamente.

Blanca se debatía, llena de asombro y espanto:

—¡A mí, Luciano! ¿por qué? ¿por qué a mí, Luciano?... Y cayó. Bajo el agua que la absorbía, el oro de sus anillos brilló un momento.

Luciano quedó rendido, de pie, mirando las ondulaciones; no pensaba en nada. Pasaron cinco minutos. Sus piernas se doblaron y cayó sobre los asientos. Después cayeron sus brazos. Su cabeza, ni erguida ni baja, distraídamente fija, continuó por largo rato mirando el agua.

Ya era de noche; y sin ser observada, la luna había aparecido lentamente.

Paisaje lunar. Una glacial iluminación extática en que el movimiento se sonambulizaba.

Recaredo volvía. Miró el bote y vio a Luciano solo. A su vez intentó una mueca de dolor y no pudo conseguirla. Solamente una nube de desilusión pasó por su rostro. Al descender el ribazo sus labios evocaron el recuerdo de las páginas que había leído en el carruaje, hacía apenas tres días... eran ellos los señalados por el índice de la Suprema Forma, los que abrirían el surco donde quedarían enterradas todas las viejas restricciones, todo lo que se esconde y falta, para fertilizar el germen nítido y vigoroso de la Escuela Futura...

Sus labios se interrumpieron en una sonrisa de amargura y cansancio; fue el tedio por lo inevitable que, aunque se espera, desalienta siempre con su precisión. Ni una variante en la brusca y fatal revuelta del nervio enfermo, en el desquite sombrío de la extenuación, que ha de ser matemático, vulgar y cansado con su abrumadora regularidad. Recaredo lo había seguido día a día, tedio a tedio, sonrisa a sonrisa; y a su vez, ante la prueba convencida de que no hubiera podido ser de otro modo, se dejó caer en el bote, con el desaliento de lo que no puede tener variación y ha de hostigarnos siempre con su matemática vulgaridad.

No se dijeron una palabra. Con un gesto de indiferencia dolorida se sentó en el banco, empuñó los remos, y el bote comenzó a glisar por el centro de la helada laguna.

Llevaban sus hermosas cabezas descubiertas. Luciano inmovilizaba su actitud en un rincón, con las manos sobre las rodillas, huraño, rendido, acurrucado en la popa del bote que Recaredo impulsaba, la cabeza caída, caídos los cabellos, silenciosos y sin mirarse.

Descendiendo del bote, tomaron juntos el camino de la quinta; ni uno ni otro se volvió a mirar la laguna.

Ya distantes, Recaredo preguntó en voz baja:

—¿Hizo mucha resistencia?...

—Mucha, le contestó Luciano distraído.

EL CRIMEN DEL OTRO

NOTICIA PRELIMINAR

Apenas se demuestra que la muerte de Federico Ferrando fue accidental, Quiroga se traslada a Buenos Aires. Tiene 25 años y emprende una nueva etapa lejos del Uruguay, adonde sólo volverá esporádicamente, y también y en forma paulatina, de «las torceduras del 900».

La personalidad inquieta y magnética de Lugones actuará una vez más como catalizador. Si el descubrimiento de la «Oda a la desnudez» dejó en Quiroga una impronta modernista, bien evidente en sus comienzos, pero que no desaparecerá nunca del todo, la invitación para que el salteño le acompañe, en caracter de fotógrafo, a las ruinas jesuíticas de Misiones, será aún más decisiva. La expedición que partió desde Buenos Aires en junio de 1903 significó un paso sin retorno hacia una nueva actitud estética y vital. Ese primer contacto con la selva, en compañía de Lugones, desató tendencias naturales que el propio dandy desconocía y produjo, al cabo de unos años, su obra de mayor repercusión y, quizá, la más original y perdurable.

No es extraño, pues, que apenas regrese de la expedición, liquide los restos de la herencia paterna para instalarse en el Chaco, como pionero en el cultivo del algodón. En Saladito, a siete leguas de Resistencia y dos del vecino más próximo, Quiroga hace su aprendizaje de un mundo nuevo, ve despertar en él sus, luego legendarias, condiciones de *homo faber* o de moderno Robinson Crusoe, y poco a poco, al tiempo que presiente los elementos de su particular cosmovisión, se adentra cautelosamente en sí mismo, en busca de una autenticidad que llegará con los años a ser obsesión. Las fotos de ese período lo muestran con la barba descuidada y en ropa de trabajo, levantando con sus manos un rancho de barro. La «barba como el autor de *Las rosas del jardín de la infancia* y el cabello a lo Daudet», que describía Julio Herrera y Reissig, se han transformado. La levita del dandy ha desaparecido. Son los signos exteriores de un proceso interior que se inicia en Saladito, a siete leguas de Resistencia y a dos del vecino más próximo.

Han transcurrido poco más de dos meses desde que se internara en el Chaco cuando, en la lejana Buenos Aires, la Imprenta de Obras y Casa Editora de Emilio Spinelli publica un volumen de 235 páginas titulado: *El crimen del otro*.

No será reeditado en vida del autor, por lo que el texto-base de la presente es el de aquella edición, con la ortografía modernizada.

El libro recoge seis relatos que ya habían aparecido en revistas, entre 1902 y 1903, y otros seis escritos especialmente para completar la colección. Estos doce cuentos representan en su conjunto, a la vez que un tributo, un homenaje. Tributo porque la mitad de ellos prolongan en sus páginas la estética decadente de los textos incluidos en *Los arrecifes de coral*. Homenaje, porque la otra mitad evidencia la admiración y la influencia de uno de los escritores que más decisivamente marcaron a Quiroga: Edgar A. Poe.

En la línea de los cuentos que prolongan la estética decadente de las primeras páginas del salteño, se encuentran «Rea Silvia» y «El corto poema de María Angélica». En ambos regresa el autor a un tema que había abordado en «Venida del primogénito», llegando en el segundo caso a emplear para sus personajes los mismos nombres que utilizara en aquél. En otros, el parentesco con la estética de sus primeros textos se traduce en el empleo de una prosa rebuscada y preciosista, sobrecargada de adjetivos y metáforas («El suave tiempo de las esperanzas nevó suavemente sobre aquellos corazones lacerados...», «la mirada del brioso doncel»); o en la pintura de un mundo artificial y exótico, como en «La princesa bizantina».

Si en la mitad de los relatos de *El crimen del otro* predomina el amaneramiento, el exotismo y el clima enrarecido con los que el autor prolonga los ecos de un decadentismo sustancial, hay por lo menos otros cinco que ponen en evidencia la huella de sus lecturas de Poe. Así, junto a un cuento policial al estilo de Auguste Dauphin, «El triple robo de Bellamore», que a John Englekirk le trae reminiscencias de «The mistery of Marie Roget» y a John A. Crow le recuerda «Thou art the man», encontramos otro evidentemente sugerido por «The murders in the rue Morgue»: «Historia de Estilicón». También «La justa proporción de las cosas» tiene, para John A. Crow, «algún parentesco con «The man of the crow» (En: «La locura de Horacio Quiroga», *Revista Iberoamericana*, México, año I, n° 1, mayo 1939).

Pero ninguno es tan explícito en materia de influencias como el que da título al volumen. Deliberadamente apoyado en «El tonel de amontillado» de A. Poe, todo el relato depende de aquel sustrato y es inseparable de la experiencia que el lector tenga de su lectura.

En el contexto de una innegable y vasta influencia, las palabras que Quiroga pone en boca del protagonista de aquel cuento, equivalen a una verdadera confesión:

> Poe era en aquella época, el único autor que yo leía. Ese maldito loco había llegado a dominarme por completo; no había sobre la mesa un solo libro que no fuera de él. Toda mi cabeza estaba llena de Poe (...) y al mismo tiempo, envidiaba tanto a Poe, que me hubiera dejado cortar con gusto la mano derecha por escribir esa maravillosa intriga. (Se refiere a «El tonel de amontillado»).

> Ningún prosista hispánico ha expresado tan vivamente el espíritu de los cuentos de Poe, como Horacio Quiroga. En la manera y en el estilo, en la índole exótica y extraordinaria de sus temas, y en el maridaje de la agudeza psicológica con estados de horror y miedo...

Con estas palabras se inicia un trabajo ya clásico dentro del tema «*Edgard A. Poe in Hispanic Literature*» de John Englekirk. En él se estudian las influencias del norteamericano en el salteño y se rastrean en la obra de este último las muchas y no siempre felices coincidencias con la del primero.

> El tema poeiano de la locura y su habilidad para retratar su desarrollo psicológico; su agudeza en la pintura de estados de conciencia análogos; sus temas de la vida de ultratumba, de la doble personalidad, de la realidad de los sueños; su apelar a lo extraño, lo horripilante y lo raro como adecuados objetos para su arte...

son sólo algunos, de los muchos puntos en común que allí se cotejan, y no dejan dudas respecto a la importancia que el propio Quiroga confería a la estética de Poe. (Las citas están tomadas de un fragmento publicado en español por la revista *Número*, Montevideo, año I, n° 4, octubre 1949, pp. 323-328 bajo el título de «La influencia de Poe en Quiroga».)

Conviene precisar que no es éste un hecho nuevo, o vinculado exclusivamente a ciertos cuentos de *El crimen del otro*, sino bien por el contrario:

Los tres primeros relatos que nos dejó la pluma de Horacio Quiroga revelan ya esta influencia. Pertenecen a la época de la *Revista del Salto*, donde fueron publicados, y el más logrado se titula: «Cuento para noche de insomnio». El epígrafe que encabeza el texto tiene, por lo preciso de la lección, carácter de verdadero credo estético. Credo en el que Quiroga va a mantener su fe por espacio de casi diez años, y que, más adelante, entre quebrantos y renunciamientos, aparece cada tanto plasmado en su obra.

> Ningún hombre, lo repito, ha narrado con más magia, las excepciones de la vida humana y de la naturaleza, los ardores de la curiosidad, de la convalecencia, los fines de estación cargados de

esplendores enervantes, los tiempos cálidos, húmedos, brumosos, en que el viento del sud debilita y distiende los nervios como las cuerdas de un instrumento, en que los ojos se llenan de lágrimas que no vienen del corazón, (...), el absurdo instalándose en la inteligencia y gobernándola con espantable lógica; la historia usurpando el sitio de la voluntad, la contradicción establecida entre los nervios y el espíritu, y el hombre desacordado hasta el punto de expresar el dolor por la risa...

Tales las palabras del epígrafe de Baudelaire, con el que Quiroga identifica desde los lejanos tiempos de la *Revista del Salto* sus propias convicciones estéticas. Convicciones que podrán debilitarse al influjo de otros modelos, y de su propia busqueda, pero que nunca desaparecerán del todo.

Resulta paradójico que, cuando *El crimen del otro* hace publica su deuda con Poe, las cartas que desde el Chaco envía a sus amigos revelan el surgimiento de nuevos dioses, especialmente, Dostoievski.

LA PRINCESA BIZANTINA[*]

CÁBEME LA HONRA de contar la historia del caballero franco Brandimarte de Normandía, flor de la nobleza cristiana y vástago de una gloriosa familia. Su larga vida sin mancha, rota al fin, es tema para un alto ejemplo. Llamábanle a menudo Brandel. Hagamos un silencio sobre el galante episodio de su juventud que motivó este nombre, y que el alma dormida de nuestro caballero disfrute, aun después de nueve siglos, de esa empresa de su corazón.

Tenía por divisa: *La espada es el alma*, y en su rodela se veía una cabeza de león en cuerpo de hiena (el león, que es valor y fuerza, y la hiena, animal cobarde, pero en cuya sombra los perros enmudecen). Su brazo para el sarraceno infiel fue duro y sin piedad. De un tajo hendía un árbol. No sabía escribir. Hablaba alto y claro. Su inteligencia era tosca y difícil. Hubiera sido un imbécil si no hubiera sido un noble caballero. Partía con toda su alma y honor de rudo campeón, y estuvo en la tercera cruzada, en aquella horda de redentores que cargaban la cruz sobre el pecho.

Adolescente, sirvió el hipocrás en la mesa del barón de la Tour d'Auvergne, nombre glorioso entre todos: túvole el estribo con las dos manos (estribos de calcedonia, ¡ay de mí!) e hizo la corte a la baronesa, puesto que su paje era.

Treinta años tenía cuando llevó a cabo las siguientes hazañas:

En Flandes arrebató la vida a quince villanos que le asaltaron en pleno bosque.

En España aceptó el reto del más esforzado campeón sarraceno y le desarzonó siete veces seguidas, resultas de lo cual obtuvo en posesión admirable doncella, pues el infiel, en su orgullo insensato, había puesto por premio a quien le venciera la propiedad absoluta de su prometida en amor. El paladín rescatóla mediante diez mil zequíes que Brandimarte llevó consigo a Francia en letras de cambio.

Un caballero colgó de la almena de su castillo a una hechicera judía. Desde entonces su salud fue extinguiéndose en el deseo de una duquesa que obtuvo hospedaje el mismo día de la ejecución. En vano imploraba el caballero tregua a ese encanto que de tal modo le era fatal. Brandel, buscando aventuras, llegó al castillo; y conociendo enseguida que la ingrata era tan sólo la hija vengativa de la hechicera, así transformada por sutiles filtros, libró combate con ella, cosa no desdorosa para su honor si se considera que la judía convirtióse en león de los desiertos, primero: luego en monstruo antiquísimo, después en desordenada piedra de granito, y así en diversas cosas y animales, hasta que —olvidada del renombre del guerrero normando— cobró cuerpo y forma de paladín sarraceno, en cuya encarnación Brandimarte llegó a él con tal atroz golpe en la cabeza que la espada partió yelmo y cabeza, hundiéndose hasta la gorguera.

En cuanto al castellano, ya presa del fatal hechizo, convirtióse instantáneamente en una enflaquecida y agonizante joven que fue —arrastrándose y con los ojos fuera de las órbitas— a morir sobre el alto pecho del guerrero.

---

* Publicado por primera vez en la única edición del *El crimen del otro* (1904).

Esto pasó en Alemania.

En Palestina arrancó con un grande ademán la túnica sagrada a cuatro caballeros templarios que abrasaron sus almas en la llama ardiente del sacrilegio. Tal era el fuego de su noble ira que los templarios sintieron miedo, bajando la cabeza.

Y la hazaña última de Brandimarte fue aceptar en combate singular el reto cuotidiano del más glorioso, valiente y caballeresco campeón de la Cristiandad, el rey Ricardo de Inglaterra, Corazón de León. ¿Preciso es decir a qué breve distancia de la muerte estuvo ese día el alma del caballero franco? Su valor en esa lucha adquirió timbre más claro, ya que su honor no podía tenerlo más.

Así guerreando en esta y otras empresas que dieron lustre de oro a su nombre, el tiempo pasó. Brandimarte llegó a tener setenta años, bien que su brazo fuera todavía terror de infieles, y culto de cuantos por él se vieron libres de cautiverio. Su inteligencia, ya pobre en los ardientes años juveniles, disminuyó. Pero esa misma negación hacía más rectos sus golpes, más conmovedora su sencilla ley de honor. No daba perdón ni tregua a los enemigos de la Santa Cruz. Desafiaba sin dudar un momento a los perjuros y a los que abusaban de su fuerza. No ofendía a nadie por malicia; y como estaba privado de claro discernimiento, la razón de sus golpes era tan pura como su deber de caballero.

En esta época de su vejez corrió por todo Occidente la noticia de que la princesa bizantina había sido robada. El Imperio Griego gemía de desolación. ¿Cómo? ¿cuándo? ¿quién?... ¡Ah! la princesa viajaba en su bella galera. Una tempestad sobrevino y la alejó de tierra. El conde de Trípoli, que paseaba por el mar hacía cuatro años el dolor de su prometida muerta, acudió con su flota y contempló atónito la hija de emperadores. ¿Pero qué es una condesa de África, sea su linaje el más claro y su hermosura la más radiante o llorada, al lado de una princesa bizantina? El Conde cayó de rodillas ante ella, loco de pasión, jurando que perdería una a una las provincias de su reino si no lograba su amor. El mar deshonrado apaciguó sus olas, y la flota de púrpura navegó con el sol poniente hacia las costas tibias del Sur.

El ánimo de los caballeros de Occidente se exaltó en escaso modo ante tamaño ultraje. Guardaban hondo rencor al Imperio, a su egoísmo —y a su emperador. La mala fe con los primeros cruzados estaba aún fresca en sus memorias; la nobleza franca temblaba aún de altivez con tales recuerdos. Después de todo, aunque cristiana la princesa, no era de ellos vengar agravios que a otros correspondía...

Brandimarte fue, sin embargo. No es posible contar con minuciosos detalles el viaje a aquellas comarcas —la región inhospitalaria en que el odio vigilaba como un hombre desde el torreón de cada castillo; la fe de que tuvo que inundarse para conservar pura y limpia su alma (vestían él y su palafrén de blanco: el color expresaba fe); el choque con los paladines de Trípoli que día a día aparecían vestidos de hierro en la cuesta lejana del camino, brillando al sol naciente; la altanería del Conde que consintió entregar a la princesa si el caballero franco triunfaba de los tres campeones en más alta gloria de valentía, el encarnizado combate que Brandel libró con ellos, la muerte de éstos, y por último la brillante victoria que obtuvo sobre el mismo monarca, pues el Conde, al ver yacentes en la arena a sus tres campeones, bajó del estrado con altivo continente, y alzando la voz orgullosa ofreció a los príncipes y a cuantos le miraban en aquel momento la sangre de nuestro paladín, en ofrenda a la nobleza consternada por el triple duelo.

Esta hazaña ha sido narrada por más de un poeta avezado en tan difícil arte.

El choque fue tan impetuoso que la princesa se desmayó. Los espectadores, llevados de entusiasmo, se pusieron de pie, gritando con las espadas en alto. Brandimarte había dirigido la lanza al pecho de su adversario; el Conde hizo lo mismo. Las lanzas saltaron en pedazos. Un silencio pasó. Los combatientes volvían al paso al punto de partida. La trompeta sonó de nuevo; los caballos partieron a escape con las narices llenas de sangre, levantando con las patas un reguero de polvo. Y chocaron de pronto en un sordo temblor de carne a que siguieron enseguida dos golpes metálicos, uno detrás de otro. Ambos cayeron, desarzonados. El combate prosiguió a pie sobre la arena blanca. Revolvíanse entre olas de polvo, las hachas caían sobre los escudos como sobre un árbol secular, a dos manos, para voltear de una vez. Las vibraciones del metal enloquecían el aire caldeado, llegaban a los espectadores, se abrían ondulando, como los golpes de una fragua lejana, que el viento trae por bocanadas. La arena brillante de mica se espolvoreaba alrededor de ellos, espesándose hasta ocultarles, rasgada en lo alto por un brazo negro que se detenía un instante, hundiéndose enseguida. Los caballos, alejados al fondo, miraban atentamente, relinchando.

El duelo concluyó. El Conde, en un último segundo de vigor, descargó su hacha. El guerrero normando esquivó el golpe y su adversario cayó. Entonces, en el momento en que el Conde se incorporaba, Brandimarte, reuniendo todas sus fuerzas, levantó el hacha con sus dos manos; y echando el cuerpo atrás, en puntas de pie, dirigió al pecho del Conde tan atroz golpe que el guardacorazón saltó en pedazos y el hacha entró hasta el fondo.

*   *   *

El emperador griego iba todas las tardes a sentarse a la orilla del mar. Su vista no se apartaba del Sur; gruesas lágrimas caían de sus ojos, lágrimas por la princesa su hija y último encanto, que nunca más volvería a ver. Cuando en un bello crepúsculo de principio de Otoño, una tarde antigua del sur de Grecia que traía hasta la costa el perfume de los mirtos, una vela azul se destacó en el horizonte. El viejo emperador se puso de pie sobre un peñasco y alzó los brazos al mar, temblando de emoción. Él conocía esa vela, sí, sin duda. Era de seda, de azul un poco pálido, que una opulenta caravana condujo desde Bassora. ¡Ella, por fin! —La galera avanzaba armoniosamente. La vela dilatada se tendía hacia adelante, en un ancho gesto de plenitud. Sobre la límpida extensión del mar, las olas se rizaban en amplias curvas paralelas hacia el Este; la espuma, antes lechosa, tenía ahora un color y transparencia de topacio, por el sol ya horizontal cuyo disco cortaba a lo lejos con pequeños saltos negros una banda de delfines. En el mismo sol la vela traslúcida se amorataba, exhalando a su paso sobre el mar, como un perfume, el ancho suspiro del viento al atravesarla. El cielo empalidecía. Y este ambiente de paisaje antiguo era preciso a una tarde en que la princesa bizantina regresó en su bella galera y al son de flautas de ébano, después de un año de ausencia.

Bizancio ardió durante cinco días en fiestas espléndidas. El Imperio arrancaba de sus viejos cimientos la suntuosidad nacional dormida en tantas décadas de guerra, y las flotas incendiadas, tardes de hipódromo, fueron ocasión propicia para un brillante desenvolvimiento de las gracias bizantinas. Con una fastuosa noche en palacio terminaron aquellos festivales. Y tanto se agotó en ella el placer, que su recuerdo suele surgir de golpe en algún mísero descendiente de ahora, como un confuso y doloroso sueño de gloria.

He aquí los hechos principales.

El emperador, en su alto trono, dormía, la princesa a su derecha. Más abajo se sentaban los cuatro príncipes reales, Sosístrato, Manuel, Reinerio y Alejo, resplandecientes de oro y estofas pesadísimas, adorables de indolente gracia, reclinadas amorosamente las cabezas una en el hombro de otro, las bocas en suave sonrisa, rojas por el carmín, entrecerrando los hermosos ojos pintados, las cuatro gargantas fraternales descubiertas, libres de todo tejido doloroso, en cuya blancura ardían los cuádruples collares de rubíes.

Sobre la alfombra negra del salón el polvo de oro finísimo que la cubría se había desparramado en manchas espesas como una gran piel de leopardo. Ya hacía seis horas que los juegos duraban; preciso era que los príncipes dieran término a la fiesta, con su propia ejecución. Llegado pues el momento, Sosístrato se levantó, avanzando al medio de la sala.

Entonces entraron silenciosamente tres guerreros vestidos de negro. Avanzaban de la mano, despacio, y se detuvieron inmóviles. La corte se volvió al emperador que, arrancado de su ensueño, sonrió, bajando indulgentemente la mano repetidas veces.

Los guerreros tenían en la mano sus espadas brutales, pero eran ciegos. Sosístrato iba a combatir contra ellos, y por arma esgrimía su abanico. Los negros combatientes desunieron sus manos, siempre en fila. El principe alzó el brazo y el abanico se cerró. Pasó un momento. De pronto el frágil juguete golpeó el airón de un casco: la espada se levantó y bajó como un relámpago. ¡Ay! Sosístrato estaba lejos ya.

¿Habrá que decir cuánta emoción despierta un combate en esta forma, y de qué modo el interés se apodera del espíritu?

Pequeñas risas surgían de todos lados. Las espadas eran por demás inútiles, no llegaban nunca. El abanico del príncipe alcanzaba aquí o allí, en cortos movimientos llenos de gracia. Recogía en su mano izquierda el vuelo del pesado manto, avanzaba con maliciosa sonrisa, silenciosamente y en puntas de pie, hamacándose sobre ellos, el abanico en alto. La sala enmudecía entonces. De pronto un golpe rápido ¡tac! en el pecho, y huía con un ligero grito de espanto. Las risas comenzaban de nuevo. El juego era tan malicioso que no había manera de defenderse. Los guerreros se habían dado de nuevo la mano, aislados en medio del Imperio con sus ojos ciegos. Una rabia muda surgía de todo aquel hierro deshonrado por el abanico. Sus golpes eran cada vez más brutales: no decían una palabra y se estrujaban mutuamente las manos.

Delante de ellos, el príncipe continuaba recorriendo la sala a pequeños pasos furtivos, recogía en cada ataque el ruedo del manto sobrecargado de oro dejando al descubierto las cintas de seda rosa alrededor del tobillo, avanzaba, retrocedía, fingía rápidas carreras, todo entre el murmullo de conjeturas que despertaba su juego. Al fin se decidía a atacar: todos callaban. Y en ese silencio que ya conocían, los tres guerreros se apretaban uno contra otro en una gran necesidad de amparo para la miseria común. Pero el golpe breve caía sin darles tiempo, en el yelmo, en el ristre, en los quijotes, y tras el golpe, siempre el pequeño grito del principe asustado.

Ciertamente, a los combatientes les era dado defenderse sólo cuando el abanico les golpeara. ¿Cómo, de otra manera, sería posible el juego?

El torneo concluyó, y no sin preocupación imprevista, pues los guerreros no abandonaban su sitio. Parecían no oír nada, estrechándose cada vez más fuerte las manos, las cabezas inclinadas, atentas al mínimo crujido de la alfombra, con las espadas temblando.

Cuando la tranquilidad sobrevino, Alejo se incorporó lentamente, echando atrás los bucles. Toda la gracia del Bajo Imperio había ungido al menor de los príncipes, sobre cuya cabeza el viejo emperador tenía puesta toda su complacencia. El adolescente se detuvo solo en medio de la sala y comenzó a bailar suavemente, la mano derecha apoyada en la nuca, la izquierda ciñendo el traje detrás de las caderas. El manto ajustado relevaba su delgadez de adolescente, tan finas las rodillas que aguzaban el brocato como dos pequeños senos. Sus pies medían pequeñas distancias. La música monótona cesó de pronto; las flautas recogieron la última nota, sosteniéndola vaguísimamente. Y en ese hilo perdido el príncipe se detuvo, juntos los pies, sin hacer un movimiento. Las caderas entonces comenzaron a ondular, giraban sobre sí mismas hinchando el manto alternativamente, las piernas y busto inmóviles. Al fin el adolescente de oro, acariciando el aire con sus caderas, recostaba la mejilla en el brazo desnudo, sonreía a la hermana distante, cerraba fatigosamente los ojos sombreados que se iban muriendo en una lenta agonía de carbón.

La danza concluyó. Entre tanto, el caballero franco, con los ojos muy abiertos, miraba. ¿Qué era todo aquello? ¿Y había tal deshonra y tal increíble juego de mujeres? Parpadeaba rápidamente para mejor comprender. Pero vio por fin que todos los ojos estaban fijos en él. El emperador le llamó de lo alto del trono. Fue, y puso la rodilla en tierra oyendo la augusta invitación.

El caballero occidental se incorporó pálido, bajó las gradas, avanzó al lugar donde se había combatido con un abanico, y dijo en voz alta:

—Yo no sé bailar. Cuando en mi país un caballero quiere combatir ruega al cielo le depare un adversario digno de sus fuerzas y con los ojos bien abiertos. Tampoco sé bailar. La nobleza franca está formada de hombres solamente, no de mujeres disfrazadas, y no sé de nadie que en este caso dijera cosa distinta. —Y volvió a su sitio con ocho pasos sonoros.

Se hizo un gran silencio. Los príncipes sonrieron vagamente. Una luz verdosa cruzó por los ojos pequeños del emperador; mas sacudió la cabeza, risueño. Sólo la princesa no apartaba la vista del altanero huésped. Sus ojos, al principio curiosos, se iban llenando de un límpido asombro, vasto como la sombra de las nubes sobre los mares. Volvía a verle en África, aquella tarde sangrienta, con su gran estatura de hierro, sus brazos alzados a todo poder que parecían golpear el granito. Su vida diminuta diluíase ante los esfuerzos de aquel pecho, cada golpe heroico bajo el sol, que arrancaba al hierro su incesante grito de valor y orgullo. Llenábase de todo ese empuje viril que no conocía, esa franca fuerza sin rubor que iba a agitar excesivamente su frágil condición femenina de princesa griega. ¡Valiente y denodado caballero! Ahora concluía de hablar, tal como nadie habló jamás en el imperio de su padre. —Retiróse. Ya en la puerta volvió el rostro atrás y envió una última mirada a la pujante silueta que se había levantado en el fondo, dominando las demás cabezas.

Brandimarte cerró los ojos y apretó los puños. Pasó así un rato soñando. Al fin irguióse y llevó sonriendo la mano al bigote ¡ay! ya blanco.

*   *   *

Festejábanse en Bizancio las inminentes bodas de la princesa y Brandimarte de Normandía. ¿Cómo el celoso emperador pudo consentir tan irrazonable matrimonio? ¿Es de creer que a tal punto llega la debilidad de un glorioso monarca, sacrificando al amor de una hija única el porvenir del imperio, aun cuando éste guarde como su más rico tesoro las vidas preciosas de los príncipes, herederos en no lejano día?

Porque preciso es decirlo: la muñeca amaba a aquel áspero paladín. Le hacía sentar a su frente, mirándole con cada vez más asombro. A veces le tocaba con la punta del dedo, pensativa. En el lecho permanecía largo rato con los ojos abiertos; sobresaltábase de pronto. Un día le rogó le apretara la mano entre las suyas, lo más fuerte posible. Brandel sonrió, apagado. Así vivia, viejo y sensible con su tardío amor tembloroso, rudo tronco de fresno arrojado por el mar a las playas griegas, rejuvenecido y muerto en Bizancio por el perfume de aquel retoño imperial.

El banquete finalizaba. La noche, que había sido tibia, tenía ahora esa límpida frescura que aman las cabezas descubiertas. El Imperio dormía en paz bajo el gran cielo oscuro. En la terraza sobre el mar —en la mesa— los príncipes abrían los rizos de sus mejillas a la noche poética. La princesa esforzábase gravemente en ajustar sus anillos al dedo meñique de Brandimarte que sonreía, mirándola con contemplativa ternura. Y he aquí que Alejo, levantándose, dijo estas palabras:

—Hermana querida: justo es que en tan conmovedora noche recordemos el mínimo halago que pueda ser grato a nuestro heroico huésped, nuestra espada, nuestro hermano. Hoy hace siete años que el noble duque de Kiew —aliado nuestro— abandonó el camino de la vida, harto difícil ya para su pie vacilante. Recordémosle pues en sencilla manera, y que nuestro huésped haga honor con nosotros al inapreciable vino de que nos hizo obsequio el anciano gentil.

Cierto es: las proezas del guerrero occidental ¿no serían muy pronto las del Imperio? ¿Y era posible no contar a tan brillante campeón la historia del duque Yaroslav que con el brazo ya trémulo sojuzgó no menos de quince jefes nómadas, cuyas tribus participaron más tarde de la fe cristiana? Mas la historia vendría luego, con la tranquilidad de espíritu que requiere toda narración.

El licor llegó, un esbelto bombylio verde. La corte se inclinó sobre la mesa, curiosa. Los príncipes se echaron atrás en las cátedras, vagamente fatigados. Entonces un esclavo negro extendió el brazo sobre el hombro de Brandimarte y vertió en su copa parte del precioso líquido. Brandimarte bebió. Nadie hablaba. En el estrecho el mar jugaba sin ruido, constelado por el rubí de las barcas que partían en fila con la hermosa noche de Otoño.

Brandimarte callaba hacía rato; en sus ojos había un vago estupor doloroso. De pronto su cabeza cayó hacia atrás. Estaba mortalmente pálido. Hizo un esfuerzo para llevar la mano a la garganta y no pudo; respiraba a largos intervalos, profundamente. La princesa no hacía un movimiento. Miraba muda, los ojos sobreabiertos. Al fin recogió el manto hasta la boca y se hundió en la cátedra tiritando, la cabeza entre los hombros. Los príncipes, rendidos en su leve cansancio, miraban al huésped con los ojos entrecerrados: de una boca a otra pasaba la misma vaga sonrisa. Un esclavo, obedeciendo a una señal de Alejo, cruzó sus manos detrás de la cabeza de Brandimarte y la levantó, sosteniéndola. Los zigomáticos, contraídos en un rictus que torcía la boca hacia arriba, se habían paralizado sobre los pómulos, hinchándolos. Los ojos vidriosos y fijos no veían nada. El esclavo retiró las manos y el cuerpo se deslizó hacia adelante. La cabeza cayó atrás; los brazos pendían como rotos. Las inspiraciones iban retardándose cada vez más. Hacia el fondo se retiraban los nobles convidados, subían las escalinatas luminosas, desaparecían. Al rato los príncipes a su vez emprendieron la marcha, con la princesa que tiritaba aún. El esclavo arrojó la botella al mar y se fue. Y quedó solo, muriéndose sobre la silla, flor de nobleza y lealtad desamparada bajo la noche azul de Bizancio que velaba la agonía del caballero franco Brandimarte de Brandel.

REA SILVIA[*]

HAY EN ESTE mundo naturalezas tan francamente abiertas a la vida que la desgracia puede ser para ellas el pañal en que se envuelven al nacer. Permítaseme esta ligera filosofía en honor a la crítica infancia de una criatura que nació para los más tormentosos debates de la pasión humana, y cuya vida pudo ser desgraciada como puede serlo el agua de los más costosos jarrones.

Sus padres le dieron por nombre Rea Silvia y la conocí en su propia casa.

Era una criatura voluntariosa, de ojos negros y aterciopelados. Su alma expuesta al desquicio la hizo adorar (era muy pequeña), los brocatos oscuros de los sillones, las cortinas de terciopelo en que se envolvía tiritando como en un grande abrazo.

Era alegre, no obstante. Su turbulencia pasaba la medida común de las hijas últimas a que todo se consiente. Las amigas queridas de su mamá (señorita de Almendros, señorita de

---

[*] Inicialmente en: *En Gladiador*, Buenos Aires, año II, nº 67, marzo 13, 1903.
«En *El Gladiador*, semanario ilustrado, fundado en Buenos Aires en diciembre de 1901, Quiroga publicó toda su producción de 1903 (seis títulos). Por "Rea Silvia" Gladiador le retribuyó con 15 pesos.» (*Horacio Quiroga, repertorio bibliográfico anotado, 1897-1971*/ Walter Rela, Buenos Aires: Casa Pardo B.A.C., 1972, nota 23, p. 46.)

Joyeuse, señora de Noblecorazón) soñaban —unas para el futuro, otra para esos días— un ángel igual al de la blanca madre. El canario —que era una diminuta locura, los mirlos más pendencieros de la casa vecina, vivían en gravedad, si preciso fuera compararlos con las carcajadas de Rea— ¿Cómo, pues, tan alegre, perdía las horas en la sala obscura, sombra y desgracia de las hijas que van a soñar en ellas? Problemas son estos que sólo una noble y grande alma puede descifrar.

Hay detalles que pintan un carácter: si esto es vulgar, Rea Silvia no lo era.

Hablaba de amor.

—Yo sé —decía una vez delante de un reflexivo grupo de criaturas— yo sé muchas cosas. Yo he leído y además adivino. Para nosotras (se alisó gravemente la falda) el amor es toda la existencia. Una señora murió, murió de amor. Nadie la conocía sino mamá y papá. Murió.

Las criaturas —de la mano— se miraron. Una alzó la voz débilmente:

—¿Murió?...

Rea hizo un mohín de orgullo que la elevó quince codos por encima de su auditorio. Alzó la cabeza apretándose las manos:

—¡Qué dulce debe ser morir de amor!

Y repitió, pequeña *poseuse*, ante las cándidas aldeanitas:

—¡Oh, sí, qué dulce!

¡Cuán voluble era su alma! Teresa, su hermana de dieciocho años, muchos sinsabores tuvo que apurar por ella. En conjunto, Rea Silvia era una criatura romántica, y yo, que cuento su historia, tengo de sobra motivos para no dudarlo.

Huía a la sala. Allí, echada en un sillón, con el rostro sombrío, mordía distraídamente un abanico para mejor soñar.

Se abrasaba en celos. Una de sus pequeñas amigas era Andrea (de la familia Castelli, con tanto respeto recordada en Bolonia). Un día, en una de esas crisis de pasión, luego de estrecharla locamente entre sus brazos, le cogió la cara entre las manos:

—¿Me quieres?

Andrea sonrió

—Sí, déjame.

Rea temblaba.

—¿Me querrás siempre?

—¡Oh, no! ¡siempre no se puede decir, Rea!

La fogosa criatura golpeó el suelo con los pies.

—¡Yo no sé si se puede decir! quiero que me respondas: ¿me querrás siempre?

La había cogido de las manos. Andrea tuvo un poco de miedo; sonriendo tímidamente:

—¿Y tú me quieres a mí?

—¡Yo no sé! ¡no sé nada! respóndeme: ¿me querrás siempre?

—Sí, siempre —y se echó a llorar con los puños en los ojos. Rea la estrechó radiante contra su pecho, consolándola ahora. Yo digo: ¡almas de niña, que en Rusia enloquecen a los escritores!

En esta época mis visitas a la casa fueron más frecuentes; todo mi corazón estaba lleno por la dicha que esperaba del amor soncillo y plácido de Teresa. ¡De qué modo había deseado fuera un día mi prometida! Ya lo era, y mi alegría se desbordaba en múltiples ridiculeces que entonces —¡feliz entusiasmo ya lejano!— no vi. Rea Silvia fue la pequeña devoradora de mis besos a que aún no podía dar mejor destino, y asimismo de los bombones que le prodigaba mi forzosa galantería: —verdad es que la quería mucho, y en mis rodillas, cuando hablaba con Teresa, supo con qué temblor se acarician los cabellos de una criatura cuya hermana, sentada enfrente nuestro, nos mira jugando ligeramente con el pie.

Todos los días, cuando yo llegaba, corría a colgarse de mi cuello. Me apretaba largo rato contra su cara.

Una noche Teresa me dejó un momento. Rea había pasado esa larga hora acurrucada en el sofá, mirándome con sus ojos sombríos. Fui hacia ella y la besé. Bajó la vista.

—¡Ah! mi pequeña no me quiere más, ¿verdad?

Levantó apenas la cabeza, me miró fugazmente y se estremeció.

Me incliné sobre ella:

—¿No?... ¡Y yo que creía que me querías tanto!

Me incorporé para irme. En ese instante saltó del sofá y me echó los brazos desnudos, locamente.

—¡Sí, te quiero, te quiero mucho! —me besaba la cabeza, los ojos—, ¿por qué me haces sufrir? —Y repetía únicamente, sacudiendo la cabeza con los ojos cerrados, quejosamente—: ¡Sí, te quiero, te quiero!

Teresa entró con su suave paso. Al vernos, cariñosa hermana, se inclinó sobre Rea, y, como una madrecita, le ciñó la frente contra su cintura:

—¡Ya me parecía que el enojo de Rea no iba a durar! ¿Creerás? esta noche en la mesa cuando hablábamos de ti se puso de pronto tan enojada que lo advertimos todos. Al verme reír huyó llorando. Estaba furiosa conmigo. Y también contigo. Esta pequeña —concluyó besándola en las mejillas— me odia. En cambio... —murmuró alzando lentamente hacia mi sus ojos matinales...

Nos perdimos en seguida en susurros de amor.

*   *   *

Rea no jugaba más. Rea no hablaba más. Rea adelgazaba. ¿Quién recuerda a Rea en aquella época? Enfermó, la dulce amiga de mis confidencias. Se hundió en la cama, presa de una anemia tenaz, toda blanca, sólo los labios por prodigio encendidos, más rojos aún que los de Teresa, como si la pequeña apasionada llama de su vida se hubiera encendido prematuramente con mis besos que —¡por qué la besé tanto!— no pasaban a su hermana...

Veinte días su existencia fluctuó, como el alma de los tristes, entre el esfuerzo y la nada. Los médicos en consulta pronosticaron desgracia. Yo velé como nadie las noches letárgicas de su inanición, y los augurios de felicidad que habíamos hecho con Teresa eran ahora tristes oscilaciones de cabeza que cambiábamos al pie de su cama.

Una noche, de franca esperanza, hablaba con Teresa del nombre adecuado para un posible descendiente nuestro. Concluí:

—Si es hombre, que lleve, en fin, el mío. Si es mujer, Teresa.

—No, no me gusta. Busca otro.

Mis ojos entonces se fijaron en la enferma que nos miraba desde el fondo de su almohada blanca. La envié un beso y dije:

—Rea Silvia.

—Pues bien. Rea Silvia.

La pequeña sollozó:

—No, no mi nombre.

—¿Por qué? —le dije sosteniéndola en mis brazos—, ¿otra vez no me quieres?

—Sí, sí —murmuró apretando su mejilla a la mía. Y gemía estrechándome—: no, mi nombre no!

Llegó el día del 24 de Junio: todo estaba perdido. Rea Silvia comprendió que moría, y al lado de su madre y de su hermana revivió un momento para mí. Me hizo llamar: quería estar sola commigo. Incorporóse débilmente y se sostuvo con la cabeza bajo mi cuello:

—Voy a morir, creo. Y yo quería haber vivido...

Tiritaba bajo mis brazos.

—¡Cómo te quiero! ¡cómo te quiero! —murmuraba.— Si pudiera morir así...

Tembló un momento, escondiéndose casi:

—Dime: ¿me hubieras querido tú a mí?

La vista caída, deslizaba el pulgar a lo largo de los dedos. Movió la cabeza tristemente:

—No... no... —Tuvo un largo escalofrío. Al fin suspiró difícilmente:

—¿Me quieres dar un beso, di?

—¡Sí, mi alma, cuántos quieras!

Se colgó entonces de mi cuello, echando la pálida cabeza hacia atrás:

—Un beso como si fuera... —Y cerró los ojos.

—Como si fuera... —Volvió a abrirlos lentamente. Apenas:

—... Teresa...

Hombre y todo, me puse pálido. No dije nada: me incliné temblando a mi vez y uní mi boca a la suya. Para ella fue tan grande esa dicha de completa mujer que se desmayó. Por mi parte, puse en su boca el beso de más amor que haya dado en mi vida.

* * *

Me casé con Teresa. Rea Silvia tiene hoy dieciocho años y a veces recordamos ese episodio de su niñez.

—Francamente —me dice sonriendo— creía que iba a morir. ¡Qué tiempo tan lejano y cómo era aturdida! —Se calla, perdiendo la mirada a lo lejos—. Y sin embargo —concluye con un suspiro en que va el alma de todas las dichas perdidas en este mundo— ¡cuánto hubiera dado entonces por tener ocho años más!

Es su misma hermosura, sus mismos ojos, su misma adorable boca, una sola vez mía.

La miro largamente: ella no. Se va. Al llegar a la puerta, vuelve lentamente la cabeza y me dice siempre en suave burla:

—Di: ¿no me harás morir de pena como antes?

¡Ah, si a pesar de esa burla estuviera seguro de que en Rea ha muerto todo!...

CORTO POEMA DE MARÍA ANGÉLICA[*]

I

HABIENDO DECIDIDO cambiar de estado, uníme en matrimonio con María Angélica, para cuya felicidad nuestras mutuas familias hicieron votos imperecederos. Blanca y exangüe, debilitada por una vaga enfermedad en la cual —como coincidiera con el anuncio de nuestro matrimonio— nunca creí sino sonriendo, María Angélica llevó al nuevo hogar cierta melancolía sincera que en vez de deprimirnos hizo más apacibles nuestros aturdidos días de amor. Paseábamos del brazo, en esos primeros días, contentos de habernos conocido en una edad apropiada; mis palabras más graves la hacían reír como a una criatura, la salud ya en retorno comenzaba a apaciguar su demasiada esbeltez, y el señor cura, que vino a visitarnos, no pudo menos de abrazarla con mi consentimiento.

—————

[*] Publicado por primera vez en el libro.

II

Los diversos regalos que recibimos en aquella ocasión fueron tantos que no bastó la sala para contenerlos. Nos vimos obligados a despejar el escritorio, retiramos la mesa, dispusimos la biblioteca de modo que hubiera mayor espacio: y allí, en la exigua comodidad, bien que muchas veces tornó favorable una loca expansión, pasamos las horas leyendo las tarjetas: diminutas cartulinas —sujetas con lazos de seda— de las amigas de María Angélica; sobres de algunas señoras a quienes mi esposa trató muy poco, dentro de los cuales a más de las tarjetas pusieron una flor; cartas enteras de mis antiguas relaciones que recordaron entonces una dudosa intimidad, flores, alhajas, objetos de arte. Cuando nuestra vista se fatigaba, nos deteníamos enternecidos, apoyadas una en otra nuestras cabezas, ante el sencillo obsequio de mis padres que me devolvieron —lleno por ellos y mis hermanos de afectuosas felicitaciones— el retrato de María Angélica.

III

Sentí un bienestar hasta entonces desconocido con aquel cambio de existencia: rápidas olas de alegría inundaban mi alma, llenaba la casa con mi bulliciosa actividad, golpeaba de tal modo las puertas, sobre todo de mañana, que mi esposa —cuyo despertar era delicado— hubo de rogarme dulcemente que no hiciera tanto ruido. Logré al fin comunicarle algo de mi turbulencia: y dejando todo dispuesto para le cena —por las últimas tardes plácidas de Abril— abandonábamos nuestra casa como chiquillos que salen a jugar. Las hermanas de Angélica nos acompañaban: largos paseos fueron aquéllos, en que mi esposa procuraba hablarme a solas, prolongados a veces hasta la salida de la luna, y de los cuales hablamos a menudo cuando el invierno nos impidió repetirlos. Las cuatro hermanas, cuya suerte estuvo desde entonces unida a la mía, se llamaban Estela, Juana, Doralisa y Perdigona.

IV

Ellas, con sus caracteres familiares y la confianza que en mí tenían, fueron como un terreno agraciado a que llegó el desborde de todas nuestras ternuras. Estela, sobre todo, bien amada del padre y que dormía con lámpara encendida, alcanzó en aquel apacible torneo ser la elegida de mi amistad. Mi inclinación a la hermosa criatura venía de muy lejos, cuando en las primeras visitas que hice a María Angélica salía a recibirme vestida de blanco, el cuello envuelto siempre en negra cinta de terciopelo, desechando desde el invierno pasado las pálidas muselinas que atrajeron con justo motivo la animadversión del doctor. Era en invierno, estaba delicada. A veces, durante las veladas de novios, la observaba obstinadamente, como si su alma serena y frágil hubiera menester de ser sostenida. Paseaba sin hacer ruido, iba a menudo a las piezas interiores; y si en alguna noche contuve más de lo preciso la hora de retirarme, Estela, cuyos ojos ya no veían, nos abandonó vencida por el sueño.

V

En esa época —y sobre todo en las noches frías que hacían poco llevadera una larga inmovilidad— Perdigona servía el té. Las tazas y servilletas sentaban admirablemente a su figura un tanto desgarbada: la gravedad de que se revestía —bien que natural en ella— nos proporcionaba discreto placer. Era la mayor de todas, hacendosa, hábil en.el manejo de la casa. Su inclinación a Juana era proverbial: de modo que cuando esta pequeña —a quien el piano era grato— repasaba sus lecciones, Perdigona abandonaba nuestra compañía por ir a su lado, seguía atentamente la música —aunque fuera dificultosa en descifrarla—, volvía las hojas a la menor indicación de Juana, se esforzaba, en fin, en que la pequeña diera justo cumplimiento a su tarea. Menos acentuado y aun diría displicente, era su cariño a Doralisa. El amor fraternal la había herido en la segunda de las hermanas, cuyas equívocas amistades atraían sobre sí la vigilancia materna. Doralisa vestía de colores oscuros, gustaba de todo aquello que desagradaba a Perdigona, enloquecía por los helados. Sus ojos admirables no cedieron nunca a la fatiga de una intensa contemplación; y cuando en una tarde de inquietud hube de internarme en la campaña para asistir a mi madre enferma, sus labios fueron los primeros en ofrecerme el beso de despedida.

VI

El recuerdo de las cuatro hermanas, sus deseos, su modo de ser, vienen a mi memoria acompañados de un olor de trébol, tal vez a causa de aquellos paseos con tanta frecuencia repetidos al principio de nuestro matrimonio. El feliz estado de salud de Angélica me animaba a la tarea de un completo restablecimiento, y la fortaleza de que hacía gala —en retorno de aquéllos— me consolaba plenamente de todos mis temores. Esas correrías llegaron a ser obligadas en la distribución del día: ya de mañana, ya de noche, más a menudo de tarde, pues quedando nuestra casa en barrios extremos un brusco abandono de María Angélica podía ser corregido con el tramway que felizmente pasaba por nuestra calle. Juana tuvo necesidad de adelantar las horas de estudio, aunque no siempre venía con nosotros. Y así en grupo —Perdigona con la pequeña, yo con Doralisa, María Angélica con Estela, dimos continuación a las excursiones que en el primer mes de matrimonio tan bien sentaron a mi esposa.

VII

En las tardes serenas que habían de permitirnos una aventura distante, ibamos a la dársena, como si el amor de Juana a los grandes vapores fuera también en nosotros. El olor de alquitrán sobre los muelles en compostura era entonces más intenso; llegaba de los diques un lejano golpear de martillos; avanzaban lentamente los buques de ultramar; y bajo el sol de fuego a que los oficiales exponían sus blusas más claras, nuestros pasos se detenían aquí o allá, viéndolo todo como por primera vez: el agua barrosa, descolorida en el antepuerto; la bajamar que tendía las amarras; los vapores fluviales —pequeños y amarillos de naranjas— que encantaban a Juana y Perdigona observaba con atención. Caída la tarde emprendíamos la vuelta siguiendo los malecones en largo trayecto. Doralisa, suelta de mi brazo desde horas atrás, reía bajo la clara luz de los arcos; Estela, fatigada y algo pálida, se acogía a mi solicitud, y en la Avenida a que llegábamos en aquel momento, sus ojos buscaban los míos y me sonreían, solamente. Luego nos deteníamos en la vereda esperando una exacta separación de carruajes. Juana contaba como en un sueño y con los dedos extendidos los focos sin fin, hasta que la arrancábamos de su abstracción cruzando apresuradamente el asfalto, sobre el que la sombra de Doralisa era más elegante que la de las cuatro hermanas.

No nos deteníamos en el centro, pasábamos a lo largo de las joyerías incendiadas de luz, los grandes bazares que dejaron las vidrieras abiertas. Las fachadas, oscuras en lo alto, se aclaraban en bruscos efectos de color; los edificios parecían animarse como faros vibrantes, bajo la violencia de su reclamo. La multitud, entonces más aclarada, nos permitía avanzar con holgura, y Doralisa ya no recogía sus faldas. El centro brumoso de luz voltaica quedaba detrás nuestro; y en pos de una hora de marcha, al dejar a las cuatro hermanas en su casa, nos volvíamos para ver cruzar sobre el fondo negro del silencioso arrabal, las ventanillas iluminadas de un tramway eléctrico.

VIII

Otras veces íbamos a las carreras: en el Velódromo tomábamos seis sillas juntas para poder comunicarnos sin levantar la voz. El portland tenía a nuestra vista una blancura muerta, especie de serenidad aprendida, como una tierra que hubiera conocido el peligro —durante millares de años— de una inminente descomposición. La estrecha cinta negra, en el circuito interior, desenvolvía su curva irremediable; la pista rasa, sin un recuerdo de vitalidad, parecía haber asimilado en su locura la calva de los grandes corredores. Asombrados, seguíamos a éstos en su negligente paso de jóvenes atletas, sonriendo sobre los manubrios caídos, la marcha lenta al principio, los ojos soslayados y ya serios, la primera vuelta, las alternativas de posición, los labios contraídos de pronto, y el embalaje como un rayo, la desbandada, la espantosa velocidad de las máquinas, el vértigo de los virajes, la recta devorada en cuatro segundos, ya estaban lejos. Doralisa me hacía preguntas. Y yo le decía: —¿ves? aquel pequeño que oprime sus riñones se llama Singrossi; aquel otro que continúa marchando, trigueño y que parecería débil si no fuera tan esforzado, se llama Tommaselli; ese muchacho de sonrisa irónica cuya camiseta tricolor habla de Francia, es Jacquelin; y más allá aún, aquel corredor galante que hace señas a su amiga, derrotado muchas veces por motives de amor, se llama Grogna.

IX

Con los primeros fríos abandonamos esos paseos que, si en verdad higiénicos, eran de larga duración, y comenzaron las veladas de invierno, en que me propuse que las cuatro hermanas nos acompañaran lo más a menudo posible. Como nuestra casa y la de los padres de María Angélica quedaban en la misma calle, y aun en la misma orientación, podíamos hacer el corto viaje sin exponernos a los vientos lluviosos del Sur: así es que muchas veces una bulliciosa carrera seguida de repetidos golpes en la puerta nos anunció la llegada de las cuatro hermanas a las cuales, en verdad, no esperábamos con la noche tan inclemente. Los progresos muy formales que Juana obtenía en la música hiciéronse visibles en casa, pues entre las muchas locuras que tuvieron por motivo la alegría de nuestro matrimonio, compramos un piano cuya adquisición me rogó mi esposa. Nosotros no conocíamos música: pero un deseo de María Angélica, en aquellos días, era una orden para mí; y aunque en nada la hubiera contrariado, preciso es decir que su timidez fue mucha cuando me propuso una noche y luego de apagada la luz —un gasto que nos era bien difícil. Esas veladas desarrollábanse en la sala, por costumbre de mis visitas a María Angélica. Hubimos de variar la colocación del piano, para que la luz en los ojos débiles de Juana fuera más eficaz, y Doralisa hizo transportar desde el escritorio las últimas revistas. Mi inclinación a Estela, acentuada ya, llevábame a su lado, en el sillón donde reclinaba la cabeza. Hablábale, escuchábamos el piano, la hacía reír a veces, me apresuraba a servirle el té que Perdigona no quería cederme. Y allí, pensativo ante su vestido blanco de bien-amada, mi alma comenzó por primera vez a vivir una vida ficticia. Cuando daban las once María Angélica se levantaba. Aunque no era la mayor, su nuevo estado proporcionóle sobre sus hermanas una influencia natural a que ellas asentían; en la serena rectitud de su alma no se cansaba de dar sensatos consejos a Doralisa —llevándola a su cuarto— de los cuales mi esposa salía disgustada y Doralisa llorando. Las acompañábamos. A la vuelta el frío era más áspero, el barro rojizo de los arrabales subía hasta las veredas. Caminábamos con precaución, evitándolo. Era a veces tan espeso que, cansado de aquella larga exposición al aire libre, la subía en mis brazos. Y así marchábamos, la cara recortada en sus cabellos, deteniéndome debajo de los faroles para besarla en los ojos.

X

En otras noches, el ánimo dispuesto para mayor familiaridad, nos reuníamos en estrecho círculo —María Angélica y sus hermanas sentadas, yo por lo común de pie. Las obras que leía Perdigona hablaban seguramente de viajes, pues el recuerdo de aquéllas parecía animar sus ojos cuando la conversación —a veces estudiosa— me obligaba a rectificar el nombre de algunos países poco conocidos. Observaba entonces a Perdigona y le proponía visitar las capitales o bien los desiertos. Su rostro encendido y la risa de sus hermanas me animaba a inquirir ese rubor, pero María Angélica, compadecida, me pedía por señas que no la avergonzara más. Juana, aturdida, decía el autor de aquellos libros; y de este modo iniciada la alegría, oía la confesión de las viajeras: —yo, comenzaba Doralisa, iría a Montevideo. Después a Italia y subiría al Vesubio.— ¿Nada más? le preguntaba —¡Ah, sí— respondía vagamente, mientras jugaba con sus anillos, la vista perdida en la lámpara: ¡a tantas partes!... Juana quería hablar y se apresuraba: —Yo quiero ir a Asia y a África y a Montevideo y al Paraguay. Y después al desierto y a las montañas y al Paraguay y a Europa... Se detenía haciendo memoria. Perdigona aún no repuesta, murmuraba: —viajar lejos... ¿no?... quién sabe... Notando nuestra tentación, callaba.— Di, Perdigona, di. Y aunque nuestras instancias eran grandes, Perdigona no proseguía. ¿Qué mundo extraño, qué país más allá de los mares deseaba visitar Perdigona? Estela, entretanto, con los ojos cerrados, no oía mis preguntas. Y María Angélica, que la miraba con ternura, le pasaba la mano por la frente.

XI

Los fríos húmedos a que nos expusimos en aquellas salidas al exterior —al final de las veladas— tuvieron desagradables consecuencias. Perdigona, Juana y Doralisa cayeron en cama; y la inquietud de los primeros días fue bastante poderosa para que María Angélica pasara tardes enteras en casa de sus padres. Por desgracia su constitución delicada no le permitió con impunidad ese desarreglo, y a mi vez tuve que cuidarla, permaneciendo a su lado dos largos días, al cabo de los cuales tornó el bienestar y su amor, de que me había privado una desconsoladora fiebre. Como Juana, Doralisa y Perdigona entraban ya en franco restableci- miento, Estela pudo, una noche, venir a acompañarnos; y su pura presencia evitó en algún modo las caricias demasiado sensibles aún. Reclinada sobre los almohadones, su vestido blanco traía nueva y obstinadamente a mi memoria la noche en que le serví el té. Fui con ella, era tarde. La calle estaba desierta, las faldas de Estela rozaban mis rodillas, y al lado de la hermosa criatura, entregada así a mí, el recuerdo de María Angélica se adormeció. Para evitarle el agua de las pequeñas lagunas —a lo largo de los terrenos baldíos— la levantaba ligeramente de la cintura. Al despedirme me extendió la mano. La recogí con un movimiento breve y la apreté con los dientes apretados. Ella gimió.

XII

Al otro día Estela fue a casa; pero sus ojos, antes tan plácidos para mirarme, perdieron la confianza que en mí tenían. La estúpida insistencia con que hablé a María Angélica de Estela me hizo conocer el estado de mi espíritu, y procuré por medio de un recrudecimiento de pasión buscar a su lado una calma que sólo su sereno amor podía devolverme. Ocupámonos entonces en resucitar los primeros días de matrimonio. Cerramos nuestra puerta a todo el mundo, y comenzaron las risas mientras nos levantábamos; los cortos encierros en su cuarto, en castigo de no sé qué ingratitud imaginaria; las romanzas interminables que cantábamos a dúo, pero con tan moderada voz que teníamos que acercar mucho nuestras bocas para oírnos; los cansancios nocturnos, cuando concluida la cena —demasiado inmetódica— me pedía, fingiéndose rendida de sueño, que la hiciera dormir en mis rodillas. El mes de Agosto concluía; unímonos en concilio y salimos una tarde, cerciorándonos de que las puertas quedaban bien cerradas, en busca de una aventura —como decíale riendo— cuyo único objeto era ciertamente evitar que hiciéramos locuras en casa. El día, claro, favorecía nuestra excursión. Un suave calor de primavera hinchaba las yemas de los jóvenes árboles, desquiciados en los meses atrás por el interminable mal tiempo. Los rieles lucían, los hilos telefónicos suspendían aquí o allá, como miseras banderas, los despojos de la última tormenta. Animada por la alegre marcha, en el día de luz, María Agélica se quitaba la capa. Con su abrigo al brazo —cuyo calor me era tan fiel— caminaba a su lado, un poco detrás; no podía menos de mirar pensativo su débil cintura que tanta inquietud dio al doctor cuando le consulté por un probable embarazo. Volvíamos por la Avenida Alvear, oscura ya, retemblando a lo largo por la carga de carruajes que se precipitaba en ella. Un ligero escalofrío de María Angélica me advertía la impropiedad de exponerla por más tiempo al crepúsculo; colocándole su abrigo, seguíamos nuestro peregrinaje. Los carruajes concluían por fin de pasar, llevando la batalla al centro. Sobre los árboles oscuros aparecía la luna, el paisaje adquiría ese aspecto melancólico de los jardines claustrales, la placidez de la noche abría nuestras esperanzas a mejor porvenir, y mi alma, abierta de par en par, se dejaba llevar soñando por la ternura de su brazo.

XIII

Poco tiempo duraron los buenos días. El viento del Sur, de nuevo implacable, azotó los retoños y trajo en torbellinos hasta nuestro patio el humo de las próximas usinas. Las fugas no pudieron repetirse, estábamos bloqueados; y a la pregunta un poco irónica que las cuatro hermanas nos hicieron por carta, contestamos que nuestra casa estaba siempre abierta para ellas, y que tanto yo como mi esposa tendríamos especial placer en verlas de nuevo. La larga semana transcurrida me había dado motivos para creer en una completa curación; de modo que cuando vinieron a saludarnos con equívoca seriedad, la dije a Estela estrechándole francamente las manos: —¿me perdonas? María Angélica, que había oído, nos preguntó si teníamos algún disgusto pasado. —No —le respondí—; era una locura, ¿verdad Estela? Estela asintió; y sus ojos en que busqué inútilmente la verdad ocultada, sonrieron a María Angélica. La única preocupación de Juana, en aquella ocasión, fue tocar y tocar aturdidamente el piano, como si la prueba de sus adelantos no pudiera ser retardada por más tiempo. En verdad poco lo hubiéramos advertido —en el desahogo de tantos días— si Perdigona cuya vigilancia estaba en todo no nos hubiera llevado a la sala donde la pequeña continuaba desprendiendo el orgullo de su vertiginosa ejecución. Perdigona trajo la lámpara desde el escritorio, pues la sala había sido desprovista de ella cuando ya no fue necesaria; el polvo de los espejos, muebles y piano, desapareció en un momento bajo el delantal de María Angélica, empuñado a guisa de plumero por aquellas manos hacendosas. La fresca tez de Doralisa detenida atentamente frente al espejo me llevó a su lado: —Doralisa, armoniosa Doralisa, temo decírtelo, pero mi cariño hacia ti es tan grande que no dudo en arrostrar tu enfado. Doralisa:— esa falda que llevas no se usa ya —¿Cómo?— me respondió bajando vivamente la cabeza como si hubiera recibido una herida en la garganta: —¿qué sabes tú?— ¡Ah incrédula! verás: esos volados no deben estar superpuestos, sino aplicados sencillamente a la extremidad del anterior; el paño delantero tiene

necesidad de ser más angosto, mucho más angosto... Me interrumpió burlándose: —¿quiere
Vd. decirme cómo sabe tantas cosas de nosotras?— No es difícil, Doralisa —concluí gravemente; si tú fueras más estudiosa y leyeras las hermosas revistas que llegan de Europa, que
tantas veces te he querido enseñar en el escritorio... Doralisa huyó de mi lado, y el ruido en el
cuarto contiguo me advirtió la eficacia de mis lecciones. Mi atención, esta vez, era llamada por
Estela. El vestido blanco le abrazaba más estrechamente la cintura, la parte superior de los
brazos. Su cuello se había dilatado. Como lo hubiera hecho notar a María Angélica,
quedámonos largo rato en contemplación de su cuerpo: y después de un suave cuchicheo (no
quería creer que Estela se hubiera ofendido sin razón) ordenó que nos abrazáramos en prueba
de eterna reconciliación. Estela sonrió y yo me reí. La estreché en medio de la sala, mientras la
pequeña, distraída en aquel instante, levantaba sus ojos del piano y nos miraba. Cercana la
hora de cenar, rogamos a las cuatro hermanas que se quedaran con nosotros, aunque poco
podíamos ofrecerles no habiendo sido advertidos de tan numerosa visita. Perdigona rehusó, y
Doralisa, que salía del escritorio, fué del mismo consejo. A la hora de la despedida mi mano
pasó a lo largo de la de Estela: todo el recuerdo de María Angélica, toda la serenidad de los
últimos días, habíalos visto desaparecer por completo desde el momento fatal en que la abracé
de nuevo.

                                         XIV

    Propuse a María Angélica un viaje de corta duración que fue acogido por ella con divina
sonrisa de gratitud. El afán que demostré en los preparativos de viaje fueron como un rocío
para su alma, y sus largas miradas —cuando mi preocupación llegaba hasta obstinarme en que
no olvidara los vestidos sencillos, bien que de gran abrigo— se humedecían de ternura, a las
cuales respondía embargado con un silencioso apretón de manos. La solicitud de las cuatro
hermanas estuvo siempre al lado nuestro en los últimos días. Juana, tan pequeña como era,
ayudábanos mucho, disponía la ropa blanca en la balija como una madre. Y como en casa no
teníamos escalera, fue ella quien, sostenida en mis brazos, desprendió las cortinas de la sala,
costoso regalo de un antiguo amigo de mi familia, a quien poco conocí. Perdigona fue el alma de
toda aquella tarea, vigilando, ordenando, desobedeciendo a veces a mi impericia de hombre
que vivió largo tiempo sin familia. Doralisa, con las faldas recogidas, huía de las cajas
polvorientas. Su negligencia dañaba nuestro afán de jóvenes hormigas, y las reconvenciones de
mi esposa, faltas en esta ocasión de eficacia, sólo hacían reír a Doralisa —Cuando el sol
empezaba a descender recorrí por última vez todos los cuartos. En la sala hallé a Estela; y
aunque en toda la tarde había evitado dirigirle la palabra, sentí la necesidad de hablarle, como
si el peligro de su voz, de sus ojos dirigidos a mí, hubieran podido calmarme. Y le pregunté,
aunque bien lo sabía: —ya nos vamos, Estela. Vds. nos acompañarán, ¿verdad? Sin bajar los
ojos, me respondió afirmativamente, pasó a mi lado, fuése. Tras su vestido blanco que debía
olvidar, me quedé tan lleno de tristeza que abrí el balcón y recostándome en el mármol cerré los
ojos lentamente. —Ya en viaje a la dársena permanecí mudo, agradeciendo en el alma el ruido
del carruaje que no me hubiera permitido hablar. María Angélica, triste, sentía abandonar
Buenos Aires. En un momento, un prolongado obstáculo acercó nuestros carruajes: cambiamos
algunas palabras ya emocionadas por la próxima separación. En esa tarde de precoz tibieza
que el invierno abandonaba desconsoladamente, el agua de la dársena refluía desde las tres de
la tarde. Esperamos largo rato, procurando hablar de cosas ligeras. Todos, con la cabeza baja
finjíamos distracción, deseábamos en cierto que la hora de salida fuera inminente. Juana,
pequeña, no sintiendo como nosotros la tristeza de estar separada quién sabe por qué tiempo,
lo veía todo y hablaba. Y a sus observaciones, indiferentes entonces aun para Perdigona,
asentíamos con una sonrisa mortecina que no tenía ningún valor. La hora triste llegó. Mudos,

nos mirábamos. María Angélica se echó en brazos de Estela, y llorando se despidió de todas, una después de otra. Doralisa, encendida y trémula, vino hacia mí con las manos extendidas; pero yo la estreché entre mis brazos. Lloraban todas las hermanas con nosotros. La pequeña, herida de pronto por un dolor que tenía mucho de espanto, no se desprendía del cuello de su hermana. —Volveremos, decíale ésta enternecida y consolándola— volveremos Juana, y pronto, verás, no llores, volveremos. Yo di un paso hacia el vapor. Las amarras sueltas, caían al agua. Vamos —exclamé. Y besando a Juana de nuevo me despedí por última vez y conduje de la cintura a María Angélica, pues su pañuelo, oprimido contra los ojos, recogía un raudal de lágrimas. Estábamos ya en movimiento. En tierra las cuatro hermanas nos miraban. En la luz crepuscular el vestido blanco de Estela parecía más amplio. La distancia creció: entonces, sobre los muelles grises, los pañuelos de las cuatro hermanas nos saludaron de lejos. María Angélica cogió presurosa el suyo, pero desfallecida de emoción no tuvo fuerzas y se dejó caer en mi hombro. Y con el brazo que me quedaba libre levanté el pañuelo y lo agité largamente, hasta que el último saludo de las hermanas fue apenas un pequeño temblor blanco, cuando salvábamos la rada interior y la noche se hacía completa. Reclinados en la borda, las cabezas caídas, soñábamos. Sólo de rato en rato veíamos cruzar debajo nuestro, sobre las gruesas olas oscuras que huían tras el vapor— el oscilante reflejo de las boyas luminosas.

XV

El carácter de María Angélica, tan lleno de cordura, comenzó a sufrir en aquella nueva existencia, y mis afanes por distraerla nos llevaron a extensos paseos, noches de sofocantes calor pasadas en los teatros, cuya bondad —aun fatigándola en exceso— fue visible en el retorno de sus hermosas cualidades. Sus conversaciones insistían siempre en la pena de que Doralisa —enamorada de Montevideo— no estuviera con nosotros; las rientes mañanas de Octubre recordaban sus grandes sombreros; las cartas recibidas semanalmente —aunque graves— traslucían en sus invitaciones a que visitáramos esto o aquello, su alegre solicitud. Mi pena oculta no curaba. En vano mis propósitos de olvidar a Estela obstinábanse día a día en mi espíritu. El error vivía ya por sí solo, y si en una noche rogué a mi esposa que vistiera un peinador blanco, de sus repetidos besos por ese capricho de recién casados surgieron más obstinadamente mis deseos de Estela. No quise sin embargo rendirme. Nuestras ternuras, como en la lucha anterior tan tristemente infructuosa, velaron en exceso. Mis caricias, asaz aturdidoras, llevaban consigo su salud, y frágil, cansada, vivía entre mis brazos como una flor de consuelo, ella que debía ser el vaso divino de toda mi consideración amorosa. Salíamos a veces del brazo como dos palomas a quienes se abandonó unidas por la misma cinta. Por las plazas, blancas de luz, las ropas primaverales eran más lijeras; la ciudad se tendía hacia las playas. El disgusto que me ocasionó un capricho suyo en una de estas salidas hízome conocer la vuelta de sus trastornos, cuya causa decidí hallar a todo precio. Observé detenidamente y por varios días su modo de ser, el lecho muy agitado de que su delgadez era el encanto. Llego a evitar, acojiéndose a las almohadas con una terquedad verdaderamente de niño, mis besos matinales; el desahogo que sentí fue inmenso cuando el médico —a cuya consulta sólo condescendió en pos de infinitos ruegos— habló lijeramente de la enfermedad, sonriendo y estrechándome las manos. La fausta nueva, como un cántico de buenaventuranza, adormeció desde ese instante el recuerdo insensato que conservaba de Estela. El acontecimiento imprevisto salvó nuestra felicidad, y en el abrazo de dicha con que envolvía a María Angélica, el vestido blanco de aquella deseada criatura se purificó.

XVI

El recuerdo de esa época que más tenazmente se ha fijado en mi memoria evoca las manos pálidas de Estela el día en que las detuvo en las mías, después de cuatro meses. Apenas detenido el vapor, las cuatro hermanas estaban con nosotros. María Angélica tuvo necesidad de sustraerse a sus abrazos, pues la pequeña —la primera— colgándose de su cuello la había hecho sufrir un poco. Volvimos. Buenos Aires, lleno de luz que ya no recordaba, se abría al sol como una flor nueva; el cielo purísimo brillaba sobre las puntas de fuego de los pararrayos; el ruido colmaba ampliamente el estridente pulmón de las calles. Nuestra conversación, pasados los primeros momentos, se hacía apacible, y contaba a Perdigona cómo en una noche de serio malestar para María Angélica la serenidad estuvo a punto de faltarme cuando corrí a buscar al médico. Y a Juana, cogiéndola de la barba, hacía preguntas sobre sus estudios, el piano, aquellas piezas sencillas de la época en que visitaba a María Angélica, que tan difíciles parecían para su temprana edad. Y Doralisa —inmóvil en el fondo del carruaje, con los ojos perdidos— inquiriéndome con voz melancólica pedía mis recuerdos de las playas, las quintas de los alrededores, la luz de los teatros, las horas populosas de Montevideo que quién sabe cuando ella podría ver. Y mi alma tan fuertemente agitada por aquellas caídas y renacimientos se sostenía apenas como un vaporoso vestido blanco: y la criatura que dentro se abrigaba se apoderaba de mí por instantes, ponía sus manos sobre mi corazón, para dejarme caer rendido al lado de María Angélica, en cuyo seno —entonces fecundado— latía nuestro pequeño descendiente. —Mi detracamiento azuzaba ese doble juego espiritual: mi amor volaba como una pluma. Los cuidados, no obstante, de su cercano alumbramiento despertaron mi antigua adoración, y apagaron para siempre (¡qué fugaz fue sin embargo este tiempo!) mi deseo de Estela. Me recogí en casa, cerré la puerta a las visitas, cumplía mil pequeñas obligaciones. Comenzó a sufrir mucho con su nuevo estado. Su delgada belleza era una débil luz en el dormitorio, como si entrara en él furtivamente; sus graves dolores hallaban en mi alma un eco de desolación, y en las repetidas noches que pasé a su lado velándola, sus manos fuera de las sábanas y apretadas contra mi frente fue lo único que me consoló. Débil y dolorida aún después de un día de reposo en cama, llamé al médico, insistiendo —antes de ver a María Angélica— en la discreción de que no aparentara inquietud alguna, por más que era innecesario casi decirlo. La consulta fue larga. María Angélica, sobre el hombro del doctor inclinado, me sonreía. Yo me paseaba nervioso, deteniéndome a ratos para ver. De pronto una seña me advirtió la necesidad de que no hiciera ruido; y suspenso, llegó de la cama confusa a mis oídos el golpe breve de la percusión. —No es nada —me decía luego el médico mientras caminábamos— su señora debe ser muy nerviosa, ¿verdad? —Sí, no mucho —le respondí. —Efectivamente necesita calma, evitar todo desarreglo y sobre todo —concluyó mirándome con inteligencia— mucho reposo. Le apreté la mano sonriendo y volví apresuradamente para disipar la inquietud de María Angélica. La hallé sentada en la cama. Abracéla con intenso amor, llenos ambos de consuelo: y jugando con sus cabellos, reímonos un momento cuando le conté cómo el médico —temeroso al principio por mis datos—, me miraba luego con asombro al ver mi ignorancia tan completa de esa supuesta enfermedad.

XVII

Las cuatro hermanas, algo alejadas de nuestra casa por el frecuente malestar de María Angélica, nos visitaban de tarde en tarde. En vano decía a ésta que la distracción le era tan eficaz como el reposo, y que fácilmente podríamos conciliar esto trayendo aquéllas a nosotros, recomendándoles el menor ruido posible. Recordaba también la pena real que las acongojaría viéndose rechazadas en una ocasión que volvía tan necesario el animoso consuelo de la familia, y aunque diligente, no podía yo de minguna manera rodearla de esos preciosos cuidados. Los dolores más sosegados y sobre todo la inmensa bondad de su alma condescendieron, y escribí en la misma tarde a Doralisa: «Mi querida Doralisa: María Angélica sigue mejor. Me dice que desearía mucho ver a Vds.» Esa noche abrazamos a Juana, Doralisa y Estela. A Perdigona, demasiado atareada, le había sido imposible venir. Como María Angélica permanecía aún en cama reunímonos en el dormitorio. La luz de la lámpara alejada en un rincón llegaba vagamente hasta el lecho, sobre los brazos volubles de Juana —reclinados sobre él— cuya peligrosa irreflexión mi esposa detenía con cordura. La noche cálida de verano desechaba los abrigos, y los sombreros de las tres hermanas, en el recuerdo invernal que de ellas tenía, daban a las tres cabezas un aire de completa novedad. —Hablábamos, entre tanto:— las carreras internacionales, desarrolladas con escaso interés ese año; nuestro viaje a Montevideo que aún despertaba en Doralisa largas melancolías; la desgraciada muerte de una pequeña amiga de Juana, a quien un carruaje arrolló cuando iba a dar sus primeros exámenes; la procura del mes en que nacería el primogénito, el probable color de sus ojos y el nombre que le pondríamos. Juana, orgullosilla, quería tocar el piano, pues eran incalculables las ventajas que había obtenido de tan armonioso instrumento. Discutíale la impropiedad de la hora como a una persona mayor, y al fin lograba rendirla a mis promesas de que —la noche en que naciera el pequeño sobrino— daríamos una gran fiesta donde no sería ella la menos atareada. —La conversación enmudecía cuando sonaron las once. —Vengan mañana —se despedía María Angélica— creo que seguiré mejor. —¿Será pronto la fiesta? preguntó la pequeña. Todos nos miramos:—loca, loca —murmuró atrayéndola hacia sí y besándola.— Fuímonos. Cuando volví María Angélica dormitaba. Crucé de puntillas el cuarto y bajé la luz a la lámpara. Cerrado la puerta, levanté un momento las cortinas para ver la luna que alumbraba el patio y me volví.

XVIII

Después de esa noche el estado de María Angélica fue agravándose rápidamente. Sus dolores disminuyeron, pero la fiebre iniciada días antes tuvo una persistente intensidad. El médico, ya inquieto, desechó toda idea de trastorno superficial y después de un detenido examen me llamó un día aparte. —Francamente —me dijo— no me gusta el estado de su señora— Yo lo miré atontado, como si de golpe me hubieran sujetado un pañuelo mojado a la frente. —¿Qué tiene? murmuré al fin. —No sé, algo que se me escapa. No veo claro. ¿Tiene Vd. predilección por algún médico? —¿Para qué? me quejé de nuevo, como si me estuviera atormentado inútilmente— No sé —repitió— pero creo que una consulta sería necesaria. —Bueno, me apresuré entonces— el que Vd. quiera, me es indiferente. ¿Mañana? —Él se detuvo un momento, temiendo sin duda desesperarme con una necesidad más apremiante— Bien, mañana a las ocho, —dijo al fin.— Pasé la noche haciendo horribles conjeturas. Fui dos veces a su cuarto, con fútiles pretextos, mirando de soslayo el movimiento de su pecho. En el exceso de observación que me rendía, el ritmo de mi respiración acompañaba a la suya, como si mi vida estuviese sometida —como una pluma— al soplo de su aliento —A las siete de la mañana mandé buscar a Perdigona y Estela que vinieron enseguida. Ambas habíanse vestido apresuradamente, y tan alarmadas que tuve necesidad de acallar mis propias angustias.— Creo que no sea nada —les dije en voz baja— el médico tiene temores y hoy habrá consulta. —¿Sufre mucho? preguntó Perdigona.— No, ha pasado buena noche. Demasiado buena, agregué pensativo. Nos dirijimos a su cuarto y en la puerta las detuve un momento. —¿Cómo te encuentras? le dije besándola. Sus labios estaban tan ardientes que sentí una sensación dolorosa.— Perdigona y Estela desean verte, ¿quieres? —Más que todo, su voz apenas sensible me causó infinita compasión. Volvi a la puerta:— Entren —Y les recomendé de prisa:— hablen poco: vuelvo enseguida —Así mi felicidad, todo el porvenir hilvanado con nuestras manos se iba con María Angélica. ¡Pobre María Angélica!— No me quedaba una sola esperanza, tenía la seguridad plena de que iba a morir, como si esta idea de desventura hubiera estado oculta en el fondo de mis apasionamientos anteriores, cuando la adoraba demasiado vivamente por huir de Estela... A las ocho llegaron los médicos. Rogué a las hermanas que se retiraran. Animándola constantemente, sentado a la cabecera de la cama, ahogaba sus gemidos sobre mi cuello, y no sé de dónde sacaba fuerzas para no llorar por las dolorosísimas palpaciones. Concluida la consulta quedéme a su lado, escuchando como un eco el susurro que llegaba desde el patio. Se adormeció felizmente y salí. —¿Y bien? les pregunté. Hablaron aún un rato entre sí, y volviéndose: —¿Su señora ha sufrido algún fuerte disgusto en el transcurso de este mes? —No, respondí angustiado de nuevo por la forma de la pregunta.— ¿Alguna caída? —Tampoco.— Es extraño, murmuraron. Seguramente su esposa está muy grave. —Me recosté en una planta, y sólo alcancé a decir:— ¿morirá pronto? —¡Oh, no!... la criatura ha muerto... Sin embargo...— Prometieron volver a la hora. —Sobre todo— me indicaron —no deje un momento el termómetro. Habían llegado Juana y Doralisa: —hicimos telegrama a papá. ¿Sigue mal? me preguntó Doralisa. No quise desesperarla tan pronto, y respondí vagamente, rogándole al mismo tiempo hiciera callar a Juana que lloraba sin consuelo. Entré de nuevo al cuarto y le cogí simuladamente la muñeca: —¿Cómo te sientes?— Bien, mucho calor... —Perdigona que había notado la fiebre me insinuó no sé qué al oído. —Es inútil— le contesté del mismo modo. María Angélica abrió los ojos e intentó una sonrisa al verme. Me incliné a ella y la besé largamente con un beso en que iba toda mi alma, mientras dos lágrimas que no pude contener cayeron sobre sus mejillas. Tal vez esto, más que nada, le reveló su próximo fin, y pidiéndome que me inclinara más me tuvo un rato entre sus brazos. Yo la cubrí de besos y hasta aparenté alegría: —¿Ves? ya tienes más fuerzas. Mañana, estoy seguro, no querrás estar en cama.— Y callé porque no me respondía, e iba a llorar de nuevo. —Tan pronto— murmuró —tan pronto que ha pasado el tiempo... las primeras tardes... salíamos. Juana quería oír lo que hablábamos...— Yo lloraba de nuevo, recostada más aún la cabeza para que no me sintiera. Estela entró en aquel momento y María Angélica la llamó a su lado. —¡Pobre Estela! Y sonrió: ¡qué crecida estás! Luego se volvió a mí, tristemente: ¡Cómo se me parece! Me levanté de pronto, como si me hubieran sacudido el corazón con dos manos, y aparté a Estela, porque le fatigaba hablar. A las diez la operaron. A las doce, cuando retiraba el termómetro, Estela cruzó de puntillas el cuarto y me preguntó la temperatura. —Igual— le contesté con la garganta seca guardando el termómetro. —Pronto, dije a Perdigona, llamándola afuera; el médico, enseguida. Perdigona se quedó atónita.— ¡Pronto —grité empujándola— María Angélica se muere!

FLOR DE IMPERIO[*]

ANTONIO FATAL se casó en 1881, y de su matrimonio tuvo dos hijos: Divina (el nombre de la madre) y Rubén, la primera de los cuales murió en temprana edad, arrebatada por el río. Ruben lloró largamente la desaparición de su hermana. ¿Quién le acompañaría a buscar las primeras flores de primavera, para las que era tan fresca la cabeza de Divina? ¿Quién, como ella, se acordaría de encerrar con el mal tiempo a los pequeños pavorreales que no podían

* Publicado originalmente con el título de «Flor bizantina», en: *Revista Montevideo*, Montevideo, año I, nº 2, diciembre 20, 1902. El cambio de título obedece seguramente a la inclusión, en este mismo libro, de «Princesa bizantina». Intento pues de no reiterarse, ni proponer asociación alguna entre historias de desarrollo diferente,

El texto ocupa dos páginas, en la primera de las cuales aparece una ilustración del pintor Vicente Puig, el mismo que había efectuado la portada de *Los arrecifes de coral*.

soportar la lluvia? ¿Quién se sentaría a su frente en la mesa, y dónde estaba, ¡ay!, la voz que contaría de igual modo que él las cosas que habían visto juntos? Muy largo fue ese año para Rubén. El dolor le había cogido sin precedente alguno, a no ser el causado por la muerte de una prima suya que no conocía. Y cuyo desventurado fin, sin embargo, le hizo llorar algunas noches. Pero ahora era la mitad de su existencia lo que le faltaba. ¿Abandonarse al dolor? Rubén se abandonó, no obstante, como una criatura, y el esfuerzo de sus padres para arrancarle a esa pasión dolorosa fue tan infructuoso como el que ellos mismos se impusieron para su propio consuelo. Mas el tiempo, el sagrado tiempo de las esperanzas nevó suavemente sobre aquellos corazones lacerados, y al crudo dolor del primer año sucedió ese lánguido afán de ponernos tristes, que es la dulzura posible de ciertas desolaciones.

Calmóse. Pero su sensibilidad ya crecida se desordenó con el recio choque, y los retrocesos melancólicos, las nostalgias de cosas perdidas supuestas bien dichosas, las congojas sin saber por qué —más ímprobas que el trabajo infructuoso— fueron no escasas en su trémula existencia. Continuó viviendo débilmente, irresoluto de mañana, de tarde y de noche, abriendo su corazón a todas las agonías de las cosas que en su gran pecho de trastornado narraban vidas esenciales.

Solía pasear de tarde, solo. Los crepúsculos de ese año fueron más esplendentes que los del verano anterior. El horizonte tuvo nuevos tonos, nobles granates y azules ultramarinos de las remotas islas oceánicas. Rubén, de pie en la vasta llanura, miraba largamente esos incomparables esfuerzos de luz. Un día se echó a llorar. Y así todas estas potencias de vida le amilanaban como ojos demasiado insistentes, reaccionando en lágrimas, lentas caídas de brazos, con su sencillo traje negro.

Hermoso y gentil como era, sus rasgos se afinaron. El bozo que comenzaba a aparecer se detuvo en lijera sombra. Permaneció blanco, delicado, fraternal, como si el hombre que en él había hubiera fracasado de golpe a la muerte de Divina. Sus manos pálidas olían a éter.

En su cuarto tenía, frente a la cama, un retrato de Divina. Todas las noches, ya acostado, quedaba una hora en contemplación de la nunca bien llorada hermana y amiga. Y tanto su alma se llenaba de mujer, que al fin lloraba —sacudiendo locamente la cabeza— lloraba por ella, lloraba por todos, lloraba por él.

Halló una muñeca de Divina, y con ella en los brazos pasó largos días en su cuarto, perdidos los ojos en el retrato adorado.

Sus formas se llenaban; cobró disgusto a los hombres. Fue su alegría mayor en esa época el advenimiento a casa de una amiga en mucho tiempo no vista, con quien jugó de pequeño en el cuarto derruido de una grande y vieja casa al sol, que ya apenas recordaba. Dispuso mil coqueterías. Cuando Luisa llegó, enjugóse presto los ojos y se abrazaron para siempre.

Desde entonces fue su vida más tranquila y su pasión más llevadera. Juntos, en las noches de aquel Febrero meridional, pasearon despacio sollozando no bien definidos dolores. Con las manos alzadas al cielo, pedían calma para los corazones lacerados, y paz, mucha paz en el recuerdo de Divina. Los naranjos oscuros susurraban trémulas esperanzas; el suave rocío arrastraba sus lágrimas; y los transidos amigos —las manos juntas— cruzaban a pasos tranquilos los campos llenos de luna.

Una noche, más poética que todas, Rubén cayó de rodillas ante Luisa, y el resto de mujer que en él había disolvióse en llanto sobre las queridas manos consoladoras. Pasearon en adelante cogidos de la cintura, como prometidos que eran de verdad. Pero en él las auras femeninas habían dominado mucho tiempo para dejar paso firme al hombre; el varón, apenas renacido, se dejaba ir a ensueños de idilios truncados, pañuelos desgarrados en los dientes, dichas mortuorias de inconsolables Julietas. Todo su amor de hombre naufragaba en el deseo de ser llorado como una no manchada novia. Recrudecían sus ternuras con Luisa; sonrosado, flexible, reclinábase sobre el pecho de ella, cerrando los ojos, sonreía a su amor, al cielo, a las cosas, a todo lo que lloraría su irreparable desaparición.

Y una noche llenó de flores su cuarto, quemó blancas alhucemas y se tendió en la cama. Sonrió largamente a su retrato. Lo abandonó para tomar a pequeños sorbos una copa de agua helada. Se cubrió hasta el mentón con la sábana, agotó en sus labios un ancho frasco de morfina, cruzó sus brazos bajo la cabeza, y el suave y sonrosado doncel, flor decadente del idilio, fijó los ojos en el techo, sonriendo.

LA MUERTE DEL CANARIO*

RUBIA, UN POCO delgada —no mucho— las mejillas arrebatadas en un rojo vivo de camelia, la alegría de Blanca era el encanto de la casa. Sus carcajadas, que habían conservado de la niñez ese ligero timbre de cristal que tiene la voz de las muñecas, eran siempre inopinadas; la madre hacía severas señas y el padre perdonaba sonriendo.

Quince años. De niña había sido enferma. Sólo Dios sabe lo que habían sufrido los padres, los pobres padres que velaron cuarenta noches seguidas, con los ojos rojizos. Una enfermedad caprichosa para la cual el mismo médico era torpe en su diagnóstico.

Y así trascurrieron los cuarenta días de martirio, con inefables esperanzas a veces, agravamientos súbitos en otras horas, como aquellos del infausto 12 de setiembre, cuando Blanca hubo de morir. Pero salvó, y ya crecida no se presentaron las perturbaciones que temía el médico.

Es así como Blanca llenaba toda la casa con su voz poderosa de señorita plena de salud.

Ahora bien, Blanca tenía novio. ¡Oh, no hay que enorgullecerse de haberlo adivinado! ¿Por qué, si no, aquellas risas súbitas que la echaban en brazos de su mamá, besándola cinco minutos seguidos? ¿Y aquellas tristezas que sus padres no veían, pero que eran bien ciertas, puesto que ella misma me las contó?

Pero no hay que pensar en el nombre del afortunado doncel; diré solamente que era alegre, muy alegre, vistoso como el manto de los príncipes, y pequeño, tan pequeño que todo el mundo hubiera reído conociéndolo. Era... era... diré de una vez: era un pájaro, sí, mis señores, un canario, un canario de lo más impertinente que se puede dar.

Figuraos que enamoraba a Blanca cantando, y cantaba aturdidamente, y la miraba, y se colocaba de perfil, e hinchaba la garganta, y piaba dulcemente, todo como un gran seductor, el lindo vanidoso.

¡Ay! Blanca se enamoró de él. ¡Pobre primo Felipe que tenía que perder toda esperanza! No reneguéis sin embargo de Blanca, porque la niña bien inocente era. ¿Cómo es posible vivir con el corazón tranquilo cuando oímos que una persona canta para halagarnos? Sí, persona, porque nadie hubiera podido convencer a Blanca, a pesar de sus quince años, de que los canarios no fueran personas. Además, ella sabía que en el teatro los tenores cantan siempre para las señoritas, y los tenores son tan bellos que hacen ciertamente llorar cuando mueren: ¡y tan enamorados!...

Así pues, como el canario era tenor y la niña lo oía siempre, un amor sin limites los cobijó en un íntimo secreto. El canario guardaba para Blanca sus más puros trinos: la niña guardaba

---

* Publicado por primera vez en el libro.

para el canario la más fresca hoja de lechuga. —El tenorcito se desvelaba a veces esperando que las visitas se fueran para saludarla a solas; entonces batía las alas, se alzaba en sus patitas, inclinaba airosamente la cabeza y cantaba. ¡Oh! el pícaro seductor, ¡qué bien conocía a la niña! Ella, en efecto, transportada de amor, apoyaba los labios en la jaula; y la hermosa boca y el piquito rosado se juntaban, se suspendían en el tiempo, deliciosamente. Luego se apartaban, y el canario quedaba largo rato trémulo, latiendo apresurado su corazoncito.

En verdad, en verdad es preciso decirlo: era demasiada ternura para una avecilla. El amor de Blanca le abrasaba, sus lindos ojos eran asaz pequeños para desahogar su emoción llorando. Cantaba tristemente para advertir a Blanca cómo la alegría de sus amores le era fatal; y la niña, oyéndose llamar, acudía de nuevo, y el pobre piquito rosado se abismaba otra vez en la ardorosa boca de su amor, ¡pobre pequeño enamorado!

Así fue como un día murió, abatido de muchos días atrás, el novio de Blanca. Relatar el desconsuelo de ésta es imposible. Ni caricias, ni promesas de viaje, nada pudo distraerla de su dolor.

—Vamos, mi hija —concluía por decirle gravemente su madre—, sé un poco más sensata, que ya no eres una criatura.

Blanca, redoblando el llanto, callaba. ¿Cómo era posible decir a mamá, por más buena que fuera, que había perdido a su amor, el orgulloso cuanto desventurado tenorcito?

Ciertamente, la madre debía cansarse. Aunque la desesperación había pasado, Blanca quedó sumergida en una honda tristeza. En su cuarto, frente a la jaula ¡ay! vacía, donde vivió todo lo que en este mundo fue su amor, dejaba pasar las horas con la vista perdida quién sabe en qué ensueños de mejor dicha, el cuello envuelto en negra cinta de luto, cinta de raso negro que llevaba en la garganta, por la memoria de la más dulce, llena y conmovedora voz que en este mundo hizo latir el corazón de una apasionada doncella.

Blanca no era ya la misma. Dulce, sí, condescendiente, también: pero ni un beso, al levantarse, para mamá.

—¿Qué hacer, amigo mío? —preguntó un día la señora al padre.

—No sé —replicó éste—. La chiquilla es terca, y cuanto más nos empeñemos en distraerla, más se abstendrá de complacernos. En último caso, llama a Felipe. Los chicos son hábiles, y probablemente hará entrar en razón a Blanca.

—¿Crees?... —sonrió la madre.

—Nada cuesta probar —concluyó el padre encogiéndose de hombros.

¡Ah Felipe, Felipe! Yo le compadezco de veras. Tendrá Vd. que consolar, no a su señorita prima, sino a una niña que ha perdido a su canarito. ¿Triunfará Vd., Felipe?

El primo, pues, fue llamado. ¡Pobre Blanca! la halló sentada en su cuarto, muy pálida. La tomó dulcemente de las manos:

—Prima, primita mía, ¿no me quieres más? Soy yo, Felipe, que vengo a llorar contigo y a rogarte no hagas sufrir más a mamá.

¡Qué hábil es Vd., señor Felipe!

—Gracias, querido primo, seré buena. Pero —dijo apretándole las manos y echándose a llorar sobre ellas— ¡si supieras cuánta pena tengo! ¡tan lindo, tan lindo, tan lindo!...

—¿Luego es verdad lo que me dijo tu mamá del canarito?

—¿Qué?

—Que temía mucho estuvieras enamorada de él.

Blanca bajó los ojos.

—Ve, prima mía —añadió Felipe mirándola largo rato y besándole las manos—, yo te quiero entrañablemente, y sabes que por evitarte un malestar haría no sé qué sacrificio. Tu eres buena, cariñosa, tienes un corazoncito de oro, pero estás causando una gran pena a mamá con ese modo de ser. ¿Que querías mucho a tu canarito? ¡Si a mí me pasaría lo mismo, sentiría de igual modo la pérdida de tan lindo animalito! Mas de eso a llorar desconsoladamente varios días hay un mundo de diferencia. Y no es posible que por un amor de muñeca, como el tuyo, te vuelvas huraña con mamá, y hasta te hayas olvidado ayer de besarla al acostarte, como ella misma me lo ha dicho. ¿Tienes algún otro motivo de pesar? ¿te han hecho sufrir de algún modo? Contéstame francamente, querida mía, o si no a mi vez me enfadaré yo.

Blanca oía atentamente, ocultando sus ojos bajo el pañuelo, aunque en verdad no tenía más lágrimas. La voz de su primo le entraba dulcemente en el corazón, como una voz querida—, voz querida...

Felipe proseguía:

—Te veo llorar y no sabes qué pena siento al ver que mis consuelos son infructuosos. ¿No tienes deseos de ir a Montevideo? Pues le diré a papá que te lleve, e iré yo también, si tú quieres. ¿Deseas ir al teatro? Pues iré corriendo a buscar un palco, y verás, verás tontuela cómo te diviertes oyendo a los tenores...

Blanca escuchaba. Sus ojos, debajo del pañuelo, estaban abiertos, porque así creía oír mejor. Muy dulce, muy dulce era la voz de Felipe. Le prometía ir a Montevideo, al teatro, a muchos paseos... Era como un canto en que su corazón se diluía, un canto, sí. Y Blanca se asombró de pronto, quedó embargada como el pobre tenorcito que no podía resistir sus besos...

El canario cantaba aún en su corazón, pero débilmente.

—Prima, prima querida —avanzaba Felipe estrechándola con dulzura—, Mamá está enfadada y tienes que darle muchos besos para que te perdone. Papá sufre también porque ya no le sirves el té, y piensa, con razón, que las niñas malas son la tristeza de sus padres... ¿Sí? No llores más, y hablaremos de tu canarito que era tan lindo. No llores que yo cantaré como él, verás.

Y el cauto doncel, levantándose sobre la punta de los pies, agitó los brazos, irguió la cabeza y exclamó con un falsete finísimo:

—¡Blanca, Blanca, ven a besarme!

En seguida:

—¿No era esto lo que pedía tu canarito?

Lentamente, con miedo, fue levantando la cabecita mala. El pañuelo se deslizó, sus ojos muy abiertos vieron a Felipe, y echándose hacia atrás soltó la carcajada más alegre y divina que pueden oír los primos a solas con las primas.

—¿Ves? —rompió Felipe triunfante—, ¿ves qué bien canto yo? ¿como el canarito, verdad? Veamos ahora si late tu corazón al recordarlo.

¡Señor Felipe!...

Y estrechándola, oprimió tiernamente su pecho. Blanca le dejaba hacer, los ojos aún brillantes por las últimas lágrimas.

¡Ay, el corazoncito latía muy aprisa!

—¿Verdad? —murmuró el doncel inclinándose sobre ella— ¿late por él?

Blanca, esquivando la cabeza, la depuso en su hombro.

—¿Verdad? —insistió Felipe— ¿lo recuerdas aún?

Su rostro expresaba hondo desconsuelo.

Blanca se rió, y esta vez echándole los brazos al cuello y acogiéndose a su boca:

—No canta más.

IDILIO*

SAMUEL ERA UN muchacho a quien sus múltiples conquistas habían dado un nombre en las lides de amor. No tenía oficio: a veces hacía el lisiado, el ciego, cualquier cosa que excitara compasión. Sus triunfos amorosos estaban en relación con su vida; muchachas abandonadas,

---

* Inicialmente en: *El Gladiador*, Buenos Aires, año II, nº 77, mayo 22, 1903; con dos ilustraciones sin firma en las dos páginas que cubre el relato.

vendedoras de diarios, ex-sirvientas caídas como un trapo en medio de la calle. De cualquier modo eran triufos. Y en las tardes de los arrabales, en las noches bajo un cobertizo cualquiera, ponían ellos tanto amor como una pareja bien alimentada y bien dormida.

Su último triunfo fue Lía. Se unieron en una hermosa mañana de primavera, tibia y olorosa. Él pedía limosna con los ojos en blanco. Ella que pasaba con sus diarios, conociéndole, le ofreció riendo un ejemplar. Él rió a su vez y la abrazó en plena calle, como un conquistador. Tal fue la resistencia de Lía que para rechazarle, hubo de dejar caer los diarios. Mas en pos de breve fatiga, ya estaban unidos ante la santa ara del amor callejero y fáeil.

Su seducción asombraba.

—¿Qué haces tú —le preguntaban— para conseguirlas sin más ni más?

—Abrazarlas en la calle —respondía encogiéndose de hombros. Pobres muchachos que veían caer las frutas, y meditaban en la manera de cogerlas si aún pendieran de los árboles.

Lía desde entonces vivió con Samuel, y Samuel fue el hombre de Lía. Se amaban lo suficiente para ayudarse en sus mutuas especulaciones y dormir juntos de noche; eso les bastaba. Él era celoso a ratos y la mortificaba con bajas alusiones. Llegaba hasta pegarle estrujándola sin piedad entre sus brazos de hombre. Pero Lía, a pesar de todo, sentía extraño amor por aquel flaco amante, y entrecerraba los párpados, como a un suave rocío, a esas lágrimas de dolor.

Tan buena era Lía y tan jóvenes los amantes que poco a poco llegaron a unirse más intimamente, acortando los días y prolongando las noches. En los nuevos barrios que el reciente recorrido de un tranvía ha valorizado al exceso, existía una casa en construcción de que ellos habían hecho tutelar morada, apta para guardar sus míseros pingajos y ocultar el cielo estrellado a sus noches de amor. En la tal casa estaban abandonados los trabajos. Bajo aquel recinto, húmedo y oscuro aún en el día, desolado por el viento que entraba por todas partes. Samuel y Lía se amaron, él siempre un poco altanero, como orgulloso varón que sólo condesciende; ella, en cambio, deseándole y entregándose con toda su alma.

Solían, en las tardes de verano, ir a bañarse juntos. Lía resistíase siempre a desnudarse delante de él, asida a su reciente pudor de enamorada como a una mísera tabla de naufragio. Pero su amante la desnudaba él mismo, le arrojaba arena en los cabellos. Y cuando ella se internaba en el mar, hundiendo su desnudez, Samuel la rechazaba a la orilla, la hacía ver de todos, lleno de desdén del momento para aquella carne que era suya. Gritaba y repetía:

—No he visto piernas más flacas que las tuyas.

O si no la sujetaba bajo el agua largo rato, y cuando la cabeza emergía, azorada y descolorida, se lanzaba a nado, voluptuosamente:

—Así aprenderás a nadar y completarás lo poco que te falta para ser hombre.

¿Hombre, Lía?... Pero el amor a Samuel la dominaba por completo, subía de su alma en doloroso perdón, encendía sus ojos, rodaba por sus mejillas salvajes en gruesas lágrimas regeneradoras.

Pasó el verano, y a la llegada del invierno más grande era el amor de Lía y más orgullosas las concesiones de Samuel. No la martirizaba ya con sus celos, erguido sobre aquel pingajo de amor que se le ofrecía, como un más digno avasallador.

Lía moría por él, entretanto. A veces le esperaba de noche, una, dos, tres horas. Sus pobres ojos de abandonada no se apartaban de la esquina por donde él debía aparecer. El gran viento le azulaba las manos. Estaba calada por la lluvia. Y cuando él llegaba por fin sin una palabra, ella, sobre el viejo saco que les servía de almohada, lloraba desconsoladamente.

En otras ocasiones Lía sufría más. Eran entonces accesos brutales, súbitas exasperaciones que no tenían por causa sino su vida en común: lacerada, abofeteada, crujía entre sus brazos como una vieja corteza. Y el final de estas crisis eran a veces reacciones de ternura, compasión de macho excesivamente fuerte que le hacía cogerla de nuevo entre sus brazos, ahora sensibles al amor, para concluir, por un resto de aristocrático desdén hacia aquella carne demasiado golpeada, arrojándola a un rincón como a un cigarro que sólo sirve ya para ensuciar la boca.

A fines de setiembre Samuel quedó ciego: una explosión de acetileno abrasó sus ojos, apagando para siempre la mirada del brioso doncel. Lía le quedaba, no obstante; la pobre muchacha fue desde entonces su inseparable compañera, cuidándole como a un perro o a un imbécil que no quiere caminar. Salían juntos aún, pero las dificultades eran muchas a través de la calle. Si Lía le dejaba solo un momento contra una pared, volvía en seguida a su lado, sacudiendo la cabezante aquella doliente inutilidad.

Dos meses pasados así cansaron un poco a Lía, y su amor fue naturalmente entibiándose. Le hablaba cada vez menos, abandonándole ahora por largas horas. Samuel, entretanto, vivía arrastrado por la miseria de sus ojos; revolvíase por los rincones, entre los ladrillos y las abandonadas herramientas, llevaba a cuestas su vida estéril, como un peso muerto, pasaba las horas haciendo argamasas, entreteniéndose con las ebulliciones de la cal viva.

La muchacha se cansaba cada día más. Una noche no volvió. El ciego pasó despierto hasta el día, lleno de doloroso estupor.

—Te esperé toda la noche —dijo él luego.

—Sí, no vine —replicó Lía.

Samuel se calló. Habíase refugiado en su impotencia, arrancando hurañamente a esa vergüenza su miseria y su orgullo.

Ahora eran días enteros los que Lía pasaba afuera. No hablaba más con él: tornábase díscola.

En una de esas tardes llegaron a los oídos de Samuel las carcajadas de Lía y sus antiguos amigos. Pasaron delante de la casa y se perdieron entre risas. El ciego apretó los puños: todo su ser aullaba como un lobezno a quien han quitado su ración.

Lía no se entregaba ya —hacía tiempo— y Samuel resistíase aún a afrontar ese último destrozo. Pero una noche el deseo fue más poderoso que todo.

—¡Bah! déjame en paz. No parece sino que siempre habría de estar a disposición tuya.

Samuel se rindió, Lía se vio libre de él, y así continuaron viviendo.

EL 2º Y 8º NÚMERO[*]

SE TRATA DE dos vidas sin interés, y la historia es sencilla, aunque el cambio de caracteres pueda sugerir fuertes ideas de complicación. Él era en resumidas cuentas un artista de circo, sin porvenir, y ella no tenía familia alguna.

Fueron acróbatas, una pareja. La propiedad pide que de ella se trate al principio, por ser su importancia muy superior a la de su compañero. En efecto, la mujer tenía en este dúo el papel del músculo, y el varón el de la astucia. Hacían ejercicios formidables, como ser: *el péndulo invertido* —parado de manos, el sujeto hace oscilar su cuerpo por la sola fuerza de los puños; *el nivel fijo*— que consiste en cogerse de una barra por las manos, y extender el cuerpo horizontal, lo que es prodigioso; *la gravitación vencida* —echado de espaldas, el atleta afirma los pies en el suelo y levanta el cuerpo en extensión[**].

---

[*] Publicado en el volumen por primera vez.

[**] Aunque de una difficultad casi milagrosa, este ejercicio es puramente muscular; no obstante, no se ocultaba al público un pequeño aparato de madera en que calzaban perfectamente los pies. El nombre de *gravitación vencida* y la creencia de ello se explica por la completa ignorancia de la ejecutante.

Inútil es decir que solo la mujer llevaba a cabo estas proezas. Él, aunque fuerte, no podía. Pero en los ejercicios comunes era asombroso, suspendíase rígido con los dientes de su brazo extendido, como un pescado brutal; giraba como una honda, cogido a los cabellos de la atleta que le impulsaba con violentas rotaciones de cabeza; caía de lo alto sobre el vientre tendido de la mujer, que le repelía como una baja red de acero; finalizaba con un salto mortal desde la cabeza: su compañera tendía el busto adelante, y caía de golpe sobre sus senos. Vestíanse de malla roja, y esta pareja llenaba el 2º número del programa en el circo donde les conocí.

Bobina era rubia, y por buena casi tonta. Sus ojos azules vertían una luz grande e inocente. Doblábase al rudo entrenamiento porque él así lo quería. ¿Le agradaba el ejercicio? Sí, sin duda. A veces le dolían un poco los senos. Se dejaba pegar, ella que podía extrangularle con un solo dedo: no sabía más. Llenábala de orgullo la habilidad de Clito; cuando se retiraban de la pista bajo una lluvia de aplausos, seguía detrás de él, femenina, admirándole con honda ternura.

Clito era ya no joven y tenía el pelo entrecano.

En estas ocasiones, a veces, se volvía contrariado:

—Estuviste estúpida, hoy. ¿Por qué no quedas más firme cuando salto?

Bobina le miraba con temeroso asombro. Bajaba los ojos jugando con los dedos:

—No sé... yo hice bien...

—Y luego el pelo... Sacude más la cabeza. Parece que te doliera, el pelo.

—No... no me duele...

Luego era común objeto de risa para la compañía. Dirigíanle preguntas terribles que la hacían casi llorar.

Clito —borracho— contaba de ella obscenidades sin nombre. Bobina, al otro lado de la carpa, lloraba en silencio. Era tan grande, que su llanto de amor causaba risa.

Algunos días Clito se mostraba casi afable. Bobina entreveía entonces un cielo lejano de apacible amor lleno de cordura, y soñaba toda esa tarde. Se ponía a su paso, le hablaba a cada momento, provocando la paz con sus ojos de amor, hasta que Clito rompía groseramente esa insistencia.

Una noche Bobina sufrió más. Clito la sintió quejarse y la interrogó:

—¿Qué tienes. Bobina?

—Nada... hice un movimiento. —Y se calló, con los ojos abiertos a una dulce esperanza. Nunca la nombraba así... —Quedaron en silencio. Al rato Clito agregó:

—Creí que te quejabas...

—No —murmuró Bobina, ya a punto de llorar. Y de pronto todo su cándido y lastimado amor le subió a la boca imprudentemente. Sollozó:

—¡Si me quisieras!... —Se calló, arrepentida ya. Clito se dio vuelta, con rabia:

—¡Estúpida! La culpa la tengo yo...

Las bromas aumentaban a tal punto que los mismos peones se reían de ella. Comenzaba a ver a menudo a Clito y Luisa, la mayor de las cinco hermanas ciclistas. Se perdían en el circo oscuro de tarde.

—¡Eh, Bobina! —le gritaba Luisa—, ¿es cierto lo que dice Clito?

Éste, dado vuelta de espalda, contenía la risa.

Bobina, seguía su camino. Se echaban a reír a carcajadas.

—¡Pobre animal! —le dijeron un día— ¡si es a Luisa que Clito quiere ahora! Todos lo saben.

Bobina pasaba distraída, evitando verlos. Pero los amantes vivían tan descaradamente su unión, que una tarde Bobina al entrar en su cuarto encontró a Luisa en las rodillas de aquél. Se levantaron afectando no verla. Se despidieron bien alto:

—¿Esta noche?

—Esta noche.

Adentro, una puerta se cerró violentamente.

—Sí —gritó entonces Clito saliendo ya fuera de la puerta—, ¡esta noche y mañana y pasado y traspasado!

Entró, paseándose con las manos en los bolsillos, silbando a toda fuerza. Bobina caminaba de un lado a otro en la pieza contigua. Al fin se rebeló, parándose ansiosa en la puerta, casi sin poder hablar:

—Al menos... no aquí...

Clito se volvió rápidamente y echó su cara sobre la de ella:

—¿Y a ti que te importa?

Bobina hacía fuerzas para respirar, mirándole.

—Di, ¿que te importa?

Continuaba callada, pálida. Trató de retirarse, pero él la obligó de nuevo contra la pared:

—No, no quiero. ¡Di que te importa, di que te importa!

Pero alguien la consolaba a menudo:

—¿Por qué te dejas hacer todo eso? ¿Lo quieres mucho? Eres bien animal. Y luego un bruto que no merece que lo quieras; de veras un verdadero bruto.

Era un muchachón pálido. Llenaba el 8° número del programa con pesas enormes, como atleta que era. La trataba con alegre amistad, abrazándola en broma cuando estaban solos. Bobina le miraba pensativa: su corazón maltratado establecía dolorosas comparaciones.

Por diversas causas, Clito y Bonenfant no se querían: cambiaban de vez en cuando frases de grosera impertinencia, agravadas en los últimos tiempos por los dúos amicales de aquéllos. Clito se ensañaba ferozmente ahora, recontando a diario aquellas infamias que atribuía a su amante. Trataba de que Bonenfant le oyera, mirándolo de reojo en los detalles crudos. El muchacho fingía no darse cuenta.

—Mira —dijo éste un día a Bobina—, yo no te quiero pero me da lástima. ¿Sabes lo que dice? Bueno, que no me fastidie.

Una semana después, Clito, que hablaba con Bobina, esperó que pasara Bonenfant y le dio una bofetada:

—¡Así! ahora pide consejos. —El muchacho continuó su camino silbando al aire.

Esa noche Clito contaba el caso de la tarde, cuando entró Bonenfant.

—Este idiota —concluyó señalándole por encima del hombro— pasaba por allí.

Bonenfant sonrió mordiscando las uñas.

—Sí —reforzó Clito exasperado—, idiota y cobarde.

El muchacho, pálido, lo miró despacio:

—Eres un canalla sucio, nada más.

Clito saltó sobre él, rugiendo:

—¡Te voy a despedazar!

—¿Quién? tú? yo te rompo la cabeza enseguida.

Soportó el choque, le cogió de la nuca y el pantalón y lo arrojó como a una silla, a destrozarse.

Fue enseguida al encuentro de Bobina, le contó todo:

—¡En fin!... Gritaba tanto que me dolían los oídos. Ya estaba cansado y quiso hacer una estupidez. ¿Por qué gritar así?... Creo que se ha roto un hombro.

Bobina se dejó caer en una silla, toda su vida humillada. llorando. Bonenfant, compadecido, se sentó a su lado, le levantó la cabeza a la fuerza, consolándola. Bobina, fluida de lágrimas y desamparo de corazón, le echó entonces los brazos al cuello, vertiendo en sus hombros todas las lágrimas de reconocimiento y agradecido amor:

—¡Cuánto te quiero! ¡cuánto te quiero!

El muchacho, sorprendido, no supo qué decir. No esperaba ese amor que le ceñía el cuello sollozando. ¡Si no la quería! Al rato se encogió de hombros y la consoló:

—Bueno, Bobina... sí, yo también te quiero...

Al cabo de un mes Bobina era completamente feliz con su corazón sencillo y amoroso, no lastimado ahora. Vivía alegre, jugaba o lloraba. Pero eran lágrimas dulces que su corazón echaba afuera, de gratitud a la bella existencia, ¡cuán distinta!

Bonenfant tenía que defenderla de sus compañeros, acostumbrados con las brutales confianzas de Clito. Día a día tenía disgustos; y esto le era al muchacho tanto más doloroso, cuanto que en realidad no sentía ningún amor por Bobina.

HISTORIA DE ESTILICÓN[*]

Esa noche llegó mi gorila. Habían sido menester cinco cartas seguidas para obtener el cumplimiento de la promesa que arranqué a mi amigo en vísperas de su gran viaje. Iba a Camarones; quería ver las grandes selvas, las llanuras amarillas, las noches estrelladas y sofocantes que brillan impávidas sobre cabezas de negros. ¿Cómo maniobró aquel perfecto loco para no dejar la vida entre una turba de traficantes, cuarenta leguas más allá de las últimas factorías? No lo sé. Mi gorila estaba allí, un divino animalito pardo de cincuenta centímetros. Se mantenía en pie, gracias sin duda a los oficios de los pasajeros que durante la travesía distrajeron sus ocios enseñando a la huraña criatura las actitudes propias de un hombre. Se había recostado contra la pared, los brazos grandemente abiertos. Chirriaba sin cesar, llevando la vista de mí a la lámpara con extraordinaria rapidez.

Dimitri —el viejo sirviente asmático que a la muerte de mi padre sacudió tristemente la cabeza cuando le anuncié que podía —si quería— dejar nuestra casa— le observaba con atento estupor. Él bien conocía estos monitos del Brasil que rompen nueces y son difíciles de cuidar; le eran familiares. Pero su asombro entonces era despertado por las proporciones de la bestia. Sin duda a sus ojos albinizados por las estepas lituanas de fauna extremadamente fácil, chocaba este oscuro animal complicado, en cuyos dientes creía ver aún trozos de cortezas roídas quién sabe en qué tenebrosa profundidad de selva. No obstante se acercó a mi pequeña fiera, no para acariciarla —¡oh, no!— sino para verla mejor. El animal se tiró al suelo chillando. Como me aturdía con sus gritos, advertí a Dimitri lo dejara en sosiego. Solo con él, lo observé bien.

Como he dicho, alcanzaba su altura a cincuenta centímetros, correspondientes según mis cálculos a una edad no mayor de un año, siendo de creer que le había sido arrancado muy pequeño a la madre, dado el largo tiempo que hubo de transcurrir durante su traslación a Libreville, primero, y aquí, después. Su cuello corto y grueso sostenía una cabeza lombrosiana de suma vivacidad. Sus ojos castaño-claro estaban circundados de grandes ojeras sulfurosas. La boca era un enorme tajo de gubia, hacia arriba. Las muñecas faltaban, los tobillos también. Y esa solidez de figura se debilitaba en las espaldas por la aguda cordillera de vértebras dando a aquéllas una angulosidad felina que rompía los planos del animal, tirado a plomo de la cabeza a los pies. Un pelo recio le cubría todo el cuerpo menos la cara. Caminaba como un pato. Era en suma un cuerpo de oscura torpeza, en que sólo los dientes y los ojos brillaban con inquieta vida.

---

[*] Publicada en el libro por primera vez.

Su relativa mansedumbre probaba demasiado que mi amigo habíale inculcado nociones de domesticidad, bien que las cicatrices de sus tobillos denunciaran a la legua la cadena avasalladora. De cualquier modo, el animalito resistía la humana presencia sin mayores aspavientos, y aunque indócil a las caricias, un buen látigo le tetanizaba en un rincón con chillantes furores de miedo.

Llamé a Dimitri para encerrarlo. Resistióse como un gato; mordió a Dimitri y se cogió de mi corbata con una fuerza tal que hube de dejársela entre las manos, hasta que a fuerza de puños dimos con él en la jaula, por cuyos barrotes sacó un brazo negro con mi corbata, su primer trofeo doméstico.

Tal fue la entrada de mi gorila. Los primeros días nos dio gran trabajo. No quería comer: aplastaba las frutas contra el suelo tirándose de espaldas. Tampoco quería beber: retrocedía en cuatro patas con la vista fija en la vasija, y súbito se arrojaba contra ella de un salto en igual postura. De noche lloraba, un lastimero quejido en *u* con los labios extendidos. Extrañaba, el pobre animalito. Por fin se cansó de ser terco, y los plátanos del jardín a que le llevé un día le suavizaron del todo con alegres y repetidos levantamientos de cejas. Púsele por nombre Estilicón: perdonado me sea en la hora de los reproches.

Desconfiaba de las lámparas. La luz eléctrica, en cambio, no despertaba en modo alguno su curiosidad. Atribuyo esto a la disposición colgante de las lamparillas, hecho que para él no tenía importancia alguna.

Comía perfectamente bien. Con la servilleta no sólo se frotaba los labios, sino también el interior de ellos y la lengua toda larga, envolviéndola en la servilleta a modo de cucurucho. Mimoso, tirábase al suelo con su silla por cualquiera represión, llorando. No obstante, más de una vez se calló de pronto, ahogando su dolor para pasar su dedo de uno y otro lado por todos los agujeros de la esterilla. Dimitri, con una paciencia ejemplar, perdía las horas corrigiéndolo, pues al fin el silencioso viejo le tomó cariño. Un día, cansado, ordené terminantemente a Dimitri suprimiera todo postre en la mesa, aunque yo en primer término sufriría con la nueva medida. Su rebelión fue tan espantosa que me levanté tirando la servilleta, sulfurado con el incorregible malcriado. Claro es que a los cuatro días los dulces recomenzaron, con gran alboroto de Estilicón y una húmeda mirada en que me envolvió mi viejo sirviente. Era, en fin, la hija menor y mimada para quien son siempre los perritos que se regalan a la casa.

Esta debilidad de Dimitri para con nuestro pupilo había crecido rápidamente. Dormían juntos de noche, pues Estilicón así lo quería. —A una cuna, que hubo de desecharse por los terribles balanceos del animal, siguió un colchón en el suelo, que a su vez sirvió de revoltoso orillo. Comprósele una cama. Dimitri prendía la vela y Estilicón la apagaba; eso estaba convenido entre ellos. Mientras Dimitri leía, el gorila esperaba muy quieto que aquél concluyera. Entonces se ponía en cuclillas, sacaba delicadamente la vela del candelero y la estrellaba contra el suelo. Jamás pudo comprender otra cosa, ni de nada servía la magistral paciencia de Dimitri. Cogerla con exquisito cuidado, eso sí; pero enseguida al suelo. Y como al fin y al cabo, eso divertía a su amigo, el pobre viejo compraba velas con su propio peculio, pues no era cosa que yo me enterara de esas indebidas condescendencias.

* * *

Al cabo de tres años Estilicón llegó a ser un brioso adolescente de puños de acero, cuyas tretas sabían de memoria los muchachos de la calle. Escribía. Durante varios días me importunó sentado enfrente mío, la cabeza entre sus manos, siguiendo atentamente mi escritura. Conociéndolo— algo maquinaba. En un momento, dejé la lapicera y me puse a mi vez con la cara entre las manos, mirándolo fijamente: permaneció impasible, los labios replegados por un tic intermitente. Hubiera concluido por fastidiarme, cuando por fin una noche —como yo comenzaba un renglón— extendió de pronto su brazo y trazó sobre el papel, con la punta de su dedo negro, la línea que había de seguir la pluma. Me miraba orgulloso. Toda la noche hizo lo mismo, con gran contento.

Desde entonces escribió. Páginas inacabables que yo tenía que leer en voz alta todas las tardes, so pena de una crisis de llanto o galopadas furiosas. Al concluir le aplaudía, dándole fuertemente la mano. Y quien sufría con todo esto era Dimitri, pues a Estilicón se le ocurrió a su vez leer en la cama su alto de páginas, cosa hecha con gran fruición, ya que concluyendo su lectura mucho después que Dimitri, tenía prendida la vela por largo rato, con lo que éste no dormía.

* * *

La primavera de ese año fue precoz. Los paraísos dieron flores ya en Agosto, el cielo, estable al fin, alzó en los plantíos muchas cabezas desconsoladas, y aún en casa hubo primavera, a pesar del libre acceso que a los temporales del Sur dejaba una escuela en construcción —al lado nuestro— que desgraciadamente para nuestro pequeño jardín no pudo ser concluida ese invierno.

Estilicón se entregó a gritos y cóleras impetuosas. La casa no vivía con ese desordenado, desencajándolo todo con sus acrobacias* tan peligrosas para él como para nosotros. El empuje primaveral le llegaba en esa forma deplorable, hasta que una noche cambió de rumbo, para gran escándalo de Dimitri.

El zaguán resonó de pronto con tales gritos que tiré la silla a un lado:

—¡Por Dios, Dimitri, qué es eso!

Los gritos se habían fijado en el patio. Dimitri acudió, pálido.

—Es Estilicón. Ha traído una...

—¿Qué?... ¿qué ha traido?...

Avancé al patio oscuro. Pues bien: en un rincón, sobre una tina volcada, Estilicón estaba sentado sujetando una criatura que se debatía arqueada atrás, con los brazos apartantes sobre el pecho del mono. Éste, grave, le pasaba la mano por la cabeza, sin mirarnos. Dimitri no salía de su estupor. Yo solo tuve que tomarme el trabajo de arrancarle la criatura y enviarla a casa de sus padres (vivía muy cerca nuestro; Dimitri la había visto dos o tres veces correr por la vereda de enfrente con un traje punzó.) En cuanto a Estilicón, le corregí a bofetadas. No me opuso resistencia porque demasiado me conocía: pero toda esa noche quedó irritado, chirriando con la boca llena de tierra.

Dimitri estaba indignado. Miraba de cuando en cuando al patio.

—Yo nunca hubiera creído... La habrá hallado jugando...

—Probablemente ¿Se asustaron en la casa?

—Al principio sí. Después se reían. Cierto, raro.

—¿El qué?

—El modo de jugar.

—No jugaba.

—¿No jugaba?

—No jugaba.

—Entonces... —articuló abriendo los ojos.

—Sí, Dimitri, no jugaba. Los monos no juegan nunca con mujeres en primavera. Hoy ha sido una sorda inconsciencia. Después si.

—A su edad...

—No; ya ves esta noche.

---

* En el original: *acrobatias*.

—Pero ella es una criatura...

—Para nosotros, sí; él no lo sabe. Y hay hombres tan poco dignos... (y no concluí, creyendo innecesario —aun para Dimitri— hacer observaciones que sólo en Homais se pueden dignamente permitir).

Dimitri hizo un gesto de repulsión. Él, tan casto toda la vida, a punto de haber visto...

—Y lo verás, mi viejo José, a menos de ir tu mismo a la Guinea en busca de una exacta novia con un palo en la mano.

Dimitri, rebasado, discurría problemas en voz baja.

—¿Se hallará alguna que...?

—Ah, no sé —me reí levántandome. Probablemente. Cuentan que hay mujeres que gustan de esas manzanas dislocantes. Por mi parte, te aseguro que si yo...

¿Qué blasfemia iba a decir? ¡Pobre Dimitri! Algo comprendió, pues me reprochó con la mirada respetuosamente:

—¡Que Dios guarde al Señor! Buenas noches.

* * *

Un mes después Dimitri vino a buscarme al jardín, donde estaba por esos momentos ocupado en practicar una nueva forma de injerto que hallé —cosa rara— en las memorias de un abogado de Berlín. Días anteriores, en vista de sus incesantes asmas, habíase resuelto que se buscara alguien para reemplazarlo en ciertos trabajos. Esa mañana había hallado y trajo a casa una muchacha de dieciséis años. Aunque al principio me sorprendió algo hubiera elegido por ayudante a una mujer, atribuí más tarde esa decisión a un curioso sentimiento de celos, pues nunca hubiera permitido que un hombre hiciera por mí lo que no podía hacer él, Dimitri. Como a Estilicón, bauticé a la muchacha. Púsele Teodora.

Teodora tenía pálido semblante. Callada, su boca y nariz eran completamente tranquilas; sólo sus ojos soñaban, una mirada de infanta que no sabe lo que es ni para qué es, fija siempre en los sombríos candelabros. Teodora era una simple muchacha sin poesía; no obstante sus ojos soñaban (¿qué noble alma perdida por los sueños renacía en los ojos de la mísera descendiente?) Envolvíase toda ella en esa vaga neblina de las cosas que están a punto de suspirar. —Comprendía bien. Caminaba de un modo tranquilo, y recogía las faldas cuando había agua en el patio.

Perla rara —¿dónde la encontró Dimitri?—, respondía a veces a mis sonrisas, guardando toda su seriedad impasible para Estilicón. Este buen amigo puso el grito en el cielo cuando Teodora se instaló. En el cuarto destinado a ésta, guardaba él un tambor, un trozo dorado de galería, varios palitos de dientes (aunque muchas veces se empeñó, jamás pudo hacer iguales) y una rueda: era su ropa completa de vestir. La mutua antipatía fue decreciendo, en tanto que el gorila comenzaba a seguirla en cuatro patas por toda la casa. Dimitri se reía conmigo de esta maniobra natal. La muchacha concluyó por no hacer caso.

Una noche mientras aquélla servía la mesa, Estilicón desapareció. Dimitri lo vio y me hizo señas: se había colocado muy despacio detrás de Teodora, y le pasó la mano por la cara, perdidos los ojos en delicia. La muchacha dio un grito, pero se calmó, y aun consintió de nuevo la excesiva caricia.

Recomenzaron las cóleras y galopadas locas del animal. Dimitri, ya en conocimiento de esa savia bravía que le rompía las arterias, vino a verme.

—Estilicón está otra vez loco.

—Cierto; Teodora tiene la culpa.

—¿Y si se atreye?

Me disgusté.

—¿Y qué quieres tú que yo haga? me parece que no es una criatura, Teodora. Te inquieta, ¿verdad?

No me respondió y salió. ¿Qué inaudito problema de moral debía desenvolver su casta cabeza blanca? Pensé un rato en la bajeza de Estilicón y la juventud desdeñosa de Teodora. Pensé un rato más. De todos modos —concluí— Dimitri se horrorizaría de lo que estoy pensando.

* * *

Una mañana Dimitri el censor vino a mi lado.

—Estilicón...

—Sí, Estilicón, ya sé.

—Ah, no es eso. Ha mordido a Teodora. Sí, anoche.

Llamé a la muchacha.

—Me mordió en la garganta, un poco. —Y agregó con la mirada perdida— pero no me ha hecho daño.

Examiné la herida. Era un mordisco excesivamente trémulo. Tenía la cabeza echada atrás; le toqué la garganta con la punta del dedo y se estremeció.

—¡Pero te ha hecho daño!

—No.

Estilicón bramó todo el día. Una semana después Dimitri me dijo que Teodora estaba en cama, enferma. Fui a su cuarto. El vestido estaba tirado por el suelo, completamente arrugado, una ancha desgarradura en el hombro. Al verme entrar se tapó hasta el mentón.

—Seguramente alguna nueva hazaña de Estilicón, estoy seguro.

—Sí —respondió apenas. Tenía la boca hinchada y morada.

—¡Pero esta vez te habrá hecho daño!

Su cabeza cansada no se movió. Sin mirarme

—No.

Puse un pie en un banco y articulé:

—¿Quieres que haga venir a Estilicón?

Cerró los ojos, muerta.

—No.

Salí, cerrando la puerta sin hacer ruido. Llamé a Estilicón: acudió con su carrera indómita. Me coloqué a su frente y dejé caer la mano sobre su hombro:

—¡Gran bestia!

Me miró de soslayo y se balanceó.

—¡Gran bestia! —le sacudí de nuevo, tratando de levantarle hasta mí por un momento. Tan solos estábamos mirándonos en los ojos, tan fuertes eran nuestras dos estaturas de hombres, que comprendió. Volvió los ojos encondidos a la pieza cerrada, y todo su ser vibró de orgullo fraternal, hinchando el robusto pecho.

* * *

Un año siguió, aunque entre la amistad de Dimitri y el gorila se había suspendido con los brazos abiertos la resignación de Teodora. Cuando alguna vez pretendí llegar a todo eso con alusiones, no me respondió nada, mirando a lo lejos, impasible en su amor desdeñoso. No inquieté más esos ensueños tan truncamente amorosos, ese horizonte áspero de sus ojos entrecerrados, cómo en su estrecho circulo de elección revivían las primeras mujeres, y en su cintura también, un poco hundida, tan incapaz de afrontar el formidable idilio.

La noche del 31 de Diciembre nos halló reunidos en casa, sentados afuera. Como la tarde había sido pesadísima, envié a Dimitri en busca de un sillón de tela cuya falta me era ya intolerable, y me dejé caer en él, suspirando. El patio estaba blanco de luna. A través de los naranjos oscuros, sobre un claro luminoso, brillaban diminutos pedazos de vidrio. Las hojas se estremecían a ratos. Tan grande era el silencio que el lejano ladrido de un perro nos hizo volver la cabeza, prestando oído. Dimitri y Teodora, sentados en los escalones de piedra, cambiaron algunas palabras.

Durante el día yo había estado un poco intratable, lleno por esa ola de cansancio que empujan las ciudades sobre los tormentosos advenedizos que echan a veces de menos la inutilidad natal. Una situación de igual ambiente me arrojó de golpe a los días lejanos de una quinta que hasta el año pasado fue nuestra. Vi a todos mis hermanos: una con sus rimas de Bécquer, otro con su sombrero cónico de paja, otra con el grave gesto paterno. Al caer la tarde volvíamos con los bolsillos llenos de chicharras.

Cerraba los ojos, hamacándome en puntas de pie. El patio brillaba más en la noche avanzada. Dimitri y Teodora se habían callado. Estilicón, echado de espaldas en el suelo caldeado, rendido por el calor y la desesperanza del cielo lejano, miraba atentamente la luna, gimiendo en voz baja.

Fue ésta la última noche de plena armonía. Teodora se iba abandonando día a día. Sus vestidos blancos estaban llenos de manchas. Perdía el pelo, arrancado poco a poco, arrastraba los pies, y apenas si salvaba aún con su expresión de sufrimiento —cuando Estilicón corría a quitarle la escoba para barrer por ella el zaguán— las tablas rotas de su naufragio. En Dimitri cobraba todo esto proporciones de duelo. Ya hacía tiempo que el cariño a Estilicón se había borrado de sus canas. Echábase el pelo atrás varias veces, cada mañana que la muchacha sacaba al patio sus ojeras dolorosas. Su corrección caía como un pedazo de hielo sobre la cabeza de Teodora, y aún creo que en ese transtorno yo desempeñaba un papel de excesiva condescendencia. El gorila, por su parte, olfateaba el rencor. Dos o tres veces, en pos de algunas breves palabras con que aquél lo corrigió, lo ví alejarse al fondo del patio, y de allí seguir todos los movimientos de Dimitri con su mirada lúgubre.

El odio de Dimitri no tenía por causa la dejadez de la muchacha y su bárbara predilección. Con mucho, hubiera vivido disgustado por esas torceduras que cargaban de problemas cada pelo blanco de su vieja inocencia. Era más bien una rabia muda y apartante, un rechazo de su larga vida transparente ante las existencias demasiado fuertes de Estilicón y Teodora. Ninguno de ellos se daba cuenta precisa de nada, el gorila haciéndose viejo, Dimitri enloqueciéndose, la muchacha perdiéndolo todo. Iban sobrecargándose uno en frente de otro: y lo que parecía normal en uno —violencia de una vida indiferente, demasiado apurada al fin— tampoco era extraño en el otro con su vieja cara criminal.

Estilicón había perdido sus infantiles gracias. Ahora era un mono que iba envejeciendo, silencioso para caminar. La bestia salía poco a poco, como un ladrón de atrás de una puerta; y cuando a veces estando solos al crepúsculo nos mirábamos —me miraba— la angustia del bosque natal pesaba sobre mí en esos silencios.

El primer presentimiento lo tuve una noche que Dimitri y el gorila fueron apresurados a buscar no recuerdo qué (por presumible temor, no dejaba que Estilicón saliera sino de noche, a altas horas). Me quedé en la puerta viéndoles alejarse. Como la noche era oscura, al momento los perdí. De repente les vi de nuevo. No sé en qué estuve pensando todo ese tiempo; pero me recorrió un escalofrío cuando noté al pasar debajo de un farol, que un poco atrás de la alta figura de Dimitri caminaba otra más baja y cargada de espaldas. ¿Por qué me olvidé de que Estilicón le acompañaba? Horas antes había estado leyendo con fuerte interés un viaje a los bosques del África Occidental. No hallo otra causa.

La atmósfera se cargaba día a día más Era un rondar continuo por el patio, atravesándolo porque sí a todas horas. Teodora se arrastraba en silencio, abandonada del todo. No hablaba. Tenía la boca constantemente morada. Su presencia muerta era tan inevitable como Dimitri enflaquecido, como Estilicón arrastrando los brazos, tres existencias canallas que se revolvían sin querer hacia un absolutismo común: invasor en el gorila y Teodora, defensivo en Dimitri. Entre éste y el otro la lucha se entablaba con el movimiento de una silla, cautelas enormes para coger un objeto, una copa frotada desesperadamente. Dimitri miraba a todos lados, desvariado; el gorila se estrujaba los pectorales.

Una mañana la cocina resonó de tal modo que acudí corriendo. Dimitri daba grandes gritos con largos ademanes hacia adelante, sin mirar a nadie. Estilicón, inyectado de sangre, avanzaba sobre él. Me abalancé al látigo tirado en un rincón y lo alcé sobre el gorila: deja caer el labio y me miró a muerte: le crucé la cara. El animal bramó vencido. A pesar del enorme dominio que sobre él tenía en estos casos, cumplí ese esfuerzo humano con el pelo erizado.

Llamé aparte a Dimitri.

—¿Qué te pasa? ¿por qué gritabas así?

Me miró extraviado. Su ropa estaba ahora rota y sucia como la de Teodora. Le aconsejé rudamente.

Cierto, yo podía haber concluido con todo eso, alejando a Estilicón o deshaciendo de algún modo esa compañía. Pero, aparte de que Dimitri reaccionó días después hacia una sana prudencia, mi curiosidad ardía con esa lucha, y para la tempestad del patio yo me preguntaba qué pararrayo sería más eficaz de mis tres conocidos. Fue Dimitri.

El ruido me llegó a las cuatro de la tarde. Primero una serie de chasquidos, después golpes sordos, como un pecho roto a puñetazos, después exclamaciones: ¡jup! ¡jup! Corrí, seguro de lo que estaba pasando. Vi en el fondo a Dimitri que marchaba a grandes zancadas, haciendo sonar el látigo. Llevaba la cabeza alta, mirando hacia adelante, con el pelo revuelto —¡jup! ¡jup! daba grandes latigazos en el aire. Estilicón, completamente loco, corría hacia él —¡Dimitri! ¡Dimitri!— le grité. No me oyó: alzó otra vez el látigo desafiante y el animal cayó sobre él. No hubo más. Le cargué sobre los hombros y volví. Sus dos brazos rotos pendían oscilando. El tórax deshecho borbotaba a cada paso.

Pasé toda la noche velando al pobre Dimitri. Llovía. De madrugada la puerta se sacudió; en un relámpago vi del otro lado al gorila. Se había escapado de la cadena y estaba bajo la lluvia con la cara pegada a los vidrios, mirando a Dimitri con los ojos aún sanguinolentos.

* * *

Dos años después murió Teodora. Ya no hablaba. Había enflaquecido del todo; su dejadez era horrible. Salía de su cuarto a las cuatro de la tarde, muerta de fatiga, la cara amarilla y hueca. Una pulmonía fulminante la llevó en un mar de sangre.

Estilicón vive solitario en un rincón húmedo de los árboles, aislado en su rencor de viejo mono. No me busca sino de tarde en tarde, para mirarme desde el marco de una puerta con sus ojos cavilosos y enrojecidos: viene del fondo de su cueva a revivir así brutalmente su amor que le evoca mi presencia humana. El verano último, sin embargo, tuvimos unas horas de vieja amistad. Como me había torcido un pie, no podía caminar solo. Estilicón vino a colocarse al lado mío, y apoyándome en su hombro paseamos lentamente por el patio. La tarde era de una gran dulzura, y caminábamos en silencio con las cabezas bajas, en un grave y tierno compañerismo.

Ayer le sentí toser. Lo que en un niño serían dos simples impresiones, sobrecárganle como un peso inaudito: Dimitri y Teodora. Es mucho para él. Su vida tiene un exceso humano de recuerdos, y cederá cualquier día.

EL HASCHICH[*]

EN CIERTA OCASIÓN de mi vida tomé una fuerte dosis de haschich que me puso a la muerte. Voy a contar lo que sentí: 1.º para instrucción de los que no conocen prácticamente la droga; 2.º para los apologistas de oídas del célebre narcótico.

La cuestión pasó en 1900. Diré de paso que para esa época yo había experimentado el opio —en forma de una pipa de tabaco que, a pesar de la brutal cantidad de opio (1 gramo), no me hizo efecto alguno; habíame saturado —toda una tarde— de éter, con náuseas, cefalalgia, etc.; sabía de memoria el cloroformo que durante un año me hizo dormir cuando no tenía sueño, cogiéndome éste a veces tan de improviso que no tenía tiempo de tapar el frasco; así es que más de una noche dormí 8 horas boca abajo, con 100 gramos de cloroformo volcado sobre la almohada. Al principio lo respiraba para alucinarme gratamente, lo que conseguí por un tiempo: después me idiotizaba, concluyendo por no usarlo sino en insomnios; lo dejé. Y un buen día llegué al haschich, que fue lo grave.

Los orientales preparan el haschich con extracto de cáñamo y otras sustancias poco menos que desconocidas. En estas tierras es muy raro hallarle; de aquí que yo recurriera simplemente al extracto de *cannabis indica*, base activa de la preparación (en la India, las gallinas que comen cáñamo se tornan extravagantes).

Un decidido amigo —empleado de farmacia— me proporcionó lo que le pedía: dos píldoras del extracto graso (0,10 centigramos cada una) y un polvo inerte cualquiera. Fuime a casa con mis dos bolillas; hallé en ella a un segundo amigo, estudiante de medicina por aquel entonces. Yo vivía en un cuarto de la calle 25 de Mayo núm. 118, 2º piso, Montevideo. Subí los escalones de cuatro en cuatro: ¡por fin iba a conocer el haschich! Mi amigo —era Alberto Brignole— se dispuso a la cosa, y tomé las dos pildorillas; una copa de agua tras ellas me pareció bien. Era la 1 1/2 p. m. Brignole leía en cualquier parte: yo hice lo mismo, aunque farsantemente, atento a la mínima sensación reveladora —Pasó una hora: nada. Pasó otra hora: absolutamente nada. Me levanté contrariado; parecíame una ridiculez eso del haschich.

---

[*] Inicialmente en: *El Gladiador*, Buenos Aires, año II, n° 89, agosto 14, 1903; con dos ilustraciones de ¿Mendez? Peña, una en cada página que ocupa el relato. Según los biógrafos José M. Delgado y Alberto Brignole, este texto convoca una cruda experiencia personal, su única incursión al territorio de la droga. Dicho lo cual escriben: «En el volumen que publicó bajo el título de *El crimen del otro*, junto con la hoja clínica del caso registrada por Brignole (amigo, biógrafo y médico, *nota de ed.*) Horacio hace, "para instrucción de los que no conocen prácticamente la droga y para los apologistas de oídas del célebre narcótico", el relato de sus terrores y congojas. Ya veremos, al analizar la psicología de Quiroga, cuán inocente fue quizá el tóxico, y cuán culpable de su idiosincrasia en muchos de los miedos y sobresaltos que lo afectaron en ese trance; pero, de un modo o de otro, lo cierto es que nunca más le vendrían deseos de renovar empresas de tal índole» (*Vida y obra de H. Q.*, pp. 115-116).

El autor mostró satisfacción por este relato, así lo comentó en primer término a José María Fernández Saldaña: «(…) no me quejo del todo. Trabajo siempre y como no noto decadencia, antes bien grata ascendencia, marcho confiado. Entre paréntesis, Lugones ha calificado mi último cuento de obra maestra. Tal vez se publique en algún número especial de *El Gladiador*. Como supondrás, esto es bueno» (desde Buenos Aires, junio 18, 1903 en: *Cartas inéditas de H. Q.*, tomo II, p. 81).

Roberto Ibáñez comenta en la nota 38 de la edición de la correspondencia: «Ese cuento vale, aunque lo comprometa un error extraño: pues el testigo anota, incluso, lo que no podía haber observado en el paciente: "Ideas terroríficas, visiones de monstruos..."» (*ibidem*, p. 172).

En una carta a Alberto Brignole, el narrador sostiene: «Ahora que recuerdo, "El haschich" gustó bastante, siendo el cuento que más llamó la atención cuando lo publiqué. Es el que *me reveló*.» Por lo que se desprende que, además, el relato operó como catapulta para la fama primeriza de Quiroga.

—¿Nada? —me preguntó Brignole levantando los ojos del libro.

—Nada —le respondí. Y como estaba dispuesto a saber lo que de cierto había en la pasta verde, bajé y subí de nuevo a la farmacia. Hice preparar dos nuevas bolillas de 0,50 gramos cada una. El sensato amigo me recomendó suma discreción, arrancándome la promesa de no tomar sino una: la otra, otro día. Pero como yo estaba más que dudoso de su eficacia, lo primero que hice en llegando al cuarto fue tomar las dos píldoras de golpe. 1 gramo que, agregado a los 0,20 de la hora anterior, hacía en total 1,20 de haschich en forma de extracto graso de cáñamo índico.

Comencé a tocar la guitarra contra la mesa, esperando. Eran las 3 p. m. A las 3 1/2 sentí los primeros efectos.

He reconstruido mis recuerdos —muy precisos por otra parte— con las notas que Brignole tomó a las 4 1/4 a. m., cuando estuve fuera de peligro. Ambos coincidimos en todo; él recuerda perfectamente lo que le dije en las 13 horas de haschich, pues una de las características del cannabis es conservar la inteligencia íntegra aun en los mayores desaciertos.

Hacía media hora que jugaba con la guitarra, cuando comencé a sentir un vago entorpecimiento general, apenas sensible.

—Ya empieza —dije sin levantar la cabeza, temeroso de perder esa prometedora sensación. Pasaron cinco minutos. Y recuerdo que estaba ejecutando un acompañamiento en *mi* y *fa*, cuando de pronto y de golpe los dedos de la mano izquierda se abalanzaron hacia mis ojos, convertidos en dos monstruosas arañas verdes. Eran de una forma fatal, mitad arañas, mitad víboras, qué sé yo; pero terribles. Di un salto ante el ataque y me volví vivamente hacia Brignole, lleno de terror. Fui a hablarle, y su cara se transformó instantáneamente en un monstruo que saltó sobre mí: no una sustitución, sino los rasgos de la cara desvirtuados, la boca agrandada, la cara ensanchada, los ojos así, la nariz así, una desmesuración atroz. Todas las transformaciones —mejor: todos los animales— tenían un carácter híbrido, rasgos de éste y de aquél, desfigurados y *absolutamente* desconocidos. Todos tenían esa facultad abalanzante, y aseguro que es de lo más terrible.

Me puse de pie: el corazón latía tumultuosamente, con disparadas súbitas; abrí los brazos, con una angustia de vuelo, una sensación calurosa de dejar la tierra; giraba la cabeza de un lado a otro. No veía más monstruos. En cambio, tenía necesidad de mirar detenidamente todo, una atención sufridora que se fijaba en cada objeto por 10 o 20 segundos, sin poder apartar la vista. Al arrancarme de esas fijezas, disfrutaba como de un profundo ensueño, con difusas ideas de viajes remotos. Gradualmente así, llegué a una completa calma. Eran las 4 p. m. Toda sensación desapareció. Pero a las 4 1/4 comencé a reírme, largas risas sofocadas, sin objeto alguno. Eran más bien fastidiosas por el sinmotivo. A las 4 1/2, normalidad absoluta. Y creía ya todo pasado, cuando a las 5 sentí un súbito malestar con angustia. El corazón saltó de nuevo, desordenadamente. Sentí un frío desolado, y entonces fue lo más terrible de todo: una sensación *exacta* de que me moría. La cabeza cayó. Al rato volví en mí, quise hablar, y de nuevo el colapso de muerte: la vida se me iba en hondos efluvios. Reaccioné otra vez: la fijeza atroz de las cosas me dominaba de nuevo. Quería moverme y no podía; no por imposibilidad motora, sino por falta de la voluntad: no podía *querer*. Y aunque el *yo* se me escapaba a cada momento, logré detenerme un instante en esto: la dosis máxima de extracto graso de haschich es 5 gramos; de extracto alcohólico, 0,50 gramos. Ahora bien: recordé haber leído en el tarro de la farmacia: *extrait alcoolique...* Yo había tomado 1,20 gramos, lo suficiente para matar a dos individuos.

Brignole, entre tanto, había salido.

Quedé solo en el cuarto. ¡Qué veinte minutos! Salí al balcón, tambaleándome, desesperado de morir. Al fin no pude más y me senté en la cama, echado contra la pared, cerré los ojos, creyendo no abrirlos más. La dueña de la casa entró con una taza de café, por indicación de mi amigo. Recuerdo que pasó un largo minuto antes de darme cuenta de que la taza era para mí.

Otro minuto perdí en poder *querer* coger la taza, ante la inquietud de la servidora asustada. El café estaba hirviendo; me abrasó la garganta.

Brignole subió: tomé medio frasco de tanino. Y al ardor intolerable que el veneno me causaba en el estómago y en la garganta reseca, se añadió el del café y tanino...

Todo mi cuerpo pulsaba dolorosamente, sobre todo la cabeza. Volaba de fiebre. A las 7 p.m. llegó un médico y se fue: no había nada que hacer. Todas las cosas entonces se transformaban, una animalidad fantástica con el predominio absoluto del color verde; continuaban abalanzándose sobre mí. Cuando un animal nos ataca, lo hace sobre un solo punto, casi siempre los ojos. Los del haschich se dirigían intensamente a todo el cuerpo, con tanta importancia al pie como los ojos. El salto era instantáneo, sin poderlo absolutamente evitar.

Un calentador encendido, sobre todo, fue el atacante más decidido que tuve toda la noche. A ratos me escapaba al medio del cuarto, desdoblándome, me veía en la cama, acostado y muriéndome a las 11 de la noche, a la luz de la lámpara bien triste.

Me costaba esfuerzos inauditos entrar en mí. Otro de los tormentos era ver todo con cuádruple intensidad: de igual tamaño, igual luz, pero con 4 veces más visión. Esta sensación, sobre todo, no es comprensible sino sufriéndola.

Como parece que a las 2 de la mañana recrudecieron los síntomas, mi amigo se sentó al lado de la cama, observándome disimuladamente: y por media hora me atormentó con su presencia, transformado en un leopardo verde, sentado humanamente, que me atisbaba sin hacer un movimiento.

Transcribo las notas de Brignole:

1er período, a las 3 1/2 p.m.

Sensación de angustia. Ideas terroríficas, visiones de monstruos. Imposibilidad de hablar por alejamiento de espíritu. Necesidad de mirar atentamente una cosa, y, una vez fijada, sensaciones diversas y alucinatorias motivadas por ese objeto. Dificultad para sustraerse a esas sensaciones, pero con conciencia de su anormalidad y deseos de evitarla.

2º período, a las 4 p. m.

Normalidad completa.

3er período, a las 4 1/4 p. m.

Accesos de alegría, risas sin causa, etc.

4º período, a las 4 1/2 p. m.

Normalidad.

5º período, a las 5 p. m.

Sensaciones de malestar. Angustia. Palidez del rostro. Pulso rápido. Latidos tumultuosos del corazón. Enfriamiento de las manos. Sensaciones de acabamiento y muerte próxima. Abatimiento profundo. Imposibilidad de hablar. Dificultad para *querer* moverse. Inteligencia demasiado lúcida. Entorpecimiento de todo el cuerpo. Sensibilidad conservada. Gran ardor de garganta y estómago. Sequedad de garganta. Pulso: 140 pulsaciones por minuto. Dilatación enorme de la pupila.

A las 8 p. m. —Mayor tranquilidad. Pulso normal. Transpiración copiosa. Calor extraordinario de la piel.

A las 11 p. m. —Él mismo se siente mejor. Mayor tranquilidad. Síntomas estomacales y psíquicos disminuidos. Menor calor de la piel. Transpiración disminuida. Pulso menos frecuente y algo más débil: 106 por minuto.

A las 12 3/4 p. m. —Pulso: 108 por minuto.

De 1 1/2 a 3 1/2 a. m. —Pulso 140. Transpiración enorme. Recrudecimiento de todos los síntomas.

A las 4 a. m. —Pulso descendido a 100 por minuto.

A las 5 a. m. —Continúa mejorando.

LA JUSTA PROPORCIÓN DE LAS COSAS[*]

HASTA EL AÑO pasado un individuo de levita y sombrero de copa se estacionaba todas las tardes en la esquina Artes y Juncal, dando en la manía de disponer el orden de los carruajes para evitar interrupciones. Los jueves y domingos de tarde tenía gran tarea porque desempeñaba a conciencia su solícito cometido. Ponía toda su alma en tan ingrata función; cansado, sudoroso, hecho una lástima de desasosiego, tenía la conciencia fresca y fuerte por el exacto deber cumplido. El individuo era loco, y dio en tan lamentable extremo muy sencillamente.

Nicolás Pueyrredón era agente de comercio. Ocupábase de corretajes, liquidaciones y esas adyacencias mercantiles de que yo desgraciadamente no entiendo. Profesaba la fe de la justa proporción de las cosas, sin vértigos posibles. Sabía que a los números, siendo infinitos, puédensele siempre agregar inpunemente un uno, un modesto uno.

—Claro es —decía sonriendo— son infinitos; siempre hay lugar para un uno.

Su espíritu gozaba tranquilamente con esto, siendo de por sí incapaz de un revolcón por la locura. Por lo demás, era un hombre expresivo.

He aquí que un día salió de su casa a las 5 de la tarde en dirección a la dársena sur; debía poner en las estafeta del «París» una carta de última hora. En la calle San Martín el carruaje se detuvo un largo rato: perdió diez minutos. En Defensa y Venezuela una victoria se cruzó de tal modo que fue imposible marchar durante cinco minutos. En la misma calle Defensa y Estados Unidos el carruaje de Pueyrredón atropelló un cupé de ruedas amarillas que iba a contramarcha: volvió a perder diez minutos. De modo que cuando llegó a la dársena el vapor humeaba ya en el canal de entrada.

El suceso disgustó profundamente a Pueyrredón. No le ocasionaba mayor trastorno, es verdad: pero temía por su buen nombre: como la carta era esperada imprescindiblemente en

---

[*] Inicialmente en: *El Gladiador*, Buenos Aires, año III, n° 108, diciembre 25, 1903, acompañado de una ilustración sin firma.

Montevideo, acaso atribuyeran la no remisión de aquélla a su falta de seriedad en negocios; y si algo tenía de bueno él, Pueyrredón, era una clara idea del justo cumplimiento de sus deberes. La cosa, pues, le chocó.

Pocos días más tarde repitió su carrera por iguales motivos, y por idénticas causas su interrumpido carruaje llegó tarde a los muelles. Esta vez se acaloró seriamente, discutió largo rato con el cochero, y protestó indignado, con los brazos hacia el centro de la ciudad, del inicuo desorden de carruajes. Por la noche no habló de otra cosa: era imposible marchar dos cuadras seguidas... quienes sufrían eran ellos, expuestos a perder su buen nombre por una incalificable desidia de las ordenanzas...

Parece que en los días siguientes su desventura fue tan grande como en las otras ocasiones. Le vi por entonces y se desahogó con tales insistentes reproches que traté de contenerle.

—Pero amigo —le dije sonriendo, levantándome—, si en todo pasa lo mismo! Su indignación es justa, indudablemente; pero a cada paso nos hallamos en una situación igual, ya por esta causa, ya por aquélla... —e hice grave filosofía.

—No sé, no sé, no sé —repitió encendiéndose más—. ¿Quién vigila el orden? ¿Quién cumple la ordenanza? ¿Por qué ha de estar uno expuesto a perder un minuto, un segundo, esto! —agregó enseñándome convulsivamente un pequeño trozo de cuchara entre sus pulgares— sí, esto nada más!

Me miraba en los ojos a diez centímetros de los míos. Arrojó la cuchara sobre la mesa y salió del café.

Habia adelgazado, marchaba sacudiendo hombros y cabeza a pequeños golpes, lanzaba rencorosas miradas de reojo a los carruajes.

Llegó así a tal grado de excitación que la idea de desorden comenzó a tornarse fija, con toda la descomposición que acarrean tales estancamientos. Fue diez veces en un mismo día a la Municipalidad, donde no quisieron oírle. Salió lleno de ira de esa casa en desquicio. Acudió a los diarios con igual éxito. Días sucesivos viósele a cada momento en carruaje, con el semblante hinchado de odio e indignación. En las cuadras de interrupciones forzosas vociferaba de tal modo, con medio cuerpo fuera de la capota, que su descomedimiento dio lugar a lamentables intervenciones.

Y por último, la tarde del jueves 18 de setiembre de 1902, el carruaje que llevaba a Nicolás Pueyrredón se vio detenido en la esquina Juncal y Artes por el corso que volvía de Palermo. Fue por cierto un espectáculo lastimoso, porque Pueyrredón, saltando al pescante, arrebató las riendas al cochero que cayó, y con grandes gritos de rabia y golpes de látigo forzó su carruaje sobre las victorias quietas. Lo llevaron a la fuerza; por largo rato se oyeron sus gritos.

El domingo siguiente, a las 4 de la tarde, Pueyrredón esperaba ya en la esquina Artes y Juncal.

*   *   *

—Bien sencillo —murmuró alguien cuando el narrador concluyó.

—Ciertamente —agregó otro al rato— es la manera más sencilla de quedarse loco. Sobre todo Pueyrredón, que era loco ya.

EL TRIPLE ROBO DE BELLAMORE[*]

DÍAS PASADOS los tribunales condenaron a Juan Carlos Bellamore a la pena de cinco años de prisión por robos cometidos en diversos bancos. Tengo alguna relación con Bellamore: es un

---

[*] Inicialmente en: *El Gladiador*, Buenos Aires, año II, nº 103, noviembre 20, 1903; con una ilustración sin firma.

muchacho delgado y grave, cuidadosamente vestido de negro. Le creo tan incapaz de esas hazañas como de otra cualquiera que pida nervios finos. Sabía que era empleado eterno de bancos; varias veces se lo oí decir, y aun agregaba melancólicamente que su porvenir estaba cortado; jamás sería otra cosa. Sé además que si un empleado ha sido puntual y discreto, él es ciertamente Bellamore. Sin ser amigo suyo, lo estimaba, sintiendo su desgracia. Ayer de tarde comenté el caso en un grupo.

—Sí —me dijeron—; le han condenado a cinco años. Yo lo conocía un poco: era bien callado. ¿Cómo no se me ocurrió que debía ser él? La denuncia fue a tiempo.

—¿Qué cosa? —interrogué sorprendido.

—La denuncia; fue denunciado.

—En los últimos tiempos —agregó otro— había adelgazado mucho. —Y concluyó sentenciosamente—: lo que es yo no confío más en nadie.

Cambié rápidamente de conversación. Pregunté si se conocía al denunciante.

—Ayer se supo. Es Zaninski.

Tenía grandes deseos de oír la historia de boca de Zaninski; primero, la anormalidad de la denuncia, falta en absoluto de interés personal; segundo, los medios de que se valió para el descubrimiento. ¿Cómo había sabido que era Bellamore?

Este Zaninski es ruso, aunque fuera de su patria desde pequeño. Habla despacio y perfectamente el español, tan bien que hace un poco de daño esa perfección, con su ligero acento del norte. Tiene ojos azules y cariñosos que suele fijar con una sonrisa dulce y mortificante. Cuentan que es raro. Lástima que en estos tiempos de sencilla estupidez no sepamos ya qué creer cundo nos dicen que un hombre es raro.

Esa noche le hallé en una mesa de café, en reunión. Me senté un poco alejado, dispuesto a oír prudentemente de lejos.

Conversaban sin ánimo. Yo esperaba mi historia, que debía llegar forzosamente. En efecto, alguien, examinando el mal estado de un papel con que se pagó algo, hizo recriminaciones bancarias, y Bellamore, crucificado, surgió en la memoria de todos. Zaninski estaba allí, preciso era que contara. Al fin se decidió; yo acerqué un poco más la silla.

—Cuando se cometió el robo en el Banco Francés —comenzó Zaninski— yo volvía de Montevideo. Como a todos, me interesó la audacia del procedimiento: un subterráneo de tal longitud ha sido siempre cosa arriesgada. Todas las averiguaciones resultaron infructuosas. Bellamore, como empleado de la caja, fue especialmente interrogado; pero nada resultó contra él ni contra nadie. Pasó el tiempo y todo se olvidó. Pero en abril del año pasado oí recordar incidentalmente el robo efectuado en 1900 en el Banco de Londres de Montevideo. Sonaron algunos nombres de empleados comprometidos, y entre ellos Bellamore. El nombre me chocó; pregunté y supe que era Juan Carlos Bellamore. En esa época no sospechaba absolutamente de él; pero esa primera coincidencia me abrió rumbo, y averigüé lo siguiente.

En 1898 se cometió un robo en el Banco Alemán de San Pablo, en circunstancias tales que sólo un empleado familiar a la caja podía haberlo efectuado. Bellamore formaba parte del personal de la caja.

Desde ese momento no dudé un instante de la culpabilidad de Bellamore.

Examiné escrupulosamente lo sabido referente al triple robo, y fijé toda mi atención en estos tres datos:

1º La tarde anterior al robo de San Pablo, coincidiendo con una fuerte entrada en caja, Bellamore tuvo un disgusto con el cajero, hecho altamente de notar, dada la amistad que los unía, y, sobre todo, la placidez de carácter de Bellamore.

2º También en la tarde anterior al robo de Montevideo, Bellamore había dicho que sólo robando podía hacerse hoy fortuna, y agregó riendo que su víctima ocurrente era el banco de que formaba parte.

3º La noche anterior al robo en el Banco Francés de Buenos Aires, Bellamore, contra toda su costumbre, pasó la noche en diferentes cafés, muy alegre.

Ahora bien, estos tres datos eran para mí tres pruebas al revés, desarrolladas en la siguiente forma:

En el primer caso, sólo una persona que hubiera pasado la noche con el cajero podía haberle quitado la llave. Bellamore estaba disgustado con el cajero *casualmente* esa tarde.

En el segundo caso, ¿qué persona preparada para un robo, cuenta el día anterior lo que va a hacer? Sería sencillamente estúpido.

En el tercer caso, Bellamore hizo todo lo posible por ser visto; exhibiéndose, en suma, como para que se recordara bien que él, Bellamore, pudo menos que nadie haber maniobrado en subterráneos esa accidentada noche.

Estos tres rasgos eran para mí absolutos —tal vez arriesgados de sutileza en un ladrón de bajo fondo, pero perfectamente lógicos en el fino Bellamore—. Fuera de esto, hay algunos detalles privados, de más peso normal que los anteriores.

Así, pues, la triple fatal coincidencia, los tres rasgos sutiles de muchacho culto que va a robar, y las circunstancias consabidas, me dieron la completa convicción de que Juan Carlos Bellamore, argentino, de veintiocho años de edad, era el autor del triple robo efectuado en el Banco Alemán de San Pablo, el de Londres y Río de la Plata de Montevideo y el Francés de Buenos Aires. Al otro día mandé la denuncia.

Zaninski concluyó. Después de cuantiosos comentarios se disolvió el grupo; Zaninski y yo seguimos juntos por la misma calle. No hablábamos. Al despedirme le dije de repente, desahogándome:

—¿Pero usted cree que Bellamore haya sido condenado por las pruebase de su denuncia? Zaninski me miró fijamente con sus ojos cariñosos.

—No sé; es posible.

—¡Pero esas no son pruebas! ¡Eso es una locura! —agregué con calor—. ¡Eso no basta para condenar a un hombre!

No me contestó, silbando al aire. Al rato murmuró:

—Debe ser así... cinco años es bastante... —se le escapó de pronto—: A usted se le puede decir todo: estoy completamente convencido de la inocencia de Bellamore.

Me di vuelta de golpe hacia él, mirándonos en los ojos.

—Era demasiada coincidencia —concluyó con el gesto cansado.

EL CRIMEN DEL OTRO*

LA AVENTURA que voy a contar data de cinco años atrás. Yo salía entonces de la adolescencia. Sin ser lo que se llama *un nervioso*, poseía en el más alto grado la facultad de gesticular, arrastrándome a veces a extremos de tal modo absurdos que llegué a inspirar, mientras hablaba, verdaderos sobresaltos. Este desequilibrio entre mis ideas —las más naturales posibles— y mis gestos —los más alocados posibles— divertía a mis amigos, pero sólo a aquellos que estaban en el secreto de esas locuras sin igual. Hasta aquí mis nerviosismos, y no siempre. Luego entra en acción mi amigo Fortunato, sobre quien versa todo lo que voy a contar.

---

* Publicado por primera vez en el volumen.

Poe era en aquella época el único autor que yo leía. Ese maldito loco había llegado a dominarme por completo; no había sobre la mesa un solo libro que no fuera de él. Toda mi cabeza estaba llena de Poe, como si la hubieran vaciado en el molde de Ligeia. ¡Ligeia! ¡Qué adoración tenía por este cuento! Todos e intensamente: Valdemar, que murió siete meses después; Dupin, en procura de la carta robada; las Sras. de Espanaye, desesperadas en su cuarto piso; Berenice, muerta a traición, todos, todos me eran familiares. Pero entre todos, el Tonel del Amontillado me había seducido como una cosa íntima mía: Montresor, El Carnaval, Fortunato, me eran tan comunes que leía ese cuento sin nombrar ya a los personajes; y al mismo tiempo envidiaba tanto a Poe que me hubiera dejado cortar con gusto la mano derecha por escribir esa maravillosa intriga. —Sentado en casa, en un rincón, pasé más de cuatro horas leyendo ese cuento con una fruición en que entraba sin duda mucho de adverso para Fortumato. Dominaba *todo* el cuento, pero todo, todo, todo. Ni una sonrisa por ahí, ni una premura en Fortunato se escapaba a mi perspicacia. ¿Qué no sabía ya de Fortunato y su deplorable actitud?

A fines de diciembre leí a Fortunato algunos cuentos de Poe. Me escuchó amistosamente, con atención siu duda, pero a una legua de mi ardor. De aquí que al cansancio que yo experimenté al final, no pudo comparársele el de Fortunato, privado durante tres horas del entusiasmo que me sostenía.

Esta circunstancia de que mi amigo llevara el mismo nombre que el del héroe del Tonel del Amontillado me desilusionó al principio, por la vulgarización de un nombre puramente literario; pero muy pronto me acostumbré a nombrarle así, y aun me extralimitaba a veces llamándole por cualquiera insignificancia: tan explícito me parecía el nombre. Si no sabía el Tonel de memoria, no era ciertamente porque no lo hubiera oído hasta cansarse. A veces en el calor del delirio le llamaba a él mismo Montresor, Fortunato, Luchesi, cualquier nombre de ese cuento: y esto producía una indescriptible confusión de la que no llegaba a coger el hilo en largo rato.

Difícilmente me acuerdo del día en que Fortunato me dio pruebas de un fuerte entusiasmo literario. Creo que a Poe puédese sensatamente atribuir ese insólito afán, cuyas consecuencias fueron exaltar a tal grado el ánimo de mi amigo que mis predilecciones eran un frío desdén al lado de su fanatismo. ¿Cómo la literatura de Poe llegó a hacerse sensible en la ruda capacidad de Fortunato? Recordando, estoy dispuesto a creer que la resistencia de su sensibilidad, lucha diaria en que todo su organismo inconscientemente entraba en juego, fue motivo de sobra para ese desequilibrio, sobre todo en un ser tan profundamente inestable como Fortunato.

En una hermosa noche de verano se abrió a mí su alma en esta nueva faz. Estábamos en la azotea, sentados en sendos sillones de tela. La noche cálida y enervante favorecía nuestros proyectos de errabunda meditación. El aire estaba débilmente oloroso por el gas de la usina próxima. Debajo nuestro clareaba la luz tranquila de las lámparas tras los balcones abiertos. Hacia el este, en la bahía, los farolillos coloridos de los buques cargaban de cambiantes el agua muerta como un vasto terciopelo, fósforos luminosos que las olas mansas sostenían temblando, fijos y paralelos a lo lejos, rotos bajo los muelles. El mar, de azul profundo, susurraba en la orilla. Con las cabezas echadas atrás, las frentes sin una preocupación, soñábamos bajo el gran cielo lleno de estrellas, cruzado solamente de lado a lado —en aquellas noches de evolución naval— por el brusco golpe de luz de un crucero en vigilancia.

—¡Qué hermosa noche! —murmuró Fortunato—. Se siente uno más irreal, leve y vagante como una boca de niño que aún no ha aprendido a besar...

Gustó la frase, cerrando los ojos.

—El aspecto especial de esta noche —prosiguió— tan quieta, me trae a la memoria la hora en que Poe llevó al altar y dio su mano a lady Rowena Tremanión, la de ojos azules y cabellos de oro, Tremanión de Tremaine. Igual fosforescencia en el cielo, igual olor a gas...

Meditó un momento. Volvió la cabeza hacia mí, sin mirarme:

—¿Se ha fijado en que Poe se sirve de la palabra *locura*, ahí donde su suelo es más grande? En Ligeia está doce veces.

No recordaba haberla visto tanto, y se lo hice notar.

—¡Bah! no es cuestión de que la ponga tantas veces, sino de que en ciertas ocasiones, cuando va a subir muy alto, la frase ha hecho ya notar esa disculpa de locura que traerá consigo el vuelo de poesía.

Como no comprendía claramente, me puse de pie, encogiéndome de hombros. Comencé a pasearme con las manos en los bolsillos. —No era la única vez que me hablaba así. Ya dos días antes había pretendido arrastrarme a una interpretación tan novedosa de *El Cameleopardo* que hube de mirarle con atención, asustado de su carrera vertiginosa. Seguramente había llegado a sentir hondamente: ¡pero a costa de qué peligros!

Al lado de ese franco entusiasmo, yo me sentía viejo, escudriñador y malicioso. Era en él un desborde de gestos y ademanes, una cabeza lírica que no sabía ya cómo oprimir con la mano la frente que volaba. Hacía frases. Creo que nuestro caso se podía resumir en la siguiente situación: —en un cuarto donde estuviéramos con Poe y sus personajes, yo hablaría con éste, de éstos, y en el fondo Fortunato y los héroes de las *Historias extraordinarias* charlarían entusiasmados de Poe. Cuando lo comprendí recobré la calma, mientras Fortunato proseguía su vagabundaje lírico sin ton ni son:

—Algunos triunfos de Poe consisten en despertar en nosotros viejas preocupaciones musculares, dar un carácter de excesiva importancia al movimiento, coger al vuelo un ademán cualquiera y desordenarlo insistentemente hasta que la constancia concluya por darle una vida bizarra.

—Perdón —le interrumpí—. Niego por lo pronto que el triunfo de Poe consista en eso. Después, supongo que el movimiento en sí debe ser la locura de la intención de moverse...

Esperé lleno de curiosidad su respuesta, atisbándole con el rabo del ojo.

—No sé —me dijo de pronto con la voz velada como si el suave rocío que empezaba a caer hubiera llegado a su garganta—. Un perro que yo tengo sigue y ladra cuadras enteras a los carruajes. Como todos. Les inquieta el movimiento. Les sorprende también que los carruajes sigan por su propia cuenta a los caballos. Estoy seguro de que si no obran y hablan racionalmente como nosotros, ello obedece a una falla de la voluntad. Sienten, piensan, pero no pueden querer. Estoy seguro.

¿Adónde iba a llegar aquel muchacho, tan manso un mes atrás? Su frente estrecha y blanca se dirigía al cielo. Hablaba con tristeza, tan puro de imaginación que sentí una tibia fiebre de azuzarle. Suspiré hondamente:

—¡Oh Fortunato! —Y abrí los brazos al mar como una griega antigua.— Permanecí así diez segundos, seguro de que iba a provocarle una repetición infinita del mismo tema. En efecto, habló, habló con el corazón en la boca, habló todo lo que despertaba en aquella encrespada cabeza. Antes le dije algo sobre la locura en términos generales. Creo sobre la facultad de escapar milagrosamente al movimiento durante el sueño.

—El sueño —cogió y siguió— o, más bien dicho, el ensueño durante el sueño, es un estado de absoluta locura. Nada de conciencia, esto es, la facultad de presentarse a sí mismo lo contrario de lo que se está pensando y admitirlo como posible. La tensión nerviosa que rompe las pesadillas tendría el mismo objeto que la ducha en los locos: el chorro de agua provoca esa tensión nerviosa que llevará al equilibrio, mientras en el ensueño esa misma tensión quiebra, por decirlo así, el eje de la locura. En el fondo el caso es el mismo: prescindencia absoluta de oposición. La oposición es el otro lado de las cosas. De las dos conciencias que tienen las cosas, el loco o el soñador sólo ve una: la afirmativa o la negativa. Los cuerdos se acogen primero a la probabilidad, que es la conciencia loca de las cosas. Por otra parte, los sueños de los locos son perfectamente posibles. Y esta misma posibilidad es una locura, por dar carácter de realidad a esa inconsciencia: no la niega, la cree posible.

Hay casos sumamente curiosos. Sé de un juicio donde el reo tenía en la parte contraria la acusación de un testigo del hecho. Le preguntaban: ¿Vd. vio tal cosa? El testigo respondía: sí. Ahora bien, la defensa alegaba que siendo el lenguaje una convención, era solamente *posible* que en el testigo la palabra *sí* expresara afirmación. Proponía al jurado examinar la curiosa adaptación de las preguntas al monosílabo del testigo. En pos de éstas, hubiera sido imposible que el testigo dijera: no (entonces no sería afirmación, que era lo único de que se trataba, etc., etc.).

¡Valiente Fortunato! Habló todo esto sin respirar, firme con su palabra, los ojos seguros en que ardían como vírgenes todas estas castas locuras. Con las manos en los bolsillos, recostado en la balaustrada, le veía discurrir. Miraba con profunda atención, eso sí, un ligero vértigo de cuando en cuando. Y aún creo que esta atención era más bien una preocupación mía.

De repente levantamos la cabeza: el foco de un crucero azotó el cielo, barrió el mar, la bahía se puso clara con una lívida luz de tormenta, sacudió el horizonte de nuevo, y puso en manifiesto a lo lejos, sobre el agua ardiente de estaño, la fila inmóvil de acorazados.

Distraído, Fortunato permaneció un momento sin hablar. Pero la locura, cuando se le estrujan los dedos, hace piruetas increíbles que dan vértigos, y es fuerte como el amor y la muerte. Continuó:

—La locura tiene también sus mentiras convencionales y su pudor. No negará Vd. que el empeño de los locos en probar su razón sea una de aquéllas. Un escritor dice que tan ardua cosa es la razón que aun para negarla es menester razonar. Aunque no recuerdo bien la frase, algo de ello es. Pero la conciencia de una meditación razonable sólo es posible recordando que ésta podría no ser así. Habría comparación, lo que no es posible tratándose de una solución —uno de cuyos términos causales es reconocidamente loco. Sería tal vez un proceso de idea absoluta. Pero bueno es recordar que los locos jamás tienen problemas o hallazgos: tienen *ideas.*— Continuó con aquella su sabiduría de maestro y de recuerdos despertados a sazón:

—En cuanto al pudor, es innegable. Yo conocí un muchacho loco, hijo de un capitán, cuya sinrazón había dado en manifestarse como ciencia química. Contábanme sus parientes que aquél leía de un modo asombroso, escribía páginas inacabables, daba a entender, por monosílabos y confidencias vagas, que había hallado la ineficacia cabal de la teoría atómica (creo se refería en especial a los óxidos de manganeso. Lo raro es que después se habló seriamente de esas inconsecuencias del oxígeno). El tal loco era perfectamente cuerdo en lo demás, cerrándose a las requisitorias enemigas por medio de silbidos, pst y levantamientos del bigote. Gozaba del triste privilegio de creer que cuantos con él hablaban querían robarle su secreto. De aquí los prudentes silbidos que no afirmaban ni negaban nada.

Ahora bien, yo fui llamado una tarde para ver lo que de sólido había en esa desvariada razón. Confieso que no pude orientarme un momento a través de su mirada de perfecto cuerdo, cuya única locura consistía entonces en silbar y extender suavemente el bigote, pobre cosa. Le hablé de todo, demostré una ignorancia crasa para despertar su orgullo, llegué hasta exponerle teoría tan extravagante y absurda que dudé si esa locura a alta presión sería capaz de ser comprendida por un simple loco. Nada hallé. Respondía apenas: —es verdad... son cosas... pst... ideas... pst... pst...— Y aquí estaban otra vez las *ideas* en toda su fuerza.

Desalentado, le dejé. Era imposible obtener nada de aquel fino diplomático. Pero un día volví con nuevas fuerzas, dispuesto a dar a toda costa con el secreto de mi hombre. Le hablé de todo otra vez: no obtenía nada. Al fin, al borde del cansancio, me di cuenta de pronto de que durante esa y la anterior conferencia yo había estado muy acalorado con mi propio esfuerzo de investigación y hablé en demasía; había sido observado por el loco. Me calmé entonces y dejé de charlar. La cuestión cesó y le ofrecí un cigarro. Al mirarme inclinándose para cogerlo, me alisé los bigotes lo más suavemente que me fue posible. Dirigióme una mirada de soslayo y movió la cabeza sonriendo. Aparté la vista, mas atento a sus menores movimientos. Al rato no pudo menos que mirarme de nuevo, y yo a mi vez me sonreí sin dejar el bigote. El loco se serenó por fin y habló todo lo que deseaba saber.

Yo había estado dispuesto a llegar hasta el silbido; pero con el bigote bastó.

La noche continuaba en paz. Los ruidos se perdían en aislados estremecimientos, el rodar lejano de un carruaje, los cuartos de hora de una iglesia, un ¡ohé! en el puerto. En el cielo puro las constelaciones ascendían; sentíamos un poco de frío. Como Fortunato parecía dispuesto a no hablar más, me subí el cuello del saco, froté rápidamente las manos, y dejé caer como una bala perdida:

Era perfectamente loco.

Al otro lado de la calle, en la azotea, un gato negro caminaba tranquilamente por el pretil. Debajo nuestro dos personas pasaron. El ruido claro sobre el adoquín me indicó que cambiaban de vereda: se alejaron hablando en voz baja. Me había sido necesario todo este tiempo para arrancar de mi cabeza un sinnúmero de ideas que al más insignificante movimiento se hubieran desordenado por completo. La vista fija se me iba. Fortunato decrecía, decrecía hasta convertirse en un ratón que yo miraba. El silbido desesperado de un tren expreso correspondió exactamente a ese monstruoso ratón. Rodaba por mi cabeza una enorme distancia de tiempo y un pesadísimo y vertiginoso girar de mundos. Tres llamas cruzaron por mis ojos, seguidas de tres dolorosas puntadas de cabeza. —Al fin logré sacudir eso y me volví:

—¿Vamos?

—Vamos. Me pareció que tenía un poco de frío.

Estoy seguro de que lo dijo sin intención: pero esta misma falta de intención me hizo temer no sé qué horrible extravío.

* * *

Esa noche, solo ya y calmado, pensé detenidamente. Fortunato me había transtornado, esto era verdad. Pero ¿me condujo él al vértigo en que me había enmarañado, dejando en la espinas, a guisa de cándidos vellones de lana, cuatro o cinco ademanes rápidos que enseguida oculté? No lo creo. Fortunato había cambiado, su cerebro marchaba aprisa. Pero de esto al reconocimiento de mi superioridad había una legua de distancia. Este era el punto capital: yo podía hacer mil locuras, dejarme arrebatar por una endemoniada lógica de gestos repetidos: dar en el blanco de una ocurrencia del momento y retorcerla hasta crear una verdad extraña; dejar de lado la mínima intención de cualquier movimiento vago y acogerse a la que podría haberle dado un loco excesivamente detallista: todo esto y mucho más podía yo hacer. Pero en estos desenvolvimientos de una excesiva posesión de sí, virutas de torno que no impedían un centraje absoluto, Fortunato sólo podía ver transtornos de sugestión motivados por tal o cual ambiente propicio, de que él se creía sutil entrenador.

Pocos días más tarde me convencí de ello. Paseábamos. Desde las cinco habíamos recorrido un largo trayecto —los muelles de Florida, las revueltas de los pasadizos, los puentes carboneros, la Universidad, el rompeolas que había de guardar las aguas tranquilas del puerto en construcción, cuya tarjeta de acceso nos fue acordada gracias al recrudecimiento de amistad que en esos días tuvimos con un amigo nuestro —ahora de luto— estudiante de ingeniería—. Fortunato gozaba esa tarde de una estabilidad perfecta, con todas sus nuevas locuras, eso sí, pero tan en equilibrio como las del loco de un manicomio cualquiera.— Hablábamos de todo, los pañuelos en las manos, húmedos de sudor. El mar subía al horizonte, anaranjado en toda su extensión: dos o tres nubes de amianto erraban por el cielo purísimo; hacia el Cerro de negro verdoso, el sol que acababa de transponerlo circundábalo de una aureola dorada.

Tres muchachos cazadores de cangrejos pasaron a lo largo del muro. Discutieron un rato. Dos continuaron la marcha saltando sobre las rocas con el pantalón a la rodilla; el otro se quedó tirando piedras al mar. Después de cierto tiempo exclamé, como en conclusión de algún juicio interno provocado por la tal caza:

—Por ejemplo, bien pudiera ser que los cangrejos caminaran hacia atrás para acortar las distancias. Indudablemente el trayecto es más corto.

No tenía deseos de descarrilarle. Dije eso por costumbre de dar vuelta a las cosas. Y Fortunato cometió el lamentable error de tomar como locura mía lo que era entonces locura completamente del animal, y se dejó ir a corolarios por demás sutiles y vanidosos.

Una semana después Fortunato cayó. La llama que temblaba sobre él se extinguió, y de su aprendizaje inaudito, de aquel lindo cerebro desvariado que daba frutos amargos y jugosos como las plantas de un año, no quedó sino una cabeza distendida y hueca, agotada en quince días, tal como una muchacha que tocó demasiado pronto las raíces de la voluptuosidad. Hablaba aún, pero disparataba. Si cogía a veces un hilo conductor, la misma inconsciente crispación de ahogado con que se sujetaba a él, lo rompía. En vano traté de encauzarle, haciéndole notar de pronto con el dedo extendido, y suspenso para lavar ese imperdonable olivido, el canto de un papel, una mancha diminuta del suelo. Él, que antes hubiera reído francamente conmigo, sintiendo la absoluta importancia de esas cosas así vanidosamente aisladas, se ensañaba ahora de tal modo con ellas que les quitaba su carácter de belleza *únicamente* momentánea y para nosotros.

Puesto así fuera de carrera, el desequilibrio se acentuó en los días siguientes. Hice un último esfuerzo para contener esa decadencia volviendo a Poe, causa de sus exageraciones. Pasaron los cuentos, Ligeia, El doble crimen. El gato. Yo leía, él escuchaba. De vez en cuando le dirigía rápidas miradas: me devoraba constantemente con los ojos, en el más santo entusiasmo.

No sintió absolutamente nada, estoy seguro. Repetía la lección demasiado sabida, y pensé en aquella manera de enseñar a bailar a los osos, de que hablan los titiriteros avezados: Fortunato ajustaba perfectamente en el marco del organillo. Deseando tocarle con fuego, le pregunté, distraído y jugando con el libro en el aire:

—¿Qué efecto cree Vd. que le causaría a un loco la lectura de Poe?

Locamente temió una estratagema por el jugueteo con el libro, en que estaba puesta toda su penetración.

—No sé. —Y repitió— no sé, no sé, no sé, bastante acalorado.

—Sin embargo, tiene que gustarles. ¿No pasa eso con toda narración dramática o de simple idea, ellos que demuestran tanta afición a las especulaciones? Probablemente viéndose instigados en cualquier *Corazón rerelador* se desencadenarán por completo.

—¡Oh, no! —suspiró—. Lo probable es que todos creyeran ser autores de tales páginas. O simplemente, tendrían miedo de quedarse locos. —Y se llevó la mano a la frente, con alma de héroe.

Suspendí mis juegos malabares. Con el rabo del ojo me enviaba una miradilla vanidosa. Pretendí afrontarlo y me desvié. Sentí una sensación de frío adelgazamiento en los tobillos y el cuello; me pareció que la corbata, floja, se me desprendía.

—¡Pero está loco! —le grité levantándome con los brazos abiertos—, ¡está loco! —grité más. Hubiera gritado mucho más pero me equivoqué y saqué toda la lengua de costado. Ante mi actitud, se levantó evitando apenas un salto, me miró de costado, acercóse a la mesa, me miró de nuevo, movió dos o tres libros, y fue a fijar cara y manos contra los vidrios, tocando el tambor.

Entre tanto yo estaba ya tranquilo y le pregunté algo. En vez de responderme francamente, dio vuelta un poco la cabeza y me miró a hurtadillas, si bien con miedo, envalentonado por el anterior triunfo. Pero se equivocó. Ya no era tiempo, debía haberlo conocido. Su cabeza, en pos de un momento de loca inteligencia dominadora, se había quebrado de nuevo.

* * *

Un mes siguió. Fortunato marchaba rápidamente a la locura, sin el consuelo de que ésta fuera uno de esos anonadamientos espirituales en que la facultad de hablar se convierte en una sencilla persecución animal de las palabras. Su locura iba derecha a un idiotismo craso, imbecilidad de negro que pasea todas las mañanas por los patios del manicomio su cara pintada de blanco. —A ratos atareábame en apresurar la crisis, descargándome del pecho, a grandes maneras, dolores intolerables; sentándome en una silla en el extremo opuesto del cuarto, dejaba caer sobre nosotros todo una larga tarde, seguro de que al crepúsculo iba a concluir por no verme. —Tenía avances. A veces gozaba haciéndose el muerto, riéndose de ello hasta llorar. Dos o tres veces se le cayó la baba. Pero en los últimos días de febrero le acometió un irreparable mutismo del que no pude sacarle por más esfuerzos que hice. Me hallé entonces completamente abandonado. Fortunato se iba, y la rabia de quedarme solo me hacía pensar en exceso.

Una noche de estas, le cogí del brazo para caminar. No sé adónde íbamos, pero estaba contentísimo de poder conducirle. Me reía despacio sacudiéndole del brazo. Él me miraba y se reía también, contento. Una vidriera, repleta de caretas por el inminente Carnaval, me hizo recordar un baile para los próximos días de alegría, de que la cuñada de Fortunato me había hablado con entusiasmo.

—Y Vd., Fortunato, ¿no se disfrazará?
—Sí, sí.
—Entiendo que iremos juntos.
—Divinamente.
—¿Y de qué se disfrazará?
—¿Me disfrazaré?...
—Ya sé —agregué bruscamente—, de Fortunato.
—¿Eh? —rompió éste, enormemente divertido.
—Sí, de eso.

Y le arranqué de la vidriera. Había hallado una solución a mi inevitable soledad, tan precisa, que mis temores sobre Fortunato se iban al viento como un pañuelo. ¿Me iban a quitar a Fortunato? Está bien. ¿Yo me iba a quedar solo? Está bien. ¿Fortunato no estaba a mi completa disposición? Está bien. Y sacudía en el aire mi cabeza tan feliz. Esta solución podía tener algunos puntos difíciles; pero de ella lo que me seducía era su perfecta adaptación a una famosa intriga italiana, bien conocida mía, por cierto —y sobre todo la gran facilidad para llevarla a término. Seguí a su lado sin incomodarle. Marchaba un poco detrás de él, cuidando de evitar las junturas de las piedras para caminar debidamente: tan bien me sentía.

Una vez en la cama, no me moví, pensando con los ojos abiertos. En efecto, mi idea era ésta: hacer con Fortunato lo que Poe hizo con Fortunato. Emborracharle, llevarle a la cueva con cualquier pretexto, reírse como un loco... ¡Qué luminoso momento había tenido! Los disfraces, los mismos nombres. Y el endemoniado gorro de cascabeles... Sobre todo: ¡qué facilidad! Y por último un hallazgo divino: como Fortunato estaba loco, no tenía necesidad de emborracharlo.
....
....
A las tres de la mañana supuse próxima la hora. Fortunato, completamente entregado a galantes devaneos, paseaba del brazo a una extraviada Ofelia, cuya cola, en sus largos pasos de loca, barría furiosamente el suelo. Nos detuvimos delante de la pareja.

—¡Y bien, querido amigo! ¿No es Vd. feliz en esta atmósfera de desbordante alegría?
—Sí, feliz —repitió Fortunato alborozado.
Le puse la mano sobre el corazón:
—¡Feliz como todos nosotros!
El grupo se rompió a fuerza de risas. Mi amplio ademán de teatro las había conquistado. Continué:
—Ofelia ríe, lo que es buena señal. Las flores son un fresco rocío para su frente. — Le cogí la mano y agregué: —¿no siente Vd. en mi mano la Razón Pura? Verá Vd.. curará, y será otra en su ancho, pesado y melancólico vestido blanco... Y a propósito, querido Fortunato: ¿no le

evoca a Vd. esta galante Ofelia una criatura bien semejante en cierto modo? Fíjese Vd en el aire, los cabellos, la misma boca ideal, el mismo absurdo deseo de vivir sólo por la *vida*... perdón —concluí volviéndome—: son cosas que Fortunato conoce bien.

Fortunato me miraba asombrado, arrugando la frente. Me incliné a su oído y le susurré apretándole la mano:

—¡De Ligeia, mi adorada Ligeia!

—¡Ah sí, ah sí! —y se fue. Huyó al trote, volviendo la cabeza con inquietud como los perros que oyen ladrar ne se sabe dónde.

A las tres y media marchábamos en dirección a casa. Yo llevaba la cabeza clara y las manos frías; Fortunato no caminaba bien. Derrepente se cayó, y al ayudarle se resistió tendido de espaldas. Estaba pálido, miraba ansiosamente a todos lados. De las comisuras de sus labios pendientes caían fluidas babas. De pronto se echó a reír. Le dejé hacer un rato, esperando fuera una pasajera crisis de que aún podría volver. Pero había llegado el momento: estaba completamente loco, mudo y sentado ahora, los ojos a todos lados, llorando a la luz de la luna en gruesas, dolorosas e incesantes lágrimas, su asombro de idiota.

Le levanté como pude y seguimos la calle desierta. Caminaba apoyado en mi hombro. Sus pies se habían vuelto hacia adentro.

Estaba desconcertado. ¿Cómo hallar el gusto de los tiernos consejos que pensaba darle a semejanza del otro, mientras le enseñaba con prolija amistad mi sótano, mis paredes, mi humedad y mi libro de Poe, que sería el tonel en cuestión? No habría nada, ni el terror al fin cuando se diera cuenta. Mi esperanza era que reaccionase, siquiera un momento para apreciar debidamente la distancia a que nos íbamos a hallar. Pero seguía lo mismo. En cierta calle una pareja pasó al lado nuestro, ella tan bien vestida que el alma antigua de Fortunato tuvo un tardío estremecimiento y volvió la cabeza. Fue lo último. —Por fin llegamos a casa. Abrí la puerta sin ruido, le sostuve heroicamente con un brazo mientras cerraba con el otro, atravesamos los dos patios y bajamos al sótano. Fortunato miró todo atentamente y quiso sacarse el frac, no sé con que objeto.

En el sótano de casa había un ancho agujero rebocado, cuyo destino en otro tiempo ignoro del todo. Medía tres metros de profundidad por dos de diámetro. En días anteriores había amontonado en un rincón gran cantidad de tablas y piedras, apto todo para cerrar herméticamente una abertura. Allí conduje a Fortunato, y allí traté de descenderle. Pero cuando le cogí de la cintura se desasió violentamente, mirándome con terror. ¡Por fin! Contento, me froté las manos. Toda mi alma estaba otra vez conmigo. Me acerqué sonriendo y le dije al oído, con cuanta suavidad me fue posible:

—¡Es el pozo, mi querido Fortunato!

Me miró con desconfianza, escondiendo las manos.

—¡Es el pozo... el pozo, querido amigo!

Entonces una luz pálida le iluminó los ojos. Tomó de mi mano la vela, se acercó cautelosamente al hueco, estiró el cuello y trató de ver el fondo. Se volvió, interrogante.

—...?

—¡El pozo! —concluí abriendo los brazos. Su vista siguió mi ademán.

—¡Ah, no! —me reí entonces, y le expresé claramente bajando las manos:

—¡El pozo!

Era bastante. Esta concreta idea: el pozo, concluyó por entrar en su cerebro completamente aislada y pura. La hizo suya: era *el pozo*. Fue feliz del todo.

Nada me quedaba casi por hacer. Le ayudé a bajar, y aproximé mi seudo cemento. En pos de cada acción acercaba la vela y le miraba. Fortunato se había acurrucado, completamente satisfecho. Una vez me chistó.

—¿Eh? —me incliné. Levantó el dedo sagaz y lo bajó perpendicularmente. Comprendí y nos reímos con toda el alma.

De pronto me vino un recuerdo y me asomé rápidamente:

—¿Y el nitro? —Callé enseguida.— En un momento eché encima las tablas y piedras. Ya estaba cerrado el pozo y Fortunato dentro. Me senté entonces, coloqué la vela al lado y como El Otro, esperé.

—¡Fortunato!

Nada: ¿Sentiría?

Más fuerte.

—¡Fortunato!

Y un grito sordo, pero horrible, subió del fondo del pozo. Di un salto, y comprendí entonces, pero locamente, la precaución de Poe al llevar la espada consigo. Busqué una arma desesperadamente: no había ninguna. Cogí la vela y la estrellé contra el suelo. Otro grito subió, pero más horrible. A mi vez aullé:

—¡Por el Amor de Dios!

No hubo ni un eco. Aún subió otro grito y salí corriendo y en la calle corrí dos cuadras. Al fin me detuve, la cabeza zumbando.

¡Ah, cierto! Fortunato estaba metido dentro de su agujero y gritaba. ¿Habría filtraciones?... Seguramente en el último momento palpó claramente lo que se estaba haciendo-...¡Qué facilidad para encerrarlo! El pozo... era su pasión. El otro Fortunato había gritado también. Todos gritan porque se dan cuenta de sobra. —Lo curioso es que uno anda más ligero que ellos...

Caminaba con la cabeza alta, dejándome ir a ensueños en que Fortunato lograba salir de su escondrijo y me perseguía con iguales asechanzas... ¡Qué sonrisa más franca la suya!... Presté oído... ¡Bah! buena había sido la idea de quien hizo el agujero. Y después la vela...

Eran las cuatro. En el centro barrían aún las últimas máquinas. Sobre las calles claras la luna muerta descendía. De las casas dormidas quien sabe por qué tiempo, de las ventanas cerradas, caía un vasto silencio. Y continué mi marcha gozando las últimas aventuras con una fruición tal que no sería extraño que yo a mi vez estuviera un poco loco.

LOS PERSEGUIDOS

NOTICIA PRELIMINAR

Desde Saladito, el 29 de enero de 1905, Quiroga escribe a J.M. Fernández Saldaña: «Por mi parte he entrado en un período de pasmosa actividad. Desde hace cinco días escribo todas las mañanas, he concluido "Los elefantes"» —cuento que con el título de «Noche de Reyes» publicará en *Caras y Caretas* del 4 de enero de 1908, y que luego, refundido con otros textos, recogerá en *El salvaje*, bajo el título de «Cuadrivio laico»— «y otro largo cuento, con asunto para cuatro o cinco más...» Muy probablemente, ese «largo cuento» al que alude sea «Los perseguidos», editado en un pequeño volumen, ese mismo año.

Este cuento largo o *nouvelle*, es la experiencia de escritura más ambiciosa de Quiroga desde que se encuentra en Buenos Aires. Por primera vez se desliga de todos los recursos modernistas, pero fundamentalmente, la influencia de Poe no es tan tajante como en sus ficciones anteriores. Por otra parte, su modo de producción es también bastante peculiar. No se trata de un relato escrito bajo la premura periodística ; fue redactado en 1905.

Tres años más tarde fue incluido en un volumen, junto a la novela *Historia de un amor turbio* (de la que sí se había dado a conocer un fragmento en *Caras y Caretas*, Buenos Aires, año XI, n° 526, oct. 31, 1908). Impreso por Arnaldo Moen y Hno., Buenos Aires, 1908, pp. 187-242.

La segunda edición, que recogemos en la nuestra, corrigiendo las erratas, pertenece a Ediciones Selectas Americanas, Buenos Aires, 1920. Se trata de un breve folleto de 32 páginas, donde se insertan las siguientes palabras de Leopoldo Lugones:

> *Los perseguidos* es un cuento del género en que sobresale el autor; la historia de un loco perseguido, cuyo origen real conozco, lo cual me da, por cierto, un papel con nombre propio y todo, en la interesantísima narración.

«Los perseguidos» sorprende por la modernidad de sus propuestas narrativas, así como por las formas de construcción. A partir de este relato, como ya apuntáramos, el absorbente magisterio de Poe va cediendo paso a otras lecturas, a otras resonancias, pero sobre todo a sus búsquedas y estilo personales. (Sobre la presencia del escritor norteamericano en Quiroga, pueden leerse nuestras Noticias Preliminares a *Los arrecifes de coral* y, en especial, a *El crimen del otro*.)

Dos aspectos se entrecruzan inevitablemente en esta nouvelle, uno anecdótico y textual (la presencia de Lugones, también personaje del relato), y otro estrictamente literario (el discurso y las nuevas lecturas del autor).

En cuanto a la relación con Leopoldo Lugones, ya esbozada en la «Noticia preliminar» a *Los arrecifes de coral*, y aludida en la que precede a *El crimen del otro*, sólo cabe agregar que, aunque el vínculo es mentado en numerosas cartas (hay 16 menciones en la correspondencia édita, que es la casi totalidad de la que se conoce), no existe referencia alguna a este relato. En relación con lo estrictamente literario conviene destacar que, tanto el ambiente como la

883

concepción de los actantes, difieren notoriamente con los relatos anteriores. El primero se inserta en una atmósfera totalmente urbana, con sitios y lugares de un Buenos Aires tangible. Los personajes se movilizan de un lado al otro en el espacio, y aunque la narración está escrita en primera persona, el relator toma la suficiente distancia como para plantear una historia «objetiva».

El discurso brota con fluidez; los diálogos, articulados sin morosidades, constituyen vehículos pertinentes para desarrollar una acción sin retardos, al tiempo que resuelven el difícil problema de la paranoia, la manía persecutoria de Díaz Vélez.

Cuando el perseguido, promediando el cuento, pasa a ser el narrador-protagonista, para Rodríquez Monegal se reconocen «algunos toques que recuerdan "El corazón delator" de Poe» (en: *El desterrado. Vida y obra de Horacio Quiroga*, Buenos Aires: Losada, 1968, p. 113).

Sin embargo, y pese a esos innegables toques, «Los perseguidos» parece tener una deuda mayor con Dostoievski. Refuerzan esta impresión los numerosos comentarios sobre el narrador ruso que se pueden leer en las cartas que corresponden al período de su escritura:

> «Acabo de leer estos días "Humillados y ofendidos", "Los hermanos Karamazov" y "El idiota", todo de Dostoievski. Hoy por hoy es este ruso lo más grande, el escritor más *profundo* que haya leído.» (A José María Fernández Saldaña, diciembre 26, 1904. En: *Cartas inéditas de Horacio Quiroga*, tomo II, Montevideo: INIAL, 1959. Prólogo de Mercedes Ramírez de Rossiello, notas de Roberto Ibáñez, p. 78.)
>
> «Me entero de tus preferencias literarias. Diré que me admira te haya agradado "La casa de los muertos" pues es lo malo que tiene Dostoievski. Creo que en mi anterior me referí a "El jugador" también de Maucci. "L'idiot", "Les possédés" y "Crime et Chatiment" (*sic*)» (*ibidem*, enero 29, 1905, p. 89).
>
> «Yo hube también menester de una segunda lectura de "Les possédés", necesaria hasta entrar de lleno en el ruso. Yo no prefiero ésta a "L'Idiot", ni "L'Idiot", a aquélla. Creo que esta última es más novela, más llevada y estricta, y en Les possédés hay más caracteres. Fuera de Aglaé, no hay un carácter principal verdaderamente acabado, sin comparación con Stavroguine, Kiriloff, Stefan y Chatoff. En Cambio, como creo te escribí a Europa, no conozco escena más grande que la final de l'Idiot. Cada cual en lo suyo» (*ibidem*, junio 23, 26 y 29 de 1905, p. 99).

La influencia de Dostoievski y, en particular, la sugestión que emana de «Los poseídos», es tan grande, que se infiltra de la obra a la vida, de la ficción a la realidad.

Su primera hija se llamó Eglé y, cuando acaba de romper con su segunda esposa, (María E. Bravo), escribe a Martínez Estrada:

> «¡Y pensar que nos hemos querido bárbaramente! En "Les Possédés" de Dostoievski, una mujer se niega a unirse a un hombre como Ud. y como yo. "Viviría a tu lado —dice— aterrorizada en la contemplación de una monstruosa araña" (en: *Cartas inéditas de Horacio Quiroga*, tomo I, Montevideo: INIAL. Prólogo y notas de Arturo S. Visca, p. 107).

Finalmente, cuando el amigo emprende su lectura del gran narrador ruso —tal vez incitado por la referencia anterior—, se lo comunica a Quiroga, que le escribe entusiasta:

> «Bien por su Dostoievski. Sabe Ud. que es uno de mis dioses. El hombre que ha visto con más profundidad los subsuelos del alma. Descuello en toda su obra a "El idiota" y "Los Poseídos" (Besi (*sic*). Releí no hace mucho la primera de estas novelas y "Crimen y Castigo", con deseo de confrontar mis impresiones dispares sobre ambos libros. Como en mi primera juventud (creo haber sido el primero, tal vez en Sud América, que se empapó en Dostoievski). En "Historia de un amor turbio" se nota fuertemente su influencia» (*ibidem*, agosto 19, 1936, p. 133).

LOS PERSEGUIDOS

Una noche que estaba en casa de Lugones, la lluvia arreció de tal modo que nos levantamos a mirar a través de los vidrios. El pampero silbaba en los hilos, sacudía el agua que empañaba en rachas convulsivas la luz roja de los faroles. Después de seis días de temporal, esa tarde el cielo había despejado al sur en un límpido azul de frío. Y he aquí que la lluvia volvía a prometernos otra semana de mal tiempo.

Lugones tenía estufa, lo que halagaba suficientemente mi flaqueza invernal. Volvimos a sentarnos prosiguiendo una charla amena, como es la que se establece sobre las personas locas. Días anteriores aquél había visitado un manicomio; y las bizarrías de su gente, añadidas a las que yo por mi parte había observado alguna vez, ofrecían materia de sobra para un confortante vis a vis de hombres cuerdos.

Dada, pues, la noche, nos sorprendimos bastante cuando la campanilla de la calle sonó. Momentos después entraba Lucas Díaz Vélez.

Este individuo ha tenido una influencia bastante nefasta sobre una época de mi vida, y esa noche lo conocí. Según costumbre, Lugones nos presentó por el apellido únicamente, de modo que hasta algún tiempo después ignoré su nombre.

Díaz era entonces mucho más delgado que ahora. Su ropa negra, color trigueño mate, cara afilada y grandes ojos negros, daban a su tipo un aire no común. Los ojos, sobre todo, de fijeza atónita y brillo arsenical, llamaban fuertemente la atención. Peinábase en esa época al medio y su pelo lacio, perfectamente aplastado, parecía un casco luciente.

En los primeros momentos Vélez habló poco. Cruzóse de piernas, respondiendo lo justamente preciso. En un instante en que me volví a Lugones, alcancé a ver que aquél me observaba. Sin duda en otro hubiera hallado muy natural ese examen tras una presentación; pero la inmóvil atención con que lo hacía, me chocó.

Pronto dejamos de hablar. Nuestra situación no fue muy grata, sobre todo para Vélez, pues debía suponer que antes de que él llegara, nosotros no practicaríamos ese terrible mutismo. Él mismo rompió el silencio. Habló a Lugones de ciertas chancacas que un amigo le había enviado de Salta, y cuya muestra hubo de traer esa noche. Parecía tratarse de una variedad repleta de agrado en sí, y como Lugones se mostrara suficientemente inclinado a comprobarlo, Díaz Vélez prometióle enviar modos para ello.

Roto el hielo, a los diez minutos volvieron nuestros locos. Aunque sin perder una palabra de lo que oía, Díaz se mantuvo aparte del ardiente tema; no era posiblemente de su predilección. Por eso cuando Lugones salió un momento, me extrañó su inesperado interés. Contóme en un momento porción de anécdotas —las mejillas animadas y la boca precisa de convicción. Tenía por cierto a esas cosas mucho más amor del que yo le había supuesto, y su última historia, contada con honda viveza, me hizo ver entendía a los locos con una sutileza no común en el mundo.

Se trataba de un muchacho provinciano que al salir del marasmo de una tifoidea halló las calles pobladas de enemigos. Pasó dos meses de persecución, llevando así a cabo no pocos disparates. Como era muchacho de cierta inteligencia, comentaba él mismo su caso con una sutileza tal que era imposible saber qué pensar, oyéndolo. Daba la más perfecta idea de farsa; y esta era la opinión general al oírlo argumentar picarescamente sobre su caso —todo esto con la vanidad característica de los locos.

Pasó de este modo tres meses pavoneando sus agudezas sicológicas, hasta que un día se mojó la cabeza en el agua fresca de la cordura y modestia en las propias ideas.

—Ahora está bien —concluyó Vélez— pero le han quedado algunas cosas bien típicas: Hace una semana, por ejemplo, lo hallé en una farmacia; estaba recostado de espaldas en el mostrador, esperando no sé qué. Pusímonos a charlar. De pronto un individuo entró sin que lo viéramos, y como no había ningún dependiente llamó con los dedos en el mostrador. Bruscamente mi amigo se volvió al intruso con una instantaneidad verdaderamente animal, mirándolo fijamente en los ojos. Cualquiera se hubiera también dado vuelta, pero no con esa rapidez de hombre que está siempre sobre aviso. Aunque no perseguido ya, ha guardado sin que él se dé cuenta un fondo de miedo que explota a la menor idea de brusca sorpresa. Después de mirar un rato sin mover un músculo, pestañea, y aparta los ojos distraído. Parece que hubiera conservado un oscuro recuerdo de algo terrible que le pasó en otro tiempo y contra lo que no quiere más estar desprevenido. Supóngase ahora el efecto que le hará una súbita cogida del brazo, en la calle. Creo que no se le irá munca.

—Indudablemente el detalle es típico —apoyé. —¿Y las sicologías, desaparecieron también?

Cosa extraña: Díaz se puso serio y me lanzó una fría mirada hostil.

—¿Se puede saber por qué me lo pregunta?

—¡Porque hablábamos justamente de eso! —le respondí sorprendido. Mas seguramente el hombre había visto toda su ridiculez porque se disculpó en seguida efusivamente:

—Perdóneme. No sé qué cosa rara me pasó. A veces he sentido así, como una fuga inesperada de cabeza. Cosas de loco —agregó riéndose y jugando con la regla.

—Completamente de loco —bromeé.

—¡Y tanto! Sólo por ventura me queda un resto de razón. Y ahora que recuerdo, aunque le pedí perdón —y le pido de nuevo— no he respondido aún a su pregunta. Mi amigo no sicologa más. Como ahora es íntimamente cuerdo no siente como antes la perversidad de denunciar su propia locura, forzando esa terrible espada de dos filos que se llama raciocinio... verdad? Es bien claro.

—No mucho —me permití dudar.

—Es posible —se rió en definitiva. —Otra cosa muy de loco. —Me hizo una guiñada, y se apartó sonriente de la mesa, sacudiendo la cabeza como quien calla así muchas cosas que podrían decirse.

Lugones volvió y dejamos nuestro tema —ya agotado, por otro lado. Durante el resto de la visita Díaz habló poco, aunque se notaba claro la nerviosidad que le producía a él mismo su huraña. Al fin se fue. Posiblemente trató de hacerme perder toda mala impresión con su afectuosísima despedida, ofreciéndome su apellido y su casa con un sostenido apretón de manos lleno de cariño. Lugones bajó con él, porque su escalera ya oscura no despertaba fuertes deseos de arriesgarse solo en su perpendicularidad.

—¿Qué diablo de individuo es ése? —le pregunté cuando volvió. Lugones se encogió de hombros.

—Es un individuo terrible. No sé cómo esta noche ha hablado diez palabras con usted. Suele pasar una hora entera sin hablar por su cuenta, y ya supondrá la gracia que me hace cuando viene así. Por otro lado, viene poco. Es muy inteligente en sus buenos momentos. Ya lo habrá notado porque oí que conversaban.

—Sí, me contaba un caso curioso.

—¿De qué?

—De un amigo perseguido. Entiende como un demonio de locuras.

—Ya lo creo, como que él también es perseguido.

Apenas oí esto, un relámpago de lógica explicativa iluminó lo oscuro que sentía en el otro. ¡Indudablemente...! Recordé sobre todo su aire fosco cuando le pregunté si no sicologaba más... El buen loco había creído que yo lo adivinaba y me insinuaba en su fuero interno...

—¡Claro! —me reí—. ¡Ahora me doy cuenta! Pero es endiabladamente sutil su Díaz Vélez!

—Y le conté el lazo que me había tendido para divertirse a mis expensas: la ficción de un amigo perseguido, sus comentarios. Pero apenas en el comienzo, Lugones me cortó:

—No hay tal; eso ha pasado efectivamente. Sólo que el amigo es él mismo. Le ha dicho en un todo la verdad; tuvo una tifoidea, quedó mal, curó hasta por ahí, y ya ve que es bastante problemática su cordura. También es muy posible que lo del mostrador sea verdad, pero pasado a él mismo. Interesante el individuo, ¿eh?

—¡De sobra! —le respondí, mientras jugaba con el cenicero.

* * *

Salí tarde. El tiempo se componía al fin, y sin que el cielo se viera el pecho libre lo sentía más alto. No llovía más. El viento fuerte y seco rizaba el agua de las veredas y obligaba a inclinar el busto en las bocacalles. Llegué a Santa Fe y esperé un rato el tramway, sacudiendo los pies. Aburrido decidíme a caminar; apresuré el paso, encerré estrictamente las manos en los bolsillos y entonces pensé bien en Díaz Vélez.

Lo que más recordaba de él era la mirada con que me observó al principio. No se la podía llamar inteligente, reservando esta cualidad a las que buscan en la mirada nueva, correspondencia —pequeña o grande— a la personal cultura —y habituales en las personas de cierta elevación. En estas miradas hay siempre un cambio de espíritus, —profundizar hasta donde llega la persona que se acaba de conocer, pero entregando francamente al examen extranjero parte de la propia alma.

Díaz no me miraba así; me miraba *a mí* únicamente. No pensaba qué era ni qué podía ser yo, ni había en su mirada el más remoto destello de curiosidad sicológica. Me observaba, nada más, como se observa sin pestañear la actitud equívoca de un felino.

Después de lo que me contara Lugones, no me extrañaba ya esa objetividad de mirada de loco. En pos de su examen, satisfecho seguramente se había reído de mí con el espantapájaros de su propia locura. Pero su afán de delatarse a escondidas tenía menos por objeto burlarse de mí que divertirse a sí mismo. Yo era simplemente un pretexto para el razonamiento y sobre todo un punto de confrontación: cuanto más admirase yo la endemoniada perversidad del loco que me describía, tantos más rápidos debían ser sus fruitivos restregones de manos. Faltó para su dicha completa que yo le hubiera dicho: —«¿Pero no teme su amigo que lo descubran al delatarse así?» No se me ocurrió, y en particular porque el amigo aquél no me interesaba mayormente. Ahora que sabía yo en realidad quien era el perseguido, me prometía provocarle esa felicidad violenta —y esto es lo que iba pensando mientras caminaba.

Pasaron sin embargo quince días sin que volviera a verlo. Supe por Lugones que había estado en su casa, llevándole las confituras —buen regalo para él.

—Me trajo también algunas para Vd. Como no sabía dónde vive —creo que usted no le dio su dirección— las dejó en casa. Vaya por allá.

—Un día de éstos. ¿Está acá todavía?

—¿Díaz Vélez?

—Sí.

—Sí, supongo que sí; no me ha hablado una palabra de irse.

En la primera noche de lluvia fui a lo de Lugones, seguro de hallar al otro. Por más que yo comprendiera como nadie que esa lógica de pensar encontrarlo *justamente* en una noche de lluvia era propia de perro o loco, la sugestión de las coincidencias absurdas regirá siempre los casos en que el razonamiento no sabe ya qué hacer.

Lugones se rió de mi empeño en ver a Díaz Vélez.

—¡Tenga cuidado! Los perseguidos comienzan adorando a sus futuras víctimas. Él se acordó muy bien, de usted.

—No es nada. Cuando lo vea me va a tocar a mí divertirme.

Esa noche salí muy tarde.

* * *

Pero no hallaba a Díaz Vélez. Hasta que un medio día, en el momento en que iba a cruzar la calle, lo vi en Artes. Caminaba hacia el norte, mirando de paso todas las vidrieras, sin dejar pasar una, como quien va pensando preocupado en una cosa. Cuando lo distinguí ya había sacado yo el pie de la vereda. Quise contenerme pero no pude y descendí a la calle, casi con un traspié. Me di vuelta y miré el borde de la vereda, aunque estaba bien seguro de que no había nada. Un coche de plaza guiado por un negro con saco de lustrina pasó tan cerca de mí que el cubo de la rueda trasera me engrasó el pantalón. Detúveme de nuevo, seguí con los ojos las patas de los caballos, hasta que un automóvil me obligó a saltar.

Todo esto duró diez segundos, mientras Díaz continuaba alejándose, y tuve que forzar el paso. Cuando lo sentí a mi certísimo alcance, todas mis inquietudes se fueron para dar lugar a una gran satisfacción de mí mismo. Sentíame en hondo equilibrio. Tenía todos los nervios conscientes y tenaces. Cerraba y abria los dedos en toda extensión, feliz. Cuatro a cinco veces en un minuto llevé la mano al reloj, no acordándome de que se me había roto.

* * *

Díaz Vélez continuaba caminando y pronto estuve a dos pasos detrás de él. Uno más y lo *podía* tocar. Pero al verlo así, sin darse ni remotamente cuenta de mi inmediación, a pesar de su delirio de persecución y sicologías, regulé mi paso exactamente con el suyo. ¡Perseguido! ¡Muy bien!... Me fijaba detalladamente en su cabeza, sus codos, sus puños un poco de fuera, las arrugas transversales del pantalón en las corvas, los tacos ocultos y visibles sucesivamente. Tenía le sensación vertiginosa de que antes, millones de años antes, yo había hecho ya eso: encontrar a Díaz Vélez en la calle, seguirlo, alcanzarlo —y una vez esto seguir detrás de él— *detrás*. Irradiaba de mí la satisfacción de diez vidas enteras que no hubieran podido nunca realizar su deseo. ¿Para qué tocarlo? De pronto se me ocurrió que podría darse vuelta, y la angustia me apretó instantáneamente la garganta. Pensé que con la laringe así oprimida no se puede gritar, y mi miedo único, espantablemente único fue no poder gritar cuando se volviera, como si el fin de mi existencia debiera haber sido avanzar precipitadamente sobre él, abrirle las mandíbulas y gritarle desaforadamente en plena boca —contándole de paso todas las muelas.

Tuve un momento de angustia tal que me olvidé de ser él todo lo que veía: los brazos de Díaz Vélez, las piernas de Díaz Vélez, los pelos de Díaz Vélez, la cinta del sombrero de Díaz Vélez, la trama de la cinta del sombrero de Díaz Vélez, la urdimbre de la urdimbre de Díaz Vélez, de Díaz Vélez, de Díaz Vélez...

Esta seguridad de que a pesar de mi terror no me había olvidado un momento de él, serenóme del todo.

Un momento después tuve loca tentación de tocarlo sin que él sintiera, y en seguida, lleno de la más grande felicidad que puede caber en un acto que es creación intrínseca de uno mismo, le toqué el saco con exquisita suavidad, justamente en el borde inferior —ni más ni menos. Lo toqué y hundí en el bolsillo el puño cerrado.

Estoy seguro que más de diez personas me vieron. Me fijé en tres: Una pasaba por la vereda de enfrente en dirección contraria, y continuó su camino dándose vuelta a cada momento con divertida extrañeza. Llevaba una valija en la mano, que giraba de punta hacia mí cada vez que el otro se volvía.

La otra era un revisador de tramway que estaba parado en el borde de la vereda, las piernas bastante separadas. Por la expresión de su cara comprendí que antes de que yo hiciera eso ya nos había observado. No manifestó la mayor extrañeza ni cambió de postura, ni movió la cabeza —siguiéndonos, eso sí con los ojos. Supuse que era un viejo empleado que había aprendido a ver únicamente lo que le convenía.

El otro sujeto era un individuo grueso, de magnífico porte, barba catalana y lentes de oro. Debía de haber sido comerciante en España. El hombre pasaba en ese instante a nuestro lado y me vio hacer. Tuve la seguridad de que se había detenido. Efectivamente, cuando llegamos a la esquina dime vuelta y lo vi inmóvil aún, mirándome con una de esas extrañezas de hombre honrado, enriquecido y burgués que obligan a echar un poco la cabeza atrás con el ceño arrugado. El individuo me encantó. Dos pasos después volví el rostro y me reí en su cara. Vi que contraía más el ceño y se erguía dignamente como si dudara de ser el aludido. Hícele un ademán de vago disparate que acabó de desorientarlo.

Seguí de nuevo, atento únicamente a Díaz Vélez. Ya habíamos pasado Cuyo, Corrientes, Lavalle, Tucumán y Viamonte. La hitoria del saco y los tres mirones había sido entre estas dos últimas. Tres minutos después llegábamos a Charcas y allí se detuvo Díaz. Miró hacia Suipacha, columbró una silueta detrás de él y se volvió de golpe. Recuerdo perfectamente este detalle: durante medio segundo detuvo la mirada en un botón de mi chaleco, una mirada rapidísima, preocupada y vaga al mismo tiempo, como quien fija de golpe la vista en cualquier cosa, a punto de acordarse de algo. En seguida me miró en los ojos.

—¡Oh, cómo le va! —me apretó la mano, soltándomela velozmente—. No había tenido el gusto de verlo después de aquella noche en lo de Lugones. ¿Venía por Artes?

—Sí, doblé en Viamonte y me apuré para alcanzarlo. También tenía deseos de verlo.

—Yo también. ¿No ha vuelto por lo de Lugones?

—Sí, y gracias por las chancacas; muy ricas.

Nos callamos, mirándonos.

—¿Cómo le va? —rompí sonriendo, expresándole en la pregunta más cariño que deseos de saber en realidad cómo se hallaba.

—Muy bien —me respondió en igual tono. Y nos sonreímos de nuevo.

Desde que comenzáramos a hablar yo había perdido los turbios centelleos de alegría de minutos anteriores. Estaba tranquilo otra vez; eso sí, lleno de ternura con Díaz Vélez. Creo que nunca he mirado a nadie con más cariño que a él en esa ocasión.

—¿Esperaba el tramway?

—Sí —afirmó mirando la hora. Al bajar la cabeza al reloj, vi rápidamente que la punta de la naríz le llegaba al borde del labio superior. Irradióme desde el corazón un ardiente cariño por Díaz.

—¿No quiere que tomemos café? Hace un sol maravilloso… Suponiendo que haya comido ya y no tenga urgencia…

—Sí, no, ninguna —contestóme con voz distraída mirado a lo lejos de la vía.

Volvimos. Posiblemente no me acompañó con decidida buena voluntad. Yo lo deseaba muchísimo más alegre y sutil —sobre todo esto último. Sin embargo mi efusiva ternura por él dio tal animación a mi voz que a las tres cuadras Díaz cambió. Hasta entonces no había hecho más que extender el bigote derecho con la mano izquierda, asintiendo sin mirarme. De ahí en adelante echó las manos atrás. Al llegar a Corrientes —no sé qué endiablada cosa le dije— se sonrió de un modo imperceptible, siguió alternativamente un rato la punta de mis zapatos y me lanzó a los ojos una fugitiva mirada de soslayo.

—Hum… ya empieza —pensé. Y mis ideas, en perfecta fila hasta ese momento, comenzaron a cambiar de posición y entrechocarse vertiginosamente. Hice un esfuerzo para rehacerme y me acordé súbitamente de un gato plomo, sentado en una silla, que yo había visto cuando tenía cinco años. ¿Por qué ese gato?… Silbé y callé de golpe. De pronto sonéme las narices y tras el pañuelo me reí sigilosamente. Como había bajado la cabeza y el pañuelo era grande, no se me veía más que los ojos. Y con ellos atisbé a Díaz Vélez, tan seguro de que no me vería que tuve la tentación fulminante de escupirme precipitadamente tres veces en la mano y soltar la carcajada, para hacer una cosa de loco.

* * *

Ya estábamos en *La Brasileña*. Nos sentamos en la diminuta mesa, uno enfrente de otro, las rodillas tocando casi. El fondo verde nilo del café daba en la cuasi penumbra una sensación de húmeda y reluciente frescura que obligada a mirar con atención las paredes por ver si estaban mojadas.

Díaz se volvió al mozo recostado de espaldas y el paño en las manos cruzadas, y adoptó en definitiva una postura cómoda.

Pasamos un rato sin hablar, pero las moscas de la excitación me corrían sin cesar por el cerebro. Aunque estaba serio, a cada instante cruzábame por la boca una sonrisa convulsiva. Mordíame los labios esforzándome —como cuando estamos sentados— en tomar una expresión natural que rompía en seguida el tic desbordante. Todas mis ideas se precipitaban super-poniéndose unas sobre otras con velocidad inaudita y terrible expansión rectilínea: cada una era un impulso incontenible de provocar situaciones ridículas y sobre todo inesperadas; ganas locas de ir hasta el fin de cada una, cortarla de repente, seguir esta otra, hundir los dos dedos rectos en los dos ojos separados de Díaz Vélez, dar porque sí un grito enorme tirándome el pelo, y todo por hacer algo absurdo —y en especial a Díaz Vélez. Dos o tres veces lo miré fugazmente y bajé la vista. Debía de tener la cara encendida porque la sentía ardiendo.

Todo esto pasaba mientras el mozo acudía con su máquina, servía el café y se iba, no sin antes echar a la calle una mirada distraída. Díaz continuaba desganado, lo que me hacía creer que cuando lo detuve en Charcas pensaba en cosa muy distinta de acompañar a un loco como yo...

¡Eso es! Acababa de dar en la causa de mi desasosiego. Díaz Vélez, loco maldito y perseguido, sabía perfectamente que lo que yo estaba haciendo era obra suya. «Estoy seguro de que mi amigo —se habrá dicho— va a tener la pueril idea de querer espantarme cuando nos veamos. Si me llega a encontrar fingirá impulsos, sicologías, persecuciones; me seguirá por la calle haciendo muecas, me llevará después a cualquier parte, a tomar café...»

—¡Se equivoca com-ple-ta-men-te!—le dije, poniendo los codos sobre la mesa y la cara entre las manos. Lo miraba sonriendo, sin duda, pero sin apartar mis pupilas de las suyas.

Díaz me miró sorprendido de verme salir con esa frase inesperada.

—¿Qué cosa?

—Nada, esto no más: ¡se equivoca com-ple-ta-men-te!

—¡Pero a qué diablos se refiere! Es posible que me equivoque, pero no sé... ¡Es muy posible que me equivoque, no hay duda!

—No se trata de que haya duda o que no sepa; lo que le digo es esto, y voy a repetirlo claro para que se dé bien cuenta: ¡se e-qui-voca com-ple-ta-mente!

Esta vez Díaz me miró con atenta y jovial atención y se echó a reír, apartando la vista.

—¡Bueno, convengamos!

—Hace bien en convenir porque es así —insistí, siempre la cara entre las manos.

—Creo lo mismo —se rió de nuevo.

Pero yo estaba seguro de que el maldito individuo sabía muy bien qué le quería decir con eso. Cuando más fijaba la vista en él, más se entrechocaban hasta el vértigo mis ideas.

—Dí-az-Vé-lez... —articulé lentamente, sin arrancar un instante mis ojos de sus pupilas. Díaz no se volvió a mí, comprendiendo que no le llamaba.

—Dí-az-Vé-lez —repetí con la misma imprecisión extraña a toda curiosidad, como si una tercera persona invisible y sentada con nosotros hubiera intervenido así.

Díaz pareció no haber oído, pensativo. Y de pronto se volvió francamente; las manos le temblaban un poco.

—Vea —me dijo con decidida sonrisa—. Sería bueno que suspendiéramos por hoy nuestra entrevista. Usted está mal y yo voy a concluir por ponerme como usted. Pero antes es útil que hablemos claramente, porque si no no nos entenderemos nunca. En dos palabras: usted y Lugones y todos me creen perseguido. ¿Es cierto o no?

Seguía mirándome en los ojos, sin abandonar su sonrisa de amigo franco que quiere dilucidar para siempre malentendidos. Yo había esperado muchas cosas, menos ese valor. Díaz me echaba, con eso sólo, todo su juego descubierto sobre la mesa, frente a frente, sin perdernos un gesto. Sabía que yo *sabía* que quería jugar conmigo otra vez, como la primera noche en lo de Lugones y, sin embargo, se arriesgaba a provocarme.

De golpe me serené: ya no se trataba de dejar correr las moscas subrepticiamente por el propio cerebro por ver qué harían, sino de acallar el enjambre personal para oír atentamente el zumbido de las moscas ajenas.

—Tal vez —le respondí de un modo vago cuando concluyó.

—Usted creía que yo era perseguido, ¿no es cierto?

—Creía.

—¿Y que cierta historia de un amigo loco que le conté en lo de Lugones, era para burlarme de usted?

—Sí.

—Perdóneme que siga. ¿Lugones le dijo algo de mí?

—Me dijo.

—¿Que era perseguido?

—Sí.

—Y usted cree mucho más que antes que soy perseguido, ¿verdad?

—Exactamente.

Los dos nos echamos a reír, apartando al mismo tiempo la vista. Díaz llevó la taza a la boca, pero a medio camino notó que estaba ya vacía y la dejó. Tenía los ojos más brillantes que de costumbre y fuertes ojeras —no de hombre, sino difusas y moradas de mujer.

—Bueno, bueno —sacudió la cabeza cordialmente—. Es difícil que no crea eso. Es posible, tan posible como esto que le voy a decir, óigame bien: Yo puedo o no ser perseguido; pero lo que es indudable es que el empeño suyo en hacerme ver que usted también lo es, tendrá por consecuencia que usted, en su afán de *estudiarme*, acabará por convertirme en perseguido real, y yo entonces me ocuparé en hacerle muecas cuando no me vea, como usted ha hecho conmigo seis cuadras seguidas, hace media hora... y esto también es cierto. Y también esto otro: los dos nos vemos bien; usted sabe que yo —perseguido real e *inteligente*— soy capaz de fingir una maravillosa normalidad; y yo sé que usted —perseguido larvado— es capaz de simular perfectos miedos. ¿Acierto?

—Sí, es posible haya algo de eso.

—¿Algo? No, todo.

Volvimos a reírnos, apartando enseguida la vista. Puso los dos codos sobre la mesa y la cara entre las manos, como yo un rato antes.

—¿Y si yo efectivamente creyera que usted me persigue?

Vi sus ojos de arsénico fijos en los míos. Entre muestras dos miradas no había nada, nada más que esa pregunta perversa que lo vendía en un desmayo de su astucia. ¿Pensó él preguntarme eso? No: pero su delirio estaba sobrado avanzado para no sufrir esa tentación. Se sonreía, con su pregunta sutil; pero el loco, el loco verdadero se le había escapado y yo lo veía en sus ojos, atisbándome.

Me encogí desenfadadamente de hombros y como quien extiende al azar la mano sobre la mesa cuando va a cambiar de postura cogí disimuladamente la azucarera. Apenas lo hice, tuve vergüenza y la dejé. Díaz vio todo sin bajar los ojos.

—Sin embargo, tuvo miedo —se sonrió.

—No —le respondí alegremente, acercando más la silla. Fue una farsa, como la que podía hacer cualquier amigo mío con el cual nos viéramos *claro*.

Yo sabía bien que él no hacía farsa alguna, y que a través de sus ojos inteligentes desarrollando su juego sutil, el loco asesino continuaba agazapado, como un animal sombrío y recogido que envía a la descubierta a los cachorros de la disimulación. Poco a poco la bestia se fue retrayendo y en sus ojos comenzó a brillar la ágil cordura. Tornó a ser dueño de sí, apartóse bien el pelo luciente y se rió por última vez levantándose.

Ya eran las dos. Caminamos hasta Charcas hablando de todo, en un común y tácito acuerdo de entretener la conversación con cosas bien naturales, a modo del diálogo cortado y distraído que sostiene en el tramway un matrimonio.

Como siempre en esos casos, una vez detenidos ninguno habló nada durante dos segundos, y también como siempre lo primero que se dijo nada tenía que ver con nuestra despedida.

—Malo, el asfalto —insinué con un avance del menton.

—Sí, jamás está bien —respondió en igual tono—. ¿Hasta cuando?

—Pronto. ¿No va a lo de Lugones?

—Quién sabe... Dígame: ¿dónde diablos vive Vd.? No me acuerdo. Dile la dirección.

—¿Piensa ir?

—Cualquier día...

Al apretarnos la mano, no pudimos menos de mirarnos en los ojos y nos echamos a reír al mismo tiempo, por centésima vez en dos horas.

—Adiós, hasta siempre.

A los pocos metros pisé con fuerza dos o tres pasos seguidos y volví la cabeza; Díaz se había vuelto también. Cambiamos un último saludo, él con la mano izquierda, yo con la derecha, y apuramos el paso al mismo tiempo.

¡Loco, maldito loco! Tenía clavada en los ojos su mirada en el café: ¡yo había visto bien, había visto tras el farsante que me arguía al loco bruto y desconfiado! ¡Y me había visto detrás de él por las vidrieras! Sentía otra vez ansia profunda de provocardo, hacerle ver claro que él comenzaba ya, que desconfiaba de mí, que cualquier día iba a querer hacerme esto...

* * *

Estaba solo en mi cuarto. Era tarde ya y la casa dormía: no se sentía en ella el menor ruido. Esta sensación de aislamiento fue tan nítida que inconscientemente levanté la vista y miré a los costados. El gas incandescente iluminaba en fría paz las paredes. Miré al pico y constaté que no sufría las leves explosiones de costumbre. Todo estaba en pleno silencio.

Sabido es que basta repetirse en voz alta cinco o siete veces una palabra para perderle todo sentido y verla convertida en un vocablo nuevo y absolutamente incomprensible. Eso me pasó. Yo estaba solo, solo, solo... ¿Qué quiere decir *solo*? Y al levantar los ojos a la pieza vi un hombre asomado apenas a la puerta, que me miraba.

Dejé un instante de respirar. Yo conocía eso ya, y sabía que tras ese comienzo no esta lejos el erizamiento del pelo. Bajé la vista, prosiguiendo mi carta, pero vi de reojo que el hombre acababa de asomarse otra vez. No era nada, lo sabía bien. Pero no pude contenerme y miré bruscamente. Había mirado: luego estaba perdido.

Y todo era obra de Díaz; me había sobreexcitado con sus estúpidas persecuciones y lo estaba pagando. Simulé olvidarme y continué escribiendo: pero el hombre estaba allí. Desde ese instante, del silencio alumbrado, de todo el espacio que quedaba tras mis espaldas, surgió la aniquilante angustia del hombre que en una casa sola no se siente solo. Y no era esto únicamente: parados detrás de mí había seres. Mi carta seguía y los ojos continuaban asomados apenas en la puerta y los seres me tocaban casi. Poco a poco el hondo pavor que trataba de contener me erizó el pelo, y levantándome con toda la naturalidad de que se es capaz en estos casos, fui a la puerta y la abrí de par en par. Pero yo sé a costa de qué esfuerzo pude hacerlo sin apresurarme.

No pretendí volver a escribir. ¡Díaz Vélez! No había otro motivo para que mis nervios estuvieran así. Pero estaba también completamente seguro de que una por una, dos por dos me iba a pagar todas las gracias de esa tarde.

La puerta de la calle estaba abierta aún y oí la animación de la gente que salía del teatro. Habría ido a alguno —pensé—. Y como debe tomar el tramway de Charcas, es posible pase por aquí… Y si se le ocurre fastidiarme con sus farsas ridículas, simulando sentirse ya perseguido y sabiendo que yo voy a creer justamente que comienza a estarlo…

Golpearon a la puerta.

¡Él! Di un salto adentro y de un soplo apagué la lámpara. Quedéme quieto, conteniendo la respiración. Esperaba con la angustia a flor de epidermis un segundo golpe.

Llamaron de nuevo. Y luego, al rato, sus pasos avanzaron por el patio. Se detuvieron en mi puerta y el intruso quedó inmóvil ante la oscuridad. No había nadie, eso no tenía duda. Y de pronto me llamó. ¡Maldito sea! ¡Sabía que yo lo oía, que había apagado la luz al sentirlo y que estaba junto a la mesa sin moverme! ¡Sabía que yo estaba pensando *justamente* esto y que esperaba, esperaba como una pesadilla oírme llamar de nuevo!

Y me llamó por segunda vez. Y luego, después de una pausa larga:

—¡Horacio!

¡Maldición!… ¿Qué tenía que ver mi nombre con esto? ¿Con qué derecho me llamaba por el nombre, él que a pesar de su infamia torturante no entraba porque tenía miedo! «Sabe que yo lo pienso en este momento, está convencido de ello, pero ya tiene el delirio y no va a entrar!»

Y no entró. Quedó un instante más sin moverse del umbral y se volvió al zaguán. Rápidamente dejé la mesa, acerquéme en puntas de pie a la puerta y asomé la cabeza. «Sabe que voy a hacer esto.» Siguió sin embargo con paso tranquilo y desapareció.

A raíz de lo que acababa de pasar, aprecié en todo su valor el esfuerzo sobrehumano que suponía en el perseguido no haberse dado vuelta, sabiendo que tras sus espaldas yo lo devoraba con los ojos.

* * *

Una semana más tarde recibía esta carta:

Mi estimado X

Hace cuatro días que no salgo, con un fuerte resfrío. Si no teme el contagio, me daría un gran gusto viniendo a charlar un rato conmigo.
Suyo affmo.

                                                              L. Díaz Vélez

P. D.— Si ve a Lugones, dígale que me han mandado algo que le va a interesar mucho.

La carta llegóme a las dos de la tarde. Como hacía frío y pensaba salir a caminar, fui con rápido paso a lo de Lugones.

—¿Qué hace a estas horas? —me preguntó. En esa época lo veía muy poco de tarde.

—Nada. Díaz Vélez le manda recuerdos.

—¿Todavía usted con su Díaz Vélez? —se rió.

—Todavía. Acabo de recibir una tarjeta suya. Parece que hace ya cuatro días que no sale.

Para nosotros fue evidente que ese era el principio del fin, y en cinco minutos de especulación a su respecto hicímosle hacer a Díaz un millón de cosas absurdas. Pero como yo no había contado a Lugones mi agitado día con aquél, pronto estuvo agotado el interés y me fui.

Por el mismo motivo, Lugones no comprendió poco ni mucho mi visita de esa tarde. Ir hasta su casa expresamente a comunicarle que Díaz le ofrecía más chancacas, era impensable; mas como yo me había ido en seguida, el hombre debió pensar cualquier cosa menos lo que había en realidad dentro de todo eso.

A las ocho golpeaba. Di mi nombre a la sirvienta y momentos después aparecía una señora vieja de evidente sencillez provinciana —cabello liso y bata negra con interminable fila de botones forrados.

—¿Desea ver a Lucas? —me preguntó observándome con desconfianza.

—Sí, señora.

—Está un poco enfermo: no sé si podrá recibirlo.

Objetéle que, no obstante, había recibido una tarjeta suya. La vieja dama me observó otra vez.

—Tenga la bondad de esperar un momento.

Volvió y me condujo a mi amigo. Díaz estaba en cama sentado y con saco sobre la camiseta. Me presentó a la señora y ésta a mí.

—Mi tía.

Cuando se retiró:

—Creí que vivía solo —le dije.

—Antes, sí; pero desde hace dos meses vivo con ella. Arrime el sillón.

Ahora bien, desde que lo vi confirméme en lo que ya habíamos previsto con el otro: no tenía absolutamente ningún resfrío.

—¿Bronquitis?...

—Sí, cualquier cosa de esas...

Observé rápidamente en torno. La pieza se parecía a todas como un cuarto blanqueado a otro. También él tenía gas incandescente. Miré con curiosidad el pico, pero el suyo silbaba, siendo así que el mío explotaba. Por lo demás, bello silencio en la casa.

Cuando bajé los ojos a él, me miraba. Hacía seguramente cinco segundos que me estaba mirando. Detuve inmóvil mi vista en la suya y desde la raíz de la médula me subió un tentacular escalofrío: ¡Pero ya estaba loco! ¡El perseguido vivía ya por su cuenta a flor de ojo! En su mirada no había nada, nada fuera de su fijeza asesina.

—Va a saltar —me dije angustiado. Pero la obstinación cesó de pronto, y tras una rápida ojeada al techo, Díaz recobró su expresión habitual. Miróme sonriendo y bajó la vista.

—¿Por qué no me respondió la otra noche en su cuarto?

—No sé...

—¿Cree que no entré de miedo?

—Algo de eso...

—¿Pero cree que no estoy enfermo?

—No... ¿Por qué?

Levantó el brazo y lo dejó caer perezosamente sobre la colcha.

—Hace un rato yo lo miraba...

—¡Dejemos!... ¿Quiere?...

—Se me había escapado ya el loco, ¿verdad?...

—¡Dejemos, Díaz, dejemos!...

Tenía un nudo en la garganta. Cada palabra suya me hacía el efecto de un empujón más a un abismo inminente.

¡Si sigue, explota! ¡No va a poder contenerlo! Y entonces me di clara cuenta de que habíamos tenido razón: ¡Se había metido en cama de miedo! Lo miré y me estremecí violentamente: ¡Ya estaba otra vez! ¡El asesino había remontado vivo a sus ojos fijos en mí! Pero como en la vez anterior, éstos, tras nueva ojeada al techo, volvieron a la luz normal.

—Lo cierto es que hace un silencio endiablado aquí —me dijo.

Pasó un momento.

—¿A usted le gusta el silencio?

—Absolutamente.

—Es una entidad nefasta. Da en seguida la sensación de que hay cosas que están pensando demasiado en uno... Le planteo un problema.

—Veamos.

Los ojos le brillaban de perversa inteligencia como en otra ocasión.

—Esto: supóngase que usted está como yo, acostado, solo desde hace cuatro días, y que usted —es decir, yo— no he pensado en usted. Supóngase que oiga claro una voz, ni suya ni mía, una voz clara, en cualquier parte, detrás del ropero, en el techo — ahí en el techo, por ejemplo— llamándole, insultán...

No continuó; quedó con los ojos fijos en el techo, demudóse completamente de odio y gritó:

—¡Qué hay! ¡Qué hay!

En el fondo de mi sacudida recordé instantáneamente sus miradas anteriores: él oía en el techo la voz que lo insultaba, pero el que lo perseguía era yo. Quedábale aún suficiente discernimiento para no ligar las dos cosas, sin duda...

Tras su congestión, Díaz se había puesto espantosamente pálido. Arrancóse al fin al techo y permaneció un rato inmóvil, la expresión vaga y la respiración agitada.

No podía estar más allí; eché una ojeada al velador y vi el cajón entreabierto.

«En cuanto me levante —pensé con angustia— me va a matar de un tiro.» Pero a pesar de todo me puse de pie, acercándome para despedirme. Díaz, con una brusca sacudida, se volvió a mí. Durante el tiempo que empleé en llegar a su lado su respiración suspendióse y sus ojos clavados en los míos adquirieron toda la expresión de un animal acorralado que ve llegar hasta él la escopeta en mira.

—Que se mejore. Díaz...

No me atreví a extender la mano; mas la razón es cosa tan violenta como la locura y cuesta horriblemente perderla. Volvió en sí y me la dio él mismo.

—Venga mañana, hoy estoy mal.

—Yo creo...

—No, no, venga; ¡venga! —concluyó con imperativa augustia.

Salí sin ver a nadie, sintiendo, al hallarme libre y recordar el horror de aquel hombre inteligentísimo peleando con el techo, que quedaba curado para siempre de gracias sicológicas.

Al día siguiente, a las ocho de la noche, un muchacho me entregó una tarjeta:

Señor:

Lucas insiste mucho en ver a usted. Si no le fuera molesto le agradecería pasara hoy por ésta, su casa.

Lo saluda atte.

Deolinda S. de Roldán

Yo había tenido un día agitado. No podía pensar en Díaz sin verlo de nuevo gritando, en aquella horrible pérdida de toda conciencia razonable. Tenía los nervios tan tirantes que el brusco silbido de una locomotora los hubiera roto.

Fui, sin embargo; pero mientras caminaba el menor ruido me sacudía dolorosamente. Y así, cuando al doblar la esquina vi un grupo delante de la puerta de Díaz Vélez, mis piernas se aflojaron —no de miedo concreto a algo, sino de las coincidencias, a las cosas previstas, a los cataclismos de lógica.

Oí un rumor de espanto allí:

—¡Ya viene, ya viene!— Y todos se desbandaron hasta el medio de la calle. «Ya está, está loco», me dije, con angustia de lo que podía haber pasado. Corrí y en un momento estuve en la puerta.

Díaz vivía en Arenales entre Bulnes y Vidt. La casa tenía un hondo patio lleno de plantas. Como en él no había luz y sí en el zaguán, más allá de éste eran profundas tinieblas.

—¿Qué pasa? —pregunté. Varios me respondieron.

—El mozo que vive ahí está loco.

—Anda en el patio...

—Anda desnudo...

—Sale corriendo...

Ansiaba saber de su tía.

—Ahí está.

Me volví, y contra la ventana estaba llorando la pobre dama. Al verme redobló el llanto.

—¡Lucas!... ¡Se ha enloquecido!

—¿Cuándo?...

—Hace un rato... Salió corriendo de su cuarto... poco después de haberle mandado... Sentí que me hablaban.

—¡Oiga, oiga!

Del fondo negro nos llegó un lamentable alarido.

—Grita así, a cada momento...

—¡Ahí viene, ahí viene! —clamaron todos, huyendo. No tuve tiempo ni fuerzas para arracarme. Sentí una carrera precipitada y sorda, y Díaz Vélez, lívido, los ojos de fuera y completamente desnudo surgió en el zaguán, llevóme por delante, hizo una mueca en la puerta y volvió corriendo al patio.

—¡Salga de ahí, lo va a matar! —me gritaron. Hoy tiró un sillón...

Todos habían vuelto a apelotonarse en la puerta, hundiendo la mirada en las tinieblas.

—¡Oiga otra vez!

Ahora era un lamento de agonía el que llegaba de allá: —¡Agua!... ¡Agua!...

—Ha pedido agua dos veces...

Los dos agentes que acababan de llegar habían optado por apostarse a ambos lados del zaguán, hacia el fondo, y cuando Díaz se precipitara en éste, apoderarse de él. La espera fue esta vez más ansiosa aún. Pero pronto repitióse al alarido y tras él, el desbande.

—¡Ahí viene!

Díaz surgió, arrojó violentamente a la calle un jarro vacío, y un instante después estaba sujeto. Defendióse terriblemente, pero cuando se halló imposibilitado del todo, dejó de luchar, mirando a unos y otros con atónita y jadeante sorpresa. No me reconoció ni demoré más tiempo allí.

* * *

A la mañana siguiente fui a almorzar con Lugones y contéle toda la historia—serios esta vez.

—Lástima: era muy inteligente.

—Demasiado —apoyé, recordando.

Esto pasaba en junio de mil novecientos tres.

—Hagamos una cosa —me dijo aquél—. ¿Por qué no se viene a Misiones? Tendremos algo que hacer.

Fuimos y regresamos a los cuatro meses, él con toda la barba y yo con el estómago perdido.

Díaz estaba en un Instituto. Desde entonces —la crisis duró dos días— no había tenido nada. Cuando fui a visitarlo me recibió efusivamente.

—Creía no verlo más. ¿Estuvo afuera?

—Sí, un tiempo... ¿vamos bien?

—Perfectamente; espero sanar del todo antes de fin de año.

No pude menos de mirarlo.

—Sí —se sonrió—. Aunque no siento absolutamente nada, me parece prudente esperar unos cuantos meses. Y en el fondo, desde aquella noche no he tenido ninguna otra cosa.

—¿Se acuerda?...

—No, pero me lo contaron. Debería de quedar muy gracioso desnudo.

Entretuvímonos un rato más.

—Vea —me dijo seriamente— voy a pedirle un favor: Venga a verme amenudo. No sabe el fastidio que me dan estos señores con sus inocentes cuestionarios y trampas. Lo que consiguen es agriarme, suscitándome ideas de las cuales no quiero acordarme. Estoy seguro de que en una compañia un poco más inteligente me curaré del todo.

Se lo prometí honradamente. Durante dos meses volví con frecuencia, sin que acusara jamás la menor falla, y aún tocando a veces nuestras viejas cosas.

Un día hallé con él a un médico interno. Díaz me hizo una ligera guiñada y me presentó gravemente a su tutor. Charlamos bien como tres amigos juiciosos. No obstante, notaba en Díaz Vélez —con cierto placer, lo confieso— cierta endiablada ironía en todo lo que decía a su médico. Encaminó hábilmente la conversación a los pensionistas y pronto puso en tablas su propio caso.

—Pero usted es distinto —objetó aquél—. Usted está curado.

—No tanto, puesto que consideran que aún debo estar aquí.

—Simple precaución... Usted mismo comprende.

—¿De que vuelva aquello?... Pero usted no cree que será imposible, absolutamente imposible conocer nunca cuando estaré cuerdo —sin precaución, ¿como usted dice? ¡No puedo, yo creo, ser más cuerdo que ahora!

—¡Por ese lado, no! —se rió alegremente.

Díaz tornó a hacerme otra imperceptible guiñada.

—No me parece que se pueda tener mayor cordura consciente que ésta— permítame: Ustedes saben, como yo, que he sido perseguido, que una noche tuve una crisis, que estoy aquí hace seis meses, y que todo tiempo es corto para una garantía absoluta de que las cosas no retornarán. Perfectamente. Esta precaución sería sensata si yo no viera claro todo esto y no argumentara buenamente... Sé que usted recuerda en este momento las locuras lúcidas, y me compara a aquel loco de La Plata que normalmente se burlaba de una escoba a la cual creía su mujer en los malos momentos, pero que riéndose y todo de sí mismo, no apartaba de ella la vista, para que nadie la tocara... Sé también que esta perspicacia objetiva para seguir el juicio del médico mientras se cuenta el caso hermano del nuestro es cosa muy de loco... y la misma agudeza del análisis, no hace sino confirmarlo... Pero —aún en este caso—, ¿de qué manera, de qué otro modo podría defenderse un cuerdo?

—¡No hay otro, absolutamente otro! —se echó a reír el interrogado. Díaz me miró de reojo y se encogió de hombros sonriendo.

Tenía real deseo de saber qué pensaría el médico de esa extralucidez. En otra época yo la había apreciado a costa del desorden de todos mis nervios. Echéle una ojeada, pero el hombre no parecía haber sentido su influencia. Un momento después salíamos.

—¿Le parece?... —le pregunté.

—¡Hum!... creo que sí... —me respondió mirando el patio de costado. Volvió bruscamente la cabeza.

—¡Vea, vea! —me dijo apretándome el brazo.

Díaz, pálido, los ojos dilatados de terror y odio, se acercaba cautelosamente a la puerta, como seguramente lo había hecho siempre— *mirándome*.

—¡Ah! ¡bandido! —me gritó levantando la mano—. ¡Hace ya dos meses que te veo venir!...

CUENTOS NO RECOPILADOS EN LIBRO
(1899-1935)

NOTICIA PRELIMINAR

Algo más de un tercio de los cuentos publicados en revistas en toda la trayectoria de H. Quiroga como narrador (1899-1935), setenta relatos exactos, nunca ingresaron en el libro. Si a esto se le suma la dificultad de clasificación de otros (como varios de los que incluimos en la segunda sección del Dossier), el problema crece en complejidad y la numeración se torna dificultosa.

En el final, cuando ya había decidido no escribir más cuentos (circunstancias que expusimos y comentamos en la «Noticia preliminar» a *Más allá*), el autor hace su balance:

> Al recorrer mi archivo literario, a propósito de MAS ALLA, anoté *ciento ocho historias editadas* (subrayado de ed.), y *setenta y dos que quedaron rezagadas* (*ibidem*). La suma de ciento setenta cuentos, lo que es una enormidad para un hombre solo. Incluya Ud. algo como el doble de artículos más o menos literarios, y convendrá Ud. en que tengo mi derecho a resistirme a escribir más. Si en dicha cantidad de páginas no dije lo que quería, no es tiempo ya de decirlo. (A César Tiempo, desde San Ignacio, julio 17, 1934, *ibidem*, p. 30.)

Debemos interpretar «rezagadas» como sinónimo de no incorporadas a libro alguno —arqueo que no sería aritméticamente fiel, mientras que de acuerdo a las pautas filológicas y criterios que rigen esta edición, son un centenar exacto los publicados en libro. El cálculo puede desestabilizarse ante las composiciones de «prosa poética» de *Los arrecifes de coral* que consideramos como historias, o frente a *Los perseguidos*, que con cánones decimonónicos Quiroga bien pudo estimar una novela corta. También es posible que en su archivo personal (según Martínez Estrada saqueado después de la muerte por gentes merodeadoras de Misiones) pudo faltar alguno, o bien que la suma fue incorrecta o incluyó en ella a los relatos luego apartados de la edición, que en tal caso totalizarían 112 —cuatro más que los establecidos por él.

Sea como fuere, el porcentaje de los «rezagados» es elevado. Las motivaciones para proscribir textos han sido ya analizadas sobre las bases documentales y testimoniales existentes, así como hemos invadido el territorio de las conjeturas tomando en cuenta los núcleos semánticos, linguísticos y estilísticos de esos doce relatos, efectuando un corte diacrónico. Hasta donde es posible hacerlo, tales afirmaciones no superan el campo de las especulaciones, porque muchísimas historias nunca compiladas rompen los márgenes de la mediana y aun de la muy buena calidad. Textos como «Las rayas», «La lengua» y «El vampiro» (todos sobrevivientes sólo hasta la primera edición de *Anaconda*) fueron comentados en su correspondencia con Fernández Saldaña, con un entusiasmo —claro que algo juvenil— que ningún otro suscitó (si se margina al por demás mediocre «Cuadrivio laico»).

El camino es sinuoso y no admite cortes radicales, ni clasificaciones unívocas, por más que en nuestras introducciones y notas hayamos tratado de demostrar una tendencia dominante hacia los textos de ambiente misionero alternado con lo fantástico. Los modelos (Poe, Maupassant, Kipling, Dostoievski, el cine, la modernidad) han sido exhibidos como puntos de apoyo o plataformas de partida, de los que Quiroga sabe desprenderse —casi siempre— con la afirmación de su propia voz, ciertamente auténtica. De manera que las páginas que se leerán a

901

continuación vuelven a presentarnos variaciones sobre el amor, la muerte, el impacto de la selva, el avance de las máquinas, los conflictos sociales, pero también el fútbol, una eroticidad que vista en su conjunto resulta menos elíptica, el horror, la lucha con el destino. Encontrará el lector los típicos «cuentos de efecto», los apólogos, ejercicios realistas puros, anécdotas germinales de la etapa modernista, hasta llegar a «Una noche de Edén», cuya contemporaneidad narrativa asombra.

Quiroga, contemplado en su sincronía, siempre desenfoca al observador propenso a cristalizar categorías. Como pensaba Ángel Rama, su itinerario estético «es un buen ejemplo de la recuperación de viejas obsesiones, en los momentos más insólitos de su carrera» (prólogo a *Cuentos*, tomo IV, *ibidem*, p. 6).

El Quiroga que se multiplicó en revistas de vasta tirada y heterogéneo público, el que aquí recuperamos, íntegro por primera vez, no desmiente sus dotes de extraordinario constructor de ficciones.

Como ya se indicó en la Noticia Filológica Preliminar, los textos incluidos en esta segunda parte del volumen no presentan variantes significativas, por lo que no las hemos transcripto.

Fueron, en cambio, cotejadas las primeras publicaciones en revista con las ediciones póstumas en libro.

En los casos en que no se pudo obtener su fuente original, recurrimos a la edición de Arca la que, pese a sus numerosas erratas, ha constituido un aporte fundamental.

Sin el esfuerzo emprendido por la editorial uruguaya en *Obras inéditas y desconocidas*, ni se hubiera conocido la obra dispersa de Quiroga, ni esta edición hubiera podido enmendar muchas de sus falencias.

Nuestro reconocimiento pues a todos quienes colaboraron en tan importante tarea.

FANTASÍA NERVIOSA*

JUAN ERA de un temperamento nervioso, fatalmente inspirado, y cuyas acciones a fuerza de rápidas e ineludibles, marcaban una inconsciencia rígida en el cerebro que había desprendido la concepción.

Su ser cuadraba una neurosis superior, completa, honda, ardiente, sanguíneamente atávica. Era acaso el sentenciado de una antigua y anónima epopeya de sangre, cuyas estrofas de rubí goteaban sobre su destino.

Tenía las cualidades de un gran criminal: la resolución rápida, abofeteada por una necesidad imprescindible de matar; sus brazos tenían una musculatura heroica, y su cabeza, tocada con cincel rudo, tardaba en pasar de la idea al hecho el tiempo que tarda el puñal en salir de la vaina.

Juan mató, porque tenía que matar. Y mató a una mujer, a la primera que encontró, a las doce de la noche de un mes de verano.

Corrió furiosamente, dejando tras de sí una puñalada y marcando su carrera con las manchas de sangre que goteaba su cuchillo enrojecido.

En las calles desiertas resonaba su galope precipitado y jadeante de fiera herida.

Juan fue a un baile de máscaras, y el baile encendió su sangre. Las risas le herían como un insulto, y las parejas que se movían alrededor suyo se burlaban de él. Las colgaduras rojas eran manchas de sangre coaguladas en la pared, y sus ojos se bañaban en una visión de púrpura.

Era siempre la necesidad diatésica de matar. Y Juan mató a una máscara con quien fue a cenar, y la dejó tendida sobre el diván, con el pecho abierto, manando borbotones de sangre que iban a empapar un ramo de rosas pálidas que llevaba prendido al seno.

Juan se acostó y apagó la luz; y en la oscuridad veía sangre, una lluvia de sangre que mojaba su cuerpo. Sentía un furor desesperado, con deseos de volver al restaurant y apuñalear a aquella mujer que seguramente no debía estar muerta.

La carne le enardecía, como un manto punzó tendido ante un toro. Deseaba herir, desgarrar, clavar su puño en una herida abierta para agrandarla más. Una vaporización sanguinolenta flotaba ante sus ojos, hostigándole como un horizonte insalvable. Sus fosas nasales se abrían en una aspiración húmeda y caliente, y sus oídos vibraban en una audición de sangre brotando en oleadas.

Poco a poco, la bruma sangrienta fue desvaneciéndose y la excitación pasó. Juan pudo conciliar el sueño y se durmió.

Hacía mucho tiempo que había cerrado los ojos, cuando se despertó con una angustia indecible. Había sentido que le llamaban con una voz lejana que iba acercándose hasta llegar a la puerta.

* Publicado en *Revista del Salto*, Salto, año 1, n° 4, octubre 2, 1899. Se trata del primer relato escrito por Horacio Quiroga en la publicación juvenil que fundara junto a un grupo de amigos intelectuales, en una pequeña ciudad del interior del Uruguay. Para mayor información al respecto véase la «Noticia preliminar» a *Los arrecifes de coral*.

Él conocía esa voz; era la voz de una muerta que había dejado tendida en el diván, a la que había asesinado. La muerta resucitaba y se acercaba lentamente a su cama, lentamente...

Sus cabellos se erizaban, y su garganta no daba paso a un sonido. Se recogía cuanto le era posible en la cama, y su expresión contraída delirantemente por el terror, daba de bruces sobre la almohada.

La puerta chirrió como si se abriera; y sintió un ruido de pasos vedados, cada vez más perceptibles. Se detuvieron al lado de la cama y un soplo glacial cayó sobre su cara, en tanto que una mano helada se posaba sobre la suya y la elevaba irremediablemente hasta un agujero, viscoso como sangre coagulada.

Juan dio un grito de horror y abrió espantosamente los ojos.

La visión escarlata había desaparecido. Todo era negro, sombríamente opaco, en cuyas ondas se sacudía —como el revoloteo de una ave agorera— su digna estrangulada de arterioesclerótico.

Y en seguida sintió un cuerpo frío que se deslizaba al lado suyo, y sintió a la muerta que le comunicaba su helor y rigidez, y su brazo que no podía apartarse de aquella herida abierta y húmeda.

La muerta se apoderaba de su carne, sin que todo el horror desesperado pudiera separarle de ella. Y sintió una cara inerte que se dejaba caer sobre la suya, y aunque quiso apartarla no lo pudo conseguir.

Juan pasó toda la noche acostado con una muerta que apoyaba la cabeza en su pecho y sin poder separar la mano de la herida que él había abierto con el puñal.

¡Así pasaron una hora, dos, tres, loco de terror, delirando constantemente, y siempre la muerta a su lado!

Al otro día hallaron a Juan, muerto en la cama, con una puñalada en el pecho. Su rostro tenía una expresión de locura horrorizada; y en el cuarto, que revisaron por todos lados, sólo hallaron un ramo de flores pálidas manchadas de sangre.

PARA NOCHE DE INSOMNIO[*]

Ningún hombre, lo repito, ha narrado con más magia las excepciones de la vida humana y de la naturaleza, los ardores de la curiosidad de la convalescencia, los fines de estación cargados de esplendores enervantes, los tiempos cálidos, húmedos y brumosos, en que el viento del sud debilita y distiende los nervios como las cuerdas de un instrumento en que los ojos se llenan de lágrimas que no vienen del corazón; la alucinación dejando al principio lugar a la duda bien pronto convencida y razonadora como un libro —el absurdo instalándose en la inteligencia y gobernándola con una espantable lógica; la historia usurpando el sitio de la voluntad, la contradicción establecida entre los nervios y el espíritu y el hombre desacordado hasta el punto de expresar el dolor por la risa.

Baudelaire *(Vida y obras de Edgar Poe).*

A TODOS nos había sorprendido la fatal noticia; y quedamos aterrados cuando un criado nos trajo —volando— detalles de su muerte. Aunque hacía mucho tiempo que notábamos en

---

[*] Publicada en *Revista del Salto*, Salto, año 1, nº 9, noviembre 6, 1899.

nuestro amigo señales de desequilibrio, no pensamos que nunca pudiera llegar a ese extremo. Había llevado a cabo el suicidio más espantoso sin dejarnos un recuerdo para sus amigos. Y cuando le tuvimos en nuestra presencia, volvimos el rostro, presos de una compasión horrorizada.

Aquella tarde húmeda y nublada, hacía que nuestra impresión fuera más fuerte. El cielo estaba lívido, y una neblina fosca cruzaba el horizonte.

Condujimos el cadáver en un carruaje, apelotonados por un horror creciente. La noche venía encima; y por la portezuela mal cerrada caía un hilo de sangre que marcaba en rojo nuestra marcha.

Iba tendido sobre nuestras piernas, y las últimas luces de aquel día amarillento daban de lleno en su rostro violado con manchas lívidas. Su cabeza se sacudía de un lado para otro. A cada golpe en el adoquinado, sus párpados se abrían y nos miraban con sus ojos vidriosos, duros y empañados.

Nuestras ropas estaban empapadas en sangre; y por las manos de los que le sostenían el cuello, se deslizaba una baba viscosa y fría que a cada sacudida brotaba de sus labios.

No sé debido a qué causa, pero creo que nunca en mi vida he sentido igual impresión. Al solo contacto de sus miembros rígidos, sentía un escalofrío en todo el cuerpo. Extrañas ideas de superstición llenaban mi cabeza. Mis ojos adquirían una fijeza hipnótica mirándolo y, en el horror de toda mi imaginación, me parecía verle abrir la boca en una mueca espantosa, clavarme la mirada y abalanzarse sobre mí, llenándome de sangre fría y coagulada.

Mis cabellos se erizaban, y no pude menos de dar un grito de angustia, convulsivo y delirante, y echarme para atrás.

En aquel momento el muerto se escapaba de nuestras rodillas y caía al fondo del carruaje cuando era completamente de noche; en la oscuridad, nos apretamos las manos, temblando de arriba a abajo, sin atrevernos a mirarnos.

Todas las viejas ideas de niño, creencias absurdas, se encarnaron en nosotros. Levantamos las piernas a los asientos, inconscientemente, llenos de horror, mientras en el fondo del carruaje, el muerto se sacudía de un lado a otro.

Poco a poco nuestras piernas comenzaron a enfriarse. Era un hielo que subía desde el fondo, que avanzaba por el cuerpo, como si la muerte fuese contagiándose en nosotros. No nos atrevíamos a movernos. De cuando en cuando nos inclinábamos hacia el fondo, y nos quedábamos mirando por largo rato en la oscuridad con los ojos espantosamente abiertos, creyendo ver al muerto que se enderezaba con su mueca de delirio riendo, mirándonos, poniendo la muerte en cada uno; riéndose, acercaba su cara a las nuestras, en la noche veíamos brillar sus ojos, y se reía, y quedábamos helados, muertos, en aquel carruaje que nos conducía por las calles mojadas...

Nos encontramos de nuevo en la sala, todos reunidos, sentados en hilera. Habían colocado el cajón en medio de la sala y no habían cambiado la ropa del muerto por estar ya muy rígidos sus miembros. Tenía la cabeza ligeramente inclinada con la boca y nariz tapadas con algodón.

Al verle de nuevo, un temblor nos sacudió todo el cuerpo y nos miramos a hurtadillas. La sala estaba llena de gente que cruzaba a cada momento, y esto nos distrajo algo. De cuando en cuando, solamente, observábamos al muerto, hinchado y verdoso, que estaba tendido en el cajón.

Al cabo de media hora, sentí que me tocaban y me di vuelta. Mis amigos estaban lívidos. Desde el lugar en que nos encontrábamos, el muerto nos miraba. Sus ojos parecían agrandados, opacos, terriblemente fijos. La fatalidad nos llevaba bajo sus miradas, sin darnos cuenta, como unidos a la muerte, al muerto que no quería dejarnos. Los cuatro nos quedamos amarillos, inmóviles ante la cara que a tres pasos estaba dirigida a nosotros, ¡siempre a nosotros!

Dieron las cuatro de la mañana y quedamos completamente solos. Instantáneamente el miedo volvió a apoderarse de nosotros.

Primero un estupor tembloroso, luego una desesperación desolada y profunda, y por fin una cobardía inconcebible a nuestras edades, un presentimiento preciso de algo espantoso que iba a pasar.

Afuera, la calle estaba llena de brumas, y el ladrido de los perros se prolongaba en un aullido lúgubre. Los que han velado a una persona y de repente se han dado cuenta de que están solos con el cadáver, excitados como estábamos nosotros, y han oído de pronto llorar a un perro, han oído gritar a una lechuza en la madrugada de una noche de muerto, solos con él, comprenderán la impresión nuestra, ya sugestionados por el miedo, y con terribles dudas a veces sobre la horrible muerte del amigo.

Quedamos solos, como he dicho; y al poco rato, un ruido sordo, como de un borboteo apresurado recorrió la sala. Salía del cajón donde estaba el muerto, allí, a tres pasos, le veíamos bien, levantando el busto con los algodones esponjados, horriblemente lívido, mirándonos fijamente y se enderezaba poco a poco, apoyándose en los bordes de la caja, mientras se erizaban nuestros cabellos, nuestras frentes se cubrían de sudor, mientras que el borboteo era cada vez más ruidoso, y sonó una risa extraña, extra humana, como vomitada, estomacal y epiléptica; y nos levantamos desesperados, y echamos a correr, despavoridos, locos de terror, perseguidos de cerca por las risas y los pasos de aquella espantosa resurrección.

Cuando llegué a casa, abrí el cuerpo, y descorrí las sábanas, siempre huyendo, vi al muerto, tendido en la cama, amarilleado por la luz de la madrugada, muerto con mis tres amigos que estaban helados, todos tendidos en la cama, helados y muertos...

REPRODUCCIÓN[*]

Juan era un buen muchacho y amaba entrañablemente a María. Pedro sentía por ella el mismo afecto. Uno y otro, hace tiempo, la habían galanteado mucho, la habían querido mucho, y de esto hacía varios años. Ambos se presentaban de nuevo, llenos de amor, con una carrera formada, y con una larga historia de recuerdos que suscitarían en su presencia...

Se querían como amigos que se comprenden íntimamente, francamente, estrechamente, sin egoísmo, sin secretos fatalmente predestinados a las más dolorosas pruebas del corazón.

María no era hermosa, tenía los ojos negros, densamente iluminados. Su impasible expresión, retocada por el corte sensual de los labios, daba a aquel cuerpo delgado y silencioso una mezclada forma de ocultismo e indiferencia, correctamente social.

Hablaba pausadamente o ligero, sin calor, sin convicción apta para despertar toda duda. Amaba sin saber por qué, sin darse cuenta de ello, como una cosa que nos ha sido impuesta y ejecutamos, sin ser comprendida, no obstante. Pensaba en los dos amigos que la hablarían de

---

* Apareció en: *Revista del Salto*, Salto, año 1, nº 8, enero 15, 1900. Escrito en colaboración con Asdrúbal Delgado. Se trata del único caso de redacción compartida de un mismo material narrativo, dado que en *Suelo Natal*, el trabajo con Samuel Glusberg fue oportunamente distribuido y deslindado.

su pasado amor, con una impasibilidad que recordaba la fría y bostezante actitud de un César ante una lucha de gladiadores. Esperaba que ambos se la acercaran con indiferencia; atendería al que la hiciera *sentir* más. Y todo esto sin preocupación, sin fuego, con la tranquila curiosidad de una criatura que observa los movimientos de un ave a quien ha roto un ala.

No deseaba ni emociones, ni cariño, ni generosidad: quería saber simplemente cuál de los dos tenía más ingenio.

Había perdido a su madre siendo muy niña.

Juan la había amado mucho y por eso la había respetado mucho. No tuvo nunca otra dicha que la de estar a su lado mirándola en silencio, como se mira a una cosa que es nuestra y que no comprendemos sin embargo cómo puede ser de nosotros. Jamás retuvo su mano entre las suyas un minuto. Cuando la hablaba, la voz se contraía en su garganta; y aunque hacía esfuerzos para dominar ese temblor abochornante no podía conseguirlo. Hablaba con ella; y su pobre corazón no sabía más que un estribillo constantemente repetido: le parecía tan dulce que no sabía otro. Siempre la misma insistencia, la única afirmación, la sola disculpa:

—¡La quiero!

Y se pasaba largo rato mirándola, contento, incapaz de pensar en nada, risueño y enamorado...

Todos sus balbuceos, su confusa tranquilidad, hizo comprender a María que era religiosamente amada.

Le olvidó.

Pedro la quiso. ¿Cómo, por qué? Una noche paseaba, la vio en la puerta, una galantería, una sonrisa, un impulso de audacia, una retirada de oferta, mucha curiosidad y muchas noches.

Se amaron. Él *apasionadamente*: ella, con su distensión característica. La hablaba, a menudo, sobre un fondo de incitación, bajo el centelleo de una elocuencia incisiva, pecadora, mientras ella le escuchaba sonriendo, curiosa, tal vez excitada, tal vez fingiendo con un suave temblor de labios prestos a tenderse.

Cuando él le pidió un beso, ella hacía tiempo que había pensado en concedérselo.

Pedro dejó de amarla. Pedro la abandonó, como se deja un excitante que ya no causa en nosotros ningún efecto. Fue un episodio de su existencia, unas horas de su vida cogidas al azar, que no le produjeron ni malestar ni melancolía. Fue un simple detalle.

María sintió su olvido, como se siente la pérdida de una canción caprichosa a la cual estamos acostumbrados. Y eso fue todo.

Pero pongamos las cosas en su lugar: María los había amado. Hay en el corazón esas extrañas anomalías. La inconstancia, la frialdad del erotismo intelectual pueden ser extrañas cristalizaciones de un fondo verdadero e incontestable. La forma del vaso sugiere una engañosa reflexión sobre el contenido. La criatura que martiriza a un pájaro, siente amor por él, el niño que desordena la complicación de un juguete y lo deshace, siente amor por él. Esas desviaciones sensitivas no dicen nada ni prueban nada. María, pues, les amó.

Hacía tiempo que el baile había empezado. Juan fue el primero en acercarse a ella; y en el salón, entre las parejas aglomeradas, bajo la poderosa sugestión de una música que trae en sus cadencias muertas felicidades de otra época, su corazón volvió ingenuamente al pasado, amó naturalmente, como si los siete años transcurridos hubieran alimentado en su alma la tranquila percepción de una mujer que nos está destinada.

No hubo en su conversación ni transiciones ni sacudidas.

—¡Había pasado tanto tiempo!... No lo había olvidado, ¿verdad?

Y su pobre ternura de enamorado evocaba a su oído, sin dolor ni amargura, las puras condescendencias de unas noches lejanas, dulces y queridas, en que habían vivido sin una pena, siempre juntos, las primeras palabras que se dijeron; la tranquila esfera de un porvenir todavía brumoso en que él volvería a la capital, siempre recordándola, para ofrecerle su título en la lenta seguridad de que no le había olvidado, para ser felices...

Sus ojos, dulcemente fijos, pedían la iluminación de su mirada, una suave emoción de bondad, de agradecimiento, que le hiciera mirarle con felicidad, como un instante de inefable placer, exento de toda pena y toda distracción. Buscaba una sonrisa, una cariñosa elevación de cabeza que le llenara de alegría en aquella esperada conversación que él había deseado tanto, porque todas sus luchas de estudiante estaban consagradas a ella que le recibiría enamorada y agradecida por sus desvelos que no le habían hecho sufrir mucho, en la seguridad de que ella le esperaría firmemente, sin una duda respecto a la posible falta de cariño...

Y con una asombrada expresión de pena llena de dolorosa percepción la miraba pasear su vista por el salón, examinando lentamente los diferentes cortes de vestido, examinándose en los espejos, cortando las palabras con una banal observación de baile, sin prestar atención a sus recuerdos, ni distraída ni contenta ni curiosa ni desdeñosa, indiferente por completo a cuanto la murmuraba sin retornar por un momento a la que él evocaba, fría y elegante, completamente olvidada de que se habían amado y aun de quién era él...

El baile continuaba aturdidor, embriagante, repleto de sonoridades. Desde la terraza, la orquesta lanzaba al salón los compases triunfales de un vals pecador, instrumentado en una crisis de ternura explotante.

Pedro, a su vez, bailó con ella. Fue un *crescendo* de notas arrobadoras, una subrayada evocación de hechos —no de ensueños— que ponían en su mirada azul un pronunciado reflejo de conmoción interna sabiamente despertada y contagiosa, en la que temblaba el recuerdo de un abrazo fuertemente prolongado, de un bucle caído, de un beso, muchos besos que ella había sentido en sus labios y había devuelto con los ojos cerrados, pálida, la cabeza echada para atrás... y las palabras de él, lentamente incisivas —sin dejar de mirarla y sonreír— recorrían su carne como si sobre ella se deslizase una caricia de terciopelo; acudía al pasado, inclinando el busto sobre ella deteniéndose escrupulosamente en los abrazos que más flojedad habían puesto en su cuerpo, en los besos que más escalofríos habían puesto en su carne. Sonreía sin dejar de mirarla.

Y bajo la poderosa pulsación de su brazo, su delgada forma se estremecía perdiendo los compases. No habían pasado siete años. Era él, el que la había hecho sentir cosas no sentidas; era él con la extraña seducción de sus ojos azules, acercando sus labios, sin dejar de mirarla, sonriente y contraído, seguro de que la cuerda daría, en su vibración, el tono esperado.

Y en tanto que en la sala, los dos amantes conocidos hablaban ardorosamente de su pasado immortal sin más amor que el temblor de sus carnes, sin más porvenir que los besos a escondidas, sin más convicción que la que les daba la florescencia de sus deseos, Juan en el vestíbulo miraba dolorosamente cómo toda su existencia se perdía para siempre, sin objeto, sin gloria, sin fin. No lloró: su rostro lívidamente sereno no reflejó ni por un momento la espantosa desaparición de su motivo de vida.

CHARLÁBAMOS DE SOBREMESA*

Y LA CONVERSACIÓN recayó sobre el tema a que forzosamente llegaban los cuentos de impresión: las supersticiones.

—En cuanto a creencias más o menos arraigadas —dijo un extranjero—, los pueblos europeos, y en particular el francés, dan un tono tal de verosimilitud a sus narraciones, que el espíritu de los que oyen obsta largo tiempo antes de razonar fríamente. Una leyenda medioeval, por ejemplo, oída en mi infancia, me causó una impresión profunda, de que apenas los años transcurridos han logrado desasirme.

Héla aquí, sencillamente contada en dos palabras:

«Un caballero cazaba en una tarde de invierno. Había nevado todo el día; el campo estaba completamente blanco. Con el rifle al hombro, se acercó al castillo de un amigo, que pasaba sobre el puente levadizo. El castellano llegó a la poterna y vio en la contraescarpa al caballero, que le saludó.

«—¿Vas de caza? —preguntó el castellano.

«—Sí— respondió el caballero.

«—Hace mucho frío.

«—No lo siento.

«—Los lobos han salido del bosque.

«—Peor por ellos.

«—Entonces, buena suerte.

«—Gracias, pero cuida de hacer fuego duradero, pues sea la pieza que fuere, vendré a comerla contigo.

«El caballero partió con el rifle preparado y se perdió en la distancia.

«En vano recorrió la linde del bosque en procura de liebres; sólo veía lobos enflaquecidos que le miraban al cruzar galopando por la llanura. En vano recorrió las conejeras, las trampas, los abrevaderos; nada. Al dar vuelta su sendero, un lobo oculto tras un matorral se encaminó hacia él. El caballero apuntó detenidamente y el tiro partió. El lobo se acercó más. Cargó nuevamente el arma y disparó. El lobo se acercó más. Enfurecido, cargó de nuevo: pero el lobo, ya a su lado, gruñó y saltó. Apenas si el caballero tuvo tiempo de desenvainar su cuchillo de caza y sostener el ataque, en el que logró cortar una pata al animal, que huyó al galope, corriendo naturalmente, cual si lo hiciera con los cuatro miembros. El cazador, acordándose de lo prometido, recogió el despojo y marchó al castillo, sobre cuyo puente paseaba aún su dueño, a pesar del frío terrible.

«—¿Y bien? —le preguntó.

«—En verdad que tenías razón —respondió el cazador— pero acordándome de mi promesa, te traigo esto.

«Y al pretender retirar del morral la pata de lobo, sacó una mano de mujer, en uno de cuyos dedos brillaba un anillo.

Todavía sangraba.

«Tras el mudo espanto de aquella contemplación, el castellano tomó temblando la mano tronchada, la acercó a sus ojos, examinó la sortija y, creyendo reconocerla, en una brusca revelación de horror, entró al castillo en busca de su mujer. Recorrió todas las habitaciones; no estaba. Solamente en la cocina, halló una mujer que, sentada junto al hogar, calentaba sus

---

* Publicado en *La alborada*, Montevideo, 2ª época, año V, nº 164, mayo 5, 1901.

pies. Cogiéndola de la barbilla, la levantó la cabeza: era su mujer. Retiró su brazo oculto —estaba cortado a la altura de la muñeca y la herida era reciente.

«Inútil es decir —concluyó el narrador— que al día siguiente fue quemada viva como bruja».

A las exclamaciones de sorpresa que debía arrancar la leyenda del extranjero, se añadió la voz de un tertuliano, hasta entonces silencioso, que habló así:

—Conozco, y hasta de memoria, muchas leyendas europeas.

Pero todas tienen el defecto de que el fondo de verdad que pudiera haber en ellas no existe, perdiéndose el efecto, por consiguiente, a pocos minutos de terminada la historia, aunque este señor —agregó dirigiéndose al extranjero— sea una excepción.

«En esta tierra, como en todas, tenemos leyendas, supersticiones y hasta invenciones del momento. No hay quien no conserve un recuerdo de su niñez, en que un lobisón pugnó más de una noche por entrar en nuestro cuarto. En la región del Norte, sobre todo, la infancia, y aun la edad madura, entretienen sus veladas de invierno con ese extraño personaje, que bien es hombre, es gato, es chancho, y, a veces, todo junto.

«Pues bien: hace tres años tuve ocasión de comprobar lo que de cierto hay en esas hazañas, sí, lo que hay de *cierto* —afirmó, observando las sonrisas que esas palabras suscitaran.

«Llevaba cuatro mozas de paseo, en una estancia que no es necesario precisar, cuando trabé relación con un paisano de aquel establecimiento, el cual, no obstante su burda intelectualidad, había logrado conquistarme a fuerza de rarezas.

«Era apacible, pendenciero, rezongón, cachaciento, todo en unas pocas horas.

«Su cualidad dominante era ser *gruñón*, en el pleno sentido de la palabra, y pasaba de la carcajada a la seriedad con una rapidez verdaderamente alucinante. Sin ser precisamente digno de estudio, me preocupaba, y más de una vez pasé largo rato observando su extraño modo de caminar, en una cierta tendencia a doblar el espinazo hacia adelante.

«Y ahora contaré un episodio que fue para mí algo como un calambre en pleno raciocinio.

«Una noche fui despertado por una atroz gritería de perros.

«Me levanté sobresaltado, y corriendo a la ventana, vi que los animales se abalanzaban furiosos sobre un objeto que no alcanzaba a distinguir. Los perros se revolvían sobre un solo punto, con un encarnizamiento que no dejaba lugar a duda sobre la rabia que les inspiraba el invisible animal. Y en los espantosos ladridos había como un *gruñido* que temblaba sordamente. Abrí la puerta, y, avanzando hacia el tumulto, mi presencia despejó la situación, en el hecho curioso de no ver nada en el sitio de la pelea, siquiera una gota de sangre, que indudablemente tenía que haber dejado el obscuro luchador. Me volví, y ya entraba en el cuarto, cuando noté que el paisano aquel estaba esperándome en la puerta y me miraba sonriéndose.

«—¿Qué hace a estas horas? —le pregunté bastante sorprendido.

«—Nada, patroncito —me contestó—. Sentí que se levantaba y vine a ver si ha pasado algo.

«—Gracias, amigo —respondí—; váyase a dormir, que no es nada.

«Y se fue. Yo me acosté, empezaba a dormirme pensando en la rara presencia del paisano en la puerta de mi cuarto. Y de pronto me acordé de algo como parecido. Ahora viene el final.»

El narrador se interrumpió un momento.

Aprovechando la ocasión para no ser descortés, salí un instante, cuando volví mi amigo continuaba:

«—Estaba lavándome, cuando una mañana entró el paisano —a quien llamaremos Gabino—, y comenzó a dar vueltas a su sombrero entre las manos.

«Se sonrió afectuosamente:

«—¿Qué desea, Gabino?

«—¡Patroncito, vengo a noticiarle que mañana me caso, y desearía que usted acudiera al casorio.

«—¡Como no, amigo! Mañana iremos allá.

«Y Gabino, dándome las gracias, dióse vuelta, tropezó con una silla, tartamudeó dos o tres frases, mirando el obstáculo, y salió.

«Al otro día, apenas entró la noche, me dirigí al rancho donde se efectuaba el casamiento.

«En verdad, y esto es necesario para la narración, eran tres ranchos, dos de ellos, casi pared por medio, y el otro al extremo del patio enladrillado de rojos cascotes. En aquel último se había dispuesto la alcoba de los novios.

«Tal vez sea preciso advertir que en esa noche los perros aullaron lúgubremente, y que todos ellos rondaron los ranchos de Gabino.

«Efectuado al anochecer el casamiento, como se acostumbra en campaña, el baile comenzó temprano, al son de plañideros acordeones. Los novios se retiraron a las tres de la madrugada, y yo, aunque cayéndome de sueño, permanecí en el baile, por obsequio al servicial Gabino.

«Y la música, de pronto, me hizo dar un salto brusco sobre el banco, despertándome completamente. Las notas habían sonado como un grito y, no obstante, la intensidad y el ritmo eran iguales a los anteriores.

«Pero desde aquel momento fui presa de una agitación que no podía dominar, en que mi vista iba forzosamente de una otra persona. Y los acordeones se hacían cada vez más estridentes, y era un desenlace fatal lo que gritaban los acordeones, y mis cabellos se erizaron de tal modo, que di un alarido, saltando en medio de la sala en plena clarividencia.

«—¡Pero no oyen! —grité a los paisanos que se habían detenido y me miraban como a un loco—. ¡No oyen que la está devorando!

«Y la música calló, y todos, prestando el oído, oímos un sordo pataleo entre gruñidos que llegaban desde el cuarto de los novios. Corrimos desaforadamente, y, llegando al cuarto, golpeamos con frenesí. Los gruñidos continuaban.

«Entonces, retrocediendo en masa, dimos a la puerta un formidable empujón, y las hojas saltaron hacia adentro.

«Y entramos todos, con el horror en los cabellos y los ojos reventando de sequedad, y allí, en el suelo, entre los girones sueltos del vestidito de percal, estaba la novia con el vientre abierto; y tendido sobre ella, un cerdo inmundo, con las patas llenas de sangre, gruñendo y hociqueando, la devoraba asquerosamente».

El atontante final del cuento dejó las gargantas con un nudo, y recordando entonces la frase del narrador en que se había referido a lo que hay de *cierto* en esas cosas, un tertuliano preguntó temerosamente:

Pero usted lo cuenta como si en realidad hubiera visto eso, ¿no es verdad?

—No señor —respondió el aludido, sin siquiera sonreírse—. No cuento sino lo que me ha sucedido.

Y como forzosamente había de hacerse silencio ante esa terrible afirmación, un gruñido irritado y agudo llenó toda la sala. Y en seguida otro, y otro, y otro.

Todos se miraron. Los más valientes sintieron que un escalofrío les recorría el cuerpo; como una epidemia, el horror se contagió y las puertas, abiertas de par en par, apenas bastaron a dar el tropel de espantados oyentes que huyeron perseguidos por el gruñido aquel.

Quedamos solos el narrador y yo. Y entonces, bajándose, lleno de risa, levantó de las orejas un lechón que yo, en auto de las leyendas de mi amigo, había traído sigilosamente, aprovechando la interrupción consabida.

Y es claro, el animalito, pellizcado en la ocasión, puso el grito en el cielo.

He aquí cómo en una noche de invierno, y preparado el ánimo por las leyendas terroríficas, un triste lechoncito puso en fuga a doce personas respetables.

LOS AMORES DE DOS PERSONAS EXALTADAS*

(O SEA, LA MUJER QUE PERMANECIÓ NIÑA Y EL PAYASO QUE PERMANECIÓ HOMBRE)

DESDE PEQUEÑA, el amor de Lucía a los hermosos pruebistas fue motivo de muchos dolores de cabeza para la casa. Lucía quería ir al circo todas las noches; Lucía no tomaba de tarde su taza de leche por soñar con los caballos que corren saludando; Lucía volvía enferma del circo porque se rió tanto de aquel payaso que quiso saltar como la señorita encima del caballo, y se cayo del otro làdo; Lucía, en fin, hubiera dado todo lo que hay en el mundo por ser grande y escaparse de casa en compañía de los pruebistas.

Los payasos, sobre todo, eran el encanto de su alma. Al principio le causaron terror; después se reía de ellos.

¡Los pícaros! ¡Si tenían mucha ropa para vestirse de hombres! ¡Y ella que había estado engañada tanto tiempo pensando que las enormes bombachas era lo único que les daban sus mamás!

La encantaban asimismo los señores con un gran látigo, y la música, y los perros y los elefantes. A decir verdad, éstos la atemorizaban algo; pero ella bien vio una noche que no tenían dientes y se serenó.

La mamá la vigilaba constantemente para que no llevara a cabo alguna locura. ¿Es preciso contar lo que hizo un día? Pues desnudarse completamente como las señoritas que hacían pruebas, y con un perrito, y otro y otro más a que sujetaba un hilo cordoné, hizo en la sala una entrada triunfal; y dirigiéndose con toda gravedad a un señor calvo —ante el asombro irresoluto de la madre— le dijo, enseñándole con un ademán su compañía:

—Dime, caballero: ¿quieres tú ser el payaso?

—¡Ah, señorita Lucía! Ahora que es usted grande y lleva vestidos tan difíciles de quitar: ¿haría cosa semejante? Bien se conoce que las palmadas fueron fuertes y que sus bracitos no sabían de qué modo cruzarse para pedir perdón. Pues bien, la señorita Lucía ha conservado de su niñez (¡cuán niña es todavía!) el amor a los payasos. ¿Cómo explicarlo? Ella misma no lo sabe. Los adora, sí, los adora y quiere —¡oh la mala idea que sus amigas no conocen!— casarse con un payaso... ¡Cómo le haría hacer pruebas! Pero, eso sí, no le permitiría que se pintara la boca. Estoy seguro de que le diría: ¡oh, caballero, su boca me espanta! Y el payaso daría un salto mortal y se lavaría en seguida.

Todo esto prueba hasta qué punto la imaginación de Lucía es caprichosa.

Ahora bien, hacía varios días que Lucía estaba preocupada. Desdeñaba, al caer la tarde, el paseo con sus amigas, y hasta en la tienda habían vendido el sombrero de plumas blancas que ella —cosa hasta entonces no pasada— se olvidó de mandar buscar.

¿Sufriría Lucía? De ningún modo. He aquí lo que había pasado.

Lucía volvió una noche al circo —¡hay tantas caprichosas!— pensativa. El payaso la había mirado mucho, y su corazón no cabía en el pecho. ¡Ay! el esperado novio de cara blanca... ¿sería verdad? Reía en ese momento, pensando en la expresión de su padre cuando le dijera, presentándole a su prometido: —Papá, este señor quiere ser mi esposo. Y el tímido novio— porque los payasos son muy tímidos— no osaría siquiera abrazar a...

Lucía tenía su idea de que el payaso la enamoraba. Y esto se transformó en convicción, cuando al otro día —concluía de vestirse en su cuarto— vio al payaso que pasaba bajo el

_____

* Publicado en *El Gladiador*, Buenos Aires, año II, nº 73, abril 24, 1913.

balcón. Su orgullo de obsequiada le hizo enrojecer las mejillas. Él, que levantaba la vista, vio ese rubor y sonrió.

¡Oh, señor fatuo! Entre las hermosas niñas —no lo dudo, hermosas— que seguramente han enloquecido por usted, ¿ha habido alguna que pueda compararse a la señorita Lucía? Mucho me temo que esta noche en el circo le abofeteen a usted más de lo necesario.

Lucía tuvo un momento la idea de salir al balcón para esperar su saludo. No —se dijo— si me ama, mañana volverá.

Fue desde ese día que Blanca y Melita —queridas entre todas— hablaron muy quedamente de la retracción de su amiga.

El payaso pasó a la tarde siguiente y Lucía le esperó en el balcón. No se atrevió a saludarla, aunque clara cuenta se daba de que eran para él la sonrisa y el ramo de flores hinchadas en el pecho.

Al otro día la saludó; al otro día quiso hablar con ella.

¡Otra vez, señor payaso! ¿Será preciso creer que las señoritas conquistadas por usted se hacían ellas mismas los vestidos?

Por espacio de veinte días el circo vio disminuidas sus entradas. Y no obstante, la señorita Estrella perdía el sueño pensando en los caprichos del fino alambre. ¿Y la señorita Guelle? Su cintura estaba siempre dolorida a fuerza de inclinarse hacia adelante para ayudar al caballo que montaba. ¿Y la señorita Clara? ¿Y la señorita Milán? Sólo el payaso desmejoraba visiblemente, y no en vano, se distraía esquivando muy a menudo las bofetadas el novio de Lucía.

Una mañana se recibió una carta.

—Para ti —dijo el padre, leyendo el sobre y extendiendo la carta. Añadió, sonriendo: —De algún novio.

Lucía enrojeció completamente y cogió el sobre: —No, papá, es de Melita. Y corrió a su cuarto. ¡Ah, malo! ¿por qué cometió la imprudencia de enviarla esa carta? ¡Si papá se hubiera enterado, gran Dios! Y rompió el sobre febrilmente. Primero ansiosa, luego llena de ternura, después asombrada; concluyó.

—¡Ah, malo, sí, malo el lindo novio que adoraba! ¿Cómo hacer eso, cómo es posible hacer eso? Suspiró tan profundamente que el ramo de flores cayó del pecho como otro suspiro. Y él ¡qué bien escribía! ¡y tan gracioso!... Pues bien, iría, y al día siguiente hablaría a su papá. Pensando bien claramente: ¿cómo era posible no ir?

Esperó la hora convenida, llena de temerosa ansiedad, como una tenue flor de invernáculo a quien se prometió la visita excesiva del sol.

Concluían de sonar las diez, las manos de Lucía, que esperaba junto al cancel, fueron oprimidas suavemente.

—¡Señorita, señorita! —murmuró el afortunado doncel.

—¡Ah, caballero, es usted! —respondió Lucía, grave. ¡Es usted!— repitió con más serenidad. Y se echó a reír de pronto. Desprendió sus manos y añadió:

—¿Me ama usted?

—¡Cómo dudarlo! —respondió su amigo con dulce voz.

—¿Guardará usted hasta mañana el más absoluto secreto?

—Por la llama de mi amor, señorita.

—¿Y me amará usted siempre? —insistió Lucía, pero con la voz ya lánguida.

—Eternamente —dijo su adorado, atreviéndose a llevar a sus labios la mano de Lucía.

—¿Siempre? —susurró Lucía, reclinando la cabeza en el pecho de él. Y ya no habló, un poco fatigada, como una alma divina que soñó noches eternas con los arcángeles. La voz de su amigo le llegaba como un eco distante, lleno de vaguísima emoción.

Él hablaba, contando cómo la serenidad estuvo a punto de faltarle cuando vio a aquella dama que le miraba con tanto cariño; sus penas, su infancia, su sueño, tanto tiempo imposible, de ser bien amado...

Su voz agradable, no desfigurada ahora, evocando la niñez, despertaba en Lucía un amor vivido, tales recuerdos de su infancia, cuando veía desde la cama los cuadros de ángeles colgados en la pared y que parecían hacer pruebas, vistas desde abajo por la criatura que no quería dormir...

Él continuaba animándose. Lucía recogía poco a poco la cabeza. Desde hacía rato la cosquilleaba una irresistible tentación de risa. Con las evocaciones de su adorador, su alma, tan incapaz de amor, volvía al circo y le veía a él, con las anchas bombachas y la cara tan blanca, caminando muy despacio detrás del director para quitarle la silla cuando se fuera a sentar... y ¡paf! una bofetada, y otra, y otra más, con gran contento de Lucía.

Él seguía hablando de sus recuerdos, siempre muy conmovido.

La emoción atipló, de pronto e inconscientemente, su voz, la voz chillona del payaso sonó otra vez, a despecho de todo, y Lucía, extasiada ya, rompió a reír locamente, con carcajadas tan claras que llenaron todo el jardín. Huyó a grandes risas, recogiendo su falda con la mano izquierda.

Pasaron varios días y el payaso no vio en el circo a Lucía.

Pasaron dos meses. Una noche su corazón saltó en el pecho: en un palco estaban Lucía y sus amigas. Reían, mirándole con el anteojo que pasaba de una mano a otra.

Esa noche se hizo abofetear terriblemente.

Concluida la función salió solo; caminó mucho, llegó al bosque, se recostó en el puente. Pensó —o soñó— largo rato. Después sacó del bolsillo el ramo de flores caído del pecho y recogido una noche...

Comenzó a deshojarle sobre el lago, y cada pétalo del gran ramo romántico caía haciendo piruetas en el aire.

ALMAS CÁNDIDAS*

UN MATRIMONIO joven que vivía en el campo tuvo un perro inteligente, grande y bueno. Se llamaba León. Vigilaba la chacra próspera, arreaba los bueyes, era su grande amigo. Mucho le querían; y si a un perro así no se quiere, ¿a quién se va a tener cariño en este mundo? Cuando se enfermó, se miraron sin saber qué hacer. Dormía todo el día, se restregaba horas enteras contra el marco de las puertas. Una mañana Emilio le llamó y no pudo levantarse. Hizo un esfuerzo, alzó la cabeza a todos lados, desorientada, y la dejó caer gimiendo. Le llevaron en seguida a la cocina.

Aunque viéndole envejecer y acercarse a una muerte injusta para el noble amigo, estuvieron todo el día preocupados. Cuando de noche fueron a verle, estaba peor. Se acostaron callados, uno al lado del otro; no tenían ciertamente ganas de hablar. Después de largo rato de silencio ella le preguntó:

—¿Es difícil curar a los perros, no?

—Difícil.

---

* Publicado en *La Nación*, Buenos Aires, año III, n° 166, noviembre 2, 1905.

Todos los fieles recuerdos de León, a la muerte, surgieron entonces, uno tras otro.

A la mañana siguiente León no conocía más. Se estremecía sin cesar, y no pudieron abrirle la boca. En cuclillas a su lado, le miraban sin apartar la vista, esperando verle morir de un momento a otro.

De tarde murió. Esa noche comieron apenas.

—¿Murió a las dos?

—Sí, a las dos y media.

Cuando se pierde un animal así, bueno como pocos, justo es que no se piense sino en él. Mas en lo hondo sentíanse disgustados de sí mismos por haber sido injustos con León. ¿Para qué quererle así si al otro día habrían de tirarle en el monte, como a una cosa que no se quiere más?

De codos sobre la mesa jugaban distraídamente con el cuchillo.

Dos o tres veces ella quiso hablar y se detuvo. Al fin dijo:

Hay personas que entierran a los perros. Eso es ridículo, yo creo.

Al cabo de un rato dijo de nuevo:

—A los perros no se los debe enterrar. Son buenos, sí, uno los quiere, pero no enterrarlos.

Los dos pensaban en la injusticia con su pobre León, abandonado así porque estaba muerto. ¿Qué gratitud hay entonces en uno? ¡Pobre León!

Ninguno se atrevía. Pero al fin sus miradas se encontraron y ella le miró con ojos suplicantes:

—Emilio: ¿vamos a enterrarlo?

Se levantaron y llevaron a su perro muerto en los brazos. Él cavó mientras ella le alumbraba. Colocáronle de costado, apisonaron cuidadosamente la tierra, y se volvieron en silencio, con los ojos llenos de lágrimas.

EUROPA Y AMÉRICA*

SALVADOR PEDRO, cura italiano de familia española, tuvo al llegar a Dolores de B. A., una honda tribulación. Justo es creer que un espíritu más educado que el suyo hubiera previsto mejor ese golpe a la Sacra Iglesia y su justiciera intervención. Sobre todo ¡qué impiedad! La fiebre, que esa noche le tuvo en cama después de su desastre, llenóse de muchachas y muchachos de su pueblo natal que iban a consultarle en diarias conturbaciones que él aplacaba, como así debía ser. Y aquí, en esta América de crimen, ¡cielo santo!.

En la aventura, sin embargo, no tuvieron ellos mayor culpa. Pedro llegó a Dolores lleno de una inocencia terrible. Nadie estaba más seguro que él del santo derecho espiritual, y aunque se sabía ignorante y todo, creía, como en Dios, en la misión de su sotana negra. Muchas discordias había desenvuelto, y a más de un hogar en peligro llegó él sin que lo llamaran, para verter en aquel infierno el rocío de su celeste personificación. No es pues de extrañar lo que le pasó.

Llegó aquí sin saber adónde llegaba; y el mismo hecho —tan rápido— se adelantó a las explicaciones que no hubiera dejado de hacerle el párroco, acerca del camino más que prudente que se debe seguir aquí.

* Publicado en *Caras y Caretas*, Buenos Aires, año VIII, nº 372, noviembre 18, 1905.

El mismo día de su instalación —teniente cura— una penitente fue en busca de su consuelo, bañada en llanto. La pobre muchacha había dado su corazón y su mano a un ingrato que el día anterior había roto el compromiso, llevándose con él la palabra dada y un largo trimestre de besos. Mucho la consoló, y el consuelo más dulce fue la promesa de que el ex novio volvería al camino de la fe y al honor familiar.

Apenas salió ella, tomó su sombrero y emprendió el camino a casa del infiel, tranquilamente, como viejo pastor que no se inquieta ya por la oveja perdida en una encrucijada habitual.

Golpeó y se anunció. Al largo rato se le hizo entrar y saludó a una persona que lo miraba con la mayor curiosidad posible.

—¿El señor Carlos Alzaga?

—Soy yo, señor.

Al no sentirse llamar padre, hizo un ligero movimiento. Pero desde que había entrado se hallaba mal, sobre todo por la curiosidad constante de aquellos ojos que no se apartaban un momento de los suyos.

Para animarse rompió:

—¿Es verdad que el señor ha dado palabra de casamiento a la señorita Lina Oggiero? Los ojos expresaron más irónica curiosidad aún.

—Sí, señor.

—Me han dicho —¡sabe Dios si es verdad! —que el señor ha retirado su palabra sin ningún motivo.

—Sí, señor.

Pedro perdía toda serenidad; ¡aquello era tan nuevo para él! Tuvo, sí, la intuición de una enorme impiedad y deshonor que salía de esa persona y de la casa entera. Logró dominarse y comenzó a hablar de memoria al principio, luego con tesón: —La llorosa criatura abandonada; la palabra que, dada aun a solas, es lo mismo que dada allá en el cielo; ¿qué vida es posible si no se empieza por cumplir, no tanto la obligación social, pero la promesa de unión que Dios ha oído?; muy alto sube la voz de una criatura engañada, y el remordimiento eterno no alcanza siempre a salvar una alma.

Le hablaba de pie, levantando los brazos, seguro ya de la situación, en el recuerdo de tantas otras a que habían seguido furiosos reconocimientos de culpabilidad. Su interlocutor lo miraba sin hacer un movimiento. Al fin cesó de hablar y se pasó el pañuelo por la frente. Cuando aquél estuvo seguro de que había acabado, le preguntó cortésmente.

—¿Concluyó el señor?

—Sí, balbuceó Pedro.

—Bueno, ahora hablo yo. Vea señor: aquí en América, sobre todo en mi casa, sobre todo yo, uno hace justamente aquello que tiene ganas de hacer, y nos parece siempre de la más mala educación dar consejos cuando no se nos pide, como el señor cura ha tenido el mal gusto de hacerlo. Por gracia de Dios, que está en mí, aunque usted no crea, sé desde hace muchos años lo que debo hacer, aunque lo haga mal, y el señor cura será muy feliz si recuerda siempre lo que le digo ahora, que es lo que le diría cualquiera. Bien sé que su palabra es alta y bien intencionada, y mi placer mayor sería oírle con calma; pero su alocución de hoy me ha ocasionado un fastidioso dolor de cabeza que nuevos consejos exasperarían; y como esto sería peligroso para ambos, le ruego se retire lo más pronto que le sea posible, y recuerde que estos consejos míos, sobre todo el último, valen más que todos los del señor cura.

Pedro sintió que una oleada, no de cólera sino de vergüenza, le tapaba la cara. No dijo una palabra, cogió su sombrero y se dirigió a la puerta. Al abrirla vio en el zaguán tres muchachas que le miraban curiosamente.

—Son mis hermanas —explicó Alzaga a Pedro. Y volviéndose a éstas—: El señor cura, que ha tenido la bondad de venir a darme consejos paternales.

Y al estar en la vereda ni aun tuvo Pedro el consuelo de un rayo de ira al volver los ojos, pues el cuarteto se había entrado ya tranquilamente.

EL GERENTE*

¡PRESO Y EN vísperas de ser fusilado!... ¡Bah! Siento, sí, y me duele en el alma este estúpido desenlace; pero juro ante Dios que haría saltar de nuevo el coche si el gerente estuviese dentro. ¡Qué caída! Salió como de una honda de la plataforma y se estrelló contra la victoria. ¡Qué le costaba, digo yo, haber sido un poco más atento, nada más! Sobre todo, bien sabía que yo era algo más que un simple motorman, y esta sola consideración debiera haberle parecido de sobra.

Ya desde el primer día que entré noté que mi cara no le gustaba.

—¿Qué es usted? —me preguntó.

—Motorman —respondí sorprendido.

—No, no —agregó impaciente—, ya sé. Las tarjetas estas hablan de su instrucción; ¿qué es?

Le dije lo que era. Me examinó de nuevo, sobre todo mi ropa, bien vieja ya. Llamó al jefe de tráfico.

—Está bien; pase adentro y entérese.

¿Cómo es posible que desde ese día no le tuviera odio? ¡Mi ropa!... Pero tenía razón al fin y al cabo, y la vergüenza de mí mismo exageraba todavía esa falsa humillación.

Pasé el primer mes entregado a mi conmutador, lleno de una gran fiebre de trabajo, cuya inferioridad exaltaba mi propia honradez. Por eso estaba contento.

¡El gerente! Tengo todavía sus muecas en los ojos.

Una mañana a las 4 falté. Había pasado la noche enfermo, borracho, qué se yo. Pero falté. A las 8, cuando fui llamado al escritorio, el gerente escribía: Sintió bien que yo estaba allí, pero no hizo ningún movimiento. Al cabo de diez minutos me vio —¡cómo lo veo yo ahora!— y me reconoció.

—¿Qué desea? —comenzó extrañado. Pero tuvo vergüenza y continuó—: ¡Ah! sí, ya sé.

Bajó de nuevo la cabeza con sus cartas. Al rato me dijo tranquilamente:

—Merece una suspensión; pero como no nos gustan empleados como usted venga a las 10. Puede irse.

Volví a las diez y fui despedido. Alguna vez encontré al gerente y lo miré de tal modo, que a su vez me clavó los ojos, pero me conoció otra vez —¡maldito sea!—, y volvió la vista con indiferencia. ¿Qué era yo para él? Pero a su vez, ¿qué me hallaba en la cara para odiarme así?

Un día que estaba lleno de humanidad, con una clara concepción de los defectos —perdonables por lo tanto— de todo el mundo, y sobre todo de los míos, vencí mis quisquillosidades vanidosas e hice que el jefe de tráfico interviniera en lo posible con el gerente respecto a mí.

El jefe me quería, y pasé toda la mañana contento. Pero tuve que perder toda esperanza. Entre otros motivos, parece que no quería gente instruida para empleados.

¡Bien seguro estaba del gerente! Eso era perfectamente suyo.

En ese momento vi de golpe todo lo que pasó después. La facilidad de hacerlo, la disparada y el gerente dentro. Vi las personas también, vi todo lo horrible de la cosa... ¡Qué diablo! ¡Ya ha pasado año y medio, y si entonces no me enternecí, no lo voy a hacer ahora, en víspera de ser fusilado!

Pasé el mes siguiente a mi rechazo en la más grande necesidad. Llevé no obstante una vida ejemplar, visitando a menudo a aquella persona que me había dado su alta recomendación para la compañía. Le hablaba calurosamente del trabajo regenerador, de la noble conformidad

---

* Publicado en *Caras y Caretas*, Buenos Aires, año IX, n° 379, enero 6, 1906.

con todo esfuerzo hecho valientemente y al sol, de mi vida frustrada, de mi ex-oficio de motorman, tan querido. ¡Si pudiera de nuevo volver a eso! Tan bien hablé, que esa misma persona se interesó efusivamente y obtuve de nuevo la plaza. El gerente no quiso ni verme en el escritorio. Y yo, ¡qué tranquilidad gocé desde entonces! ¡qué restregones de manos me daba a solas!

Pero el gerente no quería subir a mi coche. Hasta que una mañana subió, a las 9½ en punto. Emprendimos tranquilamente el viaje. Tenía tan clara la cabeza que logré todas las veces detener el coche en la esquina justa; esto me alegró. Al entrar en Reconquista, recorrí inquieto toda la calle a lo largo; nada. En Lavalle abrí el freno, pero tuve que cerrarlo en seguida: había demasiados carruajes, y era indispensable que hubiera pocos, por lo menos durante la primera cuadra de corrida. Al llegar a Cuyo vi el camino libre hasta Cangallo; abrí completamente el conmutador y el coche se lanzó con un salto adelante. Ya estaba todo hecho. Volví la cabeza, algunos pasajeros inquietos, inclinados hacia adelante, se levantaban ya. Saqué la llave, calcé el freno y me lancé a la vereda. El coche siguió zumbando, lleno de gritos que no cesaron más. Pero en seguida, noté mi olvido terrible: me había olvidado del troley. ¿Se acordaría el guarda o algún pasajero? Seguí ansioso la disparada. Vi que en Cangallo alcanzó las ruedas traseras de una victoria y la hizo saltar a diez metros, con los caballos al aire. Desde donde yo estaba se oía entre el clamor el zumbido agudo del coche, hamacándose horriblemente. La gente corría por las veredas dando gritos. En Piedad deshizo a un automóvil que no tuvo tiempo de cruzar. Siguió arrollando la calle como un monstruo desatado, y en un momento estuvo en Rivadavia. Entonces se sintió claro el clamor: ¡la curva! ¡la curva! Vi todos los brazos desesperados en el aire. Pero no había nada que hacer. Devoró la media cuadra y entró en la curva como un rayo.

¿Qué más? Aunque un poco tarde, el guarda se acordó del troley; pero no pudo abrise camino entre la desesperación de todos. Había dentro treinta personas, entre ellas ocho criaturas. Ni una se salvó. La cosa es horrible, sin duda, pero a mi vez mañana a las cuatro y media seré fusilado, y esto es un consuelo para todos.

DE CAZA*

UNA VEZ tuve en mi vida mucho más miedo que las otras. Hasta Juancito lo sintió, transparente a pesar de su inexpresión de indio. Ninguno dijo nada esa noche, pero tampoco ninguno dejó un momento de fumar.

Cazábamos desde esa mañana en el Palometa, Juancito, un peón y yo. El monte, sin duda, había sido batido con poca anterioridad, pues la caza faltaba y los machetazos abundaban; apenas si de ocho a diez nos destrozamos las piernas en el caraguatá tras de un coatí. A las once llegaron los perros. Descansaron un rato y se internaron de nuevo. Como no podíamos hacer nada, nos quedamos sentados. Pasaron tres horas. Entonces, a las dos más o menos, nos llegó el grito de alerta de un perro. Dejamos de hablar, prestando oído. Siguió otro grito, y en seguida, los ladridos de rastro caliente. Me volví a Juancito, interrogándolo con los ojos. Sacudió la cabeza sin mirarme.

---

* Publicado en: *Caras y Caretas*, Buenos Aires, año IX, n° 391, marzo 31, 1906, con un dibujo de Redondo en la única página que abarca el relato.

La corrida parecía acercarse, pero oblicuando al oeste. Cesaron un rato; y ya habíamos perdido toda esperanza, cuando de pronto los sentimos cerca, creciendo en dirección nuestra. Nos levantamos de golpe, tendiéndonos en guerrilla, parapetados tras de un árbol, precaución más que necesaria, tratándose de una posible y terrible piara, todo en uno.

Los ladridos eran momento a momento más claros. Fuera lo que fuera, el animal venía derecho a estrellarse contra nosotros.

He cazado algunas veces; sin embargo, el winchester me temblaba en las manos con ese ataque precipitado en línea recta, sin poder ver más allá de diez metros. Por otra parte, jamás he observado un horizonte cerrado de malezas, con más fijeza y angustia que en esa ocasión.

La corrida estaba ya encima nuestro, cuando de pronto el ladrido cesó bruscamente, como cortado de golpe por la mitad. Los veinte segundos subsiguientes fueron fuertes; pero el animal no apareció y el perro no ladró más. Nos miramos asombrados. Tal vez hubiera perdido el rastro: mas, por lo menos, debía estar ya al lado nuestro, con las llamadas agudas de Juancito.

Al rato sonó otro ladrido, esta vez a nuestra izquierda.

—No es Black —murmuré mirándolo sorprendido—. Y el ladrido se cortó de golpe, exactamente como el anterior.

La cosa era un poco fuerte ya, y de golpe nos estremecimos todos a la misma idea. Esa madrugada, de viaje, Juancito nos había enterado de los tigres siniestros del Palometa (era la primera vez que yo cazaba en él). Apenas uno de ellos siente los perros, se agazapa sigilosamente tras un tronco, en su propio rastro o en el de una anta, gama o aguará, si le es posible. Al pasar el perro corriendo, de una manotada le quita de golpe vida y ladrido. En seguida va al otro, y así con todos. De modo que al anochecer el cazador se encuentra sin perros en un monte de tigres sicólogos. Lo demás es cuestión de tiempo.

Lo que había pasado con nuestros perros era demasiado parecido a aquello para que no se nos apretara un poco la garganta. Juancito los llamó, con uno de esos aullidos largos de los cazadores de monte. Escuchamos atentos. Al sur esta vez, pero lejos, un perro respondió. Ladró de nuevo al rato, aproximándose visiblemente. Nuestra conciencia angustiada estaba ahora toda entera en ese ladrido para que no se cortara. Y otra vez el grito tronchado de golpe. ¡Tres perros muertos! Nos quedaba aún otro; pero a ese no le vimos nunca más.

Ya eran las cuatro; el monte comenzaba a oscurecerse. Emprendimos el mudo regreso a nuestro campamento, una toldería abandonada, sobre el estero del Palometa. Anselmo, que fue a dar agua a los caballos, nos dijo que en la orilla, a veinte metros de nosotros, había una cierva muerta.

Nos acostamos alrededor de la fogata, precaución que afirmaban la noche fresca y los cuatro perros muertos. Juancito quedó de guardia.

A las dos me desperté. La noche estaba oscura y nublada. El monte altísimo, al lado nuestro, reforzaba la oscuridad con su masa negra. Me incorporé en un codo y miré a todos lados. Anselmo dormía. Juancito continuaba sentado al lado del fuego, alimentándolo despacio. Miré otra vez el monte rumoroso y me dormí.

A la media hora me desperté de golpe; había sentido un rugido lejano, sordo y prolongado. Me senté en la cama y miré a Anselmo; estaba despierto, mirándome a su vez. Me volví a Juancito.

—¿Toro? —le pregunté, en una duda tan legítima como atormentadora.

—Tigre.

Nos levantamos y nos sentamos al lado del fuego. Los mugidos se reanudaron. ¿Qué íbamos a decir? Desde ese instante no dejamos un momento de fumar, apretando el cigarro entre los dedos con sobrada fuerza. Durante media hora, tal vez, los mugidos cesaron. Y empezaron de nuevo, mucho más cerca, a intervalos rítmicos. En la espera angustiosa de cada grito del animal, el monte nos parecía desierto en un vasto silencio; no oíamos nada, con el corazón en suspenso, hasta que nos llegaba la pesadilla sonora de ese mugido obstinado rastreando a ras del suelo.

Tras una mueva suspensión, tan terrible como lo contrario, recomenzaron en dirección distinta, precipitados esta vez.

—Está sobre nuestro rastro —dijo Juancito. Bajamos la cabeza, y no nos miramos hasta que fue de día. Durante una hora los mugidos continuaron, a intervalos fijos, dolorosos, ahogados, sin que una vez se interrumpiera esa monotonía terrible de angustia errante. Parecía desorientado, no sé cómo, y aseguro que fue cruel esa noche que pasamos al lado del fuego sin hablar una palabra, envenenándonos con el cigarro, sin dejar de oír el mugido del tigre que nos había muerto todos los perros y estaba sobre nuestro rastro.

Una hora antes de amanecer cesaron y no los oímos mas. Cuando fue de día nos levantamos; Juancito y Anselmo tenían la cara terrosa, cruzada de pequeñas arrugas. Yo debía estar lo mismo. Llevamos al riacho a los pobres caballos, en un continuo desasosiego toda la noche. Vimos la cierva muerta, pero ahora despedazada y comida.

Durante la hora en que no le oímos, el tigre se había acercado, en silencio, por el rastro caliente, nos había observado sin cesar, contándonos uno a uno, a quince metros de nosotros. Esa indecisión —característica de todos modos en el tigre— nos salvó, pero comió la cierva. Cuando pensamos que una hora seguida nos había acechado en silencio, nos sonreímos, mirándonos; ya era de día, por lo menos.

MI CUARTA SEPTICEMIA*

(MEMORIAS DE UN ESTREPTOCOCO)

Tuvimos que esperar más de dos meses. Nuestro hombre tenía una ridícula prolijidad aséptica que contrastaba cruelmente con nuestra decisión.

¡Eduardo Foxterrier! ¡qué nombre! Esto fue causa de la vaga consideración que se le tuvo un momento. Nuestro sujeto no era en realidad peor que los otros; antes bien, honraba la medicina —en la cual debía recibirse— con su bella presunción apostólica.

Cuando se rasgó la mano en la vértebra de nuestro muerto en disección —¡qué pleuresía justa!— no se dio cuenta. Al rato, al retirar la mano, vio la erosión y quedó un momento mirándola. Tuvo la idea fugitiva de continuar, y aun hizo un movimiento para hundirla de nuevo; pero toda la Academia de Medicina y Bacteriología se impuso, y dejó el bisturí. Se lavó copiosamente. De tarde volvió a la Facultad; hízose cauterizar la erosión, aunque era ya un poco tarde, cosa que él vio bastante claro. A las 22 horas, minuto por minuto, tuvo el primer escalofrío.

Ahora bien; apenas desgarrada la epidermis —en el incidente de la vértebra— nos lanzamos dentro con una precipitación que aceleraba el terror del bicloruro inminente, seguros de las cobardías de Foxterrier.

A los dos minutos se lavó. La corriente arrastró, inutilizó y abrasó la tercera parte de la colonia. El termocauterio, de tarde, con el sacrificio de los que quedaron, selló su propia tumba, encerrándonos.

---

* Publicado en *Caras y Caretas*, Buenos Aires, año IX, nº 398, mayo 19, 1906, con un gran dibujo de Cao, cuyas manchas que metaforizan a la infección se esparcen por el texto. Se trata de uno de los cuentos mejor ilustrados en toda la trayectoria quiroguiana.

Al anochecer comenzó la lucha. En la primeras horas nos reprodujimos silenciosamente. Éramos muchos, sin duda; pero, como a los 20 minutos, éramos el doble (¿cómo han subido éstos, los otros?) y a los 40 minutos el cuádruple, a las 6 horas éramos 180.000 veces más, y esto trajo el primer ataque.

Creo estar seguro de que —a no ser nosotros— cualquiera otra colonia hubiera sucumbido el primer dia, dada la enérgica fagocitosis de Foxterrier. Algo era para nuestra energía nuestra propia meditación del crimen. Si llegamos al último grado de exaperación séptica, hicimos lo posible por conseguirlo, siquiera en honor del infierno blanco con que íbamos a tener que combatir. Nos envolvían sin paz posible, pero llevaban la muerte con nosotros en la propia absorción. Continuábamos incansables nuestra secreción mortífera, moríamos a trillones, multiplicábamonos de nuevo y, a las 22 horas de esta lucha desesperada, la colonia entera vibró de alegría dentro de Foxterrier: acababa de tener el primer escalofrío.

Justo es que lo diga, no abrigó ni remotamente una sola duda respecto a lo que se desplomaba sobre él.

Se acostó en seguida. Sintióse mejor, sin duda, como era natural. Pero a los veinte minutos repitióse el escalofrío, la temperatura subió, y desde momento, el cuadro de su horrible enfermedad ajustóse en un todo a lo que habíamos decidido.

En casa de Foxterrier no habia estufa. Como esos días fueron crudos, encendiéronse en su cuarto dos o tres lámparas, que no se apagaron más hasta que murió. Sus compañeros no le dejaron un momento, turnándose, llenos de triste serenidad fraternal ante ese sacrificio que compartía su apostolado común. Algo más grave debía ser para nosotros la academia reunida.

La quinina fue nuestro tormento continuo con el hielo de su presencia, enfriándonos, deteniendo nuestra vertiginosa reproducción. Y el suero, el maldito suero claro, ampliando una energía cardíaca tan ridícula como desesperada, sosteniendo la corriente, barriendo nuestra obra con su estéril purificación. Los baños, el café, los paños fríos, sostenían a su vez la química. Luego, los riñones eliminaban demasiado... De modo que a la mañana siguiente, último día de Foxterrier, decidimos subir la temperatura y sostenerla a toda costa. Lo primero, indudablemente, era no localizarnos, a pesar de que una espléndida bronconeumonía nos tentaba como en una criatura. Ya la trementina inyectada a nuestro paso había sido nuestro martirio, en razón de su reducción casi irresistible. Hubiera sido una locura fijarnos, y sobre todo una crueldad más con Foxterrier, ya que nuestra excitación debía de todos modos concluir con él.

No puedo recordar las últimas horas sin un violento escalofrío que Foxterrier había compartido ya. En efecto, a las tres, Foxterrier tenía 41.5 grados de fiebre. Resistió un momento aún, pues si en el mundo que abandonó con nosotros hubo un cerebro claro, fue el de Eduardo. A las cuatro, la temperatura subió a 42 grados y se rindió en franco delirio. No hubo ya esperanza; el pulso no daba más, a pesar de las estricninas y los aceites. A las cinco cayó en coma* y la fiebre subió a 42.4 grados. En este momento tuvimos recién la idea de nuestro propio peligro. Hubo una voz de alarma, sin duda, que salió de lo profundo de nuestra angustia; ¡la temperatura, la temperatura! ¿Pero qué podíamos hacer? Tan grande había sido y era nuestra exasperación, que nuestras toxinas se tornaban luminosas. Ni aun podíamos detenernos, en una violencia de secreción meditada dos meses enteros. A las cinco y cuarto, Foxterrier tenía 43.1 grados y murió. Fue en balde nuestra desesperación. Continuamos multiplicándonos, secretando nuevos ríos de toxinas, subiendo, subiendo siempre la temperatura. A la media hora llegó a 44.5 grados. La mitad de la colonia murió. Un ambiente de fuego, asfixia y honra comprometida se llevó los últimos restos de nuestra actividad, y mis recuerdos se cortan aquí, a la hora y doce minutos de haber muerto Foxterrier.

---

* En el original: «en cama». Seguramente errata.

EL LOBISÓN*

UNA NOCHE en que no teníamos sueño, salimos afuera y nos sentamos. El triste silencio del campo plateado por la luna se hizo al fin tan cargante que dejamos de hablar, mirando vagamente a todos lados. De pronto Elisa volvió la cabeza.

—¿Tiene miedo? —le preguntamos.

—¡Miedo! ¿de qué?

—¡Tendría que ver! —se rió Casacuberta—. A menos...

Esta vez todos sentimos ruido. Dingo, uno de los perros que dormían, se había levantado sobre las patas delanteras, con un gruñido sordo. Miraba inmóvil, las orejas paradas.

—Es en el ombú —dijo el dueño de casa, siguiendo la mirada del animal. La sombra negra del árbol, a treinta metros, nos impedía ver nada. Dingo se tranquilizó.

—Estos animales son locos —replicó Casacuberta— tienen particular odio a las sombras...

Por segunda vez el gruñido sonó, pero entonces fue doble. Los perros se levantaron de un salto, tendieron el hocico, y se lanzaron hacia el ombú, con pequeños gemidos de premura y esperanza. En seguida sentimos las sacudidas de la lucha.

Las muchachas dieron un grito, las polleras en la mano, prontas para correr.

—Debe ser un zorro —¡por favor, no es nada! —¡toca, toca! —animó Casacuberta a sus perros. Y conmigo y Vivas corrió al campo de batalla. Al llegar, un animal salió a escape, seguido de los perros.

—¡Es un chancho de casa! —gritó aquél riéndose. Yo también me reí. Pero Vivas sacó rápidamente el revólver, y cuando el animal pasó delante suyo, lo mató de un tiro.

Con razón esta vez, los gritos femeninos fueron tales, que tuvimos necesidad de gritar a nuestro turno explicándoles lo que había pasado. En el primer momento Vivas se disculpó calurosamente con Casacuberta, muy contrariado por no haberse podido dominar. Cuando el grupo se rehizo, ávido de curiosidad, nos contó lo que sigue. Como no recuerdo las palabras justas, la forma es indudablemente algo distinta.

—Ante todo —comenzó— confieso que desde el primer gruñido de Dingo preví lo que iba a pasar. No dije nada, porque era una idea estúpida. Por eso cuando lo vi salir corriendo, una coincidencia terrible me tentó y no fui dueño de mí. He aquí el motivo.

Pasé, hace tiempo, marzo y abril en una estancia del Uruguay, al norte. Mis correrías por el monte familiarizáronme con algunos peones, no obstante la obligada prevención a mi facha urbana. Supe así un día que uno de los peones, alto, amarillo y flaco, era lobisón. Ustedes tal vez no lo sepan: en el Uruguay se llama así a un individuo que de noche se transforma en perro o cualquier bestia terrible, con ideas de muerte.

De vuelta a la estancia fui al encuentro de Gabino, el peón aludido. Le hice el cuento y se rió. Comentamos con mil bromas el cargo que pesaba sobre él. Me pareció bastante más inteligente que sus compañeros. Desde entonces éstos desconfiaron de mi inocente temeridad. Uno de ellos me lo hizo notar, con su sonrisita compasiva de campero:

—Tenga cuidao, patrón...

Durante varios días lo fastidié con bromas al terrible huésped que tenían. Gabino se reía cuando lo saludaba de lejos con algún gesto demostrativo.

En la estancia, situado exactamente como éste, había un ombú. Una noche me despertó la atroz gritería de los perros. Miré desde la puerta y los sentí en la sombra del árbol destrozando rabiosamente a un enemigo común. Fui y no hallé nada. Los perros volvieron con el pelo erizado.

---

* Publicado en *Caras y Caretas*, Buenos Aires, año IX, nº 406, julio 14, 1906, con un dibujo de Giménez. Un fragmento reescrito del mismo puede encontrarse en *Suelo natal*, Buenos Aires, 1931, p. 103.

Al día siguiente los peones confirmaron mis recuerdos de muchacho: cuando los perros pelean a alguna cosa en el aire, es porque el lobisón invisible está allí.

Bromeé con Gabino.

—¡Cuidado! Si los bull-terriers lo pescan, no va a ser nada agradable.

—¡Cierto! —me respondió en igual tono—. Voy a tener que fijarme.

El tímido sujeto me había cobrado cariño, sin enojarse remotamente por mis zonceras. Él mismo a veces abordaba el tema para oírme hablar y reírse hasta las lágrimas.

Un mes después me invitó a su casamiento; la novia vivía en el puesto de la estancia lindera. Aunque no ignoraban allá la fama de Gabino, no creían, sobre todo ella.

—No cree —me dijo maliciosamente. Ya lejos, volvió la cabeza y se rió conmigo.

El día indicado marché; ningún peón quiso ir. Tuve en el puesto el inesperado encuentro de los dueños de la estancia, o mejor dicho, de la madre y sus dos hijas, a quienes conocía. Como el padre de la novia era hombre de toda confianza, habían decidido ir, divirtiéndose con la escapatoria. Les conté la terrible aventura que corría la novia con tal marido.

—¡Verdad! ¡La va a comer, mamá! ¡La va a comer! —rompieron las muchachas.

—¡Qué lindo! ¡Va a pelear con los perros! ¡Los va a comer a todos! —palmoteaban alegremente.

En ese tono ya, proseguimos forzando la broma hasta tal punto que, cuando los novios se retiraron del baile, nos quedamos en silencio, esperando. Fui a decir algo, pero las muchachas se llevaron el dedo a la boca.

Y de pronto un alarido de terror salió del fondo del patio. Las muchachas lanzaron un grito, mirándome espantadas. Los peones oyeron también y la guitarra cesó. Sentí una llamarada de locura, como una fatalidad que hubiera estado jugando conmigo mucho tiempo. Otro alarido de terror llegó, y el pelo se me erizó hasta la raíz. Dije no sé qué a las mujeres despavoridas y me precipité locamente. Los peones corrían ya. Otro grito de agonía nos sacudió, e hicimos saltar la puerta de un empujón: sobre el catre, a los pies de la pobre muchacha desmayada, un chancho enorme gruñía. Al vernos saltó al suelo, firme en las patas, con el pelo erizado y los belfos retraídos. Miró rápidamente a todos y al fin fijó los ojos en mí con una expresión de profunda rabia y rencor. Durante cinco segundos me quemó con su odio. Precipitóse en seguida sobre el grupo, disparando al campo. Los perros lo siguieron mucho tiempo.

Este es el episodio; claro es que ante todo está la hipótesis de que Gabino hubiera salido por cualquier motivo, entrando en su lugar el chancho. Es posible. Pero les aseguro que la cosa fue fuerte, sobre todo con la desaparición para siempre de Gabino.

Este recuerdo me turbó por completo hace un rato, sobre todo por una coincidencia ridícula que ustedes habrán notado: a pesar de las terribles mordidas de los perros —y contra toda su costumbre— el animal de esta noche no gruñó ni gritó una sola vez.

LA SERPIENTE DE CASCABEL*

LA SERPIENTE de cascabel es un animal bastante tonto y ciego. Ve apenas, y a muy corta distancia. Es pesada, somnolienta, sin iniciativa alguna para el ataque; de modo que nada más fácil que evitar sus mordeduras, a pesar del terrible veneno que la asiste. Los peones

* Publicado en *Caras y Caretas*, Buenos Aires, año IX, nº 411, agosto 18, 1906, con un dibujo de Zavattaro.

correntinos, que bien la conocen, suelen divertirse a su costa, hostigándola con el dedo que dirigen rápidamente a uno y otro lado de la cabeza. La serpiente se vuelve sin cesar hacia donde siente la acometida, rabiosa. Si el hombre no la mata, permanece varias horas erguida, atenta al menor ruido.

Su defensa es a veces bastante rara. Cierto día un boyero me dijo que en el hueco de un lapacho quemado —a media cuadra de casa— había una enorme. Fui a verla; dormía profundamente. Apoyé un palo en medio de su cuerpo, y la apreté todo lo que pude contra el fondo de su hueco. En seguida sacudió el cascabel, se irguió y tiró tres rápidos mordiscos al tronco —no a mi vara que la oprimía sino a un punto cualquiera del lapacho. ¿Cómo no se dio cuenta de que su enemigo, a quien debía atacar, era el palo que le estaba rompiendo las vértebras? Tenía 1.45 metros. Aunque grande, no era excesiva; pero como estos animales son extraordinariamente gruesos, el boyerito, que la vio arrollada, tuvo una idea enorme de su tamaño.

Otra de las rarezas, en lo que se refiere a esta serpiente, es el ruido de su cascabel. A pesar de las zoologías y los naturalistas más o menos de oídas, el ruido aquel no se parece absolutamente al de un cascabel: es una vibración opaca y precipitada, muy igual a la que produce un despertador cuya campanilla se aprieta con la mano, o, mejor aún, a un escape de cuerda de reloj. Esto del escape de cuerda suscita uno de los porvenires más turbios que haya tenido, y fue origen de la muerte de uno de mis aguarás.

La cosa fue así: una tarde de setiembre, en el interior del Chaco, fui al arroyo a sacar algunas vistas fotográficas. Hacía mucho calor. El agua, tersa por la calma del atardecer, reflejaba inmóviles las palmeras. Llevaba en una mano la maquinaria, y en la otra el winchester, pues los yacarés comenzaban a revivir con la primavera. Mi compañero llevaba el machete.

El pajonal, quemado y maltrecho en la orilla, facilitaba mi campaña fotográfica. Me alejé buscando un punto de vista, lo hallé, y al afirmar el trípode sentí un ruido estridente, como el que producen en verano ciertas langostitas verdes. Miré alrededor: no hallé nada. El suelo estaba ya bastante oscuro. Como el ruido seguía, fijándome bien vi detrás mío, a un metro, una tortuga enorme. Como me pareció raro el ruido que hacía, me incliné sobre ella: no era tortuga sino una serpiente de cascabel, a cuya cabeza levantada, pronta para morder, había acercado curiosamente la cara.

Era la primera vez que veía tal animal, y menos aún tenía idea de esa vibración seca, a no ser el bonito cascabeleo que nos cuentan las Historias Naturales. Di un salto atrás, y le atravesé el cuello de un balazo. Mi compañero, lejos, me preguntó a gritos qué era.

—¡Una víbora de cascabel! —le grité a mi vez. Y un poco brutalmente, seguí haciendo fuego sobre ella hasta deshacerle la cabeza.

Yo tenía entonces ideas muy positivas sobre la bravura y acometida de esa culebra; si a esto se añade la sacudida que acababa de tener, se comprenderá mi ensañamiento. Medía 1.60 metros, terminando en ocho cascabeles, es decir, ocho piezas. Este parece ser el número común, no obstante decirse que cada año el animal adquiere un nuevo disco.

Mi compañero llegó; gozaba de un fuerte espanto tropical. Atamos la serpiente al cañón del winchester, y marchamos a casa. Ya era de noche. La tendimos en el suelo, y los peones, que vinieron a verla, me enteraron de lo siguiente: si uno mata una víbora de cascabel, la compañera lo sigue a uno hasta vengarse.

—Te sigue, che, patrón.

Los peones evitan por su parte esta dantesca persecución, no incurriendo casi nunca en el agravio de matar víboras.

Fui a lavarme las manos. Mi compañero entró en el rancho a dejar la máquina en un rincón, y en seguida oí su voz.

—¿Qué tiene el obturador?

—¿Qué cosa? —le respondí desde afuera.

—El obturador. Está dando vueltas el resorte.

Presté oído, y sentí, como una pesadilla, la misma vibración estridente y seca que acababa de oír en el arroyo.

—¡Cuidado! —le grité tirando el jabón—. ¡Es una víbora de cascabel! —Corrí, porque sabía de sobra que el animal cascabelea solamente cuando siente el enemigo al lado. Pero ya mi compañero había tirado máquina y todo, y salía de adentro con los ojos de fuera.

En esa época el rancho no estaba concluido, y a guisa de pared habíamos recostado contra la cumbrera sur dos o tres chapas de zinc. Entre éstas y el banco de carpintero debía estar el animal. Ya no se movía más. Di una patada en el zinc, y el cascabel sonó de nuevo. Por dentro era imposible atacarla, pues el banco nos cerraba el camino. Descolgué cautelosamente la escopeta del rincón oscuro, mi compañero encendió el farol de viento, y dimos vuelta al rancho. Hicimos saltar el puntal que sostenía las chapas, y éstas cayeron hacia atrás. Instantáneamente, sobre el fondo oscuro, apareció la cabeza iluminada de la serpiente, en alto y mirándonos. Mi compañero se colocó detrás mío, con el farol alzado para poder apuntar, e hice fuego. El cartucho tenía nueve balines; le llevaron la cabeza.

Sabida es la fama del Chaco, en cuanto a víboras. Había llegado en invierno, sin hallar una. Y he aquí que el primer día de calor, en el intervalo de quince minutos, dos fatales serpientes de cascabel, y una de ellas dentro de casa...

Esa noche dormí mal, con el constante escape de cuerda en el oído. Al día siguiente el calor continuó. De mañana, al saltar el alambrado de la chacra, tropecé con otra: vuelta a los tiros, esta vez de revólver.

A la siesta las gallinas gritaron y sentí los aullidos de un aguará. Salté afuera y encontré al pobre animalito tetanizado ya por dos profundas mordeduras, y una nube azulada en los ojos. Tenía apenas veinte días. A diez metros, sobre la greda resquebrajada, se arrastraba la cuarta serpiente en 18 horas. Pero esta vez usé un palo, arma más expresiva y obvia que la escopeta.

Durante dos meses y en pleno verano, no vi otra víbora más. Después sí; pero, para lenitivo de la intranquilidad pasada, no con la turbadora frecuencia del principio.

EN EL YABEBIRY*

EL CAZADOR que tuvo el chucho y fue conmigo al barrero de Yabebiry, se llamaba Leoncio Cubilla. Desde días atrás presentía una recidiva, y como éstas eran prolongadas, esperamos una semana, sin novedad alguna, por suerte.

Partimos por fin una mañana después de almorzar. No llevábamos perros; dos estaban lastimados y los otros no trabajaban bien solos.

Abandonamos la picada maestra tres horas antes de llegar al barrero. De allí un pique de descubierta nos aproximó legua y media; y la última etapa —hecha a machete de una a cuatro de la tarde más caliente de enero— acabó con mi amor al calor.

---

* Publicado en *Caras y Caretas*, Buenos Aires, año X, n° 447, abril 27, 1907, en página y media con dos dibujos de Zavattaro.

El barrero consistía en una laguna virtual del tamaño de un patio, entre un mar de barro. Acampamos allí, en el pajonal de la orilla, para dominar el monte, a cien metros nuestro. El crepúsculo pasó sin llevarnos un animal, no obstante parecer habitual la rastrillada de tapires que subían al monte.

Por sobriedad —o esperanzas de carne fresca, si se quiere— no llevábamos sino unas cuantas galletas que comí solo; Cubilla no tenía ganas. Nos acostamos. Mi compañero se durmió enseguida, la respiración bastante agitada. Por mi parte estaba un poco desvelado. Miraba el cielo, que ya al anochecer había empezado a cargarse. Hacia el este, en la bruma ahumada que entonces subía apenas sobre el horizonte, tres o cuatro relámpagos habían cruzado en zig-zag. Ahora la mitad del cielo estaba cubierta. El calor pesaba más aún en el silencio tormentoso.

Por fin me dormí. Presumo que sería la una cuando me despertó la voz de Cubilla:

—¡El aguará guazú, patrón!

Se había incorporado y me miraba de hito en hito. Salté sobre la escopeta:

—¿Dónde? —Volvió cautelosamente la cabeza, mirando a todos lados, y repitió conteniendo la voz:

—¡El aguará!

Su cara encendida me hizo sospechar y le tomé el pulso; volaba de fiebre. La fatiga y humedad de ese día habían precipitado el acceso que él justamente preveía. Para mayor trastorno, éstos se iniciaban en él sin chuchos y en franco delirio.

Se durmió de nuevo felizmente. Tendido de espaldas, observé otra vez el tiempo. Aunque aún no había relámpagos, el cielo cargado tenía de rato en rato sordas conmociones fosforescentes. No nos esperaba buena noche. Volvíme sin embargo a dormir, pero me despertó un grito de terror:

—¡Patrón, el aguará!

Abrí los ojos y vi a Cubilla que corría hacia el monte con el machete en la mano. Salté tras él y logré sujetarlo. Temblaba, empapado en sudor. Volvió de mala gana, mirando atrás a cada momento; barbotaba sordas injurias en guaraní. Y en el fogón sentóse en el suelo, abrazándose las rodillas y el mentón sobre ellas. Observaba fijamente el fuego, luciente de fiebre. A ratos lanzaba una carcajada, tornando en seguida a su mutismo.

Así llegaron las dos de la mañana. De pronto Cubilla removió las manos por el suelo y fijó en mí sus ojos, más excavados aún de miedo:

—¡El aguará se va a tomar toda el agua!... —No me quitaba la vista, en un pavor profundo. Le di de beber, le hablé, en vano.

Pero a mí mismo comenzaba a desazonarme el aguará y el desamparo de esa noche, ¡en qué compañía! La tormenta arreciaba. El tronar lejano del monte anunciaba el viento que pronto estaría sobre nosotros. El cielo relampagueante se abría y cerraba a cada momento, enceguesiendo. En una fulguración, más sostenida que las anteriores, el monte se recortó largamente sobre el cielo lívido. Cubilla, que desde hacía rato no apartaba de él la vista, incorporóse a medias y se volvió a mí, desencajado de espanto:

—¡El aguará va a venir, patrón!...

—No es nada —le respondí, mirando a pesar mío a todos lados.

—¡Ahí está! ¡Se va a tomar toda el agua! —gritó, levantándose y volviéndose a todos lados con impulsos de fuga. Y en ese instante, entre dos ráfagas de viento, oímos claro y distinto el aullido de un aguará. ¡Qué escalofrío me recorrió! No era para mí el aullido de un aguará cualquiera, sino de «ese» aguará extraordinario que Cubilla estaba olfateando desde las doce de la noche. Éste, al oír al animal, se llevó la mano crispada a la garganta, paralizado de terror. Quedó así largo rato escuchando aún, y al fin bajó lentamente la mano, y se sentó serio y tranquilo. Echóse a reír en seguida, despacio:

—El aguará... no hay remedio... nos va a quitar el agua... no hay remedio... —Me miraba irónicamente por entre las cejas—: ¡El aguará!... ¡el aguará!...

El animal aulló otra vez, pero ya sobre nosotros, desde la punta del monte. Al fuego de otro relámpago se destacó en la greda su silueta inmóvil y cargada de hombros. Avancé cincuenta metros, temblando de miedo y ansia de acabar de una vez. Apunté en su dirección, y en el primer relámpago sostenido rectifiqué rápidamente e hice fuego. Cuando pude ver de nuevo, el páramo de greda estaba desierto; no había sentido ni un grito. Al volver, Cubilla no parecía haberse inquietado. Proseguía balanceándose y riendo suavemente:

—No es nada; va a volver... se toma el agua... vuelve siempre...

Así siguió hasta el alba, y así continué, crispado por su profecía delirante y resignada, con la escopeta en las manos, mirando a todos lados, completamente perdido en el monte. Tal vez si mi hombre hubiera dicho que el aguará nos comería, o cosa así, no habría visto en ello más que una lógica sobreexcitación de cazador enfermo. Pero lo que me conturbaba era ese detalle de brutal realidad —ya fantástico por su excesiva verosimilitud: «a pesar de todo», el animal vendría a tomarse «nuestra» agua.

No vino, por suerte. Al abrir el día Cubilla se tendió en un sopor profundo, el pelo pegado a la frente amarilla y la boca abierta. Despertóse a las ocho, sin fiebre; no supo cómo disculparse de haberme hecho perder la cacería. Evité hablarle de su delirio y volvimos.

Esa misma tarde, debiendo Cubilla tornar a su hacha, dejé la Carrería y regresé al Obraje, después de quince días de ausencia.

Con ésa eran ya dos las noches de caza que pasaba de tal modo. No volví más al Yabebiry, y hace un mes, supe al llegar aquí que Cubilla había muerto de chucho.

EPISODIO*

LA GUERRA, prolongándose, se exacerbaba. Como la montonera no tenía cuartel, no podía darlo —según la frase de uno de ella. Los realistas, por su lado, simplificaban la victoria de igual modo. Si el ánimo era abundante, la munición no. De aquí que el degüello reemplazara no pocas veces al fusilamiento, proceso tardo y dispendioso.

En tales odios, del degüello a la tortura no hay más que un paso, y ambos beligerantes salvábanlo con frecuencia, so pretexto de patriótica redención.

A los reveses diarios sucedían nuevas fortunas. El país, jugado a golpes de sable, cambiaba de bandera cada día o semana. El flamante dueño llevaba siempre a la población conquistada su pequeño saco de venganzas sobre las personas de estos delatores, de aquellos pasados al enemigo. Y como las tropas realistas operaban en país hostil, sus infortunios en tal género eran mucho mayores que los de la montonera.

Así su ira viose enérgicamente solicitada en cierta ocasión por un joven patriota que hizo veinte leguas en una noche para ir a avisar a una fuerza de la patria que el enemigo, escaso, había entrado en su pueblo. El muchacho montaba mal. Cuando llegó, lívido, tuvieron que sostenerlo. Temblaba, los ojos desvariados, escupiendo sangre a cada instante, sin poder hablar.

---

* Publicado en *Caras y Caretas*, Buenos Aires, año X, n° 451, mayo 25, 1907. En carta a Luis Pardo, probablemente de 1919, aclara: «Mucho agradeceríale que cambiara el título: *La voz de Patria* de mi último cuento, por este otro: *Episodio*» (en: *Revista de la Biblioteca Nacional.*, n° 18, *ibidem*, p. 36).

A la noche siguiente la montonera cayó sobre el villorrio oscuro y masacró a los realistas.

Los patriotas mantuviéronse diez días en el pueblo, hasta que la aproximación de un regimiento enemigo los puso sobre alerta. Recibieron orden de evacuar la posición, y, aunque de mala gana, antes de la llegada de aquél se fueron.

Durante su permanencia, el joven patriota de la carrera nocturna había ejercido las funciones de secretario general, pues su buena letra y firme decisión le encomendaban esa tarea. Era un muchacho de veintidós años, concentrado y tranquilo. Volvía de Buenos Aires, donde había vivido seis meses, no se sabe cómo. Parecía haber leído mucho allá. Tenía ojos azules y la mirada límpida, capaz de las más teológicas exaltaciones revolucionarias. El jefe de la montonera no quiso dejarlo entregado a los realistas: alguien podía denunciar su patriótico aviso. El joven se negó claramente a abandonar el pueblo, a pesar del terrible riesgo que corría. El oficial lo miró y le golpeó el hombro fuertemente, sin decirle nada. Dos horas después entró el regimiento realista.

Por más seguridad que se tuviera del alma nacional ardiendo aún en cada ladrillo, rara vez faltaban corazones débiles al triunfo o la tortura: esa misma tarde el secretario fue delatado. Los realistas, agriados de rabia por esos eternos, ocultos e ineludibles avisos al enemigo, hallaron en la ocasión tanto más ilegítima la felonía de ese proceder, cuanto era sacramente heroica para el invadido. De modo que, apenas enterados, arrastraron al delator a la presencia de un oficial. El joven llegó en un estado miserable, la ropa deshecha, empolvado a puntapiés y la boca morada de bofetones; fue empujado violentamente dentro de la pieza.

—¿Eres tú el joven héroe que la vez pasada fue a contar que nuestras tropas estaban aquí? —le preguntó con voz meliflua el oficial.

—Yo fui —respondió sencillamente el secretario y prosiguió mirando tranquilo a aquél.

—¿Y sabes tú lo que te ganas con esa bonita acción?

—Sé.

—Que te fusilen en seguida, ¿verdad, hijo mío?

—Sí.

Los realistas, enfurecidos por esa provocación, se contenían apenas. El mismo oficial se levantó.

—¡Miserable! ¡Ni siquiera te defiendes! Así sois todos los viles. Con un par de onzas a tiempo hubieras jurado por nuestra bandera —y lo midió despreciativamente de abajo a arriba, escupiendo en su dirección.

El secretario lo miró con fría calma y sonrióse imperceptiblemente. Pero el otro alcanzó a notarlo y saltó sobre él, rojo de cólera:

—Grita: ¡*Viva el Rey!*, ¡bandido!

El joven respondió tranquilamente:

—No grito.

El oficial le descargó con todas sus fuerzas un puñetazo en la cara. El secretario trastabilló; pero diez brazos contuvieron su caída sujetándolo del cuello.

—Grita: ¡*Viva el Rey!*, ¡miserable! —aulló el oficial, yendo sobre él.

—¡No grito! —levantó la voz el joven, las mejillas empurpuradas. Y rodó en seguida a puñetazos. Lo levantaron de nuevo.

—¡*Viva el Rey!* —rugieron exasperados los realistas, culatas y bayonetas en alto sobre su pecho.

—¡*Viva la Patria!* —gritó él. Y se hundió de nuevo, atravesado de heridas.

Los realistas bramaban de ira.

—¡*Viva el Rey!*

—¡*Viva la Patria!*

El sargento le descargó su pistola en la boca.

—¡No grites eso! —rugieron.

—*¡Viva la Patria!* —alzó más alto aún. Y tres nuevas descargas de pólvora en la boca llegaron tarde para contener esa voz.

—¡A la calle, a la calle! ¡Acabar con él! —Le arrastraron hasta el medio de la calle y clavaron de un golpe la bandera real. Como ya no podía tenerse en pie, acuchillado, quemado, mutilado, le sostuvieron de los brazos, colgando casi. La boca desaparecía en una immensa llaga negra, de la que había salido toda el alma de la patria.

—¡Viva el Rey! —le rugieron en la cara.

—*¡Viva la Patria!* —gritó aún. De un fogonazo le vaciaron un ojo. Cayó de nuevo, boca abajo.

—Podían matarme de una vez —murmuró.

—¡Ah, por fin! ¡Estás cansado ya, bandido! —clamaron triunfantes, doblándose sobre él.

—Sí, pero *¡Viva la Patria!* —pudo todavía decir, y juntó a la tierra en un supremo beso, la boca martirizada.

Los realistas, rugiendo de rabia, bajaron por fin sus fusiles, y bajo el pabellón enemigo lo clavaron con trece balas al suelo nacional.

EL GLOBO DE FUEGO*

—MI MATRIMONIO no tiene historia —dijo Rodríguez Peña una vez que hubo cesado el fuerte trueno—. No hemos tenido drama alguno, ni antes ni después. Tal vez antes —agregó— pudo haberlo habitado... Y sin ello no estaría casado.

Otro gran trueno retumbó, más súbito y violento que los anteriores, y tras él se oyó arreciar, a través de las puertas cerradas, la lluvia torrencial que inundaba el patio.

—¡Qué horror de agua! —exclamó una chica, levantándose con algunas compañeras a mirar la lluvia a través de los postigos. Y a cada nueva descarga que hacía temblar la casa, levantaban los ojos inquietos al techo.

—Cuéntenos eso, Rodríguez Peña —dijeron los hombres maduros—. Puede que las niñas casaderas provechen de su historia.

Nuestro amigo no se hizo de rogar. Y gravemente, según su costumbre, comenzó:

—Ustedes saben —dijo— que mi mujer no es linda. No ignoran tampoco que todos tenemos la vanidad del buen gusto, por lo cual es muy difícil que anunciemos, sin disculpas a otro hombre que nos hemos enamorado de una mujer fea. Comprenderán así ustedes cómo no quise confesarme a mí mismo, los primeros días que la conocí, que amaba a la que es hoy mi mujer.

»Me agradó en seguida, a pesar de su cara sin gracia. Mi mujer tiene la cara menos graciosa que se puede concebir. Lo que me sedujo en ella fue la tranquilidad de su alma, y su metal de voz lleno de bondad. A pesar de esto, no tuve el menor pudor en expresarme así a un amigo que me había visto rendido con ella.

»"—No tenía nada que hacer... Es interesante, pero tiene una cara imposible..."

»Me mostré en lo sucesivo muy solícito, dándole a comprender que no jugaba con ella; pero, no obstante, mis expresiones no pasaban de un tono muy ligero, tal vez para engañarme a mí mismo sobre lo que en realidad sentía por ella.

---

* Publicado en *Caras y Caretas*, Buenos Aires, año X, nº 464, agosto 24, 1907. Volvió a publicarlo en *El Hogar*, Buenos Aires, nº 844, diciembre 18, 1925, de donde tomamos la versión, profusamente corregida.

«Poco tiempo después se fue al campo, e invitado por la familia a pasar con ellos la semana de carnaval, fui allá, dispuesto a continuar en el mismo tono de semibroma.

«Una tarde, sin embargo, las circunstancias pudieron más que yo, y le hice sentir muy claramente que la amaba. Díjome, con gran calma, que me estimaba muchísimo como amigo, pero nada más. Yo acepté el golpe con una calma igual a la suya, y proseguimos hablando naturalmente sin que nadie hubiera podido sospechar, oyéndonos entonces, lo que ella acababa de deshacer un segundo antes.

«Yo había estado segurísimo de que sería aceptado en seguida; supongan ustedes por esto lo que sentiría yo en mi interior.

«Entramos de nuevo, pues el cielo, totalmente negro, amenazaba un huracán de polvo sobre la estancia.

«Mientras almorzábamos, en efecto, la tormenta se desencadenó con sin igual violencia. Los rayos, secos y sin agua todavía, explotaban sin tregua sobre nosotros, exactamente como ahora, y la cristalería vibraba sin cesar sobre la mesa, hasta empañarse.

«De pronto, una luz fulgurante filtró a través de los postigos en el comedor. Y cuando levantábamos todos la vista, admirados de no haber oído trueno alguno, vimos una luz pálida, estirada y como pastosa, que entraba por el agujero de una llave. La luz se retrajo, se hinchó y adquirió forma de globo frente a la cerradura, flotando indecisa en el aire. Tenía el tamaño aparente del sol, y una aureola lívida la circundaba.

«Teníamos frente a nosotros un rayo globular, una bomba eléctrica, que, al menor choque, reventaría.

«El dueño de casa murmuró entonces, con una voz terriblemente contenida:

«—¡No hablen ni se muevan..., o quedamos todos fulminados!...

«La voz sonó bastante a tiempo para ahogar tres alaridos femeninos que ya explotaban, y en aquel silencio no hubo sino ojos desmesuradamente abiertos frente al globo de fuego.

«Sentí, de pronto, que una mano de mujer se crispaba sobre mi pierna, buscando, inconscientemente, sin duda, la protección masculina en ese instante de peligro. Era la de mi amada. La cogí entre la mía, y su mano se asió desesperadamente a ella.

«El rayo había ascendido con lentitud hasta el umbral de la puerta. Allí comenzó a vagar de un lado a otro, girando sobre sí mismo. Lo que volvía aquello más horrible era su marcha perezosa, indecisa, cambiando a cada instante de rumbo, deteniéndose, reanudando su paseo en un sentido inesperado.

«Por fin, después de un vagabundeo de un minuto, que para nosotros duró mil años, el rayo globular descendió casi hasta tocar la mesa, cedió a uno y otro lado, como irresoluto sobre el rumbo a emprender y, suspendido en el aire, con su movimiento giratorio y su aureola lívida, avanzó en dirección a mi amada.

«Sentí la convulsión de su mano en la mía. Vi en los ojos desencajados de todos el horror de lo que iba a pasar. Pasé entonces el brazo por el cuello de mi amada, la atraje lentamente a mí, y el rayo siguió adelante sin encontrarla. Pero, por ligeramente que hubiera agitado yo el aire, el rayo globular se detuvo a medias, y cediendo al leve vacío producido, se dirigió a nosotros.

«Yo había cerrado los ojos. Cuando los volví a abrir, el globo había desaparecido, aspirado por la chimenea.

«Durante un eterno minuto nadie se movió. Al fin una terrible explosión sobre el pararrayos del garaje, nos anunció el final del drama.

«Drama a medias, como lo he advertido al principio, pero que me dio a mi mujer. Cuando quedamos a solas con mi amada, nos miramos con largo y confiadísimo amor, y ella lloró entonces largo rato sobre sus rodillas. Cuatro meses después nos casábamos, y nada nos ha pasado desde entonces. La tormenta de ahora me ha hecho recordar todas esas circunstancias».

Media hora después, también esa tormenta concluía. Entonces, la más joven de las oyentas, no del todo satisfecha de esa historia, preguntó a su relator:

—¿Y por qué, entonces, si ya lo amaba a usted, le había dicho esa mañana su señora que no lo quería?

—Quería vengarse de mí, supongo —repuso Rodríguez Peña. Y agregó, mirando a la tierna e insatisfecha joven:

—¿No hubiera usted procedido así?

LA COMPASIÓN*

CUANDO ENRIQUETA se desmayó, mi madre y hermanas se asustaron más de lo preciso. Yo entraba poco después, y al sentir mis pasos en el patio, corrieron demudadas a mí. Costóme algo enterarme cumplidamente de lo que había pasado, pues todas hablaban a la vez, iniciando entre exclamaciones bruscas carreras de un lado a otro. Al fin, supe que momentos antes habían sentido un ruido sordo en la sala, mientras el piano cesaba de golpe. Corrieron allá, encontrando a Enriqueta desvanecida sobre la alfombra.

La llevamos a su cama y le desprendimos el corsé, sin que recobrara el conocimiento. Para calmar a mamá tuve que correr yo mismo en busca del médico. Cuando llegamos, Enriqueta acababa de volver en sí y estaba llorando entre dos almohadas.

Como preveía, no era nada serio: un simple desmayo provocado por las digestiones anormales a que la someten los absurdos regímenes que se crea. Diez minutos después no sentía ya nada.

Mientras se preparaba el café, pues por lo menos merecía esto el inútil apuro, quedámonos conversando. Era esa la quinta o sexta vez que el viejo médico iba a casa. Llamado un día por recomendación de un amigo, quedaron muy contentas de su modo cariñoso con los enfermos. Tenía bondadosa paciencia y creía siempre que debemos ser más justos y humanos, todo esto sin ninguna amargura ni ironías psicológicas, cosa rara. Estaban encantadas de él.

—Tengo un caso parecido a éste —nos decía hablando de Enriqueta—, pero realmente serio. Es un muchacho también muy joven. Parece increíble lo que ha hecho para perder del todo su estómago. Ha leído que el cuerpo humano pierde por día tantos y tantos gramos de nitrógeno, carbono, etc., y él mismo se hace la comida, después de pesar hasta el centigramo la dosis exacta de sustancias albuminoideas y demás que han de compensar aquellas pérdidas. Y se pesa todos los días, absolutamente desnudo. Lo malo es que ese absurdo régimen le ha acarreado una grave dispepsia —y esto es para usted, Enriqueta. Cuanto más desórdenes propios de su inanición siente, menos come. Desde hace dos meses tiene terribles ataques de gastralgia que no sé cómo contener...

—Duele mucho eso, ¿no? —interrumpió Enriqueta, muy preocupada.

—Bastante —inclinó la cabeza repetidas veces, mirándola—. Es uno de los dolores más terribles...

—Como mi hermana Concepción —apoyó mi madre— cuando sufría de cálculos hepáticos. ¡Qué horror! ¡Ni quiero acordarme!

—Y tal vez los de la peritonitis sean peores... o los de la meningitis.

---

* Apareció originalmente en *Caras y Caretas*, Buenos Aires, año X, n° 468, septiembre 21, 1907.

Nos quedamos un rato en silencio, mientras tomábamos el café.

—Yo no sé —reanudó mi madre—, yo no sé, pero me parece que debería hallarse algo para no sufrir esos dolores... ¡Sobre todo cuando la enfermedad es mortal, mi Dios!

—Apresurando la muerte, únicamente— se sonrió el médico.

—¿Y por qué no? —apoyó valientemente Clara, la más exaltada de mis hermanas—. ¡Sería una verdadera obra de caridad!

—¡Ya lo creo! —murmuró lentamente mi madre, llena de penosos recuerdos. Luisa y Enriqueta intervinieron, entusiasmadas de inteligente caridad, y todas estuvieron en armonía. El médico escuchaba, asintiendo con la cabeza por costumbre.

—Sin embargo no crea, señora —objetó tristemente—. Lo que para ustedes es obra de compasión, para otros es sencillamente un crimen. Debe haber quién sabe qué oscuro fondo de irracionalidad para no ver una cosa tan inteligente —ya no digo justa— como es la de evitar tormentos a las personas queridas. Hace un momento, cuando hablábamos de los dolores, me acordé de algo a ese respecto que me pasó a mí mismo. Después de lo que ustedes han dicho, no tengo inconveniente en contarles el caso; hace de esto bastante tiempo.

—Una mañana fui llamado urgentemente de una casa en que ya había asistido varias veces. Era un matrimonio, en el segundo año de casados. Hallé a la señora acostada, en incesantes vómitos y horrible dolor de cabeza. Volví de tarde y todos los síntomas se habían agravado, sobre todo el dolor, el atroz dolor de cabeza que la tenía en un grito vivo. En dos palabras: estaba delante de una meningitis, con toda seguridad tuberculosa. Ustedes saben que muy poco hay que hacer en tales casos. Todo el tratamiento es calmante. No les deseo que oigan jamás los lamentos de un meningítico: es la cosa más angustiosa con su ritmo constante, siempre a igual tono. Acaban por perder toda expresión humana; parecen gritos monótonos de animal.

Al día siguiente seguía igual. El pobre marido, muchacho impresionable, estaba desesperado. Tenía crisis de llanto silencioso, echado en un sillón de hamaca en la pieza contigua. No recuerdo haber llegado nunca sin que saliera a recibirme con los ojos enrojecidos y su pañuelo de medio luto hecho un ovillo en la mano.

Hubo consulta, junta, todo inútil. El tercer día el dolor de cabeza cesó y la enferma cayó en semiestupor. Estaba constantemente vuelta a la pared, las piernas recogidas hasta el pecho y el mentón casi sobre las rodillas. No hacía un movimiento. Respondía brevemente, de mala gana, como deseando que la dejáramos en paz de una vez. Por otro lado, todo esto no falta jamás en un meningítico.

La noche del cuarto día la enfermedad se precipitó. La fiebre subió con delirio a 40° 6, y tras ella la cefalalgia, más terrible que antes, los gritos se hicieron desgarradores. No tuve duda ninguna de que el fin estaba próximo. La crisis de exaltación postrera —cuando las hay— suele durar horas, un día, dos, rara vez más. Mi enferma pasó tres días en esa agonía desesperante, gritando constantemente, sin un solo segundo de tregua, 72 horas así. Y en el silencio de la casa... figúrense el estado del pobre marido. Ni antipirina, ni cloral, nada lo calmaba.

Por eso, cuando al séptimo día vi que desgraciadamente vivía aún en esa atroz tortura suya y de su marido y de todos, pesé, con las manos sobre la conciencia, antecedentes, síntomas, estado; y después de la más plena convicción de que era un caso absolutamente perdido, reforcé las dosis de cloral, y esa misma tarde murió en paz.

—Y ahora, señora, dígame si todos verían en eso la verdadera compasión de que hablábamos.

Mi madre y hermanas se habían quedado mudas, mirándolo.

—¿Y el marido nunca supo nada? —le preguntó en voz casi baja mi madre.

—¿Para qué? —respondió con tristeza—. No podía tener la seguridad mía de la muerte de su mújer.

—Sí, sin duda... —apoyó fríamente mi familia. Nadie hablaba ya. El doctor se despidió, recomendando cariñosamente a Enriqueta que se cuidara su estómago. Y se fue, sin comprender que de casa nunca más lo volverían a llamar.

EL MONO AHORCADO*

ESTILICÓN, un mono mío de antes, tuvo un hijo, cuya vida amargué. Éste murió en 1904, y como escribí su historia —por lo menos la de la catástrofe— el mismo día de haberlo enterrado, la fecha de estas impresiones es, pues, anterior a diciembre de 1904.

Acabo de enterrar a Titán. He hecho abrir un agujero en el fondo del jardín, y allí lo hemos puesto con su soga. Confieso que ese desenlace me ha impresionado fuertemente. Después de una corta vida en paz, mis experiencias extravagantes lo han precipitado en un ensayo del que ya no saldrá.

En resumen, quise hacer hablar a mi mono. He aquí lo que yo pensaba entonces:

La facultad de hablar, en el solo hecho de la pérdida de tiempo, ha nacido de lo superfluo: esto es elemental. Las necesidades absolutas, comer, dormir, no han menester de lenguaje alguno para su justo ejercicio. El buen animal que se adhiere enérgicamente a la vida, asienta su razón de ser sobre la tierra, como un grueso y sano árbol, la descomposición de una agua muerta. Una necesidad, exactamente cumplida, es grande ante la madre tierra que no habla nunca. El lenguaje (*el pensamiento*) no es sino la falla de la acción, o, si se quiere, su perfume. Porque es falla no puede repetirse con honor, estableciendo así la diferencia capital entre acción y pensamiento. Una acción puede copiarse, y si la primera fue grande, lo será también la segunda. En cambio, todos sabemos que decir lo que otros han dicho, denigra en un todo. La acción es siempre propia, cada una tiene valor intrínseco, sin que su igualdad a un millón de acciones idénticas alcance a disminuirla. La intención puede estar detrás de ellas con diversos grados de heroísmo; pero como todas las cosas que se harán, al fin y al cabo han de ser hechas, no vale más en sí una obra fuertemente discutida que la que se hizo de golpe y sin pensar. El hecho, una vez de pie, tiene la sinceridad incontrastable de las *cosas*, aun de las que conservan por todos los siglos la contextura finamente quebradiza de las que fueron hechas a fuerza de meditación.

En cuanto al lenguaje, los loros, cuervos, estorninos, hablan. Los monos, no. ¿Por qué? Si se admite que la animalidad del mono es superior a la del loro, podemos admitir también que la facultad de hablar no es precisamente superior. En el pájaro se corta para reaparecer en el hombre. ¿Por qué en el mono —organización casi perfecta— no existe? Esta bizarría me parecía demasiado sutil.

Mucho de esto se me ocurrió una noche en que Titán rompió entre sus manos un bastón que halló debajo del ropero. Me quedé comentando con Luis la fuerza del animal. Luis creía en una falla de la madera; yo, no. Al fin de larga charla, Luis, para convencerse, cogió un palo semejante, y después de gran esfuerzo logró astillarlo. Titán, apelotonado en un rincón, había seguido con ojos inquietos el incidente. Cuando éste concluyó, nos miró profundamente asombrado. ¿Para qué haber perdido tanto tiempo hablando, si al fin y al cabo habíamos de hacer lo mismo que él?

En este terreno puesto, lo preciso para que hablara era sugerirle la idea de lo superfluo. ¿Pero cómo?

---

* Publicado en *Caras y Caretas*, Buenos Aires, año X, n° 472, octubre 19, 1907, con un dibujo de Zavattaro.

El mono Estilicón, protagonista del relato, es el mismo de «Historia de Estilicón», relato incluido en *El crimen del otro* (1904). Tómese asimismo en cuenta la *nouvelle El mono que asesinó*, originalmente publicada por entregas entre mayo y junio de 1909, con el pseudónimo B. Fragoso Lima (reeditada en libro en: *Novelas cortas, Obras inéditas y desconocidas de Horacio Quiroga*, Montevideo: Arca, tomo I, 1967).

La primera experiencia tuvo lugar en el campo, al sur. La llanura rasa y monótona se extendía hasta el fin. Sólo en medio del pasto amarillo se levantaba un árbol absoluto. Durante un mes fui allá con Titán todas las tardes, haciéndole subir a la copa de aquél. Tan bien aprendió, que corría a treparse sin indicación mía. Una noche hice cortar el árbol a ras del suelo y llevarle lejos: no quedó rastro alguno. A la tarde siguiente fuimos de nuevo e insté a Titán a que subiera al árbol. El animal buscó inquieto por el aire, me miró, volvió los ojos a todos lados, me miró de nuevo y gimió. Insistí veinte veces, instándolo con toda la persuasión que pude a que subiera. Me miraba aturdido, pero no se movía. De vuelta, al llegar a casa, corrió de alegría a treparse al paraíso del patio.

Medité otras cosas más, pero todas las pruebas posibles variaban alrededor de la primera. Inútil debía ser lo que no le servía, y la concepción de esto era justamente lo difícil. Un día rompí un globo de vidrio pendiente de un hilo. Con el mismo palo le dio un segundo golpe, y ahí se detuvo su idea de lo superfluo. La conciencia del globo era absolutamente de ese globo: otro era un mundo aparte. Una hormiga, perfectamente consciente de la existencia íntima de una hoja, ignora en absoluto la piedra con que tropieza: no existe para ella, aunque exista su impedimento. ¿Cómo llegar a la idea abstracta? Le di haschich a mi hombre, por fin, no ciertamente para que hablara, sino para observar un lado por el que pudiera ser cogido. El resultado fue grotesco.

Después de cinco meses de pruebas —algunas tan sutiles, lo confieso, que me daban miedo por mí mismo— hice un ensayo postrero. Sujeté al parral dos fuertes sogas con sendos nudos corredizos; uno era falso. Pasé éste por mi cuello y me dejé caer, los brazos pendientes. Titán hizo lo mismo en el otro lazo, pero presto llevó las manos al cuello y descorrió el nudo. Me miró pensativo desde el suelo, muerto de envidia. Repitió toda la tarde la hazaña, con igual resultado. No se cansaba, como no se cansó en los días sucesivos, afanándose por soportar el dolor. Aunque en los últimos tiempos le noté extrañas titubeaciones en su prodigiosa precisión de bestia, todo pasó. Hace de esto un mes, un mes largo. Y esta mañana amaneció ahorcado. Probé el nudo; como corría sin el menor entorpecimiento, tuve la plena convicción de que esa muerte no era casual.

Ignoro si las anteriores experiencias han influido decididamente. Puede tratarse de un esfuerzo de curiosidad —¡a qué grado morboso!— o de una simple ruptura de equilibrio animal torturado seis meses seguidos: la menor angustia humana de vacío en la cabeza, lo ha llevado fatalmente a ese desenlace.

Si es así, una vez abandonados los brazos —él conocía el peligro de esa situación— su decisión ha ido derecho a la muerte, cosa que él ha visto y no querido evitar. De cualquier modo, ha debido sufrir mucho; pero la cara no se ha convulsionado, firme y seria por el gran esfuerzo de voluntad para morir. Los ojos se han vuelto completamente para arriba. Su blanca ceguera, bajo el ceño contraído, da al rostro sombrío una expresión estatuaria de concentración, y dominado por una serie de ideas confusas, he seguido a su lado y lo he hecho enterrar en el patio, con los brazos tendidos a lo largo del cuerpo.

LA AUSENCIA DE MERCEDES*

Hipólito Mercedes, del Ministerio de Hacienda, tenía 27 años cuando le aconteció su extraordinaria aventura. Era un muchacho grueso, muy rubio, de ojos irritados y parpadeantes, que usaba lentes porque era miope. Era bastante tímido. Sus muslos rechonchos se rozaban hasta la rodilla, como los de las mujeres. Tenía la inteligencia circunscrita, a semejanza de las personas adictas a filosofar, y para colmo se llamaba Mercedes, como una hermana mía.

Era extremadamente pulcro. De modo que no pudo ser más grande la estupefacción de sus compañeros la tarde en que le vieron levantarse de la mesa con un tintero en la mano, vaciarlo en el piso, y arrodillarse, frotando concienzudamente las rodillas sobre la tinta. Después volvió a escribir plácidamente. Los oficinistas, sin saber qué pensar, dispusiéronse a gozar el resultado. Indudablemente el pobre Mercedes no se había dado cuenta de lo que había hecho, porque salió en paz, como si en realidad no llevara dos grandes manchas en las rodillas. Al día siguiente hubo quejas, protestas, que agitaron la oficina hasta las dos. Mercedes llegó a proferir palabras bastante groseras, a que sus compañeros replicaron que cuando se sufre distracciones más bien estúpidas, es inútil acusar a nadie y mucho menos levantar la voz.

Mercedes quedó muy preocupado de sí mismo. Esa tarde salió solo. Al tomar la vereda de Victoria, leyó distraído en los vidrios: Miguel Mihanovich —Líneas a Bahía Blanca... Siguió adelante, deletreando mentalmente: Mi-ha-no-vich... Y al llegar a la última sílaba se acordó, de un modo tan nítido como inesperado, de un par de botines con puntera de bronce que había tenido en Chivilcoy cuando era chico, y que le habían durado 7 meses. Entró en un bar, pidió café, llevó la taza a los labios, y al dejarla en el plato se encontró en Callao y Santa Fe. Posiblemente caminaba; pero su sorpresa fue tan grande que quedó parado. Su segunda sorpresa fue que, al evocar el bar de que acababa de salir, tuvo la impresión de un recuerdo vago, difícil y lejano, de esos que obligan a cerrar los ojos contrayendo el ceño. Era tal su estupefacción que no sabía cómo comenzar a dilucidar eso. Se dirigió a su casa, completamente aturdido. De pronto, con un escalofrío, vio el sol en los balcones: era «más temprano» que cuando había tomado el café. Y con un nuevo chucho, esta vez de frío y espantada confusión, notó que era invierno.

Ahora bien: para un hombre que lleva una taza de café a sus labios en la plaza de Mayo, en verano, y al dejarla se halla en Santa Fe y Callao, en invierno y con sobretodo, la aventura es abrumadora.

«¡Estoy loco, loco!» —se dijo Mercedes, muerto de angustia— «Mamá me dirá lo que ha pasado, si no he hecho alguna locura.» Como una persona mojada y enferma, deseaba ardientemente verse de una vez en su casa. Vivía en Soler entre Díaz y Bulnes. En la esquina de Díaz, al levantar la vista, se detuvo de golpe y quedó un momento inmóvil. Apresuró el paso.

—Esa casa no estaba *antes*. ¡*Antes*!... ¿cuándo?...

Llegó por fin. Atravesó ligero el patio, entró en el comedor, y una mujer, con una criatura de pecho en los brazos, le preguntó sorprendida, mirando el péndulo:

—¡Oh! ¿por qué vienes a esta hora? Son apenas las 4 1/2.

Mercedes ahogó una exclamación y dio torpemente un paso atrás, cogiendo de nuevo el picaporte.

—Perdón... me he equivocado... ¿No vive aquí mamá... la señora de Mercedes?— se corrigió en seguida.

* Publicada en *Caras y Caretas*, Buenos Aires, año X, nº 477, noviembre 23, 1907.

La joven bromeó.

—No, señor; está ahora en Chivilcoy, en casa del señor Juan Mercedes, hermano del señor Hipólito Mercedes, padre del señor Polito Mercedes servidor de usted —y extendió la criatura hacia Mercedes.

El aturdimiento de éste era mucho mayor que su quebranto. La expresión de su rostro no debía ser normal, porque la joven se acercó a él, mirándolo extrañada:

—¿Qué tienes? Algo te pasa —y le apoyó el revés de la mano en la frente—. Estás helado... ¡Pobre! —agregó pasándole el brazo por la cintura y apretándose a él—. Dale un beso a tu hijo... Pero ¿qué tienes? ¿por qué me miras así?

—N... nada... —murmuró Mercedes, desesperado por no saber qué partido tomar. A pesar de todo, le quedaba suficiente serenidad para no promover una escena ridícula.

—¿Te duele algo?

—N... no.

—¿Y entonces?

—No sé lo que tengo...

Pero la cabeza se le iba, y se empeñaba humildemente en creerse loco ante esos horribles fenómenos, no obstante habérsele ocurrido que si su mujer lo recibía así, no debería estarlo. Para mayor encanto, un chico de dos años entró corriendo a echarse contra su pierna, llamándolo papá. Así es que cuando a los pocos momentos la joven lo dejó solo, huyó desesperado en busca de su médico. A sus angustias se agregó una decisiva: en el vestíbulo había un almanaque de pared, y hacía media hora que leía como un estúpido: «1906, 14 de junio de 1906», ¡y él acababa de tomar café el 2 de marzo de 1902!

Contó todo, extraordinariamente abatido. ¿Cómo era eso? ¿Cómo cuatro años?... ¿*Su* mujer y *sus* hijos?... El otro, tras el cúmulo de sus preguntas insidiosas de médico, hablóle al fin en términos precisos —no para Mercedes, por cierto— de epilepsia, ausencias de epilepsia. Parece ser que en el momento en que Mercedes iba a dejar la taza de café, adquirió de golpe una como especie de otra personalidad, que se casó, tuvo dos hijos y continuó haciendo en un todo lo que hacía siempre Mercedes. Hasta que un buen día, en Callao y Santa Fe, volvió bruscamente a ser el primer individuo, reanudando su vida y recuerdos donde los había dejado, y sin acordarse en lo más mínimo de lo que había hecho en esos cuatro años.

A instancias del pobre Mercedes, tan desalentado que daba lástima, el médico, buen muchacho en suma, lo acompañó a su casa, explicando a la señora de Mercedes que su esposo había sufrido una leve congestión cerebral que habíale hecho olvidar de muchas cosas y confundir las otras, etc., etc.

Un momento antes, Mercedes no había dejado de darle a entender, con gran susto de célibe, un posible divorcio si... y se detuvo hipócritamente, recordando con discreto pregusto, como le convenía, el bello rostro de su pasada y futura mujer.

Pero las cosas no deberían haber ido precisamente mal, porque diez días después, cuando su médico le pidió nuevas de su fresco estado, Mercedes lo miró extremadamente satisfecho, tanto que a la indiscreta sonrisa del otro, concluyó por ponerse colorado.

UNA HISTORIA INMORAL*

—LES ASEGURO que la cosa es verdad, o por lo menos me la juraron. ¿Qué interés iba a tener en contarla? Es grave, sin duda; pero al lado de aquella chica de cuatro años que se clavó tranquilamente un cuchillo de cocina en el vientre, porque estaba cansada de vivir, el viejo de mi historia no vale nada.

—¿Eh, qué? ¿Una criatura? —gritó la señora de Canning.

—¡Qué horror! —declamó Elena, volviéndose de golpe—. ¿Dónde fue, dónde?

El joven médico levantó la cabeza, nada sorprendido. Todos lo miramos, pues su presencia era más que específica tratándose de tales cosas.

—¿Vd. cree, doctor? —titubeó la madre. El éxito de mi cuento dependía de lo que él dijera. Por ventura se encogió de hombros, con una leve sonrisa:

—¡Es tan natural! —dijo, condescendiendo con nosotros.

—¡Pero cuatro años! —insistió, dolida en el fondo de su alma, la gruesa señora.

—¡Ángel de Dios! Y en el vientre, ¡qué horror! ¡Eh, Elena, viste? ¡En el vientre!

—¡Sí, mamá, basta! —clamó aquélla, achuchada, cruzándose el saco sobre el vientre, lleno ya de entrañable frío. Como era muy graciosa, quedó muy mona con su gesto de infantil defensa.

Tuve que contar en seguida qué era eso de la criatura. Efectivamente, el caso había pasado meses antes en el Salto Oriental. Se trataba de una criatura que vivía con su abuela en los alrededores. La pequeña era inteligente y callada —demasiado para su edad—. Ya la abuela había contado a los vecinos que no le gustaba el excesivo juicio de su nieta: «¡No tiene más que cuatro años! Preferiría tener que pegarle por alocada.» Una mañana, mientras comían, la abuela se levantó a ver quién llamaba, y cuando volvió halló a su nieta de pie, apretándose las manos sobre el vientre. En seguida vio en el suelo el cuchillo de cocina ensangrentado. Corrió desesperada, le apartó las manos y los intestinos cayeron. A las ocho del otro día vivía aún, pero no quería hablar. La noche anterior había respondido que estaba cansada de vivir; fue lo único que se pudo obtener de ella. No se había quejado un solo momento. Estaba perfectamente tranquila. No tenía fiebre alguna. A las diez se volvió a la pared y poco después murió.

Esto fue lo que conté.

—Ya ven Uds. —concluí— que la historia es un poco más extravagante que la del viejo. Siento no haber conocido a la chica esa. ¡Qué curiosa madera! Indudablemente si alguna vez hubo en el mundo una persona que creyó estar de más, ésa es mi chiquilina. Se acabó.

—¡Sí, se acabó, ya lo vemos! —me reprendió la madre. Su tierno corazón estaba alterado—. Y pensar... Y Uds. doctor, ¡cómo no ven Uds. esas cosas!

—¡Qué hacer!...

—¡Pero Uds. saben eso!

—¿Qué cosa?

Lo miró sorprendida, como si no se le hubiera ocurrido que podrían preguntarle qué era justa y concretamente lo que ella pensaba. Al fin extendió los dos brazos demostrativos:

—¡Pero eso, esa criatura!

—Sí, señora, sabemos eso, pero no podemos impedir que haya cuatro degenerados como esta personita. ¿Se acuerda Ud. de lo que le conté hoy en la mesa? Es lo mismo. Aquí indudablemente se trata de algo más, quién sabe qué herencia sobrecargada. Sobre todo esa insensibilidad al dolor... en fin, estamos llenos de estas cosas.

---

* Publicada en *Nosotros*, Buenos Aires, año 1, n° 5, pp. 290-297, diciembre 1907.

Nuestra respetable amiga siguió atentamente la vaga disquisición científica. No entendió una palabra, eso no tiene duda; pero su alma respetuosa de todo lo profundo comprendió a su modo y se hubiera tirado al agua con los ojos cerrados en apoyo de lo que afirmaba el joven y estudioso sabio.

Nos callamos un momento. La noche estaba oscura y sobre el agua invisible iba marchando el vapor Tritón, con el golpear sordo y precipitado de sus palas. El río picado hamacaba pesadamente el buque. De cuando en cuando, una ola corría desde proa a romperse en las aletas, con un chasquido silbante que estremecía a la borda en que estaba recostada Elena.

Ésta se volvió a mí:

—¿No sabe más?

—Nada más; apenas eso.

—Es bastante, ¡ya lo creo! —ratificó la madre—. ¿No es invento suyo, verdad? Ah, no me acordaba de que el doctor dijo que eso pasa... Sí, sí, no dé las gracias, podría haberlo inventado. ¡Pobre criatura! ¡Y sin embargo, no sé qué! Sufro mucho, y me gusta oír. ¡Hay tantas cosas que una no sabe! Usted conocerá muchos casos, ¿no doctor? —se dirigió a éste—. ¡Pero no deben poderse oír, sus casos!

—¡No tanto! Algunos sí, bastantes. Pero no veo qué interés pueda tener eso. Para nosotros, todavía, porque estamos dentro de todo... Y aun así... —Se llevó la mano a la barba y se recostó la cabeza en el sillón, en su alta indiferencia mental por nosotros.

—¿Y Ud., señor? —se volvió la madre a Broqua.

Este Broqua formaba parte del grupo en que nos habíamos unido desde la noche anterior por simples razones de mayor o menor cultura. Para la charla anecdótica y sentimental de todo viaje, no era menester un mutuo aprecio excesivo, y estábamos contentos.

Broqua era un muchacho de cara tosca, que hablaba muy poco. Como parecía carecer de galante malicia y de sentimiento artístico sobre los paisajes aclamados minuto a minuto, había despertado ya vaga idea de ridículo en madre e hija.

Esa noche antes de salir afuera, Elena había tocado el piano en el salón. Broqua, que estaba a su lado, no apartó un momento los ojos de las manos de Elena, indiscreción que la tenía muy nerviosa. Tocaba con gusto, pero la insistencia de ese caballero, que muy bien podía ser un maestro, le pareció un poco grosera. Cuando concluyó la felicitamos efusivamente, pero no quiso continuar. No había quien lo hiciera.

—Y Ud., señor, ¿no toca el piano? —se volvió a Broqua.

—No, señorita.

—¡Pero sabe música!...

—Tampoco, absolutamente nada.

Esta vez Elena lo miró con extrañeza bastante chocante.

—Como miraba tanto lo que yo hacía...

—No, admiraba la agilidad. Me parece muy difícil eso —respondió naturalmente.

Elena y la madre cruzaron una rápida mirada. El joven sabio, a su vez, lo miró sorprendido. De esa ingenuidad a la zoncera no había más que un paso, y el médico, en comienzo de flirt con Elena, cambió con madre e hija una sonrisa de festiva solidaridad sobre el sujeto. Elena hizo una escala corriendo el busto sobre las teclas y se levantó. Como no hacía frío fuimos a popa.

Al sentirse interpelado sobre las historias, Broqua respondió:

—Sí, señora, sé una, pero es un poco fuerte.

Otra vez cruzó el terceto una fugitiva mirada entre sí. Elena, no obstante, al oír *un poco fuerte*, creyó deber ponerse en seguida seria.

—Muchas gracias, señor —respondió desdeñosamente la madre, volviendo apenas la cabeza a Broqua.

—No, se puede oír, solamente que el asunto no es común y asusta un poco.

—Veamos, señor: ¿se puede oír o no?

—Creo que sí, por lo menos una señora.

¿Qué curiosidad no se despierta? Apenas entablado el diálogo, Elena se había apresurado a charlar con el médico, como para establecer bien claro que ella no podía oír lo que tampoco debía.

—¡Elena!

—¿Mamá? —se volvió aquélla, muy extrañada.

—Tráeme la peineta grande del neceser, a la izquierda. El viento me ha despeinado horriblemente. ¡No revuelvas, por Dios!

Posiblemente Elena tuvo deseos de hallar un poco tardía la necesidad de la peineta; pero al verse observada por la mirada curiosa de Broqua y de mí, se resignó a no oír aquello, virginalmente ajena al motivo de su destierro.

Broqua la siguió con los ojos. Cuando desapareció comenzó:

—La historia es corta y sobre todo rara. Tal vez...

—Que no sea de criaturas, señor —interrumpió la señora— porque me aflijo mucho. No sé qué me da verlas sufrir así. No lo puedo remediar, siento una compasión que lloraría. A mi edad, ¿verdad...? Y es así. La vez pasada oí contar que un hombre de la vía del tren —guardabarreras, no sé...— había dejado que el tren destrozara a su hija que estaba jugando sobre la vía, para evitar una catástrofe. No tenía más que mover un poquito la barra de cambiar, ¡y el tren hubiera tomado otro camino chocando con otro! Dejar matar a su propia hija, ¡qué horror! Estuve dos días pensando en eso. ¡Qué abnegación, mi Dios! ¡No puedo, absolutamente, no puedo! ¿El suyo es así?

—No, señora, es muy distinto. En dos palabras: cuando yo era médico de una sociedad...

Hubiera sido imposible que siguiera. La señora abrió desmesuradamente los ojos:

—¿Pero Ud. es médico, señor?

—Sí, señora.

—Pero no sabíamos —repuso, mirándonos al joven psicólogo y a mí en su apoyo.

—Es lo mismo —respondió Broqua, mirándola a su vez con una sonrisa que hubiera sido de la más ridícula ironía, si no fuera de la más indiferente naturalidad.

Su eminente colega le lanzó una fría y rápida mirada escudriñadora. Entonces intervine.

—Ahora cambia de aspecto, señora. Por arriesgado que sea el caso, tendrá forzosamente otro carácter por ser un médico quien lo cuenta y lo podría oír hasta una criatura. Ud. sabe bien que en las grandes ciudades las señoras van a los institutos científicos a escuchar cosas que no oirían en otra parte, sin gritar. La ciencia, señora. Tal vez sería bueno el llamar a la señorita Elena... —agregué con la más hipócrita gravedad que pude, mirando hacia los corredores.

—No se incomode, señor —me cortó seca y dignamente—. Yo puedo oír porque soy vieja ya... sí, señor, ¡vieja! y desgraciadamente la experiencia nos hace ver cosas más crueles que las que podría contar el señor... el doctor. Es cierto, ¡vemos muchas cosas horribles, pero nos enseñan a compadecer a los desgraciados de esta vida y a tolerar tantas cosas!

Era, sin duda, un gran corazón la gruesa dama. Elena no volvía, lo que probaba su también vieja experiencia de esos destierros. Como ya estábamos en paz, Broqua reanudó su relato:

—Cuando yo era médico de una sociedad, aquélla me mandó una vez al consultorio una mujer humilde, joven aún, pero muy quebrantada. Al cabo de dos minutos perdidos en evasivas por su temor de tocar el tema, me contó que tenía un hijo que sufría de una enfermedad extraña. Paso por encima de su manera de decir; no quería precisar nada. Instada por mí, supe al fin que su hijo, de 20 años, odiaba a las mujeres, pero se desvivía por los vestidos. Desde chico era así. Parece que a los nueve años estuvo colocado en un taller de modistas y allí comenzó su perversión. Tampoco había sido nunca un muchacho viril, sino todo lo contrario. Tenía una colección de muñecas que vestía y desvestía. Él mismo se vestía de mujer. Recortaba las siluetas femeninas que veía en los diarios y se quedaba horas perdidas mirándolas. A las mujeres las odiaba; le daban asco, es la palabra. Economizaba todo lo que podía para comprar trajes de mujeres delgadas, bien cortados. Si el dinero no le alcanzaba, compraba sólo una pollera. Se acostaba con ellos, y demás está decir las emociones que sentiría. Completamente, señora.

La madre no sabía qué hacer. Era una pobre mujer tímida, que había sido muy desgraciada con su marido. Lo que le espantaba más en su hijo era que su padre había sido lo mismo. Muy joven aún, y llevando una vida sobrado libre, había sido solicitada para que tratara de que el desgraciado ser un cuestión, después su marido, cobrara gusto con ella a los placeres reales del amor; así cambiaría. Efectivamente, eso pasó, y la pobre muchacha concluyó por enamorarse y se casaron. Al principio todo fue bien; pero a los pocos años volvió a su manía, complicada con accesos de idiotez y furias terribles. No había día en que no la pateara. Este calvario duró un año, al cabo del cual quedó loco.

La pobre mujer, que había llevado Dios sabe qué vida con su marido, se desesperó cuando notó que en su hijo se reproducían las mismas cosas del padre. Hasta la adolescencia tuvo esperanzas, pero se resignó a perderlas. Ya no sabía qué hacer.

Le aconsejé lo único posible: que su hijo tuviera relaciones con mujeres. Movió un rato la cabeza, triste y desconsolada.

—Ya lo pensé —me respondió— pero no quiere...

Como yo insistiera, me contó —y esto es lo que yo llamo abnegación, señora, grandeza y comprensión del amor más grande que todas las honradeces—, me contó que una noche, desesperada de angustia al ver que su hijo acababa de tener el primer ataque de idiotez, se esforzó en que aquél se olvidara de que ella era su madre. Más bien, hizo todo lo posible. Un momento, señora. La pobre mujer no se daba cuenta de toda la sobrehumana compasión que significaba eso. Estaba muerta de dolor, y no quería por nada que su hijo fuera lo que había sido su padre. Otro momento, señora, y acabo. Tampoco había sutilizado su acción, ni había gestos de sacrificio. Estaba ahogada de ternura y lástima por su pobre hijo, y no había visto nada más. Esto es todo.

Nuestra respetable amiga, que durante la historia de Broqua había intentado varias veces interrumpirlo, resignóse al fin a oír todo, ofreciéndose a sí misma, hinchando el cuello indignado, el sacrificio de su dignidad. Al concluir Broqua, se levantó lentamente y lo midió de arriba a abajo.

—¡Pero eso es inmundo! —explotó con un asco que salía del fondo de su gordo corazón.

—Eso es exactamente lo que dijeron las señoras de la Beneficencia, cuando supieron el caso —observó Broqua inclinándose—. Perdóneme, señora. Comprendo muy bien que le cause mala impresión, pero ya ve que hubiera sido imposible que la señorita Elena oyera esto.

La dama dio vuelta la cabeza a medias y lo midió de arriba a abajo esta vez:

—¡No faltaba más, señor!... —Y se fue, con el busto dignamente arqueado adelante.

El eminente psicólogo continuó con nosotros media hora aún, sin hablar palabra. Tuvo veleidades de decir algo, sin duda, en defensa de sus amigas ofendidas; pero el manifiesto espíritu agresivo de Broqua, al contar esa historia, contuvo su gentil paladinismo, indigno, además —por las violencias posibles— de un cerebro superior. Se fue y quedamos solos hasta la una de la mañana. Broqua se consideraba suficientemente vengado y estaba tranquilo. Indudablemente, se dejó llevar un poco y yo también. Pero, ¡qué diablos!...

A la mañana siguiente, muy temprano, desembarcaron madre e hija. Broqua y yo estábamos recostados de codos en la borda, tomando el sol. La madre nos vio en seguida, pero apretó los labios, con un rápido tirón a la manga de Elena para que evitara vernos. No obstante, al alejarse por fin por el muelle, Elena dirigió a Broqua un fugitiva mirada de curiosidad. Me pareció por su expresión —Dios me perdone— que le habían contado la historia.

RECUERDOS DE UN SAPO*

Es CURIOSO cómo los espíritus avanzados encarnan, en cierta época de su vida, la modalidad común de ser, contra la cual han de luchar luego. Generalmente aquello ocurre en los primeros años, y la página que sigue no es sino su confirmación.

Quien la escribe y me la envía, M. G., figura entre los más firmes precipitadores de la revolución social y es, preciso es creerlo, tan exaltado como sincero. Contados por él, no dejan de tener sabor picante estos recuerdos.

Aquel día fue una fiesta continua. Las lecciones de la mañana se dieron mal, la mitad por culpa nuestra, la otra mitad por la impaciencia tolerante de los profesores, deseosos a su vez de huir por toda una tarde del colegio.

Ese inesperado medio día de asueto tenía por motivo el advenimiento de la primavera, nada más. La tarde anterior, el director, que nos daba clase de moral, nos había dirigido un pequeño discurso sobre la estación que entraba, «la dulce naturaleza que muere y renace con más bríos, los sentimientos de compasión que hacen del hombre un ser superior». Hablaba despacio, mirando fija y atentamente como para no olvidar una palabra de su discurso aprendido de memoria. Lo que no recuerdo bien es la hilación que dio a la primavera y la compasión humana. De todos modos, el día siguiente, 23 de septiembre, nuestro 2º año debía ir al Jardín Botánico.

Fuimos. El día era maravilloso. Como no hacía viento, la temperatura casi estival parecía más densa. Avanzábamos bulliciosamente por los senderos, mirando a todos lados. Cuando el director se detenía ante alguna planta extraña, lo rodeábamos y clasificábamos hojas y flores sin ton ni son. A pesar de ese nuestro servilismo de estudiantes en pupilaje, que nos llenaba la boca de la más embrutecedora vanidad de erudición para adular al director, no dejábamos de saludar con caliente emoción muchas plantas realmente útiles: —las pitas, de hojas concéntricas y cónicas con espolón negro, cuyas últimas vainas de color crema sirven, ya para hacer barcas, ya como arma ofensiva contra toda lagartija del camino;— los paraísos, cuyas ramas arden con mucho humo, indispensables para bien sacar camoatíes; —los membrillos, afilados en varas recias y delgadas que azotan a maravilla el anca de los petizos;— los laureles, sagrados por sus horquetas para hondas; —los damascos, que secretan goma interesante al gusto, al revés de la del eucalipto, que es picante;— los talas, gracias a cuyos bastones irrompibles los lagartos y víboras viven más bien mal, sobre todo si se tiene cuidado de escoger una rama encorvada, de modo que se pueda golpear de plano sin agacharse mucho.

---

* Apareció en: *Caras y Caretas*, Buenos Aires, año XI, nº 485, enero 18, 1908. La ilustración quedó a cargo de José María Fernández Saldaña, íntimo amigo de Quiroga —como ya se ha documentado extensamente en toda nuestra edición—. Para orientarlo en tal dibujo (que finalmente resultaron dos) le escribe el 16 de septiembre de 1907: «Un día —estábamos pupilos en el colegio— el director, que a su vez nos daba clase de moral, hizo fiesta para llevarnos al Jardín Botánico. Fuimos. Día de Primavera. Al salir e inclinarme sobre un *viburnum prunifolium*, vi un sapo, Llegaron los otros. El Director llega y se le ocurre, lleno de alegría, ponerlo sobre la vía del tramway para que éste lo aplaste, como así fue en efecto. Esta fue la primera lección de moral práctica que recibí.— Hay algo más, pero lo apuntado es lo más agarrable (*sic*) para un dibujero (*sic*). Si tomas la escena de la vía, no te olvides de ponerle al director yaqué y sombrero de paja. Aún podrías poner en gran primer término, de espaldas, el director y cuatro o cinco chicos, perpendiculares a la vía; por ahí el sapito y el tramway en perspectiva derecha al ojo. En fin, lo que Dios te dé a entender.» (*Cartas inéditas* (...), tomo II, *ibidem*, pp. 127-128).

Y una vez publicado el cuento comenta con su habitual sinceridad: «Habrás visto en *Caras* tus dibujos de «Recuerdos de un sapo». Pareciéronme un poco grises» (Desde Resistencia, febrero 6, 1908, *ibidem*, p. 132). En una carta posterior compone un poema burlesco donde vuelve a referirse al dibujo de su primo.

Todo esto veíamos. El director estaba muy alegre, y para mayor goce nuestro, no se acordaba casi de sus eternos y aburridores discursos de clase sobre moral: «ser bueno, es ser justo; todo proviene de ahí... cuanto más humilde es el objeto de nuestra compasión, tanto más noble es ésta...», etc., etc.

Aunque no entendíamos poco ni mucho tales aforismos, creíamos en la suprema virtud de nuestro director. Hubiéramonos llenado del más espantable asombro si nos hubieran dicho que quien así apostolizaba a diario, podía no ejecutar precisamente lo que decía: de tal modo en las criaturas son inseparables los conceptos de prédica y ejemplo.

Entretanto, habíamos recorrido el jardín en todo y contra sentido. Ya era las cuatro y media y debíamos volver. Nos encontrábamos, pues, hacia el portón, cuando al inclinarme sobre un «viburnum prunifollium» (¡cómo recuerdo el nombre!) vi en su sombra húmeda, sentado gravemente junto a un terrón, un sapo, un sencillo sapo que se mantenía quieto ante el ruido. Lo empujé con el pie y el animal rodó; distinguí un momento su vientre blanco amarillento y en seguida se dio vuelta, quedando inmóvil en tres cuartos de perfil a mí. Mis compañeros llegaron. Ante nuevos pies amenazantes, el animal dio dos saltitos y se detuvo de nuevo. Posiblemente hubiera pasado en un instante a una vida mucho menos accidentada, si el director, al acercarse y ver el buen animal jardinero, no hubiera tenido una idea maravillosa.

—¡Déjenlo, déjenlo —nos gritó alegremente, conteniéndonos con ambos brazos abiertos—, ¡traigan dos ramas!

Sin comprender aún, nos desbandamos y volvimos presto con lo pedido. El director dobló una de aquéllas hasta que sus extremidades se tocaron y, manteniéndolas así, colocó sobre esa angarilla al sapo, mientras, con la otra rama le oprimía el lomo. Entonces se irguió, mirándonos con los ojos brilantes de malicia:

—Lo vamos a poner en la vía del tramway —nos dijo articulando despacio, para dar más sugestión a la ingeniosísima idea. Es de suponerse los festejos que ésta mereció. Aun el menos imaginativo de nosotros vio en un momento el maravilloso aplastamiento. ¡Qué aplastamiento! ¡Qué modo de aplastarlo! En nuestro entusiasmo no buscábamos comparación alguna, porque comprendíamos confusamente que nada había a qué equiparar esa trituración.

—No va a caber ni un dedo entre la rueda y él —se atrevió tímidamente uno de los menores. Nos reímos en su cara.

—¡Ni un dedo!... —replicó otro mirando despreciativamente a la criatura, ya avergonzada—: ¡Ni una araña! ¡ni una víbora por chica que sea!

Todos lo apoyamos calurosamente con la mirada. Eso de «la víbora por chica que sea», nos pareció sobre todo muy bello y justo.

En seguida nos encaminamos en triunfo a la calle. Yo, particularmente, estaba excitadísimo. A mi lado marchaba un chico de mi edad, delgado y pálido, que vestía siempre de terciopelo castaño, pantalón de bombacha sujeto sobre las rodillas huesosas, y un gran cuello blanco que le llegaba hasta los hombros. Decíamos de él que era un marica: ya se sabe el desamor a los juegos enérgicos y la dulzura femenina que caracterizan a las criaturas a quienes se califica así.

—¡Qué gusto, matar al sapo! —me dijo con su clara voz—. ¿A ti te gusta?

—¿A mí? —le respondí fogosamente, desafiándolo—. ¡Tres mil sapos mataría! ¡cuatro mil sapos! ¡cinco mil sapos mataría!

—A mí no me gusta —repuso, sintiendo en el fondo no ser como nosotros—. Es un animal inofensivo.

—¿Y si te hubiera mordido?

—¡Pero si no muerden!

—¡Oh, no seas idiota! ¡Cómo se te quedan las lecciones de moral! —Y lo dejé para ir adelante.

En un momento el sapo estuvo colocado sobre la vía, y pronto para proporcionarnos la más dulce emoción. Hablábamos todos a la vez. El director alentaba el entusiasmo.

—¡Ahora van a ver! —nos decía, conteniendo siempre nuestra impetuosidad con sus brazos—. ¡Ahora verán cuando pase el tramway! ¡Esperen, esperen, todos van a ver!

Gozaba más que todos nosotros, ya que él había tenido la idea. El animalito se mantenía mal sobre el riel, relevado en aquellos días; resbalaba a cada instante una pata. Miraba atentamente con sus ojos saltones, sin comprender nada.

Un coche se desprendió por fin de la estación, comenzó a crecer y en un momento estuvo sobre nosotros. El motorman, inquieto de lejos al ver los muchachos alineados sobre la vía, se serenó al aproximarse y ver nuestra atención de lo que se trataba. Sin embargo, la posibilidad de haber tenido que detener el coche hizo que continuara el naciente malhumor, y al ver un hombre de barba dirigiendo escrupulosamente la mantanza de un sapo, gritó al pasar:

—¡Qué valiente!

No cabe duda de que el buen motorman no había visto nunca por ese lado el acto de matar un sapo: una cobardía; pero es creíble que el contraste entre el grupo triunfante y el pobre animal le sugirió esa expresión que no sentía.

El coche iba ya lejos. El director, que había oído bien, lo siguió con los ojos, más sorprendido que otra cosa. Al fin se volvió a nosotros, tomándonos de testigos:

—¡Qué imbécil! ¿Oyeron lo que dijo?

A todos nos pareció también una imbecilidad.

—¡Qué estúpido! —se volvió a acordar al rato, camino del colegio.

En verdad, ninguno recordaba más el sapo. Pero poco a poco comenzó a inquietarme vaga vergüenza. Lo que el motorman no había sentido al calificar nuestra hazaña, lo sentía yo ahora. Posiblemente mi ruda susceptibilidad de muchacho criado en el campo entraba no poco en esto. Veía planteada así la gracia: un hombre y 24 muchachos martirizando a un animal indefenso. Si el animal hubiera sido más grande —pensaba— más fuerte, más malo, si «hubiera podido defenderse», en una palabra, el director nunca se hubiera atrevido a hacer eso. En mi condición de muchacho primitivo, y por lo tanto cazador, yo había visto siempre un enemigo de mi especie en todo animal huraño, en especial en los que corren ligero. Había muerto no pocos sapos indefensos, cierto es; pero si en aquellos momentos hubiera oído decir a alguien: «es fácil matarlo porque no puede defenderse», en seguida hubiera dejado caer la piedra. No habría precisado mayores razones de humanidad, que por otra parte no hubiera comprendido; yo era un cobarde al hacer eso, y me bastaba. Pensando esto surgió nítido entonces el recuerdo de un apereá al que rompí el muslo de una pedrada, una tarde después de muchas de acecho en que no pude tenerlo a tiro. El animalito quedó tendido, gimiendo. Al verlo así, toda mi animosidad desapareció y lo levanté en los brazos, sosteniéndolo contra el pecho, arrepentido hasta el nudo en la garganta de mi hazaña. Mi «único» deseo —pasión— mientras lo vi quejarse dulcemente, boqueando y sin tratar ni remotamente de morderme, fue que no muriera, para cuidarlo y quererlo siempre. Pero al rato murió.

Este recuerdo acerbaba la impresión del pobre sapo —sentíame lleno de póstumo amor por él— cobardemente muerto entre veinticinco personas que habrían disparado si el mísero animal hubiera podido hacer la más leve resistencia. Mi indignación no iba hasta el director, porque me ensañaba valorosamente con mi propia humilación. Y cuanto más rabia sentía contra mí mismo, más la sentía por el muchacho de rodillas al aire, pues comprendía que él tenía razón al exponerme la inutilidad de nuestra gracia, y yo no quería concederle eso. Si hubiera habido otro sapo lo habría deshecho a patadas, para probarle que yo no era capaz de sentir ridícula compasión de un sapo. Me acerqué a él perversamente.

—¡Eh! —le dije, refiriéndome al de la vía— ¡reventó! ¡Ojalá hubiera otros!

Sin embargo, a la tarde sucedió la noche con nuevas impresiones, y aun aquélla había sido demasiado aguda y precoz para que durara. No me acordaba del sapo sino a ratos perdidos, y más que todo porque pensaba contarle la aventura a papá, para que viera qué clases de moral práctica nos daba el director. En el fondo, lo que yo buscaba eran los aplausos de papá por mis sentimientos generosos.

Efectivamente, el primer domingo de salida le conté todo a papá; pero, contra lo que yo esperaba, ni halló nada ciertamente reprensible en el proceder del director, ni se explicó mis indignaciones sin objeto. Como yo, cortado, comentara un poco el caso, bastante dudoso de mi pretendida humanidad, papá me miró sorprendido e irónico.

—Cuidado —me dijo— por ahí se va al anarquismo.

Me quedé frío.

—Sí —agregó empujándome del hombro para que lo dejara en paz—, con la compasión a los sapos se empieza.

Yo tenía ideas vagas y heroicas sobre la que nombraba papá, como defender grandes y nobles causas, odiar hasta morir y especialmente tirar bombas. Pero al saber que, en vez de eso, el anarquismo consistía en tener compasión a cualquier cosa —¡un sapo!— me avergoncé profundamente de mis veleidades de humanidad, hallando completamente ridículo lo que había sentido tras la aventura del Jardín Botánico. Estas son las primeras lecciones prácticas de moral que recibí y me di a mí mismo.

UN NOVIO DIFÍCIL*

HAY DOGMAS terribles. Por ejemplo, defender a los amigos y defender a la mujer amada, sin entrar por el momento en mayores detalles. Quien los contraviene, tórnase presto animal inmundo, y por inclinarse a ello Larraechea perdió su novia.

Cómo, lo supe una noche de baile en que aquél y yo estábamos parados, estorbando bastante. Las aleatorias parejas pasaban rozándonos, y, al cabo de cuatro vueltas, sabíamos de memoria todos los rostros.

No todos: en cierto momento noté que Larraechea no me respondía, atento a una pareja que llegaba. La joven, que escuchaba a su compañero mirándose la punta de uno y otro zapato, levantó la cabeza en el preciso instante de cruzar delante nuestro, y saludó con seria extrañeza a Larraechea. Era indudable que lo había visto desde lejos. La seguimos con los ojos.

—Mona, la chica —dije—. ¿La conoce mucho?

—Bastante; ha sido novia mía.

—Es lástima que ya no lo sea más —creí agregar, colocándome vagamente en su lugar.

—¡Sí, lástima! Yo no era seguramente el hombre soñado... Si los muchachos que hacían dogmas, supieran por qué hemos roto... Si le interesa, se lo cuento.

»Supongo —comenzó— que no tendrá mucho interés en saber cómo y dónde la conocí. Hacía ya tres meses que éramos novios, cuando una noche, aquí mismo, un individuo —ése justamente que está con ella y parece reemplazarme con toda felicidad— se puso a mi lado; yo estaba parado por ahí, contra una cortina. Ella paseaba con no sé qué amigo de su barrio. El sujeto comentó la concurrencia, el éxito del baile, las caras bellas, etc. Apenas me conocía, lo cual no obstaba para que me hiciera confidencias con inconsciente indiscreción de buen diablo. Así me dijo:

---

* Publicado en *Caras y Caretas*, Buenos Aires, año XX, nº 496, abril 4, 1908, con el pseudónimo Alberto Villena, única oportunidad en que lo emplea.

—Hace un rato tenía usted una espléndida compañera.

—¿Cree? —le respondí, por decir algo.

—¡Ya lo creo! Es muy linda —repuso—. No se habrá aburrido, ¿verdad? —agregó con malicia. Indudablemente, no sabía que era novia mía.

—No mucho —me sonreí, sin saber adónde iba.

—Es muy mona —reafirmó—. Lástima que haya dado que hablar.

Supondrá el efecto que me hizo esto.

—¿De veras? —dije.

—¡No sé tanto! —me respondió riendo—. Dicen que es muy expresiva con alguno. Y así otras cosas.

Ahora, le confieso que apenas lo oí, mi primer sacudida fue hacerme el ofendido y provocar al que la insultaba. Pero al mismo tiempo tuve también conciencia plena de que yo no sentía *verdaderamente* eso, sino que lo había aprendido. Mi impulso real, que salía de lo más profundo, era únicamente contra ella; contra ella, sí; contra él no sentía nada. ¿Qué era él en esa súbita llamarada de celos que borraba todo, no déjándonos más que a ella y a mí? ¿Por qué me iba a insultar, el pobre diablo, si ignoraba completamente que ella era mi novia?

»Éste se fue, y, al volverme, la vi pasar detrás mío. Por la dirección que llevaba, comprendí que acababa de levantarse, y las sillas vacías estaban a dos metros. Temí que hubiera oído. En el resto de la noche no la sentí franca.

Dos días después, al entrar en la sala, la madre me recibió. Hablamos un momento y pregunté por ella.

—Ya viene —me respondió, pasando enseguida a otra cosa. Pero no venía e insistí.

—Ya viene —repitió evasivamente.

—¿Tiene algo conmigo? —le pregunté, mirándola.

—No, nada —repuso, esquivando la vista. Se calló.

—Creo que está resentida con usted —agregó al rato.

Entonces no tuve duda de que había oído. Un momento después ella entró y la madre nos dejó solos. Resistióse a decirme qué tenía, negando rotundamente largo rato que sintiera nada. La ayudé y se abrió por fin diciéndome que yo había permitido que hablaran así —porque efectivamente había oído—, que cuando un hombre permite eso, no quiere; que si no se creía en ella...; que ella entendía de muy diverso modo el amor, etc., etc.

Concilié con toda la persuasión que pude.

—Dime —le dije al fin—. ¿Tú crees que yo te quiero?

No me respondió. Insistí, con igual resultado.

—¿Hubieras creído que te quiero más?

—No sé si usted me hubiera querido más, pero un hombre que hace eso, no quiere.

Y no hubo más. Fue tan imposible que saliera de ahí como del respaldo del piano. A los cinco minutos había concluido todo, y ahí la tiene, dejándose enamorar, en un conveniente olvido, por el hombre que la insultó. ¡Feliz memoria!».

Sin embargo, sé por experiencia, que no es apacible evocar, mirándolo, un amor que perdimos porque quisimos y que ya no está en nosotros revivir. Así vi que Larraechea, mudo, la seguía atentamente con los ojos. Yo también la miraba.

Sin embargo, había en la historia ese algo turbio, y no pude menos que decírselo a Larraechea: sus celos, lo que había oído. Que no se ofendiera con él, perfectamente; pero con ella...

—No —me respondió, sin volver la cabeza.

Vi después que se refería a mí.

LA VIDA INTENSA*

CUANDO JULIO Shaw creyó haber llegado a odiar definitivamente la vida de ciudad, decidióse a ir al campo, mas casado. Como no tenía aún novia, la empresa era arriesgada, dado que el 98 por ciento de mujercitas, admirables en todo sentido en Buenos Aires, fracasarían lamentablemente en el bosque. La vida de allá, seductora cuando se la precipita sin perspectiva en una noche de entusiasta charla urbana, quiebra en dos días a una muñeca de garden-party. La poesía de la vida libre es mucho más ejecutiva que contemplativa, y en los crepúsculos suele haber lluvias tristísimas —y mosquitos, claro está.

Shaw halló al fin lo que pretendía, en una personita de dieciocho años, bucles de oro, sana y con briosa energía de muchacha enamorada. Creyó deber suyo iniciar a su novia en todos los quebrantos de la escapatoria: la soledad, el aburrimiento, el calor, las víboras. Ella lo escuchaba, los ojos húmedos de entusiasmo. — «¡Qué es eso, mi amor, a tu lado!» Shaw creía lo mismo, porque en el fondo sus advertencias de peligro no eran sino pruebas de más calurosa esperanza de éxito.

Durante seis meses anticipóse ella tal suma de felicidad en proyectos de lo que harían cuando estuvieran allá, que ya lo sabía todo, desde la hora y minutos justos en que él dejaría *su trabajo*, hasta el número de pollitos que habría a los cuatro meses, a los cinco y a los seis. Esto incumbiría a ella, por cierto, y la aritmética femenina hacía al respecto cálculos desconcertantes que él aceptaba siempre sin pestañar.

Casáronse y se fueron a una colonia de Hohenlau, en el Paraguay. Shaw, que ya conocía aquello, había comprado algunos lotes sobre el Capibary. La región es admirable; el arroyo helado, la habitual falta de viento, el sol y los perfumes crepusculares, fustigaron la alegría del joven matrimonio.

En tres días organizó ella la vida. Shaw trabajaría en la chacra, en el monte o en casa; no era posible precisar más. Ella, en cambio, tenía horas fijas. Temprano, *administraría* las gallinas —como decía Shaw— y cuidaría de los almácigos. A las seis, vigilaría muy bien el ordeñamiento de las vacas. A las siete, tomarían café con leche. A las ocho, etc., etc.

Así se hizo. La preocupación de su trabajo y de los peones dio naturalmente más seriedad al carácter de Shaw. Pero ella, al mes, conservaba aún su embriaguez febril, loca de entusiasmo por su nueva vida. «Demasiada fiebre» amonestábala él, entre dos risas y más besos. En efecto, no había querido llevar piano ni siquiera gramófono, dado que esas eran horribles cosas de ciudad, y ella deseaba olvidarse de todo, para ser más digna de su nueva existencia, franca, sencilla e intensa. Pero su intensidad fue completa.

Una noche, Shaw escribía una carta, cuando creyó oír afuera cautelosas pisadas de caballo. El tiempo estaba tormentoso y en silencio. Ambos levantaron la cabeza y se miraron.

—¿Qué será? —preguntó ella con voz baja y un poco ansiosa, pronta ya a ir a su lado.

—No sé; parecen pasos de caballo.

Prestó oído, en vano. Volvió de nuevo al papel, pero adivinando que ella había quedado intranquila, fue a la pieza contigua y abrió la ventana, asomándose. La noche estaba muy oscura y calurosa. Apoyó las manos en el marco y esperó un momento. Estando así, sintió que sobre sus pies caía algo desmenuzado, como arena. Movió el pie, constatando que efectivamente era eso. «De la argamasa» pensó. Como no oía nada, cerró la ventana, y, al volverse, vio sobre el piso, en el agudo triángulo de la luz que dejaba pasar la puerta entornada, una

---

* Publicado en *Caras y Caretas*, Buenos Aires, año XI, nº 502, mayo 16, 1908, con un dibujo de Hohmann en la única página que ocupa el relato.

serpiente negra que se deslizaba hacia el cuarto en que estaba su mujer. Shaw comprendió por qué había caído la arena al paso del reptil sobre el marco y entre sus manos. Sabía también que mientras no se le hostigara, el animal no atacaría. Pero pensó también, con un nudo en la garganta, que su mujer podría no verla y pisarla.

—¡Inés! —la llamó en voz ni alta ni baja.

—¿Qué hay? —oyó.

—Óyeme bien —añadió lentamente y en calma—. No te muevas. No tengas miedo. Óyeme bien. Pero no te muevas por nada. Ha entrado una víbora... ¡No te muevas, por Dios!

Un grito de espanto le había respondido.

—¡Julio, Julio!

—¡No corras, no corras! —gritó él a su vez, precipitándose sobre la puerta.

—¡Julio!... —oyó aún. Y en seguida su alarido. Se lanzó a él, lívida de terror.

—¡Me picó aquí! ¡Ay, no quiero morir! ¡Julio, no quiero morir!

—¿Dónde? —rugió Shaw, más lívido que ella.

—¡Aquí, en la mano!... Tropecé... ¡Ay, me duele, me duele mucho! ¡Julio, mi Julio, te quiero!...

Shaw se desprendió un segundo y aplastó de un silletazo a la serpiente, presta a un nuevo ataque. Ligó enérgicamente la muñeca y hendió con su cortaplumas, hasta el fondo, los dos puntos que habían dejado los colmillos, de que corrían dos hilitos negros. Al ver saltar la sangre, la joven dio un nuevo grito, tratando desesperadamente de desprender la mano. Pero Shaw resistió e hizo correr con todas sus fuerzas la sangre hacia la herida.

—¡Me duele, Julio, me duele mucho!... ¡No quiero morir! ¡No, no quiero morir! —gritaba desesperada, alzando cada vez más la voz. Shaw corrió y llenó como pudo de permanganato la jeringa. Pero ella, al ver la aguja, logró arrancar esta vez su mano.

—¡Inés, por favor! —clamó Shaw rudamente, esforzándose en recobrarla.

—¡No, no! —se debatía ella—. ¡No quiero más! Ay, no sé... ¡Me ahogo! ¡Ay, Julio, me ahogo!...

Shaw vio su instantánea palidez, y los dos hilitos de sangre lenta y negra surgieron fúnebres. «Ha picado en una vena... se muere», se dijo aterrado. Su pensamiento se retrató, a pesar suyo, de tal modo en sus ojos, que ella comprendió.

—¡Inés, mi vida!

—¡No, no quiero morir, no quiero morir! —gritó enloquecida, ahogándose.

—¡Inés, mi Inés querida! —se le quebró la voz en un sollozo. Pero ella lo rechazó, lanzándole de reojo una mirada dura.

—¡Tú tienes la culpa! Me has traído aquí... Yo no quería morir... ¡Me has dejado morir!...

Shaw sintió que algo de su propia conciencia vital se quebraba para siempre, al revivir en un segundo los siete meses en que ella lo había mirado con los ojos húmedos de fe y de confianza en él.

—¡Me muero por tu culpa!... ¡Me has traído a morir aquí!... ¡Mamá!...

Shaw hundió la cara en la colcha.

—Perdóname —le dijo.

—No... yo no quería venir... —Se asfixiaba, jadeando con voz ronca, de hombre casi—. Me has matado... ¡mamá!... ¡mamá!...

Un instante después moría. Shaw quedó largo rato sin moverse en el cuarto en silencio. Al fin salió, dio órdenes a los peones que con los gritos se habían levantado y vagaban curiosos por el patio, y se sentó afuera contra la pared, en un cajón de kerosene, bebiendo hasta las heces su triunfo de vida intensa.

LÓGICA AL REVÉS*

A FINES de 1894, Alberto Durero y yo trabamos relación íntima y especial. Llámola especial, porque ella nació de circunstancias puramente filosóficas, gracias al empeño de un tercero en concordia que puso uno enfrente de otro dos fogosos espíritus, como eran los nuestros por aquel bello entonces. Dimos en hablar de todo y para todo, sacando al fin consecuencias no comunes de nuestras charlas. En tierras ideológicas, sobre todo, tan bien carpimos la mala hierba, tal acrobacia nos aligeró el ánimo, que estuvimos a un paso de dar con nuestra razón en el vacío, en fuerza de sondar abismos a que Dios ha puesto intraspasable cancel. Recuerdo que, entre otras cosas, nos preocupaba establecer la cabal diferencia que existe entre lo que *es* y lo que *puede ser*. La negación de lo último está compensada por el desborde de evidencia que es lo primero. Una verdad bien establecida —la más nimia— lleva en sí la sustancia de varias existencias, una de las cuales, por lo menos pertenece a cosas que *pueden ser*. Decíamos también, recordando la insinuación de los rayos X, qué distancia de tiempo y espacio separa las alucinaciones, de los cuerpos invisibles cuya sombra luminosa se proyecta en nuestro cuarto. Y para todo esto nos recostábamos como en un muro en aquel principio de que basta que el cerebro autorice una idea, la más bizarra, para que ella pueda ser —no verdad, pues su sola *posibilidad* lo prueba— sino evidente en el orden visual. Lo principal estaba hallado; la dificultad residía en conocer el grado de interés que hay en cada cosa, y que nosotros, so pena de caer en lamentables errores, debíamos encontrar.

Nuestros golpes más decididos eran para la Lógica. Estábamos convencidos de que si aún no hemos tenido un avance verdaderamente superior, ello se debe a haber querido regir el mundo por aquélla. Únicamente por eso la Medicina ha tartamudeado hasta hoy, administrando con espantable lógica ácido clorhídrico cuando éste falta en el estómago, o purísimo fosfato de cal cuando nuestro cuerpo ha menester de él. La terapéutica por lógica ha matado o dejado morir a la Humanidad hasta hoy. La misma obcecación del precedente —léase lógica— hunde a la cairelesca Psiquiatría en un abismo más grande que su propia clasificación, y aun la más convincente probabilidad de que la Tierra gire alrededor del Sol —lógica de tamaño— es la misma que otorgaría infalible y fatalmente más inteligencia al elefante que al hombre.

La vieja inconsecuencia del nogal y el zapallo consagra de sobra los traspiés que hemos dado y daremos aún: si a un millón de cerebros perfectamente lógicos se propusiera deducir el tamaño de los frutos, del de los árboles, todos, absolutamente todos errarían. Este ejemplo no tiene de infantil sino su evidencia. Supóngase ahora qué cantidad de fracasos de lógica han sido precisos para hacernos meditar antes de dejarnos conducir por ella con los ojos cerrados. Y a pesar de todo persiste indesarraigable en los exclusivismos de todo orden —científico, artístico, moral— que son su más bella obra.

Así pensábamos, y nuestro ensañamiento duró bastante tiempo. Luego, en un tercer período, la sorprendente Evolución nos mortificó bastante, pues habíamos llegado a no saber qué éramos nosotros mismos. Decíamos que el ratón tiene una idea altamente equivocada para el hombre de lo que es el queso, el piso, la oscuridad, el ruido, y en total, el mundo verdadero. El caballo, más inteligente, concibe mejor las cosas.

El perro avanza aún; el mono da un paso más; el elefante llega al límite de las inteligencias mudas, y así de especie en especie, va ascendiendo en la animalidad la justa noción de las cosas, hasta llegar al hombre, que sabe bien qué es un ratón, un caballo, un perro, un mono, un

---

* Publicado en *Iguazú*, Buenos Aires, año 1, nº 2, mayo 1908. Se trata de la única colaboración en este «magazine mensual ilustrado», de circulación no muy amplia en Buenos Aires.

elefante y todo lo que es inteligible. Tenemos conciencia completa de que una piedra es una piedra, y una hoja de papel es una hoja de papel. Pero lo lamentable es que nuestra especie no es el último y *definitivo* escalón de los seres. La incontrastable evolución creará nuevas formas superiores al hombre, y nuestra seguridad de que un tenedor no es nada más que un tenedor, será para la futura especie superior tan irracional y bizarra como la que tiene el gato del rayo.

De modo que no nos atrevíamos verdaderamente a decir: esto está hecho de madera; ahí va un caballo; cuando llueve cae agua. ¿Sería verdad? Llegamos a hacer una tabla comparativa, en que establecimos la concepción de las cosas de cada especie, de algunas, por cierto. Trabajamos una noche entera en ella. Recuerdo el orden:

TABLA DE LA CONCEPCION DE LAS COSAS

Pulga ....
              (Concepción de la pulga)
Mosca .... »
Loro .... »
Comadreja .... »
Foca .... »
Caballo .... »
Perro .... »
Mono .... »
Elefante .... »
Hombre .... »
(Nueva especie) .... »
(Otra aún) .... »
Etc., etc. .... »

¿Qué pensar, en definitiva? Luego, en un tercer período, habíamos vuelto de nuevo a la Lógica, cuando un incidente vino a rebelarnos por completo.

El 97 habíamos conocido a Emilio Balzani. Nos encantó su portentosa agilidad mental, pues era mucho menor que nosotros. Para la edad nuestra —18— dos años menos suponían fuerte diferencia. Entre los tres no formábamos sino uno, menos teológicamente que la otra trinidad pero con mucha más alegría.

Una noche en que caminábamos Durero y yo, nos llegó de golpe la noticia: un carruaje había atropellado frente a casa a Balzani, y estaba por morir. Volvimos como locos. Lo hallamos tendido de espaldas en mi cama, horriblemente pálido. Al sentirnos abrió los ojos y nos miró sin hablar. Durero recorrió con la vista su semblante, las toallas empapadas en sangre, y le preguntó sin ninguna entonación:

—¿Cómo te encuentras?

—Ya ves; he perdido toda mi sangre. Tómame el pulso, si quieres —Durero lo pulsó, e hizo una mueca, recorriendo la pared con los ojos.

—Son locuras tuyas. ¿Qué sientes? —insistió con la misma voz reseca.

Balzani lo miró con inteligente reproche.

—Auscúltame... pero estás seguro de que nadie puede vivir en estas condiciones. No me queda una sola gota de sangre. Y sin embargo —añadió dirigiéndose a mí—: ¡qué imposible!

¡Ay! no impunemente se estudia medicina. Durero, a pesar de la formidable evidencia del prodigio, buscó desesperadamente en su memoria: llevóse la mano a la frente y la arrastró a través del pelo. ¡Se acabó! Pero pasado el momento de certidumbre secular de la muerte, acerca de las personas que van a morir, nos miramos Durero y yo llenos de estupor. La vida lógica nos agarraba de tal modo, a pesar de nuestras viejas bravatas, que deseábamos que eso no fuera verdad; teníamos miedo planetario de ver nuestras leyes quebradas, por amor eterno, profundo e indesarraigable a lo normal.

Balzani continuaba de espaldas, blanco como la sábana tendida hasta el mentón. Un momento después había pasado nuestra estupefacción. No dejábamos de mirarlo, sentados a su lado.

—¿Qué sientes?

—Nada, un poco de cansancio. ¿Quién nos diría, verdad?

Era nuestra idea fija. ¿Cómo podía ser eso? Durero lo auscultó de nuevo. Aunque siempre sacudidos de agitación, sentíamonos entusiasmados. ¡Así era a nosotros, a nosotros, que nos tocaba ese milagro! Ni una vez se nos ocurrió que esa sobrevida de Balzani pudiera ser condición esencial suya. La atribuíamos sinceramente a nosotros tres, elegidos, no sé cómo, para gloria de nuestro orgullo.

—Hablen —nos dijo Balzani, volviendo apenas los ojos. Quisimos decir algo, pero no teníamos una sola idea. Habíamos perdido todo afán de sutileza, y no creíamos absolutamente en las *ideas*, ni nada tenía que ver con el prodigio impuesto como algo muy superior a nuestros juegos malabares.

De pronto Balzani cerró los ojos.

—Curioso; tengo sueño.

Nos fuimos en puntas de pie al cuarto contiguo.

—A pesar de todo —me decía en voz baja Durero, caminando— ¡cómo cuesta romper la influencia de la otra vida!

—¿Qué cosa? —preguntó Balzani, que había oído el murmullo.

—Nada —respondió Durero volviéndose—. La influencia de la otra vida.

—¡Ah, sí! —murmuro sonriendo. Y se durmió.

Volvimos al cabo de una hora. Balzani continuaba tendido de espaldas, durmiendo aún. Su frente amarilla, toda esa lividez de quietud y muerte que me había hecho estremecer varias veces, me pareció entonces más inmóvil, como la mandíbula más caída. Al llegar a su lado en puntas de pie, tropecé con la cama, y creí notar que la cabeza de Balzani había *rodado* sobre la almohada. Me quedé quieto, mirándolo de costado. Y una duda horrible me invadió de golpe, levantándome el pelo.

—¡Durero! —lo llamé en voz baja. Durero se acercó y nos inclinamos sobre él: ¡no había duda! Durero lo tocó despacio en el brazo.

—¡Balzani!

—¡Balzani!

Nos incorporamos lívidos, mirándonos: ¡pero estaba muerto! Nuestra primera sensación fue un miedo, hasta el fondo, de criatura asustada, como si algo hubiera estado jugando fúnebremente con nosotros. ¡Muerto, a pesar de lo anterior! Pasamos la noche como nos fue posible, pero seguros uno y otro, cuando dejamos de hablar, de que estábamos pensando en aquel absurdo de lógica. Una vez establecido el fenómeno —pues no teníamos duda de que Balzani había vivido sin poder hacerlo— ¡cómo era posible que hubiera muerto! Lo absurdamente ilógico era aquí, no la sobrevida de Balzani, sino su muerte. El solo hecho de haber vivido un momento en esa imposible condición fisiológica, suponía su milagrosa existencia, exenta, por lo tanto, de la muerte normal en las demás personas. Apenas traspasado el límite más allá del cual toda vida *humana* es imposible, su propia vida debía hallarse en condiciones tan grandes de vitalidad como siempre, puesto que ya en lo milagroso es tan fácil vivir sin *vida* un minuto como mil años, y Balzani había vivido dos horas.

La evidencia sea acaso mayor suponiendo que una bala de cañón le hubiera llevado la cabeza. Si en pos de esto hubiera vivido un minuto, un solo minuto, su vida extraordinaria entraba en seguida en lo normal: hallándose así fuera de las leyes, ¿qué le impedía vivir eternamente? Para el efecto, nuestro caso era el mismo, pues no le quedaba una gota de sangre.

Se comprenderá entonces la abominable perversión de lógica que mató definitivamente a Balzani.

Ahora que después de once años escribo solo estos recuerdos —Durero murió el año pasado, de viruela— viene aquella inconsecuencia de lógica a torturarme de nuevo. Pero Balzani, nuestro amigo menor, ¿vivió en realidad? ¿Es cierta su prodigiosa existencia? Mas en uno u otro caso, ¿no es exactamente lo mismo?

LA DEFENSA DE LA PATRIA*

DURANTE LA triple guerra hispano-americana-filipina, la concentración de fuerzas españolas en las islas Luzón y Mindanao fue tan descuidada, que muchos destacamentos quedaron aislados en el interior. Tal pasó con el del teniente Manuel Becerro y Borrás. Éste, a principios de 1898, recibió orden de destacarse en Macolos. Llegaba de España, y Macolos es un mísero pueblo internado en las más bajas lejanías de Luzón.

Mudarse todos los días de rayadillos planchados y festejar a las hijas de los importadores es porvenir, si no adorable, por lo menos de bizarro sabor para un peninsular. Pero desaparecer en una senda umbría hacia un país de lluvia, barro, mosquitos y fiebres fúnebres, desagrada.

Como el teniente era hombre joven y entusiasta, aceptó sin excesivas quejas el mandato. Internóse en los juncales al frente de 48 hombres, se embarró seis días, y al séptimo llegó a Macolos, bajo una lluvia de monotona densidad que lo empapaba hacía cinco horas y había concluido, con la excitación de la marcha, por darle gran apetito.

El pueblo en cuestión merecía este nombre por simple tolerancia geográfica. Había allí, en cuanto a edificación clara, algo como un fuerte, bien visible, blanqueado, triste. El sórdido resto era del mismo color que la tierra.

Pasado el primer mes de actividad organizadora y demás, el teniente aprendió a conocer, por los subsiguientes, lo que serían 24 de destacamento avanzado en Filipinas.

No tuvo tiempo; en comienzos de abril recibió voz de alerta, pues sabíase a ciencia cierta que los nativos se disponían a levantarse el 31 de mayo. El teniente aprestóse concienzudamente, como un alumno recién egresado de la escuela militar, a la defensa. Rodeaba el fuerte una empalizada de bambú, tan descuidada que el recinto estaba siempre lleno de gallinas ajenas. Deshízola y en su lugar dispuso una de gruesos troncos, amontonando contra ella bolsas de arena. En el arroyo adyacente levantó una trinchera de piedra, con su foso. Taló el cañadulzal vecino, cuyo macizo llegaba hasta doscientos metros del fuerte. Precaución honorable, pues tal plantación tiene por misión, en tiempo de guerra, fusilar a los europeos de un modo profundamente anónimo. Hizo muchas cosas más de que entienden los militares, y por último acopió cuantos bueyes y carabaos pudo, sin contar el arroz.

Llegó así el 4 de junio y tuvo noticia de que la insurrección había estallado en la fecha anunciada; la nueva llegaba de un pueblo. Las comunicaciones con Manila habían sido cortadas dos meses antes, y no le extrañó ya el silencio de aquélla. Por otra parte, en esos dos duros meses Manila olvidó los destacamentos avanzados por problemas más estruendosos.

---

* Publicado en *Caras y Caretas*, Buenos Aires, año XI, n° 511, julio 18, 1908.

Los escasos peninsulares de Macolos abandonaron el pueblo, harto mezquino. El teniente, con tranquila decisión, había resuelto agujerear cuantas camisas blancas pudieran ser cubiertas por el mauser, hasta ser macheteado él mismo. Tal vez si hubiera vivido algo más en la colonia no hubiera pensado cosas irreparables; pero llegaba de España, con honrado amor a la patria.

El 15 de junio comenzó la hucha en la trinchera del arroyo. El enemigo, poco numeroso, retiróse, para volver dos días después; pero a pesar de la confortante gritería, se estrelló de nuevo, dado que el teniente no mostraba ninguna prisa por salir de allí. Nueva tregua, y esta vez por un mes. Cuantas exploraciones para concentrarse se hicieron fueron rechazadas, hasta que el enemigo volvió un día al arroyo. Pero como los tagalos no parecían tener decidida urgencia en hacerse abrir el vientre de abajo a arriba, los españoles pudieron retirarse. La tregua nocturna era oficial, por suficiente desconfianza y no escasa cordura. El teniente pudo así mantenerse tres días. Retornaban al fuerte de noche, deshechos de cansancio, con el pantalón a la rodilla y las piernas embarradas por la travesía de las sementeras. Algunos volvían con dos fusiles, pues allá quedaban compañeros todas las tardes.

Los filipinos se apoderaron al fin del arroyo, y desde ese momento la defensa se circunscribió en la empalizada. La munición, pródigamente acopiada, continuó cruzando el aire y dando en el blanco con tal perseverante solicitud, que el enemigo desistió de asaltar el fuerte. El sitio por hambre comenzó lleno de juicio, ilustrado —eso sí— para activarlo, con fusiladas sutiles que tendían claramente a insinuarse entre los ojos de los españoles parapetados.

Los días siguieron así, con ellos los meses, y tan bien que el último carabao fue comido. Poco después el café desapareció, y desde entonces la guarnición alimentóse de arroz cocido en agua. A esto, ya profundamente disgustante, agregáronse las lluvias de invierno, cuyas fiebres hicieron fielmente presa de heridos con hambre y centinelas empapados. Las heridas, mal cuidadas, se gangrenaban; cinco soldados pasaron de tal modo rápidamente a una más completa disolución.

Sobre todo, el hambre y las lluvias. De vez en cuando, un explorador asalto de gritos y balas llevaba a la mísera guarnición a la empalizada, y alguno se hacía siempre agujerear las cejas, golpeando la cara muerta entre los intersticios de los troncos.

Cuando el arroz se hubo picado y el teniente vio a sus hombres, heridos, enfermos, mudos, hoscos de hambre y rabia, se enterneció y decidióse a decirles algo, a pesar de su incapacidad.

—Compañeros —les dijo—. Si me ayudan, estoy dispuesto a no entregarme a estos traidores... Estamos abandonados y sufrimos todos; pero allá lejos está la patria, España... ¡España es nuestra patria, compañeros!... ¡Esto también es España, compañeros! Estamos muertos de hambre, pero mientras haya uno solo de nosotros, aquí, rodeada de traidores, está nuestra historia... La patria y su gloria están aquí, aquí... ¡Nuestra España, mi España, compañeros!...

La patria sacra se le subió a la garganta y no pudo continuar. Se estiró el bigote tenazmente, mirando a la pared. Los soldados sintieron, sobre su miseria y exclusiva ansia de alimento y descanso, nada más, la gloria humana de sacrificar la vida a una idea. Aun vibrando de ternura, ninguno dijo nada. Pero cuando uno se atrevió a ¡Viva España!, todos le respondieron en seguida con un grito rabioso de intensidad desahogada.

Diez días después las intentonas de asalto recrudecieron, no fue más posible defender la empalizada, y la guarnición se sostuvo en el fuerte. Una semana después el enemigo se retiró y al día siguiente desembocó en el cañadulzal rosado una fuerza regular. Bajaron todos; eran apenas once, harapientos, flacos, huraños, aniquilados de fiebre y lucha, con el alma plena, sin embargo, de haber hecho todo lo posible. Pero el batallón era norteamericano, y no es envidiable lo que habrá sentido aquella gente cuando se enteró de que España había vendido Filipinas hacía cinco meses, y habían estado defendiendo el pabellón enemigo.

LA MADRE DE COSTA*

UN HOMBRE casado se debe a su mujer; pero un soltero sin familia, a su dueña de casa.

Abalcázar Costa —en provincias hay siempre nombres raros— vino de la suya con excelentes notas en bachillerato y escaso dinero. Púsose a buscar una casa de huéspedes donde se comiese bien —porque los muchachos que vienen tienen gran apetito— y hubiera tranquilidad.

Hallóla en la calle Cevallos, una vieja casa de dos patios, que quedara enclavada entre altísimos muros. Por cierto, no había sol. En verano, y durante dos meses, alcanzaba a insinuarse hasta el marco superior de las puertas, nada más. En invierno, los frisos tenían una línea verde de humedad y en la casa oscura reinaba un vaho de sótano.

Con todo, había tranquilidad, y Costa propúsose aprovecharla, lo que era innegable, y pensó vivir allí mucho tiempo, lo que no lo fue tanto.

Se hospedaban en aquélla ocho o diez inquilinos, y regía su destino la dueña de casa, persona repleta de promesas y que vestía siempre de negro, como conviene a una patrona seria y madre de sus hijos.

Costa encantóse de ella, pues es cierto que en los primeros tiempos la dueña de casa tuvo con él gracias extraordinarias. No se sabe cómo pudo Costa obtener un mes entero la comida a la hora que él deseaba. Para los demás —y entre ellos, yo— el problema era irresoluble. Acaso, acaso en un tiempo remoto, cuando nos instalamos, nos cupo a nosotros igual dicha; pero la subsecuente mala suerte nos había hecho olvidar de la buena. Lo cierto es que durante un mes, Costa fue servido antes de media hora de sentarse a la mesa, halló siempre azúcar en la azucarera y agua en las jarras, y demás circunstancias felices, propias de una persona afortunada.

Nosotros llamábamos a nuestra solícita madre, doña Josefa; Costa decía misia Josefa, y la trataba con deferencia. El muchacho era muy culto en sus expresiones.

Mas andando el tiempo, Costa llegó a su vez a conocer la cantidad de pan que se puede comer antes de que llegue la sopa, y comenzó a dudar de que «En seguidita, señor» supusiera precisamente ser servido acto continuo. No dejaba jamás de oír a sus circunspectas observaciones: «¡Pero será posible!... Sí, señor; tiene razón... tiene razón... ¡En seguidita!»

Un mes más tarde su persona pudiera haber entrado en la norma de la nuestra, lo que vale decir que a fuerza de haber perdido la paciencia hubiérale sido posible adquirirla en modo prodigioso. Pero Costa tenía un concepto perjudicial, del que nosotros nos librábamos bien, y era el de la justicia. Costa pagaba religiosamente el 31 de cada mes; no incomodaba nunca a la cocina, pues comía a horas fijas; no se olvidaba de la llave de calle; no tenía jamás ocurrencias de cambiar la posición de sus cuadros a las once de la noche y a rotundo martillo. Todo esto, que constituía las garantías de su excelente condición de huésped, no le era devuelto en idéntico grado. La dueña de casa no era «justa» sirviéndole así, y esta consideración que en nosotros no levantaba ya ni siquiera la presunción de que doña Josefa pudiera haberlo sido o serlo en los siglos venideros, disgustaba mucho a Costa, pues no impunemente se es bueno, provinciano y serio estudiante de Derecho.

Así Costa llegó a ver seca en él la última radícula de su buena fe cuando doña Josefa le respondía: «¡Ay, pobrecito señor Costa!... ¡En seguidita, en seguidita, señor!»... Con lo cual habría llegado mansamente a ser como nosotros, «hijos» de ella, si su concepto de justicia no lo hubiese arrastrado mucho más lejos de lo que él jamás soñó.

* Publicado en *Caras y Caretas*, Buenos Aires, año XI, nº 521, septiembre 26, 1908.

Una noche de crudo frío, a las ocho, estaba yo en el cuarto de uno de nuestros compañeros, vecino —tras puerta murada— de Costa. Oímos que éste entraba y comenzaba a desvestirse, sin los previos gorgoreos habituales, pues se limpiaba siempre los dientes antes de acostarse.

—Costa no se dedica hoy al estudio —dijo mi amigo. Efectivamente, no era esa recogida temprano un hábito de su instrucción. Luego sonó su voz en la puerta:

—¡Doña Josefa!

Pasó un rato en silencio. Y otra vez su voz, ya impacientada:

—¡Doña Josefa!

Nosotros nos miramos. La casa era honda y su dueña tenía el cariñoso oído un poco débil para la voz de sus hijos. Al fin llegó, caminando apresurada:

—¡Pero me estaba llamando, pobrecito señor Costa! ¿Qué quiere? ¿Qué quiere?

Costa pidió algo y sentimos que se acostaba. Corrió una hora, acaso mucho más. Lo cierto es que volvimos a oír a doña Josefa que abría la puerta de Costa.

—Aquí está la leche. ¿No será nada eso que tiene, no? Pobrecito señor Costa...

Seguramente Costa había probado la leche, porque nos llegó su voz, esta vez bastante alta:

—¡Llévese al diablo su leche! ¡Después de dos horas, y sabiendo que estoy enfermo, me la trae fría!

—¡Pero, señor Costa, acabo de sacar del fuego su lechecita!...

—¡Llévela, llévela! —y aquí una expresión, no fuerte en nosotros, pero extraordinaria en él.

—¡Bueno, señor; bueno! —respondió doña Josefa. Y salió.

—¡Pobre Costa! —murmuró mi compañero—. No sabe lo que es nuestra madre.

Dos días después, al anochecer, disponíame a salir, cuando sentí que llamaban a mi puerta. Abrí, y un muchacho joven y rubio, a quien había visto en el cuarto de Costa algunas veces, me dijo, profundamente alterado:

—Costa se está muriendo.

Fuimos a su pieza. Lo que primero sentí fue la atmósfera pesada, con un olor ácido a vómito. En la cama, completamente cambiado, el pelo pegado a la frente y la boca abierta, Costa se iba a razón de doscientas inspiraciones por minuto.

—¿Hace rato que usted lo vio? —pregunté a mi amigo.

—¡Recién! —me respondió angustiado, en voz baja—. No sabía nada... Abrí la puerta y lo vi... ¿Qué tiene?

—No sé. Mejor es que vaya corriendo a buscar un médico.

Diez minutos después llegaba con éste. El hombre lo miró de cerca, le bajó el párpado, lo pulsó, lo auscultó.

—Este muchacho se muere —nos dijo—. Tiene un edema pulmonar. ¿Quién lo ha cuidado?

El muchacho rubio me miró.

—No sé... creo que nadie...

El médico a su vez nos miró a los dos.

—Cómo, creo que nadie...

Entonces le dije lo que sabía: la entrada de Costa, dos noches antes, la historia de la leche, y nada más. El médico echó una ojeada a sus pies y alrededor, y se encogió de hombros:

—¡Estamos frescos! Aquí no ha entrado nadie desde hace dos días.

Una hora más tarde Costa estaba muerto. Comentábamos el caso en la pieza vecina, cuando entró doña Josefa, llorando a lágrima viva.

—El pobrecito señor Costa... Haberse muerto así, solito... Yo que lo quería como a un hijo...

La cosa era demasiado fuerte y le rogamos que fuera a su cuarto a llorar a todos los demás hijos que seguramente había matado.

Se hizo telegrama a la familia de Costa. De noche doña Josefa volvió a jurarnos llorando, que había ido varias veces a preguntar al pobrecito señor Costa si quería algo, pero que no había respondido... Que tal vez, tal vez no había ido, lo confesaba, pero que nos compadeciéramos de ella...

Al fin arrancónos la promesa de no decir nada. Pero dos días después tres inquilinos del primer patio abandonaban a su buena madre sin decir por qué, y los demás nos quedábamos por pereza de buscar nueva casa.

LAS VOCES QUERIDAS QUE SE HAN CALLADO*

HAY PERSONAS cuya voz adquiere de repente una inflexión tal que nos trae súbitamente a la memoria otra voz que oímos mucho en otro tiempo. No sabemos dónde ni cuándo; todo ello fugitivo e instantáneo, pero no por esto menos hondo. La impresión, sobrado inconsistente, no deja huella alguna; y justamente lo contrario fue lo que nos pasó a Arriola y a mí, cierta vez que veníamos de Corrientes.

El muchacho tenía diez u once años. Era delgado, pálido, de largo cuello descubierto y ojos admirables. Estaba en el salón, sentado con varios chicos a nuestra mesa vecina, y cuando oímos su voz Arriola y yo nos miramos. Era indudable: habíamos sentido la misma impresión; y tan bien la leímos mutuamente en nuestros ojos que aquél se echó a reír con su portentosa gravedad vocal.

—¡Pero es sorprendente! —le dije—. ¿A usted también le ha hecho el mismo efecto?

—¡El mismo! ¡Es una voz que he oído mucho, pero mucho!

—Sí, y una voz querida...

—Y de mujer...

—Muerta ya...

Coincidíamos de un modo alarmante. Lo que él observaba era *exactamente* lo que sentía yo, y viceversa. Estábamos sinceramente inquietos. Cada vez que el muchacho decía algo —con sus inflexiones falseadas de voz que está cambiando— tornábamos a mirarnos. ¡Pero dónde, dónde la habíamos oído! Yo había evocado ya en un segundo todas las voces más o menos queridas, y es de suponer que Arriola no había hecho cosa distinta. Y no la hallábamos. Mas a cada palabra del chico sentíamos que nuestros corazones se abrían estremecidos de par en par a esa voz que remontaba. ¿De dónde?

Había algo más: ¿por qué ambos sentíamos lo mismo? Bien comprensible que él o yo hubiéramos amado mucho a una persona muerta cuya voz renacía en la garganta de muchacho débil. Pero los dos, al mismo tiempo...

—¡Qué notable! —murmuraba Arriola, sin apartar sus ojos de los míos, mientras oíamos—. ¡Estoy seguro de que he querido locamente esa voz!

—Yo, igual. ¿Cómo diablos hemos amado a la misma?...

Consideramos todo lo que es posible de tal rareza. y cuando tres días después llegábamos a Buenos Aires, Arriola se separaba de mí con la certeza de que en la bella mirada del chico había algo más.

Como, en concepto general, dudo de las manifestaciones de Arriola cuando son excesivas, no sé hasta qué punto pudo él haber oído la imploración de su alma a esa muerta voz de amor que

---

* Publicado en *Caras y Caretas*, Buenos Aires, año XI, nº 529, noviembre 21, 1908, con un dibujo de Zavattaro.

llegaba otra vez a acariciarla. Pero sé de mí que mi corazón habíase abierto con ansiosa sed de toda la dicha que ya conocía y tornaba a prometerle su inflexión.

Yo no recordaba ninguna mujer que hubiera tenido ese timbre. Haberla amado en una existencia anterior, y justamente en compañía de mi amigo, era bastante inadmisible, tanto como en esta suposición: la personita —debiendo haber sido mujer, predestinada a un cuádruple amor, de Arriola y yo a ella y de ella a ambos— había nacido equivocadamente varón.

Mas corrieron veinte días. Arriola había vuelto a Corrientes, y haciéndolo yo a casa, una tarde, vi pasar al muchacho en cuestión. Lo llamé.

—¡Buenas tardes, compañero de viaje! ¿Te acuerdas de mí?

El chico se puso colorado, muy contento.

—Sí; usted venía con un señor...

—¿...?

—De voz muy gruesa...

—Eso es. ¿Vives aquí?

—En Barracas...

Díjele que fuera a verme a casa al día siguiente, y esa noche telegrafié a Arriola: *Encontré muchacho. Voz igual.*

Y la respuesta:

Alégrome. No olvido impresión. Averigüe algo.

Tenía probablemente más interés que él de saber. Había vuelto a sentir la sacudida primera y, para mayor turbación, a las respuestas del muchacho mi alma respondía con un eco de amor, como si antes, antes hubiera tenido las mismas de ella.

No es, sin embargo, sensato permitir que el propio corazón cree y llore por su cuenta amores que ignoramos en absoluto. Decidí hacer hablar al chico y que me mirara bien con sus bellos ojos... ¡Sus ojos!... Me detuve bruscamente. ¡Eran ojos de mujer, sin duda! Y si su hermana tiene la misma voz y la misma mirada... Una predestinación de raciocinio, en verdad. Pero claro se nota que el nuevo giro —pudiendo ser tan absurdo como los anteriores— era al menos extraordinariamente agradable.

Un día después el chico venía a verme. Supe que eran pobres, que él se emplearía, por supuesto, si no debiera trabajar mucho porque no era fuerte, y que en efecto tenía una hermana.

Cuatro horas más tarde llegaba a su casa, dos pobres piezas en Barracas. La madre mostróse muy agradecida a mi solicitud, pero la muchacha no tenía los ojos del hermano —dueña, en cambio, como de una enagua de bombasí, de una doméstica y robusta voz.

Al oír mi nombre, la madre miróme con atención y discreto cariño.

—Perdóneme la indiscreción, señor Correa: ¿su familia es de Mercedes?

—Sí, señora.

Volvió a observarme detenidamente.

—He conocido mucho a su papá...

Salí lleno de curiosidad por el inesperado giro de mi amor muerto, y torné al telegrama, esta vez a mi madre:

¿Conoces familia R.? Escríbeme en seguida.

La carta llegó, bastante agria, por otro lado, para la aludida. La familia había vivido en mi pueblo natal, más o menos en la época del nacimiento de mi amiguito, y ella, mi madre, no tenía fuertes motivos para querer a la del chico.

¡Roto, mi encanto! Mi alma se había equivocado buenamente, sintiendo dulzuras de amor femenino en las inflexiones de una voz que no era sino hermana suya.

Y en ese momento me acordé de golpe: ¿Y Arriola? ¿Qué tenía que ver Arriola con todo esto, y por qué él también había sentido?...

Como se ve, la nueva complicación era suficientemente grotesca para motivar otro telegrama —esta vez urgente y recomendado:

Muchacho acaso pariente mío. ¿Qué hacemos de usted?

A lo que Arriola respondió:

No sea estúpido. Abrazos.

JUNTO A LA MADRE MUERTA*

—SI LE PARECE, vamos un momento a Mompox. Ha muerto la madre de un amigo a quien estimo realmente.

Eran las cuatro de la mañana y nos habíamos detenido momentáneamente en una esquina para separarnos.

—¿Y qué haré yo allí?

—Un rato. Por lo demás, si lo invito a ir es porque estoy seguro de que no habrá torturas para usted.

Las torturas consisten en primer término en las condolencias expresivas a fuerza de antebrazo, y luego las mujeres que han visiblemente llorado y gozan en tales ocasiones de una movilidad extraordinaria. Además Mompox es una calle muy lejana.

—¿Se decide?

Fuimos. En el comedor, paseándose, estaba Gómez. Mi amigo no le palmeó cinco o seis veces los omóplatos ni el otro esperó de mí la más remota sacudida de manos. Después, no había mujeres, o por lo menos no se las veía, lo que es exactamente lo mismo. Apenas cinco o seis hombres sentados en penitencia contra la pared, en el mismo lugar donde hallaron las sillas.

—¿Café? —nos ofreció Gómez,

Habíamos tomado demasiado. Salimos al patio para estar más a gusto, pero el vivo frío nos echó presto y entramos, sin darnos cuenta en la sala —honrada sala de muerte, sin nada anormal, ocupada en medio por la terrible realidad de nuestra madre muerta. Estábamos solos.

—¿Cuándo?... —preguntó mi amigo.

—Esta mañana; estaba muy mal desde un mes atrás.

El rostro acusaba efectivamente gran quebranto sobre su transida vejez.

—Creía que era más joven...

—No; setenta años.

—Lo que me ha extrañado, porque no sabía, es el apellido en el aviso...

—Sí; se había casado por segunda vez.

Hubo una larga pausa.

—Realmente —insistió mi amigo— a pesar de su edad estaba muy avejentada.

—¡Oh, era una ruina! ¡Pobre mamá!... Había sufrido muchísimo. Y con sus nervios, cuando era joven... En dos años perdió sus dos maridos.

---

* Publicado en *El Diario*, Buenos Aires, diciembre 26, 1908. También reproducido en *Fray Mocho*, Buenos Aires, año XIV, nº 670, febrero 24, 1925.

—Sí, es fuerte...

—No sé cómo no se enloqueció. ¡Pobre! —sonrióse. Aun a mí me llegó, sin buscarlo.

No pudimos menos de mirarlo con curiosidad.

—Sí, mamá era terriblemente excesiva, cuando joven. Pasó tres días sin querer verme...

El recuerdo subiósele a los labios. Tenía en mi amigo confianza absoluta —la fraternidad intelectual que nos hace entregar serenamente a un casi extraño tal torcedura psicológica que sabemos bien el otro va a comprender sin desvirtuarla en lo más mínimo. Pero a mí no me conocía y pretendí esquivar la confidencia.

—No, no; quédese. No es ninguna confesión. Además —añadió mirándome— creo haber visto su firma alguna vez. Cuente esto después si quiere —concluyó con vaguísima ironía.

Y lo que él dijo es lo que cuento, ajustado a sus palabras todo lo que permite el recuerdo.

«Yo era muy pequeño cuando mi madre se casó por segunda vez. Mi padrastro aportó al matrimonio una regular fortuna, que después sus operaciones de Bolsa acrecentaron mucho. Mi madre tenía asimismo algún capital y esto, con lo que me correspondía de mi herencia, nos había permitido hasta entonces una vida desahogada.

Tenía siete años entonces y la ceremonia fue sencilla, por más que mi madre, con su fondo romántico y alejado de fiestas, no hubiera consentido fuese de otro modo. Vivíamos en una casa muy poco cómoda; aun mi dormitorio estaba al lado del suyo. No sé por qué no nos mudábamos, siendo así que nuestra fortuna hubiera excusado aun excesos de bienestar. La comida era abundante y variada; abundante sobre todo.

Mi padrastro me quería poco, y aun mi madre, en los primeros tiempos de su amor tardío, estuvo exclusivamente entregada a él.

Así pasó el tiempo hasta que tuve ocho años. Alquilamos entonces otra casa de mayor capacidad. Nuestra situación de fortuna llegó a ser casi espléndida, gracias al resultado que dio a mi padre un golpe de Bolsa en que había comprometido gran parte de nuestros bienes.

Mi madre, con sus exagerados temores o confianzas de siempre, fue desde el principio contraria a esas especulaciones. De más estaban para la vida modesta y segura que llevábamos esos riesgos que podrían dejarnos en la miseria de un día a otro. Éramos ricos ya, y la marcha honesta de nuestra casa no exigía comprometer un capital cuyas rentas bastaban y sobraban. Todo esto lo veía bien claro mi madre.

Un día, ocho meses después de habernos mudado de casa, noté en la mesa que no hablaban una palabra. Mamá tenía la cara encendida y dura. Al pasarme un plato lo tiró casi sobre la mesa. Yo los observaba curiosamente, cuando mamá, notándolo, me dirigió una larga mirada tal que no volví a despegar los labios. Aun para pedir agua a la sirvienta le hice señas con el dedo, señalándole la jarra.

Todo el día mi padrastro estuvo en el escritorio. Mi madre me llamó al fondo y me amenazó con no sé qué si iba a molestar en lo más mínimo a mi padre. Esa noche estuvo violenta con él y supe así que se había perdido más de la tercera parte de nuestra fortuna.

En los días sucesivos el malestar fue disminuyendo, hasta que un mes más tarde se repitieron —entonces con gravedad— los síntomas de otra crisis financiera. Cinco personas fueron al mismo tiempo a hablar con mi padrastro. Mi madre me pegó por una insignificancia. Una hora después fui a pedirle que me dejara ir a la calle, pero ella me sentó en las faldas y lloró, apretándome la cabeza contra su cuello.

—¡Pobre hijo mío! ¡Qué desgracia, qué desgracia!

Quedé un momento sofocado por el abrazo. Al rato me animé tímidamente:

—¿Y papá?

—Mírame bien —repuso bruscamente, alejándome la cara—: ¿Qué sabes?

Bajé la cabeza confundido y ella me estrechó.

—¡Pobre hijo mío! Tu padre se ha comprometido en sus negocios. Anda a darle un beso, ¿quieres?... ¡No, no vayas!

Pasaron dos días de igual contrariedad. El tercero fue mayor. A las once mi madre me llamó:

—¿Sabes dónde vive el señor F.?

—Sí, mamá; en la calle...

—¡No importa! Tu padre te dará una carta; ¡ligero!

Cuando ya salía, tuvo aún tiempo de gritarme desde la puerta del comedor:

—¡Corriendo!

La noche de ese día me desperté de pronto; había sentido ruido en el cuarto de mamá. Me quedé inmóvil y oí que hablaban. Por la voz conocí a mamá. Ella sola hablaba.

—¿Será posible, será posible?

Su voz reprochaba y suplicaba. Oí un largo sollozo. Mi padrastro habló entonces un rato en voz muy baja. Y mi madre replicó de nuevo:

—¡Será posible, será posible!...

Al otro día me llamó:

—Tráeme agua.

Estaba demudada y tan crispada que la copa chocaba contra sus dientes. Suspendióse un momento y estuvo a punto de hablarme. Al fin no pudo más y me alzó locamente a sus brazos.

—¡Mi hijo, tu padre quiso matarme anoche!

Me eché a llorar a gritos:

—¡Mamá, mamá!

Mi padrastro tornó a cometer desaciertos. La casa entera se resentía de esos disgustos, cambios de hora de comida, golpes de puerta, silencios cerrados en la mesa. Mi madre, viéndolo ya todo negro, se afanaba en la economía doméstica, desesperada del porvenir. A veces me miraba fugitivamente de reojo, agitada y colorada como siempre que me quería decir algo especial. Al fin una vez:

—Si fuéramos pobres, ¿lo sentirías mucho?

—Sí, mamá —le respondí después de un momento. Pero me arrepentí, porque noté que la había disgustado.

Veía cada día con más horror las especulaciones de su marido. Varias veces me habló de mi padre, cosa que no hacía nunca. Una tarde me preguntó:

—¿Tú sabes que tu padre te dejó mucho dinero?

—Sí, mamá.

—¿Y si no tuvieras más?

Yo la miré sorprendido. Me abrazó con trasporte. Otra vez:

—¿Qué harías tú si no tuvieras lo que tu padre te dejó?

No supe qué responder.

—¿Trabajarías, verdad, trabajarías?

Me miraba con profundo y celoso amor.

—Di, mi hijo, ¿trabajarías?

Me eché a llorar por fin, demasiado instado.

—¡Sí, es infame, infame! —exclamó.

Acaricióme largo rato el cabello, soñando; después lloró.

—Mi hijo, somos muy pobres y lo seremos más todavía...

Efectivamente, hubo un visible cambio en el bienestar de la casa: aun se disminuyó la luz en el comedor.

Sobre todo, el humor de mamá se agriaba. Tuvo un día con su marido un altercado más violento que los otros. La vi salir pálida de su cuarto, y una mirada de odio adentro en el portazo que dio.

Unióse conmigo desde entonces con furiosa ternura de defensa del hijo expropiado.

Una siesta me llamó a su dormitorio, cerró la puerta y me sentó en las faldas. Me secó el sudor de la frente con su pañuelo, haciéndome en seguida dos o tres preguntas, sin saber ella misma lo que me preguntaba. Estaba muy nerviosa. Al fin me levantó el mentón:

—Mi hijo, mírame.

Yo la miré, me turbé, bajé la vista, rasqué la colcha, intenté reír, escondí las manos cuanto fue posible en las mangas, sentí que me miraba todavía y me puse colorado. No me dijo más y me hizo salir, despechada.

Luego quince días más. No cambiaba ya una palabra con su marido. Un martes mi padrastro volvió a casa a las cuatro de la tarde y se acostó; se hallaba mal. Mi madre, al saberlo, se encogió de hombros; pero no habló más.

—Anda a ver qué tiene tu padre —me dijo al rato secamente.

Fui; estaba cansado y no quería que lo molestaran. A las siete —estábamos en la mesa— la sirvienta fue a llevarle agua y volvió corriendo, demudada:

—¡El señor se muere!

Mamá dio un grito, tiró la servilleta y corrió adentro. Yo la seguí. Lo encontramos levantado, crispadas las dos manos en el respaldo de la cama, y miraba un punto fijo de la pared, lívido y con expresión de terrible sufrimiento. Mi madre se lanzó como una loca a él, estrechándolo entre sus brazos. Pero el ataque no disminuía.

—¡Pronto, el médico! —exclamó.

Quise ir adentro a buscar el gorro.

—¡No, no, el médico, ligero! ¡Se muere tu padre, maldito! —me gritó, apretándome la cabeza. Estaba desesperada, con el pelo echado atrás.

Volví, jadeante por la carrera. En la puerta había gente detenida por los alaridos de mamá. Al sentirme entrar en el cuarto semioscuro, se lanzó a mí:

—¡Tu padre ha muerto, ha muerto! —me gritó con extravío en la cara, sacudiéndome locamente de los brazos. Me dejó y cayó de nuevo sobre su marido, rodeándolo sin consuelo. A pesar de mis piernas trémulas mi curiosidad aterrada pudo más, me acerqué y lo vi, sentado en el sillón, en mangas de camisa y en medias. Su cabeza, caída atrás, se sacudía sin sentido en los brazos desesperados de mamá. De pronto mamá me vio:

—¡Tú tienes la culpa, tú —me gritó—; sal de aquí, sal de aquí!...»

Gómez se interrumpió. Su voz había bajado bastante, y al quedar de nuevo en silencio, no pudimos menos de volver los ojos al cuerpo negro y con la nuca rígida que yacía horizontal. Gómez quedó un rato mirando el rostro muerto.

Al fin tendió la mano y la pasó por la frente con lento cariño.

—¡Pobre, mi madre! —murmuró.

Un rato después salíamos. Habíamos visto en nuestra vida hondas protestas de viril ternura, y con pasión; pero caricia como ésa, hecha por un hombre que habiendo querido mucho a su madre, acababa de tener esa sinceridad, vale decir profundo respeto, ninguna.

EL GALPÓN*

SI SE DEBIERA juzgar del valor de los sentimientos por su intensidad, ninguno tan rico como el miedo. El amor y la cólera, profundamente trastornantes, no tienen ni con mucho la facultad absorbente de aquél, siendo éste por naturaleza el más íntimo y vital, pues es el que mejor

* Publicado en: *Caras y Caretas*, Buenos Aires, año XII, n° 535, enero 2, 1909, con una ilustración de Hohmann. Una versión con ligeras correcciones fue republicada en *Babel*, Buenos Aires, año II, n° 11, enero 1922, p. 146 *et passim*.

defiende la vida. Instinto, lógica, intuición, todo se sublima de golpe. El frío medular, la angustia relajadora hasta convertir en pasta inerte nuestros músculos, lo horrible inminente, nos dicen únicamente que tenemos miedo, *miedo*; esto solo basta. Por otro lado, su reacción, cuando felizmente llega, es el mayor estimulante de energía física que se conozca. Un amante desesperado o un hombre ardiendo en ira forzarán al cuerpo humano a que entregue su último átomo de fuerza; pero a todos consta que si a aquéllos el paroxismo de su pasión es capaz de hacerles correr cien metros en diez segundos, el simple miedo les hará correr ciento diez.

Estas conclusiones habían sido sacadas por Carassale de charla al respecto y éramos cuatro en un café de estación: el deductor; Fernández, muchacho de cara maculada con opalinas cicatrices de granos y gruesa nariz, cuyos ojos muy juntos brillaban como cuentas en la raíz de aquélla; Estradé, estudiante de ingeniería casi siempre, y gran jugador de carreras cuando no sabía qué hacer, y yo.

Fernández conoce poco a Carassale. He dado a la consideración de éste un tono dogmático —forzado por razones de brevedad— de que está muy lejos el discreto amigo. Aun así, Fernández lo miró con juvenil y alegre impertinencia.

—¿Usted es miedoso? —preguntóle.

—Creo que no, no mucho; a veces, de nada, pero otras, sí.

—¿Pero miedo, no?

—Sí, miedo.

Ahora bien; es también sabido que en amor y valor no son aquellos que se dicen ungidos de gracia los más afortunados. Mas Fernández era muy joven aún para tener discreción en lo primero, y ya sobrado viejo para ser sincero en lo otro. Estradé apoyó a Carassale.

—Sí, yo también. Por mi parte, a excepción de los miedos formidables como el de una criatura que abrazada a su madre siente forzar las cerraduras de la quinta asaltada, creo que los miedos reales pervierten mucho menos la inteligencia que aquellos absurdos. Uno de mis recuerdos más fuertes proviene de esto. En fin…

—No, no; cuente.

—Sería menester haberlo pasado; pero de todos modos ahí va.

Ustedes saben que soy uruguayo. De San Eugenio, en el norte. Voy allá —o mejor dicho, iba— todos los veranos. Tengo allí dos hermanas solteras aún, que viven con mi tía. Creo que ahora la familia ha hecho edificar algo conveniente, pero entonces la casa era mísera. El cuarto que yo ocupaba en esas ocasiones estaba aislado y lejos del grupo, gracias a una de esas anomalías de las casas de pueblo, por las cuales la cocina queda sola y perdida en el fondo. De modo que como yo solía volver tarde de noche, y mis pasos no han sido nunca leves, prefería hacerlo por la barraca, lindante con la casa de familia, como es natural. Entraba así por atrás, sin incomodar a nadie. Mi tío hacía a menudo lo mismo, pero él por vía de reconocimiento final.

La travesía era bastante larga. Primero el almacén, después el depósito, luego el sitio para los carros y por fin un galpón con cueros.

Una noche volvía a casa a la una de la mañana. Excuso comprobarles el silencio de un San Eugenio a esa hora y sobre todo en aquella época. Había una luna admirable. Atravesé almacén y depósito a oscuras, pues conocía de sobra el camino. Pero en el galpón era distinto. Los cueros se caían a veces y las garras de los otros rozaban la cara mucho más de lo necesario.

Abrí la puerta, cerréla, y como siempre, me detuve a encender un fósforo. Pero apenas brilló la luz, se apagó. Quedé inmóvil, el corazón suspenso. No había adentro el menor soplo de viento, ni mi mano había tropezado con nada. Estaba absolutamente aislado en la oscuridad. Pero había tenido la sensación neta de que me habían apagado el fósforo; alguien había soplado la llama.

Tenso, volví suavemente la cabeza a la izquierda, luego a la derecha: no veía nada, las tinieblas eran absolutas; apenas allá en el fondo y a ras del suelo filtraban entre las tablas finas rayas de luz.

En el recinto, sin embargo, estaba el soplo que me había apagado el fósforo. ¿Por qué? Con un esfuerzo de serenidad, logré reaccionar y abrir de nuevo la caja para encender otro. Túvelo ya presto sobre el frotador. ¿Y si me lo soplaban de nuevo? Comprendí que el frío, el terrible frío en la médula me subiría hasta el pelo si me lo apagaban otra vez... Aparté la mano: ¡ya había admitido la posibilidad de que a mi frente, a mi lado, detrás de mí hubiera, en la oscuridad, un ser que en fúnebre familiaridad conmigo estaba ya inclinado para soplar de nuevo e impedirme que viera!

No podía quedarme más; rompí la angustia avanzando a tientas. Supondrán la impresión que sentí al tocar con la mano algo como garra de cuero. Tropecé, arañéme la cara, pero después de veinte metros recorridos con esa lentitud de miedo que está ya a punto de ser disparada delirante, llegué a la puerta opuesta y salí, con un hondo suspiro. Entré en mi cuarto, leí hasta las tres y media, atento sin querer al mínimo ruido. Es una de las noches más duras que he tenido...

—Sin embargo —lo interrumpió Carassale— la impresión fue corta.

—No tanto. A la noche siguiente mi tío fue muerto de una puñalada al entrar en el galpón. El hombre, que esperaba a mi tío, me había soplado el fósforo para que no lo viera.

LOS CHANCHOS SALVAJES*

ÉRAMOS CUATRO cazadores: don Silverio, Venturinha, Israel y yo. A decir verdad, sólo los tres primeros lo eran profesionales, todo lo profesional que puede ser un propietario de media hectárea de mandioca y tabaco, o peón, según las vicisitudes. Yo los acompañaba, nada más, y si mi amor al bosque es fuerte, mi urbanización suele depararme sorpresas encantadoras. De esta especie fue la que me acaeció cierto 14 de enero.

Días anteriores Israel había traído de un pastoreo en la sierra la nueva de una vaquillona comida por un tigre. En un bosque como el de Misiones, donde abunda la caza para fieras, tal apetito civilizado suponía en el merodeador un espíritu poco recto, y sí bien torcido hacia las artimañas de tigre más o menos cebado. Deber nuestro era pues enseñarle la vía derecha con la mira de una escopeta.

Preparámonos. Primero, dar siquiera un pedazo de carne a los perros, pues para un animal que debe correr todo el día tras una fiera, no es excesiva la ración bisemanal de cuatro o cinco mandiocas. Así es su flacura espantosa. Los perros vanse de noche al monte a cazar por su cuenta, y de tarde a robar choclos en las chacras; pero aun así, como no siempre lo consiguen, viven mal, arrastrando con paso huraño su anca angostísima punteada de huesos.

Este sombrío paso desaparece, no obstante, apenas ve el animal aprontes de cacería; y una vez lanzado en pleno monte, el can miserable se transforma en un ser de ágil energía que concentra sus poderosos nervios en la aguda tensión del rastro.

Sin estar mal en este respecto, no era escogida nuestra provisión. Don Silverio tenía dos: *Desempeño y Cortaviento*, terribles animales tras un tapir y maravillosos de docilidad en la

---

* Publicado en: *Caras y Caretas*, Buenos Aires, año XII, nº 539, enero 30, 1909, con dos dibujos de Peláez, uno por cada página de la revista.

traílla. Venturinha llevaba un perro bayo muerto a medias de hambre y reumático. Con el ardor de la caza corría bien; mas esta dicha costábale luego cuatro días de renguera hasta el hocico en tierra. En conjunto, tres perros, a los cuales se agregaron dos que aportó a la sociedad un negro aserrador que hallamos en el paraje.

Necesitábamos también un carguero, pues la expedición, pudiendo durar días, exigía algo más que cartuchos con balines. Hubimos de Israel una yegua suya— y así el 13 de enero de 1907 emprendimos la marcha los cuatro hombres, los cinco caballos y los tres perros.

Mas llegados al Cazador— cuatro leguas adentro— desistimos de seguir adelante. Tres días corridos eran plazo sobrado largo para la estancia de un tigre, ser eminentemente vagabundo. En el Cazador había tapires, tatetos, osos hormigueros y tigres. De este modo todo era posible, y en especial no hallar un solo animal.

Acampamos con una noche de ahogado calor. Ahora bien, sabido es que no hay broma más eficaz en Misiones que permitir dormir afuera a un modesto amigo que acaba de llegar y que, calcinado por el sol de la tarde, se tiende en un estricto catre, suspirando de beatitud en la frescura de las nueve. Como esa frescura va progresando para mayor dicha de los cautos, y el amigo ha rehuido toda sábana, a la una de la mañana se despierta aterido de frío; y si los farsantes hanle cerrado todo medio de intromisión en el hogar, el mísero presto clama sinceramente piedad.

Nosotros llevábamos ponchos; pero aun así despertéme de pronto bastante incómodo de frío. Miré el reloj: eran las doce apenas. Luego a la madrugada, debía ser interesante. En efecto, el frío habitual llegó y pasó anormalmente hasta tal punto que sintiendo ruido alcé la cabeza y vi a don Silverio en cuclillas, avivando el fuego.

—¿Frío, don Silverio? —le insinué.

—Hum... —gruñó. Tras él levantéme yo y luego los otros. Pronto la llama nos encendió el rostro, pero ni aun así cedimos un paso. Hasta que amaneció nos mantuvimos adorándolo, poncho a la espalda. Cuando Israel fue a buscar los caballos, volvió con las manos moradas, quejándose. No creo que esa noche el termómetro haya pasado de 89.

En estas circunstancias agregósenos el negro con sus dos perros, hombre él a quien haya visto comer los tres más cenitales conos de arroz que quepan en un plato. En pos del primero, y a mi distraído ofrecimiento de un segundo, el negro aceptó. —Para sus perros—, pensé tranquilo. Él se lo comió solo e ídem el tercero, según su modo integral.

Entretanto el sol salía y nos internamos en el monte. Antes, pocos meses atrás, había habido por allí un pique para caballo; pero las heridas del bosque cicatrizan en el espacio de dos lluvias, y necesitábase para reconocerlo el instinto de los de allá. La marcha no era así nada fácil. Entre otras cosas, había troncos que los caballos debían saltar con mínimas facilidades para ello; y como encanto particular, las lianas macheteadas y tendidas en resorte por el cuerpo del que nos precede y que al volver violentamente en sí suelen cruzar la cara. Y así lo demás.

Por fin desembocamos en un abra, plazoleta de pasto seco, más amarillo aún por el negro cajón del monte. Dejamos los caballos a soga e internámonos a pie, en terreno de caza, por fin. Estábamos en pleno tacuapí, variedad de bambú delgadísimo que se teje y ovilla sobre sí mismo en densos bloques. Alrededor del cuerpo el bosque húmedo y sombrío se cerraba, aislando del todo a aquél. Arriba, únicamente, muy arriba, se presumía el cielo por un poco más de claridad. En estas condiciones la marcha tórnase peregrina, pues aun avanzando en fila no se ven los unos a los otros, ya que un metro de tacuapí es un muro. Además, ante tales espesuras es muchas veces más obvio dejar de lado machete y dar un salto de vientre sobre el bloque, rodando hasta caer del otro lado, o arrastrarse, también de vientre, sobre el suelo. Allí hay indudablemente víboras; mas nunca se las encuentra.

Los perros, atraillados siempre, pugnaban de vez en cuando por detenerse, el hocico aspirante pegado a tierra. Observábase el rastro, para lo cual don Silverio debía a menudo apartar suavemente con el cuchillo las hojas que lo ocultaban. Coatí o venado o zorro— no convenía soltar los perros.

Íbamos en fila; Ramón, Venturinha e Israel abriéndose paso a machete; luego don Silverio con los cinco perros, y yo detrás, preservando los gatillos de la escopeta, pues en la densa maraña nada más fácil que un sipó, deslizándose sobre los cañones, arme y desarme los gatillos, con el resultado consiguiente.

Al cabo de una hora, y cuando el consejo de cazadores se disponía a soltar los perros para que se lanzaran al monte a buscar, éstos tendieron rígida la traílla; no era posible arrancarles el hocico del suelo. No había duda; el rastro era caliente, y en un segundo los cazadores estuvieron en cuclillas.

—Parece jabalí —observó Venturinha.

—Creo —asintió don Silverio, después de hondo examen. La caravana decidióse con ellos, pues si Venturinha es maestro en asuntos de orientación, don Silverio lo es en conocimientos de rastreo.

Soltáronse, pues, los perros. Uno detrás de otro se hundieron en el monte por la misma línea, y dos minutos después un ladrido claro, un verdadero toque de alerta y esperanza, llegó del este. Venturinha nos miró con orgullo.

—Es mi *Bayo*...

Antes de que tuviéramos que congratularnos,* sonó el ronco ladrido de *Desempeño*, luego el agudo de la perra del negro, y en seguida el latido de la jauría entera lanzada en pleno rastro.

Los chanchos salvajes —o jabalíes, según los llaman allá— gozan, como sus sobrinos los pecaríes, del placer de la especie. Raro es hallar uno solo; en este caso el animal es un ser huraño que, habiendo llegado a hallar irritante la presencia de sus hermanos, no admite de ningún modo la del hombre. Preciso es, desde luego, ser muy cauto en su persecución. La piara, más discreta, huye mientras le es posible.

En tanto que los perros corrían, habíamonos quedado quietos. Nuestra misión consistía en escuchar atentamente su latido hasta que su exasperación furiosa nos probara que el animal, forzado, hacía frente a los perros. Mas como una fiera de monte —y en especial el tateto— es capaz de correr ocho horas seguidas, alejándose en proporción, menester es a veces seguir tras los perros para no perder sus voces. Esto fue lo que debimos hacer ese día. No ocho horas, pero sí seis, los jabalíes —el rastro de uno apartado nos había llevado a una piara— nos arrastraron en su fuga. A veces, huyendo siempre, volvían en diagonal hacia nosotros, y entonces debíamos machetear el monte, llegando tarde siempre, pero aún a tiempo para aullarles ánimo a los perros.

Fácil es comprender la fatiga de tales cruzadas. Si cuando se adelanta sin mayor premura el machete facilita mucho el avance, cuando se corre apenas trabaja aquél. Los pies, los brazos, la frente lo hacen todo, quebrando lianas y piel.

Así seis horas. Eran ya las cuatro; y en un instante en que nos habíamos detenido, jadeando de pie, sin esperanzas y decididos casi a no correr más, los perros nos enviaron el grito final de triunfo. Ya no era latido, sino un aullar precipitado, hasta un solo hilo de voz.

—¡Ya pararon! —gritó Venturinha. Y sin decir nada corrimos. No había más machete; Venturinha e Israel iban lanzados forzando el monte, enredándose, cayendo, disparando, rompiendo de paso a dos manos las lianas del cuello. Pude ver así el sombrero de Israel que quedaba para siempre colgado de una rama. Venturinha y don Silverio llevaban vinchas. En cuanto a mí, la escopeta me molestaba bastante, y sobre todo la violenta disnea de esa carrera.

Nos acercábamos. A los ladridos agregábanse ahora agudos gritos de miedo y dolor; los jabalíes hacían lo posible abriendo el vientre de nuestros aliados. Un momento después nos detuvo el próximo castañeo de los colmillos.

—Oiga —me dijo apresurado don Silverio—. Son muchos, más de cuatro docenas. Tenga cuidado; trate de acercarse teniendo siempre un árbol al lado. Con un metro que trepe está en salvo.

---

* En el original: «tuviéramos *de* congratularnos».

—Fíjese en esto —ayudó Venturinha—. Si cuando lo ven levantan y bajan la cabeza una sola vez, avance sin miedo; pero si la suben tres veces, arrímese en seguida a un arbol.

Dicho lo cual me dejaron todos para formar la línea. Me hallé solo. El silencio hostil del bosque —silencio únicamente para nuestros oídos, y esto es lo que desazona— me sobrecogió. Miré a todos lados; mi compañero contiguo podría o no estar a veinte metros, pero en una espesura de tacuapí tal distancia equivale a mil leguas. Mas la fiebre de la caza es mucho más fuerte que todo esto y avancé. Los perros atacaban aún, aunque con visible miedo. Sentía claro sus saltos aullantes ante las acometidas de los jabalíes. Di diez pasos más y de pronto los vi. Habíanse detenido en un claro de bosque, donde, habiendo aserrado alguna vez, quedaban aún raigones hachados. Eran más de cincuenta, jadeantes, erizados y el blanco de los ojos perfectamente visible. Miraban a todos lados, pues me habían sentido. Avancé aún, desemboqué en el claro y me vieron. Tuve instantáneamente la piara entera vuelta a mí, con esa fijeza en la mirada que nace de todos los músculos prontos a ser lanzados como una flecha.

Yo conocía a los tatetos, pero no había cazado aún jabalíes. Recordé las precauciones a tomar, y aunque con bastante incredulidad respecto a los cabeceos, eché una rápida ojeada a los árboles vecinos. Como estaba aún a treinta metros y no quería perder tiro —y sobre todo herir únicamente— acerquéme quince más, y entonces vi al viejo macho levantar la cabeza y bajarla a ras de hojarasca. Pero los dedos me hormigueaban demasiado en los gatillos para esperar nuevas flexiones; apunté al macho e hice fuego.

Como un rayo, sentí tras el humo el pisoteo precipitado de la piara que arrancaba sobre mí. No tenía tiempo de nada; tiré la escopeta y salté sobre un raigón aserrado a 1.10 metros del suelo. Púseme de pie con toda la rapidez que pude; los chanchos se estrellaron contra aquél, y en diez segundos redujeron la corteza a tiras colgantes. Las cabezas más irritadas llegaban con los colmillos hasta el borde de mi meseta, mas no alcanzaban.

Miré a todos lados; no veía más que ojos inyectados en sangre y colmillos castañeantes. Estaba completamente rodeado. Sentí una detonación.

—¡Venturinha! —grité.

—Aquí, ¡no se mueva!

—¿Y los otros?

—Por ahí: nos vamos acercando; espere.

Esperé, mientras las detonaciones se sucedían. Pero los chanchos no querían sino al que les había herido al viejo macho. Presto las pistolas callaron, como ya lo habían hecho los dos perros semivivientes. Torné a mirar alrededor. Fuera de mi posición peligrosísima, el crepúsculo, un sombrío crepúsculo de claro de bosque, comenzaba a caer. Los ojillos inyectados continuaban fijos en mí. Y lo que antes no me había impresionado, lo sentía bien ahora en el silencio: el castañeo de los colmillos. El que produce un *ta-te-to* es ya considerable: supóngase ahora el de cincuenta jabalíes. El claro resonaba con ese formidable irritamiento de rabia. Los chanchos más cercanos a mí se sentaron. Y pasé entonces media hora de miedo, de ese miedo inerte que imbuye el aislamiento humano en un medio absolutamente superior a él. Yo sabía que los jabalíes esperan días y días, hasta que sacian su venganza.

—¡Venturinha! —se me salió de la boca en voz no suficientemente alta. No me oyó.

Pero las cosas cambiaban. El macho herido había logrado restañar su sangre y ponerse de pie. Sacudíase sin cesar, gruñendo. Fuera desgano de combate o meditación pacífica sobre mi inexpugnabilidad complicada con mi escopeta, el hecho es que los colmillos cesaron poco a poco de chirriar. Los sitiadores fuéronse levantando, giraron largo rato a mi alrededor con sordos gruñidos hasta que por fin se alejaron al paso, hociqueando aquí y allí, mientras me miraban de reojo.

Diez minutos después nos reincorporábamos. Me senté en un tronco, sin ganas de hablar. Al fin, don Silverio me dirigió la palabra sin mirarme, como si se dirigiera a un árbol cualquiera:

—Dan miedo los jabalíes.

Respondíle que evidentemente sí.

—Y ahora que pienso —arguyó Venturinha—, quisiera saber quién es el que aserró en pie este grafiapuña, y a esta altura. Sin esta chambonada, los jabalíes hubieran alcanzado a bajar con los colmillos y repartirse lo que estaba arriba.

LOS GUANTES DE GOMA*

EL INDIVIDUO se enfermó. Llegó a la casa con atroz dolor de cabeza y náuseas. Acostóse en seguida, y en la sombría quietud de su cuarto sintió sin duda alivio. Mas a las tres horas aquello recrudeció de tal modo que comenzó a quejarse a labio apretado. Vino el médico, ya de noche, y pronto el enfermo quedó a oscuras, con bolsas de hielo sobre la frente.

Las hijas de la casa, naturalmente excitadas, contáronnos en voz todavía baja, en el comedor, que era un ataque cerebral, pero que por suerte había sido contrarrestado a tiempo. La mayor de ellas, sobre todo, una muchacha fuertemente nerviosa, anémica y desaliñada, cuyos ojos se sobreabrían al menor relato criminal, estaba muy impresionada. Fijaba la mirada en cada una de sus hermanas que se quitaban mutuamente la palabra para repetir lo mismo.

—¿Y usted, Desdémona, no lo ha visto? —preguntóle alguno.

—¡No, no! Se queja horriblemente...¿Está pálido? —se volvió a Ofelia.

—Sí, pero al principio no...Ahora tiene los labios negros.

Las chicas prosiguieron, y de nuevo los ojos dilatados de Desdémona iban de la una a la otra.

Supongo que el enfermo pasó estrictamente mal la noche, pues al día siguiente hallé el comedor agitado. Lo que tenía el huésped no era ataque cerebral sino viruela. Mas como para el diagnóstico anterior, las chicas ardían de optimismo.

—Por suerte, es un caso sumamente benigno. El mismo médico le dijo a la madre: «No se aflija, señora, es un caso sumamente benigno».

Ofelia accionaba bien, y Artemisa secundaba su seguridad. La hermana mayor, en cambio, estaba muda, más pálida y despeinada que de costumbre, pendiente de los ojos del que tenía la palabra.

—Y la viruela no se cura, ¿no? —atrevióse a preguntar, ansiosa en el fondo de que no se curara y aun hubiera cosas mucho más desesperantes.

—¡Es un caso completamente benigno! —repitieron las hermanas, rosadas de espíritu profético. Si bien horas después llevábanse al enfermo y su contagio a la Casa de Aislamiento. Supimos de noche que seguía mal, con la más fúnebre viruela negra que es posible adquirir en la Aduana. Al día siguiente fueron hombres a desinfectar la pieza donde había incubado la terrible cosa, y tres días después el individuo moría, licuado en hemorragias.

Bien que nuestro contacto con el mortal hubiera sido mínimo, no vivimos del todo tranquilos hasta pasados siete días. Fatalmente surgía a diario, en el comedor, el sepulcral tema, y como en la mesa había quienes conocían a los microbios, éstos tornaron sospechosa toda agua, aire y tacto.

La muerte, ya habitual seguramente en los terrores nerviosos de Desdémona, cobró esta vez forma más tangible en la persona de sus sutiles nietos.

---

* Publicado en: *Caras y Caretas*, Buenos Aires, ano XII, n° 547, marzo 27, 1909.

—¡Oh, qué horror, los microbios! —apretábase los ojos—. Pensar que uno está lleno de ellos...

—Tenga cuidado con sus manos, y descartará muchas probabilidades —compadecióla uno.

—No tanto —arguyó otro—. Ha habido contagios por carta. ¿A quién se le va a ocurrir lavarse las manos para abrir un sobre?

Los ojos desmesurados de Ofelia quedáronse fijos en el último. Los otros hablaban, pero éste había sugerido cosas maravillosamente lúgubres para que la mirada de la joven se apartara de él. Después de un rato de inmóvil ensueño terrorífico, miróse bruscamente las manos. No sé quién tuvo entonces la desdicha de azuzarla.

—Llegará a verlos. La insistencia en mirarse las manos desarrolla la vista en modo tal que poco a poco se llega a ver trepar los microbios por ella...

—¡Qué horror! ¡cállese! —gritó Desdémona.

Pero ya el trastorno estaba producido. Días después dejaba yo de comer allá, y un año más tarde fui un anochecer a ver a la gente aquella. Extrañóme el silencio de la casa; hallé a todos reunidos en el comedor, silenciosos y los ojos enrojecidos; Desdémona había muerto dos días antes. En seguida recordé al individuo de la viruela; tenía por qué, sin darme cuenta.

Durante el mes subsiguiente a mi retirada, Desdémona no vivió sino lavándose las manos. En pos de cada ablución mirábase detenidamente aquéllas, satisfecha de su esterilidad. Mas poco a poco dilatábanse sus ojos y comprendía bien que en pos de un momento de contacto con la manga de su vestido, nada más fácil que los microbios de la terrible viruela estuvieran trepando a escape por sus manos. Volvía al lavatorio, saliendo de él al cuarto de hora con los dedos enrojecidos. Diez minutos después los microbios estaban trepando de nuevo.

La madre —que habiendo leído antes de casarse una novela, conservaba aún debilidad por el más romántico de los tres nombres filiales —llegó a hallar excesivo ese distinguido temor. La piel de las manos, terriblemente mortificada, lucía en rosa vivo, como si estuviera despellejada.

El médico hizo notar claramente a la joven que se trataba de una monomanía —peligrosa, si se quiere— pero al fin monomanía. Que razonara, etc.

Desdémona asintió de buen grado, pues ella lo comprendía perfectamente. Retiróse muy feliz. Después de reírse de sí misma con sus hermanas, llevóse las manos vendadas a los ojos, con un hondo suspiro de obsesión concluida al fin.

—Pensar que yo creía que trepaban... —se dijo; y continuó mirándolas. Poco a poco sus ojos fuéronse dilatando. Sacudió por fin aquéllas con un movimiento brusco y volvió la vista a otro lado, contraída, esforzándose por pensar en otra cosa. Diez minutos después el desesperado cepillo tornaba a destrozar la piel.

Durante largos meses la locura siguió, volviendo alegre de los consultorios, curada definitivamente, para, después de dos minutos de muda contemplación, correr al agua.

Fuese a otro médico, el cual, más escéptico que sus colegas respecto a ideas fijas, libróse muy bien de sugestiones intelectuales, tentando, en cambio, la curación en la misma corriente de aquéllas. En pos de un atento examen de la mano en todo sentido, dijo a Desdémona, con voz y ojos muy claros:

—Esta piel está enferma. Su cepillo la maltrata más aún, pero hay que modificarla; siempre, si no, estaría expuesta.

Y perdió dos horas en tocar la mano casi poro por poro con una jeringuilla llena de solución A. Luego, cada diez contactos, un algodón empapado en solución B, y oprimido allí silenciosamente medio minuto.

Ese día fue Desdémona tan dichosa que en la noche despertóse varias veces, sin la menor tentación, aunque pensaba en ello. Pero a la mañana siguiente arrancóse todas las vendas para lavarse desesperadamente las manos.

Así el cepillo devoró la epidermis y aquéllas quedaron en carne viva. El último médico, informado de los fracasos en todo orden de sugestión, curó aquello, encerrando luego las manos en herméticos guantes de goma, ceñidos al antebrazo con colodiones, tiras y gutaperchas.

—De este modo —le dijo— tenga la más absoluta seguridad de que los microbios no pueden entrar. A más, debo decirle que en el estado en que están sus manos, a la menor locura que haga puede perderlas.

—¡Si sé que son locuras mías! —reíase confundida.

Y fue feliz hasta el preciso momento en que se le ocurrió que nada era más posible que un microbio hubiera quedado adentro. Razonó desesperadamente y se rió en voz alta en la cama para afirmarse más. Pero al rato la punta de una tijera abría un diminuto agujero en los guantes. Como era incontestable que los dos microbios saldrían de allí, tendióse calmada. Pero por los agujeros iban a entrar todos... La madre sintió sus pies descalzos.

—¡Desdémona, mi hija! —corrió a detenerla. La joven lloró largo rato, la cabeza entre las almohadas.

A la mañana siguiente la madre, inquieta, levantóse muy temprano y halló al costado de la palangana todas las vendas ensangrentadas. Esta vez los microbios entraron hasta el fondo —y al contarme Ofelia y Artemisa los cinco días de fiebre y muerte, recobraban el animado derroche verbal de otra ocasión, para el actual drama.

LAS JULIETAS*

CUANDO EL matrimonio surge en el porvenir de un sujeto sin posición, este sujeto realiza proezas de energía económica. Triunfa casi siempre, porque el acicate es su amor, vale decir horizonte de responsabilidad o en total respeto de sí mismo. Pero si el estimulante es el amor de ella, las cosas suelen concluir distintamente.

Ramos era pobre y además tenía novia. Ganaba ciento treinta pesos asentando pólizas en una compañía de seguros, y bien veía que, aun con mayor sueldo, poco podría ofrecer a los padres, supuesto que es costumbre regalar a la que elegimos compañera de vida una fortuna ya hecha, como si fuera una persona extraña. El mutuo amor, sin embargo, pudo más, y se comprometió, lo que equivalía a perder de golpe su pereza de soltero en lo que respecta a mayor o menor posición.

Luego, Ramos era un muchacho humilde que carecía de fe en sí mismo. Jamás en su monótona vida hubiera sido capaz de un impulso adelante, si el amor no llega a despertar la gran inquietud de su pobreza. Averiguó, propuso, hasta insinuó —lo que era formidable en él. Obtuvo al fin un empleo en cierto ingenio de Salta. Como allá la subdivisión de trabajo no es rígida, por poco avisado que sea el desempeñante, llega fácilmente a hacerlo todo. Ramos tenía exceso de capacidad, y acababa de adquirir energía en la mirada de su Julieta.

La noche en que habló con ella del proyecto, Julieta lloró mucho, a ratos inerte y pensativa, y a ratos abrazada a él. ¡Salta! ¡Era tan lejos eso! ¿No podía quedarse aquí? ¿No podían vivir con ciento treinta pesos?... Ramos conservaba un poco más de razón y negaba melancólicamente lo último. A más, no se quedaría siempre allá. Él creía que en dos años podría ahorrar mucho, mucho, y las relaciones comerciales... Luego se casarían. Y como la diminuta frase: «cuando nos casemos» sugiere a las novias estados muy distintos de la tristeza, Julieta recobraba esperanzas, valor y fe en el porvenir. Con lo cual el muchacho marchó a Salta.

---

* Publicado en *Caras y Caretas*, Buenos Aires, año XII, n° 549, abril 10, 1909.

Ramos halló el ingenio en un mal momento. Las libretas de los peones estaban en un desorden tal, que fuéronle menester veinticinco días para asentar medianamente aquéllas. Tan bien trabajó y tanta paciencia tuvo con los peones —preciso es haber tratado de desenredar la dialéctica económica de doscientos indios— que el gerente vio en seguida a su hombre. No se lo dio a conocer, sin embargo, cual es prudente en un patrón.

Entretanto, llegaban cartas de Buenos Aires. «No me conformo con el destino.» «Sufro mucho más que tú.» «Yo, en tu caso, volaría a ver a tu Julieta.» «¿No puedes venir, aunque sea por dos días?»

Ramos contestaba que por eso mismo, por quererla mucho, debía quedarse allá. Y en efecto, tal como estaban los asuntos de reorganización, no podía soñar siquiera con ello.

Hasta que una noche recibió un telegrama de Julieta: estaba grave. Tras la profunda sacudida de su amor centuplicado, Ramos pensó con angustia en su trabajo a medio hacer. Fue sin embargo a hablar al gerente, quien con voz seca le hizo notar la inconveniencia de esa medida. Ramos insistió: su novia se moría.

Apenas llegado a Buenos Aires, voló a casa de ella; pero Julieta saltó corriendo a su encuentro.

—¡Viniste, por fin! —se reía—. ¿A que si no te hacía el telegrama, no venías?

Pero Ramos la había querido demasiado, en esos tres meses de dura vida para no sentir hasta el fondo del alma el hielo de su supremo aislamiento.

—No debías haberme escrito eso —dijo al fin.

—¡Pero si quería verte!

—Sí, y cuando vuelva me echan.

—¡Y qué importa! —lo abrazó.

La noche no fue serena; y cuando Ramos dijo a su novia que partiría al otro día, Julieta tornóse huraña y displicente.

—Sí, ya sé; te vas porque no me quieres.

—¡No es eso, no! ¿Quieres que me muera de hambre aquí?

—¡No sé, no sé nada! Pero te vas porque no me quieres.

El muchacho volvió a Salta, envejecido de desánimo. En la ciudad, donde se detuvo cuatro días, llególe carta de Julieta. La novia rompía con él, comprendiendo que eso sería para felicidad de los dos. Ramos comprendió también que la influencia de la madre, irreductible y vencedora al fin, pesaba en esa determinación. Quedábale su trabajo. Él, que había luchado años por comer, sabía bien que esta preocupación vital absorbe al fin. Podría ser rico, y acaso hubiera dicha luego. Mas al gerente no le agradaban novios como empleados, y le comunicó que prefería esperar otro tenedor de libros menos expuesto a trastornos de amor.

No le quedaba nada. Volvería a pasar meses de hambre, emplearíase al cabo en una u otra compañía con cien pesos, hasta el fin de su vida. Amor, felicidad —confianza en sí mismo, sobre todo—, se habían ido para siempre.

Un domingo de tarde en que Ramos iba a Liniers subió a su coche una señora con dos criaturas. El tren salía ya, y aquélla se dejó caer, agitada aún, frente a Ramos. Éste, que miraba afuera, volvió la vista y se reconocieron. Tras una fugaz ojeada al vestido de ella, Ramos la saludó cortado. Pero su compañera le sonrió con grata sorpresa, también después de una mirada, mucho más rápida que la de él, a la ropa de Ramos. Estaba muy gruesa y la cara lucíale de harta felicidad. Hablaron cordialmente.

—¿Viaja a menudo por aquí? —preguntóle ella.

—No; hoy por casualidad...

—¡Qué suerte! Yo estoy aburrida. Pasamos los veranos en Haedo... Tenemos una quinta. Ella hablaba mucho más que él.

—¿Y usted, se casó? —inquirió luego con sincero interés.

—No...

—Yo me casé un año después... —Sonrióse y calló por discreción. Pero la risa retornó, esta vez francamente, pues hacía seis años que era casada y tenía dos hijos.

—¿Se acuerda del telegrama que le hice? Cuando recuerdo... ¡Chicha, súbete las medias! —inclinóse feliz a la criatura que trepaba al asiento y bajaba de él sin cesar. Ramos miró de soslayo; las chicas estaban muy bien vestidas, como saben vestir a sus hijos las mujeres que cuentan, desde que se casan, con la posición del marido.

Llegaban a Liniers, y Ramos se despidió, soportando, como lo preveía, otra rápida ojeada a su ropa.

—Mucho gusto, Ramos... Y que cuando lo vea de nuevo esté casado, ¿eh? —se rió.

—No hay duda —pensó él melancólicamente, mientras recordaba las finas medias de las criaturas—; yo no sirvo para nada.

Lo cual había sido visto muchísimo antes por la madre.

O UNO U OTRO*

—¿Por qué no te enamoras de nosotras?

Zum Felde miró atentamente uno tras otro a los cuatro dominós que habiéndolo notado solo, acababan de sentarse en el sofá, compadecidos de su aislamiento. Zum Felde colocó su silla frente a ellas. Pero como hubiera respondido que posiblemente no sabía qué hacer, un dominó concluía de lanzar aquella pregunta con afectuosa pereza. Bajo el medio antifaz corría en línea fraternal la misma enigmática sonrisa.

—Son muchas —repuso él pacíficamente.

—¡Oh, no esperamos tanta dicha de ti!

—No podría de otro modo. ¿Cómo adivinar a la que luego ha de gustarme?

—¿Es decir, la más linda de nosotras?

—...que no eres tú, ¿cierto?

—Cierto; soy muy fea, Zum... Felde.

—No, no eres fea, aunque alargues tanto mi apellido. Pero creo...

—... ¿te refieres a mí? —observó dulcemente otra. Zum Felde la miró en los ojos.

—¿Eres linda, de veras?

—No sé... Zum Felde. Realmente no sé... Pero creo que de mí te enamorarías tú.

—¿Y tú no de mí, amor?

—No; de ti, yo —repuso otra lánguida voz.

Zum Felde se sonrió, recorriendo rápidamente con la mirada, garganta, boca y ojos.

—Hum...

—¿Por qué hum, Zum Felde?

—Por esto: tengo un cierto miedo a las aventuras de corazón mezcladas con antifaz. Y si ustedes entendieran un poco de amor, me atrevería a contarles por qué. ¿Cuento?

Los dominós se miraron fugazmente.

—Yo entiendo un poquito, Zum Felde...

---

* Publicado en: *Caras y Caretas*, Buenos Aires, año XII, nº 552, mayo 1, 1909.

—Yo tengo vaga idea...

—Yo otra, Zum Felde...

Faltaba una.

—¿Y tú?

—Yo también un poquito, Zum Felde...

—Entonces cuento. Hace dos años, yo cortejaba a una señorita muy mona que parecía bastante inclinada a gustar de mí. Había hablado poco con ella, de modo que no conocía bien mi voz. Esto es muy importante para la historia. En vísperas de carnaval tuve que ir a Mendoza por asuntos comerciales, pensando —es decir, estaba seguro— permanecer allá un mes. Eso me era tanto más duro cuanto que confiaba en el carnaval para definir mi situación con ella. Aunque tenía motivos para creer que me quería —en una palabra, ustedes saben que no es prudente alejarse de una muchacha muy festejada, en comienzo de amor. Con todo, hallé ocasión, antes de irme, de hablar con ella y comunicarle mi desastrosa ausencia. Y me fui, muy confiado.

Pero resultó que el hombre que vendía su viñedo cambiaba en un todo de idea, y tras una serie de telegramas con la casa, tuve que volver a la semana de haberme ido. Supe que esa misma noche la cuñada de mi futura novia daba una tertulia de amplio disfraz, y se me ocurrió en seguida de ir disfrazado y probar su cariño.

Así lo hice. La observé durante una hora conversar, bailar con aire bastante aburrido y gran satisfacción mía. Al fin me acerqué a ella; respondió sin placer ninguno, supondrán bien, a las cuatro o cinco zonceras que le decía la máscara. Al principio había temido que me conociera por la voz; pero estaba tan segura de que yo me encontraba en Mendoza recorriendo viñedos, que no tuvo la menor desconfianza. A más, ustedes saben que el antifaz completo cambia mucho el timbre de voz.

Muy pronto, sin embargo, dejé las bromas de lado e insistí en que bailara conmigo. Como realmente me gustaba mucho, no tenía que esforzarme en ser galante. Poco a poco fue perdiendo la desconfianza que le producía el disfraz, y comenzó a hallarse más a gusto a mi lado. Al fin accedió, si no a bailar, por lo menos a pasear un momento conmigo.

Pero el momento fue bastante largo. Durante él la cortejé con todo el cariño que pude. Ella se reía a ratos, y aunque mirando sin cesar a uno y otro lado de la sala, no perdía una sola palabra mía. A la media hora me dejó. Pero cuando más tarde volví a invitarla, vi, por su afectación en no verme cruzar la sala hacia ella, que me esperaba.

—¿Estás seguro, Zum... Felde?

—Mucho. En dos palabras: cuando por tercera vez paseamos, tuve la convicción de que yo le gustaba. Es decir, que le gustaba la persona enmascarada que le hacía el amor; no yo, porque yo estaba en Mendoza. Desde entonces no la he visto más. Y aquí tienen ustedes por qué desconfío de combinaciones de antifaz y amor. ¿Les interesa la historia?

Ni un dominó se movió; las bocas conservaban su persistente sonrisa.

—Sí, bastante —respondió al rato una voz—. ¿Es decir que tuviste celos de ti mismo?

—No, de mí no; del otro.

—¡Pero eras tú! Si ella te había querido a ti, porque eras tú, con el segundo amor al otro, que eras tú mismo, te probaba bien que te quería a ti solo.

—Muy bien dicho, pero ese es un razonamiento de mujer. Un hombre lo hace también, pero no lo acepta. Y después de todo —concluyó mirándolas tranquilo— ninguna de ustedes es ella, ¿creo?

Las cuatro sonrisas se acentuaron ligeramente.

—Sospechamos que no, Zum Felde...

Éste decidióse a abandonar el cuarteto, pues tenía deseos de fumar.

—¿Sabes lo único cierto de tu amor? —dijo una voz, al levantarse Zum Felde—. Que tú no la querías.

—¡Al contrario! —se rió él—. Porque la quería tuve celos y me retiré. Si no, hubiera proseguido alegremente la aventura.

UN CHANTAJE*

EL DIARIO iba tan mal que una mañana sus propietarios se reunieron en consejo, a fin de poner término a aquello. Los dueños eran también sus redactores, cosa bastante rara: cuatro muchachos sin rastro de escrúpulos, que habían obtenido a fuerza de elocuencia un capital de cien mil pesos, ahora en riesgo inminente de desaparecer.

La deuda —había pagarés de por medio— los inquietaba suficientemente. A pesar de esto no hallaron esa mañana nada que pudiera salvarlos, agotados ya como estaban los pequeños recursos lucrativos que ofrece un diario, cuando sus redactores se deciden a ello. Resolvieron, sin embargo, sostenerse quince días más, mientras se buscaba desesperadamente de dónde asirse. Y de este modo, una mañana de esas se presentó a la dirección un hombrecito cetrino, muy flaco, lentes con guarnición de acero y ropa negra, bastante sucia; pero muy consciente de sí todo él.

—Tengo una idea para levantar un diario; deseo venderla.

Los muchachos, muy sorprendidos, miraron atentamente al sujeto.

—¿Una idea?

—Sí, señor; una idea.

—¿Utilizable enseguida?

—Hoy mismo; mañana se obtendrá el resultado.

—¿Qué resultado?

—Cien mil pesos, fácilmente.

Esta vez los ocho ojos se clavaron en el hombrecito. Éste, después de mirarlos a su vez tranquilamente, púsose a observar los mapas que colgaban de las paredes, como si se tratara de todo el mundo menos de él.

—En fin, si nos quisiera indicar...

—Con mucho gusto. Solamente desearía antes un pequeño contrato.

—¿Contrato?...

—Sí, señor. Ustedes se comprometerían a no utilizar mi idea, si no les conviniera.

—¿Y si nos conviene?

—Mil pesos.

El negocio era bastante fuerte y difícil de ser adivinado, aun para los cuatro muchachos avezados en toda inextricable estafa. ¿Pero qué se arriesgaba? Si la idea era realmente buena, nada más justo que su autor obtuviera su parte; si era mala, no la utilizarían, desde luego, ni entonces ni nunca.

Así es que extendieron el siguiente compromiso:

---

* Publicado en: *Caras y Caretas*, Buenos Aires, año XII, n° 567, agosto 14, 1909.

Los abajo firmados se comprometen a no utilizar jamás en su diario la idea del señor X, si no la ponen en práctica al día siguiente de serles participada por el señor X, el cual percibirá la cantidad de mil pesos m/n. en el caso y momento de ser aceptada.

Llamóse a testigos.

—Mi idea es ésta —dijo el sujeto sin apresurarse en lo más mínimo—. En la sección *Necrología*, en vez de la fórmula habitual, hacer esta pequeña reforma: Fulano de Tal (Q.E.P.D.). Falleció el tanto de tanto, asistido...

—¡Basta, basta! —lo interrumpieron, tapándole casi la boca—. Aceptamos. Es un caso neto de extorsión, un chantaje por el cual mereceremos cuatro tiros, pero aceptamos.

—Sí —apoyó el hombrecito sucio, con igual tranquilidad de ideas, palabras y mirada.— Es perfectamente un chantaje.

—¡Ya lo creo! Pero aceptamos.

Un cuarto de hora después el autor se retiraba con sus mil pesos. Sin embargo, discutióse aún la operación, aunque ella entraba en los más estrictos derechos del periodista. Mas los pagarés a vencerse era un porvenir mucho más negro que todo esto, y de este modo a la mañana siguiente se leyó en *Necrología*: Juan Pérez (Q.E.P.D.) Falleció el 28 de mayo de 1906, asistido por el doctor Luis Ponce Zabaleta... —Luis Fernández (Q.E.P.D.) Falleció el 28 de mayo de 1906, asistido por el doctor Luis Ponce Zabaleta...— Pedro González (Q.E.P.D.) Falleció el 28 de mayo de 1906, asistido por el doctor Luis Ponce Zabaleta...

Y así toda la fe de errata de cada muerto. Los muchachos habían tenido buen cuidado de comenzar con Ponce Zabaleta, médico que, por ser famoso y en consecuencia muy solicitado, perdía naturalmente más clientes. Era posible que los enfermos de Ponce, vivos aún, que leyeran esa sucesión de antecesores atendidos por su médico y fallecidos bajo su asistencia, era muy posible que soñaran en seguida con la muerte, disfrazada de Ponce Zabaleta.

Nada más penoso que esto: pero en ello residía la gracia del hombrecito sucio.

A las diez de esa misma mañana el portero hizo pasar a la dirección al doctor Ponce Zabaleta.

—Acabo de ver —comenzó con la voz un poco jadeante por las escaleras y la indignación— mi nombre en la sección *Necrología*, cer-ti-fi-can-do que yo he asistido a esos enfermos. Yo entiendo...

—Un momento, doctor —lo interrumpieron—. Nosotros entendemos que se trata de una simple información, completamente correcta y absolutamente veraz, desde luego, que no daña en lo más mínimo su reputación. No hemos hecho público nada oculto, ni siquiera disimulado. Su asistencia a ese enfermo consta en toda la familia, en todo el barrio, y nosotros no hacemos más que informar a una parte del público lo que ya sabe la otra mitad. Sentiríamos que le desagradara nuestra información, pero creemos haber hallado una verdadera novedad en el periodismo, que —estamos seguros— agradecerán nuestros lectores...

El doctor comprendió a dónde quería ir el caluroso orador. Miró a uno tras otro con hondo desprecio.

—Yo creo que eso se llama chantaje.

—Si usted da ese nombre a nuestra información, nosotros, visto el interés que usted tiene en ocultar defunciones, las llamaremos asesinatos. Cuestión de nombres; pero abandonar nuestro plan nos ocasionaría graves pérdidas.

—¿Y qué cantidad creen ustedes que per-de-rían?

—Veinte mil pesos, seguramente.

—Dentro de dos horas estarán acá.

Y los pillastres replicaron con la misma historia a todos los médicos anunciados ese día, variando razonablemente la tarifa. La profecía del hombrecito sucio se realizó punto por punto. La ganancia ascendió a cien mil pesos, aunque, claro está, ese mismo día el diario desaparecía del mundo.

PARA ESTUDIAR EL ASUNTO*

NO HA HABIDO probablemente empresa más contrariada en sus principios que la Hidráulica Continental de Luz, Calefacción y Fuerza motriz. Ya se ve: un rival de ese calibre perjudicaba en lo más hondo de sus estatutos a todas las compañías existentes nacionales o transatlánticas, de gas o electricidad. Hubo obstrucciones sin cuenta, tratándose naturalmente de una lucha de millones. Pero cuando el pozo de la Continental hubo llegado a cuatrocientos ochenta y tres metros, y la columna artesiana surgió con mucho mayor empuje del calculado, la hostilidad arreció.

La Continental, sin embargo, maniobró tan sabiamente, que obtuvo maravillosas garantías, y acto seguido la concesión pasaba al Congreso.

Ahora bien, la mayoría de los diputados halló que las garantías del gobierno eran excesivas, y la concesión, con proyecciones hasta el Juicio Final.

De modo que la Hidráulica, viendo en esa resistencia un peligro mucho mayor que los hasta entonces corridos, resolvió iluminar debidamente el cerebro de los congresales.

El primero a quien le cupo el honor de esta respetable enseñanza —y decimos «primero» por simple cálculo de probabilidades— fue David Seguerén, correntino, jurisconsulto, y de blancura más bien disimulada. Este joven sensato, electo por cualquier misterio de la política, debía concluir su período el próximo año. Hallábase desprovisto de toda esperanza de reelección, y aunque antes había atendido su naciente estudio con éxito, volviendo allá no tendría mucho que hacer, después de cuatro años de clientela perdida. Luego, había una madre y muchas hermanas, pobres como él y como lo habían sido siempre. Seguerén veía, pues, acercarse el momento de su cesantía, con la constante inquietud del hombre que alimenta a su familia paterna.

Esta inquietud fue la brecha a que se dirigió la empresa.

Una tarde, Seguerén disponíase a salir, cuando recibió la visita de cierto caballero en representación de la Compañía Hidráulica Continental de Luz, Calefacción y Fuerza motriz. Y se entabló el siguiente diálogo:

—¿El señor diputado Seguerén?...

—Sí, señor.

—Como el doctor habrá visto, represento a la Hidráulica Continental, y vengo en su nombre a rogarle dos minutos de atención. Seré muy breve.

—Usted dirá.

—En dos palabras: creemos no ignorar que el señor diputado halla excesivas las garantías que el Superior Gobierno ha concedido a la Compañía, y que se opondrá en consecuencia a la concesión. ¿Estamos bien informados? Ya ve, doctor, que no puedo ser más explícito.

—Muy bien. Hallo, efectivamente, que son excesivas.

—¿Y la segunda parte?...

—También es cierta. Considero que mi país...

—Perdón, doctor; una interrupción. ¿Nos concede el señor diputado que nosotros tengamos a la par que nuestro fin particular e innegable, la plena convicción de que nuestra empresa será un gran beneficio para el país?

—Sin duda.

—¿Y que hemos estudiado en todo su alcance el asunto, y con una atención que el señor diputado no ha tenido posiblemente tiempo de dedicarle? Supongo que esto...

---

* Publicado en *Caras y Caretas*, Buenos Aires, año XII, nº 571, septiembre 11, 1909, con el pseudónimo Luis A. Ghigliani.

—¡No, de ninguna manera! En efecto, concedo muy bien que la Compañía conozca más que yo sus intereses.

—Por nuestra parte agregamos: y los del país, en lo que se refiere a la proyección de esta empresa. Como el doctor supondrá muy bien, tenemos el más grande interés en la decisión del Congreso; y basado en esto, le rogamos nos permita lo siguiente, que es el objeto de mi visita: enviarle algunos libros que, estamos seguros, aportarán mucha luz a la trascendencia de la Compañía. El señor diputado...

—¡Oh, no, señor! Muy bien. No tengo ningún inconveniente; hojearé eso. —Al día siguiente Seguerén recibía una carta de la Compañía en que ésta deploraba no haber hallado hasta ese momento los libros ofrecidos, pero fácilmente se subsanaba el inconveniente, rogándole se sirviera adquirir tales libros, para cuya adquisición enviaba la suma necesaria.

Acompañaba a la carta un giro a su nombre por veinticinco mil pesos. El golpe, de un valor digno de todo encomio, dio en falso. Seguerén era poseedor, a más de su inquietud pecuniaria, de algunas de esas condiciones negativas que tienen ciertos hombres habilísimos en comprar por diez pesos un artículo que vale tres, e inútiles del todo para vender por quince lo que sólo les costó cuatro.

Seguerén devolvió el giro junto con la carta, y veinte días después, cuando se discutía en plena Cámara la concesión de la Continental, Seguerén, que combatía el proyecto, perdió un poco la paciencia ante la briosa defensa de un colega.

—El señor diputado —lo interrumpió Seguerén— habrá leído eso que afirma en algún libro...

—¡Yo no he leído ningún libro, señor diputado!— vociferó, el otro, rojo.

—¡Oh, no me refería a «esos»!

Se sentó Seguerén, ante la sonrisa unánime de la Cámara.

EN UN LITORAL REMOTO*

LLAMAMOS EN la vida diaria *literatura*, a una serie de estados y aspiraciones que tienen por base la belleza, y farsa consigo mismo.

Así, el hombre indeciso, irresoluto, que se plantea día a día acciones enérgicas de las cuales sabe bien no es capaz, aspira en literatura.

El derrochador impenitente que simula confiar al futuro matrimonio su apremiante necesidad de economía, aunque no ignora que derrochará siempre, piensa en literatura.

El enfermo por la ciudad y su propia alma urbana, que jura comenzar su régimen de vida cuando vaya al campo, donde se levantará a las cuarto de la mañana, sabiendo a conciencia que no pasará así, sueña en literatura.

El hombre estrictamente honrado que, no obstante su vital inutilidad para la compra-venta, delira con empresas comerciales acrecentadoras de su exiguo haber; ese hombre que ignora la diferencia que hay entre treinta y treinta y cinco centavos, especula en literatura.

El escritor que atribuye a sus personajes, no las acciones y sentimientos lógicos en éstos, sino los que él cree sería *bello* tuvieran, escribe en literatura.

---

* Publicado en *Caras y Caretas*, Buenos Aires, año XII, n° 574, octubre 2, 1909.

Los histéricos de todo orden, los lectores de novelas irreales, los que aspiran a otra vida distinta de aquella para la cual han nacido, y fingen estar seguros de poder afrontarla; los farsantes, todos los que por falta de sinceridad se engañan a sí mismos en pro de un estado de mayor belleza, viven en literatura.

Los desencantos suelen ser fuertes, en razón de la propia ilegitimidad del miraje. Véase si no lo que ocurrió a Tezanos, un amigo mío de Montevideo, a quien quiero mucho. Las anteriores consideraciones fuéronme enviadas por él, dos días después de su veraneo en las costas del este, y preciso es creer que el muchacho ha adquirido dura experiencia.

Ante todo, Tezanos es muy afecto al arte, lo que explicaría la facilidad con que se miente a sí mismo. Así, llevando en Montevideo una vida bullente que reparte entre su estudio —apenas—, charlas literarias y exposiciones, dio de repente en considerar la soledad como un ideal de vida.

«Voy a veranear en algún punto donde la gente no me irrite. La soledad, ser dueño de uno mismo, estar solo consigo mismo, solo, solo!» —me escribió.

Le respondí que si él, muchacho nacido como el que más para el agitado comercio de los hombres, pensaba seriamente eso, estaba loco. Dos meses después me comunicaba que se iba a las playas del este.

Creo ahora que en los últimos tiempos había leído mucho sobre la regeneración del alma por el campo. Por lo demás, no hay casi sujeto afecto a literatura que no arribe un día a descubrir la necesidad de *vivir la vida*. Tezanos había llegado ya, antes de su decisión final, a soñar con la granja —la *ferme*, como él decía— las vacas, los pollos, los gansos, los atardeceres dichosos... De la chacra al aislamiento absoluto no hay más que un paso, cuando el sujeto confunde sus facultades con sus deseos aprendidos.

Eso le pasó a Tezanos. A su última carta respondí largamente, mostrándole bien claro lo que él quería a toda fuerza ocultarse: que no era hombre para la soledad, ni por tres horas siquiera. No me oyó, por cierto, y he aquí lo que le pasó:

Primeramente pensó en las sierras de Minas. Hay allí soledad árida, vastos silencios de siesta y acaso víboras de cascabel. Pero había también en todas partes vendedores de las casas de Montevideo, cosa cargante. Fijóse al fin en las playa del este, país desierto que nadie frecuenta. Alquiló un chalecito de los cuatro o cinco que han sido construidos en plena arena, y que hasta ahora nadie ocupó. Allí pasaría sus dos meses de vacaciones, absolutamente solo. En cuanto a comida, había ya convenido en ello por carta con el matrimonio que cuidaba del hotel, aún inconcluso.

Tezanos, muchacho civilizado, llevó un cómodo sillón, un primus, variada colección de galletitas, un juego de té y revólver. Como libros, pocos; pero en cambio de un corte completamente especial: «La negación suprema», «Las almas solitarias», «¿Qué somos?», «El mar muerto».

Levantarse al salir el sol; hacerse el té con dichosa lentitud de alma fresca y completa en sí misma; caminar una hora por la playa ventosa; sentarse en el corredor con un libro, frente al mar tónico, solo, solo. Este era su sueño. Y lo cumplió del siguiente modo:

Llegó de tarde, molido por el tren y siete horas de galera a través de la sierra. Instalóse en su chalet, y aprovechando la última luz, recorrió la playa. La costa forma allí un extenso hemiciclo que cierran dos altos cantiles. Tezanos abarcó con la vista toda la playa, de uno a otro confín: la arena estaba completamente blanca y libre de hombres. Observó el mar, desierto también, sin un vapor, una vela, la más ligera mancha de humo; nada rompía su soledad.

Tezanos volvió lentamente al chalet. «Soy completamente feliz —se decía—. Esta es la vida.» Ya de noche fue a cenar, informándose entonces de que en esos momentos comían allí varios peones, motivo de un viñedo próximo. Vio dos o tres que se cruzaron con él, mirándolo de reojo. «No tienen muy buena cara», pensó Tezanos mientras se acostaba.

Hacía mucho calor, y el tiempo se había nublado. Acaso lloviera luego, pero entretanto el aire pesaba inmóvil; la arena ardía bajo el cielo caldeado. Tezanos no pudo dormir en toda la noche, angustiado por la pesadez de la atmósfera. Y cuando a la madrugada una ligera sensación de frescura le permitió conciliar el sueño, llegaron las moscas, acosándolo. Llenaron literalmente el chalet, y fue en vano que pretendiera taparse la cabeza; entraban por todos lados, y además se asfixiaba bajo la sábana.

Tuvo que levantarse al salir el sol, tomó su té y bajó a la playa. Caminó por ella dos kilómetros sin encontrar el menor rastro de huella humana, ni siquiera un papel a medio hundir en la arena. Volvió, sentándose a leer frente al mar raso hasta el horizonte. Sin quererlo, levantaba a cada rato la vista: una vela, cualquier cosa que rompiera su inmensa vaciedad; nada.

A las diez comenzó la arena a reverberar, irritándole los ojos. Fue a almorzar, quiso dormir la siesta, pero las moscas lo atormentaron de nuevo; no se oía sino su zumbido. Tornó a sentarse con un libro en el corredor, mas sin poder leer por el calor, las moscas y el profundo abandono que empezaba a hallar dentro de sí. El mar continuaba desierto hasta el remoto horizonte; la playa abrasada temblaba siempre en su extensa curva.

Así llegó la noche, igual a la anterior, de una pesadez sofocante. Se despertaba a cada momento, empapado en sudor. El cielo se había cubierto otra vez, y no soplaba la menor brisa. Tan fuerte tornóse al fin el vaho asfixiante de horno, que Tezanos se levantó, asomándose al corredor en busca de aire.

Allá en el confín, la luna, de ocre amarillo, caía en el mar. La mitad del disco se había hundido ya. A su luz cadavérica, el hemiciclo de arena se extendía desolado entre los negros promontorios. Aquella luna angustiosa, el mar lívido, la playa abandonada, diéronle la sensación de un litoral remoto, inexplorado, y a un año de viaje de toda región civilizada.

Pretendió dormir a pesar de todo, pero llegaban ya la madrugada y los enjambres de moscas enloqueciéndolo con sus carreritas entrecortadas.

Pasó así otro día, sintiendo cada vez mayor el abandono en que se hallaba. Y el mar continuaba salvaje, desierto, como seguramente lo había estado desde el período terciario; y la playa, calcinada y sola, reverberaba sin cesar.

Al llegar la noche, su sensación de desamparo se acrecentó hasta el terror a pasar una noche más allí. Tuvo miedo, no obstante sus razonamientos y su revólver. ¿De qué? Posiblemente de su alma vacía, de su cuarto en que nadie antes que él había dormido, de las otras piezas oscuras del chalet. La presencia inmediata de los perros, sin embargo, lo tranquilizó algo.

—Aquí no hay peligro ninguno, ¿verdad? —dijo a su huésped mientras comía—. Todos los peones deben de ser de confianza.

—No, señor; el más antiguo hace quince días que está.

Comía en el salón del hotel —paredes y techo únicamente— y todo él en la oscuridad, fuera de la mísera vela que alumbraba su mesa. Oyó de pronto un prolongado silbido, y su rostro irradió:

—¡Por fin! ¡Un vapor!

—No, señor; es el viento en las rendijas.

Tezanos hundió la mirada en el fondo sombrío del salón, y tuvo frío casi.

Todo aquello era sin duda el fin del mundo. Y la angustia de dormir otra noche allí crecía sin cesar.

—Pero si algo pasara por casualidad —se sonrió— se podría dar alarma con un tiro.

—¡Oh, no! Nadie hace caso. Los peones tiran casi todas las noches a los zorros que vienen a comer las uvas.

La impresión de que nunca más volvería al mundo civilizado llenóle de nueva angustia. ¡Y aún otra noche allí! ¡En aquella desolación!

Durmió mal, agitado por pesadillas de destierro a perpetuidad en litorales remotos. El viento silbaba ahora, pero el calor persistía asfixiante. ¡Y allá afuera, la playa lívida y desolada! ¡Y la luna de ocre, hundiéndose en el mar!

A la tarde siguiente debía llegar la galera, pero no quiso permanecer una hora más. Apenas amaneció alquiló por lo que le pidieron un caballo, y huyó de aquella playa infernal, dejando todo su equipaje. Tuvo que hacer catorce leguas, bajo lluvia la mitad de ellas.

Y cuando subió al tren, llagado, achuchado, hambriento, lanzó un hondo suspiro desde el fondo de sus tres días de soledad regeneradora: ¡Por fin! ¡Hombres! ¡Hombres! ¡Civilización!

LOS POLLITOS*

CUANDO EIZAGUIRRE llegó a la chacra que acababa de comprar allá, hallóse con un campo raso y un rancho en el mayor abandono, sin otra cosa de estable que prodigiosa cantidad de vinchucas en los palos carcomidos, y muchos piques en el suelo. Los informes del vendedor habían sido bien distintos. Eizaguirre, espíritu lleno de calma y paciencia, consideró que todo el tiempo que perdiera en meditar la injusticia cometida con él, sería al fin y al cabo en perjuicio suyo y no del vendedor. Por consiguiente, desde el primer día entregóse a inspeccionar el rancho, a afirmar el pozo y demás.

Como no tenía peón y trabajaba mucho, al llegar la noche caía rendido en su catre. No obstante esta fatiga y su poco amor a las frías noches de aquel país, había en el rancho un detalle turbador que lo arrojó a dormir afuera: las sombrías vinchucas. Eizaguirre tenía mosquitero pero se ahogaba bajo él como acontece a algunas personas sin suerte. Debió pues, fabricar con las arpilleras en que llegara envuelto su colchón una especie de palio sobre cuatro ramas, y bajo el que dormían en compañía la gallina y sus ocho pollos.

Esta familia habíale sido regalada por un colono compasivo, a quien él compadecía a su vez, pagándole siempre los dos o tres choclos que comía diariamente. Eizaguirre cuidaba de sus pollitos con mucho mayor afecto que el de la propia madre; tan solícito éste, que una tarde, cuando el tiempo hubo pasado, los pollos emprendieron camino del palio a dormir bajo el catre. En vano la gallina se obstinó con infinitos glú-glú y falsos picoteos en llevarlos al dormidero habitual. Tuvo que transar y en pocos días se acostumbró.

Como los pollos querían dormir uno encima del otro, provocando esto ruidosas protestas cada vez que se caían, Eizaguirre se despertó muchas veces con el desorden; pero como comprendía que ello estaba en el modo de ser de los pollos, esperaba pacientemente que la paz y el silencio volvieran, para dormir de nuevo. Una noche, sin embargo, fueron las caídas y los píos tan incesantes, que Eizaguirre perdió la calma.

—Si no están quietos —les dijo— los voy a echar afuera.

Fue pocos días después de esto cuando una mañana los pollos, dejando a su madre que picara vanamente la tierra, siguieron tras de Eizaguirre. Éste se detuvo sorprendido y los pollos hicieron también alto. «Tendrán hambre», pensó y les dio maíz, aunque no lo hacía nunca hasta las ocho. Los pollos comieron bien, pero cuando Eizaguirre se fue a lavar la cara, lo siguieron de nuevo. Desde entonces Eizaguirre contó con ocho hijos chicos. No se apartaban de su lado, y cuando aquél se sentaba a leer, los pollos se sentaban también a su alrededor.

En este tiempo la familia de Eizaguirre aumentó con la persona de un bull-terrier que le enviaron de aquí. La perra, novicia, en vida libre, creyo utilísimo perseguir desesperadamente

---

* Publicado en *Caras y Caretas*, Buenos Aires, año XII, n° 578, octubre 30, 1909, con un dibujo de Hohmann.

a los pollos hasta arrancarles plumas. Eizaguirre la contenía con la voz, y a veces con la vaina del machete; mas no estando constantemente sobre ello, la perra seguía en su idea.

Esto duró un mes, resultas de lo cual las relaciones de Eizaguirre con sus hijos se enfriaron mucho. Era evidente que él tenia puesta su complacencia en la perra, si muy grande, no excesiva; pero los pollos creíanse desdeñados del todo, y caminaban tristes en grupo, sin atreverse a acercarse. Al fin Eizaguirre logró comunicarles la seguridad de que les quería como antes, con lo cual la familia se reintegró.

Como entretanto el tiempo había corrido, los pollos eran ya gallinas, a excepción de uno solo. El reposo de la edad dio un tono más apacible al cariño que tenían a Eizaguirre, y así la vida prosiguió, tranquila, sin mal entendidos de ninguna especie, hasta que llegó el conflicto de los huevos.

Una gallinita ceniza fue la primera en sentir la maternidad. Ya desde muchos días atrás había dado silenciosos paseos por todos los rincones del rancho, estirando con sigilo el cuello y mirando con un solo ojo en procura de un nido feliz para sus futuros pollitos. Halló por fin lo que deseaba, y cuando Eizaguirre descubrió los cuatro huevos mostróse muy satisfecho de esa variante a su ralo menú habitual, comiendo tres esa misma tarde.

Pero la gallinita ceniza lo había visto recoger sus huevos, aniquilar así a su familia, puesto que los huevos son pollitos, en suma. Cuando a la mañana siguiente Eizaguirre echóle maíz a las gallinas, éstas acudieron como de costumbre, pero se alejaron en seguida. En vano aquél, extrañado, las llamo con el chistido habitual; ni una volvió.

Hubo tal vez tentativa de reconciliación, cuando una gallina bataraza fue a su vez a preparar sus pollitos en el rancho. El despojo se repitió. Eizaguirre que las había querido, ¡de qué modo! cuando eran chicas,* deseaba ahora la muerte de sus gallinas. Éstas cambiaron también y desde entonces las relaciones se cortaron del todo. Ansiando constantemente verse rodeadas de pollitos, las gallinas buscaban los lugares más disimulados del campo para realizar su sueño. Aprendieron a disimular su alborozo, a caminar agachadas bajo el pasto; pero el otro las descubría siempre.

En estas circunstancias, habiendo llegado ya la primavera, y cuando Eizaguirre se disponía a echar entonces sus gallinas, pues sabido es que el frío perjudica grandemente a los pollos, su atención se vio solicitada por los tres cachorros que acababa de tener su perra. Eran admirables de redondez y blancura y su madre lamiéndoles sin cesar; mientras mamaban, vivía completamente feliz.

Eizaguirre estaba muy contento. Las gallinas —sus pollitos de antes— lo veían en cuclillas ante el grupo, acariciando a los cachorros y sacudiendo ligeramente el hocico húmedo de la perra. Ellas habían también querido ser felices como la bull-terrier; mas Eizaguirre lo había aniquilado todo. De lejos, quietas, contemplaban el cuadro de felicidad a que habían aspirado vanamente.

Y así un día cuando los cachorros tuvieron ya tres semanas, la perra los dejó un momento y disparando de alegría fue con Eizaguirre al monte, cuya nostalgia la torturaba. Al volver Eizaguirre oyó un tumultuoso aleteo en el patio, y vio a las gallinas, todas encarnizadas sobre el cadáver de los tres cachorros, sin ojos ya. La perra, con un aullido gimiente, cayó sobre ellas y dos minutos después todas estaban deshechas. La perra quedó toda la tarde trotando por el patio, sacudiéndose aún las plumas ensangrentadas de la boca.

Eizaguirre, ante sus tres perritos muertos no había tenido valor para contener a la perra. Lamentó, un poco tarde, haber olvidado que las gallinas son enemigos natos de todo mamífero en crianza aún. Los cachorros, extrañados sin duda, de no sentir a su madre, habían salido al patio, y las gallinas los habían visto.

---

* En el original: «las había querido de qué modo cuando eran chicas».

EL SIETE Y MEDIO*

CUANDO EL AÑO pasado debí ir a Córdoba, Alberto Patronímico, muchacho médico, me dijo:

—Anda a ver a Funes, Novillo y Rodríguez del Busto. Se les ha ocurrido instalar un sanatorio; debe ser maravilloso eso. Entre todos juntos no reunieron, cuando los dejé el año pasado, mucho más de 15 o 20 pesos. No me explico cómo han hecho.

—Pero siendo médicos... —argüí.

—Es que no son médicos —me respondió—, apenas estudiantes de quinto o sexto año. Se hicieron, sí, de cierta reputación como enfermeros. Habían fundado una como especie de sociedad, que ponían a disposición de la gente de fortuna. Claro es que entre pagar diez pesos por noche a un gallego de hospital que recorre el termómetro tres veces de abajo a arriba para leer la temperatura, y pagar cincuenta a un estudiante de medicina, no es difícil la adopción. Cobraban cincuenta pesos por noche. Además, su apellido, de linaje allá en Córdoba, daba cierto matiz de aristocrático sacrificio a esta jugarreta de la enfermería. Lo que no me hubiera pasado a mí.

En efecto, llamarse Patronímico y tener el valor de dar el nombre en voz alta, son cosas que comprometen bastante una vida tranquila. Cuantos tienen un apellido perturbador del reposo psíquico, conocen esto. Patronímico, siendo ya hombre, perdió muchas ocasiones de adquirir buenas cosas en remate, por no dar el nombre. Sus vecinos de los costados, de delante, se volvían en seguida y lo miraban. Y ser mirado así, sin tener derecho de considerarse insultado, fatiga mucho.

Mas los muchachos de Córdoba no tenían por cierto impertinencia semejante, y mucho menos en el país de los Funes, Bustos y Novillos. Fui pues allí, y al segundo día me encaminé al Sanatorio Normal, nombre serio y cargado de promesas. Ocupaba un perfecto edificio para el caso, claro, abierto y sobre una alta colina que dominaba la ciudad. Quedaba en Nueva Córdoba, lindante con la Escuela de Agricultura, y, como ésta, tenía hacia el oeste el mejor panorama que existe en los contornos. Nada debía de ser más agradable que convalecer allí, sentado a la caída de una tarde dorada, teniendo a los pies, allá abajo, el valle oscuro y húmedo por la hora, y en el horizonte, la sierra maciza y azul que el sol acababa de trasponer.

Llegué a esa hora. Subía del valle sombrío, de las huertas y canales de riego, una vivificante frescura de tierra húmeda y brotes de álamo. Estaba seguro de encontrar a mis tres hombres sentados por allí, en mudo arrobo de calma crepuscular.

Pero no fue así. La meseta y el jardín estaban desiertos. Di a un enfermero la tarjeta de Patronímico en que éste me recomendaba a los muchachos, y al rato salió, haciéndome pasar. Atravesamos no pocos corredores, descendiendo al fin por una muy oscura, angosta y retorcida escalera.

«¿Qué demonios harán estos jóvenes sabios en un sótano?» —pensaba—. «¿Tendrán allí un laboratorio?»

Pero no se trataba de laboratorio sino de su morada particular. Era un sótano pequeño, muy bajo, todo blanqueado, que trascendía fuertemente a humedad. Había allí tres catres de

---

* Publicado en *El Diario*, Buenos Aires, diciembre 26, 1909. De acuerdo con el autor este relato recoge los ecos de las jornadas bulliciosas de juego de sus amigos. En carta a Fernández Saldaña puede leerse:

«Mándame los datos que tengas sobre la vida de José María y compañía en el Sanatorio. Todo lo que sepas —sin inventar. Recuerdo que jugaban al siete y medio, y aun con los clientes, ganándoles cierta vez un paisano la operación. Pero necesito detalles del caso y demás. Cuéntamelo como si me lo hablaras, e irá bien» (*Cartas inéditas* ..., t. II, desde Buenos Aires, octubre 21, 1909, p. 139).

hierro en el más espantoso desorden de ropa. Por lo pronto, en cada cama, un ovillo de sábanas, corbatas, cobijas, cuellos, almohadas, sacos y zapatos sin cinta. Un catre estaba ocupado por una guitarra en equilibrio sobre el ovillo. Otro servía de silla a un muchacho rubio, de larga barba, y sobre el tercero estaban echados sus dos compañeros. No había en todo el sótano otro mueble que una cómoda de caoba: ni una sola percha, ni una sola silla. A guisa de velador usaban los jóvenes sabios, al lado de cada catre, una valija de pie, con el cuero fuertemente accidentado de esterina. Los tres directores del Sanatorio Normal jugaban al siete y medio.

—¡Hola, adelante! —me gritaron alegremente sin dejar las barajas—. Disculpará que lo recibamos así; pero Patronímico nos dice que con usted...

—Sí; yo entiendo un poco de estas cosas —respondí, sentándome en todo lo que me permitían del catre las piernas de uno de ellos—. Pero les ruego que no suspendan por mí.

—¡No, no! —contestaron decidiéndose a dejar las cartas—. Como no teníamos nada que hacer.

—Sobre todo —agregó Funes—, porque no hacemos otra cosa; de mañana, al siete y medio; de tarde al siete y medio. Ya ve.

—¿Y los enfermos? —me atreví.

—¡Oh! esos en un momento están prontos. Tenemos excelentes enfermeros.

—¿Muchos clientes?

—No, desgraciadamente; por ahora no. Casi todos del campo. Y como no es sino sanatorio quirúrgico... A veces tenemos operaciones buenas.

Con todo no podía menos de ojear aquel sótano húmedo, con su extravagante mobiliario.

—¿Cómo diablos viven aquí? —les dije—. ¡Deben de tener arriba otras piezas!

—Sí, pero no podríamos estar así —respondieron, señalando sus fachas. El mejor vestido de ellos tenía una blusa de operaciones sobre camiseta y calzoncillos, y chinelas sin medias.

—¡Y sus clientes los ven así!

—A veces: pero casi siempre subimos vestidos. A algunos les gusta, sin embargo. Tenemos un paisano viejo, por ejemplo, al que le operamos un quiste. Es gran amigo de las barajas, aunque no logra entender el siete y medio, y baja a veces a vernos jugar.

—¡Y no se asusta de esto! —y señalé el desorden.

—No; ha llegado a persuadirse, no sé cómo, de nuestra capacidad científica, y le encanta ver jugar a los niños que le sacaron el quiste. Si viene mañana tal vez lo vea. Usted se queda por varios días en Córdoba, ¿no?

—Dos o tres, nada más.

—Venga mañana; le enseñaremos el sanatorio. Ahora vamos con usted a la ciudad.

Los muchachos comenzaron a vestirse, sin que hasta este momento sepa yo cómo hicieron para desenredar aquellos ovillos. Lo cierto es que media hora después marchábamos a la ciudad donde no pasamos mala noche, según es lícito.

A la mañana siguiente, aunque con un atroz dolor de cabeza, fui al sanatorio a despedirme, pues había apresurado mi regreso que efectuaría ese mismo día. Eran ya las once, pero Novillo y Rodríguez estaban acostados aún, si bien con el busto hacia afuera e inclinados sobre la valija que cabalgaba Funes. Jugaban al siete y medio.

Alguno de ellos debía de perder mucho, dando así al partido fuerte interés, porque les pareció maravillosa mi proposición de visitar el sanatorio acompañado por una enfermera; ellos continuarían doblando las puestas.

Cuando volví, mis hombres proseguían jugando, mas ahora en público. El viejo aficionado de que me hablaran estaba sentado en la cama, siguiendo las cartas con arrobada expresión.

Me miró un poco desconcertado, pero los muchachos lo tranquilizaron:

—Es un compañero nuestro de Buenos Aires... Gran jugador de siete y medio, también.

El viejo se sonrió, tímido y entusiasmado:

—¡Que ha de ser lindo este juego! —exclamó—. ¡Y me gustaría saber!

Los muchachos se rieron. Era evidente que tal estado de ansioso entusiasmo no era llamado a la curación definitiva de un enfermo. En el fondo, acaso no les desagradaba a los muchachos esta circunstancia, pues el viejo cliente tenía sólida fortuna.

Llevaba ya veinte días de sanatorio, que podrían muy bien extenderse a cuarenta. Y esto, agregado a la suma ya redonda de la operación, importaría buen haber a los jugadores de siete y medio.

Mas entre tanto el juego corría desastrosamente mal para Novillo, y el viejo, con los codos sobre las rodillas, persistía en su encantada atención a aquel juego que no entendía ni entraría ya más en su vieja cabeza. Después de observar por mi parte aquel insustancial siete y medio de tres personas, me despedí.

Los muchachos interrumpieron por fin el juego.

—Esta vez no lo acompañamos —me dijeron—. Tenemos que hacer hoy y almorzaremos aquí. ¿Por qué no se queda a comer con nosotros? Tiene tiempo de sobra hasta la noche.

—Sí, pero tengo que ir hasta La Calera, aún. Volveré apenas a tiempo. Por otro lado —agregué— acaso el año que viene nos veamos.

—¡Muy bien! Avísenos con tiempo. Lo acompañaremos más que ahora.

—¡Diablos! Si juegan siempre al siete y medio.

—Asimismo. Antes jugábamos al poker; pero entre tres no va.

—¡No mucho más esto, sin embargo!

—Sí, pero... Espérese un momento —concluyó Rodríguez, echando la sábana a los pies—. Vamos arriba. Estas malditas medias... Funes, ¿dónde están mis medias?

—¡Qué sé yo de tus medias! Lo que quisiera saber es qué se ha hecho mi cuello.

El cuello apareció por fin, e igualmente una media, hallada dentro de la guitarra. De la otra media, jamás se volvió a saber.

Subí por fin, y sólo Novillo llegó conmigo hasta la reja a despedirme.

Seis meses después, aquí en Buenos Aires, esperaba una tarde el tranvía en Maipú y Cangallo, cuando un sujeto detenido a mi lado por el tráfico, me saludó con cierta timidez. El hombre seguramente hacía rato que me miraba, pues su saludo partió como una flecha, apenas fijé mis ojos en él. Ante mi agradecida sonrisa, bien idiota por cierto, ya que no sabía poco ni mucho quién era el hombre amable, éste se acercó.

—¿No se acuerda de mí, don? —me dijo extendiéndome una mano torpe y dura.

—Sí, pero no puedo precisar... —me atreví a responder. Y de pronto recordé: era el enfermo de mis muchachos de Córdoba, aquel hepático que deliraba por aprender el siete y medio.

—¡Sí, ahora sí! En el Sanatorio Normal, ¿no? ¿Hace mucho que salió de allí?

—Bastante tiempo... Poco después... Estoy sano ahora, me curaron del todo.

—¿Y no aprendió a jugar al siete y medio?

El hombre se rió.

—Aprendí.

—¿Y jugó con ellos?

—Sí: jugué un poco —me miró sonriendo con mal disimulada malicia—. Jugué un poco.

Hubiera querido saber algo más de aquello pero el tranvía llegó, arrancándome a la compañía de mi viejo conocido.

Pasó un año aún y volví un año a Córdoba. No quise comunicar el viaje a los muchachos, e hice mal, porque ya allí, cuando pretendí hacerme conducir al sanatorio, el cochero me dijo que no había más Sanatorio Normal, ni al lado de la Escuela de Agricultura, ni en ninguna parte. Las contadas veces que me había visto con Patronímico, habíamos hablado de todo, menos de Córdoba, y de aquí mi ignorancia al respecto.

—Di al fin con Rodríguez del Busto. Todos ellos habíanse recibido en los meses anteriores, y ejercían honorable y sensatamente la medicina en sendos consultorios. Hacía ya un año que el Sanatorio Normal había muerto.

—¡Hola! ¡Vino por fin! —me gritó alegremente Rodríguez—. Lo esperamos en diciembre. ¿Por muchos días? Un segundo: vamos a buscar a Novillo y Funes.

Media hora después recogíamos a éstos, y mientras andábamos hacia el Parque Las Heras, los muchachos me contaron cómo y por qué habían abandonado el sanatorio.

—En el fondo —concluyó Funes— lo que hubo es que no teníamos clientela suficiente. Los médicos amigos nos enviaban buenos sujetos, pero asimismo las operaciones de valor escaseaban.

Entonces me acordé del viejo hepático que había encontrado en Buenos Aires, y de las esperanzas cifradas en su fortuna.

—A propósito —les dije—. ¿Saben a quién vi una vez en Buenos Aires?

—Sí —me respondieron los tres de golpe, riéndose—. Al viejo que usted conoció en el sótano.

Me quedé un poco sorprendido.

—No lo sabíamos —me explicó Rodríguez—. Pero cuando Funes habló hace un momento de las operaciones de valor, nos acordamos nosotros y usted de aquel sujeto, paz y esperanza nuestra.

—¡Y aprendió a jugar al siete y medio?

—Un poco... ¿Habló con él?

—Apenas... Me dijo que efectivamente había aprendido a jugar.

—¡Ah! ¿No sabe lo que pasó? Es muy curioso. Todos nosotros tenemos una gran veneración por aquel hombre. Usted recuerda que el viejo bajaba a vernos jugar, ¿no? Pues bien: pocos días después de haberse ido usted, la fístula empeoró bastante, y lo acostamos otra vez. La perspectiva para él no era mayormente dolorosa, y excelente en cambio para nosotros. Fíjese: veinte pesos diarios. Pero el viejo se aburría mucho, y nos rogó que fuéramos a hacerle compañía: a nosotros nos era indiferente jugar en nuestra pieza o allí y él se entretenía mucho viéndonos.

Así lo hicimos. No dejaba un momento de observar las cartas, verdaderamente entusiasmado con el siete y medio. Tanto, que al fin le dijimos un día si quería acompañarnos. El hombre se echó a reír, contento y miedoso a la vez: no se atrevía... quería jugar, sí, pero no conocía todavía juego tan lindo...

Por fin se decidió. Como usted recordará, jugábamos a cinco centavos la ficha. El viejo entró con una caja, y a las tres horas, cuando dejamos, había perdido cinco cajas: dos pesos y medio. No por esto estaba menos contento.

—¡Y de ahí! —se reía—. Mañana me va a tocar a mí. ¡Pero es juego difícil... —nos miraba con veneración y envidia.

Al día siguiente perdió cinco pesos, y veinte en el posterior. Fue ya eso para nosotros casi un cargo de conciencia.

El viejo iba a perder todo, día por día. Pero si usted ha jugado alguna vez, conocerá el inmenso placer de ganar, tan fuerte para nosotros en aquella época, que no nos permitió la menor consideración de changüí con el pobre diablo.

Este estado de cosas duró una semana más, hasta que una tarde nos dijo muy alegre, al comprar su caja:

—¡El último dinero! Mañana voy a mandar pedir a la ciudad... si pierdo. Pero hoy voy a ganar —concluyó frotándose las manos.

Ya estábamos acostumbrados a sus certezas de ganar. Pero esta vez ganó, y como natural reacción después de tanta mala suerte, nos ganó a todos. Al día siguiente, volvió a ganarnos, y nos ganó todavía al posterior. Tan bien lo hizo que en una semana más nos dejó sin un mísero centavo. Y con unas terribles ansias de desquite, en cambio.

El buen viejo no dejaba un segundo de compadecernos.

—¡Es una desgracia! ¡No tienen suerte! ¡Y tan bien que juegan...! Otro partidito, ¿quieren?

—¡Si no tenemos un sólo centavo! —le respondimos casi con rabia, levantándonos.

Estábamos absolutamente pobres. Antes por lo menos, cuando jugábamos entre nosotros, era de todos modos una satisfacción, para el que perdía, saber que el capital quedaba en casa. Ahora el viejo se lo había llevado todo, él sólo, absolutamente todo. Y el deseo de revancha nos hostigaba a tal punto, que hallamos un recurso.

Así al día siguiente, cuando fuimos a examinarlo, el viejo nos animó de nuevo.

—¿Y de ahí? ¿No hacemos un partidito?

—No tenemos plata.

—¡Ah, ah!...

—Pero si usted tiene muchos deseos de jugar, podríamos arreglarnos. Le jugamos la operación, a cinco cajas.

El viejo hizo infinitos aspavientos, pero aceptó. El partido duró cinco horas y excuso probarle que el viejo pillastre jugador de siete y medio desde que había nacido, nos ganó la operación y la asistencia completa. Desde un principio había soñado con eso y nos había llevado con toda alevosía a ese final.

Por eso, cuando usted le preguntó en Buenos Aires si había aprendido a jugar, se rió acordándose de nuestra infeliz inocencia, y por igual motivo nos reímos nosotros, al hacernos acordar usted de las operaciones que había hecho él.

SUICIDIO DE AMOR*

—¿LOS HOMBRES DE ahora? ¡Bah! Son incapaces del menor amor, del más pequeño amor! ¿Se ríe?... Y no vayamos muy lejos, señor Oyuela... ¿Cuántos meses me ha pretendido usted?

—Pretendido... señorita...

—Pongamos gustado... es lo mismo. Tal vez dos meses... uno por lo menos. ¿Y por qué no me «pretendió» realmente, como usted dice?

—Porque usted no tiene fortuna.

—¡Exactamente, señor Oyuela! ¡Y todavía se atreve usted a defender a sus contemporáneos!

—Primero de todo, señorita, yo no he defendido a los hombres de ahora, ni a los de nunca. Segundo, yo no la pretendí a usted porque usted no tiene fortuna y porque tampoco la tengo yo. Y siendo, como soy, un ser completamente inútil, de más está probarle la insigne locura que hubiera cometido.

—¡Pero justamente, Oyuela! En esa locura habría consistido su amor... si me lo hubiese tenido. Un amor que no se lanza, que no da la energía suficiente para luchar en todo y contra todo, tornando facilísimo lo que parece insalvable a un hombre no enamorado, no, ¡eso no es amor, ni lo ha sido jamás, señor!

—Acaso, señorita Leonor... Acaso no pueda yo discutir con sus dos años de filosofía y letras... ¿Creo que fueron dos años los que usted cursó?...

* Publicado en *Caras y Caretas*, Buenos Aires, año XIII, nº 615, julio 18, 1910.

—Uno solamente, señor Completamente Inútil... ¿Y no fue esto un poquito motivo para que usted no me...

—No creo. ¡Si usted hubiera tenido fortuna!... Pero, en fin, usted insiste en que esas locuras de vida prueban amor, ¿no es eso?

—¡Inmensamente, sí!

—Pues yo conozco un caso en que no hay nada de eso, y prueba seguramente mucho más amor... pero temo contarlo.

—¿Quién? ¿Usted?... ¿Y usted teme contarme algo, después de todas las tonterías que ha dicho cuando... usted creía que yo tenía fortuna?

—No, esta es zoncera de un orden que usted tal vez no comprendería.

—¡A ver, a ver, señor Oyuela! Ema, acércate más. Oyuela nos va a contar una historia de un género de amor que no somos capaces de comprender.

—No he dicho eso, sino que posiblemente usted no apreciaría esa clase de tontería. Ahí va la prueba: Supóngase que la historia pasa ahora, o acaso en el siglo XVI, época más adecuada. Supóngase también un hombre joven, feliz y enamorado de una castísima doncella en la que ha puesto toda su fe, esperanza y caridad. Pues bien, una noche de orgía entre el amante en cuestión y tres amigos, el Amor, tal como hace un momento aquí, salió a luz. Como los tres amigos no creían en él, se burlaron grandemente del candor de nuestro conocido, pues creía en la mujer. Éste no despegaba los labios; hasta que al fin propuso la apuesta más extraordinaria que se le puede ocurrir a un enamorado.

—¿Qué, qué, Oyuela?

—Esto: someter a su novia, durante cuatro días y cuatro noches consecutivas, a las demostraciones de amor de cualquiera de sus amigos.

—¡Oyuela!

—No, permítame que concluya. En la pieza, y durante esos cuatro días, habría una mesa con agua y pan. Solamente que el amigo estaría entre eso y la novia. Cuatro días muriéndose de sed y hambre, y con las manos puras del más leve beso otorgado; ¿comprenden?

—Sí, sí... ¿Pero el amigo?

—¿Él? Él tenía libertad completa de besarla y abrazarla. Eso es todo.

—¡Oh! ¿y después?

—No hay nada más. El amante ganó la apuesta. Halló a su novia casi en agonía, y sin fuerzas para besarlo a «él», esta vez. Supónganse ahora el delirio de felicidad, el orgullo de un hombre amado de ese modo.

—¿Y usted cree que nosotras no somos capaces de apreciar eso, Oyuela?

—Sí. Pero después de ese triunfo de dicha, el amante se pegó un tiro.

—¡Ah!...

—¿Y por qué?

—Porque el amor —honradez, lealtad, fe— crece cien codos; pero no se sobrevive a esas pruebas.

—¿Y qué mayor confianza en su novia podía desear ese hombre? Ella había surgido de ese infierno sin la más leve mancha.

—No; la mancha estaba en el amor mismo, en cuanto tiene de más delicado una adoración. Por eso tuve el honor de decirles que acaso no comprenderían ciertas tonterías del amor en nosotros, señorita Leonor.

EL RETRATO*

LA NOCHE estaba oscura y sofocante. A pesar de los ventiladores el salón del «París» abrasaba y, dejando que la señorita del piano prosiguiera sus valses, salimos con Kelvin a la toldilla de popa. No había viento, pero la marcha del buque traía de proa bocanadas de aire. Muy lejos, al Oeste, el destello de Buenos Aires aclaraba el cielo, y de vez en cuando los arcos de la dársena fosforecían aún a flor de agua.

Nos recostamos en la borda. Sin quitar el mentón de la mano, veíamos ahogarse uno a uno los puntos eléctricos. El resplandor lechoso del horizonte se iba hundiendo lentamente, y a la izquierda, en semicírculo, el cielo iluminado de Quilmes y de La Plata se apagaba también.

Había en ese paisaje nocturno vasto teatro de ausencia, fuera de la melancolía inherente al abandono de un lugar cualquiera, que por ese solo hecho, nos parece ha interesado mucho nuestra vida. Pero cuando se ha charlado dos horas sobre disociación de la materia, y se ha pensado un rato en el actual concepto del éter: *un sólido sin densidad ni peso alguno*; después de ese desvarío mental, los paisajes poéticos adquieren rara fisonomía.

En efecto, yo leía entonces el curioso libro de Le Bon «La Evolución de la Materia». Había visto en él cosas tan peregrinas como la antedicha definición del éter, y el constante aniquilamiento de la materia que se desmenuza sin cesar con tan espantosa violencia, que sus partículas se proyectan en el espacio con una velocidad de cien mil kilómetros por segundo. Y muchas cosas más.

Le Bon prueba allí, o pretende probar, que la incesante desmaterialización del radio es general a todos los cuerpos. De donde, millón de siglos más o menos, la materia volverá a la nada de que ha salido.

Se comprende así que la negra noche, y el último destello sobre el horizonte de las ciudades muertas, nos provocaran ideas concomitantes de inutilidad, aniquilamiento irreparable y tumba en el éter.

Tanto más fácil nos era eso cuanto que Kelvin conocía el libro de Le Bon. Su apellido, desde luego, me había llamado la atención, a mí que salía de Buenos Aires muy intrigado con «La Evolución de la Materia». Lord Kelvin, uno de los más ilustres físicos contemporáneos, es quien en efecto ha dado la extraordinaria definición del étersideral e interatómico: «es un sólido elástico, sin densidad ni peso, que llena todo el espacio».

—¡Rudyard Kelvin! —había exclamado yo al oír su nombre en la mesa (La casualidad nos había sentado uno al lado del otro)—. Permítame la indiscreción: sería usted pariente de Kelvin, el célebre...

—No, señor —me respondió—. Mi familia es inglesa, y aun de la misma ciudad que mi sabio homónimo; pero no tengo parentesco alguno con él.

Supe así que mi nuevo conocido, educado en Inglaterra, vivía en Buenos Aires desde diez meses atrás. Pero en el transcurso de nuestra charla científica me cupo saber otras cosas.

Entre los más curiosos experimentos de Le Bon, me había interesado —acaso en mi condición de antiguo aficionado a fotografías— el hecho de que un cuerpo expuesto un momento al sol, y colocado en plena oscuridad sobre una placa sensible, la impresiona. Aún más: si se interpone un grueso papel negro entre el objeto y la placa, la reproducción fotográfica es igualmente nítida.

Recordé el fenómeno, agregando que sentía no trabajar más en eso, pues me hubiera agradado constatarlo.

---

* Publicado en *Caras y Caretas*, Buenos Aires, año XII, nº 639, diciembre 31, 1910.

—Y lo hubiera constatado —respondió Kelvin—; es perfectamente fácil.

—Sin embargo...

—Sí, ya sé lo que va usted a decir: no es regular el fenómeno, no siempre se produce. A mí... Y se calló.

—¿Qué? —pregunté.

—Nada —repuso brevemente cambiando de postura—. Tengo recuerdos no alegres de esas cosas.

Lo miré entonces con curiosa indiscreción. Seguramente Kelvin dominaba el asunto.

—Pero usted ha investigado mucho en eso —insistí.

—Mucho. Hasta hace seis meses... Realmente hace mucho calor; tal vez se levante temporal.

Era muy posible que el temporal se levantara: pero era también evidente que mi interlocutor había sido tocado en lo vivo por esos asuntos. ¿Qué relación podía haber entre tal gran pena y un mísero cuerpo asoleado? No me era ciertamente sencilla la solución, y aun mi curiosidad no fue grande. De modo que en el transcurso del viaje, y durante la charla posterior, no me acordé más de Le Bon, materia disociada y lord Kelvin. Nos separamos al día siguiente al desembarcar en Montevideo.

Pero a pesar de todo, la impresión de aquel incidente debe de haber sido duradera en mí, porque un mes más tarde, y de nuevo en Buenos Aires, me mostré muy curioso al hallar a una persona que conocía un poco a Rudyard Kelvin. Supe que mi amigo de una noche había investigado hondamente lo que llamaríamos magia negra de la luz: rayos catódicos, rayos X, rayos ultravioleta y demás. Por otra parte, Kelvin había perdido a su novia dos años antes.

Como en otra ocasión, no pude hilvanar lógicamente la muerte de su prometida con la radioactividad de una piedra asoleada. Hasta que cuatro meses después la casualidad nos reunía de nuevo a bordo del «París», esta vez de regreso de Montevideo.

Lo vi cuando concluíamos de comer, e iguales circunstancias de depresión y calor sofocante nos reunieron otra vez en la toldilla. Igual negra calma silenciosa, e igual vasto panorama de ausencia en esa nocturna huida en vapor. Montevideo aclaraba también el cielo sobre el horizonte, y la melancolía de otro momento tornaba a recostarme en la borda.

Y supe la historia. No sé si inspiré a Kelvin esa confianza ciega que suele arrancarnos de golpe un individuo al que apenas conocemos, por un detalle cualquiera, el modo de mirar, la manera de cerrar los labios, la brevedad de una respuesta. Acaso haya influido también el té o whisky que en la raza inglesa remedia a tan alto grado la depresión atmosférica. Su tensión sentimental puede haberlo justificado. De todos modos Rudyard Kelvin me hizo el honor de contarme esta extraña historia:

—«¿Usted quedó intrigado la primera vez, con los fenómenos de fotografía de que hablamos, no es cierto? Y sobre todo porque le había hecho entrever un drama en todo eso, ¿no es verdad tanbién? ¡Sí, sí! Usted quiere saber por qué y cómo la placa sensible... Óigame: yo habitaba entonces en Epsom, y desde que había llegado de Londres vivía huroneando sombríamente entre bobinas, pantallas de sulfuro y espectroscopios. Creo haber sido de los primeros en observar el fenómeno de emisión de rayos especiales en los cuerpos asoleados. Pasé días enteros en la oscuridad impresionando placas, sin otro resultado que constatar la irregularidad del fenómeno, como le dije la otra vez. Le Bon abandonó por igual motivo.

No era eso sólo. Vea, aqui entre los dedos... ¿ve? Sí, tuve tres meses los dedos ulcerados... Son los rayos X. Después, una tarde... ¿No le he dicho nada aún? Yo tenía una novia... Edith. En fin... Usted sabe cómo se quiere a la novia, ¿no es eso?

Una tarde el automóvil volcó. Se rompió las dos piernas, justamente las dos piernas, los dos muslos por el medio... Pasé tres días como un loco, llorando rabiosamente sobre mis puños. Al principio hubo esperanza; después sobrevinieron las cosas de siempre, falta de reacción, arterias, ¡qué sé yo! Lo que le puedo asegurar es que me enloquecía verla... Y fíjese: ¡los dos muslos rotos! Muriéndose y mirándome sin cesar... la novia de uno, ¿no es verdad?

Luego... No me separaba casi un momento de su lado... Y no me miraba sino a mí... No podía hablar. Pero esa mirada dilatada, fija siempre en mí, sin ver a sus padres, ni a sus hermanos, ni a nadie... ¿Usted comprende?

Al morir habló.

—¡Rudyard! —me dijo—, quiero morir sola contigo...

Los padres estaban allí, y los hermanos... Y no apartaba sus ojos de mí...

—¡Rudyard! —repitió—, que nos dejen solos... quiero morir contigo...

¡Su voz, ronca!... Usted ha oído esa ronquera de la voz cuando se muere, y nos llaman pesadamente, insistentemente con esa voz...

—¡Rudyard!, morir contigo...

¡Ah! Y nadie más existía fuera de mí... Se fueron todos, y quedé con ella, en mis brazos...

Bueno; ya le he dicho cómo murió. Entonces lisa, cabal y llanamente decidí matarme. Pero eso se ve, ¿no es cierto? se ve en seguida en la cara de uno. El padre me recordó que yo, antes que todo, era hombre. ¡Sí, lo sé! ¿Pero qué haría sin ella?

—Júreme que resistirá siete días —me dijo.

Se lo prometí. Pasados los siete días había hallado fuerzas para continuar. Me encerré en el laboratorio, y trabajé —¡no sé cómo al principio!— y fue entonces cuando obtuve su retrato.

Había vuelto a la impresión de placas a través de un obstáculo, por medio de cuerpos asoleados. Una mañana caí en la cuenta de que el ojo humano podría perfectamente, como un cuerpo cualquiera, impresionar la gelatina. Pero como su interior ha sido herido por la luz, y hay allí una lente biconvexa... ¿Usted comprende? En seguida abrí la ventana, miré largo rato fijamente la pared del corredor, y encerrado de nuevo en la oscuridad, me puse de codos sobre una placa sensible. No me moví durante cinco minutos. Revelé, y muy lentamente apareció la pared blanca del corredor y la mancha oscura del cuadro en el medio, un paisaje de caza...

Pero completamente fuera de foco... Ni el iris ni el cristalino podían ajustarse en la oscuridad. Recurrí a la luz roja, y entonces el resultado fue preciso... Pero en esos días leí que en Estados Unidos el experimento se había hecho ya.

¡Y qué días esos, sin embargo! Cuando volvía bruscamente en mí... Usted sabe, esa sensación de súbita pesadilla... ¡Ya no vivía más! ¡Nunca, nunca más la vería!...

Bueno; no sé ni le podría decir por qué se me ocurrió ese absurdo... Fíjese: dispuse una placa sensible, y durante media hora tuve mis ojos en ella, pensando en Edith con cuanto desesperado amor me desbordaba del alma. La veía allí, me miraba, la mirada de amor que se recuerda sobre todas las cosas, ¿verdad? Fíjese en esto: al revelar la placa apareció su imagen... Usted ve, me temblaban las manos... ¡La veía! ¡A ella! Me miraba sonriendo apenas, como siempre que nos mirábamos de cerca...

Era un perfecto retrato. Fijé e imprimí volando. ¡Era ella misma! ¡Qué locura de dolor!... La besé... ¿no es cierto?... No sé cómo no me maté esa vez.

En fin, durante un mes, dos meses, obtuve todos los días su retrato. Luego, cada tres o cuatro. Una tarde entré en el laboratorio, después de quince días de abandono, y repetí el experimento.

La vi, era ella siempre, siempre mirándome... pero sobre el rostro había un velo blanquecino que en vano traté de corregir. Los ojos, sobre todo; un velo pálido que nublaba su mirada. Un mes después —¡solamente un mes después!— me acordé de nuevo de verla... Dispuse la placa, la miré más largamente que antes, y la vi muerta. Estaba muerta, ¿usted comprende? ¡Los ojos cerrados, hundidos, la boca entreabierta, muerta completamente!

Y entonces, sólo entonces comprendí que ya había dejado de quererla.»

Kelvin calló, y recostándose en la borda, fijó los ojos en el cielo de Montevideo que un lechoso destello aclaraba aún.

Por mi parte, confieso que había olvidado el aspecto científico del fenómeno.

—A pesar de todo —le dije al rato— me parece que usted ha vuelto a quererla.

No me respondió.

—Yo, en su lugar, repetiría el experimento —continué.

Esta vez se volvió, sentándose de nuevo con una sacudida de hombros.

—¿Para qué? —repuso—. Hace seis meses lo repetí. Estaba a mi lado un muchacho de casa que me arreglaba el laboratorio. El chico me preguntó qué iba a hacer; le dije que miraría fijamente... Revelé, y su imagen, la de Edith, apareció nítida, sonriente,* radiante de vida... *pero con los ojos dirigidos al muchacho...* Éste la había visto dos o tres veces apenas, y seguramente había mirado como yo... Y bastaba a revivirla... El ínfimo cariño que pudiera haberle tenido a ella la revivía...

¿Qué quiere usted que yo haga después de eso?

CUENTO PARA ESTUDIANTES**

LA DISCIPLINA usual quiere que el profesor tenga siempre razón, a despecho de cuanto de inmoral cabe en esto. Las excepciones fracasan casi siempre porque en ellas la cátedra reconoce su equivocación o ignorancia por concepto pedagógico —lo que no engaña nunca al alumno— y no por franca honradez. Es de todos modos dura tarea sostener un error con vergonzosos sofismas que el escolar va siguiendo tangente a tangente, y gracias a esta infalibilidad dogmática ha cabido a la Facultad de Ciencias Exactas la inmensa suerte de que el que estas líneas escribe no sea hoy un pésimo ingeniero.

El caso es edificante. Yo tenía, en verdad, cuando muchacho, muy pocas disposiciones para las matemáticas. Pero el profesor de la materia dio un día en un feliz sistema de aplicación, cuyo objeto sería emularnos mutuamente a base de heridas en el amor propio. Dividió la clase en dos bandos: cartagineses y romanos, en cada uno de los cuales los combatientes ocuparían las jerarquías correspondientes a su capacidad. Hubo libre elección de patria; y yo —a fuer de glorioso anibalista— convertime de uruguayo en cartaginés. Éste fue mi único triunfo, y aun triunfo de mi particular entusiasmo; pues cuando se distribuyeron los puestos me vi delegado al duodécimo. Éramos catorce por bando. Luego, en un total de veintiocho matemáticos, sólo había cuatro más malos que yo: mis dos cartagineses del último banco, y los dos legionarios correlativos.

Como se ve, esta imperial clasificación de nuestros méritos, y que me coronaba con tal diadema de inutilidad, debía hacerme muy poca gracia. En consecuencia decidí tranquilamente llegar al mando supremo en mi partido.

Para esto se había establecido que los sábados hubiera desafíos de puestos, como los llamábamos, por los cuales un inferior estaba facultado para llevar a un jefe cualquiera de su propio ejército ante el pizarrón, y allí someterlo al examen de la lección del día; cada error del desafiado valía un punto al insurgente, el que a su vez pagaba al otro en igual forma sus propios yerros. Al final se computaban las faltas, y había —o no— trueque de puestos.

En los demás días los duelos eran de bando a bando, pero sin que fuera lícito desafiar a un miembro del partido contrario que ocupara un grado inferior al del atacante en el suyo propio.

---

* En el original: «nítida sonriente,».

** Publicado en *Caras y Caretas*, Buenos Aires, año XIV, nº 665, julio 1, 1911.

Había una excepción al sistema: permitíase desafiar a *todo* el partido contrario. Y recuerdo (esto fue más tarde, cuando llegué a ser general en jefe) a un malhadado decurión o velite, o menos todavía, que retó a duelo a todo el éjército cartaginés. Yo no sabía ese día una palabra de nada, y mis hombres se empaparon en silencioso terror ante ese ataque que suponía terrible preparación, dado el coraje del mísero. Pero como la dignidad del puesto que ocupaba me forzaba al heroísmo, me sacrifiqué. Yo le hice dos puntos, y él me hizo veintiocho.

Pero esto vino luego. Antes, como he dicho, había decidido apoderarme del primer puesto. Lo que debí estudiar para ello no tiene casi medida, en un muchacho de tan mezquina paciencia como era yo. Mas el amor propio, el desprecio ajeno y la sombra de Aníbal hicieron de modo que a la primer semana había trepado al octavo puesto, y en los cinco sábados posteriores ataqué sucesivamente al cuarto, segundo, segundo, segundo y primero. Como se ve, fracasé dos veces seguidas ante el segundo puesto. Era aquél un obstinado individuo.

Una vez en la cumbre me sostuve, resistiendo la saña sin tregua de mis Maharbales que no perdonaban a un advenedizo como yo. Concluyeron por dejarme en paz, y me aceptaron luego de corazón. A tal punto había llegado de aplicación con esa constante guardia, que cuando se suscitaba en clase algún equívoco, las miradas de mis compañeros —incluso la del profesor— se dirigían a mí. Yo resolvía entonces, para mayor gloria de la institución. Se comprenderá ahora cuán prodigiosa debe haber sido la facultad de estudiar que adquirí entonces.

El desastre llegó así: quiso la desgracia que cierto domingo falleciera un alto personaje, y cuando a la mañana siguiente nos enteramos de que ese día no había clase, nuestra alegría fue grande —poco recomendable tal vez— pero realmente muy grande. Y tuvo esta consecuencia, mucho menos divertida para nosotros: el tema de álgebra que debíamos estudiar esa tarde del lunes, pasó a un profundo olvido, tan hondo y oscuro que al día siguiente las siete octavas partes de la clase no había encontrado ni aun siquiera el asunto de la lección. Más: el profesor tenía un endiablado malhumor que le había infiltrado con idiota terquedad la idea de que nosotros debíamos saber siempre la lección, muriera quien muriere, el zar, el sultán o el papa de todas las religiones. Supóngase ahora el silencio que reinaría en clase.

El asunto a tratar era uno de los tantos lúgubres problemas que Guilmin incluye en su álgebra, y para mayor desventura del día, uno de los más difíciles. Esto se vio después, por lo menos para la clase entera, pues yo particularmente había logrado la tarde anterior acordarme del problema. ¡Ojalá no lo hubiera hecho nunca! Logré resolverlo, y descartado así el peligro de que el campo enemigo repitiera a mis expensas su ruidoso triunfo de un mes atrás, reanudé en el resto del día, el duelo que hacía yo a mi manera al personaje muerto.

La clase comenzó. Todos teníamos buenas caras hipócritas de indiferencia, porque ya desde el primer año habíamos aprendido a no disimularnos torpemente tras la espalda del compañero, como es deber en los grados. De nada nos valió. El profesor recorrió la lista dos veces con miserable lentitud, y levantó la cabeza:

—¡Sequeira!

El aludido respondió con un esbozo de levantamiento:

—No sé.

El profesor lo miró un momento, y bajó de nuevo la cabeza:

—¡Bilbao!

Bilbao contestó:

—No sé.

El profesor lo miró también un instante, y durante un largo rato, en pleno silencio, se repitió el cuadro:

—¡Flores!

—No sé.

—¡Dondo!

—No sé.

—¡Otaegui!
—No sé.

—¡Narbondo!
—No sé.

Jamás he vuelto a ver un ensañamiento como el de aquel hombre fatal. No hacía un solo gesto de disgusto, ni su voz subía un décimo de tono. Uno tras otro, los nombres salían fríos de su boca, y las respuestas eran tan uniformes, que el pleno silencio del aula, entre el pizarrón vacío y la luz tamizada de las celosías, parecía deber quedar sonoro para siempre de: Maury... no sé— Frades... no sé— Gutiérrez... no sé.

Por fin se detuvo. Habían pasado ya veintidós nombres, y por rabioso que fuera su malhumor, concluyó por tener vergüenza de su propia clase.

—Perfectamente —dijo deshaciendo la pluma contra el pupitre—; ninguno sabe una palabra después de dos días de haraganear... Si ustedes tuvieran vergüenza, un sólo miligramo de vergüenza, no habrían puesto los pies en clase. ¡Y tienen el tupé de venir aquí!

Su vista recorrió las filas, segando a su paso las cabezas anonadadas, y su rostro cambió totalmente de expresión al detenerse en mí.

—A ver, Ávila —dijo con voz tranquila.

La clase se removió por fin, hubo cambios de posturas, como si el peso aplastador hubiera cesado de golpe.

Me levanté. Yo era la salvación, y en ese momento me adoraron casi. Ninguno recordaba más que yo era jefe de un partido; en la miseria común, no había ya cartagineses ni romanos, sino pobres muchachos, o asnos de edad aún felizmente temprana, como había tenido el bien de advertírnoslo el profesor.

Ante el desahogo de mis compañeros y la mirada de confiado orgullo de aquél, que me siguió durante todo el desarrollo del problema, planteé éste, lo razoné, lo analicé, y lo concluí en diez largos minutos con este resultado:

$$x - \sqrt{ab} = \sqrt{225} = 15$$

que era lo justo.

Dejé la tiza y me sacudí los dedos, mientras el profesor se volvía a la clase con un tonillo de vivísimo desprecio.

—¡Ahí tienen ustedes, caballerines! Si en vez de pasar el tiempo en cosas que más vale no saber —¡sí, mocitos, tal como digo!—, si en vez de eso tuvieran ustedes más dignidad de hombres, no darían el vergonzoso espectáculo que acaban de dar. Aprendan de éste —continuó señalándome—, ¡así se trabaja, así se resuelve un problema! ¡Bien, Ávila, bien!

Me senté de nuevo. La clase había dejado de mirar el problema, para murmurar alegremente la salvación general— todos, con excepción de Gómez, un muchacho de cara roja y gruesos granos, que tenía aún la vista fija en el pizarrón. De repente se levantó, y señalándolo con la cabeza:

—Señor —dijo—, ese problema está mal.

Júzguese del asombro. La vista del profesor se volvió vivamente al pizarrón, en seguida a Gómez y de nuevo al pizarrón.

—¿Que está mal ese problema? ¿Eso es lo que dice, señor Hilario Gómez?

—Sí, señor, eso digo —repuso el muchacho—. Ese problema está mal resuelto.

—Pues bien, dígnese pasar al pizarrón a probarlo. Pero un momento: ¿qué merece que le hagamos por hacernos perder estúpidamente el tiempo?

—Yo no sé —respondió Gómez, siempre empecinado—, pero ese problema está mal.

—¡Muy bien, pase, pase, veamos eso! —concluyó el profesor, paseando una mirada de fiera en acecho sobre los compañeros de aquel pobre mártir.

Ahora bien, yo no sé en qué diablos había pensado, ni cómo pude equivocarme así; pero lo cierto es que en cierta ecuación cambié los signos, y aunque la resolución había quedado momentáneamente pervertida, siguiendo las cosas los signos tornaron a invertirse de nuevo, llegando por fin al magnífico resultado que

$$x = \sqrt[2]{ab} = \sqrt[2]{225} = 15$$

Letra por letra, y signo por signo, Gómez probó todo esto con perfecta lógica. No había otra cosa; yo me había equivocado, mi resolución era viciosa, y el PRO-FE-SOR se había hecho solidario, ante toda la clase insultada, de un disparate formidable.

Pero muy por encima de la sonrisita sarcástica que ya comenzaba a blanquear en el rabillo de los ojos de mis compañeros, muy por encima estaba la infalibilidad de la cátedra. De modo que midiéndome de abajo arriba, con expresión de viejo zorro encanecido en artimañas, el profesor me dijo:

—¡Bravo, Ávila, bravo! Cuadra esto perfectamente en su carácter hipócrita y simulador. ¡Pero si usted creyó un momento que yo me iba a dejar coger en la trampa, se engaña, amiguito! Desde el principio lo he dejado seguir a ver hasta qué punto llegaba su cobardía, pretendiendo engañar a sus compañeros, etc., etc.

Desde ese día no volví a abrir un texto de álgebra. Hoy no sé ya más qué es una ecuación, y de mi antigua y fugaz gloria de matemático y general cartaginés, no me queda sino el recuerdo de la figura final.

$$x = \sqrt[2]{ab} = \sqrt[2]{225} = 15$$

LAS SIETE PALABRAS*

EL ADOLESCENTE abrió el sobre precipitadamente y leyó:

«Carlos: todo ha concluido entre nosotros. Elvira.»

Súbitamente quedó helado y estuvo a punto de caerse, como si toda la vida de su ser, precipitándose de golpe en el corazón, le hubiera dejado vacío el cuerpo.

¡Concluido, todo! ¡Ya no!... Se levantó con la vista extraviada, y miró el ropero, el mapamundi, sin saber lo que hacía. Vio en el espejo su cara lívida y descompuesta, y tornó a sentarse.

---

* Publicado en *Caras y Caretas*, Buenos Aires, año XIV, nº 670, agosto 5, 1911.

Carlos: todo ha concluido entre nosotros. Elvira. ¡Oh, qué desesperación! ¡Todo estaba acabado, todo, todo muerto! ¡Muerto! ¡Cómo, ella, su Elvira, su Elvira suya, ya no era más de él!

Sentía en las sienes el latido cargado que retornaba por fin del corazón en plenas ondas de angustia, y respiraba con dificultad. ¡Luego sus ojos, su voz, su amor adorado e idolatrado, nada ya! ¡Su entusiasmo de triunfar, su propia vida, nada ya! Y en un solo momento... *Todo está concluido entre nosotros...* ¡No, no, no!

La respiración le faltaba cada vez más, y hacíale daño el corazón hinchado en sofocante angustia.

Todo está... ¡es decir que ya nunca más le hablaría! ¡Es decir que debía olvidarla del todo! ¡Que ya nunca, nunca más volvería... a... *concluido entre nosotros!*

De golpe, sus cuatro meses de radiante felicidad subieron a su memoria, vertiendo en el *se acabó* final la desolación de lo que fue immensa dicha un día. Su dolor fue tan grande que perdió un instante la conciencia de esa atroz realidad, y suspiró hondamente, como al final de una pesadilla que nos deja ya en paz.

Todo... ¡Sí, era cierto! ¡Allí estaban las siete fatales palabras para recordárselo! ¡Todo pasado! Entonces, ese pasado de muerta gloria ante su lamentable porvenir pudo más que sus nervios de adolescente, y lo doblegó en convulsivos sollozos sobre el papel que acababa de tronchar su dicha. Desde ese instante no fue ya más dueño de sus nervios, y lloró, con los puños estrujados contra las sienes, la ruina total de su vida.

Concluido entre nosotros... Las siete palabras subían insistentemente a sus ojos, y aun al cerrarlos fugazmente veía nítidos los rasgos sobre un fondo de tinieblas: *Carlos: todo...*

Todo el llanto de su irreparable desastre surgió desde entonces de aquellas siete palabras que no podía apartar más de su mente. Cuanto es desolación de dicha zozobraba de golpe, y que por ser única hundió consigo en su naufragio la vida misma que ya para nada ha de servir; cuanto es amargura de amor devuelto; dolor de felicidad irreconstruible y desesperanza suprema de alma encerrada viva en la tumba de su muerto amor, lloraba incesantemente con las siete palabras: *Carlos: todo ha concluido entre nosotros. Elvira.*

No le quedaba un solo resto de dominio sobre sí. Y cuando su cuerpo no fue ya más que un haz sollozante de nervios, comenzó a escribirle. Nada le pediría, no; pero que estuviera segura de que si ha habido en el mundo un dolor atroz, él lo sufría en ese instante; y que si a alguien cupo asimismo un poco de dicha en esta tierra, él también la había tenido inmensa de ella... (*Todo está concluido...*)

Las fatales palabras no lo abandonaban más, a tal punto que debía hacer un profundo esfuerzo para arrancarse a esa idea fija.

Ese momento decidía de su vida de tal modo, que si alguna vez le fuera posible contarle cuánto la había adorado... (*Está concluido. Elvira*).

Una nueva crisis de sollozos tendióle de nuevo los brazos sobre el papel. ¡No, no! ¡No era posible perder así su dicha! Entonces, recogiendo bruscamente la pluma, dio cauce a la pasión que deliraba en él. ¡Elvira, alma adorada! ¡No era posible eso! ¡A todo se hallaba dispuesto, a todo menos a perderla! ¡Una palabra nada más, que le permitiera irla a ver un solo segundo, y después... (*todo está*)... Sí, lloraba, lloraba en ese instante y después, y luego. ¡Pero no perderla a ella, alma, vida, amor, Elvira mía! (*Concluido. Elvira*).

Fue la carta a su destino y una hora después el adolescente recibía la respuesta:

«Carlos: No creía merecer esta grosería de su parte. Si no se le ocurría otra cosa, en respuesta a mis palabras, que escribí en el primer impulso de una ofuscación, hubiera sido preferible que no se burlase del cariño que hasta hace un momento pude haberle tenido. Como usted comprende, es inútil que de aquí en adelante vuelva a hacerme objeto de sus burlas. E.»

Incluida en la esquela se le devolvía su carta. No contenía sino siete palabras: *Carlos: Todo ha concluido entre nosotros. Elvira.*

El delirio de su inmenso dolor había convertido al fin aquella sentencia de muerte en idea fija; y en vez de su desesperante llamado de amor, el desgraciado no había escrito sino eso.

LA IGUALDAD EN TRES ACTOS*

LA REGENTE abrió la puerta de clase y entró con una nueva alumna.

—Señorita Amalia —dijo en voz baja a la profesora—. Una nueva alumna. Viene de la escuela trece... No parece muy despierta.

La chica quedó de pie, cortada. Era una criatura flaca, de orejas lívidas y grandes ojos anémicos. Muy pobre, desde luego, condición que el sumo aseo no hacía sino resaltar. La profesora, tras una rápida ojeada a la ropa, se dirigió a la nueva alumna.

—Muy bien, señorita, tome asiento allí... Perfectamente. Bueno, señoritas, ¿dónde estábamos?

—¡Yo, señorita! ¡El respeto a nuestros semejantes! Debemos...

—¡Un momento! A ver, usted misma, señorita Palomero: ¿sabría usted decirnos por qué debemos respetar a nuestros semejantes?

La pequeña, de nuevo cortada hasta el ardor en los ojos, quedó inmóvil mirando insistentemente a la profesora.

—¡Veamos, señorita! Usted sabe, ¿no es verdad?

—S-sí, señorita.

—¿Veamos, entonces?

Pero las orejas y mejillas de la nueva alumna estaban de tal modo encendidas que los ojos se le llenaron de lágrimas.

—Bien, bien... Tome asiento —sonrió la profesora—. Esta niña responderá por usted.

—¡Porque todos somos iguales, señorita!

—¡Eso es! ¡Porque todos somos iguales! A todos debemos respetar, a los ricos y a los pobres, a los encumbrados y a los humildes. Desde el ministro hasta el carbonero, a todos debemos respeto. Esto es lo que quería usted decir, ¿verdad, señorita Palomero?

—S-si, señorita...

La clase concluyó, felizmente. En las subsiguientes la profesora pudo convencerse de que su nueva alumna era muchísimo más inteligente de lo que había supuesto. Pero ésta volvía triste a su casa. A pesar de la igualdad recomendada en clase recordaba bien el aire general de sorpresa ante sus gruesos y opacos botines de varón. No dudaba de que en los puntos extremos del respeto preconizado con tal fervor, ella ocupaba el último. Su padre era carbonero. Y volvía así la frase causante de su abatido desaliento. Desde el ministro *hasta* el carbonero, a todos debemos respeto. La criatura era precoz y el distingo de ese *hasta* fue íntimamente comprendido. Es decir que no existía ni remotamente tal igualdad, pero siendo el ministro de Instrucción Pública la más respetable persona, nuestra tolerancia debía llegar por suprema compasión a admitir como igual hasta a un carbonero. Claro está, la criatura no analizaba la frase, pero en sus burdas medias suelas sentía el límite intranspasable en que ella debía detenerse en esa igualdad.

---

* Publicado en *Caras y Caretas*, Buenos Aires, año XIV, n° 683, noviembre 4, 1911.

—*Hasta* papá es digno de respeto —se repetía la chica.

Y cuanto había en ella de ternura por su padre y respeto por su instrucción, se deshizo en lágrimas al estar con él. Contó todo.

—¡No es nada, Julita! —sonrióse el padre—. ¿Pero de veras dijo *hasta* el carbonero?

—¡Sí, papá!

—¡Perfecto! Para ser en una escuela normal... Dime, ¿tú sabes en qué consiste esa igualdad de todos los hombres que enseñaba tu profesora? Pues bien, pregúntaselo a ella en la primera ocasión. Quisiera saber qué dice.

La ocasión llegó al mes siguiente.

—«... porque todos somos iguales, tanto el rico como el pobre, el poderoso como el humilde.»

—¡Señorita!... Una cosa; yo no sé... ¿En qué somos iguales todos?

La profesora quedó mirándola muy sorprendida de tal ignorancia, bien que la aprovechara ella misma para buscar a todo trance una respuesta que no halló en seguida.

—¡Pero, señorita! —prorrumpió—. ¿En qué está usted pensando? ¿Quiere que hagamos venir una niña de primer grado para que le enseñe eso? ¿Qué dicen ustedes, señoritas?

Las chicas, solicitadas así por la profesora, se rieron grandemente de su compañera.

—¡Hum! —murmuró luego el padre al enterarse—. Ya me parecía que la respuesta iba a ser más o menos ésa.

La pequeña, desorientada ya y dolorida, lo miró con honda desconfianza.

—¿Y en qué somos iguales, papá?

—¿En qué, mi hija?... Allá te habrán respondido que por ser todos hijos de Adán, o iguales ante la ley o las urnas, qué sé yo... Cuando seas más grande te diré más.

En el repaso de octubre, el respeto a nuestros semejantes surgió otra vez y la profesora pareció recordar de nuevo la pregunta aquella, manteniendo un instante el dedo en el aire.

—Ahora que recuerdo... ¿No fue usted, señorita Palomero, la que ignoraba en qué somos iguales?

La chica, en los meses anteriores, había aprendido el famoso apotegma; y siendo, como es, terrible la sugestión inquisitoria de tales dogmas en las escuelas, estaba convencida de él. Pero ante el cariño y respeto a la mentalidad de su padre, creyó su deber sacrificarse.

—No, señorita...

Julia salió de clase llorando sin consuelo. Días después la escuela entera se agitaba para celebrar el jubileo de su directora. Habría fiesta, y las pequeñas futuras maestras fueron exhortadas a llevar un ramo de flores, uno de los cuales sería ofrecido a la directora gloriosa. Y, desde luego, invitación a la familia de las alumnas.

Al día siguiente la sub-gerente repartió las tarjetas entre las escolares para que las llevaran a sus padres. Pero Julia esperó en vano la suya; sólo habían alcanzado a las alumnas bien vestidas.

—Hum... —dijo el carbonero—. Esto es hijo de aquello... ¿Quieres llevar el mejor ramo que haya ese día?

La pequeña, roja de vanidad, se restregaba contra los muslos de su padre.

De este modo no cupo en sí cuando todas sus condiscípulas dirigieron una mirada de envidia a su ramo. Era sin duda ninguna el más hermoso de cuantos había allí. Y ante el pensamiento de su ramo, de que ella entre todas sus brillantes compañeras lo ofrecería a la directora, temblaba de loca emoción.

Pero al llegar el momento del obsequio, la profesora de su grado, después de acariciarla, tomó el ramo de sus manos y lo colocó entre las de la hija del ministro de Instrucción Pública condiscípula suya. Ésta entre frenéticos aplausos lo ofreció a la directora enternecida.

El carbonero perdió esta vez la calma.

—Llora, pequeña, llora; eso tenía que pasar; era inevitable. ¿Pero quieres que te diga ahora? —exclamó haciendo saltar la mesa de un violento puñetazo—. ¡Es que nadie, ¿oyes?

nadie, desde tu directora a la última ayudante, nadie cree una palabra de toda esa igualdad que gritan todo el día! ¿Quieres más pruebas de las que has tenido?... Pero tú eres una criatura aún... Cuando seas maestra y enseñes esas cosas a tus alumnas acuérdate de tu ramo y me comprenderás entonces.

—Sí —me decía sonriendo al recuerdo la actual profesora normal—, mucho me costó olvidar la herida aquella. Y, sin embargo, papá no tenía razón. Cuando se posee una instrucción muy superior a la del medio en que se vive, la razón se ofusca y no se aprecian bien las distancias... ¡Pobre papá! Era muy inteligente. Pero mis alumnos saben muy bien, porque no me canso de repetírselo, que desde el ministro hasta el zapatero, todos somos iguales...

EL BALDE*

—¡SEÑORA! —gritó la sirvienta sofocada aún por la rápida ascensión—: son del depósito de abajo. Están enojadísimos con los niños... han querido quemar todo.

—¿Qué?, ¿quemar?, ¿qué?... Que suban. ¿Luisa? ¡Ah! ¡estos hijos!

El dependiente estaba ya arriba.

—¡Sí, señora, sí, son sus hijos! ¡Sus niños que ya no saben qué hacer! Estaban agujereando el piso para incendiar el depósito... Los hemos visto.

—¡Qué horror! ¡Estos hijos van a acabar conmigo! ¿Pero está seguro? ¿No será una broma de criaturas?

—¿Broma, señora? ¡Sus niños son poco amigos de bromas! Con una barrena habían hecho un agujero para echar un fósforo. Se morían de gusto pensando en lo que iba a pasar. Ésas son las bromas de sus niños... Por suerte los hemos oído a tiempo.

La señora prometió corregirlos debidamente, asegurando al empleado que nunca más volverían a tener quejas de ellos. Aquél, con una esquiva mirada de desconfianza, volvió gruñendo a su depósito de alcoholes.

La idea de los chicos era en efecto de pasmosa sencillez: por el agujero aquel, que el malhadado tuerto denunciara, se iba a echar entre todos un fósforo encendido. Los toneles de alcohol arden al menor contacto de una llama; esto es evidente. Pero el fuego artificial había fracasado porque el tuerto, oyendo el cuchicheo en el techo, había visto el agujero sobre el cual los chicos se daban incesantes cabezazos para aplicar todos a un tiempo el ojo. Aunque la idea era del segundo, el mayor había conseguido la barrena, perteneciéndole por tanto la llave del plan. El menor, cuya imaginación dormía aún entre recién pasados ensueños de fosfatinas y arrow-root, había logrado obtener que entre los tres se cogiera el fósforo encendido, y entre los tres se lo arrojase a aquel cielo prohibido.

A las doce volvió el padre de la oficina, y su enojo fue violento, tanto como las diez palmadas que el mayor recibió atrás, motivos para que huyera a gritos, aplicando allí con furor sus dos manos.

—¡Lo que hay —concluyó el padre enardecido aún— es que todas estas cosas pasan cuando yo no estoy!

---

* Publicado en *Caras y Caretas*, Buenos Aires, año XV, n° 703, marzo 23, 1912.

—¿Y qué quieres que haga? ¡Yo no puedo estar sobre ellos a cada momento! Eres injusto.

—Injusto o no, mientras yo estoy aquí, no pasa nada.

Ella no pudo menos de sonreírse.

—¡Bueno fuera! Yo no tengo tus manos.

—¡Es que no es cuestión de pegar! ¡Es cuestión de respeto!

Su mujer se encogió de hombros, con un ¡oh! de cansancio.

Almorzaron. El padre, aunque hablando con aparente distracción, no perdía de vista a los chicos, pronto a reafirmar el respeto debido. Pero los chicos tampoco perdían de vista a su padre, y comían con gran sabiduría, evitando cada cual, no obstante, mirar a sus hermanos.

Llegó la siesta, y las criaturas fueron confinadas a su cuarto, con orden expresa de no moverse de allí hasta que sus padres se hubieran levantado.

Veinte minutos después iba y venía de las camas a la puerta, el correteo precipitado de los chicos en medias.

—¡Yo sé lo que vamos a hacer! —comunicó el mayor llevándose el dedo a los labios.

—Sí, yo zé —afirmó el menor. Pero su hermano no quería compartir la gloria.

—¿A ver, qué? —se dignó preguntar con desprecio.

—¡Yo zé! —insistió el pequeño, pero ya avergonzado de su inconsciencia, y dispuesto por lo tanto a afirmar toda la vida que él sabía.

—¡Bueno! Vos no sabés esto. —Y enteró a sus dos tenientes de la maravilla que acababa de ocurrírsele.

Abrieron la puerta con infinita precaución y en un minuto estuvieron en el campo de batalla. La cosa era también sencilla esta vez. En el fondo de la casa vecina, de un solo piso, se estaba levantando un cuarto, y de éste no había aún más que las paredes. Pero todo ello con tal acierto, que un tirante del andamiaje interior sobresalía un metro hacia afuera, y justamente bajo este tirante, a once metros de vacío perpendicular, estaba el patio del depósito de alcoholes, en que el horrible tuerto se oponía a la combustión de sus toneles. Los albañiles habían dejado allí un balde con larga soga. Y en fin, desde la ventana del cuarto de la sirvienta, se podía saltar a la azotea.

Corría la siesta, abrumadora de calor y viento norte. No se oía un solo ruido en el depósito, donde todos debían de dormir, hasta el mismo tuerto. Cuando el mayor de los chicos se hubo izado por el andamiaje con su cuerda a la cintura, y aquella quedó pasada por encima del tirante, lo demás fue sencillo. Tratábase de algo que recordaba a un aeroplano: el menor entraría en el balde y el mayor, a pleno puño, lo bajaría lentamente. No pretendían ninguna hazaña; solamente probar al tuerto que ellos eran capaces de llegar hasta su mismo antro.

La siesta avanzaba y urgía apresurarse. El pequeño se enfundó en su balde, y un momento después quedaba suspendido sobre el vacío. El éxito era completo, y los chicos nadaban en el quinto cielo de la felicidad. El mayor, rojo y los labios mordidos por el esfuerzo, arriaba lentamente la soga. Pero cuando el balde hubo descendido uno, dos, tres metros, los dedos duros ya comenzaban a desprenderse con dificultad de la cuerda.

Los chicos suelen tener, en la ingeniería de sus proezas, reales golpes de genio. La angustiosa mirada que el mayor lanzó al aire lo iluminó. Con un supremo esfuerzo, y arrastrando todo el aeroplano con él, retrocedió cinco pasos y cruzó la soga sobre la esquina del cuarto. Ya era tiempo. El menor, entretanto, que había sentido huir su serenidad con aquella inesperada subida, acabó de perderla viéndose inmóvil. Sus ojos se agrandaron desmesuradamente. Allá abajo, muy hondo, en el infinito del abismo, estaba el piso, el lindo piso que no se cae. ¡Nunca más llegaría allá! Y eso en que estaba, y oscilaba, sólo en el aire, sin sus hermanos...

—¡Mamá! —gritó con súbita explosión de espanto.

—¡Calláte, zonzo! —protestó el mayor desde su esquina.

—¡Calláte, miedoso! ¡Ya vamos a llegar! —apoyó el segundo, que seguía el triunfal descenso echado de vientre sobre la cornisa.

—¡No, no quiero, no quiero! ¡Ay, mamá! —chilló el pequeño, desesperado. Entonces el mayor comprendió que todo estaba perdido; y el miedo, el terrible miedo que sucede a la inconsciencia de las acciones heroicas, entró en él. Ya oía a su madre.

—¡Julito grita! ¡Julio, Julio, ligero! ¡Algo le pasa a esa criatura!

Alzándose sobre la baranda, el padre vio, y su arranque de ira fue más poderoso que la prudencia.

—¡Óyeme! —le gritó pálido, proyectando hacia él una inmensa mano abierta—. ¡En cuanto llegue allí, te vas a llevar la paliza más grande de toda tu vida! ¡Espérate un momento! —Y corriendo a la ventana, saltó a su vez sobre la azotea vecina.

—¡Julio, qué vas a hacer! —clamó la madre—. ¡No ves que esa criatura se va a matar!

Pero el mayor, ya de nuevo sin fuerza ante aquella terrible mano, había visto la salvación en la misma angustia de su madre.

—¡Yo no fui, no fui yo! —protestó aún por la fuerza de la costumbre.

—¡Un momento! ¡Yo veremos! —avanzó el padre.

—Yo... suelto— balbuceó el chico.

—¡Ah, maldito! —rugió aquél abalanzándose.

—¡Ay!... suelto.

—¡Julio, no te muevas por Dios! —gritaba la madre, desesperada—. ¡Va a hacer lo que dice!

Y la situación se tornó digna de los chicos y del padre. Éste, bruscamente contenido por aquella amenaza, se había detenido en blanco a tres pasos del mecánico aviador, que sujeto a su soga y los ojos angustiados, temblaba de miedosa resolución.

—¡Julio, sal de allí! ¡La criatura tiene miedo de ti!! ¡Déjalo!

—¡No! ¡Quiero darle un castigo ejemplar!

—¡Pero no ves! ¡Vas a matar a tu hijo!

—¡No, te digo! Ya se cansará. —Y se sentó en la cornisa, devorando al chico con los ojos.

Pero esta nueva complicación no hacía la felicidad del mecánico, que creyó prudente forzar la situación.

—¡Ay! ¡me duelen las manos!...

—¡Pero Julio! ¡Ese niño! ¡Prométele que no le harás nada! ¡Carlitos, mi vida, tu padre no te hará nada!

—¡Ay!... ¡no puedo!

No era posible continuar. La cordura se sobrepuso al fin en el padre a su ira disciplinaria.

—¡Bueno! Has podido más que yo... No te haré nada.

—¿Es verdad, mamá? ¿No me hace nada?

—No, mi vida; no te hará nada.

Trémulo, ojeroso, el chico entregó la cuerda y desapareció por la ventana.

Cuando los padres volvieron con el pequeño, rescatado a la aviación, reinaba en toda la casa el más profundo silencio. Pero a pesar de ello y de la promesa otorgada, el chico mayor recibió en sí, por sí y para ejemplo de los demás, una formidable soba.

—Has hecho mal —protestó la madre luego—. Van a perder así la confianza en ti.

—¡Muy, lindo! ¿Y tú crees que voy a hacer caso de las promesas que haga a esos mocosos?

Diez días después el menor —que desempeñaba importante papel en una nueva proeza— cayó desde seis metros y estuvo desmayado cuatro horas. A haber acudido a tiempo, no hubiera posiblemente tenido consecuencias la conmoción interna. Pero los chicos mayores se libraron muy bien de llevar ellos mismos la noticia a su padre.

EL MACHITO*

CUANDO DOS recién casados comprenden que han cumplido la misión encomendada, recurren —respecto del ser en formación— a palabras de cómica gravedad: *el infante… el heredero… el hombrecito.*

Estas expresiones, bien se ve, son dictadas por la dicha de tener el primer hijo.

¡Las pedagogías y los regímenes establecidos de antemano! Se le otorga desde ya, sin embargo, el usufructo de ciertas perversas cualidades. Será, por lo pronto, rabioso como el padre. Esto parece halagar siempre a las madres, por ser el ejercicio del rabiar facultad sumamente viril. El padre en cuestión es, en este caso, un hombre ponderado; no importa: la ternura conyugal exige como adorno de inequívoca hombría, que sea un hombrecito rabioso. Gritará a veces hasta ensordecer la casa.

¡Bello, todo esto! El chico nace —machito por lo pronto, para mayor gloria de la voz blanca que: «¡no ves! ¡estaba segura!» —y se duerme, mientras el padre, más cansado que la abuela, la tía y la partera juntas, recostado a la cama dice a su mujer algunas burdas frases de consuelo que tienen el curioso don de conmoverla profundamente.

El chico cuenta ya veinte días, y padre y madre han logrado olvidar la poética historia de la conjuntivitis, el pezón retraído, la obstinación del chico en mamar con la oreja, las grietas y el ácido bórico.

Hasta este momento todo ha ido bien porque, aunque rudo el trabajo, se trataba de la pobre madre y del pobre minúsculo ser.

Mas concluido el peligro y excluida toda inquietud, surge de repente una verdad franca, lisa y evidente que los padres no habían sospechado siquiera: que los chicos efectivamente gritan y rabian.

Una verdad así fue la que deslumbró y golpeó al matrimonio de Gastambide-Giuliani cuando su infante gritó a las ocho, gritó a las nueve y gritó a las diez. ¿Enfermo? Jamás. ¿Hambre? Tampoco. ¿Pañal plegado, alfiler abierto? No. ¿Qué, entonces?

Pero el chico gritó de nuevo a las once, gritó a las doce y gritó a la una.

Fue a las dos de cierta tarde —las dos menos diez acaso (únicamente los guarda-trenes y los padres llegan a manejar frescamente la hora exacta)—, cuando Gastambide cayó en la cuenta de que su hijo lloraba porque quería estar de un modo exclusivo en brazos. Lo cual es fácil y hasta agradable cuando se tiene niñera; pero Lola no la tenía, y sí mucho que hacer; de aquí que concluida la teta el machito dormía cinco minutos, lloraba diez, gritaba cuarenta, y rabiaba de nuevo diez, hasta que se dormía de fatiga otros cinco minutos. Pero como el machito se despertaba malhumorado, sustituía esta vez llantos y gritos por rabieta congestiva, justo los cincuenta minutos que le faltaban para mamar de nuevo.

Estas situaciones, cuando se repiten a menudo, tienen el singular privilegio de provocar en el padre dos deseos fulminantes: el de arrojar el machito por la ventana, y tras él cuanto dista menos de un metro de sus brazos; y el de hundirse bajo tierra para preguntarse hasta el fin de los siglos cómo pudo ser tan inmensamente estúpido para haber deseado aquello.

Pero la madre ha visto cruzar por los ojos de Gastambide la llama asesina, y comienza a lagrimear sobre su dicha frustrada. El padre entonces exclama: —¡En fin!— y levantando el fusiforme envoltorio, se pasea con él por la pieza, mudo y los ojos fijos en la pared, porque si llega a bajar la vista y mirar al machito, lo coge de nuevo la adorable tentación de lanzarlo como un cometa a la calle.

---

* Publicado en *Fray Mocho*, Buenos Aires, año I, n° 2, mayo 10, 1912.

Este estado de cosas lleva miras de prolongarse por varias centenas de días. Gastambide, gracias a su trabajo de oficina, salía bastante bien librado; pero Lola, privada de sirvienta y niñera, apenas podía respirar, pues no resistiendo su oído maternal a las escandalosas rabietas del machito, debía dejar todo para tomarlo en brazos hasta que se durmiera. Reanudaba entonces su quehacer; pero la tarea siempre atrasada y a escape la tendía de noche con las piernas hinchadas, y apenas podía a la mañana siguiente vencer el terrible sueño.

Felizmente el chico, que durante el día dormía un cuarto de hora en dos o tres etapas, no abría los ojos en toda la noche. Y así Gastambide hallaba fuerzas en once horas de celestial silencio para vencer sus impulsos homicidas en la persona del machito.

La medida, sin embargo, se colmó. Y esto fue durante la semana santa, una semana entera que Gastambide obtuvo de licencia.

«Descansaré siete días» se dijo el padre, como en el pasado tiempo en que no tenía sino mujer, o, mejor aún, como en el tiempo en que no tenía nada. Gastambide, cuando iba a la oficina, oía gritar a su hijo dos veces por la mañana, y acaso tres de tarde. Ahora, durante el día entero de vacaciones, asistió a diecisiete rabietas del machito; eso sí, bien varoniles, de aquellas que comienzan por una especie de carcajada oprimida y concluyen con un gutural estertor de cuello estrangulado.

Según la intensidad de su malhumor, Gastambide creyó que éste le iba a durar toda la vida. En vano su mujer hacía lo posible para echarlo de casa. Él, con la absurda terquedad de todos los padres, se empeñaba en quedarse a sufrir, y a hacer, desde luego, sufrir a los demás.

Fue en una inesperada tregua de media hora que el machito concedió en su cuna, cuando Gastambide de pronto se levantó, y cogiendo lápiz y papel comenzó a trazar líneas. En seguida, al lado del esquema, sumó varias veces, multiplicó algunas otras, y fue a medir por fin la largura de su chico. Lo que fastidiando al dormido, provocó una enérgica rabieta de éste, que el padre oyó esta vez sin pestañear.

Por poca imaginación que se tenga, estas actuaciones topográficas sugieren ideas de muerte o de medidas de ataúd, por lo menos. Lola, muy inquieta, se apresuró:

—¿Qué hay, César? ¿Por qué haces eso?

—Por nada —repuso él—, después te diré.

—¿No hay peligro? ¿No me ocultas nada?

—No, nada; no te inquietes. —Hasta que luego concluyó saliendo a la calle.

En su desgracia Gastambide había observado tres cosas capitales:

1º   Que su hijo deseaba estar en brazos más por el calor del vehículo que por su blandura.

2º   Que la postura de costado, fuese aun contra el seno del padre, despertaba en el chico irresistibles deseos de mamar, de donde rabieta consecutiva.

3º   Que el olor del seno maternal precipitaba esta natural disposición de su hijo.

De estas tres observaciones, bastante lúcidas a pesar del ojo iracundo con que fueron hechas, Gastambide había deducido su salvación.

Fue su primera idea encargar al hojalatero vecino un cubo de zinc, un perfecto cubo que vestiría su mujer, y dentro del cual un depósito llenado con agua caliente comunicaría grato calor a la formidable nodriza. Luego, para evitar el escándalo de Lola, y un tanto por razones de estética, desechó su cubo y compró entonces un maniquí que llevó a un carpintero a fin de que le ahuecara el pecho, para instalar allí el depósito.

Así se hizo; pero cayendo entonces Gastambide en la cuenta de que las piernas del chico quedarían fuera del radio de acción del calorífero, volvió de nuevo a su artefacto de zinc, mas ya no cubo, sino una especie de monstruoso Judas de tubos curvos a manera de brazos, con mucho de máquina de vapor y bastante de tanque australiano.

Caro, todo esto, pues en semana santa los artesanos no se suelen prestar a simulaciones de nodriza. Gastambide, sin embargo, entró triunfante en su casa, y en menos de media hora había instalado su Judas sobre un sillón de hamaca. Su mujer, horrorizada al principio, y dolorida luego en lo más hondo de su sentimentalismo maternal ante aquella innoble *lata* (jamás lo llamó de otro modo) que debía reemplazarla, consintió al fin en prestar ropas para acolchonar aquello.

Hubo entonces un escollo serio cuando se trató de la temperatura del agua del depósito. Gastambide pedía ochenta grados, por lo menos, pues entendía él que con las pérdidas subsecuentes, a la periferia del monstruo no llegarían más de treinta y tantos. Lola, en cambio, se obstinó en que el agua tuviera justo treinta y siete grados, temperatura normal de toda madre.

—¡Pero y las pérdidas, mi hija! —argüía Gastambide, abriendo los ojos.

—Yo no sé, no sé si hay pérdidas; pero sí que la temperatura humana es treinta y siete ¿Por qué quieres quemar vivo a tu hijo? Y todavía esa lata...

Resignóse por fin a probar las condiciones de la nueva nodriza. Una vez calculada el agua a ochenta grados, puesta en el depósito y obtenidos los treinta y siete sobre el seno, el chico fue llevado a gustar del Judas. Los padres, en puntas de pie, se escondieron detrás, hamacándolo en cuclillas.

Durante un minuto o dos, el machito miró lentamente al aire. En seguida comenzó a gritar. Con el alma caída a los pies, Gastambide contempló su obra, mientras la madre radiante levantaba a su hijo.

Se apagó, sin embargo, el rayo de triunfo. Gastambide, que acababa de colocar la mano en el pecho del monstruo, constataba su excesivo calor: treinta y siete grados, sí, sin duda; pero difícilmente llegan íntegros a la ropa exterior.

A la media hora se repitió la prueba y esta vez el resultado fue maravilloso. Verdad es que Gastambide había tenido la precaución de rociar al Judas con agua de colonia, y de exigir que su mujer proyectara sobre la ropa un hilillo de leche materna. «Lo suficiente —pensaba— para que el miserable recuerde que éste es su madre.»

De esto hace ya quince días. El machito solo, moviendo vagamente los brazos, se arroba con el techo en extrangulados ajós; y si es verdad que entretanto sus padres, en silenciosas cuclillas detrás del sillón, tienen que balancear constantemente la máquina, el chico no llora y es éste un triunfo que únicamente pueden apreciar los padres cuya esperanza de loca felicidad fue tener un machito rabioso.

EL LOBO DE ESOPO*

ERA UN MAGNÍFICO animal, altísimo de patas, y flaco, como conviene a un lobo. Sus ojos, normalmente oblicuos, se estiraban prodigiosamente cuando montaba en cólera. Tenía el hocico cruzado de cicatrices blanquecinas. La huella de su pata encendía el alma de los cazadores, pues era inmensa.

La magnífica bestia vivió la juventud potente, empapada en fatiga y sangre, que es patrimonio de su especie, y durante muchos años sus grandes odios naturales fueron el perro y el hombre.

---

* Publicado en *Fray Mocho*, Buenos Aires, año III, n° 131, octubre 30, 1914.

El brío juvenil pasó, sin embargo, y con la edad madura llegáronle lenta, difícil, penosamente, ideas de un corte profundamente peregrino, cuyo efecto fue aislarle en ariscas y mudas caminatas.

La esencia de sus ideas en tortura podía condensarse en este concepto: «El hombre es superior al lobo».

Esta superioridad que él concedía al soberbio enemigo de su especie, desde que el mundo es mundo, no consistía, como pudiera creerse, en la vivísima astucia de aquél, complicada con sus flechas. No; el hombre ocupaba la más alta escala por haberse sustraído a la bestialidad natal, el asalto feroz, la dentellada en carne viva, hundida silenciosamente hasta el fondo vital de la presa.

Como se comprende, largos años pasaron antes que este concepto de superior humillación llegara a cristalizarse. Pero una vez infiltrado en sus tenaces células de lobo, no lo abandonó más.

Sucedieron interminables meditaciones a la entrada de su guarida, sentado inmóvil, la cabeza de lado; arrastró por los campos, bajo las heladas nocturnas, su desvarío de bestia mordida por una idea en la entraña misma; soportó las ojeadas irónicas de sus compañeros que veían vagar silencioso y hundido de vientre a aquel gran capitán de antaño, hasta que una noche, al sentir entre sus patas las entrañas desparramadas de una oveja, comprendió, en la profunda vibración de su ser entero, que acababa de traspasar el límite que encerraba aún su hondo instinto de bestia. Fijó una larga mirada en los tres lobeznos entremezclados que se disputaban furiosamente la carne viva, y fue a bañar en el arroyo sus patas maculadas.

Desde entonces no mató. El salto estaba dado: no aspiraba ciertamente a una perfecta bondad y justicia, porque el concepto de *humanidad* plena pertenecía desde luego a los hombres. Pero sentía que su alma liviana —demasiado liviana acaso para ser de lobo— tocaba a su vez, y a despecho de sus violentos colmillos, la línea que lo separaba del Hombre.

Permanecía, así, largas horas en la selva del bosque, mirando a lo lejos a un hombre o una mujer doblado tenazmente sobre su azadón de labranza. Cuando llegaba el crepúsculo, el hombre enderezaba su cintura dolorida y regresaba mudo a su casa.

—¡Qué inmensa superioridad! —se decía amargamente.

Y se concretó, por único alimento, a comer raíces.

Comenzó entonces para él una vida dura, repelido, insultado, burlado por sus compañeros que se reían de su espectral flacura.

—No eres sino un esqueleto —le decían—. ¿Para qué te sirven tus filosofías?

—No tengo hambre —respondía él, apacible.

—¿No habrá un poco de flojedad en tus patas? —argüía irónicamente otro—. ¿Te atreverías a entrar en la majada?

—Me atrevería —contestaba— pero no lo haré.

—¿Y si te trajéramos aquí un buen corderito, eh? ¿O un cachorro de hombre?

—No comería.

—Pero ¿por qué, viejo loco?

—Porque no se debe matar— concluía él serenamente.

Por los ojos sangrientos de la manada pasó el mismo replandor verdoso.

—¡No te venderás a los hombres, supongo! —castañeteó uno entre dientes.

—No —repuso inmutable aquél—. Pero los hombres son mejores que nosotros.

La manada contempló un momento con hondo desprecio al viejo loco, y el conciliábulo de hambre se elevó de nuevo en un angustioso aullido.

Pero flaco, muerto de hambre, helado hasta el fondo de sus huesos, el comedor de raíces proseguía su marcha ascendente hacia el heroísmo, teniendo por norte el amor y justicia que encarnaba el Hombre, y bajo él, bajo su alma luminosa de lobo filósofo, la bestia original, vencida, domada, aplastada para siempre.

—¡No matemos! —se repetía constantemente—. Toda nuestra inferioridad proviene de ahí. Si no hombres, lleguemos cuanto sea posible hasta la pureza de sus manos.

Y roído de hambre, continuaba nutriendo con raíces su heroica y trémula vejez.

Hasta que un día, habiéndose aproximado por demás a un lugar poblado, vio a los hombres con sus criaturas que degollaban y comían una oveja.

LAS MUJERCITAS*

—Por ejemplo, mi chica mayor, de cinco años, se entretuvo toda la tarde de ayer en remover los cajones del fondo, martirizando a un sapo. Sí, señora, mi mujer dice igualmente que ese es un juego, y a ella también le parece mentira lo que digo. Está convencida de que yo calumnio a mis hijos, y de que pocas veces se habrá visto un hombre más injusto que yo. Recuerde, sin embargo, la mínima parte de sus cosas. Hasta podría hacerse en cuentitos. Vea, por ejemplo:

El nene recibe un paquete, y toda la gracia del regalo está en la sonrisita y la mirada que aquél deja caer sobre su hermano. ¡Pero qué sonrisa! Sobre todo, si la criatura desprovista expresa en gimoteos su desamparo. Por mi parte, no he visto en hombre alguno una expresión de más vil goce torturante que la de esa monada de tres años.

Sigue el mismo caso. El nene se cansó del juguete; evidentemente no le interesa más. Pero la gracia está aquí en alejarse a la distraída del chiche, para detenerse a diez pasos y recuperar la feroz sonrisilla ante el otro pequeño, que creyendo llegado el momento de disfrutar de su parte de goce en esta vida, se encamina con paso inseguro al juguete abandonado. Nuestro héroe salta entonces hasta el chiche y pone sus manos encima. —¡No, es mío!— grita triunfal. En estos dos lances, sobre todo, es preciso ver a las mujercitas.

Otro ejemplo. El nene está en cama, indispuesto, y su hermanita, recorriendo gozosa la pieza de un lado al otro, no se cansa de repetir: —El nene no se va a levantar, ¿no, mamá?

Presenta otro aspecto. Esta vez es la nena quien recibe en su sombrerito un moño nuevo. Para que el moño ese sea un adorno de real mérito, es indispensable que el nene continúe con su moño viejo: —El nene no tiene, ¿verdad, mamá?

Podría ser esto inacabable. Pero de esas personitas no he querido sino recordar el profundo egoísmo, de una profundidad tan clara, ingenua y espantosa, como no se la volverá a hallar jamás en la edad viril. Estoy a mi vez convencido de que los chicos, desprovistos de sus bucles, su gracia y encantos de pequeños monos hermosos y entretenidos, no valen absolutamente nada, y que, por contra, el hombre de moral más desgraciada conserva un exceso de bondad y altruismo comparado con esas bestiezuelas divertidas que encarnan a un grado exasperado el egoísmo brutal, sin compasión de ninguna especie, inherente a su condición de cachorros que defienden una vida todavía vacilante, y que son, como todos éstos, el canto de sus madres. ¡Pero, indudablemente! ¡Los quiero mucho! Solamente que yo, en mis hijos, quiero al futuro hombre, y ustedes, las madres, al monito entretenido del momento. Sí, éste es el fuerte de las madres. Está admitido y probado que las criaturas tienen un famoso olfato sicológico y que confiándose a éste, de voz ruda y ademanes bruscos, retiran los brazos de la dama almibarada

* Publicado en *Fray Mocho*, Buenos Aires, año II, n° 137, diciembre 11, 1914.

que se derrite en zalamerías. Es su defensa de cachorros aún prehistóricos, tan vital como su desesperante cautela para probar un plato nuevo. Sin esto, pocos llegarían al año. Pero se equivocan... Sí, casi nunca, lo sé también. Mas cuando lo hacen, pueden echar abajo todo un edificio de vanidad levantado por los padres. Oiga esto, de lo cual he sido forzoso protagonista.

Como mis ocupaciones me tienen todo el día fuera de casa, es claro y natural que mi mujer esté enterada al dedillo de las virtudes de su servicio. Tenemos a veces sirvientas que duran años, y otras que se van a la semana. Ella es, pues, quien enseña, reprende, transige, y echa al final, sin que yo tenga otra intervención que la de soportar filosóficamente las consecuencias. Mi mujer cuenta a veces que en los casos serios tomo parte yo, con una barrida general. Puede ser; pero entretanto mi mujer reta y disculpa a toda cocinera. Como mi misma mujer se levanta tarde —por lo general a las diez— pasan de mañana muchas cosas que ella no ve; y por poco que su vigilancia se debilite una sola semana, se halla en la despensa, en la cocina, detalles fabulosos, a los que pone coto con una brusca inspección.

El deseo de estas inspecciones suele serle deparado después de mediodía, y si la aventura se desarrolla en el verano, después de la siesta. Hay días malos, influencia del viento norte y jaquecas larvadas, que pueblan el sueño de mal humor, disgustos de sí mismo y de todas las cosas. La persona así martirizada se levanta despeinada, el rostro y los ojos un poco congestionados, y por lo general con las sienes marcadas por algún pliegue del almohadón. Nuestros chicos conocen ya la tormenta casera que indican esas rayas en las sienes y aprestándose ellos mismos, con su súbito juicio, a no servir de pararrayo, se disponen a no perder incidente de la fiesta que prevén.

Precisamente, el día a que me refiero, mi mujer se había levantado de la siesta; yo había quedado en casa, realmente enervado por el viento norte. Apenas los chicos vieron el batón blanco, las mechas sueltas y las sienes marcadas de su madre, enmudecieron. Mi mujer cambió unas bruscas palabras con la sirvienta, miró una copa al trasluz, y la tormenta estuvo encima. Del comedor pasó al dormitorio de los chicos; de allí al nuestro; del nuestro, a la despensa. Excuso decirles que por cada palabra gruñona de la sirvienta, mi mujer le dirigía veinticuatro. Los chicos, entretanto, sin despegarse dos pasos de su madre, se divertían locamente con la lluvia que caía sobre la sirvienta. Seguíanla a todas partes sin perder un solo detalle, contentísimos.

Agotada la sirvienta, tocóle el turno a la cocinera; la fiesta proseguía maravillosa para los chicos. Pero para mal de sus pecados, la cocina se agotó muy pronto, y su madre los vio detrás de ella.

—¿Y ustedes? —gritó mi mujer—. ¿Qué hacen aquí que no se van a bañar?

Pero nuestra chica mayor, previendo que hasta después de una hora de desahogo materno el baño no podía iniciarse sino de un modo sobrado brusco, retrocedió gimoteando:

—¡Mamá... retá primero a la muchacha!

Mi mujer me alcanzó a ver de lejos, y se echó a reír conmigo. Pero el olfato de la pequeña no la había engañado, porque durante diez minutos la inspección se prolongó todavía, alcanzando holgadamente a la niñera.

El cielo se serenó por fin, y los chicos estimaron que podían ya confiarse pacíficamente al baño. Pero antes de reunirse con su madre vinieron a mí, cansados y gozosos aún de la anterior fiesta, me miraron considerando con filial ternura mi falta de carácter y me dijeron compadecidos:

—¡Pobre papá!... ¡Vos nos retás a nadie!

EL COMPAÑERO IVÁN*

UN FRÍA TARDE de setiembre cruzábamos con Isola la Chacarita. En una cruz de hierro, igual y tan herrumbrada como todas las demás, leí al pasar:

IVÁN BOLKONSKY

Nada más. El apellido me llamó la atención, y se lo hice notar a Isola.

—El mismo que la madre de Tolstoy —le dije—. Pero éste seguramente no era conde —agregué, considerando la plebeya uniformidad de las cruces a ras de tierra.

Isola se volvió vivamente, miró un rato la cruz, y me respondió:

—No, no era conde, pero era de la estirpe de los Tolstoy... ¡Pobre Iván! Yo creo que nunca le he hablado de él.

—Creo que no —le respondí—. No me acuerdo.

—Seguramente —agregó pensativo—. No nos conocíamos entonces... Sentémonos un momento... Me ha hecho acordar de tantas cosas... ¡Pobre Iván! ¡El amor que le he tenido! Teníamos todos una admiración profunda por él. Y ¡tras! Falló, como cualquiera de nosotros...

—Cuente —le dije.

—¡Pst! —se sonrió tristemente Isola, despejándose la frente —una bella frente de muchacho, por lo demás—. En pocas palabras se cuenta eso. Figúrese que jamás le conoció nadie más que por Iván. Todos sabíamos su apellido, pero para todos era Iván, nada más. Llegó a Buenos Aires, no se de dónde, porque en todas partes había estado. Había algo de admiración religiosa en ese llamado por el nombre, y tengo la seguridad de que hubiera llegado a ser algo más que un simple compañero. Usted sabe que yo era *compañero* entonces. No he dejado de serlo, pero de un modo distinto... Iván también lo era, desde luego. Lo conocí en un taller de vitraux. Yo aprendía entonces el oficio y él era mi maestro. ¿Usted sabe manejar el diamante? Figúrese que él sacaba una espiral íntegra de un solo golpe. Frecuentaba la redacción de nuestro diario, y yo hacía allí mismo mis primeras letras, también de gratuito colaborador. Los artículos de Iván no creo hoy que fueran gran cosa; pero el hombre, su gran cultura, su serenidad moral, su estupenda bondad, eran extraordinarias. De la inextricable mezcla de amor y odio que hay en todos nosotros, él no sentía más que el amor: viejos obreros en la calle, obreras encintas, criaturas muriéndose de tuberculosis, en fin, todas las iniquidades de la injusticia. Ganaba un buen jornal, y jamás tenía un centavo; todo lo daba a quienes nececitaban más que él. No le cabía una pizca de odio. Tenía toda la madera de un Jesucristo. Supóngaselo ahora alto, rubio, joven, y con una clara sonrisa. Y no crea que le hago una historia: pregúntele a cualquier compañero del 1900, y verá si exagero.

Así como hay individuos que por su inmensa tolerancia pierden del todo la personalidad, creíamos que Iván, a fuerza de amor y ternura por todo lo que es sufrimiento, sería inaccesible a la mujer. Nada en particular nos hacía suponer esto; pero había en sus ojos tal luz de sencilla y cariñosa renuncia al goce personal mientras sus centavos pudieran evitar la pulmonía de una criatura mediante un saquito abrigado, que el hecho nos sorprendió. Yo fui con él varias veces a casa de Borissoff, y no sospeché lo más mínimo. Verdad es que fue al principio. Yo era casi una criatura entonces, y tenía por Iván esa admiración tumultuosa y ciega que no es raro encontrar en los muchachos por algún condiscípulo mayor. Borissoff era decorador, y se

_____

* Publicado en *Fray Mocho*, Buenos Aires, año V, n° 210, mayo 5, 1916.

habían conocido con Iván en Europa, cuando la mujer de Borissoff era una criatura. Iván se fue después a los Estados Unidos, y aquí se había hallado de nuevo con Borissoff, ya casado. Iván reconoció apenas a su pequeña amiga de antes, y la amistad se estrechó de nuevo.

Qué tiempo demoró Iván en enamorarse de ella, no sé; pero sí debió ser largo el plazo transcurrido hasta darse cuenta, bien plena y cabal, de que amaba a la mujer de su amigo, y de que ella lo amaba también.

Ahora, dado el hombre que le he pintado, Iván no soñó un instante en engañar a Borissoff. Resistió cuanto pudo, ella hizo lo mismo, pero llegó un instante en que ambos no pudieron más. Tuvieron una conferencia en casa de ella, con Borissoff delante, y resolvieron hacer su nido juntos al día siguiente.

El trance es serio; pero Iván era ruso; ella, lo mismo, y Borissoff, también. Los tres tenían un concepto tal de la honradez, la justicia, la lealtad, que se hubieran sentido sucios de infamia al no proceder así. Y estos tipos de leyenda han vivido aquí en Buenos Aires, uno en un taller de vitraux, y el otro decorando cielorrasos. No son los únicos, por cierto; la cuestión es hallarlos. Y hallé a Iván, y por él supe todo.

Lo cierto es que mientras tomaban el té, mirándose bien a los ojos con lealtad, sintiéndose los tres más dignos uno del otro, al no dejar deslizar entre ellos la más leve sombra de deshonor, decidieron la cosa. Como los fondos de Iván no eran suficientes para comprar algún mueble, Borissoff le dio cien pesos que tenía. Hablaron tranquilamente y se despidieron con un *buenas noches*. Ella se puso a arreglar su ropa en el baúl, y Borissoff la ayudó él mismo. Aún bajó dos veces a la calle a comprarle alguna zoncera indispensable. Lo que Borissoff debía sufrir, cualquiera lo sufre, y ella lo sentía más que nadie. Pero dado el estado de las cosas, cualquier otro proceder hubiera sido vil. Así es que se acostaron juntos por última vez, con un nuevo *buenas noches* de paz.

Al día siguiente, muy temprano, recibí dos líneas de Iván. Fui a verlo, y llegué en el momento en que salía.

—Lo mandé llamar —me dijo— para que nos ayude... Se mató anoche.

—¿Qué? —le dije espantado.

—Sí, anoche... Vamos.

Fuimos, y la vi, tendida en la cama. Borissoff estaba tranquilo, caminaba en puntas de pie, aunque no creo que se fijara mucho en las cosas. A mí, por lo menos, no me reconoció. Tuvo una triste sonrisa para Iván, y se pusieron a hablar en voz baja.

Pasaron cinco días sin que viéramos a Iván. Al fin apareció una noche en el diario. Estaba como siempre, habló de todo con nosotros, y prometió un artículo para el día siguiente. Me llevó a tomar café, y en el camino se detuvo sonriendo:

—Es que no tengo plata —me dijo—. ¿Usted tiene?

Me habló de sus proyectos, entre ellos uno sobre las criaturas —su flaco de siempre— hacinadas en un cuarto goteando agua todo el día en invierno, porque están revocados con arena de mar, muriéndose una tras otra de bronconeumonía. Y todo ello con la honda ternura de siempre. No hizo la menor alusión al pasado.

»"Bueno —pensé—. Se ha salvado. Es el mismo Iván de siempre, el de antes."

A la noche siguiente trajo el artículo a la redacción, y me dijo:

—Mañana me voy al Rosario por un par de días. ¿Quieres corregirme eso?

La misma noche se pegó un tiro. También esta vez fui el primero que llegué, y le aseguro que sufrí por él, por nosotros, por cuanto tiene de bueno la especie humana, al ver aquel gran muchacho, caído como cualquiera de nosotros.

Luchó, sin duda, luchó lo indecible, como había luchado ella, y estoy seguro de que él mismo creía haberse salvado.

»Y aquí tiene la historia —concluyó Isola levantándose y arrojando hacia la cruz la ramita que tenía en la mano—. Una sencilla historia de amor entre personas todo vergüenza y todo amor... Con muchísimo menos, otros son bien felices.

LOS CORDEROS HELADOS*

LA HISTORIA —de un extremo al otro— se desarrolló en un frigorífico, y durante varios meses mister Dougald vivió en perfecta perplejidad sobre la clase de ofensa que pudo haber inferido a su capataz. Pero una mañana del verano último la luz se hizo, y el gerente del frigorífico sabe ahora perfectamente por qué el odio y los cerrojos de Tagliaferro se volcaron tras su espalda.

Esa cálida madrugada de febrero, mister Dougald, que en mangas de camisa pasea su pipa por los muelles del frigorífico, ha visto llegar hasta él a la esposa de Tagliaferro.

—Buenos días, míster Dougald —ha dicho ella, deteniéndose a su frente.

—Buenos días —ha respondido él, dejándose enfrentar.

—He querido hablarle ahora, míster Dougald —prosigue ella con grata sonrisa—, porque más tarde es difícil... Es por mi hermanito, Giacomo... usted sabe.

Pero míster Dougald, que sin moverse fija la vista en la joven —rostro fresco y ojos cálidos— la interrumpe:

—Sí, sí... mala cabeza. Usted... linda cara.

—Sí, míster Dougald —se ríe ella—, ya sé... Pero no se trata de eso. Giacomo está mal aconsejado. La última huelga...

—Poca cosa... —corta él, sacudiendo la cabeza—. Pero usted... muy linda cara.

—Bueno, míster Dougald; sea más serio. Sabemos que usted es muy bueno, y Duilio lo reconoce... Él se acuerda siempre de que usted no lo echó después de aquello... Vea, míster Dougald: cambiando de taller a Giacomo...

—Imposible —corta de nuevo. Para agregar, considerando siempre los ojos de la joven, que se marean cada vez que él insiste:

—Usted... muy linda boca.

Ella opta por reírse, y dar por fracasada su embajada matinal.

—Otro día le hablaré, cuando esté más bueno.

—Es que yo digo: usted es...

—¡Sí, muy linda, muy linda! Me lo ha dicho muchas veces, y mi Duilio no se cansa de hacérmelo ver... Pero tenga cuidado, míster Dougald, en no decírmelo en cualquier parte, cuando Duilio lo puede oir...

Esta vez la pipa baja lentamente de la boca:

—¿Yo le he dicho... a usted eso... otra vez?

—Sí, acuérdese... Y me lo decía mucho más cerca que ahora. Duilio oyó. Por eso hizo aquello.

—¡Ah, ah! —exclama el gerente, satisfecho—. Ahora sí... sí... Hasta luego. Usted estaba... sí, sí... Su hermano, mala cabeza. Nada que hacer. Su cara... tan linda como antes.

Así, pues, míster Dougald ponía su ojo frío de gerente en todo. En los últimos rincones de las máquinas, puesto que era ingeniero; en el matadero, puesto que era capaz de desollar a la carrera a un primer premio de exposición; en las cámaras de frío, puesto que los planos —ecuaciones, mecánicas y demás— eran suyos. Después, cuarenta años y músculos tan sólidos como su dirección.

El destino quiso, sin embargo, que un atardecer de invierno bajara a las salas de congelación con la brújula de su vida fuertemente desviada. Míster Dougald recorrió las salas,

* Publicado en *Mundo Argentino*, Buenos Aires, nº 248, junio 14, 1916.

examinó los corderos, los termómetros, y estuvo contento de sí mismo. Pero cuando quiso salir, halló que la puerta estaba cerrada. Tan bien cerrada, que después de ligero examen el gerente tuvo el convencimiento —tan pleno como si en él hubieran mediado algunas docenas de «azules»— de que la puerta había sido cerrada «a propósito tras él».

Ahora bien, las cámaras de frío de un frigorífico tienen esta particularidad: que son sordas como tumbas, y están tan aisladas del calor, del ruido, del mundo entero en general, que el zumbido de un moscardón haría estremecer por lo inesperado. Reina pues, en esas tumbas de frío, el más absoluto y blanco silencio. Están poderosamente iluminadas, con esa luz glacial de los arcos voltaicos. Por el techo corren las cañerías de frío. Del mismo techo penden en fila los corderos helados, cada uno cuidadosamente envuelto en su bolsa, como en un sudario. Ninguno se balancea, claro está. Todo está perfectamente inmóvil, iluminado, muerto. Luego, hay allí constantemente, ni una décima menos, un frío de veinte grados bajo cero.

Bien sabido es que esta temperatura es bien soportable haciendo la digestión sobre patines, o arrastrando trineos en el polo. Pero en un profundo sótano de frigorífico, teniendo a la espalda una puerta cerrada «intencionalmente» y arriba, muy arriba de los brazos, una red de caños blancos de hielo, en tal situación lo único real que hay allí para el espectador, fatal, inevitable, ineludible, es la muerte. Míster Dougald lo apreció así, y se decidió, por lo tanto, a esperar sosegadamente el día siguiente.

Eran las cinco de la tarde. Se quitó el sobretodo, luego el saco, y después el chaleco. Recogióse las mangras de la camisa, y presto ya, descolgó el primer cordero de la fila más próxima, y puso en su lugar el último de la misma serie. En el gancho de éste, colgó el primero que había desprendido. Era un cambio total de posición, pero que no alteraba en esencia las blancas filas de sudarios.

Descolgó el segundo cordero, y puso en su lugar el penúltimo; en vez de éste, el segundo; y así transportando en sus hombros los corderos amortajados, uno por uno, cambió todas las filas.

Sus pasos eran largos —terriblemente sonoros— pero las filas de cadáveres eran interminables. No sentía frío, claro está. Al fin, tratando siempre de identificar al hombre de la puerta, sacó el reloj: eran las ocho y media. Es decir, que le faltaban aún nueve horas para vivir la vida como todo el mundo, siempre que se apresurara a volver a sus corderos.

Cuántas veces cambió una fila por otra hasta la llegada del día, él mismo no podría decirlo. Pero sí está perfectamente probado que cuando a las seis y media de la mañana se abrió sigilosamente la puerta, y apareció la cara de Tagliaferro con una recelosa mirada al interior, míster Dougald empleó sus últimas fuerzas en un mudo puñetazo a los ojos de su capataz. No le dijo nada, pero le amortilló la cara satisfactoriamente.

Esa misma tarde hizo pasar los cerrojos de las puertas al interior, de modo que no pudiera asegurarse sino de adentro, y no pensó ni un momento en levantar inútil polvo echando a su capataz. Se contentó con llamarlo a su escritorio y boxearlo de nuevo.

En cuanto a los motivos de Tagliaferro para hacerle cambiar de lugar a los corderos por trece horas seguidas, ahora los conoce, y piensa a veces que el poder tener un poco más cerca aquellos ojos de madona, bien valdría una hora más de corderos.

EL DIABLO CON UN SOLO CUERNO*

En el país de África, cerca de un gran río, había un lugar donde nadie quería vivir, porque todos tenían miedo. Alrededor de ese lugar vivían muchos negros, que plantaban mandioca y bananos. Pero en aquel lugar no había nadie, ni bananos, ni mandioca, ni negros, ni nada. Todos los negros tenían miedo de aquel lugar, porque allí vivía un animal enorme que rompía las plantas, atropellaba los ranchos, deshaciéndolos en cien mil pedazos, y mataba además a todos los negros que encontraba. Los negros, a su vez, habían querido matar al terrible animal, pero no tenían sino flechas, y los flechas no entraban en el lomo ni en los costados, porque allí el cuero es sumamente grueso y duro. En la barriga, sí, entran las flechas, pero es muy difícil apuntar bien.

Una vez, un negro muy inteligente fue hasta cerca del mar, y compró una escopeta que le costó cinco colmillos de elefante. Con esa escopeta quiso matar al animal; pero las balas de plomo se achataban contra la piel, y entonces aquél mató al negro con escopeta y todo, rompiéndole la cabeza de una patada, como si fuera un coco.

¿Pero qué animal era ése, tan malo y con tanta fuerza? Era un rinoceronte, que es el animal más rabioso del mundo, y tiene casi tanta fuerza como un elefante. Éste es el motivo por el cual ningún negro quería ni acercarse al lugar donde vivía el rinoceronte.

Pero he aquí que una vez llegaron al país tres viajeros, tres hombres blancos, y quisieron vivir allí, para estudiar los animales, las plantas y las piedras del país, porque eran naturalistas. Estos tres hombres eran jóvenes y muy amigos, y se fueron a hacer una casa en el lugar donde vivía el rinoceronte. Pero los negros les rogaron que no fueran allá; se arrodillaban delante de ellos y lloraban, asegurando a los tres amigos que el «diablo-con-un-cuerno» los iba a matar. Los hombres se echaron a reír, mostrándoles los fusiles que llevaban, y las balas, que tenían como una camisa de acero durísimo, y que tienen tanta fuerza que atraviesan el mismo fierro como si fuera queso. Pero los negros llorisqueaban y decían:

—No hace nada... Bala... no entra... No entra ninguna bala en su cuero... «Diablo-con-un-solo-cuerno» no puede morir...

Los hombres blancos se rieron de nuevo, porque no hay animal alguno que resista a una bala en punta con camisa de acero, por más diablo con uno, dos o tres cuernos que sea, —porque hay rinocerontes que tienen más de un cuerno.

Y como ningún negro quería ir a ayudarlos, ellos mismos se fueron con su carreta, y construyeron un rancho muy fuerte, con una puerta de tres pulgadas de grueso.

Como iban a pasar mucho tiempo allí, plantaron árboles en todo el rededor, muchos arbolitos que regaban al principio todos los días y después cada semana.

De día caminaban, juntaban bichitos y yuyos con flores, y partían piedras con un martillo y un cortafierro que llevaban colgados del cinturón, como si fuera un machete. De noche estudiaban lo que habían reunido en el día, y leían. Pasó mucho tiempo sin que nada los inquietara, y estaban a punto de creer que el famoso «Diablo-con-un-solo-cuerno» era un cuento de los negros para asustarlos a ellos, cuando una noche de gran tormenta, mientras afuera llovía a torrentes y los tres amigos estaban leyendo dentro del rancho, muy contentos

* Publicado en *Fray Mocho*, Buenos Aires, año VI, n° 250, febrero 9, 1917. Se subtitula «Los cuentos de mis hijos», es el primero de los tres que integran esta serie, que retoma la publicada en libro en 1918 bajo el título *Cuentos de la selva. (Para mis hijos)* (véase información en la «Noticia preliminar» a este libro). Cabe señalar que pudo integrarlo a este libro pero seguramente por su tema africano, y no regional misionero, lo desechó. El texto está acompañado por seis dibujos de Fly, tres en cada una de las dos páginas que ocupa el texto en la revista.

porque tenían una gran lámpara y tenían café y cigarros, esa noche uno de ellos levantó de pronto la cabeza y quedó inmóvil.

—¿Qué hay? —le preguntaron los otros—. ¿Qué has sentido?

—Me parece haber oído ruido —dijo el primero—. ¡Oigan, a ver!

Los otros quedaron también quietos, y oyeron así un ruido sordo y hondo: ton-ton-ton, como si una cosa muy pesada caminara e hiciera retemblar la tierra.

Los hombres, muy sorprendidos, se miraron unos a los otros, y exclamaron:

—¿Que será? —Había que ver qué era eso. Encendieron, en consecuencia, el farol de viento, y salieron afuera.

Llovía tanto, que en un momento estuvieron hechos sopa, y el agua les corría por abajo de la camiseta; pero a ellos no les importaba. Recorrieron la quinta sin hallar nada; hasta que uno de los hombres, que se había agachado, exclamó:

—¡Fíjense! ¡Todos los arbolitos están descascarados! ¡Y hay rastros! ¡Son de un animal grandísimo!

Todos se agacharon entonces con el farol, y pudieron ver una huella profunda, el rastro de una pata de tres dedos, y tan grande como un plato. Estaban casi todas llenas de agua, porque continuaba lloviendo a torrentes.

Y no era eso sólo: a dos cuadras del rancho había un árbol inmenso, cuyo tronco no lo podrían rodear diez hombres abrazados a él y dándose las manos; tan grueso era. Pues bien, toda la cáscara de ese árbol, a la altura del cinturón de un hombre, estaba arrancada, deshecha como tiras de trapo. Cuando los tres amigos vieron esto, dijeron al mismo tiempo:

—Es un rinoceronte, no cabe duda. No hay en el mundo otro animal capaz de hacer esto. Es el «Diablo-con-un-solo-cuerno».

En consecuencia, al día siguiente aprontaron sus armas. Las limpiaron primero con kerosene y después con vaselina. Y al final las frotaron con un trapo bien seco. Esa noche no estudiaron. Tomaron café, en silencio, para oír mejor el menor ruido que se sintiera de afuera. Y, efectivamente, poco antes de las nueve, oyeron el mismo ruido profundo de la noche anterior: ton-ton-ton...

—¡El «Diablo-con-un-solo-cuerno»! —dijeron en voz muy baja—. ¡Ahí está!

Y tomando cada cual su fusil, salieron caminando muy despacio y agachados.

Ellos eran naturalistas y no cazadores; porque si hubieran sido cazadores, habrían comprendido que no se caza rinocerontes con la misma facilidad con que se mata un gato. Y esto casi les cuesta la vida.

Avanzaban agachados, pues, al encuentro del rinoceronte, llenos de confianza en las balas que tenían. De repente, de la oscuridad de la noche, surgió una sombra monstruosa, y los tres hombres, que estaban apenas a veinte metros del animal, creyeron que había llegado el momento. Se arrodillaron los tres, apuntaron los tres a la cabeza de la bestia y los tres dispararon al mismo tiempo.

Las tres balas cónicas dieron en el blanco, pero ninguna en el lugar deseado. Una pegó en un costado del cuerno, y le hizo saltar una astilla; otra, atravesó las enormes arrugas que tiene el rinoceronte en el pescuezo; y la tercera bala le entró por un costado del pecho, fue corriendo por bajo del cuero y salió por la cola.

Ahora bien: cuando el rinoceronte se siente atacado y herido es el animal más temible que hay. Se precipita furioso contra su enemigo, y si se le ha tirado de cerca, no hay tiempo de tirar de nuevo. No queda más remedio que disparar, disparar a todo escape, disparar como si lo corriera a uno un Diablo-con-trescientos-millones-de-cuernos. Y es lo que hicieron los tres amigos: corrieron hacia el rancho con toda la velocidad que les daban las piernas, y el rinoceronte detrás. La tierra temblaba con aquella carrera. Los hombres volaban, pareciéndoles a cada momento que sentían el cuerno del rinoceronte, levantándolos de atrás por el pantalón. Cada vez estaba más cerca de ellos, pero también cada vez estaba más cerca el rancho. Hasta que por fin llegaron, y apenas tuvieron tiempo de cerrar la puerta, cuando: ¡tror-r-r-róm!, sintieron un horrible golpe que sacudió el rancho de arriba a abajo: el rinoceronte, que con la cabeza baja se había estrellado contra la puerta.

La puerta resistió, porque era de tres pulgadas de grueso; pero en cambio el cuerno la había atravesado como si fuera de manteca, y allí estaba, profundamente clavado, saliendo todo por la parte de adentro, mientras el animal, desde afuera, bramaba y pateaba, haciendo tremendos esfuerzos para sacar su cuerno.

Ahora bien: la primera idea de los tres amigos había sido abrir la ventana y matarlo a tiros antes de que se escapara. Pero cuando vieron que por más fuerza que hacía el rinoceronte no lograba sacar su cuerno, dejaron de ser cazadores para ser otra vez naturalistas, y sintieron deseos locos de agarrar al rinoceronte vivo. ¡Cómo podrían estudiarlo bien, teniéndolo allí cerca de ellos! ¿Pero cómo hacer, antes que concluyera por sacar su cuerno, de tanto forcejear?

—¡Ya está! —gritó de pronto uno de ellos—. ¡Ya sé cómo vamos a hacer! Vamos a agujerear el cuerno por la parte de adentro, y pasar un fierro de pulgada por el agujero. ¡Qué haga fuerzas después para sacarlo!

—¡Bravo! ¡Bravo! —gritaron los otros, porque la idea era excelente. Corrieron en seguida a buscar el taladro, y con una mecha de pulgada se pusieron a agujerear el cuerno. Les daba algún trabajo, pues el cuerno se movía sin cesar de arriba a abajo y de costado a costado; pero lo agujerearon por fin, y metieron inmediatamente en el agujero un fierro de una pulgada.

¡Ya estaba! Por más grande que fuera la fuerza del rinoceronte, nunca, nunca podría salir de allí. A la mañana siguiente le enlazarían las patas y lo tendrían preso hasta que se amansara, porque los rinocerontes son así.

Pero entretanto, y mientras no llegaba el día, el animal forcejeaba y forcejeaba por sacar su cuerno; pero un fierro de pulgada, cuando es corto, tiene más fuerza que diez rinocerontes, y los tres hombres estaban tranquilos, seguros de que no se escaparía. Como estaban muy fatigados y sudando, se dieron un baño y volvieron al cuarto, descansados y frescos, y pasaron la noche tomando café. Estaban sentados alrededor del cuerno, y para divertirse, le hacían cosquillas con una pluma.

UN SIMPLE ANTOJO*

QUIERO DEJAR constancia en estas líneas de los agravios que tengo contra el Banco de la Nación Argentina.

Yo era hasta hace muy poco tiempo un hombre feliz, cuanto se puede serlo con un buen apetito y una mujer sin mayores caprichos. Hoy tengo un géyser en vez de estómago, y ella, mi mujer, tiene una idea fija. Además, está encinta. No creo que se necesite más.

Véase ahora la obra torturadora, maquiavélica del Banco de la Nación Argentina. Un buen día me dijeron:

—¿No le convendría un buen empleo en el Banco de la Nación? No le vendría mal, yo creo... Fuera de que los empleados de Banco son muy bien vistos.

* Publicado en *Plus Ultra*, Buenos Aires, nº 17, septiembre 1917.

Que me viniera bien, está fuera de duda. Pero lo de ser empleado bien visto, me fue particularmente agradable. Y parece que así es, en efecto.

Acepté el empleo. Hace de esto dos años. Recuerdo muy bien la mirada de ternura con que me acogieron mis compañeros el primer día.

—¿Usted es huérfano de padre y madre, señor? —me preguntó uno de ellos.

—Sí... más o menos... —le respondí, no sabiendo adónde iba el muchacho.

—¡Oh, no es nada! —agregó con una plácida sonrisa—, el Banco es nuestro padre.

—Sí —apoyaron tiernos los demás—. Él es nuestro padre.

En efecto, a los pocos días me daba cuenta de cuán hondo y estrecho es este lazo de familia. Éramos entonces 1 050 o 1 100 empleados. Ahora apenas alcanzamos a 1 000. Y el Banco es el padre de todos nosotros.

Véase: cuando un muchacho ha cumplido los veintidós años, y comete una absurda tontería con una muchacha de también veintidós años, no se cree obligado sino a dos cosas: a dar cuenta del fenómeno a la propia conciencia, o al padre de la muchacha. Nada más, y esto es ya bastante trabajo.

Pero aquí está el error. Puede muy bien pensar así un muchacho libre o huérfano de padres; pero jamás un empleado del Banco de la Nación. Porque el Presidente del Banco nos llama entonces y nos dice:

—O pone Ud. en forma sus relaciones con esa persona, o pierde Ud. a su padre.

Como no entendemos bien, el Presidente se levanta y da por terminada la conferencia:

—O se casa Ud. con esa señorita, o presenta Ud. su renuncia.

Esto es por lo menos claro. Y es que la dicha de ser empleado bien visto, no se compra gratis. Cuesta a veces una que otra renuncia, y alguna docena de malos casamientos. No importa; hay muchos que no tenemos padre ni madre, y nos resignamos.

Esto en cuanto al amor. Respecto de los deportes, el reglamento paternal nos enseña:

«Los empleados del Banco de la Nación Argentina no pueden ir a las carreras. El que lo haga, perderá su empleo inmediatamente».

Cuando yo me enteré de él, me eché a reír. Jamás había ido a las carreras, a no ser en los grandes premios. No era esa paternal vigilia de nuestra moralidad lo que me iba a enojar, por cierto.

Sin embargo me informé bien.

—¡Ni por broma! —me respondieron—. Si quiere hacer la prueba un día, ponga los pies en el Hipódromo.

—¿Gracias! —les dije—. ¿Pero ni el Jefe del Control? ¿Ni el Gerente? —insistí.

—¡Nadie! Ningún empleado.

—¿Y el Presidente?

—Ese puede ser... Algún Gran Premio... ¿No quiere hacer la prueba usted?

—¡Otro día! Pero —agregué— supongo que antes se jugaría aquí como un demonio... De aquí la reglamentación...

—Sí... —contestaron los muchachos—. Antes jugábamos un poco...

Luego, pues, el amor poco serio y el juego no son practicados por los mil y pico de empleados del Banco de la Nación Argentina. Y aquí está la clave de porqué son tan bien vistos los muchachos de ese Banco. Vicios, ninguno, pues fuera de los apuntados no los hay casi. Y los que como yo perdimos muy temprano a nuestro padre, apreciamos bien todo esto.

Los muchachos, sin embargo, me hicieron algunas confidencias. Por ejemplo, parece que los ventiladores de los Bancos se descomponen con facilidad. Los muchachos tratan de arreglarlos, y los ponen en marcha, los detienen, vuelven a hacerlos andar, y así por largo rato, estudiando la cosa. Como se aburren, ponen un número a cada paleta del ventilador, y hacen una raya en el sostén. Cuando el ventilador se detiene, hay fatalmente una paleta que se aproxima más que las otras a la raya. A esto le llaman ganar y cambian de sueldo mutuamente.

Parece que los Bancos no ignoran la cosa, y nan aceptado filosóficamente que todos sus ventiladores funcionen —y funcionan siempre mal— verano e invierno.

Sé hoy cosas más divertidas que éstas. Y sé también las torturas de esta patria potestad. El caso es éste: soy casado, como dije al principio, y mi señora está encinta.

Nadie más que ella ignora cuán hermética es la entrada del Hipódromo para mis pies profanos. Nunca, en el más remoto de los jamás, se le hubiera ocurrido ir a las carreras. Lo que perdíamos con eso, ni mencionarlo siquiera. Fuera de que cuando se tiene un marido bien visto, se piensa antes.

Ella pensaba. Pero he aquí que sobreviene aquel acontecimiento, y un buen día me dice, los ojos inmensos de ansiedad:

—¡Duilio! ¡Quiero ir a las carreras!

Exactamente esto. Y los labios le temblaban de ansia.

Es este un modo como otro cualquiera de hacer una proposición que nos cuesta la vida, o poco menos. Ella lo sabía muy bien, y quiero creer que había luchado como una loca consigo misma, antes de decírmelo. Pero al fin la cosa había llegado a ser sencilla: *Que-rí-a* ir a las carreras.

Se supondrá si me defendí, si rogué, si supliqué, me arrodillé: nada obtuve. La hallaba mirando al cielo, al volver a casa, y apenas la besaba se le caían las lágrimas. En la mesa golpeaba el tenedor en el borde del plato, una hora seguida, porque sí. Y el hombre no ha sido hecho para oír una hora seguida el golpeteo de un tenedor contra no importa qué cosa. De noche me despertaba con el vaivén de la cama, porque mi mujer estaba llorando, de espaldas a mí.

Fui a ver a un médico, y me dijo una porción de pavadas. Lo hice ir a casa, y me repitió lo mismo.

Yo había tenido hasta entonces un sueño bastante feliz, y lo perdí. Había tenido un buen estómago, y lo perdí también. No me quedaba sino hablarle de mi mujer al jefe del Control. Fui a verlo y le dije:

—Mi señora está encinta, y desea ir a las carreras. Y quiere que yo la acompañe.

El jefe me respondió que los reglamentos se oponían. Le hice ver claro de lo que se trataba, a lo que objetó que ese caso no estaba previsto. Que en todo caso fuera a ver al Presidente.

Cualquiera de nosotros se da cuenta de lo que es ir a ver al Presidente por una cuestión de carreras. Volví a casa, y el primer domingo fuimos a ver las carreras desde el puente.

—¿Acaso esto —me dije— la satisfaga.

Cualquier día. Mi mujer siguió con loca ansiedad las carreras, sobre todo excitada con el clamor al entrar los animales en la recta. Pero el encanto se rompía a la llegada, pues no podíamos apreciarla bien desde el puente. Y cuando el clamor cesaba, y yo la creía tranquila ya, sentía su cabeza, muerta de desengaño, recostada en mi hombro. Y me preguntaba llorando.

—Duilio... ¿qué caballo ganó?

—Relámpago, querida... Aquel caballo que iba en el medio cuando pasaron por aquí... Entonces lloraba más aún.

Esto lo hizo durante un mes. Al final, comenzaba a llorar ya desde la noche del sábado. Fui entonces a ver al Presidente, y le dije:

—Mi señora está encinta y sufre mucho. Desea ir a las carreras, y no quiere ir sin mí.

El Presidente me respondió que el reglamento era inexorable, y que no se podía saltar por encima por cualquier pretexto.

—¿Como pretexto? —abrí los ojos—. Si quiere ver a mi señora.

—He dicho pretexto como podría decir cualquier cosa —se corrigió—. ¿Qué clase de enfermedad tiene su señora? —insistió, como si no hubiera comprendido. Yo lo miré un momento:

—Nada... está encinta...

—¡Ah, ah! —murmuró. Y me miró en seguida con lo que podríamos llamar simpatía—. ¿Un antojo? —observó.

—Sí, señor —le respondí, pensando al mismo tiempo que Presidente y todo del Banco de la Nación Argentina, no estaba exento de que su señora pudiera estar encinta y tener antojos a su vez.

Agregó, así, más dulcificado:

—Sí, sí, entiendo... Pero esto no lo puede prever nadie, señor... ¿Quién nos dice que a las 150 o 200 señoras de nuestros empleados no se les ocurra un antojo semejante?

Quedamos mirándonos, y me fui como un idiota.

Vi otra vez al médico. Esta vez me dijo:

—Su señora no se va a morir por esto; pero si quiere usted que su hijo no nazca con ictericia o cualquier otro asunto de mala nutrición, lleve a su señora a las carreras.

—Sí, y al Tonkín —le respondí. Y fui otra vez a ver al Presidente.

—El médico me ha dicho que mi hijo puede nacer con ictericia, o cualquier otra cosa por mala alimentación de la madre. Le pido que me conceda ir un día a las carreras.

Y estaba bien tranquilo y decidido a todo. Pero el Presidente estaba también tan tranquilo como yo, porque me dijo con una sonrisita:

—Bueno, veremos... tenemos que concluir de una vez con esto... ¿Pero sabe usted, señor Joung, lo que hubiera hecho yo en su lugar, desde hace mucho tiempo?

—Lo sé, señor De León —repuse—. Y eso es lo que haré otra vez, si mi mujer se muere y me vuelvo a casar con la viuda de un hombre que se muera también.

—Sí, es un buen remedio... —sonrió otra vez el hombre jugando con su cortapapel. Pero nada más.

—Yo no puedo tener gratuitamente un hijo con ictericia —me permití recordarle.

—Bueno, bueno. Mañana arreglaremos esto... Venga a las tres.

Y se acabó.

Tal es mi situación actual. Son las 2.45, y estoy de codos en mi oficina, muy tranquilo. Anoche ha habido un botón mayúsculo, y hoy, 26 de octubre, tendremos punteo para rato.

Todo esto me es completamente igual. Como en un sueño, oigo a los muchachos divirtiéndose con aquella pantomima de juego de que hablé al principio. Solamente que en vez de números, las paletas del ventilador significan ahora, una sí y una no, alternadas: *lo dejarán ir... no lo dejarán...*

Esto es más sencillo. Además, se ajusta a los reglamentos del Banco. Se trata en este caso de una simple pregunta, que nada tiene de viciosa.

Pero todo esto me es indiferente. Dentro de un cuarto de hora subo a ver al Presidente, y puede ser que mañana mismo haya recobrado la paz de mi hogar, o que prenda fuego al Banco. Cualquier cosa me es lo mismo.

DE UNA MUJER A UN HOMBRE*

—Sí —REPLICÓ impaciente el doctor Zumarán—. Ya conozco la fórmula: las cosas deben ser dichas, cueste lo que cueste... Ante el altar de la Verdad, aun una mentira que fue largo tiempo mentira, adquiere súbita pureza, por el solo hecho de ser confesada... ¡Ya! ¡Sé todo esto!...
Hubo un pequeño silencio. La noche caía ya. Adentro, en el escritorio, no se veía sino nuestras caras y los chismes de níquel de la mesa. Alguno de nosotros replicó:
—También conocemos todos lo que hay de fórmula y lo que hay de realidad: pero eso no obsta para que nos esforcemos en transmutar el programa ideológico en propia sustancia vital.
—Sí, sí —reafirmó Zumarán—. Ser cristianos por intelectualidad y pretender serlo por corazón... O serlo por corazón y aspirar a serlo de carácter. Es una noble tarea. ¿Ustedes no han conocido a ningún tipo violento, de buen corazón como suelen serlo casi todos ellos, empeñado en aprender a contenerse cuando la llamarada de indignación le sube a los ojos ante una perrería de cualquier vecino o de uno de sus hijos? Es la cosa más triste que pueda verse. Nadie más que él sabe que comprender es perdonar... que responder con una canallada a otra es hacerse digno de ella... que no se debe pegar a los chicos... ¡Linda música! Yo he conocido a muchos con esta angélica pretensión, y su vida, les repito, no era agradable. Algo de esto pasa con la Verdad. Las cosas deben ser dichas... Sí, cuando por la pared opuesta no está guiñándonos el ojo una Verdad bastante criminal como para aniquilar dos o tres sueños de dicha. ¡Linda obra la de decir las cosas, entonces...!
El silencio se reprodujo. Quien más, quien menos, todos tenemos idea de algunas de estas Verdades que han rozado o clavado el dientecito en nuestra vida. Pero Zumarán, en su carácter de médico, debía estar bastante informado al respecto, y se lo insinuamos así.
—¡Y es claro! —respondió levantándose. —Por esto se lo digo... ¿Quieren oír una historia? No es de las fuertes... pero tampoco es moco de pavo. La cosa es ésta, en dos palabras.
—Hace tiempo, fui llamado una noche urgentemente de una casa. Era la primera vez que me llamaban. Fui allá y encontré a una muchacha en cama, con terribles dolores de vientre. Me acerqué a palparla, pero puso el grito en el cielo. La madre no sabía qué hacer. La gran sensibilidad del vientre, la facies lívida y sudorosa de la enferma me hicieron temer una peritonitis o cosa muy cercana. Era indispensable examinar en forma. Tenía, desde luego, bastante temperatura. Pero la muchacha, devorándonos con los ojos a mí y a la madre, se resistía. Al fin clamó:
—Máma... déjame... Que el doctor me vea solo... ¡No! ¡Que él sólo me vea!
Hay casos así, de extraordinario pudor, aun ante la madre. No hice mayor hincapié, por lo cual la señora se retiró, aunque muy disgustada.
La examiné con atención. La muchacha se había callado. Había cerrado fuertemente los ojos y los labios comos si se dispusiera a soportar con valor, y se mantenía inmóvil. Esto me facilitó un examen detenido.
Cuando me incorporé, la muchacha tenía los ojos abiertos y me miraba en silencio. Lo que tenía era un simple suceso, diríamos. Provocado, desde luego. Inmóvil siempre, la muchacha continuaba con los ojos clavados en los míos.
Le dije algunas palabras, tratando de facilitar una explicación, cualquier cosa, pues la situación de la familia no era cómoda con el fenómeno aquel. No me respondió una palabra. Me dirigí entonces a la puerta. Ella entonces habló.

---

* Apareció en *Revista Popular*, Buenos Aires, año 1, nº 13, diciembre 24, 1917.

—Doctor...

Yo me volví. Se había prendido con las dos manos al borde de la sábana. Me suplicó con voz baja y ronca:

—¡No les diga nada!

Quedé a mi vez inmóvil, mirándola.

—¡No les diga nada! —repitió. Y me miraba siempre con igual fijeza.

En la casa, fuera de la madre, había un padre, un pobre viejo que vi al entrar, que entonces dormiría, supongo. Había también dos chicos de cinco o seis años, hermanos de la muchacha. Ésta, por su parte, era empleada de una casa de comercio, y la que debía contribuir mayormente a los gastos de la casa.

Y todas estas cositas se iban jugando con mi posible actitud. Por eso la muchacha, más prendida aún al borde de la sábana, dijo de nuevo:

—¡No les diga nada, doctor! —Y agregó, bajando un poco la voz—: No lo voy a hacer más...

Es decir... ¿Se dan Vds. cuenta de este *no lo voy a hacer más*, tratándose de *eso*, en una muchacha de diecisiete años, cuyos dos hermanitos felices duermen en la otra pieza?

Yo me acerqué entonces.

—Y Vd. —le dije— ¿no va a decir jamás una palabra?

—¡No! —me respondió con algo que podía pasar por una sonrisa del caso.

Y así fue. Nada más fácil, como comprenderán, que dar a los padres una razón verosímil de los trastornos que sufría su hija. En pocos días simples cuestiones de higiene concluyeron con el mal, y desde entonces no he vuelto a ver a la muchacha.

Lo serio del caso, para mí, es que tratándose de una persona bastante menor de edad, no sabía hasta dónde me era lícito ocultar el hecho a los padres... Y bien —concluyó Zumarán—, ¿qué hubieran hecho ustedes en este caso?

La pregunta era un tanto idiota, y más envuelta en la forma con que había finalizado el hombre. Ninguno de nosotros —como le pasó a él— hubiera pensado un segundo en denunciar a la muchacha.

—Está muy bien —repuso serio Zumarán—. Y está muy bien también lo de la forma pedantesca del epílogo... Pero la historia no concluye aquí. Tiempo después un amigo, un excelente muchacho, preciso es advertirlo, me dijo que se iba a casar con un encanto de mujer, buena, inteligente y noble. Le pregunté el nombre; era la muchacha en cuestión.

Aunque no la he vuelto a ver más desde aquella noche, como les he dicho, circunstancias de una doble amistad me han hecho no perderla de vista; sé que, efectivamente, es buena, inteligente y noble. Y aquí de nuevo la pregunta pedantesca de hace un momento: ¿qué hubieran hecho ustedes en este caso?

Otro silencio, esta vez más largo.

—¿El individuo es, o era, muy amigo tuyo? —preguntó uno.

—Muy amigo —repuso Zumarán—. Un muchacho de un gran valer, y de una rara nobleza. De esos individuos para quienes engañar o reírse de un ser que no puede defenderse es lo más vil que haya en el mundo. ¿Qué tal? ¿Qué hubieran hecho?

Nueva meditación. La cosa no era para menos.

Otro rebuscó aún.

—¿Y estás tan seguro de la nobleza de la muchacha como de la de tu amigo?

—Sí, en lo posible... ¡Ah, no!... descartemos esto —añadió Zumarán, comprendiendo a dónde iba el hombre—. ¿Por qué ella no se lo confesó a él?... No, no es posible pedir humanamente a nadie que se sacrifique así... Desearlo por los otros o por uno mismo, ardientemente, divinamente, sí; exigirlo, no... Una mujer no habla... Es tan violento, tan terrible confesar esto a un hombre, que en cien años sólo aparecerá una mujer con bastante confianza en la nobleza del varón como para atreverse a hablar. No, no es justo... Y bueno, por tercera vez: un buen muchacho, un amigo de corazón, iba a comprar la felicidad a trueque de un engaño —iba a ser engañado miserablemente, es la palabra. ¿Qué hubieran hecho?

Cuarto silencio.

—¡No es tan fácil! —dijo Zumarán, después de habernos dado todo el tiempo que nos quisimos tomar. Uno rompió:

—¡Quién sabe!... Es preciso estar en el caso...

—Por eso mismo, ponte en el caso. Ahí está la gracia.

—Pues bien: yo se lo hubiera dicho todo al amigo.

—Es una respuesta —apoyó Zumarán—. Por de contado, no se te escapa que al decírselo mandabas al diablo una doble felicidad... Partías, sencillamente, por la mitad dos vidas.

Entonces intervinieron otros, dirigiéndose a Zumarán.

—Estamos hablando al aire... Dinos lo que hiciste tú, de una vez... Después discutiremos el caso.

—¿Lo que hice yo? —respondió Zumarán—. No hay inconveniente. Pero lo que yo hice tiene un punto de apoyo, una impresión vaga...

—No importa; dila.

—Pues bien, cuando vi a la muchacha en aquel trance que les he contado, y me incorporé después de haberla examinado, ella había abierto los ojos y me miraba muda e inmóvil, todo lo fijo e inmóvil que se puede pedir... Y me miraba, no como al médico, no... Me miraba como a un simple compañero de la vida; como a otro ser que sabe lo que es ser engañado y engañar: como a un hombre capaz de comprender, con el cual podría tal vez haber pecado...

Eso había en su mirada. Nada de médico en mí, ni pretexto alguno para que me callara... Un compañero en la vida, con el cual se miraban fijamente, nada más.

Último silencio.

—¿Y le dijiste algo a tu amigo?

—Ni una palabra —respondió Zumarán.

—Bien hecho —dijimos todos.

LOS REMOS DE «LA GAVIOTA»*

Estábamos atracados a la playa de Posadas. Eran las tres de la mañana, y acababa de despertarme, muerto de sueño aún y con las caderas muy doloridas, porque una tabla de cedro de veinticinco centímetros no es lecho confortable. Como no teníamos el menor interés en perder un solo minuto de ese día, desperté a mi vez a mis compañeros y nos lavamos la cara en el agua aceitosa de la orilla, empuñando en seguida los remos, de vuelta a San Ignacio.

Habíamos llegado a Posadas la tarde anterior, muy bien, si se quiere, pues en la segunda hora de viaje «La Gaviota» había roto dos veces el mástil, tres veces la botavara, concluyendo por trepar con su aparejo compuesto, encima de un arrecife de asperón, a todo el viento que puede no desear un aficionado —que es ya una dosis máxima de aire.

Durante un mes entero habíamos clamado por viento, esa honrada brisa que hace andar armoniosamente a las embarcaciones. Lo habíamos tenido por fin, la mañana anterior, y bien

---

* Publicado en *Plus Ultra*, Buenos Aires, nº 23, marzo, 1918. Este relato tiene una relación directa con «En la noche» (*Anaconda*); véase al respecto la nota explicativa (1) de este cuento.

Ocupa dos páginas con un dibujo de Alvarez en cada una.

de largo, el viento norte de Misiones, silbante, implacable, que sopla y sopla hasta concluir ahogado en un diluvio de agua sombría del sur.

Había llegado a las seis de la mañana. «La Gaviota» volaba aguas abajo, cayendo de proa con un timpánico chasquido de palmeta a cada cabeceo. El Alto Paraná, con treinta o más brazas de agua, levanta olas, hay que creerlo.

Bajábamos rozando la costa paraguaya. El timón, bastante cerrado, roncaba y vibraba dentro de nuestro cuerpo. El bosque del litoral, fresco aún y doblado por el viento hacia el sur, parecía empujar él también.

Era un encanto. Al rato, no. Un ensamble de lapacho y canela con tornillos de dos pulgadas y media, es una cosa muy seria. Pero el viento norte, cuando se decide a bramar después de un mes de sequía brumosa, reconoce muy bien lo que está ensamblado. A las sieste y media las cabezas de los tornillos pasaban a través de la canela, y la vela se acostaba de proa.

Atracamos donde nos fue posible —donde había providencialmente una tacuara arqueada sobre el río, el único ejemplar que hubiéramos visto desde la partida, pues todas habían secado ese invierno. Era un simple golpe de suerte: en media hora cortamos las espinas del nuevo mástil, taladramos, atamos y cosimos. Y todo quedo muy bien.

Pero nuestro viento se enloquecía. La tacuara cedía tanto, que el centro vélico quedaba casi sobre proa. Un rato después la botavara, terriblemente solicitada por la escota, se cerraba como un compás. Y el resto en la hora subsiguiente.

Resumen: al doblar el cabo de Candelaria y ante la brusca curva del río hacia el norte, el viento nos cogió de proa. En el otro extremo de la anchísima cancha en que el Paraná se engolfa allí, estaba Posadas. Cerca, si se quiere: cuatro leguas. Pero con un viento aciclonado de frente, que eriza en rallador las olas en los bajos fondos, y atraviesa instantáneamente la embarcación, por poco que la proa guiñe un milímetro, esas cuatro leguas nos costaron toda una tarde de esfuerzo a diente cerrado.

Los tripulantes de «La Gaviota» que salimos de San Ignacio éramos tres: Romero, Ismael y yo. Pero al regreso éramos cuatro; por lo que se verá.

Cuando al atardecer hubimos llegado a Posadas, fuimos a la plaza a sentarnos —o a abandonar contra algo la espalda. No creo que tuviéramos figura muy decente. Un paseante, sin embargo, cruzó la calle para venir a saludarnos. Lo habíamos visto alguna vez en San Ignacio, donde tenía parientes. No sabíamos más; pero estaba encantado de vernos, y se empeñó en volver con nosotros. Le preguntamos, es claro, si sabía remar. ¿Que si sabía remar? Estaba cansado de ir y volver a remo a la villa.

El paseo no es malo: legua y tres cuartos o casi dos, por poco que se quiera bordear los vapores anclados. Pero nosotros debíamos remar un poco más que eso, porque de Posadas a San Igancio, contando restingas y demás, no hay menos de veinte leguas.

El muchacho parecía de buena pasta, y sabía remar. Porque no dejaba de entrar en nuestro pequeño cálculo el refuerzo ese. En cuanto a él, le divertía locamente ir a cenar con nosotros a bordo, y dormir atracados a tierra en la misma «Gaviota».

Dormir sobre una tabla de veinticinco centímetros de ancho no es cosa agradable, como he dicho, aunque aquélla sea de cedro. El pasajero se despertó alegre, no obstante, bien que fuera aún noche cerrada. No se sentía todavía un solo ruido en el puerto. En larga fila, como yacarés, dormían en la playa las chalanas, trepadas de proa sobre tierra. Uno que otro farol de viento, de vigilancia en la popa, ponía en manifesto el río negro en un inmóvil reflejo aceitoso. El agua estaba untuosa y tibia.

Listos, pues, organizamos los turnos, que debían ser de una hora, Ismael y Romero, el pasajero y yo. Remamos en dirección a Villa Encarnación, por razones de corriente, y el crepúsculo estaba ya muy adelantado cuando comenzamos a remontar la costa paraguaya. Desde el horizonte, en el confín de la cancha, una barra de fuego vibraba sobre el río encendido, hasta nosotros, y remontaba hasta el cenit, en el cielo. El sol estaba por asomar. Fondeamos un cuarto de hora, y concluimos nuestro tatú asado. El azúcar para el café se nos acabó también quedándonos sólo las galletas y el tabaco lavado.

Continuamos. El sol subía, «La Gaviota» avanzaba costeando, pero el viento no llegaba. Ni un soplo de aire; el gallardete del mástil, aunque leve como seda, pendía perpendicular.

Es ésta otra de las sorpresas del Alto Paraná. Cuando el viento norte se decide a soplar, no hay nada humano ni fuera de la humanidad que lo haga cesar —a excepción de la tormenta del sur. Calma al anochecer, y recomienza a la mañana siguiente. Y he aquí que rompía su ritmo, se retardaba, se agotaba, precisamente cuando habíamos contado con él para salvar por lo menos aquella abrumadora cancha hasta el Carupá.

Nada que hacer. La costa paraguaya, desde la Villa hasta la barra de aquel arroyo, es sumamente baja. La bajada intrínseca del Paraná era asimismo extraordinaria en aquel momento. De modo que debíamos bogar lejos de la playa, sobre dos cuartas de agua y un fondo visible de piedra, que rompía en escollos a cada trecho.

Ahora bien; entre los escollos el agua corre, y ha corrido toda la vida de un modo infernal en esa costa. Mal dormidos, pues, quebrados por la lucha de la tarde anterior, con las manos imposibles y el sol en los ojos irritados, avanzábamos siempre relevándonos con todo juicio, sumando una legua penosamente ganada a la otra, y a la otra, y a la otra.

A las diez habíamos entrado en el seno paraguayo de la cancha, y la corriente, desde luego, no nos molestaba más. Pero desde ese momento nuestro pasajero quedaba descontado como fuerza activa.

El muchacho había hecho indudablemente cuanto había podido. Remaba bien, aun a dos remos, lo que parece no entraba en su costumbre. Pero una cosa es un paseo de dos horas a la fescura del crepúsculo para visitar dos ciudades, y otra muy distinta remontar un río salvaje bajo un sol de diciembre, cuando se está en eso desde antes de aclarar, y se tiene todavía catorce leguas por delante.

El pasajero nos tendió sus manos; no había nada que decir. Es posible que las nuestras no estuvieran mucho mejor; pero él pretendía efectuar un paseo alegre, y nosotros regresábamos de un viaje —lo que es bien distinto.

Entretanto, la atmósfera pesaba de un modo insólito. Hacia el sur, el horizonte comenzaba a cargarse de cúmulos lívidos, que temblaban en sordas conmociones de luz. La tormenta venía, sin duda, y de aquí la falta de aire. Pero faltaba también para nuestra vela, y más ahora, en la precisa ocasión en que nos tocaba un turno alterno de dos horas.

Éste era el caso: dos horas continuas de remo y una de descanso. Al concluir ésta —y una hora pasa rápido—, vuelta al remo por otras dos horas. Este turno vuelve el humor poco alegre cuando es preciso cumplirlo después de nueve horas de estar remontando un río que corre dos millas en la canal, y otras tantas por la costa cuando la bajada saca a luz una restinga cada doscientos metros. Todo esto, bajo un asfixiante amago de tormenta que se ha llevado arriba todo el aire.

En dos horas de remo hay que tirar de él para atrás mil ochocientas veces, en el más benigno de los casos. Por esto nos había dicho el griego, después de oírnos hablar de nuestro proyecto en San Ignacio:

—El remo no es cosa de juego... Hay que darle. Poco o mucho, pero hay que darle siempre.

Nosotros le dábamos, pues, aunque muy poco contentos. Mas ¡qué íbamos a hacer! La tenacidad en el esfuerzo, por lo demas; la brutalidad sorda de sentirse condenado a eso, es una locura tan entrenante como cualquiera de ellas.

Queríamos subir y subir: nada más.

Mas en esa depresión de atmósfera, el sol a plomo era particularmente duro de soportar. Aunque con la cabeza en el Paraná cada diez minutos, el agua caliente por el poco fondo de la orilla nos producía sensación de aceite en la cara y en el estómago, tanto más. Un consuelo teníamos: y era sentarnos con los pies hacia afuera dentro del río filante, todo el tiempo del turno libre. Pero al volver al remo, como no era posible soñar en ponernos las botas que quemaban, el sol hacía lo mismo con nuestros pies; por lo que debíamos tenerlos ocultos bajo diarios.

Subíamos siempre. Las horas iban pasando, con un nuevo consuelo. Nos reconocíamos otra vez en el ambiente, fuera por fin de aquella eterna cancha de costa baja que habíamos dejado con Candelaria. Era otra vez nuestro Paraná encajonado, amurallado de bosque que se vertía desde lo alto en curvas sucesivas de copas hasta el agua. Un brusco cabo de arenisca, un nuevo cerro doblado, eran jalones de nuestro paisaje familiar, en que la caída de la tarde volcaba su salvaje y profunda serenidad.

En el horizonte del sur la tormenta temblaba siempre, pero sin avanzar. Arriba, el cielo estaba despejado. La calma del aire se acentuaba también por la hora. El río, suavizado como terciopelo, corría terso en finas arrugas longitudinales, refrescando a su vez por el monte que comenzaba a verter sobre el agua su perfume crepuscular. En los remansos umbríos de la costa argentina, el aire cobraba una transparencia tal, que las frondas hinchadas sobre el río adquirían un relieve casi mareante. Los más leves ruidos tenían un carácter de inesperada brusquedad, y se propagaban clarísimos. Desde la costa paraguaya, a dos mil metros, nos llegaba con limpidez metálica la charla a media voz de dos chicos que tornaban a vestirse en la playa.

Éste era el ambiente. Pero allá, remontando el río como una tortuga herida, iba penosamente «La Gaviota». Como vida, ofrecía la que pueden sugerir cuatro remos moviéndose lentos. Pero conciencia, norte, esperanza, esto no.

Estábamos deshechos. Las manos, desde luego; negras, con las venas hinchadas y lucientes, acalambradas hacia adentro, estuviéramos o no en el remo. Esto por el dorso; por abajo, los dedos cuadrados, con un lívido ribete de carne aplastada. Debajo de cada callo, un ancho derrame seropurulento sobre llaga viva.

Algo más: los remos de proa, dejando mucho que desear en su empuñadura, trabajaban sobre el índice y el pulgar, y venían trabajando desde veintiséis horas atrás. Había allí, pues, dos nuevos puntos de mortificación en toda la extensión física y moral de la cosa.

Con estas manos —sin contar lo que había en las muñecas y la cintura— remábamos siempre, aunque como es lógico suponer, los turnos habían disminuido. Eran ahora de media hora o tres cuartos, a lo sumo. Equitativamente, los descansos eran muy cortos —de diez minutos, a veces— que apenas teníamos tiempo de gozar tirados a popa. En un momento —es difícil apreciar lo cortos que son diez minutos— volvíamos al remo. Al rato el maquinismo brutal nos cogía de nuevo; tornábamos a balancearnos, a alzar los hombros hasta las orejas, a tirar, tirar siempre, con la base de la mano, con la primer falange, con la punta de los dedos, con cualquier cosa menos con la mano.

Esto, al rato; pero los primeros minutos eran muy duros porque teníamos ya las manos frías, y tirar era una verdadera tortura. Y teníamos, sobre todo y por encima de todo, la moral completamente quebrada.

Un remero mira con placer el agua a uno y otro lado de sus toletes, porque ello constituye una honrada diversión. Pero a nosotros no nos divertía ya el agua, ni el Paraná y su frescura crepuscular. Era tanto, que en la más fugaz ojeada al borbollón de agua fangosa que levantaba la pala; en un simple tropiezo de mirada con un tornillo flojo, una cuaderna fuera de la perpendicular, había una verdadera náusea, porque nos sentíamos hartos de todo eso. Hubiéramos dado no sé qué por emplear de otro modo las fuerzas, porque en realidad no estábamos extenuados. Era un cambio de oficio, lo que queríamos; hacer otra cosa, cualquiera, menos aquella cosa horrible de echarnos adelante y tirar atrás; volver otra vez adelante, y tornar a hacer fuerza atrás; sin la menor variante, siempre el mismo movimiento, desde las tres de la mañana, y desde toda la tarde anterior. Dejar de remar, esto es lo que queríamos.

Cambiar de oficio, nada más. Y esta impresión de náusea a todo y por todo, vivísima al tornar al banco, crecía de qué modo durante media hora de la misma miseria.

Nuestro pasajero, sentado a popa con la barra, estaba mudo desde la caída de la tarde, lo que le agradecíamos infinitamente. Tampoco hablábamos nosotros, por lo que es fácil comprender. Lo único que nos interesaba, en cuanto a esperanza, era llegar a la barra del San Juan antes de las nueve de la noche, pues eso formaba parte de nuestro plan. El resto —incluso en primer término el mutismo del pasajero— nos tenía sin cuidado.

De pronto, y cuando menos lo esperábamos, pues comenzábamos a forzar la larga corredera de Itahú, el pasajero soltó la barra en un largo desperezo:

—¡Qué aburrido estoy! —exclamó.

—¡Cuide el timón! —le contestó de un humor bastante mediano Ismael, que tenía turno de descanso. En el comienzo de un rápido es lícito hacer cualquier cosa, menos apartar un instante la atención de la corriente.

¡Aburrido!... ¡El señor estaba aburrido! Cambiamos una ojeada con Romero e Ismael, y bajamos los ojos, evitando como el fuego mirar el agua.

Al rato el pasajero tornó a exclamar con voz plañidera:

—¡Tengo unas ganas de estar en casa!...

Ismael, que tenía las manos en el agua —para ablandarlas, decía él—, cambió de postura y sacó los pies afuera, a la corriente. Yo estaba en los remos de proa, los que trabajaban sobre el índice y el pulgar. Vi la cara de Romero vuelta al tolete izquierdo, y mantenida fija allí durante un momento. Nada más.

Pero en la mueca característica de Romero, cuando el hígado comienza a aconsejarlo mal, y en los ojos entrecerrados al río de Ismael, sentí el pulso de nosotros tres. He aquí el estado en que estábamos.

No había allí desde una hora atrás, como acabo de anotarlo también, un detalle, el más insignificante de todos los detalles anodinos, uno sólo que no nos suscitara un hondo sentimiento de repugnancia, porque estábamos hartos —¡hartos!— de todo. De «La Gaviota» entera, con sus remos desiguales, sus toletes desiguales, el puente de proa revocado de barro, el fondo sucio, lleno de herramientas y trozos de diarios: la Parabellum oxidada, a medio caer de un cajón de popa; las correas de la máquina fotográfica, apretadas por la tapa del otro cajón; hartos de esto, de todo, de nosotros mismos y del diablo.

¡Y a gentes que estaban en esta situación, dando todo lo que podían con las manos destrozadas, venía un tipo a recitarnos que él, él estaba aburrido y tenía ganas de estar en su casa!

Ya una hora antes, al declinar el sol, y estando yo en turno de descanso, había observado las caras de Ismael y Romero, remando con el sol de frente. Ismael usa el pelo hacia atrás; pero entonces lo tenía caído en un pesado mechón goteante de sudor, que el muchacho apartaba de los ojos con una sacudida. Sucio —¡desde luego!—, desencajado de cansancio, con la mueca a que lo forzaba el sol en los ojos, mostrando los dientes a cada esfuerzo hacia atrás, era aquello todo un trozo de cinta salvaje.

El pelo de Romero, en cambio, que éste aplana normalmente a un lado, se había alborotado hacia arriba, en dos mechones curvos que le brotaban de los costados de la cabeza —porque en el medio tiene poco pelo. Negro, él, los ojos inyectados y la boca saliente por el profundo pliegue de las mejillas, era una buena figura del hombre que está pasando el límite que le concede su entrenamiento.

Pues bien: en aquel momento todo esto me era muy poco simpático, porque yo a mi vez sentía la náusea de mí mismo. Este solo detalle: el pelo de Ismael para abajo y el de Romero para arriba, me mortificaba como un aspecto provocador. Y si entre nosotros mismos no hablábamos, ello se debe a que nos quedaba un resto de común y mutuo respeto por lo que estábamos pasando y pensando.

¡Es de figurarse ahora la gota de aceite que volcaría en nosotros, la observacioncilla del pasajero reclinado sobre tres almohadones, haciéndonos notar que él hallaba un poco largo el viaje!

El Paraná comenzaba a oscurecer. El último rostro morado de la canal se perdía en la sombra de la selva paraguaya, que avanzaba hasta la mitad del río, y «La Gaviota», blanca, debía parecer una pequeña cosa gris que remontaba trabajosamente arrimada a la costa.

Pero en la frescura ya muy viva del río, y a pesar de ella, la temperatura del terceto iba creciendo, porque el pasajero se disponía a abrir de nuevo la boca. Lo sentíamos bien en sus miradas altas a una y otra orilla. Mientras observaba la toma de la proa en la corriente, que es el deber de todo timonel en el Alto Paraná, todo iba bien; pero apenas el deseo de estar en su casa lo invadía, comenzaba a mirar alternativamente los borbollones de agua de los remos y después la costa a derecha e izquierda. De modo que la tensión de nuestros nervios, ya dura para con nosotros mismos, llegaba al disparate ante la amenaza de una nueva observación.

—¡Qué vida ésta! —suspiró de pronto.

Paré bruscamente los remos y miré hacia popa. Romero quedó detenido en el primer tiempo, echado adelante, y con los brazos en los remos. Volvió la cabeza a proa con una sonrisa —o lo que él cree que fue sonrisa. Pasó un instante, y los remos cayeron de nuevo.

Pero la copa estaba desbordada. Cuanto hay de impulsividad en un individuo sumamente cansado y rabioso, estaba vibrando de la roda al timón de «La Gaviota». Durante diez segundos no levanté los ojos de los diarios en los pies: estaba seguro de que el pasajero comenzaba a hallar de nuevo aburrido el paseo... ¡Tac!

—¡Qué daría por estar...!

Sin una palabra, Romero levantó el remo y lo aplastó en la cabeza del charlatán.

Las palas de los remos son de lapacho, que es una madera muy dura; pero sólo tienen tres milímetros de espesor, lo que alcanzando a luchar victoriosamente con el agua, no es suficiente para matar de plano a un hombre. De modo que el pasajero no murió del golpe, aunque cayó adelante, después de mirar fijamente el cielo.

Volvió en sí en seguida, pero con bastante pesadez, tardando un buen momento en reconocernos. Murmuró luego, pasándose la mano por la cabeza:

—¡Qué bárbaros!...

Esto era evidente; nada podíamos objetar. Pero debió haberse dado cuenta él mismo de cómo estábamos nosotros, con nuestro estado físico y moral...

Sacudía siempre la cabeza, sin querer oírnos:

—¡Qué bárbaros!...

En fin, aquello había descargado los nervios, mucho mejor que la tormenta, contenida siempre en sordo tronar. Cruzamos el Paraná, pues ya no teníamos luz suficiente para llegar a los remolinos del San Juan, y dormimos atracados a una jangadilla, bastante contentos después de todo, pues aparte un posible baile de viento y lluvia, estábamos a seis leguas escasas de San Ignacio.

Llegamos al día siguiente a mediodía, cosa que no hubiéramos podido ejecutar sin la feliz interposición de diarios arrugados y elásticos entre remo y mano. Hay además, antes de llegar a San Ignacio, dos o tres tropiezos con el Paraná entero al doblar el Teyucuaré, que se pueden utilizar para concluir con las fuerzas de tres pobres diablos.

Como final, la llegada a nuestro país, aquella media hora de espera en el andén de Calmón, bajo un sol a plomo que está evaporando en vaho asfixiante un ligero chubasco, mientras el mensú de yaque traía a tirones los caballos del sulky, y nuestro pasajero nos tomaba una fotografía doblados sobre los codos, más blancos al sol que el sol mismo —aquella media hora es la más fuerte que hayamos pasado fuera y dentro de «La Gaviota», el pasajero incluso.

Dos días después, inmaculadamente limpios y peinados, tomábamos café con leche en casa, a la vista del Paraná, cuando pasó a caballo nuestro pasajero. Iba al puerto, a embarcarse de vuelta a Posadas. Nos saludó al pasar con la mano, y tuvimos tiempo de gritarle que si volvía a San Ignacio antes de fin de mes, pues nosotros debíamos regresar a Buenos Aires en esa fecha, podríamos planear un bello paseo.

—¡Cualquier día!... —nos contestó alegre.

EL ALCOHOL*

UN HOMBRE honrado puede mantenerse tal entre pillos, y a un cuerdo le es posible desempeñar entre locos un papel bastante agraciado. Pero el hombre que se halla ineludiblemente entre borrachos deberá inmediatamente sumergir su cabeza en el alcohol, por poco que su propio interés le inspire respeto.

—Esta máxima es vulgar —dijo el hombre que hablaba con nosotros— pero profunda. Su transgresión ha costado algunos tronos y no pocas cabezas. Otros han perdido su novia, y es una aventura de éstas la que traído al recuerdo aquella sentencia. Ustedes verán cómo.

Hace algunos años, la casualidad, o sea serie de circunstancias anodinas que reúnen alrededor de una mesa de bar a cinco o seis individuos que esa mañana no se conocían, quiso que yo me hallara en esa situación en un «nine o'clock rhum» del «Boston», con cuatro compañeros a la mesa, y tres japoneses en frente, hundidos en los divanes, que nos observaban en silencio con sus ojillos entornados.

Los divanes del «Boston», ustedes lo saben, se prestan a estas irónicas meditaciones.

El ron subía, y con él nuestro calor. De mis cuatro compañeros sólo recordaba bien, con una visión anterior a la entrada en el «Boston», a dos viejos amigos. Los otros dos debían haberme sido presentados probablemente en el día. Pero a todos los tuteaba por igual. Digo mal: con uno de nosotros no estaba contento porque no bebía. Era un hombre mayor que nosotros, tranquilo y serio, pero de sonrisa sumamente agradable cuando nos dirigíamos a él. Fuera de esto, nada. Se abstenía decididamente de beber, con una breve sonrisa que pedía lo dejáramos en paz, y nada más. Pero como no parecía haber en ello ni rastro de hipocresía, y aún intervenía de buen grado en nuestros comentarios en voz alta, corteses y profundamente provocativos, respecto de los tres orientales que creían dominar la situación desde el fondo de sus divanes, no insistimos. El ron había alcanzado ya una altura infranqueable, y decidimos salir en auto a tomar un poco de aire.

Esto es una perífrasis. Pero cuando el señor abstemio se convenció de que no dejaríamos de efectuar esa toma de aire, y menos de abandonarlo a él a sus propios dioses, llamó al mozo y tranquilamente apuró, una tras otra, cinco copas de ron. Hecho lo cual se acodó a la mesa y nos dijo: —Cuando ustedes quieran.

¡Magnífico! En el auto, que iba rompiendo el viento como una sirena, porque cantábanos todos, accedió a explicarnos aquel súbito cambio de frente. Hubiera accedido a cualquier cosa, porque cinco copas masivas de ron abren tiernamente al alma o no importa qué.

«Es muy sencillo —nos dijo—. Mientras ustedes se mantuvieron dentro de cierto límite, yo me abstuve. Pero cuando vi que ustedes lo saltaban a pie junto, me libré muy bien de quedarme

---

* Publicado en *El Hogar*, Buenos Aires, año XV, nº 527, noviembre 14, 1919.

atrás, y salté a mi vez. Soy soltero, tengo cuarenta y dos años, y el hígado perdido. Tuve una novia, que perdí por no hacer lo que acabo de efectuar en el bar. Bien hecho. Era joven entonces, y creía en las virtudes extremas. Por esto no me había embriagado nunca. Después me he dado cuenta de que no es posible llegar a una real estimación de sí mismo, sin conocer la longitud de las propias debilidades.

Pues bien, yo vivía entonces en Fernando Poo. Yo soy español, y aquél es un país del infierno. Las mujeres europeas no resisten un año. He conocido allá a un pastor protestante que enviudaba todos los años y se iba a Inglaterra a casarse de nuevo, de donde volvía con una nueva mujer que se moría en breve tiempo. El gobernador intervino por fin, extralegalmente, y puso coto a la fiebre de aquel enterrador de mujeres. Los hombres se salvan, con el hígado destruido para siempre. Esto, los que llevan la peor parte. Los más afortunados mueren de una vez en seguida. Y esto pasa porque las bocas del Nigger —en frente, digamos— están hechas de cieno podrido y de fiebres palúdicas, al punto de que no hay memoria de que mortal alguno haya cruzado las bocas del Nigger sin guardar para el resto de sus días, un pequeño foco de podredumbre en su hígado hipertrofiado.

Tal es el país donde yo atendía una factoría española, de las muy contadas de esta nacionalidad que había entonces por allá. Todas eran alemanas, algunas inglesas y una francesa. El tráfico, muy escaso y absolutamente comercial, llevaba sin embargo a veces hasta allá a algún buque de guerra costero, y así en una ocasión tuve el disgusto y la obligación de atender a la oficialidad de algunos cañoneros de distinto pabellón, fortuitamente de escala en el país.

Atendílos, pues, lo mejor que pude. La despensa de los cañoneros, tras una muy larga travesía, estaba agotada. La nuestra de Santa Isabel no era en aquel momento menos mezquina. Organicé no obstante un pasable almuerzo, a base de latas, tarros y frascos de toda especie de conserva. Yo contaba, sobre todo —ahora lo recuerdo— como triunfo final, con una botella, una minúscula media botella de «chartreuse», reservada en mi despensa. Al tomar el café, dos o tres negras trajeron a la mesa solemnemente la preciosa botella. Pero quedaban apenas dos dedos, porque las negras, de nariz y oído muy duros, creyendo que aquello era petróleo —un buen petróleo— habían vertido el resto en la lámpara...

"¡Buen petróleo!", ratificó uno de nosotros, lamiéndose los labios.

—No era malo; pero apenas alcanzamos a gustarlo. La segunda parte —prosiguió— de los festejos que podía ofrecer a mis oficiales, consistió en una ascensión a la montaña inmediata, cosa trivial en el país pero sabrosa para gentes enmohecidas largo tiempo en el mar.

La ascensión es dura, aun con la ventaja del bosque que cobija en gran parte el cerro. Subíamos, asimismo, airosamente, tras el rastro de los indígenas que cargaban la impedimenta del «pic-nic». Impedimenta de subida, nada más, pues casi toda ella consistía en botellas que debían quedar vacías allá. Los marinos, sabido es, se resarcen en tierra de la forzosa abstención de abordo.

Así, pues, mis oficiales trepaban bien que mal, tropezando y sujetándose de las raíces que atravesaban el sendero; bañados en sudor, pero contentos. La cortesía del caso me llevaba del uno al otro, para oír siempre las semiconfidencias malévolas de los oficiales franceses respecto de los alemanes, y las de éstos que me contaban chismes de los franceses. Y los ingleses de ambos. Siempre el mismo tema.

Llegamos, por fin, cuando la sed y el hambre nos devoraban. Bebimos —bebieron, mejor dicho— de una manera insondable. A la vuelta, bajaban de la montaña, del brazo, alemanes, ingleses y franceses, todos mezclados. A la mitad del camino cantaban, enarbolando la chaquetilla blanca como una insignia, y cada uno se empeñaba en cantar canciones del país de su compañero de brazo. El efecto era extraordinario.

Yo creía entonces que en un grupo de amigos desprovistos de razón, uno por lo menos debe permanecer cuerdo. Pagué caro esta creencia.

En efecto, como yo había bebido apenas por lo antepuesto, era fuertemente solicitado por mis oficiales que venían por turno a ofrecerme con voz pastosa la seguridad de una eterna amistad. Yo les aseguraba iguales sentimientos de mi parte, con lo que se retiraban consolados. Uno de ellos, un alférez de navío inglés, que hasta entonces se había mantenido casi en forma, aunque un poco rígido, vino de pronto a gimotear en mi cuello tales hondas y contenidas lágrimas de amistad no comprendida por mí, que hube, a mi vez, de tenerlo por largo rato abrazado para que cesara de llorar. Se alejó por fin, tragándose las lágrimas, para volver al rato; pero ya seguro de mi amistad, porque yo no era de la pasta de esos oficialillos franceses y alemanes e ingleses: «tutti quanti». Estábamos ligados por una fraternidad hasta la muerte.

Y en prueba de ella, al costear un precipicio, arrojó al vacío su chaquetilla y su gorra, exclamando que no las precisaba para nada porque poseía mi amistad.

Como yo era en cierto modo responsable del decoro de mi gente, logré hacerle aceptar mi blusa y mi sombrero, y continuamos bajando, siempre al son de la algarabía internacional.

El tiempo, dudoso hasta ese instante, se resolvió en brusca manga que nos empapó hasta los huesos. Pasó pronto, pero dejó el sendero hecho un torrente. Inútil que les cuente al detalle mi tarea con catorce locos que pretendían a cada instante regresar arriba a acampar allá por el resto de sus días. Al caer la tarde mi oficial inglés cayó en un zanjón disimulado por zarzas espinosas y lleno de agua. No pude sacarlo sino a expensas de su pantalón que quedó en el fondo retenido por las espinas. Seguimos adelante, hasta que mi amigo se echó al suelo y dijo que no podía dar un paso más porque no tenía pantalón. Juraba con el puño en el barro que se quedaría allí para siempre. Tuve que darle mi pantalón, y sus compañeros agradecidos me incorporaron del brazo a su grupo, porque yo, aunque español, era un hombre repleto de méritos.

Ahora bien: el pastor inglés, enterrador de mujeres de que les hablé al principio, había llevado con su primera esposa a su cuñada. Tuve ocasión de tratar a ésta: no creo que bajo el sol haya latido jamás un corazón más lleno de ternura que el suyo. Nuestra simpatía fue tan viva que tres meses después estábamos comprometidos. Esto pasaba pocos días antes de la aventura.

En Santa Isabel no había entonces más que una calle que mereciera el nombre de tal, y arrancaba lógicamente del puerto. Por ella habíamos ascendido doce horas antes, y por ella me vi forzado a bajar con mis oficiales, ya de noche oscura, a grito herido y entre un infernal ladrido de perros. Conforme íbamos pasando, las persianas se enderezaban, y nos veían. Supondrán cuánto había hecho yo para disuadir a mi gente de esa entrada triunfal. Nada conseguí. Descendíamos la calle del brazo, roncos, desprendidos y embarrados. Pero yo, además de esto, pasaba en calzoncillos y con las mangas de la camisa abiertas en dos.

Éste es el espectáculo que dimos a todo Santa Isabel que nos atisbaba detrás de las persianas. El escándalo fue vivo y, sobre todo, en mi novia, pues casi únicamente a mí se me creyó realmente borracho. El alcohol, para una miss, no es cosa de mayor monta. Pero quinientos años de Biblia velan la naturalidad de muchas almas, y aun de la de aquella mujercita, que era un ángel. La enorme ligereza de mi ropa, lucida frente a su casa, no tenía redención. Rompió conmigo, sin una explicación.

Poco después abandoné Fernando Poo, como pensaba hacerlo, y supe más tarde que la criatura, reintegrada a su país antes de ser devorada por la anemia, se había casado con su cuñado, al enviudar éste. De modo que regresó a Santa Isabel, donde murió, naturalmente, antes de un año.

Nada más —concluyó nuestro hombre— puedo decirles. Si en vez de convertirme en guardián de locos en aquella ocasión, corro la aventura con ellos, hubiera bajado la calle sin distinguirme de los otros, y con un pantalón, por consiguiente. De aquí mi actitud de hace un rato. Desde aquella historia, me apresuro a sumergir mi cabeza en el alcohol cada vez que mis compañeros comienzan a hablar lenguas que no conocen. Sigamos, pues. ¿Dónde estábamos?

Yo sé una canción en nebi-nebi, los negros de allá. ¡Atención!, para hombres solos. Comienza así...

EL HOMBRE SITIADO POR LOS TIGRES*

HABÍA UNA VEZ un hombre que vivía solo en el monte, en compañía de un perro y un loro. Había también muchos tigres, que todas las noches rugían en la otra orilla del río; a veces lo cruzaban a nado. Pero esto pasaba pocas veces, porque el hombre era un buen cazador y los tenía a raya. El hombre pasaba el año cuidando una plantación de caña de azúcar, y la cuidaba también de noche, cuando había luna. Pero en las noches lluviosas venían los chanchos salvajes y le pisoteaban y devoraban su plantación. Por lo cual el hombre estaba desesperado.

Se decidió entonces una noche a ir a la orilla del río a hablar con los tigres para que cuidaran su caña. Desde hacía un tiempo él había notado que entre los rugidos de los tigres había uno que era distinto de los demás. «Este tigre que ruge así —se dijo el hombre mientras cargaba su escopeta— debe ser un tigre que los hombres han cazado y que ha vivido mucho tiempo en una jaula, donde ha aprendido a entender nuestro lenguaje. Yo comprendo también un poco el idioma de los tigres, y voy, por consiguiente, a entenderme con él.»

Y en efecto, mientras del otro lado del río la costa se llenaba a todo lo largo de rugidos, el hombre lanzó un gran grito, e instantáneamente los tigres callaron. Entonces el hombre gritó:

—¡Tigres! ¡Quiero hablar con uno de ustedes!

Durante un rato los tigres permanecieron en silencio, como si estuvieran discutiendo entre ellos, hasta que por fin un tigre lanzó un largo rugido, y el hombre comprendió lo que decía.

—¿Con cuál de nosotros? —había dicho el rugido.

—¡Contigo! ¡Con el que está hablando!

—Está bien; podemos hablar —contestó el tigre—. Y ¿dónde?

—Aquí, en esta isla que está en medio del río —agregó el hombre—. Yo voy a ir nadando, y tú puedes hacer lo mismo. Pero cuidado con los otros, porque si veo que otros tigres pasan a la isla, les pongo a cada uno una bala en medio de la frente, ¿entendido?

Así dijo el hombre. Y el tigre respondió:

—No va a pasar ninguno. Pero por las dudas, señor hombre, sería mejor que usted dejara el winchester en la costa.

—¡Cualquier día! —respondió el hombre riéndose, porque había comprendido la pillería del tigre—. Yo sé bien en cuántos pedacitos se entretienen ustedes en deshacer a un hombre cuando lo encuentran desarmado. ¡Nada de bromas, entonces!

—Bueno, bueno... —repuso el tigre—. Convenido.

—Vamos, entonces —concluyó el hombre.

Y ambos se lanzaron a nado hacia la isla. El tigre llegó primero, porque el hombre nadaba de costado con un solo brazo, pues el otro lo llevaba levantado fuera del agua con la escopeta. Y

---

* Apareció en *El Hogar*, Buenos Aires, año XVI, n° 533, diciembre 26, 1919. Integra la serie «Nuevos cuentos de la selva», con el subtítulo «(Para niños)», escrito y editado muy poco tiempo después de la publicación del libro *Cuentos de la selva* (1918). Acompañado por dos ilustraciones de Gigli, siempre se ha reproducido en sucesivas ediciones, básicamente uruguayas, con innumerables erratas que corregimos.

así tuvo lugar la conferencia, mientras el tigre, echado, movía lentamente la cola, y el hombre, de pie, se apartaba de la frente el pelo mojado.

—Pues bien —comenzó el hombre—, lo que te propongo es esto: yo tengo una plantación de caña de azúcar, y los chanchos salvajes no me dejan una planta en pie...

—Y ¿quién tiene la culpa sino usted? —le interrumpió el tigre gruñendo—. Cuando usted no había venido todavía a vivir aquí, nosotros nos encargábamos de los jabalíes y los venados, y los hombres podían plantar lo que querían.

—Sí, y ustedes se comían los terneros y los potrillos de los hombres, porque ellos no eran cazadores. Muchas gracias. Y además —agregó—, lo que dicen son mentiras de tigre: ustedes saben bien que les tienen miedo a los jabalíes.

—Cuando la bandada es grande, sí les tenemos miedo; pero ustedes también, los hombres, se suben a un árbol cuando encuentran a una bandada de trescientos jabalíes.

—También es cierto —confesó el hombre—. Pero acabemos; lo que yo propongo es esto: ustedes podrán pasar el río cuantas veces quieran, y vivir en este monte. El monte está lleno de venados y jabalíes, y se pondrán gordos. Lo único que exijo es que no venga sino un tigre por vez. No quiero tener vecinos de uñas largas como ustedes. Pueden turnarse: venir hoy uno, mañana otro, al día siguiente otro; pero siempre uno solo. ¿Les conviene?

—Muy bien —respondió el tigre—. Acepto por todos mis compañeros. ¿Esto es todo?

—No, falta algo aún. Primero, quiero que no me toquen para nada el perro; si le llega a pasar la menor cosa, hago un escarmiento entre ustedes, del que se van a acordar los pocos que queden vivos. Y segundo, como yo no me fío de palabras de tigre, quiero que cada noche el tigre que venga acá se ponga este anillo de bronce en el dedo pulgar de la pata izquierda: así conoceré por el rastro si ha pasado un solo tigre. ¿Les conviene también esto?

Claro está, a los tigres no les convenía este anillo, que además de denunciarlos era una vergüenza para ellos. Pero también era cierto que estaban flacos, y que en el monte del hombre podrían cazar cuantos venados quisieran. Por lo cual, aunque rezongando, aceptó.

—Acepto —dijo.

—Muy bien —concluyó entonces el hombre—. Tenemos un compromiso formal. Cuando yo los encuentre en el monte, haré como que no los veo. Pero mucho cuidado, vuelvo a repetirte, con tocarme a mi perro, porque entonces vamos a tener un baile a tiros que va a durar hasta que no quede tigre vivo ni para contarle el cuento a los cuervos.

—¡Pierda cuidado, pierda cuidado! —dijo el tigre. Y saludando al hombre con un rugidito cariñoso, pero que el hombre comprendió que era de gran hipocresía, el tigre se lanzó a nado en la oscuridad, llevando el anillo de compromiso en un colmillo.

Tal como se había planeado el contrato, se llevó a cabo. Desde la noche siguiente los tigres cruzaron el río por turno, e hicieron tal destrozo entre los venados y los chanchos salvajes, que la caña de azúcar del hombre pudo rebrotar que daba gusto. El tigre, como es costumbre en él, seguía a las piaras de chanchos escondiéndose para que no lo vieran, y los cazaba uno a uno cuando se quedaban detrás. Hacía así porque no hay animal ninguno capaz de hacer frente a una bandada entera de chanchos salvajes.

El hombre estaba contento con los tigres, que cumplían fielmente su compromiso, y nunca halló sino rastros que tenían marcado el anillo que los tigres se ponían en el dedo; pero a pesar de todo, siempre llevaba la escopeta o el winchester. A veces encontraba al tigre, y hacía como que no lo veía. Y el tigre, por su parte, abría la boca y bufaba despacio, como hacen los gatos, y continuaba con la boca abierta hasta que dejaba de ver al hombre. Pero ellos también cumplían su palabra.

Entonces sucedió que en muchísimos días no cayó una sola gota de agua y los arroyos se secaron. Los animales del monte se fueron a vivir al lado del río para poder tomar agua, y abundaron tanto que los tigres estaban hartos de cazar y de comer. Es decir, quienes estaban hartos eran los tigres que estaban de turno en el monte del hombre; porque los otros que estaban del otro lado del río, estaban flacos y muertos de hambre, y trotaban rugiendo por la costa.

Visto lo cual, el tigre que entendía el lenguaje de los hombres y que era más inteligente, aunque más traicionero que los otros, reunió una noche a sus compañeros y les habló así:

—Hermanos tigres: el hombre nos ha engañado una vez más, y vamos a morir de hambre. Si no pasamos todos juntos el río, vamos a morir aquí de flacos. Yo he pensado mucho en esto, y he hallado un medio para ponernos gordos y matar al hombre.

Al oír esto, todos los tigres rugieron:

—¡Cuidado con el hombre! ¡A la larga siempre es él el que gana!

—Esta vez no hay cuidado —continuó el tigre traicionero—. Yo los conozco a los hombres mejor que ustedes porque viví en una jaula mucho tiempo, y sé que toda su inteligencia proviene de las armas que tiene para matarnos. Si no tienen escopeta, son menos inteligentes que un tatú. Acérquense bien, porque si algún animal nos oye, estamos perdidos.

Todos los tigres se agacharon entonces rodeándolo, y en las tinieblas brillaban sus ojos como vidrios verdes, y hasta muy lejos se sentía el mal aliento de tantos tigres reunidos.

¿Qué les dijo el tigre? ¿Cuál era su plan, que tenía por objeto arrancarle la vida al cazador? En seguida lo veremos por los acontecimientos que se sucedieron.

En efecto, al llegar la madrugada de esa misma noche, el tigre cruzó el río y fue a arañar la cáscara de un gran árbol hueco. Arañó siete veces seguidas, y después sopló suavemente por la abertura. Era una señal.

En el agujero asomó la cabeza de una rata del monte, y los dos hablaron así:

—¡Buenas noches, amiga rata! —dijo el tigre—. Yo estoy bien de salud, muchas gracias. Pero no se trata de esto, sino de pedirte que ustedes las ratas me devuelvan el servicio que les hice la vez pasada, cuando aquella gran víbora las perseguía a ustedes.

—¡Sí, sí, señor tigre! —exclamó la rata asustada—. Todo lo que usted quiera. ¿Qué debemos hacer?

—Ustedes harán esto —dijo el tigre—: vayan mañana, que es la primera noche de luna, a la casa del hombre; el hombre va a salir con el perro, yo lo sé. Entren y deshagan todos los cartuchos y las balas, destrúyanlo todo. ¿Entiendes, rata? Que no quede ni un granito de pólvora ni de plomo; nada, nada. El hombre quedará desarmado y nosotros lo mataremos a él. Si no hacen esto, voy en seguida a ver a la víbora...

—¡No, no, señor tigre! —gritó la rata, chillando de miedo—. ¡En seguida voy a ir! Voy ahora mismo a buscar a todas mis compañeras. ¡Pero no haga eso que dijo, señor tigre!

—Pierde cuidado; no lo voy a hacer si ustedes se portan bien. Estoy satisfecho de ustedes, ratas. Hasta luego, pues.

—¡Hasta cuando guste, señor!

Pues bien; tal como lo prometió la rata lo hicieron. Apenas se levantó la luna, las ratas, que estaban todas esperando a la orilla del monte, atravesaron corriendo el pedazo de campo, y entraron como un ejército en la casa. Eran tantas que se atropellaban en la puerta, y algunas quedaron con las patas rotas. Había más de treinta mil ratas. En un momento deshicieron los cartuchos, rompieron el cartón, desparramaron la pólvora y se comieron las balas.

Las ratas del monte son muy amigas de comer el plomo de las balas. Primero lo muerden, después lo roen, y acaban por comerlo. Y en esto consistía la pillería del tigre, al confiar a las ratas del monte la tarea de desarmar al hombre, pues ningún otro animal ni nadie podía haberlo hecho. Para mayor desgracia, esa tarde el hombre había dejado sus armas con querosene para limpiarlas bien, y estaban sin balas, por consiguiente. Pero esto también lo había supuesto el tigre por ser sábado, día en que el hombre solía hacer eso. De modo que al hombre no le quedaba más que el machete.

Y cuando el hombre volvió esa noche, nada notó en la oscuridad, y se durmió en seguida. Pero el perro había sentido el olor de las ratas, y siguiendo el rastro entró en el monte. Y apenas había asomado la cabeza cuando el tigre, que lo esperaba agachado tras un tronco, lo aplastó de un manotón. Un solo zarpazo de tigre abre el vientre de un toro de extremo a extremo. Hay que figurarse, pues, cómo quedaría el pobre perrito.

A la madrugada siguiente, el hombre, no hallando a su perro, siguió su rastro hacia el monte con profunda angustia. Y lo vio muerto, deshecho, a la misma entrada del monte. El hombre conoció en seguida quién era el culpable. Y, pálido de rabia, miró a todas partes buscando al asesino. Y lo vio allá arriba en un árbol, acostado sobre una gruesa rama, runruneando hipócritamente como si no hubiera hecho nada. Pero el tigre sabía bien que el hombre no tenía sino el machete, y por esto estaba tan tranquilo.

—¡Por fin has hecho una de las tuyas, tigre! —le gritó el hombre apenas lo vio—. La culpa la tengo yo por haber creído una sola vez en mi vida en palabra de tigre, que son todos gatos del monte, hijos de gato y nietos todos de gatos sarnosos!

—¡Miente! —rugió el tigre, rabioso, porque no hay insulto mayor para un tigre que llamarlo *gato del monte*.

—Sí. ¡Gato y tres mil veces gato! —repitió el hombre—. ¿Por qué no bajas acá, en vez de limpiarte los bigotes allá arriba? ¡Baja un momento, y verás cómo te los peino en un momento con el machete, gato manchado! O espérate quieto ahí arriba a que vuelva con el winchester...

Entonces el tigre se echó a reír.

—¿Para qué? —dijo—. Estoy muy cómodo aquí. Y además...

—¿Además qué?

—Nada —continuó el tigre mirándolo de reojo—. Nada más sino que las ratas se comieron anoche todos los cartuchos y las balas...

Al oír esto, el hombre comprendió que si una gran casualidad no lo salvaba, estaba perdido.

—¿Es cierto lo que dices? —le preguntó—. ¿Te animas a no engañar por una sola vez en tu vida?

—Tan cierto —respondió el tigre— como que yo no soy gato, ni sarnoso, y que usted es un pobre hombre que antes nos daba miedo y ahora no sirve para nada. Hasta pronto. Ahora voy a mandar noticias suyas a los compañeros.

Y el tigre, hundiendo el diente, comenzó a rugir; primero despacio, después más fuerte, cada vez más fuerte. Y desde la otra costa del río los demás tigres le respondieron rugiendo, porque aquélla era una señal para que se lanzaran en seguida al río y vinieran a matar al hombre. Pero el hombre, sin apurarse, se fue a su casa, y después de buscar por todas partes si no le quedaba una miserable bala de revólver siquiera, reforzó las puertas y ventanas y esperó.

No esperó mucho, sin embargo, porque antes de media hora sintió a los tigres que se abalanzaban rugiendo contra las paredes de su casa para deshacerla. Bramaban locos de rabia al ver que no podían entrar. Rondaban, arañaban los rincones buscando un hueco, se subían al techo. Otros tomaban distancia, venían corriendo, y de un salto se estrellaban contra la puerta, que crujía de arriba a abajo. Y todo entre un furioso concierto de rugidos.

Así pasaron tres días. Los tigres iban a cazar por turno, pero siempre quedaban cuarenta o cincuenta tratando de romper la casa. A veces el tigre traicionero se arrimaba a la puerta y decía, burlándose:

—¿Qué tal, señor hombre? ¿Por qué no sale un momentito a ver si tengo sarna?

Entonces venían los demás y le gritaban de todo a través de la puerta:

—¡Perro sin pelo! ¡Pescador de mojarras! ¡Mata-gallinas! ¡Comedor de yuyos! ¡Rana con pantalones!

Pero el hombre, distraído, apenas los oía, porque día y noche estaba pensando en la manera de salvarse. Escaparse, era imposible, pues los tigres estaban dispuestos a mantener el sitio hasta que pudieran matarlo. ¿Y cómo poder avisar a los hombres? Los tigres sabían a su vez que un día u otro caería entre sus dientes, y la tardanza los enfurecía. Noche y día volvían a estrellarse contra las paredes de madera para deshacerlas. La casa entera retumbaba con los golpes, y los rugidos de los cien tigres eran tan fuertes que rompían los vidrios de la ventana. Pero el hombre pensaba y pensaba; hasta que un día, oyendo a una bandada de loros que iban todas las mañana al naranjal, tuvo una idea luminosa. Era una idea muy rara, pero que podía dar un gran resultado.

He aquí lo que hizo: Bajó de la percha a su loro, que todo el día había estado gritando de hambre, y le enseñó a decir:

—*Estoy sitiado en el monte por los tigres, en el río de Oro.*

El loro, que se moría de hambre, no quería sino decir: ¡Papa para el loro! Pero el hombre sólo le daba un casco de naranja cuando repetía: *Estoy sitiado...* Y el loro repetía: Estoy sitiado... ¡papa, rica papa para el loro!

—No, no —corregía el hombre—. Hay que decir todo: *Estoy sitiado en el monte por los tigres...* Y el loro: Estoy sitiado en el monte... ¡qué rica la papita del loro!

Poco a poco, sin embargo, aprendió a decir todo de corrido, gracias a los cascos de naranja, que les gustan mucho. Hasta que una mañana el hombre soltó a su loro por la chimenea de la cocina en el momento en que pasaba volando una bandada que iba a comer al naranjal, y el loro del hombre se fue con ellos. Y en cuanto se halló en libertad a la vista de tantas ricas naranjas, se puso loco de contento y comenzó a gritar: *Estoy... sitiado... en el monte... por los tigres... en el río de Oro.* Y no decía sino esto, como hacen los loros cuando acaban de aprender una cosa nueva.

Los demás loros estaban también encantados oyendo hablar a su compañero, y en pocos días aprendieron las palabras. Solamente que al principio repetían mal, y decían, por ejemplo: Estoy tigre de oro... Y otros decían: Estoy monte de río sitiado... Y otros, peor que los demás, decían: Río de tigre en sitiado por oro estoy monte del.

Con el ejercicio, sin embargo, llegaron a decir bien. Y como las bandadas de loros se juntan al atardecer para ir a dormir lejos del naranjal, todos los loros que había en el país aprendieron las palabras. Los cuales se las enseñaron a otras bandadas que llegaban de paso. De modo que al salir del sol y al atardecer, todo el cielo, a diez leguas a la redonda, tronaba con la voz de los loros que decían: *Estoy sitiado en el monte por los tigres en el río de Oro.*

Esto era lo que el hombre había esperado; y como cada día nuevos loros aprendían la lección, era imposible que algún hombre no llegara a oír el pedido de auxilio que repetían los loros.

Así pasó, en efecto. Y para gran casualidad, fue un amigo mismo del hombre el primero que oyó a los loros. Este amigo, que viajaba en aeroplano, al pasar volando por encima del monte, atravesó por en medio de una inmensa bandada de loros que iban a dormir. Y con gran sorpresa oyó lo que decían, y comprendió que se trataba de su amigo que vivía solo en el río de Oro. Cambió en seguida de dirección con un largo viraje, y dos horas después comenzó a oír el rugido de los tigres. En un instante bajó desde las nubes y mientras los tigres, desesperados de rabia, daban inmensos saltos para alcanzar la hélice con las uñas, el amigo del hombre pasaba y repasaba volando encima de ellos a toda velocidad, y los mataba a tiros.

Ni un tigre quiso huir; todos fueron cayendo uno a uno, y aún en la agonía se arrastraban, todavía rugiendo, hasta la puerta del hombre para matarlo. Pero el hombre, que al oír el lejano ronquido del aeroplano había comprendido de lo que se trataba, ayudaba también al exterminio de sus implacables enemigos, con un revólver que le había tirado el aviador.

Así concluyó la lucha a muerte entre el hombre y los tigres. El hombre había recibido muchas heridas en la lucha, que no eran de gravedad. Y como deseaba descansar por un tiempo, ese mismo atardecer se fue con su amigo en aeroplano. Y durante un rato pasaron por en medio de grandes bandadas de loros que se retiraban a dormir y que iban pidiendo auxilio todavía. Los dos amigos se rieron: pero el hombre no se olvidó nunca del servicio que sin querer le habían prestado los loros.

EL DIABLITO COLORADO*

HABÍA UNA VEZ un chico que se llamaba Ángel y que vivía en la Cordillera de los Andes, a orillas de un lago. Vivía con una tía enferma; y Ángel había sido también enfermo, cuando vivía en Buenos Aires, donde estaba su familia. Pero allá en la Cordillera, con el ejercicio y la vida al aire libre se había curado del todo. Era así un muchacho de buen corazón y amigo de los juegos violentos, como suelen ser los chicos que más tarde serán hombres enérgicos.

Una tarde que Ángel corría por los valles, el cielo de pronto se puso amarillo, y las vacas comenzaron a trotar, mugiendo de espanto. Los árboles y las montañas mismas se balancearon, y a los pies de Ángel el suelo se rajó como un vidrio en mil pedazos. El chico quedó blanco de susto ante el terremoto; cuando en la profunda grieta que había a sus pies vio algo como una cosita colorada que trepaba por las paredes de la grieta. En ese mismo momento la gran rajadura se cerraba de nuevo, y Ángel oyó un grito sumamente débil. Se agachó con curiosidad, y vio entonces la cosa más sorprendente del mundo: vio un diablito, ni más ni menos que un diablito colorado, tan chiquito que no era mayor que el dedo de una criatura de seis meses. Y el diablito chillaba de dolor, porque la grieta al cerrarse le había apretado una mano y saltaba y miraba asustado a Ángel, con su linda carita de diablito.

El muchacho lo agarró después por la punta de la cola, y lo sacó de allí, sosteniéndolo colgado cabeza abajo. Y después de mirarlo bien por todos lados, le dijo:

—Oye diablito: si eres un diablo bueno (pues hay diablos buenos), te voy a llevar a casa, y te daré de comer; pero si eres un diablo dañino, te voy a revolear en seguida de la cola y te arrojaré al medio del lago.

Al oír lo cual el diablito se echó a reír:

—¡Qué esperanza! —dijo—. Yo soy amigo de los hombres. Nadie los quiere como yo. Yo vivo en el centro de la tierra, y del fuego. Pero estaba aburrido de pasear siempre por los volcanes, y quise salir afuera. Quiero tener un amigo con quien jugar. ¿Quieres que yo sea tu amigo?

—¡Con mucho gusto! —repuso Ángel, parando al diablito en la palma de la mano—. ¿Pero no me harás daño nunca? ¡Cuidado, porque si no te va a pesar, diablito de los demonios!

—¡Qué esperanza! —tornó a contestar el diablito, dándole la mano—. Amigos, ¡y para toda la vida! ¡Ya verás!

Y he aquí como Ángel y el diablito trabaron amistad, vivieron como hermanos y corrieron juntos aventuras sorprendentes.

El diablito, claro está, sabía hacer de todo y jugar a todo; pero su gran afición era la mecánica. En una esquina de la mesa donde Ángel estudiaba de noche sus lecciones, el diablito había instalado su herrería; fierros, herramientas, fragua y un fuelle para soplar el fuego. Pero todo tan diminuto que el taller entero no ocupaba más espacio que una moneda de dos centavos, y había allí de todo, sin embargo, y allí fabricaba el diablito los delicadísimos instrumentos que necesitaba. Y mientras el muchacho estudiaba a la luz de la lámpara, el diablito trabajaba en la sombra de la pantalla y martillaba y soplaba que era un contento.

¿Qué hacía el diablito? ¿Qué era lo que fabricaba? Ángel no lo sabía. ¡Era tan chiquito todo aquello!

---

* Según Anmi Boule-Christauflour en su *Proyecto para obras completas de Horacio Quiroga*, Bordeaux: *Annales de la Faculté des Lettres de Bordeaux*, 87ᵉ année, tome 67, n° 1-2, janvier-juin 1965, pp. 91-128, Quiroga señaló el año 1920 como fecha de publicación de este relato, en la revista bonaerense *El Gran Bonete*. Ninguna bibliografía posterior especifica la fecha ni aclara el dato de la revista. Tomamos el texto de la edición de Arca, tomo V de *Obras inéditas y desconocidas*, prólogo y notas de Jorge Ruffinelli, pp. 97-104.

Pero lo más sorprendente de esta historia, es que el diablito era invisible para todos menos para Ángel. Sólo su amigo lo veía; las demás personas no podían verlo. Mas el diablito rojo existía realmente, como pronto lo hizo ver.

Una tarde hubo un concurso de honda entre los muchachos de la escuela. La goma de la honda de Ángel se rompió al primer tiro; y cuando ya se daba por vencido, vio al diablito trepado a su dedo pulgar.

—¡No te aflijas, primo! —le decía el diablito—. Abre el pulgar y el índice para que yo pueda sujetarme de ellos, y tírame fuerte de la cola; verás cómo nunca has tenido una honda igual.

Y en efecto, Ángel hizo lo que el diablito le decía, enroscó una piedra en la cola, y estiró, estiró hasta que no pudo más; y la piedra salió silbando, con tanta fuerza que se la oyó silbar un largo rato. E inútil es decir que Ángel ganó el concurso.

Notemos también que el diablito había llamado primo a Ángel. Y es que, en efecto, los hombres son primos; y aun hay otros parientes más raros, como pronto lo veremos.

En otra ocasión el maestro retó injustamente a Ángel; y tantas cosas desagradables le dijo, que esa noche, mientras el diablito trabajaba en su fragua, Ángel, en vez de estudiar, lloraba sobre la mesa. El diablito lo vio y dijo riendo:

—¡No te aflijas, primo! Voy a arreglar las cuentas a tu maestro. Ya verás mañana.

Y golpeando a toda prisa en el yunque, fabricó un instrumento raro, con el que salió corriendo. Corriendo siempre llegó a la casa del maestro, que estaba durmiendo y roncaba; y metiéndose con mucho cuidado dentro de su boca, le colocó el instrumento detrás de la lengua.

¿Qué bisagra, o qué resorte extraño era aquella cosa? Nunca se supo. Pero lo cierto es que al dar clase al día siguiente, el maestro estaba tartamudo, como si tuviera un resorte en la lengua. Quiso decir: «¡Alumno Ángel!», y sólo dijo A... lu... lu... lu... Y cuanto más se enojaba porque no podía hablar de corrido, más se le trababa la lengua con su a... lu... lu... lu... Y los muchachos saltaban entre los bancos de contentos y le gritaban:

—¡Señor Alululú! ¡Señor Alululú!

Otra vez llegó al pueblo un hombre malísimo y con un sombrero tan caído sobre los ojos que no se le veía más que la boca y la punta de la nariz. Y el asesino dijo a todo el mundo que iba a matar a Ángel en cuanto saliera de su casa, porque le había robado una gallina.

Era una gran mentira; pero esa noche, cuando Ángel lloraba de codos sobre la mesa, el diablito que trabajaba en su fragua, le gritó riendo:

—¡No te aflijas, primo! Verás cómo nos divertimos mañana con ese hombrón.

Y después de forjar un instrumento sobre el yunque, como la vez anterior, el diablito fue corriendo a la casa del hombre dormido, trepó sobre su frente, y con el taladro que había construido le agujereó la cabeza.

Pensemos qué chiquito debía de ser aquel agujero; pero al diablito le bastaba, porque quemándose con un fósforo la punta de la cola, echó adentro la ceniza, que tenía la facultad de dar la locura. Con lo que el hombre al día siguiente se levantó loco, y en vez de matar a Ángel corría muerto de contento por la calle diciendo que era une gallina Plymot-Rock; y en todas las esquinas quería poner un huevo y después se agachaba y se abría el saco, cacareando.

Ya se ve si el diablito tenía poder para hacer cosas. Lo único que lo molestaba un poco era el calor; y se bañaba ocho o diez veces al día en una copa.

En su fragua había hecho un peinecito de oro; y cruzado de piernas en el borde de la copa se peinaba despacio, mientras jugaba en el agua con la punta de la cola.

Muchos más servicios prestó el diablito a su primo Ángel. Pero el más grande de todos fue el que le hizo salvando de la muerte a su hermanita, que vivía en Buenos Aires. Cuando Ángel supo la noticia de la enfermedad se desconsoló tanto que no quería levantarse de la cama; y si se levantaba, se volvía a tirar vestido a llorar. Pero el diablito lo animó tanto que se decidieron ir a Buenos Aires, a pie, pues no tenían dinero y aunque no conocían el camino, el diablito se guió por las grietas casi invisibles que dejan los temblores de tierra, grietas que nadie puede ver, pero que él veía, porque había nacido con los volcanes en el centro de la tierra.

Sería sumamente largo contar las aventuras que les pasaron en un viaje a pie de cuatrocientas leguas. Lo cierto es que una mañana llegaron por fin a Buenos Aires, y llegaron cuando la hermanita de Ángel estaba desahuciada y se iba a morir de un momento a otro.

El diablito comprendió al verla que la lucha iba a ser mucho más difícil que la que había tenido con el maestro tartamudo y el hombre loco, puesto que ahora debía luchar contra la Enfermedad; y la Enfermedad es la hija predilecta de la Muerte. Y él, ¿qué era, sino un pobre diablito? Pero enseguida veremos si era tan pobre como él decía.

La Enfermedad, hemos dicho, es la hija preferida de la Muerte; y la más inteligente de sus hijas, aunque sea también la más callada, delgada y pálida. Cuando la muerte quiere llevarse consigo a una persona cualquiera del mundo, recurre a los descarrilamientos, naufragios, choques de automóviles; y, en general, a las muertes por sorpresa.

Pero cuando las personas elegidas por la Muerte son personas muy desconfiadas, que se quedan encerradas en casa, entonces la Muerte envía a su hija más callada e inteligente, y la Enfermedad entonces abre despacio la puerta y entra.

Explicado esto, comprenderemos que la Enfermedad que desde dos meses atrás quería llevarse a Divina (así se llamaba la hermanita de Ángel), no abandonara casi nunca el cuarto de la enferma. La Enfermedad entraba al caer la tarde, sin que nadie la viera. Dejaba el sombrero y los guantes sobre el velador; se soltaba el pelo, y se acostaba al lado de Divina, manteniéndose abrazada a ella. La enferma se agravaba entonces, tenía fiebre y delirio. A las ocho de la mañana la Enfermedad se levantaba, se peinaba otra vez, y se retiraba. Al atardecer volvía de nuevo; y nadie la veía entrar y salir.

Pues bien; apenas acababan de entrar en el cuarto Ángel y el diablito, cuando la Enfermedad llegó. Quitóse con pausa el sombrero y los guantes, y en el momento en que corría la sábana para acostarse, el diablito, rápido como el rayo, ató al tobillo de la Enfermedad una finísima cadena de diamante que había fabricado, y sujetó la otra punta a la pata de la cama. Y cuando la Enfermedad quiso acostarse, no pudo y quedó con la pierna estirada.

La Enfermedad, muy sorprendida, volvió la cabeza y vio al diablito sentado cruzado de piernas en el borde de una silla, que se reía despacio, con un dedo en la boca.

—¡Ja, ja! ¡No te esperabas esto, prima! —decía (el diablito). Y le decía también prima a la Enfermedad, porque los Hombres, los Diablos y la Enfermedad son primos entre sí.

Pero la Enfermedad había fruncido el ceño, porque estaba vencida. Ni aun intentaba siquiera sacudir la pierna, porque las cadenas de diamante que fabrican los diablos son irrompibles. El diablito había sido más fuerte que ella, y estaba vencida. No podía acostarse y abrazar más a Divina, y la enferma reaccionaría enseguida. Por lo cual dijo al diablito:

—Muy bien, primo. Has podido más que yo, y me rindo. Suéltame.

—¡Un poco de paciencia, prima! —se rió el diablito, jugando con la cola entre las manos—. ¡Qué apuro tienes! No te soltaré si no me juras que no vas a incomodar más a Divina, que es hermana de mi primo Ángel, a quien quiero como a mí mismo. ¿Lo juras?

—Te lo juro —respondió la Enfermedad; y acto seguido el diablito la soltó. Pero en vez de desatar la cadena, la cortó entre los dientes.

Mas cuando la Enfermedad se vio libre, se sonrió de un modo extraño mientras volvía a peinarse; y dijo al diablito:

—Me has vencido, primo. ¿Pero tú sabes que el que se opone, como tú, a los designios de mi madre la Muerte, pierde la vida él mismo? Has salvado a esa criatura, pero tú mismo morirás, por más diablito inmortal que seas. ¿Me oyes?

—¡Sí, te oigo! ¡Te oigo, prima! —repuso el diablito—. Sé que voy a morir, pero no me importa tanto como crees. Y ahora, prima pálida y flaca hazme el favor de irte.

Así dijo el diablito. Y quince días después, Divina había recobrado completamente la salud, y las rosas de la vida coloreaban sus mejillas. Pero el diablito se moría; no hablaba, no se movía y estaba siempre en el jardín. En la casa sin embargo, no se sabía que la salud de Divina era debida al diablito, que había sacrificado su propia vida por salvarla. Nadie, a excepción de Ángel; y Ángel, sentado en la arena, lloraba al lado del diablito moribundo; y le pedía que se dejara ver por su hermanita, para que Divina pudiera agradecerle, por lo menos, lo que había hecho por ella. Pues no olvidemos que el diablito era invisible para todos menos para Ángel.

El diablito, que se sentía morir, consintió por fin, y Ángel salió corriendo a buscar a su hermanita, y volvió con Divina: la cual, al ver a aquel gracioso diablito tan bueno e inteligente, que se moría hecho un ovillito sobre la arena, sintió profunda compasión por él, y agachándose besó en la frente al diablito. Y apenas sintió el beso, el diablito se transformó instantáneamente en un hombre joven y buen mozo que se levantó sonriendo de un salto, y dijo:

—¡Gracias, prima!

¿Quién había de imaginarse tal prodigio? Mas todo se explica, sin embargo, al saber que la hermanita de Ángel no tenía ocho años sino diecisiete, siendo, por lo tanto, una hermosísima joven. Y desde que el mundo es mundo, el beso de una hermosa muchacha ha tenido la virtud de transformar a un diablo en hombre, o viceversa; pero esta reflexión es más bien para personas mayores.

El diablito debía morir como diablo, mas no como hombre; y he aquí por qué burló una vez más a la Enfermedad.

De más está decir que Divina y su nuevo buen mozo primo, se amaron en seguida. En cuanto a Ángel, pasados algunos años se hallaba una tarde sentado en el jardín, pensando con tristeza que ya no tendría como antes un diablito para ayudarlo en la vida. Cuando pensaba así, sintió al ex diablito, su primo y cuñado, que le ponía la mano en el hombro y le decía sonriendo:

—¡No te aflijas, primo! Ahora no precisas ayuda de nadie, sino de ti mismo. Mientras fuiste una criatura, yo te ayudé, pues aún no tenías fuerzas para luchar por la vida. Ahora eres un hombre; y la energía de carácter y corazón, primo, son los diablitos que te ayudarán.

PAZ*

HACÍA YA mucho tiempo que el hombre cazaba en el monte. En un principio la novelería de los tiros divirtió a los animales salvajes.

—¿Has visto? —decía uno al cruzarse con otro en un sendero—, hay un hombre.

—Yo lo vi —respondía el segundo en voz baja—. Tiene una escopeta. Es un cazador.

—Sí. En el barranco corrió esta mañana. Mata.

—¿Mata? —intervino un agutí asustado.

—¡Ya lo creo! Yo vi antes uno. Es un hombre. Ninguno de nosotros puede matarlo.

—¿Ninguno?...

—El tigre, sí. A nosotros nos mata.

—¿Han oído?... Anda cerca. ¡Huyamos!

Pero a poco la diversión cesó, porque ya no se encontraban los amigos que solían verse al caer la noche. Se cruzaban ahora corriendo, y apenas tenían tiempo de cambiar tres palabras.

* Publicado en *El Hogar*, Buenos Aires, n° 635, diciembre 16, 1921. Lleva como subtítulo «Lecturas para niños», y está inserto en la sección «La Edad de Oro».

—¡Otro tiro hace un momento! —jadeaba uno.

—¿A quién habrá matado?

—Yo sé. Al venado. Él lo mató.

—¿Y el tapir? —preguntaba otro.

—Anteayer en el río... Muerto.

—¿Y el puma?

—Hace una semana... Muerto.

—¿Y el oso hormiguero?

—En la orilla del pantano... Muerto.

—¿Y el tigre?

En ese instante un estampido y un maullido escandaloso resonaron en las tinieblas.

—¿El tigre?... Acaba de morir.

Ahora bien, aunque los animales del bosque no unen jamás sus fuerzas contra el hombre, hay ocasiones en que la naturaleza misma —encarnada en la luz, la atmósfera, el clima, la selva y sus hijos— medita su exterminio. Y una de estas ocasiones fue la presente, cuando los animales decidieron hacer una trampa y cazar al hombre.

No contaremos cómo lo cazaron, pues las facilidades abundan en el bosque. Diremos solamente que una noche el hombre se encontró desnudo atado a un árbol, entre los animales que alzaban sus duras nucas a él. Y nada diremos tampoco de quién le desnudó ni de qué lazos eran aquellos que lo ataban al árbol.

Los animales miraban de hito en hito al hombre con sus ojos verdes, y el hombre sudaba en la oscuridad.

—¡No me maten! —decía jadeando como si acabara de correr—. ¡No tienen derecho a matarme!

—Y usted, ¿qué hacía? —rechinó entre sus dientes cruzados el jabalí.

—¡Yo cazaba en libertad! ¡Éramos todos libres! ¡Pero no pueden matar a un hombre indefenso!

—¿Y nosotros? ¿Nos defendíamos? —sollozó un venado.

—No, pero estábamos en guerra. Así procedemos lealmente los hombres. Ustedes no pueden matarme porque ya me han vencido. Los hombres conocemos la justicia y hacemos la paz. Cuando hemos vencido a un enemigo, lo perdonamos. ¡Hermanos míos! Consideren que estoy solo y desnudo entre ustedes. Ustedes me vencieron, me apresaron y estoy atado. ¿Por qué van ahora a matarme?

El hombre jadeante de miedo conoció en el silencio de sus jueces que dudaban de su derecho a matar, y prosiguió alentado:

—¡Hermanos! Ustedes ignoran la sabiduría, la rectitud, el altruismo, y por esto proceden así, lo comprendo. Pero yo soy hombre y les hablo como un hermano. Nosotros tenemos principios morales y concedemos paz. Estábamos en guerra y fui vencido por ustedes. Y creen que pueden matarme. Hay tratados de paz para estos casos. Así es la guerra entre los hombres.

Nada rompía el mutismo de los animales; hasta que uno se alzó en sus cuatro patas.

—Mentira... Mentira... Matarlo... Mentira... Matarlo... —roncó el animal, sacudiendo a ras del suelo su hocico que babeaba.

El hombre desnudo y que sudaba de miedo, clamó entonces:

—¡No me maten, hermanos! ¡Podemos entendernos todavía! Ustedes no saben quién soy yo, y todos los pueblos de los hombres se lanzarían sobre ustedes si me mataran. Ustedes no conocen los derechos del vencido en la guerra. Que vaya una embajada de ustedes hasta los hombres y yo quedaré de rehén. Nada les pasará a los que vayan, porque mi vida responde de la de ellos. Ellos verán, hermanos, cómo es nuestra moral de guerra. Yo quedaré de rehén Cuando la embajada vuelva, son libres de hacer conmigo lo que quieran; pero estoy seguro de que entonces no me matarán.

Tras un sombrío silencio la proposición del vencido fue aceptada. Y de este modo el hombre ganó su causa quedando de rehén en el monte, mientras la embajada de los animales, compuesta de un tapir, un tigre y un boa, se encaminaba a país extraño.

Debemos advertir aquí que el hombre cazado era un gran personaje entre los suyos, motivo por el cual hicieron éstos salvas de artillería al saber que el cazador estaba vivo, agasajando en consecuencia con grandes fiestas al tigre, al boa y al tapir.

Los embajadores se comportaron en la circunstancia con gravedad y corrección dignas de todo encomio. El tigre y el tapir bebían gravemente, con los sombreros en la mano, y el boa departía con las señoras.

Se celebró en honor de los delegados desfiles militares, tedéums, funciones de gala, cuanto podía marear con su seducción a tan incautos embajadores. Aun asistieron al cine, donde al ver escenas del natural en la selva, cruzaron una mirada entre ellos, sonriendo suavemente.

Nada se les ocultó, nada dejaron de ver. Y sus más preciosas horas las pasaron en los parlamentos, las asambleas y las ligas, donde precisamente se celebraba un tratado de paz.

Los hombres enseñáronles uno por uno los incisos de su tratado inscripto a punzón en una baratija de exportación, pues uno anterior, de papel, había sido roto. Mostráronles los diez mil códigos de moral nacional e individual que respiraba viva en su obra de justicia. Enseñáronles particularmente las grandes industrias, pues deseaban conquistar a aquellos ásperos y confusos aprendices de su moral, que tenían entre sus dientes la vida de su jefe. Comportáronse en suma tan seductoramente, que cuando la embajada regresó por fin a la selva natal, nadie dudó de que la vida del prisionero estaba a salvo.

Mas los embajadores que iban en cuatro patas y bajaban las orejas al entrar en los senderos, no cambiaban una mirada entre ellos, y así llegaron ante la asamblea que les aguardaba. El hombre atado de nuevo, y que no dudaba del éxito, dejó asomar a sus labios una sonrisa de triunfo. Y el boa dijo:

—Hemos estado entre los hombres, hermanos, y lo hemos visto todo. Cuanto nos dijo el cazador, es cierto. Nos han agasajado como si fuéramos hombres propios. No luchan como nosotros por comer, sino por principios. Son tal como él dijo. Solamente…

—Yo vi también lo mismo —dijo el tapir—. En vez de estar constantemente en guerra como nosotros, fabrican sin cesar lindísimas cosas que regalan a los países lejanos. Tienen leyes para proteger a los pueblos débiles, y cuando vencen, en vez de matar, hacen un tratado de paz. Son tal como él dijo. Solamente…

—El hombre no mintió —dijo el tigre—. Todo cuanto vimos, oímos y tocamos, es como él lo aseguró. Tienen en efecto, principios morales por los que combaten y por los cuales exclusivamente desencadenan una guerra. Solamente… Solamente que no podríamos regirnos por sus leyes, hermanos. Si adoptamos la moral y los principios de los hombres, continuaremos como antes acechando y matando. Pero lo que hacemos ahora con las garras y los dientes al sol, lo haremos disimulando el hocico tras un pañuelo o una bandera. Es ésta la única diferencia, hermanos. Hemos asesinado toda la vida, pero sin hipocresía. Podríamos perfectamente firmar un tratado de paz con este hombre, soltarlo luego desnudo con los huesos rotos, y cantar día y noche en el bosque que hemos hecho la paz con él. Pero haciéndolo así no habríamos aprendido sino a ser hipócritas, pues todos sabemos que lo que en verdad deseamos es matarlo porque lo hemos vencido, y comerlo porque tenemos hambre.

Y así lo hicieron.

SINFONÍA HEROICA*

DE MODO pues que el soldado desconocido, una vez comprobada su identidad, subió directamente al cielo.

El cielo no es, como pudiera creerse, un ámbito sin límites donde deambulan confundidas las almas de los justos. El cielo posee categorías muy precisas, originadas por la diversidad de méritos y causas que llevan hasta él. Existe así el cielo particular de los sentimentales, de los hombres de genio, de los hombres juiciosos, y de los mentecatos.

Hay muchos cielos más, tantos como son variadas las bondades del alma. Pero adonde fue el soldado desconocido, es al cielo de los héroes.

No es el cielo de los héroes el más poblado de todos los cielos, como bien se comprenderá; pero por razones obvias, los llamados a su seno representan en el cielo mismo una verdadera aristocracia, tal como la que sus cuerpos mortales representaron en la tierra un día. Y a ese cielo selecto entre todos, donde el más disimulado de sus habitantes encarna esa cosa formidable que se llama un héroe —allá fue, con la velocidad de un rayo de luz, el soldado desconocido.

Dios mismo tiene debilidad por ese su cielo de élite, y sus miradas se detienen en él con más ternura, y menos justicia de las suponibles. Pero el recién llegado no era un héroe transitorio, ocasional o discutible. Nada de esto: era, como ya lo hemos dicho, el soldado desconocido. Y el Señor, después de poner en conmoción el cielo entero con el hosanna de cánticos que anunciaban un grande y dichoso acontecimiento, hizo abrir las puertas celestiales cuan grandes eran, ante la persona del soldado desconocido.

El soldado desconocido —debemos advertirlo ahora— no parecía darse cuenta de lo que para él significaba aquel recibimiento triunfal. Tenía el aspecto modesto de un héroe, y la frente muy estrecha como los luchadores. Tal vez ni la inteligencia ni la claridad de espíritu adquirieron en él el enorme desarrollo de su heroísmo. Por esto acaso lanzaba miradas recelosas a todos lados, dando así la impresión de una humildad tan grande, como pequeña era su cabeza.

El soldado desconocido franqueó pues las puertas del cielo y vio al Señor teniendo a sus costados, como una guardia de honor, a los héroe muertos. Y tras ellos vio hasta el infinito del cielo y sus blancas nubes, las almas de los justos nimbadas por el arco iris.

Esto es lo que vio el recién llegado. Pero es indudable que el cielo y sus arcángeles miraban a su vez con asombro a aquel misterioso y poco aparente desconocido, que no cesaba de ojearlo todo con desconfianza. Comprendiéndolo así, el Señor serenó los ánimos.

—Hijo mío —exclamó tendiendo la diestra hacia el soldado oscuro—. Bendito seas, porque el Señor es contigo.

Y volviéndose a las almas:

—He aquí a vuestro hermano. Mucho ha sufrido, porque mucho amó. Acordaos siempre de su nombre: es el Soldado Desconocido.

Poco diríamos, observando que nadie comprendió en toda su extensión lo que Dios había querido decir. Pero quien acaso lo comprendió menos fue el propio héroe alabado, a juzgar por sus crecientes ojeadas de desconfianza.

Mas ya el Señor, rodeado de su selecta guardia, se dirigía al cielo particular de los héroes. E induciéndole con la mano a que entrara:

---

* Publicada en *Atlántida*, Buenos Aires, año VI, nº 270, junio 7, 1923.

—Hijo mío —repitió el recién llegado—, he aquí tu morada. Y he aquí a tus hermanos de corazón, que ya te aman y te veneran.

Y a los héroes:

—Recibidle con vosotros y amadle como él os ama ya, porque os repito que es digno de vuestra gloria. Y no olvidéis su sagrado nombre: es el Soldado Desconocido.

—Y dale con el soldado desconocido... —murmuró para sí el soldado, que no alcanzaba a comprender esa obstinación en no mencionar, como ex profeso, su verdadero nombre.

El Señor se había retirado. Solitarios o en grupo, los héroes vagaban sin prestar la menor atención al nuevo habitante, afectando con una naturalidad verdaderamente heroica no mirar, ni ver, ni siquiera darse cuenta de la presencia entre ellos del soldado desconocido.

Nosotros, desde este bajo mundo y cargados de prejuicios, apenas nos atreveríamos a disculpar aquella glacial indiferencia de héroes. Pero si meditamos que el menos conocido de aquellos paseantes se llamaba Napoleón, y el más disimulado, Alejandro, comprenderemos el helado orgullo de aquellos héroes ante la torpeza y actitud soslayada del intruso.

El soldado desconocido iba despacio de aquí para allá sin buscar contacto con sus hermanos, y apartándose con presteza del paso de los héroes. Volvíase a veces y los seguía con los ojos, concluyendo siempre con el mismo sacudimiento de cabeza y la misma pregunta:

—Daría mi encendedor por saber qué tipos son éstos...

Del otro lado de la avenida, los héroes se volvían a su vez para mirarle, y su expresión inicial de asombro concluía siempre con una sonrisa sarcástica y convulsiva.

Pasaron así unos días, hasta que la altivez herida desbordó por fin de boca de los héroes.

—¡Señor! —expuso uno de ellos ante Dios, cuando todos los héroes y el soldado desconocido estuvieron en su presencia—. ¡Señor! No estamos contentos. Nuestro mutuo amor ha fenecido. Nos reconocemos culpables ante ti, Señor. ¡Castíganos!

Y el héroe dejó caer la cabeza sobre el pecho. Dios lo contempló un instante.

¡Tú, culpable, hijo mío!... —murmuró—. Bien por ti. ¿Pero tus hermanos?

La alta mirada de Dios paseó en vano por el grupo de los héroes: todos habían bajado también la cabeza.

—Habla, hijo mío —reanudó el Señor—. ¿De qué te acusas?

—De orgullo.

—¿Y tus hermanos?

—De lo mismo.

—¿Dónde ves la culpa?

—En ése... —señaló el héroe con el mentón hacia el soldado desconocido. No podemos amarlo...

El Señor sonrió levemente observando al soldado, que se mantenía inmóvil, los pies juntos, sin otra vida que el campesino recelo de sus ojos ante aquel segundo tribunal.

—No tiene ciertamente aspecto heroico... —murmuró Dios para consigo mismo. Pero a pesar de ello el héroe oyó la voz del Señor. E irguiéndose:

—¡Señor, no es por eso! ¡Ni yo ni mis hermanos hemos supuesto nunca afrentar a... ése, por su vestimenta! ¡Es por nosotros mismos, Señor! ¡El nombre del más oscuro de entre nosotros hace vibrar todavía el alma de los hombres. Y ése que nos diste a amar como un hermano predilecto, ése... es un desconocido!

El soldado aludido no comprendió tampoco esta vez de qué se trataba, bien que el altivo gesto del héroe hacia su persona, no le presagiara nada bueno de todo aquello. Y se consoló con remover las mandíbulas, mascando entre dientes un ilusorio tabaco.

Pero Dios acababa de extender la diestra hacia el ámbito celestial, y en un segundo se hicieron visibles las almas de los elegidos. Y dirigiéndose al héroe que proseguía pálido de orgullo; ante la omnipresencia de sí mismo y del cielo entero, la voz del Señor habló así:

—¡Hijo mío, tampoco yo estoy contento! Hace breve tiempo os ofrecí un nuevo hermano que os recomendé calurosamente. Ha sufrido mucho —os dije— porque mucho amó. Éstas fueron mis palabras. Y os recomendé finalmente: No olvidéis nunca su nombre: Es el Soldado Desconocido.

A ti te pregunto ahora, y lo mismo a todos vosotros: ¿Qué habéis hecho de vuestro hermano? Os lo di herido de dolor, y me lo devolvéis herido; os lo di parco de palabra, y me lo devolvéis mudo. Os pregunto de nuevo: ¿Qué habéis hecho de él? ¿Qué habéis hecho de vosotros mismos?

Ni uno solo de vosotros adivinó lo que se ocultaba bajo su humilde envoltura. Amadle mucho, os dije; y le habéis despreciado. Aprended de memoria su nombre, os repetí, y le habéis negado ante vuestro Señor. Pues bien, oídme ahora, porque el clamor de vuestro orgullo ha llegado hasta mí.

Todos vosotros, sin excepción, habéis conocido el significado supremo de la palabra heroísmo, y el arrullo que en el alma producía vuestra propia voz, al cantaros al oído: ¡héroe! Todos fuisteis héroes ante vuestros soldados, ante vuestros ejércitos y vuestras patrias. Pero ante todo, fuisteis héroes ante vosotros mismos. Ved al Soldado Desconocido —os anuncié—. Es héroe a la par de vosotros. Voy a deciros ahora en qué ha consistido su heroísmo.

Ese soldado sin nombre no tuvo vuestra ardiente noción de la patria, y sus goces supremos. No supo tal vez leer ni escribir, y con seguridad su frente no se alzó del azadón a meditar un solo segundo de las horas de su vida. ¿Qué ganábais vosotros llevando vuestras huestes al asalto? La libertad de la patria... y el susurro de gloria al oído. ¿Sabéis lo que en cambio ganaba ese soldado? La muerte. Esto solo y nada más. Dio su vida por la patria de un modo tan anónimo, rápido y oscuro, como la brusca mancha de su casaca, y la bala que lo mató. Por eso su nombre es desconocido.

El soldado entretanto había cesado de remover la mandíbula y miraba fijamente al Señor. Comenzaba a comprender.

—Pero vosotros —continuó el Señor— queríais a toda costa saber su nombre. Os lo diré, pues. Es el profundo y oscuro amor a la patria, a la libertad del suelo besado, a sus leyes, a su tradición; el sentimiento salvaje e irrazonado del sacrificio ante el inmenso altar de la sangre nativa; el impulso sordo y ciego hacia la frontera; la fuerza fúnebre, e inconfundible con ninguna otra, que rompe al abrazo de la madre enferma, de la esposa enloquecida, de los débiles hijos destinados a morir de desamparo. Grito de la tierra, de la madre, de la esposa, de los hijos: éste es el arrullo de gloria que acompañó al soldado desconocido. Fue contento...

El Señor se detuvo: los ojos del soldado, que se habían ido abriendo conforme la elocuencia divina ascendía, reían ahora. Sus hombros, su cuerpo entero reían; la risa pesada y continua de campesino que acaba de comprender.

—No es cierto... no es cierto.

Dios contempló un largo rato a sus héroes contritos, y miró luego con triste ternura al soldado desconocido.

—Pero tú salvaste a tu patria, hijo mío... —agregó Dios dulcemente.

El soldado, sin dejar de reír, hizo al Señor una guiñada.

—¡Y tenías mujer e hijos!

Nueva guiñada.

—¡Y los abandonaste a la miseria y al hambre, por la patria!

Por primera vez el soldado desconocido abrió la boca:

—¡Ya lo creo! Si me quedaba con ellos me fusilaban.

ARGUMENTO PARA UNA NOVELA*

Hay individuos cuya pobre existencia cambia de golpe al contacto de una mujer. Otros cambian al encuentro de un billete de lotería. Y otros, al encuentro de un automóvil.

Son éstos los afortunados de la vida, los que la restablecen definitivamente, y los que la pierden con igual éxito. Pero no sólo ellos gozan del privilegio. Para todos, el gran reloj de la existencia ha tenido o tendrá su cuarto de hora de venturosa detención. Algunos, muy advertidos, se precipitan a detener las manecillas por un cuarto de hora más. Otros, más advertidos aún, comienzan a silbar y cierran los ojos durante todo el cuarto de hora. Y luego prosiguen su vida, como si nada hubiera pasado. Suelen ser éstos los más listos.

Pero, por bajo de estos hombres de fortuna, existe la multitud de soñadores precoces o tardíos, los trabajadores exhaustos y los esforzados sin fuerza, que fían sus últimas esperanzas al cuarto de hora redentor.

Así, el mal abogado, el mal inventor, el mal poeta, el mal cirujano, todos los que consagraron sus pobres fuerzas al servicio de las leyes, de la imaginación, de la poesía y de la mecánica, detiénense un día a mirar radiosos el reloj. Lo han visto detenerse. Contemplan a la humanidad desde incomensurable altura, pues sienten en sí la llama del genio.

¿Qué causas provocan esta súbita euforia? A veces, viejas enfermedades de mezquino nombre, y otras veces enfermedades de católica difusión, como la parálisis general. En ocasiones, basta la presencia de una bella mujer, sobre todo si no es la esposa. Pero hay casos más nimios y desviados, cuya anotación, precisamente, constituye el argumento que nos sirve de título.

Un ejemplo: Todos conocemos al señor X. Y. Este señor X. Y. goza de profunda simpatía en su barrio, en el barrio de enfrente, entre sus innumerables relaciones, y hasta en su propia casa.

Es un hombre de bien. No tiene sino un defecto, un solo defecto; pero fuerte, en la ruda lucha por la vida, para contrarrestar las nobilísimas cualidades de un hombre de bien. El señor X. Y. se cree poeta.

Este señor escribe desde los catorce años. Ha llenado de versos en su primera juventud: «La Lira de Almagro», «El Picaflor de Flores», «El Búcaro de Balvanera», sin que los respectivos municipios recuerden otra cosa que el nombre del autor. En su edad madura ha colaborado en todas las revistas de Buenos Aires, sin lograr tampoco que en las respectivas administraciones lo reconozcan cada vez que llega hasta ellas.

¿Y los colegas? ¿Y el mundo externo? Pena da decirlo, pues de todos modos, somos sus colegas: de nadie, ni de sus amigos más íntimos, ni de su triste propia esposa, ni del maestro particular de sus chicos, ni siquiera de los directores de periódicos que al fin y al cabo publicaron sus versos, jamás de nadie recibió un pláceme, ni una voz de aliento, ni el más soso y vago cumplido.

Hay destinos así; el de nuestro hombre de bien es uno de ellos.

El divino cuarto de hora, sin embargo, acaba de sonar para él. Y no suena en falso, pues ni le amenaza parálisis general, ni su mujer vive ya.

Hace dos meses, día por día, el señor X. Y. ha venido a visitar esta casa. Con una sonrisa encantadoramente triunfal, hasta un principio de lagrimeo, deja un artículo sin decir una palabra, y se retira.

---

* Apareció en *Atlántida*, Buenos Aires, año VII, marzo 13, 1924.

Artículo, no versos. En dicho artículo se pasa revista a la obra inicuamente olvidada del poeta X. Y. Un gran poeta, cuyo orgullo lo ha mantenido treinta años alejado de las camarillas distribuidoras de gloria, y para quien brilla por fin la justicia. Firma el artículo un desconocido —un joven, probablemente.

He aquí el caso: el señor X. Y. ha hallado un admirador. Y virginalmente desinteresado, pues el poeta no es rico, ni miembro de comité alguno, ni diputado, ni jefe de departamento, ni ministro, ni presidente de república alguna. Es simplemente poeta.

¡Ay! Nuestra pena es mayor, pero archivamos el artículo.

Un mes más tarde nos llega por correo un poema en verso libre, cuyo comienzo dice así:

«...... *(A X. Y., poeta)*
¡Poeta! Aunque la chusma vil
del elogio, y los turiferarios del éxito
sórdido
callen tu nombre...»

De nuevo, firma un desconocido. Y joven también, a ojos vista.

¿Qué pasa? ¿De dónde y por qué esta fogosa insistencia en rehabilitar a un pobre y oscuro poeta sin fortuna?

Hemos encontrado varias veces al poeta. Nada le queda de su aspecto de simple hombre de bien: ante nosotros se yergue el literato triunfal.

Ya se ve: le conocemos tan sólo dos admiradores; pero deben pasar de cien sus devotos. Y así se cumple lo que ya anotamos: tarde o temprano, más temprano o más tarde, el pobre trabajador recibe su paga en gloria.

Uno de nosotros —yo en este caso— lleva su intriga hasta acompañar al señor X. Y. a su casa. Allí adentro —me digo— debe estar el secreto de este absurdo.

No hay tal absurdo. Allí dentro he visto, tomando té, a dos jóvenes con aspecto de *souteneurs*, que llaman maestro al dueño de casa. Son, a todas luces, los autores de artículo y poema. Pero lo que sobre todo he visto, es la belleza de la hija del poeta.

Es apenas núbil. Hace seis meses, llevaba aún las medias cortas. Hoy, le excita admiradores a su pobre padre.

Hace de esto quince días. Esta mañana encuentro al señor X. Y. en la calle, y mi asombro es grande ante el agobio de su actitud y su mirada.

—¿Y esos versos? —le digo. Después de un largo silencio, responde con voz quebrada:

—No he escrito... Ya no escribo más...

Me acuerdo entonces de su hermosísima hija.

—¿Y su chica? —le pregunto. El señor X.Y. sacude esta vez la cabeza y me da la mano temblando:

—Se fue de casa... —responde, alejándose agobiado.

Claro. Con uno de sus admiradores.

Pero lo que ignoro es qué lloraba más el pobre oscuro poeta: si su tierna hija, o las mucho más tiernas ilusiones que se forjó un día sobre su propio valer.

Y para un escritor psicólogo, recién aquí comienza la novela.

SU CHAUFFEUR*

LO ENCONTRÉ en la barranca de Pino, haciendo eses con su automóvil ante la Comisión Examinadora de tráfico.

—Aquí me tiene —me dijo alegremente, a pesar del sudor que lo cubría—, enredado en estos engranajes del infierno. Un momento, y concluyo. ¡Vamos! ¡Arre!

Yo no le conocía veleidades automovilísticas, ni tampoco otras, fuera de una cultura general que disimulaba risueñamente bajo su blanca dentadura de joven lobo.

—Ya concluimos. ¡Uf! Debo de haber roto uno o dos dientes... ¿No le interesa el auto?... A mí tampoco, hasta hace una semana. Ahora... ¡Buen día, compañero! Voy a limpiarme los oídos del ruido de los engranajes.

Y cuando se iba con su automóvil, volvió la cabeza y me gritó sin parar el motor:

—¡Una sola pregunta! ¿Qué autor está en este momento de moda entre las damas de mundo?

Mis veleidades particulares no alcanzan hasta ese conocimiento. Le di al azar un par de nombres conocidos.

—...¿Y Tagore? Perfectamente.

—Agregue Proust —agregué después de un momento de reflexión—. Bien mirado, quédese con éste. ¿Para qué quiere a Proust?

Se rió otra vez, echando mano a sus palancas por toda despedida, y enfiló a la Avenida Vertiz.

Dos meses después hallábame yo en el centro esperando filosóficamente un claro en la cerrada fila de coches, cuando en un automóvil de familia tuve la sorpresa de ver a mi chauffeur, de librea, hierático y digno en su volante como un chauffeur de gran casa.

Creí que no me hubiera visto; pero al pasar el coche, y sin alterar la línea de su semblante, me lanzó de reojo una guiñada de reconocimiento, y siguió imperturbable su camino.

Yo hubiera concluido por hacer lo mismo con el mío, si un instante después no me saludan con la mano en la visera, y me cogen del brazo. Era mi chauffeur.

—Tenemos veinte minutos para charlar —me dice—. Entremos en esta lechería... Lo que menos se imaginaba Ud. era verme así, ¿eh? Le voy a enterar de una porción de cosas, porque no bastan la guiñadita que le hice y este banquete, para pagarle lo de Proust. ¿Se acuerda Ud? Bien. Yo me acuerdo de que le debo la aventurilla de estos dos meses, y el motivo de haberla emprendido. Empezaremos por el principio. Y comienzo:

Yo tenía, desde mi llegada a Buenos Aires, una debilidad más grande que por el automóvil, por las chicas de mundo. Tenía también la certidumbre de que tales chicas sólo son accesibles a dos categorías de hombre: a sus iguales en ambiente, y a los hombres de su servicio. Ningún otro mortal puede tratarlas asiduamente. Yo no esperaba, bien entendido, que la charla de una chica de mundo pudiera reservarme sorpresas. Pero hay el demonio del paraíso reservado, el lujo de las ropas, la impertinencia consentida, qué sé yo. Para tratarlas de igual a igual, no me sentía con fuerzas. Entonces resolví entrar a su servicio.

---

* Originalmente en: *La Nación*, Buenos Aires, abril 5, 1925.

Según Enrique Amorim: «Quiroga era insolente cuando le tomaba fastidio a alguien. Nunca quiso a Victoria Ocampo. Jamás colaboró en *Sur*. Un cuento que se titula «Su chofer» (*sic*) tiene espinas que quizás la directora de la revista nunca acusó como pinchazos dirigidos a su persona» (en: *El Quiroga que yo conocí*, Montevideo, Arca, 1983, pp. 24-25). «Este testimonio de un amigo muy próximo, en el último decenio de la vida del escritor, confirma su enfrentamiento con la joven generación argentina que emerge hacia 1925 (*circa*). Datos escritos complementarios pueden leerse en la «Noticia preliminar» a *Más allá* y en la segunda parte de la tercera sección del Dossier, así como en «Ante el tribunal».

Desde el primer instante, pensé en el automóvil. El chauffeur mira y admira a la par de las niñas. Sufre a veces su contacto en la dirección. Todo bien pensado, me decidí por el oficio. Y en tal aprendizaje me halló Ud., rompiendo engranajes en la barranca de Pino.

Pero no basta ser chauffeur de una chica de mundo para interesarle. Se requiere el misterio de la contradicción entre el oficio y el hombre, del mismo modo que los niños bien logran dar algún interés a su charla, pasando por revolucionarios. La contradicción, en mi caso, consistiría en aprovechar la primer coyuntura para sembrar la inquietud a mi respecto.

Las chicas de mundo se interesan a su modo por las cuestiones de arte. Una sacudida literaria, el temible alborozo de tener a su servicio a un universitario —humillarle un poquito y coquetear con él otro poquito— me pareció lo más eficaz dentro del género. De aquí mi pregunta aquella, y su recomendación de Proust, que bendigo en lo que se merece.

Obtuve, pues, la plaza descada. ¿Vio la cara de las chicas en el coche? Es la primera vez que he tenido suerte, suerte francamente acordada, de palma a palma de mano.

La hermana menor es una pobre cosa, aunque cree a su sangre azul y lee a Ronsard de memoria. La mayor, con su salud plebeya, sus ojos de incendio, y su carne dolorida por el golpear sin tasa de las miradas, es mucho más interesante.

Ésta fue el blanco elegido. Por algún tiempo no hallé ocasión propicia. Las chicas iban, salían y volvían con otras, siempre a mis espaldas, como si yo no existiera. Me daban órdenes mirando al radiador, y apenas si en las tres o cuatro primeras palabras que respondí desde la portezuela, me habían lanzado una breve ojeada.

Por mi parte, me libraba bien de excitar sospechas, cosa tanto más fácil cuanto que la conversación de las chicas pocas veces se prestaba a disquisiciones de arte puro.

Así las cosas, mis niñas y un par de amigas se alzaron una tarde conmigo a asolearse y comer tonterías en la costa del río. No había allí otra persona de servicio que yo. Máximo aquí, Máximo allá, yo llevé los almohadones, traje agua, y esperé de pie nuevas órdenes.

Las chicas se conocían de ayer. Por esto sacaron a brillar sus luces intelectuales, discutiendo arte en francés. En medio de esto, las voces se cortaron de golpe cuando, a compás del thermo que yo deponía entre ellas, dejé caer, a propósito:

—...Si es posible contar con Proust.

Proust no había sido nombrado aún. El chauffeur, envarillado y absurdo entre los mil pliegues de sus breeches, era quien acababa de citarlo. ¿Comprende Ud? ¡A Proust!

Yo estaba de nuevo junto a la rueda del coche, secándome tranquilo las manos. Las chicas no volvían de su sorpresa.

—¿Pero fue él? —insistía con voz baja y angustiada.

—¡Máximo! —me preguntó en el silencio mi niña mayor—. ¿Fue Ud. el que nombró a Proust hace un momento?

—Sí, niña —respondí.

—¿Ud. lo ha leído? —prosiguió ella.

—No, niña —contesté yo.

Breve pausa en el corro.

—¿Y cómo lo cita, entonces? —reanudó mi chica.

Yo entonces dejé el trapo y respondí con el más insolente respeto:

—He visto su nombre en una vidriera...

Y torné a mi coche. Pero yo me restregaba las manos en mi interior. El gran salto estaba dado. Con menor contraste que el de mi librea y ese zonzo de Proust —y Ud. perdone—, un millón de mujeres han perdido su alma de curiosidad.

Volvimos. Las chicas charlaban ahora en criollo corrido, y con evidente recelo.

Al día siguiente, cuando los patrones subían al coche, advertí su mirada imquisitorial a mi semblante. Las muchachas debían de haberlos informado del caso. Por el espacio de varios días se me buscó la boca. Yo, como si nada oyera. Me dejaron en paz, por fin. Todos, menos mi chica mayor.

Yo creo que se forjaba la ilusión de que mi espalda era un espejo para mirarse. La llevé sola a varias partes, y a propósito de cualquier cosa trató de despegar mis labios. Lo consiguió, pero no quedó contenta. ¡Figúrese! ¡Echar a perder mi magnífica posición, satisfaciendo prematuramente su curiosidad!

Después quiso aprender a manejar el automóvil. Le di la dirección, y por algunos días estuvimos al lado, con mis guantes sobre los suyos en el volante, y cayendo ella sobre mí en los virajes. Se reía mucho de su torpeza, y se cansaba a menudo, pidiéndome entonces explicaciones, con los ojos bien puestos en los míos.

Hay mujeres a las que es necesario exigir todo, pues si se entregan una parte no conceden nada más. De éstas era mi chica. Ningún sismógrafo adaptado al caso hubiera acusado el menor temblor de mi mano sobre la suya. Y esto la enervaba, como dicen ellas en francés.

Soporté asimismo un cuestionario sobre mis preferencias amatorias, o por esta mucama, por la otra o la de más allá, o por cualquier otra persona, en fin, cuya posesión constituyera para mí un ideal... inalcanzable.

Respondí a todo con la brevedad y el tranquilo respeto de quien se siente a resguardo de cualquier sospecha.

Un día, en plena carretera, el motor se descompuso. Mientras yo estaba bajo él, mi chica me dijo:

—Máximo: ¿qué haría Ud. si yo de golpe pusiera en marcha el motor?

Yo le respondí:

—Posiblemente moriría.

—Y no se perdería gran cosa, ¿verdad, Máximo?

—Nada, niña —afirmé yo.

—Entonces... ¡Atención! ¡Embrío!

—Cuando guste, ni...

Pero no pude concluir, porque el demonio había embriado, en efecto, y el cárter había estado a punto de aplastarme.

—¡Máximo! —oí su voz alterada—. ¿Le he hecho daño?

—Ninguno, niña —contesté, prosiguiendo el ajuste.

Ella lo comprendió así por el ruido de las llaves; y tras una pausa, desde el volante se echó a reír diciendo:

—Ud. perdone, chauffeur... Creí que era de otra pasta... Prosiga tranquilo con su maquinita...

Yo proseguí, en efecto, y cuando hube dejado en forma el motor, me quité el overol, me lavé concienzudamente las manos, y saltando a la dirección hablé a mi chica en estos términos.

—Ahora, señorita, ha llegado el momento de explicarnos. Desde hace un mes largo, Ud. me viene provocando de todos modos y en todas formas. Sin consideración alguna por la librea que visto. Hasta hoy no he conocido una mujer capaz de burlarse de mí: y Ud. es muy poca cosa para intentarlo con éxito. En consecuencia, le voy a dar la lección que merece y ojalá le sirva de provecho.

Y sin que tuviera fuerzas ni tiempo para evitarlo, la tomé en los brazos, besándola a mi gusto.

Cogí de nuevo el volante, y enfilé el coche a setenta kilómetros, sin apartar los ojos de la carretera. La chica, entre tanto, me insultaba, llorando de rabia, con un vastísimo repertorio. «Inmundo» y «chusma» son sus vocablos más dulces.

Dos eventualidades iba corriendo yo con el automóvil: que la chica enterara del caso a su padre, y que me cobrara odio. Como Ud. bien comprende, las dos podrían resumirse en la última. Y no era de esperar.

Antes bien, afiancé mi situación, pues como en los días subsiguientes la chica no hallara tono bastante duro para darme órdenes, aproveché la ocasión en que ella descendía sola, para decirle con la mano en la gorra:

—Le advierto, señorita, que si la primera vez que Ud. me hable no baja el tono, abandono su servicio enseguida.

¿Audaz, verdad? ¡Y aquí tiene el resultado. Continúo de chauffeur. En esto estamos. Nada más ha pasado. Yo descanso. Ella... se cansa. ¿El final de todo esto? Allá veremos. Y ahora, hasta otro momento. Vuelvo al coche. Felicidad, y gracias de nuevo.

Un mes más tarde, las vicisitudes de la vida me llevaban a una reunión de mundo. En un rincón y rendidísimo con una madura y sólida chica, percibí a mi amigo el chauffeur. Me hizo una seña al distinguirme, y rato después venía a mi lado con su blanca sonrisa de lobo.

—¡Encantado de hallarlo, le juro! ¿Le extraña verme aquí? Pero esta no es una librea. Estoy de nuevo en funciones particulares. Sí, abandoné la plaza. La vida de servicio es dura. Se suman en el día unas cuantas cositas. ¿Quiere el remate del día? Va Ud. con su motor en falla al taller recomendado. Examen, tal y tal. ¿Cuánto? Cuatrocientos pesos. Ud., chapetón, salta. El mecánico se vuelve a reír con los otros. Son doscientos para él; los otros doscientos para Ud. Ahora soy libre de nuevo.

—Y se consuela bastante rápido de sus amores —advertí.

—¿La chica con quien hablaba? Es ella misma. Sólo que ahora la cortejo de igual a igual. Es toda una historia. Ya lo enteré del temperamento de la niña ¿no? Es de aquellas a quienes no se puede conceder armisticio. Deben rendirse, con todos los honores, pero a discreción. Mi chica insistía en aprender el manejo, y mi situación en el volante se tornaba insostenible. Sus manos se crispaban bajo mis guantes, y en los virajes, el polvo y sus cabellos caían sobre mi cara por igual.

Un día me tomó las manos sobre el volante, a trueca de lanzar el coche alcantarilla abajo.

—¡Máximo! —me dijo—, ¿por qué es Ud. así conmigo?

Yo respondí:

—No creo que tenga Ud. quejas de mi servicio, niña.

—¿Pero Ud. es idiota, o qué es? —agregó ella.

Yo no contesté, y enderecé el auto. ¿Ud. comprende lo que hubiera pasado? Un beso, dos, tal vez tres. Y así eternamente alrededor del vivero.

Abandoné, pues, el servicio. La he buscado en otro ambiente, como Ud. acaba de ver, y hablamos a menudo.

Pero no hay solución para nosotros. Creo que ella estima lo suficiente a su ex-chauffeur, como para saltar por sobre dos o tres prejuicios. Yo le he dicho: —Gracias. No me vendí al mecánico, y menos a los millones de mi patroncita.

Tal es, al presente la situación. Vuelvo otra vez con ella, a ver si juntos hallamos una solución salvadora. Ciao, y no olvide que cuando quiera aprender el manejo tiene a su disposición mi autito de Pino.

Un mes más tarde, en circunstancias semejantes a la anterior, torné a ver a mi amigo; pero estaba vivamente contrariado.

—¿Bien, Ud.? Me alegro. Ojalá pudiera yo decir lo mismo... Allí está, la ve Ud., con un semblante como el mío. No haga jamás, por Dios, tonterías superiores a sus fuerzas, por grandes que sean. Yo creí inmensas las mías, y estoy fundido. Soy yo ahora, ¿entiende Ud.?, el que daría la vida por un beso. Adiós.

—¿No vuelve otra vez con su chica? —le dije.

—¿A qué? —se volvió él—. No sé de otra cosa que hacer que esta: ¡volar todos los automóviles y los chauffeurs en una sola bomba!

Y se fue.

Han pasado siete días. Ayer, al detenerme en la esquina, veo pasar en un gran automóvil de lujo a la chica en cuestión, hundida en los cojines como quien va saboreando una gran felicidad. Vuelvo los ojos a la dirección, y advierto en el volante a mi chauffeur.

Esta vez no me ha visto. Sonrío al recuerdo de sus inquietudes, y los sigo con los ojos hasta que se pierden de vista.

—He aquí a un hombre —me digo yo también satisfecho— que ha hallado por fin la solución de su problema.

DOS HISTORIAS DE PÁJAROS*

—Yo LE VOY A contar a usted esto mismo —me dijo el plantador—: dos historias de pájaros. Después de ellas comprenderá Vd. en gran parte lo que está viendo.

Lo que yo veía era un tendal de preciosos pajarillos, rigurosamente envenenados por el hombre que me hablaba. Sus cadáveres salpicaban como gotas de sangre toda la extensión de los almácigos de yerba. Noche a noche el plantador, con su linterna eléctrica, distribuía los granos envenenados, no sólo en los canteros, sino por la quinta de frutales, en el jardín mismo, donde no es presumible que las avecillas de color púrpura hicieran daño alguno.

Hasta donde alcanzaba el poder de aquel hombre, su plantación era un cementerio de pájaros. Por todas partes se veía sus cadáveres desplumados por el viento, y más o menos secos, según que el sol o las hormigas del país se hubieran anticipado a la descomposición.

Todas las madrugadas la plantación entera trinaba melodiosamnte como en una aurora de paraíso. Pero al salir el sol, aquella aurora melodiosa se abatía fulminada en lluvia de sangre.

—Esto mismo —repitió el hombre, contemplando tranquilo la matinal hecatombe que yo miraba mudo—. Yo también sentía lo que siente usted ahora ante este espectáculo, y juraba que una casa sin niños, una tierra sin flores y una aurora sin pájaros, son la desolación misma. Para los individuos en mi caso, creo hoy que las flores y los pájaros constituyen un lujo, así sea de la naturaleza, y sólo gozable con amor por las gentes ricas. El hombre pobre, y aquí sobre todo, no puede detenerse cuando ante el filo de su azada surge una voluptuosa azucena del monte, o una bandada de espléndidos pajarillos se asienta a escarbar sus almácigos regados con humano sudor.

Cuando no se disputa con otros la vida a la naturaleza, cuando los intereses de las especies no se encuentran, es fácil entonces pasmarse ante un pote con granos al arsénico o harinas al cianuro...

Pero cuando yo vine aquí a plantar yerba, y trabajé como un bruto preparando la tierra para los almácigos y regando como es necesario regar aquí cuando la fatal seca de primavera esteriliza todo esfuerzo que no sea enorme, entonces nadie me dijo que las tucuras, las hormigas, los grillos, los grillos-topo y la sequía misma son para el plantador albricias comparadas con estos divinos pájaros. Todas las mañanas surgían del pajonal del río en bandadas inmensas, y era una delicia verlos saludar al sol y al hombre mismo, revolando sobre su plantación. Pero donde abatían su vuelo a escarbar y comer las semillas de yerba, no quedaba por delante de aquel hombre sino la miseria.

Al venir aquí yo me había informado personalmente de la calidad de las tierras. Pregunté si había alguna plaga particular de la región, fomentada por el pajonal y sus fiebres. Se me dijo

---

* Publicado en *La Nación*, Buenos Aires, noviembre 20, 1927.

que no, fuera de las víboras, lo que me interesaba como plantador. En cambio, poseía la zona como ventajas inapreciables la lenidad de las heladas y el agua a mano.

A propósito de víboras: cuando el Ñacanguazú baja velozmente en pos de una gran crecida, deja islotes poblados de alimañas que se han refugiado allí. En una de estas ocasiones encargué a un muchacho que me macheteara cierto pajonal que había emergido constantemente de las altas aguas. Media hora después fui allá y hallé al chico con tres o cuatro víboras muertas alrededor.

—Mucha víbora —observé.

—No tantas —me respondió sin mirarme ni suspender su tarea.

Mucho antes de almorzar lo vi regresar, e inquirí la causa.

—Demasiadas víboras... —dijo sólo.

Había muerto treinta y cuatro, y consideraba que ya eran bastantes víboras.

Bien. Esto es un incidente. Pero esas treinta y cuatro víboras encontradas en tres horas no me ofrecían la certidumbre de desastre que estos preciosos pajarillos. Y a la observación que me hace usted de por qué no cubro con tejido de alambre los almácigos, le responderé con franqueza que me he habituado a esta caza. Los pajarillos no escarmientan y prefieren la muerte a dejar quietas mis semillas. Por mi parte, yo no me canso tampoco de envenenarlos.

Y ahora la historia de otro pajarraco.

Éste fue traído del Brasil por un capataz de obraje, brasileño también, y ambos se hospedaron en el hotelito de la barra, donde yo me alojaba entonces mientras concluía de levantar el rancho en que nos hallamos. Fuera de las horas de comer y dormir, yo estaba siempre aquí. Y volvía cansado a comer, con dos leguas de marcha a pie para cada comida, y más cansado aún a dormir, entre el ruido de las ratas que volteaban todos los tarros de los estantes.

A pesar de esto, me uní a los tres días de la llegada del brasileño al grupo de plantadores que fueron a interpelarlo a propósito de su pájaro.

¿Ha oído usted golpear con un grueso marrón sobre un riel? Esto es lo que hacía el pájaro. No tenía más tamaño que un zorzal. Tenía las alas y el lomo negros y la barriga amarilla. Y pasaba todo el día quieto en un solo palito, de los tres que tenía en su jaula. Pero desde allí, constantemente, a todas horas y sin mover una sola pata, gritaba. Gritaba exactamente como si su pico fuera un martillo de acero, y nuestro oído, un riel vibrante.

No puede tener usted idea de lo que era aquel estruendo metálico durante el día y la noche, y que redoblaba al fuego del mediodía, cuando todo ruido enmudece asfixiado, hasta el de las chicharras.

No se podía vivir, y entramos en el cuarto del brasileño, que dormía la siesta en calzoncillos y con su baúl encima del catre.

—Venimos a rogarle —le dijimos— que haga el favor de sacar de aquí a su pájaro. Nadie puede dormir con sus gritos.

—Mi pájaro no grita, canta —respondió el hombre, con ambos pies desnudos cogidos entre las manos.

—Cante o grite, lo mismo da —repusimos—. Antes aquí se podía vivir. Ahora esto es un infierno.

—Donde yo estoy, está mi pájaro —repitió el hombre con igual altivez—. No queda otro como él en todo el Brasil.

—Por esto queremos que se vaya —insistimos nosotros.

Pero no hubo que hacer. El brasileño protegía a su pájaro y el hotelero a ambos.

Al día siguiente, mientras almorzábamos, uno de nosotros se levantó con un pan entero y salió al patio a estrellar al pájaro con jaula y todo. Pero su dueño, desconfiado, lo había entrado en su cuarto.

Decidimos entonces comprarlo entre todos, y tras largo regateo lo obtuvimos por doscientos pesos.

No querrá usted creer si le digo que entre catorce o quince hombres endurecidos por el trabajo llevamos entre todos al pájaro a la playa, y allí lo matamos.

¿Gente instintiva? ¿Cafard excitado por la lucha contra la naturaleza?, se preguntará usted. Ni una ni otro. Antes de responderse a sí mismo, oiga la historia del otro pájaro. El del brasileño gritaba, aunque su dueño se empeñara en que no. Verá usted ahora uno de otra especie.

Tengo esta historia de primera mano, y respondo de ella como del amigo que me la contó. Éste era un hombre que sentía estas cosas como usted, y se casó con una muchachita que las sentía más que él. No hallaron nada mejor para su viaje de novios que recorrer el Oriente, reviviendo al conjuro de su amor las civilizaciones muertas, pues nada hay en el pasado de que ellos no fueran capaces de arrancar una emoción de arte.

Detuviéronse en Grecia, bajo la brisa del mar Egeo, sonámbulos de amor y poesía, y a escasos kilómetros de Atenas alquilaron un chalet entre viñedos, por cuyas ventanas abiertas entraban de noche la luna y la sombra de los mirtos.

Como si su juventud, su dicha y el ambiente fueran poco, la primera noche un ruiseñor cantó. Cantaba solitario en el jardín, casi encima de sus cabezas y, menos feliz y más generoso que los amantes estrechados, lanzaba a la noche estéril su divino reclamo de amor.

No era éste el pajarraco del brasileño, ¿verdad? Cinco años después de esto mi amigo, con la voz todavía embargada, me contaba lo que fue aquella primera noche griega, casi de bodas, alentada por el canto del ruiseñor. Ambos se habían levantado y, de codos en la ventana, vieron elevarse ante ellos, desde el fondo de las noches clásicas, la gran poesía del pasado.

—¡Oh, si volviera esta noche! —decía a cada instante la desposada.

Volvió. Volvió el ruiseñor esa noche, y la otra, y todas las que siguieron, sin faltar una sola. Comenzaba a cantar a medianoche, cuando ellos comenzaban a coger el sueño, y enmudecía al rayar el alba, cuando ellos lo habían perdido.

¿Recuerda usted que entre quince hombres barbudos matamos al pájaro que golpeaba en un riel? Pues bien: al cabo de quince días mi amigo había agotado todos los medios y procedimientos conocidos para ahuyentar, cazar, fusilar y envenenar al suyo. Y era un ruiseñor.

Por esto, cuando le ofrezcan a usted el goce sin tregua ni fin que proporciona un pájaro —llámesele Beethoven—, recuerde el ruiseñor de las noches griegas. La sensibilidad a la belleza tiene un límite. Y tras él puede no hallarse sino el crimen.

UNA NOCHE DE EDÉN*

NO HAY PERSONA que escriba para el público que no haya tenido alguna vez una visión maravillosa. Yo he gozado por dos veces de este don. Yo vi una vez un dinosaurio, y recibí otra vez la visita de una mujer de seis mil años. Las palabras que me dirigió, después de pasar una noche entera conmigo, constituyen el tema de esta historia.

---

* Publicado en *La Vida Literaria*, Buenos Aires, año I, nº 1, julio 1928. Según Jorge Ruffinelli: «Esta es la segunda versión, muy modificada por su autor, del cuento «Las hijas de Eva» (*Plus Ultra*, nº 26, junio 1918). Constituye un buen ejemplo de los textos quiroguianos que exceden su naturaleza específicamente narrativa (...). Respecto a «Las hijas de Eva», «Una noche de Edén» establece algunas variantes de situación, no así de estructura del sentido último del cuento. La acción se desarrolla en Misiones, ya no en Buenos Aires, como ocurría en la segunda versión (...)» (en H. Quiroga, *Obras inéditas y desconocidas*, tomo V, Montevideo, Arca, 1968, p. 165).

Su voz llegóme no sé de dónde, por vía radioestelar, sin duda, pero la percibí por vulgar teléfono, tras insistentes llamadas a altas horas de la noche. He aquí lo que hablamos:

—¡Hola! —comencé.

—¡Por fin! —respondió una voz ligeramnte burlona, y evidentemente de mujer—. Ya era tiempo...

—¿Con quién hablo? —insistí.

—Con una señora. Debía bastarle esto...

—Enterado. ¿Pero qué señora?

—¿Quiere Vd. saber mi nombre?

—Precisamente.

—Vd. no me conoce.

—Estoy seguro.

—Soy Eva.

Por un momento me detuve.

—¡Hola! —repetí.

—¡Sí, señor!

—¿Habla Eva?

—La misma.

—Eva... ¿Nuestra abuela?

—¡Sí, señor, Eva sí!

Entonces me rasqué la cabeza. La voz que me hablaba era la de una persona muy joven, con un timbre dulcísimamente salvaje.

—¡Hola! —repetí por tercera vez.

—¡Sí!

—Y esa voz... fresca... ¿es suya?

—¡Por supuesto!

—¿Y lo demás?

—¿Qué cosa?

—El cuerpo...

—¿Qué tiene el cuerpo?

Bien se comprende mi titubeo; no demuestra sobrado ingenio el recordarle su cuerpo a una dama anterior al diluvio. Sin embargo:

—Su cuerpo... ¿fresco también?

—¡Oh, no! ¿Cómo quiere Vd. que se parezca al de esas señoritas de ahora que le gustan a Vd. tanto?

Debo advertir aquí que esa misma noche, en una reunión mundana, yo me había erigido en campeón del sentimiento artístico de la mujer. Con un calor poco habitual en mí, había sostenido que el arte en el hombre, totalmente estacionado después de recorrer cuatro o cinco etapas alternativas e iguales en suma, había proseguido su marcha ascendente de emociones en la mujer. Que en su indumentaria, en sus vestidos, en el corte de sus trajes, en el color de las telas, en la sutilísima riqueza de sus adornos, debía verse, vital y eterno, el sentimiento del arte.

Esto había dicho yo. ¿Pero cómo lo sabía ella?

—Lo sé —me respondió—, porque todos Vds. piensan lo mismo. Igual pensaba Adán.

—Pero creo entender —repuse— que en el paraíso no había más mujer que Vd...

—¿Y Vd. qué sabe?

Cierto; yo nada sabía. Y ella parecía muy segura. Así es que cambié de tono.

—Quisiera verla... —dije.

—¿A quién?

—A Vd.

—¿A mí?

—Sí.

—¡Ah!, es Vd. también curioso... Le voy a causar horror.

—Aunque me lo cause...

—Es que... (Y aquí una larga pausa)... no estoy vestida. ¿Comprende Vd.? En el fondo del espacio donde me hallo... Y además, soy demasiado vieja para no infundir horror... aun a Vd. Puedo sin embargo vestirme, si Vd. me proporciona ropas, con una condición...

—¡Todas!

—Oh, muy pocas... Que me lleve con Vd. a ver señoras bien vestidas... como se visten ahora. ¡Oh, condescienda Vd.!... Hace miles de años que tengo este deseo, pero nunco como... desde anoche. Antes nos preocupábamos muy poco del vestido... Ahora ha llegado la mujer al límite en el sentimiento del arte.

Mis propias palabras, como se ve.

—Desde ese oscuro fondo del tiempo y del espacio —argüí—, ¿cómo lo sabe Vd.?

—La serpiente de Adán, señor mío...

—¿De Adán? No, señora; suya.

—No, de Adán. De las mujeres son esas yararás que Vd. conoce, y una que otra serpiente de cascabel...

—*Crotalus terrificus* —observé.

—Eso es. Pero no son las víboras, sino el maravilloso vestido de la mujer de ahora lo que deseo ver. No puedo imaginarme qué puede ser ese arte sutil que enloquece a las personas como Vd...

Por segunda o tercera vez la ilustre anciana la emprendía conmigo. ¿Qué hacer? Yo podía proporcionar a mi interlocutora las ropas que esperaba de mí, y podía también proseguir la aventura que llegaba hasta mí desde el fondo de la eternidad, a través de un trivial teléfono.

Fue lo que hice. Coloqué a su pedido las ropas tras el biombo de la chimenea, y bruscamente surgió ella ante mí, envuelta hasta los pies en negro manto. Llevaba antifaz con encaje, y en las manos guantes negros. Yo podía haber presentido, de fijar un instante más los ojos en su silueta, lo que había en realidad de esquelético en aquella fosca aparición. No lo hice, y procedí mal.

Sin ver, pues, más que aquella decrépita figura, terriblemente arrepentido de mi condescendencia, salimos del escritorio, y media hora más tarde llegábamos a una casa de mi relación, cuyas tres hermosísimas chicas reunían esa noche a unos cuantos amigos.

Lo que fue toda esa sesión: mi presencia en compañía de una ilustre anciana que por razones de estado deseaba conservar el incógnito; la burlesca estupefacción de las chicas que charlaban sin perder de vista al fenómeno; los esfuerzos míos para alejar de la situación un ridículo inexorable; las sonrisitas cruzadas de las damas ojeándonos sin cesar a la momia y a mí —toda esa interminable noche fue mucho más larga de sufrir que de contar.

Regresamos a casa sin haber cambiado una palabra, ni en el auto ni en los instantes en que dejé el sobretodo sobre una silla, y el sombrero no sé dónde. Pero cuando me hube sentado de costado al fuego, sin mirar otra cosa que el hogar de la chimenea y disgustado hasta el fondo de mi alma, la dama, de pie, tomó entonces la palabra.

—Yo me voy, señor —me dijo—. Ni por mi situación ni por mi edad estoy en estado de permanecer más en su compañía, por grata que me sea, pues no soy desagradecida. He visto lo que deseaba, y me vuelvo. Pero antes de partir deseo que Vd. oiga algunas palabras.

Vds., los hombres, se han hartado de proclamar que la coquetería es patrimonio de las hijas de Eva —mía, si Vd. quiere— y que el mundo marcha mal desde que la primera mujer coqueteó con la serpiente... Yo podría aclarar este concepto, pero no quiero volver sobre una historia demasiado vieja... aun para mí. Puedo decir, no obstante, que el adorno, la coquetería en la mujer, era una cosa muy sencilla, pues no teníamos para coquetear más que la cabellera.

Después hubo otras muchas cosas... Pero a pesar de nuestra orfandad al respecto, algo pude hacer con mis 17 años... Vd. debe saberlo por la Biblia.

Pues bien: desde mucho tiempo atrás yo quería reencarnar en la vida contemporánea; mas era indispensable para ello, que viera cómo se visten las mujeres de ahora.

¿Qué podía hacer yo, con mi pobre coquetería del Paraíso, con mis escasos adornos de muchacha anterior al diluvio? Por esto, y desesperanzada ya de reencarnar por largo tiempo con una nueva vida, he tomado la determinación de hacerlo por unas breves horas, y he elegido las horas pasadas para ponerme en contacto con el escritor que me escucha... y con las señoritas que gustan a ese escritor.

Por lo poco que he visto, el mundo de Vds. ha progresado inmensamente en seis mil años, y hay ahora cosas admirables. Lo que no hay —óigame Vd. bien—, es progreso en el adorno de la mujer. Vds. lo creen así, porque dichos adornos cuestan dinero. En mi época, una chica estaba bien vestida cuando, a más de ser bella, llevaba en los cabellos flores o plumas de garza, tapados de pieles sobre los hombros, sartas de perlas en el cuello, y un abanico de grandes plumas en la diestra.

Hoy, señor enamorado, después de seis mil años de febril progreso, de incalculables esfuerzos de la inteligencia y del arte, de sutiles refinamientos estéticos, hoy las mujeres bien vestidas llevan, exactamente como en las edades salvajes, plumas en la cabeza, pieles en los hombros, piedras en el cuello, flores en la cabeza y grandes plumas en la mano.

¿Dónde está el progreso, quiere Vd. decirme? ¿Qué ha inventado de nuevo la mujer actual? ¿En qué revela su decantado refinamiento de arte?

¡Bah, señor! Vds. se dejan engañar a sabiendas, con su devoción feminista; pero salvo uno que otro detalle, la dama original y elegante de hoy debe recurrir fatalmente para su adorno a los miserables elementos del oscuro mundo primitivo: las pieles, las plumas, las piedritas que brillan.

Y no sólo no se ha conquistado nada, sino que se ha rebajado el valor de tales adornos. El valor de una piel sedosa está en la fatiga que ha costado el obtenerla. El amante primitivo que a costa de su sangre conquistó al animal mismo la piel para adornar con ella a su amada, consagró con ese precio el alto valor del adorno. Es bella la piel en los hombros de una muchacha porque el hombre que la amaba se desangró por conseguírsela. Éste es su valor, como el de una obra de arte cualquiera, que para ser tal debe dejar exhausto un corazón.

Hoy no es la muchacha más amada la que luce la piel, sino aquella cuyo padre tiene más dinero. Y volveré a la nada en que he dormido seis mil años, sin comprender cómo las amigas de Vd., y las otras y todas las mujeres de hoy, sienten tanto orgullo de lucir una piel que no ha conquistado el varón que aman, sino que han debido pagar muy caro al peletero; y sin comprender tampoco cómo Vds. los hombres no se mueren de vergüenza cuando se sienten orgullosos de ver a sus novias lucir un adorno que Vds. mismos han sido incapaces de obtener, y por el que otro hombre, también joven y buen mozo como Vds. dio todo su valor y su sangre en una cacería salvaje.

Sólo esto quería decirle. Ahora, señor, me vuelvo. Le he sido a Vd. demasiado cargosa con mi ancianidad y mis tonterías para que no conserve Vd. de mí ni el recuerdo...

Permanecí impasible, sin apartar los ojos del fuego.

—¿Quiere Vd., sin embargo, guardar un vago recuerdo mío? Lo autorizaría a Vd. a sacarme una fotografía...

Dijo; y sin hacerme rogar de nuevo, pues deseaba concluir de una vez con aquel atroz absurdo, me levanté, también sin mirar a la dama, volví con la máquina, y a toda prisa apreté el obturador.

¡Por fin! Eché una mirada salvadora al biombo que debía ocultarla de nuevo.

—¡Oh, esta vez no hay necesidad!... —murmuró ella—. Con que cierre Vd. un instante los ojos, basta...

¡Los cerré con rabia, y cuando los abrí no había ya nadie allí!

Aquí concluye la historia. Y lo que sigue no es sino un eterno remordimiento.

Al hallarme solo, me hallé también sin sueño por el resto de la noche. Y mitad por distracción, mitad por curiosidad fotográfica, revelé la placa.

¡Oh! ¿Qué razón no ha concebido a Eva desnuda como el cielo, virgen y hermosísima en la primera alba del Edén?

No una decrépita momia envuelta en negro: una criatura de 17 años, indescriptiblemente pura y curiosa, era lo que revelaba la fotografía. Y yo no había sabido verlo.

Al día siguiente, a las mismas altas horas de la noche, el teléfono sonó. Era ella.

Cuanto alcanza un hombre a expresar de remordimiento, lo expresé en mi largo discurso.

—¡Vuelva! —supliqué por toda conclusión.

—No puedo —repuso ella. Y más burlonamente aún:

—Estoy desnuda...

—Yo cazaré tigres para Vd...

—¿Vd., cazar tigres?... Vd. es un cazador de historietas y no siempre verosímiles... Pero le estoy muy agradecida, sin embargo. Y si alguna vez vuelvo...

La voz se cortó. No oí más. Ni al día siguiente, ni después, ni nunca, ha vuelto ella a llamarme a altas horas. Sólo me queda su retrato. Y cuando alguna vez lo enseño a un amigo, jamás se muestra él sorprendido.

—Muy lindo —me dice— pero es una copia.

—¿Copia?...

—Sí, de cualquier cuadro... Esas hermosuras del Edén no existen.

Así es, en efecto. Hace seis mil años que ella no existe. Pero más corpórea y cálida que la vida misma, ella vino una vez a mí y las puertas que tras el pasado velan por los caprichos sobrenaturales, han quedado entreabiertas...

LOS PRECURSORES*

YO SOY AHORA, che patrón, medio letrado, y de tanto hablar con los catés y los compañeros de abajo, conozco muchas palabras de la causa y me hago entender en la castilla. Pero los que hemos gateado hablando guaraní, ninguno de esos nunca no podemos olvidarlo del todo, como vas a verlo en seguida.

Fue entonces en Guaviró-mi donde comenzamos el movimiento obrero de los yerbales. Hace ya muchos años de esto, y unos cuantos de los que formamos la guardia vieja —¡así no más, patrón!— están hoy difuntos. Entonces ninguno no sabíamos lo que era miseria del mensú, reivindicación de derechos, proletariado del obraje, y tantas otras cosas que los guainos dicen hoy de memoria. Fue en Guaviró-mi, pues, en el boliche del gringo Vansuite (Van Swieten), que quedaba en la picada nueva de Puerto Remanso al pueblo.

Cuando pienso en aquello, yo creo que sin el gringo Vansuite no hubiéramos hecho nada, por más que él fuera gringo y no mensú.

---

* Publicado en *La Nación*, abril 14, 1929, p. 9, con una ilustración de Luis Macaya, en la única página que cubre el relato.

¿A Vd. le importaría, patrón, meterte en las necesidades de los peones y fiarnos porque sí? Es lo que te digo.

¡Ah! El gringo Vansuite no era mensú, pero sabía tirarse macanudo de hacha y machete. Era de Holanda, de allaité, y en los diez años que llevaba de criollo había probado diez oficios, sin acertarle a ninguno. Parecía mismo que los erraba a propósito. Cinchaba como un diablo en el trabajo, y en seguida buscaba otra cosa. Nunca no había estado conchabado. Trabajaba duro, pero solo y sin patrón.

Cuando puso el boliche, la muchachada creímos que se iba a fundir, porque por la picada nueva no pasaba ni un gato. Ni de día ni de noche no vendía ni una rapadura. Sólo cuando empezó el movimiento los muchachos le metimos de firme al fiado, y en veinte días no le quedó ni una lata de sardinas en el estanteo.

¿Que cómo fue? Despacio, che patrón, y ahora te lo digo.

La cosa empezó entre el gringo Vansuite, el tuerto Mallaria, el turco Taruch, el gallego Gracián... y opama. Te lo digo de veras: ni uno más.

A Mallaria le decíamos tuerto porque tenía un ojo grandote y medio saltón que miraba fijo. Era tuerto de balde, porque veía bien con los dos ojos. Era trabajador y callado como él solo en la semana, y alborotador como nadie cuando andaba de vago los domingos. Paseaba siempre con uno o dos hurones encima —irara, decimos— que más de una vez habían ido a dar presos a la comisaría.

Taruch era un turco de color oscuro, grande y crespo como lapacho negro. Andaba siempre en la miseria y descalzo, aunque en Guaviró-mi tenía dos hermanos con boliche. Era un gringo buenazo, y bravo como un yarará cuando hablaba de los patrones.

Y falta el sacapiedra. El viejo Gracián era chiquito, barbudo, y llevaba el pelo blanco todo echado atrás como un mono. Tenía mismo cara de mono. Antes había sido el primer albañil del pueblo; pero entonces no hacía sino andar duro de caña de un lado para otro, con la misma camiseta blanca y la misma bombacha negra tajeada, por donde le salían las rodillas. En el boliche de Vansuite escuchaba a todos sin abrir la boca; y sólo decía después: «Ganas», si le encontraba razón al que había hablado, y «Pierdes», si le parecía mal.

De estos cuatro hombres, pues, y entre caña y caña de noche, salió limpito el movimiento.

Poco a poco la voz corrió entre la muchachada, y primero uno, después otro, empezamos a caer de noche al boliche, donde Mallaria y el turco gritaban contra los patrones, y el sacapiedra decía sólo «Ganas» y «Pierdes».

Yo entendía ya medio-medio las cosas. Pero los chúcaros del Alto Paraná decían que sí con la cabeza, como si comprendieran, y les sudaban las manos de puro bárbaros.

Asimismo se alborotamos la muchachada, y entre uno que quería ganar grande, y otro que quería trabajar poco, alzamos como doscientos mensús de yerba para celebrar el primero de mayo.

¡Ah, las cosas macanudas que hicimos! Ahora a vos te parece raro, patrón, que un bolichero fuera el jefe del movimiento, y que los gritos de un tuerto medio borracho hayan despertado la conciencia. Pero en aquel entonces los muchachos estábamos como borrachos con el primer trago de justicia —¡cha, qué iponaicito, patrón!

Celebramos, como te digo, el primero de mayo. Desde quince días antes nos reuníamos todas las noches en el boliche a cantar la Internacional.

¡Ah!, no todos. Algunos no hacían sino reírse, porque tenían vergüenza de cantar. Otros, más bárbaros, no abrían ni siquiera la boca y miraban para los costados.

Así y todo aprendimos la canción. Y el primero de mayo, con una lluvia que agujereaba la cara, salimos del boliche de Vansuite en manifestación hasta el pueblo.

¿La letra, decís, patrón? Sólo unos cuantos la sabíamos, y eso a los tirones. Taruch y el herrero Mallaria la habían copiado en la libreta de los mensualeros, y los que sabíamos leer íbamos de a tres y de a cuatro apretados contra otro que llevaba la libreta levantada. Los otros, los más cerreros, gritaban no sé qué.

¡Iponá esa manifestación, te digo, y como no veremos otra igual! Hoy sabemos más lo que queremos, hemos aprendido a engañar grande y a que no nos engañen. Ahora hacemos las manifestaciones con secretarios, disciplina y milicos al frente. Pero aquel día, burrotes y chúcaros como éramos, teníamos una buena fe y un entusiasmo que nunca más no veremos en el monte, añamembuí!

Así íbamos en la primera manifestación obrera de Guaviró-mi. Y la lluvia caía que daba gusto. Todos seguíamos cantando y chorreando agua al gringo Vansuite, que iba adelante a caballo, llevando el trapo rojo.

¡Era para ver la cara de los patrones al paso de nuestra primera manifestación, y los ojos con que los bolicheros miraban a su colega Vansuite, duro como un general a nuestro frente! Dimos la vuelta al pueblo cantando siempre, y cuando volvimos al boliche estábamos hechos sopa y embarrados hasta las orejas por las costaladas.

Esa noche chupamos fuerte, y ahí mismo decidimos pedir un delegado a Posadas para que organizara el movimiento.

A la mañana siguiente mandamos a Mallaria al yerbal donde trabajaba, a llevar nuestro pliego de condiciones. De puro chambones que éramos, lo mandamos solo. Fue con un pañuelo colorado liado por su pescuezo, y un hurón en el bolsillo, a solicitar de sus patrones la mejora inmediata de todo el personal.

El tuerto contó a la vuelta que los patrones le habían echado por su cara que pretendiera ponerles el pie encima.

—¡Madona! —había gritado el italiano—. ¡Ma qué pie ni qué nada! ¡Se trata de ideas, y no de hombres!

Esa misma tarde declaramos el boycott a la empresa.

Sí, ahora estoy leído, a pesar de la guaraní que siempre me se atraviesa. Pero entonces casi ninguno no conocíamos los términos de la reivindicación, y muchos creían que don Boycott era el delegado que esperábamos de Posadas.

El delegado vino, por fin, justo cuando las empresas habían echado a la muchachada, y nosotros nos comíamos la harina y la grasa del boliche.

¡Qué te gustaría a Vd. haber visto las primeras reuniones que presidió el delegado! Los muchachos, ninguno no entendía casi nada de lo que el más desgraciado caipira sabe hoy día de memoria. Los más bárbaros creían que lo que iban ganando con el movimiento era sacar siempre al fiado de los boliches.

Todos oíamos con la boca abierta la charla del delegado; pero nada no decíamos. Algunos corajudos se acercaban después por la mesa y le decían en voz baja al caray: «Entonces... Me mandó decir el otro mi hermano... que lo disculpés grande porque no pudo venir...»

Un otro, cuando el delegado acababa de convocar para el sábado, lo llamaba aparte al hombre y le decía con misterio, medio sudando: «Entonces... ¿Yo también es para venir?»

¡Ah, los lindos tiempos, che patrón! El delegado estuvo poco con nosotros, y dejó encargado del movimiento al gringo Vansuite. El gringo pidió a Posadas más mercadería, y nosotros caímos como langosta con las mujeres y los guainos a aprovistarnos.

La cosa iba lindo: Paro en los yerbales, la muchachada gorda mediante Vansuite, y la alegría en todas las caras por la reivindicación obrera que había traído don Boycott.

¿Mucho tiempo? No, patrón. Mismo duró muy poco. Un caté yerbatero fue bajado del caballo de un tiro, y nunca no se supo quién lo había matado.

¡Y ahí, che amigo, la lluvia sobre el entusiasmo de los muchachos! El pueblo se llenó de jueces, comisarios y milicos. Se metió preso a una docena de mensús, se rebenqueó a otra, y el resto de la muchachada se desbandó como urús por el monte. Ninguno no iba más al boliche del gringo. De alborotados que andaban con la manifestación del primero, no se veía más a uno ni para remedio. Las empresas se aprovechaban de la cosa, y no readmitían a ningún peón federado.

Poco a poco, un día uno, después otro, los mensús fuimos cayendo a los establecimientos. Proletariado, conciencia, reivindicación, todo se lo había llevado Añá con el primer patrón muerto. Sin mirar siquiera los cartelones que llenaban las puertas aceptamos el bárbaro pliego de condiciones... y opama.

¿Que cuánto duró este estado, dice? Bastante tiempo. Por más que el delegado de Posadas había vuelto a organizarnos, y la Federación tenía en el pueblo local propio, la muchachada andábamos corridos, y como avergonzados del movimiento. Trabajábamos duro y peor que antes en los yerbales. Mallaria y el turco Taruch estaban presos en Posadas. De los de antes, sólo el viejo picapiedra iba todas las noches al local de la Federación a decir como siempre «Ganas» y «Pierdes».

¡Ah! El gringo Vansuite. Y ahora que pienso por su recuerdo: él es el único de los que hicieron el movimiento que no lo vio resucitar. Cuando el alboroto por el patrón baleado, el gringo Vansuite cerró el boliche. Mismo, no iba más nadie. No le quedaba tampoco mercadería ni para la media provista de un guaino. Y te digo más: cerró las puertas y ventanas del rancho. Estaba encerrado todo el día adentro, parado en medio del cuarto con una pistola en la mano, dispuesto a matar al primero que le golpeara la puerta. Así lo vio, según dicen, el bugré Josecito, que lo espió por una rendija.

Pero es cierto que la guainada no quería por nada cortar por la picada nueva, y el boliche atrancado del gringo parecía al sol casa de difunto.

Y era cierto, patrón. Un día los guainos corrieron la noticia de que al pasar por el rancho de Vansuite habían sentido mal olor.

La conversa llegó al pueblo, pensaron esto y aquello, y la cosa fue que el comisario con los milicos hicieron saltar la ventana del boliche, por donde vieron en el catre el cadáver de Vansuite, que hedía mismo fuerte.

Dijeron que hacía por lo menos una semana que el gringo se había matado con la pistola. Pero en lugar de matar a los caipiras que iban a golpearle la puerta, se había matado él mismo.

Y ahora, patrón: ¿qué me dice? Yo creo que Vansuite había sido siempre medio loco-tabuí, decimos. Parecía buscar siempre un oficio, y creyó por fin que el suyo era reivindicar a los mensús. Se equivocó también grande esa vez.

Y creo también otra cosa, patrón: ni Vansuite, ni Mallaria, ni el turco, nunca no se figuraron que su obra podía alcanzar hasta la muerte de un patrón. Los muchachos de aquí no lo mataron, te juro. Pero el balazo fue obra del movimiento, y esta barbaridad el gringo la había previsto cuando se puso de nuestro lado.

Tampoco la muchachada no habíamos pensado encontrar cadáveres donde buscábamos derechos. Y asustados, caímos otra vez en el yugo.

Pero el gringo Vansuite no era mensú. La sacudida del movimiento lo alcanzó de rebote en la cabeza, media tabuí, como te he dicho. Creyó que lo perseguían... Y opama.

Pero era gringo bueno y generoso. Sin él, que llevó el primero trapo rojo al frente de los mensús, no hubiéramos aprendido lo que hoy día sabemos, ni este que te habla no habría sabido contarte tu relato, che patrón.

LOS HOMBRES HAMBRIENTOS*

—Esta situación —dijo el hombre hambriento enseñando sus costillas— proviene de mis grandes riquezas. Tal cual. No es paradoja. Ni antes ni después. En el instante mismo, con lo que me sobra para vivir —¿entienden ustedes bien?— podría arrancar de la tumba al millón y medio de individuos suicidados por hambre en 1933. Con lo que me sobra para vivir, a mí. Y me muero de hambre.

Miramos con mayor atención a quien hablaba. Hallábase, en efecto, en estado atroz de flacura. Por debajo de la camiseta nos enseñaba sus costillas, mientras nos observaba con desvarío. Un gran fuego de exasperación lucía en sus ojos de hambriento, y las palabras lanzábanse precipitadamente de su boca.

Nos llegaba, no sabemos de dónde, acaso del fondo del bosque, donde él y algunos compañeros habían ido a trabajar la tierra. Durante largo tiempo nada habíamos sabido de ellos; suponíamoslos prósperos. Y he aquí que se hallaba de nuevo ante nosotros, él solo, sin más ropa que un pantalón y una camiseta que alzaba con mano temblante.

—Tal cual —prosiguió tras una larga pausa con la que parecía habernos ofrecido tiempo suficiente para juzgar hasta las heces su situación.

Con lo que me sobra para vivir, he dicho, yo y mis compañeros podríamos hacer la felicidad de otros tantos miserables. ¡Comer, comer! ¿Entienden? Allá están ellos, vigilándose unos a otros desde lo alto de sus riquezas, mientras se mueren de inanición, y cada cual sentado sobre pirámides de mandioca que se pudren con la humedad, y abrazados a cachos de bananas que se deshacen entre sus dedos.

Bien. Esto no significa nada: avaricia, roña y todo lo demás. ¡Pero es que tampoco es esto! ¡Es vanidad, envidia y rencor lo que les impide comer! No tienen ojos sino para atisbar las crecientes necesidades del vecino, y enloquecidos por la suficiencia y los celos, se están muriendo de hambre en el seno de la superproducción!

Tal cual. Éramos diez, y nos instalamos en plena selva a machetear, rozar, tumbar, barbear —toda la secuela del trabajo montés— con un coraje y una capacidad para bastarnos a nosotros mismos, tal como no se volverá a hallar en diez individuos que se internaron un día en el bosque a eso, tal cual.

¡Y coraje, amigos! ¡Brotaban del filo de las azadas chispas de energías y perseverancia! ¡Y en el honrado corazón más chispas!

A fines del primer verano éramos libres. No dependíamos de nadie, e izamos la gran bandera empapada en sudor del bienestar logrado.

En aquel fondo de selva representábamos la especie humana. Nuestras hachas particulares eran en verdad una sola gran hacha que manejaban veinte brazos de hombres. Por esto éramos hermanos; ¡porque al batir de aquella hacha diez pechos resonaban con el mismo justo, tremendo y triunfal estertor!

Pero no juntos. Cada cual arrancaba a la tierra los frutos de su parcela que era de cada cual, y con el producto de todas formábamos el gran bienestar solidario.

---

* Apareció en *La Prensa*, Buenos Aires, marzo 10, 1935.

A propósito de este cuento el autor escribe a Martínez Estrada: «Queda por suerte el incommovible, tenaz y constante tonel de *La Prensa*, donde parece no se cansan jamás de uno. Entiendo que les plació *Los hombres hambrientos*. Y me alegra como supondrá el que muy preferentemente le haya placido a Ud. Lo que es de lamentar es lo que Ud. ve en dicho relato: lo interior, que no está precisamente en el tema, no lo vean allí ni con candil» (en *Cartas inéditas...*, t. I, p. 84. Desde San Ignacio, abril 24, 1935).

Yo obtenía mandioca, y sólo mandioca, ¿entienden bien?, porque mi tierra era ingrata a cualquier otro cultivo. Y he aquí que el otro obtenía sólo maíz. Y el otro, sólo bananas. Y aquél, soja. Y el de más allá, mandarinas. Tal es la condición de esas tierras irregulares. ¿Por qué pretender a dura costa de la tierra propia lo que el vecino logra fácilmente de la suya? Trocábamos los productos, claro está. Mi mandioca alimentaba a los demás, y las bananas del otro nos nutrían a todos. El excedente de cada cultivo particular iba, pues, a llenar las necesidades del que carecía de aquél.

Mas ¡qué abundancia! ¿Ustedes saben —añadió enseñando todavía su vientre— lo que es estar bien alimentado, bien nutrido, con la conciencia recta, y esta conciencia y el alma y el puño robusto imantados hacia la paz? Tales éramos. Ahora no quedan sino pingajos, y yo, un miserable, y nada más.

¡Soles protectores! Cada cual luchaba ardientemente por su cosecha, propia suya, pero que era de todos, puesto que intercambiábamos sus productos.

¿Celos? ¡Oh, no! ¡Bendita era la lluvia que empapaba al igual las diez parcelas! ¡Y sí orgullo de vivir contentos, de apretar tras la primera cerca que se cruce, la mano de un igual!

Un día cayó, como un rayo, la suficiencia sobre la tierra húmeda. Quisimos enriquecernos aisladamente.

¿Ven ustedes la situación, verdad? Solo, aislado cada cual en su rincón fertilísimo para un solo cultivo, pero ingrato para los demás, cada uno de nosotros valía apenas un moribundo. Exactamente: la décima parte de un hombre en salud.

Ante el nuevo dogma, alguien clamó entonces:

—¡Pero es una locura! ¡Nos empobreceremos hasta la miseria si procedemos así!

—¿Cómo miseria? —le respondieron—. ¡Miseria sobre el que habla! Antes bien, nadaremos en la opulencia. Cada cual debe bastarse a sí mismo, sin deber nada a nadie. Ésta es la ley.

Mas objetaron otros:

—¡Hambriento, mil veces hambriento se tornará el hombre que pretenda especular con las necesidades del vecino! ¿Qué locura es ésa, compañeros, que ha caído sobre el planeta? ¿Dónde puede hallarse el origen de esta aberración pandémica de pretender bastarse a sí mismo, cuando no se posee ni sol, ni agua, ni tierra, ni fuerzas suficientes para producirlo todo? El trabajo se torna ruin cuando su tremendo rendimiento sólo se emplea en inflar la vanidad. ¡Alerta, compañeros!

Mas respondían otros:

—¡Engaño y cobardía predica la voz que habla! El destino del trabajo es la riqueza, y ésta no se logra sin liberarse de la labor del vecino. Bastarse a sí propio. Tal es la ley.

—Sí, la ley de la miseria, ¡oh hermanos de antaño! ¡Y la miseria envidiosa y emponzoñada, que es la peor de todas!

Tal dijo en vano. Porque todos nos convertimos al nuevo dogma, y yo el primero de todos me di a plantar y almacenar mandioca, ¡más mandioca! Y el otro hizo lo mismo con su maíz, y aquél con sus bananas. Y arrastrando por el suelo la gran bandera del trabajo solidario, izamos en cada parcela la del éxito personal.

¡Qué éxito, señores! Pirámides de naranjas y bananas, chauchas, espigas y demás alzábanse ahora desmesuradamente, puesto que la clave de dicho éxito radicaba precisamente en ello. ¿Comprenden ustedes bien?: Vender caros nuestros productos y comprar baratos los del vecino.

¿Están? ¿Aprecian hasta el fondo la diabólica martingala? Dos por uno. ¡Esto es comerciar, triunfar, amigos!

Bien. Cuando los primeros fríos fortificaron el apetito y el mercado se abrió, el pasmo, también como un rayo, cayó de pleno sobre nuestras cabezas: la sublime martingala que cada cual creía un hallazgo suyo, había infectado también el corazón de todos. Cada cual la alimentaba como sagrado fuego de lucro que iba a enriquecerlo a costa de la necesidad del vecino.

Por eso cuando al mercado se abrió, ninguna sed honesta, ningún apetito honrado pudo ser satisfecho.

—¿Precisas bananas, no es cierto? Nada más fácil. Te cambio cada una por cinco mandarinas. Es bien claro.

—Pero tú mismo, ¿no necesitas acaso mandarinas para tu nutrición? Te es bien fácil adquirirlas. Dame cinco bananas por esta mandarina, y es tuya.

¡Señores! Todos, todos caímos de boca en la sima abierta. ¡El más nimio postulado, el más elemental criterio de la sensatez para ver la burda trampa nos fueron negados! Todos creímos a pies juntillas que al trocar una banana por cinco naranjas, el damnificado iba a devolvernos generosidad por ratería. Fuimos tan solemnemente tontos que, tarde ya, comprendimos que el arma tenía dos filos. Y allá están, sentados como dioses en descomposición sobre pirámides de alimentos exclusivos que no alcanzan a nutrirlos, verdosos de envidia, con los ojos hambrientos puestos sobre las pirámides vecinas que se van hundiendo a la par de todas, carcomidas por la suficiencia y la especulación.

Tal cual. ¡Nos morimos, nos asfixiamos de hambre sobre la riqueza! ¿Qué hacer?

Con un ademán de desvarío, el hombre calló. Mirámoslo en silencio, como a un dios, en efecto, que hubiera surgido quién sabe de qué religión de opulencia descompuesta y miserable desnutrición.

De nuestro grupo, entonces, alguien dejó caer unas palabras.

—Quemen ustedes las pirámides —dijo— y con ellas el gusano que las creó y las carcome. Recomiencen luego su vida anterior.

El hombre hambriento abrió cuan grandes eran sus ojos, tembló por un largo instante de la cabeza a los pies y súbitamente se lanzó al bosque, enarbolando un gajo a modo de tea.

No sabemos si siguió el consejo, ni si las estériles y vergonzosas pirámides fueron arrasadas junto con su gusano creador. Dada la distancia que nos separa de aquéllas, la humareda, si existe, no ha llegado todavía hasta nosotros.

Pero esperamos verla algún día.

TIERRA ELEGIDA*

LLEGÓ OTRA vez otro individuo ardiendo en fiebre agrícola. Ya desde su primer paso en la zona mostró su vena bajándose a recoger una mota roja.

—Excelente tierra —dijo—. Todo el hierro necesario para el tabaco y el café. En Cuba y San Pablo la tenemos igual.

—¿Es usted español? —le preguntamos.

—¿Yo? Ni por asomo —repuso—. Y menos brasileño. Digo «tenemos» en representación de la especie a que pertenezco. Soy plantador, hijo de la tierra, y nada más. A ella volvemos a la postre, con semillas o con los huesos. ¿Hace mucho que se cultiva yerba aquí?

—Bastante —respondimos—. Treinta años más o menos.

—Es lo que me han dicho. El Ministerio de Agricultura no escatima incienso a su cultivo. Y hace bien. Yo soy de los que han sentido germinar la semilla del entusiasmo. Devolveré semilla por semilla plantando yerba mate, y quedaremos en paz. Toma y daca.

---

* Publicado en *La Prensa*, Buenos Aires, julio 7, 1935.

Dicho lo cual, el plantador desapareció de nuestra vista y del lugar mismo.

Bastante tiempo después supimos de su suerte. En aquel lapso había buscado, examinado y escudriñado, como con lupa, las mejores tierras de la región. Sondeó el suelo no sé hasta qué profundidad, huyó como de la peste de los subsuelos de meláfiro demasiado próximos a la superficie, y con mucha mayor razón de los de arenisca. Se cercioró, brújula en mano, de la orientación de las laderas, se informó a conciencia de las bajas extremas de temperatura, y no de la zona general sino de las parcelas elegidas, y esto con todas las razones del mundo, pues nadie ignora que el clima de este país está, respecto a heladas, más cargado de sorpresas que de tormentas.

Calculó la proporción de mirtáceas que a despecho de cualquier otra esencia poblaban tales tierras. Convirtió finalmente en criba, a fuerza de sondajes, dos buenas hectáreas de monte donde debían levantarse sus viveros. Llevó sus escrúpulos hasta agujerear un poco la tierra lindante de alguna plantación cercana, donde era fama que las aguas infiltradas de las grandes lluvias habían puesto a flote, como nenúfares, las plantitas de una hectárea de vivero.

Y hecho todo lo cual, en vez de descansar, trotó cuanto pudo por las picadas abruptas para venir a darnos cuenta del triunfo final de sus preparativos.

Como yo lo había dicho —exclamó—. Tierra apta para tabaco y café, como pocas. Pero con climatología difícil de prever. Descartado el cultivo del café, quedan el tabaco y la yerba. Me quedo con esta última, y en paz, amigos.

—Comienza, pues, su plantación —dijimos.

—Sin duda. Siete meses de estudio, de bruces sobre la tierra madre. Esto no lo hace cualquier advenedizo. Hay que ser hijo de la tierra, como lo dije un día. Y sentirla en la boca y en la almohada, y en todo el pasado del hombre, y en su fatal retorno a ella. Eso es la tierra. Voy, pues, a cantar mi aleluya al ministerio propiciante, y a comenzar en seguida mi plantación. Quedaremos con ello en paz. Semilla por semilla. Toma y daca.

Desapareció otra vez en el monte. Nuestra propia vida proseguía su curso, con un oído atento a las voces de la tierra, y el otro a las de la radio, de la que aguardábamos siempre milagros para la crisis.

Llegónos en efecto uno de aquéllos, a propósito del problema yerbatero, siempre vital para nosotros. Habríase hallado en esos días su solución, que consistía en limitar el cultivo de la yerba mate, por mil y una razones superiores a nuestro entendimiento. Los más beneficiados seríamos, al parecer, nosotros mismos, los pequeños plantadores.

Naturalmente, la noticia cayó como una bomba. Y también naturalmente pensamos en seguida en nuestro entusiasta amigo.

—Un día u otro cae por acá —dijimos—, y cualquiera se atreve a enterarlo de la fausta nueva.

Como enviado por el Señor, llegó al día siguiente, envueltos él, su mula y su amor a la tierra, en la misma transpiración.

—Aquí estamos —saludó apeándose—. Tierra como ésta no la van a hallar en parte alguna. Ya lo dije desde el principio. ¿Novedades?

—Algunas —insinuamos.

—¿Y bien? —prosiguió—. ¿La guerra europea por fin?

—No. Más bien atañen a la cuestión económica.

—¿Más tarifas, entonces? ¿Aún más naciones favorecidas?

—Tampoco. Creo se trata de reservas generales para no aumentar el exceso de producción...

—¡Ah, muy bien! Limitación de los cultivos, ¿no es eso? Ya lo preveíamos cuando llegué acá. Jehová, en efecto, que cuando descarga la mano sabe lo que hace, ha elegido esta vez como blanco de sus iras a los plantadores de trigo. ¡Pobres hermanos! Nunca, en lo que lleva la humanidad de vida, se ha atrevido nadie a profetizar una maldición de este volumen: «Llegará un día en que el pan y los hombres que lo produjeren serán malditos sobre la tierra». Se trata del trigo, ¿no es verdad?

—Sí, desde luego... Pero hay algo más que nos concierne directamente... Siempre que el Congreso ponga su visto bueno, claro está. El caso es que tampoco podremos nosotros cultivar...

—¿Trigo, también aquí? Ya lo preveía.

—No, yerba.

Tableau. El plantador fijó su mirada por largo rato en el que hablaba, como si él solo y no todos y cada uno de nosotros, pudiéramos apreciar la profundidad de la sima que se abría ante su pasado, presente y porvenir, como él decía.

—¿Yerba, entonces? —articuló al fin—. Perfecto. Yo había elegido mi tierra, sembrado mis semillas en almácigo, acostándolas, a guisa de calma caliente, sobre mi experiencia de agricultor y la de todos mis antepasados. Había pensado... En fin, como dicen ustedes muy bien, prohibición absoluta de plantar yerba. Perfecto. Tierra riquísima ésta para el cultivo del tabaco y la yerba. Ni por asomo existe otra semejante en el país. Lo dijo también el Ministerio: «Materia prima para la nación». Yo oí su canto que, ahora lo veo bien, era de sirena. ¿Cuándo ha llegado la noticia?

—En estos días. Pero el Congreso debe aún...

—Lo mismo da. Yo soy agricultor y no negociante en yerba. Doy por concluida mi misión en esta tierra. A menos —agregó tras una larga pausa— que el gobierno me conceda las tierras fiscales que voy a pedir. Esta misma noche haré la solicitud del caso.

—Es por donde debía haber empezado —argüímos.

Al parecer no perdió nuestro amigo el tiempo, pues horas más tarde llegaba a nuestro centro con su solicitud ya lista, que nos leyó con voz clara, sin acentuar una palabra más que otra. Estaba así concebida:

«A su excelencia el Señor Ministro de Agricultura.

Señor Ministro:

Tengo el honor de elevar hasta V. E. la solicitud adjunta, saltando sobre el trámite habitual por razones que considero de peso y que estoy seguro V. E. apreciará en su debido valor. Las tierras que solicito, señor Ministro, fincan en este Territorio, tierras todas ellas riquísimas y aptas como pocas para el cultivo del tabaco y la yerba mate. Ya lo he repetido muchas veces. V. E. misma ha considerado constantemente esta zona como un emporio de incalculables riquezas para el país. De acuerdo con mi amor a la tierra, soy hijo de ella, señor Ministro, y debería haber solicitado una fracción de primera calidad, honda de tierra, rica en humus, a fin de lograr los altos rendimientos que honran a la nación productora. No he procedido así, sin embargo. He buscado, meses tras meses, lluvias tras lluvias, recorriendo sin tregua ni descanso buena parte de esta paradisíaca zona, alentado por la certidumbre de que allí o allá, más cerca o más lejos, concluiría por hallar lo que anhelaba. Y no omito, señor Ministro, el placer con que puedo comunicar a V. E. mi hallazgo. He encontrado, en efecto, una fracción admirable. Es toda ella, en total, de una aridez absoluta, unánime y deletérea, si puedo expresarme así. No es posible que brote allí una brizna de hierba. Nunca, ni en las galaxias de tiempos venideros, podrá cultivarse allí nada. Nadie podrá enorgullecerse jamás de obtener, no digo una planta de yerba, sino una sombra de liquen, ni hombre alguno dejará de ver marchitarse, agotarse y morir, en lo que va de un día a una moche, su gran amor a la tierra. Por todas estas consideraciones, señor Ministro, solicito se me dé en posesión la fracción de tierra que especifico, entendiendo con ello interpretar la cultura agrícola del momento actual».

Tal era la nota. Ni una palabra más, ni una menos. En el final de su lectura quedamos todos mudos y pensativos. Alguno de nosotros rompió por fin el silencio.

—No puedo —dijo— entrar en consideraciones sobre su nota. pero observo la falta de una expresión de trámite.

—¿Cuál? —preguntó el solicitante.

—«Es justicia». Su uso es de estilo.

—¿Tiene algún valor?

—Ninguno. Pero para nosotros es justo.

EL INVITADO*

TRAS AQUEL accidente de automóvil que me costó el uso de dos dedos, sufrí en el curso de la infección una carga de toxinas tan extrahumanas, por decirlo así, que las alucinaciones a que dieron lugar no tienen parangón con las de no importa qué delirio terrenal.

Por fuera, era la calma perfecta; pero en el fondo del ser humano yacente y tranquilo, la psiquis envenenada batía tan convulsivamente las alas, que los inauditos tumbos que hemos dado juntos, la psiquis y yo, sólo mi médico pudo valorarlos cuando a la mañana siguiente le expresé mi angustia.

—No es nada —me dijo el galeno, hombre más inteligente que yo—. Eso se paga.

—¿Qué «eso»?

—Su facultad de entrever regiones anormales cuando escribe. Esa facultad no la posee usted gratis, y tiene que pagarla.

¡Al diablo con el médico!

Puede que tenga razón, a pesar de todo. Si la tiene, acaso sea él el único que comprenda lo que contaré dentro de un instante. Si ha errado, en cambio, una vez más, cargaré el relato en cuenta de las no aún bien estudiadas toxinas A, B, C, Y y Z, que a modo de las vitaminas en otro orden, rigen, exaltan, confunden o aniquilan las secreciones mentales.

La situación en que nos hallamos hoy mi mujer y yo tiene su origen en un incidente trivial, el más nimio de los que cercan día y noche a un hombre que escribe para el público: el pedido de un libro suyo.

Por naturaleza soy reacio a ofrecer libros míos. Creo entender que es la vanidad, más que el deseo de leernos, la determinante de tales petitorios. Por esto presté oído de mercader a la hija de un amigo mío la vez que me pidió un libro para un señor Fersen, capaz como pocos, según afirmó, de comprender mis historietas más «anormales».

Era dicho señor argentino, y había prestado alguna vez servicios en la diplomacia. Por el momento se hallaba sin destino, y en tan mala situación económica, pese a su alta cultura, que dos días depués del petitorio infructuoso la joven me solicitó para el señor Fersen un puesto de corrector de pruebas, si yo sabía de alguno en disponibilidad.

Nada sabía yo al respecto, por ser muy parcas mis relaciones con los diarios. Pero lo cierto es que aquella solicitud me había conquistado. Un ex diplomático que pasa sin rubor a corregir día y noche pruebas de imprenta, posee más de lo preciso para merecer un pobre libro. Envíéle uno, pues, que el destinatario me mandó agradecer cumplidamente.

---

* Aparecido en *La Prensa*, Buenos Aires, octubre 27, 1935.

Roto el hielo, la hija de nuestro amigo nos invitó a conocer al señor Fersen en casa de ella.

—Es extraordinariamente interesante— afirmaba con grave emoción.

Según lo vimos luego, la gran diferencia de edad entre la pequeña amiga y el señor Fersen, desvaneció como un soplo la sospecha de mi mujer. ¡Era tan apasionada aquella criatura! —decía ella.

Fuimos, pues, a almorzar, como lo hacíamos de vez en cuando. Allí estaba el señor Fersen. Fuera de los datos apuntados sobre su persona, puedo agregar que, pese a su apellido, parecía perfectamente criollo. Delgado, casi trigueño, representaba menos edad de la que tal vez tenía, pese a su cabello casi blanco. Pero su rostro, sus canas prematuras y su persona en total, hallábase dominada por grandes anteojos oscuros. Sus labios, entretanto, bosquejaban sin tregua la leve sonrisa común a las personas que velan su mirada.

Resumen: cambié algunos cumplidos con el señor Fersen; pero ni en ellos, ni en el curso de la conversación muy viva de sobremesa pude atisbar el extraordinario interés atribuido por la joven Alicia a dicho señor.

—Y sin embargo, es admirable —reafirmaba aquélla cuando nos retirábamos—. Y volviéndose a mí:

—¡Estoy segura, pero bien segura, de que a usted lo comprende perfectamente!

—Es posible. Pero no prueba ello gran cosa —asentí sonriendo.

Salimos tras esto, y desde entonces no hemos vuelto a ver más al señor Fersen.

Más todavia; hasta su recuerdo se borró de nuestra mente con la preocupación diaria de nuestros últimos días en Buenos Aires y nuestra instalación aquí en Misiones, al punto de que nos costó algún trabajo recordar su nombre, una noche en que evocamos largamente a mi viejo amigo y su joven hija en cuestión.

—¡Fersen!— exclamó de pronto mi mujer.

—Fersen, en efecto —confirmé. Y a dúo recordamos la figura del extraordinariamente interesante señor Fersen y su lentes oscuros.

Al cabo de un largo rato, agregué:

—Extraño tipo, a pesar de todo...

Y continuamos pensando en él de un modo cada vez menos preciso, hasta que su recuerdo se desvaneció.

Pero no definitivamente, como se verá, porque hace tres meses, mientras recordábamos a los amigos que debíamos ver con mayor agrado en nuestro próximo viaje a Buenos Aires, acudió naturalmente a nuestra mente aquel amigo en cuya casa habíamos almorzado con el señor Fersen.

Fue también esta vez mi mujer quien se acordó del nombre de aquél, y como en ocasiones anteriores a su respecto, quedamos un momento en silencio.

—¡Qué raro es esto! —murmuró mi mujer—. Me acuerdo de este hombre, de su cara muy angosta, sobre todo, como de una persona no real...

—¡Exacto! —exclamé yo precipitadamente—. ¡Esta es la impresión nebulosa que tenía yo también, y que no podía precisar! ¡Persona no «real»! Esto exactamente. Y lo extraordinario, ahora, es que ambos hayamos tenido, sin el más vago motivo, la misma impresión sobre ese individuo.

—¿Y por qué, dime? —inquirió mi mujer, ya fuertemente interesada—. ¿Qué había en él para que su recuerdo...?

—¡Ah, Mariucha! —exclamé—. ¡Cualquiera logra saberlo! Pero lo realmente extraordinario del caso no es que yo haya tenido esta inpresión de irrealidad acerca de un diplomático con hambre. Al fin y al cabo, mi imaginación suele traspasar el límite de lo saludable, según dicen. Pero la tuya es perfectamente normal. ¿Cómo y por qué sin consultarnos, sin cambiar una palabra al respecto, tú y yo vemos al bendito comilón (¿te acuerdas de su apetito?) como a un ser fantasmal? ¿Qué diablo de absurdo es éste?

Y quedamos con ello tan fuertemente intrigados que unas de las primeras palabras cambiadas con la hija de nuestro amigo, cuando acudió llena de cariño a saludarnos en Buenos Aires, fueron éstas:

—¿Y el señor Fersen, Alicia? ¿Siempre interesante?

—¡Oh, sí! —rió la joven, casi sonrojada por el exabrupto—. Es que usted no lo conoce; cambiará de idea el día que llegue a hablar con él.

—Ya ha habido ocasión para ello —observé.

La joven me miró entonces con sorpresa.

—¿Ocasión?... —repitió.

—Desde luego; aquella mañana en su casa tuvo algún tiempo de abrir su alma.

—Pero, ¿qué dice?... —interrumpió Alicia, fijando directamente en mí sus bellos ojos espantados.

Mi mujer se echó a reír entonces con un poco de mala intención hacia la dormida memoria de la apasionada joven.

—No, Mariucha —intervine—. Déjame a mí. Vamos a ver. Alicia: aquella vez que comimos juntos con el señor Fersen en su casa, por invitación de usted misma, Alicia, y quiero suponer que con agrado también del propio señor Fersen, ¿tuvo su amigo ocasión o no de cambiar dos palabras de confraternidad espiritual con un hombre cuya prosa decía comprender como nadie? Son sus propias palabras, Alicia. ¿Se acuerda usted ahora?

Mas mi mujer rió de nuevo ante el mutismo realmente doloroso de la joven y me lanzó una rápida mirada. ¿Qué había pasado allí durante nuestra ausencia?

Con el cambio de tema, Alicia mostróse evidentemente aliviada. Mas no del todo, como se verá, porque al volverla a ver dos días después en su propia casa —sola por el momento—, se demudó del todo cuando mi mujer (mujer al fin) le preguntó con inocente voz por el señor Fersen.

Pero de nuevo intervine.

—¡No, no está bien! —observé—. Alicia: no se trata de disgustarla a usted en lo más mínimo, y mucho menos atormentarla. Conoce usted de sobra el afecto que nos profesamos con su padre, en el que está incluida totalmente usted, para María y para mí. No; nuestra curiosidad por el señor Fersen tiene para nosotros un origen que usted ni remotamente sospecha. Le voy a decir en dos palabras de lo que se trata: a propósito de aquella vez que almorzamos aquí con el señor Fersen...

Pero la joven, bruscamente vuelta a mí, me había interrumpido.

—¡Un momento, señor Grant! —me dijo con voz traspasada de angustia—. Perdóneme usted también, pero yo no puedo continuar callándome... Ustedes saben también cuánto los quiero yo... ¡Y no puedo callar! Lo que he pensado estos dos días en ustedes, sólo Dios lo sabe... Señor Grant: usted me dice que conoció aquí al señor Fersen.

—Exacto —afirmé.

—Bueno, señor Grant... ¡y Dios me perdone! Usted no conoció nunca aquí en casa al señor Fersen... Ni usted ni la querida María almorzaron juntos aquí con él, porque esa mañana que ustedes vinieron a almorzar, el propio señor Fersen me telefoneó excusándose de no poder asistir... Esto y nada más es lo que quería decirle... ¡Y Dios me perdone de nuevo! —concluyó la joven tapándose el rostro.

Nada más ha pasado, en efecto, agrego yo al final de esta historia. Esto sólo, tal cual, es lo que ha pasado. Alicia no está loca. Hemos comprobado la exactitud de su asertos. Ni mi mujer ni yo hemos tenido al señor Fersen a nuestro frente en la mesa, ni hemos visto su sonrisa, ni hemos estrechado su mano al despedirnos, entremezclados entre ocho personas.

Nada es más sencillo; la explicación del malentendido nos ha sido expuesta con toda claridad a mi mujer y a mí.

Todo esto está muy bien. Pero, ¿y nosotros?...

UN CASO DE VISION A DISTANCIA*

EL SEÑOR de Lisle tenía en su casa, como inquilino —a título puramente caritativo y gratuito—, un ex maestro de escuela, llamado Lorgeril, empleado entonces en los trabajos del arsenal de Tolón, sección entrega de combustible.

Este señor tuvo un día la idea de festejar a una señorita que vivía en Hyeres, a cuatro o cinco leguas de Tolón, y pidió permiso para ir a hablarla y, en caso de entenderse, fijar ya las condiciones de su boda.

El señor de Lisle, después de la partida de Lorgeril, tuvo la idea original de conocer por medio de su sirvienta, la joven Teresa, a quien durmió hipnóticamente, lo que Lorgeril haría durante su viaje y cuál sería el resultado de su tentativa matrimonial.

Hay que advertir que, si bien de Lisle conocía la ciudad de Hyeres, ignoraba en absoluto la calle y la casa donde vivía la pretendida de Lorgeril, y en cuanto a Teresa, ni conocía a Hyeres ni el camino que había que tomar para llegar allí.

Una vez dormida y en estado de visión, el señor de Lisle le dijo:

—Quiero que vaya usted a Hyeres.

—Señor —respondió Teresa—, no sé cómo... No conozco el camino.

—Quiero que vaya —repitió de Lisle—. Búsquelo... ¿Lo encontró?

—Sí, señor.

—Bueno; siga por él.

—Camino, pero está lejos, muy lejos y me falta mucho para llegar.

—¿Llegó ya?

—Sí, señor. Veo sitio en donde hay muchas palmeras.

—Ahora busque la casa en donde se halla Lorgeril.

—No sé dónde está, señor.

—Búsquela bien.

—Ya veo la calle... Hace cuesta y es necesario subir.

—¿Ha llegado?

—Sí, señor; estoy a la puerta de la casa, pero no me atrevo a entrar.

—Quiero que entre usted; obedezca.

—Antes de llegar a la habitación hay muchas escaleras.

—Suba y llame para que le abran.

En aquel momento se encontraba Teresa cerca de la chimenea. Hizo un movimiento como para dar un golpe, pero su mano se detuvo a un milímetro del mármol de la estufa.

—¿Entró usted?

—Sí, señor. Veo muy bien a Lorgeril y a la persona en cuestión. Están juntos, pero no parece que se entendiesen mucho y creo que la boda no se hará.

---

* Transcribimos la nota confeccionada por Ruffinelli —de cuya edición tomamos el texto—, sita en la p. 167 del tomo V ya citado:

«Incluido en la edición Claudio García. de *Idilio y otros cuentos* (Montevideo, 1945, pp. 46-49). No se ha podido determinar publicación anterior y existe incluso, en algunos investigadores (p. e. Italo Mazzini, de Buenos Aires) duda respecto a la paternidad quiroguiana. Sin abrir opinión, debemos señalar, sin embargo, la atención que Quiroga dispensó a los fenómenos telepáticos. En un artículo titulado "La intervención de los espíritus y la caja de fósforos" (1926) dice Quiroga: "En los fenómenos de orden psicométrico: telepatías, rememoración del pasado ancestral, desarrollo de fuerzas vivas y creaciones más o menos materializadas de la subconciencia, la observación fría registra de tarde en tarde casos de gravedad excepcional".

Por nuestra parte agreguemos la posible relación con "La mancha hiptálmica" (en *Apéndice II*, 2). Es de destacar también que en importantes trabajos bibliográficos posteriores, que sin duba recogieron las investigaciones previas, como es el caso de *Horacio Quiroga. Repertorio bibliográfico anotado (1897-1971)*, de Walter Rela, Buenos Aires: Casa Pardo, 1972 (que por supuesto registra los aportes de la edición de Arca), no se establece la fuente de este cuento.

—¿Qué ve usted en el cuarto?

—Veo que se levantan de la mesa; acaban de comer.

—¿Qué han comido?

—No sé; la mesa ya casi está levantada.

—No importa, mire bien; debe haber quedado algo en los platos.

—Han comido lomitos de cordero y naranjas. Veo sobre la chimenea de la habitación tres naranjas que Lorgeril ha comprado y que traerá para dárselas a sus tres hijos. Lorgeril partirá mañana y llegará aquí a las cuatro de la tarde.

—No es posible —dijo entonces el señor de Lisle a la vidente— que si llega mañana lo haga a esa hora, porque está empleado en el puerto y para entrar a horario tendrá que venir por la mañana.

—No, señor; le repito que vendrá mañana a las cuatro de la tarde.

Al día siguiente, según lo había predicho la joven hipnotizada, Lorgeril llegó a las cuatro. De Lisle lo esperaba en el jardín y le saludó diciéndole:

—Buenas tardes, Lorgeril... Parece que tus asuntos amorosos no han marchado muy bien ¿verdad? Es lástima, porque te habían preparado un banquete: lomitos de cordero y naranjas.

Lorgeril abrió unos ojos enormes y balbuceó:

—Pero, señor... ¿Cómo..., cómo lo ha sabido usted?

De Lisle sonrió, agregando:

—Y ahora saca del bolsillo y dame las tres naranjas que traes para mis hijos.

Lorgeril tiró en la arena del jardín las tres naranjas y huyó precipitadamente hacia su cuarto, espantado y diciendo:

—¡Ah, señor de Lisle! Para haber averiguado tan bien todo debe usted estar en relaciones con el diablo.

LA CAPA ESCARLATA[*]

—TEN MUCHO cuidado con el color rojo —había recomendado la vaca a su tierno becerro de lidia destinado un día a sucumbir en la plaza de toros—. Cierra los ojos, vuelve la cabeza, no des un paso más apenas una tenue mancha de sangre comience a invadir el color que miras. Nuestra raza no tiene sino un punto débil pero que pesa sobre nuestro destino como una tremenda fatalidad: la atracción aguda, feroz e indomable por el color rojo. Cierra los ojos ante él, no mires, destrózate las pupilas si es preciso, pues más fatal que la Medusa para los hombres, él enciende en llamaradas de locura nuestra pasión atávica. Cuídate, hijo mío, del trapo rojo.

Con los años, el tierno becerro de lidia, hoy toro de flava melena, no ha olvidado el consejo materno. Pero llegado el instante de prueba, en vez de cerrar los ojos los abre a la súbita, sangrienta pasión que desde el fondo de la raza lo lanza enloquecido sobre el manto escarlata.

Como este toro, todas las bestias de lidia han sucumbido en la arena de la plaza, víctimas de su pasión, a pesar de las prevenciones maternales. Mas éstas no se pierden. Empapadas en

* Publicado por primera vez en: H. Quiroga, *Obras inéditas y desconocidas*, tomo V, Montevideo, Arca, 1968.

angustia en un principio, pesan luego cargadas de rencor sobre el destino del hombre, el explotador triunfante de aquel ananké.

—¡Ojalá —clama la voz— tu propia raza sufra un día de la pasión mortal que diezma a la nuestra. Quiera el cielo que el color rojo enceguezca también al más tímido de tus hijos, y que a la vista, no sólo de un rojo manto de lidia sino de un inocuo anuncio, del más inocente cartel callejero estampado en tinta de aquel color, pierdas la color y te encarcelen por mirarlo!

Voto éste que parece por fin cumplirse en una localidad europea.

JUAN POLTÍ, HALF-BACK[*]

CUANDO UN muchacho llega, por a o b, y sin previo entrenamiento, a gustar de ese fuerte alcohol de varones que es la gloria, pierde la cabeza irremisiblemente. Es un paraíso demasiado artificial para su joven corazón. A veces pierde algo más, que después se encuentra en la lista de defunciones.

Tal es el caso de Juan Poltí, half-back del Nacional de Montevideo. Como entrenamiento en el juego, el muchacho lo tenía a conciencia. Tenía, además, una cabeza muy dura, y ponía el cuerpo rígido como un taco al saltar: por lo cual jugaba al billar con la pelota, lanzándola de corrida hasta el mismo gol.

Poltí tenía veinte años, y había pisado la cancha a los quince, en un ignorado club de quinta categoría. Pero alguien del Nacional lo vio cabecear, comunicando en seguida a su gente. El Nacional lo contrató, y Poltí fue feliz.

Al muchacho le sobraba, naturalmente, fuego, y este brusco salto en la senda de la gloria lo hizo girar sobre sí mismo como un torbellino. Llegar desde una portería de juzgado a un ministerio, es cosa que razonablemente puede marear; pero dormirse forward de un club desconocido y despertar half-back del Nacional, toca en lo delirante. Poltí deliraba, pateaba, y aprendía frases de efecto: —Yo, señor presidente, quiero honrar el baldón que me han confiado.

Él quería decir blasón, pero lo mismo daba, dado que el muchacho valía en la cancha lo que una o dos docenas de profesores en sus respectivas cátedras.

---

* Publicado en *Atlántida*, Buenos Aires, año I, nº 11, mayo 16, 1918, con un dibujo de Málaga Guenet.

En todas las bibliografías especializadas figura como artículo, error gravísimo superable con una simple lectura. Sin embargo no es ésta la primera vez que se le integra como relato, aunque sí con su título auténtico. En la antología *El fútbol*, vol. 42, *Capítulo Oriental*, Buenos Aires: Centro Editor de América Latina, 1969, se lo había incluido con el equívoco título «Suicidio en la cancha», pp. 20-22.

El texto se origina en un suceso real, ocurrido al jugador del Club Nacional de Fútbol de Montevideo Abdón Porte, miembro del equipo desde 1911. Su desempeño fue eficaz pero el inevitable deterioro físico que marcan los años, llevó a la directiva del club a removerlo de su puesto. El 5 de marzo de 1918 se encontró su cuerpo inerte, atravesado por un balazo, en el campo de juego de Nacional. Entre sus ropas fue hallada una misiva dirigida al presidente del club, cuyo contenido las crónicas de la época no transcriben. El presidente era el íntimo amigo de Quiroga, José María Delgado, quien seguramente le envió la carta o le comentó el acontecimiento, ya fuese en otra nota —que se desconoce—, o bien oralmente en algún encuentro en Buenos Aires o Montevideo.

Resulta también innovador reconocer que fue Quiroga quien escribió el primer texto literario sobre el muy popular deporte en el Río de la Plata, cuando aún no lo era tanto.

Sabía apenas escribir, y se le consiguió un empleo de archivista con 50 pesos oro. Dragoneaba furtivamente con mayor o menor lujo de palabras rebuscadas, y adquirió una novia en forma, con madre, hermanas y una casa que él visitaba.

La gloria lo circundaba como un halo. «—El día que no me encuentre más en forma, —decía—, me pego un tiro.»

Una cabeza que piensa poco, y se usa, en cambio, como suela de taco de billar para recibir y contralanzar una pelota de fútbol que llega como una bala, puede convertirse en un caracol sopanto, donde el tronar de los aplausos repercute más de lo debido. Hay pequeñas roturas, pequeñas congestiones, y el resto. El half-back cabeceaba toda una tarde de internacional. Sus cabezazos eran tan eficaces como las patadas del cuadro entero. Tenía tres pies: ésta era su ventaja.

Pues bien: un día, Poltí comenzó a decaer. Nada muy sensible: pero la pelota partía demasiado a la derecha o demasiado a la izquierda; o demasiado alto, o tomaba demasiado efecto. Cosas éstas todas que no engañaban a nadie sobre la decadencia del gran half-back. Sólo él se engañaba, y no era tarea amable hacérselo notar.

Corrió un año más, y la comisión se decidió al fin a reemplazarlo. Medida dura, si las hay, y que un club mastica meses enteros; porque es algo que llega al corazón de un muchacho que durante cuatro años ha sido la gloria de su campo.

Cómo lo supo Poltí antes de serle comunicado, o cómo lo previó —lo que es más posible—, son cosas que ignoramos. Pero lo cierto es que una noche el half-back salió contento de casa de su novia, porque había logrado convencer a todos de que debía casarse el 3 del mes entrante, y no otro día. El 2 cumplía años ella —y se acabó.

Así fueron informados los muchachos esa misma noche en el club, por donde pasó Poltí hacia medianoche. Estuvo alegre y decidor como siempre. Estuvo un cuarto de hora, y después de confrontar, reloj en mano, la hora del último tranvía a la Unión, salió.

Esto es lo que se sabe de esa noche. Pero esa madrugada fue hallado el cuerpo del half-back acostado en la cancha, con el lado izquierdo del saco un poco levantado, y la mano derecha oculta bajo el saco.

En la mano izquierda apretaba un papel, donde se leía:

«Querido doctor y presidente: Le recomiendo a mi vieja y a mi novia. Usted sabe, mi querido doctor, por qué hago esto. ¡Viva el club Nacional!»

Y más abajo, estos versos:

«Que siempre esté adelante
el club para nosotros anhelo.
Yo doy mi sangre por todos mis compañeros,
ahora y siempre el club gigante
¡Viva el club Nacional!»

El entierro del half-back Juan Poltí no tuvo, como acompañamiento de consternación, sino dos precedentes en Montevideo. Porque lo que llevaban a pulso, por espacio de una legua era el cadáver de una criatura fulminada por la gloria, para resistir la cual es menester haber sufrido mucho tras su conquista. Nada, menos que la gloria, es gratuito. Y si se la obtiene así, se paga fatalmente con el ridículo, o con un revólver sobre el corazón.

CUENTOS DE LA SELVA

NOTICIA PRELIMINAR

Emir Rodríguez Monegal, que recogió el testimonio de Darío Quiroga Cirés, hacia 1949, afirma que muchos de estos relatos «fueron inventados en los primeros años de los chicos, cuando aún vivía la madre; otros corresponden, sin duda, al período de la viudez en San Ignacio, o a la instalación en Buenos Aires» (*El desterrado*, p. 185).

Sin ánimo de contradecir el testimonio del hijo del narrador, por el contrario, con el fin de proporcionar nuevos elementos, apuntemos que en 1915, año en que se precipita la crisis de su mujer, sólo publicó dos textos —no se toma en cuenta «Los cementerios belgas», publicado el primer día de ese año pero, obviamente, escrito antes—: «La industria azucarera del norte», un artículo sobre la rapadura publicado en *Fray Mocho* el 1/XII/1915 y «Berenice», que apareció el último día del mismo año, a pocos días de la muerte de Ana María Cirés. El propio Quiroga, en carta a Luis Pardo del 20/XI/1915, escribe: «Le mando artículo —se refiere a «Los robinsones del bosque»— que salió bastante largo, como el haber escrito, después de un año de gran depresión en todo, es mucho para mí».

Durante el año que sigue, con la sola excepción del artículo citado, Quiroga publica, entre mayo y agosto, cuatro de los ocho relatos que finalmente integrarán *Cuentos de la selva*. Algo similar ocurre en 1917, año en el que aparecen otros cuatro relatos para niños, tres de los cuales serán recogidos junto a los cuatro de 1916 y a «La abeja haragana», publicado el 30/XI/1918, en el volumen de 1918. Estos datos, en apariencia meramente bibliográficos, arrojan luz sobre la forma en que vivía su tragedia el hombre y sobre las relaciones entre la vida y la literatura.

Los ocho relatos que conformarían el libro aparecieron en las revistas argentinas *Fray Mocho*, *P.B.T.*, *El Hogar*, y *Caras y Caretas*, con el subtítulo: «Los cuentos de mis hijos» (Los datos precisos podrán encontrarse en la primera nota explicativa a cada texto).

Reunidos en libro en 1918, pasaron a titularse *Cuentos de la selva para los niños*, editados por la Cooperativa Editorial Limitada Buenos Aires, Agencia General de Librería y Publicaciones. En vida del autor se imprimió una segunda edición en Montevideo (Claudio García y Cía. Editores, 1935), con el título *Cuentos de la selva (para niños)*.

Sin embargo es seguro que estos cuentos tenían, en los proyectos de Quiroga, otro destino muy diferente a los anteriores. Como más adelante con *Suelo natal* (1931), el autor pergeña estos relatos como libro para uso escolar. Así se lo confiesa a José María Delgado, en la carta que ya citáramos en la noticia preliminar a *Cuentos de amor de locura y de muerte*, el 8 de junio de 1917: «Tengo bajo sus auspicios [se refiere a los gobernantes uruguayos Baltasar Brum y Rodolfo Mezzera] un negocio de libro de lectura —los cuentos para chicos, de que creo te he hablado— que no desearía dejar enfriar para nada.» (*ibidem*, p. 63).

El propio corresponsal escribe en 1939 sobre la aventura editorial: «Con la convicción que tenía del valor educativo de su libro y las altas influencias que lo amparaban, daba por descontado el logro de sus deseos. Sin embargo, aconteció lo contrario (...) cuando se pasó su propuesta a informe de los inspectores escolares, éstos lo produjeron de modo lapidario: tal tiempo de verbo estaba mal colocado, esta cláusula quedaba sin sentido, aquella repetición de vocablos denotaba pobreza y mal gusto (...) el libro desvirtuaba el propósito clásico de la fábula infantil: carecía de moraleja» (*Vida y obra de Horacio Quiroga*, pp. 251-253).

Quizá la única fábula en el sentido tradicional que contiene el volumen, «La abeja haragana», deba interpretarse como una concesión a la miopía canónica de los inspectores escolares. Es significativo que la separe casi un año y medio del último relato publicado en 1917: «El paso del Yabebirí», que había aparecido el 22 de junio de dicho año, cuando se iniciaban las gestiones para conseguir la aprobación de las autoridades de la enseñanza.

Lo indudable es que, a largo plazo, Quiroga ganó la batalla. Hoy en día, el libro es de lectura casi obligada en todas las escuelas del Uruguay y de buena parte de América y, lo que es más importante, junto al resto de su producción destinada a este sector del público, aceptado con real interés por sus jovenes lectores.

Aunque escasamente estudiada, su literatura para niños es una de las vertientes de su obra más originales y perdurables.

Cabe finalmente mencionar que algunos textos de *Cuentos de la selva* fueron adaptados y reinsertados en el libro de lectura escolar que Quiroga publicó en 1931 (Véase *Noticia Preliminar* a «Suelo natal», Dossier), que todos ellos se emparentan con «Cartas de un cazador», y con los «Nuevos cuentos de la selva», serie inconclusa, integrada por un relato de 1917, «El diablo con un solo cuerno», excluido del libro de 1918, y dos muy posteriores: «El hombre sitiado por los tigres» y «Paz», así como el indatado «El diablito colorado». Los cuatro pueden leerse en «Cuentos no recogidos en volumen».

LA TORTUGA GIGANTE[*]

HABÍA UNA VEZ un hombre que vivía en Buenos Aires, y estaba muy contento porque era un hombre sano y trabajador. Pero un día se enfermó, y los médicos le dijeron que solamente yéndose al campo podría curarse. Él no quería ir, porque tenía hermanos chicos a quienes daba de comer; y se enfermaba cada día más. Hasta que un amigo suyo, que era director del Zoológico, le dijo un día:

—Usted es amigo mío, y es un hombre bueno y trabajador. Por eso quiero que se vaya a vivir al monte, a hacer mucho ejercicio al aire libre para curarse. Y como usted tiene mucha puntería con la escopeta, cace bichos del monte para traernos los cueros, y yo le daré plata adelantada para que sus hermanitos puedan comer bien.

El hombre aceptó, y se fue a vivir al monte, lejos, más lejos que Misiones todavía. Hacía mucho calor, y eso le hacía bien.

Vivía solo en el bosque, y él mismo se cocinaba. Comía pájaros y bichos del monte, que cazaba con la escopeta, y después comía frutas. Dormía bajo los árboles, y cuando hacía mal tiempo construía en cinco minutos una ramada con hojas de palmera, y allí pasaba sentado y fumando, muy contento en medio del bosque que bramaba con el viento y la lluvia.

Había hecho un atado con los cueros de los animales, y lo llevaba al hombro. Había también agarrado vivas muchas víboras venenosas, y las llevaba dentro de un gran mate, porque allá hay mates tan grandes como una lata de kerosene.

El hombre tenía otra vez buen color, estaba fuerte y tenía apetito. Precisamente un día que tenía mucha hambre, porque hacía dos días que no cazaba nada, vio a la orilla de una gran laguna un tigre enorme que quería comer una tortuga, y la ponía parada de canto para meter dentro una pata y sacar la carne con las uñas. Al ver al hombre el tigre lanzó un rugido espantoso y se lanzó de un salto sobre él. Pero el cazador, que tenía una gran puntería, le apuntó entre los dos ojos, y le rompió la cabeza. Después le sacó el cuero, tan grande que él solo podría servir de alfombra para un cuarto.

—Ahora —se dijo el hombre—, voy a comer tortuga, que es una carne muy rica.

Pero cuando se acercó a la tortuga, vio que estaba ya herida, y tenía la cabeza casi separada del cuello, y la cabeza colgaba casi de dos o tres hilos de carne.

A pesar del hambre que sentía, el hombre tuvo lástima de la pobre tortuga, y la llevó arrastrando con una soga hasta su ramada y le vendó la cabeza con tiras de género que sacó de su camisa, porque no tenía más que una sola camisa, y no tenía trapos. La había llevado arrastrando porque la tortuga era inmensa, tan alta como una silla, y pesaba como un hombre.

La tortuga quedó arrimada a un rincón, y allí pasó días y días sin moverse.

El hombre la curaba todos los días, y después le daba golpecitos con la mano sobre el lomo.

La tortuga sanó por fin. Pero entonces fue el hombre quien se enfermó. Tuvo fiebre, y le dolía todo el cuerpo.

---

[*] Inicialmente en: *Fray Mocho*, Buenos Aires, año V, nº 225, agosto 18, 1916, con siete ilustraciones de Cao en la única página en que aparece el relato.

Después no pudo levantarse más. La fiebre aumentaba siempre, y la garganta le quemaba de tanta sed. El hombre comprendió entonces que estaba gravemente enfermo, y habló en voz alta, aunque estaba solo, porque tenía mucha fiebre.

—Voy a morir —dijo el hombre—. Estoy solo, ya no puedo levantarme más, y no tengo quien me dé agua, siquiera. Voy a morir aquí de hambre y de sed.

Y al poco rato la fiebre subió más aún, y perdió el conocimiento.

Pero la tortuga lo había oído, y entendió lo que el cazador decía. Y ella pensó entonces:

—El hombre no me comió la otra vez, aunque tenía mucha hambre, y me curó. Yo le voy a curar a él ahora.

Fue entonces a la laguna, buscó una cáscara de tortuga chiquita, y después de limpiarla bien con arena y ceniza la llenó de agua y le dio de beber al hombre, que estaba tendido sobre su manta y se moría de sed. Se puso a buscar en seguida raíces ricas y yuyitos tiernos, que le llevó al hombre para que comiera. El hombre comía sin darse cuenta de quién le daba la comida, porque tenía delirio con la fiebre y no conocía a nadie.

Todas las mañanas, la tortuga recorría el monte buscando raíces cada vez más ricas para darle al hombre, y sentía no poder subirse a los árboles para llevarle frutas.

El cazador comió así días y días sin saber quién le daba la comida, y un día recobró el conocimiento. Miró a todos lados, y vio que estaba solo, pues allí no había más que él y la tortuga que era un animal. Y dijo otra vez en voz alta:

—Estoy solo en el bosque, la fiebre va a volver de nuevo, y yo voy a morir aquí, porque solamente en Buenos Aires hay remedios para curarme. Pero nunca podré ir, y voy a morir aquí.

Y como él lo había dicho, la fiebre volvió esa tarde, más fuerte que antes, y perdió el conocimiento.

Pero también esta vez la tortuga lo había oído, y se dijo:

—Si queda aquí en el monte se va a morir, porque no hay remedios, y tengo que llevarlo a Buenos Aires.

Dicho esto, cortó enredaderas finas y fuertes, que son como piolas, acostó con mucho cuidado al hombre encima de su lomo, y lo sujetó bien con las enredaderas para que no cayese. Hizo muchas pruebas para acomodar bien la escopeta, los cueros y el mate con víboras, y al fin consiguió lo que quería, sin molestar al cazador, y emprendió entonces el viaje.

La tortuga, cargada así, caminó, caminó y caminó de día y de noche. Atravesó montes, campos, cruzó a nado ríos de una legua de ancho, y atravesó pantanos en que quedaba casi enterrada, siempre con el hombre moribundo encima. Después de ocho o diez horas de caminar se detenía, deshacía los nudos, y acostaba al hombre con mucho cuidado, en un lugar donde hubiera pasto bien seco.

Iba entonces a buscar agua y raíces tiernas, y le daba al hombre enfermo. Ella comía también, aunque estaba tan cansada que prefería dormir.

A veces tenía que caminar al sol; y como era verano, el cazador tenía tanta fiebre que deliraba y se moría de sed. Gritaba: ¡agua! ¡agua!, a cada rato. Y cada vez la tortuga tenía que darle de beber.

Así anduvo días y días, semana tras semana. Cada vez estaban más cerca de Buenos Aires, pero también cada día la tortuga se iba debilitando, cada día tenía menos fuerza, aunque ella no se quejaba. A veces quedaba tendida, completamente sin fuerzas, y el hombre recobraba a medias el conocimiento. Y decía, en voz alta:

—Voy a morir, estoy cada vez más enfermo, y sólo en Buenos Aires me podría curar. Pero voy a morir aquí, solo en el monte.

Él creía que estaba siempre en la ramada, porque no se daba cuenta de nada. La tortuga se levantaba entonces, y emprendía de nuevo el camino.

Pero llegó un día, un atardecer, en que la pobre tortuga no pudo más. Había llegado al límite de sus fuerzas, y no podía más. No había comido desde hacía una semana para llegar más pronto. No tenía más fuerza para nada.

Cuando cayó del todo la noche, vio una luz lejana en el horizonte, un resplandor que iluminaba el cielo, y no supo qué era. Se sentía cada vez más débil, y cerró entonces los ojos para morir junto con el cazador, pensando con tristeza que no había podido salvar al hombre que había sido bueno con ella.

Y sin embargo, estaba ya en Buenos Aires, y ella no lo sabía. Aquella luz que veía en el cielo era el resplandor de la ciudad, e iba a morir cuando estaba ya al fin de su heroico viaje.

Pero un ratón de la ciudad —posiblemente el ratoncito Pérez— encontró a los dos viajeros moribundos.

—¡Qué tortuga! —dijo el ratón—. Nunca he visto una tortuga tan grande. ¿Y eso que llevas en el lomo, qué es? ¿Es leña?

—No —le respondió con tristeza la tortuga—. Es un hombre.

—¿Y dónde vas con ese hombre? —añadió el curioso ratón.

—Voy... voy... Quería ir a Buenos Aires —respondió la pobre tortuga en una voz tan baja que apenas se oía—. Pero vamos a morir aquí, porque nunca llegaré...

—¡Ah, zonza, zonza! —dijo riendo el ratoncito—. ¡Nunca vi una tortuga más zonza! ¡Si ya has llegado a Buenos Aires! Esa luz que ves allá, es Buenos Aires.

Al oír esto, la tortuga se sintió con una fuerza inmensa porque aún tenía tiempo de salvar al cazador, y emprendió la marcha.

Y cuando era de madrugada todavía, el director del Jardín Zoológico vio llegar a una tortuga embarrada y sumamente flaca, que traía acostado en su lomo y atado con enredaderas, para que no se cayera, a un hombre que se estaba muriendo. El director reconoció a su amigo, y él mismo fue corriendo a buscar remedios, con los que el cazador se curó en seguida.

Cuando el cazador supo cómo lo había salvado la tortuga, cómo había hecho un viaje de trescientas leguas para que tomara remedios, no quiso separarse más de ella. Y como él no podía tenerla en su casa, que era muy chica, el director del Zoológico se comprometió a tenerla en el Jardín, y a cuidarla como si fuera su propia hija.

Y así pasó. La tortuga, feliz y contenta con el cariño que le tienen, pasea por todo el jardín, y es la misma gran tortuga que vemos todos los días comiendo el pastito alrededor de las jaulas de los monos.

El cazador la va a ver todas las tardes y ella conoce de lejos a su amigo, por los pasos. Pasan un par de horas juntos, y ella no quiere nunca que él se vaya sin que le dé antes una palmadita de cariño en el lomo.

LAS MEDIAS DE LOS FLAMENCOS[*]

CIERTA VEZ las víboras dieron un gran baile. Invitaron a las ranas y a los sapos, a los flamencos, y a los yacarés y a los pescados. Los pescados, como no caminan, no pudieron bailar; pero siendo el baile a la orilla del río, los pescados estaban asomados a la arena, y aplaudían con la cola.

---

* Inicialmente publicado en: *Fray Mocho*, Buenos Aires, año V, nº 220, julio 4, 1916, con diez dibujos de Friedrich, cinco en cada una de las páginas de la revista.

Los yacarés, para adornarse bien, se habían puesto en el pescuezo un collar de bananas, y fumaban cigarros paraguayos. Los sapos se habían pegado escamas de pescado en todo el cuerpo, y caminaban meneándose, como si nadaran. Y cada vez que pasaban muy serios por la orilla del río, los pescados les gritaban haciéndoles burla.

Las ranas se habían perfumado todo el cuerpo, y caminaban en dos pies. Además, cada una llevaba colgada como un farolito, una luciérnaga que se balanceaba.

Pero las que estaban hermosísimas eran las víboras. Todas, sin excepción, estaban vestidas con traje de bailarina, del mismo color de cada víbora. Las víboras coloradas llevaban una pollerita de tul colorado; las verdes, una de tul verde; las amarillas otra de tul amarillo; y las yararás, una pollerita de tul gris pintada con rayas de polvo de ladrillo y ceniza, porque así es el color de las yararás.

Y las más espléndidas de todas eran las víboras de coral, que estaban vestidas con larguísimas gasas rojas, blancas y negras, y bailaban como serpentinas. Cuando las víboras danzaban y daban vueltas apoyadas en la punta de la cola, todos los invitados aplaudían como locos.

Sólo los flamencos, que entonces tenían las patas blancas, y tienen ahora como antes la nariz muy gruesa y torcida, sólo los flamencos estaban tristes, porque como tienen muy poca inteligencia, no habían sabido cómo adornarse. Envidiaban el traje de todos, y sobre todo el de las víboras de coral. Cada vez que una víbora pasaba por delante de ellos, coqueteando y haciendo ondular las gasas de serpentina, los flamencos se morían de envidia.

Un flamenco dijo entonces:

—Yo sé lo que vamos a hacer. Vamos a ponernos medias coloradas, blancas y negras, y las víboras de coral se van a enamorar de nosotros.

Y levantando todos juntos el vuelo, cruzaron el río y fueron a golpear en un almacén del pueblo.

—¡Tán-tán! —pegaron con las patas.

—¿Quién es? —respondió el almacenero.

—Somos los flamencos. ¿Tiene medias coloradas, blancas y negras?

—No, no hay —contestó el almacenero—. ¿Están locos? En ninguna parte van a encontrar medias así.

Los flamencos fueron entonces a otro almacén.

—¡Tán-tán! ¿Tiene medias coloradas, blancas y negras?

El almacenero contestó:

—¿Cómo dice? ¿Coloradas, blancas y negras? No hay medias así en ninguna parte. Ustedes están locos. ¿Quiénes son?

—Somos los flamencos —respondieron ellos.

Y el hombre dijo:

—Entonces son con seguridad flamencos locos.

Fueron entonces a otro almacén.

—¡Tán-tán! ¿Tiene medias coloradas, blancas y negras?

El almacenero gritó:

—¿De qué color? ¿Coloradas, blancas y negras? Solamente a pájaros narigudos como ustedes se les ocurre pedir medias así. ¡Váyanse en seguida!

Y el hombre los echó con la escoba.

Los flamencos recorrieron así todos los almacenes, y de todas partes los echaban por locos.

Entonces un tatú que había ido a tomar agua al río, se quiso burlar de los flamencos y les dijo, haciéndoles un gran saludo:

—¡Buenas noches, señores flamencos! Yo sé lo que ustedes buscan. No van a encontrar medias así en ningún almacén. Tal vez haya en Buenos Aires, pero tendrán que pedirlas por encomienda postal. Mi cuñada, la lechuza, tiene medias así. Pídanselas, y ella les va a dar las medias coloradas, blancas y negras.

Los flamencos le dieron las gracias, y se fueron volando a la cueva de la lechuza. Y le dijeron:

—¡Buenas noches, lechuza! Venimos a pedirte las medias coloradas, blancas y negras. Hoy es el gran baile de las víboras, y si nos ponemos esas medias, las víboras de coral se van a enamorar de nosotros.

—¡Con mucho gusto! —respondió la lechuza—. Esperen un segundo, y vuelvo en seguida.

Y echando a volar, dejó solos a los flamencos; y al rato volvió con las medias. Pero no eran medias, sino cueros de víboras de coral, lindísimos cueros recién sacados a las víboras que la lechuza había cazado.

—Aquí están las medias —les dijo la lechuza—. No se preocupen de nada, sino de una sola cosa: bailen toda la noche, bailen sin parar un momento, bailen de costado, de pico, de cabeza, como ustedes quieran; pero no paren un momento, porque en vez de bailar van entonces a llorar.

Pero los flamencos, como son tan tontos, no comprendían bien qué gran peligro había para ellos en eso, y locos de alegría se pusieron los cueros de las víboras de coral como medias, metiendo las patas dentro de los cueros que estaban como tubos. Y muy contentos se fueron volando al baile.

Cuando vieron a los flamencos con sus hermosísimas medias, todos les tuvieron envidia. Las víboras querían bailar con ellos únicamente, y como los flamencos no dejaban un instante de mover las patas, las víboras no podían ver bien de qué estaban hechas aquellas preciosas medias.

Pero poco a poco, sin embargo, las víboras comenzaron a desconfiar. Cuando los flamencos pasaban bailando al lado de ellas, se agachaban hasta el suelo para ver bien.

Las víboras de coral, sobre todo, estaban muy inquietas. No apartaban la vista de las medias, y se agachaban también, tratando de tocar con la lengua las patas de los flamencos, porque la lengua de las víboras es como la mano de las personas. Pero los flamencos bailaban y bailaban sin cesar, aunque estaban cansadísimos y ya no podían más.

Las víboras de coral, que conocieron esto, pidieron en seguida a las ranas sus farolitos, que eran bichitos de luz, y esperaron todas juntas a que los flamencos se cayeran de cansados.

Efectivamente, un minuto después un flamenco, que ya no podía más, tropezó con el cigarro de un yacaré, se tambaleó y cayó de costado. En seguida las víboras de coral corrieron con sus farolitos, y alumbraron bien las patas del flamenco. Y vieron qué eran aquellas medias, y lanzaron un silbido que se oyó desde la otra orilla del Paraná.

—¡No son medias! —gritaron las víboras—. ¡Sabemos lo que es! ¡Nos han engañado! ¡Los flamencos han matado a nuestras hermanas y se han puesto sus cueros como medias! ¡Las medias que tienen son de víboras de coral!

Al oír esto, los flamencos, llenos de miedo porque estaban descubiertos, quisieron volar; pero estaban tan cansados que no pudieron levantar una sola pata. Entonces las víboras de coral se lanzaron sobre ellos, y enroscándose en sus patas les deshicieron a mordiscones las medias. Les arrancaban las medias a pedazos, enfurecidas, y les mordían también las patas, para que murieran.

Los flamencos, locos de dolor, saltaban de un lado para otro, sin que las víboras de coral se desenroscaran de sus patas. Hasta que al fin, viendo que ya no quedaba un solo pedazo de media, las víboras los dejaron libres, cansadas y arreglándose las gasas de su traje de baile.

Además, las víboras de coral estaban seguras de que los flamencos iban a morir, porque la mitad, por lo menos, de las víboras de coral que los habían mordido, eran venenosas.

Pero los flamencos no murieron. Corrieron a echarse al agua, sintiendo un grandísimo dolor. Gritaban de dolor, y sus patas, que eran blancas, estaban entonces coloradas por el veneno de las víboras. Pasaron días y días, y siempre sentían terrible ardor en las patas, y las tenían siempre de color sangre, porque estaban envenenadas.

Hace de esto muchísimo tiempo. Y ahora todavía están los flamencos casi todo el día con sus patas coloradas metidas en el agua, tratando de calmar el ardor que sienten en ellas.

A veces se apartan de la orilla, y dan unos pasos por tierra, para ver cómo se hallan. Pero los dolores del veneno vuelven en seguida, y corren a meterse en el agua. A veces el ardor que sienten es tan grande, que encogen una pata y quedan así horas enteras, porque no pueden estirarla.

Esta es la historia de los flamencos, que antes tenían las patas blancas y ahora las tienen coloradas. Todos los pescados saben por qué es, y se burlan de ellos. Pero los flamencos, mientras se curan en el agua, no pierden ocasión de vengarse, comiéndose a cuanto pescadito se acerca demasiado a burlarse de ellos.

EL LORO PELADO*

HABÍA UNA VEZ una bandada de loros que vivían en el monte.

De mañana temprano iban a comer choclos a la chacra, y de tarde comían naranjas. Hacían gran barullo con sus gritos, y tenían siempre un loro de centinela en los árboles más altos, para ver si venía alguien.

Los loros son tan dañinos como la langosta, porque abren los choclos para picotearlos, y después se pudren con la lluvia. Y como al mismo tiempo los loros son ricos para comer guisados, los peones los cazaban a tiros.

Un día, un hombre bajó de un tiro a un loro centinela, el que cayó herido y peleó un buen rato antes de dejarse agarrar. El peón lo llevó a la casa, para los hijos del patrón, y los chicos lo curaron, porque no tenía más que una ala rota. El loro se curó muy bien, y se amansó completamente. Se llamaba Pedrito. Aprendió a dar la pata; le gustaba estar en el hombro de las personas y con el pico les hacía cosquillas en la oreja.

Vivía suelto, y pasaba casi todo el día en los naranjos y eucaliptus del jardín. Le gustaba también burlarse de las gallinas. A las cuatro o cinco de la tarde, que era la hora en que tomaban el té en la casa, el loro entraba también en el comedor, y se subía con el pico y las patas por el mantel, a comer pan mojado en leche. Tenía locura por el té con leche.

Tanto se daba Pedrito con los chicos, y tantas cosas le decían las criaturas, que el loro aprendió a hablar. Decía: «¡buen día, lorito!...», «¡rica, la papa!...», «¡papa para Pedrito!...» Decía otras cosas más que no se pueden decir, porque los loros, como los chicos, aprenden con gran facilidad malas palabras.

Cuando llovía, Pedrito se encrespaba y se contaba a sí mismo una porción de cosas, muy bajito. Cuando el tiempo se componía, volaba entonces gritando como un loco.

Era, como se ve, un loro bien feliz, que además de ser libre, como lo desean todos los pájaros, tenía también, como las personas ricas, su «five o'clock tea».

Ahora bien, en medio de esta felicidad, sucedió que una tarde de lluvia salió por fin el sol después de cinco días de temporal, y Pedrito se puso a gritar volando:

---

* Inicialmente en: *Fray Mocho*, Buenos Aires, año VI, n° 255, marzo 16, 1917, con dos dibujos de Macaya, uno por cada página de la publicación.

—¡Qué lindo día, lorito!..., ¡rica, papa!... ¡la pata, Pedrito!... —Y volaba lejos, hasta que vio debajo de él, muy abajo, el río Paraná, que parecía una lejana y ancha cinta blanca. Y siguió, siguió volando, hasta que se asentó por fin en un árbol a descansar.

Y he aquí que de pronto vio brillar en el suelo, a través de las ramas, dos luces verdes, como enormes bichos de luz.

—¿Qué será? —se dijo el loro—. ¡Rica papa!..., ¿qué será eso?... ¡Buen día, Pedrito!...

El loro hablaba siempre así, como todos los loros, mezclando las palabras sin ton ni son, y a veces costaba entenderlo. Y como era muy curioso, fue bajando de rama en rama, hasta acercarse. Entonces vio que aquellas dos luces verdes eran los ojos de un tigre que estaba agachado, mirándolo fijamente.

Pero Pedrito estaba tan contento con el lindo día, que no tuvo ningún miedo.

—¡Buen día, tigre! —le dijo—. ¡La pata, Pedrito!...

Y el tigre, con esa voz terriblemente ronca que tiene, le respondió:

—¡Bu-en dí-a!

—¡Buen día, tigre! —repitió el loro—. «¡Rica, papa!... ¡rica, papa!... ¡rica, papa!...»

Y decía tantas veces «¡rica, papa!» porque ya eran las cuatro de la tarde, y tenía muchas ganas de tomar té con leche. El loro se había olvidado de que los bichos del monte no toman té con leche, y por esto lo convidó al tigre.

—¡Rico, té con leche! —le dijo—. «¡Buen día, Pedrito!...» ¿Querés tomar té con leche conmigo, amigo tigre?

Pero el tigre se puso furioso porque creyó que el loro se reía de él; y además, como tenía a su vez hambre, se quiso comer al pájaro hablador. Así es que le contestó:

—¡Bue-no! ¡Acercá-te un po-co, que soy sor-do!

El tigre no era sordo; lo que quería era que Pedrito se acercara mucho para agarrarlo de un zarpazo. Pero el loro no pensaba sino en el gusto que tendrían en la casa cuando él se presentara a tomar té con leche con aquel magnífico amigo. Y voló hasta otra rama más cerca del suelo.

—¡Rica, papa, en casa! —repitió, gritando cuanto podía.

—¡Más cer-ca! ¡No oi-go! —respondió el tigre con su ronca voz.

El loro se acercó un poco más y dijo:

—¡Rico, té con leche!

—¡Más cer-ca toda-vía! —repitió el tigre.

El pobre loro se acercó aún más, y en ese momento el tigre dio un terrible salto, tan alto como una casa, y alcanzó con la punta de las uñas a Pedrito. No alcanzó a matarlo, pero le arrancó todas las plumas del lomo, y la cola entera. No le quedó una sola pluma en la cola.

—¡Tomá! —rugió el tigre—. Andá a tomar té con leche...

El loro, gritando de dolor y de miedo, se fue volando. Pero no podía volar bien, porque le faltaba la cola, que es como el timón de los pájaros. Volaba cayéndose en el aire de un lado para otro, y todos los pájaros que lo encontraban, se alejaban asustados de aquel bicho raro.

Por fin pudo llegar a la casa, y lo primero que hizo fue mirarse en el espejo de la cocinera. ¡Pobre Pedrito! Era el pájaro más raro y más feo que puede darse, todo pelado, todo rabón, y temblando de frío. ¿Cómo iba a presentarse en el comedor, con esa figura? Voló entonces hasta el hueco que había en el tronco de un eucaliptus y que era como una cueva, y se escondió en el fondo, tiritando de frío y de vergüenza.

Pero entre tanto, en el comedor todos extrañaban su ausencia.

—¿Dónde estará Pedrito? —decían. Y llamaban—: ¡Pedrito! ¡Rica papa, Pedrito! ¡Té con leche, Pedrito!

Pero Pedrito no se movía de su cueva, ni respondía nada, mudo y quieto. Lo buscaron por todas partes, pero el loro no apareció. Todos creyeron entonces que Pedrito había muerto, y los chicos se echaron a llorar.

Todas las tardes, a la hora del té, se acordaban siempre del loro, y recordaban también cuánto le gustaba comer pan mojado en té con leche. ¡Pobre Pedrito! Nunca más lo verían porque había muerto.

Pero Pedrito no había muerto, sino que continuaba en su cueva sin dejarse ver por nadie, porque sentía mucha vergüenza de verse pelado como un ratón. De noche bajaba a comer, y subía en seguida. De madrugada descendía de nuevo, muy ligero, e iba a mirarse en el espejo de la cocinera, siempre muy triste porque las plumas tardaban mucho en crecer.

Hasta que por fin un día, o una tarde, la familia, sentada a la mesa a la hora del té, vio entrar a Pedrito muy tranquilo, balanceándose, como si nada hubiera pasado. Todos se querían morir de gusto cuando lo vieron, bien vivo y con lindísimas plumas.

—¡Pedrito, lorito! —le decían—. ¡Qué te pasó, Pedrito! ¡Qué plumas brillantes que tiene el lorito!

Pero no sabían que eran plumas nuevas, y Pedrito, muy serio, no decía tampoco una palabra. No hacía sino comer pan mojado en té con leche. Pero lo que es hablar, ni una sola palabra.

Por esto, el dueño de casa se sorprendió mucho cuando a la mañana siguiente el loro fue volando a pararse en su hombro, charlando como un loco. En dos minutos le contó lo que le había pasado: su paseo al Paraguay, su encuentro con el tigre, y lo demás; y concluía cada cuento, cantando:

—¡Ni una pluma en la cola de Pedrito! ¡Ni una pluma! ¡ni una pluma!

Y lo invitó a ir a cazar al tigre entre los dos.

El dueño de casa, que precisamente iba en ese momento a comprar una piel de tigre que hacía falta para la estufa, quedó muy contento de poderla tener gratis. Y volviendo a entrar en la casa para tomar la escopeta, emprendió junto con Pedrito el viaje al Paraguay. Convinieron en que cuando Pedrito viera al tigre lo distraería charlando, para que el hombre pudiera acercarse despacito con la escopeta.

Y así pasó. El loro, sentado en una rama del árbol, charlaba y charlaba, mirando al mismo tiempo a todos lados, para ver si veía al tigre. Y por fin sintió un ruido de ramas partidas, y vio de repente debajo del árbol dos luces verdes fijas en él; eran los ojos del tigre.

Entonces el loro se puso a gritar:

—¡Lindo día!... ¡rica papa!... ¡rico té con leche!... ¿querés té con leche?...

El tigre, enojadísimo al reconocer a aquel loro pelado que él creía haber muerto, y que tenía otra vez lindísimas plumas, juró que esa vez no se le escaparía, y de sus ojos brotaron dos rayos de ira cuando respondió con su voz ronca:

—¡Acer-cá-te más! ¡Soy sor-do!

El loro voló a otra rama más próxima, siempre charlando:

—¡Rico, pan con leche!... ESTÁ AL PIE DE ESTE ÁRBOL!...

Al oír estas últimas palabras, el tigre lanzó un rugido y se levantó de un salto.

—¿Con quién estás hablando? —bramó— ¡A quién le has dicho que estoy al pie de este árbol?

—¡A nadie, a nadie! —gritó el loro—. ¡Buen día, Pedrito!... ¡La pata, lorito!

Y seguía charlando y saltando de rama en rama, y acercándose. Pero él había dicho: *Está al pie del árbol* para avisarle al hombre, que se iba arrimando bien agachado y con la escopeta al hombro.

Y llegó un momento en que el loro no pudo acercarse más, porque si no caía en la boca del tigre, y entonces gritó:

—¡Rica, papa!... ¡ATENCIÓN!

—¡Más cer-ca aún! —rugió el tigre, agachándose para saltar.

—¡Rico, té con leche!... ¡CUIDADO, VA A SALTAR!

Y el tigre saltó, en efecto. Dió un enorme salto, que el loro evitó lanzándose al mismo tiempo como una flecha al aire. Pero también en ese mismo instante el hombre, que tenía el cañón de la escopeta recostado contra un tronco para hacer bien la puntería, apretó el gatillo, y nueve balines del tamaño de un garbanzo cada uno, entraron como un rayo en el corazón del tigre, que lanzando un bramido que hizo temblar el monte entero, cayó muerto.

Pero el loro, ¡qué gritos de alegría daba! Estaba loco de contento, porque se había vengado —¡y bien vengado!— del feísimo animal que le había sacado las plumas.

El hombre estaba también muy contento, porque matar a un tigre es cosa difícil, y además tenía piel para la estufa del comedor.

Cuando llegaron a la casa, todos supieron por qué Pedrito había estado tanto tiempo oculto en el hueco del árbol, y todos lo felicitaron por la hazaña que había hecho.

Vivieron en adelante muy contentos. Pero el loro no se olvidaba de lo que le había hecho el tigre, y todas las tardes, cuando entraba en el comedor para tomar el té se acercaba siempre a la piel del tigre, tendida delante de la estufa, y lo invitaba a tomar té con leche.

—¡Rica, papa!... —le decía—. ¿Querés té con leche?... ¡La papa para el tigre!...

Y todos se morían de risa. Y Pedrito también.

LA GUERRA DE LOS YACARÉS*

EN UN RÍO muy grande, en un país desierto donde nunca había estado el hombre, vivían muchos yacarés. Eran más de cien o más de mil. Comían pescados, bichos que iban a tomar agua al río, pero sobre todo pescados. Dormían la siesta en la arena de la orilla, y a veces jugaban sobre el agua cuando había noches de luna.

Todos vivían muy tranquilos y contentos. Pero una tarde, mientras dormían la siesta, un yacaré se despertó de golpe y levantó la cabeza porque creía haber sentido ruido. Prestó oído, y lejos, muy lejos, oyó efectivamente un ruido sordo y profundo. Entonces llamó al yacaré que dormía a su lado.

—¡Despiértate! —le dijo—. Hay peligro.

—¿Qué cosa? —respondió el otro, alarmado.

—No sé —contestó el yacaré que se había despertado primero—. Siento un ruido desconocido.

El segundo yacaré oyó el ruido a su vez, y en un momento despertaron a los otros. Todos se asustaron, y corrían de un lado para otro con la cola levantada.

Y no era para menos su inquietud, porque el ruido crecía, crecía. Pronto vieron como una nubecita de humo a lo lejos y oyeron un ruido de *chás-chás* en el río, como si golpearan el agua muy lejos.

Los yacarés se miraban unos a otros: ¿qué podía ser aquello?

Pero un yacaré viejo y sabio, el más sabio y viejo de todos, un viejo yacaré a quien no quedaban sino dos dientes sanos en los costados de la boca, y que había hecho una vez un viaje hasta el mar, dijo de repente:

—¡Yo sé lo que es! ¡Es una ballena! ¡Son grandes y echan agua blanca por la nariz! El agua cae para atrás.

---

* Publicado por primera vez en: *Fray Mocho*, Buenos Aires, año V, n° 212, mayo 19, 1916, con doce ilustraciones de Cao, cuatro por cada página de la revista.

Al oír esto, los yacarés chiquitos comenzaron a gritar como locos de miedo, zambullendo de cabeza. Y gritaban:

—¡Es una ballena! ¡Ahí viene la ballena!

Pero el viejo yacaré sacudió de la cola al yacarecito que tenía más cerca.

—¡No tengan miedo! —les gritó—. ¡Yo sé lo que es la ballena! ¡Ella tiene miedo de nosotros! ¡Siempre tiene miedo!

Con lo cual los yacarés chicos se traquilizaron. Pero en seguida volvieron a asustarse, porque el humo gris se cambió de repente en humo negro, y todos sintieron bien fuerte ahora el *chás-chás-chás* en el agua. Los yacarés, espantados, se hundieron en el río, dejando solamente fuera los ojos y la punta de la nariz. Y así vieron pasar delante de ellos aquella cosa inmensa, llena de humo y golpeando el agua, que era un vapor de ruedas, que navegaba por primera vez por aquel río.

El vapor pasó, se alejó y desapareció. Los yacarés entonces fueron saliendo del agua, muy enojados con el viejo yacaré, porque los había engañado diciéndoles que eso era un ballena.

—¡Eso no es una ballena! —le gritaron en las orejas, porque era un poco sordo—. ¿Qué es eso que pasó?

El viejo yacaré les explicó entonces que era un vapor, lleno de fuego, y que los yacarés se iban a morir todos si el buque seguía pasando.

Pero los yacarés se echaron a reír, porque creyeron que el viejo se había vuelto loco. ¿Por qué se iban a morir ellos si el vapor seguía pasando? ¡Estaba bien loco, el pobre yacaré viejo!

Y como tenían hambre se pusieron a buscar pescados.

Pero no había ni un pescado. No encontraron un solo pescado. Todos se habían ido, asustados por el ruido del vapor. No había más pescados.

—¿No les decía yo? —dijo entonces el viejo yacaré—. Ya no tenemos nada que comer. Todos los pescados se han ido. Esperemos hasta mañana. Puede ser que el vapor no vuelva más, y los pescados volverán cuando no tengan más miedo.

Pero al día siguiente sintieron de nuevo el ruido en el agua, y vieron pasar de nuevo al vapor, haciendo mucho ruido y largando tanto humo que oscurecía el cielo.

—Bueno —dijeron entonces los yacarés—; el buque pasó ayer, pasó hoy, y pasará mañana. Ya no habrá más pescados ni bichos que vengan a tomar agua, y nos moriremos de hambre. Hagamos entonces un dique.

—¡Sí, un dique!, ¡un dique! —gritaron todos, nadando a toda fuerza hacia la orilla—. ¡Hagamos un dique!

En seguida se pusieron a hacer el dique. Fueron todos al bosque y echaron abajo más de diez mil árboles, sobre todo lapachos y quebrachos, porque tienen la madera muy dura. Los cortaron con la especie de serrucho que los yacarés tienen encima de la cola; los empujaron hasta el agua, y los clavaron a todo lo ancho del río, a un metro uno de otro. Ningún buque podía pasar por allí, ni grande ni chico. Estaban seguros de que nadie vendría a espantar los pescados. Y como estaban muy cansados, se acostaron a dormir en la playa.

Al otro día dormían todavía, cuando oyeron el *chás-chás-chás* del vapor. Todos oyeron, pero ninguno se levantó ni abrió los ojos siquiera. ¿Qué les importaba el buque? Podía hacer todo el ruido que quisiera; por allí no iba a pasar.

En efecto, el vapor estaba muy lejos todavía cuando se detuvo. Los hombres que iban adentro miraron con anteojos aquella cosa atravesada en el río, y mandaron un bote a ver qué era aquello que les impedía pasar. Entonces los yacarés se levantaron y fueron al dique, y miraron por entre los palos, riéndose del chasco que se había llevado el vapor.

El bote se acercó, vio el formidable dique que habían levantado los yacarés y se volvió al vapor. Pero después volvió otra vez al dique, y los hombres del bote gritaron:

—¡Eh, yacarés!

—¡Qué hay! —respondieron los yacarés, sacando la cabeza por entre los troncos del dique.

—¡Nos está estorbando eso! —continuaron los hombres.

—¡Ya lo sabemos!

—¡No podemos pasar!

—¡Es lo que queremos!

—¡Saquen el dique!

—¡No lo sacamos!

Los hombres del bote hablaron un rato en voz baja entre ellos y gritaron después:

—¡Yacarés!

—¡Qué hay! —contestaron ellos.

—¿No lo sacan?

—¡No!

—¡Hasta mañana, entonces!

—¡Hasta cuando quieran!

Y el bote volvió al vapor, mientras los yacarés, locos de contento, daban tremendos colazos en el agua. Ningún vapor iba a pasar por allí, y siempre, siempre, habría pescado.

Pero al día siguiente volvió el vapor, y cuando los yacarés miraron el buque, quedaron mudos de asombro; ya no era el mismo buque. Era otro, un buque de color ratón, mucho más grande que el otro. ¿Qué nuevo vapor era ese? ¿Ése también quería pasar? No iba a pasar, no. ¡Ni ése, ni otro, ni ningún otro!

—¡No, no va a pasar! —gritaron los yacarés, lanzándose al dique, cada cual a su puesto entre los troncos.

El nuevo buque, como el otro, se detuvo lejos, y del dique. Ni un tronco, ni una astilla, ni una cáscara. Todo había sido deshecho a cañonazos por el acorazado. Y los yacarés hundidos en el agua con los ojos y la nariz solamente de fuera, vieron pasar al buque de guerra, silbando a toda fuerza.

Entonces los yacarés salieron del agua y dijeron:

—Hagamos otro dique mucho más grande que el otro.

Y en esa misma tarde y esa noche misma hicieron otro dique, con troncos inmensos. Después se acostaron a dormir, cansadísimos, y estaban durmiendo todavía al día siguiente, cuando el buque de guerra llegó otra vez, y el bote se acercó al dique.

—¡Eh, yacarés! —gritó el oficial.

—¡Qué hay! —respondieron los yacarés.

—¡Saquen ese otro dique!

—¡No lo sacamos!

—¡Lo vamos a deshacer a cañonazos como al otro!

—¡Deshagan... si pueden!

Y hablaban así con orgullo porque estaban seguros de que su nuevo dique no podría ser deshecho ni por todos los cañones del mundo.

Pero un rato después el buque volvió a llenarse de humo, y con un horrible estampido la bala reventó en el medio del dique, porque esta vez habían tirado con granada. La granada reventó entre los troncos, e hizo saltar, despedazó, redujo a astillas las enormes vigas. La segunda reventó al lado de la primera, y otro pedazo de dique voló por el aire. Y así fueron deshaciendo el dique. Y no quedó nada del dique, nada, nada. El buque de guerra pasó entonces delante de los yacarés, y los hombres les hacían burla tapándose la boca.

—Bueno —dijeron entonces los yacarés, saliendo del agua—. Vamos a morir todos, porque el buque va a pasar siempre y los pescados no volverán.

Y estaban tristes, porque los yacarés chiquitos se quejaban de hambre.

El viejo yacaré dijo entonces:

—Todavía tenemos una esperanza de salvarnos. Vamos a ver al SURUBÍ. Yo hice el viaje con él cuando fui hasta el mar, y tiene un torpedo. El vio un combate entre dos buques de guerra, y trajo hasta aquí un torpedo que no reventó. Vamos a pedírselo, y aunque está muy enojado con nosotros los yacarés, tiene buen corazón y no querrá que muramos todos.

El hecho es que antes, muchos años antes, los yacarés se habían comido a un sobrinito del Surubí, y éste no había querido tener más relaciones con los yacarés. Pero a pesar de todo fueron corriendo a ver al Surubí, que vivía en una gruta grandísima en la orilla del río Paraná, y que dormía siempre al lado de su torpedo. Hay surubíes que tienen hasta dos metros de largo, y el dueño del torpedo era uno de esos.

—¡Eh, Surubí! —gritaron todos los yacarés desde la entrada de la gruta, sin atreverse a entrar, por aquel asunto del sobrinito.

—¿Quién me llama? —contestó el Surubí.

—¡Somos nosotros, los yacarés!

—No tengo ni quiero tener relación con ustedes —respondió el Surubí, de mal humor. Entonces el viejo yacaré se adelantó un poco en la gruta y dijo:

—¡Soy yo, Surubí! ¡Soy tu amigo, el yacaré que hizo contigo el viaje hasta el mar!

Al oír esa voz conocida, el Surubí salió de la gruta.

—¡Ah, no te había conocido! —le dijo cariñosamente su viejo amigo—. ¿Qué quieres?

—Venimos a pedirte el torpedo. Hay un buque de guerra que pasa por nuestro río y espanta a los pescados. Es un buque de guerra, un acorazado. Hicimos un dique, y lo echó a pique. Hicimos otro, y lo echó también a pique. Los pescados se han ido, y nos morimos de hambre. Danos el torpedo, y lo echaremos a pique a él.

El Surubí, al oír esto, pensó un largo rato. Y después dijo:

—Está bien; les prestaré el torpedo, aunque me acuerdo siempre de lo que hicieron con el hijo de mi hermano. ¿Quién sabe hacer reventar el torpedo?

Ninguno sabía, y todos se callaron.

—Está bien —dijo el Surubí con orgullo— yo lo haré reventar. Yo sé hacer eso.

Organizaron entonces el viaje. Los yacarés se ataron todos unos con otros; de la cola del uno al cuello del otro; de la cola de éste, al cuello de aquél, formando así una larga cadena de yacarés que tenía más de una cuadra. El inmenso Surubí empujó al torpedo hacia la corriente, y se colocó bajo el, sosteniéndolo sobre el lomo para que flotara. Y como las lianas con que estaban atados los yacarés uno detrás del otro se habían concluido, el Surubí se prendió con los dientes de la cola del último yacaré, y así emprendieron la marcha. El Surubí sostenía el torpedo, y los yacarés tiraban, corriendo por la costa. Subían, bajaban, saltaban por sobre las piedras, corriendo siempre y arrastrando al torpedo, que levantaba olas como un buque por la velocidad de la corrida. Pero a la mañana siguiente, bien temprano, llegaban al lugar donde habían construido su último dique, y comenzaron en seguida otro, pero mucho más fuerte que los anteriores, porque por consejo del Surubí colocaron los troncos bien juntos uno al lado del otro. Era un dique realmente formidable.

Hacía apenas una hora que acababan de colocar el último tronco del dique, cuando el buque de guerra apareció otra vez, y el bote con el oficial y los ocho marineros se acercó de nuevo al dique. Los yacarés se treparon entonces por los troncos y asomaron la cabeza del otro lado.

—¡Eh, yacarés! —gritó el oficial.

—¡Qué hay! —respondieron los yacarés.

—¿Otra vez el dique?

—¡Sí, otra vez!

—¡Saquen ese dique!

—¡Nunca!

—¿No lo sacan?

—¡No!

—Bueno; entonces oigan —dijo el oficial—. Vamos a deshacer este dique, y para que no quieran hacer otro los vamos a deshacer después a ustedes, a cañonazos. No va a quedar ni uno solo vivo —ni grandes, ni chicos, ni gordos, ni flacos, ni jóvenes ni viejos— como ese viejísimo yacaré que veo, y que no tiene sino dos dientes en los costados de la boca.

El viejo y sabio yacaré, al ver que el oficial hablaba de él y se burlaba, le dijo:

—Es cierto que no me quedan sino pocos dientes, y algunos rotos. ¿Pero usted sabe qué van a comer mañana estos dientes? —añadió abriendo su inmensa boca.

—¿Qué van a comer, a ver? —respondieron los marineros.

—A ese oficialito —dijo el yacaré, y se bajó rápidamente de su tronco.

Entretanto, el Surubí había colocado su torpedo bien en medio del dique, ordenando a cuatro yacarés que lo agarraran con cuidado y lo hundieran en el agua hasta que él les avisara. Así lo hicieron. En seguida los demás yacarés se hundieron a su vez cerca de la orilla, dejando únicamente la nariz y los ojos fuera del agua. El Surubí se hundió al lado de su torpedo.

De repente el buque de guerra se llenó de humo y lanzó el primer cañonazo contra el dique. La granada reventó justo en el centro del dique, e hizo volar en mil pedazos diez o doce troncos.

Pero el Surubí estaba alerta, y apenas quedó abierto el agujero en el dique, gritó a los yacarés que estaban bajo el agua sujetando el torpedo:

—¡Suelten el torpedo! ¡Ligero, suelten!

Los yacarés soltaron, y el torpedo vino a flor de agua.

En menos tiempo que se necesita para contarlo, el Surubí colocó el torpedo bien en el centro del boquete abierto, apuntando con un solo ojo, y poniendo en movimiento el mecanismo del torpedo, lo lanzó contra el buque.

¡Ya era tiempo! En ese instante el acorazado lanzaba su segundo cañonazo y la granada iba a reventar entre los palos, haciendo saltar en astillas otro pedazo de dique.

Pero el torpedo llegaba ya al buque, y los hombres que estaban en él, lo vieron; es decir, vieron el remolino que hace en el agua un torpedo. Dieron todos un gran grito de miedo y quisieron mover el acorazado para que el torpedo no lo tocara.

Pero era tarde; el torpedo llegó, chocó con el inmenso buque bien en el centro, y reventó.

No es posible darse cuenta del terrible ruido con que reventó el torpedo. Reventó, y partió el buque en quince mil pedazos; lanzó por el aire, a cuadras y cuadras de distancia, chimeneas, máquinas, cañones, lanchas, todo.

Los yacarés dieron un gran grito de triunfo y corrieron como locos al dique. Desde allí vieron pasar, por el agujero abierto por la granada, a los hombres muertos, heridos y algunos vivos, que la corriente del río arrastraba.

Se treparon amontonados en los dos troncos que quedaban a ambos lados del boquete, y cuando los hombres pasaban por allí, se burlaban tapándose la boca con las patas.

No quisieron comer a ningún hombre, aunque bien lo merecían. Sólo cuando pasó uno que tenía galones de oro en el traje y que estaba vivo, el viejo yacaré se lanzó de un salto al agua, y ¡tac!, en dos golpes de boca se lo comió.

—¿Quién es ese? —preguntó un yacarecito ignorante.

—Es el oficial —le respondió el Surubí—. Mi viejo amigo le había prometido que lo iba a comer, y se lo ha comido.

Los yacarés sacaron el resto del dique, que para nada servía ya, puesto que ningún buque volvería a pasar por allí. El Surubí, que se había enamorado del cinturón y los cordones del oficial, pidió que se los regalaran, y tuvo que sacárselos de entre los dientes al viejo yacaré, pues habían quedado enredados allí. El Surubí se puso el cinturón, abrochándolo por bajo las aletas, y del extremo de sus grandes bigotes prendió los cordones de la espada. Como la piel del Surubí es muy bonita, y por las manchas oscuras que tiene se parece a la de una víbora, el Surubí nadó una hora pasando y repasando ante los yacarés, que lo admiraban con la boca abierta.

Los yacarés lo acompañaron luego hasta su gruta, y le dieron las gracias infinidad de veces. Volvieron después a su paraje. Los pescados volvieron también, los yacarés vivieron y viven

todavía muy felices, porque se han acostumbrado al fin a ver pasar vapores y buques que
llevan naranjas.

Pero no quieren saber nada de buques de guerra.

LA GAMA CIEGA*

Había una vez un venado —una gama— que tuvo dos hijos mellizos, cosa rara entre los
venados. Un gato montés se comió a uno de ellos, y quedó sólo la hembra. Las otras gamas, que
la querían mucho, le hacían siempre cosquillas en los costados.

Su madre le hacía repetir todas las mañanas, al rayar el día, la oración de los venados. Y
dice así:

I

Hay que oler bien primero las hojas antes de comerlas, porque algunas son venenosas.

II

*Hay que mirar bien el río y quedarse quieto antes de bajar a beber, para estar seguro de
que no hay yacarés.*

III

*Cada media hora hay que levantar bien alto la cabeza y oler el viento, para sentir el olor
del tigre.*

IV

*Cuando se come pasto del suelo, hay que mirar siempre antes los yuyos para ver si hay
víboras.*

Éste es el padrenuestro de los venados chicos. Cuando la gamita lo hubo aprendido bien, su
madre la dejó andar sola.

Una tarde, sin embargo, mientras la gamita recorría el monte comiendo las hojitas tiernas,
vio de pronto ante ella, en el hueco de un árbol que estaba podrido, muchas bolitas juntas que
colgaban. Tenían un color oscuro, como el de las pizarras.

¿Qué sería? Ella tenía también un poco de miedo; pero como era muy traviesa, dió un
cabezazo a aquellas cosas, y disparó.

---

* El texto se titulaba originalmente *La jirafa ciega* y fue publicado en *Fray Mocho*, Buenos Aires, año V, n° 215,
junio 9 de 1916.

El cambio de personajes lo transforma, prácticamente, en otro relato. La versión original podrá leerse en el *Apéndice*.

Vio entonces que las bolitas se habían rajado, y que caían gotas. Habían salido también muchas mosquitas rubias de cintura muy fina, que caminaban apuradas por encima.

La gama se acercó, y las mosquitas no la picaron. Despacito, entonces, muy despacito, probó una gota con la punta de la lengua, y se relamió con gran placer: aquellas gotas eran miel, y miel riquísima, porque las bolas de color pizarra eran una colmena de abejitas que no picaban porque no tenían aguijón. Hay abejas así.

En dos minutos la gamita se tomó toda la miel, y loca de contento fue a contarle a su mamá. Pero la mamá la reprendió seriamente.

—Ten mucho cuidado, mi hija —le dijo— con los nidos de abejas. La miel es una cosa muy rica, pero es muy peligroso ir a sacarla. Nunca te metas con los nidos que veas.

La gamita gritó contenta:

—¡Pero no pican, mamá! Los tábanos y las uras sí pican; las abejas, no.

—Estás equivocada, mi hija —continuó la madre—. Hoy has tenido suerte, nada más. Hay abejas y avispas muy malas. Cuidado, mi hija, porque me vas a dar un gran disgusto.

—¡Sí, mamá! ¡sí, mamá! —respondió la gamita. Pero lo primero que hizo a la mañama siguiente, fue seguir los senderos que habían abierto los hombres en el monte, para ver con más facilidad los nidos de abejas.

Hasta que al fin halló uno. Esta vez el nido tenía abejas oscuras, con una fajita amarilla en la cintura, que caminaban por encima del nido. El nido también era distinto; pero la gamita pensó que puesto que estas abejas eran más grandes, la miel debía de ser más rica.

Se acordó asimismo de la recomendación de su mamá; mas creyó que su mamá exageraba, como exageran siempre las madres de las gamitas. Entonces le dio un gran cabezazo al nido.

¡Ojalá nunca lo hubiera hecho! Salieron en seguida cientos de avispas, miles de avispas que la picaron en todo el cuerpo, le llenaron todo el cuerpo de picaduras, en la cabeza, en la barriga, en la cola; y lo que es mucho peor, en los mismos ojos. La picaron más de diez en los ojos.

La gamita, loca de dolor, corrió y corrió gritando, hasta que de repente tuvo que pararse porque no veía más; estaba ciega, ciega del todo.

Los ojos se le habían hinchado enormemente, y no veía más. Se quedó quieta entonces, temblando de dolor y miedo, y sólo podía llorar desesperadamente:

—¡Mamá!..., ¡mamá!...

Su madre, que había salido a buscarla porque tardaba mucho, la halló al fin, y se desesperó también con su gamita que estaba ciega. La llevó paso a paso hasta su cubil, con la cabeza de su hija recostada en su pescuezo, y los bichos del monte que encontraban en el camino, se acercaban todos a mirar los ojos de la infeliz gamita.

La madre no sabía qué hacer. ¿Qué remedios podía hacerle ella? Ella sabía bien que en el pueblo que estaba del otro lado del monte vivía un hombre que tenía remedios. El hombre era cazador, y cazaba también venados; pero era un hombre bueno.

La madre tenía miedo, sin embargo, de llevar su hija a un hombre que cazaba gamas. Como estaba desesperada, se decidió a hacerlo. Pero antes quiso ir a pedir una carta de recomendación al OSO HORMIGUERO, que era gran amigo del hombre.

Salió, pues, después de dejar a la gamita bien oculta, y atravesó corriendo el monte, donde el tigre casi la alcanza. Cuando llegó a la guarida de su amigo, no podía dar un paso más de cansancio.

Este amigo era, como se ha dicho, un oso hormiguero; pero era de una especie pequeña cuyos individuos tienen un color amarillo, y por encima del color amarillo una especie de camiseta negra sujeta por dos cintas que pasan por encima de los hombros. Tienen también la cola prehensil, porque viven casi siempre en los árboles, y se cuelgan de la cola.

¿De dónde provenía la amistad estrecha entre el oso hormiguero y el cazador? Nadie lo sabía en el monte; pero alguna vez ha de llegar el motivo a nuestros oídos.

La pobre madre, pues, llegó hasta el cubil del oso hormiguero.

—¡Tan! ¡tan! ¡tan! —llamó jadeante.

—¿Quién es? —respondió el oso hormiguero.

—Soy yo, ¡la gama!

—¡Ah, bueno! ¿Qué quiere la gama?

—Vengo a pedirle una tarjeta de recomendación para el cazador. La gamita, mi hija, está ciega.

—Ah, ¿la gamita? —respondió el oso hormiguero—. Es una buena persona. Si es por ella, sí le doy lo que quiere. Pero no necesita nada escrito... Muéstrele ésto, y la atenderá.

Y con el extremo de la cola, el oso hormiguero le extendió a la gama una cabeza seca de víbora, completamente seca, que tenía aún los colmillos venenosos.

—Muéstrele esto —dijo aún el comedor de hormigas—. No se precisa más.

—¡Gracias, oso hormiguero! —respondió contenta la gama—. Usted también es una buena persona.

Y salió corriendo, porque era muy tarde y pronto iba a amanecer.

Al pasar por su cubil recogió a su hija, que se quejaba siempre, y juntas llegaron por fin al pueblo, donde tuvieron que caminar muy despacito y arrimadas a las paredes, para que los perros nos las sintieran.

Ya estaban ante la puerta del cazador.

—¡Tan! ¡tan! ¡tan! —golpearon.

—¿Qué hay? —respondió una voz de hombre, desde adentro.

—¡Somos las gamas!... ¡TENEMOS LA CABEZA DE VÍBORA!

La madre se apuró a decir esto, para que el hombre supiera bien que ellas eran amigas del oso hormiguero.

—¡Ah, ah! —dijo el hombre, abriendo la puerta—. ¿Qué pasa?

—Venimos para que cure a mi hija, la gamita que está ciega.

Y contó al cazador toda la historia de las abejas.

—¡Hum!... Vamos a ver qué tiene esta señorita —dijo el cazador. Y volviendo a entrar en la casa, salió de muevo con una sillita alta, e hizo sentar en ella a la gamita para poderle ver bien los ojos sin agacharse mucho. Le examinó así los ojos bien de cerca con un vidrio redondo muy grande, mientras la mamá alumbraba con el farol de viento colgado de su cuello.

—Esto no es gran cosa —dijo por fin el cazador, ayudando a bajar a la gamita. —Pero hay que tener mucha paciencia. Póngale esta pomada en los ojos todas las noches, y téngala 20 días en la obscuridad. Después póngale estos lentes amarillos, y se curará.

—¡Muchas gracias, cazador! —respondió la madre, muy contenta y agradecida—. ¿Cuánto le debo?

—No es nada —respondió sonriendo el cazador—. Pero tenga mucho cuidado con los perros, porque en la otra cuadra vive precisamente un hombre que tiene perros para seguir el rastro de los venados.

Las gamas tuvieron gran miedo; apenas pisaban, y se detenían a cada momento. Y con todo, los perros las olfatearon y las corrieron media legua dentro del monte. Corrían por una picada muy ancha, y delante la gamita iba balando.

Tal como dijo el cazador, se efectuó la curación. Pero sólo la gama supo cuánto le costó tener encerrada a la gamita en el hueco de un gran árbol, durante veinte días interminables. Adentro no se veía nada. Por fin una mañana la madre apartó con la cabeza el gran montón de ramas que había arrimado al hueco del árbol para que no entrara luz, y la gamita, con sus lentes amarilos, salió corriendo y gritando:

—¡Veo, mamá! ¡Ya veo todo!

Y la gama, recostando la cabeza en una rama, lloraba también de alegría al ver curada su gamita.

Y se curó del todo. Pero aunque curada, y sana y contenta, la gamita tenía un screto que la entristecía. Y el secreto era éste: ella quería a toda costa pagarle al hombre que tan bueno había sido con ella, y no sabía cómo.

Hasta que un día creyó haber encontrado el medio. Se puso a recorrer la orilla de las lagunas y bañados, buscando plumas de garzas para llevarle al cazador. El cazador, por su parte, se acordaba a veces de aquella gamita ciega que él había curado.

Y una noche de lluvia estaba el hombre leyendo en su cuarto, muy contento porque acababa de componer el techo de paja, que ahora no se llovía más; estaba leyendo cuando oyó que llamaban. Abrió la puerta, y vio a la gamita que le traía un adito, un plumerito todo mojado de plumas de garza.

El cazador se puso a reír, y la gamita, avergonzada porque creía que el cazador se reía de su pobre regalo, se fue muy triste. Buscó entonces plumas muy grandes, bien secas y limpias, y una semana después volvió con ellas; y esta vez el hombre, que se había reído la vez anterior de cariño, no se rió esta vez porque la gamita no comprendía su risa. Pero en cambio le regaló un tubo de tacuara lleno de miel, que la gamita tomó loca de contento.

Desde entonces la gamita y el cazador fueron grandes amigos. Ella se empeñaba siempre en llevarle plumas de garza que valen mucho dinero, y se quedaba las horas charlando con el hombre. Él ponía siempre en la mesa un jarro enlozado lleno de miel, y arrimaba la sillita alta para su amiga. A veces le daba también cigarros, que las gamas comen con gran gusto, y no les hace mal. Pasaban así el tiempo, mirando la llama, porque el hombre tenía una estufa de leña, mientras afuera el viento y la lluvia sacudían el alero de paja del rancho.

Por temor a los perros, la gamita no iba sino en las noches de tormenta. Y cuando caía la tarde y empezaba a llover, el cazador colocaba en la mesa el jarrito con miel y la servilleta, mientras él tomaba café y leía, esperando en la puerta el TAN-TAN bien conocido de su amiga la gamita.

HISTORIA DE DOS CACHORROS DE COATÍ Y DE DOS CACHORROS DE HOMBRE[*]

HABÍA UNA VEZ un coatí que tenía tres hijos. Vivían en el monte comiendo frutas, raíces y huevos de pajaritos. Cuando estaban arriba de los árboles y sentían un gran ruido, se tiraban al suelo de cabeza y salían corriendo con la cola levantada.

Una vez que los coaticitos fueron un poco grandes, su madre los reunió un día arriba de un naranjo y les habló así:

—Coaticitos: ustedes son bastante grandes para buscarse la comida solos. Deben aprenderlo, porque cuando sean viejos andarán siempre solos, como todos los coatís. El mayor de ustedes, que es muy amigo de cazar cascarudos, puede encontrarlos entre los palos podridos, porque allí hay muchos cascarudos y cucarachas. El segundo, que es gran comedor de frutas, puede encontrarlas en este naranjal; hasta diciembre habrá naranjas. El tercero, que no quiere comer sino huevos de pájaros, puede ir a todas partes, porque en todas partes hay nidos de pájaros. Pero que no vaya nunca a buscar nidos al campo, porque es peligroso.

---

[*] Incialmente en: *P.B.T.*, Buenos Aires, año XIV, n° 635, enero 27, 1917, con seis ilustraciones sin firma.

Coaticitos: hay una sola cosa a la cual deben tener gran miedo. Son los perros. Yo peleé una vez con ellos, y sé lo que les digo; por eso tengo un diente roto. Detrás de los perros vienen siempre los hombres con un gran ruido, que mata. Cuando oigan cerca este ruido, tírense de cabeza al suelo, por alto que sea el árbol. Si no lo hacen así, los matarán con seguridad de un tiro.

Así habló la madre. Todos se bajaron entonces y se separaron, caminando de derecha a izquierda y de izquierda a derecha, como si hubieran perdido algo, porque así caminan los coatís.

El mayor, que quería comer cascarudos, buscó entre los palos podridos y las hojas de los yuyos, y encontró tantos, que comió hasta quedarse dormido. El segundo, que prefería las frutas a cualquier cosa, comió cuantas naranjas quiso, porque aquel naranjal estaba dentro del monte, como pasa en el Paraguay y en Misiones, y ningún hombre vino a incomodarlo. El tercero, que era loco por los huevos de pájaros, tuvo que andar todo el día para encontrar únicamente dos nidos: uno de tucán, que tenía tres huevos y uno de tórtola, que tenía solo dos. Total, cinco huevos chiquitos, que era muy poca comida; de modo que al caer la tarde el coaticito tenía tanta hambre como de mañana, y se sentó muy triste a la orilla del monte. Desde allí veía el campo, y pensó en la recomendación de su madre.

—¿Por qué no querrá mamá —se dijo— que vaya a buscar nidos en el campo?

Estaba pensando así, cuando oyó, muy lejos, el canto de un pájaro.

—¡Qué canto tan fuerte! —dijo admirado—. ¡Qué huevos tan grandes debe de tener ese pájaro!

El canto se repitió, y entonces el coatí se puso a correr por entre el monte, cortando camino, porque el canto había sonado muy a su derecha. El sol caía ya, pero el coatí volaba con la cola levantada. Llegó a la orilla del monte, por fin, y miró al campo. Lejos vio la casa de los hombres, y vio a un hombre con botas que llevaba un caballo de la soga. Vio también un pájaro muy grande que cantaba, y entonces el coaticito se golpeó la frente y dijo:

—¡Qué zonzo soy! Ahora ya sé qué pájaro es ése. Es un gallo; mamá me lo mostró un día, de arriba de un árbol. Los gallos tienen un canto lindísimo y tienen muchas gallinas que ponen huevos. ¡Si yo pudiera comer huevos de gallina!...

Es sabido que nada gusta tanto a los bichos chicos de monte como los huevos de gallina. Durante un rato el coaticito se acordó de la recomendación de su madre. Pero el deseo pudo más, y se sentó a la orilla del monte, esperando que cerrara bien la noche para ir al gallinero.

La noche cerró por fin, y entonces, en puntas de pie y paso a paso, se encaminó a la casa. Llegó allá y escuchó atentamente: no se sentía el menor ruido. El coaticito, loco de alegría porque iba a comer, cien, mil, dos mil huevos de gallina, entró en el gallinero, y lo primero que vio bien en la entrada, fue un huevo que estaba solo en el suelo. Pensó un instante en dejarlo para el final, como postre, porque era un huevo muy grande; pero la boca se le hizo agua, y clavó los dientes en el huevo.

Apenas lo mordió, ¡TRAC!, un terrible golpe en la cara y un inmenso dolor en el hocico.

—¡Mamá, mamá! —gritó, loco de dolor, saltando a todos lados. Pero estaba sujeto, y en ese momento oyó el ronco ladrido de un perro.

. . . .

Mientras el coatí esperaba en la orilla del monte que cerrara bien la noche para ir al gallinero, el hombre de la casa jugaba sobre la gramilla con sus hijos, dos criaturas rubias de cinco y seis años, que corrían riendo, se caían, se levantaban riendo otra vez, y volvían a caerse. El padre se caía también, con gran alegría de los chicos. Dejaron por fin de jugar porque ya era de noche, y el hombre dijo entonces:

—Voy a poner la trampa para cazar a la comadreja que viene a matar los pollos y robar los huevos.

Y fue y armó la trampa. Después comieron y se acostaron. Pero las criaturas no tenían sueño, y saltaban de la cama del uno a la del otro y se enredaban en el camisón. El padre, que leía en el comedor, los dejaba hacer. Pero los chicos de repente se detuvieron en sus saltos y gritaron:

—¡Papá! ¡Ha caído la comadreja en la trampa! ¡Tuké está ladrando! ¡Nosotros también queremos ir, papá!

El padre consintió, pero no sin que las criaturas se pusieran las sandalias, pues nunca los dejaba andar descalzos de noche, por temor a las víboras.

Fueron. ¿Qué vieron allí? Vieron a su padre que se agachaba, teniendo al perro con una mano, mientras con la otra levantaba por la cola a un coatí, un coaticito chico aún, que gritaba con un chillido rapidísimo y estridente, como un grillo.

—¡Papá, no lo mates! —dijeron las criaturas—. ¡Es muy chiquito! ¡Dánoslo para nosotros!

—Bueno, se los voy a dar —respondió el padre—. Pero cuídenlo bien, y sobre todo no se olviden de que los coatís toman agua como ustedes.

Esto lo decía porque los chicos habían tenido una vez un gatito montés al cual a cada rato le llevaban carne, que sacaban de la fiambrera; pero nunca le dieron agua, y se murió.

En consecuencia, pusieron al coatí en la misma jaula del gato montés, que estaba cerca del gallinero, y se acostaron todos otra vez.

Y cuando era más de media noche y había un gran silencio, el coaticito, que sufría mucho por los dientes de la tampa, vio, a la luz de la luna, tres sombras que se acercaban con gran sigilo. El corazón le dio un vuelco al pobre coaticito al reconocer a su madre y sus dos hermanos que lo estaban buscando.

—¡Mamá, mamá! —murmuró el prisionero en voz muy baja para no hacer ruido—. ¡Estoy aquí! ¡Sáquenme de aquí! ¡No quiero quedarme, ma... má!... —Y lloraba desconsolado.

Pero a pesar de todo estaban contentos porque se habían encontrado, y se hacían mil caricias en el hocico.

Se trató en seguida de hacer salir al prisionero. Probaron primero cortar el alambre tejido, y los cuatro se pusieron a trabajar con los dientes; mas no conseguían nada. Entonces a la madre se le ocurrió de repente una idea, y dijo:

—¡Vamos a buscar las herramientas del hombre! Los hombres tienen herramientas para cortar fierro. Se llaman limas. Tienen tres lados como las víboras de cascabel. Se empuja y se retira. ¡Vamos a buscarla!

Fueon al taller del hombre y volvieron con la lima. Creyendo que uno solo no tendría fuerzas bastantes, sujetaron la lima entre los tres y empezaron el trabajo. Y se entusiasmaron tanto, que al rato la jaula entera temblaba con las sacudidas y hacía un terrible ruido. Tal ruido hacía, que el perro se despertó, lanzando un ronco ladrido. Más los coatís no esperaron a que el perro les pidiera cuenta de ese escándalo y dispararon al monte, dejando la lima tirada.

Al día siguiente los chicos fueron temprano a ver a su nuevo huésped, que estaba muy triste.

—¿Qué nombre le pondremos? —preguntó la nena a su hermano.

—¡Ya sé! —respondió el varoncito—. ¡Le vamos a poner *Diecisiete*!

¿Por qué Diecisiete? Nunca hubo bicho del monte con nombre más raro. Pero el varoncito está aprendiendo a contar, y tal vez le había llamado la atención aquel número.

El caso es que se llamó «Diez y siete». Le dieron pan, uvas, chocolate, carne, langostas, huevos, riquísimos huevos de gallina. Lograron que en un solo día se dejara rascar la cabeza; y tan grande es la sinceridad del cariño de las criaturas, que al llegar la noche, el coatí estaba casi resignado con su cautiverio. Pensaba a cada momento en las cosas ricas que había para comer allí, y pensaba en aquellos rubios cachorritos de hombre, que tan alegres y buenos eran.

Durante dos noches seguidas el perro durmió tan cerca de la jaula, que la familia del prisionero no se atrevió a acercarse, con gran sentimiento. Y cuando a la tercera noche llegaron de nuevo a buscar la lima para dar libertad al coaticito, éste les dijo:

—Mamá: yo no quiero irme más de aquí. Me dan huevos y son muy buenos conmigo. Hoy me dijeron que si me portaba bien me iban a dejar suelto muy pronto. Son como nosotros. Son cachorritos también, y jugamos juntos.

Los coatís salvajes quedaron muy tristes, pero se resignaron, prometiendo al coaticito venir todas las noches a visitarlo.

Efectivamente, todas las noches, lloviera o no, su madre y sus hermanos iban a pasar un rato con él. El coaticito les daba pan por entre el tejido de alambre, y los coatís salvajes se sentaban a comer frente a la jaula.

Al cabo de quince días el coaticito andaba suelto, y él mismo se iba de noche a su jaula. Salvo algunos tirones de orejas que se llevaba por andar muy cerca del gallinero, todo marchaba bien. Él y las criaturas se querían mucho, y los mismos coatís salvajes, al ver lo buenos que eran aquellos cachorritos de hombre, habían concluido por tomar cariño a las dos criaturas.

Hasta que una noche muy obscura, en que hacía mucho calor y tronaba, los coatís salvajes llamaron al coaticito y nadie les respondió. Se acercaron muy inquietos y vieron entonces, en el momento en que casi la pisaban, una enorme víbora que estaba enroscada a la entrada de la jaula. Los coatís comprendieron en seguida que el coaticito había sido mordido al entrar, y no había respondido a su llamado porque acaso estaba ya muerto. Pero lo iban a vengar bien. En un segundo, entre los tres, enloquecieron a la serpiente de cascabel, saltando de aquí para allá, y en otro segundo cayeron sobre ella, deshaciéndole la cabeza a mordiscones.

Corrieron entonces adentro, y allí estaba en efecto el coaticito, tendido, hinchado, con las patas temblando y muriéndose. En balde los coatís salvajes lo movieron; lo lamieron en balde por todo el cuerpo durante un cuarto de hora. El coaticito abrió por fin la boca y dejó de respirar, porque estaba muerto.

Los coatís son casi refractarios, como se dice, al veneno de las víboras. No les hace casi nada el veneno, y hay otros animales, como la mangusta, que resisten muy bien el veneno de las víboras. Con toda seguridad el coaticito había sido mordido en una arteria o una vena, porque entonces la sangre se envenena en seguida, y el animal muere. Esto le había pasado al coaticito.

Al verlo así, su madre y sus hermanos lloraron un largo rato. Después, como nada más tenían que hacer allí, salieron de la jaula, se dieron vuelta para mirar por última vez la casa donde tan feliz había sido el coaticito, y se fueron otra vez al monte.

Pero los tres coatís, sin embargo, iban muy preocupados, y su preocupación era ésta: ¿qué iban a decir los chicos cuando, al día siguiente, vieran muerto a su querido coaticito? Los chicos lo querían muchísimo, y ellos, los coatís, querían también a los cachorritos rubios. Así es que los tres coatís tenían el mismo pensamiento, y era evitarles ese gran dolor a los chicos.

Hablaron un largo rato y al fin decidieron lo siguiente: el segundo de los coatís, que se parecía muchísimo al menor, en cuerpo y modo de ser, iba a quedarse en la jaula, en vez del difunto. Como estaban enterados de muchos secretos de la casa, por los cuentos del coaticito, los chicos no conocerían nada; extrañarían un poco algunas cosas, pero nada más.

Y así pasó en efecto. Volvieron a la casa, y un nuevo coaticito reemplazó al primero, mientras la madre y el otro hermano se llevaban sujetos de los dientes el cadáver del menor. Lo llevaron despacio al monte, y la cabeza colgaba, balanceándose, y la cola iba arrastrando por el suelo.

Al día siguiente los chicos extrañaron, efectivamente, algunas costumbres raras del coaticito. Pero como éste era tan bueno y cariñoso como el otro, las criaturas no tuvieron la menor sospecha. Formaron la misma familia de cachorritos de antes, y, como antes, los coatís salvajes venían noche a noche a visitar al coaticito civilizado, y se sentaban a su lado a comer pedacitos de huevos duros que él les guardaba, mientras ellos le contaban la vida de la selva.

EL PASO DEL YABEBIRÍ*

EN EL RÍO Yabebirí, que está en Misiones, hay muchas rayas, porque «Yabebirí» quiere decir precisamente «Río-de-las-rayas». Hay tantas, que a veces es peligroso meter un solo pie en el agua. Yo conocí un hombre a quien lo picó una raya en el talón, y que tuvo que caminar rengueando media legua para llegar a su casa; el hombre iba llorando y cayéndose de dolor. Es uno de los dolores más fuertes que se puede sentir.

Como en el Yabebirí hay también muchos otros pescados, algunos hombres van a cazarlos con bombas de dinamita. Tiran la bomba al río, matando millones de pescados. Todos los pescados que están cerca mueren, aunque sean grandes como una casa. Y mueren también todos locs chiquitos, que no sirven para nada.

Ahora bien; una vez un hombre fue a vivir allá, y no quiso que tiraran bombas de dinamita, porque tenía lástima de los pescaditos. Él no se oponía a que pescaran en el río para comer; pero no quería que mataran inútilmente a millones de pescaditos. Los hombres que tiraban bombas se enojaron al principio; pero como el hombre tenía un carácter serio, aunque era muy bueno, los otros se fueron a cazar a otra parte, y todos los pescados quedaron muy contentos. Tan contentos y agradecidos estaban a su amigo que había salvado a los pescaditos, que lo conocían apenas se acercaba a la orilla. Y cuando él andaba por la costa fumando, las rayas lo seguían arrastrándose por el barro, muy contentas de acompañar a su amigo. Él no sabía nada, y vivía feliz en aquel lugar.

Y sucedió que una vez, una tarde, un zorro llegó corriendo hasta el Yabebirí, y metió las patas en el agua, gritando:

—¡Eh, rayas! ¡Ligero! ¡Ahí viene el amigo de ustedes, herido!

Las rayas, que lo oyeron, corrieron ansiosas a la orilla. Y le preguntaron al zorro:

—¿Qué pasa? ¿Dónde está el hombre?

—¡Ahí viene! —gritó el zorro de nuevo—. ¡Ha peleado con un tigre! ¡El tigre viene corriendo! ¡Seguramente va a cruzar a la isla! ¡Dénle paso, porque es un hombre bueno!

—¡Ya lo creo! ¡Ya lo creo que le vamos a dar paso! —contestaron las rayas—. ¡Pero lo que es el tigre, ése no va a pasar!

—¡Cuidado con él! —gritó aún el zorro—. ¡No se olviden de que es el tigre!

Y pegando un brinco, el zorro entró de nuevo en el monte.

Apenas acababa de hacer esto, cuando el hombre apartó las ramas y apareció, todo ensangrentado y la camisa rota. La sangre le caía por la cara y el pecho hasta el pantalón. Y desde las arrugas del pantalón, la sangre caía a la arena. Avanzó tambaleando hacia la orilla, porque estaba muy herido, y entró en el río. Pero apenas puso un pie en el agua, las rayas que estaban amontonadas se apartaron de su paso, y el hombre llegó con el agua al pecho hasta la isla, sin que una raya lo picara. Y conforme llegó, cayó desmayado en la misma arena, por la gran cantidad de sangre que había perdido.

Las rayas no habían aún tenido tiempo de compadecer del todo a su amigo moribundo, cuando un terrible rugido les hizo dar un brinco en el agua.

—¡El tigre! ¡el tigre! —gritaron todas, lanzándose como una flecha a la orilla.

En efecto, el tigre que había peleado con el hombre y que lo venía persiguiendo, había llegado a la costa del Yabebirí. El animal estaba muy herido, y la sangre le corría por todo el cuerpo. Vio al hombre caído como muerto en la isla, y lanzando un rugido de rabia, se echó al agua para acabar de matarlo.

---

* Inicialmente en: *El Hogar*, Buenos Aires, año XIV, n° 403, junio 22, 1917, con tres dibujos de Lanteri en la primera de las dos páginas de la revista.

Pero apenas hubo metido una pata en el agua, sintió como si le hubieran clavado ocho o diez terribles clavos en las patas, y dio un salto atrás: eran las rayas, que defendían el paso del río, y le habían clavado con toda su fuerza el aguijón de la cola.

El tigre quedó roncando de dolor, con la pata en el aire; y al ver toda el agua de la orilla turbia como si removieran el barro del fondo, comprendió que eran las rayas que no lo querían dejar pasar. Y entonces gritó enfurecido:

—¡Ah, ya sé lo que es! ¡Son ustedes, malditas rayas! ¡Salgan del camino!

—¡No salimos! —respondieron la rayas.

—¡Salgan!

—¡No salimos! ¡Él es un hombre bueno! ¡No hay derecho para matarlo!

—¡Él me ha herido a mí!

—¡Los dos se han herido! ¡Esos son asuntos de ustedes en el monte! ¡Aquí está bajo nuestra protección!... ¡No se pasa!

—¡Paso! —rugió por última vez el tigre.

—¡¡NI NUNCA!! —respondieron las rayas.

(Ellas dijeron «ni nunca» porque así dicen los que hablan guaraní, como en Misiones).

—¡Vamos a ver! —bramó aún el tigre. Y retrocedió para tomar impulso y dar un enorme salto.

El tigre sabía que las rayas están casi siempre en la orilla; y pensaba que si lograba dar un salto muy grande acaso no hallara más rayas en el medio del río, y podría así comer al hombre moribundo.

Pero las rayas lo habían adivinado, y corrieron todas al medio del río, pasándose la voz:

—¡Fuera de la orilla! —gritaban bajo el agua—. ¡Adentro! ¡A la canal! ¡a la canal!

Y en un segundo el ejército de rayas se precipitó río adentro, a defender el paso, a tiempo que el tigre daba su enorme salto y caía en medio del agua. Cayó loco de alegría, porque en el primer momento no sintió ninguna picadura, y creyó que las rayas habían quedado todas en la orilla, engañadas...

Pero apenas dio un paso, una verdadera lluvia de aguijonazos, como puñaladas de dolor, lo detuvieron en seco: eran otra vez las rayas, que le acribillaban las patas a picaduras.

El tigre quiso continuar, sin embargo; pero el dolor era tan atroz, que lanzó un alarido y retrocedió corriendo como loco a la orilla. Y se echó en la arena de costado, porque no podía más de sufrimiento; y la barriga subía y bajaba, como si estuviera cansadísimo.

Lo que pasaba es que el tigre estaba envenenado con el veneno de las rayas.

Pero aunque habían vencido al tigre, las rayas no estaban tranquilas porque tenían miedo de que viniera la tigra, y otros tigres, y otros muchos más... Y ellas no podrían defender más el paso.

En efecto, el monte bramó de nuevo, y apareció la tigra que se puso loca de furor al ver al tigre tirado de costado en la arena. Ella vio también el agua turbia por el movimiento de las rayas, y se acercó al río. Y tocando casi el agua con la boca, gritó:

—¡Rayas! ¡Quiero paso!

—¡No hay paso! —respondieron las rayas.

—¡No va a quedar una sola raya con cola, si no dan paso! —rugió la tigra.

—¡Aunque quedemos sin cola, no se pasa! —respondieron ellas.

—¡Por última vez, paso!

—¡NI NUNCA! —gritaron las rayas.

La tigra, enfurecida, había metido sin querer una pata en el agua: y una raya, acercándose despacito, acababa de clavarle todo el aguijón entre los dedos. Al bramido de dolor del animal, las rayas respondieron, sonriéndose: —¡Parece que todavía tenemos cola!...

Pero la tigra había tenido una idea, y con esa idea entre las cejas, se alejaba de allí, costeando el río aguas arriba, y sin decir una palabra.

Mas las rayas comprendieron también esta vez cuál era el plan de su enemigo. El plan de su enemigo era éste: pasar el río por otra parte, donde las rayas no sabían que había que defender el paso. Y una inmensa ansiedad se apoderó entonces de las rayas.

—¡Va a pasar el río aguas más arriba! —gritaron—. ¡No queremos que mate al hombre! ¡Tenemos que defender a muestro amigo!

Y se revolvían desesperadas entre el barro hasta enturbiar el río.

—¡Pero qué hacemos! —decían—. Nosotras no sabemos nadar ligero... La tigra va a pasar antes que las rayas de allá sepan que hay que defender el paso a toda costa!

Y no sabían qué hacer. Hasta que una rayita muy inteligente dijo de pronto:

—¡Ya está! ¡Qué vayan los dorados! ¡Los dorados son amigos nuestros! ¡Ellos nadan más ligero que nadie!

—¡Eso es! —gritaron todas—. ¡Que vayan los dorados!

Y en un instante la voz pasó y en otro instante se vieron ocho o diez filas de dorados, un verdadero ejército de dorados que nadaban a toda velocidad aguas arriba, y que iban dejando surcos en el agua, como los torpedos.

A pesar de todo, apenas tuvieron tiempo de dar la orden de cerrar el paso a los tigres; la tigra ya había nadado, y estaba ya por llegar a la isla.

Pero las rayas habían corrido ya a la otra orilla, y en cuanto la tigra hizo pie, las rayas se abalanzaron contra sus patas, deshaciéndoselas a aguijonazos. El animal, enfurecido y loco de dolor, bramaba, saltaba en el agua, hacía volar nubes de agua a manotones. Pero las rayas continuaban precipitándose contra sus patas, cerrándole el paso de tal modo, que la tigra dio vuelta, nadó de nuevo y fue a echarse a su vez a la orilla, con las cuatro patas monstruosamente hinchadas; por allí tampoco se podía ir a comer al hombre.

Mas las rayas estaban también muy cansadas. Y lo que es peor, el tigre y la tigra habían acabado por levantarse y entraban en el monte.

¿Qué iban a hacer? Esto tenía muy inquietas a las rayas, y tuvieron una larga conferencia. Al fin dijeron:

—¡Ya sabemos lo que es! ¡Van a ir a buscar a los otros tigres y van a venir todos! ¡Van a venir todos los tigres, y van a pasar!

—¡NI NUNCA! —gritaron las rayas más jóvenes y que no tenían tanta experiencia.

—¡Sí, pasarán! —respondieron tristemente las más viejas—. Si son muchos, acabarán por pasar... Vamos a consultar a nuestro amigo.

Y fueron todas a ver al hombre, pues no habían tenido tiempo aún de hacerlo, por defender el paso del río.

El hombre estaba siempre tendido, porque había perdido mucha sangre, pero podía hablar y moverse un poquito. En un instante las rayas le contaron lo que había pasado, y cómo habían defendido el paso a los tigres que lo querían comer. El hombre herido se enterneció mucho con la amistad de las rayas que le habían salvado la vida, y dio la mano con verdadero cariño a las rayas que estaban más cerca de él. Y dijo entonces:

—¡No hay remedio! Si los tigres son muchos, y quieren pasar, pasarán...

—¡No pasarán! —dijeron las rayas chicas—. ¡Usted es nuestro amigo y no van a pasar!

—¡Sí, pasarán, compañeritas! —dijo el hombre. Y añadió, hablando en voz baja:

—El único modo sería mandar a alguien a casa a buscar el winchester con muchas balas... pero yo no tengo ningún amigo en el río, fuera de los pescados... y ninguno de ustedes sabe andar por la tierra...

—¿Qué hacemos entonces? —dijeron las rayas ansiosas.

—A ver, a ver... —dijo entonces el hombre, pasándose la mano por la frente, como si recordara algo—. Yo tuve un amigo... un carpinchito que se crió en casa y que jugaba con mis hijos... un día volvió otra vez al monte y creo que vivía aquí, en el Yabebirí... pero no sé dónde estará...

Las rayas dieron entonces un grito de alegría:

—¡Ya sabemos! ¡Nosotros lo conocemos! ¡Tiene su guarida en la punta de la isla! ¡Él nos habló una vez de usted! ¡Lo vamos a mandar buscar en seguida!

Y dicho y hecho: un dorado muy grande voló río abajo a buscar al carpinchito; mientras el hombre disolvía una gota de sangre seca en la palma de la mano, para hacer tinta, y con una espina de pescado, que era la pluma, escribió en una hoja seca, que era el papel. Y escribió esta carta: *Mándenme con el carpinchito el winchester y una caja entera de 25 balas.*

Apenas acabó el hombre de escribir, el monte entero tembló con un sordo rugido: eran todos los tigres que se acercaban a entablar la lucha. Las rayas llevaron la carta con la cabeza fuera del agua para que no se mojara, y se la dieron al carpinchito, el cual salió corriendo por entre el pajonal a llevarla a la casa del hombre.

Y ya era tiempo, porque los rugidos, aunque lejanos aún, se acercaban velozmente. Las rayas reunieron entonces a los dorados que estaban esperando órdenes, y les gritaron:

—¡Ligero, compañeros! ¡Recorran todo el río y den la voz de alarma! ¡Que todas las rayas estén prontas en todo el río! ¡Que se encuentren todas alrededor de la isla! ¡Veremos si van a pasar!

Y el ejército de dorados voló en seguida, río arriba y río abajo, haciendo rayas en el agua con la velocidad que llevaban.

No quedó raya en todo el Yabebirí que no recibiera orden de concentrarse en las orillas del río, alrededor de la isla. De todas partes: de entre las piedras, de entre el barro, de la boca de los arroyitos, de todo el Yabebirí entero, las rayas acudían a defender el paso contra los tigres. Y por delante de la isla, los dorados cruzaban y recruzaban a toda velocidad.

Ya era tiempo, otra vez; un inmenso rugido hizo temblar el agua misma de la orilla, y los tigres desembocaron en la costa.

Eran muchos; parecía que todos los tigres de Misiones estuvieran allí. Pero el Yabebirí entero hervía también de rayas, que se lanzaron a la orilla, dispuestas a defender a todo trance el paso.

—¡Paso a los tigres!

—¡No hay paso! —respondieron las rayas.

—¡Paso, de nuevo!

—¡No se pasa!

—¡No va a quedar raya, ni hijo de raya, ni nieto de raya, si no dan paso!

—¡Es posible! —respondieron las rayas—. Pero ni los tigres, ni los nietos de tigre, ni todos los tigres del mundo van a pasar por aquí!

Así respondieron las rayas. Entonces los tigres rugieron por última vez;

—¡Paso, pedimos!

—¡NI NUNCA!

Y la batalla comenzó entonces. Con un enorme salto los tigres se lanzaron al agua. Y cayeron todos sobre un verdadero piso de rayas. Las rayas les acribillaban las patas a aguijonazos, y a cada herida los tigres lanzaban un rugido de dolor. Pero ellos se defendían a zarpazos, manoteando como locos en el agua. Y las rayas volaban por el aire con el vientre abierto por las uñas de los tigres.

El Yabebirí parecía un río de sangre. Las rayas morían a centenares... pero los tigres recibían también terribles heridas, y se retiraban a tenderse y bramar en la playa, horriblemente hinchados. Las rayas, pisoteadas, deshechas por las patas de los tigres, no desistían; acudían sin cesar a defender el paso. Algunas volaban por el aire, volvían a caer al río, y se precipitaban de nuevo contra los tigres.

Media hora duró esta lucha terrible. Al cabo de esa media hora, todos los tigres estaban otra vez en la playa, sentados de fatiga y rugiendo de dolor; ni uno solo había pasado.

Pero las rayas estaban también deshechas de cansancio. Muchas, muchísimas habían muerto. Y las que quedaban vivas dijeron:

—No podremos resistir dos ataques como éste. ¡Que los dorados vayan a buscar refuerzos! ¡Qué vengan en seguida todas las rayas que haya en el Yabebirí!

Y los dorados volaron otra vez río arriba y río abajo, e iban tan ligero que dejaban surcos en el agua, como los torpedos.

Las rayas fueron entonces a ver al hombre.

—¡No podremos resistir más! —le dijeron tristemente las rayas. Y aun algunas rayas lloraban, porque veían que no podrían salvar a su amigo.

—¡Váyanse, rayas! —respondió el hombre herido—. ¡Déjenme solo! ¡Ustedes han hecho ya demasiado por mí! ¡Dejen que los tigres pasen!

—¡NI NUNCA! —gritaron las rayas en un solo clamor—. ¡Mientras haya una sola raya viva en el Yabebirí, que es nuestro río, defenderemos al hombre bueno que nos defendió antes a nosotros!

El hombre herido exclamó entonces, contento:

—¡Rayas! Yo estoy casi por morir, y apenas puedo hablar; pero yo les aseguro que en cuanto llegue el winchester, vamos a tener farra para largo rato; ¡esto yo se lo aseguro a ustedes!

—¡Sí, ya lo sabemos! —contestaron las rayas entusiasmadas.

Pero no pudieron concluir de hablar, porque la batalla recomenzaba. En efecto: los tigres, que ya habían descansado, se pusieron bruscamente en pie, y agachándose como quien va a saltar, rugieron:

—¡Por última vez, y de una vez por todas: paso!

—¡NI NUNCA! —respondieron las rayas lanzándose a la orilla. Pero los tigres habían saltado a su vez al agua y recomenzó la terrible lucha. Todo el Yabebirí, ahora, de orilla a orilla, estaba rojo de sangre, y la sangre hacía espuma en la arena de la playa. Las rayas volaban deshechas por el aire y los tigres bramaban de dolor; pero nadie retrocedía un paso.

Y los tigres no sólo no retrocedían, sino que avanzaban. En balde el ejército de dorados pasaba a toda velocidad río arriba y río abajo, llamando a las rayas: las rayas se habían concluido; todas estaban luchando frente a la isla y la mitad había muerto ya. Y las que quedaban estaban todas heridas y sin fuerzas.

Comprendieron entonces que no podrían sostenerse un minuto más, y que los tigres pasarían; y las pobres rayas, que preferían morir antes que entregar a su amigo, se lanzaron por última vez contra los tigres. Pero ya todo era inútil. Cinco tigres nadaban ya hacia la costa de la isla. Las rayas, desesperadas, gritaron:

—¡A la isla! ¡Vamos todas a la otra orilla!

Pero también esto era tarde: dos tigres más se habían echado a nado, y en un instante todos los tigres estuvieron en el medio del río, y no se veía más que sus cabezas.

Pero también en ese momento un animalito, un pobre animalito colorado y peludo cruzaba nadando a toda fuerza el Yabebirí: era el carpinchito, que llegaba a la isla llevando el winchester y las balas en la cabeza para que no se mojaran.

El hombre dio un gran grito de alegría, porque le quedaba tiempo para entrar en defensa de las rayas. Le pidió al carpinchito que lo empujara con la cabeza para colocarse de costado, porque él solo no podía; y ya en esta posición cargó el winchester con la rapidez de un rayo.

Y en el preciso momento en que las rayas, desgarradas, aplastadas, ensangrentadas, veían con desesperación que habían perdido la batalla y que los tigres iban a devorar a su pobre amigo herido: en ese momento oyeron un estampido, y vieron que el tigre que iba adelante y pisaba ya la arena, daba un gran salto y caía muerto, con la frente agujereada de un tiro.

—¡Bravo, bravo! —clamaron las rayas, locas de contentas—. ¡El hombre tiene el winchester! ¡Ya estamos salvadas!

Y enturbiaban toda el agua verdaderamente locas de alegría. Pero el hombre proseguía tranquilo tirando, y cada tiro era un nuevo tigre muerto. Y a cada tigre que caía muerto lanzando un rugido, las rayas respondían con grandes sacudidas de la cola.

Uno tras otro, como si el rayo cayera entre sus cabezas, los tigres fueron muriendo a tiros. Aquello duró solamente dos minutos. Uno tras otro se fueron al fondo del río, y allí las palometas los comieron. Algunos boyaron después, y entonces los dorados los acompañaron hasta el Paraná, comiéndolos, y haciendo saltar el agua de contentos.

En poco tiempo las rayas, que tienen muchos hijos, volvieron a ser tan numerosas como antes. El hombre se curó, y quedó tan agradecido a las rayas que le habían salvado la vida, que se fue a vivir a la isla. Y allí, en las noches de verano, le gustaba tenderse en la playa y fumar a la luz de la luna, mientras las rayas, hablando despacito se lo mostraban a los pescados que no lo conocían, contándoles la gran batalla que, aliadas a ese hombre, habían tenido una vez contra los tigres.

LA ABEJA HARAGANA*

HABÍA UNA VEZ en una colmena una abeja que no quería trabajar. Es decir, recorría los árboles uno por uno para tomar el jugo de las flores; pero en vez de conservarlo para convertirlo en miel, se lo tomaba del todo.

Era, pues, una abeja haragana. Todas las mañanas, apenas el sol calentaba el aire, la abejita se asomaba a la puerta de la colmena, veía que hacía buen tiempo, se peinaba con las patas, como hacen las moscas, y echaba entonces a volar, muy contenta del lindo día. Zumbaba muerta de gusto de flor en flor, entraba en la colmena, volvía a salir, y así se lo pasaba todo el día, mientras las otras abejas se mataban trabajando para llenar la colmena de miel, porque la miel es el alimento de las abejas recién nacidas.

Como las abejas son muy serias, comenzaron a disgustarse con el proceder de la hermana haragana. En la puerta de las colmenas hay siempre unas cuantas abejas que están de guardia, para cuidar que no entren bichos en la colmena. Estas abejas suelen ser muy viejas, con gran experiencia de la vida, y tienen el lomo pelado porque han perdido todos los pelos de rozar contra la puerta de la colmena.

Un día, pues, detuvieron a la abeja haragana cuando iba a entrar, diciéndole:

—Compañera: es necesario que trabajes, porque todas las abejas debemos trabajar.

La abejita contestó:

—Yo ando todo el día volando, y me canso mucho.

—No es cuestión de que te canses mucho —respondieron— sino de que trabajes un poco. Es la primera advertencia que te hacemos.

Y diciendo así la dejaron pasar.

Pero la abeja haragana no se corregía. De modo que a la tarde siguiente, las abejas que estaban de guardia le dijeron:

_____

* Publicado originariamente en: _Caras y Caretas_, Buenos Aires, año XXI, n° 478, noviembre 30, 1918. En la primera (de las dos páginas) figura una fotografía del autor, profusamente barbado y con sombrero hongo; debajo de ella se lee: «Señor Horacio Quiroga».

Una nota al pie de página apunta: «De _Cuentos de la selva para los niños_ que acaba de editar la Cooperativa Editorial "Buenos Aires". En esta nueva serie de cuentos, el señor Horacio Quiroga pone una vez más de relieve su talento de escritor».

—Hay que trabajar, hermana.

Y ella respondió enseguida:

—¡Uno de estos días lo voy a hacer!

—No es cuestión de que lo hagas uno de estos días —le respondieron— sino mañana mismo. Acuérdate de esto.

Y la dejaron pasar.

Al anochecer siguiente se repitió la misma cosa. Antes de que le dijeran nada, la abejita exclamó:

—¡Sí, sí, hermanas! ¡Ya me acuerdo de lo que he prometido!

—No es cuestión de que te acuerdes de lo prometido —le respondieron— sino de que trabajes. Hoy es 19 de Abril. Pues bien: trata de que mañana, 20, hayas traído una gota siquiera de miel. Y ahora pasa.

Y diciendo esto se apartaron para dejarla entrar.

Pero el 20 de abril pasó en vano como todos los demás. Con la diferencia de que al caer el sol el tiempo se descompuso y comenzó a soplar un viento frío.

La abejita haragana voló apresurada hacia su colmena, pensando en lo calentito que estaría allá dentro. Pero cuando quiso entrar, las abejas que estaban de guardia se lo impidieron.

—No se entra —le dijeron fríamente.

—¡Yo quiero entrar! —clamó la abejita—. Ésta es mi colmena.

—Ésta es la colmena de unas pobres abejas trabajadoras —le contestaron las otras—. No hay entrada para las haraganas.

—¡Mañana sin falta voy a trabajar! —insistió la abejita.

—No hay mañana para las que no trabajan —respondieron las abejas, que saben mucha filosofía.

Y esto diciendo la empujaron afuera.

La abejita, sin saber qué hacer, voló un rato aún; pero ya la noche caía, y se veía apenas. Quiso cogerse de una hoja, y cayó al suelo. Tenía el cuerpo entumecido por el aire frío, y no podía volar más.

Arrastrándose entonces por el suelo, trepando y bajando de los palitos y piedritas, que le parecían montañas, llegó a la puerta de la colmena, a tiempo que comenzaban a caer frías gotas de lluvia.

—¡Ay, mi Dios! —exclamó la desamparada—. ¡Va a llover, y me voy a morir de frío!

Y tentó entrar en la colmena.

Pero de nuevo le cerraron el paso.

—¡Perdón! —gimió la abeja—. ¡Déjenme entrar!

—Ya es tarde —le respondieron.

—¡Por favor, hermanas! ¡Tengo sueño!

—Es más tarde aún.

—¡Compañeras, por piedad! ¡Tengo frío!

—Imposible.

—¡Por última vez! ¡Me voy a morir!

Entonces le dijeron:

—No, no morirás. Aprenderás en una sola noche lo que es el descanso ganado con el trabajo. Vete.

Y la echaron.

Entonces, temblando de frío, con las alas mojadas y tropezando, la abeja se arrastró, se arrastró, hasta que de pronto rodó por un agujero —cayó rodando, mejor dicho, al fondo de una caverna.

Creyó que no iba a concluir nunca de bajar. Al fin llegó al fondo, y se halló bruscamente ante una víbora, una culebra verde de lomo color ladrillo, que la miraba enroscada y presta a lanzarse sobre ella.

En verdad, aquella caverna era el hueco de un árbol que habían trasplantado hacía tiempo, y que la culebra había elegido de guarida.

Las culebras comen abejas, que les gustan mucho. Por esto la abejita, al encontrarse ante su enemiga, murmuró cerrando los ojos:

—¡Adiós, mi vida! Ésta es la última hora que yo veo la luz.

Pero con gran sorpresa suya, la culebra no solamente no la devoró sino que le dijo:

—¿Qué tal, abejita? No has de ser muy trabajadora para estar aquí a estas horas.

—Es cierto —murmuró la abeja—. No trabajo, y yo tengo la culpa.

—Siendo así —agregó la culebra burlona— voy a quitar del mundo un mal bicho como tú. Te voy a comer, abeja.

La abeja, temblando, exclamó entonces:

—¡No es justo, eso, no es justo! No es justo que usted me coma porque es más fuerte que yo. Los hombres saben lo que es justicia.

—¡Ah, ah! —exclamó la culebra, enroscándose ligero—. ¿Tú conoces bien a los hombres? ¿Tú crees que los hombres, que les quitan la miel a ustedes, son más justos, grandísima tonta?

—No es por eso que nos quitan la miel —respondió la abeja.

—¿Y por qué, entonces?

—Porque son más inteligentes.

Así dijo la abejita. Pero la culebra se echó a reír exclamando:

—¡Bueno! Con justicia o sin ella, te voy a comer; apróntate.

Y se echó atrás, para lanzarse sobre la abeja. Pero ésta exclamó:

—Usted hace eso porque es menos inteligente que yo.

—¿Yo, menos inteligente que tú, mocosa? —se rió la culebra.

—Así es —afirmó la abeja.

—Pues bien —dijo la culebra—, vamos a verlo. Vamos a hacer dos pruebas. El que haga la prueba más rara, ése gana. Si gano yo, te como.

—¿Y si gano yo? —preguntó la abejita.

—Si ganas tú —repuso su enemiga—, tienes el derecho de pasar la noche aquí, hasta que sea de día. ¿Te conviene?

—Aceptado —contestó la abeja.

La culebra se echó a reír de nuevo, porque se le había ocurrido una cosa que jamás podría hacer una abeja. Y he aquí lo que hizo:

Salió un instante afuera, tan velozmente que la abeja no tuvo tiempo de nada. Y volvió trayendo una cápsula de semillas de eucalipto, de un eucalipto que estaba al lado de la colmena, y que le daba sombra.

Los muchachos hacen bailar como trompos esas cápsulas, y les llaman trompitos de eucalipto.

—Esto es lo que voy a hacer —dijo la culebra—. Fíjate bien, ¡atención!

Y arrollando vivamente la cola alrededor del trompito como un piolín, la desenvolvió a toda velocidad, con tanta rapidez que el trompito quedó bailando y zumbando como un loco.

La culebra se reía, y con mucha razón, porque jamás una abeja ha hecho ni podrá hacer bailar un trompito.

Pero cuando el trompito, que se había quedado dormido zumbando, como les pasa a los trompos de naranjo, cayó por fin al suelo, la abeja dijo:

—Esa prueba es muy linda, y yo nunca podré hacer eso.

—Entonces, te como —exclamó la culebra.

—¡Un momento! Yo no puedo hacer eso; pero hago una cosa que nadie hace.

—¿Qué es eso?

—Desaparecer.

—¿Cómo? —exclamó la culebra dando un salto de sorpresa—. ¿Desaparecer sin salir de aquí?

—Sin salir de aquí.

—¿Y sin esconderte en la tierra?

—Sin esconderme en la tierra.

—¡Pues bien, hazlo! Y si no lo haces, te como enseguida —dijo la culebra.

El caso es que mientras el trompito bailaba, la abeja había tenido tiempo de examinar la caverna, y había visto una plantita que crecía allí. Era un arbustillo, casi un yuyito, con grandes hojas del tamaño de una moneda de dos centavos.

La abeja se arrimó a la plantita, teniendo cuidado de no tocarlo, y dijo así:

—Ahora me toca a mí, señora Culebra. Me va a hacer el favor de darse vuelta, y contar hasta tres. Cuando diga «tres», búsqueme por todas partes ¡ya no estaré más!

Y así pasó, en efecto. La culebra dijo rápidamente: «uno..., dos..., tres», y se volvió y abrió la boca cuan grande era, de sorpresa: allí no había nadie. Miró arriba, abajo, a todos lados, recorrió los rincones, la plantita, tanteó todo con la lengua. Inútil: la abeja había desaparecido.

La culebra comprendió entonces que si su prueba del trompito era muy buena, la prueba de la abeja era simplemente extraordinaria. ¿Qué se había hecho? ¿Dónde estaba?

No había modo de hallarla.

—¡Bueno! —exclamó por fin—. Me doy por vencida. ¿Dónde estás?

Una voz que apenas se oía —la voz de la abejita— salió del medio de la cueva.

—¿No me vas a hacer nada? —dijo la voz—. ¿Puedo contar con tu juramento?

—Sí —respondió la culebra—. Te lo juro. ¿Dónde estás?

—Aquí —respondió la abejita, apareciendo súbitamente de entre una hoja cerrada de la plantita.

¿Qué había pasado? Una cosa muy sencilla: La plantita en cuestión era una sensitiva, muy común también aquí en Buenos Aires, y que tiene la particularidad de que sus hojas se cierran al menor contacto. Solamente que esta aventura pasaba en Misiones, donde la vegetación es muy rica, y por lo tanto muy grandes las hojas de las sensitivas. De aquí que al contacto de la abeja, las hojas se cerraran ocultando completamente al insecto.

La inteligencia de la culebra no había alcanzado nunca a darse cuenta de ese fenómeno; pero la abeja lo había observado, y se aprovechaba de él para salvar su vida.

La culebra no dijo nada, pero quedó muy irritada con su derrota, tanto que la abeja pasó toda la noche recordando a su enemiga la promesa que había hecho de respetarla.

Fue una noche larga, interminable, que las dos pasaron arrimadas contra la pared más alta de la caverna, porque la tormenta se había desencadenado, y el agua entraba como un río adentro.

Hacía mucho frío, además, y adentro reinaba la oscuridad más completa. De cuando en cuando la culebra sentía impulsos de lanzarse sobre la abeja, y ésta creía entonces llegado el término de su vida.

Nunca, jamás, creyó la abejita que una noche podría ser tan fría, tan larga, tan horrible. Recordaba su vida anterior, durmiendo noche tras noche en la colmena bien calentita, y lloraba entonces en silencio.

Cuando llegó el día, y salió el sol, porque el tiempo se había compuesto, la abejita voló y lloró otra vez en silencio ante la puerta de la colmena hecha por el esfuerzo de la familia. Las abejas de guardia la dejaron pasar sin decirle nada, porque comprendieron que la que volvía no era la paseandera haragana sino una abeja que había hecho en sólo una noche un duro aprendizaje de la vida.

Así fue, en efecto. En adelante ninguna como ella recogió tanto polen ni fabricó tanta miel. Y cuando el Otoño llegó, y llegó también el término de sus días, tuvo aún tiempo de dar una última lección antes de morir a las jóvenes abejas que la rodeaban:

—No es nuestra inteligencia sino nuestro trabajo quien nos hace tan fuertes. Yo usé una sola vez de mi inteligencia, y fue para salvar mi vida. No habría necesitado de ese esfuerzo, si hubiera trabajado como todas. Me he cansado tanto volando de aquí para allá, como trabajando. Lo que me faltaba era la noción del deber, que adquirí aquella noche.

Trabajen, compañeras, pensando que el fin a que tienden nuestros esfuerzos —la felicidad de todos— es muy superior a la fatiga de cada uno. A esto los hombres llaman ideal, y tienen razón. No hay otra filosofía en la vida de un hombre y de una abeja.

APÉNDICE
(PRIMERAS VERSIONES REESCRITAS)

La jirafa ciega

LA JIRAFA CIEGA[*]

HABÍA UNA VEZ una jirafa que tuvo dos hijos mellizos, cosa rara entre las jirafas. Un león se comió a uno de ellos, y quedó sola la jirafita hembra. Las otras jirafas la querían mucho, y le hacían cosquillas en los costados. Su madre le hacía repetir todas las noches la oración, que es el padrenuestro de las jirafas, y dice así:

1º Hay que oler bien las hojas antes de comerlas, porque algunas son venenosas.

2º Hay que mirar bien el río y quedarse quieto un rato antes de bajar el agua, para estar seguro de que no hay cocodrilos.

3º Cada media hora hay que levantar bien alto la cabeza y oler el viento, para sentir el olor del león.

4º Cuando se come pasto del suelo, hay que mirar siempre entre los yuyos para ver si hay víboras.

Éste es el padrenuestro de las jirafas chicas. Cuando la jirafita lo aprendió bien, su mamá la dejó andar sola.

Una tarde, sin embargo, mientras comía hojas de los árboles, la jirafita vio una cosa redonda de color plomo que colgaba de una rama. ¿Qué sería? Tenía un poco de miedo, pero como era muy traviesa, dio un cabezazo en la bola y disparó. Vio entonces que la bola se había rajado, y caían gotas. Había también muchas mosquitas, pero no picaban. La jirafita se acercó, y despacito, con la punta de la lengua, probó una gota, y se relamió con gran placer: aquellas gotas eran de miel, y miel riquísima, porque la bola de color plomo era un nido de abejitas que no picaban porque no tenían aguijón. En cinco minutos la jirafita se tomó toda la miel y loca de contento fue a contarle a su mamá. Pero ésta la reprendió severamente.

—Ten mucho cuidado, mi hija —la dijo— con los nidos de abejas. Nunca te metas con ellos porque es muy peligroso.

—Sí, mamá; sí, mamá —respondió la jirafita. Pero lo primero que hizo a la mañana siguiente fue meter la cabeza entre todas las ramas del bosque, buscando nidos de abejas.

Hasta que halló uno, muy parecido al otro. Se acordó de la recomendación de su mamá, pero creyó que exageraba, como todas las madres de jirafitas, y le dio un tremendo cabezazo.

Mejor es que nunca lo hubiera hecho. Salieron en seguida miles de abejas, millones de abejas que la picaron en la cabeza, en la barriga, en la cola, y lo que es mucho peor, en los ojos. La picaron más de mil en los ojos. La jirafita, loca de dolor, corrió, corrió gritando, hasta que de repente no pudo más: estaba ciega, ciega del todo. Los ojos se le habían hinchado enormemente, y no veía más. Se quedó quieta, temblando, y llorando desesperada: —¡Mamá! ¡mamá!

Su madre, que había salido a buscarla porque demoraba mucho, la halló por fin, y se desesperó también con su jirafita, que estaba ciega. La llevó paso a paso a su casa, y todas las jirafas iban a mirarle los ojos y lloraban también, porque estaba ciega.

---

[*] *Fray Mocho*, Buenos Aires, año 5, nº 215, junio 9, 1916.

Entonces decidieron que lo único que podía salvarla era ir al pueblo, que quedaba a cien leguas, donde vivía un hombre que tenía remedios. El hombre era cazador, y también cazaba jirafas; pero era un hombre bueno.

Pero la madre de la jirafita tenía miedo de llevar su hija hasta un hombre que cazaba jirafas; y decidieron ir en seguida a pedir una tarjeta de recomendación al venadito, que era gran amigo del hombre.

Fueron al momento mismo, atravesaron al galope un inmenso bosque, donde un león hambriento las corrió, y llegaron, por fin, a la guarida del venadito. Éste era un antílope chiquito, del tamaño de un gato, porque hay una clase de venados así. Antes, mucho antes, había matado a una gran víbora que iba a saltar sobre el hombre, y desde entonces eran grandes amigos.

Las jirafas golpearon a la puerta, que estaba hecha de ramas.

—¡Tan-tan-tan!

—¿Quién es? —respondió el venadito.

—¡Somos nosotras, las jirafas!

—¿Qué quieren?

—Venimos a pedirle una carta de recomendación para el cazador. La jirafita esta ciega.

—Bueno; no hay necesidad de tarjeta. Muéstrenle esto.

Y les dio una cabeza seca de víbora que tenía los ojos abiertos.

—¡Gracias, venadito! —gritaron las jirafas corriendo, porque tenían mucho apuro. Corrieron y corrieron.

La jirafa y su hija ciega, con la cabeza de víbora, emprendieron la marcha hacia el pueblo, y era tardísimo de la noche cuando llegaron. Tuvieron que tener un gran cuidado para que los perros no las sintieran, y la jirafita caminaba temblando de miedo. Llegaron, por fin, al fuerte del cazador.

—¡Tan-tan-tan! —golpearon.

—¿Qué hay? —preguntó una voz de hombre, de adentro.

—¡Somos las jirafas!... ¡Tenemos la cabeza de víbora! ¡Es del venadito!

Se apuraban a decir esto para que el cazador viera que eran jirafas enfermas.

—¡Ah, ah! —dijo el hombre, abriendo la puerta—. ¿Qué pasa?

—Venimos para que cure a mi hija, la jirafita, que está ciega.

Y contó al cazador toda la historia de las abejas.

—¡Hum!... Vamos a ver qué tiene esta señorita —dijo el cazador, y entrando a su casa, volvió con una escalera, se subió en ella, y pudo asi alcanzar a los ojos de la jirafa, que examinó con unos lentes muy grandes que se puso, mientras la madre sostenía el farol colgado de los cuernos.

—Esto no es gran cosa —dijo por fin el cazador, bajándose—, pero hay que tener mucho cuidado. Póngale esta pomada todas las noches en los ojos, y téngala veinte días en la obscuridad. Después póngale estos lentes amarillos, y se curará.

—¡Muchas gracias, cazador! —dijo la madre, muy contenta. Y agregó:

—¿Cuánto le debo?

—No es nada —respondió sonriendo el hombre—; tengan, en cambio, mucho cuidado con los perros, porque las van a sentir.

Pero a pesar de detenerse a cada nomento y pisar sin hacer ruido, los perros las sintieron y las olfatearon, y tuvieron que correr, por fin, desesperadamente, perseguidas por los perros, cuando empezaba ya a ser de día.

Tal como lo dijo el cazador, se efectuó la curación. Pero sólo la jirafa supo cuánto le costó tener encerrada a su hija veinte días, en el hueco de un inmenso árbol, donde estaba obscuro como la noche.

Una mañana, por fin, la madre abrió la puerta, y la jirafita, con sus lentes amarillos, salió saltando como loca y llorando de alegría:

—¡Veo, mamá! ¡Mamá, ya veo todo!

Y la jirafa, balanceándose, lloraba también de alegría al ver a su hijita curada.

Pero la jirafita, aunque sana y contenta, tenía un secreto que la entristecía a veces, y era éste: ella quería a toda costa pagarle al hombre que tan bueno había sido con ella, y no sabía cómo. Hasta que un día creyó haber encontrado el medio. Se puso a recorrer paso a paso el bosque y los pantanos, buscando colmillos de elefantes muertos para llevarle al cazador. Éste, por su parte, se acordaba a veces de aquella jirafita ciega que él había curado. Y una noche de mucha lluvia estaba leyendo en su cuarto, cuando oyó que llamaban. Abrió la puerta, y vio a la jirafita que le traía dos grandes colmillos de elefante, colgados del cuello.

El cazador se puso a reír, y la jirafita, avergonzada porque creyó que el hombre se reía de su pobre regalo, se fue muy triste. Buscó dos colmillos más grandes, y una semana después volvió con ellos, y esta vez el hombre, que se había reído la vez anterior de cariño, no se rió esta vez, porque la jirafita no comprendía su risa, pero, en cambio, le regaló un tubo de tacuara lleno de miel, que la jirafita tomó loca de contento.

Desde entonces la jirafita y el cazador fueron grandes amigos. Ella se empeñaba siempre en traerle colmillos de elefante, que tienen mucho valor, y se quedaba largo rato en la casa, charlando con el cazador. Éste ponía en la mesa, del lado de la jirafita, un jarro lleno de miel, y las horas pasaban así, mientras afuera el viento y la lluvia bramaban en los árboles.

Por temor a los perros, la jirafita no iba sino en las noches de tormenta: y cuando empezaba a llover y caía la noche, el cazador colocaba en la mesa el tarrito de miel y la servilleta, mientras él tomaba el café y leía, esperando en la puerta el tan-tan bien conocido de su amiga la jirafita.

CARTAS DE UN CAZADOR

NOTICIA PRELIMINAR

La publicación de esta serie está ligada a las tradicionales visicitudes del escritor con las publicaciones periódicas.

La misma fue iniciada en la revista *Mundo Argentino*, el 7 de junio de 1922, donde Quiroga publicó una justificación bajo el título «Para los niños» y dos de las cartas que la integran, el 22 y el 28 de junio del mismo año, firmadas con el pseudónimo «Dum-Dum».

Por razones que desconocemos, la serie se interrumpió y su autor no volvió a colaborar en la misma revista sino seis años más tarde con una nota crítica sobre *La Tierra Purpúrea* de William H. Hudson.

El 21 de nero de 1924 Quiroga reemprendió la serie abandonada, en la revista semanal para niños *Billiken*, fundada en Buenos Aires, en 1919, por Constancio C. Vigil. Aquí hemos adoptado el mismo criterio que la edición de Calicanto (1978) y siguientes reimpresiones de Arca (1987, 1988), trasladando al final los textos «Cartas de un cazador» y «Para los niños», dados a conocer originalmente.

Como señala Jorge Ruffinelli, el cambio sustancial de una y otra serie se propone a nivel de la relación cazador-niños: «En 1922 Dum-Dum escribe a sus cuatro hermanitos: en 1924, retomando una actitud constante en su obra, Quiroga se dirige a sus propios hijos» (p. 148, *ibidem*).

Cabría, sin embargo, otra lectura del «hijitos míos» con que apela sistemáticamente a la intención del receptor infantil, introduciéndolo como corte semántico arquetípico del discurso epistolar en que están redactados los textos. Ese sintagma iterativo puede operar como emisión cariñosa a *todos* los niños, en una expresión afectuosa muy común en el Río de la Plata. Sus biógrafos han destacado la peculiar relación entre Quiroga y sus hijos, él mismo ha dejado infinidad de referencias en sus cartas sobre la educación para el riesgo que les ofreció; si se relee nuestra «Noticia preliminar» a *Cuentos de la selva*, podrá reconsiderarse el nivel de oralidad *previo* que aparentemente tienen sus relatos infantiles. Tal vez una pista certera la aporte el cuento «El desierto», ese tan autobiográfico retrato de un padre que, muerta su mujer, se queda solo en la selva con sus hijos pequeños. Estos cuentos no son para niños «criados entre las polleras de las madres» (como dice Subercassaux de los suyos en "El desierto"), sino para aquellos que conozcan o comprendan el peligro, el dolor y la muerte.

EL HOMBRE FRENTE A LAS FIERAS*

TODAS LAS historias, y algunas tremendas, que van a leerse con este título, son el relato fiel de las cacerías que un compatriota nuestro efectuó en todas las selvas, los desiertos y los mares del nuevo y viejo mundo.

Lo que primero notará el lector de estas historias, son las expresiones muy familiares a su oído, que usa en sus relatos el cazador. Pero esto se debe a que estas historias fueron contadas por cartas a unas tiernas criaturas, por su mismo padre, quien las escribió así a fin de ser perfectamente comprendido.

Tal como los envió a sus hijos van, pues, estos relatos, donde no faltan aventuras terribles, como aquella en que el hombre enloquecido de pavor fue perseguido durante dos horas mortales por una inmensa serpiente de la India; ni faltan aventuras chistosísimas, como las que se desarrollaron durante una noche y un día enteros, persiguiendo a un tatú carreta de un metro de largo, en los pajonales de Formosa.

Nosotros, que hemos devorado una por una estas cartas, sabemos lo que espera al niño que lee por *sí solo* estos relatos de caza. Y si hacemos esta advertencia es porque casi nunca el lenguaje de las historias para niños se adapta al escaso conocimiento del idioma que aún tienen ellos.

Es menester que las personas mayores les lean los cuentos, explicándoles paso a paso las palabras y expresiones que los niños de catorce años conocen ya, pero que los niños de seis a diez ignoran todavía.

Quien escribió estas cartas fue un padre: y las escribió a sus dos hijitos, en el mismo lenguaje y en el mismo estilo que si hablara directamente con ellos. Si nos equivocamos al pretender llegar hasta ellos sin *intermediario*, paciencia; si no, nos felicitaremos vivamente de haberlo intentado con éxito.

Varias de estas cartas están manchadas con sangre. Muchas de ellas no están escritas ni en papel, ni en trapo, ni siquiera en cuero: posiblemente en hojas de árboles o láminas de mica.

Hay una en la cual no se lee nada; pero si se pasa por encima de ella una plancha caliente aparecen las letras.

Dos cartas, escritas en las márgenes del río Araguaya, están envenenadas; bastarían para matar a varias personas.

A una de ellas, en fin, le falta la mitad: la otra mitad quedó en la boca de un enorme oso gris de Norte América, o sea el grizzli, que es la bestia más temible para el hombre.

Como se ve, no falta variedad en tales cartas. Y ello se explica por las condiciones diversas y muchas veces angustiosas en que fueron escritas.

Siempre, o, por lo menos, mientras pudo hacerlo, el cazador escribió a sus chicos en seguida de soportar una de estas sangrientas luchas. Pero, aunque el padre no insiste mucho en los

---

* Publicado en *Billiken*, enero 21, 1924. A continuación del título figura la siguiente nota: «¡Qué aventuras emocionantes! El hombre frente a las fieras salvajes.»

detalles terroríficos, para no sacudir demasiado la imaginación de las tiernas criaturas, ¡qué angustias, qué horrores, qué alegrías mismas no están ocultas en esta carta pesada de sangre, en esa perforada por los colmillos de una serpiente de cascabel, en aquella otra escrita bajo la embriaguez venenosa que produce la miel de ciertas abejas salvajes! Muchas veces el hombre las escribió de noche, al raso bajo la luz de su linterna eléctrica, que iluminaba el papel y la mano tal vez vendada que temblaba al escribir las palabras. En otras noches, cuando la lluvia y el viento sacudían enloquecidos la lona de la carpa, acaso el cazador, sin pilas para la linterna, y tiritando de chucho, escribió esas cartas al resplandor verdoso de dos cucuyos o grandes bichos de luz de los países calientes.

Fuertes penurias pasó ese cazador, pero gracias a ellas sus chicos se criaban sanos, contentos y alegres, porque nos olvidábamos de decir que el hombre vivía de esas penurias. Con el producto de las pieles, las plumas y los colmillos de los animales cazados vivían el cazador y sus hijitos. El hombre obtenía de las selvas otros productos más, y algunos rarísimos. Pero esto lo iremos viendo en el transcurso de estos relatos.

Dos palabras ahora para terminar.

Por insistente pedido del cazador, persona sumamente conocida, omitimos su nombre. Bástenos saber que sus chicos le llamaban *Dum-Dum*, exactamente como se les llama a ciertas balas famosas para cazar grandes fieras. De estas balas de las armas que usaba el cazador, de sus trampas y demás particularidades de la vida en las grandes selvas, nos iremos enterando poco a poco.

La primera carta de la serie es el relato de la cacería de un tigre cebado. Sólo una cosa podemos adelantar: y es que, precisamente esta primera carta está, en todos sus costados, manchada de sangre humana.

CAZA DEL TIGRE[*]

CHIQUITOS MÍOS: Lo que más va a llamar la atención de ustedes, en esta primera carta, es el que esté manchada de sangre. La sangre de los bordes del papel es mía; pero en medio hay también dos gotas de sangre del tigre que cacé esta madrugada.

Por encima del tronco que me sirve de mesa, cuelga la enorme piel amarilla y negra de la fiera.

¡Qué tigre, hijitos míos! Ustedes recordarán que en las jaulas del zoo hay un letrero que dice: «Tigre cebado». Esto quiere decir que es un tigre que deja todos los carpinchos del río por un hombre. Alguna vez ese tigre ha comido a un hombre; y le ha gustado tanto su carne, que es capaz de pasar hambre acechando días enteros a un cazador, para saltar sobre él y devorarlo, roncando de satisfacción.

En todos los lugares donde se sabe que hay un tigre cebado, el terror se apodera de las gentes, porque la terrible fiera abandona entonces el bosque y sus guaridas para rondar cerca del hombre. En los pueblitos aislados dentro de la selva, durante el día mismo, los hombres no

---

[*] Publicado con el título: «El hombre frente a las fieras —Caza del tigre», en: *Billiken*, Buenos Aires, enero 28, 1924, acompañado por un gran dibujo de Marchisio en el centro de la página.

se atreven a internarse mucho en el monte. Y cuando comienza a oscurecer, se encierran todos, trancando bien las puertas.

Bien, chiquitos. El tigre que acabo de cazar era un tigre cebado. Y ahora que están enterados de lo que es una fiera así enloquecida por la carne humana, prosigo mi historia.

Hace dos días acababa de salir del monte con dos perros, cuando oigo una gran gritería. Miro en la dirección de los gritos, y veo tres hombres que vienen corriendo hacia mí. Me rodean en seguida, y uno tras otro tocan todos mi winchester, locos de contento. Uno me dice:

—¡Che, amigo! ¡Lindo que viniste por aquí! ¡Macanudo tu *guinche*, che amigo!

Este hombre es misionero, o correntino, o chaqueño, o formoseño, o paraguayo. En ninguna otra región del mundo se habla así.

Otro me grita:

—¡Ah, vocé está muito bom! ¡Con la espingarda de vocé vamos a matar o tigre damnado!

Este otro, chiquitos míos, es brasileño por los cuatro lados. Las gentes de las fronteras hablan así, mezclando los idiomas.

En cinco minutos me enteran de que han perdido ya cuatro compañeros en la boca de un tigre cebado: dos hombres, y una mujer con su hijito.

Pero su alegría al verme, dirán ustedes ¿de qué proviene?

Proviene, chiquitos míos, de que los cazadores de monte, aquí en el monte de Misiones, usan pistolas o escopetas a las que han cortado casi del todo los cañones, por lo cual yerran muchos tiros. Y usan esas cortas armas porque en la selva tropical estorban mucho las armas de cañones largos, cuando se tiene que correr a todo escape tras de los perros.

Mi winchester, pues, que es una arma de precisión y carga catorce balas, entusiasma a los pobres cazadores.

Me dan datos recientes del tigre. Anoche mismo se lo ha oído roncar alrededor de los ranchos: hasta que, cerca de la madrugada, ha arrebatado un chancho entre los dientes, exactamente como un perro que se lleva un pedazo de pan.

Ustedes deben saber, chiquitos, que el tigre que ha matado y ha comido ya parte de un animal corpulento, vuelve siempre a la noche siguiente a comer el resto de su caza. Durante el día se oculta a dormir; pero a la noche vuelve fatalmente a concluir de devorar su presa.

Los cazadores y yo, pues, hallamos el rastro del tigre, y poco después, en un espeso tacuaral, lo que quedaba del pobre chancho. Allí mismo sujetamos cuatro tacuaras con ocho o diez travesaños a tres metros de altura, y trepando arriba, nos instalamos a esperar a la fiera; el cazador correntino, el paraguayo, el brasileño y yo.

Las sombras comenzaban ya a invadir la selva cuando estuvimos instalados allá arriba. Y al cerrar del todo la oscuridad, al punto de que no nos veíamos las propias manos, apagamos todos los cigarros y dejamos de hablar.

¡Ah, chiquitos, ustedes no se figuran lo que es permanecer horas y horas sin moverse, a pesar de los calambres y de los mosquitos que lo devoran a uno vivo! Pero cuando se caza de noche al acecho, hay que proceder así. El que no es capaz de soportar esto, se queda tranquilo en su casita, ¿verdad?

Pues bien; mis compañeros, con sus escopetas recortadas y yo, con mi winchester, esperamos y esperamos en la más completa oscuridad...

¿Cuánto tiempo permanecimos así? A mí me parecieron tres años. Pero lo cierto es que de pronto, en la misma oscuridad y el mismo silencio, sin que una sola hoja se hubiera movido, oí una voz que me decía sumamente bajo al oído:

—Lá está o bicho...

¡Allí estaba, en efecto, el tigre! Estaba debajo de nosotros, un poco a la izquierda, ¡y ninguno lo había oído llegar!

¿Ustedes creerán que veía al tigre? Nada de eso. Veía dos luces verdes e inmóviles, como dos piedras fosforescentes, y que parecían estar lejísimo. ¡Y ninguno de los tres cazadores del monte lo había sentido llegar!

Sin movernos de nuestro sitio, cambiamos algunas palabras en bajísima voz.

—¡Apuntale bien, che amigo! —me susurró el paraguayo.

Y el brasileño agregó:

—¡Apúrese vocé, que o bicho va a pular! (saltar).

Y para confirmar esto, el correntino gritó casi:

—¡Ligero, che patrón! ¡Y entre los dos ojos!

El tigre ya iba a saltar. Bajé rápidamente el fusil hasta los ojos del tigre, y cuando tuve la mira del winchester entre las dos luces verdes hice fuego.

¡Ah, hijitos míos! ¡Qué maullido! Exactamente como el de un gato que va a morir, pero cien veces más fuerte.

Mis compañeros lanzaron a su vez un alarido de gozo, porque sabían bien (creían saberlo, como se verá), sabían bien que un tigre sólo maúlla así cuando ha recibido un balazo mortal en los sesos[*] o el corazón.

Desde arriba de las tacuaras saqué del cinturón la linterna eléctrica y dirigí el foco de luz sobre el tigre. Allí estaba tendido, sacudiendo todavía un poco las patas, y con los colmillos de fuera empapados en sangre.

Estaba muriendo, sin género de duda. De un salto nos lanzamos al suelo, y yo, todavía con la linterna en la mano, me agaché sobre la fiera.

¡Ah, chiquitos! ¡Ojalá no lo hubiera hecho! A pesar de su maullido de muerte y de las sacudidas agónicas de sus patas traseras, el tigre tuvo aún fuerzas para lanzarme un zarpazo con la velocidad de un rayo. Sentí el hombro y todo el brazo abierto como por cinco puñales, y caí arrastrado contra la cabeza del tigre.

Aquel zarpazo era el último resto de vida de la fiera.

Pero asimismo yo había tenido tiempo, mientras caía contra la fiera, de sacar velozmente el revólver cargado con balas explosivas, y descargarlo dentro de la boca del tigre.

Mis compañeros me retiraron desmayado todavía. Y ahora, mientras les escribo y la piel colgada del tigre gotea sobre el papel, siento que por bajo del vendaje escurre hasta los dedos la sangre de mis propias heridas...

Bien, chiquitos. Dentro de diez días estaré curado. Nada más por hoy, y hasta otra, en que les contaré algo más divertido.

LA CAZA DEL TATÚ CARRETA[**]

CHIQUITOS MÍOS:

En mi carta anterior les prometí un relato divertido. ¡Quién había de decirme que en plena selva, cazando un enorme animal salvaje, me iba a reír a carcajadas!

Así fue, sin embargo. Y los indios que cazaban conmigo, aunque son gente muy seria cuando cazan, bailaban de risa, golpeándose la barriga con las rodillas.

---

[*] La versión original registra una errata: «en los sexos».

[**] Publicado con el título: «El hombre frente a los animales salvajes.— La caza del tatú carreta», en: *Billiken*, Buenos Aires, febrero 4, 1924. Con un dibujo, de grandes dimensiones, de Marchisio. Primera versión en: *Mundo Argentino*, Buenos Aires, junio 28, 1922.

Pero antes debo decirles que esta fiesta de monte tuvo lugar un mes después de mi encuentro con el tigre cebado. Los cinco canales que me había abierto en carne viva con sus garras se echaron a perder, a pesar del gran cuidado que tuve.

(Las uñas de los animales, hijitos míos, están siempre muy sucias, y precisa lavar y desinfectar muy bien las heridas que producen. Yo lo hice así; y a pesar de todo estuve muy enfermo y envenenado por los microbios.)

Los cazadores de que les hablé en mi anterior me llevaron acostado sobre una mula hasta la costa del Paraná, y cuando pasó un vapor que volvía del Iguazú, lo detuvieron descargando al aire sus escopetas. Fui embarcado desmayado, y hasta tres días después no recobré el conocimiento.

Hoy, un mes más tarde, como les dije, me encuentro sano del todo, en los esteros de la gobernación de Formosa, escribiéndoles sobre una cáscara de tatú que me sirve de mesa.

Bien, chiquitos. Por el título de esta carta ya han visto que se refiere a la cacería de un tatú. (Ante todo, es menester que sepan que el quirquincho, la mulita, el peludo y el tatú, son más o menos un mismo y solo animal.) Oigan ahora lo que nos pasó.

Anteayer atravesábamos el bosque para alcanzar esa misma noche las orillas del río Bermejo, tres indios y yo. Caminábamos hambrientos como zorros, cuando...

(Hijitos míos: no es tan fácil comer en el bosque como uno cree. Salvo al caer la noche y al rayar el día, en que se puede ver a los animales que salen a cazar o vuelven a sus guaridas, no se tropieza con un bicho ni por casualidad.)

Caminábamos, pues, tambaleándonos de hambre y fatiga, cuando oímos de pronto un ronquido sordo y profundo que parecía salir de bajo tierra. Ese ronquido se parecía extraordinariamente al de un tigre cuando trota bramando con el hocico en tierra. El que oímos entonces resonaba bajo nuestros pies, como si un monstruo estuviera roncando en las entrañas de la tierra.

Yo miraba estupefacto a los indios, sin saber qué pensar, cuando los indios lanzaron un chillido y comenzaron a bailar en círculo uno tras otros, mientras gritaban:

—¡Tatú! ¡Tatú carreta!

Entonces comprendí de lo que se trataba; y al pensar en el riquísimo manjar que nos prometía ese ronquido, entré bailando en el círculo de los indios, y dancé como un loco con* ellos.

(Para apreciar lo que es el bailar como un chico entre tres indios desnudos, es menester saber lo que es hambre, hijitos míos.)

Yo no había visto nunca un tatú carreta; pero sabía ya entonces que cualquier tatú, o mulita, o quirquincho asado, es un bocado de rey.

Estaba bailando aún, cuando los indios se lanzaron monte adentro a toda carrera chillando de apetito. Yo los seguí a todo escape, al punto de que llegué casi junto con los indios hambrientos.

Y vi entonces lo que es el tatú carreta: En pleno suelo, con casi todo el cuerpo hundido en una enorme cueva, inmóvil y callado ahora, estaba el animal, cuyo ronquido habíamos oído. Era en efecto una mulita. ¡Pero qué mulita, chiquitos míos!

Apenas se veía de ella algo más que su robusto rabo. En un instante los indios se prendieron de él, y tiraron con todas sus fuerzas. El tatú, entonces, se puso a cavar... ¡Y qué terremoto! La tierra volaba como a paletadas, lastimándonos la cara por la fuerza con que salía. Con tal fuerza escarbaba el tremendo tatú, y con tanta rapidez, que la tierra salía lanzada a chorros, en sacudidas rapidísimas.

Los indios se ahogaban de tierra. Soltaron el rabo, y en un instante éste desapareció como una serpiente en la cueva. Con un grito nos lanzamos todos al suelo, hundimos el brazo hasta sujetar el rabo, y tiramos los cuarto juntos con todas nuestras fuerzas.

---

* En el original: «como».

¡Y dale! ¡Tira! ¡Tira! Cuatro hombres con feroz apetito tiran, creánme, hijitos míos, tanto como un caballo. Pero el enorme tatú, con las abiertas uñas clavadas en tierra, y con el lomo haciendo palanca en la parte superior de la cueva, no cedía un centímetro, como si estuviera remachado.

Y tirábamos, chiquitos, tirábamos, negros de tierra, y con las venas del cuello a punto de reventar por el esfuerzo. A veces, rendidos de fatiga, aflojábamos un poco; y el tatú se aprovechaba entonces y cavaba a todo escape, lastimándonos la cara con las manotadas de tierra, que salían como de una ametralladora. ¡Tal era nuestra facha y tan sucios estábamos, que nos reíamos a cada rato, de vernos cuatro hombres hambrientos, tirando como locos de la cola de un tatú!

Yo no sé, chiquitos, cómo hubiera concluido eso. Posiblemente hubiera acabado el tatú por arrastrarnos a todos dentro de su cueva, porque nosotros no hubiéramos soltado nuestro asado. Pero por suerte de pronto recordé un procedimiento infalible para sacar mulitas de la cueva.

¿Saben ustedes cuál es este procedimiento? ¡Pues... hacerle con una ramita cosquillas al animal... debajo de la coda!

(No se rían, chiquitos. Este sistema de cazar ha salvado en el monte la vida a muchas criaturas que de otro modo hubieran muerto de hambre.)

Hicimos, pues, cosquillas al tatú. Y el tatú, tal vez divertido o muerto de risa por el cosquilleo, aflojó las patas, y... ¡ligero! ¡a un tiempo! Y de un tremendo tirón lo sacamos afuera.

¡Pero qué monstruo, chiquitos! Era más grande que veinte mulitas juntas. Más grande todavía que la gran tortuga del zoo. Pesaría tal vez cincuenta quilos y medía un metro de largo. Parecía realmente una carreta de campo, con su gran lomo redondo.

Hoy día el tatú carreta escasea bastante. Se dice que hay ejemplares más grandes aún, y que pesan centenares de quilos. Estos tatús son nietos de otros tremendos tatús carreta que existían en otras épocas, llamados gliptodontes, cuya cáscara o caparazón se puede ver en el museo de Historia Natural.

Bien chiquitos: Nos comimos a nuestro respetable tatú, como si fuera una humilde mulita asada del mercado del Plata. Todavía lo estamos comiendo, muy serios; pero cuando me acuerdo de la figura que hacíamos anteayer, tirando, tirando... me río todavía... y como más tatú.

CACERÍA DEL YACARÉ[*]

CHIQUITOS: Los dos perros de caza que yo tenía, no existen más. Uno lo perdí hace ya una semana en un combate con una víbora de la cruz; el otro fue triturado ayer tarde por un inmenso yacaré.

¡Y qué perros eran, chiquitos míos! Ustedes no hubieran dado cinco centavos por ellos: tan flacos y llenos de cicatrices estaban. Mis pobres perros no se parecían a esos lanudos perros

---

[*] Publicado con el título: «El hombre frente a las fieras — Cacería del yacaré», en: *Billiken*, Buenos Aires, febrero 25, 1924. Con un dibujo de grandes dimensiones firmado por Marchisio.

grises de policía que ustedes ven allí, juguetones y reventando de grasa, ni a esos leonados perros ovejeros, que peinan con el pelo partido al medio. Los míos eran perros de monte, sin familia conocida, ni padres muchas veces conocidos tampoco. Pero como perros de caza, bravos, resistentes y tenaces para correr, no tenían iguales.

Fíjense bien en esto: El instinto de cazar en los animales, y el perro entre ellos, es una cuestión de hambre. Cuanto más hambre tienen más se les aguza el olfato, y mayor es su tenacidad para perseguir a su presa. Un perro gordo, con el vientre bien hinchado, prefiere dormir la siesta en un felpudo a correr horas enteras tras un tigre.

Los animales, como los hombres, hijos míos, son más activos cuando tienen hambre.

Bueno. Perdí mis perros, y si no pude vengar el primero, pues era de noche y estábamos en un pajonal, tuve en cambio el gusto de crucificar —como ustedes lo oyen— al yacaré que me devoró el segundo.

La historia pasó de este modo:

Ayer, al entrar el sol, estaba acampado a la orilla del río Bermejo, en el territorio del Chaco, cuando vi pasar, muy alto, una bandada de garzas blancas. Las seguí con la vista, pensando en el gusto con que habría bajado de un tiro dos o tres, para enviarles las largas plumas del lomo, o «aigrettes», como las llaman en las casas de modas.

Contra todo lo que esperaba de ellas, las vi abatir el vuelo sobre una pequeña laguna que dista un kilómetro de mi carpa. Cogí la escopeta, silbé a mi perro, y nos lanzamos en persecución de las garzas. Estas bellísimas y ariscas aves se reúnen para dormir al caer la noche; y tomando precauciones, yo podía acercarme hasta tenerlas a tiro. Avancé, pues, lentamente y doblado entre el pasto hasta tocar con las rodillas el pecho, y sujetando al perro del collar.

Pero, fuera que una culebra lo hubiera mordido, o lo hubiera hincado una semilla de enredadera del campo y aguda como un puñal, llamada uña de gato, el perro lanzó un grito, cuando estábamos todavía a ochenta metros de la laguna. Las garzas alzaron el vuelo con gran ruido, y apenas tuve tiempo de echarme la escopeta a la cara y descargar sobre ellas los dos cañones de la escopeta.

A pesar de la distancia, una garza cayó al agua. Mi perro se lanzó como una flecha, y cuando yo, que lo seguía corriendo, llegué a la laguna, ya el perro nadaba en dirección a la garza, que sólo estaba herida y se agitaba golpeando con sus alas el agua, como con una tabla.

Ya estaba el perro a diez metros de ella; ya la iba a alcanzar... cuando bruscamente lanzó un aullido y se hundió. Se hundió, chiquitos míos, como si lo hubieran tirado hacia abajo con fuerza incalculable. Sólo quedaba en la superficie de la laguna la garza golpeando siempre el agua, y, un poco más lejos, un borbollón de agua y burbujas de aire. Nada más.

¿Qué había pasado? ¿Qué fuerza era aquella para absorber instantáneamente a mi perro?

Durante un largo rato, chiquitos míos, quedé como atontado, mirando obstinadamente el sitio en que se había hundido mi pobre compañero. Yo sospechaba, estaba casi seguro de conocer el secreto de esa misteriosa laguna. Por eso, cuando al punto de cerrar la noche vi de pronto aparecer en la superficie tranquila tres puntitos negros que se mantenían inmóviles, cargué sin hacer el menor ruido el cañón derecho de la escopeta con una bala explosiva, y tomando cuidadosamente de mira el centro de los tres puntitos, hice fuego.

¡Qué brincos, chiquitos! ¡Qué sacudidas en el agua! El agua se removía en frenéticos remolinos y saltaba al aire, como si la batieran diez hélices. Y la cola del yacaré —porque era un enorme yacaré a quien había tirado— golpeaba a un lado y otro con tremendo estrépito.

¡Sí, chiquitos! Aquellos puntitos negros eran cuanto se ve de un yacaré, caimán o cocodrilo, cuando acecha en la superficie del agua. Y sólo se ven tres puntos del enorme cuerpo: los ojos, casi juntos, y un poco más lejos la extremidad de la nariz. Seguramente ese yacaré esperaba una presa cuando mi perro se echó a nado en la laguna. Y sumergiéndose entonces, nadó bajo el agua hasta alcanzarlo, abrió sus fauces sobre el vientre de mi perro... ¡y lo partió por el medio!

Lo abandonó seguramente en el fondo a que se pudriera para comerlo, y subió a la superficie a buscar otra presa... Por desgracia, yo había errado el tiro. Sus tremendas sacudidas eran sólo de furor; pues de haberlo tocado con la bala explosiva, la mitad de su cabeza habría saltado en pedazos por la explosión.

¿Qué podía hacer entonces, hijitos míos? La noche caía, y yo continuaba ardiendo de deseos de vengar la atroz muerte de mi pobre compañero. No habiendo podido matarlo en libertad, decidí cazarlo con trampa. Y he aquí lo que hice:

Fui hasta la carpa y regresé a la laguna con un lazo, un pulmón de un oso hormiguero que había matado la noche anterior, y un largo trozo de alambre. Saqué luego punta por los dos extremos a un corto palo de quince centímetros —que me serviría de anzuelo—; lo sujeté bien al alambre, añadí el lazo al alambre, até el pulmón del oso alrededor del anzuelo y, ¡zas!, todo al agua.

¿Saben ustedes por qué empleé de cebo el pulmón, o bofe como lo llaman en el campo? Porque el pulmón contiene mucho aire, y boya. Y los yacarés andan siempre con sus ojitos a ras del agua, buscando qué comer.

Nada más me quedaba por hacer, fuera de atar a un árbol el extremo del lazo, e irme al campamento a dormir.

Pero apenas comenzaba a aclarar al día siguiente, fui hasta una toldería de indios mansos que habían corrido conmigo un tigre negro la semana anterior:

—Che, amigo —dije al cacique, hablando como ellos—. Prestame un caballo hasta medio día.

—Y vos, ¿qué me vas a dar en cambio? —me respondió el cacique.

—Te voy a dar diez balas de winchester, una linterna eléctrica y cuatro estampillas. (Para los indios una estampilla vale tanto como para nosotros un cuadro.)

—Y una caja de fósforos —agregó el indio.

—Convenido.

—Y veinte centavos —agregó todavía.

—¡Muy bien! —concluí yo—. Aquí están todas esas cosas. ¡Venga ahora el caballo... y hasta luego!

Partí al galope en dirección a la laguna. Allí, tal como lo había dejado la tarde anterior, estaba el lazo atado al árbol. Pero el anzuelo había desaparecido de la superficie. Tiré apenas del lazo, y el lazo cedió.

Pero yo conocía las costumbres de los cocodrilos. Y me eché a sonreír, despacio también, mientras ataba con sumo cuidado el lazo a la cincha del caballo.

Y entonces, chiquitos, afirmándome bien en los estribos, comencé a alejarme de la orilla, en tanto que el lazo corría de un lado al otro en el agua, por las sacudidas del yacaré.

Pero cuando la enorme bestia asomó por fin su monstruosa cabeza negra, hizo pie en la orilla, y afirmó sus patas en las barrancas, ¡oh, entonces, chiquitos, el caballo se estiró, se estiró, sin poder arrancar a la fiera de la orilla! Y el lazo, tirante como un cable de metal, se puso entonces a sonar como una bordona de guitarra.

Durante un minuto entero (hay que darse cuenta de lo largo que es un minuto), el caballo cinchó y cinchó con todas sus fuerzas, y el tremendo yacaré, con el palo de dos puntas clavado en el fondo de la garganta, no cedía un centímetro de terreno. Y el lazo sonaba y gemía, de tirante que estaba.

¡Así un minuto entero! Por fin solté las riendas, crucé el vientre del caballo a dos rebenques, a tiempo que le hundía las espuelas en los ijares y lanzaba un estridente grito.

El caballo, enloquecido de dolor, dio un tremendo arranque... ¡y avanzó un paso! ¡Y otro más! ¡Y otro! Ya estaba vencido el monstruo. ¡Ya había aflojado! Desde ese instante, el caballo se lanzó a la disparada, llevando a la rastra al yacaré, que iba dando tumbos por el campo desierto.

Poco más queda ya por decir, chiquitos. Al cabo de media legua, descendí del caballo. El monstruo estaba «groggy» de porrazos, y lo concluí de un tiro en el oído.

Ahora está estaqueado en cruz para mandarles la piel. Mide cinco metros bien contados, siendo uno de los grandes yacarés que hayan visto los mismos indios.

Acabo de devolver el caballo al cacique. Y para que quede más contento, le he regalado también un encendedor de yesca, un poncho colorado y una docena de bolitas.

CACERÍA DE LA VÍBORA DE CASCABEL[*]

CHIQUITOS:

¿Se acuerdan ustedes de la extraña cartera de bolsillo que tenía aquel amigo ciego que vino una noche de tormenta a visitarme, acompañado de un agente de policía? Era de víbora de cascabel. ¿Y saben por qué el hombre estaba ciego? Por haber sido mordido por esa misma víbora.

Así es, chiquitos. Las víboras todas causan daño, y llegan a matar al hombre que muerden. Tienen dos glándulas de veneno que comunican con sus dos colmillos. Estos dientes son huecos, o, mejor dicho, poseen un fino canal por dentro, exactamente como las agujas para dar inyecciones. Y como esas mismas agujas, los dientes de la víbora de cascabel están cortados en chanfle o bisel, como los pitos de vigilante y los escoplos de carpintero.

Cuando las víboras hincan los dientes, aprietan al mismo tiempo las glándulas, y el veneno corre entonces por los canales y penetra en la carne. En dos palabras: dan una inyección de veneno. Por esto, cuando las víboras son grandes y sus colmillos, por lo tanto, larguísimos, inyectan tan profundamente que llegan a matar a cuanto ser muerden.

La víbora más venenosa que nosotros tenemos en la Argentina es la de cascabel. Es aún más venenosa que la yarará o víbora de la cruz. Cuando no alcanza a matar, ocasiona enfermedades muy largas, a veces parálisis por toda la vida. A veces deja ciego. Y esto le pasó a mi amigo de la cartera, quien no tuvo otro consuelo que transformar la piel de su enemiga en un lindo forro.

(Las serpientes no venenosas, hijitos míos, y que cazan a viva fuerza estrangulando a sus víctimas, tienen la piel gruesa y fuerte, que se utiliza en diversos artículos. Las serpientes venenosas o víboras son más bién débiles, y cazan sin moverse casi, utilizando su aparato de inyecciones. Tienen la piel tan fina y poco elástica que no se la puede utilizar sino como forro. Y les cuento todo esto, chiquitos, para que un día no se equivoquen cuando pretendan venderles carteras o petacas fabricadas con cueros de víboras de cascabel o de la cruz.)

Las víboras, culebras y serpientes, se cazan... como Dios quiere. No hay para ello reglas, ni fechas, ni procedimientos fijos. Se cazan en verano o invierno, de día o de noche, con un palo, un machete, un lazo o una escopeta. Cuando yo era muchacho las cazaba a cascote limpio. Es uno de los mejores procedimientos. No se las puede cazar con trampa, porque no tiene senderos fijos, ni sufren de gran hambre. Las víboras pasan fácilmente meses enteros sin comer.

---

[*] Publicado con el título: «El hombre frente a los animales salvajes. — Cacería de la víbora de cascabel», en: *Billiken*, Buenos Aires, marzo 3, 1924. Acompañado por un dibujo, de gran tamaño, firmado por Marchisio.

La profesión del cazador de serpientes es la más pobre de todas, pues sólo por casualidad se las puede hallar. Se cuenta, sin embargo, que en ciertas regiones de Estados Unidos existen cazadores de serpientes de cascabel que obtienen bastante dinero de sus cacerías; pero no ha de ser mucho lo que ganen.

Ahora, chiquitos míos, enterados ya de la vida y milagros de las víboras, prosigo mi relato.

Recordarán que poco tiempo antes de que el gran yacaré partiera por el medio a mi pobre perro, yo había perdido al otro, muerto por una víbora de cascabel. Estábamos en ese momento en un pajonal, era de noche y no llevaba conmigo la linterna eléctrica. Hice cuanto pude por hallar a la víbora con un fósforo, en vano. El perro mordido no se quejaba, no parecía sufrir, ni déjó de saltar a mi lado cuando me dirigí corriendo con él al campamento para curarlo.

Pero apenas habíamos andado treinta metros, el perro comenzó a tambalearse y cayó. Me agaché angustiado, y lo enderecé. Quedó erguido sobre las patas delanteras; mas las otras dos patas estaban ya paralizadas.

¡Pobre mi perro, compañero mío! No había perdido su alegría: me lamía las manos y respiraba muy ligero, con la lengua de fuera. Hacía en vano esfuerzos para recoger las patas traseras. Un momento después comenzó a caerse de costado, y su respiración era tan veloz que no se la podía seguir. Al fin quedó inmóvil, muerto, con toda la lengua de fuera, muerto en cinco minutos por la inyección de veneno de la serpiente de cascabel.

¡Dios nos libre, chiquitos míos, de una fatalidad semejante! Las mordeduras de víbora no son siempre mortales, y cuando se muere es generalmente después del tercer día. Para matar en cinco minutos, la víbora debe tener la horrible suerte de clavar los dientes en una vena. Entonces la sangre se coagula casi en masa, y el pájaro, el hombre y el elefante mismo, mordidos así, mueren en seguida, sin sufrir, asfixiados. Es el caso de mi pobre perro.

La cacería del gigantesco yacaré me distrajo luego. Pero yo no había olvidado a la víbora asesina, y me disponía a dar una batida por el mismo pajonal, cuando la casualidad me puso en contacto con ella, mucho más íntimamente de lo que yo hubiera querido.

Volvía una tarde del campamento, cuando fui sorprendido por una tormenta de viento y agua, a más no pedir. Durante cuatro horas caminé empapado de lluvia, al punto que no quedó nada sobre mí que no chorreara agua: ropas, cuerpo, fósforos, libreta, encendedor. Hasta la misma linterna eléctrica inutilizada.

A la luz de los relámpagos pude felizmente llegar hasta la carpa. Caí rendido en la manta, y me dormí con un sueño agitado de pesadilla. A altas horas de la noche desperté de golpe con terrible angustia. Soñaba que en el suelo, echado de vientre a mi lado, un monstruo me estaba espiando para arrojarse sobre mí al menor movimiento mío. En el profundo silencio y oscuridad (la lluvia y el viento habían cesado), hice un movimiento para levantarme. Y en ese instante, a mi lado mismo, sonó el cascabel de una víbora. ¡Ah chiquitos! no pueden tener idea ustedes de lo que es hallarse en la oscuridad acostado en el suelo, sin un solo fósforo, y amenazado de ser mordido en el cuello por una víbora venenosísima, al menor movimiento.

Ustedes deben saber que las serpientes de cascabel sólo hacen sonar sus crótalos cuando, al sentirse en peligro, se hallan prontas para atacar. Cuando se oye en el monte el cascabel de una víbora hay que detenerse instantáneamente y no mover un solo dedo. Entonces se mira con gran lentitud a los pies y alrededor de los pies, hasta que se ve al animal. Una vez conseguido esto, se puede saltar a uno u otro lado. ¡Pero cuidado con hacer, antes de verla, un solo movimiento!

¡Y ahora figúrense, chiquitos, lo que es hallarse en las tinieblas tendido de espaldas, con una víbora irritadísima al lado, a quien había enfurecido con algún brusco movimiento mientras dormía, y que estaba esperando otro movimiento para saltarme al cuello!

Para mayor angustia, si yo no la veía, ella me veía a mí perfectamente, pues las víboras de cascabel ven de noche muchísimo mejor que de día. ¿Dónde precisamente estaba? ¿Arrollada, junto a mi cabeza, junto al hombro, junto a la garganta? Imposible precisarlo, porque la estridente vibración del cascabel, a semejanza del chirrido de ciertas langostistas verdes del verano, parece salir de todas partes.

Conforme pasaban los instantes, la víbora disminuía su agitación; pero apenas insinuaba yo el menor movimiento para incorporarme y ponerme en salvo, la víbora se enfurecía, creyéndose atacada, pronta para hundirme los colmillos.

¿Cuánto tiempo pasó así? Minutos, minutos eternos... Tal vez horas. Y no sé qué hubiera sido de mí, pues comenzaba a enloquecerme, cuando hacia afuera de la carpa sonó otro cascabel.

¡Otra! ¡Dos serpientes de cascabel! ¡como si una sola no fuera bastante! Ya iba a lanzar un grito de fatal desesperación... ¡Una súbita luz iluminó como un rayo mis ideas! ¡Salvado! ¡Estaba salvado! Me encontraba salvado, chiquitos, porque estábamos en primavera; y aquel segundo cascabeleo no indicaba otra cosa que un canto o reclamo de amor, o un grito de guerra. La víbora que cantaba afuera era hembra o macho, y la que cantaba su canto de muerte sobre mi oído era macho o hembra. Yo no lo sabía, ni nada me importaba. Y si cantaban con la cola eso era también asunto de ellas. Pero lo cierto es que de un momento a otro, el mostruo que me sitiaba iba a abandonarme para ir al encuentro de su compañero. Se harían el amor o se despedazarían. Para mí tanto daba una cosa como la otra, con tal que me dejaran libre.

Y así pasó, chiquitos míos. Justo cuando la alborada rompía por fin, sentí el frufrú de las escamas de la víbora de cascabel que me abandonaba. De un salto estuve en pie. Permanecí un rato sin moverme, sin ver nada aún. Pero diez minutos más tarde, la luz de la lívida aurora de lluvia me permitió ver, a la puerta misma de la carpa, dos enormes víboras de cascabel que se pasaban y repasaban una por encima de la otra, como si eso les diera gran placer.

Fue lo último que hicieron en este mundo, pues un instante después ambas volaban deshechas de un tiro de escopeta. Con éstas van los dos cascabeles, chiquitos. Pero si sus propietarios se hacían el amor o luchaban cuando las vi contra la lona, no lo sabré nunca.

CACERÍA DEL HOMBRE POR LAS HORMIGAS[*]

CHIQUITOS: Si yo no fuera su padre, les apostaría veinte centavos a que no adivinan de dónde les escribo. ¿Acostado de fiebre en la carpa? ¿Sobre la barriga de un tapir muerto? Nada de esto. Les escribo acurrucado sobre las cenizas de una gran fogata, muerto de frío... y desnudo como una criatura recién nacida.

¿Han visto cosa más tremenda, chiquitos? Tiritando también a mi lado y desnudo como yo, está un indio apuntándome con la linterna eléctrica como si fuera una escopeta, y a su círculo blanco yo les escribo en una hoja de mi libreta... esperando que las hormigas se hayan devorado toda la carpa.

¡Pero qué frío, chiquitos! Son las tres de la mañana. Hace varias horas que las hormigas están devorando todo lo *que se mueve*, pues esas hormigas, más terribles que una manada de

* Publicado con el título: «El hombre ante los animales salvajes — Cacería del hombre por las hormigas», en: *Billiken*, Buenos Aires, marzo 10, 1924. Acompañado con un dibujo de Marchisio.

elefantes dirigida por tigres, son hormigas carnívoras, constantemente hambrientas, que devoran hasta el hueso de cuanto ser vivo encuentran.

A un presidente de Estados Unidos, llamado Roosevelt, esas hormigas le comieron, en el Brasil, las dos botas en una sola noche. Las botas no son seres vivos, claro está; pero están hechas de cuero, y el cuero es una sustancia animal.

Por igual motivo, las hormigas de esta noche se están comiendo la lona de la carpa en los sitios donde hay manchas de grasa. Y por querer comerme también a mí, me hallo ahora desnudo, muerto de frío, y con pinchazos en todo el cuerpo.

La mordedura de estas hormigas es tan irritante de los nervios, que basta que una sola hormiga pique en el pie para sentir como alfilerazos en el cuello y entre el pelo. La picadura de muchísimas puede matar. Y si uno permanece quieto, lo devoran vivo.

Son pequeñas, de un negro brillante, y corren en columnas con gran velocidad. Viajan en ríos apretadísimos que ondulan como serpientes, y que tienen a veces un metro de anchura. Casi siempre de noche es cuando salen a cazar.

Al invadir una casa, se desparraman por todas partes, como enloquecidas de hambre, buscando a la carrera un ser vivo que devorar. No hay hueco, agujero ni rendija, por angosta que sea, donde las hormigas carnívoras no se precipiten. Si hallan algún animal, en un instante se prenden de él con los dientes, mordiéndolo con terrible furia.

Yo he visto una langosta, chiquitos, deshacerse en un instante bajo sus dientes. En breves momentos todo el cuerpo de la langosta, como un juguete mecánico, yacía desparramado: patas, alas, cabeza, antenas, todo yacía desarticulado, pieza por pieza. Y con igual velocidad se llevaban cada articulación, y no por encima y a lo largo del lomo, como las hormigas comunes, sino por bajo el cuerpo, sujetando los pedazos con sus patas contra el abdomen. Y no por esto su carrera es menos veloz.

No hay animal que pueda enfrentar a las hormigas carnívoras. Los tapires y los tigres mismos, huyen de sus guaridas apenas las sienten. Las serpientes, por inmensas que sean, huyen a escape de sus guaridas. Para saber lo que son estas hormigas es preciso haberlas visto invadir un lugar en negros ríos de destrucción.

Ayer de mañana, chiquitos, llovió con fuerte viento sur, y el cielo, límpido y sereno al atardecer, nos anunció una noche de helada. Al caer el sol me paseaba yo por el campamento con grueso sweater y fumando, cuando una víbora se deslizó a prisa entre la carpa y yo.

—¡Víboras en invierno, y con este frío! —me pregunté sorprendido—. Debe de pasar algo raro para que esto suceda.

Miraba aún el blanco pastizal quemado por la escarcha en que se había hundido la víbora, cuando un ratón de campo pasó a escape entre mis pies. Y en seguida otro, y luego otro, y después otro más.

Hacia la carpa avanzaba a ras de las patas, brincando y volando de brizna a brizna, una nube de langostitas, cascarudos, vinchucas de monte, arañas; todos los insectos, chiquitos míos, que habían resistido al invierno, huían como presa de pánico.

¿Qué podía ser esto? Yo lo ignoraba entonces. No amenazaba tormenta alguna. El bosque se iba ocultando en la sombra en serena paz.

Me acosté, sin acordarme más del incidente, cuando me despertó un chillido de hurón que llegaba del monte. Un instante después sentí el ladrido agudo y corto del aguará-guazú. Y un rato después el bramido de un tigre. El indio, hecho un ovillo, de espaldas al fuego, roncaba con grande y tranquila fuerza.

—Con seguridad no pasa nada en el monte —dije al fin—. Si no, el indio se hubiera despertado. E iba a dormirme de nuevo, cuando oí, fuera de la carpa, el repiqueteo de una serpiente de cascabel.

¿Se acuerdan ustedes, chiquitos míos, de la aventura que tuve con una de ellas? El que ha oído una sola vez en el monte el ruido del cascabel, no lo olvida por el resto de sus días.

¿Pero qué les pasaba a los animales esa noche, que se agitaban hasta el punto de exponerse algunos, como las víboras, a morir de frío bajo la helada?

Me eché fuera de las mantas, y cogí la linterna eléctrica. En ese mismo instante sentí como cien mil alfilerazos que se hundían en mi cuerpo. Lancé un grito que despertó al indio, y llevándome la mano a la cara, barrí de ella una nube de hormigas adheridas que me picaban con furor.

Todo: cuerpo, mantas, ropa, todo estaba invadido por las hormigas carnívoras. Saltando sin cesar, me arranqué las ropas, mientras el indio me decía:

—¡Corrección, corrección! (Es el nombre que dan por allá a esas hormigas.) ¡Las hormigas que matan! Indio no sale de fuego, porque hormigas lo comen enterito.

—¡Ojalá te coman siquiera la nariz! —grité yo enojado y corriendo afuera, donde fui a caer de un brinco sobre un palo encendido, que saltó por el aire con un reguero de chispas. Entretanto, todo el piso alrededor de la hoguera estaba lleno de hormigas que corrían de un lado para otro buscando qué devorar. La carpa estaba también toda invadida de hormigas, y el país entero, quién sabe hasta dónde.

Desde la mañana, seguramente, el ejército de hormigas había iniciado el avance hacia nosotros, devorando y poniendo en fuga ante ellas a las víboras, los insectos, y las fieras mismas que se desbandaban ante las hordas hambrientas.

Hasta la madrugada posiblemente estaríamos sitiados, y luego las hormigas llevarían a otra parte su devastación. Pero entretanto son apenas las tres de la mañana y el fuego acaba de consumirse. Imposible sacar un pie fuera del círculo de cenizas calientes: nos devoran.

Acurrucado en el centro de lo que fue hoguera, desnudo como un niño, y tiritando de frío, espero el día escribiéndoles, chiquitos, a la luz de la linterna eléctrica, mientras dentro de la carpa las hormigas carnívoras están devorando mis últimas provisiones.

LOS BEBEDORES DE SANGRE[*]

CHIQUITOS: ¿Han puesto ustedes el oído contra el lomo de un gato cuando runrunea? Háganlo con Tutankamón, el gato del almacenero. Y después de haberlo hecho, tendrán una idea clara del ronquido de un tige cuando anda al trote por el monte en son de caza.

Este ronquido que no tiene nada de agradable cuando uno está solo en el bosque, me perseguía desde hacía una semana. Comenzaba al caer la noche, y hasta la madrugada el monte entero vibraba de rugidos.

¿De dónde podía haber salido tanto tigre? La selva parecía haber perdido todos sus bichos, como si todos hubieran ido a ahogarse en el río. No había más que tigres; no se oía otra cosa que el ronquido profundo e incansable del tigre hambriento, cuando trota con el hocico a ras de tierra para percibir el tufo de los animales.

Así estábamos hacía una semana, cuando de pronto los tigres desaparecieron. No se oyó un solo bramido más. En cambio, en el monte volvieron a resonar el balido del ciervo, el chillido

* Apareció con el título: «El hombre ante los animales salvajes — Los bebedores de sangre», en: *Billiken*, Buenos Aires, marzo 24, 1924, con un dibujo de Marchisio.

del agutí, el silbido del tapir, todos los ruidos y aullidos de la selva. ¿Qué había pasado otra vez? Los tigres no desaparecen porque sí, no hay fiera capaz de hacerlos huir.

¡Ah, chiquitos! Esto creía yo. Pero cuando después de un día de marcha llegaba yo a las márgenes del río Iguazú (veinte leguas arriba de las cataratas), me encontré con dos cazadores que me sacaron de mi ignorancia. De cómo y por qué había habido en esos días tanto tigre, no me supieron decir una palabra. Pero en cambio me aseguraron que la causa de su brusca fuga se debía a la aparición de un puma. El tigre, a quien se cree rey incontestable de la selva, tiene terror pánico a un gato cobardón como el puma.

¿Han visto, chiquitos míos, cosa más rara? Cuando le llamo gato al puma, me refiero a su cara de gato, nada más. Pero es un gatazo de un metro de largo, sin contar la cola, y tan fuerte como el tigre mismo.

Pues bien. Esa misma mañana, los dos cazadores habían hallado cuatro cabras, de las doce que tenían, muertas a la entrada del monte. No estaban despedazadas en lo más mínimo. Pero a ninguna de ellas les quedaba una gota de sangre en las venas. En el cuello, por debajo de los pelos manchados, tenían todas cuatro agujeros, y no muy grandes tampoco. Por allí, con los colmillos prendidos a las venas, el puma había vaciado a sus víctimas, sorbiéndoles toda la sangre.

Yo vi las cabras al pasar, y les aseguro, chiquitos, que me encendí también en ira al ver las cuatro pobres cabras sacrificadas por la bestia sedienta de sangre. El puma, del mismo modo que el hurón, deja de lado cualquier manjar por la sangre tibia. En las estancias de Río Negro y Chubut, los pumas causan tremendos estragos en las majadas de ovejas.

Las ovejas, ustedes lo saben ya, son los seres más estúpidos de la creación. Cuando olfatean a un puma, no hacen otra cosa que mirarse unas a otras y comienzan a estornudar. A ninguna se le ocurre huir. Sólo saben estornudar, y estornudan hasta que el puma salta sobre ellas. En pocos momentos, van quedando tendidas de costado, vaciadas de toda su sangre.

Una muerte así debe ser atroz, chiquitos, aun para ovejas resfriadas de miedo. Pero en su propia furia sanguinaria, la fiera tiene su castigo. ¿Saben lo que pasa? Que el puma, con el vientre hinchado y tirante de sangre, cae rendido por invencible sueño. Él, que entierra siempre los restos de sus víctimas y huye a esconderse durante el día, no tiene entonces fuerzas para moverse. Cae mareado de sangre en el sitio mismo de la hecatombe. Y los pastores encuentran en la madrugada a la fiera con el hocico rojo de sangre, fulminada de sueño entre sus víctimas.

¡Ah, chiquitos! Nosotros no tuvimos esa suerte. Seguramente cuatro cabras no eran suficientes para saciar la sed de nuestro puma. Había huido después de su hazaña, y forzoso nos era rastrearlo con los perros.

En efecto, apenas habíamos andado una hora cuando los perros erizaron de pronto el lomo, alzaron la nariz a los cuatro vientos y lanzaron un corto aullido de caza: habían rastreado al puma.

Paso por encima, hijos míos, la corrida que dimos tras la fiera. Otra vez les voy a contar con detalles una corrida de caza en el monte. Básteles saber por hoy que a las cinco horas de ladridos, gritos y carreras desesperadas a través del bosque quebrando las enredaderas con la frente, llegamos al pie de un árbol, cuyo tronco los perros asaltaban a brincos, entre desesperados ladridos. Allá arriba del árbol, agazapado como un gato, estaba el puma siguiendo las evoluciones de los perros con tremenda inquietud.

Nuestra cacería, puede decirse, estaba terminada. Mientras los perros «torearan» a la fiera, ésta no se movería de su árbol. Así proceden el gato montés y el tigre. Acuérdense, chiquitos, de estas palabras para cuando sean grandes y cacen: Tigre que trepa a un árbol, es tigre que tiene miedo.

Yo hice correr una bala en la recámara del winchester, para enviarla al puma entre los dos ojos, cuando uno de los cazadores me puso la mano en el hombro diciéndome:

—No le tire, patrón. Ese bicho no vale una bala siquiera. Vamos a darle una soba como no la llevó nunca.

¿Que les parece, chiquitos? ¿Una soba a una fiera tan grande y fuerte como el tigre? Yo nunca había visto sobar a nadie y quería verlo.

¡Y lo vimos, por Dios bendito! El cazador cortó varias gruesas ramas en trozos de medio metro de largo y como quien tira piedras con todas sus fuerzas, fue lanzándolos uno tras otro contra el puma. El primer palo pasó zumbando sobre la cabeza del animal, que aplastó las orejas y maulló sordamente. El segundo garroté pasó a la izquierda lejos. El tercero, le rozó la punta de la cola, y el cuarto, zumbando como piedra escapada de una honda, fue a dar contra la cabeza de la fiera, con fuerza tal que el puma se tambaleó sobre la rama y se desplomó al suelo entre los perros.

Y entonces, chiquitos míos, comenzó la soba más portentosa que haya recibido bebedor alguno de sangre. Al sentir las mordeduras de los perros, el puma quiso huir de un brinco. Pero el cazador, rápido como un rayo, lo detuvo de la cola. Y enroscándosela en la mano como una lonja de rebenque comenzó a descargar una lluvia de garrotazos sobre el puma.

¡Pero qué soba, queridos míos! Aunque yo sabía que el puma es cobardón, nunca creí que lo fuera tanto. Y nunca creí tampoco que un hombre fuera guapo hasta el punto de tratar a una fiera como a un gato, y zurrarle la badana a palo limpio.

De repente, uno de los garrotazos alcanzó al puma en la base de la nariz, y el animal cayó de lomo, estirando convulsivamente las patas traseras. Aunque herida de muerte, la fiera roncaba aún entre los colmillos de los perros, que lo tironeaban de todos lados. Por fin, concluí con aquel feo espectáculo, descargando el winchester en el oído del animal.

Triste cosa es, chiquillos, ver morir boqueando a un animal, por fiera que sea. pero el hombre lleva muy hondo en la sangre el instinto de la caza, y es su misma sangre la que lo defiende del asalto de los pumas, que quieren sorbérsela.

LOS CACHORROS DEL AGUARÁ-GUAZÚ*

VOY A CONTARLES ahora, chiquitos, la historia muy corta de tres cachorritos salvajes que asesiné —bien puede decirse—, llevado por las circunstancias.

Hace ya algún tiempo, poco después del asunto con la serpiente de cascabel, que les conté con detalles, tres indios de Salta enfermos del chucho y castañeteando los dientes, los tres, llegaron a venderme tres cachorritos de aguará-guazú casi recién nacidos.

Yo no tenía vacas, ustedes bien saben; ni una mala cabra para alimentar con su leche a los recién nacidos. Iba, pues, a desistir de adquirirlos, por mucho que me interesaran los zorritos, cuando uno de los indios, el más flaco y más tiritante de chucho, me ofreció en venta también, dos tarros de leche condensada, que extrajo con gran pena del bolsillo del pantalón.

¿Habrán visto indio más pillo? ¿De dónde podía haber sacado sus tarros de leche? De un ingenio, seguramente. Estos indios de Salta van todos los otoños a trabajar en los ingenios de

---

* Publicado con el título: «El hombre ante los animales salvajes— Los cachorros del Aguará-guazú», en: *Billiken*, Buenos Aires, marzo 31, 1924; con un dibujo de grandes dimensiones firmado por Marchisio.

azúcar de Tucumán. Allí aprenden muchas cosas. Y entre las cosas que aprenden, aprenden a apreciar la bondad de la leche cuando sus chicos están enfermos del vientre.

El indio poseedor de los tarros de leche condensada era seguramente padre de familia. Y pensó con mucha razón que yo le compraría sus tarros para criar a los aguaracitos. Y el demonio de indio acertó, pues yo, entusiasmado con los cachorritos, que compré por un peso los tres, pagué diez por los dos tarros de leche. Y a más pagué un paquete de tabaco, y un retrato de mi tío, que vio colgado en la carpa. Hasta hoy no sé que utilidad puede haberle reportado ese retrato de mi tío.

Crié, pues, a los cachorros de aguará-guazú, o gran zorro del Chaco, como también se le llama.

El aguará-guazú es, en efecto, un zorro altísimo y flaco que tiene toda la apariencia del lobo. No hay en toda la selva sudamericana un animal más arisco, huraño y ligero para correr. Tiene la particularidad de caminar moviendo al mismo tiempo las patas del mismo lado, como lo hace también la jirafa. Es decir, todo lo contrario del perro, el caballo y la gran mayoría de los animales, que caminan avanzando al mismo tiempo las patas alternadas y cruzadas.

En el campo, sin embargo, se suele enseñar a los caballos un paso muy distinto del que tienen, y que se llama «paso andador». Este paso, que no fatiga al jinete y es muy veloz, se efectúa precisamente, avanzando al mismo tiempo las patas del mismo lado, como la jirafa y el aguará-guazú.

En nuestro zoo, detrás del pabellón de las grandes fieras, había hace tiempo un aguará-guazú que iba constantemente de un lado a otro, con su gran paso fantástico. Creo que murió al poco tiempo de estar encerrado, como mueren todos los aguarás a quienes se priva de su libertad.

Yo también perdí a mis aguaracitos: pero no de tristeza —¡pobrecitos!— sino por la mala alimentación. Yo les di leche tibia cada tres horas, los abrigaba de noche, les frotaba el cuerpecito con un cepillo para reemplazar a la lengua de las madres que lamen horas enteras a sus cachorros. Hice cuanto puede hacer un hombre solo y desprovisto de recursos para criar tres fieras recién nacidas.

Durante dos semanas, y mientras duró la leche condesada, no hubo novedad alguna. A los siete días los cachorritos caminaban ya gravemente, aunque todavía un poco de costado. Tenían los ojos de un azul ceniciento y desvanecido. Miraban con gran atención las cosas, aunque apenas veían. Y cuando una mosca se plantaba delante de ellos, bufaban de susto, echándose atrás.

Como yo venía a ser su madre para ellos, me seguían por todas partes, pegados a mis botas, debiendo yo tener gran cuidado para no pisarlos. Tomaban de mi mano la mamadera que construí con un recipiente de tomar mate y un trapito arrollado.

Nunca se hallaban más a gusto conmigo que a la hora de mamar. Pero el día que, previendo la falta de leche, les di un pedacito de pava del monte para irlos acostumbrando al cambio de alimentación, ese día no reconocí a mis hijos.

Apenas olfatearon la carne en mi mano, se agitaron como locos, buscándola desesperadamente entre mis dedos, y cuando les hube dado a cada uno su presa de ave, se alejaron cada cual por su lado y con el pescuezo bajo, a esconderse entre el pasto para devorar su presa.

Yo los seguí uno por uno para ver cómo procedían. Pero apenas me sintieron, se erizaron en una bolita colérica, enseñándome los dientes. Ya comenzaban a ser fieras.

A nadie en el mundo sino a mí conocían y querían. Tomaban de mi mano su mamadera, gruñendo imperceptiblemente de satisfacción. Y había bastado un trozo de carne para despertar en ellos bruscamente su condición de fieras salvajes y cazadoras, que defienden ferozmente su presa. Y ante mí mismo, que los había criado y era su madre para ellos.

Al concluirse el segundo tarro de leche, yo supuse que mis tres aguaracitos debían hallarse ya acostumbrados a la alimentación carnívora, único alimento que yo podía proporcionarles en adelante. Pero no fue así. Al suprimirles la leche, decayeron de golpe. Los tres comenzaron a sufrir descomposturas de vientre que no los dejaban ni descansar. Tenían el cuerpo muy caliente, y salían del cajón con el pelo erizado y tambaleándose.

Cuando yo les silbaba, volvían lentamente la cabeza a todos lados, sin lograr verme. Tenían ya en los ojos un velo lechoso, como los animales y las mismas personas en agonía. Las descomposturas de vientres se hicieron cada vez más continuas hasta que una mañana los tres aguaracitos amanecieron muertos, en su cajón, y ya cubiertos de hormigas.

Esta es, chiquitos, la corta historia de tres zorritos salvajes privados de su madre desde el nacer, y a quienes un hombre desprovisto de todos los recursos hizo lo posible para prolongar la vida. Muchas veces, allí, en Buenos Aires, al pasar delante de las lecherías tan baratas, me he acordado de aquellos pobres cachorritos de teta, envenenados por la alimentación carnívora.

Recuérdenlo también ustedes, hijitos míos. No críen animales si no pueden proporcionarles la misma alimentación que tendrían junto a su madre. Muchísimo más que por debilidad, mueren los pichones y cachorros por exceso de comida. Los empachos de harina de maíz han matado más tórtolas que la más atroz hambre.

Robar un animalito a su nido para criarlo por diversión, por juguete, sabiendo que fatalmente va a morir, es un asesinato que los mismos padres enseñan a veces a sus criaturas. Y no lo hagan ustedes, nunca chiquitos míos.

EL CÓNDOR[*]

CHIQUITOS: Lo que les conté en mi carta anterior sobre los zorritos que quise criar y no pude, estuvo a punto de repetirse ayer mismo aquí, sobre el lago Nahuel Huapi. Lo que esta vez quise criar fueron tres pichones de cóndor. Yo los había visto días atrás en la grieta de una montaña que cae a pico sobre el lago, formando una lisa pared de piedra de 50 metros de altura. Ese acantilado, como se llama a esas altísimas murallas perpendiculares, forma parte de la cordillera de los Andes. A la mitad de la altura del acantilado existe una gran grieta en forma de caverna. Y en el borde de esa grieta yo había visto tres pichones de cóndor que tomaban el sol, moviéndose sin cesar de delante a atrás.

Ustedes saben, porque se los he contado, que en el momento actual no hay cóndores en nuestro Jardín Zoológico. Parece mentira, pero así es. Los que había murieron de reumatismo y otras enfermedades debidas a la falta de ejercicio. Y por más que se ha hecho, no ha podido conseguirse más cóndores.

Al ver aquellos tres pichones con su pelusa gris, tomando juntos el sol moribundo, deseé cazarlos vivos para ofrecérselos a Onelli.[**] Los pichones de aves carnívoras como los pirinchos y los cóndores, se crían muy bien en cautividad.

---

* Publicado con el título: «El hombre ante los animales salvajes— El cóndor», en: *Billiken*, Buenos Aires, abril 7, 1924; acompañado por un dibujo de Marchisio.

Con el mismo título se publica un texto en *Suelo natal* (pp. 5-7), aunque el contenido difiere sustancialmente y la prosa (cargada de adjetivos) no sea, probablemente, la de Quiroga sino la de Glusberg.

** Se trata del, en ese entonces, director del Jardín Zoológico. Hacia 1931 ya no ocupa ese puesto, como puede deducirse del agregado al texto «El cuendú», en *Suelo natal* (1931): «... lo puse en manos de Onelli, *entonces su director*».

¿Pero como cazarlos, chiquitos? Era imposible trepar por aquella negra y fantástica muralla de piedra, sin una saliente donde poder hacer pie. Iba pues, a perder las esperanzas de poseer mis condorcitos cuando un muchacho chileno, criado entre precipicios y cumbres de montaña, se ofreció a traérmelos vivos, siempre que yo lo ayudara con mis compañeros.

El plan del muchacho era tan arriesgado como sencillo. Consistía en atarse una cuerda a la cintura y descender desde lo alto del acantilado hasta el nido de cóndores. Nosotros iríamos soltando la cuerda hasta que el muchacho alcanzara la grieta. Se apoderaría entonces de los pichones que, con seguridad, le lastimarían las manos con sus garras, y después de meterlos en una bolsa que llevaría atada al cuello, daría tres tirones a la cuerda para avisarnos que todo estaba listo.

Como ven, chiquitos, el plan no podía ser más simple. Con un cazador de cordillera como él, no había que temer el mareo o vértigo. Sólo quedaba, y muy grande, el peligro de que los cóndores padres regresaran antes de hora a su nido.

Nosotros habíamos observado que el casal de cóndores se ausentaba siempre a mediodía, para regresar a la caída de la tarde. Seguramente iban hasta muy lejos, a buscar alimento para sus hijos. Pero comenzando temprano la cacería, no había miedo de que nos sorprendieran.

Tal fue lo que hicimos. A las dos de la tarde de un día nublado (ayer mismo, chiquitos; ¡qué largo parece el tiempo cuando se ha sufrido una desgracia!); a las dos, pues, atamos la cuerda a la cintura del muchacho, sujetándole a la espalda la bolsa para encerrar dentro a los condorcitos. A las dos y diez minutos aflojamos todo el primer metro de cuerda, y el muchacho chileno quedó suspendido sobre el abismo.

Esta maniobra parece fácil y rápida, hijitos míos, contada así. Pero a nosotros, que estábamos allá arriba aflojando la cuerda poco a poco, mientras el muchacho se balanceaba sobre quinientos metros de vacío, aquello nos parecía horriblemente lento y largo.

Cien... doscientos... doscientos cincuenta metros... De pronto, la súbita flojedad de la cuerda nos hizo conocer que el muchacho había por fin hecho pie en el pretil de la grieta. Y la tarde, muy nublada, comenzaba a oscurecer ya. El tiempo había cambiado también. Súbitamente, un gran frío se había abatido sobre nosotros mientras los altos picos de la cordillera desaparecían tras una borrasca de nieve.

Uno de nosotros gritó de pronto:

—¡Los cóndores ¡Los cóndores!

En efecto; pequeños aún, se veían contra el cielo blanco dos puntitos oscuros que aumentaban velozmente de tamaño. Eran los grandes cóndores que regresaban temprano al nido ante la inminente borrasca de nieve.

La situación era tremenda para el infeliz muchacho. ¿Qué destino podía esperarle?

Otro de nosotros gritó con todas sus fuerzas:

—¡Ligero! ¡La cuerda! ¡Si dentro de diez minutos no hemos recogido toda la cuerda, el pobre muchacho está perdido!

Como locos, nos pusimos todos a recoger la cuerda.

Chiquitos: Yo nunca he visto en mi vida posición más desesperada ni ser humano a quien amenazara muerte más atroz. El muchacho podría defenderse un instante con su cuchillo; pero sin contar los terribles picotazos de los cóndores que al fin lo destrozarían, tampoco podría resistir a sus tremendos aletazos.

Y mientras tirábamos y tirábamos con furia, llegó a nuestros mismos oídos el silbido del aire cortado por las inmensas alas de los cóndores. Los dos cóndores habían ya oído también el graznido de sus pichones, encerrados en la bolsa. Ambos lanzáronse como una flecha sobre el cazador; y al estar ya sobre él, con un golpe de ala desviaron bruscamente el vuelo. El primer cóndor alcanzó asimismo al muchacho con la extremidad de sus potentes alas, mientras el segundo lo alcanzaba de pleno lanzándolo al vacío de un terrible aletazo.

Yo y otros más nos habíamos tendido de boca sobre el mismo pretil de la muralla, desesperados de poder salvar al desgraciado. Y vimos a la infeliz criatura sacudida, golpeada, girando sobre sí misma en la extremidad de su cuerda, mientras los cóndores, con sus rojas pupilas fulgurantes de ira, giraban sin cesar alrededor de un tremendo aletazo.

El desgraciado muchacho, con los brazos pendientes y la cabeza doblada, había perdido el conocimiento. Y nosotros tirábamos de la cuerda, ¡ay!, demasiado lentamente.

—¡Más ligero, por Dios! —gritaba sollozando el hermano del desgraciado muchacho—. ¡Faltan cien metros solamente! ¡Ochenta! ¡Faltan cincuenta nada más! ¡Valor, por amor de Dios!

—¡Ay, chiquitos! Ni por el amor de Dios, pudimos salvar a la pobre criatura. Ante la amenaza de que el ladrón de sus hijos pudiera escapárseles y ante nuestra vista misma, los cóndores cayeron uno tras otro sobre la víctima, y por un momento pudimos ver las garras, rojas de sangre, hundidas en la infeliz criatura, mientras sus picos de acero se alzaban y hundían en el vientre con la fuerza de un martinete.

Algunos de nosotros, que nada veían, gritaron aún:

—¡Ánimo! ¡Faltan sólo diez metros! ¡Ya está! ¡Ya está aquí!...

¡Pobre chilenito! ¡Sí; ya estaba! Pero lo que estaba por fin en nuestras manos, atado aún por la cuerda a la cintura, era sólo el cadáver destrozado de un chico de gran valor.

Mas no era únicamente él el muerto.

Dentro de la bolsa colgada al cuello yacían también muertos a picotazos los tres pichones de cóndor. Las gatas, las leonas y muchos otros animales matan a veces a sus crías cuando han sido tocadas por el hombre.

Triste destino, en verdad, el de los cóndores, chiquitos, pues si nosotros habíamos perdido a un heroico cazador, ellos, los cóndores habían perdido el año, su nido y sus tres hijos, sacrificados por ellos mismos.

CACERÍA DEL ZORRINO[*]

CHIQUITOS:

Uno de los animales salvajes más bonitos de la Argentina y Uruguay, es un pequeño zorro de color negro sedoso, con una ancha franja plateada que le corre a lo largo del lomo. Tiene una magnífica cola de largos y nudosos pelos, que enarbola como un plumero.

Este zorrito, en vez de caminar, se traslada de un lado a otro con un galopito corto lleno de gracia. Es mansísimo, y a la vista de una persona ni piensa siquiera en huir. Posee una gracia de movimientos que le enviadiarían las mismas ardillas, y pocos animalitos del mundo dan más ganas de acariciarlos.

Pero el que pone la mano encima de esta bellísima criatura, chiquitos míos, no vuelve a hacerlo en su vida.

Una vez, en el departamento de Paysandú, en la República Oriental del Uruguay, fui testigo del mal rato que dio este lindo zorrito a un joven inglés recién llegado a América.

Ustedes saben, chiquitos, que nosotros, en la región del Plata, atribuimos siempre a los ingleses las anécdotas o cuentos basados sobre un error de lengua. Los ingleses en general no

----

* Aparecido con el título: «El hombre frente a los animales salvajes— Cacería del zorrino», en: *Billiken*, Buenos Aires, abril 21, 1924, con un gran dibujo de Marchisio.

tienen la tonta vergüenza nuestra de no querer hablar un idioma porque lo pronunciamos mal. Ellos, de lo que sienten vergüenza, es de no hacer lo posible por aprender en seguida la lengua del país donde viven. De aquí que cometan al principio muchos errores de pronunciación, que a nosotros nos hacen reír, y que fomentamos muchas veces por malicia.

A un joven inglés, pues, y a propósito del lindo bichito que nos ocupa, le vi cometer el más tremendo error que sea posible cometer.

Yo había llegado hacía diez días a una estancia solitaria poblada por una vieja familia criolla, y amiga, como todos los criollos viejos, de embromar a los extranjeros recién venidos.

El décimo día de mi estada llegó el inglesito con ánimo de aprender las costumbres del campo. No sabía casi nada de español; pero ponía todo su entusiasmo en aprenderlo. Hacía preguntas sobre todo lo que veía, y repetía tan mal las palabras que todos, y él incluso, nos reíamos en grande de sus disparates.

Los viejos criollos de la estancia le enseñaron cambiadas muchas palabras. Se le dijo que «caliente» se decía «frío», y que «rico», quería decir «feo». Y aquí venía la historia.

El inglesito llevaba consigo un perro foxterrier que, como ustedes lo saben bien, son grandes cazadores de ratas, zorros, comadrejas; de todo bicho, en fin, que vive en cueva. Ese perrito blanco era el único que le quedaba de cuatro que el año anterior había llevado a la India. Los otros tres habían muerto por querer jugar con las terribles víboras de la India, llamadas cobras copelo. Los perros foxterrier que van por primera vez a la India, creen que las cobras capello son gusanos, y las muerden de la cola. Las víboras se vuelven entonces, y a la media hora los perritos no vuelven a perseguir nunca más gusanos, porque han muerto.

Una noche, pues, que había magnífica luna, el perrito del inglés se fue a pasear por el campo, en busca de caza, mientras nosotros quedábamos en el comedor, tomando mate. El inglesito, tan empeñoso en adaptarse a las costumbres del país como en aprender su idioma, tomaba mate a todas horas quemándose la lengua y chupando como un rabioso de la bombilla, como si quisiera absorberla.

Concluida nuestra charla, nos retiramos todos a nuestras habitaciones. Y ya hacía tiempo que dormíamos con la frescura de la noche, cuando fuimos despertados por los desgarradores aullidos del foxterrier. Los perros de la estancia luchaban también, pero de un modo distinto: toreaban, como se dice. Pero el perrito inglés aullaba como un condenado.

Apenas habíamos tenido tiempo de asomarnos a la ventana, cuando vimos al inglesito correr en piyama a la luz de la luna, y bajarse luego a recoger algo del suelo. Pero con la rapidez con que lo vimos salir a proteger a su cuzco, lo vimos regresar, y a todo escape, agarrándose la cabeza entre las manos.

—¿Qué tiene, míster Dougald? —le preguntamos todos ansiosos—. ¿Qué le ha pasado?

—¡Perrito mío!— contestó tan sólo gimiendo.

—¿Y qué tiene su perrito? —proseguimos nosotros, suponiendo que le habría pasado una gran desgracia.

—¡Rico olor! ¡Oh, olor muy rico!

—¡Olor rico! —dijimos entonces extrañados—. ¿Y de qué puede tener tan rico olor? ¿No estará equivocado, míster Dougald?

—¡No, no! —respondió haciendo horribles visajes—. ¡Rico, riquísimo olor! ¡Pobre perrito mío!

Nosotros no nos acordábamos más de las palabras cambiadas que le enseñábamos y estábamos ya dispuestos a creer que el joven inglés se había vuelto loco con el sereno, cuando llegó revolcándose y aullando a la par del perrito tan perfumado.

Al verlo llegar, su dueño corrió también a encerrarse en su cuarto, como si su perro fuera el mismo demonio; mientras el cuzco, al pasar, nos infestaba a nosotros de su insoportable olor; el olor sofocante, amoniacal y nauseabundo que despide el zorrino.

—¡Por fin! —dijimos nosotros, tapándonos las narices—. ¡En vez de decir olor feo, feísimo, el inglés dice rico, riquísimo!

Nosotros se lo habíamos enseñado así, y nuestra era la culpa. Tal era el perfume que casi había quemado los ojos del inglesito, al querer levantar del suelo a su oloroso pichicho.

Sí, chiquitos. Era un zorrino, ni más ni menos, el que había perfumado al inglés y a su perro. Ustedes recuerdan el fuerte tufo de las comadrejas, zorros y leones que pueblan nuestro zoo. Al cruzar por delante de una de esas jaulas, se conoce en seguida por el tufo que el animal que las habita es una fiera carnívora. Los animales carnívoros despiden todos un olor amoniacal muy fuerte.

Pero ninguno de esos tufos es comparable al olor que despide el zorrino. Es, como decimos nosotros, un olor que «voltea». Nada más expresivo se puede decir que esto. Un hombre que recibe la fea descarga en el rostro, cae con seguridad desmayado. Hasta puede morir por asfixia, si el líquido ha penetrado en la nariz. Se conocen casos de ceguez, por haber tocado los ojos el cáustico líquido. Y el zorrino, este lindísimo animalito que tiene la potencia de una descarga de artillería, era la linda cosa que el inglés había querido levantar tras el corral.

Cuando el zorrino se siente perseguido, detiene su galopito y se apronta para la lucha. Él no posee otra arma que su descarga nauseabunda. ¡Pero qué arma, hijos míos! Si quien se acerca al zorrino es un hombre o un animal que nunca lo han visto, el zorrino los deja acercarse, hasta que aquéllos se hallan a dos o tres metros. Gira entonces sobre sí mismo, vuelve el anca a su enemigo, levanta la cola como un plumero... y hace su descarga.

La hace hacia atrás, como los leones. Y esto solo, basta. Los hombres que reciben el líquido gritan enloquecidos, los perros se revuelcan aullando. Y el zorrinito, contento y satisfecho de la vida, reanuda a la luz de la luna su paseo al galopito corto.

Pero no siempre es día de fiesta para el zorrino. Hay hombres que lo reconocen desde lejos, y perros que habiendo sido una vez rociados ligeramente, aprenden a cazarlos. Y digo rociados ligeramente, chiquitos, porque si un perro, por bravo que sea, llega a recibir una de esas descargas en la cara, no vuelve jamás por nada del mundo a perseguir zorrinos.

Los perros de la estancia conocían muy bien a su enemigo. Y de aquí la toreada de esa noche, mientras el perrito blanco se precipitaba sobre aquel manso animalito.

Así pues, salimos todos de las casas, menos el inglesito, a presenciar la lucha de los perros con el zorrino.

A la luz de la luna veíamos bien al zorrino con su franja de pelo plateado en medio del lomo y su gran cola al aire. Los perros giraban a su rededor, ladrando como desesperados, mientras el zorrino volvía el anca a los más avanzados, pronto a lanzar su descarga cuando alguno se pusiera a distancia.

Pero la táctica de los perros consiste precisamente en marear a su enemigo girando sin cesar y haciendo falsas acometidas para que el zorrino se equivoque y descargue su chorrito al aire.

Eso fue lo que pasó esa noche. A fuerza de girar y girar, estrechando cada vez más el círculo, un perro hizo presa del cuello del zorrino, lanzándolo al aire. Y cuando cayó, los cinco perros estaban sobre él, destrozándolo.

Por el inglesito, que se ausentó un mes después de la estancia, tuvimos por largo tiempo noticias del zorrino.

«Hace ya un año —nos decía en una carta— que lavo el pañuelo con que me limpié las manos aquella noche. Y por más soda y lavandina que le pongo, no consigo que pierda del todo el olor a zorrino. Conservo el pañuelo como un recuerdo del feliz mes pasado con ustedes, y del «riquísimo» olor a zorrino, que me enseñaron ustedes a decir, con tanta amabilidad.

CARTAS DE UN CAZADOR[*]

Cartas de un cazador de fieras en que relata sus aventuras

LAS HISTORIAS que aquí se van a contar son el relato de las cacerías de animales salvajes que efectuó un hombre con gran peligro de su vida, y que regresó por fin a Buenos Aires con el pecho y la espalda blancos de cicatrices, bien que tuviera la piel muy quemada por el sol.

Este hombre recorrió las grandes selvas cazando; y para contar las fieras, cocodrilos y monstruosas serpientes que mató habría que comenzar varias veces la cuenta desde el dedo pulgar.

Gastó también mucho dinero en armas y balas, porque los fusiles capaces de desplomar de un solo tiro a un elefante, cuestan centenares de pesos. Y estuvo a punto de morir siete veces, y en gran peligro, muchísimas más.

Pero este hombre tenía una salud de hierro y un valor sereno y frío, no loco valor de león, sino valor de hombre que sabe a lo que se expone, lo que vale mucho más. Con la vida activa y la frugalidad de su comida, pues, se salvó de las fiebres mortales y las heridas.

Para comprar las armas y las municiones vendía las pieles de los animales cazados, y aun otros productos de gran valor en las ciudades, como colmillos de elefantes, dientes de hipopótamo, cueros de monos del África y plumas de pajaros de la Oceanía.

Éste hombre se llamaba... Pero su nombre no hace al caso, y por esto no daremos más que sus iniciales. Éstas eran D.D. Mas sus hermanitos lo llamaban Dum-Dum, exactamente como las terribles balas de ese nombre para cazar fieras. (En algunas partes se han cazado también hombres con estas balas.)

De modo, pues, que Dum-Dum tenía hermanitos. Y no pocos: eran cuatro criaturas: la mayor de doce años, y la menor de cuatro. Dum-Dum tenía treinta años. La diferencia de edad con sus hermanitos se explica por el casamiento en segundas nupcias del padre de Dum-Dum con una hermosa joven, madre de los cuatro chicos mencionados. Esta madre joven y hermosa tenía también mucha fortuna, por lo cual la familia entera vivía con gran comodidad. Pero Dum-Dum prefirió seguir viviendo pobremente de su trabajo; y ganándose la vida con su fusil, lo encontramos internado en las profundas selvas tropicales, donde por toda luz hay apenas un crepúsculo, y donde se puede andar meses enteros sin que se interrumpa el silencio.

De vez en cuando Dum-Dum llega a una población donde hay correo, y desde allí escribe a sus hermanitos, contándoles los incidentes, a veces terribles, por que pasa en sus cacerías. Pero por lo común es de noche, cuando está a centenares de kilómetros de toda población, cuando escribe sus cartas. Bajo su carpa que apenas se alcanza a distinguir en las tinieblas de la noche, Dum-Dum enciende un rato su linterna eléctrica, de modo que toda la luz se proyecte sobre su libreta, y allí escribe con lápiz. A veces escribe tiritando de fiebre, o con los dientes apretados por el dolor que le causa una herida recibida esa mañana y cuya sangre gotea en ese momento mismo hasta el suelo.

Pero no importa: Dum-Dum es fuerte, Dum-Dum es un gran cazador, y quiere muchísimo a sus hermanitos menores, los cuales, nos olvidábamos de decirlo, tienen idolatría por su gran hermano Dum-Dum. Aun diría que lo quieren tanto como a sus mismos padres. Lo cual no tiene nada de reprensible, cuando el hermano así querido tiene el valor y la bondad de Dum-Dum.

Comenzaremos, pues, a publicar las cartas desde el próximo número. Creemos que en estos momentos el cazador está gravemente herido en el Chaco, al lado de un enorme tigre. Ya veremos si es cierto.

---

[*] Aparecido en: *Mundo Argentino*, Buenos Aires, junio 7, 1922, con el pseudónimo Dum-Dum.

PARA LOS NIÑOS*

QUERIDOS HERMANITOS:

¡Qué gran cosa poderles escribir por fin, después de lo pasado! Un poco más y ya no queda más Dum-Dum en el mundo, chiquitos. Ya les conté que un tigre de Bengala, en el Asia, me abrió una vez la espalda de un solo manotón, y que la sangre saltaba como de cinco manantiales. Las uñas de un tigre, hermanitos, son como cinco puñales atados en una pata de tremenda fuerza. ¡Figúrense ahora cómo habré quedado yo entonces!

Hace ahora cuarenta y ocho horas justas que maté en la orilla del río Salado a un enorme jaguar, o tigre, como los llamamos comúnmente. Estos tigres americanos son a veces tan grandes como los de la India, y allí mismo, en Buenos Aires, había en el zoológico un jaguar cebado (esto quiere decir que están acostumbrados a comer carne humana), que era casi del tamaño de un tigre del Asia...

(Aquí la letra no se puede leer y hay una mancha amarilla.)

. . . .

Hermanitos: me desmayé mientras escribía. Estoy muy mal todavía y las heridas me hacen sufrir mucho. Continúo perdiendo sangre... ¿Notan esa gran mancha que hay arriba? Es una gota de sangre que cayó de las vendas de la cabeza...

¡Pero, ánimo, hermanitos! Dum-Dum tiene la vida muy dura, y prontó estaré como antes. Les voy a contar ahora lo que me pasó con el tigre.

Hace tres días estaba acampado en la orilla del río Salado, en el Territorio del Chaco, cuando llegó corriendo a gritos un tropel de indios desnudos a decirme que a una legua de allí, en la orilla del Salado, un tigre había matado a un gran ciervo, y que el ciervo estaba todavía a medio comer, lo que era indicio de que el tigre volvería a la noche. (En efecto, chiquitos, el tigre tiene por costumbre volver a la noche siguiente de haber matado a un gran animal para concluir de comerlo.)

Yo fui en seguida con los indios y vi en la playa al ciervo, uno de cuyos cuernos estaba todo hundido en el barro, y tenía el pescuezo torcido para arriba, y la lengua de fuera. En la orilla del río no había ni un árbol para trepar en él y cazar al tigre al acecho. Entonces se me ocurrió una excelente idea, y al caer la tarde me desnudé completamente, me unté todo el cuerpo con grasa, y metí la cabeza dentro de una gran calabaza para tomar mate. (Hay algunas de esas calabazas mucho más grandes que las pelotas de football.) Entonces me interné en el río hasta los hombros, y de mí no quedaba fuera del agua más que la calabaza.

No conocían ustedes este modo de cazar tigres, ¿no es cierto? Yo tampoco, y lo aprendí de los indios que así cazan patos. Pasan las horas enteras metidos en el agua, y los patos, que no desconfían de un mate que boya en el agua, se acercan. Los indios, entonces, los agarran despacito, de las patas, por debajo del agua, y ¡adiós pato!

Claro está, hermanitos, yo no iba a agarrar de las patas al tigre; pero tenía en la mano una cosa mejor, y esta cosa es la pistola Parabellum de repetición, que carga siete balas y alcanza a dos mil quinientos metros.

La noche cayó, entre tanto. Yo permanecía inmóvil, con bastante frío, pero devorando con los ojos la playa por ver si se acercaba el tigre. En la oscuridad apenas alcanzaba a ver al ciervo. Ni a derecha, ni a izquierda, ni atrás: en ninguna parte veía a mi enemigo.

¡De pronto lo vi! O lo distinguí, mejor dicho, porque estaba oscurísimo. Estaba comiendo al ciervo ya, y oía el crujido de los huesos.

---

* Publicado en: *Mundo Argentino*, Buenos Aires, junio 21, 1922, con el pseudónimo Dum-Dum.

Yo no veía sino un bulto negro inmóvil, que era el ciervo muerto, y otro bulto negro que forcejeaba encima roncando, y era el tigre.

No tenía tiempo que perder. Lentamente, muy lentamente, levanté del agua el brazo, y apuntando al tigre entre los dos ojos verdes, hice fuego.

Tras la detonación misma, como si los dos ruidos fueran simultáneos, sonó un tremendo aullido y el tigre rodó por el suelo. Yo salí del río chorreando, me quité el porongo de la cabeza, y me acerqué al tigre, que yacía tendido, estirando a sacudidas las patas de atrás y luego las de adelante como si tuviera cuerda.

Estaba, sin duda, mortalmente herido, pero no quería morir del todo. Me agaché por consiguiente, para rematarlo de otro tiro, cuando... ¡ay, hermanitos!... De un solo zarpazo me lanzó al suelo. Caí de cabeza, y choqué la frente contra un colmillo del tigre. La otra zarpa cayó como un rayo en mi nuca. A pesar de sentir mis carnes desgarradas, tuve tiempo de buscar con la mano la boca del animal, y al encontrarla allí, dentro de la boca misma, chorreando sangre, hice fuego. Después... no sé lo que pasó.

. . . .

Volví en mí al cabo de veinticuatro horas. Los indios me habían retirado de entre las patas del tigre, y bailaban todos, cantando para que me curara.

—¿Y el tigre? —les pregunté.

—¿Tigre? —me respondieron—. Muerto... muerto para siempre... Cabeza deshecha... Bala palabubún (querían decir Parabellum) entró por la boca... ¡Linda palabubún!

Y aquí tienen, queridos hermanitos, mi aventura con el tigre. Un indio muy resfriado que parte esta noche para el sur, llevará esta carta. Y hasta otra, chiquitos, un abrazo de

DOSSIER

CRITERIO DE SELECCIÓN DE LOS TEXTOS DEL DOSSIER

Para una mejor clasificación y fácil ubicación de los textos aquí reunidos, hemos articulado el Dossier en secciones.

La *1ª sección* comprende una selección de aquellos textos que fueron planificados como libro, o como serie con destino a publicaciones periódicas.

Suelo natal es un libro escrito en colaboración con Leonardo Glusberg, para uso escolar en 4° grado, publicado por primera vez en 1931. (Véase «Noticia preliminar».) De dicho volumen hemos seleccionado dos cuentos que son refundición de versiones anteriores, pues nos ha parecido de interés, en la perspectiva de la crítica genética. Ambos han sufrido varias metamorfosis. «Anaconda» apareció por primera vez con el título «Un drama en la selva». Una segunda versión, sustancialmente modificada, fue incluida con el título definitivo: «Anaconda», en el libro del mismo nombre, y es de los cuentos que presentan mayor número de variantes y de mayor entidad. «Un agutí y un ciervo» fue publicado en la revista *El Hogar*, el 24 de septiembre de 1926 y, al ser incluido en *Suelo natal*, presenta cambios notables, tanto en el lenguaje como en su estructura. Pero además, hay al menos tres testimonios que enriquecen la génesis de este relato. Ambos parecen dar la razón a Louis Hay cuando afirmaba que el texto no existe, que es un proceso dinámico que no cesa. (Véase las notas críticas y explicativas a «Anaconda» y la nota explicativa a «Un agutí y un ciervo». Las primeras en el volumen del mismo nombre. La segunda al final del dossier.)

La serie «De la vida de nuestros animales», aunque concebida con un criterio orgánico, nunca fue trasladada al libro y sus piezas quedaron perdidas en tres revistas de divulgación: *Mundo Argentino, Billiken* y *Caras y Caretas*, donde fueron publicadas entre 1924 y 1925. Los 34 textos que la integran y de los que aquí ofrecemos sólo una muestra de 6, tienen, al margen de lo testimonial, un valor literario intrínseco. Así lo ha señalado Mercedes Ramírez al prologar el tomo III de las *Obras inéditas y desconocidas de Horacio Quiroga* (Ed. Arca, Montevideo, 1967): «Las estampas no son estáticas; en realidad están concebidas como una encrucijada entre el cuadro y el cuento. El pulso de cuentista de Quiroga las dinamiza mediante la sencilla peripecia... Cuadros de una realidad alucinante, van componiendo la imagen total de la selva...» Se incluyen aquí: «La yararacusú», «El vampiro», «El cascarudo tanque», «El tigre», «Los cuervos» y «Los estranguladores». (Véase las notas explicativas correspondientes.)

La *2ª sección* comprende una selección de artículos con amplias incursiones en el terreno de la ficción, que su autor nunca recopiló en libro. Verdaderos textos fronterizos en lo que hace a la siempre rígida división de géneros, estas piezas responden a la busqueda de nuevos caminos estéticos, emprendida por un Quiroga cansado de repetir lo que le resultan ahora viejas fórmulas. Pero como se apreciará, su valor no se agota en cuanto tienen de nuevo, de experimental. En tal sentido, anota Jorge Ruffinelli: «Quiroga escribía los cuentos fantásticos de *Mas allá* (1935): pero mientras pueden tacharse de artificiosos los mecanismos de esas fantasías literarias, aquí, sin pretenderlo, logró la imbricación misteriosa y sombría entre los inexplicables hechos naturales y ese estremecimiento que los habita.» (En su prólogo a: Horacio Quiroga, *Obras inéditas y desconocidas*, tomo VI: *La vida en Misiones*. Arca, Montevideo,

1969.) En los ocho textos que recogemos en la presente edición, comprobará el lector no sólo el «estremecimiento» del que habla Ruffinelli —por cierto que deliberado y no logrado por azar—, sino hallazgos literarios tan sutiles que le será muy difícil definir en qué consiste el arte de su autor.

Siete de ellos fueron publicados entre 1934 y 1935, seis en revistas y uno en el diario *La Prensa* de Buenos Aires. El octavo: «La tragedia de los ananás», apareció en el mismo periódico, el primer día del año 1937, y es la última pieza que publicó Quiroga.

La *3ª sección* del Dossier se fragmenta a su vez en tres apartados:

a) El primero comprende cuatro textos teóricos donde Quiroga se explaya sobre el género cuento, su concepción de la narración, sus recursos, sus preferencias literarias; materiales de ineludible lectura para hurgar en los mecanismos conscientes de la obra y base teórica imprescindible del estudio de variantes.

b) El segundo reúne tres artículos testimoniales donde Quiroga relata instancias decisivas de su personalidad como escritor: los años de su juventud montevideana y el vínculo con Lugones, las vicisitudes «empresariales» en la publicación y hechura de sus ficciones, su posición frente al parricidio de la generación que emerge en Argentina hacia 1925.

Para la selección de estas páginas se ha sopesado con prudencia el alcance que las mismas poseen, descartando otras, no por menos méritos literarios, sino porque hemos considerado que éstas atienden a tres núcleos claves de su carrera.

c) Finalmente, las notas sobre cine que van en el último apartado, constituyen una breve muestra de la incursión quiroguiana por la crítica y la reflexión sobre una forma artística que surgía. Los artículos seleccionados lo fueron con el objetivo de presentar aquellos que, directa o tangencialmente, tengan relación con su obra narrativa, su concepción de la literatura y el arte, su visión integradora de la cultura.

Para el origen de cada uno de los textos incluidos en este Dossier, remitimos al lector a las *Notas Explicativas* que van al final.

SUELO NATAL
(SELECCIÓN)

El agutí y el ciervo
Anaconda

NOTICIA PRELIMINAR

Después de la frustrada experiencia de *Cuentos de la selva* (1918) como propuesta de libro escolar para niños uruguayos (veáse la «Noticia preliminar» a este libro), Quiroga reemprende el proyecto; pero esta vez prueba suerte en la otra orilla del Plata. Como antes, como casi siempre, lo anima el afán de obtener una fuente segura de recursos económicos suplementarios, lo que no va de modo alguno en desmedro de la calidad literaria del volumen. Quiroga se encuentra en los prolegómenos de su traslado a San Ignacio, última residencia antes de la muerte ocurrida en Buenos Aires, y para asegurar la viabilidad del libro recurre a su amigo Leonardo Glusberg.

Éste era en ese entonces profesor en el Colegio Nacional «Carlos Pellegrini» y maestro en escuelas primarias de la capital argentina. Un nexo institucional adecuado. El libro logró la aprobación del Honorable Consejo Nacional de Educación, para ser usado como texto en 4° grado. La primera edición fue publicada por F. Crespillo Editor, Buenos Aires, 1931, y alcanzó —en vida de Quiroga— a reimprimirse en seis ocasiones, siendo la última en 1937, de donde tomamos los textos aquí seleccionados (142 páginas).

Pero las intenciones de producir libros escolares no se detenían allí, como lo prueba esta carta a César Tiempo (pseudónimo de Israel Zeitlin) desde San Ignacio, el 24 de febrero de 1935:

> Ando ocupado *retocando* (subrayado de ed.) el libro de lectura Glusberg —Quiroga, con tiro a la provincia de B. Aires. Si cuaja, gran negocio, según mi socio. Haremos además, en estos meses, otro libraco para 5° y 6° grados. Bella tarea ésta de los textos, por la facilidad. Supóngase! (en: *Cartas inéditas y evocación de Quiroga*, p. 39).

La muerte interrumpió los nuevos intentos. Pero en los tiempos más difíciles y angustiantes, cuando se había separado de su mujer, cuando su hija tramitaba el divorcio, cuando la renta diplomática no llegaba y Quiroga escribía sobre su soledad y su pobreza, este libro le acercaba un frágil alivio:

> Y ahora recuerdo que Leonardo Glusberg me acaba de asegurar remisión de fondos pedagógicos para fines de noviembre, a más tardar. Seguro, pues (en: *Cartas inéditas de H.Q.*, t. I, p. 88. A Ezequiel Martínez Estrada, 10 de octubre de 1935).

Importa subrayar, de la primera carta citada, el deslinde implícito que establece el autor sobre una forma y otra de escribir sus textos. El «libro de lectura» lo hace cómodamente («por la facilidad»), no obstante lo «retoque». En consecuencia, pues, su obra personal, la narrativa, le exige un procesamiento del trabajo con lentitud y sacrificio. Se trata simplemente de otra apoyatura más para derribar el mito de Quiroga escritor facilista y desaprensivo.

Suelo natal fue escrito, sin duda, en su gran mayoría por el narrador uruguayo. Aunque no figuran las firmas al pie de cada texto, muchos de los aquí insertos ya se habían publicado en

1143

revistas. Es el caso de «Los alumnos ingenieros», aparecido en *Caras y Caretas*, n° 1442, mayo 12, 1926, con el título «Los maestros ingenieros»; de «El cuendú», publicado en *Caras y Caretas*, año XXVII, n° 1368, diciembre 20, 1924, con el título «El monstruo», integrando la serie *De la vida de nuestros animales*; «El lobisón», en *Caras y Caretas*, año IX, n° 406, julio 14, 1906 (el que se incluye en este libro es un fragmento del mismo); una primera versión de «Perros de monte» fue editada en *Caras y Caretas*, n° 1398, julio 18, 1925 en la misma serie que podrá leerse en el próximo apartado del *Apéndice*; «El agutí y el ciervito» constituye una refundición de «Un agutí y un ciervo, comentario autobiográfico», aparecido en *El Hogar*, año XXII, n° 844, septiembre 24, 1926; «El tigre» había sido dado a conocer en la serie antes mencionada, en *Caras y Caretas*, n° 1382, marzo 28, 1925; «Un héroe nacional» se publicó con el título «Episodio» en *Caras y Caretas*, año X, n° 451, marzo 25, 1907; por último, «El globo de fuego» salió incialmente en *El Hogar*, año XXI, n° 844, diciembre 18, 1925.

Pero también Quiroga se toma una pequeña revancha contra los que rechazaron sus *Cuentos de la selva*, porque agrega en este volumen la fábula (así subtitulada) «La abeja haragana», ya publicada en aquél (ver *Nota explicativa* 1 al texto). Asimismo reedita el cuento «Anaconda» que había aparecido —corregido— en el volumen epónimo (1921).

Entre pequeños relatos, fábulas renuentes a la monótona «moraleja», viñetas en prosa y artículos, la edición (profusamente ilustrada por Miguel Petrone) registra cincuenta textos y un «Intermedio poético» (pp. 79-85) con poemas de Lugones, Enrique Banchs, Arturo Capdevilla, E. Martínez Estrada, César Fernández Moreno, José Pedroni y Luis Franco.

Pese a la «facilidad» que pregonara, en la escritura de los artículos, su autor debe realizar el esfuerzo de adaptar su estilo, en cierta forma despersonalizándolo, transformándolo en una prosa neutra, expositiva, didáctica, que no había intentado antes. De ahí el interés que posee este volumen, de ahí que hagamos efectuado una selección de seis textos que muestran esa experiencia *sui generis* para el ya maduro escritor. En dos de ellos podrá apreciarse el espíritu moderno de Quiroga, la zona aventurera («El viaje en aeroplano»), la voluntad de inculcar nuevos contenidos culturales a los párvulos («El cinematógrafo»), de acercarse a quienes empezaban a vivir en un mundo vertiginosamente cambiante.

«Peligros de la mala ortografía» es una página magistral donde el caso Conrado Wéber, que lo obsesionaba desde años atrás, conforma un pequeño relato de argumentación contundente como para infundir temor al «mal decir». El origen de éste puede rastrearse en el cuento «Corpus» (antes denominado «Historia divina y gramatical»), cuarta parte de «Cuadrivio laico» (*El salvaje*). «Poetas del alma infantil» refleja la predilección de sus lecturas, sus maestros, los mismos a los que elogió y releyó siempre. «La vida fácil» y su contracara «La vida difícil», aportan una muestra de otra de las vertientes del libro: la exposición de la vida rural, fundamentalmente las del norte y la vida urbana.

EL AGUTÍ Y EL CIERVO*

EL AMOR A la caza es tal vez la pasión que más liga al hombre moderno con su remoto pasado. En la infancia es sobre todo cuando se manifiesta más ciego este anhelo de acechar, perseguir y matar a los pájaros, crueldad que sorprende en criaturas de corazón de oro. Con los años, esta pasión se aduerme; pero basta a veces una ligera circunstancia para que ella resurja con violencia extraordinaria.

Yo sufrí una de estas crisis hace tres años, cuando hacía ya diez años que no cazaba.

Una madrugada de verano fui arrancado del estudio de mis plantas por el aullido de una jauría de perros de caza que atronaban el monte, muy cerca de casa. Mi tentación fue grande, pues yo sabía que los perros de monte no aúllan sino cuando han visto ya a la bestia que persiguen al rastro.

Durante largo rato logré contenerme. Al fin no pude más, y machete en mano me lancé tras el latir de la jauría.

En un instante estuve al lado de los perros, que trataban en vano de trepar a un árbol. Dicho árbol tenía un hueco que ascendía hasta las primeras ramas, y allí dentro se había refugiado el animal.

Durante una hora busqué en vano cómo alcanzar a la bestia, que gruñía con violencia. Al fin distinguí una grieta en el tronco, por donde vi una piel áspera y cerdosa. Enloquecido por el ansia de la caza y el ladrar sostenido de los perros que parecían animarme, hundí por dos veces el machete dentro del árbol.

Volví a casa profundamente disgustado de mí mismo. En el instante de matar a la bestia roncante, yo sabía que no se trataba de un jabalí ni cosa parecida. Era un agutí, el animal más inofensivo de toda la creación. Pero como he dicho, yo estaba enloquecido por el ansia de la caza —como todos los cazadores.

Pasaron dos meses. En esa época nos regalaron un ciervito que apenas contaría siete días de edad. Mi hija, aún niña, lo criaba con mamadera. En breve tiempo el ciervito aprendió a conocer las horas de su comida, y surgía entonces del fondo de los bambúes a lamer el borde del delantal de mi chica, mientras gemía con honda y penetrante dulzura. Era el mimado de casa y de todos nosotros. Nadie, en verdad, lo ha merecido como él.

Tiempo después regresamos a Buenos Aires, y trajimos al ciervito con nosotros. Lo llamábamos Dick. Al llegar al chalet que tomamos en Vicente López, resbaló en el piso de mosaico, con tan poca suerte que horas después rengueaba aún.

Muy abatido, fue a echarse entre el macizo de cañas de la quinta, que debían recordarle vivamente sus selvosos bambúes de Misiones. Lo dejamos allí tranquilo, pues el tejido de alambre alrededor de la quinta garantía su permanencia en casa.

Ese atardecer llovió, como había llovido persistentemente los días anteriores; y cuando de noche regresé del centro, me dijeron en casa que el ciervito no estaba más.

* Primera versión en *El Hogar*, Buenos Aires, año 22, n° 844, septiembre 4, 1926. En *La vida en Misiones* se recoge esta versión, con muchas modificaciones.

1145

La sirvienta contó que al caer la noche creyeron sentir chillidos afuera. Inquietos, mis chicos habían recorrido la quinta con la linterna eléctrica, sin hallar a Dick.

Nadie durmió en casa tranquilo esa noche. A la mañana siguiente, muy temprano, seguí en la quinta el rastro de las pisadas del ciervito, que me llevaron hasta el portón. Allí comprendí por dónde había escapado Dick, pues las puertas de hierro ajustaban mal en su parte inferior. Afuera, en la vereda de tierra, las huellas de sus uñas persistían durante un trecho, para perderse luego en el barro de la calle, trilladísimo por el paso de las vacas.

La mañana era muy fría y lloviznaba. Hallé al lechero de casa, quien no había visto a Dick. Fui hasta el almacén, con igual resultado. Miré entonces a todos lados en la mañana desierta: nadie a quien pedir informes de nuestro ciervito.

Buscando a la ventura, lo hallé por fin tendido contra el alambrado de un terreno baldío. Pero estaba muerto de dos balazos en la cabeza.

Es menester haber criado algo con extrema solicitud —hijo, animal o planta—, para apreciar el dolor de ver concluir en el barro de un callejón de pueblo a una dulce criatura de monte, toda vida y esperanza. Había sido muerta de dos tiros en la cabeza. Y para hacer esto, se necesita...

Bruscamente me acordé de la interminable serie de dulces seres a quienes yo había quitado la vida. Y recordé al agutí de tres meses atrás, tan inocente como nuestro ciervito. Recordé mis cacerías de muchacho, me vi retratado en el chico de la vecindad que la noche anterior, viendo sin duda pasar un animal desconocido, había corrido tras él, a pesar de sus balidos, y ebrio de caza le había apoyado por dos veces en la frente su pistola matagatos.

Ese chico, como yo a su edad, también tenía el corazón de oro...

¡Ah! ¡Es cosa fácil quitar cachorros a sus madres! ¡Nada cuesta cortar bruscamente su paz sin desconfianza, su tranquilo latir! Y cuando un chico animoso mata en la noche a un ciervito, duele el corazón horriblemente, porque el ciervito es nuestro...

Mientras lo retornaba en brazos a casa, aprecié por primera vez en toda su hondura lo que es apropiarse de una existencia. Y comprendí el valor de una vida ajena, cuando lloré su pérdida en mi corazón.

ANACONDA[*]

EN UNA NOCHE oscura y tempestuosa, Cruzada, una grande y hermosa víbora de la cruz, avanzaba por un sendero del monte. La yarará iba de caza. Cuatro horas habían pasado ya sin encontrar un animal de que hacer presa, cuando oyó fuertes pisadas. Un instante después un hombre pasaba a su lado y se alejaba, sin que la víbora hubiera vuelto en sí de su sorpresa.

¡Un hombre! Preciso es concebir por un momento las ideas de un animal salvaje, y particularmente las de una víbora, para apreciar lo que esta palabra: «Hombre», significaba para los habitantes de la selva.

Hasta ese instante, la región de bosque que habitaban Cruzada y sus compañeras había sido virgen: es decir, que el hombre no había ido todavía a vivir en ella. Desde el momento en que él

---

[*] Primera versión: «Un drama en la selva. El imperio de las víboras». *El Cuento Ilustrado*, Buenos Aires, año 1, nº 1, abril 12, 1918. Y en *Anaconda*, 1921.

se instalaba allí, un terrible peligro se cernía sobre los animales salvajes. Las serpientes eran sin embargo las que más deberían sufrir, en razón de la eterna y sangrienta enemistad que reina entre hombres y víboras.

El peligro era gravísimo. A la noche siguiente las víboras, avisadas con toda urgencia por Cruzada, se reunían en una caverna a deliberar.

Cambiáronse cien opiniones y se trazaron diez planes de campaña distintos. Pero triunfó el parecer de Cruzada, quien dijo que nada podía hacerse sin averiguar antes cuántos eran los hombres, dónde vivían y qué hacían.

Cruzada se ofreció a ir esa misma tarde a explorar el terreno para trazar después, de acuerdo con lo que viera, un plan de guerra contra sus enemigos. Fue otra vez aceptada la proposición de Cruzada, cosa no extraña si se consideran la inteligencia y el valor de esta gran yarará.

Cruzada acababa de resolver el sacrificio de su vida, ofreciéndose a ir en pleno día al encuentro de los hombres, y a ser muerta, como era lo más probable.

Pero no fue muerta sino cazada con un lazo corredizo, por un hombre que, acompañado por tres perros negros, la había descubierto en el umbral mismo del chalet. Llevándola colgando, el hombre la arrojó dentro de una gran jaula cerrada con tejido de alambre. En una jaula más pequeña, Cruzada vio una enorme víbora con el cuello monstruosamente hinchado, que le habló así:

—¡Óyeme, pequeña yarará! Tú no me conoces. Mi patria está muy lejos de aquí, en el continente asiático, en la India. Mi nombre es Cobra Capelo Real. Soy la más grande, la más fuerte y la más venenosa de todas las víboras, y donde pongo mis colmillos pongo el sello de la muerte. ¿Sabes lo que hacemos nosotras aquí, y por qué te han hecho prisionera en vez de matarte? Te lo voy a decir: estamos aquí para que los hombres del chalet, sabios naturalistas, nos extraigan el veneno cada quince o veinte días, para preparar luego con él un suero contra nuestras mordeduras. ¿Concibes algo más horrible? Oye ahora cuál es mi plan para fugarnos.

Cruzada se acercó hasta rozar con la cabeza el tejido de alambre, y la gran víbora asiática comenzó a hablarle en voz baja.

El plan de fuga era de muy difícil ejecución, y se confiaba para llevarlo a cabo en la gran resistencia que tienen las víboras a envenenarse con su propio veneno o el de sus semejantes.

Debían proceder así: Cruzada se dejaría morder por la cobra capelo real. Si el veneno poderosísimo de la cobra alcanzaba a matarla, el plan había fracasado. Si la yarará resistía a la mordedura, quedaría como muerta. Los peones del chalet, al hallarla así, la tirarían fuera de la jaula grande, por inútil ya. Acto continuo los mismos peones llevarían a la cobra real al chalet para extraerle el veneno, pues era ese el día indicado para ello. Si mientras los hombres apretaban las mandíbulas de la gran cobra para que vertiera su veneno, en un vidrio de reloj, Cruzada había tenido tiempo de volver en sí y entraba en el laboratorio del chalet, la cobra y Cruzada se habían salvado, porque la yarará clavaría los colmillos en el pie del hombre que sujetaba a la asiática. El hombre, entonces, al abrir las manos por el dolor de la mordedura, dejaría escapar a la gran cobra. En seguida las dos víboras, aprovechándose de la confusión producida, huirían a toda carrera.

Punto por punto, y tal como lo hemos detallado, el plan se realizó: la mordedura de la cobra a la yarará, el desmayo de ésta, la recolección de veneno, el ataque de Cruzada al hombre, y la fuga final de las dos víboras.

Esa misma noche Cruzada se presentaba en la caverna acompañada de una gran serpiente que nadie conocía. En un momento Cruzada enteró a sus hermanas de la milagrosa huida, que se debía en gran parte a la inteligencia de la serpiente extranjera.

Pero desde el primer momento el orgullo y la mirada oblicua de la cobra real habían impresionado mal a las víboras. Evidentemente, la cobra despreciaba a las víboras del país, pues ninguna de ellas podía medirse en tamaño, fuerza e inteligencia con la gran cobra. Este desprecio lo notaron tanto Cruzada como sus compañeras, y la situación amenazaba tornarse tirante, cuando una joven serpiente de cerca de tres metros de largo, entró en la caverna, cambiando al pasar una guiñada de inteligencia con Cruzada.

¿Quién era esta intrusa y qué hacía allí, pues la asamblea reunía exclusivamente a las serpientes venenosas?

Era Anaconda, la más grande y fuerte de todas las serpientes conocidas. La recién llegada era todavía muy joven a pesar de su tamaño, pues al llegar a todo su desarrollo las anacondas pueden alcanzar hasta diez metros de largo. Pero cachorro y todo, su fuerza era tan grande que podía atreverse a sostener una lucha cuerpo a cuerpo con la venenosísima cobra capelo real, que medía cuatro metros.

Ya sabemos quién era la intrusa. ¿Pero por qué estaba allí, entre sus primas hermanas, las víboras?

Porque esa misma tarde, horas después de la fuga, Cruzada había contado el incidente a su gran amiga Anaconda, exponiéndole al mismo tiempo las dudas que abrigaba sobre el pérfido carácter de la serpiente asiática. Dudas de las que, como acabamos de verlo, habían participado sus hermanas.

—¿Qué me aconsejas, Anaconda? —le había preguntado ansiosamente Cruzada.

—Deja por mi cuenta, prima, a la señora asiática —concluyó alegremente Anaconda—. Esta noche iré a hacerles una visita.

Y como acabamos de ver, Anaconda había cumplido su palabra.

Aquella sesión del congreso de las víboras fue muy tormentosa. La cobra real, que tenía también sumo interés en luchar contra los naturalistas del chalet, había propuesto un plan de campaña que consistía en ir esa misma noche a matar a los hombres.

—Tal vez no alcancemos a matar a todos —dijo— pero los que queden huirán al día siguiente.

—Ni alcanzaremos a matar a ninguno, ni los hombres huirán —repuso Anaconda—. Ese plan es insensato: Los hombres son demasiado inteligentes para que podamos vencerlos en seguida. Busquemos unos días más el modo de luchar contra ellos. Si nos apresuramos y los atacamos esta misma noche, estamos perdidos. Mañana mismo no quedará una de nosotras, víboras y serpientes.

—¡Esta culebreja habla así porque tiene miedo! —exclamó con desprecio la cobra real.

—¡Miedo yo! —repuso Anaconda irguiéndose, mientras sus ojos brillaban como ascuas.

—¡Paz, paz! —clamaron todas las víboras, interviniendo—. Sigamos el consejo de nuestra huésped, la cobra real. Si su plan fracasa, seguiremos el de Anaconda.

—Lo que prueba —respondió Anaconda— que todas ustedes se dejan imponer por el gran cuello hinchado de esta señorita de la India. Oigan bien lo que les digo: ¡Si van ustedes esta misma noche a matar a los hombres, mañana a medio día no queda una de ustedes viva!

—Y bien, ¡iremos aunque muramos todas! —clamaron las víboras—. Si tú tienes miedo de ir, te quedas.

—En otra ocasión —contestó Anaconda con desprecio—, hubiera hecho tragar esas palabras a la que acaba de hablar. ¡Pero ustedes están enloquecidas por esta señora, y no ven su traición! Con ella me he de entender yo después. Ahora, ¡a matar a los hombres, encantadoras primas! ¡Y la que quede que cuente el cuento!

Una hora más tarde todas las víboras de la región, convocadas apresuradamente, luchaban en la oscuridad contra los perros negros que habían visto Anaconda y Cruzada y que, por estar inmunizados contra el veneno de las víboras, podían resistir el ataque de decenas de víboras.

Al cabo de un rato de lucha en la oscuridad, cuatro focos de luz deslumbradora surgieron entre los combatientes: eran las linternas eléctricas de los hombres del chalet que despertados por los ladridos de los perros, hacían irrupción entre las víboras, quebrando espinazos a diestra y siniestra con sus varas duras y flexibles.

En un instante la situación cambió. Las víboras se lanzaban contra los hombres, pero eran deshechas por los dientes de los perros, y partidas por el medio, de un golpe de vara. Además, la luz viva de los focos eléctricos enceguecía a las yararás. De modo que la voz: ¡Huyamos! ¡Huyamos! ¡Sálvese quien pueda!, cundió entre las filas de las víboras.

Por el sendero que llevaba al bosque huían las víboras derrotadas, manchadas de sangre, con las escamas rotas y llenas de tierra. A lo lejos se oía ladrar roncamente a los perros que les seguían el rastro.

Los hombres las perseguían.

Anaconda y Cruzada, una al lado de la otra, cambiaban algunas palabras mientras huían a escape entre la banda de víboras.

—¡Tenías razón, Anaconda! —decía amargamente Cruzada—. Podría jurar ahora que la cobra maldita nos ha traído exprofeso al exterminio.

—¡Déjala por mi cuenta! —repuso Anaconda—. Tú puedes escaparte si quieres, Cruzada.

—¿Y tú qué haces, Anaconda?

—¿Yo? —repuso Anaconda—. Por estúpidas que se hayan mostrado en esta ocasión tus hermanas, van ahora a hacerse matar valientemente frente a su caverna. Me sacrifico con ellas por la raza. Pero antes voy a arreglar una pequeña cuenta con la cobra capelo.

—¡Bien, Anaconda! —sonrió con orgullo Cruzada—. Te reconozco en este rasgo. ¡Moriré contigo!

Ya había llegado a la caverna la tropa de víboras derrotadas. Pero ninguna quiso buscar en sus lóbregos refugios una salvación problemática.

—¡Compañeras! —se alzó en el trágico silencio la voz vibrante de Anaconda—. ¡Dentro de cinco minutos, como tuve el honor de advertirlo esta noche misma, ninguna de nosotras existirá! Yo entré por amistad con una de ustedes en un asunto que no era mío, y él me cuesta la vida. No me quejo ni me arrepiento. Pero me arrepentiría, en cambio, hasta tornar execrable el nombre de Anaconda hasta el final de los siglos, si no pidiera cuentas estrechas a esa intrusa asiática, de la tremenda hecatombe a que las ha arrastrado a ustedes. ¡Sí, a ti me refiero, mal bicho asiático, que tratas ahora de esconderte! —concluyó Anaconda volviéndose a la cobra real.

Y lanzándose al encuentro de la cobra, los 92 dientes de Anaconda hicieron presa en el lomo de la gran cobra capelo real. La cobra devolvió el ataque, y sus mandídulas se cerraron sobre el cuello de Anaconda.

Durante un rato la lucha estuvo casi entera de parte de la cobra. Anaconda sentía crujir los huesos del cuello. Si no lograba envolver a la cobra en los potentes anillos de su cuerpo, estaba perdida. Poco a poco, sin embargo, logró hacerlo; y aunque ya envenenada y con horribles dolores, comenzó a ceñir a la gran cobra en su mortal abrazo.

Ya hemos dicho que la fuerza muscular de la anaconda es inmensa. Como estrujada en un torno infernal, la cobra abrió la boca, asfixiada, mientras su enemiga se acercaba cada vez más con los dientes a la cabeza de la serpiente del Asia. Sus dientes alcanzaron el capuchón, ascendieron más todavía, y se cerraron por fin sobre la cabeza de la cobra, triturándole lentamente los huesos.

Anaconda desciñó los anillos de su cuerpo, y la gran cobra cayó al suelo como una masa inerte: estaba muerta. Un instante después, Anaconda caía también y quedaba inmóvil.

El duelo acababa de terminar cuando los hombres y sus perros caían sobre las víboras. En vano todas las que quedaban, indemnes o heridas, se lanzaron sobre los hombres. Entre los dientes de los perros, que retorcían en un segundo el cuello de las víboras, y las varas de los hombres que partían por el medio a las yararás, las víboras, orgullo y terror de la selva virgen, fueron cayendo frente a la caverna. Cayeron valientemente una por una, sin pedir tregua ni perdón, y una de las últimas en caer fue la valiente Cruzada.

Cuando los hombres recogieron a todas las víboras muertas para quemarlas en un sólo montón, el jefe de ellos notó que Anaconda vivía todavía.

—¿Qué haría aquí esta serpiente —se preguntó—, entre estas malas bestias venenosas? Llevémosla al chalet, para que se acostumbre a vivir entre nosotros.

Llevaron en efecto con ellos a Anaconda que, a pesar de estar muy envenenada, pudo salvarse. Vivió domesticada algo más de un año con los hombres, hasta que un día remontó nadando el río Paraná hasta la selva de donde había venido.

DE LA VIDA DE NUESTROS ANIMALES

El yararacusú
El vampiro
El cascarudo-tanque
El tigre
Los cuervos
Los estranguladores

NOTICIA PRELIMINAR

Las piezas que aquí incluimos pertenecen a una serie de 34 textos sobre flora y fauna misionera que Quiroga publicó en *Caras y Caretas* entre el 13 de diciembre de 1924 y el 31 de octubre de 1925.

Los textos aparecieron firmados con sus iniciales y, los tres primeros, con un título que desaparece en los siguientes: *De la vida de nuestros animales.*

En carta a César Tiempo del 27 de septiembre de 1934, su autor, a la vez que propone un nuevo proyecto, se refiere al que había ejecutado diez años atrás.

> Creo que una especie de sección abierta a comentarios en el bosque sobre animales, plantas, etc. y así mismo sobre temas generales vistos desde la selva, ha de agradar. *Dans le temps* hice algo por el estilo en *C.(aras) y C.(aretas). Siempre se pes(ca) algún tema o incidente pintoresco-fresco, como decimos. (...) Podría firmar y enviar una colaboración por semana. O una sección anónima, bajo el rubro de* CRÓNICAS DEL BOSQUE, DESDE EL DIARIO SELVÁTICO, SELVA Y ALGO MÁS, MIRADOR SALVAJE, *qué se yo. (Cartas Inéditas y evocación de Quiroga por César Tiempo.* Presentación y notas de Arturo Sergio Visca, Biblioteca Nacional, Departamento de Investigaciones, Montevideo, 1970, pág. 33.)

En cuanto a la valoración literaria de la serie y de la muestra que aquí presentamos, así como de la postura de su autor ante la naturaleza, anota certeramente Mercedes Ramírez en el Prólogo a la edición de Arca:

> Estas estampas son una delimitación del gran tema misionero. El objeto literario es el animal recortado en su ambiente, descripto en sus costumbres con la minucia imparcialidad del naturalista y la sabrosa simpatía del coterráneo. (...) hay una actitud de respeto comprensivo frente a los animales, aún cuando se hallen en su momento de mayor peligrosidad. Tal, por ejemplo, la escena en el fondo del pozo con la yararacusú, donde Quiroga llega entablar una oposición entre la moral de la víbora y la de él mismo. (...) La inferioridad ética del hombre frente al animal se completa en repetidas alusiones a la incompetencia humana cuando se trata de preservar la vida del animal o de alimentarlo. (Véase al respecto, «El tigre».)

En cuanto a los recursos literarios, ya citamos a Mercedes Ramírez, a propósito de estas piezas en el Criterio de selección de los textos del Dossier.

La autora se refiere a la «administración efectista de recursos contrarios, como la gracia y el horror», y redondea su valoración con el siguiente apunte:

> Las estampas no son estáticas; en realidad están concebidas como una encrucijada entre el cuadro y el cuento. El pulso de cuentista de Quiroga las dinamiza mediante la sencilla peripecia de una anécdota de monte y anima lo que de otra manera hubiera tenido rigidez monótona. (*De la vida de nuestros animales*, Tomo III, *Obras inéditas y desconocidas.* Arca, Montevideo, 1967.)

LA YARARACUSÚ*

SI SE EXCEPTÚA a algunas pequeñas y torpes víboras de coral, la totalidad de nuestras serpientes venenosas son yararás. Puédese casi asegurar a ciencia cierta que todo hombre o animal doméstico o salvaje muerto por una víbora, ha sido mordido por una yarará.

Estas víboras pertenecen a ocho o diez especies distintas, pero sumamente parecidas entre sí. Tan vivo es el parentesco, que apenas algunas especies se diferencian del resto de la familia por dos o tres caracteres sensibles.

En la Argentina, la yararacusú goza en primer término de este privilegio, por ser la más grande, la más fuerte, la más hermosa y la más mortífera de todas las primas hermanas. Merece, pues, ser considerada la reina de nuestras víboras.

Hacía ya tiempo que no había trabado relación con estos animalitos sin lograr contacto con un poderoso ejemplar, cuando la casualidad me puso a cinco centímetros de la muerte en el fondo de un pozo, con una yararacusú por todo auxilio.

He aquí en qué prolijas circunstancias: persistiendo desde tiempo atrás la sequía, en Misiones, una siesta de verano me trasladé al monte, con el fin de limpiar un pozo cuya profundidad no pasaba de dos metros, y que manaba apenas tres gotas de agua por minuto.

En un monte de aquéllos reina naturalmente el crepúsculo. El ambiente, privado del menor soplo de aire, es asimismo asfixiante. Sin camisa, pues, a despecho de las esquirlas de piedra que levantaba el pico, yo trabajaba concienzudamente en el pozo.

Para mover las grandes piedras del fondo, tuve que recurrir a la barreta haciendo palanca con la espalda contra las paredes del pozo. Concluida esta tarea, alisé en lo posible las piedras a medio desprender de las paredes, quitando algunas y forzando a otras en su alvéolo.

Iba ya a dar fin al trabajo aquel, cuando al llevar la mano a una piedra saliente, a la altura de mis hombros, creí notar, en un sombrío si bien poco profundo hueco que se abría encima de ella, algo equívoco que no formaba precisamente parte de la piedra. Sin detenerme a considerar qué podría ser o no ser aquello, cogí la punta de la piedra para levantarla. Y entonces distinguí sobre el fondo oscuro, y totalmente abiertas en su blancura de nácar, las dos mandíbulas de una enorme víbora.

Yo estaba, como he dicho, sin camisa; y la bestia estaba agazapada a cinco centímentros de mi cuello. Su cabeza reposaba sobre la piedra, casi a ras de la pared. Durante dos o tres horas yo me apoyé de hombros y de cabeza contra todas las piedras de las paredes, haciendo palanca sobre la barreta. Veinte veces la lúgubre bestia tuvo mi cuello a tiro de sus colmillos. Y había sido necesaria mi torpe tentativa de quitarle su almohada, para que la yararacusú me diera voz de alerta.

Pues ésta es, sin duda, la moral de la víbora:

---

* Publicado como *colgado* (o título superior): «De la vida de nuestros animales», en: *Caras y Caretas*, Buenos Aires, nº 1367, diciembre 13, 1924. Está firmado, como todos los de la serie, con las inciales del autor (H.Q.). El texto ocupa dos páginas de la revista y en cada una de ellas figuran dibujos de Álvarez.

Tras el primer instante de inquietud ante mi presencia en el pozo, ella había adquirido por mis maniobras la certeza de que yo no pretendía hacerle daño. Me observó seguramente de hito en hito durante las tres horas, sin mover su garganta de la piedra. Tal vez yo sacudí con el hombro o la cara su misma piedra, ofreciéndole las carótidas a cuatro dedos, sin que ello alcanzara a cambiar su pacífica aunque sombría expectativa a mi respecto.

Pero cuando yo levanté decididamente la piedra que le servía de almohada, ella desgarró súbitamente hasta la vertical sus fauces de nácar:

«¡Cuidado! —quería decirme—. ¡Si no me dejas tranquila, muerdo!»

Esta es la moral de la víbora, y yo vivo aún para confirmarla. Pero mi moral —la nuestra— sufrió con la circunstancia un rudo quebranto. A despecho de las botas, los tubos de suero y la constante preocupación contra las víboras, yo acababa de entregarme, de entregar literalmente las arterias del cuello desnudo a una venenosísima yarará. De haber sido mordido en tal sitio y por tal bestia (media más de dos metros), yo no hubiera tenido más tiempo que el de acordarme a prisa de mis chicos, para quedar luego muy tranquilos, en el fondo del pozo, el pico, la barreta y yo.

Quien quedó en cambio, en idéntica compañía, fue la yararacusú. Di menos pruebas de honradez que la víbora, lo reconozco; pero cuando se tiene cuarenta y tantas gotas de veneno en cada glándula, no se debe dejar testigo vivo de su poder.

EL VAMPIRO*

CON MOTIVO de una agitación insólita que parecía producirse en la caballeriza, una noche de otoño, en un obraje del Alto Paraná, nos trasladamos a los galpones a ver qué pasaba allí. Nada vimos de anormal. Las mulas comían plácidamente sus hojas de palmera, sin el más leve asomo de inquietud.

Solamente que al barrer con el foco eléctrico los lomos de las acémilas, se levantaron de sobre ellas fantásticas sombras que agitaron el ámbito con su vuelo zumbante.

Eran los vampiros. Del lomo de cada mula, preferentemente de la cruz, escurrían hasta el suelo gruesos hilos de sangre.

Porque nada demuestra hacia los animales domésticos de un país tropical una solicitud más perseverante que la de los vampiros. Son sus amigos nocturnos, infalibles e infaltables. Llegan apenas entrada la noche, y caen de golpe prendidos al lomo de su amigo predilecto. Prefieren el nacimiento del cuello, por ser éste el lugar más desamparado del animal, o por haber allí vasos sanguíneos más superficiales y de gran rendimiento.

Sea esta o aquella la razón, los vampiros apartan los pelos con el hocico, adhieren la boca a la piel, y mientras entreabren las alas con breves sacudidas, van absorbiendo gota a gota la sangre de sus amigos.

---

* En: *Caras y Caretas*, Buenos Aires, n° 1372, enero 17, 1925, con dos dibujos de Macaya en las dos páginas que ocupa el texto. Tomando al mismo animal Quiroga ya había escrito —aunque en nada se asemeje el argumento— un cuento recopilado en *Anaconda* (1921) y eliminado de la segunda edición en libro. Las dos versiones, obsesivamente rehechas, pueden leerse en nuestra edición. Consúltese también la nota explicativa (1) a la versión original. En 1927 volvería a tomar al vampiro como motivo de otro cuento.

Ya saciada su sed, el vampiro levanta el vuelo para caer como incrustado sobre un palo o una pared, que remonta luego pesadamente, llevando las alas a rastra. De su fúnebre visita sólo queda en la piel de su amigo un redondel en carne viva de dos centímetros de diámetro, una llaga violenta y persistentemente succionada, de la que la sangre escurre y escurrirá aún por largo rato.

Pero la víctima no sufre; ningún indicio, por lo menos, parece indicarlo. A la mañana siguiente perderá de nuevo cien o más gramos de sangre; se hallará un poco más débil, un poco más somnolienta que la mañana anterior. Y a esto se reducirá todo, si la víctima posee un vasto río circulatorio. Así las vacas, los caballos, las mulas. Pero si el animal es de mediana corpulencia —tal la cabra—, las cosas pasan de distinto modo. Por este motivo los animales menores de aquellas latitudes arrastran una existencia precaria, pues cuantas energías asimilan durante un día de ardiente alimentación, al caer la noche las rinden en tributo de sangre a los vampiros. Recuerdo haber sostenido peregrina lucha con un ejemplar de grandes dimensiones, en el mismo obraje de que he hecho mención.

Acababa una noche de dormirme, cuando fui despertado por un vampiro. El animal volaba a diestra y siniestra por el galpón, y sus aletazos sonaban como látigos al cruzar a mi lado.

Era imposible dormir, e inútil esperar que nos abandonara. Cogí, pues, un robusto palo, y me puse de pie en la cama.

El calor de esa noche era sofocante. Yo no poseía encima otra ropa que la buena fe de creer tenerla. Desamparado así de ilusiones al respecto, esperé en la oscuridad que la buena suerte pusiera al vampiro al alcance de mi arma, cada vez que aquél llegaba desde el otro extremo del galpón. Palo de ciego, sin duda; pero de insólita eficacia en cuanto hiciera blanco.

Al fin —media hora tal vez desde el comienzo del duelo—, vampiro veloz y palo silbante se encontraron en el aire.

Como es natural, dormí tranquilo.

Pero lo curioso es que a la mañana siguiente hallamos al vampiro prendido con sus garras a la pared de madera, muerto. Sobre la espalda, con las patas y alas fuertemente cruzadas por bajo de su cuello, sostenía a su hijo, con el que había volado toda la noche anterior, y que vivía aún, aunque helado por el frío de la madrugada tropical, sin desclavar una sola de sus uñitas del cuello del vampiro.

EL CASCARUDO-TANQUE[*]

AL CAER LA noche de un riguroso día de verano, tan riguroso que las piedras se mantienen calientes en la oscuridad; antes que el rocío refresque la atmósfera ardida, y los cocuyos asciendan desde la hondura de los valles, suele oírse en Misiones un zumbido lejano, cuya orientación no se puede aun definir. El zumbido crece, acercándose sensiblemente; tórnase agudo de pronto, y sacudiendo el aire en nuestros propios oídos con una violencia de pequeño bólido, va de nuevo a perderse en el misterio de la noche.

---

[*] Aparecido en: *Caras y Caretas*, Buenos Aires, n° 1375, febrero 7, 1925, con un dibujo de Macaya en la primera página.

No siempre pasa de este modo. A veces el zumbido se estrella, por decirlo así, contra la palmera que nos abanica. Y al pie del árbol vemos entonces por el césped avanzar pesadamente, como una máquina que quisiera imitar a un insecto, un enorme escarabajo que destella, bruñido y verde como un metal.

Es el cascarudo-tanque.

Ningún escarabajo da como él la impresión de artificio con cardanes, bielas y pistones de lenta marcha. Cada movimiento suyo, cada avance de pata, es un prodigio de mecánica; pero no lo parecería, a juzgar por la titubeante lentitud del animal.

Con su coraza en declive y ajustada como planchas; con su solidez metálica y su perfil de pirámide, el cascarudo que nos ocupa recuerda en efecto a un tanque de guerra, aunque más inteligente.

Sus hábitos son, por lo demás, de guerra. Nada le interesa sino la carne. Con sus terribles patas delanteras, se abre en un instante camino a través del vientre de un animal.

Hemos visto una vez moverse a una gallina muerta desde dos días atrás, y aun deslizarse por el suelo. Pero esto se debía a que dos o tres cascarudos habían irrumpido dentro de la gallina, canalizándola con ardor.

Este animal encarna, en su asistencia fúnebre e infalible, al perfecto vampiro necrófilo. Su presencia es señal inequívoca de muerte. Puede el más fino olfato de sabueso no haber percibido aún el olor de un cadáver a su alrededor; pero al cerrar la noche los escarabajos-tanque surgirán de la densa tiniebla zumbando a aplastarse sobre el cadáver, y en diez minutos lo habrán recorrido en todas direcciones por dentro.

Cuando en casa habíamos disecado una víbora de gran tamaño, sabíamos que esa noche tendríamos fiesta de bólidos. En efecto, apenas comenzados a cenar bajo las palmeras, oíamos, lejano aún, el primer zumbido anunciador. Un momento después el monstruo nos circundaba con su sonante volido a cinco mil aletazos por minuto, para caer con brusco silencio sobre el largo cadáver, o en sus inmediaciones, las más de las veces.

Seis u ocho cascarudos-tanques pagaban así en la noche su devoción a la muerte. Y puede creerse que no es tarea fácil sujetar entre los dedos uno de estos monstruos cuya vida mecánica se resume entonces entera en apartarlo todo de sí, con sus patas de solidez, lentitud y fuerza incomparable.

Uno de estos vampiros nos dio asimismo la más fuerte impresión de soledad de que guardamos memoria.

Era también en Misiones. La noche anterior habíamos matado de un tiro a un perro nuestro, por lamentable equivocación. El perro había huido, pero agonizando en el camino. A la mañana siguiente, siguiendo su rastro, lo hallamos en un rozado de monte que se acababa de quemar. En el medio de ese espacio de una manzana, donde el fuego lo había aniquilado todo, el perro yacía muerto. A esa hora, no se sentía la presencia de vida alguna en tal desolado páramo, agobiado de sol y silencio.

Sólo, único y solo en la muerte del paisaje, un cascarudo-tanque, refulgente de sol, avanzaba por entre las cenizas.

Estaba ya a cincuenta centímetros del perro. Nada ni nadie podía privarle de aquella presa. Tuve entonces la sensación a que he aludido, pues en aquel páramo de muerte y silencio, la marcha del escarabajo hacia el perro muerto, representaba la más profunda y fúnebre soledad.

EL TIGRE*

NUNCA VIMOS en los animales de casa orgullo mayor que el que sintió nuestra gata cuando le dimos a amamantar una tigre recién nacida. La olfateó largos minutos por todas partes, hasta volverla de vientre; y por más largo rato aún la lamió, la alisó y la peinó sin parar mientes en el ronquido de la fierecilla, que comparado con la queja maullante de los otros gatitos semejaba un trueno.

Desde ese instante, y durante los nueve días que la gata amamantó a la fiera, no tuvo ojos, ni coqueterías ni lengua más que para aquella espléndida y robusta hija llovida del cielo. Todo el campo mamario pertenecía de hecho y derecho a la roncante princesa. A uno y otro lado de sus tensas patas, opuestas como vallas infranqueables, los gatitos legítimos maullaban de hambre.

La tigre abrió por fin los ojos, y desde ese momento entró a nuestro cuidado. ¡Pero qué cuidados! Mamaderas entibiadas, dosificadas y vigiladas con atención extrema; imposibilidad para incorporarse libremente, pues la tigrecilla estaba siempre entre nuestros pies. Noches en vela, más tarde, para atender los dolores de vientre de nuestra pupila, que se revolcaba con atroces calambres, y sacudía las patas con una violencia que parecía romperlas. Y, al final, sus largos quejidos de extenuación, absolutamente humanos. Y los paños calientes; y aquella mirada atónita y velada por el aplastamiento, que por largas horas no reconocía a nadie.

No es de extrañar, así, que la salvaje criatura sintiera por nosotros toda la obstinada predilección que un animal siente por lo único que desde el nacer se movió a su lado.

Nos seguía por los caminos, entre los perros y un coatí, ocupando siempre el centro de la calle. Caminaba con la cabeza baja, sin parecer ver a nadie, y menos a los peones estupefactos que nos cruzaban. Y mientras los perros y el coatí revolvían insolentemente las profundas cunetas del camino, ella, la real fiera, de dos meses, seguía gravemente a tres metros detrás de nosotros, con su gran lazo celeste al cuello, y sus ojos del mismo color.

Con los animales de presa se suscita, tarde o temprano, el problema de la alimentación viva. Nuestro problema, retardado por una constante vigilancia, estalló un día, llevándose a nuestra hija con él.

La joven tigre no comía sino carne cocida. Jamás había probado otra cosa. Aún más: desdeñaba la carne cruda, según lo verificamos una y otra vez. Nunca le notamos veleidades por las ratas de campo que de noche cruzaban el patio, y menos aún por las gallinas, envueltas entonces en pollos.

La suerte quiso que una gallina, gran preferida de la casa, criada al lado de las tazas de café con leche, sacara a su vez pollitos. Como madre, era única. No perdería ningún pollo, estábamos seguros; y ni siquiera llegarían éstos a saber la que es el rocío en las madrugadas frías. La casa, pues, estaba de parabienes.

Un mediodía de esos, oímos en el patio los estertores de agonía de nuestra gallina —exactamente como si la estrangularan. Salté afuera, y vi a nuestra tigre, erizada y espumando sangre por la boca, prendida de garras y dientes al cuello del animal.

Más nervioso de lo que yo hubiera querido estar, cogí a la fiera por el cuello, y la lancé rodando por la arena, como lo había hecho otras veces, por vía de corrección, con el coatí y con la misma tigre.

---

* Originalmente en: *Caras y Caretas*, Buenos Aires, n° 1382, marzo 28, 1925, con dos ilustraciones de Macaya, una en cada página que cubre el texto en la revista. Quiroga, tan afecto a criar animales salvajes, hacia 1911 crió un cachorro de tigre, tal como lo anuncia a José María Fernández Saldaña en carta del 28 de agosto de ese año: «Planto yerba, tengo caballo, vaca, cabra, gato, tigre (sin hipérbole) que crío con mamadera. Espero que más tarde me dé un zarpazo para deshacerme de él» (en: *Cartas inéditas de H.Q.*, t. II, p. 143). Como ya se advirtió en la «Noticia preliminar» a *Suelo natal*, este texto fue incluido en ese libro con algunas modificaciones menores.

Esta vez no tuve suerte. En un costado del patio, entre dos palmeras, estaba ese día —esperando— una piedra. Jamás había estado allí. Era en casa un dogma el que no hubiera piedras en el patio. Girando sobre sí misma por la arena, nuestra hija alcanzó a la piedra con la cabeza. La fatalidad procede a veces así. No fue ese un día alegre para nosotros. Por mi parte, perdí también mi cuchillo de monte, que en casa olvidaron entre los bambúes, cuando esa tarde enterraron allí los dos cadáveres. Lo encontré cuatro años después, en el aire, entre varios vigorosos retoños que lo habían alzado a una cuarta del suelo. Pero la hoja se deshacía en escamas de herrumbre, y lo dejé en el mismo sitio.

LOS CUERVOS*

TODAS LAS VECES que el cadáver de un animal ultimado en el monte ha atraído a los buitres, me he preguntado con qué extraordinaria finura de olfato el cuervo, flotando en el alto cielo, a miles de metros, ha podido percibir las emanaciones de un agutí muerto, una comadreja, menos aún, que bajo veinte metros de oscuro e impenetrable follaje, comienza a descomponerse.

La vista no juega aquí ningún papel. Desde las altísimas nubes el bosque es un uniforme bloque de pizarra. Más fácil sería distinguir una presa a una legua de distancia en una noche de tinta, que percibir ser alguno bajo el impenetrable blokao del monte.

Y de allí vienen, no obstante; de allí y de allá, los grandes buitres necrófagos. Son al principio dos o tres, y muy pronto veinte o treinta.

¿Cómo han sentido al agutí, apenas recién muerto, a cuyo contacto la más fina nariz no percibe emanación alguna?

Allá arriba, los buitres trazan grandes círculos. Segura y matemáticamente los círculos aéreos se irán cerrando, estrechándose como alrededor de una sola emanación de muerte que ascendiera como un hilo vertical. Y poco después, tras un descenso en tirabuzón, en cada fúnebre árbol se hallará posado, inseguro y con aire de sorpresa, un cuervo.

Contrastando con la actitud alerta, cruel y fría de su cabeza cuando vuela, en tierra el cuervo no logra salir de su estupefacción. Deambula cojeando —de patas y cabeza, podríamos decir— y, si se les apura, se agitan saltando zurdamente muy cargados de hombros, dando la impresión de que se les hiciera avanzar a latigazos.

Su resistencia vital es asombrosa. En casa tuvimos uno veinticinco días, durante los cuales no comió ni bebió. Era un urubú, especie de buitre tropical, de cabeza y cuello rojos. Tenía la cabeza atravesada por tres balines, y algunos más en la región del hígado. Había perdido ambos ojos.

En tal estado, el urubú resistió veinticinco días a la muerte, de pie sobre el pértigo caído de un carrito. No se movió de allí una sola vez. En esos veinticinco días el sol lo abrasó, y, de noche, la lluvia barrió bajo él las hojas enterradas, sin que cambiara de postura. Mantenía la cabeza constantemente bajo un ala.

Cuando alguna vez lo tocamos para ver su estado, el urubú levantó la cabeza, balanceándola lentamente, sin ver. Y al convencerse de que nada queríamos de él, tornaba a guardar la

---

* Aparecido en *Caras y Caretas*, Buenos Aires, n° 1386, abril 25, 1925, con dos dibujos de Macaya en las dos páginas que ocupa el texto.

cabeza. Cuando murió, por fin, pesaba menos que una gallina flaca. No sé qué tendría bajo su opulento tapado de plumas; pero hacía daño comprobar tal peso en un ser que hasta un momento antes había conservado la vida. Mis chicos le llamaban «el cuervo loco», por creer que con el tiroteo a la cabeza había perdido la conciencia de sí. No comía, según ellos, porque se había olvidado de vivir.

Criado en casa desde pequeño, el cuervo es omnívoro. Puede comer bulones de tres pulgadas, como el avestruz, y bizcochitos húmedos, como las cotorras. Con el tiempo, sin embargo, los cuervos guachos se van alejando cada vez más de la casa, hasta que un día no vuelven más.

Conocimos dos cuervos criados así, que al final sólo acudían a la casa a las horas de comer. A estas horas eran infaltables, regresando de donde estuvieren.

Un día, sin embargo, no llegaron; ni al otro, ni tampoco al tercero. Al cuarto, regresaron; pero traían un compañero a comer, un amigo a todas luces, adquirido quién sabe tras qué azarosas y leales pruebas.

Nada hemos vuelto a saber de ellos, pues al día siguiente nos alejamos de allí. Pero ya entonces, las dos jóvenes propietarias de los dos amistosos cuervos se habían mostrado inquietas ante la perspectiva de tener que alimentar a todos los innumerables buitres del país.

LOS ESTRANGULADORES[*]

UN FUERTE y hermoso árbol ha quedado solo al borde del camino. Desde los días en que el fuego abatió el bosque circundante, ese árbol, habituado a un régimen de humedad y aire muerto, ha luchado tenazmente por adaptarse al sol hiriente y a los vientos de hielo. Ha reconstruido su corteza quemada en largas franjas, con una laboriosa e hinchada cicatrización, de cuya constancia nada da idea. Ha perdido hojas, gajos enteros, para reducir su copa y reforzar las ramas matrices. Ha reaccionado contra los ataques de los insectos, vertiendo a litros sus jugos vitales por los agujeros que lo taladraban. Ha cambiado, en fin, de tal modo de aspecto, que cuesta reconocer en ese vigía escueto y nervudo, al árbol de espesa y húmeda fronda que antes vegetaba dormido en la penumbra natal.

Ese árbol de monte, pues, ha adquirido el derecho, tras diez años de lucha por la adaptación, a vivir al aire libre. Ni vientos, ni soles, ni heladas le dañarán. Los pájaros lo utilizan como mástil de tránsito en su vuelo desde una vera a otra del bosque. Concluyen allí de comer la fruta arrebatada al monte, —y una semilla cae a veces en la capa de polvo depositada en sus horquetas.

Por un cúmulo de factores favorables, una semilla germina, al lado de otras mil que yacen con sus cotiledones resecos. La plantita surge, tiene ya una pulgada; y desde este instante, a la par del mismo árbol-maceta que la sostiene allá arriba, la débil plantita resistirá a todas las inclemencias del aire libre, porque tal es su enérgica condición.

Con el transcurso del tiempo, las raicillas, apenas adheridas a la capa de polvo de la horqueta, se irán prolongando, pendientes sobre el abismo que las separa veinte metros de la tierra madre.

---

[*] Publicado en *Caras y Caretas*, Buenos Aires, nº 1396, julio 4, 1925, con dos ilustraciones sin firma.

¡Veinte metros! La raicilla —puede ser sólo una— llegará a arraigar, sin embargo. Un mes tras otro, año tras año —asoleada, amputada, balanceada, y adherida por fin alrededor del tronco sobre el cual concluye por trazar una espiral—, la débil raíz toca tierra y se hunde por fin, en una ansia de oscuridad y agua que la ha sostenido viva por veinte años al sol.

El grueso árbol solitario, y cuya larga lucha de adaptación parecería haber terminado con su triunfo, comienza en verdad una nueva lucha, mucho más áspera que la anterior. El ivapohí que creció allá arriba, comienza a crecer desmesuradamente, y sus raíces a hincharse. Engruesa alrededor del tronco, ceñida a él como una serpiente, y esta comparación es nimia si se considera la formidable fuerza con que la raíz se abraza al tronco, ahogando al árbol en sus anillos que día tras día van hinchándose y penetrando en él.

Uno y otro, laurel e ivapohí, prosiguen luchando por su expansión vital: el árbol hacia afuera, y el ivapohí hacia adentro.

Llega un momento (veinte nuevos años pueden haber transcurrido), en que los monstruosos anillos de la serpiente vegetal quedan tan profundamente hundidos en la albura del árbol, que alcanzan a su corazón. Desde este instante los días del árbol sofocado son tan breves como largos fueron sus años de lucha contra el aislamiento. Lo que no pudieron obtener los azotes del aire libre, lo consigue una planta parásita que por décadas de años fue su insignificante y miserable huésped.

Se ven a veces lianas e ivapohís altísimos, extrañamente retorcidos en espiral alrededor de un eje imaginario. En un tiempo ese eje estuvo constituido por un árbol, monumental de vida o de grandes esperanzas. Los estranguladores parásitos realizaron luego a sus expensas su sofocante destino, y ahora la luz y el aire pasan libremente por entre los anillos separados.

TEXTOS FRONTERIZOS

El regreso a la selva

La guardia nocturna

Tempestad en el vacío

La lata de nafta

El llamado nocturno

Su olor a dinosaurio

Frangipane

La tragedia de los ananás

NOTICIA PRELIMINAR

Para una valoración literaria y filosófica de los textos que incluimos en esta sección, remitimos al lector al excelente prólogo de Jorge Ruffinelli, ya citado en el Criterio de selección de los textos del Dossier.

Allí encontrará el lector todos los elementos de juicio necesarios, así como la información y justificación de los que aquí seleccionamos.

Es muy poco lo que se podría agregar al trabajo de Ruffinelli y, en definitiva, no sería más que una glosa de sus agudas observaciones. Véase: Horacio Quiroga, *Obras inéditas y desconocidas*, Tomo VI, «La Vida en Misiones», Prólogo y notas de Jorge Ruffinelli, Arca, Montevideo, 1969.

EL REGRESO A LA SELVA*

DESPUÉS DE quince años de vida urbana, bien o mal soportada, el hombre regresa a la selva. Su modo de ser, de pensar y obrar, lo ligan indisolublemente a ella. Un día dejó el monte con la misma violencia que lo reintegra hoy a él. Ha cumplido su deuda con sus sentimientos de padre y su arte: nada debe. Vuelve, pues, a buscar en la vida sin trabas de la naturaleza el libre juego de su libertad constitucional.

Regresa a la selva. Pero ese hombre no lleva consigo el ánimo que debiera. ¡Ha pasado tanto tiempo desde que colgó tras una puerta su machete de monte! Sus pasajeros retornos al bosque apenas cuentan en la pesada carga de ficciones que no ha podido eludir. Quince años de civilización forzada concluyen por desgastar las aristas más cortantes de un temperamento.

¿Sobrevive, agudo como en otro tiempo, su amor a la soledad, al trabajo sin tregua, a las dificultades extenuantes, a todo aquello que impone como necesidad y triunfo la vida integral?

Cree que sí. Pero no está seguro.

Tras largos, muy largos días de viaje estival, surgen por fin a su vista tras el perfil del acantilado que resguarda el gran golfo, surgen a su vista, allá a la distancia y en lo alto, los eucaliptos y palmeras de su casa. ¡Su casa de piedra, su meseta, sus bambúes!

En cuanto a sus inquietudes de otro orden el tiempo dirá.

Al ser cogidos de improviso por el ambiente, la soledad y la luz de un país nuevo los sentimientos del viajero sufren un profundo desconcierto. Las ideas y emociones del sujeto se hallan sometidas a breves y constantes sacudidas que cohíben su arraigo. Pasa aquél los primeros días atontado, como si viviera haciendo apenas pie sobre un existir falaz: ni lo que ve es lo que parece ser, ni sus impresiones son ciertas, ni él mismo es ya más lo que ha sido. Flotan él y cuanto le rodea en una atmósfera de vaga alucinación que por fin se disipa, dejando de nuevo al viajero en tierra firme con su equilibrio recobrado.

Esta crisis de adaptación dura apenas breves días, salvo en aquellos casos graves en que el viajero, el novato, cae desde los primeros instantes en un asiento, donde permanece las horas volviendo pesadamente los ojos a uno y otro lado, como si el banco que oprime fuera la única realidad en la irrealidad mareante del crudo paisaje que no quiere dejarse asir.

Nosotros —o casi todos nosotros— estábamos desde largo tiempo atrás iniciados en el ambiente tropical. Ninguna novedad podíamos esperar del cambio de vida, harto conocida nuestra. Mas mi joven mujer y su tiernísima hija abrían por primera vez los ojos al sol de Misiones. Todo podía esperarse en tan pobres condiciones para la lucha menos el perfecto equilibrio demostrado por una y otra ante las constantes del nuevo país. Madre e hija parecían gozar de una larga y prolija inmunización, que acaso los lazos de la sangre y del afecto expliquen en gran parte.

---

* Publicado en *La Nación*, Buenos Aires, domingo 4 de diciembre, 1932, con una ilustración de Alejandro Sirio.

Todo podía esperarse, en efecto, menos la niebla de alucinación en que me hallé envuelto las primeras semanas. Viví y obré sin lograr hacer pie en un suelo casi natal. Como el novato, me hallé en Misiones sin conciencia de la flamante realidad. Sentí como aquél la fuga de todas las cosas ante mi mirar extraño, y vi interpuesto entre mi percepción y el paisaje ese velo infranqueable con que la naturaleza virgen resguarda su lastimante desnudez.

¿Qué explicación podía tener este fenómeno, de no hallarla en la obra lenta y corrosiva de tres lustros de vida urbana, infiltrada a pesar de mí mismo hasta las más hondas raíces de la individualidad? ¿Podía ese lapso haber trasmutado mi albedrío selvático en el malestar y la inconformidad de un recién venido?

No era posible. Algo, fuera también de mi percepción, debía dar razón de este vaho maléfico.

Halléla por fin cuando la sequía, que comenzara cuando llegáramos allá, cobró —¡cómo tantas otras veces!— caracteres de desastre. Decíase que desde la gran sequía de 1905 no había visto la región tan profundamente agotadas y resecas sus fuentes de agua. La tierra, roja y calcinada, en efecto, no guardaba hasta donde se la sondara rastro alguno de humedad. No se veía en el suelo más que una red de filamentos lacios y resecos, y en el aire un constante y lento vagar de briznas quemadas. Sentíase la sequía en el humo en suspensión de los rozados, en la ansiedad general, en el ambiente de desolación de que parecían infiltrarse hasta el confín los mismos postes del alambrado. Y esto acentuándose día tras día con una perseverancia y una severidad que arrebataba toda esperanza de resurrección. Ella me salvó, sin embargo, al exigirme todas las fuerzas para una lucha que ya más de una vez había librado.

Tuvimos que corretear en busca de agua para el consumo de la casa —nuestros pozos estaban agotados— y librar esa agua de las avispas que la asaltaban. Tuvimos que acudir a bañarnos en la casa de un vecino. Bebíamos agua caliente que traíamos en coche en un tamborcito de nafta, y que escatimábamos hasta la sordidez. Perdimos la mitad de los postes por el fuego, vimos enfermarse uno tras otro los cedros, vaciarse en goma los naranjos y samuhús. Y cuando esta lucha y esta sequedad que persistían a través de la noche asfixiante habían ya obrado sobre mí como un tónico llegó un acontecimiento nimio y trascendente a la vez a afianzar con su nota peculiarísima mi creciente bienestar.

Un mediodía de fuego llegó el muchachito de casa a decirnos que a la linde del monte a 80 metros de casa, había una enorme víbora dormida. Tan grande, según él, que no se había atrevido a matarla.

Debo advertir que mi mujer no había visto aún una víbora. Para ella, como para todas las gentes urbanizadas, aquel animalito era el símbolo del peligro tropical. Interesábame, pues, asistir a la reacción que dicha víbora, pequeña o monstruosa, iba a despertar en mi mujer.

Fuimos todos allá. Mi hijo levantó en el camino un trozo de bambú, considerando con justicia que mi reciente lesión en la mano cohibiríame la libertad de movimientos. No quise, sin embargo, privarme del singular gusto de ultimar a la yarará, y enorme, como pudimos comprobar en seguida al hallarla en la penumbra muy densa del monte donde en efecto parecía dormir.

El golpe que le di tras la cabeza fue suficiente para dejarla fuera de combate, a pesar del ligero aspecto de mi bambú. Pero, como observamos juiciosamente, una cosa es el leve peso de una caña cuando se juguetea con ella distraído, y otra cuando se toma por puntería el cuello de una sólida yarará.

Como desde el primer instante nos hubiera llamado la atención el grueso del animal y las ondulaciones que corrían a lo largo de su vientre, procedimos a su disección.

Allí, envueltas aún en una tenue tela que era cuanto quedaba del huevo original, revolvíanse en el seno materno 23 yararás ya a punto de nacer. Algunas de ellas abrían la boca al ser solicitadas, prontas a morder, y a matar. Eran veintitrés, todas iguales, pues las medidas tomadas acordaron de 29 a 30 centímetros para cada una. Todas tenían en la cabeza el dibujo característico de la especie a que pertenecía la familia. Sólo en dos o tres de aquéllos pudimos observar algo parecido a una cruz.

Hoy la extensa prole descansa en un gran frasco de alcohol, a cuya concavidad sus lacios cuerpos se han ajustado dócilmente.

Regresamos satisfechos a casa, pues un retardo de breves horas en sorprender a la yarará madre nos hubiera infestado con veinticuatro víboras esa ala de monte que nos sirve de parque.

Mi mujer mostrábase también satisfecha por la tranquilidad con que había resistido el primer embate de la selva, no obstante ser aquel reptil, según creo, el primero que veía en su vida.

Por mi parte, regresaba con el alma en plena paz. La sequía y la víbora habían puesto por fin su sello definitivo a mi recobrada salud.

LA GUARDIA NOCTURNA*

SE ME HABÍA dicho que Angelici había logrado resolver el arduo problema de la defensa nocturna del jardín, y yo me puse en campaña para averiguarlo.

Nadie ignora que mucho más que el vergel de frutales, el jardín floral constituye la nocturna pesadilla de sus dueños. Como no existen valla ni cerco capaces de contener al ratero —no siempre ratero— de rosas de calidad (souvenir de Mme. une telle), los modestos propietarios deben confiar la guardia nocturna de su jardín a los animales domésticos cuya voz de alerta pone en jaque a los ladrones.

Pero esto acarrea consigo un segundo problema: ¿cómo, en efecto, dormir en paz, cuando explota a cada instante en la sombra el ladrido de un perro? Descartado éste, puédese fijar la atención en el ganso o el teruteru, ambos excelentes centinelas, pero tan ruidosos como incapaces de imponer respeto. No queda así otra solución que buscar hasta hallarlo, un ser poderoso y mudo, un animal sombrío y disimulado, sin ruido ni voz a quien confiar con toda garantía la defensa del jardín.

Y esto fue lo que encontró Angelici tras interminable búsqueda: halló el yacaré.

No se requiere mucha imaginación para entrever en la noche un huso vivo de tres metros de largo, aplastado y moviente, negro como carbón en la penumbra de los macizos, gris pizarra a la luz de la luna, arrastrándose con lenta y dislocada ondulación por los senderos de granza.

Si no puede jurarse que tal guardián troncha en vilo las piernas del ratero, como sería su deber, puede tenerse la certeza de que su diluviana presencia —y ¿quién sabe? alguna dentellada a ojo distraído— basta para asegurarnos dulce ensueño.

Yo no tengo jardín todavía. Comienzo a formarlo con las penurias inherentes a una tierra volcánica que cría con más injuria meláfiros y hierro que azucenas. El hallazgo del yacaré, sin

---

* Publicado en: *La Revista de Crítica para los Hogares Argentinos*, Buenos Aires, noviembre 24, 1934, p. 3. Con una ilustración de Arístides Rechain que representa a un hombre barbado (parecido a Quiroga), y una pequeña fotografía del escritor, en el ángulo superior derecho.

embargo, con el fin primero, excitó mi viejo deseo de poseer uno al cual poder confiar la defensa de mi futuro rosedal. De éste, por el momento, sólo poseo un gajito de «Estrella de Holanda» y otro de «Maréchal Niel». Pero siento ya que el yacaré me es necesario.

Tiempo atrás yo había sido propietario de un cachorro —regalo de un mensú— que nunca llegué a tener conmigo por ser imposible hallarlo en su ciénaga natal cada vez que yo iba en su procura. Teyucuaré en compañía de un chancho, hocico contra hocico sobre la misma raíz. Si Cleopatra —era su nombre— vive todavía, debe alcanzar holgadamente a un metro de largo. Y digo si vive, pues su hermano de leche y el mismo peón desaparecieron junto con su rancho, arrastrados por una de las avalanchas de piedra y bosque que se desprendieron de los cerros a raíz de la gran lluvia de 1926.

Hace un par de años tuve informes de que un colono había hallado una nidada de huevos de yacaré en los pajonales del Yabebirí, próximos al puente nuevo, y que puestos a incubar en la ceniza del fogón, habían dado origen a tres yacarés, uno de los cuales había muerto al nacer.

Fui enseguida a cerciorarme de la hazaña, pues no es común que un indígena demuestre el menor interés por observaciones de la especie. Halléme en efecto con dos yacarés recién nacidos, flotando laciamente en el agua de una olla. No eran mayores que una lagartija. Poseían una gran cabeza, fuertemente prognata, donde lucían dos ojillos saltones de azul muy claro que miraban con asombrada immovilidad. Flotaban como cosa muerta, inertes, muy abiertas las flaquísimas patas. Lo único fuerte en ellos —estigma de la raza— era la cola, verticalmente aplastada y ya con dientes de serrucho.

Los llevé a casa, decidido a transformar aquellas infinitamente débiles criaturas en sombríos guardianes de mi jardín.

¿Cuándo? ¿Al cabo de diez, veinte, treinta años?

Nada sé sobre el desarrollo de los cocodrilos. Debe de ser lento, muy lento. Pero la fe realiza milagros, y yo tenía la mía puesta en mis dos gajitos de rosal, débiles en suma como sus futuros defensores.

Ahora bien: sobrepasa el quehacer de una familia ya bastante ocupada en reorganizar su casa y su vida, la tarea de cuidar, alimentar, vigilar y educar dos recién nacidos de crianza incógnita. Se les construyó jaulas, enrejados y piscinas para exponerlos al sol, preservarlos del frío —estábamos en otoño— y muy particularmente de las gallinas. Se les reservó de noche un sitio sobre la chimenea para asegurarles el goce de un agua constantemente tibia dentro de una piscina forrada con triple envoltura de arpillera. Se hizo cuanto es posible para que se alimentaran. En vano.

Nada conseguimos. Nunca se les vio comer ni hacer movimiento alguno que demostrara interés por ello. Pero tampoco dejaron nunca de abrir cuan grande era su boca para morder —y mordían— cada vez que nos acercábamos. El cambio de agua por otra más cálida les arrancaba también un ligero croar de rana, de timbre perfectamente lacustre.

Mas no progresaban. Yo tenía alguna experiencia sobre la eternidad de tiempo que puede pasar una culebra sin alimentarse. Pensé que por un espacio de tiempo nuestros pupilos debían hallar en el ambiente acuático los elementos necesarios para su nutrición, y no nos esforzamos más, cansados como estábamos de luchar.

En cuatro meses, día tras día, perdieron paulatinamente la escasa carne original, y al final del invierno tenían el mismo tamaño que al nacer, y el menor movimiento de una pata arrastraba consigo la piel en pliegues sucesivos.

No habían perdido las fuerzas, sin embargo, ni dejaban de abrir la boca ante nuestra presencia.

En esa época uno de ellos sufrió un lamentable accidente. El extremo de su solarium portátil fue alcanzado por la rueda de un coche, y al ceder de nuevo cayó sobre la nuca de la criatura. Lo creímos muerto por un día entero. Sobrevivió sin embargo dos meses a su lesión medular, aunque con la cabeza doblada sobre un flanco, e inmóvil como piedra. Cuando se lo tocaba, aun con el extremo de una paja, se sacudía violentamente en botes desordenados, para caer otra vez en su letargo, hecho un arco.

Nos quedó un solo pupilo. Ya muy avanzada la primavera comenzaron las lluvias, escasísimas ese invierno, y con ellas renacieron nuestras esperanzas. El manantial del fondo del antiguo bananal se transformó en laguna con las grandes aguas, y allí llevamos entre todos como en un rito sagrado, la piel y los huesos del yacarecito, que en verdad era cuanto quedaba de él.

Como he dicho, pese a la atroz dieta, sus fuerzas no parecían disminuidas. En la laguna y su plancton ardido de sol debía ofrecerle, resucitándole, los momentos natales que no había hallado en nuestra crianza artificial. Había allí rincones de agua umbría y estancada, arena quemante en la orilla y piedras a flor de agua: musgos, algas, libélulas, infusorios y cuanto es posible desear para la convalecencia de un pobre ser.

Depositado sobre el agua, como un ataúd, allí quedó nuestro yacaré, inmóvil como siempre y con las patas laciamente abiertas, gozando, fuera de toda duda, de una sutil y somnolienta fruición que venía del fondo de la especie lacustre.

Al día siguiente fuimos otra vez todos a dar los buenos días al feliz liberado. Pero no era feliz: había muerto.

Flotaba muerto, como antes vivo, en la misma postura e igual asombro en los ojos; pero definitivamente muerto.

¿A qué atribuir este inesperado desenlace? El examen prolijo del cadáver no nos dio ninguna luz. Ni herida, ni vientre abultado. Devuelto a su habitual nativo, sostenido, acariciado, alentado por todos los elementos protectores de su vida infantil, el yacarecito ha muerto.

Pues bien: por risueño que resulte, nuestra impresión es que ha muerto ahogado. Seis meses de hambre, de vida torturada, sin más horizonte que el vidrio de una piscina forrada de arpillera, han roto como finísimo alambre la brújula vital de sus mayores. La laguna primordial ha sido excesiva para su existir ya desviado. Bruscamente falto del ambiente pervertidor, la libertad radiante ha pesado como plomo sobre él y se ha ahogado.

Quedan en casa su piscina y los dos gajitos del rosedal. Pero no tendremos más guardianes.

TEMPESTAD EN EL VACÍO[*]

EL HOMBRE ha llegado a la frontera tropical sin afán de lucro, lo que es muy raro, y se instala a guisa de huésped en un campamento de yerba mate. No ofrece la vida allí grandes comodidades. Mayordomo, capataces, y peones gustan de la misma pobre comida. El lecho es duro, la cama angosta, el mosquitero corto. Nuestro hombre pasa por todo, como se pasa una eterna semana santa en la soledad de la metrópoli. En realidad, una semana es también el plazo que el visitante ha fijado a su vacación agreste. Finalizada ésta, regresará a su hogar rico de impresiones.

---

[*] Apareció en: *La Revista de Crítica para los Hogares Argentinos*, Buenos Aires, diciembre 29, 1934, p. 8. Con una ilustración de firma indescifrable.

Ni rico ni pobre, ciertamente en sólo siete días de selva. ¿Qué puede ver con mirada virgen en tan breve lapso de tiempo?

¿Cómo lavar sus ojos del paño que la vida urbana ha sedimentado en ellos durante décadas? A lo más, adquirirá de la selva el conocimiento que pudo haber tenido sin moverse de la ciudad, asistiendo durante siete noches consecutivas a la exhibición de cintas naturales. La naturaleza al vivo llaga los ojos; y sólo después de largo tiempo se los recupera.

En fin, aprenderá leyendas selváticas de primera agua.

Tampoco esto le será acordado. Las leyendas de monte —en Misiones, por lo menos— son desconocidas en el país. Las que corren como tales no se sabe de dónde provienen: tal vez de los libros. La tradición nativa no las ha conservado, y en vano se prentenderá escucharlas de labios guaraníes. Estos mismos labios son capaces, sin embargo —hay casos— de repetir todavía el padre nuestro en latín, postrera y única herencia de la educación jesuítica; pero de leyendas nada saben.

El que esto escribe cruzaba una vez el Alto Paraná en guabiroba en compañía de un viejo indígena que conservaba purísimo su guaraní racial. Esto pasaba mucho más allá de la boca del Iguazú. Efectuábamos la travesía bajo una siesta caliginosa, que hacía danzar el basalto y el bosque negro en vibraciones de fuego. El horizonte de agua, muy próximo, sin embargo, reverberaba a tal punto que hacía daño deslizar la vista por él.

—Cuando el sol no es fuerte —me dijo mi acompañante en lengua franca de frontera—, se ve aparecer una canoa tripulada por nueve marineros vestidos de blanco.

—¿De dónde salen? —pregunté.

—No se sabe —me respondió—. A la hora de la siesta, cuando el sol no es tan fuerte, salen de atrás de esa respinga negra. Es una falúa de un buque de guerra...

Éstas no son sus palabras exactas; pero sí la expresión *falúa*.

Ahora bien, nadie en aquella latitud es capaz de inventar tal absurdo. Acaso en la época de la conquista o más tarde, una cañonera inglesa remontó el Paraná. Tal vez naufragó en aquellas aguas, pereciendo toda la tripulación. La impresión provocada por la catástrofe ha creado en la mente indígena la leyenda correspondiente que hasta hoy se conserva en la memoria racial trasmitida de generación en generación con las mismas expresiones: falúa, fantasma...

Nuestro huésped adquiere a su vez su pequeño grano de leyenda oscura.

En la alta noche se oye distintamente el estrépito fragoroso de la caída de un grueso árbol. Estos árboles, caducos o enfermos, pierden pie a menudo. Pero éste ha caído tan cerca que nuestro huésped cree de su deber llamar la atención del capataz que duerme a su lado.

—Mala tarea mañana para ustedes —advierte.

—¿Qué cosa? —responde el capataz.

—Ese árbol que acaba de caer.

—No ha caído ningún árbol —niega el capataz.

—¡Cómo! Usted estaría durmiendo.

—No dormía. No ha caído ningún árbol. Usted mismo lo verá mañana.

Nuestro huésped queda como quien ve visiones. Apenas rompe el día mira desde la carpa y recorre el campamento en todas direcciones. No hay ningún árbol en tierra. Y todos han oído el retumbo de su caída.

—No, no ha caído árbol alguno —le dice más tarde el mayordomo—. Todos conocen en el Alto Paraná este fenómeno, y ya nadie se inquieta.

—¡Pero, en alguna parte ha caído! —observa el huésped—. ¿Cuestión de eco, entonces?

—Tampoco. No ha caído... ahora.

—¿Cómo, ahora?

—No ha caído en el instante en que lo oyó. Cayó antes, hace un año, ¡qué sé yo! Tal vez hace siglos. Se trata de un fenómeno ya conocido, y cuya explicación parece haber sido hallada últimamente. Las primeras observaciones, a lo que entiendo, se hicieron en los cañones del Colorado. Oíase patente allí el desplome de sequoias que no existían más, y gritos y aullidos lejanos traídos por el viento, tal cual en los asaltos de las caravanas de antaño por los pieles rojas. Otras cosas más se han oído, pero sin comprensión perceptible hasta hoy.

A estos fenómenos singulares pertenece, sin duda alguna, el fragor del árbol caído que usted oyó anoche, y que cayó.

¿Explicación científica, dice usted? Yo no la sé, ni creo que nadie pueda dársela todavía. La teoría más aceptada por los que especulan con estas seudo alucinaciones auditivas, es la siguiente.

Todo fenómeno físico se verifica con el concurso de una serie de circunstancias concomitantes: temperatura, estado higrométrico, tensión eléctrica, vibraciones telúricas, ¡qué se yo! En un ambiente tal, y de tales características, se produce, pues, el fenómeno. Agregue a aquél si usted quiere, el estado de la atmósfera solar, de los rayos cósmicos, de los iones siderales; en fin, de todos y cuantos determinantes influyen en la eclosión de un fenómeno.

Pues bien; dichos determinantes no vuelven a hallarse en conjunción sino en pos de un tiempo breve o largo, pero absolutamente impreciso. Pueden pasar semanas o siglos. Pero llega un día, un momento, en que la atmósfera, el grado de humedad, la tensión eléctrica, etc., etc., tornan a hallarse en las mismas circunstancias de conjunción que la que produjo el fenómeno extinguido y, como a través de una radio, los sonidos tornan a reproducirse exactos: caída de un árbol, aullidos de asalto, y lo demás.

¿Qué admite usted que puede caber en este demás? La voz de oradores convertidos en polvo hace miles de años. El proceso entero de Cristo, y la voz misma del Sinaí. Más atrás todavía: el paleteo de los plesiosaurios en los mares calientes, y el hondo retumbo de los cataclismos primarios. Podríamos ir más atrás todavía, aventurándonos...

Las vibraciones no se pierden —dice la teoría—. Descentradas en muertas espirales en pos del fenómeno que las produjo, vagan por allí, no se sabe dónde, desmenuzadas en la eternidad. Pero basta que las determinantes causales se hallen en conjunción, para que esas vibraciones se concentren con la velocidad del rayo, y tornen a revivir.

La radio del porvenir captará —¿por qué no?— esas ondas dispersas que guardan la historia sonora de la humanidad y del planeta aún virgen. Y ella cantará a nuestros oídos lo que Dios mismo tal vez no guarda en la memoria.

¿No lo cree usted enteramente? Yo tampoco. Pero busque usted entre tanto el árbol cuya caída hemos oído todos: no lo encontrará.

LA LATA DE NAFTA[*]

LAS RUTAS DE la selva y las de la pampa ostentan dos características, paraíso en la una e infierno en la otra: falta o exceso de vegetación.

No hay camino en la estepa digno de tal nombre mientras no se logre encauzarlo entre doble fila de árboles. No hay picada en el bosque que pueda resistir a la lujuria floral, si día tras día

---

[*] Publicado en: *La Revista de Crítica para los Hogares Argentinos*, Buenos Aires, enero 12, 1935, p. 6. Con una ilustración de Arístides Rechain.

no se va extirpando la selva ambiente que pugna por cubrir la honda cicatriz abierta. Es, pues, obvio que el amigo del árbol a ciegas sufra trastornos conceptuales cuando trasplantada su existencia a una zona boscosa deba, para conservar aquélla, talar, rozar, aniquilar y quemar constantemente la selva ante el altar de sus pampeanos dioses.

Nunca como en el bosque el caballo de Atila pudo ser útil.

Esta disyuntiva: ahogar a la selva o ser devorado por ella se impone como un rito en las picadas y senderos del bosque. En sólo seis meses de abandono, la selva ha rastreado y se ha entrelazado sobre la roja llaga, al punto de tornarse más fácil la apertura de una nueva senda que el reabrir la trocha inextricable.

Por esto el buen hombre de monte —hay buenos hombres de monte como hay buenos gauchos— va constantemente salpicando de machetazos su avance con la picada. Hoy aquí, mañana allá, el paso del hombre contiene y extirpa las guías ansiosas de la selva, que se lanzan oblicuas hacia el hilo central de luz.

Cuando el noventa por ciento de los pobladores de Misiones eran brasileños, las picadas llevaban su hilo rojo a través del gran bosque con una nitidez hoy perdida. A pie, a caballo, el machete del brasileño iba incesantemente recortando el retoño montés a uno y otro lado de su hombro. Tras de cada tormenta la labor aumentaba. Era preciso recurrir al hacha para despejar la huella de los árboles tumbados. Si éstos eran muy voluminosos, se abría un desvío. Pero sólo en este caso se recurría a tal arbitrio.

Esta solicitud del brasileño hacia su senda nativa halla su raíz en las condiciones de vida impuestas por la gran selva que constituye en gran parte su país. Descendiente de exploradores de bosque, nieto de bandeirantes, bandeirante él mismo, ha heredado la vigilancia perpetua de su camino. En todas las naciones limítrofes con el Brasil, donde la selva impera, el brasileño ha avanzado con su machete hasta la línea de la estepa. Allí ha concluido su acción de bandeirante. Más allá de ese límite comienza el reino de la pampa ganadera.

El gaucho —venezolano o argentino— no se halla en la selva. Sufre con el trasplante, arraiga con dificultad, y de aquí la incomprensión de su nueva vida, manifiesta en el abandono en que mantiene sus caminos que hora tras hora se van cerrando tras su inerte paso.

Hoy, en las grandes rutas de internación, el hombre montaraz ha desaparecido, desalojado por el camión. Instrumento de progreso urgente, que no aprecia su labor sino por el tiempo mínimo empleado en realizarla.

La frase *No tenemos tiempo*, propia de este instante, osténtase como patente en el radiador del camión. Él tampoco tiene tiempo para cuidar el camino. Y ya se halle al servicio de una empresa nacional o extranjera, el camión, pese a su nacionalidad de origen, a la de sus dueños o de sus conductores, se ha convertido a su vez en criollo hasta la médula, él, sus hábitos y su chauffeur.

Un poblador recién llegado al territorio se ve en el caso de utilizar a menudo uno de estos camiones del tráfico montés. La picada es encantadora; la huella, no tanto. A ambos lados de ella, y en un ancho de treinta metros, el bosque fue talado, a fin de que el sol secara debidamente la picada. Con el tiempo la vegetación ha renacido, al punto de que hoy apenas queda libre en el fondo de aquel mar sombrío, la huella roja. Y asimismo ésta se complica de vez en cuando en los piques de desvío ocasionados por la caída de un árbol —insignificante a veces— pero que *no hay tiempo* de retirar.

Uno de estos desvíos efectúase en un mal paraje, con fuerte pendiente, en piedra viva. Ha llamado allí la atención del viajero la circunstancia de no distinguir obstáculo alguno de importancia que haya dado lugar a tan peligroso desvío. Nada percibe a través de la maraña que ha vuelto a cubrir la vieja trocha.

—Debe de haber un gran obstáculo allí —comunica su impresión al chauffeur.

—No sé —responde éste, conduciendo a tumbos su camión—. Cuando vine a acarrear aquí, ya estaba este desvío.

Pero el viajero obtiene un día del chauffeur que se detenga un instante. ¿Quién sabe? Tal vez una grieta del suelo, un fenómeno cualquiera digno de observación.

Desciende y examina el lugar. No halla nada: ni grieta, ni fenómeno, ni obstáculo alguno. Nada, fuera de una lata vacía de nafta.

Nada más. Ése era el obstáculo.

Antes, quién sabe cuándo, un chauffeur vertió la nafta en el tanque de su camión y tiró al camino la lata vacía. De regreso de su viaje, desvió la dirección al llegar a la lata, pues no tenía tiempo para retirarla de la huella. Viaje tras viaje, el desvío se fue ensanchando, hasta convertirse en picada maestra, cuando nuevos conductores, que ignoraban su origen, lo hollaron a conciencia. Pero en el fondo de todo este trastorno de arribadas y frenadas peligrosas, no había sino una lata vacía.

Nadie, pues, tuvo tiempo para apartarla del camino. Nadie vigiló sus intereses: ni los conductores se cuidaron de las posibles multas por elásticos rotos, ni los patrones tuvieron consideración por su vehículo, aunque las cubiertas fueran dejando día tras día en las aristas de piedra, tiras de su corazón.

EL LLAMADO NOCTURNO*

NUESTRA CASA se levanta al borde de una amplia meseta que domina por todos lados el paisaje y que declina fuertemente hacia el oeste en una a modo de ancha garganta. En el fondo, el profundo valle así formado limitado por la abrupta costa paraguaya y por dos altos cerros en tierra argentina que cierran el anfiteatro, yace estático el Paraná, convertido en lago escocés por obra del ambiente. El valle, la cordillera, cuanto abarca la vista, se halla cubierto por el bosque. En esa mancha uniformemente sombría sólo las aguas del río pincelan de color el paisaje; zinc en las primeras horas de la mañana; plata cuando el sol ya ha ascendido, y oro y sangre a la muerte de la tarde.

La pequeña meseta cuyo centro ocupa nuestra casa se halla bordeada de palmeras. Esta circunstancia, añadida a la disimulación del terreno inmediato, que aleja por todas partes el horizonte, da al palmar un aspecto de atoll o isla polinésica, impresión ésta que se torna muy viva en las noches de gran luna, cuando, a favor de la brisa nocturna, se difunde en el ámbito el frufrú marino característico de las palmeras.

Naturalmente no se hallan sólo palmeras en casa. Hacia el este, un macizo de bambúes malayos —hoy un bosque— ha desbordado ya de la meseta. Dos amplias avenidas lo cruzan, y su gran bóveda y la verde penumbra ambiente constituyen el paraíso de los pájaros, sus dueños natales.

Las aves de vida exclusivamente forestal, defienden satisfactoriamente su existencia de la garra de los gavilanes y águilas en razón del obstáculo que la fronda tupida ofrece al vuelo de aquéllos.

---

* Publicado en: *El Hogar*, Buenos Aires, año XXXI, n° 1325, marzo 8, 1935, pp. 3 y 8, acompañado por una ilustración de Neal Bose. Con este relato se inicia la serie esporádicamente titulada: «Croquis del monte».

No así los pájaros de habitar menos restringido, para quienes el espacio libre constituye un perpetuo peligro. Los bosquecillos aislados e inmediatos al hombre ofrécenles un refugio seguro y un campo de nutrición abundante, que se apresuran a adoptar, y de aquí la riqueza en pájaros de nuestra meseta, que los ampara maravillosamente.

En un principio, como en el mundo bíblico, en nuestra árida meseta era la nada. Cuando los primeros samoliús y eucaliptos hubieron alcanzado algunos metros, un casal de chingolos se atrevió a explorar la meseta; estudió concienzudamente las seguridades que ésta podía ofrecerle, fue y vino por varios días, hasta que pernoctó por fin allí.

Éstos fueron los primeros huéspedes. Más tarde, y hoy mismo, como si una voz de aliento prosiguiera su llamado por la selva, nuevas especies se apresuran a poblar el paraíso.

A los chingolos sucedieron los gargantillas. Tras éstos, las tijeretas, los pirinchos, los mixtos dorados, los annós, las tacuaritas, los pecho-amarillo, benteveos, los mirlos, los tordos (de vientre oro viejo, los unos, y de rojo sangre, los otros), las tórtolas, los zorzales, los celestes, los tiritís, y tal vez algunos otros.

Estas especies viven con nosotros, nos conocen, y buscan, como pollitos, protección a nuestro lado ante el peligro.

En los últimos meses se ha visto un casal de horneros observando atentamente la meseta y lo que pasa en ella. Estos pájaros eran sumamente raros en el país hace veinte años. En su ascensión hacia el norte desde Corrientes, los postes del telégrafo han ido prestando apoyo a su nido, y en su carrera a lo largo de la línea telegráfica, que les sirve de meridiano, han llegado, poste tras poste, hasta el río Yacanguazú.

De tarde en tarde tenemos también la visita de un pajarillo flamante, todo él una brasa viva, que se posa, inmóvil, a respetable distancia, donde hace tremendo impacto sobre el verde lóbrego del bosque. Tras largas horas de inspección, alza el vuelo y desaparece. Como con los horneros, abrigamos la esperanza de que concluyan por rendirse a la seguridad y las delicias del bambuzal.

Pero el huésped más extraño de nuestra meseta es, sin duda alguna, un ave misteriosa, cuya existencia sólo se delata en circunstancias dramáticas.

Surge, en efecto, en las noches de tempestad, no se sabe de dónde, a golpear desesperadamente con sus alas las vidrieras del hall. Su presencia en casa marca para nosotros una época: aquella en que construimos el gran living, indispensable a nuestra casita de piedra, cuyas piezas no ofrecen la amplitud necesaria al destino de aquél. Alcanzamos asimismo con el living el ideal que alentó constantemente nuestras esperanzas: grandes y bajos ventanales. Tantos, que podemos leer tras ellos de día aún, cuando afuera comienza a helar; y el último rayo de sol que incendia el Paraná enciende también de luz las orquídeas del living. En suma: confort para nosotros en la estación cruda, e invernáculo para nuestras plantas.

Tal fue el plan a que se ajustaron las grandes vidrieras del hall.

Concluyóse éste a principios de invierno. Y desde ese instante esperamos impacientes la primera noche de temporal para disfrutarla al amor de la gran chimenea, mientras el agua restallaba en los cristales.

Gran luz, gran chimenea, ambiente tibio, de un lado: del otro, tras las vidrieras, la selva desgajada y chorreante por la tempestad. Preciso es amar la naturaleza, sus luchas y dificultades, para apreciar la calma e intensidad de tal goce.

En una de esas noches hizo su primera aparición el pájaro extraño. Sobre el convulsivo crepitar de la lluvia oímos el choque de su aleteo desesperado contra los cristales.

Era un pájaro pequeño, de lomo verde y pecho ceniciento, en cuanto pudimos apreciar dados los reflejos del agua. No habitaba nuestra casa; más aún: jamás lo habíamos visto.

¿De dónde salía? No podía vivir en casa, oculto constantemente a nuestros ojos. Uno por uno conocíamos a nuestros huéspedes.

¿Había llegado del bosque, barrido por el huracán? Tampoco era esto admisible, puesto que aquél podía y debía ofrecerle refugios de ancestral seguridad.

Sacudióse aún largo tiempo contra los vidrios y desapareció. Un mes más tarde repetíase el drama. Y cada noche de tempestad invernal estamos indefectiblemente seguros de su visita, sin que entretanto, sean cuales fueren las circunstancias, logremos verlo de día.

Es una avecilla desgraciada que vive quién sabe en qué tenebroso rincón del bosque que abandona a los primeros embates de la tempestad para ir a buscar protección en las grandes vidrieras iluminadas. Cada vez que hemos abierto una ventana, inundando con ello el mosaico, para concederle abrigo, ha desaparecido.

Constituye un elemento esencial de nuestras veladas en el living, cuando la lluvia restalla en los cristales. Surge entonces como el fantasma de un gran desamparo en busca de protección, que rehúsa, sin embargo, para hundirse quién sabe dónde y por qué en el seno de la tempestad.

SU OLOR A DINOSAURIO*

EL HOMBRE abandona la ciudad y se instala en el desierto, a vivir por fin. Esta vida, esta soledad, esta elevación sobre sí mismo, que no comprende ninguno de sus amigos, constituye para él el verdadero existir.

Este hombre no lleva consigo la suprema sabiduría de Purun Bhagat, ni flaquean sus fuerzas en la lucha occidental. No. Ha luchado como todos, tal vez en una línea más recta que sus semejantes. Regresa hoy a la naturaleza de que se siente átomo vital, desencantado de muchas cosas, más puro siempre, como un niño ante las ilusiones que el paisaje, la selva y su rocío destilan para él.

Silencio, soledad... Este doble ámbito en que tambaleó el paso del primer hombre recién erguido, constituyó el terror de la especie humana cuando se arrastraba todavía a medias en la bestialidad natal. ¿No ha logrado aún el hombre liberarse de este estigma ancestral, que todavía hoy persiste y explora en cobardía ante la soledad y el silencio?

Y aun si así no fuera: ¿qué compensación ofrece el rebaño a la pérdida de la libertad congénita? ¿La cultura? Pero la cultura no es planta de maceta. Si prospera en tiestos, es a fuerza de agotantes abonos.

Nuestro hombre, cuya vida ha dado flores en maceta, desarraiga todo: existencia, cultura, familia, presente y porvenir, y lo confía a la franca tierra. No le queda ahora sino aguardar la próxima primavera para observar los retoños.

---

* Aparecido en *El Hogar*, año XXXI, nº 1339, junio 14, 1935, pp. 3 y 19, con una ilustración de Pedro Roca. Segundo texto de la serie «Croquis del monte».

«Como tampoco quiero hacer el bravucón con CRITICA, aquí van los antecedentes del caso: Por agosto del año pasado concertamos con dicho diario dos colaboraciones mensuales para su revista por cien pesos cada una, estipulándose que ellas no pasarían de mil palabras cada una. El pago se haría sobre colaboración. Creo que se publicaron tres, tal vez cuatro. El obtener el pago me costó un triunfo en cartas y telegramas. Hacia fines de diciembre, y teniendo la revista ya en su poder SU OLOR A DINOSAURIO, la dirección me advirtió que por nuevo plan de aquélla, se esperaba de mí una colaboración mensual de dos mil palabras, y no otra cosa. Como no se hablaba de condiciones de pago, ni yo estaba dispuesto a pasar de las dos mil palabras, contesté que hilvanaría con placer dos croquis solidarios de tema, lo que daría las dos mil palabras; pero que entonces pedía doscientos pesos por ambas...» (desde San Ignacio, marzo 5, 1935, *ibidem*, p. 40).

Mas a la par de su vida, el hombre ha confiado a la tierra simientes y plantas que constituirán su jardín. Bella cosa es ver surgir a nuestro lado, ante la lujuria sombría y monótona del bosque ambiente, pequeños soles de luz —todo el iris— que cantan, más que cosa alguna, la adaptación triunfal de la familia.

Ésta ha inaugurado el jardín con una estaca de poinsetia, con tanta suerte, que a los dos meses escasos irrumpe en su extremidad una inmensa estrella roja de esplendor sin igual. Como un alto macizo de bambú de Java se alza al sur de la casa, la gran flor se proyecta sobre él. Y es preciso ver al crepúsculo, desde cierta distancia, aquella estrella de color de sangre sobre el follaje sombrío del bambú.

Nótese bien que en todo el verde ambiente no había allí hace dos meses una sola nota cálida. Y, de pronto, surge, estrellada sobre el bambú mismo, la extraordinaria flor de sangre.

Por disciplina mental, en su soledad, la familia menciona a las plantas por su nombre técnico. Y no es sin risueña sorpresa que se puede oír a la pequeña de seis años denominar gravemente: *poinsetia pulquerrima...*, *bougainviller rubre...*, *amarillis vitata brida...*

Estas amarillis son el orgullo del jardín, e indígenas algunas de ellas. Con bastantes quebrantos se las halló en lo alto de los cantiles que allí bordean el Paraná. Heroicas para resistir toda sequía, su único punto flaco es la terquedad de las distintas variedades para florecer tras un trasplante. La felicidad de la familia se vería colmada si una de las amarillis, ejemplar único hallado a la vera del bosque inmediato, tornara a abrir sus grandes campanas blancas puntilladas de color café.

Pero no florece. Hace año y medio que ha sido trasplantada, y permanece muda a todos los estimulantes con que se la solicita. En la región, a pesar de ser conocidas las demás variedades de amarillis locales, nadie ha visto nunca la que se dejó sorprender por nosotros tras un fuerte incendio que calcinó la vera del bosque. El día en que la veamos incluida en los catálogos seremos bien dichosos.

En los últimos tiempos el parque se ha enriquecido con algunas especies de fuerte sugestión exótica.

Un alcanforero japonés, por ejemplo (*cinamomum campera...*, dice la nena con perfecta claridad), ha sufrido el trasplante con una indiferencia —diríamos alegría— no vista en planta alguna. Acaba de sufrir, sin una gota de agua, una sequía de tres largos meses. Hoy, como ayer, sus curvadas hojas ostentan el mismo lustre del primer día.

Una *monstera deliciosa*, original de México, muy semejante al filodredro nativo, y cuya fruta, al decir de los que la conocen, supera en perfume y sabor a la chirimoya. ¿Fructificará en nuestra latitud? Es el problema que tenemos por delante. Procede de los bosques más cálidos de México, y se nos ha prevenido que difícilmente resistirá nuestras fuertes heladas. Quien nos ha hecho este regio don cree que nuestra monstera debe ser de las contadísimas que existen en la Argentina.

Un *árbol* de alfalfa, variedad lograda en Estados Unidos, que mantenemos aún en maceta por dificultades con el tiempo. Nuestra tierra además, está lejos de ofrecer la profundidad necesaria para la vida de aquélla. No esperamos mucho ver en su pleno desarrollo tal árbol de alfalfa.

Un calistemo, de estambres rojos erizados en grueso cilindro, que comienza a secarse, y se secará indefectiblemente. Llegó a casa medianamente envuelto en su pan de tierra. Aun así, nos aseguran que no se conoce ejemplo de calistemo que haya sufrido trasplante. Y se halla al lado del alcanforero...

Una *poinciana regia*, orgullo de las nuevas avenidas de Asunción, y cuyo nombre vulgar ignoramos, se nos asegura que no resistirá las heladas. ¿Quién sabe? En casa hemos confeccionado ya magníficos resguardos para la poinciana.

Éstas son las plantas —si no todas— en que la familia ha cifrado su amor. Ya se ve: va en esto mucho de la solicitud entrañable que un viejo matrimonio pone en una criatura adoptada, de delicada salud. Las plantas del trópico y sus flores sin igual exigen los cuidados de una perpetua infancia. Ni mucho sol, ni mucha sombra, ni mucha agua, como es el caso con las euforbiáceas. Y por encima de todo la preocupación constante del frío a venir, el temor desolante a las heladas, que concluye por infiltrarse en el corazón de sus dueños.

Pero, ¿qué hacer? Cuando se adopta a una criatura, preciso es sufrir por su frágil vida.

¡Cuán lejano aún el invierno, sin embargo! Toda nueva yema surgida al calor estival es observada tres veces por día. Y en la contemplación de cada hojuela espesa, arqueada, brillante, la familia reunida sonríe, como si entrara una nueva dulzura en su corazón. Pues tal es la condición de quienes ya han tenido un hijo, han plantado un arbol y han escrito un libro...

Ésta es la familia. Pero el jefe reserva para sí su goce particular que provoca una nueva planta llegada a su jardín. Esta planta proviene de la China, única región del globo terráqueo donde crece indígena. Esa planta —esa especie— es el único representante de un género extinguido. ¡Y qué digo género! La misma familia a que pertenece, el mismo orden que la incluye, la misma clase que la comprende, todo esto ha desaparecido de la tierra.

Es el *ginkgo biloba*. Ya en el período carbonífero se pierde el rastro de todos sus parientes. Desde hace ochenta millones de años (en el más modesto de los cálculos), esta planta sobrevive, única y solitaria en un mundo caduco. No tiene parientes en la flora actual. Ningún lazo de familia la une al mundo vegetal existente. Es el único ejemplar de una *clase* ya extinguida en la infancia del planeta.

Podemos apreciar la inmensidad de este aislamiento admitiendo por un instante que el hombre hubiera perdido todos los representantes de su género, familia, orden y clase. Sus parientes más cercanos en el mundo animal hallaríanse entre los tiburones o las lagartijas. Tal la huérfana supervivencia del ginkgo biloba.

Sus grandes hojas extrañas huelen a dinosaurio. Netamente lo percibe el hombre que alguna vez soñó con los monstruos secundarios. Las sensaciones que sufre ante esta planta fantasma no son nuevas para él. También él vivió antes que las grandes lluvias depositaran el espeso limo diluviano. El país en que vive actualmente, la gran selva sombría y cálida que devuelve en solfataras de vapores el exceso de agua, excitan esta sobrevida ancestral.

El hombre soñó, pero la planta vive y grita aún el contacto con las escamas del monstruo en la niebla espesísima. Hace de esto sin duda millones de siglos. Pero hace también millones de años que todo pasó, trilobitas, amonitas, dinosaurios, sepultando consigo toda una clase de vegetales con sus órdenes, familias, géneros y especies, con excepción de una sola, y de un solo testigo: la ginkgo biloba, que sobrevive y persiste vibrante de savia renovada, al suave rocío de un crepúsculo contemporáneo.

FRANGIPANE[*]

HAY PALABRAS mágicas. Para mi infancia, ninguna lo fue con la poesía de la que presta su título a este croquis.

Yo he leído desde muy pequeño. Tendido sobre la alfombra de la sala, durante las largas siestas en que nuestra madre dormía, la biblioteca de casa ha pasado tomo tras tomo bajo mis

---

[*] Apareció en: *La Prensa*, Buenos Aires, septiembre 29, 1935, sin ilustración. En carta a Ezequiel Martínez Estrada, el autor se refiere a este texto: «No sé si le conté uno de mis grandes éxitos: A raíz de la publicación de "Frangipane" recibí carta de un médico de Tandil, quien me informa de que sugestionado a su vez por la magia de aquella palabra, había pedido por telegrama una planta de aquél a la Escuela de Agricultura de Posadas. Cosas muy gratas» (en: *Cartas inéditas...* t. I, desde San Ignacio, octubre 10, 1935, p. 90).

ojos inocentes, que más lloraban que leían los idilios de Feuillet. Theuriet. Onhet, venero sentimental de mi familia y de la época.

Yo tenía 8 años. La impresión que producían en mi tierna imaginación algunas expresiones y palabras leídas, reforzábase considerablemente al verlas lanzadas al aire, como cosas vivas, en la conversación de mi madre con mis hermanas mayores.

Tal la palabra *frangipane*. Designábase con ella un perfume, un extracto de moda en la época. Un delicioso, profundo y turbador aliento de frangipane era la atmósfera en que aguardaban, desesperaban y morían de amor las heroínas de mis novelas. La penumbra de la sala, sobre cuya alfombra y tendido de pecho, yo leía, comía pan y lloraba todo en uno, hallábase infiltrada hasta detrás del piano, de la sutil esencia. Se comprenderá así, sin esfuerzo, mi emoción cuando oía una tarde hablar como de una cosa no novelesca sino real, existente, al alcance de ellas mismas, del perfume en que yo vivía espiritualmente: frangipane.

Nuevos años pasaron. A la alfombra sucedieron las gradas de piedra del jardín, al pan un cigarrillo, y las lecturas ascendieron en categoría. Pero ni el perfume ni su mágica sugestión se habían borrado de mi memoria. Varias veces había interrogado a mi madre y hermanas sobre el origen de aquél, sin que ni una ni otras pudieran informarme al respecto.

Ya adolescente, recurrí a los tratados de química y a alguno elemental de perfumería, también en vano. Alguien me dijo en aquella época que el perfume en cuestión procedía de una flor o un ámbar de la China.

¿Cómo llevar más lejos las investigaciones en mi pueblo natal?

Nuevos años transcurren, esta vez largos y tormentosos como los de usted y los míos, según la expresión inglesa; impresiones de todo género, algunas enormes, pesan considerablemente sobre el plasma infantil de mi memoria, y los primeros recuerdos yacen como muertos en el sustrato mental. Pero basta una sacudida ligerísima en apariencia provocada por una nota, un color, un crepúsculo, un ¡ay!, para que su honda repercusión agite tumultuosamente los profundos sedimentos de la memoria y surjan redivivas y sangrando avasalladoras y salpicantes, las impresiones de la primera infancia.

Mi posición es la de un hombre que ante la naturaleza se pregunta si ha plantado lo que debe, cuando ya escribió lo que pudo. El amor a los árboles, congénito en mí (a los 6 años era ya propietario de un castaño logrado de semilla), se exalta hoy al punto de soñar con una planta deseada con el mismo poético candor que hace mil años confié a un ensueño infantil.

En el pequeño mundo de especies tropicales a que dedico hoy mis mejores horas, faltábame hasta hace un año una planta cuyo recuerdo, ya muy lejano, subía de vez en cuando a mi memoria.

Trátase de un arbusto visto hace veinticinco años aquí mismo, en San Ignacio, al que su dueño llamaba *jazmín magno*. Procedía de un gajo recibido por encomienda del Brasil, y en aquel momento hallábase bien desarrollado. Florecía, al decir de su dueño, en grandes flores carnosas a modo de pequeñas magnolias, y su perfume no tenía parangón con el de flor alguna.

Un solo defecto poseía tan estimable planta: su sensibilidad al frío. Sufría ya mucho con las más ligeras heladas y al fuego de algunas muy fuertes —extraordinariamente fuertes en Misiones— podía quemarse hasta el pie.

Tal acaeció a aquel jazmín. Un año después de conocerlo, desaparecía de este mundo, sin haberlo yo visto florecer. Pero en pos de la catástrofe, no me quedaban dudas sobre su origen ecuatorial. En cuanto a su familia, el aspecto general de la planta, su corteza, sus grandes hojas carnosas y brillantes, el látex que manaba al menor rasguño, hacían sospechar a una euforbiácea.

Y esto fue todo en aquel momento. Hoy, con más tiempo y más amor, he recordado aquella esencia y sus flores de perfume sin igual. Hace un año se me dijo que en Posadas había algunos ejemplares, sin podérseme precisar dónde. Felizmente, en esos días tuve en mis manos un catálogo de la Escuela de Agricultura de Posadas, donde vi con inefable placer que se ofrecían en venta estacas de jazmín magno. Acto continuo adquirí una.

Mas ¡cuán pobre cosa aquel ejemplar, especie de huso a modo de cigarro, no más alto ni grueso que un habano! ¿Podría yo algún día comtemplar metamorfoseado en lujuriosa planta tropical aquel huso plomizo?

Tal vez. Pero durante seis meses de maceta no creció un milímetro ni dio señal alguna de vida. Púsela en tierra al comienzo de la primavera del año antepasado y al punto surgieron de su ápice hojuelas lustrosísimas, mientras la estaca ascendía desmesuradamente engrosada, con brillo tumefacto. Al cabo de seis meses adquiría un metro de altura; y grandes hojas alternas, densas de agua, rodean hoy el naciente tronco.

¿Pero cómo se llama esa planta? ¿Cuál es su verdadero nombre?

Bien que mi ciencia botánica sea muy parca, me gusta siempre conocer la denominación científica de mis plantas; tener, por lo menos, conocimientos de su familia, del mismo modo que nos conformamos con saber que tal individuo pertenece a la familia de los Dillingher, a los Lincoln, sin interesarnos por lo demás.

Entre las contadas personas cuya amistad me es aquí inestimable, figuran en primera línea dos naturalistas de la Estación Experimental de Loreto: Ogloblin, entomólogo, y Grüner, botánico. Una noche, luego de comer, los he llevado al pie de mi incógnita planta, que han examinado atentamente a favor de la linterna eléctrica. No han podido determinarla, claro está; pero ambos han convenido de buen grado en que muestra indicios vehementes de ser una euforbiácea.

¿Género y especie? Ya lo veremos más adelante.

Pero mi preocupación sobre el jazmín magno aumenta en proporción de sus grandes hojas. Voy a Posadas, a la Escuela de Agricultura, de donde procede mi ejemplar. Veo perfectamente la planta madre; mas en ausencia del director, no hallo quien la determine con exactitud.

¿Qué hacer? Torno en casa a releer los tratados que puedan sugerirme alguna luz. La denominación *jazmín magno* me es inútil como base; nombre circunstancial o puramente local, como es el caso con la estrella federal, a través de cuya designación rosista no se entrevé por cierto a la *poinsetia pulquerrima*...

Grüner y Ogloblin ríen de mi obsesión.

—¿Qué puede ser su planta? —dice el primero—. Ya lo sabremos cuando florezca. Y cabe anotar de paso —agrega— que tiene usted otras esencias cuya determinación no le preocupa hasta este punto.

—Puede ser —concedo—. Lo cierto es que yo mismo no sé a qué atribuir mi ansiosa obsesión por esta planta. Es algo más fuerte que yo.

Y tan fuerte, en realidad, que hubiera llegado a soñar con aquélla si la providencia no viene en mi ayuda en forma de diario o revista ilustrada en cuyas páginas se elogian los árboles de la ciudad de Paraná. Y leo allí, con la sobreexcitación que es de suponerse:

«Espléndido jazmín magno o manga (*plumiera rubra*)...»

¡Por fin! ¡Podía ya dormir tranquilo por el resto de mis días! Corro a mi enciclopedia y el nombre técnico me da la clave de cuanto deseo saber.

Trátase, en efecto, de una especie del género *plumeria*, familia de las apociáceas (hoy creo que ésta se halla incluida en las solenáceas) al cual pertenece la especie *plumeria rubro*, mi jazmín magno. Procede de las Antillas, donde fue descubierta por el botánico Plumier, cuyo nombre lleva. Sus flores en corimbo son de una belleza y perfume extraordinarios.

Tenía pues, razón mi vecino de antaño. Vuelo enseguida en automóvil a la Estación Experimental de Loreto, donde a falta de Grüner, hoy al frente de los viveros de Nahuel Huapí, hallo a Ogloblin.

—¡Eureka! —le grito—. *¡Plumeria rubra!*

Ogloblin ríe; ha comprendido perfectamente de lo que se trata.

—También me alegro yo —apoya—. ¿Está ya tranquilo?

—¡Ni por asomo! —respondo—. Ogloblin: ¿tiene usted la gran enciclopedia brasileña de Grüner?

—No; la llevó consigo. Pero tenemos en la Estación una enciclopedia inglesa bastante buena.

—Perfecto. Dígnese leerme cuanto halle sobre mi planta.

Y Ogloblin lee:

«*Plumeria, plumiera o plumiria...* género de la familia de los apocináceas... etcétera».

—Pero ¿mi especie? —pregunto—. ¡Léame, por favor!.

—Aquí está; la primera de todas:

«*Plumeria rubra*, llamada también *Frangipane...*»

¡Ah! Instantáneamente comprendí los oscuros motivos que me habían llevado a ciegas, como se lleva a un ser inconsciente de la mano, a agitar mis horas tras el nombre de una planta ecuatorial!

¡Frangipane! Desde el fondo de cuarenta o cincuenta años, una criatura surgía, llorosa y feliz a la magia de ese nombre. Volví lentamente a casa, cuando comenzaba el crepúsculo. La tarde agonizaba en altísima y celeste claridad. Lentamente, por la carretera que ascendía las lomas, entraba en el bosque, proseguía sobre el puente del Yabebirí, el coche llevaba consigo, más como pasajero que como conductor, a un hombre de sienes ya plateadas, dulcemente embriagado por los recuerdos de su lejana infancia.

LA TRAGEDIA DE LOS ANANÁS[*]

CUANDO GLIEB Grüner, botánico de la Estación Experimental de Loreto, en Misiones, abandonó el instituto, me puso ante un lote de quince o veinte plantitas, cada cual en su respectiva maceta.

—Le confío estas esencias —me dijo—, pues nadie las va a cuidar como usted. Todas son tropicales, o poco les falta. Usted tiene en su meseta dos grados más que nosotros, y con un poco de atención en las noches de helada, va a lograr lo que aquí nunca hubiéramos conseguido. Lástima —añadió sacudiendo la cabeza ante un par de matitas espinosas— que va a perder estos ananás de Pernambuco, que eran mi esperanza.

—¿Por qué se van a perder? —objeté—. ¿Por el frío? No se van a helar.

—Sí, se helarán —repitió.

—No se van a helar —insistí yo.

Grüner sonrió, sacudiendo de nuevo la cabeza.

---

[*] Es el último texto que publica Quiroga antes de su muerte, el 19 de febrero de 1937. Apareció en *La Prensa*, el 1º de enero del mismo año y pertenece a la serie «Croquis del monte». En carta a E. Martínez Estrada, el 25 de junio de 1936, escribe: «En las treguas de la mañana transplanté un níspero del Japón y 10 ó 12 ananás de Pernambuco, verdadero "abacaxi", cuya fruta gustamos este año. He de contar en *La Prensa* la tragedia de su fructificación».

—Usted sabe tan bien como yo —dijo— que éste es un país casi tropical, que estamos bajo el paralelo 27 y tantos, y que apenas deberíamos sufrir de heladas. Pero tampoco ignora que las bajas invernales de esta Estación no tienen nada que envidiar a las del sur de la provincia de Buenos Aires, y con seguridad me quedo corto. Ustedes están mejor defendidos en San Ignacio. Pero aquí o allá, mis ananás se helarán a pesar de sus cuidados. ¿Los quiere?

—¡Claro que sí! Y en comprobación de lo que he dicho, le mandaré los primeros frutos.

—No valdrán nada esas primeras piñas —rió Grüner—. ¡Quién sabe! —añadió tendiéndome la mano—. El mundo es chico, y de Nahuel Huapí aquí no hay gran distancia. Tal vez nos veamos pronto.

—¡Ojalá! —asentí, estrechando su mano con la amistad y vigor debidos.

Y acondicionando en forma las 18 macetas en el coche, retorné a casa.

La pérdida de Glieb Grüner era muy valiosa para mí. No creo que vuelva a conocer un naturalista de entusiasmo más ardiente que el suyo. En su honor, en el de Ogloblin y en el mío propio, debía yo velar por el inapreciable legado.

El destino de algunas de estas plantas fue totalmente miserable. Otras arrastraron meses y meses una vida precaria, soportando no sé cómo los sufrimientos impuestos por un diamentral cambio de tierra, y otras —los calistemos, sobre todo— hallaron en la árida arena de mi meseta los elementos natales para una fulgente prosperidad que hoy día constituye el orgullo mío y del país.

Todo esto, sin embargo, fue una leve tarea en comparación con la lucha que debí entablar para sostener, acariciar y exaltar al fin la débil existencia de mis ananás.

En verdad, aunque apenas dotadas de dos o tres hojuelas violáceas, las plantitas parecían fuertes. ¡Mas tantas y tantas eran las ilusiones de Grüner, y tal mi ventura ante una dicha lograda por fin!

Toda mi vida he soñado con poseer ananás tropicales, sin núcleo fibroso ni acidez excesiva. Los frutos de la región, aunque muy perfumados, distan mucho de ostentar las calidades requeridas. Nunca, hasta entonces, había logrado poseer una sola plantita de abacaxí. Y he aquí que de golpe me veía poseedor de dos ananás de Pernambuco, fruta juzgada maravillosa por el viajero de Sergipe que había conservado sus retoños como oro en hojas, hoy en mi poder.

Ya la elección de la tierra para su plantación definitiva me llevó algún tiempo. Opté por fin por colocarlos a la linde del bananal, al comienzo de una línea de pozos preparados de antemano con suma prolijidad. Un plantador no debe nunca ser cogido de sorpresa. Hallábanse en verdad un poco expuestos al viento Sur. Pero ya salvaría yo el inconveniente.

No fue tan fácil salvarlos, sin embargo. En apariencia bastaba con cubrir las plantas con paja, lienzos, cualquier aislador semejante, al comienzo de las heladas. Mas mis ananás requerían otro tratamiento. Como organismos débiles debían recibir las caricias del sol sin perder un solo rayo. Pocas plantas, en efecto, exigen un promedio más alto de calor para su perfecta fructificación.

Medité largos días, perdí el sueño alguna vez, buscando entre los recursos de mi imaginación y mi taller el aislante necesario.

Hallélo por fin. Consistía aquél en varios aros de hierro armados con trozos de bambú. Los forré con anchas tiras de papel de diario encolado y pasado por bleck hirviente, con lo que conseguí dos gruesos y negros cilindros asentados en tierra, que recordaban extrañamente a morteros de batalla.

Estos morteros, perfectamente adheridos a la tierra muelle, podían cerrarse herméticamente con discos del mismo material al bleck.

Se comprende muy bien su utilidad. Día y noche, mientras la temperatura no pasara un límite peligroso, mis ananás estarían expuestos al ambiente natural; pero al menor anuncio de heladas, los discos caerían, prestando inmediatamente a las plantitas su hermética protección.

Tal aconteció. Durante mayo y junio enteros, los negros morteros permanecieron descubiertos. Creíamonos ya todos libres de heladas, cuando el 18 de julio el tiempo tormentoso aclaró bruscamente al atardecer en calma glacial. A las ocho de la noche el termómetro registró cinco grados a un metro del suelo. Mis observaciones de seis años consecutivos establecían una diferencia casi matemática de seis grados entre la temperatura ambiente a las veinte de la noche y las seis del día siguiente. Debíamos, pues, tener un grado bajo cero a esta hora. Vale decir, una ligera helada.

No fue así, sin embargo. Contra la experiencia mía, la del país, la del barómetro, la temperatura bajó a cuatro grados bajo cero; digamos seis o siete sobre la tierra.

Es esto demasiado para una zona subtropical. Perdí las poinsetias, la monstera, las papayas, la poinciana, los mangos, la palta, y no quiero recordar más. Los bananos se helaron hasta el pie.

Pero allá, en la linde del bananal aniquilado, mis abacaxís habían dormido dulcemente al abrigo de los negros morteros. Todo, en aquel contraste climatérico, me había engañado, como he dicho, menos el instinto de cobijar mis dos plantas desde los comienzos del temporal. Y allí estaban, húmedas y brillantes por el riego nocturno, sobrevivientes únicos de aquel desastre tropical.

Yo debía haber enviado a Grüner un telegrama sin comentarios: «Ananás salvados». No lo hice. En cambio, los comentarios los tuve de Ogloblin el día que atravesamos el bambuzal a contemplar mis dos pupilos.

—Muy bien —sonrió satisfecho—. Veo que nuestro amigo tenía razón en confiar en usted. Por lo demás, creo que este año deben de florecer.

—¡Ojalá! —exclamé más encendido de esperanzas que el mismo sol de agosto que enardecía el renacer pujante de mis abacaxís.

¡Frutas ese mismo año! Hice mil votos para que Ogloblin no se equivocara, como así aconteció.

A fines de setiembre las dos ya robustas plantas florecieron en magníficos rosetones crema que día tras día, mes tras mes, prosiguieron bajo el ardiente sol de estío su proceso frutal.

Son de imaginarse los cuidados —paternales, maternales, todo en uno— que prodigué a mis plantas a lo largo de esa estación. Ogloblin lo sabe. Nadie como él conoce mi estado de ánimo cuando una esencia, una sola perdida semilla llega a ocupar el norte magnético de mi entusiasmo forestal.

Todo llega. Mayo llegó por fin. Las frutas doradas comenzaban ya a exhalar vago perfume. Procedí a cortar ambas piñas y las deposité cuidadosamente como regias coronas —lo eran— en un lecho de espartillo bien seco y mullido.

Aquí comienza la tragedia. La nena trajo de la escuela a casa la gripe reinante. Cayó enferma su madre. Caí yo. Una y otra se repusieron rápidamente; yo demoré más. Perdí el olfato por largos días. Y lo que es peor, perdí totalmente el gusto. Cuanto llevaba a la boca tenía la misma profunda y sosa insipidez. La reacción de las papilas era la misma ante cualquier sustancia: una repugnancia bucal en que iba a morir con igual sinsabor nauseoso la sensación del aceite, del vinagre, de la leche, del agua...

En vano cantaban mi mujer y mi hija loas al perfume y sabor de los gloriosos abacaxís. Yo, con la mirada fija en el plato, permanecía sombrío y mudo.

Aquí concluye la tragedia. Quien no ama la naturaleza y sus luchas hallará excesiva aquella expresión. Pero para el hombre que durante doce meses de tensa labor ha confiado sus esperanzas a la obtención de un solo broto, una fruta, una flor, este hombre sabe que con el aniquilamiento de un año de ilusiones tendidas al pie de una pobre plantita, acaba de cumplirse una verdadera tragedia.

TEXTOS TEÓRICOS

El manual del perfecto cuentista
Los trucs del perfecto cuentista
Decálogo del perfecto cuentista
La retórica del cuento

NOTICIA PRELIMINAR

En introducciones y notas hemos transcripto citas donde Quiroga expone sus amores y odios literarios: Poe, Kipling, Maupassant, Dostoievski, Ibsen, entre los primeros; consciente elección de modelos, filiación, alineamiento estético. Ya hemos destacado enfáticamente sus manías correctoras, su afán perfeccionista, la pertinacia con que lo persiguen algunos argumentos a los que luego desplaza («Las rayas», «La lengua»), el placer de fabricar una imagen de hombre-que-se-hace-a-sí-mismo y no de intelectual de salón. Aun la incesante autorrepetición que puede sintetizarse en una frase escrita para Martínez Estrada: «esa peculiaridad mía (desorden) de no escribir sino incitado por la economía» (*Cartas inéditas, ibídem*, p. 138; carta de agosto 25, 1936).

Una ligera mirada puede descubrir en todo lo precedente sólo caos. Sin embargo en Quiroga se dio, *in crescendo*, el problema de la literatura. De la ajena y de la propia, porque como pensaba Borges, leer es una manera de crear, y en Quiroga la lectura no fue enciclopédica, ni siquiera muy vasta, sino que constituyó una auténtica profesión de fe, la elección de un trayecto ficcional del que dejó testimonio irrecusable: «Cree en un maestro —Poe, Maupassant, Kipling, Chejov— como en Dios mismo» (dice en el punto I de su tan citado «Decálogo del perfecto cuentista»).

Él, que no creía en Dios, lo que va implícito en el aserto, sí tenía la fe en la literatura. Por cierto que no debe descartarse, no sólo en éste sino en todos los textos teóricos, una fuerte dosis de humor, de ironía, pero por encima de ella la reflexión, la búsqueda de racionalizar el acto creativo. Normativizarlo, aun en moldes tan severos, lo separa de los juegos de la mente del modernismo, de los modernistas primeros (dejemos a un lado a Darío).

Alcanzan la docena los artículos donde trabaja sobre la poética de la narración. Consultada su bibliografía, por orden estrictamente cronológico, sorprende (y no) que a partir de 1925 se sucedan los trabajos sobre literatura de otros, sobre el arte, sobre la escritura y el cuento en particular. Sorprende porque muy pocas ficciones salen de sus manos en ese período. No asombra porque seguramente el escritor de la madurez se dispone a revisar su vida, a replantear su obra, a darle orden, justificación, y claves interpretativas.

Los ensayos que antologizamos fueron redactados entre 1925 y 1928, un ciclo muy ceñido, muy coherente, en cuya lectura podrá descubrirse la repetición de ideas, hasta de giros. La preocupación sobre el lenguaje empieza mucho antes, y va aumentando a medida que en cantidad y en exigencia crece el escritor.

Ya en el cuento «El mono ahorcado» (1907) se atisba la perplejidad de la «facultad de hablar», cuando el protagonista realiza ingentes esfuerzos por enseñar la lengua al mono Estilicón; y en «Corpus» («Cuadrivio laico», *El salvaje*) —cuya primera redacción es de 1908—, explota todo el horror de la Inquisición que condena a un hombre por transformar una «oración determinativa en accidental». El conflicto de la lengua y el de sus moldes, la lucha entre la espontaneidad y la frialdad académica. «El estilo de los grandes escritores tiene la transparencia del agua», escribió en un artículo para niños de *Suelo natal* («La sencillez para escribir»).

Diversos ítems forman su *canon*:

l) *El lenguaje*. Nunca escribió un ensayo específico sobre el problema, el que más se acerca a ello es «Sobre "El Ombú" de Hudson» (1929). Hay que pensar que Quiroga hablaba, indirectamente, de *sus* «tipos de ambiente» cuando demuele la traducción de Eduardo Hillman: «Para dar impresión de un país y de su vida; de sus personajes y su sicología peculiar —lo que llamamos ambiente—, no es indispensable reproducir el léxico de sus habitantes, por pintoresco que sea. Lo que dicen esos hombres, y no su modo de decirlo es lo que imprime fuerte color a su personalidad», y más adelante: «en la elección de cuatro o cinco giros locales y específicos, en alguna torsión de la sintaxis, en una forma verbal peregrina, es donde el escritor de buen gusto encuentra color suficiente para matizar con ellos, cuando convenga y a tiempo, la lengua normal en que todo puede expresarse». Por eso, en razón de sus diatribas al «cuento folklórico», se entusiasma por *La vorágine*, (a cuyo autor comunicó su admiración por vía epistolar), allí donde «Se respira selva: tal es el soplo épico de su evocador, y tal la energía de su expresión» («Un poeta de la selva: José E. Rivera», en: *La Nación*, Buenos Aires, enero 1, 1929).

2) *La brevedad en la expresión narrativa*. «Intensidad», «concisión» son vocablos cuya frecuentación fatigó. Así dijo: «El cuentista nace y se hace. Son innatas en él la energía y la brevedad de la expresión y adquiere con el transcurso del tiempo la habilidad para sacar el mayor partido posible de ella, en la composición de sus cuentos» («La crisis del cuento nacional», en: *La Nación*, marzo 11, 1928). En pos de aquellas virtudes, repudió la adjetivación innecesaria, canceló el mito romántico de escribir bajo efectos de la emoción, receló de los diálogos extensos y los desaconsejó como procedimientos de apertura («El manual del perfecto cuentista»).

Aunque no conocía el inglés, intuyó que en sus estructuras formales (leídas a través de traducciones francesas, en la mayoría de los casos), en sus frases cortas y terminantes, se encontraba un modelo. De ahí el temprano deslumbramiento por Poe; por Bret Harte, autor con estilo «conciso y tajante como la vida y el lenguaje de sus hombres» («El Cuento norteamericano», en: *Vida literaria*, Buenos Aires, noviembre 1929); su rápido descubrimiento de Hemingway y Caldwell: «los dos más fuertes valores actuales de EE.UU.» (carta a Martínez Estrada, en: *ibídem*, p. 146; septiembre 8, 1936).

3) *Las normas de composición del cuento* («recetas de cómodo uso y efecto seguro»): «Para comenzar se necesita, en el noventa y nueve por ciento de los casos, saber adónde se va» («Manual...»), esto es: determinación previa de los alcances del cuento, control estricto sobre la psicología de los personajes, «el poder de transmitir vivamente y sin demoras sus impresiones; y en la obra, la soltura, la energía y la brevedad del relato» («La retórica del cuento»); son los «trucos de pluma» sobre los que dialoga con Julio Payró en 1935.

Y si sus «mandamientos fueron amontonados sin grandes preocupaciones», como opina Roberto Ibáñez, no pueden quedar dudas sobre su agudeza, penetración y dominio de la poética del cuento que con tanto magisterio ejerció.

EL MANUAL DEL PERFECTO CUENTISTA*

Una larga frecuentación de las personas dedicadas entre nosotros a escribir cuentos, y alguna experiencia personal al respecto, me han sugerido más de una vez la sospecha de si no hay en el arte de escribir cuentos algunos trucs de oficio, algunas recetas de cómodo uso y efecto seguro, y si no podrían ellos ser formulados para pasatiempo de las muchas personas cuyas ocupaciones serias no les permiten perfeccionarse en una profesión mal retribuida por lo general, y no siempre bien vista.

Esta frecuentación de los cuentistas, los comentarios oídos, el haber sido confidente de sus luchas, inquietudes y desesperanzas, han traído a mi ánimo la convicción de que, salvo contadas excepciones en que un cuento sale bien sin recurso alguno, todos los restantes se realizan por medio de recetas o trucs de procedimiento al alcance de todos, siempre, claro está, que se conozcan su ubicación y su fin.

Varios amigos me han alentado a emprender este trabajo, que podríamos llamar de divulgación literaria, si lo de literario no fuera un término muy avanzado para una anagnosia elemental.

Un día, pues, emprenderé esta obra altruista, por cualquiera de sus lados, y piadosa, desde otro punto de vista.

Hoy apuntaré algunos de los trucs que me han parecido hallarse más a flor de ojo. Hubiera sido mi deseo citar los cuentos nacionales cuyos párrafos extracto más adelante. Otra vez será. Contentémonos por ahora con exponer tres o cuatro recetas de las más usuales y seguras, convencidos de que ellas facilitarán la práctica cómoda y casera de lo que se ha venido a llamar el más difícil de los géneros literarios.

Comenzaremos por el final. Me he convencido de que del mismo modo que en el soneto, el cuento empieza por el fin. Nada en el mundo parecería más fácil que hallar la frase final para una historia que, precisamente, acaba de concluir. Nada, sin embargo, es más difícil.

Encontré una vez a un amigo mío, excelente cuentista, llorando, de codos sobre un cuento que no podía terminar. Faltábale tan solo la frase final. Pero no la veía, sollozaba, sin lograr verla así tampoco.

He observado que el llanto sirve por lo general en literatura para vivir el cuento, al modo ruso; pero no para escribirlo. Podría asegurarse a ojos cerrados que toda historia que hace sollozar a su autor al escribirla, admite matemáticamente esta frase final:

«¡Estaba muerta!»

Por no recordarla a tiempo su autor, hemos visto fracasado más de un cuento de gran fuerza. El artista muy sensible debe tener siempre listos, como lágrimas en la punta de su lápiz, los admirativos. Las frases breves son indispensables para finalizar los cuentos de emoción recóndita o contenida. Una de ellas es:

«Nunca más volvieron a verse».

---

* Publicado originalmente en: *El Hogar*, Buenos Aires, año XXI, n° 808, abril 10, 1925, p. 10.

Puede ser más contenida aún:

«Sólo ella volvió el rostro».

Y cuando la amargura y un cierto desdén superior priman en el autor, cabe esta sencilla frase:

«Y así continuaron viviendo».

Otra frase de espíritu semejante a la anterior, aunque más cortante de estilo:

«Fue lo que hicieron».

Y ésta, por fin, que por demostrar gran dominio de sí e irónica suficiencia en el género, no recomendaría a los principiantes:

«El cuento concluye aquí. Lo demás apenas si tiene importancia para los personajes».

Esto no obstante, existe un truc para finalizar un cuento, que no es precisamente final, de gran efecto siempre y muy grato a los prosistas que escriben también en verso. Es este el truc del «leit-motif».

Comienzo del cuento: «Silbando entre las pajas, el fuego invadía el campo, levantando grandes llamaradas. La criatura dormía...» Final:

«Allá a lo lejos, tras el negro páramo calcinado, el fuego apagaba sus últimas llamas...»

De mis muchas y prolijas observaciones, he deducido que el comienzo de un cuento no es, como muchos desean creerlo, una tarea elemental. «Todo es comenzar.» Nada más cierto; pero hay que hacerlo. Para comenzar se necesita, en el noventa y nueve por ciento de los casos, saber adónde se va. «La primera palabra de un cuento —se ha dicho— debe ya estar escrita con miras al final.»

De acuerdo con este canon, he notado que el comienzo ex abrupto, como si ya el lector conociera parte de la historia que le vamos a narrar, proporciona al cuento insólito vigor. Y he notado asimismo que la iniciación con oraciones complementarias favorece grandemente estos comienzos. Un ejemplo:

«Como Elena no estaba dispuesta a concederlo, él, después de observarla fríamente, fue a coger su sombrero. Ella, por todo comentario, se encogió de hombros.»

Yo tuve siempre la impresión de que un cuento comenzado así tiene grandes probabilidades de triunfar. ¿Quién era Elena? Y él, ¿cómo se llamaba? ¿Qué cosa no le concedió Elena? ¿Qué motivos tenía él para pedírselo? ¿Y por qué observó fríamente a Elena, en vez de hacerlo furiosamente, como era lógico esperar?

Véase todo lo que del cuento se ignora. Nadie lo sabe. Pero la atención del lector ha sido cogida de sorpresa, y esto constituye un desiderátum en el arte de contar.

He anotado algunas variantes a este truc de las frases secundarias. De óptimo efecto suele ser el comienzo condicional:

«De haberla conocido a tiempo, el diputado hubiera ganado un saludo, y la reelección. Pero perdió ambas cosas».

A semejanza del ejemplo anterior, nada sabemos de estos personajes presentados como ya conocidos nuestros, ni de quién fuera tan influyente dama a quien el diputado no reconoció. El truc del interés está, precisamente, en ello.

«Como acababa de llover, el agua goteaba aún por los cristales. Y el seguir las líneas con el dedo fue la diversión mayor que desde su matrimonio hubiera tenido la recién casada.»

Nadie supone que la luna de miel pueda mostrarse tan parca de dulzura, al punto de hallarla por fin a lo largo de un vidrio en una tarde de lluvia.

De estas pequeñas diabluras está constituido el arte de contar. En un tiempo se acudió a menudo, como a un procedimiento eficacísimo, al comienzo del cuento en diálogo. Hoy el misterio del diálogo se ha desvanecido del todo. Tal vez dos o tres frases agudas arrastren todavía; pero si pasan de cuatro, el lector salta en seguida. «No cansar.» Tal es, a mi modo de ver, el apotegma inicial del perfecto cuentista. El tiempo es demasiado breve en esta miserable vida para perderlo de un modo más miserable aún.

De acuerdo con mis impresiones tomadas aquí y allá, deduzco que el truc más eficaz (o eficiente, como se dice en la Escuela Normal), se lo halla en el uso de dos viejas fórmulas abandonadas, y a las que en un tiempo, sin embargo, se entregaron con toda su buena fe los viejos cuentistas. Ellas son:

«Era una hermosa noche de primavera» y «Había una vez...»

¿Qué intriga nos anuncian estos comienzos? ¿Que evocaciones más insípidas, a fuerza de ingenuas, que las que despiertan estas dos sencillas y calmas frases? Nada en nuestro interior se violenta con ellas. Nada prometen, ni nada sugieren a nuestro instinto adivinatorio. Puédese, sin embargo, confiar seguro en su éxito... si el resto vale. Después de meditarlo mucho, no he hallado a ambas recetas más que un inconveniente: el de despertar terriblemente la malicia de los cultores del cuento. Esta malicia profesional es la misma con que se acogería el anuncio de un hombre que se dispusiera a revelar la belleza de una dama vulgarmente encubierta: «¡Cuidado! ¡Es hermosísima!»

Existe un truc singular, poco practicado, y, sin embargo, lleno de frescura cuando se lo usa con mala fe.

Este truc es el del lugar común. Nadie ignora lo que es en literatura un lugar común. «Pálido como la muerte» y «Dar la mano derecha por obtener algo» son dos bien característicos.

Llamamos lugar común de buena fe al que se comete arrastrado inconscientemente por el más puro sentimiento artístico; esta pureza de arte que nos lleva a loar en verso el encanto de las grietas de los ladrillos del andén de la estación del pueblecito de Cucullú, y la impresión sufrida por estos mismos ladrillos el día que la novia de nuestro amigo, a la que sólo conocíamos de vista, por casualidad los pisó.

Esta es la buena fe. La mala fe se reconoce en la falta de correlación entre la frase hecha y el sentimiento o circunstancia que la inspiran.

Ponerse pálido como la muerte ante el cadáver de la novia, es un lugar común. Deja de serlo cuando, al ver perfectamente viva a la novia de nuestro amigo, palidecemos hasta la muerte.

«Yo insistía en quitarle el lodo de los zapatos. Ella, riendo se negaba. Y con un breve saludo, saltó al tren, enfangada hasta el tobillo. Era la primera vez que yo la veía; no me había seducido, ni interesado, ni he vuelto más a verla. Pero lo que ella ignora es que, en aquel momento, yo hubiera dado con gusto la mano derecha por quitarle el barro de los zapatos.»

Es natural y propio de un varón perder su mano por un amor, una vida o un beso. No lo es ya tanto darla por ver de cerca los zapatos de una desconocida. Sorprende la frase fuera de su ubicación sicológica habitual; y aquí está la mala fe.

El tiempo es breve. No son pocos los trucs que quedan por examinar. Creo firmemente que si añadimos a los ya estudiados el truc de la contraposición de adjetivos, el del color local, el truc de las ciencias técnicas, el del estilista sobrio, el del folklore, y algunos más que no escapan a la malicia de los colegas, facilitarán todos ellos en gran medida la confección casera, rápida y sin fallas, de nuestros mejores cuentos nacionales...

LOS TRUCS DEL PERFECTO CUENTISTA[*]

Días atrás, en estas mismas páginas, comentábamos algunos trucs inocentes a que recurre todo cuentista que cuida en lo que vale de su profesión. Una historia —anotamos previamente— puede surgir de una pieza, sin que se haya recurrido a truc alguno para su confección. Se han visto casos. Pero, ¡cuán raros y qué cúmulo de decepciones han proporcionado a su autor!

---

[*] Apareció en: *El Hogar*, Buenos Aires, año XXI, nº 814, mayo 22, 1925.

Pues, por extraño que parezca, el honesto público exige del cuento, como de una mujer hermosísima, algo más que su extrema desnudez. El arte íntimo del cuento debe valerse con ligeras hermosuras, pequeños encantos muy visibles, que el cuentista se preocupa de diseminar aquí y allá por su historia.

Estas livianas bellezas, al alcance de todos y por todos usadas, constituyen los trucs del arte de contar.

Desde la inmemorial infancia de este arte, los relatos de color local —o de ambiente, como también se les llama con mayor amplitud— han constituido un desiderátum en literatura. Los motivos son obvios: evocar ante los ojos de un ciudadano de gran ciudad la naturaleza anónima de cualquier perdida región del mundo, con sus tipos, modalidades y costumbres, no es tarea al alcance del primer publicista urbano. Lo menos que un cuento de ambiente puede exigir de su creador, es un cabal conocimiento del país pintado: haber sido, en una palabra, un elemento local de ese ambiente.

Las estadísticas muy rigurosas levantadas acerca de este género comprueban el anterior aserto. No se conoce creador alguno de cuentos campesinos, mineros, navegantes, vagabundos, que antes no hayan sido, con mayor o menor eficacia, campesinos, mineros, navegantes y vagabundos profesionales; esto es, elementos fijos de un ambiente que más tarde utilizaron (explotamos, decimos nosotros) en sus relatos de color.

«Sólo es capaz de evocar un color local quien, sin conciencia de su posición, ha sido un día color de esa localidad.» Esta frase concluye la estadística que mencionamos. Nosotros solemos decir, sin lograr entendernos mucho: el ambiente, como la vida, el dolor y el amor, hay que vivirlos.

Sentado esto, ¡cuán pobre sería nuestra literatura de ambiente si para ejercerla debiéramos haber sido previamente un anónimo color local!

Existe, por suerte, un truc salvador. Gracias a él los relatos de ambiente no nos exigen esa conjunción fatal de elementos nativos, por la cual un paisaje requiere un tipo que lo autorice, y ambos, una historia que los justifique. La justificación del color, mucho más que la del tiraje, ha encanecido prematuramente a muchos escritores.

El truc salvador consiste en el folklore. El día en que el principiante avisado denominó a sus relatos, sin razón de ser, «obra de folklore», creó dos grandes satisfacciones: una patriótica y la otra profesional.

Un relato de folklore se consigue generalmente ofreciendo al lector un paisaje gratuito y un diálogo en español mal hablado. Raramente el paisaje tiene nada que ver con los personajes, ni éstos han menester de paisaje alguno para su ejercicio. Tal trozo de naturaleza porque sí, sin embargo; la lengua de los protagonistas y los ponchos que los cobijan caracterizan, sin mayor fusión de elementos que la apuntada, al cuento de folklore.

No siempre, cierto es, las cosas llegan a esta amplitud. A veces es sólo uno el personaje: pero entonces el paisaje lo absorbe todo. En tales casos, el personaje recuerda o medita en voz alta, a fin de que su lenguaje nativo provoque la ansiada y dulce impresión de color local nacional; esto es, de folklore.

En un tiempo ya lejano se creyó imprescindible en el cuento de folklore el relatar las dos o tres leyendas aborígenes de cada rincón andino. Hoy, más diestros, comprendemos bien que una mula, una terminación viciosa de palabra y una manta teñida (a los pintores suele bastarles sólo lo último) constituyen la entraña misma del folklore nacional.

El resto —podríamos decir esta vez con justicia— es literatura.

Varias veces he oído ensalzar a mis amigos la importancia que para una viva impresión de color local tienen los detalles de un oficio más o menos manual. El conocimiento de los hilos de alambrado, por números; el tipo de cuerdas que componen los cables de marina, su procedencia y su tensión, la denominación de los gallos por su peso de riña; estos y cada uno de los detalles de técnica, que comprueban el dominio que de su ambiente tiene el autor, constituyen trucs de ejemplar eficacia.

«Juan buscó por todas partes los pernos (bulones, decimos en técnica) que debían asegurar su volante. No hallándolos, salió del paso con diez clavos de ocho pulgadas, lo que le permitió remacharlos sobre el soporte mismo y quedar satisfecho de su obra.»

No es habitual retener en la memoria el largo y grueso que puede tener un clavo de ocho pulgadas. El autor lo recuerda, indudablemente. Y sabe, además, que un clavo de tal longitud traspasa el soporte en cuestión —sin habernos advertido, por otra parte, qué dimensiones tenía aquél. Pero este expreso olvido suyo, esta confusión nuestra y el haber quedado el personaje satisfecho de su obra son pequeños trucs que nos deciden a juzgar vivo tal relato.

A este género de detalles pertenecen los términos específicos de una técnica siempre de gran efecto: «El motor *golpeaba*», «*Hizo* una bronquitis».

He observado con sorpresa que algunos cuentistas de folklore cuidan de explicar con llamadas al pie, o en el texto mismo, el significado de las expresiones de ambiente. Esto es un error. La impresión de ambiente no se obtiene sino con un gran desenfado, que nos hace dar por perfectamente conocidos los términos y detalles de vida del país. Toda nota explicativa en un relato de ambiente es una cobardía. El cuentista que no se atreve a perturbar a su lector con giros ininteligibles para éste debe cambiar de oficio.

«Toda historia de color local debe dar la impresión de ser contada exclusivamente para las gentes de ese ambiente.» Tercer aforismo de la estadística.

Entre los pequeños trucs diseminados por un relato, sea cual fuere su género, hay algunos que por la sutileza con que están disfrazados merecen especial atención.

Por ejemplo, no es lo mismo decir: «Una mujer muy flaca, de mirada muy fija y con vago recuerdo de ataúd», que: «Una mujer con vago recuerdo de ataúd, muy flaca y de mirada muy fija».

En literatura, el orden de los factores altera profundamente el producto.

Según deduzco de mis lecturas, en estas ligeras inversiones, de apariencia frívola, reside el don de pintar tipos. He visto una vez a un amigo mío fumar un cigarrillo entero antes de hallar el orden correspondiente a dos adjetivos. No un cigarrillo, sino tres tazas de café, costó a un celebérrimo cuentista francés la construcción de la siguiente frase:

«Tendió las manos adelante, retrocediendo...» La otra versión era, naturalmente: «Retrocedió, tendiendo las manos adelante...»

Estas pequeñas torturas del arte quedan, también naturalmente, en el borrador de los estilos más fluidos y transparentes.

Los cuentos denominados «fuertes» pueden obtenerse con facilidad sugiriendo hábilmente al lector, mientras se le apena con las desventuras del protagonista, la impresión de que éste saldrá al fin bien librado. Es un fino trabajo, pero que se puede realizar con éxito. El truc consiste, claro está, en matar a pesar de todo, al personaje.

A este truc podría llamársele «de la piedad», por carecer de ella los cuentistas que lo usan.

De la observación de algunos casos, comunes a todas las literaturas, parecería deducirse que no todos los cuentistas poseen las facultades correspondientes a su vocación. Algunos carecen de la visión de conjunto; otros ven con dificultad el escenario teatral de sus personajes; otros ven perfectamente este escenario, pero vacío; otros, en fin, gozan del privilegio de coger una impresión vaga, aleteante, podríamos decir, como un pájaro todavía pichón que pretendiera revolotear dentro de una jaula que no existe.

En este último caso, el cuentista escribe un poema en prosa.

El arte de agradar a los hombres, el de aquellos a que se denomina generalmente «escritores para hombres», se consigue en el cuerpo bastante bien escribiendo mal el idioma. Me informan de que en otros países esto no es indispensable. Entre nosotros, fuera del arbitrio de exagerar por el contrario el conocimiento de la lengua, no conozco otro eficaz.

Sobre el arte de agradar a las mujeres, el de aquellos a que se denomina generalmente «escritor para damas», tampoco hemos podido informarnos con la debida atención. Parecería ser aquél un don de particularísima sensibilidad, que escapa a la mayoría de los escritores.

DECÁLOGO DEL PERFECTO CUENTISTA*

I

Cree en un maestro —Poe, Maupassant, Kipling, Chejov— como en Dios mismo.**

II

Cree que su arte es una cima inaccesible. No sueñes en dominarla. Cuando puedas hacerlo, lo conseguirás sin saberlo tú mismo.

III

Resiste cuanto puedas a la imitación, pero imita si el influjo es demasiado fuerte. Más que ninguna otra cosa, el desarrollo de la personalidad es una larga paciencia.

IV

Ten fe ciega no en tu capacidad para el triunfo, sino en el ardor con que lo deseas. Ama a tu arte como a tu novia, dándole todo tu corazón.

V

No empieces a escribir sin saber desde la primera palabra adónde vas. En un cuento bien logrado, las tres primeras líneas tienen casi la importancia de las tres últimas.***

VI

Si quieres expresar con exactitud esta circunstancia: «desde el río soplaba un viento frío», no hay en lengua humana más palabras que las apuntadas para expresarla. Una vez dueño de tus palabras, no te preocupes de observar si son entre sí consonantes o asonantes.

VII

No adjetives sin necesidad. Inútiles serán cuantas colas de color adhieras a un sustantivo débil. Si hallas el que es preciso, él solo tendrá un color incomparable. Pero hay que hallarlo.

VIII

Toma a tus personajes de la mano y llévalos firmemente hasta el final, sin ver otra cosa que el camino que les trazaste. No te distraigas viendo tú lo que ellos no pueden o no les importa ver. No abuses del lector. Un cuento es una novela depurada de ripios. Ten esto por una verdad absoluta, aunque no lo sea.

---

* Publicado en *Babel, revista bisemanal de arte y crítica*, Buenos Aires, julio 1927.

** Muchos habría que agregar si aceptamos, no hay por qué no hacerlo, su sinceridad epistolar. Pero por encima de casi todos a Dostoievski, a quien admiró y releyó a lo largo de treinta años como hemos documentado en la «Noticia preliminar» a *Los perseguidos*.

*** «Para comenzar se necesita, en el noventa y nueve por ciento de los casos, saber adónde se va», había escrito dos años atrás en «El manual del perfecto cuentista».

Antes, Poe lo había anotado casi del mismo modo: «En el cuento propiamente dicho —donde no hay espacio para desarrollar caracteres o para una gran profusión y variedad incidental— la mera *construcción* se requiere mucho más imperiosamente que en la novela (...) la mayoría de nuestros cuentistas (...) parecen empezar sus relatos sin saber cómo van a terminar; y, por lo general, sus finales (...) parecen haber olvidado sus comienzos» (en: «Marginalia», fragmento XVII. *Ensayos y críticas*/ Edgar Allan Poe, Madrid: Alianza ed., 1973, p. 256. La traducción pertenece a Julio Cortázar, quien a su vez tiene una interesante glosa-crítica al «Decálogo» quiroguiano).

IX

No escribas bajo el imperio de la emoción. Déjala morir, y evócala luego. Si eres capaz entonces de revivirla tal cual fue, has llegado en arte a la mitad del camino.

X

No pienses en tus amigos al escribir, ni en la impresión que hará tu historia. Cuenta como si tu relato no tuviera interés más que para el pequeño ambiente de tus personajes, de los que pudiste haber sido uno. No de otro modo se obtiene la *vida* en el cuento.

LA RETÓRICA DEL CUENTO*

En estas mismas columnas, solicitado cierta vez por algunos amigos de la infancia que deseaban escribir cuentos sin las dificultades inherentes por lo común a su composición expuse unas cuantas reglas y *trucos* que, por haberme servido satisfactoriamente en más de una ocasión, sospeché podrían prestar servicios de verdad a aquellos amigos de la niñez.

Animado por el silencio —en literatura el silencio es siempre animador— en que había caído mi elemental anagnosia del oficio, completéla con una nueva serie de *trucos* eficaces y seguros, convencido de que uno por lo menos de los infinitos aspirantes al arte de escribir, debía de estar gestando en las sombras un cuento revelador.

Ha pasado el tiempo. Ignoro todavía si mis normas literarias prestaron servicios. Una y otra serie de *trucos* anotados con más humor que solemnidad llevaban el título común de *Manual del perfecto cuentista*.

Hoy se me solicita de nuevo, pero esta vez con mucha más seriedad que buen humor. Se me pide primeramente una declaración firme y explícita acerca del cuento. Y luego, una fórmula eficaz para evitar precisamente escribirlos en la forma ya desusada que con tan pobre éxito absorbió nuestras viejas horas.

Como se ve, cuanto era de desenfadada y segura mi posición al divulgar los trucos del perfecto cuentista, es de inestable mi situación presente. Cuanto sabía yo del cuento era un error. Mi conocimiento indudable del oficio, mis pequeñas trampas más o menos claras, sólo han servido para colocarme de pie, desnudo y aterido como una criatura, ante la gesta de una nueva retórica del cuento que nos debe amamantar.

«Una nueva retórica...» No soy el primero en expresar así a los flamantes cánones. No está en juego con ellos nuestra vieja estética, sino una nueva nomenclatura. Para orientarnos en su hallazgo, nada más útil que recordar lo que la literatura de ayer, la de hace diez siglos y la de los primeros balbuceos de la civilización, han entendido por cuento.

El cuento literario, nos dice aquélla, consta de los mismos elementos sucintos que el cuento oral, y es como éste el relato de una historia bastante interesante y suficientemente breve para que absorba toda nuestra atención.

---

* Publicado en *El Hogar*, Buenos Aires, año XXIV, n° 1001, diciembre 21, 1928.

Pero no es indispensable, adviértenos la retórica, que el tema a contar constituya una historia con principio, medio y fin. Una escena trunca, un incidente, una simple situación sentimental, moral o espiritual, poseen elementos de sobra para realizar con ellos un cuento.

Tal vez en ciertas épocas la historia total —lo que podríamos llamar argumento— fue inherente al cuento mismo «¡Pobre argumento! —decíase—. ¡Pobre cuento!» Más tarde, con la historia breve, enérgica y aguda de un simple estado de ánimo, los grandes maestros del género han creado relatos inmortales.

En la extensión sin límites del tema y del procedimiento en el cuento, dos calidades se han exigido siempre: en el autor, el poder de transmitir vivamente y sin demoras sus impresiones; y en la obra, la soltura, la energía y la brevedad del relato, que la definen.

Tan específicas son estas dos cualidades, que desde las remotas edades del hombre, y a través de las más hondas convulsiones literarias, el concepto del cuento no ha variado. Cuando el de los otros géneros sufría según las modas del momento, el cuento permaneció firme en su esencia integral. Y mientras la lengua humana sea nuestro preferido vehículo de expresión, el hombre contará siempre, por ser el cuento la forma natural, normal e irreemplazable de contar.

Extendido hasta la novela, el relato puede sufrir en su estructura. Constreñido en su enérgica brevedad, el cuento es y no puede ser otra cosa que lo que todos, cultos e ignorantes, entendemos por tal.

Los cuentos chinos y persas, los grecolatinos, los árabes de las *Mil y una noches*, los del Renacimiento italiano, los de Perrault, de Hoffmann, de Poe, de Mérimée, de Bret Harte, de Verga, de Chejov, de Maupassant, de Kipling, todos ellos son una sola y misma cosa en su realización. Pueden diferenciarse unos de otros como el sol y la luna. Pero el concepto, el coraje para contar, la intensidad, la brevedad, son los mismos en todos los cuentistas de todas las edades.

Todos ellos poseen en grado máximo la característica de entrar vivamente en materia. Nada más imposible que aplicarles las palabras: «Al grano, al grano...», con que se hostiga a un mal contador verbal. El cuentista que «no dice algo», que nos hace perder el tiempo, que lo pierde él mismo en divagaciones superfluas, puede volverse a uno y otro lado buscando otra vocación. Ese hombre no ha nacido cuentista.

Pero ¿si esas divagaciones, digresiones y ornatos sutiles, poseen en sí mismos elementos de gran belleza? ¿Si ellos solos, mucho más que el cuento sofocado, realizan una excelsa obra de arte?

Enhorabuena, responde la retórica. Pero no constituyen un cuento. Esas divagaciones admirables pueden lucir en un artículo, en una fantasía, en un cuadro, en un ensayo, y con seguridad en una novela. En el cuento no tienen cabida, ni mucho menos pueden constituirlo por sí solas.

Mientras no se cree una nueva retórica, concluye la vieja dama, con nuevas formas de la poesía épica, el cuento es y será lo que todos, grandes y chicos, jóvenes y viejos, muertos y vivos, hemos comprendido por tal. Puede el futuro nuevo género ser superior, por sus caracteres y sus cultores, al viejo y sólido afán de contar que acucia al ser humano. Pero busquémosle otro nombre.

Tal es la cuestión. Queda así evacuada, por boca de la tradición retórica, la consulta que se me ha hecho.

En cuanto a mí, a mi desventajosa manía de entender el relato, creo sinceramente que es tarde ya para perderla. Pero haré cuanto esté en mí para no hacerlo peor.

TESTIMONIO LITERARIO

El caso Lugones - Herrera y Reissig
La profesión literaria
Ante el tribunal

NOTICIA PRELIMINAR

Pocas, tal vez sólo estas tres que seleccionamos, son las páginas donde Quiroga asume públicamente la primera persona y confiesa su pasado, desnuda sus ideas sobre la expoliación del trabajador intelectual en un país periférico y se pone a disposición de sus colegas detractores. Una cosa es emplear la máscara de la ficción —como tantas veces lo hizo—, y muy otra exponer su rostro al alcance de todos, revisarse, combatir.

El primero de los textos («El caso Lugones - Herrera y Reissig») constituye un documento importantísimo, no sólo para investigar la relación entre los tres decisivos escritores del primer medio siglo hispanoamericano, sino también como aporte a la polémica que se había desatado entre Rufino Blanco Fombona y José Pereira Rodríguez a propósito de quién había imitado a quién primero. Si Lugones a Herrera, o éste a aquél. No debe deslindarse el fastidio creciente de Quiroga hacia su coterráneo; sobre la opinión del poeta ya expusimos la documentación en la «Noticia preliminar» a los *Arrecifes de coral*, Desentrañemos ahora la contracara, algo posterior. El 24 de diciembre de 1906 escribe a Fernández Saldaña:

> Vi por aquí un libro de un tal Nébel, cuñado de Herrera. Versos becquerianos y una edición (...) espléndida.
>
> Parece también que un caballero Andrés Demarchi, médico, dramaturgo, que vive hace un tiempo en Corrientes, gran amigo y cenacular de Julio Herrera y Reissig, se ha resentido gravemente conmigo por chismes literarios. Corrobora a mi respecto la opinión que J.H. y R. tiene de mí: «falso, muy falso, envidioso, hablando mal de todos por incapacidad envidiosa», etc. ¿Qué tal el mozo? Con razón decía Roberto de él que «es un zorro». Mucho me temo que tales decires de Herrera hayan nacido después de la última vez que nos vimos en tu casa (*ibidem*, pp. 117-118).

En lo último Quiroga está equivocado, como se comprobará si se revisa la «Noticia preliminar» arriba citada. En cuanto a Roberto de las Carreras, es el mismo con el que se paseaba espantando a los burgueses montevideanos, al tiempo que compartía los juicios lapidarios de Edmundo Montagne. Quiroga había escrito, después de leer *Psalmo a Venus Cavalieri*: «Le he ojeado y resulta absolutamente estúpido» (a J.M.F.S., enero 23, 1906, *ibidem*, p. 106).

Dos años depués de la muerte de Herrera empieza a madurar en el narrador la defensa de Lugones. A raíz de la visita de Rubén Darío a Montevideo, donde dictó una extensa conferencia sobre el poeta uruguayo, Quiroga dice A Fernández Saldaña:

> Me alegran mucho los homenajes múltiples a Herrera y Reissig, aunque seguramente superiores al valer del aludido. Verdad es que no conozco su producción desde 1903. Me lastimó el disparate de Darío atribuyendo a los sonetos de Herrera gran influencia sobre los poetas jóvenes, siendo así que nadie se resintió de ello, a no ser el propio Lugones imitado por aquél (San Ignacio, agosto 8, 1912, *ibidem*, p. 147).

«La profesión literaria» es una nota que el escritor venía madurando desde su primera juventud, en la medida en que siempre lo animó recibir una paga justa por su producción, y

1199

mucho más lo indignó no obtenerla. La correspondencia con Luis Pardo es un paradigma de estos menesteres.

«Ante el tribunal» evoca su juventud derribadora de mitos y demuestra que ahora está en el bando de los que combatió. En este texto «el humor cunde sin borrar cierta secreta iracundia ni tampoco cierta patética fatiga moral», anota con precisión Roberto Ibáñez. A su regreso de España, hacia 1921, Jorge Luis Borges traía en sus maletas el ultraísmo, iniciando la renovación vanguardista que enfrentaría al realismo. Eligen dos maestros entre los «viejos»: Macedonio Fernández y Ricardo Guiraldes.

Quiroga conoció (aunque fuese superficialmente) a Borges, pues en una carta a Fernández Saldaña emplea un sustantivo que el escritor argentino puso eficazmente en circulación: «Leí naturalmente tu última *inquisición*— como dice Borges» (agosto 3, 1934, *ibidem*, p. 153). Alude al libro de ensayos *Inquisiciones* (Proa, 1925), que Borges expurgó en su madurez. Enrique Amorim, amigo fraterno de ambos, escribe en sus crónicas tituladas *El Quiroga que yo conocí* (Montevideo: Arca, 1982): «Tres escritores argentinos atravesaron «el río de sueñera y de barro» vigilando las cenizas de Horacio Quiroga: Fernández Moreno, Jorge Luis Borges y Alberto Gerchunoff» (p. 49).

Sin embargo en 1945, según Rodríguez Monegal, Borges dijo en Buenos Aires: «(Quiroga) Escribió los cuentos que ya había escrito Kipling» (*ibidem*, p. 222). Al margen de los testimonios, el escritor argentino nunca redactó una sola línea sobre el uruguayo.

Un misterioso azar hizo que éste y Macedonio Fernández se cruzaran en una oficina pública, pero probablemente ni tuvieran uno noticia del otro, ni se hayan leído jamás. Lo que mayormente sorprende es que Macedonio no había publicado absolutamente nada cuando Quiroga escribe a Leopoldo Lugones el 7 de octubre de 1912:

> Realmente, si gobernador, juez y fiscal no hubieran dado en considerarme como un bicho raro, aunque precioso, no me hallaría cómodo. El fiscal es hombre cuasi de letras —*Macedonio Fernández*—, que me inquietó, al conocerlo, con un juicio sobre Rodó:
> — «Es, todo él, una página de Emerson» (En: *Revista de la Biblioteca Nacional*, nº 5, mayo 1972, p. 53).

Mucho faltaba para que Macedonio se transfigurara en fiscal de otro tribunal, mucho más severo que el desempeñado en los laberintos jurídicos argentinos en 1912.

EL CASO LUGONES - HERRERA Y REISSIG*

Repetidas veces se ha escrito, y con decidido afán de molestia, vuelto casi sistema, que la poesía de Leopoldo Lugones derivaba directamente de la de Julio Herrera y Reissig. Tanto se ha repetido, que para muchos jóvenes es ya un dogma esta especie. Los cargos de imitación —y servil— pesan particularmente sobre la construcción de los sonetos titulados *Los Doce Gozos*, y que Lugones insertó en su libro *Los Crepúsculos del Jardín*, dados a luz en 1905.

La construcción gramatical e ideológica de dichos sonetos se encuentra realmente reproducida o anticipada en otros tantos de Herrera y Reissig aparecidos, a su vez, en su tomo *Los Peregrinos de Piedra*, de fecha anterior al libro de Lugones. Pasma en verdad en unos y otros la semejanza del tema, del giro oracional, del cuadro, de la disociación descriptiva encaminada a evocar una unidad final del género puntillista; de todo lo que, en suma, ha provisto de una persistente individualidad a los célebres sonetos de ambos autores.

El señor Blanco Fombona, reputado escritor venezolano, se ha constituido en el más brioso paladín del cargo que pesa sobre Lugones. El señor Fombona no alude solamente; poco sería esto para su carácter batallador. Nítida y cortante, expone la comparación entre ambos poetas en el prólogo que inicia una edición extranjera de *Los Peregrinos de Piedra*. Vale la pena —y creo que por última vez, como se verá— transcribir las líneas del autor venezolano que se refieren a esta flagrante imitación.

Dice el señor Blanco Fombona:

«En 1905 aparecía en Buenos Aires un libro de Leopoldo Lugones titulado *Los Crepúsculos del Jardín*. En ese volumen puso en circulación Lugones, las novedades de Herrera y Reissig. Herrera y Reissig fue para el Lugones de *Los Crepúsculos del Jardín* lo que el Perugino fue para Rafael: fue tal vez más. Los lectores de la *Antología* que publica Santos pueden cotejar los sonetos de Herrera y Reissig con los sonetos de *Los Crepúsculos*. Así descubrirían la filiación de estos últimos. Por lo pronto, me serviré, para ilustrar mi opinión de algunos ejemplos.

»El poeta de Montevideo escribió en *El Baño* de tres doncellas: Foloe, Safo y Ceres

"... se abrazan a las ondas
que críspanse con lúbricos espasmos masculinos".

»El poeta de Buenos Aires empezó luego aquel hermosísimo soneto titulado *Oceánida* con este verso:

"El mar, lleno de urgencias masculinas..."

»Hay un soneto de Herrera y Reissig titulado *El Enojo*. Empieza de este modo:

---

* Apareció en: *El Hogar*, Buenos Aires, año XXI, nº 822, julio 17, 1925, p. 10.

"Todo fue así: sahumábase de lilas
y de heliotropo el viento en tu ventana;
la noche sonreía a tus pupilas
como si fuera tu mejor hermana."

»Lugones escribe:

"Sahumáronte los pétalos de acacia..."

»Y en otro soneto:

"La estrella, que conoce por hermanas
desde el cielo a tus lágrimas tranquilas."

»La imitación de procedimiento es constante, y se precisa más todavía en otros poemas.
Herrera termina su soneto *Decoración Heráldica* con el terceto que transcribo:

"Buscó el suplicio de tu regio yugo,
y bajo el raso de tu pie verdugo
puse mi esclavo corazón de alfombra."

»Y Lugones concluye su lindo soneto *En Color Exótico* con el terceto siguiente:

"Se apagó en tu collar la última gema,
y sobre el broche de tu liga crema
crucifiqué mi corazón mendigo."

»Pero ejemplos sueltos no pueden dar idea. Lugones posee demasiado talento para imitar *mot à mot*. Lo que ha imitado en Herrera y Reissig es el procedimiento. El que quiera otros compare *Los Crepúsculos del Jardín* con *Los Peregrinos de Piedra*. Lo que fue *novedad* en Herrera y Reissig, se convierte en *procedimiento* en Lugones: a la originalidad virgínea del uruguayo sucede la simulación de originalidad en el argentino. Herrera y Reissig y Lugones son contemporáneos. Las coincidencias, principalmente de procedimiento, es decir, esenciales, que se observan sobre ambos pudieran algunos atribuirlas a imitación de Herrera y Reissig, y no a imitación de Lugones, máxime cuando Lugones es poeta célebre, popular en toda América, y el otro un desconocido. Sobrarán, pues, de seguro, quienes, en su admiración al gran poeta de Buenos Aires, achacarán al desconocido Herrera y Reissig la imitación, y no al magnífico y popular poeta de *Los Crepusculos del Jardín*. Conviene esclarecer el punto.

»La imitación de Herrera y Reissig por Lugones podría probarse por razones sicológicas, si no existieran las de orden cronológico... La razón cronológica, más al alcance del vulgo, es concluyente...»

El señor Fombona hace constar aquí, del modo más incontrovertible, que mientras los sonetos aludidos de Herrera y Reissig aparecían desde 1900 a 1904, *Los Crepúsculos del Jardín* veían la luz pública en 1905.

En todo lo transcripto, el ilustre escritor venezolano tendría razón también ilustre, si las razones cronológicas por él invocadas no probaran lo contrario. El error del señor Blanco Fombona consiste en atribuir a la fecha de aparición de un libro compuesto de recopilaciones, la fecha real de aparición de cada uno de sus poemas. *Los Doce Gozos*, pieza de litigio en este caso, vieron la luz pública a comienzos de 1898, en la revista *La Quincena*, de esta capital. Cuándo fueron escritos, lo ignoro; pero ostensiblemente, y de acuerdo con las razones sicocronológicas del autor venezolano, antes de ser impresos. Si el primer soneto del género *gozo*, en Herrera y Reissig, lleva fecha de 1900, no fue tarea fácil para Lugones hurgar en la mente de su colega, con dos años de anticipación el tema y el procedimiento de poemas que aún no existían.

En realidad, esto debía tener aquí punto final. Pero atento al hecho de haber mediado en la contienda más de un escritor ilustre a la par del señor Blanco Fombona, con su mismo espíritu justiciero; visto que entre nosotros mismos dichos cargos tornan a insinuarse cada vez que de Herrera y Reissig se trata; habiéndome, por fin, las circunstancias concedido asistir muy de cerca a la gestación de este problema, creo de mi deber agregar algunas líneas.

Yo tuve, en efecto, una amistad muy estrecha con Herrera y Reissig durante este peligroso período. Nos veíamos entonces con gran frecuencia, en su casa, que no era todavía la Torre de los Panoramas, o en la mía. que era sólo una pieza. En una u otra leíamos mutuamente nuestros versos, con tanto mayor entusiasmo cuanto que en aquellos días —a mediados de 1900— ambos creíamos poseer también una sensibilidad nueva, totalmente extraña al medio ambiente.

La poesía de Herrera y Reissig orbitaba entonces alrededor de Darío. La mía sufría la influencia de los franceses, y, en particular, de la de Lugones: precisamente de *Los Doce Gozos*.

Pues bien: Herrera y Reissig no conocía estos sonetos cuando trabé relación con él. Admiraba mucho a Lugones, el de *Las Montañas del Oro*, *Gesta Magna* y otros poemas de su primera época. *El Ramillete*, *El Solterón*, y *Los Doce Gozos* le eran desconocidos.

Figurémonos entonces la gloria de Herrera y Reissig cuando puse en sus manos los ejemplares de las revistas *Iris* y *La Quincena* en que aquéllos habían aparecido. Uno y otro sabíamos de memoria tales versos. Tanto los sabíamos que el entusiasmo levantado en nosotros mismos por nuestros propios sonetos no advertía su procedencia, perceptible desde cien leguas. Un año más tarde yo no escribía más versos. Herrera y Reissig, al fin poeta, continuó haciéndolos hasta su muerte.

Pero yo no creo que los triunfos de su madurez le hayan devuelto la alegría de nuestros comienzos, nuestra inconmensurable fe, no como poetas —Dios me perdone—, sino como poseedores de una nueva, incomprensible y pasmosa sensibilidad.

Estos recuerdos reviven ahora en mí la memoria de aquel gran muchacho, que ya los años desvanecían. No aprendíamos novedad literaria que no fuera yo a comunicársela a él, mientras tomábamos mate, o acudiendo él a casa, donde tocaba en la guitarra una melodía de Vieuxtemps, cantándola con voz mala y llena de calor. No usaba entonces de morfina, ni excitante alguno. Como rarezas, sólo ostentaba dos: un hermano misterioso, en quien creía más que en sí mismo, y un gran colchón que le vi usar de frazada. Bajo él, y sentado a medias en la cama, sufría ya de las palpitaciones al corazón que debían llevarlo a la tumba. Nunca conocí hombre más exagerado para el elogio, ni más parco para la diatriba.* De los versos que no le agradaban decía sólo, removiendo los dedos: «Musiquitas... versitos...» De las personas que amaba, decía, invariablemente, que tenían un talento más grande que la Iglesia Matriz. A un chico tan modesto como asustado le vi sacudirle del hombro una y diez veces, mientras le aseguraba a gritos que el genio no le cabía dentro de la cabeza...

A pasear, Herrera y Reissig salía muy poco. Cuando lo hacía, era, en son de ataque, con sus colegas neosensitivos. Recuerdo así habernos encontrado una tarde, en marcial terceto,

---

* El escritor uruguayo Raúl Montero Bustamante rememora un episodio cotidiano muy similiar: «Cierta vez que paseaba por la calle Sarandí con un hombre de letras amigo a quien abrumaba con sus generosos elogios —porque en esto de elogiar sin tasa también fue pródigo el poeta (se refiere a *Julio Herrera y Reissig*), en quien siempre predominó el sentimiento sobre la severidad del juicio—, se detuvo, y luego de lanzar a un interlocutor, a quemarropa, un fervoroso climax en el que agotó la escala de elogios ascendentes, y tronó contra la incomprensión pública, hecha una pausa, concluyó: En fin, usted es un transatlántico navegando en la laguna» (citado por Herminia Herrera y Reissig en: *Julio Herrera y Reissig: Grandeza en el infortunio*, Montevideo: Amerindia, 1949, p. 82).

Herrera y Reissig con sus guantes nuevos y sus botines antagónicos de siempre, Roberto de las Carreras con un orioncillo de color verde cotorra, y yo con un sombrero boer cuya cinta de color oro rabioso pendía en lazo por bajo del ala. Teníamos entonces veinte años, bien frescos.

Mi amistad con Herrera y Reissig fue, a pesar de todo, más breve y literaria de lo que ambos hubiéramos creído. En 1901 yo dejaba Montevideo; y al año siguiente, de paso por aquella ciudad, me vi aún con mi amigo.* Cuatro años más tarde, y en iguales circunstancias, caminamos juntos un par de horas. Pero ya no nos entendíamos. Nuestro modo de sentir en arte había variado. Faltos de este lazo, nuestro afecto, tan sensible al evocarlo en este momento, no lo hallamos más al vernos frente a frente.

LA PROFESIÓN LITERARIA**

El arte de escribir, o, de otro modo, la capacidad de suscitar emociones artísticas por medio de la palabra escrita, lleva aparejada consigo la constitución de un mercado literario, cuyas cotizaciones están en razón directa del goce que proporcionan sus valores. Los diarios y revistas, y en menor grado el libro y el teatro, constituyen este mercado.

No es para los escritores ni para el público una novedad cuanto venimos diciendo; pero autores y lectores gustan de ver delineado, una vez más, el campo de acción en que se agitan sus amores.

Debería creerse que el ejercicio de una actividad tan vasta, fuerte y envidiada como la que nos ocupa, permite al escritor de nombre disfrutar de los goces de la vida en proporción de los deleites que hace gustar. No es así, y tampoco esto lo ignora nadie.

Pero hay en el público un límite de conocimientos acerca de lo anterior, que raramente uno que otro profano traspasa. Si en otros tiempos se tuvo por cierto que la proyección espectral del arte es la miseria, y que el crear belleza consume las entrañas como una llaga mortal, desde mediados del siglo pasado se tuvo también la certeza de que el ananké inherente a la poesía había por fin arrancado sus brazos de ella, y que el arte de escribir, el don de crear belleza con la pluma, constituye ya, felizmente, una noble, juiciosa y dorada profesión.

De acuerdo con este concepto moderno, la literatura ha pasado a ocupar para el público una audaz posición entre los oficios productores de riqueza.

Sin entrar en apreciaciones sobre la mayor o menor cantidad de arte que reprime o exalta la difusión de un libro, es lo cierto que el público piensa acertadamente, sobre todo si se recuerda que para el filisteo un tomo de versos o de cuentos se escribe en los ratos de ocio.

Cuando las novelas llamadas semanales gozaban entre nosotros de gran auge, pudo comprobarse que la mayoría de las colaboraciones espontáneas de dichos órganos provenían de seres totalmente ajenos a la profesión. En sus ratos de ocio habían escrito una novelita para ganar unos pesos.

---

* Seguramente es una confusión de su memoria, porque el 5 de marzo de 1902 mata accidentalmente a Federico Ferrando y, una vez exculpado (como curiosidad cabe señalar que su abogado fue Manuel Herrera y Reissig, hermano del poeta), parte inmediatamente a Buenos Aires. Nótese como elude brindar detalles sobre su alejamiento del Uruguay, del mismo modo que omitía *siempre* la mención a Ferrando cuando evocaba con sus amigos los tiempos del Consistorio.

** Publicado originalmente en: *El Hogar*, Buenos Aires, año XXIV, nº 951, enero 6, 1928.

Posiblemente, dichas personas habían trabajado más para confeccionar su historieta que lo habían sudado en su tarea habitual. Pero así como para el artista un duro martilleo o la división de una cuenta se torna un simple descanso, para el oficinista la tarea de meditar historias constituye una simple pérdida de tiempo.

«Ociosidad remunerada»: tal debería ser el lema del arte para el obrero o dependiente que hartó a las casas editoras con el volumen sin cesar creciente de sus novelas.

—Oiga usted —decíanos uno de ellos—. Por mucho que usted se figure, no alcanzará a valorar la tarea que tenemos en la oficina y la suma de esfuerzos que nos exigen las seis horas de la semana. Y ¿para qué? Para ganar una bicoca, justo el pan de cada día. Tengo oído que por cada novelilla abonan a sus autores doscientos pesos. Quien dice menos. Ponga usted cien. ¿Está usted? Cien pesos por unas horas de descanso, y sin más que dejar volar la fantasía. Aquí me tiene usted sin saber qué hacer los domingos, cuando el sol aprieta. Pues, me quedo en casa, fresquito: cojo la pluma, y en la paz del solaz que proporciona esto de meditar cuentecillos, vamos ganando, como quien dice, cien pesos. ¿Está usted?

—¡Figúrate, hermano! —oímos decir a otro—. No sabía de dónde sacar doscientos pesos que me hacen falta, y el negro Urrutia me sale con que a él le van a pagar doscientos pesos por una novelita. ¿Te das cuenta?... Aquí mismo, en la oficina, me puse a escribir un cuento macanudo, y lo acabé en dos sentadas... Esto es tener suerte.

Pero aun así, y sin generalizar ambos casos, por frecuentes que sean, la profesión literaria no es lo que el público ignaro se figura. La novela semanal y su pago tentador fueron una lotería. Infinitos seres que no volverán a escribir se enriquecieron —en la medida de lo posible— con una sola obra. Nunca habían escrito, ni reincidirán. Gozaron un instante de la fortuna, y para ellos, sin duda, la literatura fue una mina de oro.

Pero muy distinta es la posición del hombre que debe dedicarle, no sus horas de ocio, sino las más lúcidas y difíciles de su vida, pues en ellas le van dos cosas capitales: su honra, pues es un artista, y su vida, pues es un profesional.

Para él se yergue el mercado literario; sólo él conoce sus fluctuaciones, sus amarguras y sus goces inesperados.

Entre nosotros creo que apenas se remonta a treinta y tantos años la cotización comercial de los valores literarios. En otros términos: recién hacia 1893 comenzó el escritor a ver retribuido su trabajo. Dudamos de que escritor alguno haya ganado un peso moneda nacional antes de aquella época. Por aquel entonces Darío halla un editor de revista bastante generoso para comprarle en cinco pesos uno de sus más famosos sonetos.

Los valores más cotizados en 1895 fueron Rubén Darío, Roberto Payró y Leopoldo Lugones. Llegó a pagarse quince pesos por cuento o poema, si bien es cierto que la primera vez que Darío fue a cobrar tan fastuosa suma, debió contentarse con sólo cinco pesos, en mérito de las lágrimas con que el editor lloraba su miseria.

¡Quince pesos! Los escritores de hoy, ciudadanos de una edad de oro, pues perciben fácilmente cien pesos por colaboración habitual, ignoran el violento sabor de lucha y conquista que tenían aquellos cinco iniciales pesos con que el escritor exaltaba su derecho a la vida en tan salvaje edad.

Aunque el libro y el teatro no son valores de cotización al día, ellos constituyen la más fuerte renta del trabajo literario. La casa editora de Martínez Zuviría, en 1921, afirmaba que este autor percibía una renta anual de dieciocho a veinte mil pesos por derechos de autor. Como desde entonces ha agregado seis o siete libros a su ya copioso stock, es creíble que dicho escritor haya llegado hoy a una renta de veinticinco a treinta mil pesos, renta que irá aumentando, sin duda alguna, hasta un límite que no se puede prever.

No todos los autores, desgraciadamente, ni aun los sonados, pueden ofrecer a la áspera y prosaica vida este triunfal desquite. Dícese de algunos —Gálvez y Larreta entre otros— que han alcanzado los cuarenta mil ejemplares. Es posible; pero la mayoría de los escritores no alcanzan uno con otro a vender dos mil ejemplares de cada obra.

Pero la colaboración constante en diarios y revistas —podrá objetarse— debe proporcionar un desahogo más amplio en la lucha por la vida.

Nuevo error, y que podemos salvar esta vez con datos precisos y generales, pues falta una información detallada sobre la producción y el estipendio de cada autor. Si un caso particular puede ilustrar algo al respecto, va, con ciertos detalles, el mío. No creo ofrezca este caso diferencias sensibles con el que pudieran tender a la curiosidad otros escritores.

Yo comencé a escribir en 1901. En ese año *La Alborada* de Montevideo me pagó tres pesos por una colaboración. Desde ese instante, pues, he pretendido ganarme la vida escribiendo.

Al año siguiente, y ya en Buenos Aires, *El Gladiador* me retribuía con quince pesos un trabajo, para alcanzar con *Caras y Caretas*, en 1906, a veinte pesos.

Si no la edad de piedra, como Lugones, Payró y Darío, yo alcancé a conocer la edad de hierro de nuestra literatura. Y nada nuevo diría al afirmar que aquellos tres pesos con que *La Alborada* valoró mi ingenio, me honraban más que lo que honra hoy a los escritores actuales la fuerte retribución de que gozamos en diarios y en revistas.

Desde entonces, y sin discontinuidad, he sido un valor cotizable en el mercado literario, con las alzas y bajas que todos conocemos perfectamente.

Durante los veintiséis años que corren desde 1901 hasta la fecha, yo he ganado con mi profesión doce mil cuatrocientos pesos. Esta cantidad en tal plazo de tiempo corresponde a un pago o sueldo de treinta y nueve pesos con setenta y cinco centavos por mes.

Vale decir que si yo, escritor dotado de ciertas condiciones y de quien es presumible creer que ha nacido para escribir, por constituir el arte literario su notoria actividad mental —quiere decir entonces que si yo debiera haberme ganado la vida exclusivamente con aquélla, habría muerto a los siete días de iniciarme en mi vocación, con las entrañas roídas.

El arte es, pues, un don del cielo; pero su profesión no lo es. Y ni siquiera la muerte, suprema compensadora, nos da esperanza alguna, pues es sabido que nuestros hijos, naturalmente más pobres que su padre, pierden a los diez años de muerto aquél, todo derecho a la renta que entonces comienzan a dar las obras de los más afortunados de entre nosotros.*

ANTE EL TRIBUNAL**

Cada veinticinco o treinta años el arte sufre un choque revolucionario que la literatura, por su vasta influencia y vulnerabilidad, siente más rudamente que sus colegas. Estas rebeliones, asonadas, motines o como quiera llamárseles, poseen una característica dominante que

---

* El texto tiene un valor testimonial ineludible. A lo largo de toda la edición hemos tratado de documentar sin olvidos, todas las menciones que hace, en el conjunto de la correspondencia édita, a todos y cuantos relatos escribió. Si el lector ha recorrido estas notas, habrá visto la precisión y el énfasis en las retribuciones. La Sra. María E. Bravo — su última esposa— conservaba un cuaderno donde Quiroga había registrado todas las ganancias obtenidas durante la casi totalidad de su tarea literaria.

Quizás intentando aminorar este «desenfreno materialista» (que en realidad no es sino una máscara de su desdicha económica), Ezequiel Martínez Estrada escribió:

«Exigía lo que creía merecer, y dejó de publicar en un diario cuando halló excesivamente baja la tarifa de sus trabajos. Finalmente renunció a la miserable regalía de sus escritos, que le habían reportado —me dijo— un promedio de treinta pesos mensuales a lo largo de treinta y cinco años de producción».

Sin duda como sostiene Martínez Estrada:

«Lugones y él fueron campeones de los derechos del trabajador intelectual y para su defensa se fundó la Sociedad Argentina de Escritores. Desdeñar el estipendio fue signo de linaje y de mérito de nuestros rastacueros de las letras (...) Como escritor Quiroga se consideraba un proletario expoliado» (en: *El hermano Quiroga*, pp. 50-51).

** Apareció en: *El Hogar*, Buenos Aires, año XXVI, n° 1091, septiembre 11, 1930.

consiste, para los insurrectos, en la convicción de que han resuelto por fin la fórmula del Arte Supremo.

Tal pasa hoy. El momento actual ha hallado a su verdadero dios, relegando al olvido toda la errada fe de nuestro pasado artístico. De éste, ni las grandes figuras cuentan. Pasaron. Hacia atrás, desde el instante en que se habla, no existe sino una falange anónima de hombres que por error se consideraron poetas. Son los viejos. Frente a ella, viva y coleante, se alza la falange, también anónima, pero poseedora en conjunto y en cada uno de sus individuos, de la única verdad artística. Son los jóvenes, los que han encontrado por fin en este mentido mundo literario el secreto de escribir bien.

Uno de estos días, estoy seguro, debo comparecer ante el tribunal artístico que juzga a los muertos, como acto premonitorio del otro, del final, en que se juzgará a los «vivos» y los muertos.

De nada me han de servir mis heridas aún frescas de la lucha, cuando batallé contra otro pasado y otros yerros con saña igual a la que se ejerce hoy conmigo. Durante veinticinco años he luchado por conquistar, en la medida de mis fuerzas, cuanto hoy se me niega. Ha sido una ilusión. Hoy debo comparecer a exponer mis culpas, que yo estimé virtudes, y a librar del báratro en que se despeña a mi nombre, un átomo siquiera de mi personalidad.

No creo que el tribunal que ha de juzgarme ignore totalmente mi obra. Algo de lo que he escrito debe de haber llegado a sus oídos. Sólo esto podría bastar para mi defensa (¡cuál mejor, en verdad!), si los jueces actuantes debieran considerar mi expediente aislado. Pero como he tenido el honor de advertirlo, los valores individuales no cuentan. Todo el legajo pasatista será revisado en bloque, y apenas si por gracia especial se reserva para los menos errados la breve exposición de sus descargos.

Mas he aquí que según informes de este mismo instante, yo acabo de merecer esta distinción. ¿Pero qué esperanzas de absolución puedo acariciar, si convaleciente todavía de mi largo batallar contra la retórica, el adocenamiento, la cursilería y la mala fe artísticas, apenas se me concede en esta lotería cuya ganancia se han repartido de antemano los jóvenes, un minúsculo premio por aproximación?

Debo comparecer. En llano modo, cuando llegue la hora, he de exponer ante el fiscal acusador las mismas causales por las que condené a los pasatistas de mi época cuando yo era joven y no el anciano decrépito de hoy. Combatí entonces por que se viera en el arte una tarea seria y no vana, dura y no al alcance del primer desocupado...

—Perfectamente —han de decirme—; pero no generalice. Concrétese a su caso particular.

—Muy bien —responderé entonces—. Luché por que no se confundieran los elementos emocionales del cuento y de la novela; pues si bien idénticos en uno y otro tipo de relato, diferenciábanse esencialmente en la acuidad de la emoción creadora que a modo de la corriente eléctrica, manifestábase por su fuerte tensión en el cuento y por su vasta amplitud en la novela. Por esto los narradores cuya corriente emocional adquiría gran tensión, cerraban su circuito en el cuento, mientras los narradores en quienes predominaba la cantidad, buscaban en la novela la amplitud suficiente. No ignoraban esto los pasatistas de mi tiempo. Pero aporté a la lucha mi propia carne, sin otro resultado, en el mejor de los casos, que el de que se me tildara de «autor de cuentitos», porque eran cortos. Tal es lo que hice, señores jueces, a fin de devolver al arte lo que es del arte, y el resto a la vanidad retórica.

—No basta esto para su descargo —han de objetarme, sin duda.

—Bien —continuaré yo—. Luché por que el cuento (ya que he de concretarme a mi sola actividad), tuviera una sola línea, trazada por una mano sin temblor desde el principio al fin. Ningún obstáculo, adorno o digresión debía acudir a aflojar la tensión de su hilo. El cuento era, para el fin que le es intrínseco, una flecha que, cuidadosamente apuntada, parte del arco para ir a dar directamente en el blanco. Cuantas mariposas trataran de posarse sobre ella para adornar su vuelo, no conseguirían sino entorpecerlo. Esto es lo que me empeñé en demostrar, dando al cuento lo que es del cuento, y al verso su virtud esencial.

En este punto he de oír seguramente la voz severa de mis jueces que me observan:

—Tampoco esas declaraciones lo descargan en nada de sus culpas…, aun en el supuesto de que usted haya utilizado de ellas una milésima parte en su provecho.

—Bien —tornaré a decir con voz todavía segura, aunque ya sin esperanza alguna de absolución—. Yo sostuve, honorable tribunal, la necesidad en arte de volver a la vida cada vez que transitoriamente aquél pierde su concepto; toda vez que sobre la finísima urdimbre de la emoción se han edificado aplastantes teorías. Traté finalmente de probar que así como la vida no es un juego cuando se tiene conciencia de ella, tampoco lo es la expresión artística. Y este empeño en reemplazar con humoradas mentales la carencia de gravidez emocional y esa total deserción de las fuerzas creadoras que en arte reciben el nombre de imaginación, todo esto fue lo que combatí por el espacio de veinticinco años, hasta venir hoy a dar, cansado y sangrante todavía de ese luchar sin tregua, ante este tribunal que debe abrir para mi nombre las puertas al futuro, o cerrarlas definitivamente.

. . . .

… Cerradas. Para siempre cerradas. Debo abandonar todas las ilusiones que puse un día en mi labor. Así lo decide el honorable tribunal, y agobiado bajo el peso de la sentencia me alejo de allí a lento paso.

Una idea, una esperanza, un pensamiento fugitivo viene de pronto a refrescar mi frente con su hálito cordial. Esos jueces… Oh, no cuesta mucho prever decrepitud inminente en esos jóvenes que han borrado el ayer de una sola plumada, y que dentro de otros treinta años —acaso menos— deberán comparecer ante otro tribunal que juzgue de sus muchos yerros. Y entonces, si se me permite volver un instante del pasado…, entonces tendré un poco de curiosidad por ver qué obras de esos jóvenes han logrado sobrevivir al dulce y natural olvido del tiempo.*

---

* Comentando la irrupción de las vanguardias que, con Borges a la cabeza, no comprendieron o —lisa y llanamente— no compartieron el arte de Quiroga, Rodríguez Monegal describe el panorama hacia fines de la década del veinte: «Aunque (la revista) *Martín Fierro* se publica en el lapso en que Quiroga edita dos importantes libros de cuentos (*El desierto*, 1924, *Los desterrados*, 1926) y en que la empresa española Calpe difunde una antología de sus cuentos (*La gallina degollada*, 1925), es inútil buscar en la colección de la revista la menor referencia a esos tres libros capitales. Las únicas menciones de Quiroga que hay en los 45 números de *Martín Fierro* son de índole satírica. Una vez (n° 16, mayo 5, 1925) se le atribuye un próximo libro: *Dónde vas con el bulto apurado…*, que se subtitularía *Cuentos del otro Landrú*. El epigrama no es grave y se limita a jugar simultáneamente con su aspecto físico y su terrible reputación local de Don Juan. Otra vez se le hace suscribir una apócrifa frase célebre («El que escupe en el suelo es un mal educado») que también parece encerrar una punta personal y aludir a sus modales algo bruscos (n° 31, julio 8, 1926). La tercera y última mención (n° 43, agosto 15, 1927) es un *Epitafio* que firma Luis García:

> Escribió cuentos dramáticos
> sumamente dolorosos
> Como los quistes hidáticos.
> Hizo hablar leones y osos
> Caimanes y jabalíes.
>
> La selva puso a sus pies
> Hasta que un autor inglés
> (Kipling) le puso al revés
> Los puntos sobre las íes.

(En: *El desterrado*, p. 220).

NOTAS SOBRE CINE

NOTICIA PRELIMINAR

Ya hemos mencionado en reiteradas oportunidades la cinefilia de Quiroga, afición que se extiende —según testimonian sus biógrafos Delgado y Brignole— hasta que se incorpora el sonido. Poco afecto a Charles Chaplin, tal sus declaraciones en el reportaje efectuado por «Doctor Ignotus» (*Atlántida*, Buenos Aires, año X, diciembre 22, 1927); paradójicamente debió reencontrarse con éste, último de los defensores del cine mudo.

En opinión de Quiroga: «El cine ha aportado, a la representación, un elemento por cuya simulación el teatro se ha debatido desesperadamente hasta hoy. Este elemento es la realidad del escenario. (...) Llegamos así, de la verdad del escenario, a la sobriedad de la expresión, calidad por excelencia del cine como arte interpretativo». (La entrevista completa puede leerse en: *H. Q., repertorio bibliográfico anotado 1897-1971*/ Walter Rela, Buenos Aires, 1972, pp. 55-58).

Esta visión, que hoy resulta anacrónica y trivial, constituyó una novedad entre los intelectuales rioplatenses de ese tiempo, los que veían al cine como una forma menor del arte.

Quiroga escribió dos libretos cinematográficos: *La Jangada* (Bosquejo de film con el argumento en grandes líneas, salvo algunas escenas detalladas y varias leyendas ya prontas); y el ya citado que se basa en el cuento «La gallina degollada» (véase la nota explicativa (3) al relato).

Con base en varios cuentos de Quiroga, su hijo Darío y el escritor y crítico argentino Ulises Petit de Murat elaboraron el guión de la película «Prisioneros de la tierra», dirigida por Mario Soffici y estrenada en Buenos Aires en 1939.

LAS CINTAS MEDIOCRES - EFECTOS DE LA SUPERPRODUCCIÓN*

Muy contadas impresiones de arte nos ha dado la última semana cinematográfica. El más sonado estreno puede ser *En artículo de muerte*, con Vivian Martin de protagonista. Y el film está a una legua de ser extraordinario.

Veamos a grandes rasgos su asunto: Ante la amenaza de perder la herencia paterna, si no se casa, un gran señor libertino contrae enlace *in artículo mortis* con una chica lugareña, cuyo padre, herrero, debe grandes favores al señor. La chica (Vivian Martin) se sacrifica por deber filial, y con su propio sacrificio sacrifica también a su novio, un peón de campo (Harrison Ford). El gentilhombre libertino, que gusta en realidad de su rústica esposa, se esfuerza en vano en cumplir sus deberes y derechos de esposo, pues la pequeña esposa se obstina en no reconocerlo como tal: ella se casó *in artículo mortis*, y nada más. Si el moribundo revivió y exige su amor, ella no está dispuesta a concedérselo. Pero he aquí que el pastor que los unió en matrimonio no era tal pastor, sino un contrabandista disfrazado de ministro protestante que huía de la policía.

El contrabandista es al final preso, denuncia su actuación en aquel matrimonio, y el gran señor libertino, que hasta entonces y desde el principio de sus días no había sido más que un mal sujeto inmoral y bebedor, hete aquí que dicho sujeto, en un arranque de generosidad, echa a su esposa en brazos de su novio. Telón lento.

Nos hemos detenido un tanto en el asunto de esta muy mediocre cinta, porque ella es la expresión fiel de un número desgraciadamente considerable de films cuyo argumento sufre la misma súbita cojera, la misma imprevista ruptura de su eje central.

En principio, si embargo, cabe preguntarse: ¿Por qué el autor de *En artículo de muerte* no sostuvo hasta el final el carácter de su protagonista? ¿Le hubiera sido tan difícil orientar el drama hacia un desenlace que no desmintiera la actuación anterior y total de su libertino personaje? ¿Qué razones (si no son las derivadas de la pobreza mental del autor) puede invocar éste para disculpar el sacrilegio escénico de imponer de golpe y porrazo un corazón de oro a un pillete que desde que se ilumina la pantalla no ha dicho palabras ni ha obrado actos que no fueran los de un pequeño miserable? ¿Qué idénticos motivos pueden tener los innumerables libretistas de los incontables films insulsos, para jugar a las escondidas con la más elemental psicología? En el 80 por 100 de las cintas —sea cual fuere su marca— venimos asistiendo a estos trastrueques de modalidad de los personajes: pobres diablos convertidos de golpe en seres de carácter; generosos en sórdidos, miserables en apóstoles, y cuanto sea posible concebir de gratuito, falso y desconcertante. Lo que menos se puede exigir en un personaje cualquiera de novela, drama o film, es que responda a una determinada línea de psicología. Un cuerdo, que se nos mostró como tal en toda la cinta, no tiene por qué (y, sobre todo, al final de la obra) hacer de repente cosas de loco, ni un loco incurable puede recobrar súbitamente la razón en el desenlace, si el autor no nos ha aprestado a esta posibilidad en el transcurso del drama.

---

* «Las cintas mediocres— Efectos de la superproducción», fue publicado en *Caras y Caretas*, Buenos Aires, año XXIII, nº 1110, enero 10, 1920. Firmado con el pseudónimo «El Esposo de Dorothy Phillips».

¿A qué obedecen estas continuas sorpresas de muy mediano gusto? Sin duda alguna a la superproducción de estos últimos años, que exige libretos y asuntos con urgencia febril. Si la empresa más desacertada en sus films se concretara a lanzar sólo una docena de cintas al año, es casi seguro que las doce serían buenas. Pero son cientos y cientos los films estrenados al año. ¿Cómo no concebir, ante este despilfarro de argumentos, que doscientos de entre ellos serán malos, cien pasables, y sólo veinte o treinta expresarán una idea artística, honradamente planeada y realizada?

La única defensa de los libretistas desconcertantes sería ésta: «Conocemos nuestro pecado; pero el público, el grueso público que es el que llena las salas pide siempre un final de efecto; por esto no nos cuidamos de la verdad».

Lo que no es cierto. Porque si se recuerdan los grandes éxitos del film, se verá presto que el triunfo de los mismos se debió *exclusivamente* a dicha verdad psicológica, que es tan cómodo negar al libretista incapaz de sostenerla. Alguna vez lo hemos dicho aquí mismo: de dos cintas de argumento, ambiente y personajes casi iguales, una de ellas va al fracaso, aun ante el mismo *grueso público*; la otra obtiene el triunfo. Ejemplo son *El jugador convertido* y *Yates el egoísta*, ambas de William Hart. Pero en la primera, el fracaso se debe a que los personajes no tienen vida; y el éxito sonante de la segunda responde a que esos mismos personajes piensan, hablan y obran conforme a una modalidad rigurosamente delineada —lo que constituye la *verdad* de que venimos hablando.

LOS «FILMS» NACIONALES[*]

El remanso

Toda actividad nacional de arte es como tal digna de atención, realice o no las esperanzas en ella cifradas. Ya hemos manifestado nuestra opinión respecto del cine, como expresión de un nuevo y serio arte. En tal carácter, pues, consideraremos las condiciones de *El remanso*, último «film» de los estudios nacionales y de reciente aparición.

Lo primero que salta a la vista en dicho «film», es la fantasía de estilo de las leyendas o títulos. No hay uno solo en que se haya tratado de delimitar las características morales de los personajes, con claras y firmes palabras. Todas pertenecen a un léxico inspirado —fantásti-co— diríamos, destinadas en total a dar aliento de poema o leyenda a lo escrito. El abuso de plurales, los nombres genéricos y la retorcida construcción, inflan más de lo debido todos y cada uno de dichos títulos, con pobre eficacia en el público, y ninguna en los que esperan ver en esos títulos las huellas del escritor: trazos concisos, diálogos breves, destinados, como todas las leyendas intercaladas en un «film», a determinar, precisar y acentuar la muda acción de los personajes.

Trabajo, en una palabra, del escritor. E insistimos ex profeso en las leyendas, a pesar de su aparente falta de importancia, porque ellas nos dan, desde la primera que luce en la pantalla, el temple del drama que se va a desarrollar.

---

[*] Publicado en *Atlántida*, Buenos Aires, año V, nº 214, mayo 11, 1922.

Admitido que el cine es un arte, donde lo menos que se requiere es un estudio de caracteres encadenados por una idea o una pasión que todos aquéllos viven, cae de su peso que sólo en un artista cabe la facultad de estudiar esos caracteres y crear esa lucha de sentimientos. Si para escribir una novela se requiere un novelista, y para escribir un drama, un dramaturgo, para meditar, planear, desarrollar artísticamente una obra de cine, confiemos por lo menos en un escritor. Este oficio, como todos los que exigen una «mano hecha», no se improvisa, y duele bastante adquirirlo. Falto de él, el autor —sea de novelita hebdomadaria, de teatro argentino o cine nacional—, el autor sólo puede ofrecernos frutas tempranas, bellas si se quiere, pero faltas de jugo, como todo fruto primaveral.

La factura de *El remanso* se resiente de esta falta de sazón. Tal como nos lo anuncia la primera leyenda «escrita», se desarrolla el drama «concebido». Es posible que el autor de *El remanso* llegue más adelante a darnos una obra en sazón. Vocación, parece tenerla; y amor, es innegable que lo posee.

Como director de escena, el autor de este «film» obtiene más éxito. Hay en él cuatro o cinco escenas vistas con arte, y algunos puntos de vista de los paisajes merecen un franco elogio.

Los actores, discretos. Por lo que corresponde al señor Cosimi, acaso hubiéramos preferido verlo en sus viejos papeles de «antipático», en que obtuvo felices éxitos. Su tipo y temperamento se prestan más a caracterizar papeles de energía —aunque feroz— que papeles de nobleza —aunque anodina—. El cine norteamericano nos ha enseñado por dicha que la energía y la expresión del varón lucen más en los papeles antipáticos que en los amables. Lo que sería penoso olvidara el actor referido.

Las alucinaciones de «Honrarás a tu madre»

Ha sido estrenada en los últimos días la cinta de este título, con un franco éxito. No se trata de un «film» intenso, pero sí de largo aliento. Con una extensión de once actos (los tres primeros cabrían en uno solo), la cinta despierta un interés que crece con cada acto, precisamente al revés de lo que suele acontecer en no pocas obras. Drama, no hay en verdad en *Honrarás a tu madre*. Y apenas si puede decirse que hay allí una historia. Es un poema a la madre, una especie de largo cántico en episodios, donde no faltan ni el hijo pródigo ni el hijo hipócrita. Pero lo que sobre todo hay en dicha cinta es una figura de madre interpretada con gran dulzura por la actriz que tiene ese papel a su cargo. Todos los actores, tanto las criaturas de los tres primeros actos como los adultos de los ocho restantes, responden perfectamente a su papel; lo que quiere decir que aunque el «film» en cuestión no sea de primera, es un «film» muy bien hecho. Vale la pena mencionar este determinante: «film» *bien hecho*, porque él nos va a dar la razón de ciertos dramas cinematográficos, modestos en sí, y que obtienen y merecen un franco aplauso por su realización. Tal el teatro, que día a día nos da ejemplo de ello con el millar de piezas salvadas y ensalzadas por el juego de tal gran actor o gran actriz.

Pero hay algo mejor en *Honrarás a tu madre*, y son dos evocaciones gráficas, con el procedimiento de alucinación o ensueño, tan caro al cine.

En el primero de ellos, un viejo padre agobiado de remordimientos, cuyo hijo pródigo se ha sacrificado por salvarlo de la deshonra, ve surgir en un rincón de la pantalla a ese mismo hijo cuando tenía seis años; y a él mismo, el padre, azotándolo ferozmente... Hay dolores que no se soportan, ni hay padre capaz de seguir viviendo tras esa alucinación.

El padre ha muerto; pero queda la madre, rey Lear femenino, para sufrir aún más. Echada sucesivamente de la casa de sus hijos e hijas en su extrema vejez, ve a su vez surgir vagamente en un rincón del lienzo la mesa del comedor —apenas la mesa y la carpeta hasta el suelo—. Y alrededor ve correr, persiguiéndose, los piececitos desnudos de sus seis hijos, las seis criaturas que fueron toda su esperanza y la devoraban a besos...

La realización de esta última evocación es de una gran finura. El cine, en efecto, posee esta gran fuerza de sugestión: la de la doble vista, de la alucinación flagrante, del ensueño materializado en un rincón de la pantalla. En los primeros días del cine, los dramas (tal vez dramones) basados en el remordimiento y su secuela espectral, prestaron ancho campo e estas visiones fantásticas. Se abusó, naturalmente, como se abusa en arte de todo lo que va como un florete a punzar el centro mismo de la sensibilidad. Pero el recurso es siempre de buena ley; como lo es el «leit-motif» musical, y como lo son a veces —pocas veces— los primeros versos de un poema, que se repiten al final del mismo con suspensivos...

Las orgías del cine

Arbuckle acaba de ser absuelto de la imputación de asesinato. Persiste por otro lado la impresión del crimen cometido en la persona de Mr. Taylor, director de los talleres Lasky, y no se ha borrado aún el recuerdo de otro crimen —bien que por cuenta personal— que se llevó al otro mundo de las sombras a Olive Thomas.

Sobre estos tres dramas se ha comenzado a edificar la leyenda que amenaza ahogar al cine en una atmósfera gratuita de corrupción.

En efecto, nada más gratuito que derivar estos hechos del carácter de vida de las gentes del cine. En todo tiempo y ocasión, las hermosas suicidas y los alegres trasnochadores han surgido de los ambientes áureos: mundo de las finanzas, de la aristocracia, del arte mismo —cuando el arte ha logrado dorarse. En Hollywood, Santa Mónica y Los Ángeles, las estrellas del cine se divierten, queremos creerlo, y es agradable, clásico y fatal que lo hagan. Pero no es sensato atribuir a una sola casta lo que ha sido y es patrimonio de las gentes cuya fortuna —pasado un límite— desborda en violento chorro de monedas, risa y orgías. Orgías... Seguramente las ha habido o las habrá en Los Ángeles. Mas no con la frecuencia ponderada, ni mayores tampoco que las que la suerte puede depararnos tras cualquier recodo de la opulencia.

No atinamos a suponer por qué las gentes del cine, particularmente ellas, deben de sentirse dispuestas a la orgía. No hay acaso en todo esto otro motivo que el fastuoso miraje de juventud, belleza y opulencia atribuidas a las estrellas de Hollywood, miraje que la pantalla, con sus vivas escenas de ternura entre esas mismas estrellas, no consigue sino reforzar.

Estas comedias trágicas, en suma, han eliminado de la vida a dos mujeres, ambas jóvenes y hermosas, y a un director de cine. De este último drama no nos queda más rastro que las crisis nerviosas de Mary Miles, los desmayos de Mabel Normand, y un paquetito de cartas amistosas, mojado en sangre. Asunto y angustias de cine, todo este drama, que algunas de sus intérpretes van a vivir de verdad.

LOS INTELECTUALES Y EL CINE[*]

Los intelectuales son gente que por lo común desprecian el cine. Suelen conocer de memoria, y ya desde enero, el elenco y programa de las compañías teatrales de primero y séptimo orden. Pero del cine no hablan jamás; y si oyen a un pobre hombre hablar de él, sonríen siempre sin despegar los labios.

---

[*] Publicado en: *Atlántida*, Buenos Aires, año V, nº 227, agosto 10, 1922.

No es del caso averiguar si no se cumple con los intelectuales respecto del cine, el conocido aforismo de estética por el cual todos los wagnerianos exclusivos silban sin cesar trozos de Verdi. Acaso el intelectual cultive furtivamente los solitarios cines de su barrio; pero no confesará jamás su debilidad por un espectáculo del que su cocinera gusta tanto como él, y el chico de la cocinera tanto como ambos juntos. Manantial democrático de arte, como se ve, y que a ejemplo de las canciones populares, da de beber a chicos, medianos, y hombres de vieja barba como Tolstoy.

Pero el intelectual suele ser un poquillo advenedizo en cuestiones de arte. Una nueva escuela, un nuevo rumbo, una nueva tontería pasadista, momentista o futurista, está mucho más cerca de seducirle que desagradarle. Y como es de esperar, tanto más solicitado se siente a defender un *ismo* cualquiera, cuanto más irrita éste a la gente de humilde y pesado sentido común.

¿Cómo, pues, el intelectual no halló en el arte recién creado, atractivos que por quijotería o snobismo hicieran de él su paladín?

La revista «Clarté», que no se caracteriza precisamente por el estudio de frivolidades, plantea esta misma pregunta en un primer artículo así encabezado: «El problema del cine en los tiempos modernos es demasiado importante para que no entre en nuestras preocupaciones».

¡Por fin! —podrá decirse. Los intelectuales de «Clarté» escapan por lo visto a esta generalización que acabamos de exponer. Oigamos un momento, porque vale la pena, lo que dice la revista en cuestión:

«En un principio no se ha querido ver en el cine más que una industria. Ahora bien, el cine es un arte, y la industria cinematográfica no es a este arte sino lo que la industria del libro, por ejemplo, es a la literatura. De este modo el cine anda aún en busca de su verdad, conducido por los peores guías que podía hallar.

»Se le ha trabado con las viejas reglas de un teatro en crisis de renovación y de estilo. El cine no se ha liberado aún de esta funesta influencia...»

Exactamente. Todo lo que de verdad, fuerza franca y fresca tiene hoy el cine, se lo debe a sí mismo, y lo adquirió con dolores y tanteos sin nombre. Lo malo que todavía guarda y que oprime por la desviación o hace reír por lo convencional, es patrimonio legítimo del teatro, que heredó y no puede desechar todavía. La gesticulación excesiva, violenta, que comienza impresa en los mascarones de la tragedia primitiva y continúa en la afectación de expresiones y actitudes de la escena actual, es teatro y no cine. Pero oigamos todavía:

«El cine procede de todas las artes, es su poderosa síntesis, y ello nos obliga a tener fe en su prodigioso porvenir. Atrae sobre sí, *universalmente*, todas las verdades esenciales de la vida moderna para crear con ellas una nueva belleza. Pero se comprende que el descubrimiento de tal riqueza haya provocado graves errores. Los tanteos eran inevitables. No se ha llegado de un golpe a la sinfonía. El genio ferviente y sincero de muchos siglos se ha empleado en aquélla. ¿Por qué el cine escaparía a esta necesidad, tanto más cuanto que su porvenir es más formidable? Y luego —es menester decirlo—, los que podían haberlo ayudado más eficazmente, lo han despreciado y vilipendiado. Dejando en manos de los arrivistas del primer momento —*ratés* de todas las categorías— este inaudito medio de creación, los intelectuales...»

He aquí la palabra. No fueron sólo nuestros intelectuales, al parecer, los que permanecieron mudos y con superior sonrisa cuando se les habló de cine. «Arte para sirvientas», en el mejor de los casos. «Payasadas melodramáticas», cuando el intelectual explicaba su sonrisa.

Cierto; tales groserías melodramáticas constituyen el triste don que las hadas escénicas del primer instante hicieron al recién nacido. Pero continuemos:

«Los intelectuales se encerraron en el desprecio. No comprendieron que la imagen podía ser no solamente expresiva en su movimiento o su asunto, sino también bella. Pero no es ésta la obra de un solo día o de un solo espíritu. No basta, particularmente, con ir a ver de cuando en cuando, en los programas tan mal confeccionados de los salones actuales, dos o tres cintas para quedar ungido de gracia. Es menester frecuentar larga y pacientemente las salas...».

Tal es por lo común, en efecto, la causa de los innumerables desengaños. Dada la superproducción de films, que alcanza a muchos millares por año, puédese sentar sin temor de yerro, que la primera cinta con que tropecemos en un cine cualquiera, no será una obra de arte. Después de ocho y diez cintas, ya hallaremos una pasable. Y es menester que transcurra un mes entero —y tal vez un trimestre—, para hallar por fin un film que sea el exponente de este maravilloso nuevo arte. Hablamos aquí, como se comprenderá, de condiciones de film puramente artísticas.

Bien; un mes, un trimestre, un año... No es mucho plazo, sin embargo. Si en toda la producción escénica de un año corrido, y en la otra terrible superproducción literaria mundial, tuviéramos que escoger las *obras maestras* —con todas sus letras—, el rubor nos subiría al rostro al constatar que sólo tres o cuatro libros o algún drama merecen el nombre de tales.

¿Qué juicio del arte literario podría formarse un novicio ideal, por el primer libro adquirido al azar en una librería? No culpemos pues al arte cinematográfico de las tonterías diarias impresas en la primer pantalla que encontramos al paso. Para evitarlas se requiere una larga cultura —como pasa con el libro— que no se adquiere sino devorando mucho malo. Pues como dice y prosigue «Clarté»:

«Es menester frecuentar larga y pacientemente las salas. La fe no se adquiere de golpe. En el estado actual, el mejor film no contiene sino las bases posibles de lo que llegará a ser. Y tal mala cinta, en un segundo, en el relámpago de un gesto, en una actitud, en la expresión de un sentimiento, nos deja descubrir verdades no menos esenciales. Lo que desde un principio ha corrido a los intelectuales, es precisamente lo que debería haber sido para ellos razón de entusiasmo: el modo como el público se ha apasionado por el cine, y la fuerza de su irradiación: Pequeña vanidad de inteligencias que no creen ser comprendidas sino por unos cuantos. Los intelectuales se han dado cuenta ahora, pero un poco tarde, de los tanteos, de la torpeza y del dinero que su indiferencia y desprecio ha costado al desarrollo del cine. Y si sueñan todavía con un arte dramático en trance de renovación, deben saber esto sólo: que el cine matará un día al teatro, si éste no se orienta hacia formas más puras».

Hasta aquí el intelectual (naturalmente, nadie conoce mejor a su familia que el miembro de ella) de «Clarté». Bienvenido con su franco amor, su fe y su desencanto del exceso de palabras que han convertido al libro y la escena en un fonógrafo de larga repetición.

Dícese que en la mejor novela de trescientas páginas sobran cien por lo menos del mismo modo que en el mejor drama se puede suprimir la mitad de los parlamentos. Como pocas veces se ha expresado cosa más cierta, las leyendas concisas de un film, bajo la pluma de un escritor de verdad, realizarán esa sed de brevedad, precisión sin palabreo ni engaño que sufre actualmente el arte.

KIPLING EN LA PANTALLA[*]

La obra lleva por nombre *El nido deshecho*. Para filmarla se han incluido en el cuento original personajes accesorios, escenas complementarias y leyendas que no figuran en aquél.

Ahora bien Kipling tiene una personalidad demasiado viva para que a un adaptador cualquiera le sea permitido crear personajes, escenas y modos de decir kiplinianos. Basta a este respecto recordar una anécdota.

---

[*] Aparecido en *Atlántida*, Buenos Aires, año V, nº 246, diciembre 21, 1922.

Los hermanos Tharaud, franceses, hicieron protagonista transparentísimo de una novela suya al mismo Kipling. La novela se titula *Dingley, [el ilustre] escritor*,* y fue premiada por la Academia Goncourt. Se desarrolla en Sud África, durante la guerra anglo-boer, cuya campaña siguió en efecto Kipling sobre el mismo terreno. Tuvo lo obra gran éxito, y lo que menos se dijo es que a pesar de haber calcado los autores a un personaje real, habían creado también un personaje con su arte. Este arte, por lo demás, se asemejaba mucho al del mismo autor retratado.

No insistiremos sobre esta semejanza... francesa. Cada cual es dueño de entender el arte de un escritor a su manera. Pero lo que es más evidente es la poca gracia de los señores Tharaud para hacer hablar a Kipling. Todo lo que Kipling dice en la novela —y dice mucho— no da sensación alguna de que pueda haberlo dicho el escritor anglo-hindú. Tropiezan aquí los hermanos novelistas con la misma dificultad que sienten para escribir *a lo* Kipling, pues no es tarea liviana para dos escritores de las orillas del Sena, interiorizarse con los aspectos de naturaleza y de vida de un país que no conocen y analizar impresiones de alma que ignoran en absoluto.

En *El nido deshecho* se incluyen ciertamente algunas leyendas tomadas textualmente del texto de Kipling; pero no bastan ellas para salvar las deficiencias de la adaptación. Solamente un gran escritor es capaz de traducir a otro gran escritor, se ha dicho más de una vez. Y mientras a estilo de los Curwood, Rex Beach y otros, Kipling no modifique él mismo la presentación de sus novelas para adaptarlas a la pantalla, los *Nido deshecho* no se diferenciarán en nada de las pasables historias anónimas del film.

---

* En el original aparece *Téraud* por *Tharaud*, en dos ocasiones, y *Dungley* por *Dingley*.

GLOSARIO

A

AGUARÁ. *m. zool.* Nombre que los guaraníes dan a los zorros. Para distinguir sus razas agregan a esta voz los sufijos *guasú* y *tubichá* que significan grande y excelente. De «El aguará-guasú», Horacio Quiroga (*Caras y Caretas*, 9/IV/1925). La palabra guaranítica *aguará* corresponde a *zorro* en nuestra lengua y *guasú* a *grande*. Es un zorro rojizo, con altísimas patas de lobo.

AGUTÍ. *m. zool.* Mamífero roedor de una familia afín a la del cobazo. Especies propicias de América Central y Meridional, desde Méjico y las Antillas hasta el norte de la Argentina; viven en regiones del bosque.

ALAZÁN-NA. *adj.* Caballo en el que predomina el color canela. Por su mezcla con otros colores se distinguen el alazán tostado, colorado, etc.

ANTA. *Ver tapir.* (de ANTE) *f. zool.* Mamífero rumiante, parecido al ciervo y tan corpulento como el caballo, de cuello corto, cabeza grande, pelo áspero de color gris oscuro y astas en forma de pala con recortaduras profundas en los bordes. Ver TAPIR.

APEPÚ. (del guaraní *apepú, cáscara agrietada*) *m.* argentino y paraguayo. Planta de la familia de las rutáceas. Es un naranjo agrio, de corteza gris oscura, copa globosa y ramas con fuertes espinas, flores blancas muy perfumadas, dispuestas en racimos, frutos de corteza rugoza, de color anaranjado rojizo y pulpa amarga y de mucho jugo. De las flores se extraen aceite esencial, agua de azahar y esencia de neolí. Con la fruta se hace confituras. También se denomina así al fruto de este árbol.

ARPÍA. *f. zool. Lechuza.* En portugués, *coruja.*

B

BOMBACHAS. *f. pl.* Prenda de vestir de origen asiático, llegada a América con los europeos. Fue adoptada por los campesinos y modificada por resultar muy cómoda en sus tareas y creemos que los primeros en usarlas fueron cuerpos de soldados de línea. Las bombachas más anchas y holgadas se denominan en Uruguay *orientalas* o de los *dos paños* y las más angostas y ceñidas, *porteñas* o de un paño. Las últimas se acompañan con botas de caña corta, también llamadas entre nosotros, *porteñas*. Las de dos paños son las más usadas en Uruguay y Río Grande do Sul, Brasil. Se registra en plural por ser un caso de *pluraria tantum.*

C

CAMALOTE. *m. Bot.* Nombre que se da por lo menos a cuatro plantas pontedereáceas, designadas técnicamente *Pontederia Rotundifolia L.*, y *Eicchornia Azúrea (suu) Kunt, Pontederia Cordata L.*, y *Eicchornia Cassipes.* Abundan en nuestros ríos y arroyos y a orillas

1221

de las lagunas y remansos de aguas tranquilas. Sus flores son muy bellas y, según su variedad, de color celeste, liláceo, azul y róseolilacino (A. Lombardo).

CAÑA. *f.* Aguardiente de caña de azúcar, muy popular en ambientes rurales y urbanos. Suele mezclársele con yuyos para obtener distintos sabores.

CAÑAVERAL. *f.* Sitio poblado de plantas de caña.

CAPUERA. (del portugués brasileño *capucira*, y éste del guaraní *cácuera*). *f.* N.E. de Argentina y Paraguay. Terreno desbrozado, parte de selva que se ha talado y limpiado para destinarla al cultivo; huerta.

CARAGUATA. Nombre guaraní que se da a la cardilla. Planta del tipo de las umbelíferas del género Eryngium. Habita en los lugares bajos y húmedos, a orillas de los ríos, arroyos y cañaverales. Hay varias especies: *E. Horrinum* (la más común), *E. Naudicale* y *E. Echinatus.*

CARPICIÓN. *f.* Nombre sustantivo derivado del verbo *carpir*, que en América significa limpiar o escardar la tierra con el carpidor, quitando la hierba inútil o perjudicial.

CASTILLA. *f.* Nombre que se da al idioma castellano. // *Saber la Castilla*: conocer la lengua castellana. // *Cantar la Castilla*: decir verdades que pueden doler a quien las oye.

CATIGUAI (S). *m.* Arbol de la familia de las meliáceas, de 12 a 14 m. de altura, propia de la provincia de Corrientes en la República Argentina.

CERNE (S). *adj.* Se dice de lo que es sólido y fuerte. Aplícase especialmente a las maderas.

CERRERO-A. (de cerro) *f.* Que vaga o anda de cerro en cerro, libre y suelto // *fig.* tratándose de personas, inculto, brusco // Animal sin domar, cerril.

CINCHAR. Trabajar con afán y perseverancia // Tirar de una cuerda // Entrar en competencia en una cinchada (deporte muy común entre los troperos que consistía en medir fuerzas entre uno o más animales de tiro por cada parte). Se solía apostar dinero) // Poner la cincha al caballo // Cinchar una carta. Deslizar una baraja en el mazo para sustituir a la que está en la boca, en el juego del *Monte*.

COATÍ. (o cuatí) *m. Zool.* (Guaraní) *Nasua Solitaria*. Procy ónido Arborícola, de poco más de un metro de largo (incluyendo la cola) de muy agradable aspecto. Se le da también el nombre castellano de *pardo* por su color.

COGOLLO. (del latín *cucullus, capucho*). *m.* Lo interior y más apretado de la lechuga y otras hortalizas // Brote que arrojan los árboles y otras plantas // Parte alta de la copa del pino // Lo escogido, lo mejor.

COMPADRITO. *m. adj.* Personaje de las *orillas* y arrabales de nuestras capitales de América // Afectado en sus maneras // Jactancioso, que habla siempre de sus hazañas // Individuo de andar y vestir afectado, que se cree elegante y digno de especial atención.

CONCHAVADO-A. *adj.* (*Conchabado* en *D.R.A.E.*). Empleado en menesteres comunes y durante un tiempo.

CUENDÚ O COENDÚ. *m. Zool.* Guaraní: *Coendu paraguayensiso vellosus*. Roedor armado de fuertes púas que sirven de defensas. Es de costumbres arborícoras, llegando pocas veces a estar por el suelo. Habita preferentemente en los montes sub-tropicales. En Argentina se le da el nombre guaraní de *Cuandú* y en Brasil, el de *ourico cadreiro*.

CULANTRILLO. *m. Bot.* (o *culandrillo*). Especie de helechos, muy cultivados en los jardines y viviendas criollas, que llevan los nombres técnicos de *Adiantum pairetti, Adiantum cuneatum* y *Adiantum tremulum.*

CUPÍ. *f.* Guaraní. *Zool.* Hormiga grande, de color blanquecino. Sus grandes hormigueros, que se elevan a sorprendente altura y se agrupan cubriendo hectáreas de terreno, se denominan *tacuruses*, plural del nombre guaraní *tacurú* que también significa hormiga.

CUZCO. (o *cusco*). *m.* Perro pequeño.

CH

CHACO. *Geogr.* Provincia del norte argentino. Capital: Resistencia. Limita al N. y al NO con los ríos Tenco y Bermejo, al E. con los ríos Paraná y Paraguay y al S. con las provincias de Santa Fe y Santiago del Estero. Su extensión es de 136.655 Km². La bañan los ríos: Bermejo, Oro, Quía, Tragadero, Salado y otros. Este territorio es riquísimo en el reino vegetal, sobre todo en las variadas maderas de sus bosques y muy especialmente el Quebracho Colorado. Produce caña de azúcar, trigo, maní, maíz, café, algodón, plantas tintóreas y medicamentosas. Ganado vacuno, lanar, mular, asnal, cabrío y de cerda.

CHACOTA. *Geogr.* (De la onomatopeya *chac.*) *f.* Bulla y alegría mezclada de chanzas y carcajadas con que se celebra alguna cosa // Broma, burla. Tomar o echar a chacota una persona o cosa; hacer chacota de alguna persona o cosa.

CHALANA. *f.* Embarcación menor, de fondo plano, proa aguda y popa cuadrada que sirve para transporte en parajes de poco fondo.

CHAMBONADA. *f. fam.* Desacierto propio del chambón (el que es poco hábil para desempeñarse) // *fam.* Ventaja obtenida por chiripa (en el billar, ventaja obtenida por casualidad). Por extensión, toda ventaja obtenida así.

CHANGÜÍ. *m.* Ventaja engañosa que se le da al rival en ciertos juegos, para desplumarlo deliberadamente // Confianza aparente. *Dar changüi*: dar confianza con un propósito deliberado.

CHARQUE O CHARQUI. *m.* (del quechua, *charqui*). Tasajo. Fue el principal producto de exportación de estos países (Argentina, Uruguay, Brasil). Carne salada y secado a la intemperie. Charque dulce secado sin salar, propio de los quechuas y de otros pueblos incas.

CHE. Pronombre de 2a. persona que equivale al *tú* castellano. Transformado en interjección, con él se llama la atención de un familiar o de un amigo, pues cuando esto se hace con un desconocido la voz tiene un sentido despectivo y provocativo a la vez. Suele usarse añadiéndole el pronombre ríoplatense *vos* (que equivale también al *tú* español, diciéndose ¡ che, vos! La etimología no está lo suficientemente aclarada pero se cree que es originaria de la República Argentina y tuvo su centro de dispersión en la ciudad de Buenos Aires. En la lengua guaraní hablada en Paraguay y Brasil, y en las provincias argentinas de Misiones y Corrientes, la voz se usa como adjetivo posesivo de primera persona singular: *Che, amigo*: mi amigo. *Checarai*: mi señor. En la lengua y dialectos araucanos *che* significa hombre y era el nombre que los araucanos y mapuches solían darse.

CHIPA. *m.* (Guaraní) Trozo de hígado de vacuno que se usa para ablandar el lazo, etc., cuando el cuero está reseco.

CHIRCA. *f. Bot.* (Quechua) *Dodonaea viscosa.* Arbustillo que alcanza a veces las proporciones de un árbol. Se llama también chilca o chirca de monte. Con igual nombre y los de *chilca, chilca de campo* y *chirce de bañado*, se distinguen las especies de la familia *Compositae* denominada técnicamente *Eupatorium Buniifolium* y *E. tremulum*, arbustillo y arbusto respectivamente, que abundan en los campos incultos y el segundo junto a las aguadas y a los bañados.

CHIRCAL. *m.* Lugar poblado de chircas.

CHOCLO. *m.* Mazorca tierna de maíz // Deuda de valor apreciable que no se ha podido pagar / Dejar un choclo: dejar una deuda sin pagar.

CHÚCARO-A. *Adj.* Animal salvaje, cimarrón, que puede ser muy peligroso // Arisco // Persona que huye del trato de los demás.

CHUCHO. *m.* (quechua) Escalofrío // Miedo, terror / Entra el chucho: entra el miedo // Nombre quechua de la malaria // Nombre que se da a las razas gigantes.

D

DAMAJUANA. *f.* (del francés dame-jeanne) bombona.
DORADILLA. *f.* (de dorada). Pez teleósteo marino. // Helecho de abundantes hojas de seis a ocho decímetros de largo, pecioladas, lampiñas y verdes por encima, cubiertas de escamillas doradas por el envés, divididas en lóbulos de cuatro a seis milímetros, alternas y obtusas, de raíces fibrosas casi negras. Se cría entre las peñas y se ha usado en medicina como vulnerario y diurético.

E

ENSEBADA. Acción y efecto de ensebar.
ENSEBAR. Untar con sebo.
ESPARTILLO. *m.* Especie de gramínea que a veces cubre grandes extensiones de campo, formando matas.

F

FLAMENCO. *m.* Cuchillo de gran tamaño // *Zool. Phoenicopterus ruberchilenios.* Ave de la familia *Phoenicopteridae*, que vive preferentemente frente a las costas marinas o junto a los depósitos de aguas salinas. Iguala por su esbeltez y belleza a la garza rosada.
FORMOSA. *Geogr.* Provincia del Norte Argentino. Capital: Formosa. Territorio de la Argentina situado en el extremo norte de la misma. Limita al N. con Bolivia y al NE con Paraguay. El río Pilcomayo forma estos dos límites. Al SE confina con Paraguay, mediante el río Paraguay y al SO con el río Bermejo. Tiene 90.000 km² y en su población hay abundantes indígenas. Presenta el aspecto de una llanura levemente inclinada y cubierta de bosques con grandes extensiones anegadizas.

G

GAMA. *f.* Hembra del gamo, del cual se distingue a primera vista por la falta de cuernos.
GRINGO-A. *adj.* Extranjero de costumbres extrañas, especialmente italiano. Los españoles y portugueses no fueron nunca considerados gringos, así como todos los extranjeros procedentes de países americanos, excepto los de habla inglesa, holandesa y francesa.
GUACAMAYO. (del haitiano huacamayo). Ave de América, especie de papagayo, del tamaño de la gallina, con el pico blanco por encima, negro por debajo, las sienes blancas, el cuerpo rojo sanguíneo, el pecho variado de azul y verde, las plumas grandes de las alas muy azules, los encuentros amarillos y la cola muy larga y roja en las plumas de los lados azules.
GUASCA. (*quechua, huasca*) Trozo de cuero crudo, largo y de poca anchura que puede tener diversos usos. Tiento y tira de cuero // Azote del arreador, rebenque. *Dar guasca*: castigar al caballo. Por extensión: pegarle a una persona o rezongarla fuertemente.

GUASCAS. *f. pl.* (*quechua*). Trozos de cuero crudo sin ningún valor // Prendas del recado del pobre // *Estar en las guascas*: estar en prisión o en la estaqueadura // *Ir a parar a las guascas*: ir a parar a la cárcel // *Del cuero salen las guascas*: del esfuerzo y sacrificio del pobre sale toda la riqueza; de la riqueza amasada por el padre salen todos los gastos ostentosos de los hijos.

GUINCHE. *m.* Nombre que se da al Winchester.

I

IGUAZÚ. *Geogr.* Río de América del Sur, que nace en la Sierra do Mar, cerca y al S. de Curitiba (Brasil) y es uno de los mayores afluentes del Paraná. Durante su curso, de unos 1.300 kms., recibe el nombre de Río Negro y río Chopim, que son sus principales tributarios. Es notable por sus cataratas.

INCIENSO. *m.* Gomorresina, en forma de lágrimas, de cobre amarillo blancuzco o rojizo, factura lustrosa, sabor acre y olor aromático al arder. Proviene de un árbol de la familia de las burseráceas, originario de Arabia, de la India y del África. Mezcla de substancias que al arder, despiden buen olor. // Macho. El que naturalmente destila del árbol, el que normalmente es más puro y mejor que el incienso hembra, que es el que por incisión se le hace destilar al árbol.

J

JANGADA. *f.* (del portugués, que tomó la voz de una lengua drávdica de la India). *Fam.* Maderas para navegar, balsa // Mala acción hecha a uno. Trastada // Salida fuera de lugar.

L

LAPACHO. *m. Bot.* (Guaraní: *Ipé*). *Tabebuia ipe.* Árbol indígena de gran corpulencia cuya madera es dura y muy apreciada en ciertas circunstancias.

LOBISÓN, LOBIZÓN-A. (del portugés, lobishome: hombre lobo). Según supersticiones antiquísimas de origen europeo, es lobizón el séptimo hijo varón o la séptima hija nacidos sucesivamente de la misma madre, sin la aparición de un hermano del sexo opuesto entre ellos. Según el mito, los viernes por la noche el espíritu del lobizón deja su morada corporal humana y adopta la forma del primer animal que encuentra en su camino. Si se llega a matar a este animal fantástico, que suele en seguida aterrorizar a la gente durante la noche, el cuerpo del lobizón queda sin vida y su alma se pierde en el misterio. Al llegar las primeras luces del día, el espíritu se vuelve a su morada corporal y el infeliz se levanta preso de un gran cansancio. Esta superstición ha sido causa de incontables tragedias en estos países de América del Sur. Los lobizones por nacimiento eran recelados y temidos por todos, y los mozos rehuían con espanto el trato con una moza lobizona por bella y virtuosa que fuera.

M

MACACO. (Portugués). Especie de mono, cuadrumano muy parecido a la mona pero más pequeño, con cola y el hocico más saliente que ella // Nombre que peyorativamente se da a los brasileros en los países limítrofes. En Brasil llaman así, peyorativamente, a los negros y mestizos.

MACANA. Garrote de madera dura // Arma indígena extendida por toda América. Mango de arreador o rebenque // Contratiempo // Error o equivocación grave // Embuste.

MACANUDO-A. *adj.* Bueno, excelente, favorable en grado sumo // Interjección y satisfacción. También se usa *bárbaro* en este sentido. Obsérvese que *macanear* significa cometer errores improcedentes, decir tonterías o hacerlas, mentir. En general, todos los derivados de *macana* tienen un significado negativo, salvo *macanudo*.

MACHETE. Arma más corta que un cuchillo, más ancha, pesada y de un solo filo (en Europa). En América, cuchillo grande de diversas formas, que sirve para desmontar, cortar la caña de azúcar, etc. En Argentina, tacaño.

MALACARA. *adj. m.* y *f.* Es una seña muy común en los caballos criollos (de América del Sur) y no por lo que pueda insinuar su nombre; todos los ejemplares que lo llevan son feos o poco garbosos.

MANDIOCA. *f.* Planta neforbeácea, muy cultivada en Brasil y regiones cálidas de América, de cuya raíz se fabrica la harina llamada *fariña*.

MARTINETA. *f. Zool. Rynchotus rufescens.* Ave timánide que constituye el principal atractivo de los cazadores, por su tamaño y la calidad de su carne. En Uruguay *perdiz grande*. En vía de extinción.

MATE. *m.* (del *quechua: matí*). Calabaza en la que se prepara y sirve la infusión de yerba mate // Infusión de yerba mate // Cabeza, inteligencia, seso. *Póngase esto en el mate*: póngase esta idea en la cabeza.

MISIONES. *Geogr.* Territorio federal de la Argentina. Sus límites son al NE y SE: Brasil; al S. y SO, la provincia de Corrientes, y al O. la República del Paraguay. 29.229 km^2 y 53.600 habitantes. Lo bañan los ríos: Uruguay, Paraná y otros, pertenecientes al sistema del Plata. Magníficos bosques de cedros, palo santo, palo blanco, jacarandá, palo rosa, pino, bambú, palmera, etc. Arboles frutales. Importantes minas de oro, plata, hierro, mercurio y carbón de piedra.

MONTONERAS. *f.pl. (habla campesina)* Guerrillas y escaramuzas de gauchos de las guerras por la Independencia y de las intestinas que vinieron después durante la época del caudillaje.

MULITA. *f. Zool. Dasypus seterucinetus.* Armadillo que se encuentra en las tres Américas. Cava sus intrincadas cuevas hasta más de un metro de profundidad y siendo éstas muy extendidas, causa más de un accidente a los jinetes inexpertos. Es mamífero. Su carne es comestible y asada es un manjar. Se llama también mula // Se llama así a las personas tímidas como parece que lo fuera la mulita.

P

PAJA. *f. Bot. Paja brava*: paja con tallos dentados que hace difícil su manipulación. *Paja mansa*: paja de fácil manejo con la que se construyen techos y paredes de *quincha*. Ambas cubren grandes extensiones formando pajales o pajonales. La paja brava florece con unos enormes plumeros blancos. Crece en lugares húmedos y también en terrenos altos.

PALO. *m.* (América). Árbol o arbusto. Suele usarse con adjetivos o determinaciones. Palo santo, palo brasil. También se llama así a los pedacitos de tronco de la rama que, en la yerba mate, se mezclan con la hoja triturada. *Palo-rosa*: llamado también palo borracho. Lo llaman rosa por el color de las flores.

PALOMETA. *f.* Pez comestible, parecido al jurel aunque mejor.

PARANÁ. *Geogr.* Río de América del Sur, el más grande después del Amazonas. Se forma de dos grandes brazos: el Río Grande y el Paranahysa, los cuales se encuentran a 20° de latitud

Sur y a 50° 40′ de longitud Oeste del meridiano de Greenwich y a 850 kms. uno de otro. Atraviesa grandes extensiones de Bolivia, Brasil, Argentina y Paraguay. Tiene numerosos afluentes. Entre las bellezas naturales de su curso, citaremos el Salto de la Gauira, en donde sus aguas se parten en 21 brazos y caen desde una altura de 15 m. y las Cataratas del Iguazú, mayores que las del Niágara. Su longitud total es de 5.765 m. Nace del Río Grande y desemboca en el Río de la Plata. // *Geogr.* Ciudad de la Argentina, capital de la Provincia de Entre Ríos y del departamento de su nombre, situado en la margen izquierda del río Paraná. Posee calles rectas, amplias plazas, hermosos paseos y grandes y bien cuidados parques. Puerto muy importante. Fue fundada en 1730 por los españoles.

PAVAS DEL MONTE. *f. Zool.* Penélope oscura. Especie de la familia *Cracidea.* Se la ve en las florestas de los grandes ríos y arroyos, parada en los árboles más altos, donde anida. Su carne es excelente y por ser muy huidiza es muy apreciada. Se le da el nombre guaraní de *Jacú-guassú.*

PECARÍ. *m. Zool.* (guaraní). Especie de cerdo indígena, de carne comestible, que pertenece a la familia de los *tayassurdes.* En América del Sur viven el *pecarí de collar: Pecari tayacer* y el *pecarí labiado: Tayassu pecari.* Según las regiones donde habitó o habita, se le llamó o llama: *curé, patira, chancho de monte, chancho, jabalí* y *zaino.* Los guaraníes lo llaman también *tayasu* (sucio), voz que sirvió para denominar científicamente a la familia a la que pertenece.

PELUDO. *m. Zool.* Eupharactus sexcintus. Armadillo de regular tamaño, cuyo caparazón está cruzado por gruesos pelos. Su carne es comestible pero algunos la tienen por despreciable porque parece que toma los cadáveres en los cementerios; sin embargo tiene preferencia por los huevos, especialmente los de ñandú, que roba de la nidada cavando galerías debajo de los nidos. Otros nombres: *poyó, quirquincho amarillo* y *tatú de mano amarilla.*

PETERIBÍ. Madera considerada de muy buena calidad para fabricar muebles.

POSADAS. *Geogr.* Capital de la Provincia de Misiones. Ciudad moderna y dotada abundantemente de todos los servicios.

PUCHERO. *m.* Cocido. // Alimento diario y regular. // *Fig.* y *fam.* Gesto o movimiento que precede al llanto verdadero o fingido.

PUMA. *m. Zool. Felis concolor.* Felino de gran corpulencia y fiereza, que fue el rey de la fauna indígena. Se ha extinguido en Uruguay, hallándose relegado a las regiones más agrestes y deshabitadas del continente. Se le llama *león americano.*

Q

QUIRQUINCHO. *m. Zool. Chactopactus vellerosus pannosus* (Thomas). Armadillo de regular tamaño que se encuentra en vastas regiones de la Argentina, llamado también *peludo grande.* Su carne es comestible.

R

RAIGÓN. *m. Aumentativo de raíz. Bot.* Árbol hermoso de la familia de las pipolonáceas. (Puede ser nudo de raíces que sobresalen del suelo.)

RANCHO. *m.* Vivienda primitiva del gaucho y del primer poblador de la campaña, construida con paredes de terrón o adobe y techo de paja. El piso era de tierra apisonada y en el tiempo de la colonización, sus aberturas (puentes y ventanas), se cubrían con cueros de vacunos que colgaban de sus dinteles. Sus paredes, a veces, se hacían de quincha. El rancho de terrón se construye con grandes panes de terrones de gramilla fresca, superpuestos en hiladas y generalmente las paredes se embarran y encalan por la parte interior; el techo es de paja mansa o totora pues la paja brava es de difícil manipulación. El rancho de *palo a pique* es de paredes de estaca y quincha; el de *culata* tiene techo a cuatro aguas o cuatro vertientes. Actualmente todavía se ven familias viviendo en ranchos, aun en los suburbios de las ciudades.

RAYA. *f. Zool.* Pez selacio del suborden de los ráyidos, muy abundante en los mares españoles, cuyo cuerpo tiene forma de un disco romboidal de un metro de longitud, aletas dorsales y cola muy larga y delgada, fila longitudinal de espinas. // Cualquiera de los selacios perteneciente al suborden de los ráyidos.

REBENQUE. *m.* Especie de látigo, de mango corto y pesado, adornado a veces curiosa y ricamente con primorosos trenzados y piezas de metales preciosos. El azote o azotera es una lonja corta y ancha de cuero crudo pelado y sobado.

S

SALADITO. *Geogr.* Región del Chaco.

SANCOCHO-SANCOCHADO. Comida mal aderezada y poco apetitosa. Mala presentación, todo revuelto. Comida. // Caballo muy viejo.

SAN IGNACIO (de las Misiones). *Geogr.* Población de la República del Paraguay, capital del departamento. Su principal industria es la ganadería.

SURUBÍ. *m. Zool. Psendoplatystoma goruscario.* Pez de gran tamaño. Su carne es muy apreciada y su pesca es difícil y emocionante.

T

TÁBANOS. (Rosario) *Tabanus sorbilians Wied.* Insecto de gran talla, cuerpo ancho y comprimido. Tienen ojos grandes y contiguos en los machos. La trompa en la hembra es un verdadero pico. Aparato bucal picador, dos alas (díptero), de metamorfosis completa.

TACUARA. *f. Bot.* (guaraní) *Bambusa tacuara.* Caña que alcanza gran altura, (6-10 m.); de corteza lisa, verde oscuro, tornándose amarillenta en cañas adultas. Hojas lanceoladas, agudas, largas. Caña flexible y de gran resistencia con la que se hacen tijeras para los ranchos de quincha, picanas y astiles de lanza.

TAPIR. Ver *Anta.*

TATÚ. *m. Zool.* (guaraní *tatu-hu*). *Dsypus novemcinetus.* Armadillo de hasta 40 cms. de cuerpo y 25 cms. de cola. Su carne es comestible, aunque de inferior calidad a la de la mulita // *Tatú carreta. m. Zool. Priodontes giganteus* (Geoffroy). Tatú de gran tamaño del sur del Brasil.

TIJERA. Tirante del techo de un rancho o galpón. Sus extremos se asientan y reposan en la cumbrera y en la solera. Sobre ellas se atraviesan las alfajías.

TIMBO. *m. Bot.* (guaraní) *Arthrosamanea polyantho.* Árbol indígena que alcanza buena altura y que se destaca por su belleza en la época de la floración. El mismo nombre se da al *Entherolobium Contortesiliquum,* árbol leguminoso como el primero al que por la extraña forma de sus frutos se le llama también *oreja de negro.*

TROTE. *m.* Modo de caminar acelarado, natural de todas las caballerías, que consiste en avanzar saltando con apoyo alternado en cada bípedo diagonal (es decir en cada conjunto de mano y pie contrapuestos).

U

URA. (Rosario). Larva de insecto díptero (*Dermatobia hominis*), mosca de la región neotropical, la cual pone huevos en pleno vuelo, en dípteros hematófagos. Los huevos maduran y se transforman en larvas, que abonan los dípteros y penetran en la piel de otros animales, donde permanecen hasta 45 días y penetran después en el suelo, quedando en estado de pupa hasta los 70 días, después de los cuales nace la mosca.

V

VADEAR. Pasar un río u otra corriente de agua profunda por el vado o cualquier otro sitio donde se puede buscar pie.

VENADO. (Rosario) Mamífero herbívoro, que tiene un par de dedos recubiertos por una pezuña. Pertenecen al sub-orden Rumiantes, con cuernos macizos. Miden 75 cms. de alzada y 15 cms. de cola. Pelaje corto, liso, de color bayo claro. Los hijos nacen con manchas blancas que desaparecen con el primer cambio de pelo. Cornamenta de hasta 30 cms.; cuernos delgados, ramificados. Habita las llanuras y evita el arbolado y el monte. Se le ve solitario en invierno y en primavera, en rebaño. El macho despide olor desagradable. Está en vías de extinción.

VINCHUCA. *f. Zool.* (Quechua). Nombre que se da a insectos hemípteros de la familia de los *Triatomideos*, que son hematófagos. Huésped del *Trypanosoma Crusi*, por medio de sus deyecciones transmiten al hombre la enfermedad de *Chagas (Trypanosomyasis americana)*. De un tamaño de hasta 3 cms. de largo, vuelan pesadamente y atacan por la noche, permaneciendo durante el día escondidos en las paredes y techos de los ranchos, donde hallan refugio seguro.

Y

YABEBIRÍ. *Geogr.* Población de la República del Paraguay en el departamento de Pilar. Producción agropecuaria. Puede ser un río, cuyo nacimiento está en este pueblo y llega hasta Misiones.

YACARÉ. *m. Zool. Caimán latirostris.* Reptil de hasta dos metros de largo que es el único representante del Orden *Crocodilia* en esta parte de América del Sur. Vive en los ríos y en los grandes arroyos y va extinguiéndose por créersele peligroso y dañino y sobre todo porque su piel es muy valiosa en la industria del calzado y afines.

YARARÁ-YARÁ. *f. Zool.* (Guaraní). *Bothrops neuwedi poubesceus.* Ofidio de gran peligrosidad que abunda en las zonas húmedas y pedregosas. Su picadura es mortal si la víctima no es atendida a tiempo y en la forma conveniente.

YERBA. *f.* Yerba mate. *Bot. Ilex Paraguensis.* Arbusto de la familia *Aquifoliaceae* con cuyas hojas y ramillas tiernas se elabora la yerba mate. Conocidos sus principios activos por los indígenas del sur del Brasil y Paraguay, desde tiempos inmemoriales, su cultivo extensivo e intensivo fue obra de los Padres Jesuítas, que la llamaban *Yerba Santa* y quienes en pocos años hicieron de la preparación de la yerba mate una de las principales industrias de sus célebres Misiones.

YUYOS. *m.* (Quechua). Hierba inculta. // También hierba medicinal.

Z

ZONZO-ZA. *Adj.* Soso, insulso. // Tonto, simple, mentecato.

III. CRONOLOGÍA

Establecida por
Jorge Lafforgue

CRONOLOGÍA

1878. El 31 de diciembre nace en Salto (Uruguay), en una casona de su calle principal, Horacio Silvestre Quiroga, cuarto hijo de Pastora Forteza (en sus documentos, Juana Petrona Forteza) y Prudencio Quiroga (vicecónsul argentino, con varios años de residencia en el lugar).

1879. La familia se traslada a una chacra, en San Antonio Chico. Cuando vuelve de una excursión de caza, al descender el padre del bote se le dispara un tiro. Muere en el acto (14-III).

Poco después el niño es llevado por su madre a las sierras de Córdoba (Argentina), donde permanecen largo tiempo para cuidar de la salud de una de las hijas.

1883. Los Quiroga regresan a Salto. Allí Horacio cursará estudios primarios en la Escuela Hiram, que sostiene la masonería.

De pequeña contextura, es un niño retraído, nervioso, asmático, protegido por su madre y su hermana María, cinco años mayor que él.

1891. El 28 de febrero, Pastora Forteza se casa con Ascencio Barcos, otro argentino arraigado en el Salto uruguayo. Horacio acepta el matrimonio y llega a querer a su padrastro (cuando más adelante éste queda afásico e inválido a raíz de una hemorragia cerebral, le oficiará de intérprete). La nueva familia reside un par de años en Montevideo.

Quiroga cursa estudios secundarios en el Colegio Nacional de la capital uruguaya y en el Instituto Politécnico de Salto (como en la escuela primaria, Horacio es buen alumno, aunque revela un carácter díscolo e inquieto).

Por esa época pasa días enteros en un taller de reparaciones de maquinarias y en la carpintería de Maciá, con cuyo hijo esboza sus primeras conversaciones intelectuales.

1893. Una fotografía nos lo muestra en traje de ciclista: un joven delgado de brazos y piernas musculosas.

El ciclismo constituye entonces el «eje de sus afanes»; funda en Salto una sociedad ciclista de la que es secretario y factótum. También despiertan su entusiasmo la química y la fotografía, cuya práctica prolonga a lo largo de toda su vida.

1896. Quiroga forma con sus recientes amigos, Alberto J. Brignole, Julio J. Jaureche y José Hasda, la «Comunidad de los tres mosqueteros», de la cual él es D'Artagnan.

En sus frecuentes paseos por los alrededores del pueblo suelen reunirse en una ruinosa y deshabitada casa, donde declaman a voz en cuello sus composiciones. Quiroga, Brignole y Jaureche intercambian prosas y poemas en un cuaderno de cuarenta y ocho hojas (primer documento literario que se conserva del escritor).

Es el año también de «un hallazgo excepcional»: en una publicación caída en manos de Brignole al acaso, el grupo tiene oportunidad de leer la «Oda a la desnudez», de Leopoldo Lugones; en ella «todo parecía grandiosamente virgen: la simbología, la sonoridad, la fuerza lírica» (*D. y B.*; así abreviamos *Vida y obra de Horacio Quiroga*, de José María Delgado y Alberto J. Brignole); para H. Q. la oda lugoniana se constituye en «el alfa de su abecedario lírico».

Apuntando con el caño de la escopeta a su cara y gatillando con los dedos de su único pie hábil, Ascencio Barcos se suicida (5-IX). Alertado por el disparo, Quiroga es el primero en acudir.

1897. Colabora en las publicaciones salteñas *La Revista Social* y *La Reforma*. En el número 27 de esta última un artículo documenta minuciosamente sobre una hazaña deportiva que acaba de realizar junto a su amigo Carlos Berruti: ambos han unido las ciudades de Salto y Paysandú en un viaje en bicicleta de 149,5 kilómetros, segun sus cálculos. «Para los ciclistas» es el primer texto publicado por H. Q.

Quiroga tiene dieciocho años; además de Lugones, admira a Gutiérrez Nájera, Bécquer, Darío, Heine, Catulle Mendés.

1898. En las fiestas de carnaval de Salto, conoce (quizá ya la conociera; *cf.* nota 2 en p. 29 de este volumen) a María Esther Jurkowski, su primer gran amor desdichado. Quizá la irregular situación hogareña de la muchacha suscite la oposición de la familia; lo cierto es que Horacio no impone su voluntad y María Esther es enviada a Buenos Aires. Años más tarde se reencuentran allí.

Se estrena en el periodismo literario bajo el pseudónimo de Guillermo Eynhardt (héroe de *El mal del siglo* de Max Nordau). Colabora en cuatro oportunidades en el semanario salteño *Gil Blas*, dos de cuyos directores, José María Fernández Saldaña –primo de H. Q.– y Asdrúbal E. Delgado, se suman al grupo mosqueteril. Si su poema en prosa «Nocturno» tienta la audacia metafórica con «la luna que semeja un arco voltaico», «Helénica» marca ya la transición del romanticismo decadente al pleno modernismo.

Quiroga y Brignole aprovechan la breve escala que el vapor fluvial hace en Buenos Aires para conocer a Lugones; lo visitan en su casa de Barracas.

1899. Nueva visita a Lugones, que corrobora el nacimiento de una fuerte amistad entre ambos.

Quiroga se lanza a una empresa de gran alcance, un semanario propio: funda la *Revista del Salto*, que subtitula: *Semanario de literatura y ciencia sociales*. Si el motivo que alienta la empresa es una cierta rebeldía, no es seguro que los propósitos sean subversivos. Se trata, en verdad, de dar a conocer una línea estética: «cuando el genio vive en la sangre como una neurosis, cuando acaso con un golpe de alas se puede salvar esa bruma tenaz» («Introducción», nº 1; 11-IX). En ella colaboran A. J. Brignole, A. E. Delgado, Atilio Brignole y Fernández Saldaña. Quiroga publica, entre otros trabajos, «Para noche de insomnio» (bajo influencia de Poe y con epígrafe de Baudelaire); «Aspectos del modernismo» («Literatura de los degenerados; éste es el justo nombre que se ha pretendido convertir en culpa»); una apología de Lugones, a quien califica de «genio» y considera «primer poeta de América».

1900. El 4 de febrero termina sus días la *Revista del Salto*: «Una publicación que no se adapta al ambiente en que vive, que intenta el más insignificante esfuerzo de amplitud y penetración, cae. No se la discute, no se la exalta, no se la elogia, no se la critica, no se la ataca: se la deja desaparecer como una cosa innecesaria, muere por asfixia, lentamente» («Por qué no sale más la *Revista del Salto*»). A lo largo de sus veinte numeros, se cuentan más de treinta colaboraciones de H. Q., las cuales constituyen «una expresión de multifacetismo literario: hay poemas, prosa poemática, páginas narrativas, crítica teatral y literaria, artículos ensayísticos sobre diversos temas». (Arturo Sergio Visca: «Prólogo» a *Época modernista*.)

30 de marzo: parte para París, vía Génova, en el *Cittá di Torino*: «como un dandy, flamante ropería, ricas valijas, camarote especial» (*D. y B.*). «...me han entrado unas aureolas de grandeza como tal vez nunca haya sentido. Me creo notable, muy notable, con un porvenir, sobre todo, de gloria rara. No gloria popular, conocida, ofrecida y desgajada, sino sutil, extraña, de lágrimas de vidrio» (*Diario de viaje a París* de H. Q.).

En París asiste a las tertulias del Café Cyrano, en Montmartre, donde se reúnen «joviales colegas y trasnochadores estetas, danzarinas, o simples paripatéticos» (Rubén Darío, *Autobiografía*); entre los colegas se cuentan Enrique Gómez Carrillo y Manuel Machado (escribe Quiroga: «me parece que todos ellos, salvo Darío que lo vale y es muy rico tipo, creen mucho más de lo que son»).

Visita la Exposición Universal, el Louvre y otros sitios famosos; sobre estas visitas escribe artículos para *La Reforma* de Salto.

A poco se queda sin recursos económicos, siente hambre, piensa emplearse como corrector en la casa Garnier, unos amigos lo mantienen provisoriamente; entonces escribe: «No tengo fibra de bohemio. Es algo como si todo el pasado de uno se humillara, y en todo el porvenir tuviéramos que vivir del mismo modo.»

«La estadía en París —concluirá él mismo— ha sido una sucesión de desastres inesperados, una implacable restricción de todo lo que se va a coger.»

12 de julio: desciende en Montevideo del *Duca de Galiera*; segun registro del barco, *giornalista*. «Volvió con pasaje de tercera (...) un saco con la solapa levantada para ocultar la ausencia de cuello, unos pantalones de segunda mano, un calzado deplorable» (*D. y B.*).

Durante su viaje, Quiroga ha llevado un *Diario*, que años más tarde confía a su amigo Martínez Estrada. Ese *Diario* «presenta un estimable aporte para el mejor conocimiento de su juventud, al tiempo que facilita el acceso a su intimidad y contribuye como pieza insustituible al estudio de su iniciación literaria, la que se confunde con los orígenes del modernismo en el Uruguay», resume su editor Rodríguez Monegal; quien, en otra oportunidad, rematará drásticamente: a través del *Diario* «se revela una experiencia de la frustración y el fracaso que constituye el verdadero trasfondo de este viaje a París».

Desde el 22 de agosto hasta el 5 de septiembre permanece en Salto. Baja luego a Montevideo y vive con Jaureche, en la calle 25 de Mayo 118, segundo piso; a una cuadra se aloja Brignole. Con Asdrúbal Delgado y Fernández Saldaña restauran el viejo grupo, al que se ha sumado Federico Ferrando (primo de Jaureche). Y fundan entonces, en esa habitación, el «Consistorio del Gay Saber», que parece «ampliar en forma más elaborada (aunque no menos pueril) la fraternidad salteña de los mosqueteros». «En el Consistorio, jugaron con la rima, con la aliteración, con las medidas, con la semántica, atacando sin rigor pero con brío un territorio inexplorado del lenguaje, liberando en el Uruguay fuerzas que otros, como Julio Herrera y Reissig, llegarían a explotar con maniática precisión y genial urgencia» (E. R. M.: iniciales de Emir Rodríguez Monegal). El «Consistorio del Gay Saber» fue el primer laboratorio poético del Río de la Plata en las puertas del siglo XX, seguro anticipo de la «Torre de los Panoramas» de Herrera y Reissig.

«A la natural exaltación juvenil sumaban a veces los brahmines la de los paraísos artificiales», aunque en dosis modestas. Quiroga, que ya en su adolescencia había empleado el cloroformo como recurso terapéutico contra el asma, se aventura ahora con el hachís, bajo la mirada clínica de su amigo Brignole, estudiante de medicina (la experiencia servirá de base al cuento homónimo publicado en *El Gladiador* tres años después). Pero «la actividad del Consistorio no se redujo al ritual más o menos satánico de la calle 25 de Mayo. En el Café Sarandí también solían reunirse los conjurados poéticos, mezclándose con artistas y poetas de otras facciones, ampliando el círculo de conocidos, difundiendo las leyendas de sus Misas Negras, de sus Paraísos Artificiales. Los productos del laboratorio iban a empezar a propagarse entre un público más vasto. El semanario montevideano *Rojo y Blanco*, que entonces dirigía el crítico Samuel Blixen, recoge un cuento de Quiroga, «Ilusoria, mas enferma» (octubre 7, 1900) que lleva entre paréntesis la calificación de «Página decadentista» y está firmado con el pseudónimo de Aquilino Delagoa (portugués)» (E. R. M.).

26 de noviembre: se expide el jurado, integrado por José Enrique Rodó, Javier de Viana y Eduardo Ferreira, sobre el concurso que promueve el semanario *La Alborada*, dirigido por Constancio C. Vigil: primer premio, Óscar G. Ribas; segundo, Horacio Quiroga (Aquilino Delagoa: «Cuento sin razón pero cansado»); tercero, Álvaro Armando Vasseur. Sobre setenta y cuatro originales de toda América.

1901. El 20 de enero *La Alborada* le publica un nuevo cuento modernista –según reza el subtítulo–, «Jesucristo». (De la múltiple producción literaria de H. Q. durante estos años se destacan ya los cuentos, por su mayor destreza e intensidad de escritura.)

Marzo: regresa de sus vacaciones en Salto. Con sus amigos Delgado y Jaureche se domicilia en una casa de la calle Cerrito 113, que pasa a ser la nueva sede del Consistorio. Leopoldo Lugones, que viaja a Montevideo como delegado al Segundo Congreso Científico Latinoamericano (inaugurado el día 20 y clausurado el 31), fraterniza con el grupo; deja sus habitaciones del hotel Barcelona para compartir las del Consistorio, en cuyas reuniones lee sonetos inéditos de *Los crepusculos del jardín*.

En el curso de este año, Quiroga pierde a dos de sus hermanos: Pastora (n. 1870) y Juan Prudencio (n. 1876), víctimas ambos de una tifoidea en el Chaco argentino.

Noviembre: aparece su primer libro, *Los arrecifes de coral*, dedicado a Lugones, impreso en los talleres El Siglo Ilustrado, formato mediano, carátula amarillo limón con un dibujo naranja de Vicente Puig (una ojerosa mujer, hombros al aire, iluminada por una vela), el titulo de la obra y el nombre del autor; la lujosa edición estaba limitada a 510 ejemplares. Lugones presiente en «esos ensayos un estilo futuro como en los píos carrasposos con que el pichón ensaya sobre la rama natal, se percibe el agua pura del trino a flor de garganta». Alberto Zum Felde señala que «fue el primer libro de versos simbolistas que apareció en el Uruguay, y el segundo en el Plata, si tenemos en cuenta que sólo le es anterior *Prosas profanas* de Darío» (*Proceso intelectual del Uruguay*). Sin embargo, la impresión de la crítica coetánea se resume en estas palabras de Washington P. Bermudez (Vinagrillo): «tan en grado superlativo es decadente que podría calificarse de decrépita, senil y valetudinaria, todo junto como al perro los palos, segun reza la locución» (*La Tribuna Popular*, 20-XI-1901). Hoy dirá Mercedes Ramírez, tras una relectura reciente del libro: «Eso es Quiroga a los veintitrés años: un claro instinto de escritor».

1902. Al volver de sus vacaciones salteñas se va a vivir con Asdrúbal Delgado a una casa de la calle Zabala, esquina Buenos Aires. Participa en nuevas reuniones literarias, donde conoce a Florencio Sánchez.

5 de marzo: a raíz de un cruce de brulotes, Guzmán Papini y Zás y Federico Ferrando conciertan un duelo. Quiroga va a casa de su amigo; el hermano de Ferrando ha comprado una Lafoucheux de dos caños (12 mm); son las 19 horas cuando Quiroga examina el arma; se le escapa un tiro. «Oyóse un grito de dolor y Ferrando cayó sobre la cama, la bala le había penetrado en la boca, alojándose en el occipital sin salir» (de una crónica de la época). Muere en seguida. Quiroga es sometido a interrogatorio y trasladado posteriormente a la cárcel correccional. El doctor Manuel Herrera y Reissig, hermano del poeta, asume la defensa. Consigue que sea puesto en libertad el sabado 9.

A los pocos días, H. Q. abandona Montevideo. Se refugia en la casa de su hermana María, en Buenos Aires. El Consistorio no sobrevive a la ausencia de sus dos mayores animadores.

En su nuevo hogar, Quiroga encuentra «el apoyo moral y un tierno refugio para su espíritu lacerado». Además, con la ayuda de su cuñado, Eduardo D. Forteza, se inicia como pedagogo, siendo designado para integrar las mesas examinadoras que actúan en el Colegio Nacional Central.

1903. Las vacaciones de este año son las últimas que pasa en Salto.

Marzo: es nombrado profesor de castellano, en reemplazo momentáneo de Forteza, en el Colegio Británico de Buenos Aires.

Asume la ciudadanía argentina, a la que tenía derecho por la nacionalidad de su padre. Por baja estatura es eximido del servicio militar.

El día 13, en el número 67 de *El Gladiador*, aparece su cuento «Rea Silva», que se «me retribuirá con quince pesos», y constituye su primera colaboración para el periodismo porteño.

Junio: el Ministerio de Instrucción Pública encarga a Leopoldo Lugones una expedición de estudio a las ruinas jesuíticas de San Ignacio (Misiones). Quiroga, que frecuenta su casa, es invitado a intervenir como fotógrafo. Parte con su guardarropa «inobjetable para señoritos distinguidos que se aprestan a veranear en lujosos hoteles balnearios» y, también, con «un gran acopio de cigarrillos hechos por él con una mezcla de tabaco y chamico (datura), para adormecer sus ataques de asma, dolencia que, junto con una dispepsia pertinaz», no lo deja ni a sol ni a sombra. Pero durante el viaje, y sobre todo a partir de Posadas (ciudad a la que llegan la segunda semana de julio), el clima y la naturaleza que lo rodean van cambiando su aspecto: queda «un par de botas desparejas, los pantalones a medio muslo, las peludas pantorrillas al aire, la camisa convertida en una especie de bocoy aeronáutico jaspeado en almíbares confusos, el jockey con el barbijo de cuerda, la barba y el pelo enmarañados» (*D. y B.*). Asimismo la dispepsia huye ante el hambre, y el arsenal antiasmático va a parar al fondo del Paraná. No obsta esto para que su conducta durante la expedición sea una sola serie de caprichos, extravíos y protestas.

1904. El 9 de abril José Enrique Rodó le escribe: «Me complace muy de veras ver vinculado su nombre a un libro de real y positivo mérito, que se levanta sobre los comienzos literarios de Ud., no porque revelaran falta de talento, sino porque acusaban, en mi sentir, una mala orientación. En cambio, su nuevo libro me parece muy hermoso». Quiroga ha publicado *El crimen del otro*, obra de transición. Si se recorta un período modernista en la obra de H. Q., este libro lo clausura.

Con los restos de la herencia paterna, unos siete mil pesos, va a tentar suerte al Chaco como pionero del cultivo de algodón. Compra un campo ubicado a siete leguas al suroeste de Resistencia, a orillas del Saladito, en un paraje harto solitario. Llega muy débil a comienzos de año. Mucho más tarde ha de escribir: «Me levantaba tan temprano que, después de dormir en el galpón, hacerme el café, caminar media legua hasta mi futura plantación, donde comenzaba a levantar mi rancho, al llegar recién empezaba a aclarar. Comía allí mismo arroz con charque (nunca otra cosa) que ponía a hervir al llegar y retiraba a mediodia del fuego. El fondo de la olla tenía un dedo de pegote quemado. De noche otra vez en el galpón, el mismo matete. Resultado: en dos meses no sentía nada y había aumentado ocho kilos. Las gentes neurasténicas de las trincheras saben de esto más que yo todavía» (en carta a Ezequiel Martínez Estrada, 22-VII-1936).

Pero sus cultivos de algodón –fantasea, además, con criar cerdos o con hacer muebles– no marchan tan bien como su salud. Por su nula experiencia en la materias, por tener que trabajar con peonada india, por una fuerte sequía, el negocio terminará en un rotundo fracaso.

1905. Durante su permanencia de casi dos años en el Chaco, lo acompaña inicialmente Ernesto de las Muñecas, ocasional partícipe de las reuniones consistoriales; también lo visita su amigo José Hasda; y, a la vez, él va a Salto, a Buenos Aires y a Corrientes, doce días en esta ciudad durante el mes de julio con motivo de un homenaje a Lugones.

En octubre regresa a Buenos Aires, habiendo perdido seis mil pesos. Comparte con Brignole, que a su vuelta de Europa ha resuelto abrir consultorio médico en esta ciudad, una pieza que le sirve al mismo tiempo de dormitorio, biblioteca y taller, pues Quiroga se ha lanzado de lleno a la galvanoplastia. Los dos amigos concurren, muy a menudo, a «las tertulias que Lugones y su señora dan una vez por semana» y a la peña que se reúne a la hora del café nocturno en *La Brasileña* de la calle Maipú. A ésta también asisten Soiza Reilly, José Pardo, Roberto Payró y Florencio Sánchez, entre otros.

18 de noviembre: Aparece su primera colaboración en *Caras y Caretas*, el cuento «Europa y América», y pocos días antes su primer texto en *La Nación*. Además ha escrito una novela corta, *Los perseguidos*, que se publicará tres años después.

1906. A lo largo de este año salen en *Caras y Caretas* ocho cuentos suyos que, salvo dos, no serán recogidos por él en libro.

12 de septiembre: vuelve a ingresar en el magisterio. A propuesta de Lugones, es nombrado profesor de castellano y literatura en la Escuela Normal nº 8, calle Bolívar 1255.

Aprovechando las facilidades que da el gobierno nacional para la adquisición de tierras en Misiones, con dinero de su madre compra 185 hectáreas en los alrededores de San Ignacio. Y en las vacaciones de este año va a conocer su nueva propiedad; construye las instalaciones provisorias y comienza a trabajar en el emplazamiento de la huerta y el *bungalow*.

1907. Enero: remonta el Paraná para visitar el obraje de un inglés, Robert Hilton Scott, en pleno territorio paraguayo.

Continúa colaborando en *Caras y Caretas*, donde publica diez cuentos que ya lo muestran en un camino de transformación. Así, «El almohadón de plumas» (nº 458, 13 de julio; luego quitará la «s» de plumas), en el cual «se perfecciona, hasta sus más sutiles efectos, la técnica del cuento poeiano».

1908. El escritor comienza a dar forma a su propio mundo: una atmósfera cruda, tensa; personajes descarnados, parcos, que apenas pronuncian unas pocas palabras, sólo las necesarias, que ponen en la acción su fuerza, y cuyas angustias y conflictos son sugeridos antes que explicitados, aunque por cierto sin ningún menoscabo para su perfecta captación. Ese camino que ha emprendido Quiroga exhibe un sólido mojón inicial: «La insolación» (*Caras y Caretas*, nº 492, 7 de marzo), que revela el ámbito geográfico del Chaco.

La casa Moen edita su novela *Historia de un amor turbio*. A lo largo del tiempo la crítica se ha mostrado casi unánime en señalar el «fracaso» de Quiroga como novelista, aunque persistentemente se han levantado algunas voces en disidencia.

Como a fines del año anterior Brignole se ha casado, Quiroga vive solo: acosado por sus trastornos digestivos, que en la ciudad reaparecen y se acentúan; sufriendo el frío porteño, que lo hace añorar el clima del monte; enredándose en múltiples aventuras amorosas, hasta que finalmente se enamora de una de sus alumnas: Ana María Cires, una niña de 15 años, rubia, de ojos azules y carácter reservado.

En las vacaciones –de noviembre a febrero de 1909– como ya es costumbre, vuelve a San Ignacio y, con la ayuda de dos peones, levanta una vivienda: «un armazón de postes sólidamente enclavados en la tierra, sobre los que descansaba el techo, formado de vigas horizontales y angulares y el varillaje necesario para sostener un tejado de maderas. Levantó luego las paredes clavando en los postes y tablones, anteriormente preparados y cepillados, previniendo las aberturas para las ventanas y la puerta, orientada esta última hacia el norte. Y no hubo más que construir una galería del lado de la entrada, maderar el piso, dividir el espacio interior con un tabique en dos partes desiguales, la más grande destinada a *hall*-comedor, la otra a dormitorio, para dejar por terminado el *bungalow*. Nunca había gastado mejor su genio ni tanto amor en la realización de una obra» (*D. y B.*).

1909. Acatando la imposición de los padres, Ana María rompe con Quiroga. Éste lloró entonces «como nunca había llorado, y tanto llamó perra a la vida y dejó entrever propósitos extremos, que el amigo (Brignole), temeroso, lo retuvo a su lado varios días». Pero finalmente los padres ceden, vencidos por el asedio constante del novio y la tristeza de la hija. El 30 de diciembre, Ana María Cires y H. Q. se casan.

1910. Inmediatamente la pareja se dirige a San Ignacio, acompañada de Pastora Forteza y Brignole, que regresan un mes después. «¡Hay que ver en dónde está y lo que es: un monton de chozas, algunas casas de material, tal cual comercio y un bar!». El predio de Quiroga queda a mitad de camino entre el desembarcadero –una ensenada en el Paraná– y el pueblo, sobre una meseta inhóspita, pero que domina un paisaje magnífico. Un solo ejemplo para ilustrar sobre los inconvenientes que a diario se le ofrecen a la pareja: las tablas del techo, construido con madera mal estacionada, se arquean, convirtiendo la casa en una criba, y cuando llueve, en un colador. (Su cuento «El techo de incienso» no es ajeno a esta experiencia.) No obstante las dificultades, ambos deciden radicarse en ese claro de selva y río.

1911. 29 de enero. Nace su hija Eglé. Viene al mundo en un parto natural, en la soledad de la choza; cúmplense así expresos deseos de Quiroga.

La madre de Ana María, con una amiga, ha dejado la tranquilidad suburbana de Banfield y vive ahora en una casa no muy alejada del *bungalow* de su hija. Muere en esos días el padre, Pablo Cires.

24 de mayo. Quiroga presenta su renuncia a la cátedra que retiene en el colegio de Buenos Aires. Juan José Lanusse, gobernador de Misiones, lo nombra juez de paz y oficial del Registro Civil en la jurisdicción de San Ignacio. Desempeña sus nuevas funciones más que mediocremente: hace las anotaciones del registro en unos papelitos que van a parar a una lata de galletitas.

1912-16. El 15 de enero de 1912 nace su segundo hijo, Darío. Esta vez la madre ha sido acompañada a Buenos Aires.

De la educación de los dos vástagos se va a ocupar Quiroga, poniendo en práctica ideas muy suyas: «Desde el principio actuó, respecto de este punto, dictatorialmente: vestidos, mamaderas, género de vida, todo se llevaba a cabo segun sus órdenes y enseñanzas. Temprano, en cuanto pudieron sostenerse sobre los pies, los llevaba de acompañantes en sus internaciones monteses o en los *raids* de su piragua. Los arrimaba al peligro para que, a un tiempo, tuviesen conciencia de él y aprendieran a no temerle. Y, sobre todo, les exigía una obediencia absoluta. Ya más grandes, los sometía a pruebas temerarias, con una confianza no tan completa, sin embargo, como para sosegar totalmente a la inquietud que, a veces, saltando súbitamente de entre sus fibras paternales, venía a lanzarle tremendos reproches. Eran, en efecto, experiencias inauditas, como la de dejarlos largo tiempo solos en una espesura del bosque, o la de sentarlos en el borde de los acantilados con las piernas balanceándose sobre el abismo» (*D. y B.*). Contará luego Enrique Espinoza: «Los dos hijos lo siguen en sus gustos. La nena, en el cuidado de los animalitos. El coatí (Tutankamón), el venado (Dick), el búho (Pitágoras) y el yacaré (Cleopatra) son sus amigos. El chico prefiere la moto, la canoa y la escopeta».

Además del «proselitismo misionero» entre sus amigos de juventud, a quienes incita a conocer esas tierras y aun arraigarse en ellas, Quiroga traba amistad con lugareños, muchas veces «desterrados» como él.

Años más tarde, Carlos Giambiaggi, también salteño, pintor, excelente ilustrador de algunos de sus relatos, narra a Germán de Laferrère algunas aventuras compartidas con Quiroga: fabricación del *yateí* (dulce de maní y miel) y de macetas especiales para el trasplante de la yerba, invención de un aparato para matar hormigas, destilación de naranjas; cabe agregar: fabricación de maíz quebrado, mosaicos de bleck y arena ferruginosa, resina de incienso por destilación seca, carbón, cáscaras abrillantadas de apepí, tintura de lapacho precipitada por la potasa, extracción de caucho, construcción de secadores y carriles. Pero su primera ocupación es el trabajo de la tierra: con tenacidad e inspiración, Quiroga convirtió en habitables y productivas esas tierras duras; todo era para él un desafío; todo quería hacerlo con sus manos, «desde el proyecto hasta la realización, luchando contra sí mismo, contra sus novatadas e improvisaciones que sólo se sostenían en el papel; luchando contra el feroz ambiente, contra el mismo agotamiento físico. Y sin descuidar la estética. Para mejorar la vista sobre el río debió reforzar y hasta alzar la meseta natural; para embellecerla hizo cavar enormes hoyos para las palmeras, pinos y cedros que hoy bordean el terreno; debió cuidar pacientemente la gramilla, demasiado tierna para aquel trópico» (E. R. M.).

«Aún le robaban el tiempo otras tareas que debía ejercer por imperio de la necesidad, como la de barbero, pedicuro, sastre, juguetero y pequeño cirujano.» (...) «Desde la persecución de fieras salvajes, como el puma en el interior de la selva, o el yacaré, en la orilla de los ríos y lagunas, o las víboras y serpientes, agazapadas entre las hierbas; desde la caza de los grandes volátiles, posados en las ramas altísimas, a la de los topos escondidos en profundas cuevas subterráneas; desde el empleo de las armas de precisión hasta el de trampas y astucias aprendidas de los indígenas o improvisadas por el ingenio, sus aficiones cinegéticas encontraban incentivos suficientemente azarosos y variados como para mantenerlas en tensión constante. De este modo las paredes y los pisos de su casa pronto quedaron convertidos en un muestrario de cueros de tigre, de yacaré, de topo y de enormes ofidios, porque otra de sus manías era la de disecar cuanto bicho matara o muriera cerca de él» (D. y B.).

Las excursiones náuticas están también entre sus arriesgados placeres. «Una vez –ha de recordar Enrique Espinoza– se hizo a remo, en dos días, los 120 kilómetros que hay entre ida y vuelta desde San Ignacio a Posadas.»

Económicamente, Quiroga sostiene su hogar sin ninguna holgura. «Porque ni las naranjas, vendidas a ochenta centavos el millar, ni los emolumentos del juzgado (150 pesos papel mensuales), ni las colaboraciones en las revistas de Buenos Aires» (su mayor entrada, sobre la que llevaba una contabilidad rigurosa) significan holgura.

En cuanto a las relaciones familiares, los reiterados desacuerdos con su suegra, instalada en San Ignacio, condicionan la convivencia de Quiroga con Ana María, hija única y niña mimada que soporta ahora los rigores del carácter nada fácil de su marido en un ámbito de extrema dureza. Las iniciales tensiones se traducen en rencillas, que devienen por parte de él en estallidos de furia, a los que ella responde con depresiones crecientes, hasta el suicidio final. El 6 de noviembre de 1915, tras una feroz pelea, Ana María toma una fuerte dosis de sublimado. Quiroga la increpa primero por su actitud, se niega luego a verla, pero cuando comprende la gravedad del hecho se desespera: vive tres días a su lado en medio de arrepentimientos mutuos, de reconciliaciones inútiles, de un desgarramiento que termina el día 14 con la muerte de ella y el impenetrable silencio de él: a partir de ese instante, H. Q. «borra» el recuerdo de Ana María Cires (Enrique Amorim pudo leer en forma accidental un texto quiroguiano que documentaba minuciosamente esa trágica situación final y que muy probablemente haya sido destruido).

Estos primeros siete años que Quiroga vive en Misiones son los de la maduración definitiva de su personalidad: ante una naturaleza avasallante y un contorno social pleno de desafíos, el escritor asume los grandes temas del hombre desde una realidad muy concreta, despojándose de todos los resabios decadentistas y acerando su escritura hasta lograr una prosa que recuerda los golpes del machete, directa y eficaz, veloz e intensa. Sus cuentos de ese momento se publican en el magazine *Fray Mocho*: desde «A la deriva» (7-VI-1912) hasta

«La tortuga gigante» (18-VIII-1916), y entre ambos «El alambre de púa», «Los inmigrantes», «Los pescadores de vigas», «Yaguaí», «Los mensú», «Una bofetada», «Las medias de los flamencos», que configuran un conjunto narrativo excepcional. «Cuando he escrito esta tanda de aventuras de vida intensa, vivía allá, y pasaron dos años antes de conocer la más mínima impresión sobre ellos. Dos años sin saber si una cosa que uno escribe gusta o no, no tienen nada de corto. Lo que me interesaba saber sobre todo es si se respiraba vida en eso; y no podía saber una palabra. Cuando venía por aquí cada dos años, apenas si uno que otro me decía dos palabras sobre estas historias, que a lo mejor llevaban meses ya de aparecidas cuando veía a alguien. De modo que aún después de ocho años de lidia, la menor impresión que se me comunica sobre eso, me hace un efecto inesperado: tan acostumbrado estoy a escribir para mí solo. Esto tiene sus desventajas; pero tiene en cambio esta ventaja colosal: que uno hace realmente lo que siente» (en carta a José María Delgado, 8-VI-1917).

1917. Quiroga, que ha regresado a Buenos Aires a fines del año anterior, se instala con sus dos hijos en un sótano de la avenida Canning 164. «Sólo la parquedad de sus recursos explica la elección de este albergue, constituido por dos piezas amuebladas pobremente y una cocina que debía oficiar también de comedor».

17 de febrero: Gracias al apoyo de sus amigos uruguayos que militan en el batllismo —en particular Baltasar Brum, abogado salteño, que es ministro de Relaciones Exteriores—, Quiroga es nombrado secretario-contador del Consulado General del Uruguay en la Argentina.

Por entonces Manuel Gálvez le propone reunir un conjunto de sus cuentos para una editorial cooperativa que ha fundado el año anterior. Quiroga accede y a fines de abril salen sus *Cuentos de amor de locura y de muerte*, con tan buen suceso que el volumen se reedita al año siguiente. Su autor es reconocido por la crítica como un maestro de la narrativa breve; para muchos, el mayor de este continente.

En un rincón de su casa ha instalado un taller, y en él se dedica ahora a la construcción de una chalana que bautiza «La gaviota» en una ceremonia que es muy comentada por las crónicas social-literarias. Acompañado por quienes lo ayudaron a construirla, va esas vacaciones a San Ignacio y con ella realiza numerosas excursiones náuticas.

1918. De regreso a Buenos Aires se traslada a un pequeño apartamento de la calle Agüero.

14 de enero: *La Novela Semanal*, que ha hecho su aparición un año antes, publica en su número 9 «Un peón» de H. Q. Este año también se editan sus *Cuentos de la selva*, intento pionero en América Latina de literatura infantil; libro que se ha convertido con total justicia en un clásico del género.

1919. 20 de mayo: es promovido a cónsul de distrito de segunda clase.

26 de septiembre: se lo nombra adscrito al Consulado General. «Como elemento de la maquinaria consular resultaba un émbolo anárquico. Para él no existían horarios: llegaba y se iba cuando se le antojaba. Su labor –él mismo la había elegido– se limitaba a confeccionar cierta fórmula B, la más fácil y rápida de hacer. Su oficina era, en realidad, su gabinete de trabajo literario» (*D. y B.*). De allí que sus ascensos burocráticos sólo puedan entenderse teniendo en cuenta que Baltasar Brum ha accedido a la presidencia del Uruguay.

1921. 17 de febrero: la compañía Ángela Tessada estrena en el Teatro Apolo *Las sacrificadas* (que el Teatro del Pueblo repuso en 1953 y el Teatro Municipal Sarmiento en 1967).

Se edita *Anaconda*, uno de sus libros más famosos.

1922. 5 de febrero: el diario *La Nación* publica «Techo de incienso», con una ilustración de Horacio Butler.

El 29 de agosto es designado secretario de la Embajada que, presidida por Asdrúbal E. Delgado, envía el gobierno Uruguayo al Brasil con motivo de celebrar este país el primer centenario de su independencia. El viaje hace que surja «el dandy dormido desde su juventud».

Por entonces se manifiesta con fuerza la pasión de H. Q. por el cine: no sólo como espectador consecuente sino también como crítico, guionista e indudable venero para el cine nacional. «Se puede afirmar –escribe Jorge Miguel Couselo–, sin temor de equivocación, que Quiroga fue el primer narrador rioplatense que procuró penetrar el cine más allá de la mera curiosidad.»

1923. 4 de enero: aparece su cuento «El desierto», en el número 248 de *Atlántida*.

«Desde que se radicó en Buenos Aires buscó la proximidad de los camaradas literarios. Concurría asiduamente a las reuniones que se verificaban en la redacción de *Caras y Caretas*, a las rubendarianas, aún sobrevivientes, del Aues Keller, y a la peña de Pardo. Pero, después de la aparición de *Anaconda*, su prestigio cundió de tal modo que hubo de convertirse en jefe de un grupo, denominado por el mismo título de esta obra» (*D. y B.*). Integran este grupo «gente de arte» –H. Q. *dixit*– como Centurión, Petrone, Ricardo Hicken, Berta Singerman, Emilia Bertolé y Alfonsina Storni, entre otros. En esta activa participación en la vida literaria, Quiroga impone su figura taciturna: es un maestro en torno del cual se agrupan colegas, pero también algunos jóvenes escritores. Sin embargo, el aura de Quiroga no tardará en ser empañada: hacia mediados de esta década es visible el surgimiento de una nueva generación. Dentro de cierto nivel de recepción estos jovenes (Borges, Girondo, Marechal...) no existen: ese nivel de los diarios y las revistas de gran circulación en las cuales Quiroga no sólo es reconocido sino que es considerado uno de los «grandes»; pero en otro nivel, que irá imponiéndose paulatinamente, estos jóvenes, poetas ultraístas y críticos mordaces, forjan la literatura por venir. Y en ella reservan escaso espacio a los textos de H. Q. (*cf.* la «Introducción» del presente volumen).

1924. La editorial Babel, impulsada por Samuel Glusberg, publica *El desierto*, libro con ilustraciones de Carlos Giambiaggi.

Desde 1918, la motocicleta constituye su medio de locomoción más preciado.

En esta etapa de su vida, el trato de Quiroga con el sexo femenino fluctúa entre relaciones superficiales –hasta publicitadas a veces– con alguna integrante de la farándula artística (exceptuando el caso de Alfonsina Storni, con quien se dieron vínculos más profundos) y sus escarceos amorosos con muchachas jóvenes.

1925. En *Caras y Caretas* publica veintisiete artículos de la serie «De la vida de nuestros animales».

Decide pasar unas largas vacaciones en Misiones y pide licencia en el Consulado. Con mucho brío se dedica a poner en condiciones su abandonado *bungalow*, renueva sus excursiones náuticas y sus exploraciones por el monte cerrado.

Se enamora de una joven de 17 años que se llama también Ana María (Palacio). Sus padres se oponen a la relación e impiden los encuentros. Entonces él agota los medios para comunicarse: mensajes envueltos en tubos de palo, cartas en clave y otros semejantes, hasta llegar a cavar un tunel para raptarla. La muchacha es alejada subrepticiamente. (Luego la aventura aparece narrada en *Pasado amor.*)

1926. A principios de este año regresa a Buenos Aires y alquila una casa-quinta en Vicente López, «una casa vieja, de aspecto vetusto pero no desprovisto de encanto, con galería al frente, alrededor un jardín abandonado e invadido por la maleza, cerca de alambre tejido, en el cual prosperaba la madreselva, y portoncito de hierro. Un aromo de enorme copa sombreaba al atardecer la parte delantera del jardín y la galería». (W. G. Weyland: «Vicente López 1927-1931», *La Nación*, 20-III-1955.)

Editorial Babel publica un número *Homenaje a Horacio Quiroga*, en la revista de su mismo nombre, y *Los desterrados*, «su libro más homogéneo y decidido, donde parece haber abandonado para siempre todo otro recurso que no saliera de sí mismo y en el cual no incluyera ese particular mundo formado a costa de años y fatigas», dirá Noé Jitrik.

«Había adquirido un gran bagaje de conocimientos en física y química industriales, así como en todo lo relativo a la artesanía. Su lectura favorita era la de los manuales técnicos Hoepli. Cuando salía por las tardes de la oficina del Consulado, se reunía con un grupo de amigos en el café *El Toyo*, de la calle Corrientes, entre Reconquista y San Martín. Después se apartaba de ellos para ir solo a la *Ferretería Francesa*, de la cual era visitante casi diario. Se pasaba allí horas enteras examinando aparatos y herramientas, o en procura de tal o cual clase de tornillos, o colores, o sustancias químicas que necesitaba, un día para sus trabajos de carpintería y otros para sus manipulaciones industriales o artísticas. Cuando no, se dirigía a las librerías y se pasaba curioseando las novedades, pero sobre todo hojeando los compendios de artes manuales, que lo atraían más poderosamente que ningún libro y de los cuales llegó a tener una colección completísima» (*D. y B.*).

1927. 16 de julio: se casa con María Elena Bravo, una muchacha muy bella, que apenas cuenta veinte años y ha conocido como amiga de su hija Eglé. Esta vez, la fama del escritor ha incidido en la decisión favorable de los padres de la muchacha. La que ahora frunce el ceño es Eglé.

En el número 1.482 de *Caras y Caretas*, como nota de la redacción, se lee: «Horacio Quiroga, nuestro magistral colaborador, hace aquí el prólogo de una serie de biografías ejemplares, cuyos trabajos saborearán los lectores semanalmente». Aunque sin cumplir estrictamente con los propósitos enunciados, aparecen en el curso de este año diecisiete artículos sobre Scott, Pasteur, Fulton, Condorcet, Horacio Wells, Ricardo Lander, Thomas de Quincey, entre otros.

Para *El Hogar* escribe a partir del mes de septiembre varios artículos sobre cine: sus tres notas sobre «Teatro y cine», «La poesía en el cine», «La vida en el cine», «La dirección en el cine» y otras.

El gobierno del Uruguay ha pasado a manos de la corriente riverista, opositora del batllismo, y su puesto en el Consulado se torna inestable. Él se defiende «haciendo resaltar el servicio que presta al país con su producción literaria, considerándose inhibido por ello de cumplir con los cometidos que le fija el Consulado», según explica el nuevo cónsul general en una nota enviada al ministro de Relaciones Exteriores.

1928. Abril: nace María Elena –a la que llamarán Pitoca–, hija del nuevo matrimonio.

Por esta época escribe una serie de artículos sobre la retórica del cuento, el trabajo literario como profesión, las leyes de derecho intelectual y otros problemas de parecida índole.

Su casa de Vicente López es visitada a menudo por Haydée Bravo, Alfonsina y Alejandro Storni, Francisco Chelia, director del Colegio Internacional de Olivos; también por Ezequiel Martínez Estrada, a quien conoce este año y con el cual anuda una amistad entrañable, y por Waldo Frank, que concurre casi a diario durante un verano que pasa en una residencia cercana.

1929. Babel edita su novela *Pasado amor*, «de la que sólo se vendieron en librerías cuarenta ejemplares» (el diario *La Nación* la había adelantado como folletín a lo largo de abril de 1927).

21 de septiembre: el diario *La Razón* publica un reportaje en el cual Horacio Quiroga responde a algunas preguntas que se le formulan sobre la literatura nacional: considera más valioso el aporte de su generación que el de las anteriores, a pesar de Sarmiento, Mansilla o Cambaceres («un verdadero novelista», aunque paradójicamente *Silbidos de un vago* sea «su mejor obra»). Afirma que Lynch es «el único gran novelista argentino de la hora actual», y que Roberto Payró es «el padre del cuento en la Argentina»; en cuanto a Lugones, «lo respeta». De la nueva generación no quiere dar nombres, porque aún ninguno ha dado una obra consistente: sin embargo, muestra interés por la de Nicolás Olivari y la de Raúl Scalabrini Ortiz.

1930. A las dificultades que le crea en el Consulado el sometimiento, si bien no estricto, a horarios y asistencias, vienen a agregarse las desavenencias familiares y el larvado sentimiento de ser condenado por los jovenes escritores de vanguardia.

1931. Firma con Leonardo Glusberg un libro de lectura para cuarto grado: *Suelo natal*, que es aprobado por el Consejo Nacional de Educación. Realiza así, después de varias tentativas frustradas, un viejo sueño, concretando sus deseos de dar «una moral viva, en vez de la confeccionada que en forma de anacrónicas moralejas» acostumbran a ofrecer a la niñez los textos corrientes, «vacuna de mal gusto y de vaguedades».

Sus dificultades matrimoniales son cada vez mayores (previsibles, quizá: María Elena es joven, hermosa y sociable, él ha sobrepasado los cincuenta y tiene un carácter hosco y tiránico). Sintiéndose acosado por un medio que se torna adverso y dominado por los celos, Quiroga decide regresar a San Ignacio. El 20 de octubre se firma el decreto de traslado: se lo nombra cónsul uruguayo en aquella población de antigua data.

1932. 20 de enero: se embarca con las dos María Elena, madre e hija, con sus herramientas y su Ford.

Elías Castelnuovo y Álvaro Yunque han tratado de convencerlo de que fuera, no a Misiones sino a Rusia; Quiroga les ha contestado: «yo podría simular izquierdismo o comunismo, como dice Gide, pero soy enemigo de toda simulación. Yo no siento eso. Además no estoy preparado. Prefiero dejar de escribir».

1933. Se han instalado en la casa de piedra –que alrededor del año 15 mandó levantar su madre– «que fue construida lentamente, haciéndose cada vez mayor y más suya. Desde el estar, rodeado de ventanales que se abren sobre el río Paraná, contempla Quiroga en días de tormenta la selva y el agua. (...) Allí trabajaba con sus manos haciendo cosas: piezas de cerámica de gusto precolombino; dibujos zoomórficos; alfombras rústicas, de colorido y diseños primitivos; encuadernación de libros en arpillera; animales embalsamados». Quiroga moderniza la casa (amplio *living*, radio, agua caliente, baño enlozado, etc.) para procurar comodidades a su familia; pero el reencuentro de la pareja («la nota dominante de estos primeros tiempos parece ser la felicidad») no se prolonga y comienzan las rencillas, los celos de él; tanto que a fines de este año ella decide regresar a Buenos Aires a pasar el verano.

1934. «Al recorrer mi archivo literario, a propósito de *Más allá*, anoté ciento ocho historias editadas y sesenta y dos que quedaron rezagadas. La suma da 170 cuentos, lo que ya es una enormidad para un hombre solo. Incluya Ud. (le escribe a César Tiempo el 17 de julio) algo como el doble de artículos más o menos literarios y convendrá usted en que tengo mi derecho a resistirme a escribir más. Si en dicha cantidad de páginas no dije lo que quería, no es tiempo ya de decirlo. Tal es.»

Lee con avidez «los *Motivos de Proteo* de Rodó en que pudo encontrar tantas páginas sobre el hombre interior y solitario que él también era y que lo provocan a enviar (a él que era tan parco en todo menester de cortesía literaria) dos breves y agradecidas cartas al pensador; ese *Brand* de Ibsen al que vuelve cada vez que lo azota una crisis moral y sobre el que escribe a Martínez Estrada (el 25 de julio de 1936): "es el único libro que he releído 5 o 6 veces. Entre los tres o cuatro libros máximos, uno de ellos es *Brand*. Diré más: después de Cristo sacrificado en aras de su ideal, no se ha hecho nada en ese sentido superior a *Brand*. Y oiga usted un secreto: yo, con más suerte, debí haber nacido así. Lo siento en mi profundo interior"». Otros escritores de esas horas de soledad, junto a las ventanas que dan al río, son Dostoievski, en constante relectura, o Axel Munthe por el amor compartido a la naturaleza, o los cuentistas norteamericanos (Hemingway, Caldwell) por el estilo directo y la cruda verdad de sus relatos. En estas últimas horas y meses de Quiroga ya no creaba cuentos. Escribía la crónica de sus días solitarios («Sólo como un gato estoy») para los amigos ausentes hacia los que vuelca una ternura reprimida y hasta torturada por tantos años de vida trágica» (E. R. M.).

15 de abril: se le declara cesante. (La política uruguaya ha sufrido un vuelco a raíz del golpe de Estado del 31 de marzo del año anterior; Baltasar Brum se suicida en repudio y rechazo de la situación.) La Sociedad Argentina de Escritores envía una nota, que firman Roberto Giusti, Arturo Cerretani y César Tiempo, al presidente del Uruguay, doctor Gabriel Terra, para que reponga en su cargo a «este escritor de raza, reputado como el primer cuentista de la América». El pedido es denegado. La situación económica de Quiroga se torna apremiante: «Me hallo en tirantez muy grande –confiesa a Asdrúbal Delgado, carta del 16-XI-1934. He comenzado a colaborar de nuevo, pero andan muy remisos en mandarme el importe. Es muy duro vivir exclusivamente de la pluma».

1935. «¡Qué perra cosa tornar con letanías económicas después de 18 años de tranquilidad que uno creía definitiva! Escribo siempre lo que puedo, con náusea al comenzar, y satisfacción al concluir» (carta a Asdrúbal Delgado del 23 de octubre).

Una cooperativa rioplatense, organizada por César Tiempo, edita *Más allá*, libro que recoge diez cuentos publicados en *La Nación* antes de 1930, algunos varios años antes, y uno, «Su ausencia», en *La Novela Universitaria* de 1921. *Más allá*, que lleva un prólogo de Alberto Zum Felde, consigue para su autor el único premio que obtiene en vida por uno de sus libros: en 1936 lo premia el Ministerio de Instrucción Pública de su país.

H. Q. ha iniciado sus trámites jubilatorios por intermedio de Asdrúbal Delgado; pero antes de que éstos se resuelvan «el horizonte se aclara un poco»: en el mes de marzo el Ministerio de Relaciones Exteriores del Uruguay, «en mérito a sus notorias y relevantes condiciones intelectuales» –así reza el decreto– le anuncia su nombramiento de cónsul honorario, asignándole cincuenta pesos mensuales. Enrique Amorim «se ha portado siempre muy afectuosamente conmigo. Su influencia con el ministro Arteaga ha sido determinante en el asunto de mi nombramiento».

Otro medio de subsistencia durante estos años, bien que sujeto a las variaciones de un mercado fluctuante, proviene de la explotación de naranjas. Quiroga se dedica esforzada y metódicamente a hacer productiva una chacra que posee 50 hectáreas con un vasto naranjal, semitapado por el bosque. No obstante, su ocupación más consecuente y que más lo gratifica es la floricultura: «Las orquídeas principalmente se tornan un culto apasionante.»

A lo largo de este año sus molestias estomacales se acentúan; acompañado por María Elena va a Posadas, «donde existen buenos clínicos» que le hablan de una hipertrofia de próstata. En su correspondencia, sobre todo con Asdrúbal Delgado, que era médico, comienza a referirse a su enfermedad, aunque quitándole importancia.

1936. En mayo, después de un año y medio de gestiones, se le acuerda la jubilación; el giro llega «con innumerables rapiñas pero giro al fin». Días después su mujer y su hijita, que acaba de cumplir ocho años, se marchan a Buenos Aires por tercera y última vez. Quiroga se queda solo en Misiones. «El poco gusto de mi mujer por la vida de campo, ya exasperado en los últimos tiempos, se ha tornado irresistible. Como ella no se halla totalmente aquí, aún con su marido y su hogar, y yo no me hallo en la vida urbana, se ha creado un *impasse* sin salida. Ni ella ni yo podemos ni debemos sacrificarnos», confía en carta a Asdrúbal Delgado, el 10 de mayo.

Quiroga, que siempre fue dado al intercambio epistolar, acentúa ahora esa tendencia, en particular luego de la partida de su mujer. Pero –como lo ha señalado Visca– «no es ya el pionero esforzado ni el escritor de otros años. Es un hombre solitario y necesitado de afecto. La selva es para él casi un refugio». Tres son entonces sus más asiduos corresponsales: su coetáneo y coterráneo Asdrúbal Delgado, a quien lo liga una amistad nacida en la adolescencia salteña; el escritor Ezequiel Martínez Estrada (n. en San José de la Esquina, pequeño pueblo santafesino en 1895), que en 1933 ha publicado su fundamental *Radiografía de la Pampa* (editada en la colección «Archivos»), y Julio E. Payró, más de veinte años menor que Quiroga, hijo del autor de *Pago Chico* y pintor que ha de convertirse en uno de los mayores críticos de arte del país. El tono de las cartas y los problemas en ellas abordados varían según sus corresponsales, pero el conjunto desnuda la encrucijada vital de Quiroga, pues «tiene un carácter acusadamente confesional. Constituye casi un diario íntimo donde el escritor salteño anota, pormenorizando al minuto en ocasiones, hechos, sentimientos, convicciones. Se retrata exterior e interiormente, porque no sólo transmite anécdotas sino también estados de alma. Cuenta vicisitudes autobiográficas y da su interpretación, o, dicho de otro modo, brinda conjuntamente el suceso y su temperamento vital». Observaciones de Arturo Sergio Visca, el más consecuente editor de la correspondencia quiroguiana, que encuentran su cifra en este juicio de Emir Rodríguez Monegal: «La gran obra literaria de estos últimos años es su correspondencia» (*El desterrado*, p. 264).

«No sabe cuánto me enternece el contar con amigos como usted. Bien visto, a la vuelta de los años en dos o tres amigos de su laya finca toda la honesta humanidad» (a J. E. P., 9-IX-1936).

«Sabe usted qué importancia tienen para mí su persona y sus cartas. Voy quedando tan, tan cortito de afectos e ilusiones, que cada uno de éstos que me abandona me lleva verdaderos pedazos de vida» (a E. M. E., 29-III-1936).

«Hablemos ahora de la muerte. Yo fui o me sentía creador de mi juventud y madurez, al punto de temer exclusivamente a la muerte, si prematura. Quería hacer mi obra. Los afectos de familia no fiaban la cuarta parte de aquella ansia. Sabía y sé que para el porvenir de una mujer o una criatura, la existencia del marido o padre no es indispensable. No hay quien no salga del paso, si su destino es ése. El único que no sale del paso es el creador, cuando la muerte lo ciega verde. Cuando consideré que había cumplido mi obra –es decir, que había dado ya de mí todo lo más fuerte–, comencé a ver la muerte de otro modo. Algunos dolores, ingratitudes, desengaños, acentuaron esa visión y hoy no temo a la muerte, amigo, porque ella significa *descanso. That is the question.* Esperanza de olvidar dolores, aplacar ingratitudes, purificarse de desengaños. Borrar las heces de la vida ya demasiado vivida, infantilizarse de nuevo; más todavía: retornar al no ser primitivo, antes de la gestación y de toda existencia: todo esto es lo que nos ofrece la muerte con su descanso sin pesadillas. ¿Y si reaparecemos en un fosfato, en un brote, en el haz de un prisma? Tanto mejor, entonces. Pero el asunto capital es la certeza, la seguridad incontrastable de que hay un talismán para el mucho vivir o el mucho sufrir o la constante desesperanza. Y él es el infinitamente dulce descanso del sueño a que llaman muerte» (a E. M. E., 29-IV-1936).

«Bien, querido compañero. Pero no tan bien sus líneas finales: "Hay cosas que hacer todavía. ¡Escriba, no se abandone!"

»Ni por pienso. Podría objetarle que por lo mismo que hay mucho por hacer –¡y tanto!– no tengo tiempo de escribir. Lejos de abandonarme, estoy creando como bueno una linda parcela que huele a trabajo y alegría como a jazmines. ¿Qué es eso de abandonar mi vida o mi ser interior porque no escribo, Estrada? Yo escribí mucho. Estoy leyendo ahora una enciclopedia agrícola de 1836 –un siglo justo–, por donde saco que muy poco hemos adelantado en la materia. Tal vez escriba aún, pero no por ceder a deber alguno, sino por inclinación a beber en una u otra fuente. Me siento tan bien y digno escardando como contando. Yo estoy libre de todo prejuicio, créame. Y usted, hermano menor, tiene aún la punta de las alas trabadas por un deber intelectual, cualquiera que fuere. ¿No es así? Piense en esto para comprenderme: Yo le llevo fácilmente 15 o 17 años. ¿No cree que es y supone algo este *handicap* en la vida? Usted está subiendo todavía, y arrastra las cadenas. Yo bajo ya, pero liviano de cuerpo.

»Ojalá no me entienda mal, amigo, y asegúremelo así» (a E. M. E., 22-VI-1936).

Hacia fines de septiembre viene a Buenos Aires y se interna en el Hospital de Clínicas. A poco de estar allí le escribe a Asdrúbal Delgado: «Sufrimientos físicos de todos los grados hasta el de estar en un alarido desde las dos hasta las seis de la mañana.» Los cirujanos deciden hacerle una talla vesical, como operación preliminar y urgente. Se repone lentamente. «Me hallo en una piecita solo, muy bien, sumamente asistido.» Sus amigos Julio Payró, Ezequiel Martínez Estrada, Alberto Gerchunoff, Arturo Mon, los hermanos Iglesias y muchos otros, acuden a visitarlo casi a diario. María Elena «lo atiende como en sus buenos tiempos».

1937. «Siempre le dilataban la hora de la operación definitiva, por la cual él porfía con insistencia. Las sospechas suelen golpearlo acerbamente. (...) Las autoridades del Hospital le guardaban mucha condescendencia. Estaba allí como en su casa, con libertad de salir. A menudo visitaba a sus amigos y parientes. Su ropería era pobre en extremo y remendada por él mismo» (*D. y B.*).

18 de febrero: durante el día mantiene una conversación con los médicos, en la cual corrobora las sospechas que ya tiene sobre su enfermedad: cáncer. Visita a algunos amigos y a su hija Eglé, da un largo paseo por la ciudad y regresa al hospital a las once de la noche. En la madrugada del día 19 muere. «Un vaso con restos de cianuro, evidenciaba la causa de fallecimiento.»

Sus restos son velados en la Casa del Teatro, sede también de la SADE (Sociedad Argentina de Escritores) –institución de la cual Quiroga había sido socio fundador y vicepresidente–; y posteriormente trasladados al Uruguay. «No hay memoria de homenaje igual, ni cuando llegaron de Italia los restos de Rodó, ni cuando murió Florencio Sánchez, ni cuando dejó de oírse para siempre la lírica voz de Zorrilla de San Martín.»

«Toda la noche hubo público presente junto al túmulo del Parque Rodó (en Montevideo). De allí la urna (que ostentaba el rostro del escritor tallado en la madera de un algarrobo misionero por Stefan Herzia) fue trasladada a la Estación Central y a las 7.55 del domingo (28 de febrero), en el flamante moto-car Águila Blanca, sus cenizas fueron embarcadas rumbo al Salto. (... Allí) el recibimiento fue apoteósico. La población entera suspendió ese día los festejos del carnaval para unirse en número mayor de cinco mil al cortejo que llevó por las calles de la ciudad de sus primeros años la urna que contenía sus restos.

»Era el epílogo de una vida ejemplar y el nacimiento de un mito; era el punto final de una obra sin igual y el comienzo de un importante capítulo de las letras hispanoamericanas.» (N. Baccino Ponce de León: *Horacio Quiroga. Itinerarios.*)

IV. HISTORIA DEL TEXTO

PROFESIONALISMO LITERARIO Y PIONERISMO
EN LA VIDA DE HORACIO QUIROGA
Jorge B. Rivera

HORACIO QUIROGA
Y LA HIPÓTESIS TÉCNICO-CIENTÍFICA
Beatriz Sarlo

HORACIO QUIROGA: LA INDUSTRIA EDITORIAL,
EL CINE Y SUS RELATOS FANTÁSTICOS
Carlos Dámaso Martínez

PROFESIONALISMO LITERARIO Y PIONERISMO EN LA VIDA DE HORACIO QUIROGA

Jorge B. Rivera

El hombre flaco despierta en la madrugada misionera y sale al fresco de la galería para cebarse tres o cuatro mates flojos, mientras trata de descubrir el centelleo de las rápidas correderas del Paraná, más allá de los cedros y lapachos retintos que festonean los grandes barrancones a pique. Después, lentamente, se dirige en la fría madrugada hacia el jardín que rodea la casa, para machetear y rastrillar el yuyal que en algunos puntos invade la gramilla. A las ocho de la mañana vuelve a la casa y trabaja hasta cerca del mediodía entre las herramientas y los olores a cola y querosene de su taller de artesano múltiple.

Con el sol ya alto, se detiene quince minutos para comer batata cocida, un plato de sopa, un pequeño bife a la plancha, bananas y mandarinas cultivadas por él mismo. Después, como tantas otras veces, vuelve al jardín para rociar con sulfuro de carbono un hormiguero de «cortadoras» que se le resiste desde hace una semana. Acabadas esas tareas, que viene repitiendo empecinadamente desde hace años, desciende hasta el río para terminar de calafatear la canoa y remar un par de horas bajo el sol todavía quemante de la media tarde.

Cerca de las 17 horas regresa al jardín para rastrillar nuevamente el ensanche arado el día anterior. A esa hora llega el amigo que cenará con él (batata asada, porotos en guiso, budín de pan y café de malta), y juntos se dirigen hacia el poblado para retirar la correspondencia y comprar una caja de bulones de dos pulgadas que necesita para reparar la canoa.

A las 18 el hombre enciende el farol y se dedica a arreglar la radio —que funciona a batería— con los nuevos radiotrones que ha traído del pueblo. Luego, mientras el otro lee los diarios, comienza a escribir una carta a su amigo Ezequiel Martínez Estrada. Son las 19, hora en que transmiten el noticioso de *La Prensa*, vía radio Splendid. La voz lejana y crepitante, por momentos ausente en el éter, habla de inquietud en España y de posibles levantamientos militares contra la República instalada en 1931.

Así poco más o menos, tal como él mismo describe sus actividades del 30 de junio de 1936 a Martínez Estrada, fueron los últimos día de vida misionera de Horacio Quiroga, el hombre flaco y solitario que está de vuelta de muchas cosas y ha vivido tan intensamente en ese mismo escenario. Pero el apacible y a la vez activo programa de ese 30 de junio casi crepuscular contiene también algunas de las claves esenciales de Quiroga, el *homo faber* desvelado, el empecinado inventor que trata de «irse al hoyo sin sentirlo», como le confesó alguna vez al escritor Germán de Laferrère, otro seducido por Misiones.

Los constructores de cosas

Existen, ya lo sabemos, la obra narrativa de Quiroga y los problemas específicos que esa obra plantea al crítico literario. En esta aproximación no se trata de abordar ese tipo de exégesis o de hemenéutica quiroguiana, sino de mostrar, sintéticamente, la imagen vitalísima del Quiroga pionero, inventor, artesano y escritor «profesionalista», empeñado con tenacidad en empresas industriales y comerciales que nunca pasaron de la etapa experimental, o que concluyeron sin demasiado estruendo, salvo cuando se referían estrictamente al periodismo o la literatura.

Un personaje muy típico de la época y del país, casi un paradigma de docenas de hombres que en una etapa de industrialización incipiente, de monocultivo sujeto a rígidos esquemas agroexportadores, de desigualdad regional y de extrema dependencia tecnológica –como lo fue la Argentina del período 1900-1930– se lanzaron en medio del recelo o la indiferencia general a planificar industrias, arraigar cultivos no tradicionales, colonizar zonas marginadas o inventar máquinas, herramientas y nuevos procedimientos tecnológicos, o a fabular –como en su caso– una literatura distinta, original y potente como la vida misma.

Un pionero concreto, en suma, como centenares de mecánicos, «habilidosos», relojeros, químicos, pequeños fabricantes, inventores, autodidactos, constructores de cosas y *bricoleurs* que poblaron las ciudades y los pueblos de la Argentina agropecuaria (o del Uruguay), en esos día de plena vía libre (y también de plena indiferencia) para el talento y la invención tecnológica, y al propio tiempo casi un personaje de la literatura, como los que se cuelan en el ciclo de la «vidas fantásticas» de Pío Baroja (como el Silvestre Paradox de los «inventos y mixtificaciones»), o el «infatigable creador» Pío Cid de don Ángel Ganivet.

El descubrimiento de Misiones

Horacio Quiroga viaja por primera vez al territorio de Misiones en 1903, en calidad de fotógrafo de la expedición de estudio que el Ministerio de Instrucción Pública ha encomendado a Leopoldo Lugones. En la memoria del autor de *Los arrecifes de coral* (1901) están todavía frescos los recuerdos del viaje a París y de las veladas «decadentes» del Consistorio del Gay Saber. De los casi treinta mil kilómetros cuadrados de Misiones apenas conoce lo que han informado viajeros y exploradores como Peyret, Godio, Carrasco, Ambrosetti, Queirel y Bermúdez, que es tal vez un poco más que lo que conocen las propias autoridades nacionales.

Quizá el italiano Guillermo Godio exagere en sus informes cuando dice que ha visto mandiocas de tres metros de alto, o que se obtienen batatas de treinta libras, o que la viña fructifica abundantemente dos veces por año, pero el viaje a Misiones tiene para Quiroga el efecto de un verdadero revulsivo. Le descubre, en primer término, el sentimiento peculiar del paisaje tropical (el mismo que habían experimentado viajeros como Humboldt), y despierta en él esa fibra pionera e ingobernable que lo lanzará más tarde a proyectar la mayoría de sus quiméricas empresas industriales o extractivas. Pero hay un hiato, hasta su instalación definitiva en el antiguo territorio de las Misiones jesuíticas.

En 1904 Horacio Quiroga realiza un primer viaje alternativo al Chaco en compañía de su amigo Eduardo de las Muñecas. Se trata de una primera tentativa exploratoria, que lo devolverá, meses más tarde, con la firme y arraigada tentación de convertirse en cultivador de algodón.

Tentativa por cierto pionera, y en consecuencia fuera de contexto, como muchas de las empresas iniciadas por Quiroga, ya que por esos años la explotación algodonera —iniciada en forma incipiente hacia 1862, con motivo de la Guerra de Secesión norteamericana— apenas ocupa unas dos mil hectáreas y está muy lejos de sospecharse el auge que adquirirá, bajo condiciones más favorables, a partir de la década de 1920. Inclusive no existen por ese entonces medidas de protección efectivas en el rubro hilanderías, a pesar de los esfuerzos de financistas como Demarchi y de los proyectos legislativos que tratará de impulsar años más tarde el ministro de agricultura Lobos.

Ubicado a unas siete leguas de la ciudad de Resistencia, a orillas del arroyo Saladito, Quiroga ve esfumarse sin retorno parte de los siete mil pesos de la herencia paterna. Pero el futuro autor de *Los desterrados* realiza entre los quebrachales del Chaco Austral una experiencia de otro tipo. El «decadente» de las veladas del Consistorio, el neurótico lector de Poe y el mórbido escriba de *El crimen del otro*, aparecido ese mismo año de 1904, tomará su segunda lección en contacto con la naturaleza tropical y el trabajo físico agotador:

> me levantaba tan temprano —informa en una carta— que después de dormir en el galpón, hacerme el café, caminar media legua hasta mi futura plantación, donde comenzaba a levantar mi rancho, al llegar allá recién empezaba a aclarar. Comía allí mismo arroz con charque (nunca otra cosa) que ponía a hervir al llegar y retiraba a medio día del fuego. El fondo de la olla tenía un dedo de pegote quemado. De noche otra vez en el galpón, el mismo matete. Resultado: en dos meses no sentía nada y había aumentado ocho kilos.[1]

La experiencia del Chaco tiene también otra derivación, que interesa a la literatura: se convierte, en cierta medida, en el punto de partida del nuevo sesgo narrativo de Quiroga, el que se inicia con relatos que testimonian un poco más

---

[1] Ezequiel Martínez Estrada, *El hermano Quiroga*, Montevideo, Arca, 1968, p. 133.

tarde la etapa chaqueña, como «La insolación» (1908) y «El monte negro» (1908), para culminar en 1926 con la perfección totalizadora de *Los desterrados*.

El descubrimiento de la profesión literaria

A fines de 1905 Quiroga inicia una actividad que también nos permitirá ubicarlo como pionero de un tipo de relación peculiar entre el escritor, los medios de prensa y el mercado de lectura. Con la publicación de «Europa y América» en el magazine *Caras y Caretas* comienza para Quiroga una línea de colaboración eminentemente «profesionalista», derivada más tarde a medios como *Fray Mocho, Plus Ultra, Mundo Argentino, El Hogar* y *Atlántida*, que se prolongará hasta 1927 y que absorberá la parte más sustancial y valiosa de su literatura.

Caras y Caretas, fundada por Eustaquio Pellicer, Manuel Mayol y Bartolito Mitre y Vedia en 1898, es un característico exponente del moderno periodismo masivo, que adviene al escenario de la prensa argentina con fórmulas literarias y gráficas ciertamente inéditas y novedosas, destinadas a captar y mantener sólidamente el interés de una masa de lectores de las capas medias urbanas y rurales en constante crecimiento.

Hasta entonces Quiroga ha realizado algunas experiencias en el campo periodístico, pero se caracteriza, de manera fundamental, por su condición de poeta «decadente», atado previsiblemente a modelos como Darío, Poe, Mendès, Herrera y Reissig, Lugones y D'Annunzio. El ingreso a un magazine popular como *Caras y Caretas*, como antes los viajes exploratorios a Misiones y el Chaco, significará para Quiroga el comienzo de una nueva etapa, pues la revista tiene una vasta clientela y un conjunto de normas, muchas de ellas de carácter eminentemente «profesionalista», a las que están obligados a sujetarse sus colaboradores.

Quiroga debe someterse a esa disciplina, y años más tarde recordará:

> Luis Pardo, entonces jefe de redacción de *Caras y Caretas*, fue quien exigió el cuento breve hasta un grado inaudito de severidad... El cuento no debía pasar entonces de una página, incluyendo la ilustración correspondiente. Todo lo que quedaba al cuentista, para caracterizar a sus personajes, colocarlos en ambiente, arrancar al lector de su desgano habitual, interesarlo, impresionarlo y sacudirlo, era una sola y estrecha página. Mejor aún: 1256 palabras... El que estas líneas escribe, también cuentista, debe a Luis Pardo el destrozo de muchos cuentos, por falta de extensión; pero le debe también, en gran parte, el mérito de los que han resistido.[2]

Los umbrales de la profesión

Quiroga, obviamente, había ubicado sus primeras colaboraciones periodísticas (1897-1900) en las efímeras publicaciones de su Salto natal, como *La Reforma*,

---

[2] «La crisis del cuento nacional», *La Nación*, Buenos Aires, 11/3/1928. Recogido en: Horacio Quiroga, *Sobre literatura*, Montevideo, Arca, 1968, p. 95.

Gil Blas, *La Revista Social* y *La Revista del Salto*, de la que fue director. El período montevideano –que se extiende entre 1900 y 1903– le acerca a su vez a *Revista Literaria*, *Rojo y Blanco*, *La Alborada* y *Revista Montevideo*, de modo que su iniciación en medios de mayor formato y profesionalismo, con los que podía establecer una relación de oferta y demanda reglada por la paga y la aceptación de los lectores, puede ser fechada efectivamente en 1905, con el comienzo de su colaboración en *Caras y Caretas*, si no contabilizamos una corta contribución en *El Gladiador* de Buenos Aires, interrumpida probablemente por el viaje al Chaco.

Entre los materiales de estas primeras etapas que van de 1897 a 1905 hay poesías, comentarios teatrales, notas sociales, semblanzas del viaje a París en 1900 y cuentos, entre ellos uno de típica factura policial: «El triple robo de Bellamore», aparecido en *El Gladiador* en noviembre de 1903. A este período de iniciación pertenecen asimismo los pseudónimos de «Guillermo Eynhardt», inspirado en una popular novela de Max Nordau, «Aquilino Delagoa» y «Licenciado Torralba», muy típicos del «enmascaramiento» ejercitado por quienes no admitían todavía la «entrega» a los mecanismos mercenarios de la prensa.

Parte del material aparecido en *El Gladiador*, como «Rea Silvia», «El haschich» y «El triple robo de Bellamore», es recogido en 1904 en *El crimen del otro*, su primer libro de cuentos editado en Buenos Aires por Emilio Spinelli. La experiencia se repetirá en 1917 con *Cuentos de amor de locura y de muerte*, aunque en este caso la decisión de editar a un notorio cuentista de revistas corre por cuenta de Manuel Gálvez, responsable del sello Cooperativa Editorial «Buenos Aires», y se convertirá, a partir de entonces, en el patrón de selección común en sus libros hasta *Más allá* (1935). La recuperación de este tipo de materiales –cuentos y artículos de diversa índole aparecidos en diarios y revistas– se completará en cierto modo con emprendimientos póstumos como el *Diario de viaje*, publicado por Emir Rodríguez Monegal, *De la vida de nuestros animales* (1967), *La vida en Misiones* (Arca, 1969) y *Sobre literatura* (Arca, 1970), compilados por Mercedes Ramírez de Rossiello, Jorge Ruffinelli y Roberto Ibáñez, respectivamente.

Entre 1897, fecha de aparición de «Para los ciclistas» en *La Reforma*, del Salto oriental, hasta 1937, año de la publicación de «La tragedia de los ananás» en *La Prensa* de Buenos Aires, se registran unos 416 títulos de colaboraciones quiroguianas reconocibles en diarios, periódicos y revistas argentinas y uruguayas, lo que equivale a lo largo de cuarenta años a un promedio anual de 10,4 textos, en realidad discreto si lo cotejamos con el formidable volumen de la producción periodística de escritores como Roberto J. Payró o Roberto Arlt, aunque en su caso particular correspondería considerar los largos períodos de alejamiento de ese gran ámbito de la demanda cultural que era Buenos Aires.

Los períodos de más activa colaboración en la prensa corresponden a los años 1906-1913 (especialmente en *Caras y Caretas* y *Fray Mocho*), 1916-1920 (repartidos entre *Fray Mocho*, *Plus Ultra* y *Mundo Argentino*) y 1925-1930 (con franco predominio de *Caras y Caretas* y presencia más esporádica en *El Hogar*).

Quiroga, indudablemente, colocó sus materiales narrativos y periodísticos en publicaciones que se caracterizaban por su masiva difusión, modernidad técnica y profesionalismo. La más frecuentada, *Caras y Caretas* (1898-1939), fue durante largo tiempo un auténtico modelo de magazine informativo y recreativo de amplia repercusión entre los lectores urbanos y rurales de la Argentina y otros países limítrofes, hasta el punto de generar una serie de revistas competidoras que prolongaban sus recetas básicas, como *Fray Mocho* y *PBT*, en las que también figura su colaboración. El *Hogar* y *Mundo Argentino*, por su parte, creadas respectivamente en 1904 y 1910 por Alberto M. Haynes, fueron en su momento medios de gran prestigio y verdaderos modelos dentro de la moderna prensa nacional. *Plus Ultra* (1916), con su gran formato y gráfica cuidadosa, pertenece también al capítulo de las revistas notables.

La presencia de Quiroga es menos notoria en publicaciones de carácter exclusivamente literario o cultural. En la prestigiosa revista *Nosotros* (1907-1943) su firma aparece sólo en tres oportunidades entre 1907 y 1914, si bien su obra es seguida y comentada regularmente por Roberto F. Giusti y otros críticos. En *Martín Fierro* (1924-1927) su nombre no aparece como colaborador, y lo mismo ocurre con *Sur*, fundada por Victoria Ocampo a comienzos de los años treinta y aparentemente impermeable a los materiales de Quiroga.

El pionero de la selva

El fracaso previsible de la aventura chaqueña no desalentó de manera apreciable a Quiroga. En 1903 había contraído ese misterioso apego por la naturaleza tropical, fundamental en muchos de los personajes marginales de Conrad, Stevenson y Kipling, y que él mismo descubriría más tarde en «desterrados» de auténtica cepa como Juan Brun, Pablo Vanderdop, Isidoro Escalera, Robert Scott y Denis, modelos de personajes de sus mejores relatos. Impulsado por esa fuerza secreta, en 1906 adquiere cerca de dos centenares de hectáreas en Misiones e inicia su segundo viaje al territorio, en el que permanece en forma prácticamente ininterrumpida hasta 1916, sin perder contacto con las redacciones porteñas.

Si es posible señalar dos etapas en la residencia misionera de Quiroga, esta primera corresponde nítidamente a la del Quiroga emprendedor, inventivo y pionero, que trata de adaptar su plan existencial a una suerte de naturalismo pragmático, fuertemente marcado por las prácticas y la experimentación que permite ese territorio virgen en muchas de sus áreas.

La vida en Misiones, hacia comienzos del siglo XX, está indudablemente signada por las necesidades de autoabastecimiento, de agresividad e iniciativa exploratoria de la etapa pionera, pero Quiroga sublima y sobredimensiona hasta extremos increíbles esta misma característica. Todos sus esfuerzos se vuelcan en 1908 a la construcción de la casa, que emprende según sus particulares ideas arquitectónicas con la ayuda de dos peones. Quiroga experimenta con sugestiva intensidad el placer de construir, y en este sentido parece seguir al pie de la letra la observación del Thoreau trascendentalista de *Walden o la vida en los bosques*:

...quizá si los hombres construyeran sus moradas con sus propias manos y se porporcionaran alimentos a sí mismos y a sus familiares, con sencillez y honestidad, la facultad poética se desarrollaría universalmente, tal como universalmente cantan las pájaros cuando están empeñados en esa tarea.[3]

La actividad de Quiroga en Misiones seguirá caminos, en apariencia contradictorios, que reflejan de todos modos la ambivalente y compleja inserción «profesionalista» de los intelectuales. Quiroga, como dijimos, colabora activamente durante ese período en las revistas y diarios de Buenos Aires, en especial *Caras y Caretas* y *Fray Mocho*. A esa etapa pertenecen, por exemplo, las series de folletines de aventuras como *Las fieras cómplices* (1908), *El mono que asesinó* (1909), *El hombre artificial* (1910), *El devorador de hombres* (1911), *El remate del Imperio Romano* (1912) y *Una cacería humana en África* (1913), publicados en *Caras y Caretas* con el pseudónimo de «S. Fragoso Lima», y también relatos como «Los cazadores de ratas», «La gallina degollada», «A la deriva», «El alambre de púa», «Los mensú» y «Los pescadores de vigas», aparecidos en las mismas publicaciones junto con artículos de interés general referidos a la vida en Misiones, cuestiones faunísticas o aspectos conectados con su fiebre pionera.

Vender la pluma

Quiroga comienza a escribir en una etapa en la que ya se definen los contornos «profesionalistas» de la actividad. Si figuras como Ángel de Estrada y Enrique Larreta son prototípicas del heredero con fortuna y dedicado vocacionalmente a la literatura, las de Roberto J. Payró o José S. Álvarez («Fray Mocho»), encabalgadas entre las letras y el periodismo, ya son características de un nuevo tipo de escritor que intenta convertir su arte en un modo de vida permanente. Hacia 1906, frente a la indiferencia o la franca oposición de muchos, se intenta la constitución de la primera Sociedad de Escritores, una tentativa «profesionalista» o gremial que recién tendrá concreción hacia mediados de los años veinte, con un universo editorial más desarrollado y perfiles reivindicativos más definidos.

Las nuevas posibilidades abiertas por el periodismo masivo, sin embargo, junto con algunos incipientes proyectos editoriales, bastan para alentar este espíritu «profesionalista», que estimula la producción de nuevas figuras como Manuel Gálvez, Alberto Gerchunoff, Horacio Quiroga, etc., empeñadas en defender y jerarquizar un espacio de producción reservado, hasta entonces, a los diletantes con fortuna personal, a los profesores o a los políticos que escribían «por añadidura».

Por sus trabajos literarios Quiroga percibe remuneraciones que oscilan entre los 30 y los 40 pesos por página. En carta a Fernández Saldaña, fechada el 16 de marzo de 1911, anota:

---

3 Henry David Thoreau, *Walden o La vida en los bosques*, Buenos Aires, Emecé, 1945, p. 51.

Vivo de lo que escribo. *Caras y Caretas* me paga $40 por página, y endilgo tres páginas más o menos por mes. Total: $120 mensuales. Con esto vivo bien. Agrega además $400 de folletines por año, y la cosa marcha.[4]

Quiroga, según sus biógrafos Delgado y Brignole,[5] lleva una cuidadosa contabilidad de sus ingresos literarios, lo que permite establecer algunos valores para el período 1910-1916 –una etapa que según Walter Rela registra unos 59 asientos bibliográficos–. Por «El vampiro» (1911), por ejemplo, recibió $40, en tanto que por «El perro rabioso» y «El alambre de púa», aparecidos en 1910 y 1911, respectivamente, percibió $120.

La etapa de producción de Quiroga –entre 1897 y 1937– coincide con el gradual desarrollo de la industria editorial argentina, que se va eslabonando a partir de proyectos o sellos como la Biblioteca de «La Nación» (coincidente hacia 1091 con la sustitución de la composición tipográfica del diario de los Mitre por las linotipos), la «Biblioteca Argentina», creada por Ricardo Rojas en 1915 con el sello de la Librería «La Facultad», de Roldán & Cía, las célebres colecciones de «La Cultura Argentina» y «La Cultura Popular», la ediciones de Manuel Gleizer (verdadero introductor en los años veinte de la vanguardia «martinfierrista»), y –para concluir– las no menos notorias de Antonio Zamora con su legendario sello «Claridad», responsable de la difusión del denominado «grupo de Boedo».

Pero Quiroga se ocupará mucho después de relativizar la fugaz impresión de prosperidad y decoro profesional que nos aportan o sugieren estos datos. Así, en 1928, confesará en su artículo «La profesión literaria» que entre 1901 y ese año sólo ganó con su profesión unos $12.400, lo que equivaldría a un sueldo mensual de $39,65; apenas lo suficiente, de no haber contado con otros soportes materiales, para morir «con las entrañas roídas» a los siete días de iniciarse en su vocación.

Má allá de la apuesta «profesionalista» (o quizá por su mismo imperio en ese contexto todavía incipiente), esta situación encuentra su paliativo providencial en un clásico y desesperado recurso de nuestros escritores durante esa etapa: el empleo público, como canonjía salvadora practicada por figuras como Lugones o Gálvez, entre otras. En 1911 Quiroga consigue que don Juan José Lanusse, a la sazón gobernador del territorio de Misiones, lo designe Juez de Paz y Oficial del Registro Civil de San Ignacio, con la retribución de $150 mensuales.

El demonio de los negocios

Hasta aquí, en breves trazos, la cara y la contracara del oficio literario, según las pautas y las posibilidades de la época. Pero Quiroga parece movido también

---

[4] *Cartas inéditas de Horacio Quiroga*, Montevideo, Instituto Nacional de Investigaciones y Archivos Literarios, 1959.

[5] José M. Delgado y Alberto J. Brignole, *Vida y obra de Horacio Quiroga*, Montevideo, C. García Editor, 1939, pp. 224-225.

por otro tipo de fiebre: el afán pionero, la pasión incisiva, acuciante e irreprimible por los grandes y pequeños proyectos industriales.

En sus primeros años misioneros, llevado por esta pasión, emprenderá junto con el farmacéutico Vicente Gozalbo su segunda aventura industrial: la fundación de la «Yabebirí», una sociedad creada por ambos para la explotación de la yerba mate. Quiroga y su socio no eligen, sin embargo, el momento más feliz para establecer su empresa. El momento y las condiciones reproducen de manera casi simétrica el episodio del algodón chaqueño. Entre 1900 y 1930, estadísticamente hablando, la producción nacional de yerba mate sólo cubre un 20% del consumo interno estimado, en tanto que el 80% restante es abastecido por Brasil y Paraguay. Explotada todavía con métodos primitivos, a pleno monte, en condiciones prácticamente similares a las que existían en tiempos de los jesuitas, recién a partir de 1930 comienza a estructurarse un apoyo orgánico y sistemático a la producción local, especialmente a la correntina y misionera, con saludable detrimento (para los productores en ciernes) de las importaciones brasileñas.

Pero en la época del proyecto Quiroga-Gozalbo la treintena de molinos yerbateros se abastecen casi exclusivamente con materia prima importada, dentro de una tesitura de abastecimiento que desdeña e inclusive obstaculiza las tentativas de los cultivadores o extractores argentinos.

Quiroga emprende la aventura de la «Yabebirí» con empeño; planifica la creación de almácigos, la fertilización de la tierra, la lucha contra las hormigas y los grillos-topos depredadores, el repique de las plantitas jóvenes, la preparación del sulfuro de carbono para combatir las plagas, las mejoras en los procesos de sapecación, secamiento y canchado de la yerba, etc.

Sin embargo, falto de sustento económico, el generoso fantaseo de la empresa yerbatera se hunde irremediablemente en el fracaso, devorado por añadidura por las sequías y por las nutridas formaciones de hormigas y grillos minadores que la asedian cotidianamente, aunque el quebranto no decepciona ese verdadero «amor de los negocios» que fascina al escritor y lo impulsa a proseguir la carrera.

Casi de immediato —hacia 1917— emprende otra fallida aventura comercial: la venta de naranjas. En 1936 dirá a Ezequiel Martínez Estrada: «Yo fui quien vendió primero naranjas aquí, y pagaron 0,80 el millar...»,[6] y describe a continuación las dimensiones y características de su naranjal, las técnicas básicas de la citricultura, los precios y las fluctuaciones de la demanda, etc., e inclusive le propone muy concretamente la posibilidad de emprender «un pequeño negocio» en este campo.

Quiroga explorará inclusive otros aspectos accesorios de la industria citrícola, hasta entonces descuidados. Fundamentalmente la producción de zumos, la destilación de aceites esenciales y la fabricación de vino de naranjas. Quiroga, en efecto, posee notables conocimientos de química industrial y cuenta con hallar capitales suficientes para instalar las máquinas y alambiques necesarios para encarar una producción a nivel auténticamente industrial. Como en otros casos, naturalmente, no desvaría. Una década después el mismo Ministerio de Agricultura, a través de sus departamentos técnicos y de fomento, estimulará la

---

[6] Ezequiel Martínez Estrada, *op. cit.*, p. 109.

citricultura subtropical y propondrá métodos para la fabricación de zumos con agregados de azúcar, ácido cítrico y conservadores del tipo del benzoato de sodio, amén de la producción residual de cáscaras abrillantadas, dulces, esencias, etc.

Los tesoros de la selva

Quiroga, como dijimos, posee vastos e imprevisibles conocimientos técnicos y es un experto observador de la naturaleza, tanto que en 1913 el naturalista Hauman Morsk, quien lo visita en su casa de San Ignacio, le ofrece trabajar como recolector de especies para las colecciones del Museo de Ciencias Naturales.

En el marco de la Misiones de comienzos de siglo los reclamos para un pionero raigal como Quiroga son múltiples. Todo está por hacerse y el escritor conoce de manera precisa el ambiente natural y las técnicas para transformar cada pulgada de tierra y cada metro de selva.

Está disponible, por ejemplo, la flora textil autóctona, con productos de singular importancia industrial como el chaguar, el caranday, la afata, el caraguatá, el palo borracho, el yatay, etc., a los que se pueden sumar especies como el yute, el ramio y el agave; o las plantas tintóreas y curtientes, como el cártamo y el quebracho colorado; o la gran abundancia de maderas aromáticas que contienen valiosos aceites esenciales de aplicación en las industrias perfumera y licorera, y obviamente las grandes maderas de ley, como el cedro, el lapacho, el incienso y el loro negro o peteribí, junto con otras de menor valor económico, como el laurel, el guatambú, la chancharama y el ibirá-peré, etc.

El comienzo de la Gran Guerra de 1914-1918 embarca a Quiroga en una nueva aventura pionera: la destilación de leña, que se hace casi imperiosa por la merma en las importaciones de carbón inglés y por la escasez en el mercado local de acetato y metileno. Las ideas del escritor coinciden, en este caso, con una apreciación coyuntural de carácter más amplio, en la que se embarcaron muchos industriales fogueados y munidos de cuantiosos recursos técnicos y financieros. No se trata, por cierto, del caso Quiroga.

> Al estallar la Gran Guerra de 1914 —comentan Delgado y Brignole— la idea de fabricar carbón utilizando la inmensa riqueza forestal le acudió enseguida a la mente. Una usina dedicada a esa industria, aunque fuera pequeña y se viese obligada a cerrar sus puertas al término de aquélla, bastaría para acumular el oro a montones.[7]

Quiroga sabe que de la destilación de madera se obtiene un 40% de ácido piroleñoso, un 25% de carbón, un 1% de alcohol metílico, un 2% de acetona, un 6% de alquitrán y un 2% de gases combustibles, y este saber le basta, aunque le falten otros recursos indispensables. El futuro autor de «Los fabricantes de carbón» se pone a la obra y con la ayuda del pintor Carlos Giambiaggi, quien ha suspendido un viaje a Europa por causa de la guerra, monta su propio horno

---

7 Delgado-Brignole, *op. cit.*, p. 228.

de destilador. Giambiaggi –el modelo del Rienzi de «Los fabricantes de carbón»–
se convierte pronto en un aliado insustituible para Quiroga. Como él, trata de
refugiarse en la naturaleza y está poseído por idéntica fiebre pionera.

Los proyectos que emprenden juntos son incalculables y tienen
indefectiblemente el mismo final catastrófico, o puramente melancólico, como la
fabricación de dulce de yateí, a base de maní y miel, la producción de unas
ingeniosas macetas putrescibles, la creación de un aparato para matar hormigas,
la fabricación de mosaicos de bleck y arena ferruginosa, de maní quebrado, de
cáscaras abrillantadas de apepí, de tintura de lapacho, de nuevos métodos para
la extracción del caucho, etc.

En relación con las famosas macetas Giambiaggi recordaba a comienzos de
la década del cuarenta, en un reportaje que le efectuara Germán de Laferrère
(quien escribió sobre el mundo del Alto Paraná con el pseudónimo de «Germán
Dras»):

> Una vez Horacio Quiroga me propuso un gran negocio: la fabricación de macetas
> putrescibles para el trasplante de la yerba. Era la época del furor de las
> plantaciones y tales macetas iban a servir para que la plantita de vivero desarrollada
> en ella no sufriera en el trasplante al lugar definitivo, pues se la trasplantaría con
> maceta y todo; además esta maceta, una vez podrida, sería un excelente abono
> para la misma planta.[8]

La idea era desde luego ingeniosa y ambos fabricaron muchas, aunque no
vendieron ni para salvar los gastos.

La lucha contra la naturaleza

La fiebre artesanal de Quiroga no se limita, por supuesto, a estos campos
productivos. El escritor emprende con la misma pericia y entusiasmo una serie
de pequeños oficios: peluquero, sastre, fabricante de juguetes para sus hijos,
pedicuro, veterinario, encuadernador, etc. Se dedica también a la taxidermia,
actividad que complementa su insobornable pasión por la caza de monte, o
experimenta en encuadernación con arpilleras y cueros de víbora, o se acerca a
la alfarería bajo la dirección de Giambiaggi. Aunque su costado estético se realiza
fundamentalmente (cuando no opera en la literatura) a través de la jardinería, a
la que dedica la mayor parte de su tiempo libre. Quiroga tiene, en este sentido,
la afición y el gusto profundo por los paisajes, y en especial por las especies
exóticas, que requieren grandes esfuerzos para ser obtenidas y conservadas. Esta
particularidad, en un hábitat tan peculiar como Misiones, con sus bruscos cambios
climatológicos y la voracidad de sus especies entomológicas, constituye en cierta
medida una curiosidad, o el testimonio de la singular tenacidad de Quiroga frente
a los desafíos.

---

[8] Citado en Oscar Masotta y Jorge R. Lafforgue, «Cronología», en: Noé Jitrik, *Horacio Quiroga*,
Buenos Aires, Ediciones Culturales Argentinas, 1959, p. 23.

En sus numerosos artículos periodísticos sobre la vida en Misiones, Quiroga se ha explayado abundantemente a propósito de las plagas que asedian sus proyectos de embellecimiento paisajístico, en especial las grandes falanges de hormigas carnívoras que avanzan lustrosas, rápidas y zigzagueantes para mondar con limpieza cuanto encuentran a su paso, «desde la lombriz de tierra al tigre». Y al infierno impredecible de las hormigas «cortadoras» hay que sumarle por añadidura la pesadilla de los grillos-topo y de las tucuras.

Basta recordar en «Jazmines y langostas» el relato de las peripecias de Quiroga para defender un jazmín, una begonia y un monte de bambúes javaneses plantado en 1910:

> La langosta —y éste es su único punto débil como combatiente— es asustadiza. Las vi en esa campaña amontonadas a billones a la vera del camino, sin atreverse a cruzarlo ante el temor de los camiones que de largo en largo pasaban por allí... Yo aproveché la lección. Y esa mañana me di a recorrer el frente de 300 metros a marcha lenta y con el escape libre, sin volver siguiera el coche: marcha adelante y marcha atrás, minuto tras minuto, hora tras hora.[9]

O el testimonio casi apocalíptico de «La hormiga minera», producido por un hombre que conoce «todas las celadas, todas las trampas, los aros protectores, las soluciones, los gases, las máquinas insufladoras, fumigadoras y destiladoras, todo el arsenal de guerra que exige el país para combatir a su más terrible hijo»,[10] y que a pesar de esta sabiduría deletérea nos confiesa: «a la hormiga minera, poniendo en juego una inacabable perseverancia, se la puede tener a raya; mas no destruirla, a menos de empeñar en la lucha todo el capital de que se dispone y la propia larga vida».[11]

Esta lucha permanente, evidenciada a propósito de aspectos inclusive minúsculos, no es más que la consecuencia necesaria y congruente de su voluntad de «hacer». Movido por esa voluntad y por su pasión paisajista —una pasión que comparte acaso con el Poe de «El dominio de Arnheim», «El cottage de Landor» y «La isla del hada» (que sustentan la tesis de que «la confusión de lo natural debe ser reparada por el artista»)— Quiroga resuelve perfeccionar la meseta en la que se levanta la casa de San Ignacio, verdadero balcón sobre el río Paraná, con un amplio jardín de césped inglés plantado con palmeras, cortinas de bambú, cedros, eucaliptos, guayabos, bananos y otras especies autóctonas y exóticas. «Para mejorar la vista sobre el río —anota Emir Rodríguez Monegal—, debió reforzar y hasta alzar un poco la meseta natural».[12]

---

[9] «Jazmines y langostas», *La Prensa*, Buenos Aires, 25/8/1935. Recogido en: Horacio Quiroga, *La vida en Misiones*, Montevideo, Arca, 1969, pp. 142-143.

[10] «La hormiga minera», *La Prensa*, Buenos Aires, 28/4/1935. Recogido en *La vida en Misiones*, ed. cit., p. 129.

[11] *Loc. cit. supra*, p. 129.

[12] Emir Rodríguez Monegal, *Genio y figura de Horacio Quiroga*, Buenos Aires, EUDEBA, 1967, p. 77.

La seducción de las nuevas tecnologías

En diciembre de 1916 Quiroga regresa a Buenos Aires y se instala con sus hijos Eglé y Darío en Canning 164. Beneficiado por una designación como secretario en el Consulado General del Uruguay en Buenos Aires, que le consiguen sus amigos montevideanos y que le reporta unos $130 mensuales, Quiroga instala un pequeño taller en el que prosigue sus investigaciones tecnológicas y sus trabajos mecánicos y de carpintería. Seguro de sus conocimientos en este último terreno, construye inclusive una chalana, a la que bautiza con el nombre de «La gaviota».

En Buenos Aires Quiroga reparte su tiempo con metódica sabiduría. Una parte la destina a su trabajo literario y periodístico, otra a la artesanía y otra a frecuentar los círculos literarios y artísticos, de los que en líneas generales –a pesar de su huraña y de su carácter introvertido– tiende a no segregarse. En la ciudad, por otra parte, descubre la fascinación del cinematógrafo y se convierte de inmediato, con sus colaboraciones de 1919-1920 en *Caras y Caretas*, en uno de los pioneros de la crítica cinematográfica, dentro de una línea que prolongará más tarde en las revistas *Atlántida* (1922) y *El Hogar* (1927-1928). Tan vivo es su nuevo interés por el cine –que por esos años crece notablemente como espectáculo popular– que con su amigo Manuel Gálvez, a quien trata asiduamente entre 1912 y 1919, proyecta la fundación de una empresa cinematográfica en la que se filmarían los guiones de ambos. De esta etapa quedan dos proyectos notorios e igualmente frustados: un guión de Quiroga titulado «La jangada florida», y el propósito de adaptar su cuento «La gallina degollada».

Las primeras exhibiciones rioplatenses del cinematógrafo de los hermanos Lumière se habían realizado en Buenos Aires y Montevideo en julio de 1896 (en el Teatro Odeón y en el Salón Rouge de la Ciudad Vieja, respectivamente), a poco más de seis meses de las primigenias funciones del Salón Indien de París. Un año más tarde, en 1897, el pionero Eugenio Py, de la casa Lepage, comenzaba en Buenos Aires una serie de experiencias de filmación documental que pueden ser consideradas como fundacionales para el cine argentino, cuyos tramos iniciales cuentan a la vez con la actividad precursora de Federico Valle y Mario Gallo, dedicados al documental y también al filme de argumento. Hacia 1917, con una pieza de gran envergadura espectacular como *Nobleza gaucha*, rodada por Cairo, Martínez de la Pera y Gunche, el cine ha logrado arraigo definitivo y la Argentina cuenta ya con una infraestructura de salas y con productores cinematográficos de cierta envergadura, que darán origen en los años cuarenta a una industria pujante, actualizada y competitiva.

No es aleatorio, por lo tanto, el interés de Horacio Quiroga, cuya experta mirada descubre los rasgos diferenciales del nuevo medio y sus posibilidades expresivas autónomas, como puede advertirse por sus críticas y por muchos de los cuentos en los que el cine o lo cinematográfico juegan un papel considerable, como ocurre con «Miss Dorothy Phillips, mi esposa», «El espectro», «El puritano», «El vampiro», etc.

Es Gálvez, precisamente, otro profesionalista como él, quien en esos días lo vincula con una de las aventuras editoriales más interesantes del primer cuarto de siglo: la de Cooperativa Editorial «Buenos Aires», un sello que publica *Cuentos de amor de locura y de muerte* en 1917 porque Quiroga es ante todo un escritor conocido en el circuito de lectores de revistas populares, y por lo tanto potencialmente «vendible».

El profesional en el corazón del mercado

Entre 1915 y 1924 el mercado de quioscos de la Argentina asiste a la aparición y desarrollo de un nuevo producto, que refleja en cierto modo las demandas y características del nuevo público urbano. Se trata, fundamentalmente, de folletos de 24 a 28 páginas (formato preferencial de 14×22 centímetros), que aparecen semanalmente y se venden a un precio que oscila entre los 0,10 y los 0,20 centavos. El material publicado es esencialmente narrativo, y la experiencia –realizada inicialmente por Leopoldo Durán y Ernesto Morales con el sello Ediciones Mínimas, que comienza sus entregas en 1915– tiene gradual aceptación y desencadena una línea de derivaciones competitivas como *La Novela Semanal* (1917-1922), *El Cuento Ilustrado* (1918), *La Novela del Día* (1918-1924), *Ediciones Selectas*, *La Novela Universitaria*, *La Novela de la Juventud*, *La Novela Elegante*, *La Novela Femenina*, *La Novela de Hoy*, etc., en las que aparecen textos de autores conocidos, como Payró, Lynch, Dávalos, Blomberg, Güiraldes, Wast, Martínez Payva y, obviamente, Horacio Quiroga, junto con obras de autores menos notorios o con producción ulterior irrelevante.

El autor de *Los desterrados* se inicia en este nuevo formato literario-periodístico con «Un peón», publicado en el número 2 de *La Novela Semanal* (14/1/1918), y vuelve a explorarlo con «Un drama en la selva», versión de «Anaconda» que aparece en el número inicial de *El Cuento Ilustrado* (12/4/1918) con dibujos y veñetas de Málaga Grenet y Alejandro Sirio.

Quiroga figura además como director de esta última publicación –realizada por la casa editora Otero y García– hasta el número 4, y sería responsable por consiguiente de la selección de sus primeras entregas: «Puerto Deseado», de Elsa Jerusalem, «Un sabandija», del uruguayo Víctor Pérez Petit, y «Un idilio de estación», de Ricardo Güiraldes, antecedente de lo que será su novela corta *Rosaura*.

El proyecto de *El Cuento Ilustrado*, diseñado seguramente por Quiroga y expuesto al lector en el número que inicia la serie, se basa fundamentalmente en dos premisas, que no dejan de responder a una estrategia comercial: a) un cuento cuyo argumento no tenga suficiente interés para ser *contado* no es cuento, aunque posea lo que se da en llamar *bello estilo*; b) los textos a publicar deben reflejar profundamente el ambiente natal americano, *«porque lo que el autor sintió, absorbió y vivió, lo sentirá fatalmente el lector»*.

El nuevo medio vuelve a tentarlo sólo esporádicamente, a pesar de su éxito popular, y apenas retornará a él con relatos como «Miss Dorothy Phillips, mi esposa» (*La Novela del Día*, nº 12, 14/2/1919) y «La segunda novia» (*La Novela Universitaria*, nº 2, 23/11/1921). Quiroga parece preferir por entonces las páginas y los circuitos de revistas como *Plus Ultra*, *Atlántida*, *El Hogar*, *Caras y Caretas* y *Mundo Argentino*, o diarios como *La Nación*, entre otros medios que alterna con cierta regularidad catalogable: entre 1914 y 1918 los temas misioneros, como «El pan intertropical», «La industria azucarera del bosque» o «Nuestra industria del carbón» aparecen preferentemente en *Fray Mocho*, aunque algunos se desplazan hacia el final a *Plus Ultra*. Las críticas de cine se ubican, en distintos momentos entre 1918 y 1922, en *El Hogar*, *Caras y Caretas* y *Atlántida*. Los temas faunísticos aparecen en *Billiken*, una revista infantil, y *Caras y Caretas*, entre 1924 y 1925, en tanto que los textos de reflexión, crítica o análisis sobre la literatura y la profesión de escritor (como «La bolsa de valores literarios», «Manual del perfecto cuentista», «La profesión literaria» o «La crisis del cuento nacional») son destinados, entre 1921 y 1929, a medios como *El Hogar* y *La Nación*, entre otros.

En «El impudor literario nacional» Horacio Quiroga censura la inflación publicitaria de la literatura local (*cf. El Hogar*, 30/12/1921), vinculándola en cierto modo con la producción folleteril para el circuito de quioscos, y hacia 1928 recordará en «La profesión literaria» (*El Hogar*, 6/1/1928) uno de los rasgos negativos de esa etapa:

> Cuando las novelas llamadas semanales gozaban entre nosotros de gran auge, pudo comprobarse que la mayoría de las colaboraciones espontáneas de dichos órganos provenían de seres totalmente ajenos a la profesión. En sus ratos de ocio habían escrito una novelita para ganar unos pesos... La novela semanal y su pago tentador fueron una lotería. Infinitos seres que no volverán a escribir se enriquecieron —en la medida de lo posible— con una sola obra. Nunca habían escrito, ni reincidirían. Gozaron un instante de la fortuna, y para ellos, sin duda, la literatura fue una mina de oro.[13]

Al cabo de los años, a pesar de su amplia producción y de su prestigio, el Quiroga de la madurez estaba en condiciones de afirmar, en ese mismo texto, que el arte es un don del cielo, «pero que su profesión no lo es», especialmente por la parvedad de la paga; y esta circunstancia aparecía agravada a su vez para él por el corto término de protección (diez años en aquella época) que aseguraba la Ley de Propiedad Intelectual a los descendientes del escritor muerto (*cf.* «La inicua Ley de Propiedad Literaria», en *La Nación*, 9/12/1928).

La reconstrucción de la selva

Así como en Misiones el huraño redactor buscaba el refugio alternativo, aunque físicamente lejano, de la literatura y el periodismo (o del «paisajismo» exótico), el desterrado de la selva busca reanudar oscuramente en la ciudad sus lazos con el pasado misionero. Una de las formas, la más superficial, será el pequeño zoológico de la nueva casa de Vicente López, con su coatí, su ciervo, su avestruz, su oso hormiguero, su aguará y su tucán. Otra, más profunda y sustancial, será la recreación de esos lazos perdidos a través de la literatura, de relatos

---

[13] Recogido en *Sobre literatura*, ed. cit., pp. 88 y 90. En esta edición, p. 1 204-1 206.

fuertemente experienciales como «Los fabricantes de carbón» (*Plus Ultra*, 11/1918), «El techo de incienso» (*La Nación*, 5/2/1922) y «Los destiladores de naranjas» (*Atlántida*, 11/1923), en los que traduce en clave narrativa sus ricos años de vida en el territorio de Misiones.

Quiroga dejará constancia de sus experiencias en diversos artículos publicados en *Caras y Caretas* y *Fray Mocho*. En la primera aparecen fundamentalmente los trabajos descriptivos sobre fauna misionera (el tigre, el yacaré, la hormiga león, el coatí, la ñacanina, el aguará, etc.), en tanto que en la segunda tienen acogida, entre 1912 y 1916, sus trabajos de divulgación sobre la yerba mate, la cría del gusano de seda, el cultivo de la mandioca, la producción de azúcares y melazas o la destilación de la madera, entre los temas más notorios o más directamente vinculados con su propia práctica tecnológica. Desde mediados de la década del veinte este tipo de materiales se desplazará hacia revistas como *El Hogar* o diarios como *La Nación*, *La Prensa* y *Crítica*, con alternativas que el propio Quiroga no deja de anotar:

> *Crítica* se hartó de mi colaboración con la tercera enviada, que no publicó y tuve que rescatar con dificultad. Pasé a *El Hogar*, que temo se harte también a la brevedad... Queda por suerte el inconmovible, tenaz y constante tonel de *La Prensa*, donde parece no se cansan jamás de uno.[14]

La mayoría de estas notas muestran a Quiroga como un conocedor avezado, que ha obtenido su ciencia naturalística y agronómica de manera eminentemente práctica, luchando con las cosas y los hombres en pleno corazón del monte, aunque sin desdeñar, desde luego, la lectura de manuales, catálogos y trabajos de divulgación que constituyen una de las zonas fuertes de sus bibliotecas misionera y porteña.

En uno de estos artículos, precisamente, Quiroga esboza la historia de uno de los pioneros de la selva misionera: el padre maronita Kassab, un personaje que tiene mucho de los grandes marginados quiroguianos y de su propia fibra de visionario y luchador inagotable, como puede verse en «Seda y vino de naranja» (*Fray Mocho*, 30/5/1913).

Director de la Escuela Sericícola de Santa Ana y dispuesto a impulsar, a cualquier precio, la cría del gusano de seda en una región «donde apenas se sabe cuál es el mejor procedimiento para plantar mandioca», el padre Kassab batalla con rudeza, prácticamente sin apoyo, para plantar ciento cincuenta mil moreras, instalar un aserradero, dos alambiques y un colmenar moderno.

Poco después, uno de los típicos incendios de verano diezma la plantación, destruye la mayor parte de la obra del cura y provoca la progresiva deserción de los alumnos de la escuela-granja. El gobierno nacional no encuentra entonces mejor expediente que convertir al establecimiento en una suerte de colonia para menores con antecedentes correccionales y penales, planteándole a Kassab la difícil disyuntiva de imponer un mínimo de disciplina a la flor y nata de la delincuencia juvenil porteña; aunque la situación no se prolonga, pues los nuevos

---

[14] Ezequiel Martínez Estrada, *op. cit.*, p. 90.

huéspedes rebasan con facilidad la débil barrera que trataba de imponer el pionero y se internan progresivamente en el monte.

En ese estado calamitoso, solo, sin apoyo económico, con sus moreras quemadas y convertido en insólito tutor, lo encuentra Quiroga en 1913, y el pionero de la «Yabebirí» hace entonces un descubrimiento que lo hermana con el alucinado criador de gusanos de seda: Kassab no se ha desmoronado ante la adversidad, y mientras espera que la Nación se acuerde de él y le remita fondos y alumnos para reactivar la escuela, se ha dedicado a experimentar la vinificación de la naranja.

«¡Correcto!», debe haber exclamado Quiroga, siempre magnetizado por esa idea de la pequeña puerta que se abre a la esperanza en medio de la noche, de la batalla tenaz contra la incomprensión, la soledad y la muerte, del hombre creador y visionario que lucha a pesar de todo.

El último de la especie

La segunda etapa misionera, la que se inicia en 1932 y se prolonga hasta 1936, está signada por otras circunstancias y otras compulsiones. El hombre que vuelve a Misiones a comienzos de la década de 1930 ha cambiado tanto como el país. Es un hombre que ha madurado, pero que también se ha desencantado, un hombre «que está de vuelta» y sin deudas con sus sentimientos, aunque —como él mismo dice— con las aristas más cortantes desgastadas por «quince años de civilización forzada».

Si la vieja e inveterada pasión subsiste, como en efecto ocurre, le falta ahora ese lirismo delirante, esa fascinante poética de la aventura que parecía marcar los restallantes emprendimientos de la primera época. Ahora como nunca la pasión de Quiroga se parece extrañamente al grito desolado y agónico del último hombre de la tierra, insistiendo en perpetuar su simiente.

Insistirá empecinadamente, es cierto; e inclusive poco antes de su muerte —ya internado en el viejo Hospital de Clínicas de Buenos Aires— propondrá a Ezequiel Martínez Estrada el viejo proyecto de la fabricación de extracto de naranja. El hombre que está a punto de morir (por propia mano) le dice:

> ... Todo esto lo he consultado ya con un químico muy competente, un bohemio, de San Ignacio, a quien no le he revelado, sin embargo, el secreto del procedimiento. Me pertenece con exclusividad. Calculo que si la naranja así conservada, que con sólo agregarle agua recupera su natural sabor y sus propiedades vitamínicas, se pone de moda en lugar de otras bebidas alcohólicas artificiales, tres confiterías solamente: El Molino, la Ideal y el Jockey Club, pueden consumir por mes hasta veinte damajuanas, o sea, doscientos litros de naranja sintética. Podemos obtener en plaza un precio hasta veinte veces superior al costo, incluidas la materia prima y la elaboración, más el transporte por ferrocarril y camión hasta el domicilio de los clientes.[15]

---

[15] Ezequiel Martínez Estrada, *op. cit.*, p. 46.

En Misiones repartirá su tiempo entre las colaboraciones, la jardinería, los trabajos en cerámica y las pequeñas artesanías. Se interesará, inclusive, como consecuencia de su amistad con Martínez Estrada, violinista aficionado, en la construcción de violines y en la selección de maderas nativas apropiadas para los trabajos de lutería. En sus cartas al autor de *Radiografía de la pampa* le comenta sus experiencias y observaciones: «Si usted viene un día por aquí a pasear –¡qué lejano!– nos vamos a divertir en grande cazando maderas liutaicas...».[16]

Cuando Quiroga se entera de que Martínez Estrada se propone construir su propio violín no puede reprimir su entusiasmo. «Es un hallazgo», exclama. Parece importarle más esta derivación artesanal de la afición de su amigo, que la misma idea de la satisfacción estética que puede brindarle el instrumento. Para Quiroga, indudablemente, el supremo goce estético reside en la aventura artesanal que está a punto de emprender Martínez Estrada. En realidad, parece pensar Quiroga, aproximándose a la vieja idea del artista artesano o al meollo de la teoría de Lao Tsé, no existe un goce estético separado del momento de la producción material del medio. Hay una fruición, un estado de integración y plenitud vital, de suprema sabiduría, que enlaza todos los momentos del proceso de creación.

Pero el interés dominante será la recuperación y conservarción del jardín diseñado por él a su arribo a Misiones, y con ese motivo viaja frecuentemente a la Estación Experimental de Loreto para realizar consultas a su amigo Glieb Grüner, o para conseguir especies raras; porque al Quiroga crepuscular lo ha capturado esa especie de perfeccionismo voluntarista empeñado en librar batallas terribles con la naturaleza.

No es extraño verlo luchar durante doce meses para preservar veinte matitas espinosas de ananaes de Pernambuco –auténticos y gloriosos *abacaxis*– contra los cambios de temperatura de la meseta («La tragedia de los ananás», su última colaboración publicada en *La Prensa*, en enero de 1937), o librando verdaderas batallas para defender de las hormigas a sus gresíleas, calistemos, alcanforeros y monsteras mexicanas, o reservándose la suprema sofisticación de criar una auténtica curiosidad botánica recibida de la China. Es el *ginkgo biloba*, sobre el que Quiroga informa:

> Desde hace ochenta millones de años (en el más modesto de los cálculos), esta planta sobrevive, única y solitaria en un mundo caduco. No tiene parientes en la flora actual. Ningún lazo de familia la une al mundo vegetal existente. Es el único ejemplar de una clase ya extinguida en la infancia del planeta.[17]

Quiroga trata a su ejemplar como si fuese, realmente, el último de los sobrevivientes de una familia extinguida, tan solitario y excepcional como el hombre que lo cuida. La última especie viviente de una clase (las *ginkgoíneas*) cuyos ejemplares más lozanos y abundantes prosperaron sobre la tierra entre el

---

[16] Ezequiel Martínez Estrada, *op. cit.*, p. 152.

[17] «Su olor a dinosaurio», *El Hogar*, Buenos Aires, 14/6/1935. Recogido en: *La vida en Misiones*, ed. cit., p. 134.

jurásico y el plioceno. Frente a su presencia casi fantasmal sus sentidos sufren una especie de regresión insólita. Poética, irónicamente, Quiroga cree percibir la huella de un olor: «sus grandes hojas extrañas huelen a dinosaurio. Netamente lo percibe el hombre que alguna vez soñó con los monstruos secundarios».[18]

El resto del tiempo lo dedica a leer, o a releer, a sus viejos favoritos, como Ibsen, Dostoievski o Axel Munthe, autor de *Historia de San Michele* y amante de la naturaleza como él, a quien admira y piensa emular con una siempre postergada historia de los avatares de su instalación en San Ignacio. Se suma a estas lecturas la frecuentación de los estudios biológicos y el consumo voraz de los folletines «de interés humano» de Edgar Wallace y Edgar Rice Burroughs, y con respecto a esta zona de las preferencias literarias de Quiroga anota muy sugestivamente Martínez Estrada:

> Él me inició en la lectura de obras desagradables, que había considerado de menor cuantía y fuera de los cánones del gran estilo, y extinguió en mí la lámpara mortecina de la poesía que había iluminado los lóbregos senderos de mi juventud Por él conocí y gusté a los genios del hampa y la gitanería literarias: O'Henry, Bret Harte, Dreisser, Jack London, Sherwood Anderson, Hemingway.[19]

¿Qué encontraba Quiroga en esa literatura? Seguramente algo que él mismo había prescripto en 1918 en la presentación de *El Cuento Ilustrado*, o en su «Decálogo del perfecto cuentista» (*Babel*, 7/1927), o desde luego en su narrativa más madura: el puro placer de *contar* una historia, sin detenerse a observar si las palabras son entre sí consonantes o asonantes.

Burroughs comienza *Tarzan of the Apes* (1914) con la frase: «Me refirió esta historia una persona que no tenía necesidad de referirla, ni a mí ni a nadie». Quiroga, en el punto décimo de su «Decálogo», recomienda:

> No pienses en tus amigos al escribir, ni en la impresión que hará tu historia. Cuenta como si tu relato no tuviera interés más que para el pequeño ambiente de sus personajes, de los que pudiste haber sido uno. No de otro modo se obtiene la *vida* en el cuento.[20]

Para contar historias Quiroga sedimentó su propia experiencia y eligió la vía de los grandes medios gráficos (como hicieron precisamente los «genios del hampa y la gitanería literarias»), con sus miles de lectores anónimos a los que era necesario interesar, impresionar y sacudir con no más de 1256 palabras, y ese fue otro de sus asombrosos desafíos.

---

[18] *loc. cit. supra*, p. 134.
[19] Ezequiel Martínez Estrada, *op. cit.*, pp. 64-65.
[20] *Sobre literatura*, ed. cit., p. 88. En esta ed., p. 1 194-1 195.

HORACIO QUIROGA Y LA HIPÓTESIS TÉCNICO-CIENTÍFICA

Beatriz Sarlo

De una biografía

Dos amigos, no precisamente preocupados por sostener una hipótesis, cualquiera que ésta sea, sino por confeccionar una «vida» de escritor y hombre donde todo encuentre un lugar adecuado, incluso aquellos rasgos menos tolerables para la moral de la época, ofrecen a los lectores de su libro, escrito en los meses que siguen a la muerte de Horacio Quiroga, múltiples noticias sobre sus pasiones técnicas.[1] No menos de veinte veces, en un libro de cuatrocientas páginas pequeñas, se refieren a los experimentos, los talleres, los fracasos y los caprichos técnicos del biografiado: las menciones parecen, más que buscadas, inevitables, cada vez que los autores de esta celebración del amigo se detienen en las diferentes casas habitadas por Quiroga donde el taller de química, galvanoplastia o el horno de cerámica ocupaban el centro; en el equipaje con el que partía hacia Misiones; el trabajo personal con el que montó el escenario rural desde donde su segunda mujer huyó de tedio; las empresas que allí mismo intentó para liberarse de una escritura obligada que los diarios y revistas pagaban mal; las pasiones de juventud y madurez primero por el ciclismo, más tarde por su moto, luego por el barco construido por él mismo, y finalmente por un Ford a bigotes. Los dos biógrafos, Delgado y Brignole, no fundan, con estos datos, otra interpretación que no sea psicológica: la tendencia a un «placer complejo» que incluye la actividad física y el desafío al ingenio. No hay nada más que les pareciera significativo ni avanzan uniendo los datos que proporcionan: esto los hace singularmente más valiosos, porque son a la vez inevitables e inmotivados por el movimiento de la biografía. Precisamente, su falta de motivación los vuelve creíbles, libres de la intención hagiográfica según la que todo tiene que integrarse

---

[1] José M. Delgado y Alberto J. Brignole, *Vida y obra de Horacio Quiroga*, La Bolsa de los Libros, Biblioteca Rodó, Montevideo, 1939.

en un esfuerzo de celebración. Brignole y Delgado son la primera fuente biográfica; sobre su tarea, realizada con dedicación piadosa y estilo entusiasta, se arma la grilla de cronologías y «vidas» posteriores: ellos fundan los temas del mito quiroguiano, pero uno de esos temas, precisamente el de la pasión experimental y el pionerismo técnico, es un no-tema, algo que está allí sin merecer un subrayado.

Todavía en Salto y antes de los veinte años, Quiroga «si alguna predilección manifestaba, fuera de su pasión desordenada por la lectura, ella se refería, no a las profesiones liberales, sino a los oficios de la artesanía. Las máquinas, sobre todo, ejercían sobre él una atracción singular». A la mecánica, se agrega poco después la química:

> Sus habitaciones de la casa urbana y de la quinta se convirtieron en laboratorios armados con toda clase de retortas, probetas, destiladores y frascos llenos de los más diversos álcalis y ácidos. Se pasaba largas horas encerrado en ellas, repitiendo las experiencias fundamentales del análisis y la síntesis. Pero su imaginación no podía resignarse a este papel pasivo y rutinario, tentándolo con frecuencia a pruebas absolutamente inéditas por ella sugeridas.[2]

Enseguida, previsiblemente, vino la fotografía, considerada «más como un oficio que como un arte»:

> A las revistas de ciclismo y las efigies de sus campeones, a la biblioteca y el arsenal químicos, se vinieron a agregar galerías fotográficas, baterías de cubetas aporcelanadas, líquidos fijadores y reveladores, kodacs y, en un rincón, una cámara oscura.[3]

Ya en Buenos Aires, y algunos años después, Quiroga y Brignole comparten un departamento; de la habitación ocupada por Quiroga, su amigo recuerda la mezcla casi escenográfica de actividades y enseres, pero, sobre todo, las herramientas de su nueva pasión, la galvanoplastia y la electrólisis: se trata de una versión moderna de las quimeras de conversión y reversión de materiales, a las que Roberto Arlt, singularmente, tampoco fue ajeno.[4] Una pasión que tiene tanto de estético como de técnico, porque está fundada sobre la transformación

---

[2] *Op. cit.*, pp. 56 y 57.

[3] *Ibid.*, p. 58.

[4] A juzgar por los registros de invenciones, la galvanoplastia por electrólisis comenzaba a preocupar tanto a empresas extranjeras radicadas en Buenos Aires como a los imaginativos rioplatenses, casi con la misma intensidad que los adelantos fotográficos y fonográficos. Véase el Registro de Marcas y Patentes, Grupo 2, gaveta 26: «Electroquímica, electrólisis, galvanoplastia y similares; medios, aparatos, etc. empleados y composición o preparación de baños electrolíticos; electrodos y electrolitos; sus diferentes aplicaciones en la industria». Antes de 1913 y sin fecha se patentan cinco inventos, tres de ellos argentinos y dos reválidas de patentes extranjeras. En fotografía, y también antes de 1913, hay 16 patentes otorgadas, de las que sólo dos son reválidas de inventos norteamericanos. Pero el aumento verdaderamente espectacular del número de patentes en todos los rubros se produce a comienzos de la década del veinte, cuando de las alrededor de mil patentes anuales de la segunda década del siglo se pasa a las 2800 de 1923.

de la materia y, sobre todo, sobre su enriquecimiento: los metales menos atractivos se convierten, por la electrólisis, en materias brillantes y pulidas, más cercanas al oro y al bronce, con la nobleza superficial de la sustancia rica que ha sido creada y adherida en el proceso. Pero, al mismo tiempo, la electrólisis es la forma moderna de la alquimia, apela a la imaginación del transformador de materiales y tiene, en esos años, un atractivo artístico junto al evidente sentido práctico.

En rigor, Quiroga se relaciona tan activamente con la técnica como con la artesanía. Él representa algo nuevo, dentro del universo cultural rioplatense: se trata de la cercanía efectiva con la materia y la herramienta; se trata del puente, establecido por sobre los libros y las revistas técnicas que leía,[5] con un *saber hacer* que no tenía ni prestigio intelectual ni mayores tradiciones locales en las élites letradas. La vocación por el saber hacer está, probablemente, en casi todas las aventuras de Quiroga: desde su primera empresa algodonera en el Chaco Austral, hasta el jardín botánico más o menos exótico que consiguió plantar, injertar y combinar en su último período en San Ignacio. En el medio, los «inventos», que sus biógrafos llaman «quiméricas empresas» y que convendría mirar no sólo desde la perspectiva de un escritor en la selva misionera, tratando de ganarse la vida fuera del mercado literario de Buenos Aires, sino como estrategias de instauración de un poder frente a la naturaleza por la mediación de la técnica y del saber hacer técnico, dimensiones que le dan a Quiroga un perfil particular en el comienzo de siglo. Las empresas de innovación que fantasea son varias y se las atribuye a uno de sus personajes misioneros:

> Fabricación de maíz quebrado siempre escaso en la localidad; mosaicos de bleck y arena ferruginosa; de turrón de maní y miel de abejas: de resina de incienso por destilación seca; de cáscaras abrillantadas de apepú, cuyas muestras habían enloquecido de gula a los mensús; de tintura de lapacho, precipitada por la potasa y de aceite esencial de naranja.

Esta enumeración se incrementa con creolinas, superfosfatos, materias colorantes, extracción de caucho, construcción de secadores y carriles, etc.[6] En 1914, cuando la guerra volvió imposible la importación de carbón europeo, Quiroga se embarcó en la fabricación de carbón de leña, un proceso que excedía no sólo sus posibilidades económicas sino también su saber técnico y que terminó, irónicamente, en un gigantesco y quizás algo ridículo incendio de los hornos durante la prueba definitiva.

Estos proyectos de tecnología básicamente agraria desbordan la idea de un *hobby* tecnológico o de una vuelta de tuerca del dandysmo urbano por intermedio de una suerte de industrialismo rural, aunque este último rasgo no podría ser ignorado del todo. En efecto, en el fervor del pionero tecnológico hay algo de jugador comprometido en apuestas cuyo desenlace no domina, aunque crea poseer

---

[5] «Había adquirido un gran bagaje de conocimientos en física y química industriales, así como en todo lo relativo a la artesanía. Su lectura favorita era la de los manuales técnicos Hoepli». Delgado y Brignole, *op. cit.*, p. 299.

[6] Horacio Quiroga. «Los destiladores de naranja» y Delgado y Brignole, *op. cit.*, p. 224.

el saber, en este caso técnico, del juego; está también la distancia irónica del dandy, que Quiroga había sido, en ese gusto por el riesgo económico en la aventura que el buen sentido burgués considera alocada. Está, finalmente, el gusto literario por la experiencia vivida de un Robinson moderno, que recorre por sus propios medios el camino de la invención y las aplicaciones de la imaginación técnica: una figura de escritor que, totalmente desconocida en el Río de la Plata, remitía sin embargo a personajes de Jack London: naturalismo y materialismo filosófico en estado práctico.[7]

Quiroga tiene una vocación material por la dimensión tecnológica y la innovación aplicada, que se apoya, sin duda, en una poética naturalista, pero no sólo en ella. Si antes de escribir «El conductor del rápido» se empeña en realizar un viaje en tren acompañando al maquinista,[8] y este propósito sería perfectamente adecuado al imperativo estético-moral del naturalismo, su placer frente a la materialidad técnica más banal lo conduce a recorrer la Ferretería Francesa de Buenos Aires con la dedicacion y el placer de un *flâneur* de nuevo tipo, y buscar en las librerías los manuales de artes y oficios con una benjaminiana pasión de coleccionista.[9] Si, como lo aseguran los testimonios de época, Quiroga ha leído a Sherwood Anderson, algo del vagabundeo aventurero tanto por el espacio como por la materia se descubre en estas pasiones: saberes concretos que se encuentran en los lugares y las sustancias que la literatura no ha tocado. Pero, sobre todo, saberes nuevos o, por lo menos, poco imaginables en la formación intelectual del escritor. El ideal del hombre que puede cambiar su lugar en la sociedad no es sólo un mito de ascenso; incluye también la idea del desplazamiento por los saberes en un itinerario que no sea sólo alrededor de una biblioteca.

La obsesión por dominar todos los oficios no es sólo un rasgo psicológico sino el ideal moral de autoconstrucción independiente, concebido en términos de futuro. La pasión por la velocidad, que comienza en un club de ciclismo fundado por Quiroga en Salto y en su frustrada vocación de corredor, encuentra luego en la motocicleta (como un verdadero dandy o como un adelantado, compra una en 1918) y en el Ford (desde 1925) sus emblemas más contemporáneos. Sobre el Ford, Quiroga, como un técnico popular, realiza una verdadera operación de permanente desarmado y rearmado: bricolage mecánico de piezas conseguidas en imaginable frecuentación de talleres o en los cementerios de repuestos y partes,

---

[7] En esto, la ficción de Quiroga se diferencia brutalmente de la construida por otros modernistas sobre la base de algunas hipótesis «científicas». Nada hay más extraño a Leopoldo Lugones, para poner el ejemplo inevitable, que estas preocupaciones prácticas, del todo ajenas al tono de los cuentos recopilados en *Las fuerzas extrañas* (Buenos Aires, 1906).

[8] Horacio Quiroga, «Cadáveres frescos», en *Obras inéditas y desconocidas*, Montevideo, Arca, 1968, p. 130 y ss.

[9] «Cuando salía por las tardes de la oficina del Consulado, se reunía con un grupo de amigos en el café "El Toyo", de la calle Corrientes, entre Reconquista y San Martín. Después se apartaba de ellos para ir solo a la Ferretería Francesa, de la cual era visitante casi diario, se pasaba allí horas enteras examinando aparatos y herramientas, o en procura de tal o cual clase de tornillos, o colores, o sustancias químicas [...] Cuando no se dirigía a las librerías y se pasaba curioseando las novedades, sobre todo, hojeando los compendios de artes manuales, *que lo atraían más poderosamente que ningún libro* y de los cuales llegó a tener una colección completísima». Delgado y Brignole, *op. cit.*, pp. 300-301, subrayado nuestro.

baldíos periféricos que, según Arlt, también frecuentaban los inventores aficionados.[10] La pasión futurista de la velocidad adjudica a la máquina ese estatuto de desafío permanente de los límites materiales y también de las habilidades prácticas: ambas dimensiones del automovilismo y del motociclismo están presentes en Quiroga. Pero también hay marcas del dandysmo de fin y comienzos de siglo en este cultivo de la proeza técnica que, en ocasiones, se convierte en condición de posibilidad del escenario erótico: tanto del pionero en San Ignacio como del enamorado que viaja en moto desde Buenos Aires a Rosario.[11] Y su última actividad en Misiones, la floricultura hipertecnificada y científica de su huerto de orquídeas, amarillis y poinsetias rubrica el gusto por las flores tropicales y exóticas (trazadas por la naturaleza como si salieran de un dibujo de Beardsley) que recorre el modernismo, el *art nouveau* y el Liberty.

Modernidad, tecnología, dandysmo: un arco que Quiroga no es el único en recorrer (Marinetti, D'Annunzio y, a su modo poco después, Oliverio Girondo), conduce casi inevitablemente al culto del cine.[12] Es bien sabido que Quiroga escribió notas periodísticas sobre films, desde 1919, y también que construyó varios relatos con el cine como hipótesis ficcional; no es imprescindible subrayar que las primeras películas, los cortos y las series no despertaron el interés unánime de los intelectuales y los artistas, con lo que la pasión de Quiroga lo coloca una vez más en su condición de pionero, explicable, en este caso, tanto por la fascinación técnica como por un rasgo al que era intelectualmente sensible: la emergencia de un nuevo tipo de público, que provee de fans a los astros de Hollywood. Este nuevo público, precisamente, suscita el primer cuento de Quiroga en el que el cine es condición ficcional: «Miss Dorothy Phillips, mi esposa» (publicado en 1919).

Un ideal romántico y técnico

El cine es lo «maravilloso técnico» de comienzos del siglo XX. Frente al esfuerzo de registro de «Bebé come» o el primer gag de «El regador regado», el asombro técnico acompañó a la fantasía narrativa: Meliès trabajó en esas dos dimensiones inescindibles, comprendiendo bien pronto que la sorpresa frente a lo maravilloso

---

[10] Roberto Arlt, «El paraíso de los inventores», *El Mundo*, 28 de enero de 1931.

[11] Quiroga, aunque no se convierte en aviador como otro dandy del período, Jorge Newbery, experimenta el vuelo, los *loopings* y otras pruebas de acrobacia.

[12] Carlos Dámaso Martínez ha estudiado este aspecto de la obra de Quiroga, y sus conclusiones me permiten abordar mejor esta temática. Véase: «Horacio Quiroga: la fascinación del cine y lo fantástico», *Clarín*, suplementos «Cultura y Nación». Buenos Aires, 5 de marzo de 1987; y «Horacio Quiroga: la búsqueda de una escritura», en David Viñas (director), *Historia social de la literatura argentina*, Buenos Aires, Contrapunto, 1989, tomo VII editado por Graciela Montaldo. Sobre «El vampiro» véase también: Annie Boule, «Science et fiction dans les contes de Horacio Quiroga», en *Bulletin Hispanique*, LXXII, 3-4, 1970. Además de los cuentos, Quiroga publicó una apreciable cantidad de artículos sobre cine: en *Caras y Caretas*, con un pseudónimo que alude a uno de sus personajes: «El esposo de Dorothy Phillips», en 1919 y 1920; en *Atlántida*, en 1922; en *El Hogar*, en 1927. *Cf.* Jorge Lafforgue, «Introducción» a *Los desterrados y otros textos*, Madrid, Castalia, 1990, pp. 41-42.

era producto de un creciente (y, desde todo punto de vista, perfectamente interminable) refinamiento en las operaciones de trucaje. Por eso, el cine interpela a Quiroga en esas dos dimensiones de lo fantástico: la que remite a la posibilidad científica o constructiva y la que pertenece al registro de la imaginación, uniendo dos polos del deseo estético a comienzos de este siglo. El cine ofrece nuevas hipótesis a la literatura fantástica: para decirlo en la poética de Quiroga, funda en un desarrollo técnico posibilidades imaginarias desconocidas hasta entonces.

Eso es lo que articulan precisamente cuentos como «El espectro», «El vampiro» y «El puritano», donde el cine es, al mismo tiempo, tema en el sentido más literal (los personajes son actores o actrices de cine o se mezclan con ellos) y base de la hipótesis que articula la ficción. En su función temática, el cine refunda el imaginario sentimental y configura de modo radicalmente nuevo el erotismo: en estos cuentos (y también en «Miss Dorothy Phillips, mi esposa»), el ciclo del enamoramiento y la pasión que la literatura sentimental había convertido en un poderoso impulso para la literatura consumida por el público medio y popular,[13] se exaspera hasta un paroxismo de amor y muerte que remite a los ideales tardorrománticos y decadentistas. Pero Quiroga no re-escribe estos ideales al pie de la letra. Por el contrario, el cine en su segunda función, técnica o de principio constructivo del relato, en su función de dispositivo tanto narrativo como tecnológico, instala una distancia respecto de la temática. Esta distancia es, a su modo irónica: el invento por excelencia de la modernidad se convierte en condición de posibilidad de una imaginación narrativa exaltadamente romántica donde el eje es el tópico de «un amor más allá de la muerte».

La hipótesis cinematográfica de estos relatos sustenta una narración contaminada por temas clásicos de la literatura fantástica, por lo menos desde Poe: ¿cómo puede el amante apoderarse de la imagen de la amada? ¿cómo esta imagen puede lograr una corporización que la convierta en algo más verdadero, o más poderoso, que la vida y la muerte? Estas preguntas son las de «El retrato oval» de Poe, y Quiroga ya había ensayado su potencial narrativo en su propio relato «El retrato», pero la hipótesis cinematográfica le permite desarrollar posibilidades nuevas, por lo menos en dos direcciones.

Por un lado, Quiroga exaspera lo que el cine, como técnica de producción y reproducción de imágenes, promete a la fantasía científica: si es posible capturar para siempre un momento, para convocarlo cuando se lo desee, si es posible que la imagen bidimensional e inmóvil de la fotografía haya pasado a ser una imagen todavía plana pero temporalizada por el movimiento, si es posible que un puro presente de la imagen sea, en realidad, la captación de un pasado que puede presentificarse indefinidamente, por lo menos en términos teóricos no hay que descartar un desarrollo técnico que permita el tránsito entre la bidimensionalidad de la imagen y la tridimensionalidad del mundo, entre el presente capturado de la imagen y la apertura hacia desarrollos posibles de un movimiento arrancado de la repetición y devuelto a su fluir temporal. Los cuentos de Quiroga presuponen la invención de Morel; la invención de Morel desarrolla, como comienzan a hacerlo los cuentos de Quiroga, una hipótesis sobre el potencial de producción

---

[13] Véase: B.S., *El imperio de los sentimientos*, Buenos Aires, Catálogos, 1985.

de imágenes-reales que se atribuye al cine. Los espectros y los vampiros son proyecciones imaginables de la imagen técnicamente perfeccionada hasta alcanzar el punto por donde se atraviesa la línea que separa el *analogon* cinematográfico de su primera referencia (aquello que, en el momento de la filmación, la camara ha captado). La hipótesis de que sería posible pasar de la bidimensionalidad y la repetición a la tridimensionalidad y el fluir del tiempo, proviene de una analogía que, hacia atrás en el proceso tecnológico, se apoya en la fotografía: si se puede captar la bidimensión y reproducir lo real en una superficie, se podrá liberar a esa superficie de su inmovilidad primero (y esto lo demostró el cine) y de su carcel de repetición temporal luego (y este es el presupuesto técnico-ficcional de los cuentos de Quiroga). Los rayos que imprimieron un negativo no son los últimos que un procedimiento técnico está en condiciones de gobernar; otros rayos, que recuperen e independicen la «vida» de las imágenes impresas son, en algún límite, imaginables. El cine no sólo podría reduplicar una referencia, sino producir una realidad relativamente autónoma respecto de la primera imagen producida. Estos juegos, si se quiere, con los principios de una tecnología novedosa, están en la base de hipótesis que, como en la ciencia ficción, desarrollan un *como si* a partir de la extrapolación tecnológica o científica.

Los cuentos de Quiroga están fundados precisamente en esto: su narración opera *como si* fuera posible que el cine, técnicamente, pudiera realizar la fantasía de sus espectadores (o de sus protagonistas): mezclarse con la vida, continuar en la escena real las pasiones de la escena filmada y proyectada. La otra dirección que la hipótesis impulsa en estos relatos remite más directamente al tópico pasional, por intermedio del técnico: una pasión puede vencer la muerte, una imagen cinematográfica que ha sido arrancada de la pantalla vampiriza a un hombre real, los celos de un marido muerto son capaces de modificar las imágenes del film desde el cual, como actor, contempla y es contemplado por su mujer y su amante, el amor de un hombre por una actriz logra capturar su imagen, extraerla del celuloide, componerla como un cuerpo luminoso que se pasea por una escenografía real. En suma, el deseo erótico manipula el principio técnico y, en los desenlaces, se convierte en víctima de esa manipulación.

Para que estos cuentos pudieran ser escritos era necesario un cruzamiento entre las dos dimensiones del cine: su erotismo y su tecnología. Quiroga capta y es capturado por ambas: no le importa menos el potencial erótico de la imagen cinematográfica que su potencial como productor de hipótesis ficcionales y técnicas al mismo tiempo. El cruce de las dos dimensiones hace de estos tres relatos lo que son: fantasías tecnológicas tan fuertemente como fantasías eróticas: el vampirismo de los rayos de luz apresados en el celuloide o, nuevamente, el mito fáustico fundado en una tecnología de punta. Lo fantástico que remite al potencial de independización de una imagen es hecho posible por lo técnico que permite su captación y su reproducción indefinida; la transgresión del límite técnico o, si se quiere, el manejo de la tecnología por obsesos, locos, pasionales o ignorantes, produce resultados trágicos que encierran una doble moral.

Por un lado, la tensión modernizante concibe a la tecnología sin límites materiales o éticos; por el otro, las fuerzas materiales se vengan de los aprendices que las manipulan. Si la tecnología del cine indujo a pensar que todo era posible, los resultados de los actos desencadenados por esta idea muestran el lado siniestro de la extrapolación técnica, un lado siniestro que Quiroga vincula a los viejos fantasmas de la histeria y el vampirismo y a las viejas leyes de la culpa y la venganza. No de otro modo operaba una línea del cine en las primeras décadas de este siglo, abordando con el recurso técnico más impresionante algunos de los temas clásicos del romanticismo o el sentimentalismo, y explorando una narración formal de nuevo tipo con materiales que se tomaban de viejas fuentes por las que ya había pasado la narración literaria.

El cruce ensayado por Quiroga en estos relatos de mitología tardorromántica y tecnología sofisticada se produce en un medio donde el cine ya se había insertado poderosamente como forma de la sensibilidad estética de un público amplio y como *hobby* tecnológico de algunos grupos más reducidos. No se trata sólo de evocar los primeros ensayos muy tempranos de films realizados en Buenos Aires, sino también de remitirse al registro que del cine hacen grandes diarios como *Crítica*, y de la proliferación de revistas especializadas en la mitología del *star system* pero también en los avances técnicos y los trucos del oficio. En 1919, aparece en Buenos Aires una revista íntegramente dedicada al cine, *Imparcial Film*; en 1920, comienza a editarse *Cinema Chat* y *Hogar y cine*: en 1922, *Argos Film*; al año siguiente, *Los héroes del cine* y, enseguida, en 1924, *Film Revista*. Semanarios dedicados a la publicación de ficciones, incorporan, a mediados de los años veinte, secciones dedicadas a Hollywood, con dos grandes temas: la vida de las estrellas y los trucos de la industria. Los inventores locales patentan algunas mejoras tempranas en la técnica de captar «vistas animadas», y compiten con la reválida de patentes extranjeras.[14] En *Caras y Caretas* aparecen con frecuencia publicidades no sólo sobre fotografía sino también sobre cámaras y proyectores cinematográficos para aficionados. Finalmente, Quiroga mismo es parte de este impulso colectivo hacia la reproducción técnica de imágenes, que sin duda ya había capturado a su público: no sólo posee un laboratorio fotográfico sino que acompaña como fotógrafo a Leopoldo Lugones en su viaje a las misiones jesuíticas en la primera década de este siglo. Lo «maravilloso técnico» ya había implantado su poder sobre la imaginación porteña, aunque todavía no fascinara sino a pocos intelectuales.

Los primitivos de la técnica

Si el cine pone la cuestión técnica en las fronteras de la innovación, Quiroga se ocupa no sólo de estas dimensiones radicalmente nuevas. Lo fascinan también los *primitivos de la técnica*, los habilidosos que poseen la destreza manual propia de la artesanía pero intentan aplicarla a la máquina: Quiroga mismo es uno de ellos y, como ellos, se enorgullece del trabajo perfecto sobre la madera, la cerámica o el metal, al tiempo que imagina un dominio, siempre imperfecto, sobre

---

[14] Registro de Marcas y Patentes, gaveta 27, donde se encuentran, entre 1916 y 1922, varios inventores locales. En 1922, el número de patentes tanto locales como revalidadas aumenta de unas pocas por año a casi dos decenas, tanto en lo referido a la fotografía como al cine.

procesos de producción que superan el horizonte del saber hacer artesano. Hay algo de trágico en el combate por alcanzar resultados técnicos positivos a partir de saberes aproximativos y condiciones materiales precarias: este es, precisamente, el conflicto abierto en «Los destiladores de naranja» y «Los fabricantes de carbón», aparecidos en 1926 y 1921, respectivamente.

Los técnicos primitivos son *bricoleurs*, porque ninguno de los materiales, ninguna de las partes de máquinas que emplean se adecúan al fin que adquieren en las invenciones de nuevos procesos, siempre defectuosos, que imitan los procesos industriales normales. Los técnicos primitivos construyen alambiques donde «cada pieza eficaz había sido reemplazada por otra sucedánea»[15] en un proceso de trasmutación funcional que no puede sino conducirlos, por aproximación inacabada e imperfecta, al fracaso. La imitación *por sucedáneo*, o la re-invención (que es característica de los inventores populares) tiene el estilo de un ejercicio de paciencia heroica, porque el resultado final siempre exhibe su humillante diferencia respecto de la idea o el modelo. El objetivo práctico de la invención (fabricar carbón de piedra o alcohol de naranja en los dos cuentos de Quiroga citados) aparece permanentemente diferido por los pasos intermedios, que representan triunfos o fracasos parciales: de qué modo lograr que una improvisada caldera funcione, cómo torcer los caños de un alambique, o ajustar remaches sin remaches. Los pasos intermedios se convierten en logros por sí mismos y, en el desenlace, en obstáculos definitivos porque el inventor aficionado jamás alcanza a solucionarlos por completo.

Los aparatos fabricados por el técnico primitivo son imitaciones deformadas, a las que el *bricolage* convierte en un caos de duplicaciones innecesarias y ausencias esenciales. La imitación técnica, en condiciones precarias, puede alcanzar un paroxismo barroco de añadidos, remiendos y soluciones falsas, impuestas por las condiciones materiales en las que se plantea el problema:

> Habiendo ese año madurado muy pronto las naranjas por las fortísimas heladas, el Manco debió también pensar en la temperatura de la bodega, a fin de que el frío nocturno, vivo aún en ese octubre, no trastornara la fermentación. Tuvo así que forrar su rancho con manojos de paja despeinada, de modo tal que aquello parecía un hirsuto y agresivo cepillo. Tuvo que instalar un aparato de calefacción, cuyo hogar constituíalo un tambor de acaroína, y cuyos tubos de tacuara daban vuelta por entre la paja de las paredes, a modo de gruesa serpiente amarilla.[16]

Y los fabricantes de carbón construyen la caldera, el corazón maquinístico del proceso, también a través de un sistema de reeemplazos que aumentan la cantidad de intervenciones repetidas sin asegurar el resultado final:

> Con esto, cuatro chapas que le habían sobrado al armar el galpón, y la ayuda de Rienzi, se podía ensayar.

---

[15] «Los destiladores de naranja», en *Los desterrados* (en la presente edición, pp. 682-694).
[16] «Los destiladores de naranja».

Ensayaron, pues. Como en la destilación de la madera los gases no trabajaban a presión, el material aquel les bastaba. Con hierros T para la armadura y L para las bocas, montaron la caldera rectangular de 4,20×0,70 metros. Fue un trabajo prolijo y tenaz, pues a más de las dificultades técnicas debieron contar con las derivadas de la escasez de material y de una que otra herramienta. El ajuste inicial, por ejemplo, fue un desastre: imposible pestañar aquellos bordes quebradizos, y poco menos que en el aire. Tuvieron, pues, que ajustarla a fuerza de remaches, a uno por centímetro, lo que da 1680 para la sola unión longitudinal de las chapas. Y como no tenían remaches, cortaron 1680 clavos —y algunos centenares más para la armadura.[17]

El horno de carbón tiene la misma precariedad; una alianza entre la ingobernabilidad de la temperatura en la caldera, la fragilidad de las paredes del horno y el azar bajo la figura de un peón ajeno a la tecnología que sus patrones, los socios en la destilación de carbón, creen conocer, produce la destrucción final de todo el circuito. En realidad, ellos aprenden haciendo, en el terreno intermedio del aficionado relativamente culto que encara la aventura del pionero: como los caracteriza perfectamente Quiroga, «aunque los dos hombres estaban vestidos como peones y hablaban como ingenieros, no eran ni ingenieros ni peones». Por eso, las anotaciones que realizan durante las pruebas del sistema son *grosso modo* y, además, las temperaturas del invierno misionero, excesivamente rudo justamente ese año, impiden casi siempre cálculo alguno. Este carácter aproximativo de la construcción (clavos que imitan remaches, chapas de desecho que imitan paredes de caldera, alambre y arcilla que no alcanzan a convertirse en material aislante) forma sistema, incluso en su incongruencia, con la obsesividad de los dos socios para encarar todas las tareas y la disciplina física a la que se someten: son, irónicamente, dos profesionales de una precaria tecnología casera, a la que la falta de dinero puede convertir en un círculo repetitivo y angustioso, del que sólo se sale por el optimismo ingenuo, clisé psicológico que define al Manco en «Los destiladores de naranja».

El Manco responde casi demasiado plenamente a la tipología del inventor aficionado y pobre: en su carencia de capital dinerario y en su carencia de saberes adecuados, remite a los fantasiosos que Arlt encontraba merodeando por los desarmaderos y los playones donde se acumulaban restos mecánicos e industriales en la Buenos Aires de los años veinte y treinta; también remite a los inventores amateurs visitantes de las redacciones de los diarios porteños con su fe inquebrantable en las potencialidades de una nueva aplicación técnica. Pero el Manco es todo esto en Misiones, más lejos aún que los aficionados populares porteños de todo recurso técnico adecuado a los fines perseguidos. Su vínculo material más fuerte con la técnica es el soldador de metales y, en una dimensión simbólica verdaderamente delirante, dos tomos de la *Encyclopédie*. En el mundo del Manco, la *Encyclopédie*, con sus bellas planchas ilustrando técnicas sobre las que ya han transcurrido ciento cincuenta años de innovaciones aceleradas, es una cita anacrónica y, al mismo tiempo, inalcanzable porque está

---

[17] «Los fabricantes de carbón» (en la presente edición, pp. 386-400).

completamente desplazada del mundo limitado por la pobreza y la ignorancia donde el Manco es, literalmente, el loco de los inventos, que oscila entre la duplicación de un procedimiento conocido (destilar alcohol de naranjas, por ejemplo) y la quimera de una obra barroca en su complicación inútil («remontar el agua por filtración, desde el bañado del Horqueta hasta su casa»).

Como artesanos *bricoleurs*, tanto el Manco destilando sus naranjas como los dos amigos que diseñan y construyen el horno para fabricar carbón de leña muestran la ambición y los límites de una técnica que no está nunca a la altura de los problemas que se plantea, aunque éstos sean muy sencillos. El orgullo por el trabajo bien hecho, propio del artesano, retrocede frente al fracaso que señala límites a cualquier intervención sólo basada en el saber artesanal y sus medios materiales. La razón por la que Quiroga encuentra interesante relatar minuciosamente estas experiencias, del mismo modo en que Arlt transcribirá fórmulas químicas y diseños de máquinas en sus novelas, tiene que ver con el peso simbólico del pionerismo técnico de estos aficionados y «primitivos» en un mundo donde nuevos conocimientos estaban modificando, por lo menos en los sectores medios y populares, la organización tradicional de saberes y destrezas.

Quiroga es sensible a esta innovación; no simplemente sus *hobbies* de tiempo libre sino una parte fundamental de su vida se vincula con ella. Él también es un constructor si se quiere naïf, un pionero técnico (y mucho más pionero si se lo contrasta con la distancia respecto de la tecnología que caracterizaba a la cultura letrada del Río de la Plata en esos años). Inventores y reproductores de inventos son los que, en cambio, aparecen citados con frecuencia cada vez mayor en los diarios de gran tirada del periodo,[18] y el hecho de que se conviertan en noticia para medios periodísticos sensibles a los giros del interés masivo permite imaginar la atracción que las manipulaciones de sustancias y máquinas, incluso las más elementales, producía tanto en su dimensión de conocimiento como en su promesa de un bienestar económico adquirido por su intermedio. Incluso cuando la empresa parece no estar decididamente destinada al éxito, el azar de un desenlace favorable no queda definitivamente abolido en la perspectiva de estos aficionados y quienes los rodean: la hijita de cinco años de uno de los productores de carbón, le pregunta a su padre si «hará platita» con su nueva máquina y en la última línea del cuento también ella lo consuela del reciente fracaso: «¡Se te quemó la caldera, pobre piapiá!... Pero no estés triste... ¡Vas a inventar muchas cosas más, ingenierito de mi vida!»[19] La posibilidad de un éxito económico no estaba ausente de estas fantasías técnicas (en Arlt la dimensión económica de la invención es fundamental), pero ellas también valían por sí mismas.

---

[18] Por ejemplo en *Crítica* y *El Mundo*: véase al respecto: B.S., «A la busqueda del imaginario popular: del sentimentalismo a la técnica», ponencia presentada en las Jornadas Inter-Escuela de Historia, Facultad de Filosofía y Letras, Buenos Aires, septiembre de 1991 (mimeo; una traducción al ingles aparecerá en *Poetics*). Sobre el tipo de periodismo practicado por *Crítica*, véase: Sylvia Saitta, informes de investigación sobre «Historia del periodismo en Argentina: el caso de *Crítica*», Universidad de Buenos Aires, 1990 y 1991.

[19] «Los fabricantes de carbón».

En la medida en que el pionerismo técnico es una de las formas de la aventura moderna, proporciona un esquema de conflicto y suspenso a la narrativa de Quiroga. En ambos relatos, dos historias familiares se cruzan con las peripecias de los constructores de máquinas (los fabricantes de carbón padecen con la enfermedad de la hija de uno de ellos; el doctor Else mata a la suya en medio de un *delirium tremens* producido por el alcohol destilado de naranjas) pero el motor del relato no está ni en el sentimentalismo de una ni en la tragedia naturalista de la otra, sino en la seca narrativa de dos fracasos articulada sobre la tozuda psicología de sus protagonistas: capitanes de su propia derrota, hay un placer en el camino que recorren para llegar a ella: el placer, precisamente, de probar conocimientos limitados en prácticas ingeniosas que rodean, sin lograr atravesar nunca, las lagunas del saber necesario y el dinero ausente en la empresa. Una idea de pionerismo no sólo geográfico sino técnico está en la base de estos constructores fronterizos en todos los sentidos del término. El interés ficcional reside en la comprobación de sus límites y la resolución de avanzar trabajando con la conciencia de que ellos existen como obstáculo pero también como motor narrativo e ideológico.

La «ciencia» como forma del discurso

Del otro lado de los inventores naïfs y autodidactas, están los que fueron a una universidad, emblemáticamente los médicos que, desde el naturalismo, pasean por la literatura una mirada que se define a sí misma como objetiva: la mirada de la ciencia. Quiroga ironiza sobre la objetividad de esa mirada médica, pero al mismo tiempo, algo de esa mirada,[20] que representó a la ciencia en el fin de siglo, está en no pocos de sus relatos. Por otra parte, las ciencias físico-naturales y, en especial, la biología gozaban de sólido prestigio como esquema explicativo, sobre todo en los niveles de divulgación del pensamiento científico: instituciones, manuales, libros de gran circulación.[21]

La primera marca, que no remite a la causalidad médica sino a la técnica, bien curiosa por cierto, se encuentra en un texto muy breve, publicado en 1904: «Idilio».[22] Un cuento elemental, hecho con retazos literarios sobre los que predomina una lectura levemente irónica e influida por el decadentismo de la bohemia tardorromántica: la escritura no supera la composición de clisé y, precisamente por eso, la causa técnica que, por medio del más inmotivado azar deja ciego al protagonista, habla claramente de una idea de causalidad ajena y distinta de los clisés del relato. La frase misma muestra la torsión de una suma lexical casi inverosímil: «A fines de setiembre Samuel quedó ciego: una explosión

---

[20] Al respecto, véase Hugo Vezzetti, *Historia de la locura en Argentina*, Buenos Aires, Paidós.

[21] Véase al respecto la ponencia de Dora Barrancos: «Ciencia y trabajadores. La vulgarización de las tesis darwinianas entre 1890 y 1920», donde se estudian las conferencias de la Sociedad Luz de Buenos Aires; (mimeo) Jornadas Inter Escuelas de Historia, Facultad de Filosofía y Letras, Buenos Aires, septiembre de 1991.

[22] *El crimen del otro*, Buenos Aires, E. Spinelli.

de acetileno abrasó sus ojos, apagando para siempre la mirada del brioso doncel».
En la moral que expone el relato, Samuel debía quedarse ciego ya que, entre
otras actividades, fingía serlo para pedir limosna. Pero, fuera de discusión la
inevitable ceguera, su causa podría haber sido una lámpara de gas, un golpe
contra el batiente de una ventana, la explosión de un calentador en la pieza de
los amantes, un accidente en la calle en el que Samuel hubiera sido atropellado
por algún carruaje, incluso por un tranvía que «ha valorizado en exceso» nuevos
barrios como aquel donde vive Samuel. Y, sin embargo, destellando como algo
fuera de lugar, allí está la «explosión de acetileno», que, literalmente, no viene
de ninguna parte. Y si no viene de ninguna parte (antes se ha informado que
Samuel carecía de todo oficio), hay que preguntarse por qué está allí y, sobre
todo, si anuncia (sin deliberación, pero por significativa casualidad anticipatoria)
algo de lo que vendrá después en la literatura de Quiroga.

   ¿Qué le da la ciencia a la literatura? ¿En qué piensa la literatura cuando
nombra a la ciencia o alude a ella? Lejos de una cientificidad de lo dicho, una
cientificidad de la forma: lo dicho se certifica por la forma que lo presenta. El
recurso a la ciencia, en su modalidad discursiva, debe ser puesto, entonces, entre
comillas, porque se trata de lo que se piensa como «forma de la ciencia» impresa
sobre «la forma del discurso literario». La forma «científica», a diferencia de la
técnica que remite al saber hacer y a la descripción, propone una explicación:
en consecuencia, un esquema causal y, a partir de él, en sede literaria, un
argumento. La literatura no piensa como la ciencia, sino *como cree que la ciencia
piensa*; obtiene así un compromiso y una caución.

   La «voz de la ciencia» libera al relato de límites morales: a la ciencia le asiste
el derecho de decir incluso aquello que ofende a las conveniencias sociales: no
hay transgresión cuando la ciencia habla de la transgresión. El personaje médico,
por ejemplo, está profesionalmente autorizado a la palabra y se le permite
colocarse fuera de los límites que las costumbres ponen al discurso de los otros.
En «Una historia inmoral» Quiroga muestra esta prerrogativa y, al mismo tiempo,
ironiza sobre ella:

   —¿Usted cree, doctor? —titubeó la madre. El éxito de mi cuento dependía de lo
   que él dijera. Por ventura se encogió de hombros, con una leve sonrisa:
   —¡Es tan natural! —dijo, condescendiendo con nosotros.[23]

El médico autoriza el relato y por este acto legitima la curiosidad de la
audiencia y abre paso a un próximo relato, contado por otro médico frente a una
audiencia que de antemano está preparada para el escándalo: «Usted conocerá
muchos casos, ¿no doctor? (pregunta la misma dama) ¡Pero no deben poderse
oír, sus casos!». Se trata de la «historia inmoral» propiamente dicha en la que
se cruzan homosexualidad e incesto. Pero no es el tema de la historia, sino el
éxito del narrador al imponerla a su audiencia (y, de paso, conquistar a la joven
cuyas miradas ambos médicos presentes solicitaban), lo que remite a la

   [23] «Una historia inmoral», *Cuentos*, tomo IV, compilación de Jorge Ruffinelli, Montevideo, Arca,
1968. Publicado por primera vez en *Nosotros*, año I, número 5, 1907.

autorización médica del discurso narrativo. Aun cuando Quiroga mantiene una distancia irónica respecto de esa autoridad, el cuento la pone en escena social, ratificando su existencia en la ideología.

Las otras historias que recoge la mirada médica son las de los locos y, sobre todo, de los procesos en los que alguien, literalmente, proporciona con su «volverse loco» el tema de un relato. Sin duda, el más perfecto de esta serie es «El conductor del rápido», verdadero experimento formal en el que se intenta responder a una pregunta sobre la naturaleza del discurso fuera del ámbito regulado por la razón, cuando las alucinaciones alternan con momentos de una lucidez extrema, cada vez más breves frente al progreso de la locura, de la que sólo se salva, hasta el desenlace, un resto de conciencia moral. Por otra parte, no se trata de cualquier locura, sino de una locura profesional, vinculada al transporte moderno en la que entonces era su síntesis más técnica: locomotoras, sistemas de señales, calderas en ebullición. Este es un loco cuya prolongación física es la máquina y cuya locura se potencia ante el poder de la máquina: cruzados así dos universos que remiten a la ciencia médica y a la tecnología del transporte, Quiroga pone el relato en un límite de doble naturaleza, el de la velocidad y el de la razón. La locura del conductor del rápido no es sólo una enfermedad profesional (o no puede ser del todo considerada así): es un desvarío potenciado por la técnica que toma a su servicio.

Otros locos aparecen en cuentos quizás menos memorables y probablemente más irónicos: la «charla amena, como es la que se establece sobre los locos», en casa de Leopoldo Lugones, días después de que hubiera visitado un manicomio donde «las bizarrías de su gente, añadidas a las que yo por mi parte había observado alguna vez, ofrecían materia de sobra para un confortante *vis à vis* de hombres cuerdos».[24] ¿Qué hacen estos dos escritores, Lugones y su amigo, visitando manicomios? No es preciso confiar demasiado en la verdad del relato para corroborar que esas excursiones eran parte de un clima intelectual y no sólo en el Río de la Plata. Conforman un modo de experimentación, que otros escritores (como Castelnuovo, por ejemplo) completaban con la visita al quirófano o al leprosario. Y no se trata sólo de acatar el mandato naturalista al documentalismo: en ese mandato está la valorización (ideológica y estética) de la clínica, el diagnóstico, la descripción y, en un límite, el sometimiento del propio cuerpo a la experiencia.

Por ejemplo, a la droga, cuyo consumo aparece protegido por una intención didáctica, primero, y moral, luego. «El haschich»[25] es, en este sentido, una perfecta historia clínica, donde se transcriben minuciosamente todas las reacciones frente a una sobredosis; relatada en primera persona, y en una primera persona que revela su experiencia anterior con el opio, el cloroformo y el éter (verdadera preparación para un escritor que en relatos posteriores volverá a poner en escena la droga),[26]

---

[24] «Los perseguidos» escrito en 1905 y publicado en 1908 por Armando Moen en Buenos Aires, junto con *Historia de un amor turbio*.

[25] Publicado en *El crimen del otro* (1904).

[26] Véase, por ejemplo, «Una estación de amor», de *Cuentos de amor de locura y de muerte* (1917); «El infierno artificial», publicado en 1913 en la revista *Fray Mocho*.

la historia recurre a la retórica del informe médico para garantizar su objetividad a través de la forma, y su legitimidad moral a través de la garantía que esa forma (médico-científica) proporciona. El género «informe» o «historia clínica» modula adecuadamente la representación de situaciones extremas, donde Quiroga explora su límite narrativo en el ensayo de representación literaria de la subjetividad.[27]

El género «informe», en otros relatos, garantiza la verosimilitud narrativa o la verdad referencial de un argumento: da forma de verdad a una fantasía o a una hipótesis científico-ficcional. Las historias de monos[28] se integran perfectamente en el clima intelectual de esta época en que Darwin y Haeckel (con ventajas notorias a favor del último) eran frecuentados tanto por la élite como por los conferencistas y divulgadores de las instituciones culturales y las bibliotecas populares.[29] Tienen la ventaja de que «parecen» científicas, en la medida en que citan la discusión sobre el pasado del hombre y, al mismo tiempo, hacen presente este pasado en una dimensión de geología exótica (para el Río de la Plata) y fantástica.

La «Historia de Estilicón»[30] y «El mono ahorcado» gozan de la impunidad moral de un informe científico que no es imputable de las consecuencias desencadenadas por los actos sobre los que informa: un mono es sometido a la experimentación para averiguar si es capaz de hablar, y sobre todo, si es capaz de concebir ideas generales; para ello se le da haschich y se lo entrena en un ejercicio con soga que es, precisamente, el que le proporciona la idea (tal vez general) del suicidio. La historia de Estilicón, aún más «objetivamente» siniestra, narra, a través de un testigo directo, dueño del mono y responsable moral sobre quienes enloquecen con el animal, las relaciones eróticas del mono con una muchacha y con un viejo, considerado, bastante obviamente, homosexual. Los humanos terminan barbarizados, golpeados hasta la muerte; el mono, según el dueño que lo observa recluido para siempre en el fondo de la casa, queda aplastado por el recuerdo de sus hechos, humanizado por su propia violencia.

Si la alegoría presente es clara (hombres y monos comparten un suelo biológico que, en ocasiones límites, los iguala), el tono distanciado del informe, la ausencia de toda responsabilidad por parte del narrador, remite al territorio moralmente libre de la ciencia positiva: toda experimentación es registrable sin más. El informe científico transfiere a la literatura no sólo su ideología (como se ha dicho muchas veces sobre el naturalismo), sino su autonomía moral.

---

[27] Véase también al respecto «El perro rabioso», relato de un proceso de locura por hidrofobia.

[28] Véase el informado estudio preliminar de Pedro Luis Barcia a *Las fuerzas extrañas* de Leopoldo Lugones (Buenos Aires, Ediciones del 80, 1987), donde se señalan detalladamente las fuentes extraliterarias de los relatos de Lugones y el origen en uno de éstos («Yzur») de «El mono ahorcado» de Quiroga.

[29] Véase Barrancos, *op cit.*, p. 7: «El éxito de la obra de Haeckel en nuestro país, y creo también en España, donde se realizaron las primeras traducciones, fue tan intenso que estoy inclinada a pensar que no pocas personas iniciaron su contacto con las ideas de Darwin a través de la lectura de los textos de Haeckel». En la ponencia citada se fundamenta esta opinión sobre textos y conferencias pronunciados en Buenos Aires.

[30] Publicada en *El crimen del otro* (1904). En 1909, Quiroga publica en *Caras y Caretas*, en folletín otra historia de monos: «El mono que asesinó».

Ficción, moral y ciencia

Pero si el informe científico o técnico garantiza la independencia moral y la credibilidad de lo narrado, otro género pone en escena el conflicto entre moral y progreso del saber o de sus aplicaciones: la ciencia ficción. Quiroga publicó, en *Caras y Caretas*, «El hombre artificial», en seis entregas entre enero y febrero de 1910.[31] Muchos de los problemas abiertos a la imaginación literaria por los desarrollos científico-técnicos marcan este relato, que surge de la doble fuente del folletín y de la literatura de divulgación. Del folletín vienen sus personajes: Donisoff, un príncipe ruso que traiciona su estirpe convirtiéndose en revolucionario y entregando a la muerte a su protector y amigo; Sivel, un médico italiano que sacrifica su amor por una mujer en el altar de la pasión científica; Ortiz, un aristócrata argentino incomprendido por su familia y desheredado. Cada una de estas micro-historias podría desplegarse autónomamente como folletín, pero Quiroga las sintetizó para hacerlas desembocar en el espacio cerrado del laboratorio donde los tres jóvenes fáusticos se han reunido para crear vida a partir de sus elementos más simples, sintetizados por la química y animados por la electricidad.

Del folletín el relato también conserva el sistema simbólico articulado en fuertes oposiciones entre la dimensión moral y la intelectual: Donisoff, el jefe de los tres científicos es un *ángel demoníaco*, una contradicción no resuelta, «frío, seguro, a pesar de la inmensa ebullición de su alma»; como el folletín, el relato se tiende entre los extremos del entusiasmo y el más completo decaimiento; como en el folletín, los sentimientos son netos: una amistad sin competencia entre los científicos, un dolor extremo o una ausencia completa de sensaciones que aniquilan la vida tanto de los experimentadores como de los productos o las víctimas de su búsqueda.

Pero sobre este poco sorprendente esquema, «El hombre artificial» imprime un conjunto de hipótesis «científicas» que remiten a muchos de los temas que apasionaban las discusiones de comienzos de siglo: la posibilidad de producir vida artificialmente (vinculada con la cuestión de la generación espontánea); y las nociones sobre las sustancias constitutivas elementales cuya combinación proporcionaría todas las formas animadas conocidas. Aquí se percibe el eco de una idea, que Polanyi remite hasta Laplace, de que todo el conocimiento sobre el universo puede ser expuesto en el mapa y las disposiciones de las partículas

---

[31] *Caras y Caretas*, números 588 a 593, 8 de enero a 12 de febrero de 1910. «El hombre artificial» y otros folletines aparecidos en *Caras y Caretas* con el pseudónimo de S. Fragoso Lima, fueron recopilados en: *Novelas cortas*, La Habana, Editorial de Arte y Literatura, 1973, con estudio final de Noé Jitrik, donde se afirma que estos cuentos «se inscriben en la oleada de literatura fantástica que tuvo una expresión soberana en 1906 con *Las fuerzas extrañas* de Lugones» (p. 278). «El hombre artificial» es, junto con «La fuerza Omega» de Lugones, una ficción científica; sobre las diferencias entre uno y otro relato podría estudiarse el paso de una narración fantástica con materiales «científicos» (el caso de Lugones) a un texto (como el de Quiroga) inscrito más abiertamente en el espacio, todavía a desarrollar en la literatura norteamericana y europea, de la ciencia ficción. Respecto de la primitiva ciencia ficción de ese origen, véase Sam Moskowitz, *Science Fiction by Gaslight, A History and Anthology of Science Fiction in the Popular Magazines*, Westport, Hyperion Press, 1968.

que lo integran. A partir del conocimiento de los elementos de ese mapa sería posible producir vida. La electricidad (el fluido ficcional por excelencia, ya que es todopoderoso e invisible) se presenta como principio de animación de los seres vivientes, como energía que se comunica entre los cuerpos y como fuerza primera: así se anima el cuerpo de Biógeno, el hombre artificial producido por los tres científicos, que también recurren al hipnotismo como método de comunicación entre los cuerpos de los humanos y el de su creación de laboratorio.

Sobre esta grilla de ideas que podían ser debatidas en conferencias de divulgación y en la misma prensa diaria, Quiroga inventa una versión rioplatense del «moderno Prometeo»: el sabio Donisoff es, en verdad, un doctor Frankenstein que, en lugar de componer a su creación monstruosa con los restos de anatomías humanas, lo forma desde las sustancias elementales: oxígeno, nitrógeno, fosfatos. Esta diferencia es la del siglo que transcurre entre la novela de Mary Shelley y 1908: de la anatomía como práctica que individualiza las partes del cuerpo humano, poniendo de manifiesto su estructura mecánica, a la química que aísla las partículas elementales en el laboratorio y reconstruye, desde ese origen primero, la estructura invisible de un cuerpo. Si el doctor Frankenstein creaba su monstruo en la mesa de disección y cirugía, Donisoff y sus amigos producen el suyo en el laboratorio químico a partir de sustancias elementales: el doble humano así producido es formalmente más perfecto porque no proviene de un cosido de partes sino de un proceso a mitad de camino entre la adición y la síntesis. Los tres científicos son exploradores e inventores de procedimientos y, sea cual sea el destino de su práctica, mientras la realizan descubren y discuten principios «científicos»: no aplican simplemente un saber sino que lo construyen, pero, en ese movimiento, su práctica se encuentra frente a preguntas morales que no pueden responderse sólo desde las necesidades de la ciencia, porque ésta se resiste a sujetarse a una moral.

En este escenario de principios opuestos tiene lugar el relato de Quiroga: la ciencia toca un territorio mitológico al lograr crear vida, pero encuentra, en el mismo momento, un límite moral: ¿pueden los tres científicos insuflar una conciencia dentro del cuerpo inerte de Biógeno, su criatura, al precio de aniquilar a otro ser humano sometiéndolo a un paroxismo de sufrimiento, físico? Pero más aún: ¿se crea efectivamente una conciencia humana a partir del extremo sufrimiento, o toda la obra fracasa porque los tres sabios, capaces de recomponer un cuerpo a partir de sus elementos químicos, no podrán jamás construir una conciencia ni un sistema de sensaciones? En síntesis: la estatua perfecta que yace sobre la mesa del laboratorio ¿está, por definición impuesta desde su origen, condenada a lo inanimado? Los tres sabios son inventores porque han perfeccionado una técnica que suponen sin límites para la creacion de vida; comenzaron con una rata y construyeron luego el simulacro exacto de un hombre. Pero la perfección técnica no asegura ni perfección moral (y el relato lo pone en escena cuando Donisoff, el más genial de los tres, comete los actos más inmorales) ni, sobre todo, la producción de vida en el sentido de sensación y conciencia.

La electricidad y el hipnotismo fracasan, no porque sea totalmente imposible comunicar dos cuerpos por esos medios, sino porque es imposible transferir, razonando por analogía, una conciencia. El positivismo encuentra su límite en esta parábola fáustica,[32] que replantea las relaciones entre saberes y valores y se pregunta, una vez más, sobre la institución de una jerarquía en condiciones de indicar una dirección a la ciencia, y definir cuáles son los obstáculos que le está permitido abordar y ante cuáles debe detenerse: qué métodos son moralmente legítimos y cómo la integridad de la vida puede ser sólo materialmente descomponible en sus partes cuya recombinación no asegura aparición de nueva vida.

Con Donisoff y sus dos amigos, la ciencia ha desvariado: ellos, primero, extendieron su hipótesis sobre la constitución y fabricación de materia a la constitución y creación de vida. Luego razonaron equivocadamente al considerar, por analogía, a la conciencia como un acumulador mecánico cuya carga genética es posible reemplazar por trasmisión de otras cargas acumuladas en otros cuerpos humanos. Finalmente, no supieron resolver la pregunta moral planteada a su experimento: ¿es posible conseguir vida consciente aniquilando otra vida consciente? El folletín de Quiroga construye una trama con estos hilos: algunos de ellos, muy viejos, pertenecen a la tradición fáustica que está en los orígenes de la modernidad; otros, subrayados a lo largo del relato, provienen de la imaginación impactada por la ciencia, por aquello que de la ciencia pasa a los discursos de divulgación, a los manuales y a los periódicos.

La escenografía y la utilería de «El hombre artificial» son las del laboratorio, tal como puede verse en algunos cromos de novelas o en dibujos de revistas (incluida la propia *Caras y Caretas*, que fue sin duda bastante sensible a los aspectos «curiosos» de la ciencia y la técnica). Pero el laboratorio, aun ficcionalizado escenográficamente, es un espacio nuevo de la literatura, y el inventor que lo ocupa un tipo literario y social también novedoso, porque se diferencia del médico en su consultorio, o el cirujano en su sala de operaciones (figuras que remiten a dimensiones del saber relativamente más familiares). El laboratorio y el inventor científico son excepcionales a la experiencia: su saber discurre en una dimensión simbólica que no se cruza con la vida cotidiana sino con aquello que le es radicalmente diferente: saber sin fin inmediato, saber libre. Oscuramente, el científico inventor es la culminación de algo que también está en el origen del innovador técnico, pero una culminación que lucha para liberarse de objetivos sociales o económicos que mueven al inventor tecnológico y práctico. En ese sentido, el laboratorio y su ocupante son exóticos respecto de la experiencia, pero su exotismo puede ser observado como una exasperación de saberes que el saber técnico también necesita.

Al construir el relato alrededor de estos tres personajes exóticos (y ciertamente también cosmopolitas), Quiroga, el escritor fascinado por los saberes prácticos, escribe una ficción donde estos saberes se proyectan sobre el fondo «científico» que los hace posibles; no volverá a este espacio ficcional, pero este folletín de

---

[32] La idea de que las pasiones pueden producirse y trasmitirse por ondas eléctricas o de otra especie está presente, desde fines del siglo XVIII, en los ensayos de mesmerismo. Véase: Robert Darnton, *Mesmerism*. Como dato curioso, vale la pena recordar que un primitivo relato de ciencia ficción donde las pasiones son inducidas por descargas eléctricas: «Dr. Materialismus», fue escrito por Frederic Jessup Stimson, embajador norteamericano en Argentina a fines del siglo XIX.

1910 marca una zona de contactos ideológicos y estéticos (novela por entregas en una revista de gran circulación, hipótesis ficcionales construidas con materiales científicos) entre un escritor que piensa en el público y una literatura que recicla tópicos del pasado con hipótesis originadas en versiones aproximativas de los saberes contemporáneos.

HORACIO QUIROGA: LA INDUSTRIA EDITORIAL, EL CINE Y SUS RELATOS FANTÁSTICOS

Carlos Dámaso Martínez

En la década del veinte la actitud que los *martinfierristas* tuvieron con Horacio Quiroga fue una mezcla de desconocimiento y de intolerancia irónica.[1] El rechazo o la subestimación que manifestaron por la obra del narrador rioplatense podría interpretarse como un clásico gesto de vanguardia: Quiroga tenía en ese momento el status de escritor consagrado, provenía del modernismo, era amigo de Lugones y gozaba del beneplácito de los *boedistas*. Pero lo que quizá verdaderamente los exasperaba era que Quiroga fuera un «escritor profesional». Es decir, uno de los casos más representativos de ese particular proceso de profesionalización de la literatura que comienza en la Argentina a principios del siglo.[2]

Podría añadirse que a los *martinfierristas* también los desconcertaba la ubicación imprecisa de Quiroga en el espacio cultural y literario de la época. No era un intelectual «orgánico» ni un escritor oficial por excelencia como Lugones. Tampoco su antípoda: el Macedonio Fernández que, situado en el solitario trabajo de los márgenes, será el perfil de escritor paradigmático, y un emblema estético, para los vanguardistas. Curiosamente en este contexto, Quiroga es uno de los mejores narradores del momento, provenía de Uruguay –casi un extranjero en Buenos Aires– y su narrativa inauguraba un mundo inédito: el de la selva misionera, y en su última etapa, el ámbito de lo fantástico, esos relatos

---

[1] En la sección el «Parnaso satírico» (*Martín Fierro* nº 43, agosto, 1927) se incluye el siguiente poema: «Escribió cuentos dramáticos/ sumamente dolorosos/ como los quistes hepáticos/ Hizo hablar leones y osos/ caimanes y jabalíes./ La selva puso a sus pies/ (Kipling) le puso al revés/ los puntos sobre las íes.»

[2] Veáse Beatriz Sarlo: «Vanguardia y criollismo. La aventura de Martín Fierro», particularmente el parágrafo «La literatura como mercancía», donde examina la tensión que la vanguardia martinfierrista mantiene con la industria cultural, el mercado y el público. En *Ensayos argentinos –De Sarmiento a la vanguardia*. B. Sarlo y Carlos Altamirano. Buenos Aires, Centro Editor de América Latina, 1983.

que se relacionan con el cine y lo hacen un precursor de las características nuevas del género, las que recién en los años cuarenta llegarán a desarrollar Bioy Casares y Borges. Por otra parte, sus ficciones expresaban una poética que rechazaba el «regionalismo», el costumbrismo e incluso esa nueva variante suburbana y orillera propiciada por los primeros libros de Borges y un sector de la vanguardia martinfierrista.

En el ensayo «La profesión literaria» (1928), Quiroga traza un claro panorama de su «profesionalización» literaria. «Yo comencé a escribir en 1901 –dice–. En ese año *La Alborada* de Montevideo me pagó tres pesos por una colaboración. Desde ese instante, pues, he pretendido ganarme la vida escribiendo (...) Durante los veintiséis años que corren desde 1901 hasta la fecha yo he ganado con mi profesión doce mil cuatrocientos pesos.»

Durante su intensa trayectoria como escritor –que va desde su iniciación modernista (los primeros libros, las peripecias de vanguardia en la *Revista del Salto*) a la conformación de un nuevo espacio narrativo en la literatura rioplatense, cuya expresión más celebrada son los cuentos de *Los desterrados*–, Quiroga no deja de ser un colaborador permanente de las principales publicaciones periódicas de la época (*La Nación, Caras y Caretas, Fray Mocho, La Novela Semanal, El Hogar, Atlántida*). Y la mayoría de los cuentos que reúne en sus libros han sido previamente publicados en esos medios.

Es indudable que tanto su experiencia en la selva misionera como las nuevas lecturas que realiza después de su período modernista (especialmente de escritores norteamericanos y europeos contemporáneos[3]) y la búsqueda constante de una perfección en las formas y estrategias narrativas, podrían explicar suficientemente la construcción –como las variaciones y recurrencias– de su universo narrativo. Sin embargo, no podríamos dejarnos de preguntar ¿de qué modo el creciente desarrollo cultural y la existencia de un mercado de nuevos lectores inciden también en la elaboración de esa nueva poética que su narrativa representa?

Leyendo la correspondencia de Quiroga con otros escritores y amigos de la época y sus escritos sobre el arte del cuento y el oficio de escritor,[4] es posible extraer con cierta transparencia algunas conclusiones sobre su «conciencia estética» y el grado de influencia que tienen sobre su obra las experiencias de la industria editorial. En «La crisis del cuento nacional» (1928), Quiroga se refiere a uno de los aspectos de su narrativa: la brevedad que tienen algunos de sus cuentos. «Luis Pardo –señala–, entonces Jefe de Redacción de *Caras y Caretas*, fue quien exigió el cuento breve hasta un grado inaudito de severidad. El cuento no debía pasar entonces de una página, incluyendo la ilustración correspondiente (...) El que estas líneas escribe, también cuentista, debe a Luis

---

[3] Martínez Estrada en su libro *El hermano Quiroga* (Montevideo, Arca, 1968), refiriéndose a la formación literaria de Horacio Quiroga y a la influencia que éste tuvo en sus lecturas dice: «Por él conocí y gusté a los genios del hampa y la gitanería literaria: O. Henry, Bret Harte, Dreiser, Jack London, Sherwood Anderson, E. Hemingway». También refiere la admiración de Quiroga por Conrad.

[4] Veáse Horacio Quiroga: *Obras inéditas y desconocidas*. Tomo VII. Colección dirigida por Ángel Rama. Montevideo, Arca, 1969.

Pardo el destrozo de muchos cuentos, por falta de extensión, pero le debe también en gran parte el mérito de los que han resistido».

Como vemos: impugnación y reconocimiento. Una tensión constante que caracteriza a la relación del escritor con la industria cultural. Durante años Quiroga ocupa un lugar destacado en las revistas de mayor tiraje; sus mejores relatos aparecen en esas entregas periódicas, alternado con historias de animales y críticas cinematográficas que firma con pseudónimos. Dirige, además, la colección del folletín *El Cuento Ilustrado* (donde publica a Ricardo Güiraldes, Benito Lynch, Juan Carlos Dávalos). Pero hacia los últimos años de su vida, la relación con ese mercado editorial comienza a deteriorarse. En una carta a Martínez Estrada expresa: «con esto de la pluma anduve también con quebrantos nutridos. También en este renglón sufrí una merma semejante (...), pues de 350 bajé a 100 por relato. Más: *Crítica* se hartó de mi colaboración con la tercera enviada, que no publicó y tuve que rescatar con dificultad. Pasé a *El Hogar*, que temo se harte también a la brevedad» (abril de 1935).

Un año antes, en carta a César Tiempo, expresaba sus «tiquis niquis» con el periodismo y las dificultades para conseguir una retribución más justa por sus colaboraciones: «... alguna vez se levantará una estatua por aquello de haber luchado con uñas y dientes para que a mí y a todos se nos pagara más y más y cada vez más» (septiembre de 1934). En este aspecto son conocidos los esfuerzos realizados por Horacio Quiroga para conseguir que se valoren los derechos de propiedad intelectual del escritor.

Periodismo y corrección

Es evidente que dentro del espacio –tenso y dramático– de su relación con los medios periodísticos, el narrador produce sus textos más significativos. En ese contexto, la corrección, un momento básico en la escritura, y una experiencia por lo general casi privada de todo escritor, en Horacio Quiroga es transparente y casi pública. Bastaría con cotejar sus cuentos publicados en revistas o periódicos con las versiones *corregidas* que aparecen en sus libros principales. Por ejemplo, el cuento «Un peón», publicado por primera vez en *La Novela Semanal* (1918) y luego su versión definitiva en *El desierto* (1924). El crítico J. Pereira Rodríguez examina las correcciones realizadas al relato mencionado y encuentra «unas doscientas diferencias entre los textos de la primera y la última publicación».[5] También coteja las versiones del cuento «Anaconda» y otros relatos que integran posteriormente el libro *Cuentos de amor de locura y de muerte* (1917). Pero Quiroga no sólo retrabaja sus textos, también sus títulos cambian y se desplazan hacia nuevos relatos. De las conclusiones que Pereira Rodríguez enuncia en su ensayo, cabe destacar las que señalan que Quiroga a través de la corrección de sus textos «persiguió con ahínco la *claridad, la precisión y concisión*

---

[5] Veáse J. Pereira Rodríguez: «El estilo». En *Aproximaciones a Horacio Quiroga*. Caracas, Monte Ávila, 1976.

del lenguaje literario. No rehuyó el uso de americanismos de empleo frecuente en el habla diaria de las personas cultas (...) No fue un purista del léxico, pero tampoco un escritor desaliñado.»[6] Asimismo las correcciones apuntan a abandonar ciertos rasgos artificiosos de su «primera etapa modernista». Por otra parte, ninguna de ellas llega a alterar la situación dramática de las primeras versiones. En síntesis: un examen de las correcciones sucesivas que Quiroga realiza de sus relatos nos permite observar la construcción de un *estilo*, que tiene un particular proceso de desarrollo: una primera escritura urgida por la inmediatez de la entrega para su publicación en un medio periodístico, y la reelaboración posterior durante un período menos presionado (que mantiene o refuerza en la búsqueda de precisión, eso que Quiroga llama «la sensación de vida de un cuento») para editar en forma de libro.

Igualmente interesante resultan las reflexiones del narrador sobre la traducción literaria, en la medida que revelan un trabajo con el lenguaje, una actitud estética que está presente en el criterio con que realiza sus correcciones y en la búsqueda de un *estilo* original. En relación con este aspecto es importante leer dos artículos que Quiroga escribe. El más conocido es un comentario sobre la traducción de *El Ombú*, de Guilermo E. Hudson, que años más tarde de la muerte del autor provocó una polémica entre Guillermo de Torre y la crítica rioplatense.[7] En este texto, Quiroga critica el uso de un léxico regional que el traductor emplea para intensificar el color local. Vale la pena citar aquí sus palabras: «Para dar la impresión de un país y su vida, de sus personajes y su psicología peculiar —lo que llamamos ambiente—, no es indispensable reproducir el léxico de sus habitantes por pintoresco que sea.» Quiroga propone para *representar* ese ambiente «el uso muy sobrio de la lengua nativa», la «elección de cuatro o cinco giros locales y específicos», la sintaxis que es «donde un escritor de buen gusto encuentra color suficiente para matizar con ellos». El otro escrito se titula: «El eterno traidor» y si bien se refiere a la traducción, puede leerse como una verdadera poética del narrador. «El arte de escribir —dice, entre otras importantes afirmaciones— consiste en hallar, para cada idea, la palabra justa que la expresa; y en disponer estas palabras en el summun de eficacia expresional.»

En el ya célebre «Decálogo del perfecto cuentista» Quiroga refuerza o repite esta concepción del valor de la palabra cuando se refiere al uso de adjetivos («No adjetives sin necesidad. Inútiles serán cuantas colas adhieras a un sustantivo débil. Si hallas el que es preciso él sólo tendrá un color incomparable, pero hay que hallarlo»).

En este aspecto es significativo examinar su artículo «Ante el tribunal», escrito como respuesta a la indiferencia y falta de reconocimiento por parte de los *martinfierristas*. Quiroga traza en estas líneas una visión irónica de los cambios

---

[6] El subrayado me pertenece. (Para una síntesis de la polémica en que se inscriben los comentarios de Pereira Rodríguez, véase Jorge Lafforgue: «Introducción» a *Los desterrados y otros textos*. Madrid, Castalia, 1990; pp. 85-88. La prueba mayor del trabajo a que H. Q. sometía sus textos se hallará seguramente en esta edición de *Todos los cuentos* de Quiroga.)

[7] Véase José Enrique Etcheverry: «La retórica del cuento». En *Aproximaciones a Horacio Quiroga*. Caracas, Monte Ávila, 1976.

o evoluciones artísticas a través de las formas de las vanguardias. «Cada veinticinco o treinta años el arte sufre un choque revolucionario (...) relegando al olvido toda la errada fe de nuestro pasado artístico... (...) Son los jóvenes, los que han encontrado por fin en este mentido mundo literario el secreto de escribir bien.» Manteniendo el mismo tono irónico y ficcional del juicio que le realizan como escritor, declara en su defensa: «Combatí para que se viera en el arte una tarea seria y no vana (...) Luché por que el cuento tuviera una sola línea, trazada por mano sin temblor desde el principio al fin».

También resume en este texto con admirable precisión su concepción estética, su visión de las relaciones entre el arte y la existencia. «Yo sostuve, honorable tribunal –expresa–, la necesidad en arte de volver a la vida cada vez que transitoriamente aquél pierde su concepto (...) Traté finalmente de probar que así como la vida no es un juego cuando se tiene conciencia de ella, tampoco lo es la expresión artística.» Quiroga escribe estas ideas hacia 1930. Unos años antes, M.M. Bajtin –a quien Quiroga difícilmente pudiera haber leído– decía algo similar en su artículo *Arte y responsabilidad*: «El arte y la vida no son lo mismo, pero deben convertirse en mí en algo unitario, dentro de la unidad de mi responsabilidad.»[8]

La concisión, la claridad, la palabra justa, la brevedad, «la intensidad de una sola línea», «la conciencia o la responsabilidad de la expresión artística», son principios que hacen sistema y que conforman la poética narrativa de Horacio Quiroga. En la *elección* estética, en ese *rigor artístico* están por cierto los modelos literarios que el escritor admiraba, su experiencia personal, pero también –aunque en la medida de una materialidad cotidiana y de una exigencia– las pautas de un *estilo* que la industria editorial de la época exigía para «adecuarse» y «complacer» el gusto establecido de un público lector.

El cine y los nuevos relatos fantásticos

Los comentarios sobre films y las notas reflexivas sobre el arte cinematográfico que Quiroga publica desde 1919 en *El Hogar*, *Caras y Caretas*, *Mundo Argentino* y *La Nación*, como la escritura del guión *La jangada*, basado en sus cuentos misioneros, o el intento de dirigir una película inspirada en *La gallina degollada*, son los aspectos más conocidos de su interés por el cine y los que de algún modo se ha ocupado de señalar la crítica.[9] Sin embargo, uno de los temas menos estudiados es la fascinación y el efecto que el nuevo arte produce en su propio proyecto narrativo y, en particular, en la escritura de nuevos relatos fantásticos.

Podría decirse que el cine –al menos en su primera época, hacia los años veinte– por sus inusitadas posibilidades de representación sedujo a la literatura y a los escritores en general. Algo semejante sucedió con la significación que el universo de los sueños tuvo para el arte desde el romanticismo, cuando esa

---

[8] Bajtin, M.M.: *Estética de la creación verbal*. México, Siglo XXI, 1982.

[9] Véase: «Horacio Quiroga y el cine», en *Fuentes*, órgano del Instituto Nacional de Investigaciones y Archivos Literarios, año 1, nº 1, Montevideo, 1961.

dimensión de lo onírico llegó a ser un importante modelo estético de la ficción y de la poesía.

Contemporáneo de Quiroga, también Borges hacia la segunda década del siglo y durante los años siguientes fue cautivado por el cine. No sólo escribió artículos sobre películas en *Sur*, sino que llegó a comparar, en su ensayo «El arte narrativo y la magia», los procedimientos narrativos del cine con los de la literatura moderna. En un sentido semejante, Quiroga destacó la importancia de la «representación» cinematográfica en un comentario publicado en 1927 en *Atlántida*. Y, de algún modo, coincidió también con Borges en la admiración por el cine de Hollywood. «Los únicos hombres que durante largos años han comprendido las diferencias radicales entre cine y teatro –dice Quiroga– son los norteamericanos. Ellos han creado el drama cinematográfico en toda su capacidad realizando una obra de arte puro». Y subraya, además, esa particularidad del cine de reproducir «la verdad de los escenarios» y «la naturalidad» de los movimientos de manera tal «como sucede en la vida». Quizás es también uno de los pocos escritores de ese momento que advierte la importancia del cine como un nuevo arte. «Los intelectuales –expresa en *Atlántida* (10-8-1922)– son gente que por lo común desprecian el cine. Suelen conocer de memoria el eterno programa de las compañías teatrales de primero y séptimo orden. Pero del cine no hablan jamás.» Y no sólo eso: Quiroga es consciente del carácter popular del cine y de los prejuicios que ese aspecto despierta entre los intelectuales. En el artículo citado dice: «Acaso el intelectual cultive furtivamente los solitarios cines de su barrio; pero no confesará jamás su debilidad por un espectáculo del que su cocinera gusta tanto como él, y el chico de la cocinera tanto como ambos juntos.» En otros párrafos, el tema le sirve para polemizar con los escritores de la vanguardia rioplatense, quienes tienen una actitud contradictoria frente al fenómeno cinematográfico. «Pero el intelectual suele ser un poquillo advenedizo en cuestiones de arte. Una nueva escuela, un nuevo rumbo, una nueva tontería pasadista, momentista o futurista, está mucho más cerca de seducirle que desagradarle.» Finalmente reflexiona sobre las posibilidades estéticas futuras del cine, piensa que la formación de un gusto, de un rigor estético es algo por construirse: «¿Qué juicio del arte literario podría formarse un novicio ideal, por el primer libro adquirido al azar en una librería? No culpemos pues al arte cinematográfico de las tonterías diarias impresas en la primer pantalla que encontramos al paso. Para evitarlas se requiere una larga cultura –como pasa con el libro– que no se adquiere sino devorando mucho malo.»

El primer cuento de Quiroga que se relaciona con el cine es «Miss Dorothy Phillips, mi esposa». Curiosamente fue publicado en 1919, el mismo año que comienza a escribir reseñas cinematográficas firmadas con el pseudónimo que toma del título de ese cuento. Posteriormente las firmará con su nombre . En un sentido estricto no es un relato fantástico: el mundo del cine, las fantasías de un fanático admirador de una estrella hollywoodense (Miss Dorothy, protagonista entre otras películas de *El rosario* y *Lola Morgan*) aparecen allí enmarcadas en la proyección de un sueño. Sin embargo, este relato inicia la serie de ficciones que aluden al cine y que expresan en la obra de Quiroga una nueva dimensión de lo fantástico («El espectro», «El vampiro» y «El puritano»). En relatos anteriores, el maestro del cuento rioplatense ya había incursionado en lo fantástico, con una marcada influencia de Edgar Allan Poe, que, como se sabe, fue uno de los iniciadores del género. Dentro de esa zona podrían destacarse varios cuentos y en un plano de nueva búsqueda podemos señalar «La insolación», relato donde logra una interesante conjugación entre lo sobrenatural y lo «real». También un cuento menos considerado por la crítica: «El síncope blanco» (del libro *El desierto*, 1924) pareciera iniciar una exploración original en el terreno del relato fantástico.

En «Miss Dorothy...», Quiroga crea al personaje Guillermo Grant, quien va a ser el protagonista de los cuentos ya mencionados «El espectro» (1921) y «El vampiro» (1927). Grant, narrador protagonista de este primer relato, manifiesta su admiración por el cine a lo largo del texto. «Siendo como soy –dice en un pasaje– se comprende muy bien que el advenimiento del cinematógrafo haya sido para mí el comienzo de una nueva era, por la cual cuento las noches sucesivas en que he salido mareado y pálido del cine, porque he dejado mi corazón en la pantalla.» El tema del amor –tan presente en la obra quiroguiana– adquiere aquí una dimensión referida a lo visual, a la imagen, al acto de ver, de mirar, al placer del *voyeur*. Aspecto que Grant en un momento lo resume así: «Se notará que lo que busca el autor es un matrimonio *por los ojos*».

¿De qué modo –cabe preguntarse– se conecta lo cinematográfico con lo fantástico a partir de ese momento en la narrativa de Horacio Quiroga? La capacidad representativa de la imagen fílmica, una de las artes analógicas por excelencia, como dice Barthes, subyuga sin duda a Quiroga. Y esa posibilidad de mostrar al mundo como «sucede en la vida» –ideal estético varias veces formulado por el narrador– es la que en sus relatos va a adquirir una dimensión fantástica.

Uno de los procedimientos del género, según explica Todorov,[10] es convertir en literal lo metafórico, algo así como intensificar el sentido expreso de lo que sugiere la imagen metafórica. En «El espectro», «El vampiro» y «El puritano» este procedimiento se erige en el principio constructivo de lo fantástico. Quiroga vuelve en estos relatos el mundo ficcional de los filmes en un *mundo real*, coexistente y paralelo al mundo tangible. En esa dimensión narrativa, como ha señalado Rosmary Jackson en su ensayo sobre literatura fantástica,[11] constantemente se cuestiona la naturaleza de lo que se ve y registra como *real*. ¿Qué es lo real?, parece ser el dilema o el enigma principal en todos estos cuentos. En tal sentido, y por la problemática fantástica del mundo de lo visual, Quiroga es precursor de *La invención de Morel* y *La trama celeste*, de Bioy Casares.

En «El espectro», Guillermo Grant y su amante Enid son observados y luego asediados por «el espectro fílmico» –un ser de ilusión óptica, un fantasma producido por la invención técnica[12]– de un actor famoso, ya muerto y ex marido

---

[10] T. Todorov: *Introducción a la literatura fantástica*. Buenos Aires, Tiempo Contemporáneo, 1974.

[11] R. Jackson: *Fantasy*. Buenos Aires, Catálogos, 1986.

[12] Véase Beatriz Sarlo: «Horacio Quiroga y la hipótesis técnico-científica», en este mismo volumen de la colección «Archivos». También su libro de próxima aparición: *La imaginación técnica. (Sueños modernos de la cultura argentina.)*

de Enid, desde la imagen de un filme proyectado en la pantalla. (Algo similar a lo que sucede en la película *La rosa púrpura del Cairo*, de Woody Allen.)

En «El vampiro» lo fantástico se acerca a los temas de la ciencia ficción, mediante la realización de experimentos que anticipan lo que será la televisión (los llamados *rayos N1* en el cuento). Aquí es una bella actriz la que abandona el filme y en condición de espectro se enamora de un extraño espectador que se ocupa de inventar un aparato que «del mismo modo que se imprime la voz en el circuito de la radio», pueda «imprimir el efluvio de un semblante en otro circuito de orden visual». A su vez en este relato, bajo la visión de Grant, la bella actriz –ser fantasmático, pura ilusión visual– aparece como una variante del vampirismo, dado que terminará succionando la sangre de su amante, tal como el extraño parásito de «El almohadón de pluma».

El otro cuento, «El puritano», presenta a un grupo de actores y actrices en condición de espectros cinematográficos viviendo en un estudio de Hollywood, los que noche tras noche esperan la proyección de los filmes que han protagonizado para ver el mundo *real*, el de los espectadores. También el deseo amoroso, como el contacto entre esos dos universos –el del filme y el de la realidad– construyen la trama de este relato. Es obvio que los temas fundamentales de la narrativa quiroguiana –el amor, la locura y la muerte– están presentes y alcanzan un modo de representación distinto al de sus cuentos anteriores. El deseo amoroso aparece planteado en su obra en un plano de situaciones de transgresión con la moral de la época. En los relatos fantásticos que aquí comentamos este aspecto cobra una dimensión particular. Como señala Todorov, «lo sobrenatural no es más que un pretexto para describir cosas que jamás se hubieran atrevido a mencionar en términos realistas». Lo fantástico maravilloso en «El espectro» permite poner en escena la relación triangular –la tensión fidelidad/infidelidad– de Grant con Enid y el marido de ésta, Duncan Wyoming. También el tema de la muerte, o el de la vida después de la muerte como en estos cuentos fantásticos, están relacionados con el deseo y el amor. Igualmente la variación visual del vampirismo se vincula estrechamente con un erotismo de significación transgresiva. La trascendencia del amor más allá de la muerte, viejo tópico romántico, encuentra en este cuento quizá una vuelta de tuerca: aparece en una dimensión nueva, en una suerte de dialéctica entre el mundo de lo *visible* y el mundo *real*. «Más allá de la muerte y la vida y sus rencores –dice el personaje narrador de "El espectro"–, Enid y yo nos hemos encontrado. Invisible, dentro del mundo vivo, Enid y yo estamos siempre juntos, esperando el anuncio de otro estreno cinematográfico.» Esperan la proyección del filme *Más allá de lo que se ve* para poder concretar ese deseo de «ir hacia la vida, entrar en ella de nuevo.»

Desde otra perspectiva, podría decirse que el cine también influye en la escritura de estos relatos. Quiroga rompe de algún modo con cierta linealidad de su obra anterior. En su sintaxis narrativa puede observarse el uso del *racconto*, una complejidad mayor en el tratamiento de espacios y tiempos (por ejemplo, la estructura temporal de «El espectro» o el informe de alguien que está agonizando, presentado fragmentariamente, con elipsis temporales y alternancias de espacios, en «El vampiro»). Sin duda, el nuevo concepto de lo temporal que el cine inaugura

–la simultaneidad y la espacialización de elementos temporales– no deja de impactarlo.

A ningún lector que conozca *La invención de Morel*, de Bioy Casares, le pasará inadvertida la relación que, por lo fantástico y el cine, tiene con estos cuentos de Quiroga. Sin embargo, curioso o extraño lugar en la literatura argentina le han querido conferir el mismo Bioy Casares y Borges –cultores, como se sabe, del género fantástico–. El primero, que difícilmente puede ignorar los puntos de contacto de su narrativa con los cuentos de Quiroga, lo considera, en una encuesta realizada por *La Nación* en 1977, un escritor *sobrevalorado*. En su *injurioso* estilo, Borges, por su parte, declaraba: «Horacio Quiroga es en realidad una superstición uruguaya. La invención de sus cuentos es mala, la emoción nula y la ejecución de una incomparable torpeza.»

Más allá de estos juicios que expresan una obvia rivalidad entre escritores que fueron casi contemporáneos, los relatos fantásticos de Quiroga que se vinculan con el cine implican un cambio en la trayectoria del género en la narrativa rioplatense. Superan en cierto modo el estadio «positivista» de sus orígenes hacia fines del siglo XIX (Holmberg y su proyección cientificista) y el modelo de Poe y Verne, como los rasgos modernistas de los cuentos fantásticos de Lugones. Se acercan más a la dimensión moderna que adquirirá en los textos de Bioy Casares en la década del cuarenta, y a los climas de las ficciones fantásticas de ese otro extraordinario escritor –también uruguayo– que fue Felisberto Hernández.

V. LECTURAS DEL TEXTO

TRAYECTORIA INICIAL DE HORACIO QUIROGA:
DEL BOSQUE INTERIOR A LA SELVA MISIONERA
Eduardo Romano

HORACIO QUIROGA Y LA CIENCIA
Dario Puccini

TRANSFORMACIÓN DEL SITIO:
VEROSIMILITUD Y SACRALIDAD DE LA SELVA
Martha L. Canfield

LOS TEMAS Y LA ESCRITURA QUIROGUIANOS
Milagros Ezquerro

RELATO DE LA CASTRACIÓN:
UNA INTERPRETACIÓN DE «LA MIEL SILVESTRE»
Guillermo García

TRAYECTORIA INICIAL DE HORACIO QUIROGA:
DEL BOSQUE INTERIOR A LA SELVA MISIONERA

Eduardo Romano

Literatura decadente y modernismo

Desde París, cuna y centro de irradiación del movimiento naturalista, el Río de la Plata había recibido tempranamente a Zola. Pero sin poderlo deglutir con facilidad: *L'Assommoir* comenzó a publicarse una mañana de agosto de 1879 en *La Nación* de Buenos Aires, sin que nunca continuara, debido a resistencias dentro del mismo periódico y a opiniones de algunos lectores influyentes. De todos modos, la aclimatación de la escuela siguió su propio derrotero, convirtiendo las protestas del original francés contra la insensibilidad de la burguesía, contra las consecuencias del crecimiento industrial y financiero sobre el proletariado parisino, en algo muy distinto.

Pienso en Eugenio Cambaceres (*En la sangre*, 1886) y algunos otros autores (Antonio Argerich, Manuel Podestá, etc.), que emplearon el naturalismo para exorcizar el ascenso social de un pequeño sector inmigratorio, aunque no descarto la contraparte, menos notoria, que opuso la supuesta pureza provinciana o pampeana al pecaminoso clima ultracivilizado europeo: lo que va de *Fruto vedado* (1885) de Paul Groussac al Güiraldes de *Raucho* (1918).

Pero el propio Zola derivó del cientifismo y las leyes de la herencia hacia una ensoñación de la naturaleza en *La faute de l'abbé Mouret* (1876) que tendría fértil descendencia entre algunos de sus discipulos, cada vez más alejados de las reuniones de Medan: Guy de Maupassant, siempre atento a las peculiaridades de su «tío» Gustave Flaubert, y el sensible Huysmans. A esa corriente se fueron sumando, en la década de 1880 o poco después, Villiers de l'Isle Adam, Catulle Mendès, Paul Hervié, Maurice Barrès, Jean Lorrain, Marcel Schwob y el primer Gide.

Es claro que tal desvío naturalista se nutría del refinamiento esteticista del simbolismo y de los parnasianos, cuyo punto de partida puede establecerse en el Baudelaire de *Correspondances*; en su búsqueda, más allá de los sentidos, sobrevalorados por el positivismo, de subyacentes analogías dentro de la naturaleza. A lo que cabe añadir otros formantes: un renacer de la filosofía idealista, encarnado sobre todo por Schopenhauer, que confluía con un también renovado misticismo (*Los grandes iniciados* de Edouard Schuré), con los avances del ocultismo espiritista de Allan Kardec, hermético de Swedenborg o teosófico de Mme. Blavatsky.

No está de más aclarar que naturalistas y simbolistas o parnasianos franceses convivían perfectamente en las mismas publicaciones, como lo prueban *La République des lettres* (1875-1877) o *Revue littéraire et artistique* (1879-1882). Todos reconocían cierto ascendiente en Edgar Allan Poe, pero mientras unos admiraban sobre todo su insistencia en el control lúcido sobre la elaboración artística, otros —en especial los decandentes— seguían sus búsquedas a través de lo mórbido, las ambientaciones macabras o los desequilibrios nerviosos.

La presencia central de antihéroes abúlicos, de Des Esseintes (*À Rebours* de Huysmans) a Entragues (*Sextine* de Remy de Gourmont), marca el predominio de una actitud contemplativa que pasa sin sobresaltos al ensueño, a las alucinaciones, a los estupefacientes. Por este extremo, el anticientificismo decadente entronca con las investigaciones psiquiátricas de la escuela de París (Charcot) o de Nancy (Berheim), con su empleo terapéutico de la hipnosis y la sugestión.

Como puntualiza Jean Pierrot, parte de cuya ordenada información he aprovechado hasta aquí, la imaginación decadente antropomorfiza lo vegetal —recuérdese su utilización por el Art Nouveau— y le otorga una energía desbordante, tal vez la que parece haber perdido el hombre:

> Alors le jardin décadent devient une forêt vierge, objectivant l'image d'une nature hostile et menaçante, d'une nature aussi qui poursuit imperturbablement le cycle des transformations et sa vie éternelle sans vouloir connaître l'aventure humaine.[1]

Esa vegetación peligrosa, alucinante, ocupa un lugar protagónico en Huysmans (*En rade*, las flores carnívoras de *À Rebours*), en Kahn (*La Forêt tuée*), en Lorrain (*Narkiss*), en Mirbeau (*Le Jardin des supplices*); sirve de disparador a impulsos reprimidos, inconscientes, especialmente de carácter sexual. Y esto debemos tenerlo muy en cuenta para seguir luego la que he calificado como trayectoria inicial —y por eso mismo decisiva— de Quiroga.

Buena parte de esos formantes decadentes, a que hice alusión, ingresa a la literatura latinoamericana con el modernismo, que es como decir con la producción literaria de Rubén Darío. Sobre todo la de esa etapa que el nicaragüense pasa en Buenos Aires, adonde llega desde Chile en agosto de 1893. Ya era conocido como autor del famoso *Azul...* (Santiago de Chile, 1888, ampliado en la reedición guatemalteca de 1890) y como colaborador del prestigioso matutino *La Nación* desde 1889.

Recibido con entusiasmo en el Ateneo porteño, una institución que nucleaba tanto a conservadores y tradicionalistas —baste decir que se había originado en

---

[1] Pierrot, Jean. *L'imagination décadente* (1880-1900). París, PUF, 1977, p. 278.

las tertulias hogareñas de Rafael Obligado y que entonces lo presidía Calixto Oyuela– como a jóvenes interesados en la renovación poética francesa, desde Baudelaire y Gautier hasta Verlaine y Mallarmé. Su entusiasmo por ellos «se fue haciendo más cauto, consciente de que muchos argentinos manejaban sus mismas fuentes»[2] e incluso con mayor versación crítica.

En tal posición estaba Paul Groussac, un francés afincado en la Argentina que con sus *Medallones*, publicados en *Sud-América* al promediar la década del 80, había comenzado a divulgar, por ejemplo, autores parnasianos. Pero Darío tampoco ignoraba que su perspectiva era la del adherente capaz de hacer prosélitos y no la del erudito que aquilataba vicios y defectos desde una impasibilidad magistral. Por eso fue publicando en *La Nación* –entre 1893 y 1896– las semblanzas que reuniría luego, ampliadas con algunas otras y bajo el título de *Los raros*, en octubre de 1896.

La edición, diseñada por el artista Alberto Schiaffino y solventada por Ángel de Estrada y algunos otros potentados, llevaba una dedicatoria-prólogo que reproducía «Nuestros propósitos», escritos para el primer número de *Revista de América* (1894), que Darío dirigió en Buenos Aires junto a Ricardo Jaimes Freyre sin alcanzar mucha repercusión. Era un texto ecléctico, que situaba las tendencias renovadoras entre lo americano y lo universal, la innovación y «el respeto a las tradiciones y jerarquías de los Maestros», pero sin renunciar al supremo principio de su estética: «el amor a la divina belleza, tan combatido hoy por invasoras tendencias utilitarias».

Aquel eclecticismo no debe sorprendernos, era la tangente por la cual rehuía la contradicción irresuelta entre su crítica al orden social imperante y los favores que recibía del mismo: desaparecida su canongía diplomática, no hubiese podido sobrevivir de sus colaboraciones periodísticas a *La Nación*, *El Diario*, *Tribuna* o *La Biblioteca*, pero sí pudo hacerlo con la ayuda de un cargo administrativo que, por supuesto, no desempeñaba: secretario del Director de Correos.

Entre el retrato y la certera acotación crítica, *Los raros* homenajea sobre todo a los artistas que fueron o son víctimas de aquel utilitarismo, como Poe, Verlaine o Villiers de l'Isle Adam; celebra sus aportes esteticistas, pero se detiene al acercarse a las zonas riesgosas, por ejemplo del erotismo, «un terreno dificilísimo y desconocido, antinatural, prohibido, peligroso».[3] A propósito de *Monsieur Vénus*, de Rachilde, aclara:

> Entrar en detalles no podría, a menos que lo hiciese en latín, y mejor en griego, pues en latín habría demasiada transparencia, y los misterios eleusíacos no eran, por cierto, para ser expuestos a la luz del sol.[4]

De Lautreamont, al que considera algo así como el lado infernal de Poe, precave a los jóvenes y se vale de la ciencia para catalogar su locura, que buscó

---

[2] Ghiano, Juan Carlos. *Análisis de Prosas profanas*, en *Enciclopedia Literaria 25*. Buenos Aires, Centro Editor de América Latina, 1968, p. 11.

[3] Darío, Rubén. *Los raros*. Buenos Aires, Espasa-Calpe, 1952, p. 107.

[4] *Ibid.*, p. 105.

expresarse también a través de una flora «enferma, leprosa, envenenada», de un repertorio de animales demoníacos (sapo, búho, víbora, araña). A pesar de todo, defiende a esos artistas enfermizos de Max Nordau (*Entartung*, 1892). Y en ese capítulo desliza incluso una afirmación cuyas consecuencias no intenta aprovechar:

> Cuando la literatura ha hecho suyo el campo de la fisiología, la medicina ha tendido sus brazos a la región oscura del misterio.[5]

Por ahí, como veremos, se adentró desde el modernismo Horacio Quiroga. Pero antes de abordar tal cuestión, conviene señalar el tratamiento que le dio Darío en su poesía, tanto de *Azul...* como del otro volumen que publicara entonces en Buenos Aires (su patrocinador fue Mariano de Vedia, secretario de redacción de *Tribuna*): *Prosas profanas*.

En *El año lírico*, de su primer libro, contrasta el amor humano estilizado a través de la cultura y fundamentalmente del refinamiento helénico –al punto que el «bosque» se vuelve «templo» (*Primaveral*)–, con «el idilio monstruoso/bajo las vastas selvas primitivas» (*Estival*) de los tigres. Basta incluso que el Príncipe de Gales los vea, mientras va de caza, para que

> A esos terribles seres,
> embriagados de amores,
> con cadenas de flores
> se les hubiera uncido
> a la nevada concha de Citeres
> o al carro de Cupido.[6]

La figura que prevalece en *Invernal* tiene «una carne ideal» que recuerda a Hebe, diosas y ninfas; el deseo de verla encarnada es sólo potencial: «cómo estaría trémula en mis brazos/ la dulce amada mía». Lo cual desacredita que Darío haya conseguido «alzarse del erotismo natural a una especie de conciencia de lo erótico», aunque sea cierto «que cada vez se complica con adherencias extrañas y superiores al erotismo elemental».[7]

La Grecia arqueológica y la Francia dieciochesca culminan aquel efecto estetizante. Así, en *Prosas profanas y otros poemas* (Buenos Aires, Coni, 1896), los Centauros pueden quedar convertidos en voces filosofantes (*Coloquio de los Centauros*), la marquesa Eulalia volverse arquetipo de la femenina frivolidad, y la invitación al amor de *Divagación* necesitar un filtro griego –de «la Grecia de la Francia»–, chino o japonés, como una muestra de que el amor puede provocar una fusión geográfica, tipológica, natural:

---

[5] *Ibid.*, p. 170.

[6] Darío, Rubén. *Poesía. Libros poéticos completos y antología de la obra dispersa*. México-Buenos Aires, F.C.E., 1952, p. 161.

[7] Salinas, Pedro. *La poesía de Rubén Darío*. Buenos Aires, Losada, 1957 (1ª edición de 1948), p. 59.

Ámame así, fatal, cosmopolita,
universal, inmensa, única, sola
y toda; misteriosa y erudita:
ámame mar y nube, espuma y ola.[8]

Es lo mismo que expresa más barrocamente en *Mía* (los sexos se funden en «bronces», material escultórico) y lo que sutiliza aún más cuando concibe la unión de Leda con el cisne como «una gloria de luz y de armonía». Estilización artística de lo erótico que conserva siempre un sesgo jocoso (del clásico Anacreonte al galante Banville) y que Darío opone «a los versos de sombra y a la canción confusa»[9] en *A los poetas risueños*. Es decir a un erotismo que tantea por el inconsciente y no teme enfrentar «la fiera mascara de la fatal Medusa», ante la cual el vate nicaragüense se detuvo.

Para cerrar este pórtico, que puede ofrecernos una imagen de hasta dónde el corifeo modernista anticipa brechas que el narrador uruguayo profundizará, hago una rápida alusión a ciertos cuentos de carácter fantástico, extraño o al menos inquietante, que publicó durante su estada en Buenos Aires. Creo que cabalgan sobre el respaldo que desde el ocultismo, la teosofía, el espiritismo, etc., algunos artistas hallaban para rebatir —o al menos enfrentar— los dictámenes autoritarios de la ciencias positivas, tal como se las practicaba en aquel momento.

La enunciación de *Thanatopia* (1893) está a cargo del hijo de un famoso psiquiatra, muy conocido por sus estudios sobre hipnotismo, a quien responsabiliza por la muerte de su madre:

> Y de pronto se me vino a la memoria mi dulce y blanca y rubia madrecita, que de niño me amó tanto, abandonada casi por mi padre, que se pasaba noches y días en su horrible laboratorio, mientras aquella pobre y delicada flor se consumía...[10]

Para suplantarla, devuelve la vida a una muerta y no tiene mejor idea que presentársela a su hijo, al cual, por otra parte, había recluido en un colegio de Oxford. ¿No reconocemos ahí, en germen, el frío cientificismo avital que distingue a y funciona como subtexto significativo en *El almohadón de pluma*, bastantes años después?

El efecto psíquico de las drogas y situar la acción en carnaval (*La pesadilla de Honorio*, en *Tribuna*, 1894) son dos recursos que también aprovechará, como veremos, Horacio Quiroga, y el hecho de preferir entre tres niñas a la menor, mientras galantea con las mayores, que se cuenta entre los motivos relevantes de su etapa inicial como cuentista, por esa especial aleación de lo virginal con la perturbadora sensualidad, tiene un antecedente muy directo en *El caso de la señorita Amelia* (*La Nación*, 1894):

---

8 Darío, Rubén. *Poesía completa*, *loc. cit.*, p. 188.

9 *Ibid.*, p. 243.

10 Darío, Rubén. *Cuentos fantásticos*. Madrid, Alianza editorial, 1976, p. 34.

... y en la frente de Amelia incrusté un beso, el más puro y el más encendido, el más casto y el más ardiente qué sé yo de todos los que he dado en mi vida.[11]

De las primeras notas al libro inicial

Un año antes de que ambos libros de Darío aparecieran en Buenos Aires, Quiroga se da a conocer como escritor en *La Reforma*, una revista de Salto recientemente fundada. Y lo hace con la crónica de una hazaña ciclística,[12] nada decadentista, y que en todo caso anticipa otra veta de su futura producción, la que lo erige en pionero de la máquina y las novedades industriales en una región todavía dedicada a la economía agropecuaria. Uno de los tantos senderos por los cuales se puede llegar, sin tropiezos, desde Horacio Quiroga hasta Roberto Arlt.

Sus colaboraciones para *Revista Social* y *Gil Blas*, de 1898, que firma Guillermo Eynhardt (toma el pseudonimo del protagonista de *El mal del siglo*, 1889, de Max Nordeau) la muestran en cambio intentando hablar del amor desde otra posición que el posrromanticismo. *V y R*, escena ambientada junto al Nilo, y el poema *Helénica*, nos revelan que dicha posición es la que viene proponiendo el modernismo rubendariano, aunque al parecer la descubrió junto con *Oda a la desnudez* de Leopoldo Lugones.[13]

Esa lectura los subyuga y deciden conocerlo personalmente, lo cual se concreta cuando está con Brignole de paso por Buenos Aires, en 1898, y se reitera al año siguiente. En enero de 1901 es Lugones quien viaja a Montevideo como delegado al Segundo Congreso Científico Latinoamericano, asiste a algunas sesiones del Consistorio y les deja una grabación en cilindros de sus sonetos *Los doce gozos*.

Más interesantes son, entre sus escritos iniciales, *Reflexiones. El primer amor* (*Gil Blas*, Salto, I, 9, 11-IX-1898) y *Convencionalismos* (*Revista Social*, Salto, I, 8, 29-IX-1898). Uno por la mera elección temática; el otro en tanto cuestiona que la sociedad admita el abrazo público durante el baile y no entre enamorados: «Porque se ofende al pudor en lo que se reflexiona, no en lo instintivo»[14] Tal acotación pone en evidencia, desde muy temprano, que no desconocía los certeros ataques dirigidos entonces por Nietzsche contra ciertas falacias de la moralidad convencional.

En seguida, con sus amigos Julio J. Jaureche y José Hasda (formaban la Comunidad de los tres mosqueteros), a quienes se unen los directores de *Gil Blas* (José M. Fernández Saldaña y Asdrúbal Delgado), fundan la *Revista del Salto*, cuyo primer número sale el 11-IX-1899. Quiroga insiste con algunos poemas,

---

[11] *Ibid.*, p. 47.

[12] Quiroga, Horacio. «Para los ciclistas. De Salto a Paysandú» en *La Reforma*, I, 27, 3-XII-1897, y reproducido en Quiroga, Horacio. *Obras inéditas y desconocidas*, VIII, *Época modernista*. Montevideo, Arca, 1973.

[13] Brignole se atribuye haber descubierto ese texto en «una publicación transplatina» (*Vida y obra de Horacio Quiroga*, escrita en colaboración con J.M. Delgado. Montevideo, Claudio García, 1939, p. 91) pero Rodríguez Monegal afirma que, como ocurrió a fines de 1896, debió ser en la *Revista Nacional de Literatura y Ciencias Sociales*. Montevideo, II, 34, 25-VIII-1896.

[14] Quiroga, Horacio. *Obras inéditas y desconocidas*, VIII, *loc. cit.*, p. 34.

prosas poéticas y artículos ensayísticos, pero también incursiona por la crítica literaria o teatral y por la prosa narrativa breve.

Si bien sus versos siguen sujetos a la impronta lugoniana, muestran en ocasiones referencias a lo estrictamente carnal que el modernismo encubría con mayor cuidado. Así *Noche de amor*, pues a pesar de la ambientación galante recurre a un vocabulario excesivamente concreto («germinación en las arterias», «lechos abiertos y manchados», «fulgor de tus caderas») y desemboca en una exigencia que las trasposiciones antiguas apenas velan:

> Dame tu cuerpo. Mi perdón de macho
> Velará la extinción de tu pureza,
> Como un fauno potente y pensativo
> Sobre el derrumbe de una estatua griega.[15]

Entre los artículos, sobresalen *Aspectos del modernismo*, donde expone que el «sentido refinado» de «simbolistas, delicuescentes, coloristas, decadentes», llegará pronto a «la masa mediana», reconociendo una función mediadora a los artistas capaz de superar el aristocratismo defensivo en que solían refugiarse Darío y los suyos. Y *Leopoldo Lugones*, donde admira la manera en que el cordobés supera los límites del lenguaje y de la lógica para seguir los dictados de su temperamento. Dos observaciones, sin embargo, dan la pauta de que su entusiasmo por éste tampoco era ingenuo.

Una, advertir que sus «metáforas van a veces más allá de lo que él quiere»; otra, que «deslumbrar» es su meta y que efectivamente lo consigue. Al margen de eso, su admiración alcanza puntos máximos: «Más que simbolista es modernista. Más que modernista es un genio». Como si eso fuera poco, en la última oración lo declara «el primer poeta de América».

De estética se ocupan transversalmente *Veníamos del teatro* y *Colores y estatuas*. Éste se limita a aplicar la teoría simbolista sobre las connotaciones psicológicas de los colores, pero en aquél «uno de nosotros» expone su concepción artística y al privilegiar «el absurdo», lo zigzagueante y «desacorde», así como «la percepción del *au-delà*», nos asombra respecto de las anticipaciones vanguardistas de que era capaz entonces Quiroga y que luego encarnarían en su narrativa, mucho antes de que el vanguardismo se aclimatara orgánicamente en el Plata.

En *Sadismo-masoquismo* y en *Culto fetichista*, puede apreciarse hasta dónde los parámetros de una nueva concepción estética y los avances que la psicología profunda realizaba sobre la vida amorosa se interconectaban para el uruguayo. *Por qué no sale más la Revista del Salto* cierra esta experiencia, tras cinco esforzados meses, y allí seguramente el sentimiento de fracaso le dicta duros juicios contra el público que busca distracción y no preocuparse con la lectura. Pero vuelve a afirmar, en un pasaje, que la *Revista* adoptó posición definida contra quienes aseguraban que

---

[15] *Ibid.*, p. 75.

Debe eliminarse de la literatura lo que no encierre una idea honesta, clara y precisa. No hay necesidad ninguna de enseñar las llagas de ciertos corazones ni el cieno de ciertas fantasías.[16]

Eso puede relacionarse con la mención de Maupassant y con el papel que desde el comienzo intento otorgarle a Quiroga como mediator entre una y otra etapa del naturalismo rioplatense. Si esta tendencia, en el 80, refirió cuestiones y escenas antes excluidas de la literatura, como la enfermedad o la muerte corporales, hacia fin de siglo, y con ayuda de la sensibilidad decadente, se asomó a los vericuetos abisales de la personalidad, para remontarse luego hasta los submundos o suburbios sociales que un capitalismo implacable generaba: *Los desterrados*, 1926.

Desde ahí hablo en adelante de un expresionismo quiroguiano. Un expresionismo que, como lo señala uno de sus estudiosos europeos, «contenía ya todas las fases de la revolución cultural»[17] vanguardista, incorporó al arte las voces diluidas del inconsciente, otorgó un sesgo nuevo a la fealdad recuperada por algunos románticos y los naturalistas, asimilando «la estética de lo feo y de lo horrendo, de la disonancia y de la deformación hiriente».[18] Por eso se asomó a «los abismos de la perversidad, del crimen, de la destrucción y de la enfermedad mental»,[19] para lo cual la asociación con animales o la bestialización de lo humano cumplió una función destacada. Hay ejemplos de eso en las primeras narraciones de Alfred Döblin, publicadas originalmente en la revista *Der Sturm*, y sobre todo en el Franz Kafka de *Eine Kreuzung, Forschungen eines Hundes, Der Bau*, etc.

Pero lo más importante de la *Revista* fue que en ella nació el Quiroga narrador. *Fantasía nerviosa* habla de un personaje que sentía «la necesidad diatésica de matar» hasta que sucumbe bajo el puñal fantasmagórico de una de sus víctimas, tras haber pasado «toda la noche acostado con una muerta que apoyaba la cabeza en su pecho», exactamente como en el desenlace de *El príncipe idiota*, escena de Dostoievski que reconocía admirar.[20]

La tentación de ensayar el horror poeano, presente en el anterior, gana espacio en *Para noche de insomnio* (lo encabeza una cita del estudio de Baudelaire sobre el norteamericano). *Reproducción*, escrito con Delgado, explica en cierto modo que la mujer prefiera al amante que la hace *sentir más* y no al que la venera respetuosamente. Y empleo intencionalmente ese verbo (explicar), pues el narrador ofrece aclaraciones laterales de ese carácter, buscando sustentar una tesis.

De todos modos, *Episodio* ocupa un lugar muy especial en este conjunto. Incluso porque la apertura, que lo ubica como «recuerdo» –por mucho que lo acompañe «un largo escalofrío de miedo y espanto»–, da por sentado que sobrevivió al mismo, aunque luego el desenlace sea muy inquietante; el «nos

---

[16] *Ibid.*, p. 97.

[17] Muschg, Walter. *Von Trakl zu Brecht: Dichter des Expressionismus.* R, Piper & Co. Verlag. Munich, 1961. Cito por la traducción *La literatura expresionista alemana de Trakl a Brecht.* Barcelona, Seix Barral, 1972, p. 19.

[18] *Ibid.*, p. 39.

[19] *Ibid.*, p. 47.

[20] Carta a Fernández Saldana fechada en Saladito, junio de 1905.

despierta» o «nos contrae» generaliza dicha experiencia en vez de excepcionalizarla, aunque al referir las primeras circunstancias de esa vieja amistad admite que «nuestras relaciones tal vez podrán no ser creídas».

Decisivas me parecen, eso sí, las metamorfosis: desde un principio, la mirada del otro otorga a su carne «el frío esponjado y contráctil de una larva presta a transformarse»; el amigo, por su parte, habla bajo, como si «tratara de contener el apresuramiento de una transformación». Hasta que una noche siente «un odioso contacto de larva crepuscular» que sube por la cama hasta su cuerpo y a su amigo, en un rincón, «como un animal aterrorizado, mirándome y riéndose...»

Al día siguiente, visita al otro y descubre su aspecto de «reptil». Ante una pregunta suya sobre cómo pasó la noche, responde que junto a un amigo muerto y ambos comienzan a reír hasta que se arrastran, trepan a la pared «y quedamos mirándonos, prendidos, delirantes, incrustados en la madera como dos enormes gusanos negros, encogidos y mirándonos».[21]

Al comentar esto en su *Prólogo*, Visca advierte semejanzas con *Die Verwandlung* (*La metamorfosis*), pero aclara, con premura, que «no se puede considerar al salteño precursor del checo», tal vez asustado de reconocer cuánto pesa Quiroga en la conformación de una literatura expresionista rioplatense, sin que yo confunda por eso la maestría de Kafka, en 1912, con la modesta solución literaria del texto incluido en *Revista del Salto*, I, 19, 24-I-1900.

La decepción en que desembocara su experiencia con dicha publicación y disponer de parte de la herencia paterna lo deciden a cumplir esa aventura que cautivaba sobremanera a los jóvenes novecentistas, el viaje a París. «París era para mí —confiesa— como un paraíso en donde se respirase la esencia de la felicidad sobre la tierra». Y se embarca, según testimonio de sus primeros biógrafos, «como un dandy, flamante ropería, ricas valijas, camarote especial».[22]

Cuatro meses le bastan para rectificar tales ensueños: en *Desde París* I (fechado el 5-V-1900 y publicado en *La Reforma de Salto* el 29 de ese mes y año) siente «más de una amarga nostalgia» en esa ciudad brumosa, de casas apelmazadas, aunque admire sus abiertos bulevares, las carreteras y los cultivos. En el Louvre no lo cautivan «las obras de los grandes maestros», pero sí algunos pocos cuadros, y en todo caso prefiere las novedades automovilísticas y del ciclismo que puede presenciar.

Al referirse a las pinturas expuestas, de corte «impresionista-modernista-prerrafaelista», induce una caracterización válida ya para el expresionismo que, según mi lectura, Quiroga practicará de manera tan personal. Tanto, que las historias literarias pasarán frente al mismo sin advertirlo. Me refiero al modo como exalta a los pintores que consiguen

> ... dar a las cosas colores que no tienen, pero se sienten, y son los únicos capaces de calmar nuestra ansia, simbolizando lo que no tiene colorido propio sino en nuestro interior y al ser pasado al lienzo miente a la naturaleza.[23]

[21] Quiroga, Horacio. *Obras inéditas y desconocidas* VIII, *loc. cit.*, pp. 91-94.
[22] Delgado, José M. y Brignole, Alberto J. *Vida y obra de Horacio Quiroga*. Montevideo, Claudio García, 1939, p. 99.
[23] Quiroga, Horacio. *Obras inéditas y desconocidas* VIII, *loc. cit.*, p. 106.

Otro artículo similar, fechado sólo trece días después, parece más contundente: museos, grandes iglesias, monumentos arquitectónicos parisinos, «no responden» a lo esperado. Notre-Dame le permite deslizar una aguda ironía acerca de cómo los turistas, en especial sudamericanos, idealizan esos sitios. El bosque de Bolonia es demasiado regular para quienes buscan en tales paisajes «desaliñada profusión»; algo que él hallará en la selva misionera.

Vuelve a relatar, complaciente, hazañas ciclistas de velocidad y cierra con una especie de disculpa porque, a pesar de todo, París es el destino inevitable «para los eternos parias de lo grande»; su aire alimenta «a los que son y fueron creadores de lo Absoluto».[24]

Tampoco congenia con otros latinoamericanos, seguramente demasiado acríticos para él, y se aleja disgustado del círculo que rodea en el Café Cyrano de Montmartre a Enrique Gómez Carrillo: «Me parece que todos ellos, salvo Darío, que lo vale y es muy rico tipo, se creen mucho más de lo que son». El *Diario de viaje a París*, que Rodríguez Monegal exhumara en 1949, acredita que Quiroga es fiel a sus propias experiencias y no al prestigio establecido, también en materia de geografía cultural:

> ¿Por qué he de decir yo que no hay como París, si no me divierto? Quédense en buena hora con él los que gozan; pero yo no tengo ninguna razón para eso, y estoy en lo verdadero diciendo que Montevideo es mejor que París porque allí lo paso bien; que el Salto es mejor que París, porque allí me divierto más...

Sólo pedalear en el Parc des Princes con las iniciales C.C.S. (Club Ciclista Salto) lo reanima un poco. Pero sin dinero, ni amor, ni mayores incentivos intelectuales, abandona decepcionado la aventura, reconociendo su escasa fibra de bohemio: «La estadía en París ha sido una sucesión de desastres inesperados, una implacable restricción de todo lo que se va a coger». Retorna pues a Montevideo con un pasaje de tercera y aspecto deplorable.

Durante su estada en París o antes de que aparezca su primer libro, rescato dos textos publicados en revistas uruguayas con el pseudónimo (portugués) Aquilino Delagoa. *Ilusoria más enferma* (*Rojo y Negro*, Montevideo, I, 17, 7-II-1900) porque utiliza una oración de encuadre que recuerda al Darío de *El rey burgués*: «El cielo está gris, el horizonte austero, la copa vacía» y narra un crimen en que el ateniense Aristóbulo ahorca con dulzura a su amante (no en vano la subtituló *Página decadentista*) sobre un triclinio.

Es el mismo tono agobiante que predomina en *Sin razón, pero cansado...* (*La Alborada*, IV, 143, 9-XII-1900)[25] donde el «cielo estéril» ahoga el paisaje, lo torna «mortalmente deprimido», y Recaredo es a su vez un escritor decadentista que busca «lo inenarrable de estos estados intermediarios». Con Luciano y su esposa forma un triángulo amoroso que ellos resuelven eliminando por acuerdo

---

[24] *Ibid.*, p. 109.

[25] Obtuvo el segundo premio, entre 74 cuentos de jóvenes autores hispanoamericanos del certamen organizado por dicho semanario –lo dirigía Constancio Vigil– y cuyos jurados eran José E. Rodó, Javier de Viana y Eduardo Ferreira.

tácito a la mujer. Mientras se alejan de la laguna adonde Luciano acaba de arrojarla:

> ... Recaredo preguntó en voz baja:
> –¿Hizo mucha resistencia?
> –Mucha– le contestó Luciano distraído.[26]

Dicho decadentismo le llegaba a Quiroga sobre todo por ascendencia d'annunziana, como él mismo lo reconocería poco después, cuando comenzaba a salir de ese influjo. Además, tengamos en cuenta que los textos del escritor italiano representan «una monumentale enciclopedia del decadentismo europeo, dalla tematica maggiore (donna fatale, superuomo, volutta, morte, ecc.) alla minima».[27]

Junto a la sensualidad sanguinaria y a la mítica Bizancio plena de crueles refinamientos inventada por un núcleo de artistas finiseculares anglofranceses, Quiroga aprende en D'Annunzio un gusto por lo fragmentario que bien puede relacionarse con la teroría poética de Poe, con su insistencia en que los mejores efectos se consiguen con textos que puedan leerse de corrido, durante un solo proceso de concentración.

Recordemos que *Il Piacere* (1888) y *L'Invincibile* (editada parcialmente en 1890, la completó en 1894 con el título *Trionfo della Morte*) también respondían a ese tipo de organización por constelaciones y que en la dedicatoria (a Paolo Francisco Michetti) del segundo, verdadera propuesta estética del autor, reconocía que su mayor ambición era captar los «stati d'animo piu complicati e piu rari in cui analista si sia mai compiaciuto da que la scienza della psiche umana e in onore».[28]

Desde ahí debe partirse, creo, para considerar un amplio sector de las prosas que incluye en *Los arrecifes de coral* (Montevideo, El Siglo Ilustrado, 1901), pues no se trata, como algunos dijeron, de poemas en prosa, ni siquiera habitualmente de prosa poética. Son más bien situaciones apenas esbozadas, ya anacrónicamente posrrománticas, ya francamente necrófilas, ya de ambientación bíblica o mitológica (*Pasifae*).

En cuanto a los poemas, siguen procedimientos habituales de la retórica modernista sin mucha destreza. Sus sonetos, sobre todo, tratan de imitar los que Lugones le había hecho conocer durante la comentada visita. Apenas sobresalen algunos rasgos de humor burlón (*Lamerre, Vanier y Cía.*) y algunas audacias del autobiográfico *Mi nacimiento*, cuyo arranque merece citarse:

> Mi nacimiento, en suma, fue como el de cualquiera
> mi madre sonreía con su candor de cera,
> la sirvienta prolija buscaba ropas blancas,
> y el médico admiraba sus formidables ancas.

---

[26] *Ibid.*, p. 118.
[27] Praz, Mario. *Introduzione a Poesie. Teatro. Prose*, Milano, Ricciardi editore, 1966, p. XII.
[28] *Ibid.*, p. 652.

En tanto yo gritaba y me callaba a ratos,
tal como los canarios cuando ven a los gatos.

Después vino la infancia con sus descomposturas,
despertando con ellas las vocaciones puras.
Todas las criaturas que jugaban conmigo
llevaban de mis dedos la marca en el ombligo;
si bien algunas veces –y estas no fueron pocas–
ponía mi hombradía ya sólida en sus bocas.[29]

Intentar el cruce entre poesía y sexualidad, sin enmascaramientos retóricos
–como los que Lugones empleará en *Los crepúsculos del jardin* ambientado en
arcaizantes escenarios pastoriles–, no era poco. En ese momento la burguesía
europea y, tras su ejemplo, la de los países periféricos, perseguía los amores pre
o extraconyugales, los hijos ilegítimos, las conductas que consideraba
«perversas», la pornografía... Incluso en el matrimonio todo lo que no apuntaba
a la procreación era sospechoso.

La sensualidad y el erotismo ingresan a la vida cotidiana, en todo caso, a través
de los ilustradores influidos por el *art nouveau*, con sus formas ondulantes y
sugestivas. Mucho menos a través de la palabra artística, aunque en esto Darío,
y sobre todo Quiroga, hayan cumplido una tarea poco reconocida:

La crítica literaria moderna ha visto de cerca el papel desempeñado por el erotismo
en movimientos como el Surrealismo o el Expresionismo. Sin embargo, ha dejado
prácticamente sin tocar el análisis de este aspecto del modernismo, aun cuando
es uno de los leitmotifs de su plástica y de su literatura.[30]

Tres textos narrativos resultan los más prometedores en *Los arrecifes de coral*.
Cuento porque acopla un par de páginas iniciales nuevas a *Sin razón, pero
cansado...*, con la función de localizar lo atemporal, nada menos que mediante
referencias mecánicas y ciudadanas: «carruaje», «bicicleta», «macadam»,
«silenciosas avenidas», etc.

No deja de ser irónica la alusión a que recorrió hospitales «y en cada camilla
se detuvo con desconfianza, mirando bien en los ojos a los poetas que estaban
malditos», ni que admita estar de vuelta en la ciudad luego de vivir «una aventura
deshonesta que el marqués de las blancas rodillas hubiera hallado sensible»[31]
(es decir Bradomín, el protagonista de las *Sonatas* de Valle-Inclán).

Para rematar ese añadido con varias imágenes audaces: del paseo junto a su
amigo recuerda «la sombra grotesca de las aspas de un molino» rotas por «el
cristal de su mirada»; y al asombro de aquél lo compara con «esas flores populares
que defendieron su frescura del baño de los grandes colores químicos».

El tonel de amontillado recuenta, como una forma de homenaje, el desenlace
del relato homónimo de Poe, tras resumir sucintamente lo anterior. Sólo dos datos

---

[29] Quiroga, Horacio. *Los arrecifes de coral*. Montevideo, Claudio García editores, 1943, p. 122.
[30] Litvak, Lily. *Erotismo fin de siglo*. Barcelona, Bosch editor, 1979, pp. 1-2.
[31] *Ibid.*, p. 113.

laterales parecen advetir el tiempo transcurrido y restarle patetismo a los hechos: Fortunato tiene los cascabeles «algo apagados, es verdad, por el largo enmohecimiento» y sus ropas humedecidas «de cal centenaria».[32]

Aristas grotescas distinguen al protagonista de *El guardabosque comediante*. Narces había sido actor y cuando en el pueblo repetía frases escénicas despertaba risas y cuchicheos; recuerda que era el «gracioso de la compañía» y que había servido «de juguete a los caballeros alegres»,[33] hasta que una noche de borrachera ultimó a una de las damas elegantes con que alternaba.

Al cabo de mucho tiempo volvió a interesarse por la lectura y comprendió que había vivido sin amor. Pero fue descubrir y devorar en menos de un día *El Triunfo de la Muerte*, libro de «extraña carátula» que incluía un «dibujo atormentante»,[34] lo que acabó de desesperarlo: buscó entonces la muerte internándose en el bosque invernal infestado de lobos hambrientos. Al conocer su fin, el señor de esos dominios puso en su lugar a «un guardabosque sensato, grueso, bonachón»,[35] lo cual suena inevitablemente burlón en el desenlace.

En suma, los tres textos netamente narrativos incluyen, además, rasgos diferenciadores, por una u otra razón, respecto de las convenciones decadentistas. Al margen de identificar a tres de los autores que entonces prefería: Edgar Allan Poe, Gabrielle D'Annunzio y Ramón del Valle Inclán.

Se define e independiza un audaz narrador

Esa etapa inicial de despreocupada bohemia culmina con la formación del Consistorio del Gay Saber, cuyo nombre evocaba agrupaciones semejantes de los poetas cortesanos provenzales. Quiroga, con un libro publicado, detentaba ahí el cargo de Pontífice y solía aconsejar, según se desprende de algunas cartas escritas entonces, a sus cofrades: Asdrúbal Delgado y José M. Fernández Saldaña (Monagos), Alberto J. Brignole (Campanero), Federico Ferrando (Arcediano) y Julio J. J. Jaureche (Sacristano).

Como cenáculo innovador, anticipa lo que será La Torre de los Panoramas, erigida poco después por Julio Herrera y Reissig, con quien aquéllos no mantendrán buenas relaciones: saben que sus sonetos modernistas partieron de los cilindros con grabaciones que Lugones trajera de Buenos Aires.

Pero lo que súbitamente clausura este primer segmento de su producción, 1897-1902, esnada menos que la muerte, una experiencia que, como sabemos, lo había visitado desde temprano: asistió, siendo bebé, a la muerte accidental de su padre; en la adolescencia, fue el primero en llegar junto a su padrastro, cuando éste acababa de suicidarse.

A los 24 años, mientras revisan un arma con la cual su amigo pensaba batirse, se les escapa casualmente (el psicoanálisis ha puesto bajo sospecha, por supuesto,

---

[32] *Ibid.*, pp. 82-83.
[33] *Ibid.*, p. 106.
[34] *Ibid.*, p. 110.
[35] *Ibid.*, p. 111.

este tipo de accidentes) un tiro que hiere a Ferrando mortalmente. Después de pasar varios días detenido, Quiroga recobra su libertad y huye a Buenos Aires, donde se refugia en el hogar de su hermana María. Adopta la ciudadanía argentina y comienza a trabajar como profesor de castellano en el Colegio Británico.

Sin embargo, mantiene todavía su colaboración con algunos medios uruguayos. *La Revista de Montevideo*, I, 2, 20-XII-1902, incluye el cuento *Flor Bizantina*, que encabeza luego el volumen de 1904 con el título *La princesa Bizantina*. Ya señalé antes el halo mítico que esa región tuvo para la literatura decadente europea y que Quiroga no desaprovecha.

El protagonista, caballero franco Brandimarte de Normandía, cumple varias hazañas, entre ellas derrotar a la hija de una hechicera que, para burlar el castigo, logra transformarse «en diversas cosas y animales», mientras el castellano al cual auxiliaba Brandel «convirtióse instantáneamente en una enflaquecida y agonizante joven».[36] Al tópico de las metamorfosis, cabe agregar cierto distanciamiento irónico que ya había comenzado a adoptar respecto del bagaje retórico decadente: acota, a propósito del héroe, como al pasar, que su «inteligencia, ya pobre en los ardientes años juveniles, disminuyó».[37]

Envejecido, el paladín llega a Bizancio y asiste a un duelo que le disgusta: Sosístrato, con apenas un abanico, burla y humilla a tres gigantes ciegos. Pero se enamora de una princesa y la desposa.

> Así vivía, viejo y sensible con su tardío amor tembloroso, rudo tronco de fresno arrojado por el mar a las playas griegas, rejuvenecido en Bizancio por el perfume de aquel retoño imperial.[38]

Los hermanos de su (¿cómplice?) mujer organizan un banquete y lo envenenan: simbólico final para la antigua épica caballeresca, sometida por el refinamiento cortesano helénico, y –¿por qué no?– para la fidelidad del autor hacia ciertas covenciones literarias que lo habían deslumbrado en sus inicios.

Por entonces, en una carta a Maitland (Fernández Saldaña) fechada en Buenos Aires a fines de 1902, le advierte sobre el peligro de pedirle un artículo a Lugones sin precisar que esperan versos o narrativa, pues puede sorprenderlos con uno «sobre cerámica calchaquí o visigoda (que al fin y al cabo no sería extraño, pues se dedica a tan noble instrucción)».[39] En el juicio se advierte una suave ironía, equiparable en otro plano a la del ejemplo anterior y reveladora de que no lo impresionaban las veleidades enciclopédicas del escritor cordobés.

La convivencia con jovencitas de la escuela media (más tarde, en 1910, se casa con una de sus discípulas, Ana María Cirés, pese a la oposición de sus padres, quienes finalmente ceden porque ella está embarazada) cuenta mucho, pienso, para su maduración como narrador, según lo que puede observarse en

---

[36] *Ibid.*, p. 4.

[37] *Ibid.*, p. 6.

[38] *Ibid.*, p. 23.

[39] *Cartas inéditas de Horacio Quiroga*. Montevideo, Instituto Nacional de Investigaciones y Archivos Literarios, tomo II, 1959, p. 79.

varios cuentos de *El crimen del otro* (Buenos Aires, Spinelli, 1904). Uno de ellos es su primera colaboración para la prensa porteña: *Rea Silvia* (*El Gladiador*, 67, 13-III-1903).

Lo protagoniza una niña extraña, hija menor «que nació para los más tormentosos debates de la pasión humana», y se pasa los días encerrada tras las cortinas de terciopelo y sobre los sillones de brocado oscuro. Allí, «con el rostro sombrío, mordía distraídamente un abanico para mejor soñar». Tras relatar una escena de celos que le hace a su amiga Andrea, acota el narrador: «¡almas de niña que en Rusia enloquecen a los escritores!».

Marca inequívoca de que Quiroga había iniciado la lectura de algunos rusos que incidirían decisivamente en su trayectoria: Dostoievski, Gorki, Andreiev. Sobre todo del primero, acerca de cuya paidofilia se ha escrito bastante. Serrano Poncela, por ejemplo, señala que tal deseo lleva a sus actuantes hasta el delito de violación:

> En *Un árbol de Noel y una boda*, obra de juventud anterior al ingreso en presidio, Dostoievski nos presenta un primer ejemplar de *paidófilo* en Julián Mastakovich, el grueso y apoplejico comerciante que ronda a una niña de ocho años y, pasado el tiempo, logra esposarla cuando es púber.

Tal imagen reaparece en *Crimen y castigo* con Svidrigailov, «uno de los protagonistas más equívocos en la novelística dostoievskiana», quien lleva al lecho a una niñita en la que sorprende, repentinamente, «una mirada maliciosa, burlona, nada infantil».[40] Igual confusión de inocencia y perversidad asoma por momentos en la Nelly de *Humillados y ofendidos*; en *La Mansa*, una excelente novela corta muy poco conocida, y en la niña Matiochka, violada por Stavroguin en *Endemoniados*.

Volviendo al cuento de Quiroga, el narrador comienza a noviar con una hermana mayor de Rea Silvia, Teresa, pero durante sus visitas aquélla era «la pequeña devoradora de mis besos a que aún no podía dar mejor destino».[41] El tinte rojizo que adquieren sus labios, más intenso aún que el de su hermana, indica un despertar precoz de la sensualidad que sugieren los términos metafóricos «apasionada llama» y «hubiera encendido».

Gravemente enferma, la pequeña solicita antes de morir un beso apasionado de su amigo, a consecuencia del cual ella se desmaya y el protagonista confiesa: «puse en su boca el beso de más amor que haya dado en mi vida».[42] Tanto, que en el momento de la enunciación –ya está casado con Teresa y Rea Silvia tiene dieciocho años– sigue añorando «aquella adorable boca, una sola vez mía», y dudando acerca de si ella no experimenta lo mismo.

Si bien aquí la resolución dista de la tragedia, el efecto de los besos inocentes juega un rol similar al que cumple en el relato de Hermann Sudermann *Es war*

---

[40] Serrano Poncela, Segundo. «Un tema recurrente en las novelas de Dostoievski» en *Estudios sobre Dostoievski*. Caracas, Universidad Central de Venezuela, 1968.

[41] Quiroga, Horacio. *El crimen del otro, loc. cit.*, p. 34.

[42] *Ibid.*, p. 40.

(*El deseo*, 1894), destacado entre las lecturas que entonces lo impresionaron (carta a Fernández Saldaña de 1904). Además, el médico que sirve de mediador entre el suicidio de la hipersensible Olga y el rústico Roberto, trata de explicarle a este último que la muchacha se sintió atraída hacia él por fuerzas que escapan a los controles del pensamiento y la moral:

> Ese es, hijo mío, uno de los lados más oscuros de la naturaleza humana, un resto de bestialidad que subsiste en nuestro mundo civilizado. Aun las naturalezas sensibles y delicadas como la de Olga, no están exentas de él; es verdad que eso las mata, mientras que las almas más groseras se contentan con disimular y rechazar dentro de sí mismas el secreto...[43]

También en abril de 1903 confiesa a José María Delgado que su vocación se está definiendo: «todo lo que hago ahora son cuentos largos»;[44] a Maitland le revela que se han hecho «íntimos» con Lugones y que él lo incentiva para que vuelva a escribir versos —abandonados desde dos años atrás—, «que pasado manaña iré a leer, leyéndole a mi vez un cuento que acabaré mañana». Es decir que insiste en reconocer la destreza poética del otro para que a su vez le reconozca capacidad narrativa: «Ha calificado mi último cuento de obra maestra» le escribe al mismo el 18-IV-1903.[45]

Pero la experiencia decisiva de ese año es el descubrimiento del paisaje misionero, que ocurre cuando Lugones lo lleva como fotógrafo durante su excursión de varios meses, en 1903, y que realiza por encargo oficial para estudiar el tema (*cf. El Imperio Jesuítico*). Vale detenerse, creo, en la impresión que el cordobés consigna de tal paisaje. El prólogo nos permite fechar la redacción entre junio de 1903 y mayo de 1904, aproximadamente, y el volumen incluye además siete capítulos y un epílogo. Lugones siente allí una sensación de «inocencia paradisíaca» y, sobre todo en el capítulo *Las Ruinas*, leemos:

> La serenidad es inmensa, el silencio vasto como un mar, la soledad eterna. Empero, no hay nada de adusto allá; el clima y el bosque han impreso al conjunto su dulzura peculiar. Aquella hidrópica vegetación de tréboles, helechos, ortigas, produce une humedad —por decirlo así— emoliente.[46]

A Lugones lo seda. Seguramente porque es capaz de neutralizar su primitivismo agreste con varios recursos. Uno, los tecnicismos y el despliegue léxico, que no

---

[43] Sudermann, H. *El deseo*. Buenos Aires, Biblioteca de La Nación, 1903, p. 231. Una sintomática nota editorial sin firma prologa esta traducción asegurando que el argumento «es puro como una corriente de agua cristalina» y acusando a Olga, al margen de su nobleza, de sufrir «profundos desequilibrios nerviosos». Da una pauta de los riesgos que asumía Quiroga ante una industria editorial muy pacata. Tanto como la clase dirigente argentina, la cual impidió que en 1908 se representara *Salomé*, un drama típicamente decadente de Oscar Wilde; lo mismo que había sucedido en París, dieciséis años antes.

[44] *Cartas inéditas de Horacio Quiroga. Loc. cit.*, p. 53.

[45] *Ibid.*, p. 81.

[46] Lugones, Leopoldo. *El Imperio Jesuítico*. Buenos Aires, Bajel, p. 234.

deja de amedrentarnos: estamos frente a un escritor que domina el diccionario. Otro, domesticar todo rasgo agresivo mediante asociaciones con la vida doméstica y urbana: una «*filodendrons micans* dilata sus hojas como un vasto macetón de vestíbulo»; raíces y vástagos conforman «una verdadera decoración».

Esa capacidad para conjurar lo peligroso necesito relacionarla con otros dos aspectos del libro. El primero, explicitado ya en el capítulo inicial, discrimina en la tradición literaria española una tendencia cervantina y otra quevedesca, a la cual se adhiere. Esta elección convierte a Lugones en un antecedente directo del Borges que, en la década de 1920, concretará su vanguardismo como prosista en relación intertextual con el autor de *Los sueños*.

El segundo, si bien está perfilado a lo largo de todo el texto, culmina en la gran sinfonía evolucionista del *Epílogo*, donde celebra la desaparición de las misiones jesuíticas y con ellas la disminución de los indígenas, «porque lo que se puede esperar de la historia es el predominio de las razas superiores». Lugones coincide con el cientificismo de José María Ramos Mejía (*cf. Los simuladores del talento*, 1904), con el darwinismo racista de los intelectuales que secundaron el proyecto de Julio A. Roca. Su socialismo juvenil ha cedido paso al conservadurismo más recalcitrante y un año después respaldará la candidatura de Manuel Quintana.

La siguiente colaboración de Quiroga para *El Gladiador* (73, 24-IV-1903) no pasó al libro, pero nos señala su esfuerzo por adquirir un ritmo profesional en sus colaboraciones. En tal sentido, este semanario ilustrado porteño le sirve de prueba, durante 1903, de lo que luego sería su vinculación con *Caras y Caretas*, entre 1905 y 1912, con *Fray Mocho* (1912-1917) y con otras publicaciones similares.

Dedicaba entonces el mismo una cuarta parte de sus 40 páginas a la literatura, contando con colaboradores permanentes prestigiosos como Joaquín V. González, Francisco Gradmontagne, Roberto J. Payró o Manuel Ugarte, y con un equipo artístico (Zavattaro, Eusevi, Fortuny, Alonso, Foradori, etc.) también en gran medida compartido con la revista que desde 1898 fijaba rumbos dentro del periodismo argentino.

El texto se titulaba *Los amores de dos personas exaltadas. O sea la mujer que permaneció niña y el payaso que permaneció hombre* (2, 73, 24-IV-1903) y en él la atracción de Lucía hacia los payasos circenses (un ambiente preferido por los expresionistas) está presentada como un capricho de niña malcriada, que juega con la progresiva emoción del otro. Tal situación hace crisis cuando ella, junto con sus amigas, se echan a reír del enamorado en plena función:

> La emoción atipló, de pronto e inconscientemente, su voz, la voz chillona del payaso sonó otra vez, a despecho de todo, y Lucía, extasiada ya, rompió a reír locamente, con carcajadas tan claras que llenaron todo el jardín. Huyó a grandes risas, recogiendo su falda con la mano izquierda.[47]

---

[47] Quiroga, Horacio. *Obras inéditas y desconocidas VIII. Época modernista, loc. cit.*, p. 130.

El pasaje, que subraya la arquetípica crueldad femenina, evoca inevitablemente a la princesa Eulalia («Era un aire suave») de Darío. Las acotaciones interrogativas o exclamativas del narrador –del tipo «¿Es preciso contar lo que hizo un día?» o «¡Ah, senorita Lucía!»– reiteran el distanciamiento irónico respecto de lo enunciado.

«Idilio» («Lía y Samuel») –*El Gladiador*, 2, 77, 22-V-1903– fue reproducido en *El crimen del otro* sin paréntesis aclaratorio. Los decorados suntuosos dejan paso a la rápida pero certera visión de una ciudad que se moderniza:

> En los nuevos barrios que el reciente recorrido de un tranvía ha valorizado al exceso, existía una casa en construcción de que ellos habían hecho tutelar morada...[48]

Al ambientar los amores del falso mendigo y la diariera en los arrabales, al llevar el recurso de la metamorfosis de los actores u objetos a la acción (él humilla a Lía, hasta que queda ciego y los papeles se invierten), desaparece el gesto irónico del narrador. Destaco, eso sí, que Samuel la obligue a exhibirse desnuda en la playa para otros (una situación habitual, con variantes particulares, dentro del repertorio de situaciones límite a que eran afectos los expresionistas) y que, al quedar convertido en víctima, el ciego deba soportar burlas de Lía y sus amigos: «todo su ser aullaba como un lobezno a quien han quitado su ración».[49]

Desde Baudelaire y Thomas de Quincey, las drogas habían pasado a ser un auxiliar creativo del cual los artistas no renegaban, al punto de narrar sus experiencias personales al respecto. Quizá pueda verse por detrás de tal actitud las nuevas exigencias del mercado editorial y la necesidad de escribir sobre zonas aún inholladas de la personalidad y sobre costumbres ajenas y aun repudiables para la moralina burguesa.

Sobre ese fondo conviene leer «La verdad sobre el haschich» (*El Gladiador*, 2, 89, 14-VIII-1903), vertido luego en su segundo libro como «El haschich». Desde el inicio sindica a sus preferenciales lectores («los que no conocen», «los apologistas de oídas»), a los cuales sorprende con el dato de que en 1900 había probado ya opio, éter y cloroformo, por mera experimentación o para paliar su insomnio. Se vale de un amigo farmacéutico para conseguir la *cannabis indica* y de otro, estudiante de medicina (Brignole), para que lo controle.

El texto sigue los lineamientos de una precisa crónica pseudocientífica, puntualizando horas, medidas y reacciones con rigurosidad. Pero hay varios momentos en que el sujeto testimonia la liberación de su inconsciente que tienen para mí mucho valor. Uno sobreviene a la madrugada, cuando intentaba puntear la guitarra:

> Y recuerdo que estaba ejecutando un acompañamiento en *mi* y *fa*, cuando de pronto y de golpe los dedos de la mano izquierda se abalanzaron hacia mis ojos, convertidos

---

[48] Quiroga, Horacio. *El crimen del otro, loc. cit.*, p. 115.
[49] *Ibid..*, p. 120.

en dos monstruosas arañas verdes. Eran de una forma fatal, mitad arañas, mitad víboras, qué sé yo; pero terribles.[50]

Incluso Brignole, con aspecto monstruoso, se le abalanza junto a otros animales, híbridos, «*absolutamente* desconocidos» pero igualmente amenazantes. Al amanecer, tras la inútil visita de un médico:

> Todas las cosas entonces se transformaban, una animalidad fantástica con el predominio absoluto del color verde; continuaban abalanzándose sobre mí. Cuando un animal nos ataca, lo hace sobre un solo punto, casi siempre los ojos. El salto era instantáneo, sin poderlo absolutamente evitar.[51]

Además, recuerda que todo lo veía con cuádruple intensidad y a la siguiente noche, cuando el amigo se le sienta cerca, «me atormentó con su presencia, transformado en un leopardo verde, sentado humanamente, que me atisbaba sin hacer un movimiento».[52]

Este testimonio prueba que la escenografía selvática y el acecho animal formaban parte del inconsciente del escritor antes de que éste conociera el paisaje misionero. Podemos incluso inducir que si participó de la expedición a Misiones fue porque le brindaba la oportunidad de reencontrar, ampliado, el marco natural y la fauna que seguramente asociaba con los alrededores silvestres del Salto natal[53] y con su infancia.

En la siguiente colaboración para la misma revista porteña (2, 93, 2-XI-1903), el narrador atestigua acerca de unos robos cometidos por un anodino empleado de banco, al cual denunciara un tal Zaninsky, ruso de nacimiento, con fama de raro.

> Lástima que en estos tiempos de sencilla estupidez no sepamos ya qué creer cuando nos dicen que un hombre es raro.[54]

No me pasa inadvertida, por supuesto, la observación acerca de un término con el que Darío identificó a sus escritores predilectos. Zaninsky lo denuncia sin más pruebas que enterarse de que Bellamore trabajó sucesivamente en tres bancos —uno de San Pablo, otro de Montevideo y el tercero de Buenos Aires— donde ocurrieron robos. Ante la reacción alarmada del narrador testigo, le replica «con el gesto cansado» que no podía soportar tanta coincidencia.

Tampoco descuido que el carácter policial de este cuento remite por otra vía al Poe que Quiroga leía con pasión por entonces. El romanticismo gótico del norteamericano era otro puente que iba a utilizar para dar el salto completo del

---

[50] *Ibid.*, p. 169.

[51] *Ibid.*, p. 173.

[52] *Ibid.*, p. 174.

[53] «Por el año 1890, el Salto era una población que contaba alrededor de veinte mil habitantes, casi isleña, cercada por el Río Uruguay, hacia el oeste, y al norte y al sur por dos pequeños arroyos», con montes de sauces, ceibos y cipresales, «con barrancas que caen a pico desde alturas de diez a veinte metros» (*cf.* Delgado, J. M. y Brignole, A. J., *op. cit.*, pp. 39-40).

[54] *Ibid.*, p. 189.

naturalismo, en su faz decadente, hacia el expresionismo. Su sello reaparece en la siguiente publicación («La justa proporción de las cosas», *El Gladiador*, 2, 108, 25-XI-1903), tanto porque se presenta a un maniático, cuanto por la importancia adjudicada a la ciudad en el mismo.

No olvidemos que Poe escribió *The Man of the Crowd* antes de revisar este texto, donde el agente de comercio («adyacencias mercantiles de que yo desgraciadamente no entiendo») Nicolás Pueyrredón enloquece luego de no llegar al puerto, en tres oportunidades, a consecuencia del intenso tránsito céntrico.

Su primer libro de cuentos: *El crimen del otro*

Varios otros cuentos fueron incluidos directamente en *El crimen del otro*, publicado por Emilio Spinelli de Buenos Aires a comienzos de 1904. Desconocemos sus fechas de composición, pero presentan notorias similitudes con algunos de los ya comentados. Así «El 2º y el 8º número» tiene gran afinidad con «Idilio», salvo su ambientación circense.

Eso y la deformidad animalesca de Bovina son rasgos claramente expresionistas que el autor pareciera querer atenuar: «Se trata de dos vidas sin interés y la historia es sencilla, aunque el cambio de caracteres pueda sugerir fuertes ideas de complicación».[55]

Por el vocabulario, podemos sospechar que el calificativo «sencilla» abarca la condición de los actuantes y la trama, pues cualquiera advierte que se trata de una historia psicológicamente complicada, donde la muchacha es forzuda y su amigo, astuto. Además, si el nombre de ella resulta claramente connotativo, qué pasa con el del hombre: Clito es parte de *clíto(ris)* y ese órgano una marca masculina en el aparato sexual de la mujer.

Él se complace en humillarla groseramente, le hace el amor a Luisa en su presencia o la insulta delante de los otros compañeros. Un «muchachón pálido» (Bonenfant, o sea buen muchacho), atleta de la compañía, la toma bajo su protección e insta a rebelarse, con lo cual se gana el amoroso reconocimiento de la pobre desdichada.

«Flor de imperio» conserva la atmósfera típicamente decadentista. Los hijos de Antonio Fatal no podían sino ser desdichados: Divina muere en un accidente y su hermano Rubén no logra superarlo, empieza a ocupar en cierto modo su lugar afeminándose, recurriendo al éter y la morfina. Conocer a Luisa parece rescatarlo en principio de tal estado...

> Pero en él las auras femeninas habían dominado mucho tiempo para dejar paso firme al hombre; el varón apenas renacido, se dejaba ir a ensueños de idilios truncados, pañuelos desgarrados en los dientes, dichas mortuorias de inconsolables Julietas. Todo su amor de hombre naufragaba en el deseo de ser llorado como una manchada novia.[56]

---

[55] *Ibid.*, p. 123.
[56] *Ibid.*, p. 98.

Con el tratamiento irónico de los motivos decadentes coincide en cambio «La muerte del canario», cuyo narrador asiste desde fuera al «drama». Pero me interesa destacar cómo plantea este caso suavizado de animalismo: el amor de Blanca «era demasiada ternura para una avecilla»,[57] que sucumbe, y entonces ella busca refugio en los brazos del primo Felipe.

Todo lo contrario de la «Historia de Estilicón», que me parece el texto más inquietante del conjunto. El narrador coincide con un joven soltero, sin premuras económicas, que vive con su criado Dimitri, «el viejo sirviente asmático» que heredó del padre. Por supuesto que tal nombre remite a la narrativa rusa que como vimos, Quiroga ya frecuentaba y la llegada del mono que su patrón había encargado a un amigo suyo que hiciera «el gran viaje» al África genera un pasaje fuertemente connotado:

> Sin duda a sus ojos albinizados por las estepas lituanas de fauna extremadamente fácil, chocaba este oscuro animal complicado, en cuyos dientes creía ver aún trozos de cortezas roídas quién sabe en qué tenebrosa profundidad de selva.[58]

La oposición estepa-fácil vs. selva-complicada puede servirnos también para explicar cómo rompe este autor con los hábitos de una literatura dominantemente pampeana, que se había ocupado de lo que surge a la vista y no de dobleces y vericuetos. La «tenebrosa profundidad» vale para hablar de la selva, pero también señala el subtexto permanente de esta *Historia*: atracciones equívocas o perversas que sólo podría explicar la psicología profunda.

La descripción que sigue reitera la antitransparencia del chimpancé («oscura torpeza») y su organización compleja, geométrica («tirado a plomo», «angulosidad», «planos del animal»), e incluso asociada con el orden químico y mecánico: «ojeras sulfurosas» y «la boca era un enorme tajo de gubia, hacia arriba».

Ante el primer intento por encerrarlo, se resiste y el enunciante desliza entonces una apreciación que, leído el cuento entero, resulta muy sarcástica: su corbata fue el «primer trofeo doméstico» del animal (los otros serán nada menos que Teodora y Dimitri). Luego le da el nombre de Estilicón y acota: «perdonado me sea a la hora de los reproches», dando por supuesto que no es un nombre cualquiera y que sus lectores lo saben.

Podría afirmar que la acción se anuda desde que Dimitri le cobra afecto al gorila: «Dormían juntos de noche, pues Estilicón así lo quería».[59] Se forma el primer triángulo isósceles sobre dos lados cercanos (gorila-criado) y uno más distante (el patrón narrador), al punto que Dimitri le permite aplastar contra el suelo todas las noches («indebidas condescendencias») la vela en el momento de dormirse.

En cambio, la imitación de la escritura y la lectura era un acuerdo tácito con el dueño, que a Dimitri le molestaba. Cuando Estilicón secuestra a «una criatura»

---

[57] *Ibid.*, p. 105.
[58] *Ibid.*, p. 136.
[59] *Ibid.*, p. 141.

y la trae entre sus brazos, el que narra comprende que se debe a la primavera, aunque luego castigue al animal, mientras que el criado «estaba indignado». Al explicarle que Estilicón no podía darse cuenta de que era una niña, comenta:

> Y hay hombres tan poco dignos... (y no concluí, creyendo innecesario –aun para Dimitri– hacer observaciones que sólo en Homais se pueden dignamente permitir).[60]

Es curioso que ponga al criado en el nivel de un típico representante de la burguesía mezquina y obtusa –como el farmacéutico de *Mme. Bovary*–, a raíz de su castidad. Un rasgo que puede ser leído como irónico si ubicamos a Dimitri en el paradigma de los criados fieles: la fidelidad le ha costado nada menos que su vida sexual. Y esta nueva situación que el chimpancé introdujo en la casa ha «rebasado» su comprensión (el término incluye semas de exceso, cuya importancia ya apunté anteriormente).

Dimitri retoma la iniciativa cuando trae a una muchacha de diecisiete años como «ayudante», pues empieza a ejercer una suerte de tercería. El dueño y escritor, que se entera de esto mientras está haciendo un injerto en el jardín (obsérvese la analogía con el hecho de traerle una muchacha al gorila), observa que ciertas mujeres «gustan de esas manazas dislocantes».

En cuanto a Teodora, también parece un injerto en esa casa, tiene la «mirada de infanta» fija en «sombríos candelabros» y entonces parece renacer en esa «simple muchacha sin poesía» un «alma perdida». ¿Traslado literario y/o transmigración espiritista? Difícil responder tajantemente, pero el efecto de enrarecimiento progresivo sobreviene.

De todos modos, la «excesiva caricia» de la bestia a Teodora, pocos días después, escandaliza a Dimitri y hace que el narrador se pregunte: «¿Qué inaudito problema de moral debía desenvolver su casta cabeza blanca?».[61]

Los avances amorosos de Estilicón van dejando huellas cada vez más notorias sobre el cuerpo de la joven, que no se queja demasiado, y entonces el patrón vuelve a estrechar su simpatía con aquél («tratando de levantarle hasta mí por un momento»), lo cual llenó de «orgullo fraternal» al macho de la otra especie.

Un año duró «el formidable idilio» y el 31 de diciembre, mientras su dueño caía en el sopor evocativo de su infancia y de una quinta recientemente perdida, pasaron la «última noche de plena armonía». El abandono de Teodora se precipitó (apenas salvaba «las tablas rotas de su naufragio», un resto de lo humano sobre el abismo animal, según los alcances de tal metáfora) y al atardecer, cuando abandonaba furtivamente su habitación en silencio, «la angustia del bosque natal pesaba sobre mí».[62]

Este narrador con sutiles huellas autobiográficas –se siente advenedizo en la ciudad– provoca acá otra ambigüedad muy sugestiva: ese «bosque natal» es el del gorila, por supuesto, pero ¿no abarca también un paisaje originario para

---

60 *Ibid.*, p. 147.
61 *Ibid.*, p. 151.
62 *Ibid.*, p. 159.

Quiroga, los alrededores del Salto, y aún más, la escenografía boscosa de sus sueños, que nos revelara antes su experiencia con el haschich?

El «odio» creciente de Dimitri alerta sobre una nueva triangulación en la que el criado y Teodora se disputan, solapadamente, a la bestia, mientras el patrón se refugia nada menos que en libros de aventuras en «los bosques del África Occidental».[63] Desde ahí, desde afuera, califica de «canallas» a esas tres existencias que lo rodean y en seguida declara que Dimitri tenía la ropa «rota y sucia como la de Teodora», dejando traslucir que el mencionado triángulo era promiscuo.

No quiero descuidar una oposición semántica incluida en el mismo pasaje, cuando apunta que la «vida transparente» de Dimitri sucumbió a las «demasiado fuertes de los otros dos. Si «transparente» es en este contexto lo contrario de la oscuridad selvática, con las consiguientes connotaciones sexuales, lo de «fuertes» adquiere también semas del mismo carácter.

Reconoce el narrador que ante tal revelación debió intervenir, pero «mi curiosidad ardía con esa lucha» (el verbo tiene larga prosapia erótica; el último sustantivo otorga un sesgo muy especial a la sexualidad) y sobreviene entonces una alegoría según la cual Dimitri fue «pararrayo» para «la tempestad del patio». Una tarde en que lo castiga (¿celoso?), el animal le destroza el pecho. Dos años después Teodora, fatigada en extremo, muere de pulmonía «en un mar de sangre».

Algunos signos que se han venido deslizando casi imperceptiblemente –«naufragio», «tempestad», «mar»– equivalen a indicios, según creo, del agua que necesitaba convocar al referir un vínculo perverso en el cual activamente no intervenía, pero que dejaba avanzar como cómplice y cerca del cual «ardía».

Sólo le resta agregar que el último verano paseó lentamente por el patio apoyado en el gorila, porque había sufrido una torcedura; silenciosos, cabizbajos, «en un grave y tierno compañerismo».[64] Supone así que Estilicón no sobrevivirá al «exceso humano de recuerdos» que lo sobrecarga, del mismo modo que antes consideró «excesiva» la caricia del gorila para Teodora.

El trasvasamiento de la barra animal/humano, en uno u otro sentido, parece alegorizar los peligros misteriosos del sexo. Cuánto ese enigma integraba el imaginario colectivo de la época, podemos medirlo a partir de las reiteradas propagandas de renovadores sanguíneos y energizantes que abundan en semanarios como *El Gladiador* o *Caras y Caretas*.

Si «El triple robo de Bellamore» tiene afinidades con «The mystery of Marie Roget», el cuento que cierra el volumen y le sirve de título vuelve a *The Cask of Amontillado*, no sin que su narrador, tras declararse extravagante y nervioso, confiese:

> Poe era en aquella época el único autor que yo leía. Ese maldito loco había llegado a dominarme por completo: no había sobre la mesa un solo libro que no fuera de él. Toda mi cabeza estaba llena de Poe...[65]

---

[63] *Ibid.*, p. 160.
[64] *Ibid.*, p. 164.
[65] *Ibid.*, p. 198.

Recuerda que adoraba a *Ligeia* y otros cuentos del norteamericano, pero *El tonel de amontillado* era «como una cosa íntima mía» y en esa predilección destaco la ambientación carnavalesca, por relaciones con la estética expresionista antes apuntadas.[66] Sobreviene entonces un desdoblamiento,[67] pues el narrador remite a un individuo cuyo mejor amigo se llamaba Fortunato y tenía un vínculo con él que le permite materializar la acción decisiva del cuento de Poe, así como a un escritor que se hubiese «dejado cortar con gusto la mano derecha por escribir esa maravillosa intriga».[68]

Además, recurre a la lectura de los propios escritos poeanos para enloquecer al otro, pese a «la ruda capacidad de Fortunato», hasta que una noche veraniega conversan solos, sentados en la azotea. Ahí se aleja este texto de las habituales escenografías del norteamericano, introduciendo rasgos industriales (el aire estaba oloroso «por el gas de la usina próxima») y técnicos (muelles, focos móviles, cruceros vigilantes) sobre cuya connotación ya opiné anteriormente. Y entonces sabemos que «el vuelo de la poesía» era causa de desequilibrio para su amigo.

Ese «vuelo» se manifiesta como un «desborde», término sinónimo de «exceso», hallado antes, y lo emparenta con una actitud estética de estirpe melodramática que explica su interés por Dostoievski, otro aspecto en el cual Quiroga anuncia a Roberto Arlt. En los ojos de Fortunato, mientras habla entusiasmado por lo leído, «ardían como vírgenes todas estas castas locuras». Eso frente al mar, barrido por los focos y surcado de acorazados «sobre el agua ardiente de estaño».[69] Otra vez *arder* exige la inmediata presencia del agua serenadora, a tal punto que ambos se funden en el mismo sintagma, y el narrador compara a la locura con «el amor y la muerte».

Fortunato diserta sobre el «pudor» de los locos y sobre el método que empleó para saber si un muchacho conocido suyo lo era, al cabo de lo cual el que enuncia lo ve reducirse, convertido en un «monstruoso ratón», mientras tres «llamas» atraviesan sus ojos y tres puntadas hieren su cabeza. Un nuevo vocablo de arcaica carga erótica reaviva mis sospechas sobre el vínculo entre quien habla y Fortunato. Aquél reconoce, en seguida, que la actitud del otro lo «había trastornado» y «enmarañado» (o vuelto a la maraña), palabra que evoca maleza, tejido compacto, lance difícil. O sea lo selvático, que ya vimos aparecer previamente como significante del inconsciente.

Le obsesiona mantener «superioridad» sobre Fortunato, pero ante esos «desenvolvimientos de una excesiva posesión de sí, virutas de torno que no impedían un centraje absoluto, Fortunato sólo podía ver transtornos de sugestión».[70] Las metáforas elaboradas con elementos mecánicos recrudecen, así

---

[66] Al titular *Tales of the Grotesque and Arabesque* su primera colección (Filadelfia, 1840), Poe era consciente de la crispación, entre caricaturesca y fantasmagórica, de sus escritos.

[67] El mismo fue señalado ya por Margo Clanz («Poe en Quiroga», en *Aproximaciones a Horacio Quiroga*. Caracas, Monte Ávila, 1976), para quien «el demonio de la perversidad» (*cf. The black cat*) del norteamericano, en tanto impulso primitivo, irracional, es lo que Quiroga denominará luego «lo turbio» (*cf. Historia de un amor turbio*, 1908).

[68] *Ibid.*, p. 199.

[69] *Ibid.*, pp. 208-209.

[70] *Ibid.*, p. 216.

como las situaciones de exceso (ahora intelectual) y es durante un paseo por la zona urbana que comunica con ultramar (muelles, puentes, rompeolas «del puerto en construcción») cuando vuelve a probar la capacidad razonadora del otro.

La misma no resiste demasiado y una semana después se extingue la «llama» de su inteligencia. Este desplazamiento del valor metafórico hacia el saber puede hacernos dudar de las connotaciones que antes arriesgué, pero sin embargo dos símiles que aparecen en el mismo párrafo las confirman: el cerebro excitado de Fortunato había dado frutos «amargos y jugosos como las plantas de un año», pero se había agotado en quince días «tal como una muchacha que tocó demasiado pronto las raíces de la voluptuosidad».

Como terapia (?), reinicia las lecturas de Poe y Fortunato «me devoraba constantemente con los ojos» (el verbo, en ese contexto, adquiere una carga inequívoca de erotismo); como prueba, deseando «tocarle con fuego» (refuerza la misma isotopía), le lanza una pregunta comprometedora. A esta altura, creo posible afirmar, sin exageración, que Quiroga ha llegado al punto de componer una historia con doble registro.

Ha abierto la picada por donde circularán luego algunos de sus relatos más justamente famosos, como «El almohadón de plumas» (*Caras y Caretas*, 13-VII-1907) o «La gallina degollada» (*Caras y Caretas*, 10-VII-1909), que reunirá en *Cuentos de amor de locura y de muerte* (1917). Estableciendo un tipo de escritura bisotópica sin antecedentes en nuestras letras y que lo acredita como innovador.

En especial porque el registro segundo, subyacente, carece de una formulación completa y definida. Eso lo convierte en una especie de habla entrecortada, justamente como si fuera lo que el discurso principal trata de acallar. Y en una manifestación, a nivel lingüístico-literario, de esos desdoblamientos que la avanzada expresionista ensayaba. Sólo que en el norte de Europa tal actitud cundía entre diversos artistas —sobre todo plásticos y escritores—, mientras que lo de Quiroga era por aquí bastante solitario, sobre todo dentro del lenguaje narrativo.

Como tal encara la aventura de cultivar algodón en el Chaco ese mismo año. «Compra un campo ubicado a siete leguas al suroeste de Resistencia, a orillas del Saladito, en un paraje harto solitario»,[71] al cual llega bastante debilitado físicamente. Con el rudo trabajo y la precaria comida se recupera pronto...

> Pero sus cultivos de algodón —fantasea, además, con criar cerdos o con hacer muebles— no marchan tan bien como su salud. Por su nula experiencia en la materia, por tener que trabajar con peonada india, por una fuerte sequía, el negocio terminará con un rotundo fracaso.[72]

---

[71] *Ibid.*, p. 219.

[72] Lafforgue, Jorge. *Introducción biográfica y crítica a Los desterrados y otros textos*. Madrid, Castalia, 1990, p. 27.

El ajuste de cuentas con Lugones
y con la literatura narrativa anterior

Ya John Englekirk, en su fundamental relevamiento sobre Poe en Hispanoamérica, señalaba claras distancias entre lo que Lugones y Quiroga habían aprovechado de él. Consideraba a *Las fuerzas extrañas* (1906) un volumen «at once reminiscent of the pseudocientific tales of Poe. After reading it, one is convinced that here is an author who best exemplifies the spirit of Poe in a science-conscious generation of a century later». Contrariamente, a propósito de *El crimen del otro*, opinaba:

> No other Hispanic prose writter has so vividly expressed the spirit of Poe's tales as has Horacio Quiroga. In manner and in style, in the exotic and extraordinary temper of his themes, and in the wedding of psychological acumen to states of horror, of fear, and of varying states of monomania, this formidable cuentista rioplatense is constantly evoking those sensations and reactions that mark him as one of the most successful adherents to the poesque genre of the short story.[73]

Lo cierto fue que la aparición del segundo libro de Quiroga motivó un entusiasta artículo crítico de Lugones desde su prestigiosa columna en *La Nación*, el 17-VII-1904.

> Esa prosa va derecho a la sencillez sin artificio, que es condición esencial de claridad; refrena los chapuzones en procura de la transparencia fundamental (...) Comprende que el estilo es labor varonil, no bordado de colegiala...

Un juicio que presupone la negación de los arabescos estilísticos dominantes en su escritura, incluso al tratar asuntos locales (*La guerra gaucha*, 1904). Y que, consecuentemente, lo lleva a revisar materiales publicados entre 1893 y fin de siglo, en publicaciones periódicas, cuando decide reunirlos en *Las fuerzas extrañas*. Me limito a un ejemplo, «El milagro de San Wilfredo» (*El Tiempo*, 15-VII-1897 y *Caras y Caretas*, 7-IV-1906).

Ante todo, elimina sistemáticamente adjetivos («obscuros», «sangrienta», «luciente», «tristes y sombríos», «pálidos», «rojas», «Blanco», «negros», etc.), hasta el número de treinta, buscando sobre todo contener los excesos pictóricos. Pero el cambio implica también un ansia de menor digresión lírica, como lo prueban estas dos comparaciones entre el original y la versión del volumen:

> ... y algunas palmas, desgreñadas como cabelleras bajo un nimbo decadente en el crepúsculo

> ... y algunas palmeras

---

[73] Englekirk, John. *Edgar Allan Poe in Hispanic Literature*. Instituto de las Españas, Nueva York, 1934, p. 340.

... Y pasó de aquello un mes y la mano permanecía clavada en la cruz, pálida y lamentable bajo la bóveda oscura llena de tenebrosas sonoridades

La mano permaneció así durante un mes

Es decir que si Lugones había sido modelo poético para Quiroga, en sus comienzos, ahora pasaba al papel de discípulo respecto de sus rectificaciones hacia una prosa narrativa distinta, liberada ya del amaneramiento modernista. Eso sin que la admiración de Quiroga por el poeta cesara y de lo cual es buena prueba la reseña con que recibe *Los crepúsculos del jardín* en *Tribuna*, de Buenos Aires, mayo de 1905.

Refiere ahí el gozo y el entusiasmo que le despertaran *Oda a la desnudez* en 1896 y *Las montañas del oro*, con algunos otros poemas, al año siguiente; el modo como conoció al autor y la amistad que posteriormente los unió. Pero es la impresión que reconoce haber experimentado al leer *Los doce gozos* algo que cobra particular interés para este trabajo:

Estaba en cama, convaleciendo y con un poco de fiebre aún, exactamente como una joven que debe leer a Flores por primera vez. Hace de esto exactamente cinco años.[74]

Reconocemos una tendencia a describir relaciones entre hombres bajo una perspectiva de seducción, que había notado en sus cuentos, pero que aquí asume autobiográficamente. Tengamos en cuenta que el mexicano Manuel Flores era uno de los adalides de la poesía sentimental. Si ligamos eso con la «potencia de su autor» mentada en el principio y con la «poderosa sugestión» que emana para él de estos textos o con el «gocé extraordinariamente» sus lujos, curiosa armonía y extraños consonantes, tenemos un cuadro bastante completo de sensibilidad femenina impresionada por la masculinidad de lo que lee.

El resto cuenta exclusivamente como juicio estético que acaba de situar sus propias búsquedas. Por eso considera *El solterón* «la obra más perfecta de Lugones», técnicamente, aunque reserve un lugar preferencial para *Aquel día...* –subraya que es muy temprano, de 1898– por su fluidez argumentativa e «ilógica armonía», y considere *Emoción aldeana* culminación de una poesía poco literaria, capaz de afrontar el lugar común con «una brava fluidez vagamente irónica».

Elogiar su «sencillez», predominio del sustantivo sobre los adjetivos y «falta de toda complicación académica»,[75] equivale a descubrir y valorar en Lugones todo aquello que estaba anunciando –y anticipando– del sencillismo que encabezaría Baldomero Fernández Moreno.

Con todo, el relato «Los perseguidos», escrito también en 1905 y publicado tres años después, significa para mí un distanciamiento definitivo con el maestro. Si Quiroga le reconocía, en la citada reseña, asomarse a «la inquietud excesiva

---

[74] Quiroga, Horacio. *Obras inéditas y desconocidas VII, Sobre literatura*. Montevideo, Arca, 1970, p. 23.

[75] *Ibid.*, p. 24.

de ciertas cosas bastante anormales», aquí pondrá en evidencia las limitaciones para
hacerlo a través de una historia de locura que los involucra personalizadamente.

Conviene, sin embargo, comenzar por la página del propio Lugones que
antecede al texto. Equivale a una opinión crítica, en tanto destaca cuánto Quiroga
transmite «la impresión del horror» que conlleva la locura, aunque en seguida
se apresura a explicar –no muy claramente en la edición que manejo, la de 1920–
que el autor no es un loco ni trata el tema de manera extraliteraria: «dentro de
una sana estética, esas impresiones depresivas serán siempre meros recursos».

Mi lectura encuentra, por lo contrario, que si Lugones no abandona nunca una
«sana estética», con la cual inclusive celebrará años después los fastos de la
Argentina oficial (*Odas seculares*, 1910), Quiroga asume riesgos definidos
escribiendo. Y sin embargo permite que esa orientación desvirtuadora figure
delante de su texto: ¿por el prestigio de tal firma, porque le debe favores, o a
causa de una seducción todavía inextinguida?

Lo cierto es que, en el relato, el actuante Quiroga se aventura muy adentro
de esa zona tan temida. Pero el punto de partida es una velada en casa de Lugones
–que efectivamente Quiroga frecuentaba–, al calor de la estufa, mientras llueve
afuera. Hasta que la «charla amena» recae en un «ardiente tema». Y no quiero
que pase inadvertido el adjetivo, tantas veces aplicado –antes de Quiroga y por
él mismo– a lo erótico, pero que aquí apunta a la locura. Tal vez porque amor
y locura (reparemos en el título de su libro de 1917) confluían en el imaginario
quiroguiano.

Mientras Lugones se ausenta un momento, Díaz Vélez cuenta al
narrador-Quiroga el caso de un amigo suyo que contrajo la manía persecutoria
a raíz de una fiebre tifoidea y, cuando estaba apoyado en el mostrador de un
almacén, se volvió hacia cierto intruso «con una instantaneidad verdaderamente
animal, mirándolo fijamente en los ojos». Pareciera, por el vocabulario empleado,
que la locura –como el sexo, cuya liberación sería una suerte de locura– animaliza
lo humano.

El caso que expone Díaz Vélez –se trata, en realidad, de sus propios síntomas,
como aclarará Lugones al volver– coincide con el de un maníaco depresivo que
no puede aceptar los impulsos malvados que siente. Cuando se le tornan
absolutamente inaceptables, opta por expulsarlos (según el psicoanálisis
freudiano) y entonces, claro, lo persiguen. A eso se añaden rasgos esquizoides,
oye voces que no sabe desde dónde le hablan, y cada vez está más huraño.

¿Por qué despierta tanto interés en su alocutario? Al parecer, por su «aguda
inteligencia». Lo cual debe entenderse sobre el fondo de una cultura que, desde
el Renacimiento, ha entrelazado razón y legalidad. En el contexto argentino,
además, ciertas corrientes pseudocientíficas oficiales atribuían entonces la
condición de locos a quienes habían, en el pasado, pretendido una organización
política que no fuera el liberalismo dependiente y, en el presente, aspiraban a
cambiar por la violencia el orden establecido. Federales y anarquistas encarnan
la locura en los ensayos de José Ramos Mejía, desde *La locura en la historia*
hasta *Las multitudes argentinas*.

Caminando por la avenida Santa Fe, Quiroga recapacita en que Díaz Vélez,
mientras hablaban, lo había mirado fijamente, «con la actitud equívoca de un

felino», y se promete brindarle la «felicidad violenta» de una persecución para el próximo encuentro. Pasan quince días, se entera por Lugones de que Díaz Vélez le dejó unas confituras de regalo y la primera noche lluviosa acude a la casa de aquél creyendo encontrarlo allí. Lugones no puede menos que asombrarse de tal interés y formula una exclamación distanciadora:

> –¡Tenga cuidado! Los perseguidos comienzan adorando a sus futuras víctimas. Él se acordó muy bien de usted.[76]

Seguía empero sin verlo, hasta que un mediodía lo descubre en pleno centro. Las imágenes que siguen están relacionadas con algunas del cuento «La justa proporción de las cosas», ya comentado, y revelan una especial sensibilidad para lo moderno urbano, para situar al hombre de la ciudad en perpetuo peligro, acechado por un tránsito cada vez más veloz:

> Un coche de plaza guiado por un negro con saco de lustrina pasó tan cerca de mí que el cubo de la rueda trasera me engrasó el pantalón, detúvome de luego, seguí con los ojos las patas de los caballos, hasta que un automóvil me obligó a saltar.[77]

Al prolongarse la persecución, le sobreviene «la sensación vertiginosa de que antes, millones de años antes, yo había hecho ya eso». Acotación valiosísima, pues nos aclara que este Quiroga-narrador es consciente de que la persecución configura una situación arquetípica, capaz de unir al hombre primitivo con el moderno, pasible de concretarse mediante escenificaciones diversas. Sobre esa situación y en el medio –selvático– adecuado, compone dos años después su precursor relato «De caza» (*Caras y Caretas*, 31-III-1906).

Siente la tentación de acercársele, de tocarlo, y entonces sobreviene la mirada de los otros, un nuevo testimonio de la modernidad urbana, donde nunca estamos solos: más de «diez personas» lo vieron, pero sobre todo tres repararon en lo que hacía. Un burócrata que se da vuelta para seguir el acontecimiento, un «revisor de tranvía» (¿inspector?) bastante indiferente, y un tercero, bien vestido, posible «dueño de una casa mayorista», al que no puede menos que desconcertar con sus gestos. Desde la locura es factible burlarse de la falsa dignidad burguesa.

En Charcas y Suipacha –como vemos, los movimientos estan rigurosamente topografiados– la solapada persecución se transforma en encuentro casual, aunque Quiroga reconoce haber puesto la mejor predisposición para que conversaran y fueran juntos a tomar un café (eso sí, sin dejar de espiar sus gestos, que vuelve a asociar con los de un felino). Ya en La Brasileña, busca motivarlo con salidas o frases inesperadas: «las moscas de la excitación me corrían sin cesar por el cerebro».[78]

Cuando el otro plantea sin tapujos que todos lo creen un perseguido, retoma el narrador dicha metafora:

---

[76] Quiroga, Horacio. *Los perseguidos y otros cuentos*. Montevideo, Claudio García, 1942, p. 58.
[77] *Ibid.*, p. 59.
[78] *Ibid.*, p. 64.

> ... me serené; ya no se trataba de dejar correr las moscas subrepticiamente por el propio cerebro por ver qué harían, sino acallar el enjambre personal para oír atentamente el zumbido de las moscas ajenas.[79]

La alegoría establece un puente entre ambos cerebros y el grado de acercamiento asumido por Quiroga. Sólo a partir de cierta observación (sus ojeras no eran masculinas, sino «difusas y moradas de mujer») admite que a Díaz Vélez se le ha escapado la parte loca, que por lo anterior y por lo que sigue queda vinculada con la sexualidad:

> ... el loco asesino continuaba agazapado, como un animal sombrío y recogido que envía a la descubierta a los cachorros de la disimulación. Poco a poco la bestia se fue retrayendo y en sus ojos comenzó a brillar la ágil cordura.[80]

Otra vez cierto subtexto, apenas visible al comienzo, va ganando un lugar paralelo respecto de la acción central y jerarquizando por sí mismo otra franja del discurso. Cuando vuelven a la calle, la conversación languidece «a modo del diálogo cortado y distraído que sostiene en el tranway un matrimonio».[81]

Solo en su cuarto, otra tarde, cree sentir que lo espían y culpa de ello a Díaz, que «me había sobreexcitado con sus estúpidas persecuciones» (adviértase la carga semántica especial, en el mismo sentido apuntado, del participio adjetivo). En seguida golpean a la puerta y pronuncian su nombre, pero no abre. Sólo al advertir que el otro se aleja sale a mirarlo, valora

> ... el esfuerzo sobrehumano que suponía en el perseguido no haberse dado vuelta sabiendo que tras sus espaldas yo lo devoraba con los ojos.[82]

El verbo final, ya subrayado en un texto anterior, reaparece con su inequívoca connotación, sobre todo por estar en relación con la mirada.

Al recibir una esquela invitándolo a su casa, necesita pasar por lo de Lugones y convenir con él en que esa reclusión anunciaba un desenlace. El «su Díaz Vélez» del cordobés refuerza cuánto se ha quedado, profilácticamente, fuera del asunto. Quiroga en cambio acude a visitarlo, descubre nuevamente en su mirada la «fijeza asesina», teme que vaya a saltar —para estrangularlo y/o abrazarlo— y sus palabras le causan el efecto «de un empujón más a un abismo inminente».

Antes de despedirse, la situación es derivada a una tercera escenografía, anticipatoria de un filón sustancial para su narrativa misionera:

> Durante el tiempo que empleé en llegar a su lado, su respiración suspendióse y sus ojos clavados en los míos adquirieron toda la expresión de un animal acorralado que ve llegar hasta él la escopeta en mira.[83]

---

79 *Ibid.*, p. 66.
80 *Ibid.*, p. 68.
81 *Ibid.*, p. 69.
82 *Ibid.*, p. 72.
83 *Ibid.*, p. 77.

El acecho de un loco, el de un amante seductor y el de una fiera, resultan así homologados y explicitan la consistencia polisémica que ha ido adquiriendo su escritura.

Una nueva esquela, ahora de la tía, a la que Lucas usa como intermediaria, lo hace volver a su casa. Díaz Vélez sufre un ataque decisivo, pero con estos dos rasgos relevantes para mi propuesta significativa: corre desnudo y solicita agua, el líquido que, como vimos ya a propósito de *El crimen del otro*, podría calmar su fiebre (excitación).

Poco aporta de nuevo el desenlace, que incluye una referencia al viaje que hizo en 1903 acompañando a Lugones y una reseña de las visitas a Díaz Vélez, internado desde aquel episodio. Hasta que un día, delante del médico interno, le grita a Quiroga «bandido» y denuncia sus ocultas intenciones: «¡Hace dos meses que te veo venir!»

Quiroga ha dejado atrás a Lugones —más interesado en cubrir espacios y demostrar una polivalencia que lo acredite ante la clase dirigente, que en profundizar asuntos escabrosos— por los márgenes de la sexualidad y del inconsciente. Pero también se ha desenganchado, al mismo tiempo, de otras escrituras decadentistas que lo cautivaron en su momento:

En cuanto a libros, creo firmemente que D'Annunzio es cosa muerta.[84]

Al mismo tiempo, celebra sus nuevos descubrimientos: Anatole France, Sienckievicz, Sudermann, Turgueniev, Gorki, Flaubert, los cuentos de Mirbeau. Y sobre todos ellos, claro, Dostoievski, «uno de los más grandes novelistas del siglo pasado, y sobre todo, el más *extraño, disparatado y absurdo*». Por eso mismo no lo considera apropiado para Saldaña, sólo aficionado a la «locura objetiva», y porque lo lee en francés, si bien *El jugador* lo conoce a través de Maucci, así como el cuento «Otoño» de Sudermann, «una cosa absolutamente perfecta», le ha sido accesible en la edición Sempere de *Las bodas de Yolanda*.

Lecturas directas de algunos franceses e indirectas —por la versión francesa o española— de rusos, polacos y alemanes, hay un nombre que debe realzarse especialmente, según creo. Se trata de Guy de Maupassant, acerca del cual ya escribiera en carta de junio 1903 a Delgado: «Si algún día puedes leer el artículo de Maupassant que sirve de prólogo a su novela *Pedro y Juan* hazlo, porque se aprende».[85]

Ese apredizaje podía referirse a las agudas observaciones críticas del autor acerca de la metodología literaria realista y naturalista que confundía los hechos de la vida, forzosamente inagotables, y la selección artística que aspira a «donner l'illusion complete du vrai». Al oponer la novela analítica a la «objectif», creemos reencontrar el mismo término con que en carta ha poco citada tomaba distancia respecto de Saldaña.

Como Maupassant, buscaba acceder a «tous les mobiles les plus secrets que déterminent nos actions», a «discerner toutes les réactions de l'âme agissant sous

---

[84] *Cartas inéditas y desconocidas de Horacio Quiroga. Loc. cit.*, p. 87.
[85] *Ibid.*, p. 54.

l'impulsion des interêts, des passions et des instincts».[86] Para tal exploración
también debió servirle el ejemplo de ese gran narrador francés que en el lapso
1875-1890 desarrolló una producción intensa, renovadora en el sentido que aquí
más me interesa. Estas palabras, escritas en una carta algo posterior, pueden
servir para confirmar dicho atractivo:

> Hallo que Bourget es cosa muy vieja a pesar de su talento, como los cuadros de
> Rafael, en iguales condiciones –Maupassant sí, éste cosa seria, el primer cuentista
> sin duda que ha habido.[87]

Quiroga, según esto, lo aprecia sobre todo por sus cuentos. Y es en ellos donde
descubro, justamente, una manera de enhebrar dimensión humana y animal que
sobrepasa la mera comprobación evolucionista y sus proyecciones literarias
–digamos la equiparación rastreable en *La bête humaine* de Zola– para descubrir
y significar una presencia otra de animales inscritos psicológicamente en el
hombre. Lo mismo que estaba poniendo en evidencia el análisis freudiano, si
pensamos en varios de los casos referidos por *Die Tramdeuntung* (1899).

La femme de Paul, de su segundo volumen de relatos (*La maison Tellier*, 1881),
otorga pistas inequívocas desde que Pablo compara mentalmente su dependencia
carnal respeto de Madeleine con los sufrimientos del pececillo plateado que acaba
de ensartar un pescador vecino. En especial cuando éste puja por extraerle el
anzuelo, hasta que de un tirón le arranca las entrañas:

> ... il lui semble que cette hausson c'était son amour, et qui, s'il fallait l'arracher,
> tout ce qu'il avait dans la poitrine ainsi au bout d'un fer recourbé, acerveché au
> fond de lui, et dont Madeleine tenait le fil...[88]

Cuando descubra entre la maleza los amores lesbianos de Madeleine, «dans
un éclair de pensée involontaire, il songea au petit poisson dont il avait senti
arracher les entrailles» poco antes. De modo similar, la conquista de mujeres
sera asociada con la pesca en «Joseph» (*Le horla*, 1887) y con la caza en «Un
coq chanta» de *Contes de la bécasse* (1883). Sin aspirar a un relevamiento
exhaustivo, también recuerdo cómo Trémoulin pesca cruelmente, en Argelia,
donde se ha refugiado, para olvidar las infidelidades de su esposa.

De todos modos, el caso más afín con algunos procedimientos quiroguianos
es su célebre relato «Fou?» (*Mademoiselle Fifi*, 1882), pues quien habla reconoce
haber sufrido la atracción frenética por una mujer a la que define como

> ... *femme de perdition*, l'animal sensuel et faux chez qui l'âme n'est point, chez
> qui la pensée ne circule jamais comme un air libre et vivifiant, elle est la bête

---

[86] Maupassant, Guy de. *Étude sur le roman*, préface à *Pierre et Jean*, en *Anthologie des préfaces de romans français du XIXe siècle*. París, Julliard, 1965, pp. 312-313.
[87] *Cartas inéditas de Horacio Quiroga. Loc. cit.*, pp. 89-90. Datada en Saladillo, 29-I-1905.
[88] Maupassant, Guy de. *La maison Tellier*. París, Conard, 1929, pp. 214-215.

humaine; moins que cela: elle n'est qu'un flanc, une merveille de chair douce et ronde qu'habite l'Infamie.[89]

Luego describe su actitud hacia ella, desde el momento en que la percibió hastiada, de esta manera:

Penché sur elle, j'attendais chaque matin ce premier regard. Je l'attendais, plein de rage, de haine, de mépris pour cette brute endormie dont j'étais l'esclave.[90]

Es decir como al acecho (repárese en la reiterada bestialización de esta mujer), un típico gesto de cazador. Así descubre que su rival es un gallardo equino que ella monta a todo galope al amanecer. Excursiones de las cuales «elle rentrait alanguie, comme après des frénésies d'amour». Entonces le prepara una trampa en el bosque y, cuando el brioso animal rueda por el suelo, recibe a la amada en sus brazos.

Puis, quand je l'eus déposée à terre, je m'approchais de Lui qui nous regardait; alors, pendant qu'il essayait de me mordre encore, je lui mis un pistolet dant l'oreille... et je le tuai... comme un homme...[91]

De inmediato recibe dos latigazos sobre el rostro y no vacila en balear también el vientre de la amazona. Este episodio, como la *Historia de Estilicón*, excede un simple caso patológico de animalismo para adentrarse en los recónditos laberintos de la psicología, en esta oportunidad femenina. No pasemos por alto que al promediar el texto la voz enunciadora creyó «pénétrer des mystères que je n'avais jamais soupçonnés» y se preguntaba:

Qui sondera jamais des perversions de la sensualité des femmes? Qui comprendra leurs invraisemblables caprices et l'assouvissement étranges des plus étranges fantaisies?[92]

Puedo concluir, a esta altura de mi revisión, que en este lapso inicial 1897-1904, Quiroga se desplazó desde una sensualidad decadente, bastante tópica, a una mucho más experimental, incierta, misteriosa, burlando de paso ciertas barreras instituidas entre lo animal y lo humano. De ahí que la vinculación de los excesos sensuales con tierras cálidas africanas o americanas, que en un principio lo atrajeron en D'Annunzio o Valle Inclán, acabaran por decepcionarlo. Eran simples máscaras exóticas que no descendían a las catacumbas motivadoras del deseo.

Eso fue lo entrevisto en otros autores, como Dostoievski o Maupassant, sin menospreciar otras referencias del propio Quiroga a Sienkievicz, Sudermann,

---

[89] Maupassant, Guy de. *Mademoiselle Fifi*. París, Albin Michel, 1960, p. 82.
[90] *Ibid.*, p. 83.
[91] *Ibid.*, p. 87.
[92] *Ibid.*, p. 85.

Flaubert, Turgueniev o Gorki. Tal gesto, a mi juicio, le otorga un lugar privilegiado en las letras rioplatenses, en cuanto nexo inadvertido entre el primer naturalismo decimonónico y las exploraciones de vanguardia, a través del puente decadentista.

Algo que Mercedes Ramírez de Rosiello empezó a vislumbrar en su prólogo a las *Cartas inéditas de Horacio Quiroga*, que cité reiteradamente, cuando señala:

> ... hay algo que es evidentísimo en su personalidad de creador y es su cualidad de «adelantado» del gusto. Siempre plantó los límites de la literatura un paso más allá y senaló con su propia obra el advenimiento de una nueva estética.[93]

Razón que me hace lamentar doblemente su reticencia −cierto que eso ocurría en 1959− a transcribir completo el epistolario del salteño, censurando los pasajes más escabrosos en virtud de una «delicadeza que, sin perjudicar el contexto, favorece el acercamiento simpático al hombre»(!), y considerar que en esta primera etapa «el escritor no ha encontrado todavía su tema, pero ya sí su estilo». Una división maniquea que mi trabajo, por todo lo expuesto anteriormente, se niega a compartir.

Otro especialista en los comienzos literarios de Quiroga, Emir Rodríguez Monegal, tendía a separar, en varios artículos de la década del 50 reunidos en 1961, las marcas de otros escritores del discurso auténticamente quiroguiano. Una preocupación muy de la época, cuando la crítica latinoamericana buscaba distinguir lo escrito vivido de lo meramente libresco. Por eso al trazar un balance de la iniciación arriesgaba que

> ... todavía su cantera es la literatura leída, la huella dejada por otros escritores en él, y no el trabajo fascinante de la realidad[94]

Tampoco avanzaba hacia una reubicación histórico-literaria de Quiroga el por tantos motivos interesante ensayo de Noé Jitrik aparecido en 1959. Por coincidir en la mentada dicotomía epocal entre experiencia vital y experiencia literaria, pero también por demostrar un acendrado etnocentrismo europeísta, de acuerdo con el cual nuestra literatura resultaría escandalosa respecto de un proceso evolutivo supuestamente universal, cuya lógica interna es inmodificable:

> El agrado con que escribió los cuentos delirantes y persecutorios de la etapa siguiente, bajo la influencia de Edgar Allan Poe, significa tan sólo una involución en el interior del modernismo. Es conocida la influencia que tuvo Poe en la formación de las escuelas francesas (parnasianas, simbolistas, decadentes, versolibristas, etc.) que luego inspirarían a los modernistas américo-hispanos. Pero volver a Poe significa una regresión y un acto de barbarie cultural. El curso lógico de la historia literaria indica un proceso diferente...[95]

---

[93] Ramírez de Rosiello, Mercedes, Prólogo *a Cartas inéditas de Horacio Quiroga. Loc. cit.*, p. 38.
[94] Rodríguez Monegal, Emir. *Las raíces de Horacio Quiroga*. Montevideo, Arca, 1961, p. 10.
[95] Jitrik, Noé. *Horacio Quiroga. Una obra de experiencia y riesgo*. Buenos Aires, E.C.A., 1959, p. 131.

Desde entonces, las perspectivas de lectura crítica sufrieron fuertes cambios, a la vez que se abandonaba toda reconversión de los lineamientos historiográficos a partir de los cuales habían sido crucificados muchos de nuestros mejores escritores. Es el caso de Quiroga, hacia cuya reubicación apunta este trabajo. La misma redundaría, creo, en un mejor conocimiento de su papel precursor y de avanzada, al margen de criterios escolares sobre las vanguardias.

Y en una revinculación con otros autores y tendencias del momento e inmediatamente posteriores. Por ejemplo con el grotesco teatral (del Carlos M. Pacheco de *Los tristes*, 1902, o *Los disfrazados*, 1907, al Armando Discépolo de *Stefano*, 1928, o al Defilippis Novoa de *He visto a Dios*, 1930), y con la narrativa de Roberto Arlt, dos variantes de una estética a la que sindico como expresionista.

Tal vez desde ahí se perciba mejor por qué las trayectorias de Quiroga y Lugones, tan unidas inicialmente, se bifurcan. De todos modos, el neobarroco que parte de la producción en prosa de Lugones inaugura resultará, ampliado y sistematizado por Borges, una de las más influyentes tendencias para la literatura argentina posterior. Tanto como la escritura crispada y expresionista del uruguayo, que resonará en Arlt, Bernardo Kordon, Haroldo Contin o Jorge Asís, para limitarme a unos pocos ejemplos relevantes.

HORACIO QUIROGA Y LA CIENCIA

Dario Puccini

En su vasta, empecinada y persistente curiosidad personal por los descubrimientos y hallazgos de la ciencia, considerados como fuentes, estímulos y pretextos en su tarea de escritor e inventor de historias, Horacio Quiroga cuenta, casi es obvio decirlo, con famosos y remotos antecedentes, desde Goethe a los creadores de la novela gótica inglesa, a Stevenson, a Poe, a Chéjov y demás. No resulta difícil encontrar huellas de unos u otros en sus cuentos, basados en algún descubrimiento científico, verdadero o falso, o en un personaje que, de alguna manera, está estrechamente o vagamente vinculado a la ciencia. Así, de igual modo, un interés común tanto por el mundo animal como por el mundo vegetal le une a Kipling o a Hudson. Todos ellos son escritores que él citó y admiró y de los que se reconoció seguidor.

Cuando Quiroga escribe, por ejemplo, la novela corta *El hombre artificial* (1910), sabe muy bien que ya existen *Frankenstein* de Mary Shelley (1824) y, sobre todo, *Doctor Jekyll* de Stevenson (1886); pero sólo en parte toma soluciones de estos textos. Y aunque su «ciencia» se tiñe de intencionada exageración y de inevitable fantasía y falsedad, uno se da cuenta, en cambio, de que nuestro escritor se siente raramente atraído, tal como podríamos pensarlo a simple vista, por la magia o la superstición, productos que con espontaneidad y abundancia le brindaba la vida en la selva y en una zona fronteriza en contacto con el mágico mundo guaraní y con las leyendas populares de Misiones y del vecino Brasil.

Por otra parte, y teniendo en cuenta lo que de un modo análogo ocurrió a Poe o a Stevenson o a Chéjov, hemos de hacer de inmediato dos puntualizaciones como premisa indispensable aunque obvia: la primera es que la curiosidad científica de Quiroga no ahogó nunca su anhelo de imaginación y de misterio y mucho menos atenuó en la escritura su tendencia a la experimentación moderada, de innegable originalidad narrativa; la segunda es que la ciencia o, mejor, las ciencias, sirvieron de marco o de materia parcial a algunos de sus mejores relatos y a otros secundarios y menores, sin que faltara en ellos el sello inconfundible de su genuina sensibilidad.

En resumen, Quiroga recurre a las ciencias y a sus múltiples aspectos primarios y secundarios a menudo para dar mayor fundamento a sus relatos, y esto según sus tendencias naturalistas y realistas iniciales y, de algun modo, persistentes, pero lo hace mucho más para buscar en ellas un anclaje o bien motivos para crear situaciones inéditas o extravagantes combinaciones físicas, químicas, psicológicas o metapsíquicas.

Aunque el tema ya ha sido abordado antes, encuentro en el prólogo de Noé Jitrik a *Novelas cortas (1908-1910)*, primer tomo (1967) de la serie *Obras inéditas y desconocidas*, publicadas por Arca de Montevideo con plan general y dirección de Ángel Rama, dos páginas muy significativas a este propósito, si bien, creo yo y como veremos más adelante, un poco retrasadas con respecto a las ambiciones e intuiciones de Quiroga. Jitrik observa, ante todo, que las novelas cortas como *El mono que asesinó* y *El hombre artificial* «se vinculan con la literatura fantástica en auge a principios de siglo. Quiroga tiene antecedentes en esta línea: los cuentos de Edgar Allan Poe, y las experiencias de drogas, realizadas alegremente en la época consistorial, después del retorno primero a Uruguay». Después de documentar tal afirmación, el crítico observa que antes de Poe «lo fantástico estaba dictado por una línea apoyada en la romántica idea del "desorden de los sentimientos", la técnica del horror emergente de tremendos cataclismos de la conciencia, fenómenos espirituales, tensiones inauditas, nervios quebrantados por culpas sutiles y extrañas como venenos». Y es aquí donde Jitrik señala que la tendencia a la literatura fantástica fue inaugurada en Argentina por Holmberg –hombre de ciencia, si se me permite la aclaración– y por sus *Cuentos fantásticos* y que dicha tendencia, «teniendo un especial auge a la vuelta del siglo, recibe su sustento del positivismo». No voy a citar aquí la larga explicación que él da sobre el positivismo, pero sí voy a transcribir un largo párrafo, que me parece útil, mejor dicho, indispensable para el presente trabajo.

Después de recalcar que la escuela positivista, tras superar la guerra civil y los conflictos políticos más agudos, entró triunfalmente en el Río de la Plata y se convirtió en la filosofía «necesaria» para una generación liberada y liberal, Jitrik escribe: «Se preocupa por la sociedad y la estudia mediante una ciencia llamada Sociología..., se preocupa por el individuo al cual somete a la misma rigurosa investigación; cobra auge la psicología experimenatal en general, con sus desdoblamientos más característicos (la psiquiatría y la criminología) y sus invenciones más pintorescas (la frenología, la fisiognomía) y sus sacerdotes más delirantes, como Lombroso, o más aplomados, como Charcot. Se preocupa asimismo la escuela positivista por la expresión literaria y funda el naturalismo, basado en la experimentación, la ley de la herencia y la teoría del medio... Esta fórmula: todo es materia, preside la revolución positivista; pese a su claridad termina por enredar a sus cultores, que mediante las explicaciones rigurosas de la ciencia determinan la materialidad de lo espiritual; de esta confusión surge la fantaciencia por un lado (en Lugones se ve muy bien: convertir en fuerza mortífera el sonido o la música; en Julio Verne se conecta con la anticipación) y el espiritismo por el otro. El espiritualismo, a través del método científico, se torna espiritismo y los viejos fantasmas vuelven a la escena, la trasmigración de las almas recupera vigencia e interés, viejas irracionalidades se ponen al día, el hipnotismo, la interpretación de los sueños y, por supuesto, el gran problema de la locura».

De un análisis tan rico como éste, Jitrik pasa luego a considerar, sin limitarse a la literatura, los productos del positivismo en Argentina y Uruguay. «Se da todo junto; naturalismo en literatura al principio, psiquiatría, sociología, espiritismo, fantaciencia, literatura fantástica, constituyen el clima en los medios cultos tanto como en los populares. Es José Ingenieros (*La simulación de la locura, La psicopatología de los sueños según la psicología y la clínica, Interpretación científica del hipnotismo*, casi contemporáneamente a Lombroso –*Hipnotismo y espiritismo*–, a Flammarion –*Les forces naturelles*–, y a Charcot –*Traité sur les maladies nerveuses*–), es José María Ramos Mejía (*La locura en la Argentina*), Enrique García Velloso (*Instituto Frenopático*), Rafael Barret (*El espiritismo en la Argentina*) y también Cosme Marino y Pancho Sierra como poco más adelante la «madre» María, y también Lugones, Chiáppori, Eduardo Holmberg, y luego Laferrère –*Jettatore*– y este Quiroga que juega sin duda, pero también se está verificando al mismo tiempo, y esto surge de estas conexiones, que se muestra hombre de su época».

En el largo pasaje que sigue al párrafo anterior, Jitrik habla de un cambio profundo en Quiroga («lo que Quiroga debe romper para construir su obra», etc.) y de fases sucesivas en las que aún queda algo de los elementos iniciales, aunque habla también de una innegable evolución de su arte y, diría yo, de sus ideas. Es preciso tener en cuenta, además, que esa base de referencias científicas o paracientíficas que le proporcionaba su ambiente debe conectarse también con lo que estaba ocurriendo en ese momento en los más variados campos de la ciencia y de la tecnología: la afirmación del psicoanálisis a principios de siglo (Freud escribe sus textos más importantes o casi en la primera decada del Novecientos y ya hacia 1922-1923 se traduce y publica enteramente en español). La aparición, también a principios de siglo, de la la teoría de la relatividad einsteniana, etc. Se trata, pues, de un período muy férvido de grandes o, mejor dicho, grandísimos descubrimientos y adelantos.

Algo de este cambio de visiones se percibe en Quiroga, como vamos a observarlo concretamente y en varios ejemplos, pese a que él siguió cultivando también, como excelentes motivos de relato, las historias de vampiros, algunas veces de hipnotismo, de raros casos de espiritismo y de otros temas de menor rigor científico. Ya en «La meningitis y su sombra», el cuento que voy a analizar aparte, el yo, la primera persona narrativa, se ve envuelto en una situación absurda (como es la de ser llamado a la cabecera de una mujer que apenas le conoce y a quien él mismo conoce apenas, sólo porque ella le nombra e invoca) y comenta así este hecho increíble: «Es la cosa más extraordinaria que haya visto en mi vida. Metempsicosis, espiritismos, telepatías y demás absurdos del mundo interior, no son nada en comparación de éste, mi propio absurdo, en que me veo envuelto».

No se trata de palabras dichas porque sí o casualmente, sino de un rechazo de las falsas ciencias, que se manifiesta en Quiroga desde entonces y, en adelante, con mayor coherencia. Por ejemplo, si es verdad que el positivismo fue sostenido y alimentado por las ideologías sociales de entonces y que, además, fue en general la filosofía de los anarquistas y de los seguidores de Bakunin y de Sorel, también habría que considerar el cambio y la evolución que tuvieron en este terreno las posiciones e ideas de Quiroga, pero esto no pertenece a nuestra materia de indagación.

Siempre atraído por lo que suele llamarse una «deformación profesional» de muchos escritores hacia fenómenos como el delirio, las alucinaciones, los efectos del alcohol y, sobre todo, la locura en general (la «locura» formará parte del título de un famoso libro suyo de cuentos), Quiroga como otros autores, el tan mencionado Poe y el mismo Dostoievski, se apoyó no pocas veces en indicaciones o sugerencias que le brindaba o prestaba la ciencia. No hay que olvidarse de que incluso Conan Doyle, por ejemplo, fue un asiduo lector de las teorías criminales de Lombroso, en la actualidad casi totalmente superadas.

Jitrik acierta cuando evoca las sugestiones y novedades científicas que le brindaba a Quiroga el férvido ambiente rioplatense o algunos literatos amigos suyos, pero a mi modo de ver disminuye la capacidad de interés e información del escritor al colocarlo sólo en el ápice de un movimiento local y generacional, sin reconocerle, al menos en las páginas que se refieren a este tema, una evolución personal decidida aunque poco vistosa. (Las palabras con las que Jitrik concluye el párrafo citado son demasiado genéricas como para aplicarlas a este profundo y significativo cambio). Por una circunstancia muy extraña, será justamente un discípulo suyo, Roberto Arlt, quien, ligado a los ambientes anarquistas de sus años juveniles, volverá a un concepto «romántico» de los descubrimientos científicos y de los progresos de la técnica, ideando mecanismos e inventos más fantásticos que posibles.

Es innegable sin embargo que Quiroga tuvo la capacidad de ir más lejos que el positivismo y que, a menudo, intentó ponerse al corriente de las innovaciones científicas más adelantadas: únicamente así podemos explicarnos que en uno de sus cuentos, como veremos, se descubran huellas inconfundibles de las teorías freudianas sobre la esquizofrenia, teorías que en aquel momento, pese a que eran bien conocidas por un buen número de personas interesadas, sólo en parte se habían difundido y se habían aceptado.

Que en Quiroga existiese la vocación de hombre de ciencia o, mejor dicho, que existiese una fuerte atracción y simpatía por las ciencias, es algo que se puede demostrar fácilmente a través de muchos datos de su biografía (de la que aquí se ocupan otros). Ya he tenido ocasión de afirmar, en clave paradójica, que, a veces, hasta se puede pensar que su vida parece escrita por sí mismo, tanta es la semejanza que hay entre ella y algunos elementos de su obra: una sucesión ininterrumpida de muertes, de suicidios, de desventuras y fracasos, pero también de culpas inculpables, de furores eróticos y de soledades arrastradas. Así pues, con semejante carga dolorosa de experiencias (padre tal vez suicida y muerto ante sus ojos de niño, padrastro suicida, esposa suicida, él mismo suicida y sus hijos, tras él, suicidas), Quiroga, de hecho, no podía menos que creer en las teorías sobre la herencia fisiológica y psíquica y sobre las enfermedades que se heredan, tal como salían de la pluma de los positivistas, pese a que seguía buscando con todos los medios las causas de algunas desviaciones de la mente y de la razón. Es preciso añadir a esto otras experiencias personales: la soledad de la selva que, de alguna manera, aplacó en él la necesidad de solidaridad e incluso de comunicación; la lucha por la vida, que agudizó su capacidad inventiva y creativa en una dirección tecnológica, si bien concretándose en formas rudimentarias; y, en fin, los encuentros con hombres de ciencia en diferentes grados de inteligencia, capacidad, lucidez o, por el contrario, de perdición y degeneración.

Antes de abordar el estudio de los cuentos en los que Quiroga asume elementos científicos o de pura técnica médica, química, de ingeniería, etc., para edificar sobre ellos la trama de sus historias, creo oportuno hacer una relación de los hombres de ciencia y de sus obras, dividiéndolos en dos grupos: en el grupo A, los que están citados directamente por el autor en sus páginas, y en el grupo B, los que de algún modo se pueden deducir de sus textos, aunque esto último es una tarea difícil por lo poco que se sabe sobre su biblioteca y sus referencias directas. Al grupo A pertenecen:

1) Gustave Le Bon (1842-1931), cuyos estudios sobre biología y física se consideran superados, a pesar de haber tenido una cierta repercusión no sólo en Freud, Jung, Sorel, Schumpeter, y en parte en Nietzsche, sino también en Durkheim, Horkheimer y Adorno. Le Bon es citado dos veces por Quiroga: la primera vez, en el cuento «El retrato» (1910), donde se recuerda su libro *L'évolution de la matière* (1905), cuya traducción española es de 1907 y, la segunda vez, en «El vampiro» (1927), un cuento muy parecido al anterior y en que se le nombra a propósito de un experimento con los rayos N.

2) William Thompson (1825-1907). En el cuento «El retrato», apenas recordado, se nombra Lord Kelvin cuando el «yo» narrativo habla con su interlocutor y se le menciona con tal precisión que nos hace pensar en un conocimiento directo por parte de Quiroga: «Lord Kelvin, uno de los más ilustres físicos contemporáneos, es quien en efecto ha dado la extraordinaria definición del éter-sideral e interatómico: "es un sólido elástico, sin densidad ni peso, que llena todo el espacio"». Por ironía o tal vez para despistar al lector poco informado, el narratario pregunta a su amigo si es pariente del famoso físico y el otro contesta: «No señor —me respondió. —Mi familia es inglesa, y aun de la misma ciudad que mi sabio homónimo; pero no tengo parentesco con él». Ahora bien, es sabido que se llamó Lord Kelvin (del nombre del famoso torrente que pasa cerca de la Universidad de Glasgow) al gran físico William Thompson, que realizó estudios importantes sobre termodinámica y, en especial, sobre electromagnetismo: a él se deben, precisamente, investigaciones sobre «la analogía entre el campo electrostático y un sólido incomprimible perfectamente elástico» (según se lee, por ejemplo, en el *Grande Dizionario Enciclopedico Utet*, Turín, en la voz sobre «Thompson William»). En estas palabras se nota un evidente parecido con las que Quiroga coloca entre comillas como una cita directa.

3) Alfred Edmund Brehm (1829-1884), naturalista alemán, célebre por su obra en varios tomos (exactamente diez en la edición completa italiana) *Das Tierleben* (*La vida de los animales*), que inició en 1864, en colaboración con Ernest Taschenber y Oskar Schmidt. Está considerado como un clásico en su materia.

Quiroga lo cita dos veces: la primera en la novela corta *El mono que asesinó* (1910) y la segunda, en el cuento «Una cacería humana en África» (1913).

4) Claude Bernard (1813-1878), fisiólogo francés de gran erudición, recordado por Quiroga precisamente por sus estudios sobre toxicología y, en especial, sobre el curare. Es citado en el cuento, apenas mencionado, «Una cacería humana en África».

En el grupo B se incluyen los hombres de ciencia cuyos nombres se pueden deducir de los experimentos e hipótesis descritas en varios cuentos de Quiroga. Con el correr del tiempo, desaparecen de sus textos los nombres de científicos, quizás porque en Misiones ya no tenía a mano libros o revistas o, tal vez, para disimular su tendencia a mezclar lo real con lo ficticio, lo científico con lo paracientífico. Sin embargo, es precisamente en este período cuando Quiroga se aproxima más a algunos datos de la ciencia moderna y contemporánea, como se verá en algunos casos. Pero prosigamos por deducción.

1) Eugen Bleuler (1857-1939), psiquiatra suizo, cuya contribución fundamental fue la introducción del término y concepto «esquizofrenia» en los estudios psiquiátricos. Al examinar algunos cuentos, he encontrado correspondencias significativas con algunas páginas de su *Tratado de Psiquiatría* difundido en los mismos años en los que Quiroga escribió sus textos. Se trata de un estudio publicado en alemán en 1916 (en Berlín), que ha tenido varias traducciones en varios idiomas (una en inglés, por ejemplo, en 1924, mientras que en italiano existe una traducción reciente y puesta al día por Manfred Bleuler, de 1967) y que deriva de otro *Tratado de Psiquiatría*, tan famoso o más aún que el de Bleuler: el de E. Kraepelin, publicado en Leipzig en 1908 y traducido a muchos idiomas.

2) Jean-Baptiste Charcot (1825-1893), neurólogo francés que desarrolló su actividad en el famoso hospital de Salpetrière, donde acudieron muchos neurológos y psiquiatras célebres, incluido Freud. Son suyos, entre otros, los estudios sobre histeria, hipnotismo, epilepsia y sobre el método catártico. Su nombre aparece en las indicaciones consignadas por Noé Jitrik. Su huella es visible aunque más difuminada en comparación con la de Bleuler.

3) Camille Flammarion, autor de un libro de gran difusión sobre el espiritismo, *Les forces naturelles inconnues*, en el que describe profusamente sesiones de espiritismo y que contó con la adhesión de varios intelectuales franceses e incluso de hombres de ciencia positivistas como Cesare Lombroso. Hay que precisar que los experimentos de Flammarion, tras una adhesión inicial, fueron, por ejemplo, rechazados y contestados por Gustave Le Bon, autor que Quiroga cita explícitamente. Flammarion es nombrado también por Jitrik, pero no me parece que haya sido leído por nuestro escritor, que lo utilizó quizás por sus cuentos paracientíficos.

Otros hombres de ciencia se esconden, probablemente, entre las páginas de Quiroga, si es verdad, como creo y voy a tratar de demostrar, que a Sigmund Freud se remonta uno de los casos de locura y metamorfosis que hay en uno de sus cuentos.

Los cuentos y relatos de Quiroga que, de alguna manera (e incluso a veces de forma vaga e indirecta), guardan relación con el mundo científico, se pueden agrupar en varias familias a las que, luego, sería justo añadir algunos trabajos que están un poco aparte y no entran en la categoría ordenada y precisa en la que, en este ensayo y en otros, fueron o deberían ser incluidos. Sobre todo teniendo en cuenta que, examinados en detalle, resultan solamente dos las grandes familias o grupos en los que se ha aplicado con preferencia la fantasía procientífica de Quiroga. El primero comprende una amplia gama de estados de patología psíquica, desde la fiebre del delirio a las alucinaciones, a las formas obsesivas, a los estados de alteración grave de la mente, hasta llegar a lo que comúnmente denominamos locura. El segundo se refiere exclusivamente al mundo de la fotografía y del cine que siempre atrajo a Quiroga por varios motivos: la revelación de la imagen que surge de la impresión de la luz sobre una lámina llamada «sensible» (fotografía), o bien, del contraste de esa reproducción de la vida o del teatro (o del teatro de la vida) frente al mundo real, que se produce en el cine, creador, a su vez, de mitos o de sentimientos colectivos. Ya se ha escrito bastante del interés que Quiroga, como hombre, brindaba al medio cinematográfico en sí mismo.

1) Al primer grupo pertenecen, a mi modo de ver, siete cuentos, aunque ésta es una cifra indicativa referida a los casos más importantes y se podrían añadir, sin mucho provecho para el lector, otros ejemplos recogidos de los textos más raros o no reunidos en volumen. Sin seguir un orden cronológico, sino más bien un orden creciente, del más simple al más complejo, los cuentos son: «La mancha hiptálmica», «La meningitis y su sombra», «El almohadón de pluma», «Tacuara-Mansión», «Los destiladores de naranja», «El hijo», «Las rayas».

En «La mancha hiptálmica» (pp. 473-474) se cuenta la historia de una fuerte sugestión onírica (llamada aquí «sonambulismo de las ideas») entre marido y mujer, que se produce con tanta intensidad que desencadena una especie de suicidio dual. La «ola de locura» (como aquí se llama) nace del sueño con una representación teatral de la que, sin embargo, la mujer sólo recuerda el enigmático título: «La mancha hiptálmica». Esta expresión misteriosa y sin significado (únicamente el de un falso vago término inspirado quizás por analogía con el término «oftálmico») tiene el poder de precipitar en la locura a los dos personajes. Y lo hace de tal manera que, cuando el marido relata a «otros» (seres no identificados) los hechos sobre la muerte de su esposa, les deja tan asombrados que les lleva a preguntar: «¿ha estado usted alguna vez en el manicomio o en la cárcel?» Con la seguridad de que ellos van a denunciarle, el protagonista elige la misma muerte de su mujer.

Aun cuando se trate de una mezcla delicada de ciencia y falsa ciencia, el cuento se apoya en algunos estudios sobre el sonambulismo y sus efectos psíquicos, tal como se encuentran en algunos textos del siglo pasado. Estos últimos examinaban atentamente, a veces con razón, dichos fenómenos de seminconciencia, en especial el hipnotismo, pariente muy cercano del sonambulismo y que, según Charcot, era adecuado para un uso terapéutico. En todo caso, la locura de esta pareja nace de una sugestión sumamente intensa.

A un verdadero y prolongado delirio, provocado por la meningitis, se refiere el cuento largo «La meningitis y su sombra» (pp. 139-160) en el que no faltan notas de ironía y de humorismo moderado. La trama es muy sencilla: bajo los

efectos del delirio, provocado por las fiebres de la meningitis, la joven María
Elvira pide que el protagonista del cuento (el narrador en primera persona) acuda
hasta su lecho de enferma porque en su estado, es de suponer, de inconciencia,
se ha enamorado de él, que apenas la conoce y a quien ella misma conoce apenas.
La historia continúa con varios encuentros entre la enferma que sigue en su lecho
y el hombre que está a su lado y le tiende la mano, mientras ella le mira fijamente
expresando su profundo amor. Hasta que un día, la enferma susurra: «y cuando
ya no tenga el delirio, ¿me seguirá queriendo?» Para resumir, él acaba por
enamorarse, aunque se queda con la convicción de que se ha tratado de un estado
de sueño o demencia. Al final, cuando el hombre está a punto de cortar este
absurdo vínculo, la mujer le confiesa su amor, esta vez con plena conciencia y
lucidez.

Es éste uno de los pocos cuentos de Quiroga con un «happy end». Además
del recurso del delirio, utilizado con frecuencia, sorprende el hecho de que,
justamente aquí, el autor no sólo desmienta algunas formas de pseudociencia
(como se ha visto antes), sino también despliegue una serie de términos médicos,
casi todos por boca del médico de la familia: «las proyecciones psicológicas del
delirio», «fiebre remitente», «usted hace de cloral, veronal, el hipnótico que
menos le irrite los nervios», «dado el estado de profunda excitación-depresión,
todo en uno, de su delirio»; etc. Lo que se desprende del cuento es un tipo de
medicina empírica (no irracional) que, detrás de los términos utilizados, posee
básicamente una filiación propia y decorosa.

En uno de sus cuentos más celebrados, que Quiroga titula «El almohadón de
pluma» (pp. 97-101), encontramos el término *subdelirio*, que, como escribe Jorge
Lafforgue en una nota de su edición de *Los desterrados* (en realidad se trata de
una antología selecta de la obra de Quiroga), publicado en los «Clásicos» Castalia,
es un vocablo que el *Diccionario de la Real Academia Española*, bajo el lema
«Psiquiatría», explica de esta forma: «Delirio tranquilo, caracterizado por
palabras incoherentes, pronunciadas a media voz, compatible con una conciencia
normal cuando el enfermo es interrogado». Con esto se demuestra que Quiroga,
antes de escribir su cuento, se había documentado acerca de las reacciones que
pueden verificarse en un enfermo que se está desangrando paulatinamente. Este
es, en efecto, el caso del personaje de Alicia, que, al cabo de un «ligero ataque
de influencia» y tras una forzada permanencia en la cama, se muere, «en cinco
días y cinco noches», después de su boda, a causa de un parásito de las aves
que se había escondido en el almohadón de plumas y que le había chupado toda
la sangre... Algunos han interpretado el cuento como una variante de un cuento
de vampiros, cargando la culpa de tal vampirismo al personaje de Jordán; pero,
aparte de que el pequeño dato científico encontrado aquí en todo caso no cambia,
esta interpretación me parece forzada o innecesaria.

En el cuento sucesivo, «Tacuara-Mansión» (pp. 646-651), ya se hace más
patente, como se verá, la relación con un texto científico. Se trata del libro de
Bleuler ya citado. En este cuento Quiroga narra la historia del químico francés
Rivet, que muere después de una borrachera muy especial. Después de haber
vaciado toda una damajuana de caña con el amigo Juan Brown, en un ataque de
desesperación, hace una cosa que nunca hubiera hecho en condiciones normales

un químico de valía como era Rivet, antes de que se volviera, en Misiones, un exhombre, como siempre se expresa Quiroga, bajo el ejemplo de Gorki, a propósito de sus «desterrados». Y Quiroga escribe exactamente: «una crisis de dipsomanía puede ser derivada de lo que se quiera, menos con la brusca supresión de la droga». Se trata de un fenómeno que actualmente conocemos muy bien, exactamente con el caso de los drogadictos y que por lo tanto no necesita explicación. Pero Quiroga ha tomado la descripción de su caso del término «dipsomanía» como se halla precisamente en el libro de Bleuler, que lo explica textualmente así: «Para contrastar esta condición de dipsomanía se consumen grandes cantidades de alcohol y en las más diferentes formas, y en algunos casos también otros líquidos, como éter y hasta petróleo» (ed. italiana, p. 356). Es lo que les pasa a Rivet y a su compañero que beben, al final, el alcohol carburado de la lámpara de acetileno. Es el máximo de lo paradójico y de lo absurdo, un caso de «contrapaso», una asociación maliciosa y al revés, como puede acontecer a un químico, ya que su compañero le pregunta si «se puede tomar el alcohol carburado» y él contesta con algunas palabras incomprensibles, entre las cuales la palabra «piridinas» (que Lafforgue, en la edición aquí citada explica así: «alcaloide que se encuentra en los aceites de destilación pirigenada», p. 236, nota).

El mismo carácter o casi de «contrapaso», de contraste paradójico entre la profesionalidad del personaje y su muerte absurda (ya que el químico Rivet muere dentro de su misma ignorancia), se encuentra en otro cuento. Me refiero a «Los destiladores de naranja» (pp. 682-694), en el cual un grupo de personas destila alcohol de las naranjas, que es probablemente un buen negocio, o casi. Así empieza el cuento: «El hombre apareció un mediodía, sin que se sepa cómo ni por dónde. Fue visto en todos los boliches de Iviranomí, bebiendo como no se había visto beber a nadie, si se exceptúan Rivet y Juan Brown. Vestía bombachas de soldado paraguayo, zapatillas sin medias y una mugrienta boina blanca terciada sobre el ojo». ¿Quién es este personaje? Más adelante Quiroga escribe: «Hacia 1900, el gobierno de Paraguay contrató a un buen número de sabios europeos, profesores de universidad, los menos, e industriales, los más. Para organizar sus hospitales, el Paraguay solicitó los servicios del doctor Else, brillante biólogo sueco que en aquel país nuevo halló ancho campo para sus grandes fuerzas de acción». Pues bien: el doctor Else, después de varios años, se ha convertido él también en un ex-hombre, de la misma manera que Rivet. En efecto, en su estado de borracho permanente, el doctor Else llega al *delirium tremens*, como Quiroga escribe en las páginas siguientes. Si vamos a ver al *Tratado* de Bleuler nos encontramos con la clara afirmación de que el *delirium tremens* es fuente de alucinaciones. O más precisamente: «la irritación de los órganos ópticos en el delirium tremens produce visiones de animales». Es exactamente lo que le pasa al doctor Else: «Lo primero que vio fue un grande, muy grande ciempiés que daba vueltas por las paredes. Else quedó sentado con los ojos fijos en aquello, y el ciempiés se desvaneció. Pero al bajar el hombre la vista, lo vio ascender arqueado por entre sus rodillas, con el vientre y las patas hormigueantes vueltas a él –subiendo, subiendo interminablemente. El médico tendió las manos delante, y sus dedos apretaron el vacío». Es la primera alucinación. La segunda será más trágica, es decir fatal. Llega la noticia de que dentro de unos días arribará la hija del doctor, que trabaja como maestra en un pueblo cercano. Y he aquí lo que pasa. «Un instante, el hombre creyó distinguir entre el crepitar de la lluvia, un ruido más sordo y nítido. De golpe la monstruosa rata surgió de la puerta, y avanzó al fin contra él. Else, enloquecido de terror, lanzó hacia ella el leño con todas sus fuerzas. Ante el grito que le sucedió, el médico volvió bruscamente en sí, como si el vertiginoso telón de monstruos se hubiera aniquilado con el golpe en el más atroz silencio. Pero lo que yacía aniquilado a sus pies no era la rata asesina, sino su hija».

Lo que pasa en este cuento, la muerte de una muchacha por mano de su padre doctor, que tenía que conocer todos los síntomas y los efectos del *delirium tremens*, es parecido al cuento anterior. Pero, aparte su mayor tragicidad, hay que añadir un detalle interesante: que entre los ejemplos ofrecidos por Bleuler en su *Tratado* hay un caso –tan parecido al nuestro– en el cual un pobre enfermo de *delirium* oye una especie de «orden interior»: «mata a tu hijo»... Como detalle simplemente accesorio, pero curioso, se puede recordar que la misma alucinación (una pequeña rata que sube por la pared) se puede ver en una película famosa de Billy Wilder: *The Lost Week End* (1945), cuyo protagonista es también un alcohólico (el actor Ray Milland).

Siguiendo con el tema de las alucinaciones, un caso especial nos presenta el relato «El hijo» (pp. 752-756), en el que se alude varias veces a dichos fenómenos («alucinación» es palabra muchas veces repetida). El padre, mientras espera el regreso de su único hijo de trece años que se ha ido a «cazar en el monte» con una escopeta, comienza a preocuparse y se abandona a pensamientos ya funestos, ya tranquilizadores, puesto que se repite a sí mismo que le ha acostumbrado «a no contar sino con sus propias fuerzas». Y es aquí donde por primera vez se hace referencia a las alucinaciones: «De este modo ha educado el padre a su hijo. Y para conseguirlo ha debido resistir no sólo a su corazón, sino a sus tormentos morales, porque ese padre, de estómago y vista débiles, sufre desde hace tiempo de alucinaciones». Oye un disparo y reconoce la escopeta, pero pasa el tiempo y su hijo no vuelve para la hora de la comida y sigue tardando. Los pensamientos del padre se hacen tenebrosos y de repente ve algo que se mueve a lo lejos, pero no es su hijo, hasta que «el pobre padre alucinado se entrega a la más atroz pesadilla». La pesadilla consiste en ver, por fin, a su hijo que ha vuelto, en oírle hablar un rato, como si todo hubiera ido muy bien y sonríe de felicidad en su interior... Pero la suya es solamente una «alucinada felicidad», porque el hijo yace muerto, colgado de un alambre de púas desde la diez de la mañana...

Hay que reconocer que el cuento, uno de los más concisos y trágicos de nuestro autor, no parece buscar justificaciones científicas a esta repetición o cadena de alucinaciones. Después de todo, los textos que se ocupan de alucinaciones prefieren las más complejas y de origen patológico o las más simples. Cierta analogía con lo que escribe Quiroga a propósito del estómago y vista débiles de ese padre, se puede observar en Bleuler cuando incluye a las «intoxicaciones» entre las causas de ese fenómeno óptico y auditivo. En cambio, están más cerca de Quiroga algunas teorías, como la de Otto Fenichel, cuando encuentra analogía entre las alucinaciones de la esquizofrenia y las de «una aguda psicosis alucinatoria» (que podría ser la descrita por Quiroga) puesto que «el yo, después de haber roto con la realidad, intenta crear una realidad nueva, que será más conveniente» (O. F., *Trattato di Psicanalisi*, Roma, 1951, p. 479). El crítico Jaime Alazraki ha observado a propósito de este cuento y de las alucinaciones que contiene, lo siguiente: «cuando las alucinaciones del padre se cumplen, es decir, cuando falla el exorcismo, éste produce alucinaciones de sentido opuesto: todo queda reducido a un nivel psicopatológico».

Y de este caso, en parte «evasivo», hemos llegado al último cuento del grupo, «Las rayas» (pp. 469-470), del cual ya he dado una interpretación (véase nota final) que utilizo aquí casi literalmente y que desemboca en un texto científico singular: el pasaje de un libro de Freud, de sus años relativamente juveniles. El cuento, entre otras cosas, se conecta con otros textos quiroguianos donde trata de verdaderas metamorfosis y, en algunos casos, se podría afirmar, de manera casi kafkiana (el cuento de Kafka, *La metamorfosis*, fue escrito en 1912, pero su difusión fue muy posterior como toda difusión de este autor: de los años 30 a los 40). La diferencia, que es significativa, está en el hecho de que la metamorfosis, aquí, es el desenlace y no el principio del cuento, y no tiene que ver con los sueños.

«Las rayas» es uno de los muchos cuentos de Quiroga que narran la historia de una locura. Empezaré por resumir esa historia. Dos empleados en un almacén de trigo de un pequeño centro de Argentina, uno de ellos encargado del registro de ventas, es decir, del Diario, y el otro de un segundo libro, el Mayor, todo esto en un escritorio, dos años después de haber sido contratados, y sin que el trabajo les resultara ni oneroso ni demasiado monótono o repetitivo, en el espacio de dos meses manifiestan imprevistamente varios síntomas de cambio en su humor (hablan demasiado o muy poco) y en su salud (en un primer momento enferman con extrema facilidad de gripe, luego comienzan a adelgazar visiblemente) y, al final, se dan a trazar rayas sobre sus respectivos libros e incluso fuera de ellos. Es la locura: «estaban completamente locos, una terrible obsesión de rayas que con esa precipitación productiva quién sabe a dónde los iba a llevar». Y, efectivamente, las consecuencias de esta obsesión son desconcertantes, como se comprueba cuando uno de los dueños del almacen (el que narra) va a buscar a los dos empleados, qua ya habían sido despedidos, al caserón que habían alquilado juntos, porque, según el dueño de la fonda italiana donde comían, habían dejado de dar señales de vida. Cuando el dueño del almacén y el de la fonda se encuentran en las cercanías del caserón, se les añaden otras personas y forman un grupo. Después de derribar el portón de la entrada, descubren que no están en casa: «Recorrían la casa en vano; no había nadie. Pero el piso, las puertas, las paredes, los muebles, el techo mismo, todo estaba rayado: una irradiación de rayas en todo sentido». Y siguiendo el rastro de las rayas, el descubrimiento final, enigmático y espeluznante: «Terminaba en el albañal. Y doblándonos, vimos en el agua fangosa dos rayas negras que se revolvían pesadamente».

Como se puede deducir de inmediato, la locura lleva a los dos personajes a realizar sobre sí mismos una verdadera metamorfosis: obsesionados por las rayas (signales), se convierten ellos mismos en rayas (es decir, en peces de este nombre). Lo interesante de la metarmofosis descrita por nuestro autor es que se realiza dentro de una zona semántica, dentro del significado distinto que cobra la misma palabra en un mismo idioma. Hay que añadir que, en este caso, en su horizonte literario, además de los autores de cuentos fantásticos está el recuerdo fascinante de *Bouvard et Pecuchet* de Flaubert: dos escribanos, una amistad singular y duradera, manías persistentes y librescas (y, como se verá, la misma estructura binaria, que otros han visto justamente en el cuento de Quiroga: dos narradores, dos dueños, dos empleados, etc. y el uso frecuente del verbo *doblar*).

De todas formas, ya desde esta primera aproximación puede decirse que el cuento tiene un marcado fundamento de signicidad, no sólo porque «las rayas» son signos, sino porque de su naturaleza de signos deriva (para los personajes) su misma «precipitación productiva»; en definitiva, su producción y su «irradiación» hasta la desviación o salto final de una acepción a otra de la misma palabra «raya», y porque son las palabras, como signos significantes, que están en juego en la narración. Con esto, hemos llegado al meollo del cuento, el cual presenta en su apertura una especie de «premisa teórica» que lo diferencia de los otros cuentos de Quiroga y lo convierte en el más problemático de todos: de aquí su «misterio» y la razón de buscar su verdadero origen racional. Transcribo, por lo tanto, el *incipit* del cuento:

> En resumen, yo creo que las palabras valen tanto, materialmente, como la propia cosa significada, y son capaces de crearla por simple razón de eufonía. Se precisará un estado especial: es posible. Pero algo que yo he visto me ha hecho pensar en el peligro de que dos cosas distintas tengan el mismo nombre».
>
> Como se ve, pocas veces es dado oír teorías tan maravillosas como la anterior. Lo curioso es que quien la exponía no era un viejo y sutil filósofo versado en la escolástica, sino un hombre espinado desde muchacho en los negocios, que trabajaba en Laboulaye acopiando granos...

Y aquí empieza el cuento que ya hemos resumido, pero es útil decir que todo está narrado precisamenre por el hombre «espinado desde muchacho en los negocios». Superando el problema de la identidad del narrador, un crítico muy advertido (siempre Alain Sicard, como diremos en la nota final) ha vislumbrado una vuelta interesante y significativa a la *querelle* medieval entre filósofos realistas y filósofos nominalistas, puesta aquí al servicio de un caso de locura y de violenta escisión entre cosa y palabra. Además, uno de los nombres de los dos escribas, Tomás Aquino, reforzaría, en cierto sentido, una interpretación semejante.

Pero releyendo el cuento, y pensando en el momento en que los dos se convierten en dos rayas o peces, me asaltaron dudas y perplejidades. Y de esta situación llegué a la conclusión —guiado por un pasaje de las obras de Sigmund Freud, iluminador a mi parecer— de que la «premisa teórica» de «Las rayas» es, sustancialmente, uno de los trucos que le gustaban a Quiroga (uno de «Los trucos del perfecto cuentista»: artículo recogido en el volumen *Sobre literatura*, Montevideo, Arca, 1970, pp. 65-69, que se reproduce en este volumen, pp. 1191-1193). Es decir, el elemento que disfraza una teoría más exacta, de carácter científico. En efecto, me resulta de todas formas extraño que un escritor

cuya cultura tiende a fundarse en principios científicos modernos –a partir de
la filosofía positivista–, de los que alardea adecuada o inadecuadamente en
numerosos cuentos, animado además por una profunda pasión documental y
realista de fondo, haya querido exhumar un debate de ideas que se remonta a
la doctrina escolástica, símbolo en América Latina del colonialismo y del
oscurantismo. Por lo demás, incluso recurrir al nombre de Tomás Aquino me
parece, a este nivel, más irónico que serio, más un truco que un indicio
convincente.

Y bien: la respuesta más radical a mis perplejidades la he encontrado en el
libro de Freud *Lo inconsciente* (1915), y precisamente en el capítulo VII, «El
discernimiento de lo inconsciente», a propósito del estudio sobre la esquizofrenia,
en el párrafo en que vuelve a tratar el concepto de inconsciente. Préstese atención
al siguiente pasaje:

> Si nos preguntamos qué es lo que confiere a la formación sustitutiva y al síntoma
> esquizofrenia su carácter extraño, caemos finalmente en la cuenta que es el
> predominio de la referencia a la palabra sobre la referencia a la cosa... Toda vez
> que ambas –palabra y cosa– no coinciden, la formación sustitutiva de la
> esquizofrenia diverge de la que se presenta en el caso de la neurosis de trasferencia.
> Reunamos esta intelección con el supuesto según el cual en la esquizofrenia son
> resignadas las investiduras de objeto. Tendríamos que modificarlo ahora: la
> investidura de las representaciones-palabra de los objetos se mantiene. Lo que
> pudimos llamar la *representación-objeto* consciente se descompone ahora en la
> *representación-palabra* y en la *representación-cosa*, que consiste en la investidura,
> si no de la imagen mnémica de la cosa, al menos de huellas mnémicas más
> distanciadas, derivadas de ella. De golpe creemos saber ahora dónde reside la
> diferencia entre una representación consciente y una inconsciente. Ellas no son,
> como creíamos, diversas transcripciones del mismo contenido en lugares psíquicos
> diferentes, ni diversos estados funcionales de investidura en el mismo lugar, sino
> que la representación-cosa más la correspondiente representación-palabra, y la
> inconsciente es la representación-cosa sola. (La cita proviene de la edición de las
> *Obras completas* de Sigmund Freud en la traducción directa del alemán de José
> Luis Etcheverry, «ordenamiento, comentarios y notas de James Strachey, con la
> colaboración de Anna Freud», vol. XIV, Buenos Aires, Amorrortu Editores (1979),
> pp. 197-98. La frase pertenece al libro *Lo inconsciente* (1915), en original *Das
> Unbewusste*.)

La explicación de la última frase del escrito de Freud, aplicada al cuento de
Quiroga, sería ésta: que en el estado inconsciente en que han caído (caso perfecto
de esquizofrenia, según Krapelin y después según Freud) los dos escribanos la
«representacion-cosa» logra metamorfosearlos en peces; o, en otros términos, para
ellos la «cosa» predominante, al final, son más las *rayas-peces* que las
rayas-signos.

Llegados aquí, sería necesario averiguar cómo pudo Quiroga entrar en contacto
con la obra de Freud, si no directamente, en traducción, o al menos con una
fuente de difusión de la misma: un artículo en una revista, especializada o no,
en español o en francés; una alusión encontrada en sus investigaciones sobre las
distorsiones de la psique; un amigo psicólogo o estudioso de problemas de

patología mental que se lo hubiera señalado, etc. La única dificultad es que el cuento de Quiroga tiene la fecha 1907; sin embargo, es notorio que lo escrito por Freud tenía origen en clases y que las discusiones que se animaron acerca de los estudios específicos de Freud en aquel entonces tuvieron una repercusión muy grande entre los psicólogos de todo el mundo. Pero la cuestión, a estas alturas, se vuelve puramente biográfica y, en todo caso, de menor relevancia respecto de la coincidencia conceptual entre dos textos.

Me he detenido especialmente en el estudio de este cuento de Quiroga no sólo porque merece la máxima atención en todos sus aspectos, sino también porque esclarece, de algún modo, otros cuentos de metamorfosis de los que hablaremos brevemente más adelante.

Y ahora voy a referirme a la segunda familia de cuentos que de alguna forma tienen que ver con la ciencia o, mejor dicho, con la compleja técnica de la fotografía y del cine, es decir con fenómenos que tienen relación con la ciencia óptica. Una técnica, la de la fotografía y del cine, en la que Quiroga se consideraba particularmente competente y que en cierto modo lo entusiasmó e involucró, no sólo en la teoría, sino también en la práctica, como muchos ya han observado. Aunque no están inspirados en elementos científicos sino sólo tecnológicos, hay que dar espacio aquí a todos esos cuentos y relatos donde se manifiesta lo que él mismo, a través de un personaje que se le parece (Subercasaux, de «El desierto»), llama «inquietudes experimentales». La técnica fotográfica y, más aún la cinematográfica, le facilitan el salto brusco de ciencia a fantasía, de personajes de carne y hueso (aunque locos) a fantasmas.

Los cuentos que pertenecen a este grupo consistente son, siguiendo el orden del más simple al más complejo: «El retrato», «La cámara oscura» (que se refieren a la fotografía), «Miss Dorothy Phillips, mi esposa», «El puritano», «El espectro» y «El vampiro» (que se refieren al cine). Cabe señalar aquí que ya está presente, en el último de los cuentos citados, ese recurso tan ingenioso y extraordinario que hemos admirado en *The Purple Rose of Cairo* de Woody Allen, película en la que un personaje sale de la pantalla para entrar en la vida. Pero en uno o dos de estos cuentos hay algo más: un actor o una actriz que desde la pantalla distingue y ve a una persona o personas a quienes conoce.

«El retrato» (pp. 986-989) es un cuento poco conocido y está incluido entre las «obras inéditas y desconocidas». Se trata del cuento donde hemos encontrado, no se olvide, las referencias más concretas a dos hombres de ciencia; Gustave Le Bon y William Thompson (más conocido como Lord Kelvin). Aquí se cuenta que, en un viaje de Buenos Aires a Montevideo, dos personas se refugian del calor en el puente del barco y entablan una «charla científica» sobre el concepto de éter y de materia disociada, concepto que se encuentra en los dos científicos arriba mencionados. Luego hablan sobre fotografía y sobre la posibilidad de que «un cuerpo expuesto un momento al sol, y colocado en plena oscuridad sobre una placa sensible, la impresione». El amigo, entonces, le da a entender que este experimento, realizado por él, le recuerda un episodio muy triste, y calla. Pero en un viaje sucesivo de Montevideo a Buenos Aires, informa al «yo» narrativo que una experiencia similar de fotografía «prorrogada» la había conseguido él mismo con su novia a punto de morir y sólo porque ella lo había mirado intensamente. Para resumir, el experimento fracasa porque mientras tanto ella había «muerto» para él, pues había dejado de amarla. Lo más curioso de este cuento, en lo que a nuestro tema se refiere, está en el hecho de que es uno de los más ricos en terminología científica: aquí se habla de relatividad, de rayos catódicos, de rayos X, de rayos ultravioletas y de espectroscopio, además de los términos que surgen, durante esta conversación entre especialistas, a propósito de las cualidades del éter, mencionadas al comienzo.

Muy similar, al menos en lo que se refiere a sus aspectos fúnebres, es el cuento «La cámara oscura» (pp. 674-680). Encargado de hacer una fotografía a un muerto, el «yo», que es la voz narrativa del cuento y que le ha visto morir, realiza su tarea mientras dos hombres colocan el ataúd en forma casi vertical para que el cadáver reciba mejor la luz. Después de la ceremonia fúnebre, un poco tétrica, el relato llega a su *climax*: «La fúnebre ceremonia concluyó, pero no para mí. Dejaba pasar las horas sin decidirme a entrar en el cuarto oscuro. Lo hice, por fin, tal vez a medianoche. No había nada de extraordinario para una situación normal de nervios en calma. Solamente que yo debía revivir al individuo ya enterrado que veía en todas partes; debía encerrarme con él, solos los dos en una apretadísima tiniebla; lo sentí surgir poco a poco ante mis ojos y entreabrir la negra boca bajo mis dedos mojados; tuve que balancearlo en la cubeta para que despertara de bajo tierra y se grabara ante mí en la otra placa sensible de mi horror».

El más simple de los cuentos inspirados en el cine es «Miss Dorothy Phillips, mi esposa» (pp. 436-463). A partir de este momento, salvo pocas excepciones, entra en la escena un personaje casi constante: un amante del cine excepcional, un tremendo fanático del cine de nombre Guillermo Grant (y también la sala cinematográfica será siempre la del Metropole). El cuento de que ahora me ocupo es, además, como otro que veremos, un viaje muy competente por el mundo del cine: nombres reales de actores y de actrices, títulos de películas, situaciones de Los Ángeles y de Hollywood, alguna alusión al cine y a sus características industriales, etc. Pero en su conjunto, y lo descubrimos sólo al final, se trata simplemente de un sueño que ocurre precisamente en el mundo mítico del cine, con la actriz Dorothy Phillips en el papel de mujer deseada y soñada.

Muy diferente es el cuento «El puritano» (pp. 762-766). Aquí la situación es bastante extraña; en la sastrería de uno de los establecimientos cinematográficos de Hollywood, se reúnen todas las noches los actores muertos de las películas que todavía de vez en cuando se exhiben. Y si falta uno de ellos es porque esa noche se está proyectando, con un poco de sufrimiento por su parte, una película suya. Pero hay una excepción entre ellos: una estrella de gran belleza, que prefiere sufrir sentada en un sofá antes que verse de nuevo en la pantalla. Esta mujer, aún en vida, se había enamorado locamente de un hombre (también, nótese, relacionado con el ambiente del cine) casado, con un hijo de diez meses y, además, cuáquero, es decir un rígido puritano como dice el título, que la rechazaba pese a estar enamorado de ella. La mujer decide un día quitarse la vida. No obstante, a pesar de su muerte, sigue sufriendo porque ese hombre, desde la platea de un cine, no pierde ninguna película suya y ella, desde la pantalla, sigue viéndolo.

Hasta que un día deja de verlo pues él también se ha matado: y ahora pueden estar juntos en el famoso sofá...

Aunque con el resumen la historia resulta un poco banal, en ella se concentran algunos temas que se refieren al fenómeno cine: la vida fantasmal de los actores muertos que, sin embargo, siguen «viviendo» para los otros en la pantalla; su presencia constante como mitos y, por tanto, dotados de una fuerza casi meta-física capaz de empujar al suicidio; y así sucesivamente. Son temas que, desarrollados luego y vueltos a tratar de mil modos, tienen en Quiroga el sello de la modernidad. Piénsese sólo en la duración del mito de Greta Garbo o el de Marilyn Monroe.

Los otros dos cuentos «cinematográficos» no sólo son más complejos, sino que también abordan argumentos que conciernen a un medio de expresión muy especial, el filme, y a sus «milagrosos» recursos técnicos que parecen poner siempre en discusión la relación tan sutil aquí entre vida y ficción.

El primero se titula «El espectro» (pp. 542-552) y trata también el tema de la «supervivencia» en las películas del actor ya muerto. A esto se añade que el principio del cuento se une al desenlace, con los dos protagonistas, Enid y Guillermo (Guillermo Grant, el nombre que ya encontramos en «Miss Dorothy Phillips, mi esposa») ya difuntos. Es él quien cuenta la historia y es él quien cierra el triángulo, podríamos decir, amoroso, formado por la actriz Enid, que está casada con el actor Duncan Wyoming, gran amigo de Grant y famoso como actor. La casualidad quiere que Duncan muera y deje a Grant el deber moral de velar por Enid. Pero entre ella y Grant, después de los primeros momentos de escrúpulo ético y sentimental, estalla violentamente el amor que, silenciosamente, los consumía. La casualidad, una vez más, quiere que se estrene una de las dos películas que ha rodado Duncan antes de morir, en la que se asiste a una escena donde el personaje interpretado por Duncan, mata al amante de su mujer que, sin embargo, sigue siendo fiel al muerto. Enid y Guillermo van a ver la película todas las noches hasta que una noche, los ojos de Duncan, desde la pantalla, empiezan a dirigirse con insistencia hacia ellos (y aquí Quiroga habla de una «magia de los espectros fotográficos» y de «alucinación en blanco y negro»). Pero no termina aquí: durante una de las proyecciones sucesivas, Duncan se levanta del sofá (donde había matado a su rival) para dirigirse hacia los que considera sus traidores y en ese mismo instante Enid lanza un grito y la película se quema. En la sala, desde luego, hay gran confusión. Para resumir: Enid y Guillermo vuelven al cine y si en los ojos de Enid ya se pueden ver «las tinieblas del más allá», Guillermo lleva un revólver. La muerte flota en el aire. Y cuando Duncan se va acercando y con sus manos como garras quiere aferrarlos, Guillermo apunta y dispara. Pero el resultado es insperado porque la bala no hiere a Duncan sino al mismo Guillermo. El gran susto provoca la muerte de Enid y, de este modo, se regresa al principio del cuento, cuando los dos difuntos no faltan a ningún estreno pues esperan ver la segunda película de Duncan, ya anunciada (aunque podría estrenarse con un título diferente); sin embargo, esta vez están listos para huir del segundo intento de ataque y así poder volver a la vida...

Como siempre el resumen disminuye el valor del cuento, pero ha sido necesario para aclarar algunos puntos de misterio que el cine provoca en Quiroga: aparte algunas invenciones nada extravagantes, basadas, incluso, en una especie de «magia científica» (con perdón del oxímoron), se ve claramente que el escritor atribuye poderes sobrenaturales al cine.

Si este cuento se eleva extrañamente hacia una concepción metafísica, el último de la serie «cinematográfica» titulado «El vampiro» (pp. 717-731) se encierra, como el título lo indica, en un fenomeno muy frecuentado por la literatura y alcanza, de otra forma, el arcano de los mejores relatos quiroguianos. En todo caso, estamos ante la presencia de un cuento en el que las huellas científicas o paracientíficas tienen su importancia. La construcción compleja del relato en una sucesión de hechos nuevos y repetidos, si por una parte aumenta el misterio, por la otra revela los resortes, si bien hábiles, de la invención.

El personaje que narra en primera persona, también de nombre Grant, al principio del relato (que es temporalmente el final) está encerrado en un manicomio de guerra en el que rige un silencio sepulcral, indispensable para quien se ha quedado sordo o casi a causa de las bombas y explosiones. Se trata de un individuo que, de un momento a otro, teme la aparición del fantasma de una mujer. El relato vuelve atrás en el tiempo y el protagonista nos cuenta, como «un vago diletante de las ciencias» acerca de una breve correspondencia epistolar mantenida con un tal Rosales a propósito de las propiedades de los rayos N, ya estudiados por Gustave Le Bon (uno de los científicos a quien recurre Quiroga, como ya hemos dicho). El argumento que se discute es un fenómeno óptico: algunos ladrillos expuestos al sol pueden emitir los famosos rayos N si no se los apaga con cloroformo. (Todo esto es científicamente improbable). Pero esta propiedad óptica puede llegar a un grado considerable con otros medios: puede recrear un espectro dotado de voz y vida propia, una vez que se ha aprovechado «el paralelismo entre ciertas ondas auditivas y emanaciones visuales». Y Rosales, de hecho, consigue −con la voluntad que supera «la frontera del más allá racional»− sacar de la pantalla a una famosa estrella de cine y hacer que viva a su lado. Del mismo modo como el retrato oval de Poe vivía, «porque había sido pintado con la "vida misma"», así también la mujer se entretiene conversando con los dos hombres, pero lo hace como un fantasma y con todas las propiedades del fantasma. Vida, muerte, y nuevamente vida, le procura (utilizando aún los medios cinematográficos) Rosales a su amada hasta que «la criatura se impone a su creador» y «se desprende de la pantalla» por sí sola. Un incendio destruye todo y cuando Grant acude al lugar de la desgracia, encuentra el cadáver de Rosales en cuyas «venas no le quedaba una gota de sangre». La mujer se había convertido en su vampiro.

Si pensamos que el relato es conducido por un hombre encerrado en un manicomio (hay que recordar el principio o la premisa), termina por presenntarse, en realidad, como un fútil y, al mismo tiempo, interesante juego de cajas chinas. Pero el discreto aparato científico y paracientífico, su insistente terminología tomada de un bagaje que oscila entre ciencia y pura invención paracientífica («luz galvánica», «la precisión de ciertos fenómenos de óptica», etc.), favorecen la incógnita del desenlace, los imprevistos y las extravagancias del relato hasta garantizarle un buen resultado narrativo.

Antes de pasar a las conclusiones, quisiera aclarar una serie de puntos de cierta relevancia.

Comentando «Las rayas», he indicado ꞌque se trata del relato de una metamorfosis, así como de un relato sobre la esquizofrenia que favorecía aquel cambio; pero hay otros relatos que también narran una metamorfosis, con poca o casi ninguna intención científica.

En «La llama» (pp. 276-285), por ejemplo, se cuenta el caso de «sueño cataléptico» o de verdadera catalepsia, durante el cual una niña de diez años, también bajo el influjo de la música, pasa de un estado infantil a un estado de mujer decrépita. «Todo estaba concluido: en mis brazos, inerte, desmayada, en catalepsia, o no sé qué, tenía ahora una lamentable criatura decrépita, llena de arrugas. Tenía antes diez años. En el espacio de hora y media, había quemado su vida entera como una pluma en aquel incendio de pasión, que ella misma...» Y el incendio de pasión proviene justamente de una música extraordinaria y sumamente sugestiva.

Sin pretensiones de verdad sino, por el contrario, formando parte por muchos aspectos de los cuentos en los que Quiroga hace hablar a los animales, se produce la metamorfosis del estado salvaje de tigre al estado humano y viceversa, en «Juan Darién» (pp. 590-601), un cuento que, en realidad, tiene el estilo y la estructura de una leyenda, incluso amarga y cruel en muchos de sus elementos. Es la historia de un cachorro de tigre que recién nacido pierde a su madre y que, adoptado y amamantado por una mujer, se transforma en niño. Pero cuando crece y la gente de la aldea intuye que bajo esa criatura humana se esconde una fiera, comienzan a perseguirlo y torturarlo, hasta despertar en él su violencia original y recuperar así su naturaleza de animal salvaje.

A los relatos de tipo autobiográfico, que describen hábiles inventos tecnológicos y de ingeniería (los llamo autobiográficos porque Quiroga se dedicó realmente a muchos de ellos) y que tienen como escenario natural la selva, pertenecen algunos cuentos quiroguianos. Los incluimos aquí, pues en ellos se recurre con frecuencia a términos técnicos y a pormenores de gran precisión realista. Y en ellos la técnica es vista casi como ciencia. Son: «El monte negro», «Los fabricantes de carbón» y «Los destiladores de naranja». En estos casos, la capacidad inventiva y creativa del hombre Quiroga y de sus compañeros se muestra con mayor claridad, sobre todo, en un ambiente hostil y difícil, de escasos y desconocidos recursos. En el primer cuento, «El monte negro» (pp. 402-406), se asiste al intento de extraer tanino de la madera del quebracho, ese árbol tan duro, cuyo nombre compuesto deriva de «quebra» y «hacha» y, en el último, a la destilación del alcohol de las naranjas.

De todos modos, y aparte del cuento «El yaciyateré» (pp. 380-384), inspirado en una historia de superstición (como otros cuentos de animales) y de la novela corta *El mono que asesinó*, basada en el espiritismo, no existen cuentos de Quiroga que deriven de la metempsicosis, del hipnotismo (sólo en casos de tratamiento, aplicado por científicos profesionales), de prácticas de espiritismo o magia y otros casos similares. Es más, hay personajes de científicos que están mal considerados como los de «Los cascarudos» o los de «Tacuara-Mansión»: en estos casos se trata de personas fracasadas y víctimas del ambiente rudo, opresivo y a veces tan hostil de la selva. En contraste con estos personajes ex-hombres, hay presencias como la del botánico Gruber, que entrega sus plantitas de ananás a un amigo para que crezcan en una zona inadecuada, y se le nota todo el cuidado de un hombre de ciencia verdadero, en el cuento «La tragedia de los ananás» (pp. 1182-1184).

Desde este punto de vista me parece significativo «El salvaje» (pp. 181-203), un relato en dos partes. La primera se titula «El sueño» (basado en un cuento anterior de 1919, titulado «El dinosaurio») y la segunda «La realidad» (primera versión titulada «El terciario», de 1919). Transcribo aquí las palabras con las cuales lo comenta Rodríguez Monegal: «El primero está situado en la región de la Guayra, en plena estación de lluvias; hay allí un hombre (con un "resplandor prehistórico en los ojos") que cuenta al relator que anduvo tres meses con un dinosaurio; tal vez se trate de un loco». En el segundo, en cambio, describe con precisión, según los principios evolucionistas darwinianos, la vida del hombre en el período terciario, su encuentro con la hembra (de la lucha a la unión carnal) y su pasaje de hombre «arborícola» a hombre carnívoro, de la vida sobre los árboles a la vida en las cavernas. No estoy totalmente de acuerdo con Rodríguez Monegal en que «ciertas precisiones científicas, o pseudocientíficas, estropean un relato que sin embargo funciona admirablemente por su clima alucinado» (esta última afirmación me parece acertada).

Curiosamente, este cuento coincide con el ensayo de Francesco De Sanctis titulado precisamente «El darwinismo en el arte» (y no el positivismo en el arte), en el que se va más allá de la teoría del naturalismo y se anuncia, en cierto sentido, el arte de Verga (entre los autores citados por Quiroga como sus «maestros»). No hay que olvidar que, pese a que el positivismo seguía teniendo fortuna y gran difusión en Argentina e, incluso, en México, en los años veinte y quizás treinta, ya se criticaba seriamente en Europa (recordamos a Benedetto Croce, no ignorado en América) y, por tanto, seguir hablando de positivismo, por ejemplo, para Quiroga en muchos casos no es totalmente exacto, y, en otros, inexacto. Por otra parte, que el cuento fantástico gane vigencia y altura durante el modernismo, apoyándose en elementos científicos y también paracientíficos, o como se ha dicho en un cierto «cientificismo», y que se mencionen, además de algunos cuentos de Lugones, los de Rubén Darío (como «Thanalopia», «El rubí», «Verónica» o «La extraña muerte de Fray Pedro» –un fraile muere después de haber satisfecho su obsesión de hacer una fotografía a la hostia consagrada), nos indica que el positivismo («todo es materia») y quizás el darwinismo no produjeron sólo naturalismo, sino también el relato fantástico modernista, o más bien que este fenómeno participa de cierta decadencia de una parte del positivismo.

Es más, a diferencia de algunos maestros suyos, Quiroga consideró la ciencia siempre con seriedad y empeño; del mismo modo vivió el período de transición y de grandes conquistas y éxitos, en el que la ciencia fue sobre todo evolución, progreso y descubrimientos que iban mucho más allá de la ciencia de tipo positivista. Para Quiroga, escritor de buena cepa, la ciencia fue, además, proyección hacia tiempos nuevos.

Nota final

Doy aquí la lista según el orden en que aparecen en mi texto, de las obras sobre Quiroga y otras que me han servido en mi tarea.

1) Noé Jitrik, Prólogo a Horacio Quiroga, *Novelas cortas*, tomo I (1906-1910), Arca, Montevideo, 1967. (Notas de Jorge Ruffinelli.)

2) Eugen Bleuler, *Lehrbuch der Psychiatrie*, Berlín, 1916. Utilicé la traducción italiana, *Trattato di psichiatria*, de 1967, deducida de la décima edición (1955), al cuidado de Manfred Bleuler, con la colaboración de Rudolf Hesse y Siegried Scheidegger.

3) Horacio Quiroga, *Los desterrados y otros textos*, edición, introducción y notas de Jorge Lafforgue, Clásicos Castalia, Madrid, 1990.

4) Otto Fenichel, *The Psychoanalytic Theory of Neurosis*, Nueva York, 1934. Utilicé la traduccion italiana, *Trattato di Psicanalisi delle nevrosi e delle psicosi*, ed. Astrolabio, Roma, 1951.

5) Jaime Alazraki, *Relectura de Horacio Quiroga*, en AA. VV, *El cuento hispanoamericano ante la crítica*, Madrid, Castalia, 1973, pp. 68-70.

6) Dario Puccini, *Otra nueva lectura de «Las rayas» de Horacio Quiroga*, en *Hispamérica*, n° 50, agosto 1988, pp. 109-114.

7) Siempre a propósito del cuento «Las rayas», véase *Le récit et le monde. H. Quiroga, J. Rulfo, R. Bareiro Saguier*, París, Éditions L'Harmattan, 1987. Son tres los estudios que se refieren en parte o integralmente a «Las rayas»: Alain Sicard, «Fantastique et métalangage dans "Las rayas" de H. Q.», pp. 35-41; Daniel-Henri Pageaux, «Élements pour une poétique du conte dans "Anaconda" de H. Q.», pp. 57-64; y Ariane Desportes, «Esquisse d'une interprétation à grands traits», pp. 65-74.

8) Emir Rodríguez Monegal, *El desterrado. Vida y obra de Horacio Quiroga*, Ed. Losada, Buenos Aires, 1968, pp. 189-190.

9) «Il darwinismo nell'arte» (1883) es el último de los *Saggi critici* de Francesco De Sanctis y se puede encontrar en el vol. 3 de todos los *Saggi critici*, al cuidado de Luigi Russo, Ed. Laterza, Bari, 1953. En este estudio se puede leer entre otras afirmaciones parecidas: «El sentido de lo real, de la fuerza y de lo relativo es el carácter de nuestra transformación» (p. 318).

TRANSFORMACIÓN DEL SITIO:
VEROSIMILITUD Y SACRALIDAD DE LA SELVA

Martha L. Canfield

Unidad y diversidad

Existen en la literatura iberoamericana, a través de su historia y de una nación a otra, elementos unificadores que van creando una continuidad y van dando cohesión a las varias literaturas nacionales, más allá de los elementos de diversidad y de especificidad. Así lo había puesto de manifiesto, hace ya cuatro lustros, José Luis Martínez.[1] Uno de los elementos unificadores señalados por él era el paisaje, que adquiere una fisonomía muy determinada en la novela *María* (1867) de Jorge Isaacs.[2] Especificando aún más, diríamos que hay sobre todo *una* forma del paisaje americano que constituye un poderosísimo elemento cohesionador, y éste es la selva, que se manifiesta por primera vez en toda su potencia, justamente, en *María*, determinando incluso el surgimiento de un género, o subgénero, el de la novela de la selva. Y así lo había demostrado, a su vez, Lydia de León Hazera.[3] Cincuenta años después de *María*, a la configuración paisajística de la naturaleza se van a agregar esos elementos que transforman la perspectiva romántica en realista: el calor y las fiebres, los insectos y las epidemias, las lluvias interminables, los males sociales. La selva resulta entonces meta de ese «movimiento centrípeto» estudiado por Fernando Ainsa, que lleva a huir de la ciudad para buscar en el interior del continente el propio «centro» de renovación y crecimiento del yo.[4]

---

[1] *Cf.* José Luis Martínez, *Unidad y diversidad de la literatura latinoamericana*, Joaquín Mortiz, México, 1972.

[2] *Ibidem*, p. 112.

[3] Lydia de León Hazera, *La novela de la selva hispanoamericana*, Instituto Caro y Cuervo, Bogotá, 1971.

[4] Fernando Ainsa, *Identidad cultural de Iberoamérica en su narrativa*, Gredos, Madrid, 1986, pp. 231-318.

Es bien conocido el papel preponderante que la selva tiene en la narrativa, así como en la vida, de Horacio Quiroga (1878-1937).[5] Menos estudiado, en cambio, es el proceso por el cual ese escenario privilegiado en la mayor parte de sus cuentos se va definiendo, cada vez más, como selva americana y misionera –con sus ríos Paraná y Yabebirí– y ya no hindú o africana, como podía serlo, bajo el influjo de Kipling, en *El devorador de hombres* (1911) o *Una cacería humana en África* (1913).[6]

Y sobre todo cómo ese mismo escenario se va cargando de significación simbólica, distinta de la mera referencia regionalista, entonces predominante en la narrativa hispanoamericana, para configurarse finalmente en lugar arquetípico.

En Quiroga se reúnen, por lo tanto, un tema característico y cohesionador de lo hispanoamericano y una manera nueva de narrar. Esta nueva perspectiva del observador-narrador, además, no se agota en él, se prolonga más allá de su obra, fermentando la narrativa siguiente hasta lo que se ha dado en llamar la «nueva novela hispanoamericana», es decir, la que se produce a partir de los años cincuenta.

Que Quiroga fuera un precursor lo había ya señalado Carlos Fuentes en su citadísimo ensayo *La nueva novela hispanoamericana*, considerándolo uno de los cuatro fundadores de la nueva narrativa. «El tránsito de la antigua literatura naturalista y documental a la nueva novela diversificada, crítica y ambigua», especificaba Fuentes, «lo cumplen [...] dos grandes cuentistas uruguayos, Horacio Quiroga y Felisberto Hernández y, a un interesantísimo nivel de humor y contaminación del lenguaje, los argentinos Macedonio Fernández y Roberto Arlt».[7] Su juicio, así como el que años antes había dado Cortázar,[8] sirve para confirmar la obra de Quiroga como contribución estilística fundamental desde el valioso punto de vista de dos escritores ampliamente reconocidos; y también para contrarrestar la mala fama que de su escritura habían difundido algunos críticos de inclinación académica, injustamente confortados por un apresurado juicio de Borges.[9]

---

[5] Siendo vastísima la bibliografía sobre Quiroga, resulta indispensable, para todo lo publicado hasta 1971, la referencia a Walter Rela, *Horacio Quiroga. Repertorio bibliográfico anotado. 1897-1971*, Casa Pardo, Buenos Aires, 1971. Otras monografías importantes publicadas después de esa fecha serán citadas a lo largo de este ensayo. Para las obras más recurrentes del autor usaremos las siguientes siglas: ALM: *Cuentos de amor de locura y de muerte*, Losada, Buenos Aires, 1976; CS: *Cuentos de la selva para los niños*, Losada, Buenos Aires, 1966; ES: *El salvaje*, Losada, Buenos Aires, 1977; AN: *Anaconda*, Ediciones Anaconda, Buenos Aires, 1942; ED: *El desierto*, Losada, Buenos Aires, 1977; VNA: *De la vida de nuestros animales*, Arca, Montevideo, 1986; LD: *Los desterrados*, Babel, Buenos Aires, 1926; MA: *El más allá* (Título de *Más allá* modificado por los editores), Ediciones Lautaro, Buenos Aires, 1952. La foliación indicada corresponde a la presente edición. Cada cuento en particular se cita, al menos la primera vez, acompañado del año en que fue originalmente publicado y de la sigla del libro en que fue recogido más tarde.

[6] *Cf.* Horacio Quiroga, *Novelas cortas*, tomo II de la serie *Obras inéditas y desconocidas*, dirección y plan general de Ángel Rama, Arca, Montevideo, 1967.

[7] Carlos Fuentes, *La nueva novela hispanoamericana*, Joaquín Mortiz, México, 1969, p. 24.

[8] «Quiroga, Güiraldes y Lynch conocían a fondo el oficio de escritor. Eran escritores de dimensión universal, sin prejuicios localistas o étnicos o populistas»: Julio Cortázar, «Algunos aspectos del cuento», en *Revista Casa de las Américas*, nº 15-16, 1962, pp. 11-12.

[9] «Escribió los cuentos que ya habían escrito mejor Poe o Kipling»: J. L. Borges, citado por Emir Rodríguez Monegal, *Narradores de esta América*, tomo I, Alfa, Montevideo, 1969, p. 75. Darío Puccini

Más recientemente, y a partir de la premisa de que la selva de Quiroga constituye un «ámbito de trascendencia», Giuliano Soria ha establecido que en esa misma selva se crea la trama en la que Quiroga habrá de introducir uno de los elementos destinados a caracterizar la literatura hispanoamericana más notable, es decir, el cruce entre lo real y lo fantástico.

Ya en Quiroga, en efecto, con anticipación respecto de tantos otros, «lo fantástico convive con situaciones de crudo realismo» y, siempre según Soria, la exploración de los límites de lo real conducirá a Quiroga a esos territorios del «más allá», ignoto complemento de lo conocido, con los cuales culminará y se cerrará su búsqueda narrativa.[10]

Para comprender plenamente cuánto Quiroga se anticipa en el tiempo, habría que señalar rasgos particulares de su cuentística, temática, estructuras y mecanismos narratológicos, y confrontar algunos de sus textos con otros de ciertos contemporáneos, como sólo en mínima parte se ha hecho hasta ahora.[11] Pero el objeto del presente ensayo, dando por sentada la modernidad y la eficacia expresiva de la obra quiroguiana,[12] es otro: precisamente, el proceso de maduración simbólica de la selva.

La selva: regreso a las raíces

La experiencia existencial y la experiencia literaria de la selva en Quiroga son indivisibles, así como son indivisibles su vida y su obra. Su periplo existencial, su progresivo alejamiento de las ciudades costeras –Salto, Montevideo, Buenos Aires– para internarse en la selva, representa el mismo retorno a las raíces americanas que se cumple en su obra. Eligiendo la selva como hábitat, con las dificultades que ello implica, Quiroga «asume –dice Emir Rodríguez Monegal– su destino americano más hondo».[13] Y en su caso la ambigua y tal vez discutible

---

considera «maligno» semejante juicio, aunque se trate de una opinión generacional, «de esas que la polémica literaria registra frecuentemente y que se pueden definir necesarios (o innecesarios) parricidios»: Prefazione a Horacio Quiroga, *Racconti d'amore di follia e di morte*, Editori Riuniti, Roma, 1987, p. v.

[10] Giuliano Soria, «La metafisica dell'*oltre*», Introduzione a Horacio Quiroga, *L'oltre*, Marino Solfanelli Editore, Chieti, 1989, pp. 8-9.

[11] Giuliano Soria ha señalado la deuda que la narrativa fantástica argentina tiene con Quiroga y ha reconocido en *La invención de Morel* de Adolfo Bioy Casares la misma ficción que da origen a dos cuentos de Quiroga, «El vampiro» y «El puritano», recogidos en el volumen *Más allá* (*Cf*. G. Soria, «Il reale e l'*oltre*». Il racconto *El vampiro* di Horacio Quiroga», en *Quaderni di letterature iberiche e iberoamericane*, n° 6, 1987, pp. 37-48). El hecho de que Bioy haya negado toda influencia de Quiroga (en entrevista publicada en el periódico *Il Nostro Tempo* de Turín el 19 de junio de 1988), según mi parecer, no invalida la tesis de Soria. Con respecto a la influencia de Quiroga sobre Cortázar, véase mi estudio comparativo «Il punto di vista narratologico in *Las moscas* di H. Quiroga e *Axolotl* di J. Cortázar», in *Le lingue del mondo*, Anno LVI, numero 2, 1991.

[12] Coincido plenamente con Roberto Ibáñez, que alaba «la impar funcionalidad de la palabra» de Quiroga, el cual «quiso y logró una expresión despojada para obtener con un mínimo de medios un máximo de efectos» (Roberto Ibáñez, Prólogo a Horacio Quiroga, *Sobre literatura*, tomo VII de la serie *Obras inéditas y desconocidas*, Arca, Montevideo, 1970, p. 8).

[13] Emir Rodríguez Monegal, *Genio y figura de Horacio Quiroga*, Eudeba, Buenos Aires, 1967; ampliado en *El desterrado*, Losada, Buenos Aires, 1968.

expresión «destino americano» o «sudamericano» (que para Borges coincidía con la muerte violenta, según declara en el «Poema conjetural»), significa, precisamente, fundirse con la tierra. Dejar la ciudad para abrazar la selva significa buscar y acaso recuperar la «pureza inicial». El movimiento empieza con el rechazo de la civilización y sus contrasentidos. Quiroga se pone así en las antípodas de Sarmiento, para quien las ciudades y especialmente Buenos Aires eran islas de civilización rodeadas y asediadas por la barbarie.

Para Quiroga, que por una curiosa simetría resulta descendiente de aquel Facundo objeto de la diatriba sarmientina, es todo lo contrario: quien busca la vida de la selva es una especie de Robinson que persigue una isla de vida más verdadera. Y la selva, que separa de la civilización, que *aísla*, tiene extraordinarios poderes terapéuticos; pero, a su vez, está amenazada por la «civilización», por el afán de dominio del hombre, el gran destructor.[14]

No es casual que el tema del destierro reúna a Quiroga y a Martín Fierro, paradigmática víctima del exterminio conjunto del gaucho y del indio perpetrado por Mitre a partir de las teorías de Sarmiento. Como tampoco es casual, probablemente, que en su novela de 1960 Augusto Roa Bastos llame «Éxodo» al movimiento que conduce a dos de sus protagonistas a alejarse de la vida comunitaria para internarse cada vez más en la selva.[15] Y sin embargo, algo de herencia positiva le llega a Quiroga del ancestral enemigo: un eco de la directa relación entre el ambiente físico y los tipos humanos, que Sarmiento estableciera como premisa antropológica a la historia de Facundo y como razón determinante de la existencia de Rosas, aparece en los cuentos del uruguayo y muy nítidamente en el libro *Los desterrados* (1926), estructurado «sarmientinamente» en dos partes tituladas «El ambiente» y «Los tipos».

César Tiempo no tenía dudas: para él la selva empieza a tener existencia literaria con Quiroga: «Quiroga fue evidentemente un poeta. La selva empezó a existir, a temblar, cuando él puso sobre ella sus manos y sus ojos. Y le dio voz».[16] Él la liberó del convencionalismo del «color local» ejemplificando cómo se transforma en «terror local». Se internó por un camino que no podrá ser desandado y es él quien nos ha proporcionado el punto de partida.[17]

La búsqueda de las raíces y la definición de la propia identidad es, como se sabe, otra de las obsesiones constantes de lo hispanoamericano y tiene seguramente origen en la violenta colisión de lo español con lo indígena, aumentada por las sucesivas oleadas migratorias que han ido completando y complicando el panorama étnico-cultural del Nuevo Mundo. La nostalgia de las raíces que tiene Quiroga es la nostalgia del hombre americano brutalmente separado de sus orígenes.

Ese «regreso» que él cumple no era fácil en su momento histórico. Si bien el impulso que lo guía es común a muchos escritores que, como él, venían de una pasada militancia modernista —más o menos intensa, más o menos ortodoxa—,

---

[14] *Cf.* especialmente «El regreso de Anaconda», 1925, en LD.

[15] Augusto Roa Bastos, *Hijo de hombre*, Losada, Buenos Aires, 1973 (5ª ed.), parte IV, p. 79 y ss.

[16] César Tiempo, *Cartas inéditas de Horacio Quiroga*, presentación y notas de Arturo Sergio Visca, Biblioteca Nacional, Montevideo, 1970, p. 12.

[17] *Ibidem*, p. 21.

identificar esas raíces constituía un problema. En el Río de la Plata, el mundo del «gaucho» o «criollo» lo había cerrado Florencio Sánchez con la trilogía *M'hijo el dotor* (1903), *La gringa* (1904) y *Barranca abajo* (1905). Atrás estaba el pasado heroico de Martín Fierro, ahora invertido en el mundo antiheroico de Javier de Viana y de Roberto Payró, con sus paisanos ventajeros, viciosos y delincuentes. Atrás quedaba también la invención de una mitología uruguaya donde la selva y el indio eran tan falsos como la supuesta base teológica del *Tabaré* de Juan Zorrilla de San Martín: la «garra charrúa», todavía ingenuamente enarbolada por el deporte nacional o la retórica de Estado. Identificar las raíces con la selva, por lo tanto, o mejor *elegir* la selva como sitio privilegiado del origen, como emblema de la matriz, no era nada previsible. Al contrario: en el Río de la Plata constituía una verdadera novedad.

Escuela de realismo

Todavía, la selva es para Quiroga mucho más que un tema o un símbolo. Es una escuela de realismo y de indagación existencial. Todos sus biógrafos y sus críticos, desde el amigo Ezequiel Martínez Estrada al devoto estudioso Emir Rodríguez Monegal, a Pedro Orgambide, y otros, han señalado la huella profunda que dejó en él la primera experiencia de la selva, cuando en 1903 acompañó al maestro Lugones, como fotógrafo, en la expedición a Misiones. La modificación personal y literaria de Quiroga será, desde este momento, constante y estará indisolublemente ligada a la selva. Los resabios modernistas de *Los arrecifes de coral* y de algunos cuentos iniciales desaparecerán completamente mientras irá simultáneamente construyéndose una forma esencial y autárquica de vida[18] y un realismo cada vez más escueto y descarnado[19] que terminará por metamorfosearse a su vez en una doble tendencia testimonial[20] y parabólica,[21] en la que la selva se retrata para trascenderse, se proyecta más allá de sí misma, como encarnación de una cierta condición humana original.

Al decir que la selva moldea la persona y el estilo de Quiroga, automáticamente se replantea el problema del estilo. A lo ya dicho agreguemos que el juicio polémico de Guillermo de Torre,[22] como el ya citado de Borges, están hoy día muy superados y que a ello han contribuido especialmente Ezequiel Martínez Estrada,[23] Emir Rodríguez Monegal[24] y Nicolás A.S. Bratosevich.[25] Ya el primero

---

[18] Es famoso que Quiroga, como Robinson Crusoe, se construía todo con las manos, su ropa y la de sus hijos, la casa, las embarcaciones, los instrumentos de trabajo. Vocación de «poder omnisciente», con modelo precisamente robinsoniano, le atribuye Fernando Ainsa, *op. cit.*, pp. 263-266.

[19] *Cf.* «El almohadón de pluma», 1907, en ALM.

[20] *Cf.* «Tacuara-Mansión», 1920, en LD.

[21] *Cf.* «Juan Darién», 1920, en ED.

[22] Sustancialmente, que escribía con desaliño y que su concisión era confusa; *Cf.* Prólogo a la ed. Aguilar de *Cuentos*, Madrid, 1950.

[23] Ezequiel Martínez Estrada, *El hermano Quiroga*, Instituto Nacional de Investigaciones y Archivos Literarios, Montevideo, 1957, ed. fuera de comercio; Arca, 1968, pp. 62-72.

[24] Emir Rodríguez Monegal, *Las raíces de Horacio Quiroga*, Asir, Montevideo, 1961, pp. 99-104.

[25] Nicolás A. S. Bratosevich, *El estilo de Horacio Quiroga en sus cuentos*, Gredos, Madrid, 1973.

había dejado bien sentado, en su discurso fúnebre, este concepto: «Casi todo lo que se entiende por trágico en su vida y en su obra proviene de que había eliminado sin piedad lo accesorio y ornamental. Cuando la vida o el arte se despojan de sus atavíos, hállase la amarga pulpa de la almendra fundamental».[26]

Quiroga-Arguedas

El estilo de Quiroga parece condicionado por lo que de la selva quiere decirnos; lo esencial sin rodeos, lo heroico sin retórica y también a menudo gratuito,[27] la grandeza de lo insignificante, la pureza, la armonía original; pero también por lo que de la selva resulta en último término, es decir, la selva trascendida, la selva que es más que ella misma, espacio legendario y mistérico.

Hay en Quiroga una mística de la selva y de la vida salvaje así como Arguedas desarrollará, un poco más tarde, una mística del indio y de la vida del ayllu. Para ambos la lengua literaria no fue un fin en sí misma sino el producto de un esfuerzo enorme por formular un mundo *más verdadero*. Esfuerzo tanto mayor cuanto que el destinatario de este mensaje no es un «cómplice»: el blanco para Arguedas, que habla español y casi seguramente ignora el quechua; el hombre de la ciudad para Quiroga. Dicho de otro modo, Arguedas no escribe para los indios y Quiroga no habla de su literatura en San Ignacio. De las novelas de Arguedas se deduce claramente que el indio es *mejor* que el blanco, más *puro*. Quiroga está convencido de que el hombre de la selva, el «desterrado», si no es mejor que el otro es sin duda más *verdadero*, así como está convencido de que la selva tiene el poder de restituir al alma la armonía perdida. Después que se ha establecido en San Ignacio con la primera mujer, Ana María, en 1909, escribe a Saldaña: «Desde la mitad de mayo tengo una salud privilegiada. Sólo yo sé qué mal he estado en Buenos Aires y particularmente cuando nos vimos. Tenía una sensación digna de Muñecas: yo no era yo. Hacía, hablaba, pensaba pero no era yo. Un perfecto desdoblamiento, como el tormento de dormir sabiendo que hay un ladrón en el cuarto y no lo podemos descubrir». Muchos años más tarde, en 1935, en las cartas a Martínez Estrada tratará (inútilmente) de convencerlo para que se establezca en San Ignacio por un tiempo, o para siempre, porque la selva «cambia las personas», «las cura».[28]

Tanto en Arguedas como en Quiroga esta mística de la naturaleza está acompañada por un panteísmo más o menos velado, más o menos reconocido, sobre el cual volveremos.

Lo que es interesante ahora recordar es que Quiroga no mencionaba casi nunca autores uruguayos o argentinos o hispanoamericanos, a pesar de que, como sabemos, se prodigó paternalmente con los jóvenes escritores salteños que iban

---

[26] Ezequiel Martínez Estrada, «Discurso fúnebre», en *Nosotros*, Buenos Aires, marzo de 1937, p. 325.

[27] *Cf.* «Los fabricantes de carbón», 1918, en AN.

[28] Emir Rodríguez Monegal, *Genio y figura de Horacio Quiroga*, p. 158.

a buscarlo a Misiones como a un maestro (primero ante todos Enrique Amorim); a pesar de su honda amistad humana y literaria con Martínez Estrada, de sus amores con Alfonsina Storni, de su testimonio de interés y de estima por J.E. Rivera, a quien escribió una muy expresiva carta cuando salió *La vorágine*, que hizo seguir de una elogiosa reseña.[29] Pero, en general, como aclara Martínez Estrada, Quiroga tenía una conciencia tan lúcida de lo auténtico y lo apócrifo que no podía confundir la mediocre «industria nacional con la gran prosa narrativa europea [...] Apreciaba a Payró, Lynch, Icaza, Rivera, Gallegos sin entusiasmo y sus reparos me parecían atinados y equitativos».[30]

No pudo conocer a Arguedas, cuyo primer libro (*Agua*, 1935) fue publicado en Lima apenas dos años antes de su muerte. Sin embargo, esta subterránea afinidad que vincula la obra de ambos proyecta la figura de Quiroga, el «desterrado» –el «raro» hubiera dicho Darío–, contra un fondo de bien definidos contornos hispanoamericanos. Dicho de otro modo: la proyecta en ese contexto de auténtica hispanoamericanidad que tanto hemos buscado y que tan a menudo se nos ha confundido en medio de inútiles retóricas.

Institución del tema

Recorriendo las colaboraciones que desde 1897, y durante toda su vida, Quiroga mandó a diarios, periódicos y revistas,[31] se nota el pasaje de la militancia modernista, en los últimos años del siglo, a eclécticas tentativas de experimentar el género fantástico, la crítica literaria y el periodismo brillante, con una amplia gama de intereses que abarcan de lo social a lo religioso, del deporte a la novedad científica. Pero después de sus viajes a Misiones (1903) y al Chaco (1904), la temática de la selva empieza a presentarse: primero tímidamente –un cuento en 1906, «La serpiente de cascabel»; dos en 1907, «Las rayas» y «En el Yabebirí»–; a veces en relación con la zona tórrida aledaña (v. especialmente el magnífico «La insolación», 1908); y en fin de modo predominante a partir de 1909, fecha de su primer matrimonio y de su establecimiento en Misiones.

Al principio la selva es para Quiroga nada más que un lugar fascinante donde la vida se multiplica en criaturas de insospechables y sorprendentes recursos, a menudo desconcertantes para el hombre y, a diferencia de él, todavía en íntima armonía con la naturaleza. Así van surgiendo sus cuentos sobre los yacarés, las rayas, las hormigas, los coatíes, los tigres, los loros y, en especial, sobre el más terrestre y misterioso de los animales, la serpiente. O bien la selva es el lugar hostil donde la voluntad humana se pone a dura prueba, escenario impávido de proezas extraordinarias.[32] O ex-edén donde, de la antigua amistad entre el hombre

---

[29] Horacio Quiroga, «El poeta de la selva: J. E. Rivera», en *La Nación*, Buenos Aires, 1º de enero de 1929.

[30] Ezequiel Martínez Estrada, *El hermano Quiroga*, p. 67.

[31] Para ello es sumamente útil la contribución de Walter Rela, *op. cit.*

[32] *Cf.* «El monte negro», 1908, en AN.

y la fiera, quedan sólo casos aislados en un contexto abominable de explotación del hombre por el hombre y de insensata destrucción de los recursos naturales.[33]

La injusticia en las relaciones humanas, la «desigualdad» en el sentido rousseauniano, es más evidente allí donde la civilización ha borrado mejor los restos de la bondad original del salvaje: la casa burguesa puede encerrar horrores mortales, insidiosos y enmascarados por las buenas costumbres.[34] Asimismo al regresar a su lugar de origen, la selva, el hombre ya corrompido contamina también las relaciones entre animales y hombres,[35] o entre salvajes y civilizados,[36] o entre desposeídos de la tierra y prepotentes apoderados.[37] La denuncia social vinculada a la temática de la selva está presente en la obra de Quiroga en varios cuentos, escritos entre la primera y la segunda década del siglo; alimenta una de sus mejores realizaciones (v. el citado «Los mensú») y explica su interés por la paradigmática novela de Rivera, así como los nexos que, partiendo de su obra, lo vinculan a varios narradores de nuestro tiempo, en primer lugar a Augusto Roa Bastos.

Consagración de la selva: «La miel silvestre»

Pero el signo característico de la selva quiroguiana es otro: es la fundación, con ella, de un lugar sagrado donde el hombre, arrancado de su origen y pervertido en su naturaleza originalmente buena, es llamado a probar su propia condición. La selva, entonces, como lugar de iniciación, como sitio destinado al cumplimiento de un rito de paso del cual no todos, naturalmente, son conscientes y no todos resultan vencedores.

Nos parece que un cuento en particular, «La miel silvestre»,[38] establece el principio fundamental de la sacralidad de la selva. El cuento empieza con un preámbulo pseudo-autobiográfico o testimonial, muy del gusto de la narrativa realista-naturalista de la cual proviene Quiroga: tengo dos primos, dice el narrador homodiegético, que a los doce años, un día, resolvieron dejar el hogar para ir a vivir de la caza y de la pesca en el bosque; al segundo día, desconcertados y débiles, fueron hallados por sus parientes y regresados a la casa sin mayores consecuencias. Mucho más graves podían haber sido éstas, reflexiona el mismo narrador, si en vez de un «bosque dominguero», como el de los primos, se hubiera tratado de una selva de verdad, como la de Misiones. Y éste será precisamente el escenario de lo que en seguida se apresta a contarnos. Literatura, por tanto, testimonial; historias que ilustran una condición geográfica, social, psicológica.

---

[33] En este sentido, algo folletinesco pero igualmente ilustrativo de la vocación etológica y ecológica de Quiroga, es «Las fieras cómplices», publicado por entregas en la revista *Caras y Caretas* de Buenos Aires, entre agosto y septiembre de 1908.

[34] *Cf.* «El almohadón de pluma», *cit.*

[35] *Cf.* «El devorador de hombres», publicado en *Caras y Caretas* entre mayo y junio de 1911; véase la nota 6.

[36] *Cf.* «Una cacería humana en África», publicado en *Fray Mocho*, Buenos Aires, entre marzo y mayo de 1913; véase la nota 6.

[37] *Cf.* «Los mensú», 1914 , en ALM.

[38] *Cf.* «La miel silvestre», en *Caras y Caretas*, enero de 1911; ahora en ALM.

Desde otra perspectiva, ese mismo preámbulo podría leerse como la persistencia –parcial y modificada– de dos elementos morfológicos del cuento folklórico o maravilloso: la triplicación y el falso héroe.

Los dos primos, en efecto, son «falsos héroes» cuya acción fallida prepara al lector para la «proeza» del protagonista, toda de signo negativo.[39]

Que los citados primos estuvieran «iniciados» literariamente y se prepararan a la consumación de un «rito», lo sugiere el narrador atribuyendo el impulso a las lecturas de Verne[40] y llamándolos «robinsones». La sinécdoque, por otra parte, solicita el arquetipo presente en la obra de Defoe: la isla solitaria en la que el hombre separado del resto de la humanidad y a través del íntimo contacto con la naturaleza se reencuentra consigo mismo. La selva se parece a la isla de Robinson porque «aísla» de la civilización e impone una vida más ruda y más verdadera. El viaje a la selva puede ser, como lo fue la aventura de Robinson Crusoe, un viaje a la búsqueda de sí mismo.

Pero tal búsqueda puede también concluir negativamente, no en la iluminación sino en la pérdida del propio ser. El viaje puede ser completo y no parcial –como lo era en el caso de los primos–; pero el héroe puede resultar incapaz de superar las pruebas y, exponiéndose a fuerzas que no llegará a comprender ni a dominar, podrá no quedarle otra alternativa que la de sucumbir. El héroe será entonces un «antihéroe»: y éste es el caso de Benincasa, protagonista de «La miel silvestre».

El joven siente la fascinación de la selva («sintió fulminante deseo de conocer la vida de la selva», p. 122); pero calcula mal, tanto su propia condición cuanto el grado de desafío que implica la selva. La primera, irónicamente sugerida por el apellido, queda sin lugar a dudas delimitada por los adjetivos que le aplica luego el narrador: «muchacho pacífico, gordinflón y de cara rosada» (p.122). Lo segundo aparece conotado por los adjetivos con que el narrador certeramente apunta a la frivolidad básica de las concepciones de Benincasa: «quiso honrar su vida *aceitada* con dos o tres choques de vida *intensa*» (subrayado mío); y por su conducta que se sugiere ridícula: frente a los yacarés, a orillas del río, «cuidaba mucho de su calzado, evitándole arañazos y sucios contactos» (p. 123).

Pero la selva se parece más bien a una divinidad terrible, poderosa e imprevisible. No ofrece «diversiones»; más bien infunde pavor, a menos que uno sea tonto o frívolo. El verdadero coraje es el de quien afronta el peligro con clara conciencia del riesgo pero estimulado por un objetivo que se considera impostergable. Es lo que empujará a una mujercita pequeño-burguesa y sin ninguna experiencia a desafiar el Teyucuaré crecido, remando sin parar un día y una noche para salvar a su marido agonizante.[41] En la misma educación que da Subercasaux a sus hijos predomina el principio de intimar con la naturaleza sin bajar jamás la guardia.[42] La selva no es un parque para safaris turísticos;

---

[39] *Cf.* Vladimir Propp, *Morfología del cuento*, Editorial Fundamentos, Madrid, 1977, pp. 67-74 y pp. 84-85.

[40] Dice Quiroga: «*iniciados* también en Julio Verne», p. 122, subrayado mío.

[41] «En la noche», 1919, en AN.

[42] «El desierto», 1923, en ED.

en la concepción de Quiroga, es una escuela de vida despiadada y quien no aprende, sucumbe.

La desorientación de Benincasa en el mundo salvaje es tal que donde él espera «fieras» llegan hormigas[43] y donde él ve nada más que «insectos que pican fuerte», la selva le manda una plaga que lo devora.

A través de todo el cuento el lector puede viajar a dos niveles: uno, el del relato naturalista donde se alternan la acción y la información, ésta veraz y científica, aquélla ilustrativa; otro, el de la actitud para nada impasible del narrador, que deja constantemente traslucir su desprecio por el protagonista: «cierto es que su pulso no era maravilloso, y su acierto mucho menor. Pero de todos modos lograba trozar las ramas, azotarse la cara y cortarse las botas; todo en uno» (p.124). La razón de esta falta de conmiseración está en un presupuesto no formulado pero deducible del cuento: Benincasa, que según su mismo nombre «está bien en casa» y por cierto mejor en casa que en la selva, que prefiere «té con leche y pastelitos» a la ruda comida del bosque, *es un intruso*. Mientras la selva, escuela existencial y sede de iniciación a una vida más verdadera, *es un lugar sagrado*. Y un intruso en un lugar sagrado es un impío, un sacrílego, y como tal merece el castigo.

También la culpa de Benincasa se presenta a dos niveles: uno, más superficial y evidente, es el del robo de la miel, por el que el narrador no deja de llamarlo específicamente «ladrón» (p. 125). Otro, más sutil, menos declarado, pero sugerido a lo largo de todo el contexto, es la profanación del lugar sagrado. Puede ser casual, pero es extremadamente sugestivo el hecho de que las hormigas que lo devoran se llamen «corrección». Y el pobre Benincasa, que pensaba «gozar» de un «poco» de selva, como un hombre «juicioso» se permite una vez en la vida una noche de orgía, tendrá tiempo de sentir con horror, antes de perder el conocimiento, cómo el castigo se encarniza precisamente en la zona de su virilidad: «el contador sintió, por debajo del calzoncillo, el río de hormigas carnívoras que subían» (p. 126).

El centro y la periferia

Es normal considerar como zona «segura» los centros habitados y sentirse protegidos «dentro» de estos centros, sean ellos la casa familiar, el barrio de la infancia, la propia ciudad o la caverna prehistórica. Así como es ancestral el miedo a lo que queda «afuera», a todo lo que está más allá del umbral de lo familiar, donde empieza lo desconocido, lo ignoto, el peligro, lo misterioso y lo sobrenatural: el «más allá» siempre incierto y terrible.

Mitos, leyendas y cuentos populares testimonian la existencia de este parámetro arquetípico, desde Caperucita que encuentra al lobo en el bosque, es decir *fuera* del poblado y *fuera* del camino aconsejado por la madre, hasta el esquema básico de todas las aventuras heroicas en las que el héroe deja el centro conocido, se interna en lo desconocido, allí es sometido a una serie de pruebas

---

[43] Anota sarcásticamente el narrador: «Las fieras llegarían poco a poco: [...] aunque de un carácter un poco singular», p. 123.

y, si resulta vencedor, creciendo en estatura y autoridad espiritual, se dispondrá a regresar.[44] Caperucita paga caro la desobediencia y el desafío a lo desconocido; sólo el héroe, por su proverbial coraje, puede atreverse a cruzar la zona límite; sólo el elegido puede vencer las dificultades y regresar victorioso. Naturalmente se da también el movimiento contrario; y para quien está perdido en la vastedad del «afuera» puede surgir un punto «centro» donde «penetrar» e instalarse: así la isla para el náufrago (Robinson Crusoe, Próspero), así la gruta para el perdido en medio de la tempestad (Dido y Eneas, Lear).

El binomio *dentro/fuera*, *centro/periferia*, con sus connotados tradicionales de *conocido/imprevisible*, *seguridad/peligro*, etc., encarna en la historia de la literatura hispanoamericana en la famosa dicotomía *civilización/barbarie*, propuesta en 1845 por Domingo Faustino Sarmiento, ya recordada al comienzo de este estudio. Para Sarmiento la civilización estaba «dentro» de las ciudades y la barbarie estaba «fuera», en la abierta campaña, en la pampa o en la selva. Su teoría fue rebatida con inteligencia por José Martí, para quien el problema americano se planteaba más bien entre la «falsa erudición» y la «naturaleza»; pero hoy pocos recuerdan los términos martianos mientras nadie ha podido olvidar la eficaz fórmula sarmientina, tal vez porque ella se encuentra, precisamente, con un arquetipo del inconsciente colectivo.

De hecho se prolonga, insidiosamente, a través de una historia que la ha desmentido y a través de una crítica de corte marxista que ha reivindicado la figura de Rosas, llegando hasta la paradigmática novela de José Eustasio Rivera. La famosa frase final de *La vorágine*, «¡Los devoró la selva!», es la confirmación de que una persona «normal», en este caso un poeta, un hombre «culto» –«cuerdo» había dicho Quiroga de Benincasa– no puede arriesgarse impunemente más allá del límite de seguridad. La selva avasalladora y destructora de Rivera vuelve a aparecer todavía en *Canaima* (1935) de Rómulo Gallegos y en otras obras menos célebres. La lección de Quiroga demora en ser comprendida pero al fin la recogen algunos de los más grandes escritores de nuestro tiempo: Alejo Carpentier en *Los pasos perdidos* (1953), Augusto Roa Bastos en *Hijo de hombre* (1960) y Mario Vargas Llosa en *La casa verde* (1965).

También para Quiroga la selva es «afuera», zona fronteriza en sentido metafórico y literal. Sin duda, la lectura de Kipling influyó en su concepción de la vida salvaje y resultó estimulante para sus propios cuentos de la selva. Se podrían citar incluso algunos títulos que corresponden a historias que se desarrollan en el África o en la India («El devorador de hombres», «Una cacería humana en África», «Gloria tropical»). A menudo, también, la vida retirada de ciertos personajes suyos, la espontánea sintonía que establecen con ríos, árboles, animales salvajes y, sobre todo, la paz que de esa relación deriva, presenta afinidades con el mundo de Nick Adams contado por Hemingway, autor que él conoció y apreció e hizo a su vez conocer a Martínez Estrada.[45] Pero, en general, la selva de Quiroga tiene otras coordenadas geográficas y muy definidas: se trata de esa cuña de tierra argentina, confinante por un lado con el Brasil y por otro

---

[44] *Cf.* Joseph Campbell, *The hero with a thousand faces*, Pantheon Books Inc., Nueva York, 1953.
[45] Ezequiel Martínez Estrada, *El hermano Quiroga*, p. 65.

con el Paraguay, última derivación de la floresta ecuatorial, con un clima subtropical de fuertes excursiones térmicas, que tan bien y a veces tan dramáticamente ha descrito nuestro autor.

Es la selva misionera, que se extiende hacia el norte a partir de Posadas, último «centro» en realidad ya ex-céntrico, «y termina en el Amazonas».[46] La misma lengua que se habla allí es doblemente «fronteriza», mezcla de español-argentino con su típico uso del voseo, portugués-brasileño y guaraní. Y la gente que llega a vivir a estas tierras es consecuentemente «ex-céntrica»: «Misiones [...] guarece a una serie de tipos a quienes podría lógicamente imputarse cualquier cosa, menos el ser aburridos».[47] Es esta excepcionalidad, esta desviación con respecto a la norma, lo que interesa a Quiroga. Recordemos que Benincasa no hubiera ofrecido ningún interés en cuanto «cuerdo» («lo suficientemente cuerdo para preferir un té con leche y pastelitos a quién sabe qué fortuita e infernal comida del bosque»), ni hubiera sido digno de memoria, de no ser porque, im-prudente, se atrevió a desafiar el bosque. El hombre programado por las instituciones, obediente a los principios de la civilización, el hombre «normal» (preferido en cambio por otro tipo de narrativa), está excluido de la obra de Quiroga.

En cambio, junto a los «desterrados» en sentido lato, que son, como Quiroga mismo, los que han dejado sus tierras para internarse en la selva, o sea los que le han vuelto la espalda a la civilización, hallamos también maniáticos, locos o «perseguidos», según su terminología, idiotas, subnormales, animales, genios y aun fantasmas, o sea todos los que, de un modo u otro, han cruzado la frontera del detestado estereotipo del hombre normal. En uno de sus últimos cuentos Quiroga llega incluso a transformar en sinónimos estos conceptos que evidentemente se ha acostumbrado a considerar cercanos, porque para él indican personas de igual colocación, es decir, «más allá». Dice del protagonista de «El vampiro»: «Podría él ser un *maniático*, un *perseguido* y un *fronterizo*; pero lo que es indudable, es que poseía una gran fuerza de voluntad».[48]

La segunda parte de la última cita nos pone en la pista de otro concepto fundamental de la perspectiva quiroguiana: la voluntad.[49] Ella es inseparable de los transgresores, de quienes por distintos motivos traspasan el límite. En la evaluación ética que Quiroga hace del mundo, la voluntad ocupa un lugar primordial, ella da a quien la posee, o la desarrolla en grado notable, una forma de grandeza que otros rasgos menos nobles del carácter no lograrán disminuir. Ese explica por qué «la vida más desprovista de interés al norte de Posadas, encierra dos o tres pequeñas epopeyas de trabajo o de carácter».[50] Es la voluntad la que hace de la mujercita de «En la noche» una heroína. Es la voluntad, o una fuerza particular del carácter, lo que le permite a Van Houten soportar tantas adversidades junto con su ilimitado desinterés que abarca hasta su propia vida.[51]

---

[46] «Tacuara-Mansión», *cit.*, p. 646.

[47] *Ibidem.*

[48] «El vampiro», 1927, en MA, p. 720, subrayado mío.

[49] *Cf.* Nicolás A.S. Bratosevich, *op. cit.*, pp. 92-95.

[50] «Tacuara-Mansión», *cit.*, p. 646.

[51] «De todos modos, poco se pierde si uno se va al hoyo... Y escupió», «Van Houten», en LD, p. 642; con modificaciones este cuento corresponde a «En la cantera», 1919, en *Plus Ultra*, Buenos Aires.

Grandes a su manera y por lo mismo dignos de memoria son Tirafogo y João Pedro, aunque, según las circunstancias, podían ser también uno un frío y certero homicida y el otro un tránsfuga de quien nadie pudo conocer el verdadero nombre, «ni aun la policía».[52]

Pintoresco e inolvidable es el simpático peón llamado Olivera, que desaparece sin dejar más huellas que una duda sobrecogedora: ¿dónde está el umbral de lo real? O dicho de otro modo, ¿dónde están los límites, la «frontera»? Casualmente, o no, él también «hablaba una lengua *de frontera*, mezcla de portugués-español-guaraní, fuertemente sabrosa».[53]

Así, en muchos de los personajes de Quiroga se recupera esa dimensión romántica y heroica que la narrativa del 900, por lo general, ha invertido para privilegiar, precisamente, lo anti-heroico. Y esto no es casual. La selva para Quiroga, como para Sarmiento, es afuera. Pero ese «afuera» tiene para él un valor completamente distinto. Es la tierra que queda más allá de las mediocres seguridades, adonde sólo quien tiene pasta de héroe se atreve a penetrar. Y es un lugar de purificación. Más acá del umbral, en el mezquino confort, se puede sólo *sobrevivir*. En la selva no. O se sucumbe o se crece. Se puede sucumbir literalmente, como Benincasa; o moralmente, como los pobres mensúes que, enajenados por un sistema inicuo, dejan de ser dueños de sí mismos. Pero quien supera las pruebas, crece en estatura interior.

La selva terapéutica

Para Quiroga hombre, como para Quiroga narrador, la selva tiene una función terapéutica. Lo declaró muchas veces, de palabra y en cartas a los amigos. En especial en una a Martínez Estrada, tratando de convencerlo (inútilmente) para que se estableciera cerca de él en Misiones, le decía: «considero que Ud. se halla en mala situación espiritual, y necesita ayuda. Yo se la podría dar, de pecho abierto, pero no puedo ir hasta Ud. Tampoco allí tendría gran influjo mi ayuda. Pero aquí, sí; yo hallé ya mi camino que puede ser el suyo como lo ha sido el de tantos otros».[54]

El narrador, seguramente autobiográfico, de «Un peón» dice: «Y como siempre que me sentía desganado, cogí el machete y entré en el monte. Al cabo de una hora regresé, sano ya».[55] Es el mismo valor terapéutico que tienen los bosques y la pesca de altura para Nick Adams, y volvemos a subrayar la afinidad entre Quiroga y Hemingway.[56]

---

[52] «Los desterrados», en LD, p. 630; originalmente como «Los proscriptos», 1925, en *Caras y Caretas*.

[53] «Un peón», 1918, en ED, p. 506, subrayado mío.

[54] Carta del 10 de octubre de 1935, en Ezequiel Martínez Estrada, *El hermano Quiroga*, p. 96.

[55] «Un peón», p. 511.

[56] Los cuentos de Nick Adams fueron publicados por Ernest Hemingway a partir de 1925 y recogidos, junto con otros, en el volumen titulado *The first forty-nine Stories*, de 1938. Hemingway y Quiroga tienen además un padre en común, Jack London (*Cf.* Mirta Yáñez, «Horacio Quiroga y Jack London: una empatía literaria», *Revista de la Universidad de La Habana*, nº 212, 1980).

Del protagonista de «El salvaje» se nos dan los siguientes datos: que era «un hombre extraordinario» y que se había retirado a vivir en una zona difícilmente accesible del alto Paraná porque «estaba cansado del comercio de los hombres y de la civilización, que todo se lo daba hecho». Su retiro, empero, no constituye ni una fuga ni una claudicación: al contrario, eligiendo esta vida solitaria en medio de la selva, «quería ser útil a los que vivían sentados allá abajo aprendiendo en los libros».[57]

Así nace la pequeña estación meteorológica y así, a través de lluvias de inaudita magnitud, el hombre viaja al pasado a encontrar su propia raíz ancestral. La lluvia torrencial, el diluvio, que en la tradición judeo-cristiana se asocia al signo devastador que cierra una era para dar comienzo a otra —y asimismo en otras geogonías, como por ejemplo la maya-quiché según el *Popol Vuh*–, en el sistema imaginario de Quiroga resulta un signo positivo, no exento de carácter lustral, que borrando o «lavando» el presente conduce al hombre a su pasado, lo enfrenta a una imagen perdida de sí mismo, a través de la cual el fragmentario, el amputado hombre contemporáneo se reconstruye. Muchos años más tarde, con la simplicidad fulminante de la poesía, Borges (que nunca apreció a Quiroga) diría algo semejante: «La lluvia es una cosa/ que sin duda sucede en el pasado».[58]

Con «El salvaje» entramos en la dimensión fantástica que Quiroga cultivó paralelamente a la realista-testimonial. Y a veces, como en este cuento, ambas tendencias confluyen. La pequeña estación meteorológica es un tema que se repite en sus cuentos de la selva; [59] el personaje que se autodestierra es en parte proyección de sí mismo y en parte retrato de personas conocidas en Misiones. El conflicto entre la civilización y la barbarie es otro leit-motiv quiroguiano; sólo que aquí se declara muy explícitamente que lo que se llama «civilización» corresponde a presunción libresca y que sólo el contacto directo con la naturaleza puede *realmente* enseñar al hombre. Esta era una idea muy arraigada en Quiroga de la que ha dejado constancia también Martínez Estrada. Dice este último: «Barrió en mí los últimos residuos de una educación deficiente y académica, y la credulidad ignorante y escolar en la palabra de los críticos engañosos o en obras que deben su prestigio a la atrofia del gusto por los frutos silvestres».[60]

La aventura, en cambio, del protagonista que encuentra un dinosaurio del cual primero es paradójico amigo y luego aterrorizado enemigo, nos lleva al ámbito de lo fantástico. Como quieren los cánones del género,[61] al final del cuento el lector no podría decir si lo que ha sido referido al narrador es un sueño —como parece indicar el título–, el delirio de un loco[62] o una historia inverosímil pero realmente ocurrida.[63] Lo que no se pone en duda es que el protagonista elige la

---

[57] «El salvaje», 1919, en ES, p. 181.

[58] Jorge Luis Borges, «La lluvia», en *El otro, el mismo*, 1964.

[59] Véase, por ejemplo, «Los fabricantes de carbón», 1918, en AN.

[60] Ezequiel Martínez Estrada, *El hermano Quiroga*, p. 64.

[61] Ya especificados por Tzvetan Todorov, *Introduction à la littérature fantastique*, Seuil, París, 1970.

[62] «un hombre culto que se ha vuelto loco», «El salvaje», *cit.*, p. 183.

[63] «El cantil... ¿es ése? —pregunté a mi hombre. Él volvió la cabeza y miró largo rato el peñón que iba blanqueando tras la lluvia. —Sí— repuso al fin con la vista fija en él», *ibidem*, p. 188.

selva como lugar de purificación, no de alguna culpa, sino «del comercio de los hombres» y de la escorias de la civilización (la presunción libresca).

Entre líneas se lee que este regreso a la matriz primordial de la naturaleza (la selva) permite el reencuentro con una parte profunda de sí mismo, sepultada en el inconsciente pero también registrada en la rigurosa memoria de la especie. Esa *parte profunda* es el ancestro prehistórico. Es, por lo tanto, *otro*. Pero el yo del meteorólogo se identifica inmediatamente con él porque, en efecto, el hombre actual, desvirtuado en su esencia, siente una gran necesidad de recuperarse a través del contacto con las propias raíces traicionadas y olvidadas. Le dice a su ocasional visitante: «Durante meses y meses había deseado ardientemente olvidar todo lo que yo era y sabía, y lo que eran y sabían los hombres... Regresión total a una vida real y precisa, como un árbol que siempre está donde debe, porque tiene razón de ser. Desde miles de años la especie humana va al desastre [...]. No hay en la civilización un solo hombre que tenga un valor real si se le aparta. Y ni uno solo podría gritar a la Naturaleza: yo soy» (p. 9).

Que el viaje a la selva es en realidad un viaje a la búsqueda de sí mismo lo había intuido Lydia de León Hazera,[64] aunque no haya desarrollado esta idea que es, ciertamente, el fundamento de la *Weltanschauung* quiroguiana. La misma idea constituirá más tarde la base de la espléndida construcción poético-ideológica de Carpentier en *Los pasos perdidos*.

Las fuerzas malignas

La selva se le revela, entonces, a Quiroga como la matriz primordial y se enlaza naturalmente con la figura mitológica de la Madre Cósmica. Como ésta, cuenta con los atributos femeninos de la primera presencia, que nutre y protege. La asociación es espontánea «porque hay una evidente analogía entre la actitud del niño hacia la madre y la del adulto hacia el mundo material que lo rodea».[65]

De otra manera podríamos decir que la selva es el núcleo gestante de la naturaleza, el útero de la madre cósmica. En ella están contenidos el alimento y la vida. Pero, por lo mismo, en ella está contenida también la muerte. Si todo el ciclo de la existencia —en todas las mitologías— se cumple bajo el control de la Madre Cósmica, del nacimiento a la adolescencia, de ésta a la madurez, a la vejez y a la muerte, la selva quiroguiana es ella misma vientre y tumba. Da la vida, mejora a los enfermos, cura con sus poderes taumatúrgicos, como vimos; pero da también la muerte. Y no siempre su obra destructiva se puede explicar como «castigo», como era en el caso de Benincasa. La selva reúne los dos aspectos «bueno» y «malo» de la madre personal y de la Madre Universal. «Y el devoto contempla ambos aspectos con ecuanimidad».[66] Quiroga se nos presenta, sin duda, como un devoto. Para él, el poder destructor de la selva no atenúa su esplendor divino, ni su poder de seducción ni su capacidad taumatúrgica. La vida

---

[64] Lydia de León Hazera, *op. cit.*, p. 115.

[65] Joseph Campbell, *op. cit.*, p. 104.

[66] *Ibidem*, p. 105.

y la muerte brotan de ella: de ella se desprende el misterio del ciclo vital continuo, incontenible, inexplicable y amoral.

Uno de los cuentos más dramáticos y conmovedores de la serie selvática es tal vez «El desierto» (1923, en ED), justamente porque la desgracia que se abate sobre ese hombre pródigo y justo que es Subercaseaux no tiene ninguna justificación moral. Es una tragedia pura, una fatalidad. El narrador, por su parte, que se ha proyectado autobiográficamente en la imprevista viudez del protagonista y en la enorme ternura que lo ata a sus hijitos, no deja escapar la mínima queja ni reproche pueril al destino ni reconvención a la Madre Naturaleza que, a través de los insignificantes «piques», manda la muerte a Subercaseaux y deja desamparados a dos niños pequeños, difícilmente autosuficientes.

La negativa de Quiroga a emitir un juicio moral sobre una situación semejante da la pauta de su grandeza moral. No hay paradoja en esta afirmación. Como dice Campbell de Ramakrishna, el gran místico hindú del siglo pasado, sólo quien ha superado la iniciación en los misterios puede soportar la evidencia de esa entidad suprema de la que fluye el río incontenible de la vida y de la muerte, y en la cual hallan acuerdo «todas las parejas de contrarios, [...] el terror de la completa destrucción y una impersonal y no obstante maternal consolación».[67]

El rito de paso a la muerte

Pero esa misma selva que, como la madre cósmica, da la vida y la muerte misteriosamente, sin razones descifrables, y puede ser ilimitadamente buena y mala, puede también, según las circunstancias, ayudar a bien morir.

La selva, lugar de purificación y de renacimiento para quien busca renovarse en alma y en vida –como Quiroga mismo–, «nacer de nuevo», puede ser también la sede de otro importante rito de paso: el último, el que lo prepara para la muerte.

Así sucede a los dos fronterizos, João Pedro y Tirafogo, que habían llegado a Misiones en su juventud, ya prófugos de la policía. El último solía decir riendo, en su pintoresca lengua fronteriza: «¡Eu nunca estive na policía!». Después de una vida aventurera, siempre al margen de la ley y a menudo defendida a costa de otras vidas, pero a la vez, según parece, en juego limpio –he ahí la grandeza, lo «heroico» en quienes podían ser al mismo tiempo delincuentes desalmados como éstos–, los dos se conocen cuando la vejez los ha doblegado y el país, completamente transformado, les resulta «nuevo, extraño y difícil».[68]

Uno tiene ochenta años; el otro los ha pasado ya. Nada pueden esperar sino la muerte. «E un día temos de morrer» dice uno. «Temos de morrer, seu Joïo...» contesta el otro.

Pero la muerte, el viaje a esa otra periferia, a esa otra vastedad fuera del centro, no puede ser –al menos para estos viejos encallecidos de vida largamente defendida con uñas y dientes– no puede ser, decimos, un pasaje directo. Para

[67] *Ibidem.*
[68] «Los desterrados», p. 632.

que sea aceptable a sus ojos, debe ser un rodeo, en el que se recupere la infancia
y la tierra de la infancia, el principio antes del fin. La lógica del círculo que
cierra estas vidas ex-céntricas así lo quiere. Entonces empiezan a soñar con el
regreso: «El enfriamiento del uno, a que el primer día nublado relegaba a
quemarse las rodillas y las manos junto al fuego, y las articulaciones endurecidas
del otro, hiciéronles acordarse por fin, en aquel medio hostil, del dulce calor de
la madre patria» (p. 632).

Y, por asociación inevitable, de la madre propia, la madre joven que
seguramente los espera en la nitidez de una memoria intensificada por la cercanía
de la muerte. «Los recuerdos de la edad infantil subían a sus mentes», y más
aún que la tierra natal lo que el compadre de Joïo Pedro quiere ver es «A mamae
do velho Tirafogo» (p. 633).

Ahora bien, entre ellos y el objeto de su deseo se interpone la selva, la sierra
central de Misiones con sus zonas de monte cerrado y el peligro de las grandes
lluvias «que inundan la selva de vapores entre uno y otro chaparrón, y transforman
las picadas en sonantes torrenteras de agua roja» (p. 634). Sin embargo, sin dudar
un instante, apenas comprenden que los deseos de ambos coinciden, se ponen
en marcha con fe y entusiasmo excepcionales: «Y no hubo en cruzado alguno
mayor fe y entusiasmo que los de aquellos dos desterrados casi caducos, en viaje
hacia su tierra natal» (p. 633).

Evidentemente la selva, que han conocido a fondo, en la que han desarrollado
las dotes que les ha permitido llegar a viejos, la tierra-madre cósmica quiroguiana,
es un obstáculo sólo en apariencia. En realidad ella es el piadoso territorio de
transición a través del cual, en convivencia cada vez más intensa y más tierna
–«riquísimos de ternura y de cansancio» (p. 633)– con los fantasmas de la
infancia, los dos proscriptos se van preparando para «cruzar el umbral». Detrás
de la selva, en efecto, se divisa la tierra natal y a sus orillas la muerte los acoge,
amorosa, en la figura de la madre.

Dice João Pedro moribundo al amigo que le anuncia la patria entrevista: «Você
viu a terra... E eu estó lá». Tirafogo no comprende en seguida; pero poco después,
cuando tendido en el suelo mojado, le llegue también a él su hora, entonces
comprenderá.»Sus facciones se agrandaron de pronto en una expresión de infantil
alborozo: –¡Ya cheguei, mamae!... O João Pedro tinha razón... ¡Vou con ele!»
(p.634).

Verdadero regreso de la periferia al centro es así el que cumplen los dos viejos,
para poder ser catapultados inmediatamente en la vastedad ex-céntrica con una
última e imprevista felicidad.

Una forma de panteísmo

Desde el momento en que la selva se constituye en lugar sagrado dentro del cual
el hombre se inicia en el conocimiento de la verdad, todo lo que vive en la
selva, plantas, animales y hombres, resulta la manifestación tangible de esa misma
verdad. A los ojos de quien ha tenido esta revelación, todas las criaturas tienen
el mismo valor porque todas son, de un modo u otro, manifestación de la misma

potencia superior. «Sintió en su corazón herido que, ante la suprema ley del Universo, una vida equivale a otra vida».[69]

La marca del panteísmo spinoziano es reconocible en la cosmovisión quiroguiana, así como también cierto franciscanismo gozoso y reverente. Ello resulta explícito en los cuentos posteriores a 1920 y, en particular, en los de tipo fabulístico. Pero el concepto está implícito en muchos cuentos de la primera década del siglo y más aún en los que reúne en *Cuentos de amor de locura y de muerte*, por su minuciosa observación del comportamiento animal y vegetal, por su extraordinaria capacidad para sentir el pulso secreto de los ríos: el alma, en fin, de la naturaleza.

Un análisis detallado de las estructuras narrativas y un análisis comparado de cuentos de animales, como por ejemplo «Yaguaí» (1918, en ALM), y de cuentos con protagonistas hombres, como por ejemplo «A la deriva» (1912, en ALM) o «El hombre muerto» (1920, en LD), pondrían en evidencia la analogía del enfoque. Si el punto de vista narrativo es externo, se focaliza en los movimientos del protagonista; si es interno, se limita a las percepciones o a pensamientos muy rudimentarios: ello se aplica tanto a los perros de «La insolación» (1908, ALM) como al hombre de «A la deriva». Cuando la historia se concluye con la muerte del protagonista («Yaguaí», «El hombre muerto», pero también «El almohadón de pluma», etc.), la focalización cambia, dando inicio a una especie de «conclusión», en la que la perspectiva se invierte o se alarga y en ella el sujeto muerto se diluye o se vuelve objeto de la observación o reflexión de otros.

Se deduce que lo que es fundamental en la visión del mundo que Quiroga se ha ido construyendo a través de su experiencia de la selva es que todas y cada una de las criaturas son insustituibles hasta que, en el devenir constante de la naturaleza, son sustituidas. En ese momento el individuo regresa a la totalidad y se confunde en la unidad indeterminada, que a su vez dará origen a otros individuos determinados e insustituibles. En ello radica la energía inagotable del ciclo vital.

La hermandad universal de las criaturas quiroguianas, «más allá del bien y del mal», alcanza su punto más alto y paradójico en el famoso ejemplo de «El hombre muerto», donde los que están al mismo nivel —según evidencia la transgresiva sintaxis[70]— no son solamente un hombre y un objeto, su machete, sino, al mismo tiempo, el protagonista y el antagonista, los viejos compañeros de trabajo en un momento transformados, por el incesante e imprevisible devenir, en víctima y verdugo.

No debe sorprender si a través de los encantadores cuentos para niños, especialmente *Cuentos de la selva* —en las antípodas de los cuentos «de horror», más marcados por la influencia de E.A. Poe—, Quiroga llega a la elaboración de una madura forma narrativa, en la que la fábula aparece trascendida en una

---

[69] «Juan Darién», p. 591.

[70] Es célebre el comienzo del cuento donde la solidaridad entre hombre y machete se expresa a través del plural que los reúne. «El hombre y su machete *acababan* de limpiar la quinta calle del bananal. *Faltábanles* aún dos calles; pero [...] la tarea que *tenían* por delante era muy poca cosa»: «El hombre muerto», LD, p. 653 (subrayado mío).

especie de «cuentos de la selva para adultos», o fábulas para adultos. «Juan Darién», «La patria» (originalmente «La patria en la selva», 1920; ahora en ED), «El potro salvaje» (1922, ED), «La señorita leona» (1923, MA), no se pueden llamar cuentos alegóricos pues su decodificación es compleja y no lineal, pero en ellos la selva y los animales se han cargado de doble significación y la concepción del mundo de Quiroga, de la condición humana, del modo de ser del hombre en la sociedad y en la cultura, se encuentran allí sistematizados.

El proceso de elaboración de esta red simbólica alcanza un momento ya muy alto en «Anaconda» (1921, AN) y culmina en «El regreso de Anaconda» (1925, LD), donde la serpiente boa se eleva a símbolo terrestre por excelencia[71] encarnando, a través de la imagen circular ouobórica —Anaconda se enrosca para poner los huevos— ese ciclo vital inagotable que en la selva, lugar privilegiado del origen, pulsa todavía con la fuerza y la pureza del principio. La parábola cumplida por Quiroga, su progresivo alejarse de las ciudades para adentrarse cada vez más, física y espiritualmente, en la selva, está nítidamente testimoniada en su literatura. De esa parábola vital y literaria se desprende —sea dicho con la urgencia de una obligada conclusión— un llamado urgente a recuperar nuestra relación con el medio natural y a encontrarnos con la parte mejor de nosotros mismos, olvidada en el fárrago de las ciudades masificantes y alienantes y traicionada por la retórica de una cultura artificiosa y superficial. La parábola quiroguiana culmina en el centro del anillo de Anaconda, en los huevos apenas puestos, gracias a la solidaridad entre el animal y el mensú muerto, tierra pariendo a la tierra, demostrando a los necios y mezquinos hombrecillos que desde el vapor disparan y matan a Anaconda, que la vida natural no se detiene porque brota de la misma muerte.

---

[71] *Cf.* Gaston Bachelard, *La terre et les rêveries du repos*, Librairie José Corti, París, 1986 (esp. el capítulo «Le serpent», pp. 261-289).

LOS TEMAS Y LA ESCRITURA QUIROGUIANOS

Milagros Ezquerro

Temas quiroguianos

El campo temático fundamental
y sus relaciones con la vida de Horacio Quiroga

Es evidente que un autor de cuentos maneja, necesariamente, un abanico temático mucho más amplio que el de un novelista. Cada relato, por muy breve que sea, evoca un mundo peculiar que debe ser tanto más sobrecogedor cuanto más efímero. Una particularidad de Horacio Quiroga es que privilegió a lo largo de su obra un campo temático que es uno de los rasgos más originales de su producción. Digo campo semántico, pues, si bien es verdad que el aspecto más obvio es el de un marco espacial, pronto se puede comprobar que se trata en realidad de algo mucho más complejo donde van incluidos todos los elementos del mundo ficcional quiroguiano.

Se trata primero de un espacio cuyo referente geográfico es la región de Misiones, los confines del Nordeste argentino, en la frontera con Brasil y Paraguay. Región selvática, de ríos gigantescos, de calores agobiantes, de grandes diluvios, de inundaciones apocalípticas, de fieras tremendas, de víboras mortales, de fiebres endémicas, de inmensa soledad.

Este espacio, por sus caracteres primitivos, es un mundo cercano al Génesis, a la Creación, y, quizás por eso, el lugar donde, para Horacio Quiroga, la creación se hace posible e incluso urgente: creación de objetos, de casas, de jardines, de hijos, de relatos. Es el tiempo del alba, de los comienzos, de los tremendos dramas, tiempo en el que la vida y la muerte son casi inextricables. El tiempo puede tomar todas las dimensiones, con el ritmo de las estaciones, de la alternancia agobiante de la sequía y del diluvio, por la sucesión de días asfixiantes y noches heladas, por los instantes, desmedidamente largos, de la espera de una muerte inminente, por el vacío de las horas de fiebre en que la excitación sucede al aplastamiento.

Esa región fronteriza, por las condiciones de vida muy duras que ofrecía en la época evocada por la obra de Quiroga, produce tipos humanos harto particulares. En la galería de los personajes, se encuentran primero los peones de las plantaciones de yerba mate y de los obrajes madereros, despiadadamente explotados por la codicia del patrón, extenuados por la dureza del trabajo y del clima. Terminan casi siempre en la muerte violenta de fusil, de la víbora o de las fiebres. Algunos, particularmente dotados de resistencia física y moral, superan mil peligros y se tornan verdaderos héroes míticos. Entre ellos hay aventureros, fascinados por una vida sin otra ley que las de la naturaleza, empresarios de lo imposible, inmigrantes exilados y desterrados, marginados de toda índole, antiguos científicos destruidos por el clima y el alcohol, funcionarios con extravagantes métodos de trabajo.

Está claro que, en semejante entorno, el hombre y la naturaleza no son iguales. Todos los elementos naturales tienen ahí dimensiones colosales, fuera de proporción con las fuezas humanas: el calor, la humedad, las fiebres, los ríos, las crecientes, los tigres, las víboras, las hormigas carnívoras, la miel narcótica, las distancias, la soledad. Cada uno de esos elementos basta para dar la muerte al menor tropiezo, a la menor distracción, al menor error, o por simple fatalidad. La naturaleza es la figura polimorfa del destino, del implacable *fatum*, fuerza descomunal con la cual el hombre viene a medirse, a enfrentarse. El hombre, fascinado por esa naturaleza, está, indefectiblemente, habitado por la *hubris*, el orgullo de la criatura que intenta luchar contra las fuerzas sobrenaturales, pues la naturaleza, ahí, es una supernaturaleza.

No cabe duda de que a Horacio Quiroga le haya atraído a esa región la fascinación de un combate titánico contra una naturaleza que parece pertenecer todavía a la prehistoria: lo expresará claramente en un doble relato, muy revelador de esa vivencia interior: «El sueño» y «La realidad», del libro *El salvaje* (1919). Se trata a la vez del sueño robinsoniano −como se ha escrito a menudo− de rehacer un mundo partiendo de la nada, pero también de la fascinación de la lucha contra el *fatum*, contra el único adversario que valga la pena combatir, contra sí mismo. Atracción mórbida hacia la muerte, la muerte del otro, y la propia muerte, autodestrucción fatal cuya ilustración ficcional más lograda es sin duda «El hombre muerto», del libro *Los desterrados* (1926).

La importancia del campo temático de la selva en la obra de Quiroga no se explica tan sólo −como la crítica lo ha escrito a saciedad− por su importancia en su vida: en realidad convendría invertir los términos. El encuentro de Horacio Quiroga con la selva cristaliza fuerzas y tensiones interiores que pre-exixtían, como lo muestran claramente su producción literaria anterior, y, sobre todo, algunos episodios de su vida anterior. Horacio Quiroga, al menos el personaje que hoy conocemos a través de su obra y de sus biógrafos, es una de esas figuras literarias en las que la vida y la obra se armonizan extraordinariamente. Y no sólo en el plano anecdótico −que, en su caso no es nada banal−, sino también en el plano del funcionamiento interno del proceso vital y del proceso literario, y de la intensidad de la experiencia que se desarrolla en ambos campos. No se trata de un hombre que proyecta sus fantasías y obsesiones en la ficción que produce, yo diría más bien que *realiza* sus fantasías en dos registros diferentes, pero íntimamente conectados: el de la experiencia vivencial y el de la producción literaria.

Decir que la obra de Quiroga se explica por su vida no es tan sólo un truismo, es también un contrasentido, por motivos obvios. Se podría decir que su vida y su obra son dos construcciones que obedecen ambas a las mismas pulsiones internas, a los mismos procesos estructurantes. Ya que mi propósito no es estudiar el texto de su vida, me limitaré a estudiar, muy esquemáticamente por supuesto, algunos textos de su obra.

La organización temática de la obra

Si resultaba inevitable empezar caracterizando el campo temático de la selva, éste no basta para aprehender en su globalidad la obra quiroguiana. Primero porque muchos de los cuentos no tienen nada que ver con ese campo. Luego porque éste constituye un complejo temático que es necesario analizar internamente para tratar de comprender cómo se organiza tematicamente la obra de Quiroga.

Hay que insistir, aunque parezca obvio, en que nunca se encuentra un tema único, aun en los cuentos más breves, y que, por lo tanto, hemos de privilegiar el aspecto más importante, o el más evidente, de la anécdota. Para hacer una lista de temas capaces de dar al lector una idea global de la obra, conviene evitar dos escollos: una excesiva generalidad que conduce a lo no característico (la muerte, la naturaleza, el amor, etc.), y una excesiva particularización que obliga a atomizar la obra. Esperamos haber evitado esos dos escollos proponiendo, más que temas, unas cuantas rúbricas temáticas que parecen capaces de dar una configuración bastante característica de la obra quiroguiana. Claro está que sólo daremos unos pocos ejemplos para cada rúbrica.

I – *Goces y dolores del amor*
«El solitario»
«La muerte de Isolda»
«Los ojos sombríos»
«Una estación de amor»

II – *Los maleficios*
«Los buques suicidantes»
«El almohadón de pluma»
«La gallina degollada»
«El yaciyateré»
«Las rayas»
«La lengua»
«El canto del cisne»
«La mancha hiptálmica»
«El sueño», «La realidad»

«El espectro»
«El síncope blanco»

III – *La lucha del hombre contra la naturaleza*
«A la deriva»
«Insolación»
«La miel silvestre»
«El simún»
«Gloria tropical»
«En la noche»
«Los inmigrantes»
«El desierto»

IV – *Historias de animales*
«El alambre de púa»
«Yaguai»
«Anaconda», «El regreso de Anaconda»
«Los cazadores de ratas»
«Mi cuarta septisemia» (memorias de un estreptococo)
«El potro salvaje»
«El león»
«La patria»
«Juan Darién»
«Cuentos de la selva»

V – *Los hombres de la selva*
«Los mensú»
«El pescador de vigas»
«Los desterrados»
«Van Houten»
«Tacuara-Mansión»
«La cámara oscura»
«Los destiladores de naranja»
«El mármol inútil»
«Los fabricantes de carbón»
«El monte negro»
«Los cascarudos»
«Polea loca»
«Una bofetada»
«La reina italiana»
«La voluntad»
«Los precursores»
«Un peón»
«El techo de incienso»

La primera rúbrica –«Goces y dolores del amor»– reúne pocos títulos, sin embargo es muy importante en la medida en que constituye la continuación de la primera vena literaria de Quiroga, profundamente marcada por el modernismo, y en la que se sitúan sus primeras obras: *Los arrecifes de coral* (publicado en 1901), libro exquisito compuesto de 18 poemas, 30 páginas de prosa lírica y 4 cuentos. Aquí los temas eróticos son particularmente importantes, con las características que guardarán siempre en la obra quiroguiana: la morbidez, la predilección por las niñas-mujeres depravadas, atisbos de necrofilia y fetichismo, y sobre todo la relación privilegiada entre el amor, la locura y la muerte, como lo emblematizará el título de su primer gran libro de cuentos: *Cuentos de amor de locura y de muerte* (publicado en 1917). Antes de ésta, publicará otras dos obras de la misma índole: *El crimen del otro* (libro de cuentos publicado en 1904) e *Historia de un amor turbio* (novela publicada en 1908). Se puede comprobar que la temática erótica, relegada más tarde por motivos que sería interesante comprender, tiene en los primeros quince años de la producción literaria una importancia considerable. Lo más llamativo es el entorno temático del amor que se volverá a encontrar, desplazado, en las obras posteriores. El amor nunca es apacible, es siempre excesivo y marcado por la fatalidad. Esta fatalidad puede tomar el aspecto de una compulsión del deseo, como en «El solitario», de la enfermedad, como en «Los ojos sombríos», o de la vanidad social como en «La muerte de Isolda». A veces esa fatalidad cobra formas fantásticas, y entonces se desliza hacia el otro campo temático delimitado, el de los «maleficios». Inevitablemente el amor desemboca en la muerte, hasta tal punto que el único amor posible es aquel que se cumple en el más allá.

Así es como el amor y todo lo que acarrea de desatadas pasiones es, de algún modo, la fuente primordial de los maleficios. Sin duda, en ese principio de siglo, y sobre todo en una sociedad elitista, estaban de moda los refinamientos mórbidos, las perversiones eróticas, pero en la obra de Quiroga la relación entre el amor y los más diversos maleficios llama realmente la atención. En «El almohadón de pluma», el maleficio toma la forma de un bicho que chupa la sangre, escondido entre las plumas del almohadón de la recién casada: si nos referimos a las obsesiones eróticas de las obras anteriores, este fantástico animal se puede interpretar, por ejemplo, como la imagen angustiosa de los excesos sexuales de los recién casados. En el terrible relato de «La gallina degollada», el maleficio toma el aspecto de una maldición que pesa sobre el amor de una pareja que tiene sucesivamente cuatro hijos idiotas y luego una niña encantadora. La hermanita será degollada [por los cuatro idiotas] de la misma manera que la gallina fue degollada, la mañana anterior, por la criada. La violencia del amor, envenenado por la maldición recurrente, es el equivalente exacto del horror de la situación, descrita con minuciosa perversidad. Con «El vampiro» entramos en el mundo de la locura y de la necrofilia, mientras que «El espectro» maneja los poderes alucinatorios del cine, combinados con las fantasmagorías de un amor prohibido por la muerte.

Las tres últimas rúbricas temáticas constituyen, en cierto modo, el núcleo duro de la obra de Horacio Quiroga: son «los cuentos de la selva», la parte más peculiar de su creación, también la más conocida. Nace de la confluencia de dos factores determinantes: su descubrimiento de la selva y la transformación de sus ideas estéticas. Quiroga participa, como fotógrafo, en una expedición cultural a la región de Misiones, dirigida por el poeta Leopoldo Lugones. El impacto emocional es tan fuerte que decide intentar la vida dura y peligrosa de los «colonos» de esas regiones salvajes, pues lo que le fascina no es tan sólo la espectacular belleza de los paisajes, de la fauna y de la flora, sino también –y quizás más que todo– una forma de vida en la cual el hombre vuelve a encontrar condiciones de existencia precarias, expuesta a peligros que la vida urbana le hizo olvidar hace siglos. La «vida brava» es lo que quiere descubrir.

Paralelamente, sus ideas estéticas sufren una revolución completa; escribe en 1906:

> Yo he dado tal vuelco en cuestión miras y procedimientos de arte, que de cinco años a esta parte he mudado de pellejo, con ideas y todo.

El cambio es ante todo una renuncia al credo modernista de su primera juventud, el abandono del estetismo decadente que marca sus dos primeros libros. Esos lánguidos excesos dejarán huellas a lo largo de su obra, pero, las más veces, serán ocultadas por la intensidad de la prosa que se va forjando a fuerza de trabajo, ayudado por las severas exigencias de Luis Pardo, secretario de redacción de la célebre revista *Caras y Caretas*, en la cual empieza a publicar en 1905.

Evidentemente los dos factores que acabo de exponer no carecen de relaciones. Son, al contrario, una ilustración de lo que decíamos más arriba de la correspondencia entre la vida y la obra de Quiroga. Una misma pulsión interior ha provocado el doble proceso evolutivo, en el modo de vivir y en las ideas estéticas. Un idéntico deseo de «creatividad» le ha llevado a construir su propia casa, a excavar en un tronco su piragua, a buscar nuevos procedimientos para hacer carbón de leña, a buscar temas nuevos, a depurar su escritura, a renovar las técnicas del suspense o del horror.

Pero el campo temático del cuento de la selva es demasiado amplio para no tratar de encontrar en él algunas líneas de fuerza. Las tres direcciones elegidas no constituyen temas, ya que se inscriben dentro del mismo campo, tienen que ver más bien con la manera de focalizar el relato, y están relacionadas con uno de los aspectos que estudiaremos más adelante, el punto de vista.

«La lucha del hombre contra la naturaleza» reúne los cuentos que deben su tensión a un estado crítico, incluso paroxístico, del conflicto permanente entre una naturaleza peligrosa, excesiva, y un hombre de escasas fuerzas pero indómita voluntad. La mayoría de las veces, el hombre desafía la naturaleza no por necesidad, sino por una inexplicable locura, parecida a la que los griegos llamaban *hubris* cuando empujaba al hombre a desafiar a la divinidad. Las fuerzas en presencia no tienen común medida: por una parte el sol aplastante, el huracán desenfrenado, los ríos en creciente, las fiebres alucinatorias, las víboras de colmillos asesinos, las hormigas carnívoras, los piques venenosos; por otra parte un hombre que tiene que remar durante horas contra la corriente para encontrar el primer socorro, que tiene que trabajar desde que sale el sol hasta que se pone para arrancar a una tierra ingrata el alimento y el agua potable, que debe caminar hasta el agotamiento para no abandonar a la selva el cadáver de su mujer.

Inevitablemente el hombre es aplastado por las fuerzas naturales, y si, por casualidad, no muere, termina en un estado próximo a la muerte, y cuando, más tarde, cuenta sus hazañas, es como si fuera otro Lázaro resucitado. La intensidad de esos cuentos se funda precisamente en la desigualdad de las fuerzas naturales y de las fuerzas humanas, que hacen del hombre un héroe victimado. Lo que se exalta no es la fuerza y el valor del hombre, sino más bien el patetismo desgarrador de su tenacidad, de su desesperada resistencia contra unas fuerzas que –lo sabe muy bien– lo han de aplastar. Volveremos más adelante, y desde un punto de vista más ideológico, sobre esta peculiar visión de las relaciones entre hombre y naturaleza.

Llamamos «historias de animales» no a cualquier historia que ponga en escena animales –sería demasiado amplio– sino a aquellas donde el punto de vista del narrador sigue el punto de vista de los animales. Tal procedimiento, abundantemente utilizado, es sin duda una de las características originales de Quiroga. Lo analizaremos en tanto que recurso de escritura y en sus efectos de sentido.

Los animales son, a veces, compañeros del hombre, como los perros («Yaguaí»), o los caballos («El alambre de púa»), pero también pueden ser sus peores enemigos, como las víboras («Anaconda»), el león, el tigre («Juan Darién»), o el sorprendente y terrible estreptococo («Mi cuarta septicemia»). En 1918 publica todo un libro de *Cuentos de la selva* escritos para los niños, y que dan testimonio, como algunos de sus cuentos de cariz autobiográfico, de las ideas de Quiroga sobre la educación de los niños. Las historias de animales ponen también en escena hombres vistos por los animales. Algunas tienen finalidades claramente simbólicas, incluso apologéticas («El león», «La patria»), pero no son las más abundantes.

La última rúbrica temática, «Los hombres de la selva», recoge los cuentos que son ante todo retratos en acción. En esa región donde es tan difícil vivir, los hombres que logran sobrevivir tienen a menudo una personalidad, una energía y una resistencia fuera de lo común. Procedentes de diversos horizontes –argentinos, brasileños, pero también holandeses, franceses, norteamericanos– han varado en ese lugar fronterizo, quizás atraídos por el espejismo de un nuevo Eldorado. Lugar de paso por antonomasia –una orilla del Paraná es argentina, la otra paraguaya– donde se mezclan las razas y las lenguas: español, guaraní y brasileño, sin contar las lenguas importadas. Es también un fin del mundo, un lugar apartado de las ciudades, del poder, de la administración central que delega en esas zonas empleados fantasiosos, como ese administrador que se había quedado dos años enteros sin contestar una sola nota de su administración, o ese empleado de la Meteorología que se permite, durante su servicio, una incursión hacia la prehistoria. Algunos de esos hombres esperan hacerse ricos en empresas científico-industriales: destilando naranjas para hacer aguardiente, experimentando una caldera para hacer carbón de leña, construyendo una pista para llegar al río por donde bajan los troncos. Otros son miserables explotados que pasan tres días gastándose en borracheras y mujeres el dinero del «avance» que el patrón les ha entregado al firmar la contrata: durante seis meses tendrán que trabajar como bestias para devolver esa deuda anticipada que los convierte en verdaderos esclavos de los dueños de las plantaciones de yerba mate o de los obrajes madereros. Aquí Horacio Quiroga es un pionero: cuentos como «Los mensú» (1914), «Una bofetada» (1916) o «Los precursores» (1929), donde relata las condiciones de explotación degradante de esos peones de la selva, son ejemplos de una literatura de denuncia que triunfará en años posteriores.

El conjunto de los cuentos reunidos bajo esta rúbrica temática podría componer una verdadera historia humana y social de Misiones a principios del siglo. No hay que dejar de mencionar que muchas de las aventuras atribuidas a diversos personajes son marcadamente autobiográficas, a pesar de que a menudo no son narradas en primera persona. Experiencia subjetiva y objetiva van íntimamente unidas, y la fuerza de la identificación con los personajes es tal que sería imposible adivinar, con sólo este criterio, si se trata o no de un personaje autorreferencial. No cabe duda de que éste es uno de los aspectos esenciales del arte de Quiroga.

Horacio Quiroga ¿novador o decadente?

¿Cómo, dentro de la exuberante variedad temática de la obra quiroguiana, poner de manifiesto una línea de fuerza significativa? Lo más fácil es reducir esta exuberancia y decretar, como la crítica lo ha hecho muchas veces, que la obra de Quiroga son los «cuentos de la selva» y que lo demás son menudencias, muchas veces poco logradas además. Me parece no sólo injusto, sino también ideológicamente tendencioso desechar una buena parte de la producción, muy digna de interés. ¿Qué se pretende demostrar al hacer semejante dicotomía? Sencillamente que la evolución de la obra de Quiroga es una progresiva toma de conciencia de sus propias fuentes de inspiración, un abandono del estetismo decadente de sus principios, de sus ideas europeizantes en pro de una visión auténticamente americana. Se quiere ver en Quiroga el precursor de la novela social y del indigenismo, y se quiere olvidar su deuda con el modernismo. Esta actitud, ideológicamente muy respetable, redunda sin embargo en una visión reductora de la obra.

Horacio Quiroga, incluso antes de ser un escritor cabal, se inscribió totalmente dentro del movimiento literario del Río de La Plata, que era por entonces el más importante de la América hispánica: a través de los grupos que fundó, de las revistas, de las colaboraciones. Admiraba y defendía lo que por entonces era lo mas nuevo: el modernismo que, no hay que olvidarlo, era un movimiento auténticamente americano, a pesar de ciertos aspectos que, *a posteriori*, pueden parecer europeizantes y decadentes. En los años posteriores, Quiroga encontró progresivamente su personalidad literaria desechando los excesos de las ideas estéticas modernistas, pero conservando lo que correspondía a su propio genio, y trabajando mucho.

Veinticinco años después surge otra vanguardia: para el grupo de la revista *Martín Fierro* la obra de Quiroga aparece anticuada. Para justificarse escribirá una serie de artículos sumamente interesantes que configuran la estética quiroguiana en su versión más acabada: «El manual del perfecto cuentista» (publicado en abril de 1925), «Los trucs del perfecto cuentista» (mayo de 1925), «Decálogo del perfecto cuentista» (julio de 1927), «La crisis del cuento nacional» (marzo de 1928), «La retórica del cuento» (diciembre de 1928), «Ante el tribunal» (septiembre de 1931). Se siente pasado de moda, cuando acaba de publicar (1926) *Los desterrados*, libro considerado como su obra más equilibrada. Sin embargo conoce los movimientos cíclicos de la historia literaria, y escribe en el último de los artículos citados:

> Cada veinticinco o treinta años el arte sufre un choque revolucionario que la literatura, por su vasta influencia y vulnerabilidad, siente más rudamente que sus colegas. Estas rebeliones, asonadas, motines o como quiera llamárseles, poseen una característica dominante que consiste, para los insurrectos, en la convicción de que han resuelto por fin la fórmula del Arte Supremo.

Sin duda, esta sabiduría, en un escritor que tiene prácticamente toda su obra terminada, es algo amarga, pero da fe de una gran lucidez. Igualmente lúcida es su reflexión teórica sobre su arte de cuentista y sin embargo se puede observar que nunca hace la menor alusión al problema del tema del cuento. Es como si éste fuera secundario y únicamente importara lo que él llamaba la «retórica» del cuento, que podríamos llamar su escritura. A pesar de esta omisión –trataremos de mostrarlo analizando algunos cuentos–, el tema de un cuento no es secundario. No es, por supuesto, que haya temas privilegiados y otros malos, sino que el cuento exige, muy específicamente, una adecuación total entre el tema y su tratamiento. He aquí el porqué, a mi parecer, los temas de los «cuentos de la selva» convienen particularmente a Quiroga, porque tienen una suerte de armonía previa con la escritura quiroguiana. A veces las mismas tensiones estructuran historias que no son de la selva, entonces producen obras maestras como «El almohadón de pluma», o «La gallina degollada».

Horacio Quiroga se sitúa, de manera muy explícita en la serie de artículos citados, en la gran tradición universal que va desde los cuentistas persas a él mismo, pasando por sus maestros: «Poe, Maupassant, Kipling, Chéjov». Nunca cita un escritor americano; al contrario, se mofa de lo que llama «el cuento de folklore»:

> En un tiempo ya lejano se creyó imprescindible en el cuento de folklore el relatar las dos o tres leyendas aborígenes de cada rincón andino. Hoy, más diestros, comprendemos bien que una mula, una terminación viciosa de palabra y una manta teñida (a los pintores suele bastarles sólo lo último) constituyen la entraña misma del folklore nacional.

Hay que reconocer que resulta curioso que se considere al autor de estas líneas como el precursor del indigenismo. Me parece más justo y menos reductor dejar a la obra quiroguiana su multiplicidad e incluso sus contradicciones. Como todo auténtico artista Horacio Quiroga es a la vez heredero y precursor, es regionalista y universal, es decadente y novador. Por eso pudo ser menospreciado por Jorge Luis Borges, que, perteneciendo a la generación inmediatamente posterior, tenía que matar al padre, y pudo ser reconocido y admirado por cuentistas de generaciones posteriores como Julio Cortázar, Augusto Roa Bastos o Rubén Bareiro Saguier.

La escritura de los cuentos

Antes de intentar una síntesis sobre la escritura de Horacio Quiroga en sus cuentos, y para evitar las generalidades demasiado vagas y las generalizaciones demasiado rápidas, sería quizás útil analizar detenidamente algunos cuentos. Tres ejemplos no pueden, desde luego, pretender ser representativos del conjunto de la obra; sin embargo he tratado de elegir relatos de épocas diferentes, de temas diversos, de dimensiones y estructuras dispares, para tener una visión plural, si no global.

1. «El almohadón de pluma»

Este cuento, incluido en el libro *Cuentos de amor de locura y de muerte*, publicado en 1917, fue escrito probablemente hacia 1908. Es representativo del primer gran período de producción, todavía muy marcado por el modernismo. El tema: una recién casada, decepcionada por los principios de la vida conyugal, contrae una banal influenza, de la que tarda en reponerse; en vez de curarse, entra en un proceso anémico inexplicable del cual muere en unos días; al deshacer su cama, encuentran entre las plumas de su almohadón un parásito descomunal, hinchado por la sangre que le ha chupado a la joven durante las noches. Es un tema representativo de la vena mórbida de Quiroga, representativo también de un fantástico disfrazado bajo una argumentación pseudocientífica. Su brevedad, su implacable tensión dramática, su carga simbólica hacen de este cuento una auténtica pieza de antología.

1.1. Estructura

El cuento se desarrolla con ritmo sostenido entre un principio abrupto «in medias res», y un final cerrado en golpe de teatro. Al revés de lo que suele pasar, la muerte de la protagonista no marca el final del cuento ya que queda por descubrir la causa de esa muerte inexplicada.

La apertura es particularmente lograda, pues una sola y breve frase: «Su luna de miel fue un largo escalofrío», crea el suspenso inicial que va a ir aumentando progresivamente. Indica también el tiempo de la historia: el periodo que sigue inmediatamente a la boda, y crea la sorpresa por la oposición entre «la luna de miel», que es un tiempo reputado de intensa felicidad, y el «largo escalofrío», que, a pesar de su imprecisión, parece prometer sensaciones más bien desagradables. Sin embargo, ese «largo escalofrío» es ambiguo ya que, si bien puede referirse al frío o al miedo, también podría connotar el deseo o la espera del placer. La «luna de miel» instaura de entrada el reino de la noche en el conjunto del relato.

El final del cuento es de chispa doble: la primera etapa –la muerte de Alicia– es conforme a la expectativa creada, pero no resuelve el enigma instaurado por el carácter misterioso del proceso que desemboca ineluctablemente en esa muerte. La segunda etapa –el descubrimiento del parásito monstruoso en el almohadón– es un golpe de teatro cuyo carácter asombroso e irracional requiere una suerte de coda explicativa: se explica primero cómo el parásito ha dado la muerte, y luego el último párrafo da una formulación «científica» del fénomeno, presentándolo como una excepción rarísima (el desarrollo monstruoso del parásito) a un hecho banal (la existencia de parásitos en los animales de plumas). Esta coda que hubiera podido desfigurar el cuento amplifica por el contrario su aspecto fantástico al inventarle una verosimilitud puramente fantástica, que apunta hacia una posible significación simbólica que cada lector puede imaginar. Además, a pesar del carácter asombroso de la explicación propuesta, ésta ha sido cuidadosamente preparada por una serie de indicios colocados como jalones anticipatorios a lo largo del texto. Estos indicios son más evidentes a posteriori, en una segunda lectura, pero tampoco hay que olvidar, al analizar un cuento, que la lectura funciona por lo menos a dos niveles: un nivel explícito donde los indicios anticipatorios no pueden ser interpretados, aunque sorprendan, y un nivel latente e inconsciente donde la memoria graba informaciones que serán inmediatamente justificadas e interpretadas en cuanto la revelación final permita situar el conjunto de los datos. He aquí los indicios más importantes:

– todas las palabras que, desde el principio, denotan o connotan el frío y la rigidez, o sea la pérdida de la sangre como fuente de calor y de vida: *escalofrío, heló, estremecimiento, rígido, impasible, blancura, mármol, glacial, estuco, desapacible frío, largo abandono.*

– la estación en la que se sitúa la muerte de Alicia; ha pasado todo el otoño, estamos pues en invierno.

– la noche permanente ya que, cuando Alicia enferma, se cierran las cortinas y se encienden las luces: es el período de actividad del parásito.

– se atrae solapadamente la atención del lector sobre la cabeza de Alicia y el almohadón: durante el último paseo por el jardín, el marido le pasa lentamente la mano por la cabeza; luego ella termina por no poder mover la cabeza y prohíbe que toquen el almohadón. Incluso la irónica expresión «en ese extraño nido de amor» puede aludir a las aves cuyos parásitos pueden ser peligrosos.

– la enfermedad que es el punto de partida –pero no la causa– del proceso de muerte se llama «influenza», que etimológicamente significa «fluencia»; después el texto dice que «se sangraba día tras día» y que la vida se iba en «nuevas oleadas de sangre».

– en sus alucinaciones, Alicia ve monstruos parecidos al que luego se descubrirá en el almohadón.

Este conjunto de indicios, sembrados en las tres páginas del cuerpo del relato, son los garantes de la coherencia estructural del cuento, la prueba de que responde a la exigencia que Quiroga enunciará más tarde en su «Decálogo del perfecto cuentista»:

> No empieces a escribir sin saber desde la primera palabra a dónde vas. En un cuento bien logrado, las tres primeras líneas tienen casi la importancia de las tres últimas.

Entre el principio y el final, el relato se organiza en una serie de escalones que van marcando las pulsaciones de la tensión dramática. La expectativa creada por la primera frase se intensifica progresivamente gracias a la evocación de los tres primeros meses de la vida conyugal: el temperamento frío del marido enfría poco a poco la alegría y el ardor juvenil de la rubia (color cálido) esposa. La mansión conyugal es tan glacial como el marido y acentúa el efecto producido en la recién casada. La breve descripción de la casa, de un gusto muy modernista, introduce un elemento fantástico: parece un palacio encantado, abandonado hace mucho a la letargia de la muerte. La tensión sigue subiendo con la irrupción de la enfermedad que, aunque «ligera», «se arrastró insidiosamente días y días». Y de pronto el alivio: parece que Alicia, por fin, va a curarse: durante el paseo por el jardín, el primer ademán tierno de Jordán provoca el relajamiento de la angustia de la protagonista –y del lector.

Esta primera recaída de la tensión, a la que seguirá una subida en flecha con la irrupción de la nueva y misteriosa enfermedad, es lo que podemos llamar una falsa pista, un «truc» para fatigar los nervios del lector.

Desde entonces la tensión va ir subiendo sin tregua por acumulación de síntomas cada vez más graves: debilidad, desmayos, primeras alucinaciones, impotencia de los médicos, postración, multiplicación de monstruos, agonía. La tensión recae con la muerte, pero se trata de un falso final: el descubrimiento de las dos manchitas de sangre hace subir nuevamente la tensión. La sorpresa de la sirvienta, la curiosidad de Jordán se tornan pronto en horror: el peso anormal del almohadón, la decisión de abrirlo, de cortar la funda que ocultaba el enigma, el monstruo. El enigma, evidentemente, sólo podía ser un monstruo.

El cuento podía haberse terminado con esto. Sin embargo, el carácter fantástico del enigma requería, como ya lo hemos dicho, un comentario que lo tornara verosímil: es la función de la coda «científica». En realidad esta coda desempeña otra función que trataré de definir más adelante.

1.2. Espacio

Ya hemos vislumbrado, de paso, la importancia funcional del espacio: la casa conyugal, descrita desde el principio del texto, immediatamente después de la evocación del carácter frío, severo e impasible del marido, e introducida por una frase que explicita la *infuencia* de la casa en los «estremecimientos» de la recién casada. No hay que olvidar que pronto va a contraer una *influenza* y que esta palabra proviene de la creencia antigua de la *influencia* de los astros en los hombres que se ejercía bajo la forma de la *fluencia* de un líquido. Las características de la casa son: la blancura, el silencio y el frío, o sea todas las propiedades del cadáver, y particularmente del cadáver vaciado de su sangre. Esta casa tiene además un aspecto fantástico de palacio encantado: sólo puede ser el marco de acontecimientos extraordinarios, raros, irracionales.

El jardín, que no se describe, queda un poco al margen; exterior a la casa, puede ser el teatro de la escena de la «falsa pista», momento de reposo para la protagonista que descarga ahí la terrible tensión acumulada durante tres meses de angustia.

Luego penetramos dentro de la casa para no volver a salir. La impresión de ahogante interioridad viene acentuada por la clausura: se cierran herméticamente las dos piezas donde viven, desde entonces, Alicia y Jordán, la habitación y la sala, se encienden en permanencia las luces, lo que significa crear una noche eterna. En esas piezas dos elementos se ponen de manifiesto: la cama donde reposa la joven, y las alfombras. Por una parte la alfombra de la sala donde permanece el marido, que sirve para ahogar el ruido de sus pasos, de su incesante vaivén de animal enjaulado; por otra parte la alfombra de la habitación donde aparecen los monstruos inventados por el delirio de la joven. En la cama, claro está, un objeto esencial: el almohadón de pluma donde anida el monstruo. No hay que olvidar que el almohadón y las plumas son símbolos muy frecuentes de los goces eróticos: «A batallas de amores, campo de plumas», dice Góngora.

Se puede apreciar la notable funcionalidad del tratamiento del espacio en este cuento: en vano buscaríamos un detalle sin estrecha relación con las finalidades globales del relato. Al contrario, la carga simbólica –subrayada en la descripción de la casa– aparecerá todavía mayor cuando se hayan manifestado todas la consecuencias.

1.3. Tiempo

En primer lugar se puede observar que la época en la cual se desarrolla la historia no viene precisada. Parece, al revés, que se han evitado cuidadosamente todos los detalles que permitieran poner una fecha, como si fuera preferible mantener un halo de imprecisión alrededor de la situación cronológica, como alrededor de la situación espacial. Nos encontramos en un país sin nombre, en una época sin fecha: tal es la situación típica del cuento de hadas, aunque sea verdad que no todos los relatos de tradición oral proceden de la misma manera. En realidad, la ausencia de situación espacio-temporal tiene aquí un efecto de generalización que tiende a mostrar que lo que ocurre en este cuento ha de valorarse en un más allá o en un más acá del espacio-tiempo, o quizás en un espacio-tiempo interior.

Se precisa sin embargo la estación del año: la pareja se casa en abril, la joven pasa los tres meses de otoño (estamos en el hemisferio austral) aclimatándose a la frialdad de su marido en la mansión glacial, su enfermedad y su muerte se sitúan pues en el invierno.

El ataque de influenza «se arrastró insidiosamente días y días»; cuando ella parece reponerse, cae definitivamente enferma. Después, todo parece muy rápido:

las breves indicaciones de tiempo sirven, más que nada, para subrayar la aceleración del mal que adelanta inexorablemente: «al día siguiente... al otro día... todo el día... una noche... desde el tercer día este hundimiento no la abandonó más... los dos días finales deliró sin cesar... Alicia murió, por fin.»

La coda explicativa dice que el parásito sólo necesitó cinco días para vaciar a Alicia. Hay pues en total tres escalones cronológicos:

1 – «durante tres meses...»
2 – «se arrastró insidiosamente días y días...»
3 – «en cinco noches, había vaciado a Alicia».

La evidente aceleración del *tempo* sigue la subida progresiva de la tensión dramática y de la angustia del lector. El tiempo en un cuento no es, con toda evidencia, el de los calendarios y los relojes, es un tiempo pulsátil que ritma las variaciones de la tensión dramática. Si se observa el episodio de la «falsa pista», se puede comprobar que, a pesar de que sea muy breve, es el único momento en que la tensión se relaja: «Jordán... le pasó muy lento... lloró largamente... luego los sollozos fueron retardándose, y aún se quedó largo rato...» La distensión del tiempo no marca pues una duración más larga, sino un relajamiento de los nervios de la protagonista, y, en consecuencia, de la tensión del relato y del lector.

1.4. Personajes

El cuento pone en escena dos personajes importantes y dos comparsas. El médico y la sirvienta tienen una función bien precisa, y no presentan mayor caracterización.

Físicamente, la joven recibe una única adjetivación, es «rubia»: este rasgo, harto convencional, toma, dentro de su contexto, valor de color cálido que se añadirá a otros indicios de idéntica valencia. Su carácter no se describe formalmente, aparece más bien en oposición a la frialdad, la rigidez y la severidad de su marido. Sus rasgos propios resultan ahogados, anulados por los de Jordán, así que se puede decir que durante los primeros tiempos (los tres meses de otoño) ella pierde sus colores, en sentido físico –ya que adelgaza–, y en sentido moral –ya que pierde «sus antiguos sueños»–. Poco a poco la invaden el frío y la inmovilidad: padece estremecimientos, escalofríos, vive dormida y sin pensar en nada, y termina por enfriarse. Esta primera etapa es, en realidad, una anticipación atenuada del proceso mortal.

Su nombre, evidentemente, no es insignificante: Alicia trae a la memoria la heroína de Lewis Carroll, y connota a la vez la niña «angelical y tímida», y el género fantástico donde el relato va a inscribirse con las alucinaciones de Alicia y «la prueba de realidad» que constituye el descubrimiento del parásito monstruoso.

Que la historia que le ocurre se sitúe precisamente durante los primeros meses de su matrimonio («su luna de miel») no parece, a primera vista, fundamental. Sin embargo no podemos dudar de que lo sea. Primero por la decepción que representa para ella la vida conyugal, decepción explícitamente atribuida al carácter y a la actitud del marido, y que acarrea la influenza. Luego por la particularidad de la causa de su muerte: la pérdida total de la sangre. No se puede evitar el relacionar esta pérdida mortal con la pérdida de sangre normalmente consecutiva a la desfloración y, de manera más general, con las relaciones sexuales de la pareja. Está claro que la muerte de la joven ha de vincularse con las relaciones sexuales de la pareja y con su interpretación simbólica. Sólo podremos vislumbrar esta interpretación al término del análisis de ambos personajes, pero ya podemos señalar un detalle interesante en el penúltimo párrafo; al explicar el proceso de succión del parásito, el texto dice: «... había aplicado sigilosamente su boca –su trompa, mejor dicho– a las sienes» de la joven. La corrección de «boca» por «trompa» cuando más arriba se había dicho que «apenas se le pronunciaba la boca», no deja de ser sugestiva.

Alicia es un personaje completamente pasivo, que no reacciona a la situación conyugal, dolorosa para ella, si no es ensimismándose y autorreprimiéndose. Ella ama a su marido, pero él la hiela, y en vez de florecer, se marchita: pierde sus sueños, adelgaza y contrae anemia. Es un ser habitado por el miedo: miedo del marido, de la casa, de su silencio, de su soledad. Durante el único momento de abandono provocado por la insólita caricia del marido, «lloró largamente todo su espanto callado». El progresivo debilitamiento va a desencadenar las manifestaciones del terror, en un proceso alucinatorio galopante. Los monstruos que ve están en la alfombra, cerca de su cama, y uno de ellos era «un antropoide apoyado en la alfombra sobre los dedos, que tenía fijos en ella sus ojos». Cuando Jordán, contestando su llamada, aparece en la habitación, ella lo toma por un monstruo durante largo rato.

Alicia es, evidentemente, una víctima. ¿Víctima de qué, de quién? En un primer nivel, víctima de un parásito monstruoso que le chupa la sangre, noche tras noche.

De Jordán, el texto dice que es alto, de impasible semblante. Su carácter es duro, su actitud glacial, y permanece mudo durante largas horas. Ama profundamente a su mujer, sin darlo a conocer. La única caricia que le hace parece tan insólita que conmueve tremendamente a Alicia. Mientras su esposa está enferma, no hace más que pasearse sin cesar de un extremo al otro de la sala, o a lo largo de la cama. La alfombra ahoga sus pasos. Cuando los médicos reconocen su impotencia ante la misteriosa anemia, él tiene una reacción de fastidio:

–¡sólo eso me faltaba! –resopló Jordán. Y tamborileó bruscamente sobre la mesa.

Con toda evidencia no se trata del retrato de un hombre enamorado y lleno de solicitud, como tantas veces pintó Quiroga. La carga negativa del personaje, las relaciones insidiosas y repetidas entre él y los monstruos de las alucinaciones de Alicia, no pueden ser gratuitas. En un nivel simbólico, Jordán tiene algo que ver con el monstruo del almohadón.

¿Qué puede revelar su nombre? Su configuración fonética es dura (fricativa velar implosiva y acento oxítono), en oposición con la de Alicia. Este nombre poco usitado (Quiroga les tiene afición) es el nombre del río de Galilea donde

Juan el Bautista bautizaba. Es uno de los ríos del mundo más cargado de historia y de simbolismo. Representa la vida y la resurrección: Jordán es todo lo contrario. Pero quizás lo más interesante es que un río es un *fluir*, una *fluencia*: Jordán tiene algo que ver con el fluir mortal de la sangre de su joven esposa.

1.5. La función narradora

Antes de intentar una interpretación simbólica del cuento, nos queda por examinar la cuestión del narrador y sus relaciones con la estructura, y particularmente con la dosificación de la información.

Se trata aquí de un narrador impersonal, que no se identifica con ningún personaje, y no tiene pues que justificar sus informaciones. No se presenta desde un principio bajo la forma de un narrador omnisciente, lo que sería contrario al efecto de suspense requerido. Al principio el modo narrativo es el de un resumen comentado, rápido y conciso, que da al relato su *tempo*. La visión de los personajes es escasamente interiorizada, sobre todo la de Jordán, algo más la de Alicia, cuyas reacciones afectivas se apuntan con sobriedad. El punto de vista del narrador, aunque distanciado, se acerca al de Alicia. El personaje focalizado es, de manera muy coherente, aquel cuya modificación progresiva es el centro de la historia. Una vez más la plasticidad de la mujer contrasta con la rigidez del hombre que aparece inmutable, tieso, silencioso. Las impresiones que el texto traduce, muy próximas a las de Alicia, son impresiones de inquietud, de extrañeza, de frío, de vaga tristeza, que crean la expectativa de un acontecimiento siniestro, ya presentido, cada vez más ineludible, pero que no se sabe por dónde se manifestará. Uno de los efectos más logrados de este principio es sin duda el conseguir comunicar al lector ese tipo de impresiones, a la vez interiores y físicas, esos escalofríos epidérmicos que son la reacción de Alicia a esa «dicha especial» en ese «extraño nido de amor».

El dispositivo general una vez colocado, la historia puede empezar: el sutil mecanismo funciona, y el texto lo subraya con una expresión breve, pero donde el uso del presente constituye una furtiva e inexplicable transgresión: «No es raro que adelgazara». El presente no volverá a encontrase en el cuerpo del relato, sino únicamente en el último comentario de la coda explicativa, donde se usa de manera mucho más comprensiva ya que se trata de un presente de generalidad:

> Estos parásitos de aves, diminutos en el medio habitual, llegan a adquirir en ciertas condiciones proporciones enormes.

Más curiosa es, sin embargo, la repetición de la misma expresión en la última frase del cuento, con un juego sobre el doble significado de «raro»: «... y no es raro hallarlos en los almohadones de pluma».

Un idéntico empeño de justificación se observa pues en el comienzo de la historia (principio de la consunción), y en el final de la coda explicativa (la presencia de esos parásitos monstruosos en los almohadones de pluma). Sin embargo, el primer presente no puede ser un presente de generalidad, sino que es una irrupción del presente de narración en un relato con narrador impersonal donde nada lo justifica, ya que el presente de narración es una marca de narrador en primera persona. Esta leve transgresión, apenas perceptible, corresponde a una interpelación del narratario, y significa más o menos: después de lo que acabo de decirte, no te puede extrañar que ella adelgazara. De rebote, la expresión gemela del final bien podría significar: después de este relato no te extrañarás si encuentras un parásito de este tipo en tu propio almohadón. Tales interpelaciones veladas al narratario se justifican plenamente por la finalidad del cuento, que consiste en comunicar una emoción, lo más intensa posible, al lector. Se podría decir, en resumidas cuentas, que escribir un cuento es seducir al lector en tiempo limitado.

El párrafo de la falsa pista es, estructuralmente, la placa giratoria del cuento. La doble inversión del dinamismo narrativo: subida de la tensión, relajamiento, y luego nueva y definitiva subida delata un punto neurálgico de la historia. En realidad parece que todo se juega en la escena del jardín, que la caricia de Jordán, por la intensa reacción de Alicia, tenga una significación fuera de proporción con su aspecto anodino. Esa lenta y profunda caricia de la cabeza, por donde la sangre de Alicia va a ser succionada, parece ser un doble anticipatorio de la vampirización a la que la joven se entrega en una dolorosa aceptación del sacrificio. Por una vez, la única en todo el cuento, los cuerpos de los dos esposos están unidos, sus cabezas se tocan en una prolongada y silenciosa caricia.

A partir de ahí el relato se desarrolla con una regularidad de metrónomo: el lector sabe, con la primera frase, que todo está consumado y que la joven va a morir. El suspenso ya no juega con la posible curación −como antes−, sino con el desarrollo y las características del proceso mortal. La información se va a destilar gota a gota, pero se trata de una información cifrada, alusiones veladas cuyo significado preciso sólo podrá desvelarse a posteriori, en una lectura hacia atrás a partir del descubrimiento del enigma. Son diminutos indicios, piedrecitas sembradas para que el lector pueda luego encontrar el camino. El lector, sin aliento, sigue y comparte la implacable agonía de la protagonista: conoce, desde el interior, su agotamiento, sus terrores, sus alucinaciones, el peso enorme que la oprime cada mañana. Al margen, espectador impotente, Jordán se pasea como un autómata sin que sepamos lo que piensa o lo que siente. Las únicas palabras que dirige a su mujer en la escena de la alucinación −punto clímax de la tensión− son extrañas: «− ¡Soy yo, Alicia, soy yo!» ¿A qué pregunta implícita contesta de esta forma? Por primera vez Alicia acaba de ver el monstruo que la está vaciando de su sangre. Involuntariamente Jordán se identifica con el monstruo. Una vez más esta escena puede leerse como un doble anticipador de una escena posterior: el momento en que Jordán, horrorizado, corta de un tajo la doble funda del almohadón y descubre el monstruo chupador de sangre.

La muerte de Alicia llega como un alivio −«por fin»−, desenlace ineludible que no es sin embargo el final verdadero, ya que el enigma permanece entero. La clave del enigma, que los médicos no habían siquiera vislumbrado, va a ser descubierta, inocentemente, por la sirvienta; o más bien localizada, pues el desvelamiento último sólo puede corresponder a Jordán. De la misma manera que

Edipo descubre el enigma identificándolo consigo mismo, Jordán tenía que descubrir el monstruo –descubrirse monstruo.

La coda representa, evidentemente, un cambio completo en el punto de vista del narrador. En un primer párrafo, siempre en pasado, el narrador les da vuelta a las cartas: explica el proceso de succión, justificando a posteriori la ceguera de los personajes («la picadura era casi imperceptible»), y la rapidez de la muerte («desde que la joven no pudo moverse la succión fue vertiginosa»). ¿Qué significa pues este vuelco en el punto de vista del narrador? Decir que se trataba de un narrrador omnisciente que retenía la información para crear un suspenso, significa identificar autor y narrador. En un cuento cuya finalidad es descubrir un enigma, el punto de vista del narrador sólo puede ser el del iniciador: plantea el enigma y enseña el camino para descubrirlo. El narratario, doble invertido del narrador, será el que, para iniciarse, debe recorrer el camino iniciático, pues recorrer el camino es tan importante como descubrir el enigma. El aspecto didáctico de la coda no debe sorprender, el aparente vuelco del punto de vista del narrador es sólo la prueba de que ha llegado la etapa final. Pero, como todo enigma es simbólico, éste remite a otra posible significación, cuyo descubrimiento corre esta vez a cargo del lector, ya iniciado. De ahí el párrafo final de la coda que, al generalizar (presente de generalidad), gracias a un comentario pseudocientífico, implica al narratario dejándole a cargo lo que ha de seguir. Por supuesto, el lector tiene que identificarse con el narratario.

1.6. Ensayo de interpretación

Se trata ahora de anudar todos los hilos que el análisis ha ido sacando uno por uno. Cierto número de indicios convergen alrededor del personaje de Jordán:
  – su aspecto frío, rígido, impasible, silencioso.
  – su identificación simbólica con el monstruo chupador de sangre.
El conjunto de estos indicios dibuja claramente una figura mitológica que encontramos varias veces en la obra se Quiroga: el vampiro. Conocida figura en las tradiciones de Europa central, el vampiro es un muerto que vuelve para atormentar a los vivos, aterrarlos y chuparles la sangre para mantenerse «en vida». Es un ser frío, ya que no tiene sangre, y que opera de noche, sigilosamente, sin que se entere su víctima, las más veces.

Identificar al personaje de Jordán con la figura mitológica del vampiro implica una interpretación global de la situación que el relato desarrolla. Ya habíamos observado que la frase liminar del cuento: «Su luna de miel fue un largo escalofrío» estaba particularmente cargada de elementos significativos; pero si bien es verdad que la tensión dramática se funda al principio en la oposición entre las connotaciones «cálidas» de la luna de miel y el progresivo «enfriamiento» de la recién casada al contacto de su marido, hay que reconocer que esta circunstancia parece perder muy pronto su importancia en el relato. Sin embargo es impensable, una vez que hemos reconocido paso a paso la extraordinaria coherencia de todos los elementos del texto, que esta circunstancia, puesta de relieve por su posición y su función dentro del enunciado, no tenga un valor fundamental. Hemos visto, al estudiar el personaje de Alicia, que poner en relación la luna de miel y la sangre perdida por la joven nos llevaba hacia lo que precisamente el relato silencia: las primeras relaciones sexuales de la pareja. Si conectamos este elemento con la identificación de Jordán con el vampiro, la interpretación cae por su propio peso. El cuento podría leerse, en un nivel simbólico fundado en un análisis de los elementos textuales y de su funcionamiento, como una interpretación fantasmática de las primeras relaciones sexuales de la pareja.

La actividad sexual masculina, figurada por la «succión vertiginosa» de la «trompa» del parásito acompasada por el obsesivo «vaivén» de Jordán, sería vista no como un don de sustancia vital, sino al contrario como una succión incesante que terminaría por agotar el cuerpo femenino que vacía en vez de llenarlo. La mujer aparece como una víctima pasiva; hondamente aterrada por la revelación de esta actividad nocturna, no puede sustraerse al sacrificio de su sangre, alimento y calor necesarios a la vida del macho.

Tal interpretación de la mitología del vampiro no es muy frecuente. El mismo Quiroga dará una visión totalmente opuesta (un hombre ya gastado vampirizado por una mujer joven) en un largo cuento titulado «El vampiro», incluido en el último libro *Más allá*, publicado en 1935. La peculiar visión del cuento analizado es específica de la primera vena quiroguiana, y muy en armonía con las fantasías eróticas que alimentan sus *opera prima*. Muy conforme también con la diabólica trilogía que preside sus primeras obras maestras: el amor, la locura y la muerte.

Se habrá podido observar que, a lo largo del análisis y de la interpretación de «El almohadón de pluma», nunca me he salido del texto, nunca he apelado a un solo dato extratextual. Exigencia ineludible para mí, pero tanto más meritoria en este caso cuanto que la «novela familiar» de Horacio Quiroga y las circunstancias biográficas en las que escribió este cuento (alrededor de la época de su primer matrimonio) darían amplia materia para seguir la interpretación en otro terreno.

2. «Anaconda»

El cuento «Anaconda» da su título al libro publicado en 1921. No es representativo del conjunto, ni por su dimensión, ni por su estructura, ni por su tema. Desde el punto de vista temático «Anaconda» se inscribe en el campo de las «historias de animales», ya que el relato sigue el punto de vista de los animales. Los animales puestos en escena son las serpientes, especie privilegiada en el mundo ficcional quiroguiano. Trataremos de entender por qué. «Anaconda» relata la lucha mortal de toda la familia de los ofidios de la región contra un puñado de hombres que vienen a crear ahí un Instituto de Seroterapia Ofídica, donde se prepararían sueros contra el veneno mortal de las víboras de la familia Lachesis.

2.1. Estructura

Este cuento es uno de los más largos de toda la obra de Horacio Quiroga, tiene 36 páginas divididas en 11 secuencias numeradas con cifras romanas. Las seis primeras secuencias, o sea la mitad del conjunto, constituyen la exposición del drama, suerte de larga apertura donde se exponen todos los temas y, en particular, todas las rivalidades que van a fomentar el drama y sus peripecias: rivalidad entre los Hombres y las Serpientes, entre las víboras venenosas y las culebras no venenosas, entre Lanceolada y Cruzada. La secuencia VI es el pivote estructural del cuento, con la relación de la culebra Ñacaniná enviada en misión exploratoria, que viene a contar lo que les ha oído decir a los Hombres: desde entonces la situación está clara, las víboras conocen el peligro que las amenaza. Cruzada, la más inteligente y la más valiente de las víboras, decide lanzar sola un primer ataque. Las cinco últimas secuencias componen el drama propiamente dicho que se desarrolla en tres episodios guerreros: la batalla de vanguardia de Cruzada y Hamadrías contra dos Hombres en el laboratorio; el ataque masivo de las Serpientes contra los animales inmunizados del Instituto; el contrataque final de los Hombres que masacran las Serpientes en su propio territorio, delante de la entrada de la caverna.

El principio del relato es una escena de caza nocturna de la víbora Lanceolada durante la cual nota la presencia inquietante de los Hombres en el territorio de las Serpientes. Al final de la secuencia I se anuncia la inminencia del drama:

> La yarará emprendió la retirada a su cubil llevando consigo la seguridad de que aquel acto nocturno no era sino el prólogo del gran drama a desarrollarse en breve.

Un primer acto de agresión ha marcado este primer encuentro entre el Hombre y la Víbora que va resultar simbólico del desenlace de la guerra: Lanceolada muerde con todas sus fuerzas el pie del Hombre que pasa a su lado, pero como el pie está protegido por una bota, el Hombre apenas siente un impacto que no logra localizar. El suspenso se crea por la expectativa de un drama cuyo desarrollo no se puede sospechar pero que ya se sabe mortal. El final del prólogo confiere un énfasis sorprendente a lo que podía haber sido una banal anécdota de la vida de la selva por el uso de un vocabulario propiamente dramático («acto, prólogo, gran drama»). Este carácter enfático, subrayado por el uso de mayúsculas para designar las especies animales y humanas, va a confirmarse a lo largo del relato y darle un sesgo realmente épico.

El final, con la exterminación de la Familia de los Ofidios, por los Hombres y su fiel ayudante el perro, toma dimensiones de cataclismo ecológico:

> Los hombres se sentaron, mirando aquella total masacre de las especies, triunfantes un día.

Queda, sin embargo, un superviviente: Anaconda, la joven boa, que, mordida por la venenosa cobra Hamadrías, se había quedado paralizada durante toda la batalla. Los hombres se la llevan para curarla, ya que, a su manera, los ha vengado matando a la cobra que había mordido mortalmente al jefe del Instituto. El último párrafo del texto anuncia el porvenir de Anaconda y el futuro relato que contará sus próximas aventuras. Curioso cierre para un relato épico que se termina al modo de un folletín. El final de la historia de Anaconda lo contará efectivamente Quiroga en otro cuento: «El regreso de Anaconda», colocado al principio del libro *Los desterrados*, publicado cinco años más tarde (1926). Esta particularidad mucho dice del carácter «heroico» que Quiroga quiso dar a Anaconda: como Monte-Cristo que vuelve veinte años después, Anaconda tratará, mucho más tarde, de movilizar las gigantescas fuerzas naturales de la cuenca amazónica para atajar el camino de la invasión de la selva por el Hombre devastador, construyendo, con la ayuda de un diluvio, un dique natural en la desembocadura del río. La empresa titánica de la boa fracasará, y Anaconda morirá de un balazo en la cabeza después de poner una gran cantidad de huevos que permitirán la perpetuación de la especie.

Cabe observar que los dos relatos épicos alrededor de la figura de Anaconda terminan con la derrota de los animales y la victoria de los hombres. No obstante, la inmortalidad de la naturaleza se pone de manifiesto en cada uno: en el primero por la salvación de la joven Anaconda, en el segundo por la presencia de los huevos de la boa. Podemos preguntarnos si Quiroga había escrito ya «El regreso de Anaconda» cuando publica «Anaconda», para anunciarlo con tanta precisión. El resumen que hace en el último párrafo deja pensar que tenía ya un proyecto muy claro, incluso un esbozo, pero que no tenía la versión definitiva del segundo episodio. Efectivamente el resumen no corresponde con exactitud al relato: anuncia la historia de ese viaje remontando el Paraná hasta más allá del lugar donde toma el nombre de río Muerto; sin embargo lo que cuenta no es eso, sino el descenso de los animales con la inundación gigantesca que ha arrasado las cuencas del Paraná y del Paraguay a la vez. Curiosamente esta inundación puede fecharse gracias a las indicaciones del texto: se situa en 1905. El texto dice también que Anaconda tiene treinta años: se puede deducir entonces que el primer relato transcurre veinte o veinticinco años antes, o sea alrededor de 1880 o 1885.

2.2. *Espacio*

Geográficamente la región de la selva donde se desarrolla la historia no viene situada con precisión. Cuando aparece Anaconda el texto dice que no era hija de la región, «vagabundeando en las aguas espumosas del Paraná había llegado hasta allí con una gran creciente». Se trata pues seguramente de una parte de la provincia argentina de Misiones, particularmente rica en víboras. La región es el territorio de las víboras, lejos de la presencia de los hombres que llegan ahí como intrusos, precisamente atraídos por la abundancia de las víboras que quieren cazar para sacarles el veneno que necesitan para preparar el suero antivenenoso. Dentro de este espacio general, se destacan dos lugares que van a ser el respectivo cubil de los Hombres y de las víboras, y en los que van a desarrollarse los principales acontecimientos. Por una parte la Casa de los hombres:

> ... un viejo edificio de tablas rodeado de corredores y todo blanqueado. En torno
> se levantaban dos o tres galpones. Desde tiempo inmemorial el edificio había estado
> deshabitado.

En esta casa está instalado el laboratorio con su anexo indispensable: el
Serpentario, espacio de tierra cercado con chapas de cinc liso, provisto de algunas
jaulas y de cajones alquitranados que servían de bañadera a las víboras. Ahí es
donde la valiente Cruzada, capturada por un hombre, va a ir a parar, y conocer
a la Cobra Real. Cerca de la Casa, en uno de los galpones, está la cuadra con
el caballo y la mula que están inmunizando. En la cuadra va a desarrollarse la
primera batalla, iniciada por las serpientes.

A una distancia que la veloz Ñacaniná recorre en un cuarto de hora, se
encuentra la Caverna de las víboras:

> En la base de un murallón de piedra viva, de cinco metros de altura, y en pleno
> bosque, desde luego, existía una caverna disimulada por los helechos que obstruían
> casi la entrada.

En esta caverna, cubil de la vieja Terrífica, va a reunirse el Congreso de la
Familia de los Ofidios, para enfrentar colectivamente el peligro de la presencia
humana. Delante de la Caverna va a desarrollarse la segunda batalla, iniciada
por los hombres, que desemboca en la masacre de todas las serpientes de la
región.

Evidentemente estos dos espacios son simbólicos de por sí en su oposición.
La Casa es una especie de verruga en el marco natural de la selva: es una
instalación provisional, mal adaptada a su función, blanca en medio de la
vegetación. Es la vivienda del Intruso, del que viene de otro sitio, se va (la casa
había sido largamente abandonada), y vuelve a perturbar la vida apacible de la
selva. La Caverna, al contrario, es un refugio natural, perfectamente integrado
al entorno: connota la vida primitiva, inmutable desde tiempos inmemoriales.

2.3. Tiempo

No es posible situar cronológicamente la historia a partir de las únicas
indicaciones del texto. Sin embargo hemos visto que, refiriéndonos a «El regreso
de Anaconda», se puede situar la presente historia hacia 1880-1885. La fecha
no tiene mucho interés, si no es quizás para observar que Quiroga tiende a situar
sus historias en una época anterior a la de su propia experiencia de la región
de Misiones.

El relato empieza pues por una escena de caza: Lanceolada se pone en acecho
a las diez de la noche, y permanece inmóvil durante cinco horas sin conseguir
la menor presa. «Comenzaba a romper el día» cuando decide retirarse, y vislumbra
entonces la sombra de la Casa. Es el primer día. En la secuencia II, el Congreso
se reúne la noche siguiente (segundo día): en las cuatro secuencias que siguen
(III, IV, V, y VI) los acontecimientos se encadenan durante la misma noche. La

secuencia VII empieza con la expedición de Cruzada, a la una de la tarde del día siguiente (tercer día). La secuencia VIII comienza con una línea de puntos que tiene un valor cronológico: figura el lapso durante el cual Cruzada ha permanecido sin sentido, paralizada por el veneno de Hamadrías. Si nos fijamos en las últimas réplicas de la secuencia anterior, el desvanecimiento ha durado cinco o seis horas. Cuando la pareja evadida llega a la Caverna, es de noche, el Congreso sigue y toma la decisión de atacar inmediatamente a los animales de la cuadra. En el momento de la primera batalla, se acerca el alba del cuarto día. Las serpientes, derrotadas por la intervención de los hombres y del perro, se repliegan precipitadamente hacia la Caverna. El duelo de la Cobra y de Anaconda tiene lugar al alba, y enseguida llegan los hombres y el perro que han seguido la huella de la tropa derrotada. La masacre se verifica con los primeros rayos del sol.

La epopeya abarca pues cuatro días escasos, de la noche del primero al alba del cuarto. En el prólogo, el *tempo* es relativamente lento, lo esencial de la acción se concentra en el último día, entre la una de la tarde y el alba. Se observa pues una aceleración muy importante de los acontecimientos después del pivote funcional de la secuencia VI: la subida de la tensión dramática sigue la progresión de la muerte. Cabe apuntar que la mayoría de los acontecimientos se sitúan de noche: sólo las secuencias VII y VIII se desarrollan de día. La oscuridad protege a las serpientes: en cuanto los hombres llegan con la linterna la muerte empieza a golpearlas, y con el alba se verifica la masacre.

El último párrafo del texto, que constituye el pequeño epílogo folletinesco del que ya hemos hablado, anuncia la salvación de Anaconda. Durante un año vivirá con los hombres, y una noche partirá hacia su destino, cuyo último, grandioso y trágico episodio relatará «El regreso de Anaconda».

2.A. Personajes

Es evidente que hablar de personajes en este cuento plantea un problema metodológico que no se puede eludir, cuanto más que se repite abundantemente en la obra de Quiroga. Los personajes más numerosos, más importantes y más caracterizados son serpientes; los hombres son pocos y poco individualizados. Es obvio que no llamo «personaje» a cualquier animal que aparece en un texto: sólo tendrán una función actancial los animales que el texto dota de las dos funciones características del personaje, la función dramática (la acción), y la función fática (la palabra). En el caso analizado, las serpientes están individualizadas, fuertemente caracterizadas, actúan y hablan: no sólo se comunican entre ellas, sino que entienden lo que dicen los hombres, aunque no pueden hacerse comprender por ellos. Al contrario, los otros animales del cuento, el perro, el caballo y la mula, no son personajes pues carecen de la función fática. En otros cuentos los perros son personajes («La insolación», «Yaguaí»), los caballos también («El alambre de púa», «El potro salvaje»). A veces un animal es a la vez personaje y narrador, y el caso más extremo es sin duda el del cuento «Mi cuarta septicemia» donde el personaje-narrador es un estreptococo que cuenta cómo ha participado, con millones de sus congéneres, en la muerte de un hombre.

Es notorio que los personajes-animales son propios de los cuentos para niños. El mismo Quiroga escribió todo un libro de *Cuentos de la selva* para los niños donde la mayoría de los personajes son animales. Pero ni «Anaconda», ni los otros cuentos citados son para niños. ¿Cuál puede ser la diferencia? La respuesta es compleja. Primero, en los *Cuentos de la selva* aparece a menudo la fórmula tradicional de los cuentos maravillosos «Había una vez». Luego, la intención didáctica se explicita claramente, ya se trate de una moraleja, ya se trate de explicar un fenómeno natural. También se puede decir que los relatos son menos complejos, menos dramáticos, menos crueles. Por fin, los cuentos para niños tienen una dimensión de «maravilloso» que los otros eluden. Pero entonces, el Congreso de las Víboras, el plan diabólico tramado por la Cobra, el ataque concertado de la Familia de los Ofidios ¿no forman parte de lo «maravilloso»? Trataré de mostrar, más adelante, que todo eso no es, propiamente hablando, «maravilloso» (serpientes que actúan como hombres), sino que tiene que ver con el punto de vista del narrador, peculiaridad de la técnica narrativa quiroguiana que habrá que interpretar.

El cuento pone en escena dos grupos de personajes unidos por una relación de antagonismo mortal: las serpientes y los hombres. El grupo de los hombres es, con mucho, el menos interesante: parece compuesto de cinco hombres entre los cuales sólo dos están individualizados: el jefe del Instituto, caracterizado por sus gafas ahumadas, el que Hamadrías mata, y Fragoso, que es el que sale a ver qué pasa en la cuadra, con su linterna, durante el ataque de las Serpientes. Los otros son, por una parte, dos empleados: el que Cruzada muerde en el pie, y otro llamado Antonio; por otra parte, el que será «el nuevo director» después de la muerte del primero. De los cinco (sólo aparecen cuatro cuando la expedición de Ñacaniñá) dos son eliminados por Hamadrías y Cruzada, quedan pues tres para las batallas de la cuadra y de la Caverna. Los hombres reciben la eficaz ayuda del perro Daboy, lanudo y negro, particularmente temible por estar inmunizado contra el veneno de las víboras. De la misma manera, al caballo y la mula, animales de laboratorio en curso de inmunización, no sólo no los matan las mordeduras de las víboras durante la batalla de la cuadra sino que los salvan, ya que estaban carentes de su dosis cotidiana de veneno, por culpa de diversos accidentes de laboratorio (cinco tubos de veneno rotos).

El texto presenta enseguida a los hombres como los mortales enemigos de las Víboras:

> Hombre y Devastación son sinónimos desde el tiempo inmemorial en el Pueblo entero de los Animales. Para las Víboras en particular, el desastre se personificaba en dos horrores: el machete escudriñando, revolviendo el vientre mismo de la selva, y el fuego aniquilando el bosque enseguida, y con él los recónditos cubiles.

Estos hombres llegados a la región son particulares: están ahí para preparar un suero antivenenoso, o sea para permitir que otros hombres que vendrán más tarde a colonizar y explotar la región, vivan protegidos del terrible y frecuente peligro de la mordedura de víbora.

Éstos son, de algún modo, la vanguardia de la invasión humana de la selva. Por instinto, los animales saben que eso significa su exterminación a breve plazo: de ahí su violenta y bélica reacción. En la lucha mortal que va a oponerlos a las serpientes, los hombres, a pesar de su reducido número, tienen una ventaja enorme: mientras aquéllas sólo tienen la fuerza muscular o el veneno, éstos poseen la técnica que les permite protegerse eficazmente (botas, inmunización del perro) y asestar golpes mortales sin esfuerzo (machete, vara dura y flexible que parte en dos a una víbora de un solo golpe). Esta lucha no será pues la de dos fuerzas de la naturaleza, sino la lucha de la Naturaleza contra la Técnica.

No se puede decir sin embargo que los Hombres sean los agresores, por lo menos en el sentido primario y fulminante del ataque de la víbora. Pero sí son ellos, con su proyecto científico, los que preparan la invasión de la región y, en consecuencia, la exterminación de las especies animales «un día triunfantes». Hay aquí una visión de la evolución inevitable de esas provincias todavía vírgenes, que tendremos que comentar.

Conviene observar que las relaciones de los hombres con la familia de las culebras son mucho menos hostiles que sus relaciones con las venenosas. Cuando los hombres de la Casa descubren a Ñacaniná tendida sobre un tirante, observándolos, hablan de ella como de un bicho útil (come ratas), aunque algo repelente. En cuanto a Anaconda, la recogen, todavía paralizada por el veneno de la Cobra, y la curan para agradecerle el haberlos vengado matando a Hamadrías. La joven boa va a vivir entre los hombres: Anaconda no será nunca enemiga de los hombres, pero sabe que representan el mayor peligro para el equilibrio de las especies animales: por eso tratará de construir, con la enorme inundación, un dique para atajar la invasión de los Hombres a la selva amazónica.

El grupo de los personajes serpientes es mucho más importante. Se compone de dos familias primas-hermanas pero rivales: las Víboras y las Culebras. Las Víboras tienen caracteres comunes: su veneno mortal, su talla reducida (entre 140 y 170 centímetros), su torpeza para desplazarse, su paciencia (acechan una presa durante horas en una inmovilidad total), la variedad y la belleza de sus pieles. Su nombre en lengua guaraní es «yarará». Hay que subrayar que, en lengua española, todas las voces que designan serpientes son femeninas, lo que no significa que todas las serpientes sean connotadas femeninas: tendremos que volver sobre las posibles significaciones simbólicas de esto.

Las víboras tienen cada una sus características. Lanceolada «era una hermosísima yarará, de un metro cincuenta, con los negros ángulos de sus flancos bien cortados en sierra». Terrífica, la vieja reina, cuya cola contaba treinta y dos cascabeles, era vigorosa y tenaz, pero su inteligencia no era tan lúcida como los rombos amarillos de su piel. Como representante de la especie más abundante de la región, Terrífica preside el Congreso. Coatiarita, benjamín de la familia, con la línea rojiza de sus costados bien visible, tiene la cabeza afilada. Neuwied, dechado de belleza con las curvas blancas y café de su lomo sobre largas bandas salmón, ha guardado el nombre, del naturalista alemán que determinó su especie. Cruzada, la más audaz, lleva el signo de la cruz, es una «alternatus» bella y potente: una rivalidad evidente la opone a Lanceolada. Está Atroz, definida por su nombre, y Urutú Dorado, la más larga, con sus ciento setenta centímetros de terciopelo negro cruzado oblicuamente por bandas de oro. Coralina, la última, es una víbora coral, roja y negra, caracterizada por su estupidez. En realidad, la Familia de las Víboras, orgullosas de tener la Muerte por bandera, no brillan por su inteligencia, al contrario de las Culebras. La última, pero no la menor de las Venenosas, es Hamadrías, la Cobra capelo real, o Naja búngaro, la mayor y más peligrosa víbora del mundo. Mide dos metros sesenta, y cuando ataca, su cuello se hincha y su capuchón se yergue. La temible extranjera ha sido introducida por los hombres de quien es prisionera desde hace año y medio. El plan que urde para huir del Serpentario demuestra su diabólica inteligencia. Sin embargo su orgullo y su desprecio por las Culebras la ciegan hasta tal punto que defiende el peor plan de guerra, precipitando la masacre de toda la Familia. En cuanto se ven, Anaconda y Hamadrías se odian: la boa vengará el honor de las suyas matando a la asiática en singular combate.

Las Culebras, aunque corran menos peligro que sus primas, van a unirse a ellas en la lucha contra los hombres. Sus características comunes son: su fuerza muscular, su agilidad, su velocidad. Son arborícolas y nadan muy bien: son las Cazadoras. Ñacaniná, la amiga de Cruzada, es la especie más común, mide tres metros, es valiente y rápida, prudente e irónica con sus primas. Están también Drimobia, la «yararacusú de la selva», Cipó, verde cazadora de pájaros, Radínea, pequeña y oscura, que vive en los charcos, Boipeva, que se achata completamente contra el suelo, Trigómina y Esculapia, bellas culebras coral.

Falta, naturalmente, Anaconda, la Reina de la selva, forastera en la región ya que es nativa del Alto Paraná. La boa americana mide, cuando es adulta, unos diez metros y tiene una fuerza prodigiosa: ningún animal, ni siquiera el tigre, resiste su abrazo. Tiene un cuerpo de terciopelo negro con grandes manchas irregulares, hermosos y alegres ojos vivos, y sus mandíbulas potentes cuentan con 96 agudos dientes. Cruza el Amazonas como jugando, con la mitad del cuerpo erguido fuera del agua. Aquí Anaconda es joven: mide sólo dos metros y medio, pero Hamadrías va a experimentar su fuerza.

En comparación con lo que será en «El regreso...», el papel de Anaconda aquí no es muy importante. Aparece por primera vez en la secuencia IX, en la segunda reunión del Congreso, en el cual se enfrenta con la arrogante y agresiva Cobra. Durante la batalla de la cuadra no se habla de ella, y luego venga a la Familia matando a Hamadrías. El veneno de la asiática la paraliza durante largo rato y le impide tomar parte en la batalla final donde mueren todas, Víboras y Culebras. Total que Anaconda desempeña aquí un papel de heroína vengadora y justiciera contra la traidora extranjera. A pesar de estar al lado de los Ofidios, la boa no combate a los Hombres, que la consideran con cierto cariño. En el segundo relato, donde será única protagonista, Anaconda tendrá también con los Hombres una actitud ambigüa: se topará, en su épico descenso del río, con una isla flotante donde un hombre agoniza con la garganta abierta. La boa prohibirá que las víboras lo maten, y lo velará hasta su muerte. Luego, cuando siente, con el fracaso de su titánica empresa, que la muerte se acerca, pondrá sus huevos «al calor fecundo de la descomposición del hombre» para asegurar la eternidad de la especie.

Es evidente que las serpientes en general y Anaconda en particular, tienen en este cuento una dimensión mítica que vamos a tratar de caracterizar. Sería ocioso recordar la variedad infinita de las significaciones simbólicas de la Serpiente. Animal mítico por antonomasia, se encuentra en todas las civilizaciones y, singularmente, en las civilizaciones amerindias. Símbolo de las fuerzas terrígenas, de la materia prima, de las fuerzas oscuras, del inconsciente, es macho y hembra, principio absoluto de fecundidad, ligado a las aguas fluviales:

> Si el Hombre se sitúa en el final de un largo esfuerzo genético, debemos también, necesariamente, colocar a esta criatura fría, sin patas, sin pelos ni plumas, en el comienzo del mismo esfuerzo. En este sentido, Hombre y Serpiente son los opuestos, los complementarios, los Rivales. En este sentido también, hay una parte de serpiente en el hombre, singularmente en la zona que su entendimiento controla menos.[1]

Naturalmente, Anaconda, Reina de las Serpientes, simboliza la Serpiente en todo su esplendor mítico. Su equivalente europeo sería Pitón, la gran serpiente matada por Apolo, y luego ligada al culto délfico. Se comprende que Quiroga haya visto en Anaconda el símbolo, americano por antonomasia, de las fuerzas primitivas de la Naturaleza, de la fecundidad eterna —macho y hembra juntamente—, rival del Hombre, pero también su complemento vital.

Aquí Anaconda no ha alcanzado su dimensión adulta ni, correlativamente, su dimensión simbólica definitiva. Sin embargo, no sólo da su nombre al cuento, al libro entero, sino también al cenáculo literario que Horacio Quiroga funda, por esa época, con algunos amigos escritores y artistas, prueba de la importancia simbólica de ese animal mítico, y nuevo ejemplo de la tendencia del escritor a proyectar sus fantasías a la vez en el mundo ficcional y en la vida real.

2.5 *La función narradora*

Hay en este cuento un narrador impersonal perfectamente clásico, con una tendencia didáctica muy acusada. Por ejemplo, al principio de la secuencia II, se expone y explica el peligro que la llegada de los Hombres supone para las especies animales; más lejos se detallan los motivos por los cuales es la cascabel la que preside el Congreso, etc. Lo que resulta menos clásico en la técnica narrativa de este cuento es que el punto de vista del narrador siga el punto de vista de las serpientes: tenemos de ellas una visión a la vez exterior e interior. Así por ejemplo, el principio de la secuencia I da una visión objetiva de la caza nocturna de una víbora; luego el texto, que hasta entonces podía aparecer como una descripción normal y corriente (aunque dar un nombre a la víbora sea ya un primer indicio), dice:

---

[1] Jean Chevalier y Alain Gheerbrant, *Dictionnaire des Symboles*, París, Seghers, 1974, tomo IV, p. 181. Ahí se encontrará una rica exposición de los simbolismos de la Serpiente.

> Comenzaba a romper el día e iba a retirarse, cuando cambió de idea.

Luego una réplica en estilo directo refiere el discurso interior de Lanceolada. A partir de ahí el lector entiende que no se trata de una víbora corriente, o sea una víbora vista por un hombre, sino de una víbora vista desde el interior por una instancia narradora que sigue el punto de vista de la víbora, como, habitualmente, sigue el punto de vista de un personaje humano. El pacto narrativo que se instaura aquí y que va seguir a lo largo del relato, consiste en no discriminar a los personajes-serpientes de los personajes-hombres, y en contar la historia desde el punto de vista de las serpientes. Así tendremos una visión exterior/interior de las serpientes, y sólo una visión exterior de los hombres. Las serpientes se comunican entre sí y entienden el lenguaje de los hombres, sin que éstos las entiendan; los hombres se comunican entre sí pero no entienden a las serpientes y no saben que éstas les entienden. Las serpientes actúan como serpientes, pero sus actos se focalizan desde adentro, o sea que se explicitan sus motivaciones y, por lo mismo, estos actos aparecen premeditados y racionales. Los personajes-hombres, al no ver a las serpientes desde adentro, tienen una percepción completamente diferente de sus actos. Por ejemplo, cuando los hombres del Instituto, ven a Ñacaniná que acaba de caerse del tirante donde estaba, piensan que se trata de una culebra que ha entrado para cazar ratas: no pueden sopechar lo que el lector sabe, que Ñacaniná está espiándolos para saber lo que hacen. Lo mismo pasa con el ataque concertado de Cruzada y de la Cobra: para ellos sólo se trata de un fatídico encadenamiento de circunstancias.

Así el conjunto de las actuaciones de las serpientes es objeto de dos percepciones, y por ende, de dos interpretaciones completamente diferentes: por una parte la percepción parcial y exterior de los hombres del Instituto, que creen que se trata de un ataque de víboras particularmente agresivas y peligrosas; por otra parte la percepción global e interior del lector, gracias al punto de vista del narrador. Para el lector, que conoce las motivaciones profundas de lo que hacen las serpientes, este ataque cobra una dimensión bien diferente, y el texto lo subraya:

> ...víboras, que ante un inmenso peligro, sumaban la inteligencia reunida de la especie, era el enemigo que había asaltado el Instituto Seroterápico.

Claro está que se puede —y es lo que la crítica unánime ha hecho— ver tan sólo en las historias de animales de Quiroga, y en «Anaconda» particularmente, una forma praticular de literatura fantástica, una manera algo ingenua de explotar el tema de la selva. Por mi parte creo que el alcance ideológico es harto mayor. Efectivamente, no se puede desconocer que la forma y el punto de vista del narrador —la focalización del relato— son la manifestación más reveladora de la ideología latente del escritor. Función de poder por antonomasia, la función narradora impone una visión de las cosas a la que el lector no puede sustraerse, si no es cerrando el libro. Seguir el punto de vista de las serpientes en esta historia de enfrentamiento violento entre hombres y serpientes, es, en cierta medida, identificarse con ellas, para el escritor a través del narrador, para el lector a través del narratario.

Bien es verdad que la identificación aquí es matizada, pues podría tratarse de un personaje-narrador, como en otras historias de animales; también es verdad que no hay ningún maniqueísmo burdo. Sin embargo, narrador y narratario se identifican con las serpientes, que aquí son las víctimas. Víctimas que se han buscado su desgracia, sin duda, pero las víboras sabían lo que les esperaba: los hombres habían venido para cazarlas y explotar su veneno, de modo que ellas han elegido entre la captividad y la lucha hasta la muerte.

¿Qué significa pues, ideológicamente, la identificación matizada con las serpientes? El análisis de los personajes ha mostrado que no se pondera de la misma manera a toda la familia de los Ofidos. Las víboras son hermosas, valientes y temibles, pero son torpes, orgullosas y poco listas. Anaconda, irritada por la presuntuosa agresividad de Hamadrías, lanza una feroz requisitoria contra sus primas: como no tienen ni fuerza, ni agilidad, ni inteligencia, tienen un par de colmillos para «asesinar a traición». Es evidente la predilección por las culebras en general y por Anaconda en particular: su potencia, su valor tranquilo, su magnanimidad jovial hacen de ella una heroína a la vez temible y simpática. Pero ¿por qué atribuir la corona de la selva a Anaconda y no a otro soberbio y potente animal, como, por ejemplo, el tigre? Ya hemos visto que, simbólicamente, la Serpiente es rival y complementaria del Hombre, que representa la parte oscura, primitiva, profunda de la humanidad. Las víboras le disputan al hombre «el negro estandarte de la muerte», pero Anaconda, aunque es más temible que todas las víboras reunidas, no tiene ese aspecto traidor que da a las víboras el uso del veneno como única arma. Ella posee las virtudes heroicas, y además tiene la dimensión de su marco natural: es como la selva, como los ríos inmensos, como el sol tropical, como los diluvios amazónicos. La armonía de Anaconda con la naturaleza, apenas esbozada en esta primera parte de su historia, se expresará plenamente en la segunda. En el segundo cuento, la identificación del narrador con el personaje fascinante y patético de Anaconda será flagrante.

Anaconda no es enemiga de los hombres, pero quisiera impedir que éstos invadan la selva, adonde sólo traen destrucción y muerte. Ella quisiera preservar ese Edén, ese Caos primordial, ese Tiempo anterior a la Historia en los que el hombre no tiene lugar porque pertenece a otro tiempo, a otro espacio. ¿Es de extrañar que Horacio Quiroga, que vivió esa experiencia de invasor, de cazador, de colono, o sea de victimario, se identifique en sus «historias de animales», con las víctimas? La crítica ha repetido que lo que buscaba en esa vida salvaje y primitiva era volverse un nuevo Robinsón, o, mejor, un nuevo Adán. Si así es, la experiencia que se propone en su ficción es todavía más radical, más profunda, más sorprendente, pues consistiría en remontarse mucho más arriba en la filogénesis, más allá del primer hombre, hasta la gran Serpiente primitiva. Particularmente significativo, bajo este aspecto, es el doble relato «El sueño» y «La realidad», que cuenta la historia de un empleado del servicio meteorológico que, un buen día, se encuentra con un dinosaurio en la selva y termina por transformarse en un «hombre de las cavernas».

Se puede interpretar de múltiples maneras este remontarse espeleológico: como una búsqueda interior de las capas más profundas del ser, como la búsqueda de la Bestia primitiva que duerme dentro del Hombre, como el deseo de volver al estado prenatal. Todas estas interpretaciones son fundadas y complementarias.

En el plano socio-histórico, la visión del mundo que propone «Anaconda» es compleja y matizada. Si bien la gran boa es la figura mítica de la naturaleza primitiva que se defiende contra la invasión del hombre armado de su inteligencia y de su técnica, Anaconda no es la enemiga del hombre; en cierta medida se la ve fascinada por él, que representa su muerte ineludible. Se trata de una guerra inevitable y fatal, en la que los dos adversarios han de morir en el mismo abrazo, y han de reproducirse para seguir combatiéndose y muriendo. Todo, dentro de este mundo, es a la vez muerte y fecundidad, como Anaconda, como el agua, el sol, como los hombres que mueren mordidos por las víboras, derribados por la insolación, arrastrados por la corriente, agotados por la fiebre, pero que, incansablemente, roturan, explotan, plantan, construyen y destruyen.

La relación del hombre con la naturaleza no aparece como una colaboración armónica de dos fuerzas complementarias, ni tampoco como una lucha donde el uno va a vencer definitivamente al otro, sino más bien como un interminable abrazo, amoroso y mortal.

3. «El hombre muerto»

Este cuento está incluido en el libro *Los desterrados*, publicado en 1926. Es notable por la economía de su materia narrativa y por la densidad emocional que alcanza. Una sola e insignificante anécdota: un hombre, que ha trabajado durante horas en su bananal, para descansar salta por encima de un alambrado de púa: su pie resbala en una corteza del poste, cae al otro lado de tal modo que se clava en el machete que llevaba en la mano. En el libro *El más allá*, publicado en 1935, hay un cuento titulado «Las moscas, réplica del hombre muerto», que relata la muerte de un hombre que, al tropezar en una raíz, se ha roto la espina dorsal contra un tronco. La variante anecdótica tiene poca importancia, el tema permanece idéntico. Sin embargo, lo que estropea esta segunda versión es la intrusión de un elemento fantástico –que explica el título del cuento– para figurar la muerte del hombre y la integración de su cadáver en el ciclo de putrefacción/fecundación ayudado por las moscas. El personaje-narrador (es otra diferencia importante con la primera versión) se torna una de las moscas que dan vueltas alrededor de su futuro cadáver. La existencia de esta doble versión demuestra el interés de Quiroga por la descripción del tránsito brutal de la vida a la muerte como consecuencia de un accidente absurdo. El interés, aquí, no estriba en la anécdota, sumamente banal, ni en la creación de un suspenso, ya que el lector se entera muy pronto de que el hombre se está muriendo, sino en la prolija descripción de la experiencia interior que el personaje tiene de su propia muerte.

3.1. La estructura

El cuento empieza por una secuencia expositiva que incluye los cuatro primeros parrafos: la situación del personaje, el accidente, la toma de conciencia de la muerte inminente. A la banalidad de la situación, la actividad igual a la de todos los días, corresponde la extremada sobriedad de la narración. El accidente mismo parece primero un incidente sin importancia, sólo un detalle minúsculo anuncia discretamente el drama: mientras se cae, el hombre tiene la lejana impresión de no ver el machete en el suelo. Cuando se encuentra tumbado en la hierba, en una postura aparentemente normal, todo sucede muy deprisa: su boca se abre y se cierra −único indicio de un dolor inexpresado−, luego ve el mango de su machete salir justo debajo de su cintura. Incapaz de mover la cabeza, aprecia mentalmente la trayectoria de la hoja dentro de su vientre, y se da cuenta de que está en el umbral de la muerte.

A partir de ahí todo va a pasar en la mente del personaje: la resistencia interior a la idea de una muerte ineludible e inminente, la percepción de un entorno donde nada ha cambiado. De pronto alguien silba muy cerca: ¿será una esperanza, alguien quizás lo vea y pueda salvarlo? Falsa pista: se trata del muchacho que pasa a caballo todas las mañanas a la misma hora, forma parte de la banalidad cotidiana de la cual sólo el hombre se ha desprendido, no tienen nada que ver el uno con el otro. Poco a poco se hace cargo de eso: sólo él ha cambiado, todo lo demás permanece idéntico. Ya no es partícipe de la rutina cotidiana, o sea de la vida, es como si ya estuviera muerto.

Ahora se siente invadido por un gran cansancio: el tiempo ha pasado, pronto su mujer y sus hijos vendrán de la casa cercana a buscarle para almorzar, ya oye los gritos de su hijo que le llama. Su cansancio se hace más pesado, sin embargo todavía consigue, mentalmente, alejarse de sí mismo y mirarse, acostado en la hierba. Este desdoblamiento, última metáfora de la muerte (como en las representaciones pictóricas donde se ve el alma, imagen diminuta del cuerpo, exhalarse tal un perfume), es la postrera visión interior del personaje. En un sutil desliz de la focalización, sobre el que volveremos, se ve el caballo que, dándose cuenta de la muerte de su amo, se decide por fin a pasar cerca de él, como lo deseaba desde el principio sin atreverse.

La tensión del cuento no estriba en el suspenso, sino en la fuerza de la resistencia interior del personaje, que no logra acatar la idea de un corte tan brutal entre la vida y la muerte. Esta tensión es acentuada por la extraordinaria densidad del relato en el que el principio de eliminación, sobre el que funcionan todos los cuentos breves, es llevado a extremos difícilmente superables: cada elemento se reduce a su más escueta expresión.

3.2. El espacio-tiempo

El drama se desarrolla en el límite de un bananal, separado del pastizal vecino por un alambrado de púa. Este alto alambrado, que el hombre ha de franquear para ir a descansar en la hierba, va a ser el lugar preciso del accidente: su banal referencialidad no le impide ser fuertemente simbólico. Se torna de pronto línea de demarcación entre la vida y la muerte, tras haber sido un elemento de la vida cotidiana, construido por las propias manos del hombre. De la misma manera, el machete, herramienta del trabajo cotidiano manejado sin problemas durante más de diez años, se torna brutalmente instrumento de auto-destrucción.

Los demás elementos del entorno son vistos o percibidos desde la postura precisa del hombre tumbado en la hierba, incapaz ya del menor movimiento: el bananal cercano, con sus anchas hojas desnudas e inmóviles bajo el sol, el camino que *sabe* detrás de él sin poder verlo, el alambrado de púa con sus altos postes, su caballo que olisquea el alambre, el tejado rojo de su casa que vislumbra por encima del bananal y, más cerca de su cara, la hierba corta, los conos de las hormigas, el sol de plomo, el silencio. Cuando oye a alguien silbar, *sabe* que se trata del muchacho que pasa cada día a las once y media: oye el puentecito sonar bajo los cascos del caballo. Cuando oye la voz de sun niño que le llama de lejos: «¡Piapiá, Piapiá!», *sabe* que deben ser las doce menos cuarto, hora a la cual su mujer y sus dos hijos suelen bajar de la casa al bananal para buscarlo.

Así el espacio y el tiempo se construyen minuciosamente a partir del instante y del lugar donde cae el cuerpo del hombre. Este efecto de estructuración del espacio-tiempo según el punto de vista muy particular del personaje, capital para que el lector pueda compartir la experiencia interior de éste, se consigue mediante el dispositivo específico de la función narradora, que describiremos más adelante.

3.3. *Los personajes*

También el sistema de los personajes es drásticamente reducido: un solo personaje presente y dos personajes –o grupos– aludidos. El muchacho a caballo se alude mediante los ruidos que percibe el hombre tumbado en la hierba. Pertenece a lo cotidiano; gracias a la regularidad de su paso por el lugar, sirve para determinar la hora precisa, pero además puede representar una «falsa pista» en la medida en que, durante un breve instante, el lector puede imaginarse que va a ver al hombre herido e intervenir en la acción. El grupo de la mujer y de los dos niños lo evoca interiormente el protagonista: éste sabe que pronto saldrán de la casa, como todos los días a la misma hora, y vendrán a buscarle para almorzar. Hacia el final oye –o quizás sólo cree oír– la voz del más joven de sus hijos. Son también elementos de la vida cotidiana, y su llegada en el último momento de la agonía intensifica el clima emocional del relato: por última vez el hombre va a tratar de creer que todo es sólo una pesadilla, quizás debida al exceso de sol y de cansancio.

El personaje central, único personaje presente, sólo se designa bajo el término genérico «el hombre»: esta particularidad, bastante frecuente en Quiroga, da a su aventura un valor simbólico: es el hombre ante la muerte. Sabemos, gracias a las evocaciones interiores, que lleva diez años viviendo con esas duras condiciones de trabajo pionero en la terrible región de Misiones. Él mismo ha plantado el bananal, sembrado el pasto, construido el alambrado que provoca su muerte absurda. La insistencia en este aspecto de las cosas añade un elemento de interpretación muy importante: no se trata en este cuento –como por ejemplo en «A la deriva», tan parecido en muchos puntos– de un drama de la lucha del hombre contra la naturaleza, el hombre no es víctima de una víbora, de una insolación o de una crecida, es víctima de sus propias obras en las circunstancias más cotidianas. Su resistencia a la idea de una muerte inminente se expresa no sólo a través de exclamaciones e interrogaciones incrédulas: «¡Muerto! ¿Pero es posible?... ¿Qué pasa entonces?... ¡Pero no es posible que haya resbalado!», sino también a través de proyecciones hacia un futuro que ya no le pertenece, aunque no pueda admitirlo: «... el alambrado de postes muy gruesos y altos que pronto tendrá que cambiar... El mango de su machete (pronto deberá cambiarlo por otro; tiene ya poco vuelo)». Evidentemente no puede ser fortuito que sus proyectos estén precisamente relacionados con los dos elementos que han provocado el accidente: el poste y el machete.

Finalmente lo que se expresa en las evocaciones interiores del personaje no es dolor, ni tristeza, ni angustia, sino una obstinada incredulidad, la íntima incapacidad de admitir la fatalidad de una muerte imprevista y absurda, la separación brutal entre el hombre y todos los elementos, incambiados, de la vida cotidiana.

3.4. La función narradora

La finalidad, sumamente ambiciosa, de este cuento es que el lector comparta una experiencia interior poco común, una de esas experiencias-límites que tanto le gustan a Quiroga: la experiencia de la propia muerte. Pues no se trata tan sólo de mostrar la muerte «en directo», se trata de conseguir que el lector comparta la experiencia interior del hombre muriéndose. Sin embargo el relato no propone realmente una identificación macabra con la víctima: una distancia, mínima pero decisiva, existe, gracias a un dispositivo narrativo de una extremada sutilidad.

Efectivamente la identificación total hubiera exigido un narrador en primera persona, pero esta forma de narrador hubiera dramatizado excesivamente el relato. La forma elegida –un narrador impersonal que toma el punto de vista interior del personaje– implica muy pocas variaciones con relación al mismo texto escrito en primera persona. La transcripción del discurso interior, visible en la abundancia de exclamaciones e interrogaciones, se dobla de una visión del tiempo y del espacio que es, minuciosamente, la del personaje. Entonces ¿dónde está la diferencia y dónde reside el interés? La diferencia entre estas dos formas, muy vecinas, de focalización se hace patente en el último párrafo del texto. El caballo, que hasta entonces no se había atrevido a pasar cerca de su amo tendido en la hierba para alcanzar los bananos prohibidos, se atreve por fin al comprobar que su amo no podrá impedírselo, ya que está muerto. Esta vez, el caballo no se percibe a través del punto de vista del hombre, como en el resto del texto, sino desde la focalización de una instancia impersonal exterior que abandona el punto de vista del personaje en el preciso instante de su muerte.

No es fortuito, por supuesto, que el caballo, único testigo del accidente sea también el que compruebe y signifique la meurte del hombre. La presencia del caballo cerca del hombre que trabaja es perfectamente lógica si bien no es necesaria, pero el caballo, simbólicamente, es un animal psicopompa, y por eso, parado cerca del alambrado que separa la vida de la muerte, parece esperar que el hombre haya expirado para cumplir su función.

El interés de esta focalización con relación a la de primera pesona es evidente en el principio del texto. La exposición, como ya lo hemos observado, se hace con una sobriedad, una economía de emoción muy notables. Si el texto estuviera en primera persona sería difícil concebir que un personaje-narrador pudiera contar su propia muerte con tanta distancia y frialdad. Este efecto de dedramatización, claramente voluntario, implicaba un narrador impersonal.

Así pues, esta forma de función narradora, perfectamente clásica por supueto, permite la alianza sutil de una visión exterior –efecto de distancia y dedramatización– y de una visión interior –efecto de comunicación emocional gracias a la transcripción del discurso interior. Si ponemos en relación este doble y antagónico efecto de sentido con lo que deciamos más arriba de las características de la muerte y de los sentimientos que despierta en el hombre, una interpretación aparece posible. Esta muerte, bajo su apariencia accidental, es en realidad una autodestrucción ya que el hombre es víctima de lo que él mismo ha construido con sus manos, y lo que despierta en él, es una resistencia feroz, una incredulidad frente a la evidencia. La peculiar forma de la narración evidencia, a la vez, una fascinación (la voluntad de compartir esta experiencia-límite), y una repulsión (distancia y dedramatización). Teniendo en cuenta la importancia de la muerte en la obra de Horacio Quiroga –una vez más no hablo de su vida–, se puede ponderar el interés de este texto centrado en el tipo de muerte a la vez más fascinante y más repulsivo: la autodestrucción. Que tome el aspecto del accidente banal y absurdo, como aquí, o el del suicidio, o el de la lenta e inexorable destrucción por el alcohol, la locura o la pasión, esta problemática se halla en el mismo centro de la obra quiroguiana.

4. La escritura quiroguiana: de lo múltiple a lo obsesivo

Si tratamos, después de analizar estos tres relatos, de caracterizar los rasgos esenciales de la narrativa quiroguiana, nos damos cuenta de hasta qué punto la obra es a la vez múltiple y obsesiva.

En el plano temático la obra de Horacio Quiroga no ofrece una variedad y una originalidad deslumbrantes: las más veces las situaciones anecdóticas son sencillas y banales; incluso dentro de lo fantástico, el corte es clásico. Lo más notable es sin duda la adecuación entre los diversos componentes: entre la anécdota, el espacio, el tiempo y los procesos de escritura utilizados. Notable también es el simbolismo de las situaciones y de los elementos circundantes que dan una impresión de gran densidad dramática. En esta medida, el campo temático de la selva está privilegiado porque ofrece naturalmente los seres, las situaciones, las fuerzas portadoras de una carga emocional tremenda.

El espacio selvático es generador de tensión a causa del desequilibrio entre las dimensiones colosales de los elementos naturales y la debilidad y vulnerabilidad del hombre que pretende obstinadamente dominarlos. Pero, a pesar de su natural inferioridad, el hombre es también un temible predador por la volundad de dominación que le lleva a dotarse de instrumentos diabólicos y a destruir la naturaleza, para satisfacer no sus necesidades elementales, sino un insaciable deseo de poder. Así, la lucha entre el hombre y la naturaleza, iniciada por el hombre, invasor del Caos primordial, es una lucha sin tregua ni cuartel, un abrazo amoroso y mortal en el cual muerte y fecundidad son inseparables.

La muerte, bajo sus múltiples aspectos, habita totalmente la obra de Quiroga: es mucho más que un tema, es la obsesión permanente de su universo ficcional. Como toda obsesión creadora, ésta aparece multiforme, asociada a las figuras más contradictorias, oculta bajo las máscaras más inesperadas. Entre todas las formas posibles, la más fascinante es quizás la autodestrucción: solapadamente presente en la sumisión dolorosa de Alicia que acepta la caricia mortal de la Bestia («El almohadón de pluma»), patética en el suicidio colectivo de las Serpientes, heroica en el abrazo doblemente mortal de Anaconda y de la Cobra Real («Anaconda»), grandiosa en la muerte fecundante de la gran boa después del fracaso de su desmesurada empresa («El regreso de Anaconda»), absurda en el accidente del hombre clavado en su propio machete. El mundo ficcional de Quiroga gira alrededor de esa lucha permanente entre las fuerzas de muerte y las fuerzas de fecundación: su complementariedad no puede ser armoniosa, tiene que ser agónica, violenta, desgarradora.

La escritura en la narrativa de Horacio Quiroga, tal como se evidencia a través de los análisis, viene regida por un doble principio de economía y de eficacia. La economía funciona ya en el plano anecdótico en la simplicidad del argumento: no hay historias complejas, no hay anécdotas inútiles, o episodios gratuitos. Los personajes son generalmente de rasgos firmes, sobriamente caracterizados cuando se trata de tipos como, por ejemplo, los que se encuentran en *Los desterrados*. Muchas veces aparecen esquemáticos, construidos en función de la historia a la que pertenecen y del simbolismo que les incumbe. Las descripciones son breves, reducidas a los rasgos funcionales: la caracterización se hace esencialmente a través de la acción. El espacio es a menudo el elemento más desarrollado pero, sin embargo, las descripciones no son ornamentales: contribuyen a la definición del ambiente, completan o acentúan el simbolismo de una situación o de un personaje, anuncian o prefiguran un acontecimiento dramático. Las moradas siempre están en armonía con los personajes que las habitan y con las historias que en ellas se desarrollan: podemos recordar el palacio blanco y frío del glacial Jordán donde Alicia perderá toda su sangre, la Caverna oscura y primitiva donde las Serpientes reúnen las fuerzas de la especie. Una de las descripciones más bellas es, a mi parecer, la de la apocalíptica inundación que reúne los aluviones destructores y fecundos de las cuencas del Paraná y del Paraguay: con esta enorme mole putrefacta que desciende majestuosamente el río como un nuevo Caos, como un mundo no-creado, Anaconda quiere hacer una barrera contra la invasión de los hombres, para preservar la selva, el mundo primitivo sobre el cual ella reina.

La escritura de Quiroga, sus técnicas narrativas y el tratamiento de la función narradora, en particular, son sumamente clásicas. Estamos todavía muy lejos de las distorsiones y transgresiones de la «Nueva Narrativa». Quiroga explota con sutileza las formas tradicionales y alcanza la virtuosidad en el crescendo del suspenso. Sin embargo lo más original de Quiroga se halla en lo que hemos llamado «historias de animales». No porque fuese muy original dar la palabra a los animales, eso se hacía desde la Antigüedad, sino por la manera específica de utilizar la focalización narrativa para hacer aparentes las motivaciones secretas del mundo animal. Algunos cuentos son menos logrados («El león», «Juan Darién») y se emparentan con el apólogo o la fábula. En cambio, el doble relato que protagoniza Anaconda tiene una calidad emocional y una densidad simbólica que delatan su alcance ideológico. Hay sin duda una estrecha relación entre la identificación simbólica del narrador con la serpiente gigante y la constante fascinación que la región de Misiones ejerció sobre Horacio Quiroga. También es verdad que esta doble escritura de una obra y de una vida tan sorprendentemente paralelas no es el menor atractivo del maestro del cuento rioplatense.

RELATO DE LA CASTRACIÓN:
UNA INTERPRETACIÓN DE «LA MIEL SILVESTRE»

Guillermo García

Nos encontramos a las puertas de un texto que, tras una pátina de aparente inocencia, encierra difusas complejidades.[1] La historia es simple: Benincasa, un joven contador de Buenos Aires, llega a Misiones con el objeto de experimentar «dos o tres choques de vida intensa». Una vez en esa tierra su anhelo se reduce a la ocupación de un lugar: la selva. Sus primeras tentativas son infructuosas y finalmente, cuando logra concretar su deseo, cae víctima de los efectos narcóticos que le provoca la ingesta de miel silvestre. Benincasa sufre una especie de inmovilidad o parálisis consciente; cuando se halla en ese estado próximo a la desesperación es cercado y, posteriormente, devorado por un río de hormigas que son la plaga del lugar.

La historia contada así, a grandes rasgos, no parece presentar muchas novedades. Sin embargo, hay en ella elementos secundarios, incluso terciarios, que el narrador deja caer como al pasar, los cuales le confieren una significación totalmente inédita. Esta historia segunda, lateral, que el narrador se deleita en insinuar, se encuentra plagada de pormenores inquietantes, de curiosos indicios y oscuros –o a veces no tan oscuros– simbolismos.

De más está decir que nos centraremos en esa segunda vertiente, y dicha elección presupone, además, una ruptura con una tradición receptiva de larga data que reduciría un texto como éste, por ejemplo, a los términos de una mera historia de horror con leves toques de siniestra comicidad.

En parte, es por lo anteriormente expuesto por lo que elegimos este relato como piedra de toque de nuestro análisis. A primera vista es un texto lineal, un tanto simple y por ello mimado de las antologías escolares. Sin embargo, una segunda lectura del mismo, más atenta, permite detectar ciertas correspondencias,

---

[1] «La miel silvestre», pp. 122-126 de la presente edición.

ciertos pormenores inquietantes que no pueden ser casuales y que exigen un sentido dentro del conjunto del material narrado. Como ejemplo, podemos adelantar que surge y persiste a lo largo del relato una sutil dialéctica entre devorar y ser devorado: Benincasa es, literalmente, devorado por un río de hormigas como contrapartida a su irremediable gula. Esta insistencia del narrador en hechos y conductas que aluden a la oralidad no puede, reiteramos, ser casual y requiere una interpretación.

Una primera lectura del texto ya nos permite establecer tres unidades perfectamente diferenciables:

1) prólogo o novela familiar del narrador,

2) historia de Benincasa,

3) epílogo pseudocientífico.

La división efectuada ya plantea un complejo problema: ¿es el mismo narrador el que «habla» en todas las unidades o hay, acaso, «intrusiones» de otras voces?

Ambas preguntas son válidas y tal hecho se comprueba, especialmente, en relación a la última unidad. El caso de este epílogo pseudocientífico, como dimos en llamarlo, es similar al que se plantea en el final de otro clásico de Quiroga: «El almohadón de pluma».

Es claro que en ambos ejemplos hay un cambio de tono o de frecuencia en lo que hace a la «sonoridad» de la voz que narra. Por otra parte, la finalidad es la misma: provocar un efecto de verosimilitud; aunque en el caso de «El almohadón...» dicho efecto es más fuerte o más eficaz.

Sin lugar a dudas, la voz que nos cuenta la historia no es la misma que esta última: fría y sin ningún tipo de modulación, limitada al mero fin de informar, de transmitir un dato cognoscitivo. Y aquí está, justamente, la clave: no puede haber ninguna relación entre esta voz y el personaje, ya fenecido, o la historia, concluida.

Necesitamos comparar ahora este acontecer puramente cognoscitivo, de clausura, con el que tiene lugar en el prólogo. Este último acontecimiento, de apertura, se ubica en el extremo más alejado del que acabamos de analizar. Y en él se aproximan de manera amenazante y casi hasta confundirse los límites entre las categorías de autor y narrador.

Desde este punto de vista podríamos inferir que el relato es un viaje desde la subjetividad más extrema (recuerdo infantil) hasta una postura plenamente objetiva: el dato cuasi técnico final. Y en medio de ambas tensiones (que podríamos denominar acontecer emotivo y cognoscitivo, respectivamente) tiene lugar el acontecimiento estético, esto es, el relato propiamente dicho.

Démosle, no obstante, el estatuto de narrador (equivalente al de la historia) a quien nos relata el prólogo y preguntémonos cuál es la función que dentro de la totalidad del relato cumple la micro-historia familiar allí contenida.

De inmediato se nos impone una primera respuesta: el narrador la utiliza como «disparador» del relato. Parece decir: «A propósito de esto, tengo algo para contarles...».

Pero, además, el prólogo connotaría la obsesión del narrador respecto de lo que va a narrarse. ¿Por qué, si no, iba a elegir una historia familiar, casi propia, como introducción?

Una fusión entre relato familiar y relato ficcional tiene lugar en el texto. O bien el narrador aspira a ficcionalizar su historia familiar, o bien pretende dar cuenta, a través de la ficción, de su propia historia, de su propia situación frente al acto de contar. Ambas posturas no tienen por qué ser excluyentes. Ambas aspiraciones, en última instancia, tal vez sean idénticas.

Comenzaremos el análisis con la lectura de un elemento que, por evidente, amenaza con escatimar su sentido: el nombre del protagonista.

«Benincasa» es pasible de una serie de descomposiciones:

1) BEN-: fonéticamente, igual a un imperativo de llamada: «ven».

2) -IN-: puede ser leída como una partícula que connota una ubicación espacio-temporal. Además, observemos: ella misma está enclavada en el centro del espacio que despliega el nombre.

3) –CASA: no hace falta que entremos a detallar cada uno de los elementos que conforman el abanico connotativo desplegado por esta unidad. Simplemente nos proponemos determinar el valor que en el texto (y en otros textos de Quiroga) tiene este elemento.

En conclusión: el nombre cifra al menos dos componentes, uno de claro carácter espacial; otro, el imperativo, es como la fuerza irresistible de un llamado. Veremos que dicha «fuerza» es, justamente, la que mueve al pesonaje; y es además, por ende, aquello que permite que la historia tenga lugar.

Por otra parte, el objeto al cual esa fuerza o movimiento del personaje se orienta, está constituido por el componente espacial o eso que daremos en llamar «el lugar».

Tenemos así que la finalidad del personaje es la ocupación de un lugar merced a una fuerza que, se observará, está caracterizada como «incomprensible» o «inexplicable».

Estas relaciones complejas ya se encuentran contenidas en el nombre: lo que nombra al sujeto, contiene y connota el objeto. También la fuerza que mueve al primero y, por consiguiente, al texto y que, en última instancia, es su tema: la fascinación absurda del llamado.

Y es así: «La miel silvestre» es un relato absurdo. Ahí radica el horror.

Además: entre la orientación del sujeto y su objeto, se enclava esa partícula (-in-), la cual connota lugar, pero también –agreguemos ahora– encierro. Esto último, además, lo sugiere su estratégica ubicación en la cadena de unidades silábicas que conforman la palabra.

Hablemos ahora de las informaciones que poseemos sobre la persona del protagonista. Primero, el dato de su profesión: es contador. Este hecho, por lo menos, resiste dos lecturas:

1) lograr una antítesis efectiva entre personaje e historia,
2) sugerir que el personaje es un espejo o doble del narrador.

1) Es sintomático que muchos de los personajes quiroguianos sean hombres versados en distintas disciplinas. Esto puede responder a un recurso empleado por el narrador para hacer más notable «el abismo», que suele ser el tema de sus relatos. Que sea víctima de lo irracional un hombre habituado o formado a partir de esquemas científicos, hace más terrible y nítida esa caída.

Otro tanto tiene lugar en los textos de un escritor norteamericano contemporáneo de Quiroga: H.P. Lovecraft. Los protagonistas de sus relatos –especialmente de los que componen «Los mitos de Cthulhu»– suelen ser hombres con estudios universitarios.

En ambos escritores los temas parecen coincidir: la experiencia de lo anterior, de lo arcaico, de lo primigenio. Experiencia que escapa al dominio del lenguaje y, por lo tanto, a la razón. Esta vivencia de lo irracional es una constante en los relatos de ambos escritores. Constituiría la forma más acabada del horror en la modernidad. La puesta en crisis de un sistema de pensamiento (científico-positivista).

Estos elementos ya estaban en germen en la obra de Poe: lugar textual inevitable –paterno– para quien pretenda establecer una genealogía de los fantasmas modernos.

En Quiroga, habría que releer con cuidado los relatos que componen «Los tipos» (en *Los desterrados*). Los tipos humanos que los integran aparecen, más de una vez, caracterizados como «ex hombres», expresión ésta que no deja de ser sugestiva. Principalmente, habría que tener en cuenta la narración titulada «Los destiladores de naranja», donde se refiere la degradación y el naufragio del pensamiento científico.

En otro relato clave, «El salvaje», la experiencia de lo arcaico también es vivida y posteriormente contada por científicos.

El texto que nos ocupa (aunque en un tono aparentemente más liviano) narra una vivencia similar. Hacer sujeto de la misma a un contador, a un hombre habituado a los números –con todas las connotaciones de claridad y exactitud que esta unidad significante posee– tiende sin duda a remarcar lo terrible de aquélla.

2) Ya señalamos cómo el acto de insertar a manera de prólogo una historia familiar, acerca el narrador a los hechos por él relatados. Habíamos considerado la posibilidad de que el narrador, mediante esa «simpatía» hacia las visicitudes del personaje, buscaba equipararse con él a fin de dar cuenta de su propia situación. Ahora tenemos otro elemento para comprobar esa intuición: la ambigüedad del término «contador».

El narrador también es un «contador». Él es quien «cuenta» la historia.

Aunque parezca sorprendente, los juegos con el sentido (doble) de las palabras no son para nada ajenos a la narrativa de Quiroga. Si no, consúltese el relato «Las rayas», uno de sus más terroríficos textos, donde toda la trama gira en torno a la ambivalencia de esa palabra.

La ambigüedad es un hecho bastante frecuente en los cuentos de Quiroga, a tal punto que llega a hacerse carne en el plano de las palabras concretas. Ya tuvimos ocasión de ver que, merced a esos juegos, hasta los límites internos de las mismas se alteran: recuérdese lo que ocurría con el nombre.

En nuestro caso, la doble valencia del término «contador» constituye una de las claves más importantes del relato: más adelante comprobaremos cómo el narrador está dando cuenta de su propia situación en el proceso de contar o tramar el texto.

Desde esta óptica la experiencia de Benincasa puede ser leída como la del narrador, claro que en una clave simbólica.

La postura que adopta el narrador respecto del personaje quedaría así explicitada: un narrador que simpatiza con el personaje hasta casi fusionarse con él, que cesa de contar con su muerte, esto es, que literalmente muere con él.

Pero no nos adelantemos: comencemos ahora a seguir, tramo a tramo, los pasos de Benincasa (y del narrador gemelo) a través de la frondosa espesura del texto.

Se nos informa que, habiendo terminado sus estudios, Gabriel Benincasa sintió un «fulminante deseo» de conocer la vida de la selva. Será conveniente que nos detengamos en la expresión citada y nos interroguemos acerca de la naturaleza de esos deseos. A primera vista, tal vez estemos ante un dilema insoluble, pero no sería para nada arriesgado, sin embargo, equiparar esos deseos fulminantes con el imperativo de llamada que, vimos, se camuflaba en el nombre.

Así, tal equiparación se presenta como inobjetable siendo que, tanto el imperativo como esos «deseos» inexplicables son la fuerza que mueve al sujeto hacia el objeto y permite tramar el texto.

Los amantes de las filiaciones podrán establecer, aquí sí, un paralelo, siempre tan grato y más en el caso de Quiroga, con la obra de E. A. Poe.

Poe tiene un escrito, clasificable como ficción teórica, titulado «El demonio de la perversidad». Su valor literario es, sin duda, relativo. Está constituido por dos partes: la primera, y más extensa, la integra una especie de ensayo de psicología; la segunda es una brevísima historia ejemplificadora de la anterior en primera persona.

Tenemos entonces a un narrador que expone –de manera cuasi teórica– una curiosa patología y luego la ejemplifica con su propia experiencia como víctima de ella.

Dicha patología podría enunciarse así: Hay una misteriosa fuerza que nos impulsa a cometer actos que determinan nuestra perdición. Esa fuerza no puede ser racionalmente explicada y obedecería a un oscuro goce frente a la propia inmolación.

A esa fuerza Poe la denomina demonio de la perversidad.

Un ejemplo claro de ella lo encontramos en un texto no ya lateral sino distinguido por las antologías: «El corazón delator».

En Poe ese impulso adquiere la forma de una confesión: la confesión de la culpa. Y a tal punto, que el relato mismo está planteado como la confesión de un crimen. Además, en ambos casos se utiliza la primera persona; como si el narrador gozara contándo(nos) la historia que constituye su propia perdición.

En Quiroga, a primera vista, las cosas se complicarían algo porque no hay una coincidencia exacta entre narrador y personaje. Sin embargo, a partir de la lectura del prólogo y de la ambigüedad del término «contador», comprobamos que las diferencias no eran tales y arriesgamos que Benincasa era un desdoblamiento del narrador; más aún: este último, en realidad, relataba su propia historia textual en clave simbólica.

La historia, entonces, sería la de la inmolación del narrador; una posible prueba: que su voz concluye junto con la aparición de la evidencia que da cuenta de la muerte del personaje.

Quedaría por ver a estos fines si todos los textos no narrarían, en última instancia, la inmolación del narrador. Si éste, acaso, no cuenta sino que se descuenta en el texto.

Volviendo a nuestro relato, el narrador elige un verbo altamente ilustrativo que da cuenta con claridad de los procesos anteriormente enunciados, es decir, de esa fuerza ciega y fatal que mueve al personaje. Dicho verbo es «arrastró». Dice así:

> Las escapatorias llevan aquí en Misiones a límites imprevistos, y a ello arrastró a Gabriel Benincasa el orgullo de sus «stromboot».

La breve cita precedente presupone un cúmulo de elementos de vital importancia en este relato y en el imaginario de Quiroga en general. Principalmente en lo que atañe a la relación entre la figura del viaje y los «límites imprevistos». También enunciable como la espacialidad negada o, al menos, puesta en suspenso.

Una vez, E. A. Poe sostuvo que sus narraciones no se desarrollaban en castillos alemanes sino en los castillos del alma. Este descubrimiento para la literatura de horror de los territorios brumosos que se extienden más allá de los límites de la conciencia fue, sin duda, preanunciado por Poe. Quiroga se sitúa en esta línea y la lleva, a veces, hasta sus últimas consecuencias.

El tema predominante en muchos cuentos de Quiroga son los horrores proyectados por o en los estados alterados de la conciencia.

Esos estados se logran a partir de diversos móviles: el alcohol, la insolación, la locura, la fiebre, la proximidad de la muerte, la obsesión, etc.

En la línea que va de Poe a Quiroga el espectro objetivo deja su lugar a los monstruos proyectados por la demencia.

Si el ámbito de los fantasmas era, para el romanticismo, el cementerio o el castillo medieval en ruinas, en la era de las máquinas, de la sociedad industrial (o pre-industrial, en el caso de Quiroga), los fantasmas moran en la mente.

Valga la paradoja: en una sociedad regida por la técnica lo inexplicable se ha ido a instalar, mediante un movimiento que mucho tiene de subversivo, en el intelecto.

Consideramos que a dar cuenta de este fenómeno tiende la metáfora de Poe.

Postulemos entonces lo siguiente: si el relato que nos ocupa narra la búsqueda y el intento de ocupación de un lugar, ese mismo «lugar» no debería ser definido en términos espaciales concretos.

No cabe duda de que, en un plano visible, el espacio es la selva. Pero las inextricables líneas de aquélla deben ser la figura de algo más: lo que el narrador/protagonista persigue en su afán por darle forma a través del texto: la elipsis originaria.

En el plano del personaje el espacio-objeto es la selva.

En el plano del narrador, es el vacío; expresable únicamente por medio del sistema de figuras que conforman su imaginario.

Es desde la perspectiva del narrador, pues, desde donde anteriormente hablamos de una negación o puesta en suspenso del espacio concreto.

De todos modos, y ahora una vez más en lo que hace al personaje, mantengamos que el texto narra básicamente la ocupación de un ámbito específico: la selva; y, por fuerza, toda ocupación física de un espacio presupondrá un desplazamiento previo hacia él.

Llegamos así al tópico del viaje, que en la obra quiroguiana habrá de adquirir características más que singulares.

Tenemos que el viaje es una posibilidad constante, pero una cosa es evidente: los personajes de Quiroga apenas se mueven. Sus intentos por trasladarse no pasan de ser eso: intentos.

A título informativo, podríamos establecer una especie de categorización, sin duda incompleta, destinada a dar cuenta de los distintos tipos de viajes propuestos por esta narrativa:

a) viaje negado
b) viaje circular
c) viaje hacia la muerte
d) viaje sin sentido.

Más adelante nos abocaremos a especificar tales ítems. Por lo pronto, hemos de plantearnos dos problemas: 1) ¿cuáles son los «límites imprevistos» a los que conduce el viaje? y 2) ¿cuáles son, realmente, las características de tal viaje?.

La primera pregunta debería ser contestada desde la perspectiva del narrador. La segunda, desde la del personaje.

Así, digamos que esos límites son los de la conciencia misma o, en otras palabras, la posibilidad por parte del relato de entrar en el territorio de la demencia y la muerte. Esto, teniendo presente el problema que tales hechos entrañan para la «narratividad» del texto. Sabemos que tanto la muerte como la locura no pueden ser narradas.

El narrador no logra aprehenderlas, sólo accede a bordearlas, a atisbar desde sus fronteras, imaginando su experiencia a lo sumo, pero no más. Y luego volver para contarlo.

El narrador, como mucho, nos contará una «vivencia de la proximidad».

En el caso de nuestro autor, cuando aquél retorna de esa vivencia se separa del personaje. Este último, en cambio, no vuelve: muere o enloquece. Se transforma en silencio.

Aquí tenemos ilustrado el uso de la tercera persona: es una exigencia del relato.

O bien de la primera mediatizada por la tercera, como ocurre en «El salvaje».

En el caso de Lovecraft, es el personaje mismo quien suele vivir la experiencia del límite, del borde, de la proximidad y el vértigo del abismo. Pero invariablemente se salva y retorna: de ahí el uso bastante frecuente de la primera persona.

De este tironeo entre la experiencia sin retorno de lo inenarrable y la ineludible necesidad de contar, surge un relato de tipo fantástico. Y en esa encrucijada se ubica, precisamente, su narrador.

Vamos notando cómo el texto tiene lugar a partir de una serie de tensiones producidas por elementos o relaciones en franca oposición. Su cuerpo se instala, justamente, en el cruce de todas esas líneas de fuerza y, a la vez, es cruzado por ellas.

Además, habremos de observar cómo el narrador elabora algunas de estas oposiciones y las utiliza como material para la construcción de su historia.

Pero volviendo al análisis que nos ocupa, notemos que en el cuento se refieren, con alguna insistencia, los prolegómenos de un viaje que no llega a producirse pura y exclusivamente en el espacio concreto, sino en un plano mental. Comprobaremos así que el viaje se opera en términos de regresión en el tiempo.

Esa regresión puede darse a nivel del individuo, como en este caso, o a nivel de la especie, como sucede en «El salvaje».

Entonces, lo que en términos del personaje hace a la espacialidad, esto es, el viaje a la selva, está puesto en suspenso y no es el objetivo fundamental del relato.

Desde la perspectiva del narrador, se narra otra cosa: el cruce del límite entre la historia y la prehistoria o, en lo que hace al texto, entre el relato y aquello que lo antecede: una vez más, la elipsis de base.

El viaje, definido como desplazamiento de un móvil a través de un espacio, presenta en Quiroga características novedosas. El ambiente conspira contra el móvil frenándolo, deteniéndolo. Esto es lo que daremos en llamar efecto rémora.

Dicho efecto, además de tender a crear una atmósfera de angustia y opresión, fue el que antes nos permitió hablar de una espacialidad negada o suspendida en lo que hace al personaje. La naturaleza se le resiste al hombre. Se le opone.

Las relaciones que permitan definir el espacio se darán de acuerdo con un móvil que lo recorra. La estaticidad, por ello, niega al espacio. Comprobaremos que también negará al tiempo considerado linealmente.

Desde un punto de vista estructural, si se concibe al espacio como una categoría actancial, cumplirá una clara función de oponente.

En algunos relatos, como en «Los desterrados» y en el que nos ocupa, puede cumplir una función doble: es a la vez oponente y objeto.

Sin embargo, sería interesante y provechoso deslindar «espacio», en tanto categoría muy general (equiparable, a veces, con «ambiente» o «naturaleza») de lo que llamaremos «el lugar». Esta última sería una categoría acotada; un elemento del código imaginario del autor. Una entidad, por momentos, de sesgo cuasi simbólico.

Entonces, para «La miel...», será más acertado hablar de la naturaleza como uno de los oponentes de Benincasa, y del lugar como su objeto. Luego nos detendremos en estas distinciones.

Ahora bien, si el ambiente opera un efecto rémora sobre el sujeto, se nos presentan dos consecuencias inmediatas:

1) El viaje, en tanto movimiento «a través de», aparece, si no negado, al menos atenuado o trabado. Por eso, apelando a una suerte de ecuación matemática, diríamos que la naturaleza es inversamente proporcional al movimiento. Esto, en primera instancia, podrá ser leído de manera tan simple como: la descripción es inversamente proporcional a la acción.

Concluimos entonces que: cuando la naturaleza adquiere un nivel elevado de protagonismo en el relato, la acción, que tiene por centro al personaje, se frena.

Esto podría ser válido, en cierta medida, para «A la deriva» y, acaso, para «El salvaje», textos donde el narrador echa mano a la descripción del paisaje como recurso connotativo para apuntalar la acción. Los acantilados de basalto, por ejemplo, que encajonan el río Paraná formando una especie de fosa, connotan, en el primer caso —y como bien señaló Alazraki—[2] «sepultura» y, por extensión, «muerte». En el segundo cuento, agreguemos nosotros, dan la sensación de algo extremadamente antiguo.

Al respecto, no olvidemos la función del elemento «basalto» en el imaginario lovecraftiano, muy similar a la que cumple en el caso apuntado.

Sin embargo, hay otros relatos donde el narrador, desde la acción misma, se ocupa de contarnos cómo la naturaleza detiene al personaje. Relatos en los que la línea temática dominante es, por momentos, dar cuenta de la imposibilidad que tiene el protagonista para avanzar en el espacio y llegar a destino. Son piezas altamente sugerentes, si se las lee desde esta perspectiva. Van aquí algunos ejemplos:

Iban así, riquísimos de ternura y cansancio, pues la sierra central de Misiones no es propicia al paso de los viejos desterrados.
(...) la miseria y la humedad ambiente no favorecen tampoco el bienestar de los que avanzan por él. Llegó, pues, una mañana en que los dos viejos proscriptos, abatidos por la consunción y la fiebre, no pudieron ponerse en pie. («Los desterrados»)

Lo que había pasado era muy sencillo: ni un solo momento se habían extraviado la noche anterior. El caballo habíase detenido la primera vez —y todas— ante el gran árbol de Tacuara-Mansión, que el alcohol de lámparas y la niebla habían impedido ver a su dueño. Las marchas y contramarchas, al parecer interminables, habíanse concretado a sencillos rodeos alrededor del árbol familiar. («Tacuara-Mansión»)

_____
[2] Jaime Alazraki, «Relectura de Horacio Quiroga», en *El cuento hispanoamericano ante la crítica*, Madrid, Castalia, 1973, pp. 71-72.

En seis o siete kilómetros calculaba la distancia a Posadas. En tiempo normal, aquello hubiera sido un juego; pero en la arcilla empapada las botas de un hombre exhausto resbalan sin avanzar, (...) («El techo de incienso»)

Benincasa renunció a su paseo. No obstante, fue hasta la vera del bosque y se detuvo. Intentó vagamente un paso adentro, y quedó quieto. Metióse las manos en los bolsillos y miró detenidamente aquella inextricable maraña, silbando débilmente aires truncos. Después de observar de nuevo el bosque a uno y a otro lado, retornó bastante desilusionado. («La miel silvestre»)

Se imponen un par de distinciones:

La primera relacionaría la narrativa quiroguiana con la de J. E. Rivera. Mucho se ha hablado del rol protagónico de la selva en *La vorágine*. Sin embargo, en este texto, la selva no cumple una clara función de oponente en relación a la movilidad de los personajes. Así, *La vorágine* adopta la forma general de una novela de viajes: la selva invita a ser penetrada porque ejerce sobre los hombres una fascinación casi femenina.

Otra cosa es sostener que la selva cumple un rol de oponente en cuanto a los personajes. En el caso de Rivera, esto es evidentemente así: estos últimos terminan, literalmente, devorados por aquélla.

En Quiroga, en muchos casos esto también se cumple: los personajes sucumben víctimas de la naturaleza. Tal será el caso de Benincasa. Pero hay algo más: la selva se opone a la posibilidad del viaje. Por ello, los de Quiroga serían relatos de eventuales viajes o de viajes frustrados. Veremos que esta singularidad de la narrativa quiroguiana encuentra su explicación a partir del objeto del viaje, esto es, de lo que aguarda al final del camino.

La segunda distinción determinaría que, pese a todo lo dicho, a veces no es sólo el ambiente el que se opone al avance, al cumplimiento del viaje o a la posesión de la meta; hay otros elementos como el alcohol (en «Tacuara-Mansión»), la vejez y la insolación (en «Los desterrados») y el efecto narcótico de la miel o la propia torpeza de Benincasa (en «La miel silvestre») que se alían con el ambiente en esa acción de detención.

Sin embargo, hay casos puros como «El techo de incienso», donde la naturaleza sería el único oponente del avance del personaje.

Existen otros relatos clave en la literatura latinoamericana, en los que el espacio desempeña una función determinante. Mencionaremos, a modo de ejemplo, la novela de Alejo Carpentier *Los pasos perdidos*. En ella, el espacio (o la antinomia de espacios) es el personaje y el tema. No obstante, el protagonismo de la naturaleza no detiene el avance de aquéllos: la novela es una crónica –puntualmente, un diario– de viaje en el sentido fuerte de la expresión. La narración de la historia avanza fluida a medida que los personajes avanzan en el espacio. Nos adentramos en aquélla del mismo modo que los personajes se adentran, cada vez más, en escenarios naturales casi alucinantes.

Aunque el avance en el espacio presupone un retroceso simultáneo en el tiempo del personaje (psicológico).

De ahora en más, será de gran utilidad efectuar una distinción entre tiempo psicológico y tiempo cronológico. Así, hacia el final de la novela, se opera un inevitable desajuste entre el tiempo cronológico (las fechas del diario del narrador) y el ritmo psicológico interno (regreso al origen).

Sería fructífera una lectura de Carpentier desde la novela de viaje. No otra cosa son las crónicas. En ellas hay una relación entre los caminos recorridos y la escritura: el texto se trama a medida que se avanza (escritura de la mirada o desescritura del paisaje).[3]

En Quiroga todo esto cambia. El paisaje detiene el avance del personaje. La historia cuenta ya no el viaje sino su intento, la imposibilidad de avanzar... a no ser en círculos.

El viaje adquiere ribetes de sinsentido porque no hay a dónde ir. El viaje conduce al absurdo. O a la muerte, que es la forma suprema del absurdo.

Encontramos dos formas del viaje que se repiten en la literatura de Quiroga: el viaje negado y el viaje circular. El primero lo observamos, claramente, en «Los desterrados»; el otro, en «Tacuara-Mansión». Pero hay un relato donde ambos se conjugan: «Los mensú». Allí vemos cómo cada uno de sus dos protagonistas es el sujeto de cada una de esas variantes.

Ahora bien, es notorio cómo en Quiroga el agua aparece fuertemente ligada a la muerte. Esto es claro en la figura del río en relatos claves como «A la deriva» o «El regreso de Anaconda»: el río como vía o camino a la muerte.

Pero en los relatos citados en primer término la presencia del río no aparece tan poderosa como en estos últimos. Aunque contamos con un elemento que, en cierta forma, viene a suplirla: la lluvia.

La lluvia detiene, inmoviliza, impide afirmar los pies sobre la tierra. Ya vimos sus efectos en el viaje de Orgaz, protagonista de «El techo...».

Así, en «Los mensú»:

> Llovió aún toda la noche sobre el moribundo la lluvia blanca y sorda de los diluvios otoñales, hasta que a la madrugada Podeley quedó inmóvil para siempre en su tumba de agua.
>
> (...) sitiado siete días por el bosque, el río y la lluvia, el superviviente (...) perdió poco a poco sus fuerzas, hasta quedar sentado (...), con los ojos fijos en el Paraná.

---

[3] La relación entre la obra artística y el paisaje americano ya aparece esbozada por Carpentier en el prólogo a su novela *El reino de este mundo*. Sobre ella se sustenta, en parte, la noción de lo real maravilloso. En *Los pasos perdidos*, el narrador, en cierto momento de su viaje, se encuentra con tres figuras emblemáticas que anhelan abandonar la selva natal en pos de la promesa luminosa que, a su entender, se cifra en París. Esas figuras son: un músico blanco, un poeta indio y un pintor negro. El narrador reflexiona largamente sobre el destino futuro de las aspiraciones de aquéllos, en caso de concretarse: «Al cabo de los años, luego de haber perdido la juventud en la empresa, regresarían a sus países con la mirada vacía, los arrestos quebrados, sin ánimo para *emprender la única tarea que me pareciera oportuna en el medio que ahora me iba revelando lentamente la índole de sus valores: la tarea de Adán poniendo nombre a las cosas.*» Alejo Carpentier, *Los pasos perdidos*, Barcelona, Bruguera, 1979, pp. 74-75 (el subrayado es nuestro).

En «La miel silvestre», como tendremos ocasión de comprobar, el agua no constituye una imagen fuerte. No obstante en el momento culminante –el de la muerte– algo vendrá a suplir de manera indiscutible a la figura del río.

2) Merced a lo anteriormente expuesto tenemos un tipo peculiar de personaje signado por la inmovilidad.

Esto ya fue apuntado en relación a *Los desterrados* por el crítico argentino Raúl Crisafio:

La promesa inicial de la sección «Los Tipos», el comienzo del cuento «Los desterrados»:

Misiones, como toda región de frontera, es rica en tipos pintorescos. Suelen serlo extraordinariamente, aquellos que a semejanza de las bolas de billar, han nacido con efecto. Tocan normalmente banda, y emprenden los rumbos más inesperados.

no se cumple. No hay, utilizando un metro clásico, muchas aventuras. Las historias son pocas y los elementos de la aventura reducidos. Ninguno de los cuentos en particular, ni tampoco el libro como unidad mueven grandes masas de historia, de tramas, de pérdidas y recuperaciones. Hay una resistencia notable opuesta por el mundo de los objetos, en toda su materialidad, que reduce el espacio de la acción al espacio mental. De hecho, no sólo no hay desplazamientos de la selva a otras organizaciones sociales (decíamos que todos los cuentos se mueven en el mismo ambiente fronterizo, en el umbral de la selva) sino que tampoco se verifican en el interior de ese mismo espacio. Los únicos desplazamientos son los desplazamientos de la memoria.[4]

Podemos acotar, sin embargo, que si establecemos una bipartición temporal pasado/presente, la movilidad de los sujetos se ubicaría dentro de la primera categoría y la inmovilidad dentro de la segunda.

De ahí la acertada observación de Crisafio: los desplazamientos tienen lugar en el plano de la memoria, es decir, en el pasado. Esto, además, permite comprender más claramente el tópico de la degradación en los relatos de *Los desterrados*.

La ecuación sería:

Presente = inmovilidad = degradación
Pasado = movilidad = mejoramiento

En *Los desterrados* el narrador nos informa mediante el pasado de los personajes –pasado que él no vio– acerca de acontecimientos cuya función se orienta a la caracterización de aquéllos. O lo que podríamos denominar: trazado de los perfiles del tipo. Dicho trazado tiene lugar a partir de una singular transposición al discurso literario de la técnica cinematográfica del *flash back*.

---

[4] Raúl Crisafio, «Horacio Quiroga o el destierro de la memoria», Milán, Cisalpino-Goliardica. *Studi di letteratura ispano-americana*, nº 13-14, 1983.

En esos microrrelatos del pasado hay una fusión de los personajes con el lugar; este último no los detiene. Además, podríamos considerar a esas breves historias como una especie de materia mítica, en tanto constituyen ese tipo de narraciones que «simplemente se cuentan en el lugar», sin autor o de la autoría de todos.

Estos relatos cortos son muchos para cada personaje, por eso en la economía del relato el narrador apela a la técnica cinematográfica del flash back. O, dicho en términos borgeanos: «la reducción de la vida entera de un hombre a dos o tres escenas».[5]

He aquí la gran diferencia: lo que el narrador «vio», por así decir, y de lo cual es autor en el relato, mediante su elaboración, constituye la historia central del mismo, su presente estático. En cambio, lo que el narrador «oyó» en el lugar, esa suma de historias que simplemente «se cuentan», constituyen una introducción tendiente a delinear al tipo: tal ha de ser su función en el relato. Esta introducción se perfila, en consecuencia, como un mosaico de microhistorias situables en un pasado dinámico y anónimo opuestas al dominio del narrador: actual, estático y degradado.

Tenemos así que el relato, en el modelo propuesto en *Los desterrados*, surge también de una tensión. Tensión entre un pasado dinámico y enaltecedor, de dominio colectivo y anónimo, y un presente signado por la inmovilidad y la decadencia, patrimonio exclusivo del narrador.

En esos cuentos, el primer núcleo desempeña una función introductoria que, por su temática y por el procedimiento elegido para encarnarla en el texto, ha de resultar engañosa. La promesa que desde el pasado (aventurero) se nos hace, no es acorde con el contenido del relato en sí, donde gana la desventura o el absurdo.

En el plano estricto del personaje, más de una vez asistimos a una mutación que va del héroe al antihéroe.

O más precisamente: del hombre al ex hombre.

Somos espectadores, desde los engranajes mismos del relato, de un proceso de involución. Y dicho proceso será uno de los temas fundamentales en la obra de Quiroga.

Ahora bien, ¿dónde se produce el cruce entre la posibilidad (negada) del viaje con esa idea de «involución»? Este interrogante habrá de ser determinante. Veremos así que el viaje, estático en el espacio, será, paradójicamente, dinámico en el tiempo; tanto hacia adelante como hacia atrás.

Si leemos con detenimiento los relatos donde se narran aquellos accidentales viajes en el espacio, notaremos que, generalmente, el narrador sitúa a la muerte al final de los mismos. Y junto con ella, al origen.

Ahora bien, dentro de los elementos que configuran el universo imaginario de Horacio Quiroga hay uno que es preciso destacar por la importancia que reviste en «La miel silvestre».

---

5 Jorge Luis Borges, «Prólogo a la primera edición», en: *Historia universal de la infamia*, Buenos Aires, Emecé, 1975, pp. 7-8.

La variante de este relato está dada en que el objeto del viaje del personaje es el espacio mismo. Esto es: la naturaleza no es el medio para que el viaje tenga lugar. Tampoco es un telón de fondo (en Quiroga nunca lo es). La naturaleza es, contrariamente, la meta del viaje.

Se torna necesario afilar los conceptos. «Naturaleza», sin ser tan abstracto como «espacio», es sin embargo un vocablo muy amplio. Lo mismo acontece con «ambiente», aunque sea más acotado.

Por eso proponemos denominar «lugar» al objeto del viaje de Benincasa.

La ocupación del lugar es el deseo que mueve al contador a emprender el viaje (casi con seguridad el «fulminante deseo» del que antes hablábamos).

Entonces, la cuestion que ahora se nos impone es la que atañe a la definición del «lugar» en tanto topos textual; o bien qué sentido deberemos asignarle a dicha categoría en nuestra lectura.

Sin duda, el lugar no podrá ser reducido simplemente a la representación que de la selva se hace en tal o cual narración. Tiene que haber algo más, algo así como un plus de sentido en esa noción que la haga exceder el nivel elemental de la historia narrada. Y es a ese excedente de lo visiblemente contado (y por ello fuera de su campo) a lo cual apunta el análisis.

Hemos hablado, en relación al lugar, de topos textual. Esta aparente redundancia nos permite establecer la diferencia:

1) lugar como referente —ficcional— del material narrado, u objeto de la acción del personaje: la selva;

2) lugar en tanto espacio reiterado dentro de las márgenes del texto, o recurso del narrador cuando el lenguaje se muestra insuficiente. Recurso, agreguemos, que tendería a mitigar la inenarrabilidad y que, invariablemente, se ubicará en los tramos finales del relato.

Así, definiremos lugar como el elemento —figura— del sistema imaginario del autor que adquiriría un estatuto análogo al del signo simbólico en relación a su funcionamiento en el discurso del narrador.

Cabe aclarar que la anterior definición se ajustará al resto de las figuras que tendremos ocasión de analizar, además de preanunciar, en parte, el tipo de código que adoptaremos en el proceso de interpretación de aquéllas.

En un intento por despejar la definición precedente nos limitaremos a transcribir dos fragmentos que, a nuestro juicio, enuncian de manera somera aspectos fundamentales de la compleja mecánica del signo simbólico:

> a) Mientras que en un signo simple el significado es limitado y el significante, por su misma arbitrariedad, infinito; (...) los dos términos del «Sumbolon» son infinitamente abiertos. El término significante, el único conocido concretamente, remite por «extensión», digámoslo así, a todo tipo de «cualidades» no representables, hasta llegar a la antinomia. Es así como el signo simbólico «fuego» aglutina los sentidos divergentes y antinómicos de «fuego purificador», «fuego sexual», «fuego demoníaco e infernal».[6]

---

6 Gilbert Durand, *La imaginación simbólica*, Buenos Aires, Amorrortu editores, 1971, p. 16.

Es de gran utilidad rescatar este rasgo de lo simbólico: el connotar sentidos múltiples hasta llegar a los opuestos. Porque desde este punto de vista lo simbólico sugiere una anulación del principio de disyunción.

En la retórica, la figura que consiste en la negación de la antítesis recibe el nombre de paradoja. Y hay en el símbolo mucho de paradójico. En un plano estrictamente textual, tendremos ocasión de observar este fenómeno por medio de una figura recurrente en Quiroga. Figura de neto corte ambivalente: la muerte conjugada con el renacimiento. O el «dar a luz» de la muerte.

Si al texto lo definiéramos como existente a partir de un sistema de tensiones determinadas por elementos antagónicos que conviven en él, la figura simbólica obraría como una suerte de síntesis o amalgama de dichos elementos.

Tenemos que la tensión primordial del texto –y en él del narrador– es la que se establece entre decir y no decir. O, si consideramos al texto como cuerpo (corpus), entre suplir y no suplir. Esto es, en términos analíticos: entre tener y no tener (el falo).

Disyuntiva ente la representación que disimula y la «presencia» constante de la nada disimulada; concretamente: entre la figura y la elipsis.

> b) La parte visible del símbolo, el «significante», siempre estará cargada del máximo de concretez, y como bien dijo Paul Ricoeur, todo símbolo auténtico posee tres dimensiones concretas: es al mismo tiempo «cósmico» (es decir, extrae de lleno su representación del mundo bien visible que nos rodea), «onírico» (es decir, se arraiga en los recuerdos, los gestos, que aparecen en nuestros sueños y que constituyen, como demostró Freud, la materia muy concreta de nuestra biografía más íntima) y por último «poético», o sea que también «recurre al» lenguaje, y al lenguaje más íntimo, por lo tanto el más concreto.[7]

La importancia que a nuestros fines reviste esta taxonomía de las facetas internas del significante simbólico, radicará en que ella misma es utilizable para diagramar el funcionamiento de la serie de relatos que nos ocupa.

Intentemos, pues, trasladar al fenómeno narrativo aquella tridimensionalidad de lo simbólico por medio del siguiente gráfico:

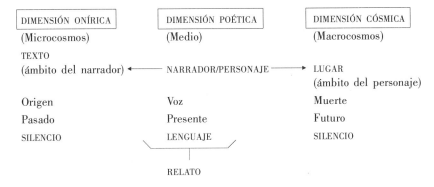

---

[7] *Op. cit.* p. 15.

Así arribamos a una asociación esclarecedora entre ciertos elementos de peso del imaginario quiroguiano y las tres instancias ineludibles a todo significante simbólico. Pasemos a explicar someramente tal homologación.

Para ello debemos situarnos, por fuerza, en la categoría regida por la dimensión poética ya que ése es el espacio del lenguaje. De tal modo no será difícil comprender el rol que juega la citada dimensión: traducir las otras dos; tarea que, bien observada, no tiene poco de paradójico siendo que el silencio (léase: la inenarrabilidad) es lo constitutivo de aquéllas. Es comprensible, entonces, la necesidad de recurrir sí o sí a la figura de corte simbólico por parte de la lengua.

Pero más productivo quizás sea centrar la lectura del esquema en las tendencias o movimientos de esa entidad doble, bifronte, que conforma la amalgama narrador/personaje.

De tal modo, lo que ya habíamos adelantado a propósito del vocablo «contador» una vez más podemos reafirmarlo desde una perspectiva de mayor solidez teórica. Narrador/personaje se nos presenta como una unidad en sí crítica o problemática. En primera instancia y a juzgar por las líneas direccionales opuestas que muestra el cuadro, podríamos interpretarla como una realidad escindida, portadora del antagonismo en su propio seno.

Esto es concebir a la instancia narrativa de manera similar al texto: como definida a partir de una serie de tensiones o contradicciones sólo superables por medio de la figura simbólica.

Sin embargo, al observar mejor el cuadro descubrimos que, al fin de cuentas, no hay tales oposiciones. Si bien es claro que existe una bidireccionalidad inmanente a la categoría narrador/personaje, no menos cierto es que los ámbitos a los que cada uno de ellos se dirige coinciden.

Por ello, la siguiente ecuación se muestra totalmente pertinente:

TEXTO (en tanto objeto del narrador) = LUGAR (en tanto objeto del personaje)

Esta homologación justifica y sustenta las siguientes:

$$PASADO \ = \ FUTURO$$
$$ORIGEN \ = \ FIN$$
$$NACIMIENTO \ = \ MUERTE$$

Y, por sobre todas las demás:

$$SILENCIO \ = \ SILENCIO$$

No obstante, el carácter aparentemente tautológico de esta última nos permite extraer una conclusión fundamental: tanto el narrador como el personaje tienden a ocupar territorios signados por la inenarrabilidad.

Luego, a medida que analicemos el relato, nos iremos ocupando en despejar, aunque sea en parte, estas cuestiones. Ahora, conformémonos con remarcar el carácter coincidente de la instancia narrador/personaje. Dejemos las disidencias para su situación en el plano del relato: el narrador se definiría, en este último caso, como una entidad oscilante entre el lenguaje y el silencio; el suyo sería un intento por narrar lo inenarrable.

Así, lo que nosotros denominaremos ambivalencia habrá de estar asociado al uso de la figura simbólica en el relato. Y es claro: el símbolo rescata y no rescata, traduce y no traduce a un tiempo aquello que es lo perdido para el narrador; aquello que constituye el objeto de su decir. Lo innombrable.

Hemos concebido al relato como «lugar» donde conviven elementos opuestos. O, de otra manera, ámbito donde las disyunciones son puestas en suspenso.

Los esquemas desarrollados más arriba iluminan y tornan comprensible, en cierta medida, dicha concepción. Sin embargo, no es nuestro propósito establecer reglas generales; por ende, desarrollaremos nuestras conclusiones tan sólo en función del cuerpo narrativo al cual nos ceñimos.

Por lo pronto, avancemos un paso más y redefinamos el relato a partir de los elementos antes evaluados: él mismo se perfilaría como resultante de una nueva tensión, la que tiene lugar entre macrocosmos y microcosmos.

Desde esta perspectiva, el relato narraría el movimiento (viaje) del narrador/personaje a fin de encontrar su propio centro. Así, llegaremos a comprobar que cuenta, en realidad, los avatares de dos itinerarios: en primera instancia, el del personaje hacia el centro de la selva; pero además (y esto tal vez sea lo más importante), el del narrador hacia el centro de la trama textual. Por ello equiparamos «lugar» a «texto» en nuestro gráfico. En consecuencia, esa aparente dualidad o bidireccionalidad de la entidad narrador/personaje no sería tal. La ocupación última del lugar determina el fin del relato; pues, como ya veremos, tanto la experiencia del origen como la del fin, a pasar de su evidente antagonismo, tienen algo en común: el hecho de ser inenarrables.

Por otra parte, la serie de obstáculos que surgen en el camino trazado por el narrador/personaje, actuará como reactivadora de la historia y su función, puramente estructural, consistirá en mantener con vida la trama. Luego, cuando confeccionemos una lista de los objetos, su valor simbólico y su función dentro del relato, nos detendremos en estos «agentes obstaculizadores» que un enfoque estructuralista denominaría «oponentes».

Pero ahora tracémonos dos objetivos: 1) ilustrar el funcionamiento de lo simbólico en el mecanismo del relato concreto, y 2) tratar de explicar por qué el narrador recurre, invariablemente, a una instancia simbólica en los tramos culminantes de su relato. Ambos puntos, sin ninguna duda, están muy relacionados entre sí pero, por su menor grado de complejidad, convendría comenzar por el segundo.

Al respecto ya hemos adelantado parte de la explicación: sostuvimos que por ser en esos momentos terminales la materia del narrador, justamente, lo inenarrable, éste debe recurrir a la figura; a las figuras cuyo sistema denominamos imaginario. He aquí el carácter simbólico de las mismas.

Por eso definimos al relato, en parte, como manifestación concreta de la dimensión poética del significante simbólico: en tanto rescate o reconstrucción de la figura a través del lenguaje.

Porque la figura en sí es inaprehensible. O inapresable por medio de un sistema lógico gramatical. Ella tiene su propia gramática, que sería análoga a la de los sueños.

Por otra parte, y en su carácter de lenguaje, ubicábamos al relato como equidistante de las dos polaridades signadas por el silencio: el origen y la muerte.

El relato se perfilaría, así, como un rescate por medio del lenguaje de dos experiencias límite a saber: el principio y el fin.

Experiencias ubicadas en el «más allá» o en el «más acá» de la conciencia.

Experiencias no objeto del signo lingüístico sino del signo simbólico: de la figura.

Experiencias que, en última instancia, son una y la misma. He aquí la ambivalencia. He aquí la coincidencia de los opuestos: disyunción negada o paradoja.

En Quiroga, dichas experiencias son el objeto de la conciencia alterada: la locura, el alcohol, la insolación, las drogas, la obsesión son caminos alternativos para llegar a ellas.

A propósito, tenemos aquí un buen punto de partida para releer el tópico del doble, que cruza toda la narrativa quiroguiana. A la manera borgeana, en Quiroga parece darse eso de que «todo hombre es dos hombres»; pero ese otro es el afiebrado, el alcohólico, el loco o, en sus términos, «el perseguido».

En la conciencia que bordea sus propios límites y amenaza con pasarse del otro lado encontramos la más acabada figura del ex hombre. Del hombre que involuciona hasta llegar a los límites de la animalidad: un caso extremo se plantea en «El salvaje», donde el protagonista involuciona hasta la infancia de la especie.

Todo lo anterior nos permite echar nueva luz sobre el tópico del viaje, de tanta importancia en esta literatura. El viaje, en estas circunstancias, sería menos en el espacio que en el tiempo. Y en un tiempo subjetivo.

Así, el movimiento hacia lo que dimos en llamar «lugar» reviste la forma, en un plano estrictamente simbólico, de un regreso: a la infancia, a la madre, al origen.

Lo sorprendente es que dicho regreso sea coincidente con el fin. Tal es el funcionamiento del mecanismo simbólico del que hablábamos (dijimos que en él se connotan sentidos múltiples, aun los opuestos).

Todo esto hace que nos replanteemos la tan mentada temática de la muerte en las obras de Quiroga. La obsesión por ella habrá de encerrar otras complejidades.

La muerte en sí no es un tema. Mejor sería pensar en dualidades tales como muerte/nacimiento u origen/fin.

Una cosa es clara: el mayor porcentaje de elementos simbólicos se aglutina en los tramos finales de ciertos relatos. Y esto es así porque en ellos el índice de inenarrabilidad es en esos sectores mucho más alto.

Además, cuando el personaje logra la posesión del lugar, esto es, que encuentra su centro, cesa el viaje, sobreviene la muerte y se acalla la voz del narrador.

En los términos antes planteados, narrador/personaje y texto/lugar se fusionan respectivamente. Y el relato, término medio de esas polaridades, culmina al culminar aquel proceso de fusión.

El mutismo de ambos polos ahoga al lenguaje y el relato concluye. Sólo perdura el eco de la figura.

Demos ahora un rápido vistazo a los tramos finales de algunos de los relatos que hemos venido citando. Y aunque no profundicemos demasiado en ello ahora, pues consideramos tales rasgos dignos de un trabajo aparte, observemos los recursos a los que el narrador echa mano a fin de «plasmar la muerte».

Una lectura algo detenida revelará, así, la existencia de elementos que, pese a pertenecer a campos de significación opuestos, se encuentran en una franca situación de coincidencia en esos sectores –finales– del relato donde la imposibilidad de contar se torna concreta.

De tal modo podremos apreciar, básicamente, la homologación de los semas «nacimiento» y «muerte». Esto es claro: si el viaje hacia el lugar equivalía a un proceso involutivo del personaje (y del narrador) y en la meta del mismo aguarda la muerte, según el esquema planteado en estas narraciones, el final del relato (en tanto «viaje» del narrador) habrá de coincidir con el fin del proceso involutivo del personaje y con su muerte. Esto es, con los dos territorios vedados al lenguaje, a la narración. De allí la necesidad de recurrir a la figura simbólica. De allí que todo lo demás sea silencio.

> Poco a poco, con la lentitud que ella habría puesto ante un santuario natural, Anaconda fue arrollándose. Y junto al hombre que ella había defendido como a su vida propia; al fecundo calor de su descomposición –póstumo tributo de agradecimiento, que quizá la selva hubiera comprendido–, Anaconda comenzó a poner sus huevos. («El regreso de Anaconda»)

> Vio de pronto ante sus ojos la selva natal en un viviente panorama, pero invertida; y trasparentándose sobre ella, la cara sonriente del mensú. (*Idem*)

En este último ejemplo, la homologación de los términos origen y fin tiene lugar a partir de un recurso proveniente del campo cinematográfico: el fundido encadenado conjuga la selva «natal» con la cara sonriente del mensú ya muerto. En la cita anterior, por su parte, la descomposición del cuerpo del mensú se conjugaba con la puesta de los huevos de la serpiente para su incubación. Obsérvese la expresión «fecundo calor de su descomposición».

> –Eu cheguei –respondió todavía el moribundo–. Você viu a terra... E eu estó lá.
> –O que é... seu Joao Pedro –dijo Tirafogo– o que é, é que você está de morrer... ¡Você nao chegou!
> Joao Pedro no respondió esta vez. Ya había llegado. Durante largo tiempo Tirafogo quedó tendido de cara contra el suelo mojado, removiendo de tarde en tarde los labios. Al fin abrió los ojos, y sus facciones se agrandaron de pronto en una expresión de infantil alborozo:
> –¡Ya cheguei, mamae!... O Joao Pedro tinha razón... ¡Vou con ele!... («Los desterrados»)

Los términos coincidentes son, nuevamente, muerte/tierra natal; esta última, a la cual denominamos «lugar», adquiere expresamente connotaciones femeninas y maternas, llegando a encarnar en la propia figura de la madre a los ojos del personaje. En cuanto a éste y su compañero, es evidente que en ellos se ha operado una «involución» tendiente a remarcar su carácter dual de niños/ancianos.

> El químico, muy encogido, había doblado las rodillas hasta el pecho, y temblaba sin tregua. No ocupaba más espacio que una criatura, y eso, flaca. («Tacuara-Mansión»)

> Entre ambos transportaron al rancho a monsieur Rivet, en la misma postura de niño con frío en que había muerto. (*Idem*)

En estos dos casos, la coincidencia tiene lugar merced a la posición (fetal) que el moribundo adopta.[8]

> Tuvo aún fuerzas para arrancarse a ese último espanto, y de pronto lanzó un grito, un verdadero alarido, en que la voz del hombre recobra la tonalidad del niño aterrado: por sus piernas trepaba un precipitado río de hormigas negras. («La miel silvestre»)

La equivalencia resulta acá, después de lo apuntado, evidente. Y una cosa es segura: ninguno de los elementos recurrentes en estos finales puede ser obra de la casualidad.

Si confeccionamos una lista de los objetos que aparecen revestidos de una fuerte significación simbólica en el relato titulado «La miel silvestre», tendremos lo siguiente:
   a) los stromboot
   b) el winchester
   c) la selva
   d) la picada
   e) las hormigas
   f) el machete
   g) la miel
   h) las abejas.
A estos podemos agregar, además, una figura de especial relevancia:
   i) el pardrino.
Y si nos propusiéramos realizar una división en esta nómina de objetos de acuerdo a si aparecen o no asociados al personaje principal, el resultado sería:

---

[8] *Cf.* el siguiente fragmento de «Los mensú»: «(...) Podeley yacía de nuevo de costado, con las rodillas recogidas hasta el pecho, bajo la lluvia incesante. (...) hasta que a la madrugada Podeley quedó inmóvil para siempre en su tumba de agua.»

a {stromboot, winchester, selva, miel, abejas}
b {padrino, machete, picada, hormigas}
Se pueden establecer, además, una serie de oposiciones de los objetos entre sí:

$$\left.\begin{array}{l} \text{stromboot} \\ \\ \text{winchester} \end{array}\right\} \quad \text{vs} \quad \text{machete}$$

$$\text{monte} \quad \text{vs} \quad \text{picada}$$

$$\left.\begin{array}{l} \text{abejas} \\ \\ \text{miel} \end{array}\right\} \quad \text{vs} \quad \text{hormigas}$$

En cuanto al término faltante, el padrino, bien podemos concluír:

$$\text{padrino} \quad \text{vs} \quad \text{Benincasa}$$

Estos dos actantes cumplen en el relato una clara función de oponentes entre sí. A partir de este eje, las siguientes aproximaciones, efectuadas desde una óptica estructuralista, se tornan válidas.

I. *Sujeto: Benincasa*
      Ayudante 1: stromboot
                winchester
      Ayudante 2 (falso): machete
      Objeto 1: selva (lugar)   Oponente 1: selva/inexperiencia
      Objeto 2: miel   Oponente 2: no hay falso oponente: abejas)
      Objeto 3: movilidad   Oponente 3: miel
              palabra   gula

II. *Sujeto: el padrino*
      Ayudante: consejos
                picada
                machete
      Objeto: disuadir a Benincasa
              evitar la ocupación del lugar

Pero todo esto puede ser trasladado a un plano simbólico, con el siguiente resultado:

I. *Sujeto: Benincasa*
      Oponente: el padrino
      Objeto: penetración ⎫
              ocupación ⎬   en relación al lugar (los tres momentos del viaje)
              fusión   ⎭

II. *Sujeto: el padrino*
    Ayudante: hormigas
    Objeto: castración de Benincasa

Nuestra hipótesis consistirá en leer el texto como un relato cifrado de una castración. Para demostrar la validez de los esquemas anteriores nos proponemos un recorrido a lo largo del mismo y una descripción de cada uno de los objetos citados, los cuales, adelantamos, revisten carácter de figuras.

a) Los stromboot

¿Por qué el narrador asocia el orgullo que Benincasa sentía por sus botas con la rara fuerza que lo «arrastró» a esos «límites imprevistos»?

Sin duda, las botas han de estar vinculadas con el caminar, con el viajar. Pero hay en el narrador (y en el personaje) una preocupación acentuada por las mismas que no puede ser casual. Veamos si no las siguientes expresiones para nada desprovistas de singularidad:

(...) el orgullo de sus stromboot.

(...) sus famosos stromboot.

(...) había calzado sus recias botas, pues los yacarés de la orilla calentaban ya el paisaje. Mas a pesar de ello el contador público cuidaba mucho de su calzado, evitándole arañazos y sucios contactos.

Las botas de Benincasa no sólo habrán de recubrir sus pies. Es evidente que ocultan algo más; y eso será el objeto de una lectura que pondrá el acento en una instancia simbólica.

Las botas se perfilan como un objeto revestido de una especial importancia dentro del imaginario quiroguiano. Y ello por la significación que revisten. Recordemos uno de los relatos más curiosos del escritor salteño: «Un peón». En él, las botas invertidas en la horqueta de un árbol altísimo encierran el enigma mayor. Enigma que no se resuelve, lo cual, a nuestro juicio, le conferiría al relato su carácter de fantástico.

Se torna claro que para develar las incógnitas que estas figuras proyectan, deberíamos intentar la lectura de su para nada improbable faceta simbólica. Así, y asociada con el componente onírico de todo símbolo, es forzosa la presencia en aquéllas de un componente libidinal paralelo.

Entonces, un camino para proceder en la lectura de tales figuras estaría dado por la superposición a las mismas del código elaborado por el psicoanálisis freudiano.

Tal procedimiento abre una rica veta de interpretaciones posibles. Efectivamente, en muchos textos de Quiroga se está contando, en clave, algo más que una simple historia de horror. Ese plus se pierde en las lecturas de corte escolarizado. Más aún: muchas historias, tales como la citada «Un péon», se convierten en ejercicios sin una clara orientación si renunciamos a su lectura.

Nuestra propuesta consistirá, entonces, en rastrear esa carga o componente libidinal latente en muchas de las obras de Quiroga. Para ello nos centraremos en esos elementos recurrentes de la escritura, que denominamos figuras y que poseen una elevada valencia simbólica. Somos conscientes de que este camino puede presentar problemas: no querríamos caer en una mera traducción. Un texto no requiere ser traducido. Sólo nos proponemos señalar una serie de factores que se reiteran y que, entre ellos, forman un sistema de correspondencias.

Ya habíamos adelantado que en «La miel silvestre» se opera una clara dualidad. A lo largo del relato hay una pareja de opuestos en lucha. La primera esfera tiene por centro a Benincasa –y al narrador– y es aquella a la cual podríamos llamar pasiva. A la misma pertenecen elementos tales como: las botas, el rifle, la selva, la miel y las abejas. Podemos darle a este grupo una valencia negativa (–). La segunda esfera, por el contrario, reviste un carácter positivo, activo, y tiene por centro al padrino. Los objetos asociados a este último, como antes señalamos, son: el machete, la picada y las hormigas.

Podemos agregar, además, que la primera esfera connota lo femenino y la segunda lo masculino.

Sin embargo, es posible que no todo sea tan simple. La anterior distinción se basa en una división de personajes: de los dos únicos personajes –en el sentido estricto del término– que tiene esta historia. Pero puede haber una variante más acertada en relación a lo expuesto en un principio: ambas esferas son válidas, teniendo una por centro, efectivamente, al padrino, pero la otra, en realidad, tendrá por eje a esa categoría que denominamos «lugar».

Así, el relato narraría la historia de un viaje: el que realiza Benincasa desde el ámbito regido por el padrino hacia el ámbito del lugar. Viaje que, veremos, es a todas luces regresivo.

A este viaje está unida otra faceta que surca el relato: la faceta oral. Se opera en la historia un constante movimiento pendular entre devorar y ser devorado.

De tal modo, el relato cuenta el intento de Benincasa (y del narrador) por llegar al lugar y el intento del padrino por oponerse a ello. Podríamos distinguir tres instancias en el viaje del personaje: penetración, ocupación y fusión con el lugar. Mientras que a la acción del padrino la llamaremos «castración».

Por lo tanto, «La miel silvestre» es, a un tiempo, la historia de una regresión y de la posterior castración (o castigo) que la mitiga. Esto, en un plano simbólico. En el plano puramente literario el texto narra su hacerse a partir de la transgresión, por parte del narrador/personaje, de lo que daremos en llamar «ley del silencio textual», la cual es la ley del padre.

Si el texto narra un proceso de acercamiento y posterior fusión con el lugar, también narra un proceso de castración. Y así como el acercamiento no se da en forma directa, ya que se pueden distinguir, como señalamos, tres instancias –penetración, ocupación y fusión–, de la misma manera podremos diferenciar tres momentos de la castración.

Esos tres momentos tienen que ver con la figura de las botas y con un deslizamiento de la misma: los pies de Benincasa.

Efectivamente, en su primera aparición las hormigas pican en el pie a Benincasa: «Benincasa se observaba muy de cerca, en los pies, la placa lívida de una mordedura.» Observemos, además, que las hormigas aparecen asociadas al padrino, siendo –en un sentido figurado– su brazo ejecutor y siendo él el único con el poder de dominarlas.

En una segunda instancia, ya en su viaje definitivo, Benincasa adopta el machete en detrimento del rifle por consejo de su padrino. Este cambio reviste una singular importancia, ya que Benincasa no atina a manejar ese objeto proveniente de la esfera simbólica opuesta:

> Al día siguiente se fue al monte, esta vez con un machete, pues había concluido por comprender que tal utensilio le sería en el monte mucho más útil que el fusil. Cierto es que su pulso no era maravilloso, y su acierto, mucho menos. Pero de todos modos lograba trozar las ramas, azotarse la cara y cortarse la botas; todo en uno.

Como vemos, esos intentos o indicios de castración recurrentes se encuentran anudados al objeto que nos ocupa. Más aún, cuando la castración se lleva a cabo mediante el brazo figurado del padrino que adopta la forma de un «río de hormigas», el narrador utiliza expresiones inequivocas: «(...) por sus piernas trepaba un precipitado río de hormigas negras. (...) y el contador sintió, por debajo del calzoncillo, el río de hormigas carnívoras que subían».

Además, en párrafo subsiguiente, aparece una imagen que el narrador retomará, claro que con variantes, en el citado relato «Un peón». Nos referimos a las ropas vacías o, en este caso, con un esqueleto dentro. En el presente relato no se hace mención de las botas pero, como dijimos, una imagen similar y centrada en ellas vuelve a aparecer en el texto previamente mencionado: las botas vacías e invertidas en lo alto de un árbol.

Resumiendo: los stromboot aparecen vinculados al viaje, al avance que conduce a la ocupación del lugar. Por otro lado, son objeto de lo que podríamos llamar «castraciones figuradas». Datos por demás importantes para tenerlos en cuenta ya que, por connotar la posibilidad de ocupar el lugar y la frustración de dicha ocupación, están íntimamente vinculados con las dos leyes o fuerzas que pugnan en el texto por imponerse: la legalidad del padrino y la otra, a la cual aspiran Benincasa y el narrador.

Las botas no sólo recubren los pies de Benincasa, encierran también una significación de carácter marcadamente sexual. Desde un inicio aparecen asociadas a la posibilidad de ser mordido («Apenas salido de Corrientes había calzado sus recias botas, pues los yacarés de la orilla calentaban ya el paisaje.»), después se habla de picaduras y cortes. Estas relaciones son una constante en la obra de Quiroga y exigen una lectura.

Por lo tanto, en este caso se torna marcadamente transparente el código simbólico que el discurso analítico propone, al asignarle al calzado, en tanto figura, una valencia eminentemente fálica.

b) Benincasa

Las observaciones anteriores –sobre todo una– permiten completar el carácter de este personaje. Es importante recordar que él mismo se encuentra íntimamente unido al narrador (llegamos a demostrar que era como un desdoblamiento suyo), por lo tanto sus rasgos echarán mucha luz sobre los rasgos de aquél.

Benincasa es el móvil orientado hacia el lugar. Su viaje, se demostró, es más un viaje en lo temporal que un viaje en lo espacial. Un viaje en el plano subjetivo de lo temporal. Algo así como una recuperación de territorios perdidos de la memoria.

Y la narración de ese viaje singular constituye el relato. Más aún: el relato es el viaje.

Había además una fuerza, ese componente irracional que impulsaba al personaje/narrador. Aunque, a fin de equilibrarla, hicimos notar la presencia de una fuerza contraria que intenta detener la regresión, centrada en el padrino. Ambas fuerzas triunfan, se clausuran y conducen al silencio.

La primera de ellas emana del lugar mismo y la situamos justamente en el imperativo de llamada cifrado en el nombre.

Benincasa está indefectiblemente lanzado hacia el lugar. El lugar es su destino. Pero entre uno y otro media el viaje, que, como los procesos de castración y de posesión del lugar, también conlleva tres momentos.

Si descontamos el viaje por el río Paraná hacia el obraje, una vez en él Benincasa lleva a cabo tres tentativas de viaje hacia el lugar.

El primer intento no pasa de ser eso: un intento. El viaje se frustra por la intervención –un tanto intempestiva– del padrino. Es importante detenerse en los consejos que este último le da a Benincasa: primero, que siga la senda de la picada en caso de efectuar el viaje; segundo, que abandone su arma (recordemos que el contador se había equipado con un Winchester).

Sin embargo, hay que destacar el hecho de que Benincasa igual llegue a la vera del monte:

> Benincasa renunció a su paseo. No obstante, fue hasta la vera del bosque y se detuvo. Intentó vagamente un paso adentro, y quedó quieto. Metióse las manos en los bolsillos y miró detenidamente aquella inextricable maraña, silbando débilmente aires truncos. Después de observar de nuevo el bosque a uno y otro lado, retornó bastante desilusionado.

Este párrafo es altamente sugestivo. En primer lugar, parece cumplirse la profecía del padrino («–¡Pero infeliz! No vas a poder dar un paso.»). En segundo lugar, es interesante destacar, una vez más, el tópico de la inmovilidad ligado al personaje quiroguiano, personaje signado por la pasividad. Obsérvese cómo se opone esa imposibilidad de avanzar a la figura de las botas, que connotaban el avance; he aquí otra de las dicotomías que el texto aúna. Además, esta primera actitud de inmovilidad contemplativa que Benincasa adopta frente al monte preanuncia la otra, la final, cuando ya dentro de aquél pasa a ser un lúcido espectador de su propia muerte. Y tenemos aquí otro lugar común de la narrativa quiroguiana: el personaje como observador consciente de su propia muerte (pensemos en «A la deriva», «El hombre muerto», «Las moscas», además del relato que nos ocupa) o bien de la Muerte («La cámara oscura»). Esto, como veremos, trae aparejado el problema eminentemente textual de narrarla.

En tercer lugar, tenemos la presentación del monte visto desde afuera: «inextricable maraña», se lo denomina. Y frente a esta imagen de la continuidad, de lo compacto e intraducible, se opone otra que sugiere la impotencia y, más aún, la amenaza de la castración: Benincasa, con las manos en los bolsillos «silbando débilmente aires truncos».

Segundo intento:

> Al día siguiente, sin embargo, recorrió la picada central por espacio de una legua, y aunque su fusil volvió profundamente dormido, Benincasa no deploró el paseo. Las fieras llegarían poco a poco.

De este párrafo sólo destacaremos, por ahora, lo siguiente: el contador sigue el consejo de su padrino y se interna en el monte por la picada. Como era de esperar, el resultado es adverso y, literalmente, el narrador no tiene nada que contar de este viaje.

Tercer intento. Apenas ahora tendrán lugar las tres instancias citadas de penetración, ocupación y fusión del personaje con el lugar. Sin embargo, la presencia del padrino se hace notar a través de dos figuras: el machete primero y las hormigas después.

En otro orden de cosas, el relato sugiere una estructura circular. Otro hecho que emparenta a la escritura con el viaje.

El personaje «remonta» el río Paraná hacia el obraje al inicio del texto. De más está hacer hincapié en la importancia que en la literatura de Quiroga reviste la figura del río. A primera vista, en el presente relato está casi ausente. Veremos que no es tan así.

Aunque no disponemos de suficiente espacio para desarrollar ahora el tema, podemos postular que la dirección que el móvil adopta en el río es directamente proporcional a la dirección de su viaje en el tiempo. He aquí otra «ecuación» clave para leer a Quiroga.

Remontar el río equivale a remontar el tiempo. A ir hacia atrás. La mención de este hecho obra como un indicio temático que el narrador deja deslizar sutilmente. Entonces tenemos un punto de convergencia entre el viaje en el tiempo y en el espacio: el río.

Esto es lo que ocurre en «El salvaje», donde el relato está articulado según una serie de categorías espacio-temporales entroncadas en la figura del río: arriba/abajo, atrás/adelante, respectivamente.

Descontando que, por lo menos a partir de Heráclito, el río connota al tiempo para la imaginación occidental, nos hallaríamos ante una metáfora de esas que Ricoeur denomina «arquetípicas», las cuales aluden a ciertas experiencias fundamentales de la humanidad y tienen que ver con la manera de ser más inmutable del hombre en el mundo.[9]

---

[9] La expresión, en realidad, pertenece a Philip Wheelwright. Mencionado por Paul Ricoeur, «Palabra y símbolo», en: *Hermenéutica y acción*, Buenos Aires, Docencia, 1985, pp. 21-22.

Un caso contrario a los que venimos planteando lo tenemos en «A la deriva», donde el personaje se deja llevar por la corriente, esto es, hacia abajo o adelante: hacia el futuro y la muerte.

Si, como vimos con respecto a «Los desterrados», avanzar en la selva era remontarse en el tiempo subjetivo, en el medio acuático esto se complica ya que el móvil tiene la posibilidad de ir hacia atrás o hacia adelante en el tiempo subjetivo según navegue río arriba o río abajo.

El origen y el fin –en su dimensión estrictamente simbólica– coinciden con las fuentes y la desembocadura del río respectivamente.

En el caso de Benincasa, desde esta óptica el viaje se divide en dos partes:

1) remonta el río hasta el obraje (lo cual equivale a remontar en el tiempo);

2) una vez allí, avanza con dificultad en el espacio hacia el lugar (es decir, y según quedó aclarado, sigue retrocediendo en el tiempo hasta el instante final).

El momento cúlmine podría ser definido como de coincidencia del origen con la muerte, y está más allá de los alcances narrativos del relato: constituye un dominio del silencio.

Pero este relato, en ese momento culminante, habla de un «precipitado río de hormigas negras» que avanzaba oscilante y vertiginoso.

Por dos veces se utiliza la expresión «río» asociada a las hormigas.

Tenemos entonces una suerte de simetría entre el comienzo y el fin del relato. Una suerte de equivalencia o de circularidad. Aunque no del mismo valor: un río conduce al personaje hacia la selva y otro lo retira en el momento de su asimilación con ella.

El primero es un río líquido, el segundo es sólido y negro. El primero connota la naturaleza desbordante, el segundo, la muerte. Origen y fin, una vez más, como dos ríos que confluyen en la figura del narrador/personaje.

En estas representaciones opuestas de una misma figura (el río), encontramos los dos principios que pugnan en el texto.

El primero, el río que conduce al lugar, podría ser denominado como «río de la vida».

El segundo, el «río de la muerte», se nos presenta como una prolongación del brazo del padrino. Como lo que intercepta, interrumpe o legaliza.

Subrayamos, así, dos principios interactuando en el relato. El primero, femenino y materno, hacia el cual el narrador tiende. El segundo, masculino y paterno, es aquel que detiene, que ejerce una especie de efecto rémora sobre los pasos del narrador.

La paradoja: que ambos conducen al silencio.

Una última contradicción vinculada al personaje. Tenemos que Benincasa, en tanto proyección del narrador, aparece asociado a otras figuras orientadas al primer principio. Son figuras de penetración: las botas y el Winchester. Por lo tanto debemos hacer hincapié en el carácter fálico de dichas figuras, incluido Benincasa (y el narrador).

El contador simboliza el falo en relación al lugar. Es aquello que intenta llenar lo que falta; como la bota llena la huella y el pie llena la bota. El texto, el tejido, constituye precisamente esa operación de enmascaramiento y llenado: de sustitución.

El narrador tiende a ocupar el hueco y, al mismo tiempo, a decirlo. Es el falo en relación a lo que llamamos elipsis de base.

Ahora bien, a esa serie de elementos fálicos se le opone la otra, que podemos denominar castrante y que posee por eje al padrino. Los elementos que la integran tienen que ver con lo que muerde o corta. Aquí encontramos, por ejemplo, una valencia real para el machete, objeto que surca al sesgo toda la literatura de Quiroga.

La función de estos últimos objetos es detener o interponerse en el camino de los primeros hacia el lugar. Literalmente: cortar su trayectoria.

Y he aquí la paradoja: siendo el texto el lugar por excelencia de la convergencia, de la coincidencia de los opuestos, tenemos esa misma coincidencia en la persona que lo sustenta, el narrador.

Así, Benincasa se perfila, simbólicamente, como el falo y como el castrado.

c) El machete y el Winchester

En un sentido, ambas se nos presentan como figuras antagónicas. El primero, asociado al padrino; el segundo, a Benincasa. La función de uno es cortar; la del otro, penetrar.

Es interesante destacar el rechazo del Winchester por parte del padrino. Él aconseja a Benincasa que lo deje, que lo cambie por un machete, remarcando la inutilidad del rifle en la selva. A su vez, el narrador hace una extraña referencia al rifle luego del primer intento –fallido– por parte de Benincasa de penetrar el lugar; dice que retornó con el rifle «profundamente dormido». Se impone aquí una eventual homologación entre el arma y el miembro viril de Benincasa, homologación que tiende a remarcar la impotencia de este último en lo que hace a la ocupación del lugar.

Por el contrario, si el padrino se opone a la utilización del rifle comprobamos que el machete es uno de sus principales atributos. Y esto determina, en consecuencia, que Benincasa demuestre una completa torpeza en su manejo.

El desplazamiento del rifle por parte del machete podría ser considerado como otro indicio de la castración, de la imposición de la legalidad del padrino sobre el lugar. Legalidad difícil de acatar por parte del narrador/personaje, de allí la inexperiencia en el manejo de dicha herramienta que conduce a una especie de (auto)castración (pre)figurada: el corte de la su propias botas.

Asociado al machete aparece otro elemento fundamental: la picada. Esta es el producto de la acción del primero sobre el lugar. Es lo opuesto a la inextricable maraña, a la visión que Benincasa tiene de la selva.

La picada, además, permite que nos formemos una idea de los procedimientos del padrino y del narrador a fin de penetrar y ocupar el lugar. Vale decir, nos da una muestra cabal del funcionamiento de las dos legalidades contrapuestas.

Llamamos a la primera, centrada en el padrino, ley del silencio textual. Y a la segunda, ley de la elocuencia textual.

Concluimos en que ambas legalidades en pugna conducen, sin embargo, al mismo fin, ya que la ley del silencio textual y la de la elocuencia textual derivan, en última instancia, en el silencio.

Pero el primero es el silencio autoritario, el silencio que impone la represión.

Contrariamente, el segundo es el silencio elocuente, el mutismo como manifestación de lo intraducible.

Rastreemos, entonces, estas dos legalidades en los itinerarios que dibujan los pasos de los personajes. Una vez más surge la temática del viaje, pero ahora en relación con la economía de las pisadas.

El andar de Benincasa es esquivo. La figura que trazan sus pasos es difusa, meandrosa, como la de un río. Benincasa «derrocha» sus pisadas, no economiza su esfuerzo. Esta actitud se comprueba a partir de las características de su viaje.

El de Benincasa es un viaje fraccionado, compuesto por una serie de intentos frustrados en lo concerniente al avance en el espacio: la interrupción, el no llegar al objeto, son características del mismo.

Contrariamente, la trayectoria del padrino sería, geométricamente hablando, igual a una recta. Esto es así merced a la intervención de un elemento que habíamos ubicado dependiendo de la esfera que rige esta figura antagónica a Benincasa:

d) La picada

El padrino aconseja a Benincasa que en sus exploraciones haga uso de la picada. Esta última connota la presencia del hombre en la inextricable maraña de la selva. En este sentido, es una figura antagónica al lugar; justamente eso que marca su transformación.

Observemos dos cosas:

1) Benincasa parece negarse a utilizar la picada;

2) esta última aparece fuertemente ligada a la figura del machete. Ella es, claramente, el producto del «corte» en la selva.

Además, fonéticamente aparece vinculada a la acción de las hormigas en el esquema que este relato propone, pues éstas «pican» y abren camino talando todo lo que se encuentra a su paso.

La picada como figura de la devastación o, más tenuemente, de la acción transformadora —práctica— del hombre sobre la naturaleza, conduce al dominio de la cultura, esto es, de lo social.

Si estableciéramos una correlación entre las marchas de los personajes y el lenguaje concluiríamos lo siguiente:

a) puede instaurarse una analogía entre el camino que propone la picada y un lenguaje de tipo objetual. Por lo tanto, la picada conduciría a la ley del silencio textual. No es de extrañar que Benincasa (y el narrador) se resista a utilizarla y que el padrino insista en ella. La picada es el camino que remite de manera directa al objeto, análoga a la palabra que designa. Su funcionalidad es netamente económica;[10]

b) por el contrario, los pasos de Benincasa son una forma del exceso y el derroche. No están orientados en una dirección definida ni se dirigen a un objeto preciso. Si la picada servía para acortar distancias y facilitar el viaje, la ruta trazada por Benincasa gira sobre sí misma y no conduce a ningún lado.

En lo que hace a su objeto, el lugar, la marcha de Benincasa presenta similitudes con la relación erótica de los cuerpos: es la marcha por la marcha misma o el intento de ocupación de un lugar por el simple placer de hacerlo, por lograr ese singular y no explicado orgasmo que supone el «choque de vida intensa». Queremos decir que no hay una finalidad práctica o económica en el viaje del personaje, como no la hay en el erotismo en tanto «actividad puramente lúdica (...) juego cuya finalidad está en sí mismo y cuyo propósito no es la conducción de un mensaje —el de los elementos reproductores en este caso—, sino su desperdicio en función del placer.»[11]

El itinerario seguido por Benincasa se opone diametralmente al que propone la picada, siendo su parodia, su perversión. Del mismo modo, el lenguaje del narrador se definiría como la contracara de un lenguaje objeto, comunicativo, económico y paterno.

El exceso que suponían los pasos del personaje en el viaje es análogo al exceso —de sentido— que supone la presencia de la figura en el decir del narrador. Y ese derroche, ese desperdicio tendrá no poco de obsceno, esto es, de no mencionable que exige ser mencionado: palabra soslayada, velada por excelencia. De ahí que, justamente, la figura —retórica— que los pasos de Benincasa dibujan sea la elipsis. Y su objeto, el objeto prohibido, inalcanzable: para siempre ausente.

e) Abejas y hormigas

Las abejas obran positivamente en relación al personaje: ellas no pican, no devoran, no agreden. Y son las que donan la miel: elemento clave del relato.

En la miel residiría el «choque de vida intensa».[12] Ella será la que determine la fusión del personaje con el lugar.

Si las abejas son las donantes de la miel, esta última, a su vez, es la causante de dos estados que obsesionan al narrador y constituyen el punto final de su búsqueda. Ellos son:

a) la inmovilidad,

---

[10] Otro tanto tiene lugar con el elemento «obraje». Caracterizado como el lugar del padrino, es lógico que connote la producción de bienes y el intercambio de los mismos. El comercio como ocupación sustentada en la palabra, en la posibilidad de simbolizar por su intermedio los objetos, de asignarles un valor. Por ello leímos «contador» como «el que cuenta». Benincasa, asociado por sus profesión al intercambio, al comercio de bienes, (se) traiciona en el lugar. El precio de esa traición será la muerte.

[11] Severo Sarduy, *Barroco*, Buenos Aires, Sudamericana, 1974, pp. 100-101.

[12] *Cf.* la expresión del habla popular rioplatense «probar el dulce», referida a la relación sexual.

b) el silencio.

Benincasa no puede articular palabra ni moverse. Este es el punto crucial del relato, inmediatamente anterior a la muerte. Pero no es a causa de esa inmediatez que señalamos su importancia. En realidad, este estado de indefensión es el que marca la consumación de la relación del narrador/personaje con el lugar.[13]

Nótese que la pérdida del habla no hace más que remarcar el carácter inenarrable de tal acontecimiento.

En cuanto a la pérdida de la movilidad, acaso aluda a la dependencia (en este punto, total) del personaje respecto del lugar. Fusionarse es pasar a ser parte de. Debiéramos leer esto como una pérdida de la autonomía, de la individualidad. Como una des-formación de la personalidad, el aspecto más acabado de la involución a la cual antes nos referimos.

No otra cosa será la unión con el lugar connotado como seno materno. La madre tierra re-absorbe al personaje y a su capacidad de simbolizar amenazada a lo largo de todo el relato. Sin embargo, este último debe proseguir y para que dicha prosecución sea efectiva, es necesario aceptar el hecho de la conciencia lúcida de Benincasa. La conciencia que percibe el acercamiento y la acción del agente destinado a abortar el complicado proceso de retorno.

Ese agente está encarnado en las hormigas. Como vimos, éstas pertenecían a la serie de elementos asociados a la figura del padrino. Dos hechos nos permiten considerarlas como una extensión de su brazo, como una herramienta de su ley.

Primero: el padrino es el único que tiene poder sobre las hormigas, el único que puede desviar su avance. Él rige sobre su marcha y así como traza sobre la maraña del lugar la recta luminosa de la picada, puede torcer a su voluntad el oscuro cauce de aquéllas.

Segundo: no es casual haber elegido «corrección» para bautizar a las hormigas. ¿Qué es lo que corrigen? ¿Cuál es la funcionalidad de su presencia en el relato? Estos interrogantes no ofrecen mayores dudas si leemos al elemento hormigas en tanto prolongación de la figura paterna. De este modo, aquéllas cumplirían la clara función de «corregir» una situación intolerable para el padre. Es decir, para la legalidad que su figura cifra y detenta: la ley del silencio textual.[14]

---

[13] Benincasa devora la miel, devora el lugar cifrado en ella para ser después devorado. Dijimos que la acción de comer está destacada a lo largo del relato. Pero hemos de distinguir entre: a) devorar como figura de la involución, del retorno a las etapas arcaicas de la personalidad, y b) devorar en tanto figura de la castración. En el plano de las acciones, entonces, también observamos la pertenencia de las mismas a las distintas esferas. En el primer caso, llevarse cosas a la boca tiene que ver con asimilarse al lugar. En el otro, con la acción externa que trata de impedir dicha asimilación. En caso contrario, caeríamos en la siguiente interpretación simplista: las hormigas como una especie de revancha de la naturaleza por haber intervenido en ella.

• [14] Las hormigas, en su primera aparición, interrumpen el sueño del personaje. Este hecho no es gratuito si consideramos el sueño igual al deseo desatado, siendo el lugar donde la figura simbólica, del mismo modo que en el cénit del relato, se yergue. La espesura del sueño se ve interrumpida, rasgada como rasga la picada la selva inextricable. Y esta imagen, esta acción del corte −de corte indicial− prefigura la castración y se prolonga: «Benincasa reanudó el sueño, aunque sobresaltado toda la noche por pesadillas tropicales». El sueño y el relato, lugares equiparables, lugares adonde la mano del padre intenta llegar para «corregir» aquello que su ley no tolera.

Las hormigas llegan en el preciso momento en que la unión con el objeto prohibido, enmascarado en el lugar, se consuma. En el instante en el cual la involución del personaje toca a su fin. En el punto en que la ley de la elocuencia textual rige la plenitud de su silencio.

Ahí es cuando la castración se efectúa: Benincasa siente a las hormigas dirigirse directamente a sus genitales. Como respuesta, el personaje sólo atina a articular «un grito, un verdadero alarido, en que la voz del hombre recobra la tonalidad del niño aterrado...»: Ecolalia primera (y última) que remarca, en el momento postrero, la ausencia total del soporte de la significación: objeto final y suicida del decir del narrador.

VI. BIBLIOGRAFÍA

Establecida por
Jorge Lafforgue

BIBLIOGRAFÍA

Establecida por Jorge Lafforgue

I. Sus libros

Los arrecifes de coral, 1901.
El crimen del otro, 1904.
Historia de un amor turbio, 1908.
Cuentos de amor de locura y de muerte, 1917.
Cuentos de la selva, 1918.
El salvaje, 1920.
Las sacrificadas, 1920.
Anaconda, 1921.
El desierto, 1924.
Los desterrados, 1926.
Pasado amor, 1929.
Suelo natal, 1931; en colaboración con Leonardo Glusberg.
Más allá, 1935.

En las Noticias Preliminares, que en esta edición preceden a cada uno de los libros de Quiroga, figuran los principales datos bibliográficos y otras informaciones sobre los mismos.

II. Recopilaciones póstumas

Diario de viaje a París de Horacio Quiroga. Introducción y notas de Emir Rodríguez Monegal. *Revista* del Instituto Nacional de Investigaciones y Archivos Literarios, Montevideo, año 1, tomo 1, pp. 47-185, diciembre de 1949. En 1950 se distribuyen dos ediciones del *Diario...*, la separata correspondiente (Imp. El Siglo llustrado) y la edición de Número; 137 p.

1449

Cartas inéditas de Horacio Quiroga. Prólogo y notas de Arturo Sergio Visca. Montevideo. Inst. Nac. Inv. y Arch. Lit., 1959; 167 p.

Cartas inéditas de Horacio Quiroga. Tomo II. Prólogo de Mercedes Ramírez de Rossiello, ordenación y notas de Roberto Ibáñez. Montevideo, Inst. Nac. Inv. y Arch. Lit., 1959; 193 p.

Horacio Quiroga y el cine. Noticia previa por Arturo S. Visca. En *Fuentes*, órgano del Inst. Nac. Inv. y Arch. Lit., Montevideo, año I, nº 1, agosto de 1961; pp. 271-384 (se incluye el guión de *La jangada*).

Cartas inéditas y evocación de Quiroga (por César Tiempo). Presentación y notas de Arturo Sergio Visca. Montevideo, Biblioteca Nacional, Departamento de Investigaciones, 1970; 50 p.

Obras inéditas y desconocidas. Dirección y plan general: Ángel Rama. Montevideo, Arca, 1967-1973. Se publicaron ocho tomos: I y II.–*Novelas cortas*, prólogo de Noé Jitrik, 1967; III.–*De la vida de nuestros animales*, prólogo de Mercedes Ramírez de Rossiello, 1967; IV y V.–*Cuentos*, prólogo de Ángel Rama, 1968; Vl.–*La vida en Misiones*, prólogo de Jorge Ruffinelli, 1969; Vll.–*Sobre literatura*, prólogo de Roberto Ibáñez, 1970; Vlll. *Época modernista*, prólogo de Arturo Sergio Visca, 1973.

El mundo ideal de Horacio Quiroga y cartas inéditas de Quiroga a Isidoro Escalera. Posadas, Centro de investigación y promoción científico-cultural, Instituto Superior del Profesorado Antonio Ruiz Montoya, 1971 (2ª ed., 1975; 3ª ed., 1985, Ediciones Montoya). El libro, básicamente, consta de un trabajo del autor, Antonio Hernán Rodríguez, y de las cartas (pp. 83-135 de la última edición).

Del epistolario de Horacio Quiroga. Presentación y notas de Arturo Sergio Visca. *Revista de la Biblioteca Nacional*, Montevideo, nº 5, mayo 1972; pp. 45-59.

Cartas inéditas de Horacio Quiroga. Presentación por Arturo Sergio Visca. *Revista de la Biblioteca Nacional*, Montevideo, nº 18, mayo 1978; pp. 7-39.

III. Archivo uruguayo

Por diversos motivos (durante años la división de los derechos de autor entre parientes que no se ponían de acuerdo fue el inconveniente mayor), se carece hasta la fecha de un ordenamiento completo y, en consecuencia, de una edición crítica del conjunto de las obras de Horacio Quiroga.

Sin embargo, como el lector habrá podido advertir, al recorrer el item precedente, mucho se ha avanzado en tal sentido. A pesar de lo cual existen aún materiales que no se han hecho públicos, como las cartas que Quiroga escribiera a su última esposa, María Elena Bravo, y que ésta guarda celosamente.

El conjunto más rico, sin duda, de cartas, fotografías, libretas de apuntes y originales de textos narrativos pertenecientes a Quiroga se encuentra en la Biblioteca Nacional de Montevideo (Archivo Horacio Quiroga, Departamento de Investigaciones). Muchos de los materiales allí custodiados han sido ya publicados por estudiosos uruguayos (*cf.* Recopilaciones póstumas). Un detalle de esos materiales puede leerse en el Repertorio bibliográfico (pp. 125-126) de Walter Rela.

IV. Antologías y ediciones especiales

Cuentos. Montevideo, Claudio García y Cía Editores, 1937-1945; 13 vols. de la
Biblioteca Rodó. Primera recopilación que recogió, aunque sin rigor crítico,
muchos textos narrativos hasta entonces inéditos en libro.

Sus mejores cuentos. México, Cultura, 1943; 236 p. Introducción, selección y notas
de John A. Crow.

Cuentos escogidos. Madrid, Aguilar, 1950; 607 p. Col. Crisol, nº 276. Prólogo de
Guillermo de Torre. (2.ª ed., 1960; 3.ª ed., 1962.)

Cuentos. La Habana, Casa de las Américas, 1964; 152 p. Selección y prólogo de
Ezequiel Martínez Estrada.

Selección de cuentos. Montevideo, Barreiro y Ramos, 1966; 2 vols. de la Biblioteca
Artigas, Colección Clásicos Uruguayos, nº 101 y 102. Selección y prólogo de
Emir Rodríguez Monegal.

Cuentos. México, Porrúa, 1968; XXXIII + 142 p. Vol. 97 de la col. «Sepan
cuantos...» Selección según orden cronológico, estudio preliminar y notas
críticas e informativas por Raimundo Lazo. (9ª ed., 1979.)

Cuentos escogidos. Londres/Nueva York, Pergamon Press, 1968. Jean Franco,
comp.

Horacio Quiroga. Sus mejores cuentos. Santiago de Chile, Nascimento, 1971.
Prólogo de Mario Rodríguez.

Cuentos escogidos. Montevideo, Ediciones de la Banda Oriental, 1978. Selección,
prólogo y notas de Washigton Benavídez.

Cuentos. Caracas, Biblioteca Ayacucho, 1981; XXXVIII + 490 p. Tomo 88 de la
B.A. Selección y prólogo de Emir Rodríguez Monegal, Cronología de Alberto
Oreggioni.

Cuentos completos. Montevideo, Ediciones de la Plaza, 1987; 2 vols. con
numeración corrida, 960 p. Edición al cuidado de Alfonso Llambias de
Azevedo.

Los desterrados. Buenos Aires, Kapelusz, 1987; 150 p. Grandes Obras de la
Literatura Universal, nº 169. Edición, resumen cronológico, estudio preliminar
y notas de Fernando Rosemberg.

Los desterrados. Buenos Aires, abril, 1987; 188 p. Clásicos Huemul nº 122.
Estudio preliminar, notas y vocabulario de Pedro Luis Barcia.

Cuentos de amor de locura y de muerte. Buenos Aires, abril, 1987; 262 p. Clásicos
Huemul nº 123. Estudio preliminar, notas y vocabulario de Teresita Frugoni
de Fritzsche.

A la deriva y otros cuentos. Buenos Aires, Colihue, 1989; 240 p. Colección literaria
Leer y Crear. Selección, introducción, notas y propuestas de trabajo de Olga
Zamboni.

Historia de un amor turbio. Montevideo, Ediciones de la Banda Oriental, 1987.
Prólogo de Washington Benavídez.

Los perseguidos. Cuentos. Montevideo, Ediciones de la Banda Oriental, 1989.
Selección y prólogo de Elbio Rodríguez Barili.

Los desterrados y otros textos. Antología, 1907-1937. Madrid, Clásicos Castalia,
1990. Edición, introducción y notas de Jorge Lafforgue.

Cuentos. Madrid, Cátedra, 1991. Edición de Leonor Fleming.
Pasado amor. Montevideo, Ediciones de la Banda Oriental, 1992. Prólogo y notas de Pablo Rocca. Edición a cargo de Heber Raviolo y Pablo Rocca.

V. Bibliografías

CROW, J. A.: «Bibliografía», en Horacio Quiroga, *Sus mejores cuentos*, 1943; pp. 279-286.

ESCALANTE, M. A.: *Horacio Quiroga en la bibliografía*. Bibliografía. La Plata, nº 2, marzo 1951.

MATLOWSKY, B. D.: «Bibliografía», en *Horacio Quiroga*, est. de E. Abreu Gómez. Semblanzas literarias, II. Washington, Unión Panamericana, 1951; pp. 17-26.

SPERATTI PIÑERO, E. S.: «Hacia la cronología de Horacio Quiroga». *Nueva Revista de Filología Hispánica*, México, año 9, nº 4, octubre-diciembre 1955; pp. 367-382.

RODRÍGUEZ MONEGAL, E.: «Horacio Quiroga en el Uruguay; una contribución bibliográfica». *Nueva Revista de Filología Hispánica*, México, año 11, nº 3-4, julio-diciembre, 1957; pp. 392-394.

BOULE-CHRISTAUFLOUR, A.: «Proyecto para obras completas de Horacio Quiroga». *Annales de la Faculté des Lettres de Bordeaux*, Burdeos, año 87, tomo 67, nº 1-2, enero-junio 1965; pp. 91-128.

BECCO, H. J.: «Bibliografía», en Noé Jitrik, *Horacio Quiroga, una obra de experiencia y riesgo*. Buenos Aires, Ediciones Culturales Argentinas, 1967; pp. 141-159. (2ª ed. Arca, 1967.)

RELA, W.: *Horacio Quiroga, guía bibliográfica*. Montevideo, Ulises, 1967; 138 p.
– *Horacio Quiroga. Repertorio bibliográfico anotado*, 1897-1971. Buenos Aires, Casa Pardo, 1972; 150 p.
    En este *Repertorio...* (pp. 21-36), Walter Rela, completando los trabajos de Speratti Piñero y Rodríguez Monegal antes citados, establece una lista de «colaboraciones en diarios, periódicos y revistas», con 476 entradas, que resulta muy útil para verificcar las fechas iniciales de publicación de los textos quiroguianos como así también su posterior incorporación al libro (sobre este último aspecto véase el «Apéndice segundo», pp. 70-72).

VI. Estudios

A continuación procedo a realizar una selección cuyo acento está puesto en los trabajos más recientes (para un listado amplio de aquellos anteriores a 1972 *cf.* el citado *Repertorio...* de Walter Rela).

ALAZRAQUI, J. «Relectura de Horacio Quiroga», en *El cuento hispanoamericano ante la crítica*. Madrid, Castalia, 1973.

AMORIM, E. *El Quiroga que yo conocí*. Montevideo, Arca/Calicanto, 1983.

Babel. Buenos Aires, 2ª época, nº 21, noviembre 1926. (Número dedicado, con colaboraciones de Benito Lynch, Arturo Capdevila, Baldomero Fernández Moreno, Alfonsina Storni y otros).

BACCINO PONCE DE LEÓN, N. *Horacio Quiroga. Itinerarios*. Montevideo, Biblioteca Nacional, 1979.

– «Anaconda del cuento al Mito. (Génesis e interpretación)». París. *Palinure*, nº 2, invierno 1986.

BRATOSEVICH, N. *El estilo de Horacio Quiroga en sus cuentos*. Madrid, Gredos, 1975.

Brecha. Montevideo, marzo-mayo 1987. (Notas en varios números, bajo la volanta general «El centenario de Quiroga», de Paul Baccino, Mercedes Ramírez, Pablo Rocca, Washington Benavídez y otros.)

CONTERIS, H. «Revisión de Quiroga». Montevideo, *Marcha*, nº 959, 15 de mayo 1959.

COUSELO, J. M. «Horacio Quiroga y el cine», en *Ocho escritores por ocho periodistas*. Buenos Aires, Timerman Editores, 1976.

CRISAFIO, R. «Horacio Quiroga o el destierro de la memoria». Milano, Cisalpino-Goliardica. *Studi di letteratura ispano-americana*, nº 13-14, 1983.

CROW, J. «La locura de Horacio Quiroga». México, *Revista Iberoamericana*, año I, nº 1, mayo 1939.

DELGADO, J. M. y BRIGNOLE A. J.: *Vida y obra de Horacio Quiroga*. Montevideo, Caludio García, 1939.

Deslindes. Revista de la Biblioteca Nacional. Montevideo, nº 1, marzo de 1992. (Entre las páginas 35-81 contiene artículos sobre Quiroga de Mónica Mansour, Michel Boulet, Mercedes Ramírez y Teresa Porzecanski.)

ESPINOZA, E. «Notas sobre la narrativa de Horacio Quiroga». La Habana, *Revista Cubana*, tomo 10, nº 28-30, octubre-diciembre 1937.

ETCHEVERRY, J. E. *Horacio Quiroga y la creación artística*. Montevideo, Facultad de Humanidades y Ciencias, Departamento de Literatura Iberoamericana, 1957.

FELICIANO FABRE, M. A. *Horacio Quiroga, narrador americano*. San Juan de Puerto Rico, Cordiller, 1963.

FLORES, A. *Aproximaciones a Horacio Quiroga*. Caracas, Monte Ávila, 1976. (Este volumen recoge trabajos de H. A. Murena, Juan Carlos Ghiano, Emir Rodríguez Monegal, Dinko Cvitanovic, Margo Glantz, Alfredo Veiravé, Saúl Yurkievich y otros.)

GAMBARINI, E. «La escritura como lectura: la parodia en *El crimen del otro*, de Horacio Quiroga», *Revista Iberoamericana*, vol. LII, nº 135-136, abril-septiembre 1986.

GARET, L. *Obra de Horacio Quiroga*. Montevideo, Ministerio de Educación, 1978.

GROMPONE, A. M. «El sentido de la vida en Horacio Quiroga». Montevideo, *Ensayos*, año 2, nº 11, mayo 1937. (Reproducido en la reedición de *Los arrecifes de coral*, 1943.)

JITRIK, N. *Horacio Quiroga, una obra de experiencia y riesgo*. Buenos Aires, Ediciones Culturales Argentinas, 1959 (2ª ed. corregida: Montevideo, Arca, 1967).

– *Horacio Quiroga*. Buenos Aires, Centro Editor de América Latina, 1967.

– «Horacio Quiroga, *Los desterrados*», en *El escritor argentino. Dependencia o libertad*. Buenos Aires, Ediciones del Candil, 1967.

LABRADOR RUIZ, E. «El subordinado Horacio Quiroga». México, *El Nacional*, 27 de junio 1957.

La Opinión. Buenos Aires, suplemento «La Opinión Cultural», 24 de diciembre de 1978. («Homenaje a un desterrado», con reportajes de Samuel Glusberg y César Tiempo, colaboraciones de Josefina Delgado, Jorge Lafforgue y Osvaldo Pelletieri.)

MARTÍNEZ, J. L. *Horacio Quiroga. Teoría y práctica del cuento*. Xalapa, Universidad Veracruzana, 1982.

MARTÍNEZ, C. D. «Horacio Quiroga, la fascinación del cine y lo fantástico». Buenos Aires, *Clarín*, 5 de marzo de 1987.

– «Horacio Quiroga: la búsqueda de una escritura», en el tomo VII de la *Historia Social de la literatura argentina*. Buenos Aires, Contrapunto, 1989.

MARTÍNEZ ESTRADA, E. *El hermano Quiroga*. Montevideo, I.N.I.A.L., 1957 (2ª ed. Montevideo, Arca, 1966).

MATAMORO, B. «Fronteras de Horacio Quiroga. (Naturaleza, mito, historia)», en *Le récit et le monde*. París, L'Harmattan, 1987. También en *Lecturas americanas*. 1974-1989. Madrid. ICI/V Centenario, 1990.

MONTERROSO, A. «Las muertes de Horacio Quiroga», en *La palabra mágica*. México, Ediciones Era, 1983.

ONETTI, J. C. «Quiroga, hijo y padre de la selva». Madrid, *El País*, sección La Cultura, 20 de febrero 1987. También en Montevideo, *Cuadernos de Marcha*, tercera época, año II, nº 18, abril 1987.

ORGAMBIDE, P. *Horacio Quiroga. El hombre y la obra*. Buenos Aires, Stilcograf, 1954.

PEREIRA RODRÍGUEZ, J. «Guillermo de Torre comete con Horacio Quiroga pecado de lesa ignorancia». Montevideo, *La Gaceta Uruguaya*, año I, nº 3, 2 de junio 1953. (Este artículo genera una polémica a lo largo los números 5, 6 y 7 de la misma publicación.)

PEYROU, R. «Un clásico uruguayo. El otro Quiroga». Montevideo, *La Democracia*, año 1, nº 19, 30 de abril 1982.

POLITO, R. C. *Aproximación psicoanalítica a Horacio Quiroga*. Buenos Aires, Asociación Psicoanalítica Argentina, 1967.

PUCCINI D. «Horacio Quiroga o las "heridas" de la transición». La Habana, *Casa de las Américas*, año XXIX, nº 170, septiembre-octubre 1988.

RIVERA, J.B. «Horacio Quiroga: ganarse la vida», en *Ocho escritores por ocho periodistas*. Buenos Aires, Timerman Editores, 1976.

– «Quiroga. La experiencia como literatura». Buenos Aires, *Clarín*, 12 de febrero de 1987.

– «El múltiple Horacio Quiroga». Montevideo, *El País*, 5 de octubre de 1990 («El País Cultural», nº 51).

ROCCA, P. «El escritor y el maldito dinero». Montevideo, *El País*, 28 de agosto de 1992 (El País Cultural», nº 147).

– «Quiroga/Borges: estructuras fundacionales del relato». *Graffiti*, Montevideo, segunda época, año III, n° 18, mayo 1992.

RODRÍGUEZ MONEGAL, E. *Las raíces de Horacio Quiroga*. Montevideo, Asir, 1961 (2ª ed. Montevideo, Alfa, 1961).

– *El desterrado, vida y obra de Horacio Quiroga*. Buenos Aires, Losada, 1968. (Este libro amplía considerablemente *Genio y figura de Horacio Quiroga*, Buenos Aires, Eudeba, 1967.)

ROMANO, E. «Horacio Quiroga», en Buenos Aires, *Capítulo. Historia de la literatura argentina*, Centro Editor de América Latina, 1968 (modificado en la edición de 1981).

Sech: Santiago de Chile, n° 4, marzo 1937. (Número homenaje con colaboraciones de Enrique Espinoza, Manuel Rojas, Ezequiel Martínez Estrada, Alfonso Hernández Catá y otros.)

TIZÓN, H. «Inventario, balance y rescate de Horacio Quiroga». Madrid, *Libros*, n° 12, 1982.

ULLA, N. «Horacio Quiroga: el aprendizaje del destierro y la aventura porteña», en Tucumán, *La Gaceta*, 22 de agosto de 1965.

VIÑAS, D. «Quiroga: el mito de Anteo». Buenos Aires, *Espiga*, año 4, n° 18-19, 1953-1954.

Anexo bibliográfico

Todos los cuentos ordenados según la fecha de su primera publicación.*

903. *Fantasía nerviosa*, oct. 2, 1899.

904. *Para noche de insomnio*, nov. 6, 1899.

906. *Reproducción*, ene. 15, 1900.

870. *Sin razón, pero cansado*, dic. 9, 1900.

813. «El tonel del amontillado» en el libro *Los arrecifes de coral*, 1901.

815. *Jesucristo*, ene. 20, 1901.

816. *El guardabosque comediante*, mayo 5, 1901.

909. *Charlábamos de sobremesa*, mayo 19, 1901.

849. *Flor bizantina*, dic. 20, 1902.

836. *Rea Silvia*, mar. 13, 1903.

912. *Los amores de dos personas exaltadas, o sea la mujer que permaneció niña, y el payaso que permaneció hombre*, abr. 24, 1903.

853. *Idilio (Lía y Samuel)*, mayo 22, 1903.

865. *La verdad sobre el haschich*, ag. 14, 1903.

869. *El triple robo de Bellamore*, nov. 20, 1903.

868. *La justa proporción de las cosas*, dic. 25, 1903.

831. «La princesa bizantina», en el libro *El crimen del otro*, 1904.

---

* Esta lista comporta: el número de la primera página del cuento en esta edición, el título del cuento y la fecha de publicación.

839. *Corto poema de María Angélica, id.*
851. *La muerte del canario, id.*
855. *Idilio, el 2º y el 8º número, id.*
858. *Historia de Estilicón, id.*
871. *El crimen del otro, id.*
914. *Almas cándidas,* nov. 2, 1905.
915. *Europa y América,* nov. 18, 1905.
917. *El gerente,* ene. 6, 1906.
918. *De caza,* mar. 31, 1906.
920. *Mi cuarta septicemia (memorias de un estreptococo),* mayo 19, 1906.
922. *El lobisón,* jul. 14, 1906.
923. *La serpiente de cascabel,* ag. 18, 1906.
 47. *Los buques suicidantes,* oct. 27, 1906.
471. *La lengua,* nov. 17, 1906.
245. *Cuento laico de Navidad,* dic. 29, 1906.
469. *Las rayas,* ene. 12, 1907.
925. *En el Yabebirí,* abr. 27, 1907.
287. *Cura de amor,* mayo 18, 1907.
927. *Episodio,* mayo 25, 1907.
250. *Fiesta de Corpus en el cielo,* jun. 1º, 1907.
 97. *El almohadón de plumas (sic),* jul. 13, 1907.
929. *El globo de fuego,* ag. 24, 1907.
931. *La compasión,* sept. 21, 1907.
270. *Estefanía,* c., oct. 10, 1907.
933. *El mono ahorcado,* oct. 19, 1907.
935. *La ausencia de Mercedes,* nov. 23, 1907.
937. *Una historia inmoral,* dic., 1907.
885. «Los perseguidos», en el libro *Historia de un amor turbio,* 1908.
248. *Noche de Reyes,* ene. 4, 1908.
941. *Recuerdos de un sapo,* ene. 18, 1908.
 57. *La insolación,* mar. 7, 1908.
944. *Un novio difícil,* abr. 4, 1908.
948. *Lógica al revés,* mayo, 1908.
946. *La vida intensa,* mayo 16, 1908.
402. *El monte negro,* jun. 6, 1908.
951. *La defensa de la patria,* jul. 18, 1908.
480. *El canto del cisne,* ag. 8, 1908.
953. *La madre de Costa,* sept. 26, 1908.
213. *Los cazadores de ratas,* oct. 24. 1908..
955. *Las voces queridas que se han callado,* nov. 21, 1908.
957. *Junto a la madre muerta,* feb. 24, 1925.
960. *El galpón,* ene. 2, 1909.
962. *Los chanchos salvajes,* ene. 30, 1909.
966. *Los guantes de goma,* mar. 27, 1909.
968. *Las Julietas,* abr. 10, 1909.
970. *O uno u otro,* mayo 1º, 1909.

89. *La gallina degollada*, jul. 10, 1909.
474. *La crema de chocolate*, jul. 24, 1909.
972. *Un chantaje*, ag. 14, 1909.
974. *Para estudiar el asunto*, sept. 11, 1909. (Pseud. Luis A. Ghigliani).
975. *En un litoral remoto*, oct. 2, 1909.
978. *Los pollitos*, oct. 30, 1909.
298. *Un idilio (Sofía y Nicholson)*, dic. 11, 1909.
980. *El siete y medio*, dic. 26, 1909.
984. *Suicidio de amor*, mar. 12, 1910.
190. *Cuento terciario*, jul. 18, 1910.
171. *El perro rabioso*, oct. 1º, 1910.
478. *La pandorga divina*, dic. 3, 1910.
986. *El retrato*, dic. 31, 1910.
122. *La miel silvestre*, ene. 21, 1911.
165. *Los ojos sombríos*, abr. 15, 1911.
989. *Cuento para estudiantes*, jul. 1º, 1911.
992. *Las siete palabras*, ag. 5, 1911.
467. *El mármol inútil*, sept. 23, 1911.
472. *El vampiro*, oct. 14, 1911.
994. *La igualdad en tres actos*, nov. 4, 1911.
374. *En plena gloria tropical*, dic. 2, 1911.
9. *Un sueño de amor*, ene. 13, 1912.
476. *Los bichitos*, feb. 10, 1912.
996. *El balde*, mar. 23, 1912.
999. *El machito*, mayo 10, 1912.
52. *A la deriva*, jun. 7, 1912.
65. *El alambre de púa*, ag. 23, 1912.
218. *Los inmigrantes*, dic. 6, 1912.
229. *La reina italiana*, dic. 27, 1912.
129. *El cigarro pateador*, ene. 24, 1913.
168. *El infierno artificial*, abr. 4, 1913.
114. *Los pescadores de vigas*, mayo 2, 1913.
40. *El solitario*, mayo 30, 1913.
262. *El más grande encanto conyugal*, jul. 25, 1913.
103. *Yaguaí*, dic. 26, 1913.
77. *Los mensú*, abr. 3, 1914.
31. *La muerte de Isolda*, mayo 29, 1914.
473. *La mancha hiptálmica*, jul. 1914.
1001. *El lobo de Esopo*, oct. 30, 1914.
1003. *Las mujercitas*, dic. 11, 1914.
222. *Los cementerios belgas*, ene. 1º, 1915.
276. *Berenice*, dic. 31, 1915.
204. *Una bofetada*, ene. 28, 1916.
1005. *El compañero Iván*, mayo 5, 1916.
1081. *Los cocodrilos y la guerra*, mayo 19, 1916.
1086-1105. *La jirafa ciega*, jun. 9, 1916.

1007. *Los corderos helados*, jun. 14, 1916.

1075. *Las medias de los flamencos*, jul. 14, 1916.

1073. *La tortuga gigante*, ag. 18, 1916.

139. «La meningitis y su sombra» en el libro *Cuentos de amor de locura y de muerte*, 1917.

1089. *Historia de dos cachorros de coatí y de dos cachorros de hombre*, ene. 27, 1917.

1009. *El diablo con un solo cuerno*, feb. 9, 1917.

363. *El simún*, feb. 1917.

1078. *El loro pelado*, mar. 16, 1917.

430. *Una taza de té*, jun. 1917.

1093. *El paso del Yabebirí*, jun. 22, 1917.

1011. *Un simple antojo*, sept. 1917.

380. *El yaciyateré*, nov. 1917.

1015. *De una mujer a un hombre*, dic. 24, 1917.

506. *Un péon*, ene. 14, 1918.

1017. *Los remos de «La gaviota»*, mar. 1918.

238. *La voluntad*, abr. 1918.

257. *Tres cartas... y un pie*, abr. 10, 1918.

323. *Un drama en la selva. El imperio de las víboras*, abr. 12, 1918.

1066. *Juan Poltí, Half-back*, mayo 16, 1918.

292. *Lucila Strindberg*, sept. 1918.

1098. *La abeja haragana*, nov. 30, 1918.

386. *Los fabricantes de carbón*, nov. 1918.

436. *Miss Dorothy Phillips, mi esposa*, feb. 14, 1919.

181. *El dinosaurio (sic)*, mar. 1919.

1023. *El alcohol*, nov. 14, 1919.

1026. *El hombre sitiado por los tigres*, dic. 26, 1919.

408. *En la noche*, dic. 27, 1919.

636. *En la cantera*, dic. 1919.

1213. *Los estrenos cinematográficos*, ene. 3, 10, 17, 24, 31; feb. 7, 14, 21, 28; mar. 6, 13, 20, 27; abr. 3, 10, 17, 24; mayo 1, 8, 15, 22, 25, 29; jun. 5, 12, 19, 26; jul. 3, 17, 24, 1920. (Pseud. El esposo de D. Ph.).

554. *El síncope blanco*, mar. 1920.

590. *Juan Darién*, abr. 25, 1920.

653. *El hombre muerto*, jun. 27, 1920.

646-699. *Tacuara Mansión*, ag., 1920.

674. *La cámara oscura*, dic. 3, 1920.

1146. «Anaconda», en el libro del mismo nombre, 1921.

576. *Un léon*, ene. 9, 1921.

532. *Silvina y Montt*, abr. 27, 1921.

542. *El espectro*, jul. 29, 1921.

565. *Los tres besos*, ag. 28., 1921.

768. *La segunda novia*, nov. 23, 1921.

1034. *Paz*, dic. 16, 1921.

659. *Techo de incienso*, feb. 5, 1922.

571. *El potro salvaje*, mar. 26, 1922.

1214. *El cine*, mayo 4, 11, 18, 25; jun. 1, 8, 15, 22, 29; jul. 6, 13, 20, 27; ag. 3, 10, 17, 24, 31: n° 238, oct. 26; n° 239 a 246, nov. 2, 9, 16, 23, 30; dic. 7, 14, 21, 1922.

526. *Una conquista*, oct. 1°, 1922.

489. *El desierto*, ene. 4, 1923.

1037. *Sinfonía heroica*, jun. 7, 1923.

758. *La señorita leona*, jul. 29, 1923.

682. *Los destiladores de naranja*, n° 293, nov. 15, 1923.

581. «La patria», en el libro *El desierto*, 1924.

792. *La bella y la bestia*, ene. 13, 1924.

1113. *El hombre frente a las fieras*, ene. 21, 1924.

1114. *Caza del tigre*, ene. 28, 1924.

1116. *La caza del Tatú-carreta*, feb. 4, 1924.

1118. *Cacería del yacaré*, feb. 25, 1924.

1121. *Cacería de la víbora de cascabel*, mar. 3, 1924.

1123. *Cacería del hombre por las hormigas*, mar. 10, 1924.

1125. *Los bebedores de sangre*, mar. 24, 1924.

1040. *Argumento para una novela*, mar. 13, 1924.

1127. *Los cachorros del aguará-guazú*, mar. 31, 1924.

1155. *La yararacusú*, dic. 13, 1924 (fdo. H. Q.).

609. *El regreso*, feb. 1°, 1925.

1157. *El cascarudo-tanque*, feb. 7, 1925.

1160. *Los cuervos*, abr. 25, 1925.

1161. *Los estranguladores*, jul. 4, 1925.

1042. *Su chauffeur*, abr. 5, 1925.

1189. *El manual del perfecto cuentista*, abr. 10, 1925.

1191. *Los trucos del perfecto cuentista*, mayo 22, 1925.

626. *Los proscriptos*, jul. 4, 1925.

1201. *El caso Lugones-Herrera y Reissig*, jul. 17, 1925.

709. *Mas allá*, sept. 6, 1925.

762. *El puritano*, jul. 11, 1926.

1145. *Un agutí y un ciervo, comentario autobiográfico*, sept. 24, 1926.

738. *El conductor del rápido*, nov. 21, 1926.

1194. *Decálogo del perfecto cuentista*, jul., 1927.

717. *El vampiro*, sept. 11, 1927.

1046. *Dos historias de pájaros*, nov. 20, 1927.

1204. *La profesión literaria*, ene. 6, 1928.

752. *El padre*, ene. 15, 1928.

1048. *Una noche de Edén*, jul. 1928.

801. *El desquite*, sept. 30, 1928.

1195. *La retórica del cuento*, dic. 21, 1928.

1052. *Los precursores*, abril 14, 1929.

746. *El llamado*, ag. 17, 1930.

1206. *Ante el tribunal*, sept. 11, 1930.

1167. *El regreso a la selva*, dic. 4, 1932.

733. *Las moscas*, jul. 7, 1933.
1169. *La guardia nocturna*, nov. 24, 1934.
1171. *Tempestad en el vacío*, dic. 29, 1934.
1173. *La lata de nafta*, ene. 12, 1935.
1175. *El llamado nocturno*, mar. 8, 1935.
1056. *Los hombres hambrientos*, mar. 10, 1935.
1177. *Su olor a dinosaurio*, jun. 14, 1935.
1058. *Tierra elegida*, jul. 7, 1935.
1179. *Frangipane*, sept. 29, 1935.
1061. *El invitado*, oct. 27, 1935.
1182. *La tragedia de los ananás*, ene. 1º, 1937.

Esta edición de *Todos los cuentos*,
de Horacio Quiroga, consta de 2.000 ejemplares
y se acabó de imprimir el día
20 de marzo de 1993 en los talleres
de Eurocolor. Madrid.

PRÓXIMOS TÍTULOS

DOMINGO FAUSTINO SARMIENTO
Viajes
Coordinador: Javier Fernández

. . .

FERNANDO PESSOA
Mensagem (Poemas esotéricos)
Coordinador: José Augusto Seabra

. . .

LEOPOLDO MARECHAL
Adán Buenosayres
Coordinador: Jorge Lafforgue

. . .

CARLOS PELLICER
Poesía
Coordinador: Samuel Gordon

. . .

PEDRO HENRÍQUEZ UREÑA
Antología
Coordinadores: José Luis Abellán
Ana María Barrenechea

TÍTULOS PUBLICADOS

1. **MIGUEL ÁNGEL ASTURIAS**
   París, 1924-1933: Periodismo y creación literaria
   Equipo:
   Amos SEGALA, coordinador; Manuel José ARCE (Liminar), Marie-Françoise BONNET, Jean CASSOU, Marc CHEYMOL, Aline JANQUART, Gerald MARTIN, Paulette PATOUT, Georges PILLEMENT, Arturo TARACENA, Paul VERDEVOYE.
   Ilustración de la cubierta:
   Rudy COTTON

2. **RICARDO GÜIRALDES**
   Don Segundo Sombra
   Equipo:
   Paul VERDEVOYE, coordinador; Ernesto SÁBATO (Liminar), Alberto BLASI, Nilda DÍAZ, Élida LOIS, Hugo RODRÍGUEZ ALCALÁ, Elena M. ROJAS, Eduardo ROMANO.
   Ilustración de la cubierta:
   Juan Carlos LANGLOIS

3. **JOSÉ LEZAMA LIMA**
   Paradiso
   Equipo:
   Cintio VITIER, coordinador; María ZAMBRANO (Liminar), Ciro BIANCHI ROSS, Raquel CARRIÓ MENDÍA, Roberto FRIOL, Julio ORTEGA, José PRATS SARIOL, Benito PELEGRÍN, Manuel PEREIRA, Severo SARDUY.

   Ilustración de la cubierta:
   Mariano RODRÍGUEZ

4. **CÉSAR VALLEJO**
   Obra poética
   Equipo:
   Américo FERRARI, coordinador; José Ángel VALENTE (Liminar), Jean FRANCO, R. GUTIÉRREZ GIRARDOT, Giovanni MEO ZILIO, Julio ORTEGA, José Miguel OVIEDO.
   Ilustración de la cubierta:
   Alberto GUZMÁN

5. **MARIANO AZUELA**
   Los de abajo
   Equipo:
   Jorge RUFFINELLI, coordinador; Carlos FUENTES (Liminar), Luis LEAL, Mónica MANSOUR, Seymour MENTON, Stanley L. ROBE.
   Ilustración de la cubierta:
   Juan SORIANO

6. **MARIO DE ANDRADE**
   Macunaíma
   Equipo:
   Telé PORTO ANCONA LÓPEZ, coordinadora; Darcy RIBEIRO (Liminar), Raúl ANTELO, Alfredo BOSI, María Augusta FONSECA, Silviano SANTIAGO, Darcilène de

SENA REZENDE, Eneida Maria de
SOUZA, Diléa ZANOTTO MANFIO.
Ilustración de la cubierta:
Vera CAFÉ.

7. JOSÉ ASUNCIÓN SILVA

Obras completas
Equipo:
Héctor H. ORJUELA, coordinador;
Germán ARCINIEGAS (Liminar),
Eduardo CAMACHO GUIZADO,
Ricardo CANO GAVIRIA, Juan
Gustavo COBO BORDA, Bernardo
GICOVATE, Rafael GUTIÉRREZ
GIRARDOT, G. MEJÍA, Alfredo
ROGGIANO, Mark SMITH-SOTO.
Ilustración de la cubierta:
Luis CABALLERO

8. JORGE ICAZA

El Chulla Romero y Flores
Equipo:
Ricardo DESCALZI, coordinador
(Liminar); Renaud RICHARD,
coordinador; Gustavo A. JACOME,
Antonio LORENTE MEDINA,
Théodore Alan SACKETT.
Ilustración de la cubierta:
Oswaldo GUAYASAMÍN

9. TERESA DE LA PARRA

Memorias de la Mamá Blanca
Equipo:
Velia BOSCH, coordinador; Juan
LISCANO (Liminar), José BALZA,
José Carlos BOIXO, Gladys GARCÍA
RIERA, Nélida NORRIS, Nelson
OSORIO, Paulette PATOUT.

Ilustración de la cubierta:
Gabriel BRACHO

10. ENRIQUE AMORIM

La carreta
Equipo:
Fernando AINSA, coordinador
(Liminar); K. E. A. MOSE, Wilfredo
PENCO, Huguette POTTIER
NAVARRO, Mercedes RAMÍREZ,
Walter RELA, A. M. RODRÍGUEZ
VILLAMIL.
Ilustración de la cubierta:
Eugenio DARNET

11. ALCIDES ARGUEDAS

Raza de bronce
Equipo:
Antonio LORENTE, coordinador;
Carlos CASTAÑÓN (Liminar), Juan
ALBARRACÍN, Teodosio
FERNÁNDEZ, Julio RODRÍGUEZ
LUIS.
Ilustración de la cubierta:
Gil IMANA

12. JOSÉ GOROSTIZA

Poesía y poética
Equipo:
Edelmira RAMÍREZ LEYVA,
coordinadora; Alí CHUMACERO
(Liminar), Mónica MANSOUR,
Humberto MARTÍNEZ, Silva PAPPE,
Guillermo SHERIDAN.
Ilustración de la cubierta:
Francisco TOLEDO

13. CLARICE LISPECTOR

A Paixâo Segundo G. H.

Equipo:
Benedito NUNES, coordinador; Joâo
CABRAL de MELO NETO (Poema),
Antonio CÁNDIDO (Liminar), Olga
BORELLI (Liminar), Benjamin
ABDALA, Junior; Nádia BATTELLA
GOTLIB, Gloria Maria CORDOVANI,
Affonso ROMANO de SANT'ANNA,
Olga de SA, Norma TASCA, Samira
YOUSSEF de CAMPEDELLI.
Ilustración de la cubierta:
Emmanuel NASSAR

14. JOSÉ MARÍA ARGUEDAS

El zorro de arriba y el zorro de abajo
Equipo:
Eve-Marie FELL, coordinador; Rubén
BAREIRO SAGUIER (Liminar), Sybila
ARREDONDO de ARGUEDAS,
Antonio CORNEJO POLAR, Roland
FORGUES, Edmundo GÓMEZ
MANGO, Martín LIENHARD, José
Luis ROUILLON, William ROWE.
Ilustración de la cubierta:
Gerardo CHÁVEZ

15. JOSÉ REVUELTAS

Los días terrenales
Equipo:
Evodio ESCALANTE, coordinador;
Leopoldo ZEA (Liminar), Theophile
KOUI, Edith NEGRÍN, Florence
OLIVIER, Marta PORTAL.
Ilustración de la cubierta:
JAZZAMOART

16. JULIO CORTÁZAR

Rayuela
Equipo:
Julio ORTEGA, coordinador; Saúl
YURKIEVICH, coordinador; Haroldo
de CAMPOS (Liminar), Jaime
ALAZRAKI, Gladys ANCHIERI, Ana
María BARRENECHEA, Alicia
BORINSKI, Sara CASTRO KLAREN,
Graciela MONTALDO.
Ilustración de la cubierta:
Antonio SEGUÍ

17. JUAN RULFO

Toda la obra
Equipo:
Claude FELL, coordinador; José Emilio
PACHECO (Liminar), José Carlos
GONZÁLEZ BOIXO, José Pascual
BUXÓ, Evodio ESCALANTE, Milagros
EZQUERRO, Yvette JIMÉNEZ DE
BÁEZ, Norma KLAHN, Sergio LÓPEZ
MENA, Mónica MANSOUR, Gerald
MARTIN, Walter D. MIGNOLO,
Aurora OCAMPO, Florence OLIVIER,
Hugo RODRÍGUEZ-ALCALÁ, Jorge
RUFFINELLI.
Ilustración de la cubierta:
Rufino TAMAYO

18. LÚCIO CARDOSO

Crônica da casa assassinada
Equipo:
Mario CARELLI, coordinador; Alfredo
BOSI (Liminar), Eduardo PORTELLA
(Liminar), Consuelo ALBERGARIA,
Teresa DE ALMEIDA, Guy
BESANÇON, Sonia BRAYNER,
Octávio DE FARIA, Julio CASTAÑÓN

24. MIGUEL ÁNGEL ASTURIAS

El árbol de la cruz
Equipo:
Aline JANQUART, coordinadora; Eliane
LAVAUD-FAGE (Liminar), Amos
SEGALA (Liminar), Christian BOIX,
C. IMBERTY, Alain SICARD, Daniel
SICARD.
Ilustración de la cubierta:
Rudy COTTON

25. MACEDONIO FERNÁNDEZ

Museo de la novela de la Eterna
Equipo:
Ana María CAMBLONG, coordinadora;
Adolfo de OBIETA, coordinador;
Gerardo Mario GOLOBOFF (Liminar),
Óscar del BARCO, Alicia BORINSKY,
Jo Anne ENGELBERT, Waltraut
FLAMMERSFELD, Ricardo PIGLIA,
María Teresa ALCOBA, Nélida
SALVADOR.
Ilustración de la cubierta:
Enzo OLIVA

26. HORACIO QUIROGA

Todos los cuentos
Equipo:
Napoleón BACCINO PONCE DE
LEÓN, coordinador; Jorge
LAFFORGUE, coordinador; Abelardo
CASTILLO (Liminar), Martha L.
CANFIELD, Carlos Dámaso
MARTÍNEZ, Milagros EZQUERRO,
Guillermo GARCÍA, Dário PUCCINI,
Jorge B. RIVERA, Eduardo
ROMANO, Beatriz SARLO.
Ilustración de la cubierta:
José GAMARRA

* Volúmenes publicados.

ARGENTINA

ROBERTO ARLT
Los siete locos - Los lanzallamas
(Gerardo Mario Goloboff)

* JULIO CORTÁZAR
Rayuela
(Saúl Yurkievich / Julio Ortega)

HAROLDO CONTI
Sudeste
(Eduardo Romano)

* MACEDONIO FERNÁNDEZ
Museo de la novela de la Eterna
(Adolfo de Obieta y Ana Camblong)

BALDOMERO FERNÁNDEZ
MORENO
Poesía
(Mario Benedetti)

MANUEL GÁLVEZ
Memorias

OLIVERIO GIRONDO
Obras completas
(Raúl Antelo)

* RICARDO GÜIRALDES
Don Segundo Sombra
(Paul Verdevoye)

JOSÉ HERNÁNDEZ
Martín Fierro
(Élida Lois y Ángel Núñez)

LEOPOLDO LUGONES
Lunario sentimental
(Alberto Blasi)

LEOPOLDO MARECHAL
Adán Buenosayres
(Jorge Lafforgue)

* EZEQUIEL MARTÍNEZ ESTRADA
Radiografía de la Pampa
(Leo Pollmann)

VICTORIA OCAMPO
Correspondencias literarias
(Jean-Pierre Bernès)

MANUEL PUIG
Boquitas pintadas
(Pamela Bacarisse)

DOMINGO FAUSTINO
SARMIENTO
Viajes
(Javier Fernández)

BOLIVIA

* ALCIDES ARGUEDAS
Raza de Bronce
(Antonio D. Lorente Medina)

AUGUSTO GUZMÁN
Prisionero de guerra
(Renato Prada Oropeza)

RICARDO JAIMES FREIRE
Poesía
(Oscar Rivera Rodas)

BRASIL

CARLOS DRUMMOND DE
ANDRADE
Poesia completa
(Silviano Santiago)

* MÁRIO DE ANDRADE
Macunaíma
(Telê Porto Ancona López)

OSWALD DE ANDRADE
Manifestos e poesia
(Jorge Schwartz)

JOAQUIM MACHADO DE ASSIS
Papéis avulsos
(Roberto Schwartz)

MANUEL BANDEIRA
Libertinagem - Estrela da Manhã
(Giulia Lanciani)

LIMA BARRETO
Triste fim de Policarpo Quaresma
(Antônio Houaiss)

* LÚCIO CARDOSO
Crônica da casa assassinada
(Mario Carelli)

EUCLIDES DA CUNHA
Os Sertões
(Walnice Nogueira Galvão)

* CLARICE LISPECTOR
A Paixão segundo G. H.
(Benedito Nunes)

GRACILIANO RAMOS
Vidas secas
(Fernando Alves Cristóvão)

JOSE LINS DO REGO
Fogo Morto

JOÃO GUIMARÃES ROSA
Grande Sertão: Veredas
(Walnice Nogueira Galvão)

COLOMBIA

AURELIO ARTURO
Toda la poesía
(Jaime García Maffla)

PORFIRIO BARBA JACOB
Obras completas
(Fernando Vallejo)

EDUARDO CARRANZA
Poesía completa
(Ignacio Chaves Cuevas)

TOMÁS CARRASQUILLA
Todos los cuentos
(Uriel Ospina)

LEÓN DE GREIFF
Obra selecta

LUIS CARLOS LÓPEZ
Poesía
(Ramón de Zubiría)

JOSÉ EUSTASIO RIVERA
La Vorágine
(Hernán Lozano y Monserrat Ordóñez)

BALDOMERO SANÍN CANO
Selección de prosas
(Jorge Eliécer Ruiz)

* JOSÉ ASUNCIÓN SILVA
Obra completa
(Héctor Orjuela)

GUILLERMO VALENCIA
Toda la poesía

CUBA

EMILIO BALLAGAS
Poesía
(Emilio de Armas)

REGINO BOTI
Poesía
(Eduardo López Morales)

ALEJO CARPENTIER
El Siglo de las Luces

* JOSÉ LEZAMA LIMA
Paradiso - Oppiano Licario
(Cintio Vitier)

JUAN MARINELLO
Ensayos
(Alfred Melon / Angel I. Augier)

JOSÉ MARTÍ
Prosas periodísticas
(Roberto Fernández Retamar)

FERNANDO ORTIZ
Contrapunto cubano del tabaco y del azúcar
(Manuel Moreno Fraginals)

CHILE

VICENTE HUIDOBRO
Poesía
(Saúl Yurkievich)

MARIANO LATORRE
Cuentos

GABRIELA MISTRAL
Poesía
(Teodosio Fernández)

PABLO NERUDA
Residencias en la tierra
(Giuseppe Bellini)

MANUEL ROJAS
Hijo de ladrón
(Nelson Osorio)

DOMINICA

JEAN RHYS
White Sargasso Sea

ECUADOR

DEMETRIO AGUILERA MALTA
Siete lunas y siete serpientes
(Miguel Donoso Pareja)

JORGE CARRERA ANDRADE
Edades poéticas

BENJAMÍN CARRIÓN
Ensayos

JOSÉ DE LA CUADRA
Los Sangurimas y otros cuentos
(Diego Araújo)

GONZALO ESCUDERO
Poesía completa
(Gustavo Alfredo Jacome)

* JORGE ICAZA
El Chulla Romero y Flores
(Ricardo Descalzi / Renaud Richa?)

PABLO PALACIO
Obras completas
(Wilfrido H. Corral)

GONZALO ZALDUMBIDE
Ensayos
(Hernán Rodríguez Castelo)

EL SALVADOR

ROQUE DALTON
Poesía
(Claire Pailler)
SALARRUÉ
Cuentos

GUATEMALA

RAFAEL ARÉVALO MARTÍNEZ
El hombre que parecía un caballo
(Dante Liano)
MIGUEL ÁNGEL ASTURIAS
Periodismo y creación literaria
(París 1924-1933)
(Amos Segala)
MIGUEL ÁNGEL ASTURIAS
Hombres de maíz
(Gerald Martin)
MIGUEL ÁNGEL ASTURIAS
El árbol de la cruz
(Aline Janquart)

GUYANA

EDGAR MITTHELHOLZER
A morning at the office

HAITÍ

JEAN PRICE MARS
Ainsi parla l'oncle
JACQUES ROUMAIN
Les Gouverneurs de la Rosée
JACQUES STEPHEN ALEXIS
Compère Général Soleil

JAMAICA

ROGER MAIS
Brother Man
CLAUDE McKAY
Banana Bottom

MÉXICO

MARIANO AZUELA
Los de abajo
(Jorge Ruffinelli)
ROSARIO CASTELLANOS
Balúm-Canán
(Elena Poniatowska)
JOSÉ GOROSTIZA
Poesía y Poética
(Edelmira Ramírez Leyva)
MARTÍN LUIS GUZMÁN
El águila y la serpiente
(Gerald Martin)
RAMÓN LÓPEZ VELARDE
Poesía
(Eduardo Lizalde)
RAFAEL F. MUÑOZ
Se llevaron el cañón para Bachimba
(Emmanuel Carballo)
CARLOS PELLICER
Poesía
(Samuel Gordon)

* JOSÉ REVUELTAS
Los días terrenales
(Evodio Escalante)
ALFONSO REYES
Cuentos, Ensayos, Poesías
(Carlos Monsiváis)
* JUAN RULFO
Toda la obra
(Claude Fell)
JOSÉ VASCONCELOS
Ulises Criollo
(Claude Fell)
* AGUSTÍN YÁÑEZ
Al filo del agua
(Arturo Azuela)

NICARAGUA

ALFONSO CORTÉS
Poesía
(Giuliano Soria)
RUBÉN DARÍO
Poesía
(Bernard Sesé)

PANAMÁ

RAMÓN H. JURADO
Desertores
RICARDO MIRÓ
Poesía

PARAGUAY

GABRIEL CASACCIA
La Babosa
(Francisco Feito)

PERÚ

CIRO ALEGRÍA
La serpiente de oro
(Giuseppe Bellini)
* JOSÉ MARÍA ARGUEDAS
El zorro de arriba y el zorro de abajo
(Eve Marie Fell)
JOSÉ MARÍA EGUREN
Poesía
(Ricardo González Vigil)
* MANUEL GONZÁLEZ PRADA
Ensayos
(Efraím Kristal)
JOSÉ CARLOS MARIÁTEGUI
Siete ensayos...
(Antonio Melis)
* RICARDO PALMA
Tradiciones peruanas
(Julio Ortega / Flor María Rodríguez-Arenas)
* CÉSAR VALLEJO
Obra poética
(Américo Ferrari)

PUERTO RICO

EUGENIO MARÍA DE HOSTOS
La peregrinación de Bayoán
(Manuel Maldonado Denis)

LUIS PALES MATOS
Poesía
(Carmen Vázquez)
ANTONIO S. PEDREIRA
Insularismo
(Juan Flores)

REPÚBLICA DOMINICANA

PEDRO HENRÍQUEZ UREÑA
Antología
(José Luis Abellán / Ana María Barrenechea)

URUGUAY

EDUARDO ACEVEDO DÍAZ
El combate de la tapera
(Fernando Ainsa)
DELMIRA AGUSTINI
Poesía
(Silvia Molloy)
* ENRIQUE AMORIM
La carreta
(Fernando Ainsa)
FELISBERTO HERNÁNDEZ
Nadie encendía las lámparas
(José Pedro Díaz)
JULIO HERRERA Y REISSIG
Obra poética
(Ángeles Estévez)
* HORACIO QUIROGA
Todos los cuentos
(Napoleón Baccino Ponce de León / Jorge Lafforgue)
JOSÉ ENRIQUE RODO
Ensayos
FLORENCIO SÁNCHEZ
Teatro completo
(Jorge Ruffinelli)

VENEZUELA

RUFINO BLANCO FOMBONA
Diarios
(François Delprat)
* TERESA DE LA PARRA
Las Memorias de Mamá Blanca
(Velia Bosch)
* RÓMULO GALLEGOS
Canaima
(Charles Minguet)
JULIO GARMENDIA
Cuentos
(Oscar Sambrano Urdaneta)
GUILLERMO MENESES
El falso cuaderno de Narciso Espejo
(José Balza / Gustavo Guerrero)
MARIANO PICÓN SALAS
Ensayos
(Domingo Miliani)
JOSÉ ANTONIO RAMOS SUCRE
Obras completas
(Alba Rosa Hernández Bossio)

Edita: Association ALLCA XX.º S.
Université de Paris X, 200 Av. de la République, 92001 Nanterre, France - Tel.: 40 97 76 61 - Fax: 40 97 76 15 - Telex: UPXNANT 630898 F
ALLCA-ESPAÑA: Hortaleza, 104, 2.º izq. - Tel. 308 49 34 - 28004 Madrid, España
Coeditor y distribuidor para Europa y U.S.A.: FONDO DE CULTURA ECONÓMICA, Sucursal ESPAÑA.
Vía de los Poblados, s/n. Edif. Indubuildingoico, 4.º, 15 - 28033 Madrid - Tels. 763 50 44/28 00 - Fax: 763 51 33